《三国演义》文史对照系列

通俗演义三国志史传

文史对照本

周文业 徐晋 邓宏顺 编著

中州古籍出版社
·郑州·

图书在版编目（CIP）数据

通俗演义三国志史传文史对照本 / 周文业，徐晋，邓宏顺编著．—郑州：中州古籍出版社，2023. 5

ISBN 978-7-5738-0840-0

Ⅰ．①通…　Ⅱ．①周…②徐…③邓…　Ⅲ．①《三国演义》-版本-研究　Ⅳ．①I207.413

中国国家版本馆 CIP 数据核字（2023）第 095503 号

TONGSU YANYI SANGUOZHI SHIZHUAN WENSHI DUIZHAO BEN

通俗演义三国志史传文史对照本

责任编辑　李祖哲
责任校对　刘　琳
美术编辑　赵启航

出 版 社　中州古籍出版社（地址：郑州市郑东新区祥盛街 27 号 6 层
邮编：450016　电话：0371-65788693）
发行单位　河南省新华书店发行集团有限公司
承印单位　郑州市毛庄印刷有限公司
开　　本　787 mm × 1092 mm　1/16
印　　张　57
字　　数　1500 千字
印　　数　1—1000 册
版　　次　2023 年 5 月第 1 版
印　　次　2023 年 10 月第 1 次印刷
定　　价　118.00 元

前 言

三种《三国演义》版本

《三国演义》是历史演义小说的开山之作。历史演义小说是以历史为底本，加以各种传说、故事，演义为小说。《三国演义》是历史演义小说，而不是史书，清代学者章学诚先生称之“七实三虚”。《三国演义》中许多人物和事件属于作者虚构，许多人物和事件与史籍有矛盾。

一般认为，《三国演义》是根据陈寿的《三国志》编写的，其正式书名《三国志演义》可以认为是对《三国志》的“演义”。但根据有关学者的研究，《三国演义》的依据除《三国志》外，还有《后汉书》和《资治通鉴》。这可以从目前存世最早的版本之一的叶逢春本的书名中清楚看出。该书在不同的地方，有不同的书名。目录前的书名最长、最完整，其全文为《新刊按鉴汉谱三国志传绘象足本大全》。书名中的“按鉴”就是“按照《资治通鉴》”的意思，“汉谱”是指《后汉书》，而《三国志》就是指史书《三国志》。这清楚地说明了《三国演义》的三个史书来源。

《三国演义》与三国历史之间虚虚实实，错综复杂，它们之间的关系如何，如何演化，都很值得研究。

《三国演义》文史对照就是将小说中的事件、人物，与历史上实际的事件和人物进行对照。自从《三国演义》诞生以来，就有许多人详细地比较对照《三国演义》和《三国志》《后汉书》《资治通鉴》等史书。1935 年上海大众书局出版了《古本考证三国志演义》，收入了王大错先生比较《三国演义》和《三国志》后写出的考证文字，将其插入《三国演义》相应的段落之后。2000 年长江文艺出版社出版了《〈三国演义〉文史对照插图本》，张国光先生将王大错的考证从文本中移至每回前，重新排版，并写了长篇前言予以说明。1995 年盛巽昌先生针对《三国演义》中所叙述的事件的虚实，进行了全面的补正，由上海画报出版社出版了《三国演义补正本》。近年来随着三国热的升温，2007 年盛巽昌先生又做了新的修订，改名《三国演义补证本》。2002 年本人和许盘清合作，由江苏古籍出版社出版了《〈三国演义〉〈三国志〉对照本》，但史书只限于《三国志》。

《三国演义》有诸多版本，一般分为“演义”系列（24 卷）、“志传”系列（20 卷）和毛本系列。要仔细研究《三国演义》与《三国志》等史书的关系，应该选取不同时期的版本进行全面的对照，包括“通俗演义”系列明嘉靖元年（1522）刻印的嘉靖元年本，“三国志传”系列的明嘉靖二十七年（1548）刻印的叶逢春本等，以及清康熙年间刊刻的毛宗岗评本。

现存的嘉靖元年本一般认为是目前已知刊行年代中最早的版本（但实际现存的嘉靖元年本是后来修订本，已经不是嘉靖元年本的原本），叶逢春本是“志传”系列最早的版本，有学者认为它比嘉靖元年本更接近罗贯中《三国演义》的原本。根据嘉靖元年本、叶逢春本和三部史书之间的对照，可以看出《三国演义》成书初期的文本和史书之间的差异。毛宗岗本是一个经过多处加工、修改后，到目前为止最流行的版本，根据毛宗岗本和三部史书之间的对照，可以看出毛宗岗本根据史书又作了哪些进一步的修订。

为此，我们编辑出版了《三国演义》文史对照系列丛书，分别选取嘉靖元年本、毛宗岗本和叶逢春本与史书进行对照。2013 年先出版了嘉靖元年本和毛宗岗本的文史对照本，这次再出版叶逢春本的文史对照本，并对前二本做了补充修订，组成一套完整的《三国演义》文史对照本。

由于本系列丛书的重点是文史对照，而嘉靖元年本排印本已经出版很多，因此嘉靖元年本正文前面的序、引、宗僚和分卷都省略了。但考虑叶逢春本从未出版排印本，为便于研究，叶逢春本保留了正文前面的序、总目录、姓氏和分卷。

嘉靖元年本和叶逢春本，原书只分 24 卷和 10 卷，而则目和段目均没有序号，为便于查找，我们在嘉靖元年本和叶逢春本中分别加了则序号和段序号。

文史对照

文史对照的排版方式有两种：

一是段落对照：按照“段落”进行对照，《三国志》中原文和裴注对照就采用“段落对照”方式。

二是句对照：逐“句”进行对照。

这两种对照方式，以嘉靖元年本开始部分举例如下。

1. 段落对照：文字连贯，排版方便，但比对不太清楚。

时榜文到涿县张挂去，涿县楼桑村引出一个英雄。那人平生不甚乐读书，喜犬马，爱音乐，美衣服；少言语，礼下于人，喜怒不形于色；好交游天下豪杰，素有大志。生得身长七尺五寸，两耳垂肩，双手过膝，目能自顾其耳，面如冠玉，唇若涂朱。中山靖王刘胜之后，汉景帝阁下玄孙，姓刘，名备，表字玄德。昔刘胜之子刘贞，汉武帝元狩六年封为涿郡陆城亭侯，坐酎金失侯，因此这一枝在涿郡。玄德祖刘雄，父刘弘。因刘弘曾举孝廉，亦在州郡为吏。备早丧父，事母至孝；家寒，贩履织席为业。舍东南角上有一桑树，高五丈余，遥望童童如小车盖，往来者皆言此树非凡，相者李定云：“此家必出贵人。”玄德年幼时，与乡中小儿戏于树下，曰：“我为天子，当乘此羽葆车盖。”叔父责曰：“汝勿妄言，灭吾门也！”年一十五岁，母使行学，与同宗刘德然、辽西公孙瓒为友。玄德叔父刘元起见玄德家贫，常资给之。元起妻曰：“各自一家，何能常耳！”元起曰：“吾宗中有此儿，非常人也。”

据《三国志·蜀书·先主传》：先主姓刘，讳备，字玄德，涿郡涿县人，汉景帝子中山靖王胜之后也。胜子贞，元狩六年封涿县陆城亭侯。坐酎金失侯，因家焉。先主祖雄，父弘，世仕州郡。雄举孝廉，官至东郡范令。先主少孤，与母贩履织席为业。舍东南角篱上有桑树生高五丈余，遥望见童童如小车盖，往来者皆怪此树非凡，或谓当出贵人。先主少时，与宗中诸小儿于树下戏，言：“吾必当乘此羽葆盖车。”叔父子敬谓曰：“汝勿妄语，灭吾门也！”年十五，母使行学，与同宗刘德然、辽西公孙瓒俱事故九江太守同郡卢植。德然父元起常资给先主，与德然等。元起妻曰：“各自一家，何能常尔邪！”起曰：“吾宗中有此儿，非常人也。”而瓒深与先主相友。瓒年长，先主以兄事之。先主不甚乐读书，喜狗马、音乐、美衣服。身长七尺五寸，垂手下膝，

顾自见其耳。少语言，善下人，喜怒不形于色。好交结豪侠，年少争附之。（参见《资治通鉴》卷六十）

2. 句对照：文字不太连贯，但比对清楚，排版也方便。

时榜文到涿县张挂去，涿县楼桑村引出一个英雄。那人平生不甚乐读书，喜犬马，爱音乐，美衣服；少言语，礼下于人，喜怒不形于色；好交游天下豪杰，素有大志。生得身长七尺五寸，两耳垂肩，双手过膝，目能自顾其耳，面如冠玉，唇若涂朱。

据《三国志·蜀书·先主传》：先主不甚乐读书，喜狗马、音乐、美衣服。身长七尺五寸，垂手下膝，顾自见其耳。少语言，善下人，喜怒不形于色。好交结豪侠，年少争附之。（参见《资治通鉴》卷六十）

中山靖王刘胜之后，汉景帝阁下玄孙，姓刘，名备，表字玄德。昔刘胜之子刘贞，汉武帝元狩六年封为涿郡陆城亭侯，坐酎金失侯，因此这一枝在涿郡。玄德祖刘雄，父刘弘。因刘弘曾举孝廉，亦在州郡为吏。备早丧父，事母至孝；家寒，贩履织席为业。

据《三国志·蜀书·先主传》：先主姓刘，讳备，字玄德，涿郡涿县人，汉景帝子中山靖王胜之后也。胜子贞，元狩六年封涿县陆城亭侯。坐酎金失侯，因家焉。先主祖雄，父弘，世仕州郡。雄举孝廉，官至东郡范令。先主少孤，与母贩履织席为业。（参见《资治通鉴》卷六十）

舍东南角上有一桑树，高五丈余，遥望童童如小车盖，往来者皆言此树非凡，相者李定云："此家必出贵人。"玄德年幼时，与乡中小儿戏于树下，曰："我为天子，当乘此羽葆车盖。"叔父责曰："汝勿妄言，灭吾门也！"年一十五岁，母使行学，与同宗刘德然、辽西公孙瓒为友。玄德叔父刘元起见玄德家贫，常资给之。元起妻曰："各自一家，何能常耳！"元起曰："吾宗中有此儿，非常人也。"

据《三国志·蜀书·先主传》：舍东南角篱上有桑树生高五丈余，遥望见童童如小车盖，往来者皆怪此树非凡，或谓当出贵人。先主少时，与宗中诸小儿于树下戏，言："吾必当乘此羽葆盖车。"叔父子敬谓曰："汝勿妄语，灭吾门也！"年十五，母使行学，与同宗刘德然、辽西公孙瓒俱事故九江太守同郡卢植。德然父元起常资给先主，与德然等。元起妻曰："各自一家，何能常尔邪！"起曰："吾宗中有此儿，非常人也。"而瓒深与先主相友。瓒年长，先主以兄事之。

我们采用"段落对照"和"句对照"相结合的方式进行文史对照。

"段落对照"方式，类似于裴松之注《三国志》所采用的方式，即在需要对照的小说的一段文字之后，列出史书文字。

"句对照"方式，即逐"句"进行对照。这种对照方式的主要优点是比对清楚。

两种对照方式的选择，我们遵循以下原则：凡能使用句对照方式的地方，我们尽量采用句对照方式，以求比对清楚。当小说文字和史书记事不一致而无法采用句对照方式时，或采用句对照方式反而会割裂史书文字，损害语意完整性的地方，我们就采用段落对照方式。

本书除逐一列出所有与小说描述有关的史书文字外，还对某些文史对照问题插入了按语，对小说与史书的差异做了简单说明。主要是考虑只列出史书的记述，读者可能还不清楚小说和史实之间的差异。

对《三国演义》小说和历史的差异，即《三国演义》的“虚实”问题，很早就有人开始研究，以至成为《三国演义》研究中的一个热点问题，相关的著作、论文很多。本书的说明曾参考很多前人的研究，限于篇幅，这类说明尽量简略，只说明小说和史书的差异，不加任何分析和判断。

《资治通鉴》和《后汉书》对三国史的记述，与《三国志》和裴松之注大体是重复的；而《三国志》所包括的《魏书》《蜀书》和《吴书》三个部分，对同一件史实往往也有相近的表述。对史书中这些重复的记述，我们一般仅从这三部史书中选取表述最完整的一段文字与《三国演义》对照，同时，将载有与这段文字雷同的其他史书的卷次或传目，注于所选取的史书文字之后。

《三国演义》文史对照工作由周文业、邓宏顺、徐晋合作完成，周文业负责整体策划，邓宏顺负责嘉靖元年本、毛宗岗本和史书文字的采集、整理和按语编写，徐晋负责叶逢春本的整理。

本书是将《三国演义》三种主要版本与几种主要史书做全面对照的首次尝试，一定会存在许多错误与不足之处，我们诚恳地期待着专家、读者的批评指正。

周文业

2023 年 3 月于北京

整理说明

编辑整理《三国演义》(以下简称《演义》)文史对照本的目的，是为了清楚地显示《演义》文本与史书的差异。

《三国演义》文本的选择

嘉靖元年本，根据人民文学出版社1975年影印本整理；毛宗岗本，根据国家图书馆藏清醉耕堂本整理；叶逢春本，则根据西班牙马德里爱斯高里亚尔修道院所藏本的影印本整理。其中错讹之处，我们酌情据他本改正，并加按语予以说明。

史书的范围

《三国演义》文史对照系列共包括三种文史对照本，分别将嘉靖元年本《三国志通俗演义》(以下简称嘉靖元年本)、毛宗岗本《三国志演义》(以下简称毛本)和叶逢春本《通俗演义三国志史传》(以下简称叶本)的文字与《资治通鉴》《三国志》和《后汉书》这三部史书进行对照。

此外，还选择了《晋书》的部分文字做对照。

司马光在编修《资治通鉴》的同时，还编写了《资治通鉴考异》一书，该书对重大历史事件，凡遇史书记载有不同之处，均利用书证、物证、校勘等方式订正真伪，说明取舍的原因。我们也将该书对三国史的考证文字，收入了文史对照本。

毛纶、毛宗岗父子在修改《演义》时，插入了《世说新语》中的许多故事，使小说的细节描写和人物形象更加生动。我们也将《世说新语》中有关三国的故事，收入了毛本的文史对照本。

史书文字的选择和编排方式

1. 保留多种说法:《演义》中的描述，在史书中有几种不同的说法时，这几种说法都选入。

2. 编排顺序:《演义》的文字，有几种史书文字可资对照时，在编排时把与《演义》文字相同或相近的史书文字排在前面。

3. 与小说不同的记载：史书的记载，不管和《演义》的情节是否一致，都采来进行对照。

4. 小说没有采用的史实:《演义》没有采用的史实，从史书中选择了一些有意义的记载作对照。

5. 重复对照：同一段史书文字，有时需要和《演义》的两处或两处以上的文字作对照。

6. 史书文字的适当编排：为了说明《演义》的描写与史书记载的区别，有时需要先将史书有关的文字按时间顺序排列集中，然后再插入小说的适当位置。

7. 关于《晋书》：只选择该书中那些《资治通鉴》和《三国志》中未记载的史实作对照。

8. 关于《资治通鉴考异》：收入了该书对三国史的大部分考证文字。

9. 按语:《演义》以史书为基础，进行了大量虚构。为便于读者了解小说与史书的差异，本书在史书文字之后，插入了一些按语。

现分别举例说明如下。

保留多种说法

《演义》中的故事，在史书中有几种不同的说法时，我们将各种说法都选入。

如：曹嵩一家人是被谁杀害的，史书中有三种说法：

第一种说法：被陶谦的部将张闿杀害，见于《三国志·魏书·武帝纪》注引韦曜《吴书》：

> 太祖迎嵩，辎重百余两。陶谦遣都尉张闿将骑二百卫送，闿于泰山华、费间杀嵩，取财物，因奔淮南。

《演义》所述即依据《吴书》。

第二种说法：被驻守阴平的陶谦的部将袭杀，见于《后汉书·陶谦传》和《资治通鉴》：

> 曹操父嵩避难琅邪，时谦别将守阴平，士卒利嵩财宝，遂袭杀之。

第三种说法：被陶谦杀害，见于《三国志·魏书·武帝纪》及注引《世语》,《后汉书·应劭传》《曹腾传》。

《后汉书·应劭传》还说，陶谦之所以派人追杀曹嵩，是因为恨曹操曾多次攻打徐州。此说与史不合。在曹嵩遇害之前，曹操并没有攻打过徐州。

又如：夏侯渊被斩杀，魏、蜀双方的记载不同。

蜀汉的说法，见于《三国志·蜀书》先主、黄忠、法正三传，是说黄忠受刘备之命，在法正的策划下，居高临下，鼓噪而攻，大败魏军并杀死了夏侯渊，但没说是黄忠亲手斩杀。

魏方的说法，见于《三国志·魏书》夏侯渊和张郃两传，是说：刘备率军烧了夏侯渊的鹿角，夏侯渊来救火并保护鹿角，与刘备交战，死于乱军之中。

曹操有一道《军策令》(载于《太平御览》) 谈到夏侯渊战死的经过，和上述魏方的说法是一致的：

> 夏侯渊今月贼烧却鹿角。鹿角去本营十五里，渊将四百兵行鹿角，因使士补之。贼山上望见，从谷中卒出，渊使兵与斗，贼遂绕出其后，兵退而渊未至，甚可伤。

《三国志·魏书·夏侯渊传》注引《魏略》还记载：夏侯渊的儿子夏侯霸后来投奔了蜀汉，后主刘禅亲自接见他(刘禅的岳母是夏侯霸的堂妹)，向他解释当年的夏侯渊之死：

> 及霸入蜀，禅与相见，释之曰："卿父自遇害于行间耳，非我先人之手刃也。"指其儿子以示之曰："此夏侯氏之甥也。"厚加爵宠。

可见当时还曾流传刘备亲手杀死夏侯渊的说法。

综合魏蜀双方的记载，我们可以推断夏侯渊之死的过程，大体是：

刘备采用法正之计，派黄忠率军在山上隐蔽待机。黄忠激励士卒，蜀军士气高涨。刘备同时派军烧毁夏侯渊和张郃军营外围的鹿角，引诱魏军出战。夏侯渊亲自率军救火，还分出一半军队去支援张郃。黄忠抓住这一有利战机，率军突然杀出，夏侯渊仓促应战，在撤退时死于乱军之中。

《演义》采用《蜀书》的记载，并写成是黄忠亲手斩杀夏侯渊，突出了黄忠的老当益壮和法正的智谋。

又如：马谡之死，《三国志》有两种说法：一是被处死，一是死于狱中。被处死的说法见于《三国志》诸葛亮、王平两传，《资治通鉴》也采此说；死于狱中的说法见于《三国志·马谡传》；此外，《向朗传》还有马谡曾逃亡之说。

又如：诸葛恪被杀的原因，史书有两种说法。据《三国志·吴书·诸葛恪传》和《资治通鉴》记载，诸葛恪被杀，是因为他率军讨伐魏国，在新城失利，引起朝内外不满。《演义》也是这样写的。而据《三国志·吴书·吴主五子传》，诸葛恪被杀，他伐魏失败仅是导火线，主要还是由于孙权家庭内部两派的皇位继承权之争。

由以上几例可以看出，史书中对同一事件的不同说法，可以分为两种情形：一种是，这些不同的说法是相互矛盾的，只能有一种符合史实；另一种是，由于观察问题的角度或立场不同，因而产生了不同的说法，这些说法并不矛盾，而是反映了事件的不同侧面，将这些说法综合起来考察，我们可以更全面地了解历史事件的真相和来龙去脉。上述曹嵩之死、马谡之死的不同说法属于第一种情形，夏侯渊之死、诸葛恪之死的不同说法则属于第二种。

编排顺序

《演义》的一段文字，当有几种史书文字可资对照时，我们在编排时把与《演义》文字相同或相近的史书文字排在前面。这样编排，是为了读者便于研究《演义》的史书来源和成书过程。

例如上文提到的夏侯渊之死，《三国志·魏书》与《蜀书》的记载不同，《演义》采用的是《蜀书》的说法，我们就把《蜀书》的文字排在前面。

对于曹魏代汉和西晋代魏的历史过程，《三国志》与《后汉书》的记载有所不同。陈寿身为晋臣，他在记述魏、晋政权兴替的历史时，为了避免司马氏政权的迫害，不敢不为晋讳。而晋承魏之统，既然要为晋回护，不得不先为魏回护。因此，《三国志》的文字曲笔较多。范晔撰写《后汉书》，他是撰写隔代的历史，自然无所顾忌而可以秉笔直书。

对上述史实的记述，《资治通鉴》与《三国志》大体相同。

《演义》基于拥刘贬曹的立场，大多采用《后汉书》的文字。

例如：嘉靖元年本第六十五则和毛本第三十三回中都写道：曹操占领冀州后，"写表申朝，操自领冀州牧"。对此，史书记载分别是：

据《三国志·魏书·武帝纪》记载：

> 天子以公领冀州牧，公让还兖州。

据《资治通鉴》卷六十四记载：

> （建安九年秋）九月，诏以操领冀州牧；操让还兖州。

据《后汉书·献帝纪》记载：

> （建安）九年秋八月戊寅，曹操大破袁尚，平冀州，自领冀州牧。

《后汉书·献帝纪》称曹操“自领冀州牧”，与《演义》相同，所以我们在编辑史书文字时，把《后汉书》的文字排在最前面，其后排《三国志》的文字；《资治通鉴》从《三国志》，故排于《三国志》文字之后。

又如：夏侯令女立志守节的故事，嘉靖元年本和叶本中都没有，毛本第一百七回根据史书插入了这个故事：

时有曹爽从弟文叔之妻，乃夏侯令女也，早寡而无子，其父欲改嫁之，女截耳自誓。及爽被诛，其父复将嫁之，女又断去其鼻。其家惊惶，谓之曰：“人生世间，如轻尘栖弱草，何至自苦如此？且夫家又被司马氏诛戮已尽，守此欲谁为哉？”女泣曰：“吾闻仁者不以盛衰改节，义者不以存亡易心。曹氏盛时，尚欲保终；况今灭亡，何忍弃之？此禽兽之行，吾岂为乎！”懿闻而贤之，听使乞子以养，为曹氏后。

《资治通鉴》卷七十五的记述如下：

爽从弟文叔妻夏侯令女，早寡而无子，其父文宁欲嫁之；令女刀截两耳以自誓，居常依爽。爽诛，其家上书绝昏，强迎以归，复将嫁之；令女窃入寝室，引刀自断其鼻，其家惊惋，谓之曰：“人生世间，如轻尘栖弱草耳，何至自苦乃尔！且夫家夷灭已尽，守此欲谁为哉！”令女曰：“吾闻仁者不以盛衰改节，义者不以存亡易心。曹氏前盛之时，尚欲保终，况今衰亡，何忍弃之！此禽兽不行，吾岂为乎！”司马懿闻而贤之，听使乞子字养为曹氏后。

《三国志·魏书·曹真传附何晏传》注引皇甫谧《列女传》的记述是：

爽从弟文叔，妻谯郡夏侯文宁之女，名令女。文叔早死，服阕，自以年少无子，恐家必嫁己，乃断发以为信。其后，家果欲嫁之，令女闻，即复以刀截两耳，居止常依爽。及爽被诛，曹氏尽死。令女叔父上书与曹氏绝婚，强迎令女归。时文宁为梁相，怜其少，执义，又曹氏无遗类，冀其意沮，乃微使人讽之。令女叹且泣曰：“吾亦惟之，许之是也。”家以为信，防之少懈。令女于是窃入寝室，以刀断鼻，蒙被而卧。其母呼与语，不应，发被视之，血流满床席。举家惊惶，奔往视之，莫不酸鼻。或谓之曰：“人生世间，如轻尘栖弱草耳，何至辛苦乃尔！且夫家夷灭已尽，守此欲谁为哉？”令女曰：“闻仁者不以盛衰改节，义者不以存亡易心，曹氏前盛之时，尚欲保终，况今衰亡，何忍弃之！禽兽之行，吾岂为乎？”司马宣王闻而嘉之，听使乞子字养，为曹氏后，名显于世。

我们将毛本的文字与《资治通鉴》和裴注引《列女传》的文字比较后可以看出，毛本的文字与《资治通鉴》的文字接近，而与《列女传》的文字有多处不同。由此可知，这个故事是在《演义》成书过程中，刊印者依据《资治通鉴》或《资治通鉴》系统的史书插入的。因此，我们在编排史书文字时，把《资治通鉴》的文字排在前面。

与小说不同的记载

在将小说与史书对照时，我们将史书中那些与《演义》情节不一致的记述，也选入了对照本。

《三国演义》是一部历史演义小说，其基本轮廓大体上与历史一致。在主要人物和历史事件不违背历史事实的前提下，作者对人物形象和具体情节，作了大量的虚构，因此小说与史书记载不一致的地方是很多的。下面举几个例子：

嘉靖元年本第九则、毛本第五回和叶本第九段描写关东联军讨董卓，关羽在汜水关斩杀了董卓的大将华雄。

而《三国志·吴书·孙坚传》和《资治通鉴》都记载，华雄是被孙坚的部队杀死的，《资治通鉴》卷六十的记载如下：

> 孙坚移屯梁东，为卓将徐荣所败，复收散卒进屯阳人。卓遣东郡太守胡轸督步骑五千击之，以吕布为骑督。轸与布不相得，坚出击，大破之，枭其都督华雄。

《三国志·吴书·孙坚传》的记载是：

> 坚复相收兵，合战于阳人，大破卓军，枭其都督华雄等。

罗贯中移花接木，把孙坚的功劳记到了关羽的账上。《演义》以脍炙人口的"温酒斩华雄"的故事，展现了关羽的高超武艺和勇猛无敌的气概。

又如：嘉靖元年本第一百二则、毛本第五十一回和叶本第一百二段，描写周瑜指挥东吴兵与曹操留守南郡的大将曹仁激战，诸葛亮则乘南郡空虚之际，派赵云袭取了南郡，又令关羽和张飞攻取了襄阳和荆州。周瑜劳而无功，气得金疮迸裂，昏死过去。小说称之为"诸葛亮一气周瑜"。

而《三国志·吴书·吴主传》的记载是：

> （建安）十四年，瑜、仁相守岁余，所杀伤甚众。仁委城走。权以瑜为南郡太守。

《资治通鉴》卷六十六也有类似记载。

由史书记载可知，周瑜与曹仁在江陵交战一年多，终于迫使曹仁撤退，江陵被东吴占领；诸葛亮并未取得南郡和襄阳。小说将"实事"和"虚构"交织在一起，突出了诸葛亮的智谋。

又如：与赤壁之战同时进行的合肥之战，最后以孙权撤军而结束。孙权退兵的原因，嘉靖元年本第一百六则、毛本第五十三回和叶本第一百六段都说：太史慈受重伤后，孙权采纳了张昭的建议而撤军；而史书记载是，曹操的谋臣蒋济以虚张声势之计，欺骗了孙权，孙权中计下令撤军。《三国志·魏书·蒋济传》记载是：

> 建安十三年，孙权率众围合肥。时大军征荆州，遇疾疫，唯遣将军张喜单将千骑，过领汝南兵以解围，颇复疾疫。济乃密白刺史，伪得喜书，云步骑四万已到雩娄，遣主簿迎喜。三部使赍书语城中守将，一部得入城，二部为贼所得。权信之，遽烧围走，城用得全。

《资治通鉴》卷六十六也有类似记载。

小说没有采用的史实

对《演义》没有采用的史实，我们也从史书中选择了一些有意义的记载作对照。

例如：建安元年（196），曹操采纳了荀彧和毛玠提出的"奉天子以令不臣"的建议，迎献帝到许都，控制了朝政大权。史书和《演义》对此均有记述。而在前一年，袁绍的谋士沮授就向袁绍提出过同样的建议，建议他"挟天子而令诸侯"，但袁绍没有采纳。此事在《资治通鉴》《三国志》和《后汉书》中都有记载，但《演义》没有采用。

我们把史书中荀彧、毛玠和沮授的建议都选来作对照，排列在一起，通过比较，可以清楚地看出袁绍与曹操的领导能力和决策水平的高下。

又如：赤壁之战前，曹操的智囊团对曹操急于进攻东吴的决定是有不同意见的，贾诩和程昱就是这类意见的代表。

据《三国志·魏书·贾诩传》记载：

> 建安十三年，太祖破荆州，欲顺江东下。诩谏曰："明公昔破袁氏，今收汉南，威名远著，军势既大；若乘旧楚之饶，以飨吏士，抚安百姓，使安土乐业，则可不劳众而江东稽服矣。"太祖不从，军遂无利。

据《三国志·魏书·程昱传》记载：

> 太祖征荆州，刘备奔吴。论者以为孙权必杀备，昱料之曰："孙权新在位，未为海内所惮。曹公无敌于天下，初举荆州，威震江表，权虽有谋，不能独当也。刘备有英名，关羽、张飞皆万人敌也，权必资之以御我。难解势分，备资以成，又不可得而杀也。"权果多与备兵，以御太祖。

《三国志》这两段文字，《资治通鉴》都没有收入，《演义》也没有采用。

贾诩和程昱的观点，代表了曹操的智囊团对曹操急于进攻东吴的决策的不同意见以及对孙刘两家在曹操的强大军事压力下必然结盟的预见。对贾诩和程昱的意见，曹操一改以前虚心纳谏的作风，都拒不采纳。可见曹操因刘琮投降、不战而得荆州，被胜利冲昏了头脑，骄傲轻敌，过高地估计了自己的力量。

《三国志》这两段文字，尽管小说未采用，但对研究历史有意义，因此也选入了对照本。

重复对照

同一段史书文字，有时需要和《演义》的两处或两处以上文字作对照。

如：《资治通鉴》卷六十六中有这样一段文字：

> 刘备表权行车骑将军，领徐州牧。会刘琦卒，权以备领荆州牧，周瑜分南岸地以给备。备立营于油口，改名公安。

这段文字表述了赤壁之战后孙刘两家的蜜月关系，包括两个内容：一是刘备和孙权分别向朝廷上表举荐对方任职，二是周瑜承认刘备占据油江口一带的事实。因此这段文字需要与《演义》中以下两处文字进行对照：一处是嘉靖元年本第一百十一则、毛本第五十六回和叶本第一百十一段，顾雍向孙权建议，派人赴许都，"表刘备为荆州牧"。另一处是嘉靖元年本第一百六则、毛本第五十三回和叶本第一百六段，刘备"改油江口为公安"。

如果将这段史书文字分割成两部分分别与上述两处《演义》文字作对照，就会造成语意的不完整，不能完整体现赤壁之战后孙刘两家的蜜月关系，所以我们采取了重复对照的方式。

又如：据《资治通鉴》卷六十六记载：

> 刘表故吏士多归刘备，备以周瑜所给地少，不足以容其众，乃自诣京见孙权，求都督荆州。瑜上疏于权曰："刘备以枭雄之姿，而有关羽、张飞熊虎之将，必非久屈为人用者。愚谓大计宜徙备置吴，盛为筑宫室，多其美女玩好，以娱其耳目；分此二人各置一方，使如瑜者得挟与攻战，大事可定也。今猥割土地以资业之，聚此三人俱在疆埸，恐蛟龙得云雨，终非池中物也。"吕范亦劝留之。权以曹操在北，方

当广揽英雄，不从。备还公安，久乃闻之，叹曰："天下智谋之士，所见略同。时孔明谏孤莫行，其意亦虑此也。孤方危急，不得不往，此诚险涂，殆不免周瑜之手！"

这段文字包括了两个内容：一是周瑜向孙权献计软禁刘备；一是刘备亲自去东吴见孙权借荆州，行前诸葛亮认为有风险，劝他不要去。(《演义》所写恰恰相反，写成刘备不敢去东吴招亲，诸葛亮力主前去。)这段文字也需要与小说的两处文字进行对照：一处是嘉靖元年本第一百七则、毛本第五十四回和叶本第一百七段，诸葛亮劝刘备去东吴招亲；另一处是嘉靖元年本第一百九则、毛本第五十五回和叶本第一百九段，周瑜向孙权建议软禁刘备。

史书文字的适当编排

为了说明《演义》的描写与史书记载的区别，有时不能将史书中相应的文字直接插入小说文字之后进行对照，而有必要先将史书有关的文字按时间顺序排列，集中在一起，然后再插入小说文字的适当位置。

例如：关于张任之死、庞统之死和诸葛亮入蜀的对照。

这三件事，小说描写的顺序与史书记载不同，小说从突出诸葛亮这一目的出发，有意变动了史实的顺序。

史实顺序是：

（1）建安十八年五月，刘备进军围雒城，张任出战，战死。

（2）一年以后，建安十九年五月，诸葛亮与张飞、赵云率军入蜀。

（3）此时，刘备围攻雒城已近一年，庞统为流矢所中，身死。

《演义》的顺序则是：

（1）庞统在落凤坡中箭身亡。

（2）诸葛亮率军入蜀。

（3）诸葛亮指挥捉张任。

可以看出，小说记载这三事的顺序与史书不同。作为文学作品，进行艺术虚构当然是允许的，但我们做文史对照则有必要指出小说与史书的不同。如果在小说所记三事之后分别插入相应的史书文字进行对照，就看不出小说与史书记事先后顺序的区别了。

我们采用的对照方法是：将史书所记三事集中起来，再插入小说的适当位置进行对照：

据《资治通鉴》卷六十六、《资治通鉴》卷六十七：（建安十八年夏五月，）刘璝、张任与璋子循退守雒城，备进军围之。任勒兵出战于雁桥，军败，任死。……（建安十九年夏五月，）诸葛亮留关羽守荆州，与张飞、赵云将兵溯流克巴东。……刘备围雒城且一年，庞统为流矢所中，卒。

将上述文字插入小说中庞统在落凤坡中箭身亡的文字之后进行对照，就可以看出小说与史书记事顺序的不同了。

采用同样的方法，在小说记诸葛亮留关羽守荆州，自己统兵入蜀的文字之后，插入下面的对照文字：

据《资治通鉴》卷六十七：（建安十九年夏五月，）诸葛亮留关羽守荆州，与张飞、赵云将兵溯流克巴东。……刘备围雒城且一年，庞统为流矢所中，卒。

这样就能看出，诸葛亮入蜀在先，庞统身死在后了。

关于《晋书》

《晋书》中的三国史部分，与《资治通鉴》及《三国志》基本相同，因此，我们只选用了那些在《资治通鉴》和《三国志》中未记载的史实作对照。

如：魏太和元年六月，孟达欲叛魏归蜀，《晋书·宣帝纪》记载此事时说，诸葛亮为促使孟达尽早举事，故意向魏方泄漏孟达之谋。这一史实，《三国志》与《资治通鉴》均未记载。

《晋书·宣帝纪》的记载如下：

> 太和元年六月，天子诏帝屯于宛，加督荆、豫二州诸军事。初，蜀将孟达之降也，魏朝遇之甚厚。帝以达言行倾巧，不可任，骤谏，不见听，乃以达领新城太守，封侯，假节。达于是连吴固蜀，潜图中国。蜀相诸葛亮恶其反覆，又虑其为患。达与魏兴太守申仪有隙，亮欲促其事，乃遣郭模诈降，过仪，因漏泄其谋。达闻其谋漏泄，将举兵。帝恐达速发，以书喻之曰："将军昔弃刘备，托身国家，国家委将军以疆埸之任，任将军以图蜀之事，可谓心贯白日。蜀人愚智，莫不切齿于将军。诸葛亮欲相破，惟苦无路耳。模之所言，非小事也，亮岂轻之而令宣露，此殆易知耳。"达得书大喜，犹与不决。帝乃潜军进讨。

将这段文字与《资治通鉴》和《三国志》的相关文字放在一起，便于我们了解这一事件的全过程。

关于《资治通鉴考异》

司马光在编修《资治通鉴》的过程中，对重大历史事件，凡遇时间、地点及人物事迹有不同之处，均利用书证、物证、校勘等方式订正真伪，说明取舍的原因，编成《资治通鉴考异》（以下简称《考异》）一书。

《资治通鉴》记载三国时期的史事，主要依据《三国志》和裴松之注，同时也参考了《后汉书》。对于这些史书记载的歧异之处，司马光在《考异》一书中采用上述方法作了辨证。

如：《三国志·蜀书·刘璋传》《先主传》《法正传》均记载：建安十六年张松向刘璋建议请刘备入蜀，受刘璋派遣去荆州见刘备的是法正；而《三国志·先主传》注引《吴书》则说是张松先去荆州见的刘备。

司马光在《资治通鉴》中按《三国志·蜀书》记载了这一史事，并在《考异》中作了如下辨证：

> 韦曜《吴书》曰："备前见张松，后得法正，皆厚以恩意接纳，尽其殷勤之欢。因问蜀中阔狭，兵器府库人马众寡，及诸要害道里远近；松等具言之。"按《刘璋（传）》《刘备传》，松未尝先见备，《吴书》误也。

又如：建安八年（203），曹操进攻黎阳，《三国志》与《资治通鉴》的记载都是曹操连战连捷，只有《后汉书·袁绍传》记载了其间曹操曾被袁尚击败：

> 曹操度河攻（袁）谭，谭告急于尚，尚乃留审配守邺，自将助谭，与操相拒于黎阳。自九月至明年二月，大战城下，谭、尚败退。操将围之，乃夜遁还邺。操军进，尚逆击破操，操军还许。

对此，《考异》作了辨证和分析：

> 《范书·绍传》曰："尚逆击，破操军。"今从《魏志·绍传》。余谓此诸葛孔明所谓逼于黎阳时也，必有破操军事，魏人讳而不书耳。

文中"诸葛孔明所谓逼于黎阳"，是指《后出师表》一文所列举曹操用兵遭遇失败及陷于险境的诸多战例，其中之一就是"逼于黎阳"。

按语

《演义》以史书为基础，作了大量虚构。为便于读者了解小说与史书的差异，本书在史书文字之后，插入了一些按语。此外，《演义》中还有大量虚构的人物和故事，是没有史实依据的，我们也针对主要情节，在按语中予以指出。

《演义》的虚构，可分为以下三种类型：

（1）小说根据史书的记载虚构故事。

（2）小说虚构的人物和故事没有史书依据。

（3）罗贯中误解史书而虚构故事。

下面分别做一些说明。

（1）小说根据史书的记载虚构故事

①在史实基础上进行合理虚构

如：桃园结义，史书中仅说刘备、关羽、张飞三人"恩若兄弟"，小说则据此写三人结拜为兄弟。

又如：水淹七军，本是一场天灾，并非关羽事先谋划。但关羽熟悉当地气候和地理，故能因势利导而取胜。小说则写成关羽派人堵住各处水口，在一个风雨大作的夜里，放水淹没了敌军，表现了关羽指挥大型战役的能力。

②调整史实——改动历史事件发生的时间及地点

如：太史慈病死于建安十一年（206），《演义》则说他参加了两年之后的合肥之战，中箭后伤重而死。

又如：张辽平息军中哗变，据史书，发生在赤壁战前张辽驻屯长社时，小说将其移植于建安十三年（208）孙权攻合肥时。

再如：刘琰挞妻，本是建兴十二年（234）的事，其时诸葛亮尚在；《演义》为表现刘禅的荒淫无道，将此事移植于蜀汉灭亡前的景耀五年（262）。

③移花接木——改换史实中的人物

如：鞭打督邮的本是刘备，《演义》移植为张飞。斩华雄的本是孙坚，《演义》移植为关羽。刘备斩蔡阳、杀车胄，也都移植给了关羽。草船借箭本是孙权所为，小说移植为诸葛亮。

④改造史实，编织故事

如：《江表传》记载，赤壁战前刘备乘单舸去见周瑜，表现了战前刘备的不安和缺乏信心，周瑜的胸有成竹和必胜信念。《演义》对这一故事加以改造，写周瑜想借机杀害刘备，因关羽随行护卫没敢动手，表现了周瑜的心胸狭窄和关羽的神威。

又如：单刀会，本是鲁肃冒着生命危险前往关羽驻地，双方将领带着随身的佩刀相聚。小说改写成：鲁肃在陆口临江亭布下伏兵等待关羽，关羽冒着生命危险，乘一条小船，渡过长江去会见鲁肃。

⑤史书仅有简略记载，小说靠艺术想象，虚构情节，描写发挥

如：长坂坡之役，赵云保护甘夫人和刘禅脱险，仅是一次成功的撤退。《三国志·蜀书·赵云传》只有“云身抱弱子，保护甘夫人，皆得免难”一句话。《演义》则详尽描写赵云多次突入敌阵，先后救出简雍、糜竺和甘夫人，糜夫人跳井身死，赵云怀抱阿斗冲杀，夺得曹操青釭宝剑，陷入土坑后一道红光惊退张郃，终于怀抱后主，杀出重围，杀死曹营名将五十余员。写出了赵云光彩照人的忠勇形象。

又如：刘备三顾茅庐，史书只有“凡三往乃见”五个字，《演义》则用一回半约五千字的篇幅（据毛本）详尽描述，写出了精彩的三顾茅庐故事。

上述几种情形，小说与史实的差异程度虽有区别，但其中多数情形，只要将史书与小说进行对照，就可以看出两者的差异所在。但也有一些情形，由于史书记载不一，而《演义》中的实事与虚构，又常常交织在一起，使得小说与史实的差异不易一下子看出。

为便于读者了解小说与史书的差异，本书对小说中的大部分虚构情节，在按语中指出小说与史书之间的差异；限于篇幅，对差异产生的原因，一般不作分析。

（2）小说虚构的人物和故事没有史书依据

《演义》中有大量虚构的人物和故事，是没有史实依据的。

《演义》虚构的人物有 130 多人，其中有的虚构人物还是故事的主角，或对情节的发展起重要作用，如：连环计中的貂蝉、甘露寺相亲中的吴国太、单刀会中的周仓等。

本书的按语，仅对书中重要的虚构人物，在其首次出场时予以指出。

《演义》中没有史书来源的故事，亦即纯属虚构的故事，为数不少，如：三英战吕布、古城会、诸葛亮舌战群儒、诸葛亮智激周瑜、庞统献连环计、诸葛亮安居平五路、诸葛亮火烧上方谷、姜维弃粮胜邓艾，均是。

对小说中没有史书依据虚构的故事，本书针对书中的主要情节，在按语中指出其虚构成分。

（3）罗贯中误解史书而虚构故事

小说中还有一种现象，即罗贯中没看清或没看懂史书的语句，就进行复述或改编，无意中虚构了故事，造成了小说与史书的差异。

如：嘉靖元年本第六十五则，由于复述史书时对史书断句有误，增添了乌丸触这个不必要的虚构人物（毛本第三十三回作乌桓触）；嘉靖元年本第七十则和毛本第三十五回因误解“单家子”的含义，称徐庶更名为单福；嘉靖元年本第一百四十八则、第二百二十六则，毛本第七十四回、第一百十五回将史书中的“五百”及“五伯”理解为“五百人”，等等。

对《演义》中的这种现象，本书选择了与人物及故事情节关系密切的若干事例，在按语中作了说明。

邓宏顺

2023 年 3 月于北京

叶逢春本版本说明

《三国演义》版本分为“演义”系列和“志传”系列两大类。“志传”系列又分为“繁本”和“简本”两类。“志传”繁本目前一共有 7 种，其中目前已知刊刻最早的是刊刻于嘉靖二十七年（1548）的叶逢春本。

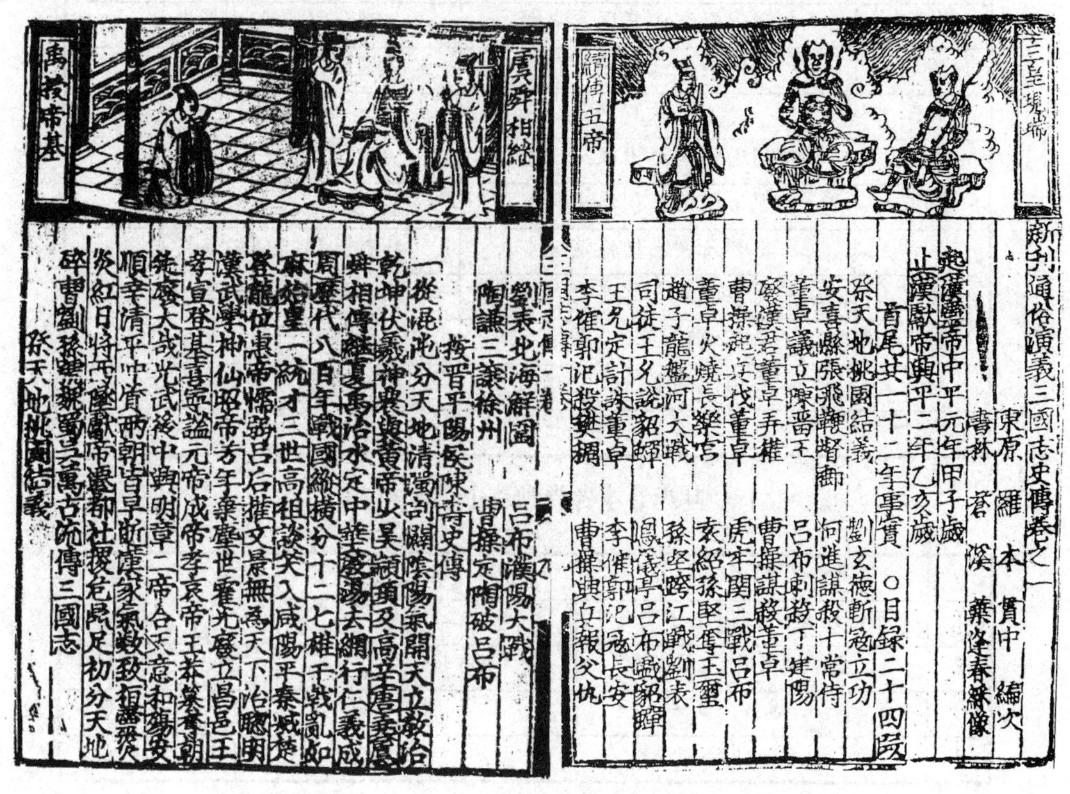

新刋通俗演義三國志史傳卷之一

東原 羅本 貫中 編次

書林 蒼溪 葉逢春綵像

起漢靈帝中平元年甲子歲

止漢獻帝興平二年乙亥歲

首尾共一十二年事實 ○目錄二十四段

祭天地桃園結義 劉玄德斬寇立功

安喜縣張飛鞭督郵 何進謀殺十常侍

董卓議立陳留王 呂布刺殺丁建陽

廢漢君董卓弄權 曹操謀殺董卓

曹操起兵伐董卓 虎牢關三戰呂布

董卓火燒長樂宮 袁紹孫堅奪玉璽

趙子龍盤河大戰 孫堅跨江戰劉表

司徒王允說貂蟬 鳳儀亭呂布戲貂蟬

王允定計誅董卓 李傕郭汜寇長安

李傕郭汜殺樊稠 曹操興兵報父仇

劉玄德北海解圍 呂布濮陽大戰

陶謙三讓徐州 曹操定陶破呂布

按晉平陽侯陳壽史傳

叶逢春本卷一第一叶

“志传”系列一般为二十卷，只有叶逢春本为十卷，现存卷一至二、四至九，缺卷三、十。卷首题署“东原 罗本 贯中 编次/书林 苍溪 叶逢春彩像”，上图下文，插图通栏，标题在插图两侧，每半叶 16 行满行 20 字。西班牙马德里爱斯高里亚尔修道院藏残本，魏安、中川谕先生皆有著录 。瑞士日内瓦马丁博德默基金图书馆新发现有叶逢春残本散页，和西班牙藏本是同版。

叶逢春本是第一种上图下文版本，其序为《三国志传加像序》，所谓“加像”就是后来“志传”系列所流行的“上图下文”形式。

《三国演义》各种版本差异很大，下面先分析叶逢春本的书名，再分析诸本对关羽之死的描述。

1. 叶逢春本书名分析

（1）叶逢春本书名

《三国演义》各种版本的书名很复杂，叶逢春本的书名主要有两种，卷一为《新刊通俗演义三国志史传》，卷九为《三国志通俗演义史传》。

叶逢春本各卷书名表

卷次	卷首	卷尾
目录	新刊按鉴汉谱三国志传绘象足本大全	
卷一	新刊通俗演义三国志史传	通俗演义三国志史传
卷二	通俗演义三国志史传	通俗演义三国志史传
卷三	（缺）	（缺）
卷四	新刊通俗演义出像三国志	通俗演义三国志史传
卷五	通俗演义三国志史传	（无）
卷六	重刊三国志通俗演义	新刊三国志通俗演义史传
卷七	通俗演义三国志史传	新刊通俗演义三国志史传
卷八	新刊通俗演义三国志	通俗演义三国志全像史传
卷九	三国志通俗演义史传	三国志通俗演义史传
卷十	（缺）	（缺）

叶逢春本各卷卷首书名分类表

	书名	卷次	数量	比重
1	通俗演义＋三国志＋史传	一、二、五、七	4	4/10
2	通俗演义＋三国志	四、八	2	2/10
3	三国志＋通俗演义＋史传	九	1	1/10
4	三国志＋通俗演义	六	1	1/10

叶逢春本书名有如下特点：

- 书名混乱：叶逢春本是所有《三国演义》版本中书名最混乱的版本。
- 主要有两种书名：叶逢春本有两种主要书名《通俗演义三国志史传》和《三国志通俗演义史传》。
- 同时有两种主要书名：叶逢春本是所有《三国演义》版本中唯一同时有两种主要书名的版本。
- 两个书名均以“史传”结尾：叶逢春本的书名只是对前面两个书名“三国志”和“通俗演义”的颠倒组合。
- “按鉴”“汉谱”“三国志”：叶逢春本目录前书名中的“按鉴”“汉谱”“三国志”分别代表了《三国演义》的三个史料来源：《资治通鉴》《后汉书》和《三国志》。

- 书名含四个单词：叶逢春本完整的书名实际是由四个单词所组成："按鉴""汉谱""三国志""史传"，而目录前的书名"三国志传"，实际是"三国志史传"的缩写。以后《三国演义》诸版本的书名大量采用"三国志传"，并以"志传"为名，实际是对"志传"一词的误解，并没有"志传"之词。
- "新刊"和"重刊"：叶逢春本各卷首末的书名中附加语很少，只有"新刊"和"重刊"两种，说明叶逢春本并非初刻本。
- 《三国志传加像序》：叶逢春本书前有嘉靖二十七年（1548）元峰子《三国志传加像序》，其文中对"三国志传"有如下说明："三国志，志三国也；传，传其志；而像，像其传也。三国者何？汉魏吴也。志者何？述其事以为劝戒也。传者何？易其辞以期遍悟。而像者何？状其迹以欲尽观也。"这详细说明了"三国、志、传、像"的含义。这里没有用"史传"，而是用"志、传"。但如前所述，叶逢春本书内的书名却多用"史传"。由此判断，可能叶逢春本底本的书名是"史传"，而叶逢春本刊行时简化为"志传"，并在序中加以说明。

叶逢春本两种书名混乱的原因有以下几种可能：

- 编写者改变

叶逢春本书名的混乱，可能反映出叶逢春本是《三国演义》创作初期的版本，可能是作者有意为之，来回改变书名，反映了原本的原貌，所以才会导致各卷书名如此混乱。前半部书名基本是"通俗演义三国志史传"，即"演""三国志史传"之"义"。后半部将"通俗演义"和"三国志史传"颠倒，成为"三国志通俗演义史传"，这样就导致前后书名不一致。而以后的版本经过仔细整理，所以各卷的书名比较一致。

- 抄录自不同版本

各卷书名混乱的另一个原因可能是由于各卷抄录自不同版本。如卷一、四、八首和卷六、七末的书名含有"新刊"，而卷六首有"重刊"，这说明各卷可能来自不同的版本。而各版本的书名可能本来就不相同，所以各卷的书名因此不同。这反映了版本演化过程，也说明叶逢春本绝非初刻本。

- 抄手修改

一般书商为加快抄写速度，会同时找几个抄手抄写。仔细分析叶逢春本笔迹，可以认为此本也是由两名抄手所抄。

抄手甲抄写卷一、二、四、五、七、八（缺卷三），书名主要是"通俗演义三国志史传"或"通俗演义三国志"，"通俗演义"在前，"三国志史传"在后。

抄手乙抄写卷六、九（缺卷十），书名为"三国志通俗演义"或"三国志通俗演义史传"，"三国志"在前，"通俗演义"在后。

- 两种书名的演化

根据以上分析，叶逢春本主要有两种书名：一种是"通俗演义"在前，"三国志史传"在后，这可能是最初的书名；一种是"三国志"在前，"通俗演义"在后，这可能是修改后的书名。

而嘉靖元年本的书名《三国志通俗演义》接近叶逢春本的第二种书名，只是去掉了最后的"史传"二字。因此嘉靖元年本的书名可能是对叶逢春本第二种书名的简化。

如上所述，叶逢春本书名很混乱。一般古籍出版时，书名都采用第一卷的书名。因此本书也采用第一卷书名，即《通俗演义三国志史传》。

（2）其他版本书名

《三国演义》版本书名统计

分类	版本	主要书名	
1	叶逢春本	通俗演义三国志史传	三国志通俗演义史传
2	余象斗本 余评林本	演义三国志传	
3	种德堂本	演义三国志传	通俗演义三国志传
4	郑少垣本 杨闽斋本	通俗演义三国志传	
5	汤宾尹本	演义通俗三国志传	演义三国志传
6	夷白堂本	通俗演义三国志传 通俗演义三国志便览 三国志传通俗演义	通俗三国演义便览 通俗演义三国便览
7	周曰校本	三国志通俗演义	三国志传通俗演义
8	夏振宇本	三国志传通俗演义	
9	嘉靖元年本	三国志通俗演义	

“志传”系列书名：

- 两种书名：叶逢春本主要有两种书名，《通俗演义三国志史传》和《三国志通俗演义史传》。
- 两种主要书名：叶逢春本是所有《三国演义》版本中唯一同时有两种主要书名的版本。
- “三国志”和“通俗演义”颠倒：叶逢春本两个书名均以“史传”结尾，唯对前方“三国志”和“通俗演义”作了不同的颠倒组合。
- “通俗演义”在“三国志传”之前：“志传”繁本书名中，“通俗演义”都在“三国志传”之前。
- 叶逢春本书名简化：“志传”繁本的书名都是从叶逢春本“通俗演义三国志史传”简化而来的。
- 简化“三国志传”：“志传”繁本书名都没有用叶逢春本的“三国志史传”，而采用简化的“三国志传”。

“演义”系列书名：

- 夷白堂本：既有“志传”系列书名“通俗演义三国志传”，也有“演义”系列书名“三国志传通俗演义”，是书名最复杂的《三国演义》版本。
- 周曰校本：一种书名“三国志通俗演义”，和嘉靖元年本相同，一种书名“三国志传通俗演义”，和夷白堂本相同。
- 夏振宇本：“三国志传通俗演义”，和夷白堂本及周曰校本第二种书名相同。
- 嘉靖元年本：“三国志通俗演义”，和周曰校本第一种书名相同。

以上分析了叶逢春本和《三国演义》其他版本的书名，从书名可以看出叶逢春本书名有《三国演义》最早的书名特点，说明叶逢春本书名应该最接近《三国演义》原本书名。

下面再结合对“关羽之死”情节的文字分析，说明叶逢春本文字也反映出《三国演义》原本的文字面貌。

2．“关羽之死”情节的文字分析

（1）“关羽之死”情节五类版本的文字差异统计

对关羽之死的描写，在《三国演义》各种不同版本中存在很大、很复杂的文字差异，由此可明显看出《三国演义》版本的演化。

《三国演义》关于“关羽之死”的描述共计 12 处，主要集中在第一百五十三则“玉泉山关公显圣”6 处，第一百五十四则“汉中王痛哭关公”5 处，第一百五十五则“曹操杀神医华佗”1 处。

“志传”系列和“演义”系列关于“关羽之死”的描述差异很大，“志传”系列描述基本相同，都对关羽用词不敬地称为“首级”“而死”等，而“演义”系列明显对关羽用词有所敬畏，有些改称为“英灵”“归神”等。

《三国演义》原本和哪个版本相同，这有两种可能。一种可能是从不敬的“志传”系列演变到有敬畏的“演义”系列，另一种可能是相反，从有敬畏的”演义”系列到不敬的“志传”系列。

从敬畏改为不敬畏的可能性很小，因此应该是从不敬畏改为敬畏，下面就此分析看这种看法是否成立。

下表是“志传”系列“关羽之死”情节的各种版本文字差异分类汇总表。其中版本名为：繁本：“志传”繁本，英雄：“志传”简本中的“英雄”小系列，志传：“志传”简本中“志传”小系列，叶：叶逢春本，汤：汤宾尹本，郑：郑少垣本，杨：杨闽斋本，刘：刘龙田本，杨：杨美生本，郑：郑乔林本，黄：黄正甫本，勤：勤有堂本（原天理图本），费：费守斋本，诚：诚德堂本，刘：刘荣吾本，朱：朱鼎臣本，忠：忠正堂本。

“志传”系列“关羽之死”情节的各种版本文字差异分类汇总表

序号	版本分类	繁本		英雄	志传		
	版本	叶、汤	郑、杨	刘 杨、郑	黄	勤、费	诚、刘 朱、忠
	玉泉山关公显圣						
1	关公关平一时被害	被害	被害	而死	而死	而死	而死
2	父子首级招安	首级	首级	首级	首级	首级	首级
3	大呼还我头来	还我 头来	还我 头来	还我 头来	还我 头来	还我 头来	哭取 首级
4	颜良何在	颜良 安在	颜良 何在	颜良 安在	颜良 安在	颜良 安在	颜良 何在
5	关公归天之后	归天	归天		归天	归天	归天
6	云长父子首级招安	首级	首级		首级	首级	首级
	汉中王痛哭关公						
7	首级星夜送与曹操	首级	首级	首级	首级	首级	首级
8	使送关公首级至	首级	首级	头	首级	首级	首级

续表

序号	版本分类	繁本		英雄	志传		
	版本	叶、汤	郑、杨	刘、杨、郑	黄	勤、费	诚、刘朱、忠
9	将首级献上使刘备	首级	首级	首级	首级	首级	首级
10	关公首级刻以香木	之首	首级	首级	首级	首级	首级
11	云长首级启匣视之	首级	首级	首级			
	曹操杀神医华佗						
12	将关公首级献曹操	首级	首级	首级		首级	首级
	数量	12	12	10	10	11	11

“演义”系列“关羽之死”情节的各种版本文字差异分类汇总表

序号	版本分类	演义本					
	版本	夷白	周乙	夏振	周甲	活字	嘉靖
	玉泉山关公显圣						
1	关公关平一时遇害	遇害	遇害	遇害	遇害	被害	归神
2	父子首级招安	首级	首级	首级	首级	首级	刀马
3	大呼还我头来	还我头来	还我头来	还我头来	还我头来	还我头来	主人何在
4	颜良何在	颜良安在	颜良安在	云长安在	云长安在	云长安在	颜良安在
5	关公归神之后		归神	归神	归神	归神	归神
6	云长父子信息招安	信息	信息	信息	信息	信息	信息
	汉中王痛哭关公						
7	公神星夜送与曹操		公神	公神	公神	公神	英灵
8	使送关公首级至	首级	首级	首级	首级	英灵	英灵
9	将首级献上使刘备	首级	首级	首级	首级	英灵	英灵
10	关公英灵刻以香木	英灵	英灵	英灵	英灵	英灵	英灵
11	云长首级启匣视之						
	曹操杀神医华佗						
12	将关公英灵献曹操	英灵	英灵	英灵	英灵	英灵	英灵

上表是“演义”系列“关羽之死”情节的各种版本文字差异分类汇总表。其中版本名为：夷白：夷白堂本，周乙：周曰校乙本，夏振：夏振宇本，周甲：周曰校甲本，活字：朝鲜铜活字本，嘉靖：嘉靖元年本。

因为“志传”系列关于“关羽之死”的描述基本相同，下面重新列表，只选择“志传”系列的叶逢春本和“演义”系列各种版本，分类比较。

“志传”和“演义”系列“关羽之死”情节的各种版本文字差异分类汇总表

序号	则	文字	志传	夷白	周乙	夏振	周甲	活字	嘉靖
1	153	父子首级招安	首级	首级	首级	首级	首级	首级	刀马
2	153	大呼还我头来	还我头来	还我头来	还我头来	还我头来	还我头来	还我头来	主人何在
3	153	关公关平一时遇害	被害	遇害	遇害	遇害	遇害	被害	归神
4	154	使送关公首级至	首级	首级	首级	首级	首级	英灵	英灵
5	154	将首级献上使刘备	首级	首级	首级	首级	首级	英灵	英灵
6	153	颜良何在	颜良安在	颜良安在	颜良安在	云长安在	云长安在	云长安在	颜良安在
7	153	关公归神之后	归天		归神	归神	归神	归神	归神
8	154	公神星夜送与曹操	首级		公神	公神	公神	公神	英灵
9	155	将关公英灵献曹操	首级	英灵	英灵	英灵	英灵	英灵	英灵
10	153	云长父子信息招安	首级	信息	信息	信息	信息	信息	信息
11	154	关公英灵刻以香木	之首	英灵	英灵	英灵	英灵	英灵	英灵
分类统计		不敬	11	6	6	5	5	3	1
		尊敬	0	3	5	6	6	8	10

（2）“关羽之死”情节五类版本的文字差异分析

下面分别介绍“志传”本和“演义”本用词的6类情况。

1）全部“志传”本：全部“首级”。

第一类包括全部“志传”本，用词不敬，全用“首级”等。

2）“演义”系列夷白堂本：3“首级”、2“英灵”。

第二类为夷白堂本将2处“首级”改为“英灵”，说明这些版本注意到“首级”对关羽的不敬，因此做了修改，但未彻底改动，仍保留了部分“首级”。

夷白堂本最接近第一类的“志传”系列，其书名《通俗演义三国志传》也和“志传”系列相同。

3）“演义”系列周乙本：3“首级”、2“英灵”。

第三类为“演义”系列周曰校乙本，比夷白堂本增加了2处“归神”“公神”。

4）“演义”系列周甲本、夏振宇本：3“首级”、2“英灵”。

第四类为“演义”系列周曰校甲本和夏振宇本，比周乙本增加了1处“云长安在”。

需要特别注意的是，周曰校甲本和乙本文字基本相同，但在“关羽之死”上，两本却分属于两类，说明它们之间文字还是有差异。周曰校乙本文字更原始一些，但这并不意味着周曰校乙本在前，它们可能有共同底本，只是周曰校乙本文字更接近其共同底本而已。

5）“演义”系列活字本：1“首级”、4“英灵”。

第五类为“演义”系列活字本，比周曰校甲本和夏振宇本“首级”减少2处，又增加2处“英灵”。

6）“演义”系列嘉靖元年本：1处“颜良安在”、5处“英灵”。

第六类只有嘉靖元年本一种。

此本将全部“首级”改为“英灵”，只保留1处“颜良安在”。

嘉靖元年本和其他“演义”版本差异很多，但嘉靖元年本应该是最早的版本，为何有这么多文字修改？这再次证明：现在看到的嘉靖元年本已经不是其原本，而是在官刻时做了大量的修改。

（3）“首级”“英灵”和版本演化

从“首级”改为“英灵”可以看出版本演化过程。

“志传”本11个全部是“首级”。

“演义”本演化可分四阶段：

1）夷白堂本、周曰校乙本内“首级”数量比“英灵”多，“首级”都是3个，“英灵”都是2个。

2）周曰校甲本、夏振宇本内“首级”“英灵”和夷白堂本、周乙本相同，都是“首级”3个，“英灵”2个，但比周乙本增加了1处“云长安在”。

3）活字本“首级”比“英灵”多3个，“首级”只有1个，而“英灵”有4个。

4）修订后官刻的嘉靖元年本，将“首级”全部更改为“英灵。”

总结所有版本对关羽之死的描写可分为三种：

- 叶逢春本：是一个极端，全部都用“首级”，没有注意对关羽的不敬。
- 嘉靖元年本：是另一个极端，全部“首级”都改为“英灵”，修改仔细彻底。这说明此本虽然刊刻时间最早，但实际是经过修订的版本。
- 其他“志传”系列和“演义”系列：介于上述两者之间，有的是“首级”，有的改为“英灵”。

（4）“关羽之死”情节中的对话差异分析

除上述用词差异外，关羽到玉泉山和禅师的两段对话，各种版本的差异也很大，可分四类。

- “还我头来—颜良安在”

叶逢春本和多数“志传”系列，以及“演义”系列夷白堂本、周曰校乙本，关羽呼叫“还我头来”，而禅师回应“颜良安在”。只有郑少垣本和杨闽斋本为“颜良何在”，只差一字。其含义是：关羽埋怨他头不在了，希望把头还给他，而禅师回应“颜良安在”，意思是当年被他砍头的颜良的头又在何处呢，此回应意味深长。这样的描述似乎应该是原本最初的描述。

- “哭取首级—颜良安在”

“志传”系列中，诚德堂本、刘龙田本、朱鼎臣本和忠正堂本将“还我头来”改为“哭取首级”，对禅师回应的“颜良安在”未改。“还我头来”和“哭取首级”意思差不多。

● “还我头来—云长安在”

“演义”系列活字本、周曰校甲本、夏振宇本中，关羽呼叫仍为“还我头来”，而禅师回应从“颜良安在”变为“云长安在”。可能是修订者发现了第一种描述较隐晦，读者不易理解，因此做了修订。

● “主人何在—颜良安在”

嘉靖元年本觉得让关羽大呼“还我头来”是对关羽的不敬，因此只对第一句话做了修正，改为“主人何在”，而对后一句“颜良安在”觉得还合理，也就没有修订。

其他还有些文字差异，因影响不大就不仔细分析了。

（5）“演义”系列文字差异描写和版本演化分析

● 夷白堂本：最接近“志传”系列，3 处“首级”、2 处“英灵”。对话和“志传”系列相同，都是“还我头来”“颜良安在”。

● 周曰校乙本：3 处“首级”、2 处“英灵”，比夷白堂本多 2 处“归神”“公神”。对话也和“志传”系列、夷白堂本相同，都是“还我头来”“颜良安在”。

● 周曰校甲本和夏振宇本：3 处“首级”、2 处“英灵”。对话“还我头来”和“志传”系列、夷白堂本、周曰校乙本相同，但“颜良安在”改为“云长安在”。

● 活字本：1 处“首级”、4 处“英灵”，比周曰校甲本和夏振宇本再少 2 处“首级”，多 3 处“英灵”。对话“还我头来”和“志传”系列、夷白堂本、周曰校乙本、周曰校甲本和夏振宇本相同，但“颜良安在”和周曰校甲本和夏振宇本一样，改为“云长安在”。

● 嘉靖元年本，将“首级”全部改为“英灵”，对话“还我头来”改为“主人何在”，“颜良安在”保留和叶逢春本相同，没有和其他“演义”系列一样改为“云长安在”。

各种版本中“关羽之死”情节描写差异汇总

版本	叶逢春	夷白堂本	周乙本	周甲本 夏振宇本	活字本	嘉靖元年
首级	7	3	3	3	1	0
英灵	0	2	2	2	4	5
还我头来 主人何在	还我 头来	还我 头来	还我 头来	还我 头来	还我 头来	主人 何在
颜良安在 云长安在	颜良 安在	颜良 安在	颜良 安在	云长 安在	云长 安在	颜良 安在

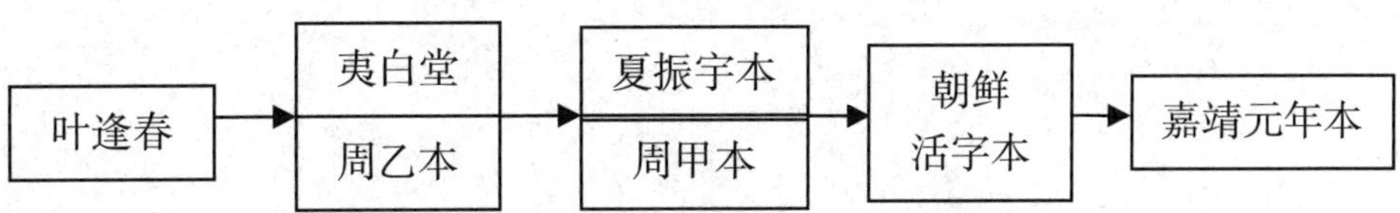

“关羽之死”文字差异演化示意图

总之，无论是“志传”系列，还是“演义”系列，在“关羽之死”中都从叶逢春本对关羽的完全不敬，逐步过渡到彻底消除各种对关羽的不敬。对此的修改也是从少量的修改，过渡到修改逐步增加，最后到嘉靖元年本做了彻底修改。

以上通过对《三国演义》书名和“关羽之死”情节的分析，可以看出各种《三国演义》版本的演化过程，这个过程和从其他方面分析的版本演化基本一致。叶逢春本应该是最接近原本的《三国演义》版本。

周文业

2023 年 3 月于北京

叶逢春本校订说明

叶逢春本《通俗演义三国志史传》刊行于明代嘉靖二十七年（1548），是《三国志演义》志传系列繁本中现存最早刊本。根据研究，志传系列比嘉靖元年的内府刻本《三国志通俗演义》更接近于罗贯中的文本原貌。但叶逢春本是民间书坊刻本，刻版质量较差，错讹较多，这一点无法与嘉靖元年的内府刻本相比，校订颇为费力。整理情况概述如下：

一、叶本共分十卷，每卷二十四段，今藏于西班牙马德里爱斯高里亚尔修道院，仅存八卷，缺卷三、卷十，以“志传”繁本中的余象斗批评本相应卷次补齐。余本分为二十卷，叶本的卷三、卷十相当于余本的卷五、六和卷十九、二十。在叶本存世的八卷中，还有少量缺页，仍以余象斗批评本补配；有一处地方连余象斗批评本也缺失，则以余象斗的另一个刊本——评林本补配。所有的补配之处，在本书的相应位置都有注明。

二、按照现代汉语规范进行整理。对繁体字根据1986年重新发布的《简化字总表》进行简化。叶本中有些字未被简化，在现有的电脑字库中也没有类推简化字，在这种情况下只能使用繁体字。个别字无论繁体、简体在电脑字库中均无法找到，为体现叶本原貌，使用电脑造字的方式解决，如骢、跨、彭、琪、逞、艨艟等。

异体字根据1955年的《第一批异体字整理表》处理。但是，对于人名中的异体字，则予以保留，不加改动，如曹叡的“叡”、王濬的“濬”等。

三、对于叶本原文中衍夺错讹文字的校订，为避免烦琐，不出校记，直接在正文中用符号表示：（ ）表示叶本原有而应删除的文字，［ ］表示叶本原无而应增补的文字，（ ）［ ］连用即表示文字的改动。试各举一例：

1.《诸葛亮一气周瑜》：“却说周瑜自救出甘宁未及六日，陈兵于南郡城外。当日曹兵分三路（门）而出。”

2.《葭萌关张飞战马超》：“次日李严再引兵来，黄忠又出斗，不十数合诈败，引军便走。李严赶来，［黄忠］迤逦望山谷而走。李严猛省，急待回来，前面魏延引军摆开。”

3.《周瑜定计取荆州》：“孔明曰：‘曹操统百万虎狼之众，动以天子为名，吾亦以为（病癞）［疥癣］之疾，岂惧周郎一小儿乎？然如此恐子敬先生面颜不好看。我交主（人）［公］立一纸文书，暂借荆州安身；待我主别图得城池之时，便交付还（吾）［吴］。此理如何？’”

这样，正文既可直接显示校订后的文字，也能直接显示叶本原来的文字，使读者一目了然。

四、对通用字不予校改，保持叶本原貌。有些通用字是在汉字演变的历史过程中产生的。譬如在叶本中，“慌”大都刻成“荒”。惊慌、慌张是“荒”的义项之一，后来这个义项就写成了“慌”。“荒”与“慌”是古今字的关系，是汉字演变的产物，符合文字发展规律，“荒”当然没有必要校改为“慌”。但是另有一种情况，文字因形近或音近而导致抄写错误或刻版错误，由于是名人所误，或者虽非名人，但众人以讹传讹，以致约定俗成，从而被官方颁布的字书所认可，成为通用字。在叶本中，这类刻版错误比比皆是，如“被”与“彼”，“授”与“受”，“彻（徹）”与“撤”“辙”等。对这类文字，虽然明知是刻版错误，但因其已被国家权威的《汉语大字典》认可为通用字，故而在一般情况下不予校改，保持原貌；只有当它们是人名、地名等专用词时才予校改，如“翌”与“翼”为通用字，一般情况下不校改，但“翼德”是张飞的字，为专用词，则“翌德”校改为“翼德”。

五、校改时尽可能遵从叶本的用字习惯。譬如叶本中没有出现过“赢”字，一般刻成“羸”，个别地方误刻成“嬴”。“嬴”有“胜”的义项，当然不用校改为“赢”。但“羸”显然是误刻，校改时不采用现代比较常用的“赢”，而采用叶本惯用的“嬴”。又譬如叶本中未出现“撤”字，皆刻作“徹（彻）”，所以校订时用“彻”而不用“撤”。这个做法类似于古籍修补和古建筑修缮中的“修旧如旧”。

六、叶本的刊刻质量，由于出自民间书坊，错误很多，特别是诸如书信、奏章、评赞之类引文，可谓错误百出、不忍卒读，校本中几乎满篇（ ）[ ]。因此，为避免烦琐，对字形差别细微的文字直接校改，不再用（ ）[ ] 表示。如叶本中“己”“已”“巳”不分，一律刻成“巳”，根据文意分别校为“己”“已”“巳”；“刺”一律刻成“剌”，也直接改为“刺”。雕版与活字不同，受刻工的文化水平、习惯爱好甚至兴趣情绪等因素影响，刻版的字形比较随意，经常会与正体字有微小差异，为避免烦琐，校订时予以忽略。

七、为最大限度保存叶本原貌，文本格式尽量不变。为标点文本，必须按文意分段，每段起首空两格，这些现代汉语规范必须遵守。叶本的诗赋、书信、奏章、评赞等引文缩进两格，这是古今相通的，当然也没有问题。但叶本为了表示强调，把某些原本没有必要另起段落的文字也另起段落，如《汉中王成都即帝位》：“孔明把屏风一击，外面一班儿大臣皆入，拜曰：‘大王既允，便请择日，以受大礼。’汉中王视之，乃是：

太傅许靖、安汉将军糜竺、
青衣侯尚举、阳泉侯刘豹、
别驾从事赵抃、治中从事杨洪、
仪曹从事杜琼、太常卿赖恭、
光禄卿黄权、偏将军张裔、
昭文博士伊籍、劝学从事张爽、
祭酒何琮、学士尹勋、
从事中郎秦宓、司业谯周、
司马殷纯、少府王谋。

汉中王曰：‘陷吾骂名者，皆汝等也！’”这些官职、人名在嘉靖元年本中都没有另起段落。叶本的这种格式并不止这一处，校本完全遵循叶本的文本格式，因为格式的差异并不会对内容产生实质性影响。

叶本的注释性文字、自谦词等一般都刻成小字，但有时候，这些地方又刻成与正文一样的大字，这就反映出叶本刊刻的粗疏。校本在字号的选用上一律依照叶本，即便当叶本使用错误时也不予改正，以反映刻本原貌。这同样是因为，字号使用的错误不会影响对内容的阅读理解。有时候，由于预留的空间不够，过多的文字挤在一起，形成“超载”，于是正文也用双行小字刊刻，此时字号的大小之分已经毫无规律可言。如《诸葛瞻大战邓艾》：“瞻辞后主，整点军马。有尚书黄崇（初）言[曰]：将军休待军马齐足，可速去，（若）[莫]迟缓。魏兵若在（锦）[绵]竹地名，地势坦平，难以迎之。”这些地方也不改字号，一律依照叶本原貌。

八、叶本作为民间刻本，错讹较多，经常会有句子的夺漏。仍然以《诸葛瞻大战邓艾》为例："瞻曰：'臣父子蒙国厚恩，虽肝脑涂地，不能补报！愿陛下尽起成都之兵［付臣，臣当与邓艾决一死战！'后主计点成都之兵］七万，留一万守城，拨六万与诸葛瞻前去。"这段文字中有两处"之兵"，抄手在写样时抄到前一个"之兵"，一不留神，看成了后一个"之兵"，再接着往下抄，致使抄漏［ ］中的文字。叶本中这种情况很多，都属于无意的疏失，原则上应予校补。如果志传系列中的内容完整，则依据志传系列（主要是余象斗的两个刊本）校补；如果志传系列同样有夺漏，而演义系列（如嘉靖元年本）不缺，则不予校补，以保留志传系列的原貌。

但大段文字的缺失，显然就不是无心的疏忽了。书坊老板为了降低成本，减少版子数量，有时会删削一些段落（当然这不同于"志传"简本的整体性删削）。为了保持叶本原貌，对这些被删削的段落一概不补。在大多数情况下，删去这些段落，前后文字尚能勉强保持衔接。但也有个别地方，前后文完全无法衔接，令人感到莫名其妙，不能读通，因而必须进行技术处理。如《马超渭桥大战》："操谢曰：'若非公，则操为贼所擒矣！'随命之为夺得这匹马，番覆杀开条血路，救出韩遂，从东南走。"曹操与韩遂是敌对方，曹操怎么可能命人救出韩遂呢？原来"随命之为夺得这匹马"是两句话混合而成的：第一句"随命之为"的主语是曹操，他任命救他的丁裴为典军校尉；第二句"夺得这匹马"的主语是庞德，庞德救出了韩遂。"随命之为"与"夺得这匹马"之间被书商删去了一大段文字。因此，这句话以插入省略号的方式处理为"随命之为……夺得这匹马"，缺失的文字不补。

九、《三国志演义》中人名、地名、职官名与历史真实有差异的现象大量存在，叶本由于刊刻错误多，这种现象尤为普遍。本书对于这类差错一般不予校改，除非遇其自相矛盾之处。因为，《三国志演义》虽然是历史小说，但本质上仍然是文学作品，没有必要与历史典籍保持一致。否则的话，"七分真实、三分虚构"中的"三分虚构"是否也要改正呢？显然既不可能，也毫无必要。但是，对于叶本中人名、地名、职官名的前后矛盾之处，本书都尽可能地予以前后统一。

"荆州"与"南郡"也涉及前后矛盾的问题。荆州州治与南郡郡治都在江陵，所以，小说中凡提及荆州（除了指荆州九郡全境）、南郡、江陵都是指同一座城池。研究界一般认为，小说作者把荆州和南郡误写成了两座城池，地理概念混乱。其实并不尽然。在小说前半部，一直到赤壁大战结束，荆州和南郡都被写成是同一座城池。譬如在曹操战败走入华容道之前，有这么一段文字："操行之间，前面有两条路，军士复曰：'两路皆取南郡，不知投何路去。'操问：'那条路近？'军士曰：'大路稍平，却远五十余里。小路投华容道去，却近五十里，只是地狭路峻，坑坎难行。'……操交前军便走华容小路。……遂勒兵走华容，径奔荆州。"在这里，南郡即是荆州。但到赤壁大战之后，画风突变，南郡与荆州变成了两座城池。在《诸葛亮一气周瑜》中，刘备连夺三座城池——南郡、荆州、襄阳；接着又傍掠四郡——零陵、桂阳、武陵、长沙：前后一共七郡。然而小说又明白写道：刘备"汉上九郡，已得其六。"显然，南郡与荆州只能算作一郡。但是，在后面的情节中，荆州与南郡一直都是不同的城池。总之，"荆州"与"南郡"的问题，恐怕不能归咎于作者的地理概念混乱，而是涉及前后矛盾，很有可能是后来的好事者妄改所致。根据本书的校订原则，为了前后统一，本次校改作了初步的尝试，使荆州、南郡、江陵成为同一座城池，是否妥当，还望诸位三国爱好者指正。

十、叶本的序言、总目录、分卷目录等内容，在校本中全部保留，以供研究之用。总目录、分卷目录与正文中的目录之间，总目录与分卷目录之间，间或会有不同之处。校本只改正错讹文字，对目录之间的差异一律保留，以存叶本之真。

本次校改，对于叶本错讹文字，从形讹或音近等角度，尽可能地还原作者原有的文字。但本书不是作者手稿复原本，而是叶本校订本，因而只是在叶本框架的范围内进行文字复原工作。叶本刊刻质量较差，错讹很多，限于学识水平，本书校订不妥以及应校未校的地方一定不少，恳请各位专家和广大读者不吝批评指教！

徐　晋

2023年3月

目　录

三国志传加像序

《三国志》，志三国也；传，传其志；而像，像其传也。三国者何？汉、魏、吴也。志者何？述其事以为劝戒也。传者何？易其辞以期遍悟。而像者何？状其迹以欲尽观也。盖自皇帝王之既远，道德功之既微，为伯为夷之相接踵，尚力尚诈之相比肩，而所谓纲常伦理、民彝物则者，殆将荡然于天下也。是故，陈寿取秦鹿失之之后，汉鼎沸之之余，刘备之仁勇，曹操之奸雄，孙权之僭乱，其间行事之或善或恶，或邪或正，或是或非，或得或失，将以为劝，将以为戒。而罗贯中氏则又虑史笔之艰深，难于庸常之通晓，而作为传记。书林叶静轩子又虑阅者之厌怠，鲜于首末之尽详，而加以图像。又得乃中郎翁叶苍溪者，聪明巧思，镌而制之。而天下之人因像以详传，因传以通志，而以劝以戒。是不必《易》之吉凶之明，《书》之政事之道，《诗》之性情之理，《春秋》褒贬之定，《礼记》节文之谨，而黎民之于变四方之风动，万国之咸宁，兆民之允殖，四海之永清，万一其可致也，厥书之功，顾不伟哉？

时

嘉靖二十七年岁次戊申春正月下浣之吉，钟陵元峰子书。

序毕。

三国志传目录、姓氏附录

新刊按鉴汉谱三国志传绘象足本大全目录

三国君臣姓氏附录

静轩先生叹曰：

光武中兴兴汉世，上下相承十二帝。
桓、灵无道宗社隳，阉宦（檀）［擅］权为叔季。
无谋何进作三公，欲除社鼠招奸雄。
豺獭虽驱狼虎入，董家逆竖生淫凶。
王允赤心托红粉，致令董、吕成矛盾。
渠魁殄灭天下宁，谁知李、郭心怀愤。
神州荆棘争奈何，天王饥馑愁干戈。
人心既离天命去，三雄割据分山河。
后王观此存兢业，莫把金瓯等闲缺。
生灵糜锢肝脑消，剩水残凶多怨血。

又有叹曰：

我观遗史不胜悲，今古茫茫叹黍离。
人君当守包桑戒，太阿谨执全纲维。

新刊目录

新刊通俗演义三国志史传卷之一

东原　罗　本　贯　中　编次
书林　苍　溪　叶逢春　彩像

起汉灵帝中平元年甲子岁
止汉献帝兴平二年乙亥岁

首尾共一十二年事实　○目录二十四段

按晋平阳侯［相］陈寿史传

一从混沌分天地，清浊剖辟阴阳气。
开天立教治乾坤，伏羲、神农与黄帝。
少昊、颛顼及高辛，唐尧、虞舜相传继。
夏禹治水定中华，殷汤去纲行仁义。
成周历代八百年，战国纵横分十二。
七雄干戟乱如麻，始皇一统才三世。
高祖谈笑入咸阳，平秦灭楚登龙位。
惠帝懦弱吕后权，文、景无为天下治。
聪明汉武学神仙，昭帝芳年弃尘世。
霍光废立昌邑王，孝宣登基喜宁谧。
元帝、成帝、孝哀帝，王莽篡夺朝廷废。
大哉光武后中兴，明、章二帝合天意。
和、殇、安、顺幸清平，冲、质两朝皆早逝。

汉家气数致桓、灵，炎炎红日将西坠。
献帝迁都社稷危，鼎足初分天地碎。
曹、刘、孙号魏、蜀、吴，万古流传《三国志》。

［第一段］ 祭天地桃园结义

后汉桓帝崩，灵帝即位，时年十二岁。朝廷有大将军窦武、太傅陈蕃、［司］徒胡广共相辅佐。

据《资治通鉴》卷五十六：宏者，河间孝王之曾孙也……时年十二。……建宁元年春正月壬午，以城门校尉窦武为大将军。前太尉陈蕃为太傅，与武及司徒胡广参录尚书事。……庚子，即皇帝位，改元。（参见《后汉书·灵帝纪》）

至秋九月，宦官曹节、王甫弄权，窦武、陈蕃谋诛，机谋不密，反被曹节、王甫所害。

据《后汉书·灵帝纪》：（建宁元年秋）九月辛亥，中常侍曹节矫诏诛太傅陈蕃、大将军窦武及尚书令尹勋、侍中刘瑜、屯骑校尉冯述，皆夷其族。

宦官自此得权。

建宁二年四月十五日，帝会群臣于温德殿中；却欲坐，忽狂风大作，见一条青蛇从梁上飞下，约长二十余丈，蟠于椅上。灵帝惊倒，武士急荒救出。文武互相推倒于丹墀者无数。须臾不见此怪。大雨大雷降以冰雹，到半夜方住，东都城中坏却房屋数千余间。

据《资治通鉴》卷五十六：（建宁二年）夏四月壬辰，有青蛇见于御坐上。癸巳，大风，雨雹，霹雳，拔大木百余。（参见《后汉书·灵帝纪》）

建宁四年二月，洛阳地震，省垣皆倒，海水泛溢，登、莱、沂、密尽被大浪卷扫，居民入海，遂改为熹平。
自此边界时有反者。熹平五年改为光和，地震五番。
六月朔，黑气十余丈飞入温德殿中。秋七月，有虹见于玉堂，
［五］原（亟）山岸尽皆崩裂。

据《后汉书·灵帝纪》：（建宁四年）二月癸卯，地震，海水溢，河水清。（参见《资治通鉴》卷五十六）

据《后汉书·灵帝纪》：（光和元年）夏四月丙辰，地震。侍中寺雌鸡化为雄。（参见《资治通鉴》卷五十七）

据《资治通鉴》卷五十七：（光和元年）六月丁丑，有黑气堕帝所御温德殿东庭中，长十余丈，似龙。秋七月壬子，青虹见玉堂后殿庭中。（参见《后汉书·灵帝纪》）

据《后汉书·灵帝纪》：（光和六年）秋，金城河水溢。五原山岸崩。（参见《资治通鉴》卷五十八）

种种不祥，非止一端。

此时宫中十常侍用事。那十人？张让、赵忠、段圭、曹节、侯览、封谞、蹇硕、程广、夏辉、郭胜。这十个把握朝纲，是他门下得官做，不是他门下，干有功劳，且守缺期。灵帝自尝说："张常侍是我父，赵常侍是我母。"因此宦官全无忌惮，府第体官院盖造。

据《后汉书·宦者传·张让传》：是时，让、忠及夏恽、郭胜、孙璋、毕岚、栗嵩、段珪、高望、张恭、韩悝、宋典十二人，皆为中常侍，封侯贵宠，父兄子弟布列州郡，所在贪贱，为人蠹害。……帝……常云："张常侍是我公，赵常侍是我母。"宦者得志，无所惮畏，并起第宅，拟则宫室。（参见《资治通鉴》卷五十八）

按：据《后汉书·宦者传》，十常侍为十二人。《演义》删去了孙璋、毕岚、栗嵩、高望、张恭、韩悝、宋典等七人，增加了封谞、曹节、侯览、蹇硕、程广等五人，使十常侍正好为十人。据《后汉书·宦者传》，侯览和曹节两人，已分别卒于熹平元年（172）和光和四年（181）。

中平元年岁甲子，钜鹿郡有一人姓张名角，有两个兄弟，一个张梁，一个张宝。张角初是个下第秀才，因往山中采药，遇一老人，碧眼童颜，手执藜杖，唤张角至祠中，授书二卷，名《太平要术》，祝付："以道为念，代天宣化，普救世人。若萌异心，必获恶报。"张角拜求姓名，老人曰："吾乃南华老仙。"化阵清风而不见。张角因得此书，晓夜攻习，能呼风唤雨，号为"太平道人"。

中平元年正月内，疫毒流行，张角散（流）施符水，称"大贤良师"，请符救病者无有不应。领惠者亲诣座前，首说己过。角与忏悔，以求福利。角徒弟五百余人，云游四方救病，次后徒众极多。角立三十六方，分布天下，——方者乃将军之称也。大方万余人，小方六七千人。各处州郡皆言："今岁岁在甲子，正是上元甲子，主天下太平。"取白土，于各家门上写"甲子"二字，至州城、县镇、宫观、寺院门上皆书"甲子"二字。青、徐、幽、冀、荆、扬、兖、豫千里之间，家家侍奉大贤良师张角名字。

据《资治通鉴》卷五十八：巨鹿张角奉事黄、老，以妖术教授，号"太平道"。咒符水以疗病，令病者跪拜首过，或时病愈，众共神而信之。角分遣弟子周行四方，转相诳诱，十余年间，徒众数十万，自青、徐、幽、冀、荆、扬、兖、豫八州之人，莫不毕应。或弃卖财产、流移奔赴，填塞道路，未至病死者亦以万数。郡县不解其意，反言角以善道教化，为民所归。……角遂置三十六方，方，犹将军也。大方万余人，小方六七千，各立渠帅，讹言："苍天已死，黄天当立；岁在甲子，天下大吉。"以白土书京城寺门及州郡官府，皆作"甲子"字。（参见《后汉书·皇甫嵩传》）

［角］遣一人马元义，暗赍金帛，结好中常侍封谞、徐奉以为内应。角与弟张宝商议曰："至难得者，民心也。今民心已顺，若不乘势取天下，诚为万代之可惜！"梁云："正合弟机。"一面造下黄旗。张角自号，约会于三月初五日一齐举事；结连封谞以为内应，遣弟子唐周驰书报封谞。唐周径赴朝中告变。帝急召大将军何进，乃何皇后之兄也。进调兵先擒马元义斩之，次收封谞等一干人下狱。

张角闻知事发，星夜起，召百姓云："今汉运数终，有大圣人出。尔等皆宜顺天从正，以乐太平。"四方百姓裹黄巾从张角，反者四五十万，逢州遇县，放火劫人，所在官吏望风逃窜。何进奏帝："火速分投降诏，令各处备御，讨贼立功。"一面遣中郎将卢植、皇甫嵩、朱隽各引兵五万，分三路讨贼。

据《资治通鉴》卷五十八：大方马元义等先收荆、扬数万人，期会发于邺。元义数往来京师，以中常侍封谞、徐奉等为内应，约以三月五日内外俱起。中平元年春，角弟子济南唐周上书告之。于是收马元义，车裂于雒阳。诏三公、司隶案验宫省直卫及百姓有事角道者，诛杀千余人；下冀州逐捕角等。角等知事已露，晨夜驰敕诸方，一时俱起，皆著黄巾以为标帜，故时人谓之“黄巾贼”。二月，角自称天公将军，角弟宝称地公将军，宝弟梁称人公将军，所在燔烧官府，劫略聚邑，州郡失据，长吏多逃亡；旬月之间，天下响应，京师震动。安平、甘陵人各执其王应贼。三月戊申，以河南尹何进为大将军，封慎侯，率左右羽林、五营营士屯都亭，修理器械，以镇京师；置函谷、太谷、广成、伊阙、轘辕、旋门、孟津、小平津八关都尉。……发天下精兵，遣北中郎将卢植讨张角，左中郎将皇甫嵩、右中郎将朱俊讨颍川黄巾。（参见《后汉书·皇甫嵩传》《灵帝纪》《何进传》）

按：朱隽，史书中作朱俊。

且说张角一军，前犯幽、燕界分。校尉邹靖来见幽州太守。太守姓刘名焉，

据《后汉书·刘虞传》：虞初举孝廉，稍迁幽州刺史。……中平初，黄巾作乱，攻破冀州诸郡，拜虞甘陵相……迁宗正。……明年，复拜幽州牧。

据《后汉书·灵帝纪》：广阳黄巾杀幽州刺史郭勋及太守刘卫。

按：据上述史书记载，刘虞曾任幽州刺史，但中平元年（184）黄巾起义时，他已被调离；当时的幽州刺史是郭勋。刘焉未曾任幽州长官，他于中平五年（188）出任益州牧。据《后汉书·百官志》，州长官名为“刺史”或“牧”，郡长官方为“太守”。

字君朗，江夏竟陵人也，汉鲁恭王之后。

据《三国志·蜀书·刘焉传》：刘焉字君郎，江夏竟陵人也，汉鲁恭王之后裔。……焉少仕州郡，以宗室拜中郎，……历雒阳令、冀州刺史、南阳太守、宗正、太常。（参见《后汉书·刘焉传》）

刘焉问邹靖云：“黄巾生发，侵及境界，当如之何？”邹靖曰：“既汉天子有明诏令各处讨贼，明公何不招军以助国用？”焉然其说，随即出榜，各处张挂，召募义兵，量才擢职。

时榜文到涿州，张挂（去）[至]涿县楼桑村，引出一个英雄汉。那人平生不好诗书，只喜犬马，爱音乐，美衣服，少言语，礼下于人，喜怒不形于色，好交游天下豪杰，素有大志；生得身长七尺五寸，两耳垂肩，双手过膝，龙目凤准，其面如冠玉，唇若涂硃：

据《三国志·蜀书·先主传》：先主不甚乐读书，喜狗马、音乐、美衣服。身长七尺五寸，垂手下膝，顾自见其耳。少语言，善下人，喜怒不形于色。好交结豪侠，年少争附之。（参见《资治通鉴》卷六十）

中山靖王刘胜之后，汉景帝阁下玄孙，姓刘名备，表字玄德。昔刘胜之子刘真，汉武帝元狩六年封为涿县陆城亭侯，因此这一支流落在涿县。玄德祖父刘雄、父刘弘曾举孝廉，亦无世仕，州郡为吏。弘早丧，玄德事母至孝，家寒无可养赡，贩履织席为业。

据《三国志·蜀书·先主传》：先主姓刘，讳备，字玄德，涿郡涿县人，汉景帝子中

山靖王胜之后也。胜子贞，元狩六年封涿县陆城亭侯。坐酎金失侯，因家焉。先主祖雄，父弘，世仕州郡。雄举孝廉，官至东郡范令。先主少孤，与母贩履织席为业。（参见《资治通鉴》卷六十）

玄德住处草舍东南角篱内有一株大桑树，高五丈余，枝叶茂盛，远近通望见，重重如车盖。往来之人皆言此树非凡。有相者李定曰："此家必出贵人。"初，玄德幼时，与乡中小儿戏于树下。玄德曰："我为天子，当乘此羽葆盖车。"叔父戒之曰："汝勿妄言，灭吾门也！"年一十五岁，母使行学，与同宗刘德然、辽西公孙瓒为友。刘德然父刘元起见玄德家贫，常资给之。元起妻云："各自一家，何能常尔？"元起曰："吾宗中有是儿，非常人也。"

据《三国志·蜀书·先主传》：舍东南角篱上有桑树生高五丈余，遥望见童童如小车盖，往来者皆怪此树非凡，或谓当出贵人。先主少时，与宗中诸小儿于树下戏，言："吾必当乘此羽葆盖车。"叔父子敬谓曰："汝勿妄语，灭吾门也！"年十五，母使行学，与同宗刘德然、辽西公孙瓒俱事故九江太守同郡卢植。德然父元起常资给先主，与德然等。元起妻曰："各自一家，何能常尔邪！"起曰："吾宗中有此儿，非常人也。"而瓒深与先主相友。瓒年长，先主以兄事之。

中平元年，涿郡招军时，玄德二十八岁，

按：据《三国志·蜀书·先主传》推算，刘备生于161年，此时（184）应为二十四岁（虚岁）。

立于榜下，长叹一声而回。后有一人，厉声而言曰："大丈夫不与国家出力，何故长叹耶！"玄德回头，见其人身长八尺，豹头环眼，燕颔虎须，

按：张飞的相貌，不见于史。

声若巨雷，势如奔马。玄德见此人形貌异常，遂与同入村，务问其人姓名。其人云："姓张名飞，字翼德，世家涿郡，颇有庄田，卖酒屠猪，专好结义天下壮士。

据《三国志·蜀书·张飞传》：张飞字益德，涿郡人也。

却才见公看榜，何故长叹？"玄德曰："我本汉室宗亲，姓刘名备，字玄德。今闻黄巾起，劫掠州县，有心待扫荡中原，匡扶社稷，恨力不能尔！"飞曰："正合吾机！吾有庄客数人，同举大事若何？"玄德甚喜。飞邀玄德入酒店，正饮间，见一大汉推一辆车到店门外，倚下车子，入来饮酒，坐在桑木凳上，唤酒保"疾筛酒来，我待赶入城去充军，怕迟了。"玄德看其人身长九尺三寸，须长一尺八寸，

据《三国志·蜀书·关羽传》：羽美须髯，故亮谓之髯。

面如重枣，唇若涂硃，丹凤眼，卧蚕眉，相貌堂堂，威风凛凛。玄德就邀同坐，问其姓名。其人言曰："吾姓关名羽，字寿长，后改为云长，河东解良人也。因本处豪霸倚势欺人，关某杀之，逃难江湖五六年矣。今闻召募义士破黄巾贼，欲往应募。"

据《三国志·蜀书·关羽传》：关羽字云长，本字长生，河东解人也。亡命奔涿郡。先主于乡里合徒众，而羽与张飞为之御侮。

［玄德］（以遂）［遂以］己志告之。三人大喜，同到张飞庄上，共论天下之事。

按：家居涿郡涿县的刘备、张飞与亡命来奔的关羽相聚，事在黄巾起义之前。

关、张皆小如玄德，欲拜为兄。飞曰：“我庄后有一小园，桃花盛开，明日可宰白马祭天，杀乌牛祭地，俺兄弟三人结生死之交，如何？”三人大喜。

次日，于桃园中列下金钱纸烛，宰乌牛、白马祭献天地。三人焚香再拜而设誓曰：“念刘备、关羽、张飞虽然异姓，[结]为兄弟，同心协力，救困扶危，上报国家，下安黎民。不求同年同月同日生，只愿同年同月同日死，

据《资治通鉴》卷六十三：操壮关羽之为人，而察其心神无久留之意，使张辽以其情问之，羽叹曰：“吾极知曹公待我厚；然吾受刘将军恩，誓以共死，不可背之。吾终不留，要当立效以报曹公乃去耳。”（参见《三国志・蜀书・关羽传》）

皇天后土，以鉴此心。背义忘恩，天神共戮！”誓毕，共拜玄德为兄，关羽次之，张飞为弟。

据《三国志・蜀书・关羽传》：先主于乡里合徒众，而羽与张飞为之御侮。先主为平原相，以羽、飞为别部司马，分统部曲。先主与二人寝则同床，恩若兄弟。而稠人广坐，侍立终日，随先主周旋，不避艰险。（参见《资治通鉴》卷六十）

据《三国志・蜀书・张飞传》：少与关羽俱事先主。羽年长数岁，飞兄事之。

据《三国志・蜀书・关羽传》：建安五年，曹公东征，先主奔袁绍。曹公禽羽以归，拜为偏将军，礼之甚厚。……曹公壮羽为人，而察其心神无久留之意，谓张辽曰：“卿试以情问之。”既而辽以问羽，羽叹曰：“吾极知曹公待我厚，然吾受刘将军厚恩，誓以共死，不可背之。吾终不留，吾要当立效以报曹公乃去。”辽以羽言报曹公，曹公义之。（参见《资治通鉴》卷六十三）

据《三国志・魏书・刘晔传》：黄初元年……诏问群臣令料刘备当为关羽出报吴不。众议咸云：“蜀，小国耳，名将唯羽。羽死军破，国内忧惧，无缘复出。”晔独曰：“……关羽与备，义为君臣，恩犹父子；羽死不能为兴军报敌，于终始之分不足。”后备果出兵击吴。

据《三国志・蜀书・费诗传》：诗谓羽曰：“……王与君侯，譬犹一体，同休等戚，祸福共之。”

按：桃园结义之事，不见于史书记载。盛巽昌先生指出，汉末尚未盛行异姓兄弟的准血缘圈，此处结义的仪式，乃元明文化意蕴，幅射于小说者。历史上的刘、关、张三人虽未义结金兰，但他们感情亲密，“恩若兄弟”，关羽曾对曹操说，自己与刘备“誓以共死”，可见他们之间确曾有过某种誓愿。《三国志・刘晔传》说：“关羽与备，义为君臣，恩犹父子”，可见他们之间的亲密感情是集兄弟、君臣、父子于一体的。

三人祭罢天地，同拜玄德老母；将福物聚乡中敢勇之人，得三百余人；一处于桃园中痛饮一醉。

来日收拾军兵，只恨无马匹可乘。正思虑间，人报“有二个客人，引十数个伴当，赶一群马，投庄上来。”玄德曰：“此天佑我等，当成大事。”三人出庄近迎。（马）[为]头两个客人乃中山大商，一个是张世平，一个是苏双，递年往北地贩马，正值寇发，归乡（未）[来]到。玄德曰：“可请二人到庄上，置酒管待。”谕说欲与民除害，扶助汉朝。张世平、苏双大喜，愿将良马五十匹送与玄德，又赠金银五百两，（宾）[镔]铁一千斤，以资器用。

据《三国志·蜀书·先主传》：中山大商张世平、苏双等赀累千金，贩马周旋于涿郡，见而异之，乃多与之金财。先主由是得用合徒众。

按：张世平、苏双资助刘备，事在黄巾起义之前。

玄德求良匠打造双股剑。关羽造八十二斤青龙偃月刀，又名“冷艳锯”。

按：《演义》称关羽的马上兵器是青龙偃月刀，不见于史。方北辰、谭良啸主编的《三国故事真与假100例》（成都时代出版社2015年版）一书中说，长柄大刀出现于唐宋以后，三国时期流行的长兵器是长矛或大戟，《三国志·关羽传》中的“策马刺良”的“刺”字，证明关羽的马上兵器应是其中之一。三国时期有一种长度在一米左右的环首刀，《三国志·关羽传》有“斩其首还”的文句，《三国志·鲁肃传》也有“羽操刀”的记载，可见关羽还随身佩带有环首刀一类的兵器。

张飞造丈八点钢蛇矛。

按：张飞持矛，于史有据。据《三国志》本传记载，张飞在当阳长坂“据水断桥，瞋目横矛”。

各制全身铠甲，一齐完备，共聚五百余人，来见邹靖。

邹靖引见太守刘焉。三人参拜已毕，问其姓名，玄德说起宗派。刘焉大喜云：“既是汉室宗亲，但奏功勋，必当重用！”因此认玄德为侄，整点军马。人报“黄巾贼大方程远志人马五万哨近涿州。”刘焉差马［步］校尉邹靖引刘备为先锋，前去破敌。

据《三国志·蜀书·先主传》：灵帝末，黄巾起，州郡各举义兵，先主率其属从校尉邹靖讨黄巾贼有功，除安喜尉。

玄德大喜，与关羽、张飞飞身上马，来干大功。怎生取胜？

［第二段］　刘玄德斩寇立功

刘玄德部领五百余众飞奔前来，至大兴山下与贼相见，各将阵势摆开。玄德出马，左有关羽，右有张飞，扬鞭大骂：“反国逆贼，何不早降！”程远志大怒，遣副将邓茂挺枪直出。张飞（睁圆）［圆睁］环眼，挺丈八矛，手起枪落，刺中心窝，邓茂落马。

欲教勇振三分国，先试冲钢丈八矛。

程远志见折了邓茂，拍马舞刀，直取张飞。关羽跃马舞刀直出。程远志见了，心胆俱碎，措手不及，被关羽一刀砍为两段。

惟凭立国安邦手，按试青龙偃月刀。

玄德见程远志军倒戈卸甲，投降者不计其数，斩数千级，大获全胜而回。

太守刘焉亲自迎接，赏劳三军人。流星马飞报言：“青州太守龚景有牒文告急，言‘黄巾围城将陷，乞赐救应。’”刘焉与玄德共议。玄德曰：“愿往救之！”刘焉令邹靖将兵五千，随玄德去救。

玄德上马，与关、张投青州来，遥望见贼人皆披发，以黄绢抹额，画以八卦文为号。

贼众见救兵来，分兵混战。玄德兵寡不胜，退三十里下寨。玄德与关、张曰：“贼众我寡，必出奇兵，然后取胜。”乃分关羽引一千军伏在山左，张飞引一千军伏在山右，鸣金为号，齐出为应。

次日，玄德、邹靖引军鼓噪而进。贼众大喊，如潮涌到，玄德便退。贼众乘势追赶。赶过山岭，玄德军一齐鸣金，左有关羽，右有张飞，两军齐出。玄德军回，三路掩杀，贼众大败，直赶至青州城下。太守龚景亦率民兵出城助战。贼势大溃，剿戮极多，余大（散）[败]走，遂解青州之围。

按：刘备救青州，不见于史。

太守犒赏诸军。邹靖欲回，玄德曰：“近闻中常侍郎卢植与贼首张角战于广宗。备与卢中郎有一面之交，欲往就之，同力破贼。”邹靖曰：“粮食可以应付，军马不敢妄动。”因此玄德自引本部五百人投广宗来，邹靖引军自回。

刘玄德与关、张来到卢植寨前，屯住人马。报覆良久，卢植唤三人入帐。施礼罢，卢植问玄德行藏，一一说了。卢植大喜，赏劳了毕，留在帐前听调。时张角贼众十五万屯在广宗。卢植军五万余众，虽则连胜几阵，未见次第。卢植唤玄德曰：“我见今围贼在此；贼弟张梁、张宝皆在（颖）[颍]川，与皇甫嵩、朱隽厮杀。汝可引本部军马，更助汝一（个军官）[千官军]，就去打听消息，约会剿捕。”玄德领了文书，与关、张星夜投（颖）[颍]川来。

其时皇甫嵩、朱隽引官军与贼大战，不利而退入长社。[贼]依草结营，（贼）四面围定。嵩与隽曰：“贼在外依草结营，除非用火攻可胜。”隽曰：“俟大风起，可施此计。见今令军士每人束苇一把。”其夜大风骤起，嵩、隽令精锐之士暗地先出。是夜二更，内外一齐放火。嵩、隽各引兵鼓噪，出奔贼寨。风起，火焰涨天，贼众马不及鞍，人不及甲，四散奔走。

据《资治通鉴》卷五十八：皇甫嵩、朱俊合将四万余人，共讨颍川，嵩、俊各统一军。俊与贼波才战，败；嵩进保长社。……波才围皇甫嵩于长社。嵩兵少，军中皆恐。贼依草结营，会大风，嵩约敕军士皆束苣乘城，使锐士间出围外，纵火大呼，城上举燎应之，嵩从城中鼓噪而出，奔击贼陈，贼惊乱，奔走。会骑都尉沛国曹操将兵适至，五月，嵩、操与朱俊合军，更与贼战，大破之，斩首数万级。（参见《后汉书·皇甫嵩传》）

杀到天明，张梁、张（角）[宝]引败残军马夺路而走。正走之间，前有一彪人马尽打红旗，当头截住去路。为头闪出一英雄，身长七尺，细眼长髯，

据《世说新语·容止》：魏武将见匈奴使，自以形陋，不足雄远国，使崔季珪代，帝自捉刀立床头。既毕，令间谍问曰：“魏王何如？”匈奴使答曰：“魏王雅望非常；然床头捉刀人，此乃英雄也。”刘孝标注引孙盛《魏氏春秋》曰：武王姿貌短小，而神明英发。

胆量过人，机谋出众，笑晋文、齐桓无匡霸之才，论赵高、王（莽）[莽]少纵横之策，用兵仿佛孙、吴，胸次熟（按）[谙]韬略，官拜骑都尉，沛国谯郡人也，姓曹名操，字孟德，乃汉相曹参二十四代孙。

据《三国志·魏书·武帝纪》：太祖武皇帝，沛国谯人也，姓曹，讳操，字孟德，汉相国参之后。

曾祖曹节，字元伟，仁慈宽厚。有邻人失去一猪，与节家猪相类，登门认之。节不与争，使驱之去。后二日，失去（其）[之]猪自归，主人大惭，送猪还节，再拜伏罪，节笑纳之。其人宽厚如此。

据《三国志·魏书·武帝纪》注引司马彪《续汉书》：腾父节，字元伟，素以仁厚称。邻人有亡豕者，与节豕相类，诣门认之，节不与争；后所亡豕自还其家，豕主人大惭，送所认豕，并辞谢节，节笑而受之。由是乡党贵叹焉。

节生四子，弟四之子名腾，字季兴，桓帝朝为中常侍，后封贵亭侯。

据《三国志·魏书·武帝纪》：桓帝世，曹腾为中常侍大长秋，封费亭侯。（参见《三国志·魏书·武帝纪》注引《续汉书》，《后汉书·宦者传·曹腾传》）

据《三国志·魏书·武帝纪》注引《续汉书》：腾字季兴，少除黄门从官。

养子曹嵩，（厚）[原]是夏侯氏（之）[子]，过房与曹腾，因此姓曹名嵩，

据《资治通鉴》卷五十八：操父嵩，为中常侍曹腾养子，不能审其生出本末，或云夏侯氏子也。（参见《三国志·魏书·武帝纪》及注引《续汉书》，《后汉书·宦者传·曹腾传》）

据《三国志·魏书·武帝纪》注引吴人作《曹瞒传》及郭颁《世语》：嵩，夏侯氏之子，夏侯惇之叔父。太祖于惇为从父兄弟。

为人忠孝淳粹，官拜司隶校尉，灵帝拜为大司农，迁大鸿胪。

据《后汉书·宦者传·曹腾传》：嵩灵帝时货赂中官及输西园钱一亿万，故位至太尉。

嵩生操，

据《三国志·魏书·武帝纪》：嵩生太祖。

小（子）[字]阿瞒，一名吉利。

据《三国志·魏书·武帝纪》注：太祖一名吉利，小字阿瞒。

操年幼时好飞鹰走犬，歌舞吹弹，游荡无度。叔父怪之，言曹嵩，嵩每鞭挞。操忽心生一计，一日见叔父来，诈倒于地，败面喎（言）[口]。叔父荒问之，操曰："卒中风耳。"叔父归告于嵩。操潜地归家。嵩惊而问曰："汝中风已痊乎！"操曰："自来无此病，但失爱于叔父，故见罔尔。"嵩乃信其言。后叔父但言操之过失，嵩并不听。因此操得恣意放荡，不务行业。

据《三国志·魏书·武帝纪》注引《曹瞒传》：太祖少好飞鹰走狗，游荡无度，其叔父数言之于嵩。太祖患之，后逢叔父于路，乃阳败面喎口；叔父怪而问其故，太祖曰："卒中恶风。"叔父以告嵩。嵩惊愕，呼太祖，太祖口貌如故。嵩问曰："叔父言汝中风，已差乎？"太祖曰："初不中风，但失爱于叔父，故见罔耳。"嵩乃疑焉。自后叔父有所告，嵩终不复信，太祖于是益得肆意矣。

时人未之奇也，惟有乔玄一见曹操，指而言（而）[曰]："天下将乱，非命世之才，不能济也。能安之者，其在君乎？"南阳何颙见操，曰："汉室将亡，安天下者，是此人也。"

据《资治通鉴》卷五十八：操少机警，有权数，而任侠放荡，不治行业。世人未之

奇也，唯太尉桥玄及南阳何颙异焉。玄谓操曰："天下将乱，非命世之才，不能济也。能安之者，其在君乎！"颙见操，叹曰："汉家将亡，安天下者，必此人也。"（参见《三国志·魏书·武帝纪》及注引王沈《魏书》,《后汉书·桥玄传》）

汝南许劭有高名。操往见之，问曰："我何如人耶？"劭不答。又问，劭曰："子治世之能臣，乱世之奸雄也。"操喜而谢之。

据《资治通鉴》卷五十八：曹操往造劭而问之曰："我何如人？"劭鄙其为人，不答。操乃劫之，劭曰："子，治世之能臣，乱世之奸雄。"操大喜而去。

据《三国志·魏书·武帝纪》注引孙盛《异同杂语》：太祖……尝问许子将："我何如人？"子将不答。固问之，子将曰："子治世之能臣，乱世之奸雄。"太祖大笑。

据《三国志·魏书·武帝纪》注引《世语》：玄谓太祖曰："君未有名，可交许子将。"太祖乃造子将，子将纳焉，由是知名。

据《后汉书·许劭传》：许劭字子将，汝南平舆人也。少峻名节，好人伦，多所赏识。……曹操微时，常卑辞厚礼，求为己目。劭鄙其人而不肯对，操乃伺隙胁劭，劭不得已，曰："君清平之奸贼，乱世之英雄。"操大悦而去。

据《世说新语·识鉴》：曹公少时见乔玄，玄谓曰："天下方乱，群雄虎争，拨而理之，非君乎？然君实是乱世之英雄，治世之奸贼。恨吾老矣，不见君富贵，当以子孙相累。"

按：许劭对曹操的评语有两说：孙盛《异同杂语》为"治世之能臣，乱世之奸雄"，《后汉书·许劭传》为"清平之奸贼，乱世之英雄"。《演义》与《资治通鉴》均取孙盛说。"治世"与"清平"语意相同，均指太平盛世。

年二十，举孝廉为郎，除洛阳北部尉。初到任，县四门各设五色棒十条，有犯禁者，不避豪强，皆棒杀之。灵帝所喜小黄门蹇硕的叔父提刀夜行，操巡拿住，就棒杀之。由是内外莫敢犯之，威名颇振。后为顿丘令，

据《三国志·魏书·武帝纪》：年二十，举孝廉为郎，除洛阳北部尉，迁顿丘令，征拜议郎。

据《三国志·魏书·武帝纪》注引《曹瞒传》：太祖初入尉廨，缮治四门。造五色棒，县门左右各十余枚，有犯禁者，不避豪强，皆棒杀之。后数月，灵帝爱幸小黄门蹇硕叔父夜行，即杀之。京师敛迹，莫敢犯者。近习宠臣咸疾之，然不能伤，于是共称荐之，故迁为顿丘令。

因黄巾贼起，拜为骑都尉，引马步五千，前来（颍）[颍]川助战。

据《三国志·魏书·武帝纪》：光和末，黄巾起。拜骑都尉，讨颍川贼。

正值张梁、张宝败走，曹操拦住，大败一阵，斩首万余级，夺旗幡马匹极多。

据《资治通鉴》卷五十八：波才围皇甫嵩于长社。……会骑都尉沛国曹操将兵适至，（中平元年夏）五月，嵩、操与朱俊合军，更与贼战，大破之，斩首数万级。（参见《后汉书·皇甫嵩传》）

张梁、张宝死战得脱。操（竟）[径]来见皇甫嵩、朱隽，赏劳了毕，便交曹操引兵追袭。操欣然去了。

却说玄德引关、张来（颍）[颍]川，听得喊杀之声，望见火光照夜，急引军来时，贼已败散。玄德持书见皇甫嵩、朱隽，言卢植事。嵩曰："张梁、张宝势穷力乏，必投广

宗，去依张角。汝星夜即往，勿得迟慢。”玄德拜辞，引军复回，于路正逢一军，约三百余人，护送一辆陷车，视之，乃卢植也。玄德大惊，滚鞍下马，问其缘故。植曰：“我围张角，将次可得，被角用妖术，因此未能全胜。今上遣小黄门左丰前来探问，(我)[索]取贿赂。我答曰：‘军中缺钱支使，安得有？’左丰挟恨，回奏今上曰：‘广宗之贼极容易破。卢植高垒不战，惰慢军心，以待天自诛贼。’因此圣怒，遣中郎将董卓替了我，取回京师问罪。”

据《资治通鉴》卷五十八：北中郎将卢植连战破张角，斩获万余人，角等走保广宗。植筑围凿堑，造作云梯，垂当拔之。帝遣小黄门左丰视军，或劝植以赂送丰，植不肯。丰还，言于帝曰：“广宗贼易破耳，卢中郎固垒息军，以待天诛。”帝怒，槛车征植，减死一等；遣东中郎将陇西董卓代之。(参见《后汉书·卢植传》《灵帝纪》《董卓传》,《三国志·魏书·卢毓传》注引《续汉书》)

张飞听罢，要斩护送军人，以救卢植。玄德止曰：“朝廷自有公论，汝岂可造暴耶？”关公亦当住。军中簇拥去了。关羽曰：“卢中郎已自罢了军权，别人领兵。我等去无所依，不如此回涿州。”玄德曰：“然。”遂引兵投北而行。

行到二日，忽闻山后喊声大举，杀气遮天。玄德引关、张，纵马上高岗望之，见汉军大败，后面漫山塞野，盖地而来，旗号大书“天公将军”。玄德曰：“此必是张角也，可速战之。”三人飞马引众鼓噪而出。张角正杀败董卓，乘势赶来，忽见山背后一彪人马飞出。当先玄德，左有关羽，右有张飞，冲杀出[山]，角军大乱，赶退五十余里，救了董卓回寨。

按：刘、关、张救董卓，不见于史。

三人来见董卓。[卓]问曰：“见居何职？”玄德对以白身。卓甚轻之，不与赏赐。玄德出，张飞大怒曰：“我等亲负血战，救了这厮，倒觑人如无物！吾不杀之，难解忿气！”提剑入帐，来杀董卓。姓命如何？

[第三段]　安喜县张飞鞭督邮

董卓字仲颖，陇西临洮人也。卓数讨羌胡，累有边功，官拜河东太守，带领中郎将，

据《后汉书·董卓传》：董卓字仲颖，陇西临洮人也。……桓帝末，以六郡良家子为羽林郎，从中郎将张奂为军司马，共击汉阳叛羌，破之，拜郎中，……后为并州刺史，河东太守。中平元年，拜东中郎将，持节，代卢植击张角于下曲阳，军败抵罪。(参见《三国志·魏书·董卓传》及注引王粲《英雄记》)

自来骄傲人，以致张飞性发，欲杀董卓。关羽急抱住，玄德叱之曰：“我等皆白身之人，他是朝廷命官，及掌许多军马。汝今杀之，将欲反耶！”飞曰：“若在卓部下听令，吾必去矣！”玄德曰：“吾三人生死共一处，安可弃也？不若离了董卓，早投朱儁。”儁待之甚厚，合兵一处，进讨张宝。是时曹操自跟皇甫嵩进讨张梁，大战曲阳。

且说朱儁进攻张宝。张宝尚引黄巾贼众八九万屯于山。儁令玄德为先锋，与宝对敌。

三人立马阵前。张宝令副将高升出马，挥大斧搦战。张飞挺矛骤马，与升交战。战不到三合，飞刺高升坠马。玄德引军直撞过去。张宝就马上披发仗剑作法，风雷大作，黑气中无限人马自天而降。玄德急回，军大乱，被张宝杀败，退见朱儁。儁曰："此妖术也。来日可宰猪羊［取］血，令军士伏于山头，候贼赶来，高坡上泼之，其法可解。"玄德听令已毕，拨关羽、张飞各引军一千伏于山后，两山之上差军五百，盛猪羊血并秽物准备。

次日，张宝摇旗擂鼓，引军搦战。玄德披挂上马，引军出战。两军交锋之际，张宝作（用）［法］，平地风雷大作，飞砂走石，一道黑气自军中起，滚滚人马自天而下。玄德拨马便走，张宝人马赶来。（扛）［刚］过山头，一声炮响，五百军秽物齐发，但见空中纸人草马纷纷坠地，风雷顿息，砂石不飞。张宝见解了法，急引兵退。（山后左边）［左边山后］关羽一彪军马出，右边张飞一彪军马出，背后玄德、朱儁一齐赶上，贼兵大败。张宝于军中夺路而走。玄德望见"地公将军"旗号，飞马赶来。张宝落荒而走，被玄德拽满弓，只一箭射中左臂。张宝带箭得脱，走入阳城，坚守不出。这一阵杀贼三万余众，降者不知其数。

朱儁引军围住阳城，月余不下，差人体探皇甫嵩消息。人回报说："皇甫嵩大获胜捷，董卓连败数阵，差皇甫嵩代之。嵩到时张角已死，弟张梁用王者衣冠葬之。皇甫嵩连赢七阵，斩张梁于（曲阳）［广宗］之下，差人掘张角棺椁，枭首送往京师。降者十五万，杀戮者不计其数。朝廷加皇甫嵩为车骑将军，领冀州牧；

据《资治通鉴》卷五十八：（中平元年夏八月，）董卓攻张角无功，抵罪。乙巳，诏嵩讨角。……冬十月，皇甫嵩与张角弟梁战于广宗，梁众精勇，嵩不能克。明日，乃闭营休士，以观其变，知贼意稍懈，乃潜夜勒兵，鸡鸣，驰赴其陈，战至晡时，大破之，斩梁，获首三万级，赴河死者五万许人。角先已病死，剖棺戮尸，传首京师。十一月，嵩复攻角弟宝于下曲阳，斩之，斩获十余万人。即拜嵩为左车骑将军领冀州牧，封槐里侯。（参见《后汉书·皇甫嵩传》）

（应）［一］干人皆得官爵。武骑校尉曹操除济南相，已皆赴任去讫。"

据《三国志·魏书·武帝纪》：光和末，黄巾起。拜骑都尉，讨颍川贼。迁为济南相。

朱儁听说，催促军马攻打阳城，贼势危急。从贼严整刺杀张宝，献首投降。朱儁遂平数郡，使人进表奏功。

据《资治通鉴》卷五十八：（中平元年冬）十一月，嵩复攻角弟宝于下曲阳，斩之，斩获十余万人。（参见《后汉书·皇甫嵩传》）

朝廷正待商议升用，飞奏黄巾余党南阳赵弘、韩忠、孙夏聚众十余万，望风烧掠，"称与张角报仇。"大臣上奏："即目朱儁屯兵六万余众，可就引兵讨之。"即日降诏。

朱儁领了圣旨，大小三军起程。比及前至宛城，赵弘遣韩忠前来迎战，各陈兵于野。朱儁遣玄德、关、张攻城西南角，鸣鼓大进。韩忠尽率精锐之众来西南角与玄德鏖战，从辰至午，贼众不退。朱儁自将铁骑三千径取东北角，番身杀贼。贼恐失城，急弃西南而回。玄德从背后赶杀，众贼大败，奔入宛城。朱儁分兵四面围定。

城中断粮，韩忠使人出城投降。玄德引见，说忠投拜，儁不许。玄德曰："昔高祖得天下也，盖为能招降纳（明）［顺］。公何不容？"儁笑曰："玄德见者差矣！天时有不同也。昔项、秦之际，天下大乱，民无定主，故招降以劝其来耳。今海内一统，惟黄巾造逆。若容其降，无以劝善，使贼得利，恣意劫掠；若失利便许其降，此长寇之志，非良策也。”玄德伏善而与隽曰：“不容寇降，是也。今四面围如铁桶，贼乞降不得，必然死战。万人一心尚不可当，何况城中有数万死命之人乎？（若不）[不若]彻去东南面，留西北尽力攻打。贼必弃城而走，无心恋战，可即擒也。”隽曰：“高见！”彻去东南二面军马，一齐并力攻打西北二门。韩忠果引军弃城奔走，隽大率三军掩杀。朱隽刺杀韩忠，余皆四散奔走。赵弘、孙夏引贼众到来，与隽交战。隽见弘势大，引军暂退。[弘]乘势复夺宛城。

据《资治通鉴》卷五十八：张曼成余党更以赵弘为帅，众复盛，至十余万，据宛城。朱俊与荆州刺史徐璆等合兵围之，……俊击弘，斩之。贼帅韩忠复据宛拒俊，俊鸣鼓攻其西南，贼悉众赴之；俊自将精卒掩其东北，乘城而入。忠乃退保小城，惶惧乞降。诸将皆欲听之，俊曰：“兵固有形同而势异者。昔秦、项之际，民无定主，故赏附以劝来耳。今海内一统，唯黄巾造逆。纳降无以劝善，讨之足以惩恶。今若受之，更开逆意，贼利则进战，钝则乞降，纵敌长寇，非良计也。”因急攻，连战不克。俊登土山望之，顾谓司马张超曰：“吾知之矣。贼今外围周固，内营逼急，乞降不受，欲出不得，所以死战也。万人一心，犹不可当，况十万乎！不如彻围，并兵入城，忠见围解，势必自出。自出则意散，易破之道也。”既而解围，忠果出战，俊因击，大破之，斩首万余级。南阳太守秦颉杀忠，余众复奉孙夏为帅，还屯宛。（参见《后汉书·朱俊传》）

按：《演义》所述刘备参加朱俊攻打宛城的战事并向朱俊提出军事建议，与史相悖。

隽离城三十里下寨，正欲攻打，（直）[正]东一彪人马到来见朱隽。那人生得广额阔面，虎体狼腰，吴郡富春人也，姓孙名坚，字文台，乃孙武子之后。年一十七岁时为县吏，与父共搬至钱塘，正见海贼吴王等十余人劫取商人财物，方到岸分赃，行旅皆住，不敢进舡。坚与父曰：“此贼可擒之。”父曰：“非汝可图也。”坚奋力提刀上岸，扬声大叫指麾，如唤人意。贼以为官兵，尽弃财物奔走，坚赶上杀死一贼。由是郡县知名，保为县尉。后会稽妖贼许昌造反，自称“阳明皇帝”，聚众数万。坚与郡司马召精勇千余人，会合州郡破之，斩许昌并其子许韶。刺史臧旻上表奏孙坚功绩，除坚为盐海丞，又除（昭）[盱眙]丞，见（伍）[徙]下邳[丞]。

据《三国志·吴书·孙坚传》：孙坚字文台，吴郡富春人，盖孙武之后也。少为县吏。年十七，与父共载船至钱唐，会海贼胡玉等从匏里上掠取贾人财物，方于岸上分之，行旅皆住，船不敢进。坚谓父曰：“此贼可击，请讨之。”父曰：“非尔所图也。”坚行操刀上岸，以手东西指麾，若分部人兵以罗遮贼状。贼望见，以为官兵捕之，即委财物散走。坚追，斩得一级以还，父大惊。由是显闻，府召署假尉。会稽妖贼许昌起于句章，自称阳明皇帝，与其子韶扇动诸县，众以万数。坚以郡司马募召精勇，得千余人，与州郡合讨破之。是岁，熹平元年也。刺史臧旻列上功状，诏书除坚盐渎丞，数岁徙盱眙丞，又徙下邳丞。

为见黄巾寇起，聚集乡中少年及诸商旅及淮、泗精兵一千五百余人，前来接[应]。朱隽大喜，便令坚攻打南门，玄德打北门；朱隽打西门，留东门与贼走。

是日，孙坚先登城，斩贼首二十余级，贼众奔溃。赵弘飞马穿围，直取孙坚。坚从城上飞身取弘，手夺弘搠，直刺下马，却骑弘马，飞身往来杀贼。孙夏引贼突出北门，正迎玄德，无心恋战，只待奔走。玄德张弓，一箭正中孙夏，番身落马。朱隽大军随后掩杀，斩首数千级，投降者不计其数。南阳一路十数郡皆平。

隽班师还京，[拜]车骑将军、河南尹。隽保孙坚、刘备等功。坚有人情，除别部司马，

据《资治通鉴》卷五十八：南阳太守秦颉杀（韩）忠，余众复奉孙夏为帅，还屯宛。俊急攻之，司马孙坚率众先登；癸巳，拔宛城。孙夏走，俊追至西鄂精山，复破之，斩万余级。于是黄巾破散，其余州郡所诛，一郡数千人。（参见《三国志·吴书·孙坚传》《后汉书·朱俊传》）

据《三国志·吴书·孙坚传》：汝、颍贼困迫，走保宛城。坚身当一面，登城先入，众乃蚁附，遂大破之。俊具以状闻上，拜坚别部司马。

据《后汉书·朱俊传》：明年春，遣使者持节拜俊右车骑将军，振旅还京师，以为光禄大夫，增邑五千，更封钱塘侯，加位特进。……复拜俊为光禄大夫，转屯骑，寻拜城门校尉、河南尹。

辞玄德而去。玄德听候日久，不得除授。

三人郁郁不乐，上街闲行。正值张钧车到，玄德拦住说功绩。钧大惊，随即入朝，来见帝曰："昔张角造反，其原皆由十常侍卖官害民，非亲不用，非仇不诛，以致天下大乱。宜斩十常侍，悬头南郊，遣使布告天下，将有功重加赏赐，则四海自清平也。"帝曰："此真小子也!"令武士推出朝门。张钧气倒。

据《资治通鉴》卷五十八：郎中中山张钧上书曰："窃惟张角所以能兴兵作乱，万民所以乐附之者，其源皆由十常侍多放父兄、子弟、婚亲、宾客典据州郡，辜榷财利，侵掠百姓，百姓之冤，无所告诉，故谋议不轨，聚为盗贼。宜斩十常侍，县头南郊，以谢百姓，遣使者布告天下，可不须师旅而大寇自消。"帝以钧章示诸常侍，皆免冠徒跣顿首，乞自致雒阳诏狱，并出家财以助军费。有诏，皆冠履视事如故。帝怒钧曰："此真狂子也！十常侍固常有一人善者不!"御史承旨，遂诬奏钧学黄巾道，收掠，死狱中。（参见《后汉书·宦者传·张让传》）

十常侍共议："此是破黄巾有功者不得除授，故生怨言。且[交]省家铨注微名，向后却又沙汰未晚。"刘玄德除授定州中山府安喜县尉，克日赴任。

据《三国志·蜀书·先主传》：灵帝末，黄巾起，州郡各举义兵，先主率其属从校尉邹靖讨黄巾贼有功，除安喜尉。

据《三国志·蜀书·先主传》注引鱼氏《典略》：平原刘子平知备有武勇，时张纯反叛，青州被诏，遣从事将兵讨纯，过平原，子平荐备于从事，遂与相随，遇贼于野，备中创阳死，贼去后，故人以车载之，得免。后以军功，为中山安喜尉。

玄德将军士散回乡里，随行二十余人，与关、张来安喜县礼任。到县署，玄德与民秋毫无犯，其盗者皆化为良民。到县之后，与关、张食则同桌，寝则同床；如玄德在稠人广坐中，关、张侍立，终日不倦。

据《三国志·蜀书·关羽传》：先主与二人寝则同床，恩若兄弟。而稠人广坐，侍立终日，随先主周旋，不避艰险。（参见《资治通鉴》卷六十）

到县未及四月，上郡差督邮前来体探根脚，察访县事。督邮乃宋参军判官之职，极有权柄。玄德出廓迎接，见督邮到，荒忙下马施礼。督邮坐在马上，微以鞭稍回答。关、

张气填胸臆，敢怒而不敢言。随到馆驿中，督邮正面高坐，玄德侍立于阶下。将及两个时辰，督邮问曰："刘县尉是何根脚？"玄德告以是中山靖王之后，自涿州剿戮黄巾，大小三十余战，把功劳略节提过。督邮大喝："乱道！你这厮诈称皇亲，虚捏功绩！目今朝廷降诏书，正要问这等人。你知汰沙滥官污吏么？"玄德喏喏连声而退，到县中与县吏商议。吏曰："督邮作威，无非要贿赂之财。"玄德曰："我与民秋毫无犯，那得钱物与他？"次日，督邮先提县吏去，勒要文书，交指县尉害民。玄德自往见之，被当在门外，不肯放参。玄德再三求见，终不得入，回到县中，心中怏怏。

却说张飞饮了数杯，闷上心来，上马从馆驿前过，见五、六十老人皆在门首痛哭。飞问其故，老人曰："督邮勒逼县吏，欲害刘县尉。我等皆来苦告，不得放入，反遭把门人赶打。"张飞大怒，（睁圆）[圆睁]环眼，咬碎（凿）[齿]牙，滚鞍下马，径入馆驿，把门人见了皆远避，直奔后堂，见督邮坐于床上，将县吏缚倒在地。飞大喝："害民贼，认得我么！"督邮急唤左右捉下，被张飞右手扯住头稍，直拖出馆驿，径揪到县前马枊（树）上缚住，——枊即今系马桩是也。飞攀下柳条，去督邮两腿上鞭到三百，打折柳条十数枝。

玄德正纳闷间，听得县前鼎沸，荒问左右，答云："张将军绑一人在县前痛打。"玄德荒忙出观之，见飞大怒骂不止，绑缚者，督邮也。玄德惊问其故，飞曰："此等害民贼，不打死等甚！"督邮告曰："玄德公救性命则个！"玄德是仁慈的人，急喝张飞住手。傍边转过关公来，曰："兄长建下许多大功，只得县尉之职，又被督邮如此无礼。吾思枳棘丛中非凤凰之所栖，不如杀督邮，弃官归乡，别图远大之计。"玄德取印绶挂于督邮之颈，责之曰："据汝贼害民，当以杀之。吾有所不忍，还官印绶，吾已去矣。"

据《三国志·蜀书·先主传》注引《典略》：其后州郡被诏书，其有军功为长吏者，当沙汰之，备疑在遣中。督邮至县，当遣备，备素知之。闻督邮在传舍，备欲求见督邮，督邮称疾不肯见备，备恨之，因还治，将吏卒更诣传舍，突入门，言"我被府君密教收督邮"。遂就床缚之，将出到界，自解其绶以系督邮颈，缚之著树，鞭杖百余下，欲杀之。督邮求哀，乃释去之。

据《三国志·蜀书·先主传》：督邮以公事到县，先主求谒，不通，直入缚督邮，杖二百，解绶系其颈着马枊，弃官亡命。

按：据史书，鞭打督邮的是刘备，《演义》移植为张飞。

玄德、关、张连夜回涿县。民解放督邮，将印绶归去。

定州太守动文书申闻省府，差人捕捉。

据《明史·地理志》：定州，元中山府。洪武二年正月改曰定州。三年以州治安喜县省入。

据《后汉书·郡国志》：中山国……安憙本安险，章帝更名。

按：定州乃明代地名，州治在安喜，东汉时安喜县属于中山国下辖，所以此处督邮应该归去的是中山国。

玄德、关、张三人事急，车载老母，往代州投奔刘恢。

据《三国志·蜀书·先主传》：顷之，大将军何进遣都尉毌丘毅诣丹杨募兵，先主与俱行，至下邳遇贼，力战有功，除为下密丞。复去官。后为高唐尉，迁为令。

据《明史·地理志》：代州洪武二年降为县。八年二月复升为州。句注山在西，亦名西陉，亦曰雁门山，其北为雁门关，有雁门守御千户所，洪武十二年十月置。

按：代州是明代地名，对应东汉时期的并州雁门郡广武县。据《三国志·蜀书·先主传》，刘备此后曾至下邳，又先后在下密和高唐任职，并没有去并州。下邳属徐州，高唐属青州，故此时刘备的活动范围是在青、徐一带。刘恢，史无其人。

恢见玄德乃汉室宗亲，乃藏匿养赡在家。

十常侍既握重权，互相商议，但有不从己者乃诛之。赵忠、张让差人问破黄巾将士索要金帛，不从者奏罢官。皇甫嵩、朱隽皆不从。赵忠等奏帝："皇甫嵩、朱隽皆是不合功劳，并无实迹。"帝准奏，罢了皇甫嵩、朱隽官（封）[爵]；

据《资治通鉴》卷五十八：皇甫嵩之讨张角也，过邺，见中常侍赵忠舍宅逾制，奏没入之。又中常侍张让私求钱五千万，嵩不与。二人由是奏嵩连战无功，功费者多，征嵩还，收左军骑将车印绶，削户六千。

封赵忠为车骑将军，张让等十三人皆为列侯。司空张温为太尉，崔烈为司徒，此皆是结好十常侍，故得为三公。因此渔阳[张举、]张纯反，张举称"天子"，纯号为"天将军"。

据《资治通鉴》卷五十八：张温发幽州乌桓突骑三千以讨凉州，故中山相渔阳张纯请将之，温不听，而使涿令辽西公孙瓒将之。军到蓟中，乌桓以牢禀逋县，多叛还本国。张纯忿不得将，乃与同郡故泰山太守张举及乌桓大人丘力居等连盟，劫略蓟中，杀护乌桓校尉公綦稠、右北平太守刘政、辽东太守阳终等，众至十余万，屯肥如。举称天子，纯称弥天将军、安定王，移书州郡，云举当代汉，告天子避位，敕公卿奉迎。（参见《后汉书·灵帝纪》《刘虞传》）

长沙区星及各处蜂起，

据《资治通鉴》卷五十八：（中平四年）冬十月，长沙贼区星自称将军，众万余人。（参见《三国志·吴书·孙坚传》《后汉书·灵帝纪》《资治通鉴考异》）

表章雪片告急。十常侍皆藏匿，只奏天下无事。

一日，帝在后园与十常侍饮宴，谏议大夫刘陶径到帝前大哭。帝问其故，陶曰："汉天下危在旦夕，陛下尚自与阉宦共饮耶？"帝曰："国家升平之日，有何危急？"陶曰："四方盗贼蜂起，侵掠州郡，其祸皆由十常侍！"[十常侍]皆免冠流涕，跪于帝前曰："大臣不容，臣等不能存矣，愿乞性命归田里，悉将家产以助军资。"帝曰："汝家亦有近侍之人，何不容朕耶？"呼武士推出（内）斩之。

据《资治通鉴》卷五十八：谏议大夫刘陶上言："天下前遇张角之乱，后遭边章之寇，今西羌逆类已攻河东，恐遂转盛，豕突上京。民有百走退死之心，而无一前斗生之计，西寇浸前，车骑孤危，假令失利，其败不救。臣自知言数见厌，而言不自裁者，以为国安则臣蒙其庆，国危则臣亦先亡也。谨复陈当今要急八事。"大较言天下大乱，皆由宦官。宦官共谗陶曰："前张角事发，诏书示以威恩，自此以来，各各改悔。今者四方安静，而陶疾害圣政，专言妖孽。州郡不上，陶何缘知？疑陶与贼通情。"于是收陶下黄门北寺狱，掠按日急。陶谓使者曰："臣恨不与伊、吕同畴，而以三仁为辈。今上杀忠謇之臣，下有憔悴之民，亦在不久，后悔何及！"遂闭气而死。

刘陶大呼："臣死不（争）[惜]，不舍汉天下四百余年，到此一旦休矣！"推至宫门，一大臣喝住："不得下手！我谏去。"此人是谁？

[第四段] 何进谋杀十常侍

宫门外喝住的乃是司徒陈耽，径入宫中来，奏天子曰："刘谏议得何罪而赐诛戮？"帝曰："设谤大臣，冒突朕躬。"耽曰："天下之民皆欲食十常侍之肉，陛下敬如父母，岂有此理？且十常侍身无寸功，皆封列候；而封谞等结连黄巾，欲为内乱。陛下今不自省，汉社稷立见崩摧矣！"帝曰："封谞作乱，其事不明。十常侍中岂无一二忠臣？"陈耽以头触树而谏。帝怒，命牵出，与刘陶同下狱中。是夜皆（盆）[缢]杀。

据《资治通鉴》卷五十八：前司徒陈耽为人忠正，宦官怨之，亦诬陷，死狱中。

据《后汉书·灵帝纪》：前司徒陈耽、谏议大夫刘陶坐直言，下狱死。

赵忠差人以孙坚为长沙太守，讨区星。（夜）[不]五十日报捷，江夏平复。奏封孙坚为乌程侯；

据《资治通鉴》卷五十八：（中平四年）冬十月，长沙贼区星自称将军，众万余人；诏以议郎孙坚为长沙太守，讨击平之，封坚乌程侯。（参见《三国志·吴书·孙坚传》《后汉书·灵帝纪》《资治通鉴考异》）

封刘焉为益州牧，就讨西州狂寇；封刘虞为幽州牧，

据《资治通鉴》卷五十九：太常江夏刘焉见王室多故，建议以为："四方兵寇，由刺史威轻，既不能禁，且用非其人，以致离叛。宜改置牧伯，选清名重臣以居其任。"焉内欲求交趾牧。侍中广汉董扶私谓焉曰："京师将乱，益州分野有天子气。"焉乃更求益州。会益州刺史郤俭赋敛烦扰，谣言远闻，而耿鄙、张懿皆为盗所杀，朝廷遂从焉议，选列卿、尚书为州牧，各以本秩居任。以焉为益州牧，太仆黄琬为豫州牧，宗正东海刘虞为幽州牧。州任之重，自此而始。焉，鲁恭王之后；虞，东海恭王之五世孙也。（参见《三国志·蜀书·刘焉传》《后汉书·刘焉传》）

领兵渔阳，征张举、张纯。刘焉到州，寇尽降焉，开仓赈济百姓，民感其恩。刘虞兴兵讨张举，代州刘恢书荐玄德见虞。虞大喜，令玄德与都尉毋丘俭为先锋，直抵贼巢，与贼大战数阵，挫动锐气。张纯专一凶暴，鞭挞士卒。因此帐下数十人商议，一齐心变，刺杀了张纯，将头献纳，引众来降。张举见势败，自缢死。渔阳尽平。

据《资治通鉴》卷五十九：张纯与丘力居钞略青、徐、幽、冀四州；诏骑都尉公孙瓒讨之。瓒与战于属国石门，纯等大败，弃妻子，逾塞走；悉得所略男女。瓒深入无继，反为丘力居等所围于辽西管子城，二百余日，粮尽众溃，士卒死者什五六。……幽州牧刘虞到部，遣使至鲜卑中，告以利害，责使送张举、张纯首，厚加购赏。丘力居等闻虞至，喜，各遣译自归。举、纯走出塞，余皆降散。虞上罢诸屯兵，但留降虏校尉公孙瓒，将步骑万人屯右北平。（中平六年春）三月，张纯客王政杀纯，送首诣虞。（参见《后汉书·刘虞传》《乌桓传》，《三国志·魏书·公孙瓒传》《乌丸传》）

据《三国志·蜀书·先主传》注引《典略》：平原刘子平知备有武勇，时张纯反叛，青州被诏，遣从事将兵讨纯，过平原，子平荐备于从事，遂与相随，遇贼于野，备中创阳死，贼去后，故人以车载之，得免。后以军功，为中山安喜尉。

刘虞表奏刘备大功。朝廷赦免鞭督邮之罪，除下密丞，后迁高唐令。公孙瓒表陈玄德前功，封为别部司马，守平原县令。玄德［在］平原颇有钱粮军马，重整旧日气象。

据《三国志·蜀书·先主传》：顷之，大将军何进遣都尉毌丘毅诣丹杨募兵，先主与俱行，至下邳遇贼，力战有功，除为下密丞。复去官。后为高唐尉，迁为令。为贼所破，往奔中郎将公孙瓒，瓒表为别部司马，使为青州刺史田楷以拒冀州牧袁绍。数有战功，试守平原令，后领平原相。（参见《资治通鉴》卷六十）

据《三国志·蜀书·关羽传》：先主为平原相，以羽、飞为别部司马，分统部曲。

刘虞平寇有功，官封太尉。

据《三国志·魏书·公孙瓒传》：虞以功即拜太尉，封襄贲侯。（参见《后汉书·刘虞传》）

中平六年夏四月，灵帝病笃，召大将军何进入内商议后事，——进弟何苗，官带执金吾。何进起身屠家，因妹入宫为贵人，元和三年（主）［为］上生太子辨，故立为皇后，进乃国舅，得专重权。

据《三国志·魏书·董卓传》注引《续汉书》：进字遂高，南阳人，太后异母兄也。进本屠家子，父曰真。真死后，进以妹倚黄门得入掖庭，有宠，光和三年立为皇后，进由是贵幸。中平元年，黄巾起，拜进大将军。（参见《后汉书·何进传》《灵思何皇后纪》）

王美人生太子协。何后鸩杀王美人，协得董后恩养。

据《资治通鉴》卷五十八：何皇后性强忌，后宫王美人生皇子协，后鸩杀美人。帝大怒，欲废后；诸中官固请，得止。（参见《后汉书·献帝纪》）

据《后汉书·灵思何皇后纪》：时王美人任娠，畏后，乃服药欲除之，而胎安不动，又数梦负日而行。（光和）四年，生皇子协，后遂鸩杀美人。帝大怒，欲废后，诸宦官固请得止。董太后自养协，号曰董侯。

据《后汉书·孝仁董皇后纪》：孝仁董皇后讳某，河间人。为解犊亭侯苌夫人，生灵帝。……初，后自养皇子协，数劝帝立为太子，而何皇后恨之，议未及定而帝崩。

按："协得董后恩养"，董后，应作"董太后"。据《后汉书·孝仁董皇后纪》，董皇后乃灵帝生母。《演义》误以董太后为灵帝之皇后，与何太后并列。

太子辨时年九岁。灵帝偏爱太子协，欲立之。中常侍蹇硕知天子意，乃暗奏曰："若欲立协，必先诛何进，以绝其后患。"帝从之，宣进托以后事。进到宫门，司马潘隐谓进曰："不可入宫，蹇硕欲谋杀汝！"

据《资治通鉴》卷五十九：初，帝数失皇子，何皇后生子辩，养于道人史子眇家，号曰"史侯"。王美人生子协，董太后自养之，号曰"董侯"。群臣请立太子。帝以辩轻佻无威仪，欲立协，犹豫未决。会疾笃，属协于蹇硕。（中平六年夏四月）丙辰，帝崩于嘉德殿。硕时在内，欲先诛何进而立协，使人迎进，欲与计事；进即驾往。硕司马潘隐与进早旧，迎而目之。进惊，驰从儳道归营，引兵入屯百郡邸，因称疾不入。（参见

《后汉书·何进传》)

进大惊，急归私宅，召诸大臣共议，欲尽诛宦官。言未绝，一人挺身出曰："宦官之势，起在冲、质之时，朝廷滋蔓极广，安能尽诛？倘机不密，必有绝族之祸，请公细详之！"进视之，乃典军校尉曹操。

据《三国志·魏书·武帝纪》：征太祖为典军校尉。

进叱之曰："汝小辈安知朝廷之大事！"正踌躇间，潘隐至，报帝崩于嘉德殿，时三十四岁。

据《后汉书·灵帝纪》：（中平六年夏四月）丙辰，帝崩于南宫嘉德殿，年三十四。

"目今，蹇硕与十常侍商议，秘丧不发，宣（司马）[将军]入宫，欲绝后患，册立太子协为帝。"说由未了，使命至，宣进速入，以定后事。进犹豫未决，谓曹操曰："何以教我？"操曰："今日之计，先宜大正君立，然后图贼。"进曰："谁敢与吾正君讨贼？"言未毕，一人挺身便出曰："愿假兵五千，斩关入内，册立新君，尽诛阉宦，扫清朝廷，以安天下，吾之愿也！"进视之，此人身长貌伟，行步有威，英雄盖世，武勇超群，四世三公，门多故吏，汝南汝阳人也，汉司徒袁安之孙、袁蓬之子袁绍，字本初，见为司隶校尉。

据《三国志·魏书·袁绍传》：袁绍字本初，汝南汝阳人也。高祖父安，为汉司徒。自安以下四世居三公位，由是势倾天下。绍有姿貌威容，能折节下士，士多附之，太祖少与交焉。以大将军掾为侍御史，稍迁中军校尉，至司隶。（参见《后汉书·袁绍传》）

据《三国志·魏书·袁绍传》注引《魏书》：绍即逢之庶子，术异母兄也，出后成为子。

据《后汉书·袁绍传》：袁绍字本初，汝南汝阳人，司徒汤之孙。父成，五官中郎将。

据《三国志·魏书·袁绍传》注引华峤《汉书》：安字邵公，……章帝时至司徒，生蜀郡太守京。京弟敞为司空。京子汤，太尉。汤四子：长子平，平弟成，左中郎将，并早卒；成弟逢，逢弟隗，皆为公。

何进大喜，遂点御林军五千，绍披挂入内。何进引荀攸、何颙、邓秦等大臣三十余员相继而入，就灵帝柩前扶立太子辨即皇帝位。百官山呼已毕，袁绍入宫收捉蹇硕。硕引亲军从后宫出来，与袁绍厮杀。绍提剑直取蹇硕，硕荒走，绍赶入御园。花阴下转过中常侍郭胜，一刀把蹇硕砍番，剁头而出，所领禁军尽皆降顺。

据《资治通鉴》卷五十九：（中平六年夏四月）戊午，皇子辩即皇帝位，年十四。尊皇后曰皇太后。太后临朝。赦天下，改元为光熹。封皇弟协为渤海王。协年九岁。以后将军袁隗为太傅，与大将军何进参录尚书事。进既秉朝政，忿蹇硕图己，阴规诛之。袁绍因进亲客张津，劝进悉诛诸宦官。进以袁氏累世贵宠，而绍与从弟虎贲中郎将术皆为豪桀所归，信而用之。复博征智谋之士何颙、荀攸及河南郑泰等二十余人，以颙为北军中候，攸为黄门侍郎，泰为尚书，与同腹心。攸，爽之从孙也。蹇硕疑不自安，与中常侍赵忠、宋典等书曰："大将军兄弟秉国专朝，今与天下党人谋诛先帝左右，扫灭我曹，但以硕典禁兵，故且沉吟。今宜共闭上阁，急捕诛之。"中常侍郭胜，进同郡人也，太后及进之贵幸，胜有力焉，故亲信何氏；与赵忠等议，不从硕计，而以其书示进。庚午，进使黄门令收硕，诛之，因悉领其屯兵。（参见《后汉书·何进传》《灵帝纪》《郑太传》，《三国志·魏书·袁绍传》注引《续汉书》，《三国志·魏书·华歆传》《荀攸传》）

绍同何进曰："中宦结党，可尽诛之。"张让等知事急，荒入告何后曰："始初设谋陷害大将军者，皆是蹇硕一人，非干臣等之事。今大将军信袁绍之言，尽欲诛臣等，乞娘娘怜悯！"言罢痛哭。何太后曰："卿等勿忧，我当保之。"传旨宣何进人。太后密曰："我与汝出身寒微，非张让等，焉能享此富贵？今蹇硕不仁，既已伏诛，汝何故听他人之言，欲尽诛宦官，枉惹天下之笑？此事切不可行！"何进听太后之言而出，与众官曰："蹇硕设谋害吾，可族灭其家。其余者，切勿妄加残害。"袁绍曰："今日不斩草除根，终久必为丧身之本！"进叱曰："吾意已决，汝等多言者斩！"众官皆默然。

次日，太后命何进参录尚书事，其余皆封官职。董太后宣张让等入宫商议曰："何进之妹始是我抬举来。今日他孩儿即了帝位，内外臣僚皆是他心腹人，威权太重，我将如何？"让奏曰："娘娘可临朝垂帘听政，封太子协为王，加董（承）[重]国舅大官，掌握军权，重用臣等各预军国大事，渐可图何进矣。"董后喜。次日设朝，董太后垂帘听政，封太子协为陈留王，

据《资治通鉴》卷五十九：（中平六年夏四月）戊午，皇子辩即皇帝位，……封皇弟协为渤海王。……秋七月，徙渤海王协为陈留王。（参见《后汉书·献帝纪》）

董（承）[重]为骠骑将军，

据《资治通鉴》卷五十九：（中平五年秋九月，）以卫尉条侯董重为票骑将军。重，永乐太后兄子也。（参见《后汉书·孝仁董皇后纪》）

张让等共预朝政。将及一月有余，董太后夺权柄，朝廷事并听区处。

何太后见董太后专政，于宫中设一宴，请董太后赴席。酒至半酣，何后起身，捧杯再拜而言，劝董太后"我等皆妇人也，参预朝政，非其所宜。昔日吕后因权重，宗族三千余口皆被诛尽。今后我等宜深居九重，朝廷大事，任（老大）[大老]元臣自行商议，此国家之幸也。愿垂听言！"董后大怒曰："鸩杀王美人，荒淫妒忌。今日汝子为君，倚何进之势，辄敢乱言！吾敕[骠]骑断汝兄头，如反掌耳。"何后亦怒曰："吾以好言劝汝，何不逊之甚耶！"董后曰："汝身家屠户，小辈有何见识！"两宫互相骂詈，张让等各劝还宫。

何后（发）诏进入内，告其事情。进出，召三公共议。来日早设朝，大臣共奏孝仁董太后交通州郡，辜较财利，不宜临朝听政，合迁于河间安置，限日下出国门。一面驱人起发董后，一面点三千禁军，围绕骠骑将军董重府弟，追索印绶。董重知事已危急，自刎于后堂。家人发哀，军士方散。

据《资治通鉴》卷五十九：票骑将军董重，与何进权势相害，中官挟重以为党助。董太后每欲参干政事，何太后辄相禁塞，董后忿恚詈曰："汝今辀张，怙汝兄耶！吾敕票骑断何进头，如反手耳！"何太后闻之，以告进。五月，进与三公共奏："孝仁皇后使故中常侍夏恽等交通州郡，辜较财利，悉入西省。故事，蕃后不得留京师；请迁宫本国。"奏可。（中平六年夏五月）辛巳，进举兵围票骑府，收董重，免官，自杀。（参见《后汉书·孝仁董皇后纪》）

张让、段珪见董后一支已废，遂皆以金珠玩好结构何进弟何苗并其母舞阳君，令早晚于何太后处善言遮蔽。因此，十常侍又得（迎）[近]幸。

六月，何进暗使人鸩杀董后于河间驿庭，举柩回京，葬于文陵。

据《资治通鉴》卷五十九：（中平六年夏）六月辛亥，董后忧怖，暴崩。民间由是不附何氏。

据《后汉书·孝仁董皇后纪》：后忧怖，疾病暴崩，在位二十二年。民间归咎何氏。丧还河间，合葬慎陵。

据《后汉书·孝仁董皇后纪》：孝仁董皇后……为解犊亭侯苌夫人，生灵帝。

按：《演义》称董太后死后葬于洛阳之文陵，与史不合。文陵乃灵帝之陵，据《后汉书·孝仁董皇后纪》，董太后乃解犊亭侯刘苌夫人，应与刘苌合葬，断无葬于文陵之理。

进托病不出。司隶校尉袁绍入见进曰："张让、段珪等流言于外，言主公鸩杀董后，欲谋大事。乘此时不诛阉宦，后必为大祸！昔日窦武欲诛内宠，机谋不密，反受其殃。今主公兄弟俱领大军，部曲将吏皆英俊名士，若尽力命，事在掌握。此天授之时，不可失也！"进曰："且容商议。"左右密报张让，[让]等去告报何苗。苗受贿赂太多，乃入内来，奏何太后曰："大将军扶佐新君，不行仁慈以安天下，专务杀伐以弱社稷。今国家无事，又欲害十常侍，此取乱之道也。"后纳其言。少倾，何进入奏，欲杀宦臣。后曰："中官统领禁省，汉家故事也。先帝新弃天下，尔欲诛杀旧臣，非重宗庙也。"进虽外慕大名，内无决断，不言而出。

据《资治通鉴》卷五十九：袁绍复说何进曰："前窦武欲诛内宠而反为所害者，但坐言语漏泄；五营兵士皆畏服中人，而窦氏反用之，自取祸灭。今将军兄弟并领劲兵，部曲将吏皆英俊名士，乐尽力命，事在掌握，此天赞之时也。将军宜一为天下除患，以垂名后世，不可失也！"进乃白太后，请尽罢中常侍以下，以三署郎补其处。太后不听，曰："中官统领禁省，自古及今，汉家故事，不可废也。且先帝新弃天下，我奈何楚楚与士人共对事乎！"进难违太后意，且欲诛其放纵者。绍以为中官亲近至尊，出纳号令，今不悉废，后必为患。而太后母舞阳君及何苗数受诸宦官赂遗，知进欲诛之。数白太后为其障蔽；又言："大将军专杀左右，擅权以弱社稷。"太后疑以为然。进新贵，素敬惮中官，虽外慕大名而内不能断，故事久不决。（参见《后汉书·何进传》，《三国志·魏书·袁绍传》注引司马彪《九州春秋》）

据《三国志·魏书·刘表传》注引傅玄《傅子》：越，蒯通之后也，深中足智，魁杰有雄姿。大将军何进闻其名，辟为东曹掾。越劝进诛诸阉官，进犹豫不决。越知进必败，求出为汝阳令，佐刘表平定境内，表得以强大。

袁绍迎进而问曰："大事若何？"[进曰：]"太后不容，如之奈何？"绍曰："可召四方英雄之士，勒兵到京，尽诛阉竖。此时事急，不容太后不从。"进曰："此计大妙！免得我违太后之意。"便差人召赴京。主簿陈琳趋步上阶，连声"不可！"进曰："有何不可？"琳曰："俗云：自掩其目捕燕雀，是自欺也。微物尚不可欺以得志，况国之大（士）[事]，其（不）可诈立乎？今将军总皇机，掌兵要，龙骧虎步，高下在心，若欲诛宦臣，如鼓烘炉燎发毛耳。但当速发如雷霆，行权直断，天人必顺之。却欲外征大臣，临犯京阙，英雄聚会，各怀一心，正如倒持干戈，授人以柄，功必不成，生大乱矣！"何进笑曰："此懦夫之见也。"

据《资治通鉴》卷五十九：绍等又为画策，多召四方猛将及诸豪杰，使并引兵向京城，以胁太后；进然之。主簿广陵陈琳谏曰："谚称'掩目捕雀'，夫微物尚不可欺以得志，况国之大事，其可以诈立乎！今将军总皇威，握兵要，龙骧虎步，高下在心，此犹鼓洪炉燎毛发耳。但当速发雷霆，行权立断，则天人顺之。而反委释利器，更征外助，大兵聚会，强者为雄，所谓倒持干戈，授人以柄，功必不成，只为乱阶耳！”进不听。（参见《后汉书·何进传》《三国志·魏书·王粲传附陈琳传》）

傍边一人鼓掌大笑曰：“此事易如反手，何必多议论也！”视之，乃曹操也。进问曰：“有何高见？”曹操道甚？

［第五段］ 董卓议立陈留王

操曰：“宦者之祸，古今宜有，但世主不可付之以权。近代浸淫成病，若欲治罪者，当除元恶，但付一狱吏足矣，何必纷纷召外兵乎？欲尽诛之，事必宣露，吾料其必败也。”

据《资治通鉴》卷五十九：典军校尉曹操闻而笑曰：“宦者之官，古今宜有，但世主不当假之权宠，使至于此。既治其罪，当诛元恶，一狱吏足矣，何至纷纷召外兵乎！欲尽诛之，事必宣露，吾见其败也。”（参见《三国志·魏书·武帝纪》注引《魏书》）

何进怒曰：“孟德亦怀私意耶！”操退而言曰：“乱天下者，必进也！”

进乃降诏，暗差使命星夜前去。诏曰：

朕闻纲纪乱常，不日无诛；害国伤时，岂能弥久？（切）［窃］惟常侍张让、段珪等滥叨宠荣，恣生狂逆，不思报本之恩，复造滔天之祸。意喜者满门荣贵，心怒者九族诛夷。令诸侯于畿内之方，扶天子于宫阙之内。上下切齿，咸思殄灭！朕素知卿等心怀忠义，志灭奸邪，速提熊虎之师，克定萧墙之祸。诏书到日，火速奉行。宜体朕心，遐迩知悉！

先发四道诏书，急召四路军马：第一路，东郡太守乔瑁；第二路，河内太守王匡；第三路，武猛都尉、并州刺史丁原；

据《资治通鉴》卷五十九：进府掾王匡，骑都尉鲍信，皆泰山人，进使还乡里募兵；并召东郡太守桥瑁屯成皋，使武猛都尉丁原将数千人寇河内，烧孟津，火照城中，皆以诛宦官为言。（参见《后汉书·何进传》）

第四路，身长八尺，腰大十围，肌肥肉重，面阔口方，手绰飞燕，走如飞马，见任前将军、（赘卿）［鳌乡侯］，领西凉州刺史，陇西临洮人也，姓董名卓，字仲颖。先为破黄巾无功，欲议治罪。卓贿赂十常侍，因此幸免；后以金珠结托朝贵，遂任显官。

据《三国志·魏书·董卓传》：董卓字仲颖，陇西临洮人也。少好侠，……卓有才武，旅力少比，双带两鞬，左右驰射。……征拜并州刺史、河东太守，迁中郎将，讨黄巾，军败抵罪。……复为中郎将，……拜前将军，封斄乡侯，征为并州牧。（参见《后汉书·董卓传》）

时手下统（西凉州刺史）领［西凉州］大军二十万，常有不仁之心。是时得诏大喜，点起军马，陆续便行。卓婿中郎将牛辅守住陕西。卓带守将李傕、郭汜、张济、樊稠前后调练，提兵望洛阳来。

卓谋士李儒上言曰："今虽奉诏，中间必有暗昧。何不差人上通表章，名正言顺，大事可图矣！"卓喜，令儒作表曰：

臣伏惟天下有逆不正者，皆由黄门常侍张让等侮慢天常，窃幸承宠，浊乱海内，擅操王命。父子兄弟占据州郡，一（全）[书]出门，便获千金；京畿数郡数百万膏腴美田，皆让等占据：致使怨气上蒸，盗贼蜂起。臣前奉诏讨於（陕）[扶罗]，将士饥乏，不肯渡河，皆言欲诣京师，先诛阉竖，以除民害，从台阁求乞资直。臣随慰抚，以至新安。臣闻扬汤止沸，不如去薪，溃痈虽痛，胜如养毒，临溺呼船，悔之无及。臣辄鸣钟于洛阳，请诛让等，则社稷幸甚，天下幸甚矣！

据《资治通鉴》卷五十九：何进召卓使将兵诣京师。……进府掾王匡，骑都尉鲍信，皆泰山人，进使还乡里募兵；并召东郡太守桥瑁屯成皋，使武猛都尉丁原将数千人寇河内，烧孟津，火照城中，皆以诛宦官为言。董卓闻召，即时就道，并上书曰："中常侍张让等，窃幸承宠，浊乱海内。臣闻扬汤止沸，莫若去薪；溃痈虽痛，胜于内食。昔赵鞅兴晋阳之甲以逐君侧之恶，今臣辄鸣钟鼓如雒阳，请收让等以清奸秽！"（参见《三国志·魏书·董卓传》及注引《典略》，《后汉书·董卓传》《何进传》，《资治通鉴考异》）

何进得表，出示大臣。尚书郭泰谏进曰："董卓乃豺虎也，若引入京城，必食人矣。"进曰："汝心多之人，不足与谋大事。"尚书卢植亦谏曰："植素知董卓为人，面善心狠，尚有不仁之心，一惹入禁廷，必生祸乱，于国无益，于民有伤。不如早遣之，令回，庶免篡夺之患。"进叱之曰："汝等皆无志之士，枉食君禄！"（郑）[郭]泰、卢植皆弃官去讫。（后）[攸]问泰以"去如何？"泰曰："何公不可辅者，祸在即矣！"荀攸亦告闲居。朝廷大臣去其大半。

据《资治通鉴》卷五十九：何进召卓使将兵诣京师。侍御史郑泰谏曰："董卓强忍寡义，志欲无厌，若借之朝政，授以大事，将恣凶欲，必危朝廷。明公以亲德之重，据阿衡之权，秉意独断，诛除有罪，诚不宜假卓以为资援也！且事留变生，殷鉴不远，宜在速决。"尚书卢植亦言不宜召卓，进皆不从。泰乃弃官去，谓荀攸曰："何公未易辅也。"（参见《三国志·魏书·郑浑传》注引张璠《汉纪》，《后汉书·郑太传》《卢植传》）

进使人出接董卓于渑池，卓按兵不动。

据《资治通鉴》卷五十九：卓至渑池，而进更狐疑，使谏议大夫种邵宣诏止之。卓不受诏，遂前至河南；邵迎劳之，因譬令还军。卓疑有变，使其军士以兵胁邵。邵怒，称诏叱之，军士皆披，遂前质责卓；卓辞屈，乃还军夕阳亭。

张让等知诏各路兵到。十常侍商议，让曰："此乃何进之谋也。我等若不先下手时，皆灭族矣！"张让等先伏刀斧手五十人于长乐[宫]嘉德殿门，便入告何太后曰："今大将军矫诏，召诸路军马并至京师，欲灭臣等宗族。娘娘垂悯！"皆扣头伏地曰："臣等归田养老，免死万幸！"太后曰："汝等可诣大将军府下谢罪。"让曰："若到相府，骨肉皆为齑粉矣！望娘娘赐手诏，宣大将军入宫，解释其事。如其不从，臣等只就娘娘前万死无恨！"太后乃降手诏，（我等有何祸焉？太后）宣进入宫议事。

据《资治通鉴》卷五十九：（中平六年秋）八月戊辰，进入长乐宫，白太后，请尽诛诸常侍。中常侍张让、段珪相谓曰："大将军称疾，不临丧，不送葬，今欻入省，此意何为？窦氏事竟复起邪？"使潜听，具闻其语。乃率其党数十人持兵窃自侧闼入，伏

省户下，进出，因诈以太后诏召进。(参见《后汉书·何进传》)

进得诏便行，主簿陈琳谏曰："太后此诏，必是十常侍之谋。切不可去，去必有祸！"进曰："太后诏我，有何祸焉？"袁绍曰："交构已成，形势已露，将军尚欲入宫议论？何不早决事？久必变矣！"进曰："已在吾掌中。"

据《资治通鉴》卷五十九：袁绍惧进变计，因胁之曰："交构已成，形势已露，将军复欲何待而不早决之乎？事久变生，复为窦氏矣！"进于是以绍为司隶校尉，假节，专命击断。(参见《三国志·魏书·袁绍传》注引《九州春秋》,《后汉书·何进传》)

曹操曰："先当诏出十常侍，然后可入。"进笑曰："此小儿之见也！吾掌天下之权，十常侍敢待如何？"绍曰："主公坚执要去，我等披甲执锐，引甲士以护之。孟德亦当辅助，以防不测。"

是日，袁绍、曹操各带宝剑，选精兵五百，唤［绍］弟领之。袁绍之弟，同父异母，姓袁名术，字公路，举孝廉进身，见授折冲校尉、虎贲中郎将。

据《三国志·魏书·袁术传》：袁术字公路，司空逢子，绍之从弟也。以侠气闻。举孝廉，除郎中，历职内外，后为折冲校尉、虎贲中郎将。(参见《后汉书·袁术传》)

当日，袁术全付披挂，引精兵五百，列青琐门外。

据《三国志·魏书·袁绍传》：又令绍弟虎贲中郎将术选温厚虎贲二百人，当入禁中，代持兵黄门陛守门户。

绍与操百余人护送何进车直至长乐宫前。黄门口传懿旨云："太后在禁宫深处，要与将军议论国家大事。侍兵护送者不得辄入。"因此，袁绍、曹操一行都当在宫门外。

何进傍若无人，昂昂而入，至嘉德殿门，张让、段珪等迎出，左右围住。让厉声言进曰："董后何罪？妄加鸩死国母，丧葬托疾不出！汝等屠(估)［沽］小辈，我等荐之天子，以致贵荣，不思报本，欲相谋害。言我等秽浊，其清者是谁？"进乃默默无言，欲寻出路，宫门尽闭。让呼左右："何不下手！"(推)［拥］出［一］群刀斧手，揪住何进，于宫［门］侧畔砍为两段。

据《后汉书·何进传》：(中平六年秋)八月，……张让等……诈以太后诏召进。入坐省闼，让等诘进曰："天下愦愦，亦非独我曹罪也。先帝尝与太后不快，几至成败，我曹涕泣救解，各出家财千万为礼，和悦上意，但欲托卿门户耳。今乃欲灭我曹种族，不亦太甚乎？卿言省内秽浊，公卿以下忠清者为谁？"于是尚方监渠穆拔剑斩进于嘉德殿前。让、珪等为诏，以故太尉樊陵为司隶校尉，少府许相为河南尹。尚书得诏板，疑之，曰："请大将军出共议。"中黄门以进头掷与尚书，曰："何进谋反，已伏诛矣。"(参见《资治通鉴》卷五十九,《三国志·魏书·袁绍传》《后汉书·宦者传·张让传》)

后来史官有四句言语叹进道：

汉室倾危天数终，无谋何进作三公。
这番不听忠良谏，难免宫中受剑锋。

让等既诛何进，请太尉樊陵入，代进职位。

袁绍(入)［久］不见进出，乃于宫门外大呼曰："请大将军上车！"中黄门于墙上掷出何进头，宣谕曰："何进谋反已诛矣。其余随从尽皆赦下。"袁绍厉声大叫："阉宦谋杀大臣，岂有此理！有失大义！诛恶党者前来助战！”何进部下吴匡于青琐门外放（入）[火]。袁术引兵突入宫廷，但见阉官，不论大小，尽皆杀了。袁绍、曹操斩关而入。樊陵、许相出殿大呼：“不得无礼！”袁绍立斩二人，已下尽皆奔走。赵忠、程广、夏辉、郭胜四个赶在翠华楼上，放火，跳下楼，就楼前剁做肉泥。宫中火焰烧天。张让、段珪、曹节、

据《后汉书·宦者传·曹节传》：曹节字汉丰，南阳新野人也。其本魏郡人，世吏二千石。顺帝初，以西园骑迁小黄门。桓帝时，迁中常侍，奉车都尉。建宁元年，持节将中黄门虎贲羽林千人，北迎灵帝，陪乘入宫。及即位，以定策封长安乡侯，六百户。……（光和）四年，卒，赠车骑将军。

侯览

据《后汉书·宦者传·侯览传》：侯览者，山阳防东人。桓帝初为中常侍，……建宁二年，……代曹节领长乐太仆。熹平元年，有司举奏览专权骄奢，策收印绶，自杀。

按：据《后汉书·宦者传》，曹节死于光和四年（181），侯览死于熹平元年（172），均在何进谋诛宦官之前。

将太后及太子并陈留王，劫[出]内省官属，从复道走北宫。

据《资治通鉴》卷五十九：让、珪等为诏，以故太尉樊陵为司隶校尉，少府许相为河南尹。尚书得诏板，疑之，曰：“请大将军出共议。”中黄门以进头掷与尚书，曰：“何进谋反，已伏诛矣！”进部曲将吴匡、张璋在外，闻进被害，欲引兵入宫，宫门闭。虎贲中郎将袁术与匡共斫攻之，中黄门持兵守阁。会日暮，术因烧南宫青琐门，欲以胁出让等。让等入白太后，言大将军兵反，烧宫，攻尚书闼，因将太后、少帝及陈留王，劫省内官属，从复道走北宫。（参见《后汉书·何进传》《灵帝纪》）

尚书卢植弃官未去，见宫中事变，擐甲持戈，立于阁下窗前遥望，见段珪拥逼何后过来。植大呼曰：“段珪逆贼，尚不知死，敢劫太后耶！”段珪回身便走。太后从窗中踊出跳下，植急救之，得免。吴匡杀入内庭，见何苗亦提剑出。吴匡大呼曰：“是车骑何苗同谋杀兄。愿报仇者向前！”好汉十人大叫曰：“愿斩杀兄之贼！”苗欲走，四（门）[面]围定，砍为粉碎。绍闭上宫门，号令军士：“但见阉官，无大小尽杀之！”宫中杀尽，分投来杀十常侍家属，不分男女，尽行诛绝，流血满地，何止二三千人？多有无须者误被杀戮。

据《资治通鉴》卷五十九：尚书卢植执戈于阁道窗下，仰数段珪；珪惧，乃释太后，太后投阁，得免。袁绍与叔父隗矫诏召樊陵、许相，斩之。绍及何苗引兵屯朱雀阙下，捕得赵忠等，斩之。吴匡等素怨苗不与进同心，而又疑其与宦官通谋，乃令军中曰：“杀大将军者，即车骑也，吏士能为报仇乎？”皆流涕曰：“愿致死！”匡遂引兵与董卓弟奉车都尉旻攻杀苗，弃其尸于苑中。绍遂闭北宫门，勒兵捕诸宦者，无少长皆杀之，凡二千余人，或有无须而误死者。绍因进兵排宫，或上端门屋，以攻省内。（参见《后汉书·何进传》《灵帝纪》，《三国志·魏书·董卓传》注引《英雄记》）

曹操一时差人救灭宫中之火。张让、段珪拥逼少帝及陈留王，冒突杀出后宫门，离城望北邙山而走逃难。袁绍请何太后权摄大事，四下分兵追袭，寻觅少帝。

张让、段珪从者二十余人，连夜奔走北邙山。天色昏黑，各不相见，随行之人各自逃回。约二更时分，后面喊声大举，人马赶至。当（见）[先]河南中部掾史关贡大叫“张让休走！”段珪乘马落荒而逃。张让见事急，扣头辞帝曰：“臣无路矣！陛下自爱。”遂投

河而死。

帝与陈留王（曰）[亦]未知虚实，不敢高声。二人伏于河边乱草之中。此时中平六年八月二十四日，城中诛杀宦官，二帝夜卧荒草。军马四散赶走，不知帝[之]所在。二帝伏于乱草至四更，露水又下，腹中饥馁，相抱而哭；又怕人知，吞声草芥之中，泪如雨下。陈留王曰："[在]此不宜久恋，去寻（诸）[活]路。"帝曰："路暗难行，如之奈何？"陈留王与帝以衣相结，扒上岸边，满地荆棘，不见行路。帝仰天叹曰："刘辨休矣！"但见流萤（旦夕）[千百]成群，光芒照曜，只在帝前。陈留王曰："此天救吾兄也！"随萤火而行，渐渐见路。二帝相扶，一步一跌，奔山路而行。史官有诗曰：

乱兵如猬走王师，社稷倾危孰为持？
夜逐荧光寻道路，汉家天子步归时。

又曹仙有诗曰：

腐草为萤尚按时，也曾照夜向庭帏。
莫嫌微物相轻贱，曾与君王指路迷。

二帝走至五更，足痛不能行。山岗边见一草堆，二帝卧于草堆边。堆前面是一所庄院，庄主是夜梦见二帝卧于草畔。庄主问曰："二少年谁家之子？"帝王不敢应声，陈留王曰："吾兄乃大汉皇帝，遭十常侍之乱，夜来逃难，得萤火引路，故到此庄。"庄主大惊，再拜于帝前曰："臣先朝皆历仕宦，司徒崔烈之弟崔毅也。因见十常侍卖（良）[官]疾贤，臣于此躬耕陇亩。"遂扶帝入庄，跪进饮食。帝与陈留王隐于崔毅庄中。

却说关贡赶上段珪拿住，问"天子何在？"珪言已于半路弃之，"不知何处。"贡遂杀段珪，悬头于马项下，来寻天子，到崔毅庄觅饭。毅见首级问之，贡说详细。崔毅引贡见帝，君臣痛哭。贡曰："国不可一日无君，请陛下还都。"崔毅庄上有匹瘦马，备与帝乘，贡与陈留王共乘一马，离庄院行。行不到三里，司徒王允、太尉祖彪、左军校尉淳于琼、右军校尉赵崩、后军校尉鲍信、中军校尉袁绍一行人众数百人马接著车驾，君臣皆哭；先使人将段珪头往京师号令，易换好马，与帝及陈留王骑，（王）簇帝还京。

据《资治通鉴》卷五十九：（中平六年秋八月）庚午，张让、段珪等困迫，遂将帝与陈留王数十人步出穀门，夜，至小平津，六玺不自随，公卿无得从者，唯尚书卢植、河南中部掾闵贡夜至河上。贡厉声质责让等，且曰："今不速死，吾将杀汝！"因手剑斩数人。让等惶怖，叉手再拜，叩头向帝辞曰："臣等死，陛下自爱！"遂投河而死。贡扶帝与陈留王夜步逐萤光南行，欲还宫，行数里，得民家露车，共乘之，至雒舍止。辛未，帝独乘一马，陈留王与贡共乘一马，从雒舍南行，公卿稍有至者。（参见《后汉书·何进传》《灵帝纪》《宦者传·张让传》，《三国志·魏书·袁绍传》，《三国志·魏书·卢毓传》注引《续汉书》，《三国志·魏书·董卓传》注引张璠《汉纪》及注引《英雄记》）

先是，洛阳小儿谣言曰："侯非侯，王非王，千乘万骑走北邙。"

据《三国志·魏书·董卓传》注引袁晔《献帝春秋》：先是童谣曰："侯非侯，王非王，千乘万骑走北芒。"

行不到数里，忽见旌旗蔽日，尘土遮天，一阵人马来到。百官皆失色，帝大惊。袁绍出马曰："来者何人，敢拦圣驾！"绣旗影里，董卓出马，厉声便问"天子何在！"帝战栗不能言。群臣闻（知）[之]，皆无所措。陈留王勒马向前，叱之曰："来者何人？"卓曰："西凉州刺史董卓是也。"陈留王曰："汝来劫驾耶？汝来保驾耶？"卓应曰："特来保驾。”陈留王曰：“既来保驾，天子在此，何不下马？”卓大惊，荒忙下马，拜于道左。陈留王以言语抚慰董卓，自初至终并无所遗失。卓暗奇之。

据《资治通鉴》卷五十九：董卓至显阳苑，远见火起，知有变，引兵急进；未明，到城西，闻帝在北，因与公卿往奉迎于北芒阪下。帝见卓将兵卒至，恐怖涕泣。群公谓卓曰：“有诏却兵。”卓曰：“公诸人为国大臣，不能匡正王室，至使国家播荡，何却兵之有！”卓与帝语，语不可了；乃更与陈留王语，问祸乱由起，王答，自初至终，无所遗失。卓大喜，以王为贤，且为董太后所养，卓自以与太后同族，遂有废立之意。（参见《后汉书·董卓传》,《三国志·魏书·董卓传》注引《献帝纪》）

据《三国志·魏书·董卓传》注引《英雄记》：公卿百官奉迎于北芒阪下，故太尉崔烈在前导。卓将步骑数千来迎，烈呵使避，卓骂烈曰：“昼夜三百里来，何云避，我不能断卿头邪？”前见帝曰：“陛下令常侍小黄门作乱乃尔，以取祸败，为负不小邪？”又趋陈留王，曰：“我董卓也，从我抱来。”乃于贡抱中取王。

据《三国志·魏书·董卓传》注引《英雄记》：一本云王不就卓抱，卓与王并马而行也。

帝是日（付）[护]送还宫，见何太后，俱各痛哭，失却传国宝玺。

据《资治通鉴》卷五十九：是日，帝还宫，赦天下，改光熹为昭宁。失传国玺，余玺皆得之。

董卓屯兵城外，每日带铁甲军马数千入城，横行街市，百姓惶惶（道）[不]安。两路兵知何进已死，各引军回本州去讫。董卓得志，出入宫庭，略无忌惮。后军校尉鲍信来见袁绍，言“董卓纵横朝廷，必有异志。”绍曰：“朝廷新定，未可轻动刀兵。”鲍信见王允，亦言其事，允亦不从。信引本部军兵投泰山去了。

据《资治通鉴》卷五十九：骑都尉鲍信自泰山募兵适至，说袁绍曰：“董卓拥强兵，将有异志，今不早图，必为所制；乃其新至疲劳，袭之，可禽也！”绍畏卓，不敢发。信乃引兵还泰山。（参见《后汉书·袁绍传》《三国志·魏书·董卓传》）

董卓招诱何进、何苗部下之兵，尽归掌握。

据《资治通鉴》卷五十九：董卓之入也，步骑不过三千，自嫌兵少，恐不为远近所服，率四五日辄夜潜出军近营，明旦，乃大陈旌鼓而还，以为西兵复至，雒中无知者。俄而进及弟苗部曲皆归于卓，卓又阴使丁原部曲司马五原吕布杀原而并其众，卓兵于是大盛。（参见《后汉书·董卓传》,《三国志·魏书·董卓传》及注引《九州春秋》）

卓召李儒曰：“吾欲废帝，立陈留王，如何？”李儒曰：“今朝廷无主，不就此时行事，迟则有变矣。来日于温民园中聚会百官，若有不从者，立斩之，则昔指鹿之谋，宜在今日。”卓甚（加）喜，便交大排筵会于温民园中，来日请百官饮宴。

次日，飞骑往来于城中，遍请公卿，皆惧董卓，谁敢不到？卓探知百官到了，徐徐策马，到园门下马，带剑入席。百官相见了，先令从人执盏。酒行数巡，卓自举杯，劝诸大臣饮酒毕，卓交停酒止乐。卓曰：“今日大（士）[事]，众官听察。”众皆起身侧耳。卓曰：“天子为万人之主，以治天下，无威仪不可以奉宗庙社稷。况先帝有密诏曰：‘刘辨轻浮无智，不可为君。次子刘协聪明好学，可承大汉宗庙。’吾欲废帝，仍旧为弘农王；册立陈留王为天子，以正汉室。尔诸大臣以为何如？”诸官听罢，默默无[言]，各低头觑地。坐下一人推桌直出，立于（定）[筵]上大叫：“不可！不可！汝乃何等之人，敢发此语？欺俺汉朝无人物耶？天子乃灵帝嫡子，又无过恶，安敢废耶？吾知汝怀篡逆之心久矣。吾岂能容耶！”众人大惊。毕竟是谁？

［第六段］　吕布刺杀丁建阳

董卓视之，此人官拜（荆）［并］州刺史，姓丁名原，字建阳，因何进降诏，遂（周）［调］兵至洛阳，

据《三国志·魏书·吕布传》：吕布……以骁武给并州。刺史丁原为骑都尉，屯河内，……灵帝崩，原将兵诣洛阳。与何进谋诛诸黄门，拜执金吾。（参见《后汉书·吕布传》）

（尝）［当日］倚恃兵权，敢出抗拒。董卓大怒，叱之曰：“朝廷大臣尚不敢言，汝何等之人，敢出多言耶！”拔所佩剑欲斩之。

按：丁原反对董卓废立及董卓怒叱丁原，均不见于史。

时李儒见丁原后一人，身长一丈，腰大十围，弓马熟闲，眉目清秀，五原郡九原人也，姓吕名布，字奉先，官拜执金吾，自幼随从丁原，拜为义父，

据《后汉书·吕布传》：吕布字奉先，五原九原人也。以弓马骁武给并州。刺史丁原为骑都尉，屯河内，以布为主簿，甚见亲侍。（参见《三国志·魏书·吕布传》）

按：核诸史书，吕布未拜丁原为义父。

当日手执方天戟，

按：据史书，吕布使用的兵器是矛，不是戟。吕布使矛，史书有两处记载：一是《后汉书·董卓传》记吕布杀董卓时，“布应声持矛刺卓”；一是《三国志·魏书·吕布传》注引《英雄记》记载，李傕、郭汜攻长安时，吕布与郭汜单挑，“布以矛刺中汜”。

立于丁原之后。李儒会意，急向前曰：“今日饮宴之处，不可以谈国政。来日向都堂公论未迟。”众人皆劝丁原上马。吕布手［执］画戟，目视董卓而出。众官皆奉送丁原上马而去。董卓与百官曰：“吾所见者，合公道否？”（台）［卢］植立于筵上曰：“明公所见差矣！昔汤之太甲不明，伊尹放之于桐宫。昌邑王登位方二十七日，造罪三千余条，霍光告太庙而废之。今上皇帝年纪虽幼（主），聪明仁智，并无分毫过失。汝乃外州刺史，素不曾参（愿）［预］国政，又无伊尹之志，则篡也。汝莫非待篡汉天下耶？”董卓大怒，拔剑向前，欲杀卢植，百官皆拜于地而告免。植曰：“我非慕爵禄而久恋洛阳，乃不忍汉天下到此废矣！”长叹而出，逃难而去，隐于山谷。

据《资治通鉴》卷五十九：（中平六年秋）九月癸酉，卓大会百僚，奋首而言曰：“皇帝暗弱，不可以奉宗庙，为天下主。今欲依伊尹、霍光故事，更立陈留王，何如？”公卿以下皆惶恐，莫敢对。卓又抗言曰：“昔霍光定策，延年按剑。有敢沮大议，皆以军法从事！”坐者震动，尚书卢植独曰：“昔太甲既立不明，昌邑罪过千余，故有废立之事。

今上富于春秋，行无失德，非前事之比也。”卓大怒，罢坐。将杀植，蔡邕为之请，议郎彭伯亦谏卓曰：“卢尚书海内大儒，人之望也。今先害之，天下震怖。”卓乃止，但免植官，植遂逃隐于上谷。（参见《后汉书·董卓传》《卢植传》,《三国志·魏书·董卓传》注引《献帝纪》）

司徒王允出曰：“废立之事，不可酒后商议，别日再听约束。”于是百官皆散。董卓按剑立于园门，意欲伤害百官。忽一人跃马持戟，于园门外往来。卓问李儒：“此何人也？”儒曰：“此丁原义儿吕布，极勇，不可当也。”卓乃潜入园回避，百官因此得还家。

次日，人报董卓：“丁原引军在城外（勒）[搦]战。”卓大怒，引军马出。两阵完，卓见对阵吕布出马，顶束发金冠，披百花战袍，擐唐猊铠甲，系狮蛮宝带，骑一匹冲阵劣马，持方天画戟，往来驰骤，貌若天神。卓心中惊（弛）[骇]。丁建阳于阵中纵马直出，以鞭指卓而骂曰：“汉天下不幸，阉官弄权，以致万民受于涂炭。尔乃外州刺史，于国无寸箭之功，焉敢乱言废立，侮慢朝廷？实欲反耶！”董卓无言可答。吕布飞马挺戟，直杀过来，董卓先走。丁建阳率军马一掩，卓兵大败，走三十余里。

卓收军下寨，聚众商议。卓曰：“吾（乃）观吕布非常人也。吾若得此人，何虑天下哉！”帐前一人出曰：“主公勿忧！吾与吕布同乡，足知其人勇而无谋，见利忘义。某凭三寸不烂之舌，说吕布拱手来降主公，可乎？”卓大喜，观其人，乃是虎贲中郎将李肃。卓曰：“汝去说吕布，以何而进？”肃曰：“某闻主公有名马一匹，号曰‘赤兔’，日行千里。须得此马，更用金珠，以利结其心，吕布必反丁原，来投主公也。”卓问李儒曰：“此言可乎？”儒曰：“主公欲取天下，何惜一马？”卓欣然与之，更与金一千两，明珠数千颗，玉带一条。

李肃骑了赤兔马，带二匹从马，三个人投吕布寨来。伏路军人围住，肃曰：“可报吕布将军，道‘故人特来请见。’”军士报入帐中来，吕布交唤入来。肃见布曰：“贤弟别来无恙！”布半饷寻思不起，问曰：“足下果何人也？”李肃曰：“乡中故人，何故失忘？某乃是李肃也。”（沛）[布]下拜曰：“贤兄久不相见！见居何处？”肃曰：“仕于汉朝，见任虎贲中郎之职。闻贤弟匡扶社稷，不胜至喜。有良马一匹，日行千里，渡水登山如履平地，名曰‘赤兔’。李肃不敢乘坐，特来献与贤弟，以助虎威。”布听罢，便交牵过来看，果然那马身上火炭般赤，无半根杂毛，头至尾长一丈，蹄至项鬃高八尺，嘶喊咆哮，有腾空入海之状。吕布见了大喜。

据《三国志·魏书·吕布传》：布有良马曰赤兔。

据《后汉书·吕布传》：布常御良马，号曰赤菟，能驰城飞堑。

史官有四句诗单道着赤兔马云：

奔腾千里荡尘（矣）[埃]，渡水登山紫雾开。
掣断丝（千）[缰]摇玉辔，火龙飞入九天来。

布谢肃曰：“兄与此龙驹，布将何报之？”肃曰：“某为义气而来，岂望报乎？”布置酒相待。至酒酣，肃曰：“某与贤弟少得相会，与令尊曾[多]得会来。（此马亦不可说。）”布曰：“兄醉矣。”肃曰：“何以知之？”布曰：“先人弃世多年，安得与兄多会？”肃大笑曰：“某说今之丁刺史耳。”布惶恐而言曰：“在丁建阳处，亦出无奈。”李肃曰：“贤弟有擎天驾海之才，四海孰不惧怕？功名富贵如探囊取物，何言无奈而在人之下乎？”布曰：“布欲大展其能，恨不逢明主！”肃叹曰：“良禽相木而栖，贤臣择主而佐。青春不再，悔之晚矣！”布曰：“兄在朝廷，观何人［为］世之英雄耶？”肃曰：“某遍观大臣，皆不如董卓。卓为人礼贤敬士，宽仁厚德，赏罚极明，终成大事。”布曰：“某欲从之，恨无门路！”肃取金珠玉带列于布前。布惊曰：“何谓有此？”肃令叱退左右，告布曰：“此是董刺史久慕公德，特令某送此礼物以献，赤兔马亦董卓之所赐也。”

按：《演义》称吕布坐骑赤兔马为董卓所赠，不见于史。

布曰：“董刺史如此（浊）［相］爱，某将何礼报之？”肃曰：“如某之不才，尚为虎贲中郎将。公若到彼，贵不可言。”布曰：“恨无功可以报之！”肃曰：“功劳在番手之间，弟自不肯为耳。”布沉吟良久曰：“兄长少待，容吾到军中杀丁原，引军归董刺史，若何？”肃曰：“但恐贤弟不肯为耳。”布提刀便起，径到军中。

丁原秉烛观书，当［头］见布提刀而至。丁原曰：“吾儿来此何事？”布曰：“吾乃世之大丈夫也，安能为汝之子乎！”丁原曰：“奉先何故心变？”布向前，一刀砍下丁原首级，大呼左右：“丁原不仁，吾已杀之！肯从吾者在（从）［此］，不从吾者自去。”军中散去大半。

布提首级见肃，肃曰：“某当先去报主公，来接将军。”布一面收拾军马。肃报董卓，卓引军置酒，去迎吕布。布献丁原头，卓下马，携手入帐中。卓先下拜曰：“卓今得将军，如枯苗而得甘雨也！”布纳卓坐而拜之曰：“布今弃暗投明，愿以父侍之！”卓大喜，重赏李肃；是日以金甲锦袍赐布，畅饮而散。董卓又得吕布带来军马，其势越大，自领前将军事，封弟董旻为左将军、鄠侯，封吕布为骑都尉、中郎将、都亭侯。

据《三国志·魏书·吕布传》：灵帝崩，原将兵诣洛阳。与何进谋诛诸黄门，拜执金吾。进败，董卓入京都，将为乱，欲杀原，并其兵众。卓以布见信于原，诱布令杀原。布斩原首诣卓，卓以布为骑都尉，甚爱信之，誓为父子。布便弓马，膂力过人，号为飞将。稍迁至中郎将，封都亭侯。（参见《后汉书·吕布传》《董卓传》，《三国志·魏书·董卓传》，《资治通鉴》卷五十九）

据《资治通鉴》卷五十九：董卓自为太尉，领前将军事，加节传、斧钺、虎贲，更封郿侯。（参见《后汉书·董卓传》）

据《三国志·魏书·董卓传》：卓弟旻为左将军，封鄠侯；兄子璜为侍中中军校尉典兵；宗族内外并列朝廷。

李儒荐蔡邕曰：“蔡伯喈非常人也。若主公用之，大事可就。”卓使人征之，蔡邕托病不起。卓怒曰：“我能灭人九族，犯者不恕！”人报蔡邕，邕急往。卓拜为祭酒，甚相敬重，恩赐不少，三日之间周历三台为官，迁为侍郎。

据《资治通鉴》卷五十九：初，蔡邕徙朔方，会赦得还。……董卓闻其名而辟之，称疾不就。卓怒，詈曰：“我能族人！”邕惧而应命，到，署祭酒，甚见敬重，举高第，三日之间，周历三台，迁为侍中。（参见《后汉书·蔡邕传》）

邕倾心事之。

李儒劝卓早定废立之计。卓于省中设宴会，集公卿，令吕布将甲士千余，侍卫左右。是日，太傅袁隗与百官皆到。酒及数巡，卓按剑曰：“大者天地，次者君臣，所以为治。今皇帝暗弱不肖，难以奉宗庙之主。吾依伊尹、霍光故事，废帝为弘农王，立陈留王为君。汝大臣（以）［意］下如何？”群臣惶怖，莫敢对。座上一人应声而出曰：“太甲不明，放之桐宫；昌邑有罪，霍光废之。今上富于春秋，未有不善。汝欲废嫡立庶，欲为反耶！”众视之，乃中军校尉袁绍也。卓大怒，叱之曰：“竖子！天下事在我。我今为之，谁敢不从？将谓我之剑不利也！”袁绍亦拔剑出，曰：“汝剑虽利，吾剑亦可杀人也！”两个在筵上放对。性命如何？

［第七段］ 废汉君董卓弄权

卓欲杀绍，蔡邕止之曰：“事未有定体，不可妄杀。”袁绍手提宝剑，长揖百官而出，悬节东门，上马奔冀州（回）［而］去。

据《资治通鉴》卷五十九：董卓谓袁绍曰：“天下之主，宜得贤明，每念灵帝，令人愤毒！董侯似可，今欲立之，为能胜史侯否？人有小智大痴，亦知复何如？为当且尔。刘氏种不足复遗！”绍曰：“汉家君天下四百许年，恩泽深渥，兆民戴之。今上富于春秋，未有不善宣于天下。公欲废嫡立庶，恐众不从公议也。”卓按剑叱绍曰：“竖子敢然！天下之事，岂不在我！我欲为之，谁敢不从！尔谓董卓刀为不利乎！”绍勃然曰：“天下健者，岂惟董公！”引佩刀，横揖，径出。卓以新至，见绍大家，故不敢害。绍县节于上东门，逃奔冀州。（参见《后汉书·袁绍传》《三国志·魏书·袁绍传》）

据《三国志·魏书·袁绍传》注引《献帝春秋》：卓欲废帝，谓绍曰：“皇帝冲暗，非万乘之主。陈留王犹胜，今欲立之。人有少智，大或痴，亦知复何如，为当且尔；卿不见灵帝乎？念此令人愤毒！”绍曰：“汉家君天下四百许年，恩泽深渥，兆民戴之来久。今帝虽幼冲，未有不善宣闻天下，公欲废適立庶，恐众不从公议也。”卓谓绍曰：“竖子！天下事岂不决我？我今为之，谁敢不从？尔谓董卓刀为不利乎！”绍曰：“天下健者，岂唯董公？”引佩刀横揖而出。绍既出，遂亡奔冀州。　臣松之以为绍于时与卓未构嫌隙，故卓与之谘谋。若但以言议不同，便骂为竖子，而有推刃之心，及绍复答，屈强为甚，卓又安能容忍而不加害乎？且如绍此言，进非亮正，退违诡逊，而显其竞爽之旨，以触哮阚之锋，有志功业者，理岂然哉！此语妄之甚矣。

卓谓太傅袁隗曰：“汝侄无礼太甚！吾看汝面，不欲杀之。废立之事，汝意若何？”袁隗曰：“太尉见者是也。”

据《资治通鉴》卷五十九：卓以废立议示太傅袁隗，隗报如议。

卓曰：“敢有阻大议者，皆以军法从事！”（望）［闻］者震动，皆云“一听尊命！”

据《资治通鉴》卷五十九：公卿以下皆惶恐，莫敢对。卓又抗言曰：“昔霍光定策，延年按剑。有敢沮大议，皆以军法从事！”坐者震动。

宴罢，卓召侍中周毖、校尉任琼、议郎何颙，问之曰：“袁绍此去若何？”周毖曰：“废立之大事非人所及。袁绍不达大体，恐惧故出奔去，非有他志也。今购之急，势必有变。袁氏树恩四世，门生故吏遍于天下，若收豪杰以聚徒众，英雄因之而起，山东非公之有也。不如赦之，拜为一郡守，则绍喜释前罪，（心）［必］无患矣。”蔡邕曰：“某不使主公杀袁绍者，正为此也。绍好谋无断，不足为虑。加之一郡守，以收民心。”卓大喜，即日差人拜绍为渤海太守。

据《资治通鉴》卷五十九：卓购求袁绍急，周毖、伍琼说卓曰："夫废立大事，非常人所及。袁绍不达大体，恐惧出奔，非有它志。今急购之，势必为变。袁氏树恩四世，门生故吏遍于天下，若收豪杰以聚徒众，英雄因之而起，则山东非公之有也。不如赦之，拜一郡守，绍喜于免罪，必无患矣。"卓以为然，乃即拜绍勃海太守，封邟乡侯。又以袁术为后将军，曹操为骁骑校尉。术畏卓，出奔南阳。（参见《后汉书·袁绍传》《三国志·魏书·袁绍传》）

史官论曰：袁绍忘大志，好小谋，无断决，色厉胆薄，弗（然）［能］就朝堂诛董卓，及长揖而去，得一郡守而喜，谬之甚也！

董卓权重，群臣见者皆惧然。九月朔，请帝升嘉德殿，大会文武，"不到者斩！"是日皆到，列于班次。卓掣剑在手曰："少帝暗弱，全无威仪，不可以掌天下。今有（交）［郊］天策文，宜宣读。"

据《资治通鉴》卷五十九：（中平六年秋九月）甲戌，卓复会群僚于崇德前殿，遂胁太后策废少帝，曰："皇帝在丧，无人子之心，威仪不类人君，今废为弘农王，立陈留王协为帝。"（参见《后汉书·董卓传》,《三国志·魏书·董卓传》注引《献帝纪》）

李儒读策曰：

孝灵不究高宗眉寿之祚，早弃天下。嗣子皇帝承绍，海内仰望太平。而帝天资轻佻，威仪不恪，在丧帏忘哀如故焉；凶德彰露，淫秽发闻，（摄）［损］神器，污宗庙。皇太后教无母仪，统政荒乱不一。永平太后暴崩，众论或焉。三纲之道，天地之（记）［纪］，而乃有（闻关）［阙］，罪之大者。陈留王协，圣德伟茂，规矩俨然，丰下兑上，尧国之表；居丧哀戚，言不及邪，抱岐嶷之性，有成周之懿。（体）声誉（羡）［美］称，天下所闻，宜洪大业，为万世统，可以承宗庙。废皇帝为弘农王，皇太（子）［后］还政，应天顺人，以慰生灵之望！

据《三国志·魏书·董卓传》注引《献帝起居注》：策曰："孝灵皇帝不究高宗眉寿之祚，早弃臣子。皇帝承绍，海内侧望，而帝天姿轻佻，威仪不恪，在丧慢惰，衰如故焉；凶德既彰，淫秽发闻，损辱神器，忝污宗庙。皇太后教无母仪，统政荒乱。永乐太后暴崩，众论惑焉。三纲之道，天地之纪，而乃有阙，罪之大者。陈留王协，圣德伟茂，规矩邈然，丰下兑上，有尧图之表；居丧哀戚，言不及邪，岐嶷之性，有周成之懿。休声美称，天下所闻，宜承洪业，为万世统，可以承宗庙。废皇帝为弘农王。皇太后还政。"

李儒读策已罢，卓叱左右："扶少帝下殿，解其玺绶，北面长跪，称臣听命。"少帝号哭，百官惨然。卓呼太后（重重）去服候敕。太后哽咽，群臣含悲。

据《资治通鉴》卷五十九：袁隗解帝玺绶，以奉陈留王，扶弘农王下殿，北面称臣。太后鲠涕，群臣含悲，莫敢言者。（参见《后汉书·灵思何皇后纪》）

阶下一大臣忿怒高呼曰："贼臣董卓，敢为欺天之谋，而废圣明之主，不若与之同死！"挥手中象简，直击董卓。董卓大怒，喝武士簇下，乃是尚书丁管。管骂不绝口。卓命牵出斩之，至死神色不变。

据《三国志·魏书·董卓传》注引《献帝起居注》：尚书读册毕，群臣莫有言，尚书丁宫曰："天祸汉室，丧乱弘多。昔祭仲废忽立突，《春秋》大其权。今大臣量宜为社稷计，诚合天人，请称万岁。”

静轩诗赞曰：

董贼潜怀废立图，汉家宗社委丘墟。
满朝臣宰皆囊括，惟有丁君是丈夫。

卓请陈留王登殿，群臣皆呼万岁。礼毕，卓令扶何太后并弘农王于永安宫，随侍有唐贵妃及宫女二人，月给食粮；诸臣下无得辄入，违者夷三族。

据《资治通鉴》卷五十九：卓又议：“太后踧迫永乐宫，至令忧死，逆妇姑之礼。”乃迁太后于永安宫。（参见《后汉书·董卓传》《灵思何皇后纪》）

可怜少帝四月登基，至九月被董卓废之。卓所立陈留王协即汉献帝也，九岁即位。

据《后汉书·献帝纪》：孝献皇帝讳协，灵帝中子也。……（中平六年）九月甲戌，即皇帝位，年九岁。（参见《三国志·魏书·董卓传》）

董卓自（于）[为]相国，赞拜不名，入朝不趋，剑履上殿；封黄琬为太尉，杨彪为司徒，荀爽为司空，韩馥为冀州牧，张（貌）[邈]为陈[留]太守，张咨为南阳太守。

据《资治通鉴》卷五十九：（中平六年冬）十一月，以董卓为相国，赞拜不名，入朝不趋，剑履上殿。十二月戊戌，以司徒黄琬为太尉，司空杨彪为司徒，光禄勋荀爽为司空。……卓又以尚书韩馥为冀州牧，侍中刘岱为兖州刺史，陈留孔伷为豫州刺史，东平张邈为陈留太守，颍川张咨为南阳太守。（参见《后汉书·献帝纪》《董卓传》，《三国志·蜀书·许靖传》《三国志·魏书·董卓传》）

是年庚午岁，改元初平元年。

何太后与少帝、唐贵妃囚于永安宫中，日夜忧叹，衣服饮食尽皆缺少。少帝泪不曾干。偶然双燕飞入庭中，帝遂吟诗一首云：

嫩草绿凝烟，袅袅双飞燕。
洛水一条青，陌上人呼羡。
远望碧云深，是吾旧宫殿。
何人仗忠义，写我心中怨！

卓常使宫女探其动静。是日获得此词，来呈于卓。卓曰：“刘辨怨望，故作此词，杀之有名矣。”唤李儒带武士十人，来杀少帝。

少帝与母何太后立在楼上嗟叹，宫女来报李儒至，大骇。儒执鸩酒与帝曰：“春日融融，董太（后）[尉]特上寿酒。”少帝曰：“何相逼如是也？”儒曰：“寿酒勿疑。”太后曰：“既云寿酒，当先上汝寿。”儒怒曰：“汝母子不待饮耶！”呼左右持短刀白练于前，曰：“寿酒不饮，可饮此二般。”唐贵妃跪告儒曰：“妾身代帝饮酒，愿相公见怜母子性命！”儒叱曰：“量汝何等，可代王死！”儒举杯与何太后曰：“你可先饮。”[太]后挺胸大骂：“何进无能之贼，接引董卓入京，致有今日之祸！”儒催逼至急，[少帝]曰：“容某与母（子）作别。”大哭而作歌曰：

天道易兮我何安，弃万乘兮退守藩。
为臣逼兮命不久，势将去兮空泪潸！

唐贵妃抱帝，亦作歌曰：

皇天将崩兮后土颓，身为帝姬兮命亦摧。

生死异路兮从此毕，奈何茕茕兮心中哀！

歌罢，相抱而哭。李儒喝曰：“太尉立等回报。汝等俄延，望谁救耶！”何太后大骂：“国贼董卓，逼我子母，皇天岂祐汝耶！汝等助桀作业之徒，必当族灭！”李儒大怒，双手扯住太后，直撩下楼。

据《后汉书·灵思何皇后纪》：董卓又议太后蹴迫永乐宫，至令忧死，逆妇姑之礼，乃迁于永安宫，因进鸩，弑而崩。在位十年。董卓令帝出奉常亭举哀，公卿皆白衣会，不成丧也。合葬文昭陵。（参见《资治通鉴》卷五十九）

少帝揪住李儒衣服，唐妃向前搅做一团。儒唤武士绞死唐妃，

据《后汉书·灵思何皇后纪附唐姬传》：唐姬，颍川人也。王薨，归乡里。父会稽太守瑁欲嫁之，姬誓不许。及李傕破长安，遣兵抄关东，略得姬。傕因欲妻之，固不听，而终不自名。尚书贾诩知之，以状白献帝。帝闻感怆，乃下诏迎姬，置园中，使侍中持节拜为弘农王妃。

以鸩酒灌杀少帝。

据《后汉书·灵思何皇后纪附弘农王传》：明年，山东义兵大起，讨董卓之乱。卓乃置弘农王于阁上，使郎中令李儒进鸩，曰：“服此药，可以辟恶。”王曰：“我无疾，是欲杀我耳！？”不肯饮。强饮之，不得已，乃与妻唐姬及宫人饮宴别。酒行，王悲歌曰：“天道易兮我何艰！弃万乘兮退守蕃。逆臣见迫兮命不延，逝将去汝兮适幽玄！”因令唐姬起舞，姬抗袖而歌曰：“皇天崩兮后土颓，身为帝兮命夭摧。死生路异兮从此乖，奈我茕独兮心中哀！”因泣下呜咽，坐者皆歔欷。王谓姬曰：“卿王者妃，势不复为吏民妻。自爱，从此长辞！”遂饮药而死。时年十八。（参见《资治通鉴》卷五十九，《后汉书·献帝纪》《董卓传》）

史官有诗曰：

太后飞身下玉楼，唐妃素练系咽喉。
君王服药皆身丧，汉室江山自此休！

儒还报卓。卓命拖出城外埋之；

按：据史书，董卓废少帝后即鸩杀何太后；而少帝被杀是在次年，因关东诸侯起兵声讨董卓，董卓遂命李儒毒死少帝，但未杀唐妃。

自此每夜入宫，奸淫宫女，夜宿龙床，禁庭公主尽皆淫之。常引一枝军出城外，（飞放）［前行］到阳城。时当二月，村民赛社，男女毕集。卓引军围住，将男子尽皆杀之，掠其妇女，财物收万千余件，都装在车上，悬头千余颗在车下，连轸还都，先报“董太尉杀贼，大胜而回。”各城门焚烧其头，以妇女财物尽散与宿帐军士。

据《三国志·魏书·董卓传》：尝遣军到阳城。时适二月社，民各在其社下，悉就断其男子头，驾其车牛，载其妇女财物，以所断头系车辕轴，连轸而还洛，云攻贼大获，称万岁。入开阳城门，焚烧其头，以妇女与甲兵为婢妾。至于奸乱宫人公主，其凶逆如此。（参见《后汉书·董卓传》，《资治通鉴》卷五十九）

越骑校尉伍孚字德瑜，见董卓残暴太甚，群臣战栗，莫敢奈何。伍孚于朝服内披小铠，藏短刀，候董卓入朝。孚迎到阁下，掣出短刀，直刺董卓心。卓气力大，两手驱住，

吕布便入，捌倒伍孚。卓问曰："谁教汝反？"孚睁目大骂："汝非吾君，吾非汝臣，何反之有！汝乱国篡位，罪恶盈天。今是吾死之日，故来诛奸贼。吾恨不得裂汝尸于市，以谢天下！"董卓大怒，命吕布将出剖剐之，骂不绝口。

据《三国志·魏书·董卓传》注引谢承《后汉书》：伍孚字德瑜，少有大节，为郡门下书佐。……后大将军何进辟为东曹属，稍迁侍中、河南尹、越骑校尉。董卓作乱，百僚震栗。孚著小铠，于朝服里挟佩刀见卓，欲伺便刺杀之。语阕辞去，卓送至阁中，孚因出刀刺之。卓多力，退却不中，即收孚。卓曰："卿欲反邪？"孚大言曰："汝非吾君，吾非汝臣，何反之有？汝乱国篡主，罪盈恶大，今是吾死日，故来诛奸贼耳，恨不车裂汝于市朝以谢天下。"遂杀孚。（参见《后汉书·董卓传》）

史官有诗曰：

汉末忠臣说伍孚，冲天豪气世间无。

朝堂诛贼名尤在，万古堪称大丈夫。

董卓自此出入常带剑披甲，武夫前后围绕。

袁绍在渤海知卓弄权，乃差人赍密书来呈王允。其书曰：

卓贼欺天废主，人不忍言；入乱宫廷，神亦不祐。公反恣其跋扈，如不听闻，岂此效职报国之臣哉？绍今集兵练马，欲图扫清帝室，未敢轻举。公相食禄于汉朝，当乘间图之。如有驱使，即当奉命。书不尽言，请遂照察！

王允寻思无计。

一日，于侍班阁子内见汉朝旧臣等，王允（允）请曰："今日老夫贱降，晚间少叙。众大臣就舍下小酌，幸勿见阻。"众官皆曰："必来添寿。"当晚就后堂设宴，灯烛荧煌，公卿皆到。允视之，皆汉朝旧臣，心中暗喜。酒至半酣，王允举杯，掩面大哭。众官曰："司徒贵降，不可发悲。"允曰："老夫非贱降之日。要与众官聚会，恐贼生疑，故推贱降。吾意者，哭汉天下也。董卓势若泰山，吾等朝夕难保。想高帝提三尺剑，斩白蛇，起义兵，子孙相承四百余年，不想丧于董卓之手。吾等舍死，无益于国！"众公卿皆掩面大哭。座下一人抚掌大笑曰："满朝众（以）大臣夜哭到明，明哭到夜，还能哭死董卓否？"允视之，乃是车骑校尉曹操也。

据《三国志·魏书·武帝纪》：（董卓）废帝为弘农王而立献帝，京都大乱。卓表太祖为骁骑校尉，欲与计事。（参见《资治通鉴》卷五十九）

允大怒，责之曰："汝祖宗食禄汉朝四百年，不想报本，反欲从贼耶！汝去告卓，吾等死亦汉家鬼！"操曰："非笑别事，笑众大臣无一计杀董贼。曹操虽不才，略施小计，可断董贼头，悬于都门，以谢天下！"王允听罢，乃避席而问操曰："有何高见，扶持汉室？"道甚来？

［第八段］ 曹操谋杀董卓

曹操曰："近日［操］进身以事董卓者，实有意以图之。今卓甚爱操，有事必共议之。闻司徒有七宝刀一口，愿借与操，入相府去刺杀之。操万死无恨！"王允曰："孟德果有是心，汉天下幸甚！"操遂言誓于允前。允取七宝刀与操，其刀长七尺，金宝（簸）［嵌］饰，极有锋利。操带之，众官皆散。

操来日径入相府，问"丞相出来未？"人指云："出在书院内坐久。"操径入，见卓坐于床上，侧首吕布。卓问曰："孟德来何晚？"操曰："马瘦，行迟。"卓曰："吾有西凉州进到良马。吾儿可亲去选一匹来，赐与孟德。"操思曰："董卓合死。"意欲拔刀，惧卓有力，不敢下手。卓胖大，不奈久坐，遂倒身而卧，转身背却曹操。操曰："此贼当休。"急掣宝刀在手。卓（回）［仰面］看着衣镜中，见操拔刀出鞘，急回身曰："孟德何为？"吕布已牵马到阁外。操刀已出鞘，就倒转刀靶，跪下曰："操有宝刀一口，献上恩相。"卓接视之，果宝刀也，递与吕布收了。操急解鞘子与之。卓引操看马，操拜谢曰："愿试一骑。"卓交与鞍辔。操牵马出相府，加鞭望东门而去。

布对董卓曰："恰才曹操有行刺之心，急被喝破，（以）［故］推献刀。"卓曰："吾亦甚疑。"二人正未决，忽李儒至，卓以其事告知。儒曰："操无老小，必有下处，可差人急唤。如操无疑而便来，则是献刀；若迟疑推托而不来，此必行刺，便可擒而问之。"卓然其说，差狱卒四五人往唤多时，回覆云："曹操不曾到下处来，著黄马飞奔出东门。门吏问操，云丞相差他有紧急公事，纵马而去。"李儒曰："操贼心虚，逃窜而去。"卓大怒曰："我如此重用，反欲害吾！今便行文书，描其模样，画影图形，无分星夜捉拿此贼。拿住者千金赏赐，万户封侯。"李儒言曰："必有同谋者，拿住曹操，便可知之。"文书晓夜行。

按：曹操献刀欲刺董卓事，不见于史。

曹操日行夜住，奔谯郡来，

据《三国志·魏书·武帝纪》：（董卓）废帝为弘农王而立献帝，京都大乱。卓表太祖为骁骑校尉，欲与计事。太祖乃变易姓名，间行东归。（参见《资治通鉴》卷五十九）

据《三国志·魏书·武帝纪》注引《魏书》：太祖以卓终必覆败，遂不就拜，逃归乡里。

按：《演义》称曹操因行刺董卓失败而逃离洛阳，于史无据。据史书记载，曹操"间行东归"，是因为他认为董卓"终必覆败"。

路经中牟县过。把关者见之曰："此必是曹操也！"当住问曰："汝何姓？那里来？"操曰："我覆姓皇甫，从泗州来。"把关者曰："朝廷捕捉曹操，你服色规模正对同。"拖见县令。操赖道："我是客人。"县令曰："我在洛阳求名，认得曹操，捉来便知。"夺了马，拥至厅下。县令曰："我认得你，如何可讳？且把来监下，来日起解。万户侯我做，千金赏分与把门之人。"与了酒肉，皆散。

县令至晚令一二亲随取出曹操至后院问之："我闻董卓相待你甚厚，何故自取其祸？"

操曰："燕雀安知鸿鹄之志哉？汝既拿住，便当解去请赏，何必多问？"县令曰："你休小觑我。我有冲天之志，奈何未遇其主耳！"操曰："吾乃相国曹参之后，祖宗四百余年食汉禄矣，不思报本，与禽兽何异？吾屈身而事董卓者，实欲与国家除害耳。今事不成，是乃天意也！"县令曰："孟德此行将欲何往？"操曰："吾归乡中，发矫诏［于］海内，使天下诸侯共兴兵诛董卓，吾之愿也。奈何天不从之！"县令闻之，乃亲释其缚，扶之上坐，酌酒再拜曰："公乃天下忠义之士也！吾弃官已从之。"操问姓名，县令曰："某姓陈名宫，字公台，

据《三国志·魏书·吕布传》注引《典略》：陈宫字公台，东郡人也。刚直烈壮，少与海内知名之士皆相连结。及天下乱，始随太祖，后自疑，乃从吕布，为布画策，布每不从其计。

据《资治通鉴》卷六十：青州黄巾寇兖州，刘岱欲击之，济北相鲍信谏曰："今贼众百万，百姓皆震恐，士卒无斗志，不可敌也。然贼军无辎重，唯以钞略为资。今不若畜士众之力，先为固守；彼欲战不得，攻又不能，其势必离散。然后选精锐，据要害，击之可破也。"岱不从，遂与战，果为所杀。曹操部将东郡陈宫谓操曰："州今无主，而王命断绝，宫请说州中纲纪，明府寻往牧之，资之以收天下，此霸王之业也。"宫因往说别驾、治中曰："今天下分裂而州无主；曹东郡，命世之才也，若迎以牧州，必宁生民。"鲍信等亦以为然，乃与州吏万潜等至东郡，迎操领兖州刺史。（参见《三国志·魏书·武帝纪》注引《世语》）

按：据史书记载，陈宫原是曹操的部将，他追随曹操的具体时间和地点，史书没有明确记载。兖州刺史刘岱战死后，曹操被迎立为兖州刺史，陈宫在其中起了很大的作用，但后来他叛离曹操而转投了吕布。《演义》改变了历史上陈宫的身份和事迹，将他改写为中牟县令。

老母妻子皆在东郡，愿与公更衣（赐）［易］马，共谋大事。"是夜收拾盘费，陈宫与曹操各背剑乘马，投故乡来。

据《资治通鉴》卷五十九：操变易姓名，间行东归，过中牟，为亭长所疑，执诣县。时县已被卓书，唯功曹心知是操，以世方乱，不宜拘天下雄俊，因白令释之。（参见《三国志·魏书·武帝纪》及注引《世语》）

按：《演义》称，曹操在中牟县被捕后，时任中牟县令的陈宫将曹操释放并弃官与之同行，这些情节均与史不合。

三日至成皋，天色向晚。操以鞭指村深处而言曰："此间有一人姓吕名伯奢，是吾父亲拜义兄弟。就往问家中信息，觅一宿若何？"宫曰："最好。"二人到庄门下马，入见伯奢下拜。伯奢曰："我闻朝廷遍行文书，拿你太紧。你父避于陈留，贤侄如何到此？"操告以前事，"今番不是陈县（冷）［令］，已粉骨碎身矣！"伯奢拜谢陈宫曰："小侄若非使君，曹氏灭门矣！"言罢与操曰："贤侄相陪使君宽怀安坐。老夫家中无好酒，容往西村沽一樽，以待使（客）［君］。"言讫上驴去了。

操坐久，闻庄后磨刀之声。操与宫曰："吕伯奢非吾至亲，此去可疑，当窃听之。"二人潜步入草堂后，但闻人语曰："缚而杀之。"操曰："不先下手，必遭擒矣。"与宫拔剑直入，不问男女皆杀之，杀死八口。搜至厨下，见缚一猪欲杀之。静轩有诗断曰：

夜深喜识故人容，匹马东还寄旧踪。

一念误将良善戮，方知曹操是奸雄。

陈宫曰："孟德误杀好人！"操曰："可急上马！"

二人行不二里，见吕伯奢驴鞍鞒前悬酒二瓶，手抱果木而来。伯奢叫曰："贤侄何故便去？"操曰："被获之人，不可久住。"伯奢曰："吾已分付宰一猪，在家相谢使君。何争此一宿？"操不答，策马便行。不到数步，操拔剑复回叫叔，曰："此来者何人？"伯奢回头看时，将伯奢砍于驴下。宫曰："恰才误耳。今何故也？"操曰："伯奢到家见杀亲子，安肯罢耶？吾等必遭祸矣！"宫曰："非也。知而故杀，大不义也！"操曰："宁使我负天下人，休教天下人负我！"陈宫默然。后晋桓温说："这两句言语教万代人骂，道是：'虽不流芳百世，亦可以遗臭万年。'"曹操说出这二句，也教万代人骂。

据《三国志·魏书·武帝纪》注引《世语》：太祖过伯奢。伯奢出行，五子皆在，备宾主礼。太祖自以背卓命，疑其图己，手剑夜杀八人而去。

据《三国志·魏书·武帝纪》注引孙盛《杂记》：太祖闻其食器声，以为图己，遂夜杀之。既而凄怆曰："宁我负人，毋人负我！"遂行。

据《三国志·魏书·武帝纪》注引《魏书》：太祖以卓终必覆败，遂不就拜，逃归乡里。从数骑过故人成皋吕伯奢。伯奢不在，其子与宾客共劫太祖，取马及物，太祖手刃击杀数人。

按：曹操杀吕伯奢家人的原因，史书所记不一。《魏书》说曹操是遭到抢劫后的自卫或报复，《世语》和《杂记》说曹操因多疑而杀人。《魏书》和《世语》都说，吕伯奢不在家，没有被杀。《演义》取《世语》和《杂记》，并将吕伯奢的身份由曹操的"故人"改变为曹操父亲的结义弟兄，还让陈宫在场成为曹操罪行的见证人。周寿昌《三国志注证遗》认为：此事自以郭、孙两说为确。即以情事言，吕氏子弟宾客果有劫操之心，则杀人已有备，操一人何能敌之？惟吕伯奢五子皆以父友待操，并无机心，操自多疑，故得乘其不防而杀之耳。厥后"宁我负人，无人负我"之语，其灭绝天良，正是天良不能昧处。若王沈《魏书》，则全为操文饰，隐其恶以诬吕氏，不足信也。

当夜，陈宫行数里，月明中敲开店门觅宿，先喂了马匹。操先睡，陈宫寻思："我将谓曹操是好人，弃官跟他来，元来是狼心狗（幸）[性] 之徒。今日留之，后为国患！"拔剑来杀曹操。不知性命如何。

[第九段]　曹操起兵杀董卓

陈宫临欲下手，思之曰："我为国家报本，跟他到此，杀之不义。不若弃之。"宫插剑入鞘上马来，未及天明，自投东郡去了。操觉来不见陈宫，寻思："他见我说了这两句，疑我不仁，弃之而去。吾急往，不可久留。"

操连夜到陈留寻见父亲，说上件事，欲散家资（宁篡）[集募] 义兵。父言："资少，恐不成事。此间有卫弘，曾举孝廉，疏财仗义，其家巨富。若得相助，事可图矣。"操置酒张筵，拜请卫弘到家，告曰："今汉家无主，董卓专权，篡国害民，天下切齿。欲扶社稷，恨力不足。耳闻公乃忠义丈夫，故哀告（曰）[之]。"卫弘曰："吾有心久矣，恨无效力之人！既孟德有大志，愿将家资相助。”

据《三国志·魏书·武帝纪》注引《世语》：陈留孝廉卫兹以家财资太祖，使起兵，众有五千人。（参见《三国志·魏书·卫臻传》及注引《先贤行状》）

操大喜，先发矫诏，驰报各道；

据《三国志·魏书·武帝纪》注引《英雄记》：东郡太守桥瑁，诈作京师三公移书与州郡，陈卓罪恶，云：“见逼迫，无以自救，企望义兵，解国患难。”（参见《后汉书·袁绍传》）

按：《演义》称曹操矫诏招集义兵讨董卓，与史不合。据史书记载，是东郡太守桥瑁“诈作京师三公移书与州郡”，号召兴义兵以救国难。

然后召集义兵，竖立白旗一面，上书“忠义”二字。

是日侵早，应募之士如雨骈集。有一人从众中出曰：“某愿与明公为吏讨董卓。”操问之，其人乃阳平卫国人也，姓乐名进，字文谦，身材短小，胆量过人。操留于帐下为吏。

据《三国志·魏书·乐进传》：乐进字文谦，阳平卫国人也。容貌短小，以胆烈从太祖，为帐下吏。

是日，兄弟二人各引壮士三千余人来投曹操。一人覆姓夏侯名惇，字元让，沛国谯郡人也，乃夏侯婴之后，自小好习枪棒，年一十四岁从师学枪法。有人辱骂其师，惇提刀杀之，逃于外方；闻知曹操起兵，与宗兄夏侯渊字妙才来协助。此（三）［二］人皆是曹操之兄弟。操之父曹嵩元是夏侯氏之子，过房与曹家，因此是亲。

据《三国志·魏书·夏侯惇传》：夏侯惇字元让，沛国谯人，夏侯婴之后也。年十四，就师学，人有辱其师者，惇杀之，由是以烈气闻。太祖初起，惇常为裨将，从征伐。

据《三国志·魏书·夏侯渊传》：夏侯渊字妙才，惇族弟也。太祖居家，曾有县官事，渊代引重罪，太祖营救之，得免。太祖起兵，以别部司马、骑都尉从。

据《三国志·魏书·武帝纪》注引《曹瞒传》、郭颁《世语》：嵩，夏侯氏之子，夏侯惇之叔父。太祖于惇为从父兄弟。

不数日，曹操兄弟曹仁并曹洪引兵千余来助曹操。曹仁字子孝，曹洪字子廉，此二人弓马熟闲，武艺精通。曹操大喜，［留］于军中调练军马。

据《三国志·魏书·曹仁传》：曹仁字子孝，太祖从弟也。少好弓马弋猎。后豪杰并起，仁亦阴结少年，得千余人，周旋淮、泗之间，遂从太祖为别部司马，行厉锋校尉。

据《三国志·魏书·曹洪传》：曹洪字子廉，太祖从弟也。

一人持枪而来，于曹操前大呼曰：“愿从将军，以诛国贼！”操问之，其人姓李名典，字曼成，山阳钜野人也，于曹操前施呈枪法，答问如流。操大喜。

据《三国志·魏书·李典传》：李典字曼成，山阳钜野人也。……初平中，以众随太祖。

卫弘尽出家财，置办衣甲旗幡。（本）［四］方送粮米者不计其数。操兵壮士五千，屯于（伊吾）［陈留］。

据《三国志·魏书·武帝纪》：太祖至陈留，散家财，合义兵，将以诛卓。冬十二月，始起兵于己吾，是岁中平六年也。

据《资治通鉴》卷五十九：操至陈留，散家财，合兵得五千人。

时袁绍得曹娇诏，乃聚麾下壮士商议起兵。时有田丰、沮（受）[授]、许攸、审配、郭图、颜良、文丑，文武臣僚整整齐齐，尽怀报国之心，各有（臣）[匡]君之意，引兵三万离渤海，来与曹操会盟。

据《后汉书·袁绍传》：是时，豪杰既多附绍，且感其家祸，人思为报，州郡蜂起，莫不以袁氏为名。韩馥见人情归绍，忌其得众，恐将图己，常遣从事守绍门，不听发兵。桥瑁乃诈作三公移书，传驿州郡，说董卓罪恶，天子危逼，企望义兵，以释国难。馥于是方听绍举兵。（参见《三国志·魏书·武帝纪》注引《英雄记》）

操作檄文以达诸郡，檄文曰：

操等谨以大义布告天下：董贼欺天罔地，篡国弑君，秽乱禁宫，残害生灵，大（狼）[怀]不仁，罪恶充积。今操奉天子密旨，大集义兵，欲扫清华夏，剿戮群凶。望兴仁义之师，来赴忠烈之会，扶持王室，拯救黎民！檄文到日，速可奉行。

曹操檄文去后，各镇诸侯尽皆起兵：

第一镇，交沟豪杰，结纳英雄，后将军、南阳太守袁术，字公路；

据《三国志·魏书·袁术传》：董卓之将废帝，以术为后将军；术亦畏卓之祸，出奔南阳。会长沙太守孙坚杀南阳太守张咨，术得据其郡。（参见《后汉书·袁术传》，《资治通鉴》卷五十九）

第二镇，阔论高谈，知今博古，豫州刺史孔伷，字公绪；

据《三国志·魏书·武帝纪》注引《英雄记》：伷字公绪，陈留人。

据《三国志·魏书·武帝纪》注引张璠《汉纪》载郑泰说卓："孔公绪能清谈高论，嘘枯吹生。"

第三镇，贯通诸子，博览九经，冀州刺史韩馥，字文节；

据《三国志·魏书·武帝纪》注引《英雄记》：馥字文节，颍川人。为御史中丞。董卓举为冀州牧。

第四镇，孝弟仁慈，虚己待士，兖州刺史刘岱，字公山；

据《三国志·吴书·刘繇传》：繇兄岱，字公山，历位侍中、兖州刺史。

据《三国志·吴书·刘繇传》注：《英雄记》称岱孝悌仁恕，以虚己受人。

第五镇，疏才仗义，挥金似土，河内郡守王匡，字公节；

据《三国志·魏书·武帝纪》注引《英雄记》：匡字公节，泰山人。轻财好施，以任侠闻。辟大将军何进府，进符使匡于徐州发强弩五百西诣京师。会进败，匡还州里。起家，拜河内太守。

第六镇，赈穷救急，志大心高，陈留太守张邈，字孟卓；

据《三国志·魏书·张邈传》：张邈字孟卓，东平寿张人也。少以侠闻，振穷救急，倾家无爱，士多归之。太祖、袁绍皆与邈友。辟公府，以高第拜骑都尉，迁陈留太守。

董卓之乱，太祖与邈首举义兵。

第七镇，惠及诸人，聪明有学，东郡太守乔瑁，字元伟；

据《三国志·魏书·武帝纪》注引《英雄记》：瑁字元伟，玄族子。先为兖州刺史，甚有威惠。

第八镇，忠直元亮，秀士文华，山阳太守袁遗，字伯业；

据《三国志·魏书·武帝纪》注引《英雄记》：遗字伯业，绍从兄。为长安令。河间张超尝荐遗于太尉朱俊，称遗"有冠世之懿，干时之量。其忠允亮直，固天所纵；若乃包罗载籍，管综百氏，登高能赋，睹物知名，求之今日，邈焉靡俦。"

第九镇，有谋多智，善武能文，济北郡相鲍信，字究成；

据《三国志·魏书·鲍勋传》注引《魏书》：信少有大节，宽厚爱人，沉毅有谋。大将军何进辟，拜骑都尉，遣归募兵，得千余人，还到成皋而进已遇害。信至京师，董卓亦始到。信知卓必为乱，劝袁绍袭卓，绍畏卓不敢发。信乃引军还乡里，收徒众二万，骑七百，辎重五千余乘。是岁，太祖始起兵于己吾，信与弟韬以兵应太祖。太祖与袁绍表信行破虏将军，韬裨将军。……太祖为东郡太守，表信为济北相。

第十镇，圣门宗派，好客礼宾，北海太守孔融，字文举；

据《三国志·魏书·崔琰传》注引《续汉书》：融，孔子二十世孙也。……司徒大将军辟举高第，累迁北军中候、虎贲中郎将、北海相，时年三十八。承黄巾残破之后，修复城邑，崇学校，设庠序，举贤才，显儒士。（参见《后汉书·孔融传》）

第十一镇，武艺超群，威仪出众，广陵太守张超，字孟高；
第十二镇，仁义君子，德厚温良，徐州刺史陶谦，字恭祖；

据《后汉书·陶谦传》：陶谦字恭祖，丹阳人也。少为诸生，仕州郡，……会徐州黄巾起，以谦为徐州刺史，击黄巾，大破走之，境内晏然。……是时，徐方百姓殷盛，谷实甚丰，流民多归之。而谦信用非所，刑政不理，别驾从事赵昱，知名士也，而以忠直见疏，出为广陵太守。曹宏等谗慝小人，谦甚亲任之，良善多被其害。由斯渐乱。（参见《三国志·魏书·陶谦传》）

第十三镇，威镇（义）[羌]胡，名闻华夏，西凉太守马腾，字寿成；

据《三国志·蜀书·马超传》注引《典略》：腾字寿成，马援后也。……灵帝末，凉州刺史耿鄙任信奸吏，民王国等及氐、羌反叛。州郡募发民中有勇力者，欲讨之，腾在募中。州郡异之，署为军从事，典领部众。讨贼有功，拜军司马，后以功迁偏将军，又迁征西将军，常屯汧、陇之间。初平中，拜征东将军。

按：据史书，马腾从未任西凉太守。

第十四镇，声如巨钟，丰姿英伟，北平太守公孙瓒，字伯珪；

据《后汉书·公孙瓒传》：公孙瓒字伯珪，辽西令支人也。家世二千石。瓒以母贱，遂为郡小吏。为人美姿貌，大音声，言事辩慧。（参见《三国志·魏书·公孙瓒传》）

第十五镇，随机应变，临事勇为，上党太守张（阳）[扬]，字雅升；

据《三国志·魏书·张杨传》：张杨字稚叔，云中人也。以武勇给并州，为武猛从事。灵帝末，天下乱，帝以所宠小黄门蹇硕为西园上军校尉，军京都，欲以御四方，征天下豪杰以为偏裨。太祖及袁绍等皆为校尉，属之。并州刺史丁原遣杨将兵诣硕，为假司马。灵帝崩，硕为何进所杀。杨复为进所遣，归本州募兵，得千余人，因留上党，击山贼。进败，董卓作乱。……山东兵起，欲诛卓。袁绍至河内，杨与绍合，复与匈奴单于于夫罗屯漳水。

第十六镇，英雄冠世，刚勇绝伦，乌程侯、长沙太守孙坚，字文台；

据《三国志·吴书·孙坚传》：时长沙贼区星自称将军，众万余人，攻围城邑，乃以坚为长沙太守。到郡亲率将士，施设方略，旬月之间，克破星等。……汉朝录前后功，封坚乌程侯。灵帝崩，卓擅朝政，横恣京城。诸州郡并兴义兵，欲以讨卓。坚亦举兵。

第十七镇，四世三公，门多故吏，祁乡侯、渤海太守袁绍，字本初。

按：据史书记载，关东州郡起兵的过程是：东郡太守桥瑁“诈作京师三公移书与州郡”，号召兴义兵讨董卓。兖州刺史刘岱、豫州刺史孔伷、陈留太守张邈、东郡太守桥瑁、广陵太守张超等五人最先在酸枣会盟，此后曹操和袁绍等人才参加。《演义》所谓关东十八路诸侯，据史书记载，实际只有十二支队伍，其中孙坚隶属于袁术，张杨与袁绍合兵，孔融、陶谦、马腾、公孙瓒等四人并没有参加。

诸路军马多少不等，有三万者，有二万者，各（镇）［领］文官武将，投洛阳来。

且说一路军马乃北平太守，统领（出）［幽］州，官带奋武将军、蓟侯，覆姓公孙，单名称瓒，辽西支令人也，统领精兵一万五千人起发，路途经平原县过。军马正行之次，遥望见桑树林中一面黄旗，数骑来迎，远远见公孙瓒下马，视之乃刘玄德也。瓒亦下马问曰：“贤弟何故在此？”玄德曰：“兄弟何故失忘？旧日蒙兄保委此处平原县令。”

据《三国志·蜀书·先主传》：后为高唐尉，迁为令。为贼所破，往奔中郎将公孙瓒，瓒表为别部司马，使为青州刺史田楷以拒冀州牧袁绍。数有战功，试守平原令，后领平原相。

瓒曰：“乃同破黄巾者乎？”玄德曰：“皆此二人之力也。”瓒曰：“有何爵禄？”玄德叹曰：“关羽为马弓手，张飞为步弓手，空埋没了大丈夫耳！”瓒曰：“今董卓作乱，天下诸侯共往诛之。贤弟可弃微官，一同讨贼，力扶汉室，若何？”玄德曰：“愿往！”张飞曰：“当日若容我杀了此贼，免有今日之事！”关羽曰：“事已至此，收拾便行。”玄德、关、张引十数骑跟公孙瓒来。

据《三国志·蜀书·先主传》注引《英雄记》：灵帝末年，备尝在京师，后与曹公俱还沛国，募召合众。会灵帝崩，天下大乱，备亦起军从讨董卓。

按：《三国志·蜀书·先主传》未载刘备起兵讨董卓，仅裴注引《英雄记》称刘备曾起兵。据《先主传》，初平元年关东州郡起兵讨董卓时，刘备任下密丞或高唐尉或高唐丞，并未起兵。

且说那诸侯那一路先到？此人身长八尺，英雄双全，横跨三江，威伏六郡，吴郡富春人也，姓孙名坚，字文台。

据《三国志·吴书·孙坚传》：孙坚字文台，吴郡富春人，盖孙武之后也。……灵帝崩，卓擅朝政，横恣京城。诸州郡并兴义兵，欲以讨卓。坚亦举兵。

后人有诗曰：

谁道江南少将才，明星夜夜照文台。
欲诛董卓安天下，为首长沙太守来。

曹操接着。众诸侯陆续皆到，各自安营下寨，连接二百余里。操乃宰牛杀马，大会诸侯，商议进兵之策。太守王匡曰："今举大义，必立盟主，众听约束，然后进兵。"递互相让。操曰："袁本初四世三公，门多名将，可为盟主。"绍再三推辞，众皆曰："非本初不可为也。"绍方应允。

据《资治通鉴》卷五十九：初平元年春正月，关东州郡皆起兵以讨董卓，推渤海太守袁绍为盟主。绍自号车骑将军，诸将皆板授官号。绍与河内太守王匡屯河内，冀州牧韩馥留邺，给其军粮，豫州刺史孔伷屯颍川，兖州刺史刘岱、陈留太守张邈、邈弟广陵太守超、东郡太守桥瑁、山阳太守袁遗、济北相鲍信与曹操俱屯酸枣，后将军袁术屯鲁阳，众各数万。豪杰多归心袁绍者，鲍信独谓曹操曰："夫略不世出，能拨乱反正者，君也。苟非其人，虽强必毙。君殆天之所启乎！"（参见《后汉书·袁绍传》《董卓传》，《三国志·魏书·武帝纪》《袁绍传》，《三国志·魏书·鲍勋传》注引《魏书》）

按：关东各州郡起兵后，分别驻扎在酸枣、河内、南阳等地，并没有在洛阳外围会合，袁绍是被"遥推"为盟主的。

次日，筑坛三层，遍插五方旗帜，上建白旄黄钺、兵符将印，请绍登坛。绍整衣佩剑，慨然而上，焚香再拜而言曰："汉室不幸，董卓专权，祸加至尊，毒流万姓，纲常废绝，社稷倾危。今袁绍等共兴大义，来赴国难。（非在）［凡我］同盟，齐心戮力，以尽臣子之节。倘有背盟违誓者，天人共诛！汉祖有灵，同照肺腑！"誓毕，众皆歃血为盟。坛下将士发冠上指，切齿踊跃，共思诛斩董卓。

据《三国志·魏书·臧洪传》：臧洪字子源，广陵射阳人也。……太守张超请洪为功曹。董卓杀帝，图危社稷，洪说超曰："明府历世受恩，兄弟并据大郡，今王室将危，贼臣未枭，此诚天下义烈报恩效命之秋也。今郡境尚全，吏民殷富，若动枹鼓，可得二万人，以此诛除国贼，为天下倡先，义之大者也。"超然其言，与洪西至陈留，见兄邈计事。邈亦素有心，会于酸枣，邈谓超曰："闻弟为郡守，政教威恩，不由己出，动任臧洪，洪者何人？"超曰："洪才略智数优超，超甚爱之，海内奇士也。"邈即引见洪，与语大异之。致之于刘兖州公山、孔豫州公绪，皆与洪亲善。乃设坛场，方共盟誓，诸州郡更相让，莫敢当，咸共推洪。洪乃升坛操槃歃血而盟曰："汉室不幸，皇纲失统，贼臣董卓乘衅纵害，祸加至尊，虐流百姓，大惧沦丧社稷，翦覆四海。兖州刺史岱、豫州刺史伷、陈留太守邈、东郡太守瑁、广陵太守超等，纠合义兵，并赴国难。凡我同盟，齐心戮力，以致臣节，殒首丧元，必无二志。有渝此盟，俾坠其命，无克遗育。皇天后土，祖宗明灵，实皆鉴之！"洪辞气慷慨，涕泣横下，闻其言者，虽卒伍厮养，莫不激扬，人思致节。（参见《后汉书·臧洪传》）

按：《演义》称袁绍登坛主盟，不见于史。《演义》中袁绍宣读的誓词，取材于兖州刺史刘岱、豫州刺史孔伷、陈留太守张邈、东郡太守桥瑁、广陵太守张超等五人在酸枣会盟时，由广陵郡功曹臧洪宣读的誓词。

盟罢下坛。

众皆扶绍升帐侍坐，各施礼罢，两行分爵位年齿列坐。操行酒数杯，言曰："今日既立盟主，各听调遣，同扶天下，勿以强弱计较。"绍曰："吾无压众之心。汝等推戴我为盟主，有功者必赏，有罪者必罚。国有常刑，军有纪律，各宜遵守，勿得违犯。"众皆曰："惟命是听！"绍曰："吾弟袁术总督粮草，应付诸营，勿使有缺。谁肯为前部先锋，直抵汜水关，一路诱贼相持？余皆各处险要，以相策应。"长沙太守孙坚出曰："坚虽不才，愿为前部！"绍曰："文台勇烈，可称此职。"随即奉杯作贺。坚连晚点本部人马，大刀阔斧，杀奔汜水关。

把关将紧守关隘，差流星马往洛阳丞相府告急。董卓自专大权之后，每日饮宴，更深方散。李儒接得告急文字，径来禀丞相。卓大惊，急聚众将商议。卓曰："今袁绍、曹操聚各路太守军马，直抵关前。众将有何妙策？"吕布挺身言曰："父亲勿虑！吾观关外众多诸侯如草芥耳，亲提狼虎之师，尽斩其首，悬于都门，布之愿也。"卓大喜曰："吾有奉先，高枕无忧矣！"言未绝，布背后一人高声而出曰："割鸡焉用牛刀！不必温侯有劳虎威。吾观斩众诸侯之首如探囊取物耳。"

据《三国志·魏书·吕布传》：布斩（丁）原首诣卓，卓以布为骑都尉，甚爱信之，誓为父子。布便弓马，膂力过人，号为飞将。稍迁至中郎将，封都亭侯。

据《三国志·魏书·吕布传》：允以布为奋武将军，假节，仪比三司，进封温侯，共秉朝政。（参见《后汉书·吕布传》）

按：据史书记载，吕布杀丁原投奔董卓后，被董卓授为骑都尉，"稍迁至中郎将，封都亭侯"；他与王允合谋杀死董卓后，始进封为温侯。

卓视之，其人身长九尺，面如噀血，虎体狼腰，豹头猿臂，关西人也，姓华名雄，是卓帐前一员骁将。卓听其言大喜，加为骁骑校尉，拨马步军五万，一同李肃、胡轸、赵本连夜便起，飞奔汜水关（水）[来]。

据《三国志·吴书·孙坚传》注引《英雄记》：初坚讨董卓，到梁县之阳人。卓亦遣兵步骑五千迎之，陈郡太守胡轸为大督护，吕布为骑督，其余步骑将校都督者甚众。

却说众诸侯内有济北相鲍信寻思："孙坚为前部，若干大功，都不显我等。"暗拨其弟鲍忠，先将马步军三千，径抄小路，直到关下搦战。华雄引骁骑五百飞下关来，大喝"贼将休走！"鲍忠急待退避，华雄手起刀落，斩鲍忠于马下，生擒将校极多。华雄上关，亲赍鲍忠首级，直来相府显功。董卓赐雄重赏，又与铁甲马军一千。雄辞董卓，上[马]部领出城，径投汜水关来，扎住大寨。卓使人加雄为都督，（功臣）[又曰]："勿轻下关迎敌。"

孙坚领四将直至关前。那四员？第一员，右北平土浪人也，姓程名普，字德谋，使一条铁脊蛇矛，东吴第一员上将；

据《三国志·吴书·程普传》：程普字德谋，右北平土垠人也。……从孙坚征伐，讨黄巾于宛、邓，破董卓于阳人，攻城野战，身被创夷。

第二员姓黄名盖，字公覆，东陵人也，使铁枪；

据《三国志·吴书·黄盖传》：黄盖字公覆，零陵泉陵人也。……孙坚举义兵，盖从之。坚南破山贼，北走董卓，拜盖别部司马。

第三员姓韩名当，字公义，辽西（支零）[令支]人也，使一口大刀；

据《三国志·吴书·韩当传》：韩当字义公，辽西令支人也。以便弓马，有膂力，幸于孙坚，从征伐周旋，数犯危难，陷敌擒虏，为别部司马。

第四员姓祖名茂，字大荣，吴郡富春人也，使双刀。孙坚披银铠，裹赤帻，勒锦抹额之类，手横古剑，骑花骢马，指关上而骂曰："助恶匹夫，何不早降！"华雄副将胡轸曰："某愿下关，必斩孙坚！"雄与兵三千，排列出关。坚见胡轸出马，却欲出战，程普飞马提矛，直取胡轸。斗不数合，程普刺中胡轸咽喉，死于马下，一阵直杀上关。关上炮石如雨，孙坚引兵回至梁东屯住。

据《后汉书·献帝纪》：（初平二年春二月，）袁术遣将孙坚与董卓将胡轸战于阳人，轸军大败。（参见《资治通鉴》卷六十，《三国志·吴书·孙坚传》注引《英雄记》）

坚使人于袁绍处报捷，就于袁术处催粮。时有人对袁术（处）说："孙坚乃江东之猛虎，若打破洛阳杀董卓，正是除狼而得虎也。今不可与粮，彼军必败。"术听之，不发粮草。

据《资治通鉴》卷六十：或谓袁术曰："坚若得雒，不可复制，此为除狼而得虎也。"术疑之，不运军粮。（参见《三国志·吴书·孙坚传》及注引虞溥《江表传》）

孙坚军缺食，军中自乱。

细作报上关来。李肃与华雄商议："我引一军下关，从小路去袭孙坚寨后，汝半夜到坚寨，必然擒矣。"雄喜，连夜交军饱食一顿，披挂了下关。是夜月白风清，比及到坚寨时已是半夜，鼓噪直进。坚荒忙披挂上马，正遇华雄。两马相交，斗不到数合，寨后李肃军到，竟天放火。孙坚军（人）[中]无粮食，四下乱窜。坚拨回马走，四下里喊声不绝，程普、黄盖、韩当各不相顾，止有祖茂跟定孙坚，与数十骑突围而走。背后华雄赶孙坚，[坚]勒回马又战十余合。坚诈败，雄赶来。坚连放两箭，被华雄躲过，尽气力放第三箭，力较大，拽折了鹊画弓，弃弓纵马穿林而走。祖茂曰："主公头上赤帻射目，雄望之，心必不舍。可脱下与某戴之。"就马上换了祖茂盔，分两路而走。华雄见赤帻者投东去了，引军投东追赶。孙坚走小路得脱。祖茂被华雄追赶得急，将赤帻挂于人家烧不尽庭柱上，却于树后去躲。雄军（逢）[遥]见赤帻，四面围定，不敢向前，用箭射之，方知是（柱）[计]，遂向前取赤帻。华雄纵马追寻，祖茂于林后（后）挥双刀背劈华雄。雄大喝一声，将祖茂一刀砍于马下。雄引兵上关。

据《三国志·吴书·孙坚传》：坚移屯梁东，大为卓军所攻，坚与数十骑溃围而出。坚常著赤罽帻，乃脱帻令亲近将祖茂著之。卓骑争逐茂，故坚从间道得免。茂困迫，下马，以帻冠冢间烧柱，因伏草中。卓骑望见，围绕数重，定近觉是柱，乃去。

程普、黄盖、韩当都来寻见孙坚，再收拾人马屯扎。坚见折了乡人祖茂，伤感不已。

却说大寨袁绍升帐，（使）[有]流星马（探）[报]孙坚大折一阵，祖茂殁于军中。绍大惊曰："不想文台败于华雄之手！"请众诸侯商议，都皆到了，惟有公孙瓒后至。绍请入帐上列（位）坐。绍曰："前日鲍将军之弟不遵调遣，擅自进兵，杀身丧命，损了许多军士；今日孙文台又败于华雄。吾等极挫动锐气！"诸侯并不语。绍举目遍观，见公孙瓒背后立着三个人，容貌异常，都皆冷笑。绍问曰："公孙太守背后何人也？"瓒呼玄德出，曰："此乃自幼同舍兄弟，平原县令刘备是也。"曹操曰："莫非破黄巾刘玄德乎？"

瓒曰："然。"令玄德拜见绍，曰："破黄巾时有功来。"瓒将玄德功细说一遍。绍曰："既是汉室宗派，取坐褥来。"令阶下坐。备曰："小县令安敢有坐位？"绍曰："吾非敬汝爵禄。吾敬汝帝室之胄，于国多曾有功。"玄德拜谢，于阶下末坐。关、张叉手侍立于后。

正商议间，探子来报："华雄引铁骑下关，用长竿挑着孙太守赤帻，直来寨前大骂搦战。"绍曰："谁敢去战此贼？"袁术背后转出骁将俞涉曰："小将愿往！"绍喜，便交俞涉出马。多时报来："涉与华雄交战不到三合，被华雄斩了。"众诸侯大惊。太守韩馥曰："吾上将潘凤可斩华雄。"绍急令唤至。潘凤应声而出，手提大斧上马。去不多时，飞马来报："潘凤又被华雄斩了。"众诸侯皆失色。袁绍叹曰："可惜吾上将颜良、文丑催军未到！但得一人在此，岂放华雄施威哉？汝众诸侯许多将士，岂无一人可近华雄？"众官默然。

（去）[忽]阶下一人厉声大呼（进）[道]曰："小将愿往，斩华雄之头献于帐下！"众视之，见其人身长九尺三寸，须长一尺八寸，丹凤眼，卧蚕眉，面如重枣，声似铜钟，立于帐下。绍问"何人？"公孙瓒曰："此是刘玄德之弟关羽也。"绍曰："见居何职？"瓒曰："跟随玄德充马弓手。"帐上袁术大喝曰："汝欺吾众诸侯无大将耶！量一弓手，安敢乱言？与我乱棒打出！"曹操急止之曰："公路息怒！此人既出大言，必有广学。试教出马，如其不胜，罚亦未迟。"袁术曰："不然。使一弓手出战，必被华雄耻笑。吾等如何见人？"曹操曰："据此人一表非俗，华雄安知他是弓手？"关羽曰："如不胜，请斩某头！"曹操交筛热酒一杯，与关羽饮了上马。羽曰："酒且斟下，一去便来。"出帐提刀，飞身上马。众诸侯听得寨外鼓声大振，喊声大举，如天摧地塌，岳撼山崩。众皆失惊，却欲探听。銮铃响处，马到中军，云长手提华雄头掷于地下，其酒尚温。史官有诗曰：

威镇乾坤第一功，辕门画鼓向冬冬。
云长押盏施英武，酒（未）[尚]温时斩华雄。

云长出马，只一合斩了华雄，提头（出）[入]献。众皆大喜。

据《资治通鉴》卷六十：孙坚移屯梁东，为卓将徐荣所败，复收散卒进屯阳人。卓遣东郡太守胡轸督步骑五千击之，以吕布为骑督。轸与布不相得，坚出击，大破之，枭其都督华雄。……复进军大谷，距雒九十里。卓自出，与坚战于诸陵间，卓败走，却屯渑池，聚兵于陕。坚进至雒阳，击吕布，复破走。（参见《三国志·吴书·孙坚传》）

按：据史书记载，斩杀董卓军都督华雄的是孙坚，《演义》将功劳给了关羽。据史书，关东联军讨董卓表面上声势浩大，但袁绍等诸侯均畏缩不前，只有孙坚和曹操两支军队主动向董卓发起进攻。孙坚曾与董卓的军队多次交锋，仅在初战中受挫，以后则连战连胜，打败董卓和吕布，并占领了洛阳。

玄德背后转出张飞，高声大叫："俺哥哥斩了华雄，不就这里杀入关去，活捉董卓，更待何时！"绰丈八蛇矛，来抢关隘。如何干功？

［第十段］　虎牢关三战吕布

张飞便要上马，乘势抢关。袁术听知大怒，喝曰："俺是朝廷大臣，尚自谦逊。量一泼县令手下小卒，敢在此耀武扬威？都与我赶出帐去！"曹操曰："得功者可赏，何分贵贱乎？"袁术曰："既然汝等待用一县令，我回避便了！"操曰："岂可为一言而误大事耶？"命公孙瓒且带玄德、关、张回寨。众官皆散。曹操暗使人赍牛酒来慰三人。

却说华雄手下败军报上关来。李肃荒忙写告急文字，申闻董卓。卓急聚李儒、吕布等商议。儒曰："今折了上将华雄，贼势浩大，皆是袁绍为盟主，以聚众恶。绍叔袁隗见为太傅，倘或里应外合，深为未便，可先除去。请丞相亲领大军，分投剿捕。"卓然其说，唤李傕、郭汜领兵五百，围住太傅袁隗家，不分老少，尽皆诛绝，先将袁隗头去关外号令。

据《资治通鉴》卷五十九：董卓以袁绍之故，(初平元年春三月)戊午，杀太傅袁隗、太仆袁基，及其家尺口以上五十余人。(参见《三国志·魏书·袁绍传》,《后汉书·袁绍传》《献帝纪》)

董卓遂起大军二十万，分两路而来：一路令李傕、郭汜引兵五万把汜水关，不要厮杀；卓自将十五万，同李儒、吕布、樊稠、张济取虎牢关。这关离洛阳［五十里］，昔唐时名"虎牢关"，若进兵，却好截诸路诸侯军马。到关上，卓令吕布领三万军，去关前扎住大寨。卓自在关上屯住。

流星探马听得，报将袁绍大寨里来。绍聚众商议。操曰："董贼屯兵在虎牢关，截俺诸侯中路，分其形势。可勒兵一半迎敌。"绍乃分王匡、乔瑁、鲍信、袁遗、孔融、张扬、陶谦、公孙瓒八路军马往虎牢关迎敌，操引一军往来救应。(使)八路诸侯得(会)［令］，各自起军。

(先)［却］说河内太守王匡引兵先到。吕布寨中听得有军来，欣然上马，带引精兵三千，飞奔来迎。王匡将军［马］列成阵势，勒马门旗下看时，见吕布出阵，头戴垒珠嵌宝束发金冠，体挂西川红锦百花战袍，身披狮子吞头连环铠甲，腰系弯弓带箭、狻猊宝刀，手持画杆方天戟，坐下嘶风赤兔马，果然是"人中吕布、马中赤兔"，人马之中，汉末两绝。

据《三国志·魏书·吕布传》注引《曹瞒传》：时人语曰："人中有吕布，马中有赤兔。"

那马左右盘旋，往来驰骋。王匡见了，心中惶惶，回头问曰："谁敢出战？"阵中一将纵马挺枪而出，匡视之，乃河内名将方悦。两骑相交，战无五合，被吕布一戟刺于马下。王匡便勒马入阵。吕布挺戟直冲过来，匡军大溃，四散奔走。布在阵中如出入无人之境。

据《三国志·魏书·董卓传》：河内太守王匡，遣泰山兵屯河阳津，将以图卓。卓遣疑兵若将于平阴渡者，潜遣锐众从小平北渡，绕击其后，大破之津北，死者略尽。

据《资治通鉴》卷五十九：(初平元年冬,)王匡屯河阳津，董卓袭击，大破之。

背后过来乔瑁一军、袁遗一军，两军皆至，来救王匡，吕布方退。三处各折了人马，退三十里下寨。

八路军马都到一处商议，言吕布英雄，无人可敌。正忧虑间，小校来报："吕布搦战。"八路诸侯各自上马归本寨。军分八队，布列上前，遥望［见］吕布一彪马军，绣旗招飐，先来冲阵。张扬军中首将穆顺出马，挺枪去迎吕布。（交马）［两马相交，吕布］手起一戟，刺穆顺于马下。八路诸侯心胆俱丧。北海太守孔融部下一将骤马出曰："吾受文举十年恩，何不以死报？"孔融视之，乃门下勇士武安国也，使铁锤五十斤。安国挺长柄铁锤，飞马而出。吕布挥剑拍马而来，与安国战。战到十合，布一戟刺着安国手腕，［安国］弃锤于地而走。八路诸侯一齐纳喊。

吕布径冲公孙瓒军。瓒挥铁搠直迎吕布。布睁目大叫，挥画杆戟来战。［战］两合，瓒拨回马，落荒而走。吕布骤赤兔马赶来。那马日行千里，飞走如风。看看赶上公孙瓒，（吐）［举］画杆戟望后心便刺。傍边一将（睁圆）［圆睁］环眼，倒竖虎须，挺丈八蛇矛，飞马大叫："三姓家奴休走！燕人张飞在此！"吕布见了，弃了公孙瓒，便战张飞。飞抖擞神威，酣战吕布，八路诸侯一齐助喊。关云长见张飞渐渐枪法散乱，吕布越添精神。张飞性起，大喊一声。八路诸侯见张飞战住吕布，都结住阵势，立马在门旗下看。两员战将战到五十合，不分胜负。云长把马一拍，舞八十二斤青龙刀，来战吕布，三匹马丁字儿厮杀。又战到三十合，两员将战不倒吕布。刘玄德看了，心中暗想："我不下手，等待何时？"掣双股剑，骤黄鬃马，刺斜里去砍吕布。三个围住吕布，转灯儿般厮杀，八路人马都看得呆了。吕布架隔遮拦不定，倒拖画戟，飞马便走。三个那里肯舍，拍马赶来。八路军兵喊声大震，一齐掩杀。吕布军马望山上奔逃，玄德、关、张死随定吕布。

> 按：虎牢关三英战吕布的故事，不见于史。查《三国志》和《资治通鉴》，虎牢关并未成为讨董卓的战场。虎牢关，唐代以后又名汜水关，《演义》将同一关口的两个名称写成了两个关口。据史书记载，在讨董卓之战中，打败吕布的是孙坚，他曾于初平二年（191）在阳人和洛阳两次与吕布交战，都打了胜仗。周兆新先生在《三国演义考评》（北京大学出版社 1990 年版）一书中指出，从史书上看，刘备、关羽和张飞三人，未必参加过讨董卓的军队，因为《三国志·蜀书·先主传》叙述刘备早期的经历，只说他担任过安喜县、下密县、高唐县的地方官，并多次与黄巾军作战。他被黄巾军打败后投奔公孙瓒时，讨董卓的战争已告结束。裴松之注引《英雄记》云："会灵帝崩，天下大乱，备亦起军从讨董卓。"这条记载太简略，而且缺乏佐证，所以很值得怀疑。退一步说，即使刘、关、张真的参加过讨董卓，他们也没有打败吕布，更没有发挥扭转战局的作用，这是可以肯定的。

古人曾有篇言语，单道着玄德、关、张三战吕布之处：

汉室天数当桓灵，炎炎红日将西倾。
奸臣董卓废少帝，刘协懦弱魂魄惊。
曹操移檄传天下，诸侯各路皆起兵。
议立袁绍为盟主，誓扶王室定太平。
温侯吕布世莫比，雄才四海夸英伟。
护躯银铠砌龙鳞，束发金冠簪雉尾。
参差宝带兽平吞，错落锦袍凤飞起。
龙驹番踏起天风，画戟荧煌射秋水。

关前搦战谁敢当，诸侯胆裂心惶惶。
跃出燕人张翼德，手挺蛇矛丈八枪。
虎须倒竖番金线，环海圆睛迸电光。
酣战未能分胜负，阵前恼起关云长。
青龙宝刀粲霜雪，鹦鹉战袍花蛱蝶。
马蹄到处神鬼号，目前一怒应流血。
枭雄玄德掣双锋，抖擞天威施勇烈。
三人围绕战多时，遮拦架隔无休歇。
喊声战动天地番，杀气迷漫斗牛寒。
吕布力穷寻走路，遥望家山拍马还。
倒拖画杆方天戟，乱撒铺金五色幡。
顿断绒绦回赤马，番身飞上虎牢关。

玄德、关、张直赶吕布到关下。张飞抬头，见山关上（面）［西］风飐动青罗伞盖。张飞大叫："关上必是董卓旗幡！赶吕布有甚强处？不如先拿董贼，便是斩草除根！"拍马上关，来擒董卓。毕竟如何？

［第十一段］ 董卓火烧长乐宫

张飞拍马走到关下，关上矢石如雨，遂不得进而回。八路诸侯且请玄德、关、张共贺功迹，使报袁绍帐中。绍闻（知）［之］大喜，遂移檄孙坚，令坚进兵。

（当）［坚］连夜引程普、黄盖，直到袁术寨中相见，拔剑画地曰："董卓与我本无仇。今番愤不顾身，亲冒矢石，来决死战者，上为国家讨贼，下为将军家门报仇；而将军却听谗言，不付粮草，致令取祸。将军何安？"术惶恐无言，就拿出进谗言人斩首，以谢孙坚。

据《资治通鉴》卷六十：或谓袁术曰："坚若得雒，不可复制，此为除狼而得虎也。"术疑之，不运军粮。坚夜驰见术，画地计校曰："所以出身不顾者，上为国家讨贼，下慰将军家门之私仇。坚与卓非有骨肉之怨也，而将军受浸润之言，还相嫌疑，何也？"术踧踖，即调发军粮。（参见《三国志·吴书·孙坚传》及注引《江表传》）

正饮宴间，人报坚曰："关上有两骑马来寨中，要见将军。"坚辞袁术，归到本寨，唤来问时，乃是董卓爱将李傕。坚曰："汝来何为？"傕曰："丞相所敬者，惟将军耳。今特使傕来议结亲事：丞相有女，欲配将军之子。但有宗族子弟，连名保上，皆为郡守、刺史，庶几不失人才。"坚大怒，叱之曰："董卓逆天无道，荡覆王室。吾欲尽夷九族，悬头四海，以谢天下！如其不然，则吾死不瞑目。安肯与逆贼结亲也！吾不斩汝，当速去，（来早）［早来］献关，饶你性命。倘若迟误，粉骨碎身！"

据《三国志·吴书·孙坚传》：卓惮坚猛壮，乃遣将军李傕等来求和亲，令坚列疏子弟任刺史、郡守者，许表用之。坚曰："卓逆天无道，荡覆王室，今不夷汝三族，县示四海，则吾死不瞑目，岂将与乃和亲邪？"复进军大谷，拒雒九十里。卓寻徙都西入

关，焚烧雒邑。（参见《资治通鉴》卷六十，《后汉书·董卓传》）

李傕抱头鼠窜，回见董卓，说孙坚如此无礼。卓怒，问李儒。[儒]曰："今温侯亲败，兵无战心。不若引兵回洛阳，迁帝于长安，以应谶兆。近日街市童谣曰：'东头一个汉，西头一个汉。鹿走入长安，方可无斯难。'此言正应丞相旺在长安，福垂九五。'西头一个汉'，乃是汉祖旺于西都长安，一十二帝；'东头一个汉'，乃应光武旺于东都洛阳，亦一十二帝。天运合回，丞相迁回长安，方可无危矣。"董卓大喜曰："非汝言之，吾实不（怪）[悟]。"引吕布星夜回洛阳，商议迁都。

聚文武于朝堂，卓曰："汉（室）[历]东都二百余年，气数已衰。吾观气色在长安。吾欲奉銮驾西幸，汝等各宜促装耳。"司徒杨彪出言曰："关中残破，都河、洛。今无故捐宗庙，弃原陵，恐百姓惊动，必有糜沸之乱。天下动之至易，安之甚难，望丞相明鉴！"卓怒曰："汝欲主国家之大计耶！"太尉黄琬出曰："杨司徒之言是也！往者王莽篡逆，更始、赤眉之时焚烧长安，尽为瓦砾之地；更兼人民流移，百无一二。弃其宫室而就荒地，非所宜也！"卓曰："关东贼人起，天下播乱；长安有崤涵之险，更兼陇右。木石砖瓦，不日可办；宫室官府，不须月余。汝等再休乱言！"司空荀爽谏曰："丞相若迁都，洛阳百姓皆危亡矣！"卓大怒曰："吾为天下之计，岂惜小民哉！"爽曰："民为邦本，本固邦宁。若使迁都，民不聊生，天下危[矣]!"卓曰："乱道！"即日罢杨彪、黄琬、荀爽官，贬为庶民。

据《资治通鉴》卷五十九：卓大会公卿议，曰："高祖都关中，十有一世，光武宫雒阳，于今亦十一世矣。案《石包谶》，宜徙都长安，以应天人之意。"百官皆默然。司徒杨彪曰："移都改制，天下大事，故盘庚迁亳，殷民胥怨。昔关中遭王莽残破，故光武更都雒邑，历年已久，百姓安乐。今无故捐宗庙，弃园陵，恐百姓惊动，必有糜沸之乱。《石包谶》，妖邪之书，岂可信用！"卓曰："关中肥饶，故秦得并吞六国。且陇右材木自出，杜陵有武帝陶灶，并功营之，可使一朝而办。百姓何足与议！若有前却，我以大兵驱之，可令诣沧海。"彪曰："天下动之至易，安之甚难，惟明公虑焉！"卓作色曰："公欲沮国计邪！"太尉黄琬曰："此国之大事，杨公之言得无可思？"卓不答。司空荀爽见卓意壮，恐害彪等，因从容言曰："相国岂乐此邪！山东兵起，非一日可禁，故当迁以图之，此秦、汉之势也。"卓意小解。琬退，又为驳议。（初平元年）二月乙亥，卓以灾异奏免琬、彪等，以光禄勋赵谦为太尉，太仆王允为司徒。城门校尉伍琼、督军校尉周毖固谏迁都，卓大怒曰："卓初入朝，二君劝用善士，故卓相从。而诸君到官，举兵相图，此二君卖卓，卓何用相负！"庚辰，收琼、毖，斩之。杨彪、黄琬恐惧，诣卓谢，卓亦悔杀琼、毖，乃复表彪、琬为光禄大夫。（参见《后汉书·杨彪传》《黄琬传》《董卓传》,《三国志·魏书·董卓传》注引《续汉书》及华峤《汉书》）

卓出上车，车前二人跪下，观之，乃尚书周毖、城门校尉伍琼。卓问"有何事？"毖曰："今闻丞相欲迁都长安，故来谏耳。"卓大怒曰："我始听你二人保用的人，今日皆反，是汝等一党。若不斩绝，必生后患！"[叱]武士牵出都门斩首。百姓莫不垂泪。

据《后汉书·董卓传》：及闻东方兵起，惧，乃鸩杀弘农王，欲徙都长安。会公卿议，太尉黄琬、司徒杨彪廷争不能得，而伍琼、周珌又固谏之。卓因大怒曰："卓初入朝，二子劝用善士，故相从；而诸君到官，举兵相图。此二君卖卓，卓何用相负！"遂斩琼、珌。（参见《资治通鉴》卷五十九）

据《三国志·魏书·董卓传》：初，卓信任尚书周毖，城门校尉伍琼等，用其所举韩馥、刘岱、孔伷、张咨、张邈等出宰州郡。而馥等至官，皆合兵将以讨卓。卓闻之，以为毖、琼等通情卖己，皆斩之。（参见《三国志·蜀书·许靖传》）

按：周毖、伍琼被杀的时间，《后汉书·董卓传》所记与《三国志》不同。《资治通鉴》和《演义》均从《后汉书》。

卓下令迁都，来日便行。李儒曰："今钱粮缺欠，洛阳富户极多，何不收入官去？是皆袁绍等门下，杀其宗党而抄估其家资，必（待）［得］巨万。"卓大喜，即日差铁骑五千，遍行［捉］拿洛阳富户，头上插旗，上写"反臣逆党"，数千家尽斩于城外，取其家资，妻小分俵众军。一边着李傕、郭汜（出）［尽］驱洛阳之民数百万口前赴长安，每队间军一队，互相踏死于沟渠中者不可胜数；（及）［又］纵军士淫人妻女，夺人粮食，饥饿自尽者死尸满路，号哭之声震动天地。如行得迟者，背后有三千催军，手执白刃，于路杀人。卓临起交诸门放火，焚烧居民房屋。献帝并皇族上车，［卓令］纵火烧宗庙官府、南北两宫，火焰相接，长乐宫庭尽为焦土。又差吕布发掘先朝帝后妃陵寝，取其金宝。军士乘势掘取官民坟冢，不留一墓。董卓装载金银段匹、玩好之物数千余（军）［车］，将往长安去了。

据《资治通鉴》卷五十九：（初平元年春二月）丁亥，车驾西迁。董卓收诸富室，以罪恶诛之，没入其财物，死者不可胜计。悉驱徙其余民数百万口于长安。步骑驱蹙，更相蹈藉，饥饿寇掠，积尸盈路。卓自留屯毕圭苑中，悉烧宫庙，官府、居家，二百里内，室屋荡尽，无复鸡犬。又使吕布发诸帝陵及公卿以下冢墓，收其珍宝。（参见《后汉书·献帝纪》《董卓传》，《三国志·魏书·董卓传》及注引《续汉书》）

按：周兆新先生在《三国演义考评》一书中指出，据史书记载，初平元年（190）春季，董卓决定将首都迁往长安。旧历二月十七日，汉献帝被迫西行，董卓仍留在洛阳。过了一年之后，到初平二年（191）春季，董卓抵挡不住孙坚的进攻，方才离开洛阳。无论东汉王朝迁都或董卓撤出洛阳，均与刘、关、张毫不相干。《演义》却说，刘、关、张打败吕布，迫使董卓撤出洛阳，迁都于长安。

守关将赵岑献了汜水关，孙坚驱兵先入（洛阳）。玄德、关、张杀入虎牢关，众诸侯各引军入。（先）［却］说孙坚飞奔洛阳，遥望火明蔽天，黑云铺地，二三百里并（是）［无］鸡犬之类。坚先拨军救宫中火。众诸侯都到，各于（董之下）［荒地上］屯住军马。曹操来见袁绍曰："今董贼西去，（坚）［正］可乘势追赶。本初按兵不动，何也？"绍曰："诸军疲，（甲）［赶］之则无益。"操曰："董贼焚烧宫室，劫迁天子，于内振动，（天）［莫］知所归。此天亡之时也，一战而天（有）［下］定矣！诸侯何疑而不进焉？"诸侯皆言不可轻动。曹操大怒而起曰："竖子不足与谋！"遂乃自引兵万余，共夏侯惇、夏侯渊、曹仁、曹洪、李典、乐进星夜进发，来追董卓。

据《资治通鉴》卷五十九：董卓在雒阳，袁绍等诸军皆畏其强，莫敢先进。曹操曰："举义兵以诛暴乱，大众已合，诸君何疑？向使董卓倚王室，据旧京，东向以临天下，虽以无道行之，犹足为患；今焚烧宫室，劫迁天子，海内震动，不知所归，此天亡之时也，一战而天下定矣。"遂引兵西，将据成皋，张邈遣将卫兹分兵随之。（参见《三国志·魏书·武帝纪》）

按：据史书记载，曹操于初平元年（190）三月引兵西进，在荥阳与徐荣作战，为流矢所中。这是关东联军与董卓的第一次交锋，当时董卓还牢牢地据守洛阳，并没有溃退。《演义》则将孙坚写成联军的先锋，他在汜水关败给华雄成为联军讨董卓的首战；而曹操是在吕布战败以后，董卓自洛阳向长安逃走时才出兵连夜追赶，在荥阳被徐荣打败。这样，历史上讨董卓之战中曹操的首战，在《演义》中就变成了讨董卓之战的尾声。

卓正行之间，荥阳（首）[守]将徐荣引军出接。拜参已毕，李儒曰："丞相新弃洛阳，防有追赶者。可交徐荣屯军马于荥阳城外山坞之傍，若有追兵，放将过来，待我这里杀败，截住掩杀，令后来者再也不敢望长安。"卓喜，赏赐了徐荣，便令伏兵。卓令吕布引精兵遏殿后。

正行之间，曹操一军看看赶上。吕布大笑曰："不出李儒之所料也！"将人马摆开。曹操出马大叫："逆贼劫迁天子，流移百姓，好生都留下！"吕布笑曰："背主懦夫，岂足为道？"夏侯惇（廷）[挺]枪跳马直出。吕布与惇战不数合，李傕令一军从侧边杀来，操急令夏侯渊迎敌。西边又喊（要）[声]起，郭汜又引军杀到，操急令曹仁迎敌。三路军马势不可当。夏侯惇抵敌吕布不住，飞马回阵。吕布引铁骑掩杀（来），操军大败，连晚走荥阳。败残军马各自逃生，却才聚得三四千人，众将都到，吕布军不赶，就荒山脚下造饭。

时约二更，月明如昼，军士尚未得饭，山边四面喊声起，徐（华）[荣]伏军尽出。曹操急荒上马，夺路而走，转过山坡，正撞徐荣，转身便走。荣搭上箭，射中曹操肩背。曹操带箭逃命，踅过草坡。两军伏在草中，见操马来，二枪齐发，曹操番身落马，马中二枪先倒。二卒抢住曹操，揪下草坡。一骑马到，月明中认得是曹操，两刀砍死两个步军。那将急下马扶起操时，[操]箭疮痛，昏倒在地。那员将救醒曹操，看时，乃曹洪也。操曰："吾死于此矣！贤弟可速去。"洪曰："主公上马，洪愿步行！"操曰："贼兵赶上，汝却怎生？"洪曰："宁可无洪，不可无主公！"操曰："吾若再生，实汝之力也！"洪脱去衣甲，拖刀跟曹操匹马走。约四更多，后面喊声不绝，人马赶来。曹操与洪正走，前面一条大河，后面追兵渐近。操曰："命已至此，不可复活！"洪曰："主公下马，脱去袍铠，洪负主公渡水。"洪背着曹操挣过大河，已得上岸，后军已到，隔河放箭。洪扶操带水而走，方始天晓。约走二十余里，土岗下少歇。喊声起处，徐荣从上流渡河，一彪人马赶[来]。曹操性命如何？

[第十二段]　袁绍孙坚夺玉玺

徐荣赶到，正待要擒曹操，夏侯惇、夏侯渊引数十骑也到，大喝"徐荣勿伤吾主！"徐荣便奔夏侯惇，惇挺枪来迎。交马数合，惇刺杀徐荣于马下，杀散余兵。随后，曹仁、李典、乐进各引军齐到，见了曹操，一忧一喜教集。众军有五六百人马。操上马同回河内，再聚军马。卓军自往长安。

据《资治通鉴》卷五十九：进至荥阳汴水，遇卓将玄菟徐荣，与战，操兵败，为流矢所中，所乘马被创。从弟洪以马与操，操不受。洪曰："天下可无洪，不可无君！"遂步从操，夜遁去。荣见操所将兵少，力战尽日，谓酸枣未易攻也，亦引兵还。（参见《三

国志·魏书·武帝纪》《曹洪传》）

却说众诸侯分屯洛阳。孙坚救灭宫中（火其）余火，兵屯故宫内。坚扎住帐房于建章殿基上。坚令军士扫除宫廷瓦砾；但有卓开掘陵寝，尽皆闭塞。于太庙基上草创殿宇三间，众诸侯立汉代神位，宰太牢祀之。

据《三国志·吴书·孙坚传》：卓寻徙都西入关，焚烧雒邑。坚乃前入至雒，修诸陵，平塞卓所发掘。（参见《资治通鉴》卷六十，《后汉书·董卓传》）

据《三国志·吴书·孙坚传》注引韦曜《吴书》：坚入洛，扫除汉宗庙，祠以太牢。（参见《资治通鉴》卷六十）

祭毕皆散。

坚到寨中，是夜星月交辉，暖风习习，按剑露坐于建章殿阶下，仰观天文，见紫微垣中白气漫漫。坚叹曰："帝星不明，贼臣乱国，万民涂炭，京城一空！"言讫，泪下如雨。

据《三国志·吴书·孙坚传》注引《江表传》：旧京空虚，数百里中无烟火。坚前入城，惆怅流涕。

傍有军士指曰："殿南有五色毫光，上冲天汉。"坚看之，果见五色光芒照人眼目，下阶往寻之，见毫光起于井中。坚唤军士点起火把，下井打捞，捞起一妇人尸首，虽已长久，其尸不烂；宫样妆束，项下带一锦袋，两手（团）[围]定，绣龙紫袱。取开看时，内有硃红小匣，纽开金锁，见一玉玺，方圆四寸，上镌五龙交纽，傍缺一角，以黄金（箱）[镶]之，上有篆文八字云："受命于天，既寿永昌。"

据《三国志·吴书·孙坚传》注引《吴书》：坚入洛，……坚军城南甄官井上，旦有五色气，举军惊怪，莫有敢汲。坚令人入井，探得汉传国玺，文曰"受命于天，既寿永昌"，方圜四寸，上纽交五龙，上一角缺。初，黄门张让等作乱，劫天子出奔，左右分散，掌玺者以投井中。

据《资治通鉴》卷六十：坚进至雒阳，……得传国玺于城南甄官井中。

坚得玺，乃问陈普。[普]曰："此传国宝也。此玺是昔日春秋时，楚人卞和于荆山之下，见凤凰栖于石上，载而进之。楚文王解之，果得玉璞。秦始皇二十六年令良匠琢为玉玺；李斯篆八字于其上，云'受命于天，既寿永昌'，名曰'传国玺'。始皇巡狩至洞庭湖，风浪大作，舟船将覆。始皇急投玉玺于水，风平浪静。至三十六年，始皇巡狩至华阴，有人持玺遮道，与从者曰：'持此还祖龙。'言讫不见。此玺复归秦。始皇崩，子婴将玺献于汉高祖。后至王莽篡逆，元后拽印于井栏上，去其一角，以金（箱）[镶]之。光武得此宝于宜阳，传位至今。近闻十常侍作乱，劫少帝出北邙，回宫失此宝。今天授主公，必有登九五之分。此处不可久留，宜速回江东，别图大事。"坚曰："吾足知此宝，正与汝合。来日推托有疾，辞众回军。"商议已定，号令"勿得泄漏，如违者斩！"数中一军是袁绍乡中，无由进身，连夜偷出营寨，来报袁绍。绍赏赐留之。

次日，孙坚来辞袁绍曰："坚抱小疾，欲归长沙，特来辞公。"绍笑曰："吾知汝疾乃害传国宝耳。"坚失色曰："本初何故出此言？"绍曰："今举大义，兴兵讨贼，为汉朝天下。玉玺乃汉朝之宝，既然获得，当对众诸侯纳于盟主之处，候诛了董卓，复归朝廷。汝何敢匿之而欲归？必思反耶！"坚曰："岂有玉玺在吾处？"绍曰："建章殿井中之物何在？”坚曰：“吾本无之。汝来逼抑，将欲反耶？”绍曰：“早将出来，免致生祸。”坚指天为誓曰：“吾若果得玉玺，不将出来，令吾不能善终，死于万箭之下！”众诸侯曰：“文台如此说誓，想必无此宝。”绍唤军人出，曰：“打捞之时，亦有此人？”坚大怒，拔所佩剑，（力）[立]斩军士。绍曰：“（所）[汝]斩军人，乃欺我也。”绍亦拔剑来杀孙坚，坚挥剑迎之。绍背后颜良、文丑皆拔剑助之，坚后程普、黄盖、韩当皆掣刀在手。众诸侯一齐拦住曰：“昔日登坛设盟歃血，共举大义，岂可自相并耶？”众人劝开。孙坚上马去，随即拔寨便起，离洛阳而去。

按：《演义》称孙坚进入洛阳后，在皇宫中一口井内打捞出传国玺；据史书记载，此井在洛阳城南。《演义》称，孙坚军中有人将此事密报给袁绍，袁绍命孙坚交出玉玺，孙坚指天发誓，这些情节均不见于史。

绍怒曰：“得宝而去，将欲自霸耶！”遂写书一封，差心腹人连夜往荆州，送与荆州刺史刘表，交就路上截住而夺之。

比及差人起程，人报“曹孟德追卓战荥阳，大败而回。”绍（曰）[遂]令人迎接。绍会众诸侯，置酒（大）[设]宴，与曹操解闷。操于席上曰：“吾始兴大义，为国除贼。诸君既仗义而来，却不听吾计。吾欲使渤海引河内之众临（津孟）[孟津]；酸枣诸军固守成皋，据守（仓廒，寨骧）[敖仓、轘辕、]太谷，制其险要；袁将军率南阳之军（单）[军丹]、析，入武关，以镇三辅：遂皆深沟不出，与贼益为疑兵，示天下形势，以顺诛逆，可随定也。今持疑而不进，大失天下之望。窃为将军耻之！”绍等无言可对。

既而宴散，操见绍等各怀异心，料不成事，自引军投扬州去了。

据《资治通鉴》卷五十九：操到酸枣，诸军十余万，日置酒高会，不图进取，操责让之，因为谋曰：“诸君能听吾计，使渤海引河内之众临孟津；酸枣诸将守成皋，据敖仓，塞轘辕、太谷，全制其险；使袁将军率南阳之军军丹、析，入武关，以震三辅：皆高垒深壁，勿与战，益为疑兵，示天下形势，以顺诛逆，可立定也。今兵以义动，持疑不进，失天下望，窃为诸君耻之！”邈等不能用。操乃与司马沛国夏侯惇等诣扬州募兵，得千余人，还屯河内。顷之，酸枣诸军食尽，众散。（参见《三国志·魏书·武帝纪》）

按：《演义》称曹操“见绍等各怀异心，料不成事”，于是“引军投扬州”，离开了讨伐董卓的联军。这一情节与史不合。据史书，曹操到扬州是为了募兵，他募得千余人以后，仍回到河内驻扎，此时联军还没有解散，曹操也没有离开联军。据《资治通鉴》胡三省注，“还屯河内”乃“从袁绍也”。联军解散是此后不久的事。

公孙瓒与玄德曰：“袁绍无能为也，久必有变。吾等且归。”遂拔寨北行；到平原县，令玄德为平原相，自去守（北）地养马。兖州刺史刘岱问东郡太守乔瑁借粮，瑁推辞不与。岱连夜引军突入瑁营，杀死乔瑁，尽降其兵。

据《资治通鉴》卷五十九、《三国志·魏书·武帝纪》：刘岱与桥瑁相恶，岱杀瑁，以王肱领东郡太守。

袁绍见众人各自分散，（绍）[乃]引军拔寨，离洛阳投关东去了。

却说荆州刺史刘表字景升，山阳高平人也，年幼时，结（托）[交]汉末名士七人为友，时号“江夏八俊”。那七人？汝阳陈翔，字仲鳞；同郡范滂，字孟博；鲁国孔昱，字世元；渤海范康，字仲真；山阳檀敷，字文友；同郡张俭，字元节；南阳岑晊，字公孝。

[表]身长八尺有余，姿貌甚伟，(表)乃汉室宗亲，三代(乃)为荆州刺史。

据《三国志·魏书·刘表传》：刘表字景升，山阳高平人也。少知名，号八俊。长八尺余，姿貌甚伟。以大将军掾为北军中候。灵帝崩，代王叡为荆州刺史。(参见《后汉书·刘表传》)

据《三国志·魏书·刘表传》注引《汉末名士录》：表与汝南陈翔字仲麟、范滂字孟博，鲁国孔昱字世元，勃海苑康字仲真，山阳檀敷字文友、张俭字元节，南阳岑晊字公孝为八友。

时延平应郡人蒯良、弟蒯越，襄阳人蔡瑁一同扶助。

据《三国志·魏书·刘表传》注引司马彪《战略》：刘表之初为荆州也，江南宗贼盛，袁术屯鲁阳，尽有南阳之众。吴人苏代领长沙太守，贝羽为华容长，各阻兵作乱。表初到，单马入宜城，而延中庐人蒯良、蒯越，襄阳人蔡瑁与谋。(参见《后汉书·刘表传》)

当时受得袁绍书，说孙坚盗却汉朝传国之宝，(去)[走]回江东，"望截其路而夺之!"表素与袁绍至好，随即差蒯越、蔡瑁引精兵一万，出郭拦住。

孙坚军马已到，蒯越将阵势摆开，当先出马。孙坚立在门旗下问曰："蒯英度乃越之字也，汝何故将兵拦截去路？"越曰："汝既是汉朝臣宰，如何盗却传国宝而归？疾忙留下，佛眼相看。"坚怒曰："汝何人，敢来问我!"语未毕，(而)黄盖提枪便出，蔡瑁舞刀来迎。斗到数合，黄盖提鞭去打[蔡瑁]，瑁急闪，正中后心，护心镜打缺一半。瑁拨回马走，孙坚乘势杀过界口。

日已平西，山后一彪生力军到，为首[一将]出马，乃刘表也。孙坚就马上施礼曰："景升何故信袁绍之书，相逼邻近之友耶？"表曰："汝匿传国宝，将欲反汉耶？"坚曰："吾若有此物，死于刀箭之下!"表曰："汝若要吾信听，将随军行李任吾搜之。"坚曰："汝有何高，敢小觑我!"拍马冲进，刘表便退。坚赶去。黄昏左侧，两山后伏兵齐起，背后蒯越、蔡瑁赶来，围孙坚在垓心。性命如何？

[第十三段]　赵子龙盘河大战

[却]说孙坚当晚被[刘]表围住，得程普、韩当、黄盖三将左冲右突，死战得脱，折兵太多。孙坚连夜引军回江东。

据《资治通鉴》卷六十：卓引还长安。孙坚修塞诸陵，引军还鲁阳。(参见《三国志·吴书·孙坚传》)

按：关东联军解散以后，《演义》称孙坚引兵回江东，与史不合。据史书，孙坚在世时并未占有江东；孙策统一江东是建安元年(196)，此时孙坚已死去五年了。

刘表回荆州，以书报绍。自此，孙坚与刘表结冤。

却(是)[说]袁绍屯兵河内，缺乏粮草。冀州牧韩馥遣人送粮，以资给之。有客(冯)

［逄］纪说绍曰："大丈夫纵横天下，何待人送粮为食？冀州乃钱粮广盛之地，将军何不取之？"绍曰："未有良策。"（冯）［逄］纪曰："可暗使人持书与公孙瓒，令瓒进兵取冀州，虚言夹攻。瓒必兴兵。韩馥无谋之辈，必请将军领州事。就中取事，唾手而得。"绍大喜，即时发书到瓒处。瓒观书意，云（兵）［共］取冀州平分。瓒喜，即日兴兵。绍却令人报韩馥。

据《资治通鉴》卷六十：初，何进遣云中张杨还并州募兵，会进败，杨留上党，有众数千人。袁绍在河内，杨往归之，与南单于于扶罗屯漳水。韩馥以豪杰多归心袁绍，忌之；阴贬节其军粮，欲使其众离散。会馥将麹义叛，馥与战而败，绍因与义相结。绍客逢纪谓绍曰："将军举大事而仰人资给，不据一州，无以自全。"绍曰："冀州兵强，吾士饥乏，设不能办，无所容立。"纪曰："韩馥庸才，可密要公孙瓒使取冀州，馥必骇惧，因遣辩士为陈祸福，馥迫于仓卒，必肯逊让。"绍然之，即以书与瓒。瓒遂引兵而至，外托讨董卓而阴谋袭馥，馥与战不利。（参见《后汉书·袁绍传》，《三国志·魏书·袁绍传》及注引《英雄记》）

馥荒聚荀谌、郭图二谋士商议。荀谌曰："公孙瓒率燕、代之众长驱而来，其锋不可当，兼有刘备、关、张之助。冀州指日休矣！今袁本初智勇过人，手下名将极广，更兼布恩于四海，天下敬之，当世之豪杰也。将军可请本初同治州事，彼必厚待将军，公孙瓒如儿戏耳。"韩馥即差别驾关纪去请袁绍。长史耿武谏曰："袁绍乃孤客穷军，仰我鼻息，譬如婴孩在肱掌之上，绝其乳哺，立可饿杀。奈何欲以州事委之？此之谓引虎入羊群耳！"馥［曰：］"［吾］乃袁氏之故吏，才德又不如本初。古人尚择贤者而让位，诸君何嫉妒焉？"耿武等皆叹曰："冀州休矣！"都弃职而去者三十余人，独耿武、关纪伏于城外，以待袁绍来。

数日，请绍至。耿武、关纪（伏于城外，）拔刀而出，欲刺杀绍。绍车前颜良立斩耿武，文丑砍死关纪。

据《资治通鉴》卷六十：会董卓入关，绍还军延津，使外甥陈留高干及馥所亲颍川辛评、荀谌、郭图等说馥曰："公孙瓒将燕、代之卒乘胜来南，而诸郡应之，其锋不可当。袁车骑引军东向，其意未可量也。窃为将军危之！"馥惧，曰："然则为之奈何？"谌曰："君自料宽仁容众为天下所附，孰与袁氏？"馥曰："不如也。""临危吐决，智勇过人，又孰与袁氏？"馥曰："不如也。""世布恩德，天下家受其惠，又孰与袁氏？"馥曰："不如也。"谌曰："袁氏一时之杰，将军资三不如之势，久处其上，彼必不为将军下也。夫冀州，天下之重资也，彼若与公孙瓒并力取之，危亡可立而待也。夫袁氏，将军之旧，且为同盟，当今之计，若举冀州以让袁氏，彼必厚德将军，瓒亦不能与之争矣。是将军有让贤之名，而身安于泰山也。"馥性恇怯，因然其计。馥长史耿武、别驾闵纯、治中李历闻而谏曰："冀州带甲百万，谷支十年。袁绍孤客穷军，仰我鼻息，譬如婴儿在股掌之上，绝其哺乳，立可饿杀，奈何欲以州与之！"馥曰："吾袁氏故吏，且才不如本初，度德而让，古人所贵，诸君独何病焉！"先是，馥从事赵浮、程涣将强弩万张屯孟津，闻之，率兵驰还。时绍在朝歌清水，浮等从后来，船数百艘，众万余人，整兵鼓，夜过绍营，绍甚恶之。浮等到，谓馥曰："袁本初军无斗粮，各已离散，虽有张杨、于扶罗新附，未肯为用，不足敌也。小从事等请以见兵拒之，旬日之间，必土崩瓦解。明将军但当开阁高枕，何忧何惧！"馥又不听，乃避位，出居中常侍赵忠故舍，遣子送印绶以让绍。绍将至，从事十人争弃馥去，独耿武、闵纯杖刀拒之，不能禁，乃

止；绍皆杀之。（参见《后汉书·袁绍传》，《三国志·魏书·袁绍传》及注引《九州春秋》）

绍入冀州，以馥为奋威将军，安民用贤，以田丰、沮授、许攸、逢纪分掌事务，尽夺韩馥之权。馥欲悔之，手下无一人矣。

据《资治通鉴》卷六十：绍遂领冀州牧，承制以馥为奋威将军，而无所将御，亦无官属。绍以广平沮授为奋武将军，使监护诸将，宠遇甚厚。魏郡审配、巨鹿田丰并以正直不得志于韩馥，绍以丰为别驾，配为治中，及南阳许攸、逢纪，颍川荀谌皆为谋主。（参见《后汉书·袁绍传》《三国志·魏书·袁绍传》）

馥怨袁绍，弃下老小，单马去投陈留太守张邈。

据《资治通鉴》卷六十：绍以河内朱汉为都官从事。汉先为韩馥所不礼，且欲徼迎绍意，擅发兵围守馥第，拔刃登屋，馥走上楼，收得馥大儿，槌折两脚。绍立收汉，杀之。馥犹忧怖，从绍索去，往依张邈。后绍遣使诣邈，有所计议，与邈耳语；馥在坐上，谓为见图，无何，起至溷，以书刀自杀。（参见《后汉书·袁绍传》《三国志·魏书·袁绍传》）

却说公孙瓒知袁绍已霸冀州，遣弟公孙越来冀州见袁绍，分地土。越见绍说了，绍曰："可请汝兄自来。吾别有商议。"［越］辞绍归，行不到五十里地，道傍拥出一彪人马，口称"吾乃是董丞相家将也。"乱箭射死公孙越。从人逃得性命，回见公孙瓒，报越已死。公孙瓒大怒曰："汝教我起兵（惊）［夺］韩馥，就里取事。汝今又诈作董卓兵，射死吾弟。此冤如何不报！"尽起本部军兵，杀奔冀州来。

据《资治通鉴》卷六十：是时关东州、郡务相兼并以自强大，袁绍、袁术亦自相离贰。术遣孙坚击董卓未返，绍以会稽周昂为豫州刺史，袭夺坚阳城。坚……引兵击昂，走之。袁术遣公孙越助坚攻昂，越为流矢所中死。公孙瓒怒曰："余弟死，祸起于绍。"遂出军屯磐河，上疏数绍罪恶，进兵攻绍。冀州诸城多畔绍从瓒。（参见《三国志·魏书·公孙瓒传》《后汉书·公孙瓒传》）

绍知瓒兵来，亦引军出，二军会合于盘河之上：绍军于盘河（之上，绍军于盘河）［桥］东布阵，瓒军于桥西布阵。［瓒］横搠立马于桥上，大呼曰："背义之徒，如何不见！"绍亦乘马至桥边，指瓒曰："韩馥无才（所）［可］守冀州，愿让与吾。你如何不平耶？"瓒曰："昔日洛阳以汝［为］忠义之人，推为盟主。今之所为，真狼心狗（幸）［性］之徒。尚有何面目立于（此）［天］地（上问）［之间］耶！"袁绍大怒曰："谁可擒之！"言未毕，文丑策马挺枪，直杀上桥，公孙瓒遂与文丑交锋。战到十合，瓒抵当不住，拨回马便走，文丑乘势追赶过桥。瓒走入阵中，文丑跑马径入阵中，军不敢当，如入无人之境。文丑不放公孙瓒，往来在阵中追赶。瓒手下健将四员齐战，被文丑一枪刺一将下马，三将奔走。文丑直追公孙瓒，透出阵后，瓒望山谷而逃。文丑骤马，在后厉声高叫"快疾下马受降！"瓒弓箭尽落，头盔坠地，披发纵马。却转草坡，其马前失，瓒番身坠于马下。文丑急撚枪来，看看至近，草坡左侧转出一将，马上身无铠甲，撚铁枪直取文丑，两马相交，花锦相似。公孙瓒扒上坡去，看那个少年大战文丑，五六十合胜负未分。瓒部下救军到，文丑拨马去了。那少年也不去赶。

公孙瓒忙下坡问少年："将军姓甚名谁？"其人身长八尺，浓眉大眼，（童）［阔面重］颜，相貌堂堂，威风凛凛，

据《三国志·蜀书·赵云传》注引《云别传》：云身长八尺，姿颜雄伟。

常山真定人也，姓赵名云，字子龙。

据《三国志·蜀书·赵云传》：赵云字子龙，常山真定人也。

瓒曰："公自何来？救我一命！"云曰："某本袁绍辖下之人。今见袁绍无匡国救民之心，特来相投，不期于此相见。"瓒执云手曰："闻贵州之人皆愿倾心以投袁公。君何独回心见某也？"云曰："方今天下汹汹，民有倒悬之急。云愿从仁义之主以安天下。云特背袁氏，以投明公。"瓒大喜，遂同云归寨，整顿甲兵。

据《三国志·蜀书·赵云传》注引《云别传》：云身长八尺，姿颜雄伟，为本郡所举，将义从吏兵诣公孙瓒。时袁绍称冀州牧，瓒深忧州人之从绍也，善云来附，嘲云曰："闻贵州人皆愿袁氏，君何独回心，迷而能反乎？"云答曰："天下讻讻，未知孰是，民有倒县之厄，鄙州论议，从仁政所在，不为忽袁公私明将军也。"遂与瓒征讨。（参见《资治通鉴》卷六十）

按：《演义》称，赵云是在磐河之战时投归公孙瓒的。而史书记载，赵云在磐河之战前即已投归公孙瓒。他是"为本郡所举"，带领招募的队伍投奔公孙瓒的。

次日，一色白马二千匹哨到界桥，绍退二十里扎住。瓒引大队步兵二万余众尽过界桥，布成阵势。瓒将马军分作两队，列于步军之侧，势如两翼。左右马五（十）［千］匹，多半皆是白马。为瓒多曾与羌胡交战，尽选白马为先锋，号为"白马义兵"，（纵）羌胡但见白马便走，因是白马多。

据《三国志·袁绍传》注引《英雄记》：瓒每与虏战，常乘白马，追不虚发，数获戎捷，虏相告云"当避白马"。因虏所忌，简其白马数千匹，选骑射之士，号为白马义从；一曰胡夷健者常乘白马，瓒有健骑数千，多乘白马，故以号焉。（参见《后汉书·公孙瓒传》）

绍令颜良、文丑为先锋，各引弓（箭）弩手一千，分作左右；令在左者射瓒左军，在右者射瓒右军。中间曲义引八百弓［弩］手，步兵一万五千，列圆阵势于中。袁绍自引马步军数万，于后接应。

瓒初得赵云，未知心腹，（另）［令］引一军在后。瓒遣大将严纲为先锋。瓒自引中军立于桥上边，傍竖大红圈金（绣）［线］帅字旗于马前。从辰时擂鼓，直到巳时，绍军不进。曲义号令弓弩手皆坐于遮箭牌下（，号令）不动。严纲鼓噪纳喊，直取曲义中军。义见纲军到，皆伏而不动；仿佛有十数步，一声炮响，八百弓弩手一齐俱发。纲急待回，曲义拍马捻刀来，斩严纲于马下，瓒军大溃。左右马欲来，被颜良、文丑军一齐射住。中军并起，直杀到界桥边。曲义马到，先斩把旗将，砍倒绣旗。公孙瓒战曲义不退，回马下桥而走。曲义引军直赶到后军。一将［引］五百余兵不动，挺枪跃马，直取曲义，乃是常山赵子龙也；接住曲义，战到十余合，一枪刺曲义于马下。

据《三国志·袁绍传》注引《英雄记》：麹义后恃功而骄恣，绍乃杀之。

赵云一骑马飞入曲义军［中］左冲右突，如入无人之境。公孙瓒（后）引军杀回，绍军大败，迤逦赶退过界桥。绍军东西乱窜。赵云在前，公孙瓒在后，迤逦杀入寨来。

袁绍使探马看时，回报"曲义斩将夺旗，追赶败军。"因此绍不准备，只引帐下持剑军士百余人，弓箭手十数骑，与田丰在马上呵呵大笑："公孙瓒无谋之辈！"却好赵云冲到面前，弓箭手急射时，瓒军团团围定。田丰荒对绍曰：“矢石如雨，主公且于空墙中躲避。”绍以兜鍪扑地，大呼曰：“大丈夫愿临［阵］斗死，岂可入墙中而望活乎！”众军士齐心死战，赵云冲突不（亦）［入］。后面袁绍大队掩至，瓒急召云回阵。左良军到，右丑军到，三路并杀。赵云保瓒杀透重围，复到界桥。绍驱兵大进，又赶（路）［过］桥，落水死者不计其数。两边军尽投河中，尸首填平。

据《三国志·魏书·袁绍传》注引《英雄记》：公孙瓒击青州黄巾贼，大破之，还屯广宗，改易守令，冀州长吏无不望风响应，开门受之。绍自往征瓒，合战于界桥南二十里。瓒步兵三万余人为方陈，骑为两翼，左右各五千余匹，白马义从为中坚，亦分作两校，左射右，右射左，旌旗铠甲，光照天地。绍令麹义以八百兵为先登，强弩千张夹承之，绍自以步兵数万结陈于后。义久在凉州，晓习羌斗，兵皆骁锐。瓒见其兵少，便放骑欲陵蹈之。义兵皆伏楯下不动，未至数十步，乃同时俱起，扬尘大叫，直前冲突，强弩雷发，所中必倒，临陈斩瓒所署冀州刺史严纲甲首千余级。瓒军败绩，步骑奔走，不复还营。义追至界桥；瓒殿兵还战桥上，义复破之，遂到瓒营，拔其牙门，营中余众皆复散走。绍在后，未到桥十数里，下马发鞍，见瓒已破，不为设备，惟帐下强弩数十张，大戟士百余人自随。瓒部迸骑二千余匹卒至，便围绍数重，弓矢雨下。别驾从事田丰扶绍欲却入空垣，绍以兜鍪扑地曰：“大丈夫当前斗死，而入墙间，岂可得活乎？”强弩乃乱发，多所杀伤。瓒骑不知是绍，亦稍引却；会麹义来迎，乃散去。（参见《后汉书·袁绍传》《公孙瓒传》，《三国志·魏书·公孙瓒传》，《资治通鉴》卷六十）

袁绍当先追赶过桥。不到五里，山背后闪出一彪人马来，为首三员大将飞马而来：中间掣双股剑［的］是刘玄德，上首使青龙刀的是蒲州关云长，下手使丈八蛇矛的是燕人张翼德。［三人］在平原探知公孙瓒与袁绍相争，特来助战，是日正逢袁绍，三匹马、三般军器飞奔前来。袁绍惊得魂飞天外，手中宝刀坠于马下，丝缰忙（脱）［挽］，急急逃去。未知性命如何。

［第十四段］　孙坚跨江战刘表

众将赶到，死救袁绍过桥去了。公孙瓒收住军马，众人归大寨。玄德、关、张动问了毕，瓒曰：“若非玄德远来救助，几乎狼狈！”交与赵云相见。玄德甚相爱敬，便有不舍得之心。

却说袁绍自输了一阵，坚守不出，两军相拒月余。有人来长安报说此事，李儒来见董卓。卓自到长安，称太师，位居诸侯王之上，出入乘金花皂盖车。

据《资治通鉴》卷六十：（初平二年春）二月丁丑，以董卓为太师，位在诸侯王上。（参见《后汉书·董卓传》）

据《三国志·魏书·董卓传》：卓至西京，为太师，号曰尚父。乘青盖金华车，爪画两幡，时人号曰竿摩车。

李儒对［卓］曰：“袁绍与公孙瓒皆当今豪杰，见在盘河厮杀。宜假天子之诏，差人往和解之。二人感德，顺太师矣。”卓曰：“善！”次日奏知天子，便差旧大臣太傅马日殚、太仆卿赵岐二人，赍诏往关东来。

飞马报知，袁绍出迎于百里外，再拜奉诏。(各)[绍]请居营寨。次日，绍移书告瓒曰："天子差官与俺两家和解。"瓒回书曰："马太傅、赵太仆二人有(诏玄)[周、召之]德，今宣领圣恩，(亦)[示]以和睦，如拨云见日，何幸如之！昔寇恂、贾复不和，光武与之和解后，一同出入，恩若兄弟，时人大喜。今[与]将军共同此福，(各)[乃]天幸也！"绍得书喜。

据《三国志·魏书·袁绍传》注引《英雄记》：初平四年，天子使太傅马日磾、太仆赵岐和解关东。岐别诣河北，绍出迎于百里上，拜奉帝命。岐住绍营，移书告瓒。瓒遣使具与绍书曰："赵太仆以周召之德，衔命来征，宣扬朝恩，示以和睦，旷若开云见日，何喜如之？昔贾复、寇恂亦争士卒，欲相危害，遇光武之宽，亲俱陛见，同舆共出，时人以为荣。自省边鄙，得与将军共同此福，此诚将军之眷，而瓒之幸也。"(参见《后汉书·袁绍传》《赵岐传》)

次日，马、赵二人到瓒营。各宴数日，(送)二人还朝。瓒奏玄德为平原相，朝廷准奏。

据《三国志·蜀书·先主传》：往奔中郎将公孙瓒，瓒表为别部司马，使为青州刺史田楷以拒冀州牧袁绍。数有战功，试守平原令，后领平原相。

瓒班师回，赵云与玄德别。玄德执手垂泪，不忍相离。云叹曰："某前日将谓公孙瓒乃当世之英雄。今观所为，袁绍等辈耳！"玄德曰："将军且坚心事之。相见有日！"洒泪而别。玄德又回平原，公孙瓒与赵云去了。

却说袁术在南阳闻袁绍新得冀州，遣一使，特来求马千匹，绍不与一骑。术大怒，自此兄弟不睦；

据《资治通鉴》卷六十：是时关东州、郡务相兼并以自强大，袁绍、袁术亦自相离贰。……初，袁术之得南阳，户口数百万，而术奢淫肆欲，征敛无度，百姓苦之，稍稍离散。既与袁绍有隙，各立党援以相图谋，术结公孙瓒而绍连刘表。豪桀多附于绍，术怒曰："群竖不吾从而从吾家奴乎！"又与公孙瓒书曰："绍非袁氏子。"绍闻大怒。(参见《三国志·魏书·袁术传》《后汉书·袁术传》)

又遣一使往荆州，问刘表借粮二十万斛，[表]不与一粒。术恨之，乃[作书，]密遣人(，作书)与孙坚曰："昔日夺印截路，乃吾兄袁绍之谋也。今绍又与表相议起兵，袭取江东。(君)[吾]不忍焉！公可速兴兵取荆州，吾当与汝夹攻(刘表)[袁绍]，二仇可报。汝得荆州，吾取冀州也。勿误！"坚得书曰："(可奈)[叵耐]刘表昔日断吾归路。今不乘时报恨，又待何年？"聚帐下程普、黄盖、韩当等商议。程普曰："袁术多诈，其言不可准信。吾自欲报仇，岂可望袁术相助乎？"于是黄盖先来江边安排战船五百只，多装军器粮草，大船载马，克日兴师。

江中细作探知，来报荆州知。表大惊，急聚文武将士商议，谋士蒯良、蒯越、蔡瑁等侍立左右。表曰："今孙坚欲报旧恨，将及起兵，奈何？"良曰："不必忧虑！可令黄祖部领江夏之兵为前驱，主公率荆、襄之众作后援。坚跨江涉湖而来，安能耀武扬威乎？"表用其谋，令黄祖设备，随后便起大军。

却说孙坚有四子，皆是吴夫人所生：

据《资治通鉴》卷六十一：孙坚娶钱唐吴氏，生四男，策、权、翊、匡及一女。

据《三国志·吴书·孙坚传》：坚四子：策、权、翊、匡。

长子名策，字伯符；

据《三国志·吴书·孙策传》：策字伯符。

次子名权，字仲谋；

据《三国志·吴书·吴主传》：孙权字仲谋。

三子名翊，字叔弼；

据《三国志·吴书·孙翊传》：孙翊字叔弼，权弟也，骁悍果烈，有兄策风。

四子名匡，字季佐。

据《三国志·吴书·孙匡传》：孙匡字季佐，翊弟也。

吴夫人妹、孙坚次妻亦生一男一女：子名朗，字早平；女名仁。

据《三国志·吴书·孙坚传》注引虞喜《志林》：坚有五子：策、权、翊、匡，吴氏所生；少子朗，庶生也，一名仁。

按：吴夫人之妹（吴国太），是《演义》虚构的人物。据《三国志·吴书·孙破虏吴夫人传》，吴夫人无妹，更无与妹同嫁孙坚故事。

坚又过俞氏一子，名孙韶，字公礼。

据《三国志·吴书·孙韶传》：孙韶字公礼。伯父河，字伯海，本姓俞氏，亦吴人也。孙策爱之，赐姓为孙，列之属籍。

坚有一弟，名静，字幼台。

据《三国志·吴书·孙静传》：孙静字幼台，坚季弟也。

临登程，静引诸子列于马前而谏曰："今董卓专权，天子懦弱，海内大乱，各霸一方。江东方始稍宁，以小恨而起重兵，非所宜也。愿兄详之!"坚曰："非汝所知也。吾誓纵横天下，济世安民。[岂可]有仇不报，(岂可)拙守而待死也？"遂不听谏。长子孙策愿随父亲同往，坚曰："此子自幼英气过人，可随我引兵。权与(孙)[叔]父善保江东。"带孙策上船，前奔樊城。

黄祖伏弓弩手在江边，布精兵为后，见船傍岸，乱箭俱发。坚令诸军不可乱发一箭，只伏于船中，来往诱之。一连三日，船数十次傍岸，黄祖军前箭皆放尽，却拔船上(岸)所得之箭十数万只。

据《三国志·吴书·吴主传》注引《魏略》：权乘大船来观军，公使弓弩乱发，箭著其船，船偏重将覆，权因回船，复以一面受箭，箭均船平，乃还。

按：《演义》所写孙坚借箭，不见于史。罗贯中是从《三国志·吴书·吴主传》注引《魏略》孙权借箭的故事移植的。

当日正值顺风，坚令众军一齐放箭，岸上支吾不住。喊声大举，南军登岸，程普、黄盖分两路兵，直入黄祖营寨，背后韩当于中大进，三面夹攻。祖兵大败，弃樊城而走。坚领兵追袭。黄祖兵走往邓城。

坚令黄盖守住船只，大军进发。黄祖引军出迎，布阵于野。孙坚列成阵势，引众将出门旗之下。孙策也全付披挂，提枪立马于父之侧。黄祖令二降将出马，一个是江夏张虎，一个是襄阳陈生。这两个当初反在江夏，后降刘表，表以为上将。黄祖扬鞭大骂："江东鼠贼，安敢侵犯汉室宗亲之境界耶！"言罢，张虎拍马，手撚刚叉而出。坚大怒，回头曰："谁能斩此贼！"韩当应声而出。两骑相交，战三十余合，胜负未分。陈生见张虎力怯，飞马挺枪出阵，要来双斗。孙策在父后望见，倚住手中枪，扯弓搭箭，正射中陈生面门，应弦落马。张虎见侧边陈生坠地，措手不及，被韩当一刀削去半个天灵。程普纵马直来阵内捉黄祖。祖弃却头盔战马，杂于步军内逃生。孙坚掩杀败军，直至汉水之上，一面拨黄盖船只，放入汉江。

黄祖聚败兵来见刘表，说坚猛，"势不可敌。"表荒请蒯良商议，［良］曰："黄祖兵败，挫动锐气，兵无战心。只可深沟高垒，以避其锋，潜地令人求救于袁绍，此围可解。"蔡瑁曰："子柔之言真拙计也！兵临城下，将至濠边，岂可束手而待死？某虽不才，愿请一军出战！"刘表许之。蔡瑁引军万余离襄阳城，列于岘山之下。孙坚将得胜之兵长驱大进。蔡瑁出马，坚曰："此人是刘表后妻之兄也。谁与吾擒之？"程普挺铁脊蛇矛出马，与蔡瑁两马相交。战不到数合，蔡瑁大败奔回阵。坚驱大军，杀得尸横蔽野。败兵跟随蔡瑁逃入襄阳。蒯良言瑁"不听良策，以此大败，按军法当斩！"刘表以（其）［为］新娶（之）［其］妹，不肯加刑。人报孙坚围定襄阳。蒯良一面紧守城池，一面写告急文书，令人去投袁绍。

且说孙坚打城，数日不下。忽一日狂风骤起，将中军帅字旗竿吹折。程普曰："此不祥之兆也！"径到帐中见孙坚曰："中军帅字旗被风吹折，于军不利。可以班师。"坚怒曰："吾累战累胜，取襄阳只在旦夕，岂可因风吹断旗竿而罢兵耶！"韩当曰："此旗乃军之主，亦不可轻易。"坚曰："风乃天地呼吸之气。方今隆冬，朔风暴起，折断帅字旗何足为怪？吾平生用兵不信此等异事，只理会攻城。"

却说城中蒯良来对刘表言曰："吾夜观星象，见一将星将欲坠地，以分野度之，必应孙坚身上。袁绍书已写就，主公［当］问谁敢突围而出。"表问之。阶下一人应声而出，表视之，乃健将吕公也。良曰："汝既敢去，可听吾计：与汝马军五百，多带能射者。汝若冲出阵去，可奔岘山，必有军来赶汝。可分百人上此山寻石头准备，［弓弩手］百人伏（弓弩）于林木之中。但有追兵到时，不可径走，周（祈）［折］引到埋伏之处，矢石俱发。若能降将斩兵，放起连珠号炮，城中便出接应。如无追兵，不可放炮，趱程而去。今夜［月］不甚明，黄昏便可出［城］。"吕公领了计，拴束军马。良调拨四门，听号接应。

当夜黄昏，城上望见东南角无甚人马，悄开东门，放吕公军出城，寨边径过去。孙坚在帐中忽闻喊声，急上马，引众军三十余骑，飞星般赶到东南角（问）［时］，军士说有一彪人马杀将出去，望岘山而走。坚不报诸将，自引三十余骑赶来。吕公已于山林丛杂去处上下埋伏。坚马快，单骑独出。前军不远，坚大叫"休走！"吕公勒回人马，来战孙坚，交马便走，闪入山路。坚拍马追赶。后骑见路交杂，无寻坚处。山上石子乱下，林中乱箭俱发。坚体中箭，脑浆迸流，人马皆死于岘山之下，寿至三十七岁。时汉献帝初平三年，岁在辛未十一月初七日也。

据《资治通鉴》卷六十：（初平二年，）术使孙坚击刘表，表遣其将黄祖逆战于樊、邓之间，坚击破之，遂围襄阳。表夜遣黄祖潜出发兵，祖将兵欲还，坚逆与战，祖败走，窜岘山中。坚乘胜夜追祖，祖部兵从竹木间暗射坚，杀之。……术由是不能胜表。（参见《三国志·吴书·孙坚传》及注引《典略》，《三国志·魏书·刘表传》，《后汉书·刘表传》《袁术传》）

据《三国志·吴书·孙坚传》注引《英雄记》：坚以初平四年正月七日死。又云：刘表将吕公将兵缘山向坚，坚轻骑寻山讨公。公兵下石。中坚头，应时脑出物故。

据《三国志·吴书·孙坚传》注引张勃《吴录》：坚时年三十七。

据《资治通鉴考异》：《范书》，"初平三年春，坚死"。《吴志·孙坚传》亦云初平三年。《英雄记》曰，"初平四年正月七日死"。《袁纪》，"初平三年五月"。《山阳公载记》载策表曰，"臣年十七，丧失所怙"。裴松之按策以建安五年卒，时年二十六，计坚之亡，策应十八，而此表云十七，则为不符。张璠《汉纪》及胡冲《吴历》并以坚初平二年死，此为是而本传误也。今从之。

吕公接住三十骑，并皆杀尽，放起连珠号炮。城中黄祖、蒯越、蔡瑁分投引兵杀入江东寨中，诸军大乱。黄盖听得喊声大振，引水军杀来，正迎黄祖，交马两合，生擒黄祖过去。程普保着孙策急待寻路，正逢吕公。程普纵马向前，战不数合，一矛刺吕公于马下。两军大战，杀到天明，各自收军。刘表军自入城。

孙策回到汉水，方知父亲被乱箭射死，尸首已被刘表军士扛抬入城请赏。孙策痛哭几绝，诸将俱各号泣不止。策曰："父尸在于他处，安得回葬乡里？"黄盖曰："今已活捉黄祖在此。得一人入城说（令）[合]，将黄祖去换主公尸首。"言未毕，军吏桓阶出曰："某与刘表有一（而）[面]之旧，请令便行。"策令桓阶上马，到城中见刘表，直说其事。表云："尸首吾已用棺木盛贮在此，可速放黄祖还吾。各各罢兵，再休侵犯。"

据《资治通鉴》卷五十九：坚所举孝廉长沙桓阶诣表请坚丧，表义而许之。（参见《三国志·魏书·桓阶传》）

按：《演义》写桓阶冒危难见刘表求取孙坚遗体，于史有据。但称黄盖生擒黄祖，用黄祖交换孙坚遗体，则于史无据。

桓阶拜谢欲行，阶下蒯良出曰："不可！不可！吾有片计，令江东诸军片甲不回。请先斩桓阶，然后道计。"计道甚的？桓阶性命如何？

[第十五段]　司徒王允说貂蝉

蒯良出曰："方今（江东）孙坚已丧，江东无主。坚子皆幼，不能历事。可乘此虚弱之时大进军兵，江东一鼓而可得也！若付尸还，容策回郡养成气力，荆州之大患也！"表曰："吾有黄祖在彼营中，安忍弃之？"良曰："舍一无谋之辈而取万（重）[里]之土，此大丈夫之所为也。"表曰："吾与黄祖心腹之交，舍之不义。"遂送桓阶回营，将孙坚之尸换黄祖，祖得回。

孙策迎接灵柩，挂孝回军，两边罢战。回至江东，做孝已毕，葬父于曲（河）[阿]之原。策自引军归江（东）[都]，据《三国志·吴书·孙策传》：坚薨，还葬曲阿。已乃渡江居江都。

却招贤纳士，屈己下人。因此四方有德者渐渐投之。

却说董卓在长安闻孙坚已死，乃曰："吾心腹已除一患也！"

据《资治通鉴》卷六十：卓谓长史刘艾曰："关东军败数矣，皆畏孤，无能为也。惟孙坚小戆，颇能用人，当语诸将，使知忌之。……"（参见《三国志·吴书·孙坚传》注引乐资《山阳公载记》，《后汉书·董卓传》）

按：《演义》称董卓把孙坚当作心腹之患，于史有据。据史书记载，董卓与关东军交战时屡败于孙坚，他撤往长安时曾提醒部下与孙坚作战要谨慎。

问其子多少年纪，答曰："十七岁。"卓曰："何足道哉？"自此，董卓自号为"尚父"，出入僭［用］天子之仪仗。封弟董旻为左将军、邙侯；兄子董璜为侍中，总领禁军。不问宗族长幼，皆封列侯；男女皆于怀抱中便受金紫爵禄与之。

据《三国志·魏书·董卓传》：卓至西京，为太师，号曰尚父。乘青盖金华车，爪画两轓，时人号曰竿摩车。卓弟旻为左将军，封鄠侯；兄子璜为侍中、中军校尉，典兵；宗族内外并列朝廷。公卿见卓，谒拜车下，卓不为礼。召呼三台尚书以下自诣卓府启事。（参见《资治通鉴》卷六十，《三国志·魏书·董卓传》注引《英雄记》，《后汉书·董卓传》）

据《资治通鉴》卷六十：（初平二年）夏四月，董卓至长安，……卓党欲尊卓比太公，称尚父。卓以问蔡邕，邕曰："明公威德，诚为巍巍，然比之太公，愚意以为未可。宜须关东平定，车驾还反旧京，然后议之。"卓乃止。（参见《三国志·魏书·董卓传》注引《献帝记》）

差二十五（路）［万］人夫筑郿坞，与长安城郭一般高下厚薄，周围九里。郿坞离长安二百六十里。

据《三国志·魏书·董卓传》注引《英雄记》：郿去长安二百六十里。

坞盖宫室仓库，屯积三十年粮食；选民间美貌女子二十以下、十五以上者八百人充作婢妾；坞内堆金积玉，彩帛珍珠不知其数。卓尝云："吾事成，当雄据天下；不成，守此足以养老。"

省台公卿但见卓出，皆拜于车下。

据《资治通鉴》卷六十：又筑坞于郿，高厚皆七丈，积谷为三十年储，自云："事成，雄据天下；不成，守此足以毕老。"（参见《三国志·魏书·董卓传》《后汉书·董卓传》）

朝廷旧臣宰尽皆委用，此乃蔡邕之荐也。一日，御史中丞皇甫嵩拜于车下。卓曰："皇甫义真今日伏我乎？"义真者，嵩之字也。嵩答曰："安知明公位至于此？"卓曰："鸿鹄固有远志，但燕雀自不知耳。"嵩曰："昔日嵩与明公皆是鸿鹄，不意明公变为凤凰耳。"卓大笑曰："义真怕我乎？"嵩曰："明公以德辅朝廷，大度方至，谁不敬耶？君为酷法严刑，天下皆惧，岂独嵩乎？"卓又笑（曰）。

据《三国志·魏书·董卓传》注引《山阳公载记》：初卓为前将军，皇甫嵩为左将军，俱征韩遂，各不相下。后卓征为少府并州牧，兵当属嵩，卓大怒。及为太师，嵩为御史中丞，拜于车下。卓问嵩："义真服未乎？"嵩曰："安知明公乃至于是！"卓曰："鸿鹄固有远志，但燕雀自不知耳。"嵩曰："昔与明公俱为鸿鹄，不意今日变为凤皇耳。"卓笑曰："卿早服，今日可不拜也。"

据《三国志·魏书·董卓传》注引张璠《汉纪》：卓抵其手谓皇甫嵩曰："义真怖未乎？"嵩对曰："明公以德辅朝廷，大庆方至，何怖之有？若淫刑以逞，将天下皆惧，岂独嵩乎？"卓默然，遂与嵩和解。

卓家属皆在郿坞，或半月一回，或一月一回，公卿皆拜（遂）[送]于横门之外，于路大施帐幔，常与公卿聚饮。一日，北地招安降士数百人到。卓出横门，百官皆送。卓留饮宴，却将降士数百人，于坐前或断其手足，或凿去眼睛，或断其舌，以大锅煮之，皆未死，于酒桌几前反覆挣命。百官战栗失惊，卓饮食谈笑自若。百官告散，卓曰："吾杀歹心者，何怕之有？"

据《三国志·魏书·董卓传》：尝至郿行坞，公卿已下祖道于横门外。卓豫施帐幔饮，诱降北地反者数百人，于坐中先断其舌，或斩手足，或凿眼，或镬煮之，未死，偃转杯案间，会者皆战栗亡失匕箸，而卓饮食自若。（参见《后汉书·董卓传》）

数日[前]，太史院禀卓曰："黑气冲天，主大臣有灾。"卓于省台大会百官，（到）[列]坐两行。酒至数巡，吕布径入，耳边言不数句，卓叹曰："元来如此！"即命于筵上（脑）[首]揪司空张温下堂，百官失色。卓曰："太史昨言大臣有灾，元来应在此人身上。"不多时，侍从将一红盘托张温头入献。卓令吕布劝饮，每一人面前将头呈过。百官魂不附体，皆面面相顾。卓笑曰："诸公勿惊。张温结连袁术，欲图害我，（使）[有]人寄书来，错下在吾儿奉先处。故斩之，夷三族。

据《资治通鉴》卷六十：太史望气，言当有大臣戮死者。董卓使人诬卫尉张温与袁术交通，（初平二年）冬十月壬戌，笞杀温于市以应之。（参见《三国志·魏书·董卓传》《后汉书·董卓传》）

汝等于吾孝顺，吾不害之。[吾]乃天祐之人，害吾者必败。"众官唯唯而已，当晚皆散。

司徒王允归到自家府中，寻思今日席间之事，坐不安席，策杖步出后园，[立于荼蘼架侧，]仰天垂泪沉吟（，立于荼蘼架侧）。忽闻（人有）[有人]在牡丹庭畔长吁短叹，允潜步窥之，乃府中歌舞美人貂蝉也。其女自幼选入允家。[允]见其聪明，教以歌舞吹弹，一通百达，九流三教，无所不知。颜色倾城，年当二十，允（自）[以]亲女待之。是夜允听良久，大喝曰："贱人，有私情耶！"貂蝉大惊，跪于允前曰："贱婢安敢有慕私情？"允曰："汝不慕私情，何[故]夜深在此长叹？"貂蝉曰："容妾身伸肺腑之言。"允曰："汝勿隐匿，当实告我。"貂蝉曰："妾贱躯自幼蒙大人恩养，训习歌舞，未常以婢妾相待，作亲女视之。妾虽粉骨碎身，莫报大人之德也！妾见大人两眉不展，必有国家大事。妾不敢问，替大人忧之。今晚又见大人行坐不安，妾故长叹，不想大人窥见。倘有用妾之处，万死不辞！"允以杖击地曰："谁想汉天下却在汝手耶！随（后）[我]到画阁中来。"貂蝉跟允到阁中。允尽叱去婢妾。允交貂蝉于中端坐，（允）扣头便拜。貂蝉惊倒，伏地曰："大人何故下拜贱妾？"允曰："汝可怜汉朝天下生灵！"言讫，泪如迸泉。貂蝉曰："适间贱妾曾言'但有使令，万死不辞！'"允跪而言曰："百姓有倒悬之急，君臣有垒卵之危，非汝不能救也！"貂蝉再三拜问，允曰："贼臣董卓将欲篡位，朝中文武无计可施。董卓手下有一义儿，姓吕名布，有万夫不当之勇。我观二人［皆］溺于酒色之徒，今欲用连环之计，先将汝许嫁吕布，然后献与董卓。汝就中取便，谋间他父子分颜，令布杀卓，以绝大恶，重扶宗庙，再立江山，皆汝之力也。不知汝意若何？”貂蝉曰：“妾许大人万死不辞，望献出到他处，妾自有道理。”允曰：“事若漏泄，我当灭门矣！”貂蝉曰：“大人勿忧！妾若不报大人恩，死在万刃之下，世世不复人身！”允拜谢而秘之。

按：貂蝉，史无其人。王允利用貂蝉离间董卓和吕布的故事，不见于史。

（次日，）王允家有明珠数颗，［次日］令匠人嵌一金冠，使人密送吕布。布得之大喜，候朝退，径到王允宅致谢。允料布必来，（允）备佳（殽）［肴］美馔、好酒细果等候，布果来。允出大门而接，接入后堂，让之高坐。布曰：“某乃相府一将佐耳，司徒乃朝廷一老臣，何故错敬？”允曰：“方今天下，别无英雄，惟将军耳。允非敬将军之职，敬将军才德也。”布大喜。［允］殷勤致酒，只称太师并布之德不绝。布酒至半酣曰：“布早晚亦（以）［望］司徒于天子处保奏。”允曰：“将军言者差矣！允（求）［专］望将军于太师前提携，终身不忘大德！”布大笑而畅饮。允交左右退后，只留侍妾数人劝酒。允曰：“唤孩儿来与将军把盏。”

少刻，二青衣丫环引貂蝉到席前再拜。布问何人，允曰：“小女貂蝉也。无可以敬将军，当出妻献子。”貂蝉与吕布把盏，布目不转睛。允推醉曰：“孩儿央及将军痛饮几杯。吾一家儿全靠将军哩！”布请貂蝉坐，貂蝉要回。允曰：“将军吾之恩人也，孩儿坐何妨？”又饮数杯，允立脚不牢，仰面大笑曰：“吾欲将小女送与将军为妾，还肯纳否？”布跪谢曰：“愿（当）［效］犬马之报！”允劝布酒曰：“早晚选一良辰，送至宅上府中。”布忻喜无限，频以目视貂蝉，貂蝉亦以秋波送情。允曰：“本［欲］留将军止宿，但恐太师见疑，实是不敢。”令貂蝉回。允送布上马，布谢而去。允至夜与貂蝉曰：“天下百姓之祐也！早晚请太师，汝却以歌舞事之。”貂蝉应诺。

次日，允在朝堂见董卓人，左右却无吕布。允伏地拜请曰：“允欲屈太师车骑到草舍小酌，未知钧意如何？”卓曰：“司徒乃国之大老［元］臣，既然有请，来日当赴。”允拜谢归家，水陆毕陈，于正厅（上）［正］中设高坐，锦绣铺地，内外各设帏幙。次日巳时（分），人报太师来到。允具朝服，再拜起居。卓下车，左右持剑戟军士百余簇拥上厅，分开两边傍列，如霜［似］雪。允遂于堂下再拜。卓命扶上，赐坐于侧。允曰：“太师盛德巍巍，伊尹、周公安能及也！”卓大喜。［允］进酒奏乐，（允）致敬之情甚于天子。天色渐晚，卓半酣，允请入后堂。卓令军士休进。允奉觞称贺曰：“允自幼颇习天文之书，夜观乾象，汉家气数于此尽矣。太师功德震于天下，若舜之继尧，禹之继舜，正合天心人意也！”卓曰：“安敢望此？”允曰：“天下者，非一人之天下，乃天下人之天下也。自古有道（伐）［代］无道，无德让有德，岂过分乎？”卓叹曰：“果天命归吾，司徒当为元宰！”允再拜谢。

堂中点起画烛，止留女使进酒供食。允进曰：“教坊之乐不足以供奉钧颜。（骤）［辄］有草舍女乐，敢承应乎？”卓曰：“深感厚意。”允交簌下帘栊，笙簧缭绕，簇捧貂蝉舞于帘外。有词曰：

元是昭阳宫里人，惊鸿宛转掌中身，
只疑飞过洞庭春。
按彻《梁州》莲步稳，好花风袅一枝新，

画堂香暖不胜春。

又诗：

红牙催拍燕飞忙，一片行云透画堂。
眉黛纵成游子恨，玉容初断可人肠。
榆钱不买千金笑，柳带何须百宝妆。
舞罢隔帘偷目送，不知谁是楚襄王。

舞罢，卓命近前。貂蝉转入帘内，深深再拜。卓曰："此女何人也？"允曰："乐童貂蝉。"卓曰："能唱否？"允命貂蝉手执檀板，低声讴一曲。[有诗]云：

一点樱桃启绛唇，两行碎玉嚼阳春。
丁香舌吐冲刚剑，要斩奸邪乱国臣。

卓称赏不已。歌罢，允命貂蝉把盏。卓擎盏殢曰："青春几何？"貂蝉答曰："贱妾（整）年[未]二旬。"卓笑曰："真神仙中人也。"允再拜曰："老臣欲[将]此女献上主（人）[公]，未审肯容纳否？"卓曰："美人见惠，何以报德？"允曰："此女得侍主（人）[公]，其福不浅。"卓曰："尚容致谢！"允曰："天色已暮，先备毡车送到相府。"卓起身奉谢。

车已起，便送貂蝉先行。允拜送董卓直到相府，卓命允回。[允]乘白马，前列侍从五七人，离府行不到百余步，遥见两行红纱照道，灯影中，一人手执方天戟，马上坐着。吕布半醺半醉，正与王允撞见。布见王允，就马上轻舒猿臂，一把揪住衣襟，（睁圆）[圆睁]环眼，手掣腰间宝剑，指允言曰："汝既以貂蝉许我，今[又]送与太师，何相戏耶！"手起剑落。性命如何？

[第十六段]　凤仪亭吕布戏貂蝉

吕布当街撞着王允，心中大怒，骂曰："老贼怎敢戏我哉！"允急止[之]曰："此非说话处，同到草舍。"布随允到家中，下马入后堂。允曰："将军何故反怪老夫耶？"布曰："有人报我说，你把毡车送一女（人）[子]入府，非貂蝉[而]何？"允曰："将军元来不知。"布曰："我岂知就里？"允曰："昨日太师在朝堂中对老夫道：'我有一件事，明日来你家。'允因此准备小宴等候。太师（到）[在]饮宴中说道：'我闻汝有一女子，字貂蝉，已许吕奉先。我恐怕你不准成，特来上门告肯。'老夫见太师自到，安敢少违？随即引出貂蝉，拜了公公。太师曰：'今日（辰良）[良辰]，汝可与吾送去。明日作一大宴，配与奉先，以助一笑。'将军寻思，太师亲临，老夫焉敢阻滞？"布曰："司徒少罪。布一时错见，来日自当负荆！"允曰："小女颇有些小房奁首饰，待过将军府下，便当送至。"布谢而去。

当夜，卓幸貂蝉，次日午牌未起。吕布在府前打听，绝不闻音耗，径入堂中问诸侍妾。侍妾对曰："夜来太师与新人共寝，至今未起。"布潜入卓卧房后窥之。貂蝉起于窗下梳头，忽见窗外池中照见一人影极长大，头有束发冠，偷睛视之，见吕布潜立于池畔。貂蝉蹙双眉，做忧愁不安之意，复以香罗频掩泪眼。[布]窃视良久乃出，沉吟思忖，未得其实。少刻，布又入。卓坐于中堂，见布来，问曰："外面无事乎？"布曰："无事。"

侍立卓侧。卓方食，布偷目窥望，绣帘内一人往来观觑，须臾微露半面，以目送情。布知是貂蝉，神魂荡漾。卓见布语言不顺，频那身迎里。卓曰："奉先无事可退。"布出，心中愈疑。到家，妻见布情绪不佳，问曰："汝今日莫非被董太师见责来？"布曰："太师安能制我哉？"妻不敢问。布自此心在貂蝉身上，每日径进府堂，不得一见。

董卓自纳貂蝉后，情色所迷，月余不出理事。貂蝉无非于枕前席上殢雨尤云，董卓合休，自然迷恋。时值春残，卓染一小疾。貂蝉衣不解带，曲意（过）［阿］从，卓心愈喜。卓睡，布立于床前。貂蝉于床后探半身望（后）［布］，布以手指心而不转睛，以头点而答之。貂蝉以手指董卓，强擦眼泪，布心如醉。卓蒙眬双目，见布勤动静，猛纽回身视之，见貂蝉立于屏风后。卓大怒，叱吕布曰："汝敢窥吾爱姬耶！"唤左右逐之，今后不许进堂。吕布大惭，怀恨而归府中。

人报与李儒，儒（儒）荒忙入见卓曰："太师何故责于奉先？"［卓］曰："此人窥吾爱姬，吾故逐之。"儒曰："太师欲取天下，何以小过而责之？如温侯心变，大事去矣！"卓曰："奈何？"儒曰："来朝唤入，赐以金帛，以好言慰之，自然无事。"卓次日使人唤布入堂。卓曰："吾前日病中心神恍惚，不知所言，有责于汝，汝勿记心。汝来日休离吾左右。"随赐金十斤，锦二十匹。布谢曰："大人见责，何敢恨焉？"自此再入堂中，略无忌惮。

卓疾稍愈，因有貂蝉，不回郿坞。每日入朝，吕布手执画戟，乘马于车前，直至殿前下马。卓带剑上殿，布执戟立于阶前，百官拜伏于丹墀，左右拱听约束。朝退（布）［卓］还，布乘马于前引导。

是日，布引卓来到内门阶下，略住少时。见卓与献帝共话，吕布荒提戟（内）出［内门］，上马径投相府来；系马于门道傍，提戟入堂，寻觅貂蝉。貂蝉见布，荒忙出曰："汝可去后园中凤仪亭边厢等我，［我］便来也。"卓府后有凤仪亭，取凤凰来仪之意。布急提戟，径往于亭下曲栏之傍。良久，见貂蝉分花约柳而来，果然如月宫仙子，泣与布曰："我虽非王司徒亲生，待之甚若神珠玉颗。一见将军，大人肯许，妾以平生愿足。谁想太师起不仁之心，将妾淫污，恨不得死耳！今见将军，表（意）［妾］诚心。此身污矣，不可复事英雄，愿死于君前，以绝君念！"言毕，手攀曲栏，望荷花池便跳。吕布荒忙抱住，泣曰："我知汝心久矣，恨不能共语！"貂蝉手扯布之衣袖曰："妾今生不能勾与君为妻，愿相期于后世！"布曰："我若今生不能勾（与）［得］汝为妻，非世之英雄也！"貂蝉曰："妾度日如年，愿君怜悯而救之！"布曰："我在内庭偷空而来，恐老贼见疑，必当［速］去。"提戟转身。貂蝉牵其衣曰："君如此惧怕老贼，妾身无见天面之日期也！"布立住曰："容我思忖一计，共你团圆。"貂蝉曰："妾在深闺闻将军之名，如轰雷灌耳，以为当世一人而已。谁想亦受他人之制乎？"言讫，泪如雨下。两个偎偎倚倚，不忍相离。

却说董卓在殿上回顾不见吕布，心下甚疑。卓上车回府，见布马拴于府门，问门吏时，答曰："温侯入后堂去了。"卓叱去左右，径入后堂寻觅不见，又无貂蝉，问诸侍妾，答曰："温侯却才手执画戟在此，不知何往。"卓寻（思）入后园，见吕布倚戟和貂蝉在凤仪亭下。卓走至跟前大喝一声，布回头见卓大惊。卓夺布手中戟，吕布便走，卓赶来。布走得快，卓肥胖赶不上，掷手中戟，来杀吕布。布手起一拳，打戟落于草中。卓直拿起，手撚赶来，布已走五十步远。

据《资治通鉴》卷六十：中郎将吕布，便弓马，膂力过人，卓自以遇人无礼，行止常以布自卫，甚爱信之，誓为父子。然卓性刚褊，尝小失卓意，卓拔手戟掷布，布拳捷避之，而改容顾谢，卓意亦解。布由是阴怨于卓。卓又使布守中阁，而私于傅婢，益不自安。（参见《后汉书·吕布传》《三国志·魏书·吕布传》）

按：盛巽昌先生在《三国演义补证本》（上海人民出版社 2007 年版）一书中说，根据这条史料可以判定，董卓抛戟并非凤仪亭后之事，《演义》将董卓抛戟与吕布私婢的时间倒置了。又，武人临阵所使用兵器，在平时多非随身携带，此小说家言，可见一斑。

卓赶出园门，一人飞奔前来，与卓胸膛相撞。卓倒于地。不知性命如何。

［第十七段］　王允定计诛董卓

元来李儒到相府，见从人言曰："太师大怒，去寻吕布。"儒荒忙入时，见吕布奔走曰："太师杀我！"儒急奔入，正和董卓门口撞倒。儒急扶卓起，至书院中再拜曰："儒实为社稷之计，撞倒恩相，死罪（罪）［死］罪！"卓曰："（可奈）［叵耐］逆贼玩弄吾之爱姬，誓必杀之！"儒曰："恩相错矣！昔日楚庄王夜宴诸侯，令爱姬劝酒。忽风骤起，尽灭其烛，座下一人手拖爱姬。（姬）［爱］姬手撚冠上缨，告知庄王。王曰：'酒后耳。'取金盘一面，尽撚其缨，然后秉烛，名其会曰'撚缨会'，正不知戏爱姬者何人也。后庄王被秦兵围住，见一大将杀入阵中，救出庄王。王见其人身带重伤，问之，答曰：'臣乃蒋雄也，昔日撚缨会上蒙大人不杀之恩，故来答报。'太师何（似）［不以］'撚缨'之德，就此机［会，］以貂蝉赐吕布？布感大恩，必以死报太师也！"董卓（才）［方］回嗔作喜曰："汝可说与吕布，吾以貂蝉赐之。"儒曰："昔汉高祖以黄金二万斤赐陈平，遂兴大业。今日太师之所为，正类此也。"儒谢而出。

卓入后堂，唤貂蝉而问曰："汝（得）［何］与吕布私通耶？"貂蝉泣曰："妾将谓温侯是太师之子，甚相敬重。谁想今日持戟入后堂，欲待强奸。妾逃于后园躲避，这厮持戟直赶到凤仪亭边。妾欲投荷花池，这厮抱住，正在死生之间，得太师来救了性命。"董卓曰："我欲将汝赐与吕布，如何？"貂蝉曰："妾身已侍大贵人，今欲与吕布，妾宁死不辱！"遂掣壁间宝剑欲自刎。卓荒夺剑而拥抱曰："吾戏汝耳。"貂蝉哭倒于卓怀曰："此必是李儒之计也！儒与布厚，故设此谋。"卓曰："我安能舍汝耶？"貂蝉曰："只恐太师不与妾为主。"卓曰："吾宁舍命，必当保汝！"貂蝉泣谢曰："但恐此处不宜久居，必被吕布之害。"卓曰："吾明日和你归郿坞去快乐。"貂蝉曰："坞中可居否？"卓曰："坞中有三十年粮食，门外列数百万军兵。成事，则你为贵妃；不成，则你亦为富室之妻也。慎勿忧虑！"貂蝉拜谢。

次日，李儒入见，曰："今日良时，可将貂蝉送与吕布去。"卓变色曰："汝之妻肯与吕布么？"儒曰："不可被一妇人所惑。"卓曰："（其）［甚］妇（女）［人］能惑我心？貂蝉之事切勿多言，言则必斩！"李儒仰天叹曰："吾等皆死于妇人之手矣！"卓命左右逐李儒出，"收拾车马，只今日便还郿坞。"百官（知，）俱各拜送。貂蝉在车中（逢）［遥］见吕布于人稠中眼望车中。貂蝉虚掩其面，如恸哭之状。卓车从已去，（卓）［布］缓辔于土岗上，望毡车而泣。

背后一人在马上云："温侯何故遥望而发悲耶？"布视之，乃太原祁郡人也，姓王名允，字子师。布曰："吾为公女耳。"允佯惊曰："许多时尚不与将军？"布曰："老贼自宠幸已久。"允掩其面曰："禽兽之所为也！"布将上件事一一告允。允曰："同到弊处商议。"布随入城，到允宅中下马，入于密室。允置酒，布怒气转添。王允曰："太师淫吾之女，夺将军之妻，诚可为天下之笑端！非笑太师，笑允与将军耳。允老羸无能之辈，不足为道；可怜将军半世之英雄耳！"布就气倒王允阁中。允急救之曰："老夫语失，将军息怒。"布曰："誓当杀此老贼，以雪吾耻！"允急掩其口曰："将军勿言，恐累及老夫九族皆死。"布曰："大丈夫生于天地之间，岂能郁郁久居人之下乎！"允曰："似将军之才，过韩信百倍。信尚为王，将军岂可久作温侯耶？"布曰："吾杀老贼，奈是父子之道，恐惹后人议论。"允大笑曰："将军自姓吕，卓自姓董。掷戟之时岂有父子［情］耶？"布奋然曰："非司徒之良言，则布亦被老贼之害矣！"允曰："将军若扶汉室，乃忠臣也，青史留名，万古不朽；将军若扶董卓，乃反臣也，史官必骂名万代！"布随下拜曰："布意已决，司徒勿疑！"允曰："但恐事又不成，反招大祸。"布持带刀刺臂出血为誓。允跪谢曰："汉天下四百余年，皆出将军之赐也！天子已有密诏，将军怀之，切勿漏泄。临时有计，自当相报。"布慨然领诏而起。

据《资治通鉴》卷六十：王允素善待布，布见允，自陈卓几见杀之状，允因以诛卓之谋告布，使为内应。布曰："如父子何？"曰："君自姓吕，本非骨肉。今忧死不暇，何谓父子？掷戟之时，岂有父子情邪！"布遂许之。（参见《后汉书·吕布传》《三国志·魏书·吕布传》）

允连夜请仆射士孙端、司隶校尉黄琬商议。

据《资治通鉴》卷六十：司徒王允与司隶校尉黄琬、仆射士孙瑞、尚书杨瓒密谋诛卓。（参见《后汉书·黄琬传》）

士孙端曰："今上有疾新愈。可遣一能言语者往郿坞请卓议事，伏军兵于朝门之内，引入诛之，此上策也。"琬曰："何人可去？"端曰："吕布同郡骑都尉李肃近日好生怨卓不升用。令布说此人去，卓必不疑。"允曰："善！"遂请吕布共议。布曰："昔日［说］布杀丁建阳，亦此人也。今若不去，吾先斩之。"使人密请肃至。布曰："昔日兄说吕布杀丁原而投董卓。今卓不仁不义，上欺天子，下虐生灵，罪恶贯盈，人（思）［鬼］共戮。汝可传天子诏，往郿坞去召卓入朝，如见司徒有言，一齐下手，力扶汉室，共作忠臣。汝意若何？"肃曰："吾（入）［亦］要除老贼久矣，恨无牙爪！今天赐也。"遂折箭为誓。允曰："汝若干事，岂愁显官？"

次日，李肃引十数骑到郿坞，令人报天子有诏。卓曰："教唤入来。"李肃入，再拜讫，卓曰："天子有甚诏制？"肃曰："天子病体新痊，欲会文武于未央殿，待将天下让与太师，故有此诏。肃知此事，飞马而来，拜贺主上！"卓曰："王允如何？"肃曰："王司徒已差人修筑受禅台，士孙仆射已草（交）［郊］天诏，只等主上到来。"卓大笑曰："吾夜得一梦，一龙罩身。今日得此佳兆，时节不可挫失。"便命大排车马回京。

按：李肃以献帝将禅位诱董卓，不见于史。据史书，董卓并没有做皇帝的意向，他是因皇帝病愈，从长安居住处前去朝贺的。

肃曰："愿主上垂拱万年，肃之子孙有所赖矣！"卓曰："吾若登基，汝为执金吾。"肃拜谢称臣。卓［临］行与貂蝉曰："吾昔日许汝为贵妃。今番定矣。"貂蝉拜谢。卓入辞母，卓母时年九十有余。母曰："吾儿何往？"卓曰："儿今去长安顺受汉禅。母亲早晚为太后也。"母曰："吾儿，我近日骨肉惊恐，恐非吉兆。"李肃曰："为万代国之祖母，岂不预有惊报？"卓曰："吾心腹人所见甚明。"出郿坞上车，(前遮后拥，数千军兵)[数千军兵前遮后拥]。

行不到二十余里，车下忽折一轮。左右扶住卓，交牵过逍遥玉面马来，卓整衣上马。又行不到十余里，玉面马咆哮嘶喊，裂断辔头。卓问肃曰："车折轮、马断辔，若何？"肃曰："乃太师应(兆)[绍]汉禅，弃旧而换新也。"卓曰："心腹人所见甚明。"卓行至次日，忽然狂风骤起，昏雾蔽天。卓问肃曰："此何祥也？"肃曰："主上登龙位，必有红光紫雾，以壮天威耳。"卓曰："吾心腹人所见甚明。"

卓至城外，百官出迎。王允、黄琬、士孙端、淳于琼、皇甫嵩皆伏道边称臣，言"天子来日大会未央殿，有推戴之仪。"卓令百官回，"来日平明，朝下迎接。"吕布入贺曰："大人来日当斋戒沐浴入城，以承万载不磨之基业。"卓曰："吾登九五，汝当总督天下兵马。"布谢。[卓]就宿帐前，是夜闻数十小儿于郊外作歌。风吹歌声入帐，歌曰："千里草，何青青。十日(分)[卜]，(龙)[犹]不生。"歌罢，声相悲切。卓唤李肃问曰："童谣何凶吉？"肃曰："亦是言刘氏灭、董氏兴之意。"卓曰："肃之言是也。"次日清晨，摆布入城。卓在车上见一道人，青袍白巾，拖一长竿，(一)[上]折布一丈，大书"吕"字。卓问肃曰："此道人何意？"肃曰："心腹之人也。"呼军士拖之。道人倒于地上，肃令拖在一壁。

据《三国志·魏书·董卓传》注引《英雄记》：时有谣言曰："千里草，何青青，十日卜，犹不生。"又作董逃之歌。又有道士书布为"吕"字以示卓，卓不知其为吕布也。卓当入会，陈列步骑，自营至宫，朝服导引行其中。马踬不前，卓心怪欲止，布劝使行，乃衷甲而入。(参见《后汉书·董卓传》)

(车)[卓]进内(前)[城]，群臣各具朝服，迎谒于道。李肃手执宝剑，扶车而走。到北掖门，军兵尽当在门外，独有御车二十余人同入。卓见王允、士孙端各执宝剑，立于殿门。卓大惊，问肃曰："持剑者是何意？"肃推车轮。王允大呼曰："反贼至此，武士何在！"两傍转出百余人，操戈挺搠，刺卓不入。元来董卓恐人暗算，常披掩心铠甲两副。戈矛伤臂，董卓堕车，大叫曰："吕布何在！"布从车后(厉声出)[出，厉声]曰："有诏讨贼！"一戟直透咽喉，李肃早割头在手。布右手仗戟，左手怀中取诏出，大呼曰："奉诏讨贼臣董卓！余皆不问。"内外将吏皆呼万岁，拜伏于地。卓死(了，)时年五十四岁，汉献帝初平三年岁在壬申四月二十二日。

据《后汉书·董卓传》：(初平)三年四月，帝疾新愈，大会未央殿。卓朝服升车，既而马惊堕泥，还入更衣。其少妻止之，卓不从，遂行。乃陈兵夹道，自垒及宫，左步右骑，屯卫周匝，令吕布等捍卫前后。王允乃与士孙瑞密表其事，使瑞自书诏以授布，令骑都尉李肃与布同心勇士十余人，伪着卫士服于北掖门内以待卓。卓将至，马惊不行，怪惧欲还。吕布劝令进，遂入门。肃以戟刺之，卓衷甲不入，伤臂堕车，顾大呼曰："吕布何在？"布曰："有诏讨贼臣！"卓大骂曰："庸狗敢如是邪！"布应声持矛刺卓，趣兵斩之。主簿田仪及卓仓头前赴其尸，布又杀之。驰赍赦书，以令宫陛内外。士卒皆称万岁。(参见《资治通鉴》卷六十，《三国志·魏书·董卓传》)

按：《演义》称董卓死年五十四岁，不见于史。

史官有诗叹曰：

董卓迁都汉主忧，生灵滚滚丧荒丘。
犬衔骸骨筋犹动，鸦啄骷髅血尚流。
郿坞追魂凭李肃，宫门取命有温侯。
奸雄已死戈矛下，直到如今骂不休。

又一绝句诗云：

董卓欺君自古无，岂知天意有荣枯。
宫门搠透方天戟，万姓歌欢满道途。

又一绝句诗云：

霸业成时为帝王，不成且作富家郎。
谁知天意无私曲，郿坞方完已灭亡。

宋邵康节先生有诗叹曰：

董卓无知擅大权，焚烧宫阙废陵原。
两朝帝主遭磨障，四海生灵尽倒悬。
力斩乱臣凭吕布，舌诛逆贼是貂蝉。
世间造恶终须报，上有无穷不老天。

吕布曰："今董卓欺君者，皆李儒也。谁可去擒？"李肃应声而出。朝门外发喊，报道："李儒家奴已自绑缚送来。"王允曰："卓贼家属尽在郿坞。谁去诛杀？"吕布曰："某愿往。"允交皇甫嵩、李肃一同吕布前去分（投）[拣]。[布]领精兵五百，飞奔郿坞来。

据《后汉书·董卓传》：使皇甫嵩攻卓弟旻于郿坞，杀得母妻男女，尽灭其族。

当初董卓有四员心腹猛将——李傕、郭汜、张济、樊稠，三千飞熊军守把郿坞，月（内）[有]大俸大禄。当时听知董卓已死，吕布领大军来，四个荒弃郿坞，领军投西凉州去了。吕布到郿坞，先取了貂蝉，送回长安。皇甫嵩曰："内有八百良家子女，尽驱作一处。其余但是董卓家属，不分老幼，尽皆诛斩。"卓母年九十余，荒出告曰："乞饶一命……"言犹未了，头已落地。宗派被诛者，男女一千五百余人。

据《三国志·魏书·董卓传》注引《英雄记》：旻、璜等及宗族老弱悉在郿，皆还，为其群下所斫射。卓母年九十，走至坞门曰"乞脱我死"，即斩首。

据《资治通鉴》卷六十：弟旻、璜等及宗族老弱在郿，皆为其群下所斫射死。

收得坞内所藏黄金二三万斤、银八九万斤，锦绣罗绮、珠翠玩好之物堆积如山，仓中米粮八百万石。允令一半纳库，一半犒赏军士。

据《三国志·魏书·董卓传》注引《英雄记》：卓坞中金有二三万斤，银八九万斤，珠玉锦绮奇玩杂物皆山崇阜积，不可知数。（参见《资治通鉴》卷六十，《后汉书·董卓传》）

杀董卓之时，日月清净，微风不动。

据《三国志·魏书·董卓传》注引《英雄记》：卓既死，当时日月清净，微风不起。

号令卓尸于通衢道。卓极肥胖，看尸军士以炷致卓脐中以为灯光，明照达旦，膏流满地。

据《三国志·魏书·董卓传》注引《英雄记》：袁氏门生故吏，改殡诸袁死于郿者，敛聚董氏尸于其侧而焚之。暴卓尸于市。卓素肥，膏流浸地，草为之丹。守尸吏暝以为大炷，置卓脐中以为灯，光明达旦，如是积日。后卓故部曲收所烧者灰，并以一棺棺之，

葬于郿。（参见《资治通鉴》卷六十，《后汉书·董卓传》）

百姓过者手掷卓之头，至于粉碎。将李儒绑在市上，（令）百姓过（之，）[者]争啖其肉。城内城外，若老若幼，踊跃歌吹，欢舞于道。男女贫者尽卖衣装，酒肉相庆，曰："我等今番夜卧，皆方可帖席也！"

据《资治通鉴》卷六十：百姓歌舞于道，长安中士女卖其珠玉衣装市酒肉相庆者，填满街肆。（参见《后汉书·董卓传》）

据《三国志·魏书·董卓传》：长安士庶咸相庆贺。

卓弟旻、兄子璜等皆悬四足于（城）市。

据《资治通鉴》卷六十：弟旻、璜等及宗族老弱在郿，皆为其群下所斫射死。

但是卓门下阿附者，皆下狱死。

据《三国志·魏书·董卓传》：诸阿附卓者皆下狱死。

王允会大臣，[作]太平宴于都堂。忽人报曰："有一人身伏卓尸而哭。"

据《后汉书·蔡邕传》：及卓被诛，邕在司徒王允坐，殊不意言之而叹，有动于色。

按：据史书记载，蔡邕未尝伏尸而哭，仅是叹息。

允大怒曰："长安士庶皆相庆贺，是何人敢如此也！速唤武士，为吾擒来！"须臾，推拥至席前。满座公卿无不惊骇。毕竟却是谁人？

[第十八段]　李傕郭汜寇长安

武士簇至，众视之，乃侍中蔡邕也。允勃然叱之曰："董卓国之大贼，几亡汉室。汝为汉臣，世受重恩，不思协力同心而诛反贼，乃伤悼乎！"邕伏罪曰："邕虽不智，犹识大义，古今安危，耳所厌闻，岂尝背国而向卓也？狂瞽之词，谬出于口。身虽不忠，愿（点）[黥首]刖足，继成汉史。"时坐上公卿皆惜蔡邕之才，盛力救之。太傅马日殚谓允曰："伯喈旷世逸才，多识汉事，当续成后史，为一代大典。且邕忠孝素著，若以微罪杀之，无乃失士之望乎？"王允曰："不然。昔汉武不杀司马迁，使作谤书，留于后世。方今国祚中衰，戎马在郊，不可令佞臣执笔在幼主左右，既无益于圣听，使吾党蒙其讪议。"日殚无言，退谓众官曰："王公所为，其无后乎？善人，国之纪也；制作，国之典也。灭纪废典，其能久乎？"允遂将邕下狱（盆）[缢]死。当时士大夫闻蔡邕死，识与不识，尽皆流涕。蔡邕哭卓尸固自不是，杀之非其罪也。

据《资治通鉴》卷六十：卓之死也，左中郎将高阳侯蔡邕在王允坐，闻之惊叹。允勃然叱之曰："董卓，国之大贼，几亡汉室。君为王臣，所宜同疾，而怀其私遇，反相伤痛，岂不共为逆哉！"即收付廷尉。邕谢曰："身虽不忠，古今大义，耳所厌闻，口所常玩，岂当背国而向卓也！愿黥首刖足，继成汉史。"士大夫多矜救之，不能得。太尉马日磾谓允曰："伯喈旷世逸才，多识汉事，当续成后史，为一代大典；而所坐至微。

诛之，无乃失人望乎!”允曰:“昔武帝不杀司马迁，使作谤书流于后世。方今国祚中衰，戎马在郊，不可令佞臣执笔在幼主左右，既无益圣德，复使吾党蒙其讪议。”日磾退而告人曰:“王公其无后乎！善人，国之纪也；制作，国之典也；灭纪废典，其能久乎!”邕遂死狱中。(参见《后汉书·蔡邕传》,《三国志·魏书·董卓传》注引谢承《后汉书》,《三国志·魏书·董卓传》注引张璠《汉纪》)

虽然，士大夫亦当择主而事焉。静轩有诗叹曰:

董卓专权肆不仁，侍中何自竟忘身?
当时诸葛隆中卧，安肯偷生事乱臣?

且说李傕、郭汜、张济、樊稠共逃居陕州，使人往长安上表告赦。王允曰:“卓之过恶，皆是此四贼以助之。可大赦天下，独不赦这一枝军马!”回报傕，傕曰:“求赦不得，各自逃生。”军中谋士贾翊

据《三国志·魏书·贾诩传》:贾诩字文和，武威姑臧人也。少时人莫知，唯汉阳阎忠异之，谓诩有良、平之奇。……董卓之入洛阳，诩以太尉掾为平津都尉，迁讨虏校尉。卓婿中郎将牛辅屯陕，诩在辅军。

曰:“诸君若弃军单行，则一亭长能缚君耳。不若起陕西军士，杀入长安，为董太师报仇。事济，奉国家以攻天下；若其不胜，走亦未迟。”傕等曰:“然!”遂流言于西［凉］州曰:“王允皆欲洗净此方之人!”人皆信从。不及半月，聚众十余万军，分作四路，杀奔长安来。

据《资治通鉴》卷六十：时百姓讹言当悉诛凉州人，卓故将校遂转相恐动，皆拥兵自守，更相谓曰:“蔡伯喈但以董公亲厚，尚从坐，今既不赦我曹而欲使解兵，今日解兵，明日当复为鱼肉矣!”吕布使李肃至陕，以诏命诛牛辅，辅等逆与肃战，肃败，走弘农，布诛杀之。辅恇怯失守，会营中无故自惊，辅欲走，为左右所杀。李傕等还，辅已死，傕等无所依，遣使诣长安求赦。王允曰:“一岁不可再赦。”不许。傕等益惧，不知所为，欲各解散，间行归乡里，讨虏校尉武威贾诩曰:“诸君若弃军单行，则一亭长能束君矣。不如相率而西，以攻长安，为董公报仇。事济，奉国家以正天下；若其不合，走未晚也。”傕等然之，乃相与结盟，率军数千，晨夜西行。王允以胡文才、杨整修皆凉州大人，召使东，解释之，不假以温颜，谓曰:“关东鼠子，欲何为邪？卿往呼之!”于是二人往，实召兵而还。(参见《后汉书·董卓传》《王允传》《吕布传》,《三国志·魏书·贾诩传》《吕布传》,《三国志·魏书·董卓传》注引《九州春秋》)

路逢卓女婿、中郎将牛辅引兵五千，欲去与丈人报仇。李傕先使牛辅为前驱，四路一齐进发。

王允听知凉州兵来，请吕布商议。布云:“司徒放心！量此鼠辈，何足虑也？”遂引李肃，将兵出迎。肃曰:“某愿当先讨贼!”吕布令提兵前进，(至)与牛辅相战。辅败走，肃(羸)［赢］了一阵。当夜二更，牛辅来劫李肃寨，肃军乱窜。牛辅直追肃走三十余里。肃折军大半，来见吕布。布大怒曰:“汝敢挫吾锐气!”立斩李肃，悬头军门。肃已死，三军畏吕布法峻，皆怖思变。布自负刚勇，鞭挞将士，军心已离。

次日，吕布进兵，牛辅来迎。量辅如何敢到得吕布手内？遂大败而走。是夜，牛辅唤心腹人胡赤儿商议。辅曰:“我素知吕布骁勇，必不能敌。不如暗藏金珠，与亲随三五

人弃了败军自去。”胡赤儿应允。是夜，辅与赤儿、随行三人，各带金珠，弃营而走。将渡一河，赤儿欲谋金珠，杀死牛辅，将头来献吕布。布问，牛辅从人出首：“胡赤儿谋杀牛辅，夺其金宝。”布怒，将赤儿等尽诛了；

据《三国志·魏书·董卓传》：初，卓女婿中郎将牛辅典兵别屯陕，分遣校尉李傕、郭汜、张济略陈留、颍川诸县。卓死，吕布使李肃至陕，欲以诏命诛辅。辅等逆与肃战，肃败走弘农，布诛肃。其后辅营兵有夜叛出者，营中惊，辅以为皆叛，乃取金宝，独与素所厚支胡赤儿等五六人相随，逾城北渡河，赤儿等利其金宝，斩首送长安。（参见《后汉书·董卓传》，《资治通鉴》卷六十）

遂引军前进，正迎李傕军马。两阵完，吕布觑李傕等如无物，挺戟跃马，直冲过来。傕部下将士如何敢当？傕军大败，退走五十余里。

傕守住山口，请郭汜、樊稠、张济商议。傕曰：“吕布勇猛虽不可当，却无智谋，不足为虑。我列军守住峪口，每日引军诱他厮杀。郭汜可引兵抄去布后，日夜攻击，效彭越（恼）［挠］楚之法，鸣金进兵，擂鼓退兵。吕布两下不能相顾。张济、樊稠却分兵两路，径取长安。吕布首尾救应不迭，必然大败。”众用其计。

却说吕布勒兵到山下。李傕引军下山搦战，布忿怒，冲杀过去。傕退走去，山上矢石如雨，布军不能进。阵后郭汜军杀来，布急回，鼓声大震，汜军已退。锣声向处，布将谓收军，自来和李傕放对，背后大刀阔斧杀来，（投）［待］到吕布回，擂鼓收军去了。或是半夜，或早或晚，郭汜在背后恼乱，前面李傕不时搦战，吕布欲战不得。

据《三国志·魏书·吕布传》注引《英雄记》：郭汜在城北。布开城门，将兵就汜，言“且卻兵，但身决胜负”。汜、布乃独共对战，布以矛刺中汜，汜后骑遂前救汜，汜、布遂各两罢。

长安城中飞报吕布：“有张济、樊稠两路军杀到城下，无人可敌。”布急领军回，背后李傕、郭汜杀来。布军多有投顺李、郭者，因此吕布失势。比及到长安城中，四下军兵云屯雾集，围定城池，晓夜攻打。吕布但引军冲出，一声喊起，都往李傕军中投拜。布心甚忧。

围及十日，董卓部下李蒙、王方在城中守把，献了城门，四路军马一齐拥入。吕布左冲右突，当拦不住，引数百骑，驻马青琐门外。布呼王允曰：“贼兵势大，急切难敌。请司徒上马，同出关去，别图良策！”允曰：“若蒙社稷之灵，［得］安国家者，吾之愿也。若不获已，则奉身以死朝廷！幼主恃我而已，临难苟免，吾不为也。努力谢关东诸公以国家为念！”布劝王允，［允］死不肯去。但见各门火焰（竞）［冲］天，吕布（带）［弃却］妻小，引百余骑飞走出关，投奔袁术去了。

据《资治通鉴》卷六十：傕随道收兵，比至长安，已十余万，与卓故部曲樊稠、李蒙等合围长安城，城峻不可攻，守之八日。吕布军有叟兵内反，（初平三年夏）六月戊午，引傕众入城，放兵虏掠。布与战城中，不胜，将数百骑以卓头系马鞍出走，驻马青琐门外，招王允同去。允曰：“若蒙社稷之灵，上安国家，吾之愿也；如其不获，则奉身以死之。朝廷幼少，恃我而已，临难苟免，吾不忍也。努力谢关东诸公，勤以国家为念！”（参见《后汉书·董卓传》《王允传》《吕布传》，《三国志·魏书·董卓传》及注引张璠《汉纪》，《三国志·魏书·吕布传》）

李傕、郭汜纵兵大掠，放火杀人，淫人妻女，无所不为。太常种揖引家奴数十人与贼死战，被他乱箭射死于宫门。太仆鲁馗、大鸿胪周兴、城门校尉崔烈、越骑校尉王倾皆死于国难。

据《资治通鉴》卷六十：太常种拂曰："为国大臣，不能禁暴御侮，使白刃向宫，去将安之!"遂战而死。傕、汜屯南宫掖门，杀太仆鲁馗、大鸿胪周奂、城门校尉崔烈、越骑校尉王颀。吏民死者万余人，狼藉满道。(参见《后汉书·董卓传》《献帝纪》,《三国志·魏书·董卓传》及注引张璠《汉纪》)

贼兵围绕内庭至急，近侍请天子上宣平门止乱。李傕、郭汜等望见黄盖，与军士同呼"万岁!"献帝倚楼而问曰："卿兵不候奏请，辄入长安，欲何为也？"李傕、郭汜仰面奏曰："董太师乃陛下社稷之臣，王允设谋而杀之。臣等特来报仇，非敢造反。但见王允，臣便退兵。"王允在帝侧闻(知)[之]奏曰："臣本为社稷之计。事已至此，陛下不可惜臣，以废国家。臣请下见二贼，以舒国难。"帝徘徊不忍。允自宣平门楼上跳下(楼去)，大呼曰："王允在此!"李傕拔剑近前，叱之曰："董太师有何罪恶，你设谋杀之!"允曰："董贼之过，弥天亘地，不可胜言！受诛之日，长安士民皆相庆贺，岂得无罪？"郭汜大怒曰："太师有罪，我等有何过愆，不蒙赦也!"二贼手起，把王允杀于楼下。

据《资治通鉴》卷六十：王允扶帝上宣平门避兵，傕等于城门下伏地叩头，帝谓傕等曰："卿等放兵纵横，欲何为乎？"傕等曰："董卓忠于陛下，而无故为吕布所杀，臣等为卓报仇，非敢为逆也。请事毕诣廷尉受罪。"傕等围门楼，共表请司徒王允出，问："太师何罪？"允穷蹙，乃下见之。己未，赦天下，以李傕为扬武将军，郭汜为扬烈将军，樊稠等皆为中郎将。傕等收司隶校尉黄琬，下狱，杀之。初，王允以同郡宋翼为左冯翊，王宏为右扶风，傕等欲杀允，恐二郡为患，乃先征翼、宏。宏遣使谓翼曰："郭汜、李傕以我二人在外，故未危王公。今日就征，明日俱族，计将安出？"翼曰："虽祸福难量，然王命，所不得避也!"宏曰："关东义兵鼎沸，欲诛董卓，今卓已死，其党与易制耳。若举兵共讨傕等，与山东相应，此转祸为福之计也。"翼不从，宏不能独立，遂俱就征。甲子，傕收允及翼、宏，并杀之；允妻子皆死。宏临命诟曰："宋翼竖儒，不足议大计!"傕尸王允于市，莫敢收者，故吏平陵令京兆赵戬弃官收而葬之。始，允自专讨卓之劳，士孙瑞归功不侯，故得免于难。(参见《后汉书·王允传》《献帝纪》,《三国志·魏书·董卓传》及注引张璠《汉纪》)

按：王允被杀的时间，《演义》所述与史书不同。据史书记载，王允不是城破当日被杀，而是数日之后，李傕等人召回了在外地任太守的王允的两位亲信，将他们一同杀害的。

史官有诗赞曰：

王允运机筹，奸臣董卓休。
心怀安国恨，眉锁庙堂愁。
英气连霄汉，忠心贯斗牛。
至今魂与魄，犹绕凤凰楼。

王允被害，宗族数十人尽斩于市。城中老幼，但知者无不下泪。

李、郭寻思："到这里不杀天子，夺取汉朝，更待何时？"二贼仗剑杀入内来。汉天子性命如何？

[第十九段] 李傕郭汜杀樊稠

李、郭二贼欲杀献帝，张济、樊稠谏曰：“今日不可！若便杀之，众诸侯不伏。且留为主，赚众诸侯入关，先去手足，杀之未迟。天下自然属我等也！”李、郭然其说，按兵不退，纵容军士在城中掳掠。帝在楼上与李、郭曰：“王允已伏其诛。军马如何不退？”李、郭曰：“虽已报仇，未蒙恩赦。”帝随即降大赦，军又不退。帝又问，李、郭曰：“臣等力扶汉朝，未蒙赐爵。”帝曰：“任卿所欲，朕当封之。”李傕写名入奏，勒要如此官品。帝即从之，封李傕为车骑将军、池阳侯，领司隶校尉，假节钺；郭汜为后将军、美阳侯，假节钺。假节钺者，即借天子旌节黄钺，任其行事也。同秉朝政。樊稠为右将军、万年侯；张济为骠骑将军、平阳侯。屯兵弘农——地名。

据《三国志·魏书·董卓传》：傕为车骑将军、池阳侯，领司隶校尉，假节。汜为后将军、美阳侯。稠为右将军、万年侯。傕、汜、稠擅朝政。济为骠骑将军、平阳侯，屯弘农。（参见《资治通鉴》卷六十，《后汉书·献帝纪》《董卓传》）

其余李蒙、王方等各为校尉。然后谢恩了，方始领兵出门，禁住劫掠。

李、郭追寻董卓尸首，但获得些小皮肉；用香木雕成卓形，大设祭祀，修陈功德，用王者衣冠棺椁富盛，不可尽言；选良时吉日，迁葬郿坞。临葬之夜，天降大雷大雨，平地水深数尺；霹雳震开卓墓，提出椁外，皮肉皆为粉碎。李傕候晴霁再葬，是夜又复如此，三葬皆废。岂无天地神明乎？

据《后汉书·董卓传》：傕等葬董卓于郿，并收董氏所焚尸之灰，合敛一棺而葬之。葬日，大风雨，霆震卓墓，流水入藏，漂其棺木。（参见《三国志·魏书·董卓传》）

李、郭既掌大权，残害百姓。史官有诗曰：

珪、让诛夷卓又（宁）[狞]，诸侯还以卓为君。
九州鼎沸言诛卓，卓死何曾肯罢兵？

二贼分布心腹人侍帝左右，看其动静，如有不顺者，皆斩之。献帝此（则）[时]度日如年。朝廷官员并由李、郭升降。当时，李、郭宣朱儁入朝，封为太仆，同领朝政。

一日，人报自西一路人马，枪刀如雪霜，旗幡如锦绣，兵约有十余万，飞奔长安而来。李、郭探之，乃是西凉州太守、伏波将军马援之后，姓马名腾，字寿春，并州刺史韩遂。二将领军来诛董卓余将李、郭；密使人暗地入长安来，与侍中马宇、谏[议]大夫种邵、左中郎将刘范三人为内应，共谋李、郭。三人密奏献帝，封马腾为征西将军，韩遂为镇西将军，敕并力讨贼。

据《资治通鉴》卷六十：初，董卓入关，说韩遂、马腾与共图山东，遂、腾率众诣长安，会卓死，李傕等以遂为镇西将军，遣还金城；腾为征西将军，遣屯郿。（参见《三国志·蜀书·马超传》《三国志·魏书·董卓传附李傕传》《后汉书·董卓传》）

却说李傕、郭汜、张济、樊稠一同商议，未有良策。谋士贾诩曰：“马、韩二军远来，利在速战。若深沟高垒，坚守而拒之，彼兵不过百日，粮食尽绝，自然遁去。却引兵自后追之，二将可擒矣。”李蒙、王方出曰：“此非好计。愿借精兵万人，立斩马、韩之头，献于麾下。”贾诩曰：“若战必败！”李蒙、王方曰：“若吾二人败绩，愿献六阳会首。”贾诩曰：“若汝（见）得胜而回，吾却输首级与汝。”各纳下军令状。贾诩曰：“长安之西二百余里，地名盘屋，山险路峻，可屯军。张、樊二将军坚壁守之，令李、王引兵于此隘口迎敌，长安城中拨军马（应付钱粮）[钱粮应付]。”李、郭大喜，点兵一万五千人马[与]李、王。二人欣喜而去，离长安二百八十里扎住大寨。

西凉州兵到，两个引军出迎。两下军马拦住，摆开阵势。马、韩并辔而出，李、王在门旗[下]大骂。马腾曰：“反国之贼！谁去擒之？”言未绝，（一将在）阵中飞出一个年少将军，面如琢玉，眼若流星，虎躯猿臂，彪腹狼腰，扶风茂陵人也，马腾长子，姓马名超，字孟起，时年一十七岁，

据《三国志·蜀书·马超传》：马超字孟起，扶风茂陵人也。

手挺长枪，坐骑骏马，跑出阵前。王方欺马超年幼，横刀跃马，径来迎敌。两般军器战不到数合，[马超]一枪刺王方于马下，（超）勒马回阵。李蒙见搠死王方，一骑马从马超背后赶来时，超已自知道，故意俄延，放他一枪搠入来。超一（踏）[头]闪在侧边，蒙搠个空，马奔入来，两鞍相并，早挟了过去。初，李蒙见王方被搠死，超回阵，蒙后赶来。马腾大叫：“有人暗算吾儿！”声未绝，李蒙早被马超生擒在肋下。军士无主，望风奔逃。马、韩二军杀散军士，将李蒙斩首。此是马超第一场厮杀。史官有诗云：

威镇西凉立大功，渭桥大战最英雄。
未归蜀郡扶先主，先斩王方共李蒙。

西凉州得胜，雄兵直逼隘口下寨。

李、郭听知李蒙、王方皆被马超杀了，方信贾诩有先见之明，重用其计，只理会紧守关防，从教搦战，并然不出。果然西凉州军未及两月，粮（食）[草]俱乏，商议回军。长安城中，马宇家童告言[马宇等]外连马腾、韩遂，“欲谋内应外合。”李、郭大怒，尽收马宇、种郡、刘范三家老小良贱，尽斩于市，[把]三颗首级直来韩、马寨前号令。马、韩商议：“粮尽军荒，内应已泄，不如早还。”一面退军。

据《后汉书·董卓传》：初，卓之入关，要韩遂、马腾共谋山东。遂、腾见天下方乱，亦欲倚卓起兵。兴平元年，马腾从陇右来朝，进屯霸桥。时腾私有求于傕，不获而怒，遂与侍中马宇、右中郎将刘范、前凉州刺史种劭、中郎将杜禀合兵攻傕，连日不决。韩遂闻之，乃率众来欲和腾、傕，既而复与腾合。傕使兄子利共郭汜、樊稠与腾等战于长平观下。遂、腾败，斩首万余级，种劭、刘范等皆死。（参见《资治通鉴》卷六十一，《三国志·魏书·董卓传》）

按：《演义》将马腾、韩遂二人攻李傕说成是勤王讨贼的正义举动，与史不合。据史书记载，马腾、韩遂与董卓、李傕、郭汜等人本为一党。马腾、韩遂这次攻李傕，是由于马腾与李傕之间的私怨。

李傕教张济一军赶马腾，樊稠一军赶韩遂。[马腾、韩遂]分兵起身，前军已远，后军不曾隄防张、樊两枝生力军赶来，西凉州军大败。马超在后死战，张济不敢去追。樊稠（尽）[去]赶韩遂。看看赶上，相近陈仓——地名，[韩遂]遂勒马回迎樊稠而言曰：“故乡之人，何如此之无人情耶？”樊稠也勒住马，言曰：“上命不可违也。”韩遂曰：

“天地反覆，未可知也。吾此一来，为国家也。吾与汝同州之人，今虽小失，后图大会。万一有不如意时，还可相见乎？”樊稠回心，拍马向前，与韩遂耳语而别。樊稠收军回寨，马、韩再回西凉州去了。

李傕兄之子（各）[李]别恨樊稠，见和韩遂耳语，回报其叔曰：“樊稠追韩遂到陈仓，被韩遂叫声‘乡人’。稠便立马与遂共语，不知说甚，但见意爱甚密。”李傕大怒，便欲兴兵讨樊稠。贾翊曰：“目今人心未宁，频动刀兵，深为未便。但设一宴，请张济、樊稠言功，只消就席间擒而斩之。”李傕深喜，便遣人请张济、樊稠。

二将欣然（便）赴会。席间，酒将半阑，李傕曰：“韩遂递书来，言樊稠欲造反，何不擒下？”稠大惊失色，口未及言，刀斧手出，斩头于案下。张济伏在地，

据《资治通鉴》卷六十一：樊稠之击马腾、韩遂也，李利战不甚力，稠叱之曰：“人欲截汝父头，何敢如此！我不能斩卿邪！”及腾、遂败走，稠追至陈仓，遂语稠曰：“本所争者非私怨，王家事耳。与足下州里人，欲相与善语而别。”乃俱却骑，前接马，交臂相加，共语良久而别。军还，李利告傕：“韩、樊交马语，不知所道，意爱甚密。”傕亦以稠勇而得众，忌之。稠欲将兵东出关，从傕索益兵。（兴平二年春）二月，傕请稠会议，便于坐杀稠。由是诸将转相疑贰。（参见《三国志·魏书·董卓传》及注引《九州春秋》,《后汉书·董卓传》）

按：《演义》记述了李傕杀樊稠这一事件，但没有把这件事与后来的李傕、郭汜相攻联系起来。据史书记载，李傕杀樊稠，引起郭汜和诸将不安，李郭之间的裂痕也由此开始，终于发展到举兵相攻。李别，史书中作李利，《演义》因“利”“别”形近而误。

李傕扶起而言曰：“樊稠欲图害吾，故先下手。君乃吾心腹人，何惊惧耶？”遂将稠军拨与济管（令）[领]，尽欢而别。后人有诗云：

龙争虎斗甚时休？朝若宾朋暮寇仇。
递互相吞何日了？天教李傕杀樊稠。

张济回弘农去了。

李傕用贾翊为尚书仆射。翊字文和，武威始臧人也，后来是魏臣。李、郭自战退西凉州兵，诸侯莫敢兴兵。贾翊累谏李、郭使行仁义，结纳天下贤士，李、郭顺从之。

据《三国志·魏书·贾诩传》：贾诩字文和，武威姑臧人也。……（李傕等）拜诩尚书，典选举，多所匡济，傕等亲而惮之。

据《三国志·魏书·贾诩传》注引《献帝纪》：郭汜、樊稠与傕互相违戾，欲斗者数矣。诩辄以道理责之，颇受诩言。

朝廷微有生意。

献帝方始稍安，青州黄（州）[巾]又起，聚[众]百万，头目不等，将兖州牧刘岱杀讫，劫掠良民。太保朱隽保举一人，可破群贼。李、郭问于隽曰：“冲要之地，非[当]世英雄，莫能据也。今黄巾鼎沸，谁可安之？”隽（曰）言出此人，交天下不属炎[汉]。此人是谁？

[第二十段] 曹操兴兵报父仇

朱隽曰："要破山东群贼，必须得曹孟德方可。"李傕道："今在何处？"隽曰："自扬州募兵，汉阳破贼，攻于毒于武阳，击匈奴于内[黄]，皆获全胜；见领兵于东郡(群雄)[权]摄州[事]。何不差人，就令曹孟德领兖州牧，破山东群寇，可克日而定矣。"李傕大喜，星夜差人赍赏赐，命东郡太守[曹操]、济北相鲍信一同破贼。

据《资治通鉴》卷六十：鲍信谓曹操曰："袁绍为盟主，因权专利，将自生乱，是复有一卓也。若抑之，则力不能制，只以遘难。且可规大河之南以待其变。"操善之。会黑山、于毒、白绕、眭固等十余万众略东郡，王肱不能御。曹操引兵入东郡，击白绕于濮阳，破之。袁绍因表操为东郡太守，治东武阳。……青州黄巾寇兖州，刘岱欲击之，济北相鲍信谏曰："今贼众百万，百姓皆震恐，士卒无斗志，不可敌也。然贼军无辎重，唯以钞略为资。今不若畜士众之力，先为固守。彼欲战不得，攻又不能，其势必离散。然后选精锐，据要害，击之可破也。"岱不从，遂与战，果为所杀。曹操部将东郡陈宫谓操曰："州今无主，而王命断绝，宫请说州中纲纪，明府寻往牧之，资之以收天下，此霸王之业也。"宫因往说别驾、治中曰："今天下分裂而州无主；曹东郡，命世之才也，若迎以牧州，必宁生民。"鲍信等亦以为然，乃与州吏万潜等至东郡，迎操领兖州刺史。(参见《三国志·魏书·武帝纪》及注引《世语》)

操领了圣旨，会合鲍信，一同兴兵击贼于寿张。鲍信杀入重围地，被贼所害，尸首不知何处。

据《资治通鉴》卷六十：操遂进兵击黄巾于寿张东。不利。贼众精悍，操兵寡弱，操抚循激励，明设赏罚，承间设奇，昼夜会战，战辄禽获，贼遂退走。鲍信战死，操购求其丧不得，乃刻木如信状，祭而哭焉。(参见《三国志·魏书·武帝纪》及注引《魏书》)

据《三国志·魏书·鲍勋传》注引《魏书》：太祖以贼恃胜而骄，欲设奇兵挑击之于寿张。先与信出行战地，后步军未至，而卒与贼遇，遂接战。信殊死战，以救太祖，太祖仅得溃围出，信遂没，时年四十一。

操追赶贼兵直到济北，降者万数。操因得贼作前驱，马到处无不宾伏。不到百余日，操招安到降兵二十余万，男女百万余口。收得精锐者(之)[充]为青州兵，

据《资治通鉴》卷六十：曹操追黄巾至济北，悉降之，得戎卒三十余万，男女百余万口，收其精锐者，号青州兵。(参见《三国志·魏书·武帝纪》《后汉书·献帝纪》)

其余百姓尽皆屯田。

据《三国志·魏书·武帝纪》：是岁(建安元年)用枣祗、韩浩等议，始兴屯田。

据《三国志·魏书·夏侯惇传附韩浩传》注引《魏书》：韩浩字元嗣。……夏侯惇闻其名，请与相见，大奇之，使领兵从征伐。时大议损益，浩以为当急田。太祖善之，迁护军。

（曹操自此威权日重，四方之士归顺者多。）此是初平三年冬十二月也。捷书报道长安，李傕奏曹操为镇东将军。操驰表称谢。[曹操自此威权日重，四方之士归顺者多。]

操在兖州招纳贤士，有叔侄二人来投操。其叔乃（颍州颖）[颍川颍] 阳人也，济南相荀昆之子，姓荀名彧，字文若，人称王佐之才，时年二十九岁；旧从袁绍，见绍非成大事之人，因此来投曹操。操一见，遂与谈论兵书战策、当世急务。操大喜曰："吾之子房也。"以彧为行军司马。

据《后汉书·荀彧传》：荀彧字文若，颍川颍阴人，朗陵令淑之孙也。父绲，为济南相。……南阳何颙名知人，见彧而异之，曰："王佐才也。"……彧比至冀州，而袁绍已夺馥位，绍待彧以上宾之礼。彧明有意数，见汉室崩乱，每怀匡佐之义。时，曹操在东郡，彧闻操有雄略，而度绍终不能定大业。初平二年，乃去绍从操。操与语大悦，曰："吾子房也。"以为奋武司马，时年二十九。明年，又为操镇东司马。（参见《三国志·魏书·荀彧传》，《资治通鉴》卷六十）

其侄乃汉末海内名士，何进曾拜为黄门侍郎，见董卓专权，弃官归乡，今与叔同事操，姓荀名攸，字公达。操以为行军教授。操得此二人，朝夕讲论不倦。

据《三国志·魏书·荀攸传》：荀攸字公达，彧从子也。……何进秉政，征海内名士攸等二十余人。攸到，拜黄门侍郎。董卓之乱，关东兵起，……弃官归，……攸以蜀汉险固，人民殷盛，乃求为蜀郡太守，道绝不得至，驻荆州。太祖迎天子都许，遗攸书曰："方今天下大乱，智士劳心之时也，而顾观变蜀汉，不已久乎！"于是征攸为汝南太守，入为尚书。太祖素闻攸名，与语大悦，谓荀彧、锺繇曰："公达，非常人也，吾得与之计事，天下当何忧哉！"以为军师。（参见《资治通鉴》卷六十二，《三国志·魏书·荀彧传》，《后汉书·荀彧传》）

按：《演义》称，曹操任东郡太守时，荀彧与荀攸叔侄二人一起投奔曹操。而据史书记载，荀攸投曹，比荀彧要晚五年：荀彧投曹是在初平二年（191），荀攸直到建安元年（196）十月，曹操迁献帝至许县后，方才应征入朝。

荀彧劝操纳士招贤，卑礼厚币，四方求之。彧曰："某闻刘岱有一贤士，胜某十倍；岱亡，今日不知何在。此人乃东郡东阿人也，身长八尺三寸，美须髯，眉清目秀，姓程名昱，字仲德。"操曰："吾亦闻名久矣。"遂遣人于乡中根问，果然得消息：于山中读书。操以安车拜（之请）[请之]。程昱来见，操大喜。

据《三国志·魏书·程昱传》：程昱字仲德，东郡东阿人也。长八尺三寸，美须髯。……太祖临兖州，辟昱。……太祖与语，说之，以昱守寿张令。

昱问荀彧曰："某孤陋寡闻之士，公何错荐于明公？公之乡中有一大贤，何不请来以助明公乎？"彧曰："是谁？"昱曰："（颖）[颍] 川阳翟人也，姓郭名嘉，字奉孝。"彧乃猛省曰："吾失计算也！"遂命操征聘郭嘉到兖州，共论天下之事。操曰："使吾成大事者，必此人也！"嘉亦对人曰："此真吾主也！"

据《三国志·魏书·郭嘉传》：郭嘉字奉孝，颍川阳翟人也。初，北见袁绍，谓绍谋臣辛评、郭图曰："夫智者审于量主，故百举百全而功名可立也。袁公徒欲效周公之下士，而未知用人之机。多端寡要，好谋无决，欲与共济天下大难，定霸王之业，难矣！"于是遂去之。先是时，颍川戏志才，筹画士也，太祖甚器之。早卒。太祖与荀彧书曰：

"自志才亡后，莫可与计事者。汝、颍固多奇士，谁可以继之？"彧荐嘉。召见，论天下事。太祖曰："使孤成大业者，必此人也。"嘉出，亦喜曰："真吾主也。"表为司空军祭酒。（参见《资治通鉴》卷六十二）

郭嘉荐光武嫡派子孙，[淮]南成息人也，智勇兼全，文武足备，十三岁与母报仇，杀仇人头拜墓，二十余岁在扬州席上砍杀刚强郑宝，名闻淮海，姓刘名晔，字子阳。

据《三国志·魏书·刘晔传》：刘晔字子扬，淮南成德人，汉光武子阜陵王延后也。父普，母修，产涣及晔。涣九岁，晔七岁，而母病困。临终，戒涣、晔以"普之侍人，有谄害之性。身死之后，惧必乱家。汝长大能除之，则吾无恨矣。"晔年十三，谓兄涣曰："亡母之言，可以行矣。"涣曰："那可尔！"晔即入室杀侍者，径出拜墓。舍内大惊，白普。普怒，遣人追晔。晔还拜谢曰："亡母顾命之言，敢受不请擅行之罚。"普心异之，遂不责也。汝南许劭名知人，避地扬州，称晔有佐世之才。扬士多轻侠狡桀，有郑宝、张多、许乾之属，各拥部曲。宝最骁果，才力过人，一方所惮。欲驱略百姓越赴江表，以晔高族名人，欲强逼晔使唱导此谋。晔时年二十余，心内忧之，而未有缘。会太祖遣使诣州，有所案问。晔往见，为论事势，要将与归，驻止数日。宝果从数百人赍牛酒来候使，晔令家僮将其众坐中门外，为设酒饭；与宝于内宴饮。密勒健儿，令因行觞而斫宝。宝性不甘酒，视候甚明，觞者不敢发。晔因自引取佩刀斫杀宝，斩其首以令其军，云："曹公有令，敢有动者，与宝同罪。"众皆惊怖，走还营。营有督将精兵数千，惧其为乱，晔即乘宝马，将家僮数人，诣宝营门，呼其渠帅，喻以祸福，皆叩头开门内晔。晔抚慰安怀，咸悉悦服，推晔为主。晔睹汉室渐微，己为支属，不欲拥兵，遂委其部曲与庐江太守刘勋。勋怪其故，晔曰："宝无法制，其众素以钞略为利，仆宿无资，而整齐之，必怀怨难久，故相与耳。"（参见《资治通鉴》卷六十三）

操一见大喜。晔荐出二人：一个是山阳昌邑人也，姓满名宠，字伯宁；

据《三国志·魏书·满宠传》：满宠字伯宁，山阳昌邑人也。……太祖临兖州，辟为从事。

一个武（职）[城]人也，姓吕名虔，字子恪。曹操亦素知这两个名誉，就请为军中从事之职。

据《三国志·魏书·吕虔传》：吕虔字子恪，任城人也。太祖在兖州，闻虔有胆策，以为从事。

满宠、吕虔共荐一人，乃陈留平丘人也，旧倚刘表，见表不明，隐于鲁阳，姓毛名玠，字孝先。操请为刑曹。

据《三国志·魏书·毛玠传》：毛玠字孝先，陈留平丘人也。少为县吏，以清公称。……太祖临兖州，辟为治中从事。

时有一将引军数百来投曹操，乃泰山钜平人也，姓于名禁，字文则。操见其弓马熟闲，武艺出众，命为典军司马。

据《三国志·魏书·于禁传》：于禁字文则，泰山钜平人也。黄巾起，鲍信招合徒众，禁附从焉。及太祖领兖州，禁与其党俱诣为都伯，属将军王朗。朗异之，荐禁才任大将军。太祖召见与语，拜军司马。

因操每日称于禁之能，夏侯惇引一大将来参见。礼毕，操与诸官皆大惊，其人形貌魁梧，身材雄伟。操问之，惇曰："此人乃陈留（巳）[巴]吾人也，姓典名韦，旧跟张邈，与帐下人不和，手杀数十人而逃。某于（中山）[山中]射猎，见一大汉逐虎过涧，问之，即典韦也，收在军中久矣。今见主公夸逞将才，某故献上。"操曰："吾视此人一貌非俗，必有勇力。"惇曰："幼年于友人刘氏报仇，杀李永全家，提头直出市中，数百人皆不敢近；见今所使军器两枝铁戟重八十斤，臂上挟人，飞马刺人，如同无物。"操不信。惇令韦使之，挟戟骤马，上下如飞。操愕然曰："真天神也！吾若早知，岂肯沉溺乎？"帐下一面大旗，上下使绒绳牵之，中一大汉挟住其杆。时值大风，旗将欲倒。典韦向前喝退众军，一手执定旗杆，立于风中。操曰："乃古之恶来也！"恶来，纣王时[人，]极有气力。遂命[为]帐前都尉，解身上细白锦袄、骏马雕鞍以赐之。

据《三国志·魏书·典韦传》：典韦，陈留己吾人也。形貌魁梧，旅力过人，有志节任侠。襄邑刘氏与睢阳李永为仇，韦为报之。永故富春长，备卫甚谨。韦乘车载鸡酒，伪为候者，门开，怀匕首入杀永，并杀其妻，徐出，取车上刀戟，步去。永居近市，一市尽骇。追者数百，莫敢近。行四五里，遇其伴，转战得脱。由是为豪杰所识。初平中，张邈举义兵，韦为士，属司马赵宠。牙门旗长大，人莫能胜，韦一手建之，宠异其才力。后属夏侯惇，数斩首有功，拜司马。

因此曹操势大，威镇山东，文有谋臣、武（将）有勇将助左右，共图进取：

谋士

荀彧、荀攸、程昱、郭嘉，更有五（十）[至]七人不录；

文武兼全

刘晔、毛玠、满宠、吕虔、乐进、李典；

武将

夏侯惇、夏侯渊、曹仁、曹洪、于禁、典韦。

多有部下之人，不及录亦多。部有精兵三十万，管领一应钱粮，旧有一人，乃河南中牟人也，姓任名峻，字伯达。

据《三国志·魏书·任峻传》：任峻字伯达，河南中牟人也。……是时岁饥旱，军食不足，羽林监颍川枣祗建置屯田，太祖以峻为典农中郎将，募百姓屯田于许下，得谷百万斛，郡国列置田官，数年中所在积粟，仓廪皆满。

曹操既领大军屯扎兖州，营寨厅堂尽皆完备，乃遣泰山太守应劭往琅琊郡取父曹嵩，——嵩自陈留避难，隐居于此。劭领操言语，带从者百余人，取曹嵩（等）[及]操弟曹德，一家老小四十余口，车乘百余辆，驴骡马匹极多，望兖州来，道经徐州。

徐州太守陶谦字恭祖，丹阳人也，平生温厚淳笃，人皆敬之。

据《后汉书·陶谦传》：陶谦字恭祖，丹阳人也。少为诸生，仕州郡，……会徐州黄巾起，以谦为徐州刺史，击黄巾，大破走之，境内晏然。（参见《三国志·魏书·陶谦传》，《资治通鉴》卷六十）

谦知曹操势大，意欲结识，正无其由，听知操父经过，遂出境迎接，再拜致意，敬如父母，大设筵会。住了两日，谦差（郎）[部]将张闿将部兵五百，护送曹嵩老小前去。闿随车仗，谦送出廓自回。

嵩前行到一个去处，地名华、费，时当夏末秋初，大雨雪雹骤至，望（弗）[费]山下一古寺投歇。寺僧三五人，邀嵩于方丈安顿宅眷。张闿军马屯于西廊，雨湿衣装，军士皆怨。张闿唤手下头目于静处商议曰："我等本是黄巾余党，如今陶谦处人无采取。你每随着车乘，欲得富贵不难。今夜三更，只推有贼到来，把曹嵩一家老小杀了，取了许多钱物，同往山中落草不好？"众皆应允。是夜风雨不息，曹（操父）[嵩]在方丈中忽闻四壁喊声大振。曹德提剑出看，被搠死于法堂。曹嵩引一妾奔入方丈后，欲过墙走，妾肥胖不能出。嵩与妾躲于厕中，被乱军所杀。应劭引数十人出寺外去投袁绍。张闿杀尽曹嵩全家，取了财物，放火烧寺，与五百人逃奔淮南去了。

据《三国志·魏书·武帝纪》注引《吴书》：太祖迎嵩，辎重百余两。陶谦遣都尉张闿将骑二百卫送，闿于泰山华、费间杀嵩，取财物，因奔淮南。太祖归咎于陶谦，故伐之。

据《资治通鉴》卷六十：前太尉曹嵩避难在琅邪，其子操令泰山太守应劭迎之。嵩辎重百余两，陶谦别将守阴平，士卒利嵩财宝，掩袭嵩于华、费间，杀之，并少子德。（参见《后汉书·陶谦传》）

据《三国志·魏书·武帝纪》注引《世语》：嵩在泰山华县。太祖令泰山太守应劭送家诣兖州，劭兵未至，陶谦密遣数千骑掩捕。嵩家以为劭迎，不设备。谦兵至，杀太祖弟德于门中。嵩惧，穿后垣，先出其妾，妾肥，不时得出；嵩逃于厕，与妾俱被害，阖门皆死。劭惧，弃官赴袁绍。后太祖定冀州，劭时已死。（参见《三国志·魏书·武帝纪》《后汉书·宦者传·曹腾传》）

据《后汉书·应劭传》：（中平）六年，拜太山太守。……兴平元年，前太尉曹嵩及子德从琅邪入太山，劭遣兵迎之，未到，而徐州牧陶谦素怨嵩子操数击之，乃使轻骑追嵩、德，并杀之于郡界。劭畏操诛，弃郡奔冀州牧袁绍。

按：曹嵩一家是被谁杀害的？史书有三种说法：

第一种说法：被陶谦的部将张闿杀害，见《三国志·魏书·武帝纪》注引韦曜《吴书》。《演义》所述即依据《吴书》。

第二种说法：被驻守阴平的陶谦的部将袭杀，见《后汉书·陶谦传》和《资治通鉴》。

第三种说法：被陶谦杀害，见《三国志·魏书·武帝纪》及注引《世语》，《后汉书·应劭传》《曹腾传》。

《后汉书·应劭传》称，陶谦之所以派人追杀曹嵩，是因为恨曹操曾多次攻打徐州，此说与史不合。在曹嵩遇害之前，曹操没有攻打过徐州。但曹操和陶谦曾于初平三年（192）在发干交战，当时陶谦屯发干，曹操在袁绍的配合下打败了陶谦。

应劭部下逃得命的军士飞报曹操。操听知全家被杀，哭倒于地。静轩先生有诗断之曰：

曹操奸雄世所夸，曾将吕氏杀全家。
如今阖户逢人杀，天理循环报不差。

夏侯惇救起曰："此是陶谦纵令军士如此，可令人问罪。"操切齿曰："杀父之仇极天际地，如何不报！吾起大军，尽赴徐州所辖之地面，草木不留，吾之愿也！"留荀彧、程昱部领军马三万人守鄄城、范县、东阿三县，其余尽起，教夏侯惇、于禁、典韦为先锋。操令"但得城池，尽皆杀戮，以雪父仇！"

据《资治通鉴》卷六十、卷六十一：（初平四年）秋，操引兵击谦，攻拔十余城，至彭城，大战，谦兵败，走保郯。初，京、雒遭董卓之乱，民流移东出，多依徐土，遇操至，坑杀男女数十万口于泗水，水为不流。操攻郯不能克，乃去，攻取虑、睢陵、夏丘，皆屠之，鸡犬亦尽，墟邑无复行人。……（兴平元年春二月，）陶谦告急于田楷，楷与平原相刘备救之。备自有兵数千人，谦益以丹杨兵四千，备遂去楷归谦，谦表为豫州刺史，屯小沛。曹操军食亦尽，引兵还。……（兴平元年夏，）曹操使司马荀彧、寿张令程昱守鄄城，复往攻陶谦，遂略地至琅邪、东海，所过残灭。还，击破刘备于郯东。谦恐，欲走归丹杨。会陈留太守张邈叛操迎吕布，操乃引军还。（参见《三国志·魏书·武帝纪》《陶谦传》，《三国志·魏书·荀彧传》注引《曹瞒传》，《三国志·蜀书·先主传》，《后汉书·陶谦传》）

按：据史书记载，曹操于初平四年（193）和兴平元年（194）两次攻徐州，《演义》合为一次。

时陈宫为东郡从事，与陶谦最好，知曹操起军报仇，尽杀百姓，荒忙星夜来见曹操。操想旧日之恩，请入帐中共坐。宫（中）问说："今闻明公起大军下徐州，报尊父之仇，所到尽杀百姓，某因此特来进言。陶谦乃仁人君子，非刚强好利之辈，中间必有缘故。且州县之民皆大汉百姓，与明公有何仇恶？杀之不祥。望三思然后行之，幸甚！"操大怒曰："汝昔时弃我而去，（你）今有何面目相见！陶谦杀吾一家，誓当摘胆剜心以祭之！汝为陶谦有旧，何敢阻我军心？"宫默然而出曰："吾亦无面目为汉之官也。"遂匹马来投陈留太守张邈，邈待宫为正宾。

且说曹操大军所到之处鸡犬不留，山无树木，路绝人行。陶谦在徐州闻曹操起大队军马来报父仇，仰天恸哭曰："我获罪于天，致使徐州之民受此大难！"又闻操先杀徐州四下郡县百姓，以孤徐州之势，谦大骂张闿"逆贼贪财物，害及生灵！"急聚众官商议。曹豹出曰："既曹操兵至，岂束手待死？某愿助使君以破之。"众官皆云："豹言者是也！"陶谦不得已，引军出境来迎。

谦望见操军到时，前面如霜铺雪涌起白旗，中间灵幡二首，一书曹嵩名爵，一书曹德灵魂，大展"报仇雪恨"二旗。军马列成阵势。曹操自纵马出阵，身披缟素，甲擐花银，含泪扬鞭大骂："无端贼徒，敢伤吾父！"陶谦亦出马（出）于门旗下，马上欠身与操施礼云："谦本意结好明公，故托张闿护送，不期贼心不改，致有此事，实不干陶谦之故。幸望明公怜察其情而恕之！"操大骂［曰］："老匹夫！杀吾父，尚敢乱言！谁可生擒老贼，享祭灵魂？"夏侯惇应声而（去）［出］，陶谦荒走入阵。夏侯惇赶来，曹豹挺枪跃马，前来迎敌。二马相交，狂风大作，飞砂走石，折木拔树，军中旗幡尽皆吹（折）倒。奈何曹豹敌不住夏侯惇，回马便走。两军皆乱，操急收军屯住。

陶谦收士卒入城。谦曰："吾观曹操势大难敌。吾命该横亡，不可逃矣，当自缚前去操营，任其剐割，救徐州一郡百姓之命！"言未绝，一人进前而言曰："府君久镇徐州，人民感德。今曹将军兵将虽广，未（及）［必］便入城墙。府君与百姓坚守勿出。某虽不才，愿施小策，交曹操死无葬身之地。"众人大惊，便问"计将安出？"毕竟说出甚来？是谁？

［第二十一段］ 刘玄德北海解围

［献计之人］乃东海朐县人也，今（知）［居］淮安海州，姓麋名竺，字子仲。此人家世豪富，庄户童仆等万余人。

据《三国志·蜀书·麋竺传》：麋竺字子仲，东海朐人也。祖世货殖，僮客万人，赀产钜亿。

麋竺往洛阳买卖回归。竺坐于车上，见一妇人有美色，求同载。竺乃下车步行，让车与妇人独乘。妇人再三请竺同载。竺上车，目不邪视，并无调戏之意。行及数里，妇人辞去，临别对竺曰："我天使也，奉上皇敕往烧汝家；感君见待以礼，故私告汝。"竺曰："娘子何人也？"妇曰："吾乃南方火德星君耳。"竺拜而谢之。妇曰："此上命，不敢不烧。君可速往，搬出财物，吾当后来。"竺飞奔到家，搬出资财。日中，厨下果然火起，尽烧其屋。

据《三国志·蜀书·麋竺传》注引干宝《搜神记》：竺尝从洛归，未达家数十里，路傍见一妇人，从竺求寄载。行可数里，妇谢去，谓竺曰："我天使也，当往烧东海麋竺家，感君见载，故以相语。"竺因私请之，妇曰："不可得不烧。如此，君可驰去，我当缓行，日中火当发。"竺乃还家，遽出财物，日中而火大发。

［竺］因此济贫拔苦，救难扶危。此事出《搜神记》。后陶谦请为别驾从事。

据《三国志·蜀书·麋竺传》：后徐州牧陶谦辟为别驾从事。

谦问解救之策，竺曰："某当亲往北海郡投托孔融，命起兵来救援；更得一人往青州田阶处求救。二路军马在外夹攻，操必退兵矣。"谦大喜，遂写告急书二封，商议青州交谁可去。一人出曰："某愿往。"众视之，乃是广陵名士，志气凌云，姓陈名登，字元龙。

据《三国志·魏书·吕布传附陈登传》：陈登者，字元龙，在广陵有威名。

谦喜，先送元龙去青州了，然后命麋竺［行］。谦率［众］守城，以备攻击。操亦未敢轻逼城下，且去四下屠城，以孤徐州之势。

却说北海孔融字文举，鲁国曲阜人也，孔子二十世嫡孙，泰山都尉孔宙之子，自小聪明，人皆敬仰。年十四时去谒河南尹李膺。膺乃汉代人物，等闲不能勾相见，除非是当世大贤、通家子孙，能勾到堂上。时融令门人报覆曰："我李相通家子孙。"及至入见，膺问曰："汝祖与吾祖何亲也？"融曰："先君孔子与君先君李老君同德比义而相师友，则融累世与君通家。"膺大奇之。少刻，太中大夫陈炜（后）至。膺指融曰："此异童子也。"炜曰："小时聪明，大来未必聪明也。"融应对曰："如君所言，幼时必愚浊也。"炜等皆大笑曰："此子长成，必当代之伟器也！"

据《后汉书·孔融传》：孔融字文举，鲁国人，孔子二十世孙也。七世祖霸，为元帝师，位至侍中。父宙，太山都尉。融幼有异才。年十岁，随父诣京师。时，河南尹李膺以简重自居，不妄接士宾客，敕外自非当世名人及与通家，皆不得白。融欲观其人，故造膺门。语门者曰："我是李君通家子弟。"门者言之。膺请融，问曰："高明祖父尝与仆有恩旧乎？"融曰："然。先君孔子与君先人李老君同德比义，而相师友，则融与君累世通家。"众坐莫不叹息。太中大夫陈炜后至，坐中以告炜。炜曰："夫人小而聪了，大未必奇。"融应声曰："观君所言，将不早惠乎？"膺大笑曰："高明必为伟器。"（参见《三国志·魏书·崔琰传附孔融传》及注引《续汉书》，《世说新语·言语》）

自此得名。无书不览，海内称为"冠冕"。征为中郎将，累迁北海太守。

据《三国志·魏书·崔琰传附孔融传》注引《续汉书》：司徒大将军辟举高第，累迁北军中候、虎贲中郎将、北海相，时年三十八。（参见《后汉书·孔融传》）

及好宾客。融曰："座下客常满，樽中酒不空，吾之愿也！"在北海六年，甚得民心。

据《后汉书·孔融传》：性宽容少忌，好士，喜诱益后进。及退闲职，宾客日盈其门。常叹曰："坐上客恒满，尊中酒不空，吾无忧矣。"（参见《三国志·魏书·崔琰传附孔融传》注引张璠《汉纪》）

当日正与客论曹操起兵报仇事，人禀徐州糜竺至。融交请入见了，动问云："故人此行必有事焉？"竺出陶谦书，言曹操攻围甚急，"望明公垂救。"上项事说了。融曰："吾与陶恭祖莫逆之交，子仲又亲到此，如何不去？只一件，曹孟德亦与我无仇甚厚。先遣人送一书解和，如其不然，随即起兵。"竺曰："曹操倚仗兵威，必不以义为重。"融交一面点起军马，一面差人送书。

忽报黄巾贼余党管亥部领群贼约有十余万，飞奔前来。孔融大惊，荒点本部人马，出城与贼相迎。管亥出马曰："吾知汝州粮广，可借一万石来，便退军士；不然打破城池（者），老幼不留！"孔融叱曰："吾乃大汉臣僚，守御大汉城池，岂有粮米应付贼党乎！"管亥大怒，拍马舞刀，直取孔融。融背后一匹马出（迎），乃北海骁将宗宝，挺枪直迎。两马相交，战不数合，宗宝被官亥一刀砍于马下。孔融兵大乱，奔入城[中]。管亥分兵四面围城。孔融见折了一员上将，心中郁闷。糜竺怀愁，更不可言。

此时，孔融登城遥望，贼势浩大，倍添忧恼。忽见贼徒喊声大举，一人提枪跃马，杀入阵来，左冲右突，如入无人之境，直杀到城下，大叫"开门！"孔融不识其人，不敢开门。贼首将赶到，城边那员将回身连搠十数个下马。融急令开门，令铁骑接应到城门内。其人下马弃枪，径到城上拜见孔融。融视其人，身长七尺七寸，美髯猿臂，善射，射不虚发。问其姓名，对曰："老母重蒙恩顾。（今）某昨夜自辽东回家省亲，闻金鼓之声，知贼寇临城。老母曰：'孔北海未尝识汝，尝惠赐于我。今日有难，何不救之？'故单马而来，报府君养母之恩。[吾乃]东莱黄县人也，覆姓太史名慈，字子义。"

据《三国志·吴书·太史慈传》：太史慈字子义，东莱黄人也。

融大喜。元来融知太史慈是个英雄，他母[在]离城二十里地名都昌住。融常使人送米麦匹帛去，因此母交慈来。融重待太史慈，赠与衣甲马匹。慈曰："贼围城，如何得退？愿借兵一千人，出城杀贼。"融曰："汝虽英雄，贼众，不可轻出。"慈再三请曰："老母感君厚德，特遣慈来。如不能解此围，慈亦无颜见老母矣。愿决死战！"融曰："此去不远，吾闻刘玄德乃当世英雄。若得他来，内外夹攻，此围自解。"慈曰："府君修书，某当急往。"融喜，作书付慈收了，惯甲上马，腰带两弓，手执铁枪，饱食严（行）[装]。

城门开处，一骑飞出近壕。贼将十数骑来战，被慈搠三人下马，余皆退走。慈杀开群贼，透围而出。管亥知有人出城，料是求救，令数百人赶来，八面围定。慈倚枪拈弓搭箭，八面皆射之，射死十数人，皆应弦落马。贼皆退回。

据《三国志・吴书・太史慈传》：北海相孔融闻而奇之，数遣人讯问其母，并致饷遗。时融以黄巾寇暴，出屯都昌，为贼管亥所围。慈从辽东还，母谓慈曰："汝与孔北海未尝相见，至汝行后，赡恤殷勤，过于故旧，今为贼所围，汝宜赴之。"慈留三日，单步径至都昌。时围尚未密，夜伺间隙，得入见融，因求兵出斫贼。融不听，欲待外救，未有至者，而围日逼。融欲告急平原相刘备，城中人无由得出，慈自请求行。融曰："今贼围甚密，众人皆言不可，卿意虽壮，无乃实难乎？"慈对曰："昔府君倾意于老母，老母感遇，遣慈赴府君之急，固以慈有可取，而来必有益也。今众人言不可，慈亦言不可，岂府君爱顾之义，老母遣慈之意邪？事已急矣，愿府君无疑。"融乃然之。于是严行蓐食，须明，便带鞬摄弓上马，将两骑自随，各作一的持之，开门直出。外围下左右人并惊骇，兵马互出。慈引马至城下堑内，植所持的各一，出射之，射之毕，径入门。明晨复如此，围下人或起或卧，慈复植的，射之毕，复入门。明晨复出如此，无复起者，于是下鞭马直突围中驰去。比贼觉知，慈行已过，又射杀数人，皆应弦而倒，故无敢追者。（参见《后汉书・孔融传》）

太史慈得脱，星夜投平原县来求（救）见刘玄德，施礼罢，备言孔北海受围之事，"今特令太史慈来求救。"呈上书。玄德看之，问慈曰："汝何人也？"慈曰："某太史慈，东海之鄙人也，与孔北海亲非骨肉，比非乡党，得以名志相好，有分忧共患之意。今管亥暴乱，北海被围，孤穷无援，危在旦夕。以君有仁义之名，能救人之急，故北海［令］区区延颈大仰。慈冒白刃，突重围，从万死之中自托于君。惟君所以存之！"玄德闻言大惊，敛容答曰："孔北海知世间有刘备耶？"乃唤关羽、张飞，点精兵三千人，望北海郡进发。

据《三国志・吴书・太史慈传》：遂到平原，说备曰："慈，东莱之鄙人也，与孔北海亲非骨肉，比非乡党，特以名志相好，有分灾共患之义。今管亥暴乱，北海被围，孤穷无援，危在旦夕。以君有仁义之名，能救人之急，故北海区区，延颈恃仰，使慈冒白刃，突重围，从万死之中自托于君，惟君所以存之。"备敛容答曰："孔北海知世间有刘备邪！"即遣精兵三千人随慈。（参见《后汉书・孔融传》）

管亥望见救军来到，亲引勇猛之士前来迎敌，两边摆开。管亥见玄德军少，心中不惧，亲自披挂，横刀立马于阵前。玄德引关、张、太史慈出。玄德骂曰："无端逆寇！不思去邪从正，更待何时？"管亥忿怒直出。太史慈却待向前，一匹马早先飞出，乃蒲州解良人也，文读《春秋左氏传》，

据《三国志・蜀书・关羽传》注引《江表传》：羽好《左氏传》，讽诵略皆上口。

武使青龙偃月刀。云长径取管亥。两马相交，众军大喊。正如燕雀之物而慕冲天之栖，犬羊之蹄而移近日之步，势不可为也，量管亥怎敌云长？数合之中，青龙刀起，劈管亥于马下。太史慈、张飞齐出，两条枪杀入贼阵，玄德驱军（操鼓）［鼓噪］掩杀。城上孔融望见太史慈引关、张赶杀到城边，如猛虎入犬羊之群，纵横不可当也。孔融驱军各门突出，大败群贼，降者无数，余党溃散。

孔融迎接玄德入城，叙礼毕，大设筵宴。座中孔融引糜竺来见玄德，具言张闿杀曹

嵩之事，“今曹操纵兵大掠，围住徐州，特来求救。”玄德曰：“吾知陶恭祖乃诚实仁人君子，今受此无辜之冤！”孔融曰：“玄德公乃汉室宗亲。今操不仁，残害百姓，倚强欺弱，逼勒陶使君至急。圣人言‘见义不为，无勇也。’公何不一同孔融去救徐州之难？心下如何？”玄德曰：“备非是推辞，争奈兵微将寡，不敢轻动。”孔融曰：“吾与陶恭祖一面之旧，自倾城郭之钱粮，去救此难。公乃当世之豪杰，何无仗义之心耶？”玄德曰：“备愿往。请文举先行，容备去公孙瓒处再借三五千人马，随后便至。”融曰：“玄德公切勿有失信！”备曰：“公以备何等人也？圣人云：‘自古皆有死，民无信不立。’备（曰）借得军借不得军，必然至也。”孔融、糜竺拜谢。融交糜竺先回徐州去报，“某便收拾起程。”太史慈拜谢曰：“慈奉老母严命，前来赴难，今幸无虞。有扬州刺史刘繇与慈同乡，有书来呼唤，不得不去，容图再会。”融以金帛相酬，慈不肯受，归见老母。母曰：“我喜汝已报孔北海也。”遂遣慈（和母）往扬州去了。

据《三国志·吴书·太史慈传》：贼闻兵至，解围散走。融既得济，益奇贵慈，曰：“卿吾之少友也。”事毕，还启其母，母曰：“我喜汝有以报孔北海也。”

不说孔融起兵。且说玄德投北地来见公孙瓒。礼毕，瓒曰：“贤弟何来？”备言救徐州事。瓒曰：“曹操与汝无冤，何故替人出力？”备曰：“某去以言解之。”瓒曰：“操倚势豪强，安肯听汝善言耶？”玄德曰：“备已许诺于人，岂敢失信？”瓒曰：“借汝马步二千。”玄德曰：“更望借子龙一行。”瓒许之。

据《三国志·蜀书·赵云传》：赵云字子龙，常山真定人也。本属公孙瓒，瓒遣先主为田楷拒袁绍，云遂随从，为先主主骑。

据《资治通鉴》卷六十：常山赵云为本郡将吏兵诣公孙瓒，……刘备见而奇之，深加接纳，云遂从备至平原，为备主骑兵。

据《三国志·蜀书·赵云传》注引《云别传》：时先主亦依托瓒，每接纳云，云得深自结托。云以兄丧，辞瓒暂归，先主知其不反，捉手而别，云辞曰：“终不背德也。”

按：《演义》称刘备救徐州时向公孙瓒“借子龙”，与史不合。据史书记载，刘备投靠公孙瓒不久，公孙瓒就派他到青州与袁绍相拒，同时将赵云派去为刘备主管骑兵。初平三年（192）赵云因兄丧辞别刘备返回常山，从此脱离了公孙瓒，故兴平元年（194）刘备进军徐州救陶谦时赵云并未同行。

玄德、关、张引本部三千人马为前部，子龙二千军后随，迤逦投徐州来。

却说糜竺回报陶谦，言“北海又请得刘玄德来。”陈元龙也报“青州田阶欣然领兵来救。”谦心少安。

据《资治通鉴》卷六十一：陶谦告急于田楷，楷与平原相刘备救之。（参见《三国志·蜀书·先主传》）

原来孔融、田阶两路军马惧怯曹操，远远依山傍（实）［岩］，结下营寨，未敢轻进。曹操见两路军到，亦分了军势，不敢向前攻城。

却说刘玄德军到，见孔融。融曰：“操足智多谋，行军或进或退。未敢出战，且观其动静，然后行之。”玄德曰：“但恐城中无粮，难以久待。备留云长、子龙，令四千军在文举部下相助。备与弟张飞杀奔曹营，径投徐州，去见陶使君商议。”孔融大喜，会田阶为掎角之势，首尾相连，左孔融军，右田阶军，中间云长、子龙领四千军，两处救应。

是日，玄德、张飞披挂上马，杀入操寨边，背后一千人马跟着。操二十余万大兵不［下］一处寨子。当日张飞在前，挺丈八蛇矛，飞马而来，伏路军兵望影而逃。正行之间，寨内一棒鼓声向处，马军步军如潮似浪涌将出来。当头一员大将立马大喝："何处匹夫！却那里去？"——（吾乃）泰山钜平人也，姓于名禁，字文则。张飞见了，更不打话，直取于禁。两马相交，众军纳喊，玄德勒马观看。胜负如何？

［第二十二段］　吕温侯濮阳大战

于禁与张飞战到数合，玄德掣双股剑，喝军士大进，于禁大败。张飞当前追杀，直到徐州城下。

城上望见红旗，白字大书"平原刘玄德"。陶谦急命健将开门，迎取玄德一军入城。陶谦接着，共到府衙礼毕，设宴相待，一杯慰劳。谦见玄德非俗，语言如钟，心内大喜，急命糜竺取徐州牌印，让与玄德。玄德曰："公何意也？"谦曰："今天下扰乱，帝主懦弱，奸臣弄权。公乃汉室宗亲，正当力扶汉室。老夫六旬之上，无德无能，朝夕不保。公名闻海宇，世之豪杰，可领徐州。谦自写表申奏，望公勿得推阻。"玄德俯伏在地而言曰："备虽汉朝苗裔，功微德薄，今受平原［相］亦不称职。今特为大义，暂来相助，何出此言？莫非疑刘备有吞并之心耶？若举此意，皇天不祐！"谦曰："此（情已实）［实情也］。"再三让牌印与玄德，玄德那里肯受？玄德曰："今曹操兵已至此，无人解纷。备作一书，令人送去。操若不从，厮杀未迟。"传檄三寨，按兵休动，差人赍书以达操。

却说操在中军与众将商议取徐州之策，人报徐州有战书到，笑发缄而观之，则刘备书也。书云：

> 备昔日关外得拜钧颜，各天一方，不及趋侍。近者尊父曹嵩，皆因张闿之不仁。陶恭祖诚实君子，闻（知）［之］则肝胆皆裂。万望明公俯察衷情，回百万之雄兵，扫天下之大患，匡扶帝主，拯救黎民，乃社稷生灵之幸也！愿明公垂察焉！

操看书毕，大骂曰："刘备何等之人，敢以书来劝我！中间有讥讽之意。可斩来使，而便攻城！"谋士郭嘉曰："主公息怒！刘备远来救援，先礼后兵故也。主公亦以好言答之，以慢备心，然后进兵，城可破也。"操回嗔作喜曰："吾怪刘备久不相见。既以书来，容我裁答。"留来使于营中。正欲商议回书，流星（报）马飞报祸事。操问之，报曰："吕布自出武关，去投袁术，术怪吕布番覆不定，拒而不纳；去投袁绍，绍纳之，共破张燕于常山。布自以为得志，傲慢手下将士，绍欲杀之。布引军去投张扬，扬纳之。

> 据《三国志·魏书·吕布传》：布自杀卓后，畏恶凉州人，凉州人皆怨。由是李傕等遂相结还攻长安城。布不能拒，傕等遂入长安。卓死后六旬，布亦败。将数百骑出武关，欲诣袁术。布自以杀卓为术报仇，欲以德之。术恶其反覆，拒而不受。北诣袁绍，绍与布击张燕于常山。燕精兵万余，骑数千。布有良马曰赤兔。常与其亲近成廉、魏越等陷锋突陈，遂破燕军。而求益兵众，将士钞掠，绍患忌之。布觉其意，从绍求去。绍恐还为己害，遣壮士夜掩杀布，不获。事露，布走河内，与张杨合。绍令众追之，皆畏布，莫敢逼近者。（参见《三国志·魏书·吕布传》注引《英雄记》）

据《后汉书·吕布传》：允既不赦凉州人，由是卓将李傕等遂相结，还攻长安。布与傕战，败，乃将数百骑，以卓头系马鞍，走出武关，奔南阳。袁术待之甚厚。布自恃杀卓，有德袁氏，遂恣兵抄掠。术患之。布不安，复去从张杨于河内。时李傕等购募求布急，杨下诸将皆欲图之。布惧，谓杨曰："与卿州里，今见杀，其功未必多。不如生卖布，可大得傕等爵宠。"杨以为然。有顷，布得走投袁绍，绍与布击张燕于常山。燕精兵万余，骑数千匹。布常御良马，号曰赤菟，能驰城飞堑，与其健将成廉、魏越等数十骑驰突燕阵，一日或至三四，皆斩首而出。连战十余日，遂破燕军。布既恃其功，更请兵于绍，绍不许，而将士多暴横，绍患之。布不自安，因求还洛阳。绍听之，承制使领司隶校尉，遣壮士送布而阴使杀之。布疑其图己，乃使人鼓筝于帐中，潜自遁出。夜中兵起，而布已亡。绍闻，惧为患，募遣追之，皆莫敢逼，遂归张杨。（参见《资治通鉴》卷六十）

庞舒在长安城中私藏［吕布］妻小，送还吕布。李、郭知之，遂斩庞舒，写书与张扬，令杀吕布。吕布弃张扬，去投张邈。先是，张邈弟张超引陈宫去见张邈。宫说邈曰：'今雄杰并起，天下分崩。君以千里之乡，当四战之地，抚剑顾盼，亦足以为人豪，而反受制于人，不亦鄙乎？今曹军东征，其室空虚。吕布乃当时英雄无比之士，若权迎之，共取兖州，观天下形势，随即变通，霸业可图矣！'张邈大喜，去迎吕布，今却欲投之，以为天假机会。今日吕布僭住兖州（收）［牧］，兵据濮阳，止有鄄城、东阿、范县三处被荀彧、程昱设谋定计，死守得住，其余皆休矣。

据《三国志·魏书·吕布传》：吕布之舍袁绍从张杨也，过邈临别，把手共誓。绍闻之，大恨。邈畏太祖终为绍击己也，心不自安。兴平元年，太祖复征谦，邈弟超，与太祖将陈宫、从事中郎许汜、王楷共谋叛太祖。宫说邈曰："今雄杰并起，天下分崩，君以千里之众，当四战之地，抚剑顾眄，亦足以为人豪，而反制于人，不以鄙乎！今州军东征，其处空虚，吕布壮士，善战无前，若权迎之，共牧兖州，观天下形势，俟时事之变通，此亦纵横之一时也。"邈从之。太祖初使宫将兵留屯东郡，遂以其众东迎布为兖州牧，据濮阳。郡县皆应，唯鄄城、东阿、范为太祖守。（参见《三国志·魏书·武帝纪》《张邈传》《荀彧传》《程昱传》，《后汉书·荀彧传》）

据《后汉书·吕布传》：道经陈留，太守张邈遣使迎之，相待甚厚，临别把臂言誓。邈字孟卓，东平人，少以侠闻。初辟公府，稍迁陈留太守。董卓之乱，与曹操共举义兵。及袁绍为盟主，有骄色，邈正义责之。绍既怨邈，且闻与布厚，乃令曹操杀邈。操不听，然邈心不自安。兴平元年，曹操东击陶谦，令其将武阳人陈宫屯东郡。宫因说邈曰："今天下分崩，雄桀并起。君拥十万之众，当四战之地，抚剑顾眄，亦足以为人豪，而反受制，不以鄙乎！今州军东征，其处空虚，吕布壮士，善战无前，迎之共据兖州，观天下形势，俟时事变通，此亦从横一时也。"邈从之，遂与弟超及宫等迎布为兖州牧，据濮阳，郡县皆应之。（参见《资治通鉴》卷六十一）

据《资治通鉴》卷六十一：前九江太守陈留边让尝讥议操，操闻而杀之，并其妻子。让素有才名，由是兖州士大夫皆恐惧。陈宫性刚直壮烈，内亦自疑，乃与从事中郎许汜、王楷及邈弟超共谋叛操。（参见《三国志·武帝纪》注引《曹瞒传》）

曹仁累战皆不能胜，特此告急！"操曰："兖州有失，使吾（吾）［无］家之可归。"郭嘉曰："主公正好卖个人情，与刘备善（善），退军去复兖州，免致天下耻笑。"操然之，即时答书与备。书云：

操累世名家，父遭荼毒，安得不报？故勒兵问罪于陶谦，欲图灭族，以雪大冤。

玄德公帝室之胄，才德兼全，既遣书来，慰我以天下之重，即日班师回守。略此以闻，别图后会。

曹操拔寨皆起。

据《资治通鉴》卷六十、卷六十一：（兴平元年春二月，）陶谦告急于田楷，楷与平原相刘备救之。备自有兵数千人，谦益以丹杨兵四千，备遂去楷归谦，谦表为豫州刺史，屯小沛。曹操军食亦尽，引兵还。……（兴平元年夏，）曹操使司马荀彧、寿张令程昱守鄄城，复往攻陶谦，遂略地至琅邪、东海，所过残灭。还，击破刘备于郯东。谦恐，欲走归丹杨。会陈留太守张邈叛操迎吕布，操乃引军还。（参见《三国志·魏书·武帝纪》《陶谦传》,《三国志·魏书·荀彧传》注引《曹瞒传》,《三国志·蜀书·先主传》《后汉书·陶谦传》）

且说来使回徐州，入城见谦，呈上书札，言操退兵。谦大喜，差人分投请孔融、田阶、关羽等军赴城，大会众官，军屯城外，将入赴席。谦命请玄德于高座，玄德再三推辞。酒至数巡，谦曰："老夫年迈，精力衰乏；二子皆不肖，不堪掌国家重任。刘玄德帝室之胄，德广才高，可领徐州。老夫乞闲养老病。"备曰："孔文举令备来救援徐州，以义之故；今却据守此城。人不知者以为大不义也。"糜竺曰："今汉室陵迟，海宇颠覆，建功立业，正在此时。徐州殷富之家百万。使君领此，不可辞也。"玄德曰："此事决不敢当！"陈登进曰："陶府君多病，不能署事。明公勿辞。"备曰："袁公路四世三公，海内所归，近在寿春，何不以州与之？"陈登曰："袁公路骄奢，非治乱之主。今以徐州军兵，马步十万，尚可以匡君济民，（不）[下]可以辖地守境。使君若不听从，登亦未敢听使君。"孔融曰："袁公路冢中枯骨，岂忧国忘家者，何足介意？今日之事，天与不取，悔不可追！"

据《三国志·蜀书·先主传》：谦病笃，谓别驾麋竺曰："非刘备不能安此州也。"谦死，竺率州人迎先主，先主未敢当。下邳陈登谓先主曰："今汉室陵迟，海内倾覆，立功立事，在于今日。彼州殷富，户口百万，欲屈使君抚临州事。"先主曰："袁公路近在寿春，此君四世五公，海内所归，君可以州与之。"登曰："公路骄豪，非治乱之主。今欲为使君合步骑十万，上可以匡主济民，成五霸之业，下可以割地守境，书功于竹帛。若使君不见听许，登亦未敢听使君也。"北海相孔融谓先主曰："袁公路岂忧国忘家者邪？冢中枯骨，何足介意。今日之事，百姓与能，天与不取，悔不可追。"先主遂领徐州。

备坚执不肯。谦抱玄德而痛哭曰："君若舍我而去，吾死不瞑目！"关羽曰："既君相留，兄且权领州事。"张飞曰："又不是强要他州郡。将牌印来，我收了，不由哥哥不肯。"备曰："汝等陷我于不义。吾身绝矣！"言讫，掣剑自刎，赵云夺了佩剑。谦曰："如公不从，此间近邑名曰小沛。玄德若肯念我，屯军小沛，以保徐州，始终救援，台意若何？"众皆劝备留小沛，备从之。

据《资治通鉴》卷六十一：陶谦告急于田楷，楷与平原相刘备救之。备自有兵数千人，谦益以丹杨兵四千，备遂去楷归谦，谦表为豫州刺史，屯小沛。（参见《三国志·蜀书·先主传》）

席散，赵云辞去。备不忍相离，更留二日。谦赏劳军已毕，孔融、田阶相别，各自引军去了。玄德与子龙执手临岐，意尤未舍。子龙拜于地曰："[云]终不敢背公顾恋之德也！"洒泪上马，引二千军去了。

据《三国志·蜀书·赵云传》注引《云别传》：时先主亦依托瓒，每接纳云，云得深自结托。云以兄丧，辞瓒暂归，先主知其不反，捉手而别，云辞曰："终不背德也。"

玄德与关、张同来小沛，修葺城垣，招谕居民。

却说操引军投兖州来，曹仁接着，言"吕布势大，更有陈宫、高顺为辅，健将八人，已有濮阳等处。惟鄄城、东阿、范县三处未能得，乃是荀彧、程昱设计，着人相连，死守城郭。"操曰："吾料吕布有勇无谋之辈，不足虑也。"郭嘉曰："主公亦不可欺敌。"遂安营下寨。

吕布知曹操回兵已过滕县，召副将薛兰、李封曰："吾欲用汝二人久矣。汝可领兵一万，坚守兖州。吾破曹操去也。"二人应诺。陈宫知事急，入谏曰："将军弃兖州，将欲何往？"布曰："欲屯兵濮阳，以成鼎足之势。"宫曰："非也！薛兰必守兖州不住。此去正南一百八十里，泰山路险，可伏精兵万人在彼。操闻失兖州，必然倍道而进。待其过半，一击可擒矣。昔韩信欲破赵兵，渡井陉口。广武君李左车说成安君陈余曰：'今韩信乘势远斗，其锋不可当。今井陉道，车不得方轨，骑不得成列，其势粮米必在后。愿假奇兵三万，从间道绝其辎重。足下深沟高垒，勿与战。彼前不得斗，退不得还，野无所掠，不十日，两将之头可致麾下。否则，必为二子所擒矣。'余曰：'吾掌义兵二十万，并不用诈谋奇计。'不听李左车之言，遂被韩信一阵破兵二十万而擒之。今日正用此断[粮]之计，将军察焉！"布曰："吾屯濮阳别有良谋，汝岂知之？"遂用薛兰守兖州而行。

操兵至泰山险（道）路，郭嘉曰："且不可进！若此处有伏兵，当如之何？"操笑曰："布无谋之士，故交薛兰守兖州而往濮阳，安得此处有伏耶？"交曹仁引一军围兖州，"吾等进兵濮阳，速攻吕布。"

据《三国志·魏书·武帝纪》：会张邈与陈宫叛迎吕布，郡县皆应。荀彧、程昱保鄄城，范、东阿二县固守，太祖乃引军还。布到，攻鄄城不能下，西屯濮阳。太祖曰："布一旦得一州，不能据东平，断亢父、泰山之道乘险要我，而乃屯濮阳，吾知其无能为也。"遂进军攻之。（参见《资治通鉴》卷六十一）

人报操兵至近。陈宫说与布曰："今操兵（速）[远]来疲困，利在速战；不可养成气力，急难退也。"布曰："吾（身）[自]匹马纵横天下，何愁操也？待其下住寨栅，吾自擒之。"

操兵至濮阳下住寨[脚]；次日引众将出，陈兵于野。操立马于门旗下，遥望[见]吕布兵到。阵开处，[吕布]当先出马，左有陈宫，右有高顺，两边摆开八员健将：为头一个面如紫玉，目若朗星，年二十八岁，官授骑都尉，雁门马邑人也，姓张名辽，字文远，勒马居于上首；

据《三国志·魏书·张辽传》：张辽字文远，雁门马邑人也。本聂壹之后，以避怨变姓。少为郡吏。汉末，并州刺史丁原以辽武力过人，召为从事，使将兵诣京都。何进遣诣河北募兵，得千余人。还，进败，以兵属董卓。卓败，以兵属吕布，迁骑都尉。布为李傕所败，从布东奔徐州，领鲁相，时年二十八。

第二个性似烈火，体若奔狼，官授骑都尉，泰山华阴人也，姓臧名霸，字宣高，腰悬双简，跃马横枪，

据《三国志·魏书·臧霸传》：臧霸字宣高，泰山华人也。……黄巾起，霸从陶谦击破之，拜骑都尉。遂收兵于徐州，与孙观、吴敦、尹礼等并聚众，霸为帅，屯于开阳。

太祖之讨吕布也，霸等将兵助布。

按：据《三国志·魏书·臧霸传》，臧霸非吕布部将。

——这两个后来都做曹操上将，——居于下首；各引三员健将，那六人？郝萌、曹性、成廉、魏续、宋宪、侯成，率军五万，鼓声大震。操见布貌类天神，马如狮子，左右战将威风凛凛。操指布而言曰："吾与汝自来无仇，何故夺吾州郡？"布曰："汉家城池，诸人有分，偏你合得？——何人去擒操？"言未毕，臧霸出马搦战，曹操［阵］内乐进出迎。两马相交，双枪齐举，战到三十合，胜负不分。夏侯惇拍马便出助战，布阵上张辽接住。两对阵前厮杀，胜负未分，恼得布性起，提戟骤马，冲出阵来，夏侯惇、乐进皆走。布掩杀，曹军大败，退三四十里。布自收军。

却说曹操输了一阵，请谋士郭嘉等商议。于禁曰："某今日上山观望，濮阳之西布有一寨，约无多军。今夜彼将谓我兵败走，必不准备。可引兵一半劫之。若得寨，布军必惧，两下夹攻，此为上策。"操从其言，带曹洪、李典、毛玠、吕虔、于禁、典韦六将，选马步军二万人，连夜从小路进发。

却说布寨中劳军，陈宫曰："西寨是个紧要去处，倘或操袭之，奈何？"布曰："今输了一阵，如何敢来？"宫曰："操是个极能用兵之人，须防他攻其无备。"布拨高顺、魏续、侯成来守西寨。

却说操兵到西寨，果然兵少，四面突入，夺了寨栅，寨中兵四散奔走。四更以后，高顺却好引军到，杀入西门。操见败军复来，自引人马来迎，正逢高顺，三军混战。将及天明，(直)［正］西鼓声大振，人报吕布救军已到。操弃寨而走，背后高顺、魏续、侯成赶来，当头布亲自飞马来到。于禁、乐进双战吕布不住，操望北而走。山背后一彪军出，左有张辽，右有臧霸。操使吕虔、曹洪战之不利。操望南而走，喊声大振，一彪军到，郝萌、曹性、成廉、宋宪四员将拦住去路。操见四面八方围裹将来，众将皆在后面死战。操当先冲阵，梆子向处，箭如骤雨，乱射将来。操急回，无计可脱，大叫"谁人救我!"马军队里一将涌出，陈留（已）［巴］吾人也，姓典名韦，马上提双枝铁戟，重八十斤，大叫"主公勿虑!"下马扎住双戟，取短戟十数枝，左手挟定，回顾从人曰："贼来十步乃呼之。"典韦步行，低头冒箭而去。布军能射者数十骑近前，从人大呼曰："十步矣!"典韦曰："五步乃呼之。"从人曰："贼至矣!"典韦飞戟刺之，［一戟］一人坠马，并无虚发，立杀数十余人，众皆奔走。典韦复回，飞身上马，挟二铁戟冲杀出［去］。郝、曹、成、宋四将不能当抵，各自逃去。典韦杀散敌军，救出曹操。后人有赞云：

铁戟双提八十斤，濮阳城外显功勋。

典韦救主传天下，勇猛当先第一人。

典韦救了曹操，众将随后也到，寻路归寨。

据《资治通鉴》卷六十一：吕布有别屯在濮阳西，曹操夜袭破之，未及还。会布至，身自搏战，自旦至日，数十合，相持甚急。操募人陷陈，司马陈留典韦将应募者进当之，布弓弩乱发，矢至如雨。韦不视，谓等人曰："虏来十步，乃白之。"等人曰："十步矣。"又曰："五步乃白。"等人惧，疾言："虏至矣!"韦持戟大呼而起，所抵无不应手倒者，布众退。会日暮，操乃得引去。拜韦都尉，令常将亲兵数百人，绕大帐左右。

看看天色傍晚，背后喊声起，布骤赤兔马、提方天戟赶来，大叫"曹贼休走!"此时人困马乏，口内烟生，面面相觑，各欲逃生。操性命如何？

［第二十三段］ 陶谦三让徐州

操正荒，西上一彪军到，操视之，乃夏侯惇引生力军来救援，接住布大战。黄昏，大雨如注，各自引军分散。操回寨，重赏典韦，加为（头）领兵都尉。

却说布到寨与宫商议。宫曰："城中富户田氏家童千百。可令田氏密使人往操寨中下书，言'布残暴不仁，民心大怒。今欲移兵黎阳，止有高顺在城内。可连夜进兵，某当内应。'操若来，诱引入城，四门放火，外设伏兵。操虽有经天纬地之才，到此安能脱也？"布然其计，密请田氏行计。田［氏］乃使人径到操寨。

操连日不敢正视濮阳，筹策未定，忽报田氏人到，呈上密书云："布已往黎阳，城中空虚。万望速来，当为内应。城上插白旗，书一'义'字，便是暗号。"操大喜曰："天使吾得濮阳也！"重赏来人，命回，一面收拾起兵。谋士刘晔进言［曰］："布虽无能，陈宫多计。只恐使田氏反间耳。"操曰："如此设疑，必误大事。"晔曰："此亦不可不防。分军三队，两队伏城外接应，一队入城方可。"操云："此见正与吾合！"

时兴平元年岁在甲戌九月二十一日，［军］至濮阳城下。［操］先往观之，见城上遍竖旗幡，西门角上有一义字白旗，（操）心中暗喜。是日午牌，城门开处，两员将引军出战，前军侯成，后军高顺。操使典韦出马，挟双戟直取侯成。成如何抵敌得过？回马望城中走。（直）［典韦］赶到吊桥边，高顺也战不过，退入城中去了。数内有军人乘势走过阵来见操，呈上密书，言"今夜初更，城上鸣螺（壳）［声］为号，便可进兵。某自献门。"［操］拨夏侯惇、李典、乐进、典韦四将入城，黄昏饱食了，结束上马。李典曰："主公且在城外，容某等先入城去。"操喝曰："吾不自往，谁肯向前！"遂当先引军。

月光未上，时约初更，只听得西门上吹螺数声，城中大喊；西门上火把撩乱，城门大开，吊桥放落。操争先拍马而入，直至州衙前，路上不见一人。操知是计，拨回马，大叫"退兵！"州衙中一声炮向，四门烈火绛天而起。典韦手执双戟在操马前，听得金鼓齐鸣，喊声如江番海滚。东巷内转出张辽，西巷内转出臧霸，夹攻掩杀。操走北门，道傍转出郝萌、曹性，又杀一阵。操急走南门，高顺、侯成拦路。典韦怒目咬牙，冲杀出去，高顺、侯成倒走出城。典韦杀离吊桥，回头不见曹公，复番身杀入城来；门口撞着李典，问"主公何在？"典曰："吾亦寻觅不见。"韦曰："汝出城催救军，我入去寻［主公］。"李典出城。韦左冲右突杀将入来，又不见，再杀出城，壕边撞着乐进。进曰："主公何在？"韦曰："往复两遭，寻觅不见。"进曰："同杀入去救主。"两个到门道边，城门上火炮滚下。乐进马又不能入，韦冲烟突火，又杀入去。凡此三遭，世之罕有！

却说操见典韦杀出去了，四下（众）［里］人马截来，出不得南门，再转北门，火光（发）中正见吕布挺戟跃马，追杀曹兵。操加鞭纵马过去。布从后拍马赶来，用戟去操盔上一击，问曰："曹操何在？"操急指曰："前面骑黄马［者］是也。"布弃了操，拍马去赶前面的。曹操拨转马头，却往东门而走，正逢典韦。韦大呼曰："南门已崩，急出东门！"韦杀条血路到门道傍，火焰甚盛，城上推下柴草，遍地红罩。韦用戟拨开，飞马冒烟突火杀出。操却好到门边，城（上楼）［楼上］崩下一条梁木，正打着操马后跨。马倒，操用手托梁，倒于火中，手臂须发尽都烧毁。韦到壕边，正逢着夏侯渊，两个又入城救主，冲突而出。夏侯渊抱操于马上，韦杀条大路而走。两军在城外接住混战，直杀到天明。操兵自回寨中。

众将皆［拜］于地上，与操称贺。操仰面大叹曰："误中匹夫之计！吾亦当报之！"郭嘉曰："计可速发，必擒吕布。"操曰："然！使人去报吕布，言吾已死，布必来攻。伏兵于马陵山中马陵是姜太公葬妻马氏之地，候兵半渡而击之。"嘉曰："真良策也!"于是令中军发丧，诈言操死。（更）［早］有人来濮阳报说："操被火烧伤肢体，到寨身死。"布随即点起军兵，杀奔马陵山来。将到曹寨，一声鼓向，伏兵四起。吕布大败，死战得脱，走回濮阳。两边拒定，各不进兵。

据《资治通鉴》卷六十一：濮阳大姓田氏为反间，操得入城，烧其东门，示无反意。及战，军败，布骑得操而不识，问曰："曹操何在？"操曰："乘黄马走者是也。"布骑乃释操而追黄马者。操突火而出，至营，自力劳军，令军中促为攻具，进，复攻之。

据《献帝春秋》：太祖围濮阳，濮阳大姓田氏为反间，太祖得入城。烧其东门，示无反意。及战，军败。布骑得太祖而不知是，问曰："曹操何在？"太祖曰："乘黄马走者是也。"布骑乃释太祖而追黄马者。门火犹盛，太祖突火而出。

据《三国志·魏书·武帝纪》：布出兵战，先以骑犯青州兵。青州兵奔，太祖阵乱，驰突火出，坠马，烧左手掌。司马楼异扶太祖上马，遂引去。未至营，止；诸将未与太祖相见，皆怖。太祖乃自力劳军，令军中促为攻具，进，复攻之。

按：盛巽昌先生在《三国演义补证本》一书中指出，曹操攻打濮阳一战，各史书所记有异。《三国志·武帝纪》称曹操并未进城即遭火攻溃败。但《献帝春秋》乃称曹操已进城，曹操兵败后冒火突出，而此火实为曹操自烧，以示决心。方诗铭先生在《曹操·袁绍·黄巾》（上海社会科学出版社 1995 年版）一书中认定，曹操此次惨败，"主要原因，出于青州兵一触即退，打乱了曹操的作战部署"。

是年蝗虫四起，食尽禾稻。关东一境，每谷一石直钱五十万，人民相食。操粮尽，引军回鄄城屯住，权度岁荒。布亦引军兵出屯山阳就食。自此二处罢了刀兵。

据《资治通鉴》卷六十一：与布相守百余日。蝗虫起，百姓大饿，布粮食亦尽，各引去。（兴平元年秋）九月，操还鄄城。布到乘氏，为其县人李进所破，东屯山阳。（参见《三国志·魏书·武帝纪》《后汉书·吕布传》）

却说陶谦在徐州［染病，］看看病重，请糜、陈议事。竺曰："操弃徐州而去者，盖为吕布袭［兖］州之故。今岁大荒，以此罢兵，来春又至矣。府君素（与）［欲］让位与刘玄德，虽已两番，府君那时无恙。今病沉重，正可就［此］而与之。"谦使人来小沛，请玄德商量军务。备引关、张，带十数骑到徐州，谦直交请入卧房。谦曰："请（会）［玄德］公［来，］实不为别事，病已危笃，朝夕难保，万望公可怜见汉家城池为重，受［取］牌印。老夫死则瞑目矣!"备曰："君有二子，何不付之？"谦曰："长子商、次子膺皆非仕宦之人，只可归农。老夫死后，望公训海，切勿令掌王事。"备曰："某只身，何（不）［可］掌许（大）［多］城池？"谦曰："某举一人，可为从事以辅公。"急令人请至，乃北海人也，姓孙名乾，字公祐。

据《三国志·蜀书·孙乾传》：孙乾字公祐，北海人也。先主领徐州，辟为从事。

据《三国志·蜀书·孙乾传》注引《郑玄传》：玄荐乾于州。乾被辟命，玄所举也。

按：《演义》称陶谦向刘备推荐孙乾，与史不合。据史书记载，推荐孙乾的，是郑玄。

谦又与麋竺曰："玄德当世之人杰也。汝当善事之！"备尚尤推托，谦以手指心而死。众官举哀毕，捧拥玄德领徐州事。备固辞，徐州百姓哭拜于地曰："使君若不领此郡，我等皆死于贼人奸党之手也！"因此玄德领徐州牧，

据《三国志·蜀书·先主传》：谦病笃，谓别驾麋竺曰："非刘备不能安此州也。"谦死，竺率州人迎先主，先主未敢当。下邳陈登谓先主曰："今汉室陵迟，海内倾覆，立功立事，在于今日。彼州殷富，户口百万，欲屈使君抚临州事。"先主曰："袁公路近在寿春，此君四世五公，海内所归，君可以州与之。"登曰："公路骄豪，非治乱之主。今欲为使君合步骑十万，上可以匡主济民，成五霸之业，下可以割地守境，书功于竹帛。若使君不见听许，登亦未敢听使君也。"北海相孔融谓先主曰："袁公路岂忧国忘家者邪？冢中枯骨，何足介意。今日之事，百姓与能，天与不取，悔不可追。"先主遂领徐州。（参见《资治通鉴》卷六十一）

据《三国志·蜀书·麋竺传》：谦卒，竺奉谦遗命，迎先主于小沛。

据《三国志·魏书·陈群传》：刘备临豫州，辟群为别驾。时陶谦病死，徐州迎备，备欲往，群说备曰："袁术尚强，今东，必与之争。吕布若袭将军之后，将军虽得徐州，事必无成。"备遂东，与袁术战。布果袭下邳，遣兵助术，大破备军，备恨不用群言。

按：《演义》称陶谦曾三次将徐州让给刘备，不见于史。核诸史书，陶谦活着的时候，从来没有把徐州让给刘备，他只是在病危时对别驾麋竺说过："非刘备不能安此州也。"陶谦死后，在麋竺、陈登、孔融等著名人物支持下，刘备接任了徐州牧。

麋竺、孙乾辅之，陈登为幕官；尽（至）[取]小沛军马入城，出榜安民；一面安排丧事。谦亡年六十三岁。玄德与大小三军尽皆挂孝，大设祭仪于灵柩之前，作文以祭之曰：

猗欤使君，[君侯将军，]膺秉（彝）[懿]德，允武允文，体足刚直，守以温仁。
令舒及卢，遗爱于民；牧幽暨徐，甘棠是均。
憬[憬夷、貊，]（颖）[赖侯]与（濠）[清]；蠢蠢妖寇，匪侯不宁。
惟帝念绩，爵命以彰，既（淑）[牧]且（恢）[侯]，启土（课）[溧]阳。
遂升上将，受号[安]东（都），（除）[将]平国难，社稷是崇。
降年不永，奄忽殂薨；（表）[丧]覆失（时）[恃]，民知困穷。
不旬月间，五郡溃崩；哀哉斯人，将谁仰凭？
（进）[追]思靡及，仰吁苍穹。呜呼哀哉！呜呼痛哉！

史官有诗赞曰：

徐州刺史陶恭祖，圣世巍巍梁栋材。
柱国有心扶汉日，爱民秉政立尧阶。
知人知己勤三让，盛德芳名遍九垓。
奸党未除身已丧，忠良闻说痛伤怀。

祭毕，葬之黄河之原，将陶谦遗表申奏朝廷。

操在鄄城知陶谦已死，刘备领徐州牧，心中大怒，曰："吾冤仇不能报，汝不费半箭之功，坐得徐州！吾必先捉刘备，后戮谦尸，以雪先君之冤！"即传号令，克日起军。玄德坐不暖席，祸又将来。如何解救？

［第二十四段］ 曹操定陶破吕布

操起军去吞徐州，荀彧（知）［进］谏曰："昔高祖保关中，光武据河内，皆深根固本，以制天下，进足以胜敌，退足以坚守，故虽有困败，而终济大业。今将军之兖州，是亦将军之关中、河内也。今若取徐州不得，将军当安所归乎？今陶谦虽死，更有刘备守之。城中居民念昔日父兄之（牧）［德］，必为刘备死战也。弃此而取徐州，弃大业而就小业也，去本而求末也，以安而换危也。愿将军熟思之！"

据《资治通鉴》卷六十一：（兴平二年夏四月闰月，）操军乘氏，以陶谦已死。欲遂取徐州，还乃定布。荀彧曰："昔高祖保关中，光武据河内，皆深根固本以制天下，进足以胜敌，退足以坚守，故虽有困败而终济大业。将军本以兖州首事，平山东之难，百姓无不归心悦服。且河、济，天下之要地也，今虽残坏，犹易以自保，是亦将军之关中、河内也，不可以不先定。今已破李封、薛兰，若分兵东击陈宫，宫必不敢西顾，以其间勒兵收熟麦，约食畜谷，一举而布可破也。破布，然后南结扬州，共讨袁术，以临淮、泗。若舍布而东，多留兵则不足用，少留兵则民皆保城，不得樵采，布乘虚寇暴，民心益危，唯鄄城、范、卫可全，其余非己之有，是无兖州也。若徐州不定，将军当安所归乎！且陶谦虽死，徐州未易亡也。彼惩往年之败，将惧而结亲，相为表里。今东方皆已收表，必坚壁清野以待将军，攻之不拔，略之无获，不出十日，则十万之众，未战而先自困耳。前讨徐州，威罚实行，其子弟念父兄之耻，必人自为守，无降心，就能破之，尚不可有也。夫事固有弃此取彼者，以大易小可也，以安易危可也，权一时之势，不患本之不固可也。今三者莫利，惟将军熟虑之。"操乃止。（参见《三国志·魏书·荀彧传》《后汉书·荀彧传》）

按：《演义》称，荀彧反对曹操进攻徐州，他说："今陶谦虽死，更有刘备守之。城中居民念昔日父兄之德，必为刘备死战也。"在史书中，荀彧仅说"且陶谦虽死，徐州未易亡也"，并没有强调刘备力量强大和深得民心。

操曰："今年军士无粮，奈何？"荀彧曰："不如东略陈地，使军就食自汝南、（颖）［颍］川。黄巾余党何仪、黄邵等劫掠郡邑，多有金帛粮食。此等贼徒又容易破。破时，取其钱粮以养三军，朝廷喜，百姓悦，乃顺天之事。"操大喜。十二月，留夏侯惇、曹仁守鄄城，操自引军，先举陈地，次及汝、（颖）［颍］。

黄巾何仪、黄邵知曹兵到，领众来迎，会于华山。黄巾十数万漫野而进，惟务成群（狗）［结］党，并无队伍行列。操令强弓硬弩射住，令（韦典）［典韦］出马，臂挟双戟，来往阵前。何仪令副将刘辟出战，与韦战不三合，一戟刺于马下。［操引众］乘势赶过华山下寨。次日，黄邵自引军来。阵圆处，一将步行出阵，（铺）［销］金黄抹额，［绿锦］细（线）衲袄，身长九尺五寸，手提铁棒一条，名号"截天夜叉"何慢，阵前搦战。操交李典出战，曹洪曰："某愿替李将军擒此贼。"霍地下马，亦提刀步出。两个向前，斗至两个时辰，胜负未分。洪诈败，何慢赶来。洪用拖刀背砍计，侧身一折，砍中何慢大腿，（砍）［遂］死沙场。李典飞马直（出）［入］贼阵，生擒黄邵过来，掩杀贼众，尽夺其器械、金帛、粮食，降者甚多。

何仪势孤，引数百骑奔走葛坡。正行之间，山背后撞出一军，为头一个壮士身长八尺，腰大十围，容貌雄伟，勇力绝（人）[伦]，截住去路。何仪挺枪出迎，只一合，活挟上马。其余皆下马受缚，尽驱入葛坡坞中。

却说操令典韦追袭何仪，也到葛坡。一声喊起，壮士涌出。韦问曰："汝等非黄巾耶？"壮士曰："黄巾数百骑尽被我擒在坞中。"韦曰："何不献吾主（人）[公]？"壮士曰："你若赢得[我]手中宝刀，我便献去。"韦大怒，挺双戟向前，两个（战）从辰[战]至午，不分胜负，各自少歇。壮士又出搦战，韦又出，从申战到黄昏，各自马乏少歇。

按：《演义》叙曹操收许褚时，典韦曾与其交战，其实，许褚归曹时典韦已战死半年有余了。据史书，典韦战死于建安二年（197）正月，曹操收许褚是同年九、十月间。《演义》称曹操于兴平二年（195）春收许褚，将时间提前了两年多。

韦手下一军士荒张报操。操大惊，荒引众将前来看虚实。次日，壮士又出搦战。操见其人貌若灵神，威风纠纠，不胜欣喜，嘱付典韦诈败。韦出阵战三十合，败走回阵。壮士赶到阵中，弓弩射住。[操]急引军退五里，掘下陷坑，[暗]伏钩手。次日再令韦引百余骑去搦战，壮士果出。韦略战数合，便回马走。壮士赶来，将至陷坑，四下人马逼至，和人连马落于坑内。钩手缚来中军见操。操荒下帐，叱退军士，亲解其缚，急取衣服，命坐，问其乡贯姓名。壮士曰："我谯国谯县人也，姓许名褚，字仲康，遭天下大乱，聚宗族数千人以御贼寇。不时有寇犯境，吾筑坚壁守之。一日，群贼数万至，吾令四面皆（作）[堆]石子。吾亲自飞石击之，无不中脑，贼退去。又一番贼至，坞中无粮草，贼将令耕牛换米。米已送到，贼驱牛到坞，牛皆奔走回，被吾双手掣二牛尾，倒行百余步。贼大惊，不敢取牛而去。因此保守此处无事。"操曰："吾闻汝大名久矣，还肯降否？"褚曰："愿引宗族数千尽降。"操得许褚，即拜为都尉，赏劳至厚。

据《三国志·魏书·许褚传》：许褚字仲康，谯国谯人也。长八尺余，腰大十围，容貌雄毅，勇力绝人。汉末，聚少年及宗族数千家，共坚壁以御寇。时汝南葛陂贼万余人攻褚壁，褚众少不敌，力战疲极。兵矢尽，乃令壁中男女，聚治石如杅斗者置四隅。褚飞石掷之，所值皆摧碎。贼不敢进。粮乏，伪与贼和，以牛与贼易食，贼来取牛，牛辄奔还。褚乃出陈前，一手逆曳牛尾，行百余步。贼众惊，遂不敢取牛而走。由是淮、汝、陈、梁间，闻皆畏惮之。太祖徇淮、汝，褚以众归太祖。太祖见而壮之曰："此吾樊哙也。"即日拜都尉，引入宿卫。诸从褚侠客，皆以为虎士。（参见《资治通鉴》卷六十二）

前人有诗曰：

天下瓜分汉欲亡，四方豪杰尽鹰扬。
葛坡许褚投降后，自此何愁吕布强？

将何仪、黄邵斩讫，汝、（颖）[颍]悉平，

据《三国志·魏书·武帝纪》：（建安元年春正月，）汝南、颍川黄巾何仪、刘辟、黄邵、何曼等，众各数万，初应袁术，又附孙坚。（建安元年）二月，太祖进军讨破之，斩邵等，仪及其众皆降。

据《资治通鉴》卷六十二：（建安元年二月，）汝南、颍川黄巾何仪等拥众附袁术，曹操击破之。

班师山东。此时兴平二年夏四月也。

曹仁交夏侯（渊）[惇]接应，言“近日细作报说‘兖州薛兰、李封军士皆出去劫掠，城邑空虚。’可乘得胜之兵，一鼓而（可）下。”操军马径奔兖州。薛兰、李封措手不及，只引得些少军马出战。城外两阵列开。新降将许褚[曰：]“愿请一战，以报主公不杀之恩!”操喜，令许褚出战。李封也使画戟，向前来战许褚。交马数合，[褚]斩李封于马下。薛兰急走回城，吊桥边李典接住，引军望钜鹿而走。一将飞马赶来，一箭射薛兰于马下，乃是伍城人也，从事[吕虔]。吕布军皆败溃，

> 据《资治通鉴》卷六十一：（兴平二年夏四月闰月，）吕布将薛兰、李封屯巨野，曹操攻之，布救兰等，不胜而走，操遂斩兰等。（参见《三国志·魏书·武帝纪》）

操复得兖州。

程昱曰：“请便进兵取濮阳。”操即令进兵，令典韦、许褚为先锋，夏侯惇、夏侯渊为左军，李典、乐进为右军，操领中军，于禁、吕虔为后，兵至濮阳。时吕布差众将皆出。陈宫谏[曰]：“不可出战！待诸将回。”吕布以为世之英雄，“谁敢近我？”不听宫言，（大）[便]引军出。阵完处，吕布出马，横戟大骂：“操贼！杀吾爱将!”许褚便出，斗二十合，不分胜负。操言：“布能，非一人可胜。”便差典韦出，两下夹攻，左边二夏，右边李、乐[齐到]，六员将杀得吕布遮拦不定。城上田氏见吕布输了回城，急令义兵拽起吊桥，不放布入，大呼曰：“吾已降操矣!”布大骂，引军奔定陶而去。陈宫等杀开血路，引[吕布]老小出城而去。

操遂得濮阳，恕免田氏旧日之罪。刘晔曰：“吕布及今往定陶。引军围讫，不可少容。”操令刘晔守濮阳，遂自引兵到定陶。时张超等尽在城中，高顺、张辽、臧霸、侯成海边打粮未回。此际方饥馑乏粮，陈宫劝布敛军定陶，连日不战。操引军退四十里下寨，令军割麦为食。细作报入定陶。吕布引军径来，将近曹操寨，见左边一望林木茂盛，恐有伏兵，不敢向前。布军复回。操与诸将曰：“布疑林木中有伏兵耳。可将旗数面虚插林中；（直）[正]西一带长堤无水，可尽伏精兵。明日布必来烧林。堤中军出去断其后，吕布可擒。（操）寨中止留鼓手五十人擂鼓，村中男女掳来纳喊，布必不敢进也。”

却说吕布回兵，宫曰：“操多诡计，不可轻敌。”布曰：“吾用火攻可破伏兵也。”留陈宫、高顺守城。布次日引大队军来，遥见林木中有旗，驱兵大进，四面放火，却无一人；欲投寨中，鼓声大振，疑惑不定。寨后一彪军出，布兵赶来。炮声向处，堤内伏兵出，二夏、许、典、李、乐骤马杀来。吕布急回，见此六将，料敌不过，落荒而走。健将成廉被乐进一箭射死。布军三停去二，败卒去报陈宫。宫料城难守，与高顺保着[吕布]老小，弃定陶而去。

> 据《资治通鉴》卷六十一：（兴平二年夏四月闰月，）布复从东缗与陈宫将万余人来战，操兵皆出收麦，在者不能千人，屯营不固。屯西有大堤，其南树木幽深，操隐兵堤里，出半兵堤外。布益进，乃令轻兵挑战，既合，伏兵乃悉乘堤，步骑并进，大破之，追至其营而还。布夜走，操复攻拔定陶，分兵平诸县。（参见《三国志·魏书·武帝纪》及注引《魏书》）

操将得胜之兵，连夜杀入城中，势如劈竹。张超自刎，三族尽灭；张邈投袁术。山东一境尽被操所得，安民修城，不在话下。

> 据《三国志·魏书·武帝纪》：（兴平二年夏，）布夜走，太祖复攻，拔定陶，分兵

平诸县。布东奔刘备，张邈从布，使其弟超将家属保雍丘。秋八月，围雍丘。……（冬）十二月，雍丘溃，超自杀，夷邈三族。邈诣袁术请救，为其众所杀。兖州平，遂东略陈地。（参见《资治通鉴》卷六十一，《三国志·魏书·张邈传》《后汉书·吕布传》）

按：据史书，张超自杀的地点是雍丘，《演义》写成定陶。据史书，曹操先杀死吕布的将领薛兰，又攻克定陶和雍丘，张超被迫自尽，然后才东略陈地，并打败颍川的黄巾军；《演义》颠倒了事件的时间顺序，写成曹军先东略陈地，并打败颍川的黄巾军，然后才杀死薛兰，攻克定陶，张超自杀。

吕布正走，路逢众将皆回，宫亦寻着。布曰："军士虽少，（再）尚可破曹操。"再引军来。胜负如何？

通俗演义三国志史传卷之一

通俗演义三国志史传卷之二

东原　罗本　贯中　编次

起汉献帝兴平二年乙亥岁
止汉献帝建安五年庚辰岁
首尾六年事实

○目录二十四段

○按晋平阳侯相陈寿史传

［第二十五段］　李傕郭汜乱长安

兴平二年夏四月，曹操大破吕布于（徐州）［定陶］。［布］乃收聚败残军马［于］海滨，众皆来会集，欲再来与操决雌雄。陈宫曰："今操势大，未可与争（举）［锋］。先寻取安身之地，那（回）［时］再战未迟。"布曰："今当何往？"宫曰："近闻刘玄德新领徐州，可往投之，养成气力，别有良图。"布信其言，径投徐州。

据《资治通鉴》卷六十一：（兴平二年夏，）布夜走，操复攻，拔定陶，分兵平诸县。布东奔刘备。（参见《三国志·魏书·武帝纪》《吕布传》，《后汉书·吕布传》）

守界军士报玄德。玄德曰："布乃当今英雄之士，可出郭远接。"糜竺曰："吕布虎豹之徒，不可留，留则伤人矣。"玄德曰："前者若非布袭兖州，怎解此郡之祸？吾得徐州，亦吕布之力也。[他]若要徐州，吾当相让，何况布无此心。”张飞曰：“(歌歌)[哥哥]心肠忒好。虽然如此，也须隄备。”

玄德引军数千，出三十里接着吕布，并马入城，都来州衙公厅上讲礼。布曰：“自从奉诏计杀董卓之后，[又]遭[傕、汜之变，]飘零关东，诸侯尽不相容。昨闻(公借)[使君]力取徐州，布因此袭兖州，以分其势，(何乃)[奈何]反遭曹操之机变，累及张邈，特来与使君共扶汉室。未审尊意若何？”玄德曰：“陶府君近新归天，无人管领，因此令备权摄州事。今幸得将军至此，无德合让有德。”背后关、张各欲掣剑，“备愿纳印，请将军收受之。”吕布却欲待接，见玄德背后关、张掣剑之意。布乃笑曰：“量布一勇之夫，何能作州牧乎？”玄德又让，陈宫曰：“强宾安敢压主？请使君勿得疑焉。”[玄德方止，]遂设大宴相款，收拾府县[安下]。

据《资治通鉴》卷六十一：布初见备，甚尊敬之，谓备曰：“我与卿同边地人也！布见关东起兵，欲诛董卓。布杀卓东出，关东诸将无安布者，皆欲杀布耳。”请备于帐中，坐妇床上，令妇向拜，酌酒饮食，名备为弟。备见布语言无常，外然之而内不悦。(参见《三国志·魏书·吕布传》注引《英雄记》)

次日，吕布回席请玄德。关、张谏曰：“前日吕布有夺徐州之意。”玄德曰：“吾以善心待人，人必不负于我！”遂与关、张同行。布饮酒半酣，请玄德入后堂，纳玄德于床上坐，令妻女拜之。玄德再三谦让，布扶玄德曰：“贤弟受礼。”关、张斜目(频)[瞋]视。张飞拔剑大叱曰：“我(歌歌)[哥哥]是金枝玉叶，你是人家奴[婢]，怎敢叫我(歌歌)[哥哥]做兄弟！来，我和你斗三百合！”玄德喝令关公抱张飞出。玄德与吕布陪话曰：“劣弟张飞酒后狂言，幸勿见责！”布默默无言。须臾席散，布送玄德出门。张飞跃马横矛大叫：“吕布！我和你(并)[斗]三百合！”玄德上马，拖张飞去了。

次日，吕布来辞玄德要行。玄德[叫]拖张飞来与布陪话，飞那里肯去？玄德曰：“此间有一小沛，是备昔日屯扎之处。将军莫嫌窄狭，权于此歇马，如何？钱粮尽有；军需如缺，则备应付。”布谢玄德，自引军马，投小沛安身去了。玄德深责张飞。

却说曹操平了汝(颖)[颍]、山东，功奏朝廷，除为建德将军(横行朝廷)、费亭侯。

据《三国志·魏书·武帝纪》：天子拜太祖建德将军，(建安元年)夏六月，迁镇东将军，封费亭侯。

其时李傕自为大司马，郭汜自为[大]将军，[横行朝廷，]人莫敢言。太尉杨彪、大司农朱(儁)[隽]暗奏献帝云：“目今曹操屯马步精兵四十余万，谋臣武将数百员。若得此人扶持社稷，剿灭奸党，天下幸甚！”献帝泣曰：“朕被傕、汜二贼欺凌久矣！观其行事，甚如董卓。朕行坐不安，无计可除之！”言讫恸哭。杨彪曰：“臣有一计，先令二贼自相残害，然后诏曹操引兵来杀之，扫清奸党，以安万姓。”帝曰：“如何令二贼自相残害？”彪曰：“臣令老妻入郭汜府，于汜妻处献反间计，二贼必自疑也。”献帝亲书密诏付杨彪，

按：《演义》称献帝与杨彪订反间计离间李傕和郭汜，不见于史。据史书记载，李傕杀樊稠，引起郭汜和诸将不安，李郭之间渐生嫌隙，终于发展到举兵相攻。郭妻之妒只是李郭交兵的导火线。

（诏）暗使臣出。

［彪］令夫人入郭汜府，告其妻曰："郭将军与李司马夫人有染，其情甚密。"汜妻曰："怪见经宿不归，正有此事！"数日后，汜欲往傕府筵席，妻曰："傕性难测。今二雄不并立，倘酒食毒，妾将奈何？"汜未信。晚间，傕府送（至食来）［食至］。汜妻令二妾埋毒于内，方始献入。汜便食之，妻曰："食自外来，岂可便食？"与犬试之，犬死。汜自此疑傕。一日，傕（府）于朝堂邀汜还家饮酒，大醉而归。半夜肚腹搅痛，妻曰："必中毒［矣］！"急绞粪汁灌之，一吐方定。汜大怒曰："吾与汝共图大业，今日荣贵，汝便害我。不如先反，免遭毒手！"整点本部甲兵，意欲杀傕。

据《资治通鉴》卷六十一：傕数设酒请郭汜，或留汜止宿。汜妻恐汜爱傕婢妾，思有以间之。会傕送馈，妻以豉为药，摘以示汜曰："一栖不两雄，我固疑将军信李公也。"他日，傕复请汜，饮大醉，汜疑其有毒，绞粪汁饮之。于是各治兵相攻矣。（参见《三国志·魏书·董卓传》及注引《典略》，《后汉书·董卓传》）

傕心腹人飞报消息。傕怒曰："郭阿多安敢如此！"阿多，汜小名也。

据《三国志·魏书·董卓传》注引《英雄记》：汜，张掖人，一名多。

点起本部甲兵，来杀郭汜。两家合兵数万，长安城中民多涂炭。

据《资治通鉴》卷六十一：帝使侍中、尚书和傕、汜，傕、汜不从。汜谋迎帝幸其营，夜有亡者，告傕。（兴平二年）三月丙寅，傕使兄子暹将数千兵围宫，以车三乘迎帝。太尉杨彪曰："自古帝王无在人家者，诸君举事，奈何如是！"暹曰："将军计定矣。"于是群臣步从乘舆以出，兵即入殿中，掠宫人、御物。帝至傕营，傕又徙御府金帛置其营，遂放火烧宫殿、官府、民居悉尽。（参见《三国志·魏书·董卓传》及注引《献帝起居注》，《后汉书·董卓传》）

据《三国志·魏书·贾诩传》注引《献帝纪》：傕等与诩议，迎天子置其营中。诩曰："不可。胁天子，非义也。"傕不听。张绣谓诩曰："此中不可久处，君胡不去？"诩曰："吾受国恩，义不可背。卿自行，我不能也。"

御膳皆减，帝后不免于饥寒。静轩先生有诗叹之曰：

光武中兴兴汉世，上下相承十二帝。
桓、灵无道宗社隳，阉宦擅权为叔季。
无谋何进作三公，欲除社鼠招奸雄。
豺獭虽驱虎狼入，西州逆竖生淫凶。
王允赤心托红粉，致令董、吕成矛盾。
渠魁殄灭天下宁，谁知李、郭心怀愤。
神州荆棘争奈何，六宫饥馑愁干戈。
人心既离天命去，三雄割据分山河。
后王睹此存兢业，莫把金瓯等闲缺。
生灵糜烂肝脑涂，剩水残山多怨血。
我观遗史不胜悲，今古茫茫叹黍离。
人君当守包桑戒，太阿谨执全纲维。

伏皇后泪满衣襟。

李傕杀退郭汜，当夜移车驾［至郿坞］，使校尉李先监住，内外断绝。内侍皆有饥色。

帝令人问傕求米五斛，牛骨五具，欲赐左右。傕怒曰："朝哺上饭，何用米为也！"勉意与腐肉、烂牛骨，皆臭不可食。帝骂曰："直如此相欺之甚也！"侍中杨（彪）[琦]急奏曰："傕是边鄙之人，习于夷风已久，那知所犯悖逆？常有怏怏之色，欲（轮）[辅]车驾幸黄[白]城，以舒其忿。愿陛下忍之，其可显其罪也！"帝乃低首无语，泪盈龙袖。左右忽报"一路军马枪刀耀日，金鼓振天，前来救驾。"帝教打听是谁，人报乃郭汜。帝心转忧。

坞外喊声起处，李傕军也到，两边摆开。李傕出马，鞭指郭汜而问曰："我待汝不薄，何谋害我也？"汜曰："汝乃反贼，何为不杀？"傕曰："我保驾在此，何为反也？"汜曰："乱道！你见劫驾在坞中，何[为]保驾也？"傕曰："都不须多言。不用将士，我和你（并）[拼]个输赢，赢了的便把皇帝去。"郭汜抢枪来杀，李傕舞刀相迎。两个战十余合，胜负未分。太尉杨彪拍马舞刀而至，大叫曰："司马、将军且皆少停！老夫起请众官与二将军和解。"傕、汜各自还营。

杨彪、朱（儁）[隽]会合朝廷官僚六十余员，先去郭汜营中劝和。汜将官僚尽皆监下。众官曰："欲何为耶？"汜曰："李傕劫得天子，偏我劫不得公卿？"彪曰："一人劫天子，一人质公卿，此（可）[何]行也？"汜拔剑欲杀之，中郎将杨密劝住，左右多谏，止放杨彪、朱（儁）[隽]，其余都监在营内。彪与（儁）[隽]曰："为社稷之臣，不能匡君救主，空生于天地之间耳！"言讫与（儁）[隽]相抱而哭。二人昏绝于地，（似）[以]此成病而死。两边每日厮杀五十余日，死者无数。

据《资治通鉴》卷六十一：帝复使公卿和傕、汜，汜留杨彪及司空张喜、尚书王隆、光禄勋刘渊、卫尉士孙瑞、太仆韩融、廷尉宣播、大鸿胪荣郃、大司农朱俊、将作大匠梁邵、屯骑校尉姜宣等于其营为质。朱俊愤懑发病死。……郭汜飨公卿，议攻李傕。杨彪曰："群臣共斗，一人劫天子，一人质公卿，可行乎！"汜怒，欲手刃之。彪曰："卿尚不奉国家，吾岂求生邪！"中郎将杨密固谏，汜乃止。傕召羌胡数千人，先以御物缯彩与之，许以宫人、妇女，欲令攻郭汜。汜阴与傕党中郎将张苞等谋攻傕。丙申，汜将兵夜攻傕门，矢及帝帘帷中，又贯傕左耳。苞等烧屋，火不然。杨奉于外拒汜，汜兵退，苞等因将所领兵归汜。是日，傕复移乘舆幸北坞，使校尉监坞门，内外隔绝，侍臣皆有饥色。帝求米五斗、牛骨五具以赐左右。傕曰："朝晡上饭，何用米为？"乃以臭牛骨与之。帝大怒，欲诘责之。侍中杨琦谏曰："傕自知所犯悖逆，欲转车驾幸池阳黄白城，臣愿陛下忍之。"帝乃止。……李傕、郭汜相攻连月，死者以万数。（参见《三国志·魏书·董卓传》及注引《献帝起居注》、注引华峤《汉书》，《后汉书·董卓传》《朱俊传》）

李傕平生喜左道妖邪之术，常使女巫击鼓降神于营中。[帝]每日啼哭。侍中杨琦密言曰："臣观贾翊事李傕，中心未尝忘君。陛下何不切告之？"正说之间，贾翊至。[帝]乃屏去左右，号哭拜翊。翊伏地曰："臣不胜诛矣！"帝曰："卿若肯怜汉室，垂救朕一命！"翊曰："臣心未尝不如此也！陛下勿多言，臣自图之。"帝谢，贾翊出。少刻，李傕入见帝，腰带宝剑，手提铁鞭。帝面如土色，内侍皆带剑环立于帝侧。傕曰："郭汜不仁，欲劫圣上，监禁公卿。非臣，则陛下亦被汜之虏矣。"帝拱手称谢。傕曰："陛下真圣（言）[主]也！"遂出外问诸将曰："内侍带剑（交）[立]于帝侧，莫非有害吾之心么？"贾翊曰："军中不可不带剑耳。"傕笑入帐中而罢。

据《资治通鉴》卷六十一：傕信巫觋厌胜之术，常以三牲祠董卓于省门外。每对帝或言"明陛下"，或言"明帝"，为帝说郭汜无状，帝亦随其意应答之。傕喜，自谓良得天子欢心也。

其时，仆射皇甫郦入见天子。帝知郦能言语，令去和解两边。郦持诏先到汜营说汜。汜曰："如李傕放出天子，我便送公卿还长安。"郦却来见李傕曰："今天子以某是西凉州人，乃令劝二公。汜亦奉诏，公意若何？"傕曰："吾有败吕布之功，辅政四年，三辅清净，天下共（之）[知]。郭阿多盗马虏耳，何敢与吾等耶？[吾]必诛之！君（与）[乃]凉州人，观吾方略、士众胜郭阿多否？又劫公卿，所为如是。而君苟欲向郭阿多，李傕有（胜）[性]胆，自知之矣！"郦曰："不然！（公卿若）[昔]有穷后羿，（情）[恃]其善[射]，不思患难，以致灭之。董太师之强，君所自见；吕布受恩而反图之，斯（人）须之[间]，头悬高竿。此乃勇而无谋也。今将军为上将，把钺杖节，子孙握权，宗族荷宠，国家好爵，公皆据之。今郭汜劫质公卿，将军胁制至尊，谁为轻恕耶？"李傕大怒，拔剑出（指）[鞘]曰："天子使你唇舌大臣。先斩汝头，后杀天子，此吾之志也！"言讫，来杀皇甫郦。性命如何？

[第二十六段]　杨奉董承双救驾

李傕欲杀皇甫郦，傕将[骑]都尉杨奉谏曰："今郭汜未除而杀天子，则汜兴兵有名，诸侯皆为之助也。"贾诩亦劝，傕怒乃息。诩推皇甫郦[出]。郦大呼曰："李傕不奉诏命，欲杀汉君自立！"侍中胡邈急止之曰："李将军待公不薄，何如此之妄言？恐于身不利！"郦叱之曰："胡敬才敬才，字也！汝为朝廷辅弼之臣，何如此之佞也？我累世受恩，主辱臣死，理之当然；为国家之事被李傕所杀，则天命也。"尤骂不绝。帝知之，急遣皇甫郦回西凉。李傕之军大半是西凉之众，更兼羌胡番兵。郦言傕不忠不义，多有西凉勇士欲还者随郦去。贾诩又说羌胡人曰："天子知汝等忠义。汝还乡后，必有重赏。"羌胡人皆怨李傕不与[官职，亦引兵出]。傕知郦去大怒，差虎贲王昌追之。昌知郦[乃]忠义之士，不追，回报傕曰："郦去远矣。"

据《资治通鉴》卷六十一：（兴平二年）闰月己卯，帝使谒者仆射皇甫郦和傕、汜。郦先诣汜，汜从命；又诣傕，傕不肯，曰："郭多，盗马虏耳，何敢欲与吾等邪！必诛之！君观吾方略士众，足办郭多否邪？郭多又劫质公卿，所为如是，而君苟欲左右之邪？"郦曰："近者董公之强，将军所知也；吕布受恩而反图之，斯须之间，身首异处，此有勇而无谋也。今将军身为上将，荷国宠荣，汜质公卿而将军胁主，谁轻重乎！张济与汜有谋，杨奉，白波贼帅耳，犹知将军所为非是，将军虽宠之，犹不为用也。"傕呵之令出。郦出，诣省门，白"傕不肯奉诏，辞语不顺。"帝恐傕闻之，亟令郦去。傕遣虎贲王昌呼，欲杀之，昌知郦忠直，纵令去，还答傕，言"追之不及"。（参见《三国志·魏书·董卓传》注引《献帝起居注》，《后汉书·董卓传》）

贾诩劝帝加傕官爵，封为大司马、大将军。傕大喜曰："此皆鬼神之力也！"厚赐诸巫，不理军事。

据《三国志·魏书·董卓传》注引《献帝起居注》：天子使左中郎将李固持节拜傕

为大司马，在三公之右。傕自以为得鬼神之力，乃厚赐诸巫。（参见《资治通鉴》卷六十一，《后汉书·献帝纪》）

骑都尉杨奉大怒，与宋杲曰："吾等出死入生，身冒矢石，反不及师巫也！"宋杲曰："何不杀此贼以救天子？"奉曰："汝于中军放火为号，吾当引兵（内）[外]应。"[约定]是夜二更[下手。不料]漏泄，宋杲先被杀之。奉引军入，不见号火。李傕却自引军，就寨中杀到四更。奉不能胜，引一彪军去了。李傕自此军势渐衰，更兼郭汜常来攻击，战死者积尸如山，臭秽不可当。

据《三国志·魏书·董卓传》：傕将杨奉与傕军吏宋果等谋杀傕，事泄，遂将兵叛傕。傕众叛，稍衰弱。（参见《资治通鉴》卷六十一）

忽流星马报说："张济统领大军自陕西来到。"各自差人结连张济。张济使人李傕、郭汜两处和解，"如不从者，引兵击之。"傕、汜皆惧，允从。济上表，请天子东幸弘农。帝览表大喜曰："朕躬思（水）[东]都久矣。今幸乘此[得还]，（我得）[乃万]幸也！"诏拜张济为骠骑将军开府。济进粮食酒肉，供给百官。汜放百官出营。傕收拾车驾东行。傕遣旧有御林军数百人，各提长戟，护送銮舆。

据《后汉书·董卓传》：张济自陕来和解二人，仍欲迁帝权幸弘农。帝亦思旧京，因遣使敦请傕求东归，十反乃许。车驾即日发迈。李傕出屯曹阳。以张济为骠骑将军，复还屯陕。迁郭汜车骑将军，杨定后将军，杨奉兴义将军。又以故牛辅部曲董承为安集将军。汜等并侍送乘舆。（参见《后汉书·献帝纪》）

据《资治通鉴》卷六十一：（兴平二年夏六月）庚午，镇东将军张济自陕至，欲和傕、汜，迁乘舆权幸弘农。帝亦思旧京，遣使宣谕，十反，汜、傕许和，欲质其爱子。傕妻爱其男，和计未定，而羌胡数来窥省门，曰："天子在此中邪！李将军许我宫人，今皆何在？"帝患之，使侍中刘艾谓宣义将军贾诩曰："卿前奉职公忠，故仍升荣宠；今羌胡满路，宜思方略。"诩乃召羌胡大帅饮食之，许以封赏，羌胡皆引去，傕由此单弱。于是复有言和解之计者，傕乃从之，各以女为质。（参见《三国志·魏书·贾诩传》注引《献帝纪》）

夜过新丰，晚至霸陵桥。时值秋天，金风骤起，喊声大作。数百军兵杀至桥下，拦住车驾，厉声问曰："此何人也！"侍中杨琦拍马上桥言曰："此大汉天子车驾，不得无礼！"有二将出曰："吾等奉郭将军之命守把此桥，以防奸细。既云有天子，难以准信，须（敕）[亲]见之。"杨琦高揭车帏，帝曰："朕躬在此，军何不退？"众将皆称"万岁！"分于两边，驾乃得（还）[过]。汜军回报郭汜，汜曰："我正欲劫车驾，再入郿坞，以图大事。你如何放了过去？"将曰："某不知将军主意。"汜曰："吾慢住（此）[张]济之心，要谋此事，如何误了？"速命斩了二人，起军来赶。

据《资治通鉴》卷六十一：(兴平二年)秋七月甲子，车驾出宣平门，当渡桥，汜兵数百人遮桥曰："此天子非也？"车不得前。傕兵数百人，皆持大戟在乘舆车前，兵欲交，侍中刘艾大呼曰："是天子也！"使侍中杨琦高举车帷，帝曰："诸君何敢迫近至尊邪？"汜兵乃却。既渡桥，士众皆称万岁。夜到霸陵，从者皆饥，张济赋给各有差。傕出屯池阳。（参见《三国志·魏书·董卓传》注引《献帝起居注》）

天子正（望）[到]华阴县，背后喊声大振，军马赶来，大叫"车驾休动！"献帝闻后军赶来，哭对大臣曰："离却狼穴，又逢虎口。"侍臣皆大哭。军兵至近，一派鼓声从山后出，当先一面大旗，上书"大汉杨奉"四字，背后一千余军。元来［杨奉］自离李傕，屯兵于中南山中，特来保驾。汜将崔勇出马，大骂杨奉"无义之贼!"奉怒，回顾阵中曰："公（名）［明］何在？"一将手绰大斧，飞骤骅骝，直取崔勇；两马交处，一斧砍崔勇于马下，杀入阵中，劈死无数。汜军大溃，杀退二十余里。

据《资治通鉴》卷六十一：郭汜欲令车驾幸高陵，公卿及济以为宜幸弘农，大会议之，不决。帝遣使谕汜曰："弘农近郊庙，勿有疑也。"汜不从。帝遂终日不食。汜闻之曰："可且幸近县。"（兴平二年夏）八月甲辰，车驾幸新丰。丙子，郭汜复谋胁帝还都郿，侍中种辑知之，密告杨定、董承、杨奉令会新丰。郭汜自知谋泄，乃弃军入南山。

杨奉收军，来见天子。帝下车执奉手曰："卿救朕躬，当铭肺腑!"奉顿首拜谢。帝曰："斩贼者何人？"奉引其人见帝，拜于车下。奉云："此人乃河东东阳郡人也，姓徐名晃，字公明。"

据《三国志·魏书·徐晃传》：徐晃字公明，河东杨人也。

帝慰劳之。杨奉保车驾行至华阴县，［将］军段煨具衣服饮膳，供给天子。是日［天子］宿于杨奉营中。

据《资治通鉴》卷六十一：（兴平二年冬十月）戊戌，郭汜党夏育、高硕等谋胁乘舆西行。侍中刘艾见火起不止，请帝出幸一营以避火。杨定、董承将兵迎天子幸杨奉营，夏育等勒兵欲止乘舆，杨定、杨奉力战，破之，乃得出。壬寅，行幸华阴。宁辑将军段煨具服御及公卿已下资储，……露次于道南。（参见《后汉书·董卓传》《三国志·魏书·董卓传》）

郭汜输了一阵，次日再征，军马杀奔奉营来。徐晃当先出寨，杀散贼兵。郭汜大队八面围来，将天子、杨奉围在垓心。帝与百官曰："朕躬今番休了也!"正危急间，忽闻东南角上喊声大作，贼众奔溃。徐晃乘时杀出接应，内外攻击，大杀郭汜一阵，汜兵大败。此人来见天子，乃是刘朝宗族贵戚、汉室忠臣，身着锦衣临玉阙，腰横玉带上金阶，乃国舅董承也，

按：盛巽昌先生在《三国演义补证本》一书中指出，董承原系董卓部将，乃牛辅部曲。据《后汉书·董卓传》，牛辅死，董承随李傕进犯长安。李傕主政时以董承为安集将军。董承女嫁刘协（汉献帝），当在此事后。

引千余军特来保驾。帝哭诉前事，承曰："陛下免忧！臣与杨将军誓杀此二贼，以清天下！"帝令早赴东都，连夜驾起，前幸弘农。

却说郭汜败军撞见李傕，言"董承、杨奉救驾往弘农去了。若到东都，（脚立）［立脚］得牢，必（须）颁告天下诸侯，共伐我等，三族皆不能保守矣!"傕曰："如今张济占据长安，未敢动［兵］。我和你合兵一处，至弘农杀了汉君，共分天下，有何不可？"汜曰："若蒙兄长肯相带挈，小弟一听［兄长］。"因此二人合兵杀夺地面，（前）［于］路劫掠，所过一空。

赶近东涧，杨奉、董承知贼势远来，遂勒兵回，大战于东涧。傕在左，汜在右，漫山塞野，军马（推）［拥］来。杨奉、董承两壁死战，刚保护得天子、皇后车出，百官宫人、符策典籍，一应御用之物，尽皆抛弃，皆被傕、汜军士掠去，杀死者不可胜计。傕、汜军尽入弘农杀掠。奉、承保车驾走陕北，傕、汜分兵赶来。

据《资治通鉴》卷六十一：李傕、郭汜悔令车驾东，……欲劫帝而西。杨定闻傕、汜至，欲还蓝田，为汜所遮，单骑亡走荆州。张济与杨奉、董承不相平，乃复与傕、汜合。(兴平二年冬)十二月，帝幸弘农，张济、李傕、郭汜共追乘舆，大战于弘农东涧，承、奉军败，百官、士卒死者，不可胜数，弃御物、符策、典籍，略无所遗。射声校尉沮俊被创坠马，傕谓左右曰："尚可活否？"俊骂之曰："汝等凶逆，逼劫天子，使公卿被害，宫人流离。乱臣贼子，未有如此也！"傕乃杀之。（参见《后汉书·董卓传》《献帝纪》，《三国志·魏书·董卓传》）

奉、承一面使人来与傕、汜陪话，暗差人传诏，往河东诏故人白波（斯）[帅]李乐、韩暹、胡万。三处军马闻天子诏命赦罪赐官，如何不来？并皆拔寨起兵，来与杨奉、董承约会，一齐再取弘农。

其[时]李傕、郭汜但得之处，劫掠百姓，老幼者杀之，少壮者充军；临敌之际，尽驱民兵在前，名曰"敢死军"，贼势浩大。李乐等军都只是贪掳之辈，被傕、汜令军将衣服等物抛弃于道。果然，（傕）[李乐]兵到，会于（曾）[渭]阳地名。李乐等军见衣服满路，争往取之，失于队伍。傕起军四面赶来，李乐军大败，杀得尸遍郊原，血盈沟壑。杨奉、董承支持不住，保车驾北走。背后傕、汜军赶来。李乐曰："事急矣！请天子上马先行。"帝曰："[朕]不可舍百官而去！（此）[众]何（幸）[辜]哉？"金鼓不绝，满天火红，

据《资治通鉴》卷六十一：（兴平二年冬十二月）壬申，帝露次曹阳。承、奉乃谲傕等与连和，而密遣间使至河东，招故白波帅李乐、韩暹、胡才及南匈奴右贤王去卑，并率其众数千骑来，与承、奉共击傕等，大破之，斩首数千级。于是董承等以新破傕等，可复东引。庚申，车驾发东，董承、李乐卫乘舆，胡才、杨奉、韩暹、匈奴右贤王于后为拒。傕等复来战，奉等大败，死者甚于东涧。光禄勋邓渊、廷尉宣播、少府田芬、大司农张义皆死。司徒赵温、太常王绛、卫尉周忠、司隶校尉管郃为傕所遮，欲杀之，贾诩曰："此皆大臣，卿奈何害之！"乃止。李乐曰："事急矣，陛下宜御马。"上曰："不可舍百官而去，此何辜哉！"兵相连缀四十里，方得至陕，乃结营自守。（参见《后汉书·董卓传》《三国志·魏书·董卓传》）

胡万被乱军所杀，

据《资治通鉴》卷六十二：胡才、李乐留河东，才为怨家所杀。（参见《后汉书·董卓传》）

喊声振地，相连百余里。

奉见贼追甚急，请天子、皇后弃了车驾，步行到黄河边，李乐去寻得一只小船作渡。时天气严寒，帝与后皆欲僵倒；扶到岸边，[岸]高，又下不得船。后面火鼓交攻，甲兵骤至。奉曰："可解马缰绳连接，拴缚帝腰，放下船内。"人丛中，皇后兄伏德抱绢十匹至，曰："我于乱军中拾得此绢，可连接为辇。"行军校尉尚弘多力。以绢包帝，令弘负之，乃下得船。[后]兄伏德自负皇后下船。李乐仗剑立于船上。有未得渡者争扯船傍，乐尽砍于水中。渡过帝后，再放船渡岸上者，哭声不绝。其争夺上渡扯船者，[船中]砍下手指（船中）无数。

据《资治通鉴》卷六十一：时残破之余，虎贲、羽林不满百人，傕、汜兵绕营叫呼，吏士失色，各有分散之意。李乐惧，欲令车驾御船过砥柱，出孟津。杨彪以为河道险难，

非万乘所宜乘；乃使李乐夜渡，潜具船，举火为应。上与公卿步出营，皇后兄伏德扶后，一手挟绢十匹。董承使符节令孙徽从人间斫之，杀旁侍者，血溅后衣。河岸高十余丈，不得下，乃以绢为辇，使人居前负帝，余皆匍匐而下，或从上自投，冠帻皆坏。既至河边，士卒争赴舟，董承、李乐以戈击之，手指于舟中可掬。帝乃御船，同济者，皇后及杨彪以下才数十人，其宫女及吏民不得渡者，皆为兵所掠夺，衣服俱尽，发亦被截，冻死者不可胜计。卫尉士孙瑞为傕所杀。（参见《后汉书·董卓传》《献帝伏皇后纪》，《三国志·魏书·董卓传》及注引《献帝纪》、注引《魏书》）

既渡岸北，杨奉寻牛车一辆，［载］帝后至阳城。是日绝食，晚宿于瓦屋中。野老进粟饭，上与后共食，粗粝不能下咽喉。次日，（早）［帝］封李乐为征西将军，韩暹为征东将军。帝上牛车欲行，二大臣寻到，拜于前，乃太尉杨彪、太仆韩雄。帝后痛哭，近侍等止有二十余人，无不下泪。太仆韩雄曰："傕、汜二贼颇信臣言，舍命去说二贼罢兵。陛下善保龙体，勉强饮食。"韩雄去了。李乐请帝［入］奉军营暂歇数日。杨彪请天子都安邑县名，今解州。上御车马至安邑，又无高大房屋，帝后（所）居于茅屋中；（李乐、韩暹）又无门［关］闭，四边旋插荆棘篱落。帝与大臣议事于茅屋中，［李乐、韩暹］军士伏于篱下观望，互相镇压以为观笑。诸将专权，或打死尚书［、公卿］等官；（公卿）稍有触犯，于帝［前］殴骂将士。辄（仗）［令］婢仆送浊酒粗食与天子，帝勉强纳之。李乐、韩暹连名保（无）［流］徒、部曲、巫毉、走卒二百余名并为校尉、御史，刻印不及，以锥割之，如此苟且！韩（暹）［雄］说傕、汜二贼，方始放百官及宫人归。

是（时）岁大饥荒，百（官）［姓］皆食藻菜，饿死者遍地。河内太守张扬送粮肉供给天子，河东太守王匡送绢帛以衣之，自此得活。

据《资治通鉴》卷六十一：傕见河北有火，遣骑候之，适见上渡河，呼曰："汝等将天子去邪！"董承惧射之，以被为幔。既到大阳，幸李乐营。河内太守张杨使数千人负米来贡饷。（兴平二年冬十二月）乙亥，帝御牛车，幸安邑，河东太守王邑奉献绵帛，悉赋公卿以下，封邑为列侯，拜胡才为征东将军，张杨为安国将军，皆假节，开府。其垒壁群帅竞求拜职，刻印不给，至乃以锥画之。乘舆居棘篱中，门户无关闭，天子与群臣会，兵士伏篱上观，互相镇压以为笑。帝又遣太仆韩融至弘农与傕、汜等连和，傕乃放遣公卿百官，颇归所掠宫人及乘舆器服。已而粮谷尽，宫人皆食菜果。乙卯，张杨自野王来朝，谋以乘舆还雒阳；诸将不听，杨复还野王。是时，长安城空四十余日，强者四散，羸者相食，二三年间，关中无复人迹。（参见《后汉书·董卓传》，《三国志·魏书·董卓传》及注引《魏书》，《三国志·魏书·张杨传》，《三国志·魏书·贾诩传》注引《献帝纪》）

董承、杨奉商议，（一面交修洛阳宫院，）欲奉车驾还东都，［一面交修洛阳宫院。］李乐不从。董承谓李乐曰："洛阳乃天子建都之地。安邑乃小可地面，如何容留车驾？今奉驾还洛阳［是］正理。"李乐曰："汝等奉驾去，我等只在此。"

据《资治通鉴》卷六十二：（建安元年春正月，）董承、张杨欲以天子还雒阳，杨奉、李乐不欲，由是诸将更相疑贰。二月，韩暹攻董承，承奔野王。韩暹屯闻喜，胡才、杨奉之坞乡。胡才欲攻韩暹，上使人谕止之。……张杨使董承先缮修雒阳宫。太仆赵岐为承说刘表，使遣兵诣雒阳，助修宫室；军资委输，前后不绝。夏五月丙寅，帝遣使至杨奉、李乐、韩暹营，求送至雒阳，奉等从诏。六月乙未，车驾幸闻喜。（参见《后汉书·董卓传》）

承收拾［车］驾起程。

李乐暗遣人结连李傕、郭汜，一同劫驾。董承、杨奉、韩暹知李乐意，乃连夜摆布军士，护送驾起，前奔箕关。李乐尽拔本寨军马，前来追赶；四更左侧，赶至山下大叫："车驾休行，李傕、郭汜在此！"天子闻（知）［之］，心胆惊裂。山上火光竞起。天子怎脱此难？

［第二十七段］　迁銮舆曹操秉政

李乐令军诈呼"李、郭将军兵到！"士卒皆惊。杨奉曰："此乃李乐诈呼也。"随命徐晃去迎，正遇李乐，两马交处，一斧砍乐于马下，

据《资治通鉴》卷六十二：胡才、李乐留河东，才为怨家所杀，乐自病死。（参见《后汉书·董卓传》）

杀散余党，保护车驾得渡箕关。太守张扬载粮食绢帛，迎天子于轵道。帝封张扬为司马。扬辞帝，屯兵野王地名。

帝入洛阳，见市井荒芜，街衢瓦砾，满目皆是蒿草，宫院中只有颓墙坏壁而已。旋盖小殿，帝后居之，百官朝贺皆立于荆棘之中。是岁大荒，敕改兴平为建安元年。洛阳居民（新）［仅］有数百家，无可为食，尽出城外，剥树皮、掘草根而食之；尚书郎以下尽出采樵。多（者）［有］饿死墙壁间。

据《资治通鉴》卷六十二：（建安元年夏六月）庚子，杨奉、韩暹奉帝东还，张杨以粮迎道路。秋七月甲子，车驾至雒阳，幸故中常侍赵忠宅。丁丑，大赦。八月辛丑，幸南宫杨安殿。张杨以为己功，故名其殿曰杨安。杨谓诸将曰："天子当与天下共之，朝廷自有公卿大臣，杨当出捍外难。"遂还野王。杨奉亦出屯梁，韩暹、董承并留宿卫。癸卯，以安国将军张杨为大司马，杨奉为车骑将军，韩暹为大将军领司隶校尉，皆假节钺。是时，宫室烧尽，百官披荆棘，依墙壁间，州郡各拥强兵，委输不至；群僚饥乏，尚书郎以下自出采稆，或饥死墙壁间，或为兵士所杀。（参见《三国志·魏书·张杨传》《董卓传》，《三国志·魏书·武帝纪》注引《献帝春秋》，《后汉书·献帝纪》《董卓传》）

汉末（汉）气数衰败无甚于此！后贤有诗为证：

血流茫荡白蛇亡，赤帜纵横游四方。
秦鹿赶番兴社稷，樊睢推倒定封疆。
子孙懦弱奸雄起，气数凋零盗贼狂。
看到二京遭难处，铁人无泪也恓惶。

太尉杨彪奏帝曰："前蒙手诏，未曾发遣。今曹操山东屯兵数十万，可宣入朝廷，以辅王室。"帝曰："朕既有密诏，卿何必再奏？"即（使）［便］差人。

按：《演义》称太尉杨彪奏请献帝宣召曹操入洛阳，不见于史。

却说曹操在山东闻车驾还洛阳，聚众谋士商议。荀彧进曰："昔晋文公纳周襄王而诸侯（景）［义］从，汉高帝为义帝缟素而天下归（正）［心］。近自天子蒙尘，将军首兴义

兵，徒以山东扰乱，未遑远赴。今銮舆旋转，东京榛芜，诚因此时奉主上以从人望，大顺也；秉至公以服天下，大略也；扶弘农以致英（俊）[雄]，大德也。四方虽有逆节，其何能为？若不早定，使英雄生心，后（须）[虽]为虑，亦无及矣！”操乃大喜，

据《资治通鉴》卷六十二：曹操在许，谋迎天子。众以为“山东未定，韩暹、杨奉，负功恣睢，未可卒制”。荀彧曰：“昔晋文公纳周襄王而诸侯景从，汉高祖为义帝缟素而天下归心。自天子蒙尘，将军首唱义兵，徒以山东扰乱，未遑远赴。今銮驾旋轸，东京榛芜，义士有存本之思，兆民怀感旧之哀。诚因此时，奉主上以从人望，大顺也；秉至公以服天下，大略也；扶弘义以致英俊，大德也。四方虽有逆节，其何能为？韩暹、杨奉，安足恤哉！若不时定，使豪杰生心，后虽为虑，亦无及矣。”操乃遣扬武中郎将曹洪将兵西迎天子，董承等据险拒之，洪不得进。（参见《三国志·魏书·荀彧传》《武帝纪》，《后汉书·荀彧传》）

据《三国志·魏书·毛玠传》：玠语太祖曰：“今天下分崩，国主迁移，生民废业，饥馑流亡，公家无经岁之储，百姓无安固之志，难以持久。今袁绍、刘表，虽士民众强，皆无经远之虑，未有树基建本者也。夫兵义者胜，守位以财，宜奉天子以令不臣，修耕植，畜军资，如此则霸王之业可成也。”太祖敬纳其言。

据《资治通鉴》卷六十一：沮授说袁绍曰：“将军累叶台辅，世济忠义。今朝廷播越，宗庙残毁，观诸州郡虽外托义兵，内实相图，未有忧存社稷恤民之意。今州域粗定，兵强士附，西迎大驾，即宫邺都，挟天子而令诸侯，畜士马以讨不庭，谁能御之！”颍川郭图、淳于琼曰：“汉室陵迟，为日久矣，今欲兴之，不亦难乎！且英雄并起，各据州郡，连徒聚众，动有万计，所谓秦失其鹿，先得者王。今迎天子自近，动辄表闻，从之则权轻，违之则拒命，非计之善者也。”授曰：“今迎朝廷，于义为得，于时为宜，若不早定，必有先之者矣。”绍不从。（参见《三国志·魏书·袁绍传》注引《献帝传》，《后汉书·袁绍传》）

按：建安元年（196），曹操采纳了谋士荀彧和毛玠提出的“奉天子以令不臣”的建议，迎献帝到许都，控制了朝政大权。史书和《演义》对此均有记述。而在前一年，袁绍的谋士沮授就向袁绍提出过同样的建议，建议他“挟天子而令诸侯”，但袁绍不予采纳。这一史实在《资治通鉴》《三国志》《后汉书》中都有记载，但《演义》没有采用。

正欲（收）[拔]军起程，会有手诏至。操待天使于驿庭，一同起发。

据《资治通鉴》卷六十二：议郎董昭以杨奉兵马最强而少党援，作操书与奉曰：“吾与将军闻名慕义，便推赤心。今将军拔万乘之艰难，反之旧都，翼佐之功，超世无畴，何其休哉！方今群凶猾夏，四海未宁，神器至重，事在维辅；必须众贤以清王轨，诚非一人所能独建，心腹四支，实相恃赖，一物不备，则有阙焉。将军当为内主，吾为外援。今吾有粮，将军有兵，有无相通，足以相济，死生契阔，相与共之。”奉得书喜悦，语诸将军曰：“兖州诸军近在许耳，有兵有粮，国家所当依仰也。”遂共表操为镇东将军，袭父爵费亭侯。韩暹矜功专恣，董承患之，因潜召操；操乃将兵诣雒阳。（参见《三国志·魏书·董昭传》）

据《后汉书·董卓传》：（韩）暹矜功恣睢，干乱政事，董承患之，潜召兖州牧曹操。操乃诣阙贡献。

帝在洛阳，百事未备，城郭崩倒，欲修未能。人报“李傕、郭汜两个尽起大队人马，杀奔洛阳来。”帝大惊，问杨彪曰：“今投何处躲难？”彪曰：“使往山东未回。不如去投

曹操。”杨奉、韩暹曰：“臣请出战！”董承曰：“今城郭不完，兵甲不多，战如不胜，当复奈何？”人报傕、汜军近。董承保帝后上车，望山东而进，百官无马，步行相随，遂出洛阳。行不一舍之地，但见尘埃蔽日，金鼓喧天，无限人马来到。帝后战栗不能言，但见一骑飞马来到车前，下马便拜。帝视之，乃山东（来）使命，［问］“来军何人也？”使曰：“曹将军尽起山东之兵，前来保驾；听知李傕、郭汜军犯洛阳，先差夏侯惇为先锋，引上将十数员，精兵五万，先来保驾。”帝心稍安。少刻，夏侯惇引许褚、典韦来车前面君。三个曰：“介胄之士不拜，请以（君）［军］礼见天子。”皆呼“万岁！”帝曰：“卿等鞍马驱驰，朕无可赐。”惇奏曰：“主公曹将军恐贼犯阙，故先令臣等来保驾。”却才道罢，侍臣又报“（直）［正］东又有一路军马到。”帝举止失措。惇拍马观之，便来回奏：“陛下放心，乃曹操军［也］。”［须臾］来到，面见天子，声喏。（亲）［帝］问“何人？”惇奏：“领兵者乃曹将军弟曹洪，别将李典、乐进也。”帝问“卿何来？”洪奏曰：“臣兄听知贼兵至近，恐夏侯惇孤力，又差臣倍道而来协助。”帝曰：“曹将军是朕社稷之臣也！”傕、汜兵知有救兵，长驱而来。帝令夏侯惇分两路迎之。夏侯惇曰：“臣已量度也。”与曹洪分作两翼，马军先出，步军后随，尽力一击，傕、汜贼兵大败，斩首万余级。请帝还洛阳故宫，夏侯惇、曹洪屯兵城外。

次日，曹操引大队军马来到，带三千铁甲马军入城，屯兵列［于］内前。（请）［诸］大臣迎引入见［帝］。操拜于殿阶之下。帝赐平身，宣上殿，问劳毕，操奏曰：“臣托圣主洪福，聚兵山东。昨承恩赐，思报无门。傕、汜无端，罪恶充积。臣有精兵四十余万，以顺讨贼，无不克捷。陛下善保龙躯，以社稷为重！”帝封操为司隶校尉、录尚书事。

据《三国志·魏书·武帝纪》：天子假太祖节钺，录尚书事。

据《三国志·魏书·武帝纪》注引《献帝纪》：又领司隶校尉。

据《后汉书·献帝纪》：（建安元年八月）辛亥，镇东将军曹操自领司隶校尉、录尚书事。

操谢恩毕，次日便进兵，离洛阳五十里下寨。

傕、汜知曹操远来，商议欲速战。贾翊谏曰：“不可！操有数十万之众，文官武将不计其数。不若倒戈卸甲投之，以求免本身之罪。”傕怒曰：“汝敢灭吾锐气，牵出斩之！”众将告免。是夜，贾翊弃了李傕，单马去了。

据《资治通鉴》卷六十二：帝既出长安，宣威将军贾诩上还印绶，往依段煨于华阴。（参见《三国志·魏书·贾诩传》）

次日，傕、汜大起军马，来迎操兵。操先令曹洪、许褚、典韦引三千铁骑，于傕、汜营中冲突二遭，却才布阵。阵圆处，傕兄子李暹、李别二人立马阵前。操问曰：“此何人也？”尚未回答，许褚飞马过来，一刀先斩李暹于马下。李别吃一惊，倒撞下马，褚亦斩之，一手提刀，一手双挽两头回阵，人不敢近。操拍许褚背曰：“当今之樊哙也！”

据《资治通鉴》卷六十二：操徇淮、汝，褚以众归操，操曰：“此吾樊哙也！”（参见《三国志·魏书·许褚传》）

操引夏侯惇领兵左出，曹洪右出，操自中间冲阵，鼓声向处，一齐进兵，傕、汜兵大败。操亲掣宝剑押阵，连夜剿贼，“不要停住，星夜追赶！”李傕、郭汜忙忙似丧家之狗，急急如漏网之鱼，军马三停已去二停。傕、汜望西逃命远去，此时天下不容，落草为寇。

按：《演义》称曹操在洛阳附近和李傕、郭汜交战，于史无据。

曹操（乱）屯住军马于洛阳城外。杨奉、韩暹两个商议曰："目今曹操成了大功，必掌重权，如何容得我等？不若奏天子，只做赶傕、汜为名，引本部军兵东屯大梁，看机而变。"因此二人要去，汉帝阻当不住。

据《资治通鉴》卷六十二：操乃将兵诣雒阳。既至，奏韩暹、张杨之罪。暹惧诛，单骑奔杨奉。帝以暹、杨有翼车驾之功，诏一切勿问。（建安元年秋八月）辛亥，以曹操领司隶校尉、录尚书事。（参见《后汉书・董卓传》）

据《三国志・魏书・武帝纪》：（建安元年）秋七月，杨奉、韩暹以天子还洛阳，奉别屯梁。太祖遂至洛阳，卫京都，暹遁走。天子假太祖节钺，录尚书事。（参见《三国志・魏书・董卓传》）

帝遣使（一员）赍节，诏操入宫议事。操闻使至，请入并坐，见其人眉清目秀，飘飘然有神仙之气象。操思之："东都大荒，官僚皆有饥色，惟此人貌极精神。"问之曰："公［何］能调理如此？"对曰："某惟食淡，二十年矣。"操问曰："君居何职耶？"对曰："某举孝廉，旧从袁绍、张扬作从事，见二人皆非治乱之主。今闻天子还都，故来（相）［朝］觐，官封正议郎。济（阳）［阴］定陶人也，姓董名昭，字公朗。"

据《三国志・魏书・董昭传》：董昭字公仁，济阴定陶人也。举孝廉，除瘿陶长、柏人令，袁绍以为参军事。……昭欲诣汉献帝，至河内，为张杨所留。……天子在安邑，昭从河内往，诏拜议郎。

操避席起敬曰："闻名久矣！幸得如此相见。"置酒于帐中相款，特令与荀彧相见。忽有人报曰："一队军望东而去，不知何人。"操欲令人追之，董昭曰："此乃李傕旧将杨奉与白波（斯）［帅］韩暹畏明公之势，引兵望大梁而去。不可追［之］。"操曰："莫非疑操？"昭曰："此乃无谋之辈，明公何［足］虑之？"［操］又问"傕、汜此去若何？"昭曰："此去虎无牙爪，鸟无羽毛，不久皆为明公之擒耳，无足介意。"操（负）［见］昭言投机，便问曰："请问朝廷大事若何？"昭曰："明公兴义兵以除暴乱，入朝天子，辅翼王室，此五霸之功名。以下诸将，人殊（爽）［意］异，未必服从。今留匡弼，事势不便，惟有移驾幸许耳。然朝廷播越，新还旧京，远近观望，冀得获安。今复移驾，不压众心。夫行非常之事，乃有非常之功。愿筭其多者行之！"操执昭手大笑曰："此孤之大志也！"又曰："杨奉在梁，大臣在朝，事节若何？"昭曰："易也。以书与奉，且安其心。大臣问之，则曰：'京师无粮，欲车驾暂幸许，近鲁阳，转运粮食稍易，可无缺乏悬隔之忧。'大臣闻此皆欣然也。"操大喜曰："（当）［倘］公早晚相从，有不可行者教之，自当厚报！"昭拜谢，（你）［自］此从顺。

据《资治通鉴》卷六十二：操引董昭并坐，问曰："今孤为此，当施何计？"昭曰："将军兴义兵以诛暴乱，入朝天子，辅翼三室，此五伯之功也。此下诸将，人殊意异，未必服从，今留匡弼，事势不便，惟有移驾幸许耳。然朝廷播越，新还旧京，远近跂望，冀一朝获安，今复徙驾，不厌众心。夫行非常之事，乃有非常之功，愿将军算其多者。"操曰："此孤本志也。杨奉近在梁耳，闻其兵精，得无为孤累乎？"昭曰："奉少党援，心相凭结，镇东、费亭之事，皆奉所定，宜时遣使厚遗答谢，以安其意，说'京都无粮，欲车驾暂幸鲁阳，鲁阳近许，转运稍易，可无县乏之忧。'奉为人勇而寡虑，必不见疑，比使往来，足以定计，奉何能为累！"操曰："善！"即遣使诣奉。（参见《三国志・魏书・董

昭传》）

曹操当晚潜步帐外，窃听见二人于黑地密语。操伏地而听之，乃荀彧、荀攸也。彧（问）［与］攸曰："自（之）［今］春太白犯镇星于斗、牛，过天［津］；荧惑又倒行，与太白会于天关。金、火交会，必有新天子出。吾观大汉气数终矣，晋、魏之野必有兴者。承汉天下者必魏也，能安天下者必曹也。"操于背后搭彧之肩而惊曰："汝叔侄泄漏天机，当得何罪？"彧、攸拜于地上。操曰："董昭言迁许都之事若何？"彧曰："汉朝刘氏以火德王天下，故两都皆兴。今主公土命也，许都属土，到彼必兴。火能生土，正合（依）董昭之言。他日必有王者兴。"操抱彧头而言曰："天道深远，（甚）［幸］勿多言。"彧曰："非叔侄不可知也。"操意遂决；

据《三国志·魏书·武帝纪》注引张璠《汉纪》：初，天子败于曹阳，欲浮河东下。侍中太史令王立曰："自去春太白犯镇星于牛斗，过天津，荧惑又逆行守北河，不可犯也。"由是天子遂不北渡河，将自轵关东出。立又谓宗正刘艾曰："前太白守天关，与荧惑会；金火交会，革命之象也。汉祚终矣，晋、魏必有兴者。"立后数言于帝曰："天命有去就，五行不常盛，代火者土也，承汉者魏也，能安天下者，曹姓也，唯委任曹氏而已。"公闻之，使人语立曰："知公忠于朝廷，然天道深远，幸勿多言。"

按：据史书，王立认为土将代火，即曹魏将取代东汉。《演义》在改编史书时，将王立的观点赋予荀彧了。这一情节不见于史。史书记载，建安十七年（212）董昭主张尊曹操为魏公时，荀彧是表示反对的；荀彧连曹操当魏公都不赞成，他更不可能支持曹操代汉自立。

次日引军入洛阳见帝，奏曰："东京废驰已久，不可修葺，更兼转运粮米艰辛。臣料许都地面近鲁［阳］，城郭宫室、钱粮民物足备，可以幸銮舆。臣排办已定，便请陛下登辇。"群臣皆惧曹操之势，莫敢言不可者，即日驾起。操分拨（军）［车］马，尽载百官迁都。

据《资治通鉴》卷六十二：（建安元年秋八月）庚申，车驾出轘辕而东，遂迁都许。（参见《三国志·魏书·武帝纪》《后汉书·董卓传》）

行未数程，（地）［前］面高林忽然喊声大举，杨奉、韩暹引军拦路。当先徐晃出马大叫："欲劫车驾何往！"操出视之，见晃神威纠纠，暗暗称奇。操后许褚出马，与晃交锋，刀来斧去五十余合，不分胜负。操鸣金收军，各自下寨。

操召文武曰："吾今日阵上观徐晃，真良将也！不忍以力（并）［拼］之，思一计诱过来，奉、暹何足忧也？"一人出曰："主公勿（忧）虑！某与徐晃有一面之交，今晚扮作小卒，偷入晃营，看紧慢说之，使降主公，若何？"操大喜，视之，乃山阳人也，姓满名宠，字伯宁，见为行军从事。操便令行。

却说满伯宁扮作小卒，杂于队中，偷入晃中军帐前（从事），见晃浑身披挂，于灯下看（见）［书］。宠径入，长揖曰："故人安乐否？"晃视之久，乃曰："莫非山阳满伯宁么？"晃少时到山阳，被人夺买（到）［物告］官，宠为吏，因此故旧。宠曰："然也。"晃曰："何故到此？"宠曰："曹将军在兖州请我为从事。今日偶见公在阵上耀武，吾甚惜之，故不避一死而来，直谏于公。（处）［以］公之勇，世之罕有，何故屈身于杨奉、韩暹之鄙夫耶？曹将军世之英雄，力扶汉室，拯救生灵；今日阵前不忍令健将与［公］决死战，故遣宠来。公何不背暗投明耶？"晃喟然叹曰："吾固知奉非为事业之人，争奈相随已久，不忍相舍!”宠曰：“良禽尚择木而栖，贤臣岂不择主而佐？大丈夫知而不决，非丈夫也!”晃起而谢曰：“愿听公言!”宠曰：“何不就杀奉而去，为进见之功？”晃曰：“以臣弑主，大不义也！吾不为之。”宠曰：“公乃有德之士也!”［徐晃］遂引帐下数十骑，随满宠来投曹操。

据《三国志·魏书·徐晃传》：徐晃字公明，河东杨人也。为郡吏，从车骑将军杨奉讨贼有功，拜骑都尉。李傕、郭汜之乱长安也，晃说奉，令与天子还洛阳，奉从其计。天子渡河至安邑，封晃都亭侯。及到洛阳，韩暹、董承日争斗，晃说奉令归太祖；奉欲从之，后悔。太祖讨奉于梁，晃遂归太祖。

按：《演义》称满宠说徐晃归降曹操，不见于史。

早有人去报中军。杨奉引千百骑追赶徐晃，到中路赶上，大叫“徐晃休走!”山头上火把齐明，曹操大喝曰：“吾等奉贼多时，休走!”山下伏兵齐起，来捉杨奉。还复如何?

［第二十八段］　吕布月夜夺徐州

曹操号火起，伏兵围住杨奉。韩暹急引军来解救，两边夹攻，杨奉走脱。操趁奉、暹兵乱，乘势便（掣）［击］将来。奉、暹大败，军多半降操。奉、暹势孤，去投袁术，以图安身。

据《资治通鉴》卷六十二：车驾之东迁也，杨奉自梁欲邀之，不及。（建安元年）冬十月，曹操征奉，奉南奔袁术，遂攻其梁屯，拔之。（参见《三国志·魏书·武帝纪》《董昭传》,《后汉书·董卓传》）

操得徐晃为将，大喜，迎銮驾到许都；旋造宫室殿宇，立太庙社稷、台省院衙门，修城郭府库。封董承十二人为列侯。赏功罚罪，并听曹操处置。操自封为大将军、武平侯。

据《资治通鉴》卷六十二：（建安元年秋八月）庚申，车驾出轘辕而东，遂迁都许。己巳，幸曹操营，以操为大将军，封武平侯。始立宗庙社稷于许。（参见《三国志·魏书·武帝纪》）

据《后汉书·献帝纪》：（建安元年）冬十一月丙戌，曹操自为司空，行车骑将军事，百官总己以听。

据《资治通鉴》卷六十二：操于是诛尚书冯硕等三人，讨有罪也；封卫将军董承等十三人为列侯，赏有功也；赠射声校尉沮俊为弘农太守，矜死节也。（参见《后汉书·董卓传》）

按：《演义》此后即称曹操为丞相，而据史书记载，曹操废三公、自任丞相是在建安十三年（208）。

以荀彧为侍中、尚书令；

据《后汉书·荀彧传》：及帝都许，以彧为侍中，守尚书令。操每征伐在外，其军

国之事，皆与彧筹焉。(参见《三国志·魏书·荀彧传》,《资治通鉴》卷六十二)

荀攸为军师；

据《资治通鉴》卷六十二：操问彧以策谋之士，彧荐其从子蜀郡太守攸及颍川郭嘉。操征攸为尚书，与语，大悦，曰："公达，非常人也。吾得与之计事，天下当何忧哉!"以为军师。

郭嘉为司马祭酒；

据《资治通鉴》卷六十二：操表嘉为司空祭酒。

刘晔为司空曹掾；

据《三国志·魏书·刘晔传》：太祖……辟晔为司空仓曹掾。

任(俊)[峻]、毛玠为典农中郎将,(时习)[都]督钱粮；

据《三国志·魏书·毛玠传》：太祖为司空丞相，玠尝为东曹掾。

据《三国志·魏书·任峻传》：是时岁饥旱，军食不足，羽林监颍川枣祗建置屯田，太祖以峻为典农中郎将。

程昱为东平相，屯兵范城；

据《三国志·魏书·程昱传》：天子都许，以昱为尚书。兖州尚未安集，复以昱为东中郎将，领济阴太守，都督兖州事。

董昭为洛阳令；满宠为许令；

据《资治通鉴》卷六十二：操以山阳满宠为许令。(参见《三国志·魏书·满宠传》)

夏侯惇、(弟)[夏侯]渊、曹仁、曹洪皆为将军；吕虔、李典、乐进、徐晃皆为校尉；许褚、典韦为骑都尉；其余将士各各封官。自此大权皆归曹操。操出入常带铁甲马军数百。朝中大臣有事先禀操，然后敢奏[天子]。

据《三国志·魏书·袁绍传》：初，天子之立非绍意，及在河东，绍遣颍川郭图使焉。图还说绍迎天子都邺，绍不从。会太祖迎天子都许，收河南地，关中皆附。绍悔，欲令太祖徙天子都鄄城以自密近，太祖拒之。(参见《后汉书·袁绍传》)

操既定大事，乃设一宴于后堂，请谋士计议，曰："吾今已尊王室，位至三公，皆赖汝等辅助之力也。吾所忧者，袁术、袁绍耳。此二人未有隙，不可图之。刘备见屯徐州[，已领州]事。近吕布在山东被吾杀败，今投刘备，备养于小沛。二人若(中)[并]起，吾之心腹大患！公等有何计可除之？"许褚进曰："愿借精兵五百，某斩刘备、吕布之头，献与丞相!"那时人称为丞相,(官)[实]只是大将军之职，后建安十三年方才立做丞相。荀彧曰："将军虽勇，不如用谋。许都新定，未可动兵。彧有一计，名曰'二虎竞食'之计。"操曰："何谓也？"彧曰："譬如岩下一对饿虎来往争食，岩上投下肉去，(其)[二]虎必争。二虎共争，一虎必死。一虎既死，此虎亦可诛矣。今刘备虽领徐州牧，未得诏命。可特封刘备，正授徐州牧，密书一封，教杀吕布。事成，刘备亦可图；事不成，吕布必杀刘备矣。此名'二虎竞食'之计。"操曰："然!"即时差使命，封刘备

为镇东将军、宜城亭侯，正领徐州牧，

据《三国志·蜀书·先主传》：曹公表先主为镇东将军，封宜城亭侯，是岁建安元年也。

又付密书便行。

却说玄德在徐州闻操迁帝都于许，却欲使人称贺，忽报天使至；出［郭］接迎到郡，拜受恩命已毕，设宴管待天使。使言："丞相于天子之前力保使君，故首先颁此恩命。"玄德感谢无尽。［使于］坐间取出私书，玄德看了曰："此事尚容商议。"席散，使于馆驿安歇。玄德连晚请糜竺、孙乾、关、张共议。关、张曰："吕布无恩无义之人，兄杀之何碍？"玄（得）［德］曰："他人身极路穷而来投我，杀之大不义也！"飞曰："好人难做。"玄德喝退张飞而起。

次日清早，人报吕布来到，玄德令请。布入见曰："闻知朝廷送恩命至，特来相贺！"却才拜下，张飞掣剑上厅来杀吕布，玄德慌忙拦住。布大惊曰："翼德何故只要来害我？"张飞大叫曰："曹丞相道你是无义之贼，交哥哥杀你！"布曰："我须与你无冤。"玄德与吕布入后堂告诉，将出操书令布看。布泣曰："此是操贼令我兄弟不和。"玄德曰："兄长勿忧，备决无此心！县中钱粮缺少，小弟一一应付。"布谢。备与布吃罢早膳，送出城外，（酬）［拜］别而去。关、张曰："兄长何故不肯杀吕布？"玄德曰："此是曹丞相疑我和吕布做一处，故交我两家互相吞并，他却坐观成败而取事，乃两雄不并立之计也。"羽曰："然。"张飞曰："我只要杀了此贼，以绝后患。"玄德曰："非大丈夫之所为也。"到馆驿中送使命回，就书谢表，并呈［书］曹操云："容缓缓图之。"

使回见操，言备不杀吕布事。操问荀彧曰："此计不成，奈何？"彧曰："又有一计，名曰'驱虎吞狼'计。"操问之，荀彧曰："可暗使人去袁术［处］问安，就报刘备上表要掠南阳地，却使术起兵攻备；又明降诏，令刘备起军伐袁术。两兵相并，吕布必生异心。此乃'驱虎吞狼'计也。"操喜，先发人投袁术处来，次发使命往徐州，领了圣旨便行。

玄德在徐州闻知使命到，出郭迎接，开读［诏书］，令便起军讨袁术。玄德领命，使者回。糜竺曰："此又是曹操计。"玄德曰："虽是操计，王命不敢违也。"遂点军马起程。孙乾曰："可先定守城人（数）。"玄德曰："二弟之中谁可守关？"羽曰："弟愿守把。"玄德曰："吾早晚欲得云长议事，岂可离之？"张飞曰："小弟愿守。"玄德曰："汝一者酒后刚强，鞭挞士卒，［二者］作事轻易，不从人谏，某故不放心也。"飞曰："小弟今后当改，士卒不打，诸般听从人谏。"玄德曰："若如此，吾何忧虑？"糜竺曰："只恐（言）［心］不应口。"飞怒曰："我跟哥哥许多年，未尝失信，敢（欲）［预］料我耶！"玄德曰："弟性如此，吾不放心。"请陈元龙为军师，"早晚令我弟少饮酒，休要失事。"玄德分付了，领马军步卒三万离徐州，望南阳进发。

却说袁术听知刘备上表，欲吞（吾门）［其］州郡，大怒曰："汝编席贩履之徒，安敢占据大郡，与诸侯同列！我正欲伐汝，汝反欲害我！"乃呼上将纪灵起兵十万，（来）［杀］奔徐州。两军并会于盱眙，今之盱眙（军）［郡］。玄德军少，依山结营，傍水下寨。纪灵乃山东人也，使一口三尖两刃刀，重五十斤，手下战将极多。是日，纪灵引军出战，与玄德兵相合。灵提刀出阵大骂："刘备安敢侵吾境界！"玄德曰："吾奉明诏，以顺讨逆。汝将欲反，何得不诛？"纪灵大怒，拍马舞刀，来犯玄德。关羽大怒，喝曰："有吾在此！"与灵约战二十余合。灵喝"少停！"关公回。灵别遣手下将荀正出马。关羽曰："只交纪灵来与吾决战。"正曰："汝乃无名下将，非吾纪将军对也。"关羽大怒，直取荀正，交马两合，一刀劈正于马下。玄德驱军杀败术兵。纪灵退守淮阴溪口，并不交战，常常来偷营劫寨，皆被徐州军杀败。两边相拒，胜负未分。

却说张飞自送玄德登程去了，一应民讼并委陈元龙管，军机大事自行掌管。飞［恐失］和气，乃设一宴，遍请各官赴席。是日筵上，张飞开言［曰］："我哥哥临去分付我少饮酒，恐失事。今日请众弟兄尽此一醉，明日禁酒，都休推辞，务要满饮。凡事帮助我保守城池。"酒把到陶谦故将曹豹（根）［跟］前，豹言曰："［我］从（来）天戒不饮。"飞曰："厮杀汉如何不吃？我要你吃一盏。"曹豹惧怯，只得饮了一盏。张飞把遍各官，轮次把盏，畅饮大醉；又起把盏。曹豹曰："某实不能饮。"飞曰："恰才饮了，何故诈也？"豹苦推不饮。飞曰："违吾将令，可打一百背花。"喝军士捉下。陈元龙曰："不可！玄德使君曾说甚来？"飞曰："你文官只管文事，休来惹我！"曹豹曰："看吾女夫之面，饶过曹豹！"飞曰："谁是你女婿？"豹曰："吕布是豹之女夫也，布前妻是豹之女也。"飞大怒曰："汝说吕布来唬我！我本不打你，借你背打吕布。"诸人劝不住。打了五十背花，众官告住，皆散。

曹豹归家，［深］恨张飞，痛入骨髓，连夜差人赍一封书，来小沛见吕布。

按：《演义》称张飞逼曹豹喝酒，因曹豹不肯喝而鞭打他，吕布是曹豹的女婿，曹豹就给吕布写密信，这些情节均不见于史。

布得书看了，曰："玄德已往淮南，可乘飞醉倒，来取徐州。今若挫失，悔之晚矣！"布连夜请陈宫议事。宫曰："只居小沛，何日峥嵘？今若不（去）取，宫必去矣。"布备赤兔马，全付披挂，先引五十骑望徐州来。陈宫、高顺随后进发，只隔四五十里，上马便到。布来城下时，却才四更，月色澄清，城上并不知觉。布到城门边叫云："刘使君有使命至！"城上曹豹军报豹。豹上马到城上看知，使令军士开门，入得城时，喊声大举。张飞在府中醉倒，左右急报摇醒，荒忙披挂，绰丈八蛇矛上马，吕布军都到。飞出府外，迎见吕布，酒醉不能战。布知飞勇，亦不敢追。飞杀出东门。曹豹见飞又无护送，遂引数骑来赶。飞见豹大怒，挺矛来迎，战数合，豹败走。飞赶到河边，一矛刺下，和人和马死于水中。飞于城外招呼，士卒出（战）［城］者尽赶飞投淮南而去。布入城中，安抚居民；另发军一百把守玄德宅门，令诸人不许辄入，——此是吕布弟兄之情也。

据《三国志·蜀书·先主传》：袁术来攻先主，先主拒之于盱眙、淮阴。曹公表先主为镇东将军，封宜城亭侯，是岁建安元年也。先主与术相持经月，吕布乘虚袭下邳。下邳守将曹豹反，间迎布。布虏先主妻子，先主转军海西。

据《三国志·蜀书·先主传》注引《英雄记》：备留张飞守下邳，引兵与袁术战于淮阴石亭，更有胜负。陶谦故将曹豹在下邳，张飞欲杀之。豹众坚营自守，使人招吕布。布取下邳，张飞败走。

据《资治通鉴》卷六十二：袁术攻刘备以争徐州，备使司马张飞守下邳，自将拒术于盱眙、淮阴，相持经月，更有胜负。下邳相曹豹，陶谦故将也，与张飞相失，飞杀之，城中乖乱。袁术与吕布书，劝令袭下邳，许助以军粮。布大喜，引军水陆东下。备中郎将丹杨许耽开门迎之。张飞败走，布虏备妻子及将吏家口。

据《三国志·魏书·吕布传》注引《英雄记》：布水陆东下，军到下邳西四十里。备中郎将丹杨许耽夜遣司马章诳来诣布，言"张益德与下邳相曹豹共争，益德杀豹，城中大乱，不相信。丹杨兵有千人屯西白门城内，闻将军来东，大小踊跃，如复更生。将军兵向城西门，丹杨军便开门内将军矣”。布遂夜进，晨到城下。天明，丹杨兵悉开门内布兵。布于门上坐，步骑放火，大破益德兵，获备妻子军资及部曲将吏士家口。

按：《演义》称，张飞失徐州，迎吕布者为曹豹，此说据《三国志·蜀书·先主传》。《三国志·魏书·吕布传》注引《英雄记》则称，曹豹已为张飞所杀，迎吕布者是许耽与丹杨兵。

却说张飞引数十骑直到盱眙来见玄德，说曹豹献门、吕布夜袭徐州，众皆失色。玄德叹曰："得何足喜，失何足忧！"问飞曰："嫂嫂安在？"飞曰："皆陷于城中。"玄德默然不语。关羽曰："汝当初要守城时，兄长分付甚来？今日城池又失了，嫂嫂又陷了，汝尚兀自有面目来见兄长？死尤恨迟！"张飞闻言，惶恐无地，拔剑自刎。性命如何？

［第二十九段］　孙策大战太史慈

张飞欲自刎，玄德向前抱住，夺剑而言曰："古人云：'兄弟如手足，夫妇如衣服。衣服破时尚可换，手足废时安可续？'吾三人桃（源）［园］结义，誓同生死。今日虽无了城池［妻］小（事），安忍教兄弟中路而亡也？吕布掳我妻小，必不害之。容作方略救援。"遂皆大哭一场，理会战纪灵之事。

袁术知吕布袭了徐州，星夜差人许吕布粮五万斛、金银五百锭、彩段一千匹，令夹攻刘备。布喜，令高顺引兵万余袭玄德后。玄德知布兵自后而来，乘阴雨夜（掣）［彻］兵，弃盱眙而走，思东取广陵。高顺与纪灵相见，言"温侯特令顺来助战。"就索所赐之物。灵曰："公且回下邳。容某回见主（人）［公］，那时相送。"顺别（令）［灵］，回见布，开说"目下……"术书至，云："刘备未除。待捉了刘备，那时相送。"布大怒袁术爽信，欲起兵伐之。陈宫言："不可！术居寿春，兵多粮广，未可便图。不如请刘备还屯小沛，养成羽翼，令备为先锋，那时先取袁术，后图袁绍，可纵横天下矣。"吕布用其言，暗使人去取玄德回。

［玄德］兵至广陵，又被术兵劫中寨栅，折兵大半，回来正遇布使。玄德得书大喜，便投徐州来。关、张曰："吕布义薄之人，不可准信。"玄德曰："人既以好心待我，我不必疑也。"遂行。

据《后汉书·吕布传》：时，刘备领徐州，居下邳，与袁术相拒于淮上。术欲引布击备，乃与布书曰："术举兵诣阙，未能屠裂董卓。将军诛卓，为术报耻，功一也。昔金元休南至封丘，为曹操所败。将军伐之，令术复明目于遐迩，功二也。术生年以来，不闻天下有刘备，备乃举兵与术对战。凭将军威灵，得以破备，功三也。将军有三大功在术，术虽不敏，奉以死生。将军连年攻战，军粮苦少，今送米二十万斛。非唯此止，当骆驿复致。凡所短长亦唯命。"布得书大悦，即勒兵袭下邳，获备妻子。备败走海西，饥困，请降于布。布又恚术运粮不复至，乃具车马迎备，以为豫州刺史，遣屯小沛。布自号徐州牧。

据《资治通鉴》卷六十二：（建安元年六月，）袁术与吕布书，劝令袭下邳，许助以军粮。布大喜，引军水陆东下。备中郎将丹杨许耽开门迎之。张飞败走，布虏备妻子及将吏家口。备闻之，引还，比至下邳，兵溃。备收余兵东取广陵，与袁术战，又败，屯于海西。饥饿困踧，吏士相食，从事东海麋竺以家财助军。备请降于布，布亦忿袁术运粮不继，乃召备，复以为豫州刺史，与并势击术，使屯小沛。布自称徐州牧。（参见《三国志·蜀书·先主传》及注引《魏书》、注引《英雄记》,《三国志·魏书·吕布传》）

按：史书记载，建安元年（196）六月，“袁术与吕布书，劝令袭下邳，许助以军粮”，吕布遂夺取了徐州的治所下邳，并俘获了刘备的妻子。《演义》将徐州当作一座城市，称吕布袭取了徐州并俘获了刘备的妻子之后，袁术方才给他写信，许诺助以军粮。

将至徐州，布恐玄德疑，先使人送老小还。

据《三国志·蜀书·先主传》注引《英雄记》：布令备还州，并势击术。具刺史车马童仆，发遣备妻子部曲家属于泗水上，祖道相乐。

甘夫人对玄德言：“布使甲兵一百围宅门，诸人不得辄入；常使婢妾送物来，未尝有缺。”玄德与关、张曰：“吾知吕布非无义人也。”入城去谢布。飞恨布，不往，先引了老小往小沛去。玄德入见布拜谢。布曰：“非吾夺汝城池。汝弟张飞在此恃酒害人，吾故来守之。”玄德曰：“备欲让兄久矣。”布虚再让，玄德力辞。宴罢，还屯小沛驻扎。关、张心内不悦，玄德曰：“屈身守分，以待天时，不可与命争也。”布遣人送粮米布帛，兼令玄德为豫州刺史。自此两家和好。

却说袁术大宴将士于寿春，人报孙策征庐江太守陆康得胜回来。术唤策至，拜于堂下，问劳已毕，便令（预）[侍]坐饮宴。元来孙策自父丧之后居江东，礼贤纳士。

据《资治通鉴》卷六十一：及坚死，策年十七，还葬曲阿；已乃渡江，居江都，结纳豪俊，有复仇之志。

后因陶谦与策母舅、丹阳太守吴景不和，策乃移母弟并家属居于曲河，自投袁术。

据《三国志·吴书·孙策传》：徐州牧陶谦深忌策。策舅吴景，时为丹杨太守，策乃载母徙曲阿，与吕范、孙河俱就景，因缘召募得数百人。兴平元年，从袁术。术甚奇之，以坚部曲还策。

据《资治通鉴》卷六十一：丹杨太守会稽周昕与袁术相恶，术上策舅吴景领丹杨太守，攻昕，夺其郡，以策从兄贲为丹杨都尉。策以母弟托广陵张纮，径到寿春见袁术。涕泣言曰：“亡父昔从长沙入讨董卓，与明使君会于南阳，同盟结好，不幸遇难，勋业不终。策感惟先人旧恩，欲自凭结，愿明使君垂察其诚！”术甚奇之，然未肯还其父兵，谓策曰：“孤用贵舅为丹杨太守，贤从伯阳为都尉，彼精兵之地，可还依召募。”策遂与汝南吕范及族人孙河迎其母诣曲阿，依舅氏。因缘召募，得数百人；而为泾县大帅祖郎所袭，几至危殆。于是复往见术。术以坚余兵千余人还策，表拜怀义校尉。（参见《三国志·吴书·孙策传》及注引《江表传》）

术甚爱之，常叹曰：“使术有子如孙郎，死复何恨！”

据《三国志·吴书·孙策传》：术常叹曰：“使术有子如孙郎，死复何恨！”

因此表策为怀义校尉，

据《三国志·吴书·孙策传》：太傅马日磾杖节安集关东，在寿春以礼辟策，表拜

怀义校尉。（参见《资治通鉴》卷六十一）

引兵去伐（泥）[泾]县太师祖郎，得胜回见术。术见策勇，复使攻陆康，一阵大（败）[战]，得胜而回。

当日席散，策归营寨，见术不升（策）[己]官，心中转闷。

据《资治通鉴》卷六十一：术初许以策为九江太守，已而更用丹杨陈纪。后术欲攻徐州，从庐江太守陆康求米三万斛，康不与。术大怒，遣策攻康，谓曰："前错用陈纪，每恨本意不遂。今若得康，庐江真卿有也。"策攻康，拔之，术复用其故吏刘勋为太守；策益失望。（参见《三国志·吴书·孙策传》）

是夜月明，策思"父如此英雄，独霸江东。今日到我，十不及一！"放声而哭。忽见一人自外入帐，大笑曰："伯符何故如此？汝父在日，多曾用我。今日有何不决之事，何不与我商议而自苦也？"观之，乃丹阳故鄣人也，姓朱名治，字君理，乃孙坚从事。

据《三国志·吴书·朱治传》：朱治字君理，丹杨故鄣人也。初为县吏，后察孝廉，州辟从事，随孙坚征伐。……会坚薨，治扶翼策，依就袁术。

策请坐而问之曰："策所哭者，恨不能继父之志也！"治曰："公何不问袁公路借兵往江东？名救吴景，实取大业。[屈]于人之下，非大丈夫之志也！"

据《资治通鉴》卷六十一：丹杨朱治尝为孙坚校尉，见袁术政德不立，劝孙策归取江东。

正商议间，一人倏然而入曰："公等所谋，吾已知之。吾手下自有精壮之人百余，暂助伯符一马之力。"策大喜，请坐而问之，乃袁术谋士，汝南南阳人也，姓吕名范，字子衡，生得面如傅粉，体若凝酥。

据《三国志·吴书·吕范传》：吕范字子衡，汝南细阳人也。少为县吏，有容观姿貌。……后避乱寿春，孙策见而异之，范遂自委昵，将私客百人归策。

策大喜，三人共议。吕范曰："只恐袁术不肯借兵。"策曰："吾有（留下）先父[遗下]传国玉玺以为质当。"范曰："术亦有心久矣。"

次日，策入见袁术，哭拜于阶下。术问其故，策曰："父仇未能报，母舅吴景被扬州刺史刘繇追逼至急。策老母（群）[家]小皆去曲河，必被刘繇所害。策欲于伯父处暂借精兵数千，渡江探老母、拔舅氏。恐不信，有先父遗下玉玺，权为质当。"袁术闻有玺，大喜，取而视之，曰："吾非要汝玉玺，权留在此。我借精兵二千、马百余匹与汝，平定之后，速遣回还。汝名微，难掌大军。我表汝为折冲校尉，行[殄]寇将军，克日领兵便行。"

据《资治通鉴》卷六十一：侍御史刘繇，岱之弟也，素有盛名，诏书用为扬州刺史。州旧治寿春，术已据之，繇欲南渡江，吴景、孙贲迎置曲阿。及策攻庐江，繇闻之，以景、贲本术所置，惧为袁、孙所并，遂构嫌隙，迫逐景、贲。景、贲退屯历阳。繇遣将樊能、于糜屯横江，张英屯当利口以拒之。术乃自用故吏惠衢为扬州刺史，以景为督军中郎将，与贲共将兵击英等。……初，丹杨朱治尝为孙坚校尉，见袁术政德不立，劝孙策归取江东。时吴景攻樊能、张英等，岁余不克，策说术曰："家有旧恩在东，愿助舅讨横江。横江拔，因投本土召募，可得三万兵，以佐明使君定天下。"术知其恨，而以刘繇据曲阿，王朗在会稽，谓策未必能定，乃许之。表策为折冲校尉，将兵千余人、骑数十匹。行收兵，比至历阳，众五六千。……袁术表策行殄寇将军。（参见《三国志·吴书·孙策传》及注引《江表传》）

据《三国志·吴书·孙坚传》注引《山阳公载记》：袁术将僭号，闻坚得传国玺，乃拘坚夫人而夺之。（参见《后汉书·袁术传》）

按：《演义》称孙策向袁术借兵以传国玺做抵押，与史不合。据史书记载，袁术将孙坚夫人拘为人质，而攫取了传国玺。

策拜谢，遂得兵马，带领朱治、吕范，旧将程普、黄盖、韩当，择日起程。前至历阳，正行之次，见一彪军到，当先一人，见策下马。策视之，其人面如琢玉，唇若点硃，姿质风流，仪容秀丽，胸藏纬地经天术，腹隐安邦定国谋，庐江舒城人也，姓周名瑜，字公瑾，汉太尉周景之孙，洛阳令周异之子。初，孙坚讨董卓时移（官）[家]舒城。瑜与孙策同年，结为昆仲；瑜少策二月，以兄事之。坚家住瑜道南大宅，策与瑜升堂拜母，有无通共，如此至厚。瑜叔周尚为丹阳太守，因往省亲，到此与策相见，共（亲）诉衷情。瑜曰："愿施犬马之劳，共图大业！"策曰："吾得公瑾，大事济矣！"

据《三国志·吴书·周瑜传》：周瑜字公瑾，庐江舒人也。从祖父景，景子忠，皆为汉太尉。父异，洛阳令。瑜长壮有姿貌。初，孙坚兴义兵讨董卓，徙家于舒。坚子策与瑜同年，独相友善，瑜推道南大宅以舍策，升堂拜母，有无通共。瑜从父尚为丹杨太守，瑜往省之。会策将东渡，到历阳，驰书报瑜，瑜将兵迎策。策大喜曰："吾得卿，谐也！"（参见《资治通鉴》卷六十一，《三国志·吴书·孙策传》及注引《江表传》）

策令与朱治、吕范相见，共话筹略，治、范大（敬）[喜]。瑜与策曰："将军欲济大事，知江东有二张乎？"策曰："不知也。"瑜曰："一人博览群书，善能隶字，兼明天文地理之学，彭城人也，姓张名昭，字子布。陶谦曾聘，不肯屑就，故来江东避乱。

据《三国志·吴书·张昭传》：张昭字子布，彭城人也。少好学，善隶书，从白侯子安受《左氏春秋》，博览众书，与琅邪赵昱、东海王朗俱发名友善。弱冠察孝廉，不就，与朗共论旧君讳事，州里才士陈琳等皆称善之。刺史陶谦举茂才，不应，谦以为轻己，遂见拘执。昱倾身营救，方以得免。汉末大乱，徐方士民多避难扬土，昭皆南渡江。孙策创业，命昭为长史、抚军中郎将，升堂拜母，如比肩之旧，文武之事，一以委昭。

一人深明九经，贯通诸子，广陵人也，姓张名纮，字子刚，[因]避世乱，隐于江东。

据《三国志·吴书·张纮传》：张纮字子纲，广陵人。少游学京都，还本郡，举茂才，公府辟，皆不就。避难江东，孙策创业，遂委质焉。表为正议校尉。

此处见[有]二人，何不请之？"策即便遣人邀请，未至。策乃亲到其家，语话终日，口若悬河。

据《三国志·吴书·孙策传》注引《吴历》：初，策在江都时，张纮有母丧。策数诣纮，咨以世务，曰："方今汉祚中微，天下扰攘，英雄俊杰各拥众营私，未有能扶危济乱者也。先君与袁氏共破董卓，功业未遂，卒为黄祖所害。策虽暗稚，窃有微志，欲从袁扬州求先君余兵，就舅氏于丹杨，收合流散，东据吴会，报仇雪耻，为朝廷外藩。君以为何如？"纮答曰："既素空劣，方居衰绖之中，无以奉赞盛略。"策曰："君高名播越，远近怀归。今日事计，决之于君，何得不纡虑启告，副其高山之望？若微志得展，血仇得报，此乃君之勋力，策心所望也。”因涕泣横流，颜色不变。纮见策忠壮内发，辞令慷慨，感其志言，乃答曰：“昔周道陵迟，齐、晋并兴；王室已宁，诸侯贡职。今君绍先侯之轨，有骁武之名，若投丹杨，收兵吴会，则荆、扬可一，仇敌可报。据长江，奋威德，诛除群秽，匡辅汉室，功业侔于桓、文，岂徒外藩而已哉？方今世乱多难，若功成事立，当与同好俱南济也。”策曰：“一与君同符合契，有永固之分，今便行矣，以老母弱弟委付于君，策无复回顾之忧。”

按：《演义》称周瑜向孙策推荐张纮，与史不合。盛巽昌先生在《三国演义补证本》一书中指出，孙策在隶属袁术前已与张纮相识。据此条史料记载，初平三年（192），孙策因父死，渡江寄居广陵（江苏扬州），他数次拜谒张纮求教，张纮感其诚，即为孙策设计了今后进军江东的战略方案。

策拜张昭为长史兼抚军中郎将，拜张纮为参谋、正议校尉；

据《资治通鉴》卷六十一：策以张纮为正议校尉，彭城张昭为长史，常令一人居守，一人从征讨，及广陵秦松、陈端等亦参与谋谟。策待昭以师友之礼，文武之事，一以委昭。（参见《三国志·吴书·张纮传》注引《吴书》）

策议进兵，攻击刘繇。

却说刘繇字正礼，东莱严平人也，亦汉室皇亲，汉室太尉刘宠之侄，兖州刺史刘岱之弟。

据《三国志·吴书·刘繇传》：刘繇字正礼，东莱牟平人也。齐孝王少子封牟平侯，子孙家焉。繇伯父宠，为汉太尉。繇兄岱，字公山，历位侍中、兖州刺史。

繇［旧］为［扬州］刺史，屯兵寿春，被袁术追赶过江东，故来守曲河，

据《资治通鉴》卷六十一：侍御史刘繇，岱之弟也，素有盛名，诏书用为扬州刺史。州旧治寿春，术已据之，繇欲南渡江，吴景、孙贲迎置曲阿。（参见《三国志·吴书·刘繇传》）

有彭城相薛礼、下邳相苲融两个引兵帮助。繇知孙策渡江，屯兵历阳，急聚众将商议，有樊能、于糜、陈横、张英。繇说策（事）［是］骁骑大将，张英曰：“某引一军屯于牛渚地名，纵有百万之兵，亦不能近矣。”言未毕，帐下一人高声叫曰：“某愿为前部先锋！”乃东莱黄县人也，覆姓太史名慈，因解了北海之围，特来见刘繇，繇就留之，听得孙策兵到，愿作先锋。繇曰：“汝未可为大将，只在吾左右。”太史慈不喜而退。

据《资治通鉴》卷六十一：繇同郡太史慈时自东莱来省繇，会策至，或劝繇可以慈为大将。繇曰：“我若用子义，许子将不当笑我邪！”但使慈侦视轻重。（参见《三国志·吴书·太史慈传》）

张英引兵来拒牛渚，积粮十万（余）［于］邸阁。策引兵到，英引军出，两兵会于牛渚滩上。孙策出马，（大骂张英）［张英大骂］，黄盖拍马便出，［与］张英战。［战］不数合，忽然英军大乱，人报“寨中有人放火，烧着窝铺。”英等急回，退兵不迭，被孙策乘势掩去。英等弃了牛渚，望深山而逃。寨后放火的是两员将，引二百余人来见孙策。扎枪下马，二人声喏。策问之，一人黑面黄须，身躯雄伟，九江寿春人也，姓蒋名钦，字公（栾）［奕］；

据《三国志·吴书·蒋钦传》：蒋钦字公奕，九江寿春人也。孙策之袭袁术，钦随从给事。及策东渡，拜别部司马，授兵。

一人彪形虎体，巨目浓眉，九江下（莱）［蔡］人也，姓周名泰，字（和）［幼］平。

据《三国志·吴书·周泰传》：周泰字幼平，九江下蔡人也。与蒋钦随孙策为左右，服事恭敬，数战有功。策入会稽，署别部司马，授兵。

二人皆言："为遭世乱，吾聚人于扬子江中，劫掠为食。多闻令先尊乃江东之豪杰，又知将军招贤纳士，特来相投。"策大喜，用为行军校尉；尽得牛渚邸阁粮食军器，又收降卒四千余人，遂进兵神亭（领）［岭］。

据《资治通鉴》卷六十一：策攻刘繇牛渚营，尽得邸阁粮谷、战具。（参见《三国志·吴书·孙策传》注引《江表传》）

张英败回见刘繇。［繇］责英等，欲斩之，薛礼、笮融劝住。由是分兵拒策：［礼、］融屯兵秣陵城，繇自近神亭岭南下寨。

孙策在岭北寨中问土人曰："近闻岭上有汉光武庙，今还有否？"土人曰："（近）庙［已］摧毁，无人祭祀。"策曰："吾夜梦光武邀我相见，当以祷之。"长史张昭曰："不可！岭南便是（他）［那］刘繇寨，倘有伏兵，奈何？"策曰："天神佑我，吾何惧焉？"遂全装贯带，绰枪上马，程普、黄盖、韩当、蒋钦、周泰共十三骑跟策出寨，上岭烧香。到庙前下马，上殿祈祷曰："倘孙策能于江东立业，兴复故父之基，即当重修庙宇，四时祭祀。"祝毕，出庙上马，回顾众将曰："吾欲过岭（行）［去］看刘繇寨。"众将皆当不住，遂同（下）［上］岭南望。（村）［树］林中伏路小军飞报刘繇云："孙策亲引十数骑，直过岭来观寨。"刘繇曰："此必是孙策诱敌之计，不可追之。"太史慈踊跃于前曰："此时不擒，（何待）［更待何时］？"大叫曰："有胆气者跟我来！"诸将皆不动，惟有一小将曰："［太］史慈真猛将也！吾可助之。"拍马跟去，众将皆笑。

却说孙策看了半晌，程普云："可早回。"正行过岭北山坡下，只听得岭上有人大叫"孙策休走！"策回头视之，见两骑马飞下岭来。策将后十三骑一字摆开。策横枪上马，于岭上待之。太史慈到，厉声问曰："那个是孙策！"策问曰："你是何人？"慈曰："我便是东莱太史慈也，特来捉孙策。"策笑曰："只我便是。你既两人来，吾并力捉你，非英雄也。你既要捉我，我岂惧汝哉？"（史）慈曰："便是你众人都上，也不怕你。"骤马挺枪，直取孙策，策亦提枪来迎。两马相交，约斗五十余合，胜负不分，程普等暗暗称奇。太史慈见孙策枪法无半点儿渗漏，（慈）［意欲］诈败，"引入深山捉他。"慈回马，策赶来。慈暗喜，不入旧路上岭，却转过山背后。策赶到，慈回头喝策曰："你若是大丈夫，和我（并）［拼］个你死我活！"策叱之曰："走的不箅男子汉！"两个再斗三十合。慈心中暗忖："这厮有十（二）［三］个从人，便活捉得他，也夺了去。再引一程，交这厮每无处寻。"又诈败走。慈口中大叫"休来赶！"策叫曰："你却又走！"又赶，一直到一平川之地。慈荒忙兜马回，两个再战。到五十余合，策一枪（槊）［搠］来，慈闪过挟住；慈一枪去，策也挟住。两个只一夹，都滚下马来。马不知走在那里去了。两个弃了枪，揪住厮打。慈年三十岁，策年方二十一岁，两个战袍揪得粉碎，弓箭打脱了。策手快，掣了慈佩剑，慈却掣了策头上兜鍪。策把剑砍去，慈把盔架遮。忽然山后喊声起，刘繇接应军马千余人来到。慈死揪住不放手，两边军马合来。策正荒，程普［领］十二骑到，两边撞杀，慈荒放了手。（策）［慈］军中讨一骑马、一条枪，却来混战。孙策抢得马骑冲路。一千余军和十四骑迤逦（混）[杀]到神亭岭下，喊声起处，周瑜引军到。太史慈怎地脱身？

[第三十段]　孙策大破严白虎

周瑜救军到，刘繇自引军杀下岭来。将近黄昏，风雨骤至，两边各自收兵归寨。

据《资治通鉴》卷六十一：时独与一骑卒遇策于神亭，策从骑十三，皆坚旧将辽西韩当、零陵黄盖辈也。慈便前斗，正与策对，策刺慈马，而揽得慈项上手戟，慈亦得策兜鍪。会两家兵骑并各来赴，于是解散。（参见《三国志·吴书·太史慈传》）

次日，孙策引大队军马到，刘繇引军出迎。两阵完处，孙策把枪挑太史慈剑于阵前，令众军大叫："不是走得快，砍了你头！"刘繇却把孙策兜鍪挑于阵前，也令军士大叫："孙策头已砍在此！"两军纳喊，这边夸能，那边道胜。后来史官议论，失盔当输。太史慈出马搦孙策决胜负，定输赢。策欲当先出马，程普曰："不须主公劳力，某自擒之。"程普出到阵前。太史慈曰："汝非是敌手，只交孙策出马。"程普大怒，挺矛直取太史慈。两马相交十余合，刘繇急鸣金收军。太史慈曰："我正欲擒收贼将，何故收兵？"繇曰："吾闻周瑜已引军袭取曲河。有一人乃松滋人也，姓陈名武，字子烈，

据《三国志·吴书·陈武传》：陈武字子烈，庐江松滋人。

（投）[接]应周瑜入去。吾家基（寨）[业]已失，不可久留。还往秣陵会薛礼、苲融军马，急来接应。"太史慈跟着刘繇退军。孙策不赶，收住军马。长史张昭曰："周公瑾已取曲河，彼军无战心，今夜正可劫寨。"孙策然之，当夜分兵长驱大进。刘繇军兵大败，众皆四分五落。太史慈独力难加，引数十骑，连夜投泾县去了。刘繇与谋士许子将投秣陵去了。

孙策又得大将陈武，其人身长七尺七寸，黄面赤须，形容古怪。策甚敬之，拜为校尉，

据《三国志·吴书·陈武传》：孙策在寿春，武往修谒，时年十八，长七尺七寸，因从渡江，征讨有功，拜别部司马。

令[为]先锋，先攻薛礼。陈武引十数骑当先入阵，斩首五百余级，薛礼闭城不出。策打城不下，忽人报"刘繇会合苲融去取牛渚。"策大怒，亲提大半军马，径奔牛渚。两军相（逼）[遇]，刘、苲二人出马，孙策大骂："吾今到此，何为不降！"刘繇背后一将挺枪直出，乃干糜也，策遂挺枪去迎。交马斗不数合，孙策活挟干糜于马上，拨马回阵。樊能见捉了干糜去，挺一条铁槊来迎。槊将到策后心，阵上叫"背后有人暗算！"孙策回头，猛见樊能，大喝一声如巨雷，樊能倒撞下马而死。策来到门旗边，撇下干糜，已被挟杀。为因喝杀一个，挟杀一个，[人皆]呼[策]为"小霸王"也。

据《三国志·吴书·孙策传》注引《江表传》：时彭城相薛礼、下邳相笮融依繇为盟主，礼据秣陵城，融屯县南。策先攻融，融出兵交战，斩首五百余级，融即闭门不敢

动。因渡江攻礼，礼突走，而樊能、于麋等复合众袭夺牛渚屯。策闻之，还攻破能等，获男女万余人。

据《三国志·吴书·孙策传》注引《江表传》：吴郡太守许贡上表于汉帝曰："孙策骁雄，与项籍相似，宜加贵宠，召还京邑。若被诏不得不还，若放于外必作世患。"

按：《演义》称孙策绰号为"小霸王"，于史无据。

当日刘繇、笮融大败，人马大半投拜，斩首万余级。刘繇、笮融去投拜刘表，后皆在山中劫掠，被乡民所杀。

据《资治通鉴》卷六十一：时彭城相薛礼、下邳相丹杨笮融依繇为盟主，礼据秣陵城，融屯县南，策皆击破之。又破繇别将于梅陵，攻湖孰、江乘，皆下之，进击繇于曲阿。……繇与策战，兵败，走丹徒。……刘繇自丹徒将奔会稽，许邵曰："会稽富实，策之所贪，且穷在海隅，不可往也。不如豫章，北达豫壤，西接荆州；若收合吏民，遣使贡献，与曹兖州相闻，虽有袁公路隔在其间，其人豺狼，不能久也。足下受王命，孟德、景升必相救济。"繇从之。……繇进讨融，融败走，入山，为民所杀。（参见《三国志·吴书·孙策传》注引《江表传》，《三国志·吴书·刘繇传》，《后汉书·献帝纪》《陶谦传》）

孙策还兵复攻秣陵，亲到城壕边招谕薛礼投（拜）降。城上张英暗放一冷箭，正射中孙策左腿，番身落马。众将急救，还营拔箭，用疮药敷贴。策曰："可诈作吾中箭身死，军中举哀，拔寨齐起，必然来追。暗伏奇兵，必擒薛礼。"众然其计，诈称孙策已死，连夜拔寨起。薛礼听知孙策已死，尽数起（程）城内之兵，张英、陈横杀出城来。策（引入）寨背后伏兵起，［军马］踊出，孙策大叫"孙郎在此！"众军心胆惊裂，尽弃枪刀，拜于地上。策令休杀一人。张英正走，被陈武一枪搠死；陈横被蒋钦一箭射死；薛礼死于乱军之中。一路皆平。

据《三国志·吴书·孙策传》注引《江表传》：复下攻融，为流矢所中，伤股，不能乘马，因自舆还牛渚营。或叛告融曰："孙郎被箭已死。"融大喜，即遣将于兹乡策。策遣步骑数百挑战，设伏于后，贼出击之，锋刃未接而伪走，贼追入伏中，乃大破之，斩首千余级。策因往到融营下，令左右大呼曰："孙郎竟云何！"贼于是惊怖夜遁。融闻策尚在，更深沟高垒，缮治守备。策以融所屯地势险固，乃舍去，攻破繇别将于梅陵，转攻湖孰、江乘，皆下之。

［策］招安（伏）［复］业，进泾县来捉太史慈。

据《资治通鉴》卷六十二：刘繇之奔豫章也，太史慈遁于芜湖山中，自称丹杨太守。策已定宣城以东，惟泾以西六县未服，慈因进住泾县，大为山越所附。（参见《三国志·吴书·太史慈传》）

慈于县中再聚得精壮二千人，欲来与刘繇报仇。策与周瑜商议生擒太史慈之计。瑜交三面攻县，只留东门放走；离县（内）有三条路，［一］条伏一军，离［城］五十里外。策度量太史慈引兵冲出，乱箭射回。当夜，陈武短衣上城，首先放火。太史慈见火起，急上马投东门走，背后孙策自引军来赶。太史慈正望东（山）［门］小路走，策赶至三十里不赶。太史慈走五十里外，人困马乏，芦苇中喊起，急待走时，两下里绊马索绊番，生擒活捉，解来大寨。

策知解到慈来，直出寨外，喝退军士，亲解其缚，将自己锦袍以衣之，请入寨中。慈曰："败将请诛。"策曰："吾知子义真大丈夫也！刘繇蠢辈，不能用为大将，致有此败。"慈见策待之如兄，遂请降。策把慈手曰："宁识神亭时乎？若公是时获我，还相害否？"慈答曰："未可量也，英雄之意。"策大笑曰："今日之事，当与公共之。"请入寨中，邀之上坐，待以酒食。策曰："今日既与相处，勿忧不如意也。愿教进取之策！"慈曰："败军之将，不可与论。"策曰："韩信昔日求谋于广武。策今决疑于仁者，公何辞焉？"慈曰："州军新破，士卒离心；若倘分散，难以再聚。欲自往收拾，以归明公，恐不合尊意。"策长跪于地曰："诚本心所望也！明日日午望来还。"慈应诺，不辞（出寨）而去。诸将皆曰："太史慈此去必不来矣。"策曰："子义乃襄中名士，信义为重，必不肯负义也！"众皆未信。次日立竿看日影，却好正中，慈引一千余人到寨，众皆伏之。

据《资治通鉴》卷六十二：讨太史慈于勇里，禽之，解缚，捉其手曰："宁识神亭时邪？若卿尔时得我云何？"慈曰："未可量也。"策大笑曰："今日之事，当与卿共之。闻卿有烈义，天下智士也，但所托未得其人耳。孤是卿知己，勿忧不如意也。"即署门下督。军还，祖郎、太史慈俱在前导，军人以为荣。会刘繇卒于豫章，士众万余人，欲奉豫章太守华歆为主。歆以为因时擅命，非人臣所宜，众守之连月，卒谢遣之。其众未有所附，策命太史慈往抚安之，谓慈曰："刘牧往责吾为袁氏攻庐江，吾先君兵数千人，尽在公路许。吾志在立事，安得不屈意于公路以求之乎？其后不遵臣节，谏之不从。丈夫义交，苟有大故，不得不离。吾交求公路及绝之本末如此，恨不及其生时与共论辩也。今儿子在豫章，卿往视之。并宣孤意于其部曲。部曲乐来者与俱来，不乐来者且安慰之。并观华子鱼所以牧御方规何如。卿须几兵，多少随意。"慈曰："慈有不赦之罪，将军量同桓、文，当尽死以报德。今并息兵，兵不宜多，将数十人足矣。"左右皆曰："慈必北去不还。"策曰："子义舍我，当复从谁！"饯送昌门，把腕别曰："何时能还？"答曰："不过六十日。"慈行，议者犹纷纭言遣之非计。策曰："诸君勿复言，孤断之详矣。太史子义虽气勇有胆烈，然非纵横之人，其必秉道义，重然诺，一以意许知己，死亡不相负，诸君勿忧也。"慈果如期而反，谓策曰："华子鱼，良德也，然无他方规，自守而已。又，丹杨僮芝，自擅庐陵，鄱阳民帅别立宗部，言'我已别立郡海昏上缭，不受发召'，子鱼但睹视之而已。"策拊掌大笑，遂有兼并之志。（参见《三国志·吴书·太史慈传》及注引《江表传》）

据《三国志·吴书·太史慈传》注引《吴历》：慈于神亭战败，为策所执。策素闻其名，即解缚请见，咨问进取之术。慈答曰："破军之将，不足与论事。"策曰："昔韩信定计于广武，今策决疑于仁者，君何辞焉？"慈曰："州军新破，士卒离心，若傥分散，难复合聚；欲出宣恩安集，恐不合尊意。"策长跪答曰："诚本心所望也。明日中，望君来还。"诸将皆疑，策曰："太史子义，青州名士，以信义为先，终不欺策。"明日，大请诸将，豫设酒食，立竿视影。日中而慈至，策大悦，常与参论诸军事。　臣松之案：《吴历》云慈于神亭战败，为策所得，与本传大异，疑为谬误。

策聚数万之众于江东，安民惜众，投者无数。江东之民但呼策为"孙郎"，初闻兵至，老幼皆失魂丧魄，官吏尽弃城郭，逃避山野；及策治军士，军士奉命，并无一人敢出掳掠，鸡犬菜果分毫不动，民心大悦，竞［持］牛酒到寨赏军。策以金帛答之，欢声遍野。

据《三国志·吴书·孙策传》注引《江表传》：策时年少，虽有位号，而士民皆呼为孙郎。

据《资治通鉴》卷六十一：策渡江转斗，所向皆破，莫敢当其锋者。百姓闻孙郎至，皆失魂魄。长吏委城郭，窜伏山草。及策至，军士奉令，不敢虏略，鸡犬菜茹，一无所犯，民乃大悦，竞以牛酒劳军。策为人，美姿颜，能笑语，性阔达听受，善于用人，是以士民见者莫不尽心，乐为致死。（参见《三国志·吴书·孙策传》）

其有刘繇等旧军，愿从军者并除门户，不愿为军者赍发粮米，尽自归家生理。江南之民闻策仁政，谁不仰羡？由是形势大振。

据《资治通鉴》卷六十一：繇与策战，兵败，走丹徒。策入曲阿，劳赐将士，发恩布令，告谕诸县："其刘繇、笮融等故乡部曲来降首者，一无所问；乐从军者，一身行，复除门户；不乐者不强。"旬日之间，四面云集，得见兵二万余人，马千余匹，威震江东。（参见《三国志·吴书·孙策传》注引《江表传》）

策迎母叔诸弟居曲河，令弟孙权与周泰守宣州。策领兵南进取吴郡。

时严白虎自称"东吴德王"，遣邹太守乌程，王晟［守］嘉兴（守关）。

据《资治通鉴》卷六十二：孙策将取会稽，吴人严白虎等众各万余人，处处屯聚。

据《三国志·吴书·孙策传》注引《吴录》：时有乌程邹他、钱铜及前合浦太守嘉兴王晟等，各聚众万余或数千。

按：《演义》称邹太、王晟隶属于严白虎，与史不合。据史书，邹他、王晟和严白虎在乌程一带单独活动，互不相属。

策兵至，白虎自令弟严兴出战，交兵于枫桥。兴横刀立马于桥上，策军望见，报到中军。策便欲出，张纮下马而谏曰："夫主将乃筹谋之所自出，三军之所系命也，不宜轻出，自敌小寇。愿足下重天受之资，副四海之望，无令国内上下危惧！"

据《三国志·吴书·张纮传》：从讨丹杨。策身临行陈，纮谏曰："夫主将乃筹谟之所自出，三军之所系命也，不宜轻脱，自敌小寇。愿麾下重天授之姿，副四海之望，无令国内上下危惧。"

策谢曰："先生之言如金玉。但恐将士不用命当先耳。"随遣韩当出马。比及骤马［到］桥下时，蒋钦、陈武各驾小舟，从河内早杀过桥里去了，乱箭射倒岸上军，飞身上岸。严兴退走。韩当引军直杀到阊门下，贼退入城中去了。

策分兵水陆并进，围住吴城，一围三日。策引众将到阊门外招谕。城上一个裨将左手执定护梁，右手指着城下骂。太史慈在马上拈弓搭箭，"看我射这厮左手。"一箭去，正透手背，钉牢在护梁上。城上城下，见者无不喝采。群贼救了入去见严白虎，说城外有一人如此神箭。白虎大惊，商议求和；

据《三国志·吴书·太史慈传》：慈长七尺七寸，美须髯，猿臂善射，弦不虚发。尝从策讨麻保贼，贼于屯里缘楼上行詈，以手持楼棼，慈引弓射之，矢贯手著棼，围外万人莫不称善。其妙如此。

次日使严兴出城，来见孙策。策请入寨中同坐饮酒。酒酣，策拔剑欲砍严兴所坐之席，兴惊倒在地。策笑曰："聊作戏耳，勿惊。"问兴曰："汝兄求和，欲何如也？"兴曰："欲与将军平分江东。"策大怒曰："鼠贼怎敢与吾等辈也！"兴急起身，［策］飞剑砍之，应手而倒，割头令从者送回城中。严白虎料敌不过，弃城而走。

据《三国志·吴书·孙策传》注引《吴录》：策自讨虎，虎高垒坚守，使其弟舆请和。许之。舆请独与策会面约。既会，策引白刃斫席，舆体动，策笑曰："闻卿能坐跃，剿捷不常，聊戏卿耳！"舆曰："我见刃乃然。"策知其无能也，乃以手戟投之，立死。舆有勇力，虎众以其死也，甚惧。进攻破之。虎奔余杭。（参见《三国志·吴书·孙策传》）

按：方北辰、谭良啸主编的《三国故事真与假100例》一书中指出，严白虎的根据地与活动地区，只是在他家乡乌程县一带。他根本没有在吴县，即今江苏省苏州市与孙策打过攻守战。

策进兵追袭，势如劈竹。黄盖生擒王晟。太史慈攻打乌程，先登［城］射死邹太（守）。数州皆平。

据《三国志·吴书·孙策传》注引《吴录》：时有乌程邹他、钱铜及前合浦太守嘉兴王晟等，各聚众万余或数千。引兵扑讨，皆攻破之。

严白虎奔走余杭，于路劫掠，被土人凌操引乡兵杀败，望会稽而逃。凌操父子二人来［接孙策］，自此跟去东吴。策引军渡江，严白虎聚寇于西津渡口。白虎自与程普交锋，大败而走，连夜赶到会稽。太守王朗

据《三国志·魏书·王朗传》：王朗字景兴，东海郯人也。……徐州刺史陶谦察朗茂才。时汉帝在长安，关东兵起，朗为谦治中，与别驾赵昱等说谦曰："《春秋》之义，求诸侯莫如勤王。今天子越在西京，宜遣使奉承王命。"谦乃遣昱奉章至长安。天子嘉其意，拜谦安东将军。以昱为广陵太守，朗会稽太守。

引军救白虎，一人谏曰："孙策用仁义之兵，白虎［乃］暴虐之众。可擒白虎以献孙策，顺天命也。"朗不听。此人（说）乃会稽余杭人也，姓虞名翻，字仲翔，见为郡吏，

据《三国志·吴书·虞翻传》：虞翻字仲翔，会稽余姚人也，太守王朗命为功曹。孙策征会稽，翻时遭父丧，衰绖诣府门，朗欲就之，翻乃脱衰入见，劝朗避策。朗不能用，拒战败绩。

见朗不听，长叹一声而归。朗与白虎陈兵于山阴之野。孙策、周瑜各引军迎之，程普、黄盖各出奇兵应之，大破白虎于山阴。朗走海隅，白虎走余杭。

据《资治通鉴》卷六十二：孙策将取会稽，吴人严白虎等众各万余人，处处屯聚，诸将欲先击白虎等。策曰："白虎等群盗，非有大志，此成禽耳。"遂引兵渡浙江。会稽功曹虞翻说太守王朗曰："策善用兵，不如避之。"朗不从。发兵拒策于固陵。策数渡水战，不能克。策叔父静说策曰："朗负阻城守，难可卒拔。查渎南去此数十里，宜从彼据其内，所谓攻其无备，出其不意者也。"策从之，夜，多然火为疑兵，分军投查渎道，袭高迁屯。朗大惊，遣故丹杨太守周昕等帅兵逆战，策破昕等，斩之。朗遁去，虞翻追随营护朗，浮海至东冶，策追击，大破之，朗乃诣策降。策自领会稽太守，复命虞翻为功曹，待以交友之礼。（参见《三国志·吴书·孙静传》《虞翻传》，《三国志·魏书·王朗传》）

据《三国志·吴书·孙策传》：吴人严白虎等众各万余人，处处屯聚。吴景等欲先击破虎等，乃至会稽。策曰："虎等群盗，非有大志，此成禽耳。"遂引兵渡浙江，据会稽，屠东冶，乃攻破虎等。

按：方北辰、谭良啸主编的《三国故事真与假100例》一书中指出，严白虎根本没有南渡浙江，与王朗一起在山阴县和查渎，即今浙江省绍兴市和萧山区，与孙策对过垒。据史书，孙策打过江东，一路南下时，吴景等人提议先把西边乌程的严白虎消灭，而孙策认为眼下最重要目标，是浙江即今钱塘江以南的会稽郡，于是径直向南渡过浙江，在查渎打败太守王朗，占领会稽郡之后，再回过头来把严白虎的势力彻底消灭。

一人引兵于路接白虎，[虎]大喜。是夜于帐中饮酒，那人拔剑砍杀白虎，立诛数人，来投孙策。策见其人身长八尺，方面阔口，会稽余姚人也，姓董名袭，字元代。策大喜，命为别部司马；

据《三国志·吴书·董袭传》：董袭字元代，会稽余姚人，长八尺，武力过人。孙策入郡，袭迎于高迁亭，策见而伟之，到署门下贼曹。

东路皆平，以叔孙静守之。

据《三国志·吴书·孙静传》：表拜静为奋武校尉，欲授之重任，静恋坟墓宗族，不乐出仕，求留镇守。策从之。

策回军，令朱治为[吴]郡太守，收军回江东。

据《三国志·吴书·孙策传》：策自领会稽太守，复以吴景为丹杨太守，以孙贲为豫章太守，分豫章为庐陵郡，以贲弟辅为庐陵太守，丹杨朱治为吴郡太守。彭城张昭，广陵张纮、秦松、陈端等为谋主。

据《三国志·吴书·朱治传》：治从钱唐欲进到吴，吴郡太守许贡拒之于由拳，治与战，大破之。贡南就山贼严白虎，治遂入郡，领太守事。

[有]人来报：孙权与周泰守宣城，忽然山贼窃发，四面掩至。至时更深，泰[抱权]上马，数十骑持刀将砍（及）。[事急，]泰（跃）[弃]马（上）[下]鞍，身无寸甲，提刀杀贼，砍死无数。贼跃马径取周泰，被泰挟住枪，拖下马来，夺了枪[马]，杀条血路，救权出围。贼退了后，周泰身被十二枪，“皆是阵中伤了，金疮发作，看看至死。”

据《三国志·吴书·周泰传》：策讨六县山贼，权住宣城，使士自卫，不能千人，意尚忽略，不治围落，而山贼数千人卒至。权始得上马，而贼锋刃已交于左右，或斫中马鞍，众莫能自定。惟泰奋激，投身卫权，胆气倍人，左右由泰并能就战。贼既解散，身被十二创，良久乃苏。是日无泰，权几危殆。

策大惊。帐下董袭曰：“某曾与海寇相持，身遭数箭，得这会稽郡吏虞翻荐一医者来医，半月痊可。”策曰：“虞翻莫非虞仲翔乎？”袭曰：“然。”策先令张昭作书，就请虞翻为功曹，

据《三国志·吴书·虞翻传》：虞翻字仲翔，会稽余姚人也，太守王朗命为功曹。……翻既归，策复命为功曹，待以交友之礼，身诣翻第。

令求医者来看周泰。不一日，董袭引虞翻来宣城见孙策。策曰：“某不敢以郡吏相待先生。今日之事愿共之。”翻拜谢，引医者[见策]。[策]见其人童颜鹤发，飘飘然有神仙之表，问之，乃沛国谯[郡]人也，游艺江东，姓华名佗，字元化。

据《三国志·魏书·方技传·华佗传》：华佗字元化，沛国谯人也，一名旉。游学徐土，兼通数经。沛相陈珪举孝廉，太尉黄琬辟，皆不就。晓养性之术，时人以为年且

百岁而貌有壮容。

策礼为上宾，请视周泰疮口。华佗曰："此易事耳，一月［而］愈。"策大喜，进兵尽杀山贼，江南皆已平静。

孙策分拨将士，守把隘口。雄兵十余万，文武各效忠诚。策（思）［将父］孙坚（父在）［旧日］部下将吏皆升上二等，一面写表申朝，一面结好曹操，一面使人致书与袁术，欲取玉玺。

袁术暗有称帝之心，回书推托不还。术聚长史杨大将，

据《三国志·吴书·孙策传》：后术死，长史杨弘、大将张勋等将其众欲就策，庐江太守刘勋要击，悉虏之，收其珍宝以归。

按：长史杨大将，乃罗贯中读史粗疏而致误。《三国志·吴书·孙策传》为"长史杨弘、大将张勋"，罗氏漏看"弘"字，且断句不当，遂误。

都督张勉、纪灵、乔甤，上将雷薄、陈兰等三十余人商议。术曰："孙策借吾军马起事，今日尽得江东地面，甲兵十余万。吾欲并吞之，若何？"杨大将曰："孙策拒长江之险，兵精粮广，未可图也。"术又曰："吾恨刘备无故加兵来伐我。我欲报之。"杨大将曰："若欲擒刘备，某献一计。"其计若何？

［第三十一段］ 吕布辕门射戟

杨大将曰："今刘备屯兵小沛，虽然易取，［奈］吕布虎据徐州。前次许他粮米未与。今可先付粮米金帛，以利结其心，使按兵不动，备（历）［立］可擒耳。备擒之后，（后）［再］图（之）吕布。此二患先除一患之计。"袁术大喜，便遣司马韩胤特赍书到徐州见吕布。布得书看之，书云：

> 自董卓作乱，汉代倾危。将军立盖世之功勋，有擎天之筹策。涿郡刘备面施谄佞，心怀不仁。今早晚兴兵图之，将军切勿救援。日前所许，未及如数，先纳军粮二十万斛，铠甲三百副，黄金酒器，西蜀异锦，聊表寸心，幸恕照察！

吕布是个好利之徒，得物大喜，重待韩胤。胤回见袁术。术遣纪灵为将，雷薄、陈兰为副将，起兵十万，杀奔小沛来。

流星马来报（县中），玄德急聚关、张商议。张飞欲引兵出迎，孙乾曰："量小沛县小可之地，粮悭兵少，如何敌得袁术十万之众？火急修［书］告急（书），往徐州求吕布救援。"飞曰："这厮如何肯来？"乾曰："如其不来，弃小沛（走）［去］投曹操。"飞曰："吾非惧人者，不可走。"玄德曰："乾之言是也。"随即（令）修书，差人往徐州来见吕布。布得书展视之，书云：

> 伏自蒙将军垂念，备于小沛容身，实拜云天之庇！今袁术欲（往）报私仇，遣纪灵引兵到县，亡在旦夕，非将军莫能救之。望骤一旅之师，以解倒悬之厄，勿却幸甚！

吕布看了曰："两边皆奉书到，一边求救，一边交休救，吾无奈何。"陈宫曰："刘备乃人

杰也，今虽受困，久必纵横，为将军之大患，请休救之。”布曰：“术若破备，则北连泰山诸将，吾亦在术围中，不得不救也。”遂点兵起程。

却说纪灵军马长驱大进，已到沛县，于东南下住寨栅，日间旗帜遮蔽山川，夜间火鼓鸣动天地。玄德县中止有五千人马，亦（在）布阵结营于野。关、张便欲出战，玄德阻之。人报吕布引百余骑，于县西南下了寨栅。纪灵知吕布引军救备，急令人致书与布。书云：

灵闻丈夫之心意，（在专）［专在］一（周）［图］，（等）［可］赴鼎镬之烹。纪信就楚军之戮。前者温侯既受袁氏之礼物，今复纳刘备之佞言，非英雄之所为。若蒙早斩备首，永为唇齿之援，共图王霸之业。愿赐片言以决去就，幸甚!

布观书叹曰：“吾有一计，使袁术无恨于吾，（吾）令刘备不怨于我。”高顺曰：“愿闻奇计。”布曰：“至期观之，难以口说。”乃遣人发书，请纪灵、刘备寨中赴席。

玄德得书大喜，便欲上马，关、张曰：“兄长不可去，布必有异心。”玄德曰：“非也。吾（料）［待］温侯（未得到）［不薄］，彼安肯害我乎？”［言毕］就行，关、张跟到布寨入见。布曰：“吾今特来解汝之危。汝得志毋得相忘。”玄德顿首称谢，坐于布侧，关、张按剑立于后。人报纪灵到。玄德大惊，欲避之，布曰：“吾（昨）特请［汝］二人会议，慎勿疑虑!”玄德未知其意，心自不安。纪灵下马入来，见玄德在帐上坐，转身便走，左右请不住。布促走向前，扯住纪灵之背，如拾童稚。灵曰：“今日欲杀纪灵耶？”布曰：“非也。”灵曰：“莫非欲斩大耳儿耶？”布曰：“亦非也。”灵曰：“愿将军早赐一言，以决心中之疑。”布笑曰：“玄德布之弟也。弟被将军所困，故来救之。”灵惊曰：“若如此，必杀灵矣!”布曰：“岂有此理？布平生不好合斗，惟好解斗。”灵问曰：“何为解（灵）［斗］？”布曰：“解释两家战［斗］。［吾］有一法，从天决也。”布请入帐中，与玄德相见。两人各心未稳。布居中坐，灵在左，玄德在右，交且行酒。

酒至数巡，布曰：“你两家都看我面，俱各罢兵。”玄德无语。纪灵曰：“吾奉主公之命，提十万雄兵待捉刘备，如何罢得？”张飞掣剑在手，跃出面前，怒而言曰：“吾兵虽少，（戏）［觑］汝辈真儿（觑）［戏］耳！安得伤我哥哥？”关羽扯住曰：“且看温侯发落，那时各归营寨厮杀未迟。”布曰：“我请两家来解斗，须不令厮杀。”这边纪灵叫“不怕你!”那边张飞便要厮杀。布怒，交取戟来，提画戟在手，纪灵、玄德都皆失色。布曰：“我劝你两家不得相交（，告劝你两家）。左右，与我将戟立于辕门之前，取弓箭来。”拈弓执箭在手，顾与纪灵、玄德曰：“辕门与中军帐约有一百五十步。吾一箭射中戟小支，你两家各各罢兵；如射不中，你两家各自回寨安排厮杀。如有不遵吾言者，吾并（边）［力］杀（了）［之］。”众皆应允。玄德暗告天地，只愿射得中。布教都坐，再令斟酒，各饮一金钟。布卷起短袖，搭上箭，拽满弓，靶去鞘来，口呼箭应。那是玄德有福处，弓开如明月行天，箭去似寒星坠地，一箭正中画戟小支，帐上［帐］下，将士无不喝采。后来史官有辕门射戟诗为证：

昔日将军解困时，敢凭射戟释雄师。
辕门深处如开月，一点寒星中小支。

宋贤有诗曰：

温侯神箭世间稀，独向辕门来解围。
落日果然欺后羿，号猿真欲胜由基。
虎筋弦向弓开处，雕羽翎飞箭到时。

豹子尾摇穿画戟，雄兵十万脱征衣。

又诗曰：

吕布当年解备危，万军谁敢效公威？
早知大耳全无信，悔向辕门射戟支。

又赞玄德诗曰：

弯弓百步喜穿杨，休说当年有纪纲。
射戟万年夸吕布，谁知天祐汉中王。

吕布见射中画戟小支，弃弓于地，来执纪灵、玄德之手曰："此天不欲令汝两家征战。今日尽醉，来朝各自罢兵。"纪灵曰："将军之言，不敢不听。争奈纪灵回去，主（人）[公]不信。"布曰："吾自作书。"当日玄德暗称"惭愧！"酒又行数巡，纪灵求书先回。布与玄德曰："非吾，则贤弟危矣！"玄德拜谢，引关、张回。三处军马次日都散。

据《资治通鉴》卷六十二：术遣将纪灵等步骑三万攻刘备，备求救于布。诸将谓布曰："将军常欲杀刘备，今可假手于术。"布曰："不然。术若破备，则北连泰山诸将，吾为在术围中，不得不救也。"便率步骑千余驰往赴之。灵等闻布至，皆敛兵而止。布屯沛城西南，遣铃下请灵等，灵等亦请布，布往就之，与备共饮食。布谓灵等曰："玄德，布弟也，为诸君所困，故来救之。布性不喜合斗，喜解斗耳。"乃令军候植戟于营门，布弯弓顾曰："诸君观布射戟小支，中者当各解兵，不中可留决斗。"布即一发，正中戟支。灵等皆惊，言："将军天威也！"明日复欢会，然后各罢。（参见《后汉书·吕布传》《三国志·魏书·吕布传》）

不说玄德入小沛，吕布归徐州。只说纪灵回淮南见袁术，说吕布辕门射戟解围之事，呈上书信。袁术大怒曰："吕布受我许多礼物，反向刘备，以射戟为名，故来戏弄。吾自提淮南之兵，亲征吕布、刘备。"纪灵曰："主公不可造次。吕布世之英雄，兼有徐州之地。若布与刘备首尾相连，不易图也。灵闻吕布之妻严氏有一女。主公有一子，可令人求亲于布。布若有女在此，必杀刘备，此乃疏不间亲之计也。"术从之，即日遣韩胤为媒，赍礼物诣徐州求婚。

胤不一日到徐州见吕布，称说袁术敬慕，"[欲]与将军结姻亲，(欲)求令爱为儿妇，永（契）[结]秦、晋之欢。"布受礼物，入见其妻，言袁术求亲。严氏曰："吾闻袁公路久镇淮南，钱粮无限，早晚欲为天子。若成大事，则吾女有国母之望。只不知他有几子？"布曰："只有此子。"严氏曰："可便许之。纵不为皇后，吾徐州无忧矣。"布意遂决，请韩胤筵宴，许之亲事。胤备（听）[聘]定礼物，送入府堂。布筵席相待，留于馆驿安歇。

次日，陈宫径往驿中探听韩胤，坐间叱退左右，对胤曰："谁献此疏不间亲之计，教汝来为媒妁？意在取刘备之首否？"胤失惊，跪于地下曰："实如此，万望公台情恕！"宫扶起曰："吾亦有心杀刘备久矣，奈何温侯不从。此事若迟，必被他人破了。吾入见温侯，便令（起）送女子起程就婚，若何？"胤拜谢曰："胤感再生之德！袁公路闻之，亦感厚恩矣！"

宫乃入见吕布曰："闻主公之女已许袁公路，此正合宫之心，徐州可保永远之基业也。不知主公欲何日（到）[行]？"布曰："不晓。"宫曰："结亲者已受聘定，良辰有（朔）[例]：天子一年，诸侯半年，大夫一季，庶民一月。"布曰："袁公路天赐玉玺，早晚为天下皇帝，当为天子例。"宫曰："不可。"布曰："只今是诸侯，可用诸侯例。"宫曰："亦不可。"布曰："我（门风亦）[所职可]就卿大夫例。"宫曰："更不可。"布曰："吾今强霸徐州，未得明诏，欲教吾为庶民例也？”宫曰：“岂有此理！”布曰：“汝意若何？”宫曰：“方今天下递相征伐，将军威镇四海。今与公路结亲，诸侯嫉妒者多。倘约至吉日良时，半道伏兵，必为大患。其亲不许便休，若既容许，趁诸侯未知，便送女去。如到寿春，公路必自择日而成事也。”布喜曰：“公台之言是也。”入告严氏。严氏曰：“若非公台，几（送）[废]吾女！将军可便送之。”布乃备金帛赠韩胤谢媒，安排首饰器皿、香车宝马，令宋宪、魏续一同韩胤送女前去，鼓乐喧天，送出城外。

有沛令陈珪（有）[在]家养老，即陈元龙之父也，闻鼓乐之声，问左右，对曰：“吕奉先女嫁袁公路家。”珪问“谁为媒？”对曰：“三日之前，韩胤自寿春来，想是媒也。”珪曰：“此疏不间亲之计也，必害玄德。”遂扶病见布。布曰：“大夫何来？”珪曰：“闻将军死至，特来吊丧。”布惊曰：“何故出此言！”珪曰：“今日闻将军嫁女与袁术，此取死之道也。”布问其故，珪曰：“前者袁术以金帛送公，欲杀刘备，公射戟解[之]。术[来]求亲，其中欲公女为质，随后便来取刘备首级，（了）[又]借钱粮，又求协助，公必允之。早晚造反，公乃反贼亲属也！”布大骇曰：“陈宫误我！”急唤张辽引三千军赶三十里，取女归于后堂，大骂陈宫曰：“汝欲令我受万世之骂名也！”宫默然而退。珪曰：“且监韩胤在此，却令人虚答术云：‘女妆奁未了，办毕便自送来。’”（却）[布]将胤监住，人马都各当住。珪又说布曰：“可差愚男陈登为使，解韩胤赴许都，操必大喜也。”布曰：“容某熟思之。”数日未决。

据《资治通鉴》卷六十二：袁术畏吕布为己害，乃为子求婚，布复许之。……袁术遣使者韩胤以称帝事告吕布，因求迎妇，布遣女随之。陈珪恐徐、扬合从，为难未已，往说布曰：“曹公奉迎天子，辅赞国政，将军宜与协同策谋。共存大计。今与袁术结婚，必受不义之名，将有累卵之危矣！”布亦怨术初不已受也，女已在涂，乃追还绝昏，械送韩胤，枭首许市。（参见《三国志·魏书·吕布传》《后汉书·吕布传》）

人报“刘玄德在小沛招军买马，不知何意。”布曰：“为将之道，乃本分事也。”言论间，魏续、宋宪至，拜罢，布问曰：“我差汝二人往山东买马，买得几匹？”宋宪曰：“买得好马三百余匹，回至沛县界首，被强寇劫去一半。打听来，却是刘备弟张飞诈扮作贼，劫了马去。”布大怒，即时点起军，（杀）[来]取小沛。

据《三国志·蜀书·先主传》注引《英雄记》：建安三年春，布使人赍金欲诣河内买马，为备兵所钞。布由是遣中郎将高顺、北地太守张辽等攻备。

按：据《英雄记》，刘备劫夺吕布的买马钱，事在建安三年（198）春，《演义》移植于此，将时间提前了一年，并将劫金改成张飞夺马。

备如何？

［第三十二段］ 曹操兴兵击张绣

吕布点起军马来取玄德，玄德荒引军出。两阵完，玄德出马见布曰："兄长何故起兵？"布指而骂曰："我辕门射戟救汝大难，汝何敢夺吾马匹也！"玄德曰："备因缺马，使人自买马，安敢夺兄马匹？"布曰："汝使张飞夺了一百五十匹，尚自抵讳！"张飞挺矛出马曰："是夺［了］一百五十匹，不知是你的。"布曰："环眼贼汉累次困吾！"飞曰："我夺［你］马，你便发怒；你夺了我哥哥徐州，却便不说？"布挺戟骤马，大战张飞。两个酣战一百余合，未分胜负。玄德见布军四面渐［渐］围裹将来，恐有疏失，急急鸣金，收军入城。吕布分兵四面围定。

玄德唤张飞而责之曰："又是你夺他马，惹起事端。马却何在？"飞曰："都寄养［在］各处寺院里。"玄德使人出城打合，送还马匹。布欲从之，陈宫曰："今杀刘备，久后不为患也。不可罢兵。"遂不准，围城甚急。玄德与糜竺、孙乾商议。糜竺曰："曹操所恨者吕布也。不若弃城，走往许都投奔曹操，借军破布，此为上策。"玄德曰："谁可杀开此围？"飞曰："小弟愿死战！"玄德令张飞在前，关羽在后，自居于中保护老小；当夜三更，乘月大开西门搦战，却出北门而走。张飞正遇宋宪、魏续，拍马杀退两将，出得布寨。后面张辽赶来，关羽敌住。沛县军有万余人，只引得一半人出来。吕布见玄德去了，也不来赶，自回徐州，却令高顺守小沛。

却说玄德前奔许昌，今之（颖州）［颍川］，［到］城外下了寨，先使孙乾来见曹操，言被吕布追赶，"特来相投。"操曰："玄德吾弟也，可请入城。吾自有委用之处。"次日，玄德留关、张在城外，带糜竺、孙乾入拜曹操。操使人扶起，命坐于客席，以宾礼相待。玄德告诉吕布之事。操曰："布乃无仁无义之辈。吾与贤弟并力诛之。"玄德感谢（难）［不］尽。［操］设宴相待，至晚送出。

［操］回府，荀彧乃曰："刘备有英雄之志。今不早图，后必为患！"操不答。彧出，郭嘉入。操曰："荀彧劝我杀刘备，如何？"嘉曰："不可！主公起义兵，于百姓除暴，推诚伏贤，以招俊杰，尤惧其未至也。今刘备素有英雄之名，以穷而归，而又害之，是以（名）害贤［为名］也。如此则智士将自疑，回心择主，谁与定天下乎？除一人之患以阻四海之望，安危之机，不可不察！"操大喜曰："君谋正合我意！"次日闻奏，诏以备领豫州牧。程昱谏曰："［吾］观刘备有雄才，更又甚得民心，终不为人之下，不如早图之。"操曰："非也。方今收英雄之时，杀一人而失天下之士，（如）此郭奉孝与吾所见同也。"昱曰："主公有王霸之才，某等皆不及也！"［操］随请刘玄德入，与兵三千、粮万斛，使往豫州之任，进兵屯沛，招集原散之兵，约同灭吕布。

据《资治通鉴》卷六十二：备合兵得万余人，布恶之，自出兵攻备。备败走，归曹操，操厚遇之，以为豫州牧。或谓操曰："备有英雄之志，今不早图，后必为患。"操以问郭嘉，嘉曰："有是。然公起义兵，为百姓除暴，推诚杖信以招俊杰，犹惧其未也。今备有英雄名，以穷归己而害之，是以害贤为名也。如此，则智士将自疑，回心择主，公谁与定天下乎！夫除一人之患，以沮四海之望，安危之机也，不可不察。"操笑曰："君得之矣!”遂益其兵，给粮食，使东至沛，收散兵以图吕布。(参见《三国志·蜀书·先主传》,《三国志·魏书·郭嘉传》注引《魏书》)

据《三国志·魏书·武帝纪》：吕布袭刘备，取下邳。备来奔。程昱说公曰：“观刘备有雄才而甚得众心，终不为人下，不如早图之。”公曰：“方今收英雄时也，杀一人而失天下之心，不可。”

据《三国志·魏书·郭嘉传》注引《傅子》：刘备来降，太祖以客礼待之，使为豫州牧。嘉言于太祖曰：“备有雄才而甚得众心。张飞、关羽者，皆万人之敌也，为之死用。嘉观之，备终不为人下，其谋未可测也。古人有言：‘一日纵敌，数世之患。’宜早为之所。”是时，太祖奉天子以号令天下，方招怀英雄以明大信，未得从嘉谋。

玄德至豫州，令人约会曹操。操点(头)[兵]欲自征吕布，流星马报“张济自关中引兵劫掠州郡，城(主)[头]被箭射死。济兄之子张绣自领贼党，

据《资治通鉴》卷六十二：张济自关中引兵入荆州界，攻穰城，为流矢所中死。荆州官属皆贺，刘表曰：“济以穷来，主人无礼，至于交锋，此非牧意，牧受吊，不受贺也。”使人纳其众；众闻之喜，皆归心焉。济族子建忠将军绣代领其众，屯宛。(参见《三国志·魏书·张绣传》《刘表传》《武帝纪》《董卓传》,《后汉书·刘表传》《董卓传》)

用贾翊为谋(主)[士]，结连刘表，屯兵于宛城，商议欲犯许都夺驾。”

据《资治通鉴》卷六十二：初，帝既出长安，宣威将军贾诩上还印绶，往依段煨于华阴。诩素知名，为煨军所望，煨礼奉甚备。诩潜谋归张绣，或曰：“煨待君厚矣，君去安之?”诩曰：“煨性多疑，有忌诩意，礼虽厚，不可恃久，将为所图。去必喜，又望吾结大援于外，必厚吾妻子；绣无谋主，亦愿得诩：则家与身必俱全矣。”诩遂往，绣执子孙礼，煨果善视其家。诩说绣附于刘表，绣从之。(参见《三国志·魏书·贾诩传》)

操大怒，亦欲起兵讨之，又恐刘备被吕布所攻，必侵许都。荀彧曰：“此事极易。吕布无智之士，见利必喜。可差使命加官进赏，其心已安，又与刘备解释(和)[误]会。布必大喜，不思远图矣。”操曰：“善!”遂差奉军都尉王则赍封官诰并解和书往徐州去。

(先)[却]说曹操引十五万兵讨张绣，军马三队起行，(先)差夏侯惇一军先起。时建安二年正月半后，操军至淯水地名下住寨。贾翊劝张绣曰：“操兵势大，不可与敌。不如举众投降，可(保)[免]军民之难。”绣从之，

据《资治通鉴》卷六十二：(建安)二年春正月，曹操讨张绣，军于淯水，绣举众降。(参见《三国志·魏书·武帝纪》《张绣传》)

使贾翊直至操营见操。操问贾翊，(曰)[翊]对答如流。操喜之，欲用为谋士。翊曰：“昔从李傕，得罪于天下。今伴张绣，言听计从，未敢弃也。”操义之。[翊]次日引绣见操，操待甚厚。兵入宛城屯住，余军分屯城外，[寨栅]连路十余里(寨栅)。一住数日，绣每日大设筵宴请操。

一夜，操醉入寝所，回视左右曰：“此城中有歌妓否?”兄子曹安民常从曹操，专管衣食内事。安民知操意，乃近前曰：“小侄昨晚窥见官舍之侧有一妇人，生得十分美丽，问之，乃张济之妻也。”操闻之，便令安民带五十甲兵取之。

按：曹操纳张济之寡妻，《演义》称曹安民为之穿针引线，于史无据。

须臾取到，操视之，果美丽也。济妻(再)拜[之]。操问曰：“夫人姓甚?”妇答曰：

“妾乃张济之妻邹氏也。”操曰：“夫人识我否？”邹氏曰：“久闻丞相之名，今夕幸得瞻拜！”操曰：“吾特为汝故，准张绣之降；若不如此，则灭全家矣。”邹氏再拜曰：“实感丞相再生之恩！”操笑曰：“今日得见夫人，乃天幸也！今宵愿同枕席；随吾还都，必以夫人为宝眷。”邹氏拜谢。是夜同宿帐中。邹氏曰：“若在城中久住，绣必生疑，人知必然议论。”操曰：“吾明日共夫人移于城外寨中安歇。”恐文武官议论，乃令典韦就中军帐外安歇，提调把帐（前）亲军二百人，非奉呼唤，诸人不许直入，违者斩首。因此内外不通。操每日与邹氏取乐，不想归期。

家人密报张绣。绣大怒曰：“吾以［操］行仁义之兵。今作此态，辱吾之甚也！”

据《资治通鉴》卷六十二：（建安）二年春正月，曹操讨张绣，军于淯水，绣举众降。操纳张济之妻，绣恨之。（参见《三国志·魏书·武帝纪》）

便请贾翊商议。翊曰：“此事不可走泄，泄之则吾等皆休矣！（翊）来日待操升帐（商）议事，如此如此。”次日，操出坐［帐］，绣告曰：“某兵新降，多有逃去。乞移屯中军。”操许之。绣乃扎其中军于道地地名，分为四寨。

据《三国志·魏书·张绣传》注引《吴书》：绣降，用贾诩计，乞徙军就高道，道由太祖屯中。绣又曰：“车少而重，乞得使兵各被甲。”太祖信绣，皆听之。绣乃严兵入屯，掩太祖。太祖不备，故败。

数日之内，打听得操帐前有一典韦极勇，使两枝铁戟，重八十斤，急难近傍。绣帐前有一部曲名胡卓儿，背负五百斤，日走七百里，乃异人也，

据《三国志·魏书·张绣传》注引《傅子》：绣有所亲胡车儿，勇冠其军。太祖爱其骁健，手以金与之。绣闻而疑太祖欲因左右刺之，遂反。

按：据此条史料可知，张绣降曹后复叛，不仅因曹操强娶其婶而感到耻辱，还因为怀疑曹操预谋杀害他。

见绣不乐，问其故，绣实告之。胡卓儿曰：“临期主（人）［公］请典韦饮酒灌醉。卓儿杂在他人数内跟去，先盗其戟，此人必无用也。”绣甚喜，预先准备甲兵弓箭，告示各寨。至期令贾翊致意，请典韦到寨，重加厚待，劝酒至晚，果醉，送至寨门。胡卓儿乘黑杂在部从内，直入大寨内。

按：《演义》称胡卓儿盗戟，不见于史。

是夜，曹操正和邹氏饮酒，忽闻寨外人语马嘶。曹操使人观之，回报曰：“是张绣军巡夜。”操乃不疑。时近二更，帐前忽报“后寨发喊，粮草车上火起。”操曰：“必是军人不小心，勿得惊动。”又报四下里火起。操急唤典韦，韦已醉倒在帐中。韦梦中听金鼓喊杀之声，急跳起床来寻双戟时，已不知所在；但闻敌军已到辕门，掣得步军腰间刀，看门首时，无数马军各挺长枪，来抢寨口。典韦（夺刀）［奋力］向前，砍杀二十余人。马军方退，步军又到，两边枪如芦（韦）［苇］。典韦身无寸甲，上下前后被数十枪，（典韦）犹自大叫死战。刀砍缺不堪用，韦弃之，双手揪两（头）［颗］军首，击死者八九对。群贼无一人敢近寨门，远远以箭射之，（射之）［箭］如雨密，尚尤死据寨中门。但听得寨后左右贼军已［入］，背［后］长枪迭至，韦金疮迸裂，血流满地而死，死半晌，无一人敢从前门而入。史官有庙赞云：

守护中军帐，英雄独典韦。
闻风皆胆裂，望影总魂飞。
猿臂持双戟，彪躯挂铁衣。
淯河鏖战死，千古显神威。

又诗曰：

铁戟双提八十斤，威风凛凛镇乾坤。
如将英勇从头数，先说当年有典君。

三分时，人帐下有典君雄壮，提双戟重八十斤，

据《三国志·魏书·典韦传》：韦好持大双戟与长刀等，军中为之语曰："帐下壮士有典君，提一双戟八十斤。"

执戟立于曹公之侧，人不敢仰视，传云典韦。

典韦死后，贼军割头递相传看而尚惊骇。

据《三国志·魏书·典韦传》：太祖征荆州，至宛，张绣迎降。太祖甚悦，延绣及其将帅，置酒高会。太祖行酒，韦持大斧立后，刃径尺，太祖所至之前，韦辄举斧目之。竟酒，绣及其将帅莫敢仰视。后十余日，绣反，袭太祖营，太祖出战不利，轻骑引去。韦战于门中，贼不得入。兵遂散从他门并入。时韦校尚有十余人，皆殊死战，无不一当十。贼前后至稍多，韦以长戟左右击之，一叉入，辄十余矛摧。左右死伤者略尽。韦被数十创，短兵接战，贼前搏之。韦双挟两贼击杀之，余贼不敢前。韦复前突贼，杀数人，创重发，瞋目大骂而死。贼乃敢前，取其头，传观之，覆军就视其躯。

却说曹操得韦当住前门，乃上得大宛马走，——此马名"绝影"，日行千里；比出得后寨门，只得曹安民步随。此时直走到淯河边，操臂中箭，马带三箭。[贼]赶到河口，安民被赶上砍[死。操得]其马，冲波过河。诗云：

孟德奸雄世莫同，南阳张绣挫英雄。
喊声大振三更急，烈焰争飞满寨红。
荀彧逃亡随野走，曹公绝影恨飘篷。
骏骑跃水奔淮过，堤畔仍存旧马踪。

至今水边有绝影马迹，在舞阴地面。其马上得岸，一箭中眼而死。长子曹昂以马与父，昂被乱箭射死。人马填满河。操走脱，路逢诸将，说典韦救命。张绣分两处赶操。

据《资治通鉴》卷六十二：（建安）二年春正月，曹操讨张绣，军于淯水，绣举众降。操纳张济之妻，绣恨之；又以金与绣骁将胡车儿，绣闻而疑惧，袭击操军，杀操长子昂。操中流矢，败走，校尉典韦与绣力战，左右死伤略尽，韦被数十创。绣兵前搏之，韦双挟两人击杀之，瞋目大骂而死。操收散兵，还住舞阴。绣率骑来追，操击破之，绣走还穰，复与刘表合。……操引军还许。

据《三国志·魏书·武帝纪》：（建安）二年春正月，公到宛。张绣降，既而悔之，复反。公与战，军败，为流矢所中，长子昂、弟子安民遇害。公乃引兵还舞阴，绣将骑来钞，公击破之。绣奔穰，与刘表合。公谓诸将曰："吾降张绣等，失不便取其质，以至于此。吾知所以败。诸卿观之，自今已后不复败矣。"遂还许。

据《三国志·魏书·张绣传》：太祖南征，军淯水，绣等举众降。太祖纳济妻，绣恨之。太祖闻其不悦，密有杀绣之计。计漏，绣掩袭太祖。太祖军败，二子没。

据《三国志·魏书·武帝纪》注引《魏书》：公所乘马名绝影，为流矢所中，伤颊及足，并中公右臂。

据《三国志·魏书·武帝纪》注引《世语》：昂不能骑，进马于公，公故免，而昂遇害。

前部夏侯惇所领青州兵下乡劫掳人民；平虏校尉于禁将本部军兵于路剿杀，安抚居民。青州兵走回，路迎曹操，拜泣于地，言“于禁造反，赶杀本部军马。”操大惊。后面夏侯惇、许褚、李典、乐进都到。操言于禁造反，夏侯惇整军迎之。禁既见之，乃令军士射住阵脚，凿堑安营。手下人曰：“今丞相已到，何不急去分辩？如何先立营寨？恐军士先说，将军不便。”禁曰：“今贼追兵在后，不时便至。若不先做准备，何以待敌？分（就）[辩]小事，退贼去告未迟。”安营方毕，张绣军两路掩至。于禁身先出寨，来杀张绣追兵。操诸将见于禁向前，左右各引兵击之，绣兵大败，追杀一百余里。绣势孤力寡，引败兵投刘表去了。操不追赶，遂收兵。于禁入见，备言青州兵劫掠，大失民望，“某故杀之。”操曰：“不告吾，先下寨，何也？”禁近前告操。[操]曰：“淯水之难，吾甚狼狈。将军在乱[中]，（何）能整兵讨贼，坚垒有不可动。虽古之名将，何以加之！”赐于禁金一器，封为寿亭侯；深责夏侯惇治兵不严之过。

据《资治通鉴》卷六十二：是时，诸军大乱，平虏校尉泰山于禁独整众而还，道逢青州兵劫掠人，禁数其罪而击之。青州兵走，诣操。禁既至，先立营垒，不时谒操。或谓禁：“青州兵已诉君矣，宜促诣公辨之。”禁曰：“今贼在后，追至无时，不先为备，何以待敌！且公聪明，谮诉何缘得行！”徐凿堑安营讫，乃入谒，具陈其状。操悦，谓禁曰：“淯水之难，吾犹狼狈，将军在乱能整，讨暴坚垒，有不可动之节，虽古名将，何以加之！”于是录禁前后功，封益寿亭侯。（参见《三国志·魏书·于禁传》）

操下令班师回许都。操与诸将曰：“吾折长子、爱侄无痛泪，而号哭典韦也。”众叹曰：“主公爱士过如亲子！”

据《三国志·魏书·典韦传》：太祖退住舞阴，闻韦死，为流涕，募间取其丧，亲自临哭之，遣归葬襄邑，拜子满为郎中。车驾每过，常祠以中牢。太祖思韦，拜满为司马，引自近。

还许都，各各赏赐也。

却说王则赍诏到徐州，布迎接入。封为平东将军，特赐印绶，布大喜。则又将出曹操私书。书中言：“国中无好白银，姑取家藏好金以铸印；国家无好紫绶，自取所带者以表寸心。望将军与刘备和同，共灭袁术，以表衷诚！书不尽言，惟将军照察！”布见王则说曹操相敬之意，好生重待。

据《三国志·魏书·吕布传》注引《英雄记》：初，天子在河东，有手笔版书召布来迎。布军无畜积，不能自致，遣使上书。朝廷以布为平东将军，封平陶侯。使人于山阳界亡失文字，太祖又手书厚加慰劳布，说起迎天子，当平定天下意，并诏书购捕公孙瓒、袁术、韩暹、杨奉等。布大喜，复遣使上书于天子曰：“臣本当迎大驾，知曹操忠孝，奉迎都许。臣前与操交兵，今操保傅陛下，臣为外将，欲以兵自随，恐有嫌疑，是以待罪徐州，进退未敢自宁。”答太祖曰：“布获罪之人，分为诛首，手命慰劳，厚见褒奖。重见购捕袁术等诏书，布当以命为效。”太祖更遣奉车都尉王则为使者，赍诏书，又封平东将军印绶来拜布。太祖又手书与布曰：“山阳屯送将军所失大封，国家无好金，孤自取家好金更相为作印，国家无紫绶，自取所带紫绶以籍心。将军所使不良，袁术称天子，将军止之，而使不通章。朝廷信将军，使复重上，以相明忠诚。”布乃遣登奉章谢恩，并以一好绶答太祖。

忽报袁术又遣使命至。布笑而问之，[使]言：“袁王早晚即皇帝位、立东宫太子，催取皇妃早赴淮南。”布大怒曰：“反贼焉敢如此！”尽杀来使，将韩胤山枷钉了，便差陈登赍谢表、解韩胤，同王则赴许都来见曹操。操知吕布绝婚奉命，[览]所进表曰：

臣布自诛董卓，又罹丧乱，寄迹山东。本欲邀迎大驾，知曹操忠，奉幸许都。臣前者与操交兵，今操保转陛下。臣为外将，若以兵随，恐有嫌疑，是以待罪徐州，进退未敢自（宁）[专]。近承天宠，曲颁恩命，愧感交集！倘有征讨，愿效努力，万死不辞！臣不胜感激称谢之至！

布答操书十分严谨。操看了大喜，斩胤于市曹。

据《资治通鉴》卷六十二：袁术遣使者韩胤以称帝事告吕布，因求迎妇，布遣女随之。陈珪恐徐、扬合从，为难未已，往说布曰：“曹公奉迎天子，辅赞国政，将军宜与协同策谋，共存大计。今与袁术结婚，必受不义之名，将有累卵之危矣！”布亦怨术初不己受也，女已在涂，乃追还绝昏，械送韩胤，枭首许市。陈珪欲使子登诣曹操，布固不肯。会诏以布为左将军，操复遗布手书，深加慰纳。布大喜，即遣登奉章谢恩，并答操书。（参见《三国志·魏书·吕布传》《后汉书·吕布传》）

陈登密见曹操而进言曰：“吕布虎豹也，勇而无谋，轻于去就，宜早图之。”操曰：“吾（亲）[素]知吕布狼子野心，诚难久养。非汝父子，莫能究其情也。汝当与吾谋之。”登应诺。操赐陈珪粮米二千石，登为广陵太守。登拜辞，操执登手曰：“东方之事，便以相托。”令登暗领士众以为内应。

据《资治通鉴》卷六十二：登见操，因陈布勇而无谋，轻于去就，宜早图之。操曰：“布狼子野心，诚难久养，非卿莫究其情伪。”即增珪秩中二千石，拜登广陵太守。临别，操执登手曰：“东方之事，便以相付。”令阴合部众以为内应。（参见《三国志·魏书·吕布传》《后汉书·吕布传》）

据《三国志·魏书·吕布传附陈登传》注引《先贤行状》：登忠亮高爽，沉深有大略，少有扶世济民之志。……奉使到许，太祖以登为广陵太守，令阴合众以图吕布。

登回徐州见布。布问之，登言：“父增禄，某为郡守。”布大怒，拔剑而言曰：“不与吾求徐州牧！汝父教我协[同]曹操，绝婚公路。[吾]所求终无一获，汝父子俱各贵显。吾被汝父子所卖耳！”欲斩之。登大笑曰：“将军何其不明也！”布曰：“吾何不明？”登曰：“吾见曹公时，把将军（说）譬喻如养虎。虎当饱其肉，不饱则将噬人矣。曹公笑曰：‘吾待温侯譬如养鹰耳。天下狐兔未息，不[可]先饱；饱则飞去。’某问‘谁为狐兔？’公言江南孙策、冀州袁绍、寿春袁术、荆襄刘表、益州刘璋、汉中张鲁。”布掷剑叹曰：“曹公知我！”

据《资治通鉴》卷六十二：始，布因登求徐州牧不得，登还，布怒，拔戟斫几曰：“卿父劝吾协同曹操，绝婚公路；今吾所求无获，而卿父子并显重，但为卿所卖耳！”登不为动容，徐对之曰：“登见曹公言：‘养将军譬如养虎，当饱其肉，不饱则将噬人。’公曰：‘不如卿言。譬如养鹰，饥即为用，饱则飏去。’其言如此。”布意乃解。（参见《三国志·魏书·吕布传》《后汉书·吕布传》）

人报袁术军取徐州，吕布闻言大惊。毕竟如何迎敌？

［第三十三段］ 袁术七路下徐州

袁术在淮南地广人多，刻取于民，致仓盈满，又有孙策玉玺，遂议称帝，宫室、车辇、冠冕以办，大会群下。术曰："吾闻昔日汉高祖乃泗上亭长耳，创四百年大汉基业。今气数已尽，刘氏微弱，海内鼎沸。吾家四世三公，（辅）百姓所归，应天顺人，以登九五。尔诸公卿各宜效忠贞之力。"人莫敢对。主簿严象出曰："不可。昔日周氏后稷至于文王，积德累功，三分天下有其二，以服事殷。明公虽然奕世克昌，未若有周之盛。汉室虽微，未若殷纣之暴也。此事决不可行！"术曰："吾袁姓出陈，陈乃大舜之后，以土承火，得应运之次。又闻图谶云：'代汉当涂高也。'吾有天赐玉玺，若不为君，背天道也。吾意已决，臣下多言者腰斩！"

据《资治通鉴》卷六十二：袁术以谶言"代汉者当涂高"，自云名字应之。又以袁氏出陈，为舜后，以黄代赤，德运之次，遂有僭逆之谋。闻孙坚得传国玺，拘坚妻而夺之。及闻天子败于曹阳，乃会群下议称尊号；众莫敢对。主簿阎象进曰："昔周自后稷至于文王，积德累功，参分天下有其二，犹服事殷。明公虽弈世克昌，未若有周之盛；汉室虽微，未若殷纣之暴也！"术默然。（参见《后汉书·袁术传》，《三国志·魏书·袁术传》及注引《典略》）

遂建号仲氏，立省台等官，乘龙凤辇，祀南郊，立冯方女为后，后宫美丽数百，（以）［衣］服金绣锦绮，器用并是金玉，饮食选奇珍美味，自以为帝业矣；立子为东宫，

据《资治通鉴》卷六十二：袁术称帝于寿春，自称仲家，以九江太守为淮南尹，置公卿百官，郊祀天地。（参见《后汉书·袁术传》，《三国志·魏书·袁术传》及注引《典略》）

差使命催取布之女为儿妇。却闻已将韩胤解赴与操，斩于许市，布已受征东将军职。术大怒，遂拜张勋为将，统领大军二十万，分七路往徐州：第一路大将军张勋居中，第二路上将乔蕤居左，第三路上将陈纪居右，第四路副将雷薄居左，第五路副将陈兰居右，第六路降将韩暹、第七路降将杨奉各归左右，分拨各部下健将，克日起行。欲命兖州刺史金尚为太尉，监运七路钱粮，尚不从。术杀之，

据《资治通鉴》卷六十二：术欲以故兖州刺史金尚为太尉，尚不许而逃去，术杀之。

以纪灵为七路都救应使。袁术自引李丰、梁刚、乐（统）［就］三万军马［为］催（后）［进］使，接应七路军马。

吕布使人探听，回报"张勋一军从大路径取徐州，乔蕤一军取小沛，陈纪一军取沂都，雷薄一军取琅琊，陈兰一军取碣石，韩暹一军取下邳，杨奉一军取浚山：七路军马日行五十里，于路劫掠将来。"吕布荒急召陈珪父子商议，曰："今日袁术七路军到，当复如何？"陈宫曰："徐州之祸乃陈珪父子所招，巧言令色以媚朝廷，营求爵禄，今日移祸于将军也。可斩二人之头以献袁王，其军自退。"布大怒，喝令簇下陈珪父子。［陈登］大笑曰："何如此之（孺）［懦］也！吾观七路之军如七堆腐草，何足介意？"布问曰：

“汝有何计破（了）[之]？免汝死罪。”陈珪曰：“七路兵首将是谁？共领几多兵？”布一一说了。珪曰：“将军共有兵多少？”布曰：“不过五六万人。”珪曰：“虽众寡不等，我以逸待劳，四面分兵应之，无不胜也。”布曰：“汝等罪不容诛，以言宽我，将欲逃遁乎？”珪曰：“父子家（贱）[属]皆在将军掌中，待走上天去？倘将军肯用老夫之言，徐州可保无事。”布曰：“公（诚）[试]言之，明以教我。”珪曰：“袁术今将韩暹、杨奉以为羽翼，此其所以取祸。彼皆卒合之师，谋无素定，不相继待。以正兵守之，出奇兵战之，无不成功矣。”陈登曰：“非止保安徐州，袁术亦可擒也。”布问曰：“如何可擒？”登曰：“暹、奉之依袁术，此如连鸡，势不并（拽）[栖]，立可擒之。袁术用人正如积薪，不用故旧。今用韩暹、杨奉为左右两翼。此二人旧乃汉臣，因惧曹操而走，无家可居，暂依袁术，术必轻之。若凭尺书结连暹、奉，使为内应，致书刘备，使为外应，必擒袁术矣！”布曰：“汝必亲到杨奉、韩暹处下书。”登便请行。

布发人上表许都，致书豫州，然后令陈登引数骑，先于下邳道上来接韩暹。暹兵引登入寨来见暹。暹问曰：“汝是徐州吕布之人，（保驾）来此何干？”登笑曰：“某乃大汉公卿，何得为吕布之人也？久闻将军关中保驾有盖世之功，身无罪恶，乃为有德清白之士。今却依袁术，此比之舍明珠而就泥丸，弃良玉而抱顽石，不忠不义之名骂于万代。某为将军耻之，岂因一时之（默）[忿]而失千古之明乎？且袁术多疑，久必有害于将军也。”暹愕然曰：“吾欲归汉，恨无门路耳！”登将出吕布书云：

> 布闻二将军同扶大驾，立万世之功，偶因一时之间言，以致失身于关外。若能革故鼎新，去邪从正，同诛逆党，共佐皇朝，以图功名，书于竹帛。专俟回音，切希照察！

韩暹曰：“吾已知之。元龙先回。吾与杨奉两路纵兵击之。但看火起为号，温侯以兵应之。”

登辞暹，回见吕布，报暹等已准内应。布即便分兵五路：高顺引一军进小沛敌乔甤，陈宫引一军进沂都敌陈纪，张辽、臧霸引一军出琅琊敌雷薄，宋宪、魏续引一军出碣石敌陈兰，吕布一军出大道敌张勋，各与兵一万，余者守城。

（先）[却]说吕布出城三十里下住寨。张勋军马早来到，[吕布]出阵。张勋[料]非吕布对手，退三十里，等四下兵应。是夜，望见山上一齐号火起，勋兵自乱。暹、奉分兵到处放火，接应各军入寨。吕布乘势一击，张勋败走。吕布赶到天明，正撞着纪灵救应兵到。两军相迎，却欲交锋，暹、奉两军杀出，纪灵大败奔溃，吕布引军追杀。山背后一彪军出，门旗两路分开，一队马出，打龙凤日月旗[幡]，四斗五方旌旆，金瓜银（钺）[斧]，黄（越）[钺]白旄；黄罗销金凉伞盖下，袁术浑身金甲，腕悬两刀，立马阵前，骂吕布“杀父逆贼，背主家奴！”布大怒，挺戟向前，来杀袁术。副将李丰挺枪纵马出迎，战不三合，[被布戟]伤其手，弃枪而走。梁刚、乐就双出，来战吕布。袁术引中队出，后军走，三军大乱。吕布抢夺衣甲马匹无数。袁术败军走不及数十里，山后一彪军出，截住去路。袁术性命如何？

［第三十四段］　曹操会兵击袁术

当先一员大将横刀出马，蒲州解良人也，姓关名羽，字云长，［领］五百校刀手，大叫“反贼休走！”术落荒而逃。云长赶来，纪灵引军（至）敌住，余众四散奔溃。袁术收拾败军，再回淮南去了。

据《资治通鉴》卷六十二：袁术遣其大将张勋、桥蕤等与韩暹、杨奉连势，步骑数万趣下邳，七道攻布。布时有兵三千，马四百匹，惧其不敌，谓陈珪曰：“今致术军，卿之由也，为之奈何？”珪曰：“暹、奉与术，卒合之师耳，谋无素定，不能相维，子登策之，比于连鸡，势不俱栖，立可离也。”布用珪策，与暹、奉书曰：“二将军亲拔大驾，而布手杀董卓，俱立功名，今奈何与袁术同为贼乎！不如相与并力破术，为国除害。”且许悉以术军资与之。暹、奉大喜，即回计从布。布进军，去勋营百步，暹、奉兵同时叫呼，并到勋营，勋等散走，布兵追击，斩其将十人首，所杀伤堕水死者殆尽。布因与暹、奉合军向寿春，水陆并进，到钟离，所过虏掠，还渡淮北，留书辱术。术自将步骑五千扬兵淮上，布骑皆于水北大咍笑之而还。（参见《三国志·魏书·吕布传》及注引《九州春秋》、注引《英雄记》，《三国志·魏书·武帝纪》，《后汉书·袁术传》）

据《后汉书·吕布传》：袁术怒布杀韩胤，遣其大将张勋、桥蕤等与韩暹、杨奉连势，步骑数万，七道攻布。布时兵有三千，马四百匹，惧其不敌，谓陈珪曰：“今致术军，卿之由也，为之奈何？”珪曰：“暹、奉与术，卒合之师耳。谋无素定，不能相维。子登策之，比于连鸡，势不俱栖，立可离也。”布用珪策，与暹、奉书曰：“二将军亲拔大驾，而布手杀董卓，俱立功名，当垂竹帛。今袁术造逆，宜共诛讨，奈何与贼还来伐布？可因今者同力破术，为国除害，建功天下，此时不可失也。”又许破术兵，悉以军资与之。暹、奉大喜，遂共击勋等于下邳，大破之，生禽桥蕤，余众溃走，其所杀伤、堕水死者殆尽。

据《资治通鉴考异》：《范书·吕布传》云“布破张勋于下邳，生禽桥蕤。”……然《魏志·吕布传》无桥蕤事，当是《范书》误。

吕布得胜，邀暹、奉一行人马都回徐州，各叙礼罢，大排筵宴，管待众将。布保韩暹为沂都牧，保杨奉为琅琊牧。席散，各谢而归。云长辞去。

次日，布与陈珪商议，欲留一军在徐州。珪曰：“不可！使韩、杨二人据山东，不出一年，则山东城郭皆属将军也。”布曰：“然！”次日重劳三军，送二将权为两处屯驻，以候恩命。登问父曰：“为何不留韩、杨二人在徐州，为杀吕布之根也？”珪曰：“不然。倘韩、杨二人协吕布，是与吕［布］添牙爪也。”登伏父高见。

却说袁术军马折其大半，回到淮南，遣人往江东，问策借兵报仇。使到江东，说袁术（王）借兵之事。策怒曰：“汝僭称帝号，背反汉朝，赖吾玉玺，非义人也！吾欲加兵问罪，岂肯（问）［妄］助逆党乎？”作书以绝之。

据《三国志·吴书·孙策传》：时袁术僭号，策以书责而绝之。

其书曰：

策闻：上天垂司过之星，圣王建敢谏之鼓，（鼓）［设］非谬之备，急箴规之言，何哉？凡有所长，必有所短。去（东）［冬］传有大（小）［计］，无不悚惧；旋知供备贡献，万夫解惑。顷闻建议，复欲追遵前图，即事之期，便有建月，益使怃然，想是流谤。设其必尔，民何望乎？曩日之举义兵也，天下之士所以向应，董卓擅废立，害太后、弘农王，淫烝宫人，发掘陵寝，（累）［暴］逆至此，故诸州群邑闻声慕义，咸奉天讨，卓遂诛灭。元恶既毙，幼主东顾，俾［保］傅宣［命］，欲命诸将振旅，（于）［然］河北通谋黑山，曹操放毒东徐，刘表称（孤）［乱］南荆，公孙瓒炰烋北燕，刘繇决力江、（许）［浒］，刘备争盟淮南，是以未获承命，櫜弓戢戈也。今备、繇既破，曹等饥望，一也。昔成汤伐桀，称（为）［有］夏多罪；武王伐纣，曰商有罪罚重哉。二王者虽有圣德，宜当（归）［君］世；如使不遭其时，亦无由兴矣。幼主非有恶于天下，徒（有）［以］春秋尚少，胁于强臣。若无过而夺之，俱未合于汤、武之事，二也。（学取）［卓虽］狡猾，废主自为，亦犹未也；而天下闻桀暴，攘臂同心而疾之，以中土希战之兵，当边地劲悍之虏，所以斯须游魂。（必）今四方之人皆玩敌而便战斗矣，可得而胜者，以彼乱而我治，彼逆而我顺也。见当世之纷然，若欲大举以临之，适足趋祸，三也。天下神器，不可虚（也）［干］，必须天赞与人力也。殷汤有白鸠之祥，周武有赤乌之瑞，汉高祖有星聚之符，世祖有神光之征，皆因民困瘴于桀、纣之［政］，毒苦［于］秦、（莽）［莽］之（徒）［役］，故能芟去无道，致成其志。今天下非患于幼主，未见授命之应验，而欲一旦卒然登即尊号，未（知）［之］或有，四也。天子之贵，四海之富，谁不欲焉？义不可，势不得耳。陈胜、项籍、王莽、公孙述之徒皆南面称孤，莫之能济。帝王之位，不可横冀，五也。幼主岐嶷，若除其弊，必成中兴之业。夫致主于成周之盛，自受旦、奭之美，此诚所望于尊明也。纵使幼主有他（故冀）［改异］，犹望推其宗室之亲属，论其近戚之贤良，以绍刘统，以固汉室，皆以书功金石、图形丹青，流庆无穷，垂声管弦。舍而不为之易而为之难者，想智者之所不取之，六也。五世为相，权之重，势之盛，天下者莫得而比焉，［当］奉祖考之志以报汉恩。忽履道［之］节而强（道）［进］取之欲者，将曰："天下之人，非家吏则门生也，孰不从我？四方之敌，非役吾则吾役也，谁能役我？盍乘累世之势，起而取之哉？"二者殊数，不可不详察，七也。所贵为圣哲者，以其合于机变，慎于举措。若难图之事，难保之势，以（较）［激］群敌之力，以生众人之心，公义故不可，私议又不利，明哲不处，八也。世人多惑于图谶而（掌其）［牵非］类，（皆）［比］合文字以悦所事，苟以（犯）［阿］上惑众，终有后悔（忠）者，自往迄今，未尝无（知）［之］，不可不深详（择）而三思，九也。九者，尊（命）［明］所见之余耳，瞽言庶备于（乎）［予］，惟所遗志。忠言逆耳，幸留神听！

据《三国志·吴书·孙策传》注引《吴录》：策使张纮为书曰："盖上天垂司过之星，圣王建敢谏之鼓，设非谬之备，急箴阙之言，何哉？凡有所长，必有所短也。去冬传有大计，无不悚惧；旋知供备贡献，万夫解惑。顷闻建议，复欲追遵前图，即事之期，便有定月。益使怃然，想是流妄；设其必尔，民何望乎？曩日之举义兵也，天下之士所以响应者，董卓擅废置，害太后、弘农王，略烝宫人，发掘园陵，暴逆至此，故诸州郡雄豪闻声慕义。神武外振，卓遂内歼。元恶既毙，幼主东顾，俾保傅宣命，欲令诸军振旅，然河北通谋黑山，曹操放毒东徐，刘表称乱南荆，公孙瓒炰烋北幽，刘繇决力江浒，刘备争盟淮隅，是以未获承命橐弓戢戈也。今备、繇既破，操等饥馁，谓当与天下合谋，以诛丑类。舍而不图，有自取之志，非海内所望，一也。昔成汤伐桀，称有夏多罪；武王伐纣，曰殷有罪罚重哉。此二王者，虽有圣德，宜当君世；如使不遭其时，亦无繇兴矣。幼主非有恶于天下，徒以春秋尚少，胁于强臣，若无过而夺之，惧未合于汤、武之事，二也。卓虽狂狡，至废主自与，亦犹未也，而天下闻其桀虐，攘臂同心而疾之，以中土希战之兵，当边地劲悍之虏，所以斯须游魂也。今四方之人，皆玩敌而便战斗矣，可得而胜者，以彼乱而我治，彼逆而我顺也。见当世之纷若，欲大举以临之，适足趣祸，三也。天下神器，不可虚干，必须天赞与人力也。殷汤有白鸠之祥，周武有赤乌之瑞，汉高有星聚之符，世祖有神光之征，皆因民困悴于桀、纣之政，毒苦于秦、莽之役，故能芟去无道，致成其志。今天下非患于幼主，未见受命之应验，而欲一旦卒然登即尊号，未之或有，四也。天子之贵，四海之富，谁不欲焉？义不可，势不得耳。陈胜、项籍、王莽、公孙述之徒，皆南面称孤，莫之能济。帝王之位，不可横冀，五也。幼主岐嶷，若除其逼，去其鲠，必成中兴之业。夫致主于周成之盛，自受旦、奭之美，此诚所望于尊明也。纵使幼主有他改异，犹望推宗室之谱属，论近亲之贤良，以绍刘统，以固汉宗。皆所以书功金石，图形丹青，流庆无穷，垂声管弦。舍而不为，为其难者，想明明之素，必所不忍，六也。五世为相，权之重，势之盛，天下莫得而比焉。忠贞者必曰宜夙夜思惟，所以扶国家之踬顿，念社稷之危殆，以奉祖考之志，以报汉室之恩。其忽履道之节而强进取之欲者，将曰天下之人非家吏则门生也，孰不从我？四方之敌非吾匹则吾役也，谁能违我？盍乘累世之势，起而取之哉？二者殊数，不可不详察，七也。所贵于圣哲者，以其审于机宜，慎于举措。若难图之事，难保之势，以激群敌之气，以生众人之心，公义故不可，私计又不利，明哲不处，八也。世人多惑于图纬而牵非类，比合文字以悦所事，苟以阿上惑众，终有后悔者，自往迄今，未尝无之，不可不深择而熟思，九也。九者，尊明所见之余耳，庶备起予，补所遗忘。忠言逆耳，幸留神听！”

据《资治通鉴》卷六十二：袁术以谶言“代汉者当涂高”，自云名字应之。又以袁氏出陈，为舜后，以黄代赤，德运之次，遂有僭逆之谋。闻孙坚得传国玺，拘坚妻而夺之。乃闻天子败于曹阳，乃会群下议称尊号。……孙策闻之，与术书曰：“成汤讨桀称‘有夏多罪’，武王伐纣曰‘殷有重罚’，此二主者，虽有圣德，假使时无失道之过，无由逼而取也。今主上非有恶于天下，徒以幼小，胁于强臣，异于汤、武之时也。且董卓贪淫骄陵，志无纪极，至于废主自兴，亦犹未也，而天下同心疾之，况效尤而甚焉者乎！又闻幼主明智聪敏，有夙成之德，天下虽未被其恩，咸归心焉。使君五世相承，为汉宰辅，荣宠之盛，莫与为比，宜效忠守节，以报王室，则旦、奭之美，率土所望也。时人多惑图纬之言，妄牵非类之文，苟以悦主为美，不顾成败之计，古今所慎，可不孰虑！忠言逆耳，驳议致憎，苟有益于尊明，无所敢辞！”术始自以为有淮南之众，料策必与己合，及得其书，愁沮发疾。既不纳其言，策遂与之绝。

使命赍书回见袁术。术看毕怒曰：“黄口孺子敢以文字诫吾！吾先伐之，以取江东。”长史杨大将谏住。

却说曹操在许都思慕典韦，（与）［兴］立祠堂，四时祭之（中牢）；封其子为中郎，收养在府，其名典满。忽报孙策使至，贡献礼物尤多。操观书意，遂欲南征。人探得袁术乏粮，劫掠陈地。操遂点军出师。此时操自专大权行事，然后奏之，无有不从。操令曹仁守许都，余皆随操出征，兵起三十万，粮草辎车一千余辆。时建安二年秋九月。

操行军之次，先发人会合孙策并吕布、刘备之兵。比及到豫州界分，刘备引兵来迎，入见曹操，献首级两颗。操惊问曰："此何人之首也？"玄德对曰："此韩暹、杨奉之头也。"操问"何以得之？"玄（备）[德]曰："吕布旧令二人权琅琊、沂都两县，近纵军士劫掠徐州地面人民，无所不为。因此备设计作一宴，诈请赴席议（定）[事]。比及入坐，先牵过马，掷杯为号，小弟关羽、张飞各杀一人，尽收其兵士于部下。今特献明公请罪。"

据《三国志·魏书·董卓传》：太祖乃迎天子都许。暹、奉不能奉王法，各出奔，寇徐、扬间，为刘备所杀。（参见《三国志·蜀书·先主传》）

据《资治通鉴》卷六十二：韩暹、杨奉在下邳，寇掠徐、扬间，军饥饿，辞吕布，欲诣荆州；布不听。奉知刘备与布有宿憾，私与备相闻，欲共击布；备阳许之。奉引军诣沛，备请奉入城，饮食未半，于座上缚奉，斩之。暹失奉，孤特，与十余骑归并州，为杼秋令张宣所杀。（参见《三国志·魏书·董卓传》注引《英雄记》，《后汉书·董卓传》）

按：《演义》称刘备杀死了杨奉、韩暹二人，据《三国志·魏书·董卓传》注引《英雄记》，韩暹非刘备所杀。

操曰："与国家除大害，堪为上功，何为请罪？"遂赏玄德。合兵到徐州界，吕布出迎。操用美言抚慰，令为左将军之职，还许都之时即换印绶，布大喜。操即分兵，吕布一军在左，玄德一军在右，操自居中，夏侯惇、（于谆、）于禁为先锋。

（使）[时]袁术知操军到，遣大将乔甤引兵五万为先锋迎之，会于寿春界口。乔甤当先出马，与夏侯惇交锋。战不数合，乔甤战死，术军大败回城。四下里来报："孙策（又）发船于江边，来攻西面；吕布部领徐州兵将来攻东面；刘备引关、张二将攻南面；曹操雄兵三十万进攻北面。"袁术心荒，聚文武商议。诸将曰："目今寿春水旱，田禾[不熟]。军皆缺食，必扰于民，民皆生怨，四下骤至，难以迎敌。不如留下军士于寿春休战，彼兵粮尽必变。陛下统御林军渡淮，一者就熟，二者且避其锐。"术用其言，留李丰、陈纪、梁刚、乐就四人，各封上将之职，分十万兵坐守寿春。术尽数收拾库藏金玉宝贝，装载上车，（大小）二十万余人连络不绝，过淮躲避。

（具）[且]说曹操兵三十万，（用）[日费]粮食浩大，况诸郡旱荒，人皆相食，屋宇尽皆拆毁，军人无（不）[得]掳掠。操催军速战，李丰等闭门不出。操军相拒月余，粮尽，致书问孙策借粮，策应付十万斛。吕布、玄德自使人运粮食，不敷支散。操管粮官任（俊）[峻]部下仓官王垕跟随出征，赍数目入禀曹操："兵多粮少，当如之何？"操曰："何不以小斛散之？权且救一时之急。"垕曰："倘军怨恨，若何？"操曰："吾自有方策。"命垕以小斛支散，却暗令人寨中看之。各寨无一人不怨，皆曰："丞相太欺众也！"说者纷然，皆有变心。操闻之大怒，召首将问之，皆言粮不如数。操密召王垕入曰："吾欲问汝暂借一物，以压众口。汝妻小吾自养之，汝勿忧虑。"垕曰："丞相欲借何物？"操曰："欲借汝头以示众尔。"垕（笑）曰："某实无罪！"操曰："吾亦知你无罪。汝若不死，三十万兵[心]皆（必）变矣。"垕再欲言，操呼群刀斧手推出辕门，一刀斩之，悬头竿上，出榜晓谕曰："故行小斛，窃盗官粮，谨按军法！"因此瞒过三十万兵，一齐无怨。史官云：虽然妄杀一人，却免三十万人失散，此曹公能用诈谋也。

据《三国志·魏书·武帝纪》注引《曹瞒传》：常讨贼，廪谷不足，私谓主者曰："如何？"主者曰："可以小斛以足之。"太祖曰："善。"后军中言太祖欺众，太祖谓主者曰：

"特当借君死以厌众，不然事不解。"乃斩之，取首题徇曰："行小斛，盗官谷，斩之军门。"其酷虐变诈，皆此类也。

操知粮尽，令各处军："如三日不并力得城者，皆斩之!"至三日，操自至城下看时，诸将搬土运石，填壕塞堑而过。忽见两个末将到城边，见城上矢石如雨，两个荒速走回，操掣剑亲自斩于城下。操见军士负土而来，自下马接土填坑。大小将士无不向前，军威大振。城上看了，并皆失色。是夜，［争］先上城者无数。操自赍赏赐钱分俵，城池已破，纵军入城剽掠。李丰、陈纪、梁刚、乐就皆被生擒解至。操令皆斩于市；焚烧伪造宫室，至一应犯禁之物。寿春城中收敛一空。

据《三国志·魏书·武帝纪》:（建安二年）秋九月，术侵陈，公东征之。术闻公自来，弃军走，留其将桥蕤、李丰、梁纲、乐就；公到，击破蕤等，皆斩之。术走渡淮。公还许。

据《资治通鉴》卷六十二:（建安二年）秋九月，司空曹操东征袁术。术闻操来，弃军走，留其将桥蕤等于蕲阳以拒操；操击破蕤等，皆斩之。术走渡淮，时天旱岁荒，士民冻馁，术由是遂衰。

据《资治通鉴考异》:《范书·吕布传》云"布破张勋于下邳，生禽桥蕤。"此又一桥蕤，然蕤被获又还也？然《魏志·吕布传》无桥蕤事，当是《范书》误。

据《后汉书·袁术传》：术又率兵击陈国，诱杀其王宠及相骆俊，曹操乃自征之。术闻大骇，即走度淮，留张勋、桥蕤于蕲阳，以拒操。操击破斩蕤，而勋退走。

操欲进兵渡淮，赶杀袁术。荀彧谏曰："此间连接十数郡，旱荒不收。若更进兵，劳军损民，尚未见胜，欲退急难。不若暂回许都，待［来］春麦熟，军粮足备，方可图也。"操狐疑未决，忽有报马到，说"张绣作耗，［依］托刘表［为］唇齿，南阳、章俊诸县复反。曹洪拒敌不住，连折数阵，今反被张绣杀来，恐许都有失，请丞相回。"操持书与孙策，令跨江布兵以为疑兵，令表不敢妄动，"吾自复征张绣，以绝其根。"即日兵行。操命吕布、刘备结为昆仲，使相救助，再不相侵。操令玄德仍旧屯兵沛城，招暹、奉败卒。布先行，操密与玄德曰："吾令汝屯兵沛城，［是］掘阱待虎也。汝但与陈珪共议，勿令有失。吾望汝音，却来接应。"语毕而退。

却说操自引大军回许都，安抚已定，人报"段煨杀李傕，伍习杀郭汜，俱解首级将来。"煨将李傕三族老小二百余口并活解入许都。操令分派各门处斩，傕、汜之首相传号令。（令）人皆欢欣，（与温侯）知贼已灭。操请天子升殿，会集文武，作太平筵宴，封段煨为荡寇将军，伍习为殄虏将军，各引军兵镇守长安。二人谢恩而去。

据《资治通鉴》卷六十二、《后汉书·董卓传》:（建安二年冬十一月，）郭汜为其将伍习所杀。……（建安三年）夏四月，使谒者仆射裴茂诏关中诸将段煨等讨李傕，夷其三族。以煨为安南将军，封阌乡侯。（参见《三国志·魏书·董卓传》,《后汉书·董卓传》《献帝纪》）

操奏张绣侵掠州郡，"兴兵攻之。"天子亲排銮驾，送操出师。时建安三年夏四月，大兵进发，

据《三国志·魏书·武帝纪》:（建安三年）三月，公围张绣于穰。

据《三国志·魏书·荀攸传》：建安三年，从征张绣。攸言于太祖曰："绣与刘表相恃为强，然绣以游军仰食于表，表不能供也，势必离。不如缓军以待之，可诱而致也；

若急之，其势必相救。”太祖不从，遂进军之穰，与战。绣急，表果救之。军不利。太祖谓攸曰：“不用君言至是。”（参见《资治通鉴》卷六十二）

留荀彧在许都调遣。

兵行之次，曹操见于路麦已苍黄，民欲为食，闻兵至，皆逃窜入山。操下寨，会集诸将，使人远近遍叫村中父老及各处守境官吏听号令。操曰：“吾奉天子明诏，招降讨逆，与民除害。方今蚕麦熟时，不得已而起兵。此去大小将校凡遇麦田，但有踏践倒者斩首；擅自抢掳人家财物者诛戮！王法无亲，并宜遵守。”先使人于路告报，仰居民勿得惊疑，不许流移妄动。因此百姓于路无不望尘遮道而拜，称颂盛德。凡军官经过麦田，尽皆下马，以手扶麦，递相转送以过，只怕麦倒在路上。

曹操正行之次，于麦中惊起一鸠。马眼叉，跑入麦田，践倒亩余。操随即便下寨，唤行军主簿议事。主簿曰：“丞相之令谁敢不从？”操曰：“吾自制令而自犯之，何以服众？”手掣所佩剑自刎，众急救之。郭嘉曰：“古之《春秋》之义，罚不加于尊。丞相总统大军，岂可自（践）[残]害乎？”操曰：“既《春秋》有‘罚不加尊’议，吾暂纪过。”乃以剑割发置地，曰：“发权当吾首耳。”万军悚然，史官曰：此乃曹操用心术处。沿路之民秋毫无犯。

据《三国志·魏书·武帝纪》注引《曹瞒传》：尝出军，行经麦中，令士卒“无败麦，犯者死”。骑士皆下马，持麦以相付。于是太祖马腾入麦中，敕主簿议罪，主簿对以“《春秋》之义，罚不加于尊”。太祖曰：“制法而自犯之，何以帅下？然孤为军帅，不可自杀，请自刑。”因援剑割发以置地。

静轩诗断曰：

十万貔貅十万心，一人号令众难禁。
拔刀割发权为过，方见曹瞒诈术深。

却说张绣知操又领兵来，急发书报知刘表，使为后应；乃引雷叙、张先二将出迎，令贾诩守南陵。两军相迎，阵势摆开。张绣出马，指骂曹操曰：“汝假仁诈义之徒，与禽兽无异！”操大怒，令许褚出，绣令张先迎敌。不三合，褚杀先于马下，绣兵大败。操驱兵赶至南阳。

绣走入城，坚闭不出。操围城攻打，城上擂鼓不绝，炮石、金汁弩箭如雨射之。城壕（间）[阔]，水势[深]，急难近城。[操]令军士运土填壕，用土布袋并柴薪草把相（继）[杂]，来城边作梯凳，又立云梯窥望。操骑马自来绕城观看了三日，传令交军于西门北角上堆垛土袋柴薪，“将士会集，就那里上城。”

绣问贾诩，[答]曰：“某已知操意，将（机）[计]就计，令操自弃而去。”绣问“如何？”

[第三十五段]　决胜负贾诩谈兵

绣问诩曰：“何以知操意？”诩曰：“某在城上窥见操自绕城观看三日。他见东南城角上有二色新旧不等之故鹿角，多（年）[半]朽烂，意在此处容易进城；却虚去西北角上积草，诈为声势，尽（击）[掣] 我城中之兵去守 [西] 北角。今夜必乘月黑，扒倒东南角上而进也。”绣曰：“如此奈何？”诩曰：“此极容易。日间尽拨百姓亦穿军之号衣，虚守西门；令精锐之军各饱食轻衣，尽伏东南房屋内。（如）夜间只令西北上百姓纳喊，任他扒城；[东南] 一声炮向处，伏兵齐起，无不一当十者也。如此可破操矣。”绣用其谋，令百姓穿军衣上城纳喊。

云梯上望 [见] 城上西北角上都是军马，报入中军。操曰：“中吾计也！”精锐之兵都存在帐下，预备锄头锹镬扒城器具。日间只聚军攻西北角，城里城外纳喊，当晚攻城不绝。二更左侧，操自引精兵来东南角上，扒过壕去，砍倒鹿角，军人一齐扒倒城 [上]，里面并没动静，只听得西北角喊声起。东南城缺内火把齐明，操军杀入，两势下伏兵并起，军士急退。背后张绣亲驱刀手（劈脚扫）[杀] 来，南、东二门齐开，精兵突出。操兵大败，一涌而（缺）[退]，城外壕皆 [填] 满。杀到五更，操兵走数十里。绣兵收聚入城，所夺辎重军器极多。操引军退去，计点折其五万余人，吕虔、于禁俱各被伤。

贾诩见操去，急发书教刘表绝后。表欲起军，为（见）[有] 人报孙策屯兵湖口，因此未敢动。蒯良进曰：“策之兵屯湖口乃疑兵也，此是操之计。今操新败，若不乘势剿灭，后必为患。明公起兵是也。”表令黄祖紧守隘口，进兵安众，绝操归路，一面会合张绣。[绣] 知表起兵，同贾诩引大军袭安众。

操军缓缓而退，进穰城，到淯水，操于马上大哭。众将请问其故，操曰：“吾思去年在此处折了典韦，不容不恸哭耳！”众皆下泪。操令就此暂住，吊祭亡魂。于是宰牛杀马于淯河之上，享祭典韦。操再拜痛哭，昏倒在地，众皆救醒。大小军校无不下泪。祭毕，祭侄安民并长子昂。祭讫，又祭绝影马，乃祭军士殁于此地，哭声不绝，留连不忍便行。

据《三国志·魏书·武帝纪》注引《魏书》：临淯水，祠亡将士，歔欷流涕，众皆感恸。

忽荀彧差人报：“刘表助张绣屯兵安众地名，以遏归路。”操答荀彧书曰：“（贼来追吾，）[吾] 虽日行数里，[已知贼来追吾。] 吾军（知）[若] 到安众，破绣必矣。君等勿忧！”遂到安众地界。

刘表军兵已守险要，张绣人马随后赶来。操令众兵黑夜凿险开道，暗行重地，尽伏其兵。天色正明，表、绣二军会合视之，见操军少，疑操已遁去。两军俱入险 [路] 击之，操纵奇兵出，共破表、绣之兵。操得脱安众险口，于隘外下寨。表与绣各整败军相见。表曰：“何期中操之奸计！”绣曰：“容再图之。”表、绣集于安众。

据《三国志·魏书·武帝纪》：（建安三年）夏五月，刘表遣兵救绣，以绝军后。公将引还，绣兵来追，公军不得进，连营稍前。公与荀彧书曰：“贼来追吾，虽日行数里，吾策之，到安众，破绣必矣。”到安众，绣与表兵合守险，公军前后受敌。公乃夜凿险为地道，悉过辎重，设奇兵。会明，贼谓公为遁也，悉军来追。乃纵奇兵步骑夹攻，大破之。

据《资治通鉴》卷六十二：会绍亡卒诣操，云田丰劝绍袭许，操解穰围而还，张绣率众追之。（建安三年）五月，刘表遣兵救绣，屯于安众，守险以绝军后。操与荀彧书曰：“吾到安众，破绣必矣。”及到安众，操军前后受敌，操乃夜凿险伪遁。表、绣悉军来追，操纵奇兵步骑夹攻，大破之。

荀彧 [探] 知袁绍之意，急发书报操。彧书云：

近人自冀州来报说：“田丰说袁绍曰：‘（且）将军今统雄师，兵精粮足，操今南征，（早宜）［宜早］乘虚袭许，奉迎天子，动托诏书，号令海内，此为上策。若不取此，终被人所擒，虽悔无益！’绍听之，迟疑未决。”请公相还都，又作区处。刘表、张绣疥癣之疾，不足虑也。望早班师，勿误大事！

操得书心荒，即日收拾起行。

据《资治通鉴》卷六十二：初，袁绍每得诏书，患其有不便于己者，欲移天子自近，使说曹操以许下埤湿，雒阳残破，宜徙都鄄城以就全实；操拒之。田丰说绍曰：“徙都之计，既不克从，宜早图许，奉迎天子，动托诏书，号令海内，此算之上者。不尔，终为人所禽，虽悔无益也。”绍不从。会绍亡卒诣操，云田丰劝绍袭许，操解穰围而还。

据《三国志·魏书·武帝纪》注引《献帝春秋》：袁绍叛卒诣公云：“田丰使绍早袭许，若挟天子以令诸侯，四海可指麾而定。”公乃解绣围。

探细［人］来安众报绣。绣点兵欲去追袭，贾翊曰：“不可追也，追则必败。”刘表曰：“若不追之，失此机会。”表与绣引军万余人追之，约行二十余里赶上。操回兵接战，表、绣兵大败而还。贾翊引数十骑接至半路，见败军回。绣曰：“不用公言，果有此败！”翊曰：“可急促整军，再往追之，必大胜也。”绣曰：“今已丧败，何能再胜？奈何复追？”翊曰：“兵势有变，（遂）［遽］往必利。如其不然，请斩吾首！”绣信之，表不肯从。绣自收败兵，再去追击。操兵大败，尽弃衣甲、器仗、枪刀（走）［而］去。绣迤逦追赶，山后一彪军出，绣住军不赶。那一军截住中路，绣荒忙回，到安众赏军，宴谢贾翊。表问曰：“绣以精兵追退军而曰‘必败’，以败（之）卒击胜兵而曰‘必克’，悉如公言。何其皆验也？”翊曰：“此易知耳。将军虽善用兵，非操对也。操军新（退）［败］，必用大将以绝其后，以防追兵。（将）［吾军］虽精，（其）不敌彼士亦锐，故知必败。操既胜之，（后）必引大将而去，以干国内之事；后军虽勇，亦非将军之敌，故虽败兵而战必胜也。”表、绣拜伏其高论。

据《资治通鉴》卷六十二：绣之追操也，贾诩止之曰：“不可追也，追必败。”绣不听，进兵交战，大败而还。诩登城谓绣曰：“促更追之，更战必胜。”绣谢曰：“不用公言，以至于此，今已败，奈何复追？”诩曰：“兵势有变，促追之。”绣素信诩言，遂收散卒更追，合战，果以胜还，乃问诩曰：“绣以精兵追退军，而公曰必败；以败卒击胜兵，而公曰必克，悉如公言，何也？”诩曰：“此易知耳。将军虽善用兵，非曹公敌也。曹公军新退，必自断后。故知必败。曹公攻将军，既无失策，力未尽而一朝引退，必国内有故也。已破将军，必轻军速进，留诸将断后，诸将虽勇，非将军敌，故虽用败兵而战必胜也。”绣乃服。（参见《三国志·魏书·贾诩传》）

翊劝表回荆州，绣守穰城，以为唇齿。两将各自分散。

却说操知后军必败，再引众将回来，正逢那彪败军，告操曰：“若非这一路军截住中路，我等皆被虏矣。”操荒问“救军者何人也？”那人（槊）［搠］枪下马，来见曹操。毕竟如何？

［第三十六段］　夏侯惇拔箭啖睛

那人来见操，身躯瘦健，筋骨轩昂，破黄巾曾立大功，官拜镇威中郎将，江夏平春人也，姓李名通，字文达。操问（其）［何］来，通曰："近守汝南，闻丞相破张绣、刘表，特来救应。"赏劳了，加为裨将军，封建功侯，守护汝南西界，以防表、绣。通谢而去。

据《三国志·魏书·李通传》：李通字文达，江夏平春人也。……建安初，通举众诣太祖于许。拜通振威中郎将，屯汝南西界。太祖讨张绣，刘表遣兵以助绣，太祖军不利。通将兵夜诣太祖，太祖得以复战，通为先登，大破绣军。

操还许都，荀彧出迎，入见天子，奏孙策有功，封为讨逆将军，赠爵吴郡侯，遣使赍诏去江东，令策破刘表。

据《资治通鉴》卷六十二：孙策遣其正议校尉张纮献方物，曹操欲抚纳之，表策为讨逆将军，封吴侯。（参见《三国志·吴书·孙策传》及注引《江表传》）

［操］回府中，众将皆聚。荀彧问曰："丞相到安众，何以知其必败？"操曰："彼遏吾归路而又与吾死战，此孙子之（所）玄妙。是以吾知（其）胜也。"荀彧拜伏而去。

据《三国志·魏书·武帝纪》：（建安三年）秋七月，公还许。荀彧问公："前以策贼必破，何也？"公曰："虏遏吾归师，而与吾死地战，吾是以知胜矣。"（参见《资治通鉴》卷六十二）

郭（加）［嘉］后入，操曰："公来何暮也？"（加）［嘉］曰："适来袁绍使人致书上丞相，欲出兵攻公孙瓒，求借粮益兵。"操笑曰："吾闻绍欲［图］许都。今知吾归，却欲图公孙瓒，又问吾求粮索兵。"操看书中［之］意极骄傲，令且归馆驿，问郭嘉曰："袁绍如此（告）［无］状，［吾］将讨之，恨力不及，如何？"（加）［嘉］曰："刘、项之不敌，公所知之（言）［也］。项羽虽强，终被汉祖之擒，惟知胜也。嘉（切）［窃］料之，绍有十败，公有十胜，绍兵虽强，无能为也。绍繁礼多仪；公体任（其）自然，［此］道胜，一也。绍以逆动；公奉顺以率天下，此义胜，二也。汉末政失于宽，绍以宽济宽，观（故）［政］不摄；公纠［之］以猛，而上下知制，此治胜，三也。绍外宽内（急）［忌］，用人而疑之，所任惟亲戚子弟；公外易简而内机明，用人无疑，惟才所适，不问远近，此度胜，四也。绍多谋少决，失在后事；公得策辄行，应变无穷，此谋胜，五也。绍因累世之资，高议（摄护）［揖让］以收名誉，士之好言饰外者多归之；公诚心待人，不为虚美，士之忠正远见而有实者皆愿为用，此德胜，六也。绍见饥寒，恤念形于颜色，其所不见，（愚）［虑］或不及也，谓妇人之仁耳；公于目前小事，时有所忽，至于大事，与四海接，恩之所加，［皆］过其望，虽所不见，（虏）［虑］无不用，此仁胜，七也。绍大臣争权，谗言惑乱；公（卿）［则］御下以道，浸润不行，此明胜，八也。绍是非不（可）知；公所［是］进之以礼，所不是正之以法，此文胜，九也。绍好虚势，不知兵要；公能以少克众，用兵如神，军人恃之，敌人畏之，此武胜，十也。公有此十胜之德，绍安敢望也？”操笑曰：“如卿所言，孤何得以堪之也？若此，（只）［袁］绍可图也。”（加）［嘉］曰：“徐州吕布实心腹之大患也！今绍北征公孙瓒，乘此人远去，不［若］先取吕布，扫尽东南，然后图绍未晚。若便图之，吕布（以求）［必来］救援，引兵寇许都，为祸不浅也！”操然之。

据《三国志·魏书·郭嘉传》注引《傅子》：太祖谓嘉曰：“本初拥冀州之众，青、并从之，地广兵强，而数为不逊。吾欲讨之，力不敌，如何？”对曰：“刘、项之不敌，公所知也。汉祖唯智胜；项羽虽强，终为所禽。嘉窃料之，绍有十败，公有十胜，虽兵强，无能为也。绍繁礼多仪，公体任自然，此道胜一也。绍以逆动，公奉顺以率天下，此义胜二也。汉末政失于宽，绍以宽济宽，故不摄，公纠之以猛而上下知制，此治胜三也。绍外宽内忌，用人而疑之，所任唯亲戚子弟，公外易简而内机明，用人无疑，唯才所宜，不间远近，此度胜四也。绍多谋少决，失在后事，公策得辄行，应变无穷，此谋胜五也。绍因累世之资，高议揖让以收名誉，士之好言饰外者多归之，公以至心待人，推诚而行，不为虚美，以俭率下，与有功者无所吝，士之忠正远见而有实者皆愿为用，此德胜六也。绍见人饥寒，恤念之形于颜色，其所不见，虑或不及也，所谓妇人之仁耳，公于目前小事，时有所忽，至于大事，与四海接，恩之所加，皆过其望，虽所不见，虑之所周，无不济也，此仁胜七也。绍大臣争权，谗言惑乱，公御下以道，浸润不行，此明胜八也。绍是非不可知，公所是进之以礼，所不是正之以法，此文胜九也。绍好为虚势，不知兵要，公以少克众，用兵如神，军人恃之，敌人畏之，此武胜十也。”太祖笑曰：“如卿所言，孤何德以堪之也！”嘉又曰：“绍方北击公孙瓒，可因其远征，东取吕布。不先取布，若绍为寇，布为之援，此深害也。”太祖曰：“然。”（参见《资治通鉴》卷六十二）

当夜便召荀彧入后堂问曰：“汝知袁绍动静乎？”彧曰：“今日有使至，不知何事？”操以书令彧观之。彧看毕曰：“绍词语大不逊也！”操曰：“吾欲兴兵讨不义，恨力不及，何如？”彧曰：“古之成败者，诚有其才，虽弱必强，苟非其人，虽强易弱，刘、项之存亡足以观矣。今与公争天下者，惟袁绍耳。绍貌外宽而内忌，任人而疑其心；公明（远）［达］不拘，惟才所宜，此度胜也。绍（以）［持］重少决，失在后机；公能断大事，应变无（方）［穷］，此谋胜也。绍御军宽缓，法令不立，士卒虽众，其实难用；公法令既明，赏罚必行，士卒虽寡，皆（事）［争］致死，此武胜也。绍凭世资，［从］容饰智，以收名誉，故士之寡能（极）［好］问者多归之；公以至仁待人，惟［以］诚心，不为虚美，行以勤俭而为，有功者无所吝惜，故天下忠正效实之士咸愿为用，此德胜也。夫以四胜辅天子，仗义征伐，谁敢不从？袁绍之辈何能为用哉？”操曰：“卿颂吾德，何以当之？然则绍可兴兵以伐之。”彧曰：“未可。吕布见在徐州，常欲不仁。若伐袁绍，布必擣虚。不如以书安袁绍之心，加以显官，许以粮斛，乘彼有事于公孙瓒之时，先灭吕布，中原十有六也，绍一举而可擒也！”操抚掌大笑曰：“奉孝之机，文若之智，若合符节，虽张良、陈平，何可比也！”遂议东征吕布。荀彧曰：“先使人往刘备处计会为应。待其回报，然后动兵。”

据《三国志·魏书·荀彧传》：自太祖之迎天子也，袁绍内怀不服。绍既并河朔，天下畏其强。太祖方东忧吕布，南拒张绣，而绣败太祖军于宛。绍益骄，与太祖书，其辞悖慢。太祖大怒，出入动静变于常，众皆谓以失利于张绣故也。锺繇以问彧，彧曰：“公之聪明，必不追咎往事，殆有他虑。”则见太祖问之，太祖乃以绍书示彧，曰：“今将讨不义，而力不敌，何如？”彧曰：“古之成败者，诚有其才，虽弱必强，苟非其人，虽强易弱，刘、项之存亡，足以观矣。今与公争天下者，唯袁绍尔。绍貌外宽而内忌，任人而疑其心，公明达不拘，唯才所宜，此度胜也。绍迟重少决，失在后机，公能断大事，应变无方，此谋胜也。绍御军宽缓，法令不立，士卒虽众，其实难用，公法令既明，赏罚必行，士卒虽寡，皆争致死，此武胜也。绍凭世资，从容饰智，以收名誉，故士之寡能好问者多归之，公以至仁待人，推诚心不为虚美，行己谨俭，而与有功者无所吝惜，故天下忠正效实之士咸愿为用，此德胜也。夫以四胜辅天子，扶义征伐，谁敢不从？绍之强其何能为！”太祖悦。彧曰：“不先取吕布，河北亦未易图也。”太祖曰：“然。吾所惑者，又恐绍侵扰关中，乱羌胡，南诱蜀汉，是我独以兖、豫抗天下六分之五也。为将奈何？”彧曰：“关中将帅以十数，莫能相一，唯韩遂、马超最强。彼见山东方争，必各拥众自保。今若抚以恩德，遣使连和，相持虽不能久安，比公安定山东，足以不动。锺繇可属以西事。则公无忧矣。”（参见《后汉书·荀彧传》）

次日，[操]厚待绍使，奏请加绍为大将军、太尉兼督冀州、幽州、并州、(泗)[青]州，

据《后汉书·袁绍传》：建安元年，曹操迎天子都许，……以绍为太尉，封邺侯。时曹操自为大将军，绍耻为之下，伪表辞不受。操大惧，乃让位于绍。二年，使将作大匠孔融持节拜绍大将军，锡弓矢节钺，虎贲百人，兼督冀、青、幽、并四州，然后受之。（参见《资治通鉴》卷六十二，《三国志·魏书·武帝纪》，《三国志·魏书·袁绍传》及注引《献帝春秋》，《后汉书·献帝纪》）

密书报绍云：“公可讨公孙瓒，后当应之。”（厚）遣其使而回。绍喜，议进兵攻瓒。

且不说绍起兵。却说[吕布在徐州时常设宴待陈珪父子。]陈宫说吕布曰：“（时常设宴待）陈珪父子面谀将军，心欲害之，不可不防也！”布叱宫曰：“汝是献谗言，害忠良。谁为佞也？吾不看旧日之面皮，立斩汝辈！”宫叹曰：“吾忠义之心不能明，久必受殃矣！待弃之，又恐天下人笑。”宫闷闷不已，带十数骑于沛县地面围（场）[猎]，引从骑抄小路赶来，赶上使命，问曰：“汝何人使命也？”使命知是吕布[之]人，荒不[能]答。宫搜得身边刘备回书，径拿来徐州见吕布。布问之，使曰：“曹丞相差来沛城刘豫州[处]下密书，今得回书，不知何事。”布曰：“交去。”宫曰：“其中有谋！可发缄看之。”布看之大惊。书云：

今奉（相公）[公相]明命，敢不夙夜用心？备兵微将寡，不可妄动，望公相大兴王师到来，则备愿为前部。吕布乃狼虎之徒，轻（则敌）[敌则]猖獗矣。备严兵整甲，专待钧命！

吕布看了大骂曰：“操贼焉敢如此！”遂将使者斩首，先遣陈宫、臧霸结连太（行）山贼寇孙观、吴敦、尹礼、昌稀，东取山东兖州数郡；

据《三国志·魏书·武帝纪》：太山臧霸、孙观、吴敦、尹礼、昌豨各聚众。布之破刘备也，霸等悉从布。（参见《资治通鉴》卷六十二）

高顺、张辽取沛城，攻刘备；

据《三国志·蜀书·先主传》注引《英雄记》：建安三年春，布使人赍金欲诣河内买马，为备兵所钞。布由是遣中郎将高顺、北地太守张辽等攻备。

按：据《三国志·蜀书·先主传》注引《英雄记》，此次战事系刘备劫夺吕布的买马钱引起。

宋宪、魏绩西取汝、(颍)[颍]。布在中，[为]三路救应。

(先)[却]说高顺出徐州便是小沛。人报玄德知，玄德急聚众人商议。孙乾曰："先告急于操，次坚壁以守之。"玄德曰："谁可去许都告急？"时阶下一人出曰："某愿往！"此人是玄德同乡，因来沛城投谒，玄德待为幕宾，姓简名雍，字宪和，慷慨飘(蓬)[逸]，善能舌辨。

据《三国志·蜀书·简雍传》：简雍字宪和，涿郡人也。少与先主有旧，随从周旋。

玄德命简雍行，整顿守城器械：玄德守南门，孙乾守北门，关羽守西门，张飞守东门。糜竺以妹嫁与玄德为次妻，[家童十余，]更以(家童千余、)金帛粮食资给用费。玄德与糜竺有郎舅之情，故令竺并其弟糜芳守中军，保护妻小。

据《三国志·蜀书·糜竺传》：建安元年，吕布乘先主之出拒袁术，袭下邳，虏先主妻子。先主转军广陵海西，竺于是进妹于先主为夫人，奴客二千，金银货币以助军资；于时困匮，赖此复振。后曹公表竺领嬴郡太守，竺弟芳为彭城相，皆去官，随先主周旋。

高顺兵到，玄德在敌楼上曰："吾与温侯无仇，何故加兵？"顺笑曰："汝共曹操通连，欲害吾主，幸是天败，尚敢抵讳？可出城就缚。"玄德不应。高顺在城下大骂一日，无人出[阵]。张辽分兵在西门攻打，关羽在城上曰："汝一表非俗，何故陷身于贼之部下也？"张辽低首不言。关羽便知此人有忠义之气，相拒终[日]，并无恶言，亦不令军士打城。关羽使人探听西门消息，人报张飞被辱骂，"只要出城厮杀。"关羽见张辽退兵，来往东门看时，只见张飞已在城外和张辽厮杀。辽拍马而去。飞欲追赶，关羽急唤入城，令士卒坚守。飞曰："张辽惧我而走。哥哥如何赶我回来？"关羽笑曰："张辽武艺不在你之下，是吾夜来在城上说他，颇有归顺之心，今日不欲并力杀你，拍马而去。"飞方悟，再不出战。玄德(曰)亦使人(试)[诫]之。

布见攻城不下，自来搦战。玄德于城上曰："非备之罪！曹丞相传天子诏命，以书见示，不容不答。"苦苦相告。布心颇回，只令人围住，不(便)[使]攻打。布回徐州，差(逢)[郝]萌往淮南见袁术请罪，许女为儿妇。术纳之，尚未准信。术说："若要信汝，可送女来。"布迟疑未下。

却说简雍来见曹操，陈说吕布斩使围沛城。操聚谋士共议。操曰："吾不忧袁绍，但忧刘表、张绣在后，未敢动兵。"荀攸曰："表、绣新败，不敢动[兵]。吕布骁勇，若更结连袁术，纵横淮、泗，必有豪杰应之。今乘其初叛，众[心]未定，可往破也。"

据《资治通鉴》卷六十二：曹操欲自击布，诸将皆曰："刘表、张绣在后，而远袭吕布，其危必也。"荀攸曰："表、绣新破，势不敢动。布骁猛，又恃袁术，若从横淮、泗间，豪杰必应之。今乘其初叛，众心未一，往可破也。"操曰："善！"（参见《三国志·魏书·荀攸传》注引《魏书》）

操先差夏侯惇、吕虔、李典为先锋先起。操与众谋士陆续进发，简雍随操行。

(先)[却]说夏侯惇引兵五万，前至徐州境界。高顺知许都救军到，荒报吕布。[吕布]先发侯成、(逢)[郝]萌、曹性三员副将引二百余骑来接应。高顺离沛城三十里去迎曹军。玄德见高顺退去，知是曹军来到，引了关、张，尽提军马出城，只留孙乾守城，縻竺、縻芳守家。玄德在高顺军后下三个寨子：中玄德，左关羽，右张飞。

（先）[却]说夏侯惇挺枪出阵前，搦布厮杀。高顺出（言）[马]大骂夏侯惇，惇怒，两马相交，战四五十合。高顺败走，惇纵马赶去。顺不走入阵，绕阵脚走，惇不舍，尽力追赶。曹性在阵中看见，拍马出阵，拈弓搭箭，觑得夏侯惇较（亲）[近]，一箭正中左目，惇拔箭脱出眼睛。惇大叫曰："父精母血不[可]弃[之]!"纳于口中啖之，

据《三国志·魏书·夏侯惇传》：太祖自徐州还，惇从征吕布，为流矢所中，伤左目。

按：史书只是说夏侯惇左眼中箭受伤，《演义》所写夏侯惇拔箭时带出眼珠、大呼后吞掉眼珠的情节，不见于史。

不赶高顺，回马直取曹性，一枪（槊）[搠]透面门，死于马下。史官曾赞夏侯惇拔矢啖睛，诗云：

开疆展土夏侯惇，剑戟丛中敌万军。
拔箭去眸枯一目，啖睛奋气唤双亲。
忠心力把黎民救，雪恨平将逆贼吞。
孤月独明堪比论，至今功迹照乾坤。

夏侯惇杀了曹性，纵马便回，高顺却从背后赶来。吕布军一齐都上，曹兵大败。夏侯渊杀开大路，救兄而走。吕虔、李典收住败军，退走济北下寨。

高顺引得胜雄兵回击玄德。胜负如何？

[第三十七段]　吕布败走下邳城

高顺令张辽击张飞寨，自击关羽寨。关、张各出迎敌，玄德分兵两路救应。布从背后引军杀来，关、张两寨军皆溃散。玄德引数十骑复回沛城，背后吕布赶来。玄德急唤城门，放下吊桥，吕布到后面。城上待要放箭，又怕射了玄德，吕布乘势赶入城门。瓮城里数骑来迎，吕布一戟一个，杀得尽绝，把门的尽皆逃走了。布招军马入城。玄德见背后火起，到家不及，穿城而过，出[了]西门，匹马逃难。

布先到玄德门首。縻竺出迎，跪于马前言曰："刘玄德乃将军之弟也。吾闻大丈夫冤仇，不废人之妻子。[与]将军争天下者乃曹丞相也，量玄德何敢望麾下矣？昔日辕门射戟之恩，玄德一饮思之，未尝忘也。望将军怜之!"布曰："吾旧日与玄德曾拜义，安肯害他妻子？汝可引一家老小，复去徐州旧宅中住。赐汝剑一口，但有登门者即斩之。"此布之好处也。吕布保（看）[着]老小上车，移往徐州安置。

据《资治通鉴》卷六十二：吕布复与袁术通，遣其中郎将高顺及北地太守雁门张辽攻刘备。曹操遣将军夏侯惇救之，为顺等所败。（建安三年）秋九月，顺等破沛城，虏备妻子，备单身走。（参见《三国志·魏书·吕布传》《武帝纪》，《三国志·蜀书·先主传》及注引《英雄记》，《后汉书·吕布传》）

吕布既杀玄德军马，自投山东兖州界上来，留高顺、张辽屯小沛城。孙乾亦自逃走出城。关、张各自收拾些小人马，往山中屯扎，如落草一般。

却说玄德匹马往山中逃难，正行之间，背后一匹马赶来，回头视之，乃孙乾也。二人相抱而哭。玄德曰："吾二弟今不知存亡，老小失陷。吾（身）将自尽矣！"孙乾曰："不可！何（自）[不]去投曹操，以图后计？"玄德依其言，寻小路径投来。路（自）[上]绝粮，于村中求食。但到处，闻刘玄德，皆跪进饮食。忽到一家投宿，其家一后生出拜，问之，乃猎户刘安也，（问）[闻]是同宗（，是）豫州牧，遍去寻野味不得，杀其妻以食之。玄德问曰："此何肉也？"刘安曰："此狼肉也。"二人饱食，天晓辞[别]，去后院取马，见杀死其妻于厨下，臂上尽割其肉。玄德问之，方知是他妻肉，痛伤而上马；欲带刘安去，安辞[曰]："有老母，不可[远行]。"

按：刘安杀妻，不见于史。

玄德谢了，遂取路出梁城，忽见尘头蔽日，漫山塞野军马到。玄德迎之，乃操兵也，直至中军，下（道）[马]拜迎，操亦下马答之。诉说失沛城、散二弟、陷老小之事，操亦下泪；

据《三国志·蜀书·先主传》注引《英雄记》：（建安三年）十月，曹公自征布，备于梁国界中与曹公相遇，遂随公俱东征。

据《资治通鉴》卷六十二：操与刘备遇于梁。进至彭城。

更诉刘安杀妻与食之事，操令孙乾以黄金百两赐之。

军行至济北，夏侯渊等迎接操入寨，说"兄枯其一目，卧病未痊。"操临宿卧处视之，令先回许都调理；一面使人打听吕布见在何处。人报云："布与陈宫、臧霸结连太山群寇，兵犯兖州。"操令曹仁引一十万军打沛城。操提二十万兵，同玄德来山东[战]吕布；领兵到山东界口，路近萧关，敌军拦路，乃是太山孙观、（吕）[吴]敦、尹礼、（吕）[昌]稀三万余兵，四员将四般军器，立于阵前。操令冲阵，许褚飞身舞刀而去，四将一齐来迎。许褚抖擞神威，四将迎敌不住，四散败走。操乘势掩杀，[四将]退上萧关，令人报吕布。

布此时[已]回徐州。布欲行往沛城，（高顺）[萧关]告急。布唤陈珪，令守徐州。布带陈元龙即陈登同去。珪与登曰："昔日曹公曾言'东方之事尽付与汝。'今日布势将败，可力图之。"登曰："外面之事，儿自为之。倘吕布败回，便请（出寨）糜竺一同守把城门，休放布入。儿自有脱身之计。"珪曰："布老小在此，必有心（变）[腹]颇多。"登[谓布]曰："徐州四面受敌，操必死攻。先思退（走）[步]，[可]将钱粮移往下邳。倘围徐州，下邳有粮可救。"布曰："元龙之言是也！吾就移老小同去。"使人唤宋宪、魏续回，保老小屯下邳城，将船只运粮草金帛。布与陈登先来萧关救援。

布到半路，登曰："容某先去看探虚实，主公却才可去。"布曰："何谓也？"登曰："泰山孙观等辈皆有寇心，未可托（大）[也]。"布曰："元龙与我有益！"布未行。登先到关，陈宫、臧霸等接见。登曰："温侯深怪汝等不肯向前，要来责罚。"宫曰："即目操兵势大，未可轻敌。吾等紧守关隘，交主公处守保沛城至紧。"登于关上望之，见曹操军马（通）[逼]在关下。登是夜连写三封密书，拴在箭上，射下关去。次日早辞陈宫曰："关上无妨，吾教温侯往沛城去。"飞马来见吕布，报曰："关上孙观等皆欲献门。某已（纳）[留]下陈宫。将军黄昏杀去。"布曰："非公，则吾中计也！"先使登来，与宫举火为号相应。登先到关，报曰："曹兵抄小路已入关内，恐徐州有失。公等急回！"宫遂引众人弃关而行。登就山上放起火来。吕布乘黑[杀]来，曹军抢入关中。陈宫军和布军自相掩杀，背后曹军又到。臧霸、孙观等各自四散去了。

吕布到天明方知是计，急与陈宫回徐州，到壕边叫“开门!”城上乱箭射下来，糜竺、糜芳在敌楼上叫道：“汝夺吾主公刘玄德城池。今日依旧还［吾］主公!”布问“陈珪何在？”糜竺曰：“吾已杀讫老贼!”布在城下问陈宫曰：“陈登安在？”宫曰：“主公尚自执迷而问逆贼乎？”军中遍寻不见。布与宫回沛城来，半路见一彪军马骤至，视之，乃高顺、张辽也。布惊问之，顺曰：“陈登来报某等，言主公被围，令吾等急来解救。”宫曰：“又是此贼之计。”布怒曰：“吾誓杀此贼!”进兵小沛，曹仁军马已自入城。布来城下大骂陈登。登在城上曰：“吾世本汉臣，安肯从贼反邪？”布转怒间，阵后喊起。布使高顺探之，一队军马杀到，当先一将，豹头环眼，燕颔虎须，幽燕涿郡人也，姓张名飞，字翼德。高顺［交］战不利，退入阵走，飞冲入阵来。吕布怒气转加，来斗张飞。正斗之间，阵外喊声起，曹军来到。吕布倒拖画戟，引军东走，曹军两下杀来。［吕布］人困马乏，一彪军来，当头拦（路）［住］，乃蒲州解良人也，姓关名羽，字云长，横刀跃马，截住吕布去路。布自与关羽交锋，背后张飞赶上。布冲开走路，荒奔下邳，侯成引军接入去了。

据《资治通鉴》卷六十二：（建安三年）冬十月，操屠彭城。广陵太守陈登率郡兵为操先驱，进至下邳。

按：史书只是说陈登率本郡人马为曹操大军前行开路，罗贯中则据此敷演出一段陈登为曹操作内应，两次施调虎离山计，使吕布连失徐州和小沛，只好退守下邳的精彩故事。《演义》故事中的“徐州”应作“彭城”。徐州系州名，而非具体城名。

关、张相见，各言失散何处。关羽言：“我投海州路上藏避，打听消息，故来到此。”飞曰：“我在芒砀山中落草为寇。”二人来曹操军中寻见玄德，拜哭于地。各叙［礼毕］，随同曹操入徐州。糜竺接见，言家眷无虞，玄德甚喜。陈珪父子参拜曹操。操设宴大劳诸将，操居中，玄德在左，陈珪在右，文武等各依次第。操言陈珪父子之功，加食邑，登授伏波将军。

据《三国志·魏书·吕布传附陈登传》：陈登者，字元龙，在广陵有威名。又掎角吕布有功，加伏波将军，年三十九卒。

据《三国志·魏书·吕布传附陈登传》注引《先贤行状》：登忠亮高爽，沉深有大略，少有扶世济民之志。……奉使到许，太祖以登为广陵太守，令阴合众以图吕布。……太祖到下邳，登率郡兵为军先驱。时登诸弟在下邳城中，布乃质执登三弟，欲求和同。登执意不挠，进围日急。布刺奸张弘，惧于后累，夜将登三弟出就登。布既伏诛，登以功加拜伏波将军，甚得江、淮间欢心，于是有吞灭江南之志。

操既得徐州大喜，商议起兵攻打下邳。程昱进曰：“布今止有下邳一城，可分兵四面，缓［缓］而进；若逼太急，则死战而投袁术矣，一往投术，其势又大，急难擒获。淮南径路必有能事者守之，外当袁术，内防吕布。二者山东尚有臧霸、孙观之（后）［徒］未曾归［顺］，亦宜谨之。”操曰：“吾自当山东诸路。淮南径路，请玄德休辞。”玄德曰：“丞相将令，安肯少违？”次日，曹操分派各路守把军马。玄德留糜竺、简雍在徐州，带孙乾、关张二将收拾军马，取淮南径路来袭邳州。

吕布在下邳自以为钱粮足备以资于内，泗水之险以拒于外，“吾何忧哉？”陈宫进曰：“曹操领三十万兵来。可因其寨栅未定，以逸击劳，无不胜也。”布曰：“吾昨累败，不可轻出。待其来攻，一击皆着泗水（者）[中]。吾之计策已在掌中。”陈宫大笑而出。

据《资治通鉴》卷六十二：操与刘备遇于梁。进至彭城。陈宫谓布：“宜逆击之，以逸击劳，无不克也。”布曰：“不如待其来攻，蹙著泗水中。”（参见《三国志·魏书·吕布传》注引《献帝春秋》）

[越] 五六日，各寨下定，操令三千余将皆全付铠甲，直到城下，叫吕布打话。布上城头。操在麾盖下以鞭揖布，布以手答之。操曰：“近闻奉先结婚袁术，吾故领兵至此，实为术也。术有反逆大罪，汝有讨卓之功。若能倒戈投降，共扶王室，不失封侯之爵；若复愚迷不省，城池（亦）[一] 破，玉石俱焚，悔之晚矣！”布曰：“丞相且退，尚容商议。”陈宫在布后大骂操曰：“汝是欺君之贼，反欲毁他人耶！”言罢，一箭射中麾盖。操指而恨曰：“吾誓杀汝！”遂引兵去。

布曰：“既丞相（困）[容] 我自首，当 [投] 明公。”宫变色曰：“逆贼曹操，何等明公！今日若降，如将鸡子投石，岂可得全也！”

据《资治通鉴》卷六十二：布自将屡与操战，皆大败，还保城，不敢出。操遗布书，为陈祸福。布惧，欲降。……乃引沂、泗灌城。月余，布益困迫，临城谓操军士曰：“卿曹无相困，我当自首于明公。”陈宫曰：“逆贼曹操，何等明公！今日降之，若卵投石，岂可得全也！”（参见《三国志·魏书·吕布传》注引《献帝春秋》）

据《后汉书·吕布传》：操乃自将击布，至下邳城下。遗布书，为陈祸福。布欲降，而陈宫等自以负罪于操深，沮其计。（参见《三国志·魏书·吕布传》）

据《三国志·魏书·武帝纪》：（建安三年）九月，公东征布。冬十月，屠彭城，获其相侯谐。进至下邳，布自将骑逆击。大破之，获其骁将成廉。追至城下，布恐，欲降。陈宫等沮其计，求救于术，劝布出战，战又败，乃还固守，攻之不下。

布拔剑来杀陈宫。未知性命如何。

[第三十八段]　白门楼曹操斩吕布

布欲杀陈宫，高顺、张辽曰：“公台忠义之言，口从心出。愿主公详之！”布掷剑而笑曰：“吾戏耳。愿公台教我拒曹操之策！”宫辞 [曰：]“无计可施。”布恳求之，宫曰：“只恐将军不从。”布曰：“公之良言，安有不从？”宫曰：“操远来，势不能久。若将军以步骑出，必为声势于外；宫将众闭守于内。若攻将军，宫引兵而出，攻其背；若来攻城，将军救于后。不过旬日，[曹] 军食尽，可一击而破。此乃掎角之势也。”布曰：“公言极善！”遂议分兵。布归府收拾戎装。此时冬寒在即，从人多带绵衣。布妻严氏曰：“君欲何往？”布曰：“陈宫教我掎角之势如此。”严氏曰：“昔操待宫如（兔）[赤] 子，犹舍而来。今将军厚宫不过于曹，而欲委全城，托妻子，孤军远去。若一旦有变，[妾] 岂得为将军之妻哉？”布曰：“夫人所见与我甚同。”遂三日不出。

据《资治通鉴》卷六十二：操遗布书，为陈祸福。布惧，欲降。陈宫曰：“曹操远来，势不能久。将军若以步骑出屯于外，宫将余众闭守于内。若向将军，宫引兵而攻其背；若但攻城，则将军救于外。不过旬月，操军食尽，击之，可破也。”布然之，欲使宫与高顺守城，自将骑断操粮道。布妻谓布曰：“宫、顺素不和，将军一出，宫、顺必不同心共城守也，如有蹉跌，将军当于何自立乎？且曹氏待公台如赤子，独舍而归我。今将军厚公台不过曹氏，而欲委全城，捐妻子，孤军远出，若一旦有变，妾岂得复为将军妻哉！”布乃止。(参见《三国志·魏书·吕布传》注引孙盛《魏氏春秋》，《后汉书·吕布传》)

宫入见布，请曰：“操军已大张声势，四面围至。若不早出，必受其困。”布曰：“吾思远去不如坚守。”宫曰：“近闻操粮少，遣人往许都取去，早晚将至。将军［可］引精兵猛将出截其粮。”此计最毒也。布曰：“公言极善！”又入后堂，对严氏曰：“曹操粮食将至，我出断之便回。汝且宽心！”严氏泣曰：“将军自出断操粮道，必（须）令陈宫、高顺守城。我闻顺、宫素不和睦，将军一去，必不同心共守城池也。如有挫跌，将军当于何地而自立乎？愿将军（谛）［详］听，自作主张，勿被宫等所误也。妾昔［在］长安已为将军所委弃，赖庞舒私藏妾身耳。今不须顾妾也，将军前程万里。”言罢而哭。布愁闷不决，

据《三国志·魏书·吕布传》注引《英雄记》：布欲令陈宫、高顺守城，自将骑断太祖粮道。布妻谓曰：“将军自出断曹公粮道是也。宫、顺素不和，将军一出，宫、顺必不同心共城守也，如有蹉跌，将军当于何自立乎？愿将军谛计之，无为宫等所误也。妾昔在长安，已为将军所弃，赖得庞舒私藏妾身耳，今不须顾妾也。”布得妻言，愁闷不能自决。

入告貂蝉。貂蝉曰：“愿将军以妻妾为主，勿轻骑自出。”布乃出告陈宫曰：“细作言操粮至，诈也。操多诡计，吾未敢轻动。”宫长叹而出，仰天而言曰：“吾［等皆］死无葬身之地矣！”静轩以诗断之曰：

奸雄曹操并中原，社鼠城狐弃塞垣。
莫笑温侯无决断，丈夫多惑妇人言。

布终日不出，只守貂蝉、严氏饮酒，以解闷怀。陈宫下谋士许汜、王楷来见吕布。［布］问曰：“二公有何解围之策？”许汜曰：“今袁术在淮南声势大振。旧曾许女为婚，将军何不求救？术兵一至，内外攻击，曹军必破也。”布大喜，修书遣许汜、王楷同行。汜曰：“(虽)［须］得一军冲阵而去方可。”布交张辽、郝萌两个引一千军送出隘口，五百军回，五百军跟汜、楷［去］。辞了吕布，张辽在前，郝萌在后，夜至二更杀出城去，抹过玄德寨，众将追赶不迭。已出隘口，张辽分一半军回，郝萌引五百军马跟汜、楷去［了］。张辽回来，关羽拦路，各有顾盼之心，不肯下手。高顺、侯成引一军出城，救张辽回去了。

且说汜、楷到寿春拜见袁术，呈上书信。术曰：“前者杀吾使命，赖吾婚姻，今复相闻，何也？”汜曰：“此是曹操用计间谋，以至如此。望明公详其情而纳之！”术曰：“前者如此。汝不是曹操所困，亦不肯以女许吾之子。”汜曰：“明公今不救布，布必败耳。布若一破，明公亦破也！”术曰：“奉先番覆无恒。可送女来，当倾国而救之！”

据《资治通鉴》卷六十二：布……潜遣其官属许汜、王楷求救于袁术。术曰：“布不与我女，理自当败，何为复来？”汜、楷曰：“明上今不救布，为自败耳。布破，明上亦破也。”术乃严兵为布作声援。(参见《三国志·魏书·吕布传》注引《英雄记》)

汜、楷谢了，和郝萌回。到玄德寨近，汜曰：“日间不可过。夜半吾二人当先，汝可（当）

断后。”萌结束了，夜过玄德寨。正行之次，寨中张飞出，截住郝萌，交马一合，生擒过去。汜、楷已到城边，大叫“高顺救人！”折了百余军并健将郝萌。

却说张飞解郝萌见玄德，备细问了，押往操寨。（为）[萌]说求救袁术，许女为婚。问罢口词，操交推转，斩于军门，

据《三国志·魏书·吕布传》注引《英雄记》：建安元年六月夜半时，布将河内郝萌反，将兵入布所治下邳府，诣厅事阁外，同声大呼攻阁，阁坚不得入。布不知反者为谁，直牵妇，科头袒衣，相将从溷上排壁出，诣都督高顺营，直排顺门入。顺问：“将军有所隐不？”布言“河内儿声”。顺言“此郝萌也”。顺即严兵入府，弓弩并射萌众；萌众乱走，天明还故营。萌将曹性反萌，与对战，萌刺伤性，性斫萌一臂。顺斫萌首，床舆性，送诣布。

唤主簿告示各寨：“如有人走透吕布等将士者，并按军法！”各处悚然，昼夜不寐。玄德到寨分付关、张曰：“我等正当淮南要路，倘有疏失，王法无亲。二弟须宜用心。吾今后日夜不敢解甲矣！”飞曰：“拿了吕布健将，不赐重赏，反相唬吓！”玄德曰：“非也。曹公统数十万之众，不以军法，何以伏人？弟休犯之。”关、张应[诺]而退。

却说汜、楷见布，言“袁术先欲得儿妇，便当倾国起兵。”布曰：“如何送去？”汜曰：“非将军不可。”布曰：“今日何如？”汜曰：“今日乃凶神之辰，不可出城。来日待通戌、亥时可以上马。”布交张辽、侯成引三千军，安排一辆小车在外，“我亲送百余里，却交你两个去。”

次日天晚，布将女子用甲（袍）[包]裹，以绵缠身。[时约二更，星月微明，]布上赤兔马，缚女于背上，手提画戟，（时约二更，星月微明，）开放城门，当先出来，背后张辽、侯成跟着。到玄德寨边，一声鼓响，云长当先拦路，大叫“吕布休走！”战不十合，布刺斜便走，张飞早引出一军来。布无心恋战，只要冲路。玄德自引一军，掣双股剑来迎敌。两军混战，吕布虽勇，终是缚一女在背上，只恐伤着，不肯来突重围。后面徐晃、许褚两军杀来，箭如雨飞，众军皆大叫“不要走了吕布！”布见军来太急，只得退回下邳。玄德收军，许褚、徐晃归寨，端的不曾走透一个。布归城[中]，心中忧闷，只是饮酒。

据《资治通鉴》卷六十二：布恐术为女不至，故不遣救兵，以绵缠女身缚著马上，夜自送女出，与操守兵相触，格射不得过，复还。（参见《三国志·魏书·吕布传》注引《英雄记》）

据《三国志·魏书·吕布传》：布遣人求救于术，自将千余骑出战，败走还，保城不敢出。术亦不能救。（参见《后汉书·吕布传》）

却说操围城两月不下。忽报“河内张扬出兵东市，欲救吕布，被其将杨丑杀之。丑欲将头来献丞相，又被眭固杀之。眭固又投犬城去了。”

据《三国志·魏书·张杨传》：杨素与吕布善。太祖之围布，杨欲救之，不能。乃出兵东市，遥为之势。其将杨丑杀杨以应太祖。杨将眭固杀丑，将其众，欲北合袁绍。太祖遣史涣邀击，破之于犬城，斩固，尽收其众也。（参见《资治通鉴》卷六十二，《三国志·魏书·武帝纪》）

操聚众将曰：“吾围城两月不下，北有西凉之忧，东有绣、表之患，袁绍、袁术使吾食不甘味！幸是张扬自灭，不然亦为大害。意欲舍布回许都，暂息[征]战，若何？”荀攸急止之曰：“不可！某观吕布勇而无谋，今累战皆败，锐气怠矣。三军以将为主，主衰则

军无奋意。陈宫有智而（及）[迟]。布之气未复，宫之谋未定，作急攻之，布可拔也。”郭嘉曰：“吾有一策，胜如二十万军。布虽勇，不可逃矣。”荀攸曰：“莫非决沂、泗之水而渰之？”嘉曰：“然！”操大喜，差五百军决两河之水。诸军皆居高原，坐视水渰下邳。

据《资治通鉴》卷六十二：操掘堑围下邳，积久，士卒疲敝，欲还，荀攸、郭嘉曰：“吕布勇而无谋，今屡战皆北，锐气衰矣。三军以将为主，主衰则军无奋意。陈宫有智而迟。今及布气之未复，宫谋之未定，急攻之，布可拔也。”乃引沂、泗灌城。（参见《三国志·魏书·荀攸传》《武帝纪》）

据《三国志·魏书·郭嘉传》注引《傅子》：太祖欲引军还，嘉曰：“昔项籍七十余战，未尝败北，一朝失势而身死国亡者，恃勇无谋故也。今布每战辄破，气衰力尽，内外失守。布之威力不及项籍，而困败过之，若乘胜攻之，此成禽也。”太祖曰：“善。”

众军夜闻水声，飞报布。布曰：“吾有赤兔马，渡水如登平地。吾何惧哉？”痛饮美酒，以待天时。

布因酒色伤身，精神消（喊）[减]，取镜照之，大惊曰：“吾被酒色误矣！自今日断（了）[之]。城中但饮酒者斩！”侯成有马十五匹，被后槽（后）人商议盗去献与玄德。侯成知觉，赶上夺回，尽将后槽[人]杀之。诸将合礼，与侯成作贺，酿五六斛酒，腊十余颗猪头，未敢先饮。侯成持酒五（斛）[斗]、猪[头]一（口）[颗]，入诣布前跪下告曰：“托将军虎威，追得失马。众将皆来相贺，酿得少酒，腊得数豚，未敢饮，先奉微意！”布大怒曰：“吾禁酒，汝酿酒，诸将共饮作弟兄，同谋伐我耶？推转斩之！”高顺等入告，布怒曰：“故犯吾令，理合斩首，看诸将面，且打一百！”[众将]哀告，打了五十背花。

成归，尽弃其酒，众皆为此心变。时宋宪、魏续共来探视，成潸地下泪曰：“非公等，则成死矣！”宪曰：“彼只以妻子为重，视我等为草芥耳。”续曰：“军围城外，水绕城边，吾等死无地矣！”宪曰：“东门无水，我[等]弃布而逃之，若何？”续曰：“非丈夫也！何不擒布献之，吾等全身远害？”成曰：“我因追马而受责。布所倚仗者，赤兔马也。汝二人献门、擒布，吾先盗赤兔马而报曹公，若何？”三人商量，定下计策。侯成暗来吕布马院观其动静，见后槽人皆睡着，杀死数人，骑赤兔马走东门。魏续放出，佯作追马。侯成直至操寨献马，备言宋宪、魏续插白旗为号，准备献门。

据《三国志·魏书·吕布传》注引《九州春秋》：初，布骑将侯成遣客牧马十五匹，客悉驱马去，向沛城，欲归刘备。成自将骑逐之，悉得马还。诸将合礼贺成，成酿五六斛酒，猎得十余头猪，未饮食，先持半猪五斗酒自入诣布前，跪言：“间蒙将军恩，逐得所失马，诸将来相贺，自酿少酒，猎得猪，未敢饮食，先奉上微意。”布大怒曰：“布禁酒，卿酿酒，诸将共饮食作兄弟，共谋杀布邪？”成大惧而去，弃所酿酒，还诸将礼。由是自疑，会太祖围下邳，成遂领众降。（参见《后汉书·吕布传》）

操得消息，押榜示众数十张，令军士射入城去。榜曰：

今奉明诏征讨吕布，如有抗拒大兵者，满门诛戮。如有城内上至将校、下至士民献吕布贼首者，重加官赏。汉大将军曹　示。

次日平明，城外大[小]军校一齐纳喊，振动天地。吕布大惊，荒自提戟上城，[来到]各门点视（到来），责骂魏续走透侯成，欲待治罪。[城下]望见白旗插在白门楼上，军士雨点打城，布且迎敌。城里城外，箭如飞蝗，炮如掣电，从平明打到日午，城外军退。吕布少憩楼上，坐（倚于床）[于椅上]睡着。宋宪赶退左右，先盗了剑戟。[宪、绩]两个齐上，绑倒吕布。布急呼左右，宪、绩杀散，把白旗一招，大兵齐到城下。魏绩[大叫]"生擒吕布了也!"夏侯渊先来，未肯准信。宋宪就城上掷下吕布戟来，大开城门，一涌而入。高顺、张辽都在西门，水围难出，城上城下将士涌至，皆被生擒。陈宫就南门边被徐晃捉了。操差人入城镇压，不许劫掠良民。

据《资治通鉴》卷六十二：乃引沂、泗灌城。月余，布益困迫，临城谓操军士曰："卿曹无相困，我当自首于明公。"陈宫曰："逆贼曹操，何等明公！今日降之，若卵投石，岂可得全也!"布将侯成亡其名马，已而复得之，诸将合礼以贺成，成分酒肉先入献布。布怒曰："布禁酒而卿等酝酿，为欲因酒共谋布邪？"成忿惧，（建安三年）十二月癸酉，成与诸将宋宪、魏续等共执陈宫、高顺，率其众降。布与麾下登白门楼。兵围之急，布令左右取其首诣操，左右不忍，乃下降。(参见《三国志·魏书·吕布传》《武帝纪》,《后汉书·吕布传》)

据《资治通鉴考异》:《范书·布传》云"灌其城三月",《魏志·布传》亦曰"围之三月"。按操以十月至下邳，及杀布，共在一月，不可言三月。今从《魏志·武纪》。

操坐在城门上，使人请玄德，[玄德]乃引关、张到楼上。令玄德坐于侧，操交群刀斧手簇拥一干人过来。布虽长一丈，被数条麻索缚作一魂儿。布叫曰："缚太急，少缓之!"操曰："缚虎不得不急也!"

据《三国志·魏书·吕布传》：布与其麾下登白门楼。兵围急，乃下降。遂生缚布，布曰："缚太急，小缓之。"太祖曰："缚虎不得不急也。"(参见《资治通鉴》卷六十二，《后汉书·吕布传》)

布曰："容伸一言而死!"操曰："且稍解宽。"主簿王超曰："不可！吕布豹虎也，其众在外，不可宽也。"操曰："本欲少缓，主簿不容耳。"

据《三国志·魏书·吕布传》注引《献帝春秋》：布问太祖："明公何瘦？"太祖曰："君何以识孤？"布曰："昔在洛，会温氏园。"太祖曰："然。孤忘之矣。所以瘦，恨不早相得故也。"布曰："齐桓舍射钩，使管仲相；今使布竭股肱之力，为公前驱，可乎？"布缚急，谓刘备曰："玄德，卿为坐客，我为执虏，不能一言以相宽乎？"太祖笑曰："何不相语，而诉明使君乎？"意欲活之，命使宽缚。主簿王必趋进曰："布，勍虏也。其众近在外，不可宽也。"太祖曰："本欲相缓，主簿复不听，如之何？"

布见侯成、魏绩、宋宪皆立于侧。布曰："吾待众将不薄，安忍反也？"宋宪曰："汝听妻言，不用将计，安得为厚也？"布默然。

据《三国志·魏书·吕布传》注引《英雄记》：布谓太祖曰："布待诸将厚也，诸将临急皆叛布耳。"太祖曰："卿背妻，爱诸将妇，何以为厚？"布默然。

操交先推过高顺来。操问曰："你有何言？"顺终不答。操怒，交推[出]斩之。

押过陈宫来，操曰："公台别来无恙？"宫曰："汝心术（之）不正，吾故弃之。"操曰："吾心不正，汝何故事吕布？"宫曰："布虽无谋，不似你谄诈奸雄也。"操曰："公台平昔自为智谋有余，今竟何如？"宫（推）[顾]布曰："但此人不从吾言；若从吾言，未必被擒也。"操笑曰："今日之事当何如？"宫曰："为臣不忠，为子不孝，死自分也。"操曰："卿如是，奈卿老母何？"宫曰："吾闻将治天下者，不害人之亲。老母之存否，不在宫也。”操曰：“若卿妻子何？”宫曰：“吾闻将施仁政于天下者，不绝人之祀。妻子之存否，亦不在宫也。”操有留恋之意，宫曰：“请出就戮，以明军法。”遂自下楼，牵之不住。操起身泣而送之，宫并不回顾。楼下临刑，操谓从者曰：“疾送公台老母、妻子回许都吾府中恩养，怠慢者斩之！”宫不言，引颈受刀，众皆下泪。操令以棺木盛之，迁葬许都。

据《资治通鉴》卷六十二：操谓陈宫曰：“公台平生自谓智有余，今竟何如？”宫指布曰：“是子不用宫言，以至于此。若其见从，亦未必为禽也。”操曰：“奈卿老母何？”宫曰：“宫闻以孝治天下者不害人之亲。老母存否，在明公，不在宫也。”操曰：“奈卿妻子何？”宫曰：“宫闻施仁政于天下者不绝人之祀，妻子存否，在明公，不在宫也。”操未复言。宫请就刑，遂出，不顾，操为之泣涕，并布、顺皆缢杀之，传首许市。操召陈宫之母，养之终其身，嫁宫女，抚视其家皆厚于初。（参见《后汉书·吕布传》《三国志·魏书·吕布传》）

据《三国志·魏书·吕布传》注引《典略》：陈宫字公台，东郡人也。刚直烈壮，少与海内知名之士皆相连结。及天下乱，始随太祖，后自疑，乃从吕布，为布画策，布每不从其计。下邳败，军士执布及宫，太祖皆见之，与语平生，故布有求活之言。太祖谓宫曰：“公台，卿平常自谓智计有余，今竟何如？”宫顾指布曰：“但坐此人不从宫言，以至于此。若其见从，亦未必为禽也。”太祖笑曰：“今日之事当云何？”宫曰：“为臣不忠，为子不孝，死自分也。”太祖曰：“卿如是，奈卿老母何？”宫曰：“宫闻将以孝治天下者不害人之亲，老母之存否，在明公也。”太祖曰：“若卿妻子何？”宫曰：“宫闻将施仁政于天下者不绝人之祀，妻子之存否，亦在明公也。”太祖未复言。宫曰：“请出就戮，以明军法。”遂趋出，不可止。太祖泣而送之，宫不还顾。宫死后，太祖待其家皆厚于初。

按：在历史上，陈宫原是曹操的部将，后来他叛离曹操转而支持吕布。所以，他在下邳被擒后，在白门楼对曹操说：“为臣不忠，为子不孝，死自分也。”又说：“请出就戮，以明军法。” 而在《演义》中陈宫已不是曹操的部将，罗贯中将他变为中牟县的县令，让他救了曹操弃官随曹操逃亡，后来又离开曹操追随吕布。可是罗贯中在这里忘记了他已改变了陈宫的身份，在《演义》中照抄陈宫这两句话，于是露出了陈宫真实身份的痕迹。

史官有庙赞云：

生死无二主，丈夫何壮哉！
不从金石论，空负栋梁材。
辅主真堪敬，辞亲实可哀。
白门身丧日，谁肯似公台？

又诗叹曰：

亚父忠言逢楚籍，子胥剜目遇夫差。
白门楼下公台死，扼腕令人发叹嗟。

又诗曰：

不辨鱼游不识龙，要诛玄德拒曹公。
虽然背却苍天意，一点忠心贯日红。

此言陈宫虽不识人，忠义之心，凛然千古。

后曹公养其母妻，嫁其女，待之甚厚，此好处是曹公德也。

操送［宫下楼］，吕布与玄德曰："公为坐上客，布为帐下虏，不能一言而相宽乎？"玄德点头。操交押过吕布来。布曰："明公所患，不过于布；布今已伏，天下不足忧！明公将步，令布将骑，（只）［则］天下不足虑也！"操回顾玄德曰："吕布欲何如？"玄德答曰："明公不见布之事丁建阳、董卓乎？"操点头。布目视玄德曰："是儿最无信者！"操令牵下楼缢之。布回顾玄德曰："大耳儿！不记辕门射戟时耶？"操大（怒）［笑］。

据《三国志·魏书·吕布传》：布与其麾下登白门楼。兵围急，乃下降。遂生缚布，布曰："缚太急，小缓之。"太祖曰："缚虎不得不急也。"布请曰："明公所患不过于布，今已服矣，天下不足忧。明公将步，令布将骑，则天下不足定也。"太祖有疑色。刘备进曰："明公不见布之事丁建阳及董太师乎！"太祖领之。布因指备曰："是儿最叵信者！"于是缢杀布。布与宫、顺等皆枭首送许，然后葬之。（参见《资治通鉴》卷六十二，《后汉书·吕布传》）

忽一人大叫曰："吕布匹夫，何怕死耶！"众视之，乃张辽也。群刀斧手拥辽至。操令先缢死吕布，然后枭首。有诗叹曰：

夜读三分传，堪嗟吕奉先。
背恩诛董卓，忘义杀丁原。
倚仗英雄气，不从忠直言。
白门身死日，尤自望哀怜。

宋贤有诗曰：

洪水滔滔浸下邳，当年吕布被擒时。
空遗赤兔马千里，谩有方天戟一枝。
缚虎太宽求太懦，养鹰休饱纵教饥。
恋妻不纳陈宫计，枉骂无端大耳儿。

罗隐一绝责刘玄德云：

伤人饿虎缚休宽，董卓、丁原血未干。
玄德既知能啖父，争如留取害曹瞒。

［须臾］缢死吕布，时建安三年十二月也。兵士献上布首级。

据《后汉书·吕布传》：布及宫、顺皆缢杀之，传首许市。

交押过张辽来，操指曰："这人好生面善。"辽曰："我两个［在］濮阳那里厮见，如何忘了？"操大笑曰："你元来也记得。"辽曰："只是可惜。"操曰："可惜甚的？"辽曰："可惜火不大。［若火大，］烧杀你这国贼！"操大怒曰："败将安敢辱吾！"拔剑在手，亲自来杀张辽，辽引颈待诛。操剑下一人攀住臂膊，一人跪于面前，二人救辽，是谁？

[第三十九段]　曹孟德许田射鹿

刘玄德攀住臂膊，关羽跪于面前。玄德曰："此等赤心之人正可容留！"关羽曰："素知文远忠义之士，愿以性命保之！"操掷剑在地曰："我亦知文远忠义，故戏之耳。"这是操奸雄处。操亲释缚，自与穿衣，曰："纵（士）[使]杀吾妻子，亦不记仇。"[辽]遂降。操拜辽为中郎将，赐爵关内侯。

据《三国志·魏书·张辽传》：太祖破吕布于下邳，辽将其众降，拜中郎将，赐爵关内侯。（参见《资治通鉴》卷六十二）

按：据史书记载，张辽并非被俘后降。他是吕布被俘杀后，主动归降的。

辽招安臧霸。霸闻吕布已死，张辽投降，亦引本部数百人来降曹操。操皆赐金帛衣服。臧霸招安[孙观、]吴敦、尹礼来降，独有（吕）[昌]稀未归顺。操封霸琅琊相，孙观等各各加官，令守青州（附）[沿]海地面。

据《资治通鉴》卷六十二：臧霸自亡匿，操募索得之，使霸招吴敦、尹礼、孔观等，皆诣操降。操乃分琅邪、东海为城阳、利城、昌虑郡，悉以霸等为守、相。（参见《三国志·魏书·臧霸传》《武帝纪》）

操收吕布妻女、貂蝉，载回许都，尽将钱帛分犒三军。操离下邳，班师还许都，（道）[路]过徐州，百姓焚香遮道，请留刘使君为徐州牧。操曰："使君功大，必当面君了，回来未迟。"百姓叩头拜谢。操马上与玄德曰："待君朝贺之后，还徐州未晚。"玄德称谢。操唤车骑将军车胄领徐州，仍令陈登副之。二人谢毕，自守徐州。操大军还许都，出征官员各各封官赐赏，留玄德在相府左（边）[近]宅院歇定。

据《三国志·蜀书·先主传》：曹公自出东征，助先主围布于下邳，生禽布。先主复得妻子，从曹公还许。

次日，献帝设朝，操引玄德朝见。玄德具朝服，拜舞于殿下，帝宣上殿。操奏前功，帝曰："卿祖何人也？"玄德不觉泪下。帝惊问曰："卿何故悲伤也？"玄德曰："适蒙圣上见问，因伤先祖。臣乃中山靖王之后，汉景帝阁下玄孙，刘雄之孙，刘弘之子也。先祖真封涿州陆城亭侯，因而家焉。臣辱先祖，因此下泪！"帝敕取宗族世谱来检看，令宗正卿宣读：

汉景帝生十四子，第七子封中山靖王，名胜，生陆城亭侯[刘]真，真生沛侯刘昂，昂生漳侯刘禄，禄生沂水侯刘峦，峦生铁阳侯刘婴，婴生安国侯刘建，建生广[陵]侯刘哀，哀生胶水侯刘宪，宪生祖邑侯刘舒，舒生沂阳侯刘谊，谊生原泽侯刘必，必生（颖）[颍]川侯刘奋，奋生鄚侯[刘]不疑，不疑生东郡范令刘雄，雄生刘弘，不仕。

据《三国志·蜀书·先主传》：汉景帝子中山靖王胜之后也。胜子贞，元狩六年封涿县陆城亭侯。坐酎金失侯，因家焉。先主祖雄，父弘，世仕州郡。

备乃弘之子也，帝排世谱，乃帝之皇叔也。

按：《演义》称刘备是献帝伯叔辈，于史无据。

帝亦泪下，请备入殿，叙叔侄之礼。帝暗思："曹操弄权，国务大事分毫无得由朕。今得此英雄之叔，皇天指路矣！"帝（诏）［设］御宴待之，令操定拟官爵。操拜玄德为左将军，封宜城亭侯。

据《三国志·蜀书·先主传》：曹公表先主为镇东将军，封宜城亭侯，是岁建安元年也。

据《三国志·蜀书·先主传》：表先主为左将军。

玄德谢恩毕出朝。自此皆称"刘皇叔"。

刘晔曰："［天子］荣宠刘备，恐无益于主公！"操曰："玄德与吾结为昆仲，安肯外向也？"刘晔曰："吾观玄德世之杰士，非池中物也。"操曰："好亦结三年，（交）恶亦结三年。（结）好恶［吾］自有主意。"于是和玄德出则同（语）［舆］，坐则同榻，美食相分，恩若兄弟。

据《三国志·蜀书·先主传》：表先主为左将军，礼之愈重，出则同舆，坐则同席。

程昱入说操曰："今吕布已灭，天下振动。可兴王霸之基乎？"操曰："未（也）［可］。朝廷股肱尚多，未宜轻举。吾请天子田猎，以观动静。"昱曰："丞相之意可见矣！"

操选良马、名鹰、骏犬，弓矢俱备，先令人聚兵城外。操入请天子田猎，帝曰："田猎恐非正道也。"操曰："古之帝王，春蒐夏（阅）［苗］，秋狝冬狩，四时出郊，以示武于天下。今四海扰攘之时，若出田猎，其利有四：陛下久处深宫，神力疲倦，驰骋于弓马之间，爽神畅体，其利一也；耀武扬威，以示四方，其利二也；军闲则倦，倦则生疾，奔走免（逸）［疾］，其利三也；自天子至于公卿不可不习射，射以生力，其利四也。"帝即上逍遥马，带雕弓金鈚［箭］，排銮驾出城。玄德与关、张各弯弓插箭，内穿掩心甲，手持兵器，引数十骑，跟銮驾出许都。百姓聚观关、张随在玄德背后，看了人材兵马，无不称奇。

操骑爪黄飞龙马，引十万之众，与天子猎于许田地名。操令军马周回布摆二百余里。操与天子只争一马头地，操背后都是他心腹梯己之人。文武百官远远侍从，谁敢近前？各带一副弓箭，惟天子可带雕弓雕弓，赤色泥金弓也；壶中（头）［所］插之箭各有号帖，惟天子用金鈚子箭头上嵌金也。当日献帝马到许田，刘玄德起居道傍。帝曰："朕待看皇叔今日射猎。"玄德谢毕上马，草中赶起一兔，帝命玄德射之，一箭正中，（帝）［众］皆称（赏）［贺］。玄德下马拜谢，上马转过土坡，忽荆棘中赶起一头大鹿，冲入而来。帝连射三箭不中，回顾曹操曰："卿可射之。"操就借天子［雕］弓金鈚箭，扣满弓，一箭正中鹿背，倒于草中。满山群臣将校皆为天子射中，尽踊跃而来，同呼"万岁！"曹操纵马遮于天子之前以迎当之，众皆失色。玄德背后关羽大怒，卧蚕眉（剔）［倒］竖，丹凤眼圆睁，提刀拍马，便（去）［欲］斩操。玄德会其意，摇头送目，不肯令出。关公是个仁义之人，见兄如此，便不（肯）［敢］动手。操独视玄德，玄德荒欠身（起）称贺曰："恩相神箭，世之罕及！"操笑曰："是天子洪福耳！"就马上与天子贺罢，不还雕弓，就悬带之，老臣无不嗟呀！围场上已罢，宴于许田。天子促归，于是驾回许都，各自安歇。

玄德与关公曰："汝今日何燥暴（也）如此？"关羽曰："欺君罔上之贼，羽实难容，欲与国家除害。兄何止之？"玄德曰："击鼠当忌器耳。操爪牙极多，倘伤天子，罪在我等。吾固止之。"关羽曰："今日不杀，必有祸矣！"玄德曰："且宜秘之。"

据《三国志·蜀书·关羽传》注引王隐《蜀记》：初，刘备在许，与曹公共猎。猎中，众散，羽劝备杀公，备不从。

按：据史书，刘备在许都时曾与曹操一起打猎，汉献帝并没有参加。《演义》所描写的曹操欺压汉献帝的情节，不见于史。

却说献帝还宫，至晚泣诉皇后伏氏曰："朕自即位以来，先受董卓之殃，后遭李傕、郭汜之难，常人不受之苦，与汝（怎）[辈]当之。得见曹操，以为重扶社稷之臣。今独专国政，分毫不由朕躬，殿上见之，有若芒刺在背。[今在]围场上自迎呼'万岁！'操早晚必夺天下。吾夫妻未知死于何处！"伏后曰："公卿子孙食汉禄四百余年，直无一人效股肱之力而救国难乎？"言讫共哭。

至晚，忽一人自外入殿，曰："汝夫妻休忧！吾举一人以安社稷。"帝视之，乃皇后伏后之父、皇丈伏完也。帝曰："国丈知吾腹中事也？"完曰："田猎之时，（虽）[谁]不见操贼有夺天下之心？真乃当（时之豪）[世赵高]也！"帝曰："满朝之人，非操宗族，则出门下，谁肯尽忠讨贼？"完曰："若非国戚，不敢相告。老臣无权，难举此事，除是车骑将军、国舅董承可也。"帝曰："舅氏多赴国难，朕躬素知。可宣入内，共议大事。"完曰："陛下左右皆操心腹，倘有一泄，为祸不轻。臣有一计，可令国舅董承自尽力保驾。"其计如何？

[第四十段] 董承密受衣带诏

伏完曰："陛下可制新衣一领，取玉带一条，暗赐董承。可于带鞓衬内缝一密诏以赐之，令到家见此，自画良策。"帝然之。伏完出，帝自暗书手诏，咬破指尖，以血写之，令伏皇后缝于玉带紫锦背衬内，

按：核诸史书，伏皇后与其父伏完未参与衣带诏事件。

预穿锦袍一领，自系玉带，令内侍宣董承入。董承乃灵帝母董太后之侄，此献帝之老丈也。盖上古无老丈之称，只称为"国舅"。

承见帝，礼毕，帝曰："朕躬夜与后说霸河之苦，论旧日之功，终夕思慕。可伴朕躬于宫中闲步散心。"承顿首谢。帝引承出殿到家庙，转上功臣阁，内已设供具。帝焚香拜毕，引承观画像，中间画汉高祖圣容，二十四帝绘于两傍。帝指而问曰："此吾祖何人也？"承曰："陛下，[乃]开基创业高祖皇帝，何谓不识？"帝曰："吾祖起身何地？如何创业？"承失惊曰："陛下戏臣耳！圣祖之事，安得不知？"帝曰："卿试言之。"承曰："高皇帝起身泗上亭长，提三尺剑，斩白蛇于芒砀山，起义兵纵横四海，三载亡秦，五年灭楚，成四百年大汉天下，立万世之基业。"帝叹曰："祖父如此之英雄，子孙如此之（孺）[懦]

弱，何损益大不同也！”承曰：“高皇帝英武之君，不世出也！”帝指左右辅，曰：“此二相何人也？”承曰：“上首乃留侯张良，下首乃酂侯萧何。”帝曰：“此二人有何功而立于皇祖之侧？”承曰：“开基创业，实赖二人之功也！张良运筹帷幄之中，决胜千里之外。萧何镇国家，抚百姓，给饷馈，不绝粮道。高祖常称其德。”帝曰：“真社稷之臣也！立此配享，诚为相应。”帝回顾左右较远，[密]与承曰：“他日卿当立于朕躬之侧。”承曰：“臣无寸功，何以当此？”帝曰：“朕想西都救应之功，未常少（忽）[忘]。无可为赐，[卿]当（朕）[衣]此袍，系此带，常如在朕之左右。”帝解带脱袍赐之，低语曰：“子细观之，勿负朕意！”承拜谢，穿袍系带，辞帝下阁。

元来已有心腹人去报操曰：“帝与董承共登功臣阁。”（说）[慌]入内来看虚实。承正出宫，操入来，急无躲路，立于辇路之傍施礼。操问曰：“国舅何往？”承曰：“适蒙天子宣赐锦袍玉带。”操顾之曰：“有何缘故赐与衣带？”承曰：“以承旧日西都保驾之功，故乃赐之。”操（问）曰：“解下带来借观。”承却见帝动静，疑是密意，恐操看破，乃作艰难之状。操指左右，交解下来。操看了笑曰：“果然是（好条）[条好]带！”（就）[又交]脱下锦袍借观之，将于日影中照看；看罢穿在身上，系了带，回顾左右曰：“若何？”对曰：“称贵体！”操曰：“与吾穿之，别有回赐。”承曰：“君恩不可轻也！”操曰：“汝受此衣带，莫非其中有谋乎？”承急曰：“小人焉敢！丞相如要，便当留下。”操笑曰：“吾戏耳。汝受恩赐，吾何夺之？”遂解带脱袍还承，[承]辞而归。这一场好险！

承到家，将衣子细番覆看了，并无一物。承思曰：“天子以目送吾，以言指我，不见（衷曲）[踪迹]，何也？”是夜不能寝寐，忽寻思“尚有玉带可观。”其面乃白（面）玉玲珑，碾（玉）[成]小龙穿花，背[用]紫素薄锦为衬。承又未晓其意，放于桌上，明烛夜坐，展转寻思，不觉疲倦，伏几而卧。忽却落灯花于带鞓上，烧着背衬。承惊觉来，见紫（带）[锦]破处微露素绢，隐（在）[有]血迹，故取刀拆开视之，乃密诏[也]。承大骇，视诏曰：

> 朕闻人伦之大，父子为先；尊卑之序，君臣为重。近者权臣曹操，出自阁门，滥叨辅佐之（臣）[阶]，实有欺罔之罪；结连党伍，败坏朝纲，敕赏封爵，皆非朕意。夙夜忧[思]，恐天下将危！卿乃国之元老，朕之至亲，可念高祖创业之艰难，纠合忠义两全之士，殄灭奸党，复安宗社，除篡逆于未萌，祖宗幸甚！苍皇破指，书诏付卿，再四慎之，勿令有负！　　建安四年春三月诏

董承览毕，涕泗交流，寝食皆废，行坐皆藏袖中；独步出[至]书院中，将诏再三观看，无计可施，将诏放于几上，伏而卧之，思忖灭操之策，未有定（止）[见]，伏几而卧。

未及半晌，忽侍中郎王子服至。[子]服素与董承极厚，径入书院，见承睡着，袖底下压着诏书，微露[“朕”]字。[子]服款款取视之，藏于袖中，遂大叫“好睡得着！”承惊觉不见诏书，魂不附体。[子]服曰：“汝寻何物？”承无可答之。子服曰：“汝欲谋杀曹公，吾当出首！”承泣拜曰：“君若如此，汉室宗族并皆休矣！”子服曰：“吾祖宗累世食汉禄，争敢负之？吾欲助兄一臂之力，共杀国贼！”承曰：“兄有此心，国之大幸！”[子]服曰：“应于诏后同立义状，各舍三族于本，以报汉君。”承大喜，取白绢一幅，先书名押字，[子]服即书之。[子]服曰：“将军吴子兰与我结生死之交。吾必令同力灭贼。”承曰：“满朝（中）大臣惟有长水校尉种辑、议郎吴顾是吾心腹之人，必能顺我。”

据《三国志·蜀书·先主传》注引《献帝起居注》：承等与备谋未发，而备出。承谓服曰：“郭多有数百兵，坏李傕数万人，但足下与我同不耳！昔吕不韦之门，须子楚

而后高，今吾与子由是也。”服曰：“惶惧不敢当，且兵又少。”承曰：“举事讫，得曹公成兵，顾不足邪？”服曰：“今京师岂有所任乎？”承曰：“长水校尉种辑、议郎吴硕是我腹心办事者。”遂定计。

正商议间，家童入报：“种辑、吴顾相探。”承曰：“此天助也！”交［子］服只在屏风后权避。承出，接入书院坐定。茶毕，辑曰：“畋猎回来，君怀恨乎？”承曰：“虽有怨恨，无可奈何。”吴顾曰：“若有人协助，吾誓杀此贼！”种辑曰：“与国家除害，死亦无怨！”王子服从屏风后出曰：“汝［二人］欲杀曹公，国舅便是证见。”辑怒曰：“忠臣不怕死，怕死不忠臣！吾等死（于）［为］汉鬼，不似汝，贼之共党也！”承叹曰：“吾等正为此事欲见二公，今天所赐，愿必酬矣！”遂出诏，令观之。二公下泪，即请书名。［子］服曰：“只此少待，吾请吴子兰至。”［子］服去不多时，二人并至。［子］兰欣然书名。承于后堂会饮。

据《后汉书·董卓传附董承传》：自都许之后，权归曹氏，天子总己，百官备员而已。帝忌操专逼，乃密诏董承，使结天下义士共诛之。承遂与刘备同谋，未发，会备出征，承更与偏将军王服、长水校尉种辑、议郎吴硕结谋。（参见《后汉书·献帝纪》）

据《资治通鉴》卷六十三：初，车骑将军董承称受帝衣带中密诏，与刘备谋诛曹操。……遂与承及长水校尉种辑、将军吴子兰、王服等同谋。

据《三国志·蜀书·先主传》：先主未出时，献帝舅车骑将军董承辞受帝衣带中密诏，当诛曹公。……遂与承及长水校尉种辑、将军吴子兰、王子服等同谋。

按：董承谋杀曹操，事发被诛，实有其事；但他是否曾接受献帝的衣带诏，史书记载并不一致。《三国志·先主传》称“董承辞受帝衣带中密诏”，《资治通鉴》根据《三国志》记作“董承称受帝衣带中密诏”，都是说，董承自称接受了“衣带密诏”；仅《后汉书》称献帝曾“密诏董承”。《演义》采用的是《后汉书》的说法。

忽报西凉太守马腾相探。承曰：“只推我病，不能相见。”门吏回报，腾怒曰：“我夜来从东华门见赐锦袍玉带，为何推病也！吾非为哺啜而来，欲见一面回西凉州去，何太薄情也！”门吏又入报腾怒之意。承曰：“诸公少待，吾暂见便到。”承出，接入厅上坐定。腾曰：“某（与）［为］西番不时入寇，特来朝贺，以求添助军马。今欲回程，想国舅是（老丈）［大老］元臣，特来相辞，何相推耶？”承曰：“贱躯感微疾，故不及接待。”腾曰：“公面带春色，非有病者。”承无言可答。腾拂袖便起，嗟叹下阶，曰：“皆非柱石之材也！”承见腾言语感动，再邀回坐，问曰：“公叹何人非柱石也？”腾曰：“畋猎之事，吾尚气满肺腑；汝乃国舅近戚，尤自殢于酒色而不思报本，安得为皇家柱石也？”承恐是操使来，故叹曰：“曹公乃国之栋梁。吾何能及焉？”腾怒曰：“尔尚目曹贼为正人耶！”承曰：“耳目较（清）［近］，请［公］低声。”腾曰：“平生怕死之（时）［人］，不足以论大事！”又欲起，承曰：“请公看一物，以见某动静。”邀腾入［书院］，取诏示之。腾毛发倒竖，咬齿嚼唇至于流血。腾曰：“汝若有内助，吾即动西凉之兵为外应。”［承］请入与诸公相见，取义状交腾书名。腾乃取酒，令各人歃血为盟，“死生不负所约！”指坐上（共）六人曰：“若得十人，大事谐矣！”

按：据史书记载，与董承同谋者仅王服、种辑、吴硕和刘备四人，《演义》作六人，其中马腾未参与此事，系小说虚构；吴顾与吴子兰应是同一人。王服，一作王子服。

承曰：“朝廷大臣中间少得忠义两全之人。”古者朝廷官员人家皆有一集，名《鸳行鹭序》，上面都有公（即）

［卿］名字。腾检到刘氏宗族，乃拍手曰："何不共此人商议？大事必成！"众皆曰："某等论之，未必有人。将军欲用谁？"腾曰："其人如何？"

［第四十一段］　论英雄青梅煮酒会

马腾曰："见有豫州牧刘玄德在此，何不求之？"承曰："此人虽汉室皇族，今与操贼作牙爪，安肯行此事耶？"腾曰："不然。吾观玄德素有杀贼之心。前日围场之中，操迎'万岁！'玄德后关羽便欲杀之。玄德（斩）［晰］目摇头，令此人退了。非不欲图之，恨操牙爪多，恐力不及耳。公试求之，无不应允。"吴顾曰："此事不宜太速，各得于心，再容商议。"众皆散去。

次日月黑夜，董承怀诏改妆，径往玄德家扣门。门吏入报，玄德出迎，见承失惊，请入小阁坐定，关、张立于面前。玄德（问）［曰］："国舅寅夜到此，必有事故。"承曰："白日乘马相访，正当其礼，只恐曹丞相见疑，故黑夜请见。"玄德曰："深感厚意！"命左右相款。承曰："前日围场之事，云长欲杀曹公，将军（斩）［晰］目摇头而退之，何也？"玄德失惊曰："公何［以］知之！"承曰："人皆不见，独某于公侧，足见动静。"玄德不能隐讳，遂曰："舍弟见操僭越，故不容耳。"承闻言，掩面而哭。玄德问其故，承曰："汉朝若得云长心地之人为股肱，何忧不太平耶？"玄德又恐［是］操使来试探，故佯言曰："曹丞相治国家，何忧也？"承变色而起曰："吾以公乃汉朝之皇叔，故剖心沥胆以言之。公何诈也！"玄德曰："只恐将军故来相戏耳。"于是（遂）［承］出衣带诏，令观之。玄德不胜悲愤。承曰："你我二人，三右将军吴子兰，四工部侍郎王子服，五长水校尉种辑，六议郎吴顾，七西凉太守马腾。"玄德曰："既公有匡扶社稷之心，备安得不效犬马之力？"承顿首拜谢。玄德曰："既奉［明］诏，万死不辞！"承曰："请书大名。"玄德即（名）［书］"左将军"，押了（文）［名］字，付承收了。承曰："尚容再寻三人，共聚'十义'，以图国贼。"玄德曰："切宜慎［之，］缓缓施谋；一旦行事，不可轻忽。"承共议到五更，相辞去了。

元来玄德也防操谋害他，就下后园种菜，自［己］浇灌。关羽曰："兄长不留心于弓马以取天下，而学小人之事！"玄德笑曰："非汝所知也。"

> 据《三国志·蜀书·先主传》注引《吴历》：曹公数遣亲近密觇诸将有宾客酒食者，辄因事害之。备时闭门，将人种芜菁，曹公使人窥门。既去，备谓张飞、关羽曰："吾岂种菜者乎？曹公必有疑意，不可复留。"其夜开后栅，与飞等轻骑俱去，所得赐遗衣服，悉封留之，乃往小沛收合兵众。　　臣松之案：魏武帝遣先主统诸将要击袁术，郭嘉等并谏，魏武不从，其事显然，非因种菜遁逃而去。如胡冲所云，何乖僻之甚乎！

关羽（但）［烦］闷，看《春秋左氏传》，或演习弓马。

次日，关、张不在。玄德正浇菜，许褚、张辽引十数人荒入园中曰："丞相有命，请皇叔便行。"玄德问"无甚急事否？"许褚曰："不知，只着（便）［我］来［请］。"玄德随二人到相府。操一见，正色而言曰："在家做得好事！"唬得玄德面如土色；携玄德手直至后园，曰："公学圃不易！"学圃，种菜也。玄德却才放心，答曰："无可消闲耳。"操仰面大笑曰："适才忽观枝头梅子青青，因感去年征张绣时，道上缺水，诸将言渴，被吾心生巧［计］，以鞭虚指曰：'前面有梅林。'军士闻之，口皆出水，因是不渴。

据《世说新语·假谲》：魏武行役，失汲道，军皆渴，乃令曰："前有大梅林，饶子，甘酸可以解渴。"士卒闻之，口皆出水，乘此得及前源。

今日见此，不可不赏之，又值煮酒正热，同邀贤弟，小亭一会，以尝其新。"玄德心神方定，随至小亭，以设樽俎，盘贮青梅，壶斟煮酒。

按：曹操指刘备为英雄，史书有载；但青梅煮酒，则于史无据。

二人对坐，开怀畅饮。

酒至半酣，忽然阴云漠漠，骤雨将来。从人遥指天外龙挂，操与玄德凭栏观之。操曰："贤弟知龙变化也矣？"玄德曰："未知也。"操曰："龙能大能小，能升能隐：大则握雾拿云，翻江搅海，小则埋头伏爪，隐介藏（指）［身］；升则飞腾宇宙之间，潜则伏于秋潭之内。此龙乃阳物也，随时变化。方今春浓，阳和盈溢，龙得其时也，与人无异：龙得其时则飞升九天，人得其志则纵横四海，龙之可比世之英雄。玄德久历四方，必知当世之英雄果何人也。请［试］论之。"玄德曰："备愚浊眼目，安识英雄？"操曰："公休谦，必自有主张也。"玄德曰："备幸叨丞相恩，德仕朝廷，英雄豪杰，实有未知。"操曰："不识（知）者亦闻其名。愿［以］世俗论之。"玄德曰："淮南袁公路，兵粮足备，可为英雄也。"操笑曰："冢中枯骨耳。吾早晚必擒之！"

据《资治通鉴》卷六十一：北海相孔融谓备曰："袁公路岂忧国忘家者邪！冢中枯骨，何足介意！"（参见《三国志·蜀书·先主传》）

玄德曰："河北袁本初，四世三公，门多故吏，今虎踞冀（、并）［州］之地，手下能者极多，可为英雄？"操笑曰："袁绍色厉胆薄，好谋无断，干大事而惜身，见小利而忘命，乃（疮）［疥］癣之疾，非英雄也！"

据《资治通鉴》卷六十三：许下诸将闻绍将攻许，皆惧，曹操曰："吾知绍之为人，志大而智小，色厉而胆薄，忌克而少威，兵多而分画不明，将骄而政令不一，土地虽广，粮食虽丰，适足以为吾奉也。"（参见《三国志·魏书·武帝纪》）

据《资治通鉴》卷六十二：袁绍与操书，辞语骄慢。操谓荀彧、郭嘉曰："今将讨不义而力不敌，何如？"对曰："……今绍有十败，公有十胜，绍虽强，无能为也。……绍多谋少决，失在后事……"（参见《三国志·魏书·郭嘉传》注引《傅子》）

据《资治通鉴》卷六十三：关中诸将以袁、曹方争，皆中立顾望。凉州牧韦端使从事天水杨阜诣许，阜还，关右诸将问："袁、曹胜败孰在？"阜曰："袁公宽而不断，好谋而少决；不断则无威，少决则后事，今虽强，终不能成大业。……"（参见《三国志·魏书·杨阜传》）

玄德曰："有一人世称'八俊'，威镇九州，刘景升可为英雄？"操又笑曰："刘表（将军）酒色之辈，非英雄也！"玄德曰："有一人血气方刚，江东领袖，孙伯符乃英雄也。"操又笑曰："孙策藉父之名，黄口孺子，非英雄也！"

据《三国志·吴书·孙策传》注引《吴历》：曹公闻策平定江南，意甚难之，常呼"猘儿难与争锋也"。

玄德又问曰："益州刘季玉，可为英雄乎？"操大笑曰："刘璋守户之犬耳，主人出，守定户不出。何足英雄？"玄德曰："如张绣、张鲁、韩遂等［辈］，皆可为英雄否？"操拍掌大笑曰："此皆碌碌小人，何足挂齿？"玄德曰："舍此之外，备实不知。"操曰："夫英雄者胸怀大志，腹隐良谋，有包括宇宙之心，吐（塞）［吞］天地之气，方可为英雄也。"玄德曰："谁敢当之？"操先指玄德，后指自［己］，曰："今天下英雄，惟使君与操耳！"言未毕，玄德匙箸失坠。（便）［操］问曰："何为失却匙箸？"玄德曰："圣人云：迅雷风烈必变。一震之威，乃至于此。"操曰："雷乃天地阴阳击搏之声，何足为惊怕？"玄德曰："备自幼惧雷声，恨无地可避之。"操乃冷笑，心以为无用之人也。曹操虽奸，又被玄德瞒过也。

据《资治通鉴》卷六十三：初，车骑将军董承称受帝衣带中密诏，与刘备谋诛曹操。操从容谓备曰："今天下英雄，惟使君与操耳，本初之徒，不足数也！"备方食，失匕箸，值天雷震，备因曰："圣人云'迅雷风烈必变'，良有以也。"遂与承及长水校尉种辑、将军吴子兰、王服等同谋。

据《三国志·蜀书·先主传》：先主未出时，献帝舅车骑将军董承辞受帝衣带中密诏，当诛曹公。先主未发。是时曹公从容谓先主曰："今天下英雄，唯使君与操耳。本初之徒，不足数也。"先主方食，失匕箸。

据《三国志·蜀书·先主传》注引《华阳国志·刘先主志》：于时正当雷震，备因谓操曰："圣人云'迅雷风烈必变'，良有以也。一震之威，乃可至于此也！"

前贤有诗为证：

绿满园林春已终，曹、刘对坐论英雄。
玉盘堆翠青梅满，金盏飘香煮酒浓。
匙箸落时知肺腑，风雷吼处动心胸。
樽前一语瞒奸汉，铁锁冲开走蛰龙。

天下庐山最高，有修行人在上看云，在半山下开霹雳之声，上面听得似婴儿啼哭。故东坡有诗云：

身外浮云便有身，区区雷电若为神。
山头只作婴儿看，多少人间失箸人。

大雨方住，［见］两人抢入后园，手提宝剑到亭前，左右皆当不住。操视之，乃关、张也。元来二人在城外射箭方回，听得人报"玄德被张辽、许褚捉将去了。"荒忙来相府门前打听；听得在后花园，只恐有失，故冲突而入，却见玄德与操对坐。二人按剑入鞘。操问曰："二人何来？"云长曰："听知丞相与兄饮酒，特来舞剑，以助一笑。"操知其意，笑曰："此非鸿门会，安用项庄、项伯乎？"玄德亦笑。操命"取酒食来"与二"樊哙"压惊，关、张拜谢。须臾席散，玄德辞操而归。

关、张曰："险惊杀俺两个！"玄德以匙箸［事］告诉二弟，关、张亦不解。玄德曰："吾之学圃、惧雷，其理颇同。［曹］操奸雄之辈，早晚必有人在此窥觑。吾种菜之故，欲使操知我无用。失匙箸［者］，盖惧操言我亦英雄矣；欲答未能，（举）［忽］一声雷震，只说怕雷，使操看承我如小儿，不相害也。"关、张曰："兄之高明远见瞒过操矣！"

操次日又请玄德扶头。正饮间，忽人报曰："［满宠］体探袁绍（，满宠）已回。"操召入问曰："吾差汝去河北采访民物，如何？"宠曰："民物如故，公孙瓒已被袁绍破［了］。"玄德曰："愿闻其详。"宠曰："瓒与绍战不利，退守易州，筑城为围，围上建楼，可高十丈，名曰‘易京楼’，积谷三百万以自守。战士出入不息，有被袁绍围者，众将请救之。瓒曰：‘若救一人，后之战者只望人救，不肯死战。’因此袁绍兵来，多有降者。瓒势孤，故求救于张燕，约以举火为号，内应外合。正（书去）[去下书]，（时人）[使命]却被袁绍擒之。至夜，城外举火。瓒自出战，伏兵四起，军兵折其大半。退入城中，被绍（为）穿地道，直至瓒所居处放（下）火。瓒无走路，乃尽杀其妻子。瓒乃自缢，一火焚之。

据《资治通鉴》卷六十一、卷六十二、卷六十三：公孙瓒既杀刘虞，尽有幽州之地，志气益盛，恃其才力，不恤百姓，记过忘善，睚眦必报。衣冠善士，名在其右者，必以法害之；有材秀者，必抑困使在穷苦之地。或问其故，瓒曰："衣冠皆自以职分当贵，不谢人惠。"故所宠爱，类多商贩、庸儿，与为兄弟，或结婚姻；所在侵暴，百姓怨之。刘虞从事渔阳鲜于辅等，合率州兵欲共报仇，以燕国阎柔素有恩信，推为乌桓司马。柔招诱胡、汉数万人，与瓒所置渔阳太守邹丹战于潞北，斩丹等四千余级。乌桓峭王亦率种人及鲜卑七千余骑，随辅南迎虞子和与袁绍将麹义，合兵十万共攻瓒，破瓒于鲍丘，斩首二万余级。于是代郡、广阳、上谷、右北平各杀瓒所置长吏，复与鲜于辅、刘和兵合，瓒军屡败。先是有童谣曰："燕南垂，赵北际，中央不合大如砺，唯有此中可避世。"瓒自谓易地当之，遂徙镇易，为围堑十重，于堑里筑京，皆高五六丈，为楼其上；中堑为京，特高十丈，自居焉。以铁为门，斥去左右，男人七岁以上不得入门，专与姬妾居。其文簿、书记皆汲而上之。令妇人习为大声，使闻数百步，以传宣教令。疏远宾客，无所亲信，谋臣猛将，稍稍乖散。自此之后，希复攻战。或问其故，瓒曰："我昔驱畔胡于塞表，扫黄巾于孟津，当此之时，谓天下指麾可定。至于今日，兵革方始，观此，非我所决，不如休兵力耕，以救凶年。兵法，百楼不攻。今吾诸营楼橹数十重，积谷三百万斛。食尽此谷，足以待天下之事矣。"……袁绍连年攻公孙瓒，不能克，以书谕之，欲相与释憾连和；瓒不答，而增修守备，谓长史太原关靖曰："当今四方虎争，无有能坐吾城下相守经年者明矣，袁本初其若我何！"绍于是大兴兵以攻瓒。先是瓒别将有为敌所围者，瓒不救，曰："救一人，使后将恃救，不肯力战。"及绍来攻，瓒南界别营，自度守则不能自固，又知必不见救，或降或溃。绍军径至其门，瓒遣子续请救于黑山诸帅，而欲自将突骑出傍西山，拥黑山之众侵掠冀州，横断绍后。关靖谏曰："今将军将士莫不怀瓦解之心，所以犹能相守者，顾恋其居处老小，而恃将军为主故耳。坚守旷日，或可使绍自退。若舍之而出，后无镇重，易京之危，可立待也。"瓒乃止。绍渐相攻逼，瓒众日蹙。建安四年春，黑山贼帅张燕与公孙续率兵十万，三道救之。未至，瓒密使行人赍书告续，使引五千铁骑于北隰之中，起火为应，瓒欲自内出战。绍候得其书，如期举火。瓒以为救至，遂出战。绍设伏击之，瓒大败，复还自守。绍为地道，穿其楼下，施木柱之，度足达半，便烧之，楼辄倾倒，稍至京中。瓒自计必无全，乃悉缢其姊妹、妻子，然后引火自焚。绍趣兵登台，斩之。田楷战死。关靖叹曰："前若不止将军自行，未必不济。吾闻君子陷人危，必同其难，岂可以独生乎！"策马赴绍军而死。续为屠各所杀。（参见《三国志·魏书·公孙瓒传》及注引《英雄记》，《后汉书·公孙瓒传》）

今袁绍又得瓒军。绍弟袁术在淮南骄奢，不恤军士，众皆背反。术使人归帝号以让袁绍，使于北方登基。绍使人取玉玺，术（若）[约]亲自送到。

据《资治通鉴》卷六十三：袁术既称帝，淫侈滋甚，媵御数百，无不兼罗纨，厌粱肉，自下饥困，莫之收恤。既而资实空尽，不能自立，乃烧宫室，奔其部曲陈简、雷薄于灊山，复为简等所拒，遂大穷，士卒散走，忧懑不知所为。乃遣使归帝号于从兄绍。（参见《三国志·魏书·袁术传》《后汉书·袁术传》）

见今袁术弃淮南，欲归河北。若二人协力，（而）急难（守）［收］复。丞相作急图之！”玄德起身曰：“术若投绍，必从徐州过。备请一军，半路截住击之，术可擒也。”操喜曰：“来日奏帝，便教登程。”

次日，宣玄德面君，操令朱陵、

据《三国志·魏书·朱灵传》：初，清河朱灵为袁绍将。太祖之征陶谦，绍使灵督三营助太祖，战有功。绍所遣诸将各罢归，灵曰：“灵观人多矣，无若曹公者，此乃真明主也。今已遇，复何之？”遂留不去。所将士卒慕之，皆随灵留。灵后遂为好将，名亚晃等，至后将军，封高唐亭侯。

路招领兵五万，令玄德总督，去拿袁术。

据《三国志·蜀书·先主传》：袁术欲经徐州北就袁绍，曹公遣先主督朱灵、路招要击术。（参见《资治通鉴》卷六十三，《三国志·魏书·武帝纪》）

玄德辞帝，帝泣送之。玄德到家，星夜收拾军器鞍马，挂了将印，催并军马便起。董承赶出十里长亭与玄德密语。［玄德］曰：“国舅且宁耐。吾此行必有变（爆）［豹］，自当驰书相报也。”承曰：“公宜挂念，勿负帝心！”二人分别。关、张在马上问曰：“兄今番出征，何如此之荒速？”玄德曰：“吾乃笼中之鸟，网内之鱼。此一行如鱼归大海，鸟上青霄，不受网罗之羁也。操只可同忧，不可共乐；万一心变，死无地矣！”关、张荒趱朱陵、路招急行。

程昱、郭嘉考较钱粮方回，［闻知］操已遣玄德进兵徐州，荒入见曰：“丞相令刘备督兵，何意？”操曰：“欲邀击袁术耳。”程昱曰：“昔日令刘备为豫州牧时，某等谏来，丞相不听。今日又与之兵，乃放龙归海，放虎归山。日后欲制之，其可得乎？”郭嘉曰：“备有雄才而甚得民心，张飞、关羽皆有‘万人敌’也，［又］为之（无）用，以嘉观之，皆非［久］在于人下者，其［谋］未可测也。古人有言‘一日纵敌，数世之患。’今以兵与之，如虎添翼也。丞相何不察之？”操曰：“吾观刘备闲时尤学圃，酒后尚畏雷，此非成事业之人，何足忧之？”程昱曰：“学圃者，为瞒丞相耳；畏雷（声）［者］，非［其］本情也。丞相明烛天下，何被刘备瞒过？”操顿足曰：“吾被此人欺诈也！谁可星夜与吾擒之？”

据《资治通鉴》卷六十三：会操遣备与朱灵邀袁术，程昱、郭嘉、董昭皆谏曰：“备不可遣也！”操悔，追之，不及。（参见《三国志·魏书·武帝纪》）

据《三国志·魏书·程昱传》：刘备失徐州，来归太祖。昱说太祖杀备，太祖不听。语在《武纪》。后又遣备至徐州要击袁术，昱与郭嘉说太祖曰：“公前日不图备，昱等诚不及也。今借之以兵，必有异心。”太祖悔，追之不及。会术病死，备至徐州，遂杀车胄，举兵背太祖。

据《三国志·魏书·郭嘉传》注引《傅子》：初，刘备来降，太祖以客礼待之，使为豫州牧。嘉言于太祖曰：“备有雄才而甚得众心。张飞、关羽者，皆万人之敌也，为之死用。嘉观之，备终不为人下，其谋未可测也。古人有言：‘一日纵敌，数世之患。’宜早为之所。”是时，太祖奉天子以号令天下，方招怀英雄以明大信，未得从嘉谋。会太祖使备要击袁术，嘉与程昱俱驾而谏太祖曰：“放备，变作矣！”时备已去，遂举兵以叛。太祖恨不用嘉之言。

据《三国志·魏书·董昭传》：太祖令刘备拒袁术，昭曰：“备勇而志大，关羽、张飞为之羽翼，恐备之心未可得论也！”太祖曰：“吾已许之矣。”备到下邳，杀徐州刺史车胄，反。

一人昂然而出曰：“吾只用五百军马，缚刘备、关、张，献到府下。”此是谁人？

[第四十二段] 关云长袭车胄

要去赶玄德者，乃是虎贲校尉许褚也。操喜，即命褚领五百铁骑马军，连夜赶来。

却说玄德与关、张正行之间，只见尘头起，玄德曰：“必是操兵追至也。”遂下寨准备。褚下马入见玄德，[玄德]曰：“校尉来此何干？”褚曰：“奉丞相命，特来请将军回，别有商议。”玄德曰：“将在军，君命有所不受，况传丞相之一语乎？汝回去见丞相，替我禀覆：程昱、郭嘉累问我取觅金帛，不曾相赠，因此结怨在心，于丞相前以谗言害我，故令汝赶来擒捉吾。吾若无仁义之辈，只就此间砍你为肉泥。吾感丞相大恩未尝忘，汝当速回[见丞相]，善言（达）[答]之（丞相）。”褚观见关、张以目[视之]，连声应诺而退。玄德遂行。

许褚回见操，将玄德言细说一遍。操唤程昱、郭嘉，责之曰：“汝于刘备处取觅金帛不从，因此结怨，每于吾前谗言谮之，此何理也？”程昱、郭嘉以头顿地曰：“丞相又被[他]瞒过！”操笑曰：“彼既去矣，追赶成怨乎？吾不怪汝，汝勿疑。”二人辞去。此是操半信半疑。

却说马腾见玄德去了，边报紧急，亦自回西凉州去。

却说玄德兵至徐州，刺史车胄出迎。公宴了毕，孙乾、糜竺、简雍等都来相见。[玄德]回家探视家小，（听）[专候]袁术军来。术因奢侈，雷薄、陈兰皆反，投嵩山去了。术势甚衰，乃作书，归帝号与袁绍。书曰：

> 汉之失天下久矣。天子懦弱，政在家门，豪雄角逐，分裂疆宇，与周之末年七国分势无异，卒暴者兼之耳。（如）袁氏受命当王，符瑞炳然。今兄据有四州，民户百万，以强则无与比，论德亦无与比。操欲扶衰拯弱，安能续绝命、救已灭乎？今纳上尊号，请兄早即帝位，共享万世之洪基，不可自失机会！传国玉玺续当献上。弟术百拜。

袁绍亦有篡国之心，故令人召袁术。术乃收拾人马、宫禁御用之物，先奔徐州来。

> 据《资治通鉴》卷六十三：（袁术）奔其部曲陈简、雷薄于灊山，复为简等所拒，遂大穷，士卒散走，忧懑不知所为。乃遣使归帝号于从兄绍曰：“禄去汉室久矣！袁氏受命当王，符瑞炳然。今君拥有四州，人户百万，谨归大命，君其兴之！”（参见《三国志·魏书·袁术传》及注引《魏书》,《后汉书·袁术传》）

玄德知术到来，乃引关、张、朱陵、路招五万军出，正迎先锋纪灵至。张飞拦路，纪灵更不（招）[打]话，直取飞。两员将斗十合，飞大叫一声，刺纪灵于马下，败军奔走。袁术自引军来战。玄德分兵两路击之，朱陵、路招在左，关羽在右。玄德自引兵与术相见。玄德在门旗下责骂术曰：“汝反逆无道！吾今钦奉明诏，前来讨汝！若毁去犯禁之物，束手来降，引见曹丞相，饶你罪犯。”袁术大骂：“织席贩履小辈，安敢轻我！”引兵赶来。玄德退步，两路兵出，杀得尸横遍野，血聚成河，士卒逃亡，不可胜计。

据《资治通鉴》卷六十三：袁谭自青州迎术，欲从下邳北过。曹操遣刘备及将军清河朱灵邀之，术不得过，复走寿春。（参见《后汉书·袁术传》）

据《三国志·蜀书·先主传》：袁术欲经徐州北就袁绍，曹公遣先主督朱灵、路招要击术。未至，术病死。（参见《三国志·魏书·武帝纪》《袁术传》）

按：《演义》写刘备在徐州拦截袁术并与其交战，不见于史。据史书记载，袁术欲经徐州北投袁绍，但未到徐州，于途中病死。

袁术败走，[投往嵩山，] 又被（嵩山）雷薄、陈兰劫尽钱粮草料。玄德迤逦赶来。袁术四下无路，再回寿春。

人报寿春已被群盗所袭。术乃驻兵江亭地名，只有一千余众，皆老弱之辈。时当盛暑，粮食尽绝，止有麦屑三十斛，分俵与军士；家人无食，饿死极多。术嫌饭粗，不能下喉，乃求蜜水止渴。庖人曰："止有血水，安得蜜水？"术坐于箦床上大叫曰："袁术到于此乎！"伏倒于（地）[箦] 床上，呕血斗余而死 [，时建安四年夏六月尽也]。

据《三国志·魏书·袁术传》注引《吴书》：术既为雷薄等所拒，留住三日，士众绝粮，乃还至江亭，去寿春八十里。问厨下，尚有麦屑三十斛。时盛暑，欲得蜜浆，又无蜜。坐櫺床上，叹息良久，乃大咤曰："袁术至于此乎！"因顿伏床下，呕血斗余而死。

据《资治通鉴》卷六十三：（建安四年夏）六月，至江亭，坐箦床而叹曰："袁术乃至是乎！"因愤慨结病，欧血死。（参见《后汉书·袁术传》）

后人作诗叹之，（时建安四年夏六月尽也，）诗云：

汉末刀兵起四方，无端袁术太猖狂。
不思累世为公相，便欲孤身作帝王。
强暴枉夸传国玺，骄奢安说幸天祥。
渴思蜜水无由得，独卧空房吐血亡。

袁术已死，侄袁胤将灵柩及妻子奔庐江，路逢徐璆，尽杀之。璆得玉玺，走许都献与曹操。操大喜，封徐璆为广陵太守。此时玉玺归魏。

据《资治通鉴》卷六十三：（袁术）因愤慨结病，欧血死。术从弟胤畏曹操，不敢居寿春，率其部曲奉术柩及妻子，奔庐江太守刘勋于皖城。故广陵太守徐璆得传国玺。献之。（参见《后汉书·袁术传》，《三国志·魏书·袁术传》，《三国志·吴书·孙策传》注引《江表传》）

据《三国志·吴书·孙策传》：后术死，长史杨弘、大将张勋等将其众欲就策，庐江太守刘勋要击，悉虏之，收其珍宝以归。　　《资治通鉴考异》认为：（该传）与诸书不同，今从《范书》《陈志》"（袁）术传"及《江表传》。

据《三国志·魏书·武帝纪》注引《先贤行状》：璆字孟玉，广陵人。少履清爽，立朝正色。历任城、汝南、东海三郡，所在化行。被征当还，为袁术所劫。术僭号，欲授以上公之位，璆终不为屈。术死后，璆得术玺，致之汉朝，拜卫尉太常；公为丞相，以位让璆焉。（参见《后汉书·徐璆传》）

却说玄德知袁术已死，写表申朝，书呈曹操；令朱陵、路招回许，留下军马，保守徐州。玄德见于路人民流散，随处招谕复业，来还徐州。

朱陵、路招到许，说玄德留下军［马］。操欲斩二人，荀彧曰："权归刘备，二人亦无奈何。"［操］遂喝退。荀彧曰："可写批示与车胄，就里图之。"操曰："此计亦好。"暗使人来见车胄，传操钧命。胄随即（使）［请］陈登商议此事。登曰："此事亦凭将军神威武艺，何虑刘备？可引军伏于瓮城道边，只做接刘备，待马到来，一刀斩之；某在城上射住后军，大（杀余众）［事济矣］!"胄然之。

登回见父陈珪，说"欲杀刘使君"事。珪曰："何不先报之？"登曰："儿已拟定了也。"来报如此。

按：《演义》称，陈登暗助刘备，为之通报消息，不见于史。

元来关、张在先，玄德在后。张飞听得，便要去厮杀。云长曰："他伏在瓮城边。若撞入去，必然有失。若交兄知之，（不）便［不］入徐州杀车胄。我有一计，乘夜扮作曹操大军到徐州，引车胄出来迎接，袭而杀之。"张飞道："倘或不出来，如何？"云长曰："别作区处。"

那部下军马元是操的，旗幡衣甲都同。夜至三更，叫城（门开）［上开门］。城上问是那一路军马，众应是曹丞相前部先锋张文远。报知车胄，胄请陈登商议。登曰："若不迎接，诚恐见疑。若夜开门，恐有奸细。"胄上城回言云："黑夜难以分辩，平明了相见。"城下应云："只怕刘备知觉，疾速开门!"看看延至五更，城下一片声叫"开门!"车胄生得面如紫矿，手似刚钩，骑护阑马，提古定刀，引一千军出城。跑过吊桥，军马分开，车胄大呼"文远何在!"中军关羽提刀骤至，直迎车胄大叫："匹夫！安敢怀心杀刘使君耶？"车胄大（军）［叫，］略战几合，遮拦不住，拨回马便走；回到吊桥边，城上陈登乱箭射将下来。车胄转城而走，云长赶来，本心要捉活的，手起一刀，砍于马下，按辔观之，七窍流血，死于黄壤。云长一刀枭下首级，提回城下，大呼曰："反贼车胄，吾已杀之！众人无冤，投降免死!"［诸军］弃戈抛甲，尽拜于地，军民皆安。［云长］将车胄头去迎玄德。

据《资治通鉴》卷六十三：术既南走，朱灵等还。备遂杀徐州刺史车胄，留关羽守下邳，行太守事，身还小沛。（参见《三国志·蜀书·先主传》《关羽传》，《三国志·魏书·袁绍传》）

据《三国志·蜀书·先主传》：先主……与承及长水校尉种辑、将军吴子兰、王子服等同谋。会见使，未发。事觉，承等皆伏诛。先主据下邳。灵等还，先主乃杀徐州刺史车胄，留关羽守下邳，而身还小沛。

据《三国志·魏书·武帝纪》：（建安四年冬十二月，）备之未东也，阴与董承等谋反，至下邳，遂杀徐州刺史车胄，举兵屯沛。……五年春正月，董承等谋泄，皆伏诛。

据《资治通鉴考异》：《蜀志》先叙董承谋泄诛死，备乃杀车胄。《魏志》，备杀车胄后，明年，董承乃死。《袁纪》，备据下邳亦在承死前。《蜀志》误也。

按：《资治通鉴考异》说"《蜀志》误也"，即认为《三国志·蜀书·先主传》记事在时间顺序上有误。司马光在这里没有注意《三国志·蜀书·先主传》的体例。《先主传》在刘备称帝前是按人物列传记事，与纪事本末体相仿，"事觉，承等皆伏诛"与"先主乃杀徐州刺史车胄"是并记两件事，没有时间上的先后关系。

后人有诗叹曰：

粗豪车胄运机筹，要害仁慈刘豫州。

赖得云长施义勇，青龙刀劈乱臣头。

云长来见玄德，具言车胄欲害之事，“今已斩首。”

按：据史书记载，杀车胄的是刘备，并非关羽。

玄德大惊曰：“操若来，如之奈何！”云长曰：“吾与张飞迎之。”玄德懊悔不已，遂入徐州，百姓扶老挈幼，伏道而接。玄德到府寻张飞时，飞（去）[已]将车胄全家诛杀。玄德曰：“曹操心腹之人，杀了如何肯休？必然兴兵问罪。将如何以解？”陈登曰：“某有一计，可拒曹操。”其计如何？

[第四十三段]　曹操兴兵拒袁绍

玄德问登求计救难，登曰：“操所（拒）[惧]者袁绍。[绍]今并公孙瓒，虎踞冀、青、（燕等）[幽、并]四郡，带甲军士百万，文武将官不计其数。可写一封书呈，差人径往袁绍处求救，可敌操矣。”玄德曰：“某虽识此人，未尝有恩，今又并了他兄弟，如何肯相助？”登曰：“此间有一养[老]官人，桓帝朝为尚书，乃康成高密人也，姓郑名玄。

据《后汉书·郑玄传》：郑玄字康成，北海高密人也。……会黄巾寇青部，乃避地徐州，徐州牧陶谦接以师友之礼。

此人与袁绍世之通家。若得此人一书，必相助矣！”玄德遂同登亲诣郑玄宅拜求书信，玄欣然写之。

按：刘备请郑玄作书向袁绍求救事，不见于史。

玄德差孙乾赍书前往袁绍[处]。

据《三国志·蜀书·先主传》：先主乃杀徐州刺史车胄，……遣孙乾与袁绍连和。

绍问孙乾徐州之事，一一告说，呈上书信。绍视之，书曰：

伏闻汉道凋零，奸臣强暴，外无匡扶之柱石，内无决策之栋梁。贼臣曹操，幽帝许昌，社稷颠危，生灵涂炭。惟明公世居辅相，天下仰之，若大旱而望云霓，如久涝以思天日。倘与刘玄德协力同心，共立伊尹、周公之迹，名垂青史，万代不磨。区区之志，愿听察焉！

绍览毕曰：“刘玄德灭吾弟，当复（何求？）[其仇！]”孙乾曰：“此乃曹操之所使，不容不奉命耳。”绍曰：“吾素知玄德世之杰士。吾当救之！”

绍聚文武商议兴兵，径取许昌，保驾勤王，诛灭操贼。一人便出，天资英雄，见识高明，钜鹿人也，姓田名丰，字元浩，乃袁绍第一个谋士。丰谏曰：“师出历年，百姓疲敝，仓库无积，赋役方殷，此国之深忧也！宜先遣使献捷天子，务农（返）[逸]民。若不得通，乃表称（操）[曹]氏隔我王路，然后提兵进屯黎阳，渐营河南，增益舟船，缮治器械，分遣精兵扰其边鄙，令彼不得安，我取其逸。三年之中，大事可坐而定也！”一谋士曰：“不然！”绍视之，其人忠烈慷慨，相貌端庄，魏郡人也，姓审名配，字正尚。

配曰："兵书之法，十围五攻，敌则能战。今明公之神武，跨河朔之强暴，以伐曹操，易如反掌，何必区区迁延日月？不取，后［难］图也！"谋士广平地名沮（受）［授］曰："盖救乱诛暴，谓之义兵；恃众凭强，谓之骄兵。窃以为明公惜之！"言未毕，谋士郭图出曰："非也！昔武王伐纣［，不为］不义；况加兵于曹操而云无名？（明）［且以］公今日之强，将士思奋其武，若不及时早定大业，虑之失也！天与弗取，反招其祸，此越之所以霸，吴之所以亡也。监军之计，计在持牢，而非（其）［见］时知其应变也。愿明公从郑尚书之请，与玄德共仗大义，剿灭曹操，上合天心，下顺民意。明公详之！"田丰、沮（受）［授］坚执不肯教兴兵，审配、郭图力劝起兵。四个争论未定，许攸、荀谌自外而入。绍曰："许、荀二人多有见识，且看如何主张。"许、荀施礼毕，绍曰："郑尚书作书令我救刘备，破曹操。今（令）我起兵的是？不起兵的是？"二人素与田丰、沮（受）［授］不睦，却与审配、郭图最好，以目视之，见田、沮低头不言，（沈）［审］、郭以目送之。二人应声曰："天与不取，反受其咎。若不动兵，操亦到也。"绍曰："二公所见，正合我心！"便商议兴兵。此一节可见袁绍有谋无断，手下谋臣虽（高）［多］，互相不和，安有不败者？

据《资治通鉴》卷六十三：绍简精兵十万、骑万匹，欲以攻许。沮授谏曰："近讨公孙瓒，师出历年，百姓疲敝，仓库无积，未可动也。宜务农息民，先遣使献捷天子。若不得通，乃表曹操隔我王路，然后进屯黎阳，渐营河南，益作舟舡，缮修器械，分遣精骑抄其边鄙，令彼不得安，我取其逸。如此，可坐定也。"郭图、审配曰："以明公之神武，引河朔之强众，以伐曹操，易如覆手，何必乃尔！"授曰："夫救乱诛暴，谓之义兵；恃众凭强，谓之骄兵。义者无敌，骄者先灭。曹操奉天子以令天下，今举师南向，于义则违。且庙胜之策，不在强弱。曹操法令既行，士卒精练，非公孙瓒坐而受攻者也。今弃万安之术而兴无名之师，窃为公惧之！"图、配曰："武王伐纣，不为不义。况兵加曹操，而云无名？且以公今日之强，将士思奋，不及时以定大业，所谓天与不取，反受其咎，此越之所以霸，吴之所以灭也。监军之计在于持牢，而非见时知机之变也。"绍纳图言，图等因是谮授曰："授监统内外，威震三军，若其浸盛，何以制之！夫臣与主同者亡，此《黄石》之所忌也。且御众于外，不宜知内。"绍乃分授所统为三都督，使授及郭图、淳于琼各典一军。（参见《后汉书·袁绍传》，《三国志·魏书·袁绍传》注引《献帝传》）

绍令孙乾先回，书答"此间一面起兵，汝那里亦作准备。"孙乾自回报玄德。绍令审配、逢纪统军，田丰、荀谌、许攸为谋士，颜良、文丑作将军，起精锐兵十万，遥望黎阳进发。

据《三国志·魏书·袁绍传》：众数十万，以审配、逢纪统军事，田丰、荀谌、许攸为谋主，颜良、文丑为将率，简精卒十万，骑万匹，将攻许。（参见《后汉书·袁绍传》）

却说操在许昌，人报"刘备杀了车胄，见据徐州，结连袁绍。绍今先起大军，前来攻许都。可作急拒敌。"操急聚文武［在］相府议事。时北海太守孔融——操升为将——在许都随朝，听知（玄）［袁］绍动兵，亦来相府上言曰："绍不可轻敌，只宜求和。"操问众谋士曰："战于和二者孰利？"荀彧曰："袁绍无用之徒耳，何必求和？"融曰："先生错矣！吾观袁绍士广兵强；田丰、许攸乃智谋之士，为之［谋］；审配、逢纪尽忠臣也，任其事；颜良、文丑勇冠三军；其余沮（受）［授］、郭图、高览、张郃、淳于琼等辈皆世之名士。何以绍为无用之人也？”荀彧笑曰：“公知其一，不知其二。绍兵虽多，立法不整。田丰刚而犯上，许攸贪而不治，审配专而无谋，逄纪果而（无）[自]用：[此数人]者，势不相容，必生内变。颜良、文丑匹夫之勇，一战而可擒矣。其余碌碌等辈，纵有数百，何足道哉？是以知袁绍无用矣。”孔融默然。操大笑曰：“皆不出荀文若之所料耳。”

据《资治通鉴》卷六十三：许下诸将闻绍将攻许，皆惧，曹操曰：“吾知绍之为人，志大而智小，色厉而胆薄，忌克而少威，兵多而分画不明，将骄而政令不一，土地虽广，粮食虽丰，适足以为吾奉也。”孔融谓荀彧曰：“绍地广兵强，田丰、许攸智士也，为之谋；审配、逄纪忠臣也，任其事；颜良、文丑勇将也，统其兵。殆难克乎！”彧曰：“绍兵虽多而法不整，田丰刚而犯上，许攸贪而不治，审配专而无谋，逄纪果而自用，此数人者，势不相容，必生内变。颜良、文丑，一夫之勇耳，可一战而禽也。”

据《三国志·魏书·荀彧传》：（建安）三年，太祖既破张绣，东禽吕布，定徐州，遂与袁绍相拒。孔融谓彧曰：“绍地广兵强；田丰、许攸，智计之士也，为之谋；审配、逄纪，尽忠之臣也，任其事；颜良、文丑，勇冠三军，统其兵：殆难克乎！”彧曰：“绍兵虽多而法不整。田丰刚而犯上，许攸贪而不治。审配专而无谋，逄纪果而自用，此二人留知后事，若攸家犯其法，必不能纵也，不纵，攸必为变。颜良、文丑，一夫之勇耳，可一战而禽也。”……审配以许攸家不法，收其妻子，攸怒叛绍；颜良、文丑临阵授首；田丰以谏见诛：皆如彧所策。（参见《后汉书·荀彧传》）

唤前后两营军官听令：差前将军刘岱、

据《三国志·魏书·武帝纪》注引《魏武故事》：岱字公山，沛国人。以司空长史从征伐有功，封列侯。

按：三国时有两个刘岱，一个是兖州刺史刘岱，此人已于初平三年（192）被青州黄巾军杀死；另一个就是本则的刘岱。《演义》混同为一人。

后将军王忠

据《三国志·魏书·武帝纪》注引《魏略》：王忠，扶风人，少为亭长。三辅乱，……聚众千余人以归公。拜忠中郎将，从征讨。

领兵五万，“打吾旗号，（出）[去]徐州擒刘备。吾自引大军二[十]万进黎阳，拒袁绍。”程昱曰：“恐刘岱、王忠不称其敌。”操曰：“吾亦知非刘备对手，权张声势。”分付“不可轻进。待我收了袁绍，却勒兵来破刘备。”刘岱、王忠领兵去了。

却说操领兵离许都，进至黎阳，两军隔八十里，各深沟高垒，密护不战。操亦不敢轻进，自八月守至十月。元来许攸不平审配领兵，沮授又恨绍不用其谋，递相不和，不图进取。绍心怀疑惑，不思进兵。因此操令臧霸引吕布下旧将（军）守把青州，于禁、李典屯军河上，（操）[曹仁]总督大军屯于官渡。操还许都。

据《资治通鉴》卷六十三：（建安四年）秋八月，操进军黎阳，使臧霸等将精兵入青州以捍东方，留于禁屯河上。九月，操还许，分兵守官渡。（参见《三国志·魏书·武帝纪》）

却说刘岱、王忠领五万军马，离徐州一百里下寨，中军虚打操旗幡，只[打]听（得）河北声息。操还许之后，差人催刘岱攻徐州。元来玄德也不知操在何处，未敢便动，亦等河北消耗。刘岱在寨中与王忠共议："丞相催并攻城，你可先去。"王忠曰："丞相先差你。"岱曰："我是主将。"忠曰："我和你一般名爵，同领兵来。"二人相推。使命曰："你二公拈阄，拈着的便去。"却是王忠拈［着］了，只得起程，分兵一半，［来］取徐州（来）。未知胜负如何。

［第四十四段］　关张擒刘岱王忠

玄德在徐州听知军马离城不远，请陈登商议。玄德曰："袁本初虽有十万军在黎阳，争奈谋臣不和，因此不进。操正不知在何处。黎阳军中无操认旗，此间城外却有他帐幔，未见端的。"登曰："操诡计百出，前者必以河北为重，亲自监督，故不见旌旗，令彼欺敌也。今此间进兵，必无曹操。"玄德曰："两兄弟谁可先出去探虚实？"张飞曰："小弟愿往！"玄德曰："汝性（造）［糙］暴，不可去。"飞曰："便是有操，也拿将来。"玄德曰："操虽汉贼，托天子［明］诏，征进四方，名正言顺。我若与他拒敌，便是造反。"飞曰："如此论时，只束手待他来？"玄德曰："如今袁本初未见相助之力。倘恶绝了操，尽起大兵来时，我等死无藏身之地！"飞曰："长别人锐气，灭自己威风。"备曰："知彼知己，百战百胜；知己不知彼，一胜一负；不知己不知彼，每战必败：此万古不易之理也。吾料自己城池无粮食，（少）［且］军士皆操元领者，非操之勍敌也。所恃者，惟袁本初耳。本初尚不敢妄动（……）［，况我等乎？］"云长曰："亦不可坐守待［死］。弟亲往观其虚实。"玄德曰："云长若（出）［去］，我却放心。"于是云长引三千人马，出徐州来迎敌军。

王忠先自（怯）［来］战，又值初冬，阴云布合，雪花乱飞，军马皆冒风雪布阵。云长骤马提刀而出，阵［前］与王忠打话。忠曰："丞相到此，缘何不降？"云长曰："请丞相出阵，我自有话。"忠曰："丞相怎和你一般？"云长大怒，纵马向前，王忠挺枪出迎。两骑相交，云长拨回马，刺斜便走，王忠赶来。转过山坡，云长回马大喝一声，舞刀直取王忠。忠早拦截不住，却拨回马走。关公右手倒提宝刀，左手于马侧畔（声）撼动王忠勒甲绦，拖下鞍鞒，横担于马上，回［归］本阵，两军纳（声）喊。王忠军便走，（飞）［诸］军赶上，夺得百十四马，其余走脱。

云长交休赶，绑缚王忠回徐州来见玄德，押在厅下。玄德问"汝居何职？"忠曰："见为后将军。昨奉曹丞相差遣，只来虚张声势，以为疑兵。丞相实无在军内，近日［自］黎阳还许都，差人（督）［催］并前来。忠实非将军之敌也。"玄德令解其缚，与衣服，赐酒食，且（软）［暂］监下，待捉了刘岱，又［作］商议。关公曰："为兄有和解之意，［故］生擒来献之。"玄德曰："吾恐翼德杀了王忠，故不交去。此等人杀之何益？留之（不）［可］以解危。"张飞曰："二（歌歌）［哥哥］捉了王忠，我去生擒刘岱来。"玄德曰："刘岱昔为兖州刺史，虎牢关伐董卓之时也是一镇诸侯，今日为前将军，不可轻敌。"飞曰："量此等之辈，何足道哉？也似二（歌）［哥］生擒将来便了。"玄德曰："只恐（他）［你］坏了他性命，误我大事。"飞曰："如杀了他，我便偿命！"玄德遂与三千军跟张飞去，飞引军前进。

却说刘岱听知王忠被擒，坚守不出。张飞每日在寨前叫骂。岱听知是张飞，越不敢出。飞守数日，见刘岱不出，心生一计，教几个手下将士传报将令，是夜二更去劫刘岱寨栅；日间却在帐中饮酒，诈推酒醉，寻军士风流罪过，痛打一顿，缚（番）在营中。飞曰："待我上马，将来祭旗！"却交左右故意宽缚。军士挣脱，逃出营门，径到刘岱寨中报说。飞自使人暗地窥［视］。望［见］过去了，飞却分兵三路：中间只是二十余人去劫寨放火；两路军却裹出寨后，看火起为号。刘岱见降卒身体皆损，并听其说，虚扎空寨，军都在寨外埋伏。是（从）［夜］，飞（令）［领］精兵从小路先断刘岱后，中路只二十余人入寨放火。刘岱（先）埋伏兵［入］，却不见人。飞兵两路一击，岱军自乱，正不知［飞］兵多少，各自奔溃。刘岱引一队败残军马夺路而走，正撞见张飞，狭路相逢，急难回避。交马只一合，［飞］活挟刘岱，其余投降，便（便）［使］人先报入徐州。

玄德闻（了）［之］，与云长曰："翼德自来粗卤，今亦用智谋。吾无忧矣！"玄德亲自出［郭］迎接。飞曰："（歌歌）［哥哥］道我（造）［糙］暴，今日如何？"玄德曰："不用言语激汝，汝安肯使机谋也耶？"众皆大笑。玄德见缚刘岱过来，荒忙下马，亲解其缚，曰："小弟张飞误有冒渎，恕罪！"迎请入城，放出王忠，一同款待。玄德曰："昨因车胄欲害刘备，不容不诛。丞相错见，疑备背反，故命二将军前来问罪。备昔受丞相大恩，常思补报，恨无用命之阶，安肯反朝廷耶？二将军到许都，望用善言替备分诉，此诚为幸也！"刘岱、王忠拜谢曰："深感使君不杀之恩！必当于丞相处力说方便，以吾两家老幼保使君，以明无反心也。"玄德拜谢；次日，尽还原领军马，奉送出郭。

刘岱、王忠行不十里，一棒鼓响，张飞拦路大喝曰："俺（歌歌）［哥哥］忒没分晓！拿住贼臣，如何放回？"唬得刘岱、王忠在马上发颤。张飞睁眼辉辉，挺枪便来，背后一人飞马而来，大叫"不得无礼！"视之，乃云长也。刘岱、王忠方才心定。云长曰："既然哥哥放了，你如何不遵法令？"飞曰："今番放了，下次又来。"云长曰："待［他］再来，杀之未晚。"刘岱、王忠连声告曰："虽丞相要灭我三族，也不敢来。望将军宽恕！"飞曰："便曹操自来，也杀（交）他片甲不存！今番权寄下你两颗驴头！"刘岱、王忠抱头鼠窜而去。二人自回。此是玄德计也。

据《资治通鉴》卷六十三：备众数万人，遣使与袁绍连兵。操遣司空长史沛国刘岱、中郎将扶风王忠击之，不克。备谓岱等曰："使汝百人来，无如我何；曹公自来，未可知耳！"（参见《三国志·魏书·武帝纪》及注引《献帝春秋》，《三国志·魏书·袁绍传》《三国志·蜀书·先主传》）

玄德言："曹操必然再来。"孙乾与玄德曰："徐州受敌之地，不可久居。不若分兵屯（于）小沛、守下邳，为掎角之势，以防曹操。"玄德用其言，令云长守下邳，就将甘、糜二夫人往下邳。

据《资治通鉴》卷六十三：备遂杀徐州刺史车胄，留关羽守下邳，行太守事，身还小沛。（参见《三国志·蜀书·关羽传》《先主传》）

甘夫人乃小沛人，先为妾，后立妻。

据《三国志·蜀书·先主甘皇后传》：先主甘皇后，沛人也。先主临豫州，住小沛，纳以为妾。先主数丧嫡室，常摄内事。

糜夫人乃糜竺之妹也。

据《三国志·蜀书·麋竺传》：建安元年，吕布乘先主之出拒袁术，袭下邳，虏先主妻子。先主转军广陵海西，竺于是进妹于先主为夫人，奴客二千，金银货币以助军资；于时困匮，赖此复振。

按：据史书记载，麋夫人是刘备的正妻，其身份高于甘夫人。甘夫人生前一直是妾，始终未立为正妻。章武二年（222），刘禅被立为太子，母以子贵，她才被追谥为皇思夫人。

孙乾、简雍、麋竺、麋芳守徐州。玄德与张飞屯小沛。

却说刘岱、王忠回见曹操，言刘备不反之事。操怒骂："辱国之徒！留之何用？"喝左右推转斩讫。未知刘岱、王忠性命如何。

［第四十五段］ 祢衡裸衣骂曹操

操命推出斩讫。孔融至，交留人，见操曰："刘岱、王忠非刘备之敌，故遭擒之。若斩，恐失将士之心，亦谓丞相法不明也。"操令免死，黜罢爵禄。操欲自起兵伐刘备，孔融曰："方今隆冬（寒盛）［盛寒］，未可动兵；姑待来春，未为晚矣。张绣、刘表亦可使人招安。"先使操遣刘晔为使，往说张绣。

晔到穰城，先见贾翊，陈说操盛德，"有汉高祖之风。"翊喜，留于家中；次日来见张绣，说操遣刘晔招安之事。正商议间，忽报袁绍使命到，［命］入，投下书信，亦是来招张绣。翊曰："近闻兴兵破曹。胜负如何？"使答曰："隆冬寒月，权且罢兵。知刘荆州与将军有国（志）［士］之风，故相请耳。"翊曰："汝可便回，见本初言道：'汝兄弟尚且不能相容，而能容天下国士乎？'"当面扯碎其书，叱使出。张绣曰："方今袁强曹弱。毁其书，袁绍若到，当如之何？"翊曰："不如去投曹操。"绣曰："先与曹有仇，何能相留乎？"翊曰："［若从］曹操，其便有三：夫曹公奉天子，其宜一也。袁绍强盛，我以少众从之，必不相重；曹公虽弱，得我必喜，其宜二也。曹公王霸之大志，必释私怨，以明德于四海，其宜三也。此三者宜从（人）［之］，将军无疑焉！"绣曰："吾听［君］言。"请刘晔相见。晔说曹公之德，"若记旧怨，安肯使某结好将军乎？"于是尽［醉。绣］率其众，赴许降操。绣拜于阶下，操荒自扶起，执其手言曰："小有过失，勿复记心！"绣再拜。操与绣尽日欢宴，封绣为扬武将军，封贾翊为执金吾。

据《资治通鉴》卷六十三：袁绍遣人招张绣，并与贾诩书结好。绣欲许之，诩于绣坐上，显谓绍使曰："归谢袁本初，兄弟不能相容，而能容天下国士乎！"绣惊惧曰："何至于此！"窃谓诩曰："若此，当何归？"诩曰："不如从曹公。"绣曰："袁强曹弱，又先与曹为仇，从之如何？"诩曰："此乃所以宜从也。夫曹公奉天子以令天下，其宜从一也；绍强盛，我以少众从之，必不以我为重，曹公众弱，其得我必喜，其宜从二也；夫有霸王之志者，固将释私怨以明德于四海，其宜从三也。愿将军无疑！"（建安四年）冬十一月，绣率众降曹操，操执绣手，与欢宴，为子均取绣女，拜扬武将军；表诩为执金吾，封都亭侯。（参见《三国志·魏书·贾诩传》《张绣传》）

时使命到荆州回，言刘表怀疑，未肯归顺。绣曰："某作一书，可遣能言快语之士前去，事必谐矣。”孔融曰：“某家有一人，乃平原人也，姓祢名衡，字正平，才学极高，只是不能容物，发语伤人，累欲与丞相，诚恐冒渎。此人旧与刘表厚，可使（去之）[之去]。”操使人唤至，礼毕，不命坐。祢衡仰面长叹曰：“天地空阔，坐无一人。”操曰：“吾手下文武数十人，皆当世之英杰，何谓无人耶？”衡曰：“愿闻一（一）[二]，有何才能？”操曰：“荀彧、荀攸、程昱、郭嘉皆机深智远之士，虽张良、范增不可及也。张辽、许褚[、李典、乐进]勇不可当，虽岑彭、马武不可比也。吕虔、满宠为从（士）[事]，于禁、徐晃作先锋，夏侯惇天下之奇才，曹子孝世间之福将。安得谓无人物也？”衡曰：“公以此等为人物，吾已识之矣：荀彧可使吊丧问疾，荀攸可使守坟看墓，程昱可使开门塞户，郭嘉可使白词念赋，张辽可使击鼓鸣金，许褚可使牧牛放马，乐进可使取状读（招）[诏]，李典可使传书送檄，吕虔可使磨刀铸剑，满宠可使饮酒食糟，于禁可使负板筑墙，徐晃可使屠猪杀狗，夏侯惇皆称‘圆体将军’，曹子孝尽呼‘要钱太守’，其余皆是衣架饭囊、酒桶肉袋耳。”操怒曰：“汝有何能！”衡曰：“天文地理之书无有不通，三教九流之事无有不晓；上可以致君于尧、舜，下可以配德于孔、颜。胸中治国安民之才非可为俗子论也。”时正有张辽在侧，掣剑欲斩之。操曰：“不可！吾正缺一鼓吏，早晚[朝]贺，正可令祢衡充此职役。”衡亦不推辞，应诺而去。孔融亦惶恐而退。辽曰：“此等小辈，言语不逊，何不斩之？”操笑曰：“此人素有虚名，远近闻之。今日杀了，天下人谓我不能容物也。衡以汝为击鼓鸣金，吾故令为鼓吏以辱之。”

建安五年正月初一日，朝贺已毕，操于省堂大宴宾客，令唤鼓吏挝鼓。旧吏云：“岁旦挝鼓，必（用）更新衣。”衡穿破衣而入，执挝击《渔阳三挝》，音节殊妙，坐上听之，莫不慷慨。左右喝曰：“何不更新衣！”衡当时脱下破衣，裸体而立，浑身皆露，坐客皆掩面。衡乃徐徐着裩裤，颜色不羞，复击鼓《三挝》至今流传《渔阳三挝》。操叱之曰：“朝堂之中，何太无礼！”衡曰：“欺君罔上，为之无礼！吾露父母之遗体（者），以显清洁之人。”操曰：“汝为清洁，何人为污浊？”衡曰：“汝不识贤愚，是眼浊也。汝不读[诗]书，是口浊也。汝不纳忠言，是（才）[耳]浊也。汝不通今古，是身浊也。汝不容诸侯，是肚浊也。汝常怀篡国之心，是意浊也。吾乃天下名士，用为鼓吏，是犹阳货害仲尼、臧仓毁孟子耳。欲成王霸之业[而]如此轻人，真匹夫也！”左右皆言斩之，操笑曰：“吾杀竖子，是犹杀鼠雀耳。命[汝]往荆州为使，如刘表来降，便用汝为公卿。”衡不肯往。操教备马三匹，拖衡上马，令二人扶[之]而去（之）；却令手下文武各[各]整扮，于东门外送路，以显雄威。荀彧及众官商议，“如祢衡来，不要起身。”衡至，下马入见，众皆端坐不动。衡放声大哭，荀彧问曰：“汝哭为何？”衡曰：“行于尸柩之间，不容不哭。”众皆曰：“我等死尸，汝乃无头[狂鬼]耳！”衡曰：“吾乃鼠雀，尚有人性。汝等真（螺）[蜾虫耳]！”众恨（无）[而]散。

据《三国志·魏书·荀彧传》注引张衡《文士传》：孔融数荐衡于太祖，欲与相见，而衡疾恶之，意常愤懑。因狂疾不肯往，而数有言论。太祖闻其名，图欲辱之，乃录为鼓史。后至八月朝，大宴，宾客并会。时鼓史击鼓过，皆当脱其故服，易着新衣。次衡，衡击为《渔阳参挝》，容态不常，音节殊妙。坐上宾客听之，莫不慷慨。过不易衣，吏呵之，衡乃当太祖前，以次脱衣，裸身而立，徐徐乃著裈帽毕，复击鼓参挝，而颜色不怍。太祖大笑，告四坐曰：“本欲辱衡，衡反辱孤。”至今有《渔阳参挝》，自衡造也。融深责数衡，并宣太祖意，欲令与太祖相见。衡许之，曰：“当为卿往。”至十月朝，融先见太祖，说“衡欲求见”。至日晏，衡著布单衣、疏巾，履坐太祖营门外，以杖捶地，数骂太祖。太祖敕外厩急具精马三匹，并骑二人，谓融曰："祢衡竖子，乃敢尔！孤杀之无异于雀鼠，顾此人素有虚名，远近所闻，今日杀之，人将谓孤不能容。今送与刘表，视卒当何如？"乃令骑以衡置马上，两骑扶送至南阳。

据《三国志·魏书·荀彧传》注引《平原祢衡传》：衡字正平，建安初，自荆州北游许都，恃才傲逸，臧否过差，见不如己者不与语，人皆以是憎之。唯少府孔融高贵其才，上书荐之曰："淑质贞亮，英才卓荦。初涉艺文，升堂睹奥；目所一见，辄诵于口，耳所暂闻，不忘于心。性与道合，思若有神。弘羊心计，安世默识，以衡准之，诚不足怪。"衡时年二十四。是时许都虽新建，尚饶人士。衡尝书一刺怀之，字漫灭而无所适。或问之曰："何不从陈长文、司马伯达乎？"衡曰："卿欲使我从屠沽儿辈也！"又问曰："当今许中，谁最可者？"衡曰："大儿有孔文举，小儿有杨德祖。"又问："曹公、荀令君、赵荡寇皆足盖世乎？"衡称曹公不甚多；又见荀有仪容，赵有腹尺，因答曰："文若可借面吊丧，稚长可使监厨请客。"其意以为荀但有貌，赵健啖肉也。于是众人皆切齿。衡知众不悦，将南还荆州。装束临发，众人为祖道，先设供帐于城南，自共相诫曰："衡数不逊，今因其后到，以不起报之。"及衡至，众人皆坐不起，衡乃号咷大哭。众人问其故，衡曰："行尸柩之间，能不悲乎？"

据《后汉书·文苑传·祢衡传》：祢衡字正平，平原般人也。少有才辩，而尚气刚傲，好矫时慢物。兴平中，避难荆州。建安初，来游许下。始达颍川，乃阴怀一刺，既而无所之适，至于刺字漫灭。是时，许都新建，贤士大夫，四方来集。或问衡曰："盍从陈长文、司马伯达乎？"对曰："吾焉能从屠沽儿耶！"又问："荀文若、赵稚长云何？"衡曰："文若可借面吊丧，稚长可使监厨请客。"唯善鲁国孔融及弘农杨修。常称曰："大儿孔文举，小儿杨德祖。余子碌碌，莫足数也。"融亦深爱其才。衡始弱冠，而融年四十，遂与为交友。……融既爱衡才，数称述于曹操。操欲见之，而衡素相轻疾，自称狂病，不肯往，而数有恣言。操怀忿，而以其才名，不欲杀之。闻衡善击鼓，乃召为鼓史，因大会宾客，阅试音节。诸史过者，皆令脱其故衣，更着岑牟、单绞之服。次至衡，衡方为《渔阳参挝》，蹀躞而前，容态有异，声节悲壮，听者莫不慷慨。衡进至操前而止，吏呵之曰："鼓史何不改装，而轻敢进乎？"衡曰："诺。"于是先解衵衣，次释余服，裸身而立，徐取岑牟、单绞而着之，毕，复参挝而去，颜色不怍。操笑曰："本欲辱衡，衡反辱孤。"孔融退而数之曰："正平大雅，固当尔邪？"因宣操区区之意。衡许往。融复见操，说衡狂疾，今求得自谢。操喜，敕门者有客便通，待之极晏。衡乃着布单衣、疏巾，手持三尺棁杖，坐大营门，以杖捶地大骂。吏曰："外有狂生，坐于营门，言语悖逆，请收案罪。"操怒，谓融曰："祢衡竖子，孤杀之犹雀鼠耳。顾此人素有虚名，远近将谓孤不能容之，今送与刘表，视当何如。"于是遣人骑送之。临发，众人为之祖道，先供设于城南，乃更相戒曰："祢衡勃虐无礼，今因其后到，咸当以不起折之也。"及衡至，众人莫肯兴，衡坐而大号。众问其故，衡曰："坐者为冢，卧者为尸。尸冢之间，能不悲乎！"

据《世说新语·言语》：祢衡被魏武谪为鼓史，正月半试鼓。衡扬枹为《渔阳掺挝》，渊渊有金石声，四坐为之改容。孔融曰："祢衡罪同胥靡，不能发明王之梦。"魏武惭而赦之。

按：据张衡《文士传》，祢衡击鼓与骂曹是两次完成的：第一次击鼓而未骂曹，第二次大骂而未见曹，《演义》合为一次。《演义》所写祢衡骂曹操及其僚属的话，仅"荀彧可使吊丧问疾"一句源于《平原祢衡传》，其余均不见于史。据《文士传》，曹操将祢衡送往刘表处，并不是命他为使招降刘表；《平原祢衡传》则称祢衡是自往荆州。

衡到荆州见刘表，言虽颂德，实（无）[乃]讥讽。刘表不喜，令去见江夏黄祖。祖不通经典，性甚急燥。人问表曰：“祢衡戏谑主公，何不杀之？”表曰：“衡数辱曹操，［操］不杀者，（使）［收］天下文人之心也；故令作（便）［使］于我，欲借我手（我）［杀］之，是（害）［以］我为害贤也。吾今遣往黄祖处安身，使操知之，（是）［谓］吾有见识也。”蒯越、蔡瑁尽皆称善。

时袁绍亦遣使至，留（下）［于］馆舍。次日，（来）［表］问众文武曰：“袁本初又遣使来，曹孟德［又］差祢衡至此，当从何（便）［使］？”从事中郎韩嵩进曰：“今两雄相持，天下之重在于将军。若欲有为，起乘其弊可也；如其不然，将军择其善者［而］从之。今曹操善能用兵，俊贤多归之，其势（大）［必］先取袁绍，然后移兵向江、汉，恐将军不能（用）［御］也。莫若举荆州以附曹操，操必重（用）待将军，万全之策也！”表狐疑未决，与嵩曰：“汝且去许昌观其动静，却作商量。”嵩曰：“圣达节，次守节。嵩，守节者也。夫君臣名定，以死守之，有所命，虽赴汤火，死无辞也。将军若能上顺天子，下归曹操，使嵩可也；如持疑不定，嵩到京师，天子赐嵩一官，若不获辞，则成天（下）［子］之臣，将军之故吏耳，（至若马军）［在君为君］，则嵩受天子之命，义不复得为将军死也。望三思之，无以负嵩！”表曰：“汝且先往观之。吾再有高论。”

嵩辞而行，到许见曹操。操即拜嵩为侍中、零陵令，遣回荆州说刘表。荀彧曰：“韩嵩来观动静，未有微功，（何）［便］加重职；祢衡竖子又无音耗，丞相遣而不问，何也？”操曰：“祢衡辱吾太甚，故借刘表手杀之，何必再问？韩嵩便加重职，实欲以香饵钓刘表也。”彧服其［高］论。

嵩回见表，盛称朝廷之德，劝遣子入侍。表大怒曰：“汝怀二心，可斩之！”嵩大叫曰：“将军负嵩，嵩不负将军！”蒯良曰：“韩中郎未去先有此言矣。”表放之。

据《三国志·魏书·刘表传》：太祖与袁绍方相持于官渡，绍遣人求助，表许之而不至，亦不佐太祖，欲保江汉间，观天下变。从事中郎韩嵩、别驾刘先说表曰：“豪杰并争，两雄相持，天下之重，在于将军。将军若欲有为，起乘其弊可也；若不然，固将择所从。将军拥十万之众，安坐而观望。夫见贤而不能助，请和而不得，此两怨必集于将军，将军不得中立矣。夫以曹公之明哲，天下贤俊皆归之，其势必举袁绍，然后称兵以向江汉，恐将军不能御也。故为将军计者，不若举州以附曹公，曹公必重德将军，长享福祚，垂之后嗣，此万全之策也。”表大将蒯越亦劝表，表狐疑，乃遣嵩诣太祖以观虚实。嵩还，深陈太祖威德，说表遣子入质。表疑嵩反为太祖说，大怒，欲杀嵩，考杀随嵩行者，知嵩无他意，乃止。（参见《后汉书·刘表传》，《资治通鉴》卷六十三）

据《三国志·魏书·刘表传》注引《傅子》：初，表谓嵩曰：“今天下大乱，未知所定，曹公拥天子都许，君为我观其衅。”嵩对曰：“圣达节，次守节。嵩，守节者也。夫事君为君，君臣名定，以死守之；今策名委质，唯将军所命，虽赴汤蹈火，死无辞也。以嵩观之，曹公至明，必济天下。将军能上顺天子，下归曹公，必享百世之利，楚国实受其祐，使嵩可也；设计未定，嵩使京师，天子假嵩一官，则天子之臣，而将军之故吏耳。在君为君，则嵩守天子之命，义不得复为将军死也。唯将军重思，无负嵩。”表遂使之，果如所言，天子拜嵩侍中，迁零陵太守，还称朝廷、曹公之德也。表以为怀贰，大会寮属数百人，陈兵见嵩，盛怒，持节，将斩之，数曰：“韩嵩敢怀贰邪！”众皆恐，欲令嵩谢。嵩不动，谓表曰：“将军负嵩，嵩不负将军！”具陈前言。表怒不已，其妻蔡氏谏之曰：“韩嵩，楚国之望也；且其言直，诛之无辞。”表乃弗诛而囚之。

人报黄祖怒杀祢衡。［表］问其故，对曰：“黄祖与祢衡对饮，二人皆醉。祖问衡曰：‘君在许昌，有何人物？’衡曰：‘大儿孔文举，小儿杨（得）[德]祖。除此二人外，别无人矣。’祖曰：‘似我若何？’衡曰：‘汝（自）[似]庙中之人，虽受祭赛，恨无灵验。’祖大怒曰：‘汝以我为土木愚人耳！’遂斩[之]。衡至死骂不绝口。”

据《资治通鉴》卷六十二：平原祢衡，少有才辨，而尚气刚傲，孔融荐之于曹操。衡骂辱操，操怒，谓融曰：“祢衡竖子，孤杀之，犹雀鼠耳；顾此人素有虚名，远近将谓孤不能容之。”乃送与刘表，表延礼以为上宾。衡称表之美盈口，而好讥贬其左右，于是左右因形而谮之曰：“衡称将军之仁，西伯不过也，唯以为不能断，终不济者，必由此也。”其言实指表短，而非衡所言也。表由是怒，以江夏太守黄祖性急，送衡与之，祖亦善待焉。后衡众辱祖，祖杀之。（参见《三国志·魏书·荀彧传》注引《傅子》）

据《三国志·魏书·荀彧传》注引《平原祢衡传》：衡南见刘表，表甚礼之。将军黄祖屯夏口，祖子射与衡善，随到夏口。祖嘉其才，每在坐，席有异宾，介使与衡谈。后衡骄蹇，答祖言徘优饶言，祖以为骂己也，大怒，顾伍伯捉头出。左右遂扶以去，拉而杀之。

据《后汉书·文苑传·祢衡传》：刘表及荆州士大夫，先服其才名，甚宾礼之，文章言议，非衡不定。表尝与诸文人共草章奏，并极其才思。时衡出，还见之，开省未周，因毁以抵地。表怃然为骇。衡乃从求笔札，须臾立成，辞义可观。表大悦，益重之。后复侮慢于表，表耻不能容，以江夏太守黄祖性急，故送衡与之，祖亦善待焉。衡为作书记，轻重疏密，各得体宜。祖持其手曰：“处士，此正得祖意，如祖腹中之所欲言也。”祖长子射，为章陵太守，尤善于衡。尝与衡俱游，共读蔡邕所作碑文，射爱其辞，还恨不缮写。衡曰：“吾虽一览，犹能识之，唯其中石缺二字，为不明耳。”因书出之，射驰使写碑，还校，如衡所书，莫不叹伏。射时大会宾客，人有献鹦鹉者，射举卮于衡曰：“愿先生赋之，以娱嘉宾。”衡揽笔而作，文无加点，辞采甚丽。后黄祖在蒙冲船上，大会宾客，而衡言不逊顺，祖惭，乃呵之。衡更熟视曰：“死公！云等道？”祖大怒，令五百将出，欲加箠。衡方大骂，祖恚，遂令杀之。祖主簿素疾衡，即时杀焉。射徒跣来救，不及。祖亦悔之，乃厚加棺敛。衡时年二十六，其文章多亡云。

后有胡曾先生咏史诗为证：

　　黄祖才非长者俦，祢衡珠碎此江头。
　　今来鹦鹉洲边过，惟有无情碧水流。

刘表亦嗟呀不已，因此不顺操。

操在许昌听知祢衡被害，大笑曰：“舌剑反诛自身矣！”便欲兴兵问罪于刘表。如何？

[第四十六段]　曹操三勘吉平

操欲兴兵，荀彧谏曰：“袁绍未平，刘备未灭，而欲领兵江、汉，是犹舍腹心而顾手足也。先灭袁绍，后诛刘备，江、汉可一扫而平矣。”操乃止。

却说董承自玄德去后，日日与王子服等商议，无计可施。自元旦朝贺处见曹操傲慢公卿，因此感病，回家一卧不起。帝知国舅患病，令随朝太医前去医治。那人洛阳人也，姓吉名泰，字称平，人皆呼为吉平，按：吉平，史书中作吉本，《演义》因“本”“平”形近而误。

乃当时名医。平到董承家，用药调理，数日渐可。平旦夕不离，常见承长吁短叹，又不敢问。

时值元宵，吉平辞去，承留（更）住。此夕，二人饮到十数巡，承困倦就寝。忽报王子服［等］四人到，承荒出接入。［子］服曰：“大事谐矣！”承曰：“愿闻其故。”［子］服曰：“刘玄德结连袁绍，起兵五十万，分十路杀来；马腾结连韩遂，起西凉人马二十万，从北杀来。见今曹操尽起许都军马，分头迎敌，城中空虚。何不起五家童仆？可得千余人。今日［曹操］大宴府中，庆贺元宵，不可失此机会。将府围住，突入杀之，万民亦相助矣。”承曰：“愿从君言。”随［即］传令唤集家奴，各人助战。承遂披挂，绰枪上马，约会（却难）［都到］内门前，待同时进兵。夜至二更，众军皆到，董承手提宝剑，纵步直入，见操（家）［设］宴于后堂，大叫“操贼休走！”一剑砍去，随手而倒，撒然惊觉，乃是南柯一梦，口中犹骂曹操不止。一人向前叫曰：“汝欲杀曹丞相也！”承开目视之，乃吉平也。承惊惧不能答，吉平曰：“国公休荒！某虽出入于操门，中心未尝忘汉。某（今）［终］日见国舅嗟呀不已，不敢［动］问。却才梦中之语已见真情，（慎）［幸］勿藏匿。倘有用（谋）［某］之处，虽灭九族，亦无后悔！”董承掩面而哭曰：“只恐曹操使汝试我，吾不敢尽情告之。”平遂咬下一指为誓。承荒忙取出衣带诏，令平观之，备细说（而）［了］，“今谋望不成者，为是刘玄德、马腾各自去了，无计可施，因此成病。”平曰：“亦不必诸君用心。曹操一命尽在我手里，早晚定取之！”承问其故，平曰：“操常患醉头风，痛入脑袋，才一举发，便召某医。如早晚有召，只消一服毒药，必然死矣，何必动刀兵乎？”承曰：“若得如此，力救汉［家］杜稷，皆赖君矣！”

据《三国志·魏书·武帝纪》：（建安）二十三年春正月，汉太医令吉本与少府耿纪、司直韦晃等反，攻许，烧丞相长史王必营，必与颍川典农中郎将严匡讨斩之。

按：据史书记载，太医令吉本并未参加建安五年（200）董承为首的反曹活动。他是建安二十三年（218）与耿纪、韦晃等反曹被杀死的。

吉平辞而归。

承心中暗喜，忽然步入后堂，见家奴秦庆与侍妾云英在暗处私语。承大怒，唤左右拿下，欲斩之，夫人劝免其死；各决脊杖四十，将庆童锁于冷房。庆童恨承，夤夜纽开铁索，逾墙而走，径来曹操府中告知“有密事。”［操］唤入密室问之，庆童云：“王子服、吴子兰、种辑、吴顾、马腾［、刘备］六人商议，必然谋害丞相；［承］将出白绢，各人画字，不知写道甚的。（近）［今］日吉平咬指为誓，（他）［我］也曾见。”操留庆童（至）于府中藏之。董承将谓逃（去）［出］远方去了。

按：《演义》写董承家奴向曹操告密，此事不见于史。

次日，曹操诈患头风，召吉平入用药。平暗思曰：“此贼合休矣！”暗藏毒药入府。操卧于床榻之上，令平下药。平曰：“（易）可一服即愈。”交取银铫，当面熬［之］。药已半干，平（便）［使］上毒药，亲自进上。操知有毒，故迟慢不服。平曰：“乘热服之，少许即痊。”操曰：“汝既读儒书，必知礼义。”平曰：“安得不知？”操曰：“君有疾饮药，臣先尝之；父有疾饮药，子先尝之。汝既为吾心腹之人，何不先尝而后进？”平曰：“药皆真药，何必先尝？”平知事已泄漏，移走向前，扯操耳灌之，推塞于地，花砖迸裂。

操未及言，左右将吉平捉下。操笑曰："吾岂有疾？特以试汝，果有此心。执来后堂，吾自问之。"令精健狱卒将［来］问事（来）。操于厅上，将平缚倒而问之。吉平面不改色，全无惧怯。操笑曰："量汝是个医人，更出入于吾之门墙，安肯下药害我？必有人唆你来。说了那人，我便饶你。"平厉声叱曰："汝乃欺君罔上之贼，天下谁不欲杀之！岂独我乎？"操再三磨问，平怒曰："吾要杀你，故托身［于汝门下］，安（肯）有人使我哉？今事不成，有死而已！"操怒，交狱卒痛打，［平］亦不叫。打到辰时，皮开肉绽，血流满阶前。操恐打死，无可证对，交狱卒牵去静处，权且将息。

操传令，次日交各官赴宴。数内五人至，（紧）［惟］董承托病不来，——王子服等恐疑皆至。操于后堂列坐，酒行数巡，曰："筵中无可为乐，权与众官醒酒。"交二十个狱卒"与吾驱来！"只见一具［沉］伽，推吉平于阶下。操曰："众官不知，此人结连恶党，欲反背朝廷，谋害曹某。今幸天（赋）［败］，请听口词。"操交先打一顿，昏绝于地，噀水喷面。吉平睁目，切齿而骂曰："操贼不杀我，更待何时！"操曰："情知非汝主意，可速指出，吾免汝罪也。"平曰："汝情过王莽，（妄）［佞］似董卓，天下人皆欲争啖汝肉，何止吉平乎！"操曰："吾已知之，先有七人，和汝共八人耶？"平只是大骂。王子服等面面相觑，如坐针毡。操令再打一回，并无求饶之意。操见不招，教且牵去。

操起身出外，使人回报曰："（交）众官且散，留下王子服、吴子兰、吴顾、种辑四人夜宴。"四人魂不附体，皆立于阶下。操曰："汝四人［不知］与董承商议（，不知）何事。"［子］服曰："无非只是人情礼乐而已。"操曰："绢中写者何事？"［子］服等皆讳。操教唤出庆童对证。［子］服曰："汝于何处见来？"庆童曰："［你］回避了众人，和六人一处画字，如何赖得？"［子］服曰："此贼与国舅侍妾通奸（证）［诬］主，不可听也。"操曰："吉平下毒药，非董承所使为（谁）［耶］？"［子］服等皆言不（听）［知］。操曰："今晚自（为）［首］，尚尤可恕；若待事败，其实难容。"［子］服等曰："并无此事。"［操怒，］叱左右监下。

操次日引千余人，径投董承家探病，承只得出迎。操曰："此病忧国家耳。"承愕然。操坐定曰："国舅近知吉平乎？"承曰："不知。"操冷笑曰："国舅如何不知？"唤左右牵来，"与国舅起病。"承举手无措。须臾，三十狱卒推至阶下，［平］大骂"欺君逆贼！"如何计结？

［第四十七段］　曹操勒死董贵妃

操指曰："此人曾攀下王子服等四人，吾已收下廷尉。尚有一人，未曾捉获。"承不敢问。操问平曰："谁使你药我来？"平曰："有，有。"操曰："吾便只今放汝。"平曰："天使我药逆贼来！"操怒令打，身上无容（针）［刑］之处。承在座观之，战栗不已。操又问曰："你有十指，今无一指，何也？"平曰："嚼以为誓，誓杀国贼！"操交取錾刀来，就阶下截去九指。操曰："一发截下，交你为誓！"平曰："尚有口可以吞贼耶？舌可以斩贼耶？"操令割其耳，又令割其舌。平曰："勿割吾舌。吾今熬不过了，只得从实告之。"操曰："如此，尚可以留残疾之躯。"平曰："当释吾缚，吾自拿下同谋人出献。"操曰："释之何碍？"平欠身望阙拜曰："吾不能与国家除贼，此天数也！"便撞阶而死。操交分［其］四（足）［肢］。时建安五年正月望。后史官有诗赞曰：

奋然兴义胆，应不为功名。
嚼指图曹操，捐躯救董承。
有谋亲进药，何惧独遭刑？
至死心如铁，谁人似吉平？

操见吉平已死，令带秦庆童到。操曰："国舅识否？"承大骂："逃奴元来在此！"便欲诛之。操叱之曰："他首汝反，今来对证，何（便）［敢］如此！"承曰："丞相何故听逃奴一面之词以诬董承也？"操曰："王子服等吾已擒下，皆招证明白。汝尚抵讳乎？"承曰："丞相何以言相逼耶？"操唤左右捉下，便差三十人往承卧房内搜寻。无移时，搜出衣带诏并义状。操观了大笑曰："鼠贼辈安敢如此？全家良贱尽皆监下，休令走透一人！"

操回府，唤荀彧等一班皆入。操出示诏文，荀彧曰："明公今日何如？"操曰："据此情理，吾（尽）［合］诛其君而吊其民，择有德者而立之。"荀彧曰："不可！明公威服四海，号令天下，盖有汉家苗裔故也，征讨有名，赏罚有制，往古来今，以绝议论。"操曰："（尽）［欲］将董承等五家老小诛之，必欲得其（书）罪恶以示于众。"荀彧曰："丞相之意如何？"操曰："不诬之以反谋，岂能族诛乎？"彧曰："事已至此，释之恐难。"操意遂决，连夜尽收王子服等老小入官，明正反逆之罪。次日押赴各门处斩，良贱死者七百余口。城内官民无不下泪。

据《资治通鉴》卷六十三：建安五年春正月，董承谋泄；壬子，曹操杀承及王服、种辑，皆夷三族。

据《后汉书·董卓传附董承传》：自都许之后，权归曹氏，天子总己，百官备员而已。帝忌操专逼，乃密诏董承，使结天下义士共诛之。承遂与刘备同谋，未发，会备出征，承更与偏将军王服、长水校尉种辑、议郎吴硕结谋。事泄，承、服、辑、硕皆为操所诛。（参见《后汉书·献帝纪》）

操带剑，令甲士入宫，来杀董贵妃。

按：董贵妃，应作董贵人。据《后汉书·皇后纪》，东汉皇帝后宫，"六宫称号，唯皇后、贵人"。

静轩有诗断曰：

讨逆无成祸已招，冤魂七百恨难消。
非因操贼多机变，只为天公祚魏朝。

妃乃董承亲女，进献帝幸之，有五个月身孕。当日帝在后宫，与伏皇后共论："董承此去，并无音耗，不知如何？"忽见曹操带剑而入，帝后惊得魂魄离体。操曰："董承造反，陛下知否？"帝曰："朕躬不知。"操对曰："忘了破指书诏？"帝战栗不能答。操叱左右武士去擒董贵妃。操曰："一人造反，九族皆诛！"怒喝牵出斩之。帝告曰："董妃有五月身孕，望丞相可怜！"操叱曰："若非天败，吾已灭门矣！尚欲留此女为吾后患也！"后告曰："贬入深宫，待分娩了，（时）［再］杀之未迟。"操叱曰："汝欲留逆种与母报仇耶！"后泣告曰："乞全尸而死，勿使彰露！"操令取白绢到。帝泣与妃曰："卿在九泉之下，勿怨朕躬！"言讫泪如雨下。操怒曰："尚作儿女态耶！"速令武士牵出，勒死于宫门之侧。

据《资治通鉴》卷六十七：董承女为贵人，操诛承，求贵人杀之。帝以贵人有妊，

累为请，不能得。（参见《后汉书·献帝伏皇后纪》）

静轩诗曰：

跋扈权奸震主威，美人魂遂落花飞。
目中天子同儿戏，何况区区董贵妃？

操随唤（监）[近]侍嘱曰："但有外戚内族，不曾禀奉吾旨，辄入宫门者，腰斩！守御不严者罪同！"但（是）与董承（元）[有]来往者并黜退，重者（累）[类]入逆党内斩之，被害者不可胜数。自此，许都内外官员莫敢交头接耳。操拨三千心腹人入充御林军，令曹洪总之。

操与荀彧等曰："今戮董承等一干人，去吾心腹之大患。尚有马腾、刘备亦在数[内]，不可不诛。"荀彧曰："马腾屯军西凉，未可轻取。但以手书慰劳，勿使生疑，徐徐诱入京师[图之]可也。刘备见于徐州分布掎角之势，亦未可轻敌。"操曰："何为未可？"或曰："与明公争天下者，袁绍也。今绍屯兵官渡，常有图许之心。一旦（若弃）东征刘备，[备]必求救于袁绍。若绍乘虚而袭，何以当之？"操曰："非也！（日外公言）刘备乃人杰也，吾方（误）[击]之。今若不击，待其羽翼养成，难动摇也。袁绍虽有大志，事多怀疑不决，必不动也，何足虑哉？"或曰："绍虽无妨，田丰、沮授、审配、郭图、许攸、逄纪之辈皆有奇谋高见。倘绍信之，为祸非轻。"操尚未决，郭嘉自外入。操问曰："吾欲东征袁绍，争奈刘备之忧！"嘉曰："刘备目今新整军旅，众心未附。丞相引精兵击之，一战可擒。"操大喜曰："此机正与吾合！"遂起大军二十万，商议东征。

据《三国志·魏书·武帝纪》：（建安）五年春正月，董承等谋泄，皆伏诛。公将自东征备，诸将皆曰："与公争天下者，袁绍也。今绍方来而弃之东，绍乘人后，若何？"公曰："夫刘备，人杰也，今不击，必为后患。袁绍虽有大志，而见事迟，必不动也。"郭嘉亦劝公，遂东击备，破之，生禽其将夏侯博。备走奔绍，获其妻子。备将关羽屯下邳，复进攻之，羽降。昌豨叛为备，又攻破之。公还官渡，绍卒不出。（参见《资治通鉴》卷六十三）

据《三国志·魏书·郭嘉传》注引《傅子》：太祖欲速征刘备，议者惧军出袁绍击其后，进不得战而退失所据。语在《武纪》。太祖疑，以问嘉。嘉劝太祖曰："绍性迟而多疑，来必不速。备新起，众心未附，急击之必败。此存亡之机，不可失也。"太祖曰："善。"遂东征备。备败奔绍，绍果不出。　臣松之案《武纪》，决计征备，量绍不出，皆出自太祖。此云用嘉计，则为不同。

胜负如何？

[第四十八段]　刘玄德匹马奔冀州

却说曹操分兵五路来取徐州。细作探知，报入徐州。孙乾径来下邳，先报关公，次去小沛报玄德。玄德荒与孙乾商议。乾曰："必须求救于袁本初，方可解围。"玄德即时修书，遣孙乾行。

按：核诸史书，建安五年（200）曹操进兵徐州攻刘备，刘备并未向袁绍求援。

乾至河北见田丰，具言此事。丰曰："明日见主公（令）商议。"丰次日引孙乾见袁绍。绍出厅，形容憔悴，衣冠不整。田丰曰："主公今日何故如此？"袁绍曰："某欲死矣！"丰曰："主公纵横天下，正当其时，何故出此言也？"绍曰："吾命亡在旦夕，岂暇论他事乎？"丰曰："主公（身亡）［此言］是何故？"绍曰："吾生五子，惟最小者极称吾意；今患疮疾，将欲垂死。吾有何心用事乎？"丰曰："目今曹操起兵东征，许昌空虚。将军若兴义兵，乘虚而入，上可以保天子，下可以安庶民，诚国家之万幸也！俗谚曰：'天与弗取，反遭其咎。'惟明公详察焉！"丰以言告劝兴兵。绍曰："我亦知如此最好；争奈我心中恍惚，去必不利。"丰曰："何恍惚之有？"绍曰："吾子之中，惟此子生得最异，倘有疏虞，悔之晚矣！"与孙乾说："汝回见玄德，具言其事。（恐）［倘］不如意，便来相投，吾自有相助之处。"田丰以杖击地，叹曰："可惜！难遭难遇之时而有婴儿病，失［此］机会，大事去矣！痛可惜哉！"以足顿地而去。

据《资治通鉴》卷六十三：（建安五年春正月，）冀州别驾田丰说袁绍曰："曹操与刘备连兵，未可卒解。公举军而袭其后，可一往而定。"绍辞以子疾，未得行。丰举杖击地曰："嗟乎！遭难遇之时，而以婴儿病失其会，惜哉，事去矣！"（参见《后汉书·袁绍传》《三国志·魏书·袁绍传》）

乾见绍不肯起军，连夜回小沛见玄德说此事。玄德乃大哭曰："似此奈何？"张飞曰："哥哥勿忧！弟献一计，必破曹操。"玄德曰："素来以汝为一勇之夫。前者擒刘岱，果有妙计。今计若何？"飞曰："操兵（若）远来，必然困乏。不等他下住寨，当晚和哥哥分兵两路去劫他寨，如何？"玄德曰："吾弟此见亦按兵法，甚好！操兵若来，（必然）便行此计。"商议已定。

却说曹操引大军先投小沛来。正行之间，狂风骤起，操马前忽一声向，吹折牙旗一面。操言："作怪！"便交军兵且住，唤谋士问吉凶。操已自［有］主张了，只看谋士所见同与不同。操说风吹折旗之兆，荀彧曰："风从何方来？吹折甚旗？甚色？"操曰："风自东南方来，吹折角上牙旗单旗为角，（以）［双］旗为门，旗乃青红之色。"彧曰："不主别事，单主刘备今夜乘虚必来劫寨。"操点头。忽毛玠入见曰："适间东南方牙旗吹折，必主有人今夜劫寨。"静轩诗叹曰：

仁心帝胄势孤穷，全仗分兵劫寨功。
争奈折旗先有兆，老天何故纵奸雄？

操曰："天垂报应。吾亦自防之。"当时分兵九队，只留一队向前创立营寨，余众皆四方八面埋伏。

是夜月色微明，刘备在左，张飞在右，分（兵）两队兵行，留孙乾守小沛。（先）［却］说张飞自以为神妙之计，令轻骑在前，突入曹营，但见零零落落，无多军马。四边火光［大］明，喊声一举，张飞知是中计，便出营外，正东张辽杀来，正西许褚杀来，正南于禁杀来，正北李典杀来，东南徐晃，西南乐进，东北夏侯惇，西北夏侯渊，八下军马团团围定。张飞在垓心左冲右突，只叫得苦。元来操管的军马尽都过去，张飞军去了一大半。飞心中荒，（丁）［正］逢徐晃。两马相交，战到十数合，后面乐进赶到。飞杀条血路，突围而走，只有十数骑跟定；欲还小沛，大军截住去路，徐州、下邳却被曹操自引精兵当住。［飞］寻思无路，望芒砀山而走。

却说玄德正去劫寨，将近营门，喊声大振，后面冲入一军，先截了一半人马，前面夏侯惇杀来。玄德引百余骑突围而出，后面夏侯渊弟兄两个赶来。玄德回顾，止有二三十骑后随。遥望［见］小沛城中火起，玄德弃却小沛，（取）［欲往］徐州，隔河望［见］军马漫山遍野。玄德寻思无路，想起袁绍有言“倘不如意，可来投托”，“不若去投袁绍，权且依栖，再作良图。”回寻青州路，正逢乐进拦路。玄德匹马落荒而走，乐进虏将从骑去了。

据《三国志·蜀书·先主传》注引《魏书》：是时，公方有急于官渡，乃分留诸将屯官渡，自勒精兵征备。备初谓公与大敌连，不得东，而候骑卒至，言曹公自来。备大惊，然犹未信。自将数十骑出望公军，见麾旌，便弃众而走。　　《资治通鉴考异》认为：计备必不至此，《魏书》多妄。

却说玄德匹马径投青州来，一日行三百余里，当晚到青州城下叫门。门吏问（甚）［其］姓名，来报刺史，乃袁绍之长子袁谭。谭素敬玄德，闻知匹马到来，荒速开门接入，径至公厅，问其故。玄德说曹操大军势不可当，“故弃城并妻子，（而）逃命（故）［而］来投托。”谭乃再拜，留纳（，权）于青州驻扎。谭发书告父袁绍。绍知徐州已失，玄德已在青州，遂引军五万来迎接玄德。袁谭将本州人马奉送至平（元）［原］界。袁绍离邺郡二（百）［十］里来接（接见）玄德。玄德拜伏于地，绍荒答之曰：“昨为小儿抱患，有失救助，（之）［其］心怏怏不安！今幸得相见，大慰平生渴仰之思！”玄德答曰：“孤穷刘备，久欲倚托门下，奈何机缘未遇。今为曹操所攻，妻子俱陷。想将军容纳四方之士，故不避羞惭，远来投托，万望收留，誓当补报！”绍大喜。（父子）［二人］相敬甚厚，同居冀州。

据《资治通鉴》卷六十三：（建安五年春正月，）曹操击刘备，破之，获其妻子；进拔下邳，禽关羽；又击昌豨，破之。备奔青州，因袁谭以归袁绍。绍闻备至，去邺二百里迎之，驻月余，所亡士卒稍稍归之。（参见《三国志·魏书·武帝纪》《三国志·蜀书·关羽传》）

据《三国志·蜀书·先主传》：先主走青州。青州刺史袁谭，先主故茂才也，将步骑迎先主。先主随谭到平原，谭驰使白绍。绍遣将道路奉迎，身去邺二百里，与先主相见。驻月余日，所失亡士卒稍稍来集。

据《三国志·蜀书·先主传》注引《魏书》：备归绍，绍父子倾心敬重。

却说曹操当夜抢了小沛，随即进兵攻打徐州。糜竺、简雍守把不住，弃城而走。陈登献了徐州。操入城安民了当，唤众官商议取下邳。荀彧曰：“下邳乃关云长并刘备家小死据。此城务在速取；若以迟慢，恐为袁绍所窃。”

按：《演义》称甘糜二夫人随关羽住下邳，于史无据。据史书记载，曹操先攻小沛打败刘备，掳其妻子，然后才攻打关羽据守的下邳。

操曰：“当（如）［用］何计，可取下邳？”彧曰：“丞相坐镇徐州，拨一队人马诱之。若关羽出战，却分头袭之。城若一陷，关羽必擒矣。”操曰：“吾素爱关公人材武艺勇冠三军，必欲得之，以为已用。”郭嘉曰：“吾知关羽义气至重，必不肯降。若使［人］说之，恐被其害。先以兵围之，若事危急，彼必降矣。”帐下一人出曰：“关云长与某有一面之交。某亲往下邳以说之，使降丞相，若何？”众视之，乃张辽也。程昱曰：“文远虽与关羽有旧，吾观此人非可以言词说之。某有一计，使之进退无门，却用文远说之，关羽自归于丞相也。”其计如何？且听下来分解。

通俗演义三国志史传卷之二[①]

① 叶逢春本卷三（第四十九至七十二则）原文缺失，据余象斗批评本补，仍沿用叶逢春本卷次。

[卷之三]

[第四十九段]　张辽义说关云长

刘玄德兵败，单马奔冀州投袁绍。张飞引数十骑，投芒砀山中去了。孙乾、简雍、糜竺、糜芳各自逃难。独有关云长保玄德甘、糜二夫人守下邳。

曹操在徐州责陈珪，珪力辩之。操怒父子杀车胄之罪，陈珪亦辩之。操商议取下邳，程昱献计曰："云长有'万人之敌'，更与玄德义气深重，非智谋不可取之。目今旧兵皆已投降，于内亦有刘备新招徐州等处之人。可暗地遣一心腹之人，(口)[只]做逃回，入下邳见关羽，先种祸于城中。却引关羽出战，诈败佯输，诱入他处，却以精兵截其回路(归兵)，然后用说可矣。"曹操用其谋，选拣兵(七)[士]千余人，令引诱徐州降兵数十骑，偷出营寨，径投下邳，来归关公。公以为心腹，留而不疑。

次日，夏侯惇为先锋，骤引五千骑兵，来下邳搦关公战。公不出，惇使军人于城下辱骂。公大怒，引兵三千，皆马军，出城与惇交锋。惇与公约战十数合，拨回马走，公怒赶来。惇又战又走。公约赶二十里，[忽]省中计，提兵便回，左手下徐晃，右手下许褚，两队军出。公冲开走路，前面一军，两势下硬弓数百(，许褚)[张，道]中兵尽踏弩(几)[机]百对，箭如飞蝗。公当先用刀拨之，[箭]如雨下。公不得过，勒兵再回，徐晃、许褚接住又战。公杀退[二人]，引军前进，夏侯惇又来战。公[战]至日晚，到一座土山。公引军占住山头，权且少歇；看[见]曹军紧紧密密摆作长蛇之阵，团团围定土山。公遥望城中，火光冲天而起。却说诈降兵举火为号，曹操自提大兵，杀入下邳，但交[举]烽火，以动关公之心，城内军民皆不肯[惊]动。关公见下邳火起，心中惊惶，连夜冲下几处，皆被乱箭射回，人马皆射伤折。

公欲离土山而不可得，捱至天晓，再欲整顿下山冲突，见一骑上山来。公视之，乃张辽也。公迎之曰："文远欲来相敌耶？"辽曰："非也。想故人旧日之情，特来相告。"遂弃刀马，与公入中军说话。二人坐于山顶。公曰："文远莫非欲说关某也？"辽曰："不然。想下邳城当(下)日兄救弟，今日安得[弟]不救兄耶？"公曰："文远将欲助吾耶？"辽曰："亦非也。"公曰："既不助我，来此何干？"辽曰："玄德不知存亡，翼德未知生死，众已散失。昨夜曹相已破下邳，城中军民尽无伤害。玄德家眷，丞相差军护之，惊扰者斩，如此相待。弟特来报兄。"公怒曰："如此言，特说吾也！吾今虽[处]极地，视死如归！汝当速去，吾当下山(尽)[血]战矣。"辽大笑曰："此言岂不为万世之耻[笑]乎？"公曰："吾仗忠义而死，安得为万世耻[笑]耶？"辽曰："兄今尽死，其罪有三，安得不为万世耻笑乎？"公曰："汝且说吾三罪。"辽曰："当初刘使君与兄结义之时，誓愿同生共死。近使君（散）［败］于小沛，君当戮力（尽）［血］战，死于疆场，其名万古不朽，（是以使君）［不合］逃遁而去。脚到之处，谁（想）［不］容兄？今欲战死于此地，倘若使君复出，专望于兄，兄岂不是负却孤主，而背当年之誓？误主丧身，诚为不美，其罪一也。……兄武艺超群，更（为）［兼］深通经史，不思共使君匡扶汉室，拯救生灵，徒欲赴汤蹈火，以成匹夫之勇，上负祖宗，下辱其主，安得为义？其罪三也。兄有此三罪，弟不得不告之。"公沉吟曰："汝说我以三罪，欲我何如？"辽曰："今四面皆曹相之兵，兄如不降，必（用）［有］一死。不若且降曹公，却打听使君音信；如知在何处，却往投之，一者可以保二夫人，二者［可］以全其义，三者［可］以保其身。有此三便，兄宜详之！"公曰："兄弟言虽善，吾有三事。若丞相能从我，即当卸甲；如其不允，宁受三罪而死！"辽曰："丞相宽洪大量，何所不容？愿闻三事。"公曰："吾与刘皇叔同设誓盟，共扶汉室。吾今只降汉帝，不降曹公；凡有杀戮，不禀丞相。二者，二嫂在彼处，请给［皇叔俸禄］养（膳）［赡］，一应上下人等皆不许到门。三者，但知吾主刘皇叔去向，不分千里［万里］，便当辞去。如不允此三者，决不可望我降！文远贤弟急急回报。"

张辽遂乃上马，来见曹操，先说降汉不降曹之事。操笑曰："吾为汉之元首，汉即吾也。此可从之。"辽又言："二夫人欲要［皇叔］俸给，并上下人等不许到门。"操曰："吾（与）［于］皇叔俸内加倍与之。其余是他家之法，何必疑焉？"张辽又曰："但知玄德信音，虽远必去寻之。"操摆首曰："此事却难从之。吾养关羽何用？"辽曰："岂不闻豫让'众人国士'之论乎？刘玄德待云长不过厚恩耳。丞相更（以）［施］厚恩，以结其心，何忧云长之不住也？"操曰："文远之言甚当！吾愿从此三事。"张辽再往山中回报云长。公曰："虽然如此，暂请丞相退军，容吾入城见嫂嫂告之，即便来降。"张辽再回见曹操说了。曹操传令，交城里城外［军马］尽退三十里。荀攸曰："不可！恐关公有变。"操曰："吾知云长忠义士也，必不爽信。"遂引军（人）退。

关公引败残军人入下邳，见人民安堵不动；径到府中来见二嫂。甘、糜二夫人听知关公到，急出迎之。公乃痛哭，拜于地下。二夫人曰："皇叔今在何处？"公曰："不知去向。"二夫人曰："叔何痛哭如此？"公曰："关某出城死战，困于土山，人马皆损，将欲危困。张辽招安，某以此事说之。曹操允从，放某入城。不得嫂嫂言语，未敢擅便。某思无颜见嫂，故垂血泪。"甘夫人曰："昨日曹军入城，我等皆以为死；谁想毫发不动，一军亦不敢入门。叔叔既已领诺，何必问乎？只恐久后曹丞相不容去寻皇叔。"公曰："嫂嫂放心，关某身在，必当见主。丞相出语为令，若有番复，谁肯伏焉？"甘、糜二夫人曰："叔叔自宜裁处，凡事不必问俺女流。"

关公拜谢而去，遂引十数骑来降。曹操使将帅远接，谋士（迎来）［来迎］。操自出辕门相接。关公下马，入拜曹操，操答礼。公曰："败兵之将，深感丞相不杀之恩，安敢受答拜之礼？"操曰："吾素知将军忠义之士，安肯加害？某在汉相，公为汉臣，虽名爵不等，敬公之德耳。"关羽曰："文远代禀之事，望丞相仁慈。"操曰："某出语欲取信于四海，安（敢）肯自废也？"公曰："故主若在，关某虽赴诸水火，必往寻之，此则恐不及辞，伏惟怜悯！"操曰："玄德若在，必从公去。但恐已于乱军中无矣。［公］且宽心，尚容缉听。"云长拜谢。［操］作宴管待。

据《资治通鉴》卷六十三：（建安五年春正月，）曹操击刘备，破之，获其妻子；进拔下邳，禽关羽。

据《三国志·魏书·武帝纪》:(建安五年春正月,)东击备,破之,生禽其将夏侯博。备走奔绍,获其妻子。备将关羽屯下邳,复进攻之,羽降。

据《三国志·蜀书·先主传》:(建安)五年,曹公东征先主,先主败绩。曹公尽收其众,虏先主妻子,并禽关羽以归。

据《三国志·蜀书·关羽传》:建安五年,曹公东征,先主奔袁绍。曹公禽羽以归。

按:关羽降曹并无条件。《演义》称关羽降曹前曾以三事相约,不见于史。《演义》将保护二嫂作为关羽投降的一个原因,与史不合。刘备之妻应随刘备住在小沛,而不是住在下邳。《演义》称甘夫人随关羽降曹,不见于《三国志·蜀书·甘皇后传》,看来甘夫人始终是跟随刘备的,并未被曹军俘虏。

次日,操班师还许昌,令军马先起。云长收拾车仗,请二嫂嫂上车,亲自引军护送而行,操时使人供送物件饮食。已到许昌,军马各还营寨。操拨一府与关云长居住。云长分一宅为两院,内门拨老军十人以守之,关公自居外宅。操引关公朝见汉帝。帝命操加官,操封关公为偏将军。公谢恩归宅。

操次日设一大宴,会众谋臣武士,以客礼待关公,筵上分坐。比及送回,已拨绫锦百匹,金银器皿俱全。关公都送与二嫂。关公自到许昌,操待之甚厚,三日一小宴,五日一大宴,上马一提金,下马一提银,(及)[赐]美女十人以事之。

据《三国志·蜀书·关羽传》:建安五年,曹公东征,先主奔袁绍。曹公禽羽以归,拜为偏将军,礼之甚厚。

云长不能推托,将所赐美女尽送入内门,令伏事二嫂嫂;金银(叚)[缎]匹锦帛收受,抄写月日归库。关公三日去走一遭,于(门内)[内门]外躬身施礼,动问“二嫂安乐否?”二夫人曰:“不必叔叔忧虑。叔叔自便。”方敢退回。曹操(如)[知]此[事,愈加]重待关公,[公]未尝喜。

一日,操见云长所穿绿锦战袍已旧。操度其身品,以异锦做战袍一领赐之。云长受之,穿于内,以旧袍遮之。操笑曰:“云长何如此俭乎?”云长曰:“某非俭也。”操曰:“吾为汉相,岂无一锦袍与云长乎?何以旧袍蔽之?不亦俭乎?”公对曰:“旧袍乃兄刘皇叔所赐,常穿体上,如见兄面。岂敢以丞相之新赐而忘兄长之旧赐乎?故穿于其上。”操叹曰:“真义士也!”曹操口称其义,心中不悦。云长回府。

次日,忽报“二夫人哭倒在地,不知何为。请将军速入。”云长乃整衣跪于内门外,拜(谢)[请]二嫂嫂。甘、糜哭出,请云长起。其言若何?

[第五十段] 关云长策马刺颜良

甘夫人曰:“我夜梦皇叔身陷于土坑之内。我与糜氏论之,想于九泉之下矣。”关公曰:“梦寐之事,不可(心疑据)[凭信]。此是嫂嫂心想之故也。请勿忧愁!”公乃再三宽释。

[此时]又值曹操请关公赴宴,(此时)公乃辞去。操见公有泪容,问其故。公曰:

“嫂嫂思兄，日夕恸哭，不容关某心不（慈）［悲］也。”操笑而宽解之，频以酒［劝］。饮醉，公自（缚）［绰］其髯而言曰：“生必然报国家，（而见）［不背］其兄。不然，徒为人也！”操问曰：“云长须有数乎？”公曰：“约有数百根。每冬月约退三五根。夏月多以皂纱裹之，恐其断也。如接见宾客，则旋解之。”操取法锦二（十）端作囊，赐关公包髯。次日早朝，帝见关公以法锦袋垂于胸次。帝问之，公奏曰：“臣髯颇长，丞相赐囊贮之。”帝令当殿披拂，过于其腹。帝曰：“真美髯公也！”因此朝廷呼为“美髯公”。

据《三国志·蜀书·关羽传》：羽美须髯，故亮谓之髯。

操见关公但得所赐，未尝欢喜。忽一日，操请公宴。临散，操执手送公出府。见公马瘦，操曰：“公马何瘦？”公曰：“贱躯颇重，马不能称，故乃当瘦。”操谓左右，交备（第）一骑来。须臾，（使）关西汉牵至，身如火炭，眼似铜铃。操指曰：“公识此马否？”公曰：“莫非吕布［所］骑赤兔马否？”操曰：“然也。吾未尝敢骑，非公不称。”和鞍赐之，关公拜谢。操怒曰：“云长！吾累赐美女玩好，未尝下拜；今吾赐马，喜而再拜。何贱人而贵畜耶？”关公曰：“某知此马日行千里，今幸得之。若知兄长下落，可一日千里而见面也。”操愕然，

按：关羽坐骑，不见于史。

公谢而去。静轩先生读传至此，作诗以（总）叹之曰：

威倾三国著英豪，一宅分居义气高。
奸操枉将虚礼待，岂知关羽不降曹。

操唤张辽曰：“吾待云长不薄，长怀去心，何也？”辽曰：“容某去试探其情。专等回报。”次日来见关公，因共闲话。辽曰：“［某］荐兄（不是）［在丞］相处，不曾落后乎？”公曰：“深感丞相待我甚厚！只吾身在此［处］，心在兄处。”辽曰：“兄言差矣！凡大丈夫处世，不分轻重，非大丈夫［也］。吾意刘玄德待兄未必过于丞相，何故只怀去念？”公曰：“吾知曹公待我甚厚，然吾受刘将军恩厚，誓以共死，不可背之，终不留此。容某立功以报曹公，然后方去。”辽曰：“倘玄德已亡，公何所归乎？”公曰：“愿相从于地下耳。”辽（曰）［知］公终不［可］留，乃告退，自思曰：“若以实告曹公，恐伤云长性命；若不实告，又恐非事君之道。”喟然叹曰：“曹公君父也，云长弟兄也，以弟兄之情而瞒君父，此不忠也！宁居不义，不可不忠。”遂入，实告曹操［曰］：“云长意欲与刘备生死同处，必不留也。”一一告之。操叹曰：“事主不忘其本，此天下之义士也！此人何时可去？”辽曰：“彼言必欲立功以报丞相方去。”操又曰：“仁者之仁也！”荀彧曰：“若不教云长立功，未必便去。”操然之。

据《资治通鉴》卷六十三：操壮关羽之为人，而察其心神无久留之意，使张辽以其情问之，羽叹曰：“吾极知曹公待我厚；然吾受刘将军恩，誓以共死，不可背之。吾终不留，要当立效以报曹公乃去耳。”辽以羽言报操，操义之。（参见《三国志·蜀书·关羽传》）

据《三国志·蜀书·关羽传》注引《傅子》：辽欲白太祖，恐太祖杀羽；不白，非事君之道，乃叹曰：“公，君父也；羽，兄弟耳。”遂白之。太祖曰：“事君不忘其本，天下义士也。度何时能去？”辽曰：“羽受公恩，必立效报公而后去也。”

据《华阳国志·刘先主志》：（建安）五年，公东征先主。先主败绩，妻子及关羽见获。……公壮羽勇锐，拜偏将军。初，羽随先主从公围吕布于濮阳。时秦宜禄为布求救于张杨，羽启公：“妻无子，下城，乞纳宜禄妻。”公许之。及至城门，复白。公疑其有

色，自纳之。后先主与公猎，羽欲于猎中杀公。先主为天下惜，不听。故羽常怀惧。公察其神不安，使将军张辽以情问之。羽叹曰："吾极知曹公待我厚，然吾受刘将军恩，誓以共死，不可背之。要当立效以报曹公。"公闻而义之。

据《三国志·蜀书·关羽传》注引《蜀记》：曹公与刘备围吕布于下邳，关羽启公，布使秦宜禄行求救，乞娶其妻，公许之。临破，又屡启于公。公疑其有异色，先遣迎看，因自留之，羽心不自安。

据《三国志·魏书·明帝纪》注引《献帝传》：（秦）朗父名宜禄，为吕布使诣袁术，术妻以汉宗室女。其前妻杜氏留下邳。布之被围，关羽屡请于太祖，求以杜氏为妻，太祖疑其有色，及城陷，太祖见之，乃自纳之。

据《三国志·蜀书·关羽传》注引《蜀记》：初，刘备在许，与曹公共猎。猎中，众散，羽劝备杀公，备不从。

按：据史书记载，关羽不肯归附曹操，除因"受刘将军恩，誓以共死，不可背之"之外，还因与曹操有个人恩怨：关羽欲娶秦宜禄前妻，本已获曹操批准而曹却自纳之，关羽为此"心不自安"；后关羽欲于猎中杀曹操，而为刘备所阻，关羽为此"常怀惧"。这些内容，《演义》均未采用。

却说玄德在袁绍处，日夕烦恼。绍曰："玄德何故常怀忧也？"玄德曰："二弟不知音耗，妻子陷于曹贼，上不能报国，下不能全家，安得不怀忧也？"绍曰："吾欲进兵攻许都，方［今］春（日）暖，正好动兵。"便商议破曹之计。田丰谏曰："曹操既破徐州，则许下非复空虚；加之操善用兵，众虽少，未可轻（动）也。不如久守，以待天时，外结英雄，内修农事，选精锐之兵，乘虚迭进，救右则击（右）［左］，救左则击（左）［右］，我不劳已，彼已困矣。不及三年，可坐而取胜也。今舍妙胜之策，而决成败于一时，恐不如意，悔之不及！"绍曰："且待我思之。"绍问玄德曰："田丰劝我固守，何如？"玄德曰："弄笔书生，不乐征伐，坐度朝夕，以受俸禄，使将军失其大义于天下也。"绍曰："玄德言者甚善！"遂只顾点兵。田丰又入谏，绍怒曰："汝等弄文轻武，使我失其大义！"丰顿首曰："若不听良言，此行必死！"绍怒［，欲］斩之，玄德力劝，囚于狱中。绍移檄州郡，各请相助。（祖）［沮］授见田丰下狱，乃会宗族，尽散家财与之，曰："今吾随军而去，势存则威无不（如）［加］，势亡则一身不保也。哀哉！"众皆下泪送之。

据《资治通鉴》卷六十三：曹操还军官渡，绍乃议攻许，田丰曰："曹操既破刘备，则许下非复空虚。且操善用兵，变化无方，众虽少，未可轻也，今不如以久持之。将军据山河之固，拥四州之众，外结英雄，内修农战，然后简其精锐，分为奇兵，乘虚迭出以扰河南，救右则击其左，救左则击其右，使敌疲于奔命，民不得安业，我未劳而彼已困，不及三年，可坐克也。今释庙胜之策而决成败于一战，若不如志，悔无及也。"绍不从。丰强谏忤绍，绍以为沮众，械系之。于是移檄州郡，数操罪恶。（建安五年春）二月，进军黎阳。沮授临行，会其宗族，散资财以与之曰："势存则威无不加，势亡则不保一身，哀哉！"其弟宗曰："曹操士马不敌，君何惧焉？"授曰："以曹操之明略，又挟天子以为资，我虽克伯珪，众实疲敝，而主骄将忲，军之破败，在此举矣。扬雄有言：'六国蚩蚩，为嬴弱姬。'其今之谓乎！"（参见《后汉书·袁绍传》，《三国志·魏书·袁绍传》及注引《献帝传》）

按：《演义》称，刘备投奔袁绍之后，鼓动袁绍向曹操开战，于是引发了袁曹官渡之战。此情节不见于史。

绍遣大将颜良为前部先锋，进攻白马白马，地名，今属眉川。（祖）［沮］授谏曰：“颜良性促狭，虽骁勇，不可独任。”绍曰：“吾之上将，非汝等可料也。”

据《资治通鉴》卷六十三：（建安五年春二月，）袁绍遣其将颜良攻东郡太守刘延于白马，沮授曰：“良性促狭，虽骁勇，不可独任。”绍不听。（参见《三国志·魏书·袁绍传》）

大军进发，杀奔黎阳。

刘（焉）［延］慌告急许昌，操急收拾起行。关公知白马告急，欲自往，遂入相府见操。公曰：“闻丞相动兵，某乞为前部，立功以报之。”［操曰：］“未敢烦将军远劳。早晚却来相取也。”关公自退。

据《三国志·蜀书·关羽传》：绍遣大将颜良攻东郡太守刘延于白马，曹公使张辽及羽为先锋击之。（参见《资治通鉴》卷六十三，《三国志·魏书·武帝纪》）

按：《演义》称，关羽自请为前部先锋，为曹操婉拒。史书记载恰相反：曹操“使张辽及（关）羽为先锋”。

操引兵十五万，分作三队［而］行。刘（焉）［延］连路不绝告急。操先提军五万，（至）［亲］临白马，靠土山扎住；遥望山前平川旷野之地，颜良前部精兵十万排成阵势。操先骇然，未敢交爱将出马，顾与吕布旧将宋宪曰：“久闻汝［乃］吕布之猛将，何不战［颜］良？”宋宪欣然领诺，绰枪上马，直出阵前。颜良横刀立马，貌若灵官，立于门旗下。宋宪径取颜良。良大喝一声，纵马来迎，战不三合，手起刀落，斩宋宪于阵前。曹操大惊曰：“真勇将也！”魏续曰：“杀吾同辈，愿去报仇！”操许之。续上马持矛，径到阵前，大骂颜良。良（便）［更］不打话，交马一合，拦头一劈，斩魏续于马下。操曰：“谁敢当之？”徐晃（便）［愿］出，操交急迎之。晃出马，与良战到二十合，败回本阵，诸将怀愁。操收军，良亦收军退去。

操见连折二将，心中忧闷。程昱曰：“某荐一人，可敌颜良。”操问谁，昱曰：“非云长不可。”操曰：“吾恐［他］立功了便去。”昱曰：“丞相又爱之，又疑之，何不交取来，两强相并？如胜则重用，败则决疑。”操曰：“善！”遂差人请关公。公闻人取，大喜，遂辞二嫂。嫂曰：“叔叔此去，必［要］打听皇叔音耗。”公曰：“某专为此（事）［耳］。”急急要去。

公上赤兔马，提青龙刀，从者十数人，径至白马，来见曹操。操请公坐，慰劳了。操说：“颜良斩首二将，连日诸将败者极多，勇不可当。特来请将军商议。”公曰：“容某观其动静。”（曹）［操］置酒相待。忽报颜良搦战，操引关公上土山望之。操与关公坐，诸将环立左右，指山下颜良阵势，四方八面，旗［帜］枪刀（刃）森布有威。操与关公曰：“河北人马，如此雄哉！”公答曰：“某视之犹土鸡瓦犬耳，不能鸣吠，无用。”操又指曰：“（中）军将列布，［旌］旗节钺，人如猛虎，马似毒龙，何其壮哉！”［公答曰：］“此犹金弓玉矢耳，空（外）［好］看，不能用也。”操又指曰：“麾盖之下，（停）［持］刀立马者，即颜良也。”公亦随指看之，见其人绣袍金甲，相貌威风。公与操曰：“某观颜良［如］插标卖首如插草卖头一般［耳］。”操曰：“不可轻视。”公起身曰：“某虽不才，愿于万军中取首而献。”张辽曰：“军中无戏言。云长不可轻也！”

公曰：“快牵赤兔马来！”奋然上马，倒提青龙刀，跑下土山，将盔扯下，放于鞒前，凤目圆睁，蚕眉直竖，来到阵前。河北军见，如波开浪裂，分［作］两边，放开直入。

颜良正在麾盖下，见公到来，却欲问之，马已至近。云长手起刀落，一刀砍良于马下。中军众将心胆皆碎，抛旗弃鼓而走。云长霍地下马，割了颜良头，拴于马颔之下，飞身上马，提刀出阵，如入无人之境。河北（之）[兵]将未尝见此神威，谁敢近前？良兵自乱。曹兵一击，死者不可胜数，马匹器械夺到极多。

据《三国志·蜀书·关羽传》：绍遣大将颜良攻东郡太守刘延于白马，曹公使张辽及羽为先锋击之。羽望见良麾盖，策马刺良于万众之中，斩其首还，绍诸将莫能当者，遂解白马围。

据《资治通鉴》卷六十三：（建安五年春二月，）袁绍遣其将颜良攻东郡太守刘延于白马，沮授曰："良性促狭，虽骁勇，不可独任。"绍不听。夏四月，曹操北救刘延。荀攸曰："今兵少不敌，必分其势乃可。公到延津，若将渡兵向其后者，绍必西应之，然后轻兵袭白马，掩其不备，颜良可禽也。"操从之，绍闻兵渡，即分兵西邀之。操乃引军兼行趣白马，未至十余里，良大惊，来逆战。操使张辽、关羽先登击之。羽望见良麾盖，策马刺良于万众之中，斩其首而还，绍军莫能当者。遂解白马之围，徙其民，循河而西。（参见《三国志·魏书·武帝纪》《袁绍传》）

关公纵马上山，众将尽皆称贺，无有不惊。公（取）[献]首级于操前，操曰："将军天威也！"公曰："某何足道哉？吾弟燕人张翼德，于百万军中取上将之头，如探囊取物耳！"操大惊，回顾左右曰："今后如遇燕人张翼德，（势）不可[轻]敌！"令写于衣袍襟底以记之。元来颜良辞袁绍时，刘玄德曾暗嘱曰："吾有一弟，乃关云长也，身长九尺三寸，须长一尺八寸，面如重枣，单凤眼，卧蚕眉，爱穿绿锦袍，能使青龙大刀，必在曹操处。如见[他]，可交急来。"因此颜良见关公来，只道是来投奔，故不准备迎敌，被斩于马下。史官故（下）[书]"刺"者，包含多少就里！有刺颜良诗为证：

望盖飞鞭骑毒龙，流星飞入万军中。
马奔赤兔番红雾，刀偃青龙扇黑风。
虎豹堕牙山岛静，凤凰振羽树林空。
历观史记英雄传，谁似云长白马功？

又诗曰：

白马当年事困危，将军立效干功时。
斩头出阵来无阻，策马提刀去莫追。
壮志威风千古在，英雄气概万夫奇。
堂堂庙貌人瞻仰，忠勇惟君更有谁？

又诗分辨云：

十万雄兵莫敢当，单刀匹马刺颜良。
只因玄德临行语，致使英雄束手亡。

有诗单道荐张飞之勇云：

来往宫中胆气高，平欺许褚胜张辽。
又夸翼德称英勇，致使当阳喝断桥。

袁绍败军奔回，半路接见绍，（为）报[说]"被一赤面使大刀勇将，匹马入阵，斩颜良而去，因此大败。"绍惊问曰："此人是谁！"帐前（祖受）[沮授]曰："此必是刘玄德之弟关云长也。"绍大怒曰："汝兄弟斩吾爱将，[汝]必通谋也！留汝何用？"唤群刀斧手捉下玄德斩之。玄德性命如何？

［第五十一段］ 关云长延津诛文丑

袁绍欲诛玄德，玄德面不改容，曰："明公何听一面之词，而绝向日之情耶？且刘备自徐州失散，老小皆（奔）［弃］，安知云长何在？天下多少同姓同貌者，岂得以赤面使刀者即关羽也？明公何不详之？"袁绍是个没主张的人，闻玄德之言，便责授曰："误听汝言，险杀爱弟！"遂请玄德上帐，却议报颜良之仇。帐下一人厉声而（进）［言曰］："颜将军是吾弟兄也，既被曹贼所杀，吾安得不雪其恨乎！"玄德觑（了）［之］，其人身长八尺，面如活蟹，山后人也，姓文名丑，是河北名将。袁绍喜曰："非汝不能报颜良仇也。吾再与［你］军十万，大军便起，直渡黄河，追杀操贼。"（祖）［沮］授曰："行兵之要，胜负变化不可不详。今且留（顿）［屯］延津，分兵官渡；若其克获，迁迎未晚。今若轻率渡河，设有其难，众皆不可还矣！"绍怒曰："皆是汝等迟缓军心，迁延日月，有（防）［妨］大事。岂不闻兵贵神速？"（祖）［沮］授出曰："上盈其（忠）［志］，下务其功。悠悠黄河，吾其济矣！"遂托疾不出议事。

据《资治通鉴》卷六十三：绍渡河追之，沮授谏曰："胜负变化，不可不详。今宜留屯延津；分兵官渡，若其克获，还迎不晚，设其有难，众弗可还。"绍弗从。授临济叹曰："上盈其志，下务其功，悠悠黄河，吾其济乎！"遂以疾辞。绍不许而意恨之，复省其所部并属郭图。（参见《三国志·魏书·袁绍传》注引《献帝传》，《后汉书·袁绍传》）

玄德曰："今刘备久蒙大恩，无可报效，欲与文将军同行：一者报明公之德，二者就探云长的实。"绍喜，唤文丑与玄德同领前部。文丑曰："刘玄德累败之将，于军不利。文丑自往，无用玄德处。"绍曰："吾欲见玄德才能。汝可同去。"丑曰："既主公要此人去时，某分三万军，交他为后部。如其无功，可自治罪。"玄德曰："（此）分［兵］最好。"文丑自引七万军先行，玄德三万随后便起。

（先）［却］说曹操为云长斩了颜良，倍加钦敬，表奏朝廷，封云长为寿亭侯；

据《三国志·蜀书·关羽传》：曹公即表封羽为汉寿亭侯。

按：关羽被封为汉寿亭侯，汉寿是地名，亭侯是爵位名。《演义》称"封云长为寿亭侯"，乃罗贯中误以"汉"为朝代名所致。

铸印送关公，文曰"寿亭侯印"，使张辽送去。公看（三）［了］，推辞不受。辽曰："据兄之功，封侯何多？"公曰："功微，不堪领此名爵。"再三推辞。辽赍印［回］见曹操，说"云长推辞不受。"操曰："曾见印来否？"辽曰："云长看来。"操曰："吾失计较。"销（印）［字］，别铸印文六字"汉寿亭侯之印"，再使张辽送去。公视之，笑曰："丞相知吾意也。"遂拜受之。

忽闻人报"袁绍又差大将文丑渡黄河，已据延津之上。"操先使人移徙居民于西河。操自引兵迎之，三军皆起，军马在前，粮草在后。操传下将令，交粮草军尽行［于］前，以后军作先锋守之，（操曰粮草）交前部（将军）先锋都居于后。吕虔曰："粮草在前而兵居后，何意也？"操曰："粮草在后，多被抄掠，吾故令在前也。"虔曰："倘遇敌将，守粮者又不敢战，必误大事！”操曰：“吾料敌军到时，却又作理会。”虔心疑未决。操令粮食辎重沿河渐至延津。操在后军听得前军发喊，急交人看时，人报“河北大（军）[将]文丑兵至，[我]军皆弃粮草，俱（已）[被]赶散，[彼]后军又来，将如之何？”众皆曰：“不如退守白马。”操交退军河北，又断其路，军皆散乱。操以鞭指南阜可避之，——阜，土山也；人马急奔土阜。操令人马皆解衣卸甲少歇，尽放其马。文丑军掩至。众将曰：“贼至奈何？可急收马匹，退回白马。”一人止之曰：“此正可以饵贼，何退之耶？”操视之，乃荀攸也。操急以目视荀攸而笑，攸知其意而不复言。

文丑军既得车仗，又来抢马，军士不依队伍，自相离乱。操令军将一齐下土阜击之，文丑军大乱。元来过此只顾取物，无心厮杀。[曹操]军马围裹将来。文丑挺身出战，军士（身）[自]相践踏。文丑止遏不住，拨回马走。操在土阜上指曰：“文丑（在）[乃]河北（为）名将，谁可擒之？”二将飞马出去，操视之，乃张辽、徐晃也。二将赶[丑]至近，大叫“文丑休走！”丑回头[见]二将赶到，遂带住枪，拈弓搭箭，正射张辽。徐晃大叫“贼将休放箭！”辽急低头躲时，一箭射中头盔缨。辽奋怒赶坐下马，又被文丑一箭射中战马面门，跪下前蹄，张辽落地。文丑便拍马回，徐晃急挥大斧接住厮杀。两员将战到二十余合，张辽去远。徐晃见文丑后面军马齐到，（徐晃）拨转马走，文丑沿河赶来。忽然十数骑马，旗号翩翻，一将当头，提刀出马而来，乃汉寿亭侯关云长也，大喝一声“贼将休走！”[与]文丑交马。战不三合，文丑力尽，拨回马，绕河而去。关公马是千里龙驹，早赶上文丑，脑后一刀，斩下马来。

据《资治通鉴》卷六十三：绍军至延津南，操勒兵驻营南阪下，使登垒望之，曰：“可五六百骑。”有顷，复白：“骑稍多，步兵不可胜数。”操曰：“勿复白。”令骑解鞍放马。是时，白马辎重就道，诸将以为敌骑多，不如还保营。荀攸曰：“此所以饵敌，如何去之！”操顾攸而笑。绍骑将文丑与刘备将五六千骑前后至。诸将复白：“可上马。”操曰：“未也。”有顷，骑至稍多，或分趣辎重。操曰：“可矣！”乃皆上马。时骑不满六百，遂纵兵击，大破之，斩丑。（参见《三国志·魏书·武帝纪》《荀攸传》《袁绍传》）

按：关羽斩文丑，不见于史。文丑死于何人之手，史无明文。

后人有诗道诛文丑为证，诗曰：

暂把功勋建，须将恩义酬。
奋身诛虎豹，用命统貔貅。
白马颜良死，延津文丑休。
英雄有如此，不负寿亭侯。

曹操在阜上见关公刀砍文丑，大驱四（万）[下]人马掩杀，河北军落水，复夺辎重马匹。

云长引十数骑耀武扬威，东冲西突，正杀之间，刘玄德引三万军随后到。前面哨马探知，报与玄德云：“今番又是红面长须的斩了文丑。”玄德慌忙纵马来看，隔河望见一簇人马如飞往来。众皆指曰：“此正是也。”玄德[遥]见（尘征）[征尘]中一把认旗，上有“汉寿亭侯关云长”七字。玄德暗谢天地曰：“元来我兄弟果然在操处！”欲去相见，被曹兵大队涌来，只得做救败军回。

袁绍接应，退守官渡，下定寨了。郭图、审配入见袁绍，说“今番文丑又是关羽坏了。刘玄德佯推不知。”袁绍大怒，骂曰：“大耳儿焉敢如此！”人报玄德至，绍令推[出]斩之。玄德曰：“某有何罪？”绍曰：“故使关羽又坏吾一员大将。”玄德曰：“容伸一言而死。曹操素［与］刘备冤仇，备虽溃散，必有复仇之日。今知备在明公处，必协力而攻曹操。操特使关羽诛杀二将，公知必怒。此是曹（公）［操］借公之手而杀刘备，断绝仇人也。惟明公思之！”此是玄德枭雄处。绍曰：“玄德之言是也！［汝等］欲使我成害贤良之恶名耳。”喝退左右，请玄德上帐坐。玄德谢曰：“明公宽大之恩无可补报，欲令一心腹人，特持一密书去见云长，使知刘备消息，必星夜来到，辅佐明公，共诛曹操，以复颜良、文丑之仇，若何？”袁绍大喜曰：“吾得云长，胜颜良、文丑复生也。”商议修书，未有人去。绍令退军于阳城结营，连路数十里，按兵不动。操令夏侯惇总兵，守官渡隘口。

据《三国志·魏书·武帝纪》：公还军官渡。绍进保阳武。

操班师回许昌，大宴众官，称云长之功。席上操与吕虔曰：“昔日吾与粮草在前者，乃饵敌之计也。惟荀公达知吾心耳。”众皆伏其用兵。正饮宴间，忽报“汝南黄巾刘辟、龚都甚是猖獗。

据《三国志·蜀书·先主传》：曹公与袁绍相拒于官渡，汝南黄巾刘辟等叛曹公应绍。绍遣先主将兵与辟等略许下。（参见《三国志·魏书·武帝纪》）

曹洪累战失利，乞拨勇将精兵救之。”云长闻言，乃进前曰：“关某愿施犬马之劳，去破汝南贼寇。”操曰：“云长建立大功，未曾重赏，何故又欲征进？”公答曰：“关某久闲，必生疾病。愿再一行！”曹操（壮）［许］之，点军五万，使于禁、乐进为副将，次日便行。

按：关羽请兵往讨汝南黄巾刘辟、龚都之事，不见于史。据《三国志·魏书·乐进传》《于禁传》，讨汝南黄巾，系以乐进为主将，于禁为副将。

荀彧曰：“首将关云长常有归刘之心，倘知消息必去。不可令频出军！”操曰：“今次收功，吾再不教临敌矣。”

云长引军望汝南进发，敌军相迎，扎住营寨。当夜，营外缚将两个细作入来。云长视之，认得一人。只因此起，交他兄弟再得聚会。此人毕竟是谁？

［第五十二段］　关云长封金挂印

云长于灯下看时，认得一人，乃孙乾也。关公叱退左右，问乾曰：“公自溃散之后，一向踪迹不闻。玄德兄在何处？”乾曰：“某在徐州逃难，飘泊汝南，幸得刘辟收留。近闻玄德公在袁绍处，欲往投之，未得其便。今刘辟、龚都皆欲归顺［玄德］，助袁破曹，故攻掠太急。今天幸得将军到此。刘、龚特令小军引路，故交某为细作，来报将军：‘来日必然献一阵功与将军，使将军早奉二夫人与玄德相见；却来汝南，又作远图。’此刘、龚之顺玄德，实有望于将军也！”公曰：“既兄在袁绍处，吾必星夜而往。但恨吾斩绍二将，恐今事变矣！”乾曰：“某亦先往探其虚实，再报将军。”公曰：“吾见兄长一面，虽万死不辞！今回许昌，便辞曹公矣。”当夜送乾去了，于禁、乐进亦未敢问。

次日，关羽领兵出，龚都披挂出阵。公曰："汝等何故（返）[反] 背朝廷？"都曰："汝乃背主之人，何敢责人耶？"公曰："我何背主？"都曰："刘玄德在袁本初处，汝却从曹操，何也？"公曰："乱道！"拍马舞刀向前。龚都便走，关公赶去。都回身与关公曰："故主之恩，不可忘也！当 [与玄德] 速至，吾 [愿] 让汝南。"公会其意，招军掩杀。刘、龚佯输诈败，四散去了。

云长夺得州县，安民已定，班师回许昌。曹操自出郭迎接，赏劳军士，宴待云长。公回家参拜二嫂于门外。甘夫人曰："叔叔两番出军，颇知玄德音信否？"公对曰："未也。"公退，二夫人于帘内恸哭甚切。糜夫人曰："想皇叔休矣！叔恐我姐妹烦恼，故隐而不言。"正哭间，一个随行军士听得哭声不绝，于门外曰："夫人休哭，主（人）[公] 见在河北袁绍处。"夫人曰："汝何 [以] 知之？"军士曰："跟关将军出征，阵上见说。"夫人急召云长，责之曰："玄德未尝负汝。[你] 今受曹氏恩养，忘旧日之义，不以实情告我，使我姐妹忧愁欲死。叔如自要享荣贵，就借宝剑斩我姐妹之首级，[以绝] 汝之疑碍。叔无相瞒也！"云长顿首流泪曰："兄长委在河北，未敢交嫂嫂知 [者]，恐内走泄也。事（有）[须] 缓图，不可以速。"甘夫人曰："叔宜上紧，不可缓之！"公退，寻思去计，坐立不安。

元来于禁已告曹操："关羽已知刘备在河北。"操令张辽 [来] 探公意。关公正（梦）[闷] 中，张辽入贺曰："关公在阵上知玄德音信，特来贺喜！"公曰："故主未见，何喜之有？"辽曰："兄看《春秋》，管、鲍之义，可得闻乎？"公曰："管仲尝言'吾三战三退，鲍叔不以我为懦，知我有老母也；吾尝三仕三见逐，鲍叔不以我为不肖，知我不遇 [时] 也；吾尝与鲍叔谈论 [身] 极困乏，鲍叔不以我为愚，知时有利不利也；吾尝与鲍叔贾，分利多，鲍叔不以我为贪，知我贫也：生我者父母，知我者鲍叔！'此管、鲍相知之交也。"辽曰："兄与刘玄德交何如？"公曰："吾与刘玄德结生死之交耳，生则同生，死则同死，非鲍、管之可比也！"辽曰："吾与兄交何如？"公曰："吾与汝邂逅相遇，若遇吉凶则相救，[若] 逢患难则相扶，有不可救则止，岂比吾与刘玄德生死之交也！"辽曰："向日玄德在小沛失利，缘何 [公] 不死战以保之？"公曰："吾（此）[那] 时未知是实。若玄德死，岂能独生乎？"辽曰："今玄德在 [河] 北，兄往从之否？"公曰："昔日之言，安肯负之？文远须达其意，然后 [某亲] 禀丞相。"后人有诗曰：

月缺不改光，剑折不改钢。
月缺魄易满，剑折复铸良。
势利压山岳，难屈志士肠。
男儿有死节，可杀不可量。

张辽将关公之言还白曹操。操曰："吾自有计留之。"

却说关公正寻思间，忽报有故人相访。及至请入，公不识，问之曰："公何人也？"对曰："某乃袁绍下南阳陈震也。"

据《三国志·蜀书·陈震传》：陈震字孝起，南阳人也。先主领荆州牧，辟为从事，部诸郡。随先主入蜀，蜀既定，为蜀郡北部都尉。

公大惊，喝退左右，问之曰："先生此行，必有所为。"震出书一缄，度与关公。公视之，乃玄德书也：

备尝谓古之人，恐独身不能行其道，故结天下之士，以友辅仁。得其友则益，失其友则损。备与足下，自桃园结（义）[刎颈] 之交，虽不同生，誓与同死。今何中道而割恩断义？君必欲立功名，图富贵，愿献备级，以成全之。书不尽言，死待来命！

关公看书毕，大哭曰："某非不欲寻兄，奈不知其所也！吾安肯事曹公而图富贵乎？"震曰："玄德望公，泪不曾干。公既仗义，何不归之？"公曰："人生于天地之间，无始终者，非（男）［君］子也。吾当日曾对曹公道及此事来，公已从之。吾已立功三件，上报其恩。吾来时明白，去［时］不可不明白也。吾作书烦公先达知兄长；［待］辞了曹公，奉二嫂回见也。"震曰："倘曹公不放将军，当何如耶？"公曰："吾宁死，岂肯久留于此乎！"震曰："公速作回书，免致玄德之望。"关公作书云：

羽（切）［窃］闻义不负心，忠不顾死，是大丈夫之志也。羽自幼读书，粗知礼义；至于观羊角哀、左伯桃之事，（论昔时）［张元伯、］范巨卿之约，未尝不三叹而流泪也！昔羽守下邳，内无积粟，外无援兵，欲尽死节；奈有二嫂之重，未敢断首碎躯，死于沟壑也。近自汝南回，方知信息，须当［面］辞曹公，奉送二嫂回也。昔日降汉之时，已曾预言；今已有微功报之，不容不从也。忽得兄书，视之若梦。羽但怀异心，天地可表；披肝沥胆，尽力以报！笔楮虽穷，瞻拜有期。伏惟照鉴！

陈震（自回，得书而往）［得书自回］。

关公乃来相府求见曹操。操知来意，乃悬回避牌于门首。公怏怏而回，收拾下一辆小（军）［车］，选旧跟从者二十人，早晚等候。甘夫人问关公曰："叔叔近日行藏若何？"公曰："只在早晚，辞了丞相，便请嫂嫂上车。堂中所有原赐之物尽皆留下，寸丝亦不带去。"甘夫人曰："叔宜上紧，请勿迟滞！"公又往相府［拜］辞，门首又挂回避牌，连往数次，皆不放参。公往张辽家相探，欲言此事，辽托疾不出。

公思之曰："此是曹相不容我去之意也。大丈夫既已欲去而不动，非大丈夫也。"即写辞曹相书一封，书云：

汉寿亭侯关羽谨沐浴再拜奉书：某闻有天而有地，有父而有子，有君而有臣；天气应乎阳，地气应乎阴，阴阳若顺时，方可养育群生，三纲五常之义也。羽生于汉朝，少事皇叔刘备，誓同生死。前者下邳失据，许降丞相，所请三事，已曾慨然（须）［领］颁恩诺，羽所以归焉。拔擢过望，（量）［羽］实难当。只今探知故主刘皇叔见在袁绍军中，身为寄客，使羽旦夕不安。三思丞相之恩，深如沧海；返念故主之意，重若丘山。去之不易，住之实难；事有先后，当还故家。尚有余恩未报，候他日以死答之，乃羽之志也！谨书告辞，幸希钧鉴！建安五年秋七月　日书。

遂将累次所受金银一一封记，挂寿亭侯印于库中；

据《资治通鉴》卷六十三：（建安五年夏四月，）及羽杀颜良，操知其必去，重加赏赐。羽尽封其所赐，拜书告辞，而奔刘备于袁军。（参见《三国志·蜀书·关羽传》）

按：据史书记载，关羽辞曹，封金而未挂印。关羽被封为汉寿亭侯，虽是曹操保举，名义上却是汉献帝封拜，关羽也接受"汉寿亭侯"封爵。

平明，请二夫人上车，

按：《演义》称关羽护送刘备家眷回归，不见于史。卢弼《三国志集解》说，刘备妻子"为操虏者，不知所终"。关羽是只身回归的。

男女二十余人伏事，另遣人于相府下书。公上赤兔马，提青龙刀，护送车行，径出北门，（外）［门］吏当之。关公（瞑）［瞋］目横刀，大喝一声，门吏皆避而（走）［退］。关公出门，(喝)[呼]从者曰：“汝等护送车[仗]先行，但有追赶者，吾自当之。勿惊动嫂嫂！”从者推车望官道进发。

却说曹公正论关公事未定，左右报“关公夺门，有书呈上。”操看毕大惊曰：“云长去矣！”北门守将飞报“关羽夺门而去，车仗鞍马二十余人，皆望北行。”又家中人来告说：“将军尽封所赐金银等物，美女十人另居内室，寿亭侯印悬于库内。先拨伏事人众[皆]不带去，止与原跟从人二十，小车一辆，随身行李，平明去了。”众皆愕然。一将挺身出曰：“某愿将三千铁骑，当生擒关羽，献与丞相！”众视之，乃虎贲将军蔡阳也。蔡阳要赶关公，未知何如。

[第五十三段]　关云长千里独行

曹操部下诸将中，只有蔡阳不伏关公，常有说谮之意，故要去赶。曹操曰：“事主不忘其本，乃天下之义士也。来明白，去明白，乃天下之大丈夫也。汝等皆可学之也！”李(辆)[两]府览《关公传》，言曰：“两尽其忠，世称义勇。”遂赋诗曰：

刺颜恩已报曹公，辞魏归刘两尽忠。
威镇许昌谋涉远，当时义勇有谁同？

曹操叱退蔡阳，不肯交赶。程昱曰：“关羽不辞丞相，不奉钧旨，何如？”操曰：“使(居)[归]故主，以全其义。”程昱曰：“丞相[虽]能(全)舍之，诸将皆不平也。”操曰：“何为不平？”昱曰：“关羽有三罪，以致众怒。且关羽昔在下邳，事极来降丞相，拜为偏将军，三日一小宴，五日一大宴，上马金，下马银，虽建微功，却拜寿亭侯之职，恩宠极矣。一旦弃丞相而去，不能尽忠，其罪一也。不得丞相之命，飘然便行，欲杀门吏，不遵国法，其罪二也。知故主之微音，忘丞相之大德，乱言(便主)[片楮]，冒渎钧威，其罪三也。今关羽欲归袁绍，是纵虎伤人也。不若遣蔡阳赶上诛之，绝此后患！”操曰：“不然！吾昔(前)[曾]许之，今日故舍之。若追而杀之，天下人皆以我为爽信也。彼各为其主。”遂喝退之。

据《资治通鉴》卷六十三：(建安五年夏四月，)及羽杀颜良，操知其必去，重加赏赐。羽尽封其所赐，拜书告辞，而奔刘备于袁军。左右欲追之，操曰：“彼各为其主，勿追也。”(参见《三国志·蜀书·关羽传》)

后史官裴松之曰：“曹公知羽不[留]，知其心，嘉其志，不遣追，以成其义。自非有王霸之(策)[度]，孰能至于此乎？”

据《三国志·蜀书·关羽传》注：臣松之以为曹公知羽不留而心嘉其志，去不遣追以成其义，自非有王霸之度，孰能至于此乎？斯实曹公之休美。

(而赞)宋贤[有赞]云：

功成自合归玄德，解印封金离许都。
不羡金银光照室，为思恩义走长途。
人言俊杰千年少，我道将军万古无。

不是追兵无铁骑，曹公愿重去时书。

又诗曰：

三国初争势未分，独公谋策最机深。

不追关羽令归主，便是中原伯业心。

此是言曹公好处，平生（为）不杀玄德，不追关羽。

程昱曰："云长不辞而去，终是缺礼。"操曰："吾所赐金帛皆留还我，此是云长千金不可易其志也。此等之人，吾甚敬之！"程昱曰："今后为祸，丞相休怨！"操曰："云长非负义之人也。"程昱曰："彼各（有）［为］主，岂容人情耶？"操曰："想云长此去不远，吾一发结识他，做个大人情耶？先交张辽去请住他，我与他送行，将一盘金银为路费，一领绣袍作秋衣，交他时时想我。"程昱曰："云长必不回来。"曹操曰："吾引十数骑［去］。"先使张辽单骑（前）去请。

却说云长所骑赤兔马日行千里，本是赶不上；须要相傍车马行，不敢放辔头，按住丝缰，缓缓而行。背后有一人叫"云长漫行！"关公自思："（行）［呼］我［字］者，必不［是］害吾［之］人也。"交车仗人从只顾大路紧行，"吾自理会。"回头视之，见张辽拍马而至。关公勒住赤兔马，按定刀曰："文远莫非来擒我耶？"辽曰："吾身无寸甲，手无寸器，何必生疑？丞相知兄远行，特来相送，并无相害之心。"关公曰："丞相此来，必有他意。"辽曰："丞相已言'彼各为主，勿追［也］。'容兄自去，以全其义。为不曾相送，自轻身而来也。故先令小弟请住兄长。"关公曰："便是丞相铁骑来，吾愿单骑决一死战！"

公回数十步，立马于桥上望之，见曹操引二十余骑飞奔前来，背后皆是许褚、徐晃、于禁、李典之徒。操见关公横刀立马于桥上，令诸将约住马匹，左右摆开。关公看（了）［见众将］手中皆无军器，因此放心。操曰："云长何故行之太速耶？"公马上欠（伸）［身］施礼曰："关羽日前曾禀丞相，今故主在袁绍处，不容不星夜去也。累次不得参见，故拜书告辞，封金解印，纳还丞相。望丞相不忘旧日之言也！"操曰："吾欲取信于天下，安肯有负前言？恐将军于路欠盘费，特具路赆相送。"一将马上托过黄金一盘。公曰："累蒙恩赐，尚有余资，留此黄金以赏战士。关某路中不劳恩赐。"操曰："别无他意，少酬大功（万之）［之万］一耳。"关公曰："感丞相大恩！微劳不足补报；异日云萍相会，别当酬之。"操叹而答曰："云长忠义士也，恨吾无福，不得相从！锦袍一领，聊表寸心。"（许）［一］将军下马，双手捧袍过来。关公恐操有变，不下马［来］，用青龙刀尖挑却锦袍，披于身上，勒马回头，转身称谢［曰］："［谢］丞相袍！"下桥望北而去。许褚曰："此人无礼太甚，可以擒之！"操曰："彼一人一骑，吾二十余人，安得无疑乎？吾言既出，不可追之。"曹操自引众将回城，于路嗟叹曰："汝等当效云长，以成万世之清名也！"有诗一首为证：

将军降汉不降曹，千里寻兄岂惮劳？

送别许都城外路，刀尖曾受锦征袍。

关公来赶车仗，约行三十里不见。云长正慌，走马（回，）四下寻之。忽见山头一人高叫"云长且住！"公迎视之，见一人约年二十有余，黄巾锦衣，持枪（匹）［跨］马，引百余军卒下山。关公问曰："汝何人也？"少年扎枪下马，拜伏于地。云长恐是诈，勒马（停）［持］刀而问曰："壮士原通姓名。"答曰："某世本襄阳人也，姓廖名化，字元俭。

据《三国志·蜀书·廖化传》：廖化字元俭，本名淳，襄阳人也。

因汉末世乱，流落江湖，劫掠自给，聚义五百余人。却才同伴杜远下山巡哨，误将两院夫人劫掳上山。吾问从者，云是大汉刘皇叔夫人。吾即拜于地下，问其来意，为说将军盛德。吾欲送下山来，杜远其言不逊，被某杀［之］。今献头与将军请罪！”公曰：“二夫人何在？”化曰：“恐人伤害，留在山中。”公交急取下山。须臾，百余人簇拥车仗到来。公下马提刀，叉手于（军）［车］前问候曰：“嫂嫂受惊，关羽之罪也！”二夫人曰：“若非廖将军保全，几被杜远之辱！”公问左右曰：“廖化怎生救夫人？”左右曰：“杜远劫上山去，要与廖化各分一人为妻。廖化问［起］根脚，好生拜敬。杜远不从，已被廖化杀之。”关公来拜谢廖化。化欲以部下人护送关公。公寻思：“此人终是群盗，若用为伴，人必耻笑！”

按：《演义》称，廖化是黄巾军余部，以劫掠为生，不见于史。

公辞谢曰：“感谢厚意！争奈曾与曹公说口，誓愿千里独行。日后相逢，必当重谢！”廖化拜送金帛，云长不受。化拜辞而退，自引人伴投山路去了。廖化后来诸葛六出祁山时用为将。

云长将曹操赠袍事告与二嫂，遂随车仗而行；渐渐天晚，投一孤庄安歇。庄主出迎，头鬓皆白，问曰：“来的将军姓甚名谁？”关公向前施礼曰：“某乃刘玄德弟关羽也。”老人曰：“莫是斩颜良、文丑者乎？”公曰：“便是。”老人大喜，便请入庄。公曰：“车上有二嫂夫人。”老人唤妻女出，迎甘、糜二夫人下车上草堂。关公叉手立于二夫人之侧。老人请坐，关公曰：“尊嫂在上，安敢坐也？”老人曰：“公乃异姓，何如此之敬也？”云长曰：“某曾与刘玄德、张（翌）［翼］德结义兄弟，誓同生死。二嫂相从于刀兵之中，未尝敢缺礼。”老人曰：“将军天下之义士也！”遂交妻女于草堂相待二夫人。老人于小斋款待关公。（上）［公］问姓名，老人曰：“吾姓胡名华，桓帝朝为议郎，致仕归乡。今有小儿胡班在（洛）［荥］阳太守王植下为从事。将军必从此处经过，就付书与小儿相会。”公求胡华书，遂告以辞曹公之事，胡华感叹不已。当夜，二夫人宿于正房，关公秉烛以坐待天晓。胡华馈送饮馔。

关公请二嫂上车，辞别胡华，披甲提刀上马，投洛阳来，前至一关，名东岭关。把关将姓孔名秀，是曹操部下将，引五百军在岭［上］把隘。关不甚高，是三州隘口。关公押车仗至岭，岭上军士报知孔秀。［秀］提剑出关，喝关公下马。关公只得下马，与孔秀施礼。秀曰：“君将何往？”公曰：“已辞丞相，往河北寻兄长刘玄德去。”孔秀曰：“河北袁绍正是丞相对头。将军此去，必有来文。”公曰：“因行慌速，不曾讨得来文。”孔秀曰：“若无来文，将军且在关下住。待我差人禀过丞相，方可放行。”公曰：“汝去禀丞相，误了我行程。”秀曰：“一日不禀，且住一日；一年不禀，且住一年。”云长怒曰：“何如［此］也！”秀曰：“法度所拘，不容不如此。当今乱世，龙争虎斗之时，若无文凭，枉说英雄！”云长曰：“汝不容我过去？”秀曰：“汝要过关，留下老小质当。”云长大怒，拿刀欲杀孔秀，秀闭住关门。去往若何？

［第五十四段］ 关云长五关斩将

孔秀慌忙退入关，紧闭上门，鸣鼓聚军，俱各披挂，手执兵器，分布左右。孔秀全付衣甲，绰枪上马，放开关门，大喝曰："汝敢过关么!"云长约退车仗，纵马提刀，更不打话，直取孔秀，秀挺枪来迎。两马相交，钢刀起处，孔秀落马，死于地下，众军便走。公曰："军士休走！吾杀孔秀，不杀汝也。吾与汝等无干。"众军拜于马前。公曰："借汝众将口，往许昌告说'丞相尚尤亲自饯行，孔秀故相拦截，欲杀害吾，吾故斩之。'"先（说）［请］二夫人车（行）［仗］过关，望洛阳进发。

元来先有军士去洛阳报知太守韩福，福急聚（将众）［众将］商议。手下牙将孟坦曰："既无丞相文凭，即系私行。若不阻当，必有罪责。"韩福曰："关羽勇猛，难以迎敌，颜良、文丑尚自被诛，以何计可以擒之？"孟坦曰："先将鹿角叉住关口。待他到时，小将引军和他交锋；太守于高（埠）［阜］处［用］暗箭射之，（乃）［却］伏兵士于左右。如坠下马，即［当］擒之，解赴许都，必得重赏。"商议定了。人报关公车仗已到。韩福引一千人马摆布关口。

这关是平地上创立，晨昏守御往来奸细。关公见竖立旌旗，密布刀剑。韩福湾弓带箭，（住）［立］马挥鞭，问"来者是何人？"公于马上欠（伸）［身施］礼曰："寿亭侯关羽聊借过路。"韩福曰："汝有曹丞相来文否？"公曰："事冗，不曾取得。"韩福曰："吾奉丞相钧命镇守故都，专一盘诘往来奸细。汝无文凭，即系逃窜。"公怒曰："东岭孔秀被吾斩之。汝等当我，欲寻死也!"韩福曰："谁人与吾擒之？"孟坦出马，轮双刀来取关公。公约退车仗，拍马来迎。孟坦战（于）［了］两合，拨回马便走，公赶来。孟坦只指望引诱关公，谁知公马乃赤兔马，日行千里，走若星飞，早马尾相交赶上，脑后一刀，砍为两段。公勒马回来，韩福（因）［闪］在门首尽力放箭，正射中关公左臂。公口咬箭出，血流不止，飞马径取韩福，喝开众将，韩福急退不迭。关公刀起，带头连（腮）［肩］斩于马下，冲散众军，保护车仗出关。云长割帛止住箭疮，于路恐人暗算，不敢久住，连夜投汜水关来。

把关将并州人氏，姓卞名喜，善使流星锤；元是黄巾余党，后从曹操，拨来守关。早有人先报去，（却不）说关公杀了韩福。卞喜寻思一计，（就）关前（一）［有］座寺，名镇国寺，是汉明帝御前香火院，董卓时废了，曹操使韩福新修。卞喜就寺中埋伏下群刀斧手二百余人，击盏为号，要害云长。卞喜离关迎接关公。公见喜殷勤，下马相见。喜曰："将军名震天下，谁不仰慕？今归皇叔，以全大义!"云长诉斩孔秀、韩福事，喜曰："将军杀者是也！某见丞相，替禀此事。"关公甚喜，［遂］同上马，过了汜水关，到镇国寺前下马。

众僧鸣钟出迎。本寺有僧三十余人，数内长老正是云长同乡，法（明）［名］普静。普静长老已知卞喜之意，向前来与关公问讯，公下马答之。静长老曰："将军离蒲东几（十）年？"关公曰："近二十余年矣。"静曰："还认得贫僧否？"公曰："因离乡多年，不（曾）［能］相识。"静长老曰："贫僧与将军家只隔一条溪。"卞喜见静长老说乡曲故事，只恐走泄，叱之曰："吾欲与将军赴宴，汝僧人何多言也！"云长曰："不然。乡人见乡人，安得不叙旧也？"长老请方丈［内］会茶，云长曰："二嫂在车上，可就先献之。"长老交取茶先献夫人，请公入方丈，以手携挈［戒刀］，以（公）［目］顾盼。公知其意，唤左右将刀近随。卞喜请［关公］于法堂筵席。公见壁衣密布，掣剑在手，与卞喜曰："君请关某，无歹意也？"卞喜曰："安有他故？"公于壁衣中窥（望）见群刀斧手。公大喝曰："吾以汝为好人，辄敢如此！"卞喜知事泄，大叫"左右下手！"数（人）［个］胆大者向前，皆被关公砍倒。卞喜下堂，绕廊而去。公弃剑，取大刀，步行赶来。卞喜暗取（锤飞）［飞锤］掷打。公把刀背拨开，赶将入去，一刀砍碎脑盖，死于廊下。公急出来看二嫂，早有军人远远围住，见公来，皆四散奔走。公皆赶散，谢静长老曰："若非吾师，几被此贼之害！"公辞静长老行。静曰："贫僧此处难容，收拾衣钵，亦往他处云游。后会有期，将军保重！"后来还有相会处。普静去了。云长护送车仗，望（荧）［荥］阳而进。

却说（荧）［荥］阳太守王植却与韩福是两亲家，比及云长未到，韩福家先使人通报了。云长（到比荧）［比到荥］阳，王植使人关口当住。关吏问了姓名，［来］报王植。王植出关，喜笑（而）相迎。云长说寻兄之事，植曰："将军于路驰驱，夫人车上劳困，暂请入［城，］于馆驿中暂宿一宵，来日登途未迟。"云长见王植意甚殷勤，启请二嫂入城。驿庭中皆已铺陈了当。王植请［公］赴宴，羽言："尊嫂在上，不敢饮酒。"植坚请不去，酒食皆送至驿中。关公见于路辛苦，请二嫂正房歇定。从者各自安歇，饱饫赤兔马并驾车马匹。公亦解甲少歇。

却说王植密唤从事胡班听令，曰："关羽背丞相而逃，又于路杀太守并把关将，死罪（不）［尤］轻！此人勇猛难敌。汝今晚点一千军围住馆驿，一人一把火，先烧断外门，四围放火，不问是谁，尽皆烧杀。今夜二更举事，吾亦自引一军接应。"胡班领了言语，便去点军。各人要火把一束，又取干柴引（燥）［火］之物，先搬于馆驿门首。

胡班寻思："我不识云长如何模样，当往观之。"胡班至驿中问驿吏曰："关将军［在］何处？"答曰："正厅上观书者是也。"胡班往观，见公左手绰髯，凭几于灯下看书。班看了大惊曰："真天人也！"语言颇高。公问"何人？"胡班入拜曰："（荧）［荥］阳王太守下从事胡班。"云长曰："莫非［许都］城外胡华之子否？"班曰："华乃班之父也。"公唤从者取书付班。班看毕叹曰："险害忠良！"遂入密告曰："王植要害将军，令四面一千火把，约二更放火。某今砍开关门，将军急收拾出城。"云长大惊（恐），慌忙请二嫂上车。云长披挂提刀上马，尽出驿庭，果见军士各（把）［执］火把听候。公（出）［至］城（门）边，门已砍开。公催人伴急行。城中胡班放火。

行不数里，背后人马赶来，当先王植大叫"关羽休走！"公兜住马大喝："匹夫！吾与汝无冤，［如］何令人来烧我？"王植飞马挺枪来迎，火光之中，被云长（一刀拦腰）［拦腰一刀，］砍为两段，人马皆散。关［公］不赶，自随车行；后知胡班被王植家人所杀。

关公催促趱行，行过滑州界首。人报刘延知，刘延慌忙引数十骑出迎。公马上欠（伸）［身］而言［曰］："太守别来无恙？"刘延曰："今欲何往？"云长曰："辞丞相去寻家兄。"刘延曰："玄德在袁绍处。袁绍乃丞相仇人，如何容公去？"公曰："昔日曾言定来。"刘延曰："即目黄河渡口关隘，夏侯惇部下秦琪把守，恐不容将军过渡。"公曰："太守应付船只，若何？"延曰："船只虽有，不敢应付。"关公曰："［吾］前者斩颜良、文丑，亦曾与足下解围。今日求一只渡船不付，何也？"延曰："夏侯惇将军知必见罪。"公知其无用之人，遂自催车仗前进。

秦琪引军出关，问“来何人也？”公曰：“汉寿亭侯关羽是也。”琪曰：“今欲何往？”公曰：“欲投河北寻兄刘玄德去，乞借渡舡。”琪曰：“丞相公文何在？”公曰：“吾不受节制，有（吾现在。）［甚公文？］”琪曰：“吾奉夏侯将军令守把关隘，你便插翅也飞不过去！”关公大怒曰：“汝知吾于路斩拦截者么！”琪曰：“你只（近）［杀］得无名下将，焉奈我何？”关公曰：“汝比颜良、文丑若何？”琪大怒，纵马提刀，直取关公。两马相交，青龙刀起，秦琪落马。关公曰：“当吾者已死。余者不必惊走，快备舡只，送吾过河。”军士急寻舡傍岸。公请二嫂下船，渡过黄河，望北进发，便是袁绍地面。云长所过关隘五处，斩将六员。

据《三国志·魏书·武帝纪》：（建安五年夏四月，）公还军官渡。绍进保阳武。关羽亡归刘备。

据《资治通鉴》卷六十三：（建安五年夏四月，）及羽杀颜良，操知其必去，重加赏赐。羽尽封其所赐，拜书告辞，而奔刘备于袁军。（参见《三国志·蜀书·关羽传》）

按：关羽过五关、斩六将，不见于史。据《三国志·魏书·武帝纪》及《三国志·蜀书·关羽传》，关羽辞别曹操回归刘备，是在建安五年四月斩颜良之后。当时袁绍在阳武，曹操驻军官渡，两军相距不远。刘备随袁绍军行动，尚未离开袁绍而南略汝、颍；关羽身在曹营，他此时“奔刘备于袁军”，实际是由曹军驻扎地到袁军驻扎地。《演义》写关羽从许都出发，先西行取道洛阳，再东折长驱至滑州，绕了一个大弯，方向与路线均不合理。

有诗为证：

挂印封金辞汉相，寻兄遥望远途还。
马骑赤兔走千里，刀偃青龙出五关。
忠义慨然冲宇宙，英雄从此定江山。
独行斩将应无敌，今古留题翰墨间。

关公马上自叹曰：“吾非欲沿途杀人，奈事不得已也！曹操知之，必怀痛恨，看承我是无恩义之人也！”咨嗟不已。正行之间，忽见一骑自北而来，大叫“云长且住！”关公勒马观之，乃孙乾也。公曰：“自汝南相别，一向消息若何？”孙乾曰：“汝南刘辟、龚都遣某往河北结好袁绍，请玄德同谋［破］曹（操）之计。不想河北众谋士自相妒忌，田丰尚囚狱中，（祖受）［沮授］黜退不用，审配、郭图等各自（夺）［专］权。袁绍多疑，主持不定。［彼］知云长欲回，必然陷害。某与刘皇叔商议，欲先求脱身之计。今皇叔已往汝南会合刘辟去三日（子）［了］；

据《三国志·蜀书·先主传》：曹公与袁绍相拒于官渡，汝南黄巾刘辟等叛曹公应绍。绍遣先主将兵与辟等略许下。（参见《资治通鉴》卷六十三）

想云长不知，落在勾中，故遣某于路相迎将军。天幸于此接见将军！可就往汝南与皇叔相会。”云长交孙乾拜［见］二夫人。［夫人］问其动静，皆掩面垂泣。［云长］不投河北去，径取汝南来。

正行之间，背后尘埃起处，一彪人马赶来，当先夏侯惇大叫“（云长）［关羽］休走！”毕竟如何？

［第五十五段］　关云长挝鼓斩蔡阳

夏侯惇赶来，略有三百余骑。云长令孙乾保车仗（一面）［先］行，遂勒回马，按住刀曰："汝来赶吾，有失丞相大度。"夏侯惇曰："丞相又无明文，汝于路杀人，又斩吾部将。吾特来擒汝，早下马受缚！"云长曰："吾未降时，曾说应有杀戮，不须禀复。于路守关［将］生事拦截，吾皆斩之。"惇曰："吾欲为秦琪报仇！"跃马挺枪欲出，背后一骑飞到大叫："不可与关将军交战！"公亦按辔不动。来使怀中取出公文，于马上大叫曰："丞相怜爱关将军忠义，恐于路关（上）［隘］拦截，故遣某特将文书遍行诸处也。"惇曰："关（公）［羽］于路杀把关将，丞相知否？"来使曰："未知。"惇曰："活擒将去见丞相，（自）［等丞相］放他。"关公大怒曰："吾惧汝，非大丈夫也！"拍马轮刀，直取夏侯惇，惇挺枪出迎。两马相交，约战二十合，又一骑飞至，大叫曰："二将军罢战！"各自分开。夏侯惇问曰："汝来何故？"使者曰："曹丞相恐于路阻当关将军，特来告报。"惇曰："丞相知［他］于路杀把关隘将否？"使曰："未知也。"惇曰："如此不可放去。"两将又战到十余合，又一骑至，大叫"二将军少歇！"惇回阵前问使者曰："丞相交擒关羽乎？"使者曰："非也。丞相（先）［三］使，诚恐路上（人）［阻］当关将军，故送公文交行。"惇曰："既未知于路杀人，必当擒下！"指挥手下马军团团围住，"休交走脱！"背后军马皆来。关公无半分惧怯，（势）［声］若巨雷，大（啖战）［喝一声，欲冲］阵前，夏侯惇挺枪来迎。阵后一人飞马而来，大叫"元让、云长休得争强！"众皆视之，乃张辽也。二人各勒住马。张辽曰："奉丞相公文，为云长斩了孔秀，恐于路有阻，特差我交于路关隘任便放行。"夏侯惇曰："秦琪是蔡阳外甥，蔡阳是我荐见丞相。他［将秦琪］分付在我处，今无罪斩之，于理恐有未然。"辽曰："我见蔡阳自有分解。既丞相交云长去，不可废［丞相］宽洪之意。"惇交军马去。后人有诗赞曹相云：

为爱英雄越古今，三番遣使意何深！
应非孟德施奸狡，正是牢笼天下心。

张辽曰："云长今往何处？"公曰："兄长不在袁绍处。吾今往普天下寻之。"辽曰："［既］未知下落，且再回见丞相，若何？"公曰："既已告辞，安有复去之理？文远回许昌，借言请罪！"二人分别。张辽与夏［侯］惇自领军回去。

云长赶上车仗，与孙乾说知此事。二人并辔而行，遇晚随处投宿。行了数日，正值大雨滂沱，行装尽湿。遥望［见］山庄边一所庄院，关公先往借宿，庄主出迎。公言来意了，庄主曰："某姓郭名常，世居于此。久闻大名，幸得瞻拜！"遂宰羊置酒相待，请二夫人于后堂暂歇。郭常与关公、孙乾三人于草堂饮酒，一面烘焙行李，一面喂养马匹。黄昏左侧，一后生引数人入庄，（绕）［径奔］草堂。郭常唤曰："吾儿来拜关将军。"公问之，常曰："此愚男也。"公问何来，常曰："射猎方回。"常流涕曰："老夫世本儒流，务农以为生计；止有此子，不习儒业，专务游猎为乐，是家门之大不幸也！"公曰："方今乱世，若使弃文就武，善熟弓马，亦可以取功名，何［为］不幸也？"常曰："若使肯习武艺，亦是善事。是子专务游荡，无所不为。"公亦叹息久之。郭（尝）［常］相陪至更深，各思止宿。郭常辞去。

关公与孙乾曰："此老如此之贤，此子如此之愚，何天意之不齐[也]!"方欲就寝，忽闻后院马嘶人闹。公提刀往视之，见郭常之子跌倒在地，从者与[庄]客相打；急问之，从者曰："此人来盗赤兔马，牵出[将]欲备鞍，被马一脚打倒，方知其事。我等赶起夺马，庄客尽来强夺，因此相打。"孙乾劝关公杀之。公责之曰："吾独行天下，全仗此马。汝欲盗之，是绝我去路矣!"却待杀之，郭常奔至告曰："不肖之子为此逆事，罪合于死。奈老妻素爱此子，若杀之，则老妻必忧闷死矣。望将军仁慈宽恕，幸甚!"关公平生是仗(仁)义之人，思之老人先(前)[曾]实告，故释之而不杀，坐而待旦。平明收拾行装，郭常夫妇拜于堂前，谢(罪)[曰]:"辱子冒渎威颜，深感将军不杀之恩!"公令唤出，"吾以善言慰之。"常曰："辱子四更时分又引四个无徒，不知何处去了，乃前生之冤孽也!"公谢郭常，遂请二嫂上车。

公与孙乾离庄，并马取山路而行。行不到三十里，山背后两马(，略有)[引]一百[余]人(随)[赶]来，为首者头裹黄巾，身穿战袍，后面者乃郭常之子也，拦住去路。为首者大叫曰："吾乃天公将军张角大方裴元超也！来者快留下赤马，放你过去!"关公大笑曰："狂猾匹夫！汝从张角为盗，还知刘备兄弟三人名字么？"为首者曰："我只闻有个赤面长髯者姓关名羽，不识其人。汝何人也？"公乃解开须[囊，令]视之。其人滚鞍下马，(脚)[脑]揪郭常之子，拜献于马前。公问(姓名)[所来]，裴元超曰："某自张角死后，一向无主，啃聚山林，权于此处藏伏。今早这厮报道：'有一客人骑一匹千里马，在我庄上投宿。'故交某来强夺，却是爷爷。可杀此人，明正其罪!"关公曰："吾看郭常相敬甚重，不忍杀之。"就马前放回，抱头鼠窜而去。

云长曰："汝不识吾，何以知我名字？"元超曰："离此二十余里，地名新坡，有一卧牛山。山上有一关(此)[西]人，姓周名仓，两臂有千斤之力，板(筋)[肋]虬发，形容甚丑，元(是)[在]黄巾张宝部下为将，后因宝死，啃聚于山林；(多)曾与某说将军大名，恨无门相见!"云长叹曰："山林之中亦有信义之士为盗耳！今后可去[邪]从正，勿陷此身。"裴元超拜谢，却欲分别，遥望[见]一彪人马来到。元超曰："此必周仓也。"立马候之，果是周仓。仓一见云长，下马俯伏于道傍。云长请起，曰："壮士何处曾识关某？"仓曰："旧(有)[随]黄巾张宝，曾识尊颜，恨失身于贼寇之内，不得相随。今日天赐机会，得拜于此。将军不弃，收留周仓为军前一小卒，早晚执鞭坠凳，死亦甘心!"云长曰："汝愿随吾，汝手下之人伴若何？"周仓曰："听其自便，愿随者随之。"遂问一声，(愿皆)[皆愿]随顺。云长遂下马，于车前禀问二嫂嫂。甘夫人曰："叔叔自离许昌，于路独行至此，历过多少艰辛，未常要军马相随。前者廖化，叔尚却之；今反又容为盗者相从，恐惹人议论。裙钗浅见，叔叔自斟量。"云长曰："尊嫂之言是也!"遂回周仓曰："非是寡情，奈二夫人未(顺)[允]。汝等且于山中宁奈。吾寻见兄长，必来相招也。"周仓顿首而告曰："周仓乃粗卤匹夫，失身为盗；今遇将军，如重遇天日。似此等英雄挫过，别无门路也。如将军不容，不欲众随，却令跟元超去；某步行跟将军，虽千里不辞也!"云长再以此言告二嫂，甘夫人曰："一二人相随又且何妨？"云长令周仓拨人伴随裴元超[去]。元超曰："哥哥跟将军去，弟亦愿随!"周仓曰："汝若去时，人伴皆散。汝可权时部领。(若)我但跟将军有住扎处，便来取你。"裴元超怏怏相别。

按：周仓是传说中的人物，不见于史。

周仓跟云长望汝南进发，行了数日，将至界口；正行之间，遥望相近山城，问土居人"此何处也？"土人答曰："此是古城。数（日）［月］前有一将军，姓张名飞，引数十骑到此，将县官赶退别处去了。此人在古城中招军买马，积草屯粮，聚［了］四五千人，到处无人敢当。"关公喜曰："自徐州失散，今已半年，谁想兄弟在此！"先令孙乾入城报说，交接嫂嫂。

却说张飞自芒砀山中飘荡落草，待投河北去，路径过古城，入县借粮，县官不肯，就杀入夺了县治，县官皆遁。张飞就此安身；忽见孙乾，便问其故。乾说："刘皇叔离了袁绍，投汝南刘辟处，会合军马。今关将军送二嫂嫂离了许昌，寻觅到此。请将军出郭迎接。"张飞听罢也不回言，随即披挂，绰丈八蛇矛，飞身上马，引一千余人径出北门。

云长望见翼德到来，（声如巨雷，）刀付周仓把了，拍马来迎。张飞（睁圆）［圆睁］环眼，倒竖虎须，声如雷吼，挥矛望云长便搠。云长大惊，慌隔过枪，便叫"兄弟如何忘了桃园结义！"飞喝曰："汝无义之人，有何面目相见！"云长曰："我如何无义？"飞曰："你顺了曹操，今为寿亭侯，自享富贵，又来赚我。我与你（并）［拼］个你死我活！"云长曰："你元来也不知，［难］说许多。见送嫂嫂在此，你自请问。"甘、糜二夫人听得，揭车帷呼曰："翼德叔叔，何故如此？"飞曰："嫂嫂休怪！我先杀无义的人，请嫂嫂入城。"甘夫人曰："云长叔并不知你等下落，不得已而降汉不降曹。今知哥哥在袁绍处，故千里独行，送我［等］至此。你休错见了！"张飞曰："大丈夫在世，岂有事二主之理！嫂嫂休被他瞒过了。"甘夫人曰："在下邳时出于无奈。"飞曰："宁死而不辱！你既降曹，有何面目相见！"云长曰："兄弟休屈了我心！"孙乾曰："特来寻将军。"飞喝曰："（知）［连］你也胡说！他那里有好心？必是来捉我！"云长曰："我来捉你，须要带［军］马来。"飞把手一指，"兀的不是军［马］来也？"

云长回头，果见尘埃起处，一彪人马来（旗）［到］，上面风吹动曹操军马旗号。张飞大怒曰："尚敢诱吾！"一条丈八蛇矛搠来。云长止住曰："兄弟且住！看斩来将，以表我真心。"曹操军马摆开，蔡阳提刀匹马，立于门旗之下，猛见云长，大喝曰："汝杀吾外甥秦琪，元来却在这里！奉曹丞相钧命，特来捉你；捉住你，我便为寿亭侯。"叫声"擂鼓！"鼓才举动，云长早腾到面前，一声鼓震，刀起处，蔡阳头已落地。

据《资治通鉴》卷六十三：（建安五年夏四月，）及羽杀颜良，操知其必去，重加赏赐。羽尽封其所赐，拜书告辞，而奔刘备于袁军。……秋七月，……汝南黄巾刘辟等叛曹操应袁绍，绍遣刘备将兵助辟，郡县多应之。……操乃使（曹）仁将骑击备，破走之，尽复收诸叛县而还。备还至绍军，阴欲离绍，乃说绍南连刘表。绍遣备将本兵复至汝南，与贼龚都等合，众数千人。曹操遣将蔡杨击之，为备所杀。（参见《三国志·魏书·武帝纪》《三国志·蜀书·先主传》）

按：据史书记载，斩蔡阳的是刘备，《演义》移植为关羽。《三国志·蜀书·关羽传》未载关羽斩蔡阳事。

有诗为证：

将军气概与天平，匹马单刀独自行。
千里寻兄恩义重，五关斩将鬼神惊。
鼓声响处人头落，旗影开时血刃横。
堪笑蔡阳无计算，山鸡也与凤凰争。

众军便走。云长赶上，活揪马上拿蔡阳认旗的过来，问取消息。拿认旗军告说：“蔡阳知道将军斩了他外甥，心中怒奋，要来河北与将军交战。丞相不肯，故差他［来］汝南（来）攻刘辟。不想这里撞着将军。”云长交去张飞马前告说实事。张飞问云长在许昌行止，那人从头至尾说了一遍。张飞方才信其真实，却欲下马，（于）［来］二嫂前施礼，城中又报“城南门外十数骑来得甚紧，不知何人。”飞心中大疑，便引军转城来迎。毕竟是谁？

［第五十六段］ 刘玄德古城聚义

张飞看时，果见十数骑而来，见了张飞，滚鞍下马，视之，乃糜竺、糜芳也。张飞亦下马问之，竺曰：“自从徐州失散，吾兄弟二人逃难回乡；使人远近打听消息，知云长降了曹操，主公在于河北，并不知将军在此。昨者道上遇见一伙客人，言称有个姓张的将军，如此模样，见今据守古城。吾兄弟（二人）［思量］必是将军，故来寻访。”张飞曰：“云长兄送二嫂，今日方至此。孙乾亦已知哥哥下落。”糜竺大喜。飞遂迎请二嫂嫂进城。众人解甲，请二夫人坐定，皆哭拜于阶下，二夫人感伤不已。张飞却才备问仔细，甘夫人说云长前后经过之事。张飞方哭拜云长。飞等各言其事，乃宰羊杀猪为宴。云长曰：“兄长未至，甚酒食可充肺腑也？”孙乾曰：“此去汝南不远，明日共往寻之。”当日权且将息。

次日，云长、孙乾二人分付众人皆在古城等候。二人引十数骑从者，径奔汝南而来，刘辟、龚都接着，便问皇叔下落。刘辟曰：“皇叔到此住了数日，为见军马缺少，再回河北袁绍处商议，三日前去了。”云长悒快忧闷，孙乾曰：“将军休忧！只做（某）一番驰驱，再往袁绍处走一遭，报知皇叔，同到古城便了。”

云长辞了刘辟、龚都还古城，与张飞说知此事。飞欲自往，云长曰：“有此一城，便是我等安身之所，未可轻弃。我与孙乾同去取兄，汝可牢守古城。”飞曰：“汝斩他颜良、文丑，如何去得？”云长曰：“汝但放心，我见机而变。”收拾二十余骑（徐）［随］行。云长唤周仓曰：“卧牛山裴元超处共有多少人马？”仓曰：“有五百余人，马（有）四五十匹。”云长曰：“我等抄近路去取兄长。你可去卧牛山招此一路人马，于大路来接，切勿有误！”周仓欣然上马而去。

云长、孙乾投冀州来。［将］至界首，孙乾曰：“将军只在此间寻个去处歇泊。某自入城见皇叔报知，便求脱身之术。”云长于道左见一村庄，（同）［独］往觅宿。庄上一人出迎，云长实告知。庄主曰：“某亦姓关，名定，久闻将军大名，今得瞻拜，如拨云雾见青天！”随唤二子出拜：长曰关宁，学读书；次子关平，学武艺。关定留云长在庄，人伴尽藏于家。

孙乾匹马径来冀州，入见玄德，把上项事说知。玄德曰：“简雍亦在此间，可暗请来密室商议。”简雍到，［与］孙乾相见，共议脱身之术。雍曰：“主公明日见袁绍，可请亲往荆州结连刘表，共破曹操。主公乘此而去可也，雍亦自有脱身之计。”商议［已］定。

次日，玄德入见绍，说曰：“刘表声振荆、襄九郡，兵精粮足，可以结为唇齿，共破曹操。”绍曰：“吾已遣使往结好了，此人未肯相从。”玄德曰：“此人是备同宗之兄。备往说之，必无阻矣。”绍曰：“若得刘表，胜刘辟多矣。”遂交玄德行。

据《三国志·蜀书·先主传》：曹公遣曹仁将兵击先主，先主还绍军，阴欲离绍，乃说绍南连荆州牧刘表。绍遣先主将本兵复至汝南。（参见《资治通鉴》卷六十三）

绍又曰：“近有人说，汝兄弟关云长已离曹操，必来寻汝。吾欲杀之，以雪颜良、文（魏）［丑］之（粮）［恨］耳！”玄德曰：“颜良、文丑比之二鹿矣，关羽乃一虎也。若失二鹿，得一虎，足可以拒曹操，何故欲杀之？”绍笑曰：“吾实爱之，故戏言耳。”玄德出，简雍曰：“刘玄德此去必不回矣。”绍曰：“当如之何？”雍曰：“某愿同行，一以同说刘表，二以监住刘备。”绍曰：“甚妙！”

玄德先交孙乾行，次日来辞袁绍。绍曰：“恐汝只（力）［身］难成，吾使简雍相辅同往。”玄德与简雍同辞袁绍，上马出城。郭图入见绍曰：“刘备前者去说刘辟，未见其功。今又与简雍去说刘表，此行必不还矣！”绍曰：“汝勿多疑！简雍自有见识也。”郭图吁嗟而出。

玄德、简雍二人行出界口，孙乾接着，共（留）［至］关定家。关公迎门接拜，执手啼哭不已。关定（令）［领］二子拜于草堂之前。玄德问其家，云长曰：“此人与弟同姓，欲令次子跟弟同去。”玄德曰：“几岁矣？”关定曰：“次子关平年十八岁。”玄德曰：“既老丈有心令子跟云长，吾弟又无子嗣，某愿求令郎与云长为嗣，若何？”关定曰：“若蒙主盟，愿听尊命！”玄德致谢。关平自此拜云长为父。

按：史书未称关平为关羽义子。

玄德恐袁绍追（之）［至］，急收拾起行去，关定送了一程。

云长交取路投卧牛山来，正行之间，忽见周仓引数十带伤军而来。云长引见玄德，忙问其故。周仓曰：“自离卧牛山，谁想有一将（军）［单］骑（马）而来，和裴元超交锋，只一合，搠死裴元超，尽数招降（了）［人伴］，占住山寨。周仓到彼招诱人伴，止有这几个过来；余者惧怕，不敢擅离。某亲自与他交战，被他连（赢）［嬴］数次，身被三枪，因此径来专待主公。”玄德问曰：“此人模样如何？姓甚名谁？”仓曰：“极其雄壮，不知姓名。”云长提刀跃马前行，玄德在后，径投卧牛山，使周仓在山下叫喊。那员将全付披挂，挺枪纵马，引众人下山。玄德挥鞭出马，大叫曰：“来者莫非子龙否！”那员将滚鞍下马，拜于道傍。玄德等一齐下马迎之，乃常山真定人也，姓赵名云，字子龙。玄德问其所从来，云曰：“自离主公，公孙瓒不从谏，以致丧败，放火自焚。袁绍累次招谕云，云想绍非成立之人，弃而远走北方。后知主公在袁绍处，欲来相投，又恐袁绍见怪。

按：《演义》此处所写赵云向刘备、关羽自述别后经历，与史实多有不合。据《三国志·蜀书·赵云传》注引《云别传》记载，赵云投归公孙瓒不久，就因兄丧回家并脱离公孙瓒，并非一直追随公孙瓒到他兵败自焚之时。袁绍也未屡次招赵云。赵云于建安五年（200）春到袁绍所在的邺城投归刘备，并不怕“袁绍见怪”。

四海无家，无容身之地。因从此过，裴元超下山夺马，某杀之，借此安身。（今）［近］知张（翌）［翼］德在古城，又欲投之，恐非真实。今天幸得遇主公，正应昨夜之佳梦也！”玄德大喜，尽诉从前之事。（赵云随玄德处。）玄德曰：“吾一见子龙，便有留恋不舍之情。谁想今日相会！”云曰：“云奔走四方，寻主事之。今随皇叔，大称平生，虽肝脑涂地，无少恨矣！”当日即烧毁山寨，部领人众，尽随玄德前赴古城。

据《三国志·蜀书·赵云传》注引《云别传》：云身长八尺，姿颜雄伟，为本郡所举，将义从吏兵诣公孙瓒。……时先主亦依托瓒，每接纳云，云得深自结托。云以兄丧，辞瓒暂归，先主知其不反，捉手而别，云辞曰："终不背德也。"先主就袁绍，云见于邺。先主与云同床眠卧，密遣云合募得数百人，皆称刘左将军部曲，绍不能知。遂随先主至荆州。

据《三国志·蜀书·赵云传》：赵云字子龙，常山真定人也。本属公孙瓒，瓒遣先主为田楷拒袁绍，云遂随从，为先主主骑。

据《资治通鉴》卷六十：常山赵云为本郡将吏兵诣公孙瓒，……刘备见而奇之，深加接纳，云遂从备至平原，为备主骑兵。

按：赵云何时归属刘备，史书所载不一：《三国志》本传和《资治通鉴》均称赵云自初平二年（191）就追随刘备了；《云别传》则称，赵云是在刘备徐州兵败北投袁绍之后，到邺城投归刘备的，时为建安五年（200）春。细考史书，应以《云别传》为是。初平二年（191）赵云与刘备系初次结识，当时他到刘备军中是受公孙瓒派遣，但不久他就因兄丧回家离开刘备并脱离了公孙瓒。建安五年（200）春，赵云到邺城见刘备，才正式归属并一直追随。

张飞、糜竺、糜芳出郭迎入，各相拜诉；二夫人出言云长之德。玄德感叹无尽，乃杀牛宰马，大作聚义筵会，先祭天地，遍劳诸军，众皆欢悦。文武仍旧相聚，又添子龙，玄德欢喜不胜，连饮数日，以庆［兄弟］再见之喜。

按：《演义》写徐州之役张飞与刘备失散后逃入芒砀山和占据古城，以及刘、关、张古城相会，均不见于史。据《三国志·武帝纪》，关羽辞曹回归刘备，是在官渡前线，故不会有千里走单骑与古城相会之事。

后人有诗曰：

当时手足似瓜分，信断音稀杳不闻。
今日古城重聚处，犹如龙虎会风云。

又诗曰：

玄德、关、张离散后，古城天遣再相逢。
从来良相随明主，又得常山赵子龙。

（周仓）［时有］马步军（后）［校］四五千人。玄德议弃古城，去守汝南。又值刘辟、龚都遣人相请，玄德遂引军前往汝南屯扎，招军买马，渐自峥嵘。

却说袁绍见玄德不回，大怒，欲引兵伐之。郭图等谏"不可！刘备乃疥癣之疾耳。曹操乃是对敌，不可不先除也。刘表不足为强。江东孙伯符威镇三江，地连六郡，谋士有周瑜、张昭之辈，武将有程普、黄盖之流，粮积五（千）［七］年，甲兵数十万。可遣人相结好之，共破曹操。南北相攻，唾手可得！"绍从其议，（那）［即］时修书，遣陈震为使，来会孙策，会兵共破曹操。还是如何？

［第五十七段］　孙策怒斩于神仙

（先）［却］说孙策自霸江东，兵精粮足，因建安四年，为袭取庐江，（后）［收复］数郡，破黄祖，败刘勋，豫章太守（华子勋）华歆降，

据《资治通鉴》卷六十三：勋以袁术部曲众多，不能赡，遣从弟偕求米于上缭诸宗帅，不能满数，偕召勋使袭之。孙策恶勋兵强，伪卑辞以事勋曰："上缭宗民数欺鄱郡，欲击之，路不便。上缭甚富实，愿君伐之，请出兵以为外援。"且以珠宝、葛越赂勋。勋大喜，外内尽贺，刘晔独否，勋问其故，对曰："上缭虽小，城坚池深，攻难守易，不可旬日而举也。兵疲于外而国内虚，策乘虚袭我，则后不能独守。是将军进屈于敌，退无所归，若军必出，祸今至矣。"勋不听，遂伐上缭；至海昏，宗帅知之，皆空壁逃迁，勋了无所得。时策引兵西击黄祖，行及石城，闻勋在海昏，策乃分遣从兄贲、辅将八千人屯彭泽，自与领江夏太守周瑜将二万人袭皖城，克之，得术、勋妻子及部曲三万余人；表汝南李术为庐江太守，给兵三千人以守皖城，皆徙所得民东诣吴。勋还至彭泽，孙贲、孙辅邀击，破之。勋走保流沂，求救于黄祖，祖遣其子射率船军五千人助勋。策复就攻勋，大破之，勋北归曹操，射亦遁走。策收得勋兵二千余人，船千艘，遂进击黄祖。（建安四年）十二月辛亥，策军至沙羡，刘表遣从子虎及南阳韩晞，将长矛五千来救祖。甲寅，策与战，大破之，斩晞。祖脱身走，获其妻子及船六千艘，士卒杀溺死者数万人。

策盛兵将徇豫章，屯于椒丘，谓功曹虞翻曰："华子鱼自有名字，然非吾敌也。若不开门让城，金鼓一震，不得无所伤害。卿便在前，具宣孤意。"翻乃往见华歆曰："窃闻明府与鄱郡故王府君齐名中州，海内所宗，虽在东垂，常怀瞻仰。"歆曰："孤不如王会稽。"翻复曰："不审豫章资粮器仗，士民勇果，孰与鄱郡？"歆曰："大不如也。"翻曰："明府言不如王会稽，谦光之谭耳；精兵不如会稽，实如尊教。孙讨逆智略超世，用兵如神，前走刘扬州，君所亲见；南定鄱郡，亦君所闻也。今欲守孤城，自料资粮，已知不足，不早为计，悔无及也。今大军已次椒丘，仆便还去，明日日中迎檄不到者，与君辞矣。"歆曰："久在江表，常欲北归；孙会稽来，吾便去也。"乃夜作檄，明旦，遣吏赍迎。策便进军，歆葛巾迎策，策谓歆曰："府君年德名望，远近所归；策年幼稚，宜修子弟之礼。"便向歆拜，礼为上宾。（参见《三国志·吴书·孙策传》注引《江表传》、《三国志·魏书·华歆传》及注引《吴历》、注引《江表传》）

声势大振。张纮诣许都上表云：

臣讨黄祖，以十二月八日到祖所屯沙羡县。刘表遣将助祖，并来趣臣。臣以十一日平旦，部领江夏太守行建威中郎将周瑜、领桂阳太守行征虏将军吕范、领零陵太守行荡寇中郎将程普、行奉业校尉韩当、行武锋校尉黄盖，同时俱进，跃马临阵，手击急鼓，以齐阵势。吏士奋激，踊跃百倍；心精意果，（务）［各］竞用命。（赴）［越］渡重堑，迅疾若飞。火放上风，兵激烟下；弓弩并发，流矢雨集。日加辰时，祖乃溃漫。锋刃所截，猋火所焚，前无生寇，惟祖逃出。获其妻妾男女七人，斩虎郎韩稀以下二千余级，其赴水溺死者一万余人；获舡大小六千余艘，财物山积。虽

刘表未擒，祖夙狡猾，为表腹心，出作牙爪，表之鸥张，以祖气息，而祖家属部曲扫地无余矣。表为孤注之虏，诚为鬼尸。陛下圣神文武，威镇天下。臣待罪战栗，谨表奏闻，伏望天鉴！此表乃破黄祖（，后来）［始末，］不必重说。

据《三国志·吴书·孙策传》注引《吴录》载策表："臣讨黄祖，以十二月八日到祖所屯沙羡县。刘表遣将助祖，并来趣臣。臣以十一日平旦，部所领江夏太守、行建威中郎将周瑜，领桂阳太守、行征虏中郎将吕范，领零陵太守、行荡寇中郎将程普，行奉业校尉孙权，行先登校尉韩当，行武锋校尉黄盖等，同时俱进。身跨马擽陈，手击急鼓，以齐战势。吏士奋激，踊跃百倍，心精意果，各竞用命。越渡重堑，迅疾若飞。火放上风，兵激烟下，弓弩并发，流矢雨集，日加辰时，祖乃溃烂。锋刃所截，猋火所焚，前无生寇，惟祖迸走。获其妻息男女七人，斩虎、韩晞已下二万余级，其赴水溺者二万余口，船六千余艘，财物山积。虽表未禽，祖宿狡猾，为表腹心，出作爪牙，表之鸱张，以祖气息，而祖家属部曲，扫地无余，表孤特之虏，成鬼行尸。诚皆圣朝神武远振，臣讨有罪，得效微勤。"

曹操知孙策强盛，乃叹曰："狮儿难与争锋也！"

据《三国志·吴书·孙策传》注引《吴历》：曹公闻策平定江南，意甚难之，常呼"猘儿难与争锋也"。

遂以曹仁之女配嫁孙策小兄弟孙由，由是结亲；留张（弦）［纮］在许昌。

据《资治通鉴》卷六十二：孙策遣其正议校尉张纮献方物，曹操欲抚纳之，……以弟女配策弟匡，又为子彰取孙贲女；礼辟策弟权、翊；以张纮为侍御史。（参见《三国志·吴书·孙策传》《张纮传》）

孙策此时欲为大司马，曹操不许。策甚恨之，常有袭许昌之心。吴郡太守许贡暗遣使上表与汉帝。表云："孙策骁勇，与项籍相似。（许）［宜］加（贡）［贵］宠，可召还京；（君）［若］被诏，不得不还。若放于外，必作后患。当速制之！"贡使渡江，被把江守将所获，解赴孙策。策观表大怒，请贡说话，责之曰："汝欲送吾于死地，何也？"贡辞［曰：］"无此意。"孙策将出表示之，贡无言可对。策命武士绞杀之。

据《三国志·吴书·孙策传》注引《江表传》：吴郡太守许贡上表于汉帝曰："孙策骁雄，与项籍相似，宜加贵宠，召还京邑。若被诏，不得不还；若放于外，必作世患。"策候吏得贡表，以示策。策请贡相见，以责让贡。贡辞无表，策即令武士绞杀之。《资治通鉴考异》认为：按贡先为朱治所迫，已去郡依严白虎，安能复尔，盖策破白虎时杀贡耳。

贡家尽皆逃散，有（奴）［家］客三人要与许贡报仇，恨无其便。

孙策专好射猎，一日引军会猎于丹崖之西山中，赶起群鹿，各争追射。策所骑五花马［急］走似飞，走山中如登平地；正赶之间，［见］道傍（见）三人持枪带弓，立于竹筱之内。策勒马问之曰："汝等何人？"答曰："乃韩当军士也，在此射鹿。"策方举辔而行，一人撚枪望策左腿便搠。策大喝一声，掣所佩之剑，就马上砍去，剑锋忽坠，止存剑靶在手内。一人拈弓搭箭，射中孙策面（前）［颊］。策就拔下面上箭，掣宝雕弓回射放箭之人，应弦而倒。二人举枪向孙策身［上］乱搠，大叫曰："我等是许贡家客，特来与主人报仇！"策别无器械，马上以弓打之，二人死战不退。策身被（搠）［数］枪，马亦带伤。正危急中，程普引数骑至，将许贡［家客］三人砍为内泥；看孙策时，血流满面，此伤至重，以帛勒之，救回吴会养病。

据《三国志·吴书·孙策传》：建安五年，曹公与袁绍相拒于官渡，策阴欲袭许，迎汉帝，密治兵，部署诸将。未发，会为故吴郡太守许贡客所杀。先是，策杀贡，贡小子与客亡匿江边。策单骑出，卒与客遇，客击伤策。

据《三国志·吴书·孙策传》注引《九州春秋》：策闻曹公北征柳城，悉起江南之众，自号大司马，将北袭许，恃其勇，行不设备，故及于难。

据《三国志·吴书·孙策传》注引《江表传》：广陵太守陈登治射阳，登即瑀之从兄子也。策前西征，登阴复遣间使，以印绶与严白虎余党，图为后害，以报瑀见破之辱。策归，复讨登。军到丹徒，须待运粮。策性好猎，将步骑数出。策驱驰逐鹿，所乘马精骏，从骑绝不能及。初，吴郡太守许贡上表于汉帝曰："孙策骁雄，与项籍相似，宜加贵宠，召还京邑。若被诏，不得不还；若放于外，必作世患。"策候吏得贡表，以示策。策请贡相见，以责让贡。贡辞无表，策即令武士绞杀之。贡奴客潜民间，欲为贡报仇。猎日，卒有三人即贡客也。策问："尔等何人？"答云："是韩当兵，在此射鹿耳。"策曰："当兵吾皆识之，未尝见汝等。"因射一人，应弦而倒。余二人怖急，便举弓射策，中颊。后骑寻至，皆刺杀之。

据《资治通鉴》卷六十三：广陵太守陈登治射阳，孙策西击黄祖，登诱严白虎余党，图为后害，策还击登，军到丹徒，须待运粮。初，策杀吴郡太守许贡，贡奴客潜民间，欲为贡报仇。策性好猎，数出驱驰，所乘马精骏，从骑绝不能及，卒遇贡客三人，射策中颊，后骑寻至，皆刺杀之。

据《资治通鉴考异》引孙盛《异同评》：按袁绍以建安五年至黎阳，策以四月遇害，而《志》云"策闻曹公与袁绍相拒于官渡"，谬矣。伐登之言为有证也。今从之。

据《三国志·吴书·孙策传》注引孙盛《异同评》：凡此数书，各有所失。孙策虽威行江外，略有六郡，然黄祖乘其上流，陈登间其心腹，且深险强宗，未尽归复，曹、袁虎争，势倾山海，策岂暇远师汝、颍，而迁帝于吴、越哉？斯盖庸人之所鉴见，况策达于事势者乎？又案袁绍以建安五年至黎阳，而策以四月遇害，而《志》云策闻曹公与绍相拒于官渡，谬矣。伐登之言，为有证也。又《江表传》说策悉识韩当军士，疑此为诈，便射杀一人。夫三军将士或有新附，策为大将，何能悉识？以所不识，便射杀之，非其论也，又策见杀在五年，柳城之役在十二年，《九州春秋》乖错尤甚矣。　臣松之案：《傅子》亦云曹公征柳城，将袭许。记述若斯，何其疏哉！然孙盛所讥，未为悉是。黄祖始被策破，魂气未反，且刘表君臣本无兼并之志，虽在上流，何办规拟吴会？策之此举，理应先图陈登，但举兵所在，不止登而已。于时强宗骁帅，祖郎、严虎之徒，禽灭已尽，所余山越，盖何足虑？然则策之所规，未可谓之不暇也。若使策志获从，大权在手，淮、泗之间，所在皆可都，何必毕志江外，其当迁帝于扬、越哉？案魏武纪，武帝以建安四年已出屯官渡，乃策未死之前，久与袁绍交兵，则《国志》所云不为谬也。

静轩诗云：

孙郎志勇冠江湄，射猎垓心受困危。

许客三人能死战，杀身豫让未为奇。

寻华佗时，已往中原去了，止有徒弟在吴，命以治疗。敷贴药饵讫，医者言曰："箭头带药，毒已入骨。可将息一百日，勿得妄动。以怒气冲激，其疮难治。"

据《三国志·吴书·孙策传》注引《吴历》：策既被创，医言可治，当好自将护，百日勿动。

孙策为人平生气急，恨不得三日无事；将息到二十余日，忽闻许昌有人来。（唤策）［策唤］而问之，来人曰："操（每）［反］惧主公，常叹曰：'狮儿难与争锋［也］!'"策笑曰："操帐下谋士（还）［亦］皆惧吾否？"来人曰："惟有郭嘉不伏主公。"策应声问曰："嘉曾有何［话］说？"来人不敢言。策怒，欲杀之。来人只得从实告曰："郭嘉对曹操言曰：'孙策不足惧也！虽有百万之众，安敢横行中原？性急少谋，乃匹夫之勇耳。倘有一刺客起，便为强暴之虏耳。他日必死于小人之手！'"

据《三国志·魏书·郭嘉传》：孙策转斗千里，尽有江东，闻太祖与袁绍相持于官渡，将渡江北袭许。众闻皆惧，嘉料之曰："策新并江东，所诛皆英豪雄杰，能得人死力者也。然策轻而无备，虽有百万之众，无异于独行中原也。若刺客伏起，一人之敌耳。以吾观之，必死于匹夫之手。"策临江未济，果为许贡客所杀。

策大怒曰："匹夫安敢料吾！射吾者，必曹操之谋也。吾誓取许昌，以迎汉帝！"不待疮可，便出议事。张昭谏曰："医者（说）［令］主公百日休动。何故以一时之怒，自苦千金之躯也？"策曰："匹夫料吾，吾实难容！誓取中原，以彰英雄！"昭曰："待主公疮可而议之，未为晚矣。"时值袁绍使命陈震至，言欲结［为］外应，"南北攻曹，共分天下。"策心甚喜，于城门楼上会集诸将，管待陈震。

正饮酒间，忽见众将（下楼）耳语，纷然［下楼］。策怪而问之，左右答曰："于神仙于吉从楼下过，诸将皆往拜之。"策起身凭栏望之，见一道人身长八尺，须发苍白，面似桃花，穿飞雪鹤氅（袍），执过头策杖，立于当道。上（过）［至］孙策部下诸将，下至城中男女，皆焚香伏道而拜之。策大怒曰："此妖人也！与吾擒来！"左右皆曰："此人寓居东方，往来吴、会，有道院在城外。每夜静坐，日则焚香讲道，普施法水，救人万病，无不应验。当世呼为神仙，是江东之福神也，当致敬之！"策怒曰："汝等敢违吾军令！"策欲掣剑。左右不得已，下来推于吉上楼。策叱之曰："你怎敢扇惑军心耶！"于吉对曰："贫道琅琊人也，自先朝曾采药山中，得神书于曲阳瀑布泉上，皆白（表）［素］朱书，号曰《太平清领［道］》，凡百余卷，皆治人（救）［疾］病方术，名之曰'（杞田）［祝由］书禁科'医家十三科有此一科。

据《三国志·吴书·孙策传》注引《志林》：初，顺帝时，琅邪宫崇诣阙上师于吉所得神书于曲阳泉水上，白素朱界，号《太平青领道》，凡百余卷。

贫道得之，惟务代天宣化，普救世人，未尝取毫厘之物，安得扇惑明公之军心耶？"策曰："汝毫厘不取于人，衣食从何而得？汝即黄巾贼张角之徒，今若不诛，必为国患！"叱左右"斩之！"张昭谏曰："于道人在江东数十年并无过失，不可杀之，恐失民望！"策曰："此等山野村夫，吾试宝剑何妨？"众官皆谏。策恨未消，命枷锁下狱禁之。

众官散后，皆令妻女入告吴国太夫人。夫人唤策入堂，言曰："我闻汝将于先生下狱。此人多曾助军招福，医护将士，不可杀之！"策曰："此乃妖妄之人，能以幻术惑众之心，遂使诸将不复相顾君臣之礼，尽皆下楼拜之，掌（兵）［宾］者呵禁不能止。此等［人］与张角无异，不可不除也！"吴夫人再三劝之，策曰："愿母亲勿听女流之言！儿自有区处。"

策急出，唤狱吏取于吉出来。狱吏尽皆敬仰，在牢中尽去枷锁，事之如父母。策使人窥之，旋带枷锁而出。策怒曰："尽斩狱吏！"仍纽手下狱。张昭等数十人连名作状，乞保于吉。策曰："汝皆读书之人，何不达礼？吾闻昔日南阳张津为交州刺史，舍前圣典训，废汉家法律，常著绛帕裹头，鼓琴焚香，读邪俗道书，自称以助出军之威，后被南夷所杀。此等甚无益，诸君自未悟耳。今此子已在鬼（录）[策]，勿复费纸笔也，吾必斩之！"

据《三国志·吴书·孙策传》注引《江表传》：时有道士琅邪于吉，先寓居东方，往来吴会，立精舍，烧香读道书，制作符水以治病，吴会人多事之。策尝于郡城门楼上，集会诸将宾客，吉乃盛服杖小函，漆画之，名为仙人铧，趋度门下。诸将宾客三分之二下楼迎拜之，掌宾者禁呵不能止。策即令收之。诸事之者，悉使妇女入见策母，请救之。母谓策曰："于先生亦助军作福，医护将士，不可杀之。"策曰："此子妖妄，能幻惑众心，远使诸将不复相顾君臣之礼，尽委策下楼拜之，不可不除也。"诸将复连名通白事陈乞之，策曰："昔南阳张津为交州刺史，舍前圣典训，废汉家法律，尝著绛帕头，鼓琴烧香，读邪俗道书，云以助化，卒为南夷所杀。此甚无益，诸君但未悟耳。今此子已在鬼箓，勿复费纸笔也。"即催斩之，县首于市。诸事之者，尚不谓其死而云尸解焉，复祭祀求福。

吕范进曰："某素知于先生能祈风祷雨。方今荒旱，何不令求雨，以赎其罪？"策曰："吾且看此妖人若何。"众保之，于狱中取出，疏去枷锁，令求甘雨。于吉即沐浴更衣，辞众将曰："吾求三尺甘雨，以救万民。吾终不免一死！"诸将曰："若有灵验，我主公必敬也。"于吉曰："（若）[吾]气数至此，不能逃之！"于吉引绳自缚，曝于日中。策使人曰："若午时无雨，即焚死于此处！"先令人搬运干柴，堆积于市。忽然狂风骤起。百姓观者何止数千，填塞通衢。策于鼓楼上望之，风起处，南北云生，飘然天心，四下云雾渐合。候吏报曰："午时三刻。"策曰："空有阴云而无甘雨，正是妖人也。"叱左右将于吉扛上柴棚，四下举火，焰随风起。忽有黑烟一道冲起，霹雳一声响处，雷电齐发，空中大雨如注。顷刻之间，街市（城）[成]河，溪间皆满，从午时下到未初，雨有三尺。于吉仰卧于柴棚上，大喝一声，（雨）[云]收（云）[雨]住，复观太阳。众官亲自将于吉扶下柴棚，解去绳索，便请孙策礼之。孙策乘轿至通衢，见众官皆跪拜[于]水中，不顾衣服。策大怒曰："雨乃天地之定数，妖人（误）[偶]遇其便。吾手下之人皆心腹之士，此为（衬）[祸]之端也！"掣宝剑，命左右"斩之！"众又力谏，策曰："汝等皆欲从于吉造反[耶]！"众皆默然。叱手下一刀斩首，头落地时，一道青气投东北去了。策怒，将于吉头号令于街市，以禁妖妄之罪。

是夜风雨大作，及晓不见于吉尸首。人皆（为）[言]尸解，报知孙策。策怒，欲斩守尸军士，忽见堂前阴云中，于吉促步而来。策取剑斩之，忽然昏倒于地。

据《三国志·吴书·孙策传》注引《搜神记》：策欲渡江袭许，与吉俱行。时大旱，所在熇厉。策催诸将士使速引船，或身自早出督切，见将吏多在吉许，策因此激怒，言："我为不如于吉邪，而先趋务之？"便使收吉。至，呵问之曰："天旱不雨，道涂艰涩，不时得过，故自早出，而卿不同忧戚，安坐船中作鬼物态，败吾部伍，今当相除。"令人缚置地上暴之，使请雨，若能感天日中雨者，当原赦，不尔行诛。俄而云气上蒸，肤寸而合，比至日中，大雨总至，溪涧盈溢。将士喜悦，以为吉必见原，并往庆慰。策遂杀之。将士哀惜，共藏其尸。天夜，忽更兴云覆之；明旦往视，不知所在。　案《江表传》《搜神记》于吉事不同，未详孰是。

性命未知如何。

［第五十八段］ 孙权领众据江东

孙策见于吉于阴云内来，取剑砍之，自倒于地。众救入卧房，昏迷不省。母吴夫人来视疾，须臾救醒，说于吉之事。母曰："吾儿屈杀神仙，以致招（衬）［祸］。"策笑曰："吾自十六七［岁］跟父出征，杀人如麻，贤愚不知多少，何曾有为（衬）［祸］之理？今杀妖人以绝大（衬）［祸］，何足惧哉？"母曰："因汝不信，以致如此。可作好事以禳之。"策曰："吾命在天，妖人岂能为（衬）［祸］也？"母亲劝之不省，自令左右暗修善事以禳之。

（修善日）是夜二更，策卧于房内，忽然阴风将灯灭而复明，灯（鼎）［影］之下，见于吉立于床前。策于床头拔宝剑（斩）［掷］之，铿然有声。策大喝曰："吾平生誓诛妖妄，以清天下！尔为阴鬼，何敢近吾！"忽然不见［于吉］。其母闻之，转生烦恼。策乃扶病强行，以宽母心。

母见孙策日渐黄瘦，转求修设大斋醮以禳［之］。策（过）闻之，乃（见）［与］母曰："儿从幼从父纵横四方，未尝见父敬何鬼神。母亲何故谄佞以事之？"母曰："非也。凡人生天地之间，谁不有死？但分清浊耳。禀其清［者］，英魂不散，升天为神；禀其浊［者］，幽魄不散，入地为鬼。圣人尚云：'鬼神之为德，其盛矣乎！'又云：'祷尔于上下神祇。'神鬼之事，不可不信。汝屈坏神仙，岂无报应？吾已令人设醮于郡之玉清观内。汝可亲往谢罪，自然安矣！"

策不敢违母之命，遂上轿至观，道士出迎。策心不喜，勉强而入观内。道士请策行香，策焚香而（下）［不］拜。忽香炉烟起不散，结成华盖，盖上立于吉。策怒，急离殿宇下廊庑，行（下）不数步，又见于吉立于前面。孙策掣从人所佩［之］剑杀之，一人着刃而倒。众视之，乃前日下手杀于吉者，剑入于脑，七窍内迸流鲜血而死。策交抬出埋之。比及出观，于吉又当于观门之（内）［前］，众皆不见，惟孙策见之。策曰："此即妖人之所也。"坐于观前，随呼武士五百人拆毁其观。武士上屋揭瓦，皆坠于地。策独见［于吉］于屋上（，见于吉）用手推之。策（交）［转］怒，喝武士一齐放火，烧毁观宇。火光中，见于吉飞砖瓦掷之。

策急归府，又见于吉在府前。策乃不归府第，点起三万军马，于城外屯扎野寨；夜宿中军帐，令武士各执长枪大斧，绕帐而立。是夜独见于吉披发而来。策于帐前叱喝（过）［至］晓，（而）［如］狂若醉。次日急归（府）［城］内，城门之上又见于吉，策不顾而归府。母亲见从者尽白其事，哭不能已。是夜［策］见于吉数十番，眼不能合。比及天明，母至，见策极其瘦弱。母曰："儿形容全换矣！"策交取镜照之，见［其］形容，自觉失惊，（而）［回］顾左右曰："面色如此，（当）［尚］可复建功立事乎！"忽见于吉立于镜中，扑镜大叫一声，金疮［迸］裂，昏绝于地。

据《三国志·吴书·孙策传》注引《搜神记》：策既杀于吉，每独坐，仿佛见吉在左右，意深恶之，颇有失常。后治创方差，而引镜自照，见吉在镜中，顾而弗见，如是再三，因扑镜大叫，创皆崩裂，须臾而死。

据《三国志·吴书·孙策传》注引《吴历》：策既被创，医言可治，当好自将护，百日勿动。策引镜自照，谓左右曰："面如此，尚可复建功立事乎？"椎几大奋，创皆分裂，其夜卒。

按：孙策系因单身外出遇许贡门客行刺伤重而死，与杀于吉无关。《演义》所记于吉事，取自《江表传》与《搜神记》，陈寿以此事荒诞不经，故不录。

母交扶入卧房内。

须臾策醒，见金疮粉碎，乃叹曰："吾不能复生矣！"随即请张昭等诸将皆入。策嘱付曰："中国方乱，夫以吴、越之众，三（国）［江］之固，足以观成败。公等善相吾弟。"乃取印绶，唤弟孙权来卧榻边，曰："若举江东之众，决机于两阵之间，与天下争衡，卿不如我；举贤任能，各尽其心，以保江东，我不如卿。汝宜想父兄创业之艰难，勿轻易也！"权拜受印绶。策与母曰："不孝男天命已尽，不能（以）［侍］奉慈母。今将印绶付兄弟，望母亲朝暮训之：父兄旧人，慎勿轻忽。"母乃痛哭曰："恐汝弟年幼不能立事，当复何如？"策曰："吾弟甚我十倍，江东必然无失。但内事不决，可问张昭；外事不决，可问周郎。恨周郎不在左右，不得相托付也！"唤诸弟曰："吾死没后，汝等一听于孙权所使。宗族中有异心者，众皆斩之。骨肉为（泥）［逆］，不得入祖坟迁葬。"唤妻乔氏曰："吾与汝不幸中途相别。早晚汝妹入见，可嘱付交［对］周郎说知，在意相辅吾弟，休负我平生升堂拜母通家之义也。"策又回顾文武曰："汝等善辅吾弟，各全忠义之名。"再与孙权曰："汝若负功臣，吾阴魂于九泉之下，必不相见！"言讫而亡，年二十六岁。

据《资治通鉴》卷六十三：策创甚，召张昭等谓曰："中国方乱，以吴、越之众，三江之固，足以观成败，公等善相吾弟！"呼权，佩以印绶，谓曰："举江东之众，决机于两陈之间，与天下争衡，卿不如我；举贤任能，各尽其心以保江东，我不如卿。"（建安五年夏四月）丙午，策卒，时年二十六。（参见《三国志·吴书·孙策传》）

据《三国志·吴书·张昭传》：策临亡，以弟权托昭，昭率群僚立而辅之。

据《三国志·吴书·张昭传》注引《吴历》：策谓昭曰："若仲谋不任事者，君便自取之。正复不克捷，缓步西归，亦无所虑。"

按：《演义》称，孙策对母亲说"内事不决，可问张昭；外事不决，可问周郎"，此语不见于史。

史官有诗赞云：

独占东南角，人称小霸王。
运筹如虎踞，决策似鹰扬。
威镇三江静，名闻四海香。
临终（迂）［遗］大事，应是识周郎。

曾子固诗曰：

兵（夸）［跨］三江敢战争，民连六郡喜安宁。
光摇寒日金盔重，血染秋波宝剑腥。
眼阔尚嫌天地小，心高不信鬼神灵。
误诛于吉浑闲事，只恨东南落将星。

又题诛于吉：

来往东吴数十年，尽言于吉是神仙。

英雄不信虚无事，览镜尤然气触天。

孙策既亡，权哭倒于床前。张昭曰：“此非将军哭时也。且周公立法，伯禽不师，非欲违父，时不幸也。周礼，凡遇丧事，即罢政事。时有徐戎作乱，伯禽罢啼而往征之，盖急于王事，不得已也。伯禽不师，盖为不得已。（哭师也，为天。）况［今］奸雄竞逐，豺狼满道，乃（安）［哀］戚是顾，犹（闭）［开］门而（缉）［揖］盗，未可以为仁也。”张昭言罢，乃令孙静理会丧事，即改易孙权之衣服，扶出理（论）［会］军马大事。

据《资治通鉴》卷六十三：权悲号，未视事，张昭曰：“孝廉，此宁哭时邪！”乃改易权服，扶令上马，使出巡军。昭率僚属，上表朝廷，下移属城，中外将校，各令奉职。（参见《三国志·吴书·吴主传》《张昭传》）

权生得方颐大口，碧眼紫髯。

据《三国志·吴书·吴主传》注引《江表传》：坚为下邳丞时，权生，方颐大口，目有精光，坚异之，以为有贵象。

昔有汉使刘琬入吴，见孙家昆仲曰：“吾遍观孙氏兄弟，虽（然）［各］才秀（各）［明］达，然皆禄祚不终。惟孙仲谋形貌奇伟，骨体不常，有大贵之表，又享高寿，众皆不及也。”

据《三国志·吴书·吴主传》：汉以策远修职贡，遣使者刘琬加锡命。琬语人曰：“吾观孙氏兄弟虽各才秀明达，然皆禄祚不终，惟中弟孝廉，形貌奇伟，骨体不恒，有大贵之表，年又最寿，尔试识之。”

孙权既掌江东大事，尚（忽）［匆］匆未安，人报中护军周（俞）［瑜］自巴丘提兵回吴。权曰：“公瑾已回，吾无忧矣！”周（俞）［瑜］守御巴丘，听知孙策中箭，因此回来；将过吴郡，听得策亡，星夜赶来奔丧，哭拜于灵柩之前。吴夫人出，以（迂）［遗］嘱之言尽诉周（俞）［瑜］。（俞）［瑜］曰：“某安敢当托付之重任乎？”夫人曰：“江东之事，全仗公瑾。惟愿不忘伯符之言，则孙氏举族荷戴矣！”周瑜拜伏于地曰：“敢不效犬马之力，继之以死乎！”权入，拜谢瑜曰：“愿勿忘［先］兄之言，明以训诲！”瑜顿首曰：“愿以肝脑涂地，以报相知之恩！”

据《资治通鉴》卷六十三：周瑜自巴丘将兵赴丧，遂留吴，以中护军与张昭共掌众事。时策虽有会稽、吴郡、丹杨、豫章、庐江、庐陵，然深险之地，犹未尽从，流寓之士，皆以安危去就为意，未有君臣之固，而张昭、周瑜等谓权可与共成大业，遂委心而服事焉。（参见《三国志·吴书·吴主传》）

据《资治通鉴》卷六十六：初，瑜见友于孙策，太夫人又使权以兄奉之。是时权位为将军，诸将、宾客为礼尚简，而瑜独先尽敬，便执臣节。（参见《三国志·吴书·周瑜传》）

权曰：“今承父兄之基业，将何策以守之？”瑜曰：“方今英雄并起，得人者昌，失人者亡。须得高明远见之士以辅将军，江东自定也。”权曰：“亡兄有言，内事委托张子布，外事尽赖公瑾为之。”瑜曰：“子布吴之达士，将军可事之以师傅之礼。瑜驽钝不才，恐（付）［负］倚托之重。愿荐一人以辅将军。”权问是谁，瑜曰：“此人胸怀韬略，腹隐机谋；幼而丧父，奉母至孝。其家极富，大散资财，以济贫乏。瑜为居巢长时，将数百

［人］经过，因无粮食，往求稍助。其家有两囷积米，各三千斛，见瑜言，即指一囷与之。平生好（系财）［击剑、骑］射（之，引男子渡江），见居曲河。刘子扬数次（书）［请］往庐江，此人未肯去。将军可速召之，乃临淮东（时）［城］人也，姓鲁名肃，字子敬。”

据《三国志·吴书·鲁肃传》：鲁肃字子敬，临淮东城人也。生而失父，与祖母居。家富于财，性好施与。尔时天下已乱，肃不治家事，大散财货，摽卖田地，以赈穷弊结士为务，甚得乡邑欢心。周瑜为居巢长，将数百人故过候肃，并求资粮。肃家有两囷米，各三千斛，肃乃指一囷与周瑜，瑜益知其奇也，遂相亲结，定侨、札之分。

据《资治通鉴》卷六十三：鲁肃将北还，周瑜止之，因荐肃于权曰：“肃才宜佐时，当广求其比以成功业。”

权闻大喜，遂交周瑜亲往请之。

瑜奉命而往，肃接着共坐。肃问其故，瑜（俞）［将］孙权相招待之意白之。肃曰：“刘子扬久召吾往庐江，吾欲就之。”瑜曰：“昔马援答光武书云：‘当今之世，非但君择臣，臣亦择君耳。’今吴主孙将军亲贤求士，纳奇录异。［且］吾闻先哲秘论，承天运代刘氏者，必兴于东南，推步事势，当其历数，终成帝基，以协天时，是烈士攀龙附凤（惊持）［驱驰］之秋。吾（逢）［方达］此，足下不须以子扬之言而介意也。”肃从其言，遂同周瑜来见孙权。

据《三国志·吴书·鲁肃传》：袁术闻其名，就署东城长。肃见术无纲纪，不足与立事，乃携老弱将轻侠少年百余人，南到居巢就瑜。瑜之东渡，因与同行，留家曲阿。会祖母亡，还葬东城。刘子扬与肃友善，遗肃书曰：“方今天下豪杰并起，吾子姿才，尤宜今日。急还迎老母，无事滞于东城。近郑宝者，今在巢湖，拥众万余，处地肥饶，庐江间人多依就之，况吾徒乎？观其形势，又可博集，时不可失，足下速之。”肃答然其计。葬毕还曲阿，欲北行。会瑜已徙肃母到吴，肃具以状语瑜。时孙策已薨，权尚住吴，瑜谓肃曰：“昔马援答光武云‘当今之世，非但君择臣，臣亦择君’。今主人亲贤贵士，纳奇录异，且吾闻先哲秘论，承运代刘氏者，必兴于东南，推步事势，当其历数，终构帝基，以协天符，是烈士攀龙附凤驰骛之秋。吾方达此，足下不须以子扬之言介意也。”肃从其言。瑜因荐肃才宜佐时，当广求其比，以成功业，不可令去也。

据《资治通鉴》卷六十二：袁术以周瑜为居巢长，以临淮鲁肃为东城长。瑜、肃知术终无所成，皆弃官渡江从孙策。策以瑜为建威中郎将。肃因家于曲阿。

权甚敬之，与之谈论，终日不倦。

一日，众宾皆散，权独留鲁肃共饮，同榻抵足而卧。过夜半，权问肃曰：“方今汉室倾危，四方云扰。孤承父兄基业，思建桓、文之功。君既惠顾，何以（祐）［佐］之？”肃答曰：“昔汉高祖区区欲尊事义帝而不（复帝）［获］者，以项羽为害也。今之曹操可比昔之项羽也，将军何日得为桓、文乎？肃（切）［窃］料之，汉室不可复业，曹操不可（尽）［卒］除。今将军权且鼎足江东，以观天下之衅。规模如此，亦自无嫌。何者？北方诚多务也。因其多务，剿除黄祖，进伐刘表，（意）［竟］长江所极，（处）［据］而有之，然［后］建号帝王，以图天下，此（裔）［高］帝之业也。”权曰：“今尽力一方，冀以辅汉室耳。此言非所及也。”肃曰：“人皆可以为尧、舜，但恐将军不肯为耳。”权大喜，披衣起谢曰：“愿承教诲，同享富贵！”自此权大喜鲁肃，赐肃老母衣服帷帐，居处受用如昔富。

据《资治通鉴》卷六十三：权即见肃，与语，悦之。宾退，独引肃合榻对饮，曰："今汉室倾危，孤思有桓、文之功，君何以佐之？"肃曰："昔高帝欲尊事义帝而不获者，以项羽为害也。今之曹操，犹昔项羽，将军何由得为桓、文乎！肃窃料之，汉室不可复兴，曹操不可卒除，为将军计，惟有保守江东以观天下之衅耳。若因北方多务，剿除黄祖，进伐刘表，竟长江所极，据而有之，此王业也。"权曰："今尽力一方，冀以辅汉耳，此言非所及也。"张昭毁肃年少粗疏，权益贵重之，赏赐储偫，富拟其旧。（参见《三国志・吴书・鲁肃传》）

时肃乃荐一人见孙权。其人（因）[自]汉末避乱于江东，治《毛诗》，通《（四）[尚]书》，明《左氏春秋》，事母（过）[至]孝，琅琊阳郡人也，覆姓诸葛名瑾，字子瑜。权甚敬之，拜为上宾。

据《三国志・吴书・诸葛瑾传》：诸葛瑾字子瑜，琅邪阳都人也。汉末避乱江东。值孙策卒，孙权姊婿曲阿弘咨见而异之，荐之于权，与鲁肃等并见宾待，后为权长史，转中司马。

据《三国志・吴书・诸葛瑾传》注引《吴书》：其先葛氏，本琅邪诸县人，后徙阳都。阳都先有姓葛者，时人谓之诸葛，因以为氏。瑾少游京师，治《毛诗》《尚书》《左氏春秋》。遭母忧，居丧至孝，事继母恭谨，甚得人子之道。

瑾劝[权]勿通袁绍，且顺曹操，后却图之。权用诸葛瑾之言，遣陈震还，以言绝之。

曹操知孙策死，商议起兵下江南。张（弦）[纮]谏曰："乘人之丧而伐之，既非古义，若其不（幸）[克]，成仇弃好。不（好）[如]因而（辱）[厚]之。"曹操从其言，即封孙权为讨虏将军，领会稽太守；就委张（弦）[纮]为会稽都尉，赍敕往江东。

孙权大喜，又将张（弦）[纮]回吴会，与张昭同理政事。

据《资治通鉴》卷六十三：曹操闻孙策死，欲因丧伐之。侍御史张纮谏曰："乘人之丧，既非古义，若其不克，成仇弃好，不如因而厚之。"操即表权为讨虏将军，领会稽太守。操欲令纮辅权内附，乃以纮为会稽东部都尉。纮至吴，太夫人以权年少，委纮与张昭共辅之。（参见《三国志・吴书・张纮传》）

权既领会稽，缺人管事。张（弦）[纮]乃荐合肥长，见居上虞，吴郡人也，姓顾名雍，字元恺，乃汉中郎将蔡伯（皆从）[喈徒]弟。其人少言语，不饮酒，严厉正大。权以雍为会稽丞，行太守事。

据《三国志・吴书・顾雍传》：顾雍字元叹，吴郡吴人也。蔡伯喈从朔方还，尝避怨于吴，雍从学琴书。……孙权领会稽太守，不之郡，以雍为丞，行太守事。……雍为人不饮酒，寡言语，举动时当。

（因）[自]此孙权威振江东，甚得民心。

却说陈震回见袁绍，说"孙策已亡，孙权（为）[领]众。曹操封为讨虏将军，结为前部矣。"袁绍大怒，遂起冀、青、幽、并四州军马五十余万，复来取许昌，战曹操。未知胜负如何。

[第五十九段] 曹操官渡战袁绍

袁绍起兵五十万，望官渡进发官渡在郑州中牟县北。夏侯惇发书告急。曹操急引文武等官，尽[数]起兵，得七万人，投官渡来迎敌；留荀彧守许昌。

据《三国志·魏书·武帝纪》：时公兵不满万，伤者十二三。

据《三国志·魏书·武帝纪》注：臣松之以为魏武初起兵，已有众五千，自后百战百胜，败者十二三而已矣。但一破黄巾，受降卒三十余万，余所吞并，不可悉纪；虽征战损伤，未应如此之少也。夫结营相守，异于摧锋决战。本纪云："绍众十余万，屯营东西数十里。"魏太祖虽机变无方，略不世出，安有以数千之兵，而得逾时相抗者哉？以理而言，窃谓不然。绍为屯数十里，公能分营与相当，此兵不得甚少，一也。绍若有十倍之众，理应当悉力围守，使出入断绝，而公使徐晃等击其运车，公又自出击淳于琼等，扬旌往还，曾无抵阂，明绍力不能制，是不得甚少，二也。诸书皆云公坑绍众八万，或云七万。夫八万人奔散，非八千人所能缚，而绍之大众皆拱手就戮，何缘力能制之？是不得甚少，三也。将记述者欲以少见奇，非其实录也。按《锺繇传》云："公与绍相持，繇为司隶，送马二千余匹以给军。"本纪及《世语》并云公时有骑六百余匹，繇马为安在哉？

按：《演义》称曹操起兵七万前往官渡，与史不合。武国卿先生在《中国战争史（四）》（金城出版社 1992 年版）中认为，曹操参加官渡之战的总兵力不少于三四万。

（先）[却]说袁绍兵临发，田丰又上言曰："务宜守静，以待天时。若妄兴（起）兵，必有大灾！"逄纪谮曰："主公兴仁义之师，田丰出不利之言。"绍欲斩之，众官告免，遂枷纽送狱，恨曰："[待]吾破了曹操，明正汝罪！"

绍军起发，旌旗遍野，剑戟如林，行至阳武地名下寨。（祖受）[沮授]曰："北军虽众，而勇猛不及南军；南军虽精（壮），而粮草不如北军。南军无粮，利在急战；北兵有靠，宜且缓守。若能旷（引）[以]日月，则南军不战自败矣。"绍怒曰："田丰慢我军心，吾已囚之，回日必斩。汝又敢如是也！"叱左右锁禁军中，"待吾破曹之后，与田丰一体问罪！"

据《资治通鉴》卷六十三：袁绍军阳武，沮授说绍曰："北兵虽众而劲果不及南，南军谷少而资储不如北；南幸于急战，北利在缓师。宜徐持久，旷以日月。"绍不从。（参见《三国志·魏书·袁绍传》《后汉书·袁绍传》）

按：《演义》称，沮授向袁绍提议，应进行持久战，袁绍听到后，立即发怒，下令将他"锁禁军中"。据史书记载，袁绍虽未采纳他的意见，但并没有加罪于他。

绍前后新旧大军（一）[七]十五万，东西南北（周围）安营，[周围]连路九十余里。

据《资治通鉴》卷六十三：（建安五年秋）八月，绍进营稍前，依沙埠为屯，东西数十里。操亦分营与相当。（参见《三国志·魏书·武帝纪》）

按：《演义》称袁绍率七十五万大军进攻许昌，显系虚夸。武国卿先生在《中国战争史（四）》中认为，袁绍参加官渡之战的总兵力约为十二万。

细作探知虚实，报来官渡。操军新到，闻之皆惧。曹操与谋士商议。荀攸曰："北军虽多，不足畏也。吾南军皆精锐之士，可以一当十也。但利在急战；若迁延日月，粮食不足，军必散矣。"曹操曰："此言正合吾机！"点军校，摇旗擂鼓而进。

北军分一半来迎。两（令）［军］相合，结成阵势，烟雨迷目，征尘（被）［蔽］天。北军中审配交拨弩手一万人伏（放）于两翼，弓箭手（军马）［马军］五千伏于门旗内，［约定］炮响齐发。北军中画鼓三通，袁绍金甲金盔，锦袍玉带，立马阵前，两势大将张郃、高览、韩猛、淳于琼等，旌旗节钺甚是严整，大叫"请曹操打话！"南军内门旗开处，曹操出马，左右摆列张辽、许褚、徐晃、李典、于禁、乐进诸将，各持兵器，勒马听候。曹操以鞭指绍曰："吾于天子之前奏请汝为大将军，总督山后诸郡。何故数次反乱耶？"绍怒曰："汝托名汉相，实为汉贼，罪恶弥天，甚于王（莾）［莽］、董卓，尚敢诬人造反耶！"操曰："吾今奉诏讨汝！"绍曰："吾奉衣带诏讨操！"

按：《演义》写曹操和袁绍阵前对话，袁绍说："吾奉衣带诏讨操！"这一情节与史书及《演义》前文均不合。史书及《演义》均未写袁绍奉衣带诏，袁绍与衣带诏毫无关连。

操怒，［使］张辽出马，张郃来迎。两将于阵前斗到四五十合，不分胜败，曹操暗暗称奇。许褚怒奋，挥刀纵马直出，高览挺枪来迎。四员将未见输（羸）［赢］。曹操阵内夏侯惇、曹洪各引一军，两将齐出，冲北军阵。审配在将台上见曹军来，交军中放起号炮，两下弩手齐发，中军弓箭［手］都涌出前面乱（箭）［射］。曹军如何当抵？望南急走。袁绍驱兵掩杀，曹兵大败，尽退官渡去（守）［讫］。

袁绍移军，（径）［逼］近官渡下寨。审配言曰："可拨兵去官渡曹操寨边筑起土山，令军人下视寨中放箭，操必弃此而去。若得此隘口，许昌可得。"绍从之，于各寨内选调生力军人，用铁锹土担，皆来曹操寨前，垒土成山。元来官渡山寨如城一般，周（余）［围］筑三十余里（广阔）［营墙］，傍有河、后有山为之险要，因此难打。曹（操）［军］见袁军积土成山，张辽、许褚等皆要出战，却被审配弓弩手当住咽喉要路，不能前进。十日之内筑成土山五十座，上立（马）［高］橹，即云梯也，分拨一半弓弩手于（旗）［其］上乱射之。曹军大惧，皆顶牌遮箭守御。一声梆子响处，矢下如雨，曹军皆蒙（褚）［楯］伏地（褚）［楯］即遮箭牌也，寨中乱窜。寨外北军呐喊而笑。

曹操见军荒乱，忙请谋士求计。刘晔进曰："可作石车以破之。"操令刘晔造样。晔连夜造发石车数百乘，分布营墙内，正对土山（土上）上云梯；候弓弩手（皆）［在］上放箭，营内一齐按动炮车，车势大［发］，炮石飞空，（打）云梯［上］人无躲处，击碎其梯，弓弩手死者无数。北军皆号其车为"霹雳车"，（南军）［不敢］登高窥望。

审配又献一计，令军人用铁锹［暗］打（起）［地］道，直透曹营，号为"窟子军"。［曹军］营中望见山后又掘土坑，操又问于刘晔。晔曰："此是北军明不能攻（败）［取］，暗（暗）［掘］伏道，必透营而入。"操曰："何以御之？"晔曰："绕营内可掘长堑，伏道无用也。"操连夜差军掘堑。伏道到堑边果不能入，空费了多少军力！

据《资治通鉴》卷六十三：曹操出兵与袁绍战，不胜，复还，坚壁。绍为高橹，起土山，射营中，营中皆蒙楯而行。操乃为霹雳车，发石以击绍楼，皆破，绍复为地道攻

操，操辄于内为长堑以拒之。（参见《三国志·魏书·武帝纪》《袁绍传》《于禁传》，《后汉书·袁绍传》）

［操］守官渡自八月至九月，绍军不退。操军力疲乏，粮草缺少，意欲弃官渡，还许昌，持疑未决，乃作书，（以）遣人来许昌求（救）［教］荀彧。［荀彧］回书呈报之，书云：

奉承钧命，使决进退之疑。愚意（于）袁绍悉得其众于官渡，欲与明公决胜负。［公］以（致）［至］弱当至强，若不能制，必为剪除，此天下之大几也。且绍布衣之雄耳，能聚人而不能用人。（如昔楚、汉在荥阳之间，）［以公之］神武明哲而辅以大顺，何为不济！今谷虽少，未若楚、汉在（荥）［荥］阳、成皋间也。是时刘、项莫（敢）［肯］先退者，［先退］则势屈。公以十分居一之众，画地而守之，扼其（危）［喉］而不得进，已半年矣。情［见］势竭，必将有变，此用奇之［时，］不可失也。区区拙见，尽竭忠诚，惟明公裁察焉！

曹操得书大喜，令将士各效勇力守之。

据《资治通鉴》卷六十三：操众少粮尽，士卒疲乏，百姓困于征赋，多叛归绍者，操患之，与荀彧书，议欲还许，以致绍师。彧报曰："绍悉众聚官渡，欲与公决胜败。公以至弱当至强，若不能制，必为所乘，是天下之大机也。且绍，布衣之雄耳，能聚人而不能用。以公之神武明哲而辅以大顺，何向而不济！今谷食虽少，未若楚、汉在荥阳、成皋间也。是时刘、项莫肯先退者，以为先退则势屈也。公以十分居一之众，画地而守之，扼其喉而不得进，已半年矣。情见势竭，必将有变。此用奇之时，不可失也。"操从之，乃坚壁持之。（参见《三国志·魏书·武帝纪》《荀彧传》，《后汉书·荀彧传》）

绍军（欲）［约］退二十余里，操遣将出营巡哨。徐晃部将史焕获得北军，问其动静，答曰："早晚大将韩猛运粮至军前接济，先令我等探路。"徐晃捉其人见曹操，言运粮事。荀攸曰："韩猛仗匹夫之勇，率易轻敌。若遣一人引轻骑数（十）［千］，半路击之，可断其粮，绍军自乱。"操曰："谁敢往之？"荀攸曰："徐晃足可办也。"操差徐晃将带史焕并火炬先去，后使张辽、许褚接应，六千兵分两队行。

当夜，韩猛押粮车数千辆来奔绍寨。正走之间，山谷内徐晃、史焕三千军截出，韩猛飞马来战徐晃。两骑才交，史焕杀散人夫，放火烧着粮草。韩猛当敌不在，拨回马走。

据《资治通鉴》卷六十三：绍运谷车数千乘至官渡。荀攸言于操曰："绍运车旦暮至，其将韩猛锐而轻敌。击，可破也！"操曰："谁可使者？"攸曰："徐晃可。"乃遣偏将军河东徐晃与史涣邀击猛，破走之，烧其辎重。（参见《三国志·魏书·荀攸传》《武帝纪》）

袁绍军望见西北上火起。败军报来："有人劫了粮车。"绍急遣张郃、高览去截大路。徐晃烧了粮回，正撞见张郃、高览人马拦住，却欲交锋，背后张辽、许褚军到，两下（来）［夹］攻，杀散北军。四将合兵一处，回还官渡寨中。曹操大喜，赏劳了当，分出一军于寨外结营，为掎角之势。

却说袁绍败军救得些少粮草回寨。绍大怒，欲斩韩猛，众将劝免，打为小军。审配曰："粮食乃军家之重事，不可不用心。乌巢乃屯粮草之所，必须得重兵守之。"袁绍曰："吾已筹策定矣。汝可回邺郡监督粮斛，休交军士缺乏。汝便速行。"审配曰："军机至重，不可忽也！"绍曰："吾行兵二十年，非不能也。汝当萧何之重任，亦非小可，休交吾费心。"审配辞去。绍［遣］大将淳于琼部领骁将睢元道、韩怡、吕威、成璜、赵毅等，引二万军守乌巢屯粮之所。淳于琼字仲简，平生好酒性刚，军士多畏之；自至乌巢，以为闲逸之地，终日与诸将聚饮。

据《资治通鉴》卷六十三：（建安五年）冬十月，绍复遣车运谷，使其将淳于琼等将兵万余人送之，宿绍营北四十里。沮授说绍："可遣蒋奇别为支军于表，以绝曹操之钞。"绍不从。（参见《后汉书·袁绍传》）

却说曹操军粮将尽，急发使往许昌，交荀彧、任峻措办，星夜解赴军前接应。

据《三国志·魏书·任峻传》：太祖每征伐，峻常居守以给军。是时岁饥旱，军食不足，羽林监颍川枣祗建置屯田，太祖以峻为典农中郎将，募百姓屯田于许下，得谷百万斛，郡国列置田官，数年中所在积粟，仓廪皆满。官渡之战，太祖使峻典军器粮运。贼数寇钞绝粮道，乃使千乘为一部，十道方行，为复陈以营卫之，贼不敢近。军国之饶，起于枣祗而成于峻。

据《三国志·魏书·武帝纪》注引《魏书》：自遭荒乱，率乏粮谷。诸军并起，无终岁之计，饥则寇略，饱则弃余，瓦解流离，无敌自破者不可胜数。袁绍之在河北，军人仰食桑椹。袁术在江、淮，取给蒲蠃。民人相食，州里萧条。公曰："夫定国之术，在于强兵足食，秦人以急农兼天下，孝武以屯田定西域，此先代之良式也。"是岁乃募民屯田许下，得谷百万斛。于是州郡例置田官，所在积谷。征伐四方，无运粮之劳，遂兼灭群贼，克平天下。

据《资治通鉴》卷六十二：中平以来，天下乱离，民弃农业，诸军并起，率乏粮谷，无终岁之计，饥则寇略，饱则弃余，瓦解流离，无敌自破者，不可胜数。袁绍在河北，军人仰食桑椹。袁术在江淮，取给蒲蠃，民多相食，州里萧条。羽林监枣祗请建置屯田，曹操从之，以祗为屯田都尉，以骑都尉任峻为典农中郎将。募民屯田许下，得谷百万斛。于是州郡例置田官，所在积谷，仓廪皆满。故操征伐四方，无运粮之劳，遂能兼并群雄。军国之饶，起于祗而成于峻。

使命出寨，行不三十里，被北军巡哨捉见谋士许攸。攸字子远，（是）南阳人也，为人多傲；少时曾与曹操为友。此时攸在绍处为谋士，径取操书来见袁绍。攸曰："曹操急起军马，尽屯官渡，与我军相拒，许下必空虚。若分轻军，星夜从小路掩杀，许都可拔也；则奉迎天子以讨操，操可擒也。如其未溃，首尾相攻，必破之矣。今操粮食已缺，可乘时两路击之。"绍曰："曹操诡计极多，此书乃诱敌之谋也。"绍不听，攸顿首请曰："今若不取，必为虏矣！"正劝绍举兵之际，忽有人自邺郡来，呈上审配书，先说运粮事，后皆谮言"许攸在冀州取受民间赃［物］，滥令（与）［子］侄辈多科税粮入己，尽收下狱鞫问，招（证）［认］明白。"袁绍大怒［曰］："滥污匹夫！尚敢于吾前献（便利）［计］也。汝与曹阿瞒有旧日之情，与他行计，掇赚吾军耶？本欲便斩汝首，又道吾不能容人，权且寄头在项！"（一）［大］声喝退。

许攸仰天长叹曰："忠言逆耳，竖子不纳！吾子侄辈已遭审配之害，吾有何面目见天下之人乎！"欲拔剑自刎，左右抱住而劝曰："主［公］何自寻死也？袁绍非治世之人，不纳忠言，久后必为曹操所擒耳。主［公既］与曹公有旧，何不背暗投明，以避杀身之患？"只［这］两句言语点着许攸，来投曹操。未知如何。

［第六十段］　曹操乌巢烧粮草

许攸是夜引数个从人，步行出营，径投曹寨。伏路军人拿住，攸叱之曰："我是曹相故人。快去报上，言南阳许攸来到。"军士荒报入寨。

据《资治通鉴》卷六十三：许攸曰："曹操兵少而悉师拒我，许下余守，势必空弱。若分遣轻军，星行掩袭，许可拔也。许拔，则奉迎天子以讨操，操成禽矣。如其未溃，可令首尾奔命，破之必也。"绍不从，曰："吾要当先取操。"会攸家犯法，审配收系之，攸怒，遂奔操。（参见《三国志·魏书·武帝纪》注引习凿齿《汉晋春秋》，《三国志·魏书·崔琰传附许攸传》注引《魏略》，《后汉书·袁绍传》）

操方解衣歇息。听得帐前报许攸私奔到寨，操大喜，不及穿鞋，跣足出迎之；遥见许攸，抚掌大笑曰："子远远来，吾事济矣！"就扶攸入，坐叙旧情，先拜于地。许攸荒忙扶起曰："公乃汉相，吾乃布衣，何谦逊如此！"操笑曰："子远是操之故人，岂以名爵上下论乎？"攸曰："某有眼如盲，屈身袁绍，言不听，计不从。今特弃之，来见故人，想无疑焉。"操曰："吾素知子远信义之士，有何所疑？愿闻子远教袁本初之计。"攸曰："吾教袁绍差轻骑乘虚袭许昌，首尾相攻。"操大惊曰："若袁绍用子远之言，吾等皆死无葬身之地［也］！"操下拜曰："袁绍势大，不可当之。愿教破绍之策！"攸曰："丞相军粮尚有几何？"操曰："可支半年矣。"攸正色而起曰："吾正心相待，汝何相欺也？"趋［步］出帐前。操请住曰："子远勿嗔，尚容再诉：军中粮食可支三月。"攸笑曰："世人皆言孟德奸雄，今信然也！"操亦笑曰："兵不厌诈，尚容剖露。"遂附耳低言曰："寨中止有此月之粮。"攸应声曰："休得诳语！汝粮已尽！"操愕然曰："何以知之？"攸取出（以）［操与］荀彧亲书以示之，曰："亲书何人作也？"操失惊问曰："何处得之！"攸（教）［告］以获使之说。操执手曰："子远想旧日之交情，愿赐教［诲］！"许攸曰："丞相孤军而抗大敌，不求急胜之方，此取败之道也。攸有一策，不过五日，使袁绍百万之众不战而自回也。擒绍父子，宜在今日。丞相（还）肯听之乎？"操大悦，求计于攸。攸曰："袁绍军粮辎重尽积在古市乌巢，袁绍营北四十里。今拨淳于琼为（车）［将军］，运谷使监之。［琼乃］嗜酒而无备之人。公选精兵，诈作袁军，问之，则曰：'吾蒋奇［也］，差使来护粮。'到彼掠其辎重，断其粮食。不三日，绍军自散也。"操大喜，置酒重待，留于寨中。

据《资治通鉴》卷六十三：操闻攸来，跣出迎之，抚掌笑曰："子卿远来，吾事济矣！"既入坐，谓操曰："袁氏军盛，何以待之？今有几粮乎？"操曰："尚可支一岁。"攸曰："无是，更言之！"又曰："可支半岁。"攸曰："足下不欲破袁氏邪！何言之不实也！"操曰："向言戏之耳。其实可一月，为之奈何？"攸曰："公孤军独守，外无救援而粮谷已尽，此危急之日也。袁氏辎重万余乘，在故市、乌巢，屯军无严备，若以轻兵袭之，不意而至，燔其积聚，不过三日，袁氏自败也。"操大喜。（参见《三国志·魏书·武帝纪》及注引《曹瞒传》）

次日，操自选马步军五千人，皆扮作北军旗号。张辽等与操曰："袁绍屯粮之所安得无准备？丞相未可轻信，恐中许攸之计耳。"操曰："非也！许攸此来，吾便知天败袁绍也。方今吾军粮食不接，难以久守，若不用许攸之计，则是坐而待困也。若献诈，安敢留我军中？吾欲劫寨久矣，诸（军）［君］勿疑。"辽曰："亦须防北军乘虚却取于此。"操笑曰："吾已筹策定了。"操交荀攸、贾诩管待许攸，与曹洪同守大寨；夏侯惇、夏侯渊一军伏于左，曹仁、李典伏于右，以备不虞。曹军张辽、许褚在前，徐晃、于禁在后，操自引诸将居中，人衔枚，马勒口，前后五千人，黄昏离官渡营进发。

据《资治通鉴》卷六十三：乃留曹洪、荀攸守营，自将步骑五千人，皆用袁军旗帜，衔枚缚马口，夜从间道出，人抱束薪。（参见《三国志・魏书・武帝纪》及注引《曹瞒传》，《三国志・魏书・荀攸传》《贾诩传》，《后汉书・袁绍传》）

（是夜）建安五年十月二十三日，［是夜］星光满天。（祖受）［沮授］在军中与监者曰："今夜众星（开）［朗］列，我欲观象，可引吾出。"监者引出。（祖受）［沮授］仰面观之，忽见太白逆行，侵犯斗、牛（三）［之］分。（受）［授］大惊，求见袁绍。是夜绍醉中，听得（祖受）［沮授］有密事见报。绍唤入问之，（受）［授］曰："今夜仰观天文，见太白逆行于柳、鬼之间，流光射斗、牛之分，必有敌兵至，劫寨于后。乌巢屯粮之（前）［所］，不可不隄备。速遣精兵猛将于路（寻）［巡］之，免中曹操之机。"袁绍叱之曰："汝乃得罪之人，敢以妄言惑吾众（耳）［耶］！"大叱监者曰："吾令汝禁锢囚人，辄敢放出，乱言祸福！"一剑将监者斩了，别唤人牵（祖受）［沮授］去。（受）［授］出叹曰："我军皆亡在旦夕！吾尸骸未知污何地土！"掩恨而去。静轩诗叹曰：

逆耳忠言反见冤，匹夫袁绍少机谋。
乌巢粮尽根基拔，犹欲区区保冀州。

是时淳于琼等新接粮草还屯，与诸将共饮，醉卧帐中。

却说曹操令军皆束草负薪而行；二更左侧，（前）［经］过袁绍别寨。兵问之，应曰："大将蒋奇奉命往乌巢护粮。"北军看之，果是自（安）［家］旗号。［操军］从间道小路迤逦前进，凡过数处，皆云蒋奇护粮，你我相推，更不阻当。

据《资治通鉴》卷六十三：所历道有问者，语之曰："袁公恐曹操钞略后军，遣军以益备。"闻者信以为然，皆自若。（参见《三国志・魏书・武帝纪》注引《曹瞒传》）

比及到乌巢时，四更已尽，操交束草军士周围放火，大小将军鼓噪直入。淳于琼宿醉未醒，跃起便问"为何喧闹？"早被铙钩拖番。睢元道、赵毅运粮方回，见屯上火起，急来救应。从军告曹操曰："贼兵在后，请分兵拒之。"操大喝曰："贼到吾后，方可（白）［拒］之！"诸将奋力向前来杀，火焰四起，烟迷太空。操勒兵回杀，睢、赵二将皆被斩之，余皆乱军中杀了；将淳于琼等数人割去耳鼻，截其手指，缚于马上，放回绍营以辱之。

据《资治通鉴》卷六十三：既至，围屯，大放火，营中惊乱。会明，琼等望见操兵少，出陈门外，操急击之，琼退保营，操遂攻之。……绍骑至乌巢，操左右或言："贼骑稍近，请分兵拒之。"操怒曰："贼在背后，乃白！"士卒皆殊死战，遂大破之，斩琼等，尽燔其粮谷，杀士卒千余人，皆取其鼻，牛马割唇舌，以示绍军，绍军将士皆汹惧。（参见《三国志・魏书・武帝纪》）

据《三国志·魏书·武帝纪》注引《曹瞒传》：既至，围屯，大放火，营中惊乱。大破之，尽燔其粮谷宝货，斩督将眭元进、骑督韩莒子、吕威璜、赵叡等首，割得将军淳于仲简鼻，未死，杀士卒千余人，皆取鼻，牛马割唇舌，以示绍军。将士皆怛惧。

按：《演义》对曹操火烧乌巢的描写，与史书及情理均不合。周兆新先生在《三国演义考评》一书中认为，将史书与《演义》仔细对照一下，发现史书中曹操的言行完全合乎情理，他为了及早攻破淳于琼的大营，不肯分散兵力。《演义》中曹操的言行，却令人莫名其妙。他顺利攻破淳于琼大营之后，听说袁绍的救兵临近，为什么不立即分兵抵挡呢？本来史书中极其紧张和精彩的一个场面，到《演义》中全给弄糟了。

（暗中，）[时]袁绍闻军报说正北上火起满天。绍知乌巢有失，急召文武救之。张郃进曰："某与高览急去乌巢救火，就杀贼军。"郭图曰："张郃之言未是。今欲劫粮，曹操必然亲到；操一出，寨必空虚。可以纵兵先击曹操营垒，必可得矣；操闻（知）[之]必速还。此孙膑围魏救韩之计也。"张郃曰："郭图之言非也。曹操用兵多筭，外出须内备，以（稽）[待]不虞。今若攻曹营不拔，吾属皆为虏矣。乌巢一失，将军大事去矣！"郭图曰："曹操只顾劫粮，岂留兵在寨耶？"固请军去劫曹营。袁绍使张郃、高览引兵五万去劫官渡寨，遣蒋奇引一万军径（取）[去]救乌巢。

据《资治通鉴》卷六十三：绍闻操击琼，谓其子谭曰："就操破琼，吾拔其营，彼固无所归矣！"乃使其将高览、张郃等攻操营。郃曰："曹公精兵往，必破琼等，琼等破，则事去矣，请先往救之。"郭图固请攻操营。郃曰："曹公营固，攻之必不拔。若琼等见禽，吾属尽为虏矣。"绍但遣轻骑救琼，而以重兵攻操营。（参见《后汉书·袁绍传》《三国志·魏书·张郃传》）

兵皆去了。……袁绍不遣人去（一）[接]应，（投北尽拨）[尽拨投南]。

却说张郃、高览攻打操营，左边夏侯惇出，右边曹仁出，冲动北军，曹洪（兵）从正中引军而出，三下攻击，北兵大败。比及接应军到，曹操背后杀来，四下围住掩杀。张郃、高览夺路走脱，收军还营。

据《资治通鉴》卷六十三：绍但遣轻骑救琼，而以重兵攻操营，不能下。（参见《三国志·魏书·张郃传》《后汉书·袁绍传》）

袁绍收败残军马，退归营寨。淳于琼耳鼻皆无，手指尽落，也还寨中。绍问败军"如何失了乌巢？"军言："将军醉中，因此不能当抵。"绍怒，立斩之。

据《三国志·魏书·武帝纪》注引《曹瞒传》：割得将军淳于仲简鼻，未死，……时有夜得仲简，将以诣麾下，公谓曰："何为如是？"仲简曰："胜负自天，何用为问乎！"公意欲不杀。许攸曰："明旦鉴于镜，此益不忘人。"乃杀之。

郭图恐张郃、高览回寨证对是非，先于袁绍前言曰："张郃、高览见将军兵败将亡，心中欣喜。"绍惊问曰："何如出此言也！"图曰："郃[、览]素有降曹之心，去劫曹寨，故不用心，以致损折士卒。"绍大怒，遣使急召郃、览回寨问罪。图（先）[却]使人报[郃、览]云："绍遣人收汝[等]杀之。"郃、览遇使问曰："唤我等如何？"使曰："不知其意。"览拔剑斩（来）[却]使者。郃惊曰："汝斩使者，欲往何处！"览曰："袁绍为上不宽，听信馋言，必为曹公擒耳。吾等岂（肯）[可]坐而待死？不如去投曹公，此为万全之策。"张郃曰："吾亦有此心也。"二人领本部军马，前来降曹。夏侯惇曰："张郃、高览来降，未保虚实。”操曰：“吾已知他之本心，亦必变为善矣。”遂开门接入郃、览。

据《资治通鉴》卷六十三：郭图惭其计之失，复谮张郃于绍曰：“郃快军败。”郃忿惧，遂与高览焚攻具，诣操营降。曹洪疑，不敢受，荀攸曰：“郃计画不用，怒而来奔，君有何疑！”乃受之。

据《三国志·魏书·荀攸传》：太祖乃留攸及曹洪守，太祖自将攻破之，尽斩琼等。绍将张郃、高览烧攻橹降，绍遂弃军走。郃之来，洪疑不敢受，攸谓洪曰：“郃计不用，怒而来，君何疑？”乃受之。

按：《演义》称，张郃、高览降曹，夏侯惇表示怀疑，曹操说：“吾已知他之本心，亦必变为善矣。”遂教开门接入。这一情节与史不合。据史书，张郃、高览到曹操大营投降时，曹操自乌巢返回尚未到大营，留守大营的曹洪产生疑心，不敢接受他们。荀攸对曹洪说：“郃计画不用，怒而来奔，君有何疑！”于是接受他们投降。罗贯中把荀攸办的好事，移给了曹操。

郃、览皆弃戈解甲，拜伏于地。操曰：“若使袁绍肯从二将军之言，不致有此败也。昔子胥不早去，致使身危。今［二］将军来归，正［如］微子去殷、韩信归汉也。”封张郃为偏将军、［都亭侯，高览为偏将军、］东莱侯。郃字（儁）［俊］义，河间郑人也；览，陇西人也。操得张郃，待之甚厚。

据《三国志·魏书·张郃传》：太祖得郃甚喜，谓曰：“昔子胥不早寤，自使身危，岂若微子去殷、韩信归汉邪？”拜郃偏将军，封都亭侯。

袁绍自去了郃、览，又绝了乌巢之粮，军心遑遑，各寨军多逃散。许攸劝曹操宜速进兵。张郃、高览请为先锋，操许之，当夜分军三路去劫绍寨，混战到天明，斩军将不计其数。平明各自收军，绍兵折其大半。荀攸献计于操：“可佯言调拨人马，分路过黄河：一路取酸枣，去攻邺郡；一路（也）取（河）［黎］阳，断袁绍归路。以此言达知，则袁绍惊惶，必分动兵势。趁兵分动时，一击可擒绍也。”操用其谋，（被）［使］打草众军四边扬言，故令绍军听之。军来寨中报说：“曹操分兵两路，一路取邺郡，一路取（河）［黎］阳去也。”绍急遣子袁尚分兵五万救邺郡，遣将辛明分兵五万救（河）［黎］阳，连夜起行。曹操使细作打听，知袁绍兵动。曹操分大队军马，八路齐出，直冲绍营。北军发动，俱无战斗之心，东（南）［西］不能相顾，绍军大溃。

据《资治通鉴》卷六十三：郭图惭其计之失，复谮张郃于绍曰：“郃快军败。”郃忿惧，遂与高览焚攻具，诣操营降。……于是绍军惊扰，大溃。

据《后汉书·袁绍传》：操……攻破琼等，悉斩之。初，绍闻操击琼，……乃使高览、张郃等攻操营，不下。二将闻琼等败，遂奔操。于是绍军惊扰，大溃。

据《三国志·魏书·武帝纪》：公……大破琼等，皆斩之。绍初闻公之击琼，……乃使张郃、高览攻曹洪。郃等闻琼破，遂来降。绍众大溃。

据《三国志·魏书·袁绍传》：太祖……破琼等，悉斩之。太祖还，未至营，绍将高览、张郃等率其众降。绍众大溃。

据《三国志·魏书·张郃传》：太祖果破琼等，绍军溃。图惭，又更谮郃曰：“郃快军败，出言不逊。”郃惧，乃归太祖。

据《三国志·魏书·张郃传》注：臣松之案《武纪》及《袁绍传》并云袁绍使张郃、高览攻太祖营，郃等闻淳于琼破，遂来降，绍众于是大溃。是则缘郃等降而后绍军坏也。

至如此传，为绍军先溃，惧郭图之谮，然后归太祖，为参错不同矣。

按：关于袁绍军官渡之战失败的经过，《三国志·魏书·武帝纪》《袁绍传》与《后汉书·袁绍传》的记载是一致的，都是说：张郃听说乌巢被曹操攻破，就投降了曹操，以致袁绍的军队溃败。《资治通鉴》和《演义》均采用了这一说法。但《三国志·魏书·张郃传》则称，是袁绍军先溃败，然后郭图向袁绍进谗中伤张郃，张郃因惧怕袁绍问罪，才率军投奔曹操的。对此，清代史学家赵翼认为：由于张郃后来成为魏国名将，故陈寿在《张郃传》中记述传主当初背袁降曹一事时，有意为其开脱责任，做出了与史实相悖的记载。

袁绍披甲不迭，单衣幅巾上马，其子袁谭后随。张辽、许褚、徐晃、于禁四员将引一千余马军，早来赶绍，绍急渡河。四下兵合，各自争攻。绍尽弃图书、车仗、金帛而逃，（绍）止引随行八百骑而去。操军追之不及，所得遗下之物不可胜数。（为）[伪]降者尽皆斩之，所杀七万余人，流血盈沟。其溺水死者如芦苇相似。绍军七十五万到此皆休。

据《资治通鉴》卷六十三：于是绍军惊扰，大溃，绍及谭等幅巾乘马，与八百骑渡河。操追之不及，尽收其辎重、图书、珍宝。余众降者，操尽坑之，前后所杀七万余人。（参见《三国志·魏书·武帝纪》,《三国志·魏书·袁绍传》注引张璠《汉纪》,《后汉书·袁绍传》）

据《三国志·魏书·武帝纪》注引《献帝起居注》：公上言"……辄勒兵马，与战官渡，乘圣朝之威，得斩绍大将淳于琼等八人首，遂大破溃。绍与子谭轻身迸走。凡斩首七万余级，辎重财物巨亿。"

据《资治通鉴考异》：《范书·绍传》曰，"所杀八万人"。按《献帝起居注》，曹公上言，"凡斩首七万余级"。

操大得全胜，所得金帛给赏军士。于图书中检出书信一（封）[束]，皆许下及军中之人暗通之书。荀攸曰："可逐一点[对]姓名，收而杀之。"操曰："当绍之强，孤亦不能自保，况他人乎？"尽皆焚之。

据《资治通鉴》卷六十三：操收绍书中，得许下及军中人书，皆焚之，曰："当绍之强，孤犹不能自保，况众人乎！"（参见《三国志·魏书·武帝纪》及注引《魏氏春秋》）

史官有诗赞曰：

尽把私书火内焚，宽洪大度谢恩崇。
曹公原有高光志，（羸）[赢]得山河属太平。

此言曹操能牢笼天下之人，故得天下也。

（祖受）[沮授]被擒。曹公素与（祖受）[沮授]相识，交放过来相见。[授]至帐前大呼曰："（受）[授]不降也，为军所执耳！"操曰："本初无谋，不（合）[用]君计。今国家未定，当相图之。"（受）[授]曰："我父母宗族悬命袁氏。公令（受）[授]速死为福！"操曰："孤若早得足下，天下不足虑也。"操厚待之。次日在营中盗马，欲归袁氏。操怒而杀之，至死神色不变。操叹曰："吾杀忠义之士也！"伤悼终日。

据《资治通鉴》卷六十三：沮授不及绍渡，为操军所执，乃大呼曰："授不降也，为所执耳！"操与之有旧，迎谓曰："分野殊异，遂用圮绝，不图今日乃相禽也！"授曰："冀州失策，自取奔北。授知力俱困，宜其见禽。"操曰："本初无谋，不相用计，今丧乱未定，方当与君图之。"授曰："叔父、母弟，县命袁氏，若蒙公灵，速死为福。"操叹曰："孤早相得，天下不足虑也。"遂赦而厚遇焉。授寻谋归袁氏，操乃杀之。（参见《后汉书·袁绍传》，《三国志·魏书·袁绍传》及注引《献帝传》）

史官有诗赞曰：

河北多名士，忠贞说（祖）［沮］君。
凝眸知阵法，仰面识天文。
至死心如铁，临危气似云。
曹公哀志士，尤与建孤坟。

操进兵攻打冀州，来捉袁绍。未知如何。

［第六十一段］ 曹操仓亭破袁绍

（祖受）［沮授］被执，曹操重待，礼为上宾。（受）［授］但求死，义不肯屈；放于军中，盗马欲归寨。操恐为后患，杀之；而后甚悔，亲自设祭，（而）［遂］与建坟于黄河渡口，立碑曰："忠烈（祖）［沮］君之墓。"操垂泪。

［乘］袁绍之败，操整顿军马，迤逦追袭。冀州城（中见）［邑］闻操大破袁绍，尽皆胆裂，各诣军前投降曹操，操皆抚慰之。

却说袁绍单衣幅巾，引八百骑走黎阳北岸，有大将蒋义渠出寨迎接。绍以心腹事皆尽诉［与］义渠，乃招谕离散之众。［众］闻绍在，又皆（议）［蚁］聚，军威复振，议还冀州。

据《后汉书·袁绍传》：绍军惊扰，大溃。绍与谭等幅巾乘马，与八百骑度河，至黎阳北岸，入其将军蒋义渠营。至帐下，把其手曰："孤以首领相付矣。"义渠避帐而处之，使宣令焉。众闻绍在，稍复集。……冀州城邑多畔，绍复击定之。（参见《资治通鉴》卷六十三，《三国志·魏书·袁绍传》）

军行之次，夜宿荒山。绍夜闻哭声，遂私往听之。军皆诉说丧兄失弟，亡伴亡亲者不可计数，皆捶胸而哭曰："若听田丰之言，不交我等受此苦也！"绍大悔曰："吾不听田丰之言，兵败将亡！吾今回去，［有］何面目见田丰耶？"次日上马，正行之间，逢纪引军来接。绍对逢纪曰："吾不听田元皓之言，致有此败。吾今归去，羞见此人！"逢纪数被田丰面斥，心中常恨，（到此）［及闻］绍（闻故）［言］，（纪）［因谮］曰："昨闻田丰在狱中闻主公兵败，抚掌大笑曰：'［果］不出吾之所料也！'"绍怒曰："竖儒怎敢笑吾？吾必杀之！"逢纪又曰："田丰常对狱卒曰：'袁本初再求我时，吾却不用谋矣。'"

却说田丰在狱中，狱吏报曰："与别驾贺万全之喜！"丰曰："何喜可贺？"狱吏曰："袁将军全师大败而回，必见重于君也。"丰笑曰："吾死矣！"狱吏问之曰："［人］皆与君喜，君何言死也？"丰曰："袁将军貌宽而内忌，不念忠诚。若胜而喜，尤能赦之；今战败则羞，吾不望生。"狱吏不信。忽使（人）［命］赍剑取丰首级，狱吏方惊，乃具酒食与丰饮之。丰曰："吾知必死，愿借利刃。"狱吏皆不忍与之，［众人］流泪。丰曰："大丈夫生于天地之间，不识其主而事之，是无智也；不识嫌疑而进之，是不明也。今日受（罪）［死］，又何足惜！"遂自刎于狱中。

据《资治通鉴》卷六十三：或谓田丰曰："君必见重矣。"丰曰："公貌宽而内忌，不亮吾忠，而吾数以至言迕之，若胜而喜，犹能赦我，今战败而恚，内忌将发，吾不望生。"绍军士皆拊膺泣曰："向令田丰在此，必不至于败。"绍谓逢纪曰："冀州诸人闻吾军败，皆当念吾，惟田别驾前谏止吾，与众不同，吾亦惭之。"纪曰："丰闻将军之退，拊手大笑，喜其言之中也。"绍于是谓僚属曰："吾不用田丰言，果为所笑。"遂杀之。初，曹操闻丰不从戎，喜曰："绍必败矣。"及绍奔遁，复曰："向使绍用其别驾计，尚未可知也。"（参见《三国志·魏书·袁绍传》及注引《先贤行状》，《后汉书·袁绍传》）

赞云：

钜鹿田元皓，天资迈等伦。
周朝齐八士，殷室配三仁。
直谏于袁绍，忠心救兆民。
堪嗟牢内死，黄土盖麒麟。

又有诗叹袁绍云：

昨朝（祖受）[沮授]军中死，今日田丰狱内亡。
河北栋梁皆折断，本初焉不丧家邦？

田丰死于狱中，闻者皆哭。

袁绍回冀州，心烦意乱，不理政事。其妻刘氏劝其立后，共掌军权。袁绍有三子一甥：长子袁谭字显思，出守青州；次子袁熙字显奕，出守幽州；外甥高干出守并州；又次子袁尚字显甫，是绍后妻刘氏所生。尚生得形貌美丽，绍[甚]爱之，刘氏于绍前每称尚有才德，绍故留在身边。

据《后汉书·袁绍传》：绍有三子：谭字显思，熙字显雍，尚字显甫。谭长而惠，尚少而美。绍后妻刘有宠，而偏爱尚，数称于绍，绍亦奇其姿容，欲使传嗣。乃以谭继兄后，出为青州刺史。沮授谏曰："世称万人逐兔，一人获之，贪者悉止，分定故也。且年均以贤，德均则卜，古之制也。愿上惟先代成败之诫，下思逐兔分定之义。若其不改，祸始此矣。"绍曰："吾欲令诸子各据一州，以视其能。"于是以中子熙为幽州刺史，外甥高干为并州刺史。（参见《资治通鉴》卷六十四，《三国志·魏书·袁绍传》及注引《九州春秋》）

自官渡兵败之后，谭再往青州起兵，熙、干皆不在。刘氏劝绍立尚为后嗣，令掌军马。当初审配、逢纪二人与袁尚为辅佐，辛平、郭图与袁谭为辅佐：四人各为其主，常有不足之心。

据《资治通鉴》卷六十四：逢纪、审配素为谭所疾，辛评、郭图皆附于谭，而与配、纪有隙。

当夜，袁绍召审、逢、郭、辛四人入议，曰："今吾命弱，欲立其后，为河北之主。长子谭为人性刚好杀，虽然聪明，[事]多燥暴。中子熙善懦难成。（次）[三]子尚有英雄之表，礼贤敬士，吾欲立之。汝意何如？"郭图进曰："昔日（祖受）[沮授]曾谏主公，言犹在耳。（受）[授]之言曰：'（世称）万人争逐一兔，一人获之，贪者遂止，分定故也。'谭为其长，今居于外，此为乱之萌也。自古越长立幼，家邦不定；废嫡立庶，天下不安。今军势失挫，曹操（历）[压]境，又使谭、尚争之，乃自取乱之道也。主公且宜理会拒敌之策，勿使（内）[家]乱。"袁（尚）[绍]不决。人报"袁熙自幽州引兵二万前来助战，高干引五万军自并州来，袁谭引五万军自青州来。”绍喜，即（将）再整冀州人马，来战曹操。

此时操引胜捷之兵陈列于河上，有土人箪食壶浆，以迎王师。操见父老数人，须发尽白，皆拜于地。操请入帐中赐坐，问之曰：“老（人）［丈］多少年纪？”答曰：“［皆］近百岁。”操曰：“吾军（大）［士］惊搅汝乡，何喜之有？”答曰：“（初）桓帝朝［时］，有黄星见于楚、宋之分。（对）［时］值辽东殷馗善晓天文，夜宿于此，对老汉等言：‘黄星现于乾象，正照此间。后五十年，当有真人起于梁、沛之间，其锋不可当，天下无敌矣！’今以年记之，整整五十年。袁本初重（镇）［敛］于民，民皆生怨。丞相兴仁义之师，吊民伐罪，官渡一战破袁绍百万之众，正应当时殷馗之言。兆民可望太平矣！”

据《三国志·魏书·武帝纪》：初，桓帝时有黄星见于楚、宋之分，辽东殷馗善天文，言：“后五十岁当有真人起于梁、沛之间，其锋不可当。”至是凡五十年，而公破绍，天下莫敌矣。

操笑曰：“如老丈所言，吾何以当之！”取酒食绢帛以赐老人，号令三军：“如有下乡杀人家鸡犬，如杀人之罪！”于是军民震服，操心中暗喜。

人报“袁绍聚四处之兵，得二三十万，前至仓亭——地名——下寨。”操提兵前进，下寨已定。次日，绍使人下战书，［操］批回：“日下决战。”使回。两军擂鼓，各披甲上马，布成阵势。操引诸将出阵，唤绍打话。绍引三子一甥，摆于两边。操曰：“势穷力尽，不思投降，立待刀临项上，恐不及悔！”绍大怒，回顾众将［曰］：“谁敢出马？”袁尚欲于父前耀武扬威，便舞双刀，飞马出阵，来往奔驰。操指曰：“此何人也？”有识者答曰：“此袁绍（次）［三］子袁尚也。”言尤未了，一将挺枪出马，操视之，乃徐晃部将史焕也。两骑相交不三合，尚拨回马，刺斜而走，史焕赶来。袁尚拈弓搭箭，番身背射，正中史焕左目，坠马而死。

据《三国志·魏书·夏侯惇传》注引《魏书》：史涣字公刘。少任侠，有雄气。太祖初起，以客从，行中军校尉，从征伐，常监诸将，见亲信，转拜中领军。十四年薨。

按：盛巽昌先生在《三国演义补证本》一书中指出，据史传，史涣久随曹操，从未隶属于徐晃，其任中领军职位还高于徐晃之偏将军。史涣更非袁尚所阵杀，他是病死的。

袁绍见子得胜，挥鞭一指，大队人马涌将过来。两边混战从午至酉，各折军校；日暮分开，鸣金收军还寨。

操与众将［商］议破绍必胜之策。程昱献十面埋伏之计，“可擒袁绍。”令操“退军于河上，先伏军十队。绍若（退）［追］至河上，军必死战矣。”操然其说，左右各分五队：左一队夏侯惇，左二队张辽，左三［队］李典，左四队乐进，左五队夏侯渊；右一队曹洪，右二队张郃，右三队徐晃，右四队于禁，右五队高览。中军许褚为先锋。次日十队先进，左右埋伏已定。操待夜半，令许褚引军前进，伪作劫寨之势。袁绍五寨军马一齐都起，许褚回军便走。袁绍引军赶来，喊声不绝；比及天明，赶至河上。曹操军无去路，操大呼曰：“吾亦在此，诸军何不死战！”军将回身，奋力向前。许褚飞马在前，力斩十数将，众皆大乱。袁绍退军急回，背后曹兵赶来。正行之间，一声鼓响，右边高览，左边夏侯渊，两军冲出，大杀一阵。袁绍聚三子一甥，冲［开］血路［奔］走。又行不到十里，右边于禁，左边乐进，两下杀出一阵，杀得绍军尸横郊野，血（侵）［流］成河。又行不到数里，右边徐晃、左边李典大杀一阵，杀得袁绍（三）［父］子胆丧心惊，（近）

［奔入］旧寨，交三军造饭。方欲待食，（左）［右］边张郃、（右）［左］边张辽透寨而入。袁绍慌上马，前奔仓亭，人困马乏，将欲歇息，后面曹操大军赶来。袁绍舍命而走，正行之间，前面两军摆开，乃曹洪、夏侯惇当住去路。绍大呼曰："若不死战，必为所擒!"奋力冲突，得透重围。袁绍、高干皆被（重）［箭］伤。绍连夜走百余里方脱，止存所跟马（部）［步］万余，大半自行溃散，小半皆被杀戮。

据《资治通鉴》卷六十四：（建安六年）夏四月，操扬兵河上，击袁绍仓亭军，破之。（参见《三国志·魏书·武帝纪》）

按：《演义》称，仓亭之役，袁绍亲率三子一甥参战，程昱献十面埋伏之计，均不见于史。

绍抱三子大哭一场，不觉昏倒。诸将急救，绍口吐鲜血不止。绍曰："吾自历战数十场，未若官渡、仓亭之失，乃天丧吾也！操必来追。汝等各回本州，大起人马，誓与曹贼共决雌雄!"谭曰："青州兵粮尚多，儿（去请）［请去］再为整顿。"绍交（引）辛平、郭图火速随袁谭前去理会，恐曹操犯境；令袁熙再回幽州，高干再回并州，各去收拾人马，伺候调用。袁绍引袁尚等入冀州养病，［令尚］与审配、逢纪暂领军事，城中广积粮草，准备曹操来（打）［攻］。

却说曹操自仓亭大胜，重赏三军，（徐）［探］察冀州虚实，然后进取。细作探知回报："［袁］绍卧病在床，袁尚、审配紧守城池；袁谭、袁熙、高干皆回本州。"众皆劝操，"可急攻之。"操曰："冀州粮食极广，审配极有机谋，（思）［急］未可拔。方今禾稼在田。民为邦本，本固邦宁；若废其民，纵得空城何用？"正待迟疑未决之间，忽报"刘备在汝南得刘辟、龚都数万之众，听知丞相尽提军马（河北出征）［出征河北］，见今令刘辟守汝南，（备）［欲］引军乘虚来袭许昌也。"少时荀彧书到，亦言此事。操留曹洪屯兵河上，遥张声势。操自提大兵来汝南迎之。胜负如何？

［第六十二段］　刘玄德走荆州

曹操令曹洪屯兵河上，遂勒兵而来。刘玄德探知曹操兵来，过穰山五十里下寨；兵分为三队：东南角上关羽屯住，西南角上张飞屯住，正南玄德、赵云。人报操兵至近，玄德鼓噪而出。操布成阵势，叫玄德打话。玄德出马于门旗之下，操以鞭指而骂曰："吾待汝为上宾，汝何背义忘恩耶!"玄德曰："汝托名汉相，实为汉贼！吾汉室宗亲，故讨反臣耳!"操曰："吾奉天子明诏，四方招降讨逆。汝敢乱言耶？"玄德曰："汝诏乃虚诳之言。吾有天子密旨在此。"操曰："汝休乱言!"玄德遂诵衣带诏。操大怒，便交许褚出马。玄德背后一将挺枪而出，乃常山赵子龙也。曹操指曰："此即昔日偷过吾寨之人也。"许褚与赵云两马相交三十合，未分胜负。忽然东南角上喊声大振，关羽引军冲突而来；操欲分兵迎之，西南角上喊声又举，张飞一军冲突而来，三处一齐掩杀。操（因）［军］远来疲困，不能当抵，大败而走。玄德三军赶二十里方回。

玄德胜操一阵，心中大喜，使人探听，操兵退五六十里。玄德与众曰："不意今番挫动操之锐气也！”关羽曰：“兄长不可轻视。（视）［操］奸谋极多，恐必有计。”玄德曰：“此退即怯战也。”玄德使赵云搦战，操兵旬日不出。玄德又使张飞搦战，操兵亦不出。玄德亦疑。忽报“龚都运粮至半道，被曹军围住。”玄德急令张飞去救。流星马又报“张绣引军抄背后，径取汝南。”玄德曰：“云长所料是也！此间滞住吾兵（耳），却使张绣攻吾家基（寨）［业］。可宜速救老小。”急遣云长救之。两军皆去。不半日，速报将来：“张绣打破汝南，刘辟弃城而走，关公亦被围住。”玄德正慌，又报“张飞救龚都，也被围住。”玄德要起，又恐曹操后袭。小卒来报：“许褚搦战，赵云欲去。”玄德曰：“不可出敌，存下气力。今夜弃寨，望（猿）［穰］山而走。”子龙拒住不出。

等至天晚，交军士饱食，步军先起，马军后随，寨中虚传更点。离寨（欲）［约］行数里，转过（山上）［土山］，火把齐明，山头上大呼“休走了刘备！丞相在此专等！”四面火鼓连天。山上曹操自呼“刘备快降！”玄德慌寻走路，赵云曰：“主公勿忧！但跟云走。”赵云挺枪纵马，杀开走路，玄德掣双股剑后［随］。鏖战之间，张辽忽至，（后）［与］赵云战。背后于禁赶到，玄德助战。刺斜里李典又至，玄德见势危迫，［落荒便走，］听得背后喊声渐远。玄德望山僻小路，单马逃生。

走到天明，侧首一彪军撞出，玄德慌视之，乃刘辟败军千余护送玄德老小至，背后刘辟引孙乾、简雍、糜竺、糜芳皆至。玄德问云长，答曰：“张绣军至，势不可当，因此弃城而走。绣兵赶来，却得云长背后当住，因此得脱。”玄德曰：“二弟、赵云皆不知何如。”刘辟曰：“将军且行，却又寻觅。”行不数里，一下鼓响，前面涌出一彪人马，当先大将乃张郃也，大叫“刘备下马受降！”玄德却欲退后，山头上红旗磨动，背后一军从山坞内涌出，乃高览也。玄德两头无路，仰天大呼曰：“天何使我受此窘极！功名不成，争如就死！”欲掣剑自刎，刘辟曰：“容某死战，夺路救君！”辟便来阵后，与高览交锋，战不三合，被高览一刀（杀刘辟）［砍］于马下。玄德正慌，恰欲自刎，高览背后一将冲阵而来，枪起处，高览番身落马，——刺杀高览者，乃子龙也。玄德大喜。子龙骤马挺枪杀来，独至前军战张郃。张郃与子龙战十余合，气力不加，回马便走。子龙乘势冲杀，郃又欲战。子龙看见［郃］兵守住山隘，穿透不得出。正夺路间，关公、关平、周仓引三百军到，两下夹攻，杀退张郃，杀出隘口，占住山险下寨。玄德使云长寻觅张飞。元来张飞此去救龚都，龚都已被夏侯渊所杀。飞与龚都报仇，杀散夏侯渊，迤逦赶去，被乐进、徐晃围住。云长路逢败军，寻踪而去，杀退乐进、徐晃，与张飞同回见玄德。人报曹军大队赶来。玄德交孙乾等保护老小先行，玄德、关、张、子龙在后，且战且行。操见玄德弃寨去远，收军不赶。

据《资治通鉴》卷六十四：操自击刘备于汝南，备奔刘表，龚都等皆散。

据《三国志·魏书·武帝纪》：绍之未破也，使刘备略汝南，汝南贼共都等应之。遣蔡扬击都，不利，为都所破。公南征备。备闻公自行，走奔刘表，都等皆散。

按：刘备汝南之败，不见于史。

玄德总无一千军，取路而行；前至［一］江，唤江上人问之，乃汉江也。土人知是刘玄德，竞献羊酒，乃聚饮于沙滩之上。玄德酒酣，乃发悲曰：“诸君乃王佐之才，不幸跟随刘备；刘备亦窘，累及诸君！今日上无片瓦盖顶，下无（卓）［置］锥之地，诚恐有误诸公！公等何不弃备而投明主，以取功名富贵也？”众皆掩面而哭。静轩先生读史至此，有感于心，遂作诗以叹之曰：

凶暴横行仁义殃，老天何事欠分张？

功名未遂英雄困，到此如何不断肠！

关羽曰："兄言差矣！羽昔闻高祖与项羽共争天下，高祖数败于羽，后九里山一战成功，而开数百年之基业。某等昔日与兄共破黄巾以来，今近二十年，或胜或负，其志愈坚。何故今日忽生变异？兄勿堕志，恐惹天下笑端！"玄德曰："吾闻'主贵则臣荣。'吾无（展）[履]足之地，恐负公等！"孙乾曰："使君之言不然。且人成败有时，不可丧志。此离荆州不远，刘景升乃当世英雄，坐镇九州，兵甲数十万，粮食如山积，更且与主公皆汉室宗亲，何不往投之？"玄德曰："但恐不容耳。"乾曰："景升拒江、汉之地，东连吴、会，西通巴、蜀，南近海隅，北接汉、沔，何地不容？乾愿一往，景升必出境而迎主公也。"玄德大喜，便交孙乾前往荆州，到郡入见。

礼毕，刘表问曰："汝从刘玄德，何至于此？"乾曰："刘使君与明公[皆]汉室之胄，天下共知。今使君欲竭力扶持社稷，但恨兵微将寡。汝南刘辟、龚都素无亲故，亦以死报之。使君新败，欲往江东投孙仲谋。乾（赞）[僭]言曰：'安可背亲而向疏耶？荆州刘将军当世之英雄，士之归向，如水之[投]东，何况同宗乎？'因此未敢擅便，先命乾拜白，以为进见之阶。"表大喜曰："玄德吾弟也，久欲相会而不可得！吾坐镇九州，岂不能容一宗弟也？玄德见在何处？便差人远接。"蔡瑁进曰："不可，不可！刘备心术不正，背义忘恩，先从吕布，后事曹公，近（接）[投]袁绍，皆不克终，足可见其为人也。今若纳之，必惹曹公加兵，使九州生灵不安。不如斩孙乾之首以献曹公，必重待主公也。"孙乾正色而白之曰："（公言）某非惧死之人也！刘使君虽从事于三人，皆非其（友）[交]：布乃杀父之徒；操诚欺君之贼；袁绍不纳忠言，损害贤良。似此等之辈，安可共论仁义之道？刘使君赤心报国，言必有信，忠孝两全之士，岂肯屈身于俗子之下哉？今闻刘将军汉朝苗裔，宗族之兄，宽洪大度，敬老尊贤，爱民惜物，乃当世之英雄，故千里而投之。尔何献谗言而妒贤嫉能也？"刘表闻言，叱（退）蔡瑁曰："吾主持已定，尔勿多言！"瑁羞惭满面而退。表问"玄德何处？"乾曰："见在江口。"表曰："吾自出郭迎之。"使乾与人先往。

据《三国志·蜀书·孙乾传》：先主之背曹公，遣乾自结袁绍，将适荆州，乾又与糜竺俱使刘表，皆如意指。

据《三国志·蜀书·糜竺传》：先主将适荆州，遣竺先与刘表相闻。

表出郭三十里迎接。玄德见表，拜（复）[伏]甚恭。表泣诉亲情，待之甚厚。[玄德]引关、张等（俱）[拜]见刘表。刘表同入荆州，宅院居住已定，连日筵会，叙说前事。蔡瑁虽怀不足，安敢形于颜色？玄德到荆州，时建安六年秋九月也。

据《资治通鉴》卷六十四：操自击刘备于汝南，备奔刘表，龚都等皆散。表闻备至，自出郊迎，以上宾礼待之，益其兵，使屯新野。

据《三国志·蜀书·先主传》：曹公既破绍，自南击先主。先主遣糜竺、孙乾与刘表相闻，表自郊迎，以上宾礼待之，益其兵，使屯新野。

却说曹操探知玄德已往荆州投奔刘表。操欲就攻之，程昱谏曰："袁绍未除，而一旦便下荆、（相）[襄]，倘袁绍从（此）[北]而起，两下夹攻，刘表有刘备之助，绍有三子之力，则大事去矣！不如罢兵回许昌，养军士之力，且等春暖，引兵北向，先破袁绍；回得胜之师，来攻荆、（湘）[襄]，南北之利，易如反掌。"操曰："善！"遂提兵还许昌。

建安七年春正月，曹操商议兴师，先差夏侯惇、满宠镇守汝南，以拒刘表之势；遂留曹仁、荀彧守许都，发军马前赴官渡。

却说袁绍自旧岁感吐血症候，经今渐可，商议攻许昌之策。审配谏曰："自旧岁官渡、仓亭之败，军心未震，尚可深沟高垒，以养军士之力。"忽报曹操进兵官渡，来攻冀州。绍曰："若候兵临城下，敌之晚矣。吾自引大将出迎。"袁尚曰："父亲病[体]未全(体)，不可远征。(而)儿愿提兵前去迎敌!"袁绍许之，遂使人往青州取袁谭，幽州取袁熙，并州取高干，四路同破曹操。胜负如何?

[第六十三段]　袁谭袁尚争冀州

袁尚自斩史焕之后，意气自负，欲于父前显耀才能，遂不待袁谭等兵到，自引军数万，便出黎阳，与南军前队相(近)[迎]。张辽当先出马。袁尚血气方刚，挺枪走马，来与张辽交战，战不三合，大败而走。张辽一掩，尚不能主张，急急引军连夜走回冀州。

袁绍闻尚败回，受那一惊，旧病又发，吐血一(堆)[滩]，昏倒在地。刘夫人慌救入后堂，渐渐不省人事。刘夫人急请审配、逄纪入议(主)[后]事。绍但以手指之，审配就(堂)[床]前写遗言。刘夫人曰："袁尚可继大事否?"绍点头，便交写就遗书。绍番身大叫一声，吐血斗余而死。

据《资治通鉴》卷六十四：袁绍自军败，惭愤，发病呕血；(建安七年)夏五月，薨。(参见《三国志·魏书·武帝纪》《袁绍传》,《后汉书·袁绍传》)

后宋贤有诗叹曰：

累世公卿立大名，少年天下自纵横。
空留俊杰三千客，谩有英雄百万兵。
羊质虎皮功莫说，凤毛鸡胆事难成。
可怜一种伤心病，继迹相传两弟兄。

又诗曰：

气欲吞天志不高，有谋无断岂英豪?
图王霸业浑如梦，枉害伤心吐血痨。

时建安七年夏五月也。刘夫人举丧，未及迁葬，将袁绍所爱宠妾五人尽杀之，恐阴魂于(两)[九]泉之下再与袁绍相见，髡其[头，刺其]面，毁其尸，其妒忌如此!袁尚恐宠妾家属为害，尽收而杀之。

据《三国志·魏书·袁绍传附子谭传》注引《典论》：谭长而惠，尚少而美。绍妻刘氏爱尚，数称其才，绍亦奇其貌，欲以为后，未显而绍死。刘氏性酷妒，绍死，僵尸未殡，宠妾五人，刘尽杀之。以为死者有知，当复见绍于地下，乃髡头墨面以毁其形。尚又为尽杀死者之家。

审配、逄纪便立袁尚为大司马、大将军，领冀、青、幽、并四州牧，(遗)[遣]书报丧。

据《资治通鉴》卷六十四：逢纪、审配素为谭所疾，辛评、郭图皆附于谭，而与配、纪有隙。及绍薨，众以谭长，欲立之。配等恐谭立而评等为害，遂矫绍遗命，奉尚为嗣。（参见《后汉书·袁绍传附子谭传》《三国志·魏书·袁绍传附子谭传》）

袁谭已自发兵离青州，知得父死，遂与郭图、辛平商议。郭图曰："主公不在冀州，审配、逢纪必立袁尚，辅之为主矣。当速行！"辛平曰："若速往，必遭祸矣！审配、逢纪预定机谋也。"袁谭曰："若此，当如何？"郭图曰："屯兵城外，伺其动静。某当亲往以察之。"谭令郭图入冀州见尚。礼毕，尚问"兄如何不至？"图曰："在军中抱小疾，不能相见。"尚曰："吾受父亲遗书，立我为主，加兄为车骑将军。即目南军侵境，请兄为前部，[吾]随后便调兵接应也。"图曰："军中无人商议良策，愿乞审配、逢纪二人为辅。"尚曰："吾欲此二人早晚调遣。"图曰："若如此，主公必不放心。"尚交二人内一人去，二人相推。尚交拈阄，(阄)[拈]着逢纪。

按：《演义》说，袁尚命审配、逢纪二人拈阄，以决定谁到袁谭帐下，这个情节不见于史。

尚交逢纪就赍印绶，一同郭图前赴军中相辅。纪随图出城，见谭无病，心中不安，纳上印绶。谭问动静，纪言："袁将军在日，遗言令袁显甫为主，加主公为车骑将军。今纳上印绶。"谭大怒，欲杀逢纪，郭图谏曰："此父命不可违也。"遂免之。郭图密与谭曰："即目曹军在境，且未可出言，只留逢纪在此。待破曹之后，却来争冀州未迟。圣人云：'小不忍则乱大谋。'今留逢纪，某之计也。"谭喜，即时拔寨起行，前至黎阳，与曹军相抵。

谭遣大将汪昭与曹兵对阵。操遣徐晃出马，与昭战不数合，斩昭于马下，掩杀[一阵]，谭军大败。[谭]收败军入黎阳，遣人求救于尚。尚与审配商议，审配云："可应付些少军马。多则有误于事。"遂拨兵五千余人。操使细作探知救兵已到，遣乐进、李典引兵于半路接着，两头围住，尽杀之。袁谭知[尚]只拨五千军，又半路被坑[杀]，唤逢纪责骂曰："交汝从我，何相轻也！"纪曰："容某作书请主公，必亲自来也。"谭交纪作书，遣人到冀州。尚与审配共议，配曰："郭图多谋，前次不争而去者，为曹军在境；破曹则来争冀州矣。今不可发兵，借操之力先除谭，则无后患。"尚从其言，不肯起兵。使回报谭。谭怒，立斩逢纪，欲议降曹。

据《资治通鉴》卷六十四：谭至，不得立，自称车骑将军，屯黎阳。尚少与之兵，而使逢纪随之。谭求益兵，审配等又议不与。谭怒，杀逢纪。（参见《三国志·魏书·袁绍传附子谭传》《武帝纪》，《后汉书·袁绍传附子谭传》）

有人密报袁尚。尚曰："谭困乏则降曹也。两兵共势，冀州危矣！"尚慌留审配并大将苏由固守冀州，自引军来黎阳救谭。尚问"军中谁敢为前部大将？"吕旷、吕翔两兄弟出[曰]："愿去！"尚与兵三万为前驱，先至黎阳，报说尚自引兵来救。谭方喜，罢降曹之意。谭屯[城中，尚屯]城外，为掎角之势。

此时袁熙、高干皆引兵到城外，兵有三屯，每日出奇兵与操相持。尚数败，操兵累胜，不能尽(除)[叙]。至建安八年春二月，操兵分四路攻打谭、尚、干、熙，皆大败，弃黎阳而走。操引兵追(去)[至]冀州。谭与尚入城坚守；熙、干(至)[离城]三十里下寨，(延)[遥]张声势。操兵连夜攻打不下。郭(加)[嘉]进言曰："袁绍爱此二子，舍长立次。今拥力相并，各有余党。击之则相救援，缓之则争心生。不如收兵南回，[以]俟其变；[变]成而后击之，可一举而定也。"操曰："善！"遂命贾信为太守，守黎阳；曹洪引兵守官渡。操引大军回许昌。

据《资治通鉴》卷六十四：（建安七年）秋九月，曹操渡河攻谭。谭告急于尚，尚留审配守邺，自将助谭，与操相拒。连战，谭、尚数败，退而固守。……八年春二月，曹操攻黎阳，与袁谭、袁尚战于城下，谭、尚败走，还邺。夏四月，操追至邺，收其麦。诸将欲乘胜遂攻之，郭嘉曰："袁绍爱此二子，莫適立也。今权力相侔，各有党与，急之则相保，缓之则争心生。不如南向荆州以待其变，变成而后击之，可一举定也。"操曰："善！"五月，操还许，留其将贾信屯黎阳。（参见《三国志·魏书·袁绍传附子谭传》《郭嘉传》）

据《后汉书·袁绍传附子谭传》：曹操度河攻谭，谭告急于尚，尚乃留审配守邺，自将助谭，与操相拒于黎阳。自（建安七年）九月至明年二月，大战城下，谭、尚败退。操将围之，乃夜遁还邺。操军进，尚逆击破操，操军还许。

据《资治通鉴考异》：《范书·绍传》曰，"尚逆击，破操军"。今从《魏志·绍传》。余谓此诸葛孔明所谓逼于黎阳时也，必有破操军事，魏人讳而不书耳。

谭［、尚］兄弟听知曹军自退，遂相庆贺。袁熙、高干各自辞去。袁谭与郭图、辛平商议："我为长［子］，反不能承祖宗之基业。袁尚晚母所出，今承大爵，如何夺之？"郭图曰："主公可勤兵于城外，只做请审配、袁尚筵席，就中埋伏刀斧手，先杀此二人，大事可定矣。"谭从其言。别驾（杨）［王］修自青州来，谭将此计告之。修曰："兄弟者，手足也。今与他人争斗，断其右手，［而曰］我必胜，安可得乎？夫弃兄弟而不亲，天下其谁亲乎？被谗人离间骨肉，以求一朝之利，愿塞耳勿听！若斩佞臣，复相亲睦，以御四方，可横行于天下。愿主公详之！"谭大怒，叱退（杨）［王］修，使人去请袁尚。

据《资治通鉴》卷六十四：别驾北海王修率吏民自青州往救谭。谭欲更还攻尚，修曰："兄弟者，左右手也。譬人将斗而断其右手，曰'我必胜'，其可乎？夫弃兄弟而不亲，天下其谁亲之！彼谗人离间骨肉以求一朝之利，愿塞耳勿听也。若斩佞臣数人，复相亲睦，以御四方，可横行于天下。"谭不从。（参见《后汉书·袁绍传附子谭传》《三国志·魏书·王修传》）

尚与审配商议，配曰："此必郭图之计也。主公若往，必（曹研）［遭奸］计！"尚曰："奈何？"配曰："不若乘势攻之。"袁尚全装披挂，引五万军出城。袁谭见袁尚引军马来，情知事泄，便披甲上马，与尚交锋。尚大骂谭，谭（大）［亦］骂曰："汝药死慈父，夺其名爵，今又来杀兄耶！"二人亲自交锋，谭大败。尚亲（自）冒矢石冲杀，谭兵溃散。谭引兵奔平原，尚收军入城。谭与郭图再议进兵，［令］岑璧为将，领兵前往，尚自引军出城。两阵对圆，岑璧大骂。尚欲自战，吕旷拍马舞刀，来战岑璧。二将战无数合，斩岑璧于马下，掩杀［一阵］。谭兵大败，再奔平原。审配劝尚一发剿除［根本］，遂乃进兵，追至平原。谭又勒马回兵再战，当抵不住，退入平原，坚守不出。尚三面围住攻打。

谭见城中粮少，与郭图商议。图曰："将军兵乏粮少，显甫尽率其众而来，久则不敌。愚意可（专）［遣］人（报）［投］曹公，使提兵来。若曹公兵至，必先攻冀州，显甫必还救之。将军引兵而西，自邺以北可以虏之矣。若曹公击破显甫，其兵奔走，又可敛而取之，以拒曹公。曹公远来，粮食不继，则自走矣。［自邺］以（此偕）［北皆］我之有，亦（逞）［足］于曹公为对矣。"谭曰："可用何人为使？"郭图曰："此间有一人，能（善）言快语，乃（颖）［颍］川杨翟人也，姓辛名毗，字左治，见为平原令，其人可往。"谭曰："此人乃辛平之弟，可议论事。"图曰："他弟兄二人甚是和睦，便可命之。"谭即时去请辛毗。毗闻此言，欣然便往。谭修书呈上。

据《三国志·魏书·辛毗传》注引《英雄记》：谭、尚战于外门，谭军败奔北。郭图说谭曰："今将军国小兵少，粮匮势弱，显甫之来，久则不敌。愚以为可呼曹公来击显甫。曹公至，必先攻邺，显甫还救。将军引兵而西，自邺以北皆可虏得。若显甫军破，其兵奔亡，又可敛取以拒曹公。曹公远侨而来，粮饷不继，必自逃去。比此之际，赵国以北皆我之有，亦足与曹公为对矣。不然，不谐。"谭始不纳，后遂从之。问图："谁可使？"图答："辛佐治可。"谭遂遣毗诣太祖。

据《资治通鉴》卷六十四：谭谓尚曰："我铠甲不精，故前为曹操所败。今操军退，人怀归志，及其未济，出兵掩之，可令大溃，此策不可失也。"尚疑之，既不益兵，又不易甲。谭大怒，郭图、辛评因谓谭曰："使先公出将军为兄后者，皆审配之谋也。"谭遂引兵攻尚，战于门外。谭败，引兵还南皮。……袁尚自将攻袁谭，大破之。谭奔平原，婴城固守。尚围之急，谭遣辛评弟毗诣曹操请救。（参见《后汉书·袁绍传附子谭传》）

却说辛毗到许都，闻知曹操去伐刘表，见屯军于西平；刘表令玄德为前部以迎之，未及交锋。辛毗到操寨见操。礼毕，操问其故，辛毗言："袁谭使毗特来纳降。"操看书毕，乃留毗在寨中。操与文武商议，程昱曰："袁谭被袁尚攻击太急，不得已使辛毗来降，不可准信。（见）［且］伐刘表，待袁氏兄弟自相吞并，然后可图也。"吕虔曰："刘表方强，宜先平之。"满宠曰："丞相既引兵至此，安可便回也？"荀攸曰："三公之言未尽其善。以愚意度之，天下方有事，而刘表坐保江、汉之间，不敢展足，其无四方之志可知矣。袁氏据四州，（常）［带］甲数十万，虽然数败，尚得民心。倘若二子和睦，以守其成业，则天下未定矣。今兄弟结冤，势不两全，因此来降。若提兵先灭袁尚，后观（刘表之）［其］变而除之，天下定矣。此机会不可失也！"曹操大喜，便邀辛毗饮酒。操曰："袁谭之降真耶？诈耶？袁尚之兵，果可必胜也？"毗对曰："明公无问信与诈也，直当论其势耳。袁氏兄弟相伐，非他人能间，乃谓天下可定于己也。今一（日）［旦］求救于明公，此可知也。显甫见［显］思危困而不能取，此力竭也。兵革败于外，谋臣诛于内；兄弟谗（越）［阋］，国分为二；连年战（败）［伐］而甲胄生虮虱；加之旱蝗饥馑，国无囷（食）［仓］，行无裹粮：天变应于上，人事困于下，民无问愚者智者，皆知土崩瓦解，此乃天（下）灭袁氏之时也。兵法云：'虽有金城汤池，带甲百万，而无粮食者，不能守也。'今明公提兵攻邺，尚不还救，则失城也；尚还救，则恐袁谭袭其后。以明公之威，应困穷之敌，击疲弊之寇，如迅风之落秋叶矣。天以袁尚付明公，明公不取而自伐荆州。荆州丰乐之地，国内和，民心顺，急未可动摇。今二袁自相残害，可谓乱矣；居者无食，行者无粮，可谓亡矣。若不取，待下年成熟，袁氏改过而相和睦，急难动摇。今（日）［因］其请救而抚之，利莫大焉。且四方之寇莫大于河北，河北［平］则六军盛，六军盛则天下震，天下震则霸业成矣。愿明公详之！"操大喜，踊跃而言曰："恨与辛左治相见之晚矣！"即目收军，还取冀州。

据《资治通鉴》卷六十四：（建安八年）秋八月，操击刘表，军于西平。……辛毗至西平见曹操，致谭意，群下多以为刘表强，宜先平之，谭、尚不足忧也。荀攸曰："天下方有事，而刘表坐保江、汉之间，其无四方之志可知矣。袁氏据四州之地，带甲数十万，绍以宽厚得众心；使二子和睦以守其成业，则天下之难未息也。今兄弟遘恶，其势不两全，若有所并则力专，力专则难图也。及其乱而取之，天下定矣，此时不可失也。"操从之。后数日，操更欲先平荆州，使谭、尚自相敝，辛毗望操色，知有变，以语郭嘉。嘉白操，操谓毗曰："谭必可信，尚必可克不？"毗对曰："明公无问信与诈也，直当论其势耳。袁氏本兄弟相伐，非谓他人能间其间，乃谓天下可定于己也。今一旦求救于明公，此可知也。显甫见显思困而不能取，此力竭也。兵革败于外，谋臣诛于内，兄弟谗阋，国分为二，连年战伐，介胄生虮虱，加以旱蝗，饥馑并臻；天灾应于上，人事困于下，民无愚智，皆知土崩瓦解，此乃天亡尚之时也。今往攻邺，尚不还救，即不能自守；还救，即谭踵其后。以明公之威，应困穷之敌，击疲敝之寇，无异迅风之振秋叶矣。天以尚与明公，明公不取而伐荆州，荆州丰乐，国未有衅。仲虺有言，'取乱侮亡'。方今二袁不务远略而内相图，可谓乱矣；居者无食，行者无粮，可谓亡矣。朝不谋夕，民命靡继，而不绥之，欲待他年；他年或登，又自知亡而改修厥德，失所以用兵之要矣。今因其请救而抚之，利莫大焉。且四方之寇，莫大于河北，河北平，则六军盛而天下震矣。"操曰："善！"乃许谭平。（参见《三国志·魏书·辛毗传》《荀攸传》《武帝纪》《袁绍传附子谭传》）

据《三国志·魏书·武帝纪》注引《魏书》：公云："我攻吕布，表不为寇，官渡之役，不救袁绍，此自守之贼也，宜为后图。谭、尚狡猾，当乘其乱。纵谭挟诈，不终束手，使我破尚，偏收其地，利自多矣。"乃许之。

袁尚知曹操军马渡河，急急引军还邺。袁谭见尚军退，大起平原军［马］，随后赶来。行不数十里，一声炮响，两军齐出，左吕旷，右吕翔，兄弟二人截住袁谭。性命如何？

［第六十四段］　曹操决水渰冀州

建安八年十月，曹操引兵弃西平，径取冀州。玄德恐操有谋，不敢追袭，自回荆州。操进兵渡河，袁尚慌引军还，留吕旷、吕翔二将断后。袁谭赶来，两将截住归路。袁谭于马上哀告二将曰："吾父在日，某不曾稍慢于二将军。何从吾弟而相逼也？"二将闻言，皆下马降谭。谭曰："勿降我也，可降曹丞相。"二将随谭见曹操。操大喜，自将女许谭为妻，令吕旷、吕翔为媒妁，封为列侯。谭请操攻冀州，操曰："未可！方今粮草不接，搬运生受。我济河遏其水以入白沟，以通粮道，然后进兵。"交谭且居平原，带吕旷、吕翔退军回黎阳屯住。

郭图与袁谭曰："今曹操以女许嫁，恐其虚意；又带吕旷、吕翔去，皆封列侯，此是牢（珑）［笼］河北人心，终久不容主公也。可刻将军印，暗使人送与二吕，令作内应；待曹操破了袁尚，可乘其便而谋之。"谭曰："此言有理！"遂刻将军印一颗，送与二吕。二吕受之，将印来禀曹操。操笑曰："袁谭暗送印绶者，欲汝等为内助也。待我破了袁尚，就里取事，［此］小计也。吾破尚之后，军粮皆足，岂能害我哉？汝等且权受之。"自此曹操便有杀谭之意。

据《资治通鉴》卷六十四：（建安八年）冬十月，操至黎阳。尚闻操渡河，乃释平原还邺。尚将吕旷、高翔畔归曹操，谭复阴刻将军印以假旷、翔。操知谭诈，乃为子整娉谭女以安之，而引军还。（参见《三国志·魏书·武帝纪》及注引《魏书》，《三国志·魏书·袁绍传附子谭传》《后汉书·袁绍传附子谭传》）

建安九年春二月，袁尚与审配商议："今曹兵运粮入白沟，必来攻冀州也，如之奈何？"

配曰："可（拨）[发]檄使武安长尹楷屯毛城，通上党粮道；令（祖受）[沮授]之子（祖）[沮]鹄守邯郸，以远攻曹公以挠之。主公可进军平原急攻之，先绝袁谭之祸，然后破曹。"袁尚大喜，留审配守冀州，使马廷、张顗二将为先锋，连夜起兵，攻打平原。

谭知尚兵来，告急于操。操曰："吾正待如此去，必得冀州。"是时许攸自许昌来，闻尚又（破）[攻]谭，入见操曰："丞相何故坐而（不）[欲]待天雷诛杀袁尚、审配，冀城自来投降也？"操曰："吾已料定矣。"遂令曹洪先进兵攻邺。操自引一军来攻尹楷；兵临本境，尹楷引一军来迎。尹楷出马，操曰："许仲康安在？"阵中一骑马从侧边（傍）[便]出，尹楷措手不及，一刀斩于马下，余众溃散。操招了大半投降。操勒兵取邯郸，（祖）[沮]鹄进兵来迎。张辽出马与鹄交战，鹄走入军中，辽赶入。两马相去不远，辽急取弓射之，应弦落马。操指挥军马一掩，众皆奔散。操先除此二害，遂引军前抵冀州，曹洪已近城下。

操交三军绕城皆筑土山、掘地道以攻之。审配坚守甚严。守东门将冯礼贪酒，有误巡警。配怒，拿下打四十脊杖。冯礼恨之，开门投降曹操。操问破城之策，冯礼曰："突门内土厚，可掘地道而入放火，城可拔也。"操交冯礼引三百壮兵，连夜掘地道而入。审配夜夜上城点视军马。当夜（见）[在]突门角上[见]城外无灯火，配曰："冯礼[必]引兵从地道（路）而入也。"急唤精兵运石击突（中册）[闸]门，门闭，冯礼及三百壮士皆死于土内。操折了这一场，（住）[遂]罢地道之计，退一军于洹水之上，以候袁尚回兵，——洹水离冀州五十里。

袁尚攻平原，听知曹操已破尹楷、（祖）[沮]鹄，即目围城甚急，（征）[掣]兵一千回救冀州。其将（冯）[马]廷曰："不可从大路去，曹操必[有]伏兵。可取小路，从西山出滏水口去劫曹营，必解围也。"尚曰："吾先往，[恐]不利（也），汝与张顗随后便至。"（冯）[马]廷、张顗屯军断后。尚比及行，先有细作来报[曹操]。曹洪曰："归师莫掩，可以避之。今袁尚老小必在城中，彼兵回来，必死战矣。"操曰："尚从大道而来，吾即避之；若（指）[由]西山小路而来，一战可擒矣。吾料袁尚必从小路而来。"忽一人报曰："[袁]尚不从大路，从西山小路透出滏水界口。"操拍手笑曰："天使吾得冀州也！"操曰："彼若来，必举火为号，令城中接应。分兵两路击之，大事就矣。"

却说袁尚出滏水界口，东至阳平，屯军阳平亭，离冀州七十里，一边靠着滏水。尚交军堆积柴薪，至夜焚烧为号；遣主簿李孚扮作曹军都督，于路责喝诸营军士，直至城下，大叫"开门！"审配认是李孚声音，放入城中，说袁尚已陈兵在阳平亭，等[候]接应，"若城中兵出，亦举火。"配交堆草放火，以通音信。李孚曰："城中无粮，可拨老弱残疾并妇人出降，免城中饥色。若百姓一出，便以兵继之。"配从其议。次日，城上竖白旗，幡上写"冀州百姓投降"。寨中报曹操，操曰："此是城中无粮，交老弱百姓出降，以免饥色。后必有兵出也。"操交张辽、徐晃[各]引三千军马伏于两下。操自张麾盖，众军簇拥至城下。果见城门开处，百姓扶老携幼，手持白幡而降。操曰："我知百姓在城中受（害）[苦]，若不出来就食，早晚皆饥死矣。"百姓皆拜于地。操交于军后讨粮食，老弱百姓约有数万。百姓才出得城门，[城]中兵突出。操交将红旗一招，张辽、徐晃两路军出乱杀，城中兵回。操自飞马赶到[吊]桥边，城上弩箭如雨射下。操倒撞下马，（操）盔上（也）[正]中两箭，险透其顶，众将急救回（时）[阵]。

操更衣换马，便引众将来攻尚寨，尚自迎敌。时三路军马一齐掩至，两军混战，杀败袁尚。尚引败军退保祈山下寨，令人催取马廷、张顗军来。操使吕旷、吕翔去招安二将，迎于半路，各出马打话。吕旷曰："袁尚死在旦夕。曹丞相宽洪大度，礼贤下士，何不降之？不失封侯之位。"马廷、张颢随二吕来降，操亦封为列侯。次日进兵攻打祈山，先使二吕、马廷、张颢断袁尚粮道。尚情知祈山守不住，夜走隘口；安营未定，四下火光烛天，伏兵尽起。人（人）不及甲，马不及鞍，尚军大溃，退走五十里，（遣故）［故遣］豫州刺史阴夔、陈琳请降。操许之，连夜使张辽、徐晃却去劫寨。二将去到尚寨，尚尽弃印绶节钺、衣服辎重，望中山而逃。

操回军攻城（有）［下］，许攸献计曰："（河）［何］不决漳河之水以渰之？"

按：《演义》称，决漳河水淹邺城乃许攸之谋，不见于史。

操然其计，先差人于城外掘壕堑，周回四十里。审配在城上看操军在外掘堑河极浅。配暗笑曰："此是欲决漳河水灌城之计。若濠深可灌；如此之浅，安能用哉？可一越而（退）［过也］。"众将（来）曰："曹操在外掘壕，可以击之。"配曰："空费其力，一任为之。"当夜，曹操添十倍军士，一齐并力发掘，比及天明，广［深］二丈（深），引漳水灌之。城中水深数尺，更兼粮尽，军士皆饿死。辛毗在城外用枪挑袁尚印绶衣服，招安城（外）［内］之人。审配大怒，将辛毗家属老小八十余口，尽于城头斩之，将头掷下，辛毗号哭不已。城中困极，宰马为食；军士饿倒，不能守把。审配兄之子名文荣，素与辛毗至厚，见毗在城下号泣，密写献门之书，拴在箭上，射下城（东）［来］。军士拾见辛毗，毗将书见操。操唤诸将听令："如入冀州，休得杀害袁氏一门老小；军民降者免死。"

次日天明，文荣大开西门，放操兵入。辛毗跃马先入，军将随后杀入冀州。审配在东南城角上见曹军已入城中，引数骑下城死战，正迎徐晃交马。［晃］生擒过来，以索绑之，解出城来，路逢辛毗。毗（呀）［咬］牙以鞭鞭其头曰："贼奴，汝今日真死矣！"配大骂曰："狗辈，正由汝［引］曹［操］破我冀州，恨不得杀汝也！且汝今日能（放生）［杀］我也？"解见曹操，操曰："汝知开门接我者乎？"配曰："不知。"操指文荣曰："此是汝侄文荣所献。"配曰："小儿不足用，乃至如此。"操曰："曩日孤之行事，何（拏）［弩］之多耶？"配应声曰："恨少！恨少！"操曰："卿中于袁氏，不容［不］如此。汝肯降吾否？"配曰："不降！不降！"辛毗哭拜于地曰："家属八十余口尽遭此贼害之！（原）［愿］丞相戮之，以祭魂耳！"配曰："吾生为袁氏臣，死为袁氏鬼，不似汝辈谗［谄］面谀之贼耳。可速斩我！"操交牵出，临（行）［刑］与行刑者曰："吾主在北，不可使吾面南而死。"［配］向北望，引颈就刃而死，时建安九年七月也。

据《资治通鉴》卷六十四：建安九年春正月，曹操济河，遏淇水入白沟以通粮道。二月，袁尚复攻袁谭于平原，留其将审配、苏由守邺。曹操进军至洹水，苏由欲为内应，谋泄，出奔操。操进至邺，为土山、地道以攻之。尚武安长尹楷屯毛城，以通上党粮道。夏四月，操留曹洪攻邺，自将击楷，破之而还。又击尚将沮鹄于邯郸，拔之。……五月，操毁土山、地道，凿堑围城，周回四十里，初令浅，示若可越。配望见，笑之，不出争利。操一夜浚之，广深二丈，引漳水以灌之；城中饿死者过半。秋七月，尚将兵万余人还救邺；未到，欲令审配知外动止，先使主簿巨鹿李孚入城。孚斫问事杖，系著马边，自著平上帻，将三骑，投暮诣邺下；自称都督，历北围，循表而东，步步呵责守围将士，随轻重行其罚。遂历操营，前至南围，当章门，复责怒守围者，收缚之。因开其围，驰到城下，呼城上人，城上人以绳引，孚得入。配等见孚，悲喜，鼓噪称万岁。守围者以状闻，操笑曰："此非徒得入也，方且复出。"孚知外围益急，不可复冒，乃请配悉出城中老弱以省谷，夜，简别数千人，皆使持白幡，从三门并出降。孚复将三骑作降人服，随辈夜出，突围得去。尚兵既至，诸将皆以为："此归师，人自为战，不如避之。"操曰："尚从大道来，当避之；若循西山来者，此成禽耳。"尚果循西山来，东至阳平亭，去邺十七里，临滏水为营。夜，举火以示城中，城中亦举火相应。配出兵城北，欲与尚对决围。操逆击之，败还，尚亦破走，依曲漳为营，操遂围之。未合，尚惧，遣使求降；操不听，围之益急。尚夜遁，保祁山，操复进围之。尚将马延、张颉等临陈降，众大溃，尚奔中山。尽收其辎重，得尚印绶、节钺及衣物，以示城中，城中崩沮。审配令士卒曰："坚守死战！操军疲矣，幽州方至，何忧无主！"操出行围，配伏弩射之，几中。配兄子荣为东门校尉，八月戊寅，荣夜开门内操兵。配拒战城中，操兵生获之。辛评家系邺狱，辛毗驰往，欲解之，已悉为配所杀。操兵缚配诣帐下，毗逆以马鞭击其头，骂之曰："奴，汝今日真死矣！"配顾曰："狗辈，正由汝曹破我冀州，恨不得杀汝也！且汝今日能杀生我邪？"有顷，操引见，谓配曰："曩日孤之行围，何弩之多也！"配曰："犹恨其少！"操曰："卿忠于袁氏，亦自不得不尔。"意欲活之。配意气壮烈，终无桡辞，而辛毗等号哭不已，遂斩之。冀州人张子谦先降，素与配不善，笑谓配曰："正南，卿竟何如我？"配厉声曰："汝为降虏，审配为忠臣。虽死，岂羡汝生邪！"临行刑，叱持兵者令北向，曰："我君在北也。"（参见《三国志·魏书·贾逵传附子充传》注引《魏略》）

据《三国志·魏书·武帝纪》：（建安）九年春正月，济河，遏淇水入白沟以通粮道。二月，尚复攻谭，留苏由、审配守邺。公进军到洹水，由降。既至，攻邺，为土山、地道。武安长尹楷屯毛城，通上党粮道。夏四月，留曹洪攻邺，公自将击楷，破之而还。尚将沮鹄守邯郸，又击拔之。易阳令韩范、涉长梁岐举县降，赐爵关内侯。五月，毁土山、地道，作围堑，决漳水灌城；城中饿死者过半。秋七月，尚还救邺，诸将皆以为"此归师，人自为战，不如避之"。公曰："尚从大道来，当避之；若循西山来者，此成禽耳。"尚果循西山来，临滏水为营。夜遣兵犯围，公逆击破走之，遂围其营。未合，尚惧，遣故豫州刺史阴夔及陈琳乞降，公不许，为围益急。尚夜遁，保祁山，追击之。其将马延、张颉等临陈降，众大溃，尚走中山。尽获其辎重，得尚印绶节钺，使尚降人示其家，城中崩沮。八月，审配兄子荣夜开所守城东门内兵。配逆战，败，生禽配，斩之，邺定。

据《后汉书·袁绍传附子尚传》：（建安）九年三月，尚使审配守邺，复攻谭于平原。……曹操因此进攻邺，审配将冯礼为内应，开突门内操兵三百余人。配觉之，从城上以大石击门，门闭，入者皆死。操乃凿堑围城，周回四十里，初令浅，示若可越。配望见，笑而不出争利。操一夜浚之，广深二丈，引漳水以灌之。自五月至八月，城中饿死者过半。尚闻邺急，将军万余人还救城，操逆击破之。尚走依曲漳为营，操复围之，未合，尚惧，遣阴夔、陈琳求降，不听。尚还走蓝口，操复进，急围之。尚将马延等临阵降，众大溃，尚奔中山。尽收其辎重，得尚印绶节钺及衣物，以示城中，城中崩沮。审配令士卒曰："坚守死战，操军疲矣。幽州方至，何忧无主！"操出行围，配伏弩射之，几中。以其兄子荣为东门校尉，荣夜开门内操兵，配拒战城中，生获配。操谓配曰："吾近行围，弩何多也？"配曰："犹恨其少。"操曰："卿忠于袁氏，亦自不得不尔。"意欲活之。配意气壮烈，终无挠辞，见者莫不叹息，遂斩之。全尚母妻子，还其财宝。（参见《三国志·魏书·袁绍传附子尚传》）

据《三国志·魏书·袁绍传附子尚传》注引《先贤行状》：配字正南，魏郡人，少忠烈慷慨，有不可犯之节。袁绍领冀州，委以腹心之任，以为治中别驾，并总幕府。初，谭之去，皆呼辛毗、郭图家得出，而辛评家独被收。及配兄子开城门内兵，时配在城东南角楼上，望见太祖兵入，忿辛、郭坏败冀州，乃遣人驰诣邺狱，指杀仲治家。是时，辛毗在军，闻门开，驰走诣狱，欲解其兄家，兄家已死。是日生缚配，将诣帐下，辛毗等逆以马鞭击其头，骂之曰："奴，汝今日真死矣！"配顾曰："狗辈，正由汝曹破我冀州，恨不得杀汝也！且汝今日能杀生我邪？"有顷，公引见，谓配："知谁开卿城门？"配曰："不知也。"曰："自卿子荣耳。"配曰："小儿不足用乃至此！"公复谓曰："曩日孤之行围，何弩之多也？"配曰："恨其少耳！"公曰："卿忠于袁氏父子，亦自不得不尔也。"有意欲活之。配既无挠辞，而辛毗等号哭不已，乃杀之。初，冀州人张子谦先降，素与配不善，笑谓配曰："正南，卿竟何如我？"配厉声曰："汝为降虏，审配为忠臣，虽死，岂若汝生邪！"临行刑，叱持兵者令北向，曰："我君在北。"

按:《演义》称，曹操击溃袁尚后始决漳河水灌邺城，与史相悖。据史书，建安九年（204）五月，曹操"决漳水灌城"；"自五月至八月，城中饿死者过半"。秋七月，"尚闻邺急，将军万余人还救城，操逆击破之"。

史官有诗赞曰：

河北多名士，谁如审正南？
命因昏主丧，心与老天参。
忠直言无隐，廉能智不贪。
临亡尤北向，降者尽羞惭。

见者皆感叹之。操怜其忠义，命葬于城北。

大军入城。长子曹丕字子桓，时年十八岁。此子是中平四年冬十月生于谯郡；

据《三国志·魏书·文帝纪》：文皇帝讳丕，字子桓，武帝太子也。中平四年冬，生于谯。

生时有青云一片，圆如车盖，覆于其家不散。望气者对操曰："此子贵不可言！"八岁能属文，有逸才，博览古今经传，通诸子百家之书；能射弓箭，好击剑。

据《三国志·魏书·文帝纪》注引《魏书》：帝生时，有云气青色而圜如车盖当其上，终日，望气者以为至贵之证，非人臣之气。年八岁，能属文。有逸才，遂博贯古今经传诸子百家之书。善骑射，好击剑。

琅琊卞氏所生。卞氏本倡家也，曹操纳为妻，后生此子。卞氏乃武宣皇后，丕即文帝也。

据《三国志·魏书·武宣卞皇后传》：武宣卞皇后，琅邪开阳人，文帝母也。本倡家，年二十，太祖于谯纳后为妾。

打破冀州时，曹丕随父在军中。丕随军先入城中，径投袁绍家下马，拔剑而入。有末将当之曰："丞相有命，诸人不许入绍府。"丕叱退末将，提剑而入后堂，见刘夫人抱一女而哭。丕向前欲杀之。刘氏性命如何？

［第六十五段］　曹操引兵度壶关

曹丕向前拔剑［欲］斩之，见红（花）［光］满身，遂按剑而问曰："汝何人［也］？"刘氏曰："妾（氏）乃袁将军之妻也。"丕曰："怀中所抱者何人？"刘氏曰："此是男妇，袁熙之妻甄氏也。因熙出镇幽州，甄氏不肯远行，就留在此相伴。"丕拖近前，见披发垢面。丕以衫袖拭其面以观之，见甄氏玉肌花貌，有倾国之色，遂对刘氏曰："吾乃曹丞相之子曹丕也，愿保汝家。汝勿忧虑！"按剑坐于堂上。众将谁敢辄入？

据《三国志·魏书·文昭甄皇后传》注引《魏略》：熙出在幽州，后留侍姑。及邺城破，绍妻及后共坐皇堂上。文帝入绍舍，见绍妻及后，后怖，以头伏姑膝上，绍妻两手自搏。文帝谓曰："刘夫人云何如此？令新妇举头！"姑乃捧后令仰，文帝就视，见其颜色非凡，称叹之。太祖闻其意，遂为迎取。

据《三国志·魏书·文昭甄皇后传》注引《世语》：太祖下邺，文帝先入袁尚府，有妇人被发垢面，垂涕立绍妻刘后，文帝问之，刘答"是熙妻"，顾揽发髻，以巾拭面，姿貌绝伦。既过，刘谓后"不忧死矣"！遂见纳，有宠。

甄氏乃中山无极人，上蔡令甄逸之女，

据《三国志·魏书·文昭甄皇后传》：文昭甄皇后，中山无极人，明帝母，汉太保甄邯后也，世吏二千石。父逸，上蔡令。后三岁失父。

生于光和五年十二月丁酉日。其母张氏常梦中见一仙人执玉如意立于其侧；临产之时见仙人入房，以玉衣盖体，遂生甄氏。三岁丧父。后相士刘良相之曰："此女贵不可言！"自少至长，并不好戏弄。年八岁，门外有走马戏者。家中人及诸姊妹皆上阁观之，甄氏独不行。姊问曰："门外走马［为戏］，老幼竞观。汝独不观，何也？"甄氏曰："岂女子之所见也？"年九岁，喜读书写字，（将）［借］诸兄笔砚使用。兄曰："汝当习女工，何用读书写字？欲作女博士耶？"甄氏曰："古之贤者，未有不学前世成败，以为己戒。不知书，何由见之？"

据《三国志·魏书·文昭甄皇后传》注引《魏书》：逸娶常山张氏，生三男五女：长男豫，早终；次俨，举孝廉，大将军掾、曲梁长；次尧，举孝廉；长女姜，次脱，次道，次荣，次即后。后以汉光和五年十二月丁酉生。每寝寐，家中仿佛见如有人持玉衣覆其上者，常共怪之。逸薨，加号慕，内外益奇之。后相者刘良相后及诸子，良指后曰："此女贵乃不可言。"后自少至长，不好戏弄。年八岁，外有立骑马戏者，家人诸姊皆上阁观之，后独不行。诸姊怪问之，后答言："此岂女人之所观邪？"年九岁，喜书，视字辄识，数用诸兄笔砚，兄谓后言："汝当习女工。用书为学，当作女博士邪？"后答言："闻古者贤女，未有不学前世成败，以为己诫。不知书，何由见之？"

后天下兵（散）乱，加以饥馑，百姓皆卖金银珠玉宝物。时甄氏家巨富，尽收买之。甄氏时年十余岁，乃白母曰："今世乱，何多买宝物？此取祸之端也。又兼左右皆饥乏，不如以谷赈给亲族邻里，广为恩惠也。"举族皆称其贤。

据《三国志·魏书·文昭甄皇后传》：后天下兵乱，加以饥馑，百姓皆卖金银珠玉宝物，时后家大有储谷，颇以买之。后年十余岁，白母曰："今世乱而多买宝物，匹夫无罪，怀璧为罪。又左右皆饥乏，不如以谷振给亲族邻里，广为恩惠也。"举家称善，即从后言。

年十四岁时中兄丧。甄氏事嫂极尽其劳，抚养兄子，慈爱甚笃。母性严，待诸妇有常。甄氏谏曰："兄不幸早终，嫂年少守寡，愿留一子以全大义。何待之常妇？爱之宜如女。"母感其言，令甄氏与嫂同处。

据《三国志·魏书·文昭甄皇后传》注引《魏略》：后年十四，丧中兄俨，悲哀过制，事寡嫂谦敬，事处其劳，拊养俨子，慈爱甚笃。后母性严，待诸妇有常，后数谏母："兄不幸早终，嫂年少守节，顾留一子，以大义言之，待之当如妇，爱之宜如女。"母感后言流涕，便令后与嫂共止，寝息坐起常相随，恩爱益密。

后建安中，袁绍娶为次子袁熙为妻。熙出守幽州，留在冀州侍母，因此被曹丕所见，欲得之。

据《三国志·魏书·文昭甄皇后传》：建安中，袁绍为中子熙纳之。熙出为幽州，后留养姑。及冀州平，文帝纳后于邺，有宠，生明帝及东乡公主。

众将请曹操入城。操上马，摆布严整。时有许攸在马后。将入城门，攸纵马迎前，以鞭指其城门曰："阿瞒，汝不得我，不得冀州也。"操大笑曰："汝言是也！"此是曹操智高处。

据《三国志·魏书·崔琰传附许攸传》注引《魏略》：攸自恃勋劳，时与太祖相戏，每在席，不自限齐，至呼太祖小字，曰："某甲，卿不得我，不得冀州也。"太祖笑曰："汝言是也。"然内嫌之。其后从行出邺东门，顾谓左右曰："此家非得我，则不得出入此门也。"人有白者，遂见收之。（参见《资治通鉴》卷六十四）

操至绍府门下问曰："谁曾入此门去？"末将对曰："世子在内。"操急唤出，欲斩之。荀攸、郭嘉曰："非世子，不能镇此府也。"操方免之。刘氏出拜曰："非世子，无以保全家也。愿以女谢之！"操交唤出。甄氏拜于其前，操视之曰："真吾儿妇也！"见其有贵相，知是袁熙之妻，佯为不问，遂令曹丕纳之。此（是）［处］曹公最为高，能识贵人也。

据《资治通鉴》卷六十九：太祖之入邺也，帝为五官中郎将，见袁熙妻中山甄氏美而悦之，太祖为之聘焉，生子叡。

操既定冀州，亲往袁绍墓下祭之，再拜而哭甚哀，顾谓众官曰："吾想昔日与本初共起兵时，绍问吾曰：'若（言）［事］不辑，则方面何所可据？'吾闻之曰：'足下意欲若何？'绍曰：'吾欲南据河，北阻燕、代，兼夷狄之众，南向以争天下，庶可以济乎？'吾答曰：'吾任天下之智，以道御之，无所不可。'此言未常忘之。今本初已丧，吾想此言而流涕也！"众皆伏其高见。操赐金帛粮斛安绍妻，

据《资治通鉴》卷六十四：操乃临祀绍墓，哭之流涕；慰劳绍妻，还其家人宝物，赐杂缯絮，禀食之。初，袁绍与操共起兵，绍问操曰："若事不辑，则方面何所可据？"操曰："足下意以为何如？"绍曰："吾南据河，北阻燕、代，兼戎狄之众，南向以争天下，庶可以济乎！"操曰："吾任天下之智力，以道御之，无所不可。"（参见《三国志·魏

书·武帝纪》）

据《三国志·魏书·武帝纪》注引《傅子》：太祖又云："汤、武之王，岂同土哉？若以险固为资，则不能应机而变化也。"

（仍）[乃]下令曰："河北居民遭兵革之（后）[难]，尽免今年租赋。"

据《三国志·魏书·武帝纪》：（建安九年秋）九月，令曰："河北罹袁氏之难，其令无出今年租赋。"重豪强兼并之法，百姓喜悦。

大事已定，写表申朝。操自领冀州牧。

据《后汉书·献帝纪》：（建安）九年秋八月戊寅，曹操大破袁尚，平冀州，自领冀州牧。

据《三国志·魏书·武帝纪》：天子以公领冀州牧，公让还兖州。

据《资治通鉴》卷六十四：（建安九年秋）九月，诏以操领冀州牧；操让还兖州。

次日，许褚跃马出东门，正迎许攸。攸唤褚曰："汝等无我，安能出入此门也？"褚大怒曰："吾等平生身冒血战，夺得城池。汝安敢夸口也！"攸大骂曰："此等皆匹夫起身耳，何足为道！"褚大怒，拔剑杀之，提头来见曹操，说"许攸如此无礼，某故杀之。"操曰："子远素与吾旧，故相戏耳。何故杀之？"深责[许]褚，令厚葬之。此是曹操奸雄处，已有杀许攸之心，恐人议论，故诈言之。

按：《演义》称许攸被许褚杀死，不见于史。

后人有诗叹许攸，诗曰：

堪笑南阳一许攸，欲凭胸次傲王侯。
不思曹操如熊虎，尤道吾才得冀州。

操问其间谁知户籍，冀民曰："骑都尉崔琰数曾谏（曰）[袁]绍守境，绍不从，因此托疾在家。"操遣人聘之。琰字享珪，清河东武人也。琰至，操命为本州别驾从事。操问曰："（汝）[昨]按本州户籍，可得三十万众，（欲）[故]为大州也。"琰对曰："今天下分崩，九州幅裂；二袁兄弟干戈相寻，冀方蒸民暴骨原野。未闻王师仁声（宣）[先]路，存问[风]俗，救其涂炭，而较计甲兵，惟此为先，斯岂鄙州士女所望于明公哉？"操闻其言，改容谢之，待为上宾。

据《三国志·魏书·崔琰传》：崔琰字季珪，清河东武城人也。……（袁）绍以为骑都尉。后绍治兵黎阳，次于延津，琰复谏曰："天子在许，民望助顺，不如守境述职，以宁区宇。"绍不听，遂败于官渡。……太祖破袁氏，领冀州牧，辟琰为别驾从事，谓琰曰："昨案户籍，可得三十万众，故为大州也。"琰对曰："今天下分崩，九州幅裂，二袁兄弟亲寻干戈，冀方蒸庶暴骨原野。未闻王师仁声先路，存问风俗，救其涂炭，而校计甲兵，唯此为先，斯岂鄙州士女所望于明公哉！"太祖改容谢之。于时宾客皆伏失色。（参见《资治通鉴》卷六十四）

曹操已定冀州，便使人探袁谭消息。[谭]乘时掠取甘陵、安平、渤海、河间等处；闻知尚走中山，连夜攻之。尚兵虚弱，闻风而走。尚往幽州投奔袁熙，袁谭尽收其众，欲复冀州。操使人召之，谭不至。操大怒，驰（出）[书]骂谭，以绝其婚。操自统大军征进袁谭，直抵平原，[谭]走保南皮今河间府南皮县也。

据《资治通鉴》卷六十四：曹操之围邺也，袁谭复背之，略取甘陵、安平、勃海、河间。攻袁尚于中山，尚败，走故安，从袁熙；谭悉收其众，还屯龙凑。操与谭书，责以负约，与之绝婚，女还，然后进讨。(建安九年冬)十二月，操军其门，谭拔平原，走保南皮，临清河而屯。操入平原，略定诸县。(参见《三国志·魏书·武帝纪》《袁绍传附子谭传》,《后汉书·袁绍传附子谭传》)

建安十年春正月，操进兵南皮。时天气严寒，水路尽冻，粮舡不通。操下令差本处百姓敲冰拽舡，以代军士之劳。百姓听知，皆望深山而逃。操大怒曰："捕得百姓，尽斩之!"百姓闻得，多有亲往营中投首。操曰："若不杀汝等，则吾号令不行；若杀汝等，是吾无仁心也。汝等快往山中藏避，休被吾军士擒之。"百姓垂泪而去。此是操贼之奸雄也。遂进兵南皮。

据《三国志·魏书·武帝纪》：初讨谭时，民亡椎冰，令不得降。顷之，亡民有诣门首者，公谓曰："听汝则违令，杀汝则诛首，归深自藏，无为吏所获。"民垂泣而去，后竟捕得。

据《三国志·魏书·武帝纪》注：臣松之以为讨谭时，川渠水冻，使民椎冰以通船，民惮役而亡。

谭引骁将彭安出城，与曹军相敌。两阵对圆，操出马，以鞭指谭骂曰："吾[厚]待你(如)兄弟，何生异心也!"谭曰："汝犯吾境界，夺吾城池，反说吾有异心，何也?"操怒，遣徐晃出马，谭使彭安相迎。两马相交，晃斩彭安于马下。谭军败走，退入南皮，操军四面围住。谭教辛平出降，入寨见操。操曰："袁谭反覆不常，吾难准信。看汝弟之面，就休回去。"平曰："丞相差矣！吾闻主贵臣荣，主忧臣辱，安可不回也?"操即遣之。平回见谭，言操不准投降。谭叱之曰："汝弟见事曹操，汝怀二心耶!"平气昏于地，须臾不醒而死，谭方悔之不及。史官赞曰：

不顾其身，一言气昏。
全忠尽节，河北功臣。

郭图曰："若与南军斗，(时)[将]不能胜。来日尽发百姓当先，军继其后，与曹操决一死战。"谭然其言，当夜尽驱南皮百姓，使皆执刀枪听令。次日平明，大开城门，军在后，驱百姓在前，(大举喊声)[喊声大举]，直抵曹寨。两军混战自辰至午，胜负未分，杀人遍地。操见未获全胜，(操)弃马上山，亲自击鼓。将士见之[，奋力]向前，谭军大败。曹洪奋威突阵，正遇袁谭，举刀乱砍，谭死于阵中。郭图见阵大乱，急驱军入城。乐进望见，拈弓搭箭，射下城壕，一涌而入，人马俱陷。

据《资治通鉴》卷六十四：建安十年春正月，曹操攻南皮，袁谭出战，士卒多死。操欲缓之，议郎曹纯曰："今县师深入，难以持久，若进不能克，退必丧威。"乃自执桴鼓以率攻者，遂克之。谭出走，追斩之。李孚自称冀州主簿，求见操曰："今城中弱强相陵，人心扰乱，以为宜令新降为内所识信者宣传明教。"操即使孚往入城，告谕吏民，使各安故业，不得相侵，城中乃安。操于是斩郭图等及其妻子。(参见《三国志·魏书·武帝纪》《袁绍传附子谭传》)

据《后汉书·袁绍传附子谭传》：(建安九年冬)十二月，曹操讨谭，军其门。谭夜遁走南皮，临清河而屯。明年正月，急攻之。谭欲出战，军未合而破。谭被发驱驰，追者意非恒人，趋奔之。谭坠马，顾曰："咄，儿过我，我能富贵汝。"言未绝口，头已断地。于是斩郭图等，戮其妻子。

据《三国志·魏书·武帝纪》注引《魏书》：公攻谭，旦及日中不决；公乃自执桴鼓，士卒咸奋，应时破陷。

操引兵入南皮，安民了当，有一彪军马来到，乃是袁熙部将焦触、张南。操自引兵迎之。二将皆降，操封为列侯。

据《资治通鉴》卷六十四：（建安十年春正月，）袁熙为其将焦触、张南所攻，与尚俱奔辽西乌桓。触自号幽州刺史，驱率诸郡太守令长，背袁向曹，……触等遂降曹操，皆封为列侯。（参见《三国志·魏书·武帝纪》《袁绍传附子尚传》，《后汉书·袁绍传附子尚传》）

又黑山贼张燕引军十万来降，操封为平北将军。

据《资治通鉴》卷六十四：（建安十年）夏四月，黑山贼帅张燕率其众十余万降，封安国亭侯。（参见《三国志·魏书·武帝纪》，《后汉书·公孙瓒传》《朱俊传》）

据《三国志·魏书·张燕传》：张燕，常山真定人也，本姓褚。黄巾起，燕合聚少年为群盗，在山泽间转攻，还真定，众万余人。……其后人众寖广，常山、赵郡、中山、上党、河内诸山谷皆相通，其小帅孙轻、王当等，各以部众从燕，众至百万，号曰黑山。……袁绍与公孙瓒争冀州，燕遣将杜长等助瓒，与绍战，为绍所败，人众稍散，太祖将定冀州，燕遣使求佐王师，拜平北将军；率众诣邺，封安国亭侯，邑五百户。

操令乐进、李典、张燕打并州，攻高干。

据《资治通鉴》卷六十四：（建安九年冬十月，）高干以并州降，操复以干为并州刺史。……（十年）冬十月，高干闻操讨乌桓，复以并州叛，执上党太守，举兵守壶关口。操遣其将乐进、李典击之。（参见《三国志·魏书·武帝纪》《袁绍传附子尚传》，《后汉书·袁绍传附子尚传》）

操自引兵攻幽州，来破袁熙［、袁尚］。

（先）［却］说曹操交将袁谭首级号令，令曰："敢有哭者，灭三族！"头挂北门外。一人布冠衰服，哭于头下。左右拿来见操，问之，乃北海营陵人也，姓（杨）［王］名修，字（德祖）［叔治］，乃青州别驾，因谏袁谭被逐；知谭死，故来哭尸。操曰："汝知吾令否？"修曰："已知。"操曰："汝不怕累及三族耶？"修曰："生受恩命，亡而不哭，非义士也。畏死忘义，何以立世乎？吾受袁氏厚恩，若得收葬其尸，葬于浅土，然后全家受戮，瞑目无恨！"操叹曰："河北义士何如此之多也！可惜袁氏（而）不能用人，［能］用则吾安敢正眼而观此地也！"遂礼修为上宾，以为（师兼）［司金］中郎将。

据《三国志·魏书·王修传》：太祖既破冀州，谭又叛。太祖遂引军攻谭于南皮。修时运粮在乐安，闻谭急，将所领兵及诸从事数十人往赴谭。至高密，闻谭死，下马号哭曰："无君焉归？"遂诣太祖，乞收葬谭尸。太祖欲观修意，默然不应。修复曰："受袁氏厚恩，若得收敛谭尸，然后就戮，无所恨。"太祖嘉其义，听之。（参见《资治通鉴》卷六十四）

操又得（杨）［王］修，甚喜，问修曰："今袁尚已投袁熙。当用何策取之？"（杨）［王］修不答。操曰："忠臣也！"问郭嘉，嘉曰："可使袁氏降将焦触、张南等自攻之，可以取也。"操用其言，差焦触、张南、吕旷、吕翔、马廷、张颉各引本部兵，分三路进攻幽州，操兵援行接应。

袁熙、袁尚知操兵到，前队皆是河北降兵，二人商议弃城，引兵星夜奔辽西而去，投乌（丸）［桓］番邦也。幽州刺史乌桓触［乃］番人也，

按：乌桓触，史无其人。《资治通鉴》卷六十四称："袁熙为其将焦触、张南所攻，与尚俱奔辽西乌桓。触自号幽州刺史"。此处"触"即焦触，罗贯中读史断句有误，遂误作"乌桓触"。

杀白马为盟，聚幽州众官，歃血为誓，共议背袁（尚）［而］向曹。乌桓触先歃血言曰："吾知曹丞相当世英雄，今往从之。如不遵令者斩！"依次歃血。至别驾韩珩之前，珩乃掷刀于地而言曰："吾受袁氏父子厚恩，今主败亡，智不能救，勇不能死，于义缺矣。若北面而降曹氏，吾不为也！"一座之人［尽］皆失色。乌桓触曰："夫（兵）［兴］大事，当立大义。事之济否，不待一人。韩珩既有志如此，听其自便。"推珩而出。乌桓触乃出（成）［城］迎接三路军马，径来降曹操。操加为镇北将军、幽州太守。

据《三国志·魏书·袁绍传附子尚传》：熙、尚为其将焦触、张南所攻，奔辽西乌丸。触自号幽州刺史，驱率诸郡太守令长，背袁向曹，陈兵数万，杀白马盟，令曰："违命者斩！"众莫敢语，各以次歃。至别驾韩珩，曰："吾受袁公父子厚恩，今其破亡，智不能救，勇不能死，于义阙矣；若乃北面于曹氏，所弗能为也。"一坐为珩失色。触曰："夫兴大事，当立大义，事之济否，不待一人，可卒珩志，以励事君。"……太祖高韩珩节，屡辟不至，卒于家。（参见《资治通鉴》卷六十四，《后汉书·袁绍传附子尚传》）

操使人探乐进、李典攻打并州，［回报］"高干见守壶口关，不能下。"操自勒兵前往，乐、李二将接着，说"干死拒关。击之不能下。"操集众将，共议破干之计。荀攸曰："须用诈降计方可。"操然之，唤降将吕旷、吕翔，附耳低言。吕旷［等］引兵数千，即抵关下，叫曰："吾见袁尚轻视，故来降曹操。操多疑忌。吾今改过，思归旧主。［可］疾开关相纳！"干未信。二将卸甲弃马而入见干，言操之过。干曰："曹军新至，何计破之？"旷曰："乘军心未定，今夜劫寨。旷等愿为先锋！"干无智谋，果信其说。是夜起兵，教二吕当先引路，干自引兵万余，前去劫寨。将至曹寨，背后喊声大振，伏兵四起。干知中计，急回壶关，已被李典夺了。高干夺路走脱，去投单于。干到单于界，正迎北番左贤王，下马拜伏，言说"曹操吞并境土，今欲侵犯王子地面。望乞救援，同力克复，以据北方！"左贤王曰："吾与操自来无仇，何故犯吾地界？汝欲使吾与彼结冤也。"叱退不纳。高干［寻］思无路，去投刘表；行至（上落）［路上］，被都尉王琰杀之，将头解送曹操。操封王琰为列侯。

据《资治通鉴》卷六十五：（建安九年）冬十月，高干以并州降，操复以干为并州刺史。……（建安十年）冬十月，高干闻操讨乌桓，复以并州叛，执上党太守，举兵守壶关口。操遣其将乐进、李典击之。……（建安十一年春正月，）曹操自将击高干，留其世子丕守邺，使别驾从事崔琰傅之。操围壶关，三月，壶关降。高干自入匈奴求救，单于不受。干独与数骑亡，欲南奔荆州，上洛都尉王琰捕斩之，并州悉平。（参见《三国志·魏书·武帝纪》《袁绍传附子尚传》《乐进传》《李典传》，《后汉书·袁绍传附子尚传》）

并州既定，议击乌（丸）［桓］，就拿袁熙、袁尚，以绝祸根。曹洪［等］曰："袁熙、袁尚兵败将亡，势孤力尽，今投夷狄。夷狄无亲，则尚无所用。今引兵入番界，倘刘备说刘表引兵袭许，救应不及，为患不浅矣。请回师勿征为上！"郭嘉曰："诸公言者误矣！［主］公虽震威于天下，而夷人恃其边远，不预为隄防。因其无备，卒然攻之，可破灭

也。且袁绍于番邦有恩而无怨，袁尚、袁熙尚存。舍乌桓而往南征，尚兄弟因乌桓之（众）助，（于）[招]死主之臣，以生踢顿——番名——之心，恐青、冀非己之有也。刘表坐谈之客耳，自知（英雄）[才]不足以御备矣，重任之则恐不能制，轻任之则备不（能）[为]用。虽虚国远征，[诸]公无忧矣！”操曰：“奉孝之言，真大议论也！”

据《资治通鉴》卷六十五：曹操将击乌桓，诸将皆曰：“袁尚亡虏耳，夷狄贪而无亲，岂能为尚用！今深入征之，刘备必说刘表以袭许，万一为变，事不可悔。”郭嘉曰：“公虽威震天下，胡恃其远，必不设备，因其无备，卒然击之，可破灭也。且袁绍有恩于民夷，而尚兄弟生存。今四州之民，徒以威附，德施未加，舍而南征，尚因乌桓之资，招其死主之臣，胡人一动，民夷俱应，以生蹋顿之心，成觊觎之计，恐青、冀非己之有也。表坐谈客耳，自知才不足以御备，重任之则恐不能制，轻任之则备不为用，虽虚国远征，公无忧矣。”操从之。（参见《三国志·魏书·郭嘉传》《武帝纪》）

据《三国志·魏书·张辽传》注引《傅子》：太祖将征柳城，辽谏曰：“夫许，天子之会也。今天子在许，公远北征，若刘表遣刘备袭许，据之以号令四方，公之势去矣。”太祖策表必不能任备，遂行也。

遂拽大小三军，车数千辆，出卢龙——地名——塞，但见黄沙漠漠，狂风暗起，山谷崎岖。操有回军之心，问于郭嘉。嘉此时不伏水土，卧病车上。操泣曰：“以吾欲平夷狄，使公远涉艰难而至染病耶！”嘉曰：“某感丞相大恩，虽死莫能报万分之一！”操曰：“吾见此地崎岖，意欲回军，若何？”嘉曰：“兵贵神速。今千里袭人，辎重多而难以趋利；不如轻兵兼道以出，掩其不备，虏可擒也。须得曾识径路者以引之。”

据《资治通鉴》卷六十五：行至易，郭嘉曰：“兵贵神速。今千里袭人，辎重多，难以趋利，且彼闻之，必为备。不如留辎重，轻兵兼道以出，掩其不意。”（参见《三国志·魏书·郭嘉传》）

操遂留郭嘉于易州养病，

据《三国志·魏书·郭嘉传》：自柳城还，疾笃，太祖问疾者交错。

按：据此条史料，郭嘉未曾在易县（《演义》误作“易州”）养病，他是随军远征到白狼山，参与了破乌桓战役。

求乡导官以引路。人荐袁绍旧将田畴

据《三国志·魏书·田畴传》：田畴字子泰，右北平无终人也。好读书，善击剑。初平元年，义兵起，董卓迁帝于长安。幽州牧刘虞叹曰：“贼臣作乱，朝廷播荡，四海俄然，莫有固志。身备宗室遗老，不得自同于众。今欲奉使展效臣节，安得不辱命之士乎？”众议咸曰：“田畴虽年少，多称其奇。”畴时年二十二矣。虞乃备礼请与相见，大悦之，遂署为从事，具其车骑。……袁绍数遣使招命，又即授将军印，因安辑所统，畴皆拒不受。绍死，其子尚又辟焉，畴终不行。畴常忿乌丸昔多贼杀其郡冠盖，有欲讨之意而力未能。建安十二年，太祖北征乌丸，未至，先遣使辟畴，又命田豫喻指。畴戒其门下趣治严。门人谓曰：“昔袁公慕君，礼命五至，君义不屈；今曹公使一来而君若恐弗及者，何也？”畴笑而应之曰：“此非君所识也。”遂随使者到军，署司空户曹掾，引见谘议。明日出令曰：“田子泰非吾所宜吏者。”即举茂才，拜为蓨令，不之官，随军次无终。（参见《资治通鉴》卷六十五）

按：《演义》称田畴是袁绍旧将，与史不合。据《三国志·魏书·田畴传》，田畴原隶属幽州牧刘虞。袁绍曾多次征召他，他都拒而不受。

深知其境，操命寻之。畴见操言（之）［曰］：“此道秋夏间有水，浅不通车马，深不载舟舡，为难（入）［久］矣。若（回）军从卢龙口越白檀之险，出空虚之地，前近柳城，掩其不备，蹋顿可一战而擒也。”操从其言，封田畴为靖北将军，作乡导官为前驱，张辽为次，操自押后，（倚）［倍］道轻骑而进。时建安十二年秋七月，田畴引张辽前至白狼山。

却说袁熙、袁尚会合蹋顿等数万骑前（人）［来］，［张辽］慌报知曹操。操自勒马登高望之，见蹋顿兵无队伍，搀（离）［杂］不整。操与张辽曰：“虏兵不整，便可击之。”以麾授辽。［辽］引许褚、于禁、徐晃，分四路下山，奋力急攻，蹋顿大乱。辽拍马斩蹋顿于马下，余众投降。操令休杀各胡番将，各胡虏降者二十余万口。袁熙、袁尚引数千骑投辽东去。

据《资治通鉴》卷六十五：时方夏水雨，而滨海洿下，泞滞不通，虏亦遮守蹊要，军不得进。操患之，以问田畴。畴曰：“此道，秋夏每常有水，浅不通车马，深不载舟船，为难久矣。旧北平郡治在平冈，道出卢龙，达于柳城。自建武以来，陷坏断绝，垂二百载，而尚有微径可从。今虏将以大军当由无终，不得进而退，懈弛无备。若嘿回军，从卢龙口越白檀之险，出空虚之地，路近而便，掩其不备，蹋顿可不战而禽也。”操曰：“善！”乃引军还，而署大木表于水侧路傍曰：“方今夏暑，道路不通，且俟秋冬，乃复进军。”虏候骑见之，诚以为大军去也。操令畴将其众为乡导，上徐无山，堑山堙谷，五百余里，经白檀，历平冈，步鲜卑庭，东指柳城。未至二百里，虏乃知之。尚、熙与蹋顿及辽西单于楼班、右北平单于能臣抵之等将数万骑逆军。（建安十二年秋）八月，操登白狼山，卒与虏遇，众甚盛。操车重在后，被甲者少，左右皆惧。操登高，望虏阵不整，乃纵兵击之，使张辽为前锋，虏众大崩，斩蹋顿及名王已下，胡、汉降者二十余万口。辽东单于速仆丸与尚、熙奔辽东太守公孙康。（参见《三国志·魏书·武帝纪》《田畴传》，《后汉书·乌桓传》）

据《三国志·魏书·张辽传》：从征袁尚于柳城，卒与虏遇，辽劝太祖战，气甚奋，太祖壮之，自以所持麾授辽。遂击，大破之，斩单于蹋顿。

操收军入柳城。操差人探郭嘉病，回报嘉病甚重。操大惊曰：“速差数骑，以探消息。”又报嘉病九分。操令田畴为寿亭侯，以守柳城。畴曰：“畴负义逃窜之人耳，蒙恩全活，为幸多矣，岂可卖卢龙之塞，以换爵禄哉？必不得已，请效死刎首于前！”操又使夏侯惇说之，不从。操乃拜畴为（义）［议］郎。

据《资治通鉴》卷六十五：师还，论功行赏，以五百户封田畴为亭侯。畴曰：“吾始为刘公报仇，率众遁逃，志义不立，反以为利，非本志也。”固让不受。操知其至心，许而不夺。……曹操追念田畴功，恨前听其让，曰：“是成一人之志而亏王法大制也。”乃复以前爵封畴。畴上疏陈诚，以死自誓。操不听，欲引拜之，至于数四，终不受。有司劾畴：“狷介违道，苟立小节，宜免官加刑。”操下世子及大臣博议。世子丕以“畴同于子文辞禄，由胥逃赏，宜勿夺以优其节”。尚书令荀彧、司隶校尉锺繇，亦以为可听。操犹欲侯之，畴素与夏侯惇善，操使惇自以其情喻之。惇就畴宿而劝之，畴揣知其指，不复发言。惇临去，固邀畴，畴曰：“畴，负义逃窜之人耳；蒙恩全活，为幸多矣，岂可卖卢龙之塞以易赏禄哉！纵国私畴，畴独不愧于心乎！将军雅知畴者，犹复如此，若必不得已，请愿效死，刎首于前。”言未卒，涕泣横流。惇具以答操，操喟然，知不可屈，乃拜为议郎。（参见《三国志·魏书·田畴传》）

操抚慰单于番人等，送纳骏马一万匹。[操]领军回，时天(色)[气]寒冷[干]旱，二百里无水，开地三四十丈方得水。

据《资治通鉴》卷六十五：时天寒且旱，二百里无水，军又乏食，杀马数千匹以为粮，凿地入三十余丈方得水。既还，科问前谏者，众莫知其故，人人皆惧。操皆厚赏之，曰："孤前行，乘危以徼幸。虽得之，天所佐也，顾不可以为常。诸君之谏，万安之计，是以相赏，后勿难言之。"(参见《三国志·魏书·武帝纪》注引《曹瞒传》)

回至易州之时，郭嘉已死数日，停灵柩在于官廨。操往祭之，哭倒于地曰："奉孝死，乃天丧吾也！"与诸文武曰："诸君年齿皆孤等辈，惟奉孝至少。吾欲托以后事，不期中年夭折，使吾心腹崩裂矣！"

据《三国志·魏书·郭嘉传》：嘉深通有算略，达于事情。太祖曰："唯奉孝为能知孤意。"年三十八，自柳城还，疾笃，太祖问疾者交错。及薨，临其丧，哀甚，谓荀攸等曰："诸君年皆孤辈也，唯奉孝最少。天下事竟，欲以后事属之，而中年夭折，命也夫！"

嘉之左右将嘉临死所封[之]书呈上，未知何说。

[第六十六段]　郭嘉遗计定辽东

左右将郭嘉临死所封之书呈上，曰："郭公临亡，亲笔书此，令丞相从之，辽东自定矣。"操曰："奉孝如此用心，孤如何不从？"拆书观之，点头叹想，诸人皆不知其意。

次日，夏侯惇引众人禀曰："辽东太守公孙康久不宾伏，即目袁熙、袁尚二人投之，久必为患。不如乘其未动，即往征之，辽东可得矣。"操笑曰："不烦诸公虎威。数日之间，公孙康自送二袁之首至矣。"众人皆疑。次日又禀，[操]又如前言回之。诸将不信。

却说袁熙、袁尚引数千骑奔辽东来。公孙康本辽东襄平人也，武威将军公孙度之子。

据《资治通鉴》卷六十四：曹操表公孙度为武威将军，封永宁乡侯。度曰："我王辽东，何永宁也！"藏印绶于武库。是岁，度卒，子康嗣位，以永宁乡侯封其弟恭。(参见《三国志·魏书·公孙度传》《后汉书·袁绍传附子尚传》)

康知袁熙、袁尚来投，遂聚本部(官属)[属官]商议。其(叔)[弟]公孙恭曰："袁绍在日，常有吞辽东之心，恨未有暇。今袁熙、袁尚兵败将亡，无处依栖，来投辽东，此是鸠夺鹊巢之意也。若容纳之，必来相图；不如赚入城中杀之，送头与曹公，曹公必重待于汝也。"康曰："只愁曹公乘时引兵下辽东，又不如纳二袁以助之，使为前驱可也。"恭曰："操若下辽东，必星夜前来；如其无意，必不动矣。可探听之。如曹进兵，则留二袁；如不动，则杀二袁，纳与曹操。"康从之，先使人去探消息。

却说袁熙与袁尚言："今辽东军兵有数万，足可与曹操争衡。暂投之，却当杀公孙氏以夺其城，养成气力而抗中原，可复河北也。"尚曰："吾揣此心久矣！"二人入见公孙康，留于馆舍，每日使人相待，推病不相见。探细人回报："曹操屯兵易州，无下辽东之意。"公孙康先伏刀斧手于壁衣中，使人请二袁入相见，礼毕命坐。康(使)[见]左右侍立，尽令出外回避，欲议密事。尚见坐榻上无裀褥，时天气严寒，对康曰："愿铺坐席。"康瞋目［而］言曰："汝二人之头将行万里，何席之有！"尚大惊，举手无措。康曰："何不下手！"刀斧手踊出，就砍下二人之头，用木匣盛贮，使人星夜送投易州来，尽招其军马。

据《后汉书·袁绍传附子尚传》：（建安）十二年，曹操征辽西，击乌桓。尚、熙与乌桓逆操军，战败走，乃与亲兵数千人奔公孙康于辽东。尚有勇力，先与熙谋曰："今到辽东，康必见我，我独为兄手击之，且据其郡，犹可以自广也。"康亦心规取尚以为功，乃先置精勇于厩中，然后请尚、熙。熙疑不欲进，尚强之，遂与俱入。未及坐，康叱伏兵禽下，坐于冻地。尚谓康曰："未死之间，寒不可忍，可相与席。"康曰："卿头颅方行万里，何席之为！"遂斩首送之。

据《三国志·魏书·袁绍传附子尚传》注引《典略》：尚为人有勇力，欲夺取康众，与熙谋曰："今到，康必相见，欲与兄手击之，有辽东犹可以自广也。"康亦心计曰："今不取熙、尚，无以为说于国家。"乃先置其精勇于厩中，然后请熙、尚。熙、尚入，康伏兵出，皆缚之，坐于冻地。尚寒，求席，熙曰："头颅方行万里，何席之为！"遂斩首。

按：据《三国志·魏书·袁绍传附子尚传》注引《典略》，"头颅方行万里，何席之为！"乃袁熙语；《演义》则据《后汉书》，作公孙康语。周寿昌《三国志注证遗》认为：注引《典略》作："熙曰：'头颅尚行万里'"云云。"熙曰"，《后汉书》作"康曰"，为公孙康语，情事稍不合。尚寒求席，熙故作此愤语也。

却说曹操在易州按兵不动。夏侯惇、张辽入禀曰："如不平辽东，可回许都，恐刘表生心。"操曰："吾见二袁之首方始班师。"众皆暗笑。忽报辽东公孙康遣人送袁熙、袁尚首级至，众皆大惊。使呈上书，操大笑曰："不出郭奉孝之所料！"重赏其使，遂刻印，封公孙康为襄平侯，拜左将军。使回，众官问操曰："何为不出郭奉孝之所料？"操出郭嘉书以示之。书曰："今闻袁熙、袁尚往奔辽东，切不可加兵，迎前奔敌。公孙康久畏袁氏吞并，往投必疑。若以兵攻之，彼必并力而迎敌，急不可下；若缓之，公孙康、袁氏必自相图，其势然也。"

据《资治通鉴》卷六十五：辽东单于速仆丸与尚、熙奔辽东太守公孙康，其众尚有数千骑。或劝操遂击之，操曰："吾方使康斩送尚、熙首，不烦兵矣。"（建安十二年秋）九月，操引兵自柳城还。公孙康欲取尚、熙以为功，乃先置精勇于厩中，然后请尚、熙入，未及坐，康叱伏兵禽之，遂斩尚、熙，并速仆丸首送之。诸将或问操："公还而康斩尚、熙，何也？"操曰："彼素畏尚、熙，吾急之则并力，缓之则自相图，其势然也。"……十一月，曹操至易水，乌桓单于代郡普富卢、上郡那楼皆来贺。（参见《三国志·魏书·武帝纪》《袁绍传附子尚传》）

按：所谓郭嘉遗计，乃《演义》移植。据《三国志·魏书·武帝纪》，此计出自曹操本人。曹操从柳城撤军之前，就已料定公孙康会斩杀二袁；建安十二年（207）九月，曹操从柳城一撤军，公孙康即斩杀二袁，将首级送与曹操。《演义》却说，曹操大军于同年十一月回到易县（《演义》误作"易州"）后，公孙康才斩杀二袁。又，曹操是进军辽东追击二袁，还是撤军以待公孙康与二袁相图，实决策于距辽东较近的辽西柳城，而不是等大军长途跋涉两个月撤到易县之后；《演义》却称，曹军退至易县后，夏侯惇才向曹操提出进军辽东的建议，这与史书及情理均不合。

据《三国志·魏书·袁绍传附子尚传》注引《典略》，"头颅方行万里，何席之为！"乃袁熙语；《演义》则据《后汉书》，作公孙康语。

众皆踊跃称善。操引诸官设祭于郭嘉灵前。嘉［亡］年三十八岁，从征伐十有一年，多立奇勋。

据《三国志·魏书·郭嘉传》：年三十八，自柳城还，疾笃，太祖问疾者交错。及薨，临其丧，哀甚，……乃表曰："军祭酒郭嘉，自从征伐，十有一年。每有大议，临敌制变。臣策未决，嘉辄成之。平定天下，谋功为高。……"

史官有诗赞曰：

天生郭奉孝，豪杰贯群英。
腹内藏经史，胸中隐甲兵。
运谋如范蠡，决策似陈平。
可惜身先丧，中原梁栋倾。

又诗曰：

虽云天数三分定，妙筭神机亦可图。
若是当时存奉孝，难容西蜀与东吴。

操领兵回冀州，使人先扶郭嘉灵柩于许都迁葬。程昱等请曰："北方大定，可还许都，建下江南之策。"操叹曰："吾有此志（又）［久］矣！诸君先言。"是夜，操宿冀州城东［南角］楼上，（夜）凭栏仰观天文。时有荀攸在侧，操指曰："南方旺气灿然，恐未可图也。"攸曰："以丞相之天威，何所不伏耶？"正看间，忽见一道金光从地而起。攸曰："此必有宝于其地下。"操下楼，随光令人掘之，果得奇物。

［第六十七段］　刘玄德赴襄阳会

操于金光处掘出一铜雀，问攸曰："此何祥也？"攸曰："昔舜母夜梦玉雀入怀，而生舜帝。今得铜雀，此吉祥之兆也。宜作高台以处之。"操大喜，遂令作铜雀台于漳河之上。

据《三国志·魏书·武帝纪》：（建安十五年）冬，作铜雀台。

据《资治通鉴》卷六十六：（建安十五年）冬，曹操作铜爵台于邺。

即日破土断（水）［木］，烧瓦磨砖，计一（言）［年］而工毕。（次）［三］子曹植进曰："若（见）［建］高台，必立三座：至高者名为'铜雀'，左边一台名'玉龙'，右边一台名'金凤'。作两条飞桥，横空而上，以龙凤朝铜雀之意。须得二年方可成就。"操喜曰："吾儿言者是也！他日台成，足以娱［吾］老［矣］。"（次）［三］子名植，字子建，极聪明，年十岁时善属文，谙［经书，］诵诗词论赋（千）［十］万言，无一字差错，常作文章呈父。操曰："汝倩人为也？"对曰："言出为词，下笔成章，当以面试，奈何倩人？"操甚爱之。

据《三国志·魏书·陈思王植传》：陈思王植字子建。年十岁余，诵读诗、论及辞赋数十万言，善属文。太祖尝视其文，谓植曰："汝倩人邪？"植跪曰："言出为论，下笔成章，顾当面试，奈何倩人？"时邺铜爵台新成，太祖悉将诸子登台，使各为赋。植援笔立成，可观，太祖甚异之。……每进见难问，应声而对，特见宠爱。

妾刘氏［生］子曹昂，征张绣时阵亡。卞氏生四子：丕、（植、彰）［彰、植］、熊。操独爱植，［留植］在邺造台；令张燕守北寨。

操总得袁绍之兵五六十万，班师回许都，议封功臣，皆为列侯；封郭嘉为贞侯，养其子奕于府中。

据《三国志·魏书·郭嘉传》：谥曰贞侯。子奕嗣。

操欲南征刘表，荀彧曰："军方征北（面）而回，未可远行。（便）［更］待半年，养成气力，刘表、孙权［可］一鼓而下。"操从之，遂分屯调用。

却说玄德自到荆州，刘表待之甚厚。一日，正与相聚饮酒，忽报元降张虎、陈生在江夏劫掠人民，欲取荆州造反。表惊曰："二贼又来，为祸不小！"

按：盛巽昌先生在《三国演义补证本》一书中指出，据《三国志·魏书·刘表传》注引司马彪《战略》，刘表初任荆州刺史时，"江夏贼张虎、陈生拥众据襄阳，表乃使（蒯）越与庞季单骑往说降之，江南遂悉平"。《演义》称降后复叛，为刘备讨平，不见史传，当系假托移植。

玄德曰："不必兄长忧心！备往收之。"表大喜，随即点三万军，令玄德行，次日到江夏。

张虎、陈生引军出迎。玄德引关、张、赵云出马。玄德在门旗之下望见张虎所骑之马极其雄俊。玄德曰："此必千里马也！"言未毕，子龙挺枪出马，径冲过阵去，一枪刺张虎下马，就扯住辔头，牵此马回。陈生见子龙牵马而去，随后来夺。张飞大喝一声，挺矛出马，将陈生刺于马下，余众溃散。玄德招安平复江夏数县，（民赖其力，）遂班师回。

表自出郭迎接，入城饮宴。酒酣，表曰："吾弟如此雄才，荆州有所倚仗也。但忧南越寇境，张鲁、孙权皆足为虑也！"玄德曰："弟有三将，可以保之：（遗）［遣］张飞（寻）［巡］南越之境；关羽拒固子城，以镇张鲁；赵云（寻）［巡］三江，以当孙权。兄何忧哉？"表大喜。时蔡瑁在侧闻之，入告姐蔡夫人曰："刘备遣三将巡边境，自居荆州，久必为患！备为人忘恩失义，不可同处。［可］对荆州言之。"蔡夫人听弟之言，夜对刘表曰："我闻荆州人多为刘备往来，容在城中无益，不如早遣之。"表曰："吾弟仁德之人也，汝勿疑焉。"蔡氏曰："诚恐他人不似汝心耳。"表亦狐疑；

据《后汉书·刘表传》：（建安）六年，刘备自袁绍奔荆州，表厚相待结而不能用也。（参见《三国志·魏书·刘表传》）

据《三国志·蜀书·先主传》：荆州豪杰归先主者日益多，表疑其心，阴御之。

据《三国志·蜀书·先主传》注引《世语》：备屯樊城，刘表礼焉，惮其为人，不甚信用。

次日出城点军，见玄德所乘之马极俊，问之，乃张虎之马也。表称赞不尽。玄德会其意，就将此马送与刘表。［刘表］大喜，骑回城中。蒯越见而问之，表曰："（备）［玄德］送［之］。"越曰："昔吾先兄蒯良善相马；今虽弃世，越亦颇晓。此马眼下有泪槽，额边有白点，名为'（滴）［的］卢'也，骑则妨主，张虎为此而亡。主公不可乘之！"

据《世说新语·德行》：庾公乘马有的卢，或语令卖去。庾云："卖之必有买者，即当害其主。宁可不安己而移于他人哉？昔孙叔敖杀两头蛇以为后人，古之美谈，效之，不亦达乎？”

表听其言，次日请玄德饮宴。表曰：“夜来所惠之马，深感厚意！但贤弟征进可用，表处空闲，敬当还之。”玄德起谢。表又曰：“贤弟久居城郭，恐废武事。此［去］襄阳（去）管下有一县，名新野县，颇有钱粮。弟可引本部军马于（本）［此］县屯扎，就收钱粮为用。”玄德深谢，领军［往］新野县去，

据《三国志·蜀书·先主传》：先主遣麋竺、孙乾与刘表相闻，表自郊迎，以上宾礼待之，益其兵，使屯新野。（参见《资治通鉴》卷六十四）

表自送行到长亭。酌别之后，一人在玄德前长揖曰：“豫州不可乘此马！”玄德视之，乃刘表幕宾尹籍，——籍字伯机，山阳人氏。

据《三国志·蜀书·伊籍传》：伊籍字机伯，山阳人。少依邑人镇南将军刘表。先主之在荆州，籍常往来自托。

玄德慌下马问之曰：“此骑何不可骑也？”［籍曰：］“昨闻蒯异度对刘荆州言，此马名‘的卢’，乘则妨主，故遣还公。今特报之。”玄德曰：“深感先生见爱！但人居世，死生有命，岂可因一马而能妨吾哉？”籍伏其高论，自此与［玄德往来］。

玄德自到新野，军民皆喜其治县。建安十二年春，甘夫人降生刘禅。

据《三国志·蜀书·先主甘皇后传》：随先主于荆州，产后主。

是夜有白鹤一只栖于县衙屋上，鸣四十余声，望西飞去。守衙之兵皆见，以为异禽。临分娩之时，天香满室，经月不散。甘夫人夜梦仰吞北斗有孕，故名阿斗。

此时曹操北征，玄德往荆州说刘表曰：“方今曹操尽起中国之兵北征，许昌空虚。若以荆、襄之众袭之，一举大事可就。”表曰：“吾坐据九州足矣，安可别图？”玄德默然。表邀入后堂饮酒。酒酣，表忽然长叹。玄德曰：“兄何故有不足之意？”表曰：“吾心间事难言之矣！”玄德再欲问，蔡夫人出，表无语。席散，玄德自归新野，日与士大夫谈论天下之事。

建安十二年冬，曹操自柳城回。玄德甚悔表之不用己策也。忽刘表遣使至，请玄德赴荆州。玄德随使而往，刘表请入坐。表曰：“（自）［近］闻曹操自柳城提兵五六十万回许昌，日渐强盛，必有吞并之心。昔日不听君言，故失此机会！”玄德曰：“今天下分裂，干戈日起，机会（常）［岂］有尽乎？若能应之于后，此未足为恨也。”

据《资治通鉴》卷六十五：操之北伐也，刘备说刘表袭许，表不能用。及闻操还，表谓备曰：“不用君言，故为失此大会。”备曰：“今天下分裂，日寻干戈，事会之来，岂有终极乎？若能应之于后者，则此未足为恨也。”（参见《三国志·魏书·刘表传》注引《汉晋春秋》，《三国志·蜀书·先主传》及注引《汉晋春秋》）

表曰：“吾弟之言甚当！”相与对饮。表忽泪下，玄德曰：“兄有何事不快如此？”表曰：“前者欲诉于汝，未得其便，故隐之。吾想汝宗（中）［亲］骨肉，故特告之。”玄德曰：“兄有难为之事，备死亦不辞！愿闻心腹之语。”表曰：“前妻陈氏生子刘琦，虽贤而懦，不足立事；后妻蔡氏生得刘琮，颇有聪明。吾欲废长立幼，又恐碍于礼法；吾欲立其长者，今蔡氏族中皆掌军务，往必生乱：因决未下。”

据《后汉书·刘表传》：二子：琦、琮。表初以琦貌类于己，甚爱之，后为琮娶其后妻蔡氏之侄，蔡氏遂爱琮而恶琦，毁誉之言日闻于表。表宠耽后妻，每信受焉。又妻弟蔡瑁及外甥张允并得幸于表，又睦于琮。

据《三国志·魏书·刘表传》：表及妻爱少子琮，欲以为后，而蔡瑁、张允为之支党。

按：《演义》称，刘琦、刘琮是同父异母兄弟，与史不合。核诸史书，两人均为刘表前妻所生，刘琮因娶继母蔡氏之侄女为妻而获蔡氏集团信任。

玄德曰："自古废长立幼，取乱之道也。若忧蔡氏权重，可徐徐而削之，不可溺爱而立次也。"表默然。元来蔡夫人素疑玄德，但与表讲话，必窃听之；是时正立屏风后听得，深恨之。玄德自觉语失，遂起身如厕，（见）［自］觉髀肉复生腿股肉也，潸然流泪不住。刘表使人再请入席，见玄德泪下。表问曰："贤弟何故发悲？"玄德曰："备往常身不离鞍，髀肉皆散；今不复骑，髀肉复生。日月如流，老将至矣，而功业不建，是以悲耳！"

据《资治通鉴》卷六十四：备在荆州数年，尝于表坐起至厕，慨然流涕。表怪，问备，备曰："平常身不离鞍，髀肉皆消。今不复骑，髀里肉生。日月如流，老将至矣，而功业不建，是以悲耳。"（参见《三国志·蜀书·先主传》注引《九州春秋》）

表曰："吾闻弟在许昌，曹公请尝［青梅］煮酒，共论英雄，尽举名士。操皆不（举）［许］，曾对弟言'天下英雄，惟使君与操耳！'操虽有数十万之众，挟天子而令诸侯，犹在吾弟之（右）［后］。何足虑也？"玄德乘酒兴而答曰："刘备［若］有基本，何虑天下碌碌之辈也！"表闻之，忽然变色。玄德自知语失，托醉而起，归于馆舍。刘表虽不出言，心中不足。史官有诗曰：

曹公屈指从头数，天下英雄独使君。
髀肉因生尤感旧，曾教寰宇不三分？

刘表闷乱不已。蔡氏曰："适间我于屏风后听刘备之言，足见有吞并荆州之意。今若不除，必为子孙之患！"表不答，但摇头而已。蔡氏知其意，遂召蔡瑁入，商议此事。瑁曰："我闻刘备有过人之（智）［志］，久后必吞荆州。可就馆舍杀之，却告与刘荆州未晚。"蔡氏曰："事（有）［宜］谨密，不可造次！"瑁出点军。

尹籍知瑁有害玄德之心，夤夜来（便）报此事，交便离荆州。玄德曰："吾不曾辞刘荆州。"籍曰："［公］若辞，必遭蔡瑁之害！某与公言之。"玄德遂上马，未明而行。蔡瑁（彼）［比］及到馆舍，刘玄德已去。瑁悔恨至甚，遂写诗一首于壁间；径入见表，言"备有反乱之意，书反诗于馆舍，不辞而去。"刘表不信，亲往［馆舍观］之，果见反诗四句，诗曰：

困守荆、襄已数年，眼前空对旧山川。
蛟龙不是池中物，卧听风雷飞上天！

刘表大怒，拔剑而言曰："誓杀此无义之徒！"行数步猛省，暗忖曰："吾与玄德相处许多时，未常见作诗。此必外人之间（课）［谋］也。"回步入房，将（尖刀）［剑］刮去此诗，弃剑上马。蔡瑁请曰："兵已点就，可往新野擒刘备。"表曰："未可往擒，容别图之。"此见刘表无决断处。

蔡瑁见表持疑不决，乃暗与姐蔡氏商议。姐曰："汝见掌军权，何必问我？"（乃）［瑁］次日禀表曰："递年成熟，［合］会众官［于］襄阳，就驰骋人马游猎。今日［已办毕，］请主（人）［公］行。"表曰："吾近日气疾作，不能行。可令二子为主待客。"瑁曰："二公子年幼，恐失于礼节，［犹欠］抚恤之道。"表曰："新野县有吾弟玄德，可请待客。"瑁暗喜其中计，便差人请玄德赴襄阳会。

却说玄德回至新野，自知语失，不敢告众人知。忽使命请赴会。玄德欲行，忽一人进曰："使君此去，必有大灾！"众人大惊。言者是谁？

［第六十八段］ 刘玄德跃马跳檀溪

玄德收拾赴会，孙乾进曰："昨观主公匆匆而回，心中不悦，愚意在荆州必有事故。今请赴会，必有诈谋，故谏勿往。"玄德将上项事尽诉诸官。关羽曰："兄自疑心语失，刘荆州又无嗔责之意。外人之言未可轻信。今襄阳离此不远，［若］不去，刘荆州反疑矣。"玄德曰："云长之言是也！"张飞曰："筵无好筵，会无好会。哥哥不可去！"赵云曰："某将马军三百人同往，可保主公无事。"玄德曰："子龙同去，何足虑也？"

玄德与子龙即日同赴襄阳，离新野七十余里。比及到郡，蔡瑁出郭迎接，意甚谦敬，玄德不疑。随后刘琦、刘琮二公子引王灿、傅巽、文聘、王威、邓义、刘先［等］文武（等）官出迎。玄德见［二］公子在，转无疑忌。是日请于馆舍安歇，赵云引三百军士围绕保护。赵云带甲挂剑，行坐不离。刘琦曰："父亲气疾作，不能行，特请尊叔待客。乞抚恤各处守牧之官为幸！"玄德曰："吾故不敢当此，既兄有命，不敢不从。"

次日，人报九郡四十二州县官员皆到了。蔡瑁预先请蒯越商议曰："刘备世之枭雄，久必为荆州之祸。可就今日除之。"蒯越曰："恐失士民之望，不可行此！"蔡瑁曰："吾已密领荆州言语在此。"越曰："［若］如此，则先须准备。"瑁曰："东门岘山大路，吾已使宗弟蔡和引五千军把住；南门外已使蔡中引三千军把住；北门江外已使蔡壎领三千军把住；止有西门不必守（住）［护］，前有檀溪阻隔，虽有数万之兵，不易过也。"越曰："吾见赵云行坐不离，恐难下手。"瑁曰："今已伏五百兵在城内了。"越曰："必是生擒刘备去听区处，未可自加诛戮。可使文聘、王威（令）［另］设一席于外听，以待武将。先请住赵云，［然］后可行事。"瑁曰："吾已安排定了。"

当日杀牛宰马，大设筵宴［，先］请玄德。玄德所乘之的卢马，心（爱甚）［甚爱］之，出入便骑；是日骑至州衙，命牵入后园拴定。众官皆至堂中。刘玄德主席，二公子两边，其余各依次坐。赵云带剑立于其侧。酒至三巡，文聘、王威入请赵云赴席，云推辞不去。玄德命去，云出就席。蔡瑁在外收拾［得］铁桶相似，三百军都赶归馆驿，只待半酣，号起下手。

正值尹籍把盏至玄德前，以目视之曰："请更衣。"玄德会其意，待籍把遍盏，推起如厕。尹籍已于后园等候。须臾玄德至，籍曰："蔡瑁欲害使君，今城外东、南、北皆有军马，惟西可走。使君急从后道去勿迟！蔡瑁已定计害君多日矣！"静轩诗曰：

范增定计伤高祖，蔡瑁存奸害蜀君。
不是忠臣先献策，应知天意定三分。

玄德大惊，急解的卢马，开后园门［牵出］，飞身上马，不顾从者，望西门而走。把门者问之，玄德［曰］："吾不胜［酒力］矣！"当之不住，飞报蔡瑁。瑁入顾，不见在座，便上马，唤五百［马］军随后追赶。

却说玄德出西门，行不到二里余，前有大溪拦住去路。此溪名曰“檀溪”，阔欲数丈，水通（湘）［襄］江，其波甚急。玄德到檀溪［边］，无舡可度，勒马再回，遥望城西门内，数百铁甲马军随蔡瑁出。玄德曰：“吾死矣！”遂回马到溪边，回头看时，兵在背后。玄德纵马下溪，行不数步，水势紧，马前蹄忽陷，浸到衣襟。玄德加鞭大呼曰：“的卢！的卢！今日妨吾！可努力！”言未了，那马忽从水中（涌）［踊］身而起，一跃三丈，飞上（东）［西］岸，玄德如云雾中起。后人有诗曰：

玄德襄阳逃难日，龙驹天赐渥洼生。
威雄铁骑追来急，翻滚寒波阻去程。
玉勒纵时双耳耸，金鞭击处四蹄轻。
的卢一跃檀溪过，从此西川霸业成。

又题骏马云：

襄阳城外接长途，来往行人叹的卢。
两岸蹄踪埋绿草，半滩水影撼青蒲。
夜净月明横素练，波摇星影散琼珠。
莫夸主有西川分，盖为当时得骏驹。

又题玄德之福：

檀溪流水碧溶溶，过客登临忆旧踪。
玄德此时逢大难，的卢当日果招凶。
波中涌跃如龙势，尽力飞腾到九重。
千古无休夸骏马，分明背上有真龙。

又言人马皆福：

偶到檀溪观旧踪，曾逢故老论三分。
主凭洪福又脱难，马仗神威迥不群。
坐上当时扶社稷，安心有日会风云。
须知天意先排定，千里神驹万乘君。

苏学士有古风一篇，单咏檀溪事迹，有感而赋云：

老去花残春日暮，宦游偶至檀溪路。
停骖遥望独徘徊，眼前零落红飘絮。
暗想咸阳火德衰，龙争虎斗交相持。
襄阳会上王孙饮，座中玄德身将威。
逃生忽出西门道，背后追兵又来到。
一川烟水涨檀溪，急叱征騑望前跳。
马蹄踏碎青琉璃，天风响处金鞭挥。
耳畔但闻千骑走，波心忽见双龙飞。
西川独霸真英主，坐下龙骑两相遇。
檀溪溪水自东流，龙驹英主今何在？
临流三叹心欲酸，夕阳寂寂照空山。
三分鼎足浑如梦，踪迹空（流）［留］在世间。

胡曾先生咏史，有诗为证：

三（国）[月] 襄阳绿草齐，王孙相引到檀溪。

的（庐）[卢] 何处埋龙骨？流水依前绕大堤。

玄德跃过溪西，回顾（本）[东] 岸，蔡瑁引五百骑到，隔岸大叫："使君何故逃席便去！"玄德曰："吾与汝（又）无仇，何故相谋耶！"瑁曰："吾无此心，使君休听傍人之语！"玄德见蔡瑁手 [下将] 拈弓搭箭，遂纵马加鞭，望南而去。

据《三国志·蜀书·先主传》注引《世语》：备屯樊城，刘表礼焉，惮其为人，不甚信用。曾请备宴会，蒯越、蔡瑁欲因会取备，备觉之，伪如厕，潜遁出。所乘马名的卢，骑的卢走，堕襄阳城西檀溪水中，溺不得出。备急曰："的卢，今日厄矣，可努力！"的卢乃一踊三丈，遂得过，乘浮渡河，中流而追者至，以表意谢之，曰："何去之速乎！" 孙盛曰：此不然之言。备时羁旅，客主势殊，若有此变，岂敢晏然终表之世而无衅故乎？此皆世俗妄说，非事实也。

蔡瑁与诸将曰："是何神助也？"却欲回城，西门内赵子龙引三百军赶来。蔡瑁性命未知如何。

[第六十九段] 刘玄德遇司马德操

蔡瑁不敢过溪，欲回城中。赵云正饮酒间，忽见人马转动，急入观之，座上不见玄德，心中大惊；出投馆舍，只听得"蔡瑁引军去赶玄德，出西门去了。"因此火急绰枪上马，引三百军出城，迎见蔡瑁，喝问曰："吾主何在！" 瑁曰："使君逃席，不知何往。"赵云是个谨细的人，不肯造次，遍观军中，不见动静；前望大溪相隔，别无去路。赵云曰："汝请吾主，何故着军马围绕？"瑁曰："九郡四十（三）[二] 县分官僚在此，吾为上将，岂可不防护也？"云曰："汝逼我主何处去了？"瑁曰："吾听知匹马出门，到此又不见。"云疑惑不定，直来溪边看时，只见隔岸一带水迹。元来对面坡高三十余丈，云引军四散观望，不见踪迹。赵云再回时，蔡瑁已入城了。云拿把门 [军] 士问时，皆说飞马往西门出去。云恐内有埋伏，不敢入城，引军投新野而归。

却说玄德渡溪之后，如醉如痴，想"此阔（间）[涧] 不觉一跳而过，岂非天意也！"望南村僻策马而行；日欲沉西，正行之间，见一牧童跨于牛背之上，口吹短笛而来。玄德叹曰："吾不如也！"遂立马观之。牧童亦停 [牛]，熟视玄德曰："将军莫非破黄巾刘玄德么？"玄德大惊，问曰："汝乃村僻小童，安知吾姓名耶？"小童曰："我本不知，因常侍师傅，有客到时，多曾说有一刘玄德，身长七尺五寸，垂手过膝，目能（相）[自] 顾其耳，乃当世之英雄。今观将军如此模样，想必是也。"玄德曰："汝师傅姓甚名谁？"小童言："我师傅覆姓司马名徽，字德操，

据《资治通鉴》卷六十五：司马徽，清雅有知人之鉴。同县庞德公素有重名，徽兄事之。

道号水镜先生水为先天一气，能养万物，可方可员；镜者，能办人邪丑之异，（颖）[颍] 川人也。"

据《三国志·蜀书·庞统传》注引《襄阳记》：诸葛孔明为卧龙，庞士元为凤雏，

司马德操为水镜，皆庞德公语也。

玄德曰："与谁为友？见居何处？"小童曰："与襄阳庞德公、

据《后汉书·逸民传·庞公传》：庞公者，南郡襄阳人也。居岘山之南，未尝入城府。夫妻相敬如宾。荆州刺史刘表数延请，不能屈，乃就候之。谓曰："夫保全一身，孰若保全天下乎？"庞公笑曰："鸿鹄巢于高林之上，暮而得所栖；鼋鼍穴于深渊之下，夕而得所宿。夫趣舍行止，亦人之巢穴也。且各得其栖宿而已，天下非所保也。"因释耕于垄上，而妻子耘于前。表指而问曰："先生苦居畎亩而不肯官禄，后世何以遗子孙乎？"庞公曰："世人皆遗之以危，今独遗之以安。虽所遗不同，未为无所遗也。"表叹息而去。后遂携其妻子登鹿门山，因采药不反。

庞统为友，兀的树林中便是庄也。"玄德曰："庞德公是庞统谁也？"小童曰："叔侄之亲。庞德公字山民，长师父十岁；

据《三国志·蜀书·庞统传》注引《襄阳记》：诸葛孔明为卧龙，庞士元为凤雏，司马德操为水镜，皆庞德公语也。德公，襄阳人。孔明每至其家，独拜床下，德公初不令止。德操尝造德公，值其渡沔，上祀先人墓，德操径入其室，呼德公妻子，使速作黍："徐元直向云有客当来就我与庞公谭。"其妻子皆罗列拜于堂下，奔走供设。须臾，德公还，直入相就，不知何者是客也。德操年小德公十岁，兄事之，呼作庞公，故世人遂谓庞公是德公名，非也。德公子山民，亦有令名，娶诸葛孔明小姊，为魏黄门吏部郎，早卒。

按：据史书，庞山民乃庞德公之子；《演义》误作"庞德公字山民"。

庞统字士元，

据《三国志·蜀书·庞统传》：庞统字士元，襄阳人也。少时朴钝，未有识者。颍川司马徽清雅有知人鉴，统弱冠往见徽，徽采桑于树上，坐统在树下，共语自昼至夜。徽甚异之，称统当南州士之冠冕，由是渐显。

据《三国志·蜀书·庞统传》注引《襄阳记》：统，德公从子也，少未有识者，惟德公重之，年十八，使往见德操。德操与语，既而叹曰："德公诚知人，此实盛德也。"

据《资治通鉴》卷六十五：德公从子统，少时朴钝，未有识者，惟德公与徽重之。

小师父五岁。一日，我师父在树下采（药）[桑]，统来相探，坐于树下，同谈论兴亡，从朝至暮不倦，甚爱庞统，呼之为弟。"玄德曰："吾乃刘玄德也。汝可引见师父。"

小童遂引玄德行，不二里余，到庄门下马，闻庄中琴声甚美，交小童且休通报。忽闻声住而不弹，一人大笑而出曰："琴韵清（音）[幽]中忽生杀（声）[伐]之韵，必有英雄窥听。"玄德大惊，见其人松形鹤骨，气宇不凡，年已半百，颜色如童。玄德进前施礼，衣襟尚湿。水镜曰："明公今日幸免大难！"玄德惊讶不已。小童曰："此是刘玄德也。"水镜慌忙叙礼，请入草堂，分宾主坐。玄德见架堆万卷经书，窗外数竿新竹，横琴于石床之上，清风飘然。玄德（动问）[起曰]："偶因经过此地，幸小童指引，得拜尊颜，不胜万幸！"水镜笑曰："公休隐讳，今日必然逃难至此。"玄德遂以襄阳一事告之。水镜曰："余观公之气色，已知之矣。公居何职？"玄德曰："左将军、宜城亭侯、豫州牧。"水镜曰："余闻将军大名久矣！何故区区奔走于形势之途耶？"玄德曰："时运不济、途命多舛之故是也！"水镜曰："不然！盖因将军左右不得其人耳。"玄德曰："备虽不才，文有孙乾、(竺麋)[麋竺]、简雍之辈，武有关羽、张飞、赵云之流，竭力相辅，何谓不得其人也？”水镜曰：“关、张、赵云之流虽有‘万人之敌’，

据《三国志·魏书·郭嘉传》注引《傅子》：初，刘备来降，太祖以客礼待之，使为豫州牧。嘉言于太祖曰：“备有雄才而甚得众心。张飞、关羽者，皆万人之敌也，为之死用。嘉观之，备终不为人下，其谋未可测也。”

据《三国志·魏书·程昱传》：太祖征荆州，刘备奔吴。论者以为孙权必杀备，(程)昱料之曰：“刘备有英名，关羽、张飞皆万人敌也，权必资之以御我。”

据《三国志·蜀书·张飞传》：飞雄壮威猛，亚于关羽，魏谋臣程昱等咸称羽、飞万人之敌也。

据《三国志·蜀书·关张马黄赵传》《资治通鉴》卷六十九，评曰：关羽、张飞皆称万人之敌，为世虎臣。

按：《演义》称关羽、张飞为万人敌，于史有据。建安元年(196)刘备投奔曹操时，郭嘉就称两人为“万人敌”。周瑜称他俩为“熊虎之将”，刘晔赞两人“勇冠三军”，可见关张二人在当时威名已闻于敌国。《演义》称赵云为万人敌，不见于史。

而非权变之才；孙乾、(竺麋)[麋竺]、简雍之辈乃白面书生、章句小儒，非经纶济世之才、成霸业之人也。”玄德曰：“备屈身恭己，求山谷之遗贤，奈何未得其人也！”水镜曰：“儒生俗士不识时务，识时务者唤为俊杰。”玄德曰：“请问谁为俊杰？”水镜曰：“且如汉高帝得张良、萧何、韩信之辈，汉光武得邓禹、吴汉、冯翼之徒，能成霸业之根基，如此则为俊杰也。”玄德曰：“恐此时无此等人物。”水镜曰：“公岂(可)不闻孔子曰：‘十室之邑，必有忠信。’何谓今时无也？”玄德曰：“备愚昧不识，愿赐指教！”水镜曰：“公闻诸郡小儿谣言[乎？谣]曰：

八九年间(势)[始]欲衰，至十三年无孑遗。

到头天命有所归，泥中蟠龙向天飞。

此谣[言]建安初至于今日。‘八九年(势)[始]欲衰’者，建安八年，刘景升丧却前妻，便生家乱，此‘始欲衰’也。‘十三年无孑遗’者，不久则刘景升逝矣，则文武零落，‘无孑遗’也。‘天命有所归’者，在将军也。”玄德惊而下拜曰：“刘备安敢当此！”

据《三国志·魏书·刘表传》注引《搜神记》：建安初，荆州童谣曰：“八九年间始欲衰，至十三年无孑遗。”言自中平以来，荆州独全，及刘表为牧，民又丰乐，至建安八年九年当始衰。始衰者，谓刘表妻死，诸将并零落也。十三年无孑遗者，表当又死，因以丧破也。

按：据《搜神记》，童谣仅“八九年间始欲衰，至十三年无孑遗”两句，“到头天命有所归，泥中蟠龙向天飞”两句为《演义》增入。

水镜曰：“今天下之人才尽会于此，将军可求之。”玄德曰：“何人也？”水镜曰：“伏龙、凤雏，两人得一，可安天下。”玄德便问曰：“伏龙、凤雏何人也？”水镜拍手大笑曰：“好！好！好！”

据《资治通鉴》卷六十五：刘备在荆州，访士于襄阳司马徽。徽曰：“儒生俗士，岂识时务，识时务者在乎俊杰。此间自有伏龙、凤雏。”备问为谁，曰：“诸葛孔明、庞士元也。”(参见《三国志·蜀书·诸葛亮传》注引《襄阳记》)

据《资治通鉴》卷六十五：司马徽，清雅有知人之鉴。同县庞德公素有重名，徽兄事之。诸葛亮每至德公家，独拜床下，德公初不令止。德公从子统，少时朴钝，未有识者，惟德公与徽重之。德公常谓孔明为卧龙，士元为凤雏，德操为水鉴；故德操与刘备语而称之。（参见《三国志·蜀书·庞统传》注引《襄阳记》）

玄德再问，水镜曰："天色已晚，聊奉蔬食，暂宿一宵。来日当言之。"即时呼童具饮[馔]相待，留于客房内歇，马饫在后院。

玄德（起想）[想起]水镜之言，睡不着；约已更深，忽听[一]人扣柴扉而入。水镜问曰："元直何来？"玄德起而听之，其人答曰："久闻刘景升善善恶恶，特往谒之；及至相见，徒有虚名，故回至此。"水镜曰："善善恶恶，乃人之善也，何故弃之？"其人答曰："善善而不能（行）[用]，恶恶而不能去，是以遗书以别之。"水镜叱之曰："方今汉室衰微，贤愚一混，干戈竞起，祸乱将生。汝怀王佐之才，当待时而出；而携玉以作砖石，货于人间，以取其辱，汝之过也，却云他人善善而不能用，不亦谬乎！子贡云：'有美玉于斯，韫匮而藏诸，求善价而沽之。'此之谓也。英雄豪杰（这）[只]在眼前，何故谒刘景升耶？"其人言曰："先生之言是也！"玄德听之大喜，暗忖（如）此[人]必是伏龙、凤雏也；候天晓，求见水镜，问曰："昨夜过客是谁？"水镜曰："小贤耳，天未明，已往他处。"玄德求问姓名，水镜曰："好！好！好！"玄德再问"伏龙、凤雏是谁？"水镜又只言"好！好！好！"自是好好先生。玄德拜请水镜同扶汉室，水镜曰："贫道山野闲散之人，不堪世用。自有胜吾十倍者来助公也，公且访之。"玄德再问，水镜只言"好！好！"

正谈论间，小童来报："庄外有一大将（军），引军数百，围了庄也。"玄德大警。还是甚人？未知如何。

[第七十段]　刘玄德新野遇徐庶

玄德急出视之，乃赵云也。玄德方喜。赵云（入见）曰："夜来回县寻觅不见，连夜到此间根问。此处有人指道：'昨晚有个官人，匹马投水镜先生庄上去了。'故寻到此。"玄德言檀溪一事。赵云便请玄德上马回县。玄德辞了水镜，与赵云上马离庄，投新野来。行不到二十里，一彪军至，乃关羽也。云长寻至相见，诉说檀溪之事。

归到县中，与孙乾等商议。乾曰："必致书与荆州，分解此事。"玄德从其言，作书差孙乾至荆州。刘表唤入问曰："吾着玄德襄阳待客，缘何半席而走？"乾呈上书，言"蔡瑁欲相谋害，故越檀溪得脱。"刘表闻之大怒，唤蔡瑁入，大骂曰："汝焉敢害吾弟也！"瑁抵赖不过，[表]交推出斩之。蔡夫人出，哭求免死，表恨不消。孙乾告曰："不然。杀其上将，刘皇叔再后不敢赴荆州矣。"表责而释之，使长子刘琦一同孙乾来新野请罪。玄德见刘琦到，大喜，设宴相待。坐间，刘琦忽然堕泪。玄德问其故，琦曰："继母蔡氏常有谋害之意，侄无计免祸！"玄德劝以"小心尽孝，自可无祸。"次日刘琦辞别，玄德送出郭外，指坐下的卢马对刘琦曰："若非此马，吾已为九泉之人也！"琦曰："非马之力，乃叔父之福也！"叔侄相别，[刘琦]涕泣而去。

玄德自回，忽见市上一人，葛巾布袍，长歌而来。歌曰：

天地反覆兮人欲将殂，大厦将崩兮一木难扶。

四海有贤兮欲投明主，圣主搜贤兮却不知吾。

歌罢大笑不止。玄德闻其言，暗思（之）[云]："莫非水镜所言伏龙、凤雏否？"遂下马相见，邀入县衙，筵之高坐，问其姓名。其人曰："某乃（颖）[颍]上人也，姓单名福，久闻使君纳士招贤，特来投托，未敢辄造，故作狂歌于市。"玄德敬之。单福曰："适来使君所乘之马，再乞一观。"玄德命牵至厅下。福曰："此马虽有千里之能，只是妨主。"玄德曰："已应之矣。"遂言跳檀溪事。福曰："此乃救主，非妨主也。（不能）[必然]要妨，有一法可禳。"玄德曰："愿闻禳法。"福曰："可先使一亲近人乘坐，待妨死了那人，方可乘之，自然无事。"玄德唤从者，叫点汤逐客也。福曰："吾闻使君遍求贤士，不远千里而来，何故逐客耶？"玄德曰："汝初至此，不交吾躬行仁义，便交作利己妨人之事，吾故逐之。"福笑而谢曰："吾闻使君素有仁心，未能准信，故以此言试之。"玄德起而谢曰："若论仁心仁闻，[吾]岂（故）敢当？但欲恤军爱民，恨未及也，愿先生教之！"福曰："愚自（颖）[颍]上到此，闻新野之人歌曰：'新野牧，刘皇叔。自到此，民丰足。'可见使君爱人恤物之验也。"玄德拜单福为[军]师，调练本部人马。

据《三国志·蜀书·诸葛亮传》：时先主屯新野。徐庶见先主，先主器之。（参见《资治通鉴》卷六十五）

却说曹操自冀州回许昌，常有取荆州之心，故差曹仁、李典并降将吕旷、吕翔等三万兵屯樊城，虎视荆、襄，就看动静虚实，以为屏障。此时吕旷、吕翔禀曹仁曰："目今刘备[兵]屯新野，招军买马，积草聚粮，有谋（计）[许]之心，不可不早图也。吾二人自降丞相之后，未有寸功；愿请兵五千，（可）必取刘备之头，以献丞相！"曹仁大喜，与二吕兵五千，便投新野来。

界首人知，飞报玄德，玄德请单福商议。福曰："既有敌军到，不可[令其]入境，以扰居民。先差关羽引一军从左而出，以截来军中路；差张飞引一军[从]右[而]出，以（待）[断]来军之后；使君引赵云出中[路]以相迎，必然擒将矣。"玄德大喜，先差关、张二将去，然后自与单福引赵云领二千人马[出关。吕旷、吕翔引五千人马]来到。两边相迎，射住阵脚。玄德乘马而立于门旗之下，大呼曰："来者何人，敢犯吾境！"吕旷（、吕翔）曰："吾乃大将吕旷也，奉曹丞相令，特来擒汝！"玄德大怒，使赵云出马。二将交战不数合，[赵云]一枪刺吕旷于马下。吕翔引军便走，玄德纵兵掩杀。吕翔走不数里，只见尘埃起处，五百军出，为头大将横刀跃马而来，乃是关羽也，大杀一阵，折其大半。翔夺路而走，后面关羽迤逦追袭。又行不到十余里，五百人马拦住去路，为首[大]将[乃]燕人张翼德是也，挺矛跃马，直取吕翔。翔措手不及，被张飞一矛刺着，番身落马而死。余皆溃散，皆被张飞手下生擒，投新野县来。玄德大喜，重待单福，犒赏三军。

却说逃难军士至樊城见曹仁，报[说]"吕旷被赵云杀了，吕翔被张飞杀了，其余军士尽被活捉[到]新野县去了。"曹仁大惊，和李典商议。典曰："今二将欺敌而亡，只宜按兵不动，申报丞相知会，（可）起大军来剿捕，此为上策。"曹仁曰："不然！今二将已亡，又折了许多军马。量新野小可之地，何必经由丞相？割鸡焉用牛刀？吾与汝擒灭刘备，尚可以将功赎罪也。"典曰："刘备人杰也，不可轻视。"仁曰："汝怯战也。"典曰："兵法云：'知己知彼，百战百胜。'某非怯战，但恐不能胜刘备也。"仁怒曰："汝怀二心耶！"

典曰："自跟丞相，积有年矣，岂不能照察李典之心？"仁曰："吾必欲擒刘备［也］!"［俱］各披挂上马，离了樊城，渡河投新野而来。还是如何？

［第七十一段］ 徐庶定计取樊城

却说单福与玄德曰："曹仁近在樊城，知二将被诛，必然尽起本部之兵，来取新野。"玄德曰："当［何］以迎之？"福曰："吾料曹仁必尽提兵而来。樊城空虚，虽隔（着）［白］河，可夺而得也。"玄德问计，福附耳低言如此如此。玄德大喜，预先调拨已定。

白河边人报"曹仁准备舡只渡河。"单福对玄德曰："若按兵不动，未可便得。今全师而来，此出下策。吾必擒曹仁矣！"遂交赵云为前部先锋，领一军前进。两军阵势摆开，赵云出［马，唤］来将打话。李典出阵，与赵云交锋。约战数合，李典料敌赵云不住，拨马走回本阵。云纵马追袭，两翼兵射住。云遂回，各罢兵归寨。

且说李典归见曹仁，言"赵云英雄，急难抵当。不如且回樊城。"曹仁大怒，叱李典曰："汝未出军时，已（有）慢吾军心，今又卖阵，可以斩之！"喝刀斧手推转李典，［正欲斩时，］众将苦告方免。曹仁交李典为后军，自引兵为前部；次日离寨前进，布成阵势。

单福上山而观，与玄德曰："主公识此阵否？"玄德曰："不识。"福曰："此八门金锁之阵也。虽布得是，可惜不全。"玄德问"何不全？"福曰："八门者，休、生、伤、杜、景、死、惊、开也。如从生门、景门、开门而入则吉，如从伤门、惊门、休门而入则凶，如从杜门、死门而入（者）［则］必亡。今八门虽布得整肃，只是中间欠于主持。如从东南角上（纳喊）［生门］而入，军中鼓噪助喊，杀入（军中）［中军］，曹仁必然径投北走。可交赵云勿赶，却突出西门，（又）从［正］西［方景门］杀出，［又］从生门而入，（正西方景门而入，）击之必乱。"玄德传令，交前军把住阵脚，命赵云引五百军从东南而入，径往西出。赵云得令，挺枪骤马，引军径投东南角上，呐喊而入，军中鼓噪助威。云杀入军中，曹仁径投北走。云不赶，却突出西门，又从西杀投东南角来，曹仁兵大乱。玄德（令一）［领］军（一）［亦］击，仁兵大败而退。单福命休赶，自收军回寨。

却说曹仁输了一阵方悔，始信李典，请典商议，言"刘备军中必有能者。吾布八门金锁阵，赵云自东南而杀入，投西而出，安得无能者？"典曰："吾（等）［虽］在此，甚忧樊城。"曹仁曰："今晚去劫刘备寨。如中，且住；如劫不中，可退军回。"李典又谏曰："惟恐刘备有准备。"仁曰："如此却难用兵。"不听典语，传令了当。

却说单福与玄德在寨中议事。忽迅风骤起，福曰："今夜曹仁必来劫寨。"玄德曰："何以敌之？"福曰："某已预筭定了。"

却说曹仁尽起军士为前队，李典为后应，当［夜］二更来劫寨。比及将至寨内，四围火起，烧着寨栅。曹仁知有准备，急引军退，赵云从后掩杀将来。［仁］急弃本寨，望白河而走。比及到河边寻舡，河岸上一彪军马杀到，为头大将张翼德也，预先埋伏在那里等候。［曹军］急去觅舡欲渡，飞军掩至，中军死战。李典保护曹仁下舡渡河，［曹军］大半水中淹杀了。比及到樊城叫门，城上鼓响，一将引军杀出，乃关云长也。元来单福先使云长袭了樊城。曹仁、李典又被云长杀了一阵，失了樊城，投许昌而走；于路打听，方知有单福为军师，施谋定计。

按：樊城此时为刘表管辖，不可能由曹仁镇守。《演义》所述曹仁攻新野，徐庶帮助刘备打败曹仁、夺取樊城的情节，均不见于史。

不说曹仁。且说刘玄德大获胜捷，引军入樊城。县令刘泌出迎玄德，安民已定。刘泌乃长沙人也，亦是汉室宗亲，遂请玄德到家筵席。时有外甥寇封侍立在（彼）［侧］。玄德见其人品魁梧，声音清亮，问之，精熟武艺，父母双亡，在舅氏处倚傍学业，本罗侯寇氏之子也。玄德欲过房为嗣，泌欣然从之，便命其甥拜玄德为父，赐姓刘封。

据《三国志·蜀书·刘封传》：刘封者，本罗侯寇氏之子，长沙刘氏之甥也。先主至荆州，以未有继嗣，养封为子。（参见《资治通鉴》卷六十九）

玄德带回，令拜云长、翼德为叔。云长曰："兄长既已有子，何又螟蛉？久后必有乱。"

按：《演义》称刘备收养刘封在刘禅降生之后，与史不合。据史书记载，刘备"以未有继嗣，养封为子"。

玄德曰："吾待彼（之）为子，彼必待我为父，有何乱焉？"云长不悦。此是（为）结冤处。玄德与单福商议，恐樊城不（可）［易］守，乃与赵云一千军守樊城。玄德领众自回新野。

却说曹仁、李典回许昌见曹操，入拜于地请罪，言损兵折将之事。操曰："胜负乃兵家之常事，岂能常胜乎？刘备如此，谁为谋士？"曹仁言单福之事。操曰："不知何所人也。"程昱笑而言曰："非单福也。此人少好（学）［击］剑，中平末年曾与人报仇，用白土涂面，披发而走。吏问其姓名，缄口不言。吏（为）［乃］缚于车上，击鼓令市人识之，被同伴窃解救之，乃更名换姓，逃于他处。于是感激，乃疏巾单衣，折节（尚）［向］学；后遍访名师，常与司马徽谈论。此人乃（颍）［颍］川徐庶，字元直，单福乃更名也。"操曰："徐庶之才，比君如何？"昱曰："昱十分，得庶之一二。"操曰："惜乎贤士归于刘备，必助羽翼矣！奈何？"昱曰："徐庶为人至孝，幼丧其父，有母在堂。见今兄弟徐康已亡，母无人养，使人赚至许都，令作书唤之，其子必星夜而至矣。"操喜，便差人去取徐母，不一日已到。

（丞相）［曹操］亲自相待而对坐，与徐母曰："近闻令嗣徐元直乃奇才也。今在新野助逆臣刘备，（已）［背］反朝廷，正如美玉［落］于污泥中，诚为可惜！今烦夫人付笔札唤回许都。吾于天子之前保奏，必加重爵！"操命左右捧过文房，令徐母作书。母曰："刘备何如人也？"操曰："涿郡小辈，妄称皇叔，素无恩义，外君子而内小人，真匹夫也！"徐母两目圆睁，厉声而言曰："［汝］何（如）［虚］诳之甚也！吾久闻刘玄德乃中山靖王之后，汉景帝阁下玄孙，有尧、舜之风，禹、汤之德，况又屈身下士，恭己待人，世之黄童白叟皆闻其名，真当世之英雄也。吾儿辅之，得其主矣！汝虽托名汉相，实乃汉贼，反言玄德为逆臣，岂不自耻！安可使吾儿背明投暗，惹万世之骂名乎！"言讫，尽投笔于地，取（棹）［楮］砚便打曹操。操大怒，叱武士执徐母斩之。性命未知如何。

［第七十二段］　徐庶走荐诸葛亮

曹操欲斩徐母，程昱急止之，令武士且留人，入谏操曰：“徐母毁丞相者，欲求死也。丞相（欲）［若］杀之，则招不（美）［义］之名，成全徐（庶）［母］之德。徐母若死，徐庶［知］之，（心）必死［心］助刘备，而力报母仇矣！不如留之，且使徐庶身心两处，纵使助刘备，亦不用力矣。昱自有小计，必赚徐庶至此，以辅丞相［也］。”操然之，使送徐母于别室养（膳）［赡］，使程昱如亲母待之。昱乃诈言曾与徐庶为昆仲，常常送物，必具手启，徐母亦作手启以答之。昱赚了徐母笔迹字体，诈修书一封，差一心腹人，持书（敬）［径］投新野县，寻见徐庶行幕，使军士达知。

庶知母有家书，急唤入问之。来人曰：“某乃馆下走卒，奉老夫人言语，有书上达。”徐庶拆封观书曰：

近汝弟康丧，举目无亲。正悲怆中，不期曹相使人赚到许昌，云汝背反，下于缧绁，独赖程昱等力救；若得汝降，能免吾死。如书到日，可想劬劳之恩，星夜前来，以全孝道；却图归耕故乡，免遭大祸！吾今命若悬丝，专俟救济，更不多嘱。

徐庶览毕，泪如迸泉，持书来见玄德。庶曰：“（庶）［某］本（颖）［颍］川徐庶，字元直，为因逃难，更名单福。

据《三国志·蜀书·诸葛亮传》注引《魏略》：庶先名福，本单家子，少好任侠击剑。中平末，尝为人报仇，白垩突面，被发而走，为吏所得，问其姓字，闭口不言。吏乃于车上立柱维磔之，击鼓以令于市鄽，莫敢识者，而其党伍共篡解之，得脱。于是感激，弃其刀戟，更疏巾单衣，折节学问。始诣精舍，诸生闻其前作贼，不肯与共止。福乃卑躬早起，常独扫除，动静先意，听习经业，义理精熟。遂与同郡石韬相亲爱。初平中，中州兵起，乃与韬南客荆州，到，又与诸葛亮特相善。及荆州内附，孔明与刘备相随去，福与韬俱来北。

按：《演义》称徐庶曾更名单福，是罗贯中误解了《魏略》“单家子”的含义而误以“单”为姓氏。“单家子”指出身寒微，而非世家大族。

昨因荆州刘景升招贤纳士，特往见之；与之论事，方知其无用之人也。故作书以别之，夤夜至司马水镜庄上诉说其事。水镜深责庶不识主，却说‘刘豫州在此，何不事之？’庶故作狂歌于市，以钓使君，幸蒙不弃孤陋，曲赐重用。争奈老母被曹操奸计囚于许昌，将欲垂命，持书来呼，不容不去。非不欲尽犬马之劳以事使君，奈何慈母被执，不得尽其力也！今且暂辞，尚容再会。”

据《三国志·蜀书·诸葛亮传》：俄而表卒，琮闻曹公来征，遣使请降。先主在樊闻之，率其众南行，亮与徐庶并从，为曹公所追破，获庶母。庶辞先主而指其心曰：“本欲与将军共图王霸之业者，以此方寸之地也。今已失老母，方寸乱矣，无益于事，请从此别。”遂诣曹公。（参见《资治通鉴》卷六十五）

玄德泣曰：“子母之道，乃天爱也。元直无以备为念，而割其天爱。待与老太君相见之后，再从听教。”庶乃拜谢。庶便欲行，玄德曰：“再聚一宵，来日相饯。”

孙乾等人见玄德。乾等曰：“徐元直乃天下奇才也，在新野（、许昌）时，尽知我军中虚实。若使北归曹操，操重用之，来攻我军，势必危矣！望主公苦留，休交北去从曹操。曹操斩其母，庶必与母报仇，力攻曹操矣。”备曰：“不然！使人杀其母，吾独用其子，[是]不仁也；留之而不使去，以绝子母之道，是不义也。吾宁死，不为不仁不义之事！”众皆感叹而去。

据《三国志·魏书·程昱传》注引徐众《评》：徐庶母为曹公所得，刘备乃遣庶归，欲为天下者恕人子之情也。

玄德请庶饮至半夜。庶曰：“今闻老母被囚，虽金波玉液，亦不能沾腹胃也！”玄德曰：“闻公之行，使备如失左右手[，虽龙肝凤髓，亦不甘味]也！”二人相泣，坐而待旦。诸将已于廓外安排饯行。玄德与徐庶上马，至长亭相别。玄德举杯劝庶曰：“刘备分浅缘薄，不得相从先生听诲；望先生善事新主，以全孝道！”庶泣曰：“庶才微（志）[智]浅，深荷使君重用！今不幸半途而别，实为母之故也。纵曹操逼勒事之，终身不设（不）[一]谋，非不忠也，非所愿也！”玄德又曰：“先生此去，刘备亦将远遁而避世矣！”庶曰：“本欲与使君共为王霸之业者，以此方寸地也。今（已）[将]失老母，方寸乱矣，纵使在此，无益于事。请使君别求大贤以佐之，以图王业，何心灰若此？”玄德曰：“愚意度之，恐天下无比先生者。”庶曰：“[吾]樗栎庸才，非栋梁也。使君可求栋梁以佐之。”玄德泣谢。庶谓诸将曰：“望诸公善事使君，以图名垂竹帛，功列青史，休效庶之无始终也！”诸将皆感伤而别之。玄德泪如雨下，不忍相离，又送一程。玄德与徐庶并辔而行。玄德曰：“先生此去，备心如割，勿复有匡扶王室之心矣！”庶曰：“使君保重，以图再会。”玄德曰：“天各一方，未知相会又在何日。”不觉又行十里。庶辞曰：“不劳使君远送。庶当星夜（如）[而]行，见老母矣。”玄德又送十里，诸将请回。玄德在马上执庶之手曰：“先生此去，刘备奈何？”泪沾襟袖，庶亦掩面而哭别。玄德立马于林畔，看徐庶乘马，从者数人，匆匆而去，放声大哭。孙乾等劝曰：“主公休如此（痛）[恸]伤！”玄德曰：“元直去矣！吾将奈何？”凝泪眼而望，被[一]大林子隔断。玄德以鞭指曰：“吾欲尽伐此处树木。”孙乾曰：“何故伐之？”玄德曰：“阻望徐元直也。”

正望间，又欲赶上而送之，忽见徐庶拍马而回。玄德曰：“元直莫不无去意乎？”逐下马相迎，庶亦下马而来。玄德曰：“先生此回，必有佳意。”庶曰：“庶心绪如麻，失却一语。有一大贤，只在襄阳城西二十里，地名隆中，

据《三国志·蜀书·诸葛亮传》注引《汉晋春秋》：亮家于南阳之邓县，在襄阳城西二十里，号曰隆中。

使君何不见之？”玄德曰：“君何不与同来相见？甚好！”庶曰：“此人非庶[之]比也。使君可往[相]见，不可屈致。

据《三国志·蜀书·诸葛亮传》：时先主屯新野。徐庶见先主，先主器之，谓先主曰：“诸葛孔明者，卧龙也，将军岂愿见之乎？”先主曰：“君与俱来。”庶曰：“此人可就见，不可屈致也。将军宜枉驾顾之。”（参见《资治通鉴》卷六十五）

使君如得此人，可比周得吕望，汉得张良，有经纶济世之才，补完天地之手。其人每自比管仲、乐毅；以庶观之，管仲、乐毅（之）[尤]不及也。”玄德曰：“比先生才德若何？”

庶曰："某比彼人，如（驾上车）［驽］马以并麒麟，寒鸦以并鸾凤。徐庶何足言哉？此人乃天（地）［下第一］人耳！"玄德曰："愿求大贤姓甚名谁。"庶曰："此人乃琅琊郡人也，汉司隶校尉诸葛丰之后。［其］父名珪，字子高，为泰山郡丞。早丧其父，幼与弟从［叔父玄］为袁术所署豫章太守。后汉朝选朱皓代玄。玄素与刘景升有旧，往依［之］。不幸玄丧，其人与弟躬耕于南阳，（号）［好］为《梁父吟》。覆姓诸葛名亮，字孔明；

据《三国志·蜀书·诸葛亮传》：诸葛亮字孔明，琅邪阳都人也。汉司隶校尉诸葛丰后也。父珪，字君贡，汉末为太山郡丞。亮早孤，从父玄为袁术所署豫章太守，玄将亮及亮弟均之官。会汉朝更选朱皓代玄。玄素与荆州牧刘表有旧，往依之。玄卒，亮躬耕陇亩，好为《梁父吟》。（参见《资治通鉴》卷六十五）

据《三国志·吴书·诸葛瑾传》注引《吴书》：其先葛氏，本琅邪诸县人，后徙阳都。阳都先有姓葛者，时人谓之诸葛，因以为氏。

据《三国志·蜀书·诸葛亮传》引《上诸葛亮集表》：亮少有逸群之才，英霸之器，身长八尺，容貌甚伟，时人异焉。遭汉末扰乱，随叔父玄避难荆州，躬耕于野，不求闻达。

所居之地有一岗，名卧龙岗，故自号为'卧龙先生'。

据《三国志·蜀书·庞统传》注引《襄阳记》：诸葛孔明为卧龙，庞士元为凤雏，司马德操为水镜，皆庞德公语也。

按：据这条史料，"卧龙"之号是庞德公起的，并非诸葛亮自号。《演义》称诸葛亮自号"卧龙先生"是因卧龙岗而得名，与史不合。又，卧龙岗本在南阳郡治宛县，隆中并没有卧龙岗。

此人乃当世之大贤也，使君急宜枉驾见之。如此人肯相辅佐，何虑天下不定乎！"玄德曰："昔备在水镜庄上，［水镜］有云：'伏龙、凤雏，两人得一（人），可安天下。'备再问之，但言'好！'而已。莫非伏龙、凤雏乎？"庶曰："凤雏［者］，襄阳庞统是也；伏龙正是诸葛孔明。"玄德踊跃大笑曰："今日方悟'伏龙、凤雏'之语，不期大贤只在目前！不得先生一语，备有眼如盲也！"此正谓徐庶走荐诸葛亮也。后人有诗曰：

　　痛恨高贤不再逢，临期哭别两情浓。
　　片言却似春雷震，能使南阳起卧龙。

又诗曰：

　　四海苍生尽倒悬，豫州天下谩求贤。
　　不因徐庶临岐荐，争得西川四十年？

徐庶荐了孔明，再别玄德，上马而去。

按：《演义》说，徐庶辞别刘备北上临行前，才向刘备推荐了诸葛亮。而据史书记载，徐庶投奔刘备以后，就向刘备推荐了诸葛亮。徐庶辞刘归曹，时在三顾茅庐的翌年，刘备仓促南撤、徐母被俘之时；他与诸葛亮同在刘备幕下约有一年之久。

玄德闻徐庶之语，如醉初醒，方悟司马德操之语也。引众将回新野，便欲卑礼厚币，引关、张前去南阳请孔明。

（先）［却］说徐庶拍马，想玄德留恋之情，恐孔明不去，遂乘马直至卧龙岗，下马入庄，来见孔明。孔明问庶曰："元直此来，必有其故。"庶曰："庶近日事刘玄德，为因老母被曹操所留，驰书来召，只得舍而往之，（曾）［因］将（孔明）［公］荐与玄德。望莫推阻，可往见之，当展平生之大才，不负夙昔之所学也！”孔明闻之，作色而言曰：“尔以我为享祀之牺牲乎！”拂袖而入。近言享祀牺牲者，乃祀郊社之（中）[牛]，常以草料喂养，衣以文锦，临期杀之。此言徐庶何相轻也！庶乃满面羞惭，不辞而退，上马趱程而赴许昌。未知后来刘备三顾茅庐（求）[来]请孔明，还是何如。

新刊通俗演义出像三国志卷之四

东原　罗本　贯中　编次

起汉献帝建安十二年丁亥

至汉献帝建安十三年戊子　首尾共二年事实

目录二十四段

○按晋平［阳］侯相陈寿史传

［第七十三段］　刘玄德三顾诸葛亮

建安十二年冬十一月，徐庶临别玄德，乃荐诸葛亮有王佐之才，自趱程回许昌。曹操听知徐庶到，遂命荀彧、程昱等一班谋士出来迎接，入见曹操。施礼已毕，操曰："公乃高明远见之士，何故屈身于刘备乎？"庶答曰："庶自幼逃难，托寄江湖，偶至新野，与刘备相会。老母幸蒙慈念，庶不胜愧感！"操曰："令堂在此，汝可晨昏［侍奉，］以尽人子之道。吾以此待听教诲矣！"庶拜谢而出，急去见母。

徐母忽见庶泣拜于堂下，大惊而问曰："汝缘何至此？"庶答曰："近于新野从事于刘豫州，偶得母书，不顾星夜至此。"徐母大怒曰："辱子！汝飘荡江湖近二十年矣，我将汝随群儒学业，日有进益，何期反不如初也？汝自幼读书，知此忠孝之道不能两全。汝须识曹操［乃］欺君罔上之贼。刘玄德仁义布于四方，谁不仰之？况乃汉室之胄。吾与汝得其（力）［主］矣。今凭一纸伪书，更不推辞而来，弃明投暗，自取恶名，汝（乃）

真匹夫也！（吾）［汝］有何面目与（汝）［吾］相见！玷辱宗祖之徒，空生于天地间耳！”骂得徐庶伏于阶下，不敢仰视。徐母转入屏风后。少时，人报曰：“老夫人自缢，死于梁间。”徐庶荒入救时，其气已绝。

按：《演义》叙曹操诈书骗徐母，徐母骂曹及自缢身死，徐庶在魏“终身不设一谋”等情节，均不见于史。据《魏略》记载，魏文帝时，徐庶官至右中郎将、御史中丞。

后史官有诗赞曰：

贤哉徐母！德被中国。
守节无亏，于家有补。
教子多方，处身甘苦。
气若丘山，义冲肺腑。
赞美豫州，毁凌魏武。
不畏鼎镬，不惧刀斧。
惟恐后嗣，死得无所。
贤哉贤哉！名留万古。

徐庶哭死复苏。曹操使人吊问，破木为棺椁，亲往祭之，厚葬于许昌城南之原。徐庶居丧，操重赐之。

曹操商议南征，荀彧谏曰：“［天寒］未可动兵。且待春暖，可往冀州，（流）凿漳（池）［河］之水作一池，名曰‘玄武池’，于内教成水军，长驱大进，可席卷矣。”

据《三国志·魏书·武帝纪》：（建安）十三年春正月，公还邺，作玄武池以肄舟师。（参见《资治通鉴》卷六十五）

操从之，遂按兵不动。

却说刘玄德安排聘礼，待往隆中谒诸葛亮，只见门外人报：“有一先生，峨冠博带，道貌非俗，［特］来［相］探。”玄德曰：“此必是孔明也。”遂整衣冠出迎，视之，乃司马德操也。玄德大喜，请入堂中高坐，乃拜［问］起居，曰：“备自别仙颜，军务冗杂，有失拜访。幸蒙光降，大慰平生！”徽曰：“近闻徐元直在使君处，故欲一会。”玄德曰：“近闻曹操囚下徐母，［徐母］遣人持书，唤回许昌去了。”徽曰：“此中操计也！吾闻徐母大贤，安肯持书唤子？（事）［此书］知必诈也。元直不去，其母尚存；今若去之，母必死矣！”玄德惊问其故，徽曰：“其母贞烈之人，必羞见其子也。”玄德（记）［叹］之，遂问曰：“元直（累）［临行］荐南阳诸葛孔明，其人如何？”徽笑曰：“汝自去，又惹他出来（唱）［呕］血耶？”玄德问其故，徽曰：“其人乃琅琊（阳）郡人也，［与］博陵（漼）［崔］州平、（颍）［颍］川石广元、汝南（盖）［孟］公威并徐元直（为）［相］交甚密，常一处学业。此四人（但谈笑而不答，此可见其人之智也。玄德曰）务在精熟，惟孔明（纯粹）［独观］其（人）大略。［常］自抱膝长吟，而指四人曰：‘汝等仕（追）［进］可至（刘使君）［刺史郡］守也。’众（都）［皆］问其志若何，孔明但笑而不答，此可见其人之志也。”

据《三国志·蜀书·诸葛亮传》注引《魏略》：亮在荆州，以建安初与颍川石广元、徐元直、汝南孟公威等俱游学，三人务于精熟，而亮独观其大略。每晨夜从容，常抱膝长啸，而谓三人曰：“卿诸人仕进，可至刺史、郡守也。”三人问其所至，亮但笑而不言。

玄德曰："何（隐）［颍川］多贤哉？"徽曰："昔有鲍旭善观天文，见群星聚于（颖）［颍］分，对人言（之）［曰］：'其下必聚贤士。'"后有诗曰：

蜀郡灵槎转，丰池宝剑新。
将军居北塞，天子出西秦。
未到三台辅，曾为五老臣。
今朝（颖）［颍］川客，谁识聚贤人？

徽又曰："孔明居于隆中，（号）［好］为《梁父吟》，每自比管仲、乐毅，其才不可量也。"

据《三国志·蜀书·诸葛亮传》：亮躬耕陇亩，好为《梁父吟》。身长八尺，每自比于管仲、乐毅，时人莫之许也。惟博陵崔州平、颍川徐庶元直与亮友善，谓为信然。（参见《资治通鉴》卷六十五）

时有关公在侧曰："羽闻管仲曾一匡天下，九合诸侯，孔子犹称之曰：'微管仲，吾其披发左衽矣！'乐毅克齐而下七十余城。二人皆春秋名［人，功］盖寰宇之士，孔明比之，不亦太过？孔明安敢望此二人？"徽曰："以吾观之，只可比这二人。"关公曰："可比那二人？"徽曰："可比兴周朝八百余年姜子牙，开［汉江山］四百余岁（汉江山）张子房也。"众皆愕然。徽下阶相辞便行，玄德坚意相留不住。徽乃仰天大笑而言曰："伏龙虽得其主，未得其时！"言罢飘飘而去。玄德叹曰："真乃隐居贤士也！"

次日，［玄德同］关、张二［人］，将带十数骑从人，往隆中来；远望山畔，数人耕锄于田间而作歌曰：

苍天如圆盖，陆地如棋局。
世人黑白分，往来担荣辱。
荣者自匆匆，辱者自碌碌。
南阳有隐君，高眠（笑）［啸］不足。

玄德闻其言，勒马唤农夫而问之曰："此词何人所作？"田夫曰："非是词，乃《梁父吟》，是卧龙先生作也。"玄德问"卧龙先生何处居住？"田夫遥指曰："西南一带高冈名卧龙冈，冈前疏林内茅庐即诸葛先生卧龙之地也。"玄德谢之，行不数里，遥望卧龙冈，果然清景异常。后人有篇古风单道卧龙［冈］之佳处：

襄阳城西二十里，

据《三国志·蜀书·诸葛亮传》注引《汉晋春秋》：亮家于南阳之邓县，在襄阳城西二十里，号曰隆中。

一带高冈映流水。
高冈屈曲压云根，流水潺湲飞石髓。
势若困龙天上蟠，形如丹凤松阴止。
柴扉半掩闭茅庐，中有高人睡不起。
修竹交加列翠屏，四时篱落野花馨。
床头堆积皆黄卷，往来座上无凡尘。
扣门（哀）［苍］猿时献果，守门老鹤闲听经。
囊里名书藏古锦，壁悬宝剑挂七星。
庐中先生独幽雅，闲来亲自锄田稼。

专待春雷惊梦回，一声长笑分天下。

玄德来到庄前下马，亲扣柴扉。一童子出问，玄德曰："汉左将军、宜城亭侯领豫州牧、见屯新野皇叔刘备，特来拜见先生。"童子曰："我（不记）[记不]得许多名。"玄德曰："新野刘备来访先生。"童子曰："今早（少）[才]出。"玄德曰："何处去[了]？"童子答曰："踪迹不定，不知何处去[了]。"玄德曰："几时归？"童子曰："不准，或三五日，或十来日。"玄德怏怏不已。张飞曰："既不见，自归便了。"玄德曰："更待片时。"关公曰："不如暂回，却又使人来探知，那时[再]来未晚。"玄德以言嘱付童子曰："如先生回，可言刘备专拜。"遂上马回新野来，徐行数里，勒马回视隆中景物，茂盛不已。果然山不在高而秀，水不在深而清，地不[在]广而平，林不[在]大而茂，松柏交翠，猿鹤相随，观之不足。

忽见一人，神清气爽，[疏]眉秀目（疏），气概轩昂，丰姿英伟，戴逍遥巾，青衣道袍，杖藜从山僻小路（出）[而]来。玄德曰："此必[是]卧龙先生也。"忙下马进前施礼，曰："先生莫非卧龙也？"其人曰："将军是谁？"玄德曰："豫州牧刘备是也。"其人曰："吾非孔明，乃孔明之友，博陵崔州平也。"

据《三国志·蜀书·诸葛亮传》注：按《崔氏谱》：州平，太尉烈子，均之弟也。

玄德曰："久闻先生大名，请席地权坐，少请教益！"二人对坐于石上，关、张侍立于傍。州平曰："将军欲见孔明何为？"玄德曰："方今天下大乱，盗贼蜂起。欲见孔明，求安邦定国之策。"州平笑曰："公以定乱为主，但恨不明治乱之道也。"玄德请问曰："何为治乱之道？"州平曰："将军不（信）[弃]，听诉一语。自古以来，治极生乱，乱极生治。治乱如天地阴阳消长之道，寒暑往来之理。治不可无乱[，乱极]而入于治也，如寒尽则暖，暖尽则寒，四时之相传也。自汉高祖斩白蛇起义，（尤）[由]秦之乱而入于治也。至哀、平之世（来），二百年太平日久，王（莽）[莽]篡弑，（尤）[由]治而入乱[也]。光武中兴于东都，（后）[复]整大汉天下，（尤）[由]乱而入治也。光武至今（来）二百年，民安已久，故起干戈，此乃治入于乱也。方今祸乱之始，未可求定。岂不闻'天生天杀，何时是尽？人是人非，甚日而休？'久闻大道不足而化为术，（为）术[之]不足而化为德，德之不足而化为仁，仁之不足而化为俭，俭之不足而化为仁义，仁义不足而化为三皇，三皇不足而化为五帝，五帝不足而化为三王，三王不足而化为五霸，五霸不足而化为四夷，四夷不足而化为七雄，七雄不足而化为楚、汉，楚、汉不足而化为新室，新室不足而化为黄巾，黄巾不足，故生曹操、孙权与将军等辈，使互相侵夺，杀害群生，此天理也。往是今非，昔非今是，何日而已？此常理也。将军欲见孔明，而使（干扶）[之斡旋]天地，（纽担）[扭捏]乾坤，恐不易为也。"玄德谢曰："（识见）[适间]先生所[论，领]教[多矣]！不知孔明（居）[往]于何处？"州平曰："吾亦欲寻去，未曾见耳。"玄德曰："请先生同到弊县若何？"州平曰："山野[之人，]无意于功名久矣！容他日再见。"长揖而去。玄德与关、张上马而行。关公曰："崔州平之言若何？"玄德曰："此隐者之言也，吾故知（乱）[之]。方今乱世之时，圣人有言'危邦不入，乱邦不居。天下有道则见，无道则隐'，其理故然耳。争奈汉室将危，社稷渐疏，庶民有倒悬之急。吾乃汉（代）[室]宗亲，况有诸公竭力相辅，安得不（致）[治]乱扶危而坐视也？"关公曰："知兄主意正似屈原，虽知（德）[怀]王不明，尤舍力而谏，为宗族之故也。"玄德曰："云长知我心也！"遂回至新野。

（住）［后］数日，时值隆冬，玄德使人去探孔明［在否］。使人回报："（诸葛亮）［孔明］先生已在庄上。"玄德便交备马。张飞［曰］："量一村夫，何消哥哥自去？使人唤来便了。"玄德叱曰："汝不读书，曾不闻《孟子》中有云：'（卫）［招］人以旌，不至，将杀之。［孔子曰：］"志士不忘在沟壑，勇士不忘丧其元。"'见贤不以其道，是犹欲入而自闭其门也。孔明世之大贤，岂可召乎！"遂上马来谒孔明。未知见否。

［第七十四段］　刘玄德风雪访孔明

时建安十二年［冬］十二月（冬），天色严寒，彤云密布，朔风凛冽。玄德与关、张引数十人前赴隆中，来访诸葛；行至数里，纷纷飞雪，粉壁堆成。张飞曰："寒天暑月尚不用兵，岂宜访此无益之人？且回以避风雪。"玄德曰："吾欲孔明见我殷勤之意。兄弟你怕冷可先回。"张飞曰："死犹不怕，何怕冷乎？但恐哥哥空劳神思。"玄德曰："汝勿多言，相随共行。"将近茅庐，忽见路傍（村）酒店中一人作歌。玄德勒马于酒旆下，听其歌曰：

壮士功名尚未成，呜呼久不遇阳春。
君不见，东海老龙波辞辏，石桥壮士谁能伸？
（庆）［广］施三百六十韵，风雅遂与文王亲。
八百诸侯不期会，老龙负舟涉孟津。
牧野一战血漂杵，（歌）［朝］歌设策诛纣君。
又不见，高祖奋迹起草中，长揖一声隆准公。
高谋大霸惊人耳，望云跃足未超逢。
人闻驰骤英雄辨，指麾楚将如转蓬。

更有一人（擎棹）［击桌］而歌曰：

吾皇提剑驱寰海，一定强秦四百载。
桓、灵未久火德衰，奸臣贼子调鼎鼐。
青蛇飞下御座傍，又见妖虹降玉堂。
盗贼四方如蚁聚，奸雄万里皆鹰扬。
吾侪大笑皆拍手，闷来村店饮村酒。
独善其身尽自安，何须万古名不朽？

二人歌罢，抚掌大笑。玄德曰："此必是卧龙先生也。"遂下马入村店，见二人凭桌（凳而）对坐饮酒，上首者白面长须，下首者奇形古貌。玄德曰："二公何者是卧龙先生也？"白面者曰："将军寻卧龙何干？"玄德曰："刘备乃汉左将军、豫州牧也，见居新野城，欲求先生请问济世安民之术。"白面者曰："吾等非卧龙也，皆其友也。吾乃（广州）［颍川］石广元，此［是］汝南孟公威，皆［隐］居于此地也。"

据《三国志·蜀书·诸葛亮传》注引《魏略》：亮在荆州，以建安初与颍川石广元、徐元直、汝南孟公威等俱游学。

玄德大喜曰："备随行有马匹，敢屈二公同往卧龙庄上共话否？"石广元曰："吾等是山野慵懒之徒，不省治国安民之事，（定去）[去定]无益。君请上马，可见卧龙矣。"

玄德辞二隐士，上马投卧龙冈来，到庄门外下马扣门。童子出，玄德遂问曰："先生在庄上否？"童子言："在堂上观书。"玄德随童子入，见草堂（草堂）上一人拥炉抱膝而歌曰：

凤翔于万里兮无（至）[玉]不栖，吾今守于一方兮非主不依。
自耕于陇亩兮以待天时，聊寄傲于琴书兮今自吟诗。
逢明君于一盼兮更有何迟？展经纶于天下兮开（如）[创]鎡基。
救生灵于涂炭兮到处平夷，立功名于金石兮拂袖而归。

玄德上草堂而施礼曰："刘备久慕先生，无缘拜会。昨因徐元直指引，径到仙庄，不遇空回。今特冒风雪而来，得拜尊颜，实为万幸！"那少年荒忙答礼而言曰："将军莫非刘豫州，欲见家兄否？"玄德惊讶而问曰："先生又非（孔明）[卧龙]耶？"其人曰："卧龙乃二家兄也。一（父）母所生三人：大家兄诸葛瑾，见在江东孙仲谋处为幕宾；二家兄诸葛亮，与某躬耕于此；某乃孔明之弟诸葛均也。"玄德曰："卧龙先生今在何处？"诸葛均曰："博陵崔州平相约闲游，不在庄上二日矣。"玄德曰："于何处闲游？"均曰："或驾小舟游于江湖之上，或访僧道于名山之中，或寻朋友于山僻之间，或乐琴棋于洞府之内：往来莫测，不知何所。"玄德曰："刘备如此缘分浅薄，两番不遇大贤！"嗟呀不已。诸葛均留献茶，张飞曰："既先生不在，请哥哥上马。"玄德曰："备既到此，如何无一语（回）[而]去？"玄德请问曰："备闻卧龙熟谙韬略，善看兵书，可得闻乎？"均答曰："不知。"张飞怒曰："问他则甚！风雪越紧，不如早回。"玄德叱之曰："汝岂不知《春秋》乎？"均曰："家兄不在，不敢久留车骑。别日却来回礼。"玄德曰："倘蒙先生鹤驾来临，数日之后，备当又至矣。愿借纸笔，留一书上达先生，以表刘备殷勤之意！"[均]乃具纸笔于几案上。玄德呵开冻笔，拂开片楮，其书曰：

汉左将军、宜城亭侯、司隶校尉领豫州牧刘备拜书：（岁）[虽]经两番相谒仙庄，不遇空回，怏怏不已！（切）[窃]念备汉朝苗裔，忝居皇叔，滥当典郡之阶，职[系将军之列]，伏睹朝廷离乱，纪纲崩摧。当群雄乱国之时，恶党欺君之日，备心日夜忧惶，肝胆几裂！仰闻先生仁慈恻隐，忠义慨然，有吕望之才能，子房之妙略，备敬之如神明，欲求一见而不可得，再容他日斋戒沐浴，特拜尊颜！以此上闻。

建安十二年十二月　日，备百拜谨书。

玄德写毕，递与诸葛均。均送出庄门外，玄德致殷勤之意。均入庄。

玄德上马，忽见童子拍手于篱内，叫曰："先生来也！"玄德视之，见一人暖帽遮头，狐裘披体，坐下骑一蹇驴，后[随]青衣小童背一壶酒，踏雪而来；转近小桥，口颂《梁父吟》一首曰：

一夜北风寒，万里彤云厚。
长空雪乱飘，改尽山川旧。
仰面观太虚，想是玉龙斗。
纷纷鳞甲飞，顷刻遍宇宙。
白发老衰翁，盛感皇天祐。

玄德（问之）曰："[此]必是卧龙先生也。"滚鞍下马，向前施礼曰："先生冲寒不（已）[易]，刘备专候久矣！"那人荒忙下驴，进前作揖。诸葛均在后曰："此非家兄也，乃兄之岳翁也，名黄承彦!”

据《三国志·蜀书·诸葛亮传》注引《襄阳记》：黄承彦者，高爽开列，为沔南名士，谓诸葛孔明曰：“闻君择妇；身有丑女，黄头黑色，而才堪相配。”孔明许，即载送之。时人以为笑乐，乡里为之谚曰：“莫作孔明择妇，正得阿承丑女。”

玄德曰：“适间所诵之诗极其高妙，乃何人所作？”黄承彦曰：“老夫曾在女夫家（作）[观]《梁父吟》，

据《三国志·蜀书·诸葛亮传》：亮躬耕陇亩，好为《梁父吟》。

记得这一篇。却才至桥，偶见篱落间梅花，感而诵之。”玄德曰：“曾见令婿否？”承彦曰：“便是老夫径来看儿婿也。”黄承彦乃河南名士，一见诸葛孔明而异之。后孔明娶妻，承彦曰：“闻（名）[君]择妇。吾有一女，黄头儿，容貌丑（乏），才[堪]相配。”孔明欣然而娶之。时人作笑曰：“莫（非）[学]得孔明择妇，正得黄承彦丑女。”玄德闻言，辞别黄承彦，上马（归）[回]到新野；正值风雪满天，回望卧龙冈，悒怏不已！后有诗二首单道风雪访孔明，诗曰：

一天风雪访贤良，不遇空回意感伤。
（东令奚）[冻冷溪]桥山路滑，寒冲鞍马路途长。
当头片片梨花落，扑面纷纷柳絮狂。
回首停鞭遥望处，烂银堆满卧龙冈。

又诗曰：

见说南阳贤士隐，相寻不遇又空还。
野猿怯冷号林内，塞雁惊寒下水湾。
着地乱云迷草径，摇空杀气撼天关。
逍遥鞍马归来处，一望迷漫雪满山。

[荏苒新春，]玄德斋戒三日，沐浴更衣，准备鞍马，再往卧龙冈去请诸葛亮。关、张二将闻之不悦，乃拦身而谏。其言若何?

[第七十五段]　定三分诸葛出茅庐

建安十三年正月上旬，玄德再往南阳。关、张谏曰：“兄长两次亲往茅庐相谒，其礼过矣！想此人外有虚名，内无实学，故（托）[相]辞也。岂不闻[古]人云：‘以贵下贱无不得，以众下（宜）[寡]无不（先）[克]。’兄何惑于斯人之甚也!”玄德曰：“不然！汝读《春秋》，岂不闻齐桓公见东郭野人之事？桓公乃诸侯也，欲见[野]人而尤五返方得一面；何况吾欲[见]诸葛大贤耶？”齐桓公欲见东（廓）[郭]氏，一日三往而不得见。从者曰：“万乘之君而求布衣之士，一日三往而不得矣!”齐桓公曰：“士之傲（节）[爵]者固轻[其]主（者），君之傲伯王者亦轻其士。从夫子傲（节）[爵]，吾岂敢[傲]伯王乎？”五返，然后见焉。关云长闻此语曰：“兄如此敬贤，如文王谒太公也!”张飞曰：“哥哥差矣！俺兄弟三人纵横天下，论武艺不如谁？何故将这村夫以为大贤（僻）[辟]

之？［辟］之甚也！今番不须哥哥去，小弟替哥哥去请。如不来，一条麻索缚将来！”玄德叱曰：“乱道！文王为西伯之长，三分天下有其二，［往］磻溪谒姜子牙，子牙钓鱼，不顾文王。［文王］侍立于后，日斜不退，子牙却才与之交谈，乃开八百年成周天下。须不曾如此无礼。汝今番休去，我自与云长走一遭。”张飞曰：“既然哥哥去，兄弟如何落后？”玄德曰：“汝若同去，不可失礼！”张飞应诺。于是引数十人往隆中来。

按：刘备三顾茅庐，《演义》称有关、张随行，不见于史。盛巽昌先生在《三国演义补证本》一书中指出，此时刘备屯新野，赴隆中行程二三百里，往返须数日，此中须有留守者，非关、张莫属；而徐庶作为媒介，且刘备早有言：“君与俱来。”故陪同刘备三顾，关张可无有而必应有徐庶在焉。

比及至庄，离半里余，下马步行，正遇诸葛均（来，）飘（飘）然［而来］。玄德荒忙施礼，问之曰：“令兄（先生）在庄上否？”均答曰：“昨暮方回，将军可与相见矣。”长揖一声，自投山路而去。玄德曰：“今番能勾见先生也！”张飞曰：“这人无礼，便引哥哥去也不妨。”玄德曰：“各自有事，汝岂知也？”来至庄前扣敲柴门，童子开门而出。玄德曰：“有劳仙童转报，刘备特来相见。”童子曰：“师父虽然在家，草堂上昼寝未醒。”玄德教且休报覆，分付关、张二人只在门首等着。玄德徐步而入，纵目观之，自然幽雅，见孔明仰卧于草堂竹榻之上，不见动静。玄德犹然侍立，张飞大怒，出与云长曰：“这先生如此傲人！俺哥哥侍立在阶下，那厮高卧不起。我去庄后放把火，看他起也不起！”云长急［荒］止住，飞怒气不息。

却说玄德凝望堂上，见先生将欲起来，又朝里壁睡着。童子（与）［欲报，］玄德曰：“且不可惊寝。”又立一个时辰，忽见先生觉来，口念诗句曰：

大梦谁先觉？平生我自知。

草堂春睡足，窗外日迟迟。

番身唤童子曰：“不曾有客来否？”童子曰：“刘皇叔在此多时。”孔明起身曰：“何不早报有客？”孔明入后堂整衣冠，出迎玄德。［玄德］见其人身长八尺，面如冠玉，［头］带纶巾，［身］披鹤氅，眉聚江山之秀，胸藏天地之机，飘飘然当（地）［世］之神仙也。

据《三国志·蜀书·诸葛亮传》引《上诸葛亮集表》：亮少有逸群之才，英霸之器，身长八尺，容貌甚伟，时人异焉。

据《三国志·蜀书·诸葛亮传》：身长八尺，每自比于管仲、乐毅，时人莫之许也。

玄德下拜曰：“汉室鄙胄，涿郡愚夫，［久］闻先生大名，如雷灌耳；昨尝两造仙庄，已留贱名［于］文几，未审览否？”亮答礼曰：“南阳田夫，触事慵疏，累蒙将军车驾光临，下情不胜感激！［昨观书意，足］见将军有爱民忧国之心。但恨亮年幼才疏，不堪治政，有误下问！”

据《三国志·蜀书·诸葛亮传》引诸葛亮《出师表》：臣本布衣，躬耕于南阳，苟全性命于乱世，不求闻达于诸侯。先帝不以臣卑鄙，猥自枉屈，三顾臣于草庐之中，谘臣以当世之事，由是感激，遂许先帝以驱驰。

据《三国志·蜀书·诸葛亮传》：由是先主遂诣亮，凡三往，乃见。

据《资治通鉴》卷六十五：备由是诣亮，凡三往，乃见。

玄德曰：“司马德操之言，徐元直之语，岂虚谬哉？望先生不弃鄙贱，曲赐见教！”孔明曰："[德操、]元直，世之高士。亮乃一村夫耳，安可以谈天下之事？二公差举矣！将军舍美玉[而]就顽石，此乃误矣！"玄德曰："夫古圣贤学成文武之业，当立身行道，扬名于后世，以显父母，此谓孝矣。救民于水火之中，致君于尧、舜之（化）[道]，世人望先生久矣！备愚卤，得赐教之，实为万幸也！"言罢又拜。孔明笑曰："将军（慨）[既]然欲闻愚论，尽当剖露。愿闻其志！"

玄德乃屏去左右，起席而谢[曰]："汉室倾颓，奸臣窃命，主上蒙尘。孤不度德量力，欲信大义于天下，而智术短浅，遂用猖獗，至于今日，志犹未已。（请）[君谓]计将安出？"孔明答曰："自董卓以来，豪杰并起，跨州连郡者不可胜数。曹操比于袁绍，则名（齐）[微]而众寡；然操能克绍，以弱为强，非为天时，亦人谋也。今操已拥百万之众，挟天子而令诸侯，此诚不可与争锋。孙权据有江东，已历三世，国险而民富，贤能为之用，此可与为援而不可图也。荆州北拒汉江，南尽南海，东连吴、会，西（建）[通]巴、蜀，此用武之国，而其主不能守，此殆天所以资将军，将军岂有意乎？益州沃野险塞，千里之国，高祖因之以成帝业。刘璋暗弱，张鲁在北，民殷国富而不知存恤，志能之士思得明君。将军乃帝室之胄，信义著于四海，揽召英雄，思贤如渴，若跨有荆、益，保其险阻，外结孙权，内修政理；天下有变，则命一上将将荆州之军以向宛、洛，将军举益州之众以出秦川，百姓各箪食壶浆以迎将军也。诚如是，则霸业可成，汉室可兴矣！"

据《三国志·蜀书·诸葛亮传》：由是先主遂诣亮，凡三往，乃见。因屏人曰："汉室倾颓，奸臣窃命，主上蒙尘。孤不度德量力，欲信大义于天下，而智术浅短，遂用猖蹶，至于今日。然志犹未已，君谓计将安出？"亮答曰："自董卓已来，豪杰并起，跨州连郡者不可胜数。曹操比于袁绍，则名微而众寡，然操遂能克绍，以弱为强者，非惟天时，抑亦人谋也。今操已拥百万之众，挟天子而令诸侯，此诚不可与争锋。孙权据有江东，已历三世，国险而民附，贤能为之用，此可以为援而不可图也。荆州北据汉沔，利尽南海，东连吴会，西通巴蜀，此用武之国，而其主不能守，此殆天所以资将军，将军岂有意乎？益州险塞，沃野千里，天府之土，高祖因之以成帝业。刘璋暗弱，张鲁在北，民殷国富而不知存恤，智能之士思得明君。将军既帝室之胄，信义著于四海，总揽英雄，思贤如渴，若跨有荆益，保其岩阻，西和诸戎，南抚夷越，外结好孙权，内修政理；天下有变，则命一上将将荆州之军以向宛洛，将军身率益州之众出于秦川，百姓孰敢不箪食壶浆以迎将军者乎？诚如是，则霸业可成，汉室可兴矣。"先主曰："善！"（参见《资治通鉴》卷六十五）

孔明言罢，交童子将画一轴挂于正堂中，指而言曰："[此]乃[西蜀]五十四州之图也。昔日李熊曾与公孙述云：'西川沃野千里，果实所生，（之）[无]谷而（绝）[饱]。'

据《后汉书·公孙述传》：功曹李熊说述曰："方今四海波荡，匹夫横议。将军割据千里，地什汤、武，若奋威德以投天隙，霸王之业成矣。宜改名号，以镇百姓。"述曰："吾亦虑之，公言起我意。"于是自立为蜀王，都成都。蜀地肥饶，兵力精强，远方士庶多往归之，邛、笮君长皆来贡献。李熊复说述曰："今山东饥馑，人庶相食；兵所屠灭，城邑丘墟。蜀地沃野千里，土壤膏腴，果实所生，无谷而饱。女工之业，覆衣天下。名材竹干，器构之饶，不可胜用，又有鱼、盐、铜、银之利，浮水转漕之便。北据汉中，杜褒、斜之险；东守巴郡，拒捍关之口；地方数千里，战士不下百万。见利则出兵而略地，无利则坚守而力农。东下汉水以窥秦地，南顺江流以震荆、杨。所谓用天因地，成功之资。今君王之声，闻于天下，而名号未定，志士孤疑，宜即大位，使远人有所依归。”

将军欲成霸业，北让曹操占得天时，东让孙权占得地利，将军可占人和，先取荆州为家，后取西川建国，以成鼎足之势，然后可图中原也！”玄德闻其言，避席拱手而谢之曰：“先生之言（虽在）［顿开］茅（庐）［塞］，使备拨云仰面以观青天！但恨荆州刘表、益州刘璋，此二人皆汉室之宗亲，备不忍夺之也！”孔明曰：“亮尝观星象，刘表不久在人世矣；刘璋非立业之人，［久］后必归于将军矣。”玄德闻言，顿首拜谢。一席话，乃孔明未出茅庐，便知三分天下，此是古人不及也！有诗曰：

堪爱南阳美丈夫，愿将弱主自匡扶。
片时妙论三分定，一席高谈自古无。
先取荆州安帝业，后吞巴、蜀建皇都。
要知鼎足为形势，预向茅庐指画图。

玄德顿首谢曰：“备虽名微德薄，愿先生同往新野，徐兴仁义之师，共救天下百姓！”孔明曰：“亮久乐耕锄，不能奉承尊命。”玄德苦苦泣曰：“如先生不肯匡救生灵，天下休矣！”言罢泪沾襟袖。孔明曰：“将军若不相弃，（情）愿尽犬马之力！”

据《三国志·蜀书·诸葛亮传》《资治通鉴》卷七十引诸葛亮《出师表》：臣本布衣，躬耕于南阳，苟全性命于乱世，不求闻达于诸侯。先帝不以臣卑鄙，猥自枉屈，三顾臣于草庐之中，谘臣以当世之事，由是感激，遂许先帝以驱驰。

据《三国志·蜀书·诸葛亮传》引《上诸葛亮集表》：遭汉末扰乱，随叔父玄避难荆州，躬耕于野，不求闻达。时左将军刘备以亮有殊量，乃三顾亮于草庐之中；亮深谓备雄姿杰出，遂解带写诚，厚相结纳。

据《三国志·蜀书·诸葛亮传》注引《魏略》、注引《九州春秋》：刘备屯于樊城。是时曹公方定河北，亮知荆州次当受敌，而刘表性缓，不晓军事。亮乃北行见备，备与亮非旧，又以其年少，以诸生意待之。坐集既毕，众宾皆去，而亮独留，备亦不问其所欲言。备性好结毦，时适有人以髦牛尾与备者，备因手自结之。亮乃进曰：“明将军当复有远志，但结毦而已邪！”备知亮非常人也，乃投毦而答曰：“是何言与！我聊以忘忧耳。”亮遂言曰：“将军度刘镇南孰与曹公邪？”备曰：“不及。”亮又曰：“将军自度何如也？”备曰：“亦不如。”曰：“今皆不及，而将军之众不过数千人，以此待敌，得无非计乎！”备曰：“我亦愁之，当若之何？”亮曰：“今荆州非少人也，而著籍者寡，平居发调，则人心不悦；可语镇南，令国中凡有游户，皆使自实，因录以益众可也。”备从其计，故众遂强。备由此知亮有英略，乃以上客礼之。　　臣松之以为亮表云“先帝不以臣卑鄙，猥自枉屈，三顾臣于草庐之中，谘臣以当世之事”，则非亮先诣备，明矣。虽闻见异辞，各生彼此，然乖背至是，亦良为可怪。

玄德唤关、张入，一同拜谢，献上币帛礼物，孔明坚辞不受。玄德曰：“此非聘大贤之礼，但表刘备寸心［耳］。”孔明方受之。刘备等在庄中共宿一宵，次日收拾同出茅庐。昔日周文王梦熊罴，往磻溪请姜子牙，同载而归，立成周天下，胡曾先生有诗曰：

岸草青青渭水流，子牙曾此独垂钓。
当时未入罴熊兆，（一）［几］向斜阳叹白头。

今日刘玄德请诸葛先生出茅庐时，胡曾先生亦有诗曰：

世乱英雄百战余，孔明方此乐耕锄。
蜀王不自垂三顾，争得先生出旧庐？

次日诸葛均回，孔明嘱付曰："吾受刘皇叔三顾之恩，不容不出茅庐也。汝可躬耕于此，以乐天（真）[时]，勿得狂图以废畎亩。待吾功成名遂之日，即当隐居于此，以乐天年。"均拜而领诺。

据《三国志·蜀书·诸葛亮传》：亮弟均，官至长水校尉。

后人有诗曰：

身未升腾思退步，功成不忘去时言。
只因先主叮咛后，星夜秋风五丈原。

孔明出茅庐时二十七岁，曾子固有篇古风为证：

高皇手提三尺铗，芒砀白蛇夜流血。
平秦灭楚立咸阳，二百年间君断绝。
大哉光武兴洛阳，传至桓、灵又崩裂。
献帝迁都占许昌，纷纷四海生豪杰。
曹操专权得天时，江东孙氏图基业。
孤穷刘备走天下，独居新野为巢穴。
南阳卧龙藏大机，腹内雄兵分正奇。
只因徐庶临行语，茅庐三顾心相知。
先生年方正三九，收拾琴书离土阜。
先取荆州后取川，大展经纶补天手。
纵横舌上起风雷，谈笑胸中贯牛、斗。
龙骧虎视安乾坤，万载千年名不朽。

玄德与孔明一同载归新野，食则同几，卧则同榻，终日议论，心地开说，共议（论）天下之事。孔明曰："曹操于冀州作玄武池以教水军，必有下江南之意。可密令人渡江探听虚实，容作筹略。"玄德随即使人渡江东。未知如何。

[第七十六段]　孙权跨江破黄祖

孙权自建安（三）[五]年孙策死后据住江东，曹操表为讨虏将军，自承父兄之基业，广纳贤良，重用谋士，开设宾馆于吴会，令张纮接待诸宾。连年以来，你我相荐，（近）[遂]得数人：一人乃彭城人也，姓严名峻，字曼才；

据《三国志·吴书·严畯传》：严畯字曼才，彭城人也。……避乱江东，与诸葛瑾、步骘齐名友善。……张昭进之于孙权，权以为骑都尉、从事中郎。

一人乃会稽山阴人也，姓阚名泽，字德润；

据《三国志·吴书·阚泽传》：阚泽字德润，会稽山阴人也。家世农夫，至泽好学，……察孝廉，除钱唐长，迁郴令。

一人乃沛郡涿邑人也，姓薛名宗，字敬先；

据《三国志·吴书·薛综传》：薛综字敬文，沛郡竹邑人也。少依族人避地交州，从刘熙学。士燮既附孙权，召综为五官中郎将，除合浦、交阯太守。

一人乃汝南（也一）[南顿]人也，姓程名秉，字得枢；

据《三国志·吴书·程秉传》：程秉字德枢，汝南南顿人也。……权闻其名儒，以礼征，秉既到，拜太子太傅。

一人乃吴郡人也，姓朱名恒，字休穆；

据《三国志·吴书·朱桓传》：朱桓字休穆，吴郡吴人也。孙权为将军，桓给事幕府，除余姚长。

一人乃吴郡人也，姓陆名绩，字公纪；

据《三国志·吴书·陆绩传》：陆绩字公纪，吴郡吴人也。……绩容貌雄壮，博学多识，星历算数无不该览。虞翻旧齿名盛，庞统荆州令士，年亦差长，皆与绩友善。孙权统事，辟为奏曹掾，以直道见惮，出为郁林太守，加偏将军，给兵二千人。

一人[乃]吴郡人也，姓张名温，字用惠；

据《三国志·吴书·张温传》：张温字惠恕，吴郡吴人也。父允，以轻财重士，名显州郡，为孙权东曹掾，卒。温少修节操，容貌奇伟。权闻之，以问公卿曰："温当今与谁为比？"大司农刘基曰："可与全琮为辈。"太常顾雍曰："基未详其为人也。温当今无辈。"权曰："如是，张允不死也。"征到延见，文辞占对，观者倾竦，权改容加礼。罢出，张昭执其手曰："老夫讬意，君宜明之。"拜议郎、选曹尚书，徙太子太傅，甚见信重。

一人乃会稽义阳人也，姓骆名统，字公绪；

据《三国志·吴书·骆统传》：骆统字公绪，会稽乌伤人也。……孙权以将军领会稽太守，统年二十，试为乌程相，民户过万，咸叹其惠理。权嘉之，召为功曹，行骑都尉，妻以从兄辅女。

一人乃襄阳人也，姓庞名统，字士元，道号凤雏先生。

据《三国志·蜀书·庞统传》：庞统字士元，襄阳人也。

据《三国志·蜀书·庞统传》注引《襄阳记》：诸葛孔明为卧龙，庞士元为凤雏，司马德操为水镜，皆庞德公语也。（参见《资治通鉴》卷六十五）

此数人（者）皆[在]江东，孙权礼敬之甚，后舌战群儒[时]有用。又得武将数人：一人[乃]富阳人也，姓吕名蒙，字子正；

据《三国志·吴书·吕蒙传》：吕蒙字子明，汝南富陂人也。少南渡，依姊夫邓当。当为孙策将，数讨山越。蒙年十五六，窃随当击贼，当顾见大惊，呵叱不能禁止。……策召见奇之，引置左右。数岁，邓当死，张昭荐蒙代当，拜别部司马。权统事，料诸小将兵少而用薄者，欲并合之。蒙阴赊贳，为兵作绛衣行縢，及简日，陈列赫然，兵人练习，权见之大悦，增其兵。从讨丹杨，所向有功，拜平北都尉，领广德长。

一人乃吴郡人也，姓陆名逊，字伯言；

据《三国志·吴书·陆逊传》：陆逊字伯言，吴郡吴人也。本名议，世江东大族。孙权为将军，逊年二十一，始仕幕府，历东西曹令史，出为海昌屯田都尉，并领县事。

一人［乃］琅琊莒人也，姓徐名盛，字文（亮）［向］；

据《三国志·吴书·徐盛传》：徐盛字文向，琅邪莒人也。遭乱，客居吴，以勇气闻。孙权统事，以为别部司马。

一人［乃］东郡人也，姓潘名璋，字文珪；

据《三国志·吴书·潘璋传》：潘璋字文珪，东郡发干人也。孙权为阳羡长，始往随权。性博荡嗜酒，居贫，好赊酤，债家至门，辄言后豪富相还。权奇爱之，因使召募，得百余人，遂以为将。讨山贼有功，署别部司马。

一人［乃］庐江安丰人也，姓丁名奉，字承渊。

据《三国志·吴书·丁奉传》：丁奉字承渊，庐江安丰人也。少以骁勇为小将，属甘宁、陆逊、潘璋等。数随征伐，战斗常冠军。

文武数十人［共］相（扶）［辅佐］，（共）［以］承父业。江东人物，天下称之。

建安七年，曹操破袁绍，差使命往江东，令孙权［子］入朝为官，以随圣驾。权犹豫不决，引周瑜等往吴夫人前议之。张昭曰："遣赴许昌是操锁诸侯之法也。若留其质，一听［所］使；如不令去，恐操兴兵下江东，势必危矣！"周瑜曰："非也！昔楚国初分，封疆不满百里，既用贤能，广土开境，遂据荆州，至于南海，（乃）［垂］祚九百余年。今将军承父兄余资，兼并六郡，地众粮多，将士用命，况境内富饶，有何逼迫而欲送（下）［质］？质一人，不得不与曹氏相首尾，则命召不得不往。如此见［制］于人，极［爵］不过一（仆）侯，随从十余人，车数乘，马数匹，岂（于）［得］南面称孤哉？不如勿遣，徐观其（便）［变］：若曹氏（卒）［率义兵］以正天下，将军事之未晚；若为暴乱，彼自苦之不暇，焉能害人？"吴夫人曰："公瑾之（意）［言］是也！公瑾与伯符同年，大一月耳，我视之如子。汝（其）［以］兄事之，勿遣子为质。"

据《三国志·吴书·周瑜传》注引《江表传》：曹公新破袁绍，兵威日盛，建安七年，下书责权质任子。权召群臣会议，张昭、秦松等犹豫不能决，权意不欲遣质，乃独将瑜诣母前定议，瑜曰："昔楚国初封于荆山之侧，不满百里之地，继嗣贤能，广土开境，立基于郢，遂据荆扬，至于南海，传业延祚，九百余年。今将军承父兄余资，兼六郡之众，兵精粮多，将士用命，铸山为铜，煮海为盐，境内富饶，人不思乱，泛舟举帆，朝发夕到，士风劲勇，所向无敌，有何逼迫，而欲送质？质一入，不得不与曹氏相首尾，与相首尾，则命召不得不往，便见制于人也。极不过一侯印，仆从十余人，车数乘，马数匹，岂与南面称孤同哉？不如勿遣，徐观其变。若曹氏能率义以正天下，将军事之未晚。若图为暴乱，兵犹火也，不戢将自焚。将军韬勇抗威，以待天命，何送质之有！"权母曰："公瑾议是也。公瑾与伯符同年，小一月耳，我视之如子也，汝其兄事之。"遂不送质。（参见《资治通鉴》卷六十四）

按：《演义》称，曹操曾于建安七年（202）要求孙权送子为质，孙权采纳周瑜意见决定不送质。《演义》这一情节采自《江表传》。对此，章义和、唐燮军在《细说曹操》（上海人民出版社 2005 年版）一书中认为，《江表传》的这一记载，与史相悖。其中的关键，是因为孙权在建安七年（202）还没有儿子，他的大儿子孙登，迟至建安十四年（209）才出生；假如曹操真的想“质任子”，肯定会预先打听孙权有没有儿子可“质”，没有的话，自然不会提这样的要求。

自此操有下江南之意，正值在北方讨贼，未有暇焉。

建安八年十一月，权领舟师西伐黄祖，战于大江之中，祖军大败。

据《资治通鉴》卷六十四：（建安八年冬十月，）孙权西伐黄祖，破其舟军，惟城未克。（参见《三国志·吴书·吴主传》）

权［手下］骁骑将军凌操轻舟当先杀入夏口，被甘宁一箭射死。凌操子凌统时年一十五岁，忿力救护父尸而还。

据《三国志·吴书·凌统传》：父操，轻侠有胆气，孙策初兴，每从征伐，常冠军履锋。守永平长，平治山越，奸猾敛手，迁破贼校尉。及权统军，从讨江夏。入夏口，先登，破其前锋，轻舟独进，中流矢死。统年十五，左右多称述者，权亦以操死国事，拜统别部司马，行破贼都尉，使摄父兵。

按：《演义》称，凌操死后，十五岁的凌统“奋力往夺父尸而归”，不见于史。

权见风色不利，遂收军回吴。

建安九年十二月，孙权弟孙翊为丹阳太守。此人性急，醉后多鞭（权）［打］左右手下将士。仇览、戴员二人常有杀翊之心，未得其便。仇览因见吴主孙权出讨山贼，遂与翊从人边洪商议，谋杀孙翊。是时诸将［、县］令（差）［皆］来丹阳会集，翊作宴待之。翊妻徐氏极聪明，颜色美丽，更善卜易卦，象吉凶，［言］“［今日］不可会客。”翊不听，遂［与众］大会；至晚筵散，空手送客。边洪带刀跟随至后门，（洪）掣刀砍死孙翊。仇览、戴员引军拿住边洪，明正其罪，碎剐于市。二人乘势将翊家资、侍妾［尽］皆分之。

仇览见徐氏美貌，提刀入曰：“吾与汝［夫］报仇已讫。汝当从吾，不从即死！”徐氏曰：“［夫］死［，尸］犹未冷。可待至岁旦，设祭（其）［吾］夫，除其孝服，即时成亲。”览容之。徐氏暗唤翊心腹（人）旧将孙高、傅英二人入府，（居）［告］之曰：“先夫在日，常言二公忠义，故不避羞面告。今仇览、戴员二人同谋杀死夫主，只归罪于边洪，将应用家私并婢妾尽皆分去。仇览又欲污妾身，妾诈许之，以安其心。欲得面见吾王，当立微计以图二贼。望二将军想先夫之面，特赐哀救！”言讫再拜。孙高、傅英闻之大哭而答曰：“吾昔日感府君之恩，尽死不辞，正欲思计，不敢见夫人。今日之事，愿死以报府君耳！”徐氏乃令孙、傅二将引心腹人二十个共成其事。孙高先使人告之孙权。

至岁旦日，孙、傅二将［先］伏于围幕之中。徐氏于堂上设祭，哭泣尽哀已毕，乃除孝服，薰香沐浴，浓粉艳妆，言笑自若。仇览使人观之，回报甚喜。徐氏令婢请览入。酒至半酣，徐氏迎（之）［入］密室拜览，却才一拜，便呼曰：“孙、傅二将军何在！”二人持刀跃出，览措手不及，杀死于地。随即请戴员赴宴。员入内，二将擒而杀之。徐氏遂［复］穿孝服，将览、员首级就祭夫主，痛哭几绝。

吴主孙权点领兵马，星夜至丹阳见徐氏，将仇览、戴员二人家小灭门，不留一个。权封孙高、傅英为大将，令守丹阳；乃取弟妇徐氏归家养赡。江东之人，无问老少，皆称徐氏之德。

据《资治通鉴》卷六十四：丹阳大都督妫览、郡丞戴员杀太守孙翊。将军孙河屯京城，驰赴宛陵，览、员复杀之；遣人迎扬州刺史刘馥，令住历阳，以丹阳应之。览入居军府中，欲逼取翊妻徐氏。徐氏绐之曰："乞须晦日，设祭除服，然后听命。"览许之。徐氏潜使所亲语翊亲近旧将孙高、傅婴等与共图览，高、婴涕泣许诺，密呼翊时侍养者二十余人与盟誓合谋。到晦日，设祭。徐氏哭泣尽哀，毕，乃除服，薰香沐浴，言笑欢悦。大小凄怆，怪其如此。览密觇，无复疑意。徐氏呼高、婴置户内，使人召览入。徐氏出户拜览，适得一拜，徐大呼："二君可起！"高、婴俱出，共杀览，余人即就外杀员。徐氏乃还缞绖，奉览、员首以祭翊墓，举军震骇。孙权闻乱，从椒丘还。至丹阳，悉族诛览、员余党，擢高、婴为牙门，其余赏赐有差。（参见《三国志·吴书·孙韶传》《吴主传》）

据《三国志·吴书·孙韶传》注引《吴历》：妫览、戴员亲近边洪等，数为翊所困，常欲叛逆，因吴主出征，遂其奸计。时诸县令长并会见翊，翊以妻徐氏颇晓卜，翊入语徐："吾明日欲为长吏作主人，卿试卜之。"徐言："卦不能佳，可须异日。"翊以长吏来久，宜速遣，乃大请宾客。翊出入常持刀，尔时有酒色，空手送客，洪从后斫翊，郡中扰乱，无救翊者，遂为洪所杀，迸走入山。徐氏购募追捕，中宿乃得，览、员归罪杀洪。诸将皆知览、员所为，而力不能讨。览入居军府中，悉取翊嫔妾及左右侍御，欲复取徐。恐逆之见害，乃绐之曰："乞须晦日设祭除服。"时月垂竟，览听须祭毕。徐潜使所亲信语翊亲近旧将孙高、傅婴等，说："览已虏略婢妾，今又欲见逼，所以外许之者，欲安其意以免祸耳。欲立微计，愿二君哀救。"高、婴涕泣答言："受府君恩遇，所以不即死难者，以死无益，欲思惟事计，事计未立，未敢启夫人耳。今日之事，实夙夜所怀也。"乃密呼翊时侍养者二十余人，以徐意语之，共盟誓，合谋。到晦日，设祭，徐氏哭泣尽哀毕，乃除服，薰香沐浴，更于他室，安施帏帐，言笑欢悦，示无戚容。大小凄怆，怪其如此。览密觇视，无复疑意。徐呼高、婴与诸婢罗住户内，使人报览，说已除凶即吉，惟府君敕命。览盛意入，徐出户拜。览适得一拜，徐便大呼："二君可起！"高、婴俱出，共得杀览，余人即就外杀员。夫人乃还缞绖，奉览、员首以祭翊墓。举军震骇，以为神异。吴主续至，悉族诛览、员余党，擢高、婴为牙门，其余皆加赐金帛，殊其门户。

后来史官有诗赞曰：

义节俱全守此身，报仇斩贼诈相亲。
三分多少英雄将，不及东吴一妇人。

［此时］东吴各处山贼尽皆平服，大江之中战船七千余只。［权］拜周瑜为都督，镇江东水陆军马。

建安十二年冬十月，孙权母吴夫人病危。权入问疾，吴夫人交请张昭、周瑜二人至。

据《资治通鉴》卷六十五：（建安十二年，）权母吴氏疾笃，引见张昭等，属以后事而卒。（参见《三国志·吴书·孙破虏吴夫人传》及注引《志林》）

夫人曰："吾本吴地人也，幼（年与）［亡］父母［，与弟］吴景（涉）［徙］居钱塘，聘嫁孙坚，生此四子。［生］头子孙策时梦月入怀，后生次子孙权时又梦日入怀。日月非常，大贵也。

据《三国志·吴书·孙破虏吴夫人传》注引《搜神记》：初，夫人孕而梦月入其怀，既而生策。及权在孕，又梦日入其怀，以告坚曰："昔妊策，梦月入我怀，今也又梦日入我怀，何也？"坚曰："日月者阴阳之精，极贵之象，吾子孙其兴乎！"

不幸策早丧，今已将江东基业尽付与弟孙权。望汝等（可）扶持［吾子］，吾死无忧矣！今（疾）病危，嘱以后事，愿子布、公瑾早晚教诲吾儿孙权，勿使有失。江东有黄祖累世之仇，不可不报，善保江东，此万全之计［也］!”又嘱付权曰：“汝事子布、公瑾（为）［以］师父之道，切不可待慢！吾妹在堂，如（何得）［同我］也，可宜恭敬！汝妹亦当恩（仰）［养］，以择佳婿嫁之。（不可）［汝若］不听吾言，九泉之下不相见矣！”言讫遂终。权具棺椁衣衾之美，严陈［祭祀，］哭泣尽哀，葬于父孙坚之高陵。

［孙权］居丧，至建安十三年春暖，共张昭、周瑜商议。［周瑜曰：］“报仇雪恨，何待期年？”权持疑未决。平北（郡卫）［都尉］领广德长吕蒙入见。权曰：“子明至，必有事。”蒙曰：“某守龙秋，本日忽见江夏一舟傍岸。［某问之，乃］是黄祖手下骁将甘宁，（某国之，宁曰吾本）江西临江人也，字兴霸，颇通诸子。少年相随，持弓弩，（箭）［腰］带铃，纵横于江湖之间。人闻铃声，尽皆避之。（今）聚壮士英雄七百余人作伴，往来江中，劫掠下任官吏。更以西川锦作帆幔，左右皆披锦绣，时人皆呼‘锦帆贼头’。所到之处，无不接待；如不接待，即便杀人放火。如与交欢，誓不相害。

据《三国志·吴书·甘宁传》：甘宁字兴霸，巴郡临江人也。少有气力，好游侠，招合轻薄少年，为之渠帅；群聚相随，挟持弓弩，负毦带铃，民闻铃声，即知是宁。人与相逢，及属城长吏，接待隆厚者乃与交欢；不尔，即放所将夺其资货，于长吏界中有所贼害，作其发负，至二十余年。

据《三国志·吴书·甘宁传》注引《吴书》：宁轻侠杀人，藏舍亡命，闻于郡中。其出入，步则陈车骑，水则连轻舟，侍从被文绣，所如光道路，住止常以缯锦维舟，去或割弃，以示奢也。

复悔［过］自（亲）［新］，引众人去投刘表。他见表事势（力终）［穷约］，必然无（好）［成］，诚恐一朝土崩，（空）［并］受其祸，遂欲来投东吴；黄祖在夏口，不得（至）［过］，乃留依祖，祖待之甚（厚）［薄］。将军破祖时，祖已大败，却得甘宁之力，救得祖到江夏。黄祖只（便）［不］重用他，今经数年。有都督苏飞累荐甘宁，黄祖曰：‘劫江之贼，不可重用！’因此遂仇恨之。苏飞知其意，乃置酒，邀宁到家，厚礼待之，曰：‘吾荐公数次，奈何主将不能用。日月逡巡，人生几何？宜自远图，庶遇知己。’宁答曰：‘虽有此志，未得其由。’飞曰：‘吾保汝为鄂县长，以为去就之计，就与临（牧）［坂］转（瓦）［丸］乎？’宁因此得过江东，欲投将军，诚恐恨而不留。蒙曰：‘吾主公求士如雨，安记旧仇也？况兼各佐其主，又何（限）［恨］焉？’遂折箭为誓以保之。宁遂（执）召数百人过江东，等主公钧鉴。”孙权大喜曰：“吾得兴霸，破黄祖必矣！”

据《三国志·吴书·甘宁传》注引《吴书》：宁将僮客八百人就刘表。表儒人，不习军事。时诸英豪各各起兵，宁观表事势，终必无成，恐一朝土崩，并受其祸，欲东入吴。黄祖在夏口，军不得过，乃留依祖，三年，祖不礼之。权讨祖，祖军败奔走，追兵急，宁以善射，将兵在后，射杀校尉凌操。祖既得免，军罢还营，待宁如初。祖都督苏飞数荐宁，祖不用，令人化诱其客，客稍亡。宁欲去，恐不获免，独忧闷不知所出。飞知其意，乃要宁，为之置酒，谓曰：“吾荐子者数矣，主不能用。日月逾迈，人生几何，宜自远图，庶遇知己。”宁良久乃曰：“虽有其志，未知所由。”飞曰：“吾欲白子为邾长，于是去就，孰与临阪转丸乎？”宁曰：“幸甚。”飞白祖，听宁之县。招怀亡客并义从者，得数百人。

据《三国志·吴书·甘宁传》：止不攻劫，颇读诸子，乃往依刘表，因居南阳，不

见进用，后转托黄祖，祖又以凡人畜之。于是归吴。周瑜、吕蒙皆共荐达，孙权加异，同于旧臣。（参见《资治通鉴》卷六十五）

遂命吕蒙（召）［引］甘宁入见。参拜已毕，权曰："吾得兴霸，大称吾心，岂有记恨之（礼）［理］！（坚居）［望君］无疑耳！愿定破黄祖之策。"宁曰："今汉祚日衰，曹操将为篡盗。南荆之地，山陵形便，江川流通，诚是国之西番也。宁已观刘表，虑计不远，儿子又（少）［劣］，非能承传基业也。（全）［至］尊当早（省）［图］之，不可迟于曹操。图荆之计，宜先取黄祖。祖今（年）老迈昏惑已甚，（事故付之）［财谷并乏］；左右欺弄，务于货利，侵求吏士，吏士心（怒）［怨］；舟船战具顿（处）［废］不修，怠于耕农，军无法律。至尊今往相攻，（可必）［必可］一破矣！"孙权闻之曰："此乃金玉之论也！"便交周瑜领兵，安排战舡，进攻黄祖。张昭曰："不可！见今吴下（丛丛）［业业］，若军果行，恐必致乱！"宁应声曰："国家以（肖）［萧］何之任付君，君居守而忧乱，何（意）［以］似古人乎？"孙权举酒劝宁曰："兴霸，今年征讨，如此酒矣，决以付卿。卿但当勉（尽）［建］方略，令必克祖兵，则卿之功［也］，何疑张长史之言乎？"

据《三国志·吴书·甘宁传》：宁陈计曰："今汉祚日微，曹操弥憍，终为篡盗。南荆之地。山陵形便，江川流通，诚是国之西势也。宁已观刘表，虑既不远，儿子又劣，非能承业传基者也。至尊当早规之，不可后操图之。图之之计，宜先取黄祖。祖今年老，昏耄已甚，财谷并乏，左右欺弄，务于货利，侵求吏士，吏士心怨，舟船战具，顿废不修，怠于耕农，军无法伍。至尊今往，其破可必。一破祖军，鼓行而西，西据楚关，大势弥广，即可渐规巴蜀。"权深纳之。张昭时在坐，难曰："吴下业业，若军果行，恐必致乱。"宁谓昭曰："国家以萧何之任付君，君居守而忧乱，奚以希慕古人乎？"权举酒属宁曰："兴霸，今年行讨，如此酒矣，决以付卿。卿但当勉建方略，令必克祖，则卿之功，何嫌张长史之言乎！"权遂西，果禽祖，尽获其士众。（参见《资治通鉴》卷六十五）

遂命周瑜为大都督，

据《三国志·吴书·周瑜传》：（建安）十三年春，权讨江夏，瑜为前部大督。

按：周瑜从未任大都督。据史书，东吴此次攻江夏，周瑜任前部大督。

将水陆军［兵］，吕蒙为前部先锋，董袭、甘宁为副将，权自引兵为后队，起兵十万，来破黄祖。

祖细作飞报江（东）［夏］来。祖荒聚众商议，令苏飞为主将，陈能、邓尤为先锋，尽起江夏之兵以迎之。陈能、邓尤各引一（大）队（横冲）［艨艟］截江口，其余小舡皆屯（内港）［港内］；艨艟上各设强弓硬弩十余张，并大索系定水面上。东吴兵至，数百小舡鸣鼓先进。艨艟上鼓向，弓弩齐发。军不［敢］进，约退数里水面。（有）甘宁与董袭曰："事已至此，不容不进！"选小船一百只，每舡军士五十人：二十人撑舡；三十人各披两付甲，手执钢刀。甘、董二将各持刀在前，不避矢石，直至艨艟傍边，砍断大索，艨艟纵横。甘宁、董袭各飞上艨艟，砍死邓尤，陈能弃舡而走。吕蒙看见，跳下小舡，自举橹棹，直入船队。甘、董二将放火烧着余舡，四散而走。陈能急待上岸，吕蒙不舍，赶到（根）［跟］前，一刀当头砍番。苏飞岸上引军来迎。东吴诸将皆要争功，一齐上岸掩杀，其势不（敢）［可］当，祖军大败。

据《资治通鉴》卷六十五：（建安十三年春，）权遂西击黄祖。祖横两蒙冲挟守沔口，以栟闾大绁系石为矴，上有千人，以弩交射，飞矢雨下，军不得前。偏将军董袭与别部司马凌统俱为前部，各将敢死百人，人被两铠，乘大舸，突入蒙冲里。袭身以刀断两绁，蒙冲乃横流，大兵遂进。祖令都督陈就以水军逆战。平北都尉吕蒙勒前锋，亲枭就首。于是将士乘胜，水陆并进，傅其城，尽锐攻之，遂屠其城。（参见《三国志·吴书·董袭传》《吕蒙传》《吴主传》）

按：据史书，建安十三年（208）孙权攻黄祖，甘宁并未参战。《演义》所述甘宁事迹，系移植于史书中董袭事迹。

苏飞荒忙而走，正遇东吴大将潘璋匹马来到，手腕初交，挟苏飞于马［上］，下到舡中，来见孙权。

孙权大怒，睁目视之曰："汝等害吾父兄之贼，万剐尤轻！"呼左右，命做槛车盛之，"待［吾活］捉黄祖，一发回江东坟上祭享！"交先槛了苏飞，便催三军不分星夜攻打夏口，活捉黄祖。诸将得令，忿力向前。黄祖性命如何？

［第七十七段］　诸葛遗计救刘琦

时建安十三年春三月，东吴诸将见甘宁成功，各自（打）［抖］擞神威，来捉黄祖。

却说黄祖见江中舡只尽陷，诸将皆休，情知守把不住，弃了江夏，遥望荆州而走；不敢［多］带人马（多），只有百十骑出东门，且战且走。甘宁料道黄祖走荆州，诸将在西门拦截，独宁离东门十余里等候。祖（正走之间，）料得脱了虎口，［正走之间，］一声喊起，甘宁拦路。祖告曰："我等不曾轻视汝，汝何反吾？"宁叱之曰："吾从汝数年，多负勤劳，建功立迹，汝以常人相待。吾岂容汝哉！"黄祖［自知］不能免祸，回马而走。甘宁冲开士卒，直赶将来，指望活捉黄祖献功。只听得路傍喊起，一骑出迎，宁视之，乃程普也。宁恐普夺功，荒忙扯弓搭箭，背射黄祖坠马，赶至枭其首级；

据《三国志·吴书·吴主传》：祖挺身亡走，骑士冯则追枭其首，虏其男女数万口。

与程普合兵一处，同入江夏，来见孙权，献上黄祖首级。权揪祖发［而］恨之，掷之数次，"将回东吴祭坟！"命以匣盛贮了当，重赏三军。张昭曰："孤城不可守也，且回东吴。刘表必来与祖报仇，坐而待之，必取刘表；表败，乘势而攻之，荆、襄可属吴矣！"权闻其言，遂弃江夏，众军下舡而回。

苏飞在（陷）［槛］车内，密使人叫甘宁曰："苏飞望将军垂救，［事］不宜迟！"宁曰："飞若不言，吾岂忘（了）［之］？"军已至吴［会］，权将苏飞并黄祖头［一］同祭祀。宁径往（将）［府］下，扣头拜伏。权问其故，宁大哭而告之曰："宁向日若没苏飞，则死沟壑矣，安得致命于将军之麾下哉？今飞之罪理当夷戮，望将军垂怜救之恩！愿纳上职名以赎飞罪！"权曰："今为君免之，走去奈何？"宁曰："飞得免分裂之（死）［祸］，深受更生之赐，逐之尚且不去，何况自走乎？若飞但去，宁将首级［纳］于阶下（待）［代］死！"权乃赦之，

据《资治通鉴》卷六十五：权先作两函，欲以盛祖及苏飞首。权为诸将置酒，甘宁

下席叩头，血涕交流，为权言飞畴昔旧恩："宁不值飞，固已损骸于沟壑，不得致命于麾下。今飞罪当夷戮，特从将军乞其首领。"权感其言，谓曰："今为君置之。若走去何？"宁曰："飞免分裂之祸，受更生之恩，逐之尚必不走，岂当图亡哉！若尔，宁头当代入函。"权乃赦之。（参见《三国志·吴书·甘宁传》注引《吴书》）

遂置酒大会文武。

权自将酒劝吕蒙曰："今［克］黄祖老贼，乃卿先斩陈能之功也。"蒙顿首称谢。加蒙为横冲中郎将。

据《三国志·吴书·吕蒙传》：权曰："事之克，由陈就先获也。"以蒙为横野中郎将，赐钱千万。

遍赏诸将已毕，见一人拔剑在手，于筵间大哭，直取甘宁，宁急取筵前果桌迎之。权自起身抱住。其人年二十一岁，身长八尺，力雄胆大；曾在江中遇祖巡江将张顾，其人不避刀箭，飞跃过舡，杀张顾于舡中，余皆砍（下）［于］水内，夺其巡舡而还，权大惜之；吴郡余杭人也，姓凌名统，字公绩，

据《三国志·吴书·凌统传》：凌统字公绩，吴郡余杭人也。……权复征江夏，统为前锋，与所厚健儿数十人共乘一船，常去大兵数十里。行入右江，斩黄祖将张硕，尽获船人。还以白权，引军兼道，水陆并集。时吕蒙败其水军，而统先搏其城，于是大获。

因甘宁昔日一箭射死他父亲，今日相见，如何不报仇雪冤？权劝开，言曰："兴霸射死汝父，（此）［彼］时为主，不容不尽力耳。今日既在一处，便是弟兄，何必记仇？万事皆看吾之面皮！"统扣头泣血曰："统自幼随父事主，恨不［得］肝脑涂地以报之！今遇杀（死）父之仇，安得不报乎！"权与众官力劝之。统欲与宁决胜败。权加凌统为勇烈都尉；

据《三国志·吴书·凌统传》：权以统为承烈都尉，与周瑜等拒破曹公于乌林。

只就当日拨五千军、一百只战舡，使甘宁领去镇守夏口，宁拜谢而去。

据《资治通鉴》卷六十五：凌统怨宁杀其父操，常欲杀宁，权命统不得仇之，令宁将兵屯于他所。

据《三国志·吴书·甘宁传》注引《吴书》：凌统怨宁杀其父操，宁常备统，不与相见。权亦命统不得仇之。尝于吕蒙舍会，酒酣，统乃以刀舞。宁起曰："宁能双戟舞。"蒙曰："宁虽能，未若蒙之巧也。"因操刀持楯，以身分之。后权知统意，因令宁将兵，遂徙屯于半州。

东吴自此广造军器战舡，分兵连路把守江岸。孙权自引大军守柴桑郡今是江州；周瑜去鄱阳湖教习水军，以防江北之势。

话分两头。却说探细人回新野报知刘玄德："东吴［孙权］新破黄祖，将头祭墓，见今屯兵柴桑，其余宗亲分守江夏各处隘口，未有渡江之意。"玄德正与孔明攀话间，忽刘表使人来请玄德议事。玄德问孔明"此行若何？"孔明曰："此是江东新破黄祖，故请主公商议，必（要）［有］报仇之策也。正欲与主公去走一遭。荆州九郡，沃野万里，用武之地，已在掌中矣！亮与主公同行。"玄德留关公守新野，带张飞引五百人马往荆州来。玄德［在］马上与孔明曰："今见景升，当以何对？"亮曰："先当谢襄阳之罪。若令主

公征讨江东，切不可应允，但云‘容去新野收拾军马。’”玄德（并）[遂]听孔明之言，来到荆州馆驿安下，留张飞屯兵于城外。

玄德与孔明来见刘表。礼毕，玄德请罪于阶下。表曰：“吾已尽知贤弟被害之事，欲斩蔡瑁之首以献[贤弟]，众人皆劝免。”玄德曰：“非[干]蔡将军之事，皆（以）[手]下人所为也，再不必举矣！”刘表曰：“今江夏失守，黄祖丧师，（今）[故]特请贤弟共议。”玄德曰：“黄祖性暴，不能用人，以致有失。今若欲南征，（其是）[曹操]北来，当复奈何？”表曰：“吾今年老多病，不能理事，贤弟可来替吾。吾死之后，弟便为荆州之主也。”玄德曰：“弟安敢当此重任？兄勿复言！”孔明[以]目视玄德，玄德曰：“容思良策，以保荆州。”遂辞而去。

到馆驿中，孔明曰：“景升以荆州付主公，何[以]却之？”玄德曰：“备感景升之恩，未常忘报，安忍乘其危而夺之？”孔明叹曰：“真仁慈之主也！”正商议间，忽报公子刘琦来，入见玄德，哭拜于地曰：“继母不能相容，性命只在旦夕矣！望叔父可怜而救之！”玄德曰：“此是贤侄家务事，吾亦无奈何。”孔明微笑。玄德求计于孔明，孔明曰：“此家务事，难以区画。”少时，玄德送刘琦出，耳语说（知）[之曰]：“来日我使孔明回（报）[探]，汝可告知。如不言，如此如此。”琦谢而去。

玄德至五更推辞腹痛不起，[使]孔明去回刘琦礼。孔明上马，到公子宅前下马，入见公子。礼毕，请入后堂。茶罢，琦告曰：“继母（之）不容，请先生一言活命！”孔明暗思，恐有漏泄不便，欲辞去。琦曰：“先生不言则（止）[已]，何故相弃[便行]？”请入密室共饮。数杯之后，琦曰：“某有一古书，愿先生教之！”孔明曰：“见在何处？”琦只引孔明登后阁。孔明求书观之，琦泣拜而言曰：“继母（之）不容，请先生一言活命！”孔明怒而便起身，见阁口胡梯已去。琦告曰：“累求自安之策，先生（又）[不]见教，恐他人漏泄也。今日上不至天，下不至地，出君之口，入琦之耳，可以教（人）[之]乎？”孔明辞曰：“疏不可间亲，新不可（破）[隔]旧。欲得全身远害，今夜当思之。”琦曰：“继母又不容，先生又不教，是绝路也。愿死于君前！”掣佩剑自刎，孔明急止之曰：“已有良计了。”琦拜曰：“请教之！”孔明曰：“岂不知春秋时，晋献公先妻生二子，长曰申生，次曰重耳。妻丧后，宠爱丽姬，姬亦生一子。姬常谗谮于公，欲杀（之）二子。[献公思二子]贤孝，不忍诛之。忽一日春浓，姬唤申生同游后园，乃令献公于高楼上帘内观之。姬以蜜涂衣发上，群蜂闻香，（斗）[竞]相扑之。姬令太子赶蜂去。献公于楼上望见，（心中）只疑戏弄，心中恨之。姬又诈（言）[为]先（君）[后]设祭，令二子往祭之。祭罢，欲分食祭物，左右曰：‘祭母之物（不可便食，）宜先奉上。’申生使人送之。姬将毒药[置]于中，以供献公。姬奏曰：‘食自外来，不可便食。’令喂犬，犬果死。献公大怒，赐朝典命太子死。重耳惊惶，逃窜外邦一十九年，方免其难，（复）[后]为晋文公。申生在内而亡，重耳在外而安。公子何不效重耳乎？江夏黄祖新亡，缺人守御。何不上言，乞屯军此郡而避其祸（耳）[耶]？”琦再拜指教之言。诗曰至今荆州尚有旧迹：

荆州兄弟苦相猜，诸葛三缄语不开。

已使片言能救命，至今尤有玉梯台。

刘琦取梯，送孔明归馆驿，以告玄德，玄德大喜。

次日，刘琦上言，欲守江夏。未有次第，表交请玄德共议。玄德曰：“江夏一郡非亲人不可守，使刘琦去（之）[守]极善。东西之事，[兄]父子当之；南北之事，备愿当之！”表曰：“近闻曹操新于邺郡作玄武池以教水军，必有征南之意。弟宜防之！”玄德曰：

“弟已知［之］，勿复忧虑!”遂拜辞回新野。［刘表］令刘琦领军三万，往江夏镇守。

据《资治通鉴》卷六十五：初，刘表二子琦、琮，表为琮娶其后妻蔡氏之侄，蔡氏遂爱琮而恶琦。表妻弟蔡瑁、外甥张允并得幸于表，日相与毁琦而誉琮。琦不自宁，与诸葛亮谋自安之术，亮不对。后乃共升高楼，因令去梯，谓亮曰：“今日上不至天，下不至地，言出子口，而入吾耳，可以言未？”亮曰：“君不见申生在内而危，重耳居外而安乎？”琦意感悟，阴规出计。会黄祖死，琦求代其任，表乃以琦为江夏太守。（参见《三国志·蜀书·诸葛亮传》《后汉书·刘表传》《三国志·魏书·刘表传》）

却说曹操在许昌罢三公之阶，自为丞相；

据《后汉书·献帝纪》：（建安十三年）夏六月，罢三公官，置丞相、御史大夫。癸巳，曹操自为丞相。

据《三国志·魏书·武帝纪》：汉罢三公官，置丞相、御史大夫。（建安十三年）夏六月，以公为丞相。

据《资治通鉴》卷六十五：（建安十三年）夏六月，罢三公官，复置丞相、御史大夫。癸巳，以曹操为丞相。

以毛玠为东（鲁）曹掾，崔琰为西（鲁）曹掾，司马朗为主簿。

据《资治通鉴》卷六十五：操以冀州别驾从事崔琰为丞相西曹掾，司空东曹掾陈留毛玠为丞相东曹掾，元城令河内司马朗为主簿，弟懿为文学掾。（参见《三国志·魏书·崔琰传》《毛玠传》）

朗字百逵，河内温人也，（颖）［颍］川太守司马隽之孙，京兆尹司马防之子，

据《三国志·魏书·司马朗传》：司马朗字伯达，河内温人也。

弟兄八人。［次子］司马懿字仲达，操命（之）［为文］学掾，并典选（齐）［举］之事。

据《晋书·宣帝纪》：宣皇帝讳懿，字仲达，河内温县孝敬里人，姓司马氏。……颍川太守俊，字元异。俊生京兆尹防，字建公。帝即防之第二子也。少有奇节，聪明多大略。……尚书清河崔琰与帝兄朗善，亦谓朗曰：“君弟聪亮明允，刚断英特，非子所及也。”汉建安六年，郡举上计掾。魏武帝为司空，闻而辟之。帝知汉运方微，不欲屈节曹氏，辞以风痹，不能起居。魏武使人夜往密刺之，帝坚卧不动。及魏武为丞相，又辟为文学掾，敕行者曰：“若复盘桓，便收之。”帝惧而就职。（参见《资治通鉴》卷六十五）

文官齐备，乃聚武将商议南征。夏侯惇进曰：“闻刘备在新野拜诸葛亮为军师，

按：《演义》称，诸葛亮初出茅庐，就被刘备拜为军师，于史无据。建安十二年（207）诸葛亮出山时，刘备未授他任何官职。建安十三年（208）赤壁之战后，刘备攻占了荆州的武陵、桂阳、零陵、长沙等四郡，始授诸葛亮为军师中郎将；建安十九年（214），刘备取得益州，诸葛亮升为军师将军；章武元年（221），诸葛亮擢升为丞相。

每日教练军兵，必为后患。可早图之。”操便令夏侯惇为都督，于禁、李典为副将，领兵十万，直到（樊）［博望］城，要擒刘备。此行如何？

［第七十八段］　诸葛亮博望烧屯

时建安十三年夏六月，夏侯惇欲领兵南征。荀彧曰："刘备不可轻敌，更兼新野诸葛为辅。将军此去，不可欺敌。"惇曰："吾视刘备如猫鼠耳，到彼必擒之！"徐庶曰："将军不可轻视刘备，今又得孔明，如虎插翅。"操问曰："孔明何人也？"庶曰："他覆姓诸葛名亮，字孔明，道号卧龙先生，上通天文，下晓地理，熟谙韬略，有鬼神不测之机，非等闲之辈也。"操曰："比公若何？"庶曰："某乃萤火之光，他如皓月［之明］也。庶安能比于［诸］葛（亮）哉？"此乃徐庶惑军之计。夏侯惇叱之曰："元直之言谬矣！吾看诸葛如（同）草芥耳，何足惧（之）［哉］？此番若不一阵［生］擒（之）刘备，活捉诸葛村夫，愿献首级！"操曰："军中无戏言。"惇曰："愿责军令状！"操曰："汝早报捷书，以慰吾心之所望！"惇忿怒而辞曹操，领军登程。

却说新野刘备自得孔明，如鱼得水，待之如（父）［师］。云长、翼德心中不悦，乃曰："孔明年幼，有甚学识？兄敬之太过！又未见他真实。"玄德闻之曰："吾得孔明，犹鱼之有水也。愿诸君勿复言！"关、张见说，不喜而退。

> 据《资治通鉴》卷六十五：于是与亮情好日密。关羽、张飞不悦，备解之曰："孤之有孔明，犹鱼之有水也。愿诸君勿复言。"羽、飞乃止。（参见《三国志·蜀书·诸葛亮传》）

忽一日，孔明谓玄德曰："明公度刘荆州比曹操若何？"玄德曰："不及也。"孔明又言曰："［明］公自度比操若何？"玄德曰："诚不如也！"孔明曰："既皆不及，明公之众不过数［千］人耳，以此待敌，［万］一操兵至，当以何迎之？"玄德曰："备深虑也，未得其计。"孔明曰："可召（养）［募］民［兵］以充其数，亮自教之，可待敌也。"于是招募新野之民，得三千余人。

> 据《三国志·蜀书·诸葛亮传》注引《魏略》：备性好结毦，时适有人以髦牛尾与备者，备因手自结之。亮乃进曰："明将军当复有远志，但结毦而已邪！"备知亮非常人也，乃投毦而答曰："是何言与！我聊以忘忧耳。"亮遂言曰："将军度刘镇南孰与曹公邪？"备曰："不及。"亮又曰："将军自度何如也？"备曰："亦不如。"曰："今皆不及，而将军之众不过数千人，以此待敌，得无非计乎！"备曰："我亦愁之，当若之何？"亮曰："今荆州非少人也，而著籍者寡，平居发调，则人心不悦；可语镇南，令国中凡有游户，皆使自实，因录以益众可也。"备从其计，故众遂强。

孔明每日教以阵法，一进一退，不失其节。

忽报曹操差夏侯惇引兵十万，杀奔新野而来。关、张二将先得知，正说间，玄德请商议军机［之］事。关、张入见，玄德曰："夏侯惇引兵十万，杀奔新野而来。如何迎敌？"云长默然不答。飞曰："哥哥自去便了。"玄德曰："智凭孔明，勇（次）［仗］二弟，何须还言语也？"关、张出。玄德请孔明入议，曰："今夏侯惇引十万之兵到来，何以迎之？"孔明曰："但恐二弟不肯宾伏。如欲亮行兵，愿借剑印。"玄德（只得）［即便］付之。孔明聚集诸将听令。关、张曰："听了令出，却作理会。"孔明曰："博望城离此九十里，左有山名豫山，右有林名安林，可以埋伏军马。云长可引一千五百军……去安林背后山谷埋伏，只看南向火起便可出，[向博]望城（救此）[旧屯]料草处纵火掩之。关平、刘封各引五百军预备引火之物，于博望坡后两边相候；至初更兵到，便可放火矣。去樊城取回子龙，令为前部，只要输不要赢，把兵马迤逦退后；主公自引一枝军于中救援。听计而行，勿使有失！"张飞问孔明曰："我等皆百里之外埋伏，你在何处？"孔明曰："我只自守县。"张飞大笑曰："见其智也！我每都去厮杀，你便在家坐地。吾不去，吾不去。"孔明曰："印剑在此，逆令必斩！"玄德曰："岂不闻'运筹帷幄之中，决胜千里之外'？兄弟不可逆令！"张飞冷笑而出，与云长曰："我二人且去，看他计[应也]不应，那时却来问他未迟。"二人去了。众军未知孔明本事，皆不宾伏。子龙引军到，孔明传计。子龙听受去了。玄德问曰："备若何？"孔明曰："今日引军去博望坡山下屯住。来日[黄昏]，敌军（黄昏）必到坡下，主公便（排）[诈败]走路；看火（地）[起]为号，主公便引军[复]回掩杀，天明罢兵。亮与糜竺、糜芳引五百军守县；孙乾、简雍[准]备庆喜筵席，安排（上）功文簿。"发放已定，玄德亦疑。

却说夏侯惇、于禁、李典兴兵到博望[城]，拣选一半精兵作前队，余在后随粮草车行。是（日）[时]秋七月间，南风徐起，人马趱行。巳牌左侧，夏侯惇在前军望见尘头起，便将人马摆开阵势，问乡道"这是那里？"乡[道]官回答："前面是博望坡，后面是罗口川。"惇传令交于禁、李典押后，亲自出马于阵前，（与宋）同[宗]夏侯兰、护军韩浩

据《三国志·魏书·夏侯惇传附韩浩传》注引《魏书》：韩浩字元嗣。……夏侯惇闻其名，请与相见，大奇之，使领兵从征伐。

及十数骑两势下摆开。敌军到处，夏侯惇看了大笑。众将（军）[曰]："将军何故哂笑乎？"惇曰："吾笑徐庶在丞相面前夸诸葛村夫为天上[之]人。今观他用兵，[足]可见（了）[之]也。似此等军马为前部与吾对敌，正如驱羊与虎斗也。吾（前）[在]丞相面前一时（间）夸[口]要活捉诸葛、刘备，今必应前言也。不可停住，汝与吾弟催趱军马，星夜赶到新野，吾之愿也！"遂自纵马向前打话。新野军马摆开，子龙当先出马。惇骂曰："刘备忘恩负义之贼！你等事他，正如孤（恩）[魂]随鬼耳。"子龙大笑曰："你等随曹操，鼠贼也！"夏侯惇大怒，拍马向前，来战子龙。二马相交，战不数合，子龙诈败退走，夏侯惇赶将来。众军先退，北军掩至，子龙押后当抵。约走十余里，子龙回马又战数合而走。韩浩拍马向前谏曰："赵云诱敌，恐有埋伏。"惇曰："敌军只如此，虽有十面埋伏，吾何惧哉？"赶到博望坡，一声鼓响，玄德自引一枝军出来接应。夏侯惇回顾韩浩曰："此即埋伏之军。吾今晚不到新野誓不罢兵！"催军前进。玄德、子龙当拦不住，迤逦望后便退。

天色黄昏，浓云布满，又无月色。昼风（不）[既]起，狂风大作，夏侯惇只顾赶[杀]。前面败走之兵各自认队伍而去，惇交催促后军上来。于禁、李典赶（上）[到]窄狭处，见两边都是芦苇。李典兜住马，对于禁说道："都督欺敌，此去有失！"于禁曰："我闻敌军甚（畏）[猥]，不足惧也。"李典曰："南道路狭，山川相逼，树木丛杂，恐（防）[使]火攻！"……夏侯惇[猛]省（口）而言曰："文则之言是也！"却欲回军，只听得背后喊声起，望见一派火光[烧]着，随后两边芦苇（中）又着，四面八方火势齐起，狂风大

作，人马自相践踏，死者不计其数。夏侯惇冒烟突火而走，背后子龙赶来，军马拥并将来。

且说李典急奔回博望城，(中)火光[中]一军拦路，当先乃关公也。军兵大乱，(要)[典]夺路而走。夏侯惇[、于禁]见粮草车一路都着，便(偷)[投]小路而走。夏侯兰、韩浩来救粮草(车)，正迎着张飞拦路，交马只一合，刺杀夏侯兰，

据《三国志·蜀书·赵云传》注引《云别传》：与夏侯惇战于博望，生获夏侯兰。兰是云乡里人，少小相知，云白先主活之，荐兰明于法律，以为军正。

韩浩夺路走脱。直杀到天明方才收军，杀得尸横遍地，血满河渠。后来史官有诗为证：

博望烧屯用火攻，纶巾羽扇笑谈中。
浓云扑面山川黑，烈焰飞来宇宙红。
不至夏侯夸勇力，故教诸葛有威风。
直须惊破曹瞒胆，初出茅庐第一功。

夏侯惇收拾败残军马，回许昌去了。

据《资治通鉴》卷六十四：(建安七年，)刘表使刘备北侵，至叶，曹操遣夏侯惇、于禁等拒之。备一旦烧屯去，惇等追之。裨将军巨鹿李典曰："贼无故退，疑必有伏。南道窄狭，草木深，不可追也。"惇等不听，使典留守而追之，果入伏里，兵大败。典往救之，备乃退。(参见《三国志·魏书·李典传》)

据《三国志·蜀书·先主传》：(刘表)使拒夏侯惇、于禁等于博望。久之，先主设伏兵，一旦自烧屯伪遁，惇等追之，为伏兵所破。

按：据史书记载，博望坡之战发生在诸葛亮出山之前，与诸葛亮毫无关系。在战斗中，刘备并没有用火攻，而是烧了自己的营寨，诱敌深入，然后以伏兵破敌。周兆新先生在《三国演义考评》一书中指出，史书中的"屯"，指军队驻扎之处，而非屯聚粮草之处；而从《演义》的描写可以看出，罗贯中所理解的"博望烧屯"，显然已不是烧军营，而是烧粮草了。

却说孔明收军，关、张二将(马上)[上马]说："孔明真英杰也！"行不数里，见辆车，两边糜竺、糜芳，(簇拥)约有五百军[簇拥]，视之，乃孔明也。二将下马，拜于车前。须臾，玄德、子龙、关平、刘封皆至，收军聚众，班师回新野。孙乾、简雍引新野父老出郭迎接，望尘遮道，拜舞踊跃而喜曰："吾属全生，皆使君得贤人之力也！"回至县中，孔明曰："夏侯惇虽然败去，曹操必自引兵至矣。"玄德曰："似此奈何？"孔明曰："亮有一计，可敌操军。"其计如何？

[第七十九段] 献荆州王粲说刘琮

玄德问孔明求保全之计，孔明曰："新野小县，不可久居。近闻刘景升病已危笃。借此一郡以图安身，兵精粮足，可以抗拒曹操也。"玄德曰："公言至善，奈何备感景升之恩，争忍图之？"孔明曰："今若不取，后悔何及！"玄德曰："宁死不忍作此不义之事！"

众皆嗟叹。孔明曰："且理军务事。"静轩诗云：

天下纷纷逐鹿晨，饥禽尚且欲投林。
不辜不义非贪取，真有中原王者心。

却说夏侯惇败军回至许昌来见曹操，自绑缚了，跪于阶下请死。操令解其缚，请上（所）[厅]问缘故。惇言："至博望坡下遇敌军，欲尽力去取，被诸葛用火攻，因此自相践踏，十伤四五。"操曰："汝自幼行兵，怎不知狭路用火攻？"惇言："于禁曾言，悔之不及！"操又问于禁，[禁]以前言答之。操曰："文则如此高才，堪为大将军矣！"后来水渰七军，折了许多军兵，因此误[也]。遂厚赏之。操曰："吾心上只忧刘备、孙权耳，余皆不足介意。吾今有百万之兵，不乘此时扫平江南，失[其]机会也！"便传令"起军马五十万，诈呼一百万：曹仁、曹洪为先锋，张辽、张郃为第二[队]，夏侯惇、夏侯渊为第三[队]，于禁、李典为第四[队]，

按：据史书记载，曹操手下的主要将领夏侯惇、夏侯渊、张辽、于禁、张郃及臧霸等人，当时均在后方驻守或作战，未随曹操南征；曹操南下占领荆州后，为安定新降区，命乐进、徐晃、曹仁分别镇守襄阳、樊城和江陵，他们也未随曹操到达赤壁前线。

吾统文武大将为后队，各引兵十万"，又令"许褚作折冲将军，引三千铁骑马军在先锋之前；所到之处，（无不）逢山开道，遇水叠桥。选日出师，不得胜不还！"荀彧等守许昌，选定建安十三年秋七月末旬丙午日出师。

据《资治通鉴》卷六十五：（建安十三年）秋七月，曹操南击刘表。

据《三国志·魏书·荀彧传》：太祖将伐刘表，问彧策安出，彧曰："今华夏已平，南土知困矣。可显出宛、叶，而间行轻进以掩其不意。"太祖遂行。会表病死，太祖直趋宛、叶如彧计，表子琮以州逆降。（参见《后汉书·荀彧传》）

时有太中大夫孔融上书谏曰："荆州刘表、新野刘备皆汉室宗亲，又不曾侵犯地界，违背朝廷；江东孙权虎踞六郡，更有大江之险，不易取也。若兴无义之师，伤折军民，大（灾）失天下之望[也]！"操叱之曰："刘备数侮于吾，乃吾之大患，刘表养之，必为反背；[孙权逆命。]安得（已）[不讨]之耶？再谏者必斩！"孔融出府长叹曰："以不仁伐至仁，安得不败乎！"时有御史郗虑

据《资治通鉴》卷六十五：（建安十三年秋）八月丁未，以光禄勋山阳郗虑为御史大夫。

从人听得，说与郗虑。虑常被孔融侮慢，心甚恨之，入见曹操。虑曰："丞相知孔融反乎？"操曰："公试言之。"虑曰："融寻常戏侮丞相，丞相知（之）[否]？略举一二证其罪。丞相下令禁酒，融上言'天有酒旗之[星，地列酒泉之]郡，（有人止）[人有旨]酒之德。故唐、尧不饮，无以成圣德。且桀、纣皆因好色而亡，今世何不禁脂粉也？'此融之深讥丞相也。又常记丞相一日问妲己之事，（以被武王斩之，）融对曰：'武王讨[纣，以]妲己赐周公。'丞相此时深信之。后闻人有云：'妲己被武王斩之。'丞相又问，融曰：'以今时度之，（相）[想]当初如此矣。'此是孔融看承丞相如何人耶？又曾与祢衡互相赞扬：衡赞融谓'仲尼不死'，融赞衡谓'颜回复生'。向者衡之辱丞相，盖融使之也。此皆不足论。融与刘表、刘备甚厚，常常暗书往来。融又曾对孙权来使谤讪朝廷，潜通消息，此可见孔融大逆不道之情也！"操闻之大怒曰："御史之言是也。可唤此贼斩之！"

便差呼廷尉来捉孔融。

据《后汉书·孔融传》：初，曹操攻屠邺城，袁氏妇子多见侵略，而操子丕私纳袁熙妻甄氏。融乃与操书，称“武王伐纣，以妲己赐周公”。操不悟，后问出何经典。对曰：“以今度之，想当然耳。”后操讨乌桓，又嘲之曰：“大将军远征，萧条海外。昔肃慎不贡楛矢，丁零盗苏武牛羊，可并案也。”时年饥兵兴，操表制酒禁，融频书争之，多侮慢之辞。既见操雄诈渐著，数不能堪，故发辞偏宕，多致乖忤。又尝奏宜准古王畿之制，千里寰内，不以封建诸侯。操疑其所论建渐广，益惮之。然以融名重天下，外相容忍，而潜忌正议，虑鲠大业。山阳郗虑承望风旨，以微法奏免融官。……岁余，复拜太中大夫。……曹操既积嫌忌，而郗虑复构成其罪，遂令丞相军谋祭酒路粹枉状奏融曰：“少府孔融，昔在北海，见王室不静，而招合徒众，欲规不轨，云‘我大圣之后，而见灭于宋，有天下者，何必卯金刀’。及与孙权使语，谤讪朝廷。又融为九列，不遵朝仪，秃巾微行，唐突宫掖。又前与白衣祢衡跌荡放言，云‘父之于子，当有何亲？论其本意，实为情欲发耳。子之于母，亦复奚为？譬如寄物缶中，出则离矣’。既而与衡更相赞扬，衡谓融曰：‘仲尼不死。’融答曰：‘颜回复生。’大逆不道，宜极重诛。”书奏，下狱弃市。时年五十六。妻子皆被诛。（参见《资治通鉴》卷六十五，《三国志·魏书·崔琰传附孔融传》注引《魏氏春秋》，《三国志·魏书·王粲传附路粹传》注引《典略》）

据《三国志·魏书·崔琰传附孔融传》注引张璠《汉纪》：融在郡八年，仅以身免。帝初都许，融以为宜略依旧制，定王畿，正司隶所部为千里之封，乃引公卿上书言其义。是时天下草创，曹、袁之权未分，融所建明，不识时务。又天性气爽，颇推平生之意，狎侮太祖。太祖制酒禁，而融书嘲之曰：“天有酒旗之星，地列酒泉之郡，人有旨酒之德，故尧不饮千钟，无以成其圣。且桀纣以色亡国，今令不禁婚姻也。”太祖外虽宽容，而内不能平。御史大夫郗虑知旨，以法免融官。岁余，拜太中大夫。

孔融二子正在家弈棋，左右急报曰：“尊君已被呼廷尉捉去赴法场。二公子何故不（起）［走］？”二公子曰：“安有毁巢［而］卵不破耶？”言未毕，呼廷尉又至，尽收融家妻子斩之，灭其族，［号］令融父子尸首（挂）于市上。

据《后汉书·孔融传》：初，女年七岁，男年九岁，以其幼弱得全，寄它舍。二子方弈棋，融被收而不动。左右曰：“父执而不起，何也？”答曰：“安有巢毁而卵不破乎！”主人有遗肉汁，男渴而饮之。女曰：“今日之祸，岂得久活，何赖知肉味乎？”兄号泣而止。或言于曹操，遂尽杀之。及收至，谓兄曰：“若死者有知，得见父母，岂非至愿！”乃延颈就刑，颜色不变，莫不伤之。

据《三国志·魏书·崔琰传附孔融传》注引《魏氏春秋》：二子年八岁，时方弈棋，融被收，端坐不起。左右曰：“而父见执，不起何也？”二子曰：“安有巢毁而卵不破者乎！”遂俱见杀。

据《三国志·魏书·崔琰传附孔融传》注引《世语》：融二子，皆龆龀。融见收，顾谓二子曰：“何以不辞？”二子俱曰：“父尚如此，复何所辞！”以为必俱死也。　臣松之以为《世语》云融二子不辞，知必俱死，犹差可安。如孙盛之言，诚所未譬。八岁小儿，能玄了祸福，聪明特达，卓然既远，则其忧乐之情，宜其有过成人，安有见父收执而曾无变容，弈棋不起，若在暇豫者乎？昔申生就命，言不忘父，不以己身将死而废念父之情也。父安犹尚若兹，而况于颠沛哉？盛以此为美谈，无乃贼夫人之子与！盖由好奇情多，而不知言之伤理。

据《世说新语·言语》：孔融被收，中外惶怖。时融儿大者九岁，小者八岁。二儿故琢钉戏，了无遽容。融谓使者曰："冀罪止于身，二儿可得全不？"儿徐进曰："大人岂见覆巢之下，复有完卵乎？"寻亦收至。

有京兆滕习抱尸而哭曰："文举舍我而死，吾何用生！"有人报操。操欲杀之，彧曰："闻滕习常谏孔融曰：'公刚直太过，必为后患！'乃义人也，不可杀之！"操乃赦之；收融父子尸首，皆令葬之。

据《资治通鉴》卷六十五：初，京兆脂习与融善，每戒融刚直太过，必罹世患。及融死，许下莫敢收者。习往抚尸曰："文举舍我死，吾何用生为！"操收习，欲杀之，既而赦之。（参见《后汉书·孔融传》，《三国志·魏书·王修传》注引《魏略》）

按：《演义》称孔融因反对曹操南征而被杀，不见于史。据史书，孔融曾屡次对曹操进行讥讽和调侃。刘运好先生在《曹操集》（国家图书馆出版社 2021 年版）一书的"导读"中认为，孔融出于维护汉室的政治目的，无法忍受曹操的专权朝政和政治野心。他对于曹操，先是进行一般的名士调侃，以后则发展为进行实质性的攻击，使曹操无法容忍，最终招致杀身之祸。

后史官怜孔融之才，作诗赞曰：

文华经几代，词语侮曹公。
滕习怜刚直，双尸解送终。

曹操令军马次第而行。

却说荆州刘表病重，使人请玄德托孤，——此时尚未知曹操军来。刘玄德引关、张星夜到荆州见刘表。表曰："吾今命在旦夕，（今）托孤与贤弟。我子不才，[诸]将（至）零落，我死之后，贤弟可（管）[摄]荆州。"玄德[拜]于床下，曰："备（尝）[当]尽竭忠诚，扶助贤侄，安敢（以）摄荆州之重任乎？"玄德力辞不受。次日，人报曹操军马到。玄德急辞刘表，星夜奔回新野。孔明问其故，玄德乃言托孤之事。孔明曰："主公不受，祸不远矣！"玄德曰："景升待我甚厚。今若举此事，必以我为忘恩，故不忍也。"

据《三国志·蜀书·先主传》注引《魏书》：表病笃，托国于备，顾谓曰："我儿不才，而诸将并零落，我死之后，卿便摄荆州。"备曰："诸子自贤，君其忧病。"或劝备宜从表言，备曰："此人待我厚，今从其言，人必以我为薄，所不忍也。" 臣松之以为表夫妻素爱琮，舍適立庶，情计久定，无缘临终举荆州以授备，此亦不然之言。

据《三国志·蜀书·先主传》注引《英雄记》：表病，上备领荆州刺史。

却说刘表病在危笃，又闻曹操百万雄师来平江（夏）[、汉]，此惊不小，商议写遗嘱，令弟刘玄德辅佐长子刘琦作荆州之主。蔡夫人听得大怒，关上内门，使蔡瑁、张允把住[外门]。其时长子刘琦知父病重，急离江夏，到荆州探问父病。至外门，蔡瑁当住曰："将军今管江夏，[其任至重，]为何擅离？（其任至重，）你今释其众将而来，倘东吴兵至，如之奈何？你若入去，你父必生嗔怒，转增疾病，非孝敬也。君宜速回！"刘琦（乃）[立]于外门大哭一场，上马再回江夏。

据《资治通鉴》卷六十五：表病甚，琦归省疾。瑁、允恐其见表而父子相感，更有托后之意，乃谓琦曰："将军命君抚临江夏，其任至重；今释众擅来，必见谴怒。伤亲之欢，重增其疾，非孝敬之道也。"遂遏于户外，使不得见。琦流涕而去。（参见《后汉书·刘表传》，《三国志·魏书·刘表传》注引《典略》）

八月戊申日，刘表在内大叫数声而死。

据《后汉书·刘表传》：(建安)十三年，曹操自将征表，未至。八月，表疽发背卒。(参见《三国志·魏书·刘表传》)

后史官有诗赞曰：

昔闻袁氏居河朔，今见刘君霸汉阳。
无决有谋空战讨，外宽内急远贤良。
绍因谭、尚须倾国，表为琦、琮立丧邦。
观此可为千古戒，愧惭应是失荆、襄。

蔡夫人与蔡瑁、张允商议，假写遗嘱，令次子刘琮为荆州之主，方举哀报文武知会。此时刘琮方年十四岁，颇聪明，乃告众人曰："吾父乃汉室宗亲，有荆州之地。今父王辞世，吾兄（又）[见]在江夏，更有叔父刘玄德在新野。汝等立我为主，[倘]兄与叔父问罪，如之何也？"众皆未有言对，只见阶下李班山答曰："公子之言，诚明至善！可急发哀书报知江夏，就立大公子为荆州之主，教刘玄德同理国事，北可以拒曹操，南可以敌孙权，(保)[此]万全之计也！"蔡瑁向前言曰："汝何敢乱言，以别故主之言也！"李班山大骂蔡瑁曰："皆是蔡家宗党送了荆、襄九郡！[吾]宁死不愿乱法度也！"蔡瑁喝令推出斩之，将首级于阶下；遂立刘琮为主，不去报刘琦并玄德知，将（其）灵柩上车。

据《资治通鉴》卷六十五：表卒，瑁、允等遂以琮为嗣。琮以侯印授琦。琦怒，投之地，将因奔丧作难。会曹操军至，琦奔江南。(参见《后汉书·刘表传附子琮传》《三国志·魏书·刘表传附子琮传》)

蔡氏之宗族并领荆州之兵，护送蔡夫人并刘琮前赴襄阳屯扎，以防刘琦、玄德之乱，就葬刘表于襄阳城东四十里汉阳之原；却令治中邓义守（主）[住]荆州。

琮到襄阳，却才下马，只见飞报来说："曹操大军已离许昌，径望襄阳来也。"刘琮请蒯越、蔡瑁（二）[等]人商议。东曹掾傅（选）[巽]字公梯进言曰："今故主新亡，大公子在江夏如何不知？他若知时，则兴兵夺荆州矣，此最利害[也]。如今主公自到襄阳，又不报刘玄德知。如今新野乃一江之隔，他亦兴兵问罪，此是二利害也。曹公引百万之众，欲平吞江、汉，此是三利害也。虽然有三，愚献一策，使荆、襄九郡之民安如泰山，亦足以保主公之名爵也！"刘琮问其策，(选)[巽]曰："不如将荆、襄九郡人马去献曹公，曹公必重待于主公也！"琮叱之曰："是何言也！孤受先君之业，坐尚未暖，何故受于他人治下？吾不为也！"……幕宾王粲又曰："某闻曹公乃人杰也，雄略智谋出世之才，败袁绍于官渡，驱孙权于江东，逐刘备于新野，有败敌之计，不胜神妙。今日之事，去就可知也。将军若听粲之言，卷甲倒戈，应天顺命，以归曹公，曹公必重待将军，(既)[庶]保全家，长享福祚，垂（名）[之]后世，[此]万全之策也。粲遭乱流落，托命此州，蒙将军父子重用，敢不尽言？将军聪听，勿使后悔！"

据《三国志·魏书·王粲传》注引《文士传》：粲说琮曰："仆有愚计，愿进之于将军，可乎？"琮曰："吾所愿闻也。"粲曰："天下大乱，豪杰并起，在仓卒之际，强弱未分，故人各各有心耳。当此之时，家家欲为帝王，人人欲为公侯。观古今之成败，能先见事机者，则恒受其福。今将军自度，何如曹公邪？"琮不能对。粲复曰："如粲所闻，曹公故人杰也。雄略冠时，智谋出世，摧袁氏于官渡，驱孙权于江外，逐刘备于陇右，破乌丸于白登，其余枭夷荡定者，往往如神，不可胜计。今日之事，去就可知也。将军能听粲计，卷甲倒戈，应天顺命，以归曹公，曹公必重德将军，保己全宗，长享福祚，垂之后嗣，此万全之策也。粲遭乱流离，托命此州，蒙将军父子重顾，敢不尽言!”琮纳其言。　臣松之案：孙权自此以前，尚与中国和同，未尝交兵，何云“驱权于江外”乎？魏武以十三年征荆州，刘备却后数年方入蜀，备身未尝涉于关、陇。而于征荆州之年，便云逐备于陇右，既已乖错；又白登在平城，亦魏武所不经，北征乌丸，与白登永不相豫。以此知张骘假伪之辞，而不觉其虚之自露也。凡骘虚伪妄作，不可覆疏，如此类者，不可胜纪。

琮曰：“先生之教是也！此事亦须告禀于母。”蔡夫人在屏风后转出而言曰：“仲宣之谋、公梯之言，兴废之（皆）[高]见也，何必告我？便差人送降书以投曹公，为久远之计。”琮不得已，挥泪而写降书，差宋忠潜地（送）[径]投曹公处纳降书。

宋忠直（接）到宛城，（接）[见]着曹操，献上降书。操大喜，加宋忠为列侯，赐衣服鞍马；分付交刘琮出郭迎接，便着他永为荆州之主。

据《资治通鉴》卷六十五：（建安十三年秋）九月，操至新野，琮遂举州降，以节迎操。（参见《三国志·魏书·武帝纪》《刘表传附子琮传》，《后汉书·刘表传附子琮传》）

宋忠拜辞曹操，再回襄阳；将次渡江，路上撞见一枝军[来]。宋忠无路得避，只得迎之，乃关云长也，盘问宋忠。忠惧怕，不敢抵赖，只得以实告之，说荆州刘表已死，刘琮为主，“闻得曹公军马到来，使忠亲送降书到宛城，投曹公也。”云长大惊，便捉（住）宋忠到新野见玄德，具说前事。玄德闻（知）[之]，哭倒在地。未知性命如何。

[第八十段]　诸葛亮火烧新野

玄德曰：“吾兄已亡，刘琮纳降，归投曹操，情实感伤。”哭泣几绝，众将救醒。张飞曰：“大事既然如此，先斩宋忠，便起兵渡江，夺了襄阳，杀[了]刘琮等，荆州便是哥哥（主）[的]也。”玄德曰：“你且戒口，我自有商量。”拔剑指宋忠曰：“你众人作事如此，何不早来报我？今欲斩汝头，[不足]以解其忿。汝（速可）[可速]去。”忠告曰：“恐县内他人杀之。”玄德曰：“放汝而复杀之，非大丈夫所为也。”宋忠拜谢，抱头鼠窜而去。

据《资治通鉴》卷六十五：（建安十三年）九月，操至新野，琮遂举州降，……时刘备屯樊，琮不敢告备。备久之乃觉，遣所亲问琮，琮令其官属宋忠诣备宣旨。时曹操已在宛，备乃大惊骇，谓忠曰：“卿诸人作事如此，不早相语，今祸至方告我，不亦太剧乎!”引刀向忠曰：“今断卿头，不足以解忿，亦耻丈夫临别复杀卿辈!”遣忠去。

玄德忧闷，忽报江夏公子使伊籍到来。玄德思此人昔日之恩，降阶（而）[迎]接，以谢前恩，问其来意若何。籍曰：“昨者与大公子同守江夏。今闻刘荆州已故，不[来]报丧。[公子]差人于襄阳打听，探其虚实；怕使君不知，特令（差）籍赍哀书上达皇叔。”玄德拆开视之，曰：

孤子刘琦哀书上达　叔父大人钧座前：近闻君父薨于荆州，继母与蔡瑁、张允同谋不报丧，矫立弟刘琮为九郡之主，大乱纪纲，实难容忍！伏望叔父怜悯，尽起麾下精兵，约会同灭恶党，共取先君之基业，实为万幸！琦泣血拜言。

玄德曰："汝只知刘琮为主，不知将九郡［已］献与曹公了也。"籍惊曰："使君不如以吊丧为名前赴襄阳，诱刘琮出接，就（而）［此］擒下，尽拿诸党杀之，则荆州已属使君矣！"孔明曰："伯机之言甚善，主公可从之！"玄德垂泪而言曰："吾兄临危之时托孤与我。（我）［今］若背之，吾死九泉之下，何面目见吾兄耶？"孔明曰："主公不举此事，目今曹军已至宛城，前军离此不远，怎生奈何？"玄德曰："［不若］走樊城（去）［而］避之。"

据《三国志·蜀书·先主传》：曹公南征表，会表卒，子琮代立，遣使请降。先主屯樊，不知曹公卒至，至宛乃闻之，遂将其众去。过襄阳，诸葛亮说先主攻琮，荆州可有。先主曰："吾不忍也。"

据《资治通鉴》卷六十五：操至新野，琮遂举州降……时刘备屯樊……乃呼部曲共议。或劝备攻琮，荆州可得。备曰："刘荆州临亡托我以孤遗，背信自济，吾所不为，死何面目以见刘荆州乎！"（参见《三国志·蜀书·先主传》注引孔衍《汉魏春秋》）

按：本回所写火烧新野故事，不见于史。综合上述史料可知，当时刘备屯樊城，并未在新野设防。刘琮降曹，刘备被蒙在鼓里，曹操大军到达宛城刘备才知情，只好仓促南撤，根本不可能在新野对抗曹军。

正商议间，数次人报"曹军已到博望坡了。"玄德慌教伊籍回江夏整理［军马］，遂求计于孔明。孔明曰："［主公］且宽心！前番一把火烧了夏侯惇大半人马，今番又教他中这条计。眼见我等新野屯扎不住了。"便差人四门贴起文榜，告示居民："无问老小男女，限只今（限）［跟］我往樊城暂居，不可自误。曹军到此不仁，必伤害百姓！"一连（差）十数次［差］人催趱便行。便差孙乾、简雍二将往［白］河东西岸调拨舡只，救济百姓；然后差糜竺送各官老小到樊城住扎，催百姓起身。［孔明］唤诸将听令，先差云长"带一千人，各将布袋，去白河上流头埋伏，用布袋装上砖土，拒住白河之水；到来日三更已后，只听下流头人马嘶喊，此是曹操兵败，急取去布袋，放水渰之，却顺河杀将下来接应。"云长听计去了。孔明又唤翼德，"可引一千军去白河边渡口埋伏。曹军被渰，此处水势却慢，人马必从此处逃命。你可乘势杀来接（着）［应］。"张飞领兵去了。孔明又唤赵云，"你可引军三千，先取芦荻干苇放在新野近城人家屋上，各处隅头里角上却暗藏硫黄焰硝引火之物。来日是昴日鸡直日，黄昏后必有大风起，曹操必入城中安歇。汝将三千军……先用火枪、火箭、火炮放入城中去，火势大作，城外纳喊，只留东门交走。你却在东门外伏定，［若见］败军乱窜，不可拦截，只顾攻击他，败军无心恋战，［必然］奔走。此乃［以］寡敌众之道也，必得全功。天明会合关、张二将，收军便回樊城。不可违误！"赵云听令去了。孔明再唤（糜竺、）糜芳、刘封，"你二人可带二千军，一半红旗，一半青旗，去新野县外三十里鹊尾坡前摆开，青红旗号混杂。（如）曹军一到，糜芳一枝红旗走在左，刘封一枝青旗走在右。他［军生］疑，必不追赶。［汝等］却分兵去县［东、］西、南、北角上埋伏；只望城中火起，便可进兵［追］赶败军，然后却来白河上流头接应主公。时刻休误！"二人去了。孔明与玄德登高望之。

却说曹仁、曹洪自为前部先锋，引大军十万，战将数员，又有许褚铁骑军，望新野进发。日当早午，来到鹊尾坡相近，［许褚］问乡道官："前面离［新野］县多少路？"答曰："只有三十里。"许褚（引）［差］探马数十匹先行，望见坡前人马摆开，拍马［回］报："前面依山傍岭，一簇人马尽（行）打青红旗号，不知多少。"许褚交把皂旗一招，三千军一齐向前。糜芳、刘封分为（两）[四]队，青红旗各居左右，二色旗不杂，队伍不乱。许褚扯住马交休赶，左右曰："为何不赶？"许褚曰："前面必有伏兵。你们只就这里扎住，我自去禀先锋。"许褚一骑马来见先锋曹仁，禀覆前事。曹仁曰："岂不闻兵法有虚实之论？此是疑兵，必无埋伏，可速进兵追之。"褚再回坡前，提兵直入其左，遍于林下追寻，不见[一人]。此时红日厌厌坠西，许褚却欲进兵入县，只听得山上大吹大擂。褚引兵看时，见山顶上一簇人，其中两把伞盖（着），左玄德，右孔明，二人在山上饮酒。许褚看见大怒，寻路上山，（小）狭路上擂木炮石打将下来，不能前进。只听山后喊起，许褚（来）[欲]寻[路]厮杀。天色昏了，曹仁交去抢新野安身。

军士四门突入，并无阻当，又不见一人。曹仁曰："此乃势穷，就带百姓连夜去了。众军权且安歇，来日进兵。"军士各自饥饿行乏，都去夺屋造饭。曹仁、曹洪、许褚都在县衙安身。初更后狂风忽起，把门军士飞报火起。曹仁曰："[这]火是军人造饭不小心（违）[遗]漏，不可惊动！"说未毕，南（门）[、北]、西门都来报火起。曹仁急令众人上马时，（早）[见]满县火着，上下通红，喊声大起。当夜之火又大似博望烧屯之火。后来史官有诗为证：

> 奸雄曹操守中原，九月南征（刘）[到]汉川。
> 祝融飞下摩天焰，神机全在火攻篇。

曹仁交将士冒烟突火探路，（说）[报]道"东门无（埋伏）[火]。"曹仁冲出东门，门上（飞）火滚烟飞。军士逃出，自相践踏，死者无数。

且说曹仁方才脱得火（危）[厄]，背后赵云军马赶杀。各军自要逃命，那里肯回身厮杀？撞着糜芳，又杀一阵。……到四更左侧，人困马乏，一大半军焦头烂额，却（女）[方]到河边，人马都下河吃水。水不过尺，人马皆在河内闹起。上流头关公望见新野城火起，约莫时分已到，只听得下流人马喧闹，催军一齐掣起布袋，水势望下流一冲，人马皆溺于内。曹仁引众将望水势慢处夺路[而走]，来到博陵渡口，喊声大振，一军拦路，乃燕人张翼德也。当下如何？

[第八十一段]　刘玄德走江陵

张飞引军从下流头杀将上来，截住曹仁掩杀。[忽遇]许褚，交斗到三十余合，褚不敢恋战，夺路走脱。张飞赶来接着玄德、孔明，一同（巡）[沿]河到上流头，糜芳、刘封安排舡只等候，一齐渡河。孔明交将舡筏烧毁，军马尽赴樊城去了。

却说曹仁引着败残军马就新野屯住等候，[使]曹洪去见曹操，具言失利一事。操大怒曰："诸葛村夫安敢如此！"遂催三军尽往新野，漫山塞野下住寨栅。操交军搜山，一面填塞[白]河（内），令大军分作八路，一齐去取樊城。刘晔曰："丞相初到襄阳之地，必（用）[要]先买民心；民心若顺，从兵[微]亦可守矣。目今刘备尽迁新野百姓于樊城，一概进兵，两县生民为齑粉矣！不如先遣人招安刘备，纵然不降，亦可以（宣）[见]爱民之心也；若见事极愿降，则荆州之地不须征战矣。然后举荆州之兵，可图江南矣。"操曰："可使谁去？"刘晔曰："徐庶旧与刘备甚厚。……如肯来归降，免罪赠爵；如若执迷不顺时，军民并戮，玉石俱焚！”操谓庶曰：“吾今知汝忠诚，不疑使之。汝勿负吾！”庶领命而行。[行]至樊城，玄德、孔明接见，共诉旧日之情已毕，庶曰：“操使某（而）来，乃[假]买民心之奸计也。某若不还，必惹万人之笑。”遂又指其心曰：“本欲与将军图王霸（业）之（道）[业]，惜以此方寸也。今老母已丧，无益于事，终身不设一谋，非为人也。公有卧龙辅佐，何愁大业[不成]乎？今操[欲]分八路之兵，填平白河，踏碎樊城。公可速行，勿请自误！”庶辞去。

据《三国志·蜀书·诸葛亮传》：琮闻曹公来征，遣使请降。先主在樊闻之，率其众南行，亮与徐庶并从，为曹公所追破，获庶母。庶辞先主而指其心曰：“本欲与将军共图王霸之业者，以此方寸之地也。今已失老母，方寸乱矣，无益于事，请从此别。”遂诣曹公。

按：徐庶为曹操出使往说刘备，不见于史。按《三国志·蜀书·诸葛亮传》，徐母实于此时为曹兵所掳，此后徐庶方辞别刘备北上归曹。小说作者于此处安插这一情节，似乎是为了使读者悟出，他将徐庶北上置于三顾茅庐之前，并非有意违背史实，而是出于艺术上的考虑。

玄德与孔明曰：“似此，如之奈何？”[孔明曰：]“速走樊城，取襄阳暂歇，此为上计。”玄德曰：“争奈两县百姓相随（许）多时，安忍弃之？”孔明曰：“可令人遍告百姓，有愿相随者同行，不愿者留下。”先使云长去江（南）岸准备舡只。孙乾、简雍在城（市）上大叫曰：“今曹（操）军将至，樊城不可久守。百姓愿随者便请渡江！”两县之民，若老若幼，齐声大叫：“我等（已）[虽]死，亦随使君！”号哭而行。

却说徐庶回见曹操曰：“刘备等并无降意。”操大怒，差五万军去填[白]河，八路军克日（要）进[兵]。

却说新野、樊城百姓听得大军来，（只见后面）扶老挈幼，将男带女，滚滚渡江，两岸哭声不绝。玄德于舡上大恸曰：“为吾一人，使百姓遭此大难！吾何用生？”欲投江[而]死，左右止之，闻者莫不恸哭。舡到南岸，回观北岸，百姓（木）[未]渡者望南而哭，玄德急令云长催舡渡之，方才上马，转至[襄阳]东门，城上遍插旌旗，壕边密布鹿角，吊桥拽起。玄德勒马于壕边大叫曰：“贤侄刘琮！吾但欲救百姓，与你并无异心，可快开门！”人报刘琮，琮怕而不能起。

据《资治通鉴》卷六十五：备将其众去，过襄阳，驻马呼琮；琮惧，不能起。琮左右及荆州人多归备。

据《三国志·蜀书·先主传》：过襄阳，诸葛亮说先主攻琮，荆州可有。先主曰：“吾不忍也。”乃驻马呼琮，琮惧不能起。琮左右及荆州人多归先主。

按：《演义》中刘备“携民渡江”的故事，《三国志·蜀书·先主传》称：“先主屯樊，不知曹公卒至，至宛乃闻之，遂将其众去。”方北辰、谭良啸主编的《三国故事真与假100例》一书中说，“遂将其众去”的“众”字，准确含义是指刘备的部众，即原本在樊城驻屯的军事部队。史书并没有刘备从樊城渡江到襄阳时，携带大批民众南渡汉水的记载。当刘备经过襄阳时，《先主传》称，“琮左右及荆州人多归先主。比到当阳，众十余万，辎重数千两，日行十余里。”可见，追随刘备的大批民众，是他经过襄阳时前来投奔的荆州州政府的官员及襄阳的各界人士，还有沿途陆续加入的百姓。

蔡瑁、张允得知刘备唤门，径来[敌]楼上，叱左右乱箭射之。城外百姓[皆]望敌楼而哭。忽城上一将跃出，拍马提刀，引数百人（上）[下]楼来[开门，欲]杀蔡瑁、张允。其人身长九尺，面如重枣，目若朗星，似关公之状貌，武艺独魁，江表义阳人也，姓魏名延，字文长，

据《三国志·蜀书·魏延传》：魏延字文长，义阳人也。以部曲随先主入蜀，数有战功，迁牙门将军。

大叫曰："刘使君乃仁德之人也！汝等何投操贼，伪求爵禄？非义士之所为。吾今愿请使君入城除贼！"轮刀便砍死守门将，砍开城门，放下吊桥大叫："刘使君领兵杀人，安民伐贼！"

按：《演义》写魏延反刘琮，迎刘备入襄阳，于史无据。

张飞跃马，却欲引军入城，玄德扯住曰："恐惊百姓！"[因]城上放箭，张飞恨不得踏平了襄阳，争奈玄德不肯。魏延正闹中，一将拍马引军而至，大叱魏延曰："汝是无名小将，安敢乱言以犯上耶！"其人身长八尺，面（部）[貌]雄伟，南阳宛城人也，姓文名聘，字仲业，乃荆州大将也，

据《三国志·魏书·文聘传》：文聘字仲业，南阳宛人也，为刘表大将，使御北方。

挺枪跃马，与延交战。两军在城中混战。玄德曰："本欲保民，反害民也！吾不愿往襄阳矣！"孔明曰："江陵乃荆州要紧之地。不如先取江陵为家，胜如襄阳多矣。"玄德曰："正合吾意！"于是百姓尽望江陵而去。魏延、文聘交战从巳至午，魏延军折[尽]，匹马而走。出[城]后，魏延赶玄德不见，自（去）[投]长沙太守韩玄处去了。

却说玄德同行军民有十数万，大车小车数千辆，挑担背包者不计其数。于路道边遇着刘表坟墓，玄德引众将下马，拜伏于道边，痛哭而告曰："辱弟不才无德，有失仁兄寄托之重，此实不（可）得[已]也！望兄英魂垂救荆、襄之民，助备而退操贼！"言甚伤切，三军无不下泪。

据《资治通鉴》卷六十五：备过辞表墓，涕泣而去。

据《三国志·蜀书·先主传》注引《典略》：备过辞表墓，遂涕泣而去。

后军报曰："曹操已在樊城，使人于江上收拾舡只，将次渡江赶来也。可以速行。"孔明曰："江陵险要，可以拒守。今领大众十余万，皆是百姓，披甲者少，日行十余里。似此几时得到江陵？倘曹军至，如何迎敌？不如暂弃百姓，先行为上。"玄德曰："吾以仁义为本。今人归吾，吾何忍弃之？"百姓闻之，莫不伤感。

据《资治通鉴》卷六十五：比到当阳，众十余万人，辎重数千两，日行十余里，……或谓备曰："宜速行保江陵，今虽拥大众，被甲者少，若曹公兵至，何以拒之！"备曰："夫济大事必以人为本，今人归吾，吾何忍弃去！"（参见《三国志·蜀书·先主传》）

后来史官习凿齿评论，此是刘玄德平生第一件好处。评论曰：

玄德颠沛险难而信义（聪）[愈]明，势迫事危而言不失道。思景升之顾则情感三军，恋随逐之民而甘与同败。其所以结物情者，岂徒投醪含蓼问疾而已哉？济大业者，不亦宜乎？

据《三国志·蜀书·先主传》注：习凿齿曰：先主虽颠沛险难而信义愈明，势逼事

危而言不失道。追景升之顾，则情感三军；恋赴义之士，则甘与同败。观其所以结物情者，岂徒投醪抚寒，含蓼问疾而已哉！其终济大业，不亦宜乎！

宋贤有诗曰：

同难甘心随百姓，顾恩挥泪动三军。
襄阳官道兴兵日，行客犹然忆使君。

玄德将着百姓而行。孔明曰："追兵不久必然至也。可遣（关公）[云长往]江夏求救于公子，令起军来聚，会于江陵。"玄德从之，修书交云长、孙乾引五百军，速往江夏求救。

据《三国志·蜀书·关羽传》：曹公定荆州，先主自樊将南渡江，别遣羽乘船数百艘会江陵。（参见《三国志·蜀书·先主传》,《资治通鉴》卷六十五）

按：《演义》称刘备派关羽带五百人去江夏求救，与史不合。据史书记载，刘备自樊城南撤，是兵分两路，刘备走陆路，关羽率水军沿汉水南下，约定在江陵会合。后来刘备在当阳惨败，向东逃至汉津，恰好与关羽水师相遇，于是一起撤到夏口。关羽所率水军约万人，船数百艘，并非《演义》所说仅带五百人。

云长去了。孔明（曰）令张飞断后，赵云保[护]老小，其余顾（官）[管]百姓而行。日行十余里便歇。

襄阳城中文聘、魏延厮杀，杀死千（万）余人。事定之后，曹操在樊城使人渡江，唤刘琮相见。琮怕未敢往。蔡瑁、张允请（了）[行]，刘琮[交]文聘同去。聘曰："为大将不能保全荆州，当待死而已！"不肯同去。王威密告琮曰："今曹操得将军降，刘备已去，必懈怠无备。若给威奇兵数千，乘虚据险击之，操可获也，（操）[则]威镇天下，坐如虎踞，中原虽广，（转变）[传檄]而定，非（涉）[徒]一胜之功，保守今日而已。此难遇之机，不可失也！"琮闻之，告蔡瑁。瑁叱之曰："王威不知天命逆顺之理，安敢说吾主公也！"威怒曰："卖国之徒！吾恨力不（加）[足]以啖汝也！"

据《三国志·魏书·刘表传附子琮传》注引《汉晋春秋》：王威说刘琮曰："曹操得将军既降，刘备已走，必解弛无备，轻行单进；若给威奇兵数千，徼之于险，操可获也。获操即威震天下，坐而虎步，中夏虽广，可传檄而定，非徒收一胜之功，保守今日而已。此难遇之机，不可失也。"琮不纳。（参见《资治通鉴》卷六十五）

瑁欲杀之，蒯越劝免。

瑁与张允同至樊城拜见曹操，辞色甚是奸佞。操问"荆州[军马]钱粮今有多少？"瑁曰："马军五万，步军十五万，水军八万；钱粮大半在江陵，其余[各处]亦足供需一（战）[载]。"操曰："战舡多少？原是何人管领？"瑁曰："大小战舡七千余只，元是某二人管领。"操加蔡瑁为平南侯、水军大都督，张允为助顺侯、水军副都督，二人拜谢。操曰："刘表在日，希望为荆州王，不遂其志而死。今[其]子刘琮既降于吾，吾当表奏天子，必封王位。"二人大喜而退。荀攸曰："主公不识人耳。蔡瑁、张允（、文聘）乃谄佞之辈，何故（如）[加]此显官，更令都督水军乎？"操笑曰："吾岂不知人耶？吾乃（投）北[地]之众，不习惯水军水战。今权且用之；事定之后，便当杀戮！"荀攸见说愕然。

却说蔡瑁、张允回见刘琮，具说曹操许[诺]封王之事。琮大喜，次日与母蔡夫人赍印绶，执兵符，亲自渡江，伏道拜迎曹操。操抚慰了当，一同入城。蔡瑁、张允令襄阳百姓具香烛迎接。文武官员（众）拜于阶下。操唤蒯越近前，抚慰曰："吾不喜得荆州，喜得异度耳。"

据《三国志·魏书·刘表传附子琮传》注引《傅子》：越，蒯通之后也，深中足智，魁杰有雄姿。大将军何进闻其名，辟为东曹掾。越劝进诛诸阉官，进犹豫不决。越知进必败，求出为汝阳令，佐刘表平定境内，表得以强大。诏书拜章陵太守，封樊亭侯。荆州平，太祖与荀彧书曰："不喜得荆州，喜得蒯异度耳。"

加蒯越为零陵太守、樊城侯、光禄勋，傅（选）[巽]为关内（侫）[侯]，王粲为关内侯、丞相掾，（以下）十五人皆为列侯；刘琮为青州刺史，便教起行。

据《三国志·魏书·刘表传附子琮传》：太祖以琮为青州刺史，封列侯。蒯越等侯者十五人。越为光禄勋；嵩，大鸿胪；羲，侍中；先，尚书令；其余多至大官。（参见《资治通鉴》卷六十五，《后汉书·刘表传附子琮传》）

琮大惊，辞曰："[琮]不愿为官，愿守父母乡土而已！"操曰："青州近帝。交汝随朝为官，免在江、汉被人图害也。"琮再三拜辞不得，只得拜谢，与蔡氏望青州而去，只有故将王威相随，其余官员送至江口而别。操唤于禁嘱付曰："你可引五百轻骑赶上刘琮，全家杀（了）[之]，以绝后患！"于禁领命便行，（赶）[不]到数里[赶上]，"传丞相令旨，交杀汝等！"蔡夫人抱刘琮而哭。于禁喝[令]军士下手，止有故将王威奋力与于禁相杀，被乱军杀之。可（惜）[怜]刘琮[全家]被于禁（全家）杀了。

据《三国志·魏书·刘表传附子琮传》注引《魏武故事》载令："青州刺史琮，……虽封列侯一州之位，犹恨此宠未副其人；而比有笺求还州。监史虽尊，秩禄未优。今听所执，表琮为谏议大夫，参同军事。"

按：核诸史书，曹操未杀刘琮。

静轩诗云：

疏贤信佞欲偷生，空献荆、襄九郡城。
晨牝懦儿骈首戮，谁知曹操不容情。

却说曹操痛恨孔明，使人去隆中寻孔明妻小杀之，搜寻不见。元来孔明先令人搬去三江内隐避之。操深恨之，言"襄阳既定，刘备已去二十余日。"荀攸进言曰："江陵乃[荆、]襄（阳）重地，钱粮极广。刘备夺之，急难动摇矣！"操急然曰："（何早不）[公不早]言，孤几忘之！"随即唤集诸将，新旧皆至，独无文聘。操使人寻之，方才来[到]。操曰："何来迟也？"聘对曰："[先日]不能辅弼刘荆州以奉国家。荆州虽亡，尝愿（拨）[据]守汉川，保全四境，生不负于孤弱，死无愧于（臣）[地]下；而计不[遂，不]得已，以至如此。实为悲惭，无颜早见耳！"遂乃流涕。操怆然曰："仲业真忠臣也！"除江夏太守，赐爵关内侯；

据《资治通鉴》卷六十五：荆州大将南阳文聘别屯在外，琮之降也，呼聘，欲与俱。聘曰："聘不能全州，当待罪而已！"操济汉，聘乃诣操。操曰："来何迟邪？"聘曰："先日不能辅弼刘荆州以奉国家；荆州虽没，常愿据守汉川，保全土境。生不负于孤弱，死无愧于地下。而计不在己，以至于此，实怀悲惭，无颜早见耳！"遂歔欷流涕。操为之怆然，字谓之曰："仲业，卿真忠臣也！"厚礼待之，使统本兵，为江夏太守。（参见《三

国志·魏书·文聘传》《武帝纪》）

交文聘引兵指路。操问左右曰：“此时刘备约行多少路？”知者答曰：“刘备一同百姓，日行数里，计程只有三百余里。”操令部下选精兵五千，速急前去，限一日一夜赶上刘备，后［面］大军陆续便进，“如逆令者斩！”诸将得令，带领军马，星夜赶来。未知性命如何。

［第八十二段］　长坂坡赵云救主

曹操亲领铁甲精骑五千人马，一日一夜定要赶上刘备。军令如风火，谁敢怠慢？都随文聘而进。

据《三国志·魏书·文聘传》：太祖……授聘兵，使与曹纯追讨刘备于长阪。

据《三国志·魏书·曹仁传》：仁弟纯，初以议郎参司空军事，督虎豹骑……从征荆州，追刘备于长坂，获其二女、辎重，收其散卒。

却说刘备与十数万百姓一程程捱着望江陵进发，分付赵云保护老小，张飞断后。孔明曰：“云长去了绝无音耗，不知如何？”玄德曰：“欲烦军师亲往催促刘琦。刘琦昔日感公之教，以获全生。你去事必谐矣。”孔明不敢推辞，引刘封带五（千）［百］军，先往江夏求救去了。

按：《演义》称，在当阳兵败前，诸葛亮已奉刘备之命前往江夏求救，与史相悖。据史书，诸葛亮是在当阳兵败后，与刘备一同撤往夏口的。

当日玄德与简雍、糜竺、糜芳在马上正行之间，忽见一阵狂风就马前撮聚尘土，冲天而起，（平）［葦］遮红日无光，耳边只闻哭声嚎啕。玄德惊曰：“此是何兆也？”简雍颇明阴阳，袖占一课，失声曰：“大凶之兆也，应在今夜！主公可速弃百姓而行。”玄德曰：“（吾）从新野相随到此，［吾］安忍弃之？”雍曰：“主公不弃，祸在近矣！”玄德问“前面是何处？”对曰：“前面便是当阳。这山谷名为景山。”玄德交只就此处屯扎。

秋末冬初，凉风透骨。黄昏（后）相近，哭声遍野。宿到四更时分，只听得西北角上喊声大振。玄德上马，引本部人马乘黑来迎。［操率］精骑掩至，势不可当，玄德死战。正在危急，得一将冲杀而来，乃张飞也，杀开一条血路，救得玄德望东而走；回头观看，南［边］有千百人马杀到长坂坡下。

据《三国志·蜀书·赵云传》：先主为曹公所追于当阳长阪。

按：长坂坡乃民间俗称，史书称“长阪”或“长坂”。阪，同“坂”，意为山坡，斜坡。

文聘当先拦路，玄德骂曰：“背主之贼，非大丈夫也！”文聘羞惭满面，领军望北而去。背后许褚赶来，张飞当先保着玄德，杀散铁骑，迤逦望东而走。渐渐喊声远［去］，玄德方才歇定，回看［手下，］随行止有百余骑，［百姓、］老小、简雍、糜竺、糜芳、赵云皆不知下落。玄德望西哭曰：“居民十数万皆因恋我，遭此大难；吾家老小不知下落存亡。［虽］土木之人，宁不悲乎！”

据《资治通鉴》卷六十五：操以江陵有军实，恐刘备据之，乃释辎重，轻军到襄阳。闻备已过，操将精骑五千急追之，一日一夜行三百余里，及于当阳之长坂。备弃妻子，与诸葛亮、张飞、赵云等数十骑走，操大获其人众辎重。（参见《三国志·蜀书·先主传》）

正恓惶哀哭之中，忽糜芳面（上）带箭［伤］，跑马而来报曰："反了常山赵子龙，投曹操［去］也！"玄德叱之曰："子龙是吾故人，安肯反耶！"张飞曰："他见我等势穷（身）［力尽］，投曹操以取富贵，此乃常理也，何故不信？"玄德曰："子龙与我相从于患难之中，心如铁石，岂以富贵而动摇乎？"糜芳曰："我（自）［亲］见他引军投曹操去了，何故不信？"玄德曰："子龙必有事故。再说子龙反者，斩之！"张飞曰："弟亲自寻他去；如撞见，一枪搠死！"玄德曰："休差会意！岂不见（他）［你二］兄诛颜良耶？子龙必不弃我。任他自去，不要相逼。我料子龙必不弃我！"

据《资治通鉴》卷六十五：或谓备："赵云已北走。"备以手戟擿之曰："子龙不弃我走也。"顷之，云身抱备子禅，与关羽船会，得济沔，遇刘琦众万余人，与俱到夏口。（参见《三国志·蜀书·赵云传》注引《云别传》）

张飞唤众将"跟我来！"只有二十骑随（者）［行］，余者跟玄德。元来张飞常鞭打军兵，愿跟者少。张飞引着二十骑同至长坂桥，原来只是木桥。飞乃回看桥东一带树木，心生一计此粗人做细事，教这二十骑却砍下杨柳，拴于马尾上，只在林子背后往覆驰骤。飞看［了］笑曰："是二十骑当五千军！"飞自横矛立马在桥上，凭西而望。

却说赵云四更军来便去厮杀，往［来］在曹军阵里，寻不见玄德，又失散主（人）［公］老小。赵云自思曰："主（人）［公］家眷二十余口，至亲三口——甘糜二主母、小主阿斗，都分付在我身上。今日乱军阵中失散，我有何面目见主（人）［公］乎？不如决一死战，以报平（日）［昔］知遇大恩！"此时赵云尚有三四十骑随（后）［从］，挺枪拍马，在乱军中寻觅，见两县百姓号哭之声振天动地，中箭着枪、横尸死者，抛男弃女（者，）［、］重伤带血而奔走者，［不计其数，］铁人见了怎不心酸？十余万居民四面八方乱窜［逃命］。子龙正行之间，见一人倒在草中。子龙近前（荒）［视］看，却是简雍。子龙急问曰："曾见主母乎？"雍答曰："我与你一处赶散。二主母弃了车仗，抱了阿斗公子而走。我飞马过山坡，被一将背上一枪，跌下马来。马被夺去，我挣闼不得。"赵云从骑有马，借一匹［来］，又着二将扶着简雍先去报主（人）［公］，"我上天入地，好歹寻主母［来］；如不见，拚死在沙场矣！"交扶简雍上马，令跟随者尽脱衣甲，好生伏事，先去报知。

云又引军前进追寻。忽一军大叫"将军！"三声，赵云问曰："你是何人？"答曰："我是刘使君帐前小卒，护送车仗的。数箭射倒我在此。"赵云便问夫人消息，军答曰："却才见夫人披头跣足步行，跟一伙百姓投南而走。"云见说，也不顾军，望南赶来，见一伙百姓，男女数百余人相结而行。赵云问曰："中间有甘夫人否？"夫人在众中回视，见赵云放声大哭。云滚鞍下马，扎枪而泣曰："使主母失所，云之罪也！"云又问"糜夫人并小主安在？"甘夫人答曰："我与糜氏被赶，荒弃车仗，杂于百姓内步行，又撞［见］一枝军马来冲散。糜氏抱着阿斗不知何在，我独逃生至此。"言未毕，百姓发喊"有一军来！"赵云绰枪上马看时，前面［马上］绑着一人，乃糜竺也。背后一将手提宝刀，又有千余骑跟着，［乃］是曹洪手下部将淳于芳，拿住糜竺，正要解去献功，被赵云大喝一声，刺于马下。众将向前救了糜竺，夺马二匹。赵云请甘夫人上马，前面杀条大路，直送到

长坂桥，

据《三国志·蜀书·先主甘皇后传》：先主甘皇后，沛人也。先主临豫州，住小沛，纳以为妾。先主数丧嫡室，常摄内事。随先主于荆州，产后主。值曹公军至，追及先主于当阳长阪，于时困逼，弃后及后主，赖赵云保护，得免于难。

见张飞立马横矛于桥上大叫："子龙！你［如］何反我哥哥？"赵云曰："我因寻不见主母，以此落后，安肯反也！"飞曰："不是简雍先来报我，见你时那得干休！"云曰："主公在那里？"飞曰："只在前面不远。"云曰："糜子仲你保夫人先行。我再去寻糜夫人并小主人来。"言罢，引从骑再回旧路。

正行之间，见一将手执［铁枪，背］着一口剑，引十余骑跃［马而］来，赵云更不打话，直取那将，方才交马，一枪刺着，倒撞下马去，从者奔走。那员将是曹（洪）［操］随身背剑心腹人夏侯（渊）［恩］。原来曹操有剑两口：一名倚天，一名青红；倚天自佩，青红交夏侯（渊）［恩］佩之；倚天振威，青红杀人，皆砍铁如泥。当日夏侯（渊）［恩］以为自是无人可敌，乃［撇了］曹操，只顾引人掳掠，却撞见子龙，一枪刺死马下，就夺那口宝剑看时，有嵌金"［青］红"（绿剑）［二］字，方知是好剑也。后军已到，马军步军漫山遍野，尽皆围定百姓，掳掠财物，杀害老少。赵云挺枪拍马，（直）［杀］透重围，回头观之，从骑渐渐分散；又杀一回，只剩得（独自）［孤身］。

赵云无半点退心，只顾往来寻觅，但逢百姓，便问糜夫人消息。忽一人指曰："夫人抱着孩儿，腿上着一枪了，走不得，只在前面墙缺里坐。"赵云径来寻［觅］，只见一个人家被火烧坏短土墙，［墙］内糜夫人抱着三岁幼子，坐在地上而哭。赵云看见，下马入见糜夫人。夫人曰："妾今幸得见将军，此子有命矣！望将军可怜他（的）父亲飘流半生，止有这点骨肉。将军可护持此子，交他见父一面，妾死无恨矣！"赵云曰："［夫人受难，］乃云之罪也！不必多言，请夫人上马，赵云步随，但遇敌军，必当死战！"糜夫人曰："不然！将军不（弃）［乘］此马，则此子亦（好）［失］矣。妾带重伤，死何惜哉！望将军可怜，速抱此子去，勿以妾为累（你）也！"云曰："喊声又近，贼兵又到。速请夫人上马！"糜氏将阿斗递与赵云曰："此子性命全在将军。妾委实不去了也。休得耽误！"赵云三回五次请夫人［上马］，［夫人］不肯上马。四边喊声大举，云大喝曰："如此不听吾言！"糜氏弃阿斗于地下，遂（将头撞墙）［投枯井］而死。

按：糜夫人下落，史无明言。《演义》称糜夫人死于当阳之役，不见于史。

后来子龙不得入太庙，与伍子胥把门，盖因喝主母以至丧命，亦是不忠也。史官赞夫人曰：

贤哉糜氏！内助刘君。
言辞不失，进退有伦。
心如金石，志似松筠。
身虽归土，名不污尘。
千载之上，德配湘君。

赵云就推土墙而掩之；解开勒甲绦，放下掩心，将阿斗包护在怀中而祝曰："我呼汝名字，汝应。"言罢绰枪上马。

早有（二）［一］将引军一队围定土墙。云乃拍马挺枪，杀出墙外。拦路的乃曹洪手下副将晏明也，手持尖刀来迎。不［及］二合，云一枪刺晏明于马下，杀散余军，冲开一条路。正走之间，前面又一枝军马摆开，为首一大将旗号分明，乃河间府张郃也。赵云更不打话，来战张郃。约斗十余合，赵云料道不能胜，夺路而走，张郃背后赶来。赵云和马连人跌下土坑；忽然红光紫雾从土坑中滚起，其马一（涌）[踊]而起。后人有诗曰：

当阳救主显英雄，杀透曹兵几万里。
马（涌）[踊]红光离土穴，子龙怀内抱真龙。

人马（涌）[踊]出土坑，张郃大惊而退。赵云又走，背后二将大叫"赵云休走!"前面又有二将——四般军器——来到，背后的是马延、张颛，前面的是张（尚）[南]、（墨觞）[焦触]，皆是袁绍手下将。赵云力战四将，杀透重围。马前马后步军齐搠赵云，赵云拔青红剑乱砍步军，手起处，衣甲平过，血如涌泉，染满袍甲，犹如砍瓜切菜，不损半毫，真宝剑也!

却说曹操在景山顶上高坐，望见一大将横[行]在（乱）[征]尘杀气中，乱砍军[将]，所到之处，威不可当。曹操急忙问（曰）左右军卒[曰]："此是谁将?"曹洪听得，飞身上马，下山大叫曰："军中战将，愿留姓名!"赵云应声曰："吾乃常山赵子龙也!"曹洪回报曹操，操曰："世之虎将也！吾若得此人，何愁天下不得?可速传令，差十余骑飞报各处：'如子龙到处，不许放（令）[冷]箭，只要（活捉）[捉活]的。'"因此子龙得脱此难，乃是主人洪福之致也!

却说赵云是日身抱后主在怀，杀透重围，砍倒[大]旗三面，夺搠三条，前后枪刺剑砍[，杀]死曹军名将五十余人。

据《三国志·蜀书·赵云传》：先主为曹公所追于当阳长阪，弃妻子南走，云身抱弱子，保护甘夫人，皆得免难。（参见《三国志·蜀书·先主甘皇后传》，《资治通鉴》卷六十五）

按：据史书记载，长坂坡之役，赵云保护甘夫人和刘禅脱险，仅是一次成功的撤退。《演义》所写赵云多次出入敌阵，反复冲杀，先后救出简雍、糜竺、甘夫人和阿斗等情节，均不见于史。

后史官有诗为证：

血染征袍透甲红，当阳谁敢与争锋?
古来冲阵扶危主，先许常山赵子龙。

又有诗一首单道主人之福：

红光罩体困龙飞，征马冲开长坂围。
四十二年真（帝）[命]主，将军应是显神威。

又诗一首单道将军之能：

八面威风杀气飘，擎王宝驾献功劳。
非干后主多洪福，自是将军武艺高。

司马温公有长坂词为证：

当阳草，点点班班如血扫。借问[当]时（公）何事因?子龙一战征旗倒。曹公兵将魂魄飞，杀人重围保家小。至今此血尚犹存，不见英雄空懊恼!

当时赵云杀透重围，已离大阵，身上血（染污）[污染]满袍铠。正行之间，山坡之下两路兵出，截断（出）[去]路，旗号分明，乃是夏侯惇部下大将，弟兄二人：一个钟缙，一个钟绅。缙使大斧，绅使画戟，大喝“赵云快下马受缚！”背后张辽、许褚引军赶来，四下喊声大振。子龙如何逃生？

［第八十三段］　张翼德拒水断桥

钟缙弟兄二人乃河内人也，自幼学儒，后来弃文就武，与夏侯惇作副将，当日拦住赵云。赵云见（钟缙）后［面］追兵赶来，大喝一声，径取钟缙，缙挥大斧来迎；两马相交，战不三合，一枪刺钟缙于马下，冲路便走。钟绅要报兄仇，挺方天戟赶来，马尾相衔，那枝戟只在子龙后心里（影弄）［弄影］。子龙大怒，拨转马，却好两（个）胸厮拍，被子龙右手拨过画戟，左手掣出带血青红剑，连盔带脑削去一半。钟绅落马身亡，余者奔回。子龙得脱，望长坂桥而走，后面文聘引军赶来。子龙（扒）［抢］到桥边，人困马乏。见张飞横枪立马［于］桥上，子龙到桥叫曰：“翼德救我！”人皆言“子龙求救于翼德，懦也。”不然。子龙在军中杀了一日一夜［方得］冲（得）出，便是铁人铁马，到此亦困矣；见自家之人，安得不求救耶？何懦之有？张飞应曰：“汝可速行，吾自当(了)［之］。”

却说子龙过长坂桥，约行三十余里，见玄德等皆憩于林下。见子龙血污浑身，玄德泣而问曰：“子龙怀抱何物？”子龙下马，喘气未定而言曰：“赵云之罪，万死犹轻！”跪在（街）［地］下泣曰：“糜夫人身带（血）［重］伤，不肯上马，投（墙）［井］而死，云已埋之。所抱公子，身突重围而出，凡遇敌军，与战十数番，夺得青红剑，砍死无数［名］将军［兵］，皆托主公之福，幸而得脱（身）！适来公子尚在怀中应声；此一回绝无动静，多是不保矣。”遂解甲视之，阿斗方才睡醒。子龙双手递与玄德曰：“幸喜公子无事！”玄德接过，掷之于地下，指子言曰：“为你孺子，几乎损吾大将！”子龙泣拜谢之曰：“云虽肝脑涂地，不能报也！”有诗曰：

曹操军临飞虎出，赵云怀抱小龙眠。
无由抚慰忠臣意，故把亲儿掷马前。

此是玄德用人之好处。众将救起公子，哭感糜氏，于林中少歇吃饮（之次）。

却（好）［说］文聘一枝军先到长坂桥，见张飞取盔（放）［挂］于马鞍前，横矛立马在桥上，倒竖虎须，（睁圆）［圆睁］环眼，又见桥东树木背后尘头起，树影内旌旗往来，勒住马不敢近前，俄延着等曹将来。只见曹仁、李典、夏侯惇、乐进都至，见张飞环眼横枪，独立在桥上，又恐是诸葛之计，皆不敢进兵，扎住阵脚，使人去飞报曹操。曹操闻（知）［之］，火急上马，从阵后来。

却说张飞隐隐见军后青罗伞盖招飐而来，料得是曹操。飞乃高声叫曰：“燕人张翼德在此，谁敢与吾决死敌！”声如巨雷。曹军闻（知）［之］，尽皆退避。曹操急令去［其］伞盖，回顾（与）左右曰：“曾闻关公旧日所言，［翼德于］百万军中枭大将首，如探囊取物也。”张飞见他去其伞盖，睁目又叫曰：“吾乃燕人张翼德，谁敢与吾决死敌！”曹军闻（知）［之］，皆有退去之意。飞见操后军阵脚那动，（飞）挺枪大叫曰：“战又不战，退又不退！”说声不绝，曹操身边夏侯霸惊得倒撞下马。操便回马，诸军众将一齐望西奔走，正如黄口孺子乍闻霹雳之声，病体樵夫忽听虎狼之吼，抛戈弃甲者不计其数，人马如潮退，自相践踏，各逃性命。

据《三国志·蜀书·张飞传》：曹公入荆州，先主奔江南。曹公追之，一日一夜，及于当阳之长阪。先主闻曹公卒至，弃妻子走，使飞将二十骑拒后。飞据水断桥，瞋目横矛曰："身是张益德也，可来共决死！"敌皆无敢近者，故遂得免。（参见《资治通鉴》卷六十五）

后有诗曰：

长坂桥头杀气生，横枪立马眼圆睁。
一声好似轰雷引，独退曹公百万兵。

又诗曰：

百万军中斩将还，探囊取物不为难。
当初因听云长语，致使曹兵心胆寒。

蜀有诸将，惟有张飞最雄。有篇古风曰：

因据桥而决死，当断水以成功。如激电之煌煌，诸兵不息。体昂然而凛凛，忿气凌空。（振）[擐]甲披袍，横枪立马。眼突睛有若铜铃，口露牙浑如银凿。威名扬于四海，杀气冲于斗、牛。当阳道上，如猛虎之盘桓；长坂桥前，若天神之把守。惟曹（军）[公]之势，（万里鹰扬，）统千员之将士，驱万队之儿郎。剑光粲烂，耀日月之精华；戈戟翩翻，冲斗、牛之杀气。振乾坤而虎视，驱万里而鹰扬。时也（称）[慑]伏荆州，袭追玄德，势拔沧海之龙须，力挫丹山之凤翼，斩鲸龙于须臾，获山河于顷刻。何期天意之有定，乃遇燕人张翼德。虬须倒竖，起[满地]之风云；环眼圆睁，轰半天之霹雳。忽见桥梁撼颤，水波倒逆，蛟龙奔腾于四海，鱼鳖跳跃于江河。千山猛兽，齐伏头而丧胆；万林飞鸟，俱失脚以潜踪。动九霄之阊阖，惊万里之貔貅。于是人马逃生，旗戈尽倒，弃铠甲于沙场，抛兵器于草野。先锋猛将，失宝剑以亡魂；护卫军兵，坠雕鞍而撞脑。（若至）[至若]奸雄曹操，狡计万端，（参）[吞]诸侯于紫塞，挟天子于金銮。略见威风，顿绒绦而回骏马；忽闻姓字，坠玉带以落冠簪。盖因云长当时官渡一语，曹操写于衣襟，为之明言。施勇烈之高名，救孤穷之先主。立勋业于千年，播威风于万古。

曹操闻翼德之名，飞马望西而走，冠簪尽落，披发逃生；听（后）[得]背后人马赶来，惊得魂不着体。张辽、许褚二将赶上，扯住马前环辔，曹操仓惶失惊。张辽曰："料张飞一人，何足惧哉？请丞相急回，整理军马向前，刘备可擒也！"曹操方才神色（满面）[稍回]，与张辽、许褚再来招集军马。

却说张飞见曹操兵一涌而退，不来追赶，径拨从骑二十余人，去其扫尘枝柯，来到桥边下马，拆断桥梁后，

按：《演义》称张飞拆断桥梁，不见于史。刘世德先生在《夜话三国》（书目文献出版社 1995 年版）一书中认为，史书称"飞据水断桥"，是说张飞独自一人，横矛立马，在桥上阻挡住曹兵的进路。这个"断"字，有"阻隔""隔绝"的含义。盛巽昌先生在《三国演义补证本》一书中也指出，"据水断桥"，当是依水为阻，据桥拦敌，并非是通常将"断桥"意解为"拆断桥梁"。

上马来见玄德。玄德问其故，飞言断桥一事。玄德曰："兄弟勇则勇矣，但可惜失于计较。"

张飞问“何为？”玄德曰：“曹操有谋，深通兵法［之］人也。汝不合拆断桥梁。操（兵）［必］追至矣。”张飞曰：“弟一喝，后军退数里而去，何敢再追？”玄德曰：“汝若不拆桥梁，彼将恐吾有埋伏，持疑而不敢追；今若拆之，彼必料我无军，怯而断桥矣。彼有百万之众，虽涉江、汉，可填而过，何惧一桥而不能［过］耶？彼必追至近矣。可从小路斜逃汉津，弃却江陵。”乃望沔阳路而去。

却说曹操收住军马，使张辽、许褚来探消息，回报曰：“路已拆桥。”操曰：“吾（已）［失］计较矣！他既拆桥，乃心怯也。可差一万军，（连）［速］搭三条桥，只今要过。”李典进曰：“恐是诸葛诈谋，不可轻（视）［进］。”操曰：“张飞（是）［乃］一勇之夫，安有谋也？可速进兵！”

却（是）［说］玄德正行之间，渐近汉津，忽见后面尘头起处，鼓声连天，喊声不绝。玄德曰：“前有大江，后有追兵，吾无路矣！”怎生奈何？

［第八十四段］　刘玄德走江夏

玄德将至汉津，背后曹兵赶来。

却说曹操领兵，十数骑前来探路，回报“刘备只有百余骑相随而走。”操自拍马，部领诸将赶上。张飞、赵云二将只得负命抵敌。操曰：“刘备乃网中之鱼，阱内之虎，不就这里擒捉，更待何时？若还走了，如放鱼入水，纵虎归山。不可抛战，一发向前！”众将齐呼（言）［曰］：“领丞相命！”一声大喊，却欲进前，山坡边鼓声响处，一队军马飞奔出来，［当头一员大将，手执青龙刀，坐下赤兔马，］大叫曰：“吾在此等候多时！”（当头一员大将，手执青龙刀，坐下赤兔马。）元来关云长［去］江夏借军马一万，探知当阳长坂大战，特地从此截出也。

据《三国志·蜀书·关羽传》：曹公定荆州，先主自樊将南渡江，别遣羽乘船数百艘会江陵。曹公追至当阳长阪，先主斜趣汉津，适与羽船相值，共至夏口。（参见《三国志·蜀书·先主传》）

曹操一见云长英雄，（齐）［急］勒马回，口叫“诸葛之计！”曹军急退。

云长赶杀十数里，复回来保护玄德，直到汉津，已有舡只伺候。军士尽皆下舡。云长请甘夫人并玄德、阿斗（在）［至］于舡中，便放舡开。云长问玄德：“二嫂嫂安在？”玄德诉说当阳之事，离乱困苦。云长叹曰：“当日猎于许田之间，若听羽之言，可无今日［之患］矣！”玄德曰：“（此）［彼］时亦为国家惜耳。若天［道］辅正，安知此不为福也？”后来史官裴松［之］曾褒贬玄德此言非真心也。论曰：

> 当时玄德在许（田时）［昌］，曾与董承同谋，旦夕泄漏，不克杀曹操耳。若为国家惜之，安肯为是？云长（此）［彼］时（怒）［欲］杀曹操，玄德不肯从者，因（时）恐惧曹操心腹牙爪之威也。操虽可杀，亦自不能免祸。以为国家惜而答云长，非本心也，乃饰词耳。

据《三国志·蜀书·关羽传》注引《蜀记》：初，刘备在许，与曹公共猎。猎中，众散，羽劝备杀公，备不从。及在夏口，飘飖江渚，羽怒曰：“往日猎中，若从羽言，可无今日之困。”备曰：“是时亦为国家惜之耳；若天道辅正，安知此不为福邪！”　臣松之以为备后与董承等结谋，但事泄不克谐耳，若为国家惜曹公，其如此言何！羽若果有此劝而备不肯从者，将以曹公腹心亲戚，实繁有徒，事不宿构，非造次所行；曹虽可杀，身必不免，故以计而止，何惜之有乎！既往之事，故托为雅言耳。

按：当关羽很后悔当年没有除掉曹操时，刘备回答说：“彼时亦为国家惜耳；若天道辅正，安知此不为福也！”刘备此语抄自《蜀记》，它在历史上可以讲得通，但回顾《演义》前文中的许田射猎故事，就讲不通了。因为罗贯中已对史书中的许田射猎故事做了改编，历史上的汉献帝并未参加许田射猎，罗贯中不但让汉献帝参加，而且加进了曹操公然欺压汉献帝的内容；既然曹操篡夺皇位的野心已暴露无遗，那么刘备制止关羽杀曹操，就只能解释为投鼠忌器了，刘备事后对关羽也是这样解释的。

玄德正诉之间，忽见江面上舟舡如蚁，顺风而来，大鸣战鼓。玄德失色，见一人白袍银甲，立在舡头上，相近叫曰：“叔父别来无恙？小侄得罪！”玄德视之，乃刘琦也，走至舡上相抱而哭。琦曰：“听知叔父困危，小侄特来（相）接应。”合［兵］一处，同舟而行；

据《三国志·蜀书·先主传》：曹公以江陵有军实，恐先主据之，乃释辎重，轻军到襄阳。闻先主已过，曹公将精骑五千急追之，一日一夜行三百余里，及于当阳之长坂。先主弃妻子，与诸葛亮、张飞、赵云等数十骑走，曹公大获其人众辎重。先主斜趋汉津，适与羽船会，得济沔，遇表长子江夏太守琦众万余人，与俱到夏口。（参见《资治通鉴》卷六十五）

在舡中正诉情由，江面上［舡只］一字（舡）摆开。众（观）视之，乃孔明也，后（面）［立］孙乾。玄德慌请过舡，问其所来。孔明曰：“自离主公，见了公子，先差云长于汉津大路而接，——料曹操必来追赶，［赶］则主公必败，败［则］必不从江陵，斜取汉津矣；又请公子来接应。某往夏口尽起民兵，又来接应。”玄德大喜，合为一处，商议破曹之策。孔明曰：“夏口城险，颇有钱粮，虽小可守，请主公于夏口屯住。公子再回江夏整顿舡只，收拾军马，为首尾之势，可以抵敌曹操百万之众。共归江夏，则（牢固之）［势孤］矣！”刘琦曰：“军师之言虽善，［琦］欲请叔父暂到江夏整治军伍，再回夏口不迟。”玄德曰：“贤侄之言是也！”留下云长五千军守住夏口，玄德、孔明、刘琦共投江夏来。

却说曹操见云长在汉津引生兵截出路来，疑有埋伏，不敢来追；又恐水路去夺江陵，星夜提兵前赴江陵。治中邓义、别驾刘先已备（细）知襄阳事，料道“我等安能敌得（他）［操也］？”只得投伏，引荆州军民出郭投降，（勿乞）［乞勿］扰民。操先使曹仁入城招安了当，秋毫无犯。操加邓义为大鸿胪，刘先（加）为尚书，余皆封为列侯，

据《资治通鉴》卷六十五：曹操进军江陵，以刘琮为青州刺史，封列侯，并蒯越等，侯者凡十五人。释韩嵩之囚，待以交友之礼，使条品州人优劣，皆擢而用之。以嵩为大鸿胪，蒯越为光禄勋，刘先为尚书，邓羲为侍中。（参见《后汉书·刘表传附子琮传》《三国志·魏书·武帝纪》）

据《三国志·魏书·刘表传附子琮传》注引《先贤行状》：荆州平，嵩疾病，就在所拜授大鸿胪印绶。

安慰各处了当。

曹操与众将商议："今刘备去投江夏，已无去路；但恐结连江东孙权，是生滋蔓也！如此当以何计？"

据《三国志·魏书·贾诩传》：建安十三年，太祖破荆州，欲顺江东下。诩谏曰："明公昔破袁氏，今收汉南，威名远著，军势既大；若乘旧楚之饶，以飨吏士，抚安百姓，使安土乐业，则可不劳众而江东稽服矣。"太祖不从，军遂无利。

据《三国志·魏书·程昱传》：太祖征荆州，刘备奔吴。论者以为孙权必杀备，昱料之曰："孙权新在位，未为海内所惮。曹公无敌于天下，初举荆州，威震江表，权虽有谋，不能独当也。刘备有英名，关羽、张飞皆万人敌也，权必资之以御我。难解势分，备资以成，又不可得而杀也。"权果多与备兵，以御太祖。

按：《三国志》这两段文字，《资治通鉴》和《演义》都没有采用。

荀彧进言［曰］："可差一使赍檄文，请孙权会猎于江夏，共擒刘备，分取荆州之地，永结盟好。言语雄壮，孙权必惊忧而来投降，大事济矣！"操曰："此计甚妙！"

按：荀彧此计，不见于史。据前文，荀彧未随曹操南征荆州。

一面发檄遣使，一面计点马军步军水军，共计八十三万。曹仁守把荆州，操亲提大兵八十三万，诈呼一百万，水陆并进，舡骑双行，沿江而来；西连荆、陕，东接蕲、黄，连路寨栅三百余里，烟火不绝。

据《三国志·吴书·诸葛恪传》：近者刘景升在荆州，有众十万，财谷如山……北方都定之后，操率三十万众来向荆州。

按：《演义》称曹操率八十三万大军伐吴，显系夸张。据史书，周瑜向孙权分析曹操兵力时说："彼所将中国人不过十五六万，且军已久疲；所得表众亦极七八万耳，尚怀狐疑。"所以，周瑜认为曹操的总兵力为二十二万至二十四万。张靖龙先生在《赤壁之战研究》（中州古籍出版社 2004 年版）一书中认为，周瑜给孙权及同僚们提供的敌方兵员估计数，应是其内心揣摩的下限。曹操率领南下的北方兵员数，陈寿所记——诸葛恪之语"三十万众"较为可靠。刘表原有的十万兵马，减去在刘备、刘琦控制之下的两万余名军人，投降曹操的约为七八万人马。平定荆州后的三十七八万曹军，必须分兵防守（或留守）江陵、襄阳、南阳等战略要点，荆州其他五郡也要按战略形势配备数量不等的郡兵。因而可以作为战略机动力量投入征讨孙刘联军一线作战的兵力，约在三十万左右，其中水军约十万，骑兵约五万，步兵十五万左右。但由于赤壁初战被东吴水军打败，曹操大军只好引退江北"恶地"乌林，步兵和骑兵因无法展开而失去作用，与联军对阵的实际兵力只有十万水军。

却说江东孙权屯军于柴桑郡，听知曹操引百万之兵已取襄阳，刘琮引文武皆降，星夜兼道取江陵，请众谋士商议大事。鲁肃进言曰："荆州与国连接，江（上）［山］险固，沃野万里，士（广）［民］殷富，若据而有之，此帝王之资也。今刘表新亡，（世）［二］子不协，军中诸将各有彼此。刘备天下枭雄，与操有隙，若与彼协心，上下齐同，则宜抚安，与结盟好；如有离违，（别宜）［宜别］图之，以济大事。肃［请］得奉命吊丧，慰劳其众用事［者］，（反）［及］说备使抚表众，同心一意，共图曹操，备必喜而从之。如其克谐，天下可定也！今若不往，恐曹操先着人去。"孙权闻言大喜，即遣鲁子敬行。

据《资治通鉴》卷六十五：鲁肃闻刘表卒，言于孙权曰："荆州与国邻接，江山险固，沃野万里，士民殷富，若据而有之，此帝王之资也。今刘表新亡，二子不协，军中诸将，各有彼此。刘备天下枭雄，与操有隙，寄寓于表，表恶其能而不能用也。若备与彼协心，上下齐同，则宜抚安，与结盟好；如有离违，宜别图之，以济大事。肃请得奉命吊表二子，并慰劳其军中用事者，及说备使抚表众，同心一意，共治曹操，备必喜而从命。如其克谐，天下可定也。今不速往，恐为操所先。”权即遣肃行。(参见《三国志·吴书·鲁肃传》《吴主传》)

却说刘备到江夏，与孔明、刘琦共议大事。孔明曰：“今刘琮降曹，一应钱粮军马皆归于操。操今势大，急难动摇。不如去投江东孙权以为应援，使南军北将相持，吾等于中取事，有何不可？”玄德曰：“江东人物极多，皆有远谋，安肯从之？”孔明笑曰：“(孙权)［今操］领百万之众，虎踞江、汉，［孙权］安得不来探听虚实耶？若有人到，亮借一(帆风)［风帆］，直往江东，凭三寸不烂之舌，说南北两军互相吞并。若南军胜，则(收南)［就而］杀操，以取荆州之地；如北军胜，［则］乘胜而取江南。此远大之计也！”玄德曰：“此论［甚］高！如何得江东人到？”正［说］话间，人报“孙权差鲁肃特来吊丧，舡已傍岸。”

据《资治通鉴》卷六十五：(鲁肃)到夏口，闻操已向荆州，晨夜兼道，比至南郡，而琮已降，备南走，肃径迎之，与备会于当阳长坂。(参见《三国志·吴书·鲁肃传》《吴主传》《周瑜传》，《三国志·蜀书·先主传》注引《江表传》)

按：《演义》称鲁肃与刘备会面的地点为江夏(江夏为郡名，非城名，应为夏口)，与史不合。据史书，鲁肃与刘备“会于当阳长坂”，故其会面的时间应是刘备正携带大批民众南撤，而曹军尚未追及之时。

孔明笑曰：“大事济矣！”遂问刘琦曰：“往日孙策死时，你等曾去吊丧否？”琦曰：“江东与吾家积世之仇，安得通吊［丧］之礼也？”孔明曰：“此非吊丧，实乃探听［虚实］也。如鲁肃至，但问曹操动静，主公只推不知；再三问时，可言‘只问亮。’”计会已定，使人迎接鲁肃。

琦自邀［肃］入(言)［衙］吊丧(事)，收其礼物。刘琦请肃与玄德相见，礼毕，请入后堂饮酒。肃曰：“久闻皇叔，无缘拜识。今幸得睹，愿有所闻！近听知皇叔与操会战数次，必知其情。敢问操军约有几何？将有谁能？有意图天下否？”玄德皆推不知。肃曰：“皇叔在新野便与曹操交锋，何言不知？”玄德曰：“备兵微将寡，但闻操至则走，委不知其实。”肃曰：“(往往)［每有］渡江人说，皇叔用诸葛之谋，两场火烧［得］操亡魂丧胆，何言累败耶？”玄德曰：“除非问孔明，可知其详。”肃［曰］：“愿求一见！”玄德交请孔明出，与鲁肃相见。肃曰：“我子瑜友也子瑜，孔明兄也，久闻先生才德，无缘拜会。今幸得遇，愿闻今日之事！”孔明曰：“曹操奸计，亮尽知矣，恨力未及，而且避之。”肃曰：“皇叔止于此乎？”孔明曰：“使君与苍梧太守耿臣有旧，欲往投之。”肃曰：“耿臣粮少兵微，自亦难保，岂可容纳他人耶？”孔明曰：“虽耿臣不足以赴，未有去向，［且］暂归之，别图后计。”肃曰：“孙讨虏聪明仁惠，敬贤礼士，江表英雄咸归附之，已据六郡，兵精粮足。今为君计，莫若遣心腹自结于东吴，以共济世业矣。此行若何？”孔明曰：“亮知使君又少心腹，［孙］将军自来(访)［无］旧，恐空废唇舌也。”肃曰：“(孔明)［贤公］之兄为江东参谋官，望公既久。肃不才，愿请［公］同见孙讨虏，共议大事，若何？”玄德曰：“孔明是吾师，旦夕不相离，岂可去也？”肃坚请孔明同去，玄德(肯)

［止］言不肯。

据《资治通鉴》卷六十五：肃宣权旨，论天下事势，致殷勤之意，且问备曰："豫州今欲何至？"备曰："与苍梧太守吴巨有旧，欲往投之。"肃曰："孙讨虏聪明仁惠，敬贤礼士，江表英豪，咸归附之，已据有六郡，兵精粮多，足以立事。今为君计，莫若遣腹心自结于东，以共济世业。而欲投吴巨，巨是凡人，偏在远郡，行将为人所并，岂足托乎！"备甚悦。肃又谓诸葛亮曰："我，子瑜友也。"即共定交。子瑜者，亮兄瑾也，避乱江东，为孙权长史。（参见《三国志·吴书·鲁肃传》《吴主传》《周瑜传》，《三国志·蜀书·先主传》注引《江表传》）

孔明曰："事急矣，请奉命而行！"玄德嘱付"便回夏口相会。"于是孔明、鲁肃别玄德、刘琦，下舡望柴桑郡来。

据《资治通鉴》卷六十五：曹操自江陵将顺江东下。诸葛亮谓刘备曰："事急矣，请奉命求救于孙将军。"遂与鲁肃俱诣孙权。（参见《三国志·蜀书·诸葛亮传》）

毕竟如何？

［第八十五段］　诸葛亮舌战群儒

鲁肃、孔明在舡中共话。肃猛省："孔明是个舌辨之士，去到江东，（若）［惹］起［刀］兵来，（力常）［倘］胜则无事，倘败则归罪［于］我。"寻思半晌，与孔明曰："先生如见吴侯，不可言曹操兵多将广。若问［操］有意下江南否，只言不知。"孔明曰："不须子敬分付，亮有对答之语。"鲁肃连嘱数番，孔明冷笑。舡已到岸，肃引孔明于驿中安歇以定。

肃来见孙权。权正聚文武于堂上议事，听知鲁肃到，急召而问之曰："子敬往荆、襄体探不易。（正）［其］事若何？"肃曰："不知虚实。"权（怒）曰："别有商议。"权将［曹操］檄文以示（之）肃，曰："操遣使赍文至此，孤发送使回。见今众议论不下。"肃看其檄文［曰］：

操（钦）［近］承上命，奉辞伐罪，旌旄南指。刘琮束（首）［手］，荆、襄之民望风归顺。今统大军百万，上将千员，欲与将军会猎于吴，共伐刘备，同分汉土，永结盟好。相见有期，早宜回报。

据《资治通鉴》卷六十五：是时，曹操遗权书曰："近者奉辞伐罪，旌麾南指，刘琮束手。今治水军八十万众，方与将军会猎于吴。"权以示群下，莫不响震失色。（参见《三国志·吴书·吴主传》及注引《江表传》）

按：曹操给孙权的檄文，《江表传》作"今治水军八十万众，方与将军会猎于吴"，是表示要进攻东吴，恐吓孙权，逼其投降；《演义》却改作"欲与将军会猎于吴，共伐刘备，同分汉土，永结盟好"，其中虽有迫孙权就范的含义，但其威胁的程度大为减弱了。

肃看毕曰："主公尊意若何？"权曰："未有定议。"张昭曰："曹公狼虎也，今拥百万之众，借天子之名以征四方，拒之不顺。且将军大势可以拒操者，长江也。今操得荆州水军，艨艟斗舰乃以千数，浮以沿江，水陆俱下，此为长江之险已与我共之矣，而势力众寡又不可论。[愚]谓（遇）大计不如降之，以为万全之策也！”众谋士皆曰：“子布之言甚合天意！”孙权沉吟不语。张昭等又曰：“主公不必多疑。如降操则东吴安，百姓可保矣。”权起更衣，肃（进）[追]于廊下。权知肃意，乃执[其]手而言曰：“卿欲何言？”肃曰：“却才众人之意，（事）[专]欲误主公，不足与图大事。[众]皆（言）可降操耳，将军必不可也。如肃等降操，当以肃还乡里，品其名位，犹不失下曹（倘）[从]事（成），乘犊车，从吏卒，交游士林，累官不失州郡也。将军降操，欲安（可）[所]归乎？官不过封侯而已，车不过一乘，骑不过一列，侍从不过十数人，岂得（为）南面称孤哉？众人之议各为自己，不可用也。将军详之，早定大计！”权叹之曰：“诸人商议，甚失孤望；子敬明开大计，正与吾同！（今）[此]天以子敬赐我也！

据《资治通鉴》卷六十五：是时，曹操遗权书曰：“近者奉辞伐罪，旄麾南指，刘琮束手。今治水军八十万众，方与将军会猎于吴。”权以示群下，莫不响震失色。长史张昭等曰：“曹公，豺虎也，挟天子以征四方，动以朝廷为辞；今日拒之，事更不顺。且将军大势可以拒操者，长江也。今操得荆州，奄有其地，刘表治水军，蒙冲斗舰乃以千数，操悉浮以沿江，兼有步兵，水陆俱下，此为长江之险已与我共之矣，而势力众寡又不可论。愚谓大计不如迎之。”鲁肃独不言。权起更衣，肃追于宇下。权知其意，执肃手曰：“卿欲何言？”肃曰：“向察众人之议，专欲误将军，不足与图大事。今肃可迎操耳，如将军不可也。何以言之？今肃迎操，操当以肃还付乡党，品其名位，犹不失下曹从事，乘犊车，从吏卒，交游士林，累官故不失州郡也。将军迎操，欲安所归乎？愿早定大计，莫用众人之议也！”权叹息曰：“诸人持议，甚失孤望。今卿廓开大计，正与孤同。”（参见《三国志·吴书·周瑜传》，《三国志·吴书·吴主传》及注引《江表传》）

据《三国志·吴书·鲁肃传》：会权得曹公欲东之问，与诸将议，皆劝权迎之，而肃独不言。权起更衣，肃追于宇下，权知其意，执肃手曰：“卿欲何言？”肃对曰：“向察众人之议，专欲误将军，不足与图大事。今肃可迎操耳，如将军，不可也。何以言之？今肃迎操，操当以肃还付乡党，品其名位，犹不失下曹从事，乘犊车，从吏卒，交游士林，累官故不失州郡也。将军迎操，欲安所归？愿早定大计，莫用众人之议也。”权叹息曰：“此诸人持议，甚失孤望；今卿廓开大计，正与孤同，此天以卿赐我也。”

据《三国志·吴书·周瑜传》注：臣松之以为建计拒曹公，实始鲁肃。于时周瑜使鄱阳，肃劝权呼瑜，瑜使鄱阳还，但与肃暗同，故能共成大勋。

然今之计，其议须定。曹操新得袁绍兵，近得荆州兵，恐势大不可以敌。”肃曰：“某渡江直至当阳，已闻刘豫州军败，[次]至江夏，得见虚实。有一人深智有学，故引于此，主公试问之。”权问“何人也？”肃曰：“诸葛瑾之弟诸葛亮。”权曰：“莫非卧龙先生否？”肃曰：“是也，见在馆驿中安歇。”权曰：“今日天晚，不可相见。来日聚文武于幕下，先交见俺江东英俊，然后升堂论事。”肃领命而出。

次日早请孔明，肃又嘱曰：“如见吴侯，[切]不可言曹操兵多。”孔明曰：“[亮自]见机而变，必不误于公。”鲁肃引孔明至幕下，视之，见张昭、顾雍等一班文武二十余人，皆峨冠博带，整衣端坐。孔明料是众谋士，交鲁肃引领，从头逐一相见，各问姓字，施礼毕，坐于客席。

张昭看孔明飘[飘]然有出世之表，昂昂然吐凌云之气。昭等料孔明来下说词，昭先以言挑之。昭问曰："昭乃是江东（缘木）［微末］之士，久闻先生居于隆中，躬耕陇亩，以乐天真，（号）［好］为《梁父吟》，每比管仲、乐毅，此语果有之乎？"孔明暗思："这人把言语来挑我。"遂应之曰："此［亮］平生小可［之］比也。"昭曰："初刘豫州三顾先生于草庐之中而听高论。豫州得先生，如鱼得水，每欲席卷荆、襄；一旦已属曹公，未审何也？"孔明暗思："张昭乃孙权手下第一个谋士，若不难倒他，如何说孙权？"遂答昭曰："吾观取汉上之地如反掌之易。吾主刘豫州躬行仁义，不忍夺同宗之［基］业，故力辞之。刘琮孺子听信谗佞之言，暗献降书，致使曹瞒得肆猖狂。今豫州兵屯江夏，别有良图，非等闲可比也。"昭曰："若此，则先生之言［行］相违矣。圣人有云：'古者言之不出，耻躬之不逮也。'先生自比为管仲、乐毅。［愚］自幼酷爱《春秋》，深慕二子之为人。管仲相桓公，霸诸侯，一匡天下，九合诸侯，不以兵车，管仲之力也；乐毅力挽微弱之燕，下齐七十余城：此二公可为（命）［济］世之英贤、古今之豪杰也！方今曹操横行于中国，擅自征伐，动无不克，有顺其欲者而慰之，不顺其欲者而伐之，宣言曰：'吾奉天子诏，招降讨逆。'因此海宇振动，莫不宾伏。先生居茅庐之中，（谈）［但］笑傲风月，遁世无闷；既从事于刘豫州，当与天下生灵兴利除害，此所谓'达则兼善天下。'且玄德公未有先生之时，尚犹纵横寰宇，据守城池；今见先生，正如彪虎生翼，将见汉室复兴，曹氏即灭矣。朝廷故旧大臣、山林避世之士皆（俯）［仰面］以待：（扶见）［拂］高天之云翳，仰日月之光辉；救民于水火之中，措之于衽席之上。何期先生自归豫州，曹军麾盖一出，兴兵南征，玄德弃甲抛戈，望风而窜，上不能报刘表以安庶民，下不能辅孤子以据汉土。先生知而使之，是不仁也；不知而使之，是不智也。近闻玄德弃新野，走樊城，败当阳，奔夏口，无容身之地，有烧眉之急。此是［自］得先生以来，反不如往日矣，岂有管仲、乐毅万分之一哉？先生幸勿以愚直而怪之！"孔明昂然而笑曰："大鹏飞扬于万里，其志岂群鸟之识焉？古人有云：'善人为邦百年，亦可以胜残去杀矣。'且以世人论之：夫疾病之极，当以糜粥（初）［以］食之，和药以养之，待其五脏调和，形体渐回，然后以肉食（而）［以］补之，猛药以治之，则病［根］尽拔，人得全生也；汝若不待气脉和缓，便以猛药硬食欲求生者，此不救之道也。（且）吾主刘豫州向日兵败汝南，寄迹［于］刘表，兵不满千，将惟关、张、赵云而已；况新野山僻小县，人民稀少，粮食窄薄，非险要之地，豫州借而容身，此正如病势尪（羸）［羸］之极也。夫以甲兵不完，城郭不坚，军不经练，粮不继日，守之则坐而待死，［如金玉］弃之（如漏屋）［沟壑］耳。博望烧屯，白河用水，使夏侯惇、曹仁等闻吾之名，心胆皆裂，虽管仲复生，乐毅不死，安可及也？刘琮投降，豫州不知。亮数进策，豫州不忍乘乱夺人之基业，［此］大不义也，故勿为［之］。当阳之败，豫州见十数万之民扶老挈幼，不忍弃之，日行十余里，不思（退）［进］取江陵，甘与同败，此为大义也！兵书云：'众寡不敌，胜败乃兵家常事。'焉有必胜之理乎？昔楚项羽数胜高皇，［高皇］垓下一战成功，此是韩信之良谋也。且信之事高皇，岂［能累］胜（众）？国家之大计，社稷之安危，自有主谋，非比（涉）［浮］夸虚誉（佞）［妄］人耳。坐议立谈，谁不可及？临机应变，百无一能，诚为天下之笑。子布莫怪口直！"只［这］一篇［词］，唬得张昭缄口无语。

忽于座间一人高声而问曰："今曹公兵有百万，将列千员，龙张虎视，平吞江夏。公以何如？"孔明视之，乃［是］从事，会稽人也，姓虞名翻，字仲翔也。孔明放声答曰："曹瞒收袁绍蚁聚之兵，刘表乌合之众，军无纪律，将无谋略，虽有百万，何足惧也？"虞仲翔大笑曰："军败于当阳，计穷于夏口，区区求救于人，犹言不惧，真乃掩耳偷铃也！"

孔明曰："岂不闻兵法云：'信兵［实］战。'吾主刘豫州有数千仁义之师，安能退百万残暴之众？退守江夏，待其时也。今汝（视）江东兵精粮足，又有长江之险，尤欲使其主屈膝降贼，何其太懦也！以此论之，刘豫州实不惧操贼耳。"虞仲翔不能对。

座上一人放声而言曰："孔明欲效苏秦、张仪三寸不烂之舌，游说江东耶？"孔明视之，乃临淮步子山步骘。孔明曰："君只知苏秦、张仪乃舌辨之士，岂不知苏秦、张仪乃春秋豪杰也！苏秦佩六国之金印，张仪二次相秦，皆有匡扶社稷之机，补完天地之手，非比守株待兔、畏刀避箭之徒耳。君等闻曹操虚诈之词，犹豫而未决，敢望为苏秦、张仪乎？"步骘不能答。

忽座上又一人问曰："孔明以曹公为何如人也？"孔明视之，乃沛郡薛文宗也。孔明应之曰："曹瞒乃汉贼也。"文宗曰："公言差矣！予闻古人云：'天下非一人之天下也。'尧以天下禅于舜，舜以天下禅于禹，其后［成］汤放桀，武王伐纣，列国相吞。汉承秦业以及于今，天数已终，曹得逐其鹿，天下归正焉。刘豫州不识天时，强欲争之，（垒）［如］卵击石，如羊斗虎，安得不败者乎？"孔明应声叱之曰："汝乃无父无君之人也！夫［人］生于天地之间，以忠孝为立身之本。吾以汝累世食汉之水土，思报其君，闻有国贼（图）［蠹国］害民者，誓共戮之，臣之道也。曹操宗祖食汉禄四百余年，不思报效，久有篡逆之心，天下共患［之］。汝以天数归之，真无君之人也，不足与语，再勿复言！"薛文宗满面羞惭，不敢（对应）［应对］。

座间忽一人应声曰："曹操虽挟天子［而］令诸侯，犹是曹相国（苗裔）［曹参］之后。汝刘豫州虽中山靖王之苗裔，无可稽考，只是一织席编履之庸（才）［夫］，何足与曹操抗拒哉？"孔明视之，乃吴郡陆绩也。孔明笑而言曰："公乃袁术座间怀橘之陆郎乎？

据《三国志·吴书·陆绩传》：绩年六岁，于九江见袁术。术出橘，绩怀三枚，去，拜辞堕地，术谓曰："陆郎作宾客而怀橘乎？"绩跪答曰："欲归遗母。"术大奇之。

汝安坐听吾之论。昔日文王三分天下有其二，以服事殷。故孔子云：'周之德，其可谓至德也矣！'此所谓臣不敢伐君也。后纣暴虐，武王伐之，伯夷、叔齐扣马而谏曰：'以臣弑君，可谓仁乎！'太公称为义人，孔子亦称其德。为臣不可以犯上，此万世不易之理也。曹操累世汉臣，常有篡国之心，非逆贼而何？昔高皇起身乃泗上亭长，宽洪大度，重用文武，（而）开大汉鸿基四百余年。且如吾主，纵非刘氏宗亲，仁慈忠孝，天下共知，胜如曹贼万倍，岂以织席编履为辱乎？汝小儿之见，不足与高士言之，岂不自耻乎！"

言未毕，座上又一人昂然而出曰："（吾虽）［虽吾］江东之英俊，被汝说词夺却正理。汝治何经典？"孔明视之，乃彭城严曼才严峻也。孔明应声答曰："寻章摘句，［世］之腐儒，何能兴邦立事乎？且如耕莘伊尹，钓渭子牙，张良、陈平之流，邓禹、耿弇之辈，皆有斡旋天地之手，匡扶宇宙之机，未审平生所治何经，所攻何典，岂效书生区区于笔砚之间，论黄数黑而玩［唇］舌乎？"严峻低头丧气而不能对。

忽又一人指孔明而言曰："汝言（又）不能安邦定国，何［士］立于四科之首？"孔明视之，乃汝南程德枢程秉也。孔明曰："有君子之儒，有小人之儒。夫君子之儒，心存仁义，德处温良；孝于父母，忠于君王；上可仰观于天文，下可俯察于地理，（其）中可［流］泽于万民；治天下如盘石，立功名于青史：此大人君子之儒也。夫小人之儒，惟务青春作赋，皓首穷经；（空）笔下［空］有千言，（实）胸中［实］无一物。且如汉扬雄，以文章为（一）状元，屈身仕莽，不免投阁而就死地。此乃小人之儒也，虽有万篇，何足道哉？”

座上诸公见孔明对答如流，滔滔然如天河之水，众皆失色。又有吴郡张温、会稽骆统二人又欲难问，忽一人［入,］厉声而（入）言曰：“孔明乃当世之名士，汝等岂以唇齿相难？非敬客之礼也！曹操引百万之众虎视江南，不思破敌之策，但以口头之语，各负所能，正事安在！上有吴侯立等，诸葛先生请便入，以论安危。”

按：诸葛亮舌战群儒的故事，不见于史。罗贯中在虚构这一情节时，对出场的人物，并没有以严谨的态度考证史实。对照史书可以发现，虞翻为人耿直，仇视曹操，拒绝过曹操的征召，所以不可能说出《演义》中那些为曹操张本的话。薛综和程秉此时正避乱交州，尚未进入孙权的幕府，张温和骆统均年仅十六岁，尚未出仕，他们均不可能名列“群儒”之中。

毕竟是何人也？

［第八十六段］　诸葛亮（檄）［激］孙权

来请孔明者乃陵泉人也，姓黄名盖，字公覆，昔随孙坚破山贼有大功，后跟孙策，累有立功，见为孙权粮料官；当时与孔明曰：“愚闻‘多言获利，不如默而无言。’何不将金玉之论对讨虏将军言之？”孔明曰：“群儒不知世务，互相难问，不容不答也。”黄盖、鲁肃（共）［引孔明］入，至中（间）［门］，正遇诸葛瑾。孔明施礼，瑾曰：“兄弟［既］到江东，何故不来见我？”孔明曰：“亮事刘豫州，理合先公而后私。公事未毕，不敢治私，望兄察之！待兄弟见了吴侯，却得叙话。”鲁肃曰：“适来此言不可相误。”孔明点头而应。

引至堂上，吴侯孙权欠身而（相）迎。孔明下拜，权（容）［答］半礼，——久闻孔明之才，故相敬也，——请孔明坐。［孔明］谦让了，坐于其侧，乃致玄德之意了，偷目观看孙权，碧眼紫髯，堂堂一表。孔明暗思：“此人可激不可说。且等他问时，便动激言，此事济矣！”孙权交献茶汤。文武分两行而立。鲁肃立于孔明之侧，只看他回答。权问曰：“多闻子敬谈足下之德，今幸得见，欲求教益！”孔明答曰：“不才无学，有辱明问！”权曰：“足下近在新野辅佐刘玄德与曹操共决胜负，若何？”孔明曰：“刘豫州兵不满千，将惟有关、张、赵云，更兼新野城小粮无，安能抗拒曹操乎？”权曰：“曹兵共有多少？”孔明曰：“曹操破吕布，灭袁绍，平袁术，收北番，定辽东，新伏刘琮，［马］步（军）水军一百余万。”鲁肃听了，暗暗叫苦：“却（得）［将］分付的（气力）［不依］!”权曰：“莫非诈乎？”孔明曰：“明公差矣！曹操就兖州，已有青州兵四［五］十万；平了袁绍，又得四五十万；［中］原新召之兵何止二三十万？今得荆州之兵，亦有（三二）［二三］十万。以此论之，不下一百五十余万。亮以一百万言之，恐惊动江东之士也。”权又问曰：“手下将士还有几何？”孔明曰：“足智多谋之士、扬威耀武之人何止一二千？如亮之辈车载斗量，不可胜数。”肃又暗暗叫苦。权曰：“今曹操已平荆、楚，复有远图乎？”孔明曰：“目今沿江下寨，准备战舡，旌旗蔽空，连（野）［路］数百里，不欲图江南，待投何地耶？”权曰：“操有并吞之意。战与不战，请足下一决！”孔明曰：“但恐明公不肯听从耳。”权曰：“愿闻金玉之论！”孔明曰：“方今海宇（之）[大]乱，将军起兵据江东，刘豫州亦收众汉南，与曹操并争天下。今[操]芟夷大难，略已平矣，遂破荆州，威加四海。英雄无所用武，故豫州逃[遁]至此。将军（勇）[量]力而处之：若能以吴、越之众与中国抗拒，不如早与之绝；若不能当，惟有一计可以保全。”权问“何计？”孔明曰：“何不从众谋士之议，按兵束甲，北面事之？”孙权顿首不语。孔明曰：“将军外托伏从之名而内怀抗拒之计，事急而不断，祸至无日矣！”孙权默然不答。孔明又言曰：“圣人云：‘寡固不可以敌众，弱固不可以敌强。’此必然之理也。明公（可）不早顺降曹操，则江东之地虽厚，必受其涂炭矣！”权曰：“苟如公言，刘豫州何不事之？”孔明曰：“田横，齐之壮士耳，犹守义不忍忘。况刘豫州王室之胄，英才盖世，壮士莫不钦仰，若鱼之归海，事（之）[必]济矣，安能复为之下乎？”孙权勃然变色（而）[，起身]入后堂。众皆哂笑而散。

鲁肃责孔明曰：“先生何故出此言？（又）[只]是吾主宽洪大度，不面责于先生。先生之言，极其（谄貌）[相藐]多矣！”孔明仰面而笑曰：“何如此不能容物耶？吾自有破曹之计，汝不问我，我岂言哉？”肃问曰：“果有良策？某当令主公请教。”孔明曰：“吾观曹操百万之众如群蚁耳，但略举手，则皆为齑粉矣。”肃听此言，[便]入后堂见权。权怒气不息，顾与肃曰：“汝渡江带得这个好人来相助吾！”肃曰：“某亦责之。孔明大笑不止，言主公不能容物而便发怒。（有）擒操之策。孔明不肯轻言，主公何不求之？”权回嗔作喜曰：“元来孔明已有良谋，故以言词激我。我一时浅见，几误大事！”慌忙整衣出，请孔明曰：“适来权小见发怒，冒渎威严，幸乞恕罪！”孔明亦谢[罪]。[权遂]邀入后堂对坐，置酒相待。

数巡之后，权曰：“曹操平生所患者，[吕布、]刘表、[二]袁（术）、刘豫州与孤耳。今数雄已灭，独孤与豫州在。吾不能举全吴[之]地、十万之众受制于人。吾计决矣！非刘豫州，莫可当曹操者；然豫州新败，安能抗[拒]此难乎？”孔明曰：“豫州兵败于长坂，今战士渐还，关羽领水军精甲万人，刘琦（合）[领]江夏战士亦不下万人。曹操之众远来疲敝，闻追[豫州]轻骑一日一夜行三百里，此所谓‘强弩之末，势不能穿鲁（稿）[缟]’者也，故兵法忌之，曰‘必蹶上将军。’且北方之人不习水战；又荆州之民附操者，逼兵势耳，非心服也。今将军诚能命猛将统兵数万，与豫州协谋同力，破曹必矣！操军败，必北还，如此则荆州、吴地之势如鼎足之形。成（则）[败]在于今日矣！”权大喜曰：“先生之言，顿开肺腑！吾已决矣，再不复议，即日起兵[，共]灭操贼！”交鲁肃传令，遍告文武官员；就送孔明馆驿安歇。

据《资治通鉴》卷六十五：亮见权于柴桑，说权曰：“海内大乱，将军起兵江东，刘豫州收众汉南，与曹操并争天下。今操芟夷大难，略已平矣，遂破荆州，威震四海。英雄无用武之地，故豫州遁逃至此。愿将军量力而处之：若能以吴、越之众与中国抗衡，不如早与之绝；若不能，何不按兵束甲，北面而事之！今将军外托服从之名，而内怀犹豫之计，事急而不断，祸至无日矣！”权曰：“苟如君言，刘豫州何不遂事之乎？”亮曰：“田横，齐之壮士耳，犹守义不辱；况刘豫州王室之胄，英才盖世，众士慕仰，若水之归海。若事之不济，此乃天也，安能复为之下乎！”权勃然曰：“吾不能举全吴之地，十万之众，受制于人。吾计决矣！非刘豫州莫可以当曹操者；然豫州新败之后，安能抗此难乎？”亮曰：“豫州军虽败于长坂，今战士还者及关羽水军精甲万人，刘琦合江夏战士亦不下万人。曹操之众，远来疲敝，闻追豫州，轻骑一日一夜行三百余里，此所谓‘强弩之末势不能穿鲁缟’者也。故《兵法》忌之，曰‘必蹶上将军’。且北方之人，不习水战；又，荆州之民附操者，逼兵势耳，非心服也。今将军诚能命猛将统兵数万，与豫州协规同力，破操军必矣。操军破，必北还；如此，则荆吴之势强，鼎足之形成矣。成败之机，在于今日！”权大悦，与其群下谋之。(参见《三国志·蜀书·诸葛亮传》)

张昭得知孙权起兵，遂［与］众议曰：“中了诸葛之计也！”急入见权曰：“昭等闻主公兴兵与曹操争锋。主公自思与袁绍如何？”权不答。昭曰：“曹公向日兵微将寡，尚能一鼓克绍；何况今日雄师百万南征，足食足兵，威声大振，焉可敌之哉？休听诸葛之说词，妄动兵甲，此谓‘披麻救火’也。”顾雍曰：“刘备（已）［数］败，于曹公有仇，故兴兵伐之。江东自来无冤，安有吞并之意？休信诸葛之言，免生国家之患。主公自察焉！”孙权不能答，起身入后堂。鲁肃见张昭等一班儿［出］，料是谏休动兵，荒入见权曰：“却才张子布有谏主公休兵，只是要投降（为上）［曹操］。文官皆欲降者，有娇妻嫩妾，居以高堂，恋以富贵，安肯就白刃而为主公死耶？”孙权曰：“你且暂退，容吾思之。”肃曰：“主公若迟疑，必被众人误矣！”肃退［出］。外面武将多有要战的，文官多有要降的，纷纷议论不一。

孙权在后堂寝食不安，与决不下。吴夫人见权如此，请入问曰：“仲谋何事在心，寝食俱废？”权曰：“今曹操屯兵于江、汉间，诸谋士或有言降者，或有言战者。欲待战来，恐寡不敌众；欲待降来，恐曹操不容：故与决不下。”吴夫人笑曰：“伯符若在，不致如此。仲谋何不记吾姐之言？吾尚夙夜不能忘，汝何忘之？”孙权如醉方醒，似梦初觉。只因此言，断送曹操八十万大军。

［第八十七段］　诸葛亮说周瑜

吴夫人曰：“先姐遗言［乃］伯符之话：‘内事不决问张昭，外事不决问周瑜。’何不请公瑾而议之？”

据《资治通鉴》卷六十五：时周瑜受使至番阳，肃劝权召瑜还。(参见《三国志·吴书·鲁肃传》)

权大喜，即时差人往鄱阳请周瑜回。

元来周瑜在鄱阳湖教水军也，听得曹军在汉上，星夜归（在）［到］柴桑。舡已到岸，飞报将来。鲁肃与周瑜最厚，先来接着，将上件事一一告诉。瑜曰：“子敬勿忧，周瑜胸中自有主张！可引诸葛来见为幸。”鲁肃上马去了。

周瑜方才歇息，人报“张昭、顾雍、张纮、步骘四人（来）相探。”瑜迎接入堂，问慰礼毕坐定。张昭曰：“都督知江东利害否？”瑜曰：“未知也。”昭曰：“曹公引百万之兵，一扫而平汉上，传檄到此，欲与君侯会猎于吴，虽隐相吞之意，终未见其形迹。昭等力主降之，庶几免东南之乱。鲁子敬从江夏带刘豫州军师诸葛亮至此，只为彼（此）［事］，欲（校）［救］其急，故下说词以挑（之）吴侯，子敬执迷［不］悟，正欲待都督一决。万（幸）望以片言劝吴侯降曹，免使江东六郡生灵受刀兵之危，阴骘事也！”瑜曰：“公等（相）［所］见皆同否？”顾雍曰：“所议皆同。”瑜曰：“吾亦欲降久矣！公等暂回。来日早见吴侯，自有定议。”张昭等辞退。

人报曰：“有程普、黄盖、韩当一班儿战将来见都督。”瑜出接至（坐）[堂]，各各问慰已了，程普等曰：“都督知江东早晚属他人否？”瑜曰：“未知也。”程普曰：“吾等自随破虏将军开基创业，次后与讨虏将军削平祸乱，大小数百战，遍体金疮，占得六郡，非一死到今日也。吴侯听谋士之言，欲纳土归降曹操，此诚万代之耻笑，吾等宁死而不受辱！君侯特请都督决之，望片言而兴兵，吾等愿效死战！”周瑜曰：“将军所见皆同否？”黄盖昂然而起，以手掴其颈曰：“吾头（决）可断，誓不降曹！”众将皆呼曰：“不降不降！”瑜曰：“吾正欲与操决战，安可降也？请诸将军暂回。来日相见，我自有定议。”程普等辞退。

人报“诸葛瑾、阚泽、吕范、朱治一班儿文官相探。”瑜接入，各叙礼毕，诸葛瑾曰：“今舍弟[自]汉上来，具言刘豫州欲相交好，共破曹操，文武商议不定。为是舍弟为使，瑾不敢多言，专等都督来决此事。”瑜曰：“以公道论之，若何？”瑾曰：“降者易安，战者未保。”瑜曰：“吾自有主见，来日同至府下定议。”瑾等辞退。

又报曰：“吕蒙、甘宁一班战将相探。”瑜请入，所言此事，有要战者，有要降者，互相争论。瑜曰：“不必多言，来日都到府下听候公议。”

瑜乃冷笑不止，命左右秉烛。人报子敬、孔明在于门首，瑜接至中门。肃与孔明入（见，）至客位叙礼罢，分宾主坐。肃先问瑜曰：“今曹操驱兵南侵，气吞吴、楚。讨虏不能决，一听将军。将军意下若何？”瑜曰：“今曹公兴兵以天子为名，其势不可当，战则易败，降则易安。吾已主定，来日见讨虏，便遣使纳降矣。”肃愕然曰：“君言差矣！江东基业自破虏开创，到今已历三世，岂可一旦而废之？孙伯符遗世以来，外事托付将军，欲保全家国，如泰山之倚靠。今何从懦夫之议耶？”瑜曰：“江东六郡，生灵无限，若罹大祸，必归怨于吾，吾故主降之。”肃曰：“不然！以将军之英雄，以江东之险固，操未必便渡江也。”二人争辨，孔明袖手冷笑。瑜曰：“孔明何故哂笑耶？”孔明徐徐答曰：“亮不笑别人，笑子敬不识时势也。”肃愕然问曰：“孔明如何笑我不识时势也？”孔明曰：“公瑾主意降曹，正合时势也。”瑜笑曰：“孔明乃识时务之士，必知吾所见也。”肃曰：“孔明你也如（何）[此]说[吾]？”孔明曰：“操极善用兵，仿佛孙、吴，莫敢当者。有敢当者，[真]英雄也！旧只有吕布、袁术、袁绍、刘表可与对敌；今数雄皆被曹公殄灭，天下再无人矣。独有刘豫州不识时势，强欲争之，今孤身江夏，存亡未保。将军所主降者，可以保全妻子，永保富贵。国祚迁移，付（命）之天[命]，何足惜哉？”肃大怒曰：“汝教吾主屈膝受辱于国贼乎！”孔明曰：“吾有一计，并不劳牵羊（系颈）[备酒]，[纳]土献[印]，亦不须亲身渡江；只须遣一文官，扁舟送二人到江上。操得之，百万之众皆卸甲按旗，尽望北而去矣。”瑜曰：“用何二人可退曹兵？”亮曰：“江东[去]此二人，如大林飘（一）[二]叶、千仓减二粟耳；虽云如此之轻，（是）[足]称操愿。”瑜又问“果用何人也？”孔明曰：“亮居隆中时，有人自邺郡来，言操去漳河边新造[一]台，名曰‘铜雀台’，

据《三国志·魏书·武帝纪》：（建安十五年）冬，作铜雀台。

据《资治通鉴》卷六十六：（建安十五年）冬，曹操作铜爵台于邺。

以应其瑞，限一千日而功毕。操平生酒色之辈，酷爱妇人，久闻江东有乔公二女，长曰大乔，次曰小乔，有沉鱼落雁之容，闭月羞花之貌。

据《三国志·吴书·周瑜传》：策欲取荆州，以瑜为中护军，领江夏太守，从攻皖，拔之。时得桥公两女，皆国色也。策自纳大桥，瑜纳小桥。

操有誓曰：'[吾]一愿得汉天下以为帝王，扫平四海，二愿得江东二乔，置于铜雀台，以为晚年之乐，虽死无恨矣！'今操引百万之众虎视江东，实为此二女也。将军何不去寻乔公（二女），以千金买此二女，差人送去？曹公得此，称心满意，必星夜回（国）[邺]矣。此范蠡进西施之计，何不速为之？"瑜曰："有何验证？"孔明曰："曹公第三子曹子建，下笔成文。操命其子作一赋，名[曰]《铜雀台赋》，

据《三国志·魏书·陈思王植传》：陈思王植字子建。……时邺铜爵台新成，太祖悉将诸子登台，使各为赋。植援笔立成，可观，太祖甚异之。

单道他家合为天子，誓取二乔。"瑜曰："汝能记否？"孔明曰："吾爱其文章，常常暗诵，一字不忘。"瑜曰："烦公诵一遍。"孔明即时诵《铜雀台（之）赋》曰：

从明君而嬉游[兮]，登层台以娱情。见太府之广阔兮，观圣德之所（荣）[营]。建高门之嵯峨兮，（如关）[浮双阙]乎太清。立中[天之]华观（天）兮，（非）连[飞]阁乎西城。临漳（河）水之长流兮，望（东）园果之滋荣。列双台为左右兮，射玉龙[与金凤]。挟二乔于东南兮，若长空[之]蝃蝀。俯皇都之宏丽兮，傲云雾之浮动。欣群材之来（卒）[萃]兮，协飞（雄）[熊]之吉梦。仰春风之和畅兮，……[尽肃]恭（惟）[于]上京。（于）[惟]桓[、文]之[为]盛兮，岂足方乎圣明？[翼]佐我皇家兮，宁被四方。同天地之规[量]兮，……嘉物阜（于）[而]民康。（宝）[愿斯台]之永固兮，乐终古而未央。

据《三国志·魏书·陈思王植传》注引阴澹《魏纪》：植赋曰"从明后而嬉游兮，登层台以娱情。见太府之广开兮，观圣德之所营。建高门之嵯峨兮，浮双阙乎太清。立中天之华观兮，连飞阁乎西城。临漳水之长流兮，望园果之滋荣。仰春风之和穆兮，听百鸟之悲鸣。天云垣其既立兮，家愿得而获逞。扬仁化于宇内兮，尽肃恭于上京。惟桓文之为盛兮，岂足方乎圣明！休矣美矣！惠泽远扬。翼佐我皇家兮，宁彼四方。同天地之规量兮，齐日月之晖光。永贵尊而无极兮，等年寿于东王"云云。

按：《演义》所述《铜雀台赋》与曹植原作有较大差异。罗贯中在曹植作品的中间，额外插入了"列双台为左右兮，射玉龙与金凤"等八句。曹植原作中根本没有"二乔"一词。曹植此赋当为建安十五年（210）——赤壁之战后两年——铜雀台筑成后作。

周瑜听罢，踊跃离坐，指北而大骂曰："老贼欺吾太甚！"孔明佯起而止之曰："昔匈奴累侵疆界，汉天子许以公主和亲，元帝曾以明妃嫁之。何惜民间二女乎？"瑜曰："非民间之女。大乔是讨（虏）[逆]将军伯符主妇，小乔是吾之妾也。"孔明曰："惶恐！惶恐！亮实不知也，适间乱言，死罪！死罪！"瑜曰："吾与老贼势不两立！"孔明曰："事要三思，勿令后悔。"瑜曰："吾承孙伯符之顾托，岂有辱身屈膝降曹之（礼）[理]？适间所言，故反说而钓诸公耳。吾自离鄱阳湖，便起北伐之心，虽刀斧加头，不可易也。望孔明助一臂之力，同破曹贼！"孔明谢曰："将军不弃，愿施犬马之劳，早晚拱听（约束）[驱策]！"这是孔明绝能处。后来史官单道激孙权、说周瑜事，诗曰：

口似悬河水逆流，风雷舌上运机筹。

高谈善说周公瑾，雄辨能惊孙仲谋。

砍案便分三国定，鏖兵因为二乔羞。

孔明当日无心量，西蜀、东吴一旦休。

周瑜大怒不息，与孔明曰："来日到府下便议兴兵，望公助之!"

按:《演义》称诸葛亮智激周瑜，于史无据。

孔明与鲁肃辞别而出。来日见吴侯，怎生施行?

[第八十八段]　周瑜定计破曹操

次日侵晨，吴侯孙权升堂，左边文官张昭、顾雍、张纮、步骘、诸葛瑾、虞翻、骆统、丁奉等三十余人，右边武将程普、黄盖、韩当、周泰、蒋钦、潘璋、吕蒙、陆逊等三十余人，衣冠济济，剑佩锵锵，侍立两边。孙权交请周公瑾议事。少刻，鲁肃入报"周公瑾到了。"周瑜入拜。礼毕，权曰："都督教水军劳神。"瑜曰："主公掌政事不易。"请周瑜坐了。瑜曰："近闻曹操领兵已取汉上，驰书到此。主公议论若何?"权便取书与周瑜。[瑜]看了笑而复怒曰："老贼以(令)[为]我江左无人，敢如此相吞耶!"权曰："其书若何?"瑜曰："主公曾与文武议论否?"权曰："累议此事，亦有劝吾降者，亦有劝吾战者，理会未定，故请公瑾决之。"瑜曰："谁劝主公降?"权曰："张子布等皆主此事。"瑜[问昭]曰："先生主降者?愿闻其意!"昭答曰："曹公虎豹也，挟天子而征四方，动以朝廷为(师)[名]，近得荆州，其势甚大。吾江东可拒操者，长江也。今操艨艟斗舰何止数千，水陆并进，安可当之?愚之大计，不如早降，尚图(德)[后]计。"瑜曰："此乃迂阔之论也!江东自破虏将军开国以来，今历三世，安可一旦而为人奴也?"权曰："若此，将[以]何计论之?"瑜曰："操名汉相，实汉贼也。将军以神武雄才，兼仗父兄之烈，割据江东，地方数千里。英雄承业，当横行天下，为国家除残去秽。况操自送死，(而)[岂]可迎之耶?请主公筹之。今北土未平，马超、韩遂为操之后患，一也;而操舍鞍马，仗舟楫，与吴、越争衡，二也;又[遇]隆冬盛寒，马无稿草，三也;驱中国士众，远涉江湖之间，不服水土，必生病患，四也:此数事皆用兵之患也，今操冒行之。将军擒操，宜在旦夕。瑜请精兵数万人径往江夏，保为将军破之!"权忽然曰："老贼欲图汉自立久矣，独惧二袁、吕布、刘表与孤耳。今数雄已灭，惟孤尚存，今与老贼势不两立!"瑜曰："瑜与将军决一血战，万死不辞!只恐将军狐疑不定耳。"权拔(所)佩剑砍(前面)[面前]几案[一角]，曰："如(请)[诸]将士官吏再言降操者，与此案同!"

据《资治通鉴》卷六十五:瑜至，谓权曰："操虽托名汉相，其实汉贼也。将军以神武雄才，兼仗父兄之烈，割据江东，地方数千里，兵精足用，英雄乐业，当横行天下，为汉家除残去秽;况操自送死，而可迎之邪?请为将军筹之:今北土未平、马超、韩遂尚在关西，为操后患;而操舍鞍马，杖舟楫，与吴、越争衡;今又盛寒，马无藁草;驱中国士众远涉江湖之间，不习水土，必生疾病。此数者，用兵之患也，而操皆冒行之。将军禽操，宜在今日。瑜请得精兵数万人，进住夏口，保为将军破之!"权曰："老贼欲废汉自立久矣，徒忌二袁、吕布、刘表与孤耳；今数雄已灭，惟孤尚存。孤与老贼势不两立！君言当击，甚与孤合，此天以君授孤也。”因拔刀斫前奏案曰：“诸将吏敢复有言当迎操者，与此案同！”乃罢会。（参见《三国志·吴书·周瑜传》注引《江表传》）

言罢，便将此剑授付周瑜，封为大都督，鲁肃为赞军校尉，

据《资治通鉴》卷六十五：遂以周瑜、程普为左右督，将兵与备并力逆操；以鲁肃为赞军校尉，助画方略。（参见《三国志·吴书·吴主传》《鲁肃传》《程普传》）

按：周瑜从未任大都督。据史书记载，孙权“以周瑜、程普为左右督”。

“如不听号令者，以［此］剑诛之！”瑜受剑了，对众（官）［言］曰：“吾奉君侯号令，今率众破曹，仰来日皆于江畔行营听调。如违误者，处斩（施行）！”言罢，辞了孙权便起身。众文武各各无言而散。

周瑜回到下处，便请孔明论事。孔明已至，瑜曰：“今日府下公议已定，愿求破曹之良策！”孔明曰：“讨虏将军尚未心稳，不可以决策也。”瑜曰：“何谓心不稳？”孔明曰：“讨虏将军怯曹兵多，内怀众寡不敌之意。将军以言开解此怀，然后无疑，大事成矣。”瑜曰：“先生妙论！”周瑜又来见孙权，权曰：“公瑾夜至，必有事故。”瑜曰：“来日调拨军马，主公心中少疑否？”权曰：“但惧曹兵众寡不敌，余有何疑？”瑜笑曰：“［瑜］特为此事，径来［开］解主公耳。诸人徒见操书言水步军八十余万而（尚）［各］恐惧，甚是畏也。今以实（投）［较］之，（使）［彼］将中国人不过十五六万，所得表众亦极七八万余耳，尚怀狐疑。夫以疲病之卒御狐疑之众，数虽多，甚不足畏。瑜得五万，自足制之，愿主公勿虑焉！”言毕，权抚瑜背曰：“公瑾，卿言至此，正合孤心。子布等各顾妻子，深（畏）［失］所（言）［望］。独卿与子敬、程［普、］公（使）［覆］在前曾言要战助孤。孤今当亲与操贼决一胜败！事已定论，卿宜向前。”

据《资治通鉴》卷六十五：是夜，瑜复见权曰：“诸人徒见操书言水步八十万而各恐慑，不复料其虚实，便开此议，甚无谓也。今以实校之：彼所将中国人不过十五六万，且已久疲；所得表众亦极七八万耳，尚怀狐疑。夫以疲病之卒御狐疑之众，众数虽多，甚未足畏。瑜得精兵五万，自足制之，愿将军勿虑！”权抚其背曰：“公瑾，卿言至此，甚合孤心。子布、元表诸人，各顾妻子，挟持私虑，深失所望；独卿与子敬与孤同耳，此天以卿二人赞孤也。五万兵难卒合，已选三万人，船粮战具俱办。卿与子敬、程公便在前发，孤当续发人众，多载资粮，为卿后援。卿能办之者诚决，邂逅不如意，便还就孤，孤当与孟德决之。”（参见《三国志·吴书·周瑜传》注引《江表传》）

按：孙刘联军参加赤壁之战的兵力，据史书，刘备一方有关羽水军一万多人，刘琦江夏军一万多人，共计两万多人，加上东吴三万人，参加赤壁之战的联军总兵力为五万多人。

瑜谢而退。

瑜猛省曰：“孔明早已料［定］吴侯之心，又高（如）我一头地，久后必为江左之患。不如杀之！”遂令人连夜请鲁肃入，言说孔明之事。肃曰：“不可！操贼未破，先杀客人，诚万世之耻笑耳，非大丈夫之所为也！”瑜曰：“此人他日助刘备，必［为］江左之患！”肃曰：“诸葛瑾乃是他亲兄。可令招（本）［此］人同事孙讨虏，岂不壮哉？”瑜曰：“其言甚善！”静轩诗曰：

诸葛神机天下少，周郎忽起妒贤心。

三分天下安排定，空使牢笼巧计深。

次日平明，瑜赴行营，升中军帐高坐，左右列刀斧手，聚集诸将听令。程普年长，为见周瑜年幼，爵居其上，是日推病，令长子程敏代替。瑜传令："王法无亲，诸君各守乃职！方今曹操弄权，甚于董卓，囚天子在许昌，屯（募）[暴]兵于汉上。吾今奉命吊民伐罪，但是大军到处，（无得一概）[一概无得]动扰。赏功罚罪，并无亲疏！"差韩当、黄盖为前部先锋，兼管本部战舡五百只，日下便行，前到三江口下定水寨，别听将令；[蒋钦、]周泰为第二队，凌统、潘璋为第三队，太史慈、吕范为第四队，陆逊、董袭为第五队，吕蒙、朱治为四方巡警使，六郡催督官军，水陆并行，克时取齐。传下号令，诸将各各自来本部，收拾船只军器起程。（有）程敏回见父程普，说周瑜动军有法。[普]大惊曰："吾实欺周郎懦弱，不足为将。今日之事如此，真将才也！吾如何不伏？"遂往行营谢罪。

据《资治通鉴》卷六十六：程普颇以年长，数陵侮瑜，瑜折节下之，终不与校。普后自敬服而亲重之，乃告人曰："与周公瑾交，若饮醇醪，不觉自醉。"（参见《三国志·吴书·周瑜传》注引《江表传》）

据《三国志·吴书·周瑜传》：性度恢廓，大率为得人，惟与程普不睦。

瑜请诸葛瑾至，坐定。瑜曰："令弟孔明有王佐之才，如何屈身而事刘备？今幸至江左。欲烦先生不惜（图才错钥）[齿牙余论]，使（之）令弟弃刘备而事讨虏将军，你兄弟朝暮又得相聚，岂不美哉？立待回报，先生不可推却。"瑾曰："[瑾]自到江东，无尺寸之功，蒙讨虏将军重用，况都督有奉公之使，敢不听命？"即时暂离行营，上马到驿。人报孔明，[孔明]出接入，哭拜以诉疏远之情。瑾亦泣曰："弟知伯夷、叔齐之情乎？"伯夷姓墨名智，叔齐姓墨名允，隐于首阳山，孤竹君之二子也。孔明自思："此必是周瑜教他来说我[也]。"乃答曰："夷、齐，古之贤人也。"瑾曰："二人逊位，皆一处逃之；后谏武王不从，隐居首阳山，不食周粟，遂饿而死：活时一处，死后一处。我与你同胞共乳，各事其主，不能早晚相随，视夷、齐之为人，岂不羞赧乎？"孔明曰："兄所言者，义也。义与忠、孝，三字何重？"瑾曰："必以忠孝为本，义亦[不]可轻也。"孔明曰："弟教兄全忠全孝全义若何？"瑾曰："何谓也？"孔明曰："弟与兄皆汉朝人也。今刘皇叔乃中山靖王之后，汉景帝阁下玄孙。兄若能弃东吴而事刘皇叔，乃全忠也。想父母坟茔皆在北方。兄若归江北，早晚得拜扫祭祀，乃全孝也。竭诚尽力，与弟同扶孤弱之主，乃全义也。兄今恋江东，不以忠孝为重，欲使弟以全其义，不敢听从也。望兄察之！"瑾思曰："我来说他，倒被他说了我也。"因此不能答，辞孔明而起，径将此言回报周瑜。瑜曰："（与我）[先生]之见若何？"瑾曰："孙讨虏相顾，安肯忘耶？"[瑜曰：]"既公忠心事主，不必再疑。吾自有伏（诸葛亮）[孔明]之计。"瑾辞归。

据《资治通鉴》卷六十九、《三国志·吴书·诸葛瑾传》注引《江表传》：（孙权）曰："子瑜与孤从事积年，恩如骨肉，深相明究。其为人，非道不行，非义不言。玄德昔遣孔明至吴，孤尝语子瑜曰：'卿与孔明同产，且弟随兄，于义为顺，何以不留孔明？孔明若留从卿者，孤当以书解玄德，意自随人耳。'子瑜答孤言：'弟亮已失身于人，委质定分，义无二心。弟之不留，犹瑾之不往也。'其言足贯神明。"

按：《演义》称诸葛瑾奉周瑜之命劝说诸葛亮留在东吴，这一情节不见于史。据史书记载，孙权曾要求诸葛瑾留下诸葛亮，诸葛瑾向他讲明了道理而拒绝了。

毕竟周瑜将何计来害孔明？

［第八十九段］ 周瑜三江战曹操

周瑜思忖，转恨孔明："汝直如此能言快语，吾必杀之！"遂来辞孙权。权曰："公瑾先行，孤当续后便起也。"瑜共程普、鲁肃邀孔明同行，孔明欣然从之，一同登舟；驾起风帆，迤逦望夏口而进。离三江口五六十里，军船依次摆（开）［布］已定。瑜于中（兴）军［之］地下寨。岸上依西山结营，周回下寨五十余里。孔明只就小船内［安］歇。

周瑜分派已定，使人请孔明到中军帐议事。文武都聚帐下，孔明至，坐定。瑜曰："昔曹兵少，绍兵多，两边相拒于白马、官渡之时，操以何计（害）［破］袁绍之兵？孔明先生深通兵法，必知其详。"孔明暗思："此人见兄说我［不动］，必用计害我。吾［且］看他如何。"遂答曰："盖闻（荀）［许］攸之谋，先断粮草，因此一战成功。"瑜大喜曰："先生［之言］极是！今曹兵八十三万，瑜止有三万，安能拒之？必须先断操粮，然后可破。近人报知，操军粮草皆屯于聚铁山。素知先生久居汉上，地理熟闲。彼各皆为主人之事，有劳先生率领关、张、赵云之辈，吾亦助兵千余，星夜往聚铁山断操粮（草）［道］。此事勿误！"孔明欣然领诺，便辞周瑜而出。

众官皆散，鲁肃独问瑜曰："公使孔明何意？"瑜曰："欲杀之，恐被人笑，假借操之手，先除后患。"鲁肃来见孔明，看他知也不知。孔明略无难色，整点军船要行。肃不忍，以言勾之曰："此去可成功否？"孔明笑曰："吾水战、步战、马战、车战各尽其妙，何愁功绩不成？（耶）［非］比江东［诸］公与周郎，尽（能一）［一能］耳。"肃曰："吾与周郎何谓'一能'？"孔明笑曰："吾闻江南小儿有言'伏路把关饶子敬，临江水战有周郎。'言不能陆地战耳。"肃以亮言回报周瑜，周瑜大怒曰："孔明何欺我只能水战耶！不用他去，我自引一万马军，直往聚铁山断操粮道。"肃以瑜言报孔明，孔明笑曰："公瑾令吾断粮者，实欲令曹兵杀吾也。吾故以片言戏（耳）［之］，公瑾便容纳不下。［目］今用人之际，吴侯与刘使君同心则大事成；如若各相妒害，则事去矣！操多谋者［也］，他平生惯断人粮［道］，（他）［今］如何不以重兵隄防？公瑾去则必被擒。不如先决［水］战，挫动北军锐气，别思妙计破之。［望］子敬善言以告公瑾为幸！"肃以言回报周瑜，周瑜摇手顿足曰："此人见识果胜吾矣！今日不祛除，必被他筭。"肃曰："［目］今大军相拒之时，望以国家为重！"瑜曰："然！"

按：《演义》所述周瑜多次寻机设计谋害诸葛亮，均不见于史。

却说刘玄德分付刘琦守把江夏，遂引兵至夏口，登城遥望江南岸，旗幡隐隐，轨辂无数，料东吴已动兵矣；乃尽起鄂县之兵，屯于樊口地名，

据《三国志·吴书·鲁肃传》：备惶遽奔走，欲南渡江。肃径迎之，到当阳长阪，与备会，宣腾权旨，及陈江东强固，劝备与权并力。备甚欢悦。……备遂到夏口，遣亮使权，肃亦反命。（参见《三国志·吴书·吴主传》《周瑜传》，《三国志·蜀书·先主传》

《诸葛亮传》《关羽传》,《三国志·魏书·武帝纪》《刘表传》)

据《三国志·蜀书·先主传》注引《江表传》:备从鲁肃计,进住鄂县之樊口。

据《资治通鉴》卷六十五:备用肃计,进住鄂县之樊口。

按:鲁肃与刘备在当阳长坂会面,双方达成了联合抗曹的初步意向之后,《三国志》各传均记载刘备进住夏口,只有《江表传》认为是"樊口"。《演义》与《资治通鉴》均从《江表传》。张靖龙先生在《赤壁之战研究》一书中认为,《江表传》一书可信度不高,刘知几称之为"伪书"。夏口为战略要地,刘备放弃夏口,退守樊口,简直匪夷所思。夏口乃刘琦之地盘,而樊口已处于孙吴的控制之下,当时孙、刘双方有关联合抗曹的设想,还在谈判阶段,尚未达成协议,刘备匆匆移驻樊口,寄人篱下,主动依附,不仅示之以弱,在未来的联合体中处于仆从地位,而且非常危险:年前,袁尚、袁熙兵败奔走辽东投公孙康,其脑袋却被公孙康作为人情献给曹操。

又令人登高望之。吏人回报曰:"南岸尽是东吴战船;北岸隐隐烟火不断,乃徐州、青州之兵也。"玄德聚众曰:"孔明一去,杳无音信,不知就里如何。谁人可去探听虚实回报?"糜竺曰:"某愿往!"玄德乃备羊酒礼物,嘱付糜竺应机而变。

竺驾小舟顺流而下,至周瑜寨。军士报瑜[曰]:"玄德使糜竺至,慰劳军士。"瑜命入,竺[再]拜,致玄德再三相敬之意,献上酒礼。瑜受之,管待糜竺。竺告(辞,)瑜曰:"孔明来结好于东吴,同破曹操。……"[瑜曰:]"军已临敌,吾欲亲得玄德枉驾来临,深慰所望;别有密事,自当告之。"竺应诺,下船而回。肃曰:"公欲见玄德(主)何意?"瑜曰:"玄德世之枭雄,今若不祛除,乃东吴之患。

据《三国志·吴书·周瑜传》:备诣京见权,瑜上疏曰:"刘备以枭雄之姿,而有关羽、张飞熊虎之将,必非久屈为人用者。……"

吾非为己之私,实为国家也!"瑜遂传密令:"如玄德到,先埋伏刀斧[手]五十人于壁衣中。吾掷杯为号,便出下手!"

却说糜竺回到樊口寨中见玄德,将周瑜欲得面会之事说了。玄德便交收拾一只快船,"吾只今便往。"关公谏曰:"吾闻周瑜多谋之人,况无孔明之书,其中必诈,不可去见!"玄德曰:"我今结托于吴,共破曹兵。他欲见我,我若不往,非同谋之意也。两相疑惑,事必不谐。"云长曰:"兄长坚意要去,弟当同往。"张飞曰:"我也跟去!"玄德曰:"只消云长随我。你与子龙守寨,我去便回。"乃乘小舟,引云长并从者二十余人飞棹而来。到寨口,玄德观艨艟斗舰、旌旗兵甲左右分布齐整,(看了)心中甚喜。

军士飞报周瑜。周瑜问"多少船到?"报曰:"只有一只,从者二十余人。"瑜笑曰:"此人合休矣!"嘱付埋伏刀斧手。瑜令(出)[远]远[相]接,玄德引云长并从者数人直入中军。周瑜出辕门相接,入帐中叙礼已毕,请玄德上坐。玄德曰:"将军名传天下,世之英杰。刘备区区之才,安烦将军之重礼耶?"乃分宾主坐。周瑜取酒相劝。

却说孔明偶到江边,见说"玄德在此与都督相会",吃了一惊,荒入中军帐,正逢鲁肃。[肃]素敬孔明,乃携手而入。孔明偷目先视周瑜,面有杀气,又见两边密挂壁衣。孔明思(之)[曰]:"吾主危矣!"料周瑜惧怕云长,必不[敢]下手,孔明复出,于船边伺候。

周瑜起身把盏,猛见关公立在背后,忙问曰:"此(是)何人也?"玄德曰:"吾弟关云长也。"瑜曰:"莫非向日斩颜良、诛文丑者乎?"玄德曰:"是也。"周瑜汗流夹背,就与把盏。又饮数杯，玄德问曰："将军今拒曹操，深于得计。战卒有几何？"瑜曰："三万。"玄德曰："安能敌操八十万众耶？"瑜笑曰："兵多将广，何足惧哉？瑜（以）三万人足可［用］矣。豫州试看吾破之如摧朽木耳。"玄德羞惭而谢。忽见鲁肃入，玄德曰："（请）子敬［可请孔明］说话。"瑜曰："受命不委于人。若欲会语，直待破了曹操，此时与孔明（回至）［面见］也。"玄德皇恐谢之。云长目［之，玄德］会其意，（玄德）乃辞瑜曰："备权告别；破敌收功之日，专当拜（赏）［贺］!"瑜亦不留，送出辕门。

据《资治通鉴》卷六十五：刘备在樊口，日遣逻吏于水次候望权军。吏望见瑜船，驰往白备，备遣人慰劳之。瑜曰："有军任，不可得委署；傥能屈威，诚副其所望。"备乃乘单舸往见瑜问曰："今拒曹公，深为得计。战卒有几？"瑜曰："三万人。"备曰："恨少。"瑜曰："此自足用，豫州但观瑜破之。"备欲呼鲁肃等共会语，瑜曰："受命不得妄委署。若欲见子敬，可别过之。"备深愧喜。

据《三国志·蜀书·先主传》注引《江表传》：备从鲁肃计，进住鄂县之樊口。诸葛亮诣吴未还，备闻曹公军下，恐惧，日遣逻吏于水次候望权军。吏望见瑜船，驰往白备，备曰："何以知非青徐军邪？"吏对曰："以船知之。"备遣人慰劳之。瑜曰："有军任，不可得委署，傥能屈威，诚副其所望。"备谓关羽、张飞曰："彼欲致我，我今自结托于东而不往，非同盟之意也。"乃乘单舸往见瑜，问曰："今拒曹公，深为得计。战卒有几？"瑜曰："三万人。"备曰："恨少。"瑜曰："此自足用，豫州但观瑜破之。"备欲呼鲁肃等共会语，瑜曰："受命不得妄委署，若欲见子敬，可别过之。又孔明已俱来，不过三两日到也。"备虽深愧异瑜，而心未许之能必破北军也，故差池在后，将二千人与羽、飞俱，未肯系瑜，盖为进退之计也。　孙盛曰：刘备雄才，处必亡之地，告急于吴，而获奔助，无缘复顾望江渚而怀后计。《江表传》之言，当是吴人欲专美之辞。

按：据《三国志·蜀书·先主传》注引《江表传》，赤壁之战前夕，刘备曾应邀会见周瑜，但并无《演义》所述周瑜设伏兵欲杀刘备一事，亦未称偕关羽同往。

［玄德］至船边，忽见孔明。孔明曰："主公知今日之危乎？"玄德曰："不知。"孔明曰："若非云长，已遭瑜之难矣！"玄德方省悟，问孔明"若何？"孔明曰："［某］虽居虎口，安若泰山。今主公但收拾下军马，十一月二十日甲子后为期，可交子龙驾一小舟于岸边专候亮回也，勿误！"玄德问其意，孔明曰："但看东南风起，亮必还矣。主公可速开船。"孔明自回。玄德开船，行不数里，上流头放下五六十只船来。玄德慌忙视之，船头上乃张飞也，恐怕玄德有失，特来远接，遂乃同回。

却说鲁肃问周瑜曰："公瑾今日何不下手？"瑜曰："关云长世之虎将，行坐相随。我若下手，他必害吾也。"肃愕然。忽人报曹操遣使至。瑜唤入，使人呈上书。看封皮云"汉大丞相书付周都督开拆"，瑜大怒，更不开看，扯碎于地，喝斩使者。肃曰："两国战争，不斩使人！"周瑜曰："斩使以振军威！"将首级付从人回去。瑜曰："曹操必兴兵矣。"当日发放，甘宁为先锋，韩当为左翼，蒋钦为右翼，瑜自部领诸将［接应］，来日四更［造饭，五更］开船，战具炮石一应完备。

却说曹操见周瑜斩了他（来）使［人］，毁了他书，心中大怒，使蔡瑁、张允（荆州）一班儿［荆州］降将［为］前部，操自为后军，四更造饭，五更开船。时建安十三年十一月初一日，平风静浪，北军大进。正使船到［三］江口，南船已摆开，旗号中一员大将坐在船头上大呼曰："吾乃甘宁是也！敢有决敌者，疾向前来！"蔡瑁大怒，便唤弟蔡勋前进（哨）。勋大呼曰："吾乃大将蔡勋也！"甘宁手取箭，满扣弓，望蔡勋射之，应弦而倒。宁驱船大进，万弩齐发，北军不能当抵。船边左出（蒋钦）[韩当]，右出（韩当）[蒋钦]，直入北军队中，来擒曹操。当日如何？

[第九十段] 群英会周瑜智蒋干

甘宁一箭射死蔡勋，三路战船纵横于三江水面，掩杀北军，箭如飞蝗，炮石如雨。韩、蒋二将见后船皆是青、徐之兵，素不习水战，安能奋武扬威？是日，两路船杀退后军。周瑜又催船助战。从辰至未，北军都退，中箭着炮者不计其数，[不]会水战者溺江多亡。

操登旱寨，再整军兵；

据《资治通鉴》卷六十五：进，与操遇于赤壁。时操军众已有疾疫，初一交战，操军不利，引次江北。(参见《三国志·吴书·周瑜传》)

按：历史上的赤壁之战，分为初战和决战两个阶段，初战是蒲圻赤壁之战，决战是乌林火攻之战。《演义》将初战即蒲圻赤壁遭遇战的地点，写为今湖北省鄂州市的三江口，与史实不符。

唤蔡瑁、张允，责之曰："东吴兵少，缘何败之？只是汝不用心耳。权免你一番；向后如此，必按军法！"蔡瑁曰："荆州水军久习（此）[水]战，奈有多半北军不识水利，见南军一击便荒。瑁等先下水寨，令北军在中，南军在外，每日教习（等）[精]熟，方[可]用之。"操曰："你既是水军都督，（长）[区]处便行，何必禀问？"蔡、张二人自来训练水军。沿江一带分二十四座水门，以大船为城，小船居于内，可通往来。至晚点上灯烛，照得天心水面一片通红。旱寨三百余里火烟不绝，搬运粮草，车仗早晚而行。

却说周瑜得胜回寨，一面差人报知吴侯，以甘宁为第一功，韩当、蒋钦次之，余皆赏赐已毕。瑜乃当夜登高观望，西北一片红霞，光接天地。瑜问之，左右曰："此北军灯火也。"瑜亦心惊，当夜（令）[收拾]一只（快船，数只）楼子船，"吾去观看操军水寨。"随行者鲁肃、黄盖等八员将，皆带强弓硬弩，一齐上船，两边青布为幔，各列二十（部车）[步军]，上带鼓乐竞奏。瑜暗窥他水寨，失惊云："此深知水军之妙用也！"问"水军都督是谁？"左右曰："蔡瑁、张允也。"瑜曰："乃深知水利之士也。吾何得先除此二人，然后破曹。"瑜在船上饮酒，水寨中曹军看见，急报曹操。曹操交放船擒捉周瑜。周瑜见他水寨中号旗起，便令收（拾）[起]定石，两边四十步[军]一齐（车）[轮]动[橹棹]，[望]江面上（浪花）如飞[而去]。

比及水寨中船[出]，南船已离十数里远，追之不及，回报曹操。曹操曰："昨日输了一阵，挫动锐气；今又被他窥吾寨栅。吾（有）[用]何计破之？"言未毕，忽于帐下一人出曰："某自幼与周郎同窗，交契如亲昆仲；凭三寸不烂之舌，径往江左说此人来降，共捉刘备，若何？"曹操大喜，视之，乃九江人也，姓蒋名干，见为曹操帐前幕宾。操问曰："先生果与周公瑾交厚？"干曰："丞相放心！某到江左，必要成事。"操曰："要何物将去？"干曰："只消一个小童随后，二人驾船，余者不必一物。"操甚喜，置酒与干送行。

干乃布袍，驾一叶小舟径到瑜寨，命报覆云："有故人蒋干（来）相访。"当日，周瑜正在中军帐与众将议事。忽闻干至，瑜笑与众将曰："他来做说客（耶）[耳]。"乃分付众将，附耳低言如此者，[众皆]应命而去。瑜整衣冠，引从人数百，皆锦衣花帽，手执仪仗，前后簇拥。瑜步行远接，见蒋干引着一个青衣小童，昂然而来。瑜交从人摆开两边。瑜忙下拜而迎之。干曰："贤弟别来无恙！"瑜应声答曰："子翼兄远涉江湖生受！汝与曹氏作说客耶？"干愕然，良久曰："吾与足下间阔久矣，（远）[近]闻足下威镇东吴，名扬华夏，故来叙旧而观其志。何疑吾作说客耶？"瑜曰："吾虽不及师旷[之聪]，已闻兄之雅意也。"干曰："足下视吾如此人，吾告退矣。"瑜笑挽其臂曰："吾恐怕兄长与曹氏作说客。既无此心，何去速耶？"遂入帐，请上坐，命左右进酒，"就请江左英俊与子翼兄相见。"

少时，面前设放金银器皿，光射眼目。文官武将各穿锦绣之衣，帐下小卒都披银甲。众官分两行而坐。（动）[瑜交奏]起得胜鼓乐，唤众官行酒。瑜与众将曰："此是吾同窗友兄，[虽]从江北到此，（即）[却]非是曹家说客也。众官勿疑。"便唤太史慈曰："你可佩吾剑作个明甫。今日之酒，但叙吾旧日交情耳；如有但说曹操、东吴军旅之事者，便可斩之！"太史慈昂然应诺，按剑坐在席上。干见说，如坐针毡。周瑜曰："吾自兴兵以来，点酒不饮。今日见了心腹之交，[又]无疑[忌]，当饮一醉。吾兄开怀！"座上觥筹交错，但是一个起身把盏，必须夸其才能，瑜大笑而畅饮。酒至半酣，瑜携干手，同步出至帐外。瑜指左右军士，皆全装惯带，各执戟而立。瑜曰："吾之小卒颇雄壮否？吾之仓粮颇足备否？"干曰："兵精粮足，名不虚传！"瑜又笑引干看营中军器鞍马。瑜半醉笑曰："想吾与子翼同窗学业时，不知有今日[矣]！"干曰："以贤弟之高才，诚不为过。"瑜执干手曰："大丈夫处世，遇知己之主，外托君臣之义，内结骨肉之恩，言听计从，祸福共之。假使苏、张更生，陆贾、郦生复出，口如悬河，舌如利刃，安动吾心哉？况今时章句腐儒，欲将一面之词，等闲来说我也！"言罢大笑。此时蒋干面如土色，心似刀裁。瑜又邀入帐上，会诸将再饮；又指诸将曰："[此皆]江左豪杰。今日此会乃群英会耳！"饮至天晚，点上灯烛。瑜自起身，舞剑作歌，众皆拍手而和之。歌曰：

大丈夫处世兮立功名，功名既立兮王业成。
王业成兮四海清，四海清兮天下平。
天下平兮，吾将醉舞于玉京。

歌声慷慨，满座尽欢；独有蒋干，寸心欲碎。

夜已更深，干辞[曰]："不胜酒力矣！"瑜抚干背曰："久不与子翼同榻。今宵抵足而眠。"瑜本不醉，同干入帐后共寝，衣不能解带，呕吐狼藉于床上。是夜蒋干如何睡得着？窃听之时，军中鼓打二更，[起]视残灯尚明；看周瑜时，鼻息如雷。干偷目视[之，]桌上一堆文书，看时，皆是往来书信，于内一封，上写"蔡瑁、张允谨封"。干大惊，暗读之。[书]云：

某等降曹，缘是逼之耳。今已赚北军困于寨中。但得其便，即令人到，别有关报。

干暗思曰："元来蔡、张结连东吴！"将书深藏于衣内。忽周瑜番身，干急灭灯就寝。瑜口内含糊叫曰："子翼兄，我数日之内交你看操贼之首。"干勉强应之。瑜又曰："子翼且住，我交你看曹贼之头。"[及]干问之，瑜[又]推睡着。蒋干那里睡得着？伏在床上听更；看看四更，只听得有人入帐唤云："都督醒也未？"周瑜做梦中忽觉之意，问那人曰："床上睡着何人？"答曰："都督请蒋干同寝，何谓不知？"瑜［懊］悔（误）曰："吾［自来］未尝饮酒。昨日醉后不曾说甚言语？"那人曰："江北有一人至此。"瑜喝低声，便唤"子翼"，蒋干只推睡着，摇也不觉。瑜潜出帐，干窃听之，见有人于外曰："蔡、张二都督道，急切下手不得……"后面低（低）语（不听）［听不］得。少刻，瑜入帐，［又唤"子翼"，］蒋干只推睡着。瑜解衣就寝。干寻思："周瑜是个精细的人，天明寻书，必然泄漏。"捱到五更，干起唤瑜，瑜却推睡着。干戴上巾帻，潜步出帐，唤了小童，径出辕门。军士问"先生那里去？"干曰："吾在此恐误了都督事。"……

……"［事］不得济，反被东吴耻笑！"

据《三国志·吴书·周瑜传》注引《江表传》：初，曹公闻瑜年少有美才，谓可游说动也，乃密下扬州，遣九江蒋干往见瑜。干有仪容，以才辩见称，独步江淮之间，莫与为对。乃布衣葛巾，自托私行诣瑜。瑜出迎之，立谓干曰："子翼良苦，远涉江湖为曹氏作说客邪？"干曰："吾与足下州里，中间别隔，遥闻芳烈，故来叙阔，并观雅规，而云说客，无乃逆诈乎？"瑜曰："吾虽不及夔、旷，闻弦赏音，足知雅曲也。"因延干入，为设酒食。毕，遣之曰："适吾有密事，且出就馆，事了，别自相请。"后三日，瑜请干与周观营中，行视仓库军资器仗讫，还宴饮，示之侍者服饰珍玩之物，因谓干曰："丈夫处世，遇知己之主，外托君臣之义，内结骨肉之恩，言行计从，祸福共之，假使苏张更生，郦叟复出，犹抚其背而折其辞，岂足下幼生所能移乎？"干但笑，终无所言。干还，称瑜雅量高致，非言辞所间。

据《资治通鉴》卷六十六：（建安十四年，）曹操密遣九江蒋干往说周瑜。干以才辨独步于江淮之间，乃布衣葛巾，自托私行诣瑜。瑜出迎之，立谓干曰："子翼良苦，远涉江湖，为曹氏作说客邪？"因延干，与周观营中，行视仓库、军资、器仗讫，还饮宴，示之侍者服饰珍玩之物。因谓干曰："丈夫处世，遇知己之主，外托君臣之义，内结骨肉之恩，言行计从，祸福共之，假使苏、张共生，能移其意乎？"干但笑，终无所言。还白操，称瑜雅量高致，非言辞所能间也。

按：蒋干过江见周瑜的时间，《江表传》未作交代；《资治通鉴》将此事系于建安十四年（209），即赤壁之战的下一年，周瑜任南郡太守屯驻江陵之时。

干曰："虽不能说周瑜，却与丞相打听［得］一件事。乞退左右。"干把上项事一一说了，取书与曹操。曹操观了大怒曰："二贼焉敢如此！"只恐走透，急唤蔡瑁、张允到帐下。操问"进兵如何？"瑁曰："军教未熟，不敢轻进。"操怒曰："军若教熟，吾首级献与周瑜矣！"蔡、张二人不知其意，惊荒不能对。操（发）［喝］武士"立斩之！"须臾献头阶下。众将皆入问其故，操方省（口）［悟］，曰："吾中计矣！"静轩诗叹曰：

曹操奸雄不可当，一时诡计中周郎。
蔡、张卖主谋生计，谁料番为剑下亡？

操虽是中了计，不肯认错，乃与众将曰："蔡、张二人怠慢军心，迁延日久，吾故斩之。"众将皆嗟呀不已。操于众［将］中选毛玠、于禁为水军都督，以代二人之职，其余不换。

按：蒋干盗书和曹操中计杀蔡瑁、张允，均不见于史。核诸史书，曹操下江南，军中未见设有水军都督；毛玠是文官，于禁时在皖西六安围剿陈兰、梅成，不在赤壁前线，他们都不可能任水军都督。

细作探知，报过江东。周瑜大喜曰："吾所患者，此二人［耳］。今略施小计，尽已剿除，吾无忧矣！"肃曰："都督如此用兵，何愁曹操不破？"瑜曰："吾料诸将不知其谋，独有孔明胜如吾见，想此谋亦［不］可瞒他。子敬试以言钓之，［看他］知与不知，便当回报。"肃来钓孔明，还是如何？

［第九十一段］　诸葛亮计伏周瑜

鲁肃领了言语，径来船中探孔明，孔明接入船中对坐。肃曰："连日措办军务，有失（所）［听］教！"孔明曰："便是亮亦（欲）［未］与都督贺喜。"肃曰："何喜？"孔明曰："周公瑾使足下来探亮知也不知，便是这件事可贺。"唬得鲁肃失色，问孔明［曰］："先生缘何知之？"亮曰："这条计瞒得蒋干，曹操必然省（口）［悟］，只是不肯认错。听得换［了］毛玠、于禁，这两个手内好歹送了水军性命。东吴无患矣，如何不贺喜？"肃（正）开口不得，把些言语支吾了半晌，别了孔明。孔明嘱付曰："万望子敬隐而休言亮知此事！公瑾［若知，］必然寻事害亮也！"鲁肃摇头而去见周瑜，把上项事只得实说。

周瑜听了大怒曰："若留此人，那里显吾！（诚）［吾决］意斩之！"肃苦劝曰："若杀孔明，却被操笑！"瑜曰："吾自［有］公道斩［之］，交他死而无怨。"肃曰："以何公道？"瑜曰："子敬莫问，来日便见。"次日聚众将于帐下，交请孔明。孔明欣然而至，坐定。瑜曰："即目交兵［不远，］水路之中，用何计以破曹？（令）［望］先生见教！"孔明曰："大江之上，除非弓弩为先。"瑜喜曰："先生之言，正合吾机！昔日姜子牙自制许多军器。先生饱学，必能办事。吾军缺箭使用，欲烦先生监造十万根以备用之。望先生［成］全两家之事，切勿见怪！"孔明曰："亮闲在此，便造十万只箭。当何时用之？"瑜曰："与先生十日限措办。"孔明曰："（非）早晚曹操必到。若候（了）十日，必误大事！"瑜曰："先生料几日可办？"孔明曰："只消三日严限，办纳十万只箭。"瑜曰："切莫戏言！"孔明曰："怎敢侮弄都督？便与文书，三日不办，甘当军令！"瑜大喜，唤军政司当面要了文书，置酒相谢。瑜曰："事完了自有酬劳。"孔明曰："今日不及事，来日分头便造箭也。第三日可差小军五百人于江头搬箭。"孔明饮了数杯，辞瑜而去。

肃曰："此人莫非诈乎？"瑜曰："他自送死，非吾逼之。明白对众要了文书，你便胁生双翅也飞不去。［吾］已分付军兵，交他诸般不办，必然误了；（此）［那］时定罪，有何理说？你可去探虚实，便来相报。"鲁肃见孔明，孔明曰："吾曾交子敬休对公瑾说知，他必要害我，今果然［为］之！三日内要造十万只箭，无时只按军法，子敬只得救我！"肃曰："你自取祸，如何救你？"孔明曰："望子敬暂借二十只船，每船上要军三十人举棹，皆要［青］布为幔，每船上束草千余个，密布两边，皆在江岸伺候，别有妙用。第三日请子敬至［此］看箭。切不可交公瑾知会！如知，则吾计不成，必累子敬矣！"肃（正）不知其意，回报周瑜，言道："他不用（竹箭）［箭竹］、翎毛、胶漆等物，自有道理。"瑜大疑惑，不省其意。肃自拨轻快船二十只，各船三十人，并用青布为幔，上插旌旗，内安草束，缚于两边，皆泊于孔明船边。

一日无动静，两日亦不行。到第三日四更，鲁肃到船边，孔明交请上船。肃问"何意？”孔明曰：“同子敬往江北取箭。”肃问“箭在何处？”孔明曰：“子敬休（盘）问，前去便见。”二十只船用长索相连，交望江北岸进发。是夜大雾垂江，对面（所不）[不能]相见。孔明共鲁肃坐于船（后）[中]，传令交快行。果然好大雾！前人有篇《大雾垂江赋》曰：

大哉长江！西（峡）[接]岷、峨，南镇三夷，北连（太附）[九河]。河汇海而滃郁，历万古以扬波。至若北海，若非江水，无长鲸千尺，天（吴久）[蜈九]首。恑哉！咸集而有（怪）。盖夫（见）[鬼]神之所倚凭，英雄之所战守。阴阳既乱，昧爽不（多）[分]。讶长空之一色，忽大雾之四屯。虽海之混，然后上接高天，下垂厚地，渐乎苍茫，浩无限际。鲸（见）[鲵]出水而（阳气）[扬威]，蛟龙（渐润）[潜渊]而吐气。又如（夺）[梅]林收（潺）[潺]，春阴酿寒，溟溟漠漠，浩浩漫漫。（西）[东]失（武文）[柴桑之]岸，（东吴）[南无]夏口之山。战船千只，俱沉沦于[岩]壑；渔舟一叶，惊出没于波（间）[澜]。甚则穷天（九）[无光]，朝阳失色，返白昼于黄昏，变丹青于水色。虽大圣之[智，]不测深浅；离娄之明，焉可以辨之咫尺？于是冯夷息浪，屏翳收风，龟鱼遁迹，鸟兽潜踪。隔断蓬莱之岛，暗达阊阖之宫。恍惚奔腾，（于驰）[如]骤[雨之]将至；纷纭（而）杂（足）[沓]，若（宫）[寒云]之欲同。乃能中隐毒蛇，闻之（于）[而]瘴病；[内]藏（而）魑魅，逢之而祸害。降（矣）疾病于人身，起（凡）[风]尘于耳塞。小民遇之夭伤，大人观之恍然。盖将返元气于鸿蒙，混天地于大块。

静轩先生有诗一律单题雾云：

叠叠岚光盛，蒙蒙细雨浓。
惟闻云外雁，不见岭头松。
一水亡新浪，千山失旧踪。
禅关昏曀里，风送数声钟。

当日五更已到曹军水寨。孔明交把[船只]头西尾东一带摆开，就船上擂鼓纳喊。肃惊曰：“倘或曹兵齐出，如之奈何！”孔明曰：“吾料曹操虽奸雄，于重雾中必不敢出。吾等酌酒取乐，雾散便回。吾亲身在此，子敬勿忧！”

却说操（听得）[军]水寨中[听得]擂鼓纳喊，毛玠、于禁二人荒使人飞报曹操。操此时为见水军不整，自在江边提调，自也听得。操曰：“重雾迷漫江面，他必有埋伏；更兼军士未整，不可轻动。尽发水军弓弩手，乱箭射之！”又差人[往]旱寨里唤张辽、徐晃各带弓弩手约有一万余，皆尽上船施放。平明时分，孔明交把船调回，头东尾西，逼近水寨受箭。旱寨中张辽、徐晃（等）又引能射者，皆赴水寨口大船上放箭，只听雾中擂鼓纳喊，箭如雨发。渐渐日（出）[高]，收起露雾，孔明交放船回。二十只船两边似钉排，草内无数枝箭。军士们一齐都叫“谢箭！”比及报知曹操，船轻水急，已放开二十余里，追之不及。操甚懊悔自责，北军皆嗟呀不已。

却说孔明与鲁肃（看）[曰]：“每船上[箭]可勾四五千否？不须费江左半分之财，已得十数万箭。”数之，可得九万余只，都挑来军中交纳。鲁肃将[孔明]言[语]说与周瑜，瑜大惊，（既）[慨]而叹曰：“诸葛神机妙策，吾不如也！”

据《三国志·吴书·吴主传》注引《魏略》：权乘大船来观军，公使弓弩乱发，箭著其船，船偏重将覆，权因回船，复以一面受箭，箭均船平，乃还。

按：诸葛亮草船借箭，不见于史。罗贯中是从《三国志·吴书·吴主传》注引《魏略》孙权借箭的故事移植的。

史官有诗为证：

漫漫重雾罩长江，天地难分水渺茫。
二十舟船齐摆列，万余弓弩尽施张。
飞蝗透草穿风影，骤雨随船射日光。
沙漠昔年迷李广，孔明今日伏周郎。

江左得箭九万余只，曹操折箭十五六万。周瑜出寨迎接孔明，以师礼敬之。孔明曰："聊作小术，何足为奇？"瑜曰："虽古之孙、吴，莫能及也！"邀入帐，共饮酒。瑜曰："昨吴侯遣使至，催促破敌。瑜未有奇计，请先生教之！"孔明曰："亮乃碌碌庸才。公是江东豪杰，何故问计于亮耶？"[瑜曰：]"[某]昨往观曹操水寨，极有法度，非等闲可攻。今先生亦往观其动静矣。瑜有一计，不知可否，请先生论之！"孔明曰："都督且休言，各写于手内，看意同否。"瑜大喜，交取笔砚来。周瑜暗写了，递笔与孔明，孔明亦写[了]。两个同近坐榻，各出掌中之字，互相观之。毕竟如何？

[第九十二段]　黄盖献计破曹操

当日席上，周瑜先出手中之字与孔明观之，乃一"火"字，孔明乃出手中字令周瑜观之，亦是"火"字，因此皆大笑。瑜曰："两计相同，再无疑矣。幸勿泄漏！"孔明曰："两家之事，岂有泄漏之（礼）[理]？吾料曹操虽经两番，必不（再信）[信再]如此也。都督尽行之。"饮罢分散，（彼）[俱]各不知。

按：这一情节不见于史。据史书记载，火攻破曹，计出黄盖，周瑜采纳。诸葛亮不是周瑜的参谋人员，他不可能参与火攻计划的制订。

却说曹操折了许多箭，心中正纳闷。荀攸进曰："江东有周瑜、孔明二人用计，大江之阻，急切难知。军中可选二人去东吴诈降，内（与）[为]国贼，以通消息，方可用谋矣。"操曰："正合吾机！汝料军中谁可行此计？"攸曰："蔡瑁被诛，蔡氏宗族（已）[皆]在军中，有二人是瑁[之]房族——蔡中、蔡和，见为偏将军。丞相可使（去）之，东吴必不疑矣。"操当夜唤二人入帐内，嘱付曰："汝昆仲可引小军去东吴诈降，但有动静，使人密报。事成之日，[加]汝为列侯，重赐食邑。休生变心！"二人曰："吾（之）[等]妻子皆在荆州，安有变心？丞相勿疑。某二人手内必取周瑜、诸葛之首！"操喜，重赏了当，带五百军人，数只[小]船，偷出寨门，顺流而下，望南岸来。

却说周瑜晓夜不眠，理会进兵之策。忽报江北有数只[小]船到来，内称"蔡瑁之弟蔡中、蔡和特来投降。"周瑜大喜，交唤到帐下。二人哭拜于地曰："吾兄无罪，操贼诛之。今欲报冤，特来投降，望赐收录，愿为前部！"瑜取金银赏劳了[当]，加为上将，唤甘宁引这枝军去为前部。中、和拜谢，以为中计。瑜[密]唤甘宁入帐中，分付曰："操使此二人过江关报消息，只做不知，休要阻当。"宁曰："此是何意？"瑜曰："此二人不带妻小，必是诈降。吾欲将计就计行事，特交他通报消息。汝可殷勒相待，就里隄防。每日书画卯酉，约会同来。至期破曹操，捉他两个祭旗。汝勿有误!”甘宁领计去了。

却说鲁肃来见周瑜曰：“这两个多是诈降。”瑜叱之曰：“操杀他兄，正欲报仇，何诈之有！汝若如此疑惑，安能容天下之士乎！”肃无言可答而退，来告孔明。孔明笑而不言，肃曰：“何故哂笑乎？”孔明曰：“吾笑子敬不识公瑾之计耳。大江之隔，细作急难往来。操使蔡中、蔡和来诈降，使不疑心也。公瑾计上用计，正要他通消息。兵不厌诈，公瑾之谋［是］也。”肃方才省悟。

却（是）［说］黄盖入帐与周瑜曰：“他众我寡，难以久持。何不用火攻以烧之？”

据《资治通鉴》卷六十五：瑜等在南岸，瑜部将黄盖曰：“今寇众我寡，难与持久。操军方连船舰，首尾相接，可烧而走也。”（参见《三国志·吴书·周瑜传》）

瑜曰：“谁与公献此计？”盖曰：“此某己意，非他人之所教也。”瑜曰：“吾正欲如此，故留蔡中、蔡和诈降之人，以通消息。但恨无一人（可）肯献苦肉计耳!”盖曰：“某愿行此计!”瑜曰：“不受苦楚，如何肯信？”盖曰：“某自破虏将军重用到今，虽身受万剐，心亦无悔!”瑜拜而谢之曰：“君（肯若）［若肯］行此计，则东吴之万幸也!”盖曰：“虽死而不悔!”遂谢而出。

按：据史书记载，赤壁之战，黄盖建策火攻，并“以书遗操，诈云欲降”；但未行苦肉计。

次日清早，寨内鸣鼓，大会诸将，列于帐下，孔明亦预坐次。周瑜曰：“曹操百万之兵，连路三百余里寨栅，非一日可破。吾（料）特积粮草累月，［料］诸将船上有三月粮草，准备（预）［御］敌。”言未毕，黄盖进曰：“都督教关多少粮？”瑜曰：“且支三个月。”盖曰：“便支三十个月也不济事。若是这个月破得便破；若是这个月破不得，只依张子布之言，束手倒戈，北面而降之，此为上计。”周瑜勃然变色，大怒曰：“吾奉主命，妙筭已定。若有再言降者，必斩!”众将面面相看。瑜曰：“今两军相敌之际，汝为先锋上将，安敢慢吾军心？不斩汝首，难以伏众。左右取剑来!”黄盖亦怒曰：“吾自小随破虏将军纵横东南，已历三世。那时岂有你来!”瑜大怒，拍案叫“斩来!”刀斧手把黄盖簇下，周瑜喝斩。甘宁进前告曰：“公覆乃东吴故旧功臣，可以恕之。”瑜叱曰：“汝何等人［也］，敢多言乱吾法度耶!”先喝左右“乱棒将甘宁打出!”众官都跪下告曰：“盖罪合诛，但于军不利。都督宽恕，权且寄罪；待破曹后，问亦未迟。”周瑜忿气不息，众官苦苦哀告。瑜曰：“若不看众官面皮，决斩汝首！既犯吾令，难以全免，左右拖番，［打］一百脊杖，以正其罪!”诸官又告，瑜掀番案桌，叱退诸官，便交行杖；将黄盖剥去衣服，拖番在地，咬牙切齿，喝令毒打。打到五十，众官又告。周瑜跳起身曰：“汝敢小觑我耶？且寄下五十杖，再有（些）怠慢，二罪俱（发）［罚］!”恨声不绝而入帐中。众官扶起黄盖，打得皮开肉绽，鲜血迸流，扶到房中，昏绝几番。动问之人无不下泪。

鲁肃也动问了，回到孔明船中。肃曰：“今日公瑾责罚公覆，我等皆是他部下，不敢犯颜苦劝。先生是客人，何故袖手傍观，不发一语，何也？”孔明笑曰：“子敬何欺我［耶］？”肃曰：“某与先生渡江以来，未尝有事相瞒，何故出此言也？”孔明曰：“子敬，［如］何你也不知兵法？鬼神不测，乃计谋也。今日公瑾（敬）［欲］杀黄盖，故毒打之，乃其计也。吾岂劝乎？”肃方省悟。孔明曰：“不用苦肉计，何以瞒曹操？今必［令黄盖］诈降，却交蔡中、蔡和报其事矣。”孔明又曰：“如见公瑾，切勿言亮知［之］，只说和亮也瞒过了也。”肃回见瑜，瑜邀入帐内。肃曰：“今日何故痛责黄盖？”瑜曰：“诸将怨否？”肃曰：“多有心中不（安）［平］者，不敢明言也。”瑜曰：“孔明知否？”［肃曰：］“他也埋冤都督忒情薄。”瑜曰：“今番须瞒过（你）［也］!”肃曰：“何谓也？”瑜曰：“吾今日打黄盖，乃计也。欲令他诈降，先须用苦肉计（也）瞒［过］曹操，就中用火攻之，可决胜也。”肃乃暗思（想）孔明之高才，不敢明言。

却说黄盖卧于帐中。诸将皆问，盖不言语，但长吁而已。小军忽报“阚参谋特来动问。”盖令人请入，对面而坐。盖（尽）叱退左右。阚泽曰：“将军莫非与都督有旧仇否？”盖曰：“非也。某看遍军中，绝无人可结［为］心腹；惟先生一人素有忠义之气，故敢以心腹告之。”阚泽曰：“公之受责，莫非苦肉计否？”盖曰：“何以知之？”泽曰：“以公瑾一动一静，某已料九分矣。”盖曰：“某（在）［受］吴侯三世［之］恩，无以报之，故献此计，以图曹操。骨肉如泥，亦无恨矣！”泽曰：“公之告我，莫非要阚泽渡江献诈降书否？”盖曰：“实有此意，未知肯仗义否？”阚泽言无数句，惹起赤壁鏖兵。

［第九十三段］　阚泽密献诈降书

阚泽字德润，会稽山阴人也。家本庄农，惟有泽好学。其家甚贫，与人佣［工，借］书［读诵］，但写一篇，并无遗忘。从小有胆气，对答如流。举孝廉，除钱塘长。孙权慕其名，［召］为参谋。

> 据《三国志·吴书·阚泽传》：阚泽字德润，会稽山阴人也。家世农夫，至泽好学，居贫无资，常为人佣书，以供纸笔，所写既毕，诵读亦遍。追师论讲，究览群籍，兼通历数，由是显名。察孝廉，除钱唐长，迁郴令。

（此）黄盖知他能言有胆气，故欲遣之。阚泽欣然而应曰：“大丈夫处世，从仕于人，不能建功立业，千年万载，真可羞也！既公覆舍一命而报东吴，阚泽何惜蝼蚁之微生哉？”盖滚下床而拜谢之。泽曰：“事不可缓，即当便行。”盖曰：“书已修了。”泽领了书，就当夜扮作一个渔翁，命一人驾一小舟，便望江北岸顺水而行。

> 按：黄盖诈降曹操，遣何人送书，不见于史；《演义》以阚泽为送书人，于史无据。

是夜寒星满天，三更已后，早到水寨边，巡江军士拿住。泽曰：“便报丞相：‘东吴［阚泽］有机密事，特来拜见。’”是夜曹操在旱寨内歇［息］，军士报将入来。操曰：“莫不是奸细么？”军士曰：“只是一渔翁，别（有）［无］夹带。”操便叫引将入来，天色未明，点上灯烛。军士引阚泽至，礼毕，操曰：“吾闻汝［乃］东吴参谋，来此何干？”泽曰：“人言丞相求士如雨，今观此甚不相合。黄公覆，汝又错寻思了也！”重言一遍。操曰：“吾与东吴旦夕交兵，汝私行到此，如何不问？”泽曰：“黄盖仕于东吴，已历三世，［乃］旧日功臣。今被周瑜于众军之前痛决一顿，气无所出，特告于我。我与公覆情同骨肉，因无（可通）［报仇］之路，径献密书，（故）［欲］投丞相，拟将东吴粮草军器以托献来，未知丞相肯容纳否？”操曰：“黄公覆特地使先生来投降，降书在何处？”阚泽取书呈上。

据《资治通鉴》卷六十五：先以书遗操，诈云欲降。
据《三国志·吴书·周瑜传》：先书报曹公，欺以欲降。

操（开拆）[拆开]书，就几上观之。[书]曰：

东吴粮草官、先锋使黄盖泣血百拜，谨上书于大丞相麾下：盖受孙氏厚恩，（当）[曾为]将帅，待愚不薄。然（故）[顾]天下，事有大势。今东吴以六郡之人，以当中国百万之众，众寡不敌，人所共见也。东方将士，无有智愚，皆知其不可。惟周瑜、鲁肃偏怀己见（之），意未解耳；加之行军无法，自夸其能，无罪加刑，有功不赏。盖今应天顺命，率众归降。交锋之际，（必）[盖]为前部，军储随船纳降尽献。国事竭力效命在（前）[近]，即无异志，伏乞听允！

建安十三年冬十一月　日，东吴粮草官、先锋使黄盖百拜奉书。

据《三国志·吴书·周瑜传》注引《江表传》载盖书：盖受孙氏厚恩，常为将帅，见遇不薄。然顾天下事有大势，用江东六郡山越之人，以当中国百万之众，众寡不敌，海内所共见也。东方将吏，无有愚智，皆知其不可，惟周瑜、鲁肃偏怀浅戆，意未解耳。今日归命，是其实计。瑜所督领，自易摧破。交锋之日，盖为前部，当因事变化，效命在近。

曹操将书于案上番来覆去看了十来次，忽然张目大叫曰："黄盖用苦肉计，令你下诈降书，就中取事，为戏侮于吾耶！"叱左右"斩之！"左右将泽簇下待斩，阚泽面不改色，仰天大笑。操交押回，问之曰："吾识破你奸计斩你，何故哂笑？"泽曰："吾不笑你，吾笑黄公覆不识人耳。"……泽曰："杀便杀，何必问乎？"操曰："吾自幼熟读兵书，足知奸诈（也我）[之]道。你只好瞒别人，如何瞒得[过]我？"泽曰："且说书中那件是奸处？"操曰："我说破你脱空处，交你死而瞑目。你既是真心投降，如何不明约几日几时，将多少粮，将多少兵？书中又无约期，却不[是]诈降？此是一时[疏虞，]以致你天败。吾今识破，有何理说？"阚泽听罢曰："你尚敢夸年幼[熟]读兵书耶？你战周瑜，必被他活捉。汝无学之辈，可惜吾屈死于汝手！"曹操曰："何谓无学也？"泽曰："汝不通书，不识紧慢，不识机谋密事，不明道理，故知必败耳。"操曰："放他起来，看他说我甚的不是处。若说有理，别有议论。"泽曰："我见你[无]待贤之礼，（吾）[岂]肯言也？但有死而已。"操曰："愿闻高论！"泽曰："岂不闻'背主作盗，安可期乎？'这句言语道，背主谋反，如何约得日期？倘约了（来）[某]日，急下不得手，这里接应，必然泄漏。只是但得便时行矣。"曹操是个至聪明的人，一点便悟，下席伏罪曰："适来操见事不明，冒犯尊威，幸勿挂意！"泽曰："吾与公覆倾心投降，如婴儿望于父母，岂有诈乎？"操大喜曰："若二公能（尽）[建]忠义之功，他日受爵，必在诸人之上。"

据《三国志·吴书·周瑜传》注引《江表传》：曹公特见行人，密问之，口敕曰："但恐汝诈耳。盖若信实，当授爵赏，超于前后也。"

泽曰："某等非为爵禄，但欲顺天时耳。"操取酒以待之。少刻，有人在操耳边私语，操曰："将书来看。"那人以（家）[密]书付上，操大喜。阚泽暗思："此必然是蔡中、蔡和来报黄盖受刑消息，操固喜其事[果]实也。"操良久曰："烦先生再回江东，与黄公覆的当约日，先通消息过江，吾当以兵接应。"泽曰："某已离江东，不可复还。望丞相别差机密人去。"操曰："若他人去，事必泄漏。"阚泽再三推辞，只恐曹操心疑；良久[乃]

曰："若去，则不可久停，便当行矣。"操赐金珠，泽皆不受，辞操再下小船，飞奔江东（回）[而]来，见黄盖细说前事。

盖曰："非公能辨，则盖（甘）[干]受苦楚!"泽曰："吾今便往甘宁寨中智蔡中、蔡和去也。"盖曰："善觑方便。"泽先到宁寨，宁曰："先生何来？"泽曰："昨日帐上见足下被辱，吾甚不平!"宁叹息不答。忽见二蔡至，泽以目送意与宁，宁已会阚泽之意。（四人共商议）[宁]曰："吾今无意相待，羞见江左之人矣!"泽曰："只显他能，不以我等为念。"[四人坐定，]宁咬牙裂齿，怒发冲冠而不言。泽乃虚与宁耳说，宁低头长叹。蔡中二人见泽与宁皆有反意，以言挑之曰："将军（、先生）何故烦恼？[先生]有何不平耶？"泽曰："吾等腹中之苦，你岂知也？"二蔡曰："莫非背吴投曹耶？"泽失色，[宁]起身拔剑而言曰："事已败露，不可留歹（臣）[人]也!"欲杀二蔡。二蔡荒告曰："二公勿忧！乞退左右，吾有心腹之事。"宁曰："可速言之。"蔡和曰："吾乃曹公所使来诈降之人也。二公若有顺心，吾当引进。"宁曰："若如此，天赐也!"……二蔡曰："吾已报知丞相矣。"泽曰："吾于丞相处见了书，特来说兴霸耳。"宁曰："大丈夫既遇明主，当竭力而事之!"四人相聚饮酒。蔡和即时又写书，差人（又）[去]报曹操。阚泽之计，（今）[合]为鏖兵第一[功]。有诗为证：

黄盖深知阚泽忠，故烦托献与曹公。
数行降札江南去，百万雄师扫地空。
（解）[假]使周郎成大事，不教曹操逞英雄。
鏖兵赤壁施谋略，致使谋臣第一功。

蔡和自发书，报"甘宁反（吾）[吴]，与（同谋）[某同]为内应。"阚泽别将书差人报过江去："黄盖动身，未知何日。但看船头插青龙牙旗，即是粮草船也。"

却说曹操（又）[连]得二封书，心中狐疑未信，与众谋士商议。操曰："谁敢往江东打听？"言未毕，一人应声而出曰："某愿往!"毕竟是谁?

[第九十四段]　庞统智进连环策

曹操曰："江左甘宁被周瑜耻辱，亦愿内应；黄盖受责五十杖棒，令阚泽来降，又有书到。然此未可尽信。谁敢直赴周瑜寨中走一遭？"蒋干曰："前者不成功而回，心中自羞。今舍命再与丞相一往，如不成事，甘当斩首!"操大喜，即时交蒋干直到南岸水寨边，使人转报周瑜。

周瑜听得蒋干又到，礼拜天地，曰："吾之[成]功只在此人身上!"遂密使人分付如此如此。元来庞统亦曾对周瑜说："[欲]要破曹，除（用）[非]火攻。"瑜曰："吾已定计了。"统曰："大江面上[一船烧着，]余船四散，如何烧得？除非献连环阵计，交他自（定）[钉]，排做一处，然后可烧。只是曹操奸猾，如何去得？"正无理会处，却好听得蒋干又到，瑜因此大喜，乃坐于帐上，使人请干。干不见来接，心中疑虑，交把船放于僻静岸口，却（来）[自]入见周瑜。周瑜作色曰："子翼何故欺吾太甚耶？"干佯笑曰："吾想与弟乃旧[日]弟兄，特来吐心腹事，何故言相欺也？"瑜曰："你要说吾，除非海枯石烂。前番吾想旧日交情，痛饮一醉，留你共榻。你却盗吾私书，不辞而去，去报曹操，致令杀了蔡瑁、张允，使吾大事不成，皆是汝也！蔡和、蔡中新近降吾，你又来动说词也。吾不看旧日之情，一刀两段！本待送你过江去，奈一两日间要破曹也；待留你［在］寨中，必然走泄。左右［在］那里？可送子翼去西（寨）［山］后庙中歇泊；待吾破了曹贼，此时送你过江未迟。”蒋干再欲言，周瑜已走入寨后。

左右取马与蒋干乘坐，送至西山背后小庵中歇息，拨两个军伏事。干在庵［内，心］中忧虑，寝食不安。是夜星月满天，干独步出庵后，只听得读书之声，信步走到山边，见茅屋数间，内有灯光射出，窥之，见一人在灯下读孙、吴兵法。干曰：“［此］必异人也！”扣户请见。其人开门迎之，一表非俗。干问姓名，答曰：“姓庞名统，字士元。”干曰：“莫非凤雏先生否？”统曰：“然也。”干曰：“何僻守于此？”统曰：“周瑜恃才自高，不纳忠（良）［谏］，灭贤损德，（来）［故］守于此。公乃何人也？”干曰：“吾乃蒋干也，群英会上相见，何故忘了？”统曰：“一（向）［时］失忘，切乞恕罪！”请入草庵，共诉心腹之事。干曰：“（比）［以］公之才，何所不至？如肯降曹，干当引进。”统曰：“恐不用贤耳。”干曰：“吾愿以性命保之！”统曰：“既有引荐之心，便当一行；如迟，事必泄矣！”干与统便寻路到（船）［江］边，却好寻见船，连夜投江北，来到曹操寨。

干先来见操，备言前事。操请相见，出寨接入，分宾主坐定。（间）［庞］统曰：“周瑜年幼，恃才罔众，不用良谋，欺凌旧宾，皆有退意。”操心无疑，（坚）［诚］意相待。饮膳［罢］，操交备下马匹，邀庞统同观寨栅。二人上马，凭高望之。统曰：“真将才也！”操曰：“先生勿得隐［讳］，愿教之！”统曰：“依山傍林，前后顾盼，出入有门，进退（有）曲折，虽孙武再生，不过如此而已矣！（今）［非］统曲为褒贬，（非）［乃］真心也！”操大喜，又引观水寨。统见向南分二十四座水门，皆用艨艟战舰列为城郭，［中］藏小船往来，看来都有次第。统叹曰：“（只）［某］闻丞相用兵如神。今观所为，果不虚矣！”指江南而言曰：“周郎周郎，克期（不活）［而亡］！”操曰：“（弟闻）［先生乃］吾（言非）师也，望赐指迷，勿吝见教！”统曰：“以此论之，庞统不及，（词）［何］敢妄言耶？”操喜，回至帐中，置酒相饮，共谈孙吴兵法、诸家阵法、《三略》《六韬》，［统对答］滔滔如流水。

操殷勤相待，统乃佯醉而言曰：“（我）［敢］问军中有良医否？”操问“何用？”统曰：“水军多疾，须用此治之。”此时操军不伏水土，多生呕吐之疾，死者无数。操正（中）［无］计，忽闻（有）此［言］，如何不问？统曰：“兵法阵法件件皆是，但可惜不能全矣！”操再三请问，统曰：“统有一策，交大小军并无疾病，皆安稳而得全胜。”操又问之，统曰：“盖因大江之中潮汐（生）［升］落，风浪不息，中原之人不惯乘舟，致生此患。若以大舟小舟各皆配合，或三十为一排，或五十为一排，首尾用铁环连锁，下载粮，上铺阁板，休言人可渡，马亦可走矣。若此，（顺）［任］随风浪潮水，复有何疾哉？”曹操下席而谢曰：“非先生之良谋，安能破东吴耶！”统曰：“愚之浅见，丞相自裁之。”操即时（便）传令，唤军中铁匠连更晓夜做造［铁］环大钉，锁住船只。

据《资治通鉴》卷六十五：瑜等在南岸，瑜部将黄盖曰：“……操军方连船舰，首尾相接，可烧而走也。”（参见《三国志·吴书·周瑜传》）

按：《演义》称，庞统向曹操献连环计，为了制止船只摇晃颠簸，教曹操将战船连锁，这一情节不见于史。曹军将船舰首尾连接在一起，是为了防止船只在冬天西北季风时节被刮离，漂向江中及对岸。章义和、唐燮军在《细说曹操》一书中指出，以北方人为主的曹军，诚然存在着短期内无法克服的晕船现象，但很难想象，善于用兵的曹操，面对隔江对峙的以水师为主的孙刘联军，竟然弱智到把战船固定起来，主动放弃“制江权”。

诸军闻之，俱各（皆）[欢]喜。有古诗为证：

赤壁鏖兵用火攻，一江波浪起烟中。
若无庞统连环计，公瑾安能立大功？

庞统又曰：“某观江左英雄（都）[多有]怨周瑜者（多）。吾将三寸之舌与丞相说之，先破周瑜，则刘备休矣！”操曰：“先生果然能成大功，奏请三公之职！”统曰：“[某]非为富贵，但欲救万民。丞相渡江，慎勿杀害！”操曰：“吾替天行道，安肯杀戮人民耶？”统拜求文榜，操佥押付统。统拜别曹操，操曰：“先生家属见居何处？”统曰：“只在江左。今得此榜，可保全家也！”即时拜别，与曹操曰：“事不宜迟。丞相便可进兵，休等周郎知觉。”操曰：“然！”

统走至江边，正欲下船，忽见一人，布袍道冠，一把扯住庞统曰：“你好大胆！黄盖用苦肉计，阚泽献诈降书；你又来献连环阵，只恐烧不尽绝！你门都把出这[等]毒手来，只瞒得曹丞相，须瞒我不过。”唬得庞统魂飞魄散。毕竟此人是谁？

[第九十五段]　曹孟德横槊赋诗

庞统（来）问曰：“你是何人也？”答曰：“吾乃徐庶也。”统回顾左右无人，乃曰：“果是如此，可惜江南八十一州百姓，皆是你送了[也]。”庶曰：“此间八十三万人马性命如何？”统曰：“吾若怕死，不来江北！”庶曰：“吾感刘皇叔之恩，未尝忘报。曹操送了吾老母，[吾]已言平生不与操设一计。今于汝之事，吾安肯说破（他的）[此]计？只是吾[亦]随军在此，南军一到，玉石不分，岂能免（吾）难乎？君当教我脱身之术，我即掩口而远避矣。”统笑曰：“元直如此高见，眼前之计，有何难哉？”庶曰：“愿先生教之！”统（去）[在]徐庶耳边略说数句。庶拜谢曰：“吾平生所许刘玄德‘伏龙、凤雏才高天下’，以此论之，不虚言也。重蒙活命之恩！”统别了，自下船回江东报周瑜。

（只）[却]说徐庶当晚密使近人[去]各寨暗布此事谣言。次日，寨中三三两两交头接耳而说[之]。少刻，人来报知曹操，说“西凉州马超、韩遂谋反，杀奔许昌。”操大惊，急聚众将商议。操曰：“吾自领兵南征，心中所忧者，惟马超、韩遂耳。今军中谣言未知（真）[虚]实，不可不（信）[防]。谁可代吾一往？”言未毕，徐庶进言曰：“[某]自蒙丞相收录重用，恨无寸功报效！请得三千军马，星夜往散关把住隘口。如有急事，自来告急矣。比及救军至，先看徐庶杀此二人！”操喜[曰]：“若得元直去，吾无忧矣！（三）[散]关之上原有兵守，今你就领三千马步军，差臧霸为先锋，星夜便往，不可迟矣！”徐庶辞了曹操，带了臧霸便行。此是庞统救徐庶之计也。

按：庞统教徐庶以脱身之计，不见于史。据《三国志·魏书·臧霸传》，臧霸当时在青徐地区作战，未随曹操南征。

后有诗为证：

曹操南征日夜忧，马超、韩遂起兵谋。

凤雏一语教徐庶，正是鳌鱼脱钓钩。

……此时操欢笑不止，忽闻群鸦之声，望南飞去。操问曰："此鸦缘何夜鸣？"左右答曰："鸦见月明，将谓天晓，故离树枝而鸣也。"操又笑不止，此（夜）[时]酒酣，交取槊来。操拿槊立于船头上，取酒洒于江中，自满饮三爵，横槊与诸将曰："吾持此槊，破黄巾，擒吕布，灭袁术，收袁绍，深入（北塞）[塞北]，直抵辽东，纵横天下，真乃大丈夫之志也！（况）[今]对此景，甚有感慨，自当作歌，汝宜和之。"歌曰：

对酒当歌，人生几何？

譬如朝露，[①]去日苦多。

（既）[慨]当以慷，忧思难忘。

何以解忧？惟有杜康。

青青子衿，（攸攸）[悠悠]我心。

[但为君故，沉吟至今。]

呦呦鹿鸣，食野之（萍）[苹]。

我有嘉宾，鼓瑟吹笙。

皎（月）[明]如（明）[月]，何时可掇？

忧从中来，不可断绝。

越陌度（迁）[阡]，（于）[枉]用（难）[相]存。

契阔谈（燕）[宴]，心念旧游。

月朗星稀，乌鹊南飞。

绕树三匝，无枝可依。

山不在高，水不在深。

周公吐哺，天下归心！

按：《演义》所录曹操诗与原作有差异，中华书局《先秦汉魏晋南北朝诗·魏诗·魏武帝曹操》（逯钦立辑校，1983年9月出版）所收曹操《短歌行》一诗为：

对酒当歌，人生几何！譬如朝露，去日苦多。慨当以慷，忧思难忘。何以解忧？惟有杜康。青青子衿，悠悠我心。但为君故，沉吟至今。呦呦鹿鸣，食野之苹。我有嘉宾，鼓瑟吹笙。明明如月，何时可掇？忧从中来，不可断绝。越陌度阡，枉用相存。契阔谈宴，心念旧恩。月明星稀，乌鹊南飞。绕树三匝，何枝可依？山不厌高，海不厌深。周公吐哺，天下归心。

歌罢，众皆和之。

忽座间一人进言曰："大军相当之际，将士用命之时，丞相何故出此不利之语？"操视之，乃扬州沛国人也，姓刘名馥。

据《三国志·魏书·刘馥传》：刘馥字元颖，沛国相人也。……太祖方有袁绍之难，谓馥可任以东南之事，遂表为扬州刺史。馥既受命，单马造合肥空城，建立州治，南怀乾、绪等，皆安集之，贡献相继。数年中恩化大行，百姓乐其政，流民越江山而归者以万数。于是聚诸生，立学校，广屯田，兴治芍陂及茹陂、七门、吴塘诸堨以溉稻田，官

① 此处至下则"韩当周泰二人出曰某等"叶逢春本原缺，据余象斗批评本补。

民有畜。又高为城垒，多积木石，编作草苫数千万枚，益贮鱼膏数千斛，为战守备。（参见《资治通鉴》卷六十三）

操曰："何谓不利？"馥曰："'月朗星稀，乌鹊南飞。绕树三匝，无枝可依。'此大不利［之］言也。"操大怒曰："汝安敢败吾兴也！"手起一搠，刺死刘馥于江中，

据《三国志·魏书·刘馥传》：建安十三年卒。

按：曹操横槊赋诗及杀死刘馥，均不见于史。据《三国志·魏书·刘馥传》，在曹操南征前不久，刘馥已病死在扬州刺史任上。

遂乃罢宴；次日酒醒，悔恨无及。馥子刘清告取父尸，归葬乡里。操泣曰："吾昨日醉中误伤你父，悔之无及！可以三公厚礼葬之。"命（亲）［清］送灵柩即日而回。

十七日，水军都督毛玠请曹操看水军摆布。毕竟如何？

［第九十六段］　曹操三江调水军

毛玠、于禁［诣］阶下请曰："大小船只俱已搭配［停当］，旌旗战具一应（都完）［俱备］。请丞相调遣，克日进兵。"操至水军中间大战船上坐定，唤过诸将听令，并各遵守队伍，伺候遣发：水军（白）［中军黄］旗毛玠、于禁，水军前军红旗张郃，水军后军皂旗吕虔，水军左军青旗文聘，［水军］右军白旗李通；马军白旗夏侯渊；水陆路救应使夏侯惇、曹洪；护卫中军来往监战使张辽、许褚；其余众将，各依队伍。曹操令水军（队）［寨］中发擂三通，各队伍战船（八面）［分门］而出，于三江水面乘驾。是时西北风骤起，各船皆棹出水阵，拽起风帆，冲波激浪，稳如平地。北军在船上跳跃施勇，刺钺使刀。曹操观之大喜，以为必胜之法。前后左右军皆试船，旗幡不杂，声注江涛；又有巡船三十余只往来巡警催督。操立在将台上观看调拨已毕，交收住帆，各依次序回寨。寨有二十四门，各有战舰艨艟护（送）［绕］。

操赏军兵，与诸将曰："若非天命（照）［助］我，安得凤雏之妙计耶？果然渡江如登平地之稳。吾到南岸，人马［可］一涌而上。"程昱进言曰："船皆连锁，虽是平稳，（但）［且］隄防火攻，难以回避。"操大笑曰："仲德虽有远虑之谋，可惜不知用兵之妙。"荀攸曰："仲德之言甚与吾合，未知丞相高见。请（谓）［问］何如是不知用兵之妙？"操曰："夫为大将者，先明天时，次察地理，然后依法用兵。多筭胜，少筭［不］胜，何况无筭乎？方今隆冬之际，只有西风北风，何曾有东［风］南风耶？吾居于西北之上，他兵皆在南岸。若用火攻，必（被）［乘］风力以发之。彼如［用火，］是烧自己也，吾何惧哉？若是十月小春之时，何敢不隄防耶？"诸将皆顿首拜伏曰："丞相［智略，］包罗天地，岂等闲之所及哉！"

操与诸将曰："青、徐、（乐）［幽］、燕之众不惯乘船，今非此计，安能（设）［涉］大江之险？"班部中二将出曰："小将虽幽、燕之人，素不乘船，愿借哨舡二十只，直至江南，先夺旗鼓船只而回，以示北军亦能乘船［也］。"操视之，乃袁绍手下旧日降将焦触、张南也。操曰："汝等皆生长北方，恐乘船不得其便。江南之兵从小在于长江，往来

水上惯（谢）[熟]。勿以性命为儿戏耳！”焦触、张南大叫曰：“如若不胜，该当军法！”操曰：“战船今已连锁，惟有哨船，每只内只（安）[容]得二十余人，恐其不便。”焦触曰：“若用大船，何足为奇？望借小船二十只，某与张南各引一半，只今日直到江南水寨，须要夺旗鼓（回）[而]还。”拨船便要去。操曰：“吾拨二十只船，又差壮士五百人。吾来日再将大战船（在）[列]于江面，远（接）[为]之势；交文聘亦引三十只哨船，接应你回。”焦、张二人欣喜而退。次日四更造饭，五更结束，早听得水寨中发擂向，皆出寨门。长江一带，青、红交杂。焦、张二人早[引]哨船二十只穿寨而出，望（着）江南进发。

却说南岸听得鼓声振动，报入中军，说曹操调度军来。周瑜往山顶观之，见小船冲波而来。瑜问“谁敢先去？”韩当、周泰二人出曰：“某等[1]当先破敌！”周瑜大喜，交传令（下）各寨严守，不可轻动。韩当、周泰各引哨船五只，分左右而出。

却说焦触、张南凭一勇（力）性（命），飞撑小船而来。韩当独自（在波）[身披掩]心，手拿长枪，立在船头上。焦触船先到，急交军兵乱[箭]射之，与韩当船头相抵，[当]用牌遮隔。[焦]触挺长枪与当交锋，当手起一枪，刺杀焦触，其船急回。刺斜里周泰船出。张南挺长枪于船头相近，两边弓弩乱射。周泰一臂挽牌，一手提刀。两船相离得七八尺，泰（转）[飞]身一跃，直跳过张南船上，手起一刀，砍张南下水，乱杀驾船军兵。韩当军齐到，十只船（近）尽赶到半江之中，与文聘船相（近）[迎]。两边摆定船只厮杀。

却说周瑜立在高山顶上，与诸谋士遥望江北水面，艨艟战舰（各船）[排合江]上，旗幡号带皆有次第；回头看文聘与韩当、周泰截江相战。文聘被韩当、周泰两将夹攻，抵敌不住而走。韩、周二将急催船赶时，周（泰）[瑜]恐怕深入重地，便（回）[将]白旗招飐，众军鸣金，韩、周遂棹船回。文聘[驾船走脱，]回报曹操：“焦触、张南已被吴将所杀。”操悒怏不已，且收军回寨。

周瑜立在高山顶上看隔江船只尽收入寨。瑜观之，顾与诸将曰：“江北船[只]如芦苇之密，又曹操多谋，将何计以破之？”众无所答。忽见曹军寨中一[阵]风折了中央黄旗，堕落江中，瑜大笑曰：“未及破曹，先有惊报！”操知众军看见中央旗折，各[有]惊忽之意。操传令：“如有再言者（该死）[斩]！”由是众军更不敢说也。

周瑜观望至晚，忽然狂风大作，下观江水，乱石穿空，惊涛拍岸，风吹旗脚于周郎面上。瑜猛然省觉，大叫一声，望后便倒，口吐鲜血。诸将大惊，急急救之，方省人事，扶持下山，归寨中来。未知性命如何。

通俗演义三国志史传卷之四

① 上则“去日苦多”至此处叶逢春本原缺，据余象斗批评本补。

通俗演义三国志史传卷之五

东原　罗本　贯中　编次

起汉献帝建安十三年戊子

尽汉献帝建安十六年辛卯　首尾四年事实

目录共二十四段

○按晋平［阳］侯相陈寿史传

［第九十七段］　七星坛诸葛祭风

周瑜立于山顶观（坐）［望］良久，忽然望后而倒，口吐鲜血，不省人事，左右亲近人救回帐中。诸将皆来动问，不知其意，尽［皆］愕然，相顾［而］言曰："江北岸百万之众虎踞鲸吞，不争都督如此！倘若曹兵一至，如之奈何？"荒差人申报吴侯知会。

却说鲁肃心中疑惑不定，来见孔明，言周瑜卒病之事。孔明问曰："公以为何如？"肃曰："此系曹操之福，江东之祸也！"孔明笑曰："公瑾之病，诸葛能医，手到安痊也。"肃曰："诚如此，则国家之大幸！"即请孔明同去探病。肃先入，见周瑜以被蒙头而卧。肃问曰："都督病体若何？"瑜曰："心腹搅痛，时复昏迷。"肃曰："曾服何药饵？"瑜曰："心中呕（送）［逆］，药不能用。"肃曰："适来到诸葛孔明处，言都督染患。孔明说手到病源便除，见在帐外，欲来医治。"瑜命请入，乃扶起坐于床榻之上。孔明曰："连日不面钧颜，何期贵体（不）［欠］安！"瑜曰："'人有旦夕祸福'，岂能自保耶？"孔明曰："'天有不测风云'，（长）［人］岂能料乎？"瑜闻之失色，乃佯作呻吟之声。孔明曰：

“都督心中自觉烦积乎？”瑜曰：“然!”孔明曰：“必须用良药以解之。”瑜曰：“虽服良药，全然无效。”孔明曰：“但须先理其气；［气］若顺，一呼一吸之间自然全瘥。”瑜料孔明已知其意，乃以言挑之曰：“(须)［欲］得气顺，当服何药？”孔明笑曰：“亮有一方，便交都督气顺。”瑜乃正容问之曰：“愿先生教之!”孔明索纸笔（笔），屏退左右，密书十六字云：

欲破曹公，宜用火攻；万事俱备，只欠东风。

孔明写毕，度与周瑜曰：“此即病源之妙（用）［方］也。”瑜看了大惊，暗想：“孔明真神人也，早知吾心间之事！只得尽情告之。”乃笑曰：“先生已知病源，如何可治？事在危急，望赐救之!”孔明曰：“亮虽不才，曾遇异人传授八门遁甲天书，上可以唤风唤雨、役鬼驱神，中可以布阵排兵、安民定国，下可以趋吉避难、全身远害。都督若要东南风时，可（以）［于］南屏山上建筑一坛，名曰‘七星坛’，高九尺，作三层，用一百二十人四面围绕。亮于上作（用）［法］，借三日三夜东南风，助都督用兵，如何？”瑜大喜曰：“休道三日三夜，只得一夜顺风，大事可成也！只是事在目前，不可迟缓!”孔明曰：“十一月二十日甲子祭起东南［风］，至二十二日丙寅风息，如何？”

据《三国志·魏书·武帝纪》:（建安十三年）十二月，孙权为备攻合肥。公自江陵征备，至巴丘，遣张憙救合肥。权闻憙至，乃走。公至赤壁，与备战，不利。

按：赤壁之战发生的时间，《演义》记为建安十三年十一月，与史实不合。据《三国志·魏书·武帝纪》，赤壁之战发生在建安十三年（208）十二月（阴历），这本来是很明确的。但《武帝纪》注引孙盛《异同评》却说：“按《吴志》(指《三国志·吴书·吴主传》)，刘备先破公军，然后权攻合肥，而此记云权先攻合肥，后有赤壁之事。二者不同，《吴志》为是。”对此，张靖龙先生在《赤壁之战研究》一书中认为，《吴主传》的叙事是以事件为本，将赤壁之战和孙权攻合肥这两件事分别记叙，其顺序与两事时间上的先后没有关系。孙盛的错误评判，在赤壁之战发生的时间上误导了范晔、司马光等许多历史学家。范晔《后汉书》把赤壁之战记在十月之后、十四年之前，司马光《资治通鉴》又进一步将时间框定于十月至十一月之间，朱熹《资治通鉴纲目》所记与《资治通鉴》相同。《演义》将赤壁之战的时间记为十一月，当是依据《资治通鉴》或《资治通鉴纲目》。

周瑜大喜曰：“便差三百强壮军士筑坛，就拨一百二十人执旗守坛，听候使令。如此，则瑜便起调兵也。”

孔明慨然领诺，与鲁肃一同上马，便来南屏山相度地势；令军士取东南方赤土筑坛，方圆二十四丈，每一层高三尺，共计九尺。下一层插二十八宿旗：东（青旗七面）［方七面青旗］，按角、亢、氐、房、心、尾、箕，布苍龙之形；北［方］七面皂旗，按斗、牛、女、虚、危、室、壁，布玄武之形；西［方］七面白旗，按奎、娄、胃、昴、毕、觜、参，踞白虎之威；南［方］七面红旗，按井、鬼、柳、星、张、翼、轸，成朱雀之状。第二层周围黄旗六十四面，（上）按六十四卦分位而立。上一层四人，各人戴束发冠，穿皂罗袍，（风）［凤］衣博带，朱履方裾：前左一人手执长竿，竿尖上用鸡羽为葆，以招风信；［前］右一人手执长竿，竿上系七星号带，以表风色；后左一人捧［宝］剑；［后］右一人捧香［炉］。坛（上）［下］二十四人各执旗幢宝盖、大戟长戈、黄钺白旄、朱幡皂纛，环绕四面。坛台已成，旗幡已布，专等孔明登坛作法。

十一月二十日甲子吉辰，孔明沐浴清斋，身披道衣，散发跣足，来到坛前，分付鲁肃曰："子敬自（在）[往]军中相助公瑾调兵，不可有误。但看东南风起，任便行事。"鲁肃去了。孔明嘱付守坛将士："不许擅离方位，不许交头接耳，不许失口乱言，不许失惊打怪，如违吾令者斩之！"众皆领命。孔（命）[明]缓步登坛，观瞻方位已定，焚香于炉，贮水于盂，仰天暗祷；下坛于帐中少息，令军士更替吃饭。是日上坛三番，下坛三次，并不见风起。

却说周瑜请程普、鲁肃一班儿军官在帐中伺候，只等东南风起，便调兵出；一面差人关报吴侯孙权接应。此时黄盖已自准备下火船二十只，船头密布大钉，船内装载芦苇干柴，灌以鱼油，上铺硫黄焰硝引（燥）[火]之物，各用青布（浮）油[单]遮盖，船头上插青龙牙旗，船尾各系走舸，选二百精锐水手在帐（上）[下]听候，只等周瑜号令。

据《资治通鉴》卷六十五：乃取蒙冲斗舰十艘，载燥荻、枯柴、灌油其中，裹以帷幕，上建旌旗，豫备走舸，系于其尾。

此时甘宁、阚泽窝盘蔡中、蔡和，在水寨中每日饮酒，不放一卒登岸。周围尽是东吴军马，把得水泄不通，只等帐（下）[上]号令下来，一个个磨拳擦掌，准备厮杀。周瑜正在帐上坐，探子报来："吴侯船只离寨八十里停泊，只等都督好音。"瑜即时差鲁肃遍告各部官兵将士："俱各收拾船只、军器、帆桨等件，号令一发，时刻休违；稍有迟误，即按军法！"各部回报："一切俱办，只等指挥。"

是日看看近夜，天气清明，微风不动。瑜对鲁肃曰："孔明之言谬矣！隆冬之际，怎得东南风乎？"肃曰："吾料孔明必不敢谬。"渐渐近三更时分，忽听风声吹响旗幡。瑜自出帐观之，旗脚并飘西北。瑜骇然曰："此人夺天地造化之功，有鬼神不测之术，若欲留之，乃东吴之祸根，周瑜之大患也！[吾]必杀之，免生他日之忧！"急唤帐前守护中军左右校尉丁奉、徐盛二将稍带二百人，用船一只，一百人跟徐盛从江里去，一百人跟丁奉[从]旱路去，"如到南屏山七星坛前，休问长短，拿住诸葛，碎尸万段，将那颗头来请功！"二将欣然领了号令。

徐盛下船，一百刀斧手荡开棹桨；丁奉上马，一百弓箭手各跨征驹：南屏山离寨只是十余里路，两路来杀孔明，于路正迎东南风起。

据《资治通鉴》卷六十五：时东南风急，……

据《三国志·吴书·周瑜传》注引《江表传》：至战日……时东南风急，……

据《三国志·吴书·周瑜传》：时风盛猛，……

按：《演义》称周瑜火攻乌林所需要的"东南风"，是诸葛亮"借"来的，不见于史。张靖龙先生在《赤壁之战研究》一书中认为，作为总攻决策依靠因素的东南风，最大可能是湖泊地区因水域和陆地之间的温度与气压差异而长年流行、经常会出现的地域性湖陆风。从《三国志》"时风盛猛"与《江表传》"东南风急"两语看，似乎当时的风力还不小，很有可能是遇到了与陆风（东南风）方向一致的系统风（大气象环境出现的风，非局部地域性风）的支持。

有诗为证，诗曰：

七星坛上正严凝，剑击东风顷刻兴。
万里云烟皆动荡，三江波里尽掀腾。
还乡解使高皇咏，得道须教列子登。

　　当日孔明施妙计，致令公瑾显才能。

又诗曰：

　　东风一夜起江干，百万曹兵丧胆寒。

　　诸葛身亡千载后，更无人上七星坛。

又诗曰：

　　奸雄曹操起戈矛，志欲平将天下收。

　　一夜东风坛上起，精兵百万等闲休。

当日徐盛、丁奉飞奔坛前。丁奉马军先到，见坛上执旗将士答曰："军师却才下坛去了。"徐盛［船已到，］来寻丁奉，（船已到，）二人来赶孔明。忽见江边小卒曰："昨晚一只快船停泊在面前江口。见披发先生下船，那船便开望上水去了。"丁奉、徐盛水陆两路追袭。徐盛交拽起（漏）［满］帆，抢风（而）便去。遥望［见］前船不远，徐盛立于船头高声大叫："军师休去，都督有请！"（又）［只］见孔明立于船尾，大笑而言曰："上复都督：'好好用兵！诸葛暂回夏口，异日再得相见！'"静轩有诗叹曰：

　　一火能烧百万兵，东风才起便逃生。

　　周郎空用妨贤计，妙算安能及孔明？

徐盛曰："暂请少住，有紧要（说话）［话说］!"孔明曰："吾已料定都督不能容物，必来［相害］，须交赵子龙等候多时。将军休来追赶！"徐盛见前船无蓬，只顾赶来。看看至近，赵云拈弓搭箭，立于船尾大呼曰："吾乃常山赵子龙也，奉将令特来接军师！本待一箭射杀你来，显得两家失了和气。教你知我手段！"言未毕，箭到［处］，正射断拽（蓬）［篷］脚索，那（蓬）［篷］坠下，其船便横。赵云却交拽起满帆，顺风而去。其船若飞，追之不及。岸上丁奉荒唤徐盛船近岸，曰："诸葛神机妙算，人不可及；更兼赵云有万夫不当之勇，——汝知他当阳长坂时否？吾等只去回话便了。"

　　因此二人回见周瑜，说"孔明预先约赵云在岸边迎接去了。"周瑜大惊曰："此人如此，使吾晓夜不安矣！不如与曹操连和，共擒刘备、诸葛，以绝后患！"［事］又反复，如何鏖兵？

［第九十八段］　周公瑾赤壁鏖兵

　　鲁肃谏曰："岂以小失而废大事？曹操甚于刘备十倍，若不先除，丧无日矣！事成之后，却当图之。"周瑜从鲁肃之言，唤集诸将听令。先使甘宁带了蔡中并降卒，沿江南岸而进，只打北军旗帜，直取乌林地面，

　　据《三国志·吴书·甘宁传》：随周瑜拒破曹公于乌林，攻曹仁于南郡。

正当曹操屯粮之所，深入军中，举火为号，"只留下蔡和一人在帐下，我有用处。"甘宁领计去了。第二唤太史慈分付："你可领三千军直奔黄（河）［州］地界，截断曹操合肥接应之兵，就逼曹军，放火为号。（尽）［只］看红旗，便是吴侯接应兵到。"

　　按：太史慈未参加赤壁之战，他死于建安十一年（206），即赤壁之战前两年。

这两队兵最远，先拨。第三唤吕蒙引三千军往乌林接应甘宁，焚烧曹操寨栅。

据《三国志·吴书·吕蒙传》：与周瑜、程普等西破曹公于乌林，围曹仁于南郡。

第四唤凌统引三千军直截夷陵境首，只看乌林火起，以兵应之。

据《三国志·吴书·凌统传》：权以统为承烈都尉，与周瑜等拒破曹公于乌林，遂攻曹仁，迁为校尉。

［第］五唤董袭引三千军直取汉阳，从汉川杀奔曹操寨中，看白旗军接应。弟六唤潘璋引三千军，尽打白旗，随后取汉阳，接应董袭。六队船只各自分投去了。却令黄盖令小卒驰书报（曹）［操］云："今夜（三）［二］更，但看船头上插青龙牙旗，即盖之粮船也。"比及黄盖安排火船，

据《三国志·吴书·周瑜传》：乃取蒙冲斗舰数十艘，实以薪草，膏油灌其中，裹以帷幕，上建牙旗，先书报曹公，欺以欲降。又豫备走舸，各系大船后，因引次俱前。

背后拨四队战船以为策应：第一队领兵军官韩当，

据《三国志·吴书·韩当传》：以中郎将与周瑜等拒破曹公，又与吕蒙袭取南郡，迁偏将军。

第（三）［二］队领兵军官周泰，

据《三国志·吴书·周泰传》：与周瑜、程普拒曹公于赤壁，攻曹仁于南郡。

第三队领兵军官蒋钦，第四队领兵军官陈武。四队各引战船三百只，前面各放火船二十只压阵。周瑜、程普在艨艟上调兵，左有徐盛，右有丁奉；只（有）［留］鲁肃共阚泽、庞统及众谋士守寨，伺候成功。却说吴侯孙权使者赍兵符至，说"已差陆逊为先锋，直抵蕲、黄地面进兵；吴侯自为后应。"周瑜调度整整有法，程普钦伏不已。

据《三国志·吴书·周瑜传》注引《江表传》：普颇以年长，数陵侮瑜。瑜折节容下，终不与校。普后自敬服而亲重之，乃告人曰："与周公瑾交，若饮醇醪，不觉自醉。"时人以其谦让服人如此。（参见《资治通鉴》卷六十六）

瑜又差人于西山上放号炮，南屏山上举号旗。一齐（完）［准］备已定，只等黄昏。

按：《演义》中的赤壁之战，基本上是以黄冈赤壁作为赤壁古战场来描写的。据史书记载和出土文物考证，赤壁古战场在今湖北省赤壁市西北。

话分两头。却说刘玄德在夏口城上专等孔明回，忽见一簇船到，乃是公子刘琦亲自来探消息。玄德请（上）城门敌楼上坐，说"东南风已起多时，子龙去接孔明，至今不见到，吾心甚忧！"小校指（樊）［夏］口港（上）［曰］："一帆风送扁舟来到，必军师也。"玄德、刘琦下楼迎接。须臾到岸，孔明、子龙登（城）［岸］，玄德喜容可掬。问候了毕，孔明曰："且无闲暇告诉周折。前者所（练）［约］军马战（器）［船］皆已办否？"玄德曰："收拾久矣，只候军师调用。"孔明与赵云曰："子龙可带三千人马渡江，径取乌林小路，拣树木芦苇深处埋伏。今夜四更以后，曹操必然奔走那条路。等他军马过半，就中间放起火来，虽然捉不得他，也杀大半。"赵云曰："乌林有两条路，一条通南（郡）［夷陵］，一条取荆州，不知向那条路来？"孔明曰："南（郡）［夷陵］势逼，操不敢往；必

走荆州，然后大（转）[军]投许昌而归。”赵云领计去了。孔明又唤张飞曰：“翼德可引三千军渡江，截断夷陵这条路，去葫芦口埋伏。曹操不敢走南[夷]陵，只望北夷陵去。来日雨过，必然来埋锅造饭。只看炊烟起，便就山边放起火来，虽然捉不得曹操，翼德这场料应不善。”张飞领计去了。孔明又唤糜竺、糜芳、刘封三人，各驾船只，绕江剿捕败军，夺取器械，三人去了。孔明起身与公子刘琦曰：“武昌一望之地，尤为紧要。公子便回，率领所部之兵（阵）[陈]于岸口。操兵一败，必有逃来者，就而擒之，却不可[轻]离城郭。”刘琦便辞玄德、孔明去了。孔明与玄德曰：“主公[可]于樊口屯兵，凭高而望，坐看今夜周郎成大功也。”

时有云长在（则）[侧]，孔明全然不采。云长半晌忍耐不住，乃厉声曰：“关羽自从兄长征战，许多年未尝相离。今日逢大敌，全不委用，此是何意！”孔明笑曰：“云长勿怪！亮本欲烦足下把一处要紧隘口，争奈有些违碍，不敢教去。”云长曰：“有何违碍？愿请见谕！”孔明曰：“昔日曹操待足下甚厚，誓以报之。今日曹操兵败，必走华容道。若令足下去时，必然放了，因此不敢教去。”云长曰：“军师好心多！当初曹操果是重待羽来，杀颜良，诛文丑，解白马之围，已报之矣。今日撞见，岂敢放免？”孔明曰：“倘若放了，[然]后如何？”云长曰：“愿依军法！”孔明曰：“[既]然[如]此，立纸文书。”云长与了军令状了，云：“若曹操不从那条路上来，如何？”孔明曰：“我亦与[你]军令文书。”玄德大喜。孔明曰：“云长可于华容小路高山之上堆积柴草，放起一把[火]烟，引曹操来。”云长曰：“曹操望[见]烟，知有埋伏，如何肯来？”孔明笑曰：“岂不闻兵书有虚虚（有）实实[之]论？操虽能用兵，只此可以瞒过他也。他见烟起，将为虚张其势，必然投这条路来。将军勿得容情！”云长领了将令，引关平、周仓并五百校刀手，投华容道（来）埋伏去了。玄德曰：“吾弟云长义气深重，若曹操果然投华容道去时，只恐端的放了。”孔明曰：“亮夜观乾象，曹操未合身亡。留这恩念，交云长做[个]人情，亦是美事。”玄德曰：“先生神筭，世罕及也！”孔明曰：“来日大雨之后，曹操必走华容。吾今与主公[往]樊口看周郎用计。”留孙乾、简雍守城，便（疾）[即]去来。

据《资治通鉴》卷六十五：操引军从华容道步走，……刘备、周瑜水陆并进，追操至南郡。（参见《三国志·吴书·周瑜传》）

据《资治通鉴》卷六十七：（鲁）肃因责数羽以不返三郡，（关）羽曰：“乌林之役，左将军身在行间，戮力破敌，岂得徒劳，无一块土，而足下来欲收地邪！”（参见《三国志·吴书·鲁肃传》注引《吴书》）

按：《演义》称，赤壁之战中，刘备仅派赵云、张飞、关羽等人截杀曹操的败兵，刘备本人则置身于战场之外，坐镇樊口，等候东吴一方的胜利消息。这些情节与史不合。据史书，刘备本人不但参加了赤壁之战，而且和周瑜、程普等一起追击曹操至南郡。

却说曹操[在]大寨中与众将只等黄盖消息。当日东南风起，程昱入告曹操[曰]：“今日东南风起，甚是不祥，望丞相（卜）[察]之！”操笑曰：“（将）[冬]至一阳来复之时，安得无东南风？何足为怪？”军士忽报“江东一只小船来到，说有黄盖密书。”操交急唤入，其人呈上书。书中诉说：“周瑜关防得紧，因此无计脱身。今拨得鄱阳湖新运到粮，尽已装载了当。见蒙周瑜差遣巡哨，已有方便。好歹杀江东名将，献首纳降，料只是今晚二更。船上插青龙牙旗即粮船也。”操大喜，遂与众将来水寨中大船上，观望（华）[黄]盖船到。

却说江东，天色向晚，周瑜唤出蔡和，令军士缚倒，蔡和叫“无罪!”瑜笑曰：“汝是何等［人］，敢来诈降。吾今缺少福物祭旗，愿借汝首!”蔡和抵赖不过，大叫曰：“汝家阚泽、甘宁亦曾预谋!”瑜曰：“皆吾之所使也。”蔡和悔之无及。瑜令捉至江边皂旗之下，奠酒烧纸，一刀斩了蔡和，用血祭旗毕，便令开船。黄盖在第二只火船上，独披掩心，手持利刃，旗上大字书“先锋黄盖”，驾一天顺风，望赤壁进发。

是时东风大作，波涛汹涌。

据《资治通鉴》卷六十五：先以书遗操，诈云欲降。时东南风急，盖以十舰最著前，中江举帆，余船以次俱进。

据《三国志·吴书·周瑜传》注引《江表传》：至战日，盖先取轻利舰十舫，载燥荻枯柴积其中，灌以鱼膏，赤幔覆之，建旌旗龙幡于舰上。时东南风急，因以十舰最著前。

据《三国志·吴书·周瑜传》：乃取蒙冲斗舰数十艘，实以薪草，膏油灌其中，裹以帷幕，上建牙旗，先书报曹公，欺以欲降。又豫备走舸，各系大船后，因引次俱前。

曹操在中军遥望隔江，看看月上，照耀江水，如万万道金蛇番波戏浪。操迎风长笑，自为得志。忽军士指说：“江南上隐隐一簇帆幔，使风而来。”操凭高望之，报称“皆插青龙牙旗，内中一大旗上有‘先锋黄盖’名字。”操笑曰：“公（复）［覆］来降，此天助吾也!”［来］船渐近，程昱看了良久，复曹操曰：“来船必诈，且休教近寨!”操曰：“何以知之？”昱曰：“粮在船中，重而且稳；今观来船，轻而又浮，更兼今夜东南风紧。倘若有诈，何以当之？”操曰：“然！谁去止之？”文聘曰：“某水上颇熟，愿当一往!”言讫跳下小船，用手一招，十数只巡船并随文聘船去。聘立［于］船上大叫：“丞相钧旨，南船且休近寨，就江心抛住!”众军齐叫“快下了（蓬）［篷］!”声未绝，弓弦向，文聘中箭穿左臂，倒在船中，船上鼎沸，各自奔回。［火］船到操寨隔二里水面，黄盖用刀一招，前船一齐发火。火趁风威，风趁火势，船如箭发，烟焰涨天。二十只火船撞入水寨，所撞之处，（盖）［尽］皆钉住。隔江炮向，四下火船齐到。但见三江面上火逐风飞，一派通红，漫天彻地。

据《资治通鉴》卷六十五：操军吏士皆出营立观，指言盖降。去北军二里余，同时发火，火烈风猛，船往如箭，烧尽北船，延及岸上营落。顷之，烟炎张天，人马烧溺死者甚众。瑜等率轻锐继其后，雷鼓大进，北军大坏。

据《三国志·吴书·周瑜传》注引《江表传》：中江举帆，盖举火白诸校，使众兵齐声大叫曰：“降焉!”操军人皆出营立观。去北军二里余，同时发火，火烈风猛，往船如箭，飞埃绝烂，烧尽北船，延及岸边营柴。瑜等率轻锐寻继其后，雷鼓大进，北军大坏，曹公退走。

据《三国志·吴书·周瑜传》：曹公军吏士皆延颈观望，指言盖降。盖放诸船，同时发火。时风盛猛，悉延烧岸上营落。顷之，烟炎张天，人马烧溺死者甚众，军遂败退，还保南郡。

曹操回观岸上营寨，几处火起。黄盖跳在小船中，背后数人驾舟，冒烟突火，来寻曹操。操见势急，欲巴岸口。张辽驾一小舟，扶操下得船时，那只大船已自著了。张辽与十数人保护着曹操在小船中飞奔岸口。黄盖望见穿绛红袍者下船，料是曹操。盖脚踏船头，手执利刃，厉声高叫：“操贼休走，黄盖在此!”操叫苦连声。船将次赶上，（后）张辽拈弓搭箭，觑得黄盖较（亲）［近］，一箭射去。盖在火中，那里听得弓弦响？正中肩窝，番身下水。黄盖当日性命如何？

［第九十九段］ 曹操败走华容道

当时满江火滚，喊声振天。左边是韩当、蒋钦两路从赤壁西边杀来，右边是周泰、陈武［两路］从赤壁东边杀来，正中是周瑜、程普、徐盛、丁奉，大队船只都到，火须兵应，兵仗火威。此时正是三江水战，赤壁鏖兵；着枪中箭，火焚水溺，死者无数。

据《三国志·蜀书·先主传》：先主遣诸葛亮自结于孙权，权遣周瑜、程普等水军数万，与先主并力，与曹公战于赤壁，大破之，焚其舟船。

据《三国志·吴书·吴主传》：瑜、普为左右督，各领万人，与备俱进，遇于赤壁，大破曹公军。公烧其余船引退，士卒饥疫，死者大半。

据《三国志·魏书·武帝纪》：（建安十三年十二月，）公至赤壁，与备战，不利。于是大疫，吏士多死者，乃引军还。

有赋曰：

汉朝欲灭，曹操独雄。［领］大兵初离（寨）［塞］北，列战船以图江东。力似峨峨之泰山，势如浩浩之穹窿。剑佩交加，尽参随于玉帐；兜鍪错（守）［杂］，［皆］显耀于艨艟。时也天地严寒，江声吼冻。夜月上而星斗昏（沉），东风起而天地动。展黄盖之神威，助周郎之妙用。流光闪烁，涌一派沧浪之波；烈焰飞腾，扫百万貔貅之众。俄尔巽二施威，孟婆震怒；祝融发雷霆之声，荧惑荡乾坤之步。波里鱼龙，云间乌兔，愁海竭而江枯，总魂惊而魄惧。（幡）［帆］樯森耸，皆为风内之灰；士卒狰狞，已绝阳间之路。忽见将冲红焰，军冒黑烟：周泰横冲钢之槊，韩当挽雕弓之弦；蒋钦捐躯而挫锐，陈武舍命而争先。公瑾周郎，谈笑独麾其（尘）［麈］尾；（总）［德］谋程普，往来尽仗乎龙泉。乃有徐盛辅合于丁奉，吕蒙协助于甘宁。凌统提兵，杀散山前之阵；潘璋纵火，焚烧岸上之营。太史慈断（靳）［蕲］、黄之要道，董元代劫江、汉之程途。吴侯驾舟为后援，陆逊驱骑而前征。恍恍然密布天罗，幽幽然深埋地网。乘马者莫可加鞭，驾船者安能荡桨？风（随）［送］火势，焰飞千丈之光；火趁风威，声撼半天之响。焦头烂额以浮沉，粉骨碎身而偃仰。嗟乎！遍野横尸，满江流血。闻鬼哭而神号，似天崩而地裂。孔明回还夏口兮风正狂，孟德败走华容兮火未灭。数尽难逃，天已剖决。鼎分三国之山河，名播一时之豪杰。

宋贤有诗曰：

浩浩长江风浪生，当年赤壁夜交兵。
负忠若不因黄盖，妙用何能识孔明？
战舰艨艟乘烈焰，征骑铁甲陷连营。
二乔稳坐东吴地，留得周郎万古名。

又诗曰：

魏、吴争斗决雌雄，赤壁楼船扫地空。
烈火初张照云汉，周郎曾此破曹公。

又胡曾先生咏史诗曰：

烈火西焚魏帝旗，周郎开国虎争时。
交兵不用挥长剑，已挫英雄百万师。

又周静轩先生读史诗曰：

山高月小水茫茫，追忆前朝暗惨伤。
南士无心迎魏武，东风有意便周郎。
火延战舰旌旗赤，烟漫长江草木黄。
城郭不殊人物异，萧条光景几斜阳。

当夜张辽一箭射黄盖下水，因此救得曹操登岸；寻着马匹走时，军已大乱。

（先）[却]说韩当冒烟突火，来攻水寨，忽听得手下士卒报到："后稍柁上有人高叫将军表字。"当听之，但闻高声叫"公义救我！"当曰："此必黄公（复）[覆]也。"乃急救之，果是黄盖，虽咬出箭杆，箭头陷在肉内。当急去其湿[衣]，用刀剜出箭头，扯旗束之，脱自己战袄与黄盖穿[之]，先令别船送盖回寨疗理。只为黄盖深知水性，故大寒之时和甲堕江，也逃得[性]命。

据《三国志·吴书·黄盖传》注引《吴书》：赤壁之役，盖为流矢所中，时寒堕水，为吴军人所得，不知其盖也，置厕床中。盖自强以一声呼韩当，当闻之，曰："此公覆声也。"向之垂涕，解易其衣，遂以得生。

按：章义和、唐燮军在《细说曹操》一书中认为，赤壁之战时，黄盖的"火攻船队"在距离曹军战船群大约二里处，点火烧着了十艘"蒙冲斗舰"，黄盖则跳上"走舸"，暂时返航。韦曜的《吴书》说，就在黄盖返航之时，被曹军的乱箭射中，因而坠入江中。所幸的是，他刚好被韩当手下的孙军士兵（他们并不认识黄盖）救起，这才保住了性命。但是，《吴书》的这种说法极不可信，因为假如黄盖真的中箭坠江的话，与他同船返回的士卒不可能不出手救援。

不说江中鏖兵。却说甘宁令蔡中引入曹军营寨深处。宁将蔡中一刀砍于马下，就草上放起火来。吕蒙遥见（中军）[军中]放（起）[火]，也放起十数把火，接应甘宁。潘璋、董袭分头（纵）放火纳喊，四下鼓声大震。曹操共张辽引百余骑在火林内夺路，遍观前后，无一处不着。正走之间，毛玠保救得文聘性命，引十数骑至。操令一处寻路，张辽指道："只（要）[有]乌林地面空阔可走。"曹操径取乌林地面。正行之间，背后一军赶到，大叫"操贼休走！"火光中见出吕蒙旗号。

据《三国志·吴书·吕蒙传》：与周瑜、程普等西破曹公于乌林。

操催马军向前，留张辽断后敌吕蒙。前面火把从山谷中出，一军摆开，大叫"凌统在此！"

据《三国志·吴书·凌统传》：与周瑜等拒破曹公于乌林。

前后掩杀将来，曹操肝胆[皆]裂。忽刺斜一彪军来大叫："丞相休荒，徐晃在此！"操令晃领军混战，冲条路走。背后又有曹兵赶来，（因此）吕蒙、凌统恋住厮战，被张辽、徐晃保曹操去了。操望南走，一队马军屯在山坡前，徐晃出问，乃是袁绍手下旧日降将马延、张颚，有三千余北地马军扎寨在彼，当夜见满天火起，未敢转动，[因此]接着曹操。曹操交二将引一千马军开路，其余留着护身。操得这枝生力马军，心中稍安。

却说马延、张颚二将飞骑前行不到二十里，喊声起[处]，一彪军出。马延（乃）问之，那员将大呼曰："吾乃东吴甘兴霸也！"

据《三国志·吴书·甘宁传》：随周瑜拒破曹公于乌林。

言未毕，一刀斩马延为两段。张颙挺枪迎之，被甘宁大喝一声，措手不及，随即［一刀，］斩张颙于马下。后军飞报曹操，说"二将皆被甘宁斩之。"曹操不敢望南［夷陵］，拨马望西而走。路上撞见张郃，操令郃断后，纵辔加鞭而走。

正值五更，回望火光渐远，操心方定，问曰："此是何处？"数内有荆州降将云："此是乌林之西，宜郡之地。"操见树木丛杂，山川险峻，正行之间，于马上仰天大笑不止。诸将问曰："丞相何故大笑？"操曰："吾不笑别［人］，（军）［单］笑周瑜无谋，诸葛少智。若是吾用兵之时，预先就这里伏下一军，如之奈何？因此大笑。"说尤未了，两边鼓声向处，火焰连天而起，（谎）［慌］得曹操几乎坠马。半腰里一军杀出，众军皆叫："赵子龙在此等候多时！"操令徐晃、张郃双敌子龙，遂乃冒火而走。子龙寻思："归师勿掩，穷寇勿追。"因此不来追赶，只顾夺马降兵，曹操得脱。

天色微明，黑云垂地，东南风尚然未止，骤雨大降，浑似盆倾（瀽瓮）［瓮瀽］，湿透衣甲；冒雨而行，不到两个时辰，身上无一寸干［衣］。辰时已后，雨止风息，诸军皆有饥色。操令军士往村落中打掳粮食，寻觅火种。去不移时，又听得山后喊起，军士皆回，寻得些少粮米，操交装载在马上而行。后军看看赶到，操［心］正荒，元来却是本部军兵，为首将军李典、许褚，［百余骑］保护得众谋士（百余骑）赶到。操大喜，令军马且行，问道："前面［是］那里地面？"人报"一边是南夷陵大路，一边是北夷陵山路。"操问"那里投南郡江陵去近？"人复"（如南）［取北］夷陵过葫芦口去最便。"操交走（南）［北］夷陵。行至葫芦口，军皆饥馁，行［走］不上，马亦渐乏，于路倒了极多。操交前面暂住，马上有稍得铜锅的，也有村中掳得［粮米］的，便就山边拣干净处埋锅造饭，割马肉烧吃；尽皆脱去湿衣，于风内（浪）［晒晾］。马皆卸鞍野放（咬）［吃］草（根）。操坐于疏林之下仰面大笑。诸官又问曰："适来丞相笑周瑜、诸葛，引惹出赵子龙，折了许多人马。如今又笑，为何？"操曰："吾笑周瑜、诸葛虽有将才，智不足耳。若使我用兵，就这个去处也埋伏一彪军马。他是以逸待劳之众；吾是救死不暇之人，纵然脱得性命，皆不免中伤矣。吾故笑之。"说尤未了，前后军一齐发喊，操等皆弃甲上马，多有不及收马者。四下早［有］火烟布合，一阵摆开，为头乃燕人张翼德，横矛立马，大叫"（曹）［操］贼下马受缚！"诸将［众］军见了［张飞］，尽皆胆寒。许褚骑无鞍马来战张飞，张辽、徐晃两个纵马也来夹攻，两边军混战做一团。操先退走，诸将各自脱身，来赶曹操，张飞从后面袭来。操迤逦奔走，追兵渐远，回顾众将，多有带伤［者］。

操行之间，前面有两条路，军士复曰："两路皆取南郡，不（如）［知］投（东）［何］路去。"操问："那条路近？"军士曰："大路稍（远）［平］，却远五十余里。小路投华容道去，却近五十里，只是地狭路峻，坑坎难行。"操令人上山望之，回报"小路边有数缕烟起，大路并无动静。"操交前军便走华容小路。诸将曰："烽烟起处必有军马，何故倒走这条路？"操曰："岂不闻（军）［兵］法有云：'虚则实之，实则虚之。'诸葛多谋，故使数个小卒于山畔烧烟，令我军不敢走这条小路，却伏兵在大路等着。吾已料定，因此却走华容。"诸将曰："丞相妙筭，人不可及！"遂勒兵走华容，径奔荆州。于路如何？

[第一百段] 关云长义释曹操

当日曹操引军走华容道时，人皆饥倒，马皆走乏，焦头烂额者扶策而行，中箭着枪者勉强而走，衣甲湿透，个个不全，军器旌旗，纷纷不整。大半皆是夷陵道上被赶得荒，只骑得划马，鞍辔衣服尽皆抛弃，正值隆冬严寒之时，其苦不可胜言。前（面）[队]行不到十里，军马不进。操问“为何？”回报曰：“前面是山僻小路，早辰下雨，坑堑内水积不流，泥陷马蹄，不能前进。”操大怒曰：“军旅逢山开道，遇水叠桥，岂有泥泞不（敢）[堪]行之理!”传下号令，交老弱（众）[中]伤军士在后慢行，强壮者担土束柴，搬运草芦，填塞道路，“务要即时行动，如违令者（腰）斩[之]!”[军士]多半下马，就路傍斫折草木，于路填塞。操恐后军赶来，差张辽断后，许褚、徐晃二人引百余骑，掣刀在手，但迟慢者斩之。此时军皆饥乏，就皆倒地。操喝令人马践踏而过，死者不可胜数，号哭之声于路不绝。操怒曰：“死生有命，何哭之有！若再哭者，立斩之!”华容道上三停人马，一停落后，一停填了坑堑，止有一停跟随曹操过此峻险。路稍平（安）[妥]，操回顾，止有三四百骑后随，并无衣袍铠甲整齐者。操催（马）[军]行动，众将曰：“马尽乏矣，只好少歇!”操曰：“赶到荆州将息未迟。”

又行不到数里，操在马上大笑。众将问“丞相笑者何故？”操曰：“人皆言周瑜、诸葛足智多谋，吾笑其无能为也。今此一败，自是吾欺敌之过；若使就此处伏一旅之师，吾（身）[自]皆束手就缚矣。”言未毕，一声鼓响，两边五百校刀手摆开，当中云长横青龙刀，跨赤兔马，截住去处。操军见之，亡魂丧胆，面面相觑，皆不敢言。操在人丛中曰：“既到这里，只得决一死战!”众将曰：“人纵不怯，马力竭矣，战则必死!”程昱曰：“某知云长傲上而[不]忍下，欺强而不凌弱，人有患难，必须救之，仁义播于天下。丞相旧日有恩在彼处，何不亲自告之？必脱此难矣!”操然其说，即时纵马向前，欠身与云长曰：“将军别来无恙!”云长亦欠身答礼曰：“关某奉诸葛军师将令，等候丞相多时。”操曰：“操兵败势危，到此无路，望将军以昔日之言为重!”云长答曰：“昔日关某虽蒙丞相厚恩，[曾]解白马之危，已报之矣。今日奉命，岂敢为私乎？”操曰：“将军五关斩将之时，还能记否？古之大丈夫处世，必以仁义为重！将军素明《春秋》，

据《三国志·蜀书·关羽传》注引《江表传》：羽好《左氏传》，讽诵略皆上口。

岂不闻庾公之斯追子濯孺子者乎？”云长闻之，低首不语。

昔日春秋之时，郑国有一贤大夫名子濯孺子，谙精弓矢之艺。郑人使子濯孺子领兵侵卫，卫使[其]将庾公之斯迎之。郑兵大败，卫使庾公之斯追之。从者曰：“卫兵至近，大夫可以用箭射之。”子濯孺子曰：“今日我疾作，不可以执弓。追兵至近，吾必死矣!”上马而走。卫兵赶上，子濯孺子问曰：“追我者谁也？”左右曰：“卫将庾公之斯也。”子濯孺子喜曰：“吾生矣!”左右曰：“庾公之斯乃是卫国第一善射者，又不与大夫有旧，何言其生也？”子濯孺子曰：“庾公之斯虽与我无旧，他曾于尹公之他[处]学艺来，尹公之他却是我徒弟。尹公之他是个正值之人，其朋友必是好人也。我故知其人必不肯加害于我，故言生也。”左右未信。忽庾公之斯追

至，大呼曰："师父何故不持弓矢！"子濯孺子答曰："今日吾疾作，不可以执弓。"庾公之斯曰："我昔学射于尹公之他，尹公之他学射于夫子。吾不忍以夫子之艺反害夫子。虽然如此，今日之事乃王事也，我不敢废之。"［遂］抽矢去其箭头，放四箭而返。（尤）［由］是孺子得命［而］回国。出《孟子》。

当时曹操引这件事来说云长。云长是个义重如山之人，又见曹军惶惶然皆欲垂泪。云长思起五关斩将放他之恩，如何不动其心？于是把马头勒回，与众军曰："四散摆开（者）。"这个（是）分明［是］放曹操之意。曹操见云长勒回马，便和众将一齐冲将过去。云长回身时，前面众将已（是）［自］护送曹操去了。云长大喝一声，众皆下马，哭拜于地。云长不忍杀之，正犹豫中，张辽骤马而至。云长见了，又动故旧之心，长叹一声，并皆放之。

据《三国志·魏书·武帝纪》注引《山阳公载记》：公船舰为备所烧，引军从华容道步归，遇泥泞，道不通，天又大风，悉使羸兵负草填之，骑乃得过。羸兵为人马所蹈藉，陷泥中，死者甚众。军既得出，公大喜，诸将问之，公曰："刘备，吾俦也。但得计少晚；向使早放火，吾徒无类矣。"备寻亦放火而无所及。

据《资治通鉴》卷六十五：操引军从华容道步走，遇泥泞，道不通，天又大风，悉使羸兵负草填之，骑乃得过。羸兵为人马所蹈藉，陷泥中，死者甚众。刘备、周瑜水陆并进，追操至南郡。时操军兼以饥疫，死者太半。

按：《演义》称关羽在华容道放走曹操，不见于史。

后来史官有诗赞曰：

彻胆常存义，终身思报恩。
威风齐日月，名誉振乾坤。
忠勇高三国，英雄陷七屯。
至今千载下，军旅拜英魂。

又诗曰：

曹公兵败走华容，正与云长狭路逢。
盖为当时恩义重，故开金锁纵蛟龙。

曹操既脱华容之难，行出谷口，回观所跟［随军兵］，（共）［止］有二十七骑。（彼）［比］及天（晓）［晚］，已近南郡，火把齐明，一簇人马拦路。曹操曰："吾（合）［命］休矣！"（又）［只］见一群哨马冲到，方认得是曹仁军马，操方心安。曹仁接着，言道："虽知阵败，不敢远离，［故此］附近迎接。"操曰："几乎与汝不相见也！"接入南郡。随后张辽也到，言云长之德。陆续败军皆随首将归南郡。操点将校，（皆有中间）中伤者多。操令将息；坐（于）［至］半夜，仰面大恸。众将曰："丞相于虎窟龙潭中逃难之时，全无惧怯。今已到城郭，人已得食，马已得料，整顿军将，再去复仇，何故痛哭？"操曰："孤哭郭奉孝耳！"众将曰："郭嘉已丧久矣，丞相此哭何意？"操曰："若郭奉孝在，不使孤有此大灾［矣］！"遂捶胸哭曰："哀哉奉孝！痛哉奉孝！惜哉奉孝！"众皆默然。

据《三国志·魏书·郭嘉传》：后太祖征荆州还，于巴丘遇疾疫，烧船，叹曰："郭奉孝在，不使孤至此。"

据《三国志·魏书·郭嘉传》注引《傅子》：太祖又云："哀哉奉孝！痛哉奉孝！惜哉奉孝！"

史官有诗曰：

纬地经天实可夸，少年才学冠中华。
曹公深识真梁栋，兵败犹然说郭嘉。

次日天晓，曹操唤曹仁曰："吾今暂回许都，收拾军马，必来复仇。汝可（全保）[保全]南郡，坚壁休出。若攻打至急，吾有一计，密封在此，非急休开；开则依计用之，百发百中，使东吴不敢正视南郡。曹洪等亲密之将尽拨与汝；所有荆州元降文武，吾尽带回许都升用。"仁曰："合肥、襄阳，谁可守之？"操曰："荆州是汝领之。襄阳吾已拨夏侯惇守之。

据《资治通鉴》卷六十五：操乃留征南将军曹仁、横野将军徐晃守江陵，折冲将军乐进守襄阳，引军北还。（参见《三国志·吴书·吴主传》《周瑜传》）

合肥是（实）[最]要紧之地，吾令张辽为主将，乐进、李典为副将，保守此地。

据《资治通鉴》卷六十六：（建安十四年冬十二月，）庐江人陈兰、梅成据灊、六叛，操遣荡寇将军张辽讨斩之；因使辽与乐进、李典等将七千余人屯合肥。（参见《三国志·魏书·张辽传》）

但有缓急，飞报将来。"操分拨了，遂上马，引七百余众，连夜奔许昌而去。

据《三国志·蜀书·先主传》：先主与吴军水陆并进，追到南郡，时又疾疫，北军多死，曹公引归。

据《三国志·魏书·武帝纪》：公至赤壁，与备战，不利。于是大疫，吏士多死者，乃引军还。

曹（操）[仁]乃遣曹（仁）[洪]把守夷陵，为南郡之势，以防周瑜。

却说关公引五百校刀手回见玄德。此时诸军皆得马匹、器械、粮草，已回夏口，精神百倍。云长不获[一人]一骑，尽皆放了，空回见主。玄德与孔明正在厅上作贺，忽报云长至。孔明忙离坐席，执杯相迎曰："且喜将军已建盖世之功，与普天下除其大害，合宜远接庆贺！"云长默然。孔明曰："莫非将军见怪不曾迎接？"回顾左右曰："汝等缘何不（见）[先]报复？"云长曰："关羽特来请死。"孔明曰："莫非曹操不曾投华容道来（否）[也]？"云长曰："果是从那里来。关羽无能，因此走透。"孔明曰："别拿得甚将士？"云长曰："皆不曾拿得。"孔明曰："此是云长想[曹操]昔日之恩，故意放了。昔日汉高祖斩丁公，（以）封雍齿，所以正军法也。王法乃国之典刑，岂容人情哉？况有遗下令状，不能免死。推出斩之，以正军法！"云长性命如何？

[第一百一段]　周瑜南郡战曹仁

当日孔明欲斩云长，玄德乃告之曰："昔吾弟兄三人结义之时，誓同死生。今日兄弟犯法，虽当死罪，奈何违却前盟。望权记过，后以功赎之。"众皆再三哀告，[孔明]才方放免。

却说周瑜收兵点将，各各（类）[叙]功，申报吴侯。所得降卒，尽行拨送渡江。赏劳了毕，遂进兵攻取南郡。前队临大江下寨，后分五营，周瑜居中，与程普、鲁肃商议玄德之事。军士报复："刘玄德使孙乾来与都督作贺。"瑜唤入。乾礼毕，言"主公特令乾再拜都督称庆，辄有薄礼上献。"瑜问曰："玄德[在]何处？"答曰："见移（屯兵）[兵屯]油江口。"

据《资治通鉴》卷六十六：（建安十四年冬十二月，）备立营于油口，改名公安。

据《三国志·蜀书·先主传》注引《江表传》：备别立营于油江口，改名为公安。

瑜惊曰："有孔明否？"乾曰："敢有在彼。"瑜曰："足下先回。瑜亲自来相谢也。"乾纳下礼物先回。肃与瑜曰："却才都督如何失惊？"瑜曰："刘备屯兵油江口，必有取南郡之意。我等费[了]许多心力，劳了许多军马，用了许多钱粮，害了许多生灵，眼觑南郡叉手可得；汝等心怀不仁，要就见成，——须放着周瑜不死！"肃曰："当以何策退之？"瑜曰："我亲自去和他说话。若应（得）[允便罢；若]不（本分）[应允]，（比）[未]及取南郡，先结果刘备！"肃曰："某愿同往！"周瑜、鲁肃带三（人）[十]轻骑，径投油江口来。

却说孙乾回见玄德，说周瑜亲自要来相谢。玄德乃问孔明[曰：]"来意若何？"孔明笑曰："那里为这些薄礼来相谢？止为南郡而来。"玄德曰："若提起，如何？"孔明曰："来便可如此如此答应。"玄德已知会了。孔明于油江口摆开战船，岸上尽列军马。人报周瑜引人马到了，孔明使赵云将数百骑来接。瑜见军势雄壮，心甚不安。（至行）[行至]营门，玄德、孔明接着，[请]到帐中，各（遂）[叙]礼毕，两边对坐。玄德举酒，频以美言致谢鏖兵之劳。行至数巡，瑜曰："玄德公移兵屯于此地，莫非有意取南郡否？"玄德曰："闻知都督欲取南郡，故来相助；若都督不取，备必取之。"瑜笑曰："吾江东久欲并汉上。今南郡已在掌中，如何不取？"玄德曰："胜负不可预定。自古欺敌者亡。又俗说云：'事无（不）[必]取。'曹操北归，令曹仁守南郡等处，必有奇计，更兼曹仁勇不可当，但恐都督不能取耳。"瑜曰："待我取不得南郡时，任从玄德公自取。"玄德曰："子敬、孔明在此为证，都督却休番悔。"周瑜曰："大丈夫一言既出，驷马难追。待吾取不得时，任公自取！"孔明曰："都督此言甚是公论！古[人]云：'天下者，非一人之天下，乃天下[人]之天下也。'先尽东吴军马去取；如不下，主公取之是也，有何不可哉？"周瑜相辞。玄德送[瑜]上马而回，问孔明曰："却才先生交某如此回话，虽一时之间说了，展转寻思，于理未然。（孤穷）刘备[孤穷]一身，四海无置足之地，若得南郡，权且容身；不争先交周瑜取了时，城子属了东吴，却如何得住？"孔明大笑曰："当初亮劝（公主）[主公]取荆州，主公不听，今日却想耶？"玄德曰："事已至此，无可奈何。"孔明曰："不须主公忧虑！任教周瑜去厮杀，早晚只顾教（公主）[主公]在南郡城中高坐。"玄德问曰："计将安在？"孔明曰："只须得如此如此。"玄德大喜，只理会在江口屯住，按兵不动。

却说周瑜和鲁肃回寨，肃曰："都督何如也许玄德取城？"周瑜曰："吾弹指可得，落得虚做人情。"即问帐下军官："那个敢首先去取南郡？"（帐下）[一人]应声而出，乃蒋钦也。瑜曰："汝为先锋，可使丁奉、徐盛为副将，拨五千精锐兵马首先渡江；吾随后以兵应之。"蒋钦领兵去了。

却说曹仁在南郡先分[付]曹洪守夷陵，以为掎角之势，深沟高垒，切不出战。人报“吴兵已渡汉江，必须迎之。”仁曰：“但坚守勿战为上。”骁将牛金忿然而进曰：“吴兵临城而不出战，是怯也。况吾军新败，若不重扶锐气，军皆堕矣。愿借五百军士，某当决一死敌！”仁从之，令牛金点马步军五百，出城迎敌。两阵对圆，牛金出马，与丁奉更不打话，（将）［约］战四五合，丁奉败走。牛金引五百军一发赶入阵去，被蒋钦指麾五千兵一裹围，牛金于阵中左右冲突，不能得出。曹仁在城上望见牛金困于垓心，荒使左右备马。长史陈矫谏曰：“丞相以重任托付将军，牛金不听约束，妄自出战，以致如此。假使便弃此数百人，何［苦］将军轻出而救乎？”仁曰：“不然！若牛金一失，则南郡不可保也。”遂披甲上马，引手下壮士数十骑出城，陈矫于城上助喊擂鼓。仁引军离吴兵百余步，逼于一沟之上。陈矫将为曹仁只就那里扎住，遥与牛金为声势；只见曹仁大呼一声，骤马飞渡浅沟，众皆奋力而过。仁独当先，（探）［挥］刀杀入吴阵，徐盛迎之，不能当而走。仁直至垓心，救出牛金，回顾尚有数十骑在阵中不能出。仁复回突入重围，所到［之处］莫敢遮拦，再救出这一彪人马。正遇蒋钦拦路，（被人）［仁］奋武冲散吴兵，牛金助威，吴兵大乱。仁弟曹纯亦引兵出，大杀吴兵一阵，缓缓而回。陈矫等迎门接着，举杯赞仁曰：“将军真天人也！”

据《三国志·魏书·曹仁传》：从平荆州，以仁行征南将军，留屯江陵，拒吴将周瑜。瑜将数万众来攻，前锋数千人始至，仁登城望之，乃募得三百人，遣部曲将牛金逆与挑战。贼多，金众少，遂为所围。长史陈矫俱在城上，望见金等垂没，左右皆失色。仁意气奋怒甚，谓左右取马来，矫等共援持之。谓仁曰：“贼众盛，不可当也。假使弃数百人何苦，而将军以身赴之！”仁不应，遂被甲上马，将其麾下壮士数十骑出城。去贼百余步，迫沟，矫等以为仁当住沟上，为金形势也，仁径渡沟直前，冲入贼围，金等乃得解。余众未尽出，仁复直还突之，拔出金兵，亡其数人，贼众乃退。矫等初见仁出，皆惧，及见仁还，乃叹曰：“将军真天人也！”三军服其勇。太祖益壮之，转封安平亭侯。

据《三国志·吴书·周瑜传》：瑜与程普又进南郡，与仁相对，各隔大江，兵未交锋。

按：章义和、唐燮军在《细说曹操》一书中认为，《三国志·周瑜传》和《三国志·曹仁传》这两种相互矛盾的记载，显然都不是实录。我们认为，周瑜既然带兵北伐曹仁，就不可能不马上与曹仁交战，大概因为这次战役失利而归，被迫退守长江南岸，所以《三国志·周瑜传》避讳说是“兵未交锋”（《三国志·周瑜传》是以东吴史官的记载为底稿撰就的）；至于曹仁，虽然取得了这次江陵攻防战的胜利，但绝不至于像《三国志·曹仁传》所说的那样辉煌（《三国志·曹仁传》是以曹魏史官的记载为底稿撰就的，片面夸大曹仁的战绩，也在情理之中）。

蒋钦兵败，伤折数（员）［多］，回见周瑜。瑜大怒，欲斩之，众皆告免。瑜即点军要起，甘宁出曰：“都督未可造次！曹仁令曹洪拒住夷陵，为掎角之势。［某］愿乞精兵三千，（某）径取夷陵；将军然后可取南郡也。”瑜伏其论，先交甘宁引三千兵打夷陵。早有细作渡江报知曹仁，［仁］荒与陈矫商议。矫曰：“将军若不救夷陵，则南郡势孤矣！”仁唤弟曹纯并骁将牛金暗地引三千军救曹洪。纯先使人报曹洪，令在前诱敌，“吾当继后。”

却说甘宁引兵至夷陵，洪出战，与宁交锋。战二十余合，洪败走，宁赶去夺了夷陵。至黄昏［时］，曹纯并牛金兵至，两下相合，围住夷陵。探子飞报将周瑜寨中来，说甘宁被围在夷陵城（下）［中］。瑜大惊，（唤）程普曰：“可急分兵以救之。”瑜曰：“此处正当冲要。若分其兵，倘曹仁前来，两下皆危！”吕蒙突然出曰：“甘兴霸［乃］江东股肱之臣也，若不救之，何以使人哉？”瑜曰：“吾欲自往救之，留何人可当此大任？”蒙曰：

“留凌公绩当之。蒙为前驱，都督行兵继后，不须十日，必和凯歌。”瑜曰：“未知凌公绩敢当此任乎？”凌统曰：“若十日为期，统可当之；十日［之］外，不称其职矣。”瑜喜，留兵万人付凌统，即时尽起，投奔夷陵来。蒙对瑜曰：“夷陵南壁小道取南郡极便，只是山路险隘。可差五百军去小路上斫倒柴薪，(渐)［断］绝此处；敌军若走，可得其马。如胜则连夜进兵，便袭南郡，可一鼓而下。”瑜从之，问“谁可突围而入，以报甘宁？”周（瑜）［泰］出曰：“某愿往！”即便提刀上马，直杀入曹军之中，径到城下。甘宁望见周泰至，自出城迎之。(共)［泰］说：“都督自提兵至。”宁下令，令军士严妆饱食，来日内应。

却说曹洪、曹（仁）［纯］、牛金共议［。洪曰］：“即目周瑜兵至，怎（敢）［生］迎敌？”牛金曰：“先使人报南郡，然后某为先锋以迎之。”洪遣人报曹仁。次日吴兵至，鼓声大振，曹兵迎之。比及交锋，甘宁、周泰分两路于内杀出，曹兵大乱，吴兵四下掩杀。曹洪、曹纯、牛金果然投小路而走，乱柴满道，马不堪行，尽皆弃之。吴兵得马三百余匹。周（瑜）［泰］驱兵连夜直赶到南郡，正遇曹仁军马，两边混战。天色向晓，各自收兵。

据《资治通鉴》卷六十五：周瑜、程普将数万众，与曹仁隔江未战。甘宁请先径进取夷陵，往，即得其城，因入守之。……曹仁遣兵围甘宁，宁困急，求救于周瑜，诸将以为兵少不足分，吕蒙谓周瑜、程普曰：“留凌公绩于江陵，蒙与君行，解围释急，势亦不久。蒙保公绩能十日守也。”瑜从之，大破仁兵于夷陵，获马三百匹而还。于是将士形势自倍。瑜乃渡江，屯北岸，与仁相距。(参见《三国志·吴书·周瑜传》《吴主传》)

据《三国志·吴书·吕蒙传》：瑜使甘宁前据夷陵，曹仁分众攻宁，宁困急，使使请救。诸将以兵少不足分，蒙谓瑜、普曰：“留凌公绩，蒙与君行，解围释急，势亦不久，蒙保公绩能十日守也。”又说瑜分遣三百人柴断险道，贼走可得其马。瑜从之。军到夷陵，即日交战，所杀过半。敌夜遁去，行遇柴道，骑皆舍马步走。兵追蹙击，获马三百匹，方船载还。于是将士形势自倍，乃渡江立屯，与相攻击，曹仁退走，遂据南郡，抚定荆州。

据《三国志·吴书·甘宁传》：攻曹仁于南郡，未拔，宁建计先径进取夷陵，往即得其城，因入守之。时手下有数百兵，并所新得，仅满千人。曹仁乃令五六千人围宁。宁受攻累日，敌设高楼，雨射城中，士众皆惧，惟宁谈笑自若。遣使报瑜，瑜用吕蒙计，帅诸将解围。

且说曹仁到城中与众商议。曹洪曰：“目今折了夷陵，势已危急。何不拆开丞相留下计策观之，已解此危？”曹仁曰：“汝见正合吾意！”遂拆封看之。其计如何？

［第一百二段］　诸葛亮一气周瑜

曹仁看了计策，便传令教五更造饭，平明大小军马却皆出城。城上虚插旌旗，遥张声势，军分三门而出。

却说周瑜自救出甘宁未及六日，陈兵于南郡城外。当日曹兵分三路（门）而出。瑜上将台，看见城上女墙边尽是虚搠旌旗，无人守护，又见军士腰下各束缚包裹。瑜心暗忖："曹仁必是（先）[在]准备走路。"遂下将台传令（云），令两军分左右为翼，"如前（后）[军]得胜，尽力追赶，直待鸣金，方许退步。"就交程普领住后军，"吾亲自取城。"当日对阵，鼓声大振，曹洪出马，在阵前搦战。瑜自至门旗下，挥鞭指点，"谁人向前？"一将应声出马，乃韩当也，与曹洪交锋。战到二十余合，洪败走。曹仁自出，大呼姓名，搦周瑜战。周泰出马，与仁战十余合，仁又败，阵势[错]乱。后军先退，曹仁、曹洪弟兄两个押后。周瑜指[点]两翼军冲出，曹兵大败。周瑜自率大军追赶到南郡城下。曹军皆不入城，皆望西北而走，韩当、周泰引前部尽[力追]赶。周瑜见南郡城门大开，城上又无军马，指点（中）[众]军抢城。数十骑当先而出，周瑜在背后加鞭纵马，直入到瓮城道边。城上敌楼上陈娇（张）[看]见周瑜亲自先入，暗暗喝采道："丞相妙算！"一声梆子响，两边弓弩齐发，箭如雨下。争先入门的都跌落陷马坑去；周瑜急勒马回，一弩箭正射中右（臂）[肋]，（瑜）番身落马。牛金从门内杀出，径（来）奔周瑜，却得丁奉、徐盛两个死命救出城（中）去了。军士突出，吴兵自（杀）[相]践踏，落堑填坑者无数。程普急收军时，曹仁、曹洪分两路杀回，吴兵大败，却得凌统引一军从侧首截出救了。曹仁引得胜军进城。程普比及收拾败军，伤（者）[折]数多。

[丁、徐]二将救周瑜到中军帐内，唤行军医者用铁镊镊出弩箭，将金疮药塞掩疮口，痛不可当，寝食俱废。医者言[曰]："此箭头上有毒，急切不能痊可。若怒气冲激，其疮复发！"程普令三军紧守各寨，不许轻出。三日后，牛金引一军前来搦战，程普按兵不动。[牛金]骂至日暮而回；次日又来，连骂三日。程普恐周瑜害气，不敢报知。牛金直来寨门口叫骂，单要捉周瑜。程普与众将商议："不若权且罢兵，回见吴侯，却又理会。"众皆云："此论甚长！"

却说周瑜虽患疮痛，心中自有主张，已（自）知[曹兵]连日直来寨前叫骂，只等[众将来禀。]那一日，曹仁自引大军，擂鼓纳喊，前来搦战，程普拒住不出。周瑜交唤众将入帐，问曰："何处擂鼓纳喊？"众将皆曰："军中教演士卒。"周瑜大怒曰："何敢欺我也！吾闻几次曹兵直来寨前痛辱我军，程德谋既然总兵，何为不出？与吾请来，亲自问之。"程普至曰："为见公瑾疮甚，医者云慎勿轻泄，果是曹兵连日搦战，造次不敢报知。"周瑜曰："汝等不战，立意若何？"程普曰："众将皆欲暂且罢兵回江东；待公疮口平复，却作区处。"周瑜听罢，于床上忿然跃起而言曰："大丈夫既食君禄，得死于沙场，以马革裹尸还，幸也！岂可为吾一人，而废国家之大事乎？"言讫乃披甲上马，诸军众将见者无不骇然；[遂]引数百骑出营前，望[见]曹（仁）兵已布阵势。[曹]仁自立马于门旗下，扬鞭大骂曰："周瑜孺子料必横夭，再不敢正视[吾兵]!"骂尤未绝，瑜从群骑后突然而出曰："曹仁匹夫！见周郎否？"曹军看见，尽皆惊骇。曹仁回顾众将曰："可大骂之，以激其战。"军乃厉声骂之。周瑜大怒，使战将出迎。比及潘璋欲出，周瑜大叫一声，口角喷血，坠于马下。曹兵赶过来时，众将向前抵住，混战一场，救[起]周瑜，回（寨）到帐中。[瑜]曰："吾身（中苦）[体并]无痛楚，欲令曹兵见我病危，必欺敌也。可使心腹数人去城中诈降，说我已死。今夜曹仁必到中军来劫我寨，却于四下埋伏，一鼓而可擒曹仁，就得南郡矣。"程普曰："此计大妙！"即时便就帐中举起哀声。众军大骇，尽传"都督箭疮大发而死。"各寨[尽]皆（商量）做孝。

却说曹仁在城中与众商议，言"周瑜怒气冲胁，金疮迸裂，以至口角流血，坠于马下，不久必亡。"正论间，忽报吴寨走十数个军士过来，有密报的言语，中间亦有二人是元掳过去的。曹仁荒唤至厅（后）［下］问之，军士告曰："今日周瑜在阵前金疮碎裂，归寨而死，即日（送）［众］将收拾挂孝。我等皆被程普之辱，故特来皈投，就报此事。"曹仁大喜，赏赐了当，随即商量，"今晚便去劫寨，夺周瑜尸首，斩头送往许都。"陈矫曰："此计速行，不可迟慢。"曹仁拨牛金为先锋，自为中军，曹洪、曹纯为合后，尽数领兵马出城，只留陈矫守城。当（夜）［日］黄昏，结束已定，初更后离南郡，竟取周瑜大寨；到寨门不见一人，突入中军，但见虚插旗枪而已，情知中计，急荒退出。四下炮声齐发，东（南）［门］韩当、蒋钦杀来，西门周泰、潘璋杀来，南门徐盛、丁奉杀来，北门陈武、吕蒙杀来，曹兵大败，急望南郡而来。三路军兵皆被冲散，首尾不能相救。

（先）［却］说曹仁引数十骑杀出重围，来投曹洪［、曹纯］。洪等这枝军马已自散了一半，只（迭）得［奔］走。杀到五更，离南郡不远，一声鼓震，凌统又引一军拦住去路，大杀一阵。曹仁领军剌斜而走，又撞见甘宁大杀一阵，不敢回南郡，急取襄阳大路而走。吴兵赶了一程自回。

据《三国志·吴书·周瑜传》：瑜与程普又进南郡，与仁相对，各隔大江。……宁围既解，乃渡屯北岸，克期大战。瑜亲跨马擽陈，会流矢中右肋，疮甚，便还。后仁闻瑜卧未起，勒兵就陈。瑜乃自舆案行军营，激扬吏士，仁由是遂退。

据《资治通鉴》卷六十六：（建安十四年十二月，）周瑜攻曹仁岁余，所杀伤甚众，仁委城走。权以瑜领南郡太守，屯据江陵；程普领江夏太守，治沙羡。（参见《三国志·吴书·吴主传》）

按：据史书记载，赤壁战后，周瑜率军攻打江陵，与曹仁激战一年之久，终于迫使曹仁从江陵撤退；周瑜攻占了以江陵为中心的南郡南部。但《演义》所写周瑜以诈死引诱曹仁来攻从而击败曹仁的情节，不见于史。

周瑜、程普收住众兵，径到南郡城下，见旗幡布满，敌楼［上］用枪挑出一头，大写陈矫名字。

按：《演义》称陈矫为赵云所杀，不见于史。

周瑜大惊，只见敌楼上一将叫曰："都督少罪！吾奉军师将令，已取城了。"乃是常山赵子龙也。元来孔明定计，令赵云在城外埋伏，只等曹仁尽数出城，却扮作曹兵，连夜取了城子，杀了陈矫等一干人，安民已定。周瑜大怒，使（甘宁引数千马军飞取荆州，）凌统领数千人马径袭襄阳，"然后却取此城未迟。"（探马急来回报："诸葛亮自得南郡，取兵符飞报荆州，交城中军马来救，正撞张飞，一阵杀败，曹兵北去。张飞见在荆州屯住。"）探马（又）［来］报："夏侯惇在襄阳，被诸葛差人（齐）［赍］兵符，诈称'曹仁求救，速引兵来！'却交关公取了襄阳。"（三）［二］处城池，不费气力，尽皆属刘玄德了。周瑜问"诸葛怎得兵符？"程普曰："拿住陈矫，［兵符］尽属此人。"周瑜大叫一声，箭疮迸裂，

按：《演义》所写诸葛亮抓住周瑜打败曹仁的机会，乘虚而入，派赵云、张飞和关羽分别占领了南郡、荆州和襄阳的情节，不见于史。东汉时代，南郡属于荆州范围内的七郡之一，曹仁从江陵北撤后，包括江陵在内的南郡南部地区一直由周瑜驻守，直到他于建安十五年（210）十二月去世。周瑜去世后，刘备向孙权提出要求，方才获得南郡南部的土地。而包括襄阳在内的南郡北部的土地，从建安十三年（208）起，一直在曹

操的管辖之下，并未被关羽占领。南郡和荆州的治所都是江陵，罗贯中理解成了两座城池。

性命如何？

［第一百三段］ 诸葛亮傍掠四郡

周瑜听知诸葛借东吴之力而取了荆州，如何不气？气伤箭疮，半晌方苏。众将皆在面前劝拜。瑜大怒曰："若不杀诸葛村夫，怎泄吾心中怨气！程德谋可助吾之力，即日起兵攻打南郡，定要归还东吴，是我之愿！"诸将正商议间，人报鲁子敬至。请入帐中，周瑜言："起兵与刘备、诸葛共决胜负，复夺城池！"鲁肃曰："不可！方今与曹瞒（兵）［共］决雌雄，尚未分成败。主（人）［公］吴侯见攻打合肥未下，不争自家更相吞并，曹兵乘虚再来，其国危矣！况刘备旧与曹操至厚，倘逼得紧急，献了城子，一同来攻东吴，如之奈何？"瑜曰："吾等用计决策，损了兵马，废了钱粮，他见成得地面，殊可恨也！"肃曰："公瑾且耐，容某亲见刘备，把理来说。若说不过，那时动兵未迟。"诸将皆曰："子敬之言甚善！"

周瑜便令鲁肃径投南郡，来到城下叫门。赵云出问，鲁肃曰："我要见刘皇叔，有说的话。"云答曰："主（人）［公］和军师都在（荆州）［油江口］城中。"肃径往（荆州）［油江口］，见城上旌旗整列。肃自忖："孔明非常人也！"军士报复，孔明令大开城门，迎接鲁肃入衙。共讲礼罢，申谢毕，玄德与鲁肃分宾主对坐，孔明斜佥相陪。茶汤罢，肃曰："主（人）［公］吴侯、都督公瑾交［某］再三申意［于］皇叔：前者曹操引百万之众，（谋）［名为］下江南，实是来擒皇叔。今江东废了钱粮，折了人马，带伤者不可胜计，幸得杀退曹兵，救了皇叔，所有荆、襄九郡，合（将）［当］归于东吴。今皇叔用诡计夺占，此何理也？望明白一言以决。"（玄德、）孔明曰："子敬乃高明之士，何故出此言［也］？昔日荆、襄九郡非是东吴之地，乃荆王刘景升之基业。吾主（人）［公］乃景升之弟也。景升（已）［虽］亡，其子尚在，以叔辅侄而取荆、襄，有何不可？岂不闻'物见主'之言乎？"肃曰："若是公子刘琦占住，尚自可矣。今公子在江夏，须不在这里。"孔明曰："子敬要见，有何难哉？唤左右请公子出［来］相见便了。"［二从者扶］刘琦从屏风后（二从者扶）出。琦与鲁肃曰："病躯不能施礼，子敬勿罪！"鲁肃吃了一惊。元来孔明比及得了（城子）［荆州］，防东吴来争，先取公子在城中了，到此做个解手。鲁肃默然无语，良久曰："公子若在如何？不在如何？"孔明曰："公子在一日，守一日；若不在，别有商量。"鲁肃曰："若公子不在，须还我东吴。"孔明曰："子敬之言是也。"遂设宴待肃。

［肃］当晚便辞出城，连夜归寨见周瑜，说公子之事。瑜曰："刘琦正青春年少，如何便得死也？这荆州何日能勾？"肃曰："都督放心，只在鲁肃身上，好歹教荆、襄尽属东吴！"瑜曰："（如）［有］何所见？"肃曰："某观刘琦身耽酒色，病入四肢，见今面黄体瘦，气喘吐血，不过半年，其人必死。那时［再］讨荆州，刘备须无得推故。"周瑜只是忿气未息。忽报"吴侯见围合肥，累战未捷，急令都督尽收军回。"周瑜只得休兵罢战，

拘集众多军兵，且回柴桑郡养病；令程普部领战舡士卒，却来合肥吴侯军前听调。

话分两头。刘玄德自得荆州、（南郡、）襄阳，心中大喜，与孔明商议久远之计。忽阶下一人出来献策，乃山阳人也，姓尹名籍，字伯机。玄德感旧日之恩，十分相敬，坐而问之。籍曰："要知［荆、］襄（阳）久远之计，何不求贤士而问之？"玄德曰："愿公一言，以荐贤者。"籍曰："有荆、襄世家，弟兄五人，惟一人大贤，眉间有白毛，襄阳宜城人也，姓马名良，字季常。汉上人皆曰：'马氏五常，白眉最良。'其弟马（瑗）［谡］，字幼常，亦异人也。"

据《三国志·蜀书·马良传》：马良字季常，襄阳宜城人也。兄弟五人，并有才名，乡里为之谚曰："马氏五常，白眉最良。"良眉中有白毛，故以称之。先主领荆州，辟为从事。

玄德逐命请之。马良至，［入］见玄德。礼毕，玄德问荆、襄久远之策。良曰："襄阳受敌之地，恐不可久守。（好）［姑］令公子刘琦于此处养病，招谕旧士以守之；就表奏刘琦为荆州刺史，以安民心。

据《资治通鉴》卷六十五：（建安十三年十二月，）刘备表刘琦为荆州刺史。（参见《三国志·蜀书·先主传》《后汉书·刘表传附子琮传》）

然后南征四郡，［积］收钱粮［以］为根本，则荆、襄能保久远之计。"玄德问［曰］："四郡即目何人为守？"良曰：

"武陵郡太守金璇今鼎州，长沙郡太守韩玄今潭州，

桂阳郡太守赵范，零陵郡太守刘度今永州。

若取得这四郡，乃鱼米之乡，汉上可保长久矣！"玄德大喜，问"四郡先取何郡？后取何郡？"良曰："湘江之西，零陵最迩，可先取之，次取武陵；然［后］湘江之东取桂阳，长沙为后。"玄德甚喜，遂用马良为从事官，尹籍副之；请孔明商议，送刘琦归襄阳，替云长回荆州；便议调兵起发取零陵郡，差张飞为先锋，

据《三国志·蜀书·张飞传》：先主既定江南，以飞为宜都太守、征虏将军，封新亭侯，后转在南郡。

按：由这条史料可看出，赤壁战后，刘备收武陵、长沙、桂阳、零陵四郡时，张飞主要活动在长江以南、江陵以西地区。史书中没有他参与收零陵和武陵的记载。

赵云为合后，孔明、玄德为中军，人马一万五千人；留云长守荆州，糜竺、糜芳守［油］江（陵）［口］。建安十四年正月，孔明调兵起行。

却说刘度在零陵城中听知孔明军马到来，唤其子刘延商议。延曰："父亲放心，他虽有张飞、赵云之勇，何足惧哉？儿观本州上将邢道荣有万夫不当之勇，使开山大斧，重六十斤，可以迎敌。"刘度唤邢道荣［至］，自夸胸中武艺不让古之廉颇、李牧。度重赏了，令子刘延与道荣引兵万余，离城五十里，依（靠山）［山靠］水下寨。哨马探得孔明自引一军先到。两边阵圆，邢道荣出马，横担大斧，厉声高叫："反国之贼，焉敢侵吾境界！"对阵中一簇黄旗出。旗帜分开，一辆四门车，车中端坐一人，头戴纶巾，身被鹤氅，手执羽扇，用扇招道荣曰："吾乃南阳诸葛孔明也。曹操引百万之众，被吾聊施小计，片甲不回。今来招安汝等，何故不早来降？"道荣大笑曰："赤壁鏖兵乃周郎之谋也，干汝

何事？今来诳吾！”言罢，轮大斧径杀过来。孔明交回车，望阵中走，阵门复（开）[闭]。道荣径冲过来，阵势忽分两下而走。道荣径望中央一簇黄旗，料是孔明，只望黄旗而赶。抹过山脚，黄旗扎住，忽地分开，中央不见四门车，一员将挺矛跃马，直取道荣，大呼曰：“吾乃燕人张翼德！贼将休走！”道荣轮大斧来迎，战不数合，气力不加，拨回马走。张飞从后赶来，喊声大举，两下兵复合。道荣冲出，前面一将截住去路，[乃]常山赵子龙也。道荣措手不及，下马受降。

赵云拿来寨中见玄德、孔明，（玄德、孔明在帐上坐，）推至帐下，玄德喝[令]“斩之！”孔明且交留人，（问）[与]道荣曰：“汝若与吾捉了刘延，我准你投拜。”道荣愿往。孔明问“如何捉得？”道荣曰：“军师若肯放我回去，某自巧言说过。今晚军师调兵劫寨，某为内应，（若）[活]捉刘延，献与军师，城中刘度自然降矣。”玄德不肯，孔明曰：“邢将军非谬人也，可放之。”道荣得放回寨，尽实告诉刘延。延曰：“如之奈何？”道荣曰：“将计就计。今夜将兵伏于寨外，寨中虚立旌旗，待孔明来劫寨时就而擒之。”刘延依计。

当夜三更，果然有一军到寨口，每人各（用）[有]草把，一齐点着，火焰烧空。刘延、邢道荣两下杀到（于）火边，军人便退，两军乘势追赶。赶了十余里，军皆不（到）[见]，刘延叫道荣急回，火光未灭，寨中突出一将，[乃]燕人张翼德也。刘延叫道荣“不可入寨！却去劫孔明寨便了。”（迎）[回]军走不十里，赵云[引]一军出，一枪刺死邢道荣。刘延退时，被张飞活捉，来见孔明，说“邢道荣交某如此，[实]非本心也！”孔明与衣服穿了，赐（金）酒（器）压惊，交入城说父投降，“如[其]不降，打破城池，满门皆诛！”把马送刘延回零陵城中见父刘度，说孔明之德。子父即时赍印绶离城，到寨纳降了当。孔明教刘度复为郡守，以具钱粮；其子刘延于荆州随军办事。零陵一郡老幼皆喜。玄德入城抚安了当，遂乃勒兵来取桂阳郡。胜负如何？

[第一百四段]　赵子龙智取桂阳城

玄德已定零陵，诸县皆属调遣，赏劳三军，问众将曰：“零陵地接桂阳，谁敢引一军取此郡？”赵云曰：“某愿往！”张飞曰：“某愿往！”二人各自要去。孔明教拈阄，（阄）[拈]着的便去。又是赵云拈着。张飞气而言曰：“我并不要相帮，只要三千军，独自领去，便要得城子。”赵云曰：“某也只要三千军去。如不得城子，（该）[愿受]军令！”孔明大喜，要了文书，选三千精兵跟赵云去。张飞不伏，玄德喝退。赵云欢喜，领了三千人马，径望桂阳城进发。

却说桂阳郡太守赵范升厅，人报“赵子龙引军来取城池。”赵范急唤军官商议。两个管军校尉来见赵范，一个姓陈名应，一个姓鲍名隆，（却）[都]是桂阳岭下山乡猎户出身。陈应会使飞叉，鲍隆（会）[曾]射死双虎，都在桂阳管军。二人对赵范曰：“刘备是反汉之臣，更兼恶了曹丞相；若来时，可与他相持。某二人愿为前部！”赵范曰：“我闻刘玄德乃大汉皇叔，更兼（有）孔明多谋，关、张极勇。如今领兵来的赵子龙，在当阳长坂百万军中如入无人之境。我桂阳有得多少军？不可[迎]敌，（乃）[只]可投降。”陈应曰：“若某捉不得赵云，那时任太守[投]降不迟。”赵范遂拗不住，只得教陈应带三千人马出城（来到）[迎敌]。

赵云兵近桂阳，前面哨探的回报“敌军来到。”赵云把三千人马摆开，以待来军。陈应兵至，也列成阵势，骑战马、提飞叉而出。赵云出马，责陈应曰：“吾主刘玄德乃荆王之弟；今辅公子刘琦，同领荆州，特来安民。何故迎敌？”陈应大骂 [曰]：“我等只伏曹丞相，岂顺刘备乎！”赵云大怒，挺枪跃马，直取陈应，陈应挺飞叉，骤马来迎。两马相交，斗到四五合，陈应如何抵敌得住？拨回马便走，赵云赶去。陈应回顾赵云马来较近，用飞叉掷来，被赵云一手绰住，回掷陈应，应急躲过。赵云马到，探手活捉陈应而回，掷于（下马）[马下]，余军皆走。

赵云捉陈应入寨，责之曰：“量汝安能敌我！我不杀汝，可对赵范说，令早投拜。”应得放回城，对赵范言此事。范曰：“我本心只要降，汝强要战，以致装晃子。”喝退陈应。赵范将了印绶，引十余骑，直来赵云寨中投降。云接着，[以] 上宾相待，置酒相款，受了印绶。坐间赵范说：“将军姓赵，某亦姓赵，五百年前是一家。将军真定人，某亦真定人，又是同乡。倘若不弃，结为弟兄。”说起赵范，又和子龙同年，子龙长赵范四个月，因此拜子龙为兄。两个同乡（又）同年又同姓，十分大喜，至晚相别。

赵范归城，次日请子龙安民。子龙交军马休动，只带五十骑随入城中，居民香花迎门而接；一壁挂榜，安抚百姓。赵范邀请入衙筵席；酒至半酣，请入后堂相待。子龙见赵范殷勤，强饮微醉。范于（后堂）[堂后] 请出一妇人与子龙把盏。子龙看（其）[见] 妇 [人] 身穿缟素之衣，十分（大）有颜色。子龙问范曰：“[此] 何人也？”范曰：“家嫂樊氏也。”子龙改容敬之。樊氏把盏毕，范令就坐，子龙不肯，樊氏辞归后堂深处。子龙曰：“[贤] 弟何必令嫂举杯耶？”范笑曰：“中间有个缘故，贤兄勿阻。故兄弃世已及二载，家嫂守寡，终不为了。弟常劝嫂改嫁，嫂曰：‘若三事兼全，我方嫁之：第一要名动当今，人材出众；第二要与家兄同姓；第三要文武双全，旧曾有识。’普天之下，那得这般巧的人？今将军堂堂一表，名振四海，又与家（间）[兄] 同姓，先在乡中又与故兄相识。将军文武双全，智勇足备，若不嫌家嫂貌陋，愿陪数十万家资，与将军为妻，结永世之亲，可乎？”子龙大怒而起，厉声而言曰：“汝嫂即吾之嫂也，岂可作乱人伦之事乎！”赵范惶恐，羞惭满面，答曰：“我好意相待，何无礼耶？”遂目视左右，有捉子龙之意。子龙（一脚）[已觉，] 一拳打倒赵范，忿怒上马，出城去了。

范急唤陈应、鲍隆商议。陈应曰：“这人发怒去了。只拚与他厮杀！”范曰：“但恐（羸）[赢] 他不得。”鲍隆曰：“我两个去诈降，进身在他军中。太守却引兵来搦战，我二人就阵上擒之。”陈应曰：“必须带些军去。”隆曰：“五百人马足矣。”当夜，两个引五百（人）[军]，径来子龙寨中投降。子龙听得这话，心中已知其诈，遂交唤入。二将到帐中说：“赵范待用美人计赚将军欢喜，醉中扶入堂后谋杀，将头去曹丞相处献功，如此不仁！某二人恐将军怒，祸必连累，因此投降。”赵子龙大喜，用酒灌醉，缚于帐上，却擒手下人问之，果是诈降。子龙唤五百军（人）入，各赐酒食而传令曰：“要害吾者，陈应、鲍隆也，不干众军 [之] 事。汝等听吾行计，皆有重赏。”众皆拜谢。子龙将陈、鲍二人当（而）[时] 斩之，却交五百军引路，（子龙）[自] 引一千军在后，连夜到桂阳城下叫门。城上听（得）[时，] 说“陈、鲍二将军杀 [了] 赵云（了也），请太守商议事务。”城上明火照之，果是自家军马。太守赵范急忙出城。子龙喝左右擒之，遂入城安抚已定，飞报玄德。

玄德与孔明前赴桂阳，子龙迎接入城，推赵范于阶下。孔明问之，范言：“以嫂嫁子龙，本是好意，不想恼乱，以致如此。”孔明与子龙曰：“美色，天下人皆爱［之］。公何独于此？”子龙曰：“赵范之兄旧在乡中曾有一面之识，不争娶之，惹人笑话，一也；其妇（在）［再］嫁，使其失节，二也；赵范初降，真心不可测，三也。主公新定江、汉，枕席未安，云安敢为一妇［人］而废主公之政也？”玄德曰：“今日大事已定，与汝娶（后）［之］若何？”子龙曰：“天下女子不少，但愁名誉不立，何患无妻乎？”玄德曰：“真丈夫也！”遂放赵范，仍（旧）［令］为桂阳太守，范拜谢［而去］；

据《三国志·蜀书·赵云传》注引《云别传》：从平江南，以为偏将军，领桂阳太守，代赵范。范寡嫂曰樊氏，有国色，范欲以配云。云辞曰：“相与同姓，卿兄犹我兄。”固辞不许。时有人劝云纳之，云曰：“范迫降耳，心未可测；天下女不少。”遂不取。范果逃走，云无纤介。

按：《演义》所述赵云拒婚的理由，其中“其妇再嫁，使其失节”一条，不见于史书，乃罗贯中所加。寡妇再嫁，三国时为风气；以寡妇再嫁为失节是宋代以后的观念。

重赏子龙之功。张飞大叫曰：“偏子龙干得功，偏我是无用之人！只拨三千军与我，便去取武陵，直捉太守金璇，献来帐下，是我之愿！”孔明大喜而言曰：“翼德要去不妨，但要依一件事。”张飞曰：“何事？”孔明如何说（问）［事］？怎地取武陵郡？

［第一百五段］　黄忠魏延献长沙

孔明曰：“先是子龙取桂阳城时取了军令状。今日翼德坚意要去，必须也要这个文书。”张飞欣然便与［了文书］，领三千军，星夜投武陵界上来。

［守界］人探知此事，报与金璇。璇字元机，京兆人氏，汉中郎将也；听得张飞引兵来，乃呼集将校，整点器械，出城迎敌。从事巩志谏曰：“刘皇叔仁义布于天下，加之张翼德乃世之虎将，不可迎敌，纳降为上！”金璇大怒曰：“汝欲与贼通连为内变耶！”喝武士推转斩之。众官皆告曰：“先斩家人，于军不利。”金璇喝退巩志，自引兵出［城］二十里，正迎张飞。飞平生性急，横矛立马，大喝金璇。璇令牙将出迎，众皆恐惧，莫敢向前。金璇自骤马舞刀而迎之。张飞大喝一声，浑如巨雷，金璇不敢交锋，拨回马走。张飞大呼众军一齐赶来。金璇走至城下，城上乱箭射下。璇视之，见巩志立于城上大骂曰：“汝不顺天时，自取败亡！吾与百姓自降刘矣。”言未毕，一箭射中璇面门，坠马而死；随令人开门以献张飞。

据《三国志·蜀书·先主传》注引《三辅决录注》：金旋字元机，京兆人，历位黄门郎、汉阳太守，征拜议郎，迁中郎将，领武陵太守，为备所攻劫死。

巩志出城纳降，张飞就令巩志赍印往桂阳见玄德，至半路迎见呈献了。玄德大喜，就令巩志以代金璇之职。

玄德入武陵安民了当，驰书去报关云长，言“翼德、子龙各得一郡。”云长乃回书上请云：“闻知长沙未曾取得。如兄长想手足之情，交关某干这阵功劳，甚好颜面！”玄德［大］喜，遂教张飞星夜去替云长［守荆州，令云长］来取长沙。

据《三国志·魏书·李通传》：刘备与周瑜围曹仁于江陵，别遣关羽绝北道。

据《三国志·蜀书·关羽传》：先主收江南诸郡，乃封拜元勋，以羽为襄阳太守、荡寇将军，驻江北。

按：由这两条史料可看出，赤壁战后，刘备收武陵、长沙、桂阳、零陵四郡时，关羽正在江陵以北作战，未到江南和长沙郡。史书中没有他攻取长沙的记载。

张飞去了，云长早来。孔明曰："子龙取桂阳，翼德取武陵，都只是三千军去。我闻长沙太守韩玄（何足为道，内）有一员大将，南阳人也，姓黄名忠，表字汉升，元是刘表[帐]下中郎将，来与表侄共守长沙，后来伏事韩玄；

据《三国志·蜀书·黄忠传》：黄忠字汉升，南阳人也。荆州牧刘表以为中郎将，与表从子磐共守长沙攸县。及曹公克荆州，假行裨将军，仍就故任，统属长沙太守韩玄。

虽然年纪六旬，须（髻）[发]苍白，使一口大刀，有万夫不当之勇，乃湘南将佐之领袖，不可轻敌。云长要去，必须多（布）[带]军马。"云长答曰："军师[何故]长别人之锐气，灭自己之威风？量一老卒，何足（挂意）[为道]？关某也不须三千人[马]，只须本部下[五百]校刀手足矣，定斩韩玄、黄忠之首，献来麾下！"玄德苦当，云长不依，只领五百[校]刀手去了。孔明曰："云长平生傲上而（忽）[不忍]下，意欲轻敌黄忠，只恐有失。请主公上马同行，接应云长取长沙郡。"玄德从之，随后离武陵进发。

却说长沙太守韩玄平生性紧，不以人为念，众皆恶之；是时听知云长军来，便唤老将黄忠商议。忠曰："不须主公忧心！凭某这口刀，这张弓，一[千]个来，一[千]个死！"元来黄忠开二石弓，百发百中。言未了，（街）[阶]下一人应声出曰："不须老将军出战。只就某手内，定要活捉关羽！"韩玄视之，乃管军校尉杨龄。玄[大]喜，赏赐了，杨龄带一千人马，捽风般出城；约行十五里，望见尘头[起处]，云长军马早到，却才摆开。杨龄（横刀）[挺枪]立马于阵前，大骂云长。[云长]振怒，更不打话，飞马直临阵前，杨龄挺枪来迎。云长手起刀落，砍为两半，追杀败军，直至城下。韩玄听知大惊，便交黄忠出马。玄自来城头上观看。忠横刀纵马[，早]过吊桥，背后数百人跟出。云长见一年老的军官出马，情知是黄忠，把五百军一字摆开。云长立马横刀而问曰："来者莫非黄忠否？"忠曰："既知吾名，焉敢犯界？"云长曰："特来取汝首级！"言罢两马交加，双刀并举，斗经一百合，不分胜负。韩玄恐有疏失，鸣金收军，黄忠回城。

关羽也退[军]，离城十里下住野寨，心中暗忖："老将黄忠名不虚传！斗一百合全无渗漏。来日须用拖刀背砍计赢之。"次日[早]饭后，又来城下搦战。韩玄上城，交黄忠出马。忠引数百人杀过吊桥，喊声起处，又与云长交马；又斗五六十合，胜负不分，两军齐起喝采。云长拨回马便走，黄忠赶来。云长却待用背砍计，忽听得脑后一声响，急回头看时，黄忠战马前失，把老将掀在地下。云长霍地回马，双手举刀待下，猛喝曰："我饶你性命！快换马来厮杀！"黄忠提起马蹄，飞身上马，荒奔城中，云长不赶。忠入城，韩玄惊问（曰）[之]。忠曰："此马久不上阵，故有此失。"玄曰："汝箭百发百中，何不射之？"忠曰："来日再战，必然诈败，引（近）[诱]到吊桥边射之。"玄与了一匹青马。云长至晚退去。黄忠寻思："难得云长如此义气！我本是死的，他不忍杀害。吾来日安忍射之？不射又违将令。"是夜踌躇无寐。

次日天晓，人报云长搦战。韩玄唤黄忠，分付教用箭射之。黄忠应允，领兵出城。云长见两日战不下黄忠，十分焦燥，抖擞神威，与忠交马。战到三十余合，忠诈败，云长赶来。忠想昨日之恩，不忍便射，带住刀，把弓虚拽。弦响［处］，云长急闪，却不见箭，又赶黄忠。［忠又］虚拽，云长躲［闪］，又不见箭，只道黄忠不会射，放心赶来。看看［将］近吊桥，忠在桥上搭箭开弓，弦响箭到，正射［在］云长盔缨（跟）［根］头，两军喊（举）［起］。云长吃了一惊，带箭急回，方知黄忠有百步穿杨之能，正是报答昨日不杀之恩也。云长领军退。

黄忠到城上来见韩玄。玄喝令左右捉下，忠叫“无罪!”玄大怒曰：“我看［了］三日（了），汝敢欺罔我！昨日马失，他不杀汝，正有往来；今日两番虚拽弓弦，第三箭射他盔顶，如何不是内通外连？若不斩汝，必为后患!”喝刀剑［手］推下城门道傍边速斩之。众将欲告，玄曰：“如告者便是同情!”刀剑［手］推忠到城下纳坐，却待下手，忽然一将提刀直入，砍散刀剑［手］，救起黄忠，大叫曰：“黄汉升乃长沙之保障！韩玄残暴不仁，轻贤重色；今杀汉升，是杀长沙百姓也。愿随者便来!”百姓视之，其人面如重枣，目若朗星，气宇轩昂，貌类关羽，义阳人也，姓魏名延，表字文长。

据《三国志·蜀书·魏延传》：魏延字文长，义阳人也。以部曲随先主入蜀，数有战功，迁牙门将军。

本人自襄阳赶刘玄德不着，故来长沙依傍韩玄，玄怪魏延傲慢少礼，不肯重用，屈沉于此；当日救了黄忠，叫百姓同杀韩玄，袒臂一呼，相从者数百，黄忠当拦不住。魏延杀上城头，一刀砍玄为两段，提头上马，引百姓出城投拜云长。

按：《演义》称关羽攻打长沙与黄忠交战，魏延为救黄忠杀死长沙太守韩玄然后归降刘备，均不见于史。据史书记载，刘备南征荆州四郡时，韩玄投降并未被杀，黄忠在攸县也随之投降，他与关羽并未交战。魏延是以部曲身份跟随刘备的，并不是降将。

［云长］大喜，随即入城安民，请黄忠相见。忠自觉羞惭，推病不出。云长差人请玄德。

却说玄德、孔明正行之次，忽见风枭马门，青旗倒卷，一鸦自北面南，连叫二声而去。玄德曰：“此应何灾福？”孔明袖占一课，曰：“长沙郡已得，更主得大将。午时必有佳音。”看看午时，报马到［来］，［说］云长已得长沙，“降将黄忠、魏延皆等主公至。”玄德、孔明并辔入城，云长具言前事。玄德亲往黄忠家相请，忠方出降，

据《三国志·蜀书·黄忠传》：黄忠字汉升，南阳人也。荆州牧刘表以为中郎将，与表从子磐共守长沙攸县。及曹公克荆州，假行裨将军，仍就故任，统属长沙太守韩玄。先主南定诸郡，忠遂委质。

求葬韩玄尸首于郡之东。后来史官有诗赞美黄忠曰：

将军气概与天参，白发尤然困汉南。
至死甘心无怨望，临降低首尚羞惭。
宝刀灿雪彰神勇，铁马嘶风忆战酣。
千古高名应不泯，长随孤月照湘潭。

玄德喜其忠诚，待之甚厚。云长引魏延至，亦言其事，玄德敬之。孔明勃然曰：“韩玄与汝无仇，杀之不义也！人人效此，必怀二心。”［喝］令“斩之!”刀斧［手］簇下魏延。性命如何？

［第一百六段］　孙权合肥大战

玄德见斩魏延，急命止之，问孔明曰："诛降杀顺，大不义也！魏延是有功无罪之人，何故杀之？"孔明曰："食其禄而杀其主，是不忠也；居其土而献其地，是不义也。吾观魏延脑背有反骨，久后必然谋叛，故先杀之，以绝祸根！"后来史官有诗曰：

知己知人乃圣贤，先明预晓得心传。

（引）［卧］龙相辅争天下，曾向长沙识魏延。

玄德曰："若斩此人，非安汉上之计也。"力劝免之。孔明指魏延曰："汝可尽忠报主，勿生异心。若有异心，（吾）早做早取汝头，晚做晚取汝头！"魏延喏喏连应而退。黄忠荐刘表侄刘磐，见在攸县闲居。玄德取回，交掌长沙；四郡已平，班师回荆州，汉上九郡，已得其六。

据《资治通鉴》卷六十五：（建安十三年十二月，）刘备表刘琦为荆州刺史，引兵南徇四郡，武陵太守金旋、长沙太守韩玄、桂阳太守赵范、零陵太守刘度皆降。庐江营帅雷绪率部曲数万口归备。备以诸葛亮为军师中郎将，使督零陵、桂阳、长沙三郡，调其赋税以充军实；以偏将军赵云领桂阳太守。（参见《三国志·蜀书·先主传》《诸葛亮传》）

何为九郡？江陵、汉阳、巴陵、襄阳、江夏、武陵、桂阳、零陵、长沙，这九郡皆属荆州。古荆州，今峡州是也；后以江陵为荆州。那（是）［时东吴占据］江夏、巴陵、汉阳（东吴占据）。夏侯惇弃了襄阳，屯兵樊城。刘玄德回荆州，改油江口为公安。

据《资治通鉴》卷六十六：（建安十四年十二月，）刘备表权行车骑将军，领徐州牧。会刘琦卒，权以备领荆州牧，周瑜分南岸地以给备。备立营于油口，改名公安。（参见《三国志·吴书·吴主传》）

据《三国志·蜀书·先主传》注引《江表传》：周瑜为南郡太守，分南岸地以给备。备别立营于油江口，改名为公安。

按：赤壁之战后，孙权占据了刘琦的江夏郡，刘备则攻取了江陵对岸的油江口（即公安，属武陵郡）。周瑜并未占领油江口；吴人所著《江表传》称周瑜"分南岸地以给备"，不过是承认刘备占据油江口一带的事实而已。

自此钱粮广盛，贤士归之；将军马四下分屯，各守隘口。

却说周瑜自回柴桑郡养病，令甘宁守（住）巴陵郡，凌统守（住）汉阳郡，吕蒙守江夏郡：三处分布战船，听候调遣。程普引其余将士投合肥来。

却说孙权自从赤壁鏖兵之后，久在合肥与曹军交锋，大小十余战，互有胜负，

据《三国志·魏书·武帝纪》：（建安十三年）十二月，孙权为备攻合肥。公自江陵征备，至巴丘，遣张憙救合肥。权闻憙至，乃走。公至赤壁，与备战，不利。

据《资治通鉴》卷六十五：（建安十三年）十二月，孙权自将围合肥，使张昭攻九

江之当涂，不克。

按：孙权攻合肥的时间，据《三国志·魏书·武帝纪》记载，是在建安十三年（208）十二月，赤壁之战之前。孙刘两家结盟之后，孙权即命周瑜和程普率军逆流而上会合刘备迎击曹军；同时，为诱使曹操分兵以减轻联军的压力，他亲自率军北上进攻合肥，故史称"孙权为备攻合肥"。

不敢逼城下寨，离［城］五十里屯兵。得程普军到，孙权大喜。人报鲁子敬先至，权远远下马而待之。肃见权立于马傍，荒滚鞍下马施礼。后众将皆至，见权如此待肃，尽皆惊异。权请肃上马，并辔而行。权（行）［曰］："孤下马相迎，足以显子敬否？"肃曰："未也。"众人闻之，无不愕然。权曰："何时为显耀焉？"肃曰："愿至尊威德加于四海，（德播）［总括］九州，克成帝业，那时以安车软轮征召，鲁肃始当显（辉）［耀］耳！"权于马上抚掌大笑，

据《三国志·吴书·鲁肃传》：曹公破走，肃即先还，权大请诸将迎肃。肃将入阁拜，权起礼之，因谓曰："子敬，孤持鞍下马相迎，足以显卿未？"肃趋进曰："未也。"众人闻之，无不愕然。就坐，徐举鞭言曰："愿至尊威德加乎四海，总括九州，克成帝业，更以安车软轮征肃，始当显耳。"权抚掌欢笑。

同至寨中，大设饮宴，犒劳鏖兵将士，商议破合肥之策。

忽报张辽差人下战书来。孙权观书大怒，就批"来日决敌！"权曰："张辽欺吾太甚！听知程普军来，故［意］使人搦战。来日不必新军赴敌，只守营寨，看吾大战一场！"传令五更三军出寨，望合肥城进；辰牌左右，军至半途，曹兵已到，两边各布成阵势。孙权金盔金甲披挂出马，左宋谦，右贾华，二将执方天画杆戟，两边护卫。三通鼓罢，对阵门旗两开，三员将（金）［全］装（环）［擐］带，立马阵前，中央是张辽，左有李典，右有乐进。张辽在马上单搦孙权（挑）［出］战。权讨枪欲自战之，阵门中一将早挺枪纵马而出，权视之，乃太史慈也。张辽挥刀来迎。两将战七八十合，不分胜败。门旗下李典与乐进曰："对面戴金盔者，孙权也。若捉得孙权，足可与八十三万军报仇！"说尤未了，乐进一骑马，一口刀，另从刺斜里径取孙权，如一道电光流至面前，手起刀落；宋谦、贾华两枝画戟一隔，刀到处，二戟齐断，只将画杆［望］马头上便打。乐进马回，宋谦掣军士手中枪赶来。李典搭上箭，望宋谦心窝里便射，应弦落马。

按：《演义》称宋谦死于建安十三年（208）的合肥之战，与史不合。据《三国志·吴书·吴主传》，宋谦参加了吴黄武元年（222）的夷陵之战，是击破刘备的吴军主要将领。

太史慈见背后有人落马，弃却张辽，望本阵便回。张辽乘势掩杀过来，吴兵大乱，四散奔走。张辽望见孙权，骤马来赶，看看赶上，侧首撞出一军，为头大将程普，救孙权去了。张辽自回，收军归合肥。

且说程普保权归大寨，败军陆续回营。为见折了宋谦，孙权放声大哭。长史张（纯）［纮］谏曰："主公恃盛壮之气，忽强（为）［暴］之（勇）［虏］，三军之众，莫不寒心！虽斩将（褰）［搴］旗，威镇敌场，此乃偏将之任，非主将之宜也。愿（折）［抑］贲、育之勇，怀王霸之计！今日宋谦死于锋镝之下，皆主公轻敌之故也。今后切宜保重！"权曰："孤之过也，从今改之！"

据《资治通鉴》卷六十六：孙权围合肥，久不下。权率轻骑欲身往突敌，长史张纮

谏曰："夫兵者凶器，战者危事也。今麾下恃盛壮之气，忽强暴之虏，三军之众，莫不寒心。虽斩将搴旗，威震敌场，此乃偏将之任，非主将之宜也。愿抑贲、育之勇，怀霸王之计。"权乃止。（参见《三国志·吴书·张纮传》）

少顷，太史慈入曰："今日虽败于曹兵，某手下一人姓戈名定，与张辽手下养马后槽是弟兄，（今晚）使人报来：'[今晚]明火为号，刺杀张辽，以报宋谦之仇。'某请兵以为外应。"权曰："戈定何在？"太史慈曰："已进身（在）合肥城中去了。某愿（先）乞五千兵去！"诸葛瑾曰："张辽非一勇之夫，乃足智多谋之士，恐有准备，不可造次。"太史慈坚执要行。权亦伤宋谦之（故）[殁]，急欲报仇，故令太史慈领兵五千，连夜去为外应。

却说戈定乃太史慈乡人，杂在军中，随入合肥，寻见养马后槽，两个商议。戈定曰："我已使人报太史将军去了，今夜必来接应。你如何用事？"后槽曰："此间[虽]离中军较远，夜间急不能进，只就草堆上点起一把火，你去前面叫反，我在后面叫反，城中兵[必]乱，就里去刺张辽，余（皆）[军]自走也。"戈定曰："此计大妙！"

是夜，张辽赏劳了，不敢解甲宿睡。左右曰："今日全胜，吴兵远去，将军何不卸甲宿歇？"张辽曰："非也。为将之道，勿以胜为喜，勿以败为忧。今日虽然胜，[倘]吴兵度吾无备，乘虚攻击，（可）[何]以约束三军？今夜比每夜尤加谨慎可也！"说未毕，后寨火起，一片声叫反，报者如麻。张辽便上马，引亲从将校数十人，当道而立。左右曰："喊声太急，可往观之。"辽曰："岂有一军尽反者？此是造反之人故意惊动（人）[军士]耳。如乱动者先斩之！"无移时，李典擒戈定并后槽至。辽问其情，立斩于马前。

据《资治通鉴》卷六十五：（建安十三年夏六月，）操使张辽屯长社，临发，军中有谋反者，夜，惊乱起火，一军尽扰。辽谓左右曰："勿动！是不一营尽反，必有造变者，欲以惊动人耳。"乃令军中："其不反者安坐！"辽将亲兵数十人中陈而立，有顷，皆定，即得首谋者，杀之。（参见《三国志·魏书·张辽传》）

按：据史书记载，张辽平息军中哗变，发生在赤壁之战之前，当时孙权尚未攻合肥，而且此事与太史慈无关。

只听得城外擂鼓纳喊，辽曰："此是吴兵外应。可就计（用）[破]之。"[令人]于城门内放起一把火，众皆叫反，大开城门，放下吊桥。太史慈见城门[大]开，只道内变，挺枪纵马先入。城上炮响，乱箭射下，太史慈急退，身中数箭。背后李典、乐进杀出，吴兵折其大半；乘势直赶到寨前，陆逊、董袭杀出，救了太史慈。曹兵自回。

孙权见太史慈身带重伤，感叹不已。张昭请权罢兵，权乃收军下船，回南徐润州。

据《三国志·魏书·蒋济传》：建安十三年，孙权率众围合肥。时大军征荆州，遇疾疫，唯遣将军张喜单将千骑，过领汝南兵以解围，颇复疾疫。济乃密白刺史，伪得喜书，云步骑四万已到雩娄，遣主簿迎喜。三部使赍书语城中守将，一部得入城，二部为贼所得。权信之，遽烧围走，城用得全。（参见《资治通鉴》卷六十六）

据《三国志·魏书·武帝纪》：（建安十三年）十二月，孙权为备攻合肥。公自江陵征备，至巴丘，遣张憙救合肥。权闻憙至，乃走。

据《三国志·吴书·吴主传》：权自率众围合肥，使张昭攻九江之当涂。昭兵不利，权攻城逾月不能下。曹公自荆州还，遣张喜将骑赴合肥。未至，权退。

按：此次合肥之战孙权撤兵的原因，《演义》称：太史慈受重伤后，孙权采纳了张昭的建议而决定撤军。这与史实不合。据史书记载，魏谋臣蒋济以虚张声势之计，欺骗了孙权，使孙权误以为魏援军即将到达，于是下令撤兵。

比及屯驻军马，太史慈病重。权遣张昭等问之，太史慈大叫曰："大丈夫死于乱世，当带三尺之剑，以升天子之阶。今所志未遂，奈何死乎！奈何死乎！"

据《三国志·吴书·太史慈传》注引《吴书》：慈临亡，叹息曰："丈夫生世，当带七尺之剑，以升天子之阶。今所志未从，奈何而死乎！"权甚悼惜之。

言讫而亡，年四十一岁。

据《三国志·吴书·太史慈传》：孙权统事，以慈能制（刘）磐，遂委南方之事。年四十一，建安十一年卒。

按：据《三国志·吴书·太史慈传》，太史慈死于建安十一年（206）。《演义》称太史慈死于建安十三年（208）的合肥之战，与史不合。

后来史官有庙赞八句云：

处世全忠孝，东莱太史慈。
姓名昭远塞，弓马振雄师。
北海恩酬日，神亭酣战时。
临终言壮志，三叹复嗟咨。

孙权厚葬［太史慈］于南徐北固山下；养其子太史享于府，后来官至尚书。

据《三国志·吴书·太史慈传》：子享，官至越骑校尉。

权自合肥兵败之后，心中忧闷，日与诸谋士谈兵。

却说玄德在荆州整顿军马，闻孙权合肥兵败，已回南徐，与孔明议事。孔明曰："亮夜观星象，见西［北］有星坠地，必应折一王孙。"正说间，人报公子刘琦病亡，

据《后汉书·刘表传附子琮传》：操后败于赤壁，刘备表琦为荆州刺史。明年卒。
据《三国志·蜀书·先主传》：琦病死，群下推先主为荆州牧，治公安。

玄德哀痛不已。孔明劝曰："生死常理，主公勿忧，恐伤贵体！且理大事，一面差人迁葬，［一面］守御城池。"玄德曰："谁可以去？"孔明曰："非云长莫可。"即时便教［云长］前去［襄阳］。

据《三国志·蜀书·关羽传》：先主收江南诸郡，乃封拜元勋，以羽为襄阳太守、荡寇将军，驻江北。

玄德曰："今日刘琦已死，东吴必然来讨荆州。如何对答？"孔明曰："若有人来，亮自有对答之言。"

不过半月，忽报"东吴差鲁肃特来吊丧。"玄德曰："非是吊丧，乃索荆州也。"当下孔明如何对答？

［第一百七段］ 周瑜定计取荆州

孔明听知鲁肃到，交远（近）［远］迎接；接到公廨，都相见了。鲁肃曰："江东听知贤侄弃世，吴侯特具薄礼，遣肃径来致祭。周都督就交再三申敬［于］玄德公与孔明先生！"玄德、孔明皆谢了，收过礼物，请在堂上坐定，置酒相款。肃曰："前者皇叔有言：'公子刘琦若在，荆州暂时居守。'今公子弃世，必须见还，肃正为此事而来。几时可以交割？"玄德曰："公且饮酒，有个商议。"肃强饮了数杯，连逼数次。玄德未及言，孔明变色曰："子敬公（乃）［好］不通礼！我主（人）［公］如此相待，直须（有）［要］说到根前？自三皇五帝开天立极以来，天下者，非一人之天下，乃天下［人］之天下也。且休说远。昔汉高皇帝提三尺剑，斩白蛇，起义［兵］，成四百余年之基业，传至今上。不幸奸雄并起，宇宙瓜分，各据一方，自收赋税；有日天道好还，须归［正统］。我主公乃（山中）［中山］靖王之后，汉景帝阁下玄孙，今上皇叔，于封疆［之内］，（各）［合］分茅列土而居之；加之刘景升乃我主之兄，弟承兄业，有何不可？汝主是钱塘小吏之子，素无功德于朝廷，今以强横占据六郡八十一州，尚自贪心不足，而欲吞汉上耶？今刘家天下，我主姓刘到无分，汝主姓孙合（请佃也）［情得耶］？何况赤壁破曹，我［主］多负勤劳，众将并皆用命，岂特是汝东吴之力耶？若非我借东南风信，汝周郎安能展半筹之功（耳）［耶］？江南一破，休说二乔掳于铜雀，则汝等妻子皆不能保也。适来我主（人）［公不即］答应者，以子敬乃高明之士，必能察焉。子敬深通今古，善别是非，何故出此言也？"一席（说话）［话说］得鲁肃缄口无言，半晌乃曰："孔明之言无不有理，争奈鲁肃身上甚是不便。汝等做得个损人安己么？"孔明曰："有何不便？"肃曰："昔日皇叔当阳受难之时，肃引孔明渡江见吴侯。后来周公瑾要兴兵攻荆州，又是鲁肃当回。后来说待公子去世还荆州，又是鲁肃回话；今不应前言，失其大信，使鲁肃死无葬身之地［矣］！鲁肃死无恨，使荆、襄之民立见涂炭，刘皇叔亦受万世之耻［笑］也。愿细思焉！"孔明曰："曹操统百万虎狼之众，动以天子为名，吾亦以为（病癞）［疥癣］之疾，岂惧周郎一小儿乎？然如此恐子敬先生面颜不好看。我交主（人）［公］立一纸文书，暂借荆州安身；待我主别图得城池之时，便交付还（吾）［吴］。此理如何？"肃曰："孔明还是夺得何处，还我荆州？"孔明曰："中原急未可得。西川刘璋暗弱，我主待图之。若图了西川，那时便还。"肃交立文书。玄德亲笔书写了，押了字；保人诸葛孔明也押了字。孔明曰："玄德公是我主人，难道自家作保？烦子敬先生也画个字，回见吴侯也好看。"肃曰："吾素知皇叔乃仁义之人，必不相负。"遂押［了］字，收了文书；

据《资治通鉴》卷六十六：会刘琦卒，权以备领荆州牧，周瑜分南岸地以给备。备立营于油口，改名公安。……刘表故吏士多归刘备，备以周瑜所给地少，不足以容其众，乃自诣京见孙权，求都督荆州。……权以鲁肃为奋武校尉，代瑜领兵，令程普领南郡太守。鲁肃劝权以荆州借刘备，与共拒曹操，权从之。乃分豫章为鄱阳郡，分长沙为汉昌郡；复以程普领江夏太守，鲁肃为汉昌太守，屯陆口。

据《三国志·蜀书·先主传》注引《江表传》：周瑜为南郡太守，分南岸地以给备。

备别立营于油江口，改名为公安。刘表吏士见从北军，多叛来投备。备以瑜所给地少，不足以安民，复从权借荆州数郡。

据《三国志·吴书·鲁肃传》：后备诣京见权，求都督荆州，惟肃劝权借之，共拒曹公。

按：东汉时代，荆州有七郡。据史书记载，赤壁战后，刘备夺取了江南四郡，周瑜攻占了以江陵为中心的南郡南部地区。所谓“借荆州”，是建安十五年（210）周瑜死后，在鲁肃建议下，孙权把南郡南部交给刘备驻守。

至此，刘备占有荆州七郡中的四个半郡，曹操占有南阳郡和南郡、江夏郡之北部，孙权占有江夏郡大部。

吃了筵席，便辞玄德。（临别，）孔明送至船边，与鲁肃曰：“子敬见公瑾，善言申意，休（想）[要]妄想。若不容准，我番过面皮，和江南八十一州都夺了。只要两家和气，全在子敬一语之劳，休教曹贼笑话！”

鲁肃作别，下船而回，先到柴桑见周瑜。瑜问曰：“子敬讨荆州如何？”肃曰：“有文书在此。”递与周瑜看。瑜以足顿地曰：“子敬中诸葛之谋也！名为借地，实是（昏）[混]赖。说是取了西川便还，知他是几时？假如十年不得，十年不还？知他谁先谁后？这等文书如何中用？你（去又）[却]与他作保！他不还城池，须带累足下。吴侯一怒，九族难保！”鲁肃闻言呆了半晌，（托）[将文书掷]地（泪）下，[泣]曰：“恐玄德不负于我。”瑜曰：“子敬是诚实笃厚君子！刘备乃枭雄之辈，诸葛乃狡猾之徒，恐不似汝之心也！”鲁肃曰：“似此，如之奈何？”瑜曰：“子敬是吾恩人，吾如何不救你？且宽心少住数日，待江北探细的回，别有措划。”鲁肃局蹐不安，撚指数日。

细作回报：“荆州城中扬起布幡做好事，城外（创）[别]建新坟，军士各[各]挂孝。”瑜惊曰：“没了甚人？”细作（否）[答]曰：“刘玄德丧了甘夫人，即目安排殡葬。”瑜与鲁肃曰：“吾计成矣！使刘备束手受缚，荆州反掌可得。”肃曰：“计将安出？”瑜曰：“刘备丧妻。（吾）[吴]侯有一妹，极其刚勇，侍婢数百，居常带刀，房中军器摆列遍满，虽男子不及也。

据《资治通鉴》卷六十六：（建安十四年十二月，）权以妹妻备。妹才捷刚猛，有诸兄风，侍婢百余人，皆执刀侍立，备每入，心常凛凛。（参见《三国志·蜀书·法正传》）

我修封呈子，径达吴侯，教使人去荆州为媒，说刘备来入（舍）[赘]；赚到南徐，妻不能勾，幽囚在狱中，却使人去讨荆州换刘备。一（脚）[旦]交割了城池，我别有个主意，于子敬身上须无事也。”

据《三国志·蜀书·先主传》：琦病死，群下推先主为荆州牧，治公安。权稍畏之，进妹固好。

按：据史书，建安十四年（209），孙权把妹妹嫁给刘备，是为了巩固孙、刘联盟，此事系孙权主动策划，并非如《演义》所说，是周瑜设美人计，为了骗刘备到南徐，软禁起来，以便讨回荆州。历史上，周瑜去世前，刘备还没有从东吴手中借得南郡，自然也没有东吴“讨荆州”的问题。

鲁肃拜谢。[周瑜]即时写了申呈，选只快船，发送鲁肃投南徐来；到岸了径来见吴侯，先说借荆州一事，呈上文书。孙权曰：“若如此，何时取得？”肃曰：“有周都督机密书呈在此，用此计可得荆州。”孙权看了，点头［暗喜，］寻思“教谁可为媒，去赚刘备？”猛省曰：“非此人不可！”权交唤吕范来，乃汝南曲阳人也，（姓吕）字子衡。（唤）［范］至，权曰：“吾闻刘玄德丧妻。吾有一妹，欲招此人为婿，永结姻亲，共力破曹，以扶汉室，非子衡不可为媒。望作伐往荆州一行！”范曰：“主公有命，安敢有违？”即日收拾船只，带数［个］从人投荆州来。

按：核诸史书，孙权嫁妹给刘备时，甘夫人未死。据《三国志·甘皇后传》，“后卒，葬于南郡”，而刘备进入借得的南郡，是在建安十五年（210）十二月，甘夫人当死于此后不久。孙权嫁妹给刘备是在建安十四年（209），时刘备驻公安，甘夫人尚在。但她的名分是妾（她在生前始终未立为正妻，刘备的正妻已于当阳长坂之战被曹军掳去），故孙权可以嫁妹给刘备做妻子。《演义》却说，因甘夫人死，孙权、周瑜才搞美人计，与史不合。

却说玄德自从没了甘夫人，晓夜烦恼。当日正与孔明闲话，人报“东吴差吕范到来，有说的话。”孔明笑曰：“又是周瑜之计，必是为荆州之故。亮只在屏风后潜听，但有甚话，主公都应承了，留本人在驿中歇定，别作商议。”玄德交请吕范至，叙礼毕请坐。茶汤罢，玄德曰：“子衡到此，必有见谕。”范曰：“某近闻皇叔失偶，有一门好亲，故不避嫌疑，特来作伐，尊意如何？”玄德曰：“中年丧妻，大不幸也！肉（尚）［骨］未冷，安敢望此？”范曰：“人若无妇，如屋无梁，岂可中道而废人伦也？［吾］主（人）［公］吴侯有一妹，美而大贤，堪可以奉箕帚。若两家共结秦、晋之欢，则曹贼不敢正视东（吴）［南］矣。家国之事，并皆全美。皇叔勿生疑惑，便可一行。”玄德曰：“此事吴侯知否？”范曰：“不先禀过吴侯应允，如何敢造次来说？”玄德曰：“吾已半百之年，须（髦）［发］斑白，吴侯之妹正当妙龄，恐非配偶。”范曰：“吴侯之妹身虽女子，志胜男儿，尝曰：‘若非天下英雄，吾不事之。’今皇叔名闻海宇，德播华、夷，正所谓‘淑女以配君子’，岂可以年齿上下相嫌乎？”玄德曰：“公且少留，来日报汝。”是日设宴相待，留于馆舍；至晚与孔明商议。孔明曰：“来意［亮］已尽知。适来卜《易》，已得大吉大利之兆。主公便可应允，先交孙乾和吕范同见吴侯面许，拣日便去就亲。”玄德曰：“周瑜定计，欲害刘备，岂可以身［轻］入危险之地乎？”孔明大笑曰：“虽是周瑜之计，岂出诸葛之勾乎？略用小谋，使周瑜半筹不展，吴侯之妹又属主（人）［公］，荆州万无一失。”

据《资治通鉴》卷六十六：（建安十四年冬十二月，）权以妹妻备。

据《资治通鉴》卷六十六：（建安十五年冬十二月，）刘表故吏士多归刘备，备以周瑜所给地少，不足以容其众，乃自诣京见孙权，求都督荆州。瑜上疏于权曰：“刘备以枭雄之姿，而有关羽、张飞熊虎之将，必非久屈为人用者。愚谓大计宜徙备置吴，盛为筑宫室，多其美女玩好，以娱其耳目；分此二人各置一方，使如瑜者得挟与攻战，大事可定也。今猥割土地以资业之，聚此三人俱在疆埸，恐蛟龙得云雨，终非池中物也。”吕范亦劝留之。权以曹操在北，方当广揽英雄，不从。备还公安，久乃闻之，叹曰：“天下智谋之士，所见略同。时孔明谏孤莫行，其意亦虑此也。孤方危急，不得不往，此诚险涂，殆不免周瑜之手！”

据《三国志·蜀书·庞统传》注引《江表传》：先主与统从容宴语，问曰：“卿为周公瑾功曹，孤到吴，闻此人密有白事，劝仲谋相留，有之乎？在君为君，卿其无隐。”统对曰：“有之。”备叹息曰：“孤时危急，当有所求，故不得不往，殆不免周瑜之手！

天下智谋之士，所见略同耳。时孔明谏孤莫行，其意独笃，亦虑此也。孤以仲谋所防在北，当赖孤为援，故决意不疑。此诚出于险涂，非万全之计也。”

孔明（道）[定]三条妙计，气（使）[死]周瑜。其计如何？

[第一百八段]　刘玄德娶孙夫人

玄德怀疑，不敢应允。孔明交孙乾为媒，亲往江南说合，就成此亲事。孙乾领了这话，与吕范同至南徐来见吴侯。吴侯言：“我愿将妹招嫁玄德，并无异心。”孙乾谢了，回荆州（说吴侯相待之意。）[见玄德，言“吴侯十分相待，专等主公来结姻亲。”]玄德心中怀疑，不敢往。孔明曰：“某定下妙计三条，非子龙不可行计。”唤子龙近前，嘱付曰：“汝保主（人）[公]入吴，当领此三个锦囊，内有三条妙计，依次而行，吾当应之。汝若不依吾计，是背主也！”子龙曰：“愿领军师密旨，并不敢违！”孔明出锦囊三枚，付与子龙贴肉收藏。（不过一月，孙乾回，言“吴侯十分相待，专等主公来结姻亲。”）孔明先使人献上财礼，一切完备。

时建安十四年冬十月初，刘玄德选快船十只，随行五百余人保护，大将赵子龙一并离荆州，前望南徐进发；

按：《演义》称刘备赴东吴招亲，于史无据。据《三国志·蜀书·先主传》，孙权嫁妹给刘备，是“进妹固好”——主动把妹妹送到荆州公安嫁给刘备的，事在建安十四年（209）十二月。而刘备到京口见孙权，是在建安十五年（210）十二月，即孙权嫁妹一年以后；刘备此行并不是去招亲，而是向孙权求借南郡。

荆州之事，一听孔明裁处。玄德心中终是怏怏不安。早到南徐，船已傍岸，子龙想曰：“适来时，孔明分付三条妙计，依次而行。今已到郡，必须先开第一个锦（袋）[囊]观之，依计而行。”子龙看了，唤五百随行军士一一分付，如此如此，众军各应允而去。元来乔国老乃二乔之父，平生至直，见居南徐。子龙交玄德先往见之。玄德乃牵羊担酒，置（备）[币]剸金，先来拜见乔国老，说“吕范为媒，说（吴）[孙]夫人嫁备。”更兼五百军士上[岸入]南徐街坊，两两三三，传言送语，各处遍告，尽说玄德进舍一事，城中人尽知。此是孔明第一条妙计。吴侯知玄德已到，交吕范相待，且就馆驿中安歇。

却说乔国老来见吴太夫人，

按：吴太夫人是《演义》虚构的人物。参见第十四段按语。

称说“且喜！”太夫人曰：“老身寡居，有何喜事？”国老曰：“令爱已许刘玄德，女婿已到，何故相瞒？”夫人曰：“老身不知此事。”使人请吴侯来，问其虚实；先使梯己人[于]城中探听。人人皆回报：“果有此事！即目女婿在江边馆驿里安下；五百随身跟来军士都在城中买（下）饭，皆言做亲之事。做媒妁是吕范，男家是孙乾，都在馆驿中相待茶饭。”吴夫人吃了一惊。少刻，孙权入后堂见母，夫人捶胸而哭。孙权大惊曰：“母亲有话明说，何故如此痛哭乎？”国太曰：“男大须婚，女大须嫁，古今常礼。我为母[之道]，须教我知（是）[道]得。你招刘玄德为婿，如何瞒我？女儿须是我的[骨血]！”权吃了一惊，问曰："那里得有这话来？"国太曰："若要不知，除非莫为。满城百姓那个不说？你到瞒我！"乔国老曰："老夫［已］知多（日）［时］了，一径贺喜！"权曰："非也，此是周郎之计。［因］要取荆州，若动刀兵，［恐］生灵涂炭。故将此为（号）［名］，赚刘备来囚之，将荆州（慱换）［付还］；如其不从，先杀刘备。此［是］计策，非实意也。"国太大怒，骂"周瑜匹夫！汝做六郡八十一州大都督，直恁无条妙计去取荆州，却把我女儿为名，使美人局。若杀了刘备，我女儿便是望门寡，明日要怎的说亲？须误他一世！你门好做作！"乔国老曰："如［用此计，］便夺得荆州，也被天下人笑！此事如何行得？"孙权默默无言。国太不住口只骂周郎，国老劝曰："事已如此，不如招刘皇叔为婿，免得出丑。"权曰："年纪恐不相当。"国老曰："刘皇叔乃汉室宗亲，（是）当世之豪杰。若招得这女婿，也不辱令妹。"国太曰："我不曾认得刘皇叔，明日约在甘露寺相见。如不可我意，任从你行事；若可我意，我自把女［儿］嫁了。"孙权是个大孝的人，见母亲［如此］说，便应承了；自出外唤吕范分付："来日甘露寺方丈设宴，国太要见刘备一面相亲。"范曰："何不令贾华部领三百刀斧手伏于两廊？若国太不喜时，一声号举，刀斧手齐出，剁为肉酱！"吴侯便唤贾华分付，交预先准备，"只等我教下手。"

却说乔国老辞吴夫人归，使人报玄德，言"来日吴国太亲自要相亲，好生在意！"玄德与孙乾、赵云商议。云曰："来日此会多凶少吉！云自引五百部从保之。"隔夜，吕范先来请下。

（以）［次］日，吴国太、乔国老都先在甘露寺方丈内，孙权引一班儿谋士都到。吕范［又］来馆驿中请玄德。是日，玄德内披细甲，外穿锦袍，从人佩剑紧随，上马投甘露寺来，赵云全装擐带，引五百军后随；寺前下马，先入到法堂上与孙权相见。权观玄德一表非俗，心中有畏惧之意。

据《三国志·蜀书·先主传》：琦病死，群下推先主为荆州牧，治公安。权稍畏之，进妹固好。先主至京见权，绸缪恩纪。

两人各叙礼毕，请入方丈拜吴国太。国太见［了］玄德大喜，乃与乔国老曰："真吾婿也！"国老曰："玄德有龙凤之姿，（抱）天日之表，更兼仁德布于四海。国太得此［佳］婿，真可庆也！"玄德拜谢，会宴于方丈之中。少［刻，］赵子龙带剑［而入，］立于筵前。国太问曰："此何人也？"玄德答曰："常山赵子龙也。"国太曰："莫非当阳长坂抱阿斗者乎？"玄德曰："然。"国太曰："真将军也！"遂赐酒。赵云暗与玄德曰："却才某于廊下巡观，见房内有刀斧之声，有人埋伏，必无好意，可告与国太。"玄德跪下泣曰："若欲杀备，就此请诛！"国太曰："何故出此言也？"玄德曰："廊下暗伏刀手，非杀备［而］何？"国太大怒，责骂孙权曰："今日玄德与我作婿，即我的儿女也。何故伏刀手于廊下！"权推不知，唤问吕范，范推贾华。国太唤贾华问之，华无言。国太喝令"斩之！"玄德哀告曰："若斩大将，于亲不利。刘备亦难居（人）于膝下矣！"国老也劝。［国太］喝放贾华，刀斧手皆抱头鼠窜而去。

玄德推更衣出殿前，见庭下有石一块。玄德拔从者所佩之剑，仰天祷曰："若刘备能勾回荆州，成霸王之业，一剑挥石为两段；如死于此地，则剁不开。"手起剑落，火光迸散，砍为两半。孙权忽在后曰："玄德为何而恨此石？"玄德答曰："备年近五旬，不能与国家剿除操贼，心常恨焉！今蒙国太招为女婿，此平生之遭遇也。却才问天买卦，如破曹兴国，砍断此石。今果然如此！"权暗思："刘备莫非用此言瞒我？"遂亦掣剑曰：

“吾亦问天买卦，若破得曹操，亦砍断此石。”却暗暗祷祝：“如再取得荆州，兴旺东吴，砍为两半。”手起剑落，其石亦开。至今有十字分开“(眼)[恨]石”尚存。后来宋贤观此胜迹，作诗赞曰：

紫髯桑盖两沉沉，眼石尤存事莫寻。
汉鼎三分聊措手，楚醪虽美肯同心。
英雄已往时难问，苔藓多生岁愈深。
环布市廛沽酒客，雀喧鸠聚话蹄跨。

又诗曰：

宝剑落时山石断，金环响处火光生。
两朝王气皆天数，从此乾坤鼎足成。

二人弃剑大笑，再相扶入席共饮。孙乾目视玄德，玄德辞以不胜酒力，“告退!”孙权送出寺前，二人并立，观江山之景。玄德曰：“此乃天下第一江山也!”后人有诗曰：

江南雨霁涌青螺，境界无尘乐最多。
昔日英雄凝目处，岩崖依旧抵风波。

又《水调歌头》之词一篇题景：

江左占形势，先数古徐州。
连山如画峰峦，缥缈看危楼。
鼓角临风悲壮，烽火接天陬。
嗟往事，忆孙、刘。
千里挥戈甲，万灶宿貔貅。

草凝霜，风(木落)[落木]，
岁方休。
使君豪放，谈笑洗尽古今愁。
不见襄阳登览，磨灭游人无数，
遗恨黯然收。
叔子偏千载，名[与]汉江流。

二人共观之次，江风浩荡，洪波滚雪，白浪掀天。忽见波面一叶小舟，于江面上如登平地。玄德叹曰：“南人驾舟，北人乘马，信有之乎!”孙权闻(知)[之]，自思曰：“刘备此语，讥吾不惯乘马[耶]？”呼左右牵过马来，飞身上马，驰骤下山，复加鞭而上，顾与玄德曰：“南人亦能乘骑乎？”玄德闻(知)[之]，振衣一跃，骗(于)[上]马背，飞走下山，复上。二人立马于山坡之上，扬鞭大笑。至今此处(占)[名为]“驻马坡”。有诗为证：

驰骤龙驹概气多，二雄并辔立山河。
东吴、西蜀兴王业，万古尤存驻马坡。

当日二人并辔而回，南徐之民无不喝采。

玄德自回驿庭，与孙乾商议。乾曰：“主公只是哀告乔国老，早早毕姻，免生别事。”玄德次日前去告国老。[国老]曰：“玄德宽心！吾替汝去告国太，令作护持。”玄德谢了自回。乔国老入见国太，说“刘玄德恐人谋害，急急要回。”国太[怒]曰：“我的女婿，谁敢害他!”即时便交搬入府中书院(里)[暂]住，早晚便交毕亲。玄德入告国太曰：

“只恐赵云在外，军士争闹（，累及）不便。”国太交尽搬入府中［安］歇，休留在馆舍中，免得生事。玄德暗喜，［为］有护（臂）［卫］在近，不（愁）［惧］伤害。

数日之内大排筵会，孙夫人与玄德结亲。至晚客散，两行花烛迎引玄德入房。灯光之下，但见枪刀簇满，侍婢皆带剑而立，（谎）［慌］得玄德魂不附体。还是如何？

［第一百九段］ 锦囊计赵云救主

玄德进孙夫人房，见刀剑森列，面皮失色。管家婆连忙进曰：“贵人休惊！夫人自幼好观武事，居常［令］侍婢击剑为乐，故房中有之。”玄德曰：“此非夫人可观之事也。吾甚寒心。可命暂去。”

> 据《资治通鉴》卷六十六：权以妹妻备。妹才捷刚猛，有诸兄风，侍婢百余人，皆执刀侍立，备每入，心常凛凛。（参见《三国志·蜀书·法正传》《华阳国志·刘先主志》）

管家婆禀孙夫人曰：“房中摆列军器，娇客不安，令且去之。”孙夫人笑曰：“相持半世，尚惧兵器乎？”尽命去之，令侍妾解剑伏事。当夜玄德与孙夫人成亲。玄德以甜言美语（掇漏）［啜诱］孙氏欢喜；（仍）［乃］与金帛散与使婢，要买其心。先交孙乾回荆州报喜，自此连日饮酒。吴国太十分敬爱玄德。

却说孙权差人来柴桑报周瑜，言“我母亲力主，已将吾妹聘嫁刘备。不想弄假成真，此事（反）［还］复如何？”周瑜观书大惊，坐立不安，乃思一计，遂修密书，就令去人带回见孙权。（又）［权］得书，拆封视之，书曰：

> 周瑜顿首百拜，上书于主君明公座下：昨常与谋大事，不想反复如此。既已弄假成真，必须以凶为吉。刘备（乃）［以］枭雄之姿，而有关、张熊豹二将，更兼诸葛用谋，必非久屈在人下者。愚谓大计，可软困［备］于吴中，盛为筑宫室以丧其［心］志，多具美女玩好以娱其耳目，使分关、张之情，隔断诸葛之契，各天一方，然后以兵攻之，大事可定矣。今若纵之，使（三）人在疆场，恐蛟龙得云雨，终非池中物也。愿明公熟思之！书不尽言，幸垂照察！

孙权看毕，以书示（以）张昭。［昭曰：］“公瑾之谋，正合吾意！刘备起身微末，奔走天下，未尝曾受富贵。今若以华堂大厦、子女玉帛令彼享用，疏远诸葛、关、张，各生怨望而自散去，荆、襄可不战而自得也；若纵刘备归北，终久是东吴之大患！主公可从公瑾之计而速行之。”

孙权即日修整东府，广（裁）［栽］花木，器用什物极其富丽，令妹居之；又赠女乐数十人，并金玉、锦绣、玩好之物，交玄德受用。

> 据《资治通鉴》卷六十六：（建安十五年冬十二月，）刘表故吏士多归刘备，备以周瑜所给地少，不足以容其众，乃自诣京见孙权，求都督荆州。瑜上疏于权曰：“刘备以枭雄之姿，而有关羽、张飞熊虎之将，必非久屈为人用者。愚谓大计宜徙备置吴，盛为筑宫室，多其美女玩好，以娱其耳目；分此二人各置一方，使如瑜者得挟与攻战，大事可定也。今猥割土地以资业之，聚此三人俱在疆埸，恐蛟龙得云雨，终非池中物也。”

吕范亦劝留之。权以曹操在北，方当广揽英雄，不从。（参见《三国志·吴书·周瑜传》）

据《三国志·吴书·鲁肃传》注引《汉晋春秋》：吕范劝留备，肃曰："不可。将军虽神武命世，然曹公威力实重，初临荆州，恩信未洽，宜以借备，使抚安之。多操之敌，而自为树党，计之上也。"权即从之。

按：据史书记载，建安十五年（210）刘备赴京口见孙权时，周瑜曾上书孙权，建议扣留刘备并以声色软化他，但孙权未采纳；《演义》却说孙权采纳了周瑜的建议并付诸实施。又，史书中周瑜说："刘备以枭雄之姿，而有关羽、张飞熊虎之将，必非久屈为人用者。"而在《演义》中，罗贯中改写成："刘备以枭雄之姿，而有关、张熊豹二将，更兼诸葛用谋，必非久屈在人下者。"强调了诸葛亮善于用谋。

国太只谓孙权好意，喜不自胜。玄德果然被［声］色（欲）所迷，全不想回荆州，亦不思量诸葛之语，中了周瑜之计。

却说赵云与五百军在东府前住，终日无事，只去城外射弓走马。看看年终，子龙猛省："孔明（分）［交］付三个锦囊与我，交我一到南徐开第一个，住到年终开第二个，临到急危无路之时开第三个，于内皆有神出鬼没之计，可保主公回归。今岁已将终，主公恋住美色，并不见面。何不拆［看］第二个锦囊之计而行？"拆开看了曰："元来是如此！"即时径入府堂，要见玄德。侍婢报曰："赵将军有紧事来报贵人！"玄德唤入问其故，子龙做失惊意曰："主公深居华堂，不想荆州耶？"玄德曰："有甚事，如此惊怪？"子龙曰："今早诸葛孔明使人来报：'曹操要报赤壁鏖兵之恨，起精兵五十万，杀奔荆州来，甚是危急。请主公便回。'"玄德曰："必须和夫人商量是得。"子龙曰："若与夫人说知，必不肯交主公去。不如休说，今晚便好上马，迟则误事！"玄德曰："你且暂退，我自有道理。"子龙做意催（并）［逼］数番而出。玄德入见孙夫人，暗暗垂泪。夫人曰："丈夫何故心中烦恼？"玄德曰："念备一身飘流异乡，生不能侍奉二亲，死不能祭祀祖宗，乃大不孝也！今岁旦在即，使备悒怏不已！"孙夫人曰："你休瞒我，我已听知了也。赵子龙报（你）［说］荆州危急，你欲还乡，故推此意。"玄德跪而言曰："夫人既知，备安敢瞒？欲不去，荆州有失，使天下人骂备也；欲去，又舍夫人不得：因此烦恼。"夫人曰："我已嫁事于汝。汝所去处，我愿随之！"玄德曰："夫人之心，怕不如此？争奈国太与吴侯安肯容夫人去［也］？［夫人］若可怜见，刘备暂时辞别。若刘备战死于沙场，夫人再不适于豪杰，则备虽在九泉，蒙恩不浅也！"孙夫人曰："丈夫何故出此不利之语［耶］？"玄德曰："岂不闻俗语云：'公子登筵，不醉即饱；壮士临阵，不死带伤。'赴敌之人，岂敢保耶？"言讫泪下如雨。孙夫人曰："我苦苦哀告母亲，须放［我］与汝同去。"玄德曰："纵使国太肯时，吴侯必然阻当。"孙夫人曰："我有一计，［汝］能从否？"玄德请问，夫人曰："我与你元旦拜贺时，推江边祭祖，不告而去，若何？"玄德曰："若如此，生死难忘！切勿漏泄！"两个商议定了，玄德唤子龙，密语分付："正旦日你先引军士出城，于官道等候。吾推祭祖，与夫人同走。"子龙曰："主公自宜想旧，（切）［勿］误军师之计！"

时建安十五年正月初一日，吴侯大会文武于堂上。玄德与孙夫人先来拜国太并嫂嫂。［孙夫人］说："夫主想涿郡父母，除夜伤感不已。今日欲往江边，望北遥祭，须告母亲知之。"国太曰："此是孝道。汝虽不识舅姑，可同玄德祭之，亦是为妇之礼。"孙夫人拜谢，参贺（处）［毕］，更不令孙权知［之］，上了车儿，将带随身细软，玄德引数骑跟定出城，与子龙相会，五百军前遮后拥，离了南徐，趱程而去。

当日孙权大醉，左右近侍扶入后堂，文武皆散。比及［众官］知道玄德与孙夫人潜逃而去之时，天色已是黄昏，要报孙权，［权］醉眠不醒，至晓觉之，已是五更。

据《三国志·蜀书·周瑜传》注引《江表传》：刘备之自京还也，权乘飞云大船，与张昭、秦松、鲁肃等十余人共追送之，大宴会叙别。

孙权听知走了玄德，荒急唤集文武商议。张昭曰："今（已）［日］走了，早晚必生祸乱！可急追之。"孙权便差陈武、潘璋选五百精壮军马，"无分星夜，务要赶上拿回！"二将领命去了。孙权忿怒转加，深恨玄德与其妹，将（所坐之椅捽）［案上玉石砚摔］为粉碎。程普曰："主公虽有冲天之忿，某料陈武、潘璋必擒此人不来。"权曰："焉敢违吾令耶？"普曰："郡主自幼好观武事，严毅刚正，诸将皆惧之。既然肯顺刘备，有心同去，（若）［所］追之将，若见郡主，不敢下手。"权大怒，掣所佩之剑，唤蒋钦、周泰听令："汝二人将这口剑，取将吾妹并刘备头来，违令者斩之！"蒋钦、周泰随后点一千马军来赶。

却说玄德加鞭纵辔，催趱而行；当夜暂歇两个更次，荒忙便行。看看来到柴桑界首，望见背后尘头起，众军报道："追兵至矣。"玄德荒问子龙曰："追兵已至，如之奈何？"子龙曰："主公先行，吾（应）［愿］当之！"转过前面山脚，一彪人马拦住去路，当先两员将出马，厉声高叫曰："刘（玄德）［备］快疾下马［受缚］！吾奉周都督将令，伺候多时。"唬得玄德举手失措，回马问子龙曰："前有拦截之兵，后有追袭之将，前后无路，如之奈何？"子龙曰："主公勿忧！诸葛军师分付三条妙计，皆在锦囊之中。二囊已拆，并皆应验。正有第三个锦囊在此，军师道'危难可开。'今日何不观之？"玄德交取锦囊，拆封观之，变忧作喜。其计道甚？

［第一百十段］ 诸葛亮两气周瑜

元来周瑜恐玄德走透，先发人交吴侯江边关防了船，不得兵符不（敢）［许］擅开，先断绝了这条长江水路；然后差徐盛、丁奉当要道下个营寨，（如）［时］常交人登高远望，料道玄德若投旱路走，必须经由那里过，却好等着。当日，徐盛、丁奉二千马步军摆开，马上大笑曰："俺都督神机妙筭，果然应口！"两匹马，两件军器，立在阵前。玄德忙问子龙，［子龙］出锦囊交玄德看了。玄德急荒来（军）［车］前告孙夫人曰："备有心腹之言，至此（今）［尽］当实诉！"孙夫人曰："丈夫有何言语？勿得藏匿。"玄德曰："昔日汝兄吴侯与周瑜用谋，将夫人招嫁刘备，实非为夫人之前程，乃欲幽囚刘备而夺荆州也。夺了荆州，必致杀害。备若身死，夫人安可归乎？是以夫人为香饵而钓备也。备不惧［万］死而来，盖知夫人有男子胸襟，必能怜悯于备也。为知汝兄又欲杀害，故托以荆州有难而求归计，实难舍于夫人，故［同］至此。汝兄又令人在后追赶，周瑜又使人于前拦截，非夫人莫［能］解此祸。如夫人不允，备［请］刎死于车前，以报夫人之德！"孙夫人怒曰："吾兄既不以我为亲骨肉，我有何面目再见之！今日之危，我当自解。"于是叱众人推车直出，卷起车帷，自喝徐盛、丁奉曰："汝二人欲造反耶！"徐、丁二将荒忙下马，弃［了］军器，声喏于车前，答曰："安敢造反？为奉周都督将令，屯兵在此，专候刘玄德。”孙夫人怒曰：“周瑜贼匹夫欲造反耶！东吴须不曾亏负于汝。刘玄德是大汉皇叔，我亲丈夫，须不是反国之贼，你（大）[当]如谁？我对母亲、（歌歌）[哥哥]说知回荆州去，须不是私奔。你两个于山僻去处，引着军马拦截，意欲劫掳我夫妻财物耶？”徐盛、丁奉喏喏连声，口称“不敢！请夫人息怒，这的不干小将事，乃是周都督之号令。”孙夫人叱曰：“你怕周瑜不怕我？周瑜杀得你，偏我杀你不得！汝快疾回去，说与周瑜村匹夫，我夫妻自回荆州，干你甚事？我（歌歌）[哥哥]吴侯尚自惧我，何况周瑜哉？”把周瑜千匹夫、万匹夫骂，喝令[推]车前进。徐盛、丁奉自思：“我等本是臣下之臣，如何敢别郡主言语？”又见赵子龙十分怒色，只（等）[得]把军士喝开，放一条路交过去。却才过不到五六里，背后陈武、潘璋赶到。徐盛、丁奉把却才言语说了一遍，陈、潘二将曰：“你放（得）[他]差了也！我二人奉吴侯尊旨，特来追捉他。”四将合兵一处赶来。

却说玄德脱得此难，傍着车子正行之间，背后喊声[又]起，军马赶来。玄德对夫人曰：“后面追兵又到，如之奈何？”孙夫人曰：“丈夫先行，我和子龙当住后路。”于是玄德引百余人，先纵马望江干而走。子龙立马于车子傍边（侧），将士卒摆开，等四将至。四个见了孙夫人，只得下马，叉手而立。孙夫人曰：“陈武、潘璋来此何干？”二将曰：“奉主公命，特来请夫人与玄德回。”夫人正容喝曰：“都是你这火匹夫，间谋我兄妹不睦！我已嫁事他人，今日归去，须不是与人私奔，玷辱上祖。我母亲慈旨，令我夫妻回去，谁（我）[敢]阻当？便是（歌歌）[哥哥]自来，也须将大礼而行。你四人倚仗兵威，特来害我？”骂得四人面面相觑，各人寻思：“他万年是兄妹，更有娘做主；吴侯大孝，怎敢违了母言？明日番过脸来，只是我等不是。不如做个人情。”军中又不见玄德，又见赵子龙努目睁眉，只待厮杀，因此四个喏喏连声而退。孙夫人令车仗便行。徐盛曰：“我四人不如同去见周都督，告禀此事。”四个犹犹豫豫，主张不定，但见一军风团般到，视之，乃蒋钦、周泰。二将问[曰]：“你等不曾捉[得]刘备么？”[四人]各言孙夫人发话之事。钦曰：“便是吴侯怕道如此，封一把剑在此，（先交）[交先]杀他妹，[后斩刘备，]违者立斩！”四将曰：“去之已远，怎生奈何？”钦曰：“他终是步军，急行不上。徐、丁二人（曰）可飞报都督，（丈）[交]水路里棹快船赶[去]；我四人岸上追袭将去。休问水路旱路，但见便杀，休听他言语！”徐盛、丁奉飞马来报周瑜，蒋钦、周泰、陈武、潘璋四将领兵沿江赶来。

却说玄德一行人[马]离柴桑较远，却才心宽；绕（盖）[着]江皋正行之次，后军追赶，尘土冲天而起，登高望之，但见军马盖地而来。玄德叹曰：“连日奔走，人马俱乏，追兵又到，死无地矣！”看看喊声渐近，众军皆欲四散，子龙用鞭一指，[只见]大江岸边一字儿抛着拖篷船二十余只。这等船往来极快，两浙人呼为“瓠子船”，淮南人呼为“艇船”。子龙曰：“天幸有船在此！何不速下，棹过对江？急切追赶不得。”玄德荒忙下马，便奔上船去。船仓中一人纶巾道服，大笑而出曰：“主公且喜！亮等候多时。”船中扮作客人的，都是荆州水军。一齐开船时，四将赶到。诸葛笑指岸上人曰：“吾已（等）[算]定多时[矣]。汝[等]回去传示周瑜，教再（来）休使美人局[手]段。”岸上乱箭射时，其船尽开已远，正值风顺，拽起风帆，望上[水]尽[力]使[去]。岸上军马迤逦追（习）[袭]。

船正行间，忽然江声大振，回头视之，大江面上战船无数，随后赶来。为头船上帅字旗下，周瑜亲自部领惯战水军，左有黄盖，右有韩当，势如奔马，疾似流星。看看赶上，孔明交船（近）[投]北岸，弃了船只，上岸步走，军马皆登陆路。周瑜见船只弃在江边，尽交下篷，上岸而赶。大小水军一齐登岸，止有为头军官带得马去，其余皆是步行。周瑜上马，黄盖、韩当、徐盛、丁奉紧随。周瑜问“这是那里地面？”军士复[曰]：“前面是黄州界口。”望见前面军马[不远]，[瑜令]并力赶时，一声鼓响，山崦内一队生力军出，为头一员大将，蒲州解良人也，姓关名羽，字云长。周瑜见有准备，急勒马回，背后云长赶来。将近江边，左手撞出黄忠，右手撞出魏延，吴兵大败。周瑜等急[急]上得船[时]，岸上军士一齐大叫曰：“周郎妙计（高）[安]天下，陪了夫人又折军！”周瑜回顾岸上，（水）[败走吴]军成群赶（去）[来]。瑜大怒[曰]：“可再登岸，决一死战！”黄盖、韩当力阻。瑜思“有何面目去见吴侯？”大叫一声，箭疮迸裂，倒于船上。众将救之，不省人事。

按：《演义》所写刘备回荆州，东吴兵拦截、追赶，诸葛亮二气周瑜的故事，于史无据。

还是性命如何？

[第一百十一段]　曹操大宴铜雀台

周瑜被孔明预先埋伏关公、黄忠、魏延三枝军马，一击大败，黄盖、韩当急救下船，丧折水军甚多。望见玄德与孙夫人车马都到山顶，[瑜]如何不气？箭疮脓水未干，但气动便冲撞了。众将（皆）救[之]，开船[逃去]。却说孔明不交追赶，自和玄德归荆州庆喜。

却说众将救周瑜回柴桑；蒋钦等一行[人马]自回南徐，来报吴侯。吴侯不胜大怒，要拜程普为都督，（自）倾国起兵，去取荆州。周瑜又发文书到，交主公兴兵雪恨。张昭谏曰：“不可！曹操欲报赤壁之恨，但恐孙、刘同心，因此未敢兴兵。今若为一时闲气，自相吞并，操必乘虚来攻，家国危矣！”权曰：“如之奈何？”顾雍曰：“许都如何无细作在此？若知孙、刘不和，操必使人结勾刘备矣。备惧东吴，必投曹操矣。备若投操，江东何日能安耶？不若倒使人赴许昌，表刘备为荆州牧；

据《资治通鉴》卷六十六：（建安十四年十二月，）刘备表权行车骑将军，领徐州牧。会刘琦卒，权以备领荆州牧。（参见《三国志·吴书·吴主传》）

按：据史书记载，刘备此时已收江南四郡，他自领荆州牧，表奏孙权行车骑将军，领徐州牧。孙刘联合与曹操抗衡。

使曹操知之，则惧怯而不敢加兵于东南矣。然后暗使心腹之人以间（谍）[谋]之，使曹、刘不睦，方可图之也。”权曰：“元汉之言甚善！谁可为使？”雍言：“有一人乃操平生（心）[信]爱者，见在此处，何不遣之？”权问“何人？”雍曰：“前任豫章太守，平原高唐人也，姓华名歆，字子单。”权大喜，即时写表，[令]华歆赴许昌，密嘱以间（谍）[谋]

之计。歆行到许昌，

据《三国志·魏书·华歆传》：华歆字子鱼，平原高唐人也。……会天子使太傅马日磾安集关东，日磾辟歆为掾。东至徐州，诏即拜歆豫章太守，以为政清静不烦，吏民感而爱之。孙策略地江东，歆知策善用兵，乃幅巾奉迎。策以其长者，待以上宾之礼。后策死，太祖在官渡，表天子征歆。孙权欲不遣，歆谓权曰："将军奉王命，始交好曹公，分义未固，使仆得为将军效心，岂不有益乎？今空留仆，是为养无用之物，非将军之良计也。"权悦，乃遣歆。

按：据《三国志·魏书·华歆传》，华歆是建安五年（200）被曹操以天子名义征召到许都的；并非如《演义》所说，于赤壁战后为孙权出使赴许都。

闻知曹操会群臣于邺郡，庆（赏）[贺]铜雀台。歆就往见。

却说曹操自离荆、襄，心中尝欲雪赤壁之根，为军兵未[曾]严整，不敢轻进。建安十五年春，铜雀台成，

据《三国志·魏书·武帝纪》：（建安十五年）冬，作铜雀台。

据《资治通鉴》卷六十六：（建安十五年）冬，曹操作铜爵台于邺。

操大会文武于邺郡，设宴庆贺。其台正临漳河，中央乃铜雀之台，左名玉龙之台，右名金凤之台。三台森耸，可高十丈，上横二桥相通，千门万户，金（壁）[碧]交错。是日，操顶嵌宝金盔，身穿红绣罗袍，玉带珠履，凭栏而坐，文武侍立于台下。

操（交）先阅武官比试弓箭，使侍（将）[从]将西川红锦战袍一领挂于垂杨（之）[枝]上，柳下设一箭垛，离百步为界。武官分为两队，曹氏宗族[俱]穿红，外枝将士尽穿绿，各带雕弓长箭，跨鞍立马，听候指麾。操传令曰："如有射中红心者，鸣金击鼓以应之，遂将（红）锦袍以赏之；不中者罚水一（盂）[杯]。能射者射之，不能射者听令押阵。"（操）[连]问三声，声尤未绝（去），红袍队中一人骤马持弓而出。众视之，[此]少年将军见统虎豹骑卫兵，曹丞相外房侄，姓曹名休，字文烈。众见曹休人马精神，无不称赏。休把马飞纵，来往三遭，搭上箭，扯满弓，观红心（较清）[便射]，一箭正中，金鼓齐鸣。操（看）大喜曰："此吾家千里驹也！"

据《三国志·魏书·曹休传》：曹休字文烈，太祖族子也。……以太祖举义兵，易姓名转至荆州，间行北归，见太祖。太祖谓左右曰："此吾家千里驹也。"使与文帝同止，见待如子。常从征伐，使领虎豹骑宿卫。

左右却欲取锦袍去，绿袍队中一骑出曰："丞相！锦袍也合赐与外人先争，汝宗族中不宜搀越。"众视之，乃汉上降将文聘也。众皆云："且看文仲业射之。"聘骤马持弓，看垛上一遭，第二番一箭正中红心，金鼓齐鸣。聘呼曰："快取红袍来（去）！"红袍队中一将飞马出曰："小将军先射，汝何夺之？看我与汝两个解箭。"扣满雕弓，一箭也中红心，众皆喝俫，乃曹丞相从弟曹洪也。却欲取袍去，绿袍队中一将出曰："（亦）[你]三人射中红心，岂足为奇？看我射来。"众视之，（必）[乃]张郃也，飞马番身，背射一箭，也中红心。四枝箭齐射中红心里。郃曰："吾番身背射，合得此袍。"言未绝，红（心）[袍]队中一将飞马出曰："汝番身背射，岂足为道？看吾夺锦袍也。"那人乃夏侯渊也，骤马到界口，纽[头]回身，一箭射（红中）[中红]心四箭当中，兜住马，安弓而叫曰："此箭可夺锦袍么？"众皆喝（声）俫（去）。绿袍队中一将飞马而出，大叫曰："留下锦袍

还我！”众视之，乃大将徐晃也。晃曰：“汝夺红心，何足为奇？看我单取锦袍。”拈弓搭箭，径望柳条射之，一箭射断，锦袍坠下。徐晃飞马便取锦袍，披于身上，往来驰骤一遭，对台上声喏曰：“谢丞相袍！”众皆大惊。却才勒马要回，猛（从）[然]台边一将跑马[而出]，大声厉叫曰：“你将锦袍那里去？留下与我！”众皆视之，谯国谯乡人也，姓许名褚，字仲康，飞马来夺锦袍。两马相近，徐晃使弓来打许褚，褚一手接住弓，把徐晃一扯，扯离鞍鞒。晃急弃了弓，番身下马时，褚亦跳下马，两个揪住。曹操急使人解开时，那领锦袍[已]扯得粉碎。操交唤上台，徐晃睁眉怒目，许褚切齿咬牙，皆有相持之意。操笑曰：“孤特试汝等勇耳，何惜一锦袍乎？”便交尽呼诸将上台，各赐蜀锦一匹，（齐）[尽]皆依次而坐。

乐声竞奏，水陆毕陈。文官武将轮次把盏，觥筹交错。操大喜曰：“武将（已）[尽]皆射弓为乐已讫。文官饱学之士登此高台，何不进以佳章，以记一时之胜事[乎]？”文官皆起而言曰：“愿从钧命！”互相让时，有一人进曰：“小臣不才，愿献铜雀台诗章，可乎？”乃谏议大夫、参司空军事，东海郯人也，姓王名朗，字景兴。朗拂花笺，援笔立书七言八句以进，其诗曰：

铜雀高台壮帝畿，水明山秀孕光辉。
三千剑佩趋黄道，百万貔貅现紫微。
风动绣帘金凤舞，云生碧瓦玉龙飞。
君臣庆会休辞醉，携得天香满袖归。

操览之大喜，取玉爵赐酒，就将玉爵赏之，朗拜谢（就）。座上一人进曰：“老臣亦有小诗，敢进上乎？”操曰：“愿闻佳章。”其人官带东武亭侯、尚书、左仆射、御史中丞，（颖）[颍]川长社人也，姓钟名繇，字元常，善写隶书，万古为法。繇援笔立写[七言]诗以进，其诗曰：

铜雀台高接上天，凝眸览遍旧山川。
栏杆屈曲留明月，窗户玲珑压紫烟。
汉主歌风空击筑，楚王戏马慢加鞭。
主人盛德齐尧、舜，愿乐升平万万年！

操览毕笑曰：“二公之诗，过誉太甚矣！”操思：“二人以帝王尊吾，言太过也！”操亦重赏锺繇，而对众文武曰：“孤本庸才，始举孝廉，（即）[聊]立微名于世耳。后值天下大乱，故以病回乡里，乃筑一小舍于谯东五十里，欲秋夏读书，春冬射猎，为二十年之计，待天下清平，方出仕耳。然不能如意，朝廷征孤为典军校尉。[遂更]其意，专欲且为国家讨贼立功，图死后得题墓道曰‘汉故征西将军曹侯之墓’，使不辱于祖宗，此平生之愿足矣！遭董卓之难，兴举义兵，败黄巾，（又）讨击袁绍，摧破袁术，（质其二子，）复定刘表，遂平天下。身为宰相，人臣之贵已极，意望已太过矣！如国家无孤一人，正不知几人称帝，几人称王？天下碎裂矣！有一等愚夫，见孤强盛，任重权高，妄相忖度，言孤有篡位之心，此言大乱[之]道也。每欲委兵权归国，叹无人可负此职也！孤若一旦求清洁之名，必遗祸于国家矣！孤常想，周文王三分天下有其二以服事殷、周之德，其可谓至德也矣！此言耿耿在心。[孤]又读《乐毅传》，昔日背燕归赵，赵欲使乐毅图燕，毅俯伏而垂泣曰：‘臣事燕昭王，尤事大王，宁死不为不义之事！’孤又观《蒙恬传》，昔胡亥杀之，蒙恬曰：‘臣三世立信于秦矣。今臣手下精兵三十万，足可背叛，但恐有辱先祖，以忘先君之恩也！’孤读此二人[之]书，未尝不（惨）[怆]然流涕也。孤安有篡国之心哉？汝诸文武必能知吾心也！”

据《资治通鉴》卷六十六：（建安十五年冬）十二月己亥，操下令曰：“孤始举孝廉，自以本非岩穴知名之士，恐为世人之所凡愚，欲好作政教以立名誉，故在济南，除残去秽，平心选举。以是为强豪所忿，恐致家祸，故以病还乡里。时年纪尚少，乃于谯东五十里筑精舍，欲秋夏读书，冬春射猎，为二十年规，待天下清乃出仕耳。然不能得如意，征为典军校尉，意遂更欲为国家讨贼立功，使题墓道言‘汉故征西将军曹侯之墓’，此其志也。而遭值董卓之难，兴举义兵。后领兖州，破降黄巾三十万众；又讨击袁术，使穷沮而死；摧破袁绍，枭其二子；复定刘表，遂平天下。身为宰相，人臣之贵已极，意望已过矣。设使国家无有孤，不知当几人称帝，几人称王！或者人见孤强盛，又性不信天命，恐妄相忖度，言有不逊之志，每用耿耿，故为诸君陈道此言，皆肝鬲之要也。然欲孤便尔委捐所典兵众以还执事，归就武平侯国，实不可也。何者？诚恐己离兵为人所祸，既为子孙计，又己败则国家倾危，是以不得慕虚名而处实祸也！然兼封四县，食户三万，何德堪之！江湖未静，不可让位；至于邑土，可得而辞。今上还阳夏、柘、苦三县，户二万，但食武平万户，且以分损谤议，少减孤之责也！”

据《三国志·魏书·武帝纪》注引《魏武故事》载公十二月己亥令：“孤始举孝廉，年少，自以本非岩穴知名之士，恐为海内人之所见凡愚，欲为一郡守，好作政教，以建立名誉，使世士明知之；故在济南，始除残去秽，平心选举，违迕诸常侍。以为强豪所忿，恐致家祸，故以病还。去官之后，年纪尚少，顾视同岁中，年有五十，未名为老，内自图之，从此却去二十年，待天下清，乃与同岁中始举者等耳。故以四时归乡里，于谯东五十里筑精舍，欲秋夏读书，冬春射猎，求底下之地，欲以泥水自蔽，绝宾客往来之望，然不能得如意。后征为都尉，迁典军校尉，意遂更欲为国家讨贼立功，欲望封侯作征西将军，然后题墓道言‘汉故征西将军曹侯之墓’，此其志也。而遭值董卓之难，兴举义兵。是时合兵能多得耳，然常自损，不欲多之；所以然者，多兵意盛，与强敌争，倘更为祸始。故汴水之战数千，后还到扬州更募，亦复不过三千人，此其本志有限也。后领兖州，破降黄巾三十万众。又袁术僭号于九江，下皆称臣，名门曰建号门，衣被皆为天子之制，两妇预争为皇后。志计已定，人有劝术使遂即帝位，露布天下，答言‘曹公尚在，未可也’。后孤讨禽其四将，获其人众，遂使术穷亡解沮，发病而死。及至袁绍据河北，兵势强盛，孤自度势，实不敌之，但计投死为国，以义灭身，足垂于后。幸而破绍，枭其二子。又刘表自以为宗室，包藏奸心，乍前乍却，以观世事，据有当州，孤复定之，遂平天下。身为宰相，人臣之贵已极，意望已过矣。今孤言此，若为自大，欲人言尽，故无讳耳。设使国家无有孤，不知当几人称帝，几人称王。或者人见孤强盛，又性不信天命之事，恐私心相评，言有不逊之志，妄相忖度，每用耿耿。齐桓、晋文所以垂称至今日者，以其兵势广大，犹能奉事周室也。论语云‘三分天下有其二，以服事殷，周之德可谓至德矣’，夫能以大事小也。昔乐毅走赵，赵王欲与之图燕，乐毅伏而垂泣，对曰：‘臣事昭王，犹事大王；臣若获戾，放在他国，没世然后已，不忍谋赵之徒隶，况燕后嗣乎！’胡亥之杀蒙恬也，恬曰：‘自吾先人及至子孙，积信于秦三世矣；今臣将兵三十余万，其势足以背叛，然自知必死而守义者，不敢辱先人之教以忘先王也。’孤每读此二人书，未尝不怆然流涕也。孤祖父以至孤身，皆当亲重之任，可谓见信者矣，以及子桓兄弟，过于三世矣。孤非徒对诸君说此也，常以语妻妾，皆令深知此意。孤谓之言：‘顾我万年之后，汝曹皆当出嫁，欲令传道我心，使他人皆知之。’孤此言皆肝鬲之要也。所以勤勤恳恳叙心腹者，见周公有金縢之书以自明，恐人不信之故。然欲孤便尔委捐所典兵众以还执事，归就武平侯国，实不可也。何者？诚恐己离兵为人所祸也。既为子孙计，又己败则国家倾危，是以不得慕虚名而处实祸，此所不得为也。前朝恩封三子为侯，固辞不受，今更欲受之，非欲复以为荣，欲以为外援，为万安计。孤闻介推之避晋封，申胥之逃楚赏，未尝不舍书而叹，有以自省也。奉国威灵，仗钺征伐，推弱以克强，处小而禽大，意之所图，动无违事，心之所虑，何向不济，遂荡平天下，不辱主命，可谓天助汉室，非人力也。然封兼四县，食户三万，何德堪之！江湖未静，不可让位；至于邑土，可得而辞。今上还阳夏、柘、苦三县户二万，但食武平万户，且以分损谤议，少减孤之责也。"

众皆起拜曰："虽周公、伊尹，不及丞相之心耳！"

操连饮十数杯，不觉沉醉，呼左右捧砚，"孤欲作《铜雀台赋》。"下笔便写云："吾独步于高台兮，俯观万里之山河。"这两句有旁若无人之意。忽人报曰："东吴使华歆表奏刘备为荆州牧。今孙权以妹嫁之。汉上九郡，大半已属刘备也。"操闻（知）[之]，手脚荒乱，落笔于地。

据《三国志·吴书·鲁肃传》：后备诣京见权，求都督荆州，惟肃劝权借之，共拒曹公。曹公闻权以土地业备，方作书，落笔于地。

据《资治通鉴考异》：《（鲁）肃传》曰，"曹公闻权以土地业备，方作书，落笔于地"。恐操不至于是，今不取。

程昱曰："主（人）[公]在万军之中、矢石交攻之际未尝心动，今闻刘备得荆州，何（失）[以]惊耶？"操曰："刘备人中龙也，平生未尝得水；今得荆州，是困龙入于大海，孤安得不动心哉？"程昱曰："丞相知华歆来意否？"操曰："未知也。"昱曰："孙权本忌刘备，欲以兵攻之，但（愁）[恐]丞相乘虚而取也；今使华歆入[国为]使，是安刘备之心，以塞丞相之望耳。"操曰："当如之何？"昱曰："某有一计，使孙、刘自相吞并，丞相于中取事[而可得也]。"其计如何？

[第一百十二段]　诸葛亮三气周瑜

操大喜，问计于程昱。昱曰："东吴倚仗者，周瑜也。丞相就表（封）[奏]周瑜为南郡太守，程普为江夏太守，留华歆在朝而重用之；瑜必自与刘备为仇敌矣。乘其相并，却作良图。"操曰："然！"当日唤华歆上台，重加赏赐，封大理[寺]少卿；

据《三国志·魏书·华歆传》：歆至，拜议郎，参司空军事，入为尚书，转侍中，代荀彧为尚书令。

即日颁诰命，加[周]瑜[为]总领南郡太守，程普为江夏太守。

据《资治通鉴》卷六十六：（建安十四年十二月，）周瑜攻曹仁岁余，所杀伤甚众，仁委城走。权以瑜领南郡太守，屯据江陵；程普领江夏太守，治沙羡。（参见《三国志·吴书·吴主传》《周瑜传》《程普传》）

按：据史书记载，早在建安十四年（209）十二月，周瑜攻下江陵后，孙权就已委任周瑜为南郡太守、程普为江夏太守。他们出任与曹操无关。

［文武］尽醉筵散，操回许昌。使命便行，至吴授了职（当）［官］自回。

周瑜又领南郡，更思向日之恨，如何不要报仇？遂上疏［吴侯］，令鲁肃去取荆州。孙权唤肃曰：“汝当初保荆州来。今日刘备又是我妹夫，只管迁延不还，等待何时？”肃曰：“文书上明［白］写道，得了西川之日便还。”权叱曰：“只说取川，到今又不动兵，不等老了人！”肃曰：“某愿往索之！”遂辞权，下船投荆州来。

却说玄德与孔明在荆州广积钱粮，调练军马，远近之士多有归之。忽人报鲁子敬到，玄德问孔明曰：“子敬此来何意？”孔明曰：“昨者孙权表主公为荆州牧，此是惧曹操之计。曹操封周瑜为南郡太守，此是令俺自相吞并之意。他（时）［使］两处兴兵，于中便来取事。今鲁肃此来，是那周瑜既授太守之职，又要夺荆州之计。”玄德曰：“如何抵对？”孔明曰：“若子敬提起荆州来，主公便放声大哭。哭到悲切之时，亮自出来解说。”计会已定，远接鲁肃，来到堂上，谦让坐（定）［次］。肃曰：“今日皇叔做了东吴女婿，便是鲁肃主人。如何敢坐？”玄德曰：“休如此谦让，只想旧交。”让［肃］坐于其侧了。茶罢，肃开言曰：“今奉吴侯之命，专为荆州一事而来。自借许多时［了］，未蒙见还。今日既然做了亲眷，合宜交付最好。”玄德闻（知）［之］，掩面大哭。肃惊曰：“皇叔何故如此！”玄德哭声未绝。

按：方北辰、谭良啸主编的《三国故事真与假100例》一书说，在《三国演义》中，刘备曾经因十九件事情而哭泣数十次，种类包括饮泣、垂泪、痛哭、放声大哭、号哭至昏厥。但是历史上的真相，却与此迥然不同。《三国志·先主传》中描绘的刘备，青年时代就是“少言语，喜怒不形于色”。据统计，在整部《三国志》以及裴注当中，魏蜀吴三个政权的创业之主，因为各种原因而哭泣流涕的次数，最多的是曹操，有十四次之多；其次是孙权，有十三次；次数最少的反而是刘备，仅有六次，还不到前面两人的一半。以上的大数据，证明了一点：真实的历史中，动辄就爱哭，绝对不是刘备的特色。作为一个从艰难逆境中成长起来的创业君主，他很少哭，甚至不哭，这才是他的英雄本色。

孔明从屏风后出曰：“诸葛听之久矣。子敬知我主（人）［公］哭的缘故么？”肃曰：“某实不知。”孔明曰：“有何难（见）［知］？当初我主（人）［公］借荆州时，许下取得西川便还。仔细想来，益州刘璋却是我主（人）［公］兄弟，一般都是汉朝骨肉。若兴兵去取他城池时，恐被万人唾骂；若不取时，还了荆州，何处安身？［若］不还时，于舅舅吴侯面上又不好看。事实两难，因此泪出痛肠，只得恸哭。”孔明说罢，（也）［又］耸［动］玄德衷肠，真个捶胸顿足而哭。鲁肃起身劝道：“皇叔且休烦恼，与孔明从长商议。”孔明曰：“有烦子敬回见吴侯，勿惜一言之劳，将此情（切）［节］，恳告尊亲，再借几时。”肃曰：“倘吴候不从，若何？”孔明曰：“吴侯既以亲妹聘嫁皇叔，安得不从乎？望子敬（试）［诚］为之！”鲁肃是个宽仁长者，见玄德哀痛之至，只得应允。玄德、孔明拜谢了，送鲁肃下船。

肃径至柴桑来见周瑜，把上项事诉说。周瑜顿足曰：“子敬又中诸葛之计也！当初刘备依刘表时，常有并吞之心，何况益州刘璋乎？以此推调，必累老兄。吾有一计，使诸葛不能出吾勾中。子敬便当一往。”肃曰：“愿闻妙策！”瑜曰：“子敬不必去见吴侯，再到荆州对刘备说：‘既然吴侯妹子、皇叔结姻，便是一家。你若不忍去取西川，我东吴起军发马去取；取得之时，以为嫁资，你却把荆州交（付）还东吴。’此计如何？”肃曰：

“西川迢递，取之非易。都督此计，莫非不可？”瑜笑曰：“子敬真长者也！你道我真个去取西川与他？只以此为名，实欲去取荆州，且交他不做准备。东吴兵马去取西川，(若)[路]过荆州，刘备必然劳军，就问他索[要]钱粮；兵到城下，一鼓平收，雪吾之恨，解足下之祸。”鲁肃谢了，再投荆州来。

玄德知道，忙与孔明商议。孔明曰：“子敬此来，必是不曾见吴侯，只到柴桑，与周瑜商量计了再来。但说的话，[主公]只看我点头，便满口应承。”计会了，接鲁肃入。肃曰：“某回见吴侯，把皇叔言语尽情禀了。吴侯甚是称赞皇叔仁德，遂与诸将商议，起军发马，替皇叔收川；取了[西川，]却换荆州。想以(亲爱)[爱亲]之故助此，以为嫁资。但军[马]经过，却望应付些小钱粮。”孔明听了点头曰：“非亲不解其祸，难得吴侯好心！”玄德拱手称谢曰：“此皆子敬之赐，一言称谢难尽！”孔明曰：“如雄师到日，即当远远犒劳。”鲁肃暗喜，自回。玄德问孔明曰：“此是何意？”孔明大笑曰：“周郎死日近矣！这等计策，(瞒)小儿也瞒不过。”玄德再问“如何？”孔明曰：“乃是假途灭虢之计也。虚兵收川，实来取荆州也。只等主公出城劳军，就势拿下，杀入城来，攻其无备，出其不意也。”玄德曰：“如之奈何？”孔明曰：“主公宽心！收拾窝弓擒猛虎，安排香饵钓鳌鱼，只等周瑜到来。(也)[他]便不死，也勾九分(也)无气！”唤赵子龙来听了计策，如此如此，“其余我自临期摆布。”玄德大喜，自作准备。静轩先生观此有感，遂吟一绝以咏叹云：

周郎决策取荆州，诸葛先知第一筹。
指望长江香饵稳，不知暗中钓鱼钩。

却说鲁肃回见周瑜，说玄德、孔明欢喜一节，“准备出城劳军。”周瑜大笑曰：“你元来今番也中吾计策也！”便交鲁肃禀吴侯，差人交割城子，并遣程普引军接应。[周]瑜此时箭疮结了白痂，脓水不出，身躯无事，调遣甘宁为先锋，自与徐盛、丁奉[为]第二，凌统、吕蒙为后队，水陆路兵起五万，望荆州进发。周瑜自在船中，时复欢笑，将为孔明中计。水军三万五千人迤逦进发，前军至夏口，周瑜交问“前面有人远接么？”人报“皇叔令糜竺来见都督。”周瑜唤至，问“劳军如何？”糜竺曰：“主公皆准备了(但)[当]，钱粮陆续起运。”瑜问“皇叔何在？”竺曰：“在荆州城门外相等，与都督把盏。”瑜曰：“今为汝家事，劳军之礼休得轻意。”糜竺领了言语先回了。战船密密排于江上，依次而进。看看至公安，并不见(一人)一只船，又无人远接。周瑜(那)[命]中军船趱上，离荆州十余里，江面上静荡荡(地)[的]。哨探的回报：“荆州城上插两面白旗，并不见一个人影。”周瑜交牵战马上岸，带了甘宁、徐盛、丁奉一班儿军官上马，随行虎贲千余人，径往荆州来。到城边并不见动静，周瑜勒住马，交马前军(大)叫[门]。城上守门军将曰：“谁人？”[吴军答曰：]“东吴周都督亲自在此。”忽一声梆子响，白旗倒处，两把红旗便起，城上军一齐都竖起枪刀。敌楼上赵子龙出曰：“都督此行，端的取川？为何？”瑜曰：“吾替汝主取西川，[非]相罔也。”子龙曰：“孔明军师已知都督假途灭虢之计也，[故]留赵云在此。吾主公有言：‘孤乃汉朝皇族，安(思)[忍]背义而取川乎？若(欲)[汝]端的取蜀，吾当披发入山，不失信于天下也！’”周瑜闻(知)[之]，勒马便回。一人报曰：“左右探得四路军马一齐杀到：关羽从(江陵)[襄阳]杀来，张飞从(捸)[秭]归杀来，黄忠从公安小路杀来，魏延从(零)[夷]陵小(港)[路]杀来。四路正不知多少军马，喊声远近振百余里，皆言要捉都督。”

据《资治通鉴》卷六十六：周瑜诣京见权曰："今曹操新败，忧在腹心，未能与将军连兵相事也。乞与奋威俱进，取蜀而并张鲁，因留奋威固守其地，与马超结援，瑜还与将军据襄阳以蹙操，北方可图也。"权许之。奋威者，孙坚弟子奋威将军、丹杨太守瑜也。(参见《三国志·吴书·周瑜传》)

据《资治通鉴》卷六十七：初，刘备在荆州，周瑜、甘宁等数劝孙权取蜀，权遣使谓备曰……备报曰……权不听，遣孙瑜率水军住夏口。备不听军过，谓瑜曰："汝欲取蜀，吾当被发入山，不失信于天下也。"使关羽屯江陵，张飞屯秭归，诸葛亮据南郡，备自住孱陵。权不得已，召瑜还。(参见《三国志·蜀书·先主传》注引《献帝春秋》)

据《三国志·蜀书·先主传》：权遣使云欲共取蜀，或以为宜报听许，吴终不能越荆有蜀，蜀地可为己有。荆州主簿殷观进曰："若为吴先驱，进未能克蜀，退为吴所乘，即事去矣。今但可然赞其伐蜀，而自说新据诸郡，未可兴动，吴必不敢越我而独取蜀。如此进退之计，可以收吴、蜀之利。"先主从之，权果辍计。

按：据《三国志·吴书·周瑜传》记载，周瑜生前，曾向孙权提出取蜀的计划，但未及实行就病死了。当时周瑜据江陵，如西攻巴蜀无须向刘备借道。据《三国志·蜀书·先主传》记载，周瑜死后，孙权曾约刘备共同取蜀，但刘备不肯出兵，孙权就放弃了取蜀计划。但《资治通鉴》所依据的《献帝春秋》却说，孙权不听刘备劝阻，仍派孙瑜率水军进驻夏口，但由于当时江陵已由刘备驻守，刘备不让孙瑜的水军通过公安城之北的长江。《演义》本则故事系据《资治通鉴》改写，将孙瑜率水军西上取蜀为刘备所阻，改为周瑜行"假途灭虢"之计，以取蜀为名袭取荆州，但此计为诸葛亮识破。

周瑜大叫一声，箭疮复裂，坠于马下。性命如何？

[第一百十三段]　诸葛亮大哭周瑜

周瑜乃忿气(冲)[充]满肺腑，撞于地上，左右急救，回归船内。俄顷，有人(转)[传]报："玄德、孔明在前山上饮酒取乐。"周瑜大怒，牙齿嚼碎，恨而言曰："你道我取不得[西]川。吾誓取之！"正恨间，人报吴侯遣宗弟孙瑜[到]，

据《资治通鉴》卷六十七：初，刘备在荆州，周瑜、甘宁等数劝孙权取蜀。……权……遣孙瑜率水军住夏口。(参见《三国志·蜀书·先主传》注引《献帝春秋》)

表字仲翼，乃孙权叔孙静之子。

据《三国志·吴书·孙静传》：(孙静)有五子，暠、瑜、皎、奂、谦。……瑜字仲异，以恭义校尉始领兵众。

周瑜接着孙瑜，告诉前事。[孙]瑜曰："吾奉吾兄命，催都督取川。"遂下令催前军行。到一去处，地名巴丘，人报"上流有军截住水路，乃刘封、关平也。"周瑜大怒。忽人报曰："孔明遣人(通)[送]书至。"周瑜拆封视之，其书曰：

汉军师中郎将诸葛亮致书于大都督公瑾先生麾下：亮自柴桑一别，至今不忘。闻足下欲取西川，亮以为必不可也。益州民强地险，刘璋虽弱，足以自守。今欲举

暴师而远征之，转运万里，欲收全功，虽吴起不能定其规，孙武不能善其事［也］。曹操虽有无君之心，而有（其）奉主之名。或有愚人，见操失利于赤壁，为其无复兴远伐之志矣。今操三分天下有其二，将欲饮马于沧海，观兵于吴、会，安肯坐守（于）中原而老王师乎？今孙将军兴兵远征，非长计也。倘操兵一至，江南为齑粉矣！不忍坐视，特此告知，幸垂照鉴！

据《资治通鉴》卷六十七：初，刘备在荆州，周瑜、甘宁等数劝孙权取蜀。权遣使谓备曰："刘璋不武，不能自守，若使曹操得蜀，则荆州危矣。今欲先攻取璋，次取张鲁，一统南方，虽有十操，无所忧也。"备报曰："益州民富地险，刘璋虽弱，足以自守。今暴师于蜀汉，转运于万里，欲使战克攻取，举不失利，此孙吴所难也。议者见曹操失利于赤壁，谓其力屈，无复远念。今操三分天下已有其二，将欲饮马于沧海，观兵于吴会，何肯守此坐须老乎！而同盟无故自相攻伐，借枢于操，使敌承其隙，非长计也。且备与璋托为宗室，冀凭英灵以匡汉朝。今璋得罪于左右，备独悚惧，非所敢闻，愿加宽贷。"（参见《三国志·蜀书·先主传》注引《献帝春秋》）

按：《演义》中的诸葛亮致周瑜书，系移植于史书中的刘备答孙权书。

周瑜览毕，长叹一声，唤左右取纸笔，作书呈一缄，上达吴侯；乃聚众将曰："周瑜非不欲尽忠国家，奈何天命绝矣！汝等善事吴侯，共成大业！"说罢而昏绝，徐徐又苏，仰天长叹曰："既生瑜，何生亮！"连说数声而亡，寿年三十六。时建安十五年冬十二月初三日也。

据《三国志·吴书·周瑜传》：是时刘璋为益州牧，外有张鲁寇侵，瑜乃诣京见权曰："今曹操新折衄，方忧在腹心，未能与将军连兵相事也。乞与奋威俱进取蜀，得蜀而并张鲁，因留奋威固守其地，好与马超结援。瑜还与将军据襄阳以蹙操，北方可图也。"权许之。瑜还江陵，为行装，而道于巴丘病卒，时年三十六。

按：据《三国志·吴书·周瑜传》，周瑜是建安十五年（210）因病去世的。《演义》中诸葛亮三气周瑜的情节，于史无据。

后史官有庙赞八句云：

慷慨知音律，风流有纪纲。
气能吞汉国，力欲转吴疆。
白玉擎天柱，黄金架海梁。
三分夸俊杰，四海识周郎。

后来宋贤欲吊周瑜，作八句挽诗曰：

赤壁遗踪迹，青春有政声。
胸襟如管仲，风味似陈平。
曾谒三千斛，能驱十万兵。
巴丘天命尽，谁不痛伤情？

又有范石（河）［湖］先生八句吊周瑜诗曰：

年少曾将社稷扶，三分独数一周瑜。
世间豪迈英雄士，江左风流美丈夫。
功迹嵬嵬齐北斗，声名烈烈振东吴。

青春身已归泉壤，提起令人转叹吁！

又有武成庙史臣赞曰：

美哉公瑾！间世而生。

于吴定霸，与魏争衡。

乌林破敌，赤壁鏖兵。

所以玄德，（诸葛）[谓瑜] 世英。

（将）[又] 传诗（成）云：

赤壁功成一战劳，威名实可执刘、曹。

蛟龙不是池中物，三复周郎远虑高。

又咏史诗曰：

师行赤壁拒曹公，战舰无非用火攻。

图备置吴功盖世，小乔风月属诗翁。

林逋《赤壁怀古》诗曰：

两岸春风起绿杨，武昌夏口吊周郎。

吴宫花草埋幽径，魏国山河绕夕阳。

赤壁霸图皆寂寞，江南尘迹总荒凉。

诗成不尽追思处，一度行吟一断肠。

周瑜（丧停）[停丧] 于巴丘。[鲁肃] 将所遗书使人飞报吴侯。吴侯知瑜死，哭绝于地（数番，鲁肃等）[，众官] 力劝方止。孙权拆周瑜遗书，观看书中之意，方知 [是] 荐鲁肃代瑜引兵。其书云：

瑜伏楮泣血顿首百拜，致书于主君明公麾下：（切）[窃] 念瑜以凡才，蒙受讨逆殊特之遇，委以腹心，遂荷荣任，统御兵马，志执（边疆）[鞭缰]，自效戎行。（规）[先] 定巴、蜀，次取襄阳，凭赖威灵，谓若在握。至以不谨，道遇暴疾，昨自医疗，日加无损。人生而死，修短命矣，诚不足惜；但恨微志未展，不复奉教命耳。方今曹公在北，疆场未静；刘备寄寓，有似养虎：天下之事而未知终始，此朝（廷）[士] 旰食之秋，至尊垂虑之日也。鲁肃忠烈，临事不苟，可以代瑜之任。人之将死，其言也善；鸟之将死，其声也哀。倘或言 [有] 可采，瑜死不朽矣。临楮不胜痛切之至！建安十五年冬十二月朔（周）[日]，瑜谨书。

据《三国志·吴书·鲁肃传》注引《江表传》：瑜疾困，与权笺曰："瑜以凡才，昔受讨逆殊特之遇，委以腹心，遂荷荣任，统御兵马，志执鞭弭，自效戎行。规定巴蜀，次取襄阳，凭赖威灵，谓若在握。至以不谨，道遇暴疾，昨自医疗，日加无损。人生有死，修短命矣，诚不足惜，但恨微志未展，不复奉教命耳。方今曹公在北，疆埸未静，刘备寄寓，有似养虎，天下之事，未知终始，此朝士旰食之秋，至尊垂虑之日也。鲁肃忠烈，临事不苟，可以代瑜。人之将死，其言也善，傥或可采，瑜死不朽矣。"（参见《资治通鉴》卷六十六）

据《三国志·吴书·鲁肃传》：周瑜病困，上疏曰："当今天下，方有事役，是瑜乃心夙夜所忧，愿至尊先虑未然，然后康乐。今既与曹操为敌，刘备近在公安，边境密迩，百姓未附，宜得良将以镇抚之。鲁肃智略足任，乞以代瑜。瑜陨踣之日，所怀尽矣。"

孙权览毕，大恸而叹曰："公瑾有王佐之才，（念）[今乃] 忽短命，孤何赖哉！"

据《资治通鉴》卷六十六：权闻之哀恸，曰："公瑾有王佐之资，今忽短命，孤何赖哉！"（参见《三国志·吴书·周瑜传》注引《江表传》）

言毕又哭曰："既公瑾临危独保鲁肃，孤何有不从？"随即先遣人于路便交鲁肃为都督，总领军马；

据《资治通鉴》卷六十六：权以鲁肃为奋武校尉，代瑜领兵，令程普领南郡太守。（参见《三国志·吴书·鲁肃传》）

便令发灵柩回，"孤当自接于半路。"

据《三国志·吴书·周瑜传》：权素服举哀，感动左右。丧当还吴，又迎之芜湖，众事费度，一为供给。（参见《资治通鉴》卷六十六）

却说孔明未知周喻丧于巴丘，夜观天文，见将星（垂）[坠]地，乃知周瑜[已]死；及晓乃言于玄德。玄德使人探（知）[之]，果然死了。玄德问孔明曰："周瑜既死，还当如何？"孔明曰："代瑜引兵者必是鲁肃（曰）[也]。亮观天象，将星聚于东方。亮以吊丧为由，就寻贤士佐助主公。"玄德曰："但恐吴中将士加害于先生。"孔明曰："周瑜在日，（尚）[亮]尤不惧，何愁其下乎？"乃与子龙引兵五百，具礼物下船，来与周瑜吊丧；于路探听，人报"孙权已令鲁肃领了兵权，扶柩回柴桑做好事。"孔明径至柴桑。

人报鲁肃曰："刘皇叔使孔明特（丧）[来]吊丧。"肃乃令请孔明入见了。周瑜部将皆欲杀之，见子龙带剑相随，谁敢下手？孔明交搬祭物，设于灵前，亲自奠酒而读祭文曰：

维大汉建安十五年冬十二月，南阳诸葛亮谨以清酌庶羞之奠，致祭于大都督公瑾周府君之灵曰：

呜呼公瑾，不幸夭亡！修短故天，人非不伤。
我君（交定）[实爱]，酹酒一觞；君其有灵，享我蒸尝。
吊君幼学，以交伯符；尚义疏财，（金）[舍]室以居。
吊君弱冠，（济）[际]会风云；定建霸业，割据江（闽）[南]。
吊君壮立，远镇巴丘；景升怀虑，讨虏无忧。
吊君丰度，佳配小乔；汉相之婿，不愧当朝。
吊君气概，主不纳质；始不垂翅，终能奋翼。
吊君鄱阳，蒋干来说；（俯）[府]皆纳舌，事主终济。
吊君宏才，文武筹略；遐迩小子，心寒胆落。
昭（象）[君]凛凛，公独谔谔；火攻破敌，挽强为弱。
想君当年，雄姿英发；哭君早逝，俯地流血。
忠义之心，英灵之气；命终三纪，名垂万世。
哀君情切，愁肠千结；摧我肝胆，悲无断绝！
昊天昏黑，三军（惨）[怆]然；主既哀泣，吏皆泪涟。
亮也不才，勉继本末，助吴拒操，辅汉安刘。
掎角为援，首尾相俦；若在若亡，何虑何忧？
呜呼公瑾，生死永别！
朴守其真，冥冥寂灭；君如有灵，以鉴我心。
从此天下，再无知音。呜呼哀哉！伏惟尚享。

孔明祭毕，流泪满面，哀动三军。众将皆自语曰："人尽言公瑾与孔明不和。观此祭奠之情，人皆虚言也。”孔明祭罢，伏棺而哭。鲁肃亦为伤感，自思“非孔明之过，乃公瑾量窄，（故）自取死耳。”因是大敬孔明。后人有诗八句以赞之，诗曰：

龙卧南阳睡未醒，又添列曜下舒城。
苍天既以生公瑾，尘世何须出孔明？
一幅祭文追往事，三杯酹酒诉交情。
从兹霸业归先主，尤自吞吴志不平。

孔明辞鲁肃等回，却欲下船，一人道袍竹冠，皂绦素履，一手揪住孔明，大笑曰：“汝气死周郎，却来吊丧，此是（平）[明]欺东吴皆土木偶人耶！”掣所佩剑，欲杀孔明。性命若何？

[第一百十四段]　耒阳县张飞荐凤雏

当时（庞统）[此人]欲杀孔明，背后鲁肃急叫“不可！”而止之。此乃襄阳人也，姓庞名统，字士元，道号凤雏先生。肃曰：“孔明以礼至此，不可害之！”庞统掩面而大笑曰：“吾亦戏之耳！”遂相欢乐。鲁肃自回，统独与孔明至舟中，各诉心腹之事。孔明乃留书一纸与统曰：“吾料吴侯[必]不重用足下。稍不如意，可来荆州，共扶玄德。此人宽仁爱人，必不负足下平生之所学也！”统诺其言而别。孔明自回荆州。

却说鲁肃（并诸葛）将送灵柩至芜湖，

据《三国志·蜀书·庞统传》：庞统字士元，襄阳人也。……后郡命为功曹。……吴将周瑜助先主取荆州，因领南郡太守。瑜卒，统送丧至吴。

按：《演义》称周瑜灵柩由鲁肃护送至芜湖，不见于史。据史书，护送周瑜遗体的是庞统。周瑜时任南郡太守，而庞统为郡功曹，办理周瑜丧葬事宜属于他的职责。

吴侯接着，哭祭于前。权为挂孝，哀恸左右（曰）。周公瑾有二男一女：长男循，次男彻，后皆以女嫁之；瑜之女乃配与世子。

据《三国志·吴书·周瑜传》：瑜两男一女。女配太子登。男循尚公主，拜骑都尉，有瑜风，早卒。循弟胤，初拜兴业都尉，妻以宗女，授兵千人，屯公安。黄龙元年，封都乡侯，后以罪徙庐陵郡。

此是孙权极念瑜之（甚）[恩]也。后葬于本乡。

吴侯回郡，与众将说起周瑜，无不下泪。权曰：“周郎身死，是吾股肱废矣，安能复兴大事乎？”肃曰：“某碌碌庸才，误蒙公瑾之重荐，其实不称所职。愿举一人，以助主公。此人上通天文，下察地理，谋略不减于管、乐，枢机可配于孙、吴，往日公瑾多用其言，诸葛深伏其智，见在江南，何不重用？”孙权闻之大喜，问贤士姓名，肃曰：“斯人襄阳世家，姓庞名统，字士元，道号凤雏先生。”权曰：“孤亦闻名久矣！见在何地？”肃曰：“见在府下。”权即时便请入，[与]权施礼毕。看其人浓眉厥鼻，黑面（紫）[短]髯，甚是古怪，

按：《演义》称庞统相貌丑陋，于史无据。

权便不喜，乃问统曰："汝平生所学，以何为主？"统曰："不必拘执，随机应变。"权曰："汝之才［学］，比（吾）周公瑾若何？"统曰："某之所学，与公瑾大不相同。"权平生绝喜公瑾，见统（有）轻之，心［中］大不喜，乃对统曰："汝且退，待有用汝之处，却来取汝。"统长叹一声而出。鲁肃曰："主公如何不用庞士元？"权曰："狂士也，用（人）［之］何益？"肃曰："赤壁鏖兵之时，此人曾献连环策，成第一（之）功，主公（必想）［想必知］之。"权曰："此（时）［是］曹操自欲钉船，非此人之（辨）［功］也。吾誓不用之!"后来史官有诗叹曰：

君臣道合是前缘，不遇交人意惨然。
堪叹凤雏何命薄，功名未遂丧西川。

鲁肃出与庞统曰："非肃不荐足下，争奈吴侯不能用也。公且耐心。"统低头长叹而不言。肃曰："公莫非无意于吴中乎？"统不答。肃曰："公抱匡济之才，何愁功名［乎］？留此但恐屈沉。公实对肃言之。"统曰："吾欲投曹公去也。"肃曰："明珠暗投耳。（何）［可］自往荆州投刘皇叔，必然重用。"统曰："实欲如此，前言戏之耳。"肃曰："某作书荐之。公如在彼，使两家无相攻击，同力破曹，幸也!"统曰："此平生之素志也!"乃求肃书，径往荆州来见玄德。

此时孔明按察四郡未回，门吏转报："江南一名士庞统特来相投。"玄德曰："闻名久矣。"便交请入。统见玄德，长揖不拜。玄德见庞统容貌丑陋，心中不喜，［乃］问统曰："足下［远］来，意欲何为也？"统不将鲁肃、孔明书呈上，乃自答曰："闻皇叔招贤纳士，特来相投。"玄德曰："荆、楚稍定，苦无闲职。此去东北一百三十里有县名耒阳县今属荆湖南道衡州，缺一县宰，公且任之。如后有缺，却当重用。"统寻思："刘玄德待我何薄！必以才学动之。"遂勉强相辞而去。

统到耒阳县，不理县事，终日饮酒为乐，一应钱粮词讼并不理会。每有人来告知玄德，言"庞统将耒阳县事尽废。"玄德大怒曰："腐儒焉敢（望）［乱］吾法度耶!"遂唤张飞分付："你可去荆州南诸县巡视一遭，如有不公不法者，便就究问。"恐［张飞］于事有不明处，又交孙乾同去。张飞领了言语，与乾至耒阳县。军民官［吏］皆出郭迎接，独不见县令。张飞问曰："县令何在？"同僚复曰："庞县令自到任至今将及百余日，县中之事并不理会，终日饮酒，自旦及夜，只在醉乡。今日宿（醒）［酒］未解，久报不起。"张飞大怒，欲擒之。孙乾曰："庞士元乃高明之人，且未可轻忽，到县中问之。如果于理不然，治罪未晚。"飞入县，于正厅上坐定，交唤县令。庞统衣冠不整，扶醉而出。飞怒曰："吾兄以汝为人物，令作县宰。汝何敢尽废县事也!"统闻［之］笑曰："将军以吾尽废县事，何也？"飞曰："汝到任百余日，并不理词讼，安得不废正事也？"统曰："量百里小县，些少公事，何难决断？将军少坐，看某发落。"随即唤公吏，将百余日公事一时判决。吏皆纷然抱卷上厅，将词讼原被告人等环跪阶下。统执笔佥押，口中发落，耳内听讼，［曲直分明，］并无分毫差错，民皆叩首拜伏；（曲直分明，）［不到］半日，将百余日事尽皆决了，掷笔于地而对张飞曰："难断之事，在乎曹操、孙权，吾视若掌上观文。量小县何足介意？"张飞大惊，下席而谢之曰："先生大才，小辈安知？吾当于兄长处极力举荐!"统乃将出鲁肃所荐之书与张飞。飞曰："先生初见吾兄，何不将出？"统曰："吾恐未［尽］信耳。"飞与孙乾曰："非汝，则失一贤也!"遂辞统，回荆州见皇叔。

飞细说统之才能，玄德大惊曰："吾（今）［一］时之失也!"飞将出鲁肃所荐之书呈上。玄德观书云：

肃百拜大汉皇叔玄德公麾下：今庞士元一径来投，望公可（当）［宜］重用！况士元非百里之才也，如处于治中别驾之任，始当展其骥足耳。如以相貌（人品）［品人而］取之，恐负所学之才，亦终为他人之所用，实可惜哉！建安十五年冬十二月朔日，东吴鲁肃拜书。

玄德看毕，正懊悔中，忽报孔明回。玄德接入，孔明先问曰："庞军师近（近）［日］无恙否？"玄德曰："（今）［近］治耒阳，大废县事，正欲问罪。"孔明曰："庞士元非百里之才也，胸中之学，胜吾十倍。亮尝有书在士元处，曾达［主公］否？"玄德曰："今日却得子敬书。如此如此。"孔明曰："大贤若处小任，多以酒糊涂，倦于视事。"玄德曰："若非吾弟所言，险失大贤！"随即（特）［又］令张飞往耒阳，（敦）［敬］请庞统到荆州。玄德请罪，统方出孔明所荐之书。玄德看书中之意，言"凤雏到日，可宜重用。"玄德方（言）［悟］曰："昔日司马德操之言，徐元直之语，云'卧龙、凤雏，二人得一，可安天下。'今日吾二人皆全，汉室可兴矣！"（于是）遂拜庞统为副军师中郎将，与孔明（尽）共［同］赞画方略，教练军士，伺候出征。［时］建安十六年夏五月。

据《资治通鉴》卷六十六：刘备以从事庞统守耒阳令，在县不治，免官。鲁肃遗备书曰："庞士元非百里才也。使处治中、别驾之任，始当展其骥足耳！"诸葛亮亦言之。备见统，与善谭，大器之，遂用统为治中，亲待亚于诸葛亮，与亮并为军师中郎将。（参见《三国志·蜀书·庞统传》）

按：《演义》称，庞统在耒阳县酗酒荒废政事，刘备派张飞查办，庞统迅速办完积案，这些情节均不见于史。史书记载是：庞统"在县不治，免官"。鲁肃和诸葛亮向刘备推荐庞统，都是在庞统被免官之后，并非如《演义》所说事先有荐书。

早有人报到许昌，言"刘备有诸葛、庞统为谋，招军买马，积草屯粮，结连东吴，早晚必兴兵向北矣。"曹操问计于众谋士，荀攸曰："不必动京师之兵。可差人往西凉州取马腾，就交领兵南征，可得诸侯之心也。"操然之，即时差人往西凉州宣马腾。

马腾字寿成，汉伏波将军马援之后。桓帝时，其父马肃字子硕，为天水兰干县尉。这一枝军（刘）［流］落陇西，与羌人杂居；家贫无妻，就娶羌女，遂生马腾。腾身（丈）［长］八尺余，面阔鼻雄，人多敬之。灵帝末年，羌胡多反，州郡召募民兵讨之。腾（充）［统］军有功发迹，初平中已拜征西将军，与镇西将军韩遂结为兄弟。

据《三国志·蜀书·马超传》注引《典略》：腾字寿成，马援后也。桓帝时，其父字子硕，尝为天水兰干尉。后失官，因留陇西，与羌错居。家贫无妻，遂娶羌女，生腾。腾少贫无产业，常从彰山中斫材木，负贩诣城市，以自供给。腾为人长八尺余，身体洪大，面鼻雄异，而性贤厚，人多敬之。灵帝末，凉州刺史耿鄙任信奸吏，民王国等及氐、羌反叛。州郡募发民中有勇力者，欲讨之，腾在募中。州郡异之，署为军从事，典领部众。讨贼有功，拜军司马，后以功迁偏将军，又迁征西将军，常屯汧、陇之间。初平中，拜征东将军。是时，西州少谷，腾自表军人多乏，求就谷于池阳，遂移屯长平岸头。而将王承等恐腾为己害，乃攻腾营。时腾近出无备，遂破走，西上。会三辅乱，不复来东，而与镇西将军韩遂结为异姓兄弟，始甚相亲，后转以部曲相侵入，更为仇敌。腾攻遂，遂走，合众还攻腾，杀腾妻子，连兵不解。建安之初，国家纲纪殆弛，乃使司隶校尉钟繇、凉州牧韦端和解之。征腾还屯槐里，转拜为前将军，假节，封槐里侯。北备胡寇，东备白骑，待士进贤，矜救民命，三辅甚安爱之。

据《资治通鉴》卷六十五：前将军马腾与镇西将军韩遂结为异姓兄弟，后以部曲相侵，更为仇敌。朝廷使司隶校尉锺繇、凉州刺史韦端和解之，征腾入屯槐里。

当年奉诏，乃带次子马休、马钦、兄子马岱并全家老小赴许昌，留长子马超守边。

据《资治通鉴》卷六十五：（建安十三年夏六月，）曹操将征荆州，使张既说腾，令释部曲还朝，腾许之。已而更犹豫，既恐其为变，乃移诸县促储偫，二千石郊迎，腾不得已，发东。操表腾为卫尉，以其子超为偏将军，统其众，悉徙其家属诣邺。

据《三国志·蜀书·马超传》注引《典略》：十三年，征为卫尉，腾自见年老，遂入宿卫。初，曹公为丞相，辟腾长子超，不就。超后为司隶校尉督军从事，讨郭援，为飞矢所中，乃以囊囊其足而战，破斩援首。诏拜徐州刺史，后拜谏议大夫。及腾之入，因诏拜为偏将军，使领腾营。又拜超弟休奉车都尉，休弟铁骑都尉，徙其家属皆诣邺，惟超独留。

据《三国志·蜀书·马超传》：后腾与韩遂不和，求还京畿。于是征为卫尉，以超为偏将军，封都亭侯，领腾部曲。

按：据史书记载，马腾与其子马休、马铁早已于建安十三年（208）入朝任职，《演义》称，曹操于建安十五年（210）征调马腾入朝，准备寻机杀害，于史无据。

（于路）[腾自]到京，先参见曹操，次日面君。操封马腾为偏将军，马休为奉军都尉，马钦、马岱皆为骑都尉，就领关西军马，克日出军，收伏刘备。腾谢恩毕，未及起行。

一日，献帝宣马腾入内，登麒麟阁，共论旧日功臣。宣腾近前，屏退左右，帝曰："卿知汝先祖乎？"腾曰："臣祖伏波将军，名列青史，深（赞）[荷]圣朝之大恩，岂不知之？"帝曰："汝能效祖，力扶汉室，以诛反贼乎？"腾曰："臣已领圣旨，去讨反贼刘备[也]。"帝曰："刘备乃汉室宗亲，非反朕者也。反朕者曹操也，早晚必篡朕位矣。所降诏旨，皆非朕意。卿思先祖，何不与朕图之？"腾含泪奏曰："臣昔奉衣带诏，与国舅同（至）[谋]杀贼，不幸事泄。非无此心，力不及耳！"帝曰："朕畏[曹]操，度日如年。今操付卿以兵权，何不就而谋之？勿复泄漏！"腾曰："臣愿以全家上报陛下！"

[腾]欣然领命而出，遂与三子商议，各有报国之心。忽报曹操催督起军，又遣门下侍郎黄奎为行军参谋。腾请黄奎议行军之事，二人共饮。奎酒半酣而言曰："吾父黄琬死于李傕、郭汜之难，使吾痛心切齿，誓诛反贼之首！今不想又被反贼之所制，实不忍也！"腾曰："宗文奎表字也以谁为反贼耶？"奎曰："欺君罔上，以正为邪，乃操贼也！"腾恐是操使来探心腹，[急]止之曰："耳目较近，休得乱言！"奎又言曰："（吾）[汝]祖乃汉代名将。今[汝]从贼而[反讨]汉皇叔，[有]何面目见天下之人也！"腾良久曰："宗文乃真实也？"奎遂乃嚼指流血为誓。腾以心腹告之，奎曰："吾死得其所矣！"二人商议，檄关西兵到，请曹操点视，就点军处杀之。

按：《演义》称马腾与黄奎合谋欲杀曹操，于史无据。黄奎，史无其人。

约誓以定，黄奎回家，恨气不（收）[消]，意欲平吞曹操者。其妻再三问之，皆不肯言。其妾李春香与奎妻弟苗泽私通；泽欲得（此）春香，百般无计。春香对泽曰："黄侍郎今日商议军情回，意甚怀恨，不知为谁？"泽曰："汝可以言挑之曰：'人皆说皇叔（玄）[仁]德，曹操奸雄。何助（一）邪而害正也？'看他说甚。"是夜黄奎果到（此）

春香室中，遂以此言挑之。奎乘醉曰："你是妇人，尚（日）[自] 知礼，何况我乎？吾将杀曹操矣。"春香得其言，密告与苗泽。泽急报知曹操。

却说关西军到许田地名，马腾、黄奎请操点军，并入相府。操喝左右拿下，腾曰："何罪？"操曰："吾保 [汝] 为将，封汝父子，以讨刘备，汝反欲杀吾也？"二人抵讳。操唤苗泽一证，黄奎无言可对。马腾大骂曰："腐儒误我大事也！吾两番欲诛国贼，不幸泄漏，此苍天欲灭炎汉也！"操传令，将马腾、黄奎两家良贱共三百余口，皆斩于市曹。马腾并二子对面受刑。[关西军大叫]"哀哉！"（只走了侄儿马岱。）操喝散关西军马，只走了侄儿马岱。

据《后汉书·献帝纪》：（建安）十六年秋九月庚戌，曹操与韩遂、马超战于渭南，遂等大败，关西平。……十七年夏五月癸未，诛卫尉马腾，夷三族。（参见《资治通鉴》卷六十六）

苗泽告操曰："不愿重赏，只求李春香。"操笑曰："你为一妇人害了姐夫，留此不义之人何用？"亦皆斩之。静轩先生观此有感，作诗叹曰：

苗泽因私害荩臣，春香未得反伤身。
龙天何事容奸宄？累次谋诛化作尘。

忽人报曰："刘备调练军士，收拾器械，将欲收川。"操惊曰："若刘备收川，则羽翼成矣！将何以图之乎？"言未绝，阶下一人进曰："某有一计，使刘备、孙权皆死，江南、西川皆归丞相矣。"（探）[操] 大喜。此人是谁？

[第一百十五段]　马超兴兵取潼关

献策之人乃治书侍御史、参丞相军事，（颖）[颍] 川许昌人也，陈寔之孙，陈纪之子，姓陈名群，字长文。

据《三国志·魏书·陈群传》：陈群字长文，颍川许昌人也。

操曰："长文有何良策？"群曰："目今刘备、孙权结为唇齿。若刘备欲取西川时，丞相可命上将亲提大兵，会合肥之众，径取江南，孙权必求救于刘备。备意在西川，必无心救孙权矣。其孙权力乏将衰，势之将尽，江东之地先为丞相所得。若得江东，则谈笑 [间] 连荆州一鼓而可得平收矣。若得荆州，则刘备进退无路，西川亦属丞相矣。"操曰："长文之言，正合孤意！"即时起大军三十万径下江南；先令合肥张辽准备粮草，以为供给。

有细作报与吴侯，权聚（聚）[众] 商议。张昭进曰："昔日子敬与刘玄德有恩，其言必从；更兼是吴中佳婿。可差人往子敬处，交急发书（过）[往] 荆州，使玄德同力拒曹，则何足虑 [哉]？"孙权即时差子敬求救于玄德。鲁肃即时修书，遣人往荆州来。玄德看了书中之意，留使者于驿舍，（差人于南郡取）[与] 孔明商议。孔明（到，）看了书云："也不用动江南兵，也不须劳荆、襄士，我交曹操正眼不敢再觑东南。"回书与鲁肃，交高枕无忧，"但有北军犯界，刘（玄德）[备] 自有退敌之策。"使者去了。玄德问曰："今操起大军三十万，会合肥之众前来，[先生] 有何高见可退？"孔明曰："操平生所虑者，乃西凉之兵也。近操夷灭马腾全家，其子马超见统西凉军马，必痛恨曹操矣！主公作一封书结托马超，超必兴兵入关，操焉有［下］江南之闲暇乎？”玄德大喜，即时令孔明作书，遣一心腹之人径往西凉州投下。

却说马超在西凉州忽然夜感一梦，梦见身临雪地，群虎来咬，惊觉心疑。次晓，聚各寨将佐都到。超管下八寨，那八个人？

侯选、程（钦）［银］、李堪、张横、梁兴、成宜、马玩、杨秋。

这八部军马共计二十万，［超］自有六万余众。当日众将会集，超说梦（于）［中之事］。众未及言，忽然帐前一人立于当面，其人生得面员睛突，身长八尺，见为八部（守）［首］将，超帐前心腹卫尉，南安狟音相道人也，姓庞名德，字令明，

据《三国志·魏书·庞德传》：庞德字令明，南安狟道人也。少为郡吏州从事。初平中，从马腾击反羌叛氐。数有功，稍迁至校尉。

对超曰：“雪地遇虎，不祥之兆也！莫非老将军在许昌有事否？”正议间，忽一人至前，哭拜于地。超视之，乃弟马岱也岱，超之伯子也。超问其故，岱曰：“叔父与黄侍郎同谋杀曹操。事泄，一家皆斩于市曹；惟岱逾墙得脱，扮作丐儿出城，千难万难，得到于此！”超哭倒于地，众将扶起。忽报荆州刘皇叔遣人送书至。超得书，拆封而观之，书云：

备顿首再拜征西大将军麾下：伏念汉室不幸而遭逆操之专权，［致使］黎庶凋残，（致使）奸臣（之）秉政，欺君罔上，结党成群，天下之人无不欲食其肉也！今尊翁忠义盖于四海，被操一旦害之，此本不共天地日月之仇也，为子之道，忍坐视焉！若能起西凉之兵以（牵）［敌］操之势，备当举荆、襄之众以遏操之威，则逆操可擒，奸党可灭，仇辱可报，汉室可兴。诚能如是，幸莫大焉！书不尽言，立待回报。建安十六年七月　日，刘备谨书。

马超看书毕，即时写就回书，使归荆州。超起西凉州军马，待要起发，忽西凉太守韩遂使人请马超。超往见遂，遂将曹操书出视超，［内］曰：“若拿超来许昌，即封汝为西凉侯。”超拜伏于地曰：“请叔父便执缚我弟兄二人，解往许昌。”遂扶超曰：“吾与汝父结为异姓兄弟，安忍害汝？故请汝来观书。汝若兴兵，吾当相助。”马超拜谢，即时将操使斩之，尽起大军，杀奔潼关来。

据《三国志·魏书·卫觊传》注引《魏书》：是时关西诸将，外虽怀附，内未可信。司隶校尉锺繇求以三千兵入关，外讬讨张鲁，内以胁取质任。太祖使荀彧问觊，觊以为“西方诸将，皆竖夫屈起，无雄天下意，苟安乐目前而已。今国家厚加爵号，得其所志，非有大故，不忧为变也。宜为后图。若以兵入关中，当讨张鲁，鲁在深山，道径不通，彼必疑之；一相惊动，地险众强，殆难为虑！”彧以觊议呈太祖。太祖初善之，而以繇自典其任，遂从繇议。

据《资治通鉴》卷六十六：（建安十六年春）三月，操遣司隶校尉锺繇讨张鲁，使征西护军夏侯渊等将兵出河东，与繇会。仓曹属高柔谏曰：“大兵西出，韩遂、马超疑为袭己，必相扇动。宜先招集三辅，三辅苟平，汉中可传檄而定也。”操不从。关中诸将果疑之，马超、韩遂、侯选、程银、杨秋、李堪、张横、梁兴、成宜、马玩等十部皆反，其众十万，屯据潼关；操遣安西将军曹仁督诸将拒之，敕令坚壁勿与战。命五官将丕留守邺，以奋武将军程昱参丕军事，门下督广陵徐宣为左护军，留统诸军，乐安国渊为居府长史，统留事。秋七月，操自将击超等。（参见《三国志·魏书·武帝纪》《高柔

传》,《三国志·蜀书·马超传》注引《典略》)

按：据史书，曹操于建安十六年（211）三月派司隶校尉锺繇率军讨伐汉中张鲁，致使马超、韩遂等关中诸将疑惧而起兵反叛。《演义》称马超起兵是为报父仇，与史相悖。马腾及其三族被诛杀，是在建安十七年（212）五月，即马超起兵一年零两个月之后。

长安郡太守锺繇一面飞报曹操，一面引兵迎敌。锺繇引军二万，离长安京兆府，布阵于野。西凉州前部先锋马岱引军马一万五千，浩浩荡荡、漫山遍野而来。繇出马与岱打话，岱使宝刀一口与繇战。繇大败走，

按：《演义》称锺繇为长安郡守，曾与马岱单挑，不见于史。据史书，锺繇当时任司隶校尉，后来魏建国时任相国，史书中看不出他会武艺。

［岱］背后赶来。马超、韩遂［引大军］都到，踏平村落，围住长安，繇上城守护。

长安乃西汉建都之处，城郭深固，壕堑险深，急切攻打不下。一连围到十日，不得长安。庞德进计与马超曰：“长安城中（不应）［土硬］，城内水至苦不堪食，更兼无柴可烧。今围十日，军民（已）［饥］荒。不如且收军退，如此如此，唾手可得。”马超曰：“此计大妙！”即时差令字旗告报诸部，尽皆退军。当晚马超亲自断后，各部兵渐渐彻退。

锺繇（此时）［次日］于城上看时，军皆退了，恐有计策，只开西门，令人哨探，果然去远，方才放心，纵令军民出城打柴取水。众皆惧［西凉］军再来，多打柴薪入城，往来纷纷，不计其数。初时也自计较；三日后大（倘）［敞城门］，放人出入。第五日，人报马超军马又到。军民奔竞入城，锺繇交上城守护。繇自引本部将，各门提调。

却说西门守将、锺繇弟锺进正在城头上防护，马超直来城边叫骂，“若不献门，老幼不留！”锺进也在城上骂。约至三更，城门里一把火起，锺进急来救时，城边转过一人，手持大刀，大叫“庞德在此！”手起［刀落，］斩锺进于门下。随后十余骑勇士杀散军校，斩开门锁，放马超军马入城。锺繇从东门弃城而走。马超、韩遂（却）得了城子，重赏各军。元来是庞德献的计，故意退军，（分）［却］扮作打柴军人，杂在百姓火内，打（关）［柴］入城，当夜里应外合。

却说锺繇退守潼关，（飞报紧急）［紧急飞报］曹操。［操］知失了长安，那（得）［有］南征之意？遂唤曹洪、徐晃先带一万人马，替锺繇守潼关，“如十日内输失了关防，当斩你（一）［二］人；十日外失了关，不干你二人事。我亲率大军，随后便至也。”二人领了将令，星夜便行。曹仁进曰：“兄弟性燥，恐误大事，某当一往。”操曰：“你与我押送粮草，随后也起。”

却说曹洪、徐晃到关上替锺繇先回。二将坚守关隘，并不出战。马超选军人能言快语者来关下骂，把曹操三代毁辱。曹洪大怒，要提兵下关厮杀。徐晃谏曰：“此是马超要激将军相持，不可与战！待丞相大队军马来时，自有主意。”马超军日夜轮（十数）番来骂，曹洪只要厮杀，被徐晃苦苦哀告。当时（一）［已］过九日，曹洪在关上看时，西凉军都下了马，坐在关前草地上骂，多半困倦就睡。曹洪交备马，点起三千军马，开关杀将下来。徐晃恐怕有失，领兵随后赶来。西凉军弃马抛戈而走，曹洪得胜，迤逦赶去。徐晃急骤马来赶，请曹洪回。［忽然］背后马岱引军杀来（，曹洪等抵当不住，折军大半，杀出重围）。曹洪、徐晃急奔关上回时，山背后两军截出，左是马超，右是庞德。曹洪等［抵当不住，］折军大半，［杀出重围，］奔到关（上）［下］，超随后赶来。洪等弃关而走。庞德直杀过潼关，连夜追［赶］败兵（，赶）数十里，正撞着曹仁军到，救了曹洪等一

军，番身直赶到关下。马超救庞德上关；曹仁自回，于路接不得两程，迎着操军。

按：《演义》所述马超攻取长安和潼关的战斗，均于史无据。当时整个关中地区，包括长安和潼关，均为马超、韩遂等关西诸将所占据。

操知失了潼关，荒忙唤曹洪入，问曰：“（唤）[与]你十日限，缘何九日失了关防？”洪曰：“西凉军无般不骂。某等因见彼军懈怠，乘（胜）[势]赶去，不想中贼机勾。”操曰：“曹洪年幼燥暴，徐晃你须晓事。”晃曰：“累谏不从。当日晃在关东点粮草，比及知道，小将军已自下关去了。

按：核诸史书，曹洪时年已四十开外，并非“年幼”的“小将军”。

晃恐有失，因此赶去。”（曹）[操]大怒，喝斩曹洪。一班文官武将皆（诡）[跪]下告操曰：“权且记罪！后有功可准，如无功必诛未迟。”曹洪伏罪而退。

操次日进兵，直扣潼关。曹仁曰：“可先下定寨栅，然后打关未迟。”操交军士砍破树木，立起排（抄）[栅]，分作三寨：左寨曹仁，右寨夏侯渊，中寨操自领兵将。次日，西凉哨马直到寨前。操令三寨大小将校（军）[杀]奔关隘前去，正遇西凉军到，两边各布阵（图）[圆]。操出马于门旗之下，看西凉兵（时，）人人勇健，个个英雄，各执长枪，密排阵脚；门旗开处，一簇白旗，白旗中间那员大将白袍银铠，白马长枪，生得面如傅粉，唇若涂（珠）[朱]，腰细膀阔，声雄力猛，（右）[乃]扶风茂陵人也，姓马名超，字孟起；上首庞德，下首马岱，背后八员健将一字儿摆开。[操]暗暗称奇，在马上与超曰：“汝乃名将子孙，何故背汉而反耶？”超咬牙啮齿，大骂“操贼欺君罔上，（犯）罪不容诛；害吾父弟，此冤不同天地！吾当活（作）[捉]，生食（其）[贼]肉！”一骑马、一条枪杀过阵来，要捉曹操。当日胜负如何？

[第一百十六段] 马超渭桥大战

是岁建安十六年七月下旬，操自与超对阵。超杀过来，操背后于禁出迎。两骑战到八九合，于禁败走。张郃出迎又败。李通出迎，超奋神威，数合之中，将李通刺于马下。

据《三国志·魏书·李通传》：（建安十四年，）刘备与周瑜围曹仁于江陵，别遣关羽绝北道。通率众击之，……道得病薨，时年四十二。

超把枪望后一招，西凉子弟兵抖擞神威，冲杀过来，操兵大败。左右将佐皆敌不住，被[马]超并庞德、马岱引百余骑直入中军，来捉曹操。操在乱军中只听得西凉[军]大叫“穿红袍的便是曹操！”操就马上急脱红袍。又听得大叫“髯长的是曹操！”操就马上掣所佩剑自割其须。军中又报超知，使人又叫“髯秃者是曹操！”操掣旗包颈而走。后人曾有诗曰：

潼关战败望风逃，孟德忙然脱战袍。

剑割髭髯应胆丧，马超声价并天高。

曹操正走之间，背后一人赶来，回头视之，认得是白袍银铠之将。众军知是马超，都各自逃命，四散去了，单撇下曹操。超厉声大叫“操贼休走！”飞马赶来。操惊得马鞭坠地。看看赶上，马超枪从背后搠来。操绕树而走，超一枪搠在树上，急拔得枪出，操已走五十步远。超纵辔赶来，山陂边转出一小将，大叫“勿伤我主！曹洪在此！”洪轮刀纵马，敌住马超，曹操因此走得性命。洪与马超斗到四五十合，渐渐刀法［散］乱，气力不加，夏侯渊引十数骑到。马超独自恐被所算，因此弃了曹洪而回。夏侯渊也不来赶，保曹操回寨。

按：据史书记载，曹操于建安十六年（211）三月派锺繇率军讨伐汉中张鲁，马超等关西诸将怀疑锺繇借机袭取关中，故东进屯据于潼关；曹操则于七月亲率大军西征，与马超等军隔关扎营相持，两军并未交战。《演义》所述马超于潼关大败曹军，曹操割须弃袍的情节，不见于史。

却（得）［说］曹仁死拒定（在）［寨］栅，一（遭）［边］深掘壕堑，坚壁不战。超每［日］引军来寨口搦战，操传令［交］军固守，“乱动者斩！”诸将告曰：“西凉之兵甚是强壮，（盖是）［尽使］长枪。若非选择（前锋）［箭弩］以迎之，则不可当也。”操曰：“战与不战，皆在于我，非在贼也。［贼］虽有长枪，安能便刺于诸公？但坚壁观之，贼自退矣。”诸将退而言曰：“丞相自来征战，勇为当先。如今一败于马超，何如此弱也？”各不知其意。细作报来：“潼关上今日又添二万生力军，乃是羌胡部落前来助敌。”报入中军来，操大喜。诸将曰：“马超添兵，丞相欢喜，何也？”操曰：“待吾胜了，却对汝说。”三日后又报“关上又添军马。”操于帐中大笑，置酒作贺。诸将皆暗笑之，操曰：“诸公笑我无破马超之谋？公等有何良策？”徐晃进曰：“今丞相盛兵在此，贼亦全部俱在关上。此去河西必无准备，是贼无谋之也。若得一军暗渡蒲（陵）［陂］津，先截贼归路，丞相径渡河北击之；贼两下难相救应，势必危矣。”操喜曰：“公明之言，正合孤意！与汝精兵四千，（暗暗去了，）与朱灵（二人）［去］径袭河西，且伏小谷中，待我渡河北，同时击之。”徐晃、朱灵领命，带四千人马暗暗去了。时建安十六年八月。

据《三国志·魏书·徐晃传》：韩遂、马超等反关右，遣晃屯汾阴以抚河东，赐牛酒，令上先人墓。太祖至潼关，恐不得渡，召问晃。晃曰：“公盛兵于此，而贼不复别守蒲阪，知其无谋也。今假臣精兵渡蒲坂津，为军先置，以截其里，贼可擒也。”太祖曰：“善。”使晃以步骑四千人渡津。作堑栅未成，贼梁兴夜将步骑五千余人攻晃，晃击走之，太祖军得渡。遂破超等。

据《资治通鉴》卷六十六：（建安十六年）秋七月，操自将击超等。八月，操至潼关，与超等夹关而军。操急持之，而潜遣徐晃、朱灵以步骑四千人渡浦阪津，据河西为营。

据《三国志·魏书·武帝纪》：（建安十六年）秋七月，公西征，与超等夹关而军。公急持之，而潜遣徐晃、朱灵等夜渡蒲阪津，据河西为营。

据《资治通鉴考异》：按《武帝纪》，潜遣二将渡蒲阪，皆太祖之谋，而《（徐）晃传》云皆晃之策。盖陈氏各欲称其功业，不相顾耳。

操下令，先令曹洪于蒲陂津安排船筏，留曹仁守寨，自欲领兵渡渭河。

却说［有］人报上关来，马超与韩遂升帐而坐。超曰：“今操不攻潼关，而使人准备舡筏，欲渡河北而遏吾之后。（超之）［吾］意欲引一军扣河据住岸（地）［北］；操兵不得渡，不消二十日，河东粮尽，操兵必乱；却（巡）［循］河南而击之，操可擒矣。”韩遂曰：“不必如此。岂不闻兵书有云：‘兵半渡可击。’操兵得渡大半，汝却于南岸击之，

操兵皆死于河内矣。”超然其言，

据《三国志·蜀书·马超传》注引《山阳公载记》：初，曹公军在蒲阪，欲西渡，超谓韩遂曰：“宜于渭北拒之，不过二十日，河东谷尽，彼必走矣。”遂曰：“可听令渡，蹙于河中，顾不快耶！”超计不得施。曹公闻之曰：“马儿不死，吾无葬地也。”

使人探听曹兵几时渡河便报。

却说曹兵收拾已（办）[毕]，分[三]停军前渡渭河。

按：据史书，曹操所渡为黄河；《演义》称曹操渡渭河，与史不合。

人马到河口时，日光初起。操先发精兵渡过北岸，开创营寨；杂兵在中。操自引亲随护卫军将百余人，（据）[踞]胡床，按剑坐于南岸，看军渡河。忽然人望后指“白袍将军到了！”众皆认得是马超，一涌下河边，争上渡船。操尤坐胡床不动，按剑止约“休闹！”只听得背后万马冲突而来。船上一将见势急，（涌）[跃]身上岸，大呼曰：“贼至矣！请丞相上船！”操视之，乃许褚也。操口内尤言“贼至何妨？”回头看时，马超、庞德离不得百余步。许褚驼操下河边，舡[已]离（江）[岸]一丈有余。褚负操一跃而上。随行军士尽下水扳住舡边，（舡小将翻，众）欲争上[舡]逃命[，舡小将翻]。许褚掣刀乱（操）[砍]，舡傍手臂尽折，到于水中。水急舡滉，望下水而流。许褚立于稍上，忙用木槁（刺）[撑]之。操伏于褚脚边。马超[赶]到河边，见舡流在半河，掣弓取箭，喝令骑将绕河射之，矢如急雨。许褚恐伤曹操，左手举马鞍遮蔽操身，右手（掣）[撑]篙，（背荡）[用臂当]箭。马超箭不虚发，舡上驾舟之人应弦而坠河。舡中数十人皆被射倒，其舡支撑不定，于急流中旋转。许褚独奋神威，将两腿夹住舵杆使舡，一手持篙，一手举鞍遮护曹操。后人有诗赞云：

臂挽鞍鞯护主身，手持篙楫在波津。
若非许褚倾心救，孟德应为泉下人。

史官亦言曰：“此日若无许褚，曹公必亡矣！”

南山之上有县令丁裴，见马超追曹操甚急，即时将寨内牛羊马匹尽赶下山。[西凉]军见后面牛马遍野，争共取之，已得头匹[者皆]无心追操。操因此得脱，[方到]北岸，便把舡筏凿沉。诸将听知曹操在河中逃难，急来救时，操已登岸。[许褚]身被重铠，箭皆（衔）[嵌]在甲上。众将（操）[保]操（在）[至]野营中，皆拜于地而贺。其后来者战栗惊惶，皆含泪而拜曰：“不曾犯着贵体否？”操大笑曰：“今日几为小贼所困！”众皆愕然。操曰：“若非他人纵马牛羊以诱贼，贼必努力渡河矣。”问“诱贼者谁人？”报曰：“本处渭南县领兵官丁裴来见丞相。”操谢曰：“若非公，则操为贼所擒[矣]！”随命（为之）[之为]……

据《资治通鉴》卷六十六：（建安十六年秋八月）闰月，操自潼关北渡河。兵众先渡，操独与虎士百余人留南岸断后。马超将步骑万余人攻之，矢下如雨，操犹据胡床不动。许褚扶操上船，船工中流矢死，褚左手举马鞍以蔽操，右手刺船。校尉丁斐，放牛马以饵贼，贼乱，取牛马，操乃得渡；遂自蒲阪渡西河，循河为甬道而南。（参见《三国志·魏书·武帝纪》）

据《三国志·魏书·许褚传》：从讨韩遂、马超于潼关。太祖将北渡，临济河，先渡兵，独与褚及虎士百余人留南岸断后。超将步骑万余人，来奔太祖军，矢下如雨。褚白太祖，贼来多，今兵渡已尽，宜去，乃扶太祖上船。贼战急，军争济，船重欲没。褚斩攀船者，左手举马鞍蔽太祖。船工为流矢所中死，褚右手并溯船，仅乃得渡。是日，微褚几危。

据《三国志·魏书·武帝纪》注引《曹瞒传》：公将过河，前队适渡，超等奄至，公犹坐胡床不起。张郃等见事急，共引公入船。河水急，比渡，流四五里，超等骑追射之，矢下如雨。诸将见军败，不知公所在，皆惶惧，至见，乃悲喜，或流涕。公大笑曰："今日几为小贼所困乎！"

……夺得这匹马，番覆杀开条血路，救出韩遂，从东南走。背后曹兵正赶之间，马超一军接到，杀散曹兵，救出大半军马。战至日暮方回，计点将佐，折了程（良）[银]、

据《资治通鉴》卷六十七：程银、侯选、庞德皆随鲁降，魏公操复银、选官爵，拜德立义将军。

据《三国志·魏书·张鲁传》注引《魏略》：时又有程银、侯选、李堪，皆河东人也，兴平之乱，各有众千余家。建安十六年，并与马超合。超破走，堪临陈死。银、选南入汉中，汉中破，诣太祖降，皆复官爵。

张横，陷坑中被乱枪搠死。超与韩遂商议："若迁延日久，操于河北（之）[立]了营寨，难以退敌。不若乘（轻骑今夜）[今夜轻骑]去劫野营，操必走矣。"遂曰："须分兵前后相救，不可托大。"超自为前部，令庞德、马岱为应，当夜便行。

却说曹操收兵屯渭（南）[北]，（操）唤诸将曰："贼折不多，欺我未立营寨，必然来劫野营。可四面埋伏，虚其中军；如号炮响，四面皆起。"当夜马超先使成宜引三（千）[十]骑，隔五六里哨探。成宜不见人马，径入中军。伏兵见西凉兵到，便放号炮，四下[伏]兵齐起，只围得三（千）[十]骑，成宜被夏侯渊斩之。

据《资治通鉴》卷六十六：操乃与克日会战，先以轻兵挑之，战良久，乃纵虎骑夹击，大破之，斩成宜、李堪等。（参见《三国志·魏书·武帝纪》）

马超却在背后与庞德、马岱三路杀来。胜负何如？

[第一百十七段]　许褚大战马超

当夜两边混战直至天明，各自收兵。

马超移兵屯于渭口，日夜分兵前去攻击。曹操于渭河内连锁舡筏，作浮桥三条，通接南岸。曹仁军马两边夹河，欲立营寨；旋伐树木立栅，将粮草车穿连，以为屏（帐）[障]。人暗报与马超，超交军士各（带）[挟]草一束，就带火种去烧操寨车。马超、韩遂互换打旗，南北两岸并力杀去，到寨前堆积草把，放起烈火。操兵抵敌不住，弃寨而走，车乘浮桥尽被烧毁。西凉[兵]大胜，截住渭口。

据《资治通鉴》卷六十六：超等退拒渭口，操乃多设疑兵，潜以舟载兵入渭，为浮桥，夜，分兵结营于渭南。超等夜攻营，伏兵击破之。（参见《三国志·魏书·武帝纪》）

曹操为立不起营寨，心中忧惧。谋士荀攸曰：“可取渭上沙土筑起土城，可以坚守。”操拨三万军人担土筑城。马超闻（知）[之]，差庞德、马岱各引五百马军往来冲突，更兼沙土不实，筑起便倒，操无计可施。时九月尽间，天气暴冷，彤云密布，连日不开，因此两军罢战。

却说曹操在寨中纳闷，忽人报曰：“有一老丈来见丞相，陈言方略。”操交请入，看其人上长下短，鹤骨松姿；问之，乃京兆人也，隐居于（钟）[终]南山，姓娄，双名子伯，道号梦梅居士。

据《三国志·魏书·崔琰传附娄圭传》注引《魏略》：娄圭字子伯，少与太祖有旧。初平中在荆州北界合众，后诣太祖。太祖以为大将，不使典兵，常在坐席言议。及河北平定，随在冀州。其后太祖从诸子出游，子伯时亦随从。子伯顾谓左右曰：“此家父子，如今日为乐也。”人有白者，太祖以为有腹诽意，遂收治之。

按：据史书，娄圭是曹操的部下，追随曹操已久。《演义》将他写成一位终南山隐士，还将他的字——子伯——改作他的名。

操以客礼待之。子伯曰：“知丞相欲跨渭安营久矣。何不乘时而（用）[谋]之？”操曰：“沙土之地，筑垒不成。隐君有何良谋？愿赐教之！”子伯曰：“丞相用兵如神，岂不知天时乎？连日阴云布合，朔风一起，必大冻矣。风起之夜，尽驱兵士运沙泼水；比及天明，城已就也。”操大喜，拜谢子伯，欲留重赏，子伯不受而去。

是夜北风大作，操尽驱军士担土泼水，——为无盛水之具，作缣囊盛而（还）[灌]之，——随筑随冻。比及平明，（冻）[水]沙冻紧，城墙已完。

据《三国志·魏书·武帝纪》注引《曹瞒传》：时公军每渡渭，辄为超骑所冲突，营不得立，地又多沙，不可筑垒。娄子伯说公曰：“今天寒，可起沙为城，以水灌之，可一夜而成。”公从之，乃多作缣囊以运水，夜渡兵作城，比明，城立，由是公军尽得渡渭。　　或疑于时九月，水未应冻。臣松之按《魏书》：公军八月至潼关，闰月北渡河，则其年闰八月也，至此容可大寒邪！

人报马超，超引兵观之大惊，疑有神助；次日即引大军鸣鼓而进。操得营寨，心中大喜，遂自乘单马出营，止有许褚一人后随。操扬鞭大呼曰：“孟德单骑在此，请马超出来打话！”超亦自乘马持枪而出。操曰：“汝欺吾营寨不成。今一夜天已筑成，何不顺天归降？不失封侯之位。”超恨曹操，恨不突前擒之，见操后有一人（睁圆）[圆睁]怪眼，手掿刚刀，紧在左右。超疑是许褚，乃扬鞭而问曰：“闻汝军中有‘虎痴’者，安在？”操曰：“吾有虎侯许褚，岂惮天下草贼也？”超大怒。许褚挺刀大（怒）[呼]曰：“吾乃谯郡许褚也！”目（视）[射]神光，威风纠纠。超惧之而不敢动，乃勒马回，操亦引褚回寨。两军观之，无不愕然。操与众将曰：“贼亦知仲康乃虎侯也。”自此得名。

据《三国志·魏书·许褚传》：其后太祖与遂、超等单马会语，左右皆不得从，唯将褚。超负其力，阴欲前突太祖，素闻褚勇，疑从骑是褚。乃问太祖曰：“公有虎侯者安在？”太祖顾指褚，褚瞋目盼之。超不敢动，乃各罢。……军中以褚力如虎而痴，故号曰虎痴；是以超问虎侯，至今天下称焉，皆谓其姓名也。（参见《三国志·蜀书·马超传》）　　《资治通鉴考异》认为：按时超不与遂同在彼，故疑此说妄也。

后人有诗赞曰：

凛凛威风振九州，当年许褚勇如彪。

只因孟起军前问，天下从兹播虎侯。

褚曰："吾来日必擒马超！"操曰："超亦英勇，不可轻敌。"褚曰："[某]誓以死搏之！"即时使人下战书云："虎侯单搦马超，来日决战！"超在帐中与韩遂议事，忽接得战书。超大怒曰："何敢如此相欺[耶]!"即批"来日誓杀(痴虎)[虎痴]!"

两军到次日擐带已了，出营布阵。超分庞德为左翼，马岱为右翼，韩遂押中军。超持枪纵马，立于阵前高叫"(痴虎)[虎痴]速出！"当日，曹操在门旗下说与许褚曰："西凉马超不减吕布之勇。"言未绝，许褚拍马舞刀而出，与超大战，到一百合，不分胜负。坐下马乏，各回阵中，皆换马匹；又出阵前，再斗一百合，胜负不分。许褚性起，飞马回阵，将头盔衣甲尽皆脱去，(再上马，)浑身筋突，赤体提刀[上马]，来战马超，两军大骇。又战到三十余合，褚奋威[举刀]，(笼)[兜]头便砍，马超闪过，一枪望[褚]心窝里刺来。褚一闪，枪从胁下过，(和)[用]臂挟住，便弃了刀，两个在马上夺这条枪。许褚力大，一声响拗断马超枪杆，各拿半截，在马上乱打。操恐许褚有失，便交夏侯渊、曹洪二将齐出，夹攻马超。庞德、马岱见操将乱出，两翼铁骑横冲直撞，操兵大乱。许褚背中两箭，诸将荒退入寨。马超直杀到壕边，曹兵伤折数多，操令坚壁休出。马超回至渭口，谓韩遂曰："吾见恶战[者]总不如许褚，真虎痴也！"

按：《演义》所述马超与许褚单挑的情节，不见于史。

却说操料超自觉气骄，可以行计，密使人交徐晃、朱灵尽渡河西(劫)[结]营，前后夹攻。操于城上望[见]马超(军，见)引数百骑直临寨前，来往如飞。操观看良久，捽兜鍪于地曰："马儿不死，吾无葬地矣！"

据《三国志·蜀书·马超传》注引《山阳公载记》：初，曹公军在蒲阪，欲西渡，超谓韩遂曰："宜于渭北拒之，不过二十日，河东谷尽，彼必走矣。"遂曰："可听令渡，蹙于河中，顾不快耶！"超计不得施。曹公闻之曰："马儿不死，吾无葬地也。"

夏侯渊听了，心中气塞，厉声叫曰："吾宁死于此地，必灭马贼而回！"引了本部千百人，大开寨门，直赶出去。操急止不(值)[住]，只恐有失，荒自上马，前来接应。马超见追兵至，乃将前军作后队，后队作先锋，一字儿摆开了。夏侯渊到，马超接住厮杀。超于乱军中遥见曹操，径撇了夏侯渊，直取曹操。操大惊，回马(奔)[迸]星而走，曹兵大乱。

正追赶之间，忽背后有人飞报超曰："曹操一军已在河西下了营寨。"马超无心追赶，急收军回来，与韩遂商议："操兵乘虚已渡河西。吾军前后受敌，如之奈何？"部将李堪曰："不如割地请和，两边各自罢兵；捱过寒天，到春暖别生计策。"韩遂曰："李堪之言甚善，可从之。"超(亦)狐疑未决，杨秋、侯选皆劝求和，于是便遣杨秋为(和)[使]，直往操寨下书，言韩遂、马超"愿请割地求和，各无侵犯。"操曰："汝且回营。吾来日使人回报。"杨秋辞操而退。贾翊入见操曰："丞相主意若何？"操曰："汝所见若何？"翊曰："兵不厌诈。可伪许之，次后用间(课)[谋]之计令韩、马相疑，一击而可破也。"操顿足而大喜曰："天下高见，必多相合。文和之谋，吾心腹之事也！"于是遣人回书："吾齐齐退兵，还汝河西之地。"操一面交搭起渭桥，作退军之意。

据《资治通鉴》卷六十六：超等屯渭南，遣信求割河以西请和，操不许。(建安十六年秋)九月，操进军，悉渡渭。超等数挑战，又不许；固请割地，求送任子。贾诩以

为可伪许之。操复问计策，诩曰："离之而已。"操曰："解!"（参见《三国志·魏书·武帝纪》《贾诩传》）

马超得书，与韩遂曰："曹操虽然许和，奸雄难测，倘不准备，反受其制。超与叔父分轮调兵：今日叔向操，超向徐晃；明日超向操，叔向徐晃。两下隄防，以备其诈!"遂依（所）[计而]行。早有人报曹操知。操顾贾翊曰："吾大事济矣!"问"来日是谁合在我这边？"人报曰："韩遂。"操次日引众将（摆布）出营，[摆布]戈戟十重，左右围绕，操独乘一骑于中央。西凉之兵有不曾识操者，皆出阵前观看，前后重沓，动以（十）万计。操策马而出，高叫曰："汝诸军欲识曹公耶？非有四目二口，但多智谋耳!"诸军皆有惧色。操使人过阵对韩遂曰："丞相谨请将军单骑会语，各不（胜）[带]刃。"遂见操并无甲仗，亦尽弃了，轻衣匹马而出。二人马头相交，各按辔对语。操曰："吾与将军……今年妙龄几何？"遂曰："某今四十岁矣。"

按：《演义》说韩遂自称"四十岁矣"，与史不合。沈伯俊先生在《沈伯俊评点〈三国演义〉》（东方出版中心 2018 年版）一书中指出，据《三国志·魏书·武帝纪》注引《典略》，韩遂死于建安二十年（215），年七十余，则此时已近七十岁。罗贯中信笔而写，误差太大。

操曰："往日京师皆青春年少，遨游胜景，何期又中旬矣！安得天下清平共（同）乐也？"只把旧事细说，并不说及军务，说罢拊臂大笑。约有一个（辰时）[时辰]，二人喜笑而别，自各归寨。早有阵面上见的来报马超。超忙来问韩遂曰："今日阵前，曹操所言何事？"遂曰："（即）[只]是诉京城旧事。"超曰："安得不言军务乎？"遂曰："曹（公）[操]不言，吾何言之？"超心中怀疑而退。

却说曹操归寨，与贾翊曰："（今日阵前，）公知[阵前之]意否？"翊曰："此意虽好，未足交二人为仇。某有一策，令韩（遂）[、马]自相[仇]杀矣。"操问（曰此）[其]计。何如？

[第一百十八段]　马超步战五将

贾翊献计曰："马超乃一勇之夫，不识机密。丞相亲笔作一封书，单与韩遂，中间朦胧字样，于紧要处自先涂抹改易，然后实封送与；却大惊小怪，故意要马超知。超必索书看，见上面紧要去处尽皆抹改，彼意只猜是韩遂恐（超）[已]知，自改抹者，正应单马会语之疑，疑则生乱矣。却暗牢笼韩遂部下诸将，互相间（谍）[谋]，必擒超矣。"操曰："此计甚妙!"即时与贾翊商议写就书（意）[信]，中间多有改抹处；计会了，差精细人送过寨去，多遣从人，欲超知也，下书了便回。果然便有人报[知]马超。超[心]越疑，径来韩遂处索书看，遂把与超看。超见上有改抹字样，问遂曰："书上如何都改了字样？"遂曰："曹操原书送来时便是如此。"超曰："岂有以草藁送与人者？（只）[必]是你怕我知详细，先改抹了。"遂曰："莫非曹操错将草藁误（送）封了来？"超曰："吾又不信。吾与叔同心杀贼，汝何背我而向贼乎？"

据《资治通鉴》卷六十六：韩遂请与操相见，操与遂有旧，于是交马语移时，不及军事，但说京都旧故，拊手欢笑。时秦、胡观者，前后重沓，操笑谓之曰："尔欲观曹公邪！亦犹人也，非有四目两口，但多智耳！"既罢，超等问遂："公何言？"遂曰："无所言也。"超等疑之。他日，操又与遂书，多所点窜，如遂改定者；超等愈疑遂。（参见《三国志·魏书·武帝纪》及注引《魏书》）

遂曰："汝若不信吾心，来日吾在阵前（嫌）[赚]操再说话，汝却在（中军）[军中]突出，一枪刺杀便了。"马超曰："[若]如此时，吾方信也。"两人约定。

至次日，韩遂引侯选、李堪、梁兴、马玩、杨秋五将出阵，马超藏在门旗影（东）[里]。遂使人到[操]寨前高叫："韩遂将军请丞相攀话！"人报曹操，操唤曹洪，分付如此如此。洪得令，引数十骑径出阵前，与韩遂相见。马离不得十余步，洪马上（次）[欠]身而言曰："丞相拜意将军：夜来之言，切不可误！"说了便回马去了。超听得大怒，撚枪望韩遂便搠，五将拦住，劝回寨中。遂曰："贤侄休疑惑胡猜。我无歹心！"马超全然不听，恨气不息而去。

韩遂与五将商议："这事如何分解？"杨秋曰："马超倚仗武勇，常有欺凌主公之心；便胜得曹操，怎肯相让主公？秋之愚意，不如暗地投曹，名正言顺，他日不失封侯之位。"遂曰："吾与马腾乃是弟兄，安忍为之？"秋曰："马腾造反，已遭族诛。主公欲为反臣（而反）[之党]耶？"遂曰："谁可以通消息？"秋曰："某愿往！"遂即写封密书，遣杨秋径来曹操寨说投降事。操大喜，许封韩遂为西凉侯，杨秋为凉州太守，其余皆有官爵；约定放火为号，共谋马超。却说杨秋回见韩遂，说"曹公重加官位"事，约定放火，里应外合。遂交于中军帐后堆积[干]草，各寨拘集军士，五将（时）带刀听候。遂欲请超赴会[，就席]谋之，又怕下手不得，众皆疑虑未定。（操时）[时操]差各将引轻骑于寨外巡探。

早有人报马超说："韩遂已与五将结连曹操，欲谋将军。"超分付庞德、马岱各准备好马，时常搭鞍，听候厮杀。（常）[当]夜又有人报："五将与韩遂在外同谋。"超大怒，带亲随五七人先行，交庞德、马岱后应。超步行入遂中军，果见帐中明灯说话。超偶听得杨秋曰："事不宜迟，来日便行。"超拔剑直入，大喝曰："群贼[焉]敢害我也！"众皆大惊。超一剑望韩遂面门剁去，遂荒以手迎之，卸落左手。

按：《演义》夸大了马超与韩遂的裂痕。《演义》写韩遂暗地投降曹操，马超发觉后砍断韩遂左手，均不见于史。

五将各拔刀出，奔[杀]马超。马超纵步出帐外，五将周回围定，来杀马超。超独挥宝剑，力战五将，剑光明处，鲜血分飞，早砍番马玩，四将（战尤）[尤战]不退。超奋威背砍，又剁到梁兴，

据《三国志·魏书·武帝纪》：马超余众梁兴等屯蓝田，使夏侯渊击平之。（参见《资治通鉴》卷六十六，《三国志·魏书·郑浑传》《夏侯渊传》）

三将各自逃生。超再入帐结果韩遂时，已被左右救出。帐后两把火起，超急上马。时各寨兵皆起，庞德、马岱皆至，互相混战，寨中四围火急。马超领军杀出时，曹军四至，前有许褚，后有徐晃，左有夏侯渊，右有曹洪，[与]西凉之兵（自相）并杀。超回头不见庞德、马岱，引五百余骑截于渭桥之上。

天色微明，西凉（步）[部]将（领）[李]堪领一军[从]桥下过。超挺枪骤马，

来杀李堪，堪拖枪而走。背后于禁赶来，本是要射马超，超听得背后弓弦响，急闪过，却射中前面李堪，落马而死。

据《资治通鉴》卷六十六：操乃与克日会战，先以轻兵挑之，战良久，乃纵虎骑夹击，大破之，斩成宜、李堪等。（参见《三国志·魏书·武帝纪》）

据《三国志·魏书·张鲁传》注引《魏略》：时又有程银、侯选、李堪，皆河东人也，兴平之乱，各有众千余家。建安十六年，并与马超合。超破走，堪临陈死。银、选南入汉中，汉中破，诣太祖降，皆复官爵。

超回［马］来杀于禁，禁拍马走了。超回桥上扎住。曹兵前后大至，虎卫［军］当先，乱箭夹射，超以枪拨之。矢如飞蝗，超背后从骑一半下河。超于桥上两下往来冲突五七番，（军）兵（后）［厚］不能出。两边虎卫［军］看看趱上，渐渐危急，超于桥上大叫一声，冲杀入河北。军中从骑皆被截断，超独自在军阵中寻路而出。暗弩极多，射倒坐下马，马超坠地。操军逼合，枪近身边。忽（于）西北角［上］一彪军杀入，为头两员将乃庞德、马岱，将从骑救了马超，杀条血路，望西北而走。曹操听知走了马超，问有多少人马，报云："止有千余骑。"操传令曰："将士无分（星）［昼］夜，务要赶上（捉）马超！如得首级者千金，赏万户侯；生获者，大将军之次。"众（皆）［将］得令，各要争功，迤逦追袭。马超人困马乏，不能停住，渐渐从骑四散，步军走不上者多被擒捉；行不到十数里，被曹兵赶散数阵。超回顾时，止剩得三十余骑，并庞德、马岱望陇西临洮而去。

据《三国志·魏书·武帝纪》：遂、超等走凉州，杨秋奔安定，关中平。（参见《资治通鉴》卷六十六）

据《后汉书·献帝纪》：（建安）十六年秋九月庚戌，曹操与韩遂、马超战于渭南，遂等大败，关西平。……十七年夏五月癸未，诛卫尉马腾，夷三族。

曹操亲自追至安定地名，知马超去远，方始收兵不追；回到长安时，荀彧请操班师回都，只得传令下，交众将军毕集。时韩遂已无左手，作残疾之人，操交遂于长安歇马。韩遂受西凉侯之职，

据《资治通鉴》卷六十六：遂、超奔凉州，杨秋奔安定。

据《资治通鉴》卷六十七：（建安二十年夏五月，）西平、金城诸将麹演、蒋石等共斩送韩遂首。（参见《三国志·魏书·武帝纪》及注引《典略》）

按：据史书记载，韩遂因与马超相疑，被曹操击破，两人均逃往凉州。《演义》却说，韩遂暗投曹操，与曹操共谋马超，被马超砍断左手，最后投降了曹操，这些情节与史实相悖。

杨秋、侯选皆封列侯，令（收）［守］渭口。

据《资治通鉴》卷六十六：（建安十六年）冬十月，操自长安北征杨秋，围安定。秋降，复其爵位，使留抚其民。（参见《三国志·魏书·武帝纪》及注引《魏略》，《三国志·魏书·夏侯渊传》）

据《三国志·魏书·张鲁传》注引《魏略》：时又有程银、侯选、李堪，皆河东人也，兴平之乱，各有众千余家。建安十六年，并与马超合。超破走，堪临陈死。银、选南入汉中，汉中破，诣太祖降，皆复官爵。

后来韩遂于建安二十年夏五月被后槽所杀，不是当年身死。是时凉州参军杨阜字义山，天水冀人也，

据《三国志·魏书·杨阜传》：杨阜字义山，天水冀人也。

径来长安见操。操问之，杨阜曰：“马超有韩信、英（雄）[布之勇]，又得羌胡[之]心。今丞相不剿捕尽（拖延）[绝]，他日养成气力，陇上诸郡非复国家之有也。望丞相且休回兵！”操曰：“吾本[欲]久留于此，奈何中原多事，南方未定，不可久留。君当与吾保之。”阜领诺，保韦康为凉州刺史，与阜领兵共屯冀城，以防马超。阜领命，临辞曰：“长安必留重兵，以为后援。”操曰：“吾已定下，汝但放心。”阜辞而去。

据《资治通鉴》卷六十六：初，魏公操追马超至安定，闻田银、苏伯反，引军还。参凉州军事杨阜言于操曰：“超有信、布之勇，甚得羌胡心；若大军还，不设备，陇上诸郡非国家之有也。”操还，超果率羌胡击陇上诸郡县，郡县皆应之，惟冀城奉州郡以固守。（参见《三国志·魏书·杨阜传》《三国志·蜀书·马超传》）

众将请问曰：“初贼守据潼关，[丞相]迁延日久，而后北渡，立营固守，（可）[何]也？请丞相教之！”操曰：“若吾初到便取河东，贼必以各寨（之）分守诸渡（曰）[口]，则（西可）[河西]不可渡也。吾故盛兵皆聚于关前，使贼尽（南守）[皆守南]而（西河）[河西]不做准备，故（令）徐晃、朱灵得渡也。吾然后引军北渡，连车树栅为甬道，筑水城，欲贼知吾弱，以骄其军，使不准备。先使间（谍）[谋]，然后畜士卒之力，一（日）[旦]击破之，正所谓‘疾雷不及掩耳。’兵之变化，固非一道也！”众将又请问曰：“丞相闻（知）[贼]加兵添众则喜，何也？”操曰：“关中边远，若群贼各依险阻，逐一征之，非一二年不可平服也。今来聚作一处，其众虽多，其心不一，易离间也。兵多将累，一举可（威）[灭]也。吾故喜之。”

据《资治通鉴》卷六十六：诸将问操曰：“初，贼守潼关，渭北道缺，不从河东击冯翊而反守潼关，引日而后北渡，何也？”操曰：“贼守潼关，若吾入河东，贼必引守诸津，则西河未可渡，吾故盛兵向潼关；贼悉众南守，西河之备虚，故二将得擅取西河；然后引军北渡。贼不能与吾争西河者，以二将之军也。连车树栅，为甬道而南，既为不可胜，且以示弱。渡渭为坚垒，虏至不出，所以骄之也；故贼不为营垒而求割地。吾顺言许之，所以从其意，使自安而不为备，因畜士卒之力，一旦击之，所谓‘疾雷不及掩耳’。兵之变化，固非一道也。”始，关中诸将每一部到，操辄有喜色。诸将问其故，操曰：“关中长远，若贼各依险阻，征之，不一二年不可定也。今皆来集，其众虽多，莫相归服，军无适主，一举可灭，为功差易，吾是以喜。”（参见《三国志·魏书·武帝纪》）

众将拜谢曰：“丞相神智，非人可及！”操曰：“亦赖汝文武之力也！”遂重赏诸军，留夏侯渊屯兵长安；

据《资治通鉴》卷六十六：（建安十六年冬）十二月，操自安定还，留夏侯渊屯长安。（参见《三国志·魏书·武帝纪》）

所得降兵，分拨各部。夏侯渊保一人，“可以为京兆尹，招谕流荡民户复业。”操问“何人？”渊曰：“冯翊高陵人也，姓张名既，字德容。”

据《三国志·魏书·张既传》：张既字德容，冯翊高陵人也。

操喜，即命既为京兆尹，与渊同守长安。

据《资治通鉴》卷六十六：（建安十六年冬）十二月，操自安定还，留夏侯渊屯长安。以议郎张既为京兆尹。既招怀流民，兴复县邑，百姓怀之。（参见《三国志·魏书·张既传》）

操班师回朝，献帝排銮驾出郭迎接，令操赞拜不名，入朝不趋，剑履上殿，行汉相国萧何之事。自此威振中外，

据《资治通鉴》卷六十六：建安十七年春正月，曹操还邺。诏操赞拜不名，入朝不趋，剑履上殿，如萧何故事。（参见《三国志·魏书·武帝纪》）

扬入汉中，耸动一人，乃沛国丰人也，姓张名鲁，字公祺。其祖张（道）陵在西川鹄鸣山中作道书以惑百姓，百姓皆敬之。陵死之后，其父张衡（张恪）行之。（令）百姓学道者，月助五斗米，世号为"米贼"，与黄巾张角一般。后张衡死，张鲁行之，到此三辈。鲁在汉中自号为"师君"，其来学道者皆号为"鬼卒"，为（自）［首］者号为"祭酒"，领众者号为"治头大祭酒"即万户之职，务以诚信为主，不许欺诈。如有病者，即去投坛；使病人居于静室之中，自思已过，当面首说。为［病者］祈祷之（祈祷之）人为（之）"奸令［祭酒］"，作文字三通，书病人姓名，说服罪之意：一通放于山顶，以奏于天；一通埋于地下，以奏于地；一通沉于水底，以申水官。如此之后，但病［痊］可，将五斗米以谢。于路盖义（仓）［舍］，舍内放米柴肉食，许容过往客人自取而食，（口）［自］量食多少取多少，多取必受天诛。境内有犯法者，必恕三次；三次不改，然后行刑。所在并无官长，尽属祭酒所管。如（如）［此］雄据巴西之地近三十年。国家为地远不能征伐，就命鲁为镇民中郎将，领汉宁太守，通进贡而已。

据《三国志·魏书·张鲁传》：张鲁字公祺，沛国丰人也。祖父陵，客蜀，学道鹄鸣山中，造作道书以惑百姓，从受道者出五斗米，故世号米贼。陵死，子衡行其道。衡死，鲁复行之。益州牧刘焉以鲁为督义司马，与别部司马张修将兵击汉中太守苏固，鲁遂袭修杀之，夺其众。焉死，子璋代立，以鲁不顺，尽杀鲁母家室。鲁遂据汉中，以鬼道教民，自号"师君"。其来学道者，初皆名"鬼卒"。受本道已信，号"祭酒"。各领部众，多者为治头大祭酒。皆教以诚信不欺诈，有病自首其过，大都与黄巾相似。诸祭酒皆作义舍，如今之亭传。又置义米肉，县于义舍，行路者量腹取足；若过多，鬼道辄病之。犯法者，三原，然后乃行刑。不置长吏，皆以祭酒为治，民夷便乐之。雄据巴汉垂三十年。汉末，力不能征，遂就宠鲁为镇民中郎将，领汉宁太守，通贡献而已。（参见《后汉书·张鲁传》《资治通鉴》卷六十四）

当年闻操剑履上殿。汉中百姓于地下掘得一玉印，进与张鲁。百姓曰："西凉马腾遭诛，马超新败，曹操必然来取汉中。百姓欲尊师君为汉宁王，以拒曹操。"巴西阎圃谏曰："汉川之民户出十余万，财富粮足，四面险固。今马超新败，西凉之民从子午谷——地名——奔入汉中者数万家。今益州刘璋昏弱，不如先取西川四十一州为本，然后称王未迟。"张鲁大喜，遂与弟张卫商议起兵。

据《三国志·魏书·张鲁传》：民有地中得玉印者，群下欲尊鲁为汉宁王。鲁功曹巴西阎圃谏鲁曰："汉川之民，户出十万，财富土沃，四面险固；上匡天子，则为桓、

文，次及窦融，不失富贵。今承制署置，势足斩断，不烦于王。愿且不称，勿为祸先。”鲁从之。韩遂、马超之乱，关西民从子午谷奔之者数万家。（参见《后汉书·张鲁传》《资治通鉴》卷六十四）

早有细作入川报与益州牧刘璋。璋字季玉，即刘焉之子。

据《三国志·蜀书·刘璋传》：璋，字季玉。

焉字君朗，汉鲁恭王之后，章帝元和中（从）[徙]封江夏竟陵侯而家焉，

据《三国志·蜀书·刘焉传》：刘焉字君郎，江夏竟陵人也，汉鲁恭王之后裔。（参见《后汉书·刘焉传》）

后官至益州牧；

据《资治通鉴》卷五十九：太常江夏刘焉见王室多故，建议以为：“四方兵寇，由刺史威轻，既不能禁，且用非其人，以致离叛。宜改置牧伯，选清名重臣以居其任。”焉内欲求交趾牧。侍中广汉董扶私谓焉曰：“京师将乱，益州分野有天子气。”焉乃更求益州。会益州刺史郤俭赋敛烦扰，谣言远闻，而耿鄙、张懿皆为盗所杀，朝廷遂从焉议，选列卿、尚书为州牧，各以本秩居任。以焉为益州牧，太仆黄琬为豫州牧，宗正东海刘虞为幽州牧。州任之重，自此而始。焉，鲁恭王之后；虞，东海恭王之五世孙也。虞尝为幽州刺史，民夷怀其恩信，故用之。董扶及太仓令赵韪皆弃官，随焉入蜀。

兴平元年患背疽而死。（周）[州]太史赵题等共保璋，因此为益州牧；

据《资治通鉴》卷六十一：马腾之攻李傕也，刘焉二子范、诞皆死。议郎河南庞羲，素与焉善，乃募将焉诸孙入蜀。会天火烧城，焉徙治成都，疽发背而卒。州大吏赵韪等贪焉子璋温仁，共上璋为益州刺史，诏拜颍川扈瑁为刺史。璋将沈弥、娄发、甘宁反，击璋，不胜，走入荆州；诏乃以璋为益州牧。（参见《三国志·蜀书·刘焉传》《后汉书·刘焉传》）

曾杀张鲁母及弟，因此（重）[有]仇，使庞义为巴西太守，以防张鲁。

据《三国志·蜀书·刘璋传》：璋，字季玉，既袭焉位，而张鲁稍骄恣，不承顺璋，璋杀鲁母及弟，遂为仇敌。璋累遣庞羲等攻鲁，数为所破。鲁部曲多在巴西，故以羲为巴西太守，领兵御鲁。（参见《后汉书·刘焉传附刘璋传》《资治通鉴》卷六十三）

时鲁欲动兵，庞义报知刘璋。璋平生懦善，听得张鲁兴兵，心中大忧，急聚众官商议。忽一人昂然而出曰：“主公放心！某虽不才，凭三寸不烂之舌，使张鲁正眼不敢再觑西川，万无一失。”此人是谁？

[第一百十九段] 张松返难杨修

刘璋视之，（出）进言者益州成都人也，官带益州别驾，姓张名松，字永年。

据《华阳国志·序志》：安南将军张表，字伯达，成都人也。伯父肃，广汉太守。

父松，字子乔，州牧刘璋别驾从事。

按：据此条史料，张松字子乔，《演义》误作永年。永年是蜀中另一名臣彭羕的字。

其人额镬（颓）[颏] 尖，鼻偃齿露；身虽不满五尺，言语有若铜钟。

据《资治通鉴》卷六十五：松为人短小放荡，然识达精果。

据《三国志·蜀书·先主传》注引《益部耆旧杂记》：松为人短小，放荡不治节操，然识达精果，有才干。

当日刘璋问曰："别驾有何高见，可解张鲁之危？" 松曰："某闻许都曹操扫荡中原，吕布、刘表皆被灭矣，南直抵于江、汉，北直至于幽、燕；近又破却马超，天（助）[下无] 敌矣。主公可备进献之物，松亲往许都，说曹公兴兵去取汉中，以图张鲁，则鲁岂敢望蜀中也？" 璋曰："汝自十三年冬去荆州见曹公，曹公甚不相待，汝（欲）[犹] 恨之。

据《资治通鉴》卷六十五：（建安十三年，）益州牧刘璋闻曹操克荆州，遣别驾张松致敬于操。……操时已定荆州，走刘备，不复存录松。

据《三国志·蜀书·刘璋传》：璋闻曹公征荆州，已定汉中，遣河内阴溥致敬于曹公。加璋振威将军，兄瑁平寇将军。瑁狂疾物故。璋复遣别驾从事蜀郡张肃送叟兵三百人并杂御物于曹公，曹公拜肃为广汉太守。璋复遣别驾张松诣曹公，曹公时已定荆州，走先主，不复存录松。

据《后汉书·刘焉传附刘璋传》：（建安）十三年，曹操自将征荆州，璋乃遣使致敬。操加璋振威将军，兄瑁平寇将军。璋因遣别驾从事张松诣操，而操不相接礼。

今何（再）[故] 欲此行 [耶]？" 松曰："曹公在荆州时，手下领百万之众，事如猬集，岂有闲暇待人也？今在许都，文武各执乃事。松以利害说之，曹公必兴兵矣。" 璋曰："汝且试言利害，吾听之。" 松曰："某于话（而）间说起：'马超有韩信（之）[、] 英（、吕）布之勇，共丞相有杀父之仇；今虽暂时兵败，久后必欲报冤。今汉中张鲁兵精粮足，百姓尊之为汉宁王，不久必然称帝，称帝则 [必] 侵犯中原矣，所欠者（为）[惟] 大将耳。若马超急欲报仇，必聚陇西之兵去投张鲁。张鲁得超，是虎生翼矣。鲁、超共出，丞相何以当之？不如乘超未投之前，汉中无备，一击而可灭矣。' 将此等利害之语，更随机应变而往说之，事不（可）[患] 不谐矣。今不早去，若张鲁兵动，[此时] 说之，虽苏、张之辨，曹公亦不听矣。" 刘璋大喜，收拾金珠锦绮为进献之物，便发送张松赴都。松暗画西川地理图本藏之，带从人十余，辞刘璋行。于路早有人来荆州报孔明知。此时孔明有意图川，常使人 [入川] 探细，因此得信。知张松入许都，孔明随即便使人入许都打听 [消息]。

却说张松到了许都馆驿中下定，每日去相府俟候，（来）[求] 见曹操。元来曹操自西都回，傲睨人物，自谓得志，不以天下人为念，每日饮宴，无事少出，国政皆在相府商议。第三日，张松方通得姓名。左右近侍先求贿赂，却才引入。操坐于堂上，松（等）拜毕，拱立于前。操问松曰："汝主刘璋连年不入贡，何也？" 松曰："为途路艰难，贼寇窃发，不能通进。" 操叱之曰："吾扫清中原，有何盗贼！" 松曰："南有孙权，北有张鲁，中有刘备，至少者带甲（千）[十] 余万，纵横无人敢当，岂得为太平乎？" 操先见张松人物猥颓，五分不喜，又闻语言冲撞，遂乃拂袖而起，转入后堂。左右责松曰："汝为使命，不能趋承人意，一味冲撞。（又）[幸] 是丞相看汝远来之面，不见罪责。汝可急急回去！”松笑曰：“吾川中无谄佞之人也。”

忽然阶下一人喝曰：“汝川人不会谄佞，吾中原之士岂尽谄佞者乎！”松观其人，单眉细目，貌白神清。其人乃弘农人也，太尉杨彪之子，司空杨震之孙，一门出六相三公；建安中举孝廉出身，见为丞相门下郎中，掌内外仓曹主簿，姓杨名修，字德祖。此人博学宏词，言辞捷利，智识过人，时年二十五岁。

据《三国志·魏书·陈思王植传》注引《典略》：杨修字德祖，太尉彪子也。谦恭才博。建安中，举孝廉，除郎中，丞相请署仓曹属主簿。是时，军国多事，修总知外内，事皆称意。自魏太子已下，并争与交好。

据《后汉书·杨震传附杨修传》：修字德祖，好学，有俊才，为丞相曹操主簿，用事曹氏。

松知修是舌辨之士，有心难之。修平生有才，小觑天下之士；当时见张松言语讥讽相府之人，遂邀出外面书院中，分宾主而坐。修有心［将］一席话来难张松，遂与松曰：“蜀道崎岖，远涉劳苦。”松曰：“主公有命，岂辞万里之劳？虽赴汤蹈火，……路有锦江之险（峻）、剑阁之雄。回环二百八程，纵横三千余里。鸡犬相闻，市井里闾不断。田肥地茂，岁无水旱之忧；国富民丰，时有管弦之乐。所产之物，（追）［阜］如山积。天下最雄，四海莫可及也！”修又问曰：“蜀中人物何如？”松曰：“文有相如之赋，［武有］管、乐之才，医有仲景之能，卜有君平之（德）［隐］。九流三教，出乎其类、拔乎其萃者不可胜计，岂能尽数耶？”修又问曰：“方今刘季玉手下，似公者能有几人？”松曰：“文武全才、智勇足备、忠义慨然之士动以百数；如松不才之辈车载斗量，不可胜数。”修曰：“公近居何职？”松曰：“滥充别驾之任，甚不称职。敢问公处朝廷何官？”修曰：“见为丞相府主簿。”松曰：“松久闻名公世代簪缨，祖宗辅相，何不立于庙堂而辅佐天子？何故区区屈身而作相府门下一吏乎？”杨修闻（知）［之］，面有愧色，强颜而答曰：“修虽然位居下僚，丞相委以军政钱粮之重，早晚多蒙丞相教诲，极有开（法）［发］，故受此职耳。”松笑曰：“松闻曹丞相文不明孔、孟之道，武不达孙、吴之机，专务（以）强霸而居大位，岂足以教诲足下、开发明公乎？”修曰：“公居边隅，安知丞相大才（耳）［耶］？吾令汝观之。”呼左右于厨内取书一卷，以示张松。张松看其题曰《孟德新书》。松从头看至尾，遍观一次，共一十三篇，皆用兵之要法。松看毕问曰：“公以此为何等也？”修曰：“此是曹丞相酌古准今，体《孙子》十三篇所作，号曰《孟德新书》。汝欺丞相无才，此堪以传后世否？”

据《三国志·魏书·武帝纪》注引孙盛《异同杂语》：太祖……博览群书，特好兵法，抄集诸家兵法，名曰《接要》，又注《孙武》十三篇，皆传于世。

松大笑曰：“公以张松为土木偶人，何相戏也？”修曰：“吾以新书示公，何得为戏？”松曰：“此书吾蜀中三尺小童亦能暗诵，何为新书？此是战国时无名氏所作，曹相盗窃以为已能，止好瞒足下耳！”修曰：“丞相秘藏之书，虽已刊板，未曾传播于世。汝言蜀中小儿能诵，何相欺［乎］？”松曰：“公如不信，吾试暗诵之。”修曰：“愿闻一过。”松将《孟德新书》从头至尾朗诵一遍，并无一字差错。杨修听毕大惊，下席拜之。

据《三国志·蜀书·先主传》注引《益部耆旧杂记》：松为人短小，放荡不治节操，然识达精果，有才干。刘璋遣诣曹公，曹公不甚礼；公主簿杨修深器之，白公辟松，公不纳。修以公所撰兵书示松，松宴饮之间一看便暗诵。修以此益异之。

后人有诗赞曰：

古怪形容异，清高礼貌疏。
语倾三峡水，目视十行书。
胆量包西蜀，文华贯太虚。
千经并万论，一览更无余。

修曰："公一览无余耳。"两人相对大笑。修曰："公且暂居馆舍，容修再禀丞相，令公面君。"松谢修而退。

修入见操曰："适来丞相何慢蜀使张松乎？"操曰："容貌不扬，语言不（避）[逊]，吾故慢之。"修曰："若以貌取人，恐失天下之士。丞相尚能容（以）[一]祢衡，何不纳张松乎？"操曰："祢衡文华播于当今，吾故不忍杀之。松有何能？"修曰："且休言倒海番江之辨，嘲风咏月之才；适来[将]丞相之所撰《孟德新书》略观一遍，便能暗记，扬言曰：'此春秋无名氏所作之书，蜀中小儿皆能诵之。'修未信，其人暗诵，如瓶泻水。如此博（文）[闻]强记，世之罕有！"（曹）[操]曰："莫非古人与吾暗合否？"遂命破板烧之至今此书不传于世。修曰："此人从蜀中至此，可使面君，交见大国气象。"操曰："此人不知吾用兵耳。来日吾在西教场点军，汝先引他来，令见吾调遣，回蜀中去说；待吾下[了]江南（了），收川未迟。"

修至次日与张松同到西教场。操点虎卫雄兵五万，布阵于教场中。果然盔甲鲜明，衣袍灿烂；金鼓振地，戈戟参天；四面八方，各分队五；旌旗散彩，人马腾空。松眝目观之，暗暗喝哬。操问张松曰："汝曾见此英雄人物否？"松曰："蜀中人未（常）曾见此兵革，但以仁义定天下之事。"操变色，欲有擒松之心。松全无惧怯之意，[颇]有（相）藐视之心。杨修以目频视松。操又与松曰："吾视天下鼠辈若草芥耳。大兵到处，战无不胜，攻无不取。顺吾者生，逆吾者死；非止能令人荣达，亦能使人族灭。汝知之乎？"松曰："丞相驱兵到处，战必胜，攻必取，松素知也。"操曰："汝既知吾用兵，何不畏伏？"松曰："丞相昔（时）[日]濮阳攻吕布之时，宛城战[张]绣之日，赤壁遇周郎，华容逢关羽，割须弃袍于潼关，此皆无敌于天下也！"操大怒[曰]："竖儒怎敢揭吾短处！"喝令左右推出斩之。杨修急谏曰："松虽可斩，奈何从蜀道而来[入贡]，杀之恐伤蛮夷之心也！知者为此人口出不逊之言；不知者为丞相嫌礼物之微，故斩来使也。"操怒气未息，荀彧亦谏。操交免死，乱棒打张松出。

据《资治通鉴》卷六十五：益州牧刘璋闻曹操克荆州，遣别驾张松致敬于操。松为人短小放荡，然识达精果。操时已定荆州，走刘备，不复存录松。主簿杨修白操辟松，操不纳；松以此怨，归，劝刘璋绝操，与刘备相结，璋从之。

据《三国志·蜀书·刘璋传》注引《汉晋春秋》：张松见曹公，曹公方自矜伐，不存录松。松归，乃劝璋自绝。　　习凿齿曰：昔齐桓一矜其功而叛者九国，曹操暂自骄伐而天下三分，皆勤之于数十年之内而弃之于俯仰之顷，岂不惜乎！

松归馆舍，连夜收拾回川，自思："吾本欲献纳川中州郡，谁想如此慢（之）[人]，我故（忍）[辱]之。来时在刘璋之前夸了大口，今日怏怏空回，（虽）[须]被蜀中人笑。吾闻荆州刘玄德仁义远播久矣，何不经由那条路上回？[试]看此人如何，我自有主见。"于是乘马，引从者（从）[望]荆州界上行；前至郢州界口，忽见一队军[马]，约有五百余人，为首一将轻袭软甲，马首相迎。那员将（忙）问曰："来者莫非蜀中张别驾乎？"

松答曰："然也。"那员将忙下马声喏［曰］："赵云俟候已多时。"松问曰："莫非常山赵子龙乎？"云曰："然也。奉（正）［主］公刘皇叔将令，为大夫远涉途路，鞍马驰驱，特命赵云奉酒食，（就）护送大夫回程。"言罢，军士捧过酒食来，赵云跪而进之。（公）［松］自思曰："人言刘皇叔宽仁爱客，今果如此远接！却又有那曹操，这般傲慢我！"遂与子龙饮了数杯，上马同行，来到荆州界首；是日天晚，前到馆舍，见［门户］两边百余人叉手侍立（门户），击鼓相迎。一将于马头前施礼曰："奉主公刘皇叔命，为大夫远涉风尘，特遣关某洒扫驿庭，以待宿歇。"松下马，与云长同入馆舍，早已安排下相待酒礼。云长、子龙再三谦让，而后敢坐，殷勤相（顾）［劝］。饮酒至更深，宿了一宵。

次日早膳毕上马，行不数十里，远远一簇人马到，当中是大汉皇叔刘玄德，左有卧龙，右有凤雏，遥见张松，早先下马，松等各下马相见。玄德曰："久闻大夫高名，如雷灌耳；恨云山迢（递）［遥］，不得听教！闻知赴都回程，专此相接。倘蒙不弃，到荒州暂留车从片时，以叙渴仰之私，未知大夫肯容否？"松大喜，遂上马，与玄德并辔入荆州。［玄德］设筵管待，坐间只说闲话，并不提起西川一事，无非动问"刘璋安否？"并川中人品。松一一应答之，只等玄德开言，然后说之，玄德、孔明并然不提。松曰："今皇叔守荆、襄，还有几郡？"孔明便接说曰："荆州乃是暂借东吴的，每每使人取讨。今（是）［身］为女婿，权且安身。"松曰："东吴据六郡八十一州，民强国富，尤且不知足也？"庞统曰："吾主公乃汉朝皇叔，反不能占据州郡；其他皆汉之蟊贼，以霸道居之。惟智者不平焉！"玄德曰："二公休言！吾有何德而望居高位而守城池乎？"松曰："不然。天下者（并）［非］一人之天下，乃天下［人］之天下也，惟有德者居之。何况明公乃汉室宗亲，仁义充塞乎四海，休道占据州郡，便（待）［代］正统而即帝位，亦不分外！"玄德拱手，惶恐而谢曰："如公所言，吾何敢当之！"自此一连留张松饮宴三日，并不提起川中［之］事。

松辞去，于十里长亭设宴送行。玄德举酒与松曰："甚荷大夫不外，肯留三日。今日相别，不知何日再听教也？"潸然泪下。张松自思："玄德有尧、舜之风，安可舍之？不如说之，令取西川。"（松）［遂］答曰："松亦欲朝暮趋侍，恨未有便耳！松观荆州，东有孙权，常怀虎踞，北有曹操，每欲鲸吞，亦非可久恋之地也。"玄德曰："固知如此，但未有安迹之所可容身也。"松曰："（荆）［益］州险塞，沃野千里，民殷国富，地灵人杰，带甲十万，智谋之士久慕皇叔之德矣！若起荆、襄之众，长驱西指，霸业可成，汉室可兴也！"玄德曰："备安敢当此？刘益州乃帝室之胄，恩泽布于蜀中久矣。他人岂可（轻）［得而］动摇乎？"松曰："［某］非卖主而求荣，今为明公，不敢不披沥肝胆也！刘季玉虽有益州之地，禀性暗弱，不能用贤任能，加之张鲁在北，为人不武，赏罚不明，号令不行，人心离散，思得明主。松此一行，专欲纳款于曹操；何期逆操恣逞奸雄，欺君罔上，终为汉朝大祸。明公先取西川为基业，然后北图汉中，次取中原，匡正天下，名垂丹青！明公若果有取川之意，松愿施犬马之劳，以为内应。不知明公主意若何？"玄德曰："深感公恩！备虽穷窘，奈刘季玉与某同宗，若相攻之，恐天下人唾骂。"松曰："明公知天时人事乎？若以人事而背天时，恐日月逝矣！大丈夫处世，当努力而建功业，著鞭在先。今若不取，与他人取之，悔之晚矣！"玄德曰："备闻蜀道崎岖，千山万水，车不得方轨，马不得连辔，虽欲取之，用何良策？"松于袖中取出一图，递与玄德曰："松感荷难尽，谨献此图，上报明公知遇之恩也！但观此图，便知蜀中之道，一日可观尽矣。"玄德略展视之，上面尽写地理行程、远近阔狭、山川险要、府库钱粮，一一俱载明白。

据《三国志·蜀书·先主传》注引《吴书》：备前见张松，后得法正，皆厚以恩意接纳，尽其殷勤之欢。因问蜀中阔狭，兵器府库人马众寡，及诸要害道里远近，松等具言之，又画地图山川处所，由是尽知益州虚实也。　《资治通鉴考异》认为：按《刘璋传》《刘备传》，松未尝先见备，《吴书》误也。

按：《演义》称，张松于建安十六年出使许都受到曹操冷遇，就取道荆州向刘备进献益州地图，此情节不见于史。据《资治通鉴》卷六十五及《三国志·蜀书·刘璋传》记载，张松赴许都是在建安十三年（208），他受到曹操冷遇后即返回益州并未赴荆州；建安十六年（211）他向刘璋建议请刘备入蜀，受刘璋派遣去荆州见刘备的是法正；建安十七年（212），张松给刘备写密信被其兄张肃告发而被刘璋处死，他和刘备很可能没有见过面。

松又曰："明公可速图之！松有心腹（志）[挚]友二人，一名法正，一名孟达。

据《三国志·蜀书·法正传》：益州别驾张松与正相善，忖璋不足与有为，常窃叹息。（参见《资治通鉴》卷六十六）

此二人必能相助明公矣；如到荆州，可以心事共议。"玄德拱手谢曰："青山不老，绿水长存。他日相期，必当重报！"松曰："松遇仁义之主，不得不尽情告之，岂敢望报乎？"二人相别。孔明、庞统皆拜送于亭下，云长等皆送数十里方回。张松望蜀川而去，玄德等自回荆州。

却说张松回（荆）[益]州，先来见友人（正法）[法正]。正字孝直，右扶风郿人也，贤士法真之子。

据《三国志·蜀书·法正传》：法正字孝直，扶风郿人也。祖父真，有清节高名。

松见正，陈说曹操轻贤慢士，"只可同忧，不可同乐。[吾]已将益州许刘皇叔矣。"正曰："此心正合，有何疑焉？待吾乡兄孟达同议。"少刻，孟达至。达字子庆，与法正同乡。

据《三国志·蜀书·法正传》：建安初，天下饥荒，正与同郡孟达俱入蜀依刘璋，久之为新都令，后召署军议校尉。既不任用，又为其州邑俱侨客者所谤无行，志意不得。

达入见正，正与松大笑。达曰："吾已知二公[之]意，将欲献（一）[益]州矣。"松曰："是欲如此。你试猜合献与谁？"达曰："非刘玄德不可当也。"三人抚背大笑。正曰："汝明日见璋如何？"松曰："吾荐二公为使，可往荆州。"二人应允。

次日，张松见刘璋。璋曰："干事若何？"松曰："操乃汉贼，欲篡天下，不可与言。（已彼）[彼已]有取川之意。"璋曰："（自）[似]此如之奈何？"松曰："某有一谋，使张鲁、曹操皆不敢轻犯西川。"璋问"如何？"松曰："见居荆州刘皇叔与主公同宗，加之本人仁慈宽厚，有长者之风。赤壁鏖兵之后，操见影而胆碎，何况张鲁乎？主公何不遣使赍书以结好之，使为外援，足可拒曹操、张鲁，蜀中可（方）安矣。"璋曰："吾亦有是心久矣！谁可为使？"松曰："非法正、孟达二人不可。"璋即时召二人，修书一封，令法正为使，先通情好；

据《资治通鉴》卷六十六：松劝璋结刘备，璋曰："谁可使者？"松乃举正。璋使正往，正辞谢，佯为不得已而行。还，为松说备有雄略，密谋奉戴以为州主。会曹操遣锺繇向汉中，璋闻之，内怀恐惧。松因说璋曰："曹公兵无敌于天下，若因张鲁之资以取蜀土，谁能御之！刘豫州，使君之宗室而曹公之深仇也，善用兵。若使之讨鲁，鲁必破矣。鲁破，则益州强，曹公虽来，无能为也。……"璋然之，遣法正将四千人迎备。（参见《三国志·蜀书·先主传》《刘璋传》,《后汉书·刘焉传附刘璋传》）

据《三国志·蜀书·法正传》：松于荆州见曹公还，劝璋绝曹公而自结先主。璋曰："谁可使者？"松乃举正，正辞让，不得已而往。正既还，为松称说先主有雄略，密谋协规，愿共戴奉，而未有缘。后因璋闻曹公欲遣将征张鲁之有惧心也，松遂说璋宜迎先主，使之讨鲁，复令正衔命。

据《华阳国志·公孙述刘二牧志》：松举正可使交好刘主，璋从之，使正将命。正佯为不得已，行。

次遣孟达送精兵（数）[四]千，令玄德守御。

据《三国志·蜀书·刘璋传》：遣法正连好先主，寻又令正及孟达送兵数千助先主守御，正遂还。

正商议间，一人自外面突然而入，流汗满面，大叫曰："主公若听张松之言，则四十一州基业已属他人矣！"张松大惊。言者是谁？

[第一百二十段]　庞统献策取西川

进言者乃蜀川巴郡人也，姓黄名权，见为刘璋府下主簿。璋问曰："吾结好刘玄德为一家，汝何故出此言也？"权谏曰："某居西蜀，素知刘备久矣。斯人宽以待众，柔能克刚，英雄莫敌，曹操尚自寒心，其余何足论也。斯人远得士心，近得民望，兼有诸葛智谋，关、张英勇，赵云、黄忠、魏延为其羽翼。若诏到蜀中，以部曲待之，则刘备安肯伏低做（不）[下]？若以客（貌）[礼]待之，则一国不容二主。若不听某之言，则岂有泰山之安？主[公]有垒卵之危矣！张松昨从荆州过，必先与刘备同谋。可先斩张松，后绝刘备，则西蜀之万幸也！"璋曰："若如此，曹操、张鲁何以拒之？"权曰："不（闻）[如]闭境绝塞，深沟高垒，以待时清。"璋曰："贼兵犯境，有烧眉之急，焉可待时乎？此慢计也。"璋不从，遣法正便行。

据《三国志·蜀书·黄权传》：黄权字公衡，巴西阆中人也。少为郡吏，州牧刘璋召为主簿。时别驾张松建议，宜迎先主，使伐张鲁。权谏曰："左将军有骁名，今请到，欲以部曲遇之，则不满其心，欲以宾客礼待，则一国不容二君。若客有泰山之安，则主有累卵之危。可但闭境，以待河清。"璋不听，竟遣使迎先主，出权为广汉长。（参见《资治通鉴》卷六十六，《后汉书·刘焉传附刘璋传》）

又一人拦住谏曰："不可不可！"璋视之，乃帐前从事官王累也。累顿首谏曰："主公今听张松之谗言，自取其祸！"璋曰："不然！吾结好刘玄德，实欲拒张鲁也。"累曰："张鲁犯境，乃（疮）[疥]疾之患；刘备[入川，]是心腹之疾也。况刘备枭雄，先事曹公，便思谋害；[后]从（此）吴侯，便夺荆州。心术如此，安可同处（乎）？[主]公若留之，西川休矣！”璋叱之曰：“刘玄德是我宗兄，他安肯夺我之基业也！”便交扶二人出，遂令法正便行。后人有诗叹曰：

　　四海鲸吞百战秋，堪嗟季玉少机谋。
　　当时若听黄、王谏，安得西川便属刘？

法正离益州，径趋荆州，来见玄德，参贺毕，呈上书信。玄德拆封观（观）[之]，其书曰：

　　族弟刘璋再拜致书于宗兄将军麾下：久伏（雷）[电]誉，蜀道崎岖，未及赍贡，甚切惶愧！璋闻“吉凶相救，患难相扶”，朋友尚然如此，何况宗族乎？今张鲁在北，日夕兴兵，侵犯境界，甚不自安！不免专人谨奉尺书，以干钧听。伏望[俯]念同宗之亲，[援]以手足之义，即日兴师，剿灭狂寇，诚为云霓之望（万一）也！书不尽言，专候车骑。时建安十六年冬十二月日，宗弟刘璋再拜奉书。

玄德观书罢大喜，设宴相款法正。玄德筵上屏退左右，与法正曰：“久闻孝直大名！张别驾多谈盛德。今获听教，甚慰平生！”法正谢曰：“蜀中小吏，何足为道？盖闻‘马逢伯乐而嘶，人遇知己而死。’张别驾昔日之言，将军复有意乎？”玄德曰：“刘备一身客寄四海，未尝不伤感而叹息！常思鹪鹩尚有一枝，狡兔尤存三穴，何况人乎？蜀中丰腴之地，非不欲之，奈何刘季玉同一宗室，甚不忍焉！”法正曰：“益州天府之国，非治乱之主，不可居也。今刘季玉不能任贤立事，刚而无勇，柔而太弱，此业不久（已）[必]属他人矣。今天以资将军，此[机]会挫失，岂不闻‘逐兔先得’之语乎？将军欲之，某当效死！”玄德拱手谢曰：“倘[使]天助，实出公之所赐也！暂请少歇，略容商议。”当日席散，孔明送法正归馆舍。

玄德尚自沉吟。庞统不退，长（啸）[笑]而言曰：“事有不决、以惑其心者，愚人也。主公仁智高明，何太惑也？”玄德问曰：“以公之言，当复何如？”统曰：“荆州荒残，人物殚尽，东有孙权，北有曹操，难以得志。今益州户口百万，土沃财富，诚以为可资大业，王业足成也。幸有张松、法正以为内助，此天赐也，何必疑哉？某故笑之。”玄德曰：“今（止）与吾水火相敌者，曹操也：操以急，吾以宽；操以暴，吾以仁；操以诈，吾以忠。每与操相反，事乃可成耳。今以小利而失信义于天下，吾因此不忍为也！”史官看到这里，下笔作诗赞曰：

　　累劝收（兵）[川]意已深，谁知玄德尚沉吟。
　　不因小利亡仁义，便是当年尧、舜心。

统曰：“主公之言虽合天理，奈乱离之时，用兵争强，固非可以施天理也。当今之世，宜从权变应之。且兼弱攻昧，五霸之事；逆取顺守，三王之功。兴灭继绝，报之以义，封于大国，何负于信？今日不取，终被他人取之，反不美也。今主公用权变以得天下，用仁义以守之。主公熟思焉！”玄德拱手而谢曰：“先生之言，当（盟）[铭]肺腑！”

　　据《资治通鉴》卷六十六：法正至荆州，阴献策于刘备曰：“以明将军之英才，乘刘牧之懦弱；张松，州之股肱，响应于内：以取益州，犹反掌也。”备疑未决。庞统言于备曰：“荆州荒残，人物殚尽，东有孙车骑，北有曹操，难以得志。今益州户口百万，土沃财富，诚得以为资，大业可成也！”备曰：“今指与吾为水火者，曹操也。操以急，吾以宽；操以暴，吾以仁；操以谲，吾以忠。每与操反，事乃可成耳。今以小利而失信义于天下，奈何？”统曰：“乱离之时，固非一道所能定也。且兼弱攻昧，逆取顺守，古人所贵。若事定之后，封以大国，何负于信！今日不取，终为人利耳。”备以为然。（参

见《三国志・蜀书・法正传》,《三国志・蜀书・庞统传》注引《九州春秋》)

于是遂请孔明同议起兵西行。孔明曰:“荆州重地,必须得人以守之。”玄德曰:“吾与庞士元、黄忠、魏延前去,军师与关云长、张翼德、赵子龙等守之。”分拨已了(。次日),孔明总守荆州,关云长[拒]襄阳要路,当青泥[隘]口(隘州),张飞领四郡,赵云屯江陵,镇公安(,分拨已定)。

却说玄德(领)[次日令]黄忠为前部,魏延为后军,(玄德)自与刘封、关平在中[军],举马步兵五万人起程。

据《资治通鉴》卷六十六:乃留诸葛亮、关羽等守荆州,以赵云领留营司马,备将步卒数万人入益州。(参见《三国志・蜀书・先主传》《诸葛亮传》)

据《三国志・蜀书・赵云传》注引《云别传》:先主入益州,云领留营司马。此时先主孙夫人以权妹骄豪,多将吴吏兵,纵横不法。先主以云严重,必能整齐,特任掌内事。

临发,却说廖化领一军来降。玄德交廖化辅助云长拒曹操,(是)[即]时引兵望西川进发。行不数里,孟达接着,拜见玄德,说“[刘]益州(刘璋)令某将兵(数)[四]千,远来相迎。”玄德使人入益州,先报刘璋知。璋便发文书,告报沿路州郡供给钱粮,动以万计。

璋自(出)[往]涪城,亲接玄德,即下令准备车乘帐幔、旌旗铠甲,并皆一新。主簿黄权荒入谏曰:“主公此去,必被(玄德)[刘备]之害也!某食禄多年,不忍主公中他人之奸计。望三思之!”张松曰:“黄权疏间宗族之义,纵长寇盗之威,实无益于主公。”璋大喝黄权曰:“吾意已决,汝何逆之!”权顿首扣头,流血满面,进前口衔刘璋衣襟以谏。璋大怒,振衣而起,权不退,折当门两齿。璋喝左右推黄权出,权大哭而归。刘璋欲行,一人叫曰:“黄公度之言不纳,欲就死地耶!”入厅阶而谏。璋视之,乃俞元人也,姓李名恢,

据《三国志・蜀书・李恢传》:李恢字德昂,建宁俞元人也。

直入而谏曰:“天子有争臣七人,虽无道,不失其天下;诸侯有争臣五人,虽无道,不失其国;大夫有争臣三人,虽无道,不失其家;士有争友,则身不离于令名。今黄公度忠义之言,何不纳之?若容刘备入川,是犹纵豺狼以入门户,其[不]害人者几希矣!愿主公详之!”璋曰:“刘玄德是吾宗兄,安忍背亲为疏也?再言者必斩!”

按:查《三国志・蜀书・李恢传》,李恢未有谏刘璋事。

(恢泣)[张松]曰:“今诸(武)[文]臣保恋妻子,不复为[主]公守关;诸将恃功骄傲,欲以坐观成败。敌窥于外,民攻于内,必败之道也!”璋曰:“如公所言,深于吾有益[也]!”

据《三国志・蜀书・刘璋传》:后松复说璋曰:“今州中诸将庞羲、李异等皆恃功骄豪,欲有外意,不得豫州,则敌攻其外,民攻其内,必败之道也。”璋又从之,遣法正请先主。(参见《资治通鉴》卷六十六)

璋出榆桥门,前面有报:“广陵地名王累自用绳索倒吊于城门之下,一手执谏章,[一手仗剑,]口称如谏不从,自割断绳索撞死。”璋交取所执谏文以观[之],其文曰:

益州从事臣广陵王累泣血恳告而言曰:昔古者,尧立敢谏之木,禹(立)[置]

诽谤之鼓，食苦口之味，纳拂逆之言。楚怀王会盟于武关，不听屈原之言，囚于秦邦；吴夫差会约于黄池，不纳子胥之谏，终于越国。今主公（轻）[斩张松于]市曹，（拒）绝刘备之[盟]约，则蜀中之老幼万幸，主公之基业万幸也！惟垂察焉！

刘璋看毕大怒曰："吾与仁者之人相会，如亲芝兰。汝何数侮于吾耶!"王累大叫（曰）一声"惜哉!"割断其索，自撞而死。

据《三国志·蜀书·刘璋传》：遣法正请先主。璋主簿黄权陈其利害，从事广汉王累自倒县于州门以谏，璋一无所纳。（参见《资治通鉴》卷六十六，《后汉书·刘焉传附刘璋传》）

据《华阳国志·广汉士女》：王累，新都人也。州牧璋从别驾张松计，遣法正迎先主，主簿黄权谏，不纳。累为从事，以谏不入，乃自刎州门，以明不可。

后来史官看到此处，下笔题诗赞曰：

自古忠臣多丧亡，堪伤王累谏刘璋。
城门倒吊披肝胆，身死尤存姓字香。

静轩有诗曰：

荆州兵已入疆场，却想区区作预防。
自古山河归帝子，徒将苦口谏刘璋。

刘璋将三万人马往涪城而来，后面车乘装载资粮、（夹道）[钱帛]、供张，雄丽至甚。

却说玄德前军已到垫江，——垫江去成都不远，——号令严明，军旅整肃，如有望取百姓一物者立斩。刘璋接见玄德，下马礼毕，玄德荒下马答礼，皆谕慰之。……

据《资治通鉴》卷六十六：刘璋敕在所供奉备，备入境如归，前后赠遗以巨亿计。……备自江州北由垫江水诣涪。璋率步骑三万余人，车乘帐幔，精光耀日，往会之。（参见《三国志·蜀书·刘璋传》及注引《吴书》，《三国志·蜀书·先主传》）

重刊三国志通俗演义卷之六

东原　罗本　贯中　编次

起汉献帝建安十七年壬辰岁

尽汉献帝建安二十四年己亥岁

首尾共八年事实

目录凡二十四段

按晋平 [阳] 侯相陈寿史传

[第一百二十一段]　赵子龙截江夺幼主

建安十七年岁在壬辰春正月，刘玄德与益州刘璋大会于涪城，离成都三百六十里。二人相见，尽诉弟兄之情，广设筵会，犒劳军士，终日尽欢。庞统引法正（，统曰）[说] 玄德“就席间杀之，西川不劳张弓只箭而定。”玄德曰：“初入蜀中，恩信未立，此事决不可行！”庞统再三说之，玄德略无相从之意。

据《资治通鉴》卷六十六：张松令法正白备，便于会袭璋。备曰：“此事不可仓卒！”庞统曰：“今因会执之，则将军无用兵之劳而坐定一州也。”备曰：“初入他国，恩信未著，此不可也。”（参见《三国志·蜀书·先主传》《庞统传》）

据《后汉书·刘焉传附刘璋传》：备自江陵驰至涪城，璋率步骑数万与备会。张松劝备于会袭璋，备不忍。

次日宴于城中，二人细诉衷曲，（过）［同］如一母所生。酒至半酣，庞统与法正商议曰：“事在掌握之中，由不得主（人）公了。”便教魏延舞剑，暗嘱“下手！”延拔剑曰：“筵间无乐，愿舞剑为戏。”庞统便呼众武士入，到于堂上，只等魏延下手。刘璋手下诸将见魏延（自）［直］击刘璋，更兼阶前武士手按刀靶，直视堂上。从事张任掣剑出曰：“舞剑必须有对，某请伴之。”二人对舞。张任目视玄德，庞统以目顾后。刘（瓒）［封］便拔剑出曰：“舞剑必须有（钱）［跳］间（挑）［跳］心者。”遂纵走舞入。刘璝、冷苞、邓贤各掣剑出曰：“我等当群舞，以助一笑。”玄德大惊，掣左右所佩之剑，立于席上曰：“吾兄弟乃汉室宗亲，相逢痛饮，并无疑忌，又非鸿门会上，何用舞剑而为乱乎？不弃剑者立斩之！”刘璋亦叱曰：“弟兄相聚，何必带刀！”尽命去之。众皆纷然下堂，筵间尽除兵器。玄德唤诸将士上堂，以酒酬传，曰：“吾感兄弟不忘骨肉，共议大事，岂有二心？汝等勿惊疑，开怀为乐。有异心者，绝灭子孙！”众将皆顿首再拜。刘璋抱玄德而言曰：“吾兄（弟）之恩，誓不敢忘！”共欢饮至晚而散。玄（庞）［德］归寨，责庞统曰：“吾以仁义躬行天下，安忍为此？汝勿复言。”二人嗟叹不已。

却说刘璋归寨，刘璝等曰：“主公今日见席上光景乎？不如早（图）［回］，免生后患。”刘璋曰：“吾（弟）［兄］刘玄德非此等人也。”众将曰：“虽［玄德］无心，手下之士皆有吞并西川之意，以图富贵。”刘璋曰：“汝等勿以此言间吾兄弟之情！”遂（罢）［不听］。自此二人欢饮百（会）［日］，并无猜疑。

忽报张鲁兵犯葭萌关，刘璋请玄德行。玄德慨然诺之，遂引本部兵到葭萌关去了。众将劝刘璋令大将紧守各处关隘，以防玄德兵变；初时不从，后命蜀中名将、白水（军）都督杨怀、高沛二人守把涪关。刘璋自回成都。玄德比到葭萌，严禁军士，广施恩德，以收民心。

据《资治通鉴》卷六十六：璋推备行大司马，领司隶校尉；备亦推璋行镇西大将军，领益州牧。所将将士，更相之适，欢饮百余日。璋增备兵，厚加资给，使击张鲁，又令督白水军。备并军三万余人，车甲、器械、资货甚盛。璋还成都，备北到葭萌，未即讨鲁，厚树恩德以收众心。（参见《三国志·蜀书·先主传》）

却说有人报知吴侯，孙权会聚文武商议。权曰：“当初吾欲与刘备一同取川。谁想今日背了吾，自去取之。当复如何？”顾雍进曰：“刘备分兵远（从）［涉］山险而去，未易往还。何不差一军先截川口，断塞刘备归路；然后尽起东吴之兵，一鼓而可得荆、襄矣。”权曰：“此计太妙！”便令起兵。忽［屏］后一人大喝而出曰：“进此计者可斩之，以雪吾女之恨！”众大惊，［视之］乃吴夫人也。夫人曰：“吾止有此女，嫁与玄德，见在荆州。若是动兵，吾女性命如何？”叱孙权曰：“汝掌父兄之业，坐镇八十一州，尚尤贪心不足，只顾小利，不念骨肉！”孙权喏喏连声说曰：“老母之训，权安敢有别？”遂退文武。吴夫人恨顾雍而入。孙权立于轩下自思：“此机会失去，再几时一遇？”沉吟之间，不觉张昭立于面前问曰：“主公何（不）［忧］？”见昭，孙权曰：“正思适间之事耳。”昭曰：“极易也！先差一人，只带五百军，扮作商人，潜到荆州，下封密书与夫人，只说国太病危，欲嘱后事，取夫人星夜回还。玄德平生只有一子，交就带还国，暗地下船，顺水而来。那时若顺我，把荆州［来］换阿斗；如［有］不睦，一任动兵，何碍于事？”权曰：“此计太妙！吾有一人，姓周名善，力可举鼎，有胆勇，极忠（然）［烈］，自幼穿房入户，多随吾兄，可以命之。”昭曰：“切勿漏泄！只今便令起行。”

按：吴国太本是《演义》虚构的人物，故不存在孙夫人回吴探病的问题。张昭献计，也属虚构。孙权接妹妹回吴，是因为赤壁之战后，他曾建议刘备共同进兵益州但遭刘备婉拒，而如今刘备竟然单独进兵益州，和他不打招呼，这使他极为不满，故决定与刘备中止这段婚姻关系。

于是密遣周善将五百人，分作五船，皆扮作商人于中；更诈修国（信）[书]，以备盘诘。船内暗藏军器。

周善取荆州水路而来。船泊江边，周善自入荆州，令门吏入报孙夫人。[夫人]唤周善入，呈上密书。夫人见说国太病危，洒泪（动）[恸]问。周善拜诉[曰]：“[国太]好生病重，旦夕只念夫人。倘去得迟，恐不相见！就要见阿斗一面，就交带来。”夫人曰：“须是使人（往南郡）交军师知会，方可以行。”周善曰：“若军师回言道‘须待主（人）[公]使人回报，方许下船’，却如之何？”夫人曰：“[若]不辞而去，恐有阻当。”周善曰：“大江之中已准备下船只，只今便请夫人上（船）[车]出城。”孙夫人听知母病危急，如何不荒？遂将七岁（子）阿斗载于车中，随行紧要带三十余人，各跨刀[剑]上马，离荆州[城]，便来江边下船。

府中人如何不报？此时孙夫人[到]沙头，已下在船中了，只听得岸上有数人大叫“且休开船，容与夫人饯行！”船上人视之，乃常山赵子龙也，元在公安巡哨，听知这个消息，吃了一惊，遂只带得四五骑，猝风般赶到。周善手执长戈，喝[令]军士一齐开船，各将军器出来，摆在船上；况兼风顺水（流）[急]，便交当港放船[，随流而去]。赵云赶著叫道：“任[从]夫人去，只有一句话拜禀！”周善叫道：“你是何人，敢当主母！”[赵云不答，]沿江赶到十余里，蒹葭滩畔缆一只（鱼）[渔]舟。赵云弃马挽枪，跳在船上，只带得两人驾船，（小舟）径取东吴大船[而]去。周善交军士放箭，赵云以枪拨之，纷纷落水。离大船悬隔丈余，周善长枪乱刺，[小舟]不能得进。赵云（取）[弃]枪在小船上，掣所带青（锋）[红]宝剑分开枪[槊]，（涌）[踊]身一跳，早登大船，吴兵尽皆惊倒。后人有诗曰：

昔年救主在当阳，今日飞身在大江。
船上吴兵皆胆裂，赵云英勇果无双。

又诗曰：

可爱常山赵子龙，当阳救主显英雄。
昔时怀内藏真命，今日江心立大功。
孙氏威权浑丧灭，张昭谋略已成空。
两番遇险依洪福，四十余年旺蜀中。

赵云上船，吴兵尽皆避于后稍。云（大）[入]舱（止）[中]，见夫人抱阿斗在搭膝上，喝曰：“赵云何故无礼！”云荒插剑声喏曰：“主母何故不令军师知之而便行耶？”夫人曰：“我母病在危笃，无暇报知。”云曰：“主母探病，何[故]带小主人去耶？”夫人曰：“阿斗是吾子，留在荆州，无人看视。”云曰：“主母差矣！主（人）[公]一生只有这点骨血，小将在当阳长坂百万军中抱出。今日将去，何时回也？”夫人怒曰：“量你只是帐前一武夫，安敢管吾家事！”

据《三国志·蜀书·赵云传》注引《云别传》：先主入益州，云领留营司马。此时先主孙夫人以权妹骄豪，多将吴吏兵，纵横不法。先主以云严重，必能整齐，特任掌内事。

赵云曰："夫人［要去，］留下小主人。"夫人曰："汝半路（辙）［辄］入船中，必有反意！"云曰："虽万死不敢放夫人去！"夫人喝侍婢向前揪扯，［被］赵云推倒，就怀中夺了阿斗，抱出船头上，欲要傍岸，又无副手，欲要行凶，又碍于道理，进退不得。夫人喝侍婢来夺阿斗。赵云一手抱定阿斗，一手仗剑，人不敢近。周善在后梢挟舵，尽放船下水流，顺风而使。赵云（孙）［孤］掌难鸣，只护得［小］主人，岂能得船傍岸？

事在（扣）［危］急，只见下流头港内使出十数只船来，船上（麾）［磨］旗擂鼓。赵云自思："这番中了东吴之计！"当头船上一员大将手执长矛，大叫"留下我侄儿了去！"那人豹头环眼，燕颔虎须，幽燕张翼德也。元来张飞巡江，听得这个消息，荒忙截往（沿）［油］江夹浦，正相撞著。吴兵荒了手脚。船到，张飞（上船，）不用蛇矛，手提短剑，跳上吴船。周善提刀来迎，被张飞一剑砍番，提头掷于孙夫人面前。夫人大惊曰："叔叔何太无礼！"飞曰："嫂嫂不以我（歌歌）［哥哥］为重，私自归家，是何道理？"夫人曰："我母亲病在膏肓，若等汝兄回报，须误了事。你若逼我回去，［情］愿投（长）江而死！"言罢欲跳。张飞与赵云商议："若逼杀夫人，非为臣下之道。"遂只护阿斗过船，乃与夫人曰："俺（歌歌）［哥哥］大汉皇叔，也不辱［没］嫂嫂。今日相别，若念（歌歌）［哥哥］，早早回来！"遂声喏毕，自与赵云过船，放了夫人五只船去。

据《资治通鉴》卷六十六：孙权闻备西上，遣舟船迎妹，而夫人欲将备子禅还吴，张飞、赵云勒兵截江，乃得禅还。（参见《三国志·蜀书·赵云传》注引《云别传》）

据《三国志·蜀书·先主穆皇后传》注引《汉晋春秋》：先主入益州，吴遣迎孙夫人。夫人欲将太子归吴，诸葛亮使赵云勒兵断江留太子，乃得止。

据《华阳国志·刘先主志》：亮曰："主公之在公安也，北畏曹操之强，东惮孙权之逼，内虑孙夫人兴变于肘腋之下。孝直为辅翼，遂翻飞翱翔，不可复制。如何禁正使不得行其志也？"孙夫人才捷刚猛，有诸兄风，侍婢百人，皆仗剑侍立。先主每下车，心常凛凛。正劝先主还之。

按：孙权接孙夫人回吴，标志着孙刘两家蜜月的终结。《华阳国志》则称，是刘备主动送孙夫人回吴的。

后有诗赞翼德曰：

长坂桥前怒一声，倒流烟水退曹兵。
今朝江上扶危主，青史应题万载名。

不说孙夫人回国。只说张飞、赵云夺得刘氏阿斗，欢喜回船。行不数（十）里，孔明引大队船只赶到，岸上军马亦来接见阿斗，欢喜而回荆州，使人往葭萌关申报玄德。

却说孙夫人回见母兄，说"张飞、赵云杀了周善，截江夺阿斗去讫。"孙权大怒曰："今妹已归，于彼不亲；杀周善之仇，如何不报！"［与刘备誓不两立，］唤集文武，商量尽起倾国之兵，（与刘备誓不两立，）来取荆州。如何起兵？

［第一百二十二段］ 曹操兴兵下江南

孙权传令收拾船只、准备人马取荆州。正商量调度之时，忽报“曹操起四十万大兵，来报赤壁之仇，不可轻敌。”孙权大惊，荒聚文武商议。人报“长史张（弦）［纮］自会稽（密）［辞疾］回到家中而死，有哀书呈上。”权观（所言）［其］书曰：

长史张（弦）［纮］临终拜呈主公吴侯麾下：自古有国家者，咸欲（以）修德政［以］比隆盛世，至于其治，多不馨香。非无忠臣贤佐也，由主上不胜其情，故弗（克）［能用］耳。世之人惮难以趍易，好同而恶异，故与治道相反。《传》曰“从善如登，从恶如崩”，言善之难也。人君（匡）［承］基据（世）［势］，无（暇）［假］于人；忠臣挟匡救之术，吐逆耳之言：其不合也，不亦宜乎？故明君寤之，求贤如饥渴，受谏（如）［而］不厌，（而义断恩绝也，）宜三思焉！秣陵山川有帝王之气，可速迁居之，（有）［为］万世之业。（犹）［纮］不胜泣（而）［血］哀感眷（呈）［望］之至！

据《资治通鉴》卷七十一：（魏明帝太和三年秋九月，）张纮还吴迎家，道病卒。临困，授子靖留笺曰：“自古有国有家者，咸欲修德政以比隆盛世，至于其治，多不馨香，非无忠臣贤佐也，由主不胜其情，弗能用耳。夫人情惮难而趋易，好同而恶异，与治道相反。《传》曰‘从善如登，从恶如崩’，言善之难也。人君承奕世之基，据自然之势，操八柄之威，甘易同之欢，无假取于人，而忠臣挟难进之术，吐逆耳之言，其不合也，不亦宜乎！离则有衅，巧辨缘间，眩于小忠，恋于恩爱，贤愚杂错，黜陟失叙，其所由来，情乱之也。故明君寤之，求贤如饥渴，受谏而不厌，抑情损欲，以义割恩，则上无偏谬之授，下无希冀之望矣！”吴主省书，为之流涕。（参见《三国志·吴书·张纮传》）

孙权览书大恸。张（弦）［纮亡］年六十。权曰：“张子纲令吾迁居，吾如何不从？”即（日）［命］迁治于建业，筑石头城今之建康，古名秣陵，孙权时名建业。

据《三国志·吴书·张纮传》注引《江表传》：纮谓权曰：“秣陵，楚武王所置，名为金陵。地势冈阜连石头，访问故老，云昔秦始皇东巡会稽经此县，望气者云金陵地形有王者都邑之气，故掘断连冈，改名秣陵。今处所具存，地有其气，天之所命，宜为都邑。”权善其议，未能从也。后刘备之东，宿于秣陵，周观地形，亦劝权都之。权曰：“智者意同。”遂都焉。

据《资治通鉴》卷六十六：初，张纮以秣陵山川形胜，劝孙权以为治所；及刘备东过秣陵，亦劝权居之。权于是作石头城，徙治秣陵，改秣陵为建业。

据《三国志·吴书·吴主传》：（建安）十六年，权徙治秣陵。明年，城石头，改秣陵为建业。

按：《演义》称，张纮临终时留给孙权一封信，劝他迁都秣陵，孙权立即付诸实行。这一情节与史不合。据史书，张纮任长史时，曾建议孙权建都秣陵，孙权表示同意但并未实行。后来刘备经过秣陵，仔细观察了当地的山川形势，也劝孙权于此建都，孙权才将治所迁往此地。

吕蒙进曰："曹操兵［来］可夹［攻］，濡须水口筑坞以拒之坞即城也。"诸将皆曰："上岸击贼，洗足入（之）［船］，何用筑坞？"蒙曰："兵有利钝，战无百胜。如邂逅逢敌，步（卒）［骑］相从，人尚不（穀）［够］及水，何能入船乎？"权曰："人无远虑，必有近忧。子明之见甚远！"便差军数万筑濡须坞，昼夜并工，务要立办。

据《资治通鉴》卷六十六：吕蒙闻曹操欲东兵，说孙权夹濡须水口立坞。诸将皆曰："上岸击贼，洗足入船，何用坞为！"蒙曰："兵有利钝，战无百胜，如有邂逅，敌步骑蹙人，不暇及水，其得入船乎？"权曰："善！"遂作濡须坞。（参见《三国志·吴书·吕蒙传》及注引《吴录》）

却说曹操整点军马起行，长史董昭进言曰："自古以来，人臣未有如丞相之功（方其）［者］，［虽］周公、吕望莫能及也：秉持钧轴三十余年矣，芟夷群凶，与百姓除害，使汉室复存，岂可与诸臣宰同列乎？合受魏公之（任）［位］，加以'九锡'，以彰天下！"

据《资治通鉴》卷六十六：（建安十七年）冬十月，曹操东击孙权。董昭言于曹操曰："自古以来，人臣匡世，未有今日之功；有今日之功，未有久处人臣之势者也。今明公耻有惭德，乐保名节。然处大臣之势，使人以大事疑己，诚不可不重虑也。"乃与列侯诸将议，以丞相宜进爵国公，九锡备物，以彰殊勋。

据《三国志·魏书·董昭传》注引《献帝春秋》：昭与列侯诸将议，以丞相宜进爵国公，九锡备物，以彰殊勋；书与荀彧曰："昔周旦、吕望，当姬氏之盛，因二圣之业，辅翼成王之幼，功勋若彼，犹受上爵，锡土开宇。末世田单，驱强齐之众，报弱燕之怨，收城七十，迎复襄王；襄王加赏于单，使东有掖邑之封，西有菑上之虞。前世录功，浓厚如此。今曹公遭海内倾覆，宗庙焚灭，躬擐甲胄，周旋征伐，栉风沐雨，且三十年，芟夷群凶，为百姓除害，使汉室复存，刘氏奉祀。方之曩者数公，若太山之与丘垤，岂同日而论乎？今徒与列将功臣，并侯一县，此岂天下所望哉！"

侍中荀彧曰："不可！（承）［丞］相本兴义兵以匡扶汉室，秉忠贞之诚，守退让之实。君子爱人以德，不宜如此。"曹操闻之，勃然变色。

据《三国志·魏书·荀彧传》：（建安）十七年，董昭等谓太祖宜进爵国公，九锡备物，以彰殊勋，密以谘彧。彧以为："太祖本兴义兵以匡朝宁国，秉忠贞之诚，守退让之实；君子爱人以德，不宜如此。"太祖由是心不能平。（参见《资治通鉴》卷六十六）

据《后汉书·荀彧传》：（建安）十七年，董昭等欲共进操爵国公，九锡备物，密以访彧。彧曰："曹公本兴义兵，以匡振汉朝，虽勋庸崇著，犹秉忠贞之节。君子爱人以德，不宜如此。"事遂浸。操心不能平。

董昭曰："岂可一人而（来）［拦］阻（大）众望耶？"遂尊操为魏公。荀彧掩泪而出曰："吾不想今日如此！"操深恨之，以为不助己也。是年商议，十八年为之。

九锡名：

大辂、戎辂各一，玄牡二驷。大辂，金辂也。戎辂，兵车也。玄牡二驷，黄马八匹以驾车也。衮冕之服，赤舄副焉。衮冕，王者之服。赤舄乃朱（缓）［履］也。轩辕之乐，六佾之舞。轩辕者，堂下之乐也，升降必动杀。六佾之行也，天子八佾，王六佾也。朱户以居，纳陛以登。朱户，红门也。陛，阶也。虎贲三百人。虎贲乃守门之军也。𫓧、钺各一。钺，大斧也。彤弓一，彤矢（一）［百］。彤弓，赤色之弓。（旅）［玈］弓十，（依）［玈］矢（下）［千］。（依）［玈］者，（盛器）［黑色］

也。秬（营）[鬯]一（员）[卣]，珪、瓒副焉。秬，黑（季）[黍]。（营）[鬯]者（阳）乃香酒，降（和）[神]之用白酒，乃中樽也。瓒、珪，家庙社稷礼器，以（四）[祀]先（任）[王]，出《周礼》。

据《资治通鉴》卷六十六：（建安十八年夏）五月丙申，以冀州十郡封曹操为魏公，以丞相领冀州牧如故。又加九锡：大辂、戎辂各一，玄牡二驷；兖冕之服，赤舄副焉；轩县之乐，六佾之舞；朱户以居；纳陛以登；虎贲之士三百人；𫓧钺各一；彤弓一，彤矢百，玈弓十，玈矢千；秬鬯一卣，珪瓒副焉。

建安十七年冬十月，曹操兴兵下江南，就带荀彧同行，劳军于谯。荀彧已知操有杀害之心，推病留于寿春。操又使人催并前去。彧叹曰："吾死于九泉之下，无面目见汉君也！"忽操使人送饭食一合，上有操亲笔（对）[封]记；开合视之，并无一物。彧曰："止于（死）[此]矣！"遂自服毒药而亡，年五十岁。

据《后汉书·荀彧传》：（建安）十七年，……会南征孙权，表请彧劳军于谯，因表留彧曰："臣闻古之遣将，上设监督之重，下建副二之任，所以尊严国命，谋而鲜过者也。臣今当济江，奉辞伐罪，宜有大使肃将王命。文武并用，自古有之。使持节、侍中、守尚书令、万岁亭侯彧，国之重臣，德洽华夏，既停军所次，便宜与臣俱进，宣示国命，威怀丑虏。军礼尚速，不及先请，臣辄留彧，依以为重。"书奏，帝从之，遂以彧为侍中、光禄大夫持节，参丞相军事。至濡须，彧病留寿春，操馈之食，发视，乃空器也，于是饮药而卒。时年五十。帝哀惜之，祖日为之废宴乐。谥曰敬侯。明年，操遂称魏公云。

据《三国志·魏书·荀彧传》注引《魏氏春秋》：太祖馈彧食，发之乃空器也，于是饮药而卒。

据《三国志·魏书·荀彧传》：（建安）十七年，……会征孙权，表请彧劳军于谯，因辄留彧，以侍中、光禄大夫持节，参丞相军事。太祖军至濡须，彧疾留寿春，以忧薨，时年五十。谥曰敬侯。明年，太祖遂为魏公矣。

据《资治通鉴》卷六十六：（建安十七年）冬十月，曹操东击孙权，……表请彧劳军于谯，因辄留彧，以侍中、光禄大夫持节，参丞相军事。操军向濡须，彧以疾留寿春饮药而卒。

据《资治通鉴考异》：《陈志·彧传》曰，"以忧薨"。《范书·彧传》曰，"操馈之食，发视，乃空器也，于是饮药而卒"。孙盛《魏氏春秋》亦同。按彧之死，操隐其诛。陈寿云以忧卒，盖阙疑也。今不正言其饮药，恐后世为人上者，谓隐诛可得而行也。

据《后汉书·献帝纪》：（建安十八年）夏五月丙申，曹操自立为魏公，加九锡。

据《三国志·魏书·武帝纪》：（建安十八年夏）五月丙申，天子使御史大夫郗虑持节策命公为魏公。

据《三国志·魏书·董昭传》：后太祖遂受魏公、魏王之号，皆昭所创。

史官有诗赞曰：

（颖）[颍]上荀文若，人称王佐才。
声名齐五岳，功业震三台。
孟德无终始，留侯不再来。
忠心怀恨死，天下尽悲哀。

静轩诗曰：

王佐才华天下闻，赤心事贼见奇勋。
魏家社稷安排定，临没无颜见汉君。

其子荀辉（悲）[发]哀书报操。操甚懊悔，差人厚葬，谥曰“敬侯”。

且说操大兵至濡须（本土）[水出]九江历阳县也，前面差三万铁甲马军，（领操）[令曹]洪[部领。]哨至江边，回报：“沿江一带，遥望旌旗无数，不知兵聚何处。”操放心不下，自领兵前进，就濡须口摆开阵势。操引百余骑上山坡，遥望见战船各分队五，依次摆列，旗分五色，军器鲜明；见当中船上，青罗伞盖下坐著孙权，左右文武侍立。操以鞭指之曰：“生子当如孙仲谋！刘景升儿子豚犬耳！”

据《资治通鉴》卷六十六：建安十八年春正月，曹操进军濡须口，号步骑四十万，攻破孙权江西营，获其都督公孙阳。权率众七万御之，相守月余。操见其舟船器仗军伍整肃，叹曰：“生子当如孙仲谋；如刘景升儿子，豚犬耳！”

据《三国志·吴书·吴主传》注引《吴历》：曹公出濡须，作油船，夜渡洲上。权以水军围取，得三千余人，其没溺者亦数千人。权数挑战，公坚守不出。权乃自来，乘轻船，从濡须口入公军。诸将皆以为是挑战者，欲击之。公曰：“此必孙权欲身见吾军部伍也。”敕军中皆精严，弓弩不得妄发。权行五六里，回还作鼓吹。公见舟船器仗军伍整肃，喟然叹曰：“生子当如孙仲谋，刘景升儿子若豚犬耳！”

忽闻一声炮响，震天动地，（将）[南]船飞奔过来，濡须坞内一军冲（动）[出]。曹兵退后便走，军皆四散，止遏不住。千百骑赶到山（城）[坡]边，为首马上之人碧眼紫髯，上长下短，众人认得正是孙权，亲自引队马军来击曹操。操大惊，急回马时，东吴两员大将韩当、周泰，两骑[马]直抢上坡来。曹操背后大将许褚纵马舞刀，敌住二将，曹操得脱归寨。许褚（将）[与]二将战半晌方回。操（正）在寨中夸许褚之能，责骂众将“临敌先[退，]挫吾威风。再后如此，尽皆斩首！”夜至二更时[分]，忽寨后一片声喊。操起身急上马，见四下火起，被吴兵劫中大寨。杀至天明，[曹兵]退五十里，却才收住败军，下定寨栅。

操心[中]郁闷，闲看兵书。忽程昱曰：“丞相既知兵机之玄妙，岂不知兵贵神速乎？丞相起兵迁延日久，故孙权得[以]准备，夹濡须口为坞，甚为有理。不若且罢兵还许昌，别作良图。”操不答，程昱出。操伏几而卧，忽闻潮声汹涌，如万骑相争。操视之，见大江中推起一轮红日，光华射目。操大惊起，[见]天上两轮太阳对照；忽见江心中推出来者泄泄飞来，坠于寨前山上，其声如雷，（刮）[倏]然惊觉，做了一梦。帐前军连声报午时。

操交备马，引五十余骑出寨，（惊）[径]奔梦中所见日落山边看之。忽见一簇人马，约十余骑，当先一人浑身金甲，头戴金盔，操视之，乃孙权也。权见操至，不荒不忙，在土山上勒住马，以鞭指操曰：“丞相坐镇中原，富贵已极，何故贪心不足，尚图江南吴地？”操答曰：“汝为臣[下，]不尊王室。吾奉敕诏，故来伐之！”权笑曰：“汝此言岂不羞乎？天下谁不知汝挟天子[以]令诸侯？吾非不尊前诏，实欲讨汝，以正国家！”操大怒，叱令诸将抢上山去杀孙权。忽一（惊）[声]鼓震，山背后两彪军出，左韩当、周泰，右陈武、潘璋，四员将带三千弓箭手，两边乱射，箭如急（两）[雨]。操急引众将望寨中走。背后四员将赶来，到半路，许褚引众虎卫军敌住，因此救得曹操。孙权兵齐奏凯歌，望濡须去了。

操还营寨，自思“孙权非等闲人物，红日之应，后必为君。”心中已有退兵之意，只是恐被东吴耻笑，因此进退未决。两边相拒月余，战了数场，互相胜败。建安十八年春正月连阴，雨水甚多，小港皆满，军皆在坑阱之中。操（切）[窃] 听之，各寨军皆 [有] 怨望。操心甚忧，当日（止）在寨中与众将商议。有一半劝操收军；有一半云“即目春暖，正好相杀，不可退归。”进退未决之际，忽人报“东吴有使者赍书来到。”操拆开封皮视之，书曰：

> 吴侯孙权再拜致书 [于] 大汉丞相麾下：（切）[窃] 谓彼此皆汉 [朝] 臣宰，不思报国安民为本，妄施兵甲，非仁者之心也。即目春水方生，公当速去，各图安逸。如其不然，复有赤壁之祸。公宜自思焉！建安十八年春正月，吴侯孙权书。

书背后有批一行云：“如公不死，吾何得安？”曹操看毕大笑曰：“孙权不欺我也。”遂赏使者令回，议彻军回许都；命庐江太守朱光镇守皖城，尽收军回许昌去讫。

> 据《三国志·吴书·吴主传》：（建安）十八年正月，曹公攻濡须，权与相拒月余。曹公望权军，叹其齐肃，乃退。
>
> 据《资治通鉴》卷六十六：权为笺与操，说：“春水方生，公宜速去。”别纸言：“足下不死，孤不得安。”操语诸将曰：“孙权不欺孤。”乃彻军还。（参见《三国志·吴书·吴主传》注引《吴历》）

孙权亦收军回秣陵，与众商议：“操虽然北去，刘备尚在葭萌关未还。何不引拒操之兵以取荆州？”张昭进曰：“某有一计，令刘备终于西川，不再还荆州矣。”孙权大喜，问（张昭）其计。如何？

[第一百二十三段]　刘玄德斩杨怀高沛

张昭献计曰：“且未可动兵。若一兴师，则曹操兵必再至矣。不如且修密书二封：一（书）[封] 与刘璋，言刘备有书结连东吴，欲图西川，使璋、备相疑，外内相攻；一封与张鲁，（高）[叫] 进兵向荆州。间（谍）[谋] 二处，使（攻）刘备首尾不能救护；则举兵取 [荆州]，事可谐矣。”孙权从其计，即发使暗投二处去了。

却说玄德在葭萌关日久，民心甚顺；知曹操兵犯濡须，与庞统共议曰：“操击孙权，胜则就取荆州；权胜亦犯荆州矣。当如之何？”统曰：“[主公] 可移书刘璋处，只推曹操攻击孙权，权求救于荆州。‘吾与孙权乃唇齿之邦，唇亡则齿寒也。张鲁自守之贼，不敢犯界。吾今勒兵回荆州，共孙权约会，同破曹操，奈何兵少粮悭。望想同（力）[宗] 之故，速拨精兵三四万，行粮（千）[十] 万斛，段匹军器如数，星夜发付前来，（勿请）[请勿] 有误！’若（将）[得] 军马（前）[钱] 粮，却 [另] 作商议。”玄德从之，遣人望成都来。

到 [涪水] 关头，杨怀听知此事，遂交高沛（等问）[守关]。怀一同使（差）[者] 入成都见刘璋，呈上书，云借军马钱粮事了，刘璋问杨怀“为何而来？”怀曰：“专为此事而来。刘备自从入川，广施恩德，以收民心。此人居此，甚是不宜。今求军马钱粮，切不可与；与之，如助干柴于烈火之上，（为）[急] 难灭矣！”璋曰：“吾与玄德弟兄之情不可废也！”一人昂然而出曰：“刘备枭雄 [之] 人也。若久留于蜀中而不遣之，是放虎而入山林也。今更助之军马钱粮，如虎狼添翼也。切不可与之！”

据《资治通鉴》卷六十七：璋迎备，巴谏曰：“备，雄人也，入必为害。”既入，巴复谏曰：“若使备讨张鲁，是放虎于山林也。”璋不听，巴闭门称疾。（参见《三国志·蜀书·刘巴传》注引《零陵先贤传》）

众视之，乃零陵（函）［烝］阳人也，姓刘名巴，字子初。此人近（入）［自］交趾转入蜀中。

据《三国志·蜀书·刘巴传》：刘巴字子初，零陵烝阳人也。……曹公征荆州，先主奔江南，荆楚群士从之如云，而巴北诣曹公。曹公辟为掾，使招纳长沙、零陵、桂阳。会先主略有三郡，巴不得反使，遂远适交阯，先主深以为恨。巴复从交阯至蜀。（参见《资治通鉴》卷六十七）

阶下黄权又谏。刘璋乃勉意拨老弱军四千，粮米一万斛，段匹军器各五千，发使者回。刘巴交杨怀紧守关隘。

使者回至葭萌见玄德，具言此事，随后送粮人至。玄德大怒曰：“吾为汝摧强破敌，费心劳力。汝既吝啬，何以使士大夫死战乎！”遂扯毁回书，大骂而起。

据《资治通鉴》卷六十六：及曹操攻孙权，权呼备自救。备贻璋书曰：“孙氏与孤本为唇齿，而关羽兵弱，今不往救，则曹操必取荆州，转侵州界，其忧甚于张鲁。鲁自守之贼，不足虑也。”因求益万兵及资粮，璋但许兵四千，其余皆给半。备因激怒其众曰：“吾为益州征强敌，师徒勤瘁，而积财吝赏，何以使士大夫死战乎！”（参见《三国志·蜀书·先主传》及注引《魏书》）

使者连夜逃回成都。庞统曰：“主公只以仁义为重，今竟何如？”玄德曰：“如此当若何？”庞统曰：“某有三条计［策］，愿主公自择焉。只今便选［精］兵，（书）［昼］夜兼道，径袭成都，一举便定，此（是）上计也。杨怀、高沛［乃］蜀之名将，各（伏）［仗］强兵，据守关隘。今主公佯言回荆州，二将必来相送，就擒而杀之，先据涪城，然后却向成都，此中计也。退还白帝城，连（引）［夜回］荆州，徐图进取，此下计也。若沉吟不去，将至大困，不可久矣！”玄德曰：“上计太促，下计太缓，中计不迟不疾，可以行之。”

据《资治通鉴》卷六十六：刘备在葭萌，庞统言于备曰：“今阴选精兵，昼夜兼道，径袭成都，刘璋既不武，又素无豫备，大军卒至，一举便定，此上计也。杨怀、高沛，璋之名将，各杖强兵，据守关头，闻数有笺谏璋，使发遣将军还荆州。将军遣与相闻，说荆州有急，欲还救之，并使装束，外作归形，此二子既服将军英名，又喜将军之去，计必乘轻骑来见将军，因此执之，进取其兵，乃向成都，此中计也。退还白帝，连引荆州，徐还图之，此下计也。若沉吟下去，将致大困，不可久矣。”备然其中计。（参见《三国志·蜀书·庞统传》）

统交作书辞刘璋，虚言“曹（兵）［将］乐进军至清泥口，兄弟关羽抵敌不住。吾当亲自助之，不及面会，特书相辞。”使人入成都报知。

却说张松听知玄德回荆州，只道真心，急（有）［修］书一封，却（道）［欲］令人送与玄德。正值亲兄、广汉太守张肃到，松急藏书于袖中，与肃相陪说话。肃见松则有戏调之意，索酒饮至半酣。松和兄张肃觥筹交错，忽落此书［于地］，肃从人拾得。须臾席散，［从］人以书呈肃。肃开视之［，书曰］：“松顿首端拜主公皇叔麾下：昨尝进言，并无虚谬，何迟太甚？逆（守）[取]顺（取）[守]，古人之所贵。今大事已在掌握之中，何故欲弃此（面）[而]回荆州乎？使松闻（知）[之]，如有所失。如书呈到，疾速进兵，以图王业，幸甚！（松顿首端拜主公皇叔麾下。）”张肃见了大惊曰：“吾弟作灭门之事，不可不首！”（呈）[遂]将书见刘璋，说“弟张松与刘备同谋，欲献西川。”璋大怒曰：“吾平生以仁义待人，谁想如此！”遂下令（抢）[将]松全家尽斩于市。

据《三国志·蜀书·先主传》：张松书与先主及法正曰：“今大事垂可立，如何释此去乎！”松兄广汉太守肃，惧祸逮己，白璋发其谋。于是璋收斩松，嫌隙始构矣。（参见《后汉书·刘焉传附刘璋传》《资治通鉴》卷六十六）

后人有诗叹曰：

一览无余自古稀，谁知书信泄天机。
未观玄德成王业，先向成都血染衣。

刘璋斩了张松，与文武议曰：“刘备欲夺[吾之]基业，当如之何？”黄权曰：“事不宜迟！即差人告报各处关隘添兵守把，并不许放荆州一人一骑入关。”

却说玄德彻兵回涪江，先使探马告报关上曰：“吾荆州兵来日径过回去，请杨、高二将军相别。”却说杨怀、高沛二人在关上听得刘玄德来[报]经过，欲求相见。怀曰：“（玄德）[刘备]此行若何？”沛曰：“我[等]皆藏利剑，于送行处刺之，以绝吾主之患。”怀[①]曰：“此计大妙！”二人只带随行二百人远送，其余留在关上。

却说玄德大军进发，前至涪水之上。庞统在马上与玄德曰：“杨怀、高沛若欣然而来，亦须防之；若不来，就提兵径过关上，不可迟缓。”正说间，忽一阵旋风吹，马前帅字旗欲倒。玄德惊问庞统，统曰：“此警报也！杨、高二人必有刺主公之心，可整兵防之。”玄德乃披重铠，自佩宝剑。人报杨、高二将前来送行，玄德令军士歇息已定。庞统分付黄忠、魏延：“但关上人来，不问（大小）[多少]人马，一个也休放回。”黄忠、魏延领了将令。

却说杨怀、高沛身藏利剑，带二百人牵羊送酒而至，见军中并不准备，心中暗喜，以为中计。二将下马而入，见玄德与庞统坐于帐中。二将声喏曰：“今闻皇叔远回，特具薄礼相送。”遂进酒以劝玄德。玄德曰：“二将军守关不易，当先饮此杯。”二将饮酒毕，玄德曰：“吾有密事共二将军商议，闲人皆出退避。”手下二百人尽出。玄德喝曰：“吾与刘璋是同宗兄弟。汝二人何故间（课）[谍]亲情！”喝左右拿下。帐后转出四五十人，把二将捉下。庞统大喝“搜之！”于身畔各搜出利刀一把。玄德大怒曰：“吾以诚心待汝，汝何敢刺吾耶！”二人低首不语。玄德终有仁慈之心，不忍杀之。庞统作色曰：“二人本意欲杀吾主，[罪]不容（罪）诛，推出斩之！”刀斧手即斩二人于帐下。一声号出，黄忠、魏延尽将二百从人捉下。玄德唤入，赐酒压惊，与众人曰：“杨怀、高沛间（课）[谍]吾兄弟，又藏刀行刺，甚是无礼，故行诛戮。罪不在汝等。”尽皆恕之，众皆叩谢。庞统曰：“今夜用汝等引路，带吾军去取关头，各有重赏。”众皆应允。

是夜交杨、高二百人引进到关头，叫曰：“二将军有急事回，可速开关！”关上听知是自家[军]，即时开关。军士一涌而入，刀不沾血，得了涪关。庞统曰：“兵贵神速，不可缓之。”连夜令守关兵士引至涪城，叫开城门，大兵遂入，蜀兵皆降。玄德赐锦重赏，随即分兵前后守把。

---

① 此处至第一百二十六则“不竖降旗张”叶逢春本原缺，据余象斗批评本补。

据《资治通鉴》卷六十六：璋收斩松，敕关戍诸将文书皆勿复得与备关通。备大怒，召璋白水军督杨怀、高沛，责以无礼，斩之；勒兵径至关头，并其兵，进据涪城。（参见《三国志·蜀书·先主传》《后汉书·刘焉传附刘璋传》）

次日劳军，设宴于涪城公廨。玄德带酒，顾与庞统曰："今日之会，不亦乐乎？"统曰："伐人之国而以为欢，非仁者之兵也。"玄德大怒曰："吾闻昔日武王伐纣，前歌后舞，此亦非仁者之兵欤！汝言不合道理，可速退！"庞统闻之，全无惧色，大笑而起。左右亦扶玄德入堂；睡至四更酒醒，问于左右，左右以罪庞统之言为对。玄德懊悔无及，急穿衣升堂，请庞统入，曰："吾昨日座上不觉大醉，误有冒犯，公勿挂怀！"统曰："此亦失语耳。"（统）谈笑自若。玄德曰："昨日之言，兀谁有失？"统曰："君臣俱失。"玄德大笑，共乐如初。

据《三国志·蜀书·庞统传》：于涪大会，置酒作乐，谓统曰："今日之会，可谓乐矣。"统曰："伐人之国而以为欢，非仁者之兵也。"先主醉，怒曰："武王伐纣，前歌后舞，非仁者邪？卿言不当，宜速起出！"于是统逡巡引退。先主寻悔，请还。统复故位，初不顾谢，饮食自若。先主谓曰："向者之论，阿谁为失？"统对曰："君臣俱失。"先主大笑，宴乐如初。

却说败兵连夜奔入（城）［成］都，报与刘璋。璋大惊曰："不想今日果有此事！"遂唤文武，问退玄德之策。众将齐出曰："某等愿连夜起兵，以屯（雄）［雒］县，塞住咽喉之路。刘备虽有精兵猛将，不能过也。"……

据《三国志·蜀书·先主传》：璋遣刘璝、冷苞、张任、邓贤等拒先主于涪，皆破败，退保绵竹。（参见《资治通鉴》卷六十六）

那四将起兵，不知胜败如何。

［第一百二十四段］　黄忠魏延大争功

四将起兵之次，刘璝曰："吾闻锦屏山中有一异人，道名'紫虚'，知人生死贵贱。吾辈今日出师，可令军马先行。吾等可往问之。"张任曰："大丈夫行兵拒敌，岂有问于山野之人乎？"璝曰："不然。圣人有云：'祸福将至，善必先知之，不善必先知之。'吾等问于高明之人，当趋吉而避凶焉。"于是四人引五六十骑至山下，步行上山，问［于］樵夫，遂指高山绝顶［处］。四人至庵前，一道童出迎，通了姓名，引入草庵中，见紫虚道人坐于蒲团之上。四人下拜，求问前程之事。紫虚曰："贫道乃山野废人，岂知休咎乎？"刘璝再三拜问。紫虚命道童取纸笔，写［了］八句言语，付与刘璝，言曰：

左龙右凤，飞入西川。
雏凤落地，困龙升天。
一得一失，（大）［天］数如然。
宜归正道，勿丧九泉。

刘璝又问"吾四人气数如何？"紫虚曰："定（必）［业］难逃，何须再问？"璝又问时，紫虚渐渐眉垂目合，口中已无气了。四人下山，瓒曰："仙人［之］言，不可不信。"张任曰："此乃是狂士也，听之何益？"遂上马前［行］至雒城，分调人马，守把各处隘口。刘瓒曰："雒城乃成都之保障，失此则（大郡）［成都］难保。吾四人公道商议，着二人守城，二人前至雒县地面，依山倚险扎下两个寨［子］，为犄角之势，勿使敌军临城。"冷苞［、邓贤］曰："某愿助之！"刘瓒大喜，设宴相欢；分兵二万与冷苞、邓贤，离城六十里下寨。刘瓒、张任守护雒城。

却说玄德已得涪城，与庞统商议进取（雄）［雒］城。人报刘璋发四将来，即目有冷苞、邓贤二万军在雒城北面扎下两个大寨。玄德聚众将问曰："谁敢去取二将寨栅？"老将黄忠应声出曰："老夫愿往！"玄德曰："老将军亲领本部军马，如取了营寨，必当重赏。"黄忠谢了要行，帐下一人出曰："老将［军］年纪高大，如何去得？小将愿替一行！"玄德视之，乃魏延也。忠曰："我已领将令，你如何敢僭越？"延曰："世人常言'老不以筋力为能。'吾闻冷苞、邓贤乃蜀中名将，血气方刚，诚恐老将军近他不得，误了主公大事，因此相替，本是好意。"黄忠大怒，叱魏延曰："汝说吾老，敢与吾比试武艺［么］！"魏延曰："就主公之前当面比试，赢的便（了）［去］。"忠移步下阶，便唤校尉"将刀来！"玄德急止之曰："不可！吾今领兵收川，［全］仗你二人之力。如两虎相斗，必有一伤，须误了大事。吾今劝你二人休争。"庞统曰："汝二人不必相争。即目冷苞、邓贤下（任）两个营寨。今汝二人各引本部军马各劫一寨，如先（获将）［得胜］者便是头功。不可自家相并！"玄德曰："军师言者甚当。你二人分军两路而行，先（路）［得］者功劳为大。"黄忠、魏延［各］领兵去了。庞统曰："此二人去，恐于路争竞。主公［可自］引一军（，自）为后应。"玄德留统守城，带刘封、关（索）［平］二（军）［将］，随后便起。

（先）［却］说黄忠归寨传下号令："来日四更造饭，五更结束，平明离寨，取左边山路而进。"却说魏延归到寨中，暗使人探听黄忠甚时起兵。探事人回报："来日四更造饭，五更结束，平明出寨。"魏延暗地分付（交）［众］军士二更造饭，三更便起，"比及平明，要到邓贤寨前。"元来两个分定，黄忠打冷苞［寨］，魏延打邓贤寨。黄、魏寨都在涪城外屯住，相隔三四里远，因此不听得。当夜，魏延交军士悄地饱食一顿，马摘铃，人衔枚，卷旗息鼓，如偷营劫寨相似，三更前后离寨前［进］。到半路，魏延马上自思："（先）［只］去打邓贤寨，不显我强。不如先打了冷苞寨，将得胜之兵打邓贤寨，两场功劳都是我的。"就马上传令，交军士却投左边（小）［山］路里去；天色平明，离冷苞寨不远，交军士少歇，排捌金鼓旗幡、枪刀器械。

伏路小军飞报入冷苞寨。冷苞已自准备了，等候多（日）［时］，一声鼓响，三军上马，杀出寨来。魏延纵马提刀，去迎冷苞。二将交马，战到二三十合，川兵分两下来袭汉军后面。汉兵半夜走得力乏，当抵不住，退后便走。魏延听得背后阵脚自乱，撇了冷苞，拨回马走。汉军大败，川兵随后赶上。走不得五六里，山背后鼓声震地，邓贤一彪军从胁（罗）里截住。两员川将背后［大］叫"快下马［受］降！"魏延正走，马忽前失，两（蹄）［足］跪地，番（肩）［筋］斗掀将下来。邓贤马先［奔］到，挺枪来刺魏延。枪未到处，弓弦忽响，邓贤倒撞下马。后面冷苞来救，忽一员将从山坡上跑马下来，厉声大叫"老将黄忠在此！"舞刀直取冷苞。苞抵敌不住，望后便走。黄忠乘势赶去，川兵大乱。

黄忠这枝军马救了魏延，杀（败）了（冷苞）［邓贤］，直赶到［冷苞］寨前。苞回马与黄忠再战，战不数合，后面军马拥将上来。苞不入寨，去了左寨，却引败军来投右寨。见寨中旗幡各别，冷苞大惊，兜住马看时，当中一员［大将］金甲锦袍，乃刘玄德也，左边刘封，右边关（索）［平］；却好走数里，两边路狭，伏兵并起，用长枪搭钩钩住，活捉冷苞。元来却是魏延自知罪犯无可解释，收拾败军投川中，伏路在此，正等得着，将［冷苞］索缚了，解投玄德寨中来。

却说玄德立起免死旗，但川兵倒戈卸甲者，并不许杀害，“如是，伤者偿命！”其降兵尽拜于地。玄德曰：“汝川兵皆有父母妻子所牵。如愿降者，充作军数；不愿降者，尽皆放回。”于是欢声动地，感恩非浅。黄忠（安）下马来见玄德，说魏延乱了军法。玄德交唤魏延，延解冷苞至。玄德曰：“虽然有罪，此功可赎。”令魏延拜谢黄忠活命之恩，“今后毋得争功！”魏延顿首伏罪，

按：魏延与黄忠争功的故事，不见于史。

押过冷苞到寨前。玄德交去其缚，取酒压惊，问曰：“汝肯降否？”苞曰：“既蒙免死，如何不降？（雄）［雒］城刘璝、张任与某结生死之交。如蒙放免，前去招安来降，就献（雄）［雒］城。”玄德大喜，便赐衣服鞍马以送之。魏延曰：“此人不可放免。若脱身一去，不复来矣。”玄德曰：“吾以仁义相待。如其不来，是彼之意也，不必计较。”

冷苞回（雄）［雒］城见刘璝、张任，不说玄德放还，只说“被我杀了数十人，夺得马匹回来。”刘璝慌差人往成都求救。刘璋听知折了邓贤，心中慌惊，忙聚众官商议。忽阶下一少年进曰：“儿愿领兵去镇守（雄）［雒］城！”乃刘璋长子刘循也。璋曰：“既然吾儿肯去，谁可为辅？”亲属将军吴懿愿往懿之妹嫁与刘璋之兄。

据《三国志·蜀书·杨戏传》附《季汉辅臣赞》：子远名壹，陈留人也。随刘焉入蜀。刘璋时，为中郎将，将兵拒先主于涪，诣降。（参见《资治通鉴》卷六十六）

璋曰：“得尊舅去最好。谁可为副将？”懿保吴兰、雷同二人为［副］将，点二万人马，来到（雄）［雒］城。（与）刘璝、张任接着，说失了前寨事。吴懿曰：“若后兵临城，难以拒敌。汝等有何高见？”冷苞曰：“此间一带正靠涪江，江水太急；前面寨占山脚，其形最低。可先乞五（千）［百］军，各带锹锄，寅夜［潜］往涪江决涪江之水，可尽渰死刘备之军也。”吴懿曰：“须当便行。”遂遣吴兰、雷同起兵接应。冷苞约会了，去办决江器械。

却说玄德令魏延、黄忠各守一寨，自回涪城，与军师庞统商议。细作报说“东吴孙权遣人结连张鲁，将欲来攻葭萌关。”玄德惊曰：“葭萌有失，截断后路，吾进退不得，当如之何？”庞统与孟达曰：“汝［乃］蜀中人，多知地理，去守葭萌关如何？”达曰：“某保一人，［广通《汉书》，］深知（广汉）民心。若［同］他去守，万无一失。”玄德问“何人？”达曰：“旧在荆州曾依刘表为中郎将，南郡扶江人也，姓霍名峻，字仲邈。”

据《三国志·蜀书·霍峻传》：霍峻字仲邈，南郡枝江人也。兄笃，于乡里合部曲数百人。笃卒，荆州牧刘表令峻摄其众。表卒，峻率众归先主，先主以峻为中郎将。

玄德大喜，即时命［孟达、］霍峻镇守葭萌去了。

按：据《三国志·蜀书·霍峻传》和《刘封传》记载，刘备派守葭萌的将领是霍峻，没有孟达。孟达与法正于建安十六年（211）奉刘璋之命去荆州迎接刘备入蜀，刘备留孟达屯江陵，他以后一直未入蜀。霍峻是刘备的嫡系将领，《演义》让投归刘备不久的孟达举荐霍峻，不合情理。

庞统退归馆舍，门吏忽报："有客特来相访。"统出迎之，见其人身长八尺，形貌奇伟，但头发截断，披于颈面，衣服不整。统问曰："先生何人也？"其人不答，径上统床，仰卧不应。统甚疑之，乃再三请问。其人曰："(汝等罢)[等汝宴]了宾客，当说与你天下之大事。"统进酒食，其人起而大嚼，并无谦逊，饮食甚多，食罢又睡。统疑惑不定，恐是奸细，使人请法正视之。正慌忙到，庞统先迎正曰："有一人如此如此。"正曰："莫非永年乎？"升阶视之。其人一跃而起曰："孝直别来无恙？"斯人毕竟如何？

[第一百二十五段]　落凤坡乱箭射庞统

二人相见大笑。统问之，正曰："此（人）[乃]广汉人也，姓彭名羕，字永年，是蜀中之豪杰；因言语抗拒刘璋，被璋（发）[髡]钳为徒（肄）[隶]，因此短发。"

据《三国志·蜀书·彭羕传》：彭羕字永年，广汉人。身长八尺，容貌甚伟。姿性骄傲，多所轻忽，……羕仕州，不过书佐，后又为众人所谤毁于州牧刘璋，璋髡钳羕为徒隶。会先主入蜀，溯流北行。羕欲纳说先主，乃往见庞统。统与羕非故人，又适有宾客，羕径上统床卧，谓统曰："须客罢当与卿善谈。"统客既罢，往就羕坐，羕又先责统食，然后共语，因留信宿，至于经日。统大善之，而法正宿自知羕，遂并致之先主。先主亦以为奇，数令羕宣传军事，指授诸将，奉使称意，识遇日加。

统以师礼[待]之，问"从何而来？"羕曰："吾特来救汝数万人性命，(除)见刘将军方可说(知)[之]。"法正谎报玄德。玄德亲自谒见，请问其事。羕问曰："将军有多少军[马]在前寨？"玄德(速)[实]告："有黄忠、魏延在彼。"羕曰："为将之道，岂不知地理乎？前寨(素)[紧]靠涪江；若决其水，前后以兵塞之，一人亦不可逃也！"玄德大悟，即时拜彭羕为幕宾，使人密报黄忠、魏延，交朝暮用心巡警，以防决江。黄忠、魏延会议，二人各轮一日；如遇敌军到来，互相关报。

却说冷苞见当夜风雨(下)[大作]，引五百军径巡江(南遣)[边而进]，安排下手，等待决江；只听得背后喊声起，知有准备，急回时，前后冲击，彼各不相救应。冷苞夺路走时，正撞着魏延军来，活捉了冷苞。比及吴兰、雷同来接应时，又被黄忠一军杀退。魏延解冷苞到涪城。玄德责冷苞曰："吾以仁义相待，放你回去，何敢再来？今次难饶！"推出斩之，重赏魏延。

忽报"荆州诸葛军师特遣马良至[此]。"玄德召入问之，良礼毕曰："荆州平安，不劳主公忧念。军师筭太乙数，言'今年岁次癸巳，罡星在西方；又夜观星象，太白临于(雄)[雒]城之分，主于将帅凶多吉少。宜谨慎之！'"玄德看书了，交马良先回。玄德与庞统议此事。统暗思："此[是]孔明怕我收了西川成功，故以此言相阻隔耳。"乃对玄德曰："统亦筭太乙数，已知罡星今年在西[方]，应主公合得西川也，别不主凶[事]。统亦夜占天文，见太白临(雄)[于雒]城，斩蜀将冷苞，已应凶兆矣。主公不可心疑，可速进兵。"

玄德见庞统再三催促，乃引军前进，黄忠、魏延接入寨去。庞统(交)问"前至(雄)[雒]城有多少路？"法正画一地图。玄德取张松所遗图本对之，并无差错。法正言：

“山北有条大路，正取（雄）[雒]城东门；山南有条小路，正取（雄）[雒]城西门：两条路皆可进矣。庞统领魏延作先锋，取山南小路而进；主公领黄忠作先锋，从山北大路而进：并到（雄）[雒]城取齐。”玄德曰：“某自幼习马，多行小路。军师可行大路，去取东门；某取（北）[西]门。”庞统曰：“大路必有军马邀拦，主公当之；统取小路。”玄德（思）[曰]:“吾夜梦一神人手持铁棒，击吾左臂，觉来犹如折臂之状。此行莫[非]不（甚）佳？”统笑曰：“壮士临阵，不死带伤，理固然也。何故以梦寐之事而疑其心乎？”玄德曰：“吾所疑者，孔明之言也。军师还守涪城，如何？”统大笑曰：“主公果被孔明之惑也，不欲令统立功，故有是言，以疑其心；[心疑]则（一）[致]梦，何凶之有？今统虽肝脑涂地，亦称本心！主公再勿多言，来早准行。”

按：《演义》称庞统心疑诸葛亮不欲已立功名，于史无据。

当日发下号令：“军士三更造饭，平明上马。”

比及黄忠、魏延两军先行，玄德再与庞统约会。忽庞统坐下爪黄马把庞统掀在地下，玄德在后笼住那马。玄德曰：“军师何故乘此劣马？”统曰：“此马乘久，不曾如此。”玄德曰：“临阵眼生，误人性命。吾所乘白马性（急）[极]驯熟，军师可乘，万无一失。劣马吾自乘之。”玄德下马，与庞统更换所骑之马。统谢曰：“深感主公厚恩，虽万死莫能报也！”遂各上马而去。玄德与统别时，意甚惨伤，心内悒怏而行。

却说[雒]城中吴懿、刘璝听知斩了冷苞，一处商议。张任曰：“城（东南）[西北]边有一条山僻（路小）[小路]，最为紧要，某自引一军守之。诸公紧守雒城，勿得有失。”人忽报汉军分两路（而）[前]来攻城。张任引三千精兵，先来小路埋伏。见魏延军过，张任交尽放过去，休得惊动。遥见庞统军来，数（阵）[军]遥指曰：“军中骑白马者乃是刘备也。”张任大喜，传令交如此如此。

却说庞统引军迤逦前进，抬头见两山逼窄，树木丛杂，又值夏末秋初，枝叶茂盛。统心[下]甚疑，勒住坐下白马，交问此处地名。有蜀中投降军人道：“此处地名（洛）[落]凤坡。”统大惊曰：“吾道号‘凤雏’，此处名落凤坡，应吾休矣！”慌交后军疾退。猛然山坡上一声炮响，两下箭如飞蝗，只望着骑白马者射，可怜庞统死于乱箭之下！

据《三国志·蜀书·庞统传》：进围雒县，统率众攻城，为流矢所中，卒，时年三十六。先主痛惜，言则流涕。

据《资治通鉴》卷六十六、卷六十七：（建安十八年夏五月，）刘璝、张任与璋子循退守雒城，备进军围之。任勒兵出战于雁桥，军败，任死。……（建安十九年闰五月，）诸葛亮留关羽守荆州，与张飞、赵云将兵溯流克巴东。……刘备围雒城且一年，庞统为流矢所中，卒。

按：据史书记载，庞统是在建安十九年（214）攻雒城时中箭身死的，并非如《演义》所说死于落凤坡。张任也不可能射死庞统，据史书记载，他在庞统死前一年就已被刘备、庞统军擒杀了。

后来史官有庙赞诗为证曰：

胸襟如混沌，天地总包罗。
振国机谋远，收川气概多。
声名垂竹帛，忠义冠山河。

堪叹亡阳寿，星沉落凤坡。

后来陈子昂游川到此，有诗赞曰：

古岫相连紫翠堆，土龙有德傍山隈。
儿童惯识呼鸠曲，闾巷曾闻展骥才。

又诗曰：

预计三分凭刻削，长驱万里独徘徊。
谁知天约流星坠，不使将军衣锦回。

又宋贤诗曰：

三国纷纷多俊英，可怜庞统善谈兵。
谁知落凤坡前丧，独有南阳一孔明。

时庞统亡年三十六。先是，东南有童谣云：

一凤并一龙，相将到蜀中。
龙到半路里，凤死落坡风。
风送雨，雨送风。
降汉将，蜀道通。
蜀道通时只有龙。

当日张任射死庞统，众军（涌）[壅]塞，进退不得，死者太多。前军飞报魏延，延勒兵欲斗，奈山路逼窄，厮杀不得，又被张任截断归路，只（得）[在]高阜处用强弓硬弩射之。魏延正慌，新降蜀兵（覆）道："不如投奔雒城下，取大路回寨。"魏延曰："也是。"当先开路，杀投雒城下来。尘埃起[处]，前面一军杀来，魏延大惊，拍马舞刀，呼军死战。乃雒城守将吴兰、雷同两骑马当先，引数千军马来到，后面张任杀来，两下（交）[夹]攻，魏延被围在垓心。正无路出，（中间）[但见]吴兰、雷同后（面）军自乱，二将荒回去救，魏延乘势赶（出）[去]。当先一将舞刀拍马，大呼"文长，吾特来救你！"乃老将黄忠[也]。两个（交）[夹]攻，杀败吴、雷二将，冲（出）[去]雒城下。刘璝引军杀出，被玄德当住接应，黄忠、魏延番身便回。玄德（被）[比]及奔到[寨中]，张任军[马]又从小路[截]出，赶（杀）[来]的是刘璝、吴兰、雷同。玄德守不住二寨，且战且败，奔回涪城。蜀兵得胜，迤逦赶来。[玄德]人困马乏，那里有心厮杀？看看走近涪城，张任一军追赶至急。忽左边冲出刘封，右边冲出关（索）[平]，二将引三千生力军截出，杀（进）[退]张任，便（走）赶二十里，夺回战马极多。

玄德一行军马再入涪城，问庞统消息。有从落凤坡逃得性命的军士覆说："军师和人[带]马[被]乱箭射死在坡下。"玄德望西痛哭，（速）[遥]为招魂设祭。黄忠曰："今番折了庞军师，张任必然（来）欺敌[，来]打涪城，如之奈何？不如往荆州取诸葛军师来议取川之计。"正说间，人报张任（直）引军[直]临城下搦战。黄忠、魏延皆要出迎，玄德曰："彼气新旺，只宜坚守，以待军师来[到]。"黄、魏二将坚守城池。玄德修了书，（交）[叫]关（索）[平]分付："你（兴）[与]我往荆[州]取军师去。"关（索）[平]领了书，辞玄德投荆州来。

却说孔明在荆州，时当七夕佳节，大会众将夜宴，共说收川之事；见正西方一颗星，其大如斗，从天上坠下，流光四散。孔明大惊，掷杯于地，掩面大哭曰："哀哉！痛哉！"众官慌问其故，孔明曰："吾前者算今年罡星在于西（川）[方]，不利于军师；又见天狗犯于吾军，太白临于雒城，（况）[已]拜书于主公，交谨防之。谁想（一）[今]夕西方星坠，庞士元命必休矣！”言罢又哭［曰］：“今吾主［公］丧一臂也！”众官未信。孔明曰：“数日之内，必有消息。”众官是夕酒不尽饮而散。

（后）数日［后］，正遇云长一班儿正坐间，人报说关（索）［平］至，众皆大惊。［孔明］接书视之，……众皆下泪。孔明曰：“既然主公在涪城进退两难之（地）［际］，（请）亮不容不去，目下便行。”

据《资治通鉴》卷六十七：（建安十九年闰五月，）诸葛亮留关羽守荆州，与张飞、赵云将兵溯流克巴东。……刘备围雒城且一年，庞统为流矢所中，卒。（参见《三国志·蜀书·先主传》《赵云传》）

按：《演义》称，因为庞统阵亡，刘备只得急召诸葛亮入蜀辅佐，此说与史不合。据史书记载，庞统生前，刘备就已召诸葛亮入蜀增援了。

云长曰：“军师［此］去，谁人可守荆州？此重职关系匪轻。”孔明曰：“主公虽不写来，吾已知其意了。”顺手指出那人，便是守荆州之人。（指出那人，）毕竟是谁？

［第一百二十六段］　张翼德义释严颜

孔明将玄德（还）［书］对众官曰：“主公［把］荆州托在我身上，教我自量才委用。虽是如此，今交关（索）［平］赍书到此，其意便欲云长公当此重任。云长想桃园结义之情，独力守之，据此北当曹操，东敌孙权，非小可之事也。公宜勉之！”［云长］并不推辞，慨然领诺。孔明设一宴，交割印绶。云长双手来接，孔明擎印自说曰：“今日交付此印，凡（关）［干］系都在将军身上了也。”云长曰：“大丈夫既领重任，除死方休！”孔明见云长说这个“死”字，心中不悦，欲（得）［待］不与，其言已出。孔明曰：“倘曹贼引兵来，当如之何？”云长曰：“以力拒之。”孔明（又）曰：“倘孙权引兵（到）来，若何？”云长曰：“以力拒之。”孔明［又］曰：“倘曹贼、孙权皆起兵来，如之奈何？”云长曰：“分兵拒之。”孔明曰：“不然。若如此，则荆州危矣！吾有八个字，将军记取，可保荆州。”云长问之，孔明曰：“北拒曹操，东和孙权。”云长曰：“军师之言，愿铭心（石）［田］！”孔明遂与了印绶，［令］文官马良、伊籍、白朗、糜竺，武将糜芳、廖化、关平、周仓，一班儿辅佐云长，同守荆州；

按：据史书记载，伊籍、向朗、糜竺并未随关羽守荆州，他们均已随刘备入蜀。

先发精兵万余，交张飞（同关索）部领，取条大（山）路，杀奔巴州，抄雒城之西，先到者为头功。孔明交赵云为先锋，溯江西上，会于雒城雒城又名江州路，今之江州也。

据《资治通鉴》卷六十七：（建安十九年闰五月，）诸葛亮留关羽守荆州，与张飞、赵云将兵溯流克巴东。（参见《三国志·蜀书·先主传》《赵云传》）

据《三国志·蜀书·诸葛亮传》：先主自葭萌还攻璋，亮与张飞、赵云等率众溯江，分定郡县，与先主共围成都。

孔明随后自引简雍、蒋琬为书记，——蒋琬字公琰，零陵湘乡人也，乃荆、襄名士，据《三国志·蜀书·蒋琬传》：蒋琬字公琰，零陵湘乡人也。弱冠与外弟泉陵刘敏俱知名。琬以州书佐随先主入蜀，除广都长。

孔明甚敬之，——前后水陆军一万五千，同日酌别启行。

按：据《三国志·蜀书·蒋琬传》，蒋琬是随刘备入蜀的。《演义》改为随诸葛亮入蜀。

（先）[却]说张飞部领军马临行，孔明分付曰："西川豪杰甚多，不可轻敌。于路戒约诸军，不得讨掳百姓，以失民心；但恤民生，惟仁德可以伏众。勿得恣逞强暴，鞭挞士卒。望将军早会雒城，不可有失！"张飞欣然领诺，上马而去，迤逦前行，所到之处，但降者秋毫无犯；（而）[径]取汉（州）[川]路，前至巴州郡。哨马回报："巴郡太守严颜乃蜀中名将（耳），年纪虽高，精力未衰，射硬弓，使大刀，有万夫不当之勇；据住城郭，不竖降旗。"张[①]飞交离城十里下寨，差一军人入城去，"说与老匹夫：'若早早来降，饶你满城[百姓]性命；若不投顺，即踏平城郭，老幼不存！'"

却说严颜在巴郡闻刘璋[差法]正请玄德入川，拊心而叹[曰]："此所谓'独坐穷山，放虎自卫'者也！"

据《资治通鉴》卷六十六：备至巴郡，巴郡太守严颜拊心叹曰："此所谓'独坐穷山，放虎自卫'者也。"（参见《三国志·蜀书·张飞传》注引《华阳国志·公孙述刘二牧志》）

后闻玄德拒住涪城，累欲提兵去，复又恐这条路上有兵来；闻知张飞来到，点起五六千人，准备[迎敌]。数内有中原人告[曰]："张飞在当阳长坂一声喝退曹操百万之师，操闻风而避之。今若到来，只宜深沟高垒以坚守之，不可迎敌。彼军（回来）[无粮]，不过一月，自然退去。更兼张飞性如烈火，专要鞭挞士卒。如不与战，必责于军。军心一变，乘势击之，飞可擒矣。"严颜从其言，交军士尽数上城守护。忽见一军大叫"开城[门]!"严颜交放入问之，那军把张飞言语依直便说。严颜大怒，骂"匹夫怎敢无礼！吾在川中许多年，岂降贼乎！借你口说与张飞。"唤刀剑[手]将军人耳鼻割下，却放出城。

[军人]回到寨中，哭告张飞："严颜如此秽骂将军！"张飞大怒，咬牙睁眼，拿矛上马，引数百骑来巴州城下搦战。城上众军百般秽骂。张飞性起，几番杀到城下钓桥边，要渡[护]城河，又被乱箭射回。搦战到晚，全无人出，张飞忍一肚皮气还寨；次日，早早领马步军又去搦战。严颜在敌楼上亲自叫骂。张飞性起，手持丈八蛇矛，欲碎此城。严颜在城上放一箭，射中张飞头盔（上）。飞（暗地）[指之]而恨（之）曰："若拿住你这老匹夫，我亲自下手！"到晚空回。第三日，张飞领了军，绕城去搦战。那个城子是个山城（门），周围是山。张飞自乘马登山，下视城中，见军士尽皆披挂，分（作）[列]队伍，伏在城内，只是不出；又见民兵来来往往，搬砖运石，相助守城。张飞交马军下马，步军皆（住）[坐]，引他出敌，并无动静，又闹了一日空回。张飞在寨中无计可施，猛然思起一计，交众军不要前去搦战，都结束了，只在寨中等候；遂拨三五十个小军，（有）[直]去城下叫骂，引严颜赶出来，便好厮杀。张飞磨拳擦掌，只等敌军来。小校一连空（去）骂了三日[，全然不出]。

张飞眉头一纵，（记）[计]上心来，传令交军四散砍斫柴草，寻觅路径，不来搦战。严颜在城中连日不见张飞动静，心中疑惑，差十数个精细军人扮作张飞砍柴的军，潜地

① 第一百二十三则"曰此计大妙"至此处叶逄春本原缺，据余象斗批评本补。

出城，杂入山中探听。当日诸军回寨，张飞坐在寨中，顿（走）［足］大骂“严颜（之）［老］贼，（再）［真］气杀我！”只见帐前三四个军人（各）［皆］说：“将军不须忧心。这几日探听得一条路，可以偷过（把）［巴］州。由他自在城中坐守，只顾进兵前去收了益州时，何愁（把）［巴］郡乎？”张飞故意大叫曰：“既有这条路，何不早说！”众应曰：“这几日才［哨］探得出。”张飞曰：“事不宜迟！只今夜二更造饭，［趁］三更（趁）月明（夜），拔寨都起，人衔枚，马去铃，悄悄而行。我亲自前面开路，汝等依次而进。”传令了，便交满寨尽告报。

细作人都听得这个消息，尽回城中来报严颜。颜大喜曰：“我（等）［筭］定（道）这匹夫忍耐不得！你偷小路过去，须有粮草车仗在后；我截住后［路］，你如何（好）［过］？匹夫无谋，中吾之计！”即时传令，交军士尽皆准备赴敌，“今夜二更也造饭，三更出城，伏于树（下）［木］丛杂去处；只等张飞过咽喉［小］路去了，车仗来时，［只］听鼓响，一齐杀出。”看看近夜，严颜令军尽皆饱食披挂了，悄悄出城，四散埋伏（，只听鼓响）。

却说严颜引十数骑（裸）［裨］将，下马伏于（村）［林］中。看时约三更以后，远望［见］张飞亲自在前，横矛纵马，悄悄地引军前进；去不得五七里，背后车仗人马陆续而来。颜看得分晓，便交一齐擂鼓。伏兵皆起，正来抢夺车仗，背后一彪人马抢到，大喝“老贼休走！我等得你好难！”严颜回头看时，那员大将豹头环眼，燕颔虎须，使丈八蛇矛，骑深乌马，涿郡人也，姓张名飞，字翼德。四下里锣声大振，众军杀来。严颜见了张飞，举（身）［手］无措。交马战数合，张飞卖（了）［个］破绽，严颜一刀砍［来，张飞闪过。严颜砍］个空，跌入怀中，被张飞捉住，生擒（马上，）活捉（至）［在］鞍前，叫声“后军！”望空掷下地来，步军将索绑了。元来先过去的是假张飞。料道严兵击鼓为号，［张飞交击锣为号；］锣［声］响处，诸军齐到，［严兵］大半弃戈卸甲而降。

杀到巴郡城下，后军已（越）［自］入城，张飞交休杀百姓，出（招）安民榜。群刀手把严颜推至帐前。飞坐听上，颜不肯跪。飞咬牙努目，大怒曰：“大将至，缘何不降而敢拒敌！”颜全无惧色，（既）［慨］而答曰：“汝等无故侵我州县。我州但有砍头将军，无降将军！”飞大喝左右“快牵去砍之！”颜纽回头亦喝曰：“贼匹夫！砍头便砍头，何为怒也！”飞见颜英勇，面不改容，荒大笑下阶，喝退左右，亲释其缚，取衣与之，扶于正中高坐，纳头便拜，曰：“适来言语冒渎威容，幸勿见责！吾素知老将军乃世之真大丈夫也！”便进酒压惊，以上宾礼待之。严颜感其恩义，安（身无）有异志？

据《资治通鉴》卷六十七：诸葛亮留关羽守荆州，与张飞、赵云将兵溯流克巴东。至江州，破巴郡太守严颜，生获之。飞呵颜曰：“大军既至，何以不降，而敢拒战！”颜曰：“卿等无状，侵夺我州，我州但有断头将军，无降将军也！”飞怒，令左右牵去斫头。颜容止不变，曰：“斫头便斫头，何为怒邪！”飞壮而释之，引为宾客。分遣赵云从外水定江阳、犍为，飞定巴西、德阳。（参见《三国志·蜀书·张飞传》）

据《华阳国志·公孙述刘二牧志》：诸葛亮、张飞、赵云等溯江，降下巴东，入巴郡。巴郡太守巴西赵笮拒守，飞攻破之，获将军严颜，谓曰：“大军至，何以不降，而敢逆战？”颜对曰：“卿等无状，侵夺我州。我州但有断头将军，无降将军也！”飞怒曰：“牵去斫头！”颜正色曰：“斫头便斫，何为怒也！”飞义之，引为宾客。

按：《演义》称，诸葛亮从荆州出发时即与张飞兵分两路，张飞一路在江州生擒严颜。据史书，至江州生擒严颜时，诸葛亮与张飞、赵云尚在一起攻克江州后才兵分两路。又，《演义》与《资治通鉴》《三国志·张飞传》均以严颜为巴郡太守，而据《华阳国志》

记载，当时的巴郡太守是赵笮，严颜只是赵笮手下的“将军”。

后人有诗八句单道严颜曰：

白发归西蜀，清名振大邦。
忠心如皎月，浩气卷长江。
宁可断头死，安能屈膝降？
巴州年老将，天下更无双。

后来史官亦有八句单赞张飞曰：

怒气冲冠发，威声断将头。
英雄万夫勇，谈笑一身休。
先主多洪福，将军用计谋。
三分称大义，创业镇西州。

后来宋贤谈羡严颜之德，有绝句曰：

昂昂气宇镇江山，视死如归若等闲。
欲识世间豪杰士，断头大将是严颜。

后来宋贤有诗单道张飞曰：

百将传中存伟迹，武（成）［臣］庙内纪奇功。
皆因义释严颜计，夺得西川报主公。

后有人至巴州，有感而叹曰：

生获严颜勇绝伦，惟凭仁义化军民。
至今巴、蜀声名在，社酒豚鸡日日春。

至今巴、蜀立庙奉祀张飞，只为此也。

张飞请问收川之策，颜曰：“败将深蒙厚爱，无可以报，愿施犬马之劳，不用张弓只箭，径取成都，少酬万一。”张飞拱手称谢，以求收川之计。还是如何？

［第一百二十七段］　孔明定计捉张任

张飞问计于严颜，颜曰：“从此取（雄）［雒］城，凡守御关隘，各处寨栅共三四（百）［十］处，尽都（在）［是］老夫所（当）［管］军官，皆出于掌握之中。今感将军之恩，无（有）［可］以报，老夫当为前部，所到之处，尽皆唤出拜降，并不必动刀兵军器。”张飞称谢不已；自此安民赏军，于路饮酒。诸处尽是严颜唤出投拜；有迟疑［未决］者，（曾决重罪。）颜曰：“我尚［且］投降，何况汝乎？”于是望风降顺，并不曾厮杀一场。

据《三国志·蜀书·张飞传》：飞所过战克，与先主会于成都。

却说孔明已具起行日期，去报玄德，交会（雄）［雒］城。玄德与众商议：“今孔明、翼德分两路取川，会于（雄）［雒］城，同入成都。水陆舟车已于七月二十日起行，此时将及行到，我等便可进兵。”黄忠曰：“张任每日搦战，［我］每日不出，彼军懈怠，不做准备。今夜分兵劫寨，胜如白昼厮杀。”玄德从之，交黄忠引兵取左，魏延引兵（击）［取］

右；玄德自取中路。当夜二更，三路军齐出，张任果然不做准备，正劫中寨，火光竞起。蜀兵奔走，连夜直赶到雒城，城中兵出，接应入去。

玄德还于中路下寨，次日引兵直到雒城。城中军兵不出，玄德围住攻打，昼夜不绝。城中商议，张任曰："尽交他攻打；（得）[待他] 力乏，然后以兵（擒）[击] 之，备可擒也。"攻城到第四日，玄德自提一军攻打西门，却是雒城背后，黄忠、魏延在东门攻打，南、北二门放军众走出。南门是山路，北门是水路涪水，因此不围。张任望见玄德在西门下骑马往来，指挥打城，从辰至未，人（力）[马] 俱乏，却（道）[待] 要退。张任交吴兰、雷同二将引军出北门，转（出）[东门] 与黄忠、魏延交战，"我引军出南门，转西（早）[门] 捉刘备。"城内尽数拨民夫上城，擂鼓助喊。[玄德] 见红日平西，交后军先退。众军方回身，城上一片声喊起来。南门内军马突出，张任径入（中军）[军中] 来捉玄德，军马大乱，黄忠、魏延又被吴兰、雷同敌住，两下不能（得）[相] 救。玄德敌张任不住，拨转马，望山僻小路而走。

张任从背后赶来，看看赶上。玄德独自一人一马，张任引数十骑赶到。玄德正望前尽力加鞭，忽山路一军突出。玄德马上叫苦 [曰]："前有伏兵，后有追军，天亡我也！"向前去时，当先一人飞转而来，乃燕人张翼德也。元来张飞、严颜正从那条路杀来，当日却望见尘埃起，知是与川将交兵。飞当先而来，玄德有天子洪福，却好这里撞见，便与张任交马。两员将战到十合，背后严颜引兵大进。张任火急回身便走，张飞一阵直杀到城下。张任退入城 [中]，拽起钓桥。静轩有诗叹曰：

昭烈乘危一骑行，蜀军追急绕山城。
苍天终佑仁明主，又遇张飞救驾兵。

张飞回见玄德曰："军师溯江而来，尚且未到，反被我争了头功。"玄德曰："山路阻险，如何无兵拦当，长驱大进，先到于此？"张飞 [曰]："于路关隘四五（百）[十] 处，皆出老将军严颜之力也。"飞把义释严颜一事从头说了一遍，"因此于路不曾费分毫之力，只顾饮酒至此。"引严颜见玄德。玄德谢曰："[若] 非老将军（见引）[引见]，吾弟安能至此耶！"脱身上黄金锁子甲以赐之。正待饮宴之间，哨马回报："黄忠、魏延和川将雷同、吴兰交锋，城中吴懿、刘璝又引一军来战。二将虽勇，军士先走，因此当抵不住，大败望东去了。"张飞曰："却好（想）[俺在] 这厮（却从）[背后]。"绕城（来我）分兵两路 [杀来]：张飞在左，玄德在右。吴懿、刘璝见后面喊起，荒退入城 [中]。吴兰、雷同……商议："不如倒戈卸甲投降。"因此二人（降了，）径将本部军兵前来玄德寨前投降。玄德准降，因此收军，近城下寨。

却说张任见二人降了，心中忧虑。吴懿、刘璝曰："兵势已急，不决一死战，如何（将）[得] 兵退？一面差人去成都告急，一面用计敌之。"[张任曰：]"（到）[某] 来日引一军搦战，佯输诈败，引转城北。二将军内可用一人引军冲出，截断 [其] 中（军），可获胜矣。"吴懿曰："刘将军相辅公子守城，某来日决一死敌！"约会了。（此）[次] 日，张任引数千（骑出）人马，摇旗纳喊，[出城] 搦战。张飞曰："小弟愿往捉张任。"上马提矛，径出阵前，更不打话，与张任交锋。战到十余合，张任诈败，张飞赶上。张任绕城 [而] 走，飞尽力追之。兵未及半，吴懿引军截出，张任回兵，正把张飞拦住在垓心里，进退不得。比及玄德引一军 [来] 救 [时]，忽一队军从江边杀到，正遇吴懿。当先一员大将挺枪跃马，与吴懿交锋，只一合，生擒吴懿，杀退敌军，救出张飞。飞视之，乃常山赵子龙也。飞问"军师何在？"云曰："先使我来解救，此时 [已] 与主公相见了。"

任见擒了吴懿，自退入城去了。

飞回寨中见玄德，孔明引简雍、（将）［蒋］琬已（立）［在］寨中。飞下马来参军师，

据《资治通鉴》卷六十七：雒城溃，备进围成都。诸葛亮、张飞、赵云引兵来会。

据《三国志·蜀书·诸葛亮传》：先主自葭萌还攻璋，亮与张飞、赵云等率众溯江，分定郡县，与先主共围成都。（参见《三国志·蜀书·张飞传》《赵云传》）

按：据史书记载，诸葛亮、张飞、赵云均与刘备在成都会师，并非如《演义》所说会师于雒城。

孔明大惊，问“如何先到？”玄德说义释严颜事。孔明贺曰：“此乃主公洪福［也］！将军（也）用机谋立此大功，（此）可以勒之金石，万年称赞也！”云解押吴懿见玄德。［玄德］令降，吴懿降了。

据《三国志·蜀书·杨戏传》附《季汉辅臣赞》：子远名壹，陈留人也。随刘焉入蜀。刘璋时，为中郎将，将兵拒先主于涪，诣降。

据《华阳国志·公孙述刘二牧志》：（建安）十八年，璋遣将刘璝、冷苞、张任、邓贤、吴懿等拒刘主于涪，皆破败，还保绵竹。懿诣军降，拜讨逆将军。（参见《资治通鉴》卷六十六）

按：《演义》称，吴懿是在雒城外被俘投降的，与史不合。据史书，他是在绵竹主动投降的，刘备拜他为讨逆将军。盛巽昌先生在《三国演义补证本》一书中指出，吴懿是主动献降的，此与被俘为保命乞降自然不同，所以为刘备赞赏。

孔明问“城中再有几人为将？”懿曰：“有刘季玉子刘循、辅将刘（贵）［璝］，（本）［不］打紧。张任乃蜀中人，家世寒微，极有胆勇。此人不可轻敌！”孔明曰：“先捉张任，然后取雒城。”问“城东门这条桥名甚？”吴懿曰：“此（雄）［雒］城金雁桥也。”孔明乘马来［到］桥边，沿河看了，回寨中唤（黄忠、）魏延引一千枪手（左）［在］右，（卓）［单］搠鞍上人；黄忠引一千刀手［在左］，单（刹到）［剁坐］下马。“杀开士卒，张任必从山东小路而来。张翼德引一千军伏在那里，张任到，就彼处擒之。”唤赵云伏于金雁桥北：“等我引张任过来，便拆了桥，却勒兵于桥北，摇旗为势，使张任不（便）［敢］望北走，退投南去，却好中计。”调遣已定，军师自去诱敌。

却说刘璋差卓膺并张（翼）［冀］二将前来助敌。二将见刘循了，张任交刘璝、张冀守城，自与卓膺为前后队，——任为前队，膺为后队，——出城迎敌。孔明引一队不整不齐军士过金雁桥来，与张任对阵。孔明乘四门车，纶巾羽扇而出，两边百余骑簇捧，遥指张任曰：“曹操引百万之众，闻吾之名，望风而走。（金）［今］到此处，何不降之？”任看见孔明军旅不齐，马上冷笑说：“［人］说［诸］葛用兵［如神］，元来有名无实！”把枪一招，大小军校一齐冲杀过来。孔明弃了四门车，上马退走。张任背后赶来，过了金雁桥。玄德军在左，严颜等川兵俱在右，来杀张任。任知是计，急回军时，桥已［拆］断了；欲投北［去］，赵云一军隔岸摆开，因此投南［绕］河边走。走不得五七里，（韦）［苇］丛去处，魏延一军，长枪一带，从芦苇中（伏其身躯）［忽起］，只搠鞍上将；黄忠［一］军各用长刀，［伏在］芦根内［只］剁马（啼）［蹄］。马（车）［军］尽倒，皆［被］执缚，步军那里敢来？张任引数十骑望山路而逃，正撞着张飞，大喝一声，众军齐上，把张任活捉了。元来卓膺见张任中计，自投赵子龙军前降了，一发都到大寨。

玄德赏了卓膺。张飞解张任到，玄德、孔明皆立于帐中。玄德问张任曰："蜀中诸将望风而降，汝何不早投拜？"任睁目大怒而叫曰："忠臣岂肯事二君乎！"玄德曰："汝不识天时耳。若降，免你一死。"任曰："[今日]便降，久后也反。愿乞一刀！"玄德不忍杀之，张任厉声大骂。孔明喝曰："推出斩之，以全其名！"

据《三国志·蜀书·先主传》注引《益部耆旧杂记》：刘璋遣张任、刘璝率精兵拒捍先主于涪，为先主所破，退与璋子循守雒城。任勒兵出于雁桥，战复败。禽任。先主闻任之忠勇，令军降之，任厉声曰："老臣终不复事二主矣。"乃杀之。先主叹惜焉。

据《资治通鉴》卷六十六：刘璝、张任与璋子循退守雒城，备进军围之。任勒兵出战于雁桥，军败，任死。

据《资治通鉴》卷六十六、卷六十七：（建安十八年夏五月，）刘璝、张任与璋子循退守雒城，备进军围之。任勒兵出战于雁桥，军败，任死。……（建安十九年闰五月，）诸葛亮留关羽守荆州，与张飞、赵云将兵溯流克巴东。

按：《演义》称张任是被诸葛亮设计擒获的，与史不合。据史书记载，张任是在建安十八年（213）五月被刘备军擒杀的，而诸葛亮直到一年后的建安十九年（214）闰五月方才入蜀。

后人有诗曰：

忠义安能扶二主？张任忠勇死犹生。
高明正似天边月，夜夜清光照雒城。

至今祀为土神，立庙在雒城东。

玄德感之，令收死尸，葬金雁桥侧，以表其忠；次日令严颜、吴懿等蜀中降将为前部，走至雒城大叫："早早开门受降，免一城生灵受苦！"刘璝在城上大骂（城）[蜀]中诸将。忽背后一人（来）[杀]到从者，执缚刘璝，竖立降旗。玄德军马入雒城。刘循开西门走脱，投成都去了。玄德出榜安民。献刘璝者，（捷）[犍]为武阳人也，姓张名冀，字伯恭。

据《三国志·蜀书·张翼传》：张翼字伯恭，犍为武阳人也。

玄德收了雒城，重赏诸将。孔明曰："雒城已破，成都只在目前，惟恐外州（少）[不]宁。可令张冀、吴懿引赵云（从）[巡]外水，定江（隔）[阳]、（捷）[犍]为等处所属州郡；令严颜、卓膺引张飞定（把）[巴]西、德阳所属州郡：就（领）委官（换）[按]治平静，却勒兵回（到）成都取齐。"张飞、赵云（也）[各]自领兵去了。

据《资治通鉴》卷六十七：诸葛亮留关羽守荆州，与张飞、赵云将兵溯流克巴东。至江州，……分遣赵云从外水定江阳、犍为，飞定巴西、德阳。（参见《三国志·蜀书·赵云传》《诸葛亮传》《张飞传》）

孔明问道："[前去]别有何处关隘？"蜀将曰："止有绵竹——（令孙）[县]名——可以守御。若得绵竹，成都唾手而可得也。"法正曰："不能进兵！[恐]惊动成都之民。某献一策，令成都便属主公也。"法正还用（可）[何]计？

［第一百二十八段］　杨阜借兵破马超

法正曰："主公既得雒城，蜀中危矣。欲以仁义结于川民，且按兵勿动。某作一书，（呈）［陈］说利害，上达刘璋，益州自然降矣。"孔明曰："孝直之言最善矣！便可作书，遣（家）人（陉）［径］赴成都。"

却说刘循逃回见父，说雒城已陷，荒聚众议事。益州从事、广汉郑度献策曰："今刘备起兵袭城，野（殳）［谷］以为其资。不如尽驱（巳）［巴］西、梓潼之民于（洛）［涪］水之西，其仓廪野（殳）［谷尽］皆烧除，深沟高垒，（请）诸将紧守。不过百日，走而击之，备可擒矣。"刘璋曰："不然！吾闻拒敌以安民，未闻动民以避敌也。此言非保川之计也。"

据《资治通鉴》卷六十六：益州从事广汉郑度闻刘备举兵，谓刘璋曰："左将军悬军袭我，兵不满万，士众未附，军无辎重，野谷是资。其计莫若尽驱巴西、梓潼民内、涪水以西，其仓廪野谷，一皆烧除，高垒深沟，静以待之。彼至，请战勿许。久无所资，不过百日，必将自走，走而击之，此必禽耳。"刘备闻而恶之，以问法正。正曰："璋终不能用，无忧也。"璋果谓其群下曰："吾闻拒敌以安民，未闻动民以避敌也。"不用度计。（参见《三国志·蜀书·法正传》）

正议论间，人报法正有书至。刘璋唤入，呈（书上）［上书］信。璋拆开（封）视之，书曰：

昨蒙差遣，结好荆州；不意主公左右不得其人，以至如此。今左将军旧心（狼狼）［依依］，实无（得）［薄］意。望三思裁划，可图变化，以保西川。不及言尽，愿赐英断（行）［示］下！法正奉拜。

刘璋扯碎法正书，大骂"忘恩失义之贼！卖主求荣，［有］何面目再见乎！"（进）逐其人出（成）［城］；

据《资治通鉴》卷六十七：法正笺与刘璋，为陈形势强弱，且曰："左将军从举兵以来，旧心依依，实无薄意。愚以为可图变化，以保尊门。"璋不答。

据《三国志·蜀书·法正传》：及军围雒城，正笺与璋曰："正受性无术，盟好违损，惧左右不明本末，必并归咎，蒙耻没身，辱及执事，是以捐身于外，不敢反命。恐圣听秽恶其声，故中间不有笺敬，顾念宿遇，瞻望悢悢。然惟前后披露腹心，自从始初以至于终，实不藏情，有所不尽，但愚暗策薄，精诚不感，以致于此耳。今国事已危，祸害在速，虽捐放于外，言足憎尤，犹贪极所怀，以尽余忠。明将军本心，正之所知也，实为区区不欲失左将军之意，而卒至于是者，左右不达英雄从事之道，谓可违信黩誓，而以意气相致，日月相迁，趋求顺耳悦目，随阿遂指，不图远虑为国深计故也。事变既成，又不量强弱之势，以为左将军县远之众，粮谷无储，欲得以多击少，旷日相持。而从关至此，所历辄破，离宫别屯，日自零落。雒下虽有万兵，皆坏陈之卒，破军之将，若欲争一旦之战，则兵将势力，实不相当。若欲远期计粮者，今此营守已固，谷米已积，而明将军土地日削，百姓日困，敌对遂多，所供远旷。愚意计之，谓必先竭，将不复以持久也。空尔相守，犹不相堪，今张益德数万之众，已定巴东，入犍为界，分平资中、德阳，三道并侵，将何以御之？本为明将军计者，必谓此军县远无粮，馈运不及，兵少无继。今荆州道通，众数十倍，加孙车骑遣弟及李异、甘宁等为其后继。若争客主之势，以土地相胜者，今此全有巴东，广汉、犍为，过半已定，巴西一郡，复非明将军之有也。计益州所仰惟蜀，蜀亦破坏；三分亡二，吏民疲困，思为乱者十户而八；若敌远则百姓不能堪役，敌近则一旦易主矣。广汉诸县，是明比也。又鱼复与关头实为益州福祸之门，今二门悉开，坚城皆下，诸军并破，兵将俱尽，而敌家数道并进，已入心腹，坐守都、雒，存亡之势，昭然可见。斯乃大略，其外较耳，其余屈曲，难以辞极也。以正下愚，犹知此事不可复成，况明将军左右明智用谋之士，岂当不见此数哉？旦夕偷幸，求容取媚，不虑远图，莫肯尽心献良计耳。若事穷势迫，将各索生，求济门户，展转反覆，与今计异，不为明将军尽死难也。而尊门犹当受其忧。正虽获不忠之谤，然心自谓不负圣德，顾惟分义，实窃痛心。左将军从本举来，旧心依依，实无薄意。愚以为可图变化，以保尊门。"

（都持）[即时]遣妻弟费观总兵，前去守把绵竹关隘。

据《三国志·蜀书·杨戏传》附《季汉辅臣赞》：宾伯名观，江夏鄳人也。刘璋母，观之族姑，璋又以女妻观。观建安十八年参李严军，拒先主于绵竹，与严俱降。

观举保护军猛将同行，其人乃南阳人也，姓李名严，字正方。

据《三国志·蜀书·李严传》：李严字正方，南阳人也。

费观就点二万大兵，径来绵竹关守把。

据《资治通鉴》卷六十六：璋复遣护军南阳李严、江夏费观督绵竹诸军。（参见《三国志·蜀书·李严传》《先主传》）

益州太守董和字初宰，南郡枝江人也，

据《三国志·蜀书·董和传》：董和字幼宰，南郡枝江人也，其先本巴郡江州人。汉末，和率宗族西迁，益州牧刘璋以为牛鞞、江原长、成都令。……璋转和为巴东属国都尉。……还迁益州太守。

上言与璋，"宜往汉中求救。"[璋]曰："[张]鲁与吾家大仇，安肯相救？"和曰："虽云仇敌，刘备军在雒城，势已危急（而已），不（可）[得]不救。实是唇齿之邦，唇亡则齿寒也，陈说利害，必然领兵而来相救。"刘璋从之，修书遣使，前赴汉中。

建安十八年秋八月，马超自（收）[败]入羌胡，二载有余，结好羌兵，（放点）[攻占]陇西州郡，所到之处，尽皆归降，惟冀城攻打连月不下。刺史韦康等累遣人（文）[求]救于夏侯渊；[渊]未得曹操言语，未敢动兵，（接）[按]住在长安。韦康见救兵不至，与众商议："不如投拜马超。"参军杨阜字义山，号哭而谏曰："阜等率父子兄弟共守此城，有死无二！今奈何欲陷身于不（议）[义]乎？"康曰："不然。事已极矣，不降何待？"阜苦谏不从。韦康大开城门，投拜马超。超大怒曰："汝今事危请降，非真心也！"[将]韦康等四十余人尽皆斩之，老幼良贱尽皆不留。有人言："杨阜劝韦康休降，可斩之！"超曰："此人守义，不可斩之。"复用杨阜为参军。冀城军官梁宽、赵卫皆杨阜所保，超皆用之。

据《资治通鉴》卷六十六：初，魏公操追马超至安定，闻田银、苏伯反，引军还。参凉州军事杨阜言于操曰："超有信、布之勇，甚得羌胡心；若大军还，不设备，陇上诸郡非国家之有也。"操还，超果率羌胡击陇上诸郡县，郡县皆应之，惟冀城奉州郡以固守。超尽兼陇右之众，张鲁复遣大将杨昂助之，凡万余人，攻冀城，自（建安十八年）正月至八月，救兵不至。刺史韦康遣别驾阎温出，告急于夏侯渊，外围数重，温夜从水中潜出。明日，超兵见其迹，遣追获之。超载温诣城下，使告城中云："东方无救。"温向城大呼曰："大军不过三日至，勉之！"城中皆泣，称万岁。超虽怒，犹以攻城久不下，徐徐更诱温，冀其改意。温曰："事君有死无二，而卿乃欲令长者出不义之言乎！"超遂杀之。已而外救不至，韦康太守欲降。杨阜号哭谏曰："阜等率父兄子弟以义相励，有死无二，以为使君守此城。今奈何弃垂成之功，陷不义之名乎！"刺史、太守不听，开城门迎超。超入，遂杀刺史、太守，自称征西将军，领并州牧，督凉州军事。（参见《三国志·魏书·杨阜传》《武帝纪》,《三国志·蜀书·马超传》）

忽杨阜告曰："［吾］妻死于临洮地名。今（给）告两月假［限］，收葬其妻便回。"超从之。阜过历城，来见姜叙。叙与杨阜是姑表兄弟。姜叙乃受汉朝名爵抚军将军。叙母大贤，是阜之姑。阜因叙（来投）［不杀］马超，径来见姑。阜哭拜于地而言曰："守城不能完，主亡不能死，［有］何面目以立身于天下乎？马超叛父叛君，妄杀郡守。岂独杨阜一人，一州士大夫皆蒙其耻！今（李天竺）［吾兄坐］据历城而无讨贼之心，此赵（卫）［盾］所以书（杀）［弑］其君。"言罢涕泣流血。后人有诗云：

包胥向日哭秦庭，杨阜凄然动历兵。
欲报冤（双）［仇］双目血，千年万载仰高名。

叙母闻之，唤姜叙入，痛责之曰："韦使君遇害，亦汝之罪，岂独义山哉！"叙曰："吾意汝亦降［之］，见食其禄，故无心讨贼耳。"阜曰："吾从贼者，欲留残生与（三）［主］报仇也！"叙曰："马超英雄，急难图之。"阜曰："有勇无谋，容易图之。吾已暗约下（杨）［梁］宽、赵卫（必）［为］内应也。"叙母曰："汝不早图，更待何时？谁不有死？［死］于（中意）［忠义］，得其所也。勿以我为（爱）［念］；汝若不依义山之言，吾（勉）［先］死矣，以绝汝念！"［叙］乃便与统兵校尉尹奉、赵昂商议。元来赵昂有子赵目，见（根）［跟］马超为裨将。赵昂当日应允了，归见其妻王异，——异是小名，——异极贤。昂与妻曰："吾今日与姜叙、杨（叙）［阜］、尹奉一处商议，欲报主（人）［公］韦康之仇，早晚兴兵。吾想其子赵目见（根）［跟］马超，必被害矣，（自）［因］此迟疑未决。"其妻厉声应曰："雪［君］父之大耻，丧元不足为重，况一子哉？汝顾其子而不行，［吾］当先死矣！"赵昂乃决，

据《资治通鉴》卷六十六：会杨阜丧妻，就超求假以葬之。阜外兄天水姜叙为抚夷将军，拥兵屯历城。阜见叙及其母，歔欷悲甚。叙曰："何为乃尔？"阜曰："守城不能完，君亡不能死，亦何面目以视息于天下！马超背父叛君，虐杀州将，岂独阜之忧责，一州士大夫皆蒙其耻。君拥兵专制而无讨贼心，此赵盾所以书弑君也。超强而无义，多衅，易图耳。"叙母慨然曰："咄！伯奕，韦伯君遇难，亦汝之负，岂独义山哉！人谁不死，死于忠义，得其所也。但当速发，勿复顾我；我自为汝当之，不以余年累汝也。"叙乃与同郡赵昂、尹奉、武都李俊等合谋讨超，又使人至冀，结安定梁宽、南安赵衢使为内应。超取赵昂子月为质，昂谓妻异曰："吾谋如是，事必万全，当奈月何？"异厉

声应曰："雪君父之大耻，丧元不足为重，况一子哉！"（参见《三国志·魏书·杨阜传》及注引皇甫谧《列女传》）

按：《演义》称，杨阜对姜叙的母亲说："马超叛父叛君，妄杀郡守。岂独杨阜一人，一州士大夫皆蒙其耻！"后文中，杨阜、姜叙在冀城当面骂马超"背父反君"，姜叙之母也称马超"背父之逆子"，大将杨白劝谏张鲁说："马超父母妻子皆不顾恋，岂能爱他人乎？"《演义》这些段落，罗贯中未顾及前文，仍然照抄史书，造成了小说前后叙事的矛盾。在历史上，马腾被杀是因为马超起兵反曹，所以马超被指责为"背父"。但在小说中罗贯中已对历史事实作了重大改动，改成马腾遇害在先，马超起兵在后，马超起兵是为父报仇，那么"背父"的罪名就加不到马超头上。毛宗岗注意到了这一点。他在毛本中删去了对马超"背父"的指责。

次日一同起兵：姜叙、杨阜（取）[屯]历城，尹奉、赵昂屯祁山。异乃尽数收拾头面首（餙）[饰]，亲自来祁山赏劳军士，以（助）[励]其众。后人有诗赞曰：

赵氏妻王异，催夫报主仇。
丧身犹不重，灭子复何愁？
尽把金钗弃，亲将士卒酬。
三分贤达妇，万载姓名留。

马超听知姜叙、杨阜会合尹奉、赵昂用事大怒，即将赵目斩之；唤庞德、马岱尽起军[马]，杀奔历城来。姜叙、杨阜引军出城。[两]阵圆[处]，杨阜、姜叙各穿素袍而出，大骂"背父反君无仁义之贼！"马超大怒，冲杀过来，两军混战。姜叙、杨阜如何（迭）[敌]得马超？大败而走。马超纵马提枪追赶，背后喊[声大]起："尹奉、赵昂杀来！"超急回时，两下夹攻，首尾不能相顾。正（阙）[斗]间，刺（叙）[斜]里大队军马杀来，[却]是魏将夏侯渊（却有）[得]曹操钧（指）[旨]，正引兵来破马超。马超如何当得三路军马？大败奔回，三路[军马]赶来。

走了一夜，比及天明，已到冀城叫门，城上箭如雨下，超大惊。梁宽、赵卫（这两个将军）立在城上大骂马超，将马超妻杨氏从城门上一刀砍断，掷下首级来；将马超幼子三人并至亲十余口，都从城上一刀一个剁将下来。超气咽塞[胸]，几乎队马。

据《资治通鉴》卷六十六：（建安十八年）九月，阜与叙进兵，入卤城，昂、奉据祁山，以讨超。超闻之，大怒，赵衢因谲说超，使自出击之。超出，衢与梁宽闭冀城门，尽杀超妻子。（参见《三国志·魏书·杨阜传》及注引皇甫谧《列女传》，《三国志·魏书·夏侯渊传》，《三国志·蜀书·马超传》）

背后夏侯渊军到。超见势大，不敢当抵，与庞德、马岱杀开一条路走；前面撞见姜叙、杨阜，杀了一阵，冲得过去；又撞着尹奉、赵昂，又杀了一阵；零零落落剩得五六十骑，连夜奔逃，后军不赶来；四更前后走到历城，唤守城[者]开门。门将只道姜叙兵回，大开[城]门接入。[超]便从城门边杀起，尽（把）[洗]城中百姓；于姜叙宅[内]拿出老母，年八十二岁。叙母并无惧色，指马超大骂曰："汝背父之逆子、弑君之杰贼，天地岂容汝！（千万）[汝不]早死，敢将面目视人乎！"超大怒，自拔剑杀之。史官有诗赞曰：

贤哉姜叙母！劝子早兴兵。
取义如山重，捐躯似纸轻。

王陵亲可并，孟氏德重（并）[生]。

读此悲哀切，令人两泪倾。

马超杀尹奉、赵昂全家，昂妻王异在军中免难。

据《资治通鉴》卷六十六：超进退失据，乃袭历城，得叙母。叙母骂之曰："汝背父之逆子，杀君之桀贼，天地岂久容汝！而不早死，敢以面目视人乎！"超杀之，又杀赵昂之子月。（参见《三国志·魏书·杨阜传》及注引皇甫谧《列女传》，《三国志·蜀书·马超传》）

次日，夏侯渊大军至。马超弃城[杀]出，望西而走；

据《资治通鉴》卷六十六：魏公操使夏侯渊救冀，未到而冀败。渊去冀二百余里，超来逆战，渊军不利。氐王千万反应超，屯兴国，渊引军还。（参见《三国志·魏书·武帝纪》《夏侯渊传》）

行不[得]二十里，前面一军摆开，为头领兵杨阜。超切齿而恨，拍马挺枪刺之。阜宗族昆弟七人齐来助战。马岱、庞德敌住后军。阜兄弟七人皆被马超杀死；[阜]身中四枪，犹能死战。背后夏侯渊大军到，马超遂走，只有庞德、马岱五七骑后随而（走）[去]。

夏侯渊自行安抚（洮）[陇]西诸州人民，令姜叙等分守各处；用车载杨阜，送还许都见曹操。[操]封阜为关西侯。阜（答）[辞]曰："[阜]君存无捍难之功，君亡无死节之效，于义当死，于法当（退）[诛]。超尚不死，阜何颜受禄？"操曰："君与群贤共建大功，西土之人皆为美谈。子贡辞赏，仲（泥）[尼]谓之至善。君其剖心，以顺国命。"阜后仕于魏。

据《资治通鉴》卷六十六：杨阜与超战，身被五创。……操封讨超之功，侯者十一人，赐杨阜爵关内侯。（参见《三国志·魏书·杨阜传》）

却说马超与庞德、马岱来投张鲁。张鲁得超大喜，[欲]以女招超为（女胥）[婿]。大将杨白谏曰："马超父母妻子皆不顾恋，岂能爱他人乎？"于是张鲁遂罢其事。

据《资治通鉴》卷六十六：超兵败，遂南奔张鲁。鲁以超为都讲祭酒，欲妻之以女。或谓鲁曰："有人若此，不爱其亲，焉能爱人！"鲁乃止。

据《三国志·蜀书·马超传》注引《典略》：超复败于陇上。后奔汉中，张鲁以为都讲祭酒，欲妻之以女，或谏鲁曰："有人若此不爱其亲，焉能爱人？"鲁乃止。……后数从鲁求兵，欲北取凉州，鲁遣往，无利。又鲁将杨白等欲害其能，超遂从武都逃入氐中，转奔往蜀。是岁建安十九年也。

有人对马超曰："张将军本欲招汝为（胥）[婿]，被杨白阻之。"超心不喜，有杀杨白之意。杨白之兄杨松闻（知）[之]，

按：杨松其人，不见于史。

与弟商议远害全身之计。

正值刘璋遣使求救，张鲁不从。忽报刘璋又遣黄权到，先见杨松，说"东西两川实是唇齿之邦；若西川[一]破，东川亦难保矣。若（皆）[肯]相救，当割二十城相酬。"松大喜，（只）[即]引黄权来见张鲁，言唇齿利害，更以二十州相酬。鲁喜其利，从之。

(巳而)[巴西]阎(团)[圃]谏曰："刘璋与主公[有]积世之仇。他今事在(扣)[紧]急，诈言割州之事；事定，则反矣。不可从之!"忽阶下一人昂然而进曰："某虽外方，愿乞主公之师(坐)[生]擒刘备，务要割地以还!"其人是谁也?

[第一百二十九段]　葭萌关张飞战马超

张鲁持疑未决，马超挺身(上)[出]曰："超感主公之恩，无可上报，愿引一军(交)[攻]取葭萌关，截刘备之后，可生擒之。此时必要二十州还。主公心下如何?"张鲁大喜，先遣黄权从小路回，发兵二万与马超。

按:《演义》称，张鲁应刘璋请求，派马超攻打葭萌关，于史无据。

此时庞德卧病不痊，留于汉中。张鲁令杨白监军，超与弟马岱选日起程。

却说玄德军马在雒城，法正(又)[所差之人]回说："郑度劝刘璋尽烧野(殳)[谷]并各处仓廪，尽迁巴西、梓潼之民而避之于涪水以西，深沟高垒而不战。"孔明、玄德闻之大惊曰："诚用此言，吾势休矣!"法正笑曰："主公勿忧！此计虽毒，刘璋[必]不能用也。后人曰：'刘璋有言："吾闻拒敌以安民，未闻动(兵)[民]以避敌也。"'"玄德闻之，方始心宽。孔明曰："可速进兵以取绵竹。如得此处，成都易矣。"遂遣黄忠、魏延领兵前进。

费观听知玄德兵来，差李严出迎。严披挂(子)[了]，领三千兵出，各布阵圆。黄忠(上)[出]马与李严交战四五十合，胜败未分，孔明在阵中交鸣金收兵。黄忠入阵问曰："正待要擒李严，军师何故收军?"孔明曰："吾已见李严武艺，不可力取。来日再战，汝可诈败，引入山路，出奇兵胜之。"黄忠领计了。次日李严再引兵来，黄忠又出，斗不十数合诈败，引军便走。李严赶来，[黄忠]迤逦望山谷而走。李严猛省，急待回来，前面魏延引军摆开。孔明自在山头唤曰："公如不降，两下尽伏强弓硬弩，欲与吾庞士元报仇耳!"李严荒下马，卸甲投降，军士不曾伤害一人。孔明引见玄德，玄德厚待之。严曰："费观[虽]是刘益州[姻]亲，某与甚密，当往说之。"玄德即时命行。严入绵竹(乃)[城]，对费观言："玄德如此仁德，今若不降，必有大祸!"观从严之言，开门出降。

据《资治通鉴》卷六十六：璋复遣护军南阳李严、江夏费观督绵竹诸军，严、观亦率其众降于备。(参见《三国志·蜀书·李严传》《先主传》)

玄德遂入绵竹，商议分兵取成都。

按：刘备攻刘璋路线，据史书，应是先攻绵竹，后取雒城。《演义》为使诸葛亮提前入蜀，将庞统阵亡作为诸葛亮入蜀的原因，于是有意颠倒时空，写成攻雒城在先(庞统阵亡)，取绵竹在后，庞统之死也因此被提早了一年。

忽流星[马]急报，言"孟达、霍峻守葭萌关，今被东川张鲁遣马超将兵攻打甚急，救迟关必休矣!"玄德大惊。孔明曰："须是(取)张、赵二将方可敌超。"忽报张飞回在城外，玄德大喜。孔明曰："主公且勿言，容（诸葛）亮激（张飞）[之]。"张飞自外大叫[而]入，曰："辞了（歌歌）[哥哥]，便去战[马]超（去）也！"孔明故意佯不睹听，对玄德曰："今马超侵犯关益，无人可敌。除非往荆州取关云长[来]，方可与敌。"张飞曰："军师太小觑吾！[吾]曾独拒曹操百万之兵，岂愁马超（独）一匹夫乎！"孔明曰："张将军拒水断桥，此是曹操不知虚实也；若知（其）[虚]实，焉肯退步？马超[有]信、（步）[布]之（虎）[勇]，天（不）[下]皆知；（渭桥）[潼关]大战，杀得曹操剑割髭须，几乎丧命，非等闲之辈。汝换云长，（来）[未]必可胜。"飞曰："我[只]今便去，如胜不得马超，甘当军令！"孔明曰："既然肯与文书，[汝]便为先锋。请主公亲自去走一遭，诸将守绵竹。待子龙回，却作商议。"魏延曰："某亦愿往！"孔明交魏延带五百哨马先行，张飞第二，玄德押后，望葭萌关进发。

却说马超（未来）[引兵扣关]攻打，先使杨白来叫道："霍峻早早献关隘，我等重重（深）[保]举你！"霍峻在关上高声应曰："我头可断，关不可得！"杨白大怒，挑霍峻厮杀。

据《三国志·蜀书·霍峻传》：先主自葭萌南还袭刘璋，留峻守葭萌城。张鲁遣将杨帛诱峻，求共守城，峻曰："小人头可得，城不可得。"帛乃退去。

却好魏延哨马先到，便下关相持。杨白军退[十]里余。魏延出[马]，与杨白战，白败走。延[要]夺张飞头功，乘势赶去。前面一军摆开，为头猛将马岱。魏延只（怕）[道]是马超，舞刀跃马而进。与岱战不十数合，岱败走，延赶去，被岱回身一箭，射中魏延左臂，急回马走。岱赶至关前，一将声如雷震，从关上一骑马奔至面前，救了魏延。元来是张飞初到关上，听知关前厮杀，便来看时，正见魏延中箭。飞喝马岱曰："你是何人！（可）先通名姓，厮杀未迟。"马岱曰："吾乃西凉州马岱是也。"张飞曰："[你]元来不是马超，快回去，非吾之对手也。去交马超那厮来，道'燕人张翼德在此！'"马岱大怒曰："你敢小视我！"挺枪跃马，直取张飞。飞向前战不几合，马岱败走。张飞却待追赶，关上一骑马到来，叫"兄弟休去！"飞回顾时，元来却是玄德。飞不赶，同上关来。玄德曰："我恐怕你性操，先来到此。既然胜了马岱，且歇一宵，来日战马超未迟。"关上人马歇过一夜。

次日天明，关下鼓声大震，马超兵到。玄德在关上看时，见（闪）[门]旗影里，马超纵骑而出，手执长枪，狮（蛮战）[盔兽]带，银甲白袍，一身结束非凡，二者人才出众。玄德叹曰："人言'锦马超'，名不虚传也！"张飞便要上马，玄德急止之曰："兄弟且休出战！先当避其锐气。"飞曰："何足惧哉？"玄德当住。关下马超单搦张飞[出马]，飞（上马）在关上恨不得平吞了马超，三五番皆被玄德阻当。看看午后，玄德望见马超阵上人马皆倦，选四五百骑，（根）[跟]著张飞冲下关去。马超见张飞军到，把枪约退后手军将，离一箭之地。张飞军马一齐（把）[扎]住，关上将陆续下来。张飞便挺矛出马，大称姓名："认得燕人张翼德么！"马超曰："吾家累（做）[世]公侯，岂认[得]村野匹夫乎？"张飞大怒。两马齐出，二枪并举，约战百余合，不分胜败。玄德观之叹曰："真丈夫也！"恐张飞有失，急鸣金收军，两马并回。张飞回到阵中，（备换）[略歇]马匹，不用头盔，只裹巾上马，又出阵前搦（战）马超厮杀。超又出，两个不打话再战。玄德恐飞有失，自披挂下关，直到阵前，看张飞与马超又斗百余合，两个精神倍增。玄德交鸣金，二将（各）[分]开，各回本阵。天色已晚，玄德与张飞曰："马超英雄，不可敌也。且退上（阙）[关]，来日又战。"张飞杀得性起，那里肯休？大叫曰："誓死不回!”玄德曰:“今日天晚,不可战矣。”飞曰:“多点火把,排兵夜战。”军士暗暗叫苦未了,马超换了马匹,又出阵前大叫曰:“张飞,敢夜战么!”飞气起,问玄德换了坐下马,挺矛出阵前叫曰:“我捉你不得,誓不上关!”马超曰:“我杀不得你,亦不回寨!”两军纳喊,点[起]千百火把,照耀如同白日。两(军)[将]又出阵前混战。斗不二十合,马超拨马便走,张飞大叫“走那里去!”元来马超见赢不得张飞,心生一计,诈败佯输,赚张飞追赶,暗取铜锤在手,纽回身,觑张飞面前一锤打来。张飞见超走,心中也防,见锤来一闪,从耳朵边撇过去。张飞便勒回马走,马超却又赶来。张飞带住蛇矛,拈弓搭箭,回射马超,超却闪过。[二将]各自回阵。玄德自于阵前叫曰:“吾以仁义相待天下义士,不施谲诈。马孟起你收兵歇息,我不乘势赶你!”马超闻(知)[之],亲自断后,诸军渐退。玄德也收兵上关。

次日,张飞又欲下关战马超,人报诸葛军师到。玄德接入问之,孔明曰:“亮闻马孟起世之虎将,若与翼德死战,必有一伤,故令子龙、汉升守住绵竹,星夜而来。可用条小计,(全胜)[令]马超归降主公。”

按:《演义》称,马超在葭萌关大战张飞,后被诸葛亮设计收降,不见于史。

玄德曰:“吾见[马超]英雄,甚爱(暴)[慕]之。如何可得?”孔明曰:“亮闻东川张鲁尝欲自立为汉宁王,手下谋士杨松极贪贿赂。何不差人从小路径投汉中,先用金帛结好杨松,后进书与张鲁云:‘吾与刘璋(有事)[自争]西川,是与汝报仇,不可听信间谋之语。[事]定(封)[之后,保]汝为汉宁王。’”玄德喜,即差孙乾将书……

……见张鲁兄弟张(冲)[卫],亦(追)[进]送了礼物。二人引孙乾见张鲁,陈(君)[言]方便。鲁曰:“某闻刘玄德(他)只是左将军,如何保我为汉宁王?”杨松曰:“他是大汉皇叔,正合保奏。”张鲁喜曰:“既如此,差人便交马超回兵。”孙乾只在杨松家待回报。使回曰:“马孟起言未曾成功,未可退兵。”杨松又(劝)差人再去唤,又不肯回,一连三番不至。杨松曰:“此人(太)素无信行,不肯罢兵,其意必反。”鲁心疑之。松又对张(冲)[卫]曰:“马超欲夺西川,(有)[自]为蜀王,与父报仇,岂为汉中乎?”张(冲)[卫]将此言告知张鲁。鲁问计[于]杨松,松曰:“一面差人去对马超说:‘汝既要干功,限汝一月干三件功,功成有赏,无则必诛:一要取西川,二要刘璋头,三要退荆州兵。三件事不成,可献头来。’一面交张(冲)[卫]点军守把关隘,防马超变乱。”差人到马超寨中说之。超大惊曰:“如何[变]得恁地!”与马岱商议,不如(骂)[罢]兵。杨松又言:“马超回兵,必怀异心,不可放入。”张(冲)[卫]分七路军紧守关口,(若)[要]共马超厮杀。马超进退不得,无计可施。

孔明对玄德曰:“今马超在狐疑不决之际,亮凭三寸不烂之舌,亲往超寨,说超来降。公意如何?”

[第一百三十段]　刘玄(得)[德]平定益州

玄德曰:“孔明乃吾之心腹也,倘有疏虞,吾必亡矣!虽有良(某)[谋],吾不忍交去。”（烦）孔明坚（守绵竹）[意要行]，玄德再三拗住。正踌躇间，忽报子龙有书荐西川一人来降。玄德令入问之，其人乃建宁（令）[俞]元人也，姓李名恢，字德昂。玄（得）[德]曰：“向日闻公苦谏刘璋，今（用来）[何故]归降我？”恢曰：“吾闻‘良禽相木而（妻）[栖]，贤臣择主而佐。’前谏刘益州者，以尽臣下之心也。既不能用之，事必败矣。主公仁德布于今世，其必成也，故来归之。背暗投明，古人所贵，愿垂察焉！”玄德曰：“先生此来，必有益于刘备也。”恢曰：“今闻马超在进退[两难]之际。恢曾在陇西有一面[之]交，特来说超归降，若何？”孔明曰：“正欲得一人替吾一往，愿闻公之说词！”李恢于孔明耳畔诉说如此如此。

孔明大喜，即时遣李恢行；

> 据《三国志·蜀书·李恢传》：李恢字德昂，建宁俞元人也。……闻先主自葭萌还攻刘璋。恢知璋之必败，先主必成，乃托名郡使，北诣先主，遇于绵竹。先主嘉之，从至雒城，遣恢至汉中交好马超，超遂从命。

比及至超寨，先使人通名。马超曰：“吾知李恢平日好为说词，必来说我。”先唤二十（把）[个]刀斧手伏于帐外，“吾唤即（欲）[砍]为肉酱！”须臾，李恢昂然而入。马超端坐帐中不动，问李恢曰：“汝来为何？”恢曰：“特来作说客耳。”超曰：“吾匣中宝剑新磨。汝试说之，其言不通，便请试剑！”恢告曰：“将军之祸不远矣！但恐新磨之剑不能（锯）[试]吾之头，将欲自（锯）[试]矣！”超曰：“吾有何祸？”恢曰：“吾闻越之西子，善毁[者]不能（周）[闭]其美；齐之无（艳）[盐]，善誉[者]不能蔽其丑。修短者不能用其长，造恶者不能为其善。日中则（盈）[昃]，月满则亏，此天之常理也。今曹操与将军有杀父之仇，陇西有切齿之恨，前不能救刘璋而退（益）[荆]州之兵，后不能（刺）[制]杨松[而见]张鲁之面：四海难容，一身无主。若再复兴渭桥之败、冀城之失，[有]何面目见天下之丈夫乎？”超顿首谢曰：“公言极当！但超无路可行。”恢曰：“汝既[欲]听吾（过）论，帐外何必埋伏刀手？”超尽喝退。恢曰：“刘皇叔礼贤下士，吾知其必成王业，故舍刘璋而归之。公何不背暗投明，以图上报父母之仇，下立金石之德，可传万世之高（明）[名]也！”马超大喜，唤杨白入，[一剑]斩之，将头共恢一同上关，来降玄德。

玄德亲自迎接，待（为）[以]上宾之礼。超顿首曰：“今遇明公，乃拨云雾而见青天矣！”玄德大喜。（孔明）[孙乾]已回。玄德复命霍峻、孟达守关，便彻兵来取成都。子龙、黄忠接入绵竹。人报刘峻、马汉引一军到。子龙曰：“某未曾加尺寸之功，当擒此二将！”言罢飞身上马。[玄德在]城中管待马超[吃]酒；方[才]安席，子龙斩二将之头，献于筵前。超亦惊骇，倍加敬重。超曰：“不须主公军马厮杀。超自去唤（回）[出]刘璋令降；如不肯[降]，超自与弟马岱取成都，双手奉献。”玄德大喜，是日尽欢。

却说败兵回益州报刘璋，璋大惊，闭户不出。人忽报城北马超救兵到，璋方敢登城望之，见马超、马岱立于城下大叫：“请刘季玉打话！”刘璋在城上（闻知）[问之]，超在马上以鞭指之曰：“吾本领张鲁兵来救益州，谁想[张]鲁信听谗言，反欲害我。我今归降刘皇叔。汝可开门纳土投拜，免致生灵受苦；如或执迷，吾当先攻城矣！便宜回报。”马超说了，退军下寨。璋惊得脸如土色，跌倒于城上，众官（皆）救醒。

> 据《资治通鉴》卷六十七：马超知张鲁不足与计事，又鲁将杨昂等数害其能，超内怀于邑。备使建宁督邮李恢往说之，超遂从武都逃入氐中，密书请降于备。备使人止超，

而潜以兵资之。超到，令引军屯城北，城中震怖。（参见《三国志·蜀书·马超传》）

据《三国志·蜀书·马超传》注引《典略》：超……后数从鲁求兵，欲北取凉州，鲁遣往，无利。又鲁将杨白等欲害其能，超遂从武都逃入氐中，转奔往蜀。是岁建安十九年也。

璋曰："吾之不明，悔之不及！（若不）[不若]开门投降，以救满城百姓，如（之奈）何？"董和曰："城中尚有精兵三万余人，粮草支一年尚有余，（今）[军]民皆欲死战。愿主公勿忧也！"刘璋曰："吾父子在蜀中二十余年矣，（吾）[争]忍（得）以祸加百姓[乎]？（百姓）政战三年，[百姓]血肉填于野草，系我之罪故也，我心何安？不如投降，以安百姓。"群下闻之，无不下泪。一人进曰："主公之言，正合天意。"众视之，乃巴西充国人也，姓谯名周，字允南。此人颇闻晓天文。

据《三国志·蜀书·谯周传》：谯周字允南，巴西西充国人也。……颇晓天文，而不以留意；诸子文章非心所存，不悉遍视也。

璋问周，周曰："某夜观星象，见群星捧一大星（象）于蜀郡，其大星光如（暗）[皓]月，乃帝王之象也。更一载之前，小儿谣言：'若要吃（美熟）[新饭]，（煮）[须待新主]来。'此乃预兆也。不可以逆天理！"

按：谯周此时年仅十四岁，《演义》称他劝刘璋出降，不见于史。据史书记载，谯周在十年之后的蜀汉建兴元年（223）被诸葛亮任命为劝学从事，始进入仕途。

黄权、刘巴皆欲（欧）[砍]之，刘璋当住。人报蜀郡太守许靖（偷）[逾]城出降，

据《三国志·蜀书·法正传》：（建安）十九年，进围成都，璋蜀郡太守许靖将逾城降，事觉，不果。璋以危亡在近，故不诛靖。

璋乃哭归。成都之民尽皆伤感。

次日，人报"刘皇叔下幕宾简雍在城下唤门。"璋命开门接入。

据《三国志·蜀书·简雍传》：先主入益州，刘璋见雍，甚爱之。后先主围成都，遣雍往说璋，璋遂与雍同舆而载，出城归命。

雍坐车中，（端服）[傲睨]自（在）[若]。忽一人掣剑大喝曰："小辈微有得志，傍若无人。汝敢藐视吾蜀中人物耶！"雍听说，[荒]下车迎之。此人乃绵竹广汉人也，姓秦名宓，字子敕。

据《三国志·蜀书·秦宓传》：秦宓字子敕，广汉绵竹人也。

雍笑曰："不识贤兄，幸勿见责！"遂同入见璋，璋待为上宾。雍（帝）[席]间说玄（得）[德]宽仁爱士，"并无相轻害之心意。"一席话，刘璋大喜，留住一宿。

次日，刘璋赍印绶文籍，与简雍同车出城，投拜玄德。

据《资治通鉴》卷六十七：（建安十九年夏，）备围城数十日，使从事中郎涿郡简雍入说刘璋。时城中尚有精兵三万人，谷帛支一年，吏民咸欲死战。璋言："父子在州二十余年，无恩德以加百姓。百姓攻战三年，肌膏草野者，以璋故也，何心能安！"遂开城，与简雍同舆出降，群下莫不流涕。（参见《三国志·蜀书·刘璋传》《先主传》，《后汉书·刘焉传附刘璋传》）

玄德出寨迎接，握手流涕曰："非吾不［行］仁义，（余）［奈］势不得已也！"共入寨，交割印绶文籍，并马入成都。百姓香花灯烛，迎门而接。玄德到公厅升堂坐定，郡中诸官皆拜降于堂下，惟黄权、刘巴闭户不出。武官欲杀之，玄德荒传令曰："如有害此二人者，夷［其］三族！"因此，蜀中文武皆钦（依）［服］焉。玄德亲自登门，请此二人［出仕］。二人感玄德之恩，乃出。

据《资治通鉴》卷六十七：备攻成都，令军中曰："有害巴者，诛及三族。"及得巴，甚喜。是时益州郡县皆望风景附，独黄权闭城坚守，须璋稽服，乃降。（参见《三国志·蜀书·刘巴传》注引《零陵先贤传》，《三国志·蜀书·黄权传》）

孔明请曰："今西川平定，难容二主，可将刘璋送往荆州。"玄德曰："吾方得蜀郡，未可令季玉速去。"孔明曰："刘璋失基业［者］，皆因太弱也。主（人）［公］若以妇人之仁，恐此地难以长久。"玄德从之，设一大宴，请刘璋（刘璋）就归其府，［收拾］府中财物，佩（故）［领］振威将军印绶，（令）将妻子良贱尽赴（南郡）［公安］安歇，军马即目起程。

据《资治通鉴》卷六十七：备迁璋于公安，尽归其财物，佩振威将军印绶。（参见《三国志·蜀书·刘璋传》《后汉书·刘焉传附刘璋传》）

玄德自领益州牧；其服降文武尽皆重赏，定拟官爵名品：

严颜为前将军，

按：严颜为前将军，不见于史。此时刘备尚为左将军，严颜不可能与之同列。

董和为掌军中郎将，

据《三国志·蜀书·董和传》：先主定蜀，征和为掌军中郎将，与军师将军诸葛亮并署左将军大司马府事。

法正为蜀郡太守，

据《三国志·蜀书·法正传》：以正为蜀郡太守、扬武将军，外统都畿，内为谋主。

许靖为左将军［长史］，

据《三国志·蜀书·许靖传》：许靖字文休，汝南平舆人。少与从弟劭俱知名，并有人伦臧否之称，……后刘璋遂使使招靖，靖来入蜀。璋以靖为巴郡、广汉太守。……（建安）十九年，先主克蜀，以靖为左将军长史。

据《资治通鉴》卷六十七：初，刘璋以许靖为蜀郡太守。成都将溃，靖谋逾城降备，备以此薄靖，不用也。法正曰："天下有获虚誉而无其实者，许靖是也。然今主公始创大业，天下之人，不可户说，宜加敬重，以慰远近之望。"备乃礼而用之。（参见《三国志·蜀书·法正传》）

（长史宠）［庞］义为司马，

据《三国志·蜀书·刘璋传》：先主定蜀，（庞）羲为左将军司马。

按：庞义，史书中作庞羲，《演义》因"义"之繁体"義"与"羲"形近而误。

黄权为偏将军，

据《三国志·蜀书·黄权传》：先主假权偏将军。

刘巴为右将军（掾）；

据《三国志·蜀书·刘巴传》：刘巴字子初，零陵烝阳人也。……先主定益州，……诸葛孔明数称荐之，先主辟为左将军西曹掾。

按：左将军是刘备当时的官职。据史书，先主辟刘巴为左将军西曹掾。

其余将佐人众

吴懿、

据《三国志·蜀书·杨戏传》附《季汉辅臣赞》：先主定益州，以壹为护军讨逆将军，纳壹妹为夫人。

费观、

据《三国志·蜀书·杨戏传》附《季汉辅臣赞》：宾伯名观，江夏鄳人也。刘璋母，观之族姑，璋又以女妻观。观建安十八年参李严军，拒先主于绵竹，与严俱降，先主既定益州，拜为裨将军，后为巴郡太守、江州都督，建兴元年封都亭侯，加振威将军。

彭（药）[羕]、

据《三国志·蜀书·彭羕传》：成都既定，先主领益州牧，拔羕为治中从事。

卓膺、李严、

据《三国志·蜀书·李严传》：成都既定，为犍为太守、兴业将军。

吴兰、
雷同、李恢、

据《三国志·蜀书·李恢传》：成都既定，先主领益州牧，以恢为功曹书佐主簿。

张冀、

据《三国志·蜀书·张翼传》：张翼字伯恭，犍为武阳人也。……先主定益州，领牧，翼为书佐。

秦宓、

据《三国志·蜀书·秦宓传》：秦宓字子敕，广汉绵竹人也。……先主既定益州，广汉太守夏侯纂请宓为师友祭酒，领五官掾，称曰仲父。……益州辟宓为从事祭酒。

谯周、（吴七）[吕乂]、

据《三国志·蜀书·吕乂传》：吕乂字季阳，南阳人也。……初，先主定益州，置盐府校尉，较盐铁之利，后校尉王连请乂及南阳杜祺、南乡刘干等并为典曹都尉。乂迁新都、绵竹令，……迁巴西太守。

按：吕义，史书中作吕乂，《演义》因“乂”“义”形近而误。

霍（旻）[峻]、

据《三国志·蜀书·霍峻传》：先主定蜀，嘉峻之功，乃分广汉为梓潼郡，以峻为梓潼太守、裨将军。

邓芝、

据《三国志·蜀书·邓芝传》：邓芝字伯苗，义阳新野人，……先主定益州，芝为郫邸阁督。先主出至郫，与语，大奇之，擢为郫令，迁广汉太守。所在清严有治绩，入为尚书。

杨（供）[洪]、

据《三国志·蜀书·杨洪传》：杨洪字季休，犍为武阳人也。刘璋时历部诸郡。先主定蜀，太守李严命为功曹。

费（约）[诗]、

据《三国志·蜀书·费诗传》：费诗字公举，犍为南安人也。刘璋时为绵竹令，先主攻绵竹时，诗先举城降。成都既定，先主领益州牧，以诗为督军从事，出为牂牁太守，还为州前部司马。

周群、

据《三国志·蜀书·周群传》：周群字仲直，巴西阆中人也。……先主定蜀，署儒林校尉。

费祎，

蜀中降将、文武官六十余人并皆委用。

诸葛亮为军师将军，

据《三国志·蜀书·诸葛亮传》：成都平，以亮为军师将军，署左将军府事。先主外出，亮常镇守成都，足食足兵。

马超为平西将军，

据《三国志·蜀书·马超传》：以超为平西将军，督临沮，因为前都亭侯。

关羽为荡寇将军，

据《三国志·蜀书·关羽传》：先主收江南诸郡，乃封拜元勋，以羽为襄阳太守、荡寇将军，驻江北。先主西定益州，拜羽董督荆州事。

张飞为征虏将军，

据《三国志·蜀书·张飞传》：先主既定江南，以飞为宜都太守、征虏将军，封新亭侯，后转在南郡。……益州既平，……以飞领巴西太守。

其余（人旧）[旧人]将佐

孙乾、

据《三国志·蜀书·孙乾传》：先主定益州，乾自从事中郎为秉忠将军，见礼次麋竺，与简雍同等。

麋竺、

据《三国志·蜀书·麋竺传》：益州既平，拜为安汉将军，班在军师将军之右。

麋芳、

据《三国志·蜀书·杨戏传》附《季汉辅臣赞》：麋芳字子方，东海人也，为南郡太守。

简雍、

据《三国志·蜀书·简雍传》：先主拜雍为昭德将军。

伊籍、

据《三国志·蜀书·伊籍传》：伊籍字机伯，山阳人。少依邑人镇南将军刘表。先主之在荆州，籍常往来自托。表卒，遂随先主南渡江，从入益州。益州既定，以籍为左将军从事中郎，见待亚于简雍、孙乾等。

马良、

据《三国志·蜀书·马良传》：先主辟良为左将军掾。

马谡、

据《三国志·蜀书·马良传附弟谡传》：良弟谡，字幼常，以荆州从事随先主入蜀，除绵竹成都令、越嶲太守。

廖化、蒋琬、

据《三国志·蜀书·蒋琬传》：蒋琬字公琰，零陵湘乡人也。……琬以州书佐随先主入蜀，除广都长。……顷之，为什邡令。

刘封、

据《三国志·蜀书·刘封传》：及先主入蜀，自葭萌还攻刘璋，时封年二十余，有武艺，气力过人，将兵俱与诸葛亮、张飞等溯流西上，所在战克。益州既定，以封为副军中郎将。

关平

及旧日一班儿荆、襄（之）文武官员［并］皆重用。遣使送黄金五百斤、白银一千斤、钱五十万串、蜀锦一千匹与云长；诸葛亮、法正、张飞依次而赠；以下各各分等颁赐。

据《三国志·蜀书·张飞传》：益州既平，赐诸葛亮、法正、飞及关羽金各五百斤，银千斤，钱五千万，锦千匹，其余颁赐各有差。

杀羊宰马，大（亨）［享］士卒；开仓赈济百姓，民心大悦。

据《资治通鉴》卷六十七：备入成都，置酒，大飨士卒。取蜀城中金银，分赐将士，还其谷帛。备领益州牧，以军师中郎将诸葛亮为军师将军，益州太守南郡董和为掌军中郎将，并署左将军府事，偏将军马超为平西将军，军议校尉法正为蜀郡太守、扬武将军，裨将军南阳黄忠为讨虏将军，从事中郎麋竺为安汉将军，简雍为昭德将军，北海孙乾为秉忠将军，广汉长黄权为偏将军，汝南许靖为左将军长史，庞羲为司马，李严为犍为太守，费观为巴郡太守，山阳伊籍为从事中郎，零陵刘巴为西曹掾，广汉彭羕为益州治中从事。初，董和在郡，清俭公直，为民夷所爱信，蜀中推为循吏，故备举而用之。……于是董和、黄权、李严等，本璋之所授用也；吴懿、费观等，璋之婚亲也；彭羕，璋之所摈弃也；刘巴，宿昔之所忌恨也；备皆处之显任，尽其器能，有志之士，无不竞劝，益州之民，是以大和。

据《三国志·蜀书·先主传》：蜀中殷盛丰乐，先主置酒大飨士卒，取蜀城中金银分赐将士，还其谷帛。先主复领益州牧，诸葛亮为股肱，法正为谋主，关羽、张飞、马超为爪牙，许靖、麋竺、简雍为宾友。及董和、黄权、李严等本璋之所授用也，吴壹、费观等又璋之婚亲也，彭羕又璋之所排摈也，刘巴者宿昔之所忌恨也，皆处之显任，尽其器能。有志之士，无不竞劝。

玄德欲将成都有名田宅分赐诸官，赵云谏曰："昔者霍去病以匈奴未灭，将士安用为家？何况今日国贼未除，不可求安也。须待天下都定，然后各还乡里，归耕本土，乃其宜耳。益州人民（初）［累］遭兵火，田宅皆［空。今］可归还百姓，令其归业，方可令出赋役，自然欢心。不宜夺之为私恩也。"玄德闻之大喜，

据《资治通鉴》卷六十七：时议者欲以成都名田宅分赐诸将。赵云曰："霍去病以匈奴未灭，无用家为。今国贼非但匈奴，未可求安也。须天下都定，各反桑梓，归耕本土，乃其宜耳。益州人民，初罹兵革，田宅皆可归还，令安居复业，然后可役调，得其欢心，不宜夺之以私所爱也。"备从之。（参见《三国志·蜀书·赵云传》注引《云别传》）

使诸葛军师定拟刑法。孔明颇重其刑。法正曰："昔高祖约法三章，（秦）［黎］民皆感其德。愿军师宽［刑］省法，以慰民望！"孔明曰："君知其一，不知其二。昔秦朝用（人）商鞅酷法，万民皆怨，匹夫大呼，天下土崩。高祖宽仁，可以弘济。今刘璋暗弱，自其父以来有累世之恩，文法陵替，互相承奉，德政不举，威刑不肃，君臣之道尽废矣。凡人宠之以位，［位］极则贱；（烦）［顺］之以恩，（令则竭）［恩竭则慢］：以致丧国，实由于此。吾今威之以法，法行则知恩；限之以爵，爵加则知荣。荣恩并济，上下有节，为治之道于斯明矣。凡为政者，要识时务也！"法正拜伏。

据《资治通鉴》卷六十七：诸葛亮佐备治蜀，颇尚严峻，人多怨叹者。法正谓亮曰："昔高祖入关，约法三章，秦民知德。今君假借威力，跨据一州，初有其国，未垂惠抚；且客主之义，宜相降下，愿缓刑弛禁以慰其望。"亮曰："君知其一，未知其二。秦以无道，政苛民怨，匹夫大呼，天下土崩；高祖因之，可以弘济。刘璋暗弱，自焉已来有累世之恩，文法羁縻，互相承奉，德政不举，威刑不肃。蜀土人士，专权自恣，君臣之道，渐以陵替。宠之以位，位极则贱；顺之以恩，恩竭则慢。所以致敝，实由于此。吾今威之以法，法行则知恩；限之以爵，爵加则知荣。荣恩并济，上下有节，为治之要，于斯而著矣。"

据《三国志·蜀书·诸葛亮传》注引《蜀记》：晋初扶风王骏镇关中，司马高平刘宝、长史荥阳桓隰诸官属士大夫共论诸葛亮，于时谭者多讥亮托身非所，劳困蜀民，力小谋大，不能度德量力。金城郭冲以为亮权智英略，有逾管、晏，功业未济，论者惑焉，条亮五事隐没不闻于世者，宝等亦不能复难。扶风王慨然善冲之言。　　臣松之以为亮之异美，诚所愿闻，然冲之所说，实皆可疑，谨随事难之如左：其一事曰：亮刑法峻急，刻剥百姓，自君子小人咸怀怨叹，法正谏曰："昔高祖入关，约法三章，秦民知德，今君假借威力，跨据一州，初有其国，未垂惠抚；且客主之义，宜相降下，愿缓刑弛禁，以慰其望。"亮答曰："君知其一，未知其二。秦以无道，政苛民怨，匹夫大呼，天下土

崩，高祖因之，可以弘济。刘璋暗弱，自焉已来有累世之恩，文法羁縻，互相承奉，德政不举，威刑不肃。蜀土人士，专权自恣，君臣之道，渐以陵替；宠之以位，位极则贱，顺之以恩，恩竭则慢。所以致弊，实由于此。吾今威之以法，法行则知恩，限之以爵，爵加则知荣；荣恩并济，上下有节。为治之要，于斯而著。”难曰：案法正在刘主前死，今称法正谏，则刘主在也。诸葛职为股肱，事归元首，刘主之世，亮又未领益州，庆赏刑政，不出于己。寻冲所述亮答，专自有其能，有违人臣自处之宜。以亮谦顺之体，殆必不然。又云亮刑法峻急，刻剥百姓，未闻善政以刻剥为称。

自此军民安（恩）[堵]。四十一州地面分兵按察，悉皆平宁。

当日，玄德与孔明在堂上坐，忽报关平来谢金银之事，拜罢了，呈上谢状。玄德赐酒与关平，问“云长别有甚言语？”平曰：“父亲知马孟起武艺过人，要入川来与孟起比试高低，交儿禀伯父此事。”玄德惊曰：“若云长入蜀，与孟起势不两立！”孔明笑曰：“无妨，亮自修书回之。”玄德只恐云长性急，便叫孔明作书，发付关平，星夜回荆州来见云长。

[云长]迎头先问曰：“我今欲与[马]超比试，汝曾说来？”[平]答曰：“军师有书在此。”云长拆开看之，书曰：

亮闻将军欲与马孟起分别高下。以亮度之，孟起兼资文武，雄烈过人，世之杰士，黥布、彭越之徒，当与翼德并驱争锋，犹未及美髯公[之]绝伦超群也。亮顿首，建安十九年秋九月　　日书。

云长看毕，自绰其须，笑曰：“孔明其知我（耶）[也]!”将书遍示宾客，遂无入蜀之意。

据《三国志·蜀书·关羽传》：羽闻马超来降，旧非故人，羽书与诸葛亮，问超人才可谁比类。亮知羽护前，乃答之曰：“孟起兼资文武，雄烈过人，一世之杰，黥、彭之徒，当与益德并驱争先，犹未及髯之绝伦逸群也。”羽美须髯，故亮谓之髯。羽省书大悦，以示宾客。

却说东吴孙权知玄德并吞西川，将刘璋逐于公安，遂与张昭、顾雍商议。权曰：“当初刘备借我荆州时，言取了西川便还。今次已得巴、蜀四十一州，须用取索汉上诸郡；如其不还，即当伐之!”张昭曰：“吴中方宁，不可动兵。昭有一计，使刘备便将荆州纳还主公也。”孙权问计。若何?

[第一百三十一段]　关云长单刀会

张昭曰：“刘备所倚仗者，诸葛亮也，其（亮）兄在于斯。何不将诸葛瑾老少执下，使（人）[瑾]入川中对其弟说之，令刘备交割荆州，‘如其不还，必累老小!’此二人一父母所生，必然允听。”权曰：“诸葛瑾诚实君子，吾素知之，安忍拘禁老小乎？”昭曰：“明教知是计策，自然放心。”权召诸葛瑾入，说其计。瑾曰：“无功报主，万死不辞!”[孙权]遂（明）将诸葛瑾老小虚监在官府；即时修书，发送诸葛瑾望西川进发，不一日已到成都，先使人报知玄德。

［玄德］问孔明曰："令兄此来（如）［为］何？"孔明曰："乃取荆州之计也。"玄德曰："何以答之？"孔明曰如此如此。分付已定，孔明自出［郭］迎接诸葛瑾，不到私宅，径入宾馆。参拜了，瑾放声大哭，孔明曰："兄长有何事（？有何事）但言，何用发哀？"瑾曰："一家老小休矣！"孔明曰："莫非为不还荆州，因亮之故，执下兄长老小？兄长休忧，弟自使曲说，送还荆州便了。"瑾大喜，即（暗）［时］引见玄德，呈上吴侯书。玄德拆开看了，"原来吴侯要取荆州。本是要还，奈何我夫人（替）［潜］地取去。彼既情（溥）［薄］，我有何面目［乎］？如要（斯）［厮］杀，尽起兵来！当日在荆州尚不惧汝分毫，何（兄）［况］吾今日有西川，带甲数十万众，（根）［粮］可支二十年不竭。吾欲下汝［江］南，（后）［汝君尚复］取荆州［乎］？"孔明哭拜于地曰："今吴侯执下亮兄老小，如不（远）［还］时，必连（吴）［吾］兄诛矣！兄死，亮岂［能］独生？望主公怜之！"玄德再三根曰："今看军师（兄弟）面皮，分［荆州］一半还与，先将长沙、零陵、桂阳三郡相与。吾写书与关云长，［令］交割三郡城池。子瑜到彼，善言求之。吾弟性如烈火，吾尚惧之，事宜谨细！"瑾求了书，辞［别］玄德、（别）孔明，登途（路）径到荆州，来见云长。

云长请（于）［入］中堂，宾主相（款）［叙］。瑾出呈玄德书，曰："望将军先交三郡，令瑾好回吴中见主。"云长变色曰："吾与俺兄长桃园结义之时，誓同生死、（享）［共］富贵。既以荆州与我，复令东吴取之，此何（礼）［理］也？这几郡吾欲养老，勿得望以寸土与（之）［人］！"瑾曰："今吴侯执（吴）［吾］老小，不然必诛矣！"云长曰："此是吴侯诡（注）［诈］，如何瞒得我过？"瑾曰："将军今日何无面目？"云长执剑在手曰："子瑜，你休再多言，此剑更无面目！"关平荒跪告［曰］："军师面上不好（者）［看］，望父亲息怒！"云长曰："不（有）［看］孔明面皮，交你回不得东吴！"诸葛瑾满面羞惭，急［荒］下船，再望西川来见孔明，孔明已自（他）出［巡去了］。瑾只得来见玄德，哭告云长欲杀之事。玄德曰："吾弟性执，急难说之。子瑜可暂回，（令）［容］吾商议。待取东川，得了汉中诸郡，却调云长守之，那时却交付［荆州］。"

据《资治通鉴》卷六十七：备已得益州，权令中司马诸葛瑾从备求荆州诸郡。备不许，曰："吾方图凉州，凉州定，乃尽以荆州相与耳。"（参见《三国志·吴书·吴主传》）

据《三国志·吴书·鲁肃传》：备既定益州，权求长沙、零、桂，备不承旨。

瑾求（尽）［书］归吴，到秣陵来见吴侯，说"云长阻住，不肯付还。再入成都见玄德，玄德回言'待取了东川，那时却问云长换还。'"权大怒曰："备借吾地土，（昏）［混］赖不还，如虚望之，俄延岁月！既刘备［有］分三郡之言，便使（交）［官吏去］长沙、零陵、桂阳三郡（官吏之）［赴］任，且看如何。"诸葛瑾自取老小归家。

却说三郡收管官吏尽被逐回，告吴侯曰："关云长不肯相容，俱各赶逐回吴，迟缓者必遭诛戮！"

据《三国志·吴书·鲁肃传》：权遣吕蒙率众进取。备闻，自还公安，遣羽争三郡。

据《资治通鉴》卷六十七：权曰："此假而不反，乃欲以虚辞引岁也。"遂置长沙、零陵、桂阳三郡长吏。关羽尽逐之。权大怒，遣吕蒙督兵二万以取三郡。蒙移书长沙、桂阳，皆望风归服，惟零陵太守郝普城守不降。刘备闻之，自蜀亲至公安，遣关羽争三郡。孙权进住陆口，为诸军节度；使鲁肃将万人屯益阳以拒羽；飞书召吕蒙，使舍零陵急还助肃。蒙得书，秘之，夜，召诸将授以方略；晨，当攻零陵，顾谓郝普故人南阳邓玄之曰："郝子太闻世间有忠义事，亦欲为之，而不知时也。今左将军在汉中为夏侯渊所围；关羽在南郡，至尊身自临之。彼方首尾倒县，救死不给，岂有余力复营此哉！今吾计力度虑而以攻此，曾不移日而城必破，城破之后，身死，何益于事，而令百岁老母戴白受诛，岂不痛哉！度此家不得外问，谓援可恃，故至于此耳。君可见之，为陈祸福。"玄之见普，具宣蒙意，普惧而出降。蒙迎，执其手与俱下船，语毕，出书示之，因拊手大笑。普见书，知备在公安而羽在益阳，惭恨入地。蒙留孙河，委以后事，即日引军赴益阳。(参见《三国志·吴书·吕蒙传》《吴主传》)

孙权差人唤鲁肃，责之曰："汝当初作保，借吾荆州。今刘备已得西川，不肯付还，此何（礼）[理]也？"肃曰："肃今有计，欲屯兵于（六合）[陆口]地名，使人请关公赴会。如肯来，以善言说之；倘不从，伏下刀斧手杀之。如不肯来，随即起兵问罪，（上）[与]决胜败，夺取荆州！此计商议已久，今特告知主公。"

按：《演义》称，孙权因向刘备索取荆州未成，责怪鲁肃，鲁肃无奈，遂定计约关羽会谈，欲借机杀害关羽夺取荆州。此说与史不合。据史书记载，此时孙权已派吕蒙夺取了长沙、零陵和桂阳三郡，并亲自进住陆口指挥；刘备也率军五万由成都赶到公安，双方剑拔弩张。鲁肃此时在益阳约关羽会谈，是为了阻止关羽夺回三郡；通过会谈，鲁肃防止了关羽向东吴开战。由于曹操西征张鲁，刘备获悉后担心益州有失，遂向孙权求和，以湘水为界中分荆州。

孙权曰："正合吾意！可即行之。"阶下一人进曰："不可！云长乃熊虎之将，非等闲可及。恐事不谐，反遭其害！"进言者，乃阚泽也。孙权怒曰："若如此，荆州何日可得！便速行之。"

鲁肃遂拜辞吴侯，移兵屯于（六）[陆]口，[召]吕蒙、甘宁商议，设会于（六）[陆]口寨外临江亭上；修下请书，选帐前能言快语者一人为使，登船渡江。江口关平问了，引入荆州见云长。云长拆书视之，书曰：

辱友鲁肃端拜致书于汉寿亭侯麾下：奉别久矣，瞻仰无由。今督兵屯于（六）[陆]口，欲邀车骑于临江亭一会，以诉渴仰之怀！虽然各事其主，[却]无异外之心，专望来临，幸勿见阻！

据《资治通鉴》卷六十七：鲁肃欲与关羽会语，诸将疑恐有变，议不可往。肃曰："今日之事，宜相开譬。刘备负国，是非未决，羽亦何敢重欲干命！"乃邀羽相见，各驻兵马百步上，但诸将军单刀俱会。(参见《三国志·吴书·鲁肃传》注引《吴书》)

据《三国志·吴书·鲁肃传》：肃住益阳，与羽相拒。肃邀羽相见，各驻兵马百步上，但请将军单刀俱会。

云长看毕，与来人说："既子敬相请，来日单刀赴会。汝先报之。"使者拜辞先回。

关平曰："鲁肃相邀，必有恶意。父亲何故许之？"云长笑曰："吾岂不知也？此是诸葛瑾回报孙权，说吾当住，[不还]荆州，故责鲁肃。[肃]乃屯兵（六）[陆]口，相邀赴会，索我荆州。吾若不去，道吾怯耳。吾来日驾小舟，[只]用亲随（只）十余人，单刀赴会，看肃相见如何近我。"平又谏曰："父亲不可以万金之躯，亲蹈虎狼之穴，非所以重伯父之（城池）[寄托]也！"云长曰："吾于千枪万剑之中，矢石交攻之际，匹马纵横，如入无人之境，岂忧江东（群）鼠辈[群]贼哉！"马良闻之亦谏曰："鲁肃虽有长者之风，于中事急，不容不生狼心耳。将军不可轻往，恐悔之不及！”云长曰：“昔春秋时，赵国蔺相如手无缚鸡之力，为渑池会上视秦国君臣且如无物，何况吾曾学‘万人之敌’？既以辞许，不去失信。”良曰：“纵将军去，亦宜准备。”云长曰：“只要吾儿关平驾快船（一）[十]只，藏水军五百余，[于]江上等候；看吾认旗动处，(交)便过江来。”平领命了。

却说使（来）[者]回报鲁肃，说云长慨然应允，“来早准到。”肃与吕蒙商议：“此来若何？”蒙曰：“必然带将军马来也。若有人马到，某与甘兴霸各领一军，伏于岸侧，放炮为号，准备厮杀；如无军来，于亭后埋伏刀斧手五十人，就筵间杀之。”计会已定。

次日，鲁肃清早（辰）于岸口遥望；辰牌已后，见江面上一只船（来）似箭[而来]，梢[公]水[手]只十数个人，一面红旗风中飐飐，显出雪白一个大“关”字来；船渐近岸，见云长[头包]青（包）巾，坐于船中，傍边周仓捧着那把大刀，八九个关西大汉各跨腰刀一口。

按：《演义》称，鲁肃在陆口临江亭设下伏兵等待关羽，关羽乘船过江前来会见鲁肃，此情节与史不合。据史书记载，双方在益阳相拒，是鲁肃主动前往关羽的驻地与关羽会谈。会谈的地点，是在双方军队对峙的中间地带。所谓的“单刀”，是指双方将领所带的随身佩刀，并非关羽一人所持的长柄大刀。

鲁肃惊疑不定，迎接上岸，共叙闲话，邀入[临]江亭上，分宾主坐定。众皆远立，惟有周仓捧刀立于其侧。肃举杯相劝，不敢仰视，云长谈笑自若。酒至半酣，肃曰：“(直)[有一]言欲诉与君侯，幸乞听察！昔日令兄使肃于吴侯之前以通往来，借其荆州，至今并无付还之意，其心莫非失信乎？”云长曰：“此国家之事，筵间不必论之。”肃曰：“国家区区[江东]，本将地土相（昔）[借者]，与君侯等军败远来，无以（如）[为]资故也。今（巴）[已]得益州，(又)[既]无奉还之意，但交割三郡，又不从命，此君侯之失信于天下也！君侯幼读儒书，五常之道，仁、义、礼、智（兼）[皆]全，惟欠信耳！”

据《三国志·吴书·鲁肃传》：肃因责数羽曰：“国家区区本以土地借卿家者，卿家军败远来，无以为资故也。今已得益州，既无奉还之意，但求三郡，又不从命。”

云长曰：“乌林之下，左将军亲冒矢石，戮力破敌，岂得徒劳而无一块[地]土相资？而（来）足下欲来收地耶？”肃曰：“不然！君侯始与豫州困于长坂，豫州之众十不当一，计穷虑极而欲远窜。吾主上矜愍豫州身无处所，不爱地土士民之力，以济其患，而豫州私（欲）[独]饰情，(傲)[愆]德堕（奸）[好]。今已籍[手于]西川，又欲僭并荆土，斯盖凡夫所不忍行，而况出类人物之主乎？肃闻贪而背义，必为祸阶。愿君侯明以处之！”云长曰：“此皆吾兄左将军之事，非某所宜预也。”肃曰：“某闻昔日桃园结义，誓同生死，左将军即君侯也，何故推托乎？”云长无可答之。

据《资治通鉴》卷六十七：肃因责数羽以不返三郡，羽曰：“乌林之役，左将军身在行间，戮力破敌，岂得徒劳，无一块土，而足下来欲收地邪！”肃曰：“不然。始与豫州觐于长阪，豫州之众不当一校，计穷虑极，志势摧弱，图欲远窜，望不及此。主上矜愍豫州之身无有处所，不爱土地士民之力，使有所庇荫以济其患；而豫州私独饰情，愆德堕好。今已藉手于西州矣，又欲翦并荆州之土，斯盖凡夫所不忍行，而况整领人物之主乎！”羽无以答。(参见《三国志·吴书·鲁肃传》注引《吴书》)

周仓厉声而言曰："夫土地者，惟有德者居之，岂但东吴可得之耶！"云长变色，夺周仓所捧大刀在于手中，曰："此乃国家之事（故）。汝是何人，敢［多］言语！"以目视仓。

据《三国志·吴书·鲁肃传》：语未究竟，坐有一人曰："夫土地者，惟德所在耳，何常之有！"肃厉声呵之，辞色甚切。羽操刀起谓曰："此自国家事，是人何知！"目使之去。

仓会［其］意，先来岸上，把红旗一招。关平船如箭发，奔过江东。云长左手提刀，右手携住鲁肃手，佯推醉曰："足下请吾赴会，非问是非；醉后不堪回答，恐伤故旧之情。他日却令人请足下到荆州赴会。"（同到舟中。）鲁肃魂不附体，被云长将至江边。吕蒙、甘宁见对江又（无）［有］船来，二将各引本部军出，一齐要杀云长。未知如何。

［第一百三十二段］　曹操杖杀伏皇后

吕蒙、甘宁见云长手提大刀，亲握鲁肃，恐被所伤，不敢动手。云长到船边，却（不）［才］放手，早立于船上，与鲁肃作别。肃见了如痴呆，船已乘风而去。后来宋贤读史，见单刀会事，作诗以赞之，诗曰：

藐视吴侯若小儿，单刀赴会敢平欺。
当年一鼓英雄气，犹胜相（逢）［如］在渑池。

又叹曰：

东吴赴会，单刀往还。
足摇地轴，手撼天关。
鸿门小可，渑池等闲。
关公之势，威镇江山！

云长自回荆州。

据《资治通鉴》卷六十七：会闻魏公操将攻汉中，刘备惧失益州，使使求和于权。权令诸葛瑾报命，更寻盟好。遂分荆州，以湘水为界：长沙、江夏、桂阳以东属权，南郡、零陵、武陵以西属备。（参见《三国志·吴书·吴主传》《鲁肃传》）

鲁肃与吕蒙（去）［共］议："此事不成，如之奈何？"蒙曰："（一面）［即目］申报吴侯，起兵与云长一战，有何不可？"肃即使人申报孙权。权大怒，商议起倾国之兵，来取荆州。忽报"曹操又起三十万大军来也。"权曰："且交鲁肃休惹荆州，移兵合肥、（须濡）［濡须］，以拒曹操。"

却说曹操（临）［将］欲起程南征，参军傅干字颜材，北地人也，

据《三国志·魏书·武帝纪》注引《九州春秋》：干字彦材，北地人，终于丞相仓曹属。

拦马上书以谏操曰：

干伏闻：治天下之大，其道有二，文与武也。用武则先威，用文则先德。威德足以相济，而后王道备矣。往者天下大乱，上下失序，明公用武攘之，十平其九。

今未禀王命［者］，吴与蜀也。吴有长江之险，蜀有重山之阻，难以威（德）［胜，易］以（缓）［德］怀。愚意且按甲寝兵，恤军养士，分土定封［，论功］行赏。若此则内外之心固，有功者［劝］，而天下知制矣。然后渐兴学校，以（遵）［导］其善［性］而长其义节。（文伸）［公神］武镇……长江之（渎）［滨］，若贼负固深藏，［则］士马不能逞其［能］，奇意无所用其权，则大威所至而敌心（束手）［未能］服矣。惟明公思（虑）［虞］、舜［舞］干戚之义，全威养德，以道制胜，则国家之万幸也！愿钧鉴焉！

曹操览之，遂罢南征，

据《三国志·魏书·武帝纪》注引《九州春秋》：参军傅干谏曰："治天下之大具有二，文与武也；用武则先威，用文则先德，威德足以相济，而后王道备矣。往者天下大乱，上下失序，明公用武攘之，十平其九。今未承王命者，吴与蜀也，吴有长江之险，蜀有崇山之阻，难以威服，易以德怀。愚以为可且按甲寝兵，息军养士，分土定封，论功行赏，若此则内外之心固，有功者劝，而天下知制矣。然后渐兴学校，以导其善性而长其义节。公神武震于四海，若修文以济之，则普天之下，无思不服矣。今举十万之众，顿之长江之滨，若贼负固深藏，则士马不能逞其能，奇变无所用其权，则大威有屈而敌心未能服矣。唯明公思虞舜舞干戚之义，全威养德，以道制胜。"公不从，军遂无功。

开设学校。

王粲、杜里、卫凯、和吟四个侍中商议，欲尊曹操为魏王。中书令荀攸曰："不可！（当时带）［丞相官至］魏公，荣加九锡，进位诸侯，主上改授金紫，位已极矣。今又进升王位，于礼不可！"操闻之大怒曰："此人又欲效荀彧［耶］!"荀攸闻之，当年十月（临）［卧］病不起，十数日内身亡。

据《三国志·魏书·荀攸传》：攸从征孙权，道薨。太祖言则流涕。

按：《演义》称，荀攸反对曹操进位为魏王，受曹操谴责而忧死，于史无据。

后人有诗赞曰：

汉末荀公达，当时号大贤。
智能过宁武，德可配颜渊。
功报三分国，才成十二（兼）［篇］。
曹丕曾下拜，声誉尚（照）［昭然］。

亡年五十八岁。

据《三国志·魏书·荀攸传》注引《魏书》：时建安十九年，攸年五十八。

操厚葬之，遂罢魏王事。

一日，曹操带剑入宫，帝与伏皇后共（哭）［坐］。后见操来，荒忙起身；帝见操［来］，战栗不已。操曰："孙权、刘备各霸一方，不尊朝廷，当如之何？"帝曰："尽从魏公裁处。"操怒曰："陛下出［此］言，使［文］武（士）听之，只道臣欺君（耶）［也］!"帝曰："公若能相辅则辅之；不尔，垂恩相舍。"此言若不辅佐，则可怜而放他于一处也。操目视天子，作怒而出。议郎赵参见操去，乃奏曰："近闻魏公欲自立为王，不久必篡位也！"帝与伏皇后大哭。早有人报（之）［知］曹操。操大怒，使武士入禁宫擒出赵参，腰斩于市。

据《资治通鉴》卷六十七：帝自都许以来，守位而已，左右侍卫莫非曹氏之人者。议郎赵彦尝为帝陈言时策，魏公操恶而杀之。操后以事入见殿中，帝不任其惧，因曰："君若能相辅，则厚；不尔，幸垂恩相舍。"操失色，俛仰求出。（参见《后汉书·献帝伏皇后纪》）

帝闻之大惊，与伏皇后商议。后曰："子童［之］父伏完常有杀操之心，欲为［而］未能也。子童亲修一书与父，令早晚图之。"帝曰："昔董承为事不密，反遭大祸。恐有漏泄，朕与汝皆休矣！"后曰："旦夕如坐针毡，似此为君，不如早亡！子童于宦官内求之，近得一人，抱忠义之节，（常）有除操之心。可告此人，令赍此书。"帝问何人，后曰："非穆顺不可。"帝即时召顺入，屏退左右近侍。帝后哭告顺曰："操贼欲为魏王，早晚必谋天下！左右之人，皆操心腹。朕夫妻将欲垂命，无可诉及，欲卿将书与［后］父伏完，令密图操。"顺泣曰："臣感陛下知遇大恩，敢不以死补报！臣请即行。"

帝与（书了）［了书］，穆顺藏于发中，潜出禁宫，径至伏完宅上，将书与完。完见女亲书，乃与穆顺曰："吾料朝中无人敢近操贼，除非江东孙权、西川刘备。得此二处起兵于前，操必自（将）［往］，此时却求在朝忠义之臣一同谋之。"穆顺曰："皇丈当作数字回报帝后，求帝密诏，暗遣人往吴、蜀二处，令约会起兵，保民救主。"伏完取细纸密书其意附顺。［顺］还于头髻内深藏，辞完回（言）［宫］。

原来早有人报［知］曹操，操先于宫门内专待穆顺。顺正走到面前，操问"那里去来？"顺答曰："皇后心腹有疾，命求医去。"操曰："医人何在？"顺曰："急未寻见。"操喝左右搜身，无物。临欲放行，忽被风吹落官帽。操又（换）［唤］回，取帽视之，又无物，还帽戴之。穆顺双手倒戴其帽。操曰："头上必有消息！"亲自搜出伏完书。操看时，意欲结连孙、刘为外（接）应（使）［以］图操。操大怒，执下穆顺，于密室问之。顺不肯招。操速点起甲兵三千，围住伏完宅，老幼并皆拿下，于房内搜出伏后亲笔之书，随将伏氏（之）［三］族（书）［尽］皆拿赴狱中；平明，使御林［将］军（却）［郗］虑持节入宫，先收（灵）［皇后玺］绶。

按：郗虑非御林将军。据史书，郗虑时为汉御史大夫，其阶位仅次于丞相。

是日，帝在外殿，（却）［郗］虑引甲兵三百直入。帝问曰："有何事？"虑曰："奉魏公命，收皇后玺绶！"帝知事泄，心胆俱碎。虑至后宫，伏后方起。虑便唤管玺绶人，索取玉玺而出。伏后情知事发，便于（后殿）［殿后］椒房［门内］夹壁中藏之。少刻，尚书令（史）华歆又引五百甲兵入，到殿后问宫人："伏后何处？"［宫人］皆指云："藏匿房中。"华歆交甲兵围住，亲自推户不开。华歆喝甲兵打开朱户，寻觅不见，料（是）［在］壁中，即时掣刀割开，伏后大叫。歆自下手揪髻拖出，后曰："望恕我一命！"（欲叱退左右。）歆［叱之］曰："汝［自］见魏公说去！"后披发跣足，众甲兵推拥而出，至外殿前。帝（送）［见］后，乃下殿抱后而哭。歆叱之曰："魏公有命，可速行！"后大哭曰："不能复相活（矣）［耶］！"帝泣曰："我亦不知命到何时［也］！"兵士前（推）［拥］后（拥）［推］伏后而去。帝望见，（钟离）［捶胸］大恸。见（却）［郗］虑在傍，帝曰："（却）［郗］公，天下宁有是［事］耶！"哭倒于地。（却）［郗］虑令左右扶帝入［宫］。

歆拿伏后见操，操曰："吾以诚心治天下，汝等反欲谋害我耶？吾不杀你，你（才）

［必］杀吾！”喝令左右乱棒打死；随即入宫，将伏后所生二皇子皆鸩杀之；当晚，将穆顺、伏完等宗族二百余口皆斩于市，痛哉！（后人有诗叹曰：）时建安十九年十一月。

据《资治通鉴》卷六十七：董承女为贵人，操诛承，求贵人杀之。帝以贵人有妊，累为请，不能得。伏皇后由是怀惧，乃与父完书，言曹操残逼之状，令密图之，完不敢发。至是，事乃泄，操大怒，（建安十九年冬）十一月，使御史大夫郗虑持节策收皇后玺绶，以尚书令华歆为副，勒兵入宫，收后。后闭户，藏壁中。歆坏户发壁，就牵后出。时帝在外殿，引虑于坐，后被发，徒跣，行泣，过诀曰：“不能复相活邪？”帝曰：“我亦不知命在何时！”顾谓虑曰：“郗公，天下宁有是邪！”遂将后下暴室，以幽死；所生二皇子，皆鸩杀之，兄弟及宗族死者百余人。（参见《后汉书·献帝伏皇后纪》，《三国志·魏书·武帝纪》及注引《曹瞒传》）

据《后汉书·献帝伏皇后纪》：献帝伏皇后讳寿，琅邪东武人，……父完，沉深有大度，袭爵不其侯，尚桓帝女阳安公主，为侍中。初平元年，从大驾西迁长安，后时入掖庭为贵人。兴平二年，立为皇后，完迁执金吾。……建安元年，拜完辅国将军，仪比三司。完以政在曹操，自嫌尊戚，乃上印绶，拜中散大夫，寻迁屯骑校尉。十四年卒。

按：据史书，建安十九年（214），曹操杀死伏皇后，而伏完已于五年前，即建安十四年（209）病死。《演义》称伏完与伏皇后同时被杀，与史不合。

［后人有诗叹曰：］

献帝当年何太懦，曹瞒得志弄威权。
伏完辅国夷三族，穆顺藏书丧九泉。
皇后横亡魂杳杳，储君鸩死恨绵绵。
华歆、（却）［郗］虑并曹辈，同恶相扶逆上天。

静轩诗曰：

报国忠臣多横死，欺君贼子尽偷生。
试看今古兴亡事，天道如何也不平？

献帝自从坏了伏后，连日不食。操入曰：“陛下勿忧，臣无异心！臣女已与陛下为贵人，大贤大孝，宜立正宫。”献帝安敢不从？于建安二十年正月间，就庆贺正旦之节，册立曹操［之］女曹贵人于正宫皇后。群下莫（有敢）［敢有］言。

据《后汉书·献帝纪》：（建安十九年冬）十一月丁卯，曹操杀皇后伏氏，灭其族及二皇子。二十年春正月甲子，立贵人曹氏为皇后。

据《后汉书·献穆曹皇后纪》：献穆曹皇后讳节，魏公曹操之中女也。建安十八年，操进三女宪、节、华为夫人，聘以束帛玄纁五万匹，小者待年于国。十九年，并拜为贵人。及伏皇后被弑，明年，立节为皇后。（参见《三国志·魏书·武帝纪》）

大事已定，操会大臣商议收吴灭蜀之事。贾诩曰：“须召夏侯元让、曹子孝二人回，共议之。”操即时发使，星夜（换）［唤］回。夏侯惇未至，曹仁先到，连夜便入府见操，值操睡着，许褚仗剑立于堂门之内。曹仁欲进，被褚当住。仁大怒曰：“吾乃征南重臣、曹氏宗室，汝何敢无礼［耶］！”褚曰：“将军虽亲，［乃］外藩镇守之官；许褚虽疏，见充内卫。主公醉卧堂上，不敢放入。”曹操闻之，急出曰：“吾之虎将所见甚明，弟勿怪之！”曹仁亦叹曰：“忠烈之士也！”

据《三国志·魏书·许褚传》：褚性谨慎奉法，质重少言。曹仁自荆州来朝谒，太祖未出，入与褚相见于殿外。仁呼褚入便坐语，褚曰："王将出。"便还入殿，仁意恨之。或以责褚曰："征南宗室重臣，降意呼君，君何故辞？"褚曰："彼虽亲重，外藩也。褚备内臣，众谈足矣，入室何私乎？"太祖闻，愈爱待之，迁中坚将军。

不数日，夏侯（渊）[惇]亦至，共议[征伐]。二人言曰："吴、蜀急未可攻。宜先取汉中张鲁，以得胜之兵取蜀，可一鼓而下也。"曹操曰："正合吾意！"遂起兵（往）西（往）[征]。不知如何。

[第一百三十三段]　曹操汉中破张鲁

操征西，军士分为三队：前部先锋夏侯渊、张郃，中间曹操[与]诸将，后队曹仁、夏侯惇押运粮草。比及起程，早有细作报入汉中。张鲁与弟张卫商议退敌之策。卫曰："汉中最险要[无如]阳平关，（我去，）[左]右依山傍林；[我去]下十余个寨栅，迎敌曹兵。（见）[兄]在汉宁尽拨粮草应付。"鲁选大将杨昂、杨仁掌五千军马，以助其弟；即日便起，到（杨）[阳]平关下寨已定。夏侯渊、张郃前军已到，闻知阳平关已有准备，离关十五里下寨。是夜，军士疲困，各自歇息。忽寨后一把火起，杨昂、杨仁两路军来劫寨。张郃、夏侯渊急上马，四下里甲兵拥入，曹兵大败，退回见曹操。操怒曰："汝二人行军许多年，岂不知'兵（要）[若]远行疲困，可防劫寨'？如何不做准备！"欲斩二人以明军法，众官告免。

操次日自引兵为前队，见山势凶恶，树木丛杂，不知路径。操恐有埋伏，再引兵回。次日操上马，只带许褚、徐晃二将，共（五）[三]匹马，来看张卫寨[栅]，（凭）[见]高山林[木]茂密无数。曹操与徐、许二将曰："吾若知此地如此，[必]不起兵来！"许褚曰："事已至此，主公不可自悔。"三匹马转过山坡，早望见张卫寨栅。操扬鞭遥指，与二将曰："如此坚固，急切未易取之！"忽背后一声喊起，箭如雨发，操大惊。杨昂、杨仁分两路杀出。褚曰："吾先破贼，公明善保主公！"许褚纵马向前，二将双至，不能当褚之勇，杀退二将，其余人不敢向前。背后徐晃保着曹操，三匹马从万军中杀出，前面有一军到，看时却是夏侯渊、张郃。二将听得喊声举，故引数（十）[千]骑（来冲）[冲来]，杀退（兵马，）杨昂、杨仁（退归）[兵马]。曹操回营，重赏四将。

据《资治通鉴》卷六十七：（建安二十年）秋七月，魏公操至阳平。张鲁欲举汉中降，其弟卫不肯，率众数万人拒关坚守，横山筑城十余里。（参见《三国志·魏书·武帝纪》《后汉书·张鲁传》）

按：据史书，建安二十年（215）七月，曹军进攻阳平关，张鲁军凭险据守，并未出战。《演义》说，张鲁的军队曾两次主动出击，这一情节与史不合。

两边相拒半月余，各不相（胜）[攻]。曹操传令退军，贾诩进曰："贼势未（必）[见]强[弱]，主公何[故]自退焉？"操曰："吾料贼兵每日隄备，急（胜）[难]取胜。吾退军回（各）[营]，贼必懈[而]赶之，[却]分轻骑抄（集）[袭]其后，胜贼必矣。"

贾翊曰："丞相神机莫可（恻）［测］也！"于是令夏侯渊、张郃分［兵］两路，各引轻骑三千，取小路去打阳平关后，曹操大军尽拔寨起。杨昂听知曹兵退，请杨仁商议："今操退兵，可乘势击之。"仁曰："曹操诡计极多，未必真实，不可追赶。"杨昂曰："你不去，我当自去。"杨仁苦［谏］不从。杨昂尽起五寨人马前进。是日大雾漫漫，对面皆不相见，杨昂军至半路扎住。

却说夏侯渊军抄过山后，见重雾垂空，又闻马嘶人语，恐有伏兵，急催人马行动，正（说）［误］走到杨昂寨前。［寨］内有些少守寨兵士，听得马蹄响，只道是杨昂兵回，开门纳之。马军一涌而入，见［是］空寨，放起火来，五寨军士尽皆弃寨而走。杨仁比及雾散之时，来探消息。［见］五寨一齐火着，杨仁引兵来（敌）［救］，与夏侯渊战不数合，背后张郃兵到。杨仁杀开一条路，望汉宁（、巴州）而逃。杨昂待要回时，已（备）［被］夏侯渊、张郃占了寨子，背后曹兵赶杀，两下夹攻，四边无路。杨昂前来突阵，撞着张郃，被张郃杀死，败军投（杨）［阳］平关［来见］张卫。元来［卫］知二将败走，诸营已失，半夜弃关奔南郑（、巴州）去讫。操得了（杨）［阳］平［关并］诸寨。

据《三国志·魏书·武帝纪》：（建安二十年）秋七月，公至阳平。张鲁使弟卫与将杨昂等据阳平关，横山筑城十余里，攻之不能拔，乃引军还。贼见大军退，其守备解散。公乃密遣解㯹、高祚等乘险夜袭，大破之，斩其将杨任，进攻卫，卫等夜遁，鲁溃奔巴中。

据《资治通鉴》卷六十七：（建安二十年）秋七月，魏公操至阳平。张鲁欲举汉中降，其弟卫不肯，率众数万人拒关坚守，横山筑城十余里。初，操承凉州从事及武都降人之辞，说"张鲁易攻，阳平城下南北山相远，不可守也"，信以为然。及往临履，不如所闻，乃叹曰："他人商度，少如人意。"攻阳平山上诸屯，山峻难登，既不时拔，士卒伤夷者多，军食且尽，操意沮，便欲拔军截山而还，遣大将军夏侯惇、将军许褚呼山上兵还。会前军夜迷惑，误入张卫别营，营中大惊退散。侍中辛毗、主簿刘晔等在兵后，语惇、褚，言"官兵已据得贼要屯，贼已散走"，犹不信之。惇前自见，乃还白操，进兵攻卫，卫等夜遁。

据《资治通鉴考异》：《武帝纪》曰，"公至阳平，张鲁使弟卫等据关，攻之不拔，乃引还。贼守备解散，公乃密遣解㯹等乘险夜袭，大破之"。《刘晔传》曰，"太祖欲还，令晔督后诸军。晔策鲁可克，驰白太祖：'不如致攻。'遂进兵，鲁乃奔走"。郭颁《世语》，"鲁遣五官掾降，弟卫拒，王师不得进。鲁走巴中。军粮尽，太祖将还。西曹掾郭谌曰：'鲁已降，留使既未反，卫虽不同，偏携可攻。县军深入以进必克，退必不免。'太祖疑之。夜有野麋数千，突坏卫营，军大惊，高祚等误与卫众遇，卫以为大军见掩，遂降"。《魏名臣奏》载杨暨表曰，"武皇帝征张鲁，以十万之众，身亲临履。张卫之守，盖不足言。地险守易，虽有精兵虎将，势不能施。对兵三日，欲抽军还。天祚大魏，鲁守自坏，因以定之"。又载董昭表。其"承凉州"以下，皆昭表所述，必得实。今从之。

据《三国志·魏书·张鲁传》注引《魏名臣奏》载董昭表："武皇帝承凉州从事及武都降人之辞，说张鲁易攻，阳平城下南北山相远，不可守也，信以为然。及往临履，不如所闻，乃叹曰：'他人商度，少如人意。'攻阳平山上诸屯，既不时拔，士卒伤夷者多。武皇帝意沮，便欲拔军截山而还，遣故大将军夏侯惇、将军许褚呼山上兵还。会前军未还，夜迷惑，误入贼营，贼便退散。侍中辛毗、刘晔等在兵后，语惇、褚，言'官兵已据得贼要屯，贼已散走'。犹不信之。惇前自见，乃还白武皇帝，进兵定之，幸而克获。此近事，吏士所知。"又杨暨表曰："武皇帝始征张鲁，以十万之众，身亲临履，指授方略，因就民麦以为军粮。张卫之守，盖不足言。地险守易，虽有精兵虎将，势不能施。对兵三日，欲抽军还，言‘作军三十年，一朝持与人，如何’。此计已定，天祚大魏，鲁守自坏，因以定之。”

据《三国志·魏书·张鲁传》注引《世语》：鲁遣五官掾降，弟卫横山筑阳平城以拒，王师不得进。鲁走巴中。军粮尽，太祖将还。西曹掾东郡郭谌曰：“不可。鲁已降，留使既未反，卫虽不同，偏携可攻。县军深入，以进必克，退必不免。”太祖疑之。夜有野麋数千突坏卫营，军大惊。夜，高祚等误与卫众遇，祚等多鸣鼓角会众。卫惧，以为大军见掩，遂降。

据《后汉书·张鲁传》：鲁自在汉川垂三十年，闻曹操征之，至阳平，欲举汉中降。其弟卫不听，率众数万，拒关固守。操破卫，斩之。

据《三国志·魏书·刘晔传》：太祖征张鲁，转晔为主簿。既至汉中，山峻难登，军食颇乏。太祖曰：“此妖妄之国耳，何能为有无？吾军少食，不如速还。”便自引归，令晔督后诸军，使以次出。晔策鲁可克，加粮道不继，虽出，军犹不能皆全，驰白太祖：“不如致攻。”遂进兵，多出弩以射其营。鲁奔走，汉中遂平。

按：曹操取得汉中的经过，分别见于《三国志·魏书·武帝纪》《刘晔传》，《三国志·魏书·张鲁传》注引《魏名臣奏》中的董昭奏章，郭颁的《魏晋世语》和《资治通鉴》。各书记载有差异。《演义》采《三国志·魏书·武帝纪》之说，称曹操见攻阳平关不下，于是故意下令撤军，张鲁军见曹操大军已退，守备松懈，曹操乘机进军抄袭，攻占了阳平关。章义和、唐燮军在《细说曹操》一书中认为，《武帝纪》的说法，极有可能是曲笔。据郭颁的《魏晋世语》，曹操取得汉中完全是两个偶然因素所致。一是夜里突然有数千头野麋鹿闯进张卫军营，造成军队惊乱。一是夜里曹将高祚等误与张卫军相遇，高祚就擂鼓吹号集合队伍，张卫误以为曹军主力已经攻入，于是缴械投降。《魏晋世语》的这一记载，与董昭奏章所记颇相吻合。

张卫、杨仁来见张鲁，卫言二将失了隘口。鲁大怒，欲斩杨仁。仁曰：“某曾劝杨昂休追曹兵，昂不肯听从，故有此败。仁再乞一军前去搦战，必斩曹将！如不胜，该斩！”（头与主公阶下责之）［鲁取了军令状］。杨仁上马，引二万军，离南郑（、汉宁、巴州一）［而］往。

却说夏侯渊劝曹操进兵，操言“不可！”渊曰：“渊乞一军前去哨路。”操即令渊引五千骑，望南郑路上来，正迎杨仁，两军摆开。仁遣裨将昌奇出马，与渊交锋，战不两合，［被渊］一刀砍于马下。杨仁自挺枪出［马］，与渊斗三十合以上，不分胜败。渊拨回马走，仁赶来，被渊使拖刀计，斩（杨仁）于马下。军士大败而回。操知渊已斩杨仁，即时催军直抵南郑下寨。

张鲁急聚众商议（间）。阎（团）［圃］曰：“某保一人，可敌曹操手下诸将。”鲁问是谁，（团）［圃］曰：“南安（陌陵）［狟道］人也，姓庞名德，字令明，［昨］随（到）马超投降主公；后马超（投）［收］西川时，庞德病不能行，今蒙主公恩养。何不令（本）［此］人去？”张鲁即时请出（重）［庞德］，赏劳了，便点一万军马随庞德（超）［起］行。

……操嘱付诸将曰：“庞德［乃］西凉名将，元属马超；今虽依张鲁，未称其心。吾欲得之。汝等皆宜缓斗，待其力乏擒（了）［之］。”诸将得令。张郃先出，战了一回便退；夏侯渊也战一回又退；徐晃又战一回也退；临后许褚出，战四五十合方退。庞德力战四将，并无惧怯。各将皆于曹操前夸庞德武艺。操心［中］自喜，与众将商议“如何得此人降伏？”贾翊曰：“某闻张鲁手下有一谋士杨松。此人极贪贿赂，可暗以金帛送之，使疏庞德矣。”操曰：“何由得入南郑？”翊曰：“来日交锋，佯输诈败，将庞德引数十里［远］；夤夜却去劫寨，德必望城中走。却遣一（人）能言语者扮作步军，杂于阵中，便得入城。”操然其说，唤一军士，将金掩心甲一副，交披在贴肉上，却穿汉（军中）［中军］号衣，于半路等候；次日先拨夏侯渊、张郃两支军速去埋伏，却交徐晃挑战，不数合败走。庞德交军士掩杀，曹兵尽退。庞德却夺了曹操寨栅，［见］于内粮车极多，申报张鲁，鲁大喜。当夜二更左侧，三路火起，正中是徐晃、许褚，左张郃，右夏侯渊，三路来劫寨。庞德上马［冲］杀出来，望城中走，背后三路兵追袭；到城下唤开［城］门，一涌而入（城）。

此时细作已杂在队中，径投杨松府下入见，说“魏公曹丞相闻公盛德，故先使某送金甲为信，更有密书。”松见了大喜，问“丞相今欲如何？”细作曰：“若疏远庞德，事（必）［即］济矣。”松曰：“放心！某自有良策报答魏公。”连夜入见张鲁，说“庞德受［了］曹操金珠，卖此一阵。”鲁大怒，唤庞德（入）责［骂］，欲斩之，阎（团）［圃］苦谏。张鲁曰：“你来日出战，不胜必斩！”德抱恨而退。次日曹兵攻城，德领一军冲出。操令许褚交战。褚佯输诈败，德遂赶去。操自乘马于土坡上唤曰：“令明何不降汉？”庞德寻思：“拿住曹操，胜一千员上将！”飞马上坡，一声喊起，天摧地塌，连人和马跌将下去。四壁钩索一齐上［前］，活捉了庞德，押上坡来。操先下马，叱退军士，亲释其缚，令德降汉。德思无路，遂乃降之。

据《三国志·魏书·庞德传》：太祖破超于渭南，德随超亡入汉阳，保冀城。后复随超奔汉中，从张鲁。太祖定汉中，德随众降。太祖素闻其骁勇，拜立义将军，封关门亭侯，邑三百户。

据《资治通鉴》卷六十七：程银、侯选、庞德皆随鲁降，魏公操复银、选官爵，拜德立义将军。

按：《演义》称，庞德奉张鲁之命保卫南郑并与曹军作战，不见于史。

曹操亲扶上马，共回寨中，故意交城上望见。人报张鲁：“庞德与曹操并马而行。”鲁信［杨］松之言为实。

次日，曹操（正）［三］面立定云梯，飞炮（政）［攻］打。张鲁见势极，和兄弟张卫商议。卫曰：“放火尽烧仓库、房屋、城郭，出奔南山，去守巴中可矣。”杨松曰：“不如开门投降。”鲁犹豫不定。卫曰：“只是烧了仓库便行。”鲁曰：“本欲归命国家，而意未（德）［得］达。今避锋锐，非有（得）［恶］意。宝货仓库，国家之有，不可废也。”遂令封锁；是夜二更，引全家老小，开南门而走。曹操交［休］追赶，遂入南郑。

［听］说张鲁封闭仓库之意，曹操甚怜之，遂使人往巴中说之。鲁心欲降，其弟张卫不肯。杨松密使人报曹操，交便进兵。操乃自提精兵往巴中。张鲁使弟张卫引兵出迎，与操相敌，被许褚斩之。败军回报，张鲁欲坚守。杨松曰：“今若不出，必遭其困。某守城，主公当决一死战，必［然］胜矣。”阎圃曰：“休出！”鲁不听，亲自出阵，未及交锋，后军已走。鲁急回，背后曹兵赶来。鲁到城下，杨松闭门不纳。鲁无去路，回马之时，曹操喊叫“早下马［受］降！”鲁乃下马投降，曹兵入城。操念鲁封仓库之心，重重相待，封张鲁为镇南将军，阎圃等［封］为列侯［者］五人。于是汉中皆平。

据《资治通鉴》卷六十七：（建安二十年秋七月，）张鲁闻阳平已陷，欲降，阎圃曰："今以迫往，功必轻；不如依杜濩赴朴胡，与相拒，然后委质，功必多。"乃奔南山入巴中。左右欲悉烧宝货仓库，鲁曰："本欲归命国家，而意未得达。今之走避锐锋，非有恶意。宝货仓库，国家之有。"遂封藏而去。操入南郑，甚嘉之。又以鲁本有善意，遣人慰喻之。……十一月，张鲁将家属出降。魏公操逆拜鲁镇南将军，待以客礼，封阆中侯，邑万户。封鲁五子及阎圃等皆为列侯。程银、侯选、庞德皆随鲁降，魏公操复银、选官爵，拜德立义将军。

据《后汉书·张鲁传》：鲁闻阳平已陷，将稽颡归降。阎圃说曰："今以急往，其功为轻，不如且依巴中，然后委质，功必多也。"于是乃奔南山。左右欲悉焚宝货仓库。鲁曰："本欲归命国家，其意未遂。今日之走，以避锋锐，非有恶意。"遂封藏而去。操入南郑，甚嘉之。又以鲁本有善意，遣人尉安之。鲁即与家属出逆，拜镇南将军，封阆中侯，邑万户，将还中国，待以客礼。封鲁五子及阎圃等皆为列侯。（参见《三国志·魏书·张鲁传》）

据《三国志·魏书·武帝纪》：（建安二十年秋七月，）鲁溃奔巴中，公军入南郑，尽得鲁府库珍宝。巴、汉皆降。……十一月，鲁自巴中将其余众降。封鲁及五子皆为列侯。

据《华阳国志·汉中志》：（建安）二十年，魏武帝西征鲁，鲁走巴中。先主将迎之，而鲁功曹巴西阎圃说鲁北降归魏武："赞以大事，宜附讬；不然，西结刘备以归之。"鲁勃然曰："宁为曹公作奴，不为刘备上客！"遂委质魏武。武帝拜鲁镇南将军，封襄平侯，又封其五子皆列侯。

据《资治通鉴》卷六十七：张鲁之走巴中也，黄权言于刘备曰："若失汉中，则三巴不振，此为割蜀之股臂也。"备乃以权为护军，率诸将迎鲁；鲁已降，权遂击朴胡、杜濩、任约，破之。（参见《三国志·蜀书·黄权传》《先主传》）

按：《演义》称张鲁于建安二十年七月从汉中退入巴中，随后就投降了，与史不合。据史书，张鲁到十一月才率部出降。

操令各（即）[郡]分设太守，大赏士卒。（为）[惟有]杨松卖主求荣，斩[之]于市。（曹）[周]静轩先生观此有感，作诗以嘲之曰：

妨贤卖主逞奇功，积得金珠总是空。

家未荣华身受戮，令人千载笑杨松。

曹操已得东川，主簿司马懿进曰："刘备以诈力虏刘璋，蜀人未曾归心。今主公已得汉中，益州震动，可速进兵临之，势必危矣。凡圣人不能违时，亦不可失时也！"曹操叹曰："人苦无足，既得陇，复望蜀耶！"刘晔进曰："刘备乃人杰也，得蜀日浅，蜀人未附也。今破汉中，蜀人震恐，其势自倾，因而取之，无不克也。若少缓之，诸葛亮明于治国而为相，关羽、张飞勇冠三军而为将，蜀民已定，据险守要，迥不可犯矣。今若不取，必有后忧！"操曰："士卒远涉劳苦，（但且）[且宜]存恤。"遂按兵不动。

据《资治通鉴》卷六十七：丞相主簿司马懿言于操曰："刘备以诈力虏刘璋，蜀人未附，而远争江陵，此机不可失也。今克汉中，益州震动，进兵临之，势必瓦解。圣人不能违时，亦不可失时也。"操曰："'人苦无足，既得陇，复望蜀'邪！"刘晔曰："刘备，人杰也，有度而迟；得蜀日浅，蜀人未恃也。今破汉中，蜀人震恐，其势自倾。以公之神明，因其倾而压之，无不克也。若小缓之，诸葛亮明于治国而为相，关羽、张飞勇冠三军而为将，蜀民既定，据险守要，则不可犯矣。今不取，必为后忧。”操不从。(参见《晋书·宣帝纪》《三国志·魏书·刘晔传》)

却说西川百姓听知曹操已取东川，料是必来取西川，一日之间，数十遍惊恐。但有风吹草动，老幼不安，往往报知玄德。玄德请（君）［军］师商议。孔明曰：“亮有一策，使操兵自退矣。”玄德问其计。如何？

［第一百三十四段］　张辽大战逍遥津

孔明曰：“曹操屯兵合肥，独拒孙权也。今（遣辨利之士，）分三郡还吴，［遣舌辨之士］陈说利害，令吴起兵袭合肥，牵动其势。操必勒兵南（还）［向］矣。”玄德曰：“阶前谁可为使？”一人进曰：“某愿往!”乃伊籍也。玄德大喜，遂作书置礼，令伊籍入吴；先到荆州见云长，说“拨（江夏）［零陵］、长沙、桂（杨）［阳］以（东）付孙权。”

然后伊籍到秣陵来见吴侯，先通姓名了，乃召籍入。籍升堂再拜，权曰：“劳事无道之主乎？”伊籍应声答曰：“一拜一起，未足为劳。”权愕然良久，问曰：“汝到此何为？”籍曰：“昨许诸葛子瑜取长沙、（江夏）［零陵］、桂（杨）［阳］三郡，为军师不在，（大）［失］于交割。今专令送还。所有（荆州、）南郡、（零陵）［襄阳］、武陵本欲送还，争奈曹操袭取东川，使关将军无容身之地。今合肥空虚，望吴侯起兵攻之，操必彻兵去。［吾］主公若取［了］东川，即还荆州全地也。吴侯（难）［疑］而不行，曹操必南征，此时恐措手不及。”权曰：“你且归馆，容吾商议。”伊籍退。权问众（将）［官］，张昭曰：“此是刘备恐曹操取西川，故有此谋。虽然如此，可因曹操在汉中，乘势取合肥，亦是上计。”顾雍所见皆同；因此令伊籍回报：“两下各起兵破曹操。”籍辞而去。孙权令鲁肃交割长沙、（江夏）［零陵］、桂阳三郡，

据《三国志·蜀书·先主传》：（建安）二十年，孙权以先主已得益州，使使报欲得荆州。先主言：“须得凉州，当以荆州相与。”权忿之，乃遣吕蒙袭夺长沙、零陵、桂阳三郡。先主引兵五万下公安，令关羽入益阳。是岁，曹公定汉中，张鲁遁走巴西。先主闻之，与权连和，分荆州，江夏、长沙、桂阳东属，南郡、零陵、武陵西属，引军还江州。(参见《资治通鉴》卷六十七，《三国志·吴书·吴主传》《吕蒙传》)

据《资治通鉴考异》：《备传》云“曹公定汉中”，《孙权传》云“入汉中”，按操以七月入汉中，备未应即闻之，而八月权已攻合肥，盖闻曹公兵始欲向汉中，即引兵还耳。

按：《演义》称，为避免曹操攻益州，诸葛亮向刘备献计，将荆州的零陵、长沙、桂阳三郡还给东吴，派伊籍出使东吴说孙权起兵袭合肥。这一情节不见于史。据史书记载，建安二十年（215），孙权向刘备索取荆州未成，遂派吕蒙以武力夺取了长沙、桂阳和零陵三郡，并亲自进住陆口指挥；刘备也由成都赶到公安与孙权争三郡。后因曹操攻汉中，刘备恐益州有失，遂向孙权求和，以湘水为界中分荆州。

屯兵于（六）［陆］口；取吕蒙、甘宁回，又去余杭取凌统回。

且说三军皆起，吕蒙与甘宁先至。蒙献策曰：“先（捉）［是］，曹操令庐江太守（来

先)[朱光]屯兵于皖城，大开稻田，纳(殳)[谷]于合肥，以充军食。可先取皖城，然后兵出合肥。"权令吕蒙、甘宁为先锋，蒋钦、潘璋为合后，权自引周泰、陈武、董袭、徐盛为中军。那时程普、韩当、黄盖自在各处镇守。

却说军马渡江[取]和州，(追)[进]到皖城。太守[朱光]先使人来合肥求救，自守城[池]，坚闭不出。权自到城下看时，城上乱箭射下，直射孙权，麾盖已中弩箭。权回寨问众将[曰]:"如何取得皖城?"董袭曰:"可差人筑起土堆而攻之。"徐盛曰:"(大)[可]竖云梯，(过)[造]红桥，下觑城中(两)[而]攻之。"吕蒙曰:"此法皆费日月而成，合肥救军一至，不可图也。只来日，某须要(皖)[得]城!"权问其谋，蒙曰:"今(两次正待)[南军初到]，可乘此时，以三军锐气，四面夹攻;平明进兵，(来)午[、未]可下!"权从之。(吃早)[五更]饭毕，三军大进。城上矢如雨下，战士多伤。甘宁手执铁链，首先冒矢石而上，(来先)[朱光]令聚弓弩以射之。宁拨开箭林，一链打倒朱光。吕蒙亲自擂鼓大喊，士卒皆腾踊而上，乱[刀]砍死朱光，降者数万人。得了皖城，方才辰时。张辽[引]军至半路，哨马回报"皖城已陷。"辽即回兵归合肥。

据《资治通鉴》卷六十七:初，魏公操遣庐江太守朱光屯皖，大开稻田。吕蒙言于孙权曰:"皖田肥美，若一收孰，彼众必增，宜早除之。"(建安十九年五月)闰月，权亲攻皖城。诸将欲作土山，添攻具，吕蒙曰:"治攻具及土山，必历日乃成;城备既修，外救必至，不可图也。且吾乘雨水以入，若留经日，水必向尽，还道艰难，蒙窃危之。今观此城，不能甚固，以三军锐气，四面并攻，不移时可拔;及水以归，全胜之道也。"权从之。蒙荐甘宁为升城督，宁手持练，身缘城，为士卒先;蒙以精锐继之，手执枹鼓，士卒皆腾踊。侵晨进攻，食时破之，获朱光及男女数万口。既而张辽至夹石，闻城已拔，乃退。权拜吕蒙为庐江太守，还屯寻阳。(参见《三国志·吴书·吕蒙传》及注引《吴书》《三国志·吴书·甘宁传》)

据《资治通鉴》卷六十八:(建安二十四年冬十二月，)权遣校尉梁寓入贡，又遣朱光等归。(参见《三国志·吴书·吴主传》)

按:据史书记载，朱光于此役被东吴俘获，并未战死;他于数年后被遣返。

孙权于城中赏军已罢，人报凌统至。权慰劳了。吕蒙得赏，作宴以待诸将。时甘宁穿吴侯所赐锦袍，坐于筵上，吕蒙扬其功劳。酒至半酣，凌统想起杀父之仇，又见甘宁夸口，心中大怒，睁目直视，以手拔左右佩刀，立于筵上曰:"筵前无乐，看吾舞剑!"甘宁(须)[便]会其意，推开案桌起身，于左右手内抢两枝铁戟，(内皆)[两臂]挟定，纵步而出曰:"看吾使双戟!"吕蒙会意，便起身一手(统)[挽]牌，一手持刀，[立]于其中曰:"二公虽能，皆不如吾巧也!"破步便舞刀[牌]，[将]二人分为两下。早有人报知孙权。权拍马直到(道)[筵]间，自与甘、凌二人和解，二人方才放(了)[下]军器。权曰:"吾常言汝二人休[念旧]仇。今日又何如此?"凌统哭拜于地，孙权劝之方息。

据《三国志·吴书·甘宁传》注引《吴书》:凌统怨宁杀其父操，宁常备统，不与相见。权亦命统不得仇之。尝于吕蒙舍会，酒酣，统乃以刀舞。宁起曰:"宁能双戟舞。"蒙曰:"宁虽能，未若蒙之巧也。"因操刀持楯，以身分之。后权知统意，因令宁将兵，遂徙屯于半州。

据《资治通鉴》卷六十五:凌统怨宁杀其父操，常欲杀宁，权命统不得仇之，令宁将兵屯于它所。

次日起兵取合肥，三军便发。

却说张辽为失皖城，回［到］合肥，

按：孙权攻占皖城事在建安十九年夏，与下文孙权攻合肥之役相隔一年有余。

心中悲闷。忽曹操差薛悌至，送木匣一个，上有（择）［操］封，傍边（一件事，）书云："（城）［贼］来乃发。"是日报［说］"孙权自将十万精兵，来犯合肥。"薛悌交张辽开函观之，其教曰："若孙权至，张、李二将军出战，乐将军守护，勿得与战。"

据《资治通鉴》卷六十七：（建安二十年秋）八月，孙权率众十万围合肥。时张辽、李典、乐进将七千余人屯合肥。魏公操之征张鲁也，为教与合肥护军薛悌，署函边曰："贼至，乃发。"及权至，发教，教曰："若孙权至者，张、李将军出战，乐将军守，护军勿得与战。"（参见《三国志·魏书·张辽传》）

按：据史书，薛悌是合肥的重要官员，《演义》却将他写成送木匣的一个使者。史书中曹操给他的《教》的全文是："若孙权至者，张、李将军出战，乐将军守，护军勿得与战。" 薛悌须履行护军职责，所以《教》中要他"勿得与战"。罗贯中将"护军勿得与战"的"护"字与前面的文字相连，将"军"字略去，于是曹操对薛悌的具体指示不见了。

张辽将教帖与李典、乐进视之。乐进曰："将军主意如何？"张辽曰："主公远征在外，吴兵以为破我必矣。今可以（养）［发］兵折其锋锐，以安众心，然后可守也。"李典素与张辽不（利）［和］，默然不答。乐进曰："贼众我寡，难以迎敌，不如坚守。"张辽曰："汝等皆以私意以废王事。吾［今］自出决一死战！"便交左右备马。李典慨然而起曰："此国家之大事，吾岂敢［以］私憾而忘公义乎？愿从将军指使！"张辽大喜曰："既然公肯相辅助，来日可引一军于逍遥津北埋伏；待吴兵杀过，可先断小师桥，（此）吾与乐文谦击之。"李典自去点军埋伏。

却说孙权兵至合肥相近，传令曰："兵贵神速。吕蒙、甘宁当先便进，凌统随吾（可）［为］次，诸将陆续进发。"却说甘宁、吕蒙当先便进，与乐进相迎。甘宁出，与乐进交锋，战不数合，乐进诈败而走。甘宁招吕蒙引兵赶上。

却说孙权第二队听得前军得胜，提兵行至逍遥津北。忽闻连珠号炮向，左边张辽一军、（从）右边［李典一军］杀出，惊得孙权手足无措，急令人唤吕蒙、甘宁回救之时，张辽兵已到。凌统手下只有三百余骑，张辽铁骑势如山岳。统大呼曰："主公何不速渡小师桥！"言未毕，张辽当先，二千余骑箭（如雨）［发般］到，统番身死战。孙权策马上桥，桥南已彻丈余，［并］无片板。（新）［亲］近（乐）［牙］将岑利大呼曰："主公何不约马退后！"权（鞍）［按］辔退三丈余，尽力着鞭，那马一跃飞渡桥南。后史官有诗曰：

（滴）［的］卢当日跳檀溪，又见吴侯败合肥。

退后着鞭驰骏马，逍遥津上玉龙飞。

又诗曰：

吴侯纵辔跃征骖，凌统、甘宁恶战酣。

身透重围冲铁骑，从兹声价满江南。

孙权跃过桥南，徐盛、董袭驾舟相迎。凌统、岑利再杀入重围，与张辽鏖战。甘宁随后接住李典厮杀，吕蒙接住乐进厮杀。吴兵折损大半，凌统所领三百余人尽被杀死。凌统得脱，杀到桥下，其桥已断。统身被数枪，(赴)[绕]河而逃。孙权在舟中望见，急交董袭棹舟接之，遂得渡[回]。吕蒙、甘宁皆回河南。这一阵杀(到)[得]江南小儿(亦)[皆]怕张辽之名，遂不敢夜啼。《蒙求》中有张辽止啼之语云：

唬杀江南众小儿，张辽名姓透深闺。

才闻奶母低声说，夜静更深不敢啼。

众(官)[将]保护孙权还营。贺齐将船救得上将，军人死者极多，权惊恐不定。众将曰："至尊乃(仁)[万民之]主[也]，常当持重。今日之事，臣下战惊；若无天地垂佑，斯亦危矣！愿以此为终身之戒！"权亦垂泪曰："(惧此)[孤今]大惭，谨以刻心，非但书绅也！"

据《资治通鉴》卷六十七：(建安二十年秋)八月，孙权率众十万围合肥。时张辽、李典、乐进将七千余人屯合肥。魏公操之征张鲁也，为教与合肥护军薛悌，署函边曰："贼至，乃发。"及权至，发教，教曰："若孙权至者，张、李将军出战，乐将军守，护军勿得与战。"诸将以众寡不敌，疑之。张辽曰："公远征在外，比救至，彼破我必矣。是以教指及其未合逆击之，折其盛势，以安众心，然后可守也。"进等莫对。辽怒曰："成败之机，在此一战。诸君若疑，辽将独决之。"李典素与辽不睦，慨然曰："此国家大事，顾君计何如耳，吾可以私憾而忘公义乎！请从君而出。"于是辽夜募敢从之士，得八百人，椎牛犒飨。明旦，辽被甲持戟，先登陷阵，杀数十人，斩二大将，大呼自名，冲垒入至权麾下。权大惊，不知所为，走登高冢，以长戟自守。辽叱权下战，权不敢动，望见辽所将众少，乃聚围辽数重。辽急击围开，将麾下数十人得出。余众号呼曰："将军弃我乎？"辽复还突围，拔出余众，权人马皆披靡，无敢当者。自旦战至日中，吴人夺气。乃还修守备，众心遂安。

权守合肥十余日，城不可拔，彻军还。兵皆就路，权与诸将在逍遥津北，张辽觇望知之，即将步骑奄至。甘宁与吕蒙等力战捍敌，凌统率亲近扶权出围，复还与辽战，左右尽死，身亦被创，度权已免，乃还。权乘骏马上津桥，桥面已彻，丈余无板；亲近监谷利在马后，使权持鞍缓控，利于后著鞭以助马势，遂得超度。贺齐率三千人在津南迎权，权由是得免。

权入大船宴饮，贺齐下席涕泣曰："至尊人主，常当持重，今日之事，几致祸败。群下震怖，若无天地，愿以此为终身之诫！"权自前收其泪曰："大惭谨已刻心，非但书绅也。"(参见《三国志·魏书·张辽传》《李典传》,《三国志·吴书·吴主传》及注引《江表传》,《三国志·吴书·凌统传》《甘宁传》《吕蒙传》,《三国志·吴书·贺齐传》注引《江表传》)

据《三国志·魏书·张辽传》：权守合肥十余日，城不可拔，乃引退。辽率诸军追击，几复获权。

据《三国志·吴书·凌统传》：时权彻军，前部已发，魏将张辽等奄至津北。权使追还前兵，兵去已远，势不相及，统率亲近三百人陷围，扶捍权出。

据《三国志·吴书·潘璋传》：合肥之役，张辽奄至，诸将不备，陈武斗死，宋谦、徐盛皆披走。璋身次在后，便驰进，横马斩谦、盛兵走者二人，兵皆还战。

据《三国志·吴书·甘宁传》：建安二十年，从攻合肥，会疫疾，军旅皆已引出，唯车下虎士千余人。并吕蒙、蒋钦、凌统及宁，从权逍遥津北。

据杭世骏《三国志补注·卷三》引《魏略》：张辽为孙权所围，辽溃围出，复入，权众破走，由是威震江东。儿啼不肯止者，其父母以辽恐之。

按：据史书记载，此次合肥之战其实是分两次战斗：张辽奇袭孙权先头部队的首战和孙权围城不下退兵时张辽的追击战。首战，张辽遵照曹操部署趁孙权军队尚未集结完毕即以八百敢死队奇袭孙权大本营，而孙权军当时只有孙权本队及陈武、宋谦、徐盛等人的部队，潘璋是获悉张辽奇袭、孙权军溃散之后才赶到的。由于孙权军尚未集结完毕，张辽奇袭成功达到了“吴人夺气”的效果，随即“还修守备”。追击战则是在孙权围城不下撤军之时，当时孙权和凌统、甘宁、吕蒙、蒋钦等人仅有千余人断后，张辽知晓之后即率军追击，结果在逍遥津北造成孙权的大溃败。《演义》则是把这两次战斗合成一场来进行描写，因此与史书有较大差异：史书中张辽在首战中趁孙权立脚未稳即率八百敢死队成功奇袭了孙权大本营，这场战斗在《演义》中全不见了；乐进本应奉曹操之《教》守城，《演义》却安排他出战诱敌；据史书，逍遥津之战发生在孙权撤军之时，当时吴军大部队已经开拔，孙权仅率少数人马断后，被张辽追击以致溃败，《演义》却写成孙权率第二队人马在进军途中被张辽、李典两军夹击，因前军来不及回援以致大败。

权乃重赏凌统，收军于濡须，整顿船只，商议水陆并进，一面（羞）[差]人江南点起人马。

张辽与众商议[曰]：“逍遥津虽赢了孙权一阵，（分）[今]屯在濡须，商议水陆并进。此间兵少，必须报与丞相，早添兵救护。”令护军（师弟）[薛悌]星夜来汉中报知[曹操]。操与众商议曰：“此时可取西川否？”刘晔曰：“今蜀中粗定，已有隄备，不可击也。不如彻兵去救合肥之急，就下江南。”[操]留夏侯渊守汉中定军山隘口，留张郃守蒙（张、两）[头、宕]渠山隘口，

据《资治通鉴》卷六十七：居七日，蜀降者说“蜀中一日数十惊，守将虽斩之而不能安也”。操问晔曰：“今尚可击不？”晔曰：“今已小定，未可击也。”乃还。以夏侯渊为都护将军，督张郃、徐晃等守汉中；以丞相长史杜袭为驸马都尉，留督汉中事。

据《三国志·魏书·刘晔传》注引《傅子》：居七日，蜀降者说：“蜀中一日数十惊，备虽斩之而不能安也。”太祖延问晔曰：“今尚可击不？”晔曰：“今已小定，未可击也。”

据《资治通鉴考异》：《刘晔传》云“备虽斩之”，按《备传》云“备下公安，闻曹公定汉中，乃还”，如此，则备时犹在公安也。

遂拔寨（皆）起兵，号四十万，杀奔濡须坞[来]。胜败如何？

[第一百三十五段]　甘宁百骑劫曹营

却说孙权在濡须口收拾军马，人报“曹操自汉中领兵四十万，前来救合肥。”孙权与谋士商议，先拨董袭、徐盛二将督（三大楼）[五楼大]船于濡须口停泊，使陈武（往来）带领军马于岸上[往来]巡哨。张昭曰：“今曹操远来，必（须）[然]困（之）[乏]。当先杀一阵，以挫其威。”权聚众将问曰：“操贼远来，谁敢当先（奋）[破]敌，以挫操兵之锐？”凌统出曰：“某愿往！”权曰：“带（两路）[多少]军去？”统曰：“三千人足

矣!”甘宁曰:“小将不用三千人马,只带一百人便去砍敌!”凌统大怒,两个在孙权面前又争起来。权曰:“先交凌统领三千军马去破敌。”却教甘宁“你只带一百人去。”众皆未信甘宁之能。

统上马,带三千兵出濡须口。尘头起处,曹兵早来。为首先锋张辽出马,与统交锋。两将战五十合,胜败未分。孙权恐统有失,令吕蒙接应回营。甘宁见队五回时,即时进曰:“宁今夜只引一百马军去劫曹营,如折了一骑也不筭功!”孙权调拨帐下精锐马军一百骑,并酒百瓶,肉百斤,赏犒战士。

甘宁领[命,回]至营中,请一百人皆[坐],先以银碗自饮酒两碗,乃与百人曰:“今夜奉命劫寨,请[诸]公满饮,各宜勉力!”百人面面相觑,意欲道:“如何敢去?”宁见[有]难色,乃拔剑立于其中曰:“我为上将,尚(去)[不]惜(无改)[其命],汝等何为敢束手!”百人见宁作色,皆起拜曰:“愿效死战!”宁将酒令百人尽饮,肉尽食;夜将二更,披挂上马(御)[衔]枚,直(走)[赴]操寨;将至寨边,[取]白鹅翎百根,令百人各插一根于盔上以为号;既至,(晚)[挽]开鹿(用)[角],直杀入寨中,径奔中军来杀曹操。元来(军中)[中军]又以车仗穿连不断,围绕[得铁桶相似,]不能得进。(只得)百骑[只得在]中军驰骤纵横,逢者便杀。各寨尽皆鼓(哨)[噪],(烽)[举]火如星,喊声大振。宁从南门(而)杀出,贼人莫敢当。孙权使周泰引一军接应,宁将百骑已回到濡须。(后)[操]兵恐有埋伏,不敢追袭。古人有诗曰:

　　鼙鼓声喧震地来,权师到处鬼神哀。
　　百翎直贯曹公寨,尽说甘宁虎将才。

此战名为“百翎贯寨,杀散百人”。

甘宁引军回时,所将百人不折一骑;至寨门,令众军皆作鼓,(以)口称“万岁!”欢声大震。孙权亲自接着,甘宁下马声喏。权执其手曰:“足以惊骇老(子)[贼]否?非吾相舍,正欲观卿胆耳。”即赐绢(十)[千]匹,刀百口。宁百拜受讫,分赐百人。权封宁为平虏将军。权与诸将曰:“孟德有张辽,孤有兴霸,(是)[足]以相敌也。”

据《三国志·吴书·甘宁传》:后曹公出濡须,宁为前部督,受敕出斫敌前营。权特赐米酒众肴,宁乃料赐手下百余人食。食毕,宁先以银碗酌酒,自饮两碗,乃酌与其都督。都督伏,不肯时持。宁引白削置膝上,呵谓之曰:“卿见知于至尊,孰与甘宁?甘宁尚不惜死,卿何以独惜死乎?”都督见宁色厉,即起拜持酒,通酌兵各一银碗。至二更时,衔枚出斫敌。敌惊动,遂退。宁益贵重,增兵二千人。

据《三国志·吴书·甘宁传》注引《江表传》:曹公出濡须,号步骑四十万,临江饮马。权率众七万应之,使宁领三千人为前部督。权密敕宁,使夜入魏军。宁乃选手下健儿百余人,径诣曹公营下,使拔鹿角,逾垒入营,斩得数十级。北军惊骇鼓噪,举火如星,宁已还入营,作鼓吹,称万岁。因夜见权,权喜曰:“足以惊骇老子否?聊以观卿胆耳。”即赐绢千匹,刀百口。权曰:“孟德有张辽,孤有兴霸,足相敌也。”停住月余,北军便退。

次日,张辽引军搦战,凌统请出(曰)。权自上马,左有甘宁,右有凌统,三匹马在门旗下。对阵[圆处],张辽匹马出,左有李典,右有乐进。凌统纵马提刀而出搦战。张辽(纵马提刀,)[使乐进出马]与凌统(大)[交]战,到八十余合,胜败不分。曹操听得,亲自乘马到门旗下看,交曹仁放冷箭射凌统坐下马。仁(走)闪在张辽背后,一箭发处,正中凌统坐下马胸膛,那马直立起来,把凌统掀在地上。乐进提枪刺之,枪未到,只听得一声弓弦向，一箭射中乐进面门，番身落马。两军各出，救了回去。张辽退[兵]，自去医治乐进。凌统回寨，拜（诉）[谢]吴侯。权曰："放箭救汝者，甘兴霸也。"凌统顿首拜宁曰："不想兄长施恩如此！"宁曰："主公常劝我仇将恩报，今稍报公[于]万分之一也。"凌统自此与甘宁结为刎颈之交，誓（同）[以]生死相救。后人有诗曰：

（解）[结]下冤仇（缮）[因]凤毛，削仇思义在龙稍。
阵前一箭成功处，从此番为刎颈交。

[二将]自此再不为恶。

按：凌统与甘宁结为生死之交，不见于史。

且说曹操见乐进中箭，自往帐中医治，遂传令调拨应有马军，当先冲阵。操分五路（私）[来]袭濡须：中一路操自引兵，左一路张辽，左二路李典，右一路徐晃，右二路庞德，每一路各一万马军，平踏到江边，解鞍饮马。时董袭、徐盛（三）[二]将在五楼船上。见五路马军来到，诸军各有惧色。徐盛大怒曰："食君之禄，命终于君，何（况）[惧]群贼哉！"遂牵马下[小]船，飞奔岸边[，火急]上马，引数百人，杀入李典军中去了。董袭在船上令众军（哨）[擂]鼓纳喊，以助其威。忽然江上猛风大作，白浪掀天，惊涛汹涌。[众]军士见大船将覆，（众军）[争]下脚船逃命（手），将驾起船，叫曰："船将沉矣，将军可速下来！"袭仗剑大喝曰："[将]受（将军）[君]命，在此防贼，何敢弃而去之？（以）再言者斩！"随即杀下船者数十人。风急船败，袭溺杀于江口。

据《三国志·吴书·董袭传》：曹公出濡须，袭从权赴之，使袭督五楼船住濡须口。夜卒暴风，五楼船倾覆，左右散走舸，乞使袭出。袭怒曰："受将军任，在此备贼，何等委去也！敢复言此者斩。"于是莫敢干。其夜船败，袭死。

徐盛于李典军中来往冲击，如飞砂走石，（亦皆）[互相]杀伤。

却说陈武听得江边杀声，引一军来，正与庞德军相遇，（你我）[两军]混战。孙权在濡须坞中听得曹兵杀至江岸，遂自引大队军前来看阵，正见徐盛在李典军中搅做一团厮杀。张辽、徐晃两枝军到，把孙权围在垓心。曹操在高阜处见围住孙权，（见）[权手下]两员将当头死战。操曰："何不入去冲开权手足而擒之？"言未了，一将应声而出，乃许褚也。褚骤马提刀，杀入军中，把孙权兵冲做两断。

（先）[却]说周泰从军中杀出，到江边（又）[并]不见权，再复回马，从阵前又杀入来，问本部军"主（人）[公]在何处？"军指兵马厚处。泰挺身杀入，见了孙权，问"主公何不随某出阵？"孙权跟泰杀出。泰到江边，回头又不见权出；弟三遭又寻见孙权，权言："弓箭多，不能出！"泰曰："主公在前，某在后，可以出重围！"周泰横身左右遮护，身被数箭，箭透重（凯）[铠]，救孙权到江边。吕蒙引枝水军（坐）[布]在江上，救得孙权下船。权曰："吾得周（待）[泰]三番解救，得脱虎口。徐盛在垓心，如何得脱？"周泰复番身再杀入阵中，救出徐盛，二将各带重伤。吕蒙交乱箭射住岸上兵，都救诸将等下船。却说陈武和庞德大战，后面无接应军马，被庞德赶到山谷树林边；再欲回头交战，被树林扒住袍袖，因此被庞德斩之。

据《三国志·吴书·陈武传》：建安二十年，从击合肥，奋命战死。权哀之，自临其葬。

据《三国志·吴书·潘璋传》：合肥之役，张辽奄至，诸将不备，陈武斗死，宋谦、徐盛皆披走。

按:《演义》称陈武为庞德所杀,与史不合。据史书,陈武是在建安二十年(215)八月合肥之役张辽突袭孙权先头部队时战死的,而庞德归降曹操是在同年十一月。次年十月曹操才南征孙权,其时陈武已战死一年多,他不可能与庞德照面交锋。

曹操见孙权走脱,自于马上(夺)[令]战鼓发擂,尽驱兵将[到]江边对射。吕蒙矢尽正荒,忽对江一宗船到,为首大将吴郡人也,小霸王孙策女婿,姓陆名逊,字伯言,[自]引军到,一阵射退曹(操)[兵],大败而退。(自)[因]此[于]乱军中寻见陈武尸首。孙权又知董袭沉江而死,哀痛至切,情感三军;令人于水中寻得其尸,(权)[皆]厚葬之。

据《三国志·吴书·董袭传》:权改服临殡,供给甚厚。

后史官有庙赞赞董袭云:

忆昔征黄祖,全凭董袭功。
飞身临战舰,挺刀断长虹。
图写丹青上,魂游雪浪中。
濡须船碎裂,名誉冠江东。

静轩周先生因陈武战死,亦有诗四句悼之云:

鏖战曹兵血刃红,杀身报国尽孤忠。
将军一死虽常事,取义捐生万载功!

两边战罢,各守营寨。孙权赏周泰解救之功,作宴重待。权自把盏于泰前,(把)[抚]其臂,泪流满面[曰]:"卿为吾兄弟,战如熊虎,不惜性命,被数十枪,肤如刻画。吾亦何心不待卿以(国)[骨]肉之意,委卿以兵马之重乎?(孤)[卿]乃(吾)[孤]之功臣,孤当与卿同荣辱休戚,勿以(他)[寒]们自退也!"言罢令泰解衣。众视之,(刀)[肤]如[刀]刻(肤),瘢痕遍体。孙权(自)[手]指其痕,一一问之。周泰回言战斗之所,一处伤饮一杯酒,是日大醉。权以(将)[所]打青[罗]伞赐之,令出入张盖以显耀之。

据《资治通鉴》卷六十八:权留平虏将军周泰督濡须;朱然、徐盛等皆在所部,以泰寒门,不服。权会诸将,大为酣乐,命泰解衣,权手自指其创痕,问以所起,泰辄记昔战斗处以对。毕,使复服;权把其臂流涕曰:"幼平,卿为孤兄弟,战如熊虎,不惜躯命,被创数十,肤如刻画,孤亦何心不待卿以骨肉之恩,委卿以兵马之重乎!"坐罢,住驾,使泰以兵马道从,鸣鼓角作鼓吹而出。于是盛等乃服。

据《三国志·吴书·周泰传》注引《江表传》:权把其臂,因流涕交连,字之曰:"幼平,卿为孤兄弟战如熊虎,不惜躯命,被创数十,肤如刻画,孤亦何心不待卿以骨肉之恩,委卿以兵马之重乎!卿吴之功臣,孤当与卿同荣辱,等休戚。幼平意快为之,勿以寒门自退也。"即敕以己常所用御帻青缣盖赐之。坐罢,住驾,使泰以兵马导从出,鸣鼓角作鼓吹。

其余各各赐赏。

[权]在濡须与曹操相拒月余,张昭、顾雍上言[曰]:"曹操势大,不可力敌。若与久战,大伤士卒。若不求和,百姓安得休息?"孙(言)[权]从其言,令步骘径往操营求和,许年纳岁币。操见江南急未可下,遂从其请,令孙权先彻退兵,"[吾]然后班师。"步骘回覆[孙权]。权留蒋钦、周泰督濡须口,

据《资治通鉴》卷六十八：权留平虏将军周泰督濡须。

据《三国志·吴书·周泰传》：曹公出濡须，泰复赴击，曹公退，留督濡须，拜平虏将军。

据《三国志·吴书·蒋钦传》：从征合肥，魏将张辽袭权于津北，钦力战有功，迁荡寇将军，领濡须督。

（权）尽拨（船）[兵]上（兵）[船]，回还秣陵。操留曹仁、张辽屯合肥，（操）遂（欲）班师还许昌。

群下皆议立魏公操为魏王，建立王宫于邺郡。一人厉声而（去）[出]，大叫“不可！”其人是谁？

[第一百三十六段]　魏王宫左慈掷杯

建安二十一年岁在丙申，魏公自合肥还都。侍中王粲上（请颁）[诗颂]德于都堂，群下皆贺。其诗曰：

从（君）[军]有苦乐，但闻所从谁。
所从神且武，安得久劳师？
相公征关右，赫怒振天威！
一举灭獯虏，并力服羌夷。
（两）[西]收边地贼，忽（得）[若]俯（怜）[拾]遗。
陈赏越山岳，酒肉逾川（低）[坻]。
军中多（镜钹）[饶饫]，人马皆（亦）[溢]肥。
徒行兼乘返，空出有余资。
（招）[拓]土三千里，往返（远）[速]如飞。
歌舞入邺城，所愿获（于迷）[无违]！

曹操大喜，遂议进爵为王。尚书顾琰力言“不可！”众官曰：“汝独不见荀文若乎？”琰大怒曰：“时乎有常有变！”有与顾琰不和者告知曹操，操大怒，收琰下狱，髡其发。琰乱发直视，大骂曹操。廷尉白知[曹操]，操令杖杀顾琰于狱中。

据《资治通鉴》卷六十七：初，中尉崔琰荐巨鹿杨训于操，操礼辟之。及操进爵，训发表称颂功德。或笑训希世浮伪，谓琰为失所举。琰从训取表草视之，与训书曰：“省表，事佳耳。时乎，时乎！会当有变时。”琰本意讥论者好谴呵而不寻情理也，时有与琰宿不平者，白琰“傲世怨谤，意指不逊”，操怒，收琰付狱，髡为徒隶。前白琰者复白之云：“琰为徒，对宾客虬须直视，若有所瞋。”遂赐琰死。（参见《三国志·魏书·崔琰传》及注引《魏略》）

有诗赞曰：

清和顾琰，天性坚刚。
虬须虎目，铁心石肠。
奸邪辟易，志节颙昂。

忠于汉室，千古名彰！

夏四月，群下奏知献帝："魏公功德极天际地，虽伊尹、周公，皆不及也。(礼)[理]宜进爵为王。"献帝即令锺繇草诏，册立曹操为魏王。

据《后汉书·献帝纪》:(建安)二十一年夏四月甲午，曹操自进号魏王。

据《三国志·魏书·武帝纪》:(建安二十一年)夏五月，天子进公爵为魏王。

据《资治通鉴》卷六十七:(建安二十一年)夏五月，进魏公操爵为王。

诏曰：

自古帝王，虽号称(辅)相[变]，其爵等不同，至于褒崇元勋，建立功德，光(哲万)[启氏]姓，延于子孙，庶姓之与亲旧，岂有殊焉？昔日我圣祖受命创业(启)[肇基]，造[我]区夏，鉴古今之(札)[制]，通爵等之差，尽封山川，以立藩屏，使异姓亲戚并列土地，据国而王，所以保天命，安国家，嗣立永远，臣民帖泰。世祖中兴，而时有难易，是以旷(世)[年]数百，无异姓(请)[诸]侯王之命。朕以非德继序弘业，遭率土分崩，群凶纵毒，自西徂东，(卒)[辛]苦(毕)[卑]约。当此之时，惟恐溺身于难，以耻先帝之圣得。赖皇天之灵，魏君操秉义奋力，震迅神武，捍朕于难，获保宗庙。朝野遗民，含气之伦，莫不(皆言)[蒙焉]。魏君勤过禹、稷，忠侔伊、周，掩(耳)[之]以谦让，守之以弥恭。是(用)[以]初开魏国，锡君土宇，惧君之违命，虑君之固辞，故且怀志(驯)[屈]意，封君为上公，欲以(引)[钦]顺高义，须候勋迹。韩遂、宋(违)[建]南结蜀郡，遂乃合从，图危杜稷。君复命[将]，龙骧虎奋，枭其元首，屠其巢穴。暨至西征(荡)[阳]平之(后)[役]，亲擐甲胄，深入阻险，(蛮)[芟]夷剧贼，殄其凶丑，荡定西陲，悬旗万里，声名(教)远振，宁[我]土宇。盖唐、虞之盛，三后树功；文、武之政，(吕、周)[旦、奭]匡朝；二祖成业，英豪佐命。夫以圣哲之君，事为己任，犹锡土班爵以予功臣，岂有如朕寡德，仗君以济，而赏典不丰，将何以答神祇、慰万姓哉？合进君爵为魏王，使持节行御史大夫、宗正(刻殳)[刘艾]奉策(雪)[玺]玄(二)[土]之社，(且如)[苴以]白(第)[茅]，金虎符第一至第五，竹使符(编)[第]一至十。君其正王位，以丞相领冀州牧如故。其上魏(公)[王]玺绶符策。敬奉朕命，简恤尔众，恪恭乃职，以扬祖宗之休命。勿(使)[复]固辞！

据《三国志·魏书·武帝纪》注引《献帝传》载诏："自古帝王，虽号称相变，爵等不同，至乎褒崇元勋，建立功德，光启氏姓，延于子孙，庶姓之与亲，岂有殊焉。昔我圣祖受命，创业肇基，造我区夏，鉴古今之制，通爵等之差，尽封山川以立藩屏，使异姓亲戚并列土地，据国而王，所以保乂天命，安固万嗣。历世承平，臣主无事。世祖中兴而时有难易，是以旷年数百，无异姓诸侯王之位。朕以不德，继序弘业，遭率土分崩，群凶纵毒，自西徂东，辛苦卑约。当此之际，唯恐溺入于难，以羞先帝之圣德。赖皇天之灵，俾君秉义奋身，震迅神武，捍朕于艰难，获保宗庙，华夏遗民，含气之伦，莫不蒙焉。君勤过稷、禹，忠侔伊、周，而掩之以谦让，守之以弥恭，是以往者初开魏国，锡君土宇，惧君之违命，虑君之固辞，故且怀志屈意，封君为上公，欲以钦顺高义，须俟勋绩。韩遂、宋建，南结巴、蜀，群逆合从，图危社稷，君复命将，龙骧虎奋，枭其元首，屠其窟栖。暨至西征，阳平之役，亲擐甲胄，深入险阻，芟夷蝥贼，殄其凶丑，荡定西陲，悬旌万里，声教远振，宁我区夏。盖唐、虞之盛，三后树功；文、武之兴，旦、奭作辅；二祖成业，英豪佐命。夫以圣哲之君，事为己任，犹锡土班瑞以报功臣，岂有如朕寡德，仗君以济，而赏典不丰，将何以答神祇慰万方哉？今进君爵为魏王，使使持节、行御史大夫、宗正刘艾奉策玺玄土之社，苴以白茅，金虎符第一至第五，竹使符第一至十。君其正王位，以丞相领冀州牧如故。其上魏公玺绶符册。敬服朕命，简恤尔众，克绥庶绩，以扬我祖宗之休命。”魏王上书三辞，诏三报不许。又手诏曰：“大圣以功德为高美，以忠和为典训，故创业垂名，使百世可希，行道制义，使力行可效，是以勋烈无穷，休光茂著。稷、契载元首之聪明，周、邵因文、武之智用，虽经营庶官，仰叹俯思，其对岂有若君者哉？朕惟古人之功，美之如彼，思君忠勤之绩，茂之如此，是以每将镂符析瑞，陈礼命册，寤寐慨然，自忘守文之不德焉。今君重违朕命，固辞恳切，非所以称朕心而训后世也。其抑志撙节，勿复固辞。”

曹操既受王爵，(建)[冕]十二(旗)[旒]，乘金银车，驾六马，用天子车服仪卫，出惊入跸于邺郡；

据《资治通鉴》卷六十八：(建安二十二年)夏四月，诏魏王操设天子旌旗，出入称警跸。……冬十月，命魏王操冕十有二旒，乘金根车，驾六马，设五时副车。(参见《三国志·魏书·武帝纪》)

盖魏王宫，商议立王太子。操妻丁氏夫人无嗣出；妾刘氏生子曹昂，于征张绣时身被于死；卞氏生四子，长曰丕，次曰彰，三曰植，四曰熊。于是出丁夫人，而立卞氏为正宫妻。第三子曹植字子建，极聪明，举笔成文，操常[欲]立植为后嗣。丕心怪之，乃问太中大夫贾诩，诩教之如此如此。但凡曹操亲(出)征，诸子送行，曹植乃称述功德，发言成章，左右皆钦敬，操甚喜悦；惟曹丕但辞[父]，只是涕泣而拜，左右皆伤感。于是操乃疑植笔巧，不及于丕诚心也。丕又使人买父近御，皆言丕之德。操欲立后嗣，踌躇不定，乃问贾诩曰：“孤欲立后，当立何者？”诩默然不答。操问其故，诩曰：“正有所思，故不对耳。”操曰：“有何所思？”诩对曰：“思袁本初、刘景升父子也。”操大笑，就立五官中郎将曹丕为王太子。

据《资治通鉴》卷六十八：(建安二十二年冬十月，)魏以五官中郎将丕为太子。初，魏王操娶丁夫人，无子；妾刘氏，生子昂；卞氏生四子：丕、彰、植、熊。王使丁夫人母养昂。昂死于穰，丁夫人哭泣无节，操怒而出之，以卞氏为继室。植性机警，多艺能，才藻敏赡，操爱之。操欲以女妻丁仪，丕以仪目眇，谏止之。仪由是怨丕，与弟黄门侍郎廙及丞相主簿杨修，数称临菑侯植之才，劝操立以为嗣。修，彪之子也。操以函密访于外，尚书崔琰露板答曰：“《春秋》之义，立子以长。加五官将仁孝聪明，宜承正统，琰以死守之。”植，琰之兄女婿也。尚书仆射毛玠曰：“近者袁绍以嫡庶不分，覆宗灭国。废立大事，非所宜闻。”东曹掾邢颙曰：“以庶代宗，先世之戒也，愿殿下深察之。”丕使人问太中大夫贾诩以自固之术。诩曰：“愿将军恢崇德度，躬素士之业，朝夕孜孜，不违子道，如此而已。”丕从之，深自砥砺。它日，操屏人问诩，诩嘿然不对。操曰：“与卿言，而不答，何也？”诩曰：“属有所思，故不即对耳。”操曰：“何思？”诩曰：“思袁本初、刘景升父子也。”操大笑。操尝出征，丕、植并送路侧，植称述功德，发言有章，左右属目，操亦悦焉。丕怅然自失，济阴吴质耳语曰：“王当行，流涕可也。”及辞，丕涕泣而拜，操及左右咸歔欷，于是皆以植多华辞而诚心不及也。植既任性而行，不自雕饰，五官将御之以术，矫情自饰，宫人左右并为之称说，故遂定为太子。(参见《三国志·魏书·武宣卞皇后传》及注引《魏略》，《三国志·魏书·王粲传附吴质传》注引

《世语》,《三国志·魏书·贾诩传》)

冬十月，魏王宫成，(预期)[曹操]差人往各处取(异)[果]木珍奇之物，使人直来吴地，径由闽郡——今之福建——取荔枝、龙眼，温州取柑子。其他且不说，只说一行人到吴见了孙权，传魏王令旨，要[往]温州取柑。时吴正尊让于魏，便交起行到下处，选了大柑十担，星夜(还)[送往邺郡]。至中路，脚夫正[挑]担(着)行得疲困，歇于山脚，见一先生，眇一目、跛一足，白藤冠、青懒衣，(当)[来]与脚夫曰："汝等挑担生受！贫道[每]人替挑一肩，十担各挑数里。"但是先生挑过，其担便轻，众人皆疑。先生临去，与取柑官嘱曰："贫道乃曹魏王乡中故人，姓左名慈，字元放，道号'乌角先生'。

据《后汉书·方术传·左慈传》：左慈字元放，庐江人也。少有神道。

(如)[汝]回到[邺]郡，可道左慈申意！"遂拂袖而去。

取柑人至邺见操，呈上温柑。操剖之，但(以)[只]空壳，内并无一肉。操大惊怪，问(去)[取柑]人，以左慈事对之，操未肯信。门吏忽报："有一先生自称左慈，求见王上。"操召入。取柑人曰："正[是]途中所见之人也。"操叱之曰："汝以何妖术摄去佳果！"慈笑曰："岂有是事？"取柑剖之，皆有肉，其味极甜。操但自剖，(乃)[皆]空壳。操大惊，赐左慈坐而问之。慈索酒肉，操尽取食之，饮酒五斗不醉，[肉]食全羊不饱。操问曰："汝[有]何术，以致如此？"慈曰："贫道于西川嘉陵(蛾)[峨]眉山(人季)[中学]道三十年。忽闻石壁中有声，呼我三次，及(晓分)[视不]见，如此者百余(白鹤)[日]。忽一日，大雷震碎石壁，得天书三卷，名曰《(地)[遁]甲天书》：上卷名《天遁》，中卷名《地遁》，下卷名《人遁》，……可以飞剑掷刀，取人首级。王上位极人臣，[何]不退步，跟贫道往(蛾)[峨]眉山修行？当传三卷天书与汝。"操曰："吾亦久思急流涌退，奈朝廷未得其人耳！"左慈曰："益州刘玄德乃帝室之胄，何不让此位与之？可保全身矣。不然，贫道飞剑取汝之头也！"操大怒曰："此正是刘备细作！"喝左右拿下。左慈大笑不止。操令十数狱卒挞之，但见皮肉皆碎，慈齁齁熟睡，全无痛楚。操取大枷，铁钉(令)[铁锁]密防，监于狱中，使人冷眼观之，枷锁尽脱，慈仰卧于地，身上并无痕伤；一连监禁七日，并不与饭，及至看时，[慈]端坐于地，面皮转红，回报曹操。[操]令取出问之，慈曰："吾十年不食亦不妨，日食十(年)[羊]亦[能]尽。"操无可奈何。

次日，诸官皆至王宫大宴。正行酒间，左慈足穿木履，立于筵上，众官惊怪。慈曰："今日大王水陆俱备，大宴(郡)[群]臣，四方异物(皆)[极]多。数中亦有欠缺，贫道愿取之。"操曰："吾欲得龙肝为羹，汝能取否？"慈曰："[有]何难哉！"取(粉于)[黑笔于粉]壁上画龙一条，以道(袱)[袖]拂之，于龙腹中提(心)[出龙]肝一副，鲜血尚滴。操不信(也)，叱之曰："汝(顷)[预]藏于袖中！"慈曰："即目寒天，苦无好花。大王欲甚？"操曰："吾欲得牡丹。"慈曰："易耳！"取大花盆[置]于筵间，以水噀之，顷发牡丹一枝，开双头花。众皆大惊，邀慈同坐。少刻，庖官进鱼鲙。慈曰："此必是松江鲈鱼(砍)[做]之方美。"操曰："数千里之隔，安能致之？"慈曰："易耳！"交取钓竿(于)[来]，堂下[忽有一]大池，顷刻钓数尾[大鲈鱼]，献于筵上。操曰："吾池中原有种耳。"慈曰："丞相何欺心耶！天下鲈鱼(皆)[只]有两腮，惟吴松江内生者有四腮，此可辨焉。"众视之，果四腮[也]。慈曰："(砍)[做]松江鱼鲙，必须得牧芽姜方可。”操曰：“可致之否？”慈曰：“易耳！”命取金盆一面。慈于袖中簌簌然，倾（一满）[满一] 盘，以进曹操。

据《后汉书·方术传·左慈传》：左慈字元放，庐江人也。少有神道。尝在司空曹操坐，操从容顾众宾曰：“今日高会，珍羞略备，所少吴松江鲈鱼耳。”放于下坐应曰：“此可得也。”因求铜盘贮水，以竹竿饵钓于盘中，须臾引一鲈鱼出。操大拊掌笑，会者皆惊。操曰：“一鱼不周坐席，可更得乎？”放乃更饵钩沉之，须臾复引出，皆长三尺余，生鲜可爱。操使目前鲙之，周浃会者。操又谓曰：“既已得鱼，恨无蜀中生姜耳。”放曰：“亦可得也。”操恐其近即所取，因曰：“吾前遣人到蜀买锦，可过敕使者，增市二端。”语顷，即得姜还，并获操使报命。后操使蜀反，验问增锦之状及时日早晚，若符契焉。

操以手取之，忽于（盘）[盆] 内有书一（封）[卷]，上（操）题曰《孟德新书》。操取观之，一字不错。操大疑，以目视之，有杀左慈之意。慈取殿前一白玉杯，满斟佳酿，进操曰：“望大王满饮，寿可千岁！”操曰：“汝先饮之。”慈拔冠簪于杯中（所）[一] 画，先饮其半，这一半如冻烟，以劝操饮之。操叱之。慈掷杯于空中，化成一白鹤，绕殿而飞。众皆仰面而看，忽失左慈所在。操急问左右，人报已出宫门而去。操令许褚领铁骑亲兵追之。

褚即时上马，领虎贲铁骑五百人赶至城门，望 [见] 左慈穿履在前，慢步而行。褚飞马（进）[追] 之不上，[赶] 到山畔，见 [一] 群羊，慈立于 [羊] 群中。褚取箭射之，慈钻入羊群不见。褚将羊尽杀之（自）[而] 回。牧羊小童守羊而哭。忽一 [羊] 头于地上草间大作人言，唤小童曰：“汝可将此头凑于羊腔 [子上]。”小童凑之，忽跃起成左慈。慈将群羊百余尽皆凑活，（左慈）拂袖而去。[小] 童归告（之）主人，主人不敢隐，去告曹操。

曹操交画影图形，各处拿捉 [左慈]。不三日内，城里捉（渺）[眇] 一目、跛一足，白藤冠、青懒衣、履鞋先生，都一般模样 [者] 数百人，哄动街市（人）。

据《后汉书·方术传·左慈传》：后操出近郊，士大夫从者百许人，慈乃为赍酒一升，脯一斤，手自斟酌，百官莫不醉饱。操怪之，使寻其故，行视诸垆，悉亡其酒脯矣。操怀不喜，因坐上收，欲杀之，慈乃却入壁中，霍然不知所在。或见于市者，又捕之，而市人皆变形与慈同，莫知谁是。后人逢慈于阳城山头，因复逐之，遂入走羊群。操知不可得，乃令就羊中告之曰：“不复相杀，本试君术耳。”忽有一老羝屈前两膝，人立而言曰：“遽如许。”即竞往赴之，而群羊数百皆变为羝，并屈前膝人立，云“遽如许”，遂莫知所取焉。

操命以猪羊血泼之，押赴城南教场，引众兵（数百）围绕，皆命斩之。[数百人] 各起一道青气，到半天聚为一处，化成左慈。慈招白鹤一只，骑于云内，大笑曰：“玉鼠随（合）[金] 虎，奸雄一旦休！”操命众将以弓射之。忽然大作猛风，飞砂走石，所斩之尸尽皆跃起，手提其头，奔上演武堂来打曹操。文官武将掩面惊（荒）[倒]，各不相顾。是日神号鬼哭。曹操性命如何？

[第一百三十七段]　曹操试神卜管辂

当日，曹操见黑风中群尸皆起，惊倒于地；须臾风定，尽皆不见。群下扶操回（营）[宫]，感而成疾。后有诗赞[左慈]曰：

飞步凌云遍九州，独（兵遂）[凭遁]甲自遨游。
金盘当殿（成良）[呈银]鲙，玉盏飞空化白鸠。
顷刻开花红影乱，片时结果翠阴稠。
左慈苦把神仙术，（莫）[点]悟曹瞒不转头。

又诗曰：

人言左道非真术，只恐于中未得传。
一若得传心地正，何愁物外觅神仙？

此言（甚）[世]传左慈道术乃不正之法，非真也，但恐人心自不正耳，故以此诗解之。曹操心疑左慈，因而成疾，服药不愈。

忽太史令许芝自许昌来见操，操令芝卜《易》。芝曰："王上曾闻神卜管辂否？"操曰："颇闻其名，未知何为神卜。汝当（诉）[详]说其才。"许芝曰："管辂字公（名）[明]，平原人也，容貌最丑。辂好酒疏狂，

据《三国志·魏书·方技传·管辂传》：管辂字公明，平原人也。容貌粗丑，无威仪而嗜酒，饮食言戏，不择非类，故人多爱之而不敬也。

从幼年八九岁便（吾）[喜]观天文，夜不（敢）[肯]寝，父母不能禁止；常自言'（鹅）[家]鸡野鹄尚自知时，何况为人在世乎？'与邻里小儿于（怀）[壤]中画地作天文，分布日月星辰，指点而观之；及（此）[长]，深明《周易》、（渐）风角、鸟占（姜），会肉眼通神相法。其（文）[父]曾为（卿）琅琊（二）[即丘]长，（咸）令管辂于学中读书，日记数千言，学中四（百）[方]人皆不及焉。琅琊太守单子春闻其才，召辂相见。时坐上有宾客数十人，皆能言之士。辂对太守曰：'座上名（字者加）[士皆]雄贵之姿。辂既年少，胆未坚刚，若欲问难，先请美酒三（瓶）[升]，然后言之。'太守大喜，与酒[三]升，酌之立尽。辂曰：'敢问府君，何人（乎）[与]辂问难？'太守曰：'吾（与自）[自与]你旗鼓相当！'辂曰：'辂始读《书》《论》《易》，学问微浅，未能指引圣人之道，陈秦、汉之事，（位）[但]欲论金木水火土、鬼神之情耳。'太守曰：'此事极难，子以为易耶？'（从）座上宾客皆被管辂难倒，从辰至暮，酒食不行。客大奇之。于是天下号为神（农）[童]。

据《三国志·魏书·方技传·管辂传》注引《辂别传》：辂年八九岁，便喜仰视星辰，得人辄问其名，夜不肯寐。父母常禁之，犹不可止。自言："我年虽小，然眼中喜视天文。"常云："家鸡野鹄，犹尚知时，况于人乎？"与邻比儿共戏土壤中，辄画地作天文及日月星辰。每答言说事，语皆不常，宿学耆人不能折之，皆知其当有大异之才。及成人，果明《周易》，仰观、风角、占、相之道，无不精微。体性宽大，多所含受；

憎己不仇，爱己不褒，每欲以德报怨。常谓：“忠孝信义，人之根本，不可不厚；廉介细直，士之浮饰，不足为务也。”自言：“知我者稀，则我贵矣，安能断江、汉之流，为激石之清？乐与季主论道，不欲与渔父同舟，此吾志也。”其事父母孝，笃兄弟，顺爱士友，皆仁和发中，终无所阙。臧否之士，晚亦服焉。父为琅邪即丘长，时年十五，来至官舍读书。始读《诗》《论语》及《易本》，便开渊布笔，辞义斐然。于时黉上有远方及国内诸生四百余人，皆服其才也。琅邪太守单子春雅有材度，闻辂一黉之俊，欲得见，辂父即遣辂造之。大会宾客百余人，坐上有能言之士，辂问子春：“府君名士，加有雄贵之姿，辂既年少，胆未坚刚，若欲相观，惧失精神，请先饮三升清酒，然后言之。”子春大喜，便酌三升清酒，独使饮之。酒尽之后，问子春：“今欲与辂为对者，若府君四坐之士邪？”子春曰：“吾欲自与卿旗鼓相当。”辂言：“始读《诗》《论》《易本》，学问微浅，未能上引圣人之道，陈秦、汉之事，但欲论金木水火土鬼神之情耳。”子春言：“此最难者，而卿以为易邪？”于是唱大论之端，遂经于阴阳，文采葩流，枝叶横生，少引圣籍，多发天然。子春及众士互共攻劫，论难锋起，而辂人人答对，言皆有余。至日向暮，酒食不行。子春语众人曰：“此年少盛有才器，听其言论，正似司马犬子游猎之赋，何其磊落雄壮，英神以茂，必能明天文地理变化之数，不徒有言也。”于是发声徐州，号之神童。

后有利槽地名居民郭恩兄弟三人皆有（癖）[躄]疾，请辂卜之，曰：‘卦中有君家本墓，墓中有女[鬼]，若非君伯母，即叔母也，昔饥荒之年，必（曾）[遭]谋数升米之利，推落井中，啧啧有（尸）[声]，（惟）[推]一大石头压破其头。孤魂苦痛，自诉于天，以致君兄弟故有此报。’郭思三人涕泣伏罪，答曰：‘果有此事！’于是留管辂在家数日。忽一日，有一鸠飞来树上，其鸣如哭。辂卜曰：‘今日午时，当有一[年老]亲人（年老），从东方携猪肉一肩、浊酒一瓶，主宾对饮。笑中有疾，当有小惊。’是日果有姨丈携酒肉至，与郭思兄弟共饮（其微）[甚欢]。思令家童（烹）[射]鸡为食，隔篱误伤邻家女子，左手流血，如此之验！

据《三国志·魏书·方技传·管辂传》：父为利漕，利漕民郭恩兄弟三人，皆得躄疾，使辂筮其所由。辂曰：“卦中有君本墓，墓中有女鬼，非君伯母，当叔母也。昔饥荒之世，当有利其数升米者，排著井中，啧啧有声，推一大石，下破其头，孤魂冤痛，自诉于天。”于是恩涕泣服罪。……辂又至郭恩家，有飞鸠来在梁头，鸣甚悲。辂曰：“当有老公从东方来，携豚一头，酒一壶。主人虽喜，当有小故。”明日果有客，如所占。恩使客节酒、戒肉、慎火，而射鸡作食，箭从树间激中数岁女子手，流血惊怖。

安平太守王基知辂神卜，取往其处，（自）[因]信都令妻常患头痛，其子心痛，举家常惊恐，使辂卜之。辂曰：‘君北堂西头有两尸：一男子持矛，一男子持弓箭，头在壁内，脚在壁外。持矛者（至）[主]刺头，故头（重）痛不得举也；持弓箭者主射胸腹，故（主）心痛不能食也。昼则浮游，夜则来顾，病人惊恐也。’于是掘之，入地八尺，果有二棺：一棺中有矛；一棺中有角弓及箭，木皆朽烂，但有角与铁箭头半衔于棺畔。遂徙骸骨，去城外十里葬之，[家中]无患矣。

据《三国志·魏书·方技传·管辂传》：辂往见安平太守王基……时信都令家妇女惊恐，更互疾病，使辂筮之。辂曰：“君北堂西头，有两死男子，一男持矛，一男持弓箭，头在壁内，脚在壁外。持矛者主刺头，故头重痛不得举也。持弓箭者主射胸腹，故心中县痛不得饮食也。昼则浮游，夜来病人，故使惊恐也。”于是掘徙骸骨，家中皆愈。

据《三国志·魏书·方技传·管辂传》注引《辂别传》：王基即遣信都令迁掘其室中，入地八尺，果得二棺，一棺中有矛，一棺中有角弓及箭，箭久远，木皆消烂，但有铁及角完耳。及徙骸骨，去城一十里埋之，无复疾病。

馆陶地名令诸葛原迁新兴太守，辂往送行。客言管辂能覆射，原不信，暗（扯）[取]燕卵、蜂窠、蜘蛛（网）置于三合之中，令辂射之。辂卦成，（又）[各]写四句于合上：[其]一曰‘含气须变，依乎宅堂；雌雄以形，翅翼舒张：此燕卵也’，其二曰‘家堂倒悬，门户（中）[众]多；藏精育毒，（救）[得秋]乃化：此蜂窠也’，其三曰‘（夜解屯还）[觳觫长足]，吐丝成罗；寻网求食，利在昏夜：此蜘蛛也’。满座（大）[惊]喜。

据《三国志·魏书·方技传·管辂传》：馆陶令诸葛原迁新兴太守，辂往祖饯之，宾客并会。原自起取燕卵、蜂窠、蜘蛛著器中，使射覆。卦成，辂曰："第一物，含气须变，依乎宇堂，雄雌以形，翅翼舒张，此燕卵也。第二物，家室倒县，门户众多，藏精育毒，得秋乃化，此蜂窠也。第三物，觳觫长足，吐丝成罗，寻网求食，利在昏夜，此蜘蛛也。"举坐惊喜。

后（在）乡中邻妇朱氏失牛，求辂卜之。辂曰：‘在（此）[北]溪之西，七人（牵出）[宰之]。若去疾速，皮骨尚在。’其妇便往寻之，七人于茅舍后煮食，皮骨尚全。妇告本郡平原太守刘邠，遂将各人（受）[获]断；问其妇曰：‘何以知之？’妇告曰：‘此神卜管辂之术也。’刘邠不信，请辂试之，取（信）[印]囊及（小）[山]鸡毛藏于合中，令辂卜之。辂先卜其一曰：‘内方外圆，五色成（之）[文]；含宝守信，出则有章：此（则）[印]囊也。’卜其二曰：‘（严严）[岩岩]有鸟，锦体朱身；羽翼玄黄，鸣不失晨：此（则小）[山]鸡毛也。’刘邠大惊，养辂为上宾。

据《三国志·魏书·方技传·管辂传》：平原太守刘邠取印囊及山鸡毛著器中，使筮。辂曰："内方外圆，五色成文，含宝守信，出则有章，此印囊也。高岳岩岩，有鸟朱身，羽翼玄黄，鸣不失晨，此山鸡毛也。"

忽一日春暮，辂出郊闲行，见一少年于田中耕锄。辂立道傍，闲看良久，问之曰：‘少年高姓？多少青春？’少年答曰：‘吾姓赵名颜，年十九岁矣。’辂曰：‘汝眉间有死气，（现）[限]三日内[必]死矣。吾[乃]管辂也，见汝貌虽美，可惜无寿。’赵颜闻之，急奔归告其父。父子赶上管辂，哭拜于地求之。辂曰：‘此天命也，安可禳之？’父曰：‘止有此子，望乞救之！’辂见父子哀痛之至，乃曰：‘汝可备清酒一樽，鹿脯一块，来日往南[山之中，大]树之下，盘石（下）[上]二人弈棋：一人向南坐者，衣白袍，其貌甚恶；一人向北坐者，其貌甚美，身穿绛衣。汝子可将[酒]盘（切）[及]鹿脯而往劝之，待饮食毕，哭告其事，必添寿矣。切勿言我名字！’老人留管辂在家。次日，赵颜携酒脯入南山中，行五六里，果见二人于大松树下着棋，全然不顾。赵颜跪进酒脯，二人贪着[棋]，不觉饮[食已]尽。颜哭拜于地而求寿筭，二人（方整）[大惊]。衣（袍）红袍者曰：‘此必管子之言也！吾二人已受其私，必须怜之。’穿白袍者身边取簿看之，曰：‘汝（只）今年十九岁。吾今于“十”字上添一“九”字，汝可寿至九十九。回见管辂，交再（后）休漏泄天机，必有大罪！’衣红者出笔添讫，香风过处，化作二白鹤，冲天而去。赵颜归问管辂，[辂]曰：‘穿红者，南斗[也]；衣白者，北斗也。’颜曰：‘吾闻北斗九星，何其一也？’辂曰：‘散而为九，合而为一也。北斗注死，南斗注生。今已添之，子（后）[复]何（优）[忧]？'父子拜谢。管辂自此恐（失）[泄]天机，再不与人卜矣。（今）此人见在平原，王上欲知休咎，何不召之？”曹操大喜，即时差人往平原召管辂。

（回）[辂]至参拜讫，操令卜左慈之事。辂曰：“此幻术耳，（何必王上）[王上何必]为忧？”操遂心安。操令辂卜天下之事，辂曰：“三八纵横，[黄]猪遇虎，定军之南，伤折一（将）[股]。”操又令辂卜（看）[筭]数，辂曰：“狮子宫中，以安神位；王道鼎新，子孙极贵。”操问其详，辂曰：“（汪汪）[茫茫]天数，不可预知；后有应验，方[可]悟也。”

操（再）[一日]与辂论（云）“云从龙，风从虎”之义。操曰：“龙动则景云起，虎动则谷风生，（至）[所]以为火星者龙，（今虽）[参星]者（福）[虎]。火（虎）[出]则云应，参出则风到，此乃阴阳之感（格）[化]，非龙虎[之]所致也。”辂答曰：“夫论当先审其本，然后求其理。理失则机谬，机谬则荣辱之主。若以参星为虎，则谷风更生为寒霜之风，（哭）[寒]霜之风非东风之名。是以龙者阳精以潜于阴，幽灵上（道）[通]，和气感神，二物相扶，故能兴（去）[云]；（火）[夫]虎者阴精而居于阳，依阜（其）[长]啸，动于山林，二气相感，故能运风。若块石之取铁，不见其神而（今）[金]自来，有征应以相感也。龙有潜飞之化，虎有文明之（要）[变]，招云招风，何足为疑？”操问曰：“夫龙之在渊，不过一井之（地）底；虎之长啸，不过百步之中：形气浅弱，（以）[所]通者迩，何能兴云而化东风？”辂答曰：“王上岂不见阴阳遂在掌握之中？形不出手，乃上引太阳之火，下引太阴之水，呼吸之间，烟景以集。苟精气相感，而悬象应乎二燧；苟不相感，则如二女同居，其志不得。自然之道，无有远近也。”

据《三国志·魏书·方技传·管辂传》注引《辂别传》：清河令徐季龙，字开明，有才机。与辂相见，共论龙动则景云起，虎啸则谷风至，以为火星者龙，参星者虎，火出则云应，参出则风到，此乃阴阳之感化，非龙虎之所致也。辂言：“夫论难当先审其本，然后求其理，理失则机谬，机谬则荣辱之主。若以参星为虎，则谷风更为寒霜之风，寒霜之风非东风之名。是以龙者阳精，以潜为阴，幽灵上通，和气感神，二物相扶，故能兴云。夫虎者，阴精而居于阳，依木长啸，动于巽林，二气相感，故能运风。若磁石之取铁，不见其神而金自来，有征应以相感也。况龙有潜飞之化，虎有文明之变，招云召风，何足为疑？”季龙言：“夫龙之在渊，不过一井之底，虎之悲啸，不过百步之中，形气浅弱，所通者近，何能灟景云而驰东风？”辂言：“君不见阴阳燧在掌握之中，形不出手，乃上引太阳之火，下引太阴之水，嘘吸之间，烟景以集。苟精气相感，县象应乎二燧；苟不相感，则二女同居，志不相得。自然之道，无有远近。”

曹操大喜，欲封管辂为太史令。辂曰：“辂命薄相穷，不称此职，不敢受也。”操问其故，[辂曰：]“辂（上）[额]无主骨，眼（中）无守（信）[睛]，鼻无梁柱，脚无天根，背无三甲，腹无三（生）[壬]，可于泰山治鬼，不能治生人也。”

据《三国志·魏书·方技传·管辂传》：正元二年，弟辰谓辂曰：“大将军待君意厚，冀当富贵乎？”辂长叹曰：“吾自知有分直耳，然天与我才明，不与我年寿，恐四十七八间，不见女嫁儿娶妇也。若得免此，欲作洛阳令，可使路不拾遗，枹鼓不鸣。但恐至太山治鬼，不得治生人，如何！”辰问其故，辂曰：“吾额上无生骨，眼中无守精，鼻无梁柱，脚无天根，背无三甲，腹无三壬，此皆不寿之验。又吾本命在寅，加月食夜生。天有常数，不可得讳，但人不知耳。吾前后相当死者过百人，略无错也。”是岁八月，为少府丞。明年二月卒，年四十八。

操曰："汝（以）[相]吾若何？"辂曰："位极人臣，又何必相焉？"再三问之，辂但笑而不答。操令辂遍相文武官僚，辂曰："皆治世之臣也。"操问（因由）[休咎]，皆不肯尽言。

按：盛巽昌在《三国演义补证本》中指出：管辂与曹操两人其实不在同个时空坐标上。管辂是15岁时才为琅邪太守发现，并被视为徐州神童的，从此他成为占卜作卦的最佳专业户。《演义》称曹操曾向管辂问卜，其实这年（218）他只有十一岁，显然这是《演义》移植。

后人有诗单题神卜管辂曰：

平原神卜管公明，能筭南辰北斗星。
八卦玄微通鬼窍，六爻蕴奥究天庭。
预知筭法应添寿，自觉心源极有灵。
可惜当年奇异术，后人无复受遗经。

曹操令卜东吴、西蜀二处。辂（投）[设]卦云："东吴（必）主亡一大将，西蜀有兵犯界矣。"操不信。忽合肥来报："东吴陆口守将鲁肃身故。"

据《三国志·吴书·鲁肃传》：肃年四十六，建安二十二年卒。权为举哀，又临其葬。诸葛亮亦为发哀。

操大惊，即便差人往汉中探（之）[听]消息。不数日，飞报至，言"刘玄德遣张飞、马超兵犯下辨取东川。"

据《资治通鉴》卷六十八：（刘）备……乃率诸将进兵汉中，遣张飞、马超、吴兰等屯下辨。魏王操遣都护将军曹洪拒之。（参见《三国志·魏书·武帝纪》）

操大怒，（要自）[自要]引兵再入汉中。此去如何？

[第一百三十八段]　耿纪韦晃讨曹操

曹操欲起兵伐蜀，令管辂卜之。辂曰："王上不可妄动，来春许都必有火灾！"操见辂言累验，不敢轻动，（寓）[留]居邺郡，使曹洪领兵五万，去助夏侯渊、张郃同守东川；又差夏侯惇领兵三万，于许都来往巡警，以备不虞；又降王旨，令长史王必总督御林军马。

据《资治通鉴》卷六十八：魏王操使丞相长史王必典兵督许中事。

据《三国志·魏书·武帝纪》注引《三辅决录注》：时关羽强盛，而王在邺，留必典兵督许中事。

主簿司马懿曰："王必嗜酒性宽，恐不堪任军国重事。"操曰："王必是吾被荆棘、历艰难时相随之人也，应（恋）[变]相机，心如铁石，国之良（史）[吏]也。孤心甚倚托焉！"

遂委之。王必遂领御林军［马］，屯营于东华门外。

时有一人，姓耿名纪，字季行，洛阳人也，旧为丞相府掾史，后（千）［迁］侍中、少府，与司直韦晃甚好；见曹操进爵魏王，出入用天子车服，心常不平。（当于）［时遇］建安二十三年［春］正月，耿纪、韦晃在私宅中共饮。［耿纪］起身密议［曰］："曹操篡逆，（之）［有］心多时。吾等世为汉臣，岂可同恶相济？"韦晃曰："吾有一心（交）［腹之］友，姓金名伟，字伟德，乃汉相金日磾之后；（素）［常］见曹操入内，喟然长叹，素有讨逆之心，更兼此人与王必（后）［厚］，若得同谋，其事谐矣。我等当往说之。"于是二人同车至金伟宅，［金伟］接入后堂坐定。晃曰："伟德于王长史甚厚。吾二人特有所求。"伟曰："所求何事？"晃曰："吾知魏王早晚当绍汉天下，公必骤迁。［望］公相［顾］，颁恩赐爵。若得提携，平生感德非浅！"伟拂袖而起，令从者（喝）点汤逐客。二人再拜于地曰："伟德何故如此薄情也？"伟叱［晃］曰："吾与汝交厚者，为与汝等［皆］汉朝臣宰之后。今不思报本，皆欲［辅］造反之人。吾有何颜与汝为友！"韦晃曰："奈天数（至）［如］此，不得不和光同尘［耳］！"金伟大怒。耿纪、韦晃见伟有忠义之心，故尽情告之。［晃］曰："吾二人实为汉朝来求足下，故反说也。"伟曰："吾累世汉臣，安能从贼！汝扶汉有何高见？"纪、晃曰："虽有报国之心，未有扶危之计。"伟曰："吾欲（使）里应外合，杀王必，夺兵权，扶助銮驾；自往渭南［结］刘皇叔为外应，则（曹）［操］贼可灭［矣］！"二人闻（知）［之］，嗑头拜谢。

伟曰："吾有兄弟二人为吾心腹，亦与操贼有大仇，见居城外。吾（亦）［欲］用为羽翼。"纪、晃问［是］谁，伟曰："太医吉平之子：长曰吉邈，字文然；次曰吉穆，字思然。［操］昔为董承衣带诏（时）［事］，曾杀其父。二子窜于远乡，今见在此。"纪、晃二人大喜，便欲相见。伟潜唤吉邈［、吉穆］至，言及其事。二吉感愤涕泣，怨气冲天，誓杀国贼。（吾二）［五］人共谋。金伟曰："正月十五夜，城中大放灯火，庆赏元宵。耿少府、韦司直各起家童，［至］王必前营看灯，只见营中火起，分两（门）［路］杀入；如执王必，径报我家。吾自入内，请天子登五（风）［凤］楼，以诏百官，以安万民。吉文然弟兄于城外杀人，放火为号，各各声张，叫百姓诛杀曹贼，以安汉君，截住城外救军。待天子降诏招安已定（后），进兵杀奔邺都擒操，即发使赍诏取刘皇叔。今日约定，至期初更（，如期）而至，勿效董承自取其祸！"五人对天设誓，歃血为盟，各自归家整备军器，临［期］而行。

据《三国志·魏书·武帝纪》注引《三辅决录注》：时有京兆金祎字德祎，自以世为汉臣，自日磾讨莽何罗，忠诚显著，名节累叶。睹汉祚将移，谓可季兴，乃喟然发愤，遂与耿纪、韦晃、吉本、本子邈、邈弟穆等结谋。纪字季行，少有美名，为丞相掾，王甚敬异之，迁侍中，守少府。邈字文然，穆字思然，以祎慷慨有日磾之风，又与王必善，因以间之，若杀必，欲挟天子以攻魏，南援刘备。（参见《后汉书·耿秉传附曾孙纪传》）

据《资治通鉴》卷六十八：时关羽强盛，京兆金祎睹汉祚将移，乃与少府耿纪、司直韦晃、太医令吉本、本子邈、邈弟穆等谋杀必，挟天子以攻魏，南引关羽为援。（参见《三国志·魏书·武帝纪》）

按：据史书记载，太医令吉本（《演义》误作吉平）及其两子都参加了建安二十三年（218）的耿纪、韦晃反曹集团。《演义》则将吉本移植为参加建安五年（200）董承为首的反曹活动，见本书第四十六则。

且说耿纪、韦晃二人各有家童三四百人，预备器械。吉邈兄弟亦聚到三二百人，只推围猎（，排捌已定）。

却说金伟（先期）［排捌］已定，来见王必，言“方今海宇稍安，魏王威镇天下，不可不放灯火，以显太平气象。”必然之，（吾）［告］报各处放灯火。是夜明点花灯，王必与御林军诸将在城中饮宴。忽闻（宫）［营］中纳喊，人报（西）［两］路火起。王必荒走出看时，两下大乱，火光中见营中有变，急上（得）马出南门，正遇耿纪。纪不知是王必，只顾引弓射之，一箭中（着）［肩］，几乎坠马，遂出（南）［西］门［而］走，背后有军赶来。王必无路，弃坐下马，步走至金伟门首，荒扣［其］门。那时金伟使人于营中放火，却随后去助战。家中［人］听得敲门，只道金伟归，——男子已都去了，只有妇人。伟妻隔门便问曰：“王必那厮杀了么？”必大惊，方悟金伟同谋，遂往曹休家报（之）［知］金伟、耿纪等谋（主）［反］。休（已）自披挂了，飞身上马，引千人在城中拒敌。城中四下火起，延烧着五凤楼，帝避于深宫。曹氏腹心牙爪死拒宫门。城中是夜但闻人叫“杀尽曹（操）［贼］，以扶汉室！”

元来夏侯惇三万军巡惊，离城五里屯扎，遥望［见］城中火起，尽起大军前来围住许都，（不）使一［枝］军入［城］接应曹休。战到天明，耿纪等无人相助，人报金伟、二吉皆被杀死。耿（吉）［纪］、韦晃夺路杀出城门，正遇夏侯惇大军围住，皆被活捉，手下人［尽］皆杀（了）［之］。

据《三国志·魏书·武帝纪》注引《三辅决录注》：时关羽强盛，而王在邺，留必典兵督许中事。文然等率杂人及家僮千余人夜烧门攻必，祎遣人为内应，射必中肩。必不知攻者为谁，以素与祎善，走投祎，夜唤德祎，祎家不知是必，谓为文然等，错应曰：“王长史已死乎？卿曹事立矣！”必乃更他路奔。一曰：必欲投祎，其帐下督谓必曰：“今日事竟知谁门而投入乎？”扶必奔南城。会天明，必犹在，文然等众散，故败。（参见《后汉书·耿秉传附曾孙纪传》）

据《资治通鉴》卷六十八：建安二十三年春正月，吉邈等率其党千余人，夜攻王必，烧其门，射必中肩，帐下督扶必奔南城。会天明，邈等众溃，必与颍川典农中郎将严匡共讨斩之。（参见《三国志·魏书·武帝纪》）

按：据史书记载，建安二十年（215）十一月，张飞在宕渠大破张郃。这场战争结束两年之后，耿纪、韦晃在许都发动政变，迅速失败。《演义》将两事前后倒置，有悖于史。

［夏侯惇］入城救扑遗火，尽收各家老小宗族，使人飞报曹操。操交腰斩于市，就召汉百官尽赴邺都，（厅）［以听］处分。夏侯惇令押耿纪、韦晃至于通衢。纪厉声大叫曰：“曹阿瞒！吾生不能杀汝，死当作鬼以杀贼！”刽子以刀捌口流血，尚曰：“吾被群（鼠）［儿］误耳！”大骂而死。韦晃以面颊顿地曰：“可惜哉！”咬牙瞋目而死。

据《三国志·魏书·武帝纪》注引《献帝春秋》：收纪、晃等，将斩之，纪呼魏王名曰：“恨吾不自生意，竟为群儿所误耳！”晃顿首搏颊，以至于死。

后人有诗赞曰：

耿纪精忠韦晃贤，各持空手欲扶天。

谁知汉祚相将尽，恨满心胸丧九泉。

夏侯惇将五家老少宗族皆斩于市。王必箭疮发［作］而死。

据《三国志·魏书·武帝纪》注引《三辅决录注》：后十余日，必竟以创死。

惇将百官起发赴邺。曹操于教场立红旗于左，白旗于右，乃降王旨曰："昨者耿纪、韦晃造反，（致）［放］火烧毁许都。汝等（两件）有出救［火］者，有闭门不出者。曾救火［者］可立于红旗下，不曾救火［者］立于白旗下。"众官自思"曾救火者必无罪"，多有奔红旗下立；三停内有一停立于白旗下。操交尽拿立于红旗下者。众官各言"（赎）［无］罪！"操曰："汝等之心非是救火，实为助国，图害吾宗族也！"尽命牵出漳河斩之，死者二百余员。静轩先生诗叹曰：

韦、耿徒怀辅汉忠，谁知天命属奸雄。
可怜俊杰遭诬死，血染漳河水浪红。

其立于白旗下者尽皆赐赏，仍令还许都。

据《三国志·魏书·武帝纪》注引《山阳公载记》：王闻王必死，盛怒，召汉百官诣邺，令救火者左，不救火者右。众人以为救火者必无罪，皆附左；王以为"不救火者非助乱，救火乃实贼也"。皆杀之。

按：《演义》上面的片断，取材于《山阳公载记》。周兆新先生在《三国演义考评》一书中认为，《山阳公载记》中的这个故事，如果作为史料来看，完全经不住推敲，故《资治通鉴》摒弃不用。故事中所描述的曹操，暴戾恣睢，滥杀官员，与官渡之战时下令尽焚军中暗通袁绍书信的作风截然相反。裴松之早已指出，《山阳公载记》一书"秽杂虚谬"，难以取信于人。

操命锺繇为相国，

据《三国志·魏书·锺繇传》：魏国初建，为大理，迁相国。

华歆为御史大夫，

据《三国志·魏书·华歆传》：魏国既建，为御史大夫。

曹休总督御林军马。遂定侯爵六等十八级，关（西）［中］侯爵十七级，皆金印紫绶；关（内）外侯十六级，铜印龟纽黑绶；五大夫十二级，铜印环纽。受爵封官，朝廷又换一班人物。操方悟管辂火灾之应耳，遂（皆）［欲］重赏，辂皆不受。

却说曹洪自到汉中，［令］张郃、夏侯渊各拒险要。洪自进兵直驻下辨地名。却说马超、张飞各守一处隘口。超取下辨，［令］吴兰为先锋。张飞［、雷同］守巴西（，雷同为先锋）。（西）［两］边皆（来）［未］动兵。曹洪至下辨（相遇）［将近］，先锋吴兰自引军哨出，正与曹洪军相迎。吴兰欲退，手下牙将任夔曰："今贼兵犯界，若不挫其锐气，何颜见孟起乎？"于是骤马提枪，来与洪军搦战。洪自提刀出马，与任夔交战三合，斩任夔于马下，乘势掩杀。吴兰大败，

据《三国志·魏书·武帝纪》：曹洪破吴兰，斩其将任夔等。（建安二十三年春）三月，张飞、马超走汉中，阴平氐强端斩吴兰，传其首。

据《资治通鉴》卷六十八：曹洪将击吴兰，张飞屯固山，声言欲断军后，众议狐疑。骑都尉曹休曰："贼实断道者，当伏兵潜行；今乃先张声势，此其不能，明矣。宜及其未集，促击兰。兰破，飞自走矣。"洪从之，进，击破兰，斩之。（建安二十三年春）三

月，张飞、马超走。休，魏王族子也。（参见《三国志·魏书·曹休传》）

回寨去见马超。超责之曰："[汝]不得吾令，何故轻敌，以致挠败？"兰言"任夔不听[吾言]，故有此失。"马超曰："传下吾令，勿与交锋，紧守关隘。一面申报主公，如主公肯交进兵退曹洪，须待蜀中文字来（回）。"曹洪恐马超有谋，引兵退回南郑。

却说张郃来见[曹]洪，问曰："将军既[已]斩将，如何退兵？"洪曰："吾见马超不出，恐别有谋。又为在邺时，神卜管辂有言：'当于此处折一大将。'（吴）[吾]疑此言，故退。"张郃大笑曰："将军相持半世，岂（不知）[可以]卜术惑其心哉？……"洪曰："虽然，不可轻[敌]。"张郃曰："人皆惧张飞，吾独视为小儿耳，此去必擒！"洪曰："倘有疏失，若何？"郃曰："合当（伏）军法！"洪勒了文状，令郃进兵。胜败如何？

[第一百三十九段]　瓦口关张飞战张郃

原来张郃所屯兵三万（各）[分]为三寨，各傍险山：一名（冠）[宕]渠寨，二名蒙头寨，三名荡石寨。三寨军兵分一半去取巴西，留一半守寨。张郃进兵前行。

却说张飞在巴西（关）[阆]中，守城报马到，说张郃兵来。飞唤雷同商议。同曰："（关）[阆]中地（面）[恶]山险，（不）[可]以埋伏。将军引正兵出战，同出奇兵，必擒张郃也。"飞拨精兵五千与雷同。飞自引兵万余，离（关）[阆]中三十里，与郃兵相遇，两军摆开。张飞出马，搦张郃战，郃亦（使）[挺]枪骤马相（交）[迎]。战到二十余合，[郃]后军大乱。原来魏军[望]见背后山中有蜀兵旗（簇）[幡]。郃知便退，张飞背后掩杀，前面雷同杀出，两下夹攻，郃兵大败。张飞、雷同连夜追袭，直赶到（岩）[宕]渠山。郃仍旧分兵守住三寨，多置擂木炮石，坚守不出。张飞离（岩）[宕]音荡渠十里下寨，次日引兵搦战。郃在山上大笑，大吹大擂饮酒，并不下山。张飞令军士大骂，郃只不出。飞收兵回[营]，次日令雷同去山下搦战，郃又不出。雷同驱军上山，山头擂木炮石打下，折了数十人。雷同急退，荡石、蒙头两寨兵出，杀败雷同。张飞次日又去搦战，张郃又不出。飞使军人百般秽骂，郃（上山）[在山上]亦骂。张飞寻思，无计可施，相拒五十余日。飞就山前扎住大寨，每日在寨中饮酒至大醉，坐于山前辱骂张郃。

玄德差人来军前犒劳，见张飞饮酒，回见玄德，说飞饮酒，"恐失军机！"玄德大惊，乃问军师。孔明笑曰："元来如此！军前恐无好酒，成都佳酿及（两）[多]，（下）[可]选好酒五十瓶，作十车装载，送到军前与张飞将军饮之。"玄德曰："吾弟自来饮酒失事。军师何故反（逆）[送]许多好酒？吾弟醉中必被张郃所算也。"孔明曰："主公与翼德多年兄弟，岂不知其心地耶？翼德自来刚强，收川之时义释严颜，此非勇夫所为也。今在（岩）[宕]渠与张郃相拒五十余日；近闻日饮，醉时只在山前秽骂，傍若无人。此非贪杯，乃赚张郃之计也。"玄德曰："虽然如此，未见（真）[其]实。可使魏延助之。"孔明令魏延解美酒至军前，车上各插白旗，大书"军前公用美酒"。

[且说]魏延解酒到寨中（且说）[见]张飞，传玄德令，赐酒了。飞拜受讫，分付魏延、雷同各引一枝军马为左右羽翼，只看军中红旗起，便各进兵。张飞交将酒摆列于

帐前，令军士大开美酒而饮之。有细作报上山来，张郃自来山顶窥望，见张飞坐于帐下饮酒，令三军健儿面［前相］扑为戏。郃曰："张飞太欺我（耶）［也］!"传令今夜下山劫飞寨，令蒙头、荡石二寨军皆出劫［寨］，为左右翼。张郃乘月色微明，引军（前）［从］山侧而下，径到寨前，遥望［见］张飞大明灯烛，正在帐中饮酒。张郃当先大喊一声，山头擂鼓为助，直杀入中（宫）［营］，但见张飞端坐不动。张郃骤马到（根）［跟］前，一枪刺倒，原来是个草人，身上披张飞甲，头上［带］盔，伏于（草人身）［桌］上。张郃刺间见是个草人，急勒马回。帐后连珠炮起，寨中一将当先拦住去路，（睁圆）［圆睁］环眼，声若巨雷，乃燕人张翼德也，挺矛跃马，直取张郃。两下牙将各自拒定，两将在火光之中交锋。郃只望两寨来救，原来已被魏延、雷同两将杀败，就势夺得山头。郃与飞死战到五六十合，山上火起，原来被张飞后军夺了寨栅。张郃败走。张飞赶了一程，回守（岩）［宕］渠山。飞报入成都来，玄德大喜，方知翼德（引）［饮］酒是计，只要（漏）［诱］张郃下山。

却说张郃退守瓦口关，三万军已折大半，遣人问曹洪求救。洪大怒曰："汝不听吾言，务要进兵，倒折了（岩）［宕］渠山紧要（寨）［隘］口!"不肯发兵接救，却使人催张郃出战。郃心荒，只得定计，分两军于关前山僻埋伏，分付［曰］："我佯输诈败，引过张飞。汝等皆出，截住归路。"……张郃（后面）刺杀雷同于马下，败军回报张飞。飞自来与郃战，郃又诈败，飞不赶，郃又回，如此者三次。飞知诱敌，收军回寨，与魏延商议［曰］："张郃用埋伏计杀了雷同，又要赚吾。何不（以）［将］计就计？"延问"如何？"飞曰："我明日当先（锋）［引一军］去，汝却引精兵［于］后。待伏兵出，汝可分兵击之，用车数十乘，各带柴草，（会合）［塞住］小路，用火烧之。吾乘势擒张郃，与雷同报仇。"魏延得了计。

次日，张飞引军前进。张郃兵又至，与飞交锋。战到三十余合，郃诈败走。飞引马步军赶［去］，郃［且战］且走，引张飞过山谷口（去）。［郃将］后军为前（却）［郃］，（如）扎住精兵，望见两彪伏兵出，却被魏延精兵倒赶入谷口，（却）将草车两路（会）［塞］住，点（起）火（沿）烧（及）［车］，山上草木皆着，烟迷其径，兵不得出。飞来冲［郃兵］，张郃（兵）［大］败，走上瓦口关，收聚败兵，坚守不出。

却说张飞［连日攻打关隘不下，］与魏延引数十（队）［骑］，自来关［隘］两边哨探小路。当日忽见男女数人，各背小包，于山僻攀藤附葛而走，飞马上用鞭指与魏延曰："夺瓦口关只在这几个百姓身上。"唤步军分付："休要惊恐，好好唤那几个百姓来。"军士抄去，唤到马前。飞用好言以安其心，问其所（言）［来］。百姓告曰："某等皆是汉中居民，今欲回乡，听知大军厮杀，（剑门、）［塞闭］阆中官（遣）［道］。今欲过苍溪，从梓潼山出桧川，入汉中还家去。"飞曰："这条路取瓦口关多少近远？"百姓曰："从梓潼山小路，却好是瓦口关背后。"张飞［大］喜，（来）带百姓到寨中与了酒食，便与魏延商议［曰］："汝便引兵扣关攻打，我亲自引轻骑出［梓］潼（关）山袭关后，张郃可擒矣。"飞交百姓引路，选轻骑五百，从小路而行。魏延扣关攻打。

却说张郃为救兵不到，心中正闷，军报"魏延在关下攻打。"却说张郃披挂了欲下关，忽报"山后四五路火起，不知何处军到。"张郃自引兵来迎，为首门旗下早见张飞。张郃大惊，急走小路，马不堪行，后面张飞追赶甚急。张郃等尽皆弃马上山，寻樵径而逃；比及走脱，随行只有十余人，步行入南郑见曹洪。

据《三国志·蜀书·张飞传》：曹公破张鲁，留夏侯渊、张郃守汉川。郃别督诸军下巴西，欲徙其民于汉中，进军宕渠蒙头、荡石，与飞相拒五十余日。飞率精卒万余人，从他道邀郃军交战，山道迮狭，前后不得相救，飞遂破郃。郃弃马缘山，独与麾下十余人从间道退，引军还南郑，巴土获安。

据《资治通鉴》卷六十七：（建安二十年十一月，）魏公操使张郃督诸军徇三巴，欲徙其民于汉中，进军宕渠。刘备使巴西太守张飞与郃相拒，五十余日，飞袭击郃，大破之。郃走还南郑，备亦还成都。

据《三国志·蜀书·先主传》：（建安二十年，）曹公使夏侯渊、张郃屯汉中，数数犯暴巴界。先主令张飞进兵宕渠，与郃等战于瓦口，破郃等，郃收兵还南郑。先主亦还成都。

按：方北辰先生在《三国故事真与假100例》一书中认为，将《演义》与史书对比可知两点：一是作战的地点，是在当时宕渠县下属的蒙头、荡石；而宕渠是一个县的城池，在今四川省渠县的东北，并非一个建在山上的营寨。二是作战的经过，先是双方对峙僵持了五十多天，然后张飞从另外一条路发动奇袭，一战即告成功，并非多次反复。

《演义》将蒙头荡石写成两个地名，将宕渠、蒙头、荡石写成三个营寨，均与史不合。李思孟先生在《三国古战场》（华艺出版社1992年版）一书中指出："蒙头荡石"是一个地名，在宕渠县境内，《中国历史地图集》就是这样标的。《演义》写张郃丢失上述三寨以后，退守瓦口关，好像瓦口关与蒙头荡石不在一处。核诸史书，历史上这场战斗，《三国志·张飞传》中说是在宕渠蒙头荡石，《先主传》中说是在宕渠瓦口，可见瓦口关与蒙头荡石是在一处。

洪见张郃只剩下十余人，大怒曰："吾交汝休去，汝委下文状要去。今日折尽人马，尚不自死，推出斩之！"时有行军司马交留人，来见郃（，与说）曰："[吾]保汝取葭萌关，将功赎罪，若何？"张郃言："愿往！"此人乃太原曲阳人也，姓郭名淮，字伯济，

据《三国志·魏书·郭淮传》：郭淮字伯济，太原阳曲人也。……从征汉中。太祖还，留征西将军夏侯渊拒刘备，以淮为渊司马。

来见曹洪言曰："三军易得，一将难求。张郃虽然有罪，乃魏王深爱者也，不可诛之。[可]再与五千军，令取葭萌关，则牵动诸处之兵，汉中自安矣。如不成功，二罪俱(罪)[罚]!"曹洪从郭淮之言，再与兵五千，交郃进取葭萌关。郃努力而去。

却说守关将孟达、霍峻知张郃兵来，霍（凌）[峻]只要坚守，孟达定要迎敌，引军下山，与张郃交战，大败而回。霍峻急申文（字）[书]到成都。

玄德请军师商议。孔明交聚众将于堂上。孔明曰："今葭萌紧急，必须往阆中取张翼德，方可退张郃。"法正曰："今张翼德屯兵瓦口关，镇住阆中，亦是紧要去处，不可取翼德回。帐下诸将内选一人去破张郃。"孔明笑曰："张郃[乃]魏之名将，非等闲可及，不著翼德，无人可当。"忽（于）堂前一人厉声而出曰："军师何视人如草（木）[芥]也！某虽不才，愿斩张郃首级以献！"众视之，乃老将黄忠也。孔明（也）[曰]："汉升虽勇，争奈老矣，非张郃[之]本对也。"黄忠听之，白须倒竖而言曰："不老不老！两臂可开三石弓，浑身还有千斤力，何为老也？"孔明曰："将军年近七旬，如何不老？"黄忠趋走下堂，取架上大刀，轮动如飞；取壁上硬弓，连拽折几张。孔明曰："将军要去，谁可为副将？"老将严颜曰："我两个同去，看老的如何。但有些疏虞，先纳下这个白头！"玄德大喜，即时交黄忠、严颜同行。胜败如何？

［第一百四十段］　黄忠严颜双建功

黄忠、严颜［将］行，赵云谏曰："今张郃亲犯葭萌，军师休以为儿戏！若葭萌一失，益州危矣；若破张郃，可以取汉中。何故以老将二人当此大劳乎？"孔明曰："汝以二人老迈，不能成事乎？吾料汉中必为此二人手内可得。"赵云等各哂笑而退。

却说黄忠、严颜到关上，孟达、霍峻见二将到，心中亦笑"孔明如此调度，不能用人！这般紧要去处，如何只交两个老的来？"随即交割牌印。黄忠、严颜使两个健军，将两把认旗去关口山上竖定。

张郃听知黄忠、严颜到，心中暗笑，次日引军搦战。黄忠对严颜曰："你见诸人动静，笑我二人年老。必建奇功，以伏众心！"严颜曰："愿听将军之命！"当日引军出关，与张郃对阵。黄忠出［马］，与张郃打话。郃曰："你许大年纪，尤不识老，尚欲出阵战耶？"忠怒曰："汝欺吾年老，［吾］手中宝刀不老！"遂拍马向前，与张郃决战。二马相交，战到四五十合，忽闻背后喊起，严颜从小路抄在张郃军后，一阵夹攻，张郃大败。连夜赶（出）［去］，张郃兵退八九十里，黄忠、严颜收军下寨，俱各按兵不动。

曹洪听知张郃又输了一阵，又欲见罪。郭淮又谏曰："今张郃事急，（者）［若］再激之，必投西蜀矣。可遣副将相助，就（而）［如］监临，使不生异外之心。"曹洪从之，即遣夏侯惇［之］侄夏侯尚并降将韩玄之弟韩浩二人引兵五千，前去助战。二将即时起行，到张郃寨中，问及军情。郃曰："老将黄忠甚是英勇，更有严颜为助，不可轻敌。"韩浩曰："我在长沙足知老贼本事。他和（愧）［魏］延献了城池，害吾家兄。今既相遇，必当报仇！"遂与夏侯尚引新军离寨前进。

元来黄忠连日哨探，已知路径。严颜曰："此去（又不）［有山］，（若）［名］天荡山，山中乃是曹操屯兵积粮草之地。此时聚百万粮草，作为深冬之用。若取［得］那个去处，其势可破汉中，军士自相离散矣。"忠曰："将军之机，正合吾意！可与吾如此［如］此（有）。"严颜领了黄忠计，自引一枝军去了。

却说黄忠听得夏侯尚、韩浩兵来，遂令交（嬴）［羸］兵先退去，寨中粮草先自拨了。忠引马军出迎。韩浩在阵前大骂黄忠"无义老贼！"浩拍马挺枪，（求）［来］敌黄忠，夏侯尚便出夹攻。黄忠力战二将。略斗数合，黄忠败走。二将赶二十余里，夺了黄忠寨。（中）［忠］又（劫）［创］一营。次日，夏侯尚、韩浩又来，忠又出战，略斗数合［又］败走。二将又赶二十里，夺了营寨，却唤张郃守后寨。郃来前寨谏二将曰："黄忠连退二日，于中必有诡计！"夏侯尚叱张郃曰："据你如此胆怯，（可知）［因此］折了（岩）［宕］渠山寨！再休多言，看吾二人建功！"张郃羞惭而退。次日又战，黄忠又退二十余里，二将迤逦趱上。次日，二将兵出（去），黄忠兵望风而走，连败数阵。黄忠直（赶）［退］上关，［二］将扣关下寨。黄忠坚守不出。

孟达暗暗发书申报玄德："黄忠连败五阵，见今退在关上。"玄德荒问孔明，孔明曰："此乃老将骄兵之计也。"赵云等未信。玄德差刘封到关接应黄忠。［忠］相见了，问刘封曰："此来助战何意？"（对）［封］曰："父亲知将军数败，故差某来。"忠笑曰："此老夫骄兵之计也。看今［夜］一战，可尽复诸营，夺其粮食马匹，——（说）［此］是借寨与彼，令安辎重也。今夜留霍仲邈守关隘，孟将军搬夺粮食马匹。将军看吾破敌！"

是夜二更，忠引五千人马下关。原来二将（车）见关上连日不出，尽皆懈怠，被黄忠（斩）［破］寨直入，人不及甲，马不及鞍，二将逃命而走。军器鞍马无数，尽皆交孟达搬运入关，黄忠便催军马相继而进。刘封曰："军众力困矣，可以（惭）［暂］歇。"忠曰："不入虎穴，焉得虎子？愿随者进，不愿者退！"众军努力前进。张郃兵反被自家败兵（行）［冲］动，背后追兵太急，都（把）［扎］不住，望后而退，弃了许多寨栅。

到汉水傍，张郃寻见夏侯尚、韩浩曰："此去天荡山乃（柴）［粮］草之所，更连接米仓山屯粮之地，乃是（黄忠）［汉中］军士养命之源。倘有疏虞，愿死汉中也！"夏侯尚曰："米仓山有吾［叔］夏侯渊分兵守护，那里正接定军山，不必忧虑。天荡山有吾兄夏侯德镇守，我等宜往投之，就（往）［保］此山。"张郃与二将连夜投天荡山来［见］夏侯德，说"黄忠用骄兵之计诱到关下，军马突出，势不可当，又被老贼连夜追赶，自相冲击，故弃了许多寨栅。"

（又）［忽闻］金鼓大振，人报黄忠兵到。德大笑曰："老贼不（读）［谙］兵法，只恃勇耳。"郃曰："黄忠有谋，非止勇也！"德（也）［曰］："川兵远涉［而来］，连夜疲困，而更深入我境，此（死牒）［无谋］也。"郃曰："亦不可料敌，且宜坚守！"韩浩曰："愿借三千精兵击之，无不克也！"德遂与浩兵下山。黄忠整兵去迎，刘封谏曰："红日已沉西矣，军皆远涉劳困，且宜暂退。"忠大呼曰："不然！昔日（古）［哲］人顺时而动，智［者］见机而发。今蒙天赐奇功，［不取］是逆天也！"言讫，哨鼓大振，韩浩引军来迎。忠挥刀直取韩浩，只一合，斩浩于马下。蜀兵大喊，杀上山去。张郃、夏侯尚急引军来迎接。忽闻山后大喊，火光（竞）［冲］天而起，上下通红。夏侯德提兵来救火时，正遇老将严颜，手起刀落，死于非命。原来黄忠使严颜预先引军伏于山僻小路，只等黄忠军到，（故）［却］来放火，柴草堆（山）［上］一齐点着，烈焰飞腾，照耀山谷。严颜既斩夏侯德［，从山］后杀来。张郃、夏侯尚前后不能相顾，只得弃天荡山，望定军山投奔夏侯渊去讫。

黄（定）［忠］、严颜守定天荡山，飞（申）［报］到成都，报与玄德。玄德聚众官庆喜。法正言曰："昔日曹操一举而降张鲁，定汉中，不因此势以图（肥）［巴］、蜀，而留夏侯渊、张郃屯守，身遂北还，此非其智不逮，（而）［乃］力不足也，必将内有忧乱故耳。今料渊、郃才略不胜国之将帅，若举大队之兵，主公亲往讨之，则必有天定之机也。［平定之日，］广（严）［丰］积（固）［谷］，观衅伺隙：上可以倾覆寇敌，尊主庇民（室）；中可［以］蚕食（矣）雍、凉，广（极）［拓］境土；（则）［下］可以固守要害，为图操之久计。此盖天与其时，不可失也！"玄德深然之，遂下令赵云、张（翼）［飞］为先锋。玄德、孔明起蜀兵十万，选日出师，以图汉中；

据《资治通鉴》卷六十八：法正说刘备曰："曹操一举而降张鲁，定汉中，不因此势以图巴、蜀，而留夏侯渊、张郃屯守，身遽北还，此非其智不逮而力不足也，必将内有忧逼故耳。今策渊、郃才略，不胜国之将帅，举众往讨，必可克之。克之之日，广农积谷，观衅伺隙，上可以倾覆寇敌，尊奖王室；中可以蚕食雍、凉，广拓境土；下可以固守要害，为持久之计。此盖天以与我，时不可失也。"备善其策，乃率诸将进兵汉中，遣张飞、马超、吴兰等屯下辨。魏王操遣都护将军曹洪拒之。

据《三国志·蜀书·法正传》：（建安）二十二年，正说先主曰："曹操一举而降张鲁，定汉中，不因此势以图巴、蜀，而留夏侯渊、张郃屯守，身遽北还，此非其智不逮而力不足也，必将内有忧逼故耳。今策渊、郃才略，不胜国之将帅，举众往讨，则必可克。克之之日，广农积谷，观衅伺隙，上可以倾覆寇敌，尊奖王室，中可以蚕食雍、凉，广拓境土，下可以固守要害，为持久之计。此盖天以与我，时不可失也。”先主善其策，乃率诸将进兵汉中，正亦从行。

据《三国志·蜀书·黄权传》：及曹公破张鲁，鲁走入巴中，权进曰：“若失汉中，则三巴不振，此为割蜀之股臂也。”……杀夏侯渊，据汉中，皆权本谋也。（参见《资治通鉴》卷六十七）

据《三国志·蜀书·先主传》：（建安）二十三年，先主率诸将进兵汉中。分遣将军吴兰、雷铜等入武都，皆为曹公军所没。先主次于阳平关，与渊、郃等相拒。

按：据史书记载，刘备征汉中，法正随行；诸葛亮留守成都，并未参与此役。

传檄各处，皆令隄备，恐人透入关防。

建安二十（二）[三]年秋七月，玄德大军出葭萌关下寨，差人唤黄忠、严颜到寨厚赏。玄德曰：“人皆（以）[言]将军老矣，[惟]军师独知其能。今果立奇功，世之罕有！今有汉中定军山，乃南郑之保障，粮食之会源。若得定军山，阳平一路无足忧矣。汝还敢取定军山否？”忠慨然应诺，愿领兵前去。孔明止（住）[之]曰：“将军固自英雄，[然]非夏侯渊之本对也。渊熟谙韬略，善晓兵机，曹操仗以为西凉之保障，昨屯兵长安以拒马孟起，今又（取）[屯兵]汉中。操不令他人守（着）[者]，（委）[为]渊有（才将）[将才]也。今将军虽胜张郃，未可以胜夏侯渊[也]。吾欲斟酌一人到荆州去替关云长来，方可敌渊也。”忠奋然曰：“昔日廉颇年八十，尚食斗米称肉，诸国惧其勇，不敢侵犯赵邦，何况黄忠未及七十乎？军师不许，只是疑吾老矣。吾并不用副将，只将二千本部军，立斩夏侯渊首级，献于麾下！”孔明三回五次不容黄忠去。忠又曰：“斩不得夏侯渊，再不来相见也！”孔明曰：“既将军要去，吾用一人为监军同去，若何？”[忠]当时请问“是谁？”

[第一百四十一段]　黄忠馘斩夏侯渊

孔明分付黄忠：“汝既要去，吾教法孝直相助，凡事商议而行。吾亦拨人马来接应，你今可小心！”黄忠应允，和法正领本部军去了。孔明对玄德曰：“此老[将]不着言语激之，须不能成功。今已去了，须要拨人马接应。”孔明唤赵云来，“汝可将一军，于小路出奇兵以应黄忠。若[忠]胜，汝可不用出；倘忠有蹉跌，你便救应。”又遣刘封、孟达引三千军，于山谷险处多竖旗幡，为伏兵之虚意，使敌人惊骇，各自引兵去了；又差人往下辨（投）[授]计与马超，令如此行；又差严颜往巴西（关）[阆]中守隘，替张飞、魏延出来取汉中：共是三路兵。

却说张郃与夏侯尚来见夏侯渊，说“天荡山折了夏侯德、韩浩。今闻刘备自起兵马出图汉中，可飞报魏王，早拨精兵猛将[，前]来策应。”夏侯渊差人（启奏）去（了）[报]曹洪。（亦）[洪]知这个消息，星夜差人到许都奏知魏王。曹操闻知蜀兵去取汉中，愕然大惊，即时聚文武众官员商议行军。长史刘晔曰："汉中地饶，多有生息；今若一失，中原震动。不可不亲劳大驾征之！"操自悔曰："恨当时不用卿言，以致如此！"遂传王旨："起大兵四十万，魏王亲征。"此时建安二十三年秋七月终。曹操兴兵，九月至长安。

据《资治通鉴》卷六十八：（建安二十三年）秋七月，魏王操自将击刘备；九月，至长安。（参见《三国志·魏书·武帝纪》）

军分三队而进，前部先锋夏侯惇，［操］领中军，［后军］救应使曹休，三军陆续起行。操骑白马，金鞍玉辔，大红罗销金伞盖，左右金瓜［银］钺（斧），捧金椅金盆，天子之仪銮，打龙凤日月旗帜。护驾禁军虎贲三万人马，（各）［分］为五队，每队军（五）［六］千，按青、黄、赤、白、黑五色，旗帜甲马并依本色，光辉灿烂，（旌旗）［极其］雄壮。

兵出潼关，操在马上望山边一簇林木极盛茂，问近侍曰："此何处也？"侍臣奏曰："地名蓝田林木间，乃蔡邕庄也。"其（妹）［女］蔡琰，（德）［卫］道芥之妾，曾被北番单于虏去，与胡人生二子，因作《胡（茄）［笳］十八拍》流入中原。操深怜之，使人持千金入番取蔡琰。左贤王惧操之势，送蔡琰还汉。操又赐金帛，配与董祀为妻。

据《后汉书·列女传·董祀妻传》：陈留董祀妻者，同郡蔡邕之女也，名琰，字文姬。博学有才辩，又妙于音律。适河东卫仲道。夫亡无子，归宁于家。兴平中，天下丧乱，文姬为胡骑所获，没于南匈奴左贤王，在胡中十二年，生二子。曹操素与邕善，痛其无嗣，乃遣使者以金璧赎之，而重嫁于祀。

当日到庄前过，忽想蔡邕，令军马先行。操引近侍百余骑到庄门外下马。时董（礼）［祀］在任所牧民，只有蔡琰在庄，闻操至，琰出拜迎操。琰起居毕，侍立于前。偶见壁间悬一碑文图画，操起身观之，问于蔡琰。琰曰："此乃曹娥之碑也。昔和帝朝，会稽上虞有一师巫，姓曹名盱，能（婆）［娑］婆乐神，五月五日醉舞舟中，坠于江心而死。其女年十四，绕江啼哭七昼夜，跳入波中。后五日，负父之尸浮于江面，里人葬于江边。后上虞尹度尚奏闻朝廷，表为孝女。

据《后汉书·列女传·曹娥传》：孝女曹娥者，会稽上虞人也。父盱，能弦歌，为巫祝。汉安二年五月五日，于县江溯涛婆娑迎神，溺死，不得尸骸。娥年十四，乃沿江号哭，昼夜不绝声，旬有七日，遂投江而死。至元嘉元年，县长度尚改葬娥于江南道傍，为立碑焉。

尚令邯（战）［郸］淳作文，勒碑以记其事。淳年十三，文不加点，一笔挥就，立在墓侧。先人因公干经由会稽道，过江边谒墓观碑，索笔题（诗）［词］于其背后，往往印打，故传于世。为是先人遗迹，故悬于此，题八（句）［字］曰：'黄绢幼妇，外孙齑（舅）［臼］。'"操问琰曰："汝解此意否？"琰曰："虽先人所题，贱妾不知其意。"操回顾众谋士曰："汝等解否？"众皆低首，于中一人挺身而出，答曰："某解其意。"操视之，乃主簿杨修也，见管军钱粮，兼参赞军机事。操曰："卿且勿言，容吾思之。"操上马行三十里，忽然猛（语）［悟］，问杨修曰："卿试言之。"修曰："此隐语也。黄绢乃色丝也，［'色'］傍搅丝，'绝'字也；幼妇者，乃少女也，'女'傍有'少'乃'妙'字也；外孙，女之子也，'女'边着'子'是'好'字；齑臼，受五辛之器也，'受'字傍'辛'是'辞'字也：总而言之，乃'绝妙好辞'四字也。此是伯（皆）［喈］赞美邯郸淳之文乃绝妙好辞也。"

操大惊曰："正合吾意!"此时杨修之才高出于己也，有杀修之心，恐人议论，故佯笑而行。

据《世说新语·捷悟》：魏武尝过曹娥碑下，杨修从。碑背上见题作"黄绢幼妇，外孙齑臼"八字，魏武谓修曰："解不？"答曰："解。"魏武曰："卿未可言，待我思之。"行三十里，魏武乃曰："吾已得。"令修别记所知。修曰："黄绢，色丝也，于字为'绝'；幼妇，少女也，于字为'妙'；外孙，女子也，于字为'好'；齑臼，受辛也，于字为'辞'；所谓'绝妙好辞'也。"魏武亦记之，与修同，乃叹曰："我才不及卿，乃觉三十里。"

按：周兆新先生在《三国演义考评》一书中指出，《世说新语》中的这个故事乃是传说，因为曹娥碑坐落在会稽（今浙江绍兴），曹操从来没到过会稽。《演义》将这一故事略加改动，说曹操在蓝田县蔡琰家中看到曹娥碑的拓片，上有蔡邕所题的"黄绢幼妇，外孙齑臼"八个字。这样，《演义》就弥补了《世说新语》的破绽。

迤逦到南郑（、巴州），曹洪接着，具言张郃之事。操曰："非郃之罪。（兵家胜败盖不）[胜败兵家之]常耳!"洪曰："即目刘备使黄忠攻打定军山。夏侯渊听知王上大军至，（故）[固守]未曾出战。"操曰："若不出战，示其懦也。"差人持节到定军山，交夏侯渊进兵。长史刘晔曰："渊性太刚，只恐中贼奸计。"操曰："吾批手教与之。"批了，使行使到渊[寨]。

[渊]接着，[使]出手教交付与渊。渊读手教曰：

魏王手教示夏侯渊：妙才为将之道，当以刚柔相济，不但恃勇也。然此时尔当（少壮）[以勇]为本，行之以智计；若但任勇，则是一匹夫之敌耳。吾今驻大军于南郑，欲观卿之"妙才"耳，勿辱二字可也！张郃同此知悉矣。

据《资治通鉴》卷六十八：初，夏侯渊战虽数胜，魏王操常戒之曰："为将当有怯弱时，不可但恃勇也。将当以勇为本，行之以智计；但知任勇，一匹夫敌耳。"（参见《三国志·魏书·夏侯渊传》）

曹操（解）[试]武将用谋，后来王友直有诗曰：

尽道粗官不足为，粗官必也是男儿。
知兵岂在持戈战，临阵当专主鼓旗。
应节便能分散合，随麾不与正为奇。
他年恢复中原后，著取凌烟更有谁?

夏侯渊得手教，便与张郃商议："今魏王大兵已到南郑，必欲征讨刘备。吾与汝久守，安能建功？来日便可出战。"张郃曰："黄忠智勇，更兼法正用谋，此间尽是山险路径，只（守）[宜]坚守，（此）[彼]必自退。"渊曰："若[他]人建了功劳，吾与汝何颜见魏王乎？（休）[你]只管守山，吾自用谋，以擒黄忠。"渊传令[曰]："谁敢出哨诱敌？"夏侯尚曰："[小将]愿往!"渊交尚自引军直扣黄忠寨搦战，"只要输，不要赢，吾自有计。"尚引三千军马，（望）[离]定军山大寨而行。

却说黄忠与法正自至定军山寨界口，累次相持，夏侯渊[坚守]不出；欲待轻进，又恐山恶路险，难以料敌，只得拒守。当日伏路军报来："夏侯尚兵搦战。"黄忠便待要出，牙将陈式曰："将军且未可去，待式一战，以试虚实。"忠许之。式引一军出，与夏侯尚交锋。尚诈败，式赶去。后面黄忠恐陈式中计，急引军赶来接应；[行]到半路，被两山上擂木炮石打下，不能前进。陈式急欲退回，背后夏侯渊出战，生擒陈式。军尽降

（曾）［曹］，有逃得性命的归见黄忠，说陈式被擒。忠荒急与法正商议。正曰："渊为人轻慢，恃勇少谋。可激士卒连营稍进，步步为营，诱渊来敌，此乃是反客为主之计。夏侯渊一至，可擒矣。"忠用其（某）［谋］，将应有之物尽赏三军，欢声满谷，愿（得）［效］死战。忠即日拔寨而进，步步为营，住下数日又进。夏侯渊（知，）欲出战，张郃曰："此乃法正用反客为主之谋。不可出战，战则有失！"渊不从郃苦谏，（渊）交夏侯尚引数千兵出战，直到黄忠寨前。忠上马提刀出［迎］，与夏侯尚交马，只一合，生擒夏侯尚归寨。败兵走回报渊知。渊荒使人到黄忠寨打合，（肥）［把］陈式换转［夏侯］尚。黄忠约至阵前往复。

次日两军皆起，到山谷阔处布成阵势。黄忠、夏侯渊皆跨马横刀，立于阵前，打话已了，各（拥）［推］人出马，并无袍铠，只穿蔽体薄衣。陈式、夏侯尚各自归寨。陈式奔过来；夏侯尚比及到阵门边，［被］黄忠一箭（后肩射中）［射中后肩］，带箭归阵。夏侯渊大怒，骤马径取黄忠。忠正要激渊厮杀。二将战到二十余合，渊军中鸣金收军。渊荒回阵，被黄忠乘势杀了一阵。渊问拨发官"缘何鸣金？"官曰："遥望［见］山谷内有蜀兵旗幡数处，恐是伏兵，故招将军回。"渊信其说。元来却是刘封、孟达（那）两个散在四下里虚作疑兵，因此夏侯渊不敢出战。

却（被）［说］黄忠一直赶到定军山下。法正用手一指曰："定军山［南有一座山，］嵬然其高，四下皆［是］险道。（正曰）此山足可以视定军之（处）［虚实］。将军若取［得此山］，定军山只在掌中也。"忠仰视山前稍平，山上有些小人马；是夜二更，引士卒鸣鼓直（山上）［上山］顶。有副将杜袭守把［此山］。袭字子绪，（颖）［颍］川定陵人也。

据《三国志·魏书·杜袭传》：杜袭字子绪，颍川定陵人也。……太祖以为丞相军祭酒。魏国既建，为侍中，……后袭领丞相长史，随太祖到汉中讨张鲁。太祖还，拜袭驸马都尉，留督汉中军事。

时袭止有数百人守把，见忠大队拥上，遂弃山而走。忠遂得了山头，正与定军山相对。法正曰："若夏侯渊（一）［兵］至，吾举白旗为号，……将军可击之，此是以逸待劳、反客为主之意。渊无谋者也，来日必到。"［忠］令（中心）半山多（将）［设］鼓角，以伺兵到。

却说杜袭走见夏侯渊曰："今被黄忠夺了对山，不容不出。"张郃又谏［曰］："此法正之谋也，不可与战！"渊曰："被忠夺吾对山……"搦战从辰至午。众将只看白旗，一起下山。法正观［曹兵］锐气正（随）［堕］，用白旗一招，鼓角齐鸣，喊声大振。黄忠一（骑）马当先下山，如天崩地裂之势。夏侯渊措手不及，被黄忠直赶到麾盖之下，大喝一声［，有］如雷吼，未及相迎，宝刀已落，连头带（项斩）［背砍］为两段。

据《资治通鉴》卷六十八：渊与刘备相拒逾年，备自阳平南渡沔水，缘山稍前，营于定军山。渊引兵争之。法正曰："可击矣。"备使讨虏将军黄忠乘高鼓噪攻之，渊军大败，斩渊及益州刺史赵颙。张郃引兵还阳平。

据《三国志·蜀书·先主传》：（建安）二十四年春，自阳平南渡沔水，缘山稍前，于定军山势作营。渊将兵来争其地。先主命黄忠乘高鼓噪攻之，大破渊军，斩渊及曹公所署益州刺史赵颙等。

据《三国志·蜀书·法正传》：（建安）二十四年，先主自阳平南渡沔水，缘山稍前，于定军、兴势作营。渊将兵来争其地。正曰："可击矣。"先主命黄忠乘高鼓噪攻之，大破渊军，渊等授首。

据《三国志·蜀书·黄忠传》：建安二十四年，于汉中定军山击夏侯渊。渊众甚精，忠推锋必进，劝率士卒，金鼓振天，欢声动谷，一战斩渊，渊军大败。

据《三国志·魏书·夏侯渊传》：（建安）二十四年正月，备夜烧围鹿角。渊使张郃护东围，自将轻兵护南围。备挑郃战，郃军不利。渊分所将兵半助郃，为备所袭，渊遂战死。

据《三国志·魏书·张郃传》：备于走马谷烧都围，渊救火，从他道与备相遇，交战，短兵接刃。渊遂没，郃还阳平。

据《太平御览》三百三十七：夏侯渊今月贼烧却鹿角。鹿角去本营十五里，渊将四百兵行鹿角，因使士补之。贼山上望见，从谷中卒出，渊使兵与斗，贼遂绕出其后，兵退而渊未至，甚可伤。渊本非能用兵也，军中呼为"白地将军"，为督帅尚不当亲战，况补鹿角乎?

据《资治通鉴》卷七十五：初，右将军夏侯霸为曹爽所厚，以其父渊死于蜀，常切齿有报仇之志，为讨蜀护军，屯于陇西，统属征西。征西将军夏侯玄，霸之从子，爽之外弟也。爽既诛，司马懿召玄诣京师，以雍州刺史郭淮代之。霸素与淮不叶，以为祸必相及，大惧，遂奔汉。汉主谓曰："卿父自遇害于行间耳，非我先人之手刃也。"遇之甚厚。

据《三国志·魏书·夏侯渊传》注引《魏略》：霸字仲权。渊为蜀所害，故霸常切齿，欲有报蜀意。黄初中为偏将军。……后为右将军，屯陇西……至正始中，代夏侯儒为征蜀护军，统属征西。时征西将军夏侯玄，于霸为从子，而玄于曹爽为外弟。及司马宣王诛曹爽，遂召玄，玄来东。霸闻曹爽被诛而玄又征，以为祸必转相及，心既内恐；又霸先与雍州刺史郭淮不和，而淮代玄为征西，霸尤不安，故遂奔蜀。南趋阴平而失道，入穷谷中，粮尽，杀马步行，足破，卧岩石下，使人求道，未知何之。蜀闻之，乃使人迎霸。初，建安五年，时霸从妹年十三四，在本郡，出行樵采，为张飞所得。飞知其良家女，遂以为妻，产息女，为刘禅皇后。故渊之初亡，飞妻请而葬之。及霸入蜀，禅与相见，释之曰："卿父自遇害于行间耳，非我先人之手刃也。"指其儿子以示之曰："此夏侯氏之甥也。"厚加爵宠。

按：夏侯渊战死，史书未明确说是黄忠手刃，当是死于乱军之中。其战斗经过，《三国志·蜀书》与《三国志·魏书》所记不同。《演义》采用《蜀书》的记载，并写成是黄忠亲手斩杀夏侯渊。

后有史官为馘斩夏侯渊，有诗赞曰：

苍颜临大敌，皓首逞神威。
力趁雕弓发，风迎雪（剑）[刃]挥。
雄声如虎吼，骏马似龙飞。
馘斩功勋重，开疆展帝畿。

又诗曰：

飞出山前鼓震天，欢呼馘斩夏侯渊。
一朝夺尽中原气，关将何由效后先?

此言云长之功不及黄忠，此一阵之高也。[曹]兵（马）大溃。[忠]乘势（出）[去]夺定军山。张郃领兵来迎，又被黄忠杀退。郃欲还山去，山边转出一军，截住去路，旗上闪出四字，乃"常山赵云"，字子龙，从小路杀出。张郃性命如何?

［第一百四十二段］　赵子龙汉水大战

张郃被两下攻击，杀开一条路走脱，前迎一军，乃都尉杜袭，被刘封、孟达夺了定军山。［张郃］引败残军马，却临汉水扎寨，（张郃领）［二将合］兵一处。袭令张郃权［管］夏侯渊都督印［信］，以安军士；飞报曹操。

据《资治通鉴》卷六十八：是时新失元帅，军中扰扰，不知所为。督军杜袭与渊司马太原郭淮收敛散卒，号令诸军曰："张将军国家名将，刘备所惮。今日事急，非张将军不能安也。"遂权宜推郃为军主。郃出，勒兵按陈，诸将皆受郃节度，众心乃定。明日，备欲渡汉水来攻；诸将以众寡不敌，欲依水为陈以拒之。郭淮曰："此示弱而不足挫敌，非算也。不如远水为陈，引而致之，半济而后击之，备可破也。"既陈，备疑，不渡。淮遂坚守，示无还心。以状闻于魏王操，操善之，遣使假郃节，复以淮为司马。（参见《三国志·魏书·张郃传》《杜袭传》《郭淮传》）

操闻知渊死，放声大哭，方悟神卜管辂之言：三八纵横者，乃建安二十四年也；黄猪遇虎者，（是年）［乃］岁（也，）在己亥正月间也；定军之南者，乃定军山之南［山］也；伤折一（将矣）［股者］，［乃］夏侯渊与曹操有兄弟之情［也］。操再使人寻管辂，不知何处去了。操［深］恨黄忠，遂自起兵来定军山与夏侯渊报仇，令徐晃为先锋。［行到汉水，］张郃、杜袭接着曹操，说"定军山已失。米仓山粮食疏虞，可搬运了以备军用。"曹操就差张郃引一万军防护，搬运［米］仓山军粮，移于北山下寨中屯积，然后进兵。

却说黄忠将夏侯渊首级来葭萌关见玄德。玄德大喜，加为征西将军，设宴庆喜。忽牙将张著来报："（今）曹操自统大兵二十万来与夏侯渊报仇；即目差张郃在［米］仓山搬米数千万斛，移于汉水之北山脚下。"孔明曰："今曹操将大兵至此，恐粮米不敷，故勒兵来运。若得一人深入其境，一面毁其粮食，一面夺其辎重，灭操之威，此为上计。"黄忠曰："老夫愿当此（去）［任］！"孔明曰："曹操领二十万众（兵）到此，必有大将，非比夏侯渊、张郃之兵也。"玄德曰："夏侯渊（须）［虽］是总帅，乃一勇夫，安及张郃？吾意若斩张郃，胜斩渊十倍。"……

据《三国志·魏书·张郃传》注引《魏略》：渊虽为都督，刘备惮郃而易渊。及杀渊，备曰："当得其魁，用此何为邪！"

黄忠（忿然）请子龙回寨议事。云曰："今曹操引二十万众，分屯十数营。今主公交夺粮食，非小可事。将军所见如何？"忠曰："我先去！"云曰："我先去！"二人争执不定。忠曰："我是主将，你是副将，如何争先？"云曰："［我与你］都是一般与主公出力，何必计较？我二人拈阄，（阄）［拈］着的先去。"忠曰："也是。"当时黄忠拈得先去。赵云曰："既将军拈得先去，云如何敢不（去）［相］助？［可］约定时刻，如将军不应期而还，云必（砍）［破］阵来救；如将军依期而回，云不动兵。"黄忠曰："子龙言者极当！"二人约定了。子龙自回寨和副将张翼曰："今黄汉（身）［升］约定明日去劫粮；如日当早午不回，交我接应。吾（当）［营］前临汉水，地甚险恶。（恐）吾去接应黄忠时，汝可紧守寨栅，不得轻动。”张翼与子龙约会了。

却说黄忠与张著曰：“吾斩夏侯渊，张郃丧胆。今日领命劫粮，只留些少看寨军士。汝可助吾（为令），（定）今夜（二）［三］更饱食，四更领众劫粮，只离寨杀到北山脚下，先擒张郃，后取其粮，如何？”（若得粮寨，）张著依令。当夜黄忠（尽数）领军马（一）［三］千，忠在前，著在后，如劫寨相似。［蜀］军偷过汉水——又名沔水，直到北山之时，东方日出，见数万斛米如山积，军士看守，见蜀兵到，尽弃而走。黄忠交马军一齐下马，取柴火堆于其上而烧之。方才堆得柴，张郃兵到，和黄忠混战。曹操（皆）［闻］知，令徐晃引军接应，把黄忠围在垓心。张著引三百马军走脱，正要回寨，当先一（将）［军］拦住去路，为头大将乃是文聘。后面曹兵又至，把张著围定。

却说赵云披挂了，引三千马步军兵，只等午时。看看日已及未，赵云与张翼曰：“日已平西，汉升危矣！汝可牢守本寨，两下多设弓弩以为（堆）［准］备。吾当救汉升矣。”云跨马持枪，直犯曹军。迎头一阵兵拦住去路，乃文聘手下战将慕容烈，骤马舞大斧，直取子龙。子龙手起枪到，刺于马下，军兵散败。云直入重围，又见一将拦路，为头牙将焦炳使三尖刀［一口］。［子龙］喝问“蜀兵何在！”炳曰：“都已杀尽！”子龙大怒，搠于马下，杀散围兵，直至北山之下，见张郃、徐晃两军围住黄忠［，军士被困已久］。子龙杀开围兵，救出黄忠。子龙曰：“将军先行，吾当断后！”黄忠（军士被困已久，）遂先出重围，子龙在后且战且走。曹操听知蜀兵救应，自于高阜处观之，见子龙左冲右突，如入无人之（竟）［境］。操惊问左右曰：“此何人也？”有识者对曰：“乃常山赵子龙也。”操曰：“昔日长坂坡英雄尚在！”操令“所（在）［到］之处，不可轻（放）［敌］！”于是山中众兵只看山上旗号指之，指东则围东，指西则围西。子龙［引］三千兵杀透重围，内有一人曰：“东南围绕甚紧，必有蜀兵！”子龙不归本寨，杀奔东南上来。所到之处，但见“常山赵云”旗号，又曾在当阳长坂坡知其勇者，互相说知，见影而逃。云杀入垓心，认得是张著，便与了赵云旗号，令张著先杀出。子龙在后且战且走，所到之处，无可迎敌。曹操见云杀透重围，自招呼左右骑（前）追击。

赵子龙杀回本寨，张翼［接着，］望见背后征尘满天，知是曹兵赶到。翼（德）见蜀兵入寨已尽，交子龙闭上寨门，众皆上敌楼防护。子龙大喝曰：“吾［昔日］匹马单枪在长坂坡前，觑一百万曹兵有如无物。今又有军马，又有羽翼，何足惧耶！”交尽拨弓弩手出于寨外壕中伏定，将寨内应有旗幡尽皆倒偃，金鼓不鸣。子龙独乘匹马，手掿长枪，立于寨门之外。曹（操）兵赶到赵云寨前，（将及）已到黄昏。前军张郃、徐晃见赵云偃旗息鼓，又见云匹马单枪独立，寨（闲）［门］大开。二将疑惑之间，曹操自到。见寨中如此模样，操曰：“此必有谋！兵大进而急攻，如寨中惊动，乘势杀入；［如］不动，便急回。”前军得令，大发喊声，［杀］奔寨前，见子龙全然不动，曹兵番身便回。子龙把手中枪一招，壕内弓弩齐发。又值天昏日晚，正不知多少（军）［蜀］兵，操先［拨］回马走。［只听得］喊声大振，鼓角齐鸣，背后［蜀兵］赶来。曹兵自相踏践，涌到汉水边，落水死者不计其数。是夜，子龙引兵背后追来，黄忠、张著再引军杀来。（是夜，）曹操正走之间，又被刘封、孟达于［米］仓山中路杀出来，放火烧着粮草。操弃北山许多粮米，连夜走归南郑。徐晃、张郃扎脚不定，亦弃本寨而逃。

赵子龙占了曹操寨，黄忠夺了粮草，汉水边军器（尽）［所］得无数，遂使人请玄德、孔明亲至战所观看。玄德与孔明连辔至汉水傍，凭高望之，问曾跟子龙突阵之将曰：“子龙于此地如何厮杀？”其将对言：“曹兵二十余万漫山蔽野。子龙引三千兵直透重围后，救出黄忠（领了）[并] 众兵（只）三千骑；在曹操军中（人）[来] 往冲突，曹军散而复合者七次。子龙又在围中救出 [张著] 三（千）[百] 骑，不折一人；后回到寨中，大开寨门，独立于门外。曹操亲自迎之，疑有伏兵，自引军回。子龙招弓弩射之，曹兵死于汉水者无数，（获全）[全获] 功劳!”玄德听罢，看了山前山后峻险之路，与诸将曰：“子龙一身都是胆也!”

据《三国志·蜀书·赵云传》注引《云别传》：夏侯渊败，曹公争汉中地，运米北山下，数千万囊。黄忠以为可取，云兵随忠取米。忠过期不还，云将数十骑轻行出围，迎视忠等。值曹公扬兵大出，云为公前锋所击，方战，其大众至，势逼，遂前突其陈，且斗且却。公军败，已复合，云陷敌，还趣围。将张著被创，云复驰马还营迎著。公军追至围，此时沔阳长张翼在云围内，翼欲闭门拒守，而云入营，更大开门，偃旗息鼓。公军疑云有伏兵，引去。云雷鼓震天，惟以戎弩于后射公军，公军惊骇，自相蹂践，堕汉水中死者甚多。先主明旦自来至云营围视昨战处，曰：“子龙一身都是胆也。”作乐饮宴至暝，军中号云为虎威将军。

据《资治通鉴》卷六十八：（建安二十四年春）三月，魏王操自长安出斜谷，军遮要以临汉中。……操运米北山下，黄忠引兵欲取之，过期不还。翊军将军赵云将数十骑出营视之，值操扬兵大出，云猝与相遇，遂前突其陈，且斗且却。魏兵散而复合，追至营下，云入营，更大开门，偃旗息鼓。魏兵疑云有伏，引去；云雷鼓震天，惟以劲弩于后射魏兵。魏兵惊骇，自相蹂践，堕汉水中死者甚多。备明旦自来，至云营，视昨战处，曰：“子龙一身都为胆也!”

后人有赞曰：

比昔长坂坡，威风应不减。
突阵显英雄，破围持勇敢。
鬼哭与神愁，天惊并地惨。
常山赵子龙，浑身都是胆!

又诗曰：

钢枪（此）[匹] 马冠三军，前后无双勇绝伦。
昔日当阳今汉水，子龙端的胆包身。

又诗曰：

长坂坡前血战时，皆言人马（傍）[似] 龙飞。
（金）[今] 观汉水全无敌，方表将军有虎威。

玄德自号子龙为虎威将军，大赏军士，欢宴至晚。人又报曰：“曹操（人）[大] 整军伍，复遣后队，从斜谷相继而来取汉水矣。”玄德笑曰：“曹操此来无能为也。我料必得汉水矣!”遂列兵于汉水之西，以伺 [曹] 兵（到）。

据《资治通鉴》卷六十八：（建安二十四年春）三月，魏王操自长安出斜谷，军遮要以临汉中。刘备曰：“曹公虽来，无能为也，我必有汉川矣。”乃敛众拒险，终不交锋。（参见《三国志·蜀书·先主传》）

按：《演义》称刘备说“我料必得汉水”，与史不合。据史书，刘备说的是：“我必有汉川”，汉川即汉中。

操令徐晃作先锋，再来决战。时帐下一人出曰：“某深知地利，愿助徐将军同去破刘备。”众视之，乃巴西宕渠（山）人也，姓王名平，字子均，见充牙门将军。

据《三国志·蜀书·王平传》：王平字子均，巴西宕渠人也。本养外家何氏，后复姓王。

操［大］喜，交王平为副先锋，相助徐晃前进。

［操］屯军于定军山北。徐晃、王平引军至汉水下，令前军渡水为阵。王平曰：“军若渡水，倘要急退，如之奈何？”晃曰：“［昔日］韩信用兵，背水而为阵。此按孙子之法，致之死地而后生也。”王平曰：“不然！［昔者］韩信（可）料陈胜无谋而用此计。公今能料赵云、黄忠否？”晃曰：“汝可引步军［拒敌］，看吾马军破之。”命（答）［搭］浮桥两条，即目完备。徐晃来决胜败，还是如何？

［第一百四十三段］　刘玄德取汉中

徐晃引兵一半，前渡汉水。黄忠与赵云曰：“徐晃恃勇而来，且休与战。日暮兵气（摇）［挫］动，分路击之。”云与忠各整一军，拒住寨栅。徐晃军从辰时分［搦战，］直到申时分，见寨中不动。晃尽催弓箭［手］上前，（过）［望蜀］寨射之。黄忠曰：“晃领［弓］箭手乱（军）［射］，军必退［也］，乘时可击［之］。”果然徐晃后军退动。［蜀］营中鼓声振地，黄忠左出，赵云右出，晃兵大败，尽退入汉水。

晃死战得脱，回到寨中，大责王平曰：“汝见吾军势败，何为不救！”王平曰：“我若（出）［去］救，此寨亦不能保！吾当初劝公休去，不用吾言，故有此败！”晃大怒，欲杀王平。平是夜引本部下百人，就营中放起火来。曹兵大乱，徐晃弃寨而走。王平渡汉水降了赵云，云引见玄德，尽献汉中地理。玄德大喜曰：“王子均陈言［良］策，吾得汉中无疑矣！”遂命王平为裨将军，领乡导使。

据《三国志·蜀书·王平传》：从曹公征汉中，因降先主，拜牙门将、裨将军。

却说徐晃来见曹操，说“反了！王平投降刘备。”操大怒，自引大兵来夺汉水寨栅。赵云恐孤寨难立，退还汉水之西，两军隔水相拒。

玄德与孔明来观形势。孔明见汉水（下）［上］流头有［一］带土山。……“可伏兵于土山之下。或半夜或黄昏，只听我寨中炮向，汝令一齐发擂，却休出战。炮向一番，发擂一番。”赵云领了计去埋伏。元来，孔明在高山上暗窥曹寨，但只闻曹兵到来搦战，寨内尽数伏定，无一人出，弓矢并不发。操将自回。孔明［当夜］更深见曹寨内灯烛待（哨定）［息］，军士将歇，放起号炮，汉水边赵云金鼓齐鸣。曹兵纷乱，只恐劫寨，及至出迎，不见一军。众军（放）［欲］歇，［号］炮又起，擂鼓纳喊，山谷应声。军士彻夜不安，一连三夜。曹操引兵退三十里，就空阔去处屯住军马。孔明笑曰：“（今）曹操虽（主）［知］兵［法］，不识诡计。”遂请玄德亲渡汉水，（劫）背（后）［水结］营。玄德问计，孔明曰：“可如此如此。”当时曹操见玄德背水结营，心中稍疑，使人下战书。孔明批约来日决战。

次日两军皆起，会于中路地名五合山山前，列成阵势。曹操出马，［立于］门旗下，两（军）［行］布（定）列龙凤旗幡，擂鼓三通，唤玄德打话。玄德引刘封、孟达并川中诸将而出。操扬鞭大骂玄德“忘恩负义反背之人!”玄德曰:“吾乃大汉宗亲,奉诏讨贼。汝僭[用]天子仪銮,自立为王,非反而何也?”操怒,令徐晃出马。刘封出迎交锋之际,玄德先走入阵。刘封敌不过徐晃,拨回马走。操下令曰:“生擒刘备者,便为西川之主!”大军纳喊,杀过阵来。蜀兵望汉水而逃,尽弃衣甲马匹、锦绣之物,遗满地上,曹兵争竞取之。曹操急交鸣金收兵,“休赶!”众将在马上曰:“[正]待擒刘备,王上何故收兵?”操曰:“吾见蜀兵背(后)汉水而结营寨,疑之,一也;多弃金鼓衣物而去,二也。可速收兵,莫取此物!”操下令[曰]:“但取一物者斩!可速退之!”曹兵回头。孔明号旗起处,玄德便回,左边黄忠杀出,右边赵云杀出,曹兵大乱。孔明交连夜追袭。曹操奔回南郑,(四)[见]五路火起[,元来张飞、魏延领兵杀来,先得了南郑]。曹操退守阳平关。

玄德大兵却入南郑(、巴州),安民赏军已了,问于孔明曰:“曹兵(败速)[速败]退者何也?”孔明曰:“操平生为人多疑,虽能用兵,疑则必败。吾以疑兵以胜之。”

按:《演义》称,诸葛亮以疑兵之计惊扰曹军,蜀军背水破敌,均不见于史。据史书记载,刘备自胜夏侯渊后,并未与曹操直接交锋。曹操亲征汉中,刘备敛众拒险,坚守不出。双方相持了一个月,曹军久攻不下,曹操无计可施,因消耗严重,只好下令撤军。

玄德曰:“今操退守阳平,其势已孤。将何策以退之?”孔明差张飞、魏延分兵两路去断曹操粮(草)[道],赵云、黄忠分两路放火烧山,“粮草尽绝,操岂能久住乎?”玄德曰:“妙[哉]!”[众将]各(列)[引]本部乡导官去了。

却说曹操退守阳平,令军哨探,回报“蜀兵将远近小路尽皆断塞,其(破)[砍]柴去处放火焚烧,不知兵在何处。”[操]正疑间,又报曰:“张飞、魏延来往劫粮,必得军马(所)[防]护。”操问“帐前谁敢敌张飞?”许褚应曰:“某愿往!”操令褚往,引一千军兵于阳平关路上接粮。当日,押粮官参拜(官)[褚]曰:“[若]非将军到此,粮不能到阳平矣!”[将]车上(有)酒肉来献(之诣)[褚]。褚与诸将共饮,不觉大醉。褚乘酒(俱)[兴],催粮草起行。[押]粮官曰:“前是(巴)[褒]州,此处险恶,只好来日过去。”褚大怒曰:“吾有万夫之勇,岂惧他人哉!”乘星月光明,尽赶粮车前行。许褚当先,横刀在马上,引军前进。二更以后,褒州行过了一半,忽然山曲里鼓向震天,一彪军出,当先一员大将乃燕人张翼德也,挺矛拍马,直取许褚。褚舞刀相迎,只一合,[一矛]刺中许褚肩膀,番身落马。众将向前急救,退(了)[入]军中,乱箭射住。张飞不得追(尽)[进],[只]夺了粮(军)[车]。后人有诗八句赞张翼德云:

雄哉翼德!锐气如此。
据水断桥,横矛一举。
入川释颜,袭粮刺褚。
威镇曹公,分茅列土。

张飞尽夺其粮而回。

众将保许褚见曹(公)[操],操令行军(衣)[医]者看治。操自(持)[提]兵来与蜀兵共决雌雄,玄德引兵出迎。两阵对圆,玄德令刘封出马。操指而骂曰:“卖履小儿,假子拒你父耶?我若取黄须来,则假子为骨酱肉泥矣!”

据《三国志·魏书·任城威王彰传》注引《魏略》:太祖在汉中,而刘备栖于山头,使刘封下挑战。太祖骂曰:“卖履舍儿,长使假子拒汝公乎!待呼我黄须来,令击之。”

乃召彰。彰晨夜进道，西到长安而太祖已还，从汉中而归。彰须黄，故以呼之。

刘封大怒，(自)[直]取曹操。操令徐晃迎之，刘封(大)[诈]败而走。操引兵追赶，四下里炮向，鼓角齐鸣。操疑是伏兵(大起)[，急退军时]，[曹兵]自相践踏，死者不知其数。回到阳平，蜀兵东门放火，西门纳喊，南门放火，北门发擂。操兵大乱，弃关而走，背后蜀兵追袭。正走之间，张飞拦住杀一阵，赵云从(山)背后又杀一阵，曹操大败。诸将惊惶，操在马上言笑自若。正到斜谷界口，[忽]尘头起，一彪军到。操曰："此处[若]有伏兵，吾等休矣！"(直)[众]视之，乃曹操次子曹(璋)[彰]也。传曰：

曹(璋)[彰]，字文华，善骑射，膂力过人，手格猛兽，不避凶险。操常戒之曰："汝不读书而好汗马，此匹夫之勇，何足贵也？"(璋)[彰]曰："大丈夫学卫青、霍去病，立功沙漠，长驱数十万众，纵横天下，是其志也，何能作博士也？"操常问诸子之志。(璋)[彰]曰："好为将！"操曰："为将如何？"璋曰："披坚执锐，临难不顾，为士卒先，赏必行，罚必信。"操大笑。

据《三国志·魏书·任城威王彰传》：任城威王彰，字子文。少善射御，膂力过人，手格猛兽，不避险阻。数从征伐，志意慷慨。太祖尝抑之曰："汝不念读书慕圣道，而好乘汗马击剑，此一夫之用，何足贵也！"课彰读诗、书，彰谓左右曰："丈夫一为卫、霍，将十万骑驰沙漠，驱戎狄，立功建号耳，何能作博士邪？"太祖尝问诸子所好，使各言其志。彰曰："好为将。"太祖曰："为将奈何？"对曰："被坚执锐，临难不顾，为士卒先；赏必行，罚必信。"太祖大笑。

二十三年伐乌桓，操令(璋)[彰]引兵五万讨之。临行，操戒之曰："归家为父子，受事为君臣，动有王法。汝可戒之！"(璋)[彰]到处，身先突阵，胡将应弦而倒，直杀至桑乾地名，北方皆平。

据《资治通鉴》卷六十八：(建安二十三年)夏四月，代郡、上谷乌桓无臣氏等反。……操以其子鄢陵侯彰行骁骑将军，使讨之。彰少善射御，膂力过人。操戒彰曰："居家为父子，受事为君臣，动以王法从事，尔其戒之！"……曹彰击代郡乌桓，身自搏战，铠中数箭，意气益厉；乘胜逐北，至桑干之北，大破之，斩首、获生以千数。时鲜卑大人轲比能将数万骑观望强弱，见彰力战，所向皆破，乃请服，北方悉平。

据《三国志·魏书·任城威王彰传》：(建安)二十三年，代郡乌丸反，以彰为北中郎将，行骁骑将军。临发，太祖戒彰曰："居家为父子，受事为君臣，动以王法从事，尔其戒之！"彰北征，入涿郡界，叛胡数千骑卒至。时兵马未集，唯有步卒千人，骑数百匹。用田豫计，固守要隙，虏乃退散。彰追之，身自搏战，射胡骑，应弦而倒者前后相属。战过半日，彰铠中数箭，意气益厉，乘胜逐北，至于桑干，去代二百余里。长史诸将皆以为新涉远，士马疲顿，又受节度，不得过代，不可深进，违令轻敌。彰曰："率师而行，唯利所在，何节度乎？胡走未远，追之必破。从令纵敌，非良将也。"遂上马，令军中："后出者斩。"一日一夜与虏相及，击，大破之，斩首获生以千数。彰乃倍常科大赐将士，将士无不悦喜。时鲜卑大人轲比能将数万骑观望强弱，见彰力战，所向皆破，乃请服。北方悉平。

(璋)[彰]听得操在阳平败(绩)[阵]，故来助战。操言黄须者，乃曹(璋)[彰]也。操见(璋)[彰]至，大喜曰："吾儿黄须远来，破刘备只在目前！"

据《三国志·魏书·任城威王彰传》注引《魏略》：太祖在汉中，……召彰。彰晨夜进道，西到长安而太祖已还，从汉中而归。

按：据《魏略》记载，曹彰未与刘备军交锋。他千里迢迢赶到长安时，曹操已放弃汉中，返回长安了。

众将曰："今大兵势弱，何能再胜？"操曰："吾儿一扫北方，千里皆平。今以得胜之兵来助于吾，安有不胜之理？"遂勒兵［复］回。未知胜败如何。

［第一百四十四段］ 曹（兵）［操］杀主簿杨修

操（传）下令复回。有人报［知］玄德，说"曹（璋）［彰］引生兵到来。"玄德问谁可敌，刘封出曰："操曾言唤黄须来，以他儿无敌。封今愿往战之！"孟达出曰："某亦愿往！"玄德曰："汝二人同往，看谁建功。"于是二人各引军五千来迎。刘封倚仗是玄德义儿，（索）强（之）要先去，孟达存兵在后。刘封前进，与曹（璋）［彰］相迎。（璋）［彰］大骂刘封，封与（璋）［彰］交战。封大败而回。孟达却以生兵前进，方欲交锋，曹（操）［兵］阵后大乱，原来是马超、吴兰两枝军马杀来。曹（操）［兵］先自胆寒，却被三路兵冲杀。（是日，）马超兵养闲多时，（兵）到［此］扬威（跃）［耀］武，势不可当。曹（操）［彰］军回，与吴兰相遇。（璋）［彰］一戟（斩）［刺杀］吴兰，

据《三国志·魏书·武帝纪》：曹洪破吴兰，斩其将任夔等。（建安二十三年春）三月，张飞、马超走汉中，阴平氐强端斩吴兰，传其首。

三军混战。曹操退兵于斜谷道内屯扎，累被马超侵击，昼夜不安。刘封皇恐，无颜见父，听知孟达［建功］，自此结冤。

操屯兵日久，欲［要］进兵，又被马超拒守险要；张飞、赵云、黄忠不时搦战，正要交锋，又被蜀兵把住（险阻）［要道］；欲要收军回长安，又恐吴、蜀耻笑，心中（与）［判］决不下。忽值庖官进鸡汤，操见碗中鸡肋，因而［有］感于怀。正沉吟中，夏侯惇入来禀［请］号令［，为夜间］之用。操随口曰："鸡肋。"夏侯惇随与众头目传说。有行军主簿杨修，见传"鸡肋"二字，（修）［便］交随行军士收拾行装，准备还计。有人来夏侯惇帐中说之。惇大惊，请杨修（去，）问［曰：］"公何收拾［行装］？"修曰："以今夜之号就可知矣。鸡肋者，乃食之无肉，弃之有味。今进不能胜，退恐人笑，此事无益，不如早归。来日魏王必班师矣。故先拴束，庶免临时荒乱。"夏侯惇曰："公何深知魏王肺腑也！"遂亦收拾行装。寨中将士无不准备。

是夜曹操心乱，（永）［久］睡不着，推枕而起，绕寨闲看，只见夏侯惇寨中军士（足）［各准备行］装。操大惊，急回帐，招（问惇）［惇问］其故。惇曰："此主簿杨修先察王上欲（行）［归］之意。"操唤杨修问之，［修］以鸡肋之意答［之］。操大怒。

据《三国志·魏书·武帝纪》注引《九州春秋》：时王欲还，出令曰"鸡肋"，官属不知所谓。主簿杨修便自严装，人惊问修："何以知之？"修曰："夫鸡肋，弃之如可惜，食之无所得，以比汉中，知王欲还也。"

据《后汉书·杨震传附杨修传》：操自平汉中，欲因讨刘备而不得进，欲守之又难为功，护军不知进止何依。操于是出教，唯曰“鸡肋”而已。外曹莫能晓，修独曰：“夫鸡肋，食之则无所得，弃之则如可惜，公归计决矣。”乃令外白稍严，操于此回师。

传曰：杨修字德祖，汉太尉杨彪之子也，博学广览，目视五行，九流三教，无所不通。建安中举孝廉，除郎中。曹操用为署仓曹属主簿，出则参赞军机，总知内外事。

据《三国志·魏书·陈思王植传》注引《典略》：杨修字德祖，太尉彪子也。谦恭才博。建安中，举孝廉，除郎中，丞相请署仓曹属主簿。是时，军国多事，修总知外内，事皆称意。自魏太子已下，并争与交好。

据《后汉书·杨震传附杨修传》：修字德祖，好学，有俊才，为丞相曹操主簿，用事曹氏。

修为人恃［才］放旷，数次犯着曹操喜怒。操平生为人，虽然用才能之人，只恐他人高如己。一日，命造（化）［花］园一所，一年造成，请观之。操不言好歹，取笔于门上书一活字而去，人皆不晓。杨修曰：“门内活者，乃‘阔’字。丞相嫌阔。”于是提墙园门，请观之。操大喜，问“谁知吾意？”人对曰：“杨修。”操虽喜而心恶之。

据《世说新语·捷悟》：杨德祖为魏公主簿，时作相国门，始构榱桷，魏武自出看，使人题门作“活”字，便去。杨见，即令坏之。既竟，曰：“‘门’中‘活’，‘阔’字，王正嫌门大也。”

又一日，塞北送酥合至。操戏书“一合酥”三字于其上，操入寝之。修入见之，取匙分食。操睡觉，欲食不见，问修。修曰：“丞相有命，令一人一口尽食之矣将‘合’字拆开也。”操虽大笑，心甚恶之。

据《世说新语·捷悟》：人饷魏武一杯酪，魏武啖少许，盖头上提“合”字以示众，众莫能解。次至杨修，修便啖，曰：“公教人啖一口也，复何疑？”

曹操常分付左右：“吾梦中好杀人，睡著勿近前！”一日昼寝于帐中，锦被落地，一近侍荒扶被盖之。操跃起，拔刀杀之，复上床睡，半晌惊起问“何人杀我近侍？”众以言对操。操痛哭而厚葬之。人皆不识，以为操果是梦中杀人。惟修知之，临丧（汉）［叹］曰：“君乃囊中之锥也！”操闻而恶之。

据《世说新语·假谲》：魏武常云：“我眠中不可妄近，近便斫人，亦不自觉。左右宜深慎此！”后阳眠，所幸一人，窃以被覆之，因便斫杀。自尔每眠，左右莫敢近者。

按：《世说新语·假谲》中的“阳眠”，是假装睡觉的意思。阳，意为表面上，假装。罗贯中没有读懂，误以为“阳眠”是大白天有太阳时睡觉。按：周兆新先生在《三国演义考评》一书中认为，《世说新语》的这个故事，从情理上推测，只能是传说，不会是史实。

操第三子曹植字子建，［欲立］为魏王太子。曹丕知其（谏）［谋］，［请］朝歌长吴赞（仪）［议］事，恐有人见，用盛绢大簏藏（之）吴赞入（用）［内］。杨修知其（此）事，来告曹操。操曰：“来日擒之！”早有人报曹丕。丕荒报吴赞，曰：“何须忧患？明日用大簏盛绢载入以惑之。”次日，修又告之曹操。操使［人］搜，果然是有。操因是大疑杨修有害曹丕之心。操一日交曹丕、曹植各出邺城一门，却密使一人分付休（交）［放］。植先入（门）［问］杨修，曰：“世子今奉王命，如（何）［有］拦当者，斩之！”果然曹丕至门被当住，自回。植至城门下，门吏当住。植怒曰：“吾奉王命，如箭离弦，汝何故当？欲背反耶！”立斩之。操知次子多能，召而问之。植对曰：“出于胸襟也。”操喜。有人告操曰：“此乃杨修之所教也。”操此时已有杀修之心矣。修常［作］答教数十条与子建，但操有（闷）［问］，依条答之，其中治国安民之道无所不该载焉。操常（视）［问］子建，见其对答如流，心中甚疑焉。后曹丕暗买子建左右，偷答教来见曹操。操见了心中大怒，曰：“匹夫敢交构吾儿以侮孤耶！”此时已有杀修之心，只恐人议论，故隐忍之。后子建带酒乘轻车出司马门，人皆以为操出，伏道而迎，方知是子建。曹操听知，怒曰：“吾无事不出此门，将以取信于诸侯也。汝无礼可杀之！”众官劝住方免。［自］此曹操不喜子建，诸宾不敢登门矣。操带杨修往汉中观碑时有杀修之心，恐将士议论，又复忍之。

当时操大怒曰：“腐儒敢乱吾军法耶！”叱刀斧手牵出斩之，号令首级于营门，以示其众。修死年三十四岁。

据《三国志·魏书·陈思王植传》注引《世语》：修年二十五，以名公子有才能，为太祖所器，与丁仪兄弟，皆欲以植为嗣。太子患之，以车载废簏，内朝歌长吴质与谋。修以白太祖，未及推验。太子惧，告质，质曰：“何患？明日复以簏受绢车内以惑之，修必复重白，重白必推，而无验，则彼受罪矣。”世子从之，修果白，而无人，太祖由是疑焉。修与贾逵、王凌并为主簿，而为植所友。每当就植，虑事有阙，忖度太祖意，豫作答教十余条，敕门下，教出以次答。教裁出，答已入，太祖怪其捷，推问始泄。太祖遣太子及植各出邺城一门，密敕门不得出，以观其所为。太子至门，不得出而还。修先戒植：“若门不出侯，侯受王命，可斩守者。”植从之。故修遂以交构赐死。

据《资治通鉴》卷六十八：临菑侯植乘车行驰道中，开司马门出。操大怒，公车令坐死。由是重诸侯科禁，而植宠日衰。……初，丞相主簿杨修与丁仪兄弟谋立曹植为魏嗣，五官将丕患之，以车载废簏内朝歌长吴质，与之谋。修以白魏王操，操未及推验。丕惧，告质，质曰：“无害也。”明日，复以簏载绢以入，修复白之，推验，无人；操由是疑焉。其后植以骄纵见疏，而植故连缀修不止，修亦不敢自绝。每当就植，虑事有阙，忖度操意，豫作答教十余条，敕门下，“教出，随所问答之”，于是教裁出，答已入；操怪其捷，推问，始泄。操亦以修袁术之甥，恶之，乃发修前后漏泄言教，交关诸侯，收杀之。

据《三国志·魏书·陈思王植传》：植尝乘车行驰道中，开司马门出。太祖大怒，公车令坐死。由是重诸侯科禁，而植宠日衰。太祖既虑终始之变，以杨修颇有才策，而又袁氏之甥也，于是以罪诛修。植益内不自安。

据《三国志·魏书·陈思王植传》注引《典略》：是时临菑侯植以才捷爱幸，来意投修，数与修书，……植后以骄纵见疏，而植故连缀修不止，修亦不敢自绝。至二十四年秋，公以修前后漏泄言教，交关诸侯，乃收杀之。修临死，谓故人曰：“我固自以死之晚也。”其意以为坐曹植也。

据《后汉书·杨震传附杨修传》：修又尝出行，筹操有问外事，乃逆为答记，敕守舍儿：“若有令出，依次通之。”既而果然。如是者三，操怪其速，使廉之，知状，于此忌修。且以袁术之甥，虑为后患，遂因事杀之。

按:《演义》称杨修死年三十四岁，与史不合；据史书，杨修死年为四十五岁。又，史书记载，曹操于建安二十四年（219）五月从汉中撤军，而杨修被杀是在这年秋天，故杨修被杀地点并不在汉中，而是在曹操回转洛阳途中。《演义》称，曹操杀杨修的主要原因，是他“恃才放旷”，多次猜透曹操的心思，引起了曹操的嫉妒；而据史书，“漏泄言教，交关诸侯”，才是杨修被杀的真正原因。刘运好先生在《曹操集》一书的“导读”中指出，“诸侯”专指曹操已被封侯的诸子，“交关”就是交结封侯的诸子。“漏泄言教”实质上是“交关诸侯”的一个组成部分，而并非指泄漏“鸡肋”之类的教令。杨修预先揣度曹操意图，然后协助曹植制定对策，这才是“漏泄言教”的本质。由于杨修卷入“太子之争”的事件太深，又是“袁氏之甥”，曹操既怀疑杨修对曹魏的忠贞，又因为他谋略过人，有可能在事有仓猝之时，使太子之位发生反转，即“虑终始之变”，所以曹操不得不考虑为太子的顺利即位扫清障碍，杀杨修也就事有必然了。

后人有诗赞曰：

聪明杨德祖，世代继簪缨。
笔下龙蛇走，胸中锦绣成。
开谈惊四（圣）[座]，捷对冠群英。
身死因鸡肋，令人哀怨生！

又诗曰：

奸雄端的忌聪明，积怨存心恨易生。
鸡肋早知能丧命，争如缄口得公卿？

曹操作威，又欲斩夏侯惇，众官皆告[免]，挞之数十喝退。

操令来日进兵，出斜谷再复汉中。[忽当]道（罢）一军摆开，为首大将魏延出马。曹操招魏延出降，延大怒骂操。操令庞德战之。二将正斗间，寨内火起，人报马超劫了后寨。操拔剑在手曰：“诸将乱动者斩!”众[将]努力（一箭）[上前]，杀退魏延，投山僻小路去了。操方回兵来战马超，背后喊声起，张飞杀来。操于中分军，交一半敌马超，一半敌张飞。操立马于高阜处，正看两军各各效力当先之际，忽一彪军撞在面前，当先是魏延，拈弓搭箭，射中曹操，番身落马。魏延（见了）[弃弓]绰刀，抢上坡来杀曹操。马后转出一将，大叫“勿伤吾主!”乃是南安（柏）[狟]道人也，姓庞名德，字令明，奋力向前，战退魏延，杀下坡来，魏延兵败。庞德保曹操前进。

按：庞德此时屯兵樊城与关羽相持，不可能在汉中救曹操。

马超已退，操得归寨，当门折却两齿。

操带伤于帐中医治，纳闷[中]方忆杨修[之言]，令收葬之；遂下令班师，交张郃、庞德二将断后，尽选精兵，令二将领之。当夜（乘车）[车乘]马匹已备，前军（先后）[起行]，操卧毡车之中，左右护卫虎贲数万俱起。忽报斜谷两[边]山[上]人[声]喊起。毕竟后来如何？

静轩先生有诗曰：

昭烈兴师取汉中，魏兵数万扫尘空。
曹瞒徒恃奸雄计，谁识川中有卧龙。

新刊三国志通俗演义史传卷之六终

通俗演义三国志史传卷之七

东原　罗本　贯中　编次

起汉献帝建安二十四年己亥

至蜀章武二年、魏黄初三年壬寅　首尾事实凡四年

○目录二十四段

○按晋平［阳］侯相陈寿史传

［第一百四十五段］　刘玄德进位汉中王

建安二十四年秋七月，魏王曹操兵自（叙）［斜］谷欲还，又被魏延一箭射伤人（众）［中］，因此［不能久住，遂议］收兵班师。比及三军起行，元来诸葛孔明见操退于斜谷，（操）必（自）［弃］汉中而走，故差马超等将分十数路（如常）［埋伏］攻击。因此（不能久住，遂议回兵，投到军前）［前军］方（起）［行］，两下火起，乃是马超施放。曹操紧行，三军堕尽锐气，又听得火起，人人丧胆，个个亡魂，只（解）［顾］逃生，安能拒敌？连更彻夜匍匐而走，背后蜀兵不住追赶。军至长安京兆却才放心。

据《资治通鉴》卷六十八：操与备相守积月，魏军士多亡。（建安二十四年）夏五月，操悉引出汉中诸军还长安，刘备遂有汉中。（参见《三国志·魏书·武帝纪》）

据《三国志·蜀书·先主传》：（建安二十四年春，）曹公自长安举众南征。先主遥策之曰："曹公虽来，无能为也，我必有汉川矣。"及曹公至，先主敛众拒险，终不交锋，积月不拔，亡者日多。夏，曹公果引军还，先主遂有汉中。

却说玄德分命刘封、孟达、王平攻取上庸诸郡，

按：此处“王平”乃“李平”之误，核诸《三国志·蜀书·先主传》：“遣刘封、孟达、李平等攻申耽于上庸。”可知。李平，原名李严。

申耽等闻操已弃汉中而去，遂皆投降。

据《资治通鉴》卷六十八：刘备遣宜都太守扶风孟达从秭归北攻房陵，杀房陵太守蒯祺。又遣养子副军中郎将刘封自汉中乘沔水下，统达军，与达会攻上庸，上庸太守申耽举郡降。备加耽征北将军，领上庸太守，以耽弟仪为建信将军、西城太守。

据《三国志·蜀书·刘封传》：初，刘璋遣扶风孟达副法正，各将兵二千人，使迎先主，先主因令达并领其众，留屯江陵。蜀平后，以达为宜都太守。建安二十四年，命达从秭归北攻房陵，房陵太守蒯祺为达兵所害。达将进攻上庸，先主阴恐达难独任，乃遣封自汉中乘沔水下统达军，与达会上庸。上庸太守申耽举众降，遣妻子及宗族诣成都。先主加耽征北将军，领上庸太守、员乡侯如故，以耽弟仪为建信将军、西城太守，迁封为副军将军。

玄德大喜，于东川之地遍劳三军。诸将皆有尊玄德为帝之意，未敢擅便，遂禀诸葛军师。孔明曰：“吾意已定夺了也。”遂引法正等以见玄德。孔明曰：“方今汉室衰弱，曹贼专权，天下百姓无主。主公年过半百，德及四海，东除西荡，奄有两川，可以应天顺人，法尧禅舜，即皇帝位，名正言顺，以讨国贼，此合天理，事不宜迟。”便请择日。玄德大惊曰：“军师言者差矣！刘备虽然忝居皇族，乃臣下之臣，若为此事，则反汉也！”孔明曰：“方今天下分崩，英雄并起，各霸一方。四海有才德之士，同声相应，同气相求，舍死忘生而事其主，非为名即为利也。今主公苟避嫌疑，守义不举，手下之士皆无所望，其心皆惮，不久自去矣。愿主公熟思之！”

据《三国志·蜀书·诸葛亮传》：(建安)二十六年，群下劝先主称尊号，先主未许，亮说曰：“昔吴汉、耿弇等初劝世祖即帝位，世祖辞让，前后数四，耿纯进言曰：‘天下英雄喁喁，冀有所望。如不从议者，士大夫各归求主，无为从公也。’世祖感纯言深至，遂然诺之。今曹氏篡汉，天下无主，大王刘氏苗族，绍世而起，今即帝位，乃其宜也。士大夫随大王久勤苦者，亦欲望尺寸之功如纯言耳。”

按：《演义》此处诸葛亮劝刘备进位之语，系《三国志·蜀书·诸葛亮传》建安二十六年(221)诸葛亮劝刘备即帝位之语，其语句有小异。

玄德曰：“僭居尊位，吾实不敢。汝等各宜商议。”诸将一齐曰：“主公若是推却，三军心变矣！”孔明止之曰：“主公平生以义为重，未肯便居尊号。今有荆襄、两川之地，可暂为藩王，以正其位，方可用人。”玄德曰：“汝等欲尊吾为主，不得天子明诏，是僭称也。”孔明曰：“乱离之时，宜从权变。若守常道，必误大事。”张飞大叫曰：“异姓者皆欲为君，况哥哥乃汉朝宗派。若不如此，半世辛勤成一梦矣！”孔明曰：“主公可进位汉中王。吾等自作表章，申奏天子。”玄德再三推阻不过，恐军心变，只得依允孔明，遂命谯周作表，申奏汉献皇帝。其表曰：

平西将军、都亭侯臣马超，军师、将军臣诸葛亮，荡寇将军、汉寿亭侯臣关羽，征虏将军、新亭侯臣张飞，镇东将军臣赵云等一百二十人上言曰：唐尧至圣而四凶在朝，周成任贤而四国作难，高后称制而诸吕专命，孝昭冲幼而上官逆谋，皆凭世宠，

藉窃国权，穷恶极乱，社稷丘墟，非大舜、周公、朱虚、博陆则不能流放擒讨，安危定倾。伏惟 陛下神姿圣德，统理万邦，而遭厄运不造之难。董卓首祸，荡覆京畿。曹操阶乱，窃托天衡，皇后太子，俯首鸩弑，戕乱天下，残毁民物，又致 陛下蒙尘，忧危并起，劫迁圣驾。人神无主，遏绝王命，（压）［厌］握皇极，欲盗神器。左将军领司隶校尉、豫荆益三州牧、宜城亭侯备，受朝爵秩，思竭心殚力，以徇国难，东西驱驰，赫然奋发，与车骑将军董承同谋诛操，将安国家，克［复］旧都，会承机事不密，令操游魂得逐奸志，残民海内。臣等再惧王室大有阎乐之祸，小有定安之变秦赵高使阎乐弑二世，王莽废孺子［婴］为定安公，夙夜惴惴，战栗罔息。昔在《虞书》，敦睦九族，周监二代，封建同姓，维持国脉，历年长久。汉兴之初，剖裂疆土，分王子弟，是以卒折诸吕而平之，以成太宗之基。臣等以备肺腑枝叶，宗子藩裔，心存国家，念在弭乱，自操破于汉中，海内英雄望风蚁附，而爵号不显，九锡未加，非所以镇卫社稷，光照万世也。奉辞在外，礼命断绝。昔河西太守梁统等值汉中兴，根据山河，位同权均，不能相（卓）［率］，（茂）［咸推］窦融以为元帅，卒立功绩，摧破隗嚣。（听命）［今］社稷之难，急于陇（亩）［、蜀］，操外吞天下，内残群僚，朝廷有萧墙之厄而御侮无策，可为寒心。臣等辄依旧典，册备汉中王，拜大司马，整齐六军，纠合同盟，殄灭凶逆。以汉中、巴蜀、广汉权为（之）国所置署，依汉初诸侯王故事，夫权宜假之，苟利社稷，专之可也。然后功成事立，臣等退伏矫罪，虽死无恨！诚惶诚惧，顿首死罪，臣等不胜瞻天仰圣激切屏营之至！

建安二十四年秋七月筑坛于沔阳，方圆九里，分布五方，各设旌旗（一众）［仪仗］，群臣皆依次序排列。许靖、法正请玄德登坛，进冠冕玺绶讫，南面而坐，受文武宦僚拜贺，立为汉中王。

据《三国志·蜀书·先主传》：（建安二十四年）秋，群下上先主为汉中王，表于汉帝曰："平西将军、都亭侯臣马超，左将军长史、领镇军将军臣许靖，营司马臣庞羲，议曹从事中郎、军议中郎将臣射援，军师将军臣诸葛亮，荡寇将军、汉寿亭侯臣关羽，征虏将军、新亭侯臣张飞，征西将军臣黄忠，镇远将军臣赖恭，扬武将军臣法正，兴业将军臣李严等一百二十人上言曰：昔唐尧至圣而四凶在朝，周成仁贤而四国作难，高后称制而诸吕窃命，孝昭幼冲而上官逆谋，皆冯世宠，藉履国权，穷凶极乱，社稷几危。非大舜、周公、朱虚、博陆，则不能流放禽讨，安危定倾。伏惟陛下诞姿圣德，统理万邦，而遭厄运不造之艰。董卓首难，荡覆京畿，曹操阶祸，窃执天衡；皇后太子，鸩杀见害，剥乱天下，残毁民物。久令陛下蒙尘忧厄，幽处虚邑。人神无主，遏绝王命，厌昧皇极，欲盗神器。左将军、领司隶校尉、豫荆益三州牧、宜城亭侯备，受朝爵秩，念在输力，以殉国难。睹其机兆，赫然愤发，与车骑将军董承同谋诛操，将安国家，克宁旧都。会承机事不密，令操游魂得遂长恶，残泯海内。臣等每惧王室大有阎乐之祸，小有定安之变，夙夜惴惴，战栗累息。昔在《虞书》，敦序九族，周监二代，封建同姓，《诗》著其义，历载长久。汉兴之初，割裂疆土，尊王子弟，是以卒折诸吕之难，而成太宗之基。臣等以备肺腑枝叶，宗子藩翰，心存国家，念在弭乱。自操破于汉中，海内英雄望风蚁附，而爵号不显，九锡未加，非所以镇卫社稷，光昭万世也。奉辞在外，礼命断绝。昔河西太守梁统等值汉中兴，限于山河，位同权均，不能相率，咸推窦融以为元帅，卒立效绩，摧破隗嚣。今社稷之难，急于陇、蜀。操外吞天下，内残群寮，朝廷有萧墙之危，而御侮未建，可为寒心。臣等辄依旧典，封备汉中王，拜大司马，董齐六军，纠合同盟，扫灭凶逆。以汉中、巴、蜀、广汉、犍为为国，所署置依汉初诸侯王故典。夫权宜之制，苟利社稷，专之可也。然后功成事立，臣等退伏矫罪，虽死无恨。”遂于沔阳设坛场，陈兵列众，群臣陪位，读奏讫，御王冠于先主。

据《后汉书·献帝纪》：（建安二十四年）夏五月，刘备取汉中。秋七月庚子，刘备自称汉中王。

按：据史书，建安二十四年（219）秋，马超等一百二十人上表汉献帝，公推刘备为汉中王，表中列名的前十一人，顺序是：马超、许靖、庞羲、射援、诸葛亮、关羽、张飞、黄忠、赖恭、法正、李严。在《演义》中，罗贯中删除了许靖、庞羲、射援、黄忠、赖恭、法正、李严七人，添加了赵云。

刘禅立为王太子，

据《三国志·蜀书·后主传》：后主讳禅，字公嗣，先主子也。建安二十四年，先主为汉中王，立为王太子。

封许靖为少傅，

据《三国志·蜀书·许靖传》：先主为汉中王，靖为太傅。

法正为尚书令，

据《三国志·蜀书·法正传》：先主立为汉中王，以正为尚书令、护军将军。

诸葛亮为军师，总领军马钱粮等事，

据《三国志·蜀书·诸葛亮传》：成都平，以亮为军师将军，署左将军府事。

按：据史书记载，刘备称汉中王时，诸葛亮的官职是“军师将军，署左将军府事”；并非如《演义》所说“为军师，总领军马钱粮等事”。他的官阶在关羽、张飞之下。

封关、

据《三国志·蜀书·关羽传》：（建安）二十四年，先主为汉中王，拜羽为前将军，假节钺。

马、

据《三国志·蜀书·马超传》：先主为汉中王，拜超为左将军，假节。

张、

据《三国志·蜀书·张飞传》：先主为汉中王，拜飞为右将军，假节。

黄、

据《三国志·蜀书·黄忠传》：是岁，先主为汉中王，欲用忠为后将军，诸葛亮说先主曰：“忠之名望，素非关马之伦也，而今便令同列。马张在近，亲见其功，尚可喻指；关遥闻之，恐必不悦，得无不可乎！”先主曰：“吾自当解之。”遂与羽等齐位，赐爵关内侯。

赵为五虎将军，

按：“五虎将军”非爵位，不见于史。《三国志》将五人合为一传，排序为“关张马黄赵”，赵云居末。刘备进位汉中王时，拜关、马、张、黄为前左右后四将军（三品），而赵云只是翊军将军（五品）。赵云的官爵，一直低于其他四人。

魏延为汉中太守，

据《三国志·蜀书·魏延传》：先主为汉中王，迁治成都，当得重将以镇汉川，众论以为必在张飞，飞亦以心自许。先主乃拔延为督汉中镇远将军，领汉中太守，一军尽惊。先主大会群臣，问延曰：“今委卿以重任，卿居之欲云何？”延对曰：“若曹操举天下而来，请为大王拒之；偏将十万之众至，请为大王吞之。”先主称善，众咸壮其言。

其余各据功勋定爵。

据《资治通鉴》卷六十八：（建安二十四年）秋七月，刘备自称汉中王，设坛场于沔阳，陈兵列众，群臣陪位，读奏讫，乃拜受玺绶，御王冠。因驿拜章，上还所假左将军、宜城亭侯印绶。立子禅为王太子。拔牙门将军义阳魏延为镇远将军，领汉中太守，以镇汉川。备还治成都，以许靖为太傅，法正为尚书令，关羽为前将军，张飞为右将军，马超为左将军，黄忠为后将军，余皆进位有差。

玄德既为汉中王，乃修表文一通，差人往许都上（谢）［呈］。其表［曰］：

臣以具臣之才，荷上将之任，总督三军，奉辞（天子）［于］外，不能扫除寇难，靖平王室，以致陛下圣教凌迟，六合之内，否而未泰，惟忧反侧，疾如焚首！曩者董卓始造乱阶，自是之后，群凶纵横，残剥海内。（剌）［赖］陛下圣德威灵，人臣同应，或忠义奋讨，或上天降罚，僭逆并诛，以渐冰消。惟独曹操久未袪除，侵夺国权，稔恶构乱。臣昔与车骑将军董承图谋讨操，机事不密，承见陷害。臣播越失据，忠义不果，遂得操穷凶极逆，主后（截）［戮］杀，皇子鸩弑，虽纠合义勇，同谋讨贼，懦弱不武，历年未效，常恐殒殁，终负国恩，寝寐永叹，夕惕若厉！今臣群僚以为：在昔《虞书》，敦（陆）［睦］九族，庶明（万）［厉］翼，五帝损益，此道不废。周监二代，并（进）［建］诸姬，实赖晋、郑夹辅之福。高祖龙兴，居尊王号，大启九国，卒斩诸吕，以安太宗。今操僭称魏王，包藏祸心，篡盗已显。既宗室微弱，帝族失位，斟酌古式，依假权宜，上大司马，尊汉中王。臣伏自三省，受国厚恩，荷任一方，陈力未效，所获已过，不宜忝居高位，以重罪谤。群僚见逼迫臣以义。臣细推国贼不枭，国难未已，宗庙倾危，社稷将坠，诚臣忧责碎首之负。若应变以宁清圣朝，虽赴火水，所不得辞，敢虑常宜，增备后悔。辄顺众议，拜受印玺，以崇国威。仰惟爵号，位高宠厚，俯思报德，（深切）［如履］渊冰，如临幽谷，尽力输诚，（将大）［奖］厉六师，遍齐群义，应天顺时，讨凶逆以宁社稷，以报万分。谨拜章表上，还所假左将军、宜城亭侯印绶，随表上　闻，仰干　天听。

建安二十四年七月　日，汉中王领大司马臣刘备表。

据《三国志·蜀书·先主传》：先主上言汉帝曰：“臣以具臣之才，荷上将之任，董督三军，奉辞于外，不得扫除寇难，靖匡王室，久使陛下圣教陵迟，六合之内，否而未泰，惟忧反侧，疢如疾首。曩者董卓造为乱阶，自是之后，群凶纵横，残剥海内。赖陛下圣德威灵，人神同应，或忠义奋讨，或上天降罚，暴逆并殪，以渐冰消。惟独曹操，久未枭除，侵擅国权，恣心极乱。臣昔与车骑将军董承图谋讨操，机事不密，承见陷害。臣播越失据，忠义不果，遂得使操穷凶极逆，主后戮杀，皇子鸩害。虽纠合同盟，念在奋力，懦弱不武，历年未效。常恐殒没，孤负国恩，寤寐永叹，夕惕若厉。今臣群寮以为，在昔《虞书》，敦叙九族，庶明励翼，五帝损益，此道不废。周监二代，并建诸姬，实赖晋、郑夹辅之福。高祖龙兴，尊王子弟，大启九国，卒斩诸吕，以安大宗。今操恶直丑正，寔繁有徒，包藏祸心，篡盗已显。既宗室微弱，帝族无位，斟酌古式，依假权宜，上臣大司马、汉中王。臣伏自三省，受国厚恩，荷任一方，陈力未效，所获已过，不宜复忝高位，以重罪谤。群寮见逼，迫臣以义。臣退惟寇贼不枭，国难未已，宗庙倾危，社稷将坠，成臣忧责碎首之负。若应权通变，以宁靖圣朝，虽赴水火，所不得辞，敢虑常宜，以防后悔。辄顺众议，拜受印玺，以崇国威。仰惟爵号，位高宠厚，俯思报效，忧深责重，惊怖累息，如临于谷。尽力输诚，奖厉六师，率齐群义，应天顺时，扑讨凶逆，以宁社稷，以报万分。谨拜章因驿上还所假左将军、宜城亭侯印绶。”

遣使到许都投进表章。

曹操闻知玄德自立汉中王，大怒曰：“织席小儿，安敢如此！吾不能灭汝，誓不回都，除死方止！”即时传下王旨，尽起倾国之兵，要来东川与汉中王（以）[共]决雌雄。忽殿下一人于班部中出而言曰：“王上不可因一时之怒，使百万生灵屈死无辜。小人有一计，不须动张弓只箭，令刘备蜀中自受其祸。待兵衰力尽，略用一将，（具）[兴]数万之众，唾手而成功也。”众皆大惊，视之，乃河内温人也，覆姓司马名懿，字仲达，见为丞相府主簿。操喜而问曰：“仲达有何高见？”司马懿曰：“（今）江东孙权（其）[以]妹诈嫁刘备，今已分颜，取回江东，[彼此]有切齿之仇。王上可差一舌辩之士赍书见孙权，陈说刘备过恶，令孙权兴兵先取荆州。[彼]一与关羽相持，刘备必发兵以救荆州。王上那时举兵攻汉、川，刘备首尾不能相救，势必危矣。”操大喜，即时修书，令满宠为使，星夜来江东。

孙权闻操遣满宠到，遂与谋士商议。张昭曰：“魏本与吴无仇，盖因一时听诸葛之言，以致间谍，累年征战，不曾休息，生灵涂炭，边塞不宁。今满伯宁到来，必有讲和之意，可接待之。”权然其言，遣众谋士远接。满宠入城见吴侯，礼毕，权以宾礼待之。宠曰：“吴、魏自来无仇，皆是刘备之故。今魏王差宠到来，约会同破刘备，共分地土，誓不相侵！”权问“有何凭据？”满宠将出曹操书，度与孙权。权拆观其书曰：

操闻居于乱世之间，列[位]在至尊之上，而卑于异域之臣者，乃王侯之耻也；不论（而行）[行而]结交者，此大丈夫之耻也；以祖宗可得之基业，一旦轻属他人[者]，此家门之耻也。仲谋乃东吴之至尊，而受制于刘备，此可耻一也；备乃幽、燕小辈，素无行止，天下共知，一旦以贤妹妻之，此可耻二也；荆州九郡，公[之]父兄皆以此土养身，何轻如敝屣，与刘备而不取？此可耻三也。夫备恃顽赖凶，数有轻侮，轻诺寡信，素怀不仁，先背伯珪而后叛吕布，弃袁绍之义，忘刘表之恩，并吞蜀川，（卓）[占]居汉上，负明公与孤之德，虽樵牧亦切齿也！今遣满宠前来，所有旧怨，一切勿言，可急兴仁义之师，速取荆（、襄）[州]之土，上与国家除凶，下雪自己之根。清平之后，自以江南接连西川尽属于公，汉中、襄阳孤当自取，誓不相侵，永结为好。书不尽言，专祈照察！

孙权观书毕，设宴[相]待满宠，送居官舍，连夜与谋士议论。顾雍曰：“虽是说词，其中有理。一边送满宠回，会约曹公，首尾相击，一边使人过荆州探视关公动静，方可行事。”诸葛瑾曰：“某闻云长自到荆州，刘玄德与娶妻子，先生一女，次生一子名兴。其女虽年幼，未（可）[曾]适人。某愿一往，与主公世子求亲。若云长肯许到东吴为童养儿妇，却与云长共议破曹；若云长不许此亲，然后助曹[，却]取荆州。凡征战有名，则人心皆顺矣。”孙权用其谋，先遣满宠回（西）[许]都；后遣诸葛瑾为使，投荆州来。

江口[人]报知云长。云长平生轻傲士大夫，不令人出接。诸葛瑾至州衙见云长。礼毕，云长曰：“子瑜此来何意？”瑾曰：“[某]想[舍]弟孔明久事汉[中]王，故有此行，永结两家之好（，并无猜疑）。吾主（人）[公]吴侯有一子，甚聪明美貌，吴人皆异之。瑾知将军有一女，故来作伐求婚。两家[并无猜疑，]同力破曹。此诚美事，请将军思之！”云长勃然大怒曰：“虎女安可嫁犬子也！吾不看汝弟之面，立斩汝首！再休多言！”令左右逐出。诸葛瑾抱头鼠窜，回见吴侯，不敢隐匿，只得实告。孙权大怒曰：“何太无礼也！”便唤张昭（聚）[等]文官武将，商议取荆州。

据《资治通鉴》卷六十八：权尝为其子求昏于羽，羽骂其使，不许昏；权由是怒。

据《三国志·蜀书·关羽传》：权遣使为子索羽女，羽骂辱其使，不许婚，权大怒。

胜负如何？

[第一百四十六段]　关云长威震华夏

孙权与文武议取荆州。参谋步骘曰：“未可！曹操欲篡汉室，所惧者刘备也。今遣使来，令（呼）[吴]兴兵吞蜀，此移祸于吴也。”孙权曰：“孤亦欲取荆州久矣！”步骘曰：“今曹操弟曹仁（见）屯兵于襄阳、樊城，又无长江之险，旱路可取荆州，如何不取？却令主公动兵。[只]此便见其心也！主公可遣使直到（西）[许]都见曹公，令曹仁旱路先动兵，关公必（彻）[掣]荆州大兵取樊城[矣]。关公一动，主（人）[公]暗遣兵袭取荆州，一（拳）[举]可得[矣]。”吴侯大喜，即时遣使渡江，直至（西）[许]都见操，上书陈说此事。操见书大喜，即时遣满宠往樊城助曹仁为参谋官，一同商议动兵；（不说）[便交]东吴使回，令水路接应，共取荆州。

却说汉中王留（媿）[魏]延总督军马，守御东川，遂引百官回成都，

据《资治通鉴》卷六十八：（建安二十四年）秋七月，刘备自称汉中王，……拔牙门将军义阳魏延为镇远将军，领汉中太守，以镇汉川。备还治成都。

据《三国志·蜀书·先主传》：于是还治成都。拔魏延为都督，镇汉中。

差官起造宫庭；又置馆舍亭铺，成都至白水关共建四百余（匝）[里]；

据《三国志·蜀书·先主传》注引《典略》：备于是起馆舍，筑亭障，从成都至白水关，四百余区。

广屯粮草，多造器械，以图进取[中原]。细作飞报来，称“曹操遣使结连东吴，（径）[欲]取荆州。”汉中王荒与诸葛孔明共议。孔明曰：“亮已知曹操必有此谋。比及其倩东吴起兵，吴地谋士极（广）[多]，必然交操令樊城曹仁先兴兵矣。”汉中王曰：“若如此，奈何？”孔明曰：“可差使就送官诰与云长，令起兵先取樊城，令军士胆寒，自然瓦

解矣。”

按：《演义》称关羽进攻襄樊是诸葛亮的主意，不见于史。

汉中王［大］喜，即差司马一人——乃（捷）［犍］为南安人也，姓费名诗，字公举——为使赍诰命，即日投荆州来。

人报云长，［云长］出郭迎接入公厅。费诗将诰命、印绶与云长。云长问“加［某］何爵？”诗答曰：“王上加五虎将之职，将军居其一也。”

按：“五虎将军”非爵位，而是虚构的官称。据史书，刘备称汉中王时，拜关羽为前将军，假节钺。

云长曰：“何为五虎？”诗言关、马、张、黄、赵。云长大怒曰：“翼德吾弟也，孟起世代名家，子龙即吾弟（相随）［也］，位与吾并可也；黄忠何等之人，与吾同列？大丈夫终不与老兵同［列］!”不肯受印。费诗佯笑而言曰：“将军差矣！听愚一言：夫立王业者，所用非一。昔日萧何、曹参自幼与高祖亲旧，而陈平、韩信（后）亡命而［后］至。论其班次，韩信为王，位居其上，未闻萧何（曾）［、曹参］以此为（念）［怨］。今汉中王以一时之功，隆崇汉（室）［升］，故加五虎将；而汉中王待将军之意，岂与黄汉升相同也？况汉中王与将军有结义之恩，譬如一体，将军即汉中王，汉中王即将军也，可同休戚，不宜计较官品之高下，爵禄之多寡为意也。愚一介之使，衔命之人，不（得不）告于将军而便回，是辱君命也。愿将军熟思之！”云长大悟，乃垂泪再拜曰：“愚之不明，非足下见教，几误大事！”即（日）［时］受印。

据《资治通鉴》卷六十八：（建安二十四年）秋七月，刘备自称汉中王，……以许靖为太傅，法正为尚书令，关羽为前将军，张飞为右将军，马超为左将军，黄忠为后将军，余皆进位有差。遣益州前部司马犍为费诗即授关羽印授，羽闻黄忠位与己并，怒曰：“大丈夫终不与老兵同列！”不肯受拜。诗谓羽曰：“夫立王业者，所用非一。昔萧、曹与高祖少小亲旧，而陈、韩亡命后至；论其班列，韩最居上，未闻萧、曹以此为怨。今汉中王以一时之功隆崇汉室；然意之轻重，宁当与君侯齐乎！且王与君侯譬犹一体，同休等戚，祸福共之。愚谓君侯不宜计官号之高下、爵禄之多少为意也。仆一介之使，衔命之人，君侯不受拜，如是便还，但相为惜此举动，恐有后悔耳。”羽大感悟，遽即受拜。（参见《三国志·蜀书·费诗传》）

据《三国志·蜀书·关羽传》：（建安）二十四年，先主为汉中王，拜羽为前将军，假节钺。

费诗方出王旨，令云长兴兵取樊城。云长曰：“吾亦有心多时，但未得主命耳。”

据《三国志·蜀书·关羽传》：（建安二十四年，）羽率众攻曹仁于樊。（参见《资治通鉴》卷六十八，《三国志·蜀书·先主传》）

按：《演义》称关羽进攻襄樊是刘备的命令，不见于史。

当日便差荆州将傅士仁、

据《三国志·蜀书·杨戏传》附《季汉辅臣赞》：士仁字君义，广阳人也，为将军，住公安。

据《资治通鉴》卷六十八：关羽……使……将军傅士仁守公安。

按：蜀将士仁，《三国志》各传中均作士仁，而《资治通鉴》误衍“傅”字，《演义》据此取其名为傅士仁，疑是罗氏有意为之。士仁叛迎孙权，使关羽退无所据，终致覆败；罗氏鄙其为人，故使其名谐音“不是人”。

糜芳

据《三国志·蜀书·杨戏传》附《季汉辅臣赞》：糜芳字子方，东海人也，为南郡太守。

二人为先锋，先发一军于荆州门外官道上屯住，候次日大军同起。傅士仁、糜芳得了将令，先往城外点军。云长设宴管待费诗。

饮至二更，忽军士报城外寨中火起。云长急披挂上马，出来看时，元来傅士仁和糜芳饮酒，帐后遗火烧着火炮，满寨（喊）[撼]动，将应有军器粮草尽皆烧毁。云长引军救扑，四更[方才]火灭，收拾入城。云长唤傅士仁、糜芳至阶下，大骂曰：“吾命汝二人为先锋，未曾出师，先折吾许多粮草军器，火炮打死本部军人。如此怠慢，要汝二人何用！”喝令“斩之！”司马费诗荒急来劝曰：“未经出师，先斩大将，于军不利！可以暂恕其罪。”云长怒气不息，喝令武士各决二十脊杖，摘去先锋印，发糜芳守（江）[武]陵，傅士仁守公安，痛恨曰：“吾不看费司马面，立斩于市，以正军法！你这两颗头暂寄在项上。吾得胜回来时，你等稍有差迟，二罪俱罚，决不恕也！”糜芳、傅士仁满面羞惭，喏喏而去。

据《资治通鉴》卷六十八：（建安二十四年秋七月，）关羽……使南郡太守糜芳守江陵，将军傅士仁守公安，羽自率众攻曹仁于樊。

据《三国志·吴书·吕蒙传》注引《吴录》：南郡城中失火，颇焚烧军器。羽以责芳，芳内畏惧。

据《三国志·蜀书·关羽传》：南郡太守麋芳在江陵，将军士仁屯公安，素皆嫌羽轻己。自羽之出军，芳、仁供给军资，不悉相救。羽言“还当治之”，芳、仁咸怀惧不安。（参见《资治通鉴》卷六十八）

按：史书上说，有一次“南郡城中失火，颇焚烧军器”，关羽为此事责备麋芳。《演义》则称，建安二十四年（219）七月，关羽北攻襄樊之前，荆州城外失火，烧毁军器粮草，关羽为此事责备糜芳和傅士仁，不但责打他们，还摘去他们的先锋印绶，罚糜芳守武陵，傅士仁守公安。

云长便唤廖化为先锋，关平为副将，（云长）自总中军，马良、伊籍为参谋官，一同征进。

大军及行之际，当日祭帅字旗罢，云长昼伏于帐中，忽见一猪，其大如牛，浑身黑色，奔入帐中，径咬左足。云长大怒，急起拔剑斩之，声如裂帛，飒然惊觉，乃南柯一梦。帐下士卒呈报午时。云长左足隐隐疼痛，心中大疑，唤子关平至。云长曰：“吾恰才（一）梦见一黑猪咬吾左足，觉来隐隐疼痛。吾今年衰矣！”平对曰：“猪亦[有]龙像。猪龙附足，乃升腾之兆，父亲何必生疑？”云长聚众官商议，有言好者，有言不好者，众议不一。云长曰：“吾大丈夫，年近六旬，死何恨焉！”

据《三国志·蜀书·关羽传》注引《蜀记》：羽初出军围樊，梦猪啮其足，语子平曰：“吾今年衰矣，然不得还！”

正说间，蜀使到，拜云长为前将军，假节钺，据《三国志·蜀书·关羽传》：（建安）二十四年，先主为汉中王，拜羽为前将军，假节钺。

云长受命。诸官拜贺曰："此足见猪龙之瑞也！"于是云长坦然无疑，遂起兵，取襄阳大路而来。

曹仁在城中听知荆州关云长自领兵至，心中大惊，欲坚守不出。副将翟元曰："今（媿）［魏］王欲令将军约会东吴取荆州。今彼自来，是送死也，何故避之？"曹仁然其说，便［欲］动兵。参谋满宠曰："某素知云长勇而有谋，不可轻敌，不如坚守为上。"骁将夏侯存曰："文（和）［人］之言，似此何能破敌哉？岂不闻兵书云'水来土掩，兵到将迎'？吾军以逸待劳，何足惧也？"曹仁遂不听满宠之言，使宠守城，（仁）［自］提兵出襄阳，来与云长交锋。

云长听知曹仁兵来，便唤廖化、关平听计了。二将引前部军来，与曹仁军相迎，两阵对圆。廖化出马搦战，仁阵内翟元挺枪出马。战不多时，廖化拨回马走，翟元引兵掩杀，荆兵败走二十里。关平又出接战，翟元又胜，乘势进袭。关平、廖化退分两路。曹仁传令收兵，差夏侯存拒住关平，翟元拒住廖化，次日又来搦战。翟元、夏侯存又胜，赶去二十里。忽闻后军大喊，流星马飞报"土山后鼓声大震，不知何处军马。"主帅曹（将军）［仁］急命前军速回。翟元、夏侯存急忙回军，廖化、关平背后杀来，曹兵大乱。仁知深入重地，先（到）［引］一军飞奔襄阳，离城数里，当头［一员大将拦住去路，］乃是关云长［也］。曹仁知云长勇，不［敢交］战，望襄阳［斜路］而去，云长不赶。夏侯存兵到，被云长截住去路。夏侯存大怒，与云长交锋，被云长一刀斩之。翟元被关平赶上，一刀斩之，乘势追袭。曹兵大败，大半死于襄江之中。曹仁退守樊城。

云长遂得襄阳，安民赏军。

按：《演义》称关羽攻占襄阳，与史不合。据史书记载，关羽于水淹七军之后，率军包围了樊城和襄阳，但均未攻克。

有随行司马王甫进曰："今君侯一鼓而下襄阳，曹兵丧胆。愚意东吴兵在陆口，常有吞并［荆州］之心。倘吴兵径取荆州，如之奈何？"关公曰："吾已在心。汝可提调此事，沿江上下，或（三）［二］十里，（五）［或三］十里，选高阜处置一烽火台，每［台］用军人五十守之。倘吴兵渡江，夜则明火，昼则发烟，此为一时之号，吾当亲往击之。"王甫［又］曰："糜芳、傅士仁守二隘口，恐不能尽心竭力。荆州必须再得一人以总之。"云长曰："［吾］差荆州治中武陵人氏潘（睿）［濬］

据《三国志·吴书·潘濬传》：潘濬字承明，武陵汉寿人也。……刘备领荆州，以濬为治中从事。备入蜀，留典州事。

据《三国志·蜀书·杨戏传》附《季汉辅臣赞》：潘濬字承明，武陵人也。先主入蜀，以为荆州治中，典留州事，亦与关羽不穆。孙权袭羽，遂入吴。

总之，有何虑焉？"王甫曰："潘（睿）［濬］为人多忌而好利，岂有赂之而不受利乎？可用军前都督粮料官赵累代之。累为人忠诚廉正；若用此人，万无一失。"关公曰："吾素知潘（睿）［濬］为人，既已差定，何必改之？赵累见掌粮料，亦是重事。汝勿多疑，只与吾筑烽火台去。"王甫拜辞，快快而行。关公令关平拘收船筏，兵渡襄江打樊城。

却说曹仁［连］折二将，退（于）［守］樊城，见满宠甚惶恐。仁曰："不用伯宁之言，兵败将亡，失却襄阳。何计可复？"满宠曰："关云长乃虎将，更兼多谋，未可轻敌，只宜坚守。”正议间，人报关公兵马渡江来打樊城。曹仁转荒，满宠只劝“不可去敌，谨守为上!”阶下吕常（首）[手]将出曰：“某乞精兵数千，[当]掩来军于襄（阳）[江]之内!”满宠劝“不可去!”吕常曰：“据汝文官[之言]，只是坚守，似此何能立名于后世乎？兵法云：‘军半渡可击。’今[关云]兵渡襄江，不乘此时击之，直待兵临城下，将至壕边，深根固蒂，[急]难动摇矣。吕常愿决一死战!”曹仁大喜，点精兵五千，随吕常出樊城（早）[而]迎。敌军至近，为首绣旗开（云）[处]，关公提刀出马。吕常却欲出迎，后面军士见关公神威凛凛，不战而走。吕常止遏不住，大败退入樊城，马步军折其大半。

曹仁荒（惠）[急]差人星夜往许都拜见曹操，呈上告急书，言“关云长打破襄阳，见围樊城至急！望早拨大将，引军救护!”曹操指班部中一人曰：“汝可引一军去解襄、樊之急。”其将应声而出，乃泰山钜平人也，姓于名禁，字文则。

据《三国志·蜀书·关羽传》：（建安二十四年，）羽率众攻曹仁于樊。曹公遣于禁助仁。

据《三国志·魏书·武帝纪》：（建安二十四年秋七月，）遣于禁助曹仁击关羽。

于禁曰：“愿求一将为先锋，一同领兵前去。”操指阶下而问[曰]：“谁可为先锋，去解樊城之急？”一人挺身出曰：“某愿施犬马之劳，生擒关羽，献于殿庭之下，报王上知遇之恩!”操视之大喜。此人是谁？

[第一百四十七段]　庞德抬榇战关公

一将立于阶下，其人少不（负囊）[务农]，长而（将）[好]勇，身长八尺，南安人也，姓庞名德，字令明。曹操大喜曰：“关羽威镇华夏，未逢对手。今遇令明，真其敌也!”加于禁[为]征南大将军，加庞德为征南都先锋。

据《三国志·魏书·庞德传》：侯音、卫开等以宛叛，德将所领与曹仁共攻拔宛，斩音、开，遂南屯樊，讨关羽。……仁使德屯樊北十里。

按：据史书记载，庞德和于禁救援樊城，两人各率一军，互不相属。并非如《演义》所说，两人是同路人马，于禁是主将，庞德为先锋。

操与禁曰：“孤知汝深有良谋，故遣此行。与汝七军，皆精练之士，令汝调用。”于禁拜谢。

《司马法》云：“五人为伍，五五为一队，一万二千五百人马为一军。”七军总计是八万七千五百人。

操拨七军与于禁。这七军人马皆北方强壮之士，衣甲鞍马军器严整。

两员引军上将董衡、董超参见于禁了，董衡曰：“今将军提兵解樊城之危，（斯）[期]在必胜。今用庞德为先锋，岂不有误大事？”于禁大惊，忙问其故。董衡曰：“庞德原是马超手下副将，不得已而降魏。今故主在西川辅佐刘备，职居上将；更且庞德亲兄庞柔亦在西川为官。今使［他］为先锋而领大军，是泼油救火也。将军何不启奏（媿）［魏］王？”

据《三国志·魏书·庞德传》：德将所领……南屯樊，讨关羽。樊下诸将以德兄在汉中，颇疑之。

据《三国志·魏书·庞德传》注引《魏略》：德从兄名柔，时在蜀。

于禁闻此语，入见曹操，奏知此事。操亦省悟，次早唤庞德至阶下，令纳［下］先锋印。德大惊曰：“某［正］欲与王（宣）［出］力擒关将，以安华夏之心。何不用庞德耶！”操曰：“孤得卿数载，所用不曾猜疑。今此一行，不敢用卿。故主马超、（龙）［亲］兄庞柔皆在西川辅佐（，一行不收用卿。故主马超、亲兄庞弱皆在西川辅佐）刘备。孤纵不疑，奈何众口？”庞德闻（知）［之］，泣拜于阶下，顿首流血而言［曰］：“德自汉中投降，感王上知遇之恩，恨不能以肝脑涂地补报！方今出师，何疑于德耶？昔在故乡与兄嫂同居，嫂甚不贤，数次毁骂。德乘醉提刀杀之，兄庞柔恨入骨髓，誓不相见，恩断义绝。故主马超［乃］有勇无谋之辈，不能待士，故孤身入川。德感王上大德甚过百倍，安（可）［敢］萌［异］心而负王上？愿王察之！”操自起，扶庞德曰：“孤素知卿忠义，前言（时）［特］以安众心［耳］。卿勿忌惮，努力向前。孤誓不负卿也！”

庞德拜谢归家，令匠者造一舁榇；次日请诸亲赴宴，列舁榇于堂中。诸亲皆大惊曰：“将军领军出师，何用丧车耶！”德举杯曰：“吾受魏王恩惠，誓以死报！今去樊城战关羽，共决一死：（敌）［倘］若关将死，装回显功；［倘］若我死，必当孤魂归国也。故先备舁榇，誓无［空］回之（礼）［理］！”

据《三国志·魏书·庞德传》：德常曰：“我受国恩，义在效死。我欲身自击羽。今年我不杀羽，羽当杀我。”

诸亲皆流泪。德把杯毕，唤其妻并子庞会此时庞会方年七岁。德与妻子曰：“我受国恩，义在效死！［今］为先锋去战关羽，（今年）我不杀他，他必杀我。你可善养吾儿，他日（有意，）必［与吾］报仇雪恨也！”妻子［痛］哭送别。［德］令车载舁榇而行，手下骁将伍伯问曰：“将军载榇何意？”德曰：“汝与吾相随许多年，彼［此］各知其心腹。今吾以大事付汝，汝休负吾：今与关羽决一死战，我若杀关羽，可作急取其尸，吾自取其首，置于榇中，回献魏王；我若被关（公）［羽］所杀，汝亦取吾尸，置于榇中而回。”伍伯曰：“将军万一有失，吾亦舍（头）［颈血］与将军报仇！”于是引前军进发。

有人奏知魏王，曹操大喜曰：“庞德有如此之大志，孤何忧也？”言罢大笑。贾诩在侧曰：“王上何喜耶？”操曰：“喜庞德之壮哉。”诩曰：“王上差矣！倚血气之勇而斗关公，是（牛一）［赤］身搏虎也。俗云‘两强相击，必有一伤’，非安边塞之良谋也。”曹操大（喜）悟曰：“然也！”急差使命赶上庞德，传（上戒旨）［王旨戒］曰：“关将智勇双全，切勿用力斗之！可取则取，不可取则宜守之。务宜谨慎，毋忽斯言！”庞德受命已讫，微微冷笑。于禁曰：“将军何故哂［之］乎？”德曰：“吾料此敌当挫关羽三十年之英名！王上又虑，某等之军已进发，［而］有戒慎之言，令勿斗其气，是见弱于军前也。吾心胆已有吞关之志，死如等闲耳！”于禁曰：“（媿）［魏］王令旨亦不可不从，将军自宜斟量！”庞德于路英气奋然，前（已）达樊城界首，扬威耀武，金鼓震天。

伏路军人报入关公大寨。公正在帐中高坐，人不敢隐，于帐下覆曰：“探知曹操差于禁为将，引（六）［七］枝精兵到来。前部先锋庞德，军中抬一舁榇，口出不逊之言，誓与君侯决一死战！兵离［城］三十里。不敢尽言无礼之意。”关公闻（知）［之］，勃然变色，美髯（彫）［飐］动，大怒曰：“天下英雄不少，闻吾之名，皆缩首而奔。庞德何敢藐视吾也！”唤子关平一面攻打樊城，“吾自去斩此匹夫，以雪（吾）［其］谤！”关平谏曰：“父守三十年之英风，不可因庞德一言之辱而弃泰山之重，与顽石共争高下（耶）［也］。辱子不才，［愿］代父往战之！”关公曰：“吾自历战以来，未尝不身先士卒。庞德何等之辈，敢辱吾也！”关平曰：“辱子闻世人有云：‘螳螂之怒怒，安当（归）［车］彻？’况隋侯之珠，不可（蝉省）［弹雀］；怒（跳）［蝇］拔剑，徒费神威。量庞德鼠辈，何必父亲自劳乎？”关公曰：“汝试一往，吾随后便至也。”

关平上马，引军来迎敌。旗门开处，一面皂旗，（有）［上书］四个（雪）白字：“南安庞德。”旗下庞德，青袍银甲，铜刀白马，背后伍伯紧随，数十个军士肩抬舁榇而出。

按：庞德抬棺出战，不见于史。

关平扬威喝曰：“西羌小辈，负主匹夫，何敢辱吾父耶！”庞德在马上问曰：“此何人也？”伍伯曰：“此关公长子关平也。”庞德大笑而骂平曰：“吾奉魏王旨，来取汝父之头。量汝疥癞小儿，吾不杀汝，快换［汝］父来！”关平大怒，纵马舞刀，直取庞德，伍伯挺枪出马迎之，斗三十余合，不分胜负。两边各自暂歇。

早有人来报关公如此如此。关公大怒，分付廖化围住樊城，上马径到军前。关平言“［与］庞德手下伍伯共战二次，未分胜负。”关公自提刀纵马，直出阵前，厉声大喝曰：“关云长在此，庞德何为不见！”鼓声振处，庞德出马，与关公曰：“吾乃南安庞德是也，今奉天子诏、魏王旨，特来取汝之头！汝若怕死，下马投降。汝若不信，见舁榇么？”关公大怒曰：“量汝只是羌胡一小卒耳！可惜吾青龙刀斩汝鼠辈！”言讫，纵马舞刀，直取庞德，庞德拍马来迎。二将在阵前相战一百合，精神倍增，两军各各看得痴呆。伍伯恐庞德有失，荒交鸣金。二骑分开，各领军退。

庞德回寨，与伍伯曰：“人言关公英勇无敌，吾今日方信！”说尤未了，于禁到，相见了。于禁曰：“闻将军战关公百合之上，不得便宜，不如且退军避之。”庞德曰：“魏王命公为大将，何［其］弱也！吾来日与关将共决死战，誓无（还）［退避］之（礼）［理］！”于禁不劝而回。

却说关云长与子关平曰：“庞德刀法甚熟，真吾［之］敌也！”关平曰：“俗云：‘初生之犊不惧于虎。’父亲纵然斩德，只是西羌一卒耳。倘万一有失，以伯父所托江山之重，［岂可］等闲如鸿毛［之］轻也？”关公曰：“匹夫辱吾，不斩何以雪恨！吾意已决，汝勿多言！”次日上马，引军前进，庞德亦引军来。两阵对圆，二将齐出。关公曰：“吾今［日］与匹夫须决胜负，不可收军！”言讫，（相交二骑）［二骑相交］，又战五十余合。庞德拨回马，拖刀而走，关公自后赶来。关平见父赶去，恐怕有失，随后也［赶］来。关公口中大喝：“贼将欲使拖刀计？吾岂惧哉！”元来庞德虚做拖刀计，就鞍前带住，取弓搭箭。关平眼乖，见庞德取弓箭，大叫“贼将放箭！”关公却好抬头看时，弓弦向处，箭早到来，躲闪不迭，一箭中其额，

据《三国志·魏书·庞德传》：后亲与羽交战，射羽中额。时德常乘白马，羽军谓之白马将军，皆惮之。

却将落马。关平马到扶住，便送父亲回［营］。庞德勒回马，努力赶来。［关公］性

命如何？

［第一百四十八段］　关云长水渰七军

关公额上中箭，得关平救回。庞德见箭射中，放心赶来。只听得魏军锣声大震，庞德恐后军危急，荒［勒马］回来。却元来是于禁在军前见庞德（了事）［取胜］，怕他成其大功，特地交鸣金收军。庞德回问“有何事故？”于禁曰：“汝不记得魏王曾有戒约云关将智勇双全？虽然中箭，我恐其中有诈，故急收军。”庞德曰：“若不收军，已被吾斩此人（耳）［也］!”于禁曰：“急行无好步，当缓缓图之。”庞德不识于禁之意，懊悔不已，收军下寨。

却说关公归寨，拔箭治疗，幸喜无事，（深）痛恨庞德，誓报一箭之仇。诸谋士来劝将息，“未可轻出。”却说庞德次日引军（出）［搦］战。人报来大寨，关公便要自出，诸官苦［苦］劝住。庞德令小军毁骂终日而回。关平自把住隘口，多设军马，当（叉）［住］小路，“但休报知父亲，且教将息。”

庞德一连（引）［搦］战十余日，见无人出迎，（早）请于禁商议。庞德曰：“眼见此人箭疮举发，不能起［止］，搦战不出，如何取胜？不如引七军一齐掩杀（将）［过］去，可救樊城之危。”于禁只怕庞德成功，只把魏王戒约来推，“不可逼勒!”庞德累催，于禁不得已，尽提七军转［过］山口，离樊城北（九）十里，依山下寨；却交庞德兵屯于谷内。于禁以军拦截，隔断大路，不令庞德进兵。

却说关平知父亲疮口已合，又见于禁七军皆移于樊城北十里，未知其谋，来报关公。关公即上马，引十数骑上高阜处（往）观（一）望：一壁见樊城上面旗幡不整，军士荒乱；一壁望［见］樊城北十里，军屯山谷之内，（看湘）［襄］江白水滔滔，水势奔流。［公］观了此势，交唤乡道官问曰：“此何地名？”乡道答曰：“此地名为（滑）［罾］口川。”关公大喜［曰］:“于禁已被擒矣!”诸将问曰：“何以知之？”关公曰：“（于）［‘鱼’］入（滑）［罾］口，安能活耶？”诸将（亦）未信。

关公归寨（计定）［定计］。时八月秋雨，大霖数日。公差人抓搭船筏，收拾水具。关平问父曰：“陆地相战，何用船只？”关公曰：“非汝所知也。兵法云：‘必胜者有五：一曰度，二曰量，三曰数，四曰称，五曰料。’［度者，］度地土之形势；量（指）［者］，量人力之多寡；数者，数天地之阴阳；称者，称彼我能相当否；料者，料敌人之情：能知此五者，必胜之道也。方今秋霖累日，汉水必然暴长。吾已差人偃住各处水口。吾待水发，乘高（坦然）放水一渰，樊城、（滑）［罾］口川之兵尽皆死矣。”

按：水淹七军，据史书记载，是因大霖雨导致汉水暴溢，是一场天灾，并非关羽事先谋划。但关羽熟悉江汉一带的地理、气候和水文情况，故能因势利导而取胜。

关平再拜曰：“父亲神机妙筭，岂辱子所知耶!”

却说魏军屯于（滑）［罾］口川，累日大雨，淋沥不止。部将成何来见于禁曰：“今将军屯于川口，地势甚低，虽有土山，离营稍远。近日秋霖不止，军士艰辛。（远）［近有］探［马］报来，荆州军皆移［于］高阜处，又于汉水口预备船筏。倘（有）汉水暴长，军将难逃!”于禁大喝曰：“匹夫乱言，惑我军心！再言必斩!”成何羞惭而退，却来［见］庞德，具言此事。德曰：“汝见识有理！如于将军不移，我自移之。”言未毕，万马争奔，征鼓震天。庞德大惊，急出帐上马（之）［看］时，四面八方水至，七军乱窜，随波逐浪［者］不可胜计。于禁、庞德及诸将屯［于小山避水］。谷口已被山水冲激，［军士］无不丧命。平地水深丈余。

比及平明，关公并诸将皆（奔人）［乘大］船，摇旗擂鼓而来。于禁见四下无路，手下止有五十余人，料（无去路）［不能逃］，口称“愿降!”

据《资治通鉴》卷六十八：（建安二十四年秋）八月，大霖雨，汉水溢，平地数丈，于禁等七军皆没。禁与诸将登高避水，羽乘大船就攻之，禁等穷迫，遂降。（参见《三国志·魏书·于禁传》《武帝纪》，《三国志·蜀书·关羽传》）

据《三国志·吴书·吴主传》：（建安）二十四年，关羽围曹仁于襄阳，曹公遣左将军于禁救之。会汉水暴起，羽以舟兵尽虏禁等步骑三万送江陵，惟城未拔。

关公交尽弃军器，拘收在船，来捉庞德。庞德与董衡、董超、成何、伍伯左右军百余人立于堤畔。庞德当先接战，并无惧怯。关公将船分拨，四面围绕，令军士一齐放箭射之，死者大半。董衡、董超见势危急，乃告庞德曰：“军士损折大半，四面无路，不如请降，以免其死。”庞德大怒曰：“吾受国家大恩，岂可屈膝于他人耶!”言罢，斩二董于前，厉声言曰：“如有再言降者，腰斩!”自平旦战至日午，勇气倍增。关公催四面急攻之，矢石如雨。庞德亦令人对射；矢尽，用短兵器接战。庞德回顾成何曰：“吾闻良将不怯死以图利，烈士不毁节而求生。今日我死也，汝等可（乘势）［努］力［死］战!”气益壮而水浸（成）［堤］。成何被关平一箭射死，众军皆降，止有庞德与伍伯二人力战。正值荆州兵数人驾小舟近堤，庞德持刀踊身一跳，早上小舟，将数人尽杀下水；伍伯拖弓矢下船。二人乘驾小舟，欲（拔）［投］樊城。上流头一将驱大筏而来，当头一冲，把小船冲翻，庞德、伍伯堕于水中。筏上将跳下水，生擒庞德上筏；伍伯甲重，沉于水底而亡。筏上擒庞德者，乃关公手下健将周仓，深知水性；庞德不会水，因此被擒。于禁所领七军皆没于水中；其会水者，得命亦无去路，只得投降，降者二万余众。后来史官有诗为证：

夜半征（鞶）［鼙］响震天，襄（阳）［、樊］平地作深渊。
怪风怒拔汉江水，巨浪齐吞（滑）［罾］口川。
八月霪霖飞万里，七军偃仰丧黄泉。
关公神筭谁能及？威振华夷万古传。

关公将七军渰死，收军回高阜寨中，升帐而坐，喝群刀手押过于禁来。禁乃拜伏于地曰：“愿降!”关公曰：“汝何敢领兵拒吾耶？”禁曰：“上命所差，身不由己。望君侯怜之，誓当死报!”关公笑曰：“吾若杀汝，空污刀斧。押送荆州大牢监收，待吾回军，别作区处。”发落去讫。

后来于禁转在东吴，吴送还魏。文帝将于禁此一节事画于武祖家庙，却令于禁往谒之。禁见壁间所画：关公坐于帐上，于禁拜伏于地；庞德立而不跪，抗拒之，壮乎！于禁大愧，因此服毒而亡。

当时推庞德过来。德扬眉怒目，立而不跪。关公曰：“汝兄见在汉中为官，汝故主马孟起（尚）［亦］事吾兄为将佐。我欲招安汝，何不早降，被吾擒也？”德骂曰：“竖子！何谓降也？吾魏王带甲兵百余万，威镇天下；汝刘备庸才耳，岂能及哉？我宁为国家鬼，不降贼将也！”骂不绝口。关公大怒，叱令推出斩之，庞德引颈受刑。关公怜而葬之。

据《三国志·魏书·庞德传》：会天霖雨十余日，汉水暴溢，樊下平地五六丈，德与诸将避水上堤。羽乘船攻之，以大船四面射堤上。德被甲持弓，箭不虚发。将军董衡、部曲将董超等欲降，德皆收斩之。自平旦力战至日过中，羽攻益急，矢尽，短兵接战。德谓督将成何曰：“吾闻良将不怯死以苟免，烈士不毁节以求生，今日，我死日也。”战益怒，气愈壮，而水浸盛，吏士皆降。德与麾下将一人，五伯二人，弯弓傅矢，乘小船欲还仁营。水盛船覆，失弓矢，独抱船覆水中，为羽所得，立而不跪。羽谓曰：“卿兄在汉中，我欲以卿为将，不早降何为？”德骂羽曰：“竖子，何谓降也！魏王带甲百万，威振天下。汝刘备庸才耳，岂能敌邪！我宁为国家鬼，不为贼将也。”遂为羽所杀。（参见《资治通鉴》卷六十八）

后来史官有庙赞云：

威武不能屈，节操不能改。
生当立金銮，死尚披铁铠。
烈烈大丈夫，垂名昭万载。
南安庞令明，日月争光彩。

关公乘水势未退，再上战船，率大军来攻樊城。

却说樊城外白浪滔天。关公军在船上直望城中，曹仁手下军将无不丧胆。城垣（皆）［渐渐］崩坏，男女负土搬砖，填塞不住。众将心荒，来告曹仁曰：“今日之危，非力可敌。趁关公军围未合，［可］乘轻舟夜走，虽［然］弃城，尚可全身。”曹仁从其言，便安排船筏要走。一人闻（知）［之］，荒忙谏曰：“不可！”乃是满宠。曹仁曰：“城已将破，何能久守乎？”宠曰：“山水骤长，岂能久乎？不数日自退矣。关（羽）［公］虽来攻城，［已］遣别将（已）在郏下。自许以南，百姓［纷］扰。关公所以不敢轻进，（单）［乃］虑吾军袭其后也。今若弃此，黄河以南，非复国家之有也。愿将军严守，为国家之保障！”曹仁拱（谢）［手］称谢曰：“非伯宁，几误大事！”遂（乃）牵白马一匹上城，（乃）聚众将而言曰：“吾受国家厚恩，今守此城。但有敢言弃此城者，以白马为例！”言讫，斩［白］马（沉）于水中。［诸将］互相告戒：“愿以死守！”［城］上多设伏弩数百张，军士昼夜防护，不敢暂离。老小各负土［填］塞城崩之处。数日之内，水势尽退。

据《资治通鉴》卷六十八：羽急攻樊城，城得水，往往崩坏，众皆汹惧。或谓曹仁曰：“今日之危，非力所支，可及羽围未合，乘轻船夜走。”汝南太守满宠曰：“山水速疾，冀其不久。闻羽遣别将已在郏下，自许以南，百姓扰扰，羽所以不敢遂进者，恐吾军掎其后耳。今若遁去，洪河以南，非复国家有也，君宜待之。”仁曰：“善！”乃沉白马与军人盟誓，同心固守。城中人马才数千人，城不没者数板。羽乘船临城，立围数重，外内断绝。羽又遣别将围将军吕常于襄阳。荆州刺史胡修、南乡太守傅方皆降于羽。（参见《三国志·魏书·满宠传》）

据《三国志·魏书·曹仁传》：关羽攻樊，时汉水暴溢，于禁等七军皆没，禁降羽。仁人马数千人守城，城不没者数板。羽乘船临城，围数重，外内断绝，粮食欲尽，救兵不至。仁激厉将士，示以必死，将士感之皆无二。

却说关公自获于禁，威声大振，远近皆惊。忽次子关兴来寨中省亲。关公就令兴赍

（擎）众将立功文书，亲往成都见汉［中］王，各［求］擢升［任］用。关兴拜辞父亲，自往成都去讫。

却说关公分兵一半，前抵郏下今河南府所管地面郏州是也。关公自领军马，攻打樊城。当日，关公自至北门下，立马扬鞭，指城上而言曰："汝等鼠辈不早归降，更待何时？吾若打破城池，寸草不留！"正说间，曹仁在敌楼上张见关公在麾盖之下，傍若无人，身上止披掩心甲，斜袒绿袍，欲催士卒打城。曹仁交招呼弩手，一箭望麾盖之下而射。云长大惊，急勒回马时，右臂中一箭，翻身落马。未知性命如何。

［第一百四十九段］ 关云长刮骨疗毒

城上曹仁见关公落马，急（欲）引军［冲］出城（冲出）［来］，却被关平引军杀回，救关公回寨，拔去弩箭，血流不止，右臂青肿，不能举动。关平心荒，与众将商议曰："父亲损其右臂，安能（巨）［拒］敌？不如且退军，回荆州将息。"司马王甫曰："斯言正合吾意！"遂与［平］入帐（见关公，）问箭疮，见关公坐于帐上，面上全无疼痛之意。关公问［曰：］"汝等欲说何事？"王甫曰："为见君侯右臂伤损，但恐临敌［致］怒（气），冲撞不便，欲议班师，暂回荆州。"关公怒曰："吾取樊城，只在目下；拔去后患，长驱大进，直至许都，剿灭操贼，复兴汉室，吾之愿也！岂可因小疮而废大事？汝等敢慢吾军心耶！"王甫等惶恐而退。关公虽叱退众官，终是臂疼少出。众官见关公又不肯退军，臂又不痊，只得四远求医治疗。

忽一人自江东驾舟而来，听知关公害箭疮，来寨求见。小军引见关平。［平视］其人布巾异服，臂挽青囊，问之，自言"沛国谯人也，姓华名佗，字元化。

> 据《三国志·魏书·方技传·华佗传》《后汉书·方术传·华佗传》：华佗字元化，沛国谯人也，一名旉。

闻知君侯乃大义之士，［今］中［毒］箭，特来医治。"关平曰："莫非昔日医东吴周泰者乎？"佗曰："然。"平曰："闻名久矣，幸得相遇！"即时（与）［请众］谋士相见了，便引入中军见关公。公本是臂痛，恐慢军心，无可消遣，正与马良在帐中奕棋。关平引佗（见佗拜）［拜见］关公，［公］荒忙答礼。赐坐献汤已毕，佗请观之。关公袒下衣袍，伸臂令佗看视。佗曰："此是弩箭所伤，箭头［有］乌荳之毒，直透于骨中。若不早治，其臂无用矣！"关公曰："用何法治之？"佗曰："但恐君侯惧耳！"关公笑曰："吾视死如归，有何惧哉！"佗曰："当于僻静处先立一标柱，柱上钉一大环。请君侯以臂穿于环中，将绳系之，然后以被蒙其头。吾用尖利之刀割开皮肉，直至于骨，就骨上刮去箭毒，方用药线缝之，妙剂涂之，自然无事。但恐君侯惧耳！"关公笑曰："此易事也！"一壁交取酒相待华佗，自饮数杯；一面与马良奕棋，伸臂便交华佗割之。佗欣然取尖刀在手，令小卒捧一大盆于臂下接血。佗曰："某便下手，君侯勿惊。"关公曰："吾岂比世间儿女子耶？何以惊也？任汝医治！"佗下刀（刮）［割］开皮肉，显出其骨，骨上已青。佗用刀刮之有声，帐上看者掩面失色；惟关公面不动容，饮酒食肉，谈笑自若。须臾流血盈盆。

［华佗刮尽其毒，用水洗净，用线缝合，以药封闭。关公待客饮酒，并无难色；举］臂直舒，略无牵动。佗曰：“吾医人一生，未常见此，真神人也！”

据《三国志·蜀书·关羽传》：羽尝为流矢所中，贯其左臂，后创虽愈，每至阴雨，骨常疼痛，医曰：“矢镞有毒，毒入于骨，当破臂作创，刮骨去毒，然后此患乃除耳。”羽便伸臂令医劈之。时羽适请诸将饮食相对，臂血流离，盈于盘器，而羽割炙引酒，言笑自若。

按：关羽刮骨疗毒，于史有据，但医生并非华佗。华佗死于建安十三年（208）之前，关羽刮骨疗毒时，华佗已死多年了。史书记载关羽为左臂中箭，《演义》却说是右臂。刮骨疗毒的时间，是在水淹七军之前，《演义》移植到水淹七军之后。

后人有诗为证：

治病然分内外科，世间妙艺苦无多。
神威罕及惟关将，圣手能医说华佗。
臂上肉开因刮骨，盘中血满若流波。
樽前对客尤谈笑，青史英名永不磨。

又诗赞华佗［曰］：

刮骨便能医箭毒，金针玉刃若通神。
华佗妙手高天下，疑是当年秦越人。

（华佗刮尽其毒，用水洗净，用线缝合，以药封闭。关公待客饮酒无难色。）佗曰：“君侯切宜爱护，慎勿怒气触之。不过百日，平复如故。”关公以黄金百两酬（劳）［之］。华佗曰：“吾为君侯乃天下义士，故来医治，何须赐金？”坚辞不受，留药一贴以付疮口，辞别而去。

却说关公自［擒了于禁，］斩了庞德，威声大振，华夏皆惊，连路不绝，报到（长安）［许都］。曹操大惊，荒聚文武议曰：“孤素知关云长英勇盖世；今据荆、襄，如虎生翼。况新监于禁，斩庞德，吾兵锐气顿挫。若一旦兵到许昌，何以当之？吾欲迁都，以避其锐。”一人大呼曰：“不可！”众视之，乃河内温人也，覆姓司马名懿，字仲达，进前曰：“于禁等为水所没，非战之罪也，于国家大计（本足）［未必］有损。刘备、孙权外亲内疏，关云长得志，［孙权］不喜也。可急差使陈说利害，令孙权暗起兵，蹑关云长之后，许割江南、荆襄之地以封孙权，则樊［城之］围自解也。”言未毕，一人出曰：“仲达之论，金石之言！王上便可举事，何必迁都以动众耶？”言者乃楚平河人也，姓蒋名济，字子通，与司马懿皆为丞相府主簿。

据《资治通鉴》卷六十八：陆浑民孙狼等作乱，杀县主簿，南附关羽。羽授狼印，给兵，还为寇贼，自许以南，往往遥应羽，羽威震华夏。魏王操议徙许都以避其锐，丞相军司马司马懿、西曹属蒋济言于操曰：“于禁等为水所没，非战攻之失，于国家大计未足有损。刘备、孙权，外亲内疏，关羽得志，权必不愿也。可遣人劝权蹑其后，许割江南以封权，则樊围自解。”操从之。（参见《三国志·蜀书·关羽传》《三国志·魏书·蒋济传》）

操思念庞德之（患）［忠］，流泪满面而言曰：“吾思于禁二十年随吾，［何期］临难反不如庞德耶！”

据《资治通鉴》卷六十八：（建安二十四年秋）八月，大霖雨，汉水溢，平地数丈，于禁等七军皆没。禁……遂降。庞德……为羽所得，立而不跪。……羽杀之。魏王操闻之流涕曰："吾知于禁三十年，何意临危处难，反不及庞德邪！"封德二子为列侯。（参见《三国志·魏书·于禁传》《庞德传》）

司马懿、蒋济劝操急遣使行。操曰："然遣使往东吴，必须得一大将当先，以当关公之锐。谁可此行？"言未毕，阶下一将应声而出，众视之，乃河东阳郡人也，姓徐名晃，字公明。操［大］喜，拨（新军）［精兵］五万，差徐商、吕健为副将，克日便起。晃交前赴阳陵坡屯驻，看东吴有应，然后进兵。

据《资治通鉴》卷六十八：魏王操之出汉中也，使平寇将军徐晃屯宛以助曹仁；及于禁陷没，晃前至阳陵陂。

据《三国志·魏书·徐晃传》：复遣晃助曹仁讨关羽，屯宛。会汉水暴隘，于禁等没。羽围仁于樊，又围将军吕常于襄阳。晃所将多新卒，以羽难与争锋，遂前至阳陵陂屯。太祖复还，遣将军徐商、吕建等诣晃，令曰："须兵马集至，乃俱前。"

却说曹操使命至建业来见吴侯，（次）说（分）江南、荆襄割地事，"望早早兴兵，以袭关公之后而取荆州！"吴侯得书，令使命且回，乃聚文武议事。张昭曰："近闻关云长擒于禁，斩庞德，威震华夏，曹操欲迁都［以］避之。今樊城（之）［被］围，故遣使求救。事定之后，又反覆也。"孙权狐疑未决，（另）［忽］人报"吕蒙乘小舟暗离陆口，私［自］回来（见），有面禀之事。"权唤（入蒙）［蒙入］。礼毕，权问来意，蒙曰："今关云长提兵在襄阳，妄自尊大，以为天下无敌。蒙今欲乘彼远出，径取荆州；一得荆州，关云长可擒矣。况关公君臣矜其诈力，所在反覆，不可以（为）心腹待也。今若不取，后必为江东之祸。愿主公察之！"孙权曰："吾欲先取徐州，若何？"蒙曰："徐州地势［陆通，骁骑］所骋，不利水战；纵然一时而得，使（其）七八万人守之，犹未可保。不如先取荆州，（今）［全］据长江，别作良图，斯为上矣。"权曰："孤正欲取荆州，特以反说也。子明速与孤图之，孤续后便起［兵］也。"蒙曰："遣魏使回报［曹操］，令徐晃急掩其前，分兵一半，交（卒）［勿］罢战。［吾兵］于后袭之，大事可济。"权大喜，便令魏使回报曹操。

据《资治通鉴》卷六十八：初，鲁肃尝劝孙权以曹操尚存，宜且抚辑关羽，与之同仇，不可失也。及吕蒙代肃屯陆口，以为羽素骁雄，有兼并之心，且居国上流，其势难久，密言于权曰："今令征虏守南郡，潘璋住白帝，蒋钦将游兵万人循江上下，应敌所在，蒙为国家前据襄阳，如此，何忧于操，何赖于羽！且羽君臣矜其诈力，所在反覆，不可以腹心待也。今羽所以未便东向者，以至尊圣明，蒙等尚存也。今不于强壮时图之，一旦僵仆，欲复陈力，其可得邪！"权曰："今欲先取徐州，然后取羽，何如？"对曰："今操远在河北，抚集幽、冀，未暇东顾，徐土守兵，闻不足言，往自可克。然地势陆通，骁骑所骋，至尊今日取徐州，操后旬必来争，虽以七八万人守之，犹当怀忧。不如取羽，全据长江，形势益张，易为守也。"权善之。（参见《三国志·吴书·吕蒙传》）

却说吕蒙辞了孙权回陆口，悄于江边一带上下观看，或二十里，或三十里，见高阜处有烽火台；又闻荆州兵马严肃，预有准备。吕蒙大惊，遂回陆口寨中，推病不起，遣人回报吴侯。孙权见事不谐，心中忧闷不决。忽一人笑而言曰："吕子明此病非真，乃其诈耳。"孙权看时，其人乃吴郡吴县人也，姓陆名逊，字伯言。权曰："汝既知其诈，可往视之。"陆逊领命，星夜乘船至陆口寨中来见吕蒙，果见面色无病。陆逊至问病之意，蒙请逊坐。逊曰："昔鲁将军以重任付与将军。今乘此时而不动兵，空怀郁结，何也？"蒙目视陆逊，[良]久不语。逊又曰："愚有小方，能治将军沉疴之疾，未审听纳否？"蒙荒起坐，屏退左右而问曰："伯言良方，愿以教之！"逊曰："将军之志则大矣！将军之疑甚盛乎？愚虽年幼，

按：据《三国志·吴书·陆逊传》推算，此时陆逊已三十七岁（虚岁），不应自称"年幼"。

见识浅短，昨知将军之来，深有意于荆州矣；今知托病不行，（有）[必]疑荆州兵严，沿江有烽火之警报（乎）[耳]。愚有一计，[成]就将军之谋，令沿江之守吏不能用烽火，荆州之兵士束手而降[，可]乎？"吕蒙闻言大惊，荒拱手于陆逊曰："伯言之见，深知蒙心，安可隐藏？伯言教之！"逊曰："关公（时）[倚]恃英勇，自料天下无敌，心罔于人。兵书云：'欺敌者必亡。'[其]所虑者唯将军也。公趁此机会，托疾辞职，以陆口付与他人。他人则必卑词赞美（多）关云长，以骄其心，则尽彻荆州之兵以向樊城。若荆州无备，用一旅精师，沿江用诡计而行，则荆州在掌握之中矣。"吕蒙听罢大喜曰："真乃吴侯有福（有德），江东无足忧矣！"静轩诗云：

江东寤寐索荆州，关将英雄独欠谋。
可惜荆、襄归异姓，孔明缘自少机筹。

吕蒙托病归建业，来见吴侯。权问曰："卿病体若何？"蒙曰："（其）[某]实无病，乃慢兵之计耳。关云长所虑者蒙[也]。若蒙一辞，云长无复隄备（耳）[矣]，于中取事，无有不克。"孙权曰："卿辞陆口，谁可代此职？"蒙曰："遍观诸将中，非斯人不可。"权（更）[便]问蒙。还是保谁？

[第一百五十段]　吕蒙智取荆州

孙权曰："陆口之职，昔周公瑾保鲁子敬，后子敬保卿。卿今必保相称者，方可领此职也。"蒙曰："陆逊意思深长，才堪负荷，观其规（模）[虑]，可付大任。今虽未有远名，关公其无所虑。若用[逊]守之，（当今）外自韬晦，内实聪察，（使）荆州可取无疑也。若用名誉重者，关云长必然隄备，荆州不可得也。"孙权大喜，即日召逊，拜为偏将军、右都督，代吕蒙领兵守御陆口。

据《资治通鉴》卷六十八：及羽攻樊，吕蒙上疏曰："羽讨樊而多留备兵，必恐蒙图其后故也。蒙常有病，乞分士众还建业，以治疾为名，羽闻之，必撤备兵，尽赴襄阳。大军浮江昼夜驰上，袭其空虚，则南郡可下而羽可禽也。"遂称病笃。权乃露檄召蒙还，阴与图计。蒙下至芜湖，定威校尉陆逊谓蒙曰："关羽接境，如何远下，后不当可忧也？"蒙曰："诚如来言，然我病笃。"逊曰："羽矜其骁气，陵轹于人，始有大功，意骄志逸，但务北进，未嫌于我；有相闻病，必益无备。今出其不意，自可禽制。下见至尊，宜好为计。"蒙曰："羽素勇猛，既难为敌，且已据荆州，恩信大行，兼始有功，胆势益盛，未易图也。"蒙至都，权问："谁可代卿者？"蒙对曰："陆逊意思深长，才堪负重，观其规虑，终可大任；而未有远名，非羽所忌，无复是过也。若用之，当令外自韬隐，内

察形便，然后可克。”权乃召逊，拜偏将军、右部督，以代蒙。（参见《三国志·吴书·吕蒙传》《陆逊传》）

按：据史书记载，偷袭荆州，计出吕蒙；《演义》说是陆逊献计，与史相悖。

逊拜辞曰：“逊年幼无学，今领大事，恐负所托！”权曰：“吕子明荐卿，必不差矣。卿勿推辞！”逊拜受印［绶］，连夜往陆口交割军马，遂修书一封，遣［使］赍名马一匹、异锦酒礼等件，直来樊城寨中见关公。

却说关公在寨中将息疮口，按兵不动。小校报“东吴陆口守将吕蒙病危，吴侯取回建业医治，命在旦夕。近差陆逊为将，（待）［代］蒙之职。［今］逊遣人持书送礼，来见君侯。”关公笑指江东而言曰：“孙权识见浅短，何用孺子为将耶？荆（江）［州］有泰山之安，吾复何忧？”便令召入。来人拜于帐下，言“陆将军特具书呈拜上君侯，聊将薄礼献贺，幸乞（叱）［哂］留！”关公拆封观书曰：

东吴陆逊谨（致书百拜）［百拜致书］于大汉将军麾下：今观衅而动，以律行师，小举大克，（荷）［一何］壮哉！敌国败绩，利在同盟。（迩者威风相及，席卷襄、樊。）逊以不敏，职专陆口，延慕光彩，思禀良规。（又且）［迩者威风相及，席卷襄、樊，］于禁等见获，遐迩（籍籍）［称羡］，以为将军之（动）［勋］足以长世，虽昔晋文城濮之师，淮阴破赵之略，蔑以（加）尚兹！闻徐晃等步（旗）［骑］驻旌，（斗埋）［窥望］麾葆；操猾虏也，忿不思难，恐潜增众，以逞其心，虽云师老，［犹］有骁悍。且战捷之后，常苦（经）［轻］敌；古人仗术，军胜（称愿）［弥警］。唯将军广为方计，以全独克！仆书（仕）［生］疏迟，忝所不堪，喜（伶）［邻］威德，乐自倾（盖）［尽］，虽未合策，犹可怀也。（仰）明公倘有以察之，［仆］不胜欣仰之至！

建安二十四年秋九月　日，东吴陆逊再拜。

关公看毕，仰面大笑，

据《三国志·吴书·陆逊传》：逊至陆口，书与羽曰：“前承观衅而动，以律行师，小举大克，一何巍巍！敌国败绩，利在同盟，闻庆拊节，想遂席卷，共奖王纲。近以不敏，受任来西，延慕光尘，思禀良规。”又曰：“于禁等见获，遐迩欣叹，以为将军之勋足以长世，虽昔晋文城濮之师，淮阴拔赵之略，蔑以尚兹。闻徐晃等少骑驻旌，窥望麾葆。操猾虏也，忿不思难，恐潜增众，以逞其心。虽云师老，犹有骁悍。且战捷之后，常苦轻敌，古人杖术，军胜弥警，愿将军广为方计，以全独克。仆书生疏迟，忝所不堪，喜邻威德，乐自倾尽，虽未合策，犹可怀也。傥明注仰，有以察之。”羽览逊书，有谦下自托之意，意大安，无复所嫌。

令左右收礼，赏赐来人。

［使］回至陆口见陆逊，言“关公意思大安，无［复］忧江东”之意。逊密使人探，关公果彻荆州之兵大半，赴樊城寨中听调，只待疮口痊［可］，便（以）［欲］进兵。逊察知备细，即遣人星夜驰书往建业，报知孙权。

据《资治通鉴》卷六十八：逊至陆口，为书与羽，称其功美，深自谦抑，为尽忠自托之意。羽意大安，无复所嫌，稍撤兵以赴樊。逊具启形状，陈其可禽之要。

权召吕蒙言：“关公果然提大半荆州兵，已在樊城。汝可与吾［弟］孙（皓）［皎］共领大兵，为左右都督，同取荆州。”孙（皓）［皎］，字叔朗，乃孙权叔孙静之次子也。

吕蒙曰："主公有能者可用之；若征虏将军孙叔朗有能可用，便请独行。蒙不同任。"权曰："何也？"蒙曰："岂不闻昔周瑜、程普为左右都督，共破江陵？虽事决于周瑜，普自持久曾为将，因此不睦，几败国事。此日前之戒，愿主公思之！"孙权大悟，遂拜吕蒙为大都督，总制江东诸路军马，令孙（皓）［皎］在后接应粮草。

据《资治通鉴》卷六十八：羽得于禁等人马数万，粮食乏绝，擅取权湘关米；权闻之，遂发兵袭羽。权欲令征虏将军孙皎与吕蒙为左右部大督，蒙曰："若至尊以征虏能，宜用之；以蒙能，宜用蒙。昔周瑜、程普为左右部督，督兵攻江陵，虽事决于瑜，普自恃久将，且俱是督，遂共不睦，几败国事，此目前之戒也。"权寤，谢蒙曰："以卿为大督，命皎为后继可也。"（参见《三国志·吴书·孙静传附子皎传》《吕蒙传》）

蒙选兵二万余人，船八（千）［十］余只，上用能水者，皆穿白衣，扮作商贾之状，却将铠甲［精］兵（器）尽伏于𦨭𦪇中𦨭𦪇者，乃深底船也；次调韩当、蒋钦、朱然、潘璋、周泰、徐盛、丁奉等引水步军相继而进；其余皆［随］孙（皓）［皎］，为合后救应军马。已调遣（徐）［完］备，吕蒙来辞孙权，交急发使往（长安）［许都］见曹操，催趱进兵以当［其］后，"此事请休漏泄！"权自发使往（长安）［许都］去。

且说吕蒙预先（檄住）［传报］陆逊，随后先发白衣人摇橹（作）［驾］商船十只，望寻阳而去，昼夜兼行，直（望）［至］北岸。烽火台上守把军将见船近岸来，问时，船上二人回答："我等皆［是］做买卖的客贾，江中风阻，来此（避）［求］泊（求免）［避风］。"［荆州兵］令数人登岸，送些钱物买告军士，因此容泊在江边。约至二更，（船上）𦨭𦪇中精兵齐出，围住烽火台，将守把军将不留一人，尽皆缚之，因此不能举火。非止一处，俱是如此，但紧要去处，分拨八十余船，于路（尽皆缚之；）军士一人不损，收捉下船，径取荆州，长驱大进，悄无（疑）［知］觉。

据《资治通鉴》卷六十八：吕蒙至寻阳，尽伏其精兵𦨭𦪇中，使白衣摇橹，作商贾人服，昼夜兼行，羽所置江边屯候，尽收缚之，是故羽不闻知。（参见《三国志·吴书·吕蒙传》）

按：《演义》称吕蒙让士兵"皆穿白衣"，是对史书中"白衣"一词的误解。史书中的"白衣"，是"更衣"的意思，意即脱去公服换上便装。"使白衣摇橹，作商贾人服"，是让士兵脱掉军装穿上商人的服装。

后人有诗为证：

养子当如孙仲谋，吕蒙谈笑便封侯。
白衣摇橹真奇计，一举荆、襄取次休。

吕蒙于舟中将投伏沿江上下烽候军士皆以厚恩抚之，以自己所食赐之，以自己衣服与之，军将皆感恩无地。蒙然后问取荆州之计，诸降将曰："某等感将军不杀之恩，愿献荆州以报！"蒙问"何以得之？"降者曰："某等皆到城下，虚报声息，赚开城门，纵火为号，唾手可得。"吕蒙大喜，重赏降将，使其引领；比及半夜，到城下唤门。守兵认得是荆州之兵，火速开门，就门边（火起）［放起火来］，吴兵齐入。

吕蒙便令百余骑赍文遍告诸处："如有妄杀一人者，夷其三族！妄取民家一物一件者，定按军法（当）斩！"于（市）［是］秋毫无犯。次日天明，家家开门，焚香迎接。蒙告报："但有原任官吏，并皆依旧职。"（及）［又］将关公家属另居别院恩养。

据《资治通鉴》卷六十八：蒙入江陵，释于禁之囚，得关羽及将士家属，皆抚慰之，约令军中："不得干历人家，有所求取。"……蒙旦暮使亲近存恤耆老，问所不足，疾病者给医药，饥寒者赐衣粮。羽府藏财宝，皆封闭以待权至。（参见《三国志·吴书·吕蒙传》）

是日［大雨］，蒙自上马点视四门，忽见一人取百姓家一箬笠以覆官铠。蒙喝左右执下，问之，乃［是］吕蒙同乡故旧。蒙曰："吾平生不杀同乡同姓。今号令已出，众军不许妄取民间一物，汝今已犯。吾虽知［是］同乡［，然］往日之盟，私也，［今日之令，公也，］安得以私己之盟而乱公法耶？"叱左右推出斩之。乡人泣曰："某恐雨湿官铠，故取盖之，非为私也！"吕蒙亦泣曰："吾知汝复官铠，终是不应取民间之物也！再有何说？速推出斩之。"（仍）枭首示众已讫，吕蒙垂泪而葬之。荆州之民尽（咸）［感］其德；军中震栗，路不拾遗。

据《资治通鉴》卷六十八：蒙麾下士，与蒙同郡人，取民家一笠以覆官铠；官铠虽公，蒙犹以为犯军令，不可以乡里故而废法，遂垂涕斩之。于是军中震栗，道不拾遗。（参见《三国志·吴书·吕蒙传》）

［后］人有诗曰：

一笠覆官铠，尤然遭重刑。
荆、襄万民意，从此皆安宁。

吕蒙（曰）既安荆州，迎接吴侯入城。［权］再请潘濬为治中，掌管州事；

据《资治通鉴》卷六十八：会权至江陵，荆州将吏悉皆归附；独治中从事武陵潘濬称疾不见。权遣人以床就家舆致之，濬伏面著床席不起，涕泣交横，哀哽不能自胜。权呼其字与语，慰谕恳恻，使亲近以手巾拭其面。濬起，下地拜谢。即以为治中，荆州军事一以谘之。（参见《三国志·吴书·潘濬传》注引《江表传》）

尽放狱中于禁等，

据《资治通鉴》卷六十八：蒙入江陵，释于禁之囚。（参见《三国志·吴书·吴主传》）

军民皆安。独有公安傅士仁、（南郡）［武陵］糜芳各据城池，未曾收复。［权与］吕蒙、陆逊商议收复各处。忽一人出曰："不须将军（动）张弓只箭。某凭三寸不烂之舌，去说公安傅士仁来降，可乎？"吴侯视之，乃会稽虞翻，字仲翔。孙权曰："仲翔以何术可使傅士仁归降？"翻曰："［某］自幼与士仁至交，以利害说之，［彼］必然归降。"吴侯令虞翻引马步军五百，径奔公安。

却说傅士仁听知荆州有失，望见尘头起，荒闭城门，准备坚守。虞翻至城下，见城门紧闭，遂写书拴在箭上，射入城中。小（枝）［校］拾得，将来见傅士仁。［士仁］乃拆开看书曰：

（切）［窃］闻明者防祸于未萌，智者（图）［避］患于将著。知得知失，可谓贤哲；知存知亡，是（避）［识］吉凶。今吴大军之行，斥（堆）［堠］不及施，烽火不及举，此非天命，必有内应也。将军不悟此理，独据孤城而不早降，是欲毁身灭族也，为天下之讥诮！荆州已失，坐落一寨，（瘦）［度］其地形，将军在吾军（千）［舌］上耳，奔走不得免。愚（以公）为故人虑之，愿熟思之，无自后悔！故人虞翻谨启。

傅士仁得虞翻之书，又思关公去日之根，“不如早降!”遂大开［城］门，请虞翻入城，共诉旧日之情。翻以吴侯宽洪大度说之。傅士仁大喜，即同翻赍印绶来降吴侯。

据《三国志·吴书·吕蒙传》注引《吴书》：将军士仁在公安拒守，蒙令虞翻说之。翻至城门，谓守者曰：“吾欲与汝将军语。”仁不肯相见。乃为书曰：“明者防祸于未萌，智者图患于将来，知得知失，可与为人，知存知亡，足别吉凶。大军之行，斥候不及施，烽火不及举，此非天命，必有内应。将军不先见时，时至又不应之，独守萦带之城而不降，死战则毁宗灭祀，为天下讥笑。吕虎威欲径到南郡，断绝陆道，生路一塞，案其地形，将军为在箕舌上耳，奔走不得免，降则失义，窃为将军不安，幸熟思焉。”仁得书，流涕而降。

按：《演义》称，虞翻致书傅士仁劝其投降，说“荆州已失，坐落一寨，度其地形，将军在吾军舌上耳，奔走不得免”。句中“将军在吾军舌上耳”，据史书应为“将军为在箕舌上耳”，罗贯中复述史书有误。周兆新先生在《三国演义考评》一书中认为，这里所说的“箕”和“舌”均为星宿的名称，“箕”由四颗星组成簸箕形，“舌”在箕口之外，若有所噬。虞翻引用这个典故，说明傅士仁的处境。罗贯中把“舌”字理解成吴军之舌，显然很不恰当。

孙权大喜，欲令傅士仁仍守公安，吕蒙私语曰：“目今关羽未除，若留之，久必有变。只可重赏，而使招谕糜芳为上。”权然之，与傅士仁曰：“（南郡）［武陵］糜芳与君厚如手足。若可招来同降，孤当厚赠。”士仁慨然领诺，遂带十数骑前赴（南郡）［武陵］，来说糜芳。未知如何。

［第一百五十一段］　关云长大战徐晃

却说糜芳听知荆州已失，正无计可施，忽报公安守将傅士仁至，［忙］接入城，问事若何。士仁曰：“吾非不忠，奈何势危矣，不能支持。今吾已降矣。”糜芳曰：“吾［等］受汉中王恩，（吾等）安忍背之？”士仁曰：“关公去（者）［日］痛恨吾二人；倘或一日得胜回军，必无轻恕。公细思之!”糜芳曰：“吾弟兄久事刘皇叔，急难背之!”犹豫不定。忽报关公有使至，接入公厅。使曰：“目今军（士）［中］缺粮，特来（南郡）［武陵］、公安二处取白粮十万［石］，星夜令二将军解赴军前。迟误一日，杖四十；二日，杖八十；三日，斩!”便请奉命起行。糜芳大惊，与傅士仁曰：“即目荆州已被东吴所袭，此粮如何得［过］去!”使命急催，士仁掣所佩剑，斩使于阶下。糜芳大惊曰：“公何故如此!”傅士仁曰：“云长此言，正（是激）［要斩］吾二人也，安可（速）［束］手受死？不如且降（吾）［吴］，已图暂时。公不随顺，必被云长所害!”糜芳寻思无计，只得相随傅士仁［投］降。正说间，吕蒙兵至城下（未）［围］定。糜芳随傅士仁出降，吕蒙引见吴侯，各各重赏。静轩诗曰：

从来仁义感人深，背义忘仁恨不禁。
犬马知恩曾报主，糜芳何起叛君心？

［孙权］安抚数郡，民皆欣悦。

据《资治通鉴》卷六十八：麋芳、傅士仁素皆嫌羽轻己，羽之出军，芳、仁供给军资不悉相及，羽言："还，当治之！"芳、仁咸惧。于是蒙令故骑都尉虞翻为书说仁，为陈成败，仁得书即降。翻谓蒙曰："此谲兵也，当将仁行，留兵备城。"遂将仁至南郡。麋芳城守，蒙以仁示之，芳遂开门出降。（参见《三国志·蜀书·关羽传》，《三国志·蜀书·杨戏传》附《季汉辅臣赞》，《三国志·蜀书·麋竺传附弟芳传》，《三国志·吴书·吕蒙传》注引《吴书》）

据《三国志·吴书·吕蒙传》注引《吴录》：南郡城中失火，颇焚烧军器。羽以责芳，芳内畏惧，权闻而诱之，芳潜相和。及蒙攻之，乃以牛酒出降。

据《三国志·吴书·吴主传》：（建安二十四年）闰月，权征羽，先遣吕蒙袭公安，获将军士仁。蒙到南郡，南郡太守麋芳以城降。蒙据江陵，抚其老弱，释于禁之囚。陆逊别取宜都，获秭归、枝江、夷道，还屯夷陵，守峡口以备蜀。

（说）［话］分两头。却说吴使至（长安）［许都］见曹操，呈上书言："晓夜并力攻袭关羽。切不可泄漏，令关（公不）［羽有］备也！"操问众谋士。忽济阴［定］陶人（也姓）董（名）昭进曰："［行］军（士）［之法］各有所长，不可秘之。今樊城［被］围至急，引颈盼望救军到来。今若依听孙权之言，秘而不露，则樊城早晚危矣。（彼势大）［樊城一失］，焉可图之？不如今日人皆知（及）［之］，射信入樊城中，令彼心宽，不生他意。（及）［又］令关公知之，心持两端，前后不相顾管。彼思家基有失，必速退兵，以救荆州。乘其兵退，却令徐晃于路掩之，可获全胜。若秘而不露，使权得志，非计之上也。"

据《资治通鉴》卷六十八：孙权为笺与魏王操，请以讨羽自效，及乞不漏，令羽有备。操问群臣，群臣咸言宜密之。董昭曰："军事尚权，期于合宜。宜应权以密，而内露之。羽闻权上，若还自护，围则速解，便获其利。可使两贼相对衔持，坐待其敝。秘而不露，使权得志，非计之上。又，围中将吏不知有救，计粮怖惧。傥有他意，为难不小。露之为便。且羽为人强梁，自恃二城守固，必不速退。"操曰："善！"即敕徐晃以权书射著围里及羽屯中，围里闻之，志气百倍；羽果犹豫不能去。（参见《三国志·魏书·董昭传》《三国志·吴书·吴主传》）

操大喜，即便遣人催徐晃急战。操自起大军离（长安）［许都］，径奔（睢）［雒］阳之南，驻大军于摩坡地名，以救曹仁，先令人于路告报。

据《资治通鉴》卷六十八：魏王操自雒阳南救曹仁，群下皆谓："王不亟行，今败矣。"侍中桓阶独曰："大王以仁等为足以料事势不也？"曰："能。""大王恐二人遗力邪？"曰："不然。""然则何为自往？"曰："吾恐虏众多，而徐晃等势不便耳。"阶曰："今仁等处重围之中而守死无贰者，诚以大王远为之势也。夫居万死之地，必有死争之心。内怀死争，外有强救，大王案六军以示余力，何忧于败而欲自往？"操善其言，乃驻军摩陂，前后遣殷署、朱盖等凡十二营诣晃。（参见《三国志·魏书·桓阶传》）

却说徐晃听知曹操自引大（势）兵过（睢）［雒］阳，（晃）乃引副将徐商、吕健，提兵离（睢）阳［陵坡］，望偃城进发。时关平屯兵在偃城中，廖化屯兵于四冢地名，前后下十二个寨栅，连路不绝。徐晃先差徐商、吕健打着徐晃旗号去攻偃城；晃自将精骑五百，从（偃）［沔］水投小路来袭偃城之后。

（先）［却］说关平听知徐晃军来，自提本部五千军出。两阵对圆，旗鼓相迎。关平出马与徐商交锋，斗十余合，商败走；吕健接战五七合，又败［走］。关平乘势赶去，商、健军皆退走二十余里。平正赶之间，忽后军飞报（屯）［城］上火起。关平提大军回，比及到偃城下，一彪军马摆开，当先徐晃在马上笑问［曰］：“贤侄好不知死！汝荆州已被吕蒙夺了，犹然在此狂［为］？”关平大怒，拍马舞刀，径奔徐晃。战不数合，三军发喊：“偃城寨中火起！”关平不敢恋战，杀条［大］路，径投四冢（屯）寨中。

廖化接着，对平曰：“人皆言荆州已被吕蒙袭了，军心惶惶，如之奈何？”关平曰：“如有军士再言者斩！”忽流星马报“正北弟一屯告急，徐晃引军攻打。”平曰：“［若］弟一屯有失，诸营何安？此间皆靠（活）［沔］水，（必然贼兵）［贼兵必然］不敢到此。吾与汝［去］救弟一屯。”廖化分付军士看守，“如贼兵至，可急放火。”平曰：“四冢鹿角十重，虽飞鸟不能入，何况贼兵乎？”于是尽提四冢骁将，与廖化同救弟一屯。遥望［见］魏军屯［于］浅山之上，平曰：“徐晃屯（平）［兵］不得地（理）［利］，何不今夜往劫彼寨？”廖化曰：“将军分兵去，某当守寨，以防不虞。”关平是夜二更引一军径投魏寨，杀入看时，并无一人。平知中计，急退回时，左有徐商，右有吕健，大杀一阵；回到弟一屯时，魏兵四面皆起。关平、廖化支持不住，弃了弟一屯，急望四冢寨（中）［来］；早望见寨中火起，来到寨前看时，都是魏兵旗号；急转樊城大路而来，前面一军摆开，乃徐晃也。荆州兵大骇，多有投沔水死者。

关平、廖化死战得脱，来大寨见关公，具言徐晃如此，“更兼曹操自引大军，分十三路来救樊城。多有人传言，吕蒙袭了荆州。”关公大喝曰：“此疑兵之计也，不可听之！吕蒙病危，陆逊孺子，无足虑焉！”正商议间，人报徐晃引军来到。关公交备马，关平谏曰：“父亲疮口未合，不可出战！”关公怒曰：“徐晃与吾至旧，［吾］深知其能。若不退军时，吾先斩之，以戒魏将休［再］犯我！”左右谋士皆劝不（从）［住］。

［公］乃披挂上马，提刀直出。魏军望见，皆有惧色。关公勒马问曰：“徐公明安在？”魏军门旗开处，徐晃出马，背后数十员魏将雁翅摆列在两边。徐晃见云长在马上，欠身施礼而言曰：“晃自别君侯许久，不想君侯须已苍白！忆昔壮年相从，多蒙教诲，至今感德不忘！君侯英风振于华夏，天下之士莫不叹伏。今幸一见！”云长曰：“吾与汝交契甚厚，非比他人。何故数窘［于］吾儿耶？”徐晃听罢，索军器在手，回顾众将，高声大呼曰：“若诸将有得云长首级者，即赏千金！”关公曰：“汝是何言也？”徐晃答曰：“此乃国家之事，非晃敢私也。”

> 据《三国志·蜀书·关羽传》注引《蜀记》：羽与晃宿相爱，遥共语，但说平生，不及军事。须臾，晃下马宣令：“得关云长头，赏金千斤。”羽惊怖，谓晃曰：“大兄，是何言邪！”晃曰：“此国之事耳。”

言讫挥大斧，骤马直取关公。公大怒，挥刀迎之。关公武艺虽高，终是右臂少力。两将斗到四五十合，关平火急鸣金。关公不战，跑马归寨间时，阵后喊声大举。

> 据《资治通鉴》卷六十八：晃前至阳陵陂。关羽遣兵屯偃城，晃既到，诡道作都堑，示欲截其后，羽兵烧屯走。晃得偃城，连营稍前。……关羽围头有屯，又别屯四冢，晃乃扬声当攻围头屯而密攻四冢。羽见四冢欲坏，自将步骑五千出战；晃击之，退走。羽围堑鹿角十重，晃追羽，与俱入围中，破之，傅方、胡修皆死，羽遂撤围退，然舟船犹据沔水，襄阳隔绝不通。（参见《三国志·魏书·徐晃传》）

元来曹仁在樊城中见救军大至，率队伍开（放）城门杀出。荆州兵大乱，

据《三国志·魏书·曹仁传》：徐晃救至，水亦稍减，晃从外击羽，仁得溃围出，羽退走。（参见《三国志·魏书·武帝纪》）

急奔（湘）[襄]江，上溜头吕蒙引军杀来，背后魏军掩至，多有死于水中者。

[公]急渡江奔襄阳……尽彻军马，要望公安来。又有探马到，告称“公安傅士仁已降东吴了。”关公骂不绝口。催粮人伴回报：“傅士仁在（南郡）[武陵]杀讫使[命]，和糜芳都降了东吴也。”关公闻言，怒气冲塞，疮口迸（制）[裂]，昏绝在地，众将救醒。关公与王甫曰：“悔不用公之言，果然（失其）[遭此]大事！沿江上下何不举火？”知者答曰：“[吕蒙令]白衣人摇橹作商贾之士，伏精兵[于]艨艟中，以致先擒士卒，不能举火。”关公顿足曰：“吾中（孺）[竖]子之谋，何面目见兄长乎！”静轩有诗叹曰：

陆逊青年未有名，吕蒙诈病暗行兵。

关公莫待临危悔，（纵）[总]为欺人一念轻。

赵累曰：“事急矣！请一面遣使往成都求救，一面从旱路去取荆州。”关公遣马良为使，连发文字三通，星夜前去[成都]；一面引兵望荆州进发。

却说曹仁得解其危，便整军马，要来追袭关公。司马赵严谏曰：“昔孙权与关云长结连，恐我军乘其弊而击之，故预来效此力。今云长兵败，孤军荒还，尚可存之，以为孙权之大害。若深入追之，未必便得，则孙权改虞于彼，而（坐）[生]患于我也。愿熟思之！”曹仁用其言，不追关将，

据《资治通鉴》卷六十八：关羽闻南郡破，即走南还。曹仁会诸将议，咸曰：“今因羽危惧，可追禽也。”赵俨曰：“权邀羽连兵之难，欲掩制其后，顾羽还救，恐我承其两疲，故顺辞求效，乘衅因变以观利钝耳。今羽已孤迸，更宜存之以为权害。若深入追北，权则改虞于彼，将生患于我矣，王必以此为深虑。”仁乃解严。魏王操闻羽走，恐诸将追之，果疾敕仁，如俨所策。（参见《三国志·魏书·赵俨传》）

按：周兆新先生在《三国演义考评》一书中指出，《演义》称，司马赵俨劝谏曹仁时说：“昔日孙权与关公结连，恐我军乘其困而击之”（嘉靖元年本），这两句话是对史书的曲解。史书中赵俨说的是：“权邀羽连兵之难，欲掩制其后，顾羽还救，恐我承其两疲……，”其中“连兵之难”，指关羽与曹仁作战，久攻樊城不下，处于进退两难的境地。“承其两疲”四字的大意是：曹仁可能抓住东吴军队与关羽军队相互厮杀时双方均耗尽力量的机会，向他们发动进攻。

引众将来见曹操，泣拜请罪。操曰：“此[乃]天数，非汝等之罪也。”于是寻觅庞德尸首，亲自设祭，而用棺椁载往许昌，卜地葬之。

操重赏三军，到四冢屯地（面）遍观徐晃所战之地，顾与大小诸将曰：“贼围堑鹿角十重，徐晃深入其中，大获全胜。吾用兵三十余年，及所闻古之善用兵者，未有长驱径入敌围者也，且解樊城之围。即目徐晃之功过于孙（吴）[武]、穰苴矣！”众皆叹伏。于是魏王曹操先班师回摩坡屯住，遣人召诸将赏功，一一先至。曹操点视其军。（各离阵而迎之。）后听知徐晃军至，操引数百骑，离摩坡亲自接待[，诸将各离阵而迎之]。比至，其军各依队伍，一动一静，并无分毫错乱。曹操叹曰：“徐将军真有周亚夫之风矣！”同至摩坡，置酒大会[文武]。操自举杯劝徐晃曰：“全襄、樊者，皆将军之力也！”徐晃再拜曰：“敌人未灭，安敢望功？（再乞）[乞再]引兵去擒关羽，以献王上！”操大喜，

据《三国志·魏书·徐晃传》：太祖令曰："贼围堑鹿角十重，将军致战全胜，遂陷贼围，多斩首虏。吾用兵三十余年，及所闻古之善用兵者，未有长驱径入敌围者也。且樊、襄阳之在围，过于莒、即墨，将军之功，逾孙武、穰苴。"晃振旅还摩陂，太祖迎晃七里，置酒大会。太祖举卮酒劝晃，且劳之曰："全樊、襄阳，将军之功也。"时诸军皆集，太祖案行诸营，士卒咸离陈观，而晃军营整齐，将士驻陈不动。太祖叹曰："徐将军可谓有周亚夫之风矣。"（参见《资治通鉴》卷六十八）

赏劳了毕，再令徐晃来袭关公。未知胜负如何。

［第一百五十二段］　关云长夜走麦城

曹操封徐晃为平南将军，令与夏侯尚同守襄阳，以遏关公之（师）［后］。二将辞去。操为荆州未定，不敢回师，遂（只）［乃］屯军摩坡，以候消息。

据《三国志·魏书·武帝纪》：（建安二十四年）冬十月，军还洛阳。孙权遣使上书，以讨关羽自效。王自洛阳南征羽，未至，晃攻羽，破之，羽走，仁围解。王军摩陂。

却说关公于荆州道上进退不得，与赵累议曰："今前有吴兵，后有魏军，吾在其中，救兵不至，如之奈何？"赵累曰："昔日吕蒙在陆口，时常致书于君侯以结同盟，共擒操贼；今却与操解围，是背盟也。君侯暂驻军于此，差人赍（元礼）［文札与吕蒙］，且看［彼］如何回答。"关公然其言，即差使径往荆州来。

却说吕蒙在荆州传下号令，荆州数郡但有（根）［跟］随关公出征将士之家，各挂榜文，不许吴兵扰害，月给粮食，依（例）［旧］应付；如有病患之家，差医士登门治疗。［多官遵令，］时时给（散）［与］，并无缺少。将士之家按堵不动，欢声相闻。忽人报关公遣使至，吕蒙自出迎接，并马入城。荆州军民知有使到，填塞街巷，尽来观看［，无不欢喜］。吕蒙与使并马而行，（无不欢喜，）共（使）至公厅，待以上宾之礼。使出书与吕蒙。蒙观书毕，乃答使曰："蒙昔日曾与关将军共结盟好。今日之事，乃国家所差，非蒙之过［也］。烦使回见将军，善言致意！"即设宴以待，兼以金珠厚赐来使。其将士之家皆来问信，连名写平安信息，令来使附信到军前；或有口信言家无事，衣粮不缺。

使者被吕蒙留在荆州二日方（且）［得］出城，回到寨中见关公，言"吕蒙事冗，不及回书，（及）［言］军事乃国家之命，非蒙之本心也。荆州城中，君侯宝眷并大小诸将家家无事，供给不缺，不须忧念。"关公曰："此吕蒙之计也！吾生不能杀此贼，死亦杀之，以雪其恨！"叱退使者，便令起兵。诸将士皆问消息，使答如前。众皆欢欣，各无战心。

据《资治通鉴》卷六十八：关羽数使人与吕蒙相闻，蒙辄厚遇其使，周游城中，家家致问，或手书示信。羽人还，私相参讯，咸知家门无恙，见待过于平时，故羽吏士无斗心。（参见《三国志·吴书·吕蒙传》）

军行之次，人报关公，于路将士逃回荆州者极多。关公越恨吕蒙，催军进发。前面鼓声大振，一军人马来到，为首领兵大将［乃］九江寿春人也，姓蒋名钦，字（子）［公］

奕，出马横枪大呼："云长何不降！"关公大怒曰："吾乃汉将，岂降贼也！"言讫，拍马舞刀，径取蒋钦。两将战数合，钦败走，关公引军赶去。约赶二十余里，左边山谷中一队军马出，为首领兵大将［乃］辽西令支人也，姓韩名当，字公（议）［义］。关公拨马来战，右边山谷中一彪军出，为首一员大将［乃］九江下蔡人也，姓周名泰，字幼平。三路军马来（并）［战］关公。关公知深入重地，［急］荒彻军。行不数里，山岗上白旗招（飐）［飐］，上有荆州土人高呼："本处人早归降！"关公大怒，欲上山冈杀投降者，山岩内两路军出：右边是琅琊莒县人也，姓徐名盛，字文向；左边是庐江安丰人也，姓丁名奉［，字承渊］。五路军马喊杀振天，将关公围在垓心，手下将士渐渐星散。静轩诗叹曰：

关公义勇孰能俦？难出东吴吕、陆谋。
不识势穷人散尽，单刀犹自复荆州。

比及黄昏，遥望四山之上，都是荆州土居之民，呼兄唤弟，觅子寻父，呼号之声［不住］；军心皆变，都随其呼号之声而去。关公止遏不住，心中转怒。部从止有百余人。

据《三国志·蜀书·关羽传》：曹公遣徐晃救曹仁，羽不能克，引军退还。权已据江陵，尽虏羽士众妻子，羽军遂散。

夜至三更，正东上喊声大振，关公引百余人随声而去。却元来关平、廖化分两路杀入重围，解救关公而出。背后荆州之兵招唤同（出）［回］之声不曾断绝，皆吕蒙之计也。后人有诗为证：

势去人离没奈何，休言百万甲兵多。
吕蒙预定招降计，绝胜张良散楚歌。

关平（止）［告］父曰："军心离矣！必得城郭暂时屯驻，以待救兵。"关公听平之言，催败残军行。前至一城，名曰麦城，

据《资治通鉴》卷六十八：关羽自知孤穷，乃西保麦城。（参见《三国志·吴书·吴主传》《吕蒙传》）

城郭虽小，可以暂住。关公入城，分兵紧守四门，与平商议。平曰："此（去）［近］上庸，刘封、孟达守把，可速遣人求救为上。若得此救［济］军马到，（如）［姑］待川兵到来。"正商议间，城上喊起："吴兵大至，周回围绕，水泄不通！"关公自登城观看，［见］吴兵八面分布整齐，军马雄伟。关公曰："谁可往上庸求救于刘封？"廖化应声出曰："某当一往！"公曰："但恐不得透重围矣！"化曰："视死如归，何所不至？"公即修书与化密藏，食餐一饱上马，令关平送出。开［了］城门，平先杀出，正遇吴将丁奉，被［平］杀败。廖化乘势杀出重围，［径］投上庸去讫。关平退入城中坚守。

却说刘封与孟达自建安二十四年同攻上庸，太守申耽举众归降，因此汉中王加封［为］副将军，令［与］孟达同守上庸。

据《三国志·蜀书·刘封传》：初，刘璋遣扶风孟达副法正，各将兵二千人，使迎先主，先主因令达并领其众，留屯江陵。蜀平后，以达为宜都太守。建安二十四年，命达从秭归北攻房陵，房陵太守蒯祺为达兵所害。达将进攻上庸，先主阴恐达难独任，乃遣封自汉中乘沔水下统达军，与达会上庸。上庸太守申耽举众降，遣妻子及宗族诣成都。先主加耽征北将军，领上庸太守、员乡侯如故，以耽弟仪为建信将军、西城太守，迁封

为副军将军。

听知关公兵败，二人正议间，忽报廖化至，遂请［入］问之。化（入）言："公败至急，见屯麦城，八面皆是吴兵。望二将军尽引上庸之兵以救之；倘若少缓，公必陷矣！"封曰："将军少歇，待我等商议。"廖化去驿中安歇。刘封与孟达曰："叔父被陷，当以如何？"达曰："今闻东吴精兵二三十万俱在荆、襄，九郡皆属于吴，止有麦城弹丸之所；更且曹操自提大兵四十万，横截江、汉，势若泰山。量吾上庸山城之兵，安敌如此之大势乎？正如驱羊入（羊）［虎］口耳！"封曰："吾亦知此，奈何关公是吾叔父，争忍坐视而不救？"达笑曰："公以彼为叔，彼以公为草芥（矣）［耳］。前者汉中王登位（以来）［之时］，欲议立后，问于孔明。孔明曰：'此家（法）事也，须问云长、（翌）［翼］德。'汉中王乃使人致书荆州问关公。公勃然曰：'立嫡不立庶，古之常礼，何必问焉！'公乃螟蛉之子，故付以山城而远之矣，岂为亲骨肉也？以此观之，安得不以公为草芥乎？众所皆知，［公］何以自隐？"刘封曰："公言虽是，将何以推之？"达曰："但言山城初附，民心未定，不敢造次兴兵，恐失所守。"封然之，次日请廖化，言山城初附之事。化大惊，（特）以头扣地而言曰："若如此，则关将军丧［矣］！"封曰："一杯之水，安［能］救一车之火？请将军勿久滞，可速回。"化大恸而求之，刘封、孟达皆推病不起。

据《三国志·蜀书·刘封传》：自关羽围樊城、襄阳，连呼封、达，令发兵自助。封、达辞以山郡初附，未可动摇，不承羽命。

按：《演义》称，廖化到上庸求救时，刘封本想出兵，但孟达向他提起刘备立太子时，关羽曾以刘封是义子为由反对，刘封遂不救关羽，这一情节不见于史。盛巽昌先生在《三国演义补证本》中指出：关羽求助于刘封、孟达的时间，各史书记载有差异。据《三国志·蜀书·刘封传》，是关羽在北伐凯歌行进中，多次招呼刘封、孟达，非关羽麦城被围时事也。但刘备处置刘封，"责封之侵陵达，又不救羽"，似当又是关羽败退南还时，因两人内讧，未主动出援者。

廖化知事不济，寻思（除）［径］往成都告汉中王去，遂上马，大骂而（出）去。

据《三国志·蜀书·廖化传》：廖化字元俭，本名淳，襄阳人也。为前将军关羽主簿，羽败，属吴。思归先主，乃诈死，时人谓为信然，因携持老母昼夜西行。会先主东征，遇于秭归。先主大悦，以化为宜都太守。

却说关公在麦城日夜［盼］望上庸兵到，并不见动静；况城中无粮，手下止有五六百人，多有带伤之士。公与赵累商议［曰］："似此如何？"累曰："且只坚守。"忽报城下有人叫休放箭，"有话来见君侯！"公交放入，乃诸葛瑾也。瑾与公叙礼罢，瑾曰："今奉吴侯命，特来劝谕将军：凡居人世，须识时务。今以势言，将军所统汉上九郡，已皆属吴，止有孤城一所，内无粮草，外无救军，危在旦夕。何不从瑾之言，（同）归顺于吴侯，复领此地，以保全家，永显祖宗。将军熟思之！"关公正色而答曰："吾乃解（梁）［良］一武夫，蒙主君待以手足，（吾）安肯背义投贼［乎］？城破但有死无二，为子死孝，为臣死忠，视死如归，吾安惧哉？玉可碎，不可改其白；竹可焚，不可改其节。汝勿多言，速请出城。吾欲与东吴决一死战也！"诸葛瑾曰："吴侯欲与将军结秦、晋之好，同力破曹，共扶汉室，亦非他意。将军何执迷如是？"言未毕，关平拔剑欲杀诸葛瑾，关公叱曰："彼［弟］孔明在蜀辅佐汝伯。吾若杀之，恐伤其义！"遂令左右急催诸葛瑾上马。

据《资治通鉴》卷六十八：关羽自知孤穷，乃西保麦城。孙权使诱之，羽伪降，立幡旗为象人于城上，因遁走。（参见《三国志·吴书·吴主传》）

按：《演义》写诸葛瑾劝降，不见于史。

［瑾］乃惶恐满面，急急出城，回报吴侯言：“关公心如铁石，不可说也!”孙权曰：“似此奈何？”帐下一人出曰：“某请卜其休咎。”众视之，汝南细阳人也，姓吕名范，字子衡。权（乃）［令］卜之。范［取］蓍草三支，占成卦象，得地水师卦，更有玄（胎）［武］持应，主敌人远奔。孙权乃问吕蒙曰：“卦主敌人远奔，将何策以擒之？”吕蒙笑曰：“卦象正合吾机。关云长便有冲天之翌，飞不出这罗网（耳）［矣］。蒙已筭定这条路，须得此人去守把，非则有失矣。”孙权问［曰：］“用何人守甚处？”未知吕蒙言出何人。

［第一百五十三段］　玉泉山关公显圣

吕蒙曰：“麦城四门皆有大路。吾料云长兵少，必不从大路而走，正北山路险峻，必投此小路去也。先唤朱然将五千精兵，伏于麦城北二十里，但有敌军至，不可击［之］，只可随后掩之。其军无恋战之心，必走临沮地名。却令潘璋亦将五千精兵，四散伏于临沮山僻小路，可成事也。其余大路，吾亦调遣已定，惟北门尽用弱兵守之。关公走北门无虑矣。”权［又］令吕范卜之。范占其卦象，言曰：“卦中主敌人［投］西北而走，来日（亥）［卯］时必可擒之。”

据《三国志·吴书·吴范传》：权与吕蒙谋袭关羽，议之近臣，多曰不可。权以问范，范曰：“得之。”后羽在麦城，使使请降。权问范曰：“竟当降否？”范曰：“彼有走气，言降诈耳。”权使潘璋邀其径路，觇候者还，白羽已去。范曰：“虽去不免。”问其期，曰：“明日日中。”权立表下漏以待之。及中不至，权问其故，范曰：“时尚未正中也。”顷之，有风动帷，范拊手曰：“羽至矣。”须臾，外称万岁，传言得羽。

据《三国志·吴书·虞翻传》：关羽既败走，权使翻筮之，得《兑》下《坎》上，《节》，五爻变之《临》，翻曰：“不出二日，必当断头。”果如翻言。权曰：“卿不及伏羲，可与东方朔为比矣。”

孙权便令吕蒙调遣朱然、潘璋两军去了。

却说关公在麦城计点马步兵士，止有三百余人，更兼无粮；夜间又被吴兵在城外招唤各（各）［军］姓名，多有坠城而去者。关公不见救兵至，心中无计，与王甫曰：“悔不用公之言，致有今日之苦!”王甫哭而对曰：“今日事极，虽子牙复生，亦无计可施矣!”赵累曰：“必是刘封、孟达不发救兵。何（自）［不］弃此孤城，奔走入川，再整兵来复汉土，未为晚矣。”关公曰：“吾亦［欲］如此。”遂上城观望，见北门外旗幡不整，兵士甚弱。公曰：“此去何所？”或对曰：“此（等）［去］皆山僻小路，可以入川。”公曰：“今晚可走此路。”王甫曰：“山路恐有埋伏，不如走大路为（愈）［宜］。”公曰：“虽有埋伏，吾何惧哉？”随即下令，交近侍（为）［马］步军各要严装惯带，准备出城。王甫伏地恸哭曰："君侯于路小心保重！甫与手下百余人死据此城，虽粉骨碎身，亦无降意！专望君侯早来救援！"关公亦大哭而别；是夜黄昏上马，与子关平、司马赵累并手下百五十人，开北门冲出。

吴兵莫敢当其锋锐，四下乱窜，关公提青龙刀前进。行至更初，约走二十里，山（奄）［崦］内火把齐明，鼓声大振，一彪军出，当先一员大将乃丹阳故彰人也，姓朱名然，字义封，

据《三国志·吴书·朱然传》：朱然字义封，（朱）治姊子也，本姓施氏。

策马持枪大叫："云长早降，免汝一死！"关公大怒，纵马提刀战之。朱然便走，关公乘势（迎）［追］杀。［忽］四下精兵皆起，关公不敢恋战，望临沮而走，背后朱然掩杀，行［不］动（已将）［者折］五十余人。又行三四里，前面鼓声振地，一军摆开，当先东吴上将［乃］东（都）［郡］发干人也，姓潘名璋，字文（理）［珪］，向火光影里骤马横刀，来战关公。关公大怒，纵马迎之，战不三合，潘璋败走。关公追赶，（背后）［忽闻］喊声大振，四下兵起。关公不恋战，急回（望）山谷小路而走。背后关平赶来，说赵累已死于乱军中。关公不胜悲惶，令关平断后。公自在前开路，随行止剩得十余人。前行至决石地名，两下是山，山边皆芦苇，败草丛乱，树木纷杂。时五更将尽，正走之间，喊声举处，两下伏兵皆用长钩套竿，一齐并出，先把关公坐下马绊倒。关公身离雕鞍，已被潘璋部将马忠所获。关平听知父已被擒，火速来救，背后潘璋、朱然精兵皆至，四下围住。［平］孤身独战力尽，父子皆受执。

据《三国志·吴书·吴主传》：关羽还当阳，西保麦城。权使诱之。羽伪降，立幡旗为象人于城上，因遁走，兵皆解散，尚十余骑。权先使朱然、潘璋断其径路。（建安二十四年）十二月，璋司马马忠获羽及其子平、都督赵累等于章乡，遂定荆州。

据《三国志·吴书·潘璋传》：权征关羽，璋与朱然断羽走道，到临沮，住夹石。璋部下司马马忠禽羽，并羽子平、都督赵累等。（参见《三国志·吴书·朱然传》《吕蒙传》，《三国志·蜀书·关羽传》，《资治通鉴》卷六十八）

吴侯孙权恐不了事，自引诸将直到临沮。时东方已白，闻已擒关公父子，权乃大喜，聚众将于帐中。少时，马忠簇拥关公至前。权曰："孤久慕将军盛德，欲结秦、晋之交，何相弃耶？公平昔自以［为］天下无敌，今日何由被吾所擒？将军今日伏于孙权否？"关公骂曰："碧眼小儿，紫髯鼠辈！听吾一言：吾与刘皇叔义同山海，今日误中奸计，但有死而已，何能伏耶！"权回顾（与）左右曰："云长世之豪杰，孤深爱之！孤欲以厚礼宥之，若何？"主簿左咸曰："不可！昔日曹操得此人时，三日一小宴，五日一大宴，上马一提金，下马一提银，爵封汉寿亭侯，赐美女十人，如此恩养，尚留不住。其后五关斩将，曹公怜其才而不忍除之；今日自取其祸，欲迁都以避其锋。况主公乃仇敌乎？狼子不可养，后必为害！"孙权低首而言曰："斯言是也！"急命推出。是岁十月中旬，关公于临沮而亡，其子关平一时被害。

据《三国志·蜀书·关羽传》注引《蜀记》：权遣将军击羽，获羽及子平。权欲活羽以敌刘、曹，左右曰："狼子不可养，后必为害。曹公不即除之，自取大患，乃议徙都。今岂可生！"乃斩之。　　臣松之按《吴书》：孙权遣将潘璋逆断羽走路，羽至即斩，且临沮去江陵二三百里，岂容不时杀羽，方议其生死乎？又云"权欲活羽以敌刘、曹"，此之不然，可以绝智者之口。

按：据《三国志·蜀书·关羽传》记载，关羽于临沮被擒，当即被杀；《演义》称，孙权当面劝降，于史无据。

史官有庙赞曰：

壮哉熊虎将，赳赳汉云长。
功迹过韩、耿，声名重马、张。
恩酬曹孟德，死报汉中王。
大义参天地，英风播四方！

后来宋贤作诗以挽关公［曰］：

少年为客离蒲东，济困扶危立大功。
赳赳汉朝熊虎将，巍巍当世美髯公！
时来官渡惊曹操，数尽临沮遇马忠。
大义古今谁可及？令人哀怨泪痕红。

又有史官庙赞关平［曰］：

烈烈三分将，堂堂百战身。
金戈冲杀气，铁马截征尘。
报国忠心壮，随亲孝义淳。
临沮天数尽，父子共归神。

又赞美关公父子之德，仍哭其终云：

当年父子震荆、襄，吴、魏何人敢跳梁？
权欲连和求配偶，操将迁国避锋芒。
子凭胆勇宁三国，父仗神威定八荒。
不意吕蒙施诡计，可怜忠义一时亡。

自父子归神之后，关公坐下赤兔马被马忠所获，献与孙权。权就赐与马忠骑坐，刀赐与潘璋。其马数日不食草料而死。

却说王甫在麦城中骨颤肉惊，乃问周仓曰："昨夜梦见主公浑身血污，立于其前，急问之，忽然惊觉。不知主何吉凶。"正说间，（一）人报吴兵在城下将关公父子首级招安。王甫大惊，与周仓登城视之，果是。王甫乃坠城而死，

据《三国志·蜀书·杨戏传》附《季汉辅臣赞》：国山名甫，广汉郪人也。好人流言议。刘璋时，为州书佐。先主定蜀后，为绵竹令，还为荆州议曹从事。随先主征吴，军败于秭归，遇害。

周仓自刎而亡。于是麦城（尽）［亦］属东吴。

却说关公一魂不散，悠悠荡荡，直至一处——荆门州当阳县一座山，名为玉泉山。山上一僧［法］名普静，元是汜水关镇国［寺］长老。是时，静禅师云游天下，来到此处，见山明水秀，就（而）［此］结草为庵，每日坐禅参道，止有一小行［者］下山化饭度日。是夜月白风清，正当三更，静禅师正在庵中坐定，忽闻空中有人大呼"还我头来！"静禅师观之，见空中一人骑赤兔马，提青龙刀，左有关平，右有周仓，口（十）［中］但呼如前言不息。静禅师已（见）［知］是关公，待马到庵前，（禅师）乃以手中麈尾击其座曰："颜良安在？"关公［闻言，］英魂顿悟，遂下马，叉手立于庵前曰："吾师何人？愿求清号！"静曰："昔汜水关前镇国寺中已曾相会，今日何故不识普静耶？"公曰："羽

虽愚驽，愿闻其教!”静曰：“昔非今（世）[是]，一切休论，只以公所为言之：往日白马渡［口］，颜良（虽）[并]不曾与公斗刀，忽［然］刺之，斯人于九泉之下，安得不抱恨哉？今［日］吕蒙以诡计害公，正犹此也。公何迷（感）[惑]如是？”关公方始解脱，礼玉泉山静长老为师，就山间往往显灵。里人于山顶建庙，四时以猪羊祭祀之。

后至大唐高宗朝凤仪年间，东京开封府尉氏县有一秀才，累举不及弟，三上万言[策]，皆不中选，遂乃舍族出家，法名神秀，拜勤州黄梅寺五祖禅师弘忍为师，学大小乘法。后云游（至）天下到玉泉山，忽坐怪树之下，见一大蟒于前。神秀端坐不动，次日于树下得金一藏，遂于玉泉山上创建道场，因问人：“此何庙［宇］？”对曰：“三分关云长显圣之祠也。”神秀欲拆毁，忽然阴云四合，见关公提刀跃马，黑云中驰骤。神秀问之，关公具言前事。神秀乃破土建寺，立关公为本寺伽蓝，至今古迹尚在。神秀，六祖禅师是也。此一节出《传灯录》:

> 昔关公在生之日，傲慢士大夫而恤下人。人有故相殴骂者告到公，必以酒与之劝和。后人争斗，不忍告状，恐犯爹爹之怒。时人谓之不忍犯，直至于今，大小皆呼关爹爹。张飞平生燥暴，虽敬士大夫而不恤下人。但有士卒争闹告到（根）[跟]前，不问胜负，并皆斩之。其后但相侵犯，不敢告状，但恐皆被斩也。张飞为人，（名）[民]不敢犯；关公为人，义不敢犯，其义重也如此。关公为神之后，宋朝崇宁年间出现，故封为崇宁真君。又解州盐池蚩尤作乱，亦是关公神力破之。故累代加封，
>
> 圣朝赠号“义勇武安王”。

故宋贤有诗宣扬义勇武安王之德云：

忆昔将军起解（梁）[良]，彪形九尺有余长。
眼如丹凤朝天柱，眉若卧蚕侵鬓傍。
髯拂乌云吞晓日，面如重枣早经霜。
马骑赤免追电影，刀按青龙喷雪光。
桃园结义过山岳，誓同生死共刘、张。
开旗剿灭黄巾寇，烈烈英雄播四方。
酒（未）[尚]温时华雄丧，马却到时车胄亡。
不降曹公只降汉，一宅仍分两院墙。
曾于官渡施神勇，力诛文丑刺颜良。
千里独行世莫比，五关斩将谁敢当?
古城重会表忠节，挝鼓之中斩蔡阳。
华容道上酬恩德，荆州城内镇边疆。
单刀赴会真豪杰，水渰七军妙筭量。
操欲迁都避锋锐，吴要求亲宁荆、襄。
吕蒙一旦施巧计，白衣摇橹渡关防。
麦城受困军旅敝，临沮父子魂渺茫。
玉泉山头夜显圣，解（良）[州]池内神昭彰。
历代加封赠尊号，崇宁年间朝宋皇。
生作三分熊虎将，死为义勇武安王。

自关公归天之后，孙权尽收荆州之地，将［关公］父子首级招安各处人民。忽张昭

自建业而来见孙权曰："主公损却关家父子，江东祸不远矣！"权问其故，昭曰："昔此人与刘备、张飞桃园结义之时，誓同生死。今备有两川，兵粮俱足，诸葛为之谋，张、黄、马、赵为之将，若知东吴损其父子，必起倾国之兵来复仇矣。彼忿死而来，吴兵何可以当也！"孙权闻（知）[之]大惊，乃顿足曰："孤失[其]计较也！如此奈何？"张昭曰："主公勿忧！昭有一计，令蜀兵不来，荆州[如]磐石之安。"权问其计。如何？

[第一百五十四段]　刘玄德哭关云长

张昭曰："今曹操拥百万之众，虎视华夏，（久）思[得]汉上之地[久]矣。若刘备急欲报仇，必归顺于曹操。操贪其利，必然纳之。若二处连兵，则东吴有垒卵之危矣！不若先遣人将云长首级持送与曹操，明交刘备知是操之所使，必痛恨于操，（备）必兴兵与操战矣。待（其）魏、蜀交兵之后，看[其]紧慢，然后于中取事，非但可保江东，西川亦可图也。如更有西川之地，何惧曹操乎？"权然其言，即时作宴犒劳诸将，各各赏赐，惟吕蒙点军未至。权曰："今得荆州，皆吕子明之力也。子明何为未至？"使人催之。人报吕蒙至，权自出迎接，把其臂曰："孤久不得荆州，今称心满意，皆子明之力也！"蒙谢曰："一者主君之洪福，二者诸将之虎威。蒙岂足挂齿乎？"权请入，列之上坐。蒙再三推辞，坐于其次。孙权举杯而言曰："昔日周郎雄烈盖世，胆量过人，遂破孟德，开拓荆州，不幸中途而亡。后鲁子敬继，一见孤时，便有帝王大略，此一快也；孟德东下，诸人皆劝孤降，独子敬与周（瑜）[郎]廓开大计，赤壁鏖兵，大获全胜，此二快也。今子明与孤设谋定计，立取荆州，胜于周郎、（鲁肃）[子敬]多矣！"于是以酒劝之。

> 据《资治通鉴》卷六十八：权后与陆逊论周瑜、鲁肃及蒙曰："公瑾雄烈，胆略兼人，遂破孟德，开拓荆州，邈焉寡俦。子敬因公瑾致达于孤，孤与宴语，便及大略帝王之业，此一快也。后孟德因获刘琮之势，张言方率数十万众水步俱下，孤普请诸将，咨问所宜，无适先对；至张子布、秦文表俱言宜遣使修檄迎之，子敬即驳言不可，劝孤急呼公瑾，付任以众，逆而击之，此二快也。后虽劝吾借玄德地，是其一短，不足以损其二长也。周公不求备于一人，故孤忘其短而贵其长，常以比方邓禹也。子明少时，孤谓不辞剧易，果敢有胆而已；及身长大，学问开益，筹略奇至，可以次于公瑾，但言议英发不及之耳。图取关羽，胜于子敬。子敬答孤书云：'帝王之起，皆有驱除，羽不足忌。'此子敬内不能办，外为大言耳，孤亦恕之，不苟责也。然其作军屯营，不失令行禁止，部界无废负，路无拾遗，其法亦美矣。"（参见《三国志·吴书·周瑜鲁肃吕蒙传》）

吕蒙方欲饮酒，忽然掷杯于地，一手揪住孙权，厉声大呼曰："碧眼竖子，还识吾否！"众皆大惊，急起分之。吕蒙推倒孙权，大步进前，坐于其中权位上，神眉（剔）[倒]竖，两眼圆睁而言曰："吾自破黄巾以来，纵横天下三十余年，[被]汝一旦以巧计图之。吾[生]不能啖汝之肉，死当以诛其魂！吾乃汉寿亭侯关云长是也！"孙权与诸将下拜。少刻，吕蒙七窍内鲜血迸流而死于阶上。孙权具棺椁而葬之，追赠南郡太守、马陵侯，其子吕霸袭职。蒙死年四十二岁，时建安二十四年十二月初也。

据《资治通鉴》卷六十八：权以吕蒙为南郡太守，封孱陵侯，赐钱一亿，黄金五百斤；以陆逊领宜都太守。……吕蒙未及受封而疾发，权迎置于所馆之侧，所以治护者万方。时有加针，权为之惨戚。欲数见其颜色，又恐劳动，常穿壁瞻之，见小能下食，则喜顾左右言笑，不然则咄唶，夜不能寐。病中瘳，为下赦令，群臣毕贺，已而竟卒，年四十二。权哀痛殊甚，为置守冢三百家。（参见《三国志·吴书·吕蒙传》及注引《江表传》）

孙权惧关公神威，将木匣盛贮首级，星（辰）[夜]送与曹操。

据《三国志·蜀书·关羽传》注引《吴历》：权送羽首于曹公，以诸侯礼葬其尸骸。

时操于摩坡班师回至洛阳，闻孙权遣使送关公首级至，乃大喜曰："云长已亡，吾无忧矣！"

据《三国志·魏书·武帝纪》：（建安）二十五年春正月，至洛阳。权击斩羽，传其首。

忽阶下一人笑曰："此乃江东移祸之计也。"操视之，乃主簿司马懿也。操问其故，懿曰："昔刘备、张飞与此人桃园结义，誓同生死。今吴杀之，恐其复仇，（以）[故]将首级献上，使备知是大王所使，不去伐吴，径来攻魏。若魏、蜀交兵，急难罢休，东吴于中取事，或取两川，或寇中原，随势行之。故知[此为]移祸之计（此）[也]。昔春秋有老龟煮不烂，移祸与枯桑。今日正此谓也。"操[大]惊曰："仲达之言有理！然此将何策以解之？"司马懿曰："此事极易！王上可将关公之首刻以香木之躯，以大臣之礼葬之，使人知之，则刘备深恨孙权，必尽力南征。看吴、蜀交兵之后，却乘其势而击之：吴胜则击蜀，蜀胜则击吴。二处但得一处，[那]一处亦不久也。大王思之！"操曰："仲达妙论！"即时将关公首级启匣视之，见云长面如平日。操曰："久不见将军（耶）[也]！"言未绝，忽然匣内须髯皆动，惊倒曹操，半晌方醒。操曰："真天神也！"即时具棺[椁]彩舆，刻沉香[木]为躯，以王侯之礼葬于洛阳南门外十里，令大小官僚尽皆（殡送）[送殡]。操自往祭之，褒赠荆州王之号；于是遣吴使回江东。

话分两头。却说汉中王自东川回西川成都，诸葛孔明言："王上自先夫人弃世，更且吴夫人女孙氏南归，必难再（娶）[聚]。人伦之道，不可废也，必纳正妃以正其位。"汉中王从之。时成都有昔日刘焉长子刘谓之妻吴氏守寡在家，其妇美而且贤，乃吴懿之妹也。吴懿少亡父母，将妹入川，倚傍刘焉过活。有一相士相吴氏曰："此女必当大贵，非后即妃。"于是刘焉有妄想之心，娶与长子刘谓。娶不数日，谓患心疼而死，其妇寡居。川民皆知其贤，故群下皆劝"可纳为妃。"汉中王曰："刘谓与吾同宗，于礼不可。"法正曰："论其亲疏，何异（刘）[晋]文之与子（围）[圉]乎？"于是汉中王遂纳为正夫人。

据《三国志·蜀书·先主穆皇后传》：先主穆皇后，陈留人也。兄吴壹，少孤，壹父素与刘焉有旧，是以举家随焉入蜀。焉有异志，而闻善相者相后当大贵。焉时将子瑁自随，遂为瑁纳后。瑁死，后寡居。先主既定益州，而孙夫人还吴，群下劝先主聘后，先主疑与瑁同族，法正进曰："论其亲疏，何与晋文之于子圉乎？"于是纳后为夫人。

据《三国志·蜀书·杨戏传》附《季汉辅臣赞》：先主定益州，以壹为护军讨逆将军，纳壹妹为夫人。

汉中王在川中亦生二子：长曰刘永，字公寿，

据《三国志·蜀书·刘永传》：刘永字公寿，先主子，后主庶弟也。

次曰刘理，字奉孝，

据《三国志·蜀书·刘理传》：刘理字奉孝，亦后主庶弟也，与永异母。

其子皆庶出。自此川中大熟，民安国富。

忽有人自荆州还，言“东吴累求亲于关公，公力阻之。”孔明惊曰：“荆州危矣！”正欲商议使人替关公回，却闻累报捷音，更兼关兴入报水渰七军功迹，因此未敢移动。每每探听，皆报全胜，江边关防周密，万无一失。

忽一夜，玄德自觉浑身肉颤，睡卧不安，起（来）[坐]内室，秉烛看书，觉神思昏迷，伏几而卧。忽就室中起冷风一阵，烛灭复明，抬头见一人立于灯下。玄德问曰：“汝何人？寅夜得进我室。”其人不答，问三次，皆不应。玄德疑怪，自起视之，见云长立于灯影之下，往来闪避。玄德曰：“贤弟别来无恙？中夜至此，必有事故。吾与汝恩同骨肉，何故如此回避也？”关公答曰：“愿兄见怜，当雪弟恨！”言未绝，冷风骤起，忽然惊觉，就几上作（其）[了]一梦，时正夜（当）[间]三更。玄德大疑，荒出前殿，使人请孔明圆梦。孔明入见，玄德细言梦警。孔明曰：“此是王上寸心思忆云长，以致如此，何必多疑？”再三问之，孔明以言解释。孔明辞出，至中门外，遇见许靖。靖曰：“恰才到军师府下报一机密，听知将军入宫，故特至此。”孔明曰：“有何机密？”靖曰：“今晚有人传报，东吴吕蒙已袭荆州，云长危矣！靖故来报。”孔明曰：“吾夜观乾象，见将星坠于荆、楚之分，亦知云长祸已及矣，但恐主公之忧，不敢明言。梦中之警如此，吾以善言宽解，恐伤其心。”孔明、许靖正说之间，忽殿门内转出一人，手扯孔明之袖曰：“云长有故，何以相瞒？”孔明视之，乃汉中王也，遂与许靖伏地而告曰：“适来所言，皆虚谬事也，未足深信。愿王上宽怀，勿生远虑！”玄德曰：“吾与云长犹一体耳。彼若有故，孤岂独生哉？”孔明、许靖正劝谕间，忽报荆州廖化至，玄德急唤问之。化哭拜于地，细说前因。玄德大惊[曰]：“若如此，（只）[则]吾[弟]休矣！”孔明、许靖曰：“刘封、孟达如此无礼，罪不容诛！请王上宽心，亮亲提一旅之师，去救荆、襄之急。”玄德曰：“吾弟有失，[孤]安能独生哉？”一面遣人往阆中报知翼德；“吾来日自提大军去救吾弟”，一面传令会集军马。比及平明，一连数使入报：“关公夜走临沮，被吴将潘璋部下马忠所获，义不屈节，父子皆亡。”玄德听罢，大叫一声，望后便倒。未知性命如何。

[第一百五十五段]　曹操杀神医华佗

玄德昏绝于地，左右急救，半晌方醒，扶入宫内。送罢汤药，孔明曰：“死生有命，富贵在天。云长刚而自矜，[故]有此祸也。

按：诸葛亮称关羽“刚而自矜”之语，移植于《三国志·蜀书·关张马黄赵传》陈寿评：“羽刚而自矜，飞暴而无恩，以短取败，理数之常也。”

王上且宜保重万金之躯，徐徐报仇。”玄德曰：“吾与关、张二弟自从桃园结义，誓同生死。今弟已亡，吾岂独享富贵？若不报仇雪恨，是负昔日之盟！”言罢又哭绝于地三五番，几死，众皆劝之。

玄德自此三日水米不食，但哀哭而已，泪湿衣襟，点点成血。孔明再三上言曰：“今云长没于不幸，王上念旧日之盟，理宜报仇。王上摧残贵体，倘有不讳，谁能尽心竭力，以报仇恨？”玄德曰：“吾与东吴誓不共天地同日月也！”孔明曰：“今日人报，东吴恐其复仇，将关公之首献与曹操，操以王侯［之］礼待而葬之。”玄德曰：“此何意也？”孔明曰：“此是东吴欲移祸于魏。魏多人物，已知其心，故令操以厚［礼］葬之，是令王上归怨于东吴也。”玄德曰：“吾今提军，只问罪于东吴，以报弟恨！”孔明曰：“未可也！方今吴欲令我军侵魏，魏亦欲我兵侵吴，各怀诡计，乘其虚隙而图之。王上且宜按兵勿动，与云长发丧；待吴、魏不和，方可伐之。”众皆力说，玄德方始进膳。川中大小军将尽皆挂孝。玄德望南祭之，号哭终日，继之以夜。

却说曹操在洛阳，每夜合眼便见关公。问于群下，众皆言：“洛阳行宫旧殿多妖。可造新殿以居之。”操曰：“吾欲起一殿，名建始殿，恨无良工。”贾翊进言曰：“洛阳良工苏越极善，可用［之］。”操乃唤至，令苏越画建始殿。图本画成——九间大殿，前后廊庑——进上。操曰：“汝所画正合吾意，只恨无（桂）［佳］木作梁。”苏越曰：“此去离城三十里有一潭，名跃龙潭，潭前有一庙，名曰跃龙祠，［祠］傍有一大梨树，高十余丈，堪可为建始殿梁。”曹操大喜，即时令苏越带领人工去伐此木。锯解不动，斧砍不入，回报曹操。［操］不信，自引数百骑，直至跃龙潭下马，仰观此树：亭亭如华盖，直长接云，并无少曲。操令砍之，乡老数十人告曰：“此树数百年矣，常有神人居其上，下伏潭中老龙，不可伐之，恐生灾祸！”操怒曰：“吾平生［游］历普天下四十余年，上至天子，下至庶民，谁不惧吾！是何妖神，敢逆吾意！‘子不语怪、力、乱、神’，量此树有何异焉？”言讫，遂拔所佩倚天宝剑，亲自砍之，铮然（不动）有声，溅血满身；再砍之，血溅其面，左右衣襟尽赤。操大惊，遂弃剑上马而归。

是夜二更，操不睡，坐于殿后静室。忽怪风起，一神被发仗剑，浑身皂衣，立于其前。操叱曰：“汝何人也？”其人曰：“吾乃梨树之神也。汝造建始殿，意图篡逆，却来伐吾神树。吾知汝天数尽，待来杀汝！”操怒，急呼“武士安在！”皂衣人仗剑向前，（擘）［劈］头砍之。操大叫一声，忽然惊觉，头痛不可当也，遍求良医，并无少效。诸官皆忧。

据《三国志·魏书·武帝纪》注引《曹瞒传》：王使工苏越徙美梨，掘之，根伤尽出血。越白状，王躬自视而恶之，以为不祥，还遂寝疾。

据《三国志·魏书·武帝纪》注引《世语》：太祖自汉中至洛阳，起建始殿，伐濯龙祠而树血出。

内有华歆入见操，进言曰：“大王知有神医华佗否？”操曰：“莫非江东医周泰者乎？”歆曰：“然。华佗字元化，沛国谯人也，

据《三国志·魏书·方技传·华佗传》：华佗字元化，沛国谯人也，一名旉。游学徐土，兼通数经。沛相陈珪举孝廉，太尉黄琬辟，皆不就。（参见《后汉书·方术传·华佗传》）

其人之妙，世之罕见。凡有患，或用药，或用灸，或用针，随手而愈。若在五脏六腑之内，药不能攻者，乃用麻肺散饮，须臾便似醉死。佗乃用大（九）［刀］割开其腹，煎汤洗脏，剥肺（腕）［剜］心，略无疼痛；然后用药线缝合，傅药末，或一月、二十日之间，即平复矣。其神妙如此！

据《三国志·魏书·方技传·华佗传》：晓养性之术，时人以为年且百岁而貌有壮容。又精方药，其疗疾，合汤不过数种，心解分剂，不复称量，煮熟便饮，语其节度，舍去辄愈。若当灸，不过一两处，每处不过七八壮，病亦应除。若当针，亦不过一两处，下针言“当引某许，若至，语人”。病者言“已到”，应便拔针，病亦行差。若病结积在内，针药所不能及，当须刳割者，便饮其麻沸散，须臾便如醉死无所知，因破取。病若在肠中，便断肠湔洗，缝腹膏摩，四五日差，不痛，人亦不自寤，一月之间，即平复矣。（参见《后汉书·方术传·华佗传》）

曾有甘陵相夫人，有孕六月，腹痛不安。佗视其腹中，曰：‘乃男胎也，已死矣。’以药下之，果是男胎，数日而愈。

据《三国志·魏书·方技传·华佗传》：故甘陵相夫人有娠六月，腹痛不安，佗视脉，曰：“胎已死矣。”使人手摸知所在，在左则男，在右则女。人云“在左”，于是为汤下之，果下男形，即愈。（参见《后汉书·方术传·华佗传》）

一日，佗行于道上，见一人呻吟之声。佗曰：‘此乃饮食不下之病。’问之，果然。佗令取齑汁三升饮之可痊。其人归家饮之，吐蛇一条，长一（且）尺。患者便能饮食，即时往佗家谢之。佗出不在，小儿引患者往壁间视之，见蛇数十条于壁间。

据《三国志·魏书·方技传·华佗传》：佗行道，见一人病咽塞，嗜食而不得下，家人车载欲往就医。佗闻其呻吟，驻车往视，语之曰：“向来道边有卖饼家蒜齑大酢，从取三升饮之，病自当去。”即如佗言，立吐蛇一枚，县车边，欲造佗。佗尚未还，小儿戏门前，逆见，自相谓曰：“似逢我公，车边病是也。”疾者前入坐，见佗北壁县此蛇辈约以十数。（参见《后汉书·方术传·华佗传》）

又有广陵太守陈登病，胸中烦闷，面赤不能食。佗曰：‘胸中有虫数升，欲作肉疽，盖为食（隔）[腥]之[故]。’佗以药饮之，吐出虫三升，皆赤头，半身动惮。登问其故，佗曰：‘此生鱼鲙之毒也。今日（虫）[虽]可，三年后又发必死！’

据《三国志·魏书·方技传·华佗传》：广陵太守陈登得病，胸中烦懑，面赤不食。佗脉之曰：“府君胃中有虫数升，欲成内疽，食腥物所为也。”即作汤二升，先服一升，斯须尽服之。食顷，吐出三升许虫，赤头皆动，半身是生鱼脍也，所苦便愈。佗曰：“此病后三期当发，遇良医乃可济救。”依期果发动，时佗不在，如言而死。（参见《后汉书·方术传·华佗传》）

又有一人，眉间一瘤，其痒不可当，令佗视之。佗曰：‘内有飞物所居。’人皆笑之。佗以刀割破肉，有一黄雀飞起而去。又有一男子村行被犬咬，其脚跟随长一块，痛庠不可当也。佗曰：‘痒有黑白二子，痛者有针十个。’人皆不信。后割下，果如前言。华佗之医真有扁鹊、叔和之圣手！今在金城居住，离此不远，何不召之？”操闻之，即忙差人星夜召华佗至。

[操]令视脉。佗曰：“此是大王风息所害之病。”操曰：“孤平日所患醉头风，才一举发，五七日不能饮食，痛楚不可当！汝与吾治之。”佗曰：“其病根在脑袋中，风涎不能出，空自用药，不可疗治。佗（曰）有一法，须是用麻肺汤服之，然后用斧劈开脑袋，取出风涎，其病可以除根。”操大怒曰：“汝杀吾耶！”佗曰：“岂不闻昔日关云长被药箭射伤其臂，某曾刮骨疗毒，自然无事。大王何多疑也？”操曰：“臂可割，吾脑安可劈也？

（此人）［汝］与关公情熟，必是要与此人报仇也！”叱左右收下，拷问其故。贾诩谏曰：“似此良医，世之罕有，不可废也！”操怒曰：“天下无［此］鼠辈，又且何妨！”华佗被拷不过，只得屈招欲杀魏王。

据《三国志·魏书·方技传·华佗传》：太祖闻而召佗，佗常在左右。太祖苦头风，每发，心乱目眩，佗针鬲，随手而差。……然本作士人，以医见业，意常自悔，后太祖亲理，得病笃重，使佗专视。佗曰：“此近难济，恒事攻治，可延岁月。”佗久远家思归，因曰：“当得家书，方欲暂还耳。”到家，辞以妻病，数乞期不反。太祖累书呼，又敕郡县发遣。佗恃能厌食事，犹不上道。太祖大怒，使人往检。若妻信病，赐小豆四十斛，宽假限日；若其虚诈，便收送之。于是传付许狱，考验首服。荀彧请曰：“佗术实工，人命所县，宜含宥之。”太祖曰：“不忧，天下当无此鼠辈耶？”遂考竟佗。（参见《后汉书·方术传·华佗传》）

按：《演义》称，华佗要给曹操做开颅手术，引起曹操怀疑，因而被杀。这一情节不见于史。由史书记载可知，华佗被杀，其主要责任在于他自己。按理，凭华佗医术，是可以根除曹操的偏头风的，但华佗“本作士人，以医见业，意常自悔”，因自己就医未能入宦而对曹操不满。他对曹操说，曹操的病“此近难济，恒事攻治，可延岁月”，即无法治愈，只能带病延年。后来华佗请假回家，托辞妻子有病，迟迟不归，并一再拒绝征召，曹操派人查证，知道华佗的妻子是装病，于是将他逮捕下狱。可见华佗被杀的原因，一是欺骗，二是不从征召。

狱中一牢子姓吴，每日以饮食供奉与佗。佗感其恩，乃与吴押狱曰：“吾眼见死于非命，有一《青囊书》不传于世。深感汝恩，无可以报，吾作书，汝可遣人赍书，往吾家取此《青囊》，可藏以记吾之神医也。”吴押狱曰：“某若得此书，当弃此役，行医救天下之人！”佗即与书，往金城佗家取得《青囊》，付与妻深藏之，“待吾弃了狱吏，归来行医。”（佼）［后］数日，操病越重，令（盆）［缢］死华佗于狱中。吴押狱归家，其妻已将《青囊》之书尽皆烧毁。吴问其故，妻曰：“纵学得如华佗一般，只落［得］死于狱中。”自此书不传于世。

据《三国志·魏书·方技传·华佗传》：佗临死，出一卷书与狱吏，曰：“此可以活人。”吏畏法不受，佗亦不强，索火烧之。佗死后，太祖头风未除。太祖曰：“佗能愈此。小人养吾病，欲以自重，然吾不杀此子，亦终当不为我断此根原耳。”及后爱子仓舒病困，太祖叹曰：“吾悔杀华佗，令此儿强死也。”（参见《后汉书·方术传·华佗传》）

据《三国志·魏书·邓哀王冲传》：邓哀王冲字仓舒。少聪察岐嶷，生五六岁，智意所及，有若成人之智。时孙权曾致巨象，太祖欲知其斤重，访之群下，咸莫能出其理。冲曰：“置象大船之上，而刻其水痕所至，称物以载之，则校可知矣。”太祖大悦，即施行焉。……太祖数对群臣称述，有欲传后意。年十三，建安十三年疾病，太祖亲为请命。及亡，哀甚。

按：华佗卒年，史无明文。据《三国志·魏书·邓哀王冲传》，曹冲死于建安十三年（208），而曹冲病危时华佗已死，故华佗卒年不迟于建安十三年。《演义》将华佗之死移植于建安二十五年（220）。

后人叹曰：

神医圣手最为良，传得仙翁海上方。

愚妇焚烧真可恨，后人无福见《青囊》。

后人有诗叹曹操云：

奸雄曹操患头风，不信神医有妙功。

若使华佗亲劈脑，尚存性命洛阳宫。

操自杀华佗之后，病患不退，又忧吴、蜀，未知若何。忽报东吴又遣使到，操起拆封，视书中之意，乃称臣归命之事。操坚辞不允。司马懿曰："今江东孙权既已称臣（合）归［命］，合［当］封之，令拒刘备。"操喜曰："此理极是。"遂议封吴之事。如何？

［第一百五十六段］　魏太子曹丕秉政

司马懿劝操封权为骠骑将军，兼领荆州牧，即日遣使来。

据《资治通鉴》卷六十八：魏王操表孙权为票骑将军，假节，领荆州牧，封南昌侯。权遣校尉梁寓入贡，又遣朱光等归。（参见《三国志·吴书·吴主传》）

权谢恩，送于禁等还都。

据《资治通鉴》卷六十九：（黄初二年秋）八月，孙权遣使称臣，卑辞奉章，并送于禁等还。

据《三国志·魏书·于禁传》：会孙权禽羽，获其众，禁复在吴。文帝践阼，权称藩，遣禁还。

曹操其病转添，是夜又梦三马同槽。及晓，问于贾诩曰："孤昔日梦此，实疑马腾、马超、马岱三人，故马腾先杀之。今复梦之，何也？"诩曰："禄马者，皆吉兆也。或禄或马，皈向于曹，何必疑焉？"操因此不疑后来司马懿、司马师、司马昭三人吞曹，应于此梦也。静轩诗叹曰：

三马同槽事可疑，不知已植晋根基。

曹瞒空有奸雄略，岂识朝中司马师？

操是夜觉昏晕，起伏于几上，忽闻殿中声如裂帛。操惊视之，见皇后伏氏、皇太子二人、国舅董承等数十人浑身血污，立于阴云之中，隐隐闻索命之声。操急掣倚天宝剑，望空击之，忽然一声响喨，将殿宇振塌西南一角。左右急救操出，别殿养病。次夜，但闻殿外哭声不绝。操唤群臣曰："吾在戈马之上行二十余年，未尝信怪事。今日如此，为何？"群臣曰："当命道士设醮，以禳祈祷。"操叹曰："圣人云，获罪于天，无所祷也！吾天命若尽，虽日费万金，安能救之？"遂不肯设醮。次日觉气上冲，目不睹物，操唤大将军夏侯惇入。惇至殿门，见伏皇后、董承等皆立于阴云之中。惇亦惊倒，遂扶出。惇从此得病。

操交唤前将军曹洪、侍中陈群、中大夫贾诩、主簿司马懿四人近卧榻前，嘱付后事。操曰："吾纵横天下三十有余年矣，群凶皆灭，止有江东孙权、西蜀刘备未曾收伏。吾今病势沉困，料已难逃，今以大事嘱汝四人。长子曹昂，刘氏所生，不幸早年没于宛城。今卞氏生四子，丕、彰、植、熊：吾平生甚爱第三子曹植，为其过于虚华，少于诚实，耽酒放旷，为此不立；吾次子曹彰勇而少谋，曹熊多病，惟长子曹丕笃厚恭谨，可任大事。汝等宜辅佐之，各怀忠义之心，以图悠久之计，勿少忘焉！”言讫长叹一声，泪如雨下而死，时年六十六岁，建安二十五年正月下旬也。

据《三国志·魏书·武帝纪》：（建安二十五年春正月）庚子，王崩于洛阳，年六十六。遗令曰：“天下尚未安定，未得遵古也。葬毕，皆除服。其将兵屯戍者，皆不得离屯部。有司各率乃职。敛以时服，无藏金玉珍宝。”

据《曹操集·文集·遗令》引《三国志·魏书·武帝纪》《宋书·礼志》《世说新语·言语》《太平御览》等书：吾夜半觉小不佳，至明日，饮粥汗出，服当归汤。吾在军中持法是也。至于小忿怒，大过失，不当效也。天下尚未安定，未得遵古也。吾有头病，自先著帻。吾死之后，持大服如存时，勿遗。百官当临殿中者，十五举音，葬毕便除服。其将兵屯戍者，皆不得离屯部，有司各率乃职。敛以时服，葬于邺之西冈上，与西门豹祠相近，无藏金玉珍宝。吾婢妾与伎人皆勤苦，使著铜雀台，善待之。于台堂上安六尺床，施穗帐，朝晡上脯糒之属。月旦、十五日，自朝至午，辄向帐中作伎乐。汝等时时登铜雀台，望吾西陵墓田。余香可分与诸夫人，不命祭。诸舍中无所为，可学作组履卖也。吾历官所得绶，皆著藏中。吾余衣裘，可别为一藏，不能者，兄弟可共分之。

据《三国志·魏书·武帝纪》：（建安二十三年夏）六月，令曰：“古之葬者，必居瘠薄之地。其规西门豹祠西原上为寿陵，因高为基，不封不树。周礼冢人掌公墓之地，凡诸侯居左右以前，卿大夫居后，汉制亦谓之陪陵。其公卿大臣列将有功者，宜陪寿陵，其广为兆域，使足相容。”

史官赠拟曹孟德平生行状云：

操为人善察，难眩以非，（道役）[识拔]奇才，不拘微贱，随能任使，皆获其用。与敌对阵，意思闲暇，如不欲战者；（又）[及]决机乘胜，气势盈溢。勋劳宜赏，不吝千金；无功（施）[望]施，分毫不与。用法峻急，有犯必戮，或对之流涕，终无所赦。雅（惟）[性]节俭，不好华（严）[丽]，故能芟刘群雄，削平海内。三十余年，手不释卷，昼则（书）讲武策，夜则思经传；登高必赋，对景必诗；深明音乐，善于骑射，曾在南坡一日射雉六十三头；及造宫室器械，无不曲尽其妙。是以遂成大业，开创洪基也！

据《资治通鉴》卷六十九：王知人善察，难眩以伪。识拔奇才，不拘微贱，随能任使，皆获其用。与敌对陈，意思安闲，如不欲战然；及至决机乘胜，气势盈溢。勋劳宜赏，不吝千金；无功望施，分豪不与。用法峻急，有犯必戮，或对之流涕，然终无所赦。雅性节俭，不好华丽。故能芟刘群雄，几平海内。

据《三国志·魏书·武帝纪》注引《魏书》：太祖自统御海内，芟夷群丑，其行军用师，大较依孙吴之法，而因事设奇，谲敌制胜，变化如神。自作兵书十万余言，诸将征伐，皆以新书从事。临事又手为节度，从令者克捷，违教者负败。与虏对陈，意思安闲，如不欲战；然及至决机乘胜，气势盈溢，故每战必克，军无幸胜。知人善察，难眩以伪，拔于禁、乐进于行陈之间，取张辽、徐晃于亡虏之内，皆佐命立功，列为名将；其余拔出细微，登为牧守者，不可胜数。是以创造大业，文武并施，御军三十余年，手不舍书，昼则讲武策，夜则思经传，登高必赋，及造新诗，被之管弦，皆成乐章。才力绝人，手射飞鸟，躬禽猛兽，尝于南皮一日射雉获六十三头。及造作宫室，缮治器械，无不为之法则，皆尽其意。雅性节俭，不好华丽，后宫衣不锦绣，侍御履不二采，帷帐屏风，坏则补纳，茵蓐取温，无有缘饰。攻城拔邑，得美丽之物，则悉以赐有功，勋劳宜赏，不吝千金，无功望施，分毫不与，四方献御，与群下共之。常以送终之制，袭称之数，繁而无益，俗又过之，故预自制终亡衣服，四箧而已。

又按晋平侯相陈寿史传评曹孟德云：

汉末天下大乱，雄豪并起，而袁绍据四州，疆威莫敌。太（宗）[祖]运策演谋，鞭挞宇内，掔（中）[申、]商（人）[之]法术，该韩、白之奇策。官方受才，各因其器，矫情任筭，不念旧恶。终能总御皇机，（允）[克]成洪业者，惟其明略最优也。真可谓非常之人，（起）[超]世之（伤）[杰]矣！

按：此评录自《三国志·魏书·武帝纪》。

后来史官赞[美]魏王曹孟德（美）云：

（惟）[雄]哉魏武祖！天下扫狼烟。
动静皆存智，高低善用贤。
长驱百万众，亲莅十三篇。
豪杰同时起，谁人敢（赠）[着]鞭？

史官赠拟曹孟德平生行军云：

汉末挺生曹孟德，胸盘星斗气凌云。
运谋召纳数员将，才德微悭万乘君。
虽秉权衡欺弱主，尚存礼义效周文。
当时若使曹公在，未必山河几处分。

后来唐太宗曾祭魏武祖云：

一将之智有余，万乘之才不足。

又有前贤贬削曹孟德云：

杀人虚堕泪，对客强追欢。
鸩酒时时饮，兵书夜夜观。
秉圭升玉辇，歛剑上金銮。
历代奸雄者，谁如曹阿瞒？

又有宋邺郡太守晁尧臣登铜雀台故台，有感赋诗云：

堪笑当年曹孟德，欺君罔上弃多才。
（錠）[锟]铻直上金銮殿，蔓草空遗铜雀台。
邺土应难遮丑恶，漳河常是助悲哀。
临风慷慨还嗟叹，向日奸雄安在哉？

曹操身亡，百官发丧，一面呈报魏太子曹丕，一面报（邺）[鄢]陵侯曹彰、临菑侯曹植、萧怀侯曹熊，一面具金棺银椁，星夜举灵榇赴邺郡。

据《资治通鉴》卷六十九：是时太子在邺，军中骚动。群僚欲秘不发丧，谏议大夫贾逵以为事不可秘，乃发丧。……青州兵擅击鼓相引去，众人以为宜禁止之，不从者讨之。贾逵曰："不可。"为作长檄，令所在给其禀食。（参见《三国志·魏书·贾逵传》注引《魏略》）

时曹丕在邺，闻父已亡，率大小官僚出三十里，伏道迎榇入城，停于偏殿，挂孝痛哭，百官哀声震地。忽一人挺身出曰：“请太子息哀，百官暂止，何不商议大事？”众视之，[乃] 司马师之弟司马孚，见为太子中庶子，当时厉声曰：“君王晏驾，天下震动，当早拜嗣君，以镇万国，何哭泣耶！”群臣曰：“太子理宜登王位，但未得天子诏命，未敢造次行耳。”忽班部中一人出，[乃] 广陵东阳人也，姓陈名矫，字秀卿，见为兵部尚书。矫曰：“王上已殂，爱子在侧，彼此生变，则社稷危矣！何必直待诏命？便宜登崇王位，以安众心。”即时掣剑在手曰：“敢有乱言者，割袍袖为例！”百官拥太子 [至] 前殿，欲立王位，忽报华歆自许昌飞马而至。众皆大惊，比至问之，歆曰：“魏王晏驾，天下震动。汝等久食君禄，何不早立太子？”众应曰：“正欲立之。”华歆曰：“吾星夜到许昌，问汉帝索诏命在此了也。”众皆踊跃称庆。歆取诏命，令百官跪听开读：

制曰：魏太子丕，昔皇天授命乃显考以翼我皇家，攘除奸凶，抚定九州，弘功茂绩，光于宇宙！朕闻垂拱负扆二十有余年矣，不（速道）[敕遗] 一老，永保予一人，早世捐馆，伤悼哀切！丕奕世宣明，宜秉文武，绍熙前绪。今按御史大夫华歆奏策，诏授丕丞相印绶，领冀州牧。方今外有遗虏，遐迩未宾，鼙鼓震动边境，干戈遍于四方，斯乃播扬洪烈、立功垂名之秋也，岂得循谅阴之礼，（曾究关）[究曾、闵] 之 [志] 哉？其欣伏朕命，抑尔忧怀，旁祗耿绪，时亮庶功，以称朕意，可不勉欤！

建安二十五年二月　日诏。

此是华歆自命之言，以绝天下之议论，非献帝之本意也。

此时华歆谄事于魏，故草此诏，（成）[威] 逼献帝降之。帝惧其势，只得听从，故即时册曹丕为魏王、丞相、冀州牧。百官并无敢言其非者。即日登位，受大小官僚拜舞起居。

据《资治通鉴》卷六十九：凶问至邺，太子号哭不已。中庶子司马孚谏曰：“君王晏驾，天下恃殿下为命。当上为宗庙，下为万国，奈何效匹夫孝也！”太子良久乃止，曰：“卿言是也。”时群臣初闻王薨，相聚哭，无复行列。孚厉声于朝曰：“今君王违世，天下震动，当早拜嗣君，以镇万国，而但哭邪！”乃罢群臣，备禁卫，治丧事。孚，懿之弟也。群臣以为太子即位，当须诏命。尚书陈矫曰：“王薨于外，天下惶惧。太子宜割哀即位，以系远近之望。且又爱子在侧，彼此生变，则社稷危也。”即具官备礼，一日皆办。明旦，以王后令，策太子即王位，大赦。汉帝寻遣御史大夫华歆奉策诏，授太子丞相印、绶，魏王玺、绶，领冀州牧。于是尊王后曰王太后。改元延康。（参见《三国志·魏书·陈矫传》《文帝纪》,《三国志·吴书·吴主传》）

据《三国志·魏书·文帝纪》注引袁宏《汉纪》载汉帝诏：“魏太子丕：昔皇天授乃显考以翼我皇家，遂攘除群凶，拓定九州，弘功茂绩，光于宇宙，朕用垂拱负扆二十有余载。天不憖遗一老，永保余一人，早世潜神，哀悼伤切。丕奕世宣明，宜秉文武，绍熙前绪。今使使持节、御史大夫华歆奉策诏授丕丞相印、绶，魏王玺、绂，领冀州牧。方今外有遗虏，遐夷未宾，旗鼓犹在边境，干戈不得韬刃，斯乃播扬洪烈，立功垂名之秋也。岂得修谅暗之礼，究曾、闵之志哉？其敬服朕命，抑弭忧怀，旁祗厥绪，时亮庶功，以称朕意。於戏，可不勉与！”

正作宴庆贺，忽报鄢陵侯曹彰自长安引十万大兵来到。曹丕大惊曰：“吾黄须小弟平生性刚，深通武艺。今持兵径来，必与吾争王位也，（始）[如] 之奈何？”忽阶下一人应声出曰：“臣素知鄢陵侯之所行，当以片言折之！”众皆称曰：“非大夫莫解此祸！”其人是谁？

［第一百五十七段］ 曹子建七步成文

众看其人，乃河东襄陵人氏，姓贾名逵，字梁道，见为谏议大夫。逵乃趋步而出，远迎曹彰于城门之下。彰勒马便问逵曰："先王玺绶安在？"逵正色而言曰："家有长子，国有储君。先王玺绶，非君侯所宜问也！"彰默然，

据《资治通鉴》卷六十九：鄢陵侯彰从长安来赴，问逵先王玺绶所在，逵正色曰："国有储副，先王玺绶非君侯所宜问也。"（参见《三国志·魏书·贾逵传》）

同至宫门。贾逵曰："君侯此来，欲奔丧耶，欲争夺王位耶？欲为忠孝之人耶，欲为大逆之人耶？"彰曰："吾特来奔丧，别无异心。"逵曰："既欲为正，何故兴兵至此，令兄相疑也？"彰即时叱退兵士，随逵入拜曹丕，弟兄抱而哭罢叙礼，方始（承）［成］服，便将本部马军尽数交割还（不）［丕］自掌。丕令曹彰还就本国歇马，令鄢陵自守也。彰已辞去，后黄初二年进爵为公，三年立为任成王，四年朝京都后于（议事）［驿逝］。

据《三国志·魏书·任城威王彰传》：太祖至洛阳，得疾，驿召彰，未至，太祖崩。文帝即王位，彰与诸侯就国。（参见《资治通鉴》卷六十九）

据《三国志·魏书·任城威王彰传》注引《魏氏春秋》：初，彰问玺绶，将有异志，故来朝不即得见。彰忿怒暴薨。

据《世说新语·尤悔》：魏文帝忌弟任城王骁壮。因在卞太后阁共围棋，并啖枣，文帝以毒置诸枣蒂中。自选可食者而进，王弗悟，遂杂进之。既中毒，太后索水救之。帝预敕左右毁瓶罐，太后徒跣趋井，无以汲。须臾，遂卒。

却说曹丕传旨，改建安二十五年为延康元年，加封贾诩为太尉，华歆为相国，王朗为御史大夫，其余文武官僚尽皆升用；

据《资治通鉴》卷六十九：改元延康。二月……壬戌，以太中大夫贾诩为太尉，御史大夫华歆为相国，大理王朗为御史大夫。（参见《三国志·魏书·文帝纪》）

葬魏王于高陵，谥号武王。

据《三国志·魏书·武帝纪》：谥曰武王。（建安二十五年春）二月丁卯，葬高陵。

华歆曰："曹彰交付兵权，已就本国去了。临菑侯曹植、萧怀侯曹熊二人坐视不来奔丧，理宜问罪。"曹丕降旨，差二使命往二处问罪。不一日，曹熊使先回报，称熊惧罪，自缢而死。丕令厚葬，后谥号萧怀王。

据《三国志·魏书·萧怀王熊传》：萧怀王熊，早薨。黄初二年追封谥萧怀公。太和三年，又追封爵为王。

按：据此条史料，曹熊早死，非被逼自尽。

次日，临菑侯使回告："临菑侯自闻魏王晏驾，终日与丁仪、丁廙酣饮（酒），［并］不举哀。某传王旨，端坐不动。丁仪怒曰：'且休！昔先王在日，欲吾主公为太子，为谗臣贼

党所蔽。今父丧未及旬日，便问罪于骨肉，此何理也！'丁廙曰：'据吾主聪明冠世，下笔成章，自然有王者之大体，今（近）[反]不得其位。汝庙堂之臣皆肉眼愚眉，不识圣贤，与禽兽何别！'临菑侯叱令左右[将臣]乱棒打出。"曹丕闻而大怒，便唤徐晃提虎卫三千，火速擒来。

当时徐晃即引三千虎卫精兵，飞奔临菑而去。比及到郡，先遇守关将，尽皆斩之。入到城中，口传王旨，谁敢当其锋？径来到府前，曹子建与丁仪、丁廙尽皆醉倒，报者皆不得见。于是徐晃尽缚之，

按：《演义》称曹植打跑曹丕的使者，曹丕派徐晃擒拿曹植，均不见于史。

丁仪、丁廙载以槛车，仍将临菑侯府下尽皆诛之。

据《资治通鉴》卷六十九：（黄初元年，）王贬植为安乡侯，诛右刺奸掾沛国丁仪及弟黄门侍郎廙并其男口，皆植之党也。（参见《三国志·魏书·陈思王植传》及注引《魏略》）

丁仪字正礼，丁廙字敬礼，乃嫡亲兄弟，沛郡人也。二人亦当世文人之士也。

据《三国志·魏书·陈思王植传》注引《魏略》：丁仪字正礼，沛郡人也。……廙字敬礼，仪之弟也。

其母卞氏（所）[听]知王擒曹植未到，已将其心腹之人尽行诛之，荒（诛）[请]丕入后宫。卞氏哭曰："汝弟子建平生好酒，醉后疏狂，为胸中有才，故放肆也。汝可念同胞共乳而怜之，则吾死亦瞑目！"丕曰："吾亦深爱其才，安肯造次废之？此回但抑其性也，母亲勿忧！"卞氏哭谢。

曹丕出偏殿，华歆曰："适来莫非太后劝勿废子建乎？"丕曰："然，同母弟也。"歆曰："子建怀才抱艺，终非池中之物。今若不除，必为后患！"丕曰："吾已许安矣。"歆曰："人皆言子建举步成章，臣未深信。陛下可召入，以才试之：若不能，即杀之；如果有奇才，贬之，以绝天下文人之口。"

按：《演义》称华歆献计逼迫曹植，不见于史。

丕从其言，召子建入。子建惶恐，再拜请罪。丕曰："汝仗才能，辄敢无礼！以家法则兄弟，论国法乃君臣耳。先君在日，汝常以文章自售，疑汝他人代笔。今吾令汝七步之内当成一诗：如果能之，免汝一死；若无此才，（一）[二]罪俱罚！"子建曰："愿乞题目。"时殿上挂一水墨画，画着两头牛伴斗，其一坠井而死。丕曰："吾指此画为题，出十个字，诗内并不要犯着题目字。题曰：'二牛斗墙下，一牛坠井死。'"子建乃行七步，其诗已成：

两肉齐道行，头上戴横骨。
相遇凶山下，欻起相唐突。
二（敷）[敌]不俱刚，一肉卧土窟。
非是力不（加）[如]，盛气不得直！

曹丕及群臣皆大惊。丕曰："七步尤迟。汝可应声作一小诗，指吾与汝乃弟兄，其意若何？"子建应口占二十字句云：

煮豆燃豆萁，豆在釜中泣。
本是同根生，相煎何太急！

曹丕闻言，不觉泪下。

据《太平广记》卷一百七十三《俊辩一》“曹植”条：魏文帝尝与陈思王植同辇出游，逢见两牛在墙间斗，一牛不如，坠井而死。诏令赋死牛诗，不得道是牛，亦不得云是井，不得言其斗，不得言其死，走马百步，令成四十言，步尽不成，加斩刑。子建策马而驰，既揽笔赋曰：“两肉齐道行，头上戴横骨。行至凶土头，峍起相唐突。二敌不俱刚，一肉卧土窟。非是力不如，盛意不得泄。”赋成，步犹未竟，重作三十言自愍诗云：“煮豆持作羹，漉豉取作汁。萁在釜下然，豆向釜中泣。本自同根生，相煎何太急？”出《世说》

据《世说新语·文学》：文帝尝令东阿王七步作诗，不成者行大法。应声便为诗曰：“煮豆持作羹，漉菽以为汁。萁在釜下然，豆在釜中泣。本是同根生，相煎何太急？”帝深有惭色。

其母后殿出曰：“兄何逼弟之甚也？”丕离席而对曰：“国法不敢废也。然（此）[则]孤于天下无所不容，何况骨肉之情乎？”于是贬子建为安乡侯，

据《三国志·魏书·陈思王植传》：植与诸侯并就国。黄初二年，监国谒者灌均希指，奏“植醉酒悖慢，劫胁使者”。有司请治罪，帝以太后故，贬爵安乡侯。（参见《资治通鉴》卷六十九）

斩（一）[二]丁弟兄于市曹。后人有诗叹子建之才云：

论地谈天口若开，喷珠噀玉（洗）[绝]尘埃。
须知子建文章盛，万古传扬七步才。

又言子建七步成章，以免其祸：

五车书传藏心腹，七步才能动鬼神。
不是当时能对答，殿前骨肉化为尘。

曹丕自登魏王之位，法令一新，威逼汉帝，甚于其父。

却说人至成都报知汉中王，言“曹操已死，曹丕已即王位。东吴孙权拱手称臣。[曹丕]威逼汉帝，过于其父。”汉中王大惊，尽会文武，商议要伐吴，与云长报仇。廖化伏地而哭曰：“（昨）[断]送了关公父子，实乃刘封、孟达之罪，乞先问之！”汉中王曰：“吾已忘了。”便差人去唤刘封、孟达前来究治。

据《三国志·蜀书·刘封传》：自关羽围樊城、襄阳，连呼封、达，令发兵自助。封、达辞以山郡初附，未可动摇，不承羽命。会羽覆败，先主恨之。

据《三国志·蜀书·廖化传》：廖化字元俭，本名淳，襄阳人也。为前将军关羽主簿，羽败，属吴。思归先主，乃诈死，时人谓为信然，因携持老母昼夜西行。会先主东征，遇于秭归。先主大悦，以化为宜都太守。

按：《演义》称廖化参劾刘封和孟达，与史不合。据史书，廖化是关羽主簿，关羽死后，廖化被迫降吴。夷陵之战前，他还滞留在荆州，故不可能到成都参劾刘封和孟达。

孔明曰：“不可，急则生变！先当除二人为（两）郡[守]，然后擒之。”汉中王从其言，遣人除刘封回守绵竹。

按：《演义》称，诸葛亮建议将刘封、孟达二人调开，刘备将刘封从上庸调往绵竹，均不见于史。又，诸葛亮说“除二人为郡守”，“除”字不当，因前文第一百五十二则已

述及“汉中王加封副将军”（副将军，据史书，应作“副军将军”），可知刘封地位已高于郡守；孟达已为郡守。

使未及行，有彭羕素与孟达甚厚，便回家作书，遣心腹人报知孟达。其人出成都南门，被马超军士捉见超。超问［之］，尽得其情，径来见彭羕，［羕］以酒待之。酒酣，超以言挑之曰：“超见汉中王待公甚厚，近日何薄耶？”羕乘酒指而骂曰：“［老］革荒悖，岂足道耶！”［老］革者，老兵也。超乃深知，又曰：“超亦怒久矣。”羕曰：“将军引军结连孟达为外应，羕引川民为内应，天下不足定也？”超曰：“先生之言者甚当，来日再议。”即时辞别，将书并人来见汉中王，细陈其事。汉中王大怒，即时便收彭羕下狱勘问，一款招成。羕在狱中悔之无及，作一书，令人送达诸葛孔明，祈哀请命。孔明观其书云：

（今）仆（者）［昔］有事于诸侯，以为曹操暴虐，孙权无道，振扶（阖）［暗］弱，其惟主公有王霸之器，可与兴业者之治，故乃翻然有轻（之）故（举）［主］之意。会公西来，仆（回）［因］法孝直自（衔）［衒］鬻，庞统斟酌其词，遂得请公于葭萌，指掌而谈论治世之务，（请）［讲］霸王之义，建取益州之策；公亦相虑明定，即然赞举事焉。仆于故州不免凡庸，忧于罪罔，得（尊）［遭］风（之微久）［云激矢］之中，求君德君，志行名显，从布衣之中擢为国士，盗窃茂才，（公）［分］子之厚，谁复过此？羕一时狂悖，自求葅醢，为不忠不孝之鬼乎？先民有言，左手据天下之图，右手刎咽喉（之吮），愚夫不为也，况仆颇别菽麦者哉？所以有怨望意者，不自度量，苟以为首兴事业，而有鲜薄之论，不解主公之意，［意］卒感激，颇以被酒（色），（况）［侻］失“老”语，此仆之下愚薄虑所致！主公实未老也，且夫立业，（宣）［岂］在长少？西伯九十，宁有衰志？负我慈父，罪有百死！（知）［至］于“内外”之言，欲使孟（达）［起］立功（此）［北］州，效力主公，共讨曹操耳，宁有他意耶？孟（达）［起］谈之是也，但不分别其间，（庸）［痛］人心耳！昔每与庞统共相誓约，庶（记）［托］足下（发纵）［末踪］，尽心于主公之殊遇，期与古人载勋竹帛。统不幸而死，仆败以取祸，自我惰之，将复谁怨？足下当世伊、吕也，宜善于主公计，济其大猷，天地鉴察，神祇有灵，复何言哉？实使足下明仆本心耳。当努力自爱！彭羕顿首。

汉中王问彭羕之事，孔明以书告之。汉中王问“此人如何？”孔明曰：“狂士也，久必生祸。”汉中王命于狱内诛之。

据《三国志·蜀书·彭羕传》：先主领益州牧，拔羕为治中从事。羕起徒步，一朝处州人之上，形色嚣然，自矜得遇滋甚。诸葛亮虽外接待羕，而内不能善。屡密言先主，羕心大志广，难可保安。先主既敬信亮，加察羕行事，意以稍疏，左迁羕为江阳太守。羕闻当远出，私情不悦，往诣马超。超问羕曰：“卿才具秀拔，主公相待至重，谓卿当与孔明、孝直诸人齐足并驱，宁当外授小郡，失人本望乎？”羕曰：“老革荒悖，可复道邪！”又谓超曰：“卿为其外，我为其内，天下不足定也。”超羁旅归国，常怀危惧，闻羕言大惊，默然不答。羕退，具表羕辞，于是收羕付有司。羕于狱中与诸葛亮书曰：“仆昔有事于诸侯，以为曹操暴虐，孙权无道，振威暗弱，其惟主公有霸王之器，可与兴业致治，故乃翻然有轻举之志。会公来西，仆因法孝直自炫鬻，庞统斟酌其间，遂得诣公于葭萌，指掌而谭，论治世之务，讲霸王之义，建取益州之策，公亦宿虑明定，即相然赞，遂举事焉。仆于故州不免凡庸，忧于罪罔，得遭风云激矢之中，求君得君，志行名显，从布衣之中擢为国士，盗窃茂才。分子之厚，谁复过此。羕一朝狂悖，自求菹醢，为不忠不义之鬼乎！先民有言，左手据天下之图，右手刎咽喉，愚夫不为也。况仆颇别菽麦者哉！所以有怨望意者，不自度量，苟以为首兴事业，而有投江阳之论，不解主公之意，意卒感激，颇以被酒，侻失'老'语。此仆之下愚薄虑所致，主公实未老也。且夫立业，岂在老少，西伯九十，宁有衰志，负我慈父，罪有百死。至于内外之言，欲使孟起立功北州，戮力主公，共讨曹操耳，宁敢有他志邪？孟起说之是也，但不分别其间，痛人心耳。昔每与庞统共相誓约，庶托足下末踪，尽心于主公之业，追名古人，载勋竹帛。统不幸而死，仆败以取祸。自我堕之，将复谁怨！足下，当世伊、吕也，宜善与主公计事，济其大猷。天明地察，神祇有灵，复何言哉！贵使足下明仆本心耳。行矣努力，自爱，自爱！"羕竟诛死，时年三十七。

彭羕死后，已有奸细报知孟达。达大惊，商议不定。次早使命至，调刘封回绵竹。达荒与上庸都尉申耽、申仪弟兄二人商议。申耽曰："吾有一计，使汉中王（便）不能加害于公也。"孟达（未）[求]脱身之计。还是如何？

[第一百五十八段]　汉中王怒杀刘封

申耽曰："吾弟兄亦欲投魏久矣。公何不作一表，辞汉中王，去投魏王曹丕，必得重用！续后吾弟兄二人亦归降矣。"孟达如醉方醒，即时密写表一道，付与来使；当晚带随行五六十骑，投魏去了。

据《三国志·蜀书·刘封传》：封与达忿争不和，封寻夺达鼓吹。达既惧罪，又忿恚封，遂表辞先主，率所领降魏。（参见《资治通鉴》卷六十九）

刘封追之不及，自守上庸。

使者带表回成都见汉中王，奏言孟达带亲随投魏去了。汉中王大惊，览其表云：

臣伏惟陛下将建伊、吕之业，追桓、文之功，大事草创，假势吴、楚，是以有为之士深慕归趍。臣自承恩以来，（堕泪）[愆戾]山积，臣犹（在）[自]知，况为君乎？今王朝以为兴复，臣内无辅佐之（意）[器]，外无将领之才，列次功臣，诚自愧也！臣闻范蠡识微，游于五湖，吴起谢罪，逡巡于河上，见机而作，请命乞身，何则？欲洁去就之分也。况臣（早图）[卑鄙]，无元臣功勋目击于时，窃慕前贤，早思远害。昔申生至孝，见疑于亲；子胥至忠，见诛于君；蒙恬拓境，而被大刑；乐毅破齐，而遭谗佞。臣每读其书，未常不慷慨流涕；其亲当厄事，益有伤[绝]，何者？荆州覆败，大臣失节，百无一还。惟臣寻事，自致（陵房）[房陵]、上庸，而复乞身，自放于外。伏想陛下圣恩感（吾）[悟]，[愍]臣（民）之心，悼臣之举。臣诚小人，不能始终为之，敢谓非罪。臣每（问）[闻]"（文德）[交绝]无恶声，去臣无怨词"，过奉教于君子，愿君王（克）[勉]之。臣不胜惶惧战栗之至！

据《三国志·蜀书·刘封传》注引《魏略》载达辞先主表："伏惟殿下将建伊、吕之业，追桓、文之功，大事草创，假势吴、楚，是以有为之士深睹归趣。臣委质已来，愆戾山积，臣犹自知，况于君乎！今王朝以兴，英俊鳞集，臣内无辅佐之器，外无将领之才，列次功臣，诚自愧也。臣闻范蠡识微，浮于五湖；咎犯谢罪，逡巡于河上。夫际会之间，请命乞身。何则？欲洁去就之分也。况臣卑鄙，无元功巨勋，自系于时，窃慕前贤，早思远耻。昔申生至孝见疑于亲，子胥至忠见诛于君，蒙恬拓境而被大刑，乐毅破齐而遭谗佞，臣每读其书，未尝不慷慨流涕，而亲当其事，益以伤绝。何者？荆州覆败，大臣失节，百无一还。惟臣寻事，自致房陵、上庸，而复乞身，自放于外。伏想殿下圣恩感悟，愍臣之心，悼臣之举。臣诚小人，不能始终，知而为之，敢谓非罪！臣每闻交绝无恶声，去臣无怨辞，臣过奉教于君子，愿君王勉之也。"

汉中王览毕大怒曰："匹夫背我而去，敢以文辞［戏］我！"便令孔明起兵，擒此背国之贼。孔明曰："未可！但就令刘封进兵，令二虎相并，然后待刘封成功或败绩，必归成都，就而除之，可绝两害。"汉中王便遣使到上庸，令刘封以讨不义。

却说孟达来投魏，曹丕曰："汝此来莫非诈乎？"达曰："臣为不救关公，汉中王要杀臣，因此归降，并无异心！"曹丕未肯深信。忽报刘封引五万军来取襄阳，单搦孟达厮杀。曹丕曰："汝既真心，可便去襄阳取刘封首级前来，孤方准信。"达曰："臣以利害说之，不必动兵，刘封亦自来降。"丕大喜，加达为建威将军，便令与守襄阳夏侯尚、徐晃一同取上庸诸郡。

据《资治通鉴》卷六十九：蜀将军孟达屯上庸，与副军中郎将刘封不协；封侵陵之，达率部曲四千余家来降。达有容止才观，王甚器爱之，引与同辇，以达为散骑常侍、建武将军，封平阳亭侯。合房陵、上庸、西城三郡为新城，以达领新城太守，委以西南之任。行军长史刘晔曰："达有苟得之心，而恃才好术，必不能感恩怀义。新城与孙刘接连，若有变态，为国生患。"王不听。（参见《三国志·魏书·刘晔传》及注引《傅子》，《三国志·魏书·明帝纪》注引《魏略》，《三国志·蜀书·刘封传》）

孟达到襄阳见了二将，听知刘封离城五十里下寨。达修书一封，选一能言快话之人，前到刘封寨下书。［封］览云：

达致书于副将军麾下：伏闻古人有言"疏不间亲，新不比旧"，此谓上明下直，谗慝不行也。若乃权君谲圣，贤父慈亲，犹［有］忠臣蹈功以（惟）［罹］祸，孝子抱仁以陷难，种、商、白起，孝已、（估誉）［伯奇］，皆其类也。其所以然，非骨肉好离，亲亲乐患也。或有恩移爱易，亦有谗间其中，虽忠臣不能移之于君，（子孝）［孝子］不能变之于父者也，势利所加，改亲为仇，况非亲亲乎？故申生、卫（彻）［伋］、御寇、楚建（平）［禀］受刑之气，当嗣君之正，而犹如此！今足下与汉中王，道路之人耳，亲非骨肉而据势权，义非君臣而处上位，征则有偏任之威，居则有（何）［副］军之号，远近所闻也。自立阿斗为太子以来，有识之人相为寒心！如晋申生从子（与）［舆］之言，必［为］太伯；卫（及）［伋］听弟之谋，无彰父之讥也。且小白出奔，入［而］为霸；重耳逾垣，［卒］以克复：自古有之，非独今也。夫富贵之道，必履危机。仆（据）［揆］汉中王虑定于（外）［内］，疑生于（内）［外］矣。虑定则心［固，疑生则心］惧。乱祸之兴作，未必不由公私之间也。私怨人情不能［不］见，恐左右必有以闻于汉中王矣。然则疑成怨（问）［闻］，发若践机耳！今足下在边，（上）［尚］可假（心）［息］一时；若大军遂进，足下失据而还，窃相为危之！昔微子去殷，智果别族，（速离）［违难］背祸，（有）［犹］皆如斯。今足下弃父母而为人后，非礼也；知祸将至而留之，非知也；见正不从而疑之，非义也。自号为丈夫，非此（二）［三］者，何所贵乎？以足下才能，弃身来东，继嗣罗侯，不为背亲也；（地）［北］面事君，以正纲纪，不为弃旧也；庶不致乱，以免危亡，不为徒行也。（如汉）［加魏］王亲［受］禅命，虚心侧席，以德怀远。若足下翻然内向，非但与仆为（论）［伦］，受三百户封，继统（列）［罗］国而以，当更剖符大（帅）［邦］，为始封之君。（则汉）［陛下］大军（今古）［金鼓］以振，当转都宛、邓；若二敌不平，军无（远虑）［还期］。足下（不）宜因此时早定良计。《易》有“利见大人”，《诗》（家）［有］“自求多福”，行矣。今足下免之，无使孤独，闭门不出，宜早决之！达再拜。

刘封看罢大怒曰：“此贼误吾叔之礼义，今又来间吾父子之亲情，欲使我为不忠不孝之人也！”遂扯碎其书，斩讫来使，

据《三国志·蜀书·刘封传》：遣征南将军夏侯尚、右将军徐晃与达共袭封。达与封书曰：“古人有言：‘疏不间亲，新不加旧。’此谓上明下直，谗慝不行也。若乃权君谲主，贤父慈亲，犹有忠臣蹈功以罹祸，孝子抱仁以陷难，种、商、白起、孝己、伯奇，皆其类也。其所以然，非骨肉好离，亲亲乐患也。或有恩移爱易，亦有谗间其间，虽忠臣不能移之于君，孝子不能变之于父者也。势利所加，改亲为仇，况非亲亲乎！故申生、卫伋、御寇、楚建禀受形之气，当嗣立之正，而犹如此。今足下与汉中王，道路之人耳，亲非骨血而据势权，义非君臣而处上位，征则有偏任之威，居则有副军之号，远近所闻也。自立阿斗为太子已来，有识之人相为寒心。如使申生从子舆之言，必为太伯；卫伋听其弟之谋，无彰父之讥也。且小白出奔，入而为霸；重耳逾垣，卒以克复。自古有之，非独今也。夫智贵免祸，明尚夙达，仆揆汉中王虑定于内，疑生于外矣；虑定则心固，疑生则心惧，乱祸之兴作，未曾不由废立之间也。私怨人情，不能不见，恐左右必有以间于汉中王矣。然则疑成怨闻，其发若践机耳。今足下在远，尚可假息一时；若大军遂进，足下失据而还，窃相为危之。昔微子去殷，智果别族，违难背祸，犹皆如斯。今足下弃父母而为人后，非礼也；知祸将至而留之，非智也；见正不从而疑之，非义也。自号为丈夫，为此三者，何所贵乎？以足下之才，弃身来东，继嗣罗侯，不为背亲也；北面事君，以正纲纪，不为弃旧也；怒不致乱，以免危亡，不为徒行也。加陛下新受禅命，虚心侧席，以德怀远，若足下翻然内向，非但与仆为伦，受三百户封，继统罗国而已，当更剖符大邦，为始封之君。陛下大军，金鼓以震，当转都宛、邓；若二敌不平，军无还期。足下宜因此时早定良计。《易》有‘利见大人’，《诗》有‘自求多福’，行矣。今足下勉之，无使狐突闭门不出。”封不从达言。

次日引军前进。

孟达知碎书斩使，亦引军来，两阵对圆。刘封、孟达皆出马于阵前。刘封大骂孟达“反贼！争雪吾恨？敢使间（谍）［谋］计！”孟达曰：“汝死已临头，尚自愚迷不省，禽兽何别！”刘封大怒，拍马舞刀，直取孟达。二将战不多合，孟达败走。刘封引军赶去，走不二十里，两势下伏兵尽起，左边领军［是］征南将军徐晃，右边是右将军夏侯尚，孟达军回，三路夹攻。刘封火速连夜奔走回上庸时，魏兵不分星夜，随后赶来。刘封回到上庸城下时，军马三停去二，荒叫开门。城上箭如雨下，申耽在敌楼上大叫：“吾已先使人降了魏王也！”刘封大怒，欲要攻城，背后夏侯尚、孟达两路军到。刘封停扎不住，引了军走到房陵，只见城上尽插旗号。刘封看时，只见申仪在城上把旗一招，城背后一彪军出，（其）［旗］上大书“左将军徐晃”。刘封抵敌不住，荒望西川而走，徐晃追杀。

刘封止存百余人到成都，入内见汉中王，哭拜于地。玄德大怒曰：“辱子有何颜见吾

耶！”封告曰：“叔父之难，非封不救，乃孟达阻之也！”玄德转怒曰：“汝须食人之食，穿人之衣，非土木之物，安可（令）[为]谗人所使！”封曰：“一时被孟达以利害说之，致获大罪！”玄德犹未决。忽孔明入，玄德问曰：“辱子如此，何法处之？”孔明于玄德耳边曰：“此子极其刚强，今不除之，后必为子孙之祸殃耳！”玄德随喝武士推出斩之。及（随问）[问随]封（近耳）[将士]，已将孟达之言一一告讫，就将出扯碎孟达书呈上。玄德览之，急回心[曰]：“吾儿虽然刚强，忠义之心凛然可爱！”便呼留人时，已自斩讫，献首级于前。玄德抱其头而哭曰：“吾一时之造次，废股肱矣！”孔明曰：“若欲嗣子久远之计，杀之何足惜哉？作业者何生儿女（子）[之]情也？”玄德曰：“纵使他日杀吾之子孙，吾亦不忍今日废忠义之人也！”众官闻之，无不下泪。武士言：“刘封临死，但言悔不听孟达之言，致有今日之苦。”玄德曰：“吾儿于九泉之下必痛恨于吾也！”遂命厚葬之。

据《三国志·蜀书·刘封传》：申仪叛封，封破走还成都。……封既至，先主责封之侵陵达，又不救羽。诸葛亮虑封刚猛，易世之后终难制御，劝先主因此除之。于是赐封死，使自裁。封叹曰：“恨不用孟子度之言！”先主为之流涕。达本字子敬，避先主叔父敬，改之。

据《资治通鉴》卷六十九：遣征南将军夏侯尚、右将军徐晃与达共袭刘封。上庸太守申耽叛封来降，封破，走还成都。初，封本罗侯寇氏之子，汉中王初至荆州，以未有继嗣，养之为子。诸葛亮虑封刚猛，易世之后，终难制御，劝汉中王因此际除之；遂赐封死。

一者烦恼关公，二者为忆刘封，玄德染病。

却说（媿）[魏]王曹丕（同）[回]宫，遂乃引甲兵三十万，南征至沛国谯县，大向六军。乡中父老望尘遮道，捧觞进酒，效汉高祖还沛之意。

据《三国志·魏书·文帝纪》：（延康元年秋七月）甲午，军次于谯，大飨六军及谯父老百姓于邑东。

据《三国志·魏书·文帝纪》注引《魏书》：设伎乐百戏，令曰：“先王皆乐其所生，礼不忘其本。谯，霸王之邦，真人本出，其复谯租税二年。”三老吏民上寿，日夕而罢。丙申，亲祠谯陵。

七月间，大将军夏侯惇病危，遂引军还邺，惇已死。曹丕亲自挂孝，殡送于东门之外，厚礼葬焉。

据《三国志·魏书·夏侯惇传》：文帝即王位，拜惇大将军，数月薨。（参见《三国志·魏书·文帝纪》）

据《三国志·魏书·文帝纪》注引《魏书》：王素服幸邺东城门发哀。

八月，报称石邑县凤凰来临，

据《三国志·魏书·文帝纪》：（延康元年秋）八月，石邑县言凤皇集。

旧城麒麟出，黄龙见于勒城。（媿）[魏]王（有）[百]官商议：“今天垂景象，（媿）[魏]当代汉。可安排受禅之礼，令汉天子将天下让与（媿）[魏]王。”时有侍中南阳安平人刘廙字恭嗣，

据《三国志·魏书·刘廙传》：刘廙字恭嗣，南阳安众人也。……文帝即王位，为

侍中，赐爵关内侯。

侍中（颖）[颍]川阳翟人辛毗字左治，

据《三国志·魏书·辛毗传》：辛毗字佐治，颍川阳翟人也。……文帝践阼，迁侍中，赐爵关内侯。

侍中淮南人刘晔字子阳，

据《三国志·魏书·刘晔传》：刘晔字子扬，淮南成德人，……黄初元年，以晔为侍中，赐爵关内侯。

尚书令长沙临襄人桓楷字伯绪，

据《三国志·魏书·桓阶传》：桓阶字伯绪，长沙临湘人也。……文帝践阼，迁尚书令，封高乡亭侯，加侍中。

尚书令广陵东阳人陈娇字秀弼，

据《三国志·魏书··陈矫传》：陈矫字季弼，广陵东阳人也。……帝既践阼，转署吏部，封高陵亭侯，迁尚书令。

尚书令（颖）[颍]川许昌人陈震字长文，

据《三国志·魏书·陈群传》：陈群字长文，颍川许昌人也。……及践阼，迁尚书仆射，加侍中，徙尚书令，进爵颍乡侯。

一班儿四十余人皆来见贾翊、相国华歆、御史大夫王朗，共言此事。翊曰："正合吾意！"皆来见汉献帝，要交割天下。还是如何？

[第一百五十九段] 废献帝曹丕篡汉

时建安改延康，冬十月朔，文武官僚引中郎将李伏、太史丞许芝直入内殿，来见天子。华歆奏曰："伏睹（媿）[魏]王自登位以来，德布四方，仁可越古超今，虽唐、虞无以过此。群臣会议，言汉祚已终，伏望陛下效尧帝之道，将江山社稷传位与（媿）[魏]王，上合天心，下合民意，诚陛下、祖宗幸甚！臣等议定，今乃奏知。"献帝大惊，汗流满面，半晌不能言，觑百官[而]哭曰："朕想高祖提三尺剑，平秦灭楚，而有天下，世统相传四百年矣。朕虽不惠，又无罪恶，争忍以祖宗之基等闲弃之？汝百官再宜从公商议。"

据《三国志·魏书·文帝纪》注引《献帝传》载禅代众事：魏王侍中刘廙、辛毗、刘晔，尚书令桓阶，尚书陈矫、陈群，给事黄门侍郎王毖、董遇等言："臣伏读左中郎将李伏上事，考图纬之言，以效神明之应，稽之古代，未有不然者也。故尧称历数在躬，璇玑以明天道；周武未战而赤乌衔书；汉祖未兆而神母告符；孝宣仄微，字成木叶；光武布衣，名已勒谶。是天之所命以著圣哲，非有言语之声，芬芳之臭，可得而知也，徒县象以示人，微物以效意耳。自汉德之衰，渐染数世，桓、灵之末，皇极不建，暨于大乱，二十余年。天之不泯，诞生明圣，以济其难，是以符谶先著，以彰至德。殿下践阼未期，而灵象变于上，群瑞应于下，四方不羁之民，归心向义，唯惧在后，虽典籍所传，未若今之盛也。臣妾远近，莫不凫藻。”王令曰：“犁牛之驳似虎，莠之幼似禾，事有似是而非者，今日是已。睹斯言事，良重吾不德。”于是尚书仆射宣告官寮，咸使闻知。

华歆引李伏、许芝出班，奏曰：“陛下不信，可问此二人。”李伏奏曰：“自魏王登位以来，祥瑞累现：麒麟降生，凤凰来仪，黄龙出现；嘉木瑞草，庆云甘露，不时而得。皇天垂象，当代汉（禅）［祚］也！”奏未毕，许芝奏曰：“臣职掌司天，夜观乾象，见炎汉气数已尽，陛下帝星隐匿不明，魏王之气极天际地，言之难尽。更兼（之）［上］应图谶，合主（媿）［魏］受汉禅。其图谶曰：

鬼在边，（禾）［委］相连，
当代汉，与可言。
言在东，午在西，
（西）［两］日无光上下移。

以此论之，陛下可禅位。鬼在边，（禾）［委］相连，是个‘魏’字；言在东，午在西，是个‘许’字；（西）［两］日无光上下移，是个‘昌’字也：应魏在许昌，合受汉禅也。请陛下思之！”

据《三国志·魏书·文帝纪》注引《献帝传》载禅代众事：……辛亥，太史丞许芝条魏代汉见谶纬于魏王曰：“《易运期谶》曰：‘言居东，西有午，两日并光日居下。其为主，反为辅。五八四十，黄气受，真人出。’言午，许字。两日，昌字。汉当以许亡，魏当以许昌。今际会之期在许，是其大效也。”

献帝曰：“祥瑞图谶，皆虚言之事也。奈何以虚言之事而舍万世不毁之基业乎？”华歆曰：“陛下差矣！昔日三皇五帝互相推让，无德让有德，次后三（五）［皇］各传子孙。至于桀、纣无道，天下伐之。春秋（虽）［强］霸各相吞并，有贤者居之，后并入秦，方归与汉。以此论之，天下者，非一人之天下，乃天下人之天下也，须不是陛下祖宗自传到今。陛下早决去就，勿令生变！”御史大夫王朗曰：“自古以来，有兴必有废，有盛必有衰，岂有不亡之国，安有不败之家？陛下，汉朝相传四百余年，气运已极，不可自（势）［执迷］而惹祸也！”献帝哭入后殿，百官皆哂笑而退。

次日，百官又聚于大殿，令宦官欲请献帝，［帝］惧不敢出。皇后曹氏曰：“今百官请陛下设朝问政，何故推耶？”帝曰：“汝兄欲篡夺汉室，故令百官相逼，朕故不敢出也。”曹后大怒曰：“汝以吾兄子桓为篡国之贼！汝祖高皇乃丰沛一嗜酒匹夫，无籍小辈，尚自倚强夺却大秦之天下；吾兄累有大功，吾父扫清海内，有何不可为君？建安二十余年，若无吾父，汝为齑粉矣！”言讫，便欲上车出（内）［外］。献帝大惊，荒更衣出前殿。

据《后汉书·献穆曹皇后纪》：魏受禅，遣使求玺绶，后怒不与。如此数辈，后乃呼使者人，亲数让之，以玺抵轩下，因涕泣横流曰：“天不祚尔！”左右皆莫能仰视。

华歆奏曰：“陛下终夜寻思，臣等之言是否？”帝泣曰：“卿等皆食汉禄久矣，中间多有汉朝［功臣］子孙，直无一人与朕分忧耶？”华歆曰：“陛下之意不肯以天下禅于魏王，旦夕有萧墙之祸。一时有变，非臣等为不恕怜陛下也！”帝曰：“谁敢欲杀朕耶！”歆曰：“天下之人皆知陛下无人君之福，以致四海大乱。非武王在朝，戕杀陛下之人，已塞满宫庭久矣。陛下尚不知恩，以报其德，直欲令天下之人共伐之耶？”帝曰：“昔日桀、纣无道，残暴生灵，故天下伐之。朕即位以来，兢兢业业，未常敢行半点非礼之事，天下之人谁忍伐之？”歆怒曰：“陛下无福无德而居天位，甚于残暴之道也！”帝拂袖而起，王朗目视华歆。歆纵步向前，扯住龙衣袍曰：“陛下与不与，许不许，早乞一言！”帝战栗不能答。忽阶下曹洪、曹休二人各带剑上殿，厉声问曰：“符玺郎何在！”班部后一人出曰：“符玺郎在此！”洪曰：“玉玺何在？”符玺郎祖弼应之曰：“玉玺乃天子之宝，汝问何为？”洪大怒，叱武士牵出斩之。祖弼大骂不绝口而死。

按：《演义》所述符宝郎祖弼事，不见于史。据《后汉书·献穆曹皇后纪》，汉皇帝玺在曹皇后处。

静轩有诗曰：

奸宄专权汉室亡，诈称禅位效虞、唐。
满朝百辟皆尊魏，仅见忠臣符宝郎。

帝见殿阶之下擐甲持戈数百人，皆兵士也。帝乃流涕出血，叹曰：“祖宗天下，何期今日废之！朕九泉之下，何面目见先帝乎？”泣告群臣曰：“朕天下愿禅与魏，幸留残喘，以终天年！”（大夫）［太尉］贾翊曰：“臣等安有负陛下？事已至此，可急降诏，以安众心。”帝乃令桓楷、陈群草诏，愿禅国于魏。诏曰：

制曰：朕在位三十有二祀，遭天下荡覆，幸赖祖宗之灵，得曹氏父子力为辅政。今仰瞻天运，俯察民心，炎精之数已尽，大历合归于魏。是以前（生）［王］既树神武之迹，今（生主）［王又］有光辉明德，以应（有）［其］期，历数昭然，已可知矣。夫（人）［大］道相继为贤为能，故唐尧不私于厥子，而名无穹。羡而慕之，今（位）［使］倍臣献上国玺，追则尧典，禅位于丞相魏王，无致辞焉！

据《三国志·魏书·文帝纪》注引袁宏《汉纪》载汉帝诏：“朕在位三十有二载，遭天下荡覆，幸赖祖宗之灵，危而复存。然仰瞻天文，俯察民心，炎精之数既终，行运在乎曹氏。是以前王既树神武之绩，今王又光曜明德以应其期，是历数昭明，信可知矣。夫大道之行，天下为公，选贤与能，故唐尧不私于厥子，而名播于无穷，朕羡而慕焉。今其追踵尧典，禅位于魏王。”

是日，百官赍丹诏并玉玺诣魏王宫献纳。曹丕便欲受之，司马懿曰：“陛下不可轻（易）［也］，虽然诏玺已至，可以上表谦辞，以绝天下之谤。”曹丕于是从司马之言，令王朗作表，虚辞谦让。表曰：

臣丕昨奉受诏，伏惟陛下以垂世之诏，禅无功之臣，使人闻（知）［之］，肝摧胆裂，不知所措！昔（以）尧逊大贤，巢由避迹，后世称之。臣（方）［才］鲜薄，安敢奉命？请于盛世别求大贤以礼让之，则免万年之议论也。臣谨纳玺绶，待罪（问）［阙］下，不［胜］惶怖战栗之至！

帝览表，顾群臣曰：“魏王谦让不受，当如之何？”相国华歆奏曰：“陛下欲为尧、舜乎？”帝曰：“何也？”歆曰：“昔唐尧有二女，长曰娥皇，次曰女英。［为］逊国与舜，舜坚辞不受，送此二女妻之，后世称大贤之德。今陛下亦有二公主，何不效唐尧，亦以女妻于魏王，仿古迹也。”帝不得已，再命桓楷草诏，令高庙使张音持节捧玺并载二公主，至魏王宫下开读。其诏曰：

惟延康元年十月己酉，皇帝诏曰：咨尔魏王书谦！朕躬为汉（朝）［道］陵迟，为日已久。幸赖武王，德应符运，奋扬神武，芟夷凶暴，清定区夏。（全）[今]王缵承前绪，至德光昭，圣教被四海，仁风扇鬼区，弘具天子之福，历数实在尔躬。昔（唐尧、）虞舜有大功二十，而放勋禅以天下；禹有疏通之迹，而重华禅以帝焉。汉承尧运，有传圣之义，皆赖神祇，受天明命，厘降二女，以嫔于魏。使行御史大夫张音持节，奉天子玺绶。王其永君，万国敬仰天威，允执其中，天禄永终，敬之哉！

张音持诏至，曹丕与贾诩曰："虽二次有诏命，孤恐天下不能逃篡逆之名！"诩曰："此事至易。令张音再捧玉玺回，却交华歆命筑一台，名受禅台，选吉日良时，聚集内外公卿，并四夷八方之人，尽至台下，令汉帝亲捧玺绶，以禅天下于大王，可以绝群谤之言也。"丕大喜，令张音捧玺还宫，再作表以辞。

帝曰："（媿）[魏]王无意[受]禅（位），卿等若何？"歆曰："陛下可筑一台，名受禅台，（对）[集]公卿士民，明白禅位，则陛下子孙世世必蒙（媿）[魏]恩矣。"帝到此时不容不行。

太常院官已卜地于繁阳地名，筑起三层高台，选十月庚午日，聚集大小官僚四百余员，武将御林虎卫禁军二十余万，及匈奴单于四夷化外之人亦有数万。

据《资治通鉴》卷六十九：左中郎将李伏、太史丞许芝表言："魏当代汉，见于图纬，其事众甚。"群臣因上表劝王顺天人之望，王不许。（黄初元年）冬十月乙卯，汉帝告祠高庙，使行御史大夫张音持节奉玺绶诏册，禅位于魏。王三上书辞让，乃为坛于繁阳。

至（日）寅时，请（媿）[魏]王丕登台受禅，献帝亲捧玉玺以与曹丕。丕既受命，台下群臣跪听读敕曰：

咨尔（媿）[魏]王：昔者帝尧禅位于虞舜，舜亦以命于禹，天命不于常，惟归有德。汉道陵迟，世失其序，[降]及朕躬，大乱兹昏，群凶肆逆，宇内颠覆。赖武王神武，拯大难于四方，清区夏以保护我宗庙。岂予一人？遐荒九服，实受其赐。今王钦承前绪，光于乃德，恢文、武之业，昭（示皇）[尔]考之弘烈。英灵降瑞，大神告征，（延）[诞]惟亮（筑）[采]，师赐朕命曰：尔唐尧协于虞舜，（周）[用]率我唐典，敬逊尔位。于戏！天之历数在尔躬，允执其中，天禄永终。君其祇顺大（乱）[礼]，享兹万国，以（渊）[肃]承天命。

延康元年冬十月　日诏。

据《三国志·魏书·文帝纪》：汉帝以众望在魏，乃召群公卿士，告祠高庙。使兼御史大夫张音持节奉玺绶禅位，册曰："咨尔魏王：昔者帝尧禅位于虞舜，舜亦以命禹，天命不于常，惟归有德。汉道陵迟，世失其序，降及朕躬，大乱兹昏，群凶肆逆，宇内颠覆。赖武王神武，拯兹难于四方，惟清区夏，以保绥我宗庙，岂予一人获乂，俾九服实受其赐。今王钦承前绪，光于乃德，恢文武之大业，昭尔考之弘烈。皇灵降瑞，人神告征，诞惟亮采，师锡朕命，佥曰：尔度克协于虞舜，用率我唐典，敬逊尔位。於戏！天之历数在尔躬，允执其中，天禄永终；君其祇顺大礼，飨兹万国，以肃承天命。"乃为坛于繁阳。

读（束）[敕]已罢，[曹丕]受八般大礼。贾诩率公卿行大礼罢，改延康为黄初元年，大赦天下，国号大（媿）[魏]，谥曹操为太祖武皇帝。华歆曰："天无二日，民无二主。既已交割天下，可以令刘氏安置何地？"歆乃扶献帝下台听诏，遂乃跪于台下。贾诩曰："可以封之为公，令即日便行。"（媿）[魏]王曹丕封献帝为山阳公。

据《资治通鉴》卷六十九：（黄初元年冬十月）辛未，升坛受玺绶，即皇帝位，燎祭天地、岳渎，改元，大赦。十一月，癸酉，奉汉帝为山阳公，行汉正朔，用天子礼乐；封公四子为列侯。追尊太王曰太皇帝；武王曰武皇帝，庙号太祖；尊王太后曰皇太后。以汉诸侯王为崇德侯，列侯为关中侯。群臣封爵、增位各有差。改相国为司徒，御史大夫为司空。山阳公奉二女以嫔于魏。（参见《三国志·魏书·文帝纪》）

据《后汉书·献帝纪》：（建安二十五年）冬十月乙卯，皇帝逊位，魏王丕称天子。奉帝为山阳公，邑一万户，位在诸侯王上，奏事不称臣，受诏不拜，以天子车服郊祀天地，宗庙、祖、腊皆如汉制，都山阳之浊鹿城。四皇子封王者，皆降为列侯。明年，刘备称帝于蜀，孙权亦自王于吴，于是天下遂三分矣。

华歆曰："立一帝，废一帝，古之常理。今上仁慈，不忍加害，封汝为山阳公。今日便往彼处歇马，非宣唤不许入朝。

据《三国志·魏书·华歆传》注引《魏书》：文帝受禅，歆登坛相仪，奉皇帝玺绶，以成受命之礼。

圣旨（了）[下]，当拜舞谢恩！"献帝拜在坛下，百姓观者无不感伤。曹丕故与群臣曰："舜、禹之事，吾知之矣！"

据《三国志·魏书·文帝纪》注引《魏氏春秋》：帝升坛礼毕，顾谓群臣曰："舜、禹之事，吾知之矣。"

群臣呼万岁。后人观受禅台事，有诗叹曰：

鸢鸱玃鼠擅腥臊，鬼吹野火烧蓬蒿。
此台名禅人不禅，斯地虽高道不高。
黄土一堆真可耻，虚在巍巍半浮空。
坏却唐、虞推让风，奸臣贼子从此起。

又诗曰：

两汉经营四百年，小平津畔独潸然。
当初不改唐、虞意，筑土成台教晋宣。

又有宋贤诗为证：

垒土曾堆受禅台，欺凌汉帝若孾孩。
谁知天地无私曲，不久依然唤主来。

又诗刺讽曹丕曰：

当年曹氏强吞刘，自为儿孙乐万秋。
受禅台还司马事，山阳仍改作陈留。

后晋封（媿）[魏帝]为陈留王，与此一般也。

献帝望山阳而去。百官请曹丕（搭）[答]谢皇天后土。丕方欲下拜，忽于台前起一阵怪风，飞砂走石，对面皆不相见，将台下一应灯烛尽皆吹灭，把丕惊倒于地。性命如何？

［第一百六十段］ 汉中王成都即帝位

众官救曹丕下台，半晌方醒，数日不能设朝；后病稍可，尽将文武百官一一加封，华歆为司徒，王朗为司空，其余不能尽示。曹丕在许昌染惊气疾，遂排车驾幸洛阳，大建宫室。

却说有人来成都报知："曹丕杀了献帝，今自立为大（媿）［魏］皇帝；见今调练军马，远出洛阳。"汉中王听知，大哭终日，遂命百官发丧挂孝，望许昌（而哭）［哭而］祭之，谥曰"孝愍皇帝"。

据《资治通鉴》卷六十九：蜀中传言汉帝已遇害，于是汉中王发丧制服，谥曰孝愍皇帝。（参见《三国志·蜀书·先主传》）

是年冬，汉中王忧愁过伤，不能理事，乃政务皆决于孔明。

次年辛丑春，有襄阳人氏姓张名（加）［嘉］，于汉水内捕鱼为生，忽见水底起一道红光，上冲廖廓。（加）［嘉］乃网捕之，但见金光散乱，得一玉玺，大篆（文）［八］字"受命于天，既寿永昌"。（乃）［嘉］素知汉中王仁德，潜入成都，诣孔明府献此玺。孔明请太傅许靖等商议时，有谯周曰："近闻时有景云祥风从璇玑下来，成都西北角有黄气高数十丈，冲霄而起，帝星见于胃、昴、毕之（间）分，炯炯如月，此所以汉中王宜即帝位，以继汉统。今得玉玺，乃天赐也，更复何疑？"

据《三国志·蜀书·先主传》：是后在所并言众瑞，日月相属，故议郎阳泉侯刘豹，青衣侯向举，偏将军张裔、黄权，大司马属殷纯，益州别驾从事赵莋，治中从事杨洪，从事祭酒何宗，议曹从事杜琼，劝学从事张爽、尹默、谯周等上言："臣闻《河图》《洛书》，五经谶、纬，孔子所甄，验应自远。谨案《洛书甄曜度》曰：'赤三日德昌，九世会备，合为帝际。'《洛书宝号命》曰：'天度帝道备称皇，以统握契，百成不败。'《洛书录运期》曰：'九侯七杰争命民炊骸，道路籍籍履人头，谁使主者玄且来。'《孝经钩命决录》曰：'帝三建九会备。'臣父群未亡时，言西南数有黄气，直立数丈，见来积年，时时有景云祥风，从璿玑下来应之，此为异瑞。又二十二年中，数有气如旗，从西竟东，中天而行，《图》《书》曰'必有天子出其方'。加是年太白、荧惑、填星，常从岁星相追。近汉初兴，五星从岁星谋；岁星主义，汉位在西，义之上方，故汉法常以岁星候人主。当有圣主起于此州，以致中兴。时许帝尚存，故群下不敢漏言。顷者荧惑复追岁星，见在胃昴毕；昴毕为天纲，《经》曰'帝星处之，众邪消亡'。圣讳豫睹，推揆期验，符合数至，若此非一。臣闻圣王先天而天不违，后天而奉天时，故应际而生，与神合契。愿大王应天顺民，速即洪业，以宁海内。"

于是孔明与许靖等一班上表，劝汉中王即帝位。其表曰：

臣亮等言：迩者曹丕篡弑，湮灭汉室，窃据神器，劫迫忠良，酷烈无仁，斯民咸思刘氏。今上无天子，海内遑遑，靡所仰戴。群下前后上书者八百余人，咸称（掇）述符瑞，图谶名征。黄龙见武阳（出）［赤］水，九日乃（云）［去］。《孝经（授）

［援］神契》曰：德（去）［至］渊泉则黄龙见者，君之象也。《易·乾》九五“飞龙在天”，大王当龙升帝位也！近襄阳张嘉（时）［特］献玉玺。玺潜汉水，伏于渊泉，晔景［烛］耀，灵光（征）［彻］天。（下）［夫］汉者，高祖本所起定天下之国号也。大王袭先帝祚，辄兴于汉水也。今天子玉玺神光先现，玺出襄阳汉水之末，明大王承其下流，授与大王以天子之位，瑞命符应，非人力所致者。周有火鸟之瑞，咸曰：“休哉！”二祖受命，《图》《书》先著，以为征应。今上天告祥，群儒英杰并进《河》《洛》，孔子谶、记，咸悉其至。伏惟大王裔自孝景帝、中山靖王之胄，本枝百世，绵绵瓜瓞，圣姿硕茂，神武在宫，仁覆德积，爱民好士，是以四方归心焉。若省《灵图》，启发谶、（讳）［纬］，神明之表，名义昭著。宜即帝位，以慕二祖，绍嗣昭穆，天下幸甚！

据《三国志·蜀书·先主传》：太傅许靖、安汉将军糜竺、军师将军诸葛亮、太常赖恭、光禄勋黄柱、少府王谋等上言：“曹丕篡弑，湮灭汉室，窃据神器，劫迫忠良，酷烈无道。人鬼忿毒，咸思刘氏。今上无天子，海内惶惶，靡所式仰。群下前后上书者八百余人，咸称述符瑞，图、谶明征。间黄龙见武阳赤水，九日乃去。《孝经援神契》曰‘德至渊泉则黄龙见’，龙者，君之象也。《易》乾九五‘飞龙在天’，大王当龙升，登帝位也。又前关羽围樊、襄阳，襄阳男子张嘉、王休献玉玺，玺潜汉水，伏于渊泉，晖景烛耀，灵光彻天。夫汉者，高祖本所起定天下之国号也，大王袭先帝轨迹，亦兴于汉中也。今天子玉玺神光先见，玺出襄阳汉水之末，明大王承其下流，授与大王以天子之位，瑞命符应，非人力所致。昔周有乌鱼之瑞，咸曰休哉。二祖受命，《图》《书》先著，以为征验。今上天告祥，群儒英俊，并进《河》《洛》，孔子谶、记，咸悉具至。伏惟大王出自孝景皇帝中山靖王之胄，本支百世，乾祇降祚，圣姿硕茂，神武在躬，仁覆积德，爱人好士，是以四方归心焉。考省《灵图》，启发谶、纬，神明之表，名讳昭著。宜即帝位，以纂二祖，绍嗣昭穆，天下幸甚。臣等谨与博士许慈、议郎孟光，建立礼仪，择令辰，上尊号。”

汉中王览表大惊曰：“汝等皆欲陷孤为不忠不义之人耶！”孔明曰：“非也！曹丕竖子尚自可立，何况君王乃大汉之苗裔乎？”汉中王勃然作色曰：“吾岂效逆贼之所为哉！”大怒而起，入于后宫，众官皆散。

后三日，孔明又约百官，候汉中王出，皆拜于前。太傅许靖曰：“今汉天子已被曹丕所弑，主上不即帝位而兴师讨贼，是不忠不孝也！今两川之民皆欲主上为君，与汉帝雪恨。今主上不行，是失民望也！愿大王熟思之！”汉中王曰：“吾虽汉景帝之孙，实乃涿州一村夫耳。今普天［之下，］率土之滨，并不曾有半分德泽以及万民。今立为帝，是篡逆也！吾愿死，誓不为不忠不孝之事！汝等欲陷孤万代骂名乎？”孔明等苦谏，又并不听从。次后凡奏请立位时，玄德并无半分应允。因此，孔明遂托病不出。

汉中王听知孔明病，乃自驾到孔明府下车，直至卧榻问曰：“军师所感何疾？”孔明答曰：“忧心如火焚，恐命不久矣！”汉中王曰：“军师所忧何事？”孔明推托几番，不肯言。汉中王坚执请问，孔明喟然叹曰：“亮自草庐之中得遇主上，相从到今，言听计从。幸主上有两川之地，不负亮夙昔［之言］也！今文武数百员，皆欲主上为君，共图爵禄，以耀祖宗，不期王上坚执如是，则文武皆有怨心，不久皆当散志矣。文武一散，吴、魏来攻，两川休矣！亮安得不忧也？”汉中王曰：“非是推阻，但恐惹天下人之议论耳。”孔明曰：“圣人有云：‘名不正则言不顺，言不顺则事不成。’今主上名正言顺，有何不可？

岂不闻‘天与不取，反受其咎’？”汉中王曰：“待军师病起，行之未迟。”孔明把屏风一击，外面一班儿大臣皆入，拜曰：“大王既允，便请择日，以受大礼。”

据《三国志·蜀书·诸葛亮传》：（建安）二十六年，群下劝先主称尊号，先主未许，亮说曰：“昔吴汉、耿弇等初劝世祖即帝位，世祖辞让，前后数四，耿纯进言曰：‘天下英雄喁喁，冀有所望。如不从议者，士大夫各归求主，无为从公也。’世祖感纯言深至，遂然诺之。今曹氏篡汉，天下无主，大王刘氏苗族，绍世而起，今即帝位，乃其宜也。士大夫随大王久勤苦者，亦欲望尺寸之功如纯言耳。”先主于是即帝位。

汉中王视之，乃是：

太傅许靖、安汉将军糜竺、
青衣侯尚举、阳泉侯刘豹、
别驾从事赵抃、治中从事杨（供）[洪]、
仪曹从事杜琼、

据《三国志·蜀书·杜琼传》：杜琼字伯瑜，蜀郡成都人也。……先主定益州，领牧，以琼为议曹从事。

太常卿赖恭、
光禄卿黄权、偏将军张裔、
昭文博士伊籍、劝学从事张爽、
祭酒何琮、学士尹勋、

据《三国志·蜀书·尹默传》：尹默字思潜，梓潼涪人也。益部多贵今文而不崇章句，默知其不博，乃远游荆州，从司马德操、宋仲子等受古学。皆通诸经史，又专精于《左氏春秋》，自刘歆条例，郑众、贾逵父子、陈元、服虔注说，咸略诵述，不复按本。先主定益州，领牧，以为劝学从事。

从事中郎秦宓、司业谯周、
司马殷纯、少府王谋。

汉中王曰：“陷吾骂名者，皆汝等也！”孔明奋然起曰：“大事已定，便可筑台于成都武担之（内）[南]，在成都西北乾位上。”先送汉中王还宫。

孔明便遣博士许英、

据《三国志·蜀书·许慈传》：许慈字仁笃，南阳人也。师事刘熙，善郑氏学，治《易》《尚书》《三礼》《毛诗》《论语》。建安中，与许靖等俱自交州入蜀。时又有魏郡胡潜，字公兴，……先主定蜀，承丧乱历纪，学业衰废，乃鸠合典籍，沙汰众学，慈、潜并为学士，与孟光、来敏等典掌旧文。

谏议孟光

据《三国志·蜀书·孟光传》：孟光字孝裕，河南洛阳人，……博物识古，无书不览，尤锐意三史，长于汉家旧典。……先主定益州，拜为议郎，与许慈等并掌制度。

当理筑台之事。

据《三国志·蜀书·先主传》：太傅许靖、安汉将军糜竺、军师将军诸葛亮、太常赖恭、光禄勋黄柱、少府王谋等上言：“……臣等谨与博士许慈、议郎孟光，建立礼仪，择令辰，上尊号。”

大仪已定，百官具龙旗、（恭）［金］辂，整仗鸾驾，迎请汉中王登之（登）［祭］天地。侍臣谯周于坛上读其文曰：

维建安二十六年四月丙午，皇帝备敢用玄牡（敢）昭告于皇天上帝、后土神祇：汉有天下，历数无疆。（者）［昔］王莽篡盗，光武皇帝攻诛，社稷复存。今曹操阻兵，戮及主后，滔天泯（下）［夏］，罪恶充积。操子丕载其逆辙，窃居神器。群臣将士以为社稷隳废，备宜修之，嗣武二祖，（非）［躬］行天罚。备虽不惠，惧忝帝位，询于庶民，外及蛮夷，佥曰："天命不可以不答，祖业不可以久替，四海不可以无主。"率土咸望，在备一人。［备］畏天明命，又惧汉室将湮于地，谨择元日，与百僚登坛，受皇帝玺绶。循幡遍告类于天神，惟神享祚于汉，永绥四海！

据《三国志·蜀书·先主传》：即皇帝位于成都武担之南。为文曰："惟建安二十六年四月丙午，皇帝备敢用玄牡，昭告皇天上帝后土神祇：汉有天下，历数无疆。曩者王莽篡盗，光武皇帝震怒致诛，社稷复存。今曹操阻兵安忍，戮杀主后，滔天泯夏，罔顾天显。操子丕，载其凶逆，窃居神器。群臣将士以为社稷堕废，备宜修之，嗣武二祖，龚行天罚。备惟否德，惧忝帝位。询于庶民，外及蛮夷君长，佥曰'天命不可以不答，祖业不可以久替，四海不可以无主'。率土式望，在备一人。备畏天明命，又惧汉阼将湮于地，谨择元日，与百寮登坛，受皇帝玺绶。修燔瘗，告类于天神，惟神飨祚于汉家，永绥四海！"

汉中王既受玺绶，捧于坛［上］，四面让之曰"备无才德，请有德者"三次。孔明曰："主上平定天下，功德昭于四海，况是大汉嫡派，宜即正位，复何让焉？"于是百官皆呼"万岁！"拜舞已毕，改元为章武元年，国号大汉，立吴氏为皇后，

据《三国志·蜀书·先主穆皇后传》：先主穆皇后，陈留人也。……章武元年夏五月，策曰："朕承天命，奉至尊，临万国。今以后为皇后，遣使持节、丞相亮授玺绶，承宗庙，母天下，皇后其敬之哉！"

［长］子［刘］禅为皇太子，

据《三国志·蜀书·后主传》：后主讳禅，字公嗣，先主子也。建安二十四年，先主为汉中王，立为王太子。及即尊号，册曰："惟章武元年五月辛巳，皇帝若曰：太子禅，朕遭汉运艰难，贼臣篡盗，社稷无主，格人群正，以天明命，朕继大统。今以禅为皇太子，以承宗庙，祗肃社稷。使使持节、丞相亮授印绶，敬听师傅，行一物而三善皆得焉，可不勉与！"

次子刘永封为鲁王，

据《三国志·蜀书·刘永传》：刘永字公寿，先主子，后主庶弟也。章武元年六月，使司徒靖立永为鲁王。

［三子］刘理为梁王；

据《三国志·蜀书·刘理传》：刘理字奉孝，亦后主庶弟也，与永异母。章武元年六月，使司徒靖立理为梁王。

诸葛亮为丞相，

据《三国志·蜀书·诸葛亮传》：亮以丞相录尚书事，假节。

许靖为司徒，

据《三国志·蜀书·许靖传》：及即尊号，策靖曰："朕获奉洪业，君临万国，夙宵惶惶，惧不能绥。百姓不亲，五品不逊，汝作司徒，其敬敷五教，在宽。君其勖哉！秉德无怠，称朕意焉。"

其余（下）[一一] 加官，大赦天下。

据《资治通鉴》卷六十九：（黄初二年）夏四月丙午，汉中王即皇帝位于武担之南，大赦，改元章武。以诸葛亮为丞相，许靖为司徒。……五月辛巳，汉主立夫人吴氏为皇后。后，偏将军懿之妹，故刘璋兄瑁之妻也。立子禅为皇太子。娶车骑将军张飞女为太子妃。……汉主立其子永为鲁王，理为梁王。

据《三国志·蜀书·先主传》：章武元年夏四月，大赦，改年。以诸葛亮为丞相，许靖为司徒。置百官，立宗庙，祫祭高皇帝以下。五月，立皇后吴氏，子禅为皇太子。六月，以子永为鲁王，理为梁王。

据《三国志·蜀书·费诗传》：后群臣议欲推汉中王称尊号，诗上疏曰："殿下以曹操父子逼主篡位，故乃羁旅万里，纠合士众，将以讨贼。今大敌未克，而先自立，恐人心疑惑。昔高祖与楚约，先破秦者王。及屠咸阳，获子婴，犹怀推让，况今殿下未出门庭，便欲自立邪！愚臣诚不为殿下取也。"由是忤指，左迁部永昌从事。（参见《资治通鉴》卷六十九）

据《三国志·蜀书·刘巴传》注引《零陵先贤传》：是时中夏人情未一，闻备在蜀，四方延颈。而备锐意欲即真，巴以为如此示天下不广，且欲缓之。与主簿雍茂谏备，备以他事杀茂，由是远人不复至矣。

按：据史书，益州前部司马费诗因反对刘备称帝而遭到贬谪，尚书令刘巴和主簿雍茂劝刘备缓称帝，刘备便找了一个别的理由把雍茂处死，这些史实《演义》没有采用。

两川军民无不欣跃。

次日于正殿受朝贺之礼，先主降诏曰："朕自桃园与关、张结义，誓同生死。今不幸吾弟云长被孙权所害，此仇誓不同天地、共日月也！今朕已即帝位，赖卿等扶持，若不与云长报仇，是负昔日之盟也。朕今欲起倾国之兵，剪伐东吴，生擒逆贼，以祭云长，（当）[方] 雪其恨，朕之愿也！"

据《三国志·蜀书·法正传》：先主既即尊号，将东征孙权以复关羽之耻。（参见《资治通鉴》卷六十九，《三国志·蜀书·先主传》，《三国志·蜀书·赵云传》注引《云别传》）

按：《演义》以一系列章节渲染了刘备东征的复仇色彩，将夷陵之战写成了一场纯粹的复仇之战。其实刘备伐吴，是为了夺回关羽失去的荆州之地，报关羽被杀之仇并非核心因素。"复关羽之耻"是复关羽丢失荆州之耻。

言未毕，忽阶下一人出曰："不可！"先主视之，乃虎威将军赵子龙也。

据《三国志·蜀书·赵云传》注引《云别传》：先主明旦自来至云营围视昨战处，曰："子龙一身都是胆也。"作乐饮宴至暝，军中号云为虎威将军。

按：建安十九年（214），刘备取得成都后，封赵云为翊军将军。虎威将军非刘备所封，乃是将士对他的赞誉。

众官看子龙如何谏主。

［第一百六十一段］ 范疆张达刺张飞

赵云谏曰："国贼是曹操，非孙权也；且先灭魏，则吴（百）［自］伏。操贼虽死，子丕篡盗，因众心早图关中，屯军旅于河上，以讨背逆，关东义士，必裹粮策马，以从王师。不宜舍魏先与吴战，兵势一交，急不能解。愿陛下思之！"先主曰："害吾弟者，糜芳、傅士仁、潘璋、马忠，皆朕切齿之仇恨，不食其肉而夷其族？卿何阻朕耶？"子龙曰："天下重耶，冤仇重耶？"先主曰："不与兄弟报仇，虽有万里山河，何足为贵？朕意已决，卿勿多言！"遂不听赵云之谏，

据《资治通鉴》卷六十九：汉主耻关羽之没，将击孙权。翊军将军赵云曰："国贼，曹操，非孙权也。若先灭魏，则权自服。今操身虽毙，子丕篡盗，当因众心，早图关中，居河、渭上流以讨凶逆，关东义士必裹粮策马以迎王师。不应置魏，先与吴战。兵势一交，不得卒解，非策之上也。"群臣谏者甚众，汉主皆不听。（参见《三国志·蜀书·赵云传》注引《云别传》）

一面发使到五溪蛮夷等处各借蛮兵，共相策应；一面差使赍诏往阆中，封张飞为西乡侯、车骑将军，领（兵）［司隶］校尉，兼阆中牧。

据《三国志·蜀书·张飞传》：章武元年，迁车骑将军，领司隶校尉，进封西乡侯。

却说张飞自守阆中，听知云长被东吴所害，（日久）［旦夕］号哭，至于濒死，诸将以酒解之。张飞一醉，忿气越（奔）［奋］，帐前帐后，但有少犯，即鞭挞之，多有死者。每醉，辄南望，切齿睁目，牙多嚼碎，其恨如此！使持节至，接入，开读其册曰：

朕承天序，（副）［嗣］奉鸿业，除残戡乱，未烛厥理。今寇虏作害，民被荼毒，汉之士民，延颈鹤望。朕用（坦）［怛］然，坐不安席，食不甘味，整军决誓，将行天罚。以君忠毅，追踪召、虎，故特进车骑将军，领司隶校尉、阆中牧，赐爵西乡侯。兹将天威，柔服以德，整肃三军，以副朕意！

章武元年五月　日诏。

据《三国志·蜀书·张飞传》：章武元年，迁车骑将军，领司隶校尉，进封西乡侯，策曰："朕承天序，嗣奉洪业，除残靖乱，未烛厥理。今寇虏作害，民被荼毒，思汉之士，延颈鹤望。朕用怛然，坐不安席，食不甘味，整军诰誓，将行天罚。以君忠毅，侔踪召虎，名宣遐迩，故特显命，高墉进爵，兼司于京。其诞将天威，柔服以德，伐叛以刑，称朕意焉。诗不云乎，'匪疚匪棘，王国来极。肇敏戎功，用锡尔祉'。可不勉欤！"

张飞既受官爵，乃对使者曰："关公之（誓）［仇］，重如山海！朝廷大臣何不劝早早兴兵？"使者曰："大臣多有劝主上先伐魏、后伐吴者。"张飞大怒曰："是何言也！吾当自见天子，

愿为前部先锋，挂孝伐吴，表吾之意！”于是同使者赴成都。

却说先主每日自下（御）教场教练军马，分拨阵伍，克日兴师。众大臣来禀孔明曰：“今主上新即大位，自临军伍，非所以重社稷也。丞相秉钧衡之职，当以谏之。”孔明曰：“吾已（虽）[进]谏，主上不听。今日汝等随吾亲往教场演武所谏之。”于是孔明引群臣来奏先主曰：“臣闻千金之子，坐不垂堂。陛下禀上圣之资，传祖宗之统，初登宝位，以德服人；为一朝之忿，自统大兵，历山川之险，逾江河之阻，亲冒矢石，非所以重宗庙也。陛下坚欲复仇，可命一大将统兵前进，不亦可乎？”先主见孔明苦谏，心中稍回，

按：《演义》称诸葛亮曾谏刘备伐吴，不见于史。诸葛亮对伐吴的态度，史书中没有记述。

曰：“朕且罢兵，再图良策。”

驾欲起，忽张飞至。[先主]急欲见之，令休具朝服。飞至演武堂拜罢，抱先主而哭，先主抚其背而哀之。飞曰：“陛下今日为君，忘了桃园之誓？关兄之仇如何不报？”先主曰：“为群臣苦谏，不敢轻举。”飞扣头出血曰：“他人皆乐富贵，岂知昔日之义乎？陛下不去，臣当舍七尺无用之躯，与兄报仇；若不能报，死不回见陛下矣！”先主曰：“朕与御弟同往。”飞曰：“昔日之誓同生死，天下共知，休教人笑！”先主曰：“汝可提本部人马从阆中出，吾与汝会于江州，勿得误期。”飞曰：“何敢少待片时？”先主曰：“朕素知汝醉后鞭挞士卒，此为祸道。今后务宜从宽，不可逞一时之凶暴也！”飞拜辞，便投阆中起军去了。

据《资治通鉴》卷六十九：车骑将军张飞，雄壮威猛亚于关羽；羽善待卒伍而骄于士大夫，飞爱礼君子而不恤军人。汉主常戒飞曰：“卿刑杀既过差，又日鞭挝健儿而令在左右，此取祸之道也。”飞犹不悛。（参见《三国志·蜀书·张飞传》）

按：《演义》称张飞亲自到成都催促刘备兴兵伐吴，不见于史。

先主次日整军马要行，学士秦宓出班奏曰：“陛下盖为关公，臣（切）[窃]为不可！陛下轻万乘之躯而成小义；且云长轻贤傲士，刚而自矜，以致丧命，此天亡也。愿陛下思之！”先主曰：“关公与朕一体也，大义所在，安可忘之？”宓曰：“陛下此行必有大败。可惜新创之业未全，又属他人矣！”先主大怒曰：“吾方欲兴师，汝故出此不利之言！”叱武士推出斩之。宓神色不变，回顾先主而笑曰：“臣死不争，免见川民受涂炭也。”诸大臣各出班奏曰：“宓乃良臣，乞赐仁恕！”先主命囚于狱中，“待朕复仇回都，斩讫未晚！”乃囚秦宓于狱中。

据《资治通鉴》卷六十九：汉主耻关羽之没，将击孙权。……群臣谏者甚众，汉主皆不听。广汉处士秦宓陈天时必无利，坐下狱幽闭，然后贷出。（参见《三国志·蜀书·秦宓传》《法正传》）

丞相亮知此事，即时写表奏先主，以赦秦宓。孔明来见先主，乃进表以谏。表曰：

臣亮（切）[窃]以吴贼逞郑武之心，致荆州有覆亡之祸，损将星于斗、牛，摧天柱于深宫。龙情哀恸，将兴问罪之师；廊庙同谋，惹起雪忿之义。皆以为迁汉鼎者，罪由曹操；隔刘祚者，过非孙权。盖魏奸计若易除，则[吴]寇自然宾伏。愿陛下纳秦宓金石之言，抑卞庄刺虎之勇，以养士卒之力，别作良图，则社稷幸甚，天下幸甚！

先主掷表于地曰："朕心已决，再谏者，折剑为令！"［遂乃命］丞相保太子禅守东西两川，骠骑将军马超

据《三国志·蜀书·马超传》：先主为汉中王，拜超为左将军，假节。章武元年，迁骠骑将军，领凉州牧，进封斄乡侯。

并弟马岱助镇北将军魏延共守汉中，以当魏兵；赵云为随后救应，监发粮草，

据《三国志·蜀书·赵云传》注引《云别传》：孙权袭荆州，先主大怒，欲讨权。云谏，……先主不听，遂东征，留云督江州。

（遂乃命）黄权、程畿二人为参谋，马良、陈震掌文字，黄忠为先锋，冯习、张南二人为副将，傅彤、张翼为中军护卫，赵融、廖淳为合后，

据《三国志·吴书·陆逊传》：使将军冯习为大督，张南为前部，辅匡、赵融、廖淳、傅彤等各为别督。（参见《资治通鉴》卷六十九）

据《三国志·蜀书·廖化传》：廖化字元俭，本名淳，襄阳人也。

川将数百人，共五（洞）［溪］蛮夷等各处军马，共计七十三万大军，选定章武元年秋七月上旬出师。

按：《演义》称刘备亲率七十三万大军伐吴，显系虚夸之辞。王前程先生在《夷陵之战研究》（中州古籍出版社 2013 年版）一书中认为，刘备于 221 年 7 月先派吴班、冯习等率四万人攻占巫县和秭归县，222 年 1 月，吴班、陈式等率蜀汉水军主力攻占夷陵城及周边地带，并夹江东西岸驻营。222 年 2 月刘备率主力由秭归南渡长江，刘备所率主力应多于四万。《三国志·刘晔传》注引《傅子》说："权将陆议大败刘备，杀其兵八万人。"综合上述史料，蜀汉参加夷陵之战的总兵力应在十万至十二万上下。

却说张飞回阆中，交军马皆打白旗，人皆穿白，挂孝伐吴，与兄报仇，定了日时要行。

按：《演义》称张飞下令挂孝伐吴，不见于史。

帐下两员末将，一名张达，一名范疆，二人来禀张飞曰："将军克选日时要行，所有战船白旗白袍，急切不能完备，须是宽限方可。"张飞大怒曰："吾欲与兄报仇，恨不得明日便到仇人之地！汝焉敢违吾将令？"叱军士将范疆、张达皆绑于柳树上，各鞭背四十，放下（恨）［限］曰："来日违了吾令，先斩汝二人以示其众！"范疆、张达皆被打绽胸（堂）［膛］，口中出血，到船中商议曰："今日虽然受刑，来日如何办得迭？本官性如烈火，来日必然杀我两个，如之奈何？"张达曰："如此他来杀我，不如我先杀他！"范疆曰："我二人如何近傍得他？"张达道："若我两人不当死，他今夜醉睡于帐中，我两个只做报机密大事，各藏刀一口，直入刺之，割其首级下船，星夜去投吴国，就报消息，得此功劳进身；如我两个当死，他当晚不醉。"二人商议已定，使人探听。

是日，张飞在中军帐神思昏乱，动止不安，乃问部下诸将曰："我今好生肉颤心惊，不知如何？"部将曰："此是君侯思念关将军，以致如此。"飞交取酒，和部曲饮之，不觉大醉，卧于帐中。范、张探知，二人各藏短刀，夜至初更以后，径入中军，说言回避，"欲禀机密大事。"直至床榻，张飞鼻息如雷。张达下（拜）［手］，将张飞杀之，藏其头便出下船。二人引十数人，星夜投东吴去。张飞亡年五十有五。

据《资治通鉴》卷六十九：汉主将伐孙权，飞当率兵万人自阆中会江州。临发，其帐下将张达、范强杀飞，以其首顺流奔孙权。（参见《三国志·蜀书·张飞传》）

按：张飞生年，不见于史。《演义》称张飞亡年五十五岁，于史无据。

立庙赞曰：

豹头环眼大，燕额虎须班。
长坂桥头断，曹公铁骑还。
英雄过孟起，恩义释严颜。
西蜀人瞻仰，功名重剑关。

后来宋贤曾有八句诗赞张车骑云：

安喜曾闻鞭督邮，黄巾扫尽动诸侯。
虎牢关下人钦伏，长坂桥边水逆流。
义释严颜开蜀境，武欺张郃镇中州。
将军更缓须臾死，吴、魏山河总属刘。

又有古诗一首哭张车骑云：

瞋目挥矛杜魏军，解令先主得全身。
不知肘腋能生变，谩说英雄敌万人。

后人有诗讥之云：

予观汉末张车骑，枪马端能敌万人。
只为平生鞭挞士，致令小卒害其身。

比及军中得知，范疆、张达已自顺水而下，追赶不上。部将吴班

据《三国志·蜀书·杨戏传》附《季汉辅臣赞》：壹族弟班，字元雄，大将军何进官属吴匡之子也。以豪侠称，官位常与壹相亚。先主时，为领军。

先发丧，然后奏知天子。（与）长子张苞具棺（廓）[椁]盛停，令弟张昭

据《三国志·蜀书·张飞传》：追谥飞曰桓侯。长子苞，早夭。次子绍嗣，官至侍中尚书仆射。

按：张飞死后继承爵位的是次子张绍，足见张苞死于张飞生前。

守阆中，自来报先主。

却说先主于章武元年秋七月丙寅日（也）出师，

据《三国志·蜀书·先主传》：先主忿孙权之袭关羽，将东征，（章武元年）秋七月，遂帅诸军伐吴。

大小官僚随孔明送出十里长亭方回。是夜先主不能寝，步行出中军，仰观乾象，忽见南方一星，其大如斗，坠下于地。先主大疑，使人连夜去问孔明。孔明回奏主折一大将，三日内必有警报。先主因此按兵不动。忽有近侍奏曰："阆中张车骑部下吴班遣人进表至。"先主顿足言曰："噫，张飞死矣！"比及览表，果然。

据《资治通鉴》卷六十九：汉主闻飞营都督有表，曰："噫，飞死矣！"（参见《三国志·蜀书·张飞传》）

先主放声大哭，望西祭之。

次日，人报约有一队人马，千余骑，尽打白旗、穿白袍、骑白马，捽风般至。先主自出营观之，小将军下马伏地而哭，视之，乃张苞也，

据《三国志·蜀书·张飞传》：长子苞，早夭。

具言“范疆、张达将父首级投吴去了。”先主哀恸之甚。群臣皆谏曰：“陛下欲与二弟报仇，何自摧残龙体？”先主方始勉进饮食，遂与张苞曰：“汝与吴班引军作先锋，与父雪恨！”苞曰：“为父为国，万死不辞！”正欲遣行，又报有一彪人马，尽皆缟素服，飞奔内营而来。先主疑怪，问是何人。

［第一百六十二段］　刘先主兴兵伐吴

先主交看时，见一少年将军白袍银甲，哭拜于帐下。众视之，乃关公次子关兴，字安国。

据《三国志·蜀书·关羽传附子兴传》：兴字安国，少有令问，丞相诸葛亮深器异之。弱冠为侍中、中监军，数岁卒。

先主见兴，却又想起云长，放声大哭。近侍奏曰：“龙泪坠地，亢旱三年。陛下自将社稷为重，不可自弃。”先主曰：“朕想布衣中与关、张二弟结义之时，誓以同死。今朕贵为天子，［欲］与二弟共享富贵，（今）二弟皆死于非命。眼前见此二侄，铁石心肠，安能免此痛泪乎？”言讫又哭，昏绝数番。众官交小将军暂退，“容圣上将息龙体。”关兴、张苞退。侍臣奏曰：“陛下年纪六旬，若太忧愁，恐无所益。”先主曰：“二弟已亡，吾独在世，负却前誓也！”言讫，以头顿几而泣。

众官商议，马良曰：“今主上初登宝位，见统七十余万大军去下江南，终日为二弟而哭，其兆不利！”陈震曰：“吾闻蜀中青城山西有（二）［一］隐士，姓李名意，人传此老是汉文帝时人，到今三百余岁，上通天文，下察地理，中知人间生死吉凶，乃当世之真仙。何不奏知主上，遣使赍礼备车轫与他，请此老到（奏上）［营中］，令卜之吉凶，抵多少吾等之谏也！”众官皆曰：“斯言甚善！”遂皆入奏先主，具言李意之事。先主从之，即时差人赍诏前去，令陈震为使。

［震］星夜到本处，令里人领入小谷深处，遥望仙庄，见一童子曰：“来者莫非陈孝起乎？”陈震大惊曰：“童子安知吾姓字？”童子曰：“师父所言，必有大蜀皇帝诏命来，有陈孝起也。”陈震曰：“人言真仙，信不诬矣！”于是愈敬，拜伏于庄外。李意请入，震言天子急欲见仙翁之意。李意推老不行，震曰：“仙翁不去，则震亦无回路矣！”苦苦哀告，李意遂行。震先使飞报到营。

先主离营五里，引百官迎之。见李意鹤发童颜，碧眼方瞳，灼灼有光，身如古柏之状。先主请入营中，自亲下拜。李意曰：“老夫荒山村叟，何劳圣上厚礼敬焉？”先主曰：“刘备起身闾阎，与关、张二弟结生死之交，遂皆总戎马三十余载。众皆以备中山靖王之后，遂立为帝。近者二弟被害，仇在东吴，故统大兵，会合蛮夷诸长，一同伐吴，未知吉凶。久闻老仙知兴废休咎之事，特请至此，望老仙一决！”意曰：“此乃天数，非老

夫所知也。”先主又问，意乃索纸笔，先主亲自供之。意乃尽（书）[画]兵马、器械、营寨四十余张，画讫，片片皆扯为粉碎；又画一大人卧于路边，一道人将一小儿，以土埋之，上写一大“白”字，遂打稽首而便行。先主大不喜，乃曰：“此狂人也！何以信之？”遂以火焚之，便使人催督军马起程。

据《三国志·蜀书·先主传》注引葛洪《神仙传》：仙人李意其，蜀人也。传世见之，云是汉文帝时人。先主欲伐吴，遣人迎意其。意其到，先主礼敬之，问以吉凶。意其不答而求纸笔，画作兵马器仗数十纸已，便一一以手裂坏之，又画作一大人，掘地埋之，便径去。先主大不喜。而自出军征吴，大败还，忿耻发病死，众人乃知其意。其画作大人而埋之者，即是言先主死意。

张苞入拜曰：“吴班军马已至，臣乞为先锋！”先主乃壮其志而取印与之。苞方欲挂印，一少年涌出曰：“且留下印与我作先锋去报仇！”先主视之，乃关兴也，乃拜而言曰：“臣父被东吴之害，冤在东吴。臣当（损）[捐]无用之躯，上报父仇，下酬己志。望陛下付先锋之职！”张苞曰：“吾父仇人亦在东吴，如何不往东吴擒之？我已奉诏命矣！”关兴曰：“偏我不要报仇？汝有何能，敢领此职？”苞曰：“自幼学习枪马，并无虚发！”先主曰：“朕试观贤侄施放，以定忧心。”苞乃取硬弓一张，令军士于三百步外立一白旗，旗上有红心。苞放三箭，射中红心，众皆大喜。关兴亦弯弓在手，指而言曰：“射旗上红心，何足为奇？”正说间，忽空中一群雁飞翔。兴曰：“吾射行中右手第三只！”言讫，弓弦向处，雁早落地，众皆惊讶。张苞大怒，上马掣亡父所使丈八点钢蛇矛，骤马大呼曰：“敢与吾比较武艺么！”关兴闻（知）[之]，亦飞身上马，（棹）[绰]家传所使大捍刀，纵马而出曰：“汝能使枪，偏我不会使刀？”二将便欲交锋，先主喝住曰：“二子不得无礼，来听约束！”关兴、张苞皆下马弃器械，皆跪前来。先主曰：“吾自涿州与汝二父结二姓弟兄之交，甚于骨肉，未尝有半点差错。今汝二子乃昆仲之分，念今俱丧，礼合吉凶相救，患难相扶，庶不负其亲也。何以一言之别，自相并力于吾前，其大义安在？父丧未远，尚尤如此，何况日后乎？”关兴、张苞悔罪再拜。先主问曰：“谁年长？”苞长兴一岁，先主命[兴]拜[苞]为兄。二人就帝前折箭为誓，永相救护。先主拨吴班为先锋，自与张苞、关兴两个小将军在帐前，各领三千军马，为左右护卫。先主命水陆并进，船骑双行，浩浩荡荡杀奔吴国来。

却说孙权听知先主提大军七十余万，战将一千员，御驾亲征，急聚文武官将商议。文武听知先主自来，势若泰山，人人失色，面面相觑，皆不敢言。惟有诸葛瑾进曰：“瑾食君禄久矣，并无报效，愿舍残生去见蜀主，陈说利害，使二国连和，共问曹丕篡逆之罪，免生刀兵之危。”孙权闻（知）[之]，即遣诸葛瑾行，前去说和先主。还复如何？

[第一百六十三段]　吴大夫赵咨说曹丕

章武元年秋七月，先主大军已至夔关，驾屯白帝城，前队军已出川口。近臣奏曰：“吴遣诸葛瑾至。”先主命休放入城。黄权奏曰：“诸葛瑾托以弟在蜀为丞相，故有事来见，何以绝之？宣入看其言，可则从之，不可则遣之，就借彼口回吴达知。”先主从其言，宣入问曰："子瑜此来必有事故？"瑾曰："臣托弟久事陛下，故不避斧钺之诛，特来告陛下荆州之事。近者，云长居于其（弟）[地]，吴侯数次遣人求亲，云长大骂而不许，此积怒一也；后云长取襄阳，魏凡三遣使者，以天子为名，令袭荆州，吴（侫）[侯]不许；后吕蒙与云长不睦，朦胧启于吴侯，[吴侯]悔之不及！今吕蒙已死，仇恨已消，吴侯命瑾为使，愿割荆州之地归还陛下，其降将遣归，并听区处；夫人孙氏久思见陛下之面，瑾当送至，永结盟好，共灭曹丕，以正篡逆之罪。圣意若何？"先主怒曰："汝既杀吾爱弟，是废吾股肱也！今日尚敢以巧言令色而说朕也？"瑾曰："臣请以轻重大小与陛下论之。陛下汉室皇叔，今天子被曹丕篡逆，却不报之，而为异姓之亲，亲率大军，涉江山之险而与人决雌雄，是舍大义而就小义也！中原[乃]海内之地，两（郡）[都]皆大汉创业之地，陛下不取而但争荆州，是弃重而取轻也！天下皆知陛下即位与汉恢复山河，今却为一将之忿，弃却万乘之尊，何不计较也？愿陛下思之！"先主大怒曰："杀吾弟之仇，断不共天地、同日月也！欲朕罢兵，除死方止！若不看丞相之面，先斩汝首！回对孙权说知，交洗颈受戮，（上）[踏]平江南，方雪朕恨万分之一！"喝退诸葛瑾。瑾知不可说，自回东吴。

据《资治通鉴》卷六十九：（黄初二年）秋七月，汉主自率诸军击孙权，权遣使求和于汉。南郡太守诸葛瑾遗汉主笺曰："陛下以关羽之亲，何如先帝？荆州大小，孰与海内？俱应仇疾，谁当先后？若审此数，易于反掌矣。"汉主不听。（参见《三国志·吴书·诸葛瑾传》及注引《江表传》）

据《三国志·蜀书·先主传》：先主忿孙权之袭关羽，将东征，（章武元年）秋七月，遂帅诸军伐吴。孙权遣书请和，先主盛怒不许。

按：刘备东征，孙权求和，《三国志·蜀书·先主传》作"遣书请和"，《资治通鉴》作"遣使求和"。据史书记载，诸葛瑾曾致书刘备劝其退兵，但未如《演义》所说出使向刘备求和。

却说张昭等见孙权而言曰："诸葛瑾听知蜀兵势大，故推作使而行，必降刘备矣！"权曰："子瑜决不负孤！彼与孤有生死之交，不易之誓。子瑜之不负孤，犹孤之不负子瑜也。昔者子瑜在柴桑时，孔明至吴，孤与子瑜曰：'卿与孔明同产，何不留之？'子瑜言'亮已委质于人，义无二心！弟之不留，犹瑾之不往也。'孤审子瑜往日之说，其言贯通肺腑。以此论之，子瑜今日焉得负孤降蜀乎？此惟孤知其心，非外人可知也。"正说间，人报诸葛瑾回。权曰："孤言若何？"张昭等皆惶恐。

据《资治通鉴》卷六十九：时或言瑾别遣亲人与汉主相闻者，权曰："孤与子瑜，有死生不易之誓，子瑜之不负孤，犹孤之不负子瑜也。"然谤言流闻于外，陆逊表明瑾必无此，宜有以散其意。权报曰："子瑜与孤从事积年，恩如骨肉，深相明究。其为人，非道不行，非义不言。玄德昔遣孔明至吴，孤尝语子瑜曰：'卿与孔明同产，且弟随兄，于义为顺，何以不留孔明？孔明若留从卿者，孤当以书解玄德，意自随人耳。'子瑜答孤言：'弟亮已失身于人。委质定分，义无二心。弟之不留，犹瑾之不往也。'其言足贯神明，今岂当有此乎！前得妄语文疏，即封示子瑜，并手笔与之。孤与子瑜可谓神交，非外言所间，知卿意至，辄封来表以示子瑜，使知卿意。"（参见《三国志·吴书·诸葛瑾传》及注引《江表传》）

瑾回见权，备说先主不肯通和之意。孙权大惊曰："似此奈何！"阶下一人进曰："某有一计，可解此危。”视之，乃中大夫赵咨，字德度。

据《三国志·吴书·吴主传》注引《吴书》：咨字德度，南阳人，博闻多识，应对辩捷。权为吴王，擢中大夫。

权曰：“有何良谋？”咨曰：“主公作一表，咨请为使，往许昌见魏王曹丕，陈说利害，使魏袭其汉中，则刘备之兵自然回矣。”孙权曰：“此（诏）[招]大妙！卿此一去，勿失江东之志气！”咨曰：“某若有小失，则当投江而死，安有目再观江东乎？”权大喜，便遣赵咨入魏。

据《资治通鉴》卷六十九：（黄初二年秋）八月，孙权遣使称臣，卑辞奉章，并送于禁等还。（参见《三国志·魏书·文帝纪》《三国志·吴书·吴主传》）

咨星夜到许昌，先见[了]太尉贾诩等众大臣（了）。次日早朝，诩奏“吴侯遣中大夫赵咨上表。”魏王笑曰：“此欲解蜀兵之厄也。”交宣咨入，拜舞已毕，呈进表文。魏主问赵咨曰：“吴侯乃何等之主也？”咨答曰：“聪明、仁智、雄略之主也！”魏主大笑。咨曰：“陛下何笑乎？”魏主曰：“笑卿过奖，失之甚也！”咨曰：“臣请一一奏知陛下。”魏主曰：“卿言合[理]，朕即准表章。”咨曰：“纳鲁肃于凡品，聪也；拔吕蒙于行阵，明也；获于禁而不害，仁也；取荆州而兵不血刃，智也；据有三州，虎视四方，雄也；屈身于陛下，略也：以此论之，乃为聪明、仁智、雄略之主也！”魏主又问曰：“颇知学乎？”咨曰：“吴侯任贤使能，志存经略；虽有余闲，博览书史，然不效书生寻章摘句而已。”魏主曰：“朕欲伐吴，可乎？”咨曰：“大国有征伐之兵，小国有备御之固！”魏主曰：“吴难魏乎？”难者，惧怕也。咨曰：“带甲百万，江、汉为池，何难之有？”魏主曰：“吴国如大夫者几人？”咨曰：“聪明特达者八九十人；如咨之辈，车载斗量，不可胜数！”魏主叹曰：“使于四方，不辱君命，可谓士矣！如赵咨者，不辱其君也！”

据《资治通鉴》卷六十九：吴王遣中大夫南阳赵咨入谢。帝问曰：“吴王何等主也？”对曰：“聪明、仁智、雄略之主也。”帝问其状，对曰：“纳鲁肃于凡品，是其聪也；拔吕蒙于行陈，是其明也；获于禁而不害，是其仁也；取荆州兵不血刃，是其智也；据三州虎视于天下，是其雄也；屈身于陛下，是其略也。”帝曰：“吴王颇知学乎？”咨曰：“吴王浮江万艘，带甲百万，任贤使能，志存经略，虽有余闲，博览书传，历史籍，采奇异，不效书生寻章摘句而已。”帝曰：“吴可征否？”对曰：“大国有征伐之兵，小国有备御之固。”帝曰：“吴难魏乎？”对曰：“带甲百万，江、汉为池，何难之有！”帝曰：“吴如大夫者几人？”对曰：“聪明特达者八九十人；如臣之比，车载斗量，不可胜数。”（参见《三国志·吴书·吴主传》及注引《吴书》）

据《三国志·吴书·吴主传》：刘备帅军来伐，……权以陆逊为督，督朱然、潘璋等以拒之。遣都尉赵咨使魏。

（如）[于]是降诏，命太常卿邢真[捧]策，拜孙权为吴王，加九锡。

据《三国志·魏书·文帝纪》：（黄初二年）秋八月，孙权遣使奉章，并遣于禁等还。丁巳，使太常邢贞持节拜权为大将军，封吴王，加九锡。

赵咨出，大夫刘晔出班谏曰：“今孙权惧蜀兵之势，故来请降示弱耳。以臣之愚见，吴、蜀交兵，乃天亡[之]也。陛下可遣上将，提数万之兵，径渡长江袭之。蜀攻其外，魏攻其内，吴地之危，不出旬月。吴亡，则蜀安能久存乎？愿主上察之！”魏主曰：“孙权既然礼服于朕，若攻之，乃失信于天下也。朕初登大位，此等诈谋，不可用之！”刘晔又奏曰：“孙权虽有雄才，乃故汉骠骑将军耳，为南昌侯之职也。官轻则势微，江南士民有畏中国之心，不可加之王位也。位去天子一阶耳，礼秩衣冠皆相乱也。今信其诈，进升王位，加以九锡，是与虎添翼也！孙权若退蜀兵之后，必然外尽礼臣事中国，而内无礼以怨。陛下若兴兵伐之，则孙权普告江南之民曰：‘我事中国，不失臣下之礼。今无故起兵而来，必欲掠我臣民，据我金帛，欲得江南子女为仆。’民信其言，上下用心，(而)[力]加十倍矣。陛下不因此危急之时而并降之，后有大悔！”魏主曰：“不然！朕但不助(攻兵)[吴]，魏居正统，安若太山，看吴、蜀相战。若灭一国，则此一处亦何难哉？朕已有主见，卿勿多言！”

据《资治通鉴》卷六十九：(黄初二年秋)八月，孙权遣使称臣，卑辞奉章，并送于禁等还。朝臣皆贺，刘晔独曰：“权无故求降，必内有急。权前袭杀关羽，刘备必大兴师伐之。外有强寇，众心不安，又恐中国往乘其衅，故委地求降，一以却中国之兵，二假中国之援，以强其众而疑敌人耳。天下三分，中国十有其八。吴、蜀各保一州，阻山依水，有急相救，此小国之利也。今还自相攻，天亡之也，宜大兴师，径渡江袭之。蜀攻其外，我袭其内，吴之亡不出旬月矣。吴亡则蜀孤，若割吴之半以与蜀，蜀固不能久存，况蜀得其外，我得其内乎！”帝曰：“人称臣降而伐之，疑天下欲来者心，不若且受吴降而袭蜀之后也。”对曰：“蜀远吴近，又闻中国伐之，便还军，不能止也。今备已怒，兴兵击吴，闻我伐吴，知吴必亡，将喜而进与我争割吴地，必不改计抑怒救吴也。”帝不听，遂受吴降。……丁巳，遣太常邢贞奉策即拜孙权为吴王，加九锡。刘晔曰：“不可。先帝征伐天下，十兼其八，威震海内；陛下受禅即真，德合天地，声暨四远。权虽有雄才，故汉票骑将军、南昌侯耳，官轻势卑。士民有畏中国心，不可强迫与成所谋也。不得已受其降，可进其将军号，封十万户侯，不可即以为王也。夫王位去天子一阶耳，其礼秩服御相乱也。彼直为侯，江南士民未有君臣之分。我信其伪降，就封殖之，崇其位号，定其君臣，是为虎傅翼也。权既受王位，却蜀兵之后，外尽礼以事中国，使其国内皆闻，内为无礼以怒陛下；陛下赫然发怒，兴兵讨之，乃徐告其民曰：‘我委身事中国，不爱珍货重宝，随时贡献，不敢失臣礼，而无故伐我，必欲残我国家，俘我人民以为仆妾。’吴民无缘不信其言也。信其言而感怒，上下同心，战加十倍矣。”又不听。(参见《三国志·魏书·刘晔传》注引《傅子》)

据《三国志·魏书·刘晔传》：备果出兵击吴。吴悉国应之，而遣使称藩。朝臣皆贺，独晔曰：“吴绝在江、汉之表，无内臣之心久矣。陛下虽齐德有虞，然丑虏之性，未有所感。因难求臣，必难信也。彼必外迫内困，然后发此使耳，可因其穷，袭而取之。夫一日纵敌，数世之患，不可不察也。”备军败退，吴礼敬转废。

按：据史书记载，黄初二年(221)十一月，曹丕命邢贞为使来武昌，封孙权为吴王；然后孙权才命赵咨出使魏国。《演义》将两事前后倒置，有悖于史。

后人有诗曰：

(无故)[天数]相关莫远图，圣明原有百灵扶。

曹丕若听刘晔谏，安得江东地属吴？

太常卿邢真与赵咨同至吴郡，先使人报“魏封王号，[宜当]远接。”顾雍进曰：“主公只宜自称上将、九州伯之位，不当受魏封爵。”权曰：“沛公当时亦受项羽封为汉王，盖权宜耳，何足损也？”乃率百官出郭迎接。(太常)邢真自以为上国大使，至郭不下车，端坐遍观吴国文武。张昭大怒，近前叱之曰："汝虽上国之使，安敢忘自尊大，以为江南无人物耶？以江东无斧刀乎？"邢真荒下车与（大使）[孙权]相见，并车入国。车后一人放声大哭，乃偏将军徐盛也，回顾同列曰："吾等不能奋身竭力，舍命为国家，并（许）[魏]吞蜀，而令吾主受人封爵，不亦大辱乎！"言讫下马，以头撞地而哭。邢真闻（知）[之]叹曰："江东有如此之才，非久下人者也！"

据《资治通鉴》卷六十九：邢贞至吴，吴人以为宜称上将军、九州伯，不当受魏封。吴王曰："九州伯，于古未闻也。昔沛公亦受项羽封为汉王，盖时宜耳，复何损邪！"遂受之。吴王出都亭候邢贞，贞入门，不下车。张昭谓贞曰："夫礼无不敬，法无不行。而君敢自尊大，岂以江南寡弱，无方寸之刃故乎！"贞即遽下车。中郎将琅邪徐盛忿愤，顾谓同列曰："盛等不能奋身出命，为国家并许、洛，吞巴、蜀，而令吾君与贞盟，不亦辱乎！"因涕泣横流。贞闻之，谓其徒曰："江东将相如此，非久下人者也。"（参见《三国志·吴书·吴主传》注引《江表传》，《三国志·吴书·张昭传》《徐盛传》）

权受命，乃以斗鸭、长鸣鸡等件，遣人进纳于魏。张昭曰："贡献之物，莫非太过？"孙权笑曰："利足结人心。今贡献之物，乃瓦石耳，何足惜哉？"众官皆叹之。

据《资治通鉴》卷六十九：帝遣使求雀头香、大贝、明珠、象牙、犀角、玳瑁、孔雀、翡翠、斗鸭、长鸣鸡于吴。吴群臣曰："荆、扬二州，贡有常典。魏所求珍玩之物，非礼也，宜勿与。"吴王曰："方有事于西北，江表元元，恃主为命。彼所求者，于我瓦石耳，孤何惜焉！且彼在谅暗之中，而所求若此，宁可与言礼哉！"皆具以与之。（参见《三国志·吴书·吴主传》注引《江表传》）

却说先主自白帝城遣诸葛瑾回之后，便令大军依期而进，又有蛮王名沙摩（相）[柯]引兵助战，又有五溪（路）[汉]将杜路、刘宁两路军马皆到。于是水陆并进，声势吞天。前军水（陆）[路]已出巫口地名，旱路抄出秭归地名。

孙权已受吴王之位，奈何魏兵不来接应，问诸文武曰："蜀兵势大，何以退之？"诸将皆默然。吴王曰："昔有周郎，后有鲁肃、吕蒙继之。今蒙已死，无人与孤分忧也！"忽班部中一少年将军突然而出曰："主上养国士，待之如手足。今一闻蜀兵至，尽皆缄口结舌，此何理也？某虽年幼，颇习武艺，臣叨君禄，敢不效报，以（损）[捐]无用之躯？愿统数万之众破蜀，擒刘备必矣！"众皆见其言大惊。此人是谁？

[第一百六十四段]　关兴斩将救张苞

挺身出者，乃吴人孙河之子。河字伯海，本姓俞，策爱，赐姓孙，待之如弟，因此得为孙氏宗族，生四子。河死后，（军）[长子弓]马熟闲，胆量过人，常从孙权出军有功，官封安东中郎将，姓孙名桓，字叔武，时年二十五岁。

据《三国志·吴书·孙桓传》：孙桓字叔武，河之子也。年二十五，拜安东中郎将，与陆逊共拒刘备。

据《三国志·吴书·孙桓传》注引《吴书》：河有四子。长助，曲阿长。次谊，海盐长。并早卒。次桓，仪容端正，器怀聪朗，博学强记，能论议应对，权常称为宗室颜渊，擢为武卫都尉。从讨关羽于华容，诱羽余党，得五千人，牛马器械甚众。

孙桓对权曰："侄有大将李异、谢琪，有万夫不当之勇，乞数万之众，即擒刘备！"孙权曰："吾侄勇则勇矣，奈何年幼，必得一人共相辅助为上。"忽一人进曰："臣愿与小将军同破刘备！"众视之，乃朱浩外甥，官带虎威将军，丹阳故彰人也，姓朱名然，字义封。吴王大喜，即点水陆兵五万与孙桓、朱然统领，桓为都督，然为副都督，即日进兵。听得蜀兵前队已到宜都（下寨），孙桓令朱然督二万五千［水军］于大江中结营，孙桓引二万五千人于宜都界口下寨，前后分作三营，以拒蜀兵。

据《资治通鉴》卷六十九：汉主遣将军吴班、冯习攻破权将李异、刘阿等于巫，进军秭归，兵四万余人，武陵蛮夷皆遣使往请兵。权以镇西将军陆逊为大都督，假节，督将军朱然、潘璋、宋谦、韩当、徐盛、鲜于丹、孙桓等五万人拒之。（参见《三国志·吴书·陆逊传》《吴主传》）

按：据史书，刘备东征，孙权求和不成，即以陆逊为大都督主持西线抗蜀战事。《演义》则将东吴的迎战分解为三次：第一次，孙权命孙桓、朱然率兵五万拒敌，结果朱然损兵折将，孙桓被围于夷陵。第二次，孙权派韩当、周泰、潘璋、凌统、甘宁等人起兵十万拒敌，结果在猇亭又被蜀军打得大败。孙权在求和不成的情况下，才不得不起用陆逊为大都督，第三次出兵拒敌。

前队吴班迤逦出（门）［川］以来，所到之处，望风而降，莫敢拒敌。军士不曾破刃，前到夷陵、宜都。［吴班］探得孙桓军马在彼，遂亦下住寨栅，使人回禀先锋冯习字休元、张南字文进。二先锋亦不敢擅便，遣人飞奏先主。时先主御驾已在秭归县。当日，近臣奏曰："吴遣孙桓为将，在宜都界口拒敌。"先主怒曰："（谅）［量］此等小儿岂足为将，与吾敌也！"时关兴出奏曰："既孙权令小儿为将，何劳伯父（下）［遣］大将军耶？侄请讨之！"先主曰："贤侄去走一遭，朕欲观其志！"关兴拜辞欲行，张苞出奏曰："既安国要去讨贼，臣亦请同行！"先主曰："更得贤侄相助，甚妙！汝弟兄二人前去，不可造次。倘有疏虞，堕军之（说）［锐］气也！"关兴、张苞二人进到前军见了先锋，同日俱起。

却说孙桓哨探得蜀兵至近，乃拔三寨之兵齐起，列于宜都山下。蜀兵大至，漫山塞野，鼓声大振，两下阵圆。孙桓引李异、谢琪二将出马，立于阵前，遥望［见］蜀兵阵中涌出一队，素面白旗，于内上将银盔银甲，白马白袍，上首张苞手持丈八点钢矛，下首关兴横驾青龙偃月刀，二匹马左右盘旋。张苞扬声大骂："孙桓竖子！（限死）［死限］临头，尤拒敌天兵耶！"孙桓复骂曰："量汝刘备乃织席贩履小辈，如何敢妄称帝（位）［号］！汝父作无头之鬼，复敢加兵于此，自送死耳！"张苞大怒，挺枪跃马而出。孙桓欲自战，谢琪骤马而出曰："主公看吾擒之！"谢琪挺枪来战张苞。二骑相交，约战三十余合，谢琪遮拦不住，拨回马，望本阵便走，张苞挺枪拍马赶去。李异看见谢琪输了，遂拍坐下马，轮手中金蘸斧来迎，两骑马就东吴阵前厮杀。两将战到二十余合，不分胜负。吴阵中一员裨将，姓谭名雄，见李异胜不得张苞，暗中一箭，正射中张苞马胸膛。那马负痛奔回本阵，将及到门旗边，那马力尽绝，前失便倒，把张苞掀在地下，人马俱倒。李异赶到，轮起大斧，望张苞脑袋便劈，手未起处，眼前一道电光，李异头落尸倒。元来是关兴见张苞马回，却待接应，忽倒于前，因此飞马斩之，故救了张苞，乘势掩杀，吴兵大败。蜀兵飞报捷音。

次日，孙桓见斩了李异，忿怒越（气）[加]，再引军前进，关兴、张苞二将双出。关兴跃马提刀，立在阵前，单搦孙桓出战。桓大怒，自挥宝刀来斗关兴。二骑相交，战到二十余合以上，不分胜负。张苞挺枪跃马，便（交）[来]夹攻，孙桓败走。关兴、张苞二将杀入吴兵阵中，蜀将冯习、张南驱兵掩击。（先）[却]说张苞战马当先入阵，正遇谢琪，一枪刺于马下，往来冲突，如入无人之境。蜀兵大至，杀败吴兵。冯习收军，只不见关兴。张苞大惊曰："若折了安国，吾亦不用命矣！"绰枪上马来寻，行不数里，见关兴就马上右手提刀，左手脑揪一人而来。张苞接着问之，关兴曰："我在乱军中正逢着你的仇人，故生擒到此。"张苞问"是夜来阵上射吾战马的吴（羽）[将]谭雄？"张苞捉归本阵，斩头沥血，祭了死的战马。

却说孙桓折了李异、谢琪两个左右护臂，势孤力穷。

据《资治通鉴》卷六十九：汉主遣将军吴班、冯习攻破权将李异、刘阿等于巫，进军秭归，兵四万余人。（参见《三国志·蜀书·先主传》）

按：《演义》称，关兴、张苞随刘备参加夷陵之战，一路上斩将立功，处死仇人，这些情节均不见于史。据史书记载，张苞早夭；关兴二十岁时做侍中、中监军，并未出征。李异随陆逊参加了夷陵之战，不可能为关兴所杀。

即时关兴、张苞遣人请冯习、张南二人商议："如今孙桓兵败将亡，可乘虚劫寨，拔去根本，则吴兵顿失（铣）[锐]气，不敢拒敌矣。"张南曰："孙桓虽然折了许多军将，江中朱然水军不曾摇动一个。倘或去劫寨后，水军登岸，截断归路，兵必自乱！"冯习曰："此极容易！先交关兴、张苞各引五千军伏于山谷中，如朱然不来只休，倘来时，左右两枝军马于半路间杀出，彼兵自乱矣。"吴班曰："莫若先使小卒，只做降吴，先将劫寨事告于朱然，见火起必然来救，却令伏兵击之！"冯习用其计，先交关兴、张苞去埋伏了，却令小卒来行此计。

却说朱然听知孙桓折兵损将，正欲去救，忽然伏路军引数个小卒来到。然问其故，卒曰："我等是冯习帐前军士，为习赏罚不明，故来投吴，就报机密：今晚冯习引军乘虚去劫孙将军寨，必然放火，故先来报知。"朱然听了，先使人来报孙桓。那报事的（已）被关兴军路上接住杀了。朱然点一万军去救，自要当先，时部下有一将姓崔名禹，禀曰："小卒之言未可深信。倘一疏虞，旱路、水径并皆休矣！将军稳守水寨，当替将军一行。"朱然准崔禹之言，令将一万军行。

是夜，冯习、张南、吴班分兵三路，杀入孙桓寨中，四面火起。吴兵大乱，寻路奔走。却说崔禹正行之间，望见火光冲天而起，令军急进。转过山谷，两下鼓向，左边关兴冲出，右边张苞杀到，两下夹攻，吴兵进退不得。张苞把崔禹生擒而回。此时吴兵两路俱休：朱然退下水寨五六十里；孙桓引败军走夷陵，问前军："何处城池坚固有粮草？"军士答曰："北夷陵有一城，名夷道城，可以屯住。"孙桓引军便走夷道。冯习、张南引军直出，追到夷道，四面围住；

据《三国志·吴书·陆逊传》：孙桓别讨备前锋于夷道，为备所围，求救于逊。

拿了崔禹，即时差使解秭归城见先主。[先主]命斩之，大赏三军。自此威风振动江南！

吴王大惊，荒聚文武商议："今孙桓受困于夷道，朱然败退于江中，如之奈何？"此时程普、黄盖、蒋钦皆亡。张昭进曰："今东吴旧将虽有弃世者，尚存十数人，何虑刘备哉？可命韩当为主将，周泰为副将，按：据《三国志·吴书·周泰传》，周泰未参加夷陵之战。

潘璋为先锋，凌统为合后，

按：据《三国志·吴书·凌统传》，凌统已于建安二十二年（217）病死。

甘宁为救应，起兵十万拒之，何碍？”权允所奏，即时差诸将行。时甘宁已患痢疾，不得已而起。

按：《演义》称，在夷陵之战中，东吴集团前后两次发兵总计十五万，与史实不合。据王前程先生在《夷陵之战研究》一书中考证，《三国志·陆逊传》云：“刘备率大众来向西界，权命逊为大都督、假节，督朱然、潘璋、宋谦、韩当、徐盛、鲜于丹、孙桓等五万人拒之。”《三国志·步骘传》云：“骘将交州义士万人出长沙。会刘备东下，武陵蛮夷蠢动，权遂命骘上益阳。”可见东吴参加夷陵之战的总兵力为六万。

却说刘先主自从巫峡建立前屯，直接至夷陵界分，连接七百余里，军营四十余所。先主知关兴、张苞各建奇功，差使宣回，（上）赏赐［御］酒，喟然叹曰：“昔日从朕诸将尽皆老迈无用！今复有二将贤侄，何患东吴乎？”正说间，忽报江东命韩当［、周泰］为将，（周泰）引兵前来。先主便欲遣将，忽奏曰：“老将军黄忠听知陛下说老将无用，引了亲随五六十骑，反投东吴去了。”先主曰：“黄汉升何肯反朕之人也？因朕脱口误言‘老’之一字，此人心不伏老，奋力而去相持也，去必有失。二贤侄休辞，便可上马相助汉升，略有奇功，便可令回，勿使有失！”关兴、张苞辞帝上马，来助黄忠。不知如何。

［第一百六十五段］　刘先主猇亭大战

章武二年春正月，后将军黄忠立阶下，忽闻先主所言老将无用，因此激起英雄之气，当夜备了战马，引亲随五六十骑，径投夷陵寨中。冯习、吴班（接）等接着，问曰：“将军到此，必有事故？”忠曰：“吾自长沙跟主上到今，多负勤劳，天子亦不曾亏负于我。虽年七十有余，尚食肉十斤，臂开二石（米）［之］弓，能骑千里马，何为老矣？昨者道我无用，故来临阵斩将，看道老与不老。”正说间，人报东吴前队已到，哨马在境。黄忠奋然而起，便出帐上马。冯习、吴班二人谏曰：“将军且未可轻进！”黄忠不听，上马径去。冯习令吴班引军助敌。黄忠提刀骤马，直至东吴寨前搦战。先锋潘璋引军出迎。璋手下副将史迹欺黄忠年老，提枪来迎，与忠交马只一合，被黄忠一刀杀之。潘璋自出，提关公所使宝刀，与忠斗刀。战不数合，黄忠独奋神威，潘璋不及，拨回马走。黄忠乘势赶去，吴班助战，大胜一阵而回。关兴、张苞至，曰：“圣旨令某二人来助老将军。既已斩将，速请回御营！”黄忠不听。

次日，潘璋又（出）［来］搦战。关兴、张苞要出助战，黄忠不许；吴班要出，忠亦不许，自（到）［引］五六十兵，出与潘璋交战。略战数合，［潘璋］拖刀便走，黄忠骤马引军追赶，口中大叫，要与云长报仇。杀去三十里，喊声大振，四面兵出，左边韩当，右边周泰，前面潘璋，后面凌统，把黄忠围在垓心，喊声大起。黄忠心荒，急欲退时，山坡上马忠将着一军出，见黄忠被围，拈弓取箭，射中黄忠肩窝，险些儿坠马。吴兵见忠力困，并力向前。忠将危急，忽然喊声大起，两路兵杀散吴兵，救出黄忠，乃是关兴、张苞。吴兵自退。

兴、苞保护黄忠，直送到御营。[忠]年老，难禁箭疮痛，死在旦夕。先主车驾亲自来看视，把其臂曰："使老将军中伤，朕之过也！"忠曰："臣乃武夫，幸遇陛下！今年七十有五，死亦足矣！陛下善保龙体，以图中原！"言讫不省人事，是夜卒于御营。

据《三国志·蜀书·黄忠传》：（建安二十四年秋七月，）遂与羽等齐位，赐爵关内侯。明年卒，追谥刚侯。

按：据《三国志·蜀书·黄忠传》，黄忠死于建安二十五年（220），即在刘备称帝和东征前夕。《演义》称他享年七十五岁，不见于史。

后人有庙赞曰：

老将说黄忠，收川立大功。
重披金锁甲，双挽铁胎弓。
胆斩惊曹操，留芳振汉中。
临亡头似雪，尤自显威风。

先主哀伤不已，命具棺椁载回，葬于成都。先主叹息曰："五虎将已亡三人，吾尚不能复仇，深可痛哉！"于是先主自引羽林军直进猇亭，大会诸将，水陆并进：其水路令黄权总兵；陆路先主自披黄金甲临阵，程畿、马良等谏皆不听。

是时章武二年二月中旬，先主分兵八路取猇亭。

据《三国志·蜀书·先主传》：（章武）二年春正月，先主军还秭归，将军吴班、陈式水军屯夷陵，夹江东西岸。二月，先主自秭归率诸将进军，缘山截岭，于夷道猇亭驻营，自佷山通武陵，遣侍中马良安慰五溪蛮夷，咸相率响应。镇北将军黄权督江北诸军，与吴军相拒于夷陵道。

据《资治通鉴》卷六十九：汉主自秭归将进击吴，治中从事黄权谏曰："吴人悍战，而水军沿流，进易退难。臣请为先驱以当寇，陛下宜为后镇。"汉主不从，以权为镇北将军，使督江北诸军；自率诸将，自江南缘山截岭，军于夷道猇亭。（参见《三国志·蜀书·黄权传》《华阳国志·刘先主志》）

按：《演义》在夷陵之战地理的描写中，不但混淆了江南的夷道县与江北的夷陵城的位置，还将猇亭火攻之战写成在江南和江北同时进行，而始终没有指出猇亭古战场的具体位置。综合上述两条史料，王前程先生在《夷陵之战研究》一书中指出，刘备是从秭归（今秭归县归州镇）南渡长江，然后走江南山谷盐道进至夷道猇亭驻营的。北宋史学家司马光担心后人混淆，特别作了明确的交代："（刘备）自江南缘山截岭，军于夷道猇亭。"也就是说，刘备树栅立营与吴军对峙的猇亭隶属于夷道县。"夷道猇亭"中的"夷道"与"猇亭"不是并列关系，而是上下隶属关系。因此可以明确，猇亭古战场是在江南而非江北。

韩当、周泰听知先主御驾自至，二将引诸将出迎。两阵对完，韩当、周泰出阵，见蜀兵门旗开处，先主自打黄罗销金葫芦顶九曲伞盖，左右列白旄黄钺，金银旌节围绕。韩当、周泰马上奏曰："陛下今为蜀主，何自轻耶？万一有损，切勿懊悔！"先主以鞭指而骂曰："汝等狗辈伤吾手足，誓不（若）[共]天地、同日月也！早早来降，免汝等死！"韩当回顾(回)[曰]:“汝等敢出冲突蜀兵否?”言未毕,韩当手下一将名夏恂骤马挺枪而出。先主背后张苞看见,一骑马、一条枪直取夏恂。先主视之曰:“虎父还生虎子也!”夏恂只待要走,周泰弟周平见夏恂遮拦不住,挥刀纵马而出。先主背后关兴看见,一骑马、一口刀飞出。张苞大喊一声,一枪刺夏恂于马下。周平大惊,措手不及,被关兴一刀斩之。二将拍马来战韩当、周泰,二人荒入本阵。先主鞭稍一点,大势军马一齐掩杀,水陆八路同时俱进,各要争功,奋力向前,杀得尸横遍野,血流成河。

却说甘宁正在船中养病,听知蜀兵大至,急上马时,一队胡兵跃至,为头是胡王(摩沙)[沙摩]柯,生得面如噀血,碧眼突出,黄须倒卷,使一个蒺藜铁骨朵,臂悬弓一张,腰箭二袋,背后皆是南番军马,披发跣足,使一口大刀。甘宁见势大,不敢交锋,拍马而走,被沙摩柯一箭射中其项。宁带箭夜走,后到富池口身死,死时坐于大树之下,上有群鸟数百以绕其尸。土人葬之,吴王特与立庙。

按:甘宁已于夷陵之战前去世,其卒年,《三国志》甘宁本传未明载;据《三国志·吴书·潘璋传》,可推断甘宁死于建安二十五年(220),即夷陵之战前两年。吕蒙袭取荆州战役与夷陵之战,他均未参加。

直到如今,富池口有甘兴霸庙,来往客商祭之极灵,有神鸦送客一程,是神之灵也。后人有诗云:

巴郡甘兴霸,长江锦幔舟。
关公不敢渡,曹操镇常忧。
劫寨将轻骑,驱兵(颔)[饮]巨瓯。
神鸦今显圣,香火永千秋!

此时先主大获全胜,遂得猇亭。吴兵大溃,各自逃散。

却说先主收兵,诸将上功,只不见关兴。先主荒令人四下寻之。却说关兴杀入吴兵阵中,正见潘璋,乃杀父仇人,如何不报?骤马赶潘璋入山谷中,不知所在。关兴寻思只是此山内寻。看看天晚,迷踪失路,幸喜星月有光,行一山僻,约二更时,到一庄所。兴乃下马叩门,有一老(将)[丈]出迎。(具)[兴]言:“我是战将,迷路至此,求与一饭。”兴见庄中神堂灯明,视之,中间会画关公神像。兴乃大哭。老丈问其故,兴曰:“此吾父也!”老丈便拜。关兴问之,老丈曰:“此间皆是尊神地面,在生之日,人家尚自供奉,何况今日为神?老夫只望蜀兵早复仇。今日将军到此,荆州百姓有福!”遂乃以酒肉待之。兴卸鞍喂马。约有三更以后,忽听得有人扣门,老丈出而问之,乃吴将潘璋,也未投宿,却好入庄到草堂。关兴看见,拔剑在手,大叫“逆贼休走!”璋回身便走,忽一人自外而入,潘璋视之,乃关公也!潘璋惊得痴呆,再欲转身,被关兴一剑斩之,遂取心沥血,以祭其父,

据《三国志·吴书·潘璋传》:刘备出夷陵,璋与陆逊并力拒之,璋部下斩备护军冯习等,所杀伤甚众,拜平北将军、襄阳太守。……嘉禾三年卒。

按:《演义》称潘璋为关兴所杀,与史相悖。核诸史书,关兴并未随刘备伐吴。潘璋在夷陵之战立了大功,直到吴嘉禾三年(234)才病死。

复得青龙偃月刀。关兴将潘璋首(及)[级]拴在马颔下,便就骑了潘璋马,别了老丈而回(庄)[营]中。[老丈]自把尸烧化了。关兴行不数里,人语马嘶,一彪军到,尽打

吴军旗号，为头是潘璋（下）部［下］将马忠，见关兴杀了潘璋，刀、首（见）［俱］在，乃骤马舞刀，来斗关兴。兴认得是仇人，安得不死战？马忠虽比不得关兴本事，手下有三百来军，一齐围将上来，果是寡不（迭）［敌］众。忽然西北上一彪军到，乃是张苞，也跟寻到此。马忠见敌军到，荒忙退去，关兴、张苞追赶不上。行不数里，糜芳、傅士仁却引一彪军到，与马忠相合一处。混战之间，背后凌统又引一军来到，关兴、张苞兵少，荒忙彻退。两个自回猇亭见先主，具言其事，先主惊异。

却说马忠回，寻见韩当、周泰，收集败军，各自分投守把。其时中伤者不可胜数，马忠带糜芳、傅士仁于江渚屯扎。是夜，糜芳闻军士号叫疼痛之声。芳潜听之，皆曰：“我等皆是荆州关公军，被吕蒙诡计送了我主人。今刘皇叔御驾亲征，东吴早晚休矣。所恨的是糜芳、傅士仁两个！我每何不杀了此二贼，去见刘皇叔，功劳不小！”数内一个道：“不要性急！我每看个空便下手。”糜芳听罢，来对傅士仁说：“军心变动，我二人性命不久！蜀所（帐）［恨］者，是我二人。何不把马忠（来）杀了，将头去献，告称我等不得已降了吴；今知车驾前来，特地到营请罪，须免得遭祸也。”傅士仁曰：“今主上想国舅之（来）［亲］，必然恕之。”二人商量定了，先备下马匹，二更，在帐内刺杀马忠，将了首级，连夜离营，引亲近十余人，奔猇亭御营。

伏路军转报先锋，见了冯习等诉说备细，后来御营见先主。二人将首级献上，哭告先主曰：“臣等实无反心，因被吕蒙诡计言称关云长已亡，赚开城门，不得已降。今闻车驾到来，故将害云长之贼马忠杀了，特来请罪！”先主大怒曰：“朕自离成都许多时，不来请罪；今日势危，故来巧言令色而说吾也，欲全其身！朕若赦汝，九泉之下何（而）［面］目见云长耶！”随唤关兴来，交就御营设云长灵位，将马忠首级献呈。先主自为享祭，哭泣甚切；令关兴亲自下手，将糜芳、傅士仁二人醢之，以享祭灵魂。

据《三国志·吴书·吴主传》：（黄武二年夏）六月，权令将军贺齐督糜芳、刘邵等袭蕲春。

按：《演义》称糜芳、傅士仁杀马忠反投降刘备而被活剐祭奠关羽而死，与史相悖。据史书记载，糜芳在吴黄武二年（223）六月还随吴将贺齐出征，而刘备早在该年四月就已经去世。

忽帐下一人大哭曰：“伯父仇人尽皆诛灭。吾父被二贼所害，何时报之？”先主抚恤曰：“贤侄勿忧！朕当踏平江南，杀尽吴狗，必当索此二人，令（将）［汝］亲醢之，以祭汝父！汝父有灵，知我心也！”张苞泣谢。

此时先主军威大振，吴地之人心寒胆裂，日夜（今）［惊］惶，大小皆号哭。韩当、周泰告急于吴王，具言糜芳、傅士仁杀了马忠，归蜀亦被醢之。孙权聚文武商议。步骘曰：“西蜀所恨者，乃吕蒙、潘璋、糜芳、傅士仁、马忠，皆已结冤关云长者也。今数人已亡，独有范疆、张达，乃刺杀张飞者也，（今见）［见今］在吴。何不将此二人并张飞首级送还蜀，遣使求和，复还荆州，再会亲情，共图灭（媿）［魏］，平分天下，有何不可？则蜀兵自退矣。”孙权从其言，把沉香木为匣，盛贮张飞之首，交捉下张达、范疆，囚之槛车，令程秉为使，赍书投猇亭来见先主。

近臣奏知此事，先主以手加额曰：“此天之所赐，二弟之灵也！”即日唤张苞设父灵位。先主自（察）［祭］，打开匣见飞头面色不改。先主哭之甚哀，亦令苞将二人醢之。［后人］有诗曰：

范疆、张达是仇人，更有麋芳、傅士仁。

天理昭彰还受报，猇亭分割祭灵神。

马良奏曰："今仇人尽皆剿灭，可以雪其恨矣！今吴大夫程秉在此，欲让还荆土，再进孙夫人还陛下，永结亲好，共图灭魏，以分天下，伏候敕旨。"先主怒曰："吾切齿之仇，乃孙权也！今若（汝）[与]和，是负二弟当时之盟也！朕先扫灭吴，次却收魏，一统汉室，效光武中兴，朕所愿也！"坚执不听，欲斩程秉以绝之。众臣劝免，令程秉回吴见孙权，奏知此事。

权大惊，举手无措。忽阶下一人进曰："东吴有一擎天之柱，为何不用？"众视之，乃阚泽也。吴王问曰："德润足知其才，还是何人？"看阚泽举谁人。

[第一百六十六段]　陆逊定计破蜀兵

阚泽曰："昔日大事全仗周郎；次后鲁子敬代之；子敬亡后，次及吕蒙。今子明丧，须有陆伯言，见在荆州。此人虽起身是儒生，足有雄才大略，以泽论之，不在周郎之下。前破关公，皆伯言之谋也。大王若能用之，破蜀必成矣！如其失事，臣请先纳此头！"吴王曰："非德润提省，孤几误大事！"即时差人召陆逊。张昭曰："逊乃一书生耳，非刘备勍敌也，不可用之。"顾雍亦曰："逊年幼德薄，恐诸将不伏，则生乱矣，必误于大王！"步骘进曰："逊只可以别（部）[郡]下听使令而已。若托大事，非其才也。"阚泽曰："若不用陆伯言，则东吴必休矣！臣请以全家性命保之！"吴王曰："吾亦素知陆逊乃奇才也。孤当托之！"泽曰："若不付以重任，其才不能尽展也。"吴王曰："然！"于是召陆逊。

逊乃吴郡吴人也，

据《三国志·吴书·陆逊传》：陆逊字伯言，吴郡吴人也。本名议，世江东大族。

汉城门校尉陆行己之孙，九江都尉陆孜之子，

据《三国志·吴书·陆逊传》注引《陆氏世颂》：逊祖纡，字叔盘，敏淑有思学，守城门校尉。父骏，字季才，淳懿信厚，为邦族所怀，官至九江都尉。

身长八尺，面如白玉，体似凝酥，此时官带镇西将军。克日召逊至，拜毕，吴王曰："今蜀兵侵境，孤欲命卿总督军马，以破刘备，何如？"逊答曰："文官武将，皆大王故旧之臣也。逊年幼不才，安能制了？"

按：据《三国志·吴书·陆逊传》推算，夷陵之战时，陆逊已三十九岁（虚岁），不应自称"年幼"。

吴王曰："阚德润以全家性命保之，孤亦素知卿德。今拜汝为大都督，卿勿推耶！"逊曰："倘文武中不伏者，如何？"吴王取所佩宝剑赐之，曰："如有不遵令者，先斩后奏！"逊曰："臣受恩已久，固不敢辞！大王来日聚文臣武将以赐之。"阚泽曰："古之命大将者，必当筑坛会众，以白旄、黄钺、印[绶]、兵符嘱曰：'阃之内者，寡人主之；阃之外者，将军主之！'然后名正言顺，事必成矣。大王遵此理，选日筑坛，拜陆逊为大都督，假之

以节，则众皆伏矣！”吴王乃命连夜筑坛，三日完备，大会百官，请逊登坛，加为平西招讨东吴大都督，假节钺，赐以宝剑、印绶，令掌六郡八十一州兼荆、楚诸路军马。

据《资治通鉴》卷六十九：汉主遣将军吴班、冯习攻破权将李异、刘阿等于巫，进军秭归，兵四万余人，武陵蛮夷皆遣使往请兵。权以镇西将军陆逊为大都督，假节，督将军朱然、潘璋、宋谦、韩当、徐盛、鲜于丹、孙桓等五万人拒之。（参见《三国志·吴书·陆逊传》《吴主传》）

按:《演义》写阚泽力荐陆逊挂帅，孙权连夜筑坛拜将，均不见于史。王前程先生在《夷陵之战研究》一书中认为，陆逊此时已是从军二十年的军中宿将，他在袭取荆州之战和夺取宜都之战中已显露了卓越的军事才智，为孙权所器重，先后被封为抚边将军、镇西将军兼宜都太守等职。夷陵之战刘备首先进攻的目标正是陆逊镇守的宜都郡。故当刘备发起夷陵之战后，陆逊很自然地被提拔为大都督而领兵拒敌。

逊领命讫下坛。吴王拨徐盛、丁奉为护帐，军马即日起行。

比及陆逊出师，早调诸州军马，水陆并进。先有文字到边，称陆逊为大都督。韩当、周泰等各惊讶曰：“主上如何以小书生总兵耶？”及逊至时，众皆不伏。逊升帐坐，众皆只得参贺。逊曰：“主上命吾为大将，令破蜀兵。军有常刑，汝等皆宜遵守；王法无亲，勿令自悔！”众皆默然。周泰曰：“即目安东将军孙桓乃主上之侄，见困在夷道城中，内缺粮食，外无救兵。请都督早设良谋，救出安东将军，以稳主上之心。吾料此围非都督不可解之，请便上马。”逊曰：“吾素知孙安东深得士众之心，必然能坚守城（也）[池]，不必救之。但破了蜀兵，彼自出矣。”众皆暗笑而退。

据《资治通鉴》卷六十九：初，吴安东中郎将孙桓别击汉前锋于夷道，为汉所围，求救于陆逊，逊曰：“未可。”诸将曰：“孙安东，公族，见围已困，奈何不救！”逊曰：“安东得士众心，城牢粮足，无可忧也。待吾计展，欲不救安东，安东自解。”及方略大施，汉果奔溃。桓后见逊曰：“前实怨不见救；定至今日，乃知调度自有方耳！”（参见《三国志·吴书·陆逊传》）

韩当与周泰曰：“此是东吴合休矣！命此等孺子为大都督。汝见其所行否？”周泰曰：“我以此言试之耳。（早）[略]无一计，安能退蜀兵耶？”

次日，逊传下号令，交诸处多立关防，牢把隘口，不得轻进。诸将但相聚，无不笑懦也。陆逊以调兵坚守，诸将不伏，互相耻笑。逊升帐（设）大会东吴诸将。逊下令曰：“吾领承王命，总（昔）[督]诸军，昨已三令。吾令汝等各各坚守，不遵吾令，何也？”韩当曰：“吾自跟破虏将军平定江南，大小历数百战矣。其眼前诸将，或跟讨逆将军，或跟今上，皆披坚执锐、出生入死之士也。今主上以汝为大都督，令退蜀兵，可宜早定奇计，调拨分头征进，以图成功；今却使守，以待天自杀贼，何以无谋之甚也！吾等非怕死贪生之人，使我辈皆随颜顺志，此何理也？”言讫，帐上下皆曰：“韩将军[之言]是也！我等情愿决一死战！”陆逊听罢，掣剑在手，指而言曰：“刘备名闻天下，曹操尚自惧怕，今在境界，此非容易敌也。汝等诸将并受国恩，当以和顺共图破敌，以报主公。今吾自有妙筭，非汝等所能料也。（吾汝）[今]汝等各不相顺，故违吾令，是何道理？仆虽一书生，今蒙主上受以大任者，为吾有尺寸可取，颇能任事负重故也。各守隘口，牢守险要，不许妄动；如违令者，必斩！各宜坚守，勿得多言！”众皆散去。

据《资治通鉴》卷六十九：初，逊为大都督，诸将或讨逆时旧将，或公室贵戚，各自矜恃，不相听从。逊按剑曰：“刘备天下知名，曹操所惮，今在境界，此强对也。诸君并荷国恩，当相辑睦，共翦此虏，上报所受，而不相顺，何也？仆虽书生，受命主上，国家所以屈诸君使相承望者，以仆尺寸可称，能忍辱负重故也。各在其事，岂复得辞！军令有常，不可犯也！”及至破备，计多出逊，诸将乃服。（参见《三国志·吴书·陆逊传》）

却说先主自猇亭摆布军马直至川口，连接七百余里，前后四十余屯，夜则明火照天，昼则旌旗蔽日。

按：《演义》称刘备连营七百里，与史实不合。连营七百里之说，仅见于《三国志·魏书·文帝纪》：“帝闻备兵东下，与权交战，树栅连营七百余里。”而刘备、陆逊等传均未见文字。王前程先生在《夷陵之战研究》一书中认为，曹丕所谓“七百里连营”，其意是指刘备兵分三路（黄权在江北；刘备率主力在江南；吴班、陈式水军屯夷陵，夹江东西岸）布设长蛇阵横跨大江七百里，其实刘备只是在沿途关隘多处设置军营哨卡，并非将其十余万人马分散在七百里战线上。

细作探知东吴用陆逊为将领大都督，总制军马，各守险要不出。近臣奏知，先主问“陆逊何人也？”马良奏曰：“江东儒生，

按：《演义》屡称陆逊为“儒生”“书生”，与史不合。据史书记载，陆逊曾指挥多次军事战役，立有战功；在袭取荆州战役中，陆逊配合吕蒙，直插至秭归三峡地区，斩获收降蜀兵数万人。

年幼多才，昨取荆州皆此人之谋也。”先主闻（知）[之]怒曰：“孺子设谋损吾弟也！”（违）[遂]令前队进兵讨之。马良曰：“逊之才学不在周瑜之下，不可以轻敌也！”先主曰：“吾用兵老矣，更不如一黄口孺子也？卿勿多疑，看朕擒之！”先主自（来）[率]前军，攻打诸处关隘。

韩当见先主兵来，使人报与陆逊。逊恐韩当妄动，自飞马到关口。韩当在关上山坡驻马，[遥]望蜀兵漫山塞野而来，军中隐隐见黄罗伞盖，知是先主自来，奋欲下山击之。忽陆逊走马而至，韩当指曰：“此军中必有刘备，吾欲击之。”逊曰：“不可！刘备举兵下东吴，连胜十余阵，其气正盛，且宜乘高守险，不可轻出。若再轻出而有不利，损我大势，非小故也！今但将励[将]士广布守御之策，以观其动静。今此兵驰骤于平原旷野之间，正得其志；彼若求战不得，必宜屯于山林木石之间。此时吾当用奇计也。将军宜息风火之性，以图国家之计。”韩当面虽应允，心实不伏。

据《资治通鉴》卷六十九：汉主自秭归将进击吴，……自率诸将，自江南缘山截岭，军于夷道猇亭。吴将皆欲迎击之。陆逊曰：“备举军东下，锐气始盛；且乘高守险，难可卒攻。攻之纵下，犹难尽克，若有不利，损我大势，非小故也。今但且奖厉将士，广施方略，以观其变。若此间是平原旷野，当恐有颠沛交逐之忧；今缘山行军，势不得展，自当罢于木石之间，徐制其敝耳。”诸将不解，以为逊畏之，各怀愤恨。（参见《三国志·吴书·陆逊传》注引《吴书》）

先主使前队搦战叫骂。陆逊令塞耳休听莫出，自遍历诸处关隘，抚慰将士，皆令坚守。

先主见吴兵不出，在御营心焦。马良谏曰：“陆逊虽是书生，见识甚远。今自春至夏不出相持，此必待吾军之动也。陛下宜细思之！”先主曰：“彼有何谋？但怯敌耳。前者数败与吾，今安敢出？”冯习来奏曰：“即目天道炎热，军营俱在赤日之中，更且取水遥

远，深为不便。”先主命各处营寨移屯于山林树木阴密之处。马良曰：“倘一移营，吴兵骤至，如之奈何？”先主曰：“朕令吴班将万余弱兵近吴寨，于平地屯驻。朕亲选八千精骑，伏于山谷中。如陆逊知吾移营，急出冲突，令吴班诈败而走；若逊追之，朕从山谷中出，绝逊归路，兵（皆）合可擒此孺子矣，江东一鼓而下！”群臣皆贺［曰］：“陛下神机妙筭，岂陆逊所能及也？”马良曰：“近闻诸葛丞相在东川点看各处关隘，恐魏兵入寇。陛下何不将各处军营（亲）［迁］移处画成图本，问于丞相，可乎？”先主曰：“朕素知兵法，何必问焉？”马良曰：“临事而惧，好谋而成，圣人之言也！”静轩有诗叹曰：

符坚恃众曾亡晋，昭烈移兵见败吴。
今古兴衰皆有数，元戎宁不读兵书？

先主曰：“卿可于诸处亲看处所，画成四至（将）［八道］图本，自往东川问于丞相。如有不便，可速来报知。”马良领命而去。

据《资治通鉴》卷六十九：汉人自佷山通武陵，使侍中襄阳马良以金锦赐五溪诸蛮夷，授以官爵。……汉主既败走，……马良亦死于五溪。

据《三国志·蜀书·马良传》：及东征吴，遣良入武陵招纳五溪蛮夷，蛮夷渠帅皆受印号，咸如意指。会先主败绩于夷陵，良亦遇害。

却说蜀兵移营避暑，早有细作来报。韩当等知，径来告逊曰：“即日蜀兵四十余屯各移傍山林，以就其水，可乘势击之！”逊准其计，即时起兵来击。胜负如何？

［第一百六十七段］　刘先主夜走白帝城

时章武二年夏六月，连晴不雨，军皆畏热，思就阴凉。听得圣旨移营，众皆欢喜。韩当、周泰各请出兵，乘虚击之。陆逊亦喜，自引军，先来观其动静，见平地一屯不及万余人马，皆老弱之众，大竖先锋吴班旗号。周泰曰：“吾观此等蜀兵如儿戏耳，请与韩当分兵两路击之，不胜皆斩！”陆逊看良久，以鞭指曰：“隐隐望山谷之中，杀气冲天而起，其下必有伏兵。（埋）［故］于平地（绝吾）［设吴班］之兵，乃（勍）［诱］敌［耳］，诸公切不可出！明日尚一日，三日之内，此谷中兵必然出矣。”周泰等皆以陆逊为懦，各各自去守隘。

次日，吴班直引军至关前搦战。军士或睡或坐，半骂不骂，多有解［衣卸］甲，放马闲行，（立）［赤］身至于出形（披）［裸］体，辱之太甚！徐盛、丁奉二将请曰：“蜀兵太甚，某等愿击之！”逊笑曰：“汝等凭血气之勇，岂知孙、吴之兵法耶？后日汝等必见诈也。”徐盛曰：“三日移营端正，不可击矣！”逊曰：“吾正欲彼移营！”诸将皆大笑。［三日］后，陆逊交聚众将于关上观之。见吴班兵退去，逊指曰：“杀气起矣，刘备必从山谷中出！”须臾，果见八千军马皆全装擐带，簇拥先主，造关而过。吴兵观之，尽皆胆寒。逊曰：“吾之不使汝等攻击，正遇此兵也。今已尽出，吾数日内将破之！”诸将曰：“攻刘备（在当）［当在］初；乃今直入五方屯集，诸营深根固滞，攻之必无利矣。”逊曰：“诸公不知兵也！刘备是枭雄，思虑极多。其（屋）［兵］始集，法度精专，未可平也；今已七八月，兵困意懒，求战不得，计不复生，吾却攻之，必破也！”诸将方始叹伏。

据《资治通鉴》卷六十九：汉人自巫峡建平连营至夷陵界，立数十屯，以冯习为大督，张南为前部督，自正月与吴相拒，至六月不决。汉主遣吴班将数千人于平地立营，吴将帅皆欲击之，陆逊曰："此必有谲，且观之。"汉主知其计不行，乃引伏兵八千从谷中出。逊曰："所以不听诸君击班者，揣之必有巧故也。"……闰月，逊将进攻汉军，诸将并曰："攻备当在初，今乃令入五六百里，相守经七八月，其诸要害皆已固守，击之必无利矣。"逊曰："备是猾虏，更尝事多，其军始集，思虑精专，未可干也。今住已久，不得我便，兵疲意沮，计不复生。掎角此寇，正在今日。"（参见《三国志·吴书·陆逊传》）

后人有诗为证：

主将谈兵按《六韬》，安排香饵钓鲸鳌。

三分自是多英杰，又显江南陆逊高。

陆逊筹策已定，遂乃遣人进笺，奏于吴王。其言曰：

（切）[窃]以夷道要害之地，乃国家之关防也。虽为易得，亦复易失。若一失之，非徒损一郡之地，则荆州可忧矣！逊今日争之，必令事谐！刘备干冒天常，不（可）[守]窟穴而自送死。臣虽不才，凭奉天威，以顺攻逆，破敌在即！请论备前后行军多败（文武）[少成]，不足为忧。臣（切）[初]疑水陆俱进；今弃船就步，处处结营，察其布置，必（死）无良策。伏愿至尊高枕无忧，指[日]报胜捷也！逊百拜。

据《三国志·吴书·陆逊传》：逊上疏曰："夷陵要害，国之关限，虽为易得，亦复易失。失之非徒损一郡之地，荆州可忧。今日争之，当令必谐。备干天常，不守窟穴，而敢自送。臣虽不材，凭奉威灵，以顺讨逆，破坏在近。寻备前后行军，多败少成，推此论之，不足为戚。臣初嫌之，水陆俱进，今反舍船就步，处处结营，察其布置，必无他变。伏愿至尊高枕，不以为念也。"（参见《资治通鉴》卷六十九）

吴王曰："江东复有此异人，孤何忧哉？诸将皆上书，尽言其懦，孤独不信。以此言之，真妙论也！"于是大兴吴兵，前进听调。

却说先主在猇亭尽驱水军顺流而（去）下，沿江屯扎水寨，深入吴境。黄权谏曰："水军沿江而下，进则容易，退则恐难。臣请先驱以当其寇，陛下宜为后镇，此则万无一失！"先主曰："吴贼既已落胆，长驱大进何（得）[碍]？只顾迁延日久，何日成功？"权再三苦谏，先主不从，遂乃分兵（马）两路，令黄权总督兵[马]于大江北，先主自督江南诸军，夹江分兵，以图进取。

据《资治通鉴》卷六十九：汉主自秭归将进击吴，治中从事黄权谏曰："吴人悍战，而水军沿流，进易退难。臣请为先驱以当寇，陛下宜为后镇。"汉主不从，以权为镇北将军，使督江北诸军；自率诸将，自江南缘山截岭，军于夷道猇亭。（参见《三国志·蜀书·黄权传》）

细作探知黄权督兵于大江北岸，恐有侵魏之意，连夜报入许都。近臣入[内]奏知魏主丕，言"蜀兵（相）树[栅]连营，横占七百余里，营寨分四十余屯，皆移山傍林下寨；令黄权督兵在江北岸，每日出哨百里，不知何意。"魏主闻（知）[之]，仰面大笑曰："刘备死限至矣！"群臣请问其故，魏主曰："刘备不晓兵法也！岂有七百余里营寨而可拒敌乎？包原险阻而屯军者，此兵家之大患也！刘备必遭陆逊之手！"

据《资治通鉴》卷六十九：初，帝闻汉兵树栅连营七百余里，谓群臣曰："备不晓兵，岂有七百里营可以拒敌者乎！'苞原隰险阻而为军者为敌所禽'，此兵忌也。孙权上事今至矣。"后七日，吴破汉书到。（参见《三国志·魏书·文帝纪》）

群臣尤未信，请拨兵以备之。魏主曰："陆逊若胜，［必］尽率吴地之兵去（助）［取］西川。吴兵远去，国中空虚；［朕］托以兵助战，令三路一齐动兵，吴国唾手可取矣！"群臣皆称神妙之筭。魏主下诏，差曹仁督一军出濡须，曹休督一军出陆口，曹真督一军取南郡，三路兵马会合日期暗袭东吴，"朕随后自为策应也。"调遣已毕。

据《资治通鉴》卷六十九：（黄初三年秋）九月，命征东大将军曹休、前将军张辽、镇东将军臧霸出洞口，大将军曹仁出濡须，上军大将军曹真、征南大将军夏侯尚、左将军张郃、右将军徐晃围南郡。

据《三国志·吴书·吴主传》：初，权外托事魏，而诚心不款。魏欲遣侍中辛毗、尚书桓阶往与盟誓，并征任子，权辞让不受。（黄武元年）秋九月，魏乃命曹休、张辽、臧霸出洞口，曹仁出濡须，曹真、夏侯尚、张郃、徐晃围南郡。

据《三国志·魏书·刘晔传》：备军败退，吴礼敬转废，帝欲兴众伐之，晔以为"彼新得志，上下齐心，而阻带江湖，必难仓卒。"帝不听。

按：夷陵之战是魏黄初三年闰六月结束的，曹丕于九月才部署三路大军攻吴。《演义》则将曹丕部署三路大军攻吴提前到猇亭火攻大战之前。

未说魏兵袭［吴］，先说马良到东川见孔明，将图本呈上，说"今上移营夹江，横占七百余里，下四十余屯，皆依山傍林下寨，特令具图本呈上来问。"孔明看罢，拍案叫苦，问曰："谁教主上如此下寨？此人可斩！"马良曰："此皆今上自为之，非他人之谋也。"孔明叹曰："汉朝气数休矣！"马良问其故，孔明曰："苞原险阻［而结此营］，兵法大忌！（而结此营，）倘一举火，何以解之？岂有连营七百余里而可拒敌乎？祸不远矣！陆逊拒守不出者，正为此也。汝当速去谏天子改屯诸营，不可如此遥远，远则难以救应。"马良曰："倘吴兵来，如之奈何？"孔明曰："必不远追，成都无虑。"良曰："何也？"孔明曰："恐魏兵乘虚而袭之故也。主上若有失，必投白帝城而避之。吾入川时，已埋伏下十万大军在（汉）［渔］复浦。陆逊若来，吾必擒之！"马良大惊曰："良于（汉）［渔］复［浦］往还数遭，未常有一卒。丞相何诈乎？"孔明曰："后必自知，更勿多问。"马良求了孔明表章，星夜还军前来。孔明亦还成都，令军救应。

按：《演义》称马良于猇亭之战前赴东川向诸葛亮呈送蜀军立营图本，不见于史。据史书，夷陵之战中，诸葛亮奉命留守成都并未赴东川巡察，马良则被刘备派遣至湘西联络五溪蛮夷。

却说陆逊见蜀兵懈怠，不复隄备，乃升帐，聚大小将校听令。逊曰："吾自受命以来，未常出战。今（已）观蜀兵，足见动静了也。今欲先取（汝）［江］南岸一营，谁敢去取？"言未毕，韩当、周泰、徐盛、凌统等一齐出，尽言"愿往！"陆逊并皆喝退不用，独唤阶下一员主将姓淳于名丹听令。逊曰："与汝五千人马去攻江南第一屯，乃是蜀将傅彤所守，今晚便要成功。吾自提兵救应。"淳于丹领军去了。陆逊又令徐盛、丁奉二人各引三千军马屯于寨外五里，如淳于丹败回，有兵赶来，当以救之，却不可赶去。二将领军受令去了。

却说淳于丹自引军，黄昏进发，到蜀寨时［已］三更以后，鼓譟而进。蜀兵寨内一彪军马突出，为头大将傅彤挺枪跃马，直取淳于丹。丹敌不过，拨回马走，喊声大起，当先一军摆开，为头蜀将赵融。丹冲路走去，折军大半，正走之间，山后闪出一队蛮兵，为头蛮王（摩沙）[沙摩]柯，拦住去路。淳于丹死战得脱，止剩百余人，背后三枝军马赶来。离寨尚有五里田地，两势下徐盛、丁奉杀出，救了淳于丹，蜀兵自去了。

淳于丹中伤回见逊请罪。逊曰："非汝之过，吾故欲试敌人之虚实也。吾已晓破敌之法。"徐盛、丁奉曰："蜀兵势大，何以破之？"逊曰："此计但瞒不过诸葛亮。今天幸此人不在，使吾成大功矣！"

据《资治通鉴》卷六十九：（黄初三年夏六月）闰月，逊将进攻汉军，……乃先攻一营，不利，诸将皆曰："空杀兵耳！"逊曰："吾已晓破之之术。"（参见《三国志·吴书·陆逊传》）

于是大集诸将听令：朱然水路进兵，来日午后东南风大作，用船载茅草，依计而行；令韩当领十数枝军攻江[北]岸，周泰领十数枝军攻江南岸，每人各带茅草一束，内藏硫黄焰硝，皆带火种，草挑于刀枪之上，但到蜀营，顺（咸）[风]举火，蜀兵四十营只烧二十营，每烧一屯间一屯，则彼兵必自乱矣，乘乱之时，以兵击之。各各带行粮，不许暂退，连更晓夜，直拿住刘备方止。诸将得令，皆去依计而行。

却说先主当日在御营中寻思破吴之计，忽见帐前中军旗幡无风自倒。程畿曰："此何兆也？莫非有吴兵今晚劫寨？"先主曰："将已杀尽，安敢再来？"畿曰："莫非陆逊以试敌（耳）[耶]？"先主未信。有军报曰："山上远远望见吴兵已出，沿山而东去了。"先主曰："此疑兵也。"皆令休动，差关兴、张苞二人各引军马五（路）[百]去巡哨。黄昏左侧，东南风骤起。关兴回报"江北岸寨中火起。"先主交探视。张苞也来回报"望见南边寨中火起。"先主便交关兴亲往江北岸，张苞亲往（直）[江]南，看取虚实，如吴兵到，可急回[报]。二将领兵去了。初更左侧，御营左屯火起，却交便去救。御营右边寨中火起，风紧火猛，林木皆着，喊声动地。（西）[两]屯军马齐奔御营，军自相踏，死者无数，后面吴兵又杀到，正不知多少军马。先主急急上马，引军奔走冯习营中，火光连天而起，江南、江北照耀如同白日。冯习只手下数骑，正逢吴将徐盛，被盛军围住，乱箭射死。

据《三国志·吴书·潘璋传》：刘备出夷陵，璋与陆逊并力拒之，璋部下斩备护军冯习等，所杀伤甚众。

徐盛引军来赶先主。[先主]望西奔走，前面一军来到，为头乃是吴将丁奉。先主大荒，前丁奉，后徐盛，两军夹攻，四下无路。忽闻喊声，张苞引军杀入，救先主出。御林军奔溃。正走间，前面又一军到。张苞出马迎之，乃蜀将傅彤，合兵一处，后面吴兵大至。

据《资治通鉴》卷六十九：（黄初三年夏六月）闰月，逊将进攻汉军，……乃敕各持一把茅，以火攻拔之；一尔势成，通率诸军同时俱攻，斩张南、冯习及胡王沙摩柯等首，破其四十余营。汉将杜路、刘宁等穷逼请降。（参见《三国志·吴书·陆逊传》《吴主传》，《三国志·蜀书·先主传》）

前到一山，乃马鞍山。张苞引军上山时，山下喊声起，陆逊大队人马已到，周回把马鞍山围住。先主交傅彤、张苞死据其山。先主遥望，遍野火起不息，重叠死尸塞江而下。

围至次日，吴兵越厚，四面放火烧山，军马乱窜。忽见火光中一将引数千骑杀上山来，先主视之，乃关兴也。兴曰："四下火光逼近，不可久停！请陛下走白帝城，却再收军。"先主曰："谁可断后？"傅彤曰："臣愿舍死以当之！"其日黄昏，张苞在后，关兴在前，冒烟突火下山，留傅彤当后。吴兵见先主走，皆要争功，并进军突火而来。先主交随行军士尽脱衣甲，叠于山路而焚之，以止后军。

据《资治通鉴》卷六十九：汉主升马鞍山，陈兵自绕，逊督促诸军，四面蹙之，土崩瓦解，死者万数。汉主夜遁，驿人自担烧铙铠断后，仅得入白帝城，其舟船、器械，水、步军资，一时略尽，尸骸塞江而下。汉主大惭恚曰："吾乃为陆逊所折辱，岂非天耶！"（参见《三国志·吴书·陆逊传》《吴主传》,《三国志·蜀书·先主传》）

正走间，江内朱然引一彪军马从江岸上而来，截断先主去路。

据《三国志·吴书·朱然传》：黄武元年，刘备举兵攻宜都，然督五千人与陆逊并力拒备。然别攻破备前锋，断其后道，备遂破走。

先主曰："吾死于此地矣！"关兴、张苞前来冲突，被乱箭射回。二将各带重伤，厮杀不得，背后喊声又起，陆逊转山路杀出而来。正在危急之际，忽然朱然兵纷纷落涧，滚滚投岩，一军人马杀到，为头领兵常山真定人，姓赵名云，字子龙。且看子龙如何救驾。

[第一百六十八段]　八阵图石伏陆逊

此时赵云在川中江州，听知蜀、吴交兵，故引军出，但见东吴一带火光照天，故纵兵而来，不想于此救驾。

据《三国志·蜀书·赵云传》注引《云别传》：先主失利于秭归，云进兵至永安，吴军已退。

赵云杀散朱然军马，保护先主走白帝城。先主曰："朕今走脱，诸将奈何？"云曰："敌人在后，不可少迟！陛下但入白帝城，臣却领兵救之。"于是先主止存手下百余人入城。后人有诗赞陆逊曰：

陆逊运机筹，能分吴国忧。
挥毫关将堕，焚铠蜀王羞。
功业昭千载，声名播九州。
至今巫峡地，草木尚深愁。

又有后人赞陆逊当日之功[曰]：

持兵举火破连营，玄德穷奔白帝城。
一旦威名惊魏、蜀，东吴从此振英名。

时傅彤断后，被吴兵八面围住。丁奉大叫曰："川将死者无数，降者无数，汝主已被解将去了！汝何不早降？"傅彤叱曰："安有汉将军肯降吴狗！"言讫战气顿生。众军齐上，傅彤乃战死吴兵之中。

据《资治通鉴》卷六十九：将军义阳傅彤为后殿，兵众尽死，彤气益烈。吴人谕之

使降，肜骂曰："吴狗，安有汉将军而降者！"遂死之。（参见《三国志·蜀书·杨戏传》附《季汉辅臣赞》）

按：傅肜，史书中作傅彤，《演义》因"肜""彤"形近而误。

后人赞曰：

夷（秋）[陵]吴、蜀相交战，陆逊施谋纵火焚。

至今尤然骂吴狗，傅肜真乃汉将军！

祭酒程畿

据《三国志·蜀书·杨戏传》附《季汉辅臣赞》：季然名畿，巴西阆中人也。……先主领益州牧，辟为从事祭酒。

时单马到江边，（听）[命]水军赴敌。时吴军骤至，水军四散。有部将叫曰："吴兵在后，可急走之！"程畿曰："吾随主上出军，未常（会）[曾]逢敌而走！"掣剑逢吴兵，四下无路，自刎而亡。

据《资治通鉴》卷六十九：从事祭酒程畿溯江而退，众曰："后追将至，宜解舫轻行。"畿曰："吾在军，未习为敌之走也。"亦死之。

据《三国志·蜀书·杨戏传》附《季汉辅臣赞》：后随先主征吴，遇大军败绩，溯江而还，或告之曰："后追已至，解船轻去，乃可以免。"畿曰："吾在军，未曾为敌走，况从天子而见危哉！"追人遂及畿船，畿身执戟战，敌船有覆者。众大至，共击之，乃死。

后人赞曰：

江阳刚烈，立（辅）[节]明君。

兵合遇寇，不屈其身。

单夫只后，捐命于君。

按：此赞录自《三国志·蜀书·杨戏传》附《季汉辅臣赞》。

时张南围夷道城，闻诸营已失，遂引兵来救。孙桓

据《三国志·吴书·孙桓传》：孙桓字叔武，河之子也。年二十五，拜安东中郎将，与陆逊共拒刘备。备军众甚盛，弥山盈谷，桓投刀奋命，与逊戮力，备遂败走。桓斩上夔道，截其径要。备逾山越险，仅乃得免，忿恚叹曰："吾昔初至京城，桓尚小儿，而今迫孤乃至此也！"

却从城中杀出，吴兵四下围住。[张南]力战不能出，亦死于军中。后冯习来救，不能脱，俱亡。

据《三国志·蜀书·杨戏传》附《季汉辅臣赞》：休元名习，南郡人。随先主入蜀。先主东征吴，习为领军，统诸军，大败于猇亭。文进名南，亦自荆州随先主入蜀，领兵从先主征吴，与习俱死。

据《三国志·吴书·潘璋传》：刘备出夷陵，璋与陆逊并力拒之，璋部下斩备护军冯习等，所杀伤甚众。

川人有诗赞冯习、张南曰：

休元轻寇，损时致害。

文进奋身，（因）[同]此颠沛。

患在一人，至于斯大！

据《三国志·蜀书·杨戏传》附《季汉辅臣赞》：休元轻寇，损时致害，文进奋身，同此颠沛，患生一人，至于弘大。——赞冯休元、张文进

时胡王（摩沙）[沙摩]柯奔走，正逢周泰，战不数合，被泰斩之。蜀将杜路、刘宁尽皆降吴，

据《资治通鉴》卷六十九：（黄初三年夏六月）闰月，逊将进攻汉军，……乃敕各持一把茅，以火攻拔之；一尔势成，通率诸军同时俱攻，斩张南、冯习及胡王沙摩柯等首，破其四十余营。汉将杜路、刘宁等穷逼请降。（参见《三国志·吴书·陆逊传》《吴主传》,《三国志·蜀书·先主传》）

蜀营一应粮草器械寸尺不存，

据《资治通鉴》卷六十九：其舟船、器械，水、步军资，一时略尽，尸骸塞江而下。（参见《三国志·吴书·陆逊传》）

蜀兵多有降者。赵云恐车驾有失，引军保护白帝城。

却说陆逊大获全胜，引得胜之兵直望西追袭。前望夔关不远，陆逊在马上观看，见前面沿江傍山，一阵杀气起。逊勒马不赶，言曰："三军不得前进，前面必有埋伏兵！"随即把军倒退十余里外，[于]地势空阔处摆开，以备战敌；使哨马万余骑前去哨探，回报无军。陆逊不信，下马登高观望，杀气从地起。逊又使人仔细观望，回报"江边止有乱石七八十魄堆着，并无军马。"陆逊大疑，寻土人问时，须臾寻到数人。逊问"乱石作堆，何故？"土人告曰："此石乃诸葛丞相入川之时，特来到此处，驱兵采石，垒成阵势，于沙滩之上常常气起，从内[而]出。此处地名渔复浦是也。"逊听罢，上马引数十骑来看乱石，乃立马于山坡上（下）视之，四面八方皆有门户。逊不识，笑曰："此惑军之术耳，有何异哉？"遂引从骑下山坡，直入石阵中观看。部将曰："日将坠，请都督早回。"陆逊却要出阵，忽然怪风四起，飞砂走石，四面八方皆无出路；但见怪石嵯岈似剑，重叠如墙，江涛汹涌，却似战鼓之声。逊大怒曰："吾中诸葛之计也！"正无奈何，忽一老人立于马前笑曰："将军欲出此阵乎？"逊曰："愿引出之！"老人策杖徐行，引出石阵，并无所碍。至山坡上，逊问老人姓名。老人曰："老夫乃黄承彦。吾女婿诸葛孔明旧入川时，于此排下石阵，名'八阵图'，反覆八门，按遁甲休、生、伤、杜、景、死、惊、开，每日[每]时变化无穷，可比十万之精兵也！去时分付老夫：'久后东吴一员大将迷于阵中，汝可指而出之。'老夫隐居于此多时矣；适来在山岩上看见将军从死门而入，料想不识此阵，必然迷也。（夫老）[老夫]特来以生门中引出之。"逊曰："还可学否？"黄承彦曰："变化无穷，不可学也！"逊下马谢黄承彦而回。左右曰："何不杀之？"逊曰："（非）[此]仁者之人也！"

据《三国志·蜀书·诸葛亮传》：亮性长于巧思，损益连弩，木牛流马，皆出其意；推演兵法，作八陈图，咸得其要云。

据《三国志·蜀书·先主传》：先主自猇亭还秭归，收合离散兵，遂弃船舫，由步道还鱼复，改鱼复县曰永安。吴遣将军李异、刘阿等踵蹑先主军，屯驻南山。（章武二年）秋八月，收兵还巫。

按:《演义》称陆逊在夷陵之战中曾追击刘备至夔关，结果受困于八阵图，此情节不见于史。据史书，陆逊只派李异、刘阿二将追击刘备至白帝城附近，他本人则因担心曹丕偷袭而率大军迅速退回。

史官有诗赞八阵图曰：

孔明施妙用，布阵向沙堤。
已许桓温识，先教陆逊迷。
江声喧鼓角，山景吐云霓。
庙貌今犹在，应须不用疑。

后来宋贤晁尧臣为成都制置，因赋八阵图诗云：

怪石成堆敌万军，孔明布阵在江滨。
四头八尾分形势，《三略》《六韬》惊鬼神。
天地风云生变化，鸟蛇龙虎按经纶。
历观自古英雄者，妙策如公有几人?

总不如杜工部有二十字极妙：

功盖三分国，名成八阵图。
江流石不转，遗恨失吞吴!

陆逊叹曰：“诸葛孔明真卧龙也!”于是下令，便交班师还吴。左右曰：“刘备兵败势危，困守一城，正好乘势而擒之! 今见石阵而退兵，何也?”逊曰：“吾非惧石阵而退兵也。曹丕为人 [奸诈]，与父无异（奸诈），明知吾胜，料必追袭，深入西川，急退不及后，必乘虚而袭我根本! 用何人可当之?”于是退军。

未及三日，飞报曹仁出濡须，曹休出陆口，曹真出南郡，三路军兵数十万星夜至（近）[境]。陆逊曰：“不出吾之所料!”诸将拜伏曰：“真神（武）[机] 妙算也!”

据《资治通鉴》卷六十九：汉主在白帝，徐盛、潘璋、宋谦等各竞表言“备必可禽，乞复攻之”。吴王以问陆逊。逊与朱然、骆统上言曰：“曹丕大合士众，外托助国讨备，内实有奸心，谨决计辄还。”（参见《三国志·吴书·陆逊传》）

据《资治通鉴》卷六十九：（黄初三年秋）九月，命征东大将军曹休、前将军张辽、镇东将军臧霸出洞口，大将军曹仁出濡须，上军大将军曹真、征南大将军夏侯尚、左将军张郃、右将军徐晃围南郡。吴建威将军吕范督五军，以舟军拒休等，左将军诸葛瑾、平北将军潘璋、将军杨粲救南郡，裨将军朱桓以濡须督拒曹仁。（参见《三国志·吴书·吴主传》）

如何迎敌，且看下来分解。

新刊通俗演义三国志史传卷之七

新刊通俗演义三国志卷之八

东原　罗本　贯中　编次

起蜀章武二年、魏黄初三年、吴黄武元年壬寅
至蜀建兴六年、魏太和二年、吴黄武七年戊申
首尾共七年事实
目录二十四段

○按晋平[阳]侯相陈寿史传

[第一百六十九段]　白帝城先主托孤

章武二年夏六月，吴主命陆逊大破先主于猇亭、夷（陆）[陵]之地。先主升马鞍山，陈兵自守，陆逊四面举火。先主夜走白帝城，焚铠断其后路，仅得脱命，回到白帝城，（起）[赵]云引兵拒守。忽然马良至，见大兵已败，懊悔无及，将孔明之言奏知先主。先主曰："若早听军师之言，不致有今日之败！有何面目再回成都见群臣之面？"就白帝城屯住，将（译）[驿]改为永乐宫。

据《三国志·蜀书·先主传》：先主自猇亭还秭归，收合离散兵，遂弃船舫，由步道还鱼复，改鱼复县曰永安。

先主听知冯习、张南、傅彤、程畿、沙摩柯等皆（设）[殁]于王事，伤感不已！又（所知）[听]近臣奏知："黄权引江北诸军投降魏主去了，可将本人家属送有司问罪。"先主

笑曰："黄权为吴军隔断在江北岸，欲归无路，不得已而投降于魏。朕负于权，权不负于朕也，何必问罪于家属？权之妻子，仍月给俸禄，必以养之。"

却说黄权引兵降魏，诸将引见曹丕。丕问曰："卿今降朕，欲追慕于陈、韩也？"权泣而对曰："臣受刘先主殊遇甚厚，令某督军江北，被陆逊截断归路，降吴不可，还蜀无路，是以归命陛下；且败军之将，免死为幸，何敢追慕于古人也？"曹丕大喜，即封为镇南将军，权拜辞不敢受。近日有人自蜀中来，言说蜀主将黄权家属诛尽了也。黄权对曰："臣与刘主成大功，刘主知臣信（宝）[实]，足知臣之本心，必不肯杀臣的家小也！"

据《资治通鉴》卷六十九：汉主既败走，黄权在江北，道绝，不得还，（黄初三年秋）八月，率其众来降。汉有司请收权妻子，汉主曰："孤负黄权，权不负孤也。"待之如初。帝谓权曰："君舍逆效顺，欲追踪陈、韩邪？"对曰："臣过受刘主殊遇，降吴不可，还蜀无路，是以归命。且败军之将，免死为幸，何古人之可慕也！"帝善之，拜为镇南将军，封育阳侯，加侍中，使陪乘。蜀降人或云汉诛权妻子，帝诏权发丧。权曰："臣与刘、葛推诚相信，明臣本志。窃疑未实，请须。"后得审问，果如所言。（参见《三国志·蜀书·黄权传》及注引《汉魏春秋》，《三国志·魏书·文帝纪》及注引《魏书》）

丕亦然之。静轩有诗责黄权曰：

降吴不可却降曹，忠义安能事两朝？
堪笑黄权为叛逆，紫阳书法不轻饶。

曹丕问贾翊曰："朕欲一统天下，于吴、蜀何先？"贾翊曰："刘备雄才，更有诸葛亮善治国家；东吴孙权识虚实，陆逊见引兵（势，）据守险要，隔江泛湖：皆难卒谋。以臣观之，诸将之内，皆无刘备、孙权之对手！虽然陛下天威临之，亦未见万全之势也，只可持守而待其二国之变。"

据《资治通鉴》卷七十：初，帝问贾诩曰："吾欲伐不从命，以一天下，吴、蜀何先？"对曰："攻取者先兵权，建本者尚德化。陛下应期受禅，抚临率土，若绥之以文德而俟其变，则平之不难矣。吴、蜀虽蕞尔小国，依山阻水。刘备有雄才，诸葛亮善治国；孙权识虚实，陆逊见兵势。据险守要，泛舟江湖，皆难卒谋也。用兵之道，先胜后战，量敌论将；故举无遗策。臣窃料群臣无备、权对，虽以天威临之，未见万全之势也。昔舜舞干戚而有苗服，臣以为当今宜先文后武。"帝不纳，军竟无功。（参见《三国志·魏书·贾诩传》）

[丕曰：]"吾已遣大兵三路伐吴，安有不胜之理？"尚书刘晔谏曰："近东吴陆逊新破西蜀，兵有七十余万，上下齐心，更兼有江湖之阻，不可仓卒制也。（东吴）陆逊足智多谋，必有准备，不可伐之！"曹丕曰："卿前者劝朕伐吴，今又阻之，何也？"刘晔曰："时有不同之故。昔吴累败于蜀，其势顿挫，可以击之；今东吴锐气百倍之长，将何以攻之哉？"丕曰："朕意已决，不必多言！"遂乃自引东部御林军马接应三路大军。刘晔又奏曰："东吴已有准备：令大将军吕范引军拒住曹休；诸葛瑾引军救南郡，敌曹真；（东吴）又遣朱桓引军当住濡须，拒住曹仁大队军马。"

据《资治通鉴》卷六十九：帝欲遣侍中辛毗、尚书桓阶往与盟誓，并责任子，吴王辞让不受。帝怒，欲伐之，刘晔曰："彼新得志，上下齐心，而阻带江湖，不可仓卒制也。"帝不从。（黄初三年秋）九月，命征东大将军曹休、前将军张辽、镇东将军臧霸出洞口，大将军曹仁出濡须，上军大将军曹真、征南大将军夏侯尚、左将军张郃、右将军徐晃围南郡。吴建威将军吕范督五军，以舟军拒休等，左将军诸葛瑾、平北将军潘璋、将军杨粲救南郡，裨将军朱桓以濡须督拒曹仁。……吴王改元黄武，临江拒守。帝自许昌南征，……（黄初三年冬）十一月辛丑，帝如宛。（参见《三国志·魏书·刘晔传》，《三国志·吴书·吴主传》《吕范传》）

朱桓字穆休，吴郡人也，年二十七岁，

按：据《三国志·吴书·朱桓传》推算，朱桓时年四十六岁。

极有胆勇，孙权甚爱之，令督兵濡须城。朱桓听知曹仁大队军马来取羡溪地名，（朱桓）尽发人马去守把羡溪，止有五千人守城。忽然报到："曹仁遣大将常雕、王双率引五万精兵，飞奔濡须城来。"众军皆有惧色。朱桓按剑而言曰："凡两军相敌，胜负在将，不在兵之多寡。兵法称'客倍而主人少'者，此言兵在平川旷野之地。（吴）[吾]观曹仁非是智勇之士；况兼千里步路而来，人困马（之）[乏]。吾与汝等坐占高城，南临大江，北背山险，以逸待劳，为主制客，此乃百战百胜也！虽曹丕自来，吾何惧哉？"于是朱桓传下令，交军偃旗息鼓，只做无人守把之意。

却说大将常雕为先锋，领铁骑取濡须，离城不远，城上一声炮响，一齐立起旌旗。朱桓当先飞马而出，与常雕交锋。二将战不三合，斩常雕于马下，魏兵败走。吴兵乘势掩击，杀死大半，夺到旌旗无数。曹仁领兵随后又来，却被吴兵从羡溪杀到。因此曹仁大败而退，

据《资治通鉴》卷七十：曹仁以步骑数万向濡须，先扬声欲东攻羡溪，朱桓分兵赴之；既行，仁以大军径进，桓闻之，追还羡溪兵，兵未到而仁奄至。时桓手下及所部兵在者才五千人，诸将业业各有惧心，桓喻之曰："凡两军交对，胜负在将，不在众寡。诸君闻曹仁用兵行师，孰与桓邪？兵法所以称'客倍而主人半'者，谓俱在平原无城隍之守，又谓士卒勇怯齐等故耳。今仁既非智勇，加其士卒甚怯，又千里步涉，人马罢困。桓与诸君共据高城，南临大江，北背山陵，以逸待劳，为主制客，此百战百胜之势，虽曹丕自来，尚不足忧，况仁等邪！"桓乃偃旗鼓，外示虚弱以诱致仁。仁遣其子泰攻濡须城，分遣将军常雕、王双等乘油船别袭中洲。中洲者，桓部曲妻子所在也。蒋济曰："贼据西岸，列船上流，而兵入洲中，是为自内地狱，危亡之道也。"仁不从，自将万人留橐皋，为泰等后援。桓遣别将击雕等而身自拒泰，泰烧营退；桓遂斩常雕，生虏王双，临陈杀溺死者千余人。（参见《三国志·吴书·朱桓传》）

回见曹丕，说大败之事。丕大惊，正闷之间，探马又到，报说"曹真、夏侯尚围南郡，被陆逊伏兵大起，内外夹攻，因此大败而退。"

据《资治通鉴》卷七十：朱然者，九真太守朱治姊子也。……蒙卒，吴王假然节，镇江陵。及曹真等围江陵，破孙盛，吴王遣诸葛瑾等将兵往解围，夏侯尚击却之。江陵中外断绝，城中兵多肿病，堪战者裁五千人。真等起土山，凿地道，立楼橹临城，弓矢雨注，将士皆失色；然晏如无恐意，方厉吏士，伺间隙，攻破魏两屯。魏兵围然凡六月，……帝即诏尚等促出，吴人两头并前，魏兵一道引去，不时得泄，仅而获济。（参见《三国志·吴书·朱然传》）

说尤未了，探马又到，报曹休将领军马亦被吕范杀败。

据《资治通鉴》卷六十九：曹休在洞口，……会暴风吹吴吕范等船，绠缆悉断，直

诣休等营下，斩首获生以千数，吴兵迸散。帝闻之，敕诸军促渡。军未时进，吴救船遂至，收军还江南。曹休使臧霸追之，不利，将军尹卢战死。（参见《三国志·吴书·吴主传》）

曹丕听知三路军马皆败，乃喟然叹曰："朕不听贾翊、刘晔之言，果有此败！"又值冬间，大疫流行，马步军十死六七。魏主丕遂引军回洛阳。

据《资治通鉴》卷七十：会天大疫，帝悉召诸军还。

吴、魏自此不和。

却说先主在永乐宫一卧不起，欲要回成都，又羞见群臣，渐渐病重。至章武三年夏四月，先主自知病入四肢，转加增剧，日夕又哭二弟，两目微昏，不见侍从之人。是夜叱退左右，[卧]于龙榻之上。忽然阴风飒飒，吹得烛灭复明，只见烛下有二人侍立，先主怒曰："朕心绪不宁，交汝等退避。汝是何人，故意在此恼朕也！"叱之不退。先主自执玉（尘）[麈]斧起而观之，上首者乃是云长，下首者乃是翼德也。先主大惊曰："二弟原来尚在！"云长曰："臣非阳人，乃阴魂也，盖为平生不失信义，天（地）[帝]敕命为神。陛下不久皆与兄弟聚会也！"先主扯定大哭，遂于龙榻之上作此一梦，便唤从人观月，正当三更时分。先主叹曰："朕不久于尘世矣！"遂差使命往成都，召请丞相诸葛亮、尚书令李严等星夜到永乐宫，托以大事。孔明等闻诏，星夜来永乐宫见帝。时有先主次子鲁王刘永、梁王刘理一同与孔明赴永乐宫，留太子刘禅守成都。

据《三国志·蜀书·李严传》：章武二年，先主征严诣永安宫，拜尚书令。

据《三国志·蜀书·先主传》：（章武）三年春二月，丞相亮自成都到永安。

且说孔明等到永乐宫，见先主病势甚危，孔明等拜于龙榻之下。先主请孔明坐于龙榻之上。先主令二子扶起，自执孔明之臂曰："朕自得卿，成其大业；何期智术浅陋，不纳卿之良言，自取其败，耻回成都与卿相见！今病已危笃，不容不召卿，托之以后事也。"言讫泪流满面。孔明亦涕泣曰："愿陛下善保龙体，以副天下之望！"先主以目遍观，见马良弟马谡亦在其前。先主皆令且退，遂问孔明曰："丞相观马谡之才如何？"孔明对曰："此人亦当世之英俊也！"先主曰："不然！朕观其人言过其实，不可大用，丞相可深察之。"

据《资治通鉴》卷七十一：越巂太守马谡才器过人，好论军计，诸葛亮深加器异。汉昭烈临终谓亮曰："马谡言过其实，不可大用，君其察之！"亮犹谓不然，以谡为参军，每引见谈论，自昼达夜。（参见《三国志·蜀书·马良传附弟谡传》）

先主嘱付了，又唤诸臣宰入，（先主）乃索纸笔写（骂）遗诏。先主曰："朕虽不读书，粗知大略。圣人云：'鸟之将死，其鸣也哀；人之将死，其言也善。'朕欲与卿等同灭曹贼，扶助汉朝，不幸中道而与卿等分别也！"遗诏写（骂）[罢]，与孔明[曰]："可就付与刘禅，勿以为常言也。卿等宜教之！"孔明等泣拜于地："愿陛下将息龙体！臣等少尽犬马之劳，以报陛下知遇之恩！"先主请起孔明，一手掩住滴泪，一手执其臂曰："朕今没矣，（今）有心腹一言以告丞相！"孔明曰："愿陛下勿隐，臣当拱听！"先主曰："君才胜曹丕十倍，必能安国，终定大事。若嗣子可辅，[则]辅之；如其不才，君可自取成都之主！"孔明听罢，汗流遍体，手足无措，泣拜于地曰："臣安敢不竭股肱之力，效忠贞之节，继之以死！"

据《资治通鉴》卷七十：汉主病笃，命丞相亮辅太子，以尚书令李严为副。汉主谓亮曰："君才十倍曹丕，必能安国，终定大事。若嗣子可辅，辅之；如其不才，君可自取。"亮涕泣曰："臣敢不竭股肱之力，效忠贞之节，继之以死！"（参见《三国志·蜀书·诸葛亮传》）

按：方北辰、谭良啸主编的《三国故事真与假100例》一书认为，刘备对诸葛亮说的"君可自取"，绝不能像《演义》中说的那样，解释成"如其不才，君可自取成都之主"，即要诸葛亮自己来当皇帝。而应当解释为"如果他不成才，您可以自行选取处置他的办法"。至于处置的办法，包括委婉劝谏，到直言告诫，最顶格的，就是废黜刘禅，在刘备的其他皇子中，另立合适的新君。

言讫以头扣地，两目流血。先主又命孔明坐于榻上，随唤鲁王刘永、梁王刘理近前，嘱之曰："汝等皆记朕言：朕亡之后，汝兄弟三人皆以父事丞相；稍有怠慢，天地共诛汝等不孝之子！

据《三国志·蜀书·先主传》注引《诸葛亮集》：临终时，呼鲁王与语："吾亡之后，汝兄弟父事丞相，令卿与丞相共事而已。"

据《三国志·蜀书·诸葛亮传》：先主又为诏敕后主曰："汝与丞相从事，事之如父。"

丞相坐定，吾儿就朕榻前拜丞相为父。"二王下拜毕，孔明曰："臣以肝脑涂地，安能补报知遇大恩也！"先主顾与李严等曰："朕已托孤于丞相，令嗣子以父事之。汝诸大臣不可怠慢，以负朕望！"先主又召赵云入，（先主）曰："朕与卿于患难中相从到今，不想于此分别。子龙想朕之故交，早晚看觑幼子，勿负朕言！"赵云泣拜于地。先主又曰："汝诸大臣，朕不能一一嘱付，皆当保爱！"言讫帝崩，寿年六十三岁，章武三年四月二十四日也。

据《三国志·蜀书·先主传》：先主病笃，托孤于丞相亮，尚书令李严为副。（章武三年）夏四月癸巳，先主殂于永安宫，时年六十三。

据《资治通鉴》卷七十：（黄初四年）夏四月癸巳，汉主殂于永安，谥曰昭烈。

按晋史官陈寿评曰：

先主之弘毅宽厚，知（之）人待士，盖有高祖之风，英雄之气焉！及其举国托孤于诸葛亮而心神无二，诚君臣之（志）[至公]，古今之盛轨也！而机权干略不逮魏武，是以基业亦狭；然折而不挠，终不为下者，抑扬彼之量，必不容己，非惟竞于利且以（竞）[避]害云尔。

按：此评录自《三国志·蜀书·先主传》。

当时西蜀史官杨戏字文烈作词赞先主曰：

皇宗遗柏，曼溢八方。
庆自中山，灵精是纲。
顺其挺生，杰起龙骧。
始于燕、代，得豫居荆。
吴、越凭赖，望风请盟。
挟巴跨蜀，庸、汉以并。
乾坤复扶，宗祀惟宁。

蹑基履迹，播德芳声。
华夏思美，西伯其意。
开庆来世，历代偃兴。

按：此赞录自《三国志·蜀书·杨戏传》附《季汉辅臣赞》。

后至宋贤，又有赞蜀先主云：

涿郡生英杰，飘然迥出群。
慈仁安万姓，情义动三军。
创业心尤重，求贤礼至勤。
唐、虞堪比论，大度圣明君！

有胡竹窗诗赞美蜀先主感德云：

日暮乾坤易动摇，山中原有旧根苗。
规模尽可比光武，道德真（填比）[堪绍]帝尧。
势若苍龙离黑海，形如丹凤上青霄。
老天若便刘玄德，未许曹丕篡汉朝。

后又有宇文景昭作成都尹，谒先主庙，赞云：

燕居圣君，心存忠信。
扫荡烟尘，新冒血刃。
义逊荆州，抚安蜀郡。
情重关、张，德宗尧、舜。
继汉华夷，代天休运。
昭烈英风，赞之难尽！

后又有徐雪庭读史，见托孤一事，有诗赞云：

大厦将倾一木扶，非公孰可托遗孤？
奇才真与伊、周并，洪量能超管、乐谟。
十倍曹丕人罕及，七擒孟获世应无。
天心故把英雄没，未得中原命已殂。

后有人过白帝城永乐宫，有绝句一首以感托孤之事云：

三顾情勤两意投，托孤真可继成周。
至今白帝城边过，一度思君一泪流。

先主既崩，百官哀痛至甚。诸葛丞相奉梓宫还成都，太子刘禅出郭迎接。群臣奉遗诏以授太子，当殿开读。其诏曰：

朕初得疾，但小痢耳；后转增杂病，殆不自济。朕闻人年五十，不称夭寿。今年六十有余，死复何憾？但以卿兄弟为念！近臣（来）每言，丞相谈卿智量甚大增备，（于过）[过于]所望。审能如此，吾复何忧也？勉之！勉之！勿以恶小而为之，勿以善小而不为。惟贤惟德，可以伏人。汝父德薄，不足效也。余暇之时，可读《汉书》《礼记》，历观诸子及《（云）[六]韬》等书，益人意智。凡事皆从丞相之训，如父事之，毋怠！毋忽！卿兄弟更求（文）[闻]达，至嘱！至嘱！

据《资治通鉴》卷七十：汉主又为诏敕太子曰："人五十不称夭，吾年已六十有余，何所复恨，但以卿兄弟为念耳。勉之，勉之！勿以恶小而为之，勿以善小而不为！惟贤惟德，可以服人。汝父德薄，不足效也。汝与丞相从事，事之如父。”

据《三国志·蜀书·先主传》注引《诸葛亮集》载先主遗诏敕后主：“朕初疾但下痢耳，后转杂他病，殆不自济。人五十不称夭，年已六十有余，何所复恨，不复自伤，但以卿兄弟为念。射君到，说丞相叹卿智量，甚大增修，过于所望，审能如此，吾复何忧！勉之，勉之！勿以恶小而为之，勿以善小而不为。惟贤惟德，能服于人。汝父德薄，勿效之。可读《汉书》《礼记》，间暇历观诸子及《六韬》《商君书》，益人意智。闻丞相为写《申》《韩》《管子》《六韬》一通已毕，未送，道亡，可自更求闻达。”

读诏罢，孔明乃上言后主曰：

伏维大行皇帝迈仁树德，（履寿）[覆焘]无疆，昊天弗吊，遗疾弥留，四月二十四日奄忽升遐。臣切号咷，若丧考妣，乃顾遗诏，事惟太宗，动容损益。百僚发哀，满三日除服，到丧葬复如礼；其郡太守、相、都尉、县令长三日便除服。臣亮亲[受]敕戒，震畏神灵，不敢有违。臣请宣下奉行，惟皇太子殿下察之！

孔明曰：“国不可一日无君。请立嗣君，以承汉统。”乃请皇太子刘禅即皇帝位，章武三年改为建兴元年。刘禅字公嗣，年一十七岁，加诸葛丞相为武乡侯，领益州牧。后八月葬先主于惠陵，谥曰“昭烈皇帝”；尊皇后吴氏为皇太后，入养老宫；追谥甘夫人为“昭烈皇后”。大赦天下。

据《三国志·蜀书·先主传》：亮上言于后主曰：“伏惟大行皇帝迈仁树德，覆焘无疆，昊天不吊，寝疾弥留，今月二十四日奄忽升遐。臣妾号咷，若丧考妣。乃顾遗诏，事惟大宗，动容损益；百寮发哀，满三日除服，到葬期复如礼；其郡国太守、相、都尉、县令长，三日便除服。臣亮亲受敕戒，震畏神灵，不敢有违。臣请宣下奉行。”（章武三年夏）五月，梓宫自永安还成都，谥曰昭烈皇帝。秋八月，葬惠陵。

据《资治通鉴》卷七十：（黄初四年）夏四月癸巳，汉主殂于永安，谥曰昭烈。丞相亮奉丧还成都，以李严为中都护，留镇永安。五月，太子禅即位，时年十七。尊皇后曰皇太后，大赦，改元建兴。封丞相亮为武乡侯，领益州牧，政事无巨细，咸决于亮。（参见《三国志·蜀书·后主传》《先主穆皇后传》《诸葛亮传》）

却说大魏细作飞报入中原，近臣奏知魏主。曹丕闻（知）[之]大喜曰：“刘备已亡，朕无忧矣！何不因其国中无主，起兵伐之？”贾翊谏曰：“刘备虽亡，必托孤于诸葛亮矣。刘备善能用人，亮必倾心竭力以扶幼主刘禅也。陛下不可仓卒伐之！”忽一人于班部中走出，大笑曰：“不因此时进兵，更待何时？”众视之，乃河内温人也，覆姓司马名懿，字仲达，见为兵部尚书。曹丕大喜而问之。如何调兵？

[第一百七十段]　曹丕五路下西川

魏主曹丕（欲）[有]起兵收川之意，遂乃问司马懿曰：“朕欲收川，当用何策？”懿曰：“若只起中国之兵，急难取胜；须用内外攻击，令诸葛首尾不能救应，虽有神机妙策，亦不能施展矣。欲成大事，必须要起五路之兵，可成大事！”曹丕问曰：“何为五路？”

懿答曰："可修国书一封，差使命往辽西鲜卑国见国王柯比能，献送金帛以赂其心，又令起辽西羌胡番兵十万，先从旱路取西平关攻川，此一路也；

据《资治通鉴》卷六十九：初，太祖既克蹋顿，而乌桓浸衰，鲜卑大人步度根、轲比能、素利、弥加、厥机等因阎柔上贡献，求通市，太祖皆表宠以为王。轲比能本小种鲜卑，以勇健廉平为众所服，由是能威制余部，最为强盛。自云中、五原以东抵辽水，皆为鲜卑庭，轲比能与素利、弥加割地统御，各有分界。轲比能部落近塞，中国人多亡叛归之；素利等在辽西、右北平、渔阳塞外，道远，故不为边患。（参见《三国志·魏书·鲜卑传》）

可又修书赍官诰赏赐，直入南蛮之地见蛮王孟获，令起蛮兵十万攻益州、永昌、牂牁、越隽四郡，以击西川之南，此第二路也；

据《资治通鉴》卷七十：初，益州郡耆帅雍闿杀太守正昂，因士燮以求附于吴，又执太守成都张裔以与吴，吴以闿为永昌太守。永昌功曹吕凯、府丞王伉率吏士闭境拒守，闿不能进，使郡人孟获诱扇诸夷，诸夷皆从之。牂柯太守朱褒、越巂夷王高定皆叛应闿。（参见《三国志·蜀书·后主传》《李恢传》《张裔传》,《华阳国志·南中志》）

可又遣一使入吴，分诉前事，许以割地为邻邦，令孙权起兵十万攻击西川峡口，[由]峻崄关隘径取涪城，此第三路也；

据《资治通鉴》卷六十九：（黄初三年秋）九月，命征东大将军曹休、前将军张辽、镇东将军臧霸出洞口，大将军曹仁出濡须，上军大将军曹真、征南大将军夏侯尚、左将军张郃、右将军徐晃围南郡。吴建威将军吕范督五军，以舟军拒休等，左将军诸葛瑾、平北将军潘璋、将军杨粲救南郡，裨将军朱桓以濡须督拒曹仁。（参见《三国志·吴书·吴主传》）

又差一使命，令降将孟达起上庸之兵十万，西攻汉中，此第四路也；然后令大将军曹真为大都督，提大军十万，由京兆径出阳平关取西川，此第五路也：

据《三国志·魏书·曹真传》：黄初三年……以真为上军大将军，都督中外诸军事，假节钺。与夏侯尚等征孙权。

起此五路大军，共计五十万，分五路而入[川]。诸葛亮便有吕望之才，何能当之？"曹丕闻之大喜，乃便遣使四员，选能言（恬）[快]语之人，前去约同起四道军马；然后命曹真为大都督，总领提调各将，起兵十万取阳平关。

按：《演义》称，刘备死后，曹丕发动五路大军进攻蜀汉，纯属虚构。魏文帝时期，鲜卑族（并非《演义》所称羌兵）轲比能部屡为边患，不可能听从魏主调遣从辽西远徙数千里攻取西平关。益州郡雍闿之叛是求附于吴，与曹魏没有关系。夷陵之战吴军获胜后，曹魏即出动三路大军攻吴，双方处于交战状态，孙权自不可能听从魏主调遣攻蜀。曹真当时正与曹休、曹仁兵分三路南征孙权。孟达降魏后，史书并无他攻蜀的记载。所以曹魏当时并没有也不可能同时调动五路大军犯蜀。

此时曹仁、张辽等一班旧将皆封列侯，都在冀、青、徐、合肥、并守把关隘，守镇城池养老，因此不及一一开说。

却说大蜀后主刘禅自登宝位以来，故旧大臣俱各加封，多有病亡者，不及细说。且说后主一应朝廷选（法）[任]、钱粮、器用、词讼等事并听诸葛丞相裁断。

据《三国志·蜀书·诸葛亮传》,《资治通鉴》卷七十：政事无巨细，咸决于亮。

据《三国志·蜀书·诸葛亮传》引《上诸葛亮集表》：及备殂没，嗣子幼弱，事无巨细，亮皆专之。

为后主不曾立皇后，丞相率群臣上言[曰]："亡故车骑将军张翼德长女年一十七岁，[甚是]贤德，可宜立为正[宫]皇后。"后主纳之。

据《三国志·蜀书·后主敬哀张皇后传》：后主敬哀皇后，车骑将军张飞长女也。章武元年，纳为太子妃。建兴元年，立为皇后。（参见《资治通鉴》卷七十，《三国志·蜀书·后主传》）

后来此女夭亡，再立翼德次女为皇后。二女皆翼德嫡女也。

建兴元年秋八月，近臣奏上："祸事已至！"后主问其故，近臣奏曰："目今曹丕调五路大军来取西川：第一路是西番柯比能国主起羌胡兵攻西平关；第二路是蛮王孟获军马来攻益州、永昌、牂牁、越隽四郡；第三路是东吴孙权军马取峡口入川；第四路是孟达起上庸军马来取汉中；第五路是曹真为大都督，引兵十万取阳平关。此五路军马甚是利害，欲禀丞相，不知为何，丞相推托，数日不出视事。不知丞相主何意见。"后主听罢大惊，汗流沾背，随即差使宣丞相入朝。使命去了半日，回报"丞相府下人说，丞相染病不出。"后主愈荒，又差黄门侍郎董允、

据《三国志·蜀书·董允传》：董允字休昭，掌军中郎将和之子也。先主立太子，允以选为舍人，徙洗马。后主袭位，迁黄门侍郎。

谏议大夫杜琼

据《三国志·蜀书·杜琼传》：后主践阼，拜谏议大夫。

二人（有）[再]到相府，"至丞相寝卧处禀问军国重事。"董、杜二人至相府中门，皆不得入。杜琼曰："先帝托孤于丞相。今主上初登宝位，被大魏曹丕起五路军马直犯境界，[军情]至急。丞相何故推病不出？"少顷左右出曰："丞相病稍可，明日出都堂议事。"董、杜二人叹息而退。次日，百官皆在相府伺候，[从早至暮]又不见出。（从早至暮，）众官各出怨言。

次日，杜琼于早朝启奏："请陛下车驾亲往丞相府下问计！"后主年幼，恐丞相见怪，引群臣入养老宫启奏皇太后。太后听知大惊曰："丞相何故有负先帝托孤之意也？我当自往！"董允奏曰："娘娘未可行动！臣思丞相必有高见，待主上先往；如其不然，却请娘娘（请）[入]太庙中宣丞相问之未迟。"太后依奏。是日，后主车驾往至相府，门吏见驾至，拜迎于道傍。后主曰："丞相在何处？"门吏奏曰："不知何处。丞相钧旨，令当百官，勿得辄入。"后主乃自步行，独进到第三重门内，见孔明独倚竹杖，在小（路）[沼]池边看鱼。后主于背后立久，乃徐徐言曰："丞相安乐否？"孔明回顾见后主，弃杖而拜曰："臣该万死！"后主亦答礼而言曰："五路兵犯境界甚急，相父缘何不肯出府视之？"孔明大笑，扶后主于内室坐定，后主心神惊惶不安。孔明奏曰："五路兵至，臣安得不知？臣非观鱼，有所思也！"后主曰："如之奈何？"孔明曰："羌胡、蛮兵、孟达并曹真四路兵，臣皆已退了。止有东吴一路，臣已有计，遣一人为使，未得其人，故独思之。陛下何必忧乎？"后主听罢（失）[大]惊曰："相父何神异！若此，愿闻退兵之策！"孔明曰：

“先（致）[帝]以陛下托付老臣，臣安敢怠慢，旦夕苟安？成都百官各司乃职，皆不晓用兵之道。令鬼神不测，此为机也！何敢泄漏于人？老臣先知西番国主柯比能引兵犯西平关。臣料马孟起祖本西羌人氏，素得羌胡心，羌胡以超为神威将军。臣已星夜遣一人持飞檄，令马超紧守西平关，

按：据《三国志·蜀书·马超传》，马超已于一年前——蜀汉章武二年（222）病故。

于关边伏奇兵四路，每日交换。羌胡兵顺，则以币帛礼物进之；逆则抗之。此一路不足忧矣。次有南蛮孟获兵犯四郡。臣已遣使持飞檄，[令]魏延领一军左出右入，右出左入，为疑兵之计。蛮兵失其地利，惟凭勇力，其心多疑，若见疑兵，决不敢进！此一路又不足忧矣。又知孟达兵入汉中。达颇知《诗》《书》之义，与李严曾结生死之交。前者臣回成都，留李严守永乐宫即白帝城也。臣自作一书，只做他写与孟达。孟达若看了，便不犯境，心中主张（一）[不]定，必然推病不出，以漫军心。此一路又不足忧矣。又知曹（仁）[真]一军来犯阳平关，此地峻崄，可以保守。臣已调遣赵云领一军紧守关隘，并不出战。曹真兵若出，不久自退回矣。此一路又不足忧矣。臣尚恐四路不能保全，再密调关兴、张苞二小将各领兵三万，为左右五路救应，（使却）[却使]屯兵于中央，随处紧要，便当救应之。因此兵机并不经由成都，故无人知消息也。只有东吴此一路军马未必便动：如其四路兵胜，川中危急，东吴必来攻之；若见四处不动，安肯动兵？东吴想魏三次出兵之怨，安肯从其言？（然虽）[虽然]如此，必用一舌辩之士去东吴，以利害说之，则先（知利）[与]东吴和合，四（季）[路]之兵何足忧乎？但未得说东吴舌辩之士，臣故思之。何劳陛下车驾来临？”后主曰：“太后亦欲见告丞相。今朕问相父之言，如梦初觉，复有何忧哉？”孔明与后主共饮数杯，送出相府。百官皆环立于门外，见后主欣然有喜色。后主别了孔明，上驾回朝。众官皆疑惑不定。

孔明于众官中见一人仰面视天，亦有笑容。孔明视之，乃义阳新野人氏，汉司马邓禹之后，姓邓名芝，字伯苗，见在蜀中为户部尚书。

据《三国志·蜀书·邓芝传》：邓芝字伯苗，义阳新野人，汉司徒禹之后也。……先主定益州，芝为郫邸阁督。先主出至郫，与语，大奇之，擢为郫令，迁广汉太守。所在清严有治绩，入为尚书。

孔明暗遣人留下邓芝，其余众官皆散，随驾而去。孔明交从人请邓芝到书院内闲叙别话。半日，孔明乃问芝曰：“今蜀、魏、吴鼎分三国。吾蜀乃大汉也，欲计伐二国，一统中兴，当伐何国为先？”邓芝答曰：“以愚意论之，魏虽汉贼，其势甚大，急难动摇，当徐徐讨之。今主上初登宝位，（乐）[民]心未安，当以东吴连和，结为唇齿，一洗先君旧怨，是久长之计。邓芝愚意如此，未知若何。”孔明大笑而言曰：“吾思之久矣，争奈未得其人。今日方始得人耳！”邓芝问曰：“丞相欲得一人为何？”孔明曰：“欲得一人不辱君命，可为使也。以此观之，非伯苗为使，余皆不可。吾故喜也！”邓芝曰：“吾才疏智浅，恐费丞相之大用。”孔明曰：“伯苗勿辞！吾来日奏知主上，便请投东吴一行。”邓芝欣然愿往。次日，孔明奏过后主，命邓芝为使投东吴。

据《资治通鉴》卷七十：汉尚书义阳邓芝言于诸葛亮曰：“今主上幼弱，初即尊位，宜遣大使重申吴好。”亮曰：“吾思之久矣，未得其人耳，今日始得之。”芝问：“其人为谁？”亮曰：“即使君也。”乃遣芝以中郎将修好于吴。

据《三国志·蜀书·邓芝传》：先主薨于永安。先是，吴王孙权请和，先主累遣宋玮、费祎等与相报答。丞相诸葛亮深虑权闻先主殂陨，恐有异计，未知所如。芝见亮曰："今主上幼弱，初在位，宜遣大使重申吴好。"亮答之曰："吾思之久矣，未得其人耳，今日始得之。"芝问："其人为谁？"亮曰："即使君也。"乃遣芝修好于权。

此去如何？

[第一百七十一段]　难张温秦（密）[宓]论天

却说东吴陆逊自退魏兵之后，[吴王]拜逊为辅国将军、江陵侯，领荆州牧，自此军权皆归于陆逊。张昭、顾雍奏吴王改黄武元年，孙权从其言。以蜀章武二年，（吴为黄武元年，）魏黄初三年也，[吴为黄武元年，]于魏、蜀年号各取一字。

其年，五路兵取西川之时，魏又遣使至，陈说"蜀使人求救于吾，吾一时不明，故发兵救之，今已大悔！吾今起四路军马取川，汝可接应；若得蜀土，各分一半。"吴王览书不能决，乃问张昭、顾雍等，[昭答]曰："今陆伯言极有高见，何不问之？"于是吴王召陆逊回，问之："此意如何？"陆逊答曰："曹丕坐镇中原，急不可图。今王（君）[若]不从，必为仇矣；然此亦恶于西蜀。臣料魏兵皆无诸葛之谋。今且勉强应允魏军，自已准备，只打听四路兵胜，川中势危，诸葛不能当抵，则发兵以应之，先取成都，亦为上策；如四路兵退，别有商议。"吴王从其言，乃勉强答（云）[允]，只推军需未辨，选日准起兵。使者去后，吴王遣人去打听。西番兵出西平关，见了马超，不战自退。南蛮孟获起兵马来攻击四郡，皆被魏延用疑兵计杀退，孟获回洞中去了。上庸孟达兵至半路，达为染病，军马不行。曹兵出阳平关，被赵子龙守住各处险道，果然一夫当关，万夫难过。曹真屯军于斜谷道口，不能取胜而回。使回见吴王，一一奏知。吴王曰："陆伯言真乃神筭也！吾若妄动，又结冤于西蜀矣！"

忽报西蜀遣邓芝入国为使。张昭进曰："此是诸葛退兵之计，故遣邓芝来为说客。"吴王问昭："当以何答之？"昭曰："先于殿前立一大鼎，贮油数百斤，下用炭烧；待其油沸，可选身长面大勇士一千人，各执刀在手，从宫门前直摆到殿上，却唤邓芝入见。勿等此人开言下说词，责以郦食其说（徐）[齐]之（事故）[故事]，效此例以烹之，看其人如何。"吴王从其言，置油鼎中，命武士摆列在两边，各执军器，却召邓芝入见。芝整齐衣冠，随引进入，到宫门下看时，见两行武士威风凛凛，各执刚刀大斧、长（战）[戟]利剑，直摆到殿阶下。邓芝已知其意，并无惧色，引至殿前，见油鼎内熟油正沸，左右武士以目视之，芝微笑而已。引至帘前，邓芝长揖不拜。吴王交卷起御帘，大喝："邓芝！汝何等匹夫，不拜何也？"邓芝昂然对曰："上国天使，不拜小邦！"吴王转怒曰："汝不自料，掉三寸之舌，效郦生来说齐也。汝便是张仪再出，陆贾重生，亦不能动吾万分之一也。可速叉入油鼎！"芝大笑曰："人皆以为东吴多贤，谁想惧一邓芝也！"吴王怒曰："吾何惧汝匹夫耶！"芝曰："既不惧邓伯苗，何愁来说汝等也？"吴王曰："汝欲效诸葛作说客耶，令吾绝魏而向西蜀，是否？"芝曰："吾是西蜀一儒生，特为汝吴国利害而来，何故陈兵设鼎于殿前，以惧一使？何其局量之不能容物也！"

吴王被邓芝一说，叱退左右武士，请上殿赐坐而问之曰："(以)[吴、]魏之利害若何？吴、蜀之便益若何？先生勿惜剖(路)[露]!"芝曰："大王肯与蜀和，欲与魏和？"吴王曰："孤诚愿与蜀和亲，然恐蜀主幼国小，为魏所乘，不自全耳!"芝曰："大王命世之英，诸葛亮一时之杰；蜀有山川之险，吴有长江之固。若二国连和，共为唇齿，进可兼并天下，退可鼎足而立。今若委(质)[曲]称臣于魏，魏必望大王入(庙)[朝]，求太子内侍；若不从命，则奉词伐叛。蜀亦[可]顺流(见可)而进。如此，则江南之地，非复大王有也。愿大王宜细思之！臣将就死于大王之前，以绝说客之名也。"言讫抠衣下殿，欲望油鼎内跳。吴王急命左右扯之，请入后殿，待以宾客之礼。吴王曰："先生之言正合孤意！孤欲与蜀主连和，先生肯主之乎？"芝曰："今早欲烹小臣，(亦)[乃]大王也；今欲(又)使小臣，亦大王也。大王尚自狐疑未定，何能取信于天下乎？"吴王曰："今孤之不明，愿先生教之!"

据《资治通鉴》卷七十：(黄初四年)冬十月，芝至吴。时吴王犹未与魏绝，狐疑，不时见芝。芝乃自表请见曰："臣今来，亦欲为吴，非但为蜀也。"吴王见之，曰："孤诚愿与蜀和亲，然恐蜀主幼弱，国小势逼，为魏所乘，不自保全耳。"芝对曰："吴、蜀二国，四州之地。大王命世之英，诸葛亮亦一时之杰也；蜀有重险之固，吴有三江之阻。合此二长，共为唇齿，进可并兼天下，退可鼎足而立，此理之自然也。大王今若委质于魏，魏必上望大王之入朝，下求太子之内侍，若不从命，则奉辞伐叛，蜀亦顺流见可而进。如此，江南之地非复大王之有也。"吴王默然良久曰："君言是也。"遂绝魏，专与汉连和。(参见《三国志·蜀书·邓芝传》)

按：孙权设油鼎威胁邓芝，不见于史。盛巽昌在《三国演义补证本》中指出：当此之时，吴与蜀汉因刘备在白帝城已与吴媾和，双方已宣布结束战争状态，并有互不侵犯之约，故邓芝来吴，不可能再以酷刑威胁。

于是，吴王(刘)[留]邓芝住数日。

吴王问于群臣曰："孤掌江南八十一州，东有荆、襄之地，反不如西蜀一弹丸之地？今邓伯苗来吴，不辱君命。孤江南岂无一人入蜀以报之乎？"众官默然。时有吴郡吴人姓张名温，字惠恕，时在吴为中郎将。当时张温出班奏曰："臣虽不才，愿以片言入蜀，共结永远之好!"吴王曰："恐卿到蜀见诸葛孔明，不能通吾意也。"温曰："大王何故自失其志？诸葛是世之人杰也，张温亦是(之世)[世之]人[杰]也！孟子云：'舜何人也？予何人也？'有为者亦若是。尧、舜尤为可效，何况今人哉？"吴王大喜，重赏张温，便令同(共)邓芝入川见孔明，共议连和之事。

据《资治通鉴》卷七十：吴王使辅义中郎将吴郡张温聘于汉，自是吴、蜀信使不绝。

据《三国志·吴书·张温传》：张温字惠恕，吴郡吴人也。……时年三十二，以辅义中郎将使蜀。权谓温曰："卿不宜远出，恐诸葛孔明不知吾所以与曹氏通意，故屈卿行。若山越都除，便欲大构于丕。行人之义，受命不受辞也。"温对曰："臣入无腹心之规，出无专对之用，惧无张老延誉之功，又无子产陈事之效。然诸葛亮达见计数，必知神虑屈申之宜，加受朝廷天覆之惠，推亮之心，必无疑贰。"……蜀甚贵其才。

于是张温拜辞吴王，同邓芝入川，来见孔明。

却说孔明自邓芝去后，来见后主奏曰："邓芝去吴，必干[成]事矣。吴地多贤，必有人来报礼[也]。陛下(也)当以礼貌敬之，令回吴以通盟好。吴若通和，魏必不敢加兵于川矣。(以)[吴、]魏宁静，臣当自往南征，削平蛮夷之地，然后图魏。魏灭，则东吴亦不能久存，则可以复故汉之大统也!”后主谢之。

忽报东吴张温与邓芝回朝。后主升殿，文武毕集，邓芝引张温入见。温以自得其志，昂然上殿，见后主施礼。后主赐绣墩，坐于殿下，设御宴以待之。后主但敬重而已。宴罢，百官送至馆舍。次日，孔明设宴相待。张温心中自以为川中无我之对手，故皆惧之。孔明亦甚敬礼。孔明在席上与温曰：“先君在日，与吴主不睦，今已晏驾。主上年幼，深慕吴王，不得相见，望大夫回国善言回奏，蜀、吴永远同盟共好，相与破魏，作万年之计!”张温见孔明亦伏，谈笑自若，甚有傲忽之意。

次日，后主赐金帛，孔明等各以异锦玩好与张温送路；设宴于城外邮亭之上，诸官皆从孔明，殷勤送行。正饮酒间，忽见一人乘醉而来，张温便有怒色。其人昂然而入，长揖就坐。张温不能隐忍，便问孔明曰：“此何人也？”孔明答曰：“广陵人也，姓秦名(密)[宓]，字子敕，乃是益州学士也。”张温笑曰：“名称学士，未知胸中曾‘学(士)[事]’乎？”(密)[宓]曰：“蜀中三岁小童尚自知学，何况我乎？”温曰：“且说汝(知)所学何事。”(密)[宓]曰：“上通天文，下晓地理：三教九流，诸子百家，无所不通；古今兴废，圣贤(磨讲)[典籍]，无所不览。汝问我学，何相眇乎？”张温笑曰：“汝既出大言，吾且问汝天之事：天有头乎？”(密)[宓]答曰：“有头。”温曰：“在何方？”(密)[宓]答曰：“在西方。《诗》曰：‘乃眷西顾。’以此推之，头在西方也。”温又问曰：“天有耳乎？”(密)[宓]曰：“天处高而听卑。《诗》曰：‘鹤鸣九皋，声闻于天。’无耳何能听之？”温又问曰：“天有足乎？”(密)[宓]答曰：“有足。《诗》云：‘天步艰难。’无足何能步之？”温又问曰：“天有姓乎？”(密)[宓]答曰：“岂得无姓？”温曰：“何姓？”(密)[宓]曰：“姓刘。”温曰：“何以知之？”(密)[宓]曰：“天子姓刘，故以知之。”温又问曰：“日生于东乎？”(密)[宓]曰：“虽生于东，自没于西!”此时，秦(密)[宓]语音清朗，答问如流，满座皆惊。张温无语，(密)[宓]却回问于温曰：“先生乃东吴名士，既以天之一事下问，必能明天文之理。昔混沌既分，阴阳剖判，轻清者上浮而为天，重浊者下凝而为地。至共工氏战败，头触不周山，天柱折，地维缺，天倾西北，地陷东南。既轻清而上浮，何能倾西北乎？轻清之外，还是何物？愿先生教之!”张温如醉如呆，无可对答，乃避席而谢孔明：“不意蜀中豪杰挺出，使仆顿开茅塞也!”孔明恐张温羞惭，故以言解之曰：“适间问难，皆戏谈耳。足下深明安国定邦之道，何在唇齿之戏(耳)[耶]？”张温拜谢孔明。

据《三国志·蜀书·秦宓传》：秦宓字子敕，广汉绵竹人也。……吴遣使张温来聘，百官皆往饯焉。众人皆集而宓未往，亮累遣使促之，温曰：“彼何人也？”亮曰：“益州学士也。”及至，温问曰：“君学乎？”宓曰：“五尺童子皆学，何必小人!”温复问曰：“天有头乎？”宓曰：“有之。”温曰：“在何方也？”宓曰：“在西方。《诗》曰：‘乃眷西顾。’以此推之，头在西方。”温曰：“天有耳乎？”宓曰：“天处高而听卑，《诗》云：‘鹤鸣于九皋，声闻于天。’若其无耳，何以听之？”温曰：“天有足乎？”宓曰：“有。《诗》云：‘天步艰难，之子不犹。’若其无足，何以步之？”温曰：“天有姓乎？”宓曰：“有。”温曰：“何姓？”宓曰：“姓刘。”温曰：“何以知之？”答曰：“天子姓刘，故以此知之。”温曰：“日生于东乎？”宓曰：“虽生于东而没于西。”答问如响，应声而出，于是温大敬服。宓之文辩，皆此类也。

孔明又使邓芝入吴报谢。

张温与邓芝辞别孔明，回吴来见吴主，称说西蜀后主、孔明之德，愿永结为盟好，特令邓尚书又来报礼。吴王大喜，设宴以待之。吴王于席上问邓芝曰：“若吾二国同心灭魏，得天下太平，二王分治，不亦乐乎？”芝乃应声对曰：“天无二日，民无二王。如灭魏之后，大王未识天命所归者也，为君者各修其德，为臣者各尽其忠，则战争方治，未可以为乐也！”吴王大笑曰：“君乃诚实之士也！蜀中有如此之辈，孤焉敢妄侵地土也？愿求永结盟好。”

据《资治通鉴》卷七十：汉复遣邓芝聘于吴，吴主谓之曰：“若天下太平，二主分治，不亦乐乎？”芝对曰：“天无二日，土无二王。如并魏之后，大王未深识天命，君各茂其德，臣各尽其忠，将提枹鼓，则战争方始耳。”吴王大笑曰：“君之诚款乃当尔邪！”（参见《三国志·蜀书·邓芝传》）

于是厚赠邓芝还蜀。自此二国通和。

之后，大魏细作报入中原。魏主曹丕听知此事，大怒曰：“吴、蜀连和，必有图中原之心！不若朕先伐之。”于是商议起兵伐吴。胜负如何？

［第一百七十二段］　泛龙舟魏主伐吴

魏主曹丕乃大会文武于殿前，其时大司马曹仁、

据《三国志·魏书·文帝纪》：（黄初二年冬十月）己卯，以大将军曹仁为大司马。

太尉曹洪［及］贾翊皆亡，悉厚葬之。却说是日曹丕问文武曰：“近日孙权与蜀通和，往来甚密，必生异心！朕欲先伐吴，后破蜀，汝诸大臣有何高见？”侍中辛毗出班谏曰：“天下新定，土广民稀，而欲用兵，未见其利。今日之计，莫若养民屯田十年，然后用之，则吴、蜀方可破也。”曹丕怒曰：“此儒生迂阔之论也！今吴与蜀通和，早晚又来侵境，何暇等待十年也？”遂传令，交即日起兵伐吴。

据《三国志·魏书·辛毗传》：帝欲大兴军征吴，毗谏曰：“吴、楚之民，险而难御，道隆后服，道洿先叛，自古患之，非徒今也。今陛下祚有海内，夫不宾者，其能久乎？昔尉佗称帝，子阳僭号，历年未几，或臣或诛。何则，违逆之道不久全，而大德无所不服也。方今天下新定，土广民稀。夫庙算而后出军，犹临事而惧，况今庙算有阙而欲用之，臣诚未见其利也。先帝屡起锐师，临江而旋。今六军不增于故，而复循之，此未易也。今日之计，莫若修范蠡之养民，法管仲之寄政，则充国之屯田，明仲尼之怀远；十年之中，强壮未老，童龀胜战，兆民知义，将士思奋，然后用之，则役不再举矣。”帝曰：“如卿意，更当以虏遗子孙邪？”毗对曰：“昔周文王以纣遗武王，唯知时也。苟时未可，容得已乎！”帝竟伐吴，至江而还。

司马懿奏曰：“吴有长江之险，非船不可渡。陛下必欲御驾亲征，可选大小战船，从蔡、（颖）［颍］而入淮，从淮而取寿春，却入寿春而至广陵江口，径取南徐，此为上计也。”曹丕从其言，于是晓夜并工，令造龙舟一只，长二十余丈，可容三千余人；收拾战船三

千余只。魏黄初五年秋八月，会集大小将帅，令曹（仁）［真］为前部先锋将，带张辽、张郃、文聘、徐晃等为大将先行，许褚、吕虔为中军护卫，曹休等为合后，刘晔、（将）［蒋］济为参谋官，前后水陆军马三十余万，克日便起；封司马懿为尚书仆射，留镇许昌，国政大事并听决断。

不说魏军起程，却说东吴守界官听知，报入吴国。近臣启奏吴王祸事："今魏主曹丕亲自御驾龙舟，提水陆大军三十余万，从蔡、（颖）［颍］出淮，必取广陵渡江，来下江南，甚是利害，望为隄备！"吴王听知失惊，急聚文武商议。顾雍奏曰："今日既与蜀连和，可速修书与诸葛丞相，令起军出汉中，以分其势。可选一大将屯兵南徐以拒之。"吴王曰："非陆伯言不可当此大任。"顾雍曰："陆伯言虽可当此大任，他镇守荆州，正当此大势，切不可动也。若取陆伯言至此，魏国夏侯尚等军齐出，荆州危矣！"吴王曰："孤非不知，奈何眼前无替力之人！"言尤未尽，只见阶下一人应声出曰："主上何待臣下之薄也！臣虽不才，愿统一军以敌魏兵。若曹丕亲渡大江，臣必生擒于殿下；若不渡江，臣以杀魏兵大半，（臣今）令魏军不敢正是东吴矣！如不应其言，甘灭九族！"吴王乃视之，其人琅琊莒县人也，姓徐名盛，字文向。吴王大喜曰："如得卿守江南，孤何忧哉？"于是封徐盛为安东将军，总军都督建业、南徐军马。

徐盛领命，随即大集建业部下所有诸将听令，众皆一一应诺。内有一人，姓孙名韶，字公礼，乃是吴王之侄，官至扬威将军，旧曾在广陵守御，年幼极有胆勇。

据《三国志·吴书·孙韶传》：孙韶字公礼。伯父河，字伯海，本姓俞氏，亦吴人也。孙策爱之，赐姓为孙，列之属籍。后为将军，屯京城。……韶年十七，收河余众，缮治京城，起楼橹，修器备以御敌。权闻乱，从椒丘还，过定丹杨，引军归吴。夜至京城下营，试攻惊之，兵皆乘城传檄备警，欢声动地，颇射外人，权使晓喻乃止。明日见韶，甚器之，即拜承烈校尉，统河部曲，食曲阿、丹徒二县，自置长吏，一如河旧。后为广陵太守、偏将军。（参见《资治通鉴》卷六十四）

按：据《三国志·吴书·孙韶传》推算，孙韶时年三十七岁，并非"年幼"。

当日见徐盛传令，交众军官多置器械，多设旌旗，以为守御江岸之计，孙韶挺身出而问曰："今日主公以重任付托将军，欲得破魏兵，擒曹丕。将军不拨军马早渡江，于淮南之地迎敌，直待曹丕兵至江岸。彼军若到岸时，须惊动江南之百姓也！"徐盛曰："曹丕势大，更有名将为先锋，不可渡江迎敌。吾待彼船皆集于北岸，自有奇计破之。"孙韶曰："吾手下自有三千人马，更兼深识广陵路途。吾愿自去江北共曹丕交锋，如不胜，当斩之！"徐盛不从，孙韶坚（势）［执］要去，再三再四，定要一行。徐盛大怒曰："吾令不从，安制诸将乎？推［转］斩讫报来！"辕门外立起皂旗，群刀斧手推孙韶出。韶部下飞马来报吴王孙权。权听知，单马亲自来救。刀斧手料道有人来救，未肯便下手。徐盛使人又来催促："快将首级来！"却待正欲下手，只见吴王飞马来到，喝散刀（创）［剑］，救起孙韶。韶哭告曰："韶往年在广陵，深知地理。不就那里与曹丕厮杀，直待他下了长江，江南即日休矣！"吴王直入营中来见徐盛，徐盛接了吴王。盛曰："大王命臣为都督。今孙韶不遵约束，违令当斩。大王何故救之？"吴王曰："韶负血气之勇，误犯军法，万望宽恕，可饶初犯！"盛曰："法非臣（之立）［立之］也，亦非大王立也，乃国家之典。刑若以亲而免之，仇而杀之，公论何在？"吴王曰："此子若（非）［是］宗党，任将军处治，吾不敢救。此子乃孙伯海孙河之亲侄也，少亡其父，依傍其伯。河本姓俞，吾兄爱之，认为兄弟，故赐姓孙。今若杀之，以为吾负先兄义也，绝灭俞氏之后也！”徐盛曰：“看主公面，且记死罪。”吴王令孙韶拜谢，韶不肯拜。盛问曰：“今番伏也不伏？”韶厉声曰：“据汝之见，只是引军渡江去破曹丕。便死也不伏汝之见识！”徐盛变色。孙权喝退孙韶，回顾徐盛曰：“便无此子，何损于吴？今后再休用之。”于是吴王自回。

按：《演义》称徐盛执法欲斩孙韶，不见于史。

是夜，人报徐盛，说孙韶自引本部三千精兵，潜地过江去了。徐盛恐孙韶有失，于吴王面上不好看，因此唤丁奉也引三千精兵，潜地渡江接应，临行授以密计，如此如此。丁奉领计去了。

却说曹丕亲御龙舟至广陵，前队曹真已到，列兵于大江之内，请令魏主。丕问曰：“江南岸有兵多少？”曹真答曰：“隔江远望，并不见一人，亦无旌旗号带。”丕曰：“必有诡诈！朕自观其虚实。”于是大开河道，放龙舟直入大江，泊舟于北岸；建龙凤日月五色旌旗，仪鸾簇拥，光耀射目。曹（真）[丕]坐于龙船之上，打方心曲（栖）[柄]黄罗伞盖。丕自观望南徐，亦不见一人。（面）[丕]回顾刘晔、蒋济曰：“可渡江否？”刘晔曰：“兵法有言‘实实虚虚，神鬼莫测’，未可渡江！彼见大势兵到，如何不做准备？今陛下未可造次，且停住三五日，看其动静，然后发先锋渡江以探之。”魏主曰：“正合朕意！”于是宿于江中。

是夜月黑，魏军明火点灯，照耀天地。遥望江南，并不见半点灯光，所以众军皆以为没人烟矣。是夜三更，魏主问江南消息，近臣奏曰：“多有远闻陛下天兵来到，望风逃窜，并无一人也。”魏主暗笑。比及天晓，大雾迷漫，对面皆不相见。须臾风起雾收，遥望江南岸一带尽是连城，城上起敌楼，遍插旗号，枪刀耀日，魏主一见失惊。（竹节）[探马]来报：“南徐沿江一带（有）[直]至石头城，连城数百里，城郭舟车绵绵不绝，一夜成就。”原来却是徐盛束缚芦苇为人，穿（着）[青]衣，执旌旗，立于假城疑楼之上。因此魏兵见许多人马，如何不胆寒也？魏主望见而叹曰：“魏虽有武士千群，无所用[之]。江南人物如此，未可图也！”

正惊讶之间，忽然狂风大作，白浪番空，水激波倾，大舟将覆。曹真急命文聘驾小船救驾，船上人皆立脚不住。文聘跳上龙舟，背负曹丕下得小船，奔入河港时，望见江中船多有覆者，众皆救得龙舟入港。忽流星马来报，（称）说赵云引兵出阳平关，来取长安。魏主荒忙传令，便交快回军，

据《资治通鉴》卷七十：（黄初五年秋）九月，（曹丕）至广陵。吴安东将军徐盛建计，植木衣苇，为疑城假楼，自石头至于江乘，联绵相接数百里，一夕而成；又大浮舟舰于江。时江水盛长，帝临望，叹曰：“魏虽有武骑千群，无所用之，未可图也。”帝御龙舟，会暴风漂荡，几至覆没。帝问群臣：“权当自来否？”咸曰：“陛下亲征，权恐怖，必举国而应。又不敢以大众委之臣下，必当自来。”刘晔曰：“彼谓陛下欲以万乘之重牵己，而超越江湖者在于别将，必勒兵待事，未有进退也。”大驾停住积日，吴王不至，帝乃旋师。（参见《三国志·吴书·徐盛传》及注引《魏氏春秋》，《三国志·吴书·吴主传》及注引干宝《晋纪》，《三国志·魏书·刘晔传》）

各自奔走。随后东吴有追兵至，（却好）[尽弃]御用之物。龙舟将次入淮，刺斜里一彪军马杀到，为首吴将乃是孙韶也。魏军不能当抵，折其大半，死于水中者无数。众将死救魏主（废）[渡]淮河，行不三十里，就淮河中一带芦苇灌以鱼油，尽皆放火烧着，顺

风而下，烟火甚勇，截住龙舟。魏主丕大惊，急又下小舟傍岸时，龙舟已自被火烧着。魏主急上马，岸上一军飞马而到，乃吴军丁奉也。魏国张辽急忙救驾，飞马去迎丁奉，却被丁奉一箭射中其腹，却得徐晃救了。魏主走脱，折军三停去其二。背后有孙（昭）［韶］、丁奉夺得马匹、车仗、舟船无数。魏兵大败回许昌。

据《资治通鉴》卷七十：（黄初六年秋）八月，帝以舟师自谯循涡入淮。尚书蒋济表言水道难通，帝不从。冬十月，如广陵故城，临江观兵，戎卒十余万，旌旗数百里，有渡江之志。吴人严兵固守。时大寒，冰，舟不得入江。帝见波涛汹涌，叹曰："嗟乎，固天所以限南北也！"遂归。孙韶遣将高寿等率敢死之士五百人，于径路夜要帝，帝大惊。寿等获副车、羽盖以还。（参见《三国志·吴书·吴主传》注引《吴录》）

此时东吴徐盛已成大功，吴王重加赏赐，不在话下。

按：曹丕于 221 年、224 年和 225 年三次伐吴，《演义》将其合为一次。《演义》写徐盛用火攻，不见于史。

张辽回到许昌而亡，曹丕命厚葬之。

据《三国志·魏书·张辽传》：孙权复叛，帝遣辽乘舟，与曹休至海陵，临江。权甚惮焉，敕诸将："张辽虽病，不可当也，慎之！"是岁，辽与诸将破权将吕范。辽病笃，遂薨于江都。

按：张辽非中箭死。他是魏黄初三年（222）病死的。

却说赵云军去阳平关之次，忽然报（来）诸葛丞相有文字到，说益州耆帅雍闿结连蛮王孟获，侵掠四郡，因此宣赵云回［军］。却说马超兼（于）［守］阳平关，

按：据《三国志·蜀书·马超传》，马超已于三年前——蜀汉章武二年（222）病故。

孔明欲自南征，因此［赵云］回兵。魏主曹丕知蜀兵退去，也自坚守，怎（取）［敢］轻动？孔明在（城）［成］都收拾军马，以备南征。胜负如何？

［第一百七十三段］　孔明兴兵征孟获

建兴三年春二月间，孔明在成都，事无大小，皆亲决断。

据《三国志·蜀书·诸葛亮传》《资治通鉴》卷七十：政事无巨细，咸决于亮。

据《三国志·蜀书·诸葛亮传》引《上诸葛亮集表》：及备殂没，嗣子幼弱，事无巨细，亮皆专之。

于是西川之民欣乐太平，夜不闭户，路不拾遗；更兼连年大熟，国中丰稔，老幼皆击鼓讴歌。至于差徭，门户工役争先，愿情早辨，因此器械、衣甲、军需应用之物无不完备，米满仓廒，钱积府库。

是年，益州飞报："蛮王孟获大起蛮兵数十万犯境。所有建宁太守雍闿，乃汉朝雍齿

之孙，先［祖］曾封为什方侯，今结连孟获造反。雍闿又说诱牂牁［郡］太守朱褒、越雋郡太守高定，二人献了城门；止有永昌郡太守王伉不曾背叛。如今雍闿、朱褒、高定三郡人马与蛮王孟获为乡道官，攻打永昌郡。

据《资治通鉴》卷七十：初，益州郡耆帅雍闿杀太守正昂，因士燮以求附于吴，又执太守成都张裔以与吴，吴以闿为永昌太守。永昌功曹吕凯、府丞王伉率吏士闭境拒守，闿不能进，使郡人孟获诱扇诸夷，诸夷皆从之。牂柯太守朱褒、越巂夷王高定皆叛应闿。（参见《三国志·蜀书·后主传》《李恢传》《张裔传》，《华阳国志·南中志》）

见今王伉与公曹吕凯会集百姓死守，甚是紧急！"

据《三国志·蜀书·吕凯传》：吕凯字季平，永昌不韦人也。仕郡五官掾功曹。时雍闿等闻先主薨于永安，骄黠滋甚。都护李严与闿书六纸，解喻利害，闿但答一纸曰："盖闻天无二日，土无二王，今天下鼎立，正朔有三，是以远人惶惑，不知所归也。"其桀慢如此。闿又降于吴，吴遥署闿为永昌太守。永昌既在益州郡之西，道路壅塞，与蜀隔绝，而郡太守改易，凯与府丞蜀郡王伉帅厉吏民，闭境拒闿。闿数移檄永昌，称说云云。凯答檄曰："天降丧乱，奸雄乘衅，天下切齿，万国悲悼，臣妾大小，莫不思竭筋力，肝脑涂地，以除国难。伏惟将军世受汉恩，以为当躬聚党众，率先启行，上以报国家，下不负先人，书功竹帛，遗名千载。何期臣仆吴越，背本就末乎？昔舜勤民事，陨于苍梧，书籍嘉之，流声无穷。崩于江浦，何足可悲！文、武受命，成王乃平。先帝龙兴，海内望风，宰臣聪睿，自天降康。而将军不睹盛衰之纪，成败之符，譬如野火在原，蹈履河冰，火灭冰泮，将何所依附？曩者将军先君雍侯，造怨而封，窦融知兴，归志世祖，皆流名后叶，世歌其美。今诸葛丞相英才挺出，深睹未萌，受遗托孤，翊赞季兴，与众无忌，录功忘瑕。将军若能翻然改图，易迹更步，古人不难追，鄙土何足宰哉！盖闻楚国不恭，齐桓是责，夫差僭号，晋人不长，况臣于非主，谁肯归之邪？窃惟古义，臣无越境之交，是以前后有来无往。重承告示，发愤忘食，故略陈所怀，惟将军察焉。"凯威恩内著，为郡中所信，故能全其节。

孔明乃入朝奏后主曰："臣观南蛮诸洞实国家之后患也！今雍闿等结连孟获背反，臣当自领大兵前去征讨，特（奉）［奏］主上。"

据《三国志·蜀书·诸葛亮传》：（建兴元年，）南中诸郡，并皆叛乱，亮以新遭大丧，故未便加兵，且遣使聘吴，因结和亲，遂为与国。

据《资治通鉴》卷七十：诸葛亮以新遭大丧，皆抚而不讨，务农殖谷，闭关息民，民安食足而后用之。（参见《华阳国志·南中志》）

后主曰："东有吴地，北有魏国，此二处甚是利害。相父弃朕而去征南蛮，倘有二国兴兵，如之奈何？"孔明曰："臣自已有良计定了，陛下勿忧！目今东吴和好已定；便有异心，须有李严在白帝城，此人足可（有）以当陆逊也。大魏曹丕亲败，锐气已丧，必不远图；虽有异心，须有马孟起守把汉中诸处关隘，何必忧也？臣又留关兴、张苞等，分两路军为救应使，以助陛下万无一失。臣先（已）去扫荡蛮貊，以绝后患；然后北征以图中原，报先帝三顾之恩，托孤之重任也！"后主曰："朕年幼不知，此事请相父自斟量而行之。"忽班部中有谏议大夫——南阳人也，姓王名连，字文义——出谏丞相曰："南方不毛之地，瘴疫之乡。丞相秉钧（轴）衡之重而自远征，非所宜也！且雍闿等疥癣之疾，丞相只可遣偏将以讨之，必然成功也。"孔明曰："南蛮离中国甚远，人多不习王化，收伏甚难。

吾必（用）亲自征之，可刚可柔，别有纵收，非可容易托人也!”王连再不敢言。

据《三国志·蜀书·王连传》：王连字文仪，南阳人也。……建兴元年，拜屯骑校尉，领丞相长史，封平阳亭侯。时南方诸郡不宾，诸葛亮将自征之，连谏以为“此不毛之地，疫疠之乡，不宜以一国之望，冒险而行”。亮虑诸将才不及己，意欲必往，而连言辄恳至，故停留者久之。

按：据史书记载，蜀汉建兴元年（223）南中叛乱之初，诸葛亮即欲亲自南征，丞相长史王连劝谏，诸葛亮采纳了他的建议，“抚而不讨，务农殖谷，闭关息民”，延至建兴三年（225）三月始南征。《演义》将王连劝谏的时间移植于建兴三年诸葛亮南征之前，且称诸葛亮不听王连苦劝。

即日，孔明辞后主而出师，以零（陆乡）[陵郡]人（也）蒋琬字公琰为参军，又用江夏郦县人氏姓费名袆字文伟为长史，

据《三国志·蜀书·费祎传》：费祎字文伟，江夏鄳人也。

用董厥、樊建二人为掾史，

据《三国志·蜀书·诸葛亮传附董厥传》：董厥者，丞相亮时为府令史，亮称之曰：“董令史，良士也。吾每与之言，思慎宜适。”徙为主簿。亮卒后，稍迁至尚书仆射，代陈祇为尚书令，迁大将军，平台事，而义阳樊建代焉。

差赵云、魏延为大将，总督军马，

按：核诸史书，魏延镇守汉中，未参加南征。

用巴西岩渠人王平字子均为副将，又用犍为武阳人（也）姓张名翼字伯恭为副将，

据《三国志·蜀书·张翼传》：张翼字伯恭，犍为武阳人也。

外有川将数十员，不及一一载名；共起两川甲兵共计十五万，前往益州起发。大队人马各依队伍夜住晓行，所经过之处秋毫无犯。

却说雍闿听知孔明自引兵来，与高定共议，分兵三路迎敌：高定取中路，雍闿在左，朱褒在右，三路共有五六万军马。且说高定一军前来迎敌，为头先锋姓鄂名焕，使方天戟，有万夫不当之勇，乃是永昌昌平人也，生得身长九尺，面貌丑恶，离了大寨，前来拒敌蜀兵。

却说孔明大兵已到境界，第一前部大将魏延、副将张翼、王平前入界分，早与鄂焕军马相列成阵势。魏延出马与鄂焕交锋。战到数合，魏延诈败，鄂焕随后赶来，走不数里，张冀、王平齐出，绝其后路。魏延复回，三将齐出，生擒鄂焕，解到大寨来见孔明。孔明交去其缚，以酒食待焕。焕曰：“感丞相大恩难尽!”孔明曰：“汝是何人部下将耶？”焕曰：“是高定部下。”孔明曰：“吾知高定乃忠义之士，被雍闿说诱，以致如此。吾今放汝回见高太守，早早归降，免遭祸患。”

鄂焕拜谢而去，回见高定，说孔明之德。定见说，亦感激不已。忽报雍闿来到，入寨礼毕，问高定：“鄂焕如何得回？”定曰：“诸葛亮以义释之。”闿曰：“此是诸葛反间之计，令兄与吾不睦，故施其谋也。”高定半晌不肯听信。忽报蜀将魏延搦战。雍闿曰：“吾自引本部兵二万出迎。”两阵对圆。魏延出马，大骂雍闿“忘恩失义，反国之贼!”闿被骂忿怒。两马相交，雍闿如何敌得魏延？拨回马便走。魏延率兵大进，杀退二十里。

次日，雍闿又引军来搦战。孔明令一连三日勿出。至第四日，闿会合高定，两路分兵，亲自来取蜀寨。孔明已遣魏延、赵云分两路伺候。果然雍闿、高定兵来，被两路伏兵起，杀伤大半，生擒者无数，解投大寨来。各寨被擒者百余人，雍闿的囚在一边，高定的囚在一边。却使军中谣说，但是高定的人免死，雍闿的人尽杀了。众军听知此语皆惊。孔明少时先交取雍闿手下的人到帐下。孔明问曰："汝等皆是何人部下？"众军皆曰："是高定部下的小卒。"孔明尽交放免，与酒肉赏劳，令人送出界首，纵放回归。孔明却唤高定部下被擒的军到帐下，（孔明）亦与酒肉。孔明佯言曰："雍闿今日使人投降，欲献汝主高定并朱褒首级，以为功劳。吾甚不忍！汝等既是高定手下之人，吾放汝回，再不可引兵来迎敌。若使擒捉，必不轻恕！"

众军拜谢而去，归到本寨，来见主将高定，具说其事。高定密遣人于雍闿帐中打听，都有这一班儿放回的军人言说孔明之德。自此雍闿寨中军人小卒多有归顺高定之心。[虽]然如此，高定之心终是不稳，使一人来孔明寨中探听虚实，却被伏路军人捉住，拿到帐下，问是何人。其人口称是高定寨中人。孔明故意认做雍闿寨中人，唤入帐后问曰："汝元帅既约下献高定首级，何故误了日期？你这厮不精细，如何做得细作？"其人便就应此言。孔明重赏，修书一封，约定来日下手，"放（与）[汝]回去，与雍闿说休得误了，[休]失落此书。成功之后，却有（陛）[重]赏。"细作拜谢孔明而去，回见高定，说雍闿如此如此。高定看书大怒曰："吾以真心相待，汝反欲杀吾作功劳归蜀，情理难容！"急唤鄂焕商议此事。焕曰："孔明乃仁者之人，背之不祥。我等谋反作恶，皆雍闿之故也，反怀二心。不杀此人，必生后患！"定曰："如何下手？"焕曰："可宜设一席，令人请雍闿赴宴。此人无异心，坦然而来；若有异心，疑而不至。若不来，我主可攻其内，某于寨后小路等之。雍闿若来，某必斩之！"高定从鄂焕之言，作席请雍闿。雍闿果然疑前日放回军之语，疑而不来。

是夜，高定引本部军士杀投雍闿寨中。寨中原有孔明放免之人，皆想高定之德，乘暗助战，雍闿军不战自乱。雍闿上马望山路而走，行不二里，鼓声响处，一彪军出。雍闿措手不及，被鄂焕一戟刺于马下，就枭其首级。余军尽降高定。

据《三国志·蜀书·吕凯传》：及丞相亮南征讨闿，既发在道，而闿已为高定部曲所杀。

高定引两部人马来见孔明，入寨投降，献雍闿首级于帐下。孔明在帐中见高定来降，喝令左右执下，"推转斩讫报来！"定曰："某感丞相大恩，今杀雍闿来降，何故斩我？"孔明大笑曰："此降乃诈降也，此非雍闿首级！吾用兵半生，多用诡计。汝何敢瞒吾耶？"定曰："若丞相所说合理，死亦无悔！何以知吾诈降也？"孔明于箧中取出一纸书，拿于手中，与高定言曰："朱褒已自使人来降吾，言汝与雍闿结生死之交，岂有一旦便杀？倘若来降，不可深信。吾故知汝是诈降也。"高定叫屈曰："朱褒乃反间之计也，丞相切不可信！"孔明曰："吾亦难凭信汝一面之词。汝若与朱褒面会，方表真假。"高定曰："不须丞相心疑，吾自引本部军去擒朱褒来见丞相，如何？"孔明曰："若如此，则吾无疑也。"

高定带了鄂焕，将本部兵投朱褒寨中来。离朱褒寨约十余里，山后一彪人马出，乃是朱褒也。见高定军来，朱褒荒忙来与高定打话。定责之曰："你如何于诸葛丞相处反间于我？"朱褒目睁口呆，不能回答。忽然鄂焕于马后跃出，一乾刺朱褒于马下。高定厉声言曰："（始）[如]不顺者，尽戮之！"于是众军向前齐降。却说高定帅两寨之兵来见孔明，献朱褒首级于帐下。孔明大笑曰：“吾故使汝杀二贼，以表忠心。”遂命高定为益州太守，总摄三郡。

据《资治通鉴》卷七十：汉诸葛亮至南中，所在战捷，亮由越嶲入，斩雍闿及高定。使庲降督益州李恢由益州入，门下督巴西马忠由牂柯入，击破诸县，复与亮合。（参见《华阳国志·南中志》）

据《三国志·蜀书·李恢传》：先主薨，高定恣睢于越嶲，雍闿跋扈于建宁，朱褒反叛于牂牁。丞相亮南征，先由越嶲，而恢案道向建宁。诸县大相纠合，围恢军于昆明。时恢众少敌倍，又未得亮声息，绐谓南人曰：“官军粮尽，欲规退还，吾中间久斥乡里，乃今得旋，不能复北，欲还与汝等同计谋，故以诚相告。”南人信之，故围守怠缓。于是恢出击，大破之，追奔逐北，南至槃江，东接牂牁，与亮声势相连。南土平定，恢军功居多，封汉兴亭侯，加安汉将军。

按：据史书记载，对越嶲郡夷王高定、益州郡大姓雍闿和牂牁郡太守朱褒三路反叛，诸葛亮南征，分三路进军：诸葛亮所率西路军为主力，由成都至安上，由水路进入越嶲郡；东路军由门下督马忠率领，由川南僰道直趋牂牁郡；中路军为庲降都督李恢，由平夷向益州郡前进。诸葛亮南征途中，雍闿为高定部曲所杀，孟获代雍闿为主。诸葛亮斩杀高定，马忠破牂牁，杀死朱褒，三路人马在滇池会师。三路反叛，诸葛亮仅与高定对仗，与其他两路并未照面。又，《演义》称，诸葛亮南征，几乎动员了当时蜀汉的主要将领，如赵云、魏延、马谡、王平、张嶷、张翼、马岱等，而据史书，诸葛亮南征，就是上述三路人马。

于是永昌无事，太守王伉出迎孔明入城。[孔明]问王伉曰：“谁与公同守，以保无危？”王伉曰：“吾今日得此郡无危，皆赖永昌下地人氏，姓吕名凯，字季平，皆是此人之力也！”

据《三国志·蜀书·吕凯传》：吕凯字季平，永昌不韦人也。……亮至南，上表曰：“永昌郡吏吕凯、府丞王伉等，执忠绝域，十有余年，雍闿、高定逼其东北，而凯等守义不与交通。臣不意永昌风俗敦直乃尔！”以凯为云南太守，封阳迁亭侯。会为叛夷所害，子祥嗣。而王伉亦封亭侯，为永昌太守。

孔明召吕凯入见。凯礼毕，孔明曰：“久闻公乃永昌高士！吾今平蛮，有何高见教之？”吕凯曰：“某有备述一言，令丞相一鼓而收蛮貊也！”孔明问吕凯之计。如何用功？

[第一百七十四段]　孔明一擒孟获

吕凯乃取一图呈上曰：“凯自历事以来，知蛮夷欲反久矣，故（求）差使入南蛮之地，将于路可以屯兵下寨之地，及有战敌之场，画成一图，名曰《平蛮图》，又曰《指掌图》，以待后之贤良者。今遇明公，不敢秘藏，当谨献上。”孔明观了大喜，就用吕凯为行军教授兼乡道使。于是进大军，深入南蛮之境。

正行之次，忽报朝廷差使命至。[孔明]请入寨中，见其人素袍布服，乃襄阳宜城人

氏，姓马名谡，字幼常，为兄马良新亡，

据《三国志·蜀书·马良传》：及东征吴，遣良入武陵招纳五溪蛮夷，蛮夷渠帅皆受印号，咸如意指。会先主败绩于夷陵，良亦遇害。

按：《演义》称马良新亡，与史不合。据史书，马良死于蜀汉章武二年（222）夷陵之战。诸葛亮南征系蜀汉建兴三年（225），马良已死去三年了。

因此挂孝。孔明问其事，马谡传后主敕命，赐诸将酒帛。孔明看诏令俵散讫，留马谡在寨中（与）谈论。见其高谈阔论，孔明甚敬之，语间问曰："今吾奉诏平蛮，久闻公多有高见，愿赐教之！"马谡曰："愚有片言，望丞相听纳！（且）南蛮（之地，）恃其山路峻崄，不伏中国久矣；虽今日破之，明日复反。丞相大兵到彼，必然平复。但恐（兴）[班]师之日，必（用）[要]北伐曹（还）[丕]。蛮兵若知内虚，其民反亦速矣。若尽诛灭蛮夷种类，非仁人之心，又不可仓卒（降）[除]也。夫用兵之道，攻心为上，攻城为下；心战为上，兵战为下。愿丞相但服其心，足以服蛮貊也。"孔明叹曰："幼常足知吾肺腑也！吾正欲如此，公[言甚]合我心。"

据《资治通鉴》卷七十：汉诸葛亮率众讨雍闿等，参军马谡送之数十里。亮曰："虽共谋之历年，今可更惠良规。"谡曰："南中恃其险远，不服久矣。虽今日破之，明日复反耳。今公方倾国北伐以事强贼，彼知官势内虚，其叛亦速。若殄尽遗类以除后患，既非仁者之情，且又不可仓卒也。夫用兵之道，攻心为上，攻城为下，心战为上，兵战为下，愿公服其心而已。"亮纳其言。（参见《三国志·蜀书·马良传附弟谡传》注引《襄阳记》）

遂留马谡在军前为参军，望南蛮而进。

却说蛮王孟获知雍闿等皆被孔明智破，已诛之，乃聚三洞元帅商议：其一曰"金环三结"，其二曰"董荼奴"，其三曰"阿会喃"，——这三个皆是蛮夷之主，各有蛮兵五六万，并听孟获调遣。是（是）[时]，孟获对三洞元帅曰："今蜀丞相诸葛亮领兵来伐我等，侵我境界，不得不并力敌之。汝三人何不先往擒之？"金环三结元帅应声要去，董荼奴亦要去，阿会喃亦要去。孟获曰："你三人分三路兵去，如得胜者，便为蛮洞之主！"金环三结取中路，董荼奴取左路，阿会喃取右路，各带五万蛮兵，分路而进。

却说孔明日行五十里下寨，三路左右中各有报马。蛮兵三路而来，与蜀兵迎敌。孔明在帐中分拨，报马来报："三洞蛮兵，三个元帅，分三路来到。"孔明见说，唤赵云至帐前，却待分付，又不开言；又唤魏延至帐前分付，又不开言；却又唤王平、马忠两个川将分付曰："今蛮兵分三路而来。吾欲使子龙、文长去敌，为此二人不识地理，吾不敢用。王平汝可往左路迎敌，马忠可往右路迎敌。吾令赵子龙、魏文长随后接应汝二人。今日整顿了军马，来日平明进兵。"王平、马忠听令去了；又唤张翼、张嶷分付："你二人同领一枝军马，取中路去敌蛮兵。今日整顿了军马，来日平明约会左路王平、右路马忠，一齐进兵。赵子龙、魏文长随后接应。"张翼、张（巍）[嶷]听令去了。赵云、魏延面有怒色。孔明曰："吾非不用汝二人，恐失锐气也。"赵云曰："倘我等识得地理，如何？"孔明曰："若如此，吾用汝为先锋！"赵云、魏延辞退，孔明随即唤回分付曰："你二人是中年人物，休被蛮兵所算，自宜小心！"

赵云请魏延到自己寨中商议曰："吾二人是中年人，不用我等为先锋，却用后辈；汝吾二人不知路径，因此羞辱于我辈，真可气也!”魏延曰：“我二人即今上马，亲自去探路，拿住土人，交他引路。”赵云从其言。二人上马，径取中路而来，行不数里，远远望见尘头起处。二人策（上马）[马上]山坡看时，早见蛮兵哨马数十骑来往巡哨。赵云、魏延分为两路冲出，蛮兵见了，大惊而走。赵云、魏延各生擒一人回寨，问其路径。蛮兵曰：“前面是金环三结元帅大寨，正在山口，寨边东西两路却通五溪元帅董荼奴寨并诸洞使阿会喃寨之后。”赵云、魏延听知这话，当晚点起五千精兵，交擒来二人引路。

二更左侧，明月当空，赵云与魏延同去劫寨；来到金环三结寨时，已及四更，诸蛮方起造饭，准备日间厮杀。赵云、魏延两路杀人，蛮兵大乱。子龙直到中军，正遇金环三结，交马只一合，刺杀金环三结于马下，割了首级，余军（须）[溃]散。魏延便分一半军，抄东路董荼奴寨；赵云分一半军，投西路抄阿会喃寨。赵云却从蛮兵寨后杀出，比及到寨时，天色微明。

却说魏延杀奔董荼奴寨后，董荼奴已自知了，引军出寨后拒敌。只听前寨门大喊，元来王平军马已到，两下夹攻，蛮兵大败。董荼奴冲条路走脱，背后魏延赶不着。却说赵云杀到阿会喃寨时，马忠引军先到，内外攻击，蛮兵乱窜，阿会喃死战得脱。

孟获知三路败亡，随引本部蛮兵迎敌。蜀兵四下（围里）[里围]将来，孟获左右冲突不出。众将一发齐上，生擒孟获，押赴大寨，来见孔明。蛮兵降者无数。孔明叱孟获曰：“汝何反耶？”获答曰：“西川皆是他人所占地土，汝强夺之，自称为帝。是吾（无）[世]居此地，汝等无礼，侵我州郡，何如背反耶？”孔明曰：“汝已被吾擒，心肯伏否？”获曰：“缘锦带山僻，道路窄狭，误遭汝擒，如何伏耶？”孔明笑曰：“既不伏，吾放汝，若何？”获曰：“汝若肯放我回去，必再整军马，与汝决雌雄。若能再擒吾，吾方伏也!”孔明曰：“只今便放汝去。”随即放起，与了衣服，赐之酒肉，临行又与鞍马，差人直送出路径。孟获望本寨而去。再来若何？

[第一百七十五段]　孔明二擒孟获

孔明放了孟获离寨而去。诸将言曰：“孟获是南蛮之魁，今幸已擒，南方便定。何故纵之而去，以长其恶也？”孔明曰：“吾视擒此人如探囊取物耳。直须降伏其心，自然平矣。汝等试看，不久孟获自被蛮兵擒至也。”诸将听知，皆未深信。

却说孟获行至泸水，（止）有手下败残士卒皆来寻着，且惊且喜，拜而问曰：“大王如何能勾回来？”孟获曰：“蜀人监我在帐中，被我夜间杀了十余人，因此得脱。路上又逢着军马，亦被我杀之，夺其马匹。”众蛮兵簇拥过泸水，下住寨栅，唤集各洞酋长相继而来，拘集原放回军约有十余万。皆言董荼奴、阿会喃亦回在洞中，孟获使人去请。二人惧怕，只得引溪洞兵来见。孟获传令曰：“吾已深知诸葛之计，切不可与战，战则中他诡计。彼川兵到此路途遥远，即目炎天，彼兵岂能久驻乎？吾等有此泸水之险，船筏尽拘在南岸；一带皆筑起土城，深沟高垒，不与他相敌，看诸葛如何用谋？”众酋长尽然其计。于是尽将船筏拘在南岸，一带筑起土城；在于傍山之地竖起望楼，楼上多设弓箭炮石等件，准备久长之计。所有粮食尽是各洞运至。孟获以为万全之策。

却说孔明前至泸水，军报“南岸尽是蛮兵寨栅；水势太紧，又无船筏可渡。正值五月炎天，南方分外燥热，军士衣甲穿着不得。”孔明自至泸水边看罢，回寨唤众将曰：“今孟兵在泸水之南深沟高垒，以阻（老）[当]我师。吾既提兵到此，如何便回？汝等各各引兵，依山傍林，拣阴凉之地，与我将息人马。吾更有号令，唤吕凯提调，离泸水十里去拣着树木茂盛去处，分三四个寨子，皆搭茅栅，安养军马，务要阴凉，以避暑气。”依令下寨。参军蒋琬点看了，回问孔明曰：“某见今番吕凯所造寨栅甚是不好，正犯先帝败于东吴之地势也！倘若蛮兵偷过泸水前来劫寨时，若用火攻，何以解之？”孔明曰：“非尔所知也。吾自有妙筭耳。”蒋琬[等]皆不晓其意。

忽报蜀中差马岱解暑药并粮米到。孔明唤至，参拜毕，一面分拨与三寨。孔明曰：“汝带多少军来？”岱曰：“有一千军马。”孔明曰：“吾军累战疲困，欲用汝兵。汝肯向前么？”岱曰：“皆是朝廷所用之兵，何分彼此？丞相要用，虽死不辞！马岱正欲报先帝之恩，恨无门路耳！”孔明曰：“今蛮王孟获拒住泸水，无计可渡。吾欲先断其粮道，令彼军自乱矣。”岱曰：“如何可断？”孔明曰：“离此一百五十里，泸水下流地名沙口，此处水慢，堪可扒筏而渡。汝提本部一千军径渡泸水，直入蛮洞，可（洗）[先]断其粮道；然后会合董荼奴、阿会喃两个洞主，使令内变，以取头功。”

马岱欣然领命去了，早引本部兵到沙口，驱兵渡水。大半不待扒筏，见水浅，裸衣而过；到半渡，军马皆倒，急救到岸，口鼻流血而死。马岱大惊，连夜回报孔明，言如此（之）[如此]，“折军五六百人。”孔明随唤乡道土人问其事，土人曰：“目今炎天，毒聚泸水，日间盛（势）[热]，毒气正发。人渡必感其气，或饮其水，皆死。若要渡时，须待夜静水冷，毒气不起，饱食而过，自然无事。”孔明叹曰：“土人之言极妙！”就交引路；又于寨内选五六百精壮军士，与马岱来到泸水沙口，扒起木筏，候半夜渡水。果然无事。

马岱引一千军，依着孔明所与图本，又随土人径取蛮洞运粮总路口，地名夹山谷，两下是山，中间一条路止可容一马而走。马岱（战）[占]了夹山谷，分拨了军士，立起寨栅。此时蛮洞人不知，正解粮米到，被马岱前后截住，夺得粮百余车。蛮人逃脱，去报孟获。

孟获在寨中，每日只顾饮酒，番歌蛮乐，终日自乐，醉后与诸酋长曰：“吾若与诸葛对敌，必中他奸计。今靠泸水，深沟高垒以待之。蜀兵受不过酷热，必然走矣。但一退走，吾当与汝随后击之，此可以擒诸葛矣。”孟获大笑不止。数内有酋长曰：“沙口水浅，倘或透漏蜀兵过来，深为利害！亦可分兵拒之。”孟获笑曰：“汝是本土人，何故不知吾正要蜀兵来渡此水，皆为泉下之鬼，又何疑焉？”酋长曰：“倘土人陈说夜渡之法，如何？”孟获曰：“吾境内之人如何肯向外人耶？蜀兵若渡水而死，谁敢再渡水？汝等不必多疑！”正说之间，忽见运粮蛮兵来报：“蜀兵不知多少，暗渡泸水，截断夹山谷粮道，打着平北将军马岱旗号。”

据《三国志·蜀书·马超传附从弟岱传》：岱位至平北将军，进爵陈仓侯。

获曰：“量些小蜀兵，何足为道？”随即遣副将忙牙长引三千军投夹山谷路来。

马岱望见蛮兵到，引三百军摆开，当住在山前。忙牙长出马与马岱交锋，只一合，被马岱斩于马下。蛮兵败走，回见孟获。获问“谁敢去战马岱？”董荼奴出曰：“某愿往！”孟获恐怕又有蜀兵再渡泸水，遣阿会喃引一千军，沙口守拒去了。

却说董荼奴引蛮军到夹（谷山）[山谷]下寨，马岱引军来迎。数内有认得董荼奴的，说与马岱，如此如此。马岱高声大骂曰："无义之徒！吾丞相饶你性命，今有背反，岂不羞乎？"董荼奴无言可对，不战而自退。马岱掩杀一阵而回。

董荼奴回见孟获，说马岱英雄，抵敌不过。孟获大怒曰："吾已知汝受诸葛之恩，故不战而自退回，正是卖阵，推转斩讫！"诸酋长来告免死，打一百大棍，放还本营。诸将来访，董荼奴曰："我等虽居蛮貊，未尝敢犯中国，中国亦不侵我等，只因孟获势力相逼，不得已而造反。我想孔明神机莫测，曹操、孙权犹自惧怕，何况蛮夷乎？孔明更兼有活命之恩，无可报之。今欲舍一命杀孟获，去报孔明，免得洞中百姓受苦，亦可以保全妻子。汝等心下若何？"却说原得孔明放了的军一齐应声，皆言"愿往！"董荼奴手执刚刀，引十余人直奔大寨。孟获大醉，卧于帐中，众皆提刀而入。当下孟获性命如何？

[第一百七十六段]　孔明三擒孟获

是日孟获大醉，卧于中军帐内，董荼奴引众提刀而入。帐中两将见董荼奴出刀而入，便言曰："吾等亦受诸葛活命之恩，(特)[待]要报效。汝等不须下手，我等生擒孟获去献，也是我等之意。"董荼奴从之，一齐入帐，把孟获缚了，到泸水边驾船直到北岸，先使人来报知孔明。孔明交为首酋长解孟获入来，其余皆回本寨听候。

却说董荼奴先入见孔明，细说前事。孔明听了，一一赏劳[了]当，用言抚慰，便交回本寨听候差遣。董荼奴引众酋长回寨。孔明问孟获曰："今番二次擒汝，还肯伏吾否？"孟获答曰："此因吾酒醉，吾本寨人作反，故被擒来，非汝能擒我也，何肯伏耶？"孔明笑曰："既然不伏，再交回去。"乃令人送出大寨。

孟获自回，心生一计，乃唤弟孟优行诈降之计，"内应外合，必擒诸葛矣！"孟优领计，带亲随蛮兵数十人，迤逦到孔明寨中，先使人报知。孔明笑曰："彼来诈降，吾必将计就计行之。"遂唤孟优入，问其降故。优答曰："吾兄孟获酗酒杀人，将士怨叛，诚恐祸及，故来投降，别无异心。"孔明曰："汝弟兄别无异心，汝就在此等候。"却交马谡、吕凯管待，使人大吹大擂，饮酒尽醉。酒中皆下药，醉倒浑如死人；其有醒者，但指口而笑。

孟获知是中计，救（路）[了]兄弟孟优并一干人，却待出寨，只见四面喊声大起，火光冲天，蛮兵各自逃窜。只见寨外王平、马忠当住去（了）[路]，孟获奔往左寨而走，火光也起，撞着魏延杀将回来；再奔右寨，撞着赵云，又杀一阵，四下无路。孟获弃了军士，匹马望泸水而逃，见水上有船，蛮兵乘驾，荒唤近岸。人马下船，一声号起，一齐拿住，却是马岱扮作蛮兵在此等候，擒了孟获。

比及到寨，孔明交尽招安蛮兵，不许杀戮。降者无数。救灭余火，马岱解孟获至，赵云解孟优至，其余各有酋长被擒到。孔明笑曰："汝先交兄弟以礼诈降，如何瞒得我过？被吾以计擒之，今番伏么？"孟获曰："此是吾弟贪口，中汝药酒，尽皆麻倒，因此误了大事。若是吾外用兵来，弟兵里（用）[应]，必成大（攻）[功]矣！此是误败，非吾之不能也，如何肯伏？"孔明曰："今已三次，何为不伏？"孟获曰："汝若肯放我兄弟两个回去，再收拾家中大小亲丁，和你大战一场，那次擒得我时，方才死心搭地归降！”孔明曰：“今番拿住，决不肯轻恕！汝可小心在意，勤攻《韬》《略》之书，再整孙、吴之策，早用良谋，勿生后悔！”孟获手下被擒之人尽皆放回。兄弟二人拜谢出帐。

时蜀兵已渡泸水。孟获等四百人过泸水渡，见马岱陈兵列将，坐于岸口，以剑指之曰：“再来拿住，必无（素）[干]休！”孟获到自己寨中时，赵云亦按剑而坐，唤孟获曰：“丞相如此相待，休忘大恩！”孟获语言谀佞，喏喏连声而去；将出界口，转过山坡，魏延引千百军摆开。魏延于马上以刀指之曰：“今已入汝巢穴，夺汝险要，尚自遇迷太甚，欲抗拒大军耶？这番拿住，碎尸万段！”孟获等抱头鼠窜而去。

众将迎诸葛丞相渡泸水。后有胡曾先生诗为证：

五月驱兵入不毛，月明泸水瘴烟高。
誓将筹略酬三顾，岂惮征蛮七纵劳？

孔明已渡泸水，大赏三军，聚众将于帐上曰：“前者擒孟获，（将）是先以恩结其心，听其自乱。后令（与）[于]营中遍观虚实者，欲令孟获来劫寨也。吾知孟获颇知兵法，故推以军马粮草眩耀，实欲令他看吾破绽，以诱其心也。孟获一心以为好用火攻，他又恐不稳，故令弟诈献宝具。吾今又擒而不杀，欲要伏其心也，不欲灭其类。吾非要此故意放也！马幼常之见与吾相同。故今已告汝等，勿得辞劳，务要用心报国！”众皆拜曰：“感丞相智、仁、勇三者俱全！虽古之子牙、张良，安可及乎？”孔明曰：“吾安敢效于古人也？皆赖汝等之力，共成功业！”于是众皆欣然喜悦。

却说孟获受了三将之气，忿性归到银坑洞中，差亲信人赍金宝往八番九十二甸等处借蛮夷，计荷使牌刀獠丁健军十万，克日齐备，聚各处洞中，云推雾涌，俱来听孟获调用。

远近探听哨马来报孔明：“今孟获会九十二甸并诸洞军马壮丁前来迎敌。”孔明笑曰：“吾正欲蛮兵皆至，见吾之能也。”遂自上车来。胜负如何？

[第一百七十七段]　孔明四擒孟获

孔明自驾小车，引数百骑前来探路。军报“前有一河名西耳河，水势虽慢，并无一只船筏可渡。”孔明交伐木抓筏以渡，其木到水皆沉。孔明遂问于吕凯，凯曰：“某知西耳河上流有一山，其山多竹，大者数围，可令人伐来，于河上先搭竹桥，其军可渡。”孔明遂遣三万人入山伐竹数万根，顺水放下，于水面狭处搭起浮桥。北岸一字下营，便以河为壕堑，立门垒土为埠，下了大寨；过桥南岸，一连下三个寨。

却说孟获聚集蛮兵数十万，奋气而来。将近西耳河头营，孟获自选一万刀牌獠丁，直扣寨前来搦战。孔明自乘四门（连）[车]，纶巾羽扇而出，左右众将簇拥。蛮王孟获身穿犀皮甲，头顶朱红盔，左手挽牌，右手执刀，骑赤毛牛，于阵前单搦孔明战。手下万余洞丁各舞刀牌，欲来冲突。孔明急交退回寨中，四面坚闭，不许出战。洞丁等皆裸体赤形，直来寨门外叫骂。诸将忿怒，皆来禀复孔明，情愿出寨决一死战。孔明又不许出。众将曰：“中国之士，非不能战者。今被（战）[贼]兵如此耻辱，安能忍焉！”孔明

（情愿出寨决一死战，孔明又不许出。众将曰："中国之士，非不能战者。今被战兵如此耻辱，安能忍焉！"孔明）曰："蛮夷之人，不遵王化者。今此一来，狂气正盛，不可战也。可坚守数日，待其猖勇之性少懈，吾自有计。"于是连守数日。

孔明窥其蛮兵懈怠，乃聚诸将曰："汝等敢出战否？"诸将欣然愿出。孔明唤赵云、魏延受计以了，二将先退；次后分付王平、马忠如此如此；又唤马岱受计曰："吾军弃此三寨，退过西耳河北。吾军一过，汝可断后，军过便拆浮桥，移于下流，却渡赵云、魏延军马。"又分付张（嶷）［翼］："汝可断后，军皆退尽，寨中多设灯火，令蛮兵知会。"孔明传令已罢，众军是夜退尽，寨中点起灯火数千炬。蛮兵遥望，尤恐是计，因此不敢冲突过来。

次日平明，孟获引大队蛮兵到蜀寨边，但见三寨皆空，于内弃下（车仪粮食）［粮食车仪］数百辆。孟优对兄曰："诸葛不敢［战］，弃寨而去，莫非有计否？"获曰："吾料诸葛尽弃辎重而去，必然国中有紧急之事，若不是吴侵界，必定是魏伐，故虚张灯为疑兵，尽弃车仗而去也。可速追之！"于是自为前部，直赶到西耳河边，见北岸寨中旗帜整齐，灿然云锦，沿河一带又若锦城。蛮兵望之，皆不敢进。获曰："诸葛心多，防吾追赶，故就北岸少住，一二日必走也。"将应有敢战之兵屯于河上，又使人去伐竹抓筏，以备渡河；将（应有敢战之）［蛮］兵皆移于孔明寨内屯扎，却不知蜀兵已自入境。

是日狂风大起，蜀兵四面皆进，放火鼓噪，蛮洞獠丁自相（充）［冲］击。孟获急上毛牛，引心腹洞丁杀开鹿角，径回旧洞，见一队军从寨中杀出，一员大将乃是赵云也。孟获见之便回，左边王平军出，右边马忠军来，冲作两段。孟获到西耳河边，望山辟而走，又撞着马岱军兵，大杀一阵。孟获只剩下数十人，望山谷而逃，见南、西、北三面皆有尘土起、火光现，因此不敢去，只迤逦望东而走。转过山口，见一大林之前，数十从人簇拥一辆小车，车上坐着孔明，头戴纶巾，身披鹤氅，手摇羽扇，呵呵大笑曰："蛮王孟获大败至此，吾等汝多时！"孟获见了，怒从心上起，回顾左右心腹十数人曰："吾遭此人诡计数番。今幸得这里相见，汝等皆奋力向前，连车和人砍为粉粹！"众皆允诺。孟获当先纳喊，抢到大林之前，踏了陷坑，孟获并手下人都跌下去。只见林内转出魏延五百军来，一个个就坑中捉起来，用索缚定。

孔明先归［寨］中招谕蛮夷兵将并诸洞酋长洞丁，——此时大半皆走脱，自回本乡去了，——除杀坏并伤者，其余尽降。孔明皆以好言放回。却说张翼解孟优至，孔明谕之曰："汝兄愚迷，汝合谏之！被吾擒捉四番，何颜见人？"孟优皇恐，伏地告求免死。孔明曰："吾若杀汝，不在今日。我饶了你（信）［性］命，留取劝谕汝兄。"优拜谢而去。须臾，魏延解孟获至。孔明大怒曰："匹夫！汝今番被擒，有何理说？"孟获曰："误中村夫之计，死不瞑目！"孔明喝令推出斩之。孟获全无惧色，回顾孔明曰："汝今再敢放我去，必然要报四番之恨！"孔明大笑，交去其缚，与酒压惊而问曰："汝中心尚然不伏，何也？"获曰："吾虽化外之人，不似你中国人诡计擒吾，吾何肯伏？"孔明曰："吾今再放汝去，复能战乎？"获曰："若承相能今番再拿住我，我必倾心降伏，尽与本洞之物劳军，誓不敢反也！"孔明（尽）［令］放之。

获欣然而去，再聚得诸洞丁数千人，迤逦往南而行。只望见尘土起处，一队人马来到。孟获看时，乃是兄弟孟优再收拾败残之兵，前来与兄报仇。兄弟二人相抱而哭，诉说前事。孟优曰："兄长有忧，蜀兵累胜，难以当抵。吾军只可就山险洞中退避不出，蜀兵受不过暑气，自然退去矣。"获问曰："何处可避？"优曰："此去西南有一洞名曰'秃龙洞'，洞主名朵思大王，与弟甚好，何不投之？”孟获先交弟孟优去见朵思大王。[朵思]引洞兵出迎。孟获入见再拜，进酒。孟获诉说被诸葛如此之辱，“特来投托，以安其身。”朵思曰：“大王放心！若川兵到来，令一人一骑无得回乡，连诸葛死于此地。”孟获大喜，问朵思妙计。还是如何？

[第一百七十八段]　孔明五擒孟获

孟获问计于朵思，朵思曰：“此洞之中，止有两条路而入。东北上有一条路，是大王来的路。此路山平水甜，人马可行；若以木石叠断洞口，虽有数百万之众，亦不能进此路矣。西北上有一条路，地窄山恶，军马难行。其中虽有小路，多藏毒蛇恶蝎，至黄昏瘴烟盛起，直至巳、午时方收，惟未、申、酉三个时辰可以往来；水不可饮，更兼其地又有四泉致毒：一曰‘哑泉’，正在当道，其水颇甜，人若饮之，口不能言，不过旬日而死；二曰‘灭泉’，此水与汤无异，人若于中洗浴，直交皮烂见骨，骨肉皆损而死；三曰‘黑泉’，其水微清，人若践之，则手足皆黑而死；四曰‘柔泉’，其水如冰之冷，人若饮下咽喉，永不温暖，身软如绵而死。[此处]鸟雀皆无，惟有伏波将军马援曾到(此处)；虽古今之英雄，不曾有人到也。今大王隐居于此，但叠断东北角大路。倘有蜀兵入来，于路无水；若饮其泉，必皆死于此处，何须动刀兵也？”孟获以手加额而谢天曰：“今日方始有容身之地也！”笑指北而言曰：“诸葛虽有神机妙策，到此难施设矣。此足可以报四败之恨！”于是孟获、孟优终日与朵思饮酒为乐。

且说孔明不见孟获兵出，于是传令离西耳河，拔寨而进。时当六月，热不可当。后人曾有司马公诉南方之热，因作《苦热吟》曰：

山泽欲焦枯，火光覆太虚。
不知天地外，暑气更何如？
赤帝施权柄，阴风不敢生。
云蒸孤鹤喘，海热巨鳌惊。
乱抢溪边坐，争持竹里行。
如何沙塞客，擐甲复长生。

哨马探得，报知孔明：“如今孟获退入秃龙洞中不出，将洞口紧要的路尽皆叠断，内有兵守之。山险岭峻，不能前进。”孔明请吕凯商议，凯曰：“曾闻此洞前有两条路，实不知详细。”蒋琬曰：“今四擒孟获，既已胆丧，安敢再出？天色盛热，军马疲乏，征之无益，不如班师。”孔明叱之曰：“据汝之心，正中孟获之计也！吾兵一退，彼必随后追袭。既到此地，安有复回之理？如有再言者，立斩！”于是无敢言者。孔明交[新]降(到)蛮兵引路，寻西北小径而入。

且说数百蛮兵(根)[跟]前部王平运粮，径从哑泉水而来。人皆枯渴，掬水饮之，比及到寨，皆不能言，用手指口而已。孔明大惊，情知中毒计，乃自驾小车直到哑泉边看时，见一潭清水深不见底，军不敢饮。孔明下车登高看时，但[见]四壁(见)山岭，鸟雀不闻，心中疑怪。忽见山凹中有一古庙，孔明攀藤附葛而行，有一石屋，中见一将军，傍有石碑。孔明视之，乃汉伏波将军马援之庙，因平蛮到此，土人与立庙以祀之。孔明再拜而告曰："亮受先帝托孤之重，领今上圣旨，到此平蛮，以伏其心，再复吞吴、魏，以安天下。亮今到此，不识地理，众军士误食毒泉，咽喉不能出声。幸望尊神以汉朝之事为重，通［灵］显威（灵)!"祈祷讫，出庙看时，隐隐见对山一老叟扶杖而来，形容甚异。孔明急命左右请之。老叟到庙前施礼，孔明邀坐于石上，言及姓名，老叟下拜。孔明曰："(丈)［老］丈何人也？"老叟曰："老夫土居于此，久闻丞相大名，今幸得拜见！蛮夷猛徒多蒙活命之恩，并皆感戴！"孔明问泉水之故，老叟答曰："军所饮者，名哑泉也，饮之数日，必死于此地；西南上有一灭泉，沸如热汤，浴之，皮肉尽脱而死；正南又有一黑泉，人若践之，手足皆黑而死；东南又有一柔泉，其水至冷，若饮之，则骨软而死：［敝处］有此四泉，毒气所聚，无药可治。又有瘴烟盛起，惟未、申、酉三个时辰可行，余皆不可行也。"孔明曰："如此则蛮夷不可平矣！蛮夷不平，焉敢望吞吴、魏而复兴汉室者乎？有负先帝付托之重，不如死于此地！"言讫便欲投崖。老叟曰："丞相不可如此！老夫指引一处，可以解之。此去正西数里，入一山谷，再行二十里，有一溪名万安溪；溪上有一高士，自号万安隐者，不出溪数十年矣，在草庵中修行；庵后有一泉，名安乐泉。若人中毒，则汲其水而饮之，自然无事。或有大癞病者、受瘴气者，于万安溪内浴之，自然平复。更兼庵前种一等草，名九叶芸香；若人口（擒)［噙］此叶片时，即不染瘴气也。丞相可速往求之。"孔明曰："如此承感尊长指点！愿闻高姓尊寿。"老丈起身入庙曰："吾乃本处山神也，奉伏波将军之命，特来指路。"言讫，喝开庙后石壁而人。孔明惊讶不已，入庙拜谢讫，寻旧路上车而回。

次日，孔明将信香礼物，引了王平及众哑军，依夜来山神之言，迤逦投西入山谷，依小径而（入）行二十余里，望见长松大柏、茂竹奇花环绕一庄周围，篱落中有茅屋数间。众人闻得芸香喷鼻。孔明到庄前扣户，有一童子出迎，孔明乃通了姓名。早有人出迎，竹冠布衣，碧眼黄须，邀孔明入草堂，分宾主坐定。孔明告曰："亮受昭烈皇帝托孤之重，率领大军到此，欲伏蛮夷，以归王化。今不期孟获潜匿洞中，故深入境以讨之，军士渴饮哑泉。亮夜来得蒙伏波将军显灵，云高士有药泉可治。望高士念亮匡扶汉室，军受涂炭，赐以神水，救度残生，阴功莫大也！"万安隐者云："量老夫山野粗人也，何劳丞相枉驾亲临？泉水在于庵后，令众军饮之。"就令（王平等与）一童子领［王平等］众军到泉边汲水饮之，随即吐出恶涎，便能言语。(同)［童］子又教众军于万安溪内洗浴，尽取九叶芸香草与之。(饮)［隐］者于庵中进柏子松花酒以待孔明，又就教之曰："此去洞中有毒蛇出没，桃花飘坠，因此溪涧之水皆不可食。但择地掘井，汲水饮之方可。"孔明求取九叶芸香。隐者命众军尽采，负带回寨，"各军口噙一叶，自然瘴烟不侵。"孔明拜求隐者姓名，隐者曰："吾乃孟获之兄孟节是也。"孔明愕然。孟节曰："丞相勿疑，容诉一言。昔日一父母所生三人：节长，次者孟获，小者孟优。父母丧后，二（第)［弟］强霸。孟节累谏不从，故乃更易名姓，隐于此处。今辱弟造反，有劳丞相深入不毛之地，如此生受，节该万死，故先于丞相之前请罪！"孔明叹曰："方信盗跖、柳下惠之事，近代还有！"遂与孟节曰："吾于天子处保奏，立公为王，可乎？"节曰："吾嫌功名而逃，岂有仕宦之意乎？"孔明赠以金帛，孟节坚辞而不受。孔明遂乃相别。古人有诗曰：

高士功成去不还，武侯曾此破诸蛮。
灵泉尤自居民汲，时有寒烟锁旧山。

至今云南诸处各川，此水为宝，以济诸病。

孔明回寨，令军士掘地取水。掘下二十余丈不得其水，军心惶惶。凡掘数十处，皆如之。孔明夜半焚香告天曰："亮虽不才，仰托大汉之福，受命平蛮，途中无水，军马枯渴。倘上天不绝于炎汉，赐与甘泉；若气数已终，臣亮等愿皆死于此处！"是夜祝罢，平明视之，皆得满井之泉。于是军马安然，遂穿小径，直入秃龙洞中下寨。静轩先生诗赞曰：

为国平蛮帅大兵，心存正道合神明。
耿恭拜井甘泉出，诸葛虔诚水夜生。

蛮兵探知，报与孟获曰："蜀兵不染瘴气，亦无枯渴之患，请大王提兵准备！"众酋皆不应。朵思洞主闻言不信，自引军来于高山望之，见蜀兵全然无事，大桶小桶搬运水浆，造饭食焉。朵思大惊曰："此神兵也！"遂回报孟获曰："今蜀兵已在吾洞中了，如之奈何？"孟获曰："吾领军与弟向前，与蜀兵决一死战！岂能束手受缚乎？"朵思曰："若蜀兵胜，吾妻子亦休矣！"于是宰马杀牛，大（偿）[赏]洞丁，不避水火，与蜀兵交战。

忽报"洞后银冶洞主杨锋引三万军来助战。"孟获大喜曰："邻洞助我，战必胜矣！"众皆接入。杨锋曰："吾有精兵三万，皆披铁甲，能飞山越岭，足可以敌蜀兵百万！吾有五子，皆愿助于大王！"获见杨锋五子皆彪躯虎体，心中欢悦，安排筵席管待杨锋父子之众。酒至半酣，杨锋曰："军中无乐。吾军中有蛮姑，善舞刀牌，以助一笑。"孟获大喜，交唤来。须臾，蛮姑十数人披发跣足，从寨外跳舞而入。群蛮拍手，以歌贺之。孟获大喜，令二子把盏。二子举杯至孟获、孟优前，各待饮酒。杨锋大喝一声，二子早把孟获、孟优执下。朵思却待要走，已被杨锋擒之。蛮姑等横截于帐上，谁敢近前？获曰："兔死狐悲，物伤其类。吾为洞主之王，与汝等无仇，何故相擒而助外人也？"杨锋曰："吾兄弟子侄数十辈皆感诸葛丞相免死之恩，无可以报，汝今是反臣，何不献之？"于是群蛮皆散。杨锋将孟获（曰）解投孔明寨来。

孔明升帐，杨锋等入拜，具言"某等子侄辈皆感丞相大恩，故擒孟获呈献。"孔明赏劳而遣之，然后驱孟获入。孔明问曰："汝今番心伏乎？"获曰："非汝之能，乃吾洞中人自相残害，以致如此。丞相但要杀便杀，心中未伏，死不瞑目也！"孔明曰："汝赚（无）[吾]入无水之地，（要）[更]以哑泉、灭泉、黑泉、柔泉之毒，吾军无恙，岂非天意乎？何故执迷如此？"孟获曰："吾祖居于银坑山中，有三江之险、重关之固。汝若就那里拿住我时，我当子子孙孙倾心伏之！"孔明曰："既如此，吾放汝归去本乡，在意用兵，与吾决一胜负。如此再擒住，不倾心归顺，当灭九族！"孟获拜谢而去。后来胜负如何？

[第一百七十九段]　孔明六擒孟获

孔明尽纵孟获等前去，将杨锋父子六人皆封官爵，重（偿）[赏]而遣之。

却说孟获、孟优并朵思等回本洞。洞外有三江，何谓三江？乃是泸水、甘南水、西城水三路水会合，故为三江。其洞北近平潭，二百余里多产方物；西二百里有盐井；西南二百里直抵泸[、甘]。（正南三百余里）[此洞]乃是梁都洞，一名沩州"沩"音回，中央一山环抱，其处出银圹，故名为银坑山。山中置宫殿楼台，以为蛮王之巢穴。其中建一祖庙，名曰“家鬼”，四时杀牛享祭，名为“卜鬼”；每年常（川）[以]蜀郡并外乡人杀而祭之，即是采生之类也。其俗，但人病患，不肯服药，只祷师巫，祷无不应，名为“药鬼”。其土无别法，有罪则杀之。有女长大，则于溪中沐浴，男女相混，任其自配，父母不禁，名为“学艺”。年岁雨水均调则种稻谷；倘若不熟，则杀蛇为羹，煮象为饭。每坊隅之中，上户号曰“洞主”，其次[曰]“酋长”。每月初一、月半两日则于三江城中买卖，博易物货。其地风俗如此。

且说孟获归到洞中，尽聚宗党千余人，共饮宴于宫中，内无坐榻，皆席地而坐，金银器皿摆布于前。孟获于席上开言（言）[曰]:“蜀兵如此累辱于吾，吾今誓愿报之！汝诸宗党有何高见？”数中有孟获妻弟，乃八番部长，名曰“带来洞主”，进言曰：“某闻知大王数被诸葛之辱，欲得报仇。若以兵法，必然难敌。此去西南八纳洞中有一洞主名曰‘木鹿大王’，深通法术，出则骑象；如逢大敌，则呼风唤雨驱雷，虎豹豺狼狮象、猛兽毒蛇皆随此人而出，甚是威猛。手下有神丁二万，所到之处，无不胜也！大王可修书备礼，某当亲往取这一枝军马来退蜀兵，必然取胜！”孟获从之，备礼修书，交国舅带来往八纳洞中（去）取木鹿大王去讫，次后交朵思大王守住三江城，以为前部屏障。

却说孔明提兵至三江城下遥望，城三面傍江，一面通旱道。孔明便差魏延、赵云同领一军打城，城上弩箭乱射下来。元来洞中人多习弓弩，一弩可发十矢，箭头上皆有药；倘有中箭者，烂见五脏而死。赵云、魏延不能取胜，回见孔明，说药箭难当，军士不肯向前。孔明自到军前看了虚实，回到寨中，交退军马。三江城上望见蜀兵尽退，众皆大喜作贺。因此夜[间]守城军懈怠（方）[安]睡。

却说孔明[回寨中,]一连（回寨中）五日并无号令。忽然一夜风起，天气微凉；黄昏左侧，唤诸将听令。孔明传令：“每人各要衣襟一大幅，一更为期，伺候点视。如无者，斩之!”诸将亦皆不知其意。初更又传一令：“每一名军尽衣襟一幅包土一包。如无者，立斩!”诸军尚自不解。传令已了，便调军行，都在三江城下交纳，先到者重赏。于是诸军争包沙土，飞奔三江城来。孔明方传令，交积土为凳道，先上城者头功。因此蜀兵有十余万包沙土一齐（奔）[弃]于城边，堆作二十余处，涌并上城。蛮兵急欲取放箭弩时，蜀军已到城上，蛮兵并皆弃城而走。蜀军得了三江城，乱军杀死朵思大王，所得城中宝贝尽赏三军。

败残士卒逃回来见孟获，具说朵思大王身死，三江城已失。孟获闻（知）[之]大惊，正愁闷间，忽报“蜀兵已度三江，见在洞口下寨。”获身无所措，忽屏风背后一人大笑而出曰：“既为男子，何无智也！我虽妇人，替你出战，如何？”孟获视之，乃其妻祝融夫人也，元来是祝融氏之后，世居南蛮，能使飞刀，百发百中。孟获如醉方醒，便请夫人上马。夫人点起猛将数百员、宗党洞丁五万，离银坑山宫阙，来与蜀兵对阵。

却说蜀将张嶷引一彪军在洞口探路，撞见洞中大队蛮兵涌出，两军摆开。祝融夫人出马，披头撒发，身着绛衣，背插飞刀五口，手执长标，与张嶷交马。战不数合，夫人回马便走。张嶷赶去，被一（飞刀）[刀飞]来，急用手隔之，正中左臂，番身落马。蛮兵赶出，将张嶷捉将去了。马忠听得张嶷被擒，急出救时，被蛮兵围住。马忠于乱军中望见祝[融]夫人，荒去擒时，坐下马倒，亦被擒之，拿入洞中，来见孟获。获见生擒二将，心中大喜。夫人要将二人杀了，孟获曰：“诸葛放吾五番，吾杀彼将，被人笑之。且留在洞中，羞辱其人；待擒住诸葛，杀之未迟。”

却说孔明听知折了二将，随即唤马岱受计，又唤赵云、魏延分付，如此如此而行。

次日，赵云引一千军搦战。祝［融］夫人出马与赵云交锋，赵云拨回马便走，夫人不赶。魏延出马与祝［融］夫人交锋数合，魏延又败，夫人又不赶，恐有埋伏。次日，赵云又战数合，又走，夫人不赶。魏延又出马战，诈败荒走，夫人奋气追之，赶到山径小路。魏延回头看时，只见祝融夫人马到。元来马岱先引一军埋伏在那里，用套马索绊番缚之，解投寨来。诸蛮将要救，被赵云杀散。孔明更使人入洞中去打合，欲换二将。孟获欣然送出二将还，孔明即差人送夫人归洞中。

孟获正闷间，人报八纳（国王）［洞主］到了。孟获出洞迎接，见其人坐下一象，身上用金珠为缨络，腰带二刀，军中另有一班养猛兽之徒。孟获接入，诉与前事。木鹿大王许以报仇，次日引部蛮兵出洞，带猛兽而出。赵云、魏延见蛮兵出，列成阵势。二将并辔于阵前，见蛮兵旗幡军器俱别；军人多不穿衣甲，裸体赤形，身带四把尖刀者极多；军中不鸣鼓角，只是篩金为号。旗影之中，木鹿大王骑象而出，腰跨宝刀二口，手执帝钟。赵、魏言曰："我等出征一世，素不曾见此等人物！"如何不惊？看得痴呆，未敢交锋。只见木鹿大王口中不知念甚咒语，摇动帝钟，狂风大作，飞沙走石于对阵中；呜呜远闻角声，虎豹豺狼、毒蛇猛兽乘风而出，张牙舞爪，奔过阵来。蜀兵如何敢当？退后便走。蛮兵随后追杀，直赶到三江方退。

赵云、魏延收聚败残军马来见孔明，细说前事。孔明笑曰："吾未出茅庐之时，已知南蛮兵有驱虎豹而战者。吾在蜀中已办下了破此阵之法也，随军有二十辆车封记（军需）［在此］。今日且用一半，快去取十车红油柜来；留十车黑油柜，别有用处。"众将只见二十车，皆不知何物。是日取到打开，柜内皆是木刻彩画巨兽，头角皆用青红五色绒线为衣今之狮子是也，一兽身内可容十人。孔明选精壮军一千余人，领此兽一百，口中獠牙以银裹之，口内藏以烟火之药，都装束了，藏在军中。

次日，孔明尽驱大队军马，于洞口排开。木鹿大王自为无敌，再（有）［驱］猛兽而出。孔明自驾兵车，坐于阵前，左右诸将分列。木鹿大王是日同孟获出阵。获望见，指而言［曰］："此车上先生便是诸葛。若拿了他时，大事便定！"木鹿阵中念咒，摇动帝钟，两手掣出腰下宝刀，直取孔明。狂风起处，猛兽早出，被孔明略把羽扇一挥，其风便转洞中。两下假兽涌出，口吐火烟，身摇铜铃。猛兽见了此兽，便急回头，先冲倒蛮兵无数。随后蜀军乘势大战，木鹿大王被乱军（中）所杀。孔明驱兵直赶杀到洞中，孟获宗党尽（寨）［弃］宫室，爬山越岭而走。孔明大军占了银坑洞，［洞］中有许多去处。

次日人报"蛮王孟获妻弟带来洞主因为苦谏孟获不从，今将宗党数百人并孟获夫妻二人尽皆擒捉，来献丞相，要做蛮王。"孔明知了，交休阻当，"令他来见我。"孔明随即分付张嶷、马岱引二千军伏于廊庑之下。果见带来引群刀斧手，解孟获、夫人并宗党等于阶下，孔明大喝一声："与吾擒下！"廊庑下军士齐出，三两人捉一个，尽皆执下。孔明大笑曰："量汝等诡计，如何瞒得我过？你见二次是洞中人捉孟获来降，道吾深信，故来诈降，欲就你宫中杀我。我今识破，却被我擒。"令搜身上，果然各带利刀。孔明［问孟获］曰："你道在你家中捉住，方始心伏。今日如何？"孟获曰："此是我等送死，非汝之能擒捉吾也。吾心死亦不伏！"孔明曰："吾今擒汝六次，尚自不伏，直到何时而伏也？"获曰："汝（能若）［若能］第七番擒住，吾必倾心归顺，誓无反悔！"孔明曰："巢穴已破，何虑于汝哉？"即时喝令（尽）放了孟获与宗党尽去。

获问带来曰："吾今洞府已被蜀人所占，今投何地？"带来曰："止有一国可以敌蜀兵。"孟获问投何处可以助之。带来所指如何？

［第一百八十段］　孔明七擒孟获

带来洞主曰："此去东南七百里有一国名乌戈国，其国主名（突兀）[兀突骨]。国王身长丈二，不食五谷，但食生蛇毒兽，身上有鳞甲，刀箭不能伤其体。手下有一等军，谓之'藤甲军'。其人矮者九尺，面目丑恶，见者皆惊。乌戈洞中生一等藤，生于山谷之内，盘络于石壁。国人采之，浸于油内，半年方取出晒干，又入油浸，如此浸晒凡十数遍，却才用之穿成铠甲。上胸背各用一片，两臂两片，下一大裙围（共）五片，[共]为一（幅）[副]，穿在身上渡水不沉，经水不湿，更兼甚轻，刀箭皆不能入也，因此谓之'藤甲军'。若得这枝军马来破蜀兵，（已）[势]如破竹矣！"孟获见说大喜，即时带一行人投乌戈国，来见（突兀）[兀突骨]国王于洞中。其洞中无屋，皆于土穴内居止。孟获再拜，哀告前事。兀突[骨]曰："吾起满国之兵与你报仇！"于是唤两个为首领兵（酋）[俘]长，一名土安，一名奚泥，点起三万军，尽穿藤甲，离乌戈国出。东北角上有一水名桃（淫）[叶]水，夹岸有桃树，经秋落叶于水中，人马饮之尽死；惟有乌戈国人能饮此水，倍添精神。因此，兀突[骨]国王引兵下寨于桃叶渡口，以待蜀兵到。

却说孔明差蛮洞之人探听孟获消息，回报曰："今孟获起请乌戈国王兀突骨引三万藤甲军，见屯于桃叶渡口。孟获又于诸番借兵，聚集军马，前来助战。"孔明见说，乃提兵前进桃叶渡，隔岸望见乌戈国蛮兵皆丑恶至甚，不类人形。土蛮言说："即目桃叶正落，切不可饮水！"孔明乃引兵退五里下寨，留魏延守头营。

次日（开）[闻]金鼓大震，乌戈兵到。魏延引本部兵出迎。乌戈兵卷地而来。蜀兵以弓弩射之，箭到藤甲之上不入，尽坠于地；枪搠不入，刀砍不透。蛮兵手中皆拿利刀钢叉，如何可当？魏延兵败走数十里，蛮兵不赶自回。魏延回头拨转，复赶蛮兵到桃（花）叶渡，见蛮兵带甲渡水而去；或有脱下衣甲，叠作一堆，放于水上，坐而渡之。魏延看了，急回大寨来见孔明，具言此事。

孔明请吕凯并本处土人问之。吕凯曰："素闻蛮兵之后有一乌戈国，无人伦者也。更有藤甲护身，急切难伤。又有桃叶恶水，本处人饮之反添精神。若蛮兵胜，迤逦赶来；若不胜，尽皆渡水而去。似此等顽皮之类，虽然全胜，有何益焉？不如班师还蜀。"孔明见说大怒："吾非一（功）[夕]到此，岂可畏而去之？是无始终也！吾明日自有平蛮之策！"于是又拨赵云军马相助魏延守寨，"且休轻出。"

孔明次日交蛮兵、土人引路，自乘小车于桃叶渡北[岸]山僻去处遍观地理，（因）山岭峻崄处弃车乘轿，或自步行。忽到一山，望见一谷，形如长蛇，皆无峭壁，并无树木，中间止有一条沙路。孔明问"此谷何名？"土蛮曰："此乃盘蛇谷也。出谷即三江城大路。谷前名塔郎甸。"孔明曰："此是天赐吾成功于此处也！"即回本寨，唤马岱至前分付曰："与（吾）[汝]十车黑油柜之物，须用竹数千根。你可将本部军去盘蛇谷两头把住，依法而行，与你半月限（功完）[完功]，至期如此如此。倘有漏泄，定按军律！"马岱领计去了；又唤赵云提军回来，分付曰："汝于盘蛇谷后三江城大路口如此守把，所用之物，至日完备。"又唤魏延分付曰："汝可去桃叶（度）[渡]下寨。如遇蛮兵渡水，汝可弃寨而走，望有白旗起处可以屯住。明日蛮兵若来，又弃此寨，又望白旗而走。今日为始，务要你连输十五阵，弃七个寨棚。至半月后，只望有白旗处，便是脱身之所。若是你输十四阵，也休来见我！”魏延虽然领计，心中不乐而去。孔明又使张翼另引一枝军，依孔明所指之处筑立寨棚；各各皆标拨已了，然后交张嶷、马忠受计，部引本部所降蛮兵数千，分付如此如此而行，“此一阵须定要全功！”

却说孟获来对兀突骨曰：“蜀兵、诸葛多有巧计，凡到之处，只是埋伏。今后交战，分付诸军，但见山谷中有树木多处，（只是埋伏，）切不可赶去，必有埋伏之军。”兀突骨曰：“你也说得是。我亦知道中国人多有诈计，今后依着你的言语而行。我在前面厮杀，你随后教道最好（人）。”

忽有人来报，蜀兵在桃叶渡筑起营寨。兀突［骨］便差二俘长引藤甲军杀过渡来，遇见魏延，略交锋，魏延领军便走。蛮兵恐有埋伏，不赶，又过水去了。次日，魏延又去立寨，蛮兵又来厮杀，魏延退走。蛮兵赶来数里，周回见没动静，却就寨中屯住。次日来请兀突骨渡水入寨，随即进兵，又杀魏延一阵。蜀兵皆弃甲抛戈而走，只望白旗，便是暗号于路，所到之处先已立下营寨，见成屯军。兀突［骨］见兵连胜，心中大喜，自在前军破敌，于路但见林木茂盛之处，便不进兵，却使人远望，树影中果然有旗幡招（飐）［飐］。兀突［骨］请孟获说知此事，二人大笑：“诸葛今番被我等识破！”果然连日取胜，蜀兵望风而走，所弃寨棚便就屯扎，连赢十五阵，夺得蜀兵营寨七处，离桃叶渡已经三百余里。孟获军马尽在后随，长离五、七十里路。蛮兵连胜，不以蜀兵为念，逢着便赶。

至十六日，魏延整顿败残军，来与乌戈国兵对阵。兀突［骨］骑象当先，头戴日月狼头帽，身被金珠缨络，两肋下见出鳞甲，眼中微有光芒，指魏延而大骂。正对敌间，魏延拨转马便走，后面蛮兵大进。魏延只望有白旗处走，转入盘蛇谷中。兀突骨在象（皆）［背］上看时，山上并无树木，草亦割尽，料无埋伏，放心追赶到山谷中，于路（搬）［撇］下粮草。蛮兵曰：“此是蜀人（用）［运］粮路道。”争竞取之。将出谷口，不见魏延军马，只见前面横木乱石从山上滚下，叠断谷口。兀突［骨］交蛮兵开路而进。只见谷口大车小车堆装干草，放起火来。兀突骨荒忙交便退。只见后军大喊振天，报（来道）［道来］路已皆叠断，大（纵火）［火纵］起。兀突［骨］见山上无树，（放心追赶，）尚自不荒。只见两边山上乱撇下火把来，火把到处，地下药线皆着，就土中飞出铁炮，满路皆是火光飞舞。藤甲上若惹着火，无有不着。无铁炮处，粮草爆开，内有硫黄焰硝引火之物。可怜乌戈国王并三万蛮兵互相拥抱，烧死于盘蛇谷中。孔明于山上看时，见蛮兵互相在火光中挣命，一半被铁炮打着，头面皆粉碎而死，其臭不可闻。孔明叹曰：“吾虽有功于已，必损寿矣！生灵涂炭，吾之过也！”乌戈国王将带军马无有一个走脱，谷中喊声大振。

却说孟获在寨中不见乌戈兵回。忽有蛮兵数人来报：“乌戈国兵在盘蛇谷中与蜀兵大战，围住诸葛了也！请大王便来接应。”孟获引大小宗党连夜上马，便交蛮兵引路。却好（未）［来］到盘蛇谷口，只见火光甚盛，急待退步，张嶷、马忠两路兵出。蛮兵中大半蜀兵，一齐下手，把孟获宗党尽皆活捉。孟获杀出重围，望小径而走，路逢一辆车，孔明端坐其上，大喝：“孟获今番如何！”获急回马走时，一员大将引五百军拦住，乃是马岱，生擒孟获，皆归大寨。一班宗党皆已执缚了当；（脱走）［走脱］回寨的，被王平、张（嶷）［翼］赶上，和祝融夫人并应有老小尽皆拿捉，一同宗党解到寨中。

孔明升帐，与众官曰："吾今此计不得已而用之，大损阴骘也！吾料敌人必筭我于林木多处定有埋伏。吾于林木多处虚立旗号，实无人马，令彼敌人疑也。吾令魏延连败十五阵，赚其心也，必放胆而追赶矣。吾（料）[见]盘蛇谷只一条路，两边石壁下面有沙土，故知天助吾也。因此令马岱先伐尽树木，令彼无疑。前者车上黑柜内尽是预先造下，名为'地雷'，一炮中藏九炮。三十（一步）[步一]埋之，中用竹[竿]通节以引药线，皆埋于地土之内；才一发动，山振地裂也。吾令赵云预备草车滚木，令魏延赚蛮兵入道，随后便断其两头而焚之。吾闻利于水者，必[不]利于火也。藤甲虽刀箭不能入，乃油浸之物，见火必着。蛮人如此顽皮，非火攻不可胜也。使乌戈国人不留种类而回，此吾身之大罪也！"诸将拜伏曰："丞相神机妙策，用兵鬼神莫测之智略！"押过孟获等，孔明交尽皆去其缚而言曰："且于帐外与酒压惊。"却令人放之，曰："丞相面羞，不欲与汝相见，故交我等放汝回去，交在意招集人马，再来共决胜负。可速去之！"孟获垂泪而言曰："七擒七纵，自古未常有也！吾虽化外之人，颇知礼义，只这等无羞耻？"乃共弟并宗党皆匍匐至帐下谢罪，跪地低头而拜曰："丞相天威也！南人不复反矣！"

据《资治通鉴》卷七十：七纵七禽而亮犹遣获，获止不去，曰："公，天威也，南人不复反矣！"亮遂至滇池。（参见《三国志·蜀书·诸葛亮传》注引《汉晋春秋》，《华阳国志·南中志》）

孔明曰："公中心肯伏乎？"孟获泣而谢曰："子子孙孙皆感生成之大恩，安得不伏也？"孔明请孟获上帐，设宴作贺，就令孟获永远为蛮洞之主，所得地土尽皆还之。孟获宗党及诸蛮兵无不感戴而欣跃。后人有诗曰：

羽扇纶巾拥碧幢，亲提士马出南方。
瘴烟罩地经泸水，火日飞天守战场。
三顾深恩扶汉主，七擒孟获制蛮王。
至今溪洞传威德，为选高原立庙堂。

又有宋贤（并）[丘]玉林作诗以赞孔明，诗曰：

当年诸葛自南征，不亚孙、吴善用兵。
七纵功成皆仰德，三分谁敢与齐名？
蛮烟影里旌旗现，瘴雨声中鼓角鸣。
妙用鬼神应莫则，麟台千古说先生。

孔明将洞中一应事务尽委孟获。长史费祎曰："今丞相亲提人马深入不毛之地，收复蛮夷。既以归顺，何不设官置吏，一同孟获守之？"孔明曰："吾若留外人，三不易也：留外则当留兵，留兵则无所食，一不易也；蛮兵伤折，父兄死丧，留外人而不留兵，必成祸患，二不易也；（今吾不留人，）且蛮夷累有废立之罪，自有嫌疑，留外人终不相信，三不易也。今吾不留人，不留兵，不运粮，自然安矣。"[众官]尽皆伏其宽。蛮夷人皆感恩德，与孔明立生祠，四时享祭，呼之（于）[为]"慈父"；皆用金珠宝货、丹漆药材、耕牛战马（送拜）[拜送]丞相，（恩念德处，望乞）以资军用；后岁岁进贡，终身不反，此是孔明之功也。

据《资治通鉴》卷七十：益州、永昌、牂柯、越巂四郡皆平，亮即其渠率而用之。或以谏亮，亮曰："若留外人，则当留兵，兵留则无所食，一不易也；加夷新伤破，父兄死丧，留外人而无兵者，必成祸患，二不易也；又，夷累有废杀之罪，自嫌衅重，若留外人，终不相信，三不易也。今吾欲使不留兵，不运粮，而纲纪粗定，夷、汉粗安故耳。”亮于是悉收其俊杰孟获等以为官属，出其金、银、丹、漆、耕牛、战马以给军国之用。自是终亮之世，夷不复反。（参见《三国志·蜀书·诸葛亮传》注引《汉晋春秋》，《三国志·蜀书·马良传附弟谡传》注引《襄阳记》）

按：据《华阳国志·序志》“益梁宁三州先汉以来士女目录”，孟获后来在蜀汉中央政权做御史中丞。

南方已定，孔明下令班师还蜀。前至泸水，忽然阴云四起，走石飞沙，军不能渡，（四）［回］报孔明。孔明请孟获问其事。端的如何？

［第一百八十一段］　孔明秋夜祭泸水

时秋九月，孔明班师，孟获率大小酋长及诸部蛮兵拜送。前军魏延先到泸水，忽然阴云布合，狂风从水面而起，军马皆不能渡。魏延差人回报孔明，孔明遂问孟获。获曰：“此水原有猖神作祸，往来者必须祭之。”孔明曰：“用何物祭之？”获曰：“旧时国中为泸水猖鬼为祸，用七七四十九颗人头并黑牛、白羊以祭之，一年内自然波平浪静，更兼年内丰熟。”孔明曰：“吾今事已平定，安忍又害生灵？吾不为之！”遂自到泸水之边，亦然阴风大起，波涛汹涌，人马皆惊，亦不能渡。孔明亦疑，寻泸水边土人问之。老者小者数十人皆来告说：“自丞相经过之后，夜夜只闻水边鬼哭神号，自黄昏直至天晓不绝；瘴烟之内，阴鬼无数。因此无人敢渡此水。”孔明叹曰：“此吾之过也！旧时马岱引蜀兵数百，皆死于此水中；更兼杀死蛮兵，尽弃于此水。狂魂怨魄不散，以致如此。吾今晚当亲自祭之。”老者皆曰：“须用旧例，可杀四十九人献头，以祭猖神，则怨鬼自散。”孔明曰：“吾今班师还都，安可妄杀一人？吾自有主见。”遂唤行厨杀牛宰马，和面为剂，塑成假人头，眉目皆有，似人头之状，内以牛马肉代之，为言馒头，传至今日出《事物纪原》；当夜于泸水岸上设香案，铺祭物，列灯四十九盏，扬幡招魂，将馒头祭物陈设于地。

三更时分，风息浪平，孔明金冠鹤氅，亲自临祭，令董厥读之。祭文曰：

维大汉建兴三年九月一日，武乡侯领益州牧诸葛丞相谨陈祭仪，享祭于故没于王事蜀中将校并本土神祇及蛮夷亡者阴魂曰：昨自远方侵境，异俗起兵，纵虿尾以兴妖，恣狼心而逞乱，据此兴师。且我大蜀皇帝，威胜五霸，明（纪）［继］三皇，定乾坤于战伐之中，立社稷于干戈之内。一自蛮夷罔穷天道，来扣皇风，吾奏君王，请师吊伐，（过剔）［暂别］龙（楼）［驾］；君亲祖饯，（述）［远］辞国家，问罪于南蛮。莫不逢山开路，息波为桥，大举貔貅，扫除蝼蚁。于是大军云集，狂寇冰消；才闻破竹之声，便是失猿之势。且士卒儿郎尽是山川豪杰，四海英灵，习武（徒）［从］戎，投明事（言）［主］，莫不同申三令，共展七擒，齐坚奉国之诚，并是正忠之志。何期汝等偶失兵机，缘落奸骗，流矢所中，魄掩泉台，各施威武；或因枪剑所伤，魂归长夜，志存忠孝，命终于刀斧之前。正直奉君，骸弃于尘埃之内；生于有勇，死且成名。今则凯歌南还，献俘将及。汝等英灵尚在，祈祷必闻：随我旌旗，逐我部曲，同居上国，各认本宗，受骨肉之蒸尝，领妻男之祭祀，免作他乡之鬼，徒为异国之魂；当念亲姻哭泣于朝昏，子女号咷于暮夜。吾奏闻皇帝，使尔等各家尽沾恩露，年年常请衣粮，月月不绝俸禄，用兹酬答，以慰（吾）［汝］心；父子传孙，名题蜀史。今则聊表其祭祀，各领酒食，以享一餐；悉听吾令，守此灵幡，随归本国。呜呼哀哉！伏惟尚飨！

读祭文毕，孔明放声大恸，情动三军，知者莫不垂泪，至于蛮貊之人尽皆大哭。只见愁云怨雾之中，数千鬼魂号哭，随风而散。（之）［祭］物尽弃泸水之中。

按：《演义》中诸葛亮祭泸水的故事，不见于史。谭良啸先生在《三国故事真与假100例》一书中认为，罗贯中很可能受到下面记载的启发，演绎成故事。宋代高承《事物记原》卷九，曾引用《小说》一书的记载："昔诸葛武侯之征孟获也，因杂用羊、豕之肉，包之以面，后人由此为馒头。至晋卢谌《祭法》'春祀用馒头'，始列于祭祀之品；而束皙《饼赋》亦有其说。则馒头疑自武侯始也。"

天明，但见云收雾敛，浪息波平，蜀兵尽渡泸水，果然鞭敲金凳响，人唱凯歌声。回到永昌，［孔明］留王伉、吕凯以守四郡，分付孟获自回蛮邦。静轩先生咏史诗曰：

相国兴师入不毛，滔滔泸水起波涛。
汉兵自信三擒易，孟获安知七纵劳？
铁甲渐沾蛮雨湿，征袍初染瘴烟高。
一从伐叛扬威武，应使南人识俊髦。

孔明引大军到成都，

据《三国志·蜀书·后主传》：（建兴）三年春三月，丞相亮南征四郡，四郡皆平。改益州郡为建宁郡，分建宁、永昌郡为云南郡，又分建宁、牂牁为兴古郡。十二月，亮还成都。（参见《华阳国志·南中志》）

据《三国志·蜀书·诸葛亮传》：（建兴）三年春，亮率众南征，其秋悉平。军资所出，国以富饶，乃治戎讲武，以俟大举。

后主排驾远接，出［廓］三十里。后主下车辇，立于道傍以候孔明，如子事父之礼。孔明荒下车，伏道而言曰："臣不能速平蛮夷，使主上旦夕怀忧，臣之罪也！"后主扶起，同辇而回，设太平筵宴，重赏三军。蛮夷进贡来者二百余处。于是西蜀年丰岁稔，人物咸宁。

却说魏主曹丕在位前后七年，（于）［至］黄初七年，即蜀之建兴四年。丕先有夫人甄氏，极有美色，乃中山无极人氏，上蔡令甄逸之女，三岁无父。建安中，（表）［袁］绍知其美，乃与中（字）［子］袁熙娶为妇。熙出镇幽州，曹操打破邺城。曹丕见［其］美而纳之为妻，后号为夫人，生一子，名曹叡，表（子）［字］仲元，自小聪明，

据《资治通鉴》卷六十九：太祖之入邺也，帝为五官中郎将，见袁熙妻中山甄氏美而悦之，太祖为之聘焉，生子叡。

据《三国志·魏书·文昭甄皇后传》：文昭甄皇后，中山无极人，明帝母，汉太保甄邯后也，世吏二千石。父逸，上蔡令。后三岁失父。……建安中，袁绍为中子熙纳之。熙出为幽州，后留养姑。及冀州平，文帝纳后于邺，有宠，生明帝及东乡公主。

曹操甚爱之。后曹丕又纳安平广宗人氏郭永之女为贵嫔，生而极美。其父曰："此乃（吾）女中王也！"因号小名为"女王"。

据《三国志·魏书·文德郭皇后传》：文德郭皇后，安平广宗人也。祖世长吏。后少而父永奇之曰："此乃吾女中王也。"遂以女王为字。

后为曹丕甚爱之，因此甄夫人失宠。郭贵妃欲谋正宫，与幸臣张韬商议。时魏主丕有疾，虚作甄夫人位下掘地，得桐木偶人，上书天子年月日时，如此魇镇。因此曹丕大怒，将甄夫人勒死于冷宫，

据《资治通鉴》卷六十九：及即皇帝位，安平郭贵嫔有宠，甄夫人留邺不得见。失意，有怨言。郭贵嫔谮之，帝大怒。（黄初二年夏）六月丁卯，遣使赐夫人死。

据《三国志·魏书·文德郭皇后传》：文帝定为嗣，后有谋焉。太子即王位，后为夫人，及践阼，为贵嫔。甄后之死，由后之宠也。

据《三国志·魏书·文昭甄皇后传》：黄初元年十月，帝践阼。践阼之后，山阳公奉二女以嫔于魏，郭后、李、阴贵人并爱幸，后愈失意，有怨言。帝大怒，二年六月，遣使赐死，葬于邺。

立贵嫔郭氏为皇后。

据《三国志·魏书·文帝纪》：（黄初二年夏六月）丁卯，夫人甄氏卒。……（黄初三年秋九月）庚子，立皇后郭氏。

［郭氏］无所出，养曹叡为己子，虽甚爱之，不立为嗣。

据《资治通鉴》卷七十：初，郭后无子，帝使母养平原王叡；以叡母甄夫人被诛，故未建为嗣。叡事后甚谨，后亦爱之。

据《三国志·魏书·明帝纪》注引《魏略》：文帝以郭后无子，诏使子养帝。帝以母不以道终，意甚不平。后不获已，乃敬事郭后，旦夕因长御问起居，郭后亦自以无子，遂加慈爱。文帝始以帝不悦，有意欲以他姬子京兆王为嗣，故久不拜太子。

据《三国志·魏书·明帝纪》：明皇帝讳叡，字元仲，文帝太子也。生而太祖爱之，常令在左右。年十五，封武德侯，黄初二年为齐公，三年为平原王。以其母诛，故未建为嗣。

当时叡年十五岁，便能弓矢。春二月，曹丕带子叡出猎。忽于山坞内赶出子母鹿两个，曹丕（和）［扣］弓满射，一箭射倒大鹿。丕回头见叡于马上，大呼曰："吾儿何不射小鹿！"叡于马上泣曰："父王已射杀其母，臣子安忍复射其子乎？"曹丕闻之，将弓矢弃于地曰："吾儿真乃仁德之主也！"为是立为齐公，后改为平原王。

据《三国志·魏书·明帝纪》注引《魏末传》：帝常从文帝猎，见子母鹿。文帝射杀鹿母，使帝射鹿子，帝不从，曰："陛下已杀其母，臣不忍复杀其子。"因涕泣。文帝即放弓箭，以此深奇之，而树立之意定。

据《资治通鉴》卷七十：帝与叡猎，见子母鹿，帝亲射杀其母，命叡射其子。叡泣曰："陛下已杀其母，臣不忍复杀其子。"帝即放弓矢，为之恻然。

夏五月，曹丕病感伤寒，百药无效，乃召中军大将军曹真、镇军陈群、抚军司马懿。这三人皆是掌国家大事者，召入寝殿。［丕］唤曹叡，曰："今朕病沉重，多是不久。此子年幼，汝三人可以辅之，勿误朕心！"三人扣头，皆曰："陛下何故出此言也？臣等竭力以事，愿陛下千秋万岁！"曹丕曰："今年许昌城门无故自崩，乃不祥之兆。朕故知必

死也！”忽报征东大将军曹休入视疾。曹丕曰：“汝四人皆国家柱石之臣，今（感）[咸]在此，朕何虑焉？”言讫而崩殂，年四十，薨于洛阳宫嘉德殿内。

据《三国志·魏书·文帝纪》：（黄初七年）夏五月丙辰，帝疾笃，召中军大将军曹真、镇军大将军陈群、征东大将军曹休、抚军大将军司马宣王，并受遗诏辅嗣主。遣后宫淑媛、昭仪已下归其家。丁巳，帝崩于嘉福殿，时年四十。

据《资治通鉴》卷七十：（黄初七年）夏五月，帝疾笃，乃立叡为太子。丙辰，召中军大将军曹真、镇军大将军陈群、抚军大将军司马懿，并受遗诏辅政。丁巳，帝殂。

后晋史官陈寿评曰：

魏文帝天资文藻，举笔成章；博闻经、史，才艺无双。若加功勤之旷大，厉以公平之纪纲，志存道术，方显威光，此古之贤主，夫何远之有哉！

按：此评录自《三国志·魏书·文帝纪》。

于是中军大将军曹真、镇军大将军陈群、抚军大将军司马懿、征东大将军曹休四人一面举丧，一面册立曹叡为大魏皇帝，谥曹丕为文帝，谥母甄氏为文昭皇后；

据《三国志·魏书·明帝纪》：（黄初）七年夏五月，帝病笃，乃立为皇太子。丁巳，即皇帝位，大赦。尊皇太后曰太皇太后，皇后曰皇太后。诸臣封爵各有差。癸未，追谥母甄夫人曰文昭皇后。

封锺繇为太傅，曹真为大将军，曹休为大司马，华歆为太尉，王（郎）[朗]为司徒，陈群为司空，司马懿为骠骑大将军，

据《资治通鉴》卷七十：（黄初七年冬）十二月，以锺繇为太傅、曹休为大司马，都督扬州如故；曹真为大将军，华歆为太尉，王朗为司徒，陈群为司空，司马懿为票骑大将军。（参见《三国志·魏书·明帝纪》）

其余文武各有封赠，大赦天下。时雍、凉二州无人守把，司马懿上章，乞守西凉等处。上许之，乃封司马懿总督雍、凉等处军马，奉诏[去]讫。

据《资治通鉴》卷七十：（太和元年夏）六月，以司马懿都督荆、豫州诸军事，率所领镇宛。

却说细作报入川来。孔明闻（知）[之]大惊曰：“曹丕已死，曹叡登基，余皆不足挂意。止有一人，姓司马名懿，河内温人也，此人乃（无）[世]之豪杰，今已总督雍、凉军马，（必）[倘]然训练成时，为蜀中之大患也！可宜先兴兵伐之。”参军马谡曰：“丞相平（变）[蛮]而回，军士疲劳，理宜存恤，岂可复远征乎？某有一计，使司马懿死于曹叡之手，丞相心下如何？”孔明当下问计。

［第一百八十二段］　孔明上出师表

马谡曰："司马懿乃朝廷大臣，曹叡素疑之。何不密遣人往洛阳、邺郡等处布散流言，道此人欲反？却作司马懿告示天下榜文，遍贴诸处，使曹叡自疑，必杀此人也！"孔明大喜，依马谡之言，便差人行此事。

却说邺郡城中、城门上贴下告示。人揭来见魏主曹叡。叡大惊，观其文曰：

魏骠骑大将军、总领雍、凉等处军马事司马懿，谨以信义布告天下：昔我太（子）［祖］武皇帝创立鸿基，本欲立陈留王子建为社稷主，不幸奸谋交集，遂（易）［为］潜龙。今立皇孙曹叡，素无德行，妄自居尊，有负太祖之遗意。（可）［吾］应天顺人，以慰万民之望，即日兴师到阙，及早归顺新君；如不顺者，当夷九族！先此告（文）［闻］，（想）［相］宜知悉。

曹叡急问计于群臣。华歆等奏曰："司马懿上表乞守雍、凉，正为此也。先时太祖皇帝常谓臣曰：'司马懿鹰视狼顾，不可付之兵权，久必为国家之患！'今日反情已露，可速命将诛之！"王朗又奏曰："司马懿深知韬略，善晓兵机，常有一匡天下之心。今日不除，久必成王（莽）［莽］之祸也！"曹叡降旨，便欲兴师，御驾亲征。忽阶下大将军曹真止之曰："不可！先帝托孤于臣等四人，是知司马仲达无异心也。今无故加兵，（而并）［乃逼］之反耳。况吴、蜀二国未除，多是奸细使间谋之计也，使朝廷君臣自乱，彼则乘虚而入也。陛下不足深信！"曹叡曰："倘司马心变，悔之何及？"曹真曰："如陛下心不自稳，可效汉高祖诈游云梦之计。陛下出安邑，司马懿必然来迎。观其动静，若有反情，就车前擒之可也。"帝从之，遂留曹真监国；于是带曹休，领御林军十万，前行安邑。

此时司马懿果然不知，欲令天子知其威仪，乃排兵百乘、甲士数万人来迎接。前（车）［军］奏报"司马懿引军抗拒，实有此反心。"魏主荒令曹休先领精兵迎之。司马懿见军兵到来，下马伏道而迎之。曹休出马而言曰："仲达受先帝托孤之重，何故反乎？"司马懿失惊，泪流满面，问其故，曹休历言备细。懿曰："此必是诸葛间谋君臣之计也！吾当见天子自奏。"急退了军马，来俯伏于魏主辇下，陈说"臣既受先帝托孤，安有异心？此必是诸葛亮之计！臣请出师，先破蜀，后伐吴。"魏主持疑未定。华歆奏曰："既君疑臣，不可付之以兵。请削去军权，放回乡里。此汉帝以报周勃也。"魏主从其言，削去司马懿官爵，令曹休代之。司马懿回乡里，车驾还洛阳。

按：《演义》称诸葛亮用离间计使司马懿遭贬，不见于史。

细作探知，报入西川。孔明闻（知）［之］大喜曰："吾欲有意伐魏久矣，奈有司马懿总雍、凉之兵。今已贬之，吾无忧矣！"于是后主早朝，大（令）［会］群臣。孔明出班，乃进上《出师［表］》一道。表曰：

先帝创业未半而中道崩殂。今天下三分，益州疲敝，此诚危急存亡之秋也！然侍卫之臣不懈于内，（患）［忠］志之士忘身于外者，盖追先帝之殊遇，欲报之于陛下也。诚宜开张圣德，以光先帝遗德，恢弘志士之气；不宜妄自菲薄，引喻失义，以塞忠谏之路也。宫中府中，俱为一体，陟罚臧否，不宜异同。若有作奸犯科及为忠义者，宜付有司，论其刑赏，以昭陛下平明之理；不宜偏私，使内外异法也。侍中侍郎，郭攸之、费祎、董允等，此皆良实，志虑忠纯，是以先帝简拔以为陛下。愚以为宫中之事，事无大小，悉以（恣）[咨]之，然后施行，必能裨补缺漏，有所广益。将军向宠，性行淑均，晓畅军事，试用于昔日，先帝称之曰能，是以众议举宠为督。愚以为营中之事，悉以咨之，必能使行阵和睦，优劣得所。亲贤臣，远小人，此先汉所以兴隆也；亲小人，远贤臣，此后汉所以倾颓也。先帝在时，每与臣论此事，未尝不叹惜痛恨于桓、灵也！侍中尚书，长史参军，此悉端良死节之臣，愿陛下亲之信之，则汉室之（除）[隆]，可计日而待也！臣本布衣，躬耕南阳，苟全性命于乱世，不求闻达于诸侯。先帝不以臣卑鄙，猥自枉屈，三顾臣于草庐之中，咨臣以当世之事，由是感激，遂许先帝以驱驰；后值倾覆，受任以败军之际，奉命于危难之间，尔来二十有一年矣。先帝知臣谨慎，故临崩寄臣以大事也。受命以来，夙夜忧叹，恐付托不效，以伤先帝之名，故五月渡泸，深入不毛。今南方已定，兵甲已足，当（时大）[奖]率三军，北定中原，庶竭驽钝，攘除奸凶，兴复汉室，还于旧都，此臣所以报先帝而忠陛下之职分也！至于斟酌损益，进尽忠言，则攸之、祎、允之任也。伏愿陛下托臣以讨贼兴复之效，不效则治臣之罪，以告先帝之灵；责攸之、祎、允等之慢，以彰其咎。陛下亦宜自谋，以谘诹善道，察纳雅言，深追先帝遗诏，臣不胜（爱）[受]恩感激！今当远离，临表涕零，不知所言。

据《三国志·蜀书·诸葛亮传》：（建兴）五年，率诸军北驻汉中，临发，上疏曰："先帝创业未半而中道崩殂，今天下三分，益州疲弊，此诚危急存亡之秋也。然侍卫之臣不懈于内，忠志之士忘身于外者，盖追先帝之殊遇，欲报之于陛下也。诚宜开张圣听，以光先帝遗德，恢弘志士之气，不宜妄自菲薄，引喻失义，以塞忠谏之路也。宫中府中俱为一体，陟罚臧否，不宜异同。若有作奸犯科及为忠善者，宜付有司论其刑赏，以昭陛下平明之理，不宜偏私，使内外异法也。侍中、侍郎郭攸之、费祎、董允等，此皆良实，志虑忠纯，是以先帝简拔以遗陛下。愚以为宫中之事，事无大小，悉以咨之，然后施行，必能裨补阙漏，有所广益。将军向宠，性行淑均，晓畅军事，试用于昔日，先帝称之曰能，是以众议举宠为督。愚以为营中之事，悉以咨之，必能使行陈和睦，优劣得所。亲贤臣，远小人，此先汉所以兴隆也；亲小人，远贤臣，此后汉所以倾颓也。先帝在时，每与臣论此事，未尝不叹息痛恨于桓、灵也。侍中、尚书、长史、参军，此悉贞良死节之臣，愿陛下亲之信之，则汉室之隆，可计日而待也。臣本布衣，躬耕于南阳，苟全性命于乱世，不求闻达于诸侯。先帝不以臣卑鄙，猥自枉屈，三顾臣于草庐之中，谘臣以当世之事，由是感激，遂许先帝以驱驰。后值倾覆，受任于败军之际，奉命于危难之间，尔来二十有一年矣。先帝知臣谨慎，故临崩寄臣以大事也。受命以来，夙夜忧叹，恐托付不效，以伤先帝之明，故五月渡泸，深入不毛。今南方已定，兵甲已足，当奖率三军，北定中原，庶竭驽钝，攘除奸凶，兴复汉室，还于旧都。此臣所以报先帝，而忠陛下之职分也。至于斟酌损益，进尽忠言，则攸之、祎、允之任也。愿陛下托臣以讨贼兴复之效；不效，则治臣之罪，以告先帝之灵。若无兴德之言，则责攸之、祎、允等之慢，以彰其咎。陛下亦宜自谋，以谘诹善道，察纳雅言，深追先帝遗诏。臣不胜受恩感激，今当远离，临表涕零，不知所言。"（参见《资治通鉴》卷七十）

后主览表而言曰："相父远涉征蛮，方始回都，坐未安席，今又欲北征，恐劳神思乎！"

孔明曰："臣受先帝寄托之重，夙夜未尝（败）[敢]怠。今自南征回国一载余矣，军马养成锐气，仓库积有粮储，不就此时讨贼，克复中原，更待何时？"班部中太史谯周出曰："臣夜观天象，北方旺气正盛，星耀倍明，未可图也。丞相深明天文，何故欲强为也？"孔明曰："天道变易不常，岂可（阻）[拘]执？吾今且驻军于汉中，视其动静而行之。"谯周等谏[之]不听。

按：谯周劝阻诸葛亮出师，不见于史。

于是丞相留南阳人郭攸之、

据《三国志·蜀书·董允传》注引《楚国先贤传》：攸之，南阳人，以器业知名于时。

费祎、

据《三国志·蜀书·费祎传》：亮北住汉中，请祎为参军。

董允

据《三国志·蜀书·董允传》：丞相亮将北征，住汉中，虑后主富于春秋，朱紫难别，以允秉心公亮，欲任以宫省之事。……亮寻请祎为参军，允迁为侍中，领虎贲中郎将，统宿卫亲兵。攸之性素和顺，备员而已。献纳之任，允皆专之矣。

等为侍中，总（设）[摄]宫中之事；又留襄阳宜城人向朗之侄向宠总督御林军马；

据《三国志·蜀书·向朗传附兄子宠传》：先主时为牙门将。秭归之败，宠营特完。建兴元年封都亭侯，后为中部督，典宿卫兵。诸葛亮当北行，表与后主曰："将军向宠，性行淑均，晓畅军事，试用于昔，先帝称之曰能，是以众论举宠为督。愚以为营中之事，悉以咨之，必能使行陈和睦，优劣得所也。"迁中领军。

又留蒋琬为长史，张裔为参军，掌管丞相府事；

据《三国志·蜀书·蒋琬传》：（建兴）五年，亮住汉中，琬与长史张裔统留府事。

据《三国志·蜀书·张裔传》：丞相亮以为参军，署府事，又领益州治中从事。亮出驻汉中，裔以射声校尉领留府长史。

其余有杜琼为谏议大夫，

据《三国志·蜀书·杜琼传》：后主践阼，拜谏议大夫。

杜徽、杨洪为尚书，孟光、朱敏为祭酒，

据《三国志·蜀书·来敏传》：来敏字敬达，义阳新野人，……丞相亮住汉中，请为军祭酒、辅军将军，坐事去职。

尹默、

据《三国志·蜀书·尹默传》：尹默字思潜，梓潼涪人也。……后主践阼，拜谏议大夫。丞相亮住汉中，请为军祭酒。

李撰为博士，

据《三国志·蜀书·李撰传》：李撰字钦仲，梓潼涪人也。父仁，字德贤，与同县尹默俱游荆州，从司马徽、宋忠等学。撰具传其业，又从默讲论义理，五经、诸子，无不该览，加博好技艺，算术、卜数、医药、弓弩、机械之巧，皆致思焉。

郤正、费诗为秘书，谯周为太史：内外官僚二百余员同理国中之事。

孔明归厅下商议调军为队伍，出师以图中原：

前军领兵使、镇北将军、镇丞相司马、凉州刺史魏延，

据《三国志·蜀书·魏延传》：先主践尊号，进拜镇北将军。建兴元年，封都亭侯。五年，诸葛亮驻汉中，更以延为督前部、领丞相司马、凉州刺史。

前军镇威将军张翼，

据《三国志·蜀书·张翼传》：张翼字伯恭，犍为武阳人也。……亮出武功，以翼为前军都督、领扶风太守。

（衙）[牙]门将军王平，

据《三国志·蜀书·王平传》：王平字子均，巴西宕渠人也。……从曹公征汉中，因降先主，拜牙门将、裨将军。

后军领兵使、安汉将军领建宁太守李恢字德昂，建宁俞元人也。孔明平蛮之时，此人专一运粮于路，亦曾灭寇，

据《三国志·蜀书·李恢传》：南土平定，恢军功居多，封汉兴亭侯，加安汉将军。……建兴七年，……更领建宁太守，以还居本郡。

（正）副将、定远将军、领[汉]中太守吕义字季阳，南阳人也，

据《三国志·蜀书·吕乂传》：吕乂字季阳，南阳人也。……丞相诸葛亮连年出军，调发诸郡，多不相救，乂募取兵五千人诣亮，慰喻检制，无逃窜者。徙为汉中太守，兼领督农，供继军粮。

按：吕义，史书中作吕乂，《演义》因“乂”“义”形近而误。

兼管运粮左将军、领兵使、平北将军、陈仓侯马岱，

据《三国志·蜀书·马超传附从弟岱传》：岱位至平北将军，进爵陈仓侯。

副将、飞虎将军廖化，右将军、领兵使、奋威将军、博王亭侯马忠，

据《三国志·蜀书·马忠传》：（建兴）八年，召为丞相参军，副长史蒋琬署留府事。又领州治中从事。明年，亮出祁山，忠诣亮所，经营戎事。……十一年，……加忠监军、奋威将军，封博阳亭侯。

副将、（衙）[牙]门将军张嶷，

据《三国志·蜀书·张嶷传》：除嶷为越巂太守，……嶷以功赐爵关内侯。

中军行中军师、车骑将军、都乡侯刘琰，

据《三国志·蜀书·刘琰传》：后主立，封都乡侯，班位每亚李严，为卫尉、中军师、后将军，迁车骑将军。

中监军、扬威将军邓芝，

据《三国志·蜀书·邓芝传》：及亮北住汉中，以芝为中监军、扬武将军。

中参军、安远将军马谡，前将军、都亭侯袁綝，左将军、高阳侯吴懿，

据《三国志·蜀书·杨戏传》附《季汉辅臣赞》：子远名壹，陈留人也。……章武元年，为关中都督。建兴八年，与魏延入南安界，破魏将费瑶，徙亭侯，进封高阳乡侯，迁左将军。

右将军、云亭侯高翔，前将军、征南将军刘巴，

据《三国志·蜀书·刘巴传》：章武二年卒。

右将军、安乐侯吴班，

据《三国志·蜀书·杨戏传》附《季汉辅臣赞》：壹族弟班，字元雄，大将军何进官属吴匡之子也。以豪侠称，官位常与壹相亚。先主时，为领军。后主世，稍迁至骠骑将军，假节，封绵竹侯。

领长史、绥军将军杨仪，

据《三国志·蜀书·杨仪传》：建兴三年，丞相亮以为参军，署府事，将南行。五年，随亮汉中。八年，迁长史，加绥军将军。

后护军、偏将军许允，左护军、笃信中郎将丁威，右护军、偏将军刘敏，

据《三国志·蜀书·蒋琬传附刘敏传》：刘敏，左护军、扬威将军，与镇北大将军王平俱镇汉中。

后护军、典军中郎将管雍，行参军、中郎将胡济，行参军、中郎将阎宴，武略中郎将杜琪，绥戎都尉盛勃，从事、中郎将樊岐，

据《三国志·蜀书·李严传》注：亮公文上尚书曰："辄与行中军师、车骑将军、都乡侯臣刘琰，使持节、前军师、征西大将军、领凉州刺史、南郑侯臣魏延，前将军、都亭侯臣袁綝，左将军、领荆州刺史、高阳乡侯臣吴壹，督前部、右将军、玄乡侯臣高翔，督后部、后将军、安乐亭侯臣吴班，领长史、绥军将军臣杨仪，督左部、行中监军、扬武将军臣邓芝，行前监军、征南将军臣刘巴，行中护军、偏将军臣费祎，行前护军、偏将军、汉成亭侯臣许允，行左护军、笃信中郎将臣丁咸，行右护军、偏将军臣刘敏，行护军、征南将军、当阳亭侯臣姜维，行中典军、讨虏将军臣上官雝，行中参军、昭武中郎将臣胡济，行参军、建义将军臣阎晏，行参军、偏将军臣爨习，行参军、裨将军臣杜义，行参军、武略中郎将臣杜祺，行参军、绥戎都尉盛勃，领从事中郎、武略中郎将臣樊岐等议，……"

（点）[典]军书记樊建，行军司马董厥，

据《三国志·蜀书·诸葛亮传附董厥传》：董厥者，丞相亮时为府令史，亮称之曰："董令史，良士也。吾每与之言，思慎宜适。"

帐前左护卫使、龙骧将军关兴，帐前右护卫使、虎翼将军张苞，平北大都督、丞相、武乡侯领[益]州牧、知内外事、卧龙先生诸葛亮，字孔明。

却说孔明分拨已毕，又檄李严等守川口，以拒东吴；

据《三国志·蜀书·李严传》：以诸葛亮欲出军汉中，严当知后事，移屯江州，留护军陈到驻永安，皆统属严。

选定建兴五年三月丙寅日出师。

按：据史书记载，诸葛亮第一次伐魏是在蜀汉建兴六年（228）春；在前一年，诸葛亮屯兵汉中，并未进兵。《演义》将诸葛亮出师时间提前了一年。

忽见帐下一人厉声进曰："我虽年迈，尚有廉颇之勇、马援之雄。此二人皆不伏老者，何故不遣用耶！"众视之，乃常山赵子龙也。孔明曰："吾自平蛮回都，马孟起因病身故，

据《三国志·蜀书·马超传》：（章武）二年卒，时年四十七。

吾甚怜惜之，以为折右臂也。今将军年已七十之上，但恐稍有参差，动摇一世之威名，（感）[减]却西蜀之锐气也！"子龙厉声言曰："吾自跟随先帝至今，未尝不思临阵破敌。大丈夫得死疆场，幸也，吾何恨焉！乞为前部先锋，当先破敌。"孔明再三不从。赵云曰："丞相如不交我为先锋，请撞死于阶下矣！"孔明曰："老将军既要为先锋，必须得一人同赞军机方可。"言未毕，帐下一人应声而出曰："某愿与老将军先引一军，摧坚破敌。"众视之，乃义阳新野人也，姓邓名芝，字伯苗。孔明大喜，即时拨精兵五千，副将十员，使邓芝、赵云同领兵前去。

据《资治通鉴》卷七十一：亮扬声由斜谷道取郿。使镇东将军赵云，扬武将军邓芝为疑军，据箕谷。……亮身率大军攻祁山。（参见《三国志·蜀书·诸葛亮传》）

按：据史书记载，蜀汉建兴六年（228）春诸葛亮第一次伐魏，分两路出兵：他亲率主力攻祁山，使赵云、邓芝率偏师据箕谷，为疑兵，吸引魏军主力。《演义》却说蜀军全师均出祁山，以赵云、邓芝为先锋。

是日，孔明入朝辞后主出师。后主率百官送于北门之外。孔明再拜，辞帝而行，旌旗蔽野，剑戟如银。沿道之民，箪食壶浆以迎。王师迤逦望汉中进发。

据《三国志·蜀书·诸葛亮传》：遂行，屯于沔阳。（参见《资治通鉴》卷七十）

却说边廷听知消息，飞报入洛阳。魏主曹叡升殿，近臣奏曰："边关飞报诸葛率领大军三十余万出屯汉中，使赵云、邓芝为前部，侵犯境界至急！"

按：诸葛亮首次北伐总兵力，《三国志》没有明文记载。习凿齿《襄阳记》称，马谡死时"十万之众为之垂涕"。现代史家多认为诸葛亮首次北伐总兵力为十万左右。

魏主大惊，急问文武："谁可为将，以退蜀兵？"忽一人应声而出曰："臣父死于汉中，切齿之仇，常欲报之。今蜀兵侵境，臣当引本部猛将，乞陛下亲拨关西之兵，上为国家出力，下乃复报父仇，臣万死无恨也！"视之乃安西镇东将军、侍中尚书、驸马都尉，夏侯渊之子夏侯楙，字子林，幼曾过房与夏侯惇为子。

据《三国志·魏书·夏侯惇传附子楙传》注引《魏略》：楙字子林，惇中子也。文帝少与楙亲，及即位，以为安西将军、持节，承夏侯渊处都督关中。

据《资治通鉴》卷七十一：征西将军夏侯渊之子楙尚太祖女清河公主，文帝少与之亲善，及即位，以为安西将军，都督关中，镇长安，使承渊处。

按：据《三国志·魏书·夏侯惇传》及《魏略》记载，夏侯楙是夏侯惇次子，《演义》及《资治通鉴》称其为夏侯渊之子，均系误植。

后夏侯渊被黄忠斩之，曹操故怜［之］，以女清河公主招夏侯懋为驸马，

据《三国志·魏书·夏侯惇传》：惇弟廉及子楙素自封列侯。初，太祖以女妻楙，即清河公主也。楙历位侍中、尚书、安西镇东将军，假节。

自此朝廷皆重之。虽掌军权，性实悭恪，不曾经大阵厮杀。时魏主即命夏侯懋为大都督，调关西诸路军马前去迎敌。

按：《演义》称夏侯楙在一线直接指挥作战，不见于史。据史书记载，夏侯楙只是镇守长安，并未奔赴祁山前线。

时殿下一人出班谏曰：［“不可！”］乃是司徒王朗，奏云：“夏侯驸马素不曾习战，今付以大任，非其宜也；更兼蜀中诸葛多谋，非久熟韬略者，不可与（敌之）［之敌］。”夏侯懋叱之曰：“司徒莫非结连诸葛，欲造反也！吾自幼从父习学《六韬》《三略》之书，深知用兵之道。汝何欺我年幼乎？

按：据史书推算，夏侯楙此时年龄当在四十左右，不应自称“年幼”。

吾若不生擒诸葛，誓不回见天子！”王朗等皆不敢言。于是夏侯懋辞帝，星夜到长安，调遣关西诸路军马二十余万，来敌孔明。胜负如何？

［第一百八十三段］　赵子龙大破魏兵

建（安）［兴］五年夏四月，诸葛丞相军到沔阳，

据《三国志·蜀书·后主传》：（建兴）五年春，丞相亮出屯汉中，营沔北阳平石马。（参见《资治通鉴》卷七十）

过马孟起坟所。孔明亲自设祭，令其弟马岱挂孝以吊于墓前。有蜀杨戏曾有诗赞云：

西川马孟起，名誉震关中。
信、布齐夸勇，关、张可并雄。
渭桥施六战，安蜀奏全功。
曹操闻风惧，流芳播远戎。

孔明祭毕，商议进兵。探马回报“魏主差驸马都尉、夏侯渊之子夏侯懋为都督，总督关中，尽起大军，前来拒敌。”前军魏延进曰：“夏侯懋乃膏粱子弟，怯而无谋。可与延精兵五千，直取路出褒中，（过）循秦岭而东，当子午谷而投北，不过十日，可到长安。夏侯懋忽闻延骤至，必弃城而走。横门邸阁与散民之谷，足可以为食也。彼东方聚众而来救之，尚二十余日；而丞相却从斜谷大驱士马而来，则咸阳以西一举而可定也！”孔明曰：“此非万全之计也。汝以为中原无人物而欺之？倘有人进言，从山僻以军截之，非但令五千人受苦，亦大伤锐气也。决不可用！”魏延又曰：“丞相若从大路而去，彼大兴关中

之兵于路拒敌，则徒废生灵，何日而得中原也？”孔明曰：“吾从陇右取平坦大道，依法而进，无有不胜。”遂不用魏延之计，差人令赵云进兵。

据《三国志·蜀书·魏延传》注引《魏略》：夏侯楙为安西将军，镇长安，亮于南郑与群下计议，延曰：“闻夏侯楙，先主婿也，怯而无谋。今假延精兵五千，负粮五千，直从褒中出，循秦岭而东，当子午而北，不过十日可到长安。楙闻延奄至，必乘船逃走。长安中惟有御史、京兆太守耳。横门邸阁与散民之谷足周食也。比东方相合聚，尚二十许日，而公从斜谷来，必足以达。如此，则一举而咸阳以西可定矣。”亮以为此县危，不如安从坦道，可以平取陇右，十全必克而无虞，故不用延计。（参见《资治通鉴》卷七十一）

据《资治通鉴》卷七十二：汉前军师魏延，勇猛过人，善养士卒。每随亮出，辄欲请兵万人，与亮异道会于潼关，如韩信故事，亮制而不许。延常谓亮为怯，叹恨己才用之不尽。（参见《三国志·蜀书·魏延传》）

却说夏侯楙在长安聚起各路诸将。时有西凉州大将韩德，上阵使开山大斧，有万夫不当之勇，引西凉羌兵诸路军八万至，见了夏侯楙。［楙］赏劳了，便遣韩德为先锋，使领西凉州太守。韩德有四子，皆精通武艺，弓马过人：长曰韩瑛，（决）［次］曰韩瑶，三曰韩琼，四曰韩琪。有此四子，更兼西羌战将皆雄伟之士，引本部军马八万辞了夏侯楙，取路来迎。前至凤鸣山相遇，相势下［寨，］各自布阵。魏兵摆开，门旗下韩德出马，四子列于两边，厉声大骂：“反国之贼，敢侵吾境！”赵云纵马挺枪，大怒而出，单搦韩德交锋。长子韩瑛挺枪与赵云交战。战不三合，赵云刺死韩瑛于马下。次子韩瑶大怒，一骑马、一口刀来与赵云交战。云乃抖搜精神，施逞平日虎威，韩瑶不能措手。韩琼奋怒，骤坐下马，手提方天戟，来助韩瑶。两个夹攻子龙，子龙全然不惧。第四子韩琪见二兄战赵云不下，也骤坐下马，轮手中两口日月刀，三个围住赵云。云在中央独战三将。无移时，韩琪中枪，番身落马，二将荒救，子龙倒拖枪便走。韩琼兜住马，倚了戟，取箭射之，被子龙用枪连拨了，连射三箭皆不中。［琼］绰了戟，奋力赶来，比及赶到，却被赵云一箭射中面门，应弦坠马下而死。瑶随后赶来，一刀砍下。子龙施放不迭，弓箭皆弃，闪过宝刀，生擒韩瑶归阵；复取了枪，纵坐下马杀过对阵。韩德见四子皆丧于赵云之手，心胆俱裂，急走入阵躲避。西凉兵素闻子龙之名，又见如此之雄，谁敢交锋？马到处，喝声“阵开！”皆纷纷乱走，曳曳倒退。赵云匹马单枪冲入西凉阵中，如入无人之境。后人（赠）［曾］有诗为证：

忆昔常山赵子龙，年登七十建奇功。
独诛四将来冲阵，尤似当阳救主雄。

邓芝见赵云大胜，率蜀兵一掩，西凉兵大败而去。韩德险被擒捉，弃马步行而逃。邓芝、赵云收军回寨。芝贺曰：“某闻将军少年如此英雄，不想寿已七旬，

按：据《三国志·蜀书·赵云传》注引《云别传》推算，赵云此时年约六十。《演义》称他寿已七旬，是夸张。

精神尚在。今日阵前独诛四将，世之罕有！”云曰：“诸葛丞相以为我年迈，不（如）［欲］用吾。吾故以此功表之。”遂差人解韩瑶申报捷［书］，以达孔明。

却说韩德引败兵来见夏侯楙，哭［诉］其事。楙怒，乃自统大军来与赵云对敌。探马报来：“夏侯楙军到了！”子龙便上马，引千余军就凤鸣山前摆开。当日夏侯楙全付金

甲金盔，坐下骑一雪白马，手中使大杆刀，出阵看（了）[见]子龙持枪跃马，在阵前往来搦战。懋便欲自战，马后韩德曰："杀吾四子之大仇，（更待）[今若]不报，（以在）[更待]何时？"韩德纵坐下马，轮手中开山大斧，直取子龙，子龙挺枪来迎。战不上三合，赵子（云）[龙]刺死韩德于马下，便拍马挺枪来刺夏侯懋，懋荒闪入阵中。邓芝驱兵掩杀，魏兵又折一阵，退十余里下寨。

夏侯懋连夜聚众将商议曰："我自来闻赵云之名，不曾见面。观今日年老，尚然无人可敌，方信当阳长坂之事也。似此若何？"忽参军程武乃程昱之子也进曰："愚料赵云有勇无谋之辈，不足惧也。来日都督再领兵出，可先伏两军于左右。都督临阵先退，把赵云赚到伏兵之处，重重叠叠围之，可擒矣！"夏侯懋从其言，便差帐前神武将军董禧、征西将军薛则，分左右各引三千军埋伏去讫。

夏侯懋再整金鼓旗幡而进，赵云、邓芝引军而出。芝在马上与子龙曰："昨日魏兵大败而去，今日又来，必有诈谋。将军宜隄防之！"子龙曰："量乳臭小儿，待有何谋？吾今日必当擒之！"见魏军门旗影里，夏侯懋引诸将出阵搦战，赵云挺枪跃马而出，魏军中偏将军潘遂出迎。二将交马，战不三合，遂便走入阵。只见魏军（八）阵（神）[中八]将一齐来迎，却容夏侯懋先走。赵云挺枪杀退八将，乘势追赶，邓芝随后驱兵掩击。子龙深入重地，邓芝急收军时，两胁下伏兵已出，左有董禧，右有薛则。邓芝兵少，急救不及，子龙被魏兵围在垓心，东冲西撞，军（焉）[马]越厚。赵云手下止有千百人，冲杀到山坡（直）[之]下，见夏侯懋却坐在山上，手（时）[持]麈尾，指引三军。如子龙投东，则望东指，傍边拨发官则望东指之，军马皆望东围，因此永打不透。子龙引军杀上山来，半山中（横）[擂]木炮石打将下来，不能上山侵战，因此难退。山上弓箭如雨，蜀兵伤折数多。子龙从辰[时]直杀到酉时，不能得脱，渐渐蜀兵折其大半。赵云交且垓心少歇，"至半夜月明，可以杀出。"却才下马少歇，月华方上，四下里魏兵杀到，但听得叫"赵云早降！"军虽不敢近前，怎禁矢石如雨。子龙急上马迎敌之时，见四面火鼓骈集，渐渐逼近，八方交射，人马皆不能出。赵云仰天叹曰："吾今老迈，死于此地矣！"

忽听得东北角上喊声大振，魏兵纷纷乱窜。赵云看时，一彪军杀入，为首一员大将素袍银甲，持点钢枪，乃虎翼将军张苞也，与赵云相见，说"丞相恐老将军有失，特差某引五千精兵前来接应。听知将军受困，故已杀退重围，阵中正遇魏将薛则拦路，已刺杀了。"赵云便与张苞杀出西北角上来，见魏兵大乱，又一彪军从外杀入，当先一员上将骑银鬃马，使大杆刀，乃龙骧将军关兴也，来见赵云曰："奉丞相命，恐老将军有失，特差某将五千精兵前来接应。却才阵上逢魏将董禧，被吾一刀斩之，枭首在此！丞相多敢在后亲自来也。"赵云曰："汝二将军已建奇功，何不趁今日捉住夏侯懋，大事便定矣！"张苞闻言，便领军去了。关兴曰："老将军慢来，我干功去。"关兴引兵（去）[也]捉夏侯懋去了。赵云寻思："他两个是吾侄子之（道）[辈]，尚自干了大功。我是国家上将，朝廷老臣，反不如二小儿耶？吾当舍老性命，报答先帝之恩，干此全功，捉夏侯懋去！"于是领军便行。当夜三路军来。且看夏侯懋性命如何。

［第一百八十四段］　孔明智取三郡

当夜魏军被三路军来杀得大败。随后邓芝也来接应，杀得尸横遍野，血流成河。夏侯楙本是个无谋之人，更兼年纪幼小，不曾历事，见军大乱，引了帐前数百人，径望南安郡而走。余军无主，各自逃生。关兴、张苞听知夏侯楙往南安，连夜追袭。楙走入城中去了，闭上城门。关兴、张苞把城围住，子龙随后也到，三面攻打。邓芝亦引军到，围城数日不下。

忽报诸葛丞相留后军于沔阳，左军屯阳平城，右军屯石马城，自领前军来到。邓芝、赵云、关兴、张苞皆来见孔明，说围城攻打，急不能下。孔明曰："容吾自观耳。"乃乘小车径到城边周回看了一遭，到寨中升帐而坐，诸将环立。孔明曰："此城壕深城峻，不易攻也。吾正事不在此城。汝等若在此长久，魏军分道而出，却取汉中，于吾军无益也！"邓芝曰："夏侯楙乃魏之驸马，若擒此人，胜斩百将！今围在此，岂可弃而去之？"孔明曰："吾自有计。"乃问"此处连接何郡？"近侍对曰："西连天水郡，北接安定郡。"孔明（曰）［又］问"三郡太守何人？"近侍曰："天水太守马遵，安定太守崔谅，南安太守杨陵。"孔明问罢，乃先唤魏延领计，"如此而行。"又唤关兴、张苞依计而去，又唤二心腹人行计，都调遣了。孔明却在南安城下堆积草柴，只做烧城之故。城上人皆笑之。

却说安定太守崔谅在城中听知蜀军围了南安，十分荒窘，点起军马约有四千余人，守住城池。忽人（遥）［通］报"正南大路一骑马飞风而来，口称有机密事。"崔谅唤入城中，问有何事。其人报曰："我是夏侯都督帐下心腹将裴绪，今奉都督将令，特来求救于天水、安定二郡。即目南安甚是危急，每日城上纵火为号，指望（三）［二］郡来救，并不见到，特差我杀出重围，特来报急！可星夜起军马为外应。都督若见你两枝军马到，便出接应也。"崔谅又问"都督有文书否？"裴绪贴肉取出，汗已（烟）［湿］透，略交看了，换了坐下马，便出城望天水而去。不二日，又见报马到："天水太守已动兵出去救南安，乞早早接应！"崔谅与府官商议，众官曰："若不去救，失陷了南安，必送了夏侯驸马性命，皆是我两郡不救之罪！只得发兵救之。"崔谅尽点本部军马，离城而去，止留文字官守城。

且说崔谅提兵望南安大路而来，遥望见火光冲天而起，催军星夜而行。离南安尚有五十余里，前后军一齐纳喊。崔谅荒交问时，前（军）［面］关兴截住去路，后面张苞杀来。安定诸军杀得四下乱窜。崔谅引手下数百人从小路死战得脱，奔归安定，到壕边唤门，城头上乱箭射将下来。崔谅大惊。魏延在城上唤曰："我已入取城了也！"元来却被魏延寅夜扮作安定军回，赚开城门，已得了安定。崔谅忙投天水郡来，行不到一程，前面一彪军摆开，乃孔明也。崔谅再要回时，关兴、张苞军已在后，不得已而下马遂降。

回到大寨，孔明待以上宾之礼，问谅曰："南安杨太守与足下厚否？"谅曰："杨陵乃杨阜之族弟也，与谅邻郡，交契甚厚。"孔明曰："今欲烦足下入城，说杨陵同擒夏侯楙出降，可乎？"谅曰："丞相若令某去说杨陵，可把军马暂退。某当亲入城说之。"孔明从其言，即时传令，交四面军各退二十里。崔谅匹马到城下唤开门，入到府中见杨陵，把上项事尽情说了。杨陵曰："我等受魏之大恩，争忍背之？可将计就计而行。"遂引崔谅见夏侯楙，备言此事。夏侯楙曰："当用何计？"杨陵曰："只推某献门，就赚诸葛、蜀将而入，就城内杀之。"崔谅依计而行，出城到孔明寨内，说杨陵献门，放大军自入，擒夏侯楙，"为杨陵城中勇士少，不敢近也。"孔明曰："此事至易。如今见（了）[有]足下原降步兵数百人可（只做安定军马，）带入城中，于内暗藏蜀将，[只做安定军马，]同入城中，先伏于都督府前，然后到半夜却交献门，里应外合，如何？"崔谅暗思："若不带蜀将入去，孔明必疑。且带入城中，就里面先斩了；却举火为号献门，孔明必先入也。"因此应允了。孔明嘱曰："汝引军到城下，只推做救军自外杀入，以慢夏侯楙。吾（自）[遣]亲信将关（与）[兴]、张苞先跟汝去，只恐有人认得，到黄昏而入。吾但看火起，亲自入城也。"此时关兴、张苞披挂了，引十数人（亲）[杂]在谅军中，日落山时前进，黄昏来到城边。城上杨陵撑起悬空板，倚定护心木栏（干）[杆]，问道："来的是何人军马？"崔谅曰："安定救军到！"谅先射一只号箭上城去，箭上带着密书，书上言道："今诸葛先遣（三）[二]将伏于都督府下，要里应外合。且不可惊动，恐防泄漏，坏了计策。可于府下（围）[图]之。"杨陵交且少待，"容我禀都督。"乃将书见夏侯楙，说知此事。楙曰："既然诸葛中计，必首先入城安民，可伏兵于城门内斩之。今先赚二将入城，亦除两害。"交于府下先伏刀斧手数百，如二人随崔谅至府，待下了马，闭其门而斩之；却于城上举火，赚诸葛入城。安排下了，杨陵曰："既是安定军马，可放入城。"关兴跟定崔谅，当先而入，张苞在后，两个赚城门。……言罢，一枪刺崔谅于马下。关兴已早去城头上放起号火，四面大军一齐都到。夏侯楙措手不及，开南门并力杀出。当头一彪军到，为首大将王平，交马只一合，把夏侯楙生擒在马上。余军皆被杀死。

按：《演义》称夏侯楙被蜀军俘获，不见于史。

孔明入南安招谕居民，秋毫无犯。众将各各献功，把夏侯楙囚下。邓芝问曰："丞相何故知崔谅诈也？"孔明曰："此人本无降心，吾故使入南安以试之。此人必尽情告与夏侯楙，欲将计就计而行。吾见其（事）[来]情，可知[诈]也，故稳其心，使二将同去。此人若真心，必然阻当；欣然同去者，恐吾疑也。他意中量有十数人，赚到城内杀之何迟？又令吾军有托，放心而进也。吾因此时暗嘱二将，便（放）[教]城门道边下手，内里未曾准备，吾军随后（夜）[便]到，此出其不意也。"众将拜伏孔明。孔明曰："吾已使人诈作裴绪去赚天水郡，至今未至。可乘时取之。若得三郡，声势大振矣！"孔明令吴懿守南安，遣刘琰守安定，替出魏延军马，去取天水郡。

却说天水郡太守马遵听知夏侯楙被围在南安城中，乃聚众商议。有功曹梁绪、主簿尹赏、主记梁虔等曰："夏侯楙驸马乃是金枝玉叶，尚有疏虞，则当不救之罪！何不尽起天水郡兵马救之？"马遵忧以兵少，未敢造次。忽报魏将裴绪到，接入公廨。裴绪将出公文，言称都督受围，交两郡星夜发兵救之，与安定所言皆同。马遵且交请裴绪馆驿中安下，一面交行文书下各县起兵。

次日又有报马报到，称说安定军已动，交郡守火急前来会合。马遵正欲起军，忽一人自外而来，大笑曰："太守中诸葛之计也！"众视之，乃天水冀城人也，姓姜名维，字伯约。此人之父姓姜名圆，昔日曾为天水郡功曹，因羌人乱，没于王事。维奉母至孝，郡人敬之。后朝廷赐维官爵，为中郎将，就参本郡军事。

据《三国志·蜀书·姜维传》：姜维字伯约，天水冀人也。少孤，与母居。好郑氏学。仕郡上计掾，州辟为从事。以父冏昔为郡功曹，值羌、戎叛乱，身卫郡将，没于战场，赐维官中郎，参本郡军事。

维幼（学喜）[喜学]，博览群书，受习孙、吴之法；长好武艺，无所不通。当日维对马遵曰："近闻诸葛战败夏侯驸马，围困于南安，水泻不通，安得有人从乱军中杀出？兼之裴绪乃无名下将，众所不知者。况又有安定来报之人，又无公文。以此论之，此人乃蜀使，诈称魏将裴绪，（兼）[赚]太守出城；料城内无军，必然暗埋伏一军于左右近处，乘虚取天水也！"马遵大悟曰："非伯约，则吾中计矣！似（如此）[此，如]之奈何？"欲捉下其人斩之，闭城坚守；又恐是（其）[真]，误了大事。姜维曰："太守放心！维有一计，可以就捉诸葛，解救南安之围。（其功若何？）"马遵即时问姜维求计而行。其计如何？

[第一百八十五段] 孔明智伏姜维

姜维曰："此郡后必有埋伏！维请五千人伏于要路。太守先差来人回报，随后发兵，一脚离了天水郡，不可远去，只三十里便回。但看火起为号，太守便来夹攻伏兵，可擒将矣。如诸葛自在此处来，必被吾擒矣！"马遵用其谋，先遣来人关报安定崔谅："当晚便起军。"先遣其人去，正欲他人去报伏兵（已）知天水兵[已]动也。来人去时，马遵军马已皆到于城外，当晚准行，只留梁绪、尹赏守城。

果见孔明遣赵云这枝军马伏在天水郡后山僻之中，只待军马离城。那人足知下落，急去关报赵云，说城中无军，只是些文字官守把。赵云却交那人去报张翼、高翔，于路截住马遵之兵。这两军是孔明调在那里，交等天水兵到，便截归路。

（先）[却]说赵云引五千军径投天水郡城下，分四门而进。赵云到城门边高声叫曰："吾乃常山赵子龙也！知军马尽出，已中计了。疾献城池，免遭诛戮！"城（城）[上]梁绪笑曰："你中吾姜维伯约之计也，尚然不知。"赵云却待攻城，忽然四边喊起，火炬齐明。当先一员少年将军持枪勒马而叫曰："你认得天水姜维否乎？"赵云挺枪跃马，来与姜维交锋。维战子龙，精神（俗）[倍]长。子龙惊曰："不想再有此人！"正斗之间，马遵、梁虔分两路杀到。赵云军马首尾不能相顾，大败（输亏）[亏输]。赵云冲开路，引败军走。姜维赶去，却得张翼军出，救了赵云，因此姜维方回。

赵云等回见孔明，说中姜维之计。孔明惊曰："姜维是何等人也，知我玄机！"数内有安定、南安人，称说姜维此人是天水郡人，事母至孝，文武双全，智勇足备；又见赵云夸奖姜维极好，枪法与他人不同。孔明[曰]："吾正欲取天水，甚轻易之，不想有此人！"乃起大队军来。

却说姜维回见马遵，遵曰："事定之后，当以重保之！"维曰："赵云败去，孔明必自来矣！彼必料我军皆在城中。可以将军马分为四队：维当在城东，如军到则截了；太守可与梁绪、尹赏各引一枝军于城外埋伏。交梁虔率领百姓尽皆上城守把。"

却说孔明以姜维为意，乃自引前军望天水郡进发。将次到城，孔明下令曰："凡攻城，以初到之日激奖三军，鼓噪直上；若候日久，急难攻矣。汝等诸将当激奖三军，不可失此机会！”于是三军望天水城下（兢）[竞]进，见城上旗幡不整肃，未敢便打。候至夜半，忽于蜀军背后四面火把齐明，鼓声振地。正不知何处兵来，城上亦鼓噪纳（城）[喊]以应之，蜀兵乱窜。孔明急上马，有关兴、张苞二将守护，杀出重围；回头望时，见正东上军马一带排开，一似长蛇阵。孔明曰："兵不在多。以此人调遣，真良将也！"遂使关兴探之，回报曰："乃姜维兵也。"孔明嗟叹不已，折了一阵，乃收兵退。

孔明思之曰："量一个姜维尚不能胜，安能破魏也？"于是问众将曰："姜维之母见在何处？"安定降者曰："姜维见居冀县。"孔明唤魏延分付："汝可虚张声势去取冀县，若姜维军到，可放入城去。"又问安定降者曰："此间别有甚处紧要？"答曰："天水钱粮皆在上都。若打破上都，则粮道自绝矣。"孔明交赵云引一千军去攻上都。孔明离[城]三十里下寨。

有人报入天水城中，说蜀兵分为三路：一守此郡，一攻冀城，一（守）[取]上都。维闻之大惊，乃与马遵曰："维母在冀城。今蜀兵已围城，母若有一失，非孝道也！维乞一军，就守冀城以保老母。"马遵从之，点三千军与姜维去了，交守冀城；又点三千军与梁虔去保上都。

且说姜维引三千军径往冀城来，逢一军摆开，为首大将魏延与姜维交锋。战不数合，延诈败而走。维乃杀过山隘，来到冀城，看视老母，率兵守护城池。那一路赵云亦放梁虔入上都守护去了。

孔明乃引军攻打天水，数日不下。孔明乃令人去南安城中取出夏侯楙，交至军前。孔明与楙曰："汝惧死乎？"楙乃拜伏祈命。孔明曰："目今天水姜维见守冀城，使人持书来云：'但见夏侯楙在，我便归降。'吾今饶你性命，你肯去招安姜维么？"楙曰："某情愿去招安！"孔明乃与了衣服鞍马，不令人跟，独自放夏侯楙去。

却说夏侯楙得放，欲寻回路，不知地理，路逢土民奔走。楙问之，[答曰：]"我等皆是冀城百姓。如今被姜维献了城池，归降蜀兵。今有蜀将魏延纵人劫掳。因此我等弃家奔走，欲投上都去也。"楙又问曰："如今天水城中是谁守把？"土民曰："天水城中是马太守在内。"夏侯楙问了又行，又见百姓抱男挈（友）[女]远来，所说皆同。楙逐一问之，径到城下叫门。城上认得是夏侯楙，荒忙开门接入。马遵惊拜而问曰："何以能来？"楙把招安姜维事说了，又将百姓之言细说。马遵曰："不想姜维反投于蜀！"梁绪曰："彼意欲救都督，故以此言虚降。"楙曰："今维已降，何得为虚？"正踌躇间，是夜蜀兵又来攻城。火光中见姜维在城下大叫："请[夏]侯（楙）都督打话！"都在城上看时，果见姜维横枪跃马，大叫曰："我今为都督而降，都督何别前言也！"楙应曰："汝受魏恩，何故降蜀？楙有何言别也？"维曰："你写书交我降，何出此言？汝要脱身，却陷于我。我今降蜀，加我（如）[为]上将，无还魏之理！"于是驱兵打城，至晓方去。城中皆曰："此是中诸葛之计也：故写文书，交姜维投伏。"元来夜间唤城者乃是假扮的姜维，火鼓丛中莫辨分晓。

天明蜀兵远退，孔明却来攻打冀城。城中粮少，军食不敷。姜维在城上暗窥，见远远大车小车搬载粮草入魏延寨中去。维点起本部军兵杀出冀城，径来蜀寨抢粮。蜀兵尽弃粮草而走。姜维夺了押粮车回城，忽然一彪军截断去路，为首蜀将张翼与维交锋。战不数合，王平军又到。姜维势孤，不能当抵，夺路归城，城上皆是蜀兵旗号，已被魏延袭了冀城。姜维杀条路投天水郡来，只有十数骑后随；路上又逢张苞，又杀一阵，只剩得一人一马，来到天水郡城下叫开门。（时蜀兵至近，遂投南安，）城上看时，认是姜维，来报马遵。遵曰："此是姜维故来赚城池。"马遵登城，喝令军士乱箭射下。姜维大惊，回头见蜀兵至近，遂匹马去奔上都城。城上梁虔见姜维到，大骂曰："反国无义之贼，敢来赚漏城池！吾已知汝降了蜀也。"城上乱箭射下。姜维分说不得，回马持枪，待取路望长安而走。行不到一舍之地，树林之中一军闪出，为首大将关兴拦住去路。姜维人困马乏，不能当抵，回马便走。忽然见一辆车从山坡下转出，中间端坐孔明，唤姜维曰："伯约到此，何为不降？"姜维寻思后有关兴，前有孔明，到此别无去路，只得下马请降。孔明下车而迎之，诉说相爱之意，维不胜感激。孔明曰："吾自出茅庐以来，遍求贤者，愿尽传授平生之学，恨未得其人！今遇伯约，已得其人矣，当尽授之，汝宜尽心！"维大喜而拜谢。

据《三国志·蜀书·姜维传》：建兴六年，丞相诸葛亮军向祁山，时天水太守适出案行，维及功曹梁绪、主簿尹赏、主记梁虔等从行。太守闻蜀军垂至，而诸县响应，疑维等皆有异心，于是夜亡保上邽。维等觉太守去，追迟，至城门，城门已闭，不纳。维等相率还冀，冀亦不入维。维等乃俱诣诸葛亮。会马谡败于街亭，亮拔将西县千余家及维等还，故维遂与母相失。亮辟维为仓曹掾，加奉义将军，封当阳亭侯，时年二十七。

据《三国志·蜀书·姜维传》注引《魏略》：天水太守马遵将维及诸官属随雍州刺史郭淮偶自西至洛门案行，会闻亮已到祁山，淮顾遵曰："是欲不善！"遂驱东还上邽。遵念所治冀县界在西偏，又恐吏民乐乱，遂亦随淮去。时维谓遵曰："明府当还冀。"遵谓维等曰："卿诸人叵复信，皆贼也。各自行。"维亦无如遵何，而家在冀，遂与郡吏上官子修等还冀。冀中吏民见维等，大喜，便推令见亮。二人不获已，乃共诣亮。亮见，大悦。未及遣迎冀中人，会亮前锋为张郃、费繇等所破，遂将维等却缩。维不得还，遂入蜀。诸军攻冀，皆得维母妻子，亦以维本无去意，故不没其家，但系保官以延之。　此语与本传不同。

据《资治通鉴》卷七十一：亮之出祁山也，天水参军姜维诣亮降。亮美维胆智，辟为仓曹掾，使典军事。

按：《演义》称诸葛亮用反间计收降姜维，与史相悖。据史书记载，诸葛亮这次北伐，在天水并没有和魏军发生战斗，姜维也没有为天水太守马遵出谋划策击败过蜀军。姜维是在受到上司的猜忌无处可归并在蜀军的军事压力下主动归降蜀汉的。

孔明遂与［维］同归寨中，商议取天水、上都之计。维曰："城中尹赏、梁绪与维至厚。某当写二书射入城中，不问得与不得，自然乱矣。"于是姜维当下写了二书，拴在箭上，直至城下，射入城中。小校（将）［拾］得，度与马遵。遵大疑梁绪、尹赏与姜维结连，欲内应外合，遂与夏侯楙商议，欲杀梁、尹，走了消息。二人寻思不如纳了城门，归顺大蜀，以图进用。是夜，夏侯楙与马遵连夜数使人召梁、尹说话。二人料事已急，披挂了，上马持兵器，就城中来杀夏侯楙、马遵；一面大开城门，使人降蜀。因此夏侯楙、马遵引了数百人，开西门弃城而去，直奔羌胡地面远避。

梁、尹二人迎接孔明、姜维入城。安民了当，孔明问"上都何以取之？"梁绪曰："守城梁虔是某亲弟，当招来降。"孔明大喜，便遣绪行。当日，梁绪往上都城唤出兄弟梁虔，同来投拜。孔明重赏了，就交梁绪为天水太守，尹赏为冀城令，梁虔为上都太守，就（与）［舆］镇守，

据《三国志·蜀书·姜维传》：维昔所俱至蜀，梁绪官至大鸿胪，尹赏执金吾，梁虔大长秋，皆先蜀亡没。

作宴犒劳诸将。孔明曰："吾放夏侯楙，犹如放一鸦。今得姜维，乃得一凤耳。古云'千兵易得，一将难求'，正此谓也。吾（难）[观]姜维用计行兵与吾相类，故喜无限！今已得三郡，便议进取长安。"于是引大军出祁山，来夺长安。如何用功？

[第一百八十六段] 孔明祁山破曹真

蜀建兴五年冬十月，诸葛丞相平定天水、南安、安定三郡，威声大振，所到州郡，望风归顺；于是整顿军马，调遣将士，尽提汉中之兵，前出祁山，[陈]于渭水之西。

据《三国志·蜀书·诸葛亮传》：（建兴）六年春，……亮身率诸军攻祁山，戎陈整齐，赏罚肃而号令明。南安、天水、安定三郡叛魏应亮，关中响震。（参见《资治通鉴》卷七十一）

按：据史书，诸葛亮首次北伐，南安、天水、安定三郡均系自动叛魏降蜀，并非蜀汉军队攻占的。

边廷飞报入洛阳（，近臣传奏）。太和元年，魏主叡升殿，近臣奏曰："夏侯驸马已失三郡，逃入羌胡。今蜀兵已到祁山，前军陈于渭水之西。早乞发兵破敌。"魏主问于群臣："谁可为都督，以退蜀兵？"司（马）[徒]王朗出班奏曰："臣想先帝用大将[军曹子丹]，所到（以）[必]克。陛下何不拜（曹真）为大都督，以退蜀兵？"魏主准奏，即宣大将军曹真字子丹至殿下。魏主曰："先帝以朕托孤于将军。今蜀诸葛亮领兵入境，卿安忍坐视而不救之？"曹真曰："臣才疏智浅，不称其职。"司徒王朗曰："大将军乃社稷之臣，不可固辞。老臣虽已驽钝，亦随大将军上边。"曹真曰："臣受国恩，安敢少辞？愿乞一人为副。"魏主令真自举之。曹真曰："臣举太原阳曲人也，姓郭名淮，字伯济，官授阳亭侯，领雍州刺史。"

据《三国志·魏书·郭淮传》：郭淮字伯济，太原阳曲人也。……黄初元年，……擢领雍州刺史，封射阳亭侯。

魏主准奏，拜曹真为大都督，赐节钺；

据《资治通鉴》卷七十一：亮扬声由斜谷道取郿，使镇东将军赵云，扬武将军邓芝为疑军，据箕谷。帝遣曹真都督关右诸军军郿。（参见《三国志·蜀书·诸葛亮传》及注引《魏略》）

命郭淮为副都督；命王朗为军师。朗字景兴，东海郯人也，汉献帝朝举孝廉入仕，

据《三国志·魏书·郭淮传》：王朗字景兴，东海郯人也。……举孝廉，辟公府，不应。

时年七十六岁。于是魏主听曹真自行选调军马。真举宗弟、宣武将军曹遵为先锋，乡人、荡寇将军朱赞为副先锋；

据《三国志·魏书·曹真传》：真少与宗人曹遵、乡人朱赞并事太祖。遵、赞早亡，

真愍之，乞分所食邑封遵、赞子。

选拨东西两京军马二十余万，当年十一月出师。魏主叡亲送于西门之外。

曹真等大军到长安聚集军马，出屯渭水之西。孔明兵屯祁山下寨。真与王朗、郭淮共议退敌之策。王朗曰："来日可严整队伍，大展旌旗。老夫自出，用一席话可交诸葛拱手而伏之，蜀兵不战而自走也！"曹真大喜，当晚传令："来日四更造饭，平明进兵。"（务）［使］人先下战书。

次早，两军相近，列成阵势于祁山之前。蜀兵远见对阵魏兵甚是雄壮，与夏侯楙军大不相同。三通鼓角已罢，司徒王朗乘马而出，上首是大将（运）［军］曹真，下首是副都督郭淮，两个先锋押住阵脚。探子出军前，请对阵主将打话。蜀兵阵中门旗开处，关兴、张苞分左右而出，各持兵器立于两傍。次后，蜀将一对对分列在门旗影里，中央拥出一辆四门车，车上端坐孔明，纶巾羽扇、素袍皂绦而［出］，望见对阵三个麾盖，问车傍护卫曰："此何人也？"答曰："认旗（上）［正］中央白髯老者乃是司徒王朗，上首者大将军曹真，下首是副都督郭淮。"孔明曰："司徒自来，必有说词也。"于是交推车出于阵外，使近车者通传曰："休放冷箭！"汉丞相诸葛亮与司徒施礼。王朗亦纵马出曰："某有一言，令汝静听。"孔明于车上拱手，王朗亦欠身答礼。朗曰："久闻公之大德，今幸一会！公既知天命、识时务，何故兴此无名之兵耶？"孔明曰："吾今奉诏讨贼，何为无名？"朗曰："天数有变，神器更易，而天命归有德之人，此必然之理也。曩自桓、灵以来，天下争衡，人人称霸：黄巾纵横于钜鹿，张邈问罪于陈留，袁术建号于寿春，袁绍称王于邺郡，刘表占据于荆、襄，吕布虎吞于天下。盗贼蜂起，奸雄鹰扬，宗社有垒卵之危，生灵有倒悬之急。我太祖武皇帝扫清六合，席卷八方，万里倾心，四方仰德，岂有权谋而取之？实乃天命所归也！嗣君文帝神文圣武，以（鹰）［膺］大统，应天顺人，法尧、舜而处中华以临万邦，岂非天心人意乎？今公蕴大才，抱大器，自欲比于管、乐，何不（防）［仿］效伊、周？强欲逆天理、背人情而行事乎？岂不闻'顺天者存，逆天者亡'？今我大魏带甲数百万，良将三千员，量腐草之萤光，怎及天心之皓月？公可速倒戈（御）［卸］甲，以礼来归，不失封侯之位，令汝国安民乐，岂不美乎？"蜀兵闻言，嗟呀不已，皆以为孔明被王朗问倒，无言可对。蜀阵上参军［马谡］暗思："昔季布骂汉高祖，曾破汉军。今王朗用此计也。"只见孔明在车上大笑曰："吾以汝为汉朝大老元臣，必有高论，岂期出此言也？吾有一言，诸军静听：昔者桓、灵微弱，汉道陵迟，郡国猖狂，群凶扰乱。段珪才斩于平津，董卓又生于朝野，八方剿戮，四寇仍兴，迁劫汉帝于闾阎之间，残暴生民于沟壑之内。（皆是）朝堂之上朽木为官，殿陛之间禽兽食禄，狼心狗幸之辈袅袅当途，奴颜婢膝之徒纷纷秉政，以致社稷丘墟，生灵涂炭。吾（某）［素］知汝（空）［世］居东海之滨，叨举孝廉（之）［入］仕，理合匡君辅国，安汉兴刘，何期反助逆贼，同情篡位？罪恶深重，天地不容！倾国之人，思食其肉！今诸葛亮尚在，乃天之有意不绝于炎汉也。吾今奉诏讨贼，仗义兴师。汝既为谄谀之臣，只可潜身缩首，苟图衣食，安敢于军伍之前妄称天数耶？皓首匹夫，苍头逆党，咫尺归于九泉之下，何面目见二十四帝乎！老贼速退，可交（大）［反］臣与吾共决胜负！"王朗听罢，大叫一声，气死于马下。

据《资治通鉴》卷七十一：（太和二年）冬十一月，兰陵成侯王朗卒。

据《三国志·魏书·明帝纪》：（太和二年冬）十一月，司徒王朗薨。

按：诸葛亮骂死王朗，不见于史。王朗是魏太和二年（228）在洛阳病死的。

古人曾道诸葛亮骂死王朗，有诗为证：

兵马出西秦，雄才敌万人。

轻摇三寸舌，骂死老元臣。

孔明以扇指（之）［曹真］曰："吾不逼汝，（再可）［可再］整顿军马，来日与吾共决胜负！"言讫回车。于是两军皆退。曹真便交用棺木盛贮朗尸，便送回长安去了。

郭淮曰："诸葛料吾军中值丧，必然今夜来劫寨。可自把军分两路，从小路经却去乘虚劫蜀寨；另伏马军于寨外左右而击之。"曹真喜曰："此机正与吾合！"遂传令唤曹遵、朱赞两个先锋听计。真曰："你二人各领军一万，抄去祁山之后。但见蜀兵望吾寨而来，汝二人便进兵去劫蜀寨（，不可轻进）；如蜀兵不来，便彻兵回［，不可轻进］。"曹遵、朱赞自去选拨军马二万行计。真与淮曰："吾与汝各领一军伏于寨外。寨中虚堆柴草，只留数人；如蜀兵到，放火为号。"其余魏将皆分为两下。标拨已定，各自（隹）［准］备去了。

却说孔明在寨中唤魏延、赵云二人（先）听（吾）令。孔明曰："你二人各领本部军马去劫魏寨。"魏延曰："曹真亦乃深明兵法者也，料吾乘丧，必来劫寨，如何不防备了？"孔明笑曰："吾正欲曹真等箅吾来也。彼必有兵伏于祁山之后，待吾军去，彼必来劫吾寨矣。吾欲令汝二人领兵前去，过祁山扎住，任魏兵来吾寨。汝看火起，却分兵为两下，魏延拒住山口，却交子龙领兵杀回，必遇魏兵也，却容魏兵败走回寨，乘势攻之，彼必自相掩杀，可全胜矣！"赵云与魏延一同领计去了。孔明又唤关兴、张苞各领一军伏于祁山要道，放过魏兵，却从魏兵来路杀奔魏寨而去，二人领计去了；却唤马岱、张翼、王平、张嶷四将分布（四）寨［外］四面，以击魏兵。孔明乃虚立寨棚，寨中堆起柴草，以备号火。孔明领诸将退于后寨，以观动静。

却说魏军先锋曹遵、朱赞黄昏离寨，迤逦前去；二更左侧，遥望山前，隐隐有军马行动。曹遵自思："郭都督果有神箅，料是蜀兵。"遂催兵进到蜀寨之时，约三更后，望见蜀寨棚。曹遵首先入寨，但见并无一人，料道中计，便彻军退。寨中火起，朱赞兵到，自相掩击，军马大乱。寨外马岱、王平、张翼、张嶷四将四路兵起。曹遵、朱赞却合兵从大路而奔走，当先一军杀到，为首大将乃是常山赵子龙也。曹遵等兵夺（各）［路］而走，前面魏延又拦住杀一阵，兵折大半，喊声动地。杀到魏寨看时，魏寨中只道劫寨兵来，放起（火号）［号火］。曹真却从左边起，郭淮右边至，两下自相掩杀，却不知背后蜀兵三路杀来，中央是魏延等兵，左边关兴兵到，右边张苞兵到，喊杀不绝。魏兵大败，退走数十里，孔明方始收兵，杀死魏将极多，大获胜捷。兵各收聚。

却说曹真与郭淮共议："目今魏兵势弱，蜀兵势大，将何策以御之？"郭淮曰："胜负（以）［乃］兵家之常事，不足为弱。某有一计，使蜀兵首尾不能相顾，自然走矣。"曹真问计。如何？

［第一百八十七段］ 孔明大破铁车兵

郭淮曰："西羌远夷自武祖时连年入贡，文帝朝甚以恩惠之。吾等且宜据守险阻，求战不出；遣一人从小路直入羌胡求救，许以和亲。羌胡必起兵以袭其后，［吾］却以正兵击之，无有不克矣！"曹真从其计，即时遣使入羌胡。

按：《演义》称曹真联合西羌与蜀汉交战，不见于史。

元来西羌国王号曰"彻里吉"，自曹操手内常遣人入贡。手下有一文一武：文乃雅丹丞相，足智多谋；武有越吉元帅，青眼黄髯，身长一丈，使一长柄铁锤，重一百斤，有万夫不当之勇。是年，曹真遣使将书赍金珠到国，先见雅丹丞相，送了礼物。［雅丹］随即引使见国王，说"中原魏国差人求救，欲退蜀兵。"［国］王（子）问曰："（今）［彼］怎生［说］？"丞相曰："中国许以和亲，以退贼寇，理合依准。"国王交便与元帅商量了，尽起军马，去救中原。雅丹丞相请越吉元帅说此事，起羌胡兵十五万人，尽皆是铁车，车用铁叶裹钉上，载粮食军器，车前或用骆驼乘驾，或用骡马乘驾，走数千里不乏，因此号为"铁车兵"。羌胡军器多是弓箭、短枪、铁蒺藜、流星锤等项。遂辞国王，二人领兵前来迎敌。

蜀守西平关将韩真报入川来。孔明听知西羌胡动兵，问"帐下谁敢当此一军？"关兴、张苞二人愿往。孔明曰："虽然汝二人要去，终是路径不熟。"孔明唤马岱分付曰："汝素居此地，可作乡道引路，拨五万兵与二人同行。"

（先）［却］说关兴引兵前进，行了数日，早与羌兵相遇。关兴引（有）［了］百余骑上山坡看时，见番人把车仗首尾相衔，随处结寨。车上排着弓箭枪刀，便如城池一般。关兴心中无破敌之策，回寨与马岱、张苞商议。苞曰："未知番兵虚实，来日见阵便可知也。"次早把军分为三路：关兴在中，马岱在左，张苞在右，三路兵齐进发。但见皂雕旗漫山塞野而来，当先尽是马军（去）［兵］。群马中越吉元帅手执铁锤，腰带双刀，骑如龙马，冲突而来。关兴招三路军兵竞进。忽番军分为两开，中间放出铁车，如潮而进。蜀兵大败，马岱、张苞两军先退。关兴在中军，被番兵一裹，直围入西北角上去了。关兴在番兵阵中左冲右突，不能得出。铁车便回，如城移山倒，涌并而来。蜀兵你我不相顾，关兴望山谷内寻路而走。看看天晚，但见皂雕旗一簇捽风而来，当先那员番将手掿铁锤大叫："小将休走！吾乃是越吉元帅也。"关兴终是胆寒，架隔不住，纵马望涧中而逃；走到前面，正值断河，只得勒回马，却被越吉赶到，一锤打来。关兴躲过自身，马后着锤，那匹马望涧中便倒。关兴落水，挣起看时，只见岸上一员大将杀退番兵。关兴提刀，只见水中一马踊跃而来。关兴得了一马，牵在岸上整顿鞍辔，复番身上马，绰刀而出，看时，那员将尚在前面赶杀番军。关兴自思："救我性命者不知何人，必须见之！"拍马看看赶上，云雾之中见一大将手持青龙刀，骑赤兔马，分明认得是父亲关公。关兴大惊，却欲问之，只见关公以手望东南一指："吾儿可往此去，吾当护汝归寨。"言讫化风而不见。关兴望南急走，至半夜忽见一彪军，乃张苞也，问关兴曰："汝曾见你父亲否？"兴曰："汝何知之？"苞曰："我被铁车军追急，忽见汝父自空而下，惊退番兵，指曰：

'汝从这条路去救吾儿。'因此引军径来寻你。"关兴亦说前事。二人同归寨内，马岱接着，对二人说："此军无计可退。我守住寨棚，你二人去请丞相，用计破之。"兴、苞星夜来见孔明，备说此事。

孔明带了姜维、张翼，又拨三万兵，同关兴、张苞到马岱寨中歇定。次日上高阜处视之，见铁车连路不绝，人马纵横，往来驰骤。孔明曰："量此［小阵］，何难破之？"唤马岱、张翼，如此如此，二人去了。又唤姜维曰："汝知破（车）［阵］之法［否］？"维曰："羌胡人惟务使一勇之力，岂知子牙之法乎？"孔明笑曰："汝深知吾心也！吾令关兴、张苞作伏兵；况今彤云密布，朔风紧急，吾计可施矣。汝看红旗为号，可以避之。"

于是姜维连日领兵出战，铁车兵来，退后便走，［番兵］直赶到寨前。寨（白）［口］虚立旌旗，并无军马，番军疑而不进。是时十二月（终）［中］，果然天降大雪，姜维又引军出。越吉引铁车兵来，姜维退走。［番兵］赶到寨前，姜维从寨后而出。番兵数千骑直到寨外观看，听得寨内鼓瑟之声，四壁皆空竖旌旗。番军回报越吉，越吉心疑，未敢轻进。雅丹丞相曰："此诸葛诡计，虚设疑兵，可以攻之！"越吉兵涌至寨前，但见孔明携琴上车，引数骑入寨，望后而走。番兵抢入寨（梅）［棚］，直赶过山口，但见小车隐隐转林而去。雅丹曰："（吾）［这］等之兵，虽有埋伏，不足惧之！"率大军前进，又见姜维一军在雪地之中。越吉大怒，驱兵飞奔前来，更兼山路（里）［坦］平，一望并无军马。正行之间，忽报蜀兵从山后出。雅丹曰："纵有些小蜀兵，何足惧哉？"只听前面鼓声大振，喊杀喧天。番兵尽望前奔，只见山崩地陷，都跌入坑内；后军将车打发，急收不住，涌并将来，都皆踏践。后军急回，两下关兴、张苞万弩交射，背后马岱、张翼、姜维三路杀至，番兵大乱。越吉望路奔逃，正遇关兴，交马只一合，［被］砍于马下。马岱先捉了雅丹。余军各自逃散。

丞相孔明将雅丹放免，供待酒食，用好言抚慰曰："我等是大汉皇帝根脚，奉诏讨贼；若平了反臣之后，与汝国为邻邦，永结盟好。休听反臣之言，将旧日通和之意坏了。"遂将应有军兵解至，交随雅丹归国。众皆拜谢而去。孔明遂拔寨而回祁山，传令作归乡之意，尽皆卷旗卸甲，拔寨起营。

却说曹真在寨中专听羌胡消息。伏军来报："蜀军各寨收拾起程。"郭淮曰："此是羌胡攻得紧急，蜀兵退也。"便点军马尽起，曹真、郭淮两路去赶。曹遵正行之间，刺斜里一彪军出，为首一员大将乃魏文长也，大叫"反贼休走！"曹遵失惊，各挺军器交马。不数合，魏延把曹遵斩于马下。朱赞正走，前面一军截住，为首者乃常山赵子龙也，交马只一合，刺死朱赞于马下。

据《三国志·魏书·曹真传》：真少与宗人曹遵、乡人朱赞并事太祖。遵、赞早亡，真愍之，乞分所食邑封遵、赞子。

背后关兴、张（翼）［苞］杀到，围住曹真、郭淮大杀一阵，［夺路］走脱。蜀兵大胜，直赶到渭坡，夺了魏寨。曹真折了两个先锋，哀痛不已，只得写表申奏取救兵。

按：核诸史书，诸葛亮首次北伐未有破曹真战事。

近臣奏知魏主，说"羌胡兵大败。曹都督连输数阵，折了两个先锋。"魏主大惊，问群臣求退兵之策。华歆奏曰："须用御驾亲征，可以大会诸侯，人皆听命。"太傅钟（隶）［繇］奏曰："凡为将者，智过于人，（只）［则］能制人。孙子言'知彼知己，百战百胜；

不知己，不知彼，百战百败。’吾观众臣非诸葛之对手。臣举一人，可退诸葛。未知圣意若何。”魏主曰：“所举何人？”

［第一百八十八段］　司马懿智擒孟达

当日，太傅钟（隶）［繇］奏曰：“昨日诸葛亮欲兴师，但怯此人。若复用之，诸葛自然退矣。——乃骠骑将军司马懿也!”魏主曰：“仲达今在何处？”答曰：“在宛城闲居。”魏主即时差人复司马旧职，加平西都督，就与诸路兵前赴长安，

据《资治通鉴》卷七十：（太和元年春）六月，以司马懿都督荆、豫州诸军事，率所领镇宛。

“朕亦御驾亲征。”

据《资治通鉴》卷七十一：（太和二年春正月）丁未，帝行如长安。

却说孔明自出师以来累获全胜，料长安指日可得也。是日在祁山寨中坐，忽有人报“［永乐宫］镇守李严来报喜。”孔明请入问曰：“报何喜？”严曰：“昔日孟达降魏，曹丕甚爱之，每视将相之才，时用鞍马、衣服、玩好以赐之，封为散骑，镇守上庸。

据《资治通鉴》卷六十九：蜀将军孟达屯上庸，与副军中郎将刘封不协；封侵陵之，达率部曲四千余家来降。达有容止才观，王甚器爱之，引与同辇，以达为散骑常侍、建武将军，封平阳亭侯。合房陵、上庸、西城三郡为新城，以达领新城太守，委以西南之任。（参见《三国志·蜀书·刘封传》，《三国志·魏书·明帝纪》注引《魏略》）

自曹丕死后，曹叡为君，甚不相待。孟达日夜不安，情愿归蜀，未敢擅便，每每差心腹人说禀丞相，欲起新城之兵，助丞相取长安。”

据《三国志·魏书·明帝纪》注引《魏略》：达既为文帝所宠，又与桓阶、夏侯尚亲善，及文帝崩，时桓、尚皆卒，达自以羁旅久在疆埸，心不自安。诸葛亮闻之，阴欲诱达，数书招之，达与相报答。魏兴太守申仪与达有隙，密表达与蜀潜通，帝未之信也。司马宣王遣参军梁几察之，又劝其入朝。达惊惧，遂反。

据《三国志·蜀书·李严传》：严与孟达书曰：“吾与孔明俱受寄托，忧深责重，思得良伴。”亮亦与达书曰：“部分如流，趋舍罔滞，正方性也。”其见贵重如此。

据《三国志·蜀书·费诗传》：亮欲诱达以为外援，竟与达书曰：“往年南征，岁末乃还，适与李鸿会于汉阳，承知消息，慨然永叹，以存足下平素之志，岂徒空托名荣，贵为乖离乎！呜呼孟子，斯实刘封侵陵足下，以伤先主待士之义。又鸿道王冲造作虚语，云足下量度吾心，不受冲说。寻表明之言，追平生之好，依依东望，故遣有书。”达得亮书，数相交通，辞欲叛魏。

孔明即付重赏而回。忽然飞报“魏主御驾亲征，升司马懿平西都督。”孔明搔首顿足，不知所措。马谡曰：“量曹叡何足惧哉？就而擒之，何必惊疑？”孔明［曰］：“吾岂惧乎曹叡？［所患者］独司马懿一人而已。今孟达正欲举大事，若用司马［于］宛城，［事］必

败矣。孟达若败，中原岂能得也？”马谡曰：“何不修书令孟达准备？”孔明曰：“然！”随即修书，星夜差人（走）［去］见孟达。

达拆观其书，［书］中意云：

> 吾足知汝忠义之心，不忘故旧，甚为喜慰！若大事得成，乃汉朝中兴之第一功也！今知司马领兵事，宜慎密，不可以托他人，虽兄弟妻子亦难保之。戒之！戒之！切宜隄备！公请详察！

孟达视书笑曰：“人言孔明心多。今视此，则可知心腹也。”孟达即修书回覆曰：

> 近承钧教，安敢怠忽？（切）［窃］谓司马之才，达不惧矣。宛城离洛一千二百里之程，吾军皆在深险之地，司马便来，吾何惧哉？丞相宽怀，以待报捷。

孔明看了，掷之于地而顿足曰：“孟达必死于司马之手！”马谡曰：“何谓也？”孔明曰：“兵书云：‘攻其无备，出其不意。’魏主若知达反，不须十日兵到也。汝何能措手乎？”

却说司马懿在宛城闲居，闻知魏主累败于蜀，仰天长叹。其长子司马师字子云，次子司马昭字子尚，二子素有大志，见父长叹而问曰：“何也？”父曰：“汝等岂知？”言未绝，忽见一人来，捧诏曰：“今有新城孟达太守言称：‘吾是大蜀人，因时事所逼，不得已而降魏。先朝文帝相待甚厚；今上以我为外人，待之如草芥。’诸葛孔明奉命出师，兵屯祁山，先败夏侯楙、曹真，魏兵丧胆，天水、南安、安定皆降，势如劈（手）［竹］，旦夕休矣！诏至早来，随驾征进。”司马懿于路起军而行，到于山坡下，一彪军出，为首大将徐晃下马来（降）见。［懿］说：“孟达造反，吾去擒耳。”晃曰：“某愿为先锋！”合兵一处，前军徐晃，中军司马懿，后军二子。行了三日，哨马拿住孟达心腹人，搜出孔明回书，来见司马懿。懿曰：“吾不杀汝，保汝为官，备细与我实说。”心腹人只得一一告禀孔明与孟达之事。懿叹曰：“世间能者所见皆同，吾机先被孔明识之。若天子无福，孟达之事成矣！”感叹不已，星夜前进。

却说孟达在新城约会申耽［、申义］一同起兵。未完，忽报参军梁机来，接入城中，传下将令：“司马都督奉天子诏，仰太守（遂）［遽］集本处军听调。”孟达曰：“司马军几时起程？”答曰：“某来时，离宛城投长安去了。”孟达暗喜曰：“大事成矣！”即时设宴待（之）［了］梁机，送出城外。举事，一夜换上大蜀旗号。忽报城外尘头起，不知何处军马。孟达上城视之，见一簇马（单）［军］打右将军旗号，飞奔（走）［城］下。孟达大惊，扯起吊桥。徐晃那匹马收他不住，直到壕边，叫“贼臣早降！”达扣满箭射之，正中其额。城上乱箭射下，魏兵急退。孟达却待要赶，见后面征尘蔽日，司马懿四面兵到。孟达大惊曰：“不出孔明之所料也！”于是闭门紧守。

据《资治通鉴》卷七十：初，孟达既为文帝所宠，又与桓阶、夏侯尚亲善；及文帝殂，阶、尚皆卒，达心不自安。诸葛亮闻而诱之，达数与通书，阴许归蜀。达与魏兴太守申仪有隙，仪密表告之。达闻之，惶惧，欲举兵叛。司马懿以书慰解之，达犹豫未决，懿乃潜军进讨。诸将言：“达与吴、汉交通，宜观望而后动。”懿曰：“达无信义，此其相疑之时也。当及其未定促决之。”乃倍道兼行，八日到其城下。吴、汉各遣偏将向西城安桥、木阑塞以救达，懿分诸将以距之。初，达与亮书曰：“宛去洛八百里，去吾一千二百里。闻吾举事，当表上天子，比相反复，一月间也，则吾城已固，诸军足办。吾所在深险，司马公必不自来；诸将来，吾无患矣。”及兵到，达又告亮曰：“吾举事八日而兵至城下，何其神速也！”（参见《三国志·魏书·明帝纪》注引《魏略》）

据《晋书·宣帝纪》：太和元年六月，天子诏帝屯于宛，加督荆、豫二州诸军事。

初，蜀将孟达之降也，魏朝遇之甚厚。帝以达言行倾巧，不可任，骤谏，不见听，乃以达领新城太守，封侯，假节。达于是连吴固蜀，潜图中国。蜀相诸葛亮恶其反覆，又虑其为患。达与魏兴太守申仪有隙，亮欲促其事，乃遣郭模诈降，过仪，因漏泄其谋。达闻其谋漏泄，将举兵。帝恐达速发，以书喻之曰："将军昔弃刘备，托身国家，国家委将军以疆埸之任，任将军以图蜀之事，可谓心贯白日。蜀人愚智，莫不切齿于将军。诸葛亮欲相破，惟苦无路耳。模之所言，非小事也，亮岂轻之而令宣露，此殆易知耳。"达得书大喜，犹与不决。帝乃潜军进讨。诸将言达与二贼交构，宜观望而后动。帝曰："达无信义，此其相疑之时也，当及其未定促决之。"乃倍道兼行，八日到其城下。吴蜀各遣其将向西城安桥、木阑塞以救达，帝分诸将距之。初，达与亮书曰："宛去洛八百里，去吾一千二百里，闻吾举事，当表上天子，比相反覆，一月间也，则吾城已固，诸军足办。则吾所在深险，司马公必不自来；诸将来，吾无患矣。"及兵到，达又告亮曰："吾举事，八日而兵至城下，何其神速也！"

按：孟达叛魏被擒杀，发生在诸葛亮北伐之前；《演义》将这一事件移植于诸葛亮首次北伐取得陇右三郡之后。《晋书·宣帝纪》称，诸葛亮为促使孟达尽早举事，故意向魏方泄漏孟达之谋；这一史实，《三国志》与《资治通鉴》均未记载。

却说众军救徐晃到寨中取了箭，至晚而亡，时年五十九岁。

据《三国志·魏书·徐晃传》：病笃，遗令敛以时服。……太和元年薨，谥曰壮侯。

按：徐晃非孟达所杀。他是魏太和元年（227）病死的。

史官有诗云：

降魏权应厚，施为定策高。
扬声攻不备，陷敌战当劳。
欲掳平襄、汉，还尤振节旄。
功逾孙子法，名重过情褒。

司马懿令人举柩还洛阳迁葬。

孟达至晚登城，见四面围得铁桶相似。孟达如坐针毡。忽见两路军马杀入，大书申耽、申义名字。孟达见救军到，大开城门杀出。申耽见孟达大叫"反贼休走！"

据《三国志·蜀书·刘封传》注引《魏略》：申仪兄名耽，字义举。初在西平、上庸间聚众数千家，后与张鲁通，又遣使诣曹公，曹公加其号为将军，因使领上庸都尉。至建安末，为蜀所攻，以其郡西属。黄初中，仪复来还，诏即以兄故号加仪，因拜魏兴太守，封列侯。太和中，仪与孟达不和，数上言达有贰心于蜀，及达反，仪绝蜀道，使救不到。

按：据此条史料，孟达反魏时，申耽已死多年；而申仪也未直接参与攻打孟达。

达见事变，荒入城来。城上乱箭射下，却见李辅、邓贤大骂曰："我已献城了也！"达急取路杀出，被申义一枪刺死于马下，众军枭其首级。余军皆降。李辅、邓贤开门出降。［司马懿］入城安民赏军了当，随便具表奏闻。

据《资治通鉴》卷七十一：太和二年春正月，司马懿攻新城，旬有六日，拔之，斩孟达。（参见《三国志·魏书·明帝纪》）

据《三国志·蜀书·费诗传》：达得亮书，数相交通，辞欲叛魏。魏遣司马宣王征之，即斩灭达。亮亦以达无款诚之心，故不救助也。

据《三国志·魏书·明帝纪》注引《魏略》：宣王诱达将李辅及达甥邓贤，贤等开门纳军。达被围旬有六日而败，焚其首于洛阳四达之衢。

魏主大喜，加升申耽、申义官职，随军征进；

据《资治通鉴》卷七十一：申仪久在魏兴，擅承制刻印，多所假授；懿召而执之，归于洛阳。

据《三国志·蜀书·刘封传》注引《魏略》：达死后，仪诣宛见司马宣王，宣王劝使来朝。仪至京师，诏转拜仪楼船将军，在礼请中。

李辅、邓贤守新城。

司马懿至长安城下驻扎，入朝见帝。魏主大喜曰："朕一时不明，误中反间之计，悔之不及！"司马懿曰："臣因（收）[闻]申义密告反情，欲先朝陛下，恐往还迟滞，星夜而去。孟达措手不及，被臣斩之。"又（有）[将]诸葛亮所通书[信]奏了一遍。魏主曰："卿之奇才过于孙、吴！赐斧钺一对，后为之事，不必奏也。"

据《晋书·宣帝纪》：斩达，传首京师。……天子……复命屯于宛。

懿出班奏曰："臣举一将为先锋，破蜀必矣！"魏主曰："卿举何人？"懿曰："臣举河间郑州人，姓张名郃，字隽义，见为右将军。"魏主曰："朕正欲用此人为先锋。"便令懿（举）[起]行。

据《三国志·魏书·张郃传》：张郃字儁乂，河间鄚人也。……文帝即王位，以郃为左将军，进爵都乡侯。……诸葛亮出祁山。加郃位特进，遣督诸军，拒亮将马谡于街亭。（参见《资治通鉴》卷七十一）

据《三国志·魏书·曹真传》：诸葛亮围祁山，南安、天水、安定三郡反应亮。帝遣真督诸军军郿，遣张郃击亮将马谡。

据《三国志·蜀书·诸葛亮传》：魏明帝西镇长安，命张郃拒亮。

按：据史书记载，司马懿破斩孟达后，奉命仍还屯宛，未赴西线和蜀军作战。228年诸葛亮第一次伐魏时，魏军总司令是大将军曹真，在祁山前线的前敌总指挥是左将军张郃。

未知胜负若何。

[第一百八十九段] 司马懿定计取街亭

魏主拨军五万，令二人领去，又令辛毗为军师，孙礼为护军，

据《三国志·魏书·孙礼传》：孙礼字德达，涿郡容城人也。

共领军二十万出关。司马懿请先锋张郃至帐下曰："今退蜀兵，非[同]小可。诸葛亮乃当世之英雄，用兵如神，其势甚大。吾筭地理，有数处皆（出）[峻]险路僻，诸葛平生谨慎，不肯造次，必然不行。若吾用兵，从子午谷径取长安，得了多时。此人非无谋，只恐后有失，不肯弄险，必然出斜谷来取郿城也；必分两路军来，一军出箕谷。吾交曹

子丹守郿城，不可出战；着孙礼、辛毗截住箕谷，蜀军来，则出奇兵以胜：此万全之计也。”郃曰：“将军之兵往何行？”懿曰：“吾素知秦岭西有一条路，地名街亭，傍有一城，名列柳城，此是汉中咽喉之路。诸葛必然欺负曹真［无备］，从此处（无备）［进也］。吾与［汝］取了街亭，望阳平关不远矣。孔明若知吾截断街亭要路，绝其粮道，则陇西一境安能守也？诸葛必连夜（从）［往］汉中而归，用奇兵小路击之，可全胜矣；［若不归时，］诸处小径尽皆叠断，以兵守之，一月无粮，蜀兵尽皆饿死，吾擒诸葛必矣！”张郃拜曰：“此神筭也！”懿曰：“虽然如此，诸葛不比孟达，军马不可轻进。汝可分付诸将哨［探］，无伏兵可进，不可轻意，莫中诸葛之计。”张郃授计而行。司马懿移檄与曹真，依计行之。

却说孔明在祁山寨中与诸将曰：“吾料孟达死于司马懿之手矣！”人打听回报孔明曰：“司马骤至（亲）［新］城，孟达措手不及，又被申义内变，乱军中①身死。司马彻兵回长安，即目出关来也。”孔明失惊曰：“孟达作事不密死了！等司马出关，必然来取街亭，断吾咽喉之路。谁可去守？”参军马谡曰：“某愿往！”孔明曰：“街亭虽小，干（计）［系］（太）［泰］山之重。倘街亭有失，吾军定休矣！汝虽有谋，此地又无城郭，又无险要，所守极难。”谡曰：“吾自幼历学到今，岂不知兵法？量一街亭不能守，要（作）［某］何用？”孔明曰：“街亭正北，吾之咽喉；咽喉塞断，不能有气。街亭一失，蜀兵休矣！司马懿非等闲人，况有张郃为先锋，智勇足备，恐汝不能敌也。”谡曰：“休道司马、张郃，曹叡自来，吾亦不怕！若有差失，斩首无怨！”孔明曰：“军中无戏言。”谡曰：“愿立军令状！”［遂与了文书。］孔明曰：“（汝与了文书，）我与你二万五千军，拨王平与你相助。

据《三国志·蜀书·马良传附弟谡传》：建兴六年，亮出军向祁山，时有宿将魏延、吴壹等，论者皆言以为宜令为先锋，而亮违众拔谡，统大众在前，与魏将张郃战于街亭。（参见《资治通鉴》卷七十一）

汝等小心着意去守地面；到彼安营了，可画地理图本来。”二人拜辞，领军而去。孔明寻思，只恐二人有失，又唤高翔曰：“街亭东北有一城，名列柳城，（万）［乃］山僻小［城］，足可屯军。汝可将一万军去列柳城屯住，遇急引兵救之。”孔明又思高翔非张郃之对手，又唤魏延而言曰：“你将本部军马去街亭背后屯住。倘魏兵来，汝可迎之，接应街亭。当（中）［阳］平冲要路，总守汉中，此大都督之任也。汝宜小心以代吾职！”魏延拜辞而去；又唤邓芝、赵云分付曰：“今司马出兵，比旧日不同。汝二人引一军出箕谷，以为疑兵；看［见］魏（延）［兵］，或战或不战，以疑其心。吾自统大军出斜谷径取郿城，长安破矣！”二人受命而去。孔明令姜维为先锋，领兵出斜谷。

据《三国志·蜀书·诸葛亮传》：（建兴）六年春，扬声由斜谷道取郿，使赵云、邓芝为疑军，据箕谷，魏大将军曹真举众拒之。亮身率诸军攻祁山，戎陈整齐，赏罚肃而号令明。（参见《资治通鉴》卷七十一，《三国志·蜀书·赵云传》）

按：据史书记载，蜀汉建兴六年（228）春诸葛亮第一次伐魏，兵分两路：他亲率主力部队攻祁山；派赵云、邓芝据箕谷，为疑兵，吸引魏军主力。《演义》却说，诸葛亮全军均出祁山，以赵云、邓芝为先锋，取得天水、南安、安定三郡，又打败了曹真，在魏明帝派司马懿出师后，诸葛亮才派赵云、邓芝作为疑兵出箕谷。

① 此处至本则“今视此”叶逢春本原缺，由于余象斗批评本也缺，兹据余象斗评林本补。

却说马谡、王平到街亭看了地面。[马谡]笑曰："丞相多心！量此山僻之处，魏兵如何敢来？"[王平曰：]"就于五路总口下寨，军士伐木为栅，以为久计。"马谡看街亭侧边一山，四面皆不相连，更且树木茂盛，"就此处屯军。"王平曰："参军差矣！若屯军于当道，筑起墙垣，虽有万数之兵，不能过也。今若弃其要道，立营于山上，魏兵四面围定，将何以保（护）[之]？"谡大笑曰："兵法云：'凭高视下，势如破竹。'若魏兵来，吾令片甲不回！"平曰："吾跟丞相出征，但到处，丞相必指教之。今视此[①]山乃绝地也。倘魏兵绝其后汲水之路，我军不战自乱也！"谡曰："却说《孙子》云：'置之死地而后生。'若魏兵来……丞相尚且请问于我。汝[何]等之人，敢阻吾意？吾自有见识！"平曰："若参军必欲于山上下寨，请分五千人，某自于山西下一小营，为犄角之势。倘魏兵至，可以救应。"谡坚执不从。

据《三国志·蜀书·王平传》：建兴六年，属参军马谡先锋。谡舍水上山，举措烦扰，平连规谏谡，谡不能用，大败于街亭。（参见《资治通鉴》卷七十一）

山中居民成队而来，报有魏兵至。王平辞去，谡曰："汝既不听吾令，与汝五千兵。待吾破了魏兵，到丞相处，分不得我的功。"王平领军离山十（五）里下寨。又闻高翔屯列柳城，魏延屯中路，马谡并无惧怯。

却说司马懿使子昭去探。张郃闻知街亭有兵守御，即按兵不动，来禀司马懿。懿叹曰："诸葛亮真乃神人，吾不如也！"昭曰："父亲何故自（随）[堕]其志？某料街亭可取。"懿怒曰："汝何故出此言？"昭曰："吾探当道无寨棚，军又屯于山上，故知可破。"司马懿大笑曰："若军果然屯于山上，天赐吾成功也！"自引十数骑来看一遭。马谡在山上笑曰："交诸将士各各准备，看吾红旗招动，四面皆下。"

却说司马懿到寨，使人打听谁人总兵守街亭。人报曰："马良之弟马谡也。"懿曰："庸才耳！诸葛虽有大谋，却不识人。此（等）[辈]为将，何[事]不误（事）？"唤张郃曰："街亭左右别有军否？"郃曰："离山十里有王平安营。"懿曰："汝引一军当住王平来路。吾差申义、申耽率领诸将四面围山后，断其汲道，彼军自乱，乘乱取之，可得街亭矣。"当晚调（遗）[遣]以定。

天明，张郃领一军先往背后。司马懿大駈军马，一涌而进，喊声起处，[把山]四面围住，应有汲水之处，并以精兵围之。山上蜀兵看时，魏兵漫山塞野，队伍甚是整齐。蜀兵不敢下山，马谡在山上将红旗招动，军将你我相推不动。马谡大怒，手杀二将。诸军皆惧，只得努力下山，来冲魏兵。[魏]军（士）大叫"投降者重赏！"蜀兵多有弃戈撇旗投魏者。谡再退上山，交军守寨门，且待外应王平引军来冲，又被张郃杀退。从早围至日暮，山上无水，军不得食，寨中大乱，马谡止不住。

半夜时分，山南蜀兵大开寨门，下山去降。马谡料守不住，杀下山西，

据《资治通鉴》卷七十一：以谡督诸军在前，与张郃战于街亭。谡违亮节度，举措烦扰，舍水上山，不下据城。张郃绝其汲道，击，大破之，士卒离散。（参见《三国志·蜀书·诸葛亮传》《马良传附弟谡传》，《三国志·魏书·张郃传》）

背后张郃赶来。赶上三十余里，前面一队军到，乃魏延也，骤马横刀，来战张郃。交马不数合，张郃勒马回便走。魏延交马谡退，自引军赶来，欲复夺街亭。赶到十五里，忽

① 本则"身死"至此处叶逢春本原缺，据余象斗评林本补。

两彪军出，上首司马师，下首司马昭，却抄在魏延背后，把延围在垓心［，张郃复来］。未知性命若何。

［第一百九十段］　孔明智退司马懿

魏延被张郃等围在垓心，死战不得脱，折兵大半。正危急之间，喊声大起，一彪军杀来，乃是王平也，与魏延夹攻魏兵，因此得脱。二将荒奔列柳城，来投高翔。翔亦知街亭有失，尽起列柳城之兵接应，正遇王平、魏延，诉曰："已折了三处，如何见丞相？"三人商议，不如去劫魏寨，再复街亭；议定，分三路而去。

且说魏延来到街亭，不见魏兵，疑惑不敢轻动；只见高翔兵到，共言"魏兵却在何处？王平又不见来。"只听得一声炮响，四下火鼓齐出，把二人围住，不能得出。忽王平一军杀到，救出二将，

据《资治通鉴》卷七十一：及败，众尽星散，惟平所领千人鸣鼓自守，张郃疑其有伏兵，不往逼也，于是平徐徐收合诸营遗迸，率将士而还。(参见《三国志·蜀书·王平传》)

径奔列柳城下看时，城边一彪军马杀到，旗号上写"魏都督郭淮"。因与曹真商议，恐怕司马懿得了全功，因此分郭淮这枝军马来取街亭；听知司马、张郃二人成其大功，遂引军来扑列柳城，正与三将相遇。这蜀兵皆是魏兵阵中杀出，多半着伤，如何可战？因此又被郭淮大杀一阵。延恐失了阳平关，荒与王平、高翔星夜望阳平关走。

淮大喜，虽不得街亭，却得了列柳城，亦是大功；径奔入城来，岂知司马懿袭了。淮大惊曰："吾出不得此人之手也！"遂入城相见。

据《三国志·魏书·郭淮传》：太和二年，蜀相诸葛亮出祁山，遣将军马谡至街亭，高详屯列柳城。张郃击谡，淮攻详营，皆破之。

按：据此条史料，列柳城为郭淮攻占，并非司马懿所取。

懿曰："今已得街亭，诸葛必走。公当速与子丹星夜追来，可擒孔明。吾料魏延等必去拒阳平关。吾若去取阳平关，诸葛必从后掩杀吾兵，（在其）中［其计］也。兵法云：'归师勿掩，穷寇休追。'若追之，必死敌也。今从小路而出，夺其辎重。"遂唤张郃分付："汝可从山后去，不可掩夺其路，则于中［途］截之，尽得其粮草马匹。"张郃领命去了。司马径取斜谷往西城，"［虽］然（则）山僻小（路）［县］，却是蜀屯粮处所，又是南安、天水、安定三郡总路口。若得此，三郡再可复矣。"司马懿留申耽、申义守列柳城，自领大军，分作三路而进。

却说孔明自使马谡去守街亭，心中怏怏，永放不下。忽报王平送地理图呈上。孔明就案上展开看了，拍案大惊曰："马谡匹夫坑陷吾军，早晚必有长平之患也！"此引秦将白起故事。急欲差人去替马谡。忽报马至，说街亭已失，列柳城皆休。孔明曰："大事去矣，是吾之过也！"唤关兴、张苞："汝二人各带三千军，分二路于武功山小路而行。如见魏兵，不可大击，只鼓噪纳喊，以为疑兵；彼兵若走，亦不可追。"又差张翼去修栈道，以备走路；又交马岱、姜维断后，先伏于山谷；又差马忠去搦曹真厮杀；一面差人关报南

安、天水、安定三郡人民俱入汉中。

孔明引五千军退入西城县。正搬粮间，忽报司马懿十五万大军飞奔西城来。孔明身边别无一将，止有一班文官，五千兵分拨一半先起，只有二千五百在城，听得这个消息，尽皆失色。孔明上城，望见军分三路而来。孔明令将城上旗号掩藏，军士各守窝铺，“如有妄出入者，斩!”又把四门大开，每门交军（辨）[扮]作百姓，城内洒扫街道，“若兵到，不可[擅]动，吾自有计。”孔明乃披鹤氅，戴华阳巾，携琴一张，引二小童，于敌楼上凭栏而坐，焚香抚琴。

却说司马懿见了如此模样，(皆)[并]不敢进。懿再看孔明笑容可掬，二童子侍侧，一童子捧宝剑，一童子捧麈尾；又见民人门外扫地，傍若无人；交后军作前（运）[军]，后队作前队，望北便退。长子师曰：“莫非诸葛无军，故作此意？”懿曰：“诸葛平生谨慎，不曾弄险。今大开城门，诱我军入，必有埋伏，只宜（达）[远]退。”

城上见司马兵退远，尽皆骇然，请问其故。孔明曰：“若以众人之心，必弃城而走。吾兵[只]有二千五百，若弃城而走，必被司马擒也，故以疑之。”静轩诗[曰]:

仲达深谋善用兵，孔明妙算鬼神惊。

临危解作疑兵计，十万曹军怕近城。

孔明言罢，拍手大笑[曰]:“吾（视）[若是]司马，必有[别]论矣。”下令交百姓尽数随军入汉中，“不久司马复来也。”孔明遂离西城，望汉中来。

据《三国志·蜀书·诸葛亮传》注引《蜀记》，郭冲三事曰：亮屯于阳平，遣魏延诸军并兵东下，亮惟留万人守城。晋宣帝率二十万众拒亮，而与延军错道，径至前，当亮六十里所，侦候白宣帝说亮在城中兵少力弱。亮亦知宣帝垂至，已与相逼，欲前赴延军，相去又远，回迹反追，势不相及，将士失色，莫知其计。亮意气自若，敕军中皆卧旗息鼓，不得妄出庵幔，又令大开四城门，扫地却洒。宣帝常谓亮持重，而猥见势弱，疑其有伏兵，于是引军北趣山。明日食时，亮谓参佐拊手大笑曰：“司马懿必谓吾怯，将有强伏，循山走矣。”候逻还白，如亮所言。宣帝后知，深以为恨。难曰：案阳平在汉中。亮初屯阳平，宣帝尚为荆州都督，镇宛城，至曹真死后，始与亮于关中相抗御耳。魏尝遣宣帝自宛由西城伐蜀，值霖雨，不果。此之前后，无复有于阳平交兵事。就如冲言，宣帝既举二十万众，已知亮兵少力弱，若疑其有伏兵，正可设防持重，何至便走乎？案《魏延传》云：“延每随亮出，辄欲请精兵万人，与亮异道会于潼关，亮制而不许；延常谓亮为怯，叹己才用之不尽也。”亮尚不以延为万人别统，岂得如冲言，顿使将重兵在前，而以轻弱自守乎？且冲与扶风王言，显彰宣帝之短，对子毁父，理所不容，而云“扶风王慨然善冲之言”，故知此书举引皆虚。

据《三国志·蜀书·诸葛亮传》：魏明帝西镇长安，命张郃拒亮，亮使马谡督诸军在前，与郃战于街亭。谡违亮节度，举动失宜，大为郃所破。亮拔西县千余家，还于汉中。（参见《资治通鉴》卷七十一）

按：据史书记载，马谡兵败后，诸葛亮即拔西县千余家退回汉中，赵云也从箕谷退兵，首次北伐即告结束，其间并无所谓空城计。《演义》中的空城计故事，源自《蜀记》中的郭冲五事。当时司马懿屯驻在南阳郡治宛县，并没有到西线与诸葛亮交锋。

三郡官民陆续俱到。

却说司马懿望武功山小路而来，忽山后鼓声竞起，喊杀连天，回视二子曰：“吾若不退，中诸葛之计也!”张苞杀出，魏兵皆弃甲倒戈而逃。行不两程，关兴又到，抄出山谷，不知蜀兵多少，[山谷]应声。[魏]军心[中]生疑，安敢久停？尽弃辎重而去。关兴、张苞皆受将令，不敢追袭，多得军器粮食而回。懿见山中有军，不出大路，复回街亭（山背后）。曹真引兵追袭，山后马岱、姜维两军杀出。曹真大惊急回，先锋陈造已被截住，被马岱斩于马下。曹真急退。蜀兵连夜皆入汉中。

却说箕谷中赵云[与]邓芝商议曰："魏兵知吾兵走，必然追赶。吾先引一军伏于后，汝打吾旗号徐徐而退，（将军围在当中，）吾一步步自（获）[护送]也。"却说郭淮提兵再回箕谷，看看赶到前面，只见山坡后红旗白字闪出赵云旗号，薛颙便勒马回。行不数里，撞出一彪军来，为首将喝曰："你识常山赵子龙么！"颙曰："这里又有个赵云！"交马只一合，[被]刺于马下，余军皆散。赵云迤逦前进。后有郭淮手下一将万政来与薛颙报仇。云见魏兵追急，独骑战马，持枪立于路口。魏兵认得是赵云，不敢进前；天色黄昏，四散而去。郭淮传令，交军急起。万政引数骑赶来，至[一]大林，只听得背后大喊："子龙在此！"万政急欲抵敌，被子龙一箭射中盔[缨]，惊闪于河中。云持枪指曰："吾饶你性命，交郭淮来！"万政得命而回。因此子龙防护车仗人马回汉中，并无所失。曹真、郭淮复夺三郡，（已要立）[以为己]功。

据《资治通鉴》卷七十一：曹真讨安定等三郡，皆平。

据《三国志·魏书·曹真传》：诸葛亮围祁山，南安、天水、安定三郡反应亮。帝遣真督诸军军郿，遣张郃击亮将马谡，大破之。安定民杨条等略吏民保月支城，真进军围之。条谓其众曰："大将军自来，吾愿早降耳。"遂自缚出。三郡皆平。（参见《三国志·魏书·明帝纪》）

司马懿分道进兵之时，蜀兵已退入汉中去了。（后）[懿]到西城，因问遗下之民，皆云："孔明只有二千五百人在城中，别无埋伏。"山中人说关兴、张苞各三千人在山中擂鼓纳喊，亦无多军。司马懿懊悔不及，叹曰："吾不如孔明！"（尽皆）复（得）[到]诸处安抚了，方回来朝见魏主。魏主曰："今日复得陇上诸郡，卿之功也！"懿奏曰："今蜀兵已在汉中，未尽剿灭。臣（以）[乞]尽起天下之兵，并力收川，以报陛下！"魏主大喜，令懿急便兴师。尚书孙资奏曰："臣有定蜀平天下之策以献陛下。"其策若何？

[第一百九十一段]　孔明挥泪斩马谡

孙资上言曰："昔武祖收张鲁之时，危而复济，常对群臣言'南郑之地为天狱中。'斜谷万里石穴，非用武之地也。今若尽起天下之兵，则东吴入寇矣。宜深虑之！不若但以见在之兵，先命大将（镇之）[据住]险要，亦足以镇（静）[疆]也，百姓可得无事。数年之间，中国自盛，蜀必自残，此安国之本也。乞陛下圣鉴！"魏主问司马懿："此论若何？"对曰："亦公论也。"魏主从之，

据《资治通鉴》卷七十：帝闻诸葛亮在汉中，欲大发兵就攻之，以问散骑常侍孙资，资曰："昔武皇帝征南郑，取张鲁，阳平之役，危而后济，又自往拔出夏侯渊军，数言'南郑直为天狱，中斜谷道为五百里石穴耳'，言其深险，喜出渊军之辞也。又，武皇帝圣于用兵，察蜀贼栖于山岩，视吴虏窜于江湖，皆桡而避之，不责将士之力，不争一

朝之忿，诚所谓见胜而战，知难而退也。今若进军就南郑讨亮，道既险阻，计用精兵及转运、镇守南方四州，遏御水贼，凡用十五六万人，必当复更有所发兴。天下骚动，费力广大，此诚陛下所宜深虑。夫守战之力，力役参倍。但以今日见兵分命大将据诸要险，威足以震摄强寇，镇静疆埸，将士虎睡，百姓无事。数年之间，中国日盛，吴、蜀二虏必自罢敝。”帝乃止。（参见《三国志·魏书·孙资传》注引《资别传》）

命懿拨诸将守险要，留郭淮、张郃守长安，大赏三军。

却说孔明到汉中计点将士，惟有子龙、邓芝未到。孔明甚忧，差关兴、张苞去接。回报接着，军马并不曾折一人，辎重亦无（虞）［遗］失。孔明大喜，亲自出营接着。赵云见孔明至，下马伏地而言曰：“败兵之将，何劳丞相远迎？”孔明自觉羞惭，执其手曰：“是吾不识贤愚，以致如此！”问曰：“各处兵皆损折，惟子龙不折一人，何也？”邓芝曰：“子龙自断其后，军资什物略无所弃，岂得失军乎？”孔明曰：“真将军也！”回寨取随军金五十斤，绢三千匹，赏与子龙。子龙曰：“且请寄库，今冬赐与军士未迟。”孔明复叹曰：“先帝素称子龙之德，不诬矣！”

据《资治通鉴》卷七十一：是时赵云、邓芝兵亦败于箕谷，云敛众固守，故不大伤，云亦坐贬为镇军将军。亮问邓芝曰：“街亭军退，兵将不复相录；箕谷军退，兵将初不相失。何故？”芝曰：“赵云身自断后，军资什物，略无所弃，兵将无缘相失。”云有军资余绢，亮使分赐将士，云曰：“军事无利，何为有赐！其物请悉入赤岸库，须十月为冬赐。”亮大善之。（参见《三国志·蜀书·赵云传》及注引《云别传》）

忽报马谡、［王平、］魏延、高翔至。孔明先唤王平入，责之曰：“吾令（与）［汝］共马谡同守街亭，汝何不律之？”平曰：“某再三劝而不从。平自领五千兵离山十里下寨，被魏兵四面围合，（某自领兵得）数十余次死战得出；路见［魏延、］高翔，分三路去劫魏寨，欲复街亭，又被魏兵冲杀，恐失阳平关，急急回守。非平之不律也！”孔明喝退，

据《三国志·蜀书·王平传》：丞相亮既诛马谡及将军张休、李盛，夺将军黄袭等兵，平特见崇显，加拜参军，统五部兼当营事，进位讨寇将军，封亭侯。（参见《资治通鉴》卷七十一）

着唤马谡。谡自缚而入，跪于阶下。孔明曰：“吾累次叮咛，说街亭吾军之本也。领此重任，今复如何？汝依王平，不至如此。今败兵失地，皆汝之过也！”叱左右推出斩之。谡泣曰：“丞相视谡如子，某奉丞相如父。念谡子幼，可容［乎］？”

据《三国志·蜀书·马良传附弟谡传》注引《襄阳记》：谡临终与亮书曰：“明公视谡犹子，谡视明公犹父，愿深惟殛鲧兴禹之义，使平生之交不亏于此，谡虽死无恨于黄壤也。”

孔明曰：“吾（夫）［共］汝（父）［义］同兄弟，汝子即吾子也。汝勿牵挂，速正军法。”斩之。忽参军蒋琬从成都来，正见斩马谡，入见孔明曰：“昔楚杀得臣而文公喜。今天下未定而戮（志）［智］计之士，岂不惜乎？”孔明答曰：“孙武所以能制胜于天下者，以其用法明也。今四海分裂，兵交方始，若复废法，何用讨贼耶？”

据《三国志·蜀书·马良传附弟谡传》注引《襄阳记》：蒋琬后诣汉中，谓亮曰：“昔楚杀得臣，然后文公喜可知也。天下未定而戮智计之士，岂不惜乎！”亮流涕曰：“孙武所以能制胜于天下者，用法明也。是以杨干乱法，魏绛戮其仆。四海分裂，兵交方始，

若复废法，何用讨贼邪！”（参见《资治通鉴》卷七十一）

急命斩讫，献头于阶下。

据《三国志·蜀书·诸葛亮传》：戮谡以谢众。

据《资治通鉴》卷七十一：收谡下狱，杀之。

据《三国志·蜀书·马良传附弟谡传》：谡下狱物故。

据《三国志·蜀书·向朗传》：五年，随亮汉中。朗素与马谡善，谡逃亡，朗知情不举，亮恨之，免官还成都。

按：马谡之死，史书有两种说法。一是被处死，一是死于狱中。周寿昌《三国志注证遗》认为，“谡下狱物故”，街亭之败，戮谡谢众。已见于诸葛本传矣。即此注引《襄阳记》谡引殛鲧之语，蒋琬述楚杀得臣之言，习凿齿为杀有益之人之论，是谡被诛无可疑者。此传忽称“谡下狱物故”，似是狱中瘐死者然。疑物故是诛之二字之误。据《三国志·蜀书·向朗传》，街亭失守后，马谡并未主动向诸葛亮请罪，而是逃亡。

孔明大恸，蒋琬曰：“今马谡得罪，既已正法，何故恸之？”孔明曰：“吾非为马谡而恸。想先帝昔日在白帝城临危之时嘱付曰：‘马谡言过其（德）[实]，不可大用。’果应斯言，是以泣之。”大小将士无不流泪。谡（官）[死]时年三十九岁。

据《三国志·蜀书·马良传附弟谡传》：谡下狱物故，亮为之流涕。……谡年三十九。

据《三国志·蜀书·马良传附弟谡传》注引《襄阳记》：于时十万之众为之垂涕。亮自临祭，待其遗孤若平生。

后人有诗为证：

失守街亭罪不轻，堪嗟马谡枉谈兵。
辕门斩首严军法，挥泪犹思先帝（盟）[明]。

又有宋贤诗曰：

赏罚分明可治军，赏无仇恨罚无亲。
街亭败绩当诛戮，洒泪施行劝后人。

既斩马谡，号示各营，将尸具棺葬之。孔明作文以祭，抚恤其家；

据《资治通鉴》卷七十一：收谡下狱，杀之。亮自临祭，为之流涕，抚其遗孤，恩若平生。

具表令蒋琬申奏，自退丞相之职。

琬回见后主，进孔明表章曰：

臣本庸才，叨蒙重任，亲受斧钺，以厉三军。不能训章明法，临事而惧，至有街亭、箕谷之失。咎皆在臣，明不知人。乞革臣职，削秩三等。不胜惭惧，俯伏待命之至！

后主览表而言曰：“丞相乃国之元老，岂可轻易[除职]？宜居旧职。”费祎奏曰：“臣闻治国者必以（奏）[奉]法为重。若不准行，何以服人？丞相任责请贬，正其宜也。若复其职，何以激劝群下乎？”后主从之，贬丞相之职为右将军，行丞相事，总督军马；就差费祎赍诏至汉中贬降。

据《三国志·蜀书·诸葛亮传》，上疏曰：“臣以弱才，叨窃非据，亲秉旄钺以厉三军，不能训章明法，临事而惧，至有街亭违命之阙，箕谷不戒之失，咎皆在臣授任无方。

臣明不知人，恤事多暗，春秋责帅，臣职是当。请自贬三等，以督厥咎。”于是以亮为右将军，行丞相事，所总统如前。（参见《资治通鉴》卷七十一）

祎恐孔明怪怒，乃贺曰：“蜀中之民皆知丞相收陇民入川，深以为喜！”孔明变色曰：“是何言也！普天之下，莫非汉民。国家威力未举，使百姓困于豺狼之口。匹夫有死，皆亮之罪！以此相贺，岂不深耻？”祎曰：“今闻添了姜维，天子甚喜！”孔明又怒曰：“不曾侵得寸土，量［一］姜维，何足道哉！”祎惶恐辞谢；

据《三国志·蜀书·诸葛亮传》注引《蜀记》，郭冲四事曰：亮出祁山，陇西、南安二郡应时降，围天水，拔冀城，虏姜维，驱略士女数千人还蜀。人皆贺亮，亮颜色愀然有戚容，谢曰：“普天之下，莫非汉民，国家威力未举，使百姓困于豺狼之吻。一夫有死，皆亮之罪，以此相贺，能不为愧。”于是蜀人咸知亮有吞魏之志，非惟拓境而已。难曰：亮有吞魏之志久矣，不始于此众人方知也，且于时师出无成，伤缺而反者众，三郡归降而不能有。姜维，天水之匹夫耳，获之则于魏何损？拔西县千家，不补街亭所丧，以何为功，而蜀人相贺乎？

（或）［次日］又进言［曰］：“见统雄师数十万，再可得出师伐魏。”孔明曰：“大兵在祁山、箕谷皆多于贼而不破贼，乃为贼所破，此病不在兵少也，在一人耳。今欲减兵省将，明罚思过，校变通之道于将来。若不能然者，虽兵多何益？自今以后，诸将要忠（摅）［虑］于国，但勤攻吾之阙，则事可定，贼可死，功可跷足而待矣！”祎及诸将拜伏其德。

据《资治通鉴》卷七十一，或劝亮更发兵者，亮曰：“大军在祁山、箕谷，皆多于贼，而不破贼，乃为贼所破，此病不在兵少也，在一人耳。今欲减兵省将，明罚思过，校变通之道于将来；若不能然者，虽兵多何益！自今已后，诸有忠虑于国，但勤攻吾之阙，则事可定，贼可死，功可跷足而待矣。”于是考微劳，甄壮烈，引咎责躬，布所失于境内，厉兵讲武，以为后图，戎士简练，民忘其败矣。（参见《三国志·蜀书·诸葛亮传》注引《汉晋春秋》）

后人有诗曰：

责人之心堪责己，恕己之心可恕人。
当年诸葛求闻过，便是曾参自省身。

费祎回成都。

孔明在汉中恤军爱民，属军讲武，置备器械舟船，以为后图。［细作］报入中原，魏主大惊，欲起兵收川。此行若何？

［第一百九十二段］　陆逊石亭破曹休

建兴六年乃魏之太初二年，夏五月，魏主召司马懿商议收川之策。懿曰：“蜀未可攻也。方今天色炎暑，兵必不出。若吾军深入其地，彼守其险要，安可攻之？”魏主曰：“倘若蜀兵再入寇，如之奈何？”懿曰：“吾以算定，今番诸葛必效韩信，［暗度］陈仓之道矣。先定下（深有谋略）一人以守城池，万无一失。令此人［在］陈仓口筑下一城，若使诸葛再入，此人足可当之，不敢深入也。”魏主大喜，问是何人，对曰：“乃太原人也，姓郝名昭，字伯道，长（也）[七]尺，善射，[深有谋略，]见为雄号将军，镇守河西十余年，民皆钦仰。”

据《三国志·魏书·明帝纪》注引《魏略》：昭字伯道，太原人，为人雄壮，少入军为部曲督，数有战功，为杂号将军，遂镇守河西十余年，民夷畏服。

魏主准奏，即时加昭为镇西将军，使守陈仓口。

据《资治通鉴》卷七十一：曹真讨安定等三郡，皆平。真以诸葛亮惩于祁山，后必出从陈仓，乃使将军郝昭等守陈仓，治其城。（参见《三国志·魏书·曹真传》）

[大]司马、扬州都督曹休上表，称说“东吴鄱阳太守周鲂

据《三国志·吴书·周鲂传》：周鲂字子鱼，吴郡阳羡人也。……黄武中，……以鲂为鄱阳太守。

密使人陈言七事，言东吴可破。乞早发兵取之，勿误幸甚！”

据《三国志·吴书·周鲂传》：被命密求山中旧族名帅为北敌所闻知者，令谲挑魏大司马扬州牧曹休。鲂答，恐民帅小丑不足仗任，事或漏泄，不能致休，乞遣亲人赍笺七条以诱休……被报施行。

魏主于御案展开所上七事，司马懿同视[，奏曰]：“此策极有理。臣自引兵以助曹休。”班部中一人进曰：“吴人之言反覆未定，未可深信，恐是诱兵之计也！”众视之，乃建威将军贾逵也。司马懿曰：“公之言不可不听，机会不可挫过。吾与汝同去，以助曹休。”魏主大喜，分三路而行：曹休引大军取皖城；贾逵率前将军满宠、东莞太守胡质取阳[城，]直[向]东关；司马懿率大军取江陵。魏主赏了，三军望东吴进发。

据《三国志·吴书·周鲂传》：休果信鲂，帅步骑十万，辎重满道，径来入皖。

据《资治通鉴》卷七十一：（曹休）率步骑十万向皖以应鲂；帝又使司马懿向江陵，贾逵向东关，三道俱进。

却说吴王孙权在武昌[东关]会集诸将曰：“今魏兵深入吾地，可以用伏兵擒之。探知魏兵三路而来，诸公有何高见？”顾雍曰：“非陆伯言不可当也。”吴王召陆逊为辅国大将军、平北都元帅，朱桓、全琮为左右都督，统江南八十一州并荆湖之众七万人。

据《资治通鉴》卷七十一：（太和二年）秋八月，吴王至皖，以陆逊为大都督，假黄钺，亲执鞭以见之；以朱桓、全琮为左右督，各督三万人以击休。（参见《三国志·吴书·陆逊传》）

分拨已定，朱桓曰：“此行曹休必败，败后走两条路：左路夹石，右路桂阳，此二处山高路小。吾断其后，彼兵尽降，曹休可擒矣！”逊曰：“吾自有妙用，汝勿（往）[狂]图！”朱桓羞惭而退。

据《资治通鉴》卷七十一，朱桓言于吴王曰：“休本以亲戚见任，非智勇名将也。今战必败，败必走，走当由夹石、挂车。此两道皆险厄，若以万兵柴路，则彼众可尽，休可生虏。臣请将所部以断之，若蒙天威，得以休自效，便可乘胜长驱，进取寿春，割

有淮南，以规许、洛，此万世一时，不可失也！”权以问陆逊，逊以为不可，乃止。（参见《三国志·吴书·朱桓传》）

逊传令：“谨守江陵，以战司马！”

曹休与周鲂曰：“［近得］足下之书，奏闻天子，起大军三路而进。若得东吴之地，足下之功不小，至吾之位必然矣！有人言足下多谋，于中不实，吾未深信。足下料必不为此事也！”鲂哭而掣剑欲自刎，休急止之（而）［。鲂］言曰：“吾陈七事，（怀）［恨］不吐出肝胆，今反生疑，必有吴人间谋也！”又欲自刎，曹休抱住曰：“吾戏耳！”鲂以剑割发，掷之于地曰：“我以忠心待公，公以为戏！吾（无名）将父母所遗之发以表其真也！”于是曹休深信之。

据《资治通鉴》卷七十一：吴王使鄱阳太守周鲂密求山中旧族名帅为北方所闻知者，令谲挑扬州牧曹休。鲂曰：“民帅小丑，不足杖任，事或漏泄，不能致休。乞遣亲人赍笺以诱休，言被谴惧诛，欲以郡降北，求兵应接。”吴王许之。时频有郎官诣鲂诘问诸事，鲂因诣郡门下，下发谢。休闻之，率步骑十万向皖以应鲂。

据《三国志·吴书·周鲂传》：鲂初建密计时，频有郎官奉诏诘问诸事，鲂乃诣部郡门下，因下发谢，故休闻之，不复疑虑。

按：《演义》称，周鲂为骗取信任，亲自去见曹休并在其面前割下头发，与史相悖。据史书记载，周鲂是在孙权多次派人责问之后，去部郡门下断发谢罪的；他仅仅是派人给曹休送去书信，并没有去面见。

忽贾逵至曰：“吾料东吴之兵尽起，屯于皖城，都督不可进矣！两下攻之。”休怒曰：“汝欲夺吾功也！”逵曰：“又闻周鲂剪发为誓，（乃此）［此乃］诈也。昔要离断臂，刺（却）［杀］庆（忘）［忌］。此未可深信也！”曹休大怒［曰］：“吾正欲进兵，汝何出此言以慢军心！汝进兵东关要干头功，以昧吾之能也。”喝左右推出斩之。众将告曰：“未进兵，先斩大将，于军不利。且权恕免！”休曰：“尽收贾逵之兵，吾帐下听调。”休进兵东关去。

鲂暗思曰：“若用贾逵之计，吾军败矣。今一处进兵，计难伐矣。”密遣人来皖城今之寻阳是也报知陆逊。逊乃集众将商议听令。逊曰：“前面石亭虽是山路，可以埋伏。先（战）［占］石亭阔处，列开阵势，待魏兵来。”遣先锋徐盛进兵。

按：核诸《三国志·吴书·徐盛传》，徐盛未参加石亭之战，他大约死于石亭之战前三四年。

却说周鲂同曹休引兵而进。［休］问曰：“前至何处？”鲂曰：“石亭堪可屯军。”曹休听知，尽率大军往石亭，车仗器具俱集此地。哨马来报：“前面吴兵不知多少，把住山口。”休大惊曰：“周鲂说无兵，何为有准备也？”交寻（方可）［鲂问］之。报曰：“鲂引数十人不知何处去了。”休大悔曰：“吾中贼之计也！”便差大将张普为先锋，领数千兵去与吴兵交战。

据《资治通鉴》卷七十一：（太和二年）秋八月，吴王至皖，以陆逊为大都督，假黄钺，亲执鞭以见之；以朱桓、全琮为左右督，各督三万人以击休。休知见欺，而恃其众，欲遂与吴战。（参见《三国志·吴书·陆逊传》）

两军相对，徐盛与张普战不数合，张普败走，回见休曰东吴徐盛之勇。休曰：“吾当以奇兵胜之。”仍差张普引二万兵伏于石亭之南，令骁将薛乔引二万兵伏于石亭之北，“来日辰时，吾自领兵去迎，佯败引到此山前，放炮为号，三路夹攻，徐盛可擒矣。”二将听令，各引兵埋伏去了。

却说陆逊唤朱桓、全琮分付曰：“汝二人各引三万兵，从石亭后山抄出曹休寨后。如到，放火为号，吾亲率大军从中路而来，可擒休矣。”二将领计提兵去了。

却说朱桓领（丘）[兵]，约二更时分，抄出曹休寨背后，正迎着张普伏兵。张普不知是吴兵，急来问时，被朱桓一刀砍于马下，魏兵便走。后军放火。全琮也撞在薛乔阵中，二将便就那里厮杀。全琮取弓，弦响处射死薛乔。两路伏兵各自漫散矣。吴兵两路杀来，曹休寨中大乱。休荒上马，望夹石奔走。徐盛引大阵军马杀来，魏兵死者不可胜数。

据《资治通鉴》卷七十一：休与陆逊战于石亭。逊自为中部，令朱桓、全琮为左右翼，三道俱进，冲休伏兵，因驱走之，追亡逐北，径至夹石，斩获万余，牛马骡驴车乘万两，军资器械略尽。（参见《三国志·吴书·陆逊传》）

却说曹休正走间，忽见贾逵兵到。休曰：“不用公言，果有此败！公兵在此，以待后兵。”逵曰：“司马可速出去，若吴兵截断，我等皆死矣！逵当其后。”休遂得出。后有徐盛赶来，见山谷作疑，因此救了魏兵。

据《资治通鉴》卷七十一：初，休表求深入以应周鲂，帝命贾逵引兵东与休合。逵曰：“贼无东关之备，必并军于皖，休深入与贼战，必败。”乃部署诸将，水陆并进，行二百里，获吴人，言休战败，吴遣兵断夹石。诸将不知所出，或欲待后军，逵曰：“休兵败于外，路绝于内，进不能战，退不得还，安危之机，不及终日。贼以军无后继，故至此，今疾进，出其不意，此所谓先人以夺其心也，贼见吾兵必走。若待后军，贼已断险，兵虽多何益！”乃兼道进军，多设旗鼓为疑兵。吴人望见逵军，惊走，休乃得还。逵据夹石，以兵粮给休，休军乃振。初，逵与休不善，及休败，赖逵以免。（参见《三国志·魏书·贾逵传》及注引《魏略》、注引《魏书》）

司马懿闻知兵败，曹休被追，亦引兵退回去了。

却说吴兵夺得车仗万数，马骡、军资、器械不记其数，杀死者万余人，降者万余人。

据《资治通鉴》卷七十一：（陆逊）斩获万余，牛马骡驴车乘万两，军资器械略尽。（参见《三国志·吴书·陆逊传》）

陆逊大胜，班师回武昌。吴王亲自出迎，以御盖覆逊而入，将御用金宝珍珠尽皆赐之。

据《三国志·吴书·陆逊传》：诸军振旅过武昌，权令左右以御盖覆逊，入出殿门，凡所赐逊，皆御物上珍，于时莫与为比。

魏既大败于吴，而蜀诸葛亮又欲乘机起兵，以取中原。未知胜负若何。

通俗演义三国志全（豫）[像]史传卷之八终

三国志通（谷）［俗］演义史传卷之九

东原　罗本　贯中　编次

起蜀建兴六年、魏太和二年、吴黄武七年戊申

至蜀延熙十六年、魏嘉平五年、吴建兴二年癸酉

首尾共二十六年事实

目录二十四段

按晋平（侯）［阳侯］相陈寿史传

［第一百九十三段］　孔明再上出师表

蜀建兴六年秋九月，（兵）［吴］辅国（主）［大］将军陆逊破曹休于石亭，休车仗军资、器械马匹皆（整）［罄］尽。曹休连夜奔走，惶恐无地，因此气忧成病；比及到洛阳，（害）［疽］发背而死。（曹）［贾］逵回奏魏主，曹叡甚痛怜之，敕赐厚葬。

据《资治通鉴》卷七十一：长平壮侯曹休上书谢罪，帝以宗室不问。休惭愤，疽发于背，（太和二年秋九月）庚子，卒。帝以满宠都督扬州以代之。

据《三国志·魏书·曹休传》：休上书谢罪，帝遣屯骑校尉杨暨慰谕，礼赐益隆。休因此痈发背薨，谥曰壮侯。

司马懿知曹休大败，伤折军马，恐吴兵乘势去袭中原，因此急引军回（路）[洛]阳。众将皆曰："曹司马军虽败绩，都督所领军何故急回？"司马懿曰："诸葛知吾等兵败，必然乘虚进兵，入寇长安也。吾若不急回，倘陇上紧急，（同）[何]以应之？"众皆以为（扶）[怯]。

却说东吴自破魏兵之后，遣使持书，将备细之事报入蜀中来，一者显自己之威风，二者通和会之好意。后主得书，使人（待）[持]见孔明，说魏兵已败之事。

孔明此时粮已丰足，军马车仗器械，（改诚度乐）[攻城立寨]所用之物，一切皆备，正欲出师；又听得这个消息，倍添喜气，于是作宴聚集诸将，商议出师。忽然一阵旋风从东北角上起，把庭前松（时）[树]吹折，众皆惊疑。孔明（下）[卜]之，乃曰："此风乃损将之风，主折一大将也！"正饮酒间，忽报"镇东将军赵子龙府下二子来见丞相。"孔明愕然曰："子龙休矣！"不觉掷盏于地。二子入拜于地，哭曰："父于昨夜三更（一）[之]中而死矣！"众皆大惊，流泪满座。孔明哭曰："不想今岁丧许多将佐，子龙又亡，使国家失一栋梁，吾失一股（肱）[肱]也！"是时遣子龙长子赵统、次子赵广赴成都面君。

后主闻（知）[之]，放声大恸曰："朕昔非子龙，死于乱军之中矣！"于是下诏追谥子龙为大将军、顺平侯，敕葬成都镇平山之东，立庙四时享祭。其追谥诏曰：

> 云（等）[昔]从先帝，功迹既著。朕以冲幼，屡频艰险，赖持忠顺，济于危难。夫谥，所以（敛）[叙]元勋也。谨按谥法，柔贤慈惠曰"顺"，执事有班曰"平"，故特赐大将军、顺平侯，主者施行。

据《三国志·蜀书·赵云传》：（建兴）七年卒，追谥顺平侯。

据《三国志·蜀书·赵云传》注引《云别传》载后主诏："云昔从先帝，功绩既著。朕以幼冲，涉涂艰难，赖恃忠顺，济于危险。夫谥所以叙元勋也，外议云宜谥。"大将军姜维等议，以为云昔从先帝，劳绩既著，经营天下，遵奉法度，功效可书。当阳之役，义贯金石，忠以卫上，君念其赏，礼以厚下，臣忘其死。死者有知，足以不朽；生者感恩，足以殒身。谨按谥法，柔贤慈惠曰顺，执事有班曰平，克定祸乱曰平，应谥云曰顺平侯。

按：赵云从未被赠大将军，他在死后三十二年才被追谥为顺平侯，那时已是蜀汉景耀四年（261），再过两年蜀汉就灭亡了。

后来史官曾作赵子龙庙赞云：

（敕）[救]主功勋大，兴邦名誉彰。
扁舟飞汉水，匹马（回）[向]当阳。
义胆包身体，忠心并日光。
流芳青史上，应是与天长。

又宋贤有诗赞曰：

匹马单枪敢独行，摧坚挫（说）[锐]任纵横。
皆称飞虎一身胆，不负子龙千载名。
绿鬓当阳扶幼主，白头箕谷保残兵。
英雄到底无移改，谥法还应得顺平。

又有诗赞曰：

一骑能将万骑冲，西除东荡扫群凶。

苦征恶战全身者，惟有常山赵子龙。

后主加封赵云长子赵统为虎贲（即中）[中郎]将，次子赵广为牙门将军，

据《三国志·蜀书·赵云传》：云子统嗣，官至虎贲中郎督，行领军。次子广，牙门将，随姜维沓中，临陈战死。

俱各谢恩，（太）[来]守父坟。

孔明军马俱已分（擦）[拨]定了，当日乃遣杨仪（困）[再]上《后出师表》。后主于御案上览其表曰：

先帝深虑以汉、贼不两立，王业不偏安，故托臣以讨贼。以先帝之明，量臣之才，固知臣才弱敌强。然不伐贼，王业亦亡。惟坐而待亡，孰与伐之？是故托臣而弗疑也。臣受命之日，寝不安席，食不甘味，思惟北征，宜先入南，故五月渡泸，深入不毛。臣非不自惜也，顾王业不可偏（全）[安]于蜀都，故冒危难以奉先帝之遗意也，而议者谓为非计。今贼适疲于西，又务于东，兵法乘劳，此进趋之时也。且高帝明并日月，谋臣渊深，然涉险被创，危然后安；今（阤）[陛]下未及高帝，谋臣不如良、平，而欲以长计取胜，坐定天下，此臣之未解一也。刘繇、王朗各据州郡，论安言计，动引圣人，群疑满腹，众难塞胸，今岁不战，明年不征，使孙策坐大，遂并江东，此臣之未解二也。臣到汉中，中（军）[间]期年，已丧赵云等及曲长、屯将七十余人，突将、武骑一千余人，皆数十年所纠合四方之精锐，非一州之所有；若复数年，则损三分之二，当何以图敌？此臣之未解三也。今民穷兵疲而事不可息，事不可息则住与行劳费正等，而不及（虚）[蚤]图之，欲以一州之地与贼持久，此臣之未解四也。夫难平者，事也。昔先帝兵败于楚，曹操拊手，谓天下已定矣。然先帝东连吴、越，西取巴、蜀，举兵北征，夏侯授首，此操之失计而汉事将成也。其后吴更违盟，关羽毁败，秭归蹉跌，曹丕称帝。凡事如是，难可逆见。臣鞠躬尽力，死而后已；至于成败利钝，非臣之明所能逆睹也。谨表以闻，仰于圣听！建兴六年冬十二月，右将军行丞相事臣诸葛亮百拜上表。

据《三国志·蜀书·诸葛亮传》注引《汉晋春秋》：亮闻孙权破曹休，魏兵东下，关中虚弱。十一月，上言曰："先帝虑汉贼不两立，王业不偏安，故托臣以讨贼也。以先帝之明，量臣之才，故知臣伐贼才弱敌强也；然不伐贼，王业亦亡，惟坐待亡，孰与伐之？是故托臣而弗疑也。臣受命之日，寝不安席，食不甘味，思惟北征，宜先入南，故五月渡泸，深入不毛，并日而食。臣非不自惜也，顾王业不得偏全于蜀都，故冒危难以奉先帝之遗意也，而议者谓为非计。今贼适疲于西，又务于东，兵法乘劳，此进趋之时也。谨陈其事如左：高帝明并日月，谋臣渊深，然涉险被创，危然后安。今陛下未及高帝，谋臣不如良、平，而欲以长计取胜，坐定天下，此臣之未解一也。刘繇、王朗各据州郡，论安言计，动引圣人，群疑满腹，众难塞胸，今岁不战，明年不征，使孙策坐大，遂并江东，此臣之未解二也。曹操智计殊绝于人，其用兵也，仿佛孙吴，然困于南阳，险于乌巢，危于祁连，逼于黎阳，几败北山，殆死潼关，然后伪定一时耳，况臣才弱，而欲以不危而定之，此臣之未解三也。曹操五攻昌霸不下，四越巢湖不成，任用李服而李服图之，委夏侯而夏侯败亡，先帝每称操为能，犹有此失，况臣驽下，何能必胜？

此臣之未解四也。自臣到汉中，中间期年耳，然丧赵云、阳群、马玉、阎芝、丁立、白寿、刘郃、邓铜等及曲长屯将七十余人，突将、无前、賨、叟、青羌、散骑、武骑一千余人，此皆数十年之内所纠合四方之精锐，非一州之所有；若复数年，则损三分之二也，当何以图敌？此臣之未解五也。今民穷兵疲，而事不可息，事不可息，则住与行，劳费正等，而不及今图之，欲以一州之地与贼持久，此臣之未解六也。夫难平者，事也。昔先帝败军于楚，当此时，曹操拊手谓，天下以定。然后先帝东连吴越，西取巴蜀，举兵北征，夏侯授首，此操之失计而汉事将成也。然后吴更违盟，关羽毁败，秭归蹉跌，曹丕称帝。凡事如是，难可逆见。臣鞠躬尽力，死而后已，至于成败利钝，非臣之明所能逆睹也。"于是有散关之役。　此表，《亮集》所无，出张俨《默记》。（参见《资治通鉴》卷七十一）

按：《后出师表》疑点颇多，今人多认为是伪作。理由是：它不见于《三国志·诸葛亮传》，也不见于陈寿所编纂的《诸葛亮集》。此表心态悲观，信心丧失，不符合诸葛亮当时的心态。表中多有涣散人心的文句，且颇有与史不合处，如表中称赵云已死，《汉晋春秋》称此表上于建兴六年（228）十一月，而据《三国志·赵云传》记载，赵云到建兴七年（229）才病死；表中提到的阳群、马玉、阎芝、丁立、白寿、刘郃、邓铜等人均不见于史书记载；表中所述的"六不解"多有不符蜀国当时国情之处。因而有学者认为此表系张俨伪作，也有认为是诸葛恪为了使自己的伐魏主张得到认同而伪作的。

后人有诗赞《出师表》云：

　　出师前后表，情切意尤深。
　　观者不垂泪，应无忠义心。

孔明遂命魏延为先锋，大起蜀兵二十万出师，径取陈仓道口而进。

早有人报入洛阳来。司马懿奏知魏主，遂与文武商议。曹真出班奏（上）[曰]："臣昨守陇右，功微罪大，深自羞愧，每求补追，未有效忠竭力之地！臣得一大将，勇冠三军，力敌万夫，使六十斤铜刀，骑千里骅骝马，开两石铁胎弓，藏三个流星锤，临敌则百发百中，陇西狄道人也，姓王名双，字子全。臣乞保此人为先锋，臣再统三军，必要生擒诸葛！"魏主大喜，使宣王双面君，至殿下拜毕，宣上殿观之，其人身长八尺，黄睛黑面，狼臂（狼）[虎]形。魏主赐以金甲锦袍，加为虎威将军、前部大先锋。于是共曹真辞帝，引大军十五万，会合郭淮、（张郃）[孙礼]，分道守把。

（先）[却]说孔明军出陈仓道，前部魏延来禀："即目陈仓道口，魏主遣一将郝昭，当道筑起一城，壕深土厚，四面遍栽鹿角，十分守护得严紧。不若弃了此城，取太白而出祁山甚便。"孔明曰："陈仓道正北，旧日之街亭也。如不得此城，难以进兵。如得此城，尽以城中之物赏军，不可迟滞！"魏延得了号令，令军四百攻打，连日不能破，且彻军退，再来禀孔明，说城难打。

据《资治通鉴》卷七十一：（太和二年冬）十二月，亮引兵出散关，围陈仓，陈仓已有备，亮不能克。

孔明大怒，欲斩魏延。帐下一人进曰："某虽不才，跟丞相多年，未有寸功，愿去陈仓城内，掉三寸之舌，说郝昭来降，不须动张弓只箭。"孔明喜，乃部下鄞祥也。孔明曰："汝以何言说之？"鄞祥曰："郝昭与某同乡，自幼曾拜结弟兄。某留落蜀中，久不相见，今若到彼，以利害说之，必来降矣。"孔明便遣鄞祥一行。

祥乘马到城下高叫："伯通故人，鄞祥求见！"城上报与郝昭。昭教开门放入，至城楼上相见。昭问曰："故人自何而来？"祥曰："某今在蜀丞相诸葛孔明帐下参赞军机，待以上宾之礼。"郝昭勃然变色而起曰："诸葛亮是吾仇人也！吾事魏，汝事蜀，各事其主，昔日为昆仲，今日乃敌对也。不必多说，烦请出城！"祥欲开言，昭已自去。军士忙催上马，赶出城外，回头看时，见昭倚于护心木栏杆上。祥勒回马，以鞭指而言曰："伯通贤弟，何薄情而忘义也！"昭应曰："魏家法度，兄所闻也；我之为人，兄所知也。我受国恩多，而门户重事，可言者但有必死耳。兄不须再说，回见诸（侯）[葛]，便教来攻，吾不惧之！"鄞祥见说，便（入）[又]回报孔明。孔明曰："汝曾以天命并势利说之乎？"祥曰："郝昭不待开言而便绝之。"孔明曰："汝可再往，就城外大叫而说之。"祥又往，立马于城下，大（明）[叫]曰："伯通贤弟，听吾忠言！汝以一孤城欲拒数十万之众，不亦愚乎？城破身亡，无益于事。不顺大汉而屈膝事魏，乃不识天命，不辨清浊也。伯通细思之！"郝昭拈弓取箭在手，指鄞祥而言曰："前言已定，不必再说。我便识兄，箭不识兄也。可速退之！"鄞祥回见孔明，言郝昭如此。

据《资治通鉴》卷七十一：亮使郝昭乡人靳详于城外遥说昭，昭于楼上应之曰："魏家科法，卿所练也；我之为人，卿所知也。我受国恩多而门户重，卿无可言者，但有必死耳。卿还谢诸葛，便可攻也。"详以昭语告亮，亮又使详重说昭，言"人兵不敌，无为空自破灭"。昭谓详曰："前言已定矣，我识卿耳，箭不识也。"详乃去。

孔明大怒曰："匹夫焉敢如此！以我无攻城之具也？吾已一切完备在军中，"速命取来，"吾当亲自攻之。"是日孔明自来[攻]郝昭。如何？

[第一百九十四段]　孔明两出祁山

孔明交寻土人问"陈仓城中军有多少？"土人曰："虽不知的数，料只有三千余人。"孔明笑曰："量陈仓小小城池，便满屯军马，安能拒我哉？"传下令："休等陈仓东路救军到，可速攻之！"于是军中装起云梯四十乘，每梯上可容数十人，周围用板遮护，下以轮推之。每一门各用云梯十乘，（梯）[城]上军以箭射之。下者众军各抱短梯软索，只看城上擂动，乘势便上。此时孔明以军八万围之。城中郝昭见蜀兵中装起云梯，四面（即）[而]来，昭已预先辨下弓箭，唤军士四百人，分四门各执火箭，待云梯近城，一齐射之。孔明料城中无备，大拥云梯，四面竞进。将近壕边，火箭齐发，云梯皆着，烧死军人坠地，云梯皆烧之。城上矢石如雨，蜀兵不能前进。孔明怒曰："汝能烧了吾云梯，须无解冲车之法！"令军中连夜排冲车，次日，四面擂鼓纳喊而进。郝昭急令运石盘、石磨，用藤编穿，（击飞）[飞击]冲车，其车皆折。孔明又取井阑百尺以射城中，又驱兵运土填壕。郝昭又于城中筑起重墙以御之。孔明见攻不透，唤廖化引三千镢镬军，拣曾填断壕堑之处暗掘地道，欲从城中踊出。郝昭先于城中挑掘重壕横截之，于是地踊军又不得进。昼夜相攻二十余日，无计可施。

据《资治通鉴》卷七十一：亮自以有众数万，而昭兵才千余人，又度东救未能便到，乃进兵攻昭，起云梯冲车以临城。昭于是以火箭逆射其梯，梯然，梯上人皆烧死；昭又以绳连石磨压其冲车，冲车折。亮乃更为井阑百尺以射城中，以土丸填堑，欲直攀城，昭又于内筑重墙。亮又为地突，欲踊出于城里，昭又于城内穿地横截之。昼夜相攻拒二十余日。（参见《三国志·魏书·明帝纪》注引《魏略》）

孔明在寨中纳闷，忽报正南有救兵到了，旗上乃先锋大将王双。孔明问“谁可迎敌？”魏延要去。孔明曰：“汝既为先锋，且未可去。”更问其次，川将谢雄应声而出。孔明与兵五千，教谢雄去迎敌，又问曰：“谢雄虽然去了，倘有疏（厄）[危]未便，谁敢再去？”帐下川将龚起愿往，孔明亦与兵五千。两枝军马去了。孔明交把军马离城且彻退二十里，恐防城内郝昭冲突之患。

且说谢雄引军前去，与王双军相遇，两军对圆。谢雄横枪立马于阵前。魏军中王双跃马而出，手掿铜刀，厉声大骂：“反贼敢犯寇边界！”谢雄大怒，挺枪跃马，直取王双，两马相交，斗不数合，被王双一刀砍于马下。蜀兵大败而走，双率众赶来。至前面丹林，直下一军摆开，乃龚起出马来与王双交锋。战不数合，龚起亦被王双斩之。余兵败（曰）[回]，来报孔明。孔明大惊，忙差大将王平、廖化、张嶷三人引一万去战王双。魏兵已到陈仓城下，郝昭开门以应之。蜀中三将引兵至，两阵对圆。张嶷出马，王平、廖化把住阵脚。王双出阵，嶷挺枪迎之。两马相交，战到十余合，不分胜负。王双佯输诈败，望（奔）[本]阵便走，张嶷拍马便赶。背后王平、廖化料王双是计，荒骤马出阵，大叫“休赶!”张嶷忽勒马回时，王双流星锤（率）[早]到，一锤正中其背，伏于马鞍前轿。王双便待来赶，却得王平、廖化左右接住，救得张嶷回阵。王双驱军掩杀，两军混战一场，蜀兵折多。王平引军退回。

张嶷口吐鲜血，来报孔明，说王双英雄，“如今选一半军，就陈仓城外又下一阵，大车小车装载木植，四围竖之一排，可筑起重城，更挑壕堑，以备守御。”孔明见折了二将，张嶷又被打伤，遂唤姜维商议：“如今陈仓道这条路决不可行，别用计策。”姜维曰：“陈仓道城池坚固，更兼守城用心，又添猛将辅助，急不可得。不若命一大将依山傍（后）[峻]，下寨固守；更差良将于要道守把，以防街亭之攻；还统三军，取山谷小路袭祁山。某却如此如此用计，可擒曹真也。”孔明看计了，曰：“汝若如此而行，大事可成也!”差王平、李恢二人去守街亭小路，留魏延守陈仓谷（曰）[口]；却交马岱为先锋，关兴、张苞为前后救应，使从小路径出斜谷，望祁山进发。

却说大将军曹真（故思）[因]前番被司马懿夺了功劳，回朝好生无（类）[颜]；又听得蜀兵到，因怕司马懿又夺了功，故请自行。离了洛阳之后，分调郭淮、孙礼东（门）[西]守把。又接得陈仓报急，使先锋王双去敌；听知飞报斩将得功，十分大喜，乃令中护军大将费耀（推）[权]为前部，总督诸将守把各处隘口。

据《资治通鉴》卷七十一：（太和二年冬）十二月，亮引兵出散关，围陈仓，陈仓已有备，亮不能克。……昼夜相攻拒二十余日。曹真遣将军费耀等救之。（参见《三国志·魏书·明帝纪》）

忽报山路中捉得细作，[曰：]“有机密事特来见大都督，误被伏路军捉来。”乞退左右。曹真尽交帐下人回避了。其人曰：“小人是姜维手下心腹人，蒙本官差遣，有书在身上。”曹真交疾忙去其绳索。其人于贴肉衣领内拆出密书。[真]看姜维来意云：

天水姜维百拜奉呈

大都督麾下：念维世食魏禄，忝守边廷，叨窃厚恩，无门补报。昨者误遭诸葛之诡计，陷身于颠（涯）[崖]之中，思念老母，日夕号咷。今幸蜀兵西出，诸葛不相疑。（服）[愿]都督听纳忠言，亲提大兵而来，如遇敌人，可以诈败。维当在后举火为号，先烧尽蜀人粮草；却以大兵番身掩之，诸葛可擒矣。非敢立功报国，实欲赎罪见亲！倘（沐）[蒙]照察，速（须）[赐]来命。

曹真看书毕，喜曰："是天使吾成功也！"赏了来人，便令再回，依期会合。真乃唤费耀商议。真曰："今姜维暗献密书，令某等如此如此。"耀曰："诸葛多谋，能使用人，恐防其中有诈。"真曰："姜维若无老母在天水郡，吾亦不信也。果有老母，安肯在蜀乎？"费耀曰："都督不可自去，只守定（体）[本]寨。（是日）[某自]引一军去接应姜维：如是成功，尽归都督；如有诈伪，某自支当。"曹真喜曰："足见汝之忠心也！"于是遣费耀军五万，取斜谷道而进，行了二三程，军马暂歇。

当日申牌时分，忽报斜谷道中蜀兵来到。费耀忙引兵前进。蜀军未及交锋便退。费耀又引军迤逦追赶，蜀兵又来，如此者三次，俄延到次日申时。魏兵一日一夜不曾敢歇，只怕蜀兵攻击。当时蜀兵擂鼓纳喊，漫山塞野而来。门旗两分，推出一轫车，车上孔明坐于其中，使人高叫："请魏兵主（行）[将]打话！"费耀跨马提刀而出，遥见孔明，心中暗喜，回顾左右曰："如蜀兵掩至，便退后而走。若见山后火起，便回身杀去，自有兵接应。"众皆知会了。费耀大呼曰："前番败将今何敢来！"孔明曰："请你曹真出来打话。"费耀大喝曰："吾都督乃金枝玉叶，如何与你反贼相见！"孔明大怒，把羽扇一招，左有马岱，右有张翼，引军直冲过来。魏兵望后齐退，走不数里，望见蜀兵后火烟大起，喊声不绝。费耀回身杀来，蜀兵齐望后退。费耀在前，只望喊杀之声处迤逦追袭。将次近火，鼓声在处，两壁厢山路里两军齐出，左有关兴，右有张苞，山上箭如雨发。耀知中计，急退之时，魏兵反覆山路中走到许多遭，人困马乏，背后被关兴、张苞生力军掩杀，自相践踏，落涧填坑，死者不计其数。费耀杀开一条血路，（不）[正]走间，山坡道口，一彪军从小路而出，为头领兵将乃姜维也。费耀大骂："不忠不义之贼，误中奸计！"姜维曰："吾欲擒曹真，误（提）[捉]汝也。速下马受降！"费耀欲死战夺路，忽见山坡后一小车，车上一齐举火，屯合小径，背后追急。费耀自刎而亡，余众俱降。于是孔明连夜驱兵径出，复次祁山下寨，收聚军马，重赏姜维。姜维曰："但恨不获曹真耳！"孔明曰："可惜大计小用！"

曹真听知折了费耀，悔之不及，使人请郭淮、孙礼议退军之策。（却说）孙礼和辛毗商议写表申奏。魏主听知蜀兵又出祁山，便宣司马懿入内问曰："曹子丹损兵折将，蜀兵又在祁山，当以何策退之？"懿曰："臣已有退诸葛之计，不须耀武扬威，使蜀兵远退矣。"魏主问[计]。如何？

[第一百九十五段]　孔明遗计斩王双

司马懿奏曰："臣昨常奏陛下，筭诸葛必出祁山、陈仓，故以郝昭守之。今果然也！若诸葛从陈仓而出，运粮顺便。今被郝昭、王双守住此路，运粮（不必）[必不]从此而出。其余小径，搬拨艰难，粮不易到也。臣筭蜀兵随行之粮止有一月，若食尽必走矣。蜀兵利在急战，不在久守。陛下可差使命持节令曹都督紧守关隘，并不可战。不须一月，蜀兵必走，乘走而攻之，诸葛可擒矣。”魏主曰：“卿既有先见之明，何不引一军以助之？”懿曰：“臣非惜身重命，存下此军，以防东吴之陆逊耳。吴王孙权不久必然僭称尊号。若称尊号，恐魏伐之，必先入寇，臣故待之。陛下免忧，一月之期，曹都督必报捷矣！然此亦宜丁宁告戒追赶之人，可观虚实，不可误入（衷）[重]地，中诸葛之奸计。”魏主即时降诏，遣太常卿韩暨持节戒约曹真“切不可战，务宜紧守；探听蜀兵退，可以（系）[击]之。”司马懿亲送韩暨于城外，丁嘱曰：“吾以此功让曹子丹也。汝见时不可言是吾所见，但令保守为上。追赶之人太宜仔细，勿遣性刚急操者追之。可云天子之意，勿说吾言。”

暨辞而往大寨见曹真，传诏旨了。真此时正与孙礼、郭淮商议不定，将韩暨之言一一对二人说之。郭淮曰：“此乃司马仲达之见也。”真曰：“此见如何？”淮曰：“此深识诸（侯）[葛]之用兵也。久后能破诸葛者，必仲达也！”真又曰：“倘若不去，如何？”淮曰：“密使人去报王双，令引军从小路往来巡哨，自然粮不敢运。大拚一月，军中粮尽，诸葛必走矣。走而追之，有何不胜？”孙礼曰：“（君）[吾]去祁山虚装粮车，[车]上皆积薪草以灌（疏）[硫]黄焰硝，却令人虚报是陇西运到之粮。蜀兵无粮，必然来抢。待入其中，放起火来，以伏兵应之，可胜矣。”曹真曰：“此计大妙！”便令孙礼去祁山西行计，又差报王双如此行[计]。郭淮却去拨调箕谷、街亭各处（又）[人]马远去哨（粮）[探]，据险守把。曹真又选张辽之子、偏将军张虎为先锋，乐进之子、牙门将军乐琳为副先锋，二将共守头营，并不许出战；如得将令，方可追击。

却说孔明在祁山寨中，每日使人搦战，魏兵坚守不出。孔明唤姜维等商议曰：“魏兵坚守不出，是料吾兵无粮也。见今陈仓道转运不通，其余小路盘（河）[运]生受，吾计军中之粮不勾一月支用，如之奈何？”正踌躇之间，忽报陇西运粮米数千车于祁山之西，“运粮官乃涿郡容城人也，姓孙名礼，字德达。”

据《三国志·魏书·孙礼传》：孙礼字德达，涿郡容城人也。

孔明问“其人如何？”有魏中降将曰：“此人曾随魏主猎于大石山，忽赶出一只猛虎，直奔（衙）[御]前。孙礼投鞭下马，拔剑斩之，其虎中剑而死。

据《三国志·魏书·孙礼传》：帝猎于大石山，虎趋乘舆，礼便投鞭下马，欲奋剑斫虎，诏令礼上马。

因此魏主用为上将，乃曹真心腹人也。”孔明笑曰：“此是魏家料吾无粮，故以此来，车上必是柴草引（燥）[火]之物也。吾平生专用火攻，彼安能烧我？（往）[彼]知我军劫粮时，（是）必然拔寨，再来劫吾寨也。吾可将计就计行之。”孔明唤马岱领计：“你引一千军径入魏兵屯粮之处，不可（追）[进]其寨，只于上[风头]放火烧其车仗。如魏兵围住，吾差马忠、张（冀）[翼]二人各引五千兵来击，内外夹攻，魏兵必破矣。”三人领了计，当晚准备而行；又唤关兴、张苞听令。孔明曰：“魏兵头营连接四通之路。今晚若山西火起，魏兵乘势来劫吾寨，你二人却伏在魏寨左右，只等彼（无）[军]人一出，便可劫之。”又唤吴懿、吴班（一）[二]人分付：“各领一军于寨外，魏兵如过，便出截之。”孔明俱各调遣已了，自于山上凭西而坐。

魏人报与孙礼，孙礼遣人飞报曹真。真乃使人到头营分付张虎、乐琳，只看今夜山西火起，蜀兵必然去救，乘虚可以出兵。二将受计了，使人探望号火。

却说孙礼把军马都埋伏在山内，只等蜀兵来。是夜二更，马岱引三千军马径到山西，见许多乘车重重叠叠攒绕作营，车上虚立旌旗。是夜大西南风起，马岱径引军到西南上，都把车子烧着。孙礼只道蜀兵在营中号火起，一齐掩杀。背后马忠、张翼却引兵围裹将来，倒把魏兵困在当中。火紧风急，人马乱窜，杀死魏兵不计其数。孙礼冒烟突火而走。

却说张虎寨中望见火起，不知魏兵胜负，只顾大开寨门，和乐琳引本部军马杀奔蜀寨，见寨中并无一人，急提兵回。吴懿、吴班两路军出，截断魏兵。张虎、乐琳杀开重围，径奔回本寨时，城上箭如飞蝗，已被关兴、张苞夺了。魏兵大败，皆奔曹真寨。方欲入城，见一彪败军飞奔而来，乃孙礼也，各言中计之事，共见曹真。曹真交在意紧守大寨。静轩先生诗叹曰：

鏖战祁山经几秋，至今草木尚（令）［含］愁。
孔明妙筭人争及，先夺曹兵（等）［第］一筹。

却说蜀兵大胜，回到寨中。孔明便使人密授计以示魏延，一面便交拔寨齐起。杨仪曰："今已（招降）［大胜］，挫尽魏兵锐气，何故收军回程？"孔明曰："吾所轻进者，为料魏人不知吾病也。吾病乃是无粮，利在速战。今已知病矣，不归（以）［何］待？魏人暂时兵败，中原尽有添益，若以轻骑袭吾粮道，此时要归不得矣。今乘魏兵新败，不敢正眼观吾寨栅之时，便好退去。曹真必不料吾走也。但所忧魏延一军在陈仓道口拒住王双，急不能脱身。吾故遣人授以密计，令斩王双，使魏人不敢追吾也。只令后队先行。"当夜，孔明只留金鼓手于寨中发擂更点，分明提铃喝号。是事皆备，（运）［连］夜军已退尽，撇下空寨而去。

却说曹真在军中纳闷，忽报有一彪军马来到，打着魏军旗号；使人哨探，乃左将军张郃也，接入寨中相见了。［张郃］曰："（近）［某］奉圣旨差遣，特来听调。"曹真曰："来时曾别仲达否？"郃曰："仲达特（也）使郃来［也］。路上听知孙将军其计不成。近曾哨探蜀兵否？"真曰："为新败之后，未敢轻进。"张郃曰："司马公曾嘱付（来）［云］：'若是吾兵胜，蜀兵必不去矣；吾兵败，蜀兵必去矣。此兵家之玄机，不可不察也。'"曹（兵）［真］尚未信，使人哨探，果是虚寨，诈插旌旗数十把，而其兵去两日矣。

据《资治通鉴》卷七十一：帝召张郃于方城，使击亮。帝自幸河南城，置酒送郃，问郃曰："迟将军到，亮得无已得陈仓乎？"郃知亮深入无谷，屈指计曰："比臣到，亮已走矣。"郃晨夜进道，未至，亮粮尽，引去。（参见《三国志·魏书·张郃传》）

曹真急命张郃追之。

且说魏延接得军师密计，遂命拔寨回汉中，当夜二更兵退。早有人报王双"魏延引兵西归"，又报"祁山之兵，大队小队皆回山路而去。"王双急（单）［挥］刀上马，大呼寨中之兵尽数皆起，并力追赶。赶到二十余里，看看赶上，见魏延旗号在前。王双大喝"魏延休走！"蜀兵更不回顾。王双拍马赶时，只见后面大叫："将军休赶！背后魏延却在城下寨中放火。"王双便勒回马看时，果见一片（又）［火］起，荒拨军退到山谷左侧。忽见一骑马［至］，魏延一刀斩于马下。魏兵（宜）［疑］有埋伏，各自望山谷而逃。元来魏延只有三十骑，慢慢望汉中而回。

据《三国志·蜀书·诸葛亮传》：（建兴六年）冬，亮复出散关，围陈仓，曹真拒之，亮粮尽而还。魏将王双率骑追亮，亮与战，破之，斩双。（参见《三国志·蜀书·后主

传》《资治通鉴》卷七十一）

按：王双为何人所斩，史无明文。

古人有诗曰：

孔明妙筭胜孙、庞，破魏吞吴定蜀邦。
进退行兵神莫测，陈仓道口斩王双。

孔明当日授计与魏延，交先存下三十骑，伏于王双寨外，只等起兵赶时，去他寨中放火。魏延于要路等候［王双］回［寨］，不做准备，因此斩之。魏延回到寨中，孔明收聚军马，不在话下。

按：据史书记载，蜀汉建兴六年（228）冬诸葛亮第二次伐魏，包围了陈仓城，攻打了二十多天，未能攻克，因粮尽而退兵。这次北伐的收获，仅是在退兵过程中斩杀了率军追赶的魏将王双。《演义》称蜀军于陈仓受阻后，诸葛亮即二出祁山，姜维向曹真献诈降书，使其中计兵败，蜀汉军队又打败了曹真部下的孙礼、张虎和乐琳，这些情节均不见于史。

却说陈仓城中郝昭申报曹真，言折了王双，曹真伤感不已。于是真得病回还洛阳，命郭淮、孙礼、张郃守长安诸道。

却有人入东吴，说魏遭诸葛出兵两次，损折许多将士。于是大臣聚会，皆劝吴主兴兵伐魏，以图中原。其言若何？

［第一百九十六段］　孔明三出祁山

群臣入奏吴主：“可兴兵伐魏。”张昭曰：“臣近闻：武昌东山，凤凰来仪；大江之中，黄龙累见。今主上德配唐、虞，明及文、武，可即皇帝位。此时却议兴兵，未为晚矣。”群臣皆曰：“子布之言是也！”于是选下四月丙申日，筑坛于武昌南郊，即皇帝位。乃作告天文曰：

皇帝臣权敢用玄牡昭告于皇皇后帝：汉享国二十有四世，历年四百三十有四，行气数终，禄祚运尽，普天（地）［弛］绝，率土分崩。孽臣曹丕遂夺神器，丕子叡继世作慝，淫名乱制。臣权主于东南，遭值其运，承乾秉戎，志在平世，奉词行罚，举足于民。臣将相、州郡（有）［百城］执事之人，咸以为天意已去，汉世已绝，兹惟皇帝位虚，郊祀无主，休征佳（端）［瑞］，前后杂沓，历数在躬，不得不受。权畏天命，不敢不从，谨择元日，登坛燎祭，即皇帝位。惟尔有神享之，左右有吴，永终天禄！

是日大赦天下，改黄武八年为黄龙元年，追尊父破虏将军孙坚为武烈皇帝、母吴氏为武烈皇后、兄讨逆将军孙策为长河桓王，立世子孙登为皇太子；命诸葛瑾长子诸葛恪为太子左辅，张休为太子右弼。

据《三国志·吴书·吴主传》：黄龙元年春，公卿百司皆劝权正尊号。夏四月，夏口、武昌并言黄龙、凤凰见。丙申，南郊即皇帝位，是日大赦，改年。追尊父破虏将军坚为武烈皇帝，母吴氏为武烈皇后，兄讨逆将军策为长沙桓王。吴王太子登为皇太子。将吏皆进爵加赏。

据《资治通鉴》卷七十一：（太和三年）夏四月丙申，吴王即皇帝位，大赦，改元黄龙。……吴主追尊父坚为武烈皇帝，兄策为长沙桓王，立子登为皇太子，封长沙桓王子绍为吴侯。以诸葛恪为太子左辅，张休为右弼，顾谭为辅正、陈表为翼正都尉。（参见《三国志·吴书·孙登传》）

据《三国志·吴书·吴主传》注引《吴录》载权告天文："皇帝臣权敢用玄牡昭告于皇皇后帝：汉享国二十有四世，历年四百三十有四，行气数终，禄祚运尽，普天弛绝，率土分崩。孽臣曹丕遂夺神器，丕子叡继世作慝，淫名乱制。权生于东南，遭值期运，承乾秉戎，志在平世，奉辞行罚，举足为民。群臣将相，州郡百城，执事之人，咸以为天意已去于汉，汉氏已绝祀于天，皇帝位虚，郊祀无主。休征嘉瑞，前后杂沓，历数在躬，不得不受。权畏天命，不敢不从，谨择元日，登坛燎祭，即皇帝位。惟尔有神飨之，左右有吴，永终天禄。"

诸葛恪字元逊，

据《三国志·吴书·诸葛恪传》：诸葛恪字元逊，瑾长子也。少知名。

身长七尺六寸，长眉，折频广额，大口高（深）[声]，

据《三国志·吴书·诸葛恪传》注引《吴录》：恪长七尺六寸，少须眉，折頞广额，大口高声。

极聪明，善应对，孙权爱之。

据《三国志·吴书·诸葛恪传》注引《江表传》：恪少有才名，发藻岐嶷，辩论应机，莫与为对。权见而奇之，谓瑾曰："蓝田生玉，真不虚也。"

年七岁时，一日东吴筵会，为诸葛瑾面长，权欲戏之，使人牵一驴入，用白粉书其面曰："诸葛子瑜。"欲发笑也。恪跪曰："愿乞笔更添两字。"权交与笔。恪于"诸葛子瑜"之下添曰："之驴。"众（众）[相]顾，无不大笑。权以驴赐之。

据《三国志·吴书·诸葛恪传》：恪父瑾面长似驴，孙权大会群臣，使人牵一驴入，长检其面，题曰诸葛子瑜。恪跪曰："乞请笔益两字。"因听与笔。恪续其下曰"之驴"。举坐欢笑，乃以驴赐恪。

按：史书中"长检其面"意为在驴脸上挂一个长标签，将字写在标签上。罗贯中没有读懂史书，在《演义》中误作"书其面"，即直接写在驴脸上。

又一日大会，恪把盏劝到张昭，昭推不肯饮，（恪）曰："此非养老之礼也。"权曰："你能（难）[劝]子布饮酒乎？"恪便与昭曰："昔司马尚父年九十岁，秉旄仗钺，犹未告老也。今日但临阵之日，张将军在后；饮酒之日，张将军在先，何（故）[谓]不养老也？"昭无言对答，只得满饮。

据《三国志·吴书·诸葛恪传》：命恪行酒，至张昭前，昭先有酒色，不肯饮，曰："此非养老之礼也。"权曰："卿其能令张公辞屈，乃当饮之耳。"恪难昭曰："昔师尚父九十，秉旄仗钺，犹未告老也。今军旅之事，将军在后，酒食之事，将军在先，何谓不

养老也？”昭卒无辞，遂为尽爵。

其应如流，权故以辅太子。

时张昭为辅吴将军，位在三公之（列）[上]，顾雍为丞相，

据《资治通鉴》卷七十：吴丞相北海孙劭卒。初，吴当置丞相，众议归张昭，吴王曰：“方今多事，职大事责重，非所以优之也。”及劭卒，百僚复举昭，吴王曰：“孤岂为子布有爱乎！领丞相事烦，而此公性刚，所言不从，怨咎将兴，非所以益之也。”（黄初六年夏）六月，以太常顾雍为丞相，平尚书事。（参见《三国志·吴书·顾雍传》）

其余各有封爵；加陆逊为上大将军，辅太子守武昌。吴主孙权复还建业即今金陵也，

据《三国志·吴书·吴主传》：（黄龙元年）秋九月，权迁都建业，因故府不改馆，征上大将军陆逊辅太子登，掌武昌留事。（参见《三国志·吴书·孙登传》《陆逊传》，《资治通鉴》卷七十一）

群臣共议伐魏。张昭曰：“主上初登宝位，未可动兵，（且）[只]宜修文偃武，广设学校，以养民心。遣使与蜀同盟，共分天下，缓缓图之。”吴主然之，遂遣使入蜀见后主。

后主问于群臣，群臣曰：“可使人问诸葛丞相。”后主遣陈震到汉中，说“东吴孙权已即帝位，今遣使同盟，共分天下。”孔明便交陈震为使，赍礼物往东吴上贺，“望遣陆逊作兴兵之意，遥分其势，魏必遣司马懿拒之。司马懿若向东，则吾再出祁山，可图长安矣；如得长安，吾（亦）[可]乘时伐魏。此万全之计也！”

于是卫尉陈震赍名马、玉带、金帛入吴见孙权，上贺毕，呈上国书。吴主从之，

据《资治通鉴》卷七十一：吴主使以并尊二帝之议往告于汉。汉人以为交之无益而名体弗顺，宜显明正义，绝其盟好。丞相亮曰：“权有僭逆之心久矣，国家所以略其衅情者，求掎角之援也。今若加显绝，仇我必深，更当移兵东戍，与之角力，须并其土，乃议中原。彼贤才尚多，将相辑穆，未可一朝定也。顿兵相守，坐而须老，使北贼得计，非算之上者。昔孝文卑辞匈奴，先帝优与吴盟，皆应权通变，深思远益，非若匹夫之忿者也。今议者咸以权利在鼎足，不能并力，且志望已满，无上岸之情，推此，皆似是而非也。何者？其智力不侔，故限江自保。权之不能越江，犹魏贼之不能渡汉，非力有余，而利不取也。若大军致讨，彼高当分裂其地以为后规，下当略民广境，示武于内，非端坐者也。若就其不动而睦于我，我之北伐，无东顾忧，河南之众不得尽西，此之为利，亦已深矣。权僭逆之罪，未宜明也。”乃遣卫尉陈震使于吴，贺称尊号。吴主与汉人盟，约中分天下，以豫、青、徐、幽属吴，兖、冀、并、凉属汉，其司州之土，以函谷关为界。（参见《三国志·蜀书·诸葛亮传》注引《汉晋春秋》，《三国志·蜀书·陈震传》，《三国志·吴书·吴主传》）

按：孙权称帝并要求蜀汉并尊二帝，这是对蜀汉正统地位的挑战，引起蜀汉群臣的议论和不满，甚至主张断绝与东吴的联盟关系并予声讨。诸葛亮则面对现实，主张承认孙权称帝，以此换取东吴对北伐事业的声援与策应。史书中记载了诸葛亮对这一问题的论述，但《演义》没有采用。

便下诏令陆逊虚作（魏）[疑]兵，遥与西蜀为势。陆逊曰：“此是诸葛惧司马懿之谋也。既然同（监）[盟]，不得不从。吾兵且养锐气，待诸葛（收）[攻]魏至急，乘时而取中原也。”于是下令荆、襄之地各严教练军马，选日出师。（六）[陆]逊之意，欲待魏、蜀

先相并吞力乏，立可图之。

却说陈震回蜀来禀孔明。孔明尚忧陈仓不便，未敢轻进，使细作去探，忽报（守）陈仓城[守]郝昭染病甚重。孔明曰："吾事济矣！"遂定计取陈仓。唤魏延、姜维二人引五千军马，星夜奔陈仓城下，"如城中火起，并力攻城。"二人亦未深信。二将禀覆："何日可行？"孔明曰："三日内拴束马匹器械完备，不须辞我便行。"二将领计，自去理会。孔明又唤关兴、张苞，附耳低言如此如此。二将亦领计自行。

却说郝昭卧病甚重，荒使报知张郃。张郃等乞上表，差人来替。郭淮听知郝昭病重，乃与张郃曰："郝昭与汝有旧，既有疾病，汝可速去守把。吾自写表申奏，别行定夺。"张郃恐陈仓有失，带引三千军马星夜前来。

却说郝昭当夜正沉吟间，忽报蜀兵已到城下。昭急令人上城守把之时，各门之内皆有火起，城中大乱，郝昭惊死。蜀兵入城据守。

据《三国志·魏书·明帝纪》注引《魏略》：亮围陈仓，……昼夜相攻拒二十余日，亮无计，救至，引退。诏嘉昭善守，赐爵列侯。及还，帝引见慰劳之，……仍欲大用之，会病亡。

按：《演义》称诸葛亮趁郝昭病重之机成功袭取陈仓，郝昭于陈仓惊死，均不见于史。据史书，诸葛亮未曾再出陈仓；郝昭病死于洛阳，与陈仓无关。

却说魏延、姜维引五千军马星夜到城下时，见城上并无一把旗帜，心中怀疑，不敢打城。忽然城上一声炮向，四面一齐立起蜀兵旗号。魏、姜二人大惊，立马于城下看时，一人在敌楼上大呼曰："汝二人来得晚了！"视之，乃孔明也。二人下马而拜曰："何神异也！"孔明唤入城中，乃说计曰："吾常忧陈仓之城，使人打[探]，细作报来，说郝昭病重，汝皆尽知。吾今交汝三日内引军，星夜取之，此稳众人之心也。吾遣关兴、张苞只做点军，潜地出城。是（吾夜）[夜吾]暗藏在军中，星夜倍道来到城下，比及知觉，已不能调兵。吾已先有奸细人在城中放火，若无主将，必自乱矣，吾故取之。此攻其无备，出其不意也。今郝昭已亡，吾甚怜之，令其妻小带灵柩归魏，以表其忠。"魏延、姜维拜曰："丞相用兵如神，何虑魏兵乎？"孔明曰："汝二人且休解甲，便引兵去袭散关。把关之将闻蜀兵至，必望风而走也。迟则有魏兵至矣。"

魏延、姜维即时上马，引军投散关来。果然把关之人见蜀兵来，弃关而走。魏延、姜维到关上方始解甲。只见关外尘头起处，魏兵到来。二人相顾曰："军师神筭也！"二人把军士关上摆开。来者乃魏将张郃也。郃到关下，见蜀兵已据险要，便拨退军。魏延引军赶来，杀伤颇多。张郃去远，魏延回报孔明之时，孔明已自引军离了陈仓，出斜谷取武威去了。后面蜀兵陆续竞进。后主又遣大将陈（戎）[式]来助孔明。

孔明复出祁山下寨，

按：据史书记载，蜀汉建兴七年（229）春，诸葛亮第三次伐魏。同年四月，孙权称帝。《演义》将两事前后倒置，有悖于史。

聚众将曰："二次出祁山，未得其利。吾（诈）[料]魏人（仍）[依]旧战之地与吾相敌。彼意只疑我取雍、郿二处，将军马犯拒之。吾观阴平、武都二郡与汉中连接，若先得此城，亦可分魏兵之势。谁与吾取之？"姜维、王平曰："愿往！"孔明令姜维引一（半）

军去（本）[取] 武都，王平引一军去取阴平。二将领兵去了。

却说张郃回长安见孙礼、郭淮，说“陈仓城失矣，郝昭已亡，散关亦被蜀兵夺了。今诸葛兵马又分各道而出。”郭淮大惊，令张郃守长安，（来）[星] 夜起兵，来据郿城，使孙礼守雍城，再发表告急。

魏主升殿，群臣奏知魏主。此时曹真病未痊，乃宣司马懿入朝商议大事。魏主曰：“近满宠（自）[等] 各具表文申奏，言东吴孙权僭称帝号，与蜀会盟，今遣陆逊在武昌指挥，各处调练军马，各处兴师。更兼诸葛诡计夺了陈仓，郝昭已亡，兵又出祁山。两下进兵，当先退何处？”司马懿奏曰：“臣愚，料东吴必不动兵。”魏主曰：“何以知之？”懿曰：“孙权据有江东，心满意足，不复再有远图之心。续后又得荆州，自为太过矣。今称帝号，民心未安，何敢妄动？蜀之诸葛尝欲报先主猇亭之仇，气欲吞吴，恨力未及也。但又恐中国从旱路伐之，故暂时为同盟耳。但恐乘虚而攻之，故遣人作贺，使吴虚作兴兵之势，以分中国之兵。吴亦欲魏、蜀相吞，坐观成败，（攻）[故] 从之。东吴兴兵乃诈谋也，西蜀兴兵乃实情也。臣故知之。”魏主叹曰：“真将才也！”遂命司马懿为大都督，总摄陇西诸道军马；欲遣使问曹真取印。懿曰：“臣自求之。”魏主驾兴。

懿至曹真府下问病，曹真请入卧房内。懿动问毕，乃曰：“东吴、西蜀会合兴兵，诸葛已在祁山，明公知之乎？”真大惊曰：“家人为我卧病，故不令我知之。以此，国家甚危！天子何不拜公为大都督以御之？”懿曰：“某才微志浅，不称此职。”真遂取印以与之，懿再三谦辞。真曰：“公如不受，其必亡矣！吾当扶病见帝以保之。”懿曰：“天子已有恩命，吾未敢受。”真曰：“公当替我此回。[再] 有征伐，真必努力矣。”于是司马懿受之，辞帝领兵投长安来，与诸葛斗智。胜负如何？

[第一百九十七段]　孔明智败司马懿

蜀建兴七年夏，孔明兵在祁山，分作三寨，专待魏兵到来。

是时，司马懿到长安，张郃接见，备言其事。司马（打破，武都已被姜维打破。前离蜀兵不远。孙礼曰：“既是打破了城池，如何陈兵于外？莫非有诈？不如速回。”）懿令张郃为先锋，戴凌为副将，领兵十万，前至祁山，于渭水之南下寨。郭淮、孙礼皆来参见。懿问曰：“汝曾与蜀兵对阵否？”淮、礼皆曰：“未也。”懿曰：“蜀兵千里而来，利在急战。到此不战，必有谋也！”又问曰：“陇右诸郡皆有信息来否？”淮曰：“某亦使人各处去探，来言十分用心，晓夜隄备，俱各无事。止有武都、阴平二郡 [未曾回报]。”“吾自每日差兵与诸葛挑战。”懿曰，“汝二人可从小路去救二郡，却掩在蜀兵之后，彼必自乱矣。”郭淮、孙礼得了将令，引五万军马，从陇右小路径来袭蜀兵之后。

行了数日，郭淮在马上与孙礼曰：“司马仲达比诸葛如何？”礼曰：“诸葛胜如司马十有四五矣。”淮曰：“虽然胜之，此一计显司马之智。蜀兵正攻两郡，吾从后出兵，岂得不自乱哉？”两个正说之间，哨马回报“阴平已被王平 [打破，武都已被姜维打破。前离蜀兵不远。”孙礼曰：“既是打破了城池，如何陈兵于外？莫非有诈？不如速回。”]郭淮曰：“然！”便拨军退。前面一声炮（尝）[响]，山后撞出一军，当先诸葛孔明坐于车上，左有关兴，右有张苞。孔明笑曰："司马公此计如何瞒得我？使人每日挑战，却差你两个来袭吾军之后。武都、阴平吾已占了。（吾）[汝]二人如何不降？"二人欲待驱兵与孔明战，只听得背后喊起，人报王平、姜维人马杀到。前（军）[面]关兴、张苞各要立功，杀入中军，来捉郭淮、孙礼。魏军大乱，各奔山谷逃生，弃下马匹器械无数。郭淮、孙礼弃马爬山。

据《三国志·蜀书·诸葛亮传》：（建兴）七年，亮遣陈式攻武都、阴平。魏雍州刺史郭淮率众欲击式，亮自出至建威，淮退还，遂平二郡。（参见《资治通鉴》卷七十一，《三国志·蜀书·后主传》）

按：据史书记载，诸葛亮于蜀汉建兴七年（229）春第三次伐魏，派陈式攻占了武都和阴平两郡。魏国的雍州刺史郭淮前来救援，诸葛亮亲自率军抵达建威，郭淮被迫撤回。《演义》据史书描写了诸葛亮此次北伐的胜利，但将攻占武都和阴平的功劳，给了姜维和王平。《演义》说，诸葛亮先夺得陈仓和散关，然后才占领建威，并率大军直达祁山，这些情节与史实不合。据史书记载，陈仓和散关两地，一直在魏军控制之下；蜀军占领武都和阴平两郡不久，诸葛亮即率军返回汉中，并未到祁山。司马懿此时仍屯兵宛城，并未参加此次魏蜀之战。

张苞望见，骤马追之，连人马撞于涧中，后军救起，头面磕伤。孔明交送回成都养病，患破伤风身死，敕葬于成都。后主封张苞弟张昭为侍中郎将此是后话。

当时郭淮走脱，回见司马懿，说"诸葛自于要处埋伏，前后掩击，以此大败。某弃马步行走脱。"懿曰："非汝之罪，乃诸葛智在吾先也。汝二人可再引兵去守雍、郿，切勿出战。吾自有破敌之策。"乃唤张郃、戴凌曰："今诸葛新得武都、阴平，必然自去安抚百姓，以安民心，必不在寨中。汝二人今夜各引一军，抄去蜀寨背后杀来，吾自引兵于前以应之，可夺蜀营也。如得此山头，其余营寨便立不稳矣。"

此时戴凌在左，张郃在右，各引精兵五千，从小路深入蜀寨之后。军到大路，已三更时分。张郃、戴凌合兵一处，从大寨后杀来。行不到三里，只见前军不行。张郃、戴凌自策马观之，见数百辆小车截断去路。张郃曰："此必有准备，可取旧路急回！"便退兵时，满山火把齐明，蜀兵四起。只见山坡上火光中，孔明叫曰："司马懿料吾在武都、阴平，故来劫寨。汝等皆是手下之人，吾不忍杀害，何不下马受降！"张郃指孔明而骂曰："山野村夫，侵吾大国，反出诈言！吾若拿住时，碎尸万段！"纵马挺枪，杀上山来。山坡中矢石乱射，张郃不能前进，拍马于乱军中冲突而出，人莫敢当。蜀兵把戴凌围住。张郃杀出旧路，不见戴凌，翻身回马，杀开重围，救出戴凌去了。孔明在山上望见出入反覆，杀进两遭，勇不可当，乃与左右曰："昔闻张车骑大战张郃，人皆惊羡，方识其才。留了此人，他日为蜀中大害。吾欲擒之；若存此人，使吾腹中又添一忧也！"

据《三国志·魏书·张郃传》：郃识变数，善处营陈，料战势地形，无不如计，自诸葛亮皆惮之。

于是孔明收军回寨。

却说司马懿列兵只等蜀兵。于是张郃救得戴凌回寨中，说"孔明又在寨后如此隄备。"司马懿叹曰："真神人也！吾且坚壁不出。"孔明使魏延每日搦战，魏兵不出，似此半月。

孔明正思计间，忽报朝廷差费祎亲赍诏书至。孔明接入寨中，开读其诏曰：

街亭之役，咎由马谡，而君引愆，深自贬抑，重违君意，听顺所守。前年耀师，馘斩王双；今岁爰征，郭淮遁走。降集氐、羌，兴复二郡，威镇凶暴，功勋显然！方今天下骚扰，元恶未枭。君受大任，干国之重，而久自贬损，非所以宣扬洪烈矣。今复君丞相，君其勿辞！　　建兴（六）［七］年夏六月　日诏。

据《三国志·蜀书·诸葛亮传》：诏策亮曰："街亭之役，咎由马谡，而君引愆，深自贬抑，重违君意，听顺所守。前年耀师，馘斩王双；今岁爰征，郭淮遁走；降集氐、羌，兴复二郡，威镇凶暴，功勋显然。方今天下骚扰，元恶未枭，君受大任，干国之重，而久自挹损，非所以光扬洪烈矣。今复君丞相，君其勿辞。"

诏令孔明再复丞相旧职。孔明欲辞，费祎曰："丞相秉军国之重而坚辞不（定）［受］，（令）［冷］将士之心也！"孔明受之，费祎自回。孔明思忖计定，唤诸将皆拔寨起。

望远军士报司马懿。懿曰："诸葛必然有谋，且未可轻动。"张郃曰："必然是粮尽畏热，退入汉中，如何不可？"懿曰："吾料诸葛去岁多收，今（多）年麦熟，粮食丰足。虽是转运艰难，亦可支用半载，未必便走也。［彼］见吾连日不出，故以此诱之！"使人远远哨探，回报"离三十里下寨。"懿曰："吾料其必不走也！且好生安排寨栅，不可轻进！"又歇下数日，绝影不见蜀兵到。又使人探之，说蜀兵又拔寨去。司马懿自（分）［扮］作哨探军马，杂在军中，亲自来看，果见蜀兵又退三十里。懿曰："此诸葛之计也！"回寨又待数日，使人哨探，诸葛并作一大寨，又退三十里。张郃曰："蜀人使缓兵之计，渐渐退去。都督怀疑而不进，则我辈皆被天下（之）［人］耻笑也！愿决一死战，以报朝廷！"懿曰："诸葛诡计极多，倘有疏虞，丧吾军之气也。"郃曰："不必都督亲去。某自引军去死战，败则该军令！"懿曰："你诸将既要出战，吾当分作两队：汝自先去敌之；吾傍后，［倘］有伏兵，却于后应之。此为首尾相救之计。来日先进兵于半道，次日交锋，此可不乏兵之力也。"张郃、戴凌引副将十员、精兵三万，来日先行到半道而宿。司马懿引二子后追。

元来孔明暗暗使［人］哨探，魏兵到半路，飞报入孔明寨中来。孔明当夜尽唤将士入中军，问曰："今魏兵此来，必奋力劫之，情愿死战者以一当十。吾以伏兵断之后，非骁勇之将，不可当此。今司马懿定分兵两队，防吾伏兵之故。若司马（过）［至］，其兵正（当在）［在当］中，要战两头，非大将不可当之。"孔明言罢，以目视魏延。魏延低头不语。忽王平出曰："某愿往！"孔明曰："如有失，如何？"平曰："杀身报国，有何追悔？某若有失，情愿献首！"孔明又曰："王平乃汉之忠臣也，肯舍身报国，亲冒白刃，（为此）［此为］忠臣！虽然如此，魏兵前后两段，吾伏兵在其中，王平只可敌得一头，安能分身乎？须得一人辅助，方可行事。可惜吾军中无一人敢舍死当先者，交吾计不能成矣！"言未毕，张翼出曰："某愿往！"孔明曰："张郃乃魏之名将，有万夫不当之勇，恐汝非其对也。"翼曰："如失丞相大事，愿该军令！"孔明曰："既汝敢去，吾有号令。汝二人各引一万军，只就此山谷中左右埋伏。如魏兵到，由他赶杀将来，军马追尽，却出兵截断其后。若望见背后再有军来，汝可分军两头：张翼引一半军去当后队；王平引一半军去当前面回军，须要鏖战。吾自别有计策。"二将领了将令，各挑拣一万精兵去了。孔明又唤姜维、廖化，分付一个锦袋与二人收了，曰："你二人同领精兵一万，偃旗息鼓，伏于前山之上。如见魏兵围定王平、张翼，十分危急，你二人不可救之，只开锦囊看之，自有解围之计。"姜维、廖化领计去了；又唤吴懿、吴班、马忠、张嶷四将分付："如来日魏兵到，锐气正胜，不可迎敌，退后且走。只看关兴引马军来到掠阵之时，汝（自）

[等] 便回头赶杀，吾自有兵接应。”四将皆受计领兵去了。孔明交魏延去武都、阴平防护，以防魏兵透漏。孔明先把弱兵远远先退，只留壮健人马，等待魏兵。

次日，张郃、戴凌等军马如风雨骤到，蜀兵且战且走。魏兵约赶到五十里上，那军（尽）[马] 皆喘息不定。孔明却在高阜处望见，把红旗一招，关兴军马来到，蜀兵一齐回头。魏兵死战不退。王平、张翼截出，杀断魏 [兵] 归路。张郃大喝众将曰：“到这里不即死战，更待何时！”魏兵奋力冲突。背后司马懿引兵杀到，却把王平、张翼围在当中。张翼大呼曰：“丞相既已筭定，必有良谋。我自当决一死战！”翼分一半人马来战司马懿，王平引一半人马接住张郃交战，两下杀声振天。姜维、廖化伏在山上暗视，见魏兵势大，蜀兵当抵不住，渐至危急。姜维曰：“可观计矣。”于是开锦囊观之，二人骇其计。如何？

[第一百九十八段]　司马懿兵寇汉中

姜维、廖化同观锦囊之计。其计（之）曰：“若司马懿兵来围住王平、张翼，（我）[汝] 二人便分为两队，径袭司马懿之营。司马知之，恐长安有失，必然回之。汝自乘势击之，虽不得营，可全胜矣。”姜维、廖化即时分为两队，杀奔司马懿营中而去。元来司马懿亦恐中计，于路使人不绝传报消息。司马正催战之时，忽流星马报“蜀兵两路去袭大寨。”懿大惊曰：“吾料诸葛有计，汝等皆不信之，误了大事！”即时便拨军回，惶惶（自然）心乱。张翼从后掩杀将来，蜀兵突出，杀得魏兵大败。张郃、戴凌望见势危，亦奔山僻小路而走。于是蜀兵两胜。孔明交关兴接应诸路军回。司马懿大折一阵，归寨责骂诸将曰：“汝等凭血气武勇，强欲出战，致有此败！”诸将尽皆惶怖而退。其中折了无名骁将极多，史书不复纪录。

却说孔明收聚大军，又欲分兵追取。忽有人自成都而来，说张苞破头伤风而死。

据《三国志·蜀书·张飞传》：长子苞，早夭。

孔明哭之，忽然口吐鲜血，昏绝于地，众（皆）[将] 救醒。是日得病。静轩有诗叹曰：

屈死张苞未建功，孔明挥泪泣西风。
要知身惹尪羸病，都在忧民为国中。

孔明唤董厥、樊建等入来，分付曰：“吾自觉头目昏沉，不能理事。此莫走泄！如司马懿（初去）[知时]，必然来攻吾寨也。不如暂回归养病，又作商议。”于是下令各处军马速（令便）回汉中。

孔明兵去了五日，司马懿方知。懿叹曰：“诸葛神出鬼没，吾不及也！”于是留兵分守隘口，司马懿自回洛阳。

却说孔明留兵在汉中，自回成都。后主亲往视病，命医调治，日渐平复。

建兴八年秋七月，曹真上表云：“蜀数侵疆界，累犯中原，若不剿除，必为后患！况今秋（粮）[凉] 在迩，人马久闲，久则生病。臣乞与司马懿统领大兵，共入汉中，剿除奸党！”魏主从之。时司马懿按（制）[置] 荆、襄未回。魏主差使宣召，星夜还朝商议。

次日，魏主至偏殿，有侍中刘晔后随。魏主问晔曰："曹子丹劝朕伐蜀，此事如何？"晔曰："大将军之言是也！今若不除，后必有患！陛下不必多疑，便可行之。"魏主（颠）［点］头。少刻，出班还私宅。有数十大臣相探，问晔曰："近闻朝廷公议兴兵伐蜀，此事若何？足下近侍天子，必知其详。"晔对曰："蜀有山川之险，非易图之，空费军马之劳，于国无益，天子亦心惮矣。"众官皆默然而退。独有中领军杨暨疑曰："昨闻刘晔劝天子伐蜀，今何故出此言也？"遂入见魏主曰："陛下何不早兴兵伐蜀？"魏主曰："（乡）［卿］书生（马）［焉］知用兵之事？"暨曰："刘晔乃先帝谋臣，曾云可伐，臣故知可伐也。"魏主笑曰："刘晔是曾教朕伐也。"暨曰："对大臣言不可伐，臣故疑之。"魏主宣晔入，问曰："卿劝朕伐蜀，又言不可，何也？"晔曰："谁奏来？"魏主曰："杨暨言之。"晔曰："臣熟思之，蜀不可伐。"魏主大笑。少刻，杨暨出。晔（之）［奏］曰："臣以圣上饱看兵书，陛下实未曾也。伐国之事，乃大谋也。臣得与闻，虽梦中犹恐泄之。兵者，诡道也。事未行，务宜密之。臣劝陛下伐蜀，故不敢泄于人也，故反说也。陛下何与杨暨（问）［言］是非乎？"魏主闻之大悟，曰："卿之言乃金玉也！"因此敬之。

据《资治通鉴》卷七十二：侍中刘晔为帝所亲重。帝将伐蜀，朝臣内外皆曰不可。晔入与帝议，则曰可伐；出与朝臣言，则曰不可。晔有胆智，言之皆有形。中领军杨暨，帝之亲臣，又重晔，执不可伐之议最坚，每从内出，辄过晔，晔讲不可之意。后暨与帝论伐蜀事，暨切谏，帝曰："卿书生，焉知兵事！"暨谢曰："臣言诚不足采，侍中刘晔，先帝谋臣，常曰蜀不可伐。"帝曰："晔与吾言蜀可伐。"暨曰："晔可召质也。"诏召晔至，帝问晔，终不言。后独见，晔责帝曰："伐国，大谋也，臣得与闻大谋，常恐眯梦漏泄以益臣罪，焉敢向人言之！夫兵诡道也，军事未发，不厌其密。陛下显然露之，臣恐敌国已闻之矣。"于是帝谢之。晔见出，责暨曰："夫钓者中大鱼，则纵而随之，须可制而后牵，则无不得也。人主之威，岂徒大鱼而已！子诚直臣，然计不足采，不可不精思也。"暨亦谢之。或谓帝曰："晔不尽忠，善伺上意所趋而合之。陛下试与晔言，皆反意而问之，若皆与所问反者，是晔常与圣意合也。每问皆同者，晔之情必无所逃矣。"帝如言以验之，果得其情，从此疏焉。晔遂发狂，出为大鸿胪，以忧死。（参见《三国志·魏书·刘晔传》注引《傅子》）

数日间，司马懿回。魏主以曹真之言问之，懿曰："臣往荆、襄看探，亦有此意。东吴决不可动兵，可乘此伐蜀也。"魏主封曹真为大司马、征西大都督，司马懿为大将军、副都督，刘晔为军师，点起大兵四十万，潜出长安，杀奔剑关，来取汉中。其余郭淮、孙礼等皆分道而进汉中。

据《资治通鉴》卷七十一：大司马曹真以"汉人数入寇，请由斜谷伐之。诸将数道并进，可以大克"。帝从之，诏大将军司马懿溯汉水由西城入，与真会汉中，诸将或由子午谷，或由武威入。司空陈群谏曰："太祖昔到阳平攻张鲁，多收豆麦以益军粮，鲁未下而食犹乏。今既无所因，且斜谷阻险，难以进退，转运必见钞截，多留兵守要，则损战士，不可不熟虑也。"帝从群议。真复表从子午道；群又陈其不便，并言军事用度之计。诏以群议下真，真据之遂行。（参见《三国志·魏书·曹真传》《陈群传》）

汉中人报入成都来。此时孔明病可多时，每日教演军马，习学八阵变化之法，尽已精熟，意欲北征。听得飞报消息，孔明便唤张嶷、王平曰："你二人先引五百军去守陈仓古道，敌住魏兵。吾自随后提兵来也。" 张嶷曰："丞相误矣！近人报魏兵四十万，诈呼八十万，曹真、司马懿同领兵，势如丘山。丞相如何只与某等军五百去守隘口？魏兵掩至，将何策以拒之？”孔明曰：“吾欲多与你兵，恐士卒生受也。”张嶷、王平面面相觑而疑。孔明曰：“失了（问）[关]，非汝之罪也。你二人不必多疑，可以速去。”张（疑）[嶷]、王平伏地而言曰：“丞相若欲斩某二人，就此斩之。某等决不敢去！”孔明笑曰：“何其愚也？吾使汝等，必有（所）主[见]。昨夜仰观天文，见毕宿缠于太阴之分，此月内必有大雨淋漓。魏兵虽有四十万，安敢深入山险？故不必多军，恐（甘）[同]受其苦也。吾令军士皆在汉中安居一月。待魏兵自退之时，天必晴霁，此时吾以大军随后掩之，无有不克。以吾安逸之兵追赶劳苦之士，虽千万何足惧哉？”二人拜听，亦怀疑而去。孔明辞后主，出屯汉中，发下号令，交各处关上预备干草喂马，以防秋霖一月；汉中诸军预给衣粮，各各宽暇一月，俟候出征。

据《资治通鉴》卷七十一：汉丞相亮闻魏兵至，次于成固赤坂以待之。召李严使将二万人赴汉中，表严子丰为江州都督，督军典严后事。（参见《三国志·蜀书·李严传》）

王平、张嶷到陈仓古道，拣高阜处搭起窝铺，以防秋雨。

却说司马懿、曹真提兵到陈仓之时，见城内并无一间房屋，——此是孔明回日放火烧毁。曹真便欲取陈仓道而进。司马懿曰：“不可轻进！某夜观天文，见毕宿缠于太阴之分，此月内必有大雨。若深入重地，如胜则可，倘有蹉跌，无处屯兵，军士生受劳苦。且就城中搭起窝铺，以为退步之计。”拨军砍（作）[伐]木植搭盖。未及一半，天降大雨，盆倾瓮（�）[瀽]，淋淋不住。陈仓城外，平地[水深]三尺，旌旗衣甲尽皆濡湿，军马夜不能寝，昼不能安。大雨三十（之）[余]日，马匹多死，人有病伤，切切思归，声传（开下）[洛阳]。

魏主求晴不获，太尉华歆上表曰：“陛下且留心治道，以征伐为后事。为国者以民为基，民以衣食为本。使中国无饥寒之患，百姓无离土之心，则二敌之衅可坐而待也。今出师以来，天降大雨，此不祥之兆也。乞降诏班师，以慰军心，以苏民力，甚幸！”少府杨阜谏曰：“昔武王白鱼入舟，君臣变色[而]动。得吉瑞犹尚忧惧，况有灾异而不战竦者哉？今（吾）[吴]、蜀未平，而天屡降变；诸军始进，便有大雨之患。稽阂山险，已积日矣。转负劳苦，所费已多；若有不继，必违本图。乞陛下早召兵还，免遭涂炭！”又有散骑常侍王肃谏曰：“前志有之：‘千里馈粮，士有饥色；樵苏后爨，师不宿饱。’此谓平途之行军者也。又况深入险阻，凿路而前，则其为劳必相（间）[百]也。今又加之以霖雨，山坂（浚）[峻]滑，众迫而不展，粮远而（进）[难]继，实行军之大忌也。闻曹真发已逾月，而行裁半谷，治道工夫，战士悉作。是彼偏得以逸待劳，（而）[此]兵家之所惮也。远则周武出关而复还，近则武、文临江而不济，岂非顺天（之）[知]时、通于权变者哉？”魏主曰：“卿等之言是也。”于是遣使持节，诏曹真、司马懿班师。

据《资治通鉴》卷七十一：会天大雨三十余日，栈道断绝，太尉华歆上疏曰：“陛下以圣德当成、康之隆，愿先留心于治道，以征伐为后事。为国者以民为基，民以衣食为本。使中国无饥寒之患，百姓无离上之心，则二贼之衅可坐而待也！”帝报曰：“贼凭恃山川，二祖劳于前世，犹不克平，朕岂敢自多，谓必灭之哉！诸将以为不一探取，无由自敝，是以观兵以窥其衅。若天时未至，周武还师，乃前事之鉴，朕敬不忘所戒。”

少府杨阜上疏曰：“昔武王白鱼入舟，君臣变色，动得吉瑞，犹尚忧惧，况有灾异而不战竦者哉！今吴、蜀未平，而天屡降变，诸军始进，便有天雨之患，稽阂山险，已积日矣。转运之劳，担负之苦，所费已多，若有不断，必违本图。《传》曰：'见可而进，知难而退，军之善政也。'徒使六军困于山谷之间，进无所略，退又不得，非王兵之道也。"

散骑常侍王肃上疏曰："前志有之：'千里馈粮，士有饥色，樵苏后爨，师不宿饱。'此谓平涂之行军者也；又况于深入阻险，凿路而前，则其为劳必相百也。今又加之以霖雨，山坂峻滑，众迫而不展，粮远而难继，实行军者之大忌也。闻曹真发已逾月而行裁半谷，治道功夫，战士悉作。是贼偏得以逸待劳，乃兵家之所惮也。言之前代，则武王伐纣，出关而复还；论之近事，则武、文征权，临江而不济。岂非所谓顺天知时，通于权变者哉！兆民知上圣以水雨艰剧之故，休而息之，后日有衅，乘而用之，则所谓悦以犯难，民忘其死者矣。"肃，朗之子也。

（太和四年秋）九月，诏曹真等班师。（参见《三国志·魏书·华歆传》《杨阜传》《王朗传附子肃传》《陈群传》《曹真传》）

众军闻之，无不踊跃思归。曹真奉诏，（此）[比]及[与]司马懿商议，各军皆已便行，却如何止约得定？司马懿曰："军无战心，空劳神用之，不如且归。"曹真曰："倘诸葛有追兵，若何？"懿曰："吾已先伏下两军断后，方可行矣。"便传令后军先退而行。

却说孔明计筭时雨一月，虽未晴明，先提一军（平）[屯]于城固地名，传下令，交大小三军会于赤坡地名。

据《三国志·蜀书·后主传》：（建兴）八年秋，魏使司马懿由西城，张郃由子午，曹真由斜谷，欲攻汉中。丞相亮待之于城固、赤阪，大雨道绝，真等皆还。（参见《三国志·魏书·明帝纪》）

是日，孔明升帐曰："吾料魏军必走矣。纵使曹真、司马懿未肯，诏书必令班师。吾筭一路汉水，一路西城，一路子午谷，一路武威，一路（建）[剑]关，此五路兵一齐退去。吾若追之，必有隄备。且纵远去，却作商量。"忽王平、张嶷使人来报，说"魏兵拔寨皆去。"孔明交不可追袭，"吾自有破魏之谋。"引兵再出城固。胜负如何？

[第一百九十九段]　孔明四出祁山

众将（四）[曰]："魏兵遭雨淋漓，急思归计，乘势追之，无有不胜。何为不令追袭也？"孔明曰："司马懿善能用兵，使军马退，必于险处埋伏，以防追兵。吾若追之，正中其计。不若纵他远去，吾亦分兵径出斜谷而取祁山，使魏人不隄备也。"众将曰："取长安之地，别有路途。丞相只取祁山，何也？"孔明曰："祁山乃长安之头，陇上诸郡倘有兵来，必（虽）[须]经由此地；更兼前临渭滨，后靠斜谷，左出右入，可以埋伏，是用武之地。故必欲争之，先得地利也。"诸将曰："然！"孔明乃命魏延、张嶷、杜琼、陈（成）[式]出箕谷，令马岱、王平、马忠、张翼出斜谷，并会于祁山，[先]到者[为]上功，拨两队人马去了。孔明令关兴、廖化为先锋，自总中军，续后而进。

却说曹真、司马懿二人在后监督军回，差一军察探后面蜀兵来赶否。行不数里，后面埋伏将皆回，言"蜀兵绝无动静。"曹真曰："连旬阴雨，栈道断绝。蜀人岂知我等退军耶？”司马懿曰：“蜀兵必从后而出也。”真曰：“何以知之？”懿曰：“连日晴霁，蜀兵不出赶者，料吾有埋伏也，且容远去。待吾军尽，必入关中来夺祁山也。”曹真不信。懿曰：“子丹如不信，可以观之，诸葛军必从两谷而出。某与子丹各守一谷，十日为期，如无蜀兵，面搽红粉，穿妇人之衣，就营中服罪。”曹真曰：“若有蜀兵，我情愿输天子所赐玉带御马。”与之遂分兵于两处：曹真引一半军屯于祁山之西，守斜谷口；司马懿引一半兵屯于祁山之东，守箕谷口。各自安营下寨。

且说司马懿屯于箕谷道口，先拨两军伏于山谷中，其余军尽拣要路驻扎。司马懿乃改换衣服，与数十步军暗暗点视诸寨。忽到一营，见一将口出怨言曰：“大霖雨了许多日，不思回去，犹在这里驻扎。都督自要赌赛，却苦了每军人。”司马懿记了，回到寨中升帐，唤集诸将，皆在帐下，却召出怨言之人（同）[问]曰：“朝廷养军千日，用在一朝。你何故出怨言以丧军心？”其人低头不语。懿召同伴证之，果伏其罪。懿曰：“吾非为赌赛之故，实欲胜蜀，令汝等各获功回。都似汝等，何能胜哉？”推出斩之。须臾献头于帐下，众将竦然。懿曰：“汝自尽心，以备擒虏。听吾军中炮向，四面皆进。”诸将得令而退。

却说魏延、张嶷、杜琼、陈（成）[式]四将引三万人马取箕谷而进。正走之间，忽报参军邓芝来到。四将（来问）[问来]何事，芝曰：“丞相有令，如出箕谷（口道）[道口]，隄防有魏兵埋伏，不可轻进。”陈（成）[式]曰：“丞相用兵何多疑也？若当先便赶，擒了司马懿多时。吾料魏兵遭值久雨，衣甲皆损，只思归计，岂有心再战耶？今交我等会祁山，又交休进，是何号令也？”芝曰：“丞相计无不中，谋无不成。汝安敢如是？”（成）[式]笑曰：“丞相若能用计，不致有街亭之失。”魏延心中恨孔明前次退兵之时却调他往武都、阴平，全然无功，常有怨言，当时亦笑曰：“若初出祁山听吾之言，出子午谷，此时休说一个长安，敢和洛阳得矣！”陈（成）[式]曰：“本部自有五千兵，先到祁山下寨，看这老子羞否？”邓芝阻当“不可！”是夜，魏延要与孔明争竞，激起陈（成）[式]。陈（成）[式]自潜地引军去了。邓芝比及知觉，军已[去]远，飞马来报孔明。

却说陈（成）[式]引五千兵径出箕谷，路上并无一人。陈（成）[式]在马上大笑曰：“人皆以诸葛有通神谋略。吾（以）[今]见之如[等]闲耳！”出谷口行不数里，忽闻一声炮向，四面八方伏兵尽出。陈（成）[式]急退时，谷口兵已屯满，围得铁桶[相似]；却得魏延一军在谷中出，因此魏兵放开，救得陈（成）[式]性命，五千兵倒剩下四五百带伤人回谷去了。魏兵又赶，张嶷、杜琼引兵接应，魏兵方退。魏延拒住[险要]下寨，方知诸葛神通，二人悔之无及。

却说邓芝回报孔明，说陈（成）[式]如此如此。孔明曰：“魏延素有反意，常怀不平之心。（吾）[若]留而重之，久必生患。吾当除之！”正恨间，飞马走报：“陈（成）[式]折了四（五百）[千余]兵，回在谷中。”孔明急交邓芝再往箕谷，用言以安其心，隄防生变：“吾料司马懿若在箕（口）[谷]时，曹真必在祁山。吾速攻之，却来截司马懿后，必自走矣。”邓芝去了。孔明急到军前，唤马岱、王平领计去斜谷口：“如有魏兵守把，你二人越山头，昼伏夜行，速去祁山之左，举火为号。”又唤马忠、张翼领计：“你二人亦从山僻小路昼伏夜行，出祁山之右，举火为号，共劫曹真营寨。吾自（从）出谷口（出），三面攻之，可破矣。”于是四将分两路，各引五千精兵去了。孔明令廖化、关兴引军出谷。

却说曹真不信有蜀兵出，以此心中怠慢，一任军士歇息，只待十日，要羞司马懿。

不觉等了七日，忽报谷中有些小蜀兵出。曹真下令，拨大将秦良引五千军马直赶入谷去，“赶得蜀兵离远，十日不见动静，也筭我得赢。”分付三军尽皆偃旗息鼓，罢（堵）[喧]休动。秦良引了五千马军赶入谷口时，关兴、廖化迤逦望后而走。秦良（尽）赶了五六十里，不见蜀兵，心下疑惑，交军下马暂息。忽一人上高山望之，见山后尘埃起处，报道蜀兵有埋伏。秦良整顿上马时，前面吴懿、吴班两军突出，背后廖化、关兴杀来，两边是山，皆无走路。山上大叫“（十）[下]马降者免死！”大半皆降。秦良死战，被廖化一刀斩于（下马）[马下]。死者尽弃于溪壑之中。孔明交把降兵拘在后军，却将秦良（等）[马]军衣甲、旗帜、军器、战马，却拨五千蜀兵扮作魏军出谷；便令吴懿、吴班、关兴、廖化押后，径奔曹真寨去。路上先使一二报马虚报“蜀兵些少已皆远去。”

却说曹真在寨中，忽报“司马都督差人驰檄到，报说蜀兵已到，埋伏计斩首四千五百余颗。望休以赌赛为念，在意隄防蜀兵。”曹真曰：“我这里并无一个蜀兵到。”先遣使回，却差人去斜谷探，回报“蜀兵去远，秦良兵回。”曹真出寨迎接，果是魏兵回来。比及到寨，人报后寨两路火起。真大惊，急回看时，蜀兵就前寨杀将起来，背后王平、马岱军到，马忠、张翼之兵也到。魏兵措手不及，各自逃生，无有一个抵敌。帐前诸将保护曹真望东而走。前面一军旗幡映日，金鼓喧天，（自）[向]西而来。曹真心惊胆碎，背后蜀兵看看赶上，拚命来迎；近前视之，乃大将军司马懿也。懿曰：“子丹休忧！某见回檄称说无兵，料中诸葛之计，故来救援。同心报国，休以赌赛而废之。”曹真惶恐无地。司马懿接住蜀兵战了一阵，便收军回。懿曰：“蜀兵既抢了祁山，此地不可久居。”遂退军于渭滨下寨。曹真军马折其大半，车仗器械都皆罄尽，因此曹真一卧不起。司马懿恐军心乱，不敢交曹真他处去，且留在军中。

且说孔明聚各处军马，复于祁山下寨，赏劳三军。魏延等军屯于箕谷口，孔明皆召至，问曰：“谁失陷军马来？”魏延曰：“是陈（成）[式]不听令，潜地出谷，以致失陷。”陈（成）[式]叫曰：“某罪自有，魏延亦曾交行来！”孔明怒曰：“魏延救得你回，倒举指他！你既违吾将令，不必多言，推出斩讫报来。”遂斩陈（成）[式]，悬头寨门，以示众将。后陈（成）[式]孙陈寿作《三国志》，将魏为正统，言孔明入寇中原。此时孔明不杀魏延，恐其反也，故留之以为后用木栅寨是也。斩了陈（成）[式]，三军整肃。有魏军追来降者报称“曹真卧病不起，见在寨中治疗。”孔明曰：“吾用片纸使曹真气死。”（于）其言若何？

[第二百段]　孔明祁山布八阵图

建兴八年秋八月，（兵屯）[孔明屯兵]于祁山，知曹真与司马懿因打赌赛兵败，因此（成病羞愧）[羞愧成病]。孔明曰：“曹真病势必重矣。”众将曰：“何以知之？”孔明曰：“若曹真病轻，必使回长安矣。为病势危笃，留于军中，以安众人之心也。吾今写一纸书。”唤秦良的降兵至帐下问曰：“汝等中原皆有父母妻小，不宜久在蜀中。吾今放汝等回归，若何？”众皆泣谢。数内有百余人不愿回者，留于汉中；求回归者一千余人。孔明问“谁是曹真帐下人？”数中五七人应曰：“我等皆曾伏侍来。”孔明皆赏了，各付[与]一纸书（与），曰：“曹子丹与我有旧，可以达之。他日必为大功！”分付了，尽皆放之。

众归寨见司马懿，俱言放回之事。懿曰："此诸葛结吾军之心也。将此辈发去搬运粮草，再休用度！"数内曹真帐下人入投呈孔明书。曹真扶病起看来书，数纸皆同。其书曰：

> 汉丞相、武乡侯诸葛亮致书于大司马曹子丹麾下：（切）[窃谓]夫为将者，日就月将，能去能就，能柔能刚，能进能退，能弱能强；不动[如]山岳，难知如阴阳，无穷如天地，充实如太仓，浩渺如四海，眩曜如三光；预知天文之旱涝，先识地理之险夷；察阵势之期会，揣敌人之短长。嗟汝无学后辈，上逆穹苍，助篡国之逆贼，称帝王于洛阳，走残兵于斜谷，遭霖雨于陈仓。水陆困乏，人马猖狂，抛盈川之戈甲，弃满地之刀枪。都督心惊而胆（烈）[裂]，将军鼠窜而狼亡，无颜见阙中之父老，何面居相府之庙堂？史官秉笔而纪录，百姓众口而传扬：仲达闻阵而郁郁，子丹望风而惶惶。吾军兵强而马壮，大将虎奋以龙骧，扫秦川于平地，荡魏国为丘荒。天书既下，速为早降！

曹真看毕，恨气塞胸，至晚死于军中。司马懿令兵车装载灵柩，差人送赴洛阳迁葬。

> 据《资治通鉴》卷七十二：（太和五年春二月，）大司马曹真有疾，帝命司马懿西屯长安，……三月，邵陵元侯曹真卒。
>
> 据《三国志·魏书·曹真传》：真病还洛阳，帝自幸其第省疾。真薨，谥曰元侯。
>
> 按：《演义》称曹真被诸葛亮气死，与史不合。据史书，曹真于魏太和四年（230）八月与司马懿、张郃等数道并进伐蜀；九月，因大霖雨持续三十余日，只得回师。翌年三月，曹真病死于洛阳。

魏主听知曹真已死，急催司马懿出战。懿只得亲提大兵来与孔明大战，当日下战书，单（弱）[搦]诸葛亮来日决战。

却说孔明知曹真已死，司马扬威下战书。孔明批回，当[日]唤姜维至，密授计策，"如此而行。"又唤（开）[关]兴授计去了。次日，孔明尽起祁山之兵，前赴渭滨。一边傍河，一边傍山，中心是平川旷野，好片战场！两军相近，弓弩射住阵脚，各将军马摆开。三通鼓角已罢，魏军开处，众将并随司马懿出于阵前，扬鞭呼诸葛打话。蜀军门旗两分，川将摆开，孔明端坐四门车上，手摇羽扇，推出阵前。司马懿责之曰："吾主上法尧禅舜，相传二帝，坐镇中华。容汝二国者，乃吾主宽慈仁厚，恐伤百姓也。汝乃南阳耕夫，不识天数，强欲相侵，理宜殄灭。如或省身改过，速为早降，各守边界，以成鼎足之势，免致生灵受苦，汝皆得全生矣！"孔明曰："吾受先帝托孤之重，敢不倾心竭力以讨贼乎？汝曹氏久为汉臣，世食汉禄，弑君篡国，何得不诛？"懿曰："汝既欲与吾共决胜负，休出奇兵。吾今日与汝以正兵一战。若能胜我，我再不为将！"孔明曰："汝欲斗将，欲斗兵，欲斗阵法也？"司马懿曰："先斗阵法。"孔明曰："汝先布来吾看。"懿乃入阵下马，上将台用号旗招飐，左右诸军布成阵势了，复上马出阵，问曰："汝识吾阵否？"孔明笑曰："吾军中末将亦能布此阵，乃是混天一气阵也。"懿曰："汝却布一阵吾看。"孔明入阵，略为招动，布成阵势已了，复出阵前[曰]："汝识得否？"懿曰："量一八卦阵，如何不识？"孔明曰："是便是，你敢打么？"懿曰："既识汝，如何不敢打？"孔明乃入阵中。仲达亦入阵内，唤三员大将分付曰："今诸葛所布之阵乃八卦阵，有八门，按休、生、伤、杜、景、死、惊、开为八门也：生、景、开三门吉；休、杜、死、惊、伤[五门]凶。今正门向东，乃生门也，可打；西北乃景门也，可打；南[乃]开门也，可破。汝三人牢记之：东门打入，从南门（以）[出]，或从西北门，自然无冲撞；一任往东门进，余别门皆不可入。今日戊申，正应如此。汝三人在意！”那三人一个是太原人氏、建威将军戴（陵）[凌]，一个是张辽之子张虎，一个是乐进之子乐琳也。三人上马，各带三十骑，分作三队，为前后中好接应。魏军中喊声振起，当先张虎喝声“阵开！”早杀入阵中；第二戴（陵）[凌]，第三乐琳，依次从正东门打入。三将入阵了，蜀兵射住阵脚。两军各助喊声大振。

且说张虎杀入阵门，只见阵内如连城一般，冲突不入；引三十骑转阵投北，又见一门便入。戴（陵）[凌]、乐琳打到阵里，见重叠有门，那里分得东西南北？

据《三国志·蜀书·诸葛亮传》：亮性长于巧思，损益连弩，木牛流马，皆出其意；推演兵法，作八陈图，咸得其要云。

只顾乱撞。三个你我皆不相顾。但见愁云漠漠，惨雾蒙蒙，喊声（于）[起]处，一（一）个个皆（要）[被]活捉，解到中军。孔明坐于帐上，[见]张虎、（见）戴凌、乐琳皆被捉到。孔明曰：“打阵者小（术）[将]也。吾纵然拿得汝等，亦有何奇？放你等回见司马懿，交再读兵书，熟观战策，那时却来和我共决雌雄。饶你等性命而回，尽留下衣甲、军器、战马，赏赐我用力捉汝之人。”于是众（犯）[将]脱下衣甲，以墨涂面，放出于阵门。司马懿见了，心中大怒，回顾众将曰：“如此久战不胜，何面目见中国（衣冠）[父老]？”指挥大小三军一齐死战。司马懿自持刀在手，引数百骑在后（拮）[押]阵。却才两军相合，忽见魏兵阵后西南上数百面战鼓齐鸣。懿分后兵迎之，只见姜维一军却从西南上悄悄地杀来，（林）[魏]兵大乱。（蜀兵以后掩杀。）司马方退回时，四下蜀兵前后掩杀，魏兵大败。司马懿荒退回渭南下寨，孔明亦收兵回祁山。

按：《演义》所写诸葛亮四出祁山与司马懿斗阵法，不见于史。据史书记载，230年魏将曹真、司马懿攻蜀，因遇大霖雨而退兵，双方并未交战。

此时，永安李严差都尉苟安解送粮米赴军前交割。苟安好酒，于路怠慢，比及到祁山，迟误了十日期程。军士悬望，皆有荒速之意。是日，苟安（责）[赍]文见孔明，说（迟误了十日期程，）“路上听知军情，故不敢来。”孔明大怒曰：“吾今专以粮为大事，误了三日者该流，五日者处死。汝误吾十日，有何说得？推出斩之！”杨仪等谏曰：“苟安乃李严所用之人也，兼之钱粮多出于西川。如斩此人，久后无人肯用心也。望乞轻恕！”孔明遂将苟安杖八十，发令（便）[放]回。

苟安被责，心中怀恨，是夜引亲随三五人径到魏寨投降。魏人引见司马懿，把上项事一一告之。懿曰：“（须）[虽]然如此，信听不得。汝若与吾干一大功，吾当天子殿前保奏，加为上卿。”苟安曰：“但有所便，即当效力。”懿曰：“汝若（孰可）[执词]于成都布散流言，说诸葛亮有怨望之意，早晚欲为天子，使后主宣诸葛还朝，是汝之大功也。”

按：核诸史书，司马懿没有在刘禅和诸葛亮之间搞过离间计。

苟安应允而去，回到成都（诸）[见]宦官，散布流言，说诸葛自成大功，早晚欲篡夺之意。

诸宦官听信，于后主处奏知，“可宣孔明还都，夺其兵柄，免生篡逆。”后主闻奏，降诏宣孔明班师。蒋琬奏曰：“丞相自出师以来，累报边功。圣上何故宣回？”后主曰：“朕有机密之事，非见面不可言也。”急令（宣至）遣使持节，“宣丞相还都，有机密大事。”

按：《演义》称刘禅信谗召回诸葛亮，于史无据。盛巽昌先生在《三国演义补证本》一书中认为，据史传，刘禅十七岁做皇帝，非常信任诸葛亮。他说，“政由葛氏，祭则寡人”，放手由诸葛亮总理国家军政事宜。在他与诸葛亮君臣相处十四年里，其信任度远远超过了乃父刘备。诸葛亮生前，在刘备父子处从未有人对他进谗中伤；只在他死后，有个丞相参军李邈上疏，“亮身杖强兵，狼顾虎视，五大不在边，臣常危之。今亮殒没，盖宗族得全，西戎静息，大小为庆”（《华阳国志》）。刘禅读了，勃然大怒，下诏把他处死，由此也足证刘禅对诸葛亮的态势。

使者到祁山寨中传旨以罢，孔明曰：“吾正欲收功，奈何天子使吾罢兵！如不从，是吾欺主也。吾且退军。”分拨军士为五队而退，“如一日退此营寨而去，营内屯一万军，掘一千灶，［明日］可以倍之，当掘二千，后日掘三千：每日退军添灶。”杨仪曰：“昔孙膑擒庞涓者，因添兵减灶而胜也。今丞相退兵添灶，何也？”孔明曰：“司马懿善能用兵，知吾退，必然追赶。（必在）［心中］疑惑之间，又先于旧寨每日见灶增添，又见兵退，必疑有伏兵而不敢追。吾齐齐而退之，自无追迫之患。”孔明传令退兵。

司马懿料苟安行计，停兵待之，见蜀兵弃祁山而去。司马懿惧其多谋，不敢轻进，引兵踏其旧寨，已退之。懿交［看］今日（看）多少火灶，军士报其数。明日［交］再赶到那一个寨中，（比看）［看比］昨夜多少。军报数，比昨日三分又添一分。懿与诸将曰：“诸葛多谋，效孙膑添兵减灶之法也。每日添灶退兵，使吾疑也。若尽力追之，必有庞涓马陵之祸，不如且退。”因此司马懿不赶，孔明不折一兵而回。次（复）［后］关口来报：“孔明每日退兵回蜀，未尝曾见添兵。”司马懿后悔无及，曰：“昔日西城者无异今日。孔明退兵，（返）［反］添其灶也。是孙膑之法瞒过吾也！”于是司马懿班师回洛阳。且看孔明回成都面君如何。

［第二百一段］　孔明五出祁山

孔明用减兵添灶之计退尽蜀兵，并无损失。司马收兵回长安。孔明回汉中，把诸军一一分拨赏赐了当，遂往成都面君。孔明曰：“老臣进兵欲取长安，陛下宣诏何也？”后主曰：“久不见丞相，思慕之甚，欲相见也，别无他事。”孔明曰：“此必有人谋间以迷主上，说老臣有篡逆之心也。”后主无言可对。孔明曰：“若内有国贼，臣何能讨贼耶！”后主曰：“此皆宦者之言。朕今悔甚！”孔明询索宦者根源，方知苟安也；急捕苟安，已往投魏矣。孔明将［奏事］宦者尽杀之，余者皆发出（营）［宫］。孔明深责蒋琬、费祎，二人皆言：“实不知之。”孔明曰：“今落贼彀中，暂时回国，必当再出师矣！”于是拜辞后主，复往汉中：一面将息军中；持檄交李严应付粮米，克日到军前；又议出师。杨仪曰：“前者行兵，于路多有怨望。不若将蜀中军士分为两队，以三个月为期，循环相转，此可以不（之）［乏］兵之力也。然后（于）［行］祁山久住之计，可图中原也。为此大事，非一朝一夕之（故）［功］，可（为）作久远之图也。”孔明曰：“汝之言正合吾机！”于是将军分作两队，以一百日为期，循环交换；

据《三国志·蜀书·诸葛亮传》注引《蜀记》，郭冲五事曰：……亮时在祁山，旌旗利器，守在险要，十二更下，在者八万。

违误三日者笞五十，五日者杖一百，十日者处斩。

于是建兴九年春二月上旬，孔明分一半军出师。

却说魏太平五年，魏主曹叡升殿。近臣奏曰："西蜀诸葛亮又寇中原，边廷告急!"魏主宣司马懿至而问曰："边廷又报诸葛入寇。卿累向关外御敌，未能尽行剿除，今如之何？"懿奏曰："今者大司马曹子丹去世。臣尽心竭力，必欲剿除蜀寇，以报陛下！若不获胜，即当万死!"魏主大喜，设宴待之。次日又报蜀兵甚急。魏主排鸾驾送司马懿出师。

据《资治通鉴》卷七十二：（太和五年春二月，）亮帅诸军入寇，围祁山，以木牛运。于是大司马曹真有疾，帝命司马懿西屯长安，督将军张郃、费曜、戴陵、郭淮等以御之。

据《三国志·蜀书·诸葛亮传》注引《汉晋春秋》：亮围祁山，招鲜卑轲比能，比能等至故北地石城以应亮。于是魏大司马曹真有疾，司马宣王自荆州入朝，魏明帝曰："西方事重，非君莫可付者。"乃使西屯长安，督张郃、费曜、戴陵、郭淮等。

据《三国志·蜀书·后主传》：（建兴）九年春二月，亮复出军围祁山，始以木牛运。魏司马懿、张郃救祁山。

据《三国志·魏书·明帝纪》：（太和五年春）三月，大司马曹真薨。诸葛亮寇天水，诏大将军司马宣王拒之。

按：蜀汉建兴九年（231）诸葛亮第四次伐魏，《演义》称之为五出祁山；据史书记载，这是诸葛亮第二次出祁山，也是最后一次出祁山，这次魏军统帅为司马懿，他与诸葛亮对垒只有两次，这是第一次。

懿辞帝至长安，遍集各处诸将听令，（定议）[议定]先锋之职。张郃曰："某请一军据守雍、郿，如有失误，当该处斩!"懿曰："吾遍观诸将之中，能当先破敌者，只有汝也。汝即据守雍、郿，却非上将之职也。汝当与吾破敌当先，若何？"郃曰："郃素抱忠义，欲尽心竭力报国，惜乎未遇其主！今大都督肯与重职，虽万死不辞!"懿曰："天子已尽心于我，我欲倚杖于君，君必欲与吾同志。"张郃大喜曰："惟命是听!"于是命张郃为大先锋，总督六军；又委郭淮镇守陇上诸郡。其余诸将各各分道征进。

据《资治通鉴》卷七十二：司马懿使费曜、戴陵留精兵四千守上邽，余众悉出，西救祁山。张郃欲分兵驻雍、郿，懿曰："料前军能独当之者，将军言是也。若不能当而分为前后，此楚之三军所以为黥布禽也。"遂进。（参见《三国志·蜀书·诸葛亮传》注引《汉晋春秋》）

却说孔明尽率三军，再望祁山进发。前部先锋王平、张翼飞出剑关，出陈仓道，度散关，径出斜谷。

却说司马懿自提大军出关，前部大先锋张郃前来请计。懿曰："今诸葛长驱再出祁山，此计必来割陇西之麦，以资军用。汝可结营以守祁山。吾委郭淮巡掠天水诸郡，以防蜀兵割麦。"遂留兵四万与张郃。懿自望陇上来。

却说蜀兵前部循序以出斜谷，向祁山扎驻了寨，等丞相到。孔明为军中粮少，差人往李严处催并，克期要到。孔明到祁山寨中，见说魏兵于渭滨提备。孔明曰："必司马懿也。即目军中乏粮，于路转运未到。吾料陇上麦豆熟。吾自引军，暗去取之。"乃留王平、张翼、吴懿、吴班在祁山。孔明令魏延、姜维为先锋，前至南城。[城]中把守将令从人开门出降。孔明问“今年何处麦熟？”段祐曰：“陇上皆熟，惟上（面）[都]最胜。”孔明留张嶷、马忠守南城，自提兵望上都来。忽然前军转报：司马懿自提大军在彼。孔明惊曰：“他又筭吾来割麦也！吾试惊之。”于是沐浴更衣，交一般取四辆车，三辆上都交如此装（节）[饰]，此是孔明预备来了；交姜维引一千军、五百鼓手去上都后埋伏，魏延、马岱皆是如此，各将一（同）[辆]车去。然后却拨二万军为左右割麦之人。孔明选二十[四]个精壮军人，各穿皂衣，披发带剑，簇拥车左右；令关兴结束如天丁之状，手执七星皂旗，亦步行在前。壮者二十五人推车离寨，望魏军中而去。

却说魏兵望见，报知司马懿。懿亦出军前看了，便交五百军赶之。孔明到寨（中）[前]便交回车，徐徐而行。（但觉阴风飒飒，冷雾蒙蒙，）后（而为）[面魏]军只赶不上；赶了一程，[但觉阴风飒飒，冷雾蒙蒙，]心中大惊，皆勒住马。孔明皆回车，朝着魏军歇下，魏军又赶。孔明又回车上，又赶了一程，又歇下，朝着魏军列行。众皆痴呆！司马懿亦自在后看了，叫道：“休赶！此遁甲中缩地法也。”（忽）[急]收军回时，只见左势下战鼓齐鸣，有军马杀到。司马懿便令军马来（撞）[拒]，只见千百军中，二十五个人穿皂衣，簇拥一辆车，车上也有孔明。魏军心疑，如何敢近？又右势下战鼓喧天，一军杀到，也有一般孔明在车上。魏军思有神明，不战自走。魏军又听得背后鼓响，又有军到，中间推出一辆车来，车上也有孔明。众皆惊骇，正不知蜀兵多少，齐奔入上都，闭城坚守不出。于是孔明放出（一）[二]万军，只顾割麦。

据《资治通鉴》卷七十二：司马懿使费曜、戴陵留精兵四千守上邽，余众悉出，西救祁山。……亮分兵留攻祁山，自逆懿于上邽。郭淮、费曜等徼亮，亮破之，因大芟刈其麦，与懿遇于上邽之东。懿敛军依险，兵不得交，亮引还。（参见《三国志·蜀书·诸葛亮传》注引《汉晋春秋》）

魏军在城中三日不敢出；后见蜀兵退去，差数百军出[城]哨探，捉住割麦落队小军问时，称说“前者三路伏兵，每路只有一千五百[军]护送车子，后五百擂鼓军士，车上孔明是假的；只有正中自来的是真的。”司马懿闻之叹曰：“诸葛（乃真）[真乃]神出鬼没之计也！”忽报郭淮来到。相见了，淮曰：“闻知蜀兵不多，见屯南城打麦，可以攻之。”懿说孔明之计。淮曰：“只可瞒过一时，今已识破。某（谋）[请]一军以攻城之后，都督攻其前，可擒诸葛矣。”懿从其言，先使郭淮引军行。懿自整顿军马，续后进发。

却说孔明收军，在南城打麦。孔明唤集诸将听令，曰：“南城东西麦（因串）[田未]割，尚可埋伏。吾料魏兵必分前后而（走）[来]。”唤魏延、姜维各引军五千去南城东南、南（卤）角上两处埋伏，马岱、马忠两军各引五千军去南城东北、西角上两处埋伏，“吾选壮健一百人，各带铁炮，伏于麦田之中。如魏兵歇定，二更时分一齐放炮为号，四处齐齐进兵。”众皆领计去了。

却说司马懿引军（前）将至南城，停住军马，与诸将曰：“若白日进兵，南城必然隄备矣。至黄昏涌到城下，此城墙低濠浅，可以（便）[攻]打。”于是先差人[传]令（作）四处，关报（耶）[郭]淮。是夜二更已后，前后魏兵一齐到城下，城上炮发如雨。魏军知[有]准备，且四面围合。忽然于自己军中，一百铁炮齐发。魏兵大惊，正不知如何而来，急令搜麦田之时，四下角上火起鼓震，四路兵到。魏军大乱，城中四门军出，杀得尸山血海。司马懿收军，占住山头下寨，郭淮山后安营，伤折军士太多，坚守不出。

据《三国志·蜀书·诸葛亮传》注引《汉晋春秋》：宣王寻亮至于卤城。张郃曰："彼远来逆我，请战不得，谓我利在不战，欲以长计制之也。且祁山知大军以在近，人情自固，可止屯于此，分为奇兵，示出其后，不宜进前而不敢逼，坐失民望也。今亮县军食少，亦行去矣。"宣王不从，故寻亮。既至，又登山掘营，不肯战。贾栩、魏平数请战，因曰："公畏蜀如虎，奈天下笑何！"宣王病之。诸将咸请战。五月辛巳，乃使张郃攻无当监何平于南围，自案中道向亮。亮使魏延、高翔、吴班赴拒，大破之，获甲首三千级，玄铠五千领，角弩三千一百张，宣王还保营。（参见《资治通鉴》卷七十二）

蜀兵欲退，孔明交魏延等四人就城外下寨。

却说郭淮来禀司马懿曰："今日相拒已久，蜀兵不退。可以遣檄召雍、凉各处军马，并力剿捕。某当亲提一军去截剑关，袭蜀兵归路，自然荒矣。"懿从之，即时发檄召雍、凉诸郡军马，令孙礼统领，前来约会；交郭淮引二万军去袭剑关。

却说孔明在南城相拒日久，见魏兵不出，唤马岱、姜维二人听令。孔明曰："魏兵守住山险，久不出战，一者料吾粮尽，二者从正西小路去袭剑关。汝二人领二万军，星夜前去分把各处隘口。比及魏兵到，见有准备，必自退矣。"马岱、姜维受计去了。

孔明自离西川已及一百日。杨仪来禀："丞相在汉中许容军士一百日一换。今已一百日，汉中兵已出川口，前路文书已到，只等此间合去者交换。见存下兵八万，有四万日期已足，合去交换。"孔明曰："既有令，便交速行。"是日，军士歇息，忽报"孙礼聚集雍、凉等处军马三十余万来助司马懿攻打南城。"众军皆惊。杨仪来禀曰："孙礼领雍、凉兵到。且留下合交替军一月，等新军到却放回家，以备不虞。"孔明曰："不可！吾统武行师以大信为本。纵然得胜，失信于人，不（取）[听]吾号令。（许）[既]令一百日一换，去者装束以待期，妻子顾望而计日。吾便有大难，不可失信于三军！"便令催并急去。众军闻孔明之言，皆于帐前大叫曰："丞相如此之（忧）[爱]于我等，我等皆不愿回乡，舍一命以报丞相之大恩，万死无恨！"孔明曰："既汝肯一战时，只今出城，待雍、凉兵到，未曾歇下，喘息未定，（已）便可击之。"于是合归四万之众皆拔刀，踊跃飞奔出城，来退雍、凉之兵。胜负若何？

[第二百二段]　木门道万弩射张郃

孔明以信义激厉三军，三军思效死以报之。忽报雍、凉军马已到，四万归兵争先出城。其时雍、凉之兵喘息未定，欲待安营下寨，被蜀兵一涌而来，以一当十，杀得雍、凉之兵尸横遍野，血流成河，折其大半，皆望本州各自逃生。蜀兵大胜而回。孔明亲自出城慰劳三军。

据《三国志·蜀书·诸葛亮传》注引《蜀记》，郭冲五事曰：魏明帝自征蜀，幸长安，遣宣王督张郃诸军，雍、凉劲卒三十余万，潜军密进，规向剑阁。亮时在祁山，旌旗利器，守在险要，十二更下，在者八万。时魏军始陈，幡兵适交，参佐咸以贼众强盛，非力不制，宜权停下兵一月，以并声势。亮曰："吾统武行师，以大信为本，得原失信，古人所惜；去者束装以待期，妻子鹤望而计日，虽临征难，义所不废。"皆催遣令去。

于是去者感悦，愿留一战，住者愤踊，思致死命。相谓曰："诸葛公之恩，死犹不报也。"临战之日，莫不拔刃争先，以一当十，杀张郃，却宣王，一战大克，此信之由也。难曰：臣松之案：亮前出祁山，魏明帝身至长安耳，此年不复自来。且亮大军在关、陇，魏人何由得越亮径向剑阁？亮既在战场，本无久住之规，而方休兵还蜀，皆非经通之言。孙盛、习凿齿搜求异同，罔有所遗，而并不载冲言，知其乖刺多矣。

忽报永安李严有告急密书。孔明大惊，拆书看之。书中称说："近闻东吴遣使到洛阳，与魏通和。魏使东吴兴兵取蜀。此时军马将起，（待）[祸]患未萌，宜深思远虑，早定良策。"

据《三国志·蜀书·李严传》：（建兴）九年春，亮军祁山，平催督运事。秋夏之际，值天霖雨，运粮不继，平遣参军狐忠、督军成藩喻指，呼亮来还；亮承以退军。（参见《资治通鉴》卷七十二）

按：《演义》说李严致书诸葛亮称东吴将入寇，不见于史。据史书记载，此次诸葛亮退军，系因李严谎称运粮不继。

孔明惊曰："若东吴陆逊兴兵攻吾西川，谁可与敌？只得速归。"乃传令交祁山寨中且退，"彼军知吾有南城军马，必不敢追袭。"

却[说张郃]领一军来南城东山（来）见司马懿，说"蜀兵自退，未知何意。"懿曰："诸葛诈谋极多，难与相持，不如坚守以待其粮尽绝，必自去矣。"张郃曰："都督惧诸葛如猛虎，必遭天下之耻笑也！"仲达曰："吾闻兵法有云：'善战不如善守。'待彼[粮绝，]兵必生变矣。"大将魏平亦曰："蜀兵拔祁山之寨，必思归矣，可以攻之。"懿坚执不从。

却说孔明知祁山寨尽已拔去，遂唤杨仪、马忠领密计："汝二人先引一万弓弩手去剑关木门道埋伏，见蜀兵回往于道中，（我）[俄]延至晚，必有魏兵赶到。听吾炮向，可以滚（火）[木]石先断去路，两头发箭射之。"二人领计先去。孔明唤魏延、关兴二人引军断后，于南城上面插旌旗[，又于城中乱堆湿草，虚放火烟]。[于是兵行，]军马望木门道缓缓而行。

彼[时魏]军只疑城中有军，不敢追袭。（又于城中乱堆湿草，虚放火烟，于是兵行。）人报司马懿："蜀已退去了。城中不知有多少军马。"司马懿看了曰："此空城也。城上虚立旌旗，里面火烟四起，必无军矣。"使人探听，果是空城。司马懿曰："诸葛此去，必有东吴消息。众将谁可追之？"张郃应声而愿往。司马懿曰："汝性急燥，不能忍耐，恐中诸葛之计。汝不可往。"张郃曰："都督出关之时命某为大先锋，今遇立功之时却不用吾，何也？"懿曰："兵法有云：'归师莫掩，穷寇莫追。'虽今日蜀人急去，于山林隘险去处必有隄备。得一谨细者方可。"张郃坚执要去，懿曰："既汝要去，勿得后悔！"郃曰："大丈夫捐躯报国，死乃分也，有何悔焉？况未必死乎！"懿交郃引精兵五千在前，又交贾翼、魏平二将引马步军二万在后，以防埋伏。司马懿自引军一千在第三队接（引）[应]。

张郃精骑在前赶着魏延。延断后军，大叫"休赶！"魏延把后军摆开，出马与张郃交锋，战到十余合便走。张郃赶了四五里，勒住马，四下里观望，（亦）[并]无埋伏之兵，策马又赶。关兴又在前面摆开，擂鼓纳喊。张郃引兵赶来，关兴迎敌，战到十余合，勒马回走。张郃纵马追（了）[之]，赶到一林[木]茂盛去处，勒住马不赶，四下里差人哨探，并无伏兵，放心又赶。前面魏延又来搦战，战了十余合又走。张郃又赶，前面关兴又等着。两个轮流来斗张郃，于路弃下金鼓旗幡、马匹枪刀，魏兵争取。看看赶到黄昏，来到木门道口。魏延大骂曰："你这匹夫只顾来赶我，今共你决一死战！"两个又斗到十余合。魏延拨马回时，头盔弓箭尽皆堕地，蜀兵径望山谷道中奔走。张郃杀得性起，又见魏延失盔披发而走，尽力拍马追赶。后面军马大叫"休赶！"此时已去得远了，马军也只得来赶。张郃正赶之间，只听得一声炮向，山上大石小石乱滚下来。张郃急回马时，路上军马大喊，被石块滚木塞断去路。中间一段约有一里余，尽是峭壁。一声梆子响处，两下万弩齐发，可怜张郃与数百骑皆死于木门道。

据《资治通鉴》卷七十二：（太和五年夏）六月，亮以粮尽退军，司马懿遣张郃追之。郃进至木门，与亮战，蜀人乘高布伏，弓弩乱发，飞矢中郃右膝而卒。（参见《三国志·魏书·张郃传》《三国志·蜀书·诸葛亮传》）

据《三国志·魏书·张郃传》注引《魏略》：亮军退，司马宣王使郃追之，郃曰："军法，围城必开出路，归军勿追。"宣王不听。郃不得已，遂进。蜀军乘高布伏，弓弩乱发，矢中郃髀。

据《三国志·蜀书·后主传》：（建兴九年）夏六月，亮粮尽退军，郃追至青封，与亮交战，被箭死。

按：《演义》称，得知蜀军退兵，张郃自告奋勇，执意要追击，司马懿劝阻无效。这一情节与史相悖。据《魏略》记载，是司马懿令张郃追赶，张郃反对追赶，他说："军法，围城必开出路，归军勿追。"但司马懿不听。张郃迫不得已，只好服从军令，结果中伏身死。徐日辉先生在《街亭丛考》（甘肃人民出版社 2000 年版）一书中认为，张郃之死，表面上看是中了诸葛亮的埋伏，但实质上则是死于司马懿之手。张郃为曹魏之上将，位置十分显要，尤其在曹魏后期的明帝时期，张郃的存在对维护日渐衰落的曹氏集团有着相当重要的作用。而此时的司马懿已有代魏之心，所以在暗中有计划地翦除效命于曹魏的忠臣。张郃之死就充分地证明了这一点。

后史官有诗为证：

诸葛施谋暗学孙，山藏万弩似云奔。
马陵当日庞涓死，张郃今朝丧木门。

又诗曰：

伏弩齐飞万点星，木门道上射豪英。
至今魏卒残魂魄，尤怯军师旧姓名。

其在后者见塞断归路，欲救无计，急勒回马。只听得山头一人高叫"诸葛丞相在此！"众仰视，见诸葛立于火光之中，指众军而言曰："传语司马懿：'吾今日围猎，欲射其马，误中一獐。早晚必当再擒矣！'"

众军奔回报司马懿。懿曰："张郃身亡，吾之过也！"于是（侮）[悔]之无及，遂收军回洛阳。魏主知张郃死，乃哭曰："西蜀未平而良将先亡，如之奈何？"陈群亦哭曰："张郃真栋梁也！郃死，国家折一栋梁矣！"忽谏议大夫辛毗叱之曰："陈公是何言也？当初建安年间皆曰：'天下不可一日无武祖也。'及至升遐，传位文帝，于初之间皆曰：'不可一日无文皇也。'及至文帝崩（殖）[殂]，今日圣上龙兴，国中文武如雨，岂少一张郃乎？"群臣默然。魏主笑曰："辛毗之言是也。"于是罢哀，令厚葬之。

据《三国志·魏书·辛毗传》注引《魏略》：诸葛亮围祁山，不克，引退。张郃追之，为流矢所中死。帝惜郃，临朝而叹曰："蜀未平而郃死，将若之何！"司空陈群曰："郃诚良将，国所依也。"毗心以为郃虽可惜，然已死，不当内弱主意，而示外以不大也。乃持群曰："陈公，是何言欤！当建安之末，天下不可一日无武皇帝也；及委国祚，而文皇帝受命，黄初之世，亦谓不可无文皇帝也；及委弃天下，而陛下龙兴。今国内所少，岂张郃乎？"陈群曰："亦诚如辛毗言。"帝笑曰："陈公可谓善变矣。" 臣松之以为拟人必于其伦，取譬宜引其类，故君子于其言，无所苟而已矣。毗欲弘广主意，当举若张辽之畴，安有于一将之死而可以祖宗为譬哉？非所宜言，莫过于兹，进违其类，退似谄佞，佐治刚正之体，不宜有此。《魏略》既已难信，习氏又从而载之，窃谓斯人受诬不少。

却说孔明回汉中，欲往成都。李严却以表奏后主曰："军粮（可）以办，丰足（而已）[不乏]。丞相将欲领贼入川也。"后[主]遣费祎至汉中见孔明，问其言。孔明大惊曰："是李严发书称说东吴欲动兵，故此收军。"费祎却将李严上表之事说与孔明。孔明心疑，使人察听，原来是李严粮食不辨，恐孔明见罪，故发书唤回；奏后主曰粮食丰足，以塞己责。孔明大怒："汝为一己之私，废却朝廷大事！"欲杀之。费祎曰："昔日丞相与李严同受顾托。若杀之，人皆言丞相不容也。留之亦难，只可贬为庶民也。"孔明从之，即写公文，达于尚书，着令上表文曰：

李严既为大臣，受恩过重，不思忠报，捏造无端，粮饷不辨，迷罔上下，论狱弃科，（尊）[导]人为奸，狭情肆志，若无天地。自度奸（路）[露]，嫌心遂生。今篡贼未灭，社稷多难，国事惟（何）[和]，可以克（措）[捷]；不可包含，以（为）[危]大业。可将本人削去官职，徙为庶民，以杜绝内外奸党之路。（且）[宜]急施行，此表！李严改为李平也。

后主闻之亦大怒，欲斩李严。蒋琬奏曰："李严乃先帝托孤之臣，不可斩之。"于是废为庶人，徙于梓橦。

据《三国志·蜀书·李严传》：平闻军退，乃更阳惊，说"军粮饶足，何以便归"！欲杀督运岑述以解己不办之责，显亮不进之愆也。又表后主，说"军伪退，欲以诱贼与战"。亮具出其前后手笔书疏本末，平违错章灼。平辞穷情竭，首谢罪负。于是亮表平曰："自先帝崩后，平所在治家，尚为小惠，安身求名，无忧国之事。臣当北出，欲得平兵以镇汉中，平穷难纵横，无有来意，而求以五郡为巴州刺史。去年臣欲西征，欲令平主督汉中，平说司马懿等开府辟召。臣知平鄙情，欲因行之际逼臣取利也，是以表平子丰督主江州，隆崇其遇，以取一时之务。平至之日，都委诸事，群臣上下皆怪臣待平之厚也。正以大事未定，汉室倾危，伐平之短，莫若褒之。然谓平情在于荣利而已，不意平心颠倒乃尔。若事稽留，将致祸败，是臣不敏，言多增咎。"乃废平为民，徙梓潼郡。（参见《资治通鉴》卷七十二）

后来李平自悔，闻孔明死之日大哭而亡。后来史官习凿齿有赞云：

昔日管仲夺伯氏骈邑三百，没齿无怨言，圣人以为难。诸葛之使廖立垂泣、李平致死，岂徒无怨而已矣？自秦、汉以来未之有也！

廖立字公润，先主时为侍中，因嫌官小，口出怨言，孔明废为民。孔明死亦大哭。孔明仍用李严之子李丰并刘琰等守永安。

据《资治通鉴》卷七十二：复以平子丰为中郎将，参军事，出教敕之曰："吾与君父子戮力以奖汉室，表都护典汉中，委君于东关，谓至心感动，终始可保，何图中乖乎！若都护思负一意，君与公琰推心从事，否可复通，逝可复还也。详思斯戒，明吾用心！”

据《三国志·蜀书·李严传》注：诸葛亮又与平子丰教曰：“吾与君父子戮力以奖汉室，此神明所闻，非但人知之也。表都护典汉中，委君于东关者，不与人议也。谓至心感动，终始可保，何图中乖乎！昔楚卿屡绌，亦乃克复，思道则福，应自然之数也。愿宽慰都护，勤追前阙。今虽解任，形业失故，奴婢宾客百数十人，君以中郎参军居府，方之气类，犹为上家。若都护思负一意，君与公琰推心从事者，否可复通，逝可复还也。详思斯戒，明吾用心，临书长叹，涕泣而已。”

据《华阳国志·刘后主志》：夺平子丰兵，以为从事中郎，与长史蒋琬共知居府事。

自此孔明在蜀中积草屯粮，(休)[礼]士讲武，(后)[复]置军器岁具，存恤战士，三年然后出征。自是两川民物兴阜，众皆仰德，百姓感戴孔明之恩如天地父母，不觉三年。此三载(也,)并无侵伐。

至建兴十二年春二月，孔明面奏后主曰：“臣今已存恤军士三年，粮食丰足，器械皆备，马肥兵壮，当伐魏以报先帝之遗恩。臣若今番不取得长安，不复回见陛下矣！”后主曰：“方今已成鼎足之势，吴、魏皆不入寇。丞相何不安享太平耶？”孔明曰：“臣虽息兵三载，寝食之间未尝不思伐魏之策，今已得之。臣今尽竭忠诚，除死方止，必欲与陛下克复中原，重兴一统之基业也！”忽班部中一人口称“不可！不可！”视之，乃巴西充国人也，姓谯名周，字(充)[允]南。其言若何？

[第二百三段]　孔明六出祁山

时谯周为太史，深明天文之道，出班谏曰：“臣掌司天，但有灾福，不敢(下)[不]奏知也。近有鸟数百自南飞来，投于汉水皆死，

据《三国志·蜀书·后主传》注引《汉晋春秋》：冬十月，江阳至江州有鸟从江南飞渡江北，不能达，堕水死者以千数。

此不利之兆。臣夜观天文，彗星躔于太白之分，亦不利于兴师。况兼成都西川人闻柏树夜啼。有此数事，丞相只宜守之，不可妄动！”孔明叱之曰：“吾受先帝遗诏，当竭力以讨贼，岂可因风闻虚谬之兆以废国家之大事乎！”孔明乃具太牢，致祭于先帝之庙，再拜泣而告曰：“臣亮五出祁山，未得寸土，负罪(罪)[匪]轻。今再出师，

按：据史书记载，公元228年至234年诸葛亮对魏六次用兵，其中五次为进攻，一次为防御(230年曹真与司马懿攻蜀那一次)，《演义》称之为六出祁山，其实只有228年春和231年春两次(《演义》中的第一次和第五次)兵出祁山。

誓愿剿除汉贼，恢复中原，竭力尽忠，死而后已！”祭毕辞后主。后主与百官送之。

孔明到汉中，人报关兴病亡。

据《三国志·蜀书·关羽传附子兴传》：兴字安国，少有令问，丞相诸葛亮深器异

之。弱冠为侍中、中监军，数岁卒。

孔明恸哭［曰］："可怜忠义之子，天不肯与寿!"静轩诗叹关兴［曰］：

生死人常理，蜉蝣一样空。

可怜忠义子，不得寿乔松。

于是（领）［令］魏延、姜维为先锋，其余诸将分作五队而进。比及出师，先差李恢搬运粮草，先于斜谷道口等候。是［日，］孔明提蜀兵二十四万，分五路并［进，］到祁山取齐。

据《三国志·蜀书·后主传》：（建兴）十二年春二月，亮由斜谷出，始以流马运。（参见《三国志·蜀书·诸葛亮传》）

据《资治通鉴》卷七十二：青龙二年春二月，亮悉大众十万由斜谷入寇，遣使约吴同时大举。

却说边关报入洛阳，魏主升殿。是岁，青龙见于摩坡井中，遂改青龙元年；

据《三国志·魏书·明帝纪》：青龙元年春正月甲申，青龙见郏之摩陂井中。二月丁酉，幸摩陂观龙，于是改年。

是时乃青龙二年二月也。近臣奏"蜀兵分五路入寇中原。"魏主宣大将军司马懿入朝。魏主曰："蜀人三年不曾侵犯。今诸葛分五路而来，愿卿速定良谋以退之。"司马懿［曰］："臣每夜仰观天文，见旺气正盛；彗星犯于太白，不利于西方。诸葛恃才，逆天行事。臣托主上之洪福，今番破蜀必矣！臣乞保四人，同领兵前进。夏侯渊有四子：长者曰夏侯霸，字仲权；次曰夏侯威，字季权。此二人好习弓马，武艺精熟。三曰夏侯惠，字雅权；四曰夏侯和，字义权。此二人熟谙韬略，善晓兵机。此四子常欲与父报仇，未得其便。臣今保夏侯霸、夏侯威为左右先锋，夏侯惠、夏侯和为行军司马，共赞军机，以退蜀兵。"

据《三国志·魏书·夏侯渊传》：渊妻，太祖内妹。长子衡，尚太祖弟海阳哀侯女，恩宠特隆。衡袭爵，转封安宁亭侯。黄初中，赐中子霸，太和中，赐霸四弟爵皆关内侯。霸，正始中为讨蜀护军右将军，进封博昌亭侯，素为曹爽所厚。闻爽诛，自疑，亡入蜀。以渊旧勋赦霸子，徙乐浪郡。霸弟威，官至兖州刺史。威弟惠，乐安太守。惠弟和，河南尹。

据《三国志·魏书·夏侯渊传》注引《魏略》：霸字仲权。渊为蜀所害，故霸常切齿，欲有报蜀意。黄初中为偏将军。子午之役，霸召为前锋，进至兴势围，安营在曲谷中。蜀人望知其是霸也，指下兵攻之。霸手战鹿角间，赖救至，然后解。后为右将军，屯陇西，其养士和戎，并得其欢心。至正始中，代夏侯儒为征蜀护军，统属征西。

据《三国志·魏书·夏侯渊传》注引《世语》：威字季权，任侠。贵历荆、兖二州刺史。

据《三国志·魏书·夏侯渊传》注引《文章叙录》：惠字稚权，幼以才学见称，善属奏议。历散骑黄门侍郎，与锺毓数有辩驳，事多见从。迁燕相、乐安太守。年三十七卒。

据《三国志·魏书·夏侯渊传》注引《世语》：和字义权，清辩有才论。历河南尹、太常。渊第三子称，第五子荣。

魏主曰："前者夏侯驸马共［议军机，］陷了许多军马，见今怀惭不（去）［还］。莫非亦同否？”懿曰：“此四子与夏侯驸马异，所生大不相同。”魏主曰：“卿为都督，量不错用人也。”于是降诏，尽起西京、山东、山西、河南、河北并陇上诸道军马，并听司马懿调用。

懿调兵起行，来辞魏主。魏主曰：“卿到渭滨，但坚壁拒守西川，挫其锐气。彼进不得志，退无与战，久停则粮尽，掳掠无所获，彼必走矣。(臣)［因］而追之，以逸待劳，全胜之道也。”

据《三国志·魏书·明帝纪》：（青龙二年夏四月，）诸葛亮出斜谷，屯渭南，司马宣王率诸军拒之。诏宣王：“但坚壁拒守以挫其锋，彼进不得志，退无与战，久停则粮尽，虏略无所获，则必走矣。走而追之，以逸待劳，全胜之道也。”

司马懿拜奉诏命而行，到长安会聚各道军马四十余万，前至渭滨安营下寨，拨大小兵五万砍伐林木，于渭水中搭起浮桥九条，［令］夏侯霸弟兄二人（遇）［过渭］水创建（浮桥）［前寨］；又于大寨后东原创起大城，以备不虞。

却说郭淮、孙礼二人来见司马懿。礼毕，郭淮曰：“今诸葛军马尽屯祁山，必来水口。若蜀人跨渭登北原，连北山，隔（山）［断］陇道，摆荡民夷，非国之利。”懿曰：“公之言甚善！汝可总督陇西军马，见拒北原下寨，深堑高垒，按兵不出，以待蜀兵粮尽可攻。”郭淮、孙礼听令，［至］北原下寨。

却说孔明夺得祁山，分左右中前后下了五个寨栅，差人去斜谷至（建）［剑］关，于路下二十四寨，各寨分屯军马，以为久计。每日使人哨探，人报曰：“郭淮、孙礼领陇西兵向北原创立寨栅。”孔明曰：“魏兵向北原下寨者，恐吾隔断陇上之兵也。吾今乃攻之北原，暗取渭水。”唤众将听令：“先搭木筏数百，上皆积草，拣选能识水者五千人驾之，寅夜去渡渭（滨）［水］，以打北原，司马懿必尽拨兵救之。军若少败，把后军先下水渡过岸；然后把前军下筏，却休向岸，顺水径取浮桥，放火烧断，却攻其后。吾自引军取前寨门也，若得渭水之南，势自大矣。”于是渭水中抓筏。

巡哨军人报知司马懿。懿曰：“诸葛（乃）［明］攻北原，暗渡渭水也。”唤夏侯霸分付：“汝若听得北原纳喊，汝便提兵伏于渭南山中。蜀兵必过，汝可击之。”又唤张虎、乐琳听令：“汝二人引数千弓弩手伏于浮桥北岸，若望见（顺水）筏木［顺水］下，休令近桥，可以射之。”又唤孙礼、郭淮二人听令：“诸葛（乃）［明］攻北原，暗取渭水。汝新创寨处，军尽伏于半路。若蜀兵午后（滚）［渡］水，延（逢）［迟］此计，黄昏必进汝寨，虚来攻打；必然诈败而退，水陆并进，待取吾渭水：击东指西之谋也。汝可并力直追到渭水无妨。”二人领计去了。司马懿令二子司马师、司马昭领兵准备救应前营。司马懿自引一军前救北原。都分拨已定。

却说孔明交问“筏已搭了否？”报云“已皆（并）［搭］足。”孔明令魏延、马岱领兵渡渭取北原；差吴懿、吴班掌管水筏烧浮桥；王平、张翼为前队，姜维、马忠为中队，张嶷、廖化为后队，分三队去打渭水寨栅。当日午时，军离寨到渭水边，扬旗竖幡，尽渡渭水，缓缓列成队伍，魏延在前，马岱在后，望北原而去；吴懿、吴班把住渭水（寨）口，准备去烧浮桥。魏延引军一步步将近北原寨，天色已晚，率众鼓噪，一涌而进。近前看寨中有多少人马，［皆］弃寨而走。魏延见有准备，急退回渭水时，左有郭淮之兵，右有司马懿之众，两路冲杀将来，蜀兵大败。魏延、马岱死战得脱，［蜀兵］大半死于水中。吴懿（见）［救了］败军，过岸拒住。吴班分一半筏顺水放下，却被张虎、乐琳岸上乱射。吴班死于水中，余军跳水逃生。筏尽被魏人所夺。

据《资治通鉴》卷七十二：诸葛亮至郿，军于渭水之南。司马懿引军渡渭，背水为垒拒之。……雍州刺史郭淮言于懿曰："亮必争北原，宜先据之。"议者多谓不然，淮曰："若亮跨渭登原，连兵北山，隔绝陇道，摇荡民夷，此非国之利也。"懿乃使淮屯北原。堑垒未成，汉兵大至，淮逆击却之。（参见《三国志·魏书·郭淮传》）

按：北原渭桥之战，不见于《三国志·蜀书·诸葛亮传》，仅《三国志·魏书·郭淮传》有记载。又，《演义》称吴班死于此役，与史不合；吴班系病死于蜀汉延熙六年（243）。

却说王平、张翼不知北原兵败，只顾奔渭南寨而来；到寨之时已是二更，只听得后面喊声振天。王平与张翼曰："军马打北原，胜负不知如何。渭南寨见在前面，如何无一个伏路军人？莫非此计被司马懿识破了，先做准备？且看浮桥上火起，方可以进。"二将约住马匹。忽见后面飞马来报："丞相交军马回，北（北）原兵有失。"二将急欲退时，山上伏兵已出，大寨军马尽渡浮桥，抄后寨而来。王平、张翼那里敢退？两军相撞，大战一场，多有伤折。杀到天明，两军各自退回。

孔明计点军士，伤折万余，心中忧闷。杨仪曰："魏延口出怨言，道丞相以他为粪土相待，故轻弃之，因此差他渡渭水厮杀，以致有败。"孔明叱之曰："吾自有主见，汝勿献谗言也！"杨仪惶恐而退。

忽报"费祎自成都来见丞相。"孔明曰："来得最好，吾正欲用之。"祎礼毕，孔明曰："吾作一书，烦你入吴为使，如何？"祎曰："丞相之命不敢违。"遂领书望东吴来见吴主孙权，呈上孔明之书。其书曰：

> 汉丞相臣亮斋沐再拜，献书于　大吴皇帝陛下：汉室不幸，皇纲失纪；曹贼篡逆，蔓延及今。皆思剿灭，未遂同盟。亮受昭烈皇帝顾托之重，敢不竭力尽忠？今大军已会于祁山，（征）[狂]寇将亡于渭水。伏愿陛下以同盟之义，命将北征，共取中原，同分天下。书不尽言，万祈圣听！

吴主看书毕，与费祎曰："朕久欲动兵，未经会合。即目朕去亲征，入居巢关，取魏合肥、新城；又遣陆逊、诸葛瑾入江夏、沔口，取襄阳；又命孙昭、张承入淮，向广陵取淮阴等处：三路各起兵十万，克日兴师。"

据《资治通鉴》卷七十二：青龙二年春二月，亮悉大众十万由斜谷入寇，遣使约吴同时大举。……五月，吴主入居巢湖口，向合肥新城，众号十万；又遣陆逊、诸葛瑾将万余人入江夏、沔口，向襄阳；将军孙韶、张承入淮，向广陵、淮阴。

据《三国志·吴书·吴主传》：（嘉禾三年）夏五月，权遣陆逊、诸葛瑾等屯江夏、沔口，孙韶、张承等向广陵、淮阳，权率大众围合肥新城。

费祎曰："诚如是，则魏指日可破矣。"吴主设宴相待费祎。吴主席间问曰："诸葛丞相军前用武，当先摧坚破敌者，谁为首？"祎对曰："魏延也。"吴主又问"规画公务、筹度粮草者，谁为首？"祎曰："长史杨仪。"吴主曰："朕虽不识此二人，素知其行。杨仪、魏延皆小辈耳，于国无益。若一朝无诸葛孔明，必为祸乱！汝蜀中君臣何不远虑之？"祎曰："陛下言者当也！"

据《资治通鉴》卷七十二：费祎使吴，吴主醉，问祎曰："杨仪、魏延，牧竖小人也，虽尝有鸣吠之益于时务，然既已任之，势不得轻。若一朝无诸葛亮，必为祸乱矣。诸君愦愦，不知防虑于此，岂所谓贻厥孙谋乎！"祎对曰："仪、延之不协，起于私忿耳，而无黥、韩难御之心也。今方扫除强贼，混一函夏，功以才成，业由才广，若舍此不任，防其后患，是犹备有风波而逆废舟楫，非长计也。”

据《三国志·蜀书·董允传》注引《襄阳记》：董恢字休绪，襄阳人。入蜀，以宣信中郎副费祎使吴。孙权尝大醉问祎曰：“杨仪、魏延，牧竖小人也。虽尝有鸣吠之益于时务，然既已任之，势不得轻，若一朝无诸葛亮，必为祸乱矣。诸君愦愦，曾不知防虑于此，岂所谓贻厥孙谋乎？”祎愕然四顾视，不能即答。恢目祎曰：“可速言仪、延之不协起于私忿耳，而无黥、韩难御之心也。今方扫除强贼，混一区夏，功以才成，业由才广，若舍此不任，防其后患，是犹备有风波而逆废舟楫，非长计也。”权大笑乐。诸葛亮闻之，以为知言。还未满三日，辟为丞相府属，迁巴郡太守。　臣松之案：《汉晋春秋》亦载此语，不云董恢所教，辞亦小异，此二书俱出习氏而不同若此。本传云“恢年少官微”，若已为丞相府属，出作巴郡，则官不微矣。以此疑习氏之言为不审的也。

遂辞回，来到祁山寨中（来）见孔明，说三路起兵三十万、御驾亲征之事。孔明曰：“曾问甚话来？”费祎说杨仪、魏延之事。孔明叹曰：“真聪明之主也！吾非不知之，为惜其才，不忍弃之。”

据《资治通鉴》卷七十二：初，汉前军师魏延，勇猛过人，善养士卒。……杨仪为人干敏，亮每出军，仪常规画分部，筹度粮谷，不稽思虑，斯须便了，军戎节度，取办于仪。延性矜高，当时皆避下之，唯仪不假借延，延以为至忿，有如水火。亮深惜二人之才，不忍有所偏废也。（参见《三国志·蜀书·魏延传》《杨仪传》）

祎曰：“丞相亦宜祛除。”孔明曰：“吾已定夺了也。”祎辞而去。

忽报“魏将郑文反，（承）［来］投丞相。”孔明召至帐下，问其故。郑文曰：“某在魏为偏将军之职，近与秦朗

据《三国志·魏书·明帝纪》注引《魏氏春秋》：朗字元明，新兴人。

据《三国志·魏书·明帝纪》注引《献帝传》：朗父名宜禄，为吕布使诣袁术，术妻以汉宗室女。其前妻杜氏留下邳。布之被围，关羽屡请于太祖，求以杜氏为妻，太祖疑其有色，及城陷，太祖见之，乃自纳之。宜禄归降，以为铚长。及刘备走小沛，张飞随之，过谓宜禄曰：“人取汝妻，而为之长，乃蚩蚩若是邪！随我去乎？”宜禄从之数里，悔欲还，飞杀之。朗随母氏畜于公宫，太祖甚爱之，每坐席，谓宾客曰：“世有人爱假子如孤者乎？”

一同引军来司马懿帐下听调。

据《资治通鉴》卷七十二：（青龙二年夏六月，）使征蜀护军秦朗督步骑二万助司马懿御诸葛亮。

据《三国志·魏书·明帝纪》注引《魏略》：朗游遨诸侯间，历武、文之世而无尤也。及明帝即位，授以内官，为骁骑将军、给事中，每车驾出入，朗常随从。

懿循私意，将朗升为（前）［副］将军，将某不用。因此背暗投明，（未）［来］归丞相。”正问之间，寨外秦朗搦郑文出战。孔明曰：“汝武艺比此人如何？”文曰：“某虽不（及）［才］，可立斩之！”孔明曰：“如若要吾重用，必先斩秦朗，然后无疑。”郑文欣然上马。孔明自出寨外观之。魏军中秦朗在军前大骂：“反贼！盗吾骏马，势不两立！”郑文亦骂：“司马匹夫用汝！”此（等）［时］秦朗挺枪来战郑文，文持刀迎之，交马一合，斩秦朗于马下，魏军便走。孔明交军休赶，交取尸首入寨。孔明交剥下衣服，内外看了，复坐帐中，唤郑文至，叱左右拿下。郑文叫“无罪！”孔明喝曰：“吾自幼便识秦（朝）［朗］，

如何故来瞒吾？”郑文便转语曰：“此人秦朗之弟也。”孔明曰：“司马懿交你来诈降，于中取事，是否？若不从实，即当斩之。”郑文只得招了。孔明略施小计，“就此而行”，要擒司马懿。其计如何？

[第二百四段]　孔明运木牛流马

孔明与郑文曰：“要吾饶你，你可修一封书，交司马懿亲自来劫寨。如拿得住司马懿，便是你的功劳。”郑文只得写了书。孔明自把郑文监下。樊达问曰：“丞相何以便知其诈也？”孔明曰：“以动静可知也。司马懿不轻用人，加为副将军，必能武艺也。郑文交（懿）[马]斩之，便知非秦朗。吾故番覆其尸认之，以疑其心；然后诈言识秦朗以探之，便得实也。”樊达等皆拜称为神明。孔明选一有胆勇、舌辨军士，交去下书，只说“见用郑文为先锋，明日晚间举火接应。万望尽提大军前来劫寨！”

军士得书，径到魏寨，左右引见司马懿，说“诸葛亮为郑文有功，加为先锋，特使某来下密书。”懿问曰：“汝何人也？”其人曰：“某中原人氏，流落川中。今郑将军与某同乡，故特来下书。”懿问了的当，再交（本）[其]人回报“来日二更为期。”（本）[其]人去了。司马懿点起军马，欲带二子亲往劫寨。长（一）[子]司马师曰：“凭他一纸之书，父亲入于重地，万一有失，如之奈何？不若遣别将去了，父亲远远接应可也。”懿然之，差秦朗带一万人马前去劫寨；司马懿自为后应。

是夜风清月白；（自）[忽]然云生东北，（务）[雾]起西南，满（川）[天]阴暗。懿喜曰：“天赐成功也！”急催秦朗进时，将到蜀寨，寨内火起，喊杀振天。秦朗撞入，只见无人，急便退回，左有王平、（右有）张翼，[右有]马岱、马忠，两路军围裹将来，秦朗死战不能得出。司马懿引军来救时，姜维、魏延两军杀退。秦朗死于乱军中，所领一万人马十损八九，（伤）[只]剩得些少败军逃回。其杀魏兵之时，天复明朗，月白如（书）[昼]，见孔明遁甲之功也。魏兵败回，再不敢出。

却说孔明斩了郑文，再议取渭南寨栅，每日使人搦战，魏兵坚守不出。孔明自上小车，绕祁山前后、渭水东西，来看地理。忽到一个去处，形如葫芦之样：入得谷口内，颇容千人；两山又合一山围抱，只可容四百人；背后两山环捧，只容得一人一骑而过。因此名为“葫芦山谷”。孔明问乡道官：“此何名也？”答曰：“地名‘上方谷’，俗号‘葫芦谷’。”孔明周围看了一遭，唤马岱分付，密授一计：“与你一千五百军，只在此间扎寨：五百军把住山口，一千军（功作）[在内作功]。除吾点视之外，余人皆休胡入。（只）此是擒司马之计，（汝）[如]漏泄，汝等尽皆斩首！”马岱领计，自在上方谷中安营。

孔明看了十数日，回至寨中，长安杨仪来禀曰：“即目粮米都在剑关之内，人夫牛马搬运之。（倒）[然]虽日行夜往，军粮不（敖）[敷]，如之奈何？”孔明曰：“吾已运计多时。将日前积下木植并蜀川买到作具之木，吾当亲教作木牛流马，转运粮米可以昼夜不绝。”

据《三国志·蜀书·诸葛亮传》：亮性长于巧思，损益连弩，木牛流马，皆出其意；推演兵法，作八陈图，咸得其要云。

众皆曰："自伏羲治世相传到今，未闻有木牛流马之事，并请教之！"于是孔明唤匠者千余人，依法（运）[建]造。按陈寿史传所载云：

其木牛流马之法：方腹曲胫，一股四足，头入领中，舌着于腹。载多而行少，特行者数十里，群行者三十里。曲者为牛头，双者[为牛]脚，横[者]为牛领，转者为牛足，覆者为牛背，方者为牛腹，垂者为牛舌，曲者为牛肋，刻者为牛齿，立者为牛角，细者为牛鞅，摄者为牛鞧。牛御双辕，人行六尺，牛行四步。人不大劳，牛不饮食。流马肋长三尺五寸，广三寸，厚四寸二分，左右同（前）。每马受米一斛三斗。

据《三国志·蜀书·诸葛亮传》注引《诸葛亮集》载作木牛流马法：木牛者，方腹曲头，一脚四足，头入领中，舌著于腹。载多而行少，宜可大用，不可小使；特行者数十里，群行者二十里也。曲者为牛头，双者为牛脚，横者为牛领，转者为牛足，覆者为牛背，方者为牛腹，垂者为牛舌，曲者为牛肋，刻者为牛齿，立者为牛角，细者为牛鞅，摄者为牛轴。勒牛御双辕，人行六尺，牛行四步。载一岁粮，日行二十里，而人不大劳。流马尺寸之数，肋长三尺五寸，广三寸，厚二寸二分，左右同。前轴孔分墨去头四寸，径中二寸。前脚孔分墨二寸，去前轴孔四寸五分，广一寸。前杠孔去前脚孔分墨二寸七分，孔长二寸，广一寸。后轴孔去前杠分墨一尺五分，大小与前同。后脚孔分墨去后轴孔三寸五分，大小与前同。后杠孔去后脚孔分墨二寸七分，后载克去后杠孔分墨四寸五分。前杠长一尺八寸，广二寸，厚一寸五分。后杠与等。版方囊二枚，版厚八分，长二尺七寸，高一尺六寸五分，广一尺六寸，每枚受米二斛三斗。从上杠孔去肋下七寸，前后同。上杠孔去下杠孔分墨一尺三寸，孔长一寸五分，广七分，八孔同。前后四脚，广二寸，厚一寸五分。形制如象，靬长四寸，径面四寸三分。孔径中三脚杠，长二尺一寸，广一寸五分，厚一寸四分，杠同前。

人皆言孔明妻黄氏能会此法，故孔明学之。半月之期，木牛流马造成，果然转动犹如生者，上山下岭各尽其便，众皆大喜。孔明差高翔驱驾木牛流马搬运粮食，于剑关内直到祁山。

据《三国志·后主传》：（建兴）九年春二月，亮复出军围祁山，始以木牛运。……十年，亮休士劝农于黄沙，作流马木牛毕，教兵讲武。……十一年冬，亮使诸军运米，集于斜谷口，治斜谷邸阁。……十二年春二月，亮由斜谷出，始以流马运。（参见《三国志·诸葛亮传》）

据《资治通鉴》卷七十二：（青龙元年，）诸葛亮劝农讲武，作木牛、流马，运米集斜谷口，治斜谷邸阁；息民休士，三年而后用之。

按：据史书记载，在蜀汉建兴九年（231）诸葛亮第四次北伐时即已使用木牛运输粮草，到蜀汉建兴十二年（234）诸葛亮第五次北伐时又开始使用流马运输粮草；而《演义》中木牛流马的首次亮相均是在蜀汉建兴十二年（234）诸葛亮六出祁山时。

后有诗为证：

六出祁山用计谋，军粮趱运到西川。
剑关险峻驱流马，斜谷崎岖驾木牛。
心地玲珑人莫测，（筹添）[性天]广大鬼难（收）[筹]。
谁能（记）[继]此神仙术？古往今来赞武侯。

却说有人看见木牛流马，报（道）[与] 司马懿。懿不信，再使人去体探，果如其言。懿曰："吾坚守之，只待蜀人粮不接应之故。今用此法，蜀人为久远之计，不思退矣。"于是差张虎、乐琳引五百军从（小路斜谷）[斜谷小路] 偷抢木牛流马，"吾试看之。"二将领了将令，浑身软战，扮作蜀人，于夜偷过小寨，伏在山谷中。果见高翔在后押送木牛流马，过山而来。二将杀出，蜀兵各自奔走。[张虎、乐琳] 不敢多带，只每（军）[人] 抢了二头，弃下粮米，星夜回到魏寨。司马懿交当面行使，果然进退往来，宛然如生。懿大喜曰："汝用此法，吾何不用也？气杀诸葛也！"随唤巧匠拆开，依其尺寸厚薄造之，果然一般。懿交造木牛流马各二千余头，搬运军粮赴寨。

却说高翔被抢了木牛流马，来见孔明告之。孔明曰："吾正欲他抢去。必然效吾之法也。"数日后报来："魏人也造木牛流马，于陇右地面搬运粮食。"孔明曰："不出吾之所料。"唤王平至，分付之："汝可将一千军扮作魏人，星夜偷过北原，只推运粮，径到运道之上，将运粮之兵尽皆杀散，尽驱木牛流马而回。径到北原寨口，必有人来夺，汝等但见兵至，将木牛流马口内舌纽转，便不能行动，尽弃于后，且战且走。彼扛抬不动、撞打不去之时，吾再有兵到。汝即引兵复纽转其舌，自然能行。魏人以为神异，必不敢追。"王平领计去了；又唤张翼："你可引五百玄甲军，各打神师旗号，旗号是鬼头、兽面、虎体种种怪异之（号）[物]，以疑其军心也；[至] 夜则各用彩色涂面，（萌）葫芦内藏烟火等药，伏于山侧，护送木牛流马。魏军以为神兵，必不敢近前。"张翼领计去了；又唤魏延、姜维分付："你二人同领五千人马，直至北原寨口去接木牛流马，以备战斗。"又唤张嶷、廖化引五千马步军截住司马懿来路；又令马忠去渭南寨口搦战：尽皆分拨去了。

却说魏寨司马懿差镇远将军岑威管押军粮回寨，正行之间，忽见一彪（蜀）军来到。岑威向前迎之，（却）欲问姓名，[却] 被王平一刀斩于马下。押粮军士皆走，伤者极多。王平领蜀兵尽驱木牛流马而回。败军飞报北原本寨。郭淮听知军粮被劫，火速引军来救。路上王平望见魏军来到，令军士尽把牛马口内舌都纽转，抛弃而走。王平来与魏军交锋，且战且走。郭淮只顾驱赶木牛流马之时，尽皆不动。正无奈何，魏延、姜维军马骤至，会合王平，却把魏军杀退。山后张翼五百军抢（之）[出]，[将] 木牛流马拨转舌，长驱而去。魏军看见，皆以为神明，并不敢去追之。

却说司马懿听知军粮被劫，自引军马飞奔北原而来。到得半路，廖化、张嶷伏于山谷中，见司马懿旗号分明，两路杀将出来。司马懿性命如何？

[第二百五段]　孔明火烧木栅寨

魏军正行之间，忽然蜀兵骤到，众皆大惊。司马懿单骑奔逃，廖化望见，飞马赶来。懿撞入一林，廖化亦拍马赶入。司马懿绕树而转，廖化一刀砍去，砍在树上，急拔刀时，司马懿复出林去，不知往何处，只见金盔落于地东。廖化取盔置鞍鞒，望东追赶不见。原来懿（漾）[弃] 盔于东边，却投西去。廖化杀出路口，迎见姜维，同归大寨。张翼已（得）[将] 木牛流马驱到祁山，所得军粮万石。廖化献 [上] 司马懿金盔（上），（功）

［记］为头功。魏延心中不（美）［喜］，复出怨言，孔明只做不知。

却说司马懿逃回大寨，心中郁闷。忽报“朝廷有使命到，说‘天子有诏，为东吴孙权三路兵入寇，天子自引大军，御驾亲征去讫。请都督坚守北原，勿使有失。’”司马懿听得东吴动兵，添转忧闷，连日不敢出寨。长子司马师曰：“蜀人夺去许多钱粮，又唤集土居之民与军相参，向渭滨屯田，以为久计；令军士并不得骚扰于民，违令者斩。以此，国家何日除患？父亲何不与诸葛约日大战，以决胜负？”懿曰：“吾非不欲如此，恨未有计耳！”师曰：“有智斗智，无智斗力。父亲百万之众，何惧一诸葛亮也？”忽报“魏延将都督金盔搠于阵前，百般辱骂。”懿曰：“小不忍则乱大谋。且不可出。”于是魏（逼）［军］不出。

却说孔明在祁山唤集乡民布散谷种，与军相杂，屯田于渭水之滨，二分军、一分民，并无侵犯，民皆乐然。

> 据《三国志·蜀书·诸葛亮传》：（建兴）十二年春，亮悉大众由斜谷出，以流马运，据武功五丈原，与司马宣王对于渭南。亮每患粮不继，使己志不申，是以分兵屯田，为久驻之基。耕者杂于渭滨居民之间，而百姓安堵，军无私焉。（参见《资治通鉴》卷七十二）

马岱搭栅寨完成，来告孔明曰：“其（堑）［营］四围皆掘深堑，暗积干柴；其寨中大小松木尽灌引火之药。周围山上虚搭窝铺，皆是干草燥柴。寨内外皆伏地［雷］。目今月余无雨，又及炎天，此计可行矣。”孔明［授］密计曰：“汝可将葫芦谷后路尽皆叠断，却伏军于谷口。如司马懿到，尽可从之。但见谷中有兵，休问是魏兵蜀兵，只顾把干柴从谷中放［火］，尽力烧焚，便是你的功也。如见魏兵与蜀［兵］交锋，白昼竖起七星号带于谷口，夜则明七碗灯笼于山上，是其号也。吾素知汝（抱）忠义，故以大事托之，勿误于我！”马岱领计去了。孔明又唤魏延至，分付曰：“你可引五百军，往来引诱魏兵。如他军杀来，你可胜之；如司马懿来，你可佯输诈败，迤逦引诱投渭东山谷而走。但见谷口有七星号带者，便可进入，伏于深处，引魏兵也入，吾自有计；如夜，只看七碗红灯笼，便是号也。”魏延去了。又唤高翔分付，交将木牛流马或三十一群，或五十一群，各装米谷，于上方谷往来；若魏兵来抢，听从将去，“只此是汝之事。”高翔去了。孔明把祁山寨内之兵一一拨调开去，只做屯田之故，“你我皆不相接。若别军出寨，不要你（赢）［赢］，只要你输；若司马懿自出，可并力只（顾）［攻］渭南，绝其归路。”一一都调开了，孔明亦自上方谷下寨。

却说夏侯惠、夏侯和到大寨来禀司马懿曰：“如今蜀兵四散结寨，各各屯田，以为久计。若（来）［不及］时除之，日后深根固蒂，难以动摇。”懿曰：“只恐是诸葛之谋也。”惠曰：“若如此疑惑，生民何日见太平耶？吾等兄弟二人自当努力。”于是司马懿交夏侯（惠）［霸］、夏侯（和）［威］分投出战，司马懿坐待回音。当日报来：抢得木牛流马五六十并马匹、金鼓、旗幡等件。次日又报得胜，解到蜀兵数十人。司马懿问其虚实，皆曰：“诸葛料魏兵不出，只要屯田，以为久计。”懿将各人不杀，以恩结之，尽皆（故）［放］回。夏侯和曰：“所擒之人不杀，何也？”懿曰：“量数十人，又非大将，杀之何益？放回本寨，令说魏国仁慈宽厚，以挫其战心，乃吕蒙取荆州之计也。”和曰：“善！”于是每日但捉到蜀兵，（尽赏其酒，有功之人，）却以好言抚慰而放之［；有功之人尽赏其酒］。

孔明交高翔虚作运粮，屯于上方谷口；既入还出，人莫知之。夏侯霸［、夏侯威］每日获胜，似此半月有余。司马懿问“诸葛在何处？”被获人告曰：“每日运粮于上方谷中。诸葛也只在山西十里下寨。”[懿]备细问了。当日晚间，司马懿唤诸将听令：“目今诸葛不在祁山，移屯上方谷西。汝明日一齐去取祁山寨栅，我自攻其后。”诸将得令去了。司马师问曰：“父亲攻其后，何也？”懿曰：“祁山乃蜀人出没之地也。若见吾大军攻之，必尽往敌矣。彼若去救，我却去上方谷烧尽其粮。蜀人首尾不相救，必大败矣！”二子曰：“然此亦宜大军在后，以防不测。”懿乃命张虎、乐琳引五千军在后救应，命中军预备火把。

却说孔明在山上远望，每日魏兵出寨，或三千或二千便行；是日分拨队伍，前后顾盼。孔明曰：“料必取吾祁山也。”下令以兵去救。诸将勒兵，只等司马懿中军出时，便夺渭南寨栅。当日魏兵望祁山一齐进发。蜀兵虚意纳喊，作去救之势。司马中军突然而出，将引二子径奔上方谷来。魏延自得号令，每日只顾盼司马懿出；当日见了大喜，领五百军来迎。懿见军少，将欲去救祁山，尽力追赶。[魏延]只在上方谷左右往来诱敌。司马懿见魏延兵少，三面围来。魏延见谷内七星号带风内飘扬，五百军尽退入谷中去了。司马懿使前军哨探，说谷内是个寨栅。司马懿引军马入内，不见魏延军兵，四下峭壁，别无埋伏之处；见寨内有许多草屋，只道是屯粮之所，看时尽是油薪。司马懿见魏延在前面，心中猛省曰：“若有兵断谷口，如之奈何？”后军大喊：“谷口山（下）[上]大束小束（搬）[撇]下（把火）[火把]，烧断谷口！”[只]见山上火箭火炮如飞蝗而下，四面火起，数千人马并做一处。司马懿下马抱住二子而哭曰：“吾父子不想死于此处！”忽然怪风大作，阴云布合，一声霹雳向处，大雨（平）[盆]倾，满川之火尽皆（烧）[浇]灭，地雷不向，火具无功。滂沱大雨，申、酉时分直下到初更，平地水深三尺。司马懿曰：“不就此时杀出，更待何时？”司马懿引军杀出谷口。蜀将马岱亦不敢当，随后追赶。懿见前面一彪军到，乃张虎、乐琳，杀退马岱，急回渭南时，寨已被蜀兵夺了，郭淮、孙礼正在浮桥上和蜀兵死战。司马懿刺斜里撞散蜀兵，得浮桥而渡。于是折断浮桥，拒住北岸，得到大寨。原来打祁山之兵听得失了大寨，急回时被蜀人杀散，各自逃生，归于渭北。

却说孔明远见魏延引司马懿入谷时，不胜之喜！忽然天降大雨，火皆尽灭，报到“走了司马懿。”孔明喟然叹曰：“谋事在人，成事在天！”

按：诸葛亮于上方谷火烧司马懿，不见于史。

故后来人为孔明道了这八个字，有诗曰：

烈火万堆藏木栅，那时司马命难延。
忽然大雨滂沱下，谋事在人成在天。

又诗曰：

滂沱大雨降青霄，木栅安排烈火烧。
孔明妙计若成就，争得山河属晋朝？

孔明收军于渭南寨中。魏延来告：“马岱将葫芦谷尽皆叠断。若无大雨，某与五百军皆烧死于谷中！”孔明唤马岱责之曰：“魏文长吾之大将也。汝当初听命时，吾只交汝烧司马懿，不曾交你烧魏文长。若使火烧着，失吾左臂也！”速命推出斩之。当时马岱性命如何？

［第二百六段］　孔明秋夜祭北斗

当时孔明令斩马岱，众官告免。孔明交于脊杖四十，削去平北将军官爵，贬为（败）［散］军。马岱被责，自归大寨。孔明密遣樊达以谕之曰：“丞相素知公忠义，故令汝行此计。他日成功，当为第一。汝可［推］与杨仪以解之。”马岱方知是计，次日见魏延，说“非某欲如此，是长史杨仪之言也。”魏延大恨杨仪，却将马岱收为部下（被）［裨］将。孔明许之。

却说司马懿传下将令：“但有言战者，以违制论！”孔明今得渭南寨，分付（守把人员）［人员守把］，进取未定。

却说郭淮来见司马懿，告称“诸葛每日引军哨路，必欲别图进步。”懿曰：“亮若出（，或攻祁）［武功，依］山而来，吾营皆危矣，真可忧也！若自西山五丈原，诸将无事矣。”使人探之，孔明果出五丈原。懿以手加额曰：“［大］魏皇帝之洪福也！诸将且只拒守，坐待诸葛，久必有变。”

> 据《资治通鉴》卷七十二：诸葛亮至郿，军于渭水之南。司马懿引军渡渭，背水为垒拒之，谓诸将曰：“亮若出武功，依山而东，诚为可忧；若西上五丈原，诸将无事矣。”亮果屯五丈原。

却说孔明引军一千屯于五丈原，累遣人搦战，司马并不出战。孔明乃取一合，内盛巾帼，妇人丧冠也，并妇人（蒿）［缟］素之衣，密封差使送至魏寨。诸将不敢隐瞒，直引至中军见司马［懿］。［懿］当面拆开，见巾帼衣服内有书一封，书曰：

> 汉丞相、武乡侯诸葛亮闻管子有云：“礼、义、廉、耻，国之四维；四维不张，国乃灭亡。”（初）［窃］惟司马仲达既为大将，统领中原之重兵，不思披坚执锐以决雌雄，甘分（窟）［屈］守土窠而（猥）［畏］刀避箭，与寡妇人何异哉？今遣人送巾帼素衣，如不出战，可再拜而受之；倘有男子之胸襟，早与批回，依期赴敌！

司马懿看了笑曰：“汝识我为妇人耶？吾且权受之。”令管待来使。

> 据《资治通鉴》卷七十二：司马懿与诸葛亮相守百余日，亮数挑战，懿不出。亮乃遗懿巾帼妇人之服。懿怒，上表请战，帝使卫尉辛毗杖节为军师以制之。（参见《三国志·魏书·明帝纪》注引《魏氏春秋》）

懿问使曰：“诸葛公起居饮食若何？”使者对曰：“丞相夙兴夜寐，罚二十以上皆亲览焉，所啖食不至数升。”懿告人曰：“孔明食少事烦，其能久乎？”

> 据《资治通鉴》卷七十二：亮遣使者至懿军，懿问其寝食及事之烦简，不问戎事。使者对曰：“诸葛公夙兴夜寐，罚二十已上，皆亲览焉；所啖食不至数升。”懿告人曰：“诸葛孔明食少事烦，其能久乎！”（参见《三国志·蜀书·诸葛亮传》注引《魏氏春秋》，《三国志·魏书·明帝纪》注引《魏氏春秋》）

于是赠赏使者而令回；回至五丈原见孔明，说“司马懿受了巾帼，但问寝食之事，并不问军旅之由。某如此对之。懿曰：‘食少事烦，其能久乎？’”孔明叹曰：“彼深知我也！”

静轩先生有诗曰：

兴师伐魏报先王，天命何期有短长。

仲达料人真妙筭，预知食少事烦亡。

主簿杨颙曰："某（切）[窃]闻为治有体，上下不可相侵。昨见丞相[自校簿书；]虽在军，（自校簿书，）朝廷大小事务必须经历。请（到）[用]譬喻与丞相言之：凡治家之道，必使奴执耕，婢典爨，鸡司晨，犬吠盗，牛负重，马涉远，所求皆足，其家之主雍容，高枕饮食而已。（思）[忽]一旦己身亲其（后）[役]，形疲神困，终无一成。岂其智之不如奴婢、鸡犬哉？失为家主之法也。昔丙吉不问死人，陈平不知钱谷，识其分也。今丞相自理（所）[琐]事，流汗终日，不亦劳乎？司马之言洞然肺腑也！"孔明泣曰："吾非不知，但受先帝托孤之重，惟恐他人不似吾之心也，负先帝重恩耳！"众皆恸哭。

据《资治通鉴》卷七十：亮尝自校簿书，主簿杨颙直入，谏曰："为治有体，上下不可相侵。请为明公以作家譬之。今有人，使奴执耕稼，婢典炊爨，鸡主司晨，犬主吠盗，牛负重载，马涉远路。私业无旷，所求皆足，雍容高枕，饮食而已。忽一旦尽欲以身亲其役，不复付任，劳其体力，为此碎务，形疲神困，终无一成。岂其智之不如奴婢鸡狗哉？失为家主之法也。是故古人称'坐而论道，谓之王公；作而行之，谓之士大夫'。故丙吉不问横道死人而忧牛喘，陈平不肯知钱谷之数，云'自有主者'，彼诚达于位分之体也。今明公为治，乃躬自校簿书，流汗终日，不亦劳乎！"亮谢之。及颙卒，亮垂泣三日。（参见《三国志·蜀书·杨戏传》附《季汉辅臣赞》注引《襄阳记》）

孔明自觉神思不宁，未敢进兵。

却说魏寨中众将皆知孔明以巾帼之辱，共入帐禀曰："吾等乃大国之臣，安忍受小邦匹夫之辱？请尽出战，以决一死！"司马懿曰："吾非（具）[惧]死而甘心受辱，为当日天子有诏，令吾坚守之故也。若轻出战，是违天子之命也。"众将皆有不平之色。司马懿曰："吾遣使星夜上表，求出赴敌。如天子可容出战，未为晚也。"于是遣使直赴合肥军前，奏闻魏主。魏主览表曰：

臣司马懿言：臣才薄任重，深蒙眷委，令臣坚守不战，以待其敝。今者伪蜀诸葛亮轻臣如奴隶，待臣如妇人，遗以巾帼，耻辱之甚！臣先奏达圣听，旦夕与诸将效一死战，以答先帝之大恩，报陛下之重禄！臣不胜激切之至！

魏主曰："朕令且守，何故上表求战耶？"卫尉辛毗奏曰："司马公本无战心，必是诸葛相逼之故，因此上表，令（王）[陛下]制之。"魏主曰："然！"便令辛毗持节，亲往军前以制之，诏曰："如有敢言出战者，以违制论！"辛毗星夜到军前传诏已讫，诸将方始不敢再言。司马懿暗与辛毗曰："公足知我心腹也！"于是款布其言："魏天子遣人节制三军，令休出战。"

董厥、樊达以此言来告孔明。孔明笑曰："此司马懿安三军之计也。"姜维曰："何以知之？"孔明曰："彼本无战心，所以固请也，以示武于众将耳。岂不闻'将在军，君命有所不受'？苟能利吾，岂千里而请战也？此是司马之计。"众皆曰："然！"

据《资治通鉴》卷七十二：司马懿与诸葛亮相守百余日，亮数挑战，懿不出。亮乃遗懿巾帼妇人之服。懿怒，上表请战，帝使卫尉辛毗杖节为军师以制之。护军姜维谓亮曰："辛佐治杖节而到，贼不复出矣。"亮曰："彼本无战情，所以固请战者，以示武于其众耳。将在军，君命有所不受，苟能制吾，岂千里而请战邪！”（参见《三国志·蜀书·诸葛亮传》注引《汉晋春秋》，《三国志·魏书·辛毗传》及注引《魏略》）

据《世说新语·方正》：诸葛亮之次渭滨，关中震动。魏明帝深惧晋宣王战，乃遣辛毗为军司马。宣王既与亮对渭而陈，亮设诱谲万方，宣王果大忿，将欲应之以重兵。亮遣间谍觇之，还曰：“有一老夫，毅然仗黄钺，当军门立，军不得出。”亮曰：“此必辛佐治也。”

据《三国志·魏书·明帝纪》：（青龙二年夏四月，）诸葛亮出斜谷，屯渭南，司马宣王率诸军拒之。诏宣王：“但坚壁拒守以挫其锋，彼进不得志，退无与战，久停则粮尽，虏略无所获，则必走矣。走而追之，以逸待劳，全胜之道也。”

忽报体探东吴消息使命费祎至。孔明召入问之，曰：“魏主曹叡闻知东吴兵分三路而来，乃自提兵至合肥，命满宠、田豫、刘郡分道迎之。满宠设计尽焚东吴战具、粮食，吴兵多病。陆逊上表与孙权约会，不意于路进表人被魏人所获，因此计泄。吴兵大败，俱已退回本国。”

据《资治通鉴》卷七十二：（青龙二年）秋七月壬寅，帝御龙舟东征。满宠募壮士焚吴攻具，射杀吴主之弟子泰；又吴吏士多疾病。帝未至数百里，疑兵先至。吴主始谓帝不能出，闻大军至，遂遁，孙韶亦退。陆逊遣亲人韩扁奉表诣吴主，逻者得之。诸葛瑾闻之甚惧，书与逊云：“大驾已还，贼得韩扁，具知吾阔狭，且水干，宜当急去。”逊未答，方催人种葑、豆，与诸将奕棋、射戏如常。瑾曰：“伯言多智略，其必当有以。”乃自来见逊。逊曰：“贼知大驾已还，无所复忧，得专力于吾。又已守要害之处，兵将意动，且当自定以安之，施设变术，然后出耳。今便示退，贼当谓吾怖，仍来相蹙，必败之势也。”乃密与瑾立计，令瑾督舟船，逊悉上兵马以向襄阳城。魏人素惮逊名，遽还赴城。瑾便引船出，逊徐整部伍，张拓声势，步趣船，魏人不敢逼。（参见《三国志·吴书·陆逊传》《吴主传》，《三国志·魏书·明帝纪》《满宠传》）

孔明闻（知）［之］，长叹一声，忽然昏绝于地，口吐鲜血，众将急救半晌方醒。孔明曰：“吾心昏乱，旧病忽发，寿必不远！”

是夜，孔明扶出帐，仰观天文，乃荒入帐中，唤姜维曰：“吾死限不远也！”维哭曰：“丞相何故出此言也？”孔明曰：“吾观三台之中，客星倍明，主星幽隐，相辅列曜以变其色。吾命只在旦夕矣！”维闻：“昔日有能禳者。丞相必能知之。”孔明曰：“吾学此法久矣，未知天意若何。汝可引军士七七四十九人，各执皂旗、穿皂衣，环绕帐房。吾亲于中禳之：七日内如灯不灭，吾可更增一纪之寿；如灭，吾死必矣！一应闲人休得放入，吾当禳谢北斗。”姜维得令，（一）［凡］应用之物，只是二童子运入帐中。姜维亲领四十九人紧守帐房。是时八月半间，当夜银河耿耿，玉露滚滚，旌旗未动，刁斗无声。孔明于中军帐内拈陈香花祭物，中布［大］灯七盏，顺布小灯四十九盏，内围本命灯一盏于地。孔明再拜而祝曰：“亮生于乱世，隐避于农。蒙先帝三顾之恩，托幼主孤身之重，于是竭（力）［尽］犬马之劳，统率貔貅之众，六出祁山，誓以讨贼！不期将星欲坠，阳寿将终。谨以静夜昭告于皇天后土、北极元辰，伏望（大）［天］慈俯垂昭鉴！”乃诵清词曰：

伏以周公代姬氏之厄，翼旦乃瘳；孔子值匡人之围，自乐不死。臣亮受托孤之重，竭报国之诚，开创蜀（兵）［邦］，欲平魏寇，率大兵于渭水，会众将于祁山。何期旧疾缠身，阳寿将尽。谨书尺素，上告穹苍，伏望天慈，曲赐臣算，上报先帝之恩德，下救黎庶之倒悬。非敢望神，实由恳切，下情不胜屏营之至！

孔明祷罢，俯伏待旦；次日还在帐中扶病而［起，］口吐鲜血不止，情复昏沉。

却说司马懿在帐中无事，当夜步出中军，仰观天文，忽然失惊曰："将星失位，诸葛亮旦夕休矣！"便唤夏侯霸分付曰："吾仰观星象，见将星失位，诸葛必然不久矣。汝可引一千军马（哨探）到五丈原寨前去［哨探］。如蜀人荒乱间（相）不出［战］，是诸葛病重也；若蜀兵奋力出赶，必是无事。汝可去探虚实便回。"夏侯霸领了将令，上马引军而来。

却说孔明在帐中是第六夜了，见主灯不灭，心中暗喜。姜维入，乃令替拜。孔明披发仗剑，踏罡步斗，厌镇将星，但（恕）[恐] 坠地。忽听后寨外大（减）[喊]，急欲遣人问时，魏延荒入帐中报曰："魏兵至矣！"脚步荒速，正将地下主灯扑灭。孔明弃剑而叹曰："死生由命，富贵在天，不可得而祈也！"姜维拔剑欲斩魏延。不知性命如何。

[第二百七段]　秋风五丈原

孔明急止之曰："是吾天命也，非魏延之过也。"分付延曰："此是司马懿观星，知吾将星坠，故令来探虚实耳。汝可急上马追之。"魏延引兵追赶去了。孔明急谓姜维曰："吾虽尽忠竭力，恢复中原，重兴汉室，奈何天命如此！吾旦夕必亡矣！吾平生所学者五五二十五篇，计十一万四千一百一十四字，数内有八务、七戒、六恐、五惧之法。吾遍观诸将，无可传授者，惟有汝可以付托。汝可秘受，勿违吾志！"姜维泣拜而受之。孔明又曰："又有连弩之法，不曾用之。汝久后必得其用。一弩十矢，矢以铁打成，长八寸。吾已画成图本，汝可依样做之，以预备用。"

据《三国志·蜀书·诸葛亮传》引《上诸葛亮集表》：《诸葛氏集》目录：开府作牧第一　权制第二　南征第三　北出第四　计算第五　训厉第六　综核上第七　综核下第八　杂言上第九　杂言下第十　贵和第十一　兵要第十二　传运第十三　与孙权书第十四　与诸葛瑾书第十五　与孟达书第十六　废李平第十七　法检上第十八　法检下第十九　科令上第二十　科令下第二十一　军令上第二十二　军令中第二十三　军令下第二十四　右二十四篇，凡十万四千一百一十二字。

臣寿等言：臣前在著作郎，侍中、领中书监、济北侯臣荀勖，中书令、关内侯臣和峤奏，使臣定故蜀丞相诸葛亮故事。亮毗佐危国，负阻不宾，然犹存录其言，耻善有遗，诚是大晋光明至德，泽被无疆，自古以来，未之有伦也。辄删除复重，随类相从，凡为二十四篇，篇名如右。

据《三国志·蜀书·诸葛亮传》注引《魏氏春秋》：亮作八务、七戒、六恐、五惧，皆有条章，以训厉臣子。又损益连弩，谓之元戎，以铁为矢，矢长八寸，一弩十矢俱发。

据《三国志·蜀书·诸葛亮传》：亮性长于巧思，损益连弩，木牛流马，皆出其意；推演兵法，作八陈图，咸得其要云。

按：据《三国志·蜀书·诸葛亮传》引《上诸葛亮集表》，《三国志》编纂者陈寿奉晋武帝司马炎之命，于晋泰始十年（274）编定了《诸葛氏集》。《演义》移植为诸葛亮生前自编，并传授与姜维。

又分付曰："蜀中诸道不必多忧。惟有阴平之地，虽然险峻，久后计较不到，必然有失。后邓（芝）[艾]果然从此袭川。又有一锦囊，汝可密授马岱。吾知此人忠义，故托以大事。久后魏延必反，反之日，可开视之，依计而行。"孔明一一分付了，当夜昏瞑数番。

此时连夜表达朝廷。（多日）后主遣仆射李福前来中军问病。

据《三国志·蜀书·杨戏传》附《季汉辅臣赞》：孙德名福，梓潼涪人也。先主定益州后，为书佐、西充国长、成都令。建兴元年，徙巴西太守，为江州督、杨威将军，入为尚书仆射，封平阳亭侯。

孔明请入帐中，对福曰："吾今不幸中道而亡，虚废国家之大事，得罪于天下也！吾死之后，自有遗表上奏天子。汝等公卿大臣尽依吾平日定下法度行之，不可改易。吾所用之人，亦不可废之。马岱忠义，后当重用。吾兵书已授姜维。他日能守西蜀者，必姜维一人也。"李福辞而去。

孔明卧于几上，[又]出寨（尚自）点视诸寨，不觉秋风吹面，彻骨生寒。孔明叹曰："吾再不能临阵而讨贼也！悠悠苍天，曷此其极！"叹息久之，归于寨中，病势转加，唤长史杨仪入，嘱曰："王平、廖化、张翼、张嶷、吴懿等辈皆随吾苦征恶战之人，多负勤劳，堪可为用。吾死之后，汝依吾法则，旋师而退。汝久练兵士，不必多嘱。但有姜维可为断后之将，事可托付。魏延久后必反朝廷，吾欲废之，但怜其才而不忍加害。吾今与一锦囊，可以秘藏。若魏延反日，临阵之时方（用）[可]开视，内有斩延之计。其余诸将各按旧法，不可轻动也。"杨仪拜领命讫。

又数日，孔明病势又加沉重，饮食皆不能进。是日，孔明交取文房于卧榻之上，自写遗表。其文曰：

臣亮伏闻：生死有常，难逃定数。死之将至，愿尽愚忠。伏念臣赋性拙直，遭时艰难，分符拥节，专掌钧衡，兴师北伐，未获全功。何期病在膏肓，命垂旦夕！伏愿陛下清心寡欲，约己爱民；达孝道于先君，布仁心于（瞏再）[寰海]；提拔（照）[幽]隐以进贤良，屏黜奸谗以厚风俗。臣家成都有桑八百株、薄田十五顷，子孙衣食自有余饶。至于臣在外仕，别无调度，随时衣食悉仰于官，不别治生以长尺寸。臣死之日，不使内有余帛，外有盈财，以负陛下也。臣亮不胜涕泣恳切之至！

据《三国志·蜀书·诸葛亮传》：初，亮自表后主曰："成都有桑八百株，薄田十五顷，子弟衣食，自有余饶。至于臣在外任，无别调度，随身衣食，悉仰于官，不别治生，以长尺寸。若臣死之日，不使内有余帛，外有赢财，以负陛下。"及卒，如其所言。（参见《资治通鉴》卷七十二）

写表讫，分付杨仪曰："我死之后不可发丧，司马懿必然来追。汝可一顺一逆分（付）[作]长蛇之阵，回旗返鼓，若将赴敌。司马懿走之后方可发丧，将吾可作一龛，坐于车上，用米七粒置于口中，并抄水口中，足下安明灯一盏，置于毡车之上。军中安静矣，当勿令举哀。今夜将星坠地，吾当自起镇之。（见）[先]令后军一寨更一寨缓缓而退。汝诸文武各宜用心辨事。"杨仪得令了，便交依此行之。

是时建兴十二年岁在甲寅八月二十夜三更时分，孔明交二人扶出，仰观北斗之中，遥指曰："此吾将星也。"众视之，其色煌煌，如欲坠地者。孔明交取剑指之，口中不知念何咒毕，扶归帐中，不省人事。急报李福再至，众接入。福见丞相不能言语，大哭曰：

“我误朝廷大事也!”须臾开目视之，见李福立于床前，孔明曰：“公此一来，乃天子问谁可以任大事。公琰其宜也。”福曰：“前者实不敢问丞相百年之后谁可以任大事，故天子特命星夜至此。”孔明曰：“蒋公琰可。”李福曰：“倘公琰去也，谁可继之？”孔明曰：“费文伟可。”福又问，孔明不答。众官近前视之，已薨，

据《资治通鉴》卷七十二：亮病笃，汉主使尚书仆射李福省侍，因谘以国家大计。福至，与亮语已，别去，数日复还。亮曰：“孤知君还意，近日言语虽弥日，有所不尽，更来亦决耳。公所问者，公琰其宜也。”福谢：“前实失不咨请，如公百年后谁可任大事者，故辄还耳。乞复请蒋琬之后，谁可任者？”亮曰：“文伟可以继之。”又问其次，亮不答。（参见《三国志·蜀书·杨戏传》附《季汉辅臣赞》注引《益部耆旧杂记》）

据《三国志·蜀书·蒋琬传》：亮数外出，琬常足食足兵以相供给。亮每言：“公琰托志忠雅，当与吾共赞王业者也。”密表后主曰：“臣若不幸，后事宜以付琬。”

寿年五十有四。

据《三国志·蜀书·诸葛亮传》：相持百余日。其年八月，亮疾病，卒于军，时年五十四。

据《三国志·蜀书·后主传》：（建兴）十二年秋八月，亮卒于渭滨。

后晋史官陈寿评曰：

亮为相国，抚百姓，示仪轨，约官职，从权制，开诚心，布公道。尽忠益时者，虽仇必赏；犯法怠慢者，虽亲必罚；服罪输情者，虽重必释；游词巧饰者，虽轻必戮。善无微而不赏，恶无纤而不贬。庶事精练，物理其本，循名责实，（兵）[虚]为不齿。终于邦域之内，畏而爱之。刑政虽峻而无怨者，以其用心平而劝戒明也。可谓识治之良才，管、萧之亚匹矣！

据《三国志·蜀书·诸葛亮传》《资治通鉴》卷七十二，评曰：诸葛亮之为相国也，抚百姓，示仪轨，约官职，从权制，开诚心，布公道；尽忠益时者，虽仇必赏，犯治怠慢者，虽亲必罚，服罪输情者，虽重必释，游辞巧饰者，虽轻必戮；善无微而不赏，恶无纤而不贬；庶事精练，物理其本，循名责实，虚伪不齿。终于邦域之内，咸畏而爱之，刑政虽峻而无怨者，以其用心平而劝戒明也。可谓识治之良才，管、萧之亚匹矣！然连年动众，未能成功，盖应变将略，非其所长欤？

蜀臣杨戏乃作诸葛丞相之赞曰：

忠武英纯，献策江滨。
攀吴连蜀，权我世真。
受遗阿衡，整武齐文。
敷陈德教，理物移风。
贤愚敬心，命至其身。
诞静邦内，四裔以纯。
屡临敌庭，实耀其威。
研精大国，恨于未夷！

按：此赞录自《三国志·蜀书·杨戏传》附《季汉辅臣赞》。

唐贤元（徽）［微］之为作诸葛丞相庙赞曰：

拨乱扶危主，殷勤受托孤。
奇才过管、乐，妙箅胜孙、吴。
凛凛《出师表》，堂堂八阵图。
如公全得胜，应叹古今无！

唐贤白乐天言蜀主能用孔明，有诗曰：

先生晦迹卧山林，三顾那逢圣主寻。
鱼到南阳方得水，龙飞天汉便为霖。
托孤既尽殷勤礼，报国须还忠义心。
前后出师遗表在，令人一见泪沾襟。

伊川程先生有挽诸葛丞相诗［曰］：

六出雄师度剑关，运谋决策笑谈间。
巍巍功业盖三国，纠纠威风镇八蛮。
羽扇纶巾驱四马，忠肝义胆展江山。
壮怀未遂身先丧，提起令人血泪斑。

后宋尚书姚伯善作古风以吊诸葛丞相曰：

炎精渺漠当桓、灵，妖气蔽日豺豹横。
操虽汉相实汉贼，逼胁万乘于神京。
二袁、刘表、孙破虏，坐视王室扬旗旌。
豫州哀愍世无主，殷勤三顾茅庐行。
先生感激（幸来报）［弃耒耜］，坐间笑许诛鳌鲸。
运谋权破赤壁，长剑西挥烟尘清。
托孤泪洒请继死，愿效忠贞竭股肱。
祁山六出世罕比，折冲不用施刀兵。
中兴功业效神武，威伏鼠盗潜无声。
苍天何事绝炎汉？半夜耿耿长星倾。
我怜豪杰志不遂，哽咽忿气空（慎）［填］膺。

后宋陈（阑）［兰］室先生叹武侯诗曰：

亘古英雄世莫俦，君臣功业并伊、周。
出师未必催梁栋，始觉天心已厌刘。

后宋贤楚菊先生有诗赞曰：

七星坛上东风急，五丈原头秋月明。
先生不是无才调，天意俄然欲变更。

晋永兴年间，镇南将军刘弘至隆中观诸葛丞相故宅，立碑以表其间，命太傅掾（隗孝）［犍为李］兴为文。其词曰：

天子命我于（污）［沔］之［阳］，（德）［听］鼓（鞞）［鼙］而永思，庶（哲先）［先哲］之遗光，登隆山以远望，轼诸葛之故乡。盖神［物］应机，大器无方，通（神）［人］靡滞，（得）［大德］不常。（放）［故］谷风发而驺虞啸，云［雷］升而潜龙骤；挚解褐于三聘，（泥将）［尼得］招而（寨）［褰］裳，管（鲍）［豹］变于受命，（贵戚）［贡感］激（川）［以］回庄，异（除）［徐］生之摘（室）［宝］，释卧龙于深藏，伟刘氏之倾盖，嘉（吴）[吾] 子之周行。（未）[夫] 有知己之主，则有竭命之良，固所以三分我九鼎，跨带我边疆，抗衡我北面，驰骋我魏荒者也。英哉吾子！（属）[独] 含天灵，岂神之祇，岂人之精？何思之深，何德之清！异世通梦，恨不（得）[同] 生！（雄）[推] 子八阵，不在孙、吴；木牛之奇，则非般（损）[模]；神弩之功，一何（彻）[微] 妙；千井齐甃，又何秘要！昔在颠、夭，有名无迹，孰若吾（循）[侪]，良筹妙画？臧文 [既] 没，以言见称，又（来）[未] 若子，言行并征。夷吾反（沾）[玷]，乐毅不（忠）[终]，（矣）[奚] 比于尔，明哲守冲？临终受计，让过许由，负扆莅事，民言不流。刑中于郑，（数）[教] 美于鲁，蜀民 [之耻]，河、渭安堵。匪皋则伊，宁（被）[比] 管、晏，岂徒圣宣？慷慨屡叹！昔尔之隐，（分推）[卜惟] 此宅，仁义所处，能无规廓？日居月诸，（将损）[时殒] 其夕，谁能不没？贵有遗格。惟子之勋，移风来世，咏歌（曲儒）[典余]，懦夫将厉。遐哉邈矣，厥规（单）[卓] 矣！凡若吾子，难可究矣！畴昔之乖，万里殊途；今我来思，觌尔故墟。汉高归魏于丰、沛，太公五世而退周，想魍魉以仿佛，（异）[冀] 影响之有余。魂（尔）[而] 有灵，岂期识诸？

宋参政叶士龙有诗赞诸葛丞相曰：

退莫追兮进莫攻，来如风雨去无踪。
神机妙筭谁能识，果是人间一卧龙。

胡曾先生有诗单道秋风五丈原为证：

蜀相西驱十万来，秋风原上久徘徊。
长星不为英雄住，夜半流光落九垓。

是夜天愁地惨，月色无光，诸葛丞相奄忽归天。姜维、杨仪并依孔明旧制，不敢妄动分毫；龛已合了，如法（乘之敛）[成殓]，置于车上，选帐前心腹军士三百守之，秘不发丧；暗传密令，使魏延断后，杨仪（以）[次] 之，其余各寨将校次第先退。

却说魏寨中守更之军望见天上有一大星赤 [色]，光芒有角，自东北方流于西南方，飞坠于蜀营，三振再还，往大还小，隐隐有声。守更人报与司马懿。懿惊曰："诸葛死矣！"

据《三国志·蜀书·诸葛亮传》注引《晋阳秋》：有星赤而芒角，自东北西南流，投于亮营，三投再还，往大还小。俄而亮卒。

据《晋书·天文志》：蜀后主建兴十三年，诸葛亮帅大众伐魏，屯于渭南。有长星赤而芒角，自东北西南流，投亮营，三投再还，往大还小。占曰："两军相当，有大流星来走军上及坠军中者，皆破败之征也。"九月，亮卒于军，焚营而退，群帅交怨，多相诛残。

遂引兵追赶。当下如何？

[第二百八段]　死诸葛走生仲达

司马懿闻星坠，急欲引兵追赶；临欲出营，寻思转疑曰："吾闻诸葛素能遁甲之术，知吾久不出战，遂以此术诱我。我若追之，必中奸计。"因此复还，召夏侯霸暗领数十骑投五丈原山僻，“凭高窥望，观其动静，即时飞报。”夏侯霸领命去了。

却说魏延夜得一梦，忽梦头生双角，心中疑惑不定。忽报到“行军司马赵直到。”魏延请入坐之而问曰：“久闻先生深通《易》理。吾夜来得一梦，梦见吾头生两角，求先生决一吉凶。”赵直答曰：“此大吉之兆也，乃麒麟、蛟龙之头有角也，皆有变化升腾之象，主不须战斗，所到之处自获全胜矣。”延谢曰：“果如公言，自当补报。”直辞魏延回大寨，相去十里，半路正逢费祎。祎问赵直曰：“何来？”直曰：“适到征西大将军魏文长营内来。”祎问曰：“魏延不曾有甚言语？”（有）[直]曰：“此公夜来梦见头上生角，求某圆梦。本为凶兆，某恐见怪，故以麒麟、蛟龙以解之。”祎曰：“如何知是凶兆也？”直曰：“‘角’[之]字（之），刀下用也。今头用刀，其凶兆也。君切勿泄于外，吾汝自知之可也。”直辞而去。

据《三国志·蜀书·魏延传》：（建兴）十二年，亮出北谷口，延为前锋。出亮营十里，延梦头上生角，以问占梦赵直，直诈延曰：“夫麒麟有角而不用，此不战而贼欲自破之象也。”退而告人曰：“角之为字，刀下用也；头上用刀，其凶甚矣。”

费祎到魏延寨中，叱退左右而告曰：“昨夜三更，丞相辞世去了，临危丁宁曰：‘且宜密秘，不可发丧。’吾按成规缓缓而退，（具）[且]交将军亲自断后，以防司马懿追逐。今兵符在此，将军便可起军。”魏延问曰：“谁替丞相行事？”祎曰：“丞相将一切事务托委杨长史矣。此兵符乃杨长史之令也。”魏延大怒曰：“丞相虽亡，吾今见在！汝等府下亲随官属便可将灵柩归川迁葬，吾自率诸军击贼，必（恶）[要]成功！岂可因一人死而废天下大事？”祎曰：“丞相命且暂退兵，将军何故欲自战也？”延转怒曰：“丞相当时若听吾计，已取长安多时！前者杨仪欲烧死我于木栅寨中，幸天祐吾，降雨灭火。到今尚不曾报恨！吾官带前军征西大将军、南郑侯，岂可与杨仪作断后耶？”费祎曰：“将军言者是也。杨仪只是长史也，岂可总督吾等耶？宁死而不受辱！”延曰：“公可助吾。吾自令诸将各依寨分头，且不可妄动，以图进取。”祎曰：“某愿听将军之命令！”延曰：“公有此心，可助吾行事，连名签押。”祎欣然从之书字。祎曰：“虽然如此，不可令敌人笑话。吾自面见杨仪，陈说利害，令彼自送丞相灵柩归蜀。杨仪乃文字之人，必能从吾言也。”魏延曰：“公言亦是。”

祎乃上马来至大寨见杨仪，把上项事一一说了。杨仪曰：“无妨！丞相临危暗分付来：‘（于是）魏延勇猛，曹兵皆惧，因此使为断后。惟恐本人（心）不伏，可令费文伟往揣其意。如（但）有不然，听其自便，只交姜维自为断后，按吾法度而行。’今魏延果应丞相之言，不可迟缓。”随即唤姜维商量。杨仪曰：“丞相分付魏延之计尽写在此。吾自掌内事，汝可掌外事，依（上）[计]施行。”姜维领计，自去调用。

却说魏延见费祎去久，不复再来，心中疑惑，唤马岱商议。岱曰：“某见费祎（只）[出]得[辕门，]纵马加鞭而去。其人所言，必是诈也。”延令马岱领十数骑去探消息。马岱回报曰：“后军是姜维总制，前军大半退入谷中去了。”延大怒曰：“无能懦夫，焉敢戏吾耶！吾必欲尽斩之！”于[是]拔寨便起，搀先[引]南归军士皆奔小径而去。

据《三国志·蜀书·魏延传》：（建兴十二年）秋，亮病困，密与长史杨仪、司马费祎、护军姜维等作身殁之后退军节度，令延断后，姜维次之；若延或不从命，军便自发。亮适卒，秘不发丧，仪令祎往揣延意指。延曰：“丞相虽亡，吾自见在。府亲官属便可将丧还葬，吾自当率诸军击贼，云何以一人死废天下之事邪？且魏延何人，当为杨仪所部勒，作断后将乎！”因与祎共作行留部分，令祎手书与己连名，告下诸将。祎绐延曰：“当为君还解杨长史，长史文吏，稀更军事，必不违命也。”祎出门驰马而去，延寻悔，追之已不及矣。延遣人觇仪等，遂使欲案亮成规，诸营相次引军还。延大怒，挽仪未发，率所领径先南归，所过烧绝阁道。（参见《资治通鉴》卷七十二）

却说夏侯霸引数十骑扮作蜀兵，来五丈原窥望诸营；见了动静，火速回大寨，来见司马懿。懿问虚实，霸曰：“蜀人大寨一应车乘器仗尽皆先去，独有姜维领马军在。魏延寨去了，并无一人，望见远远投山僻路而去。其余路俱已无军。”懿曰：“诸葛真死矣！”众问曰：“何以知之？”懿曰：“五脏皆损，何能生之？”于是自点起中军守把寨精兵五万，引二子全装披挂，领军便离本寨。夏侯惠曰：“都督不可轻往，且差部下将追之。”懿曰：“他人不识高低紧慢。[吾]当自往。”乃飞奔五丈原大寨而来，杀入寨中，果见尽数去讫；便出后寨，回顾二子曰：“汝二人可后催军来。我自驱兵前进矣。”司马师、司马昭在后催军。

（先）[却]说司马懿引军赶至山脚，遥望[见]前面蜀兵不远，奋力追之。忽山后一声炮向，前军鼓（舞）[声]大振，旌旗望前。司马懿在马上惊惶失措，只见树影中，风卷出一大旗，上书“汉丞相诸葛武侯”。司马懿定睛看时，中间数十人拥出一辆（大）车，车上有一个先生，纶巾道服，皂绦羽扇，琅琊阳郡人也，姓诸葛名亮，表字孔明，道号卧龙先生；车前一将全付披挂，勒马挺枪，乃天水冀人也，姓姜名维，字伯约，挺枪跃马，厉声大骂：“国贼司马懿休走！诸葛丞相在此！”司马懿荒转马头，尽力加鞭，望后而走。本队军兵魂飞魄散，弃枪落刃，失盔抛甲，自相践踏，死者不计其数。静轩咏史诗曰：

六出祁山吊伐勤，要将忠义报储君。
先还伏弩诛张郃，死后扬旗走魏军。
非是兵机无八阵，只因天意定三分。
两川汉业今何在？惟有先生一古坟。

司马懿一走五十余里，背后二将赶上，探手扯住马前（还）[环]辔[曰]：“都督休荒，可尽力赶之。”懿视之，乃夏侯霸、夏侯惠也。二将告曰：“蜀兵退去，必然留断后之兵。可以尽率大兵追之。”懿半晌喘息方定，神色方回，徐徐按辔，与二将寻径而回。

众将各引兵会集。使人远探，乡民告曰：“蜀兵尽已退去。入谷之时，哀声大振，遥（指）[望]军中扬起白幡，诸葛果死矣。惟留姜维断后，止有军马一千。”懿曰：“鼓声大振而来，为何？”乡民[曰]：“此是蜀人之计，一面擂鼓，一面退走。车上孔明乃木雕者也。”因此谷中人都言“死诸葛走生仲达。”懿曰：“吾能料生，不能料死也。”

据《资治通鉴》卷七十二：是月，亮卒于军中。长史杨仪整军而出。百姓奔告司马懿，懿追之。姜维令仪反旗鸣鼓，若将向懿者，懿敛军退，不敢逼。于是仪结陈而去，入谷然后发丧。百姓为之谚曰：“死诸葛走生仲达。”懿闻之，笑曰：“吾能料生，不能料死故也。”（参见《三国志·蜀书·诸葛亮传》注引《汉晋春秋》）

后人有诗为证曰：

高垒深沟可料生，不能料死动追兵。
返旗鸣鼓先奔走，（可）[司]马应知诸葛能。

又诗曰：

长星半路落天衢，奔走犹疑尚未殂。

关外至今人尽笑，不知司马有惭无。

当时司马懿（曰某）[问了]的实，再至（应）[曾]见武侯之处，但有认旗在树林中，方才放心追赶。赶到赤岸寨，司马懿（勤）[勒]马与诸将曰："蜀人去远，追之何益？不如暂回。"众将曰："倘蜀人再侵边界，若何？"懿曰："诸葛已亡，谁可再领此职？汝等皆高枕无忧矣。"于是不赶而回，看武侯于路所下营寨，前后左右，整整有条。懿叹曰："天下之奇才也！"众皆骇然。

据《资治通鉴》卷七十二：懿案行亮之营垒处所，叹曰："天下奇才也！"追至赤岸，不及而还。（参见《三国志·蜀书·诸葛亮传》）

后有诗为证曰：

长蛇盘曲转山限，万叠屯云次第开。

诸葛军营藏造化，故令司马叹奇才。

司马懿领军回长安，委调众将各守边寨，自回洛阳面君。

却说杨仪令姜维结作长蛇阵，缓缓而退。后有人报"司马懿赶到赤岸，（大）[又]退去了。"因此杨仪令军中发丧，大小三军一齐举哀。忽报（山谷）数内有军士号哭不食而死。后有诗为证：

武侯魂已归天去，军士号啼血泪流。

思念从前恩德重，甘心不食丧荒丘。

蜀兵正行到栈阁口，忽见栈道上火起，前有伏兵拦路。众军皆惊曰："谁料这里又有伏兵？丞相亡后，有此等难苦，怎生奈何？"

[第二百九段]　武侯遗计斩魏延

杨仪忙使人哨探，回报曰："前面火绝栈（道阁）[阁道]者，乃征西将军魏延军马也。"杨仪大惊曰："丞相料此人久后必反。谁想此人在此绝断军马归路！如之奈何？"费祎曰："此人必先动表申奏朝廷，言称我等造反，故烧断栈阁。我等下营，先差人表奏魏延反情，然后图之。"姜维曰："此间有条去路名槎山，虽然崎岖崄峻，可以到栈阁之后。"一（连）[面]差五七个心腹之人，赍表到成都闻奏；一面把军马暗从槎山道进发，

据《资治通鉴》卷七十二：仪等令槎山通道，昼夜兼行，亦继延后。（参见《三国志·蜀书·魏延传》）

按：槎，动词，斜砍。"槎山"即"砍伐山上的树木"。罗贯中将"槎山"理解成了一条道路的专称。

"如遇此人，着意讨之。"杨仪等连名书表，先发二使在前，后令费祎自行。

却说后主在成都，忽然夜得一梦，梦见锦（笄）[屏]山崩倒，遂大惊觉。向晓，聚文武百官于殿上，后主说梦山崩之事。谯周奏曰："臣昨夜仰观天文，见一星赤而芒角，自东北（充）[流]于西南，此应丞相有凶问至。陛下梦山崩者，正与此兆相合。"后主

乃问“李福如何未回？”忽报李福到，后主急（宜）[宣]问之。福曰：“臣到五丈原寨中之时，丞相已不省人事。众皆伏地而哭，丞相乃开目，见臣在侧，未待问，便言曰：‘汝来问之事，蒋公琰其可托也。’臣传陛下圣旨，再问其次，丞相曰：‘费祎可也。’臣又问其次，丞相不答，须臾已亡。故臣星夜来告陛下。”后主闻之大哭曰：“天丧我也！”哭倒于龙椅之上，侍臣扶入后宫。吴太后闻之大哭。内外群臣如丧考妣。

后主连日饮食（顿）[频]减，不能设朝。忽报魏延有告急表章，奏“杨仪劫夺丞相灵柩，举众谋反。”群臣大惊，只得入后宫启奏。此时太后亦在宫中。后主闻有急事，遂惊倒龙榻之上，不能起听。群臣请太后坐于榻上听奏。近臣宣读魏延表章，说“杨仪（有）[自]握军权，劫夺灵柩，率众造反，欲引魏兵入寇。臣故烧绝栈道，引军守御。臣议剿捕”等事。后主曰：“魏延乃英雄之将，可拒敌杨仪矣。”吴太后曰：“我闻先皇有言，诸葛丞相相魏延脑后有反骨，常欲反意。今奏称杨仪等[造反]，于中不明。杨仪乃一文（客）[字]人，丞相委为长史，今若背反，必投魏矣。此事汝等大臣可（宜）[议]详细。”正议论间，忽报长史杨仪有表申奏。近臣宣读云：“丞相临终将大事尽委杨仪。今依旧制不敢变更，使魏延为断后将，姜维次之。今魏延不遵丞相遗令，自提本部（搀兵）[兵搀]先入汉中，烧绝栈道，欲使魏人尽杀（生众之）[臣之众]。意（本大逆）[在火速]，今遣使奏上：既以兴兵，就便剿除！”群臣（读）[听]罢，尽皆默然。吴太后曰：“汝诸大臣所见若何？”蒋琬曰：“臣非敢为一已之私，愿陈公道。杨仪为人性急，不能容物；至于筹度粮草，参赞军机，多与丞相辨事，故知以全事而委之，非反背之人也。魏延自恃功高，常有不平之心，口出怨言久矣；今见杨仪总兵，因此心中不伏，仍怀私仇，故断其归路而欲杀之。臣愿以全家性命保杨仪不反，实不保魏延也。”董允亦奏曰：“杨仪虽有市井之志，实不敢反背朝廷。魏延虽有功（高）[劳]，常有怨丞相之意，本欲反投归魏，欲杀杨仪也，反情显然可见矣。”诸大臣皆曰：“二公之言是也。”并皆保杨仪，不保魏延。

据《资治通鉴》卷七十二：延、仪各相表叛逆，一日之中，羽檄交至。汉主以问侍中董允、留府长史蒋琬，琬、允咸保仪而疑延。（参见《三国志·蜀书·魏延传》）

后主曰：“魏延果反，谁可当之？”蒋琬曰：“丞相素（知）疑此人，必然遗计与杨仪矣。若杨仪无（才）[计]，安能退兵于谷口乎？魏延必中杨仪之计。陛下且宜宽心！”正议间，魏延又有表至，告称杨仪反。正看间，杨仪又有表至，奏称魏延反。无数日之间，表章中各（为）陈是非，后主无可奈何。后费祎[至，]以备细言（媿）[魏]延反情。群臣皆言（媿）[魏]延之罪。后主令董允前去解释。

却说（媿）[魏]延烧绝栈道，屯兵南谷，把住隘口。杨仪与姜维从[槎]山取路，昼夜兼行，至南谷之后。杨仪使先锋何平

据《三国志·蜀书·王平传》：王平字子均，巴西宕渠人也。本养外家何氏，后复姓王。……（建兴）十二年，亮卒于武功，军退还，魏延作乱，一战而败，平之功也。

先领三千军马当先。杨仪与姜维统兵先奔汉中而去，只恐（媿）[魏]延先占了故也。

且说何平先到南谷，擂鼓纳喊。有人报来：“杨仪差先锋何平自从山道取路而到。”（媿）[魏]延大怒，披挂绰刀上马，引军来迎。两阵对圆，何平出马大呼“反贼（媿）[魏]延何在！”延出马于阵前骂曰：“汝助杨仪为反贼！”何平叱之曰：“丞相新亡，身

（上）[尚]未寒，汝辈何敢乃尔！汝等诸军念丞相大恩，休助反贼，各归本家，听受赏赐。”众军闻（知）[之]，大（发）喊一声，走了大半。

据《资治通鉴》卷七十二：延先至，据南谷口，遣兵逆击仪等，仪等令将军何平于前御延。平叱先登曰：“公亡，身尚未寒，汝辈何敢乃尔！”延士众知曲在延，莫为用命，皆散。（参见《三国志·蜀书·魏延传》）

（媿）[魏]延大怒，提刀骤马，直取何平，平挺枪迎之。战到数合，何平败走，（媿）[魏]延赶来，众军乱箭射住。（媿）[魏]延复回，见诸军奔溃，[心中]转怒，拍马赶上，杀死十余人。只有马岱一军不动。延曰：“吾平生有眼而盲，不识好人。旧跟随吾征战者皆弃我而去，惟公在此。吾若杀了杨仪，先报此恨，后取西川，易如反掌也。吾与公同享富贵，生死休离！”马岱曰：“吾恨诸葛不用，今遇明公，当为努力矣！”延大喜，与马岱杀散何平军马。（媿）[魏]延问马岱曰：“我今军少粮悭，投（媿）[魏]若何？”马岱曰：“大丈夫既有武艺，不自图王霸之业，何故区区屈膝于人之下？愚观将军文武双全、智勇足备，两川之士谁可敌得将军乎？今某与将军先取汉中。得此土民，足可为兵；此地之粮，足可以为食。西川唾手而可得也。将军有何疑焉？”（媿）[魏]延曰：“公言者是也。”遂与马岱一同杀到南郑城下。

城上拽起吊桥，姜维坐观（媿）[魏]延、马岱在城下出马，耀武扬威大喊。姜维请杨仪上城。维曰：“（媿）[魏]延勇猛，更兼马岱助之，难以退也。”仪曰：“丞相将终，遗下一锦囊，嘱付来：‘如（媿）[魏]延有反，临阵（扣）[拒]敌，布阵之时方可开拆之，内有斩延之计。’今已如此，何不取看？”姜维与杨仪拆开锦囊看[时]，内有重封，题云：“临与（媿）[魏]延对阵马上方可拆之，切勿有误！”维曰：“既丞相有戒约，长史可掌此计。某当领军出城，先列阵势，公便可来。”维披挂上马，开城门，放下吊桥，引三千军马一齐冲出。两军纳喊，布成阵势。姜维大骂：“（媿）[魏]延反贼！丞相有何亏负于汝？”延曰：“不干你事，只交杨仪出来。”仪在门旗影里听得，就马上拆开看时，“元来如此。”随即出到阵前，指（媿）[魏]延骂曰：“丞相知你必反，交吾防你多时。你敢口称三声‘谁敢斩我？’乃真大丈夫也，某当便献汉中城池。”（媿）[魏]延大笑曰：“杨仪匹夫听着：（否）[若]孔明在日，我便惧他三分；今已身亡，天下谁敢当吾也？休道三声，便叫三万声何妨！”遂持刀按辔，大呼“谁敢斩我……”语尤未绝，方始叫得一声，有人应曰：“我敢斩你！”手起刀落，把（媿）[魏]延斩于马下。杀（媿）[魏]延者，马岱也。元来武侯当时烧木栅寨时，实欲杀（媿）[魏]延，故以五百军为引诱之（苗）[兵]，不期天降大雨，其计不成；后却归罪于杨仪，将马岱痛（决）[责]一顿，却令岱暗随（媿）[魏]延，已授其计，口出之言，即时下手。（媿）[魏]延因此不疑于马岱，为之同反。到南郑城下，计策相合。杨仪已知暗（埋）伏马岱在彼，故以计行之，果然应（口）[之]。后有诗为证：

诸葛先明识（媿）[魏]延，已知久后反西川。
故令马岱长相守，计应当时斩（媿）[魏]延。

当时众军随马岱归于杨仪。仪乃传令将（媿）[魏]延三族尽皆诛之，具反情奏闻后主。后主降旨：“既已明正其罪，仍加（全）[前]功，具棺椁葬之。”

据《资治通鉴》卷七十二：延独与其子数人逃亡，奔汉中，仪遣将马岱追斩之，遂夷延三族。蒋琬率宿卫诸营赴难北行，行数十里，延死问至，乃还。始，延欲杀仪等，冀时论以己代诸葛辅政，故不北降魏而南还击仪，实无反意也。

据《三国志·蜀书·魏延传》：延独与其子数人逃亡，奔汉中。仪遣马岱追斩之，致首于仪，仪起自踏之，曰："庸奴！复能作恶不？"遂夷延三族。初，蒋琬率宿卫诸营赴难北行，行数十里，延死问至，乃旋。原延意不北降魏而南还者，但欲除杀仪等。平日诸将素不同，冀时论必当以代亮。本指如此，不便背叛。

据《三国志·蜀书·后主传》：（建兴十二年）秋八月，亮卒于渭滨。征西大将军魏延与丞相长史杨仪争权不和，举兵相攻，延败走；斩延首，仪率诸军还成都。

据《三国志·蜀书·魏延传》注引《魏略》：诸葛亮病，谓延等云："我之死后，但谨自守，慎勿复来也。"令延摄行己事，密持丧去。延遂匿之，行至褒口，乃发丧。亮长史杨仪宿与延不和，见延摄行军事，惧为所害，乃张言延欲举众北附，遂率其众攻延。延本无此心，不战军走，追而杀之。　臣松之以为此盖敌国传闻之言，不得与本传争审。

按：《演义》称，诸葛亮看出"魏延脑背有反骨，久后必然谋叛"，并于死前预留锦囊计使马岱斩杀了魏延。这些情节有悖于史。魏延孤高自傲，恃勇矜功，同丞相长史杨仪尤为不协，势同水火。诸葛亮一死两人终于爆发内讧，杨仪指挥蜀军退军，魏延不愿为其断后，竟意气用事，率所部抢先南归，逆击蜀军主力，首先挑起了内讧，结果不但失败被杀，而且授人以柄，被扣上了"反叛"的罪名，铸成了千载悲剧。魏延的"反叛"其实是针对杨仪个人的分裂活动，不是对蜀汉政权的背叛，故《三国志·蜀书·后主传》称是两人"争权不和"，《资治通鉴》也指出魏延"实无反意"。

然后宣一班出征官员赴成都面君。

杨仪将武侯灵柩载往成都。后主率文武公卿尽皆挂孝，出迎于三十里外，号哭之声闻于四远。上至朝廷臣宰，下至山野百姓，若老若幼，男女无不痛哀。李严、廖立等辈号哭终日。迎入成都，居民各家门首设祭哭拜，哀声振天。

据《三国志·蜀书·诸葛亮传》引《上诸葛亮集表》：青龙二年春，亮帅众出武功，分兵屯田，为久驻之基。其秋病卒，黎庶追思，以为口实。至今梁、益之民，咨述亮者，言犹在耳，虽甘棠之咏召公，郑人之歌子产，无以远譬也。

停柩于丞相府中，其子瞻字思远守丧。

后主还宫，杨仪自缚请罪。后主曰："若非卿能从丞相所行，灵柩何由得回？（媿）[魏]延何由得灭？乃卿之功劳也！"加为中军司马。

据《资治通鉴》卷七十三：汉杨仪既杀魏延，自以为有大功，宜代诸葛亮秉政；而亮平生密指，以仪狷狭，意在蒋琬。仪至成都，拜中军师，无所统领，从容而已。（参见《三国志·蜀书·杨仪传》）

马岱有忠义全功，就领魏延官爵。

后主览武侯遗表，终日大恸，欲卜葬地。费祎奏曰："丞相临终遗命葬于汉中定军山，以山为坟，并不用垣墙砖石之费，不用一应祭（器）[奠]等物。"后主从其言。是年十月，后主自送武侯灵柩至定军山迁葬。百官军民尽皆挂孝，庶民设祭，不可胜数。后主致祭，降诏谥号武侯。诏曰：

惟君体资文武，（献）[明睿]笃（承）[诚]，受遗托孤，匡扶朕躬，继绝兴微，志存靖乱；爰整六师，无（往）岁不征，神武赫威，威镇八荒，将建殊功于季汉，参伊、周之（臣）[巨]勋。如何不吊，事（垂临先）[临垂克]，遘疾殒丧。朕用伤悼，肝心若裂！夫崇德序功，纪行命谥，所以光（临）[昭]将来，万载不朽。今赠君丞相、武（卿）[乡]侯印绶，谥君为忠武侯。惟尔有灵，喜兹宠荣。呜呼哀哉！

据《三国志·蜀书·诸葛亮传》：亮遗命葬汉中定军山，因山为坟，冢足容棺，敛以时服，不须器物。诏策曰："惟君体资文武，明睿笃诚，受遗托孤，匡辅朕躬，继绝兴微，志存靖乱；爰整六师，无岁不征，神武赫然，威镇八荒，将建殊功于季汉，参伊、周之巨勋。如何不吊，事临垂克，遘疾陨丧！朕用伤悼，肝心若裂。夫崇德序功，纪行命谥，所以光昭将来，刊载不朽。今使使持节、左中郎将杜琼，赠君丞相武乡侯印绶，谥君为忠武侯。魂而有灵，嘉兹宠荣。呜呼哀哉！呜呼哀哉！"

据《资治通鉴》卷七十二：诸军还成都，大赦，谥诸葛亮曰忠武侯。

后主令立庙于沔阳及成都，四时享祭。

据《三国志·蜀书·诸葛亮传》：景耀六年春，诏为亮立庙于沔阳。

据《资治通鉴》卷七十二：蜀人所在求为诸葛亮立庙，汉主不听。百姓遂因时节私祭之于道陌上，步兵校尉习隆等上言："请近其墓，立一庙于沔阳，断其私祀。"汉主从之。

据《三国志·蜀书·诸葛亮传》注引《襄阳记》：亮初亡，所在各求为立庙，朝议以礼秩不听，百姓遂因时节私祭之于道陌上。言事者或以为可听立庙于成都者，后主不从。步兵校尉习隆、中书郎向充等共上表曰："臣闻周人怀召伯之德，甘棠为之不伐；越王思范蠡之功，铸金以存其像。自汉兴以来，小善小德而图形立庙者多矣。况亮德范遐迩，勋盖季世，王室之不坏，实斯人是赖，而蒸尝止于私门，庙像阙而莫立，使百姓巷祭，戎夷野祀，非所以存德念功，述追在昔者也。今若尽顺民心，则渎而无典，建之京师，又逼宗庙，此圣怀所以惟疑也。臣愚以为宜因近其墓，立之于沔阳，使所亲属以时赐祭，凡其臣故吏欲奉祠者，皆限至庙。断其私祀，以崇正礼。"于是始从之。

今庙前大柏树是三国时所种也。

后主回成都之后，忽报东吴令全琮将数万军来巴丘寨口屯扎，不知何意。后主大惊曰："丞相新亡，东吴负盟侵界，如之奈何？"蒋琬奏曰："臣举王平、张翼亦将数万军屯于永安，以防不测。然后将一辨士入吴报丧，就探其意。"后主然之，问谁可行。班部中一人应声而出曰："微臣愿往！"不知是谁。

[第二百十段]　魏拆长安承露盘

欲往（与）吴者，乃南阳安众人也，姓宗名预，字德鉴，官带中郎将。

据《三国志·蜀书·宗预传》：宗预字德艳，南阳安众人也。建安中，随张飞入蜀。建兴初，丞相亮以为主簿，迁参军、右中郎将。

预曰："臣虽不才，愿入吴为使。"蒋琬曰："得其人矣！"即命宗预行。

预到建业见吴主孙权。礼毕，吴主作色而问曰："东吴、西蜀已同一家，何故添兵于白帝城以防备也？"宗预对曰："臣已为东益（巳）[巴]丘之戍，西增白帝之守，皆事势宜然，俱不足以相问也。”吴主曰：“蜀中有此真英杰也！”

据《资治通鉴》卷七十二：吴人闻诸葛亮卒，恐魏承衰取蜀，增巴丘守兵万人，一欲以为救援，二欲以事分割。汉人闻之，亦增永安之守以防非常。汉主使右中郎将宗预使吴，吴主问曰：“东之与西，譬犹一家，而闻西更增白帝之守，何也？”对曰：“臣以为东益巴丘之戍，西增白帝之守，皆事势宜然，俱不足以相问也。”吴主大笑，嘉其抗尽，礼之亚于邓芝。（参见《三国志·蜀书·宗预传》）

乃与宗预曰：“朕增巴丘之兵，实无外意，但恐（隗）［魏］知新亡诸葛丞相，乘虚而取之，朕替汝守护也。”宗预拜谢。吴主曰：“朕既许前盟，安（自）［有］侵夺之礼？”就取金鈚箭一枝，当殿折之，为誓曰：“朕吴国若负前盟，有相侵夺之意，绝灭子孙！”宗预顿首拜谢。吴主为诸葛身亡，自行流涕，令诸葛瑾家大小皆挂孝，使人入蜀致祭。自此两国通和，已后并无征伐。

后主重赏宗预；（及）［乃］从武侯遗言，加蒋琬为［丞相、］大将军、录尚书事；

据《资治通鉴》卷七十二：汉主……以丞相长史蒋琬为尚书令，总统国事，寻加琬行都护，假节，领益州刺史。

据《资治通鉴》卷七十三：（青龙三年）夏四月，汉主以蒋琬为大将军、录尚书事；费祎代琬为尚书令。（参见《三国志·蜀书·蒋琬传》《后主传》）

费祎为尚书令，同行丞相事；

据《资治通鉴》卷七十三：（青龙三年）夏四月，汉主以蒋琬为大将军、录尚书事；费祎代琬为尚书令。（参见《三国志·蜀书·费祎传》）

吴懿为车骑大将军；

据《资治通鉴》卷七十二：汉主以左将军吴懿为车骑将军，假节，督汉中。（参见《三国志·蜀书·后主传》，《三国志·蜀书·杨戏传》附《季汉辅臣赞》）

姜维为辅汉将军、平襄侯，总统诸军，与吴懿出屯汉中，以御（媿）［魏］人；

据《三国志·蜀书·姜维传》：（建兴）十二年，亮卒，维还成都，为右监军辅汉将军，统诸军，进封平襄侯。

按：诸葛亮死后，蒋琬、费祎相继主政，姜维并未“总统诸军”。直到延熙十六年（253），费祎为降人刺杀，姜维才执掌蜀汉大权，那时诸葛亮已死去二十年。

其余将帅各各封爵。杨仪见不与军权，口出怨言曰：“若知有今日，时丞相新亡，吾便引军投（媿）［魏］，不致如此寂寞也！”有人闻（知）［之］，奏知后主。后主与蒋琬议，将杨仪（戡问下狱）［下狱勘问］，欲杀之。蒋琬曰：“杨仪虽然有罪，多与丞相出力，不可杀之，可废为庶民。”后主从之，贬杨仪为庶人。仪羞惭无颜，自刎而死。

据《资治通鉴》卷七十三：汉杨仪既杀魏延，自以为有大功，宜代诸葛亮秉政；而亮平生密指，以仪狷狭，意在蒋琬。仪至成都，拜中军师，无所统领，从容而已。初，仪事昭烈帝为尚书，琬时为尚书郎。后虽俱为丞相参军、长史，仪每从行，当其劳剧；自谓年宦先琬，才能逾之，于是怨愤形于声色，叹咤之音发于五内，时人畏其言语不节，莫敢从也。惟后军师费祎往慰省之，仪对祎恨望，前后云云。又语祎曰：“往者丞相亡没之际，吾若举军以就魏氏，处世宁当落度如此邪！令人追悔，不可复及！”祎密表其言。汉主废仪为民，徙汉嘉郡。仪至徙所，复上书诽谤，辞指激切。遂下郡收仪，仪自杀。（参见《三国志·蜀书·杨仪传》）

自此西川无事也。姜维屯积军粮，为（十二）[二十]年之计。

却说（媿）[魏]主曹叡青龙三年，吴兵、蜀兵各不侵界，国家太平，封司马懿为太尉，总统天下军马，按治诸边。

据《资治通鉴》卷七十三：青龙三年春正月戊子，以大将军司马懿为太尉。

（媿）[魏]主于许昌大兴宫殿已讫，又于洛阳起昭阳殿，筑（起）总章观，[俱]高十余丈，（交）[又]立宗华殿、凌霄阁、九龙池，差博士马均监造，不拘财力，但要极其华丽。楼阁尽以金玉装成，珠帘翠幕，碧瓦雕（帘）[梁]，重重锦绮，琥珀不（胜）可尽之。差役天下工匠，又筑起皇垣，（土）[用]民夫二三十万。又使公卿大夫监工；如不办（其）[者]，就使公卿大夫搬砖。

据《资治通鉴》卷七十三：帝好土功，既作许昌宫，又治洛阳宫，起昭阳太极殿，筑总章观，高十余丈。力役不已，农桑失业。……诏复立崇华殿，更名曰九龙。通引榖水过九龙殿前，为玉井绮栏，蟾蜍含受，神龙吐出。使博士扶风马钧作司南车，水转百戏。（参见《三国志·魏书·明帝纪》）

司徒掾董寻上表谏曰：“伏自建安以来，以东野战死者，或门殚户尽，[虽]有存（孝）[者]，遗孤（者）[老]弱。若宫室狭小，当（并）[广]大之，犹宜随时，不妨农事，况作无益之物哉？陛下既尊群臣，显以冠冕，载以华舆，而使川方举土，（治）[沾]体涂足，毁国之典，使崇无益，甚无谓也！孔子曰：‘君使臣以礼，臣事君以忠。’无忠无礼，国何以立？臣之言虽必死，而自（此）[比]如杀之一毛。生既无益，死（亦）[何]有损？秉笔流泪，心与世辞！臣有八（字）[子]，（无）[死]后累陛下（无）[矣]。将奏沐浴，以待命[终]!”（媿）[魏]主怒曰：“董寻不怕[死]耶！”左右曰：“可诛之！”（媿）[魏]主曰：“但废为庶民耳。后有谏者斩！”

据《资治通鉴》卷七十三：司徒军议掾董寻上疏谏曰：“臣闻古之直士，尽言于国，不避死亡，故周昌比高祖于桀、纣，刘辅譬赵后于人婢。天生忠直，虽白刃沸汤，往而不顾者，诚为时主爱惜天下也。建安以来，野战死亡，或门殚户尽，虽有存者，遗孤老弱。若今宫室狭小，当广大之，犹宜随时，不妨农务，况乃作无益之物！黄龙、凤皇、九龙、承露盘，此皆圣明之所不兴也，其功三倍于殿舍。陛下既尊群臣，显以冠冕，被以文绣，载以华舆，所以异于小人；而使穿方举土，面目垢黑，沾体涂足，衣冠了鸟，毁国之光以崇无益，甚非谓也。孔子曰：‘君使臣以礼，臣事君以忠。’无忠无礼，国何以立！臣知言出必死，而臣自比于牛之一毛，生既无益，死亦何损！秉笔流涕，心与世辞。臣有八子，臣死之后，累陛下矣！”将奏，沐浴以待命。帝曰：“董寻不畏死邪！”主者奏收寻，有诏勿问。（参见《三国志·魏书·明帝纪》注引《魏略》）

于是（媿）[魏]主召马均，问均曰：“朕所造高皇极阁，其意望与神仙往来，以求长生不死之药。”马均曰：“陛下曾见汉武帝所建柏梁皇乎？”（媿）[魏]主曰：“未知其详。卿试言之。”马均曰：“汉朝二十四帝，[惟武帝]享国最久，眉寿极高，盖为曾服天上精华之气也。于长安宫中造一臺，名曰‘柏梁臺’，臺上置一铜人，手捧金盘，名‘承露盘’，接之于手。降下沆瀣之水，其名曰‘天浆’，又曰‘甘露’，将美玉为屑，和调而服之，自然返老还童，体无百病矣。”（媿）[魏]主大喜，便差马均将带人夫往长安[拆]柏梁臺并金盘、铜仙人至于殿前。马均领了圣旨，到长安大起人夫上臺，先拆铜人。其臺高二十丈，（上大爪缚鹰驾，）用人夫十数万，连绳引索牵之。临至下手，忽见铜仙人潸然流泪，众皆惊骇。就臺边起阵怪风，飞砂走石，其盘柱折处如天崩地裂，声闻数十里，压死千余人。均就交臺下焚之，独取（金）铜仙人并承露盘回，启奏（媿）[魏]主，言“铜柱计数百万斤重，不可取之。”（媿）[魏]主命凿碎铜[柱，运]至洛阳，铸铜人两个，号为“翁仲”，列坐于司马门之内，又铸黄龙、凤凰置内殿；又起土山于芳林园中，栽种奇花异物，畜养灵禽怪兽；又置宫娥彩女数千人，充作宫庭之用。

据《资治通鉴》卷七十三：是岁，徙长安钟虡、橐佗、铜人、承露盘于洛阳。盘折，声闻数十里。铜人重，不可致，留于霸城。大发铜铸铜人二，号曰翁仲，列坐于司马门外。又铸黄龙、凤皇各一，龙高四丈，凤高三丈余，置内殿前。起土山于芳林园西北陬，使公卿群僚皆负土，树松、竹、杂木、善草于其上，捕山禽杂兽致其中。（参见《三国志·魏书·明帝纪》注引《魏略》及《汉晋春秋》）

少府杨阜上表，伏于殿下。（媿）[魏]主览其表章曰：

尧尚茅茨而万国安其居，禹卑宫室而天下乐其业。及至殷周，或堂崇三尺，度以九筵耳。桀作璇室、象廊，纣作倾宫、鹿臺，以（表）[丧]其国；楚（筑灵）[灵筑]章华而身受祸；秦皇作阿房，二世而灭。而乃自暇自逸，惟宫室是饰，必有危亡之祸矣！君作元首，臣为股肱，存亡一体，得失同之。臣虽驽怯，敢忘斯义？言不切至，不足感悟陛下，谨叩棺沐浴，伏候重[罪]。谨表。

（媿）[魏]主览毕，裂碎其表，命武士（义）[推]出殿门。

据《三国志·魏书·杨阜传》：帝既新作许宫，又营洛阳宫殿观阁。阜上疏曰：“尧尚茅茨而万国安其居，禹卑宫室而天下乐其业；及至殷、周，或堂崇三尺，度以九筵耳。古之圣帝明王，未有极宫室之高丽以凋弊百姓之财力者也。桀作璇室、象廊，纣为倾宫、鹿台，以丧其社稷，楚灵以筑章华而身受其祸；秦始皇作阿房而殃及其子，天下叛之，二世而灭。夫不度万民之力以从耳目之欲，未有不亡者也。陛下当以尧、舜、禹、汤、文、武为法则，夏桀、殷纣、楚灵、秦皇为深诫。高高在上，实监后德。慎守天位，以承祖考，巍巍大业，犹恐失之。不夙夜敬止，允恭恤民，而乃自暇自逸，惟宫台是侈是饰，必有颠覆危亡之祸。《易》曰：‘丰其屋，蔀其家，窥其户，阒其无人。’王者以天下为家，言丰屋之祸，至于家无人也。方今二虏合从，谋危宗庙，十万之军，东西奔赴，边境无一日之娱；农夫废业，民有饥色。陛下不以是为忧，而营作宫室，无有已时。使国亡而臣可以独存，臣又不言也；君作元首，臣为股肱，存亡一体，得失同之。《孝经》曰：‘天子有争臣七人，虽无道不失其天下。’臣虽驽怯，敢忘争臣之义？言不切至，不足以感寤陛下。陛下不察臣言，恐皇祖烈考之祚，将坠于地。使臣身死有补万一，则死之日，犹生之年也。谨叩棺沐浴，伏俟重诛。”奏御，天子感其忠言，手笔诏答。（参见《资治通鉴》卷七十三）

（媿）[魏]主上马幸别苑，忽见马前一人，头披其发，身挂纸钱，跪于当道，乃太子舍人张茂，字秀林，沛国谯人也，手擎表章，上奏（媿）[魏]主。[魏]主下马坐于殿门外，以见其谏章曰：

臣闻人君之有天下而不得万姓之欢心者，无不（而治）［危殆］也。且近者军旅在外数千万人，一日之废非徒千金，举天下之赋以奉此役，尤时不给；况复有宫庭非（临应）［员无］录之女，椒房母后之家，赏赐横兴，内外交引，（甚关）［其费］半军。昔汉武好神仙，信方士，掘地为流，封土为山，赖是（之）时天下莫敢与争。自汉末衰乱以来四十五载，马不舍鞍，士不释甲，每一交战，血流舟野，疮痍号哭之声于今未已，犹有强寇在强，图危（媿）［魏］室。陛下不兢兢业业，念崇节约，思所以安天下者，而乃奢靡是务：（中）［崇］尚方（统）［术］，作玩弄之物；炫耀后园，运承露之盘。斯（城决）［诚快］耳目之观，然亦足以骋寇仇之心矣。惜乎！舍尧、舜之节俭，而为汉武之奢纵，臣（切）［窃］为陛下不取也。愿陛下沛然下（照）［诏］，为万机之父母，恤妻子之饥寒，问民所疾，而除其所患，实仓廪，（赡）［缮］甲兵，恪恭以临天下。如是，则吴贼面缚，蜀虏舆榇，不待诛而自伏，太平之路可（记）［计］日而待。陛下无劳神思于海表，军旅高枕，战士备员。今群公皆缄口结舌，臣不敢不献瞽言。为人臣不能深诤，比之作书虚望而不能言也。臣年五十，常恐至死无以报国，是以捐躯陨身，冒昧以闻，惟陛［下］裁察！

魏主览毕大怒曰："张茂倚恃卿故，特进狂言讥朕，推出斩之！"［茂］大骂曰："无道昏君，旦夕必为虏矣！"（媿）［魏］主既诛张茂，置油鑊于殿前，"如有再谏者，烹之！"似此并无人谏。

据《资治通鉴》卷七十三：时有诏录夺士女前已嫁为吏民妻者，还以配士，听以生口自赎，又简选其有姿首者内之掖庭。太子舍人沛国张茂上书谏曰："陛下，天之子也，百姓吏民，亦陛下子也，今夺彼以与此，亦无以异于夺兄之妻妻弟也，于父母之恩偏矣，又，诏书得以生口年纪、颜色与妻相当者自代，故富者则倾家尽产，贫者举假贷贯，贵买生口以赎其妻；县官以配士为名而实内之掖庭，其丑恶乃出与士。得妇者未必喜，而失妻者必有忧，或穷或愁，皆不得志。夫君有天下而不得万姓之欢心者，鲜不危殆。且军师在外数十万人，一日之费非徒千金，举天下之赋以奉此役，犹将不给，况复有掖庭非员无录之女，椒房母后之家，赏赐横与，内外交引，其费半军。昔汉武帝掘地为海，封土为山，赖是时天下为一，莫敢与争者耳。自衰乱以来，四五十载，马不舍鞍，士不释甲，强寇在疆，图危魏室。陛下不战战业业，念崇节约，而乃奢靡是务，中尚方作玩弄之物，后园建承露之盘，斯诚快耳目之观，然亦足以骋寇仇之心矣！惜乎，舍尧舜之节俭而为汉武帝之侈事，臣窃为陛下不取也。"帝不听。

魏主［改］青龙五年（改）为（黄武）［景初］元年。（是岁，媿）［魏］主曹叡有皇后毛氏，乃河内人也，叡为平原王时宠异，出入同舆辇；及即位，加为贵妃；太和元年立为皇后；

据《三国志·魏书·明悼毛皇后传》：明悼毛皇后，河内人也。黄初中，以选入东宫，明帝时为平原王，进御有宠，出入与同舆辇。及即帝立，以为贵嫔。太和元年，立为皇后。

后因宠爱郭夫人，（其）［将］毛后废弃，一月之内有二十五日在郭夫人宫（下）［中］。是时，（媿）［魏］主同郭夫人［在］后花园饮酒作乐。郭夫人曰："今日何不请皇后同赴此席？"（媿）［魏］主曰："如有此妇人，朕涓滴不能下咽喉也。"因此叱左右皆不许皇后至。元来毛氏却在后苑楼上，顺风听得一派乐声，问"谁宫中有［乐］？"宫娥对曰："天子在后园宴饮。"毛后得之于心，次日在正宫门内迎之，乃对（媿）［魏］主曰："陛下（日昨）[昨日] 游北园，其乐不浅。”（媿）[魏] 主大怒，唤宫娥把皇后白练绞死；更唤昨日后园伏事宫娥，尽皆杀了。郭夫人问其故，（媿）[魏] 主曰：“朕令左右休言。彼必有 [人] 泄漏（人），故令毛后知之。朕故杀之。”遂立郭夫人为皇后。

据《资治通鉴》卷七十三：西平郭夫人有宠于帝，毛后爱弛。帝游后园，曲宴极乐。郭夫人请延皇后，帝弗许，因禁左右使不得宣。后知之，明日，谓帝曰：“昨日游宴北园，乐乎？”帝以左右泄之，所杀十余人。（景初元年秋九月，）庚辰，赐后死，然犹加谥曰悼。（参见《三国志·魏书·明悼毛皇后传》）

景初二年正月，长安城中奏军情，幽州刺史毌丘俭

据《三国志·魏书·毌丘俭传》：青龙中，帝图讨辽东，以俭有干策，徙为幽州刺史，加度辽将军，使持节，护乌丸校尉。

[上] 表，称报“辽东公孙渊自号燕王，改元绍汉元年，置官立士，反背朝廷，兴兵侵犯边界，动扰北方。”当时（媿）[魏] 主命谁出师？

[第二百十一段]　司马懿大破公孙渊

公孙渊乃辽东公孙度之孙、公孙康之子也。建安十二年，曹操赶袁尚等到辽东。公孙康斩袁尚等首以献，曹操封康为平襄侯。后康死，二子皆幼，长者公孙晃，次者公孙渊也。于是康将位传于弟公孙恭。（媿）[魏] 文帝封恭为车骑将军、平（郭）[襄] 侯。后至太和二年，公孙渊长大，文武兼备。其人性刚好杀，（后）[复] 夺恭（即）[之] 位。曹叡封渊为扬烈将军、辽东镇太守。

据《三国志·魏书·公孙度附孙渊传》：（建安）十二年，太祖征三郡乌丸，屠柳城。袁尚等奔辽东，康斩送尚首。……封康襄平侯，拜左将军。康死，子晃、渊等皆小，众立恭为辽东太守。文帝践阼，遣使即拜恭为车骑将军，假节，封平郭侯；追赠康大司马。初，恭病阴消为阉人，劣弱不能治国。太和二年，渊胁夺恭位。明帝即拜渊扬烈将军、辽东太守。（参见《资治通鉴》卷七十一）

后孙权差张深、许晏二人为使，赏金帛珠玉，封公孙渊为燕王。渊惧怕中国，乃斩张、许二人，送首到（媿）[魏]。（主）[魏] 主乃封渊为大司马、乐浪公。

据《三国志·魏书·公孙度附孙渊传》：渊遣使南通孙权，往来赂遗。权遣使张弥、许晏等，赍金玉珍宝，立渊为燕王。渊亦恐权远不可恃，且贪货物，诱致其使，悉斩送弥、晏等首，明帝于是拜渊大司马，封乐浪公，持节，领郡如故。

据《资治通鉴》卷七十二：（青龙元年春正月，）公孙渊遣校尉宿舒、郎中令孙综奉表称臣于吴；吴主大悦，为之大赦。三月，吴主遣太常张弥、执金吾许晏、将军贺达将兵万人，金宝珍货，九锡备物，乘海授渊，封渊为燕王。举朝大臣自顾雍以下皆谏，……吴主不听。……公孙渊知吴远难恃，乃斩张弥、许晏等首，传送京师……。冬十二月，

诏拜渊大司马，封乐浪公。（参见《三国志·吴书·吴主传》）

后公孙渊又（恐）[怨]望于（媿）[魏]，与[众]商议谋反。

据《资治通鉴》卷七十三：（景元初年秋七月，）公孙渊……自立为燕王，改元绍汉，置百官，遣使假鲜卑单于玺，封拜边民，诱呼鲜卑以侵扰北方。（参见《三国志·魏书·明帝纪》《公孙度附孙渊传》）

将军贾范谏曰：“（媿）[魏]以重爵加封主公，令镇守边隅，不征钱粮。今若反背，深为不祥。加之司马仲达善能用兵，诸葛孔明尤自惧之，何况此间乎？”渊大怒，缚下贾范。又有参军俞直谏曰：“圣人有云：‘祸福将至，善必先知之，不善必先知之。’今国中数有怪[异之事：]犬戴巾帻披衣，上屋宇作人行，一不祥也。城南炊饭，有一小儿蒸死于甑中，二不祥也。襄平北市中，忽然地穴内涌出一块肉，周围数尺，有头、有眼、有鼻、有口，却无手足，于市中往来，刀箭不能伤，亦不知何物。有人占卜曰：‘有形不成，有（体）[口]无声。国家亡灭，故见其形。’

据《三国志·魏书·公孙度附孙渊传》：初，渊家数有怪，犬冠帻绛衣上屋，炊有小儿蒸死甑中。襄平北市生肉，长围各数尺，有头目口喙，无手足而动摇。占曰：“有形不成，有体无声，其国灭亡。”

此三不祥也。有此三般不祥之兆，主公不趋吉避凶，而欲背反，（以）[必]丧身也！”公孙渊大怒，将贾范、俞直斩于市曹；

据《资治通鉴》卷七十四：渊之将反也，将军纶直、贾范等苦谏，渊皆杀之。

乃令大将卑衍、杨祚为先锋，尽起辽东诸郡军马五十万，于路放火劫掳。

（媿）[魏]主乃宣召司马懿至洛阳，议论起兵。此时司马懿在长安，星夜赴洛阳面君。（媿）[魏]主曰：“今公孙渊负义谋反，不可不诛之。”懿奏曰：“臣部下马步军四万，足可破公孙渊也。”（媿）[魏]主曰：“兵少路远，恐难收复。”懿曰：“臣托主上洪福齐天，兵不在多，用智设谋，破渊易也。”（媿）[魏]主曰：“卿料公孙渊将何以御卿？”司马懿曰：“弃城壕而走，上计也；守辽东、（振）[拒]大军，其次也；守襄平而不动，必被臣擒矣。”（媿）[魏]主曰：“卿料公孙渊三（也）[计]用何计？”懿曰：“惟明智（云）[者]自能料量彼我，乃先弃城而去。公孙渊乃（惠）[愚]浊匹夫，必先拒辽东，后守襄平也。”（媿）[魏]主曰：“卿此去，往回几日？”司马懿曰：“四千里之遥，致百日，攻百日，以六十日休息，如此一年足矣。”

据《资治通鉴》卷七十四：景初二年春正月，帝召司马懿于长安，使将兵四万讨辽东。议臣或以为四万兵多，役费难供。帝曰：“四千里征伐，虽云用奇，亦当任力，不当稍计役费也。”帝谓懿曰：“公孙渊将何计以待君？”对曰：“渊弃城豫走，上计也；据辽东拒大军，其次也；坐守襄平，此成禽耳。”帝曰：“然则三者何出？”对曰：“唯明智能审量彼我，乃豫有所割弃。此既非渊所及，又谓今往孤远，不能支久，必先拒辽水，后守襄平也。”帝曰：“还往几日？”对曰：“往百日，攻百日，还百日，以六十日为休息，如此，一年足矣。”（参见《三国志·魏书·明帝纪》注引干宝《晋纪》）

（媿）[魏]主曰：“倘吴、蜀有兵侵境，若何？”懿曰：“臣已定夺守御之策了。”（媿）[魏]主大喜，（曰）即令司马懿行（辞），领兵投辽东来。

据《三国志·魏书·明帝纪》：（景初）二年春正月，诏太尉司马宣王帅众讨辽东。

前部先锋胡遵先到。公孙渊使先锋卑衍、杨祚引兵八万屯辽遂地名，围堑二十余里，周围鹿角密护（正）[甚]严。胡遵回禀司马懿。懿曰："且不可战。（比）[彼]欲老吾兵也；若攻之，正中其计。且辽东贼众大半在此，其巢穴必然（定）[空]虚。我等可弃此处奔襄城，贼必往救之，就于中路破之，必获全胜矣。"众皆曰："然！"尽勒兵从小路望襄平而去，大张旗帜，军转山南。

却说卑衍与杨祚正在帐中议曰："若（媿）[魏]攻打之时，切不可轻出，弓箭炮石不许乱发。（媿）[魏]兵数千里而来，难以久住；待粮尽退去，用兵击之，一鼓而可擒司马懿矣。昔日司马以坚壁而守死诸葛，今日吾等与诸葛复仇也！"言未毕，忽（然媿）[报魏]兵转过（南山）[山南]而去。卑衍大惊曰："（媿）[魏]人知襄平无军，必去攻老营也。若襄平有失，吾此处亦无用矣。可尽起辽遂之兵，（陁）[随]后击之。"

元来司马懿留下十数人扮作乡民，暗窥虚实，见辽兵欲起，飞报司马懿知。懿曰："彼知吾取襄平，拔寨来击，正中吾计。"乃命夏侯霸、夏侯威[各]引一军埋伏于济水滨浴，"辽兵过来，同时举发。"二将引军去了。卑衍、杨祚军马看看赶上，忽然一声炮向，夏侯霸二将从后进发，司马兵回，两下夹攻。辽兵大败，杀死无数，降者及多。卑衍、杨祚死战得脱，前至首山，正逢公孙渊到，合兵一处，又来和（媿）[魏]兵交锋。卑衍出马，被（媿）[魏]将夏侯霸一刀斩于马下，辽兵大溃。公孙渊引败兵退入襄平城，闭门守（获）[护]。（媿）[魏]兵四面围合。

据《资治通鉴》卷七十四：（景初二年夏）六月，司马懿军至辽东，公孙渊使大将军卑衍、杨祚将步骑数万屯辽隧，围堑二十余里。诸将欲击之，懿曰："贼所以坚壁，欲老吾兵也，今攻之，正堕其计。且贼大众在此，其巢窟空虚。直指襄平，破之必矣。"乃多张旗帜，欲出其南，衍等尽锐趣之。懿潜济水，出其北，直趣襄平；衍等恐，引兵夜走。诸军进至首山，渊复使衍等逆战，懿击，大破之，遂进围襄平。（参见《三国志·魏书·公孙度附孙渊传》）

时值秋天，降下大雨，河水暴（张）[涨]，运粮船只从辽河口直到城下。其雨连绵月余不止，（媿）[魏]营外平地水深三尺，军人惊惶。左军都督裴景入中军禀曰："雨水连绵，营内泥（坑）[泞]，不能停住，望移屯于前面山上。"司马懿大怒曰："吾（偏）[岂]不知！擒贼在迩，安可乱移？汝等再言，斩之！"裴景（齐齐）[诺诺]而退。少时，（左）[右]军都督仇琏又来禀说："军皆怯水，意欲移营。"懿怒曰："辄敢乱言，惑我军心，推出斩之！"当时号令首级于军门。于是三军镇静。

据《资治通鉴》卷七十四：（景初二年）秋七月，大霖雨，辽水暴涨，运船自辽口径至城下。雨月余不止，平地水数尺。三军恐，欲移营，懿令军中："敢有言徙者斩！"都督令史张静犯令，斩之，军中乃定。

懿传令交城（北）[南]军马暂退，放城中辽军樵采柴薪，牧放马匹。（媿）[魏]军陈珪曰："昔日太尉攻上庸之时，八（部）[郡]连进，昼夜不息，故八日而（成）[至]城下，擒孟达斩之。今数千里而来，按（立）[兵]不令攻打，一任霖雨满营；又纵城中人樵柴，牧放牛马。愚（切）[窃]疑也，请太尉教之！"司马懿笑曰："汝虽为司马，不知用兵之道也。昔孟达兵少粮多，城内可支一年；我军四倍于孟达之[兵]，（粮而）[而粮］不勾一月。以一月之粮而敌一年之粮，以四部之兵而敌一部之兵，而不容不速也。是以不计死伤，与（粮）［彼］争竞也。今者辽兵多，我兵少，贼饥我饱，因此不必攻打，以待自走也；走而擒之，无有不胜。吾不掠牛马，不绝樵采，是容贼走路也。夫用兵者，诡道也，（若）［善］因事变。贼粮（并）［将］尽，单恃雨霖，未肯束手归降，吾故示无能以安之；若取小路以（笃）［击］之，贼必冲突而死战也。此雨数日必晴，一晴，并力攻之，贼可擒矣。"众将皆拜曰："此神武之筭也！"

据《资治通鉴》卷七十四：贼恃水，樵牧自若，诸将欲取之，懿皆不听。司马陈珪曰："昔攻上庸，八部俱进，昼夜不息，故能一旬之半，拔坚城，斩孟达。今者远来而更安缓，愚窃惑焉。"懿曰："孟达众少而食支一年，将士四倍于达而粮不淹月；以一月图一年，安可不速！以四击一，正令失半而克，犹当为之，是以不计死伤，与粮竞也。今贼众我寡，贼饥我饱，水雨乃尔，功力不设，虽当促之，亦何所为！自发京师，不忧贼攻，但恐贼走。今贼粮垂尽而围落未合，掠其牛马，抄其樵采，此故驱之走也。夫兵者诡道，善因事变。贼凭众恃雨，故虽饥困，未肯束手，当示无能以安之。取小利以惊之，非计也。"

却说（媿）［魏］主在洛阳宫中，群臣来奏："近者秋雨一月不止，军马劳苦，可宣太尉罢兵。"（媿）［魏］主曰："司马懿临（行）［时］智变，必有良谋，擒公孙渊可计日而待，何必忧也？"

据《资治通鉴》卷七十四：朝廷闻师遇雨，咸欲罢兵。帝曰："司马懿临危制变，禽渊可计日待也。"

据《三国志·魏书·明帝纪》：帝议遣宣王讨渊，发卒四万人。议臣皆以为四万兵多，役费难供。帝曰："四千里征伐，虽云用奇，亦当任力，不当稍计役费。"遂以四万人行。及宣王至辽东，霖雨不得时攻，群臣或以为渊未可卒破，宜诏宣王还。帝曰："司马懿临危制变，擒渊可计日待也。"卒皆如所策。

却说军中数日，果然雨霁天晴。星夜，司马懿出帐仰观乾象，忽见一星大如斗，流火长数十丈，坠于襄平城东南。众将皆惊，问懿曰："此何兆也？"懿曰："五日后，星落处必然斩公孙渊矣。来（早）［日］四面围合，并力打城。"诸将得令，次日筑土（上）［山］，掘地道，栖鲁钩，冲云梯，炮石昼夜攻打，箭如急雨乱射。

城中粮尽，人皆相食。众欲杀公孙渊。渊荒使（具）相［国］王建、柳甫出城，到司马懿寨中投降。懿问曰："汝来何也？"王建曰："望请太尉权退军三十里，当君臣自缚而降。"懿大怒曰："辄敢轻吾也！"叱左右推出斩之，将首级付与从者，书檄令将回见公孙渊。渊看檄曰：

（媿）［魏］征东将军、大都督、太尉司马公檄下公孙渊：（切）［窃］谓楚、郑列国，郑伯尤肉袒牵羊迎之。孤乃天子上公，而王建等欲使退兵，甚是无礼！二人老耄，传言有失，已皆斩首。若事有未已，可更遣年少聪明者前来告覆。稍若稽迟，悉皆诛戮！故檄。

公孙渊大惊，与文武共议。侍中卫演［曰］："臣愿往司马懿寨中说'克日送大王到，如容，开门纳降。'"渊即命卫演到（媿）［魏］中军。

懿坐帐上，左右叱演膝行至前，跪而告曰："望太尉暂息雷霆，容克日送世子公孙修为质当，君臣面缚以降。"懿曰："军士大要有五：能战当战，不能战［当守］，不能守当走；既皆不能，有降与死耳。汝等不肯面缚，此以决就死也。不须送子为质当，可洗颈待剑！”于是叱卫演，令回报。

演抱头鼠窜而回，见公孙渊说之。渊惊惶，乃与子公孙修是夜二更带数百骑，开城门望东南而走。渊见无兵，心中暗喜。行不到五里，山头上一声炮向，迎前一军摆开，当中司马懿，上有司马师，下有司马昭，大喝“反贼休走！”公孙渊急欲回马寻路，后面（吴）[胡]遵军马到来，左边夏侯霸，右边夏侯威（军马），又兼张虎、乐琳军马，四面围住。公孙渊父子下马受缚。司马懿视诸将曰：“吾前夜丙寅日见流星坠于此处，曾有云：‘五日之后，当斩渊于此地也。’今夜壬申以应其言。”令斩之。父子对面受刑。于是勒兵来取襄平。毕竟如何？

[第二百十二段]　司马懿谋杀曹爽

司马懿比及到襄平城下，（媿）[魏]兵尽已入城，诛杀公孙渊宗党官僚七十余人。于是出榜安民。

据《资治通鉴》卷七十四：雨霁，懿乃合围，作土山地道，楯橹钩冲，昼夜攻之，矢石如雨。渊窘急，粮尽，人相食，死者甚多，其将杨祚等降。（景初二年）八月，渊使相国王建、御史大夫柳甫请解围却兵，当君臣面缚。懿命斩之，檄告渊曰：“楚、郑列国，而郑伯犹肉袒牵羊迎之。孤天子上公，而建等欲孤解围退舍，岂得礼邪！二人老耄，传言失指，已相为斩之。若意有未已，可更遣年少有明决者来！”渊复遣侍中卫演乞克日送任，懿谓演曰：“军事大要有五：能战当战，不能战当守，不能守当走；余二事，但有降与死耳。汝不肯面缚，此为决就死也，不须送任！”壬午，襄平溃，渊与子修将数百骑突围东南走，大兵急击之，斩渊父子于梁水之上。懿既入城，诛其公卿以下及兵民七千余人，筑为京观。辽东、带方、乐浪、玄菟四郡皆平。（参见《三国志·魏书·公孙度附孙渊传》）

（所）有[人告曰]：“俞直、贾范（若）曾[苦]谏公孙渊，被其杀之。”懿乃封其墓而荣其子孙；令官各分地方守把，重赏三军，班师回（洛阳）[长安]。

据《资治通鉴》卷七十四：渊之将反也，将军纶直、贾范等苦谏，渊皆杀之，懿乃封直等之墓，显其遗嗣，释渊叔父恭之囚。中国人欲还旧乡者，恣听之。遂班师。

却说（媿）[魏]主夜见皇后毛氏引强魂数十来宫中索命，因此得病；选刘放、孙质二人为秘书郎，掌枢密[院]一应事务。（媿）[魏]主病加沉重，选（媿）[魏]武子、燕王曹宇[为]大将军，欲令辅太子齐王曹芳（设）[摄]政。曹宇乃恭俭温和之人，因以才薄，不（能）[肯]任此职。（媿）[魏]主乃问刘放、孙质二人。放曰：“燕王自知无才，故不敢当此职。”（媿）[魏]主曰：“朕宗族内，谁可任此职？”二人久得曹真之（意）[惠]，乃荐曰：“惟有曹子丹之子曹爽可以辅政。”（媿）[魏]主从之。放曰：“可先免燕王官，然后可行。”（媿）[魏]主曰：“卿等传朕旨。”放曰：“必得陛下手诏。”（媿）

［魏］主曰："朕不能书写矣。"刘放下扣御床，执（媿）［魏］主之手使写之，［赍］出诏曰："免燕王等官，限日下出国，无宣唤不得入朝。"燕王等涕泣而去。遂立曹爽为大将军。

（媿）［魏］主病渐危急，令使持节召司马懿还朝。景初三年春正月，司马懿到洛阳，军马回营，脱却戎装，径入宫见（媿）［魏］主。（媿）［魏］主曰："朕忍死以待卿回，今得相见，无恨矣！"懿曰："臣在途中闻陛下龙体不安，恨不能插翅飞至阙，省视陛下。"（媿）［魏］主宣齐王曹芳并皇后郭氏、大将军曹爽及刘放、孙质等［至］御榻之前。（媿）［魏］主曰："朕闻昔日刘玄德在白帝城，以后主刘禅托孤于诸葛亮，亮尽竭忠［诚］而后已。偏邦尚然，何况大国乎？朕太子曹芳年幼，不堪掌社稷之重任，幸有太尉司马公并吾宗（可）［兄］曹爽。愿汝二人效学伊尹、周公，同辅吾儿，宗庙生灵之幸也！"言讫，唤太子近前，指司马懿［曰］："此是与父同也，可以抱之。"齐王乃（面）［向］前搂抱司马懿之项。［魏主曰：］"君（视）［记］之，勿误也！"懿乃（项）［顿］首流涕，众皆伤感。（媿）［魏］主叡以手指太子，口不能言，须臾而卒，时景初三年正月下旬，寿至三十六岁，首尾即位十四年。

据《资治通鉴》卷七十四：初，太祖为魏公，以赞令刘放、参军事孙资皆为秘书郎。文帝即位，更命秘书曰中书，以放为监，资为令，遂掌机密。帝即位，尤见宠任，皆加侍中、光禄大夫，封本县侯。是时，帝亲览万机，数兴军旅，腹心之任，皆二人管之；每有大事，朝臣会议，常令决其是非，择而行之。中护军蒋济上疏曰："臣闻大臣太重者国危，左右太亲者身蔽，古之至戒也。往者大臣秉事，外内扇动；陛下卓然自览万机，莫不祗肃。夫大臣非不忠也，然威权在下，则众心慢上，势之常也。陛下既已察之于大臣，愿无忘于左右。左右忠正远虑，未必贤于大臣，至于便辟取合，或能工之。今外所言，辄云'中书'。虽使恭慎，不敢外交，但有此名，犹惑世俗。况实握事要，日在目前，傥因疲倦之间，有所割制，众臣见其能推移于事，即亦因时而向之。一有此端，私招朋援，臧否毁誉，必有所兴，功负赏罚，必有所易，直道而上者或壅，曲附左右者反达，因微而入，缘形而出，意所狎信，不复猜觉。此宜圣智所当早闻，外以经意，则形际自见；或恐朝臣畏言不合而受左右之怨，莫适以闻。臣窃亮陛下潜神默思，公听并观，若事有未尽于理而物有未周于用，将改曲易调，远与黄、唐角功，近昭武、文之绩，岂牵近习而已哉！然人君不可悉任天下之事，必当有所付；若委之一臣，自非周公旦之忠，管夷吾之公，则有弄权败官之敝。当今柱石之士虽少，至于行称一州，智效一官，忠信竭命，各奉其职，可并驱策，不使圣明之朝有专吏之名也！"帝不听。

及寝疾，深念后事，乃以武帝子燕王宇为大将军，与领军将军夏侯献、武卫将军曹爽、屯骑校尉曹肇、骁骑将军秦朗等对辅政。爽，真之子；肇，休之子也。帝少与燕王宇善，故以后事属之。

刘放、孙资久典机任，献、肇心内不平；殿中有鸡栖树，二人相谓曰："此亦久矣，其能复几！"放、资惧有后害，阴图间之。燕王性恭良，陈诚固辞。帝引放、资入卧内，问曰："燕王正尔为？"对曰："燕王实自知不堪大任故耳。"帝曰："谁可任者？"时惟曹爽独在帝侧，放、资因荐爽，且言："宜召司马懿与相参。"帝曰："爽堪其事不？"爽流汗不能对。放蹑其足，耳之曰："臣以死奉社稷。"帝从放、资言，欲用爽、懿，既而中变，敕停前命；放、资复入见说帝，帝又从之。放曰："宜为手诏。"帝曰："我困笃，不能。"放即上床，执帝手强作之，遂赍出，大言曰："有诏免燕王宇等官，不得停省中。"皆流涕而出。甲申，以曹爽为大将军。帝嫌爽才弱，复拜尚书孙礼为大将军长史以佐之。

是时，司马懿在汲，帝令给使辟邪赍手诏召之。先是，燕王为帝画计，以为关中事重，宜遣懿便道自轵关西还长安，事已施行。懿斯须得二诏，前后相违，疑京师有变，乃疾驱入朝。景初三年春正月，懿至，入见，帝执其手曰："吾以后事属君，君与曹爽辅少子。死乃可忍，吾忍死待君，得相见，无所复恨矣！"乃召齐、秦二王以示懿，别指齐王芳谓懿曰："此是也，君谛视之，勿误也！"又教齐王令前抱懿颈。懿顿首流涕。是日，立齐王为皇太子。帝寻殂。（参见《三国志·魏书·明帝纪》注引《魏略》《魏氏春秋》）

据《三国志·魏书·明帝纪》注引《汉晋春秋》：帝以燕王宇为大将军，使与领军将军夏侯献、武卫将军曹爽、屯骑校尉曹肇、骁骑将军秦朗等对辅政。中书监刘放、令孙资久专权宠，为朗等素所不善，惧有后害，阴图间之，而宇常在帝侧，故未得有言。甲申，帝气微，宇下殿呼曹肇有所议，未还，而帝少间，惟曹爽独在。放知之，呼资与谋。资曰："不可动也。"放曰："俱入鼎镬，何不可之有？"乃突前见帝，垂泣曰："陛下气微，若有不讳，将以天下付谁？"帝曰："卿不闻用燕王耶？"放曰："陛下忘先帝诏敕，藩王不得辅政。且陛下方病，而曹肇、秦朗等便与才人侍疾者言戏。燕王拥兵南面，不听臣等入，此即竖刁、赵高也。今皇太子幼弱，未能统政，外有强暴之寇，内有劳怨之民，陛下不远虑存亡，而近系恩旧。委祖宗之业，付二三凡士，寝疾数日，外内壅隔，社稷危殆，而己不知，此臣等所以痛心也。"帝得放言，大怒曰："谁可任者？"放、资乃举爽代宇，又白宜诏司马宣王使相参，帝从之。放、资出，曹肇入，泣涕固谏，帝使肇敕停。肇出户，放、资趋而往，复说止帝，帝又从其言。放曰："宜为手诏。"帝曰："我困笃，不能。"放即上床，执帝手强作之，遂赍出，大言曰："有诏免燕王宇等官，不得停省中。"于是宇、肇、献、朗相与泣而归第。

据《三国志·魏书·刘放传》：其年，帝寝疾，欲以燕王宇为大将军，及领军将军夏侯献、武卫将军曹爽、屯骑校尉曹肇、骁骑将军秦朗共辅政。宇性恭良，陈诚固辞。帝引见放、资，入卧内，问曰："燕王正尔为？"放、资对曰："燕王实自知不堪大任故耳。"帝曰："曹爽可代宇不？"放、资因赞成之。又深陈宜速召太尉司马宣王，以纲维皇室。帝纳其言，即以黄纸授放作诏。放、资既出，帝意复变，诏止宣王勿使来。寻更见放、资曰："我自召太尉，而曹肇等反使吾止之，几败吾事！"命更为诏，帝独召爽与放、资俱受诏命，遂免宇、献、肇、朗官。太尉亦至，登床受诏，然后帝崩。　《资治通鉴考异》认为：陈寿当晋世作《魏志》，若言放、资本情，则于时非美，故迁就而为之讳也。今依习凿齿《汉晋春秋》、郭颁《世语》，似得其实。

据《三国志·魏书·刘放传》注引《世语》：放、资久典机任，献、肇心内不平。殿中有鸡栖树，二人相谓："此亦久矣，其能复几？"指谓放、资。放、资惧，乃劝帝召宣王。帝作手诏，令给使辟邪至，以授宣王。宣王在汲，献等先诏令于轵关西还长安，辟邪又至，宣王疑有变，呼辟邪具问，乃乘追锋车驰至京师。帝问放、资："谁可与太尉对者？"放曰："曹爽。"帝曰："堪其事不？"爽在左右，流汗不能对。放蹑其足，耳之曰："臣以死奉社稷。"曹肇弟纂为大将军司马，燕王颇失指。肇出，纂见，惊曰："上不安，云何悉共出？宜还。"已暮，放、资宣诏宫门，不得复内肇等，罢燕王。肇明日至门，不得入，惧，诣廷尉，以处事失宜免。帝谓献曰："吾已差，便出。"献流涕而出，亦免。　　案《世语》所云树置先后，与本传不同。

陈寿史评曰：

明帝深沉明敏，任心而行，简功能，屏（涥）[浮]伪，行师动众，论决大事，盖有人君之至概焉！于时百姓凋弊，四海分崩，不先聿修显祖，阐（绍）[拓]洪基，而远追秦皇、汉武宫馆之营，格之远（敌）[猷]，其殆（残）[疾]乎！

据《三国志·魏书·明帝纪》，评曰：明帝沉毅断识，任心而行，盖有君人之至概焉。于时百姓凋弊，四海分崩，不先聿修显祖，阐拓洪基，而遽追秦皇、汉武，宫馆是营，格之远猷，其殆疾乎！

是日，（媿）[魏]主卒于嘉福殿。太尉司马懿、大将军曹爽（二人辅政，）即时（立）[扶]太子齐王即皇帝位，时太子年八岁。（吕）[曹]芳字兰卿，乃曹叡乞养之子也，秘在宫中，并无人知是谁家所生。立曹芳之后，谥（媿）[魏]主为明帝，尊郭氏为皇太后，葬明帝于高平陵。

此时司马懿与曹爽（常）[二人辅政。

据《资治通鉴》卷七十三：（青龙三年秋）八月庚午，立皇子芳为齐王，询为秦王。帝无子，养二王为子，宫省事秘，莫有知其所由来者。或云：芳，任城王楷之子也。

据《资治通鉴》卷七十四：太子即位，年八岁；大赦。尊皇后曰皇太后，加曹爽、司马懿侍中，假节钺，都督中外诸军，录尚书事。诸所兴作宫室之役，皆以遗诏罢之。

据《三国志·魏书·齐王芳纪》：齐王讳芳，字兰卿。明帝无子，养王及秦王询；宫省事秘，莫有知其所由来者。青龙三年，立为齐王。景初三年正月丁亥朔，帝甚病，乃立为皇太子。是日，即皇帝位，大赦。尊皇后曰皇太后。大将军曹爽、太尉司马宣王辅政。

据《三国志·魏书·齐王芳纪》注引《魏氏春秋》：或云任城王楷子。

爽]尊懿如父，一应之事，必先咨禀司马懿。

据《资治通鉴》卷七十四：爽、懿各领兵三千人更宿殿内，爽以懿年位素高，常父事之，每事咨访，不敢专行。

据《三国志·魏书·曹真传附子爽传》：初，爽以宣王年德并高，恒父事之，不敢专行。

据《三国志·魏书·曹真传附子爽传》注：初，宣王以爽魏之肺腑，每推先之，爽以宣王名重，亦引身卑下，当时称焉。

曹爽表字绍伯，自幼出入宫庭。明帝见爽谨慎，甚喜之，故托孤与爽，以骨肉之亲也。

据《三国志·魏书·曹真传附子爽传》：爽字昭伯，少以宗室谨重，明帝在东宫，甚亲爱之。及即位，为散骑侍郎，累迁城门校尉，加散骑常侍，转武卫将军，宠待有殊。帝寝疾，乃引爽入卧内，拜大将军，假节钺，都督中外诸军事，录尚书事，与太尉司马宣王并受遗诏辅少主。明帝崩，齐王即位，加爽侍中，改封武安侯，邑万二千户，赐剑履上殿，入朝不趋，赞拜不名。

爽有门下客五人，明帝在日，见皆是浮华之士，故不用。爽初秉（致）[政]，五（容）[客]俱来辅助。那五人姓甚名谁？

何晏字叔平，南阳人；

邓飏字立茂邓禹之后，南阳人；

李胜字公诏，南阳人；

丁谧字彦靖，沛国人；

毕轨字昭光，东平人。

又有（太尉）[大司]农桓范字元则等，并皆谄谀曹爽，急欲荣贵。

据《资治通鉴》卷七十四：初，并州刺史东平毕轨及邓飏、李胜、何晏、丁谧皆有才名而急于富贵，趋时附势，明帝恶其浮华，皆抑而不用。曹爽素与亲善，及辅政，骤加引擢，以为腹心。晏，进之孙；谧，斐之子也。

据《三国志·魏书·曹真传附子爽传》：南阳何晏、邓飏、李胜，沛国丁谧、东平毕轨咸有声名，进趣于时，明帝以其浮华，皆抑黜之；及爽秉政，乃复进叙，任为腹心。

何晏与爽曰："重权不可与外人，久必成祸！"爽曰："司马懿素与父同领大兵，安可废之？"何晏曰："昔司马懿常妒尊君，尊君受此（今）[人之]气而亡。明公何不察之？"曹爽遂听众人之言，乃奏天子曰："司马公功高德重，可立为太傅。"曹芳八岁小儿，如何主张得定？并皆出曹爽之意。于是立司马懿（如）[为]太傅，尽夺其军权。

据《资治通鉴》卷七十四：晏等咸共推戴爽，以为重权不可委于人。丁谧为爽画策，使爽白天子发诏，转司马懿为太傅，外以名号尊之，内欲令尚书奏事，先来由己，得制其轻重也。爽从之。（景初三年）二月丁丑，以司马懿为太傅。（参见《三国志·魏书·曹真传附子爽传》）

（于是）[曹爽]命弟曹义为中（国）[郎将]，曹训为武卫将军，曹彦为散骑常侍，三人各领禁军，出入宫庭；

据《资治通鉴》卷七十四：以爽弟羲为中领军，训为武卫将军，彦为散骑常侍、侍讲，其余诸弟皆以列侯侍从，出入禁闼，贵宠莫盛焉。爽事太傅，礼貌虽存，而诸所兴造，希复由之。（参见《三国志·魏书·曹真传附子爽传》）

用何晏、邓飏、丁谧为尚书，毕轨为司隶校尉，李胜为河南尹。朝廷大权皆归于曹爽，投门下者不计其数。

据《资治通鉴》卷七十四：爽徙吏部尚书卢毓为仆射，而以何晏代之，以邓飏、丁谧为尚书，毕轨为司隶校尉。晏等依势用事，附会者升进，违忤者罢退，内外望风，莫敢忤旨。

据《三国志·魏书·曹真传附子爽传》：及晏等进用，咸共推戴，说爽以权重不宜委之于人。乃以晏、飏、谧为尚书，晏典选举，轨司隶校尉，胜河南尹，诸事希复由宣王。

司马懿足知其意，乃托病不出；二子亦退。

据《资治通鉴》卷七十五：大将军爽用何晏、邓飏、丁谧之谋，迁太后于永宁宫；专擅朝政，多树亲党，屡改制度。太傅懿不能禁，与爽有隙。（正始八年）五月，懿始称疾，不与政事。

据《三国志·魏书·曹真传附子爽传》：及晏等进用……说爽以权重不宜委之于人。……诸事希复由宣王。宣王遂称疾避爽。

据《三国志·魏书·曹真传附子爽传》注：丁谧、毕轨等既进用，数言于爽曰："宣王有大志而甚得民心，不可以推诚委之。"由是爽恒猜防焉。礼貌虽存，而诸所兴造，皆不复由宣王。宣王力不能争，且惧其祸，故避之。

曹爽与何晏等终日饮宴取乐。爽之饮食衣服、使用器皿与宫廷一般。各处进献奇珍异宝，曹爽先选拣，然后进（入）[宫]。美女佳人充溢后庭。黄门张当欲谄事爽，私选先帝［美女］七八十人送入府中；又选能歌舞良家子（弟并美女）［女］三五十人，皆为家（学）［乐］；诈传诏旨，拘刷女子入（宫）［府］，任意选之。于府中起重楼叠阁，造金玉器［皿］，用匠数千人，昼夜工作不息。外府御用之物，选上品者取之。终日宴乐，无有休息。

据《资治通鉴》卷七十五：大将军爽，骄奢无度，饮食衣服，拟于乘舆；尚方珍玩，充牣其家；又私取先帝才人以为伎乐。作窟室，绮疏四周，数与其党何晏等纵酒其中。

据《三国志·魏书·曹真传附子爽传》：晏等专政，共分割洛阳、野王典农部桑田数百顷，及坏汤沐地以为产业，承势窃取官物，因缘求欲州郡。有司望风，莫敢忤旨。晏等与廷尉卢毓素有不平，因毓吏微过，深文致毓法，使主者先收毓印绶，然后奏闻。其作威如此。爽饮食车服，拟于乘舆；尚方珍玩，充牣其家；妻妾盈后庭，又私取先帝才人七八人，及将吏、师工、鼓吹、良家子女三十三人，皆以为伎乐。诈作诏书，发才人五十七人送邺台，使先帝倢伃教习为伎。擅取太乐乐器，武库禁兵。作窟室，绮疏四周，数与晏等会其中，饮酒作乐。

一日，何晏与邓飏谈《易》。飏曰："先帝时有平原管辂，深明《易》意，见在此间，何不召问之？"晏遂使人召管辂至，赐坐。何晏问曰："我连梦青（龙）［蝇］数十（条）［个］于鼻上，此祥瑞［乎］？据我人品，得做三公否？"辂答曰："元凯辅舜，周公辅周（公），以和惠谦恭，享有多福。今二君侯位尊势重，（一）怀德者鲜，畏威者众，非小心求福之道也。愿公裒多（寡益）［益寡］，非礼不履，然后三公可至，青蝇可驱也。"邓飏［勃］然曰："此（先）［老］生之常谈也。"辂曰："（先）［老］生者（也），见（先）［不］生；常谈者，见不谈［也］。"遂拂袖而出。何、邓二人笑曰："真狂（容）［客］也。"其舅责之曰："何、邓二人威权在手，天下谁不惧之？汝何出狂言也？"辂曰："彼死人说话，何足惧之？"舅曰："休胡说！"辂曰："邓飏行步，筋不束骨，脉不（至）［制］肉，（倚）［行］立倾倚，若无手足，此乃鬼躁之相；何晏魂不守（盈）［宅］，血不华（宅）［色］，精爽烟浮，容若槁木，此名鬼幽之相。此二人早晚尸首碎分，累及三族，何足惧之？"其舅大骂管辂为狂士而去。

据《三国志·魏书·方技传·管辂传》：（正始九年）十二月二十八日，吏部尚书何晏请之，邓飏在晏许。晏谓辂曰："闻君著爻神妙，试为作一卦，知位当至三公不？"又问："连梦见青蝇数十头，来在鼻上，驱之不肯去，有何意故？"辂曰："夫飞鸮，天下贱鸟，及其在林食椹，则怀我好音，况辂心非草木，敢不尽忠？昔元、凯之弼重华，宣慈惠和，周公之翼成王，坐而待旦，故能流光六合，万国咸宁。此乃履道休应，非卜筮之所明也。今君侯位重山岳，势若雷电，而怀德者鲜，畏威者众，殆非小心翼翼多福之仁。又鼻者艮，此天中之山，高而不危，所以长守贵也。今青蝇臭恶，而集之焉。位峻者颠，轻豪者亡，不可不思害盈之数，盛衰之期。是故山在地中曰谦，雷在天上曰壮；谦则裒多益寡，壮则非礼不履。未有损己而不光大，行非而不伤败。愿君侯上追文王六爻之旨，下思尼父彖象之义，然后三公可决，青蝇可驱也。"飏曰："此老生之常谭。"辂答曰："夫老生者见不生，常谭者见不谭。"晏曰："过岁更当相见。"辂还邑舍，具以此言语舅氏，舅氏责辂言太切至。辂曰："与死人语，何所畏邪？"舅大怒，谓辂狂悖。岁朝，西北大风，尘埃蔽天，十余日，闻晏、飏皆诛，然后舅氏乃服。（参见《资治通鉴》卷七十五）

却说曹爽、何、邓等游宴不息，常出（四）［田］猎。其弟曹义谏曰："今兄日图宴乐，以威势加于天下，非久长之计也!”爽叱骂之，义大哭而退。司农桓范亦谏，不听。

据《资治通鉴》卷七十五：大将军爽，骄奢无度，饮食衣服，拟于乘舆；尚方珍玩，充牣其家；又私取先帝才人以为伎乐。作窟室，绮疏四周，数与其党何晏等纵酒其中。弟羲深以为忧，数涕泣谏止之，爽不听。爽兄弟数俱出游，司农沛国桓范谓曰："总万机，典禁兵，不宜并出。若有闭城门，谁复内入者？"爽曰："谁敢尔邪！"（参见《三国志·魏书·曹真传附子爽传》及注引《世语》）

静轩先生曰：

极欲穷奢总是非，忠言逆耳不知几。

剥床灾近犹行乐，直待朝阳血污衣。

何晏曰："今司马懿托病不出，必有事焉。"曹爽笑曰："量此老有何意也？"

此时魏主曹芳改正（治）[始]年号，（至）[改]正（治）[始]十年（改）为嘉平元年。曹爽专权日久，并不以司马懿为念。是年除李胜领荆州刺史。曹爽久不见司马公，不知何意，故令李胜只做辞太傅，往探其消息。

却说李胜到司马懿府，门吏报入。懿与二子曰："此是曹爽相探我的消息，故交此人来。"乃急去（寇）[冠]乱发，上床拥被而坐，使二婢左右扶之，请李胜入到床前。胜拜而言曰："久不见太傅，谁想如此！今某出刺荆州，特来拜辞。"懿曰："（荆）[并]州近（吴）[胡]，好为之备。"胜曰："天子命刺荆州，非（荆）[并]州也。"懿曰："若方到并州？"胜曰："汉上荆州。"懿曰："若从并州来？"胜乃索纸笔，写"荆州"示之。懿曰："年老目昏不见。若今（得）[去]荆州，好建功勋。"言讫衣落，指口言渴。侍婢进粥，以口就而饮之，粥流满胸臆。胜佯笑曰："众皆以太傅旧时风疾举发，谁想如此病重！"懿乃作哽咽之声曰："年老疾笃，死在旦夕！二子不立，望乞汝等教之！传语大将军，是必交看觑二子。"言讫倒于床上，声嘶气（泣）[涩]。李胜辞回见曹爽，备言司马懿之事。爽曰："此老尸居余气，形神已离，何足惧哉？"

据《资治通鉴》卷七十五：（正始九年）冬，河南尹李胜出为荆州刺史，过辞太傅懿。懿令两婢侍，持衣，衣落；指口言渴，婢进粥，懿不持杯而饮，粥皆流出沾胸。胜曰："众情谓明公旧风发动，何意尊体乃尔！"懿使声气才属，说："年老枕疾，死在旦夕。君当屈并州，并州近胡，好为之备！恐不复相见，以子师、昭兄弟为托。"胜曰："当还忝本州，非并州。"懿乃错乱其辞曰："君方到并州？"胜复曰："当忝荆州。"懿曰："年老意荒，不解君言。今还为本州，盛德壮烈，好建功勋！"胜退，告爽曰："司马公尸居余气，形神已离，不足虑矣。"他日，又向爽等垂泣曰："太傅病不可复济，令人怆然！"故爽等不复设备。（参见《三国志·魏书·曹真传附子爽传》及注引《魏末传》）

却说司马懿见李胜去后，起[身]对二子曰："李胜此去回报消息，曹爽再不准备我也。只待他离城，便可图之。"

据《资治通鉴》卷七十五：太傅懿阴与其子中护军师、散骑常侍昭谋诛曹爽。

却说曹爽请魏主曹芳驾谒高[平]陵乃明帝坟。大小军士皆随驾出。爽之兄弟等皆备马行。桓范扣马谏曰："总万机，领禁兵，兄弟不可同出。倘有人闭上城门，如之奈何？"爽乃以鞭挥之曰："谁敢如此！"遂行。

当日，司马懿知曹爽等出城，遂点起家童数千，令二子上马，入省议事，来（报）

［杀］曹爽。不知如何。

［第二百十三段］　司马懿父子秉政

魏嘉平元年正月望日，曹爽引三弟并何晏、邓飏、丁谧、毕轨、李胜等一班（并）［人］随魏主出谒（于）高［平］陵，就行田猎。司马懿知，即时（交）［到］省中，先交把禁城门闭上，（随）［令］司徒高柔假以节钺，行大将军事，先据曹爽内营，又唤太仆王观领军据曹义营；遂召曹爽旧日所闲官僚，皆入后宫闻奏太后，言“曹爽专权乱政，当以废之。”郭太后大惊曰：“天子在外，当如之何？”司马懿［曰］：“臣自有奏天子表章。”太后恐惧，只得从之。懿出，乃命太尉蒋济、尚书令司马（浮）［孚］一同书表，遣黄门赍表出城，直至天子御前。司马懿乃勒兵来据武库。

据《资治通鉴》卷七十五：嘉平元年春正月甲午，帝谒高平陵，大将军爽与弟中领军羲、武卫将军训、散骑常侍彦皆从。太傅懿以皇太后令，闭诸城门，勒兵据武库，授兵出屯洛水浮桥，召司徒高柔假节，行大将军事，据爽营，太仆王观行中领军事，据羲营。（参见《三国志·魏书·曹真传附子爽传》《高柔传》《王观传》）

有人来报曹府知。爽妻刘氏急出前厅曰：“主公在外，太傅起兵何意？”把守门将潘峰曰：“夫人勿忧，某当问之。”乃引弓弩手数十人上门楼。司马懿乃引军至府［前］。潘峰发箭射倒驾车二十余人，懿不能（入）［过］。潘峰正射，（中府）［府中］下将孙谦（了）［止］之曰：“不可射之！天下事未可知道。”说三次，潘峰不敢射，懿乃得（至）［过］。次子司马昭把住武库。［懿］提兵出屯于洛水，把定浮桥。

据《三国志·魏书·曹真传附子爽传》注引《世语》：初，宣王勒兵从阙下趋武库，当爽门，人逼车住。爽妻刘怖，出至厅事，谓帐下守督曰：“公在外，今兵起，如何？”督曰：“夫人勿忧。”乃上门楼，引弩注箭欲发。将孙谦在后牵止之曰：“天下事未可知！”如此者三，宣王遂得过去。

据《晋书·宣帝纪》：帝列阵阙下，经爽门。爽帐下督严世上楼，引弩将射帝，孙谦止之曰：“事未可知。”三注三止，皆引其肘不得发。

却说曹爽营中司马鲁芝见城中事乱，暗来与参军辛敞商议。［辛敞］曰：“将军主见若何？”鲁芝曰：“可引本部斩关而出，去见天子。”辛敞留之少坐，入见其姐宪英。［宪］英曰：“［汝］有何事，如此荒速？”敞曰：“天子在外，太（尉）［傅］闭门，必然欲夺天下。”宪英曰：“司马公非夺天下，乃诛曹爽耳。”敞曰：“此事胜负未知。”其姐曰：“曹爽非司马公对也，必然败矣。”辛敞曰：“今鲁芝唤我同出。若如此，不可往矣。”宪英曰：“别人在难中，尚然救之，何况汝之主人乎？不可久停，便可与鲁司马上马出谏。”敞信姐之言，乃与鲁芝引数百骑，斩关夺门而出。

据《资治通鉴》卷七十五：鲁芝将出，呼参军辛敞欲与俱去。敞，毗之子也，其姊宪英为太常羊耽妻，敞与之谋曰：“天子在外，太傅闭城门，人云将不利国家，于事可得尔乎？”宪英曰：“以吾度之，太傅此举，不过以诛曹爽耳。”敞曰：“然则事就乎？”

宪英曰："得无殆就！爽之才非太傅之偶也。"敞曰："然则敞可以无出乎？"宪英曰："安可以不出！职守，人之大义也。凡人在难，犹或恤之；为人执鞭而弃其事，不祥莫大焉。且为人任，为人死，亲昵之职也，从众而已。"敞遂出。事定之后，敞叹曰："吾不谋于姊，几不获于义。"（参见《三国志·魏书·辛毗传》注引《世语》，《三国志·魏书·曹真传附子爽传》注引《世语》）

人报司马懿知。懿恐桓范走，使人召之。范与子商议，其子曰："车驾在（不）[外]，可南去。"范曰："然也。"乃上马至平（肯）[昌]门，城门已闭，把门守将乃桓范故吏司蕃也。范乃袖[中]出诏曰："太后有诏，可疾开门！"司蕃曰："请看之。"范叱之曰："你是我故吏，何敢如此！"司蕃遂开门放之。桓范临行，唤司蕃曰："太傅造反，汝可速随我去！吾乃假诏也。"范驾鞭纵马而去。司蕃追赶不上而回。

人报知司马懿。懿大惊曰："智囊（泄）[往]矣！如之奈何？"蒋济曰："驽马恋栈（失）豆，必不能用矣。"懿曰："然！"

据《资治通鉴》卷七十五：初，爽以桓范乡里老宿，于九卿中特礼之，然不甚亲也。及懿起兵，以太后令召范，欲使行中领军。范欲应命，其子止之曰："车驾在外，不如南出。"范乃出。至平昌城门，城门已闭。门候司蕃，故范举吏也，范举手中版以示之，矫曰："有诏召我，卿促开门！"蕃欲求见诏书，范呵之曰："卿非我故吏邪？何以敢尔！"乃开之。范出城，顾谓蕃曰："太傅图逆，卿从我去！"蕃徒行不能及，遂避侧。懿谓蒋济曰："智囊往矣！"济曰："范则智矣，然驽马恋栈豆，爽必不能用也。"（参见《三国志·魏书·曹真传附子爽传》及注引《魏略》、干宝《晋纪》）

又召许允、陈泰二人嘱付之："汝可往见曹爽，言太傅别无他意，只是削汝兄弟军权而已。"许允、陈泰去了；又唤殿中校尉尹大目，与曹爽极厚，蒋济作书，令尹大目赍见曹爽，说司马公与蒋济以洛水为誓，绝无他意。众皆依命去了。

据《资治通鉴》卷七十五：懿使侍中高阳许允及尚书陈泰说爽宜早自归罪，又使爽所信殿中校尉尹大目谓爽，唯免官而已，以洛水为誓。泰，群之子也。（参见《三国志·魏书·曹真传附子爽传》注引《世语》）

据《资治通鉴》卷七十五：曹爽之在伊南也，昌陵景侯蒋济与之书，言太傅之旨，不过免官而已。爽诛，济进封都乡侯，上疏固辞，不许。济病其言之失，遂发病，（嘉平元年夏四月）丙子，卒。（参见《三国志·魏书·蒋济传》注引《世语》）

却说曹爽正射猎间，忽报"城中有变，太傅有表。"爽大惊，几乎坠马，乃观表文曰：

臣昔从辽东来，先帝召陛下及臣升御床，把臣臂言，以国事为念，黄门令董箕等侍疾，皆所闻也。今大将军爽背弃（令）[顾]命，改乱国典，内则僭拟，外专威权：破坏诸营，尽据禁军，群官要职，皆置所亲，殿中宿卫、历任（奸）[旧]人，皆复斥出，欲置（都）[新]人，以植私党，根据盘结，恣纵日甚；外既如此，又以黄门张当为都（盟）[监]，专用交关，看察至尊，伺候神器，离间二宫，伤害骨肉。天下汹汹，人怀危惧。[陛下]但为寄生，岂得久安？此非先帝召陛下及臣升御床之本意也。臣虽朽迈，敢忘前言？昔赵高极意，（秦民）[秦氏]已灭；吕、霍早断，汉（弥）[祚]永世。此乃陛下之大鉴，臣受命之时也。太尉臣济、尚书臣孚皆以爽有无君之心，兄弟不宜典军宿卫，（奉）[奏]永宁宫皇太后，令臣如奏施行。臣辄敕主者及黄门，令罢爽、义、训吏兵，以候就第；敢有稽留车驾，便以军法从事。臣辄力疾将兵屯洛水浮桥，伺察非常。谨表上闻，伏干圣听！

据《三国志·魏书·曹真传附子爽传》：奏爽曰："臣昔从辽东还，先帝诏陛下、秦王及臣升御床，把臣臂，深以后事为念。臣言'二祖亦属臣以后事，此自陛下所见，无所忧苦；万一有不如意，臣当以死奉明诏'。黄门令董箕等，才人侍疾者，皆所闻知。今大将军爽背弃顾命，败乱国典，内则僭拟，外专威权；破坏诸营，尽据禁兵，群官要职，皆置所亲；殿中宿卫，历世旧人皆复斥出，欲置新人以树私计；根据槃互，纵恣日甚。外既如此，又以黄门张当为都监，专共交关，看察至尊，候伺神器，离间二宫，伤害骨肉。天下汹汹，人怀危惧，陛下但为寄坐，岂得久安！此非先帝诏陛下及臣升御床之本意也。臣虽朽迈，敢忘枉言？昔赵高极意，秦氏以灭；吕、霍早断，汉祚永世。此乃陛下之大鉴，臣受命之时也。太尉臣济、尚书令臣孚等，皆以爽为有无君之心，兄弟不宜典兵宿卫，奏永宁宫；皇太后令，敕臣如奏施行。臣辄敕主者及黄门令：'罢爽、羲、训吏兵，以侯就第，不得逗留以稽车驾；敢有稽留，便以军法从事！'臣辄力疾将兵屯洛水浮桥，伺察非常。"（参见《资治通鉴》卷七十五）

曹爽看毕，手足无措，与二弟曰："如之奈何？"曹义曰："劣弟已曾谏来，兄执迷不听，致有今日之祸！司马懿诡计（不出）[无比]，诸葛孔明尚自惧之，何况我等兄弟乎？不如同缚见之，求免一死。"

据《资治通鉴》卷七十五：爽得懿奏事，不通；迫窘不知所为，留车驾宿伊水南，伐木为鹿角，发屯田兵数千人以为卫。（参见《三国志·魏书·曹真传附子爽传》）

正议间，鲁芝、辛敞到，说城内把得铁桶，司马懿自在浮桥调兵。正商议间，桓范飞到，说与爽曰："大事变矣！主公可劫天子车驾幸许昌，招外兵问罪于司马懿，天下谁敢不从也？"爽曰："吾家老小皆在城中，岂可投他处去耶？"范曰："主公自幼读书，（起）[岂]不知世事？今门户如此，求贫贱复可得乎？且匹夫[持]质一人尚欲望活；今主公与天子相随，号令于天下，谁敢不应？"爽不能决义，（日）[只]哭泣。范曰："主公别营近在阙南，洛阳典农治在城外，若呼召之，及是容易。今诣许昌，不过中宿。许昌库（我）[府]仓廪足[可]支给。今主公所忧谷食而已，大司农印（某缓）[绶]在此，不须疑也。可急行之，迟则休矣！"爽曰："汝休催逼，容我细思之。"少刻，侍中许允、尚书陈泰至，言司马懿"只为主公权（大）重而削之，别无他意。可弃此早归，免官而已。"又有尹大目至，赍蒋济书，言"二公皆以洛水为誓，并无伤害之心。不如早自归罪。"爽听信，以为良言。桓范又入，顿首告曰："事急矣，休听外言而就死地！"

是夜，兄弟[三人]皆犹豫不定。曹爽掣剑在手（寻思），从黄昏[寻思]至天明，与决不下。桓范催曰："主公何为不决？"爽投剑而叹曰："我亦不失作富家翁！"范听了出外哭曰："曹子丹佳人也，生汝兄弟豚犊耳，何图今日坐（汝）[待]族灭也！"痛哭不止。

据《资治通鉴》卷七十五：（桓）范至，劝爽兄弟以天子诣许昌，发四方兵以自辅。爽疑未决，范谓羲曰："此事昭然，卿用读书何为邪！于今日卿等门户，求贫贱复可得乎！且匹夫质一人，尚欲望活；卿与天子相随，令于天下，谁敢不应也！"俱不言。范又谓羲曰："卿别营近在阙南，洛阳典农治在城外，呼召如意。今诣许昌，不过中宿，许昌别库，足相被假；所忧当在谷食，而大司农印章在我身。"羲兄弟默然不从，自甲夜至五鼓，爽乃投刀于地曰："我亦不失作富家翁！"范哭曰："曹子丹佳人，生汝兄弟，豚犊耳！何图今日坐汝等族灭也！”爽乃通懿奏事，白帝下诏免己官，奉帝还宫。（参见《三国志·魏书·曹真传附子爽传》及注引《魏略》、注引《魏氏春秋》）

许允、陈泰令爽先纳印（缓）[绶]，爽与之。主簿杨综扯其绶带而哭曰：“主（父）[公]扶主握权，舍此则皆出东市就斩矣！”爽叱之曰：“司马懿必不负我！”于是令许允、陈泰先纳印（缓）[绶]；

据《三国志·魏书·曹真传附子爽传》注引《世语》：及爽解印绶，将出，主簿杨综止之曰：“公挟主握权，舍此以至东市乎？”爽不从。

随即散了[军]马，只与手下官僚数十骑到浮桥。司马懿曰：“（索）曹爽兄弟并皆（私回）[回私宅]；其余监下，听候敕旨。”曹爽等入城时，军士已无一人。桓范至浮桥，司马懿在马上以鞭指之曰：“桓大夫何故如此？”桓范低首不能对。懿曰：“天子有诏，交复[吾]旧职。”范惶恐而回。于是司马懿请车驾还宫已毕。

据《三国志·魏书·曹真传附子爽传》注引《魏略》：爽等既免，帝还宫，遂令范随从。到洛水浮桥北，望见宣王，下车叩头而无言。宣王呼范姓曰：“桓大夫何为尔邪！”车驾入宫，有诏范还复位。范诣阙拜章谢，待报。

却说曹爽兄弟归府之后，懿以大锁锁门，差居民八百余人，于府四角起造四座高楼以望之。爽心中愁闷，挟弹弓去后园弹鹊，忽听得楼上人叫曰：“故大将军东南行。”爽回顾，弟曰：“仓中无米，可作书与太傅求之。”[爽作]书曰：“贱子爽哀惶恐怖，无状招祸，合受屠灭。前（追）[遣]家人迎粮，于今未到，数日缺乏，当烦见饷，以继旦夕！”司马懿得书，使人送粮，仍答书曰：“初不（封）[忖]乏粮，甚怀踧踖！今致米一百斛，并肉脯、盐豉、大豆相送，望乞笑留。”爽得米肉，大喜曰：“司马公本无害吾之心也！”

据《三国志·魏书·曹真传附子爽传》注引《魏末传》：爽兄弟归家，敕洛阳县发民八百人，使尉部围爽第四角，角作高楼，令人在上望视爽兄弟举动。爽计穷愁闷，持弹到后园中，楼上人便唱言：“故大将军东南行！”爽还厅事上，与兄弟共议，未知宣王意深浅，作书与宣王曰：“贱子爽哀惶恐怖，无状招祸，分受屠灭。前遣家人迎粮，于今未反，数日乏匮，当烦见饷，以继旦夕。”宣王得书大惊，即答书曰：“初不知乏粮，甚怀踧踖。令致米一百斛，并肉脯、盐豉、大豆。”寻送。爽兄弟不达变数，即便喜欢，自谓不死。（参见《资治通鉴》卷七十五）

元来懿已将张当先摄下狱问之。张当（所）[供]指何晏等一干人同谋篡位。[懿]将何晏、邓飏、李胜、丁谧、毕轨等皆（戡）[勘]问完备，招证习兵，于三月内谋反；并勘完备，长枷下狱。司蕃告称桓范矫诏出城，“口称太傅谋逆。”懿曰：“（证）[诬]人反情，抵罪反坐。”亦送桓范下狱，三族尽皆拘收。然后拿出曹爽、曹义、曹训与（得）一干人犯，皆处斩于市，夷其三族。

据《资治通鉴》卷七十五：（嘉平元年春正月）戊戌，有司奏：“黄门张当私以所择才人与爽，疑有奸。”收当付廷尉考实，辞云：“爽与尚书何晏、邓飏、丁谧、司隶校尉毕轨、荆州刺史李胜等阴谋反逆，须三月中发。”于是收爽、羲、训、晏、飏、谧、轨、胜并桓范皆下狱，劾以大逆不道，与张当俱夷三族。（参见《三国志·魏书·齐王芳纪》）

据《三国志·魏书·曹真传附子爽传》：初，张当私以所择才人张、何等与爽。疑其有奸，收当治罪。当陈爽与晏等阴谋反逆，并先习兵，须三月中欲发，于是收晏等下狱。会公卿朝臣廷议，以为“《春秋》之义，‘君亲无将，将而必诛’。爽以支属，世蒙殊宠，亲受先帝握手遗诏，托以天下，而包藏祸心，蔑弃顾命，乃与晏、飏及当等谋图神器，范党同罪人，皆为大逆不道”。于是收爽、羲、训、晏、飏、谧、轨、胜、范、当等，皆伏诛，夷三族。

据《三国志·魏书·曹真传附子爽传》注引《魏略》：会司蕃诣鸿胪自首，具说范前临出所道。宣王乃忿然曰：“诬人以反，于法何应？”主者曰：“科律，反受其罪。”乃收范于阙下。时人持范甚急，范谓部官曰：“徐之，我亦义士耳。”遂送廷尉。

据《三国志·魏书·曹真传附子爽传》注引《魏氏春秋》：宣王使晏典治爽等狱。晏穷治党与，冀以获宥。宣王曰：“凡有八族。”晏疏丁、邓等七姓。宣王曰：“未也。”晏穷急，乃曰：“岂谓晏乎！”宣王曰：“是也。”乃收晏。　　《资治通鉴考异》认为：按宣王方治爽党，安肯使晏典其狱！就令有之，晏岂不自知与爽最亲而冀独免乎！此殆孙盛承说者之妄耳。

后有诗叹曰：

驽马但能思栈豆，不图千里去程途。
可怜曹爽愚兄弟，同把山河付晋朝。

又诗曰：

曹爽浑如井底蛙，痴心恣意享荣华。
不知身死钢刀下，犹自贪图作富家。

（又）[人]言“辛、鲁二人斩关而出，杨综夺印不与，皆可斩之。”司马懿曰：“彼各为主，此是忠臣也！”各还旧职。辛敞叹曰：“吾（素）[若]不问（阻）[姐]，险失其大义！”

据《资治通鉴》卷七十五：初，爽之出也，司马鲁芝留在府，闻有变，将营骑斫津门出赴爽。及爽解印绶，将出，主簿杨综止之曰：“公挟主握权，舍此以至东市乎？”有司奏收芝、综治罪，太傅懿曰：“彼各为其主也。宥之。”顷之，以芝为御史中丞，综为尚书郎。鲁芝将出，呼参军辛敞欲与俱去。敞，毗之子也，其姊宪英为太常羊耽妻，敞与之谋曰：“天子在外，太傅闭城门，人云将不利国家，于事可得尔乎？”宪英曰：“以吾度之，太傅此举，不过以诛曹爽耳。”敞曰：“然则事就乎？”宪英曰：“得无殆就！爽之才非太傅之偶也。”敞曰：“然则敞可以无出乎？”宪英曰：“安可以不出！职守，人之大义也。凡人在难，犹或恤之；为人执鞭而弃其事，不祥莫大焉。且为人任，为人死，亲昵之职也，从众而已。”敞遂出。事定之后，敞叹曰：“吾不谋于姊，几不获于义。”（参见《三国志·魏书·辛毗传》注引《世语》，《三国志·魏书·曹真传附子爽传》注引《世语》）

后来史官有赞辛宪英诗曰：

为臣事主当全义，赴难持危合尽忠。
辛氏宪英曾劝弟，古今千载播高风。

司马懿诛杀曹爽等已讫，出榜晓谕，门下之人尽皆放免，有官品者依例升用。自此皆安，无复扇摇矣。何、邓二人死于非命，果应神卜管辂之言。

据《资治通鉴》卷七十五：管辂之舅谓辂曰：“尔前何以知何、邓之败？”辂曰：“邓之行步，筋不束骨，脉不制肉，起立倾倚，若无手足，此为‘鬼躁’。何之视候则魂不守宅，血不华色，精爽烟浮，容若槁木，此为‘鬼幽’。二者皆非遐福之象也。”（参见《三国志·魏书·方技传·管辂传》注引《辂别传》）

有诗曰：

传得秘传真妙诀，平原管辂相通神。

鬼幽、鬼（操）[躁]分何、邓，未决先知是死人。

朝廷封司马懿为丞相，加九锡，谦辞不（爱）[受]。父子已同领国家大事，二子各领大兵，重权尽归之矣。

据《资治通鉴》卷七十五：（嘉平元年春正月）丁未，以太傅懿为丞相，加九锡，懿固辞不受。

懿下令召征西将军夏侯玄归洛阳。玄乃曹爽外弟，夏侯霸之侄也。霸闻懿召玄，疑其欲害于己，故引本部造反。毕竟如何？

[第二百十四段]　姜维大战牛头山[一伐中原]

司马懿既诛曹爽，（然虽）[虽然]出榜，曹氏、夏侯氏这两枝宗党终是不安。夏侯霸已守雍州隘口，听得司马懿召夏侯玄，心中大惧，遂引本部三千人造反。

镇守雍州太守郭（维）[淮]听知（造）[霸]反，即时点起雍州兵马，来与夏侯霸对阵。郭淮出马大骂曰："汝既是大魏皇[帝]宗族，朝廷又不曾负你，何故反背为贼耶！"霸亦回言骂曰："吾宗族于国多负勤劳。司马懿何等匹夫，将曹爽夷其三族，父子把握朝纲，必有谋（道）[逆]之意。吾今仗义讨贼，与爽报仇雪恨，你可来助于我！"郭淮大怒，挺枪来杀夏侯霸，霸提刀迎之。二将大战数合，郭淮败走，夏侯霸随后追赶。忽然后军大喊，霸急回之时，陈泰一军杀到，郭淮兵杀回，两下夹攻。夏侯霸大败，折其大半军马，思量进退（刍）[无]门，遂引败军投汉中来降西蜀。

据《资治通鉴》卷七十五：初，右将军夏侯霸为曹爽所厚，以其父渊死于蜀，常切齿有报仇之志，为讨蜀护军，屯于陇西，统属征西。征西将军夏侯玄，霸之从子，爽之外弟也。爽既诛，司马懿召玄诣京师，以雍州刺史郭淮代之。霸素与淮不叶，以为祸必相及，大惧，遂奔汉。

据《三国志·魏书·夏侯渊传》注引《魏略》：霸字仲权。渊为蜀所害，故霸常切齿，欲有报蜀意。黄初中为偏将军。子午之役，霸召为前锋，进至兴势围，安营在曲谷中。蜀人望知其是霸也，指下兵攻之。霸手战鹿角间，赖救至，然后解。后为右将军，屯陇西，其养士和戎，并得其欢心。至正始中，代夏侯儒为征蜀护军，统属征西。时征西将军夏侯玄，于霸为从子，而玄于曹爽为外弟。及司马宣王诛曹爽，遂召玄，玄来东。霸闻曹爽被诛而玄又征，以为祸必转相及，心既内恐；又霸先与雍州刺史郭淮不和，而淮代玄为征西，霸尤不安，故遂奔蜀。南趋阴平而失道，入穷谷中，粮尽，杀马步行，足破，卧岩石下，使人求道，未知何之。蜀闻之，乃使人迎霸。

据《三国志·魏书·夏侯渊传》：霸，正始中为讨蜀护军、右将军，进封博昌亭侯，素为曹爽所厚。闻爽诛，自疑，亡入蜀。以渊旧勋赦霸子，徙乐浪郡。

据《三国志·蜀书·后主传》：（延熙）十二年春正月，魏诛大将军曹爽等，右将军夏侯霸来降。

有人报知姜维。维未信，使人探复得实，方始放夏侯霸入关。霸见姜维，哭诉前事。维曰："昔日微子去周，成（药石）[万古]之高名。君肯匡扶汉室，有何不可？"遂设宴管待夏侯霸，席间问霸："今司马懿既掌握重权，父子把柄朝纲，必有征伐之志乎？"霸答曰："司马懿父子始方营立家门，岂复有外意也？（且）[但]朝廷新得二人，在妙龄之际，若待管领朝廷军马，乃吴、蜀之忧也。"姜维问"是谁人也？"霸曰："一人见为秘书郎，（颖）[颍]川长社人也，太傅锺繇年老所生之子，姓钟名会，字士季。蒋济一见，称之为非常人也；司马与之谈论，亦云王佐之才。

据《资治通鉴》卷七十五：姜维问于霸曰："司马懿既得彼政，当复有征伐之志不？"霸曰："彼方营立家门，未遑外事。有锺士季者，其人虽少，若管朝政，吴、蜀之忧也。"士季者，锺繇之子尚书郎会也。

据《三国志·魏书·锺会传》注引《世语》：夏侯霸奔蜀，蜀朝问"司马公如何德"？霸曰："自当作家门。""京师俊士？"曰："有锺士季，其人管朝政，吴、蜀之忧也。"

据《三国志·魏书·锺会传》注引《汉晋春秋》：初，夏侯霸降蜀，姜维问之曰："司马懿既得彼政，当复有征伐之志不？"霸曰："彼方营立家门，未遑外事。有锺士季者，其人虽少，终为吴、蜀之忧，然非非常之人亦不能用也。"后十五年而会果灭蜀。　按习凿齿此言，非出他书，故采用《世语》而附益也。

据《三国志·魏书·锺会传》：锺会字士季，颍川长社人，太傅繇小子也。少敏惠夙成。中护军蒋济著论，谓"观其眸子，足以知人"。会年五岁，繇遣见济，济甚异之，曰："非常人也。"及壮，有才数技艺，而博学精练名理，以夜续昼，由是获声誉。正始中，以为秘书郎，迁尚书、中书侍郎。

又一人见为尚书郎，义阳棘州人也，姓邓名艾，字士载，年幼失父，素有大志，但见高山大泽，辄规度指画何处可以屯军，何处可以积粮，何处可以进兵，何处可以埋伏，人皆笑之。后司马懿见而奇之。

据《三国志·魏书·邓艾传》：邓艾字士载，义阳棘阳人也。少孤，太祖破荆州，徙汝南，为农民养犊。年十二，随母至颍川，读故太丘长陈寔碑文，言"文为世范，行为士则"，艾遂自名范，字士则。后宗族有与同者，故改焉。为都尉学士，以口吃，不得作干佐。为稻田守丛草吏。同郡吏父怜其家贫，资给甚厚，艾初不称谢。每见高山大泽，辄规度指画军营处所，时人多笑焉。后为典农纲纪，上计吏，因使见太尉司马宣王。宣王奇之，辟之为掾，迁尚书郎。

此二人皆后进可畏之人，将军宜计之。"姜维笑曰："量此等孺子，何足挂心？"

按：据史书记载，夏侯霸答姜维语，仅涉及锺会，未提及邓艾。邓艾此时已五十三岁（虚岁），夏侯霸不应称他"在妙龄之际"，姜维也不应称他为"孺子"。

霸曰："愚忠言也，将军（忽）[勿]疑！"

于是姜维引夏侯霸成都面君，朝见后主。

据《资治通鉴》卷七十五：（夏侯霸）奔汉。汉主谓曰："卿父自遇害于行间耳，非我先人之手刃也。"遇之甚厚。

据《三国志·魏书·夏侯渊传》注引《魏略》：初，建安五年，时霸从妹年十三四，在本郡，出行樵采，为张飞所得。飞知其良家女，遂以为妻，产息女，为刘禅皇后。故渊之初亡，飞妻请而葬之。及霸入蜀，禅与相见，释之曰："卿父自遇害于行间耳，非我先人之手刃也。"指其儿子以示之曰："此夏侯氏之甥也。"厚加爵宠。

姜维进言曰："今司马懿诛灭曹氏，二子专权；曹芳懦弱，国势渐危。臣在汉中历有年矣，粮可支给数年。良兵猛将尽忠奋力报国；今（年）得夏侯霸来投，愿作乡道官。臣请效诸葛丞相之志，统领王师，克复中原，弘展基业，臣万死（刍）［无］恨!"尚书费祎

据《三国志·蜀书·姜维传》:（延熙）十年，迁卫将军，与大将军费祎共录尚书事。

曰："近者蒋琬、董允皆相继而亡，

据《三国志·蜀书·蒋琬传》：疾转增剧，至（延熙）九年卒，谥曰恭。

据《三国志·蜀书·董允传》:（延熙）九年卒。

蜀中缺员。将军且宜藏器待时，以俟天命。"姜维曰："不然！人生处世，如白驹过隙。以此迁延日月，何时恢复中原也？"祎曰："孙子云：'知己知彼，百战百胜。'吾等皆不如丞相远矣。丞相犹不能恢复中原，何况吾等乎？且不如保国治民，以守社稷；勿望侥幸而决成［败］于一举。若不如志，悔之无及!"维曰："某久归陇上，深知羌（明）［胡］之心及四方风俗。今往外结羌胡，内招庶民，虽我不能克复中原，自陇西可断而有也。"

据《资治通鉴》卷七十六：汉姜维自以练西方风俗，兼负其才武，欲诱诸羌胡以为羽翼，谓自陇以西，可断而有。每欲兴军大举，费祎常裁制不从。与其兵不过万人，曰："吾等不如丞相亦已远矣，丞相犹不能定中夏，况吾等乎！不如且保国治民，谨守社稷，如其功业，以俟能者，无为希冀徼幸，决成败于一举；若不如志，悔之无及。"（参见《三国志·蜀书·姜维传》及注引《汉晋春秋》）

后主曰："既将军要（我）伐魏，必尽其心!"

姜维遂拜领圣旨，与夏侯霸至汉中商议起军。维曰："先遣使往羌胡通（问）［盟］，次后出西平，进雍州。先筑二城于曲山之下，差二将军守之，为掎角之势。我等尽拨粮草于前山口，依旧式次第进兵。"霸曰："崎岖山路［进］亦难，退亦不易，（图）当缓缓（行）［图］之。"是年秋八月，钱粮军需完备，先差川将荀安、李歆二人各引兵一万五千前进，于曲山之前连筑二城：荀安等守东城，李歆等守西城。

（近报远报）［远近细作］报入雍州。郭淮一面申报朝廷，一面令陈泰起雍、凉之兵五万，战将数十员，来曲山与蜀兵交锋。荀安、李歆引兵出迎，陈泰分兵混战。荀安、李歆大败，退入城中，陈泰调兵围城。泰引重兵断绝汉中运粮要道。荀安、李歆在城中分粮减食。

郭淮自来观了地形，与陈泰曰："山势颇高，城中必然（刍）［无］水，须出城外涧泉饮之。若断其上，军皆渴死矣。"陈泰曰："然!"遂差军掘土，填断上流之水。城中果然（刍）［无］水，李歆乃引军出城，死战又败，退［入］荀安（入）城中，二将并于一处。荀安城中亦然无水，军皆枯渴。忽然一夜天降大雪，城中取雪饮之。

荀安曰："姜都督军马至今不到，何也？"李歆曰："吾舍身杀出，亲见都督求救。"荀安许之。李歆遂引十数骑杀出。魏兵四面围合，歆乃死战得脱，止剩得一人一骑，余皆（投）［殁］于魏军之中。李歆身带重伤，从西谷平山小路行（之）［了］两日，迎着姜维军马，细说"曲山头顶筑之城被魏军围合，断绝粮（水路）道［水路］，军士皆分粮，取雪为水，以度日月，甚是危急!"姜维曰："吾非救迟，为（因）聚集羌胡之众未到，

因此误了。”遂送李歆入川养金疮之患。维问夏侯霸曰：“羌胡兵未至，贼寇围曲山甚急。公有（德）[何]高见？”霸曰：“若等羌胡兵齐至，二城皆陷矣。吾料魏兵在曲山必以重兵断粮，雍州必虚。可径奔牛头山，抄在雍州之后。魏人（近）[弃]曲山，自解其围，此乃围魏救韩之策也。魏兵两头不能接应，雍州可得也。”维曰：“然！”遂纵兵径取牛头山来。

却说陈泰见李歆杀出城去，乃对郭淮曰：“蜀人大队在后，救兵不至者，乃欲聚羌胡之众齐备，长驱而取雍州也。今李歆告急于姜维，（又）[维]料吾等重兵皆在曲山，定出牛头山，抄出其后。将军可引一军（却）[去]取（跳）[洮]水，断绝蜀兵粮道；吾分一半军，径出牛头山击之。彼军听知粮[道]断绝，自然走矣。”郭淮遂自将本部军马，暗来袭（跳）[洮]水；陈泰分一半军马，径取牛头山来。

[却说姜维兵至牛头山，]忽闻前军发喊“魏兵断绝去路！”姜维荒到前看时，见陈泰大喝曰：“汝欲击吾雍州，吾已等候多时！”姜维忿怒，自与陈泰交锋。泰败走，蜀兵掩杀。魏兵退（战）[占]牛头山，姜维亦就牛头山下寨。（次）[每]日交锋，（候）[不]分胜负。夏侯霸曰：“此山只可暂时过军，不可屯住。魏兵连日在此（久）[交]战，必有别谋，不如且走。”正论间，忽报郭淮引一军袭（跳）[洮]水，断绝粮道。姜维大惊，荒交夏侯霸先退，自为断后，缓缓退军。陈泰已知，分兵五路赶来。姜维独拒五路总口，战住[魏兵]。陈泰勒兵上山发箭，如雨射下。姜维急退到渭水之时，与魏兵大战得脱，折军大半，飞奔阳平关而来。正走之间，忽见山谷中大队军马涌出，为首一大将横刀跃马而出。那人生得面圆眼大、唇阔口方，左眼上生一肉瘤，瘤上有黑毫数十根，乃司马懿长子、骠骑将军司马师也，拦住姜维后路。维挺身战败司马师，遂得脱身，归阳平关而入。司马师也引兵来抢关。两傍伏弩齐发，每弩十矢，矢头带药。

据《三国志·蜀书·诸葛亮传》：亮性长于巧思，损益连弩，木牛流马，皆出其意；推演兵法，作八陈图，咸得其要云。

司马性命如何？

[第二百十五段]　战徐塘吴魏交兵

此时表到朝廷，司马懿特遣长子司马师带引五万军马来助郭淮退蜀兵。[师]听知蜀兵败退，就半道击之，直赶到阳平关下。元来诸葛武侯曾传[连弩]法与姜维，维先[于关前]置下（于关前）。当日司马师赶到，两下伏弩齐发，前军连人带马，[射]死不知其数。师于乱箭中逃出，引兵回到曲山，荀安出城投降。此[战]蜀兵亦折数万。姜维回汉中，托病不出。

据《资治通鉴》卷七十五：（嘉平元年）秋，汉卫将军姜维寇雍州，依麹山筑二城，使牙门将句安、李歆等守之，聚羌胡质任，侵逼诸郡。征西将军郭淮与雍州刺史陈泰御之。泰曰：“麹城虽固，去蜀险远，当须运粮；羌夷患维劳役，必未肯附。今围而取之，可不血刃而拔其城；虽其有救，山道阻险，非行兵之地也。”淮乃使泰率讨蜀护军徐质、南安太守邓艾进兵围麹城，断其运道及城外流水。安等挑战，不许，将士困窘，分粮聚雪以引日月。维引兵救之，出自牛头山，与泰相对。泰曰："兵法贵在不战而屈人。今绝牛头，维无反道，则我之禽也。"敕诸军各坚垒勿与战，遣使白淮，使淮趣牛头截其还路。淮从之，进军洮水。维惧，遁走，安等孤绝，遂降。淮因西击诸羌。邓艾曰："贼去未远，或能复还，宜分诸军以备不虞。"于是留艾屯白水北。三日，维遣其将廖化自白水南向艾结营。艾谓诸将曰："维今卒还，吾军人少，法当来渡；而不作桥，此维使化持吾，令不得还，维必自东袭取洮城。"洮城在水北，去艾屯六十里，艾即夜潜军径到。维果来渡，而艾先至据城，得以不败，汉军遂还。（参见《三国志·魏书·陈群传附子泰传》《郭淮传》《邓艾传》）

据《三国志·蜀书·后主传》：（延熙十二年）秋，卫将军姜维出攻雍州，不克而还。将军句安、李歆降魏。

且说司马（懿）[师]回洛阳自理朝政。至嘉平二年秋八月，司马懿染患病重，（嘱）[唤]二子于卧榻之前，嘱付曰："吾历年官至太傅，人臣之位极（贵）矣。人皆以吾有异心，吾何敢言？吾死之后，汝二人善事主上，勿生他意，负我清名。若有违者，乃大不孝也！"言讫而死。后史官有诗赞曰：

开言崇圣典，用武若通神。
三国英雄士，四朝经济（生）[臣]。
屯兵驱虎豹，养子得麒麟。
诸葛常谈羡，能回天地春。

司马懿身亡之后，魏封司马师为大将军，总领尚书机密大事；司马昭为骠骑上将军。

据《资治通鉴》卷七十五：（嘉平三年秋）八月戊寅，舞阳宣文侯司马懿卒。诏以其子卫将军师为抚军大将军、录尚书事。……嘉平四年春正月癸卯，以司马师为大将军。（参见《三国志·魏书·齐王芳纪》）

却说吴主孙权，先有太子孙登，乃徐夫人所生，于赤乌四年身亡即蜀延熙四年也；

据《三国志·吴书·孙登传》：孙登字子高，权长子也。魏黄初二年，以权为吴王，……立登为太子。……登所生庶贱，徐夫人少有母养之恩，……立凡二十一年，年三十三卒。……是岁，赤乌四年也。（参见《资治通鉴》卷七十四，《三国志·吴书·吴主权徐夫人传》）

乃立次子孙和为太子，

按：据《三国志·吴书·孙和传》，孙和为孙权第三子，非次子。

乃琅琊王夫人所生也，而与今公主不和，被公主谗之，吴夫人废之；孙和忧[气而]死，

据《三国志·吴书·孙和传》：孙和字子孝，虑弟也。少以母王有宠见爱，……赤乌五年，立为太子，时年十九。……是后王夫人与全公主有隙。……夫人忧死，而和宠稍损，……权沉吟者历年，后遂幽闭和。……竟徙和于故鄣。……太元二年正月，封和为南阳王，遣之长沙。……四月，权薨，诸葛恪秉政。恪即和妃张之舅也。妃使黄门陈迁之建业上疏中宫，并致问于恪。临去，恪谓迁曰："为我达妃，期当使胜他人。"此言颇泄。又恪有徙都意，使治武昌宫，民间或言欲迎和。及恪被诛，孙峻因此夺和玺绶，徙新都，又遣使者赐死。

据《资治通鉴》卷七十四:（正始三年春正月,）吴主立其子和为太子，大赦。……八月，吴主封子霸为鲁王。霸，和母弟也，宠爱崇特，与和无殊。……吴太子和与鲁王同宫，礼秩如一，群臣多以为言，吴主乃命分宫别僚；二子由是有隙。……全公主与太子母王夫人有隙，吴主欲立王夫人为后，公主阻之；恐太子立怨己，心不自安，数谮毁太子。……（王）夫人以忧死，太子宠益衰。（参见《三国志·吴书·吴主传》《吴主权王夫人传》)

据《资治通鉴》卷七十五：初，会稽潘夫人有宠于吴主，生少子亮，吴主爱之。全公主既与太子和有隙，欲豫自结，数称亮美，以其夫之兄子尚女妻之。吴主以鲁王霸结朋党以害其兄，心亦恶之，……遂有废和立亮之意，然犹沉吟者历年。……（嘉平二年）秋，吴主遂幽太子和。……废太子和为庶人，徙故鄣，赐鲁王霸死。

乃立潘夫人所生之子孙亮为太子。

据《三国志·吴书·孙亮传》：孙亮字子明，权少子也。权春秋高，而亮最少，故尤留意。姊全公主尝谮太子和子母，心不自安，因倚权意，欲豫自结，数称述全尚女，劝为亮纳。赤乌十三年，和废，权遂立亮为太子，以全氏为妃。

据《三国志·吴书·吴主权潘夫人传》：赤乌十三年，亮立为太子。

据《三国志·吴书·吴主权潘夫人传》：吴主权潘夫人，会稽句章人也。父为吏，坐法死。夫人与姊俱输织室，权见而异之，召充后宫。得幸有娠，梦有以龙头授己者，己以蔽膝受之，遂生亮。

此时丞相陆逊已亡，

据《资治通鉴》卷七十四：太子太傅吾粲请使鲁王出镇夏口，出杨竺等不得令在京师，又数以消息语陆逊；鲁王与杨竺共谮之，吴主怒，收粲下狱，诛。数遣中使责问陆逊，逊愤恚而卒。

据《三国志·吴书·陆逊传》：权累遣中使责让逊，逊愤恚致卒，时年六十三，家无余财。

朝廷内外重权尽归于诸葛恪。

据《资治通鉴》卷七十五：是时，吴主颇寤太子和之无罪，（嘉平三年）冬十一月，吴主祀南郊还，得风疾，欲召和还；全公主及侍中孙峻、中书令孙弘固争之，乃止。吴主以太子亮幼少，议所付托，孙峻荐大将军诸葛恪可付大事。吴主嫌恪刚很自用，峻曰："当今朝臣之才，无及恪者。"乃召恪于武昌。……恪至建业，见吴主于卧内，受诏床下，以大将军领太子太傅，孙弘领少傅；诏有司诸事一统于恪，惟杀生大事，然后以闻。为制群官百司拜揖之仪，各有品序。又以会稽太守北海滕胤为太常。胤，吴主婿也。（参见《三国志·吴书·诸葛恪传》注引《吴书》)

太元元年秋八月初一日，忽起大风，江海腾涌，平地水深八尺。吴主旧坟上所种松柏尽皆拔起，直从空中飞来建业城南门外，倒（卓）[插]于（南）[道]路。因此吴主孙权受惊得病，至次年四月病危，乃封诸（侯）[葛]恪为太傅，吕岱为大司马，同听诏托孤，嘱以后事。权乃命终，

据《资治通鉴》卷七十五：吴主病困，召诸葛恪、孙弘、滕胤及将军吕据、侍中孙峻入卧内，属以后事。（嘉平四年）夏四月，吴主殂。（参见《三国志·吴书·诸葛恪传》《孙亮传》)

时年七十一，延熙十五年也。晋史官陈寿有评曰：

孙权屈身忍辱，任才尚计，有勾践之奇英，人之杰矣！故自能擅（以）［江］表，成鼎峙之业。然性多嫌忌，果于杀戮，暨臻末年，（弘）［弥］以滋甚。至谗（谗）［说］殄行，家嗣废毙，岂所谓贻厥孙谋以（晏）［燕］翼（永）［子］者哉？其枝叶陵迟，遂至覆国，未必不由此也！

据《三国志·吴书·吴主传》，评曰：孙权屈身忍辱，任才尚计，有句践之奇英，人之杰矣。故能自擅江表，成鼎峙之业。然性多嫌忌，果于杀戮，暨臻末年，弥以滋甚。至于谗说殄行，胤嗣废毙，岂所谓贻厥孙谋以燕翼子者哉？其后叶陵迟，遂致覆国，未必不由此也。

（凡）［权］在位黄龙三年、嘉和六年、赤乌十三年、太元二年，共（即位）二十四年。后人曾有诗赞曰：

紫髯碧眼好英雄，能使臣僚肯尽忠。
二十四年兴大业，龙盘虎踞在江东。

是（日）［时］太傅诸葛恪秉政，册立太子孙亮登基；大赦［天下］，改太元二年为建兴元年；谥号孙权为“大皇帝”，葬于蒋山。

据《资治通鉴》卷七十五：谥吴主曰大皇帝。太子亮即位，大赦，改元建兴。（嘉平四年夏四月）闰月，以诸葛恪为太傅，滕胤为卫将军，吕岱为大司马。（参见《三国志·吴书·孙亮传》）

据《三国志·吴书·吴主传》：（太元二年）夏四月，权薨，时年七十一，谥曰大皇帝。秋七月，葬蒋陵。

有人报入中国。司马师知孙权已亡，遂议兴兵伐吴。尚书傅段谏曰：“吴为寇六十余年矣，（若丞）［君臣］相保，吉凶同济，兼有长江之险。先君累次征伐，皆不如意。不若各守边界，惜军爱民，此为上策。”司马师曰：“天道三十年一变，岂得长为鼎足乎？吾意有伐吴之心多时，今幸孙权新亡，幼主守国，正好伐之。”遂命征南将军王昶引军十万攻南郡，征东将军胡遵引兵十万攻东兴，镇南将军毋丘俭引兵十万攻武昌，三路军马并进；遣弟司马昭为大都督，统领三路军马。

据《资治通鉴》卷七十五：镇东将军诸葛诞言于大将军师曰：“今因吴内侵，使文舒逼江陵，仲恭向武昌，以羁吴之上流；然后简精卒攻其两城，比救至，可大获也。”是时征南大将军王昶、征东将军胡遵、镇南将军毌丘俭等各献征吴之计。朝廷以三征计异，诏问尚书傅嘏。嘏对曰：“议者或欲泛舟径济，横行江表；或欲四道并进，攻其城垒；或欲大佃疆埸，观衅而动；诚皆取贼之常计也。然自治兵以来，出入三载，非掩袭之军也。贼之为寇，几六十年矣，君臣相保，吉凶共患，又丧其元帅，上下忧危，设令列船津要，坚城据险，横行之计，其殆难捷。今边壤之守，与贼相远，贼设罗落，又特重密，间谍不行，耳目无闻。夫军无耳目，校察未详，而举大众以临巨险，此为希幸徼功，先战而后求胜，非全军之长策也。唯有进军大佃，最差完牢；可诏昶、遵等择地居险，审所错置，及令三方一时前守。夺其肥壤，使还塉土，一也；兵出民表，寇钞不犯，二也；招怀近路，降附日至，三也；罗落远设，间构不来，四也；贼退其守，罗落必浅，佃作易立，五也；坐食积谷，士不运输，六也；衅隙时闻，讨袭速决，七也；凡此七者，军事之急务也。不据则贼擅便资，据之则利归于国，不可不察也。夫屯垒相逼，形势已交，智勇得陈，巧拙得用，策之而知得失之计，角之而知有余不足，虏之情伪，将焉所逃！夫以小敌大，则役烦力竭；以贫敌富，则敛重财匮。故曰'敌逸能劳之，饱能饥之'，此之谓也。"司马师不从。（参见《三国志·魏书·傅嘏传》及注引《战略》）

是年冬十月，魏兵进发。司马昭到边界自统中军，攻打东兴，唤三路军兵听令。王昶、胡遵、毌丘俭皆至。昭曰："东（方）[吴]最紧要[处]乃东兴也。东吴近筑大堤，左右置两城，以防巢湖后面攻击。今吾自取中路。汝左右两枝军马且未可出战；待吾取了东兴，那时一齐进兵未迟。"王昶、毌丘俭得令去了；又唤胡遵、诸葛诞二人为前部先锋，同领二万精兵，前去搭浮桥，取东兴大堤，"若夺得左右两城，便是大功！"二将乃（令）引兵来搭浮桥。

却说东吴太傅诸葛恪听知魏兵分三路而来，大会诸将。恪曰："今边关三处飞报：魏中司马昭为大都督，令胡遵等来取东兴，搭浮桥，见屯兵堤上，攻打两城，此是一路；又遣王昶攻南郡，见屯兵于（东）[界]首下寨，又遣毌丘俭攻武昌，亦于界首下寨，此是两路。今诸公高见，先救何处？"平北将军丁奉曰："东吴要（会）[地]尽在东兴；若东兴有失，南郡、武昌危矣。彼必并力先取东兴；此二处皆看消息如何，乘势进兵矣。"诸葛恪曰："此妙论正合吾心！既然如此，汝可引水军三千从江中去。吾遣吕虔、唐资、刘赞各引一万马步军，分三路而来接应，放连珠炮为号，一齐进兵。吾亦自引兵后至矣。"丁奉领了将令，引三千人马，分作三十只船载而进，是日北风正顺，望东兴扬帆而去。

却说胡遵、诸葛诞二先锋渡[过]浮桥，屯兵堤上，差韩宗、桓（加）[嘉]二将军攻打两城。左城中吴将单全守之，右城中吴将（留咎）[刘略]守之。二将见魏兵势大，不敢出战，死守城池。为是二城高峻，急切攻打不下。

二先锋下寨之处地名徐塘。是时天降大雨雪，甚是严寒。胡遵与诸葛诞置酒高会，众将环立于前。人报水上有战船来到。胡遵交看有多少船只，报曰："前后约有三十余只，使顺风而来。"胡遵自出寨观之，见船将次傍岸。遵曰："每船上有一百人，总有三千人马（也）[耳]，何足惧哉？"遂再入寨中饮酒，令帐下将士观其动静。丁奉将船摆于水面，（奉）[与]手下将曰："大丈夫立功名[、取]富贵正在今日！"交中军脱去身上衣甲，除却头盔，并弃手中长枪大（战）[戟]，止带短刀。魏兵望见皆笑，更不准备。忽听三声连珠炮响，丁奉令军拔船傍岸。奉当先拔刀，一跃上（马到）岸。众皆提短刀砍敌，抢入前寨。魏军大惊，措手不及。韩宗拔帐前画戟迎之，被丁奉闪过，抢入身去，一刀剁之。桓嘉从侧提枪来刺丁奉，被奉挟住枪，桓嘉弃枪而走。丁奉一刀飞去，正中其肩，砍倒在地，便以枪刺杀之。吴（中）[军]三（千）[路]人马在寨中左右冲突，魏军大乱。杀到中军，魏将胡遵、诸葛诞上马弃寨，夺路挣过浮桥而去。后（运）[军]一拥，径抢浮桥逃命，浮桥断折，魏兵落水死者不计其数，抛弃马匹器械，尽被吴兵夺之。王昶、毌丘俭听知胡遵兵败，遂皆放火烧营而走。吴兵不追。

据《资治通鉴》卷七十五：（嘉平四年冬）十一月，诏王昶等三道击吴。十二月，王昶攻南郡，毌丘俭向武昌，胡遵、诸葛诞率众七万攻东兴。甲寅，吴太傅恪将兵四万，晨夜兼行，救东兴。胡遵等敕诸军作浮桥以度，陈于堤上，分兵攻两城。城在高峻，不可卒拔。诸葛恪使冠军将军丁奉与吕据、留赞、唐咨为前部，从山西上。奉谓诸将曰："今诸军行缓，若贼据便地，则难以争锋，我请趋之。"乃辟诸军使下道，奉自率麾下三千人径进。时北风，奉举帆二日，即至东关，遂据徐塘。时天雪，寒，胡遵等方置酒高会。奉见其前部兵少，谓其下曰："取封侯爵赏，正在今日！"乃使兵皆解铠，去矛戟，但兜鍪刀楯，倮身缘堨。魏人望见，大笑之，不即严兵。吴兵得上，便鼓噪，斫破魏前屯，吕据等继至。魏军惊扰散走，争渡浮桥，桥坏绝，自投于水，更相蹈藉。前部督韩综、乐安太守桓嘉等皆没，死者数万。综故吴叛将，数为吴害，吴大帝常切齿恨之，诸葛恪命送其首以白大帝庙。获车乘、牛马、骡驴各以千数，资器山积，振旅而归。（参见《三国志·吴书·丁奉传》《诸葛恪传》《孙亮传》）

诸葛恪在东兴大赏三军了当，遂下令曰："司马昭兵败北归，正合就此机会恢复中原，以成大业。"遂乃进兵于淮南，尽起江东之兵二十万攻魏；一面差使赍书入蜀，使姜维进兵攻取其北，共分天下。

据《三国志·吴书·诸葛恪传》注引《汉晋春秋》：恪使司马李衡往蜀说姜维，令同举，曰："古人有言，圣人不能为时，时至亦不可失也。今敌政在私门，外内猜隔，兵挫于外，而民怨于内，自曹操以来，彼之亡形未有如今者也。若大举伐之，使吴攻其东，汉入其西，彼救西则东虚，重东则西轻，以练实之军，乘虚轻之敌，破之必矣。"维从之。

恪兵临行，忽然一道白气从地而起，遮断三军，前后并然不见。恪遂惊下马，未知若何。

[第二百十六段]　孙峻谋杀诸葛恪

众将救恪上马，问其吉凶时，有中散大夫蒋诞曰："此气乃白（蛇）[虹]，丧兵之兆也。太傅只可罢兵，不宜伐魏。"诸葛恪大怒曰："汝（得）[何]敢出不利之言，慢吾军心！"命武士推出斩之，众将告免，贬蒋诞为庶民，[遂]令军马（遂）行。丁奉曰："魏以新城为大隘口。若先得新城，魏师丧胆矣。"恪曰："然！"遂提兵至新城。魏牙门将军张（侍）[特]见吴兵大进，闭门坚守。诸葛恪令兵围了。

张（侍）[特]报至洛阳。司马师为三路兵不利而回，自责曰："非他人之罪，乃吾之过也！今吴兵乘时入寇，当如之何？"主簿虞松曰："今诸葛恪围（南）[困]新城，急切不能下。且未可与战，令毌丘俭（东）将一军远远拒住。若吴兵搦战，切不可出！不至数月，军马懈怠，必然退矣。此时击之，可胜也。却宜隄防蜀人再出。"司马师令司马昭引一军助郭淮隄备姜维，令毌丘俭、胡遵守吴兵。

据《资治通鉴》卷七十六：（嘉平五年春正月，）王昶、毌丘俭闻东军败，各烧屯走。朝议欲贬黜诸将，大将军师曰："我不听公休，以至于此。此我过也，诸将何罪！"悉宥之。师弟安东将军昭时为监军，唯削昭爵而已。以诸葛诞为镇南将军，都督豫州；毌丘俭为镇东将军，都督扬州。……二月，吴军还自东兴。进封太傅恪阳都侯，加荆、扬州牧，督中外诸军事。恪遂有轻敌之心，复欲出军。诸大臣以为数出罢劳，同辞谏恪，恪不听。中散大夫蒋延固争，恪命扶出。……三月，恪大发州郡二十万众复入寇，以滕胤为都下督，掌统留事。……夏四月，……（姜维）……乃将数万人出石营，围狄道。吴诸葛恪入寇淮南，驱略民人。诸将或谓恪曰："今引军深入，疆埸之民，必相率远遁，恐兵劳而功少；不如止围新城，新城困，救必至，至而图之，乃可大获。"恪从其计，（嘉平五年夏）五月，还军围新城。诏太尉司马孚督诸军二十万往赴之。大将军师问于虞松曰："今东西有事，二方皆急，而诸将意沮，若之何？"松曰："昔周亚夫坚壁昌邑而吴、楚自败，事有似弱而强，不可不察也。今恪悉其锐众，足以肆暴，而坐守新城，欲以致一战耳。若攻城不拔，请战不可，师老众疲，势将自走，诸将之不径进，乃公之利也。姜维有重兵而县军应恪，投食我麦，非深根之寇也。且谓我并力于东，西方必虚，是以径进。今若使关中诸军倍道急赴，出其不意，殆将走矣。"师曰："善！"乃使郭淮、陈泰悉关中之众，解狄道之围；敕毌丘俭等案兵自守，以新城委吴。陈泰进至洛门，姜维粮尽，退还。（参见《三国志·魏书·齐王芳纪》注引《汉晋春秋》）

却说诸葛恪连日攻打新城不下，连斩数将。众将勇力登城，攻打城东北角。城将陷矣，（令）[张]特使人出城，来到吴寨见诸葛恪曰："魏法令：'守城一百日，如救兵未至，虽降，并（必主）[不坐]罪。'今已九十余日。望再容数日，尽统城中之兵出降，即当报花名矣。"恪信其真，交军且休攻打。元来是张（侍）[特]缓兵之计，若等吴兵少退，尽将城（甲为守）[中屋宇]拆来，树木排岗数重，补其城阙。明日在城上大叫："城中尚有半年之粮，不降吴狗！尽战不妨！"恪大怒，自掣刀催军打城。城上一箭射中其额。（皆自）[诸将]救诸葛恪[回寨]。恪害箭疮，诸军无攻城之意。士卒因遭暑热，皆饮污水，病者大半，日有死者数百人。

诸葛恪箭疮稍可，自欲起攻城。众将曰："诸军皆病。"恪大怒曰："再说病多，斩之！"因此军都私逃。都尉（校尉）蔡林引一军投魏。恪乘马往各寨观之，果然见军皆黄肿而死。恪下令收军回吴。降魏者报知毋丘俭。俭起大军随后掩杀，吴兵大败而回。

恪羞惭满面，只推箭疮未可，·不入朝见孙亮，自回私宅。众公卿皆往见之。恪恐人议论，先搜自己官员过失，重则斩首，轻则流徙。于是朝廷内外无不战栗。又遣腹心人张约、朱恩二将管御林军，以为牙爪。

据《资治通鉴》卷七十六：扬州牙门将涿郡张特守新城。吴人攻之连月，城中兵合三千人，疾病战死者过半，而恪起土山急攻，城将陷，不可护。特乃谓吴人曰："今我无心复战也。然魏法，被攻过百日而救不至者，虽降，家不坐；自受敌以来，已九十余日矣，此城中本有四千余人，战死者已过半，城虽陷，尚有半人不欲降，我当还为相语，条别善恶，明日早送名，且以我印绶去为信。"乃投其印绶与之。吴人听其辞而不取印绶。特乃投夜彻诸屋材栅，补其缺为二重，明日，谓吴人曰："我但有斗死耳！"吴人大怒，进攻之，不能拔。会大暑，吴士疲劳，饮水，泄下，流肿，病者太半，死伤涂地。诸营吏日白病者多，恪以为诈，欲斩之，自是莫敢言。恪内惟失计，而耻城不下，忿形于色。将军朱异以军事迕恪，恪立夺其兵，斥还建业。都尉蔡林数陈军计，恪不能用，策马来奔。诸将伺知吴兵已疲，乃进救兵。秋七月，恪引军去，士卒伤病，流曳道路，或顿仆坑壑，或见略获，存亡哀痛，大小嗟呼。而恪晏然自若，出住江渚一月，图起田于浔阳；诏召相衔，徐乃旋师。由此众庶失望，怨讟兴矣。（参见《三国志·吴书·诸葛恪传》，《三国志·魏书·齐王芳纪》注引《魏略》）

太常卿滕胤来见武卫将军孙峻。峻字子远，乃孙坚弟孙静之曾孙，孙荣之子也；孙权甚爱之，令掌御林军马。

据《三国志·吴书·孙峻传》：孙峻字子远，孙坚弟静之曾孙也。静生暠。暠生恭，为散骑侍郎。恭生峻。少便弓马，精果胆决。孙权末，徙武卫都尉，为侍中。权临薨，受遗辅政，领武卫将军，故典宿卫，封都乡侯。

孙峻见滕胤来，问其故。胤曰："诸葛恪把揽朝纲，杀害公卿，将有不仁之心。将军何不早图之？"孙峻曰："我亦知多时矣！"于是二人来见吴主孙亮，启奏此事。亮曰："朕见此人甚觉恐惧，寝食不安。二卿可密图之。"滕胤曰："孙子远已掌内兵。陛下可设宴，请诸葛恪赴席，壁衣埋伏武士杀之，以绝后患。"亮从之，令孙峻、滕胤掌计谋恪。

却说诸葛恪自淮南征回，心神恍惚。一日步行出中堂，见一人披麻[挂]孝而入。恪叱问之，此人大惊。恪交拿下。孝子曰："某新丧父亲，入城请僧做功（果）[课]，正不知走到此处，初见是一寺院。"恪交拿把门军士问曰："汝等如何放此人来？"军士告曰："某等数十人皆持剑戟，终日在府门，并不曾见此人入厅。"恪大怒，令拿出斩之。是夜三更，正厅上声如霹（灵）[雳]。恪出视之，正厅中梁折为两段。恪心中疑惑，入堂又见孝子提头在手，（引兵）[迎面]而来。恪就惊倒在地，半晌方醒。次日早起盥漱，闻水血臭；令侍婢换之，连换数次，尽皆血腥。侍者进衣服亦臭，连换皆血臭无异。恪惆怅不悦。

忽报"使者宣请太傅赴宴，就商议机密之事。"恪交安排车仗，方欲出府，忽有一黄犬衔定衣服，嘤嘤如哭之声。恪曰："犬不欲我入朝乎？"遂少坐又起，犬又衔衣，如此三次。恪怒曰："犬亦戏吾！"令从者杀之，乃上车行。忽车前一道白虹自地而起，如白练冲天而[去]。恪问从者曰："莫非不祥乎？"从者对曰："青白乃吉之兆也。主公勿疑！"静轩诗曰：

积善之家庆有余，灾殃应集恶人居。
专权自恣无仁义，俯首朝门自伏诛。

恪至宫门，孙峻拜迎于车前。恪面有疑色，峻曰："若尊体不安，请回府安息。峻自替太傅奏知天子。"此是孙峻恐恪疑心，故出此言稳之。恪曰："吾自入见天子。"又行不到数十步，张约进车前密告曰："今日宫中设宴，未知何意。主公且不可入！"恪命回车。不数十步，滕胤乘马荒至，下马临车而问曰："太傅何故便回？"恪曰："吾忽腹疼，不能见天子。"胤曰："天子见太傅回军，不曾相见，欲（恣）[咨]请一事。太傅勉强见之。"恪信胤之言，同入至后殿。吴主孙亮接入赐坐，曰："朕久不见太傅，欲共议一大事，以决去就。"恪问何事，亮曰："且饮酒数巡，却容诉说。"命孙峻进酒。恪心疑，乃推曰："病体未痊，不敢饮酒。"孙峻曰："太傅家中所浸药酒饮否？"恪曰："此酒可也。"峻令恪家人取至。于是恪放心饮之。酒行数巡，吴主孙亮托事先入。孙峻下殿脱长衣，穿短服，内以（怀）[环]甲，手提利刀，大呼曰："有诏讨诸葛恪！"恪大惊，速拔剑时，孙峻刀已落。张约见峻杀恪，亦（拔剑）[挥刀]从傍砍来。孙峻急闪，刀尖伤其左手。峻转身一刀砍（来）[中]张约右臂。殿前左右武士齐出，把张约剁为肉泥。朱恩欲走，被武士斩之。孙峻大呼曰："奉诏诛诸葛恪，今已（取）[斩]之，余皆无连及！可扫除血地，更请天子饮宴。"于是众皆不敢动。孙峻令交将芦席裹恪尸首，用篾束之，[用]小车载去南门外石子岗乱冢内今之乱葬坑也。

据《三国志·吴书·诸葛恪传》：孙峻因民之多怨，众之所嫌，构恪欲为变，与亮谋，置酒请恪。恪将见之夜，精爽扰动，通夕不寐。明将盥漱，闻水腥臭，侍者授衣，衣服亦臭。恪怪其故，易衣易水，其臭如初，意惆怅不悦。严毕趋出，犬衔引其衣，恪曰："犬不欲我行乎？"还坐，顷刻乃复起，犬又衔其衣，恪令从者逐犬，遂升车。初，恪将征淮南，有孝子著缞衣入其阁中，从者白之，令外诘问，孝子曰："不自觉入。"时中外守备，亦悉不见，众皆异之。出行之后，所坐厅事屋栋中折。自新城出住东兴，有白虹见其船，还拜蒋陵，白虹复绕其车。及将见，驻车宫门，峻已伏兵于帷中，恐恪不时入，事泄，自出见恪曰："使君若尊体不安，自可须后，峻当具白主上。"欲以尝知恪。恪答曰："当自力入。"散骑常侍张约、朱恩等密书与恪曰："今日张设非常，疑有他故。"恪省书而去。未出路门，逢太常滕胤，恪曰："卒腹痛，不任入。"胤不知峻阴计，谓恪曰："君自行旋未见，今上置酒请君，君已至门，宜当力进。"恪踌躇而还，剑履上殿，谢亮，还坐。设酒，恪疑未饮，峻因曰："使君病未善平，当有常服药酒，自可取之。"恪意乃安，别饮所赍酒。酒数行，亮还内。峻起如厕，解长衣，著短服，出曰："有诏收诸葛恪！"恪惊起，拔剑未得，而峻刀交下。张约从旁斫峻，裁伤左手，峻应手斫约，断右臂。武卫之士皆趋上殿，峻云："所取者恪也，今已死。"悉令复刃，乃除地更饮。

据《三国志·吴书·诸葛恪传》注引《吴历》：张约、朱恩密疏告恪，恪以示滕胤，胤劝恪还，恪曰："峻小子何能为邪！但恐因酒食中人耳。"乃以药酒入。　孙盛评曰：恪与胤亲厚，约等疏，非常大事，势应示胤，共谋安危。然恪性强梁，加素侮峻，自不信，故入，岂胤微劝，便为之冒祸乎？《吴历》为长。

据《资治通鉴》卷七十六：孙峻因民之多怨，众之所嫌，构恪于吴主，云欲为变。（嘉平五年）冬十月，孙峻与吴主谋置酒请恪。恪将入之夜，精爽扰动，通夕不寐，又家数有妖怪，恪疑之。旦日，驻车宫门，峻已伏兵于帷中，恐恪不时入，事泄，乃自出见恪曰："使君若尊体不安，自可须后，峻当具白主上。"欲以尝知恪意。恪曰："当自力入。"散骑常侍张约、朱恩等密书与恪曰："今日张设非常，疑有他故。"恪以书示滕胤，胤劝恪还。恪曰："儿辈何能为！正恐因酒食中人耳。"恪入，剑履上殿，进谢还坐。设酒，恪疑未饮。孙峻曰："使君病未善平，有常服药酒，可取之。"恪意乃安。别饮所赍酒，数行，吴主还内。峻起如厕，解长衣，着短服，出曰："有诏收诸葛恪。"恪惊起，拔剑未得，而峻刀交下，张约从旁斫峻，裁伤左手，峻应手斫约，断右臂。武卫之士皆趋上殿，峻曰："所取者恪也，今已死！"悉令复刃，乃除地更饮。恪二子竦、建闻难，载其母欲来奔，峻使人追杀之。以苇席裹恪尸，篾束腰，投之石子冈。又遣无难督施宽就将军施绩、孙壹军，杀恪弟奋威将军融于公安，及其三子。恪外甥都乡侯张震、常侍朱恩，皆夷三族。

据《资治通鉴考异》：《（诸葛）恪传》曰，"恪省（张约等）书而去。未出路门，逢太常滕胤，恪曰：'卒腹痛，不任入。'胤不知峻阴计，谓恪曰：'君自行旋未见上，今上置酒请君，君已至门，宜当力进。'恪踌躇而还"。孙盛以为不然。今从《吴历》。

据《三国志·吴书·孙和传》：（太元二年夏）四月，权薨，诸葛恪秉政。恪即和妃张之舅也。妃使黄门陈迁之建业上疏中宫，并致问于恪。临去，恪谓迁曰："为我达妃，期当使胜他人。"此言颇泄。又恪有徙都意，使治武昌宫，民间或言欲迎和。及恪被诛，孙峻因此夺和玺绶，徙新都，又遣使者赐死。和与妃张辞别，张曰："吉凶当相随，终不独生活也。"亦自杀，举邦伤焉。

据《资治通鉴》卷七十六：南阳王和妃张氏，诸葛恪之甥也。先是恪有徙都之意，使治武昌宫，民间或言恪欲迎和立之。及恪被诛，丞相峻因此夺和玺绶，徙新都，又遣使者追赐死。……和将死，与张妃别，妃曰："吉凶当相随，终不独生。"亦自杀。

按：诸葛恪被杀的原因，史书有两种说法。《三国志·吴书·诸葛恪传》称，诸葛恪被杀，是因其讨伐魏国失利，引起朝内外不满。《演义》即采此说。据《三国志·吴书·孙和传》记载，诸葛恪被杀，与流传他欲迎立孙和为帝有关。

却说诸葛恪府中有一婢入恪房中，恪妻问曰："（妾）[汝]身上如何血臭？"其婢反目切齿，跳跃起来头撞屋梁，口中大叫："诸葛公被孙峻所杀!"全家惊惶。忽报军士至，将恪全家擒缚，（责）[夷]其三族。

据《三国志·吴书·诸葛恪传》注引《搜神记》：恪入，已被杀，其妻在室，语使婢曰："汝何故血臭？"婢曰："不也。"有顷愈剧，又问婢曰："汝眼目视瞻，何以不常？"婢蹶然起跃，头至于栋，攘臂切齿而言曰："诸葛公乃为孙峻所杀!"于是大小知恪死矣，而吏兵寻至。

诸葛恪未死之时，江南小儿谣曰："诸葛恪，芦席单衣篾（钓）[钩]落，于何相[救]成子阁。"断曰："芦席单衣者，乃芦席也；（钓）[钩]落者，乃腰带也；成子阁，反语'石子岗'也。"

据《三国志·吴书·诸葛恪传》：先是，童谣曰："诸葛恪，芦苇单衣篾钩落，于何相求成子阁。"成子阁者，反语石子冈也。建业南有长陵，名曰石子冈，葬者依焉。钩落者，校饰革带，世谓之钩络带。恪果以苇席裹其身而篾束其腰，投之于此冈。

诸葛恪果死于吴建兴二年冬十月也。昔日诸葛瑾在日，见恪聪明尽显于外。瑾叹曰："此子非保家之主也!"果应父言。

据《资治通鉴》卷七十六：初，恪少有盛名，大帝深器重之，而恪父瑾常以为戚，曰："非保家之主也。"父友奋威将军张承亦以为恪必败诸葛氏。（参见《三国志·吴书·诸葛瑾传》）

又有魏光禄大夫张缉曾（封）[对]司马师曰："东吴诸葛恪不久必被诛矣。"师问其故，[缉曰:]"威镇其主，功盖一国，得能久乎？"今果然不久也。

据《资治通鉴》卷七十六：光禄大夫张缉言于师曰："恪虽克捷，见诛不久。"师曰："何故？"缉曰："威震其主，功盖一国，求不死，得乎!"

后[人]有诗叹曰：

堪笑当年诸葛恪，聪明好杀弄朝纲。
不祥屡见心无悟，席卷投尸石子岗。

孙峻已杀诸葛恪，吴主孙亮封峻为大丞相、大将军、富春侯，总统内外军事。自此，权柄尽归于孙峻矣。

据《三国志·吴书·孙峻传》：既诛诸葛恪，迁丞相大将军，督中外诸军事，假节，进封富春侯。

据《资治通鉴》卷七十六：吴群臣共议上奏，推孙峻为太尉，滕胤为司徒。有媚峻者言曰："万机宜在公族，若承嗣为亚公，声名素重，众心所附，不可量也。"乃表峻为丞相、大将军，督中外诸军事，又不置御史大夫；由是士人失望。（参见《三国志·吴书·孙峻传》注引《吴录》）

却说西蜀姜维得诸葛恪书，奏闻后主，尽起汉中之兵，再出师伐魏。近远报来，司马昭、郭淮准备来迎。未知魏、蜀二国之兵胜负如何。

三国志通俗演义史传九卷终[①]

① 叶逢春本卷十（第二百十七至二百四十则）原文缺失，据余象斗批评本补，仍沿用叶逢春本卷次。

［卷之十］

［第二百十七段］　姜维计困司马昭［二伐中原］

蜀延熙十六年秋，卫将军姜维得诸葛恪书，启闻后主，后主依奏；起兵二十万，张翼、廖化为左右先锋，夏侯霸参赞军机，张嶷转运粮草，再出阳平，来取中原。姜维与夏侯霸商议曰："向日雍州不克，今必准备。今当先取何郡为上？"霸曰："陇上诸郡，只有南安钱粮最广，若先取之，可为久计。前者羌胡兵不至，以故有失。今可遣人会合羌胡兵于陇右，然后进兵出石营，由董亭直取（长）［南］安，可得其志。"

据《三国志·蜀书·姜维传》：（延熙）十六年春，（费）祎卒。夏，维率数万人出石营，经董亭，围南安。

据《资治通鉴》卷七十六：及祎死，维得行其志，（嘉平五年夏四月，）乃将数万人出石营，围狄道。

姜维曰："公言正合吾意！"乃遣郤正为使，赍金珠蜀锦，入羌胡连结。羌王迷当受讫了蜀锦并礼物，又想先主之德，差俄何、烧戈二人为先锋，自领西羌之兵五万，杀奔南安。

却说魏左将军郭淮飞报到洛阳。司马师新从淮安败回，锐气未振。时有辅国将军徐质出而言曰："某愿往！"司马师素知徐质勇猛过人，心中大喜，即命为先锋，差弟司马昭总兵，起兵十五万，前来陇西助郭淮退蜀兵。

却说姜维兵过董亭乃地名也，正逢魏将司马昭大军，两下排开阵势。魏大将徐质出马，使开山大斧，蜀将廖化出迎。战不数合，廖化败走。张翼出马接战又败。徐质驱兵掩杀，蜀兵败退三十余里。司马昭收兵下寨。

却说姜维与夏侯霸曰："徐质何等人也？"（答）［霸］曰："乃司马师部下一勇夫耳。"维曰："用何计可擒之？"霸曰："可来日再退二三十里，却以伏兵胜之。"维曰："司马昭乃懿之子也，曾受父用兵之要，见此山势险恶，怎肯追赶？魏兵累次断吾粮道。吾今用奇计，可斩徐质。"遂唤廖化，"可如此如此而行。"又唤张翼领计去了。维、霸自领前兵于路下铁蒺藜，寨外多设鹿角，以为久住之计。

却说徐质连日领兵搦战，蜀兵坚守。司马昭唤徐质曰："昔日能取胜者，因断粮之功。今哨马回报，蜀兵大车小车、木牛流马自铁笼山运粮到寨，为久远屯住之计，以待羌胡兵。汝今夜领五千军马往铁笼山后绝断粮道，蜀兵自乱。"徐质领计去了；当夜初更，径望铁笼山（后）［来］，远远哨之，果见无数粮车相接而行。徐质领兵自山谷中杀出。蜀兵大喊，尽弃车而走。徐质便分一半军押送粮车［回寨］，一半［兵］追赶（兵）。不到十里，前面山窄，车仗横截，马不堪行，下马步进。车仗两下火起，徐质等上马依回旧路。山僻之间，车仗已自截断，火光迸出。徐质引军夺路而走。一声炮响，张翼左出，廖化右出。[魏兵大败，十死八九。]徐质逞勇，杀条血路，一人一骑而走。人困马乏，正逢姜维，交马不数合，一枪刺中徐质战马。[战马]倒处，徐质落马，被步军乱刀齐下，死于非命。

元来徐质所分一半兵至半路被夏侯霸截住，尽皆投降，于山谷中夺其衣甲，却令蜀兵装束，诈作魏兵旗号，从小路回寨。魏兵见是本部人马，大开寨门。军马涌入，放火杀人。司马昭大惊，急上马走时，前面廖化兵到，不敢迎敌，投小路走，前面张翼兵又到。昭不能前进，到退回铁笼山后，姜维引军杀到。司马昭四下无路，只得勒兵于铁笼山扎住，死拒山谷。（魏兵大败，十死八九。）元来此山只有一条路入去，四下无路，险峻不可行；上面惟有一泉，只可容百人饮水。此时司马昭有六七千人，如何饮得敷？人马渴乏，姜维截住归路。昭仰天叹曰："吾走于绝地矣！"静轩先生诗叹曰：

妙筭姜维不等闲，魏师受困铁笼间。
庞涓始入马陵道，项羽初（违）[围]九里山。

主簿王韬曰："昔汉耿恭受困，拜井得甘泉。将军何不效之？"司马昭从之，至山顶扣泉而祝曰："昭今奉天子明诏退蜀兵，不期误陷于此，军士渴乏，缺水充腹。若蒙皇天垂祐，神明鉴察，怜此六七千人性命，望赐甘泉为饮；若昭命合如此，甘泉枯竭，某当自刎于此矣！"祝罢，瞬息甘泉取之不竭，因此个个不死。

却说姜维在山下四面围定，寻问土人。土人说："此山上止有一泉，可容百人饮水，多则不敷。"维喜曰："诸葛丞相在日不曾擒得司马懿一人，每（次）[以]为恨！今吾擒司马昭必矣！"

按：姜维困司马昭于铁笼山，不见于史。

却说郭淮听得司马昭被困于铁笼山，便欲将兵救之。陈泰曰："今姜维会合羌胡，实欲先取南安。即目羌胡兵已到。若彻兵去，羌胡乘虚以断其后，为祸非小。不若诈降，此计极妙。某引五千人马径到羌胡寨诈降。"郭淮从之，随即便行，先使人报知羌王迷当。是时迷当招陈泰解甲而入。陈泰泣而言曰："今郭淮妄自尊大，常有杀害之心。故来投降于大王，共扶汉室。"迷当曰："你来投降，有何功劳？"陈泰曰："郭淮所领军马虚实之事，某已知之。只今夜[情愿]引烧戈、俄何二将军引五千人马（情愿）前去劫寨，便是功劳。如到魏营，自有内应。"迷当大喜，便交烧戈、俄何二将为先锋，引军同陈泰前去。烧戈、俄何交陈泰兵在后，便乃行程。

是夜二更，前军径奔魏寨。陈泰到门首大叫"开门！"只见寨门大开，陈泰一骑马先入。俄何、烧戈二骑抢入寨中之时，只听得一声叫苦，连人和马都陷入坑中，背后人马都陷入于坑内，死者无数。却说陈泰自后寨杀来，郭淮兵两下齐出。羌胡五千之兵多有降者，烧戈、俄何自刎而死。[郭淮、陈泰]遂引得胜之兵却扮作羌胡之兵，径来寨中。迷当大王只道自（的）[家]兵回，走出帐来，却被魏兵擒之，捉来寨中见郭淮。郭淮下阶亲解其缚，以好言慰恤，说"朝廷多知大王忠义，何故顺蜀人也？"迷当惶恐伏地。

据《三国志·魏书·郭淮传》：（正始）八年，陇西、南安、金城、西平诸羌饿何、烧戈、伐同、蛾遮塞等相结叛乱，攻围城邑，南招蜀兵，凉州名胡治无戴复叛应之。讨蜀护军夏侯霸督诸军屯为翅。淮军始到狄道，议者佥谓宜先讨定枹罕，内平恶羌，外折贼谋。淮策维必来攻霸，遂入沨中，转南迎霸。维果攻为翅，会淮军适至，维遁退。进讨叛羌，斩饿何、烧戈，降服者万余落。

郭淮曰："汝可招安本部人兵。"兵已招至，重加赏赐，死者尽埋了。迷当曰："今某愿为先锋，可擒姜维。"郭淮大喜，便令羌胡兵为先锋，魏兵断后，投铁笼山来；是夜三更到蜀寨，使人报知"羌王领兵到。"姜维大喜曰："司马昭可擒矣！"交请迷当大王入寨。姜维正欲问之，迷当引兵杀将起来。姜维大惊，急切传不得号令，飞马望西便走。胡兵、魏兵一齐大进，杀得蜀兵四分五落，各自逃生，皆寻归路。

却说姜维手无军器，腰间止存得一副弓箭，走得荒速，箭［皆］落了，只剩得空壶。姜维望山谷中而走，背后［郭淮］引军赶来。看看赶上，姜维虚取弓拽响数番。淮连躲之间，见无箭到，便知姜维有弓无箭，却乃带住枪，拈弓搭箭射之。姜维听得背后弓弦响，急闪于鞍边。箭如飞到，维以手一搂接之，却将手内弓搭上箭便射，郭淮赶近，望面门上尽力射之。郭淮措手不及，应弦落马。姜维见郭淮落马，勒马回来杀［之］。未知郭淮性命如何。

［第二百十八段］　司马师废主立新君

姜维回一箭，射郭淮下马，欲回寻其首级。魏兵随后大至。维手无寸铁，不敢相杀而退。魏兵救郭淮去了，不（来赶）［敢来追］。

却说郭淮到寨中拔去箭，血流不止而死。

据《三国志·魏书·郭淮传》：正元二年薨，追赠大将军，谥曰贞侯。

据《资治通鉴》卷七十六：（正元二年春正月闰月）癸未，征西将军郭淮卒，以雍州刺史陈泰代之。

司马昭下山（退杀）［杀退］蜀兵，（直）［追］至半途而回。

却说姜维折了许多人马，于路收拾败残兵。夏侯霸、张翼、廖化都至，共说前事。姜维曰："虽然兵败而回，却杀了郭淮，除了陇（面）［西］屏障；去了徐质，折了魏军一臂。"

据《三国志·蜀书·姜维传》：（延熙十六年）夏，维率数万人出石营，经董亭，围南安，魏雍州刺史陈泰解围至洛门，维粮尽退还。

据《资治通鉴》卷七十六：大将军（司马）师……使郭淮、陈泰悉关中之众，解狄道之围；敕毋丘俭等案兵自守，以新城委吴。陈泰进至洛门，姜维粮尽，退还。

姜维自回（汉中）［成都］来见后主，奏言"虽然兵败，杀了徐质、郭淮，乃魏之名将。臣今有罪，后以功赎之。"后主见奏大怒，回身入殿。

却说司马昭（领）［令］羌胡兵回国，命陈泰守边寨，遂班师回都。

司马师与弟司马昭纵横朝廷，大臣莫敢逆其意。魏主曹芳见师上殿，战栗不已，如有芒刺在背。当日司马师带剑入朝，曹芳下龙榻迎之。师笑曰："岂有君迎臣之礼？陛下稳便，臣当问大臣政事。”须臾奏十余件事，皆出师本意发落，并不问魏主可否。朝散，［师］昂然而升车去，前遮后拥，何止数千。

魏主退入后殿回顾，止有三人未去，乃是中书令李丰、太常卿夏侯玄、光禄卿张楫，［楫］乃皇后之父亲。魏主叱退左右，引三人入密室。魏主携张楫之手而泣曰：“（吾）［昔］先帝在日，司马安能如此？今视我如孩童，百官如粪土。天下早晚必归司马矣！”言讫大哭。李丰曰：“陛下宽心！臣等不才，天下［颇］有声名。以陛下明诏，四方英杰必剿此贼矣。”夏侯玄曰：“如发此诏，夏侯霸必于魏，蜀人不犯也。”芳曰：“但恐不能谐矣！”李丰俯伏于地曰：“臣等愿舍三族，以报陛下！”魏主乃扯衫半幅，咬指出血，写诏书曰：

> 司马师弟兄共持大权，将图篡逆，所行诏至皆非朕意。（但）［望］各部官兵将吏共仗忠义，讨灭无端，匡扶社稷，天下幸甚！

写诏讫，付与张楫密收，又嘱曰：“昔吾祖诛董承，盖为此也。卿等慎之！”李丰曰：“陛下何故出此不利之语？臣等非比董承之猥，司马怎比武祖哉？陛下勿疑！”

三人辞帝出东华门左侧，正迎司马师带剑而来，从者数百人各持利刀。三人立于道傍。师曰：“汝三人何故出迟？”李丰曰：“主上内庭看书，侍读已久。”师曰：“所看何书？”丰曰：“看夏、商、周三代之书。”师曰：“所问何事？”丰曰：“所问伊尹、周公（旦）［事］也。”师笑曰：“汝等口谀吾比伊尹、周公，其心实猜我等为董卓、王（莽）［莽］也。”丰曰：“某等皆出门下所赐，焉敢如此？”司马师怒曰：“既无此心，汝三人与天子所说何事？其事尚明，安敢抵讳！”夏侯玄知事泄，乃昂然曰：“所恨者为汝挟天子令诸侯，视人如草芥耳，况又威镇其主！”师大怒曰：“汝等安敢妄议大臣！”叱左右捉下。夏侯玄挥（探）［拳裸］袖，直取司马师，拳未到面前，近御官成济手起一铁锤打死。［师］喝令“搜之！”于张楫袖内搜出血诏。师看了大怒曰：“汝等欲谋杀我三族！吾以诚心待人，反招此报！”叱左右推出，腰斩于市，令收三族夷之，家（小）［私］散与御林军。李丰至死骂不绝口。

> 据《资治通鉴》卷七十六：正元元年春二月，杀中书令李丰。初，丰年十七八，已有清名，海内翕然称之。其父太仆恢不愿其然，敕使闭门断客。曹爽专政，司马懿称疾不出，丰为尚书仆射，依违二公间，故不与爽同诛。丰子韬，以选尚齐长公主。司马师秉政，以丰为中书令。是时，太常夏侯玄有天下重名，以曹爽亲故，不得在势任，居常怏怏；张缉以后父去郡家居，亦不得意：丰皆与之亲善。师虽擢用丰，丰私心常在玄。丰在中书二岁，帝数独召丰与语，不知所说。师知其议己，请丰相见以诘丰，丰不以实告；师怒，以刀镮筑杀之，送尸付廷尉，遂收丰子韬及夏侯玄、张缉等皆下廷尉，锺毓案治，云：“丰与黄门监苏铄，永宁署令乐敦，冗从仆射刘贤等谋曰：‘拜贵人日，诸营兵皆屯门，陛下临轩，因此同奉陛下，将群僚人兵，就诛大将军；陛下傥不从人，便当劫将去耳。’”又云：“谋以玄为大将军，缉为骠骑将军；玄、缉皆知其谋。”庚戌，诛韬、玄、缉、铄、敦、贤，皆夷三族。
>
> 据《三国志·魏书·夏侯尚传附子玄传》：爽诛，征玄为大鸿胪，数年徙太常。玄以爽抑绌，内不得意。中书令李丰虽宿为大将军司马景王所亲待，然私心在玄，遂结皇后父光禄大夫张缉，谋欲以玄辅政。丰既内握权柄，子尚公主，又与缉俱冯翊人，故缉信之。丰阴令弟兖州刺史翼求入朝，欲使将兵入，并力起。会翼求朝，不听。嘉平六年二月，当拜贵人，丰等欲因御临轩，诸门有陛兵，诛大将军，以玄代之，以缉为骠骑将军。丰密语黄门监苏铄、永宁署令乐敦、冗从仆射刘贤等曰：“卿诸人居内，多有不法，

大将军严毅，累以为言，张当可以为诫。”铄等皆许以从命。大将军微闻其谋，请丰相见，丰不知而往，即杀之。事下有司，收玄、缉、铄、敦、贤等送廷尉。廷尉锺毓奏：“丰等谋迫胁至尊，擅诛冢宰，大逆无道，请论如法。”于是会公卿朝臣廷尉议，咸以为“丰等各受殊宠，典综机密，缉承外戚椒房之尊，玄备世臣，并居列位，而包藏祸心，构图凶逆，交关阉竖，授以奸计，畏惮天威，不敢显谋，乃欲要君胁上，肆其诈虐，谋诛良辅，擅相建立，将以倾覆京室，颠危社稷。毓所正皆如科律，报毓施行”。诏书：“齐长公主，先帝遗爱，原其三子死命。”于是丰、玄、缉、敦、贤等皆夷三族，其余亲属徙乐浪郡。玄格量弘济，临斩东市，颜色不变，举动自若，时年四十六。

据《三国志·魏书·齐王芳纪》：（嘉平六年春二月）庚戌，中书令李丰与皇后父光禄大夫张缉等谋废易大臣，以太常夏侯玄为大将军。事觉，诸所连及者皆伏诛。

司马师直入后宫。魏主正与张皇后对坐议此事。张后曰：“但恐内廷耳目较多，事泄必累臣妾也。”相抱而哭。忽见司马直入，后大惊，倒于龙榻之上。师按剑曰：“臣父立陛下为君，不在周公之下。臣今辅政，与伊尹何别？陛下今以恩为仇，以功为过，看承臣如董卓、王（莽）［莽］也！”魏主曰：“朕无此心。”司马师于袖中取出血诏，掷于地下曰：“此何人所作？”魏主魂飞天外，答曰：“此他人之过，非朕本心。”师曰：“大臣（教）［诬］人造反，当治何罪？”魏主低首不语。师再逼问，魏主跪而告曰：“理合抵罪反坐。望将军恕之！”师曰：“陛下请起，国法安可废？臣俱已斩讫。”指皇后曰：“此是张楫之女，理宜剿除。”喝令左右推转。魏主又跪告之。师拂袖而出曰：“是汝等欲害吾也。‘无毒不丈夫’，岂可免之？”令左右用白绢绞死于东华门外。魏主大恸哭。司马师收尽其亲戚诛之。

据《资治通鉴》卷七十六：（嘉平六年春）三月，废皇后张氏，夏四月，立皇后王氏，奉车都尉夔之女也。（参见《三国志·魏书·齐王芳纪》）

后人有诗曰：

当年密诏藏衣带，国舅哀哉尽灭门。
司马今朝依此例，天教还报在儿孙。

又诗曰：

昔日曹瞒刑伏后，后宫坏壁毒心除。
天理循环昭报处，故令张后亦遭诛。

次日，司马师大会群臣于省中。师曰：“魏主荒淫无道，亵近倡优，听信谗言，闭塞言路，其罪已甚汉之昌邑，不可以承天绪。吾按伊尹、霍光之例，别立新君，以安天下。汝诸大臣其意若何？”众臣曰：“大将军行伊、霍之事，所以应天顺人，某等敢不从乎？”师曰：“既然如此，请百官同赴永宁宫奏太后。”众皆随入。司马师奏上太后。太后曰：“今废主上，却立何人为君？”师曰：“臣已选定彭城王曹据，聪明仁孝，可为天下之主。”太后曰：“彭城王乃妾身之叔，今立为帝，我何以当之？（所）［今］有高贵乡公曹髦，乃文皇帝长孙、明皇帝亲弟，温恭克让，可以立之。汝等大臣从长商议。”太尉司马孚——师之宗叔，其人极忠义——曰：“太后之言是也！便可迎之。”即遣人往元城去请。师请太后登太极殿，召魏主曹芳出宫，责之曰：“汝荒淫无度，亵近倡优，不可承正统，可纳下玺绶，复降为齐王，即日出宫门，非宣唤不许入朝。”魏主泣拜太后，纳下传国之宝，乘王车从太极殿而出。群臣送者百余人，含泪而不敢堕。静轩诗叹曰：

昔日曹瞒相汉时，欺他寡妇与孤儿。

谁知四十余年后，寡妇孤儿亦被欺。

魏主芳痛哭而去。

据《资治通鉴》卷七十六：帝以李丰之死，意殊不平。安东将军司马昭镇许昌，诏召之使击姜维。（嘉平六年秋）九月，昭领兵入见，帝幸平乐观以临军过。左右劝帝因昭辞，杀之，勒兵以退大将军；已书诏于前，帝惧，不敢发。昭引兵入城，大将军师乃谋废帝。甲戌，师以皇太后令召群臣会议，以帝荒淫无度，亵近倡优，不可以承天绪；群臣皆莫敢违。乃奏收帝玺绶，归藩于齐。使郭芝入白太后，太后方与帝对坐，芝谓帝曰："大将军欲废陛下，立彭城王据！"帝乃起去。太后不悦。芝曰："太后有子不能教，今大将军意已成，又勒兵于外以备非常，但当顺旨，将复何言！"太后曰："我欲见大将军，口有所说。"芝曰："何可见邪！但当速取玺绶！"太后意折，乃遣傍侍御取玺绶著坐侧。芝出报师，师甚喜。又遣使者授帝齐王印绶，使出就西宫。帝与太后垂涕而别，遂乘王车，从太极殿南出，群臣送者数十人，司马孚悲不自胜，余多流涕。师又使使者请玺绶于太后。太后曰："彭城王，我之季叔也，今来立，我当何之！且明皇帝当永绝嗣乎？高贵乡公，文皇帝之长孙，明皇帝之弟子。于礼，小宗有后大宗之义，其详议之。"丁丑，师更召群臣，以太后令示之，乃定迎高贵乡公髦于元城。髦者，东海定王霖之子也，时年十四，使太常王肃持节迎之。师又使请玺绶，太后曰："我见高贵乡公，小时识之，我自欲以玺绶手授之。"（参见《三国志·魏书·齐王芳纪》及注引《魏略》、注引《魏书》）

次日，人报高贵乡公到。公名髦，字彦士，乃文帝之孙，东海定王曹献之子。群臣备鸾驾，迎于南掖门外。群臣见车辇至，皆下拜，髦下车答之。太尉王肃曰："主上不宜答礼。"髦曰："吾亦人臣也，敢不答礼？"群臣迎至太极殿前，司马师接着。髦先下拜，师令近侍扶之，向前问候毕，入见太后。太后曰："我见汝幼年异相，当为帝王，今果应斯言。今立汝为君，可以勤俭节用，布德施仁，休辱先帝！"曹髦再三谦让。司马师再三令大臣请登君位。是日改嘉平六年为正元元年，立曹髦为君，大赦天下；

据《三国志·魏书·高贵乡公髦纪》：高贵乡公讳髦，字彦士，文帝孙，东海定王霖子也。正始五年，封郯县高贵乡公。少好学，夙成。齐王废，公卿议迎立公。十月己丑，公至于玄武馆，群臣奏请舍前殿，公以先帝旧处，避止西厢；群臣又请以法驾迎，公不听。庚寅，公入于洛阳，群臣迎拜西掖门南，公下舆将答拜，傧者请曰："仪不拜。"公曰："吾人臣也。"遂答拜。至止车门下舆。左右曰："旧乘舆入。"公曰："吾被皇太后征，未知所为！"遂步至太极东堂，见于太后。其日即皇帝位于太极前殿，百僚陪位者欣欣焉。大赦，改元。（参见《资治通鉴》卷七十六）

假大将军司马师黄（越）[钺]，入朝不趋，带剑上殿，其余百僚各依原职。

据《三国志·魏书·高贵乡公髦纪》：（正元元年冬十月）癸巳，假大将军司马景王黄钺，入朝不趋，奏事不名，剑履上殿。戊戌，黄龙见于邺井中。甲辰，命有司论废立定策之功，封爵、增邑、进位、班赐各有差。

正元二年春正月，淮南飞报"镇东将军毌丘俭、扬州刺史文钦以废主为名，起兵造反，要来朝廷问罪。"司马师大惊［曰］："他起兵来，如何迎敌？"胜负未知如何。

[第二百十九段]　文鸯单骑退雄兵

嘉平六年十月，司马师立［高］贵乡公为君。次年正月，有扬州都督毋丘俭，字仲恭，河东文喜人也，官带（正）［镇］东将军，总领淮南兵马，

据《三国志·魏书·毌丘俭传》：毌丘俭字仲恭，河东闻喜人也。……迁左将军，假节，监豫州诸军事，领豫州刺史，转为镇南将军。诸葛诞战于东关，不利，乃令诞、俭对换。诞为镇南，都督豫州。俭为镇东，都督扬州。

听知司马师废了齐王，立高［贵］乡公，心中大恨，未有计策。长子毋丘甸曰："大人掌方面之重。司马（自）［师］废主，害了国家颠覆，有垒卵之危。今大人（按）［安］然自守，受四海唾骂！"俭曰："吾儿之言，甚合其理！"即请扬州刺史文钦商议。钦乃曹爽门下，至府门，俭请入堂。茶汤已毕，俭流泪不止。钦问其故，俭曰："司马师专权，天地反覆，安得不动心乎？"文钦曰："都督镇守方面，若仗义讨贼，钦舍命助之！"钦长子文叔也，字阿鸯，马上使鞭枪，有万夫不当之勇，当日在侧曰："吾父愿［助］都督，以讨逆贼。"俭大喜，即（将）［时］酹酒为誓。

二人同（情）［谋］，诈作太后密旨，集淮南大小官吏军士皆入城中，于寿（昌）［春］城西（五里立营，）筑一坛，宰白马，歃血为盟，宣言"司马师大逆无道。今奉太后密旨，尽起淮南军马，仗（忠）义讨贼！"众皆悦服。犒劳已了，留老弱之兵守寿（昌）［春］城，自提兵六万，屯于项城；令文钦领兵二万，于外往来巡护；移檄诸郡，尽令起兵。

据《资治通鉴》卷七十六：初，扬州刺史文钦，骁果绝人，曹爽以乡里故爱之。钦恃爽势，多所陵傲。及爽诛，钦已内惧，又好增虏级以邀功赏，司马师常抑之，由是怨望。镇东将军毌丘俭素与夏侯玄、李丰善，玄等死，俭亦不自安，乃以计厚待钦。俭子治书侍御史甸谓俭曰："大人居方岳重任，国家倾覆而晏然自守，将受四海之责矣！"俭然之。正元二年春正月，俭、钦矫太后诏，起兵于寿春，移檄州郡，以讨司马师。又表言："相国懿忠正，有大勋于社稷，宜宥及后世，请废师，以侯就第，以弟昭代之。太尉孚忠孝小心，护军望，忠公亲事，皆宜亲宠，授以要任。"望，孚之子也。俭又遣使邀镇南将军诸葛诞，诞斩其使。俭、钦将五六万众渡淮，西至项；俭坚守，使钦在外为游兵。

据《三国志·魏书·毌丘俭传》：初，俭与夏侯玄、李丰等厚善。扬州刺史前将军文钦，曹爽之邑人也，骁果粗猛，数有战功，好增虏获，以徼宠赏，多不见许，怨恨日甚。俭以计厚待钦，情好欢洽。钦亦感戴，投心无贰。正元二年正月，有彗星数十丈，西北竟天，起于吴、楚之分。俭、钦喜，以为己祥。遂矫太后诏，罪状大将军司马景王，移诸郡国，举兵反。迫胁淮南将守诸别屯者，及吏民大小，皆入寿春城，为坛于城西，歃血称兵为盟，分老弱守城，俭、钦自将五六万众渡淮，西至项。俭坚守，钦在外为游兵。

此时司马师在洛阳为家，因目上一瘤不时痛痒，令医官割之，此口未闭，连日不出；听得这个消息，就请河南尹王肃入府问计。肃对曰："昔日关云长镇［守］方面，天下知名。孙权使吕蒙袭了荆州，抚恤军士家属［居］荆州（居）者，为此关公兵势瓦解。今淮南战士家口多在中州，可差人守住归路，必为土崩之势也。"师曰："公言极善！但吾

新割目瘤，不能自整军伍；若使人行兵，心有不稳。”时有中书侍郎锺会在侧曰：“淮、楚兵强，其锋甚锐。若遣他人总兵，倘有疏虞，则大事去矣！”司马师蹶然而起曰：“吾非自行，不可破贼！”留弟司马昭镇守洛阳，总摄国政，辞帝，带病乘软车行；

据《资治通鉴》卷七十六：司马师问计于河南尹王肃，肃曰：“昔关羽虏于禁于汉滨，有北向争天下之志，后孙权袭取其将士家属，羽士众一旦瓦解。今淮南将士父母妻子皆在内州，但急往御卫，使不得前，必有关羽土崩之势矣。”时师新割目瘤，创甚，或以为大将军不宜自行，不如遣太尉孚拒之。唯王肃与尚书傅嘏、中书侍郎锺会劝师自行，师疑未决。嘏曰：“淮、楚兵劲，而俭等负力远斗，其锋未易当也。若诸将战有利钝，大势一失，则公事败矣。”师蹶然起曰：“我请舆疾而东。”戊午，师率中外诸军以讨俭、钦，以弟昭兼中领军，留镇洛阳，召三方兵会于陈、许。（参见《三国志·魏书·王朗传附子肃传》）

使镇南将军诸葛诞总督豫州诸军，出（长）安风（洋）[津]取寿春；又差征东将军胡遵督青州诸军出谯、宋，绝其归路；

据《资治通鉴》卷七十六：乃遣诸葛诞督豫州诸军，自安风向寿春；征东将军胡遵督青、徐诸军出谯、宋之间，绝其归路。

又差荆州刺史王基领前部取镇南之地。

司马师屯大军于襄阳，集文武于帐前问[计]。光禄勋郑衷曰：“毋丘俭好谋而无断，文钦有勇而无谋。今大军临，置奇兵以绝归路。（惟）[淮]、江卒锐城坚，可宜深沟高垒，以挫其气，——此亚夫之长策也。”王基曰：“不可。淮南之反，非军之思乱，乃毋丘俭势力所迫，不得已而从之。若大军一临，必然瓦解矣。”师曰：“王基之论是也。”遂进兵于隐水之东，屯于前隐桥。王基曰：“南屯之地极好安营，可星夜取[之]；若迟，后必（走）[失]之也。”师曰：“正合吾机！”星夜兼行，至南屯下住寨栅。

却说毋丘俭在项城知司马师自至，在寨聚众商议。先锋常雍曰：“南屯依山傍水，极好屯兵。若魏兵得之，急难摇动。可速取[之]。”俭从之，即遣兵将望南屯进发。哨马回报：“魏人已占了南屯，下了寨栅。”俭自到前军，果见旌旗满山，寨栅坚固。俭自回寨，正思破敌之策，忽报“东吴孙峻提军马过江，来袭寿（昌）[春]。”俭大惊曰：“若寿春一失，归于何地？”连夜退兵回项城。

据《资治通鉴》卷七十六：师问计于光禄勋郑袤，袤曰：“毋丘俭好谋而不达事情，文钦勇而无算。今大军出其不意，江、淮之卒，锐而不能固，宜深沟高垒以挫其气，此亚夫之长策也。”师称善。师以荆州刺史王基为行监军，假节，统许昌军。基言于师曰：“淮南之逆，非吏民思乱也，俭等诳诱迫胁，畏目下之戮，是以尚屯聚耳。若大兵一临，必土崩瓦解，俭、钦之首不终朝而致于军门矣。”师从之。以基为前军，既而复敕基停驻。基以为：“俭等举军足以深入，而久不进者，是其诈伪已露，众心疑沮也。今不张示威形以副民望，而停军高垒，有似畏懦，非用兵之势也。若俭、钦虏略民人以自益，又州郡兵家为贼所得者，更怀离心，俭等所迫胁者，自顾罪重，不敢复还，此为错兵无用之地而成奸宄之源，吴寇因之，则淮南非国家之有，谯、沛、汝、豫危而不安，此计之大失也。军宜速进据南顿，南顿有大邸阁，计足军人四十日粮。保坚城，因积谷，先人有夺人之心，此平贼之要也。”基屡请，乃听，进据濦水。闰月甲申，师次于濦桥，俭将史招、李续相次来降。王基复言于师曰：“兵闻拙速，未睹巧之久也。方今外有强寇，内有叛臣，若不时决，则事之深浅未可测也。议者多言将军持重。将军持重，是也；停军不进，非也。持重，非不得之谓也，进而不可犯耳。今保壁垒以积实资虏而远运军粮，甚非计也。”师犹未许。基曰：“将在军，君令有所不受。彼得则利，我得亦利，是谓争地，南顿是也。”遂辄进据南顿，俭等从项亦欲往争，发十余里，闻基先到，乃复还保项。……吴丞相峻率骠骑将军吕据、左将军会稽留赞袭寿春，司马师命诸军皆深壁高垒，以待东军之集。诸将请进军攻项，师曰：“诸军得其一，未知其二。淮南将士本无反志，俭、钦说诱与之举事，谓远近必应；而事起之日，淮北不从，史招、李继前后瓦解，内乖外叛，自知必败。困兽思斗，速战更合其志。虽云必克，伤人亦多。且俭等欺诳将士，诡变万端，小与持久，诈情自露，此不战而克之术也。”乃遣诸葛诞督豫州诸军，自安风向寿春；征东将军胡遵督青、徐诸军出谯、宋之间，绝其归路；师屯汝阳。毌丘俭、文钦进不得斗，退恐寿春见袭，计穷不知所为。淮南将士家皆在北，众心沮散，降者相属，惟淮南新附农民为之用。（参见《三国志·魏书·王基传》,《三国志·魏书·毌丘俭传》及注引《魏氏春秋》）

细作打听消息，飞报魏寨。师集众问曰：“今有何计可破此贼？”尚书傅瑕曰：“俭之心惧怕东吴袭寿春。今回项城，必分兵救应。今当调一军从落加城径取寿春，一军取项城；如不出迎，当以攻打，贼必瓦解矣。兖州刺史邓艾足智多谋，可（报）［取］落加城，令当一路，更以重兵应之，破寇必矣。”师喜而从之，差使赍檄，令邓艾起兖州兵来落加城，“吾自领一军来接应。”

却说毋丘俭在项城，早晚使人哨探落加城消息，只恐有兵（此处暗袭）［暗袭此处］。忽然文钦到，俭以此言告之。钦曰：“都督放心！吾与文鸯只消五千人马，自去落加城巡哨。”俭大喜，随拨五千军马与之。文钦辞了俭，引兵往落加城进发。前面哨马回报：“落加城（面）［西］都是魏兵，约有数万。遥望中军，白旄黄钺，当中一面圈金绣旗，必然司马师自至。寨犹未完。”长子文鸯年一十八岁，身长八尺，骤马立于父侧，听得此语，笑曰：“称他寨栅未定，可分兵左右击之。”钦曰：“吾儿正合父意！”便令：“黄昏汝可引二千五百军自落加城北而进，吾亦引兵自南面而来。今夜月明三更为约，人寨会合。”随即分兵两路。文鸯全身披挂，（骤）［悬］鞭绰枪上马，遥望司马师寨进。

是夜，师领兵到［落］加城边为寨，邓艾未至，故就此处下寨；因眼上割了肉瘤疼痛，卧于帐中，周围使千百护卫环甲军守之。三更时分，忽寨中喊声大举，军中搅乱。师急问之，左右报曰：“一军从寨北斩围而入，为头一将（军）［勇］不可当。”师闻之大惊，眼珠从疮内突出，血流满床，恐帐外众军惊惶，暗忍疼痛，以口咬被，被为粉碎，乃诈言：“军中乱动者斩！”元来文鸯军到，一涌而入，在魏军中左冲右突，所到之处无人敢当，远者枪刺，近者鞭打，死者无数；只望文钦兵到为外应，并不见来，四五次杀到（军中）［中军］，被弓［箭］射退。文鸯杀到天明，只听得东北鼓声大振。文鸯只道父（兵）［亲］接应兵（退）［到］，纵马杀来看时，尽打魏军旗号。为首一员大将，义阳棘［州］人也，姓邓名艾，跃马横刀，大叫“反贼休走！”文鸯大怒，挺枪来迎。两将交马，斗到五六十合，魏兵俱进，文鸯部下之兵尽已溃散。文鸯见魏兵势大，望南而走。魏将数百员一齐来赶。至落加城，（见）后面人马看看至近，文鸯回头大喊一声，杀入魏军，鞭起处纷纷落马。文鸯大胜回来。邓艾见一人一骑，又来追赶，逼到桥边；文鸯勒马回头，又杀入魏军中，鞭起枪搠，死者无数。魏军又赶，又回马冲杀，如此［四］五番，魏军莫敢近傍。文鸯缓缓而回。后来史官有诗赞单马冲千军，诗曰：

昔日当阳喝断桥，张飞从此显英豪。

（乐）[落] 加城外应难敌，又见文鸯胆气高。

文鸯自回，魏兵退去，方才文钦军马到来。元来迷入山谷，走了半夜；比及寻路而来，见魏兵势大，不敢前进。文钦、文鸯父子相见，说厮杀一事，领兵退回寿春而行。

据《资治通鉴》卷七十六：俭之初起，遣健步赍书至兖州，兖州刺史邓艾斩之，将兵万余人，兼道前进，先趋乐嘉城，作浮桥以待师。俭使文钦将兵袭之。师自汝阳潜兵就艾于乐嘉，钦猝见大军，惊愕未知所为。钦子鸯，年十八，勇力绝人，谓钦曰："及其未定，击之，可破也。"于是分为二队，夜夹攻军。鸯率壮士先至鼓噪，军中震扰。师惊骇。所病目突出，恐众知之，啮被皆破。钦失期不应，会明，鸯见兵盛，乃引还。师谓诸将曰："贼走矣，可追之！"诸将曰："钦父子骁猛，未有所屈，何苦而走？"师曰："夫一鼓作气，再而衰。鸯鼓噪失应，其势已屈，不走何待！"钦将引而东，鸯曰："不先折其势，不得也。"乃与骁骑十余摧锋陷陈，所向皆披靡，遂引去。师使左长史司马班率骁将八千翼而追之，鸯以匹马入数千骑中，辄杀伤百余人，乃出，如此者六七，追骑莫敢逼。（参见《三国志·魏书·毌丘俭传》及注引《魏氏春秋》）

时中将军尹大目元是曹爽心腹，后司马懿杀了曹爽，就随了司马师；当日在军中已知司马师病，自不能起，遂扣帐禀曰："文钦本是明公心腹，为听毋丘俭之言，以至如此。若大目去说，必然归降。"师卧于帐中应允。大目披甲上马，来赶文钦，赶上大叫曰："见尹大目么？"文钦回头，看见大目头盔挂于鞍前，以鞭指钦曰："使君何不忍奈数日？"此是尹大目知司马师将亡，欲报曹爽之恨，故留文钦。文钦不解其意，厉声骂曰："汝乃先帝家人，不思报本，与司马造逆，天公岂祐汝哉？真乃无义之贼！"骂了便欲拈弓射之。大目于马上大哭曰："世事败矣！"掩面哭回。

据《资治通鉴》卷七十六：殿中人尹大目小为曹氏家奴，常在天子左右，师将与俱行，大目知师一目已出，启云："文钦本是明公腹心，但为人所误耳；又天子乡里，素与大目相信，乞为公追解语之，令还与公复好。"师许之。大目单身乘大马，被铠胄，追钦，遥相与语。大目心实欲为曹氏，谬言："君侯何苦不可复忍数日中也！"欲使钦解其旨。钦殊不悟，乃更厉声骂大目曰："汝先帝家人，不念报恩，反与司马师作逆，不顾上天，天不祐汝！"张弓傅矢欲射大目。大目涕泣曰："世事败矣，善自努力！"（参见《三国志·魏书·毌丘俭传》注引《魏末传》）

文钦与五千人马奔回寿春来时，诸葛诞起兵已入寿春城安民了；复走项城之时，胡遵、王基、邓艾三路杀到。文钦见势大，乃投东吴去了。

且说项城毋丘俭听知文钦兵败，寿春已失，遂尽起城中之兵出战，正与邓艾军相迎。俭遣常雍出马与邓艾交 [锋]，被邓艾一刀砍于马下，突入军中，来拿毋丘俭。未知性命如何。

［第二百二十段］ 姜维（兆）［洮］西败魏兵 三伐中原

邓艾斩了常雍，引军直入阵中，来捉毋丘俭。俭兵大乱，俭乃死战。胡遵、王基引兵四合。俭引数十骑（奔）［夺］路而走，前至项县。县令项伯出迎，以酒食待之；酒酣杀之，遣人将头出迎魏兵。此时淮南（未）［平］定。

却说司马师唤诸葛诞入帐中，赠以绶印，加为征东将军，都督扬州诸军事。诞谢而出。吴兵亦退。

据《资治通鉴》卷七十六：是日，毋丘俭闻钦退，恐惧，夜走，众遂大溃。钦还至项，以孤军无继，不能自立，欲还寿春；寿春已溃，遂奔吴。吴孙峻至东兴，闻俭等败，（正元元年春正月闰月）壬寅，进至橐皋，文钦父子诣军降。毋丘俭走，比至慎县，左右人兵稍弃俭去，俭藏水边草中。甲辰，安风津民张属就杀俭，传首京师，封属为侯。诸葛诞至寿春，寿春城中十余万口，惧诛，或流迸山泽，或散走入吴。诏以诞为镇东大将军、仪同三司，都督扬州诸军事。夷毋丘俭三族。俭党七百余人系狱，侍御史杜友治之，惟诛首事者十余人，余皆奏免之。……吴孙峻闻诸葛诞已据寿春，乃引兵还。以文钦为都护、镇北大将军、幽州牧。（参见《三国志·魏书·毋丘俭传》《高贵乡公髦纪》，《三国志·吴书·孙亮传》）

［师］遂班师回许昌。

司马［师］瘤痛不能当，常见李丰、夏侯玄、张楫卧于榻前。师自料不能好，使人取弟司马昭，乃与诸将佐曰："吾弟昭不才，愿诸公同心事之！"众将泣拜领命，曰："主公善保身体！"师自知命在旦夕，又差人催督司马昭。昭自洛阳至，哭拜于卧床下。师侧身而嘱曰："军权一事重如泰山，虽［欲］卸肩，不可得也。汝可谨之，大柄不可轻付他人，自取灭族之祸！"言讫，令昭好为之。昭再欲问师时，师大叫一声，眼睛突出而死。此时正元二年二月初八日也。

司马昭掌了大军之权，发表上闻。魏主曹髦知司马师已死，差使以至许昌降诏曰："东南未定，暂令司马昭屯守许昌，以为外应。"听诏讫，锺会曰："人心未定，不可屯此。万一朝廷有变，悔之无及！"昭从其言，即时点军还屯于洛水之南。魏主［髦］闻昭不受诏命，（髦）大惊曰："昭引军还屯于洛水，是何意故？"王肃曰："昭领大军，未蒙显耀。宜特封赠以安之。"魏主遣王肃封司马昭为大将军、［录］尚书事。于是司［马］昭入洛阳谢恩。自此内外大权尽决于司马昭矣，将司马师灵柩安葬了，大事已定。

据《资治通鉴》卷七十六：舞阳忠武侯司马师疾笃，还许昌，留中郎将参军事贾充监诸军事。充，逵之子也。卫将军昭自洛阳往省师，师令昭总统诸军。（正元元年春正月闰月）辛亥，师卒于许昌。中书侍郎锺会从师典知密事，中诏敕尚书傅嘏，以东南新定，权留卫将军昭屯许昌为内外之援，令嘏率诸军还。会与嘏谋，使嘏表上，辄与昭俱发，还到洛水南屯住。二月丁巳，诏以司马昭为大将军、录尚书事。会由是常有自矜之色，嘏戒之曰："子志大其量，而勋业难为也，可不慎哉！"（参见《三国志·魏书·锺会传》《高贵乡公髦纪》）

却说西蜀姜维探知此事，奏后主曰：“司马师抱病而亡，司马昭自掌兵权，人心未附；曾（已）败［于］臣，足知司马昭无能也。臣今请兴兵恢复中原，以（为）［图］大业。如不成功，当治臣罪!”后主从之。姜维遂传旨，再兴兵伐魏。

维在汉中调拨军马出征。征西大将军张翼谏曰：“吾蜀地浅狭，钱粮稀少，不宜累次行兵，空劳民力。不如拒诸险要，以惜军爱民，此为保国家之大计也。”维曰：“不然。昔诸葛丞相未出茅庐之时，早知三分天下定矣；后鼎足势成，尚然六出祁山，以图中原，不幸中道而亡，以此功业不成。非不欲也，诚未能及也。吾今受丞相之遗命，当悉其志虑，尽心竭力，死而后已。今趁司马师新亡之时，司马基业未稳，不引兵图之，更待何时？”翼无以答，只得从命。

据《资治通鉴》卷七十六：（正元二年秋七月，）汉姜维复议出军，征西大将军张翼廷争，以为：“国小民劳，不宜黩武。”维不听，率车骑将军夏侯霸及翼同进。（参见《三国志·蜀书·张翼传》）

翼曰：“兵法云：‘攻其无备，出其不意。’往者军去甚迟，魏人已有准备。今可速去，此为上计。”夏侯霸曰：“可将轻骑先去作疑兵，次后却出（安）［洮］西、南安，诸郡可定矣。”

却说雍（相）［州刺］史王经一面发告急文字申报征西将军陈泰，（泰遂）［一面］引兵七万径取洮西，前来迎敌。两军相对，阵势布完。

却说姜维（付）［自］掌中军，张翼在左，夏侯霸在右。姜维分付二人：“交锋之际，吾兵倒退，［汝］二人分两路而进；候魏征进，吾军却复后回。——此是韩信破赵之谋也。”于是蜀兵皆在洮水列成阵势。姜维出马，与魏将打话。门旗里王经引数十骑牙将而出。经问曰：“今天下已成鼎足之势。汝等长时出寇，此心不（成）［戒］，庶无耻也!”维曰：“司马师无故废主，理宜问罪，何况是仇敌乎？敢死战者出马!”经回顾诸将曰：“蜀人背洮水而来斗敌，此军必败；败则背水，投于水矣。姜维势勇，汝等四将（何）［可］并力战之。维若一走，便可追击。”言未毕，左右四员猛将，四般军器，来战姜维。维略战数合，拨回马，望本阵便走。王经领军一齐冲突而来。蜀兵望洮水而逃。赶不数里，两下伏兵齐起，左边张翼，右边夏侯霸，两军杀入，魏军大乱。（后）姜维将赶到［洮］水，大呼曰：“事急矣，诸将可奋力向前!”众将一（发）［齐］大杀魏兵。张翼、夏侯霸把魏兵围在垓心。维奋力杀入魏军中，左右冲突，无人敢当。魏兵大乱，窜入洮水死者无数；斩首二万余，叠尸如山。却说王经冲围，引败兵径奔狄道城入，城门闭住，再也不出来，只是坚守。

却说姜维得此功劳，大获全胜，犒劳军马已毕，便欲进兵打狄道城。张翼谏曰：“将军功绩已成，威名大振，可以止之矣。倘或有失，此乃顿废，正所谓画蛇添足也。”姜维曰：“不然。（今后）［向者］败兵尚然纵横，以图取郡。今日吾在洮水一战，魏兵心胆碎也。吾想狄道唾手可得。汝（乃）［勿］自堕其志也。”张翼又谏，不从。维乃勒兵前进狄道城。

据《资治通鉴》卷七十六：（正元二年秋）八月，维将数万人至枹罕，趋狄道。征西将军陈泰敕雍州刺史王经进屯狄道，须泰军到，东西合势乃进。泰军陈仓，经所统诸军于故关与汉人战不利，经辄渡洮水。泰以经不坚据狄道，必有他变，率诸军以继之。

经已与维战于洮西，大败，以万余人还保狄道城，余皆奔散，死者万计。张翼谓维曰："可以止矣，不宜复进，进或毁此大功，为蛇画足。"维大怒，遂进围狄道。（参见《三国志·魏书·陈群传附子泰传》）

据《三国志·蜀书·张翼传》：维至狄道，大破魏雍州刺史王经，经众死于洮水者以万计。翼曰："可止矣，不宜复进，进或毁此大功。"维大怒，曰："为蛇画足！"维竟围经于狄道，城不能克。

据《三国志·蜀书·姜维传》：（延熙）十八年，复与车骑将军夏侯霸等俱出狄道，大破魏雍州刺史王经于洮西，经众死者数万人。经退保狄道城，维围之。

按：姜维在洮西大败王经，于史有据，但并非背水破敌。

却说陈泰正欲领兵救王经，忽报朝廷差遣兖州刺史、安西将军邓艾［引兵来到。陈泰迎接相见已毕，邓艾］曰："某奉大将军差遣，特来助将军破敌。艾年幼不习军事，望将军见教！"陈泰乃聚众将曰："今姜维（图）［围］狄道城，诸公有何高见？"参谋楚升曰："王经新败于洮水，西蜀兵大胜。今若引乌合之众当之，必不可胜。不如拒险自保，待蜀人无粮自乱，方可攻也，——此司马公万全之计也。"邓艾闻（知）［之］，冷笑而不言。陈泰曰："公言甚善，争奈时有不同，势（不可得）［有不等］也。姜维轻兵深入重地，正欲与吾争锋，愿求一战之利，当深沟高垒，挫其锐气可也。今吾与之决战，使蜀得意，不可也。吾料姜维得胜洮西，便进兵东向，据洛阳，取积谷，招纳羌胡，东争关、陇，传檄四郡，此吾（之兵）［兵之］大患也。今不思如此，却坐而待死，围狄道城。城高地险，急切如何便得？空劳兵费力耳。故知姜维无谋也。吾今乘高附险，进兵到于项领地名，然后进兵击之，蜀人必走矣。此谓'客主不同，（势）［时］势有异'也。"邓艾乃起身拱手曰："将军之谋，正合某心，真妙筭也！"于是陈泰（原）［先］拨二百五十人一队，计二十队，多带旌旗、（风）［烽］火、锣鼓之类，日伏夜行，去狄道东南高山泽谷［埋伏］，暗为之势：只等兵来，一齐鸣角，以疑其兵；夜则以火惊之。于是陈泰、邓艾各领二万正兵前进。

却说姜维围住狄道城，连日攻打不下，心中纳闷。是日黄昏，流星马报"两路军马到，旗号分明：一路征西将军邓艾，一路是安东将军陈泰。"姜维大惊曰："昔日夏侯霸常言邓艾英雄，今日［果然］领兵来！"遂请霸商议。霸曰："艾深通阵法，善晓兵机。今领兵来，吾有一计，待他立定寨栅，只今晚便可击之。"维从其言，乃留张翼打城，令夏侯霸去迎陈泰，自去战邓艾。当夜三更，两军齐出。

且说姜维去战邓艾，行不数里，忽闻东南鼓角大振，火炮齐响，烽火满山，天地震动。姜维在马上看了，见周围火起，料必魏兵，大惊曰："吾中邓艾之计也！"急令退兵。于是蜀兵弃狄道，回汉中。姜维自断后，但闻鼓角不绝，山谷应声。姜维将兵退入剑关，（巡）［寻］问土民，方知魏兵每队止有二百五十人，虚为疑兵；再欲起兵，此时军心（急）［归］如箭发。兵亦不折，功亦不效。

据《三国志·魏书·陈群传附子泰传》：（姜）维乘胜围狄道。泰军上邽，分兵守要，晨夜进前。邓艾、胡奋、王秘亦到，即与艾、秘等分为三军，进到陇西。艾等以为："王经精卒破衄于西，贼众大盛，乘胜之兵既不可当，而将军以乌合之卒，继败军之后，将士失气，陇右倾荡。古人有言：'蝮蛇螫手，壮士解其腕。'孙子曰：'兵有所不击，地有所不守。'盖小有所失而大有所全故也。今陇右之害，过于蝮蛇，狄道之地，非徒不守之谓。姜维之兵，是所辟之锋。不如割险自保，观衅待弊，然后进救，此计之得者也。”泰曰：“姜维提轻兵深入，正欲与我争锋原野，求一战之利。王经当高壁深垒，挫其锐气。今乃与战，使贼得计，走破王经，封之狄道。若维以战克之威，进兵东向，据栎阳积谷之实，放兵收降，招纳羌胡，东争关、陇，传檄四郡，此我之所恶也。而维以乘胜之兵，挫峻城之下，锐气之卒，屈力致命，攻守势殊，客主不同。兵书云‘修橹轒辒，三月乃成，拒堙三月而后已’。诚非轻军远入，维之诡谋仓卒所办。县军远侨，粮谷不继，是我速进破贼之时也，所谓疾雷不及掩耳，自然之势也。洮水带其表，维等在其内，今乘高据势，临其项领，不战必走。寇不可纵，围不可久，君等何言如此？”遂进军度高城岭，潜行，夜至狄道东南高山上，多举烽火，鸣鼓角。狄道城中将士见救者至，皆愤踊。维始谓官救兵当须众集乃发，而卒闻已至，谓有奇变宿谋，上下震惧。自军之发陇西也，以山道深险，贼必设伏。泰诡从南道，维果三日施伏。定军潜行，卒出其南，维乃缘山突至。泰与交战，维退还。凉州军从金城南至沃干阪。泰与经共密期，当共向其还路，维等闻之，遂遁，城中将士得出。经叹曰：“粮不至旬，向不应机，举城屠裂，覆丧一州矣。”泰慰劳将士，前后遣还，更差军守，并治城垒，还屯上邽。（参见《资治通鉴》卷七十六）

据《三国志·蜀书·姜维传》：经退保狄道城，维围之。魏征西将军陈泰进兵解围，维却住钟题。（参见《资治通鉴》卷七十七）

按：《演义》此处称邓艾赞赏、支持陈泰的进攻主张，与史相悖。据史书记载，姜维在洮西大破魏军并进围狄道城之后，邓艾是主张据险自保的，陈泰则力主进攻并率军击退蜀军，解除了狄道之围。

后主知姜维在洮西有大功，封为假节钺大将军，遂驻兵于钟堤地名。

据《三国志·蜀书·姜维传》：（延熙）十九年春，就迁维为大将军。

姜维耻无全功，既受此职，再议兴兵。未知胜负如何。

［第二百二十一段］　邓艾段谷破姜维　四伐中原

蜀国姜维退军，屯驻钟堤。魏军屯于狄道城外。王经迎接陈泰、邓艾入城，拜谢（求）［救］援之德。于是设宴相待，赏劳三军；申奏表文，言邓艾之功。朝廷大臣禀过司马昭，封邓艾为安西将军，领（附）［护］东羌校尉，命［与］陈泰共屯雍、凉。

据《资治通鉴》卷七十六：（正元二年秋八月）辛未，诏长水校尉邓艾行安西将军，与陈泰并力拒维。（参见《三国志·魏书·高贵乡公髦纪》）

据《三国志·魏书·邓艾传》：解雍州刺史王经围于狄道，姜维退驻钟提，乃以艾为安西将军，假节，领护东羌校尉。

陈泰得诏，乃与艾设宴相贺。泰曰：“姜维夜遁而去，气力已竭，不敢更出矣。”艾曰：“王经洮西之败，非小可也，破军杀将，仓廪空虚，百姓流殍，几致危亡！今维虽夜遁，不曾损折兵将；今驻兵钟堤，必然再出矣。某料蜀兵必至有伍。”陈泰问曰：“何者为伍？”艾曰：“蜀兵虽回，终有（大）乘［胜］之势；吾兵（虽）［今］有虚弱之名：其出之一也。彼皆诸（曷）［葛］训练之兵，深明队伍之法，容易调遣，更兼器械整齐；今吾兵时时更换，未尝训练，甲仗未完：彼必（欺）［出］之二也。蜀兵用舟，吾军在旱地，劳逸不同，其军必出三也。狄道、陇西、南安、祁山四处皆是久战之地，不知蜀人必攻何处，或东或西，必须四处守把；吾军分守四处，蜀（共）［兵］必料吾分兵守御，难以卒合，其兵必出四也。蜀人若出南安、陇西，可取羌胡之谷为食；若出祁山，熟麦千顷：蜀人以此图之，必出五也。姜维又乃诸葛弟子，乃有智谋之辈，必然再出矣。”

据《资治通鉴》卷七十七：姜维在钟提，议者多以为维力已竭，未能更出。安西将军邓艾曰：“洮西之败，非小失也，士卒雕残，仓廪空虚，百姓流离。今以策言之，彼有乘胜之势，我有虚弱之实，一也。彼上下相习，五兵犀利，我将易兵新，器仗未复，二也。彼以船行，吾以陆军，劳逸不同，三也。狄道、陇西、南安、祁山各当有守，彼专为一，我分为四，四也。从南安、陇西因食羌谷，若趣祁山，熟麦千顷，为之外仓，五也。贼有黠计，其来必矣。”（参见《三国志·魏书·邓艾传》）

陈泰以手加额曰：“朝廷有福，得此妙人！蜀人何足虑哉？”于是与邓艾结为忘年之友忘年友者，不计较年之老幼者也。邓艾亦将雍、凉等处军马终日演习。于是各处竖立栅寨，以备各处军马屯扎。陈泰见邓艾事事有法，心中大喜。

却说姜维屯兵钟堤。当年秋七月，维作一大会，遍请蜀中诸将，共议伐魏之事。忽座上一人曰：“将军屡出，未获全功。今有洮西之捷，魏人既伏威名，何故又欲出也？万一不利，蜀人必怨之也。”维视之，乃义阳人也，姓樊名建，字长元，元是武侯帐下令史，和董厥是一副一正。

据《三国志·蜀书·诸葛亮传附樊建传》：董厥者，丞相亮时为府令史，……亮卒后，稍迁至尚书仆射，代陈祗为尚书令，迁大将军，平台事，而义阳樊建代焉。

据《三国志·蜀书·诸葛亮传附樊建传》注：案《晋百官表》：董厥字龚袭，亦义阳人。建字长元。

维曰：“汝等只知魏地人马广大，不知有几件好攻之处。［魏有五件胜败之事，何不进兵？］”［众将曰：“请问有何五件胜败之处？”］维曰：“彼军洮西一败，挫尽锐气；吾兵虽败，不曾损伤：吾军一进，一可胜也。吾军乃久训练之士；彼兵乌合之徒，不曾得法度：二可胜也。吾今用舟舡载军而进，不致劳困；彼军尽旱路而来：三可胜也。彼军各处设备，军势分开；吾军一出，彼军安得便至救援？四可胜也。吾军今出祁山，抄掠麦谷为食，五可胜也。不因此时伐魏，更待何时？”夏侯霸曰：“艾［虽］年幼，

按：邓艾时已年过六十，不应称之为“年幼”。

机谋深远，授安西［将军］之职，必然于路各有准备，又不比旧日也。”姜维曰：“诸公何虑？吾自有妙策。汝等休长他人之威风，灭自己之锐气！吾已决定，吾今番先取陇西诸郡。”众将皆谏，不从。姜维乃自为前部，令三军陆续而进。离了钟堤，［蜀］兵便出武功，杀奔祁山来。

前军哨马回报：“连路下着九个寨栅，每寨各有军守把。”姜维听得，遂自引数骑前来高阜处望之，［见］祁山九寨势如长蛇，首尾相顾。维曰：“夏侯霸之［言，］信有之也！

此寨之法，丞相能之。今观邓艾所为，不在吾师之下。”遂回本寨，唤副将听令曰：“魏兵已有准备，艾必在此间。汝可虚立吾旗幡，据此谷口下寨；差数百［骑］出哨，一遭换旗甲一番，打青、黄、赤、白、黑五方旗号，以示吾兵多。吾提大兵偷出董亭，袭南安去了。”分付川将鲍素（巳）［屯］兵祁山谷口，维提兵而去。

却说［邓］艾听知蜀兵出祁山，那时与陈泰在祁山寨中准备迎敌；见连日不来搦战，一日五番哨马出寨，或十里或十五里便回。艾每观望哨马，只是这几匹，止更服色，往来驰骤，［马］皆（因至）［困乏，主将］必无能者；乃与陈泰曰：“将军当引一军攻打，可必胜矣。若打破寨栅，便袭姜维之后，宜拒董亭要路，蜀兵势必危矣。艾（令）［领］军去救南安，从小路径占武城山。姜维必取上封，其路有一谷，名为段口地名，其地险要，极好埋伏。比及来争武城山，吾先遣一军伏于段口，擒维必矣！”陈泰曰：“吾守陇西二三十年，未常如此明察地理。公之明学，真神人也！公当速去，吾自攻于此。”于是邓艾引（起）［数万］人马，星夜倍道，径取武城山，到时蜀兵未至；下寨已了，随差帐前司马［师］纂并其子邓忠——年一十七岁，英雄了得，枪马（热）［熟］闲——各引兵五千，先去段谷埋伏，依计而行。艾传令偃旗息鼓，以待蜀兵。

却说姜维引兵自董亭道望南安而来，问夏侯霸曰：“此去南安，有备无备？先发何方为上？”霸曰：“（道）［近］南安有一山，名武城山；若先占得此山，夺尽南安之势。只恐邓艾多谋，此山先有准备。”维曰：“魏人知吾兵出祁山，必皆（娶）［聚］于（此）［彼］处。”（彼）于是提军前进至武城山下。前部（却）［欲］登山，只见山上旗幡竖立，鼓声大振，风吹邓艾认旗，诸军大惊。山上（山下）魏兵分十面杀来，势不可当，蜀兵大败。姜维急去救时，（蜀）［魏］兵已退。姜维暗思：“自谓深得武侯传授，天下无敌，不想中原又生此人。吾与邓艾势不两立！”次日再整兵至武城山下，搦邓艾出战。山上魏兵并不下来。至晚欲退，山上鼓角齐鸣。蜀兵急回，魏兵也不下山来；欲要冲突上山，（被）［炮］石严备，不能得进。守至二更欲回，山上魏兵又鸣（尽）［鼓］角，诸军骤至。蜀兵又折一阵，退回旧寨。次日，姜维单马将（军）［粮草车］驱至武城山下穿连，以为木栅寨。当夜二更，艾差五百人，分路各执火炬下山烧着粮草车，随后以兵应之。两兵混战一夜，营寨又立不成。

姜维退回寨，与霸商议曰：“南安急切未易取，不如先取上封。上封乃南安屯粮之所；若得上封，南安必危。”姜维乃留霸虚屯武城山下，率精兵沿山渡水取上封。行了一夜，比及天明，维见山势险恶，路道崎岖，问左右曰：“此何地也？”答曰：“乃段谷地名。”姜维勒马自忖：“倘或于此断绝粮草，吾等如之奈何？”正踌躇间，前军来报：“山后尘烟起处必有伏兵。”维急持兵看时，（司马）［师］纂、邓忠两军齐出。维大惊，且战且走。前面喊声大举，艾自引军杀来，三路夹攻，蜀兵大败，弃甲抛戈，自相践（墙）［踏］，死者不计其数。

据《资治通鉴》卷七十七：（甘露元年）秋七月，姜维复率众出祁山，闻邓艾已有备，乃回，从董亭趣南安；艾据武城山以拒之。维与艾争险不克，其夜，渡渭东行，缘山趣上邽。艾与战于段谷，大破之。……维与其镇西大将军胡济期会上邽，济失期不至，故败，士卒星散，死者甚众。（参见《三国志·蜀书·姜维传》《三国志·魏书·邓艾传》）

忽得夏侯霸一军杀至，救得姜维一军去了。静轩有诗曰：

堪叹姜维继武侯，出师不料敌人谋。

中原尺地难恢（服）［复］，损将伤兵国势休。

维欲再往祁山，霸曰："祁山寨被陈泰打破，鲍素已丧军中，兵皆投汉中去了。"于是姜维不往祁山，从山僻小路回汉中。后面邓艾引军至。姜维亲自断后，交诸兵自望前进。西蜀［兵］三停已回二停去了，只有姜维在后。忽然一军突出，为首乃魏大将陈泰，交战姜维。未知胜负如何。

［第二百二十二段］ 司马昭破诸葛诞

姜维亲自断后，被魏兵围住，死战不得脱。蜀将张嶷听知姜维被围，引数万军马，（料）［抖］擞精神，冲杀魏兵，人不敢近，左右冲突。姜维见有救军至，乘势杀将出来。二将相合，杀散陈泰之兵。维军马尽皆力乏。张嶷言："某自单马断后，大将军先行。"张嶷亦是川中名将，姜维放心先行。后面魏兵又追赶，［张嶷］匹马单枪冲杀而来。魏兵不敢逼近，陈泰交放箭。怎当魏兵四合乱箭射来，张嶷独力难加，被乱箭射死。

维自回汉中，痛伤张嶷、鲍素没于军中，乃厚赠其子孙。

据《资治通鉴》卷七十六：（正元元年冬）汉姜维自狄道进拔河间、临洮。将军徐质与战，杀其荡寇将军张嶷，汉兵乃还。（参见《三国志·蜀书·姜维传》）

据《三国志·蜀书·张嶷传》：魏狄道长李简密书请降，卫将军姜维率嶷等因简之资以出陇西。既到狄道，简悉率城中吏民出迎军。军前与魏将徐质交锋，嶷临陈陨身，然其所杀伤亦过倍。既亡，封长子瑛西乡侯，次子护雄袭爵。

按：据史书记载，张嶷已于两年前——蜀汉延熙十七年（254）——随姜维进兵狄道时战死，《演义》未记此役，而将其战死移植于此次姜维出祁山败于段谷之役。

因此蜀中将士多（遭）［阵］亡，皆归怨于姜维。维乃依武侯街亭旧例，上表请罪。后主乃降姜维为后将军，行大将军事；随军副将胡济等尽降一品阶。

据《三国志·蜀书·姜维传》：（延熙）十九年春，就迁维为大将军。更整勒戎马，与镇西大将军胡济期会上邽，济失誓不至，故维为魏大将邓艾所破于段谷，星散流离，死者甚众。众庶由是怨讟，而陇已西亦骚动不宁，维谢过引负，求自贬削。为后将军，行大将军事。（参见《资治通鉴》卷七十七）

却说姜维退之后，邓艾等大劳三军。陈泰上表言艾之功，上达朝廷。此时魏主改正元三年为甘露元年。司马昭得表大喜，遂遣使持节降诏赐印绶，加艾官爵及赏军钱粮。制曰：

逆贼姜维连年犯界，民夷骚动，西土不宁。（文）［艾］卿筹画有方，忠勇奋发，斩将数十，馘首千员，（于）国威扬于西蜀，雄武振于大邦。今以艾为镇西将军，都督陇右诸军事，进封其子邓忠为都亭侯；仍赐黄金五百两。

甘露元年秋七月日诏。

据《三国志·魏书·邓艾传》：甘露元年诏曰："逆贼姜维，连年狡黠，民夷骚动，西土不宁。艾筹画有方，忠勇奋发，斩将十数，馘首千计；国威震于巴、蜀，武声扬于江、岷。今以艾为镇西将军，都督陇右诸军事，进封邓侯。分五百户封子忠为亭侯。”

据《资治通鉴》卷七十七：以艾为镇西将军，都督陇右诸军事。

自封邓艾之后，司马昭领天下军马大都督，出入引三千铁甲军马前后跟随，以为护卫。朝廷大事不敢奏闻，只就相府决断。

据《资治通鉴》卷七十七：（甘露元年秋）八月庚午，诏司马昭加号大都督，奏事不名，假黄钺。（参见《三国志·魏书·高贵乡公髦纪》）

此时已有篡位之心，只恐南北［人心］未顺。有一心腹人贾充，字公阎，乃故建威将军、豫州刺史贾逵之子也，见为昭府长史，

据《三国志·魏书·贾逵传附子充传》注引《晋诸公赞》：充字公闾，甘露中为大将军长史。高贵乡公之难，司马文王赖充以免。为晋室元功之臣，位至太宰，封鲁公。

当日对［司］马昭曰：“公今掌大权，恐四方豪杰未安。某请暗行采访。”昭曰：“我正欲如此！今差汝以四方慰劳为名，事但秘而行之。”

贾充领诏拜辞而行，前至淮南见镇东将军诸葛诞。［诞］字公休，琅琊南阳人也，与诸葛武侯同祖，亦是诸葛丰之后。

据《三国志·魏书·诸葛诞传》：诸葛诞字公休，琅邪阳都人，诸葛丰后也。

先因武侯在蜀，不得重用；今因武侯身故，魏乃封为高平侯，总摄（西郡）［两淮］诸军事。贾充先见礼（问）［毕］，慰劳军事已了，当日诞设宴待之。充见诞待五六分酒，以言挑之曰：“充自洛阳来，见魏帝懦弱，不堪为君。朝廷大臣见将军乃三世辅国，功（称）［弥］天下，欲传魏位。明公心中如何？”诞乃作色怒曰：“汝乃贾豫州之子，世受魏恩，安敢出此大乱之言！”充急转言曰：“臣见他人之言，特来告诉明公。”诞曰：“若朝廷有乱，吾当以死报之，安忍匹夫犯上也！”

充默然；后数日辞回见昭，以诞之言从实告之。昭大怒［曰］：“匹夫［安］敢如此！”充曰：“今诞在淮南，实得士卒之心。今若便召，必然不来，随即反矣，为祸（不）［乃］小；若不召之，其反虽迟，为祸甚大：不如早早召之。”昭曰：“若匹夫反，吾自当讨之！”乃先发密书与扬州刺史乐琳，琳是乐进之子；然后封诞为司空。

使至寿春。诞得诏书，已知贾充告变，遂擒下使命勘问。使曰：“实是贾充告变。文书已下乐琳也。”诞大怒，将使命斩讫，大设筵［宴］，会集心腹一千余人。诞曰：“日前置下衣甲旌旗，誓以杀贼！今朝廷除我为司空，此去无还（了）［之］日。今当披挂出城，闲玩一遭，旦夕便行。”众皆曰：“愿从主公之命！”众遂披挂，随诸葛诞投扬州来；至于南门，只见城门紧闭。诞大怒曰：“乐琳匹夫何敢如此！”便令将士攻城。为首数十人渡濠，飞身上城，城上退避，于是大开城门。军士杀至乐琳家，琳荒忙上城躲避。诞引军士提剑上城，大叱琳曰：“汝不思父子受魏朝大恩，反欲顺司马逆贼乎！”琳无言以对，（遂）［被诞］杀之，枭其首，以大匣盛贮，遣人赍表往洛阳。其表曰：

臣诞受本朝重任，统兵在东。为扬州刺史（得）专（征伐）［诈］，今屡诬臣与吴交通，又言（臣）被诏当代臣位，无状日久。（匡扶）［臣奉］国命，以死自给，并无异端；忿乐琳不忠，辄将步骑七百余人，以今月初六日讨乐琳，即日斩首封函，驿马传送。圣朝明臣，臣即魏［臣］；不明，臣即吴臣，不胜发奋，以诛奸慝。即日

拜表备陈愚款，感恩泣血，哽咽断续，不知所云。乞朝廷察鉴孤忠于臣受诬！拜表以闻。甘露元年七月日，臣诞表。

诸葛诞进表已了，［仍］回寿春，聚两淮屯田户口十数万，并扬州新（负）［附］胜兵四五千人；积聚粮草，一年足食；遣长史吴刚（次第）［送弟］诸葛靓为质于吴求救。

据《资治通鉴》卷七十七：征东大将军诸葛诞素与夏侯玄、邓飏等友善，玄等死，王凌、毌丘俭相继诛灭，诞内不自安，乃倾帑藏振施，曲赦有罪，以收众心，畜养扬州轻侠数千人以为死士。因吴人欲向徐堨，请十万众以守寿春，又求临淮筑城以备吴寇。司马昭初秉政，长史贾充请遣参佐慰劳四征，且观其志。昭遣充至淮南，充见诞，论说时事，因曰："洛中诸贤，皆愿禅代，君以为如何？"诞厉声曰："卿非贾豫州子乎？世受魏恩，岂可欲以社稷输人乎！右洛中有难，吾当死之。"充默然。还，言于昭曰："诸葛诞再在扬州，得士众心。今召之，必不来，然反疾而祸小；不召，则反迟而祸大；不如召之。"昭从之。甲子，诏以诞为司空，召赴京师。诞得诏书，愈恐，疑扬州刺史乐綝间己，遂杀綝，敛淮南及淮北郡县屯田口十余万官兵，扬州新附胜兵者四五万人，聚谷足一年食，为闭门自守之计。遣长史吴纲将小子靓至吴，称臣请救，并请以牙门子弟为质。（参见《三国志·魏书·诸葛诞传》）

据《三国志·魏书·诸葛诞传》注引《世语》：司马文王既秉朝政，长史贾充以为宜遣参佐慰劳四征，于是遣充至寿春。充还启文王："诞再在扬州，有威名，民望所归。今征，必不来，祸小事浅；不征，事迟祸大。"乃以为司空。书至，诞曰："我作公当在王文舒后，今便为司空！不遣使者，健步赍书，使以兵付乐綝，此必綝所为。"乃将左右数百人至扬州，扬州人欲闭门，诞叱曰："卿非我故吏邪！"径入，綝逃上楼，就斩之。

此时东吴丞相孙峻病亡，以从弟孙琳字子通辅政。琳为人强暴，杀（人甚）大司马（胜）［滕］彻，将军吕据、王惇，自此东吴大柄皆归于孙琳。吴主亮虽然聪明，［亦］无可奈何。

据《资治通鉴》卷七十七：文钦说吴人以伐魏之利，孙峻使钦与骠骑将军吕据及车骑将军刘纂、镇南将军朱异、前将军唐咨自江都入淮、泗，以图青、徐。峻饯之于石头，遇暴疾，以后事付从父弟偏将军綝。（甘露元年秋九月）丁亥，峻卒。吴人以綝为侍中、武卫将军、都督中外诸军事，召吕据等还。……吕据闻孙綝代孙峻辅政，大怒，与诸督将连名共表荐滕胤为丞相；綝更以胤为大司马，代吕岱驻武昌。据引兵还，使人报胤，欲共废綝。冬十月丁未，綝遣从兄宪将兵逆据于江都，使中使敕文钦、刘纂、唐咨等共击取据，又遣侍中左将军华融、中书丞丁晏告喻胤宜速去意。胤自以祸及，因留融、晏、勒兵自卫，召典军杨崇、将军孙咨，告以綝为乱，迫融等使作书难綝。綝不听，表言胤反，许将军刘丞以封爵，使率兵骑攻围胤。胤又劫融等使诈为诏发兵，融等不从，皆杀之。或劝胤引兵至苍龙门："将士见公出，必委綝就公。"时夜已半，胤恃与据期，又难举兵向宫，乃约令部曲，说吕侯兵已在近道，故皆为胤尽死，无离散者。胤颜色不变，谈笑如常。时大风，比晓，据不至，綝兵大会，遂杀胤及将士数十人，夷胤三族。己酉，大赦，改元太平。或劝吕据奔魏者，据曰："吾耻为叛臣。"遂自杀。……十一月，吴孙綝迁大将军。綝负贵倨傲，多行无礼。峻从弟宪尝与诛诸葛恪，峻厚遇之，官至右将军、无难督，平九官事。綝遇宪薄于峻时，宪怒，与将军王惇谋杀綝。事泄，綝杀惇，宪服药死。（参见《三国志·吴书·孙峻传》《孙綝传》）

此时吴刚引诸葛靓来到（城头）［石头城］，先拜见孙琳。琳问其故，刚曰："诸葛镇东乃诸葛武侯同宗兄弟，今不得已被司马昭欺凌，以此特来归降。只恐上国不信，令亲弟诸葛靓为质，专望相救累卵之危。平定之后，就纳两淮人户钱粮，永为臣下。”孙琳大喜，重赏吴刚已毕，便遣全择、全端为主将，王（柏）［祚］为合后，朱异、唐咨为先锋，文钦为乡道官引路，大起吴兵七万，［分］三队前进。

据《资治通鉴》卷七十七：吴纲至吴，吴人大喜，使将军全怿、全端、唐咨、王祚将三万众，与文钦同救诞；以诞为左都护，假节，大司徒、骠骑将军、青州牧，封寿春侯。怿，琮之子；端，其从子也。（参见《三国志·魏书·诸葛诞传》）

却说吴刚回报诸葛诞。［诞］大喜，遂陈兵准备迎接。

却说使命将乐琳首级并表文到洛阳。司马昭见了大怒，遂欲自讨淮南。长史贾充谏曰：“主公承父兄之基业未实，乃往远方，弃天子而行，万一有变，悔之何及！不若请太后并天子一同出征，可保万全之计。”昭曰：“此言正合吾心！”遂先入见太后，奏曰：“淮南诸葛诞谋反。今与大臣共议，请娘娘与天子御驾亲征，以（压）［厌］众心及先帝遗意。”太后从之。次日奏请魏主。［魏主］曰：“大［将军］都督天下军马出征，从自调遣，何必问朕？自请行兵。”昭曰：“不然。昔日武祖纵横海内，文帝、明帝包藏宇宙，并合八荒，凡遇大敌，必须自行。陛下正宜追配先君，扫清妖孽，何自猥也？”魏主惧其威权，只得从之。司马昭下诏，尽起（西）［两］都大军二十六万，先使镇南将军王基为正先锋，安东将军陈蹇为副先锋，监将石苞为左军，兖州刺史周泰为右军，簇车驾大队南征，旗幡浩荡，杀奔淮南而来。

却说细作飞报诸葛诞。诞曰：“先差东吴朱异为先锋，引本部兵二万五千前来迎敌。”魏军中王基出马与朱异交锋，战不十合，［朱异］败走。唐咨出马又败。魏兵掩杀前来，吴兵大败，退十五里。小将飞报入寿春城中。诸葛诞自引三千人马出阵。诞曰：“敢死者出战对阵！”无人出马。诸葛诞阵中文钦并二子文鸯、文虎来退司马昭。未知胜负如何。

［第二百二十三段］　忠义士于铨守节

司马昭在帐中听知诸葛诞合会吴兵来决（大）战，乃唤二谋士商议：一人乃散骑常侍裴秀，一人乃给事黄门侍郎锺会。昭问退军之策，会曰：“吴兵救诸葛诞者，实图利也。”昭曰：“然。”遂唤石苞、周泰引两军去石头地名埋伏，却令王基、陈蹇尽伏精兵为后应；先拨二万弱兵，令偏将军成萃提领，前去诱敌，阵后车载牛马驴骡及赏军之物，四面聚集。

当日，诸葛诞在（军中）［中军］，文钦在左，朱异在右，三军更不打话，大杀成萃（车）［军］马。［魏兵］皆弱，［抵］敌不住，望后便走，三军掩杀。魏兵大乱，放起炮来。石苞、周泰听得，两军齐出；随后王基、陈蹇（大）［又］率精兵杀奔而来，势如山倒。司马［昭］随后亦引军杀［到］。诸葛诞等大败，奔入寿春城。司马昭令军士（回）［四］面围定，并力攻打。

据《三国志·魏书·诸葛诞传》：（甘露二年夏）六月，车驾东征，至项。大将军司马文王督中外诸军二十六万众，临淮讨之。大将军屯丘头。使基及安东将军陈骞等四面合围，表里再重，堑垒甚峻。又使监军石苞、兖州刺史州泰等，简锐卒为游军，备外寇。钦等数出犯围，逆击走之。（参见《资治通鉴》卷七十七）

此时吴兵退入（南）［安］丰，魏主车驾驻于项城。锺会曰："今诸葛诞兵虽败，城内军士屯驻不出，更有吴兵在安丰为（倚）［掎］角之势。若四面围住太急，贼必死战矣。吴兵若来，内外攻击，吾军无益。不如只攻三面，留南门容贼自走；走而击之，可全胜也。［吴］兵来，必然带粮不多。吾以轻骑抄掠其后，可不战而自破矣。"司马昭喜曰："吾之子房也！"

据《资治通鉴》卷七十七：司马昭初围寿春，王基、石苞等皆欲急攻之，昭以为"寿春城固而众多，攻之必力屈；若有外寇，表里受敌，此危道也。今三叛相聚于孤城之中，天其或者使同就戮，吾当以全策縻之。但坚守三面，若吴贼陆道而来，军粮必少；吾以游兵轻骑绝其转输，可不战而破也。吴贼破，钦等必成擒矣！"乃命诸军按甲以守之，卒不烦攻而破。……司马昭之克寿春，锺会谋画居多；昭亲待日隆，委以腹心之任，时人比之子房。（参见《三国志·魏书·诸葛诞传》《锺会传》）

于是交王基彻退南门之兵，只东、西、北门各筑低土城为久计。元来淮水长发，一冲便倒。寿春城上军士望了大笑。

却说吴兵屯于安丰。孙琳唤朱异等责之曰："量一寿春城不能（取）［救］得，如何吞中原？再若不胜，必斩！"朱异等商议。牙将于铨曰："城中军士其心不一。吾等可分兵一（千）［半］，将军攻外，吾等攻内杀出，却令诸葛诞守城，此为上计。"朱异从之。当（有）［时］全择、全端二人皆愿往入城。朱异令文钦（军马）引全择、全端、于铨等引一万军入寿春城。

此时魏兵不得将令，不敢迎住，纵［吴兵］入城去了。军士报知司马昭。昭令王基、陈骞（可）［各］带五千兵伏于吴兵来路，"待朱异兵救寿春，不要当先迎敌，只截其后，吴兵自乱。"王、陈二将领命去了。

忽然朱异自引马步军来，正行之间，后面喊声大举，急回马时，王基、陈骞已自杀散吴兵大半。朱异不敢回安丰，直到江（凌）［陵］来见孙琳，告说被魏兵抄掠，因此损兵折将。孙琳大怒曰："累败之将，要汝何用！"叱令"斩之！"遂斩朱异于镬里地名；又责唐咨等曰："汝若不得城，休来见我！"孙琳自离建业来救寿春，素为强暴，不恤军士，更以言语唬吓。

据《资治通鉴》卷七十七：（甘露二年）秋七月，吴大将军綝大发卒出屯镬里，复遣朱异帅将军丁奉、黎斐等五人前解寿春之围。异留辎重于都陆，进屯黎浆，石苞、州泰又击破之。太山太守胡烈以奇兵五千袭都陆，尽焚异资粮，异将余兵，食葛叶，走归孙綝。綝使异更死战，异以士卒乏食，不从綝命。綝怒，九月己巳，綝斩异于镬里。辛未，引兵还建业。綝既不能拔出诸葛诞，而丧败士众，自戮名将，由是吴人莫不怨之。（参见《三国志·吴书·孙綝传》《三国志·魏书·诸葛诞传》）

全择之子全挥惧罪投魏，司马昭加为偏将军。唐咨遂退兵于舡上。

却说锺会与司马昭曰："孙琳退去，外无救兵，城可（违）［围］矣。"于是魏兵围合四面。却说全挥感司马昭之恩，遂写家书射入城中，言"孙琳不仁，责我等（慢）［无］功，尽要诛戮。今（口传）［只得］降魏，以保全身命。"全择收了子书，与长子全端引本部兵开门出降。于是魏兵乘高施放火（刀）[炮]火箭，环甲急攻。诸葛诞亲冒矢石催督，城上箭射如雨。城内城外死者无数，血流盈途。连打数日，方且休息。

且说诸葛诞手下谋士二人蒋班（乃南阳安众并在城上然）[、焦]升进言曰："城中粮少兵多，不宜久住。可驱本部及吴兵出城决一死战。今若坚守，非为上计。"诞大怒曰："吾欲守，汝欲战，莫非有异心乎？再言必斩！"蒋班叹曰："诞将亡矣！吾等不如降魏，求免一死。"是夜二更，（偷）[二人逾]城出降，司马昭皆重用之。因此城中有敢死之士，不敢言战。

据《资治通鉴》卷七十七：司马昭曰："异不得至寿春，非其罪也，而吴人杀之，欲以谢寿春而坚诞意，使其犹望救耳。今当坚围，备其越逸，而多方以误之。"乃纵反间，扬言"吴救方至，大军乏食，分遣羸疾就谷淮北，势不能久"。诞等益宽恣食，俄而城中乏粮，外救不至。将军蒋班、焦彝，皆诞腹心谋主也，言于诞曰："朱异等以大众来而不能进，孙綝杀异而归江东，外以发兵为名，内实坐须成败。今宜及众心尚固，士卒思用，并力决死，攻其一面，虽不能尽克，犹有可全者；空坐守死，无为也。"文钦曰："公今举十余万之众归命于吴，而钦与全端等皆同居死地，父兄子弟尽在江表，就孙綝不欲来，主上及其亲戚岂肯听乎！且中国无岁无事，军民并疲，今守我一年，内变将起，奈何舍此，欲乘危徼幸乎！"班、彝固劝之，钦怒。诞欲杀班、彝，二人惧，（甘露二年）十一月，弃诞逾城来降。全怿兄子辉、仪在建业，与其家内争讼，携其母将部曲数十家来奔。于是怿与兄子靖及全端弟翩、缉皆将兵在寿春城中，司马昭用黄门侍郎钟会策，密为辉、仪作书，使辉、仪所亲信赍入城告怿等，说"吴中怒怿等不能拔寿春，欲尽诛诸将家，故逃来归命"。十二月，怿等率其众数千人开门出降，城中震惧，不知所为。诏拜怿平东将军，封临湘侯；端等封拜各有差。（参见《三国志·魏书·诸葛诞传》及注引《汉晋春秋》,《三国志·魏书·钟会传》,《三国志·吴书·全琮传附子怿传》）

城外皆筑土城，以防冲突。诸葛诞每日只得坚守，只望水发，冲倒土城，便引军出城。自秋至冬，并无霖雨，淮水不发，看看粮尽。文钦寨在小城内，与二子守把，见军士渐渐饿倒，只得来告诞曰："粮当尽矣！军皆饿死。"诞怒曰："北方之兵，欲谋我也！"遂叱左右将文钦斩了；又欲斩钦二子，事已泄漏。文鸯、文虎却欲点军，诞兵已到。鸯、虎各执短刀，杀死二三十人，涌身上城，一跳而下壕堑，赴魏寨投降司马昭。昭恨当时之事，欲杀之。钟会谏曰："文钦罪不容诛，二子亦当剿灭。今钦已亡，二子无路，特来归降。今城未破，若欲杀之，是坚城内之心；更兼文鸯勇冠三军，留之以助征讨。"昭曰："然。"乃召文鸯、文虎至帐下，以好言慰之，赐与鞍马衣服，加为偏将军，赐爵关内侯。二人拜谢上马，绕城边大叫曰："我如今蒙大将军赦其反罪，赠以重爵。汝如何不早降！"

城中人困马乏，日久皆怨于诞也。于是城中人相语曰："文鸯乃司马昭之大仇，尚自重用，何况我乎？"遂三（十五）[五十]人偷出城门降之。诸葛诞（转）[大]怒，日夜自出巡城，以杀为威。

据《资治通鉴》卷七十七：甘露三年春正月，文钦谓诸葛诞曰："蒋班、焦彝谓我不能出而走，全端、全怿又率众逆降，此敌无备之时也，可以战矣。"诞及唐咨等皆以为然，遂大为攻具，昼夜五六日攻南围，欲决围而出。围上诸军临高发石车火箭，逆烧破其攻具，矢石雨下，死伤蔽地，血流盈堑，复还城。城内食转竭，出降者数万口。钦欲尽出北方人，省食，与吴人坚守，诞不听，由是争恨。钦素与诞有隙，徒以计合，事急愈相疑。钦见诞计事，诞遂杀钦。钦子鸯、虎将兵在小城中，闻钦死，勒兵赴之；众不为用，遂单走逾城出，自归于司马昭。军吏请诛之，昭曰："钦之罪不容诛，其子固应就戮；然鸯、虎以穷归命，且城未拔，杀之是坚其心也。"乃赦鸯、虎，使将数百骑巡城，呼曰："文钦之子犹不见杀，其余何惧！"又表鸯、虎皆为将军，赐爵关内侯。城内皆喜，且日益饥困。（参见《三国志·魏书·诸葛诞传》及注引《汉晋春秋》,《三国志·吴书·孙亮传》）

按：《演义》称司马昭欲斩文鸯，为锺会谏止，与史不合。据史书，司马昭是反对杀文鸯的，罗贯中将司马昭的话移植给了锺会。

锺会料知城中变动可破，乃禀司马昭曰："时刻已至，此城可攻矣。"于是大（彻）［激］三军，四面云集攻打。北门守将曹宣献门。诞知魏兵已入城了，乃与麾下数百人从城中冲出，至吊桥边，正撞见魏将顾奋，手起刀［落］，斩诞于马下。数百人欲出皆不得出，（皆）被乱箭射转小城，城中皆被擒捉。静轩先生因叹诸葛诞，乃作诗曰：

报国心坚不顾家，见危授命念非嗟。
当时若听诸谋士，安得人称井底蛙？

魏将王基杀到城西门内，（有）［遇］把门吴将于铨。王基喝令投降。于铨大叫曰："大丈夫受命为将救难，既不能退汝国之兵，又不能救寿春之城，反降他人，禽兽不为也！"以手执盔，掷于地下，挥刀大叫"于铨有死无二！"挥刀大战，叫"当吾者死，避吾者生！"［于铨］死战，独力难加，被乱军所杀。有诗作证：

司马当年围寿春，降兵无数拜车尘。
东吴虽有雄才士，谁及于铨勇烈人！

魏主军兵进入城中，将诸葛诞应有老小尽皆［斩之，］夷其三族。

据《资治通鉴》卷七十七：司马昭身自临围，见城上持弓者不发，曰："可攻矣！"乃四面进军，同时鼓噪登城。二月乙酉，克之。诞窘急，单马将其麾下突小城欲出，司马胡奋部兵击斩之，夷其三族。……吴将于诠曰："大丈夫受命其主，以兵救人，既不能克，又束手于敌，吾弗取也。"乃免胄冒陈而死。（参见《三国志·魏书·诸葛诞传》及注引干宝《晋纪》,《三国志·吴书·孙亮传》）

所有麾下士卒数百人驱往司马［昭］之前。昭曰："汝等若降，饶其性命。"众皆言曰："（原）［愿］与诸葛公死，不降汝也。"昭令尽缚于城外，先斩一人而问曰："降者不斩。"并无一人言降。又斩一人，再问，众皆曰："要斩便斩，何必又问？"遂尽斩之。司马昭见说，深加叹息，［令］尽皆埋之。

据《资治通鉴》卷七十七：诞麾下数百人，皆拱手为列，不降，每斩一人，辄降之，卒不变，以至于尽。（参见《三国志·魏书·诸葛诞传》及注引干宝《晋纪》）

史官有诗曰：

忠臣至死无移改，诸葛公休帐下兵。
《薤露》歌声应未断，遗踪直欲继田横。

吴兵尽皆归降于魏。裴秀与司马昭曰："东吴之兵皆江南之人，若尽留之，久必生变，不如坑之。"锺会曰："不然！古之用兵者，招降抚（信）［衅］，戮其元恶而已。若尽坑之，非仁义之心也。不如尽放回江南，以显中国之宽大也。"昭曰："此论是也！"尽将所降兵皆放还国。唐咨、王祚惧孙琳之暴，不敢回国，亦来投魏。昭亦然加官重赏，下令三军将士分布三河之地。

据《资治通鉴》卷七十七：唐咨、王祚等皆降。吴兵万众，器仗山积。……议者又以为“淮南仍为叛逆，吴兵室家在江南，不可纵，宜悉坑之”。昭曰：“古之用兵，全国为上，戮其元恶而已。吴兵就得亡还，适可以示中国之大度耳。”一无所杀，分布三河近郡以安处之。拜唐咨安远将军，其余裨将，咸假位号，众皆悦服，其淮南将士吏民为诞所胁略者，皆赦之。听文鸯兄弟收敛父丧。给其车牛，致葬旧墓。（参见《三国志·魏书·诸葛诞传》）

淮南已平，班师回京。

却说姜维打听魏主驾赴淮南，乘虚来袭秦川，夺长安。细作飞报军前，司马［昭］大惊。未知退敌后事如何。

［第二百二十四段］　姜维长城战邓艾［五伐中原］

蜀延熙（四）［二十］年——后改为景耀元年，姜维在汉中选得川将二员，十分勇猛，每日演习武艺。一将名蒋舒，一将名傅（签）［佥］，并用为心腹，在帐（为）［下］左右。

姜维与夏侯霸曰：“公常言‘邓艾小儿可避之，不可轻也’，吾未肯信。今果见其能，方知公言不谬矣，但恨未识其面耳！”霸曰：“方面大口，阔眉大目，身长七尺余；但言语蹇涩，时人呼为‘吃子’。”维曰：“我平生不服天下人，反中此人之计，誓欲报之！”忽报“南诸葛诞起兵讨司马昭，东吴孙琳亦起兵助之。司马昭尽起两（郡）［都］之兵，就请太后、魏主一同出征去了。”姜维大喜曰：“吾大事济矣！”遂表奏后主，兴兵伐魏。

谯周闻（知）［之］叹曰：“蜀兵连年远征，损伤者多，深有怨心。姜维不识时务，乃欲反天行事。主上近来溺于酒色，听信宦官黄皓，不理国事。今（反）［又］欲远征，不行救阻，国将危矣！吾何忍之？”乃作《仇国论》一篇寄姜维。其词曰：

或闻：“古往能以弱胜强者果何术？”伏愚子曰：“据大国无患者常多慢，处小国（常思）有忧者［常思］善。多慢则生乱，思善则生治，理之常也。故文王养民，以少（聚）［取］多；越勾践恤众，以弱毙强：此要术也。”高贤卿曰：“闻昔日楚强汉弱，约分洪沟，（各）［各］归（民息）［息民］。民志既定，则国定也。于是率兵追项羽，羽终以亡。岂不闻文王之事乎？”伏愚子笑曰：“贤卿只知其一，不知其二。昔（高帝）［商、周］之际，王侯世居，（非）久固深根者。当此之时，汉能仗剑鞍马取天下乎？秦罢侯置守宰厥后，民疲秦役，天下土崩。于是豪杰并争，狼分虎裂，疾（恃）［搏］者获多，迟缓者瓦解，故（不）可胜楚矣。方今之世，（待）［传］国易（数）［世］也，既非秦末鼎沸之时，（时）［实］有六国归并之（世）［势］，故可为文王，难为汉祖耳。夫民之劳毙，则骄奢之兆生；上慢下暴，则瓦解之形起。俗谚曰：‘射幸数（铁）［跌］，不如审发。’是故智者不为小利而动其心，移目改步；先视后动，数合而后奔。故汤、武之师不再战而克，诚重民劳而（遑）［度］时审也。如遂极行，黩武穷兵，不遇天时，反为强悖，有智者将不能谋之。若乃（其）［奇变］

纵横，出入无门，冲波跃浪，越谷凿山，不由舟楫而济（监）［盟］津，此伏愚子之所（言）不为也。”

据《三国志·蜀书·谯周传》：于时军旅数出，百姓凋瘁，周与尚书令陈祗论其利害，退而书之，谓之仇国论。其辞曰：“因余之国小，而肇建之国大，并争于世而为仇敌。因余之国有高贤卿者，问于伏愚子曰：‘今国事未定，上下劳心，往古之事，能以弱胜强者，其术何如？’伏愚子曰：‘吾闻之，处大无患者恒多慢，处小有忧者恒思善；多慢则生乱，思善则生治，理之常也。故周文养民，以少取多，勾践恤众，以弱毙强，此其术也。’贤卿曰：‘曩者项强汉弱，相与战争，无日宁息，然项羽与汉约分鸿沟为界，各欲归息民；张良以为民志既定，则难动也，寻帅追羽，终毙项氏，岂必由文王之事乎？肇建之国方有疾疢，我因其隙，陷其边陲，觊增其疾而毙之也。’伏愚子曰：‘当殷、周之际，王侯世尊，君臣久固，民习所专；深根者难拔，据固者难迁。当此之时，虽汉祖安能杖剑鞭马而取天下乎？当秦罢侯置守之后，民疲秦役，天下土崩，或岁改主，或月易公，鸟惊兽骇，莫知所从，于是豪强并争，虎裂狼分，疾博者获多，迟后者见吞。今我与肇建皆传国易世矣，既非秦末鼎沸之时，实有六国并据之势，故可为文王，难为汉祖。夫民疲劳则骚扰之兆生，上慢下暴则瓦解之形起。谚曰：“射幸数跌，不如审发。”是故智者不为小利移目，不为意似改步，时可而后动，数合而后举，故汤、武之师不再战而克，诚重民劳而度时审也。如遂极武黩征，土崩势生，不幸遇难，虽有智者将不能谋之矣。若乃奇变纵横，出入无间，冲波截辙，超谷越山，不由舟楫而济盟津者，我愚子也，实所不及。’”（参见《资治通鉴》卷七十七）

谯周令人将此论星夜来见姜维。维怒曰：“此腐儒之论也！”遂裂其论；乃提兵出川，问傅佥曰：“以公之见，先取何地？”佥曰：“魏兵积粮之所皆在长城。可（职络）［取骆］谷，渡沈岭，（宜）［直］到长城，先断其粮，后取秦川，陇右自然荒矣。”维曰：“公之所见，正合吾心！”便提兵出骆谷，渡沈岭，望长城而来。

却说长（安）［城］镇守将司马望乃昭之族兄也，正议本部粮多兵少，事务繁重。忽报蜀兵至，众各惊惶。司马望手下二将王直、李鹏进言曰：“‘水来土掩，将至兵迎’，何太怯也？某等愿决一死战！”望遂（同）［引］兵五万，离城二十里下寨。

次日，蜀兵来到。司马［望］引二将出马。姜维自出阵，指司马望而言曰：“今司马昭专政朝纲，必有董卓、王（莽）［莽］之心。吾今奉天伐罪，何不早降？免汝一死。若是迟迷，尽皆诛戮！”司马望答曰：“汝等无礼太甚，如何来犯大国？若不早早退兵，令汝片甲不回！”维大怒，遣傅佥挺枪出马，魏将王直出迎。两马相交，斗数十合，傅佥卖个破绽，王直一枪刺来，傅佥闪过，撞入怀中，活挟过来，（司马望）望本阵便回。李鹏见捉了王直，心中大怒，转手中刀，拍坐下马，来救王直。傅佥故意放慢，等李鹏至近，将王直掷下马，李鹏却好赶到，傅佥暗掣四楞铁简在手。李鹏刀却砍来，傅佥闪过，偷手掣起铁简，望李鹏面门上一简，打得眼珠迸流。李鹏死于马下。王直却要起来，被傅佥一镖枪搠死。姜维看见，大叱三军，掩杀将来。司马望望见，弃寨而走。蜀兵大进，（维）直赶到长城之下，司马望闭门不出。

姜维传令军士：“今夜暂歇一宿，存养气力。来日须要入城。”次日平明，蜀兵大进，一涌直至城下，火箭火炮打入城中。城上房屋皆着，魏兵大乱。姜维传令曰：“各军（要）［带］草一束，如无者斩！”众军纳草堆积城下，一齐点火，火焰如飞。城中军士（吒）［嚎］啕痛哭：“城将危矣！”只［听］得蜀兵后喊声大举，维大惊，荒忙飞马回阵后看时，背后浩浩荡荡，魏兵鼓噪而来。姜维把军马摆开阵势，出马挺枪，立于门旗下而看之，见魏兵门旗开处闪出一面绣旗，上写“镇西将军邓艾”。銮（旗）[铃]向处，一将飞马横刀，全装（环）[擐]带，面如傅粉，约有二十余岁，大叫“贼姜维早早下马投降!”姜维问曰：“莫非邓艾村夫？”那将乃邓艾之子邓忠也，便不通名姓，飞马挺枪，来战姜维。维久要识艾，乃抖搜精神来战。邓忠双枪齐发，战到五十余合，那小将枪法无半点儿放闲，胜负未分。姜维寻思（羸）[赢]他不得，卖个破绽，回马便走，不入本阵，望左手小路中走去。小将随后赶来。姜维把枪带住，偷取雕弓羽箭，欲暗射一箭，又被小将见了，[听得]弓弦向，把身望后一倒，那只箭从身上射（去过）[过去]了。维见箭不中，回头又走。看看赶上，[邓忠]提起手中枪，望姜维后心便刺。姜维把身一闪，那枪从胁下过去，被姜维挟住枪。邓忠弃枪望本阵而走。姜维大叫“小儿走那里去!”纵马赶到阵[前]，门旗影里，一将飞马提刀而出，乃是邓艾。艾大叫：“姜维匹夫，勿赶吾儿！邓艾在此。”姜维方省那小将乃是邓艾之子；又欲来战邓艾，又恐马乏，乃与邓艾曰：“吾今已识汝之子也。各令军退，来日决一大战。”邓艾见战场不（好）[利]，乃就机而言曰：“既然如此，若怯吾者，非是大丈[夫]也。”于是两军皆退。艾拒住渭水下了寨栅，维跨住两山安营。

却说邓艾看了地理，持书与司马望[曰]：“切不可出战，只宜谨守，等待关中兵到。此时姜维无粮，吾军三面围定夹攻，无不胜矣。今遣长子邓忠（同）[相]助守城。”一面飞报司马昭。

却说维使人来下战书，约来日大战。邓艾回书，虚约了日。至日，姜维五更造饭，平明布阵。诸将各[自]等候，只要厮杀。维在中军，夏侯霸在左，傅佥在右，只等魏兵到来。却说邓艾在（阵）[寨]中传令掩旗息鼓：“如有妄动者斩之!”却说姜维使人探看，回报曰：“无人出寨门，寨门深闭。”姜维至晚而回。次日又使人下战书，以责失约。艾以酒食待之。艾曰：“吾身小疾，有误相持。”来人自回，又约了日。比及蜀兵到，又不出战。如此五六番不出。

傅佥曰：“此必有谋，可以防之。”维曰：“实是等关中救兵到，三面击吾军也。吾今持书入吴国，令孙琳并力攻打，共分天下。”却欲遣使，忽报说：“诸葛诞被司马昭打破寿春，夷其三族。吴兵皆降司马昭。昭班师回洛阳，便欲引得胜之兵到也。”姜维大惊曰：“吾所筭又成画饼矣！不如便回。”当下如何退兵？

[第二百二十五段]　孙琳废主立孙休

姜维恐司马昭大势兵到，命将粮草先退，步兵随（便）[后]起，马军断后，退入汉中。

据《三国志·蜀书·姜维传》：（延熙）二十年，魏征东大将军诸葛诞反于淮南，分关中兵东下。维欲乘虚向秦川，复率数万人出骆谷，径至沈岭。时长城积谷甚多而守兵乃少，闻维方到，众皆惶惧。魏大将军司马望拒之，邓艾亦自陇右，皆军于长城。维前住芒水，皆倚山为营。望、艾傍渭坚围，维数下挑战，望、艾不应。景耀元年，维闻诞

破败，乃还成都。复拜大将军。（参见《资治通鉴》卷七十七）

细作报知，艾曰："维必有国事而去；缓缓而退，必有计，不可追。"［令人］哨看，果然骆谷道窄狭之处堆积柴草，［欲］烧魏兵追兵。［哨马］回报，人皆敬服邓艾先明远见，表奏朝廷。司马昭又加（官）赏［邓艾］。

却说东吴孙琳听知全择、唐咨、王祚等辈反降魏，尽将各家老小驱而杀之。此时孙琳杀伐太重，吴主亮欲除之，不得其便。亮为人至聪明，识动静。一日在宫食生梅，使黄门问中藏取蜜，中藏乃管（房）［库］之官。取到拨开蜜内，见有鼠粪数（头）［颗］，召中藏问之。中藏叩头曰："臣封闭甚严，安有鼠粪？"亮曰："黄门曾问汝求蜜乎？"中藏曰："数月之前屡曾求蜜，臣实不敢与。"亮曰："此是黄门之所为也。"黄门不服。亮曰："若原有在蜜中，内外皆湿；如新放在内者，内干外湿。"（刮）［剖］开果然内干，黄门伏罪。此时见亮聪明处。

据《资治通鉴》卷七十七：（甘露二年）夏四月，吴主临正殿，大赦，始亲政事。孙綝表奏，多见难问，又科兵子弟十八已下，十五以上三千余人，选大将子弟年少有勇力者，使将之，日于苑中教习，曰："吾立此军，欲与之俱长。"又数出中书视大帝时旧事，问左右侍臣曰："先帝数有特制，今大将军问事，但令我书可邪？"尝食生梅，使黄门至中藏取蜜，蜜中有鼠矢；召问藏吏，藏吏叩头。吴主曰："黄门从尔求蜜邪？"吏曰："向求，实不敢与。"黄门不服。吴主令破鼠矢，矢中燥，因大笑，谓左右曰："若矢先在蜜中，中外当俱湿；今外湿里燥，此必黄门所为也。"诘之，果服，左右莫不惊悚。（参见《三国志·吴书·孙亮传》注引《吴历》及《江表传》）

吴主虽然聪明，被孙琳（一）［大］权把住；又有孙据统领禁军，官带威远将军；［武卫将军］孙（思）［恩］、偏将军孙干、长水校尉（列阐）［孙闿］分屯诸营。孙琳乃筑太府于米顾桥南，托病不出。

据《资治通鉴》卷七十七：吴孙綝以吴主亲览政事，多所难问，甚惧；返自镬里，遂称疾不朝，使弟威远将军据入仓龙门宿卫，武卫将军恩、偏将军干、长水校尉闿分屯诸营，欲以自固。（参见《三国志·吴书·孙綝传》）

一日吴主孙亮闷坐，有黄门侍郎全纪在侧。纪乃皇丈全尚之子，即今国舅是也，忠心事亮。亮密告纪曰："孙琳妄杀大臣，把握朝纲，觑人如无物。今不除之，必为后患！汝可密告汝父，令（便）［把］各门，吾当自出诛讨逆贼。此事切不可令汝母亲知之！汝母乃孙琳同宗姊妹，事若漏泄，此祸非轻也！"纪曰："主上当先发草诏与臣。临行事时，持发诏语，（令）［将］孙琳牙爪尽皆赦下，必不敢妄动。"亮以为然，即写诏书付纪。［纪］乃持诏归告其父全尚。尚见中军诸将惧琳强暴，皆欲背之，自知其事必就，入与妻曰："三日内孙琳必受刑也。"妻曰："杀之是也。"口已应"是"，却密使人将书来报孙琳。琳大怒，连夜便叫兄弟四人点起大兵，先围住内院；后将全尚、刘承全家拏下。

比及平明，吴主亮听得金鼓齐鸣。内（人）［侍］入宫报说："孙琳举兵围住内院。"［亮］骂妻曰："汝父仆隶，安能立大事乎！"仗剑而言曰："朕乃大帝嫡亲一派，在位五年，谁敢不从？"遂与从者数十人相率而出，孙琳兵把住，不得出殿。

孙琳将全尚、刘承（尽）［等］杀之，然后乃集百官于朝。琳曰："（小）［少］帝荒淫昏乱，不理朝政，不可以奉宗庙，今可废之。若不从者，全尚为例！”众官惧曰：“听将军命。”忽班部中一人厉声大叫曰：“孙琳匹夫！汝无伊尹、霍光之（志）[才]，而敢废聪明之主。吾今宁死，岂顺贼臣之命！何颜于九泉之下见先帝乎！”众视之，乃桓彝也。孙琳大怒，掣剑亲斩之；于是引领百官入内庭，擒下吴主孙亮，叱之曰：“无道昏君，本欲诛绝，以谢天下！吾看先帝之面，废汝为会稽王。吾当自选贤德之主立之。”叱中书即夺却玺绶，便令登程。孙亮大哭而去。

据《资治通鉴》卷七十七：吴主阴与全公主及将军刘丞谋诛綝。全后父尚为太常、卫将军，吴主谓尚子黄门侍郎纪曰：“孙綝专势，轻小于孤。孤前敕之使速上岸，为唐咨等作援，而留湖中不上岸一步；又委罪于朱异，擅杀功臣，不先表闻；筑第桥南，不复朝见。此为自在，无所复畏，不可久忍，今规取之。卿父作中军都督，使密严整士马，孤当自出临桥，率宿卫虎骑、左右无难一时围之，作版诏敕綝所领皆解散，不得举手。正尔，自当得之；卿去，但当使密耳！卿宣诏卿父，勿令卿母知之；女人既不晓大事，且綝同堂姊，邂逅漏泄，误孤非小也！”纪承诏以告尚。尚无远虑，以语纪母，母使人密语綝。（甘露三年秋）九月戊午，綝夜以兵袭尚，执之，遣弟恩杀刘承于苍龙门外，比明，遂围宫。吴主大怒，上马带鞬执弓欲出，曰：“孤大皇帝適子，在位已五年，谁敢不从者！”侍中近臣及乳母共牵攀止之，不得出，叹咤不食，骂全后曰：“尔父愦愦，败我大事！”又遣呼纪，纪曰：“臣父奉诏不谨，负上，无面目复见。”因自杀。綝使光禄勋孟宗告太庙，废吴主为会稽王。召群臣议曰：“少帝荒病昏乱，不可以处大位，承宗庙，已告先帝废之。诸君若有不同者，下异议。”皆震怖，曰：“唯将军令！”綝遣中书郎李崇夺吴主玺绶，以吴主罪班告远近。尚书桓彝不肯署名，綝怒，杀之。典军施正劝綝迎立琅邪王休，綝从之。己未，綝使宗正楷与中书郎董朝迎琅邪王于会稽。遣将军孙耽送会稽王亮之国，亮时年十六。徙全尚于零陵，寻追杀之；迁全公主于豫章。（参见《三国志·吴书·孙綝传》及注引《江表传》）

后史官有诗曰：

魏朝奸逆废曹芳，吴国孙（休）[琳]效霍光。

无父无君堪可叹，周公礼灭废纲常。

孙琳废帝，兵精粮足，乃遣宗正孙楷、中书董朝（柴）[往]武林（郡迎那）[迎琅琊]王为君，名孙休，字子烈，乃孙权弟之子也，镇守武林今杭州是也。孙休夜梦骑白龙，回顾不见龙尾，失惊而觉。

据《三国志·吴书·孙休传》：孙休字子烈，权第六子。年十三，从中书郎射慈、郎中盛冲受学。太元二年正月，封琅邪王，居虎林。四月，权薨，休弟亮承统，诸葛恪秉政，不欲诸王在滨江兵马之地，徙休于丹杨郡。太守李衡数以事侵休，休上书乞徙他郡，诏徙会稽。居数岁，梦乘龙上天，顾不见尾，觉而异之。

次日，董朝、孙楷至，乃请回都。休初时疑惑，二人备说其事。至于曲河，孙休之心益疑，楷叩头言曰：“事久生变，天下淘淘，陛下速往。”休谢之。行至布塞亭，孙恩将军驾车来迎。休不敢升辇，乃乘小车而来。百官迎拜道傍，休下车答礼。琳乃扶（策）[休]升御座。休再三谦让，然后受传国玺绶；百官朝贺，（又封）[大赦]本邦，改为永安元年；封孙琳为大丞相、荆州牧，其余各封了当，

据《三国志·吴书·孙休传》：孙亮废，己未，孙綝使宗正孙楷与中书郎董朝迎休。

休初闻问，意疑，楷、朝具述綝等所以奉迎本意，留一日二夜，遂发。十月戊寅，行至曲阿，有老公干休叩头曰：“事久变生，天下喁喁，愿陛下速行。”休善之，是日进及布塞亭。武卫将军恩行丞相事，率百僚以乘舆法驾迎于永昌亭，筑宫，以武帐为便殿，设御座。己卯，休至，望便殿止住，使孙楷先见恩。楷还，休乘辇进，群臣再拜称臣。休升便殿，谦不即御坐，止东厢。户曹尚书前即阶下赞奏，丞相奉玺符。休三让，群臣三请。休曰：“将相诸侯咸推寡人，寡人敢不承受玺符。”群臣以次奉引，休就乘舆，百官陪位，綝以兵千人迎于半野，拜于道侧，休下车答拜。即日，御正殿，大赦，改元。是岁，于魏甘露三年也。永安元年冬十月壬午，诏曰：“夫褒德赏功，古今通义。其以大将军綝为丞相、荆州牧，增食五县。武卫将军恩为御史大夫、卫将军、中军督，封县侯。威远将军据为右将军、县侯。偏将军干杂号将军、亭侯。长水校尉张布辅导勤劳，以布为辅义将军，封永康侯。董朝亲迎，封为乡侯。”（参见《资治通鉴》卷七十七）

封其弟孙（皎）［皓］为乌程侯。

据《三国志·吴书·孙休传》：（永安元年冬十月）己丑，封孙皓为乌程侯，皓弟德钱唐侯，谦永安侯。（参见《资治通鉴》卷七十七）

据《三国志·吴书·孙和传》：孙休立，封和子皓为乌程侯。

孙琳［一家］皆封王侯，领禁兵，压制人主；凡有所请，并不敢违。吴主孙休恐有内变，遂加赏赐，以安其心。

据《三国志·吴书·孙休传》：綝一门五侯皆典禁兵，权倾人主，有所陈述，敬而不违，于是益恣。休恐其有变，数加赏赐。

冬十二月，休乃使左将军张布散赐瓶酒与大臣之家。布先送至孙琳府中，琳已大醉。见瓶酒列于面前，琳卧而对张布曰：“吾初废少帝时，人皆劝吾为君。吾以孙休贤孝而立之；如无吾时，汝只是一琅琊王耳。今将我如等闲待之，交你早晚看吾！”言讫，恨之不已。张布当晚入密室告孙休。休日夜不安。［孙琳将］军器尽行拨与禁军。

却说御营将魏邈、武御士施朔二人密告吴主曰：“孙琳调［兵］，必有变意；又将武库内军器搬得一空，早晚必有恶念。”吴主大惊，召张布商议。布曰：“可请老将军丁奉议之。”［吴主］遂宣老将丁奉入宫，泣诉其事。奉曰：“陛下勿忧！臣当与国除害。来朝腊日，陛下只推大会群臣，臣自调遣。”吴主就写诏书，令张布当殿内事，丁奉、施朔、魏邈管外事。

据《资治通鉴》卷七十七：孙綝奉牛酒诣吴主，吴主不受，赍诣左将军张布。酒酣，出怨言曰：“初废少主时，多劝吾自为之者。吾以陛下贤明，故迎之。帝非我不立，今上礼见拒，是与凡臣无异，当复改图耳。”布以告吴主，吴主衔之，恐其有变，数加赏赐。（甘露三年冬十月）戊戌，吴主诏曰：“大将军掌中外诸军事，事统烦多，其加卫将军、御史大夫恩侍中，与大将军分省诸事。”或有告綝怀怨悔上，欲图反者，吴主执以付綝，綝杀之，由是益惧，因孟宗求出屯武昌，吴主许之。綝尽敕所督中营精兵万余人，皆令装载，又取武库兵器，吴主咸令给与。綝求中书两郎典知荆州诸军事，主者奏中书不应外出，吴主特听之。其所请求，一无违者。将军魏邈说吴主曰：“綝居外，必有变。”武卫士施朔又告綝谋反。吴主将讨綝，密问辅义将军张布，布曰：“左将军丁奉，虽不能吏书，而计略过人，能断大事。”吴主召奉告之，且问以计画。奉曰：“丞相兄弟支党甚盛，恐人心不同，不可卒制；可因腊会有陛兵以诛之。”吴主从之。（参见《三国志·吴

书·孙綝传》《丁奉传》)

是夜大风骤起，飞沙走石。天明风息，使者到孙琳府请赴会。琳方才起床，如有人推倒，心中不悦。使者十余次祈请。家人止之曰："(二)[一]夜强风，今早又有惊报，此会不可去赴。"琳曰："吾兄弟尽(点)[典]禁军，谁敢近我？倘有变动，便就内前放火。"嘱付讫，乃上车入内见吴主。孙休乃下御座而迎之，赐其高座。酒待一巡，左右惊报曰："宫外望见火起！"琳便[欲]行，休止之曰："丞相稳便。外面军士极多，何足惧也？"言未毕，张布仗剑引武士二十余人抢上殿来，厉声呼曰："有诏(收)[讨]反贼孙琳！(余)从[者]尽皆赦下。"琳听得欲走时，被武士擒下。琳叩头曰："臣无反意，又无人告发。"吴主叱之曰："如何不从滕彻、吕据也？"琳又曰："臣不得罪于朝廷。"休又叱曰："汝何不从滕彻、吕据为奴也？"喝武士推出斩之。从者皆不敢动。张布宣言曰："罪在孙琳，余皆还旧职。"众皆拜谢。张布乃请吴主上凤楼。丁奉、魏邈、施朔等皆擒孙琳兄弟至。吴主尽命斩之，宗党死者百余人，夷其三族，附协者尽(取)[皆赦]之；掘开孙峻墓，戮其尸首；将旧被残害诸葛恪、滕彻、吕据等重建坟墓，以表屈死；其带累流远者尽皆(而)召还。

据《资治通鉴》卷七十七：(甘露三年冬十月)十二月丁卯，建业中谣言明会有变，綝闻之，不悦。夜，大风，发屋扬沙，綝益惧。戊辰，腊会，綝称疾不至；吴主强起之，使者十余辈，綝不得已，将入，众止焉。綝曰："国家屡有命，不可辞。可豫整兵，令府内起火，因是可得速还。"遂入，寻而火起，綝求出，吴主曰："外兵自多，不足烦丞相也。"綝起离席，奉、布目左右缚之。綝叩头曰："愿徙交州。"吴主曰："卿何以不徙滕胤、吕据于交州乎！"綝复曰："愿没为官奴。"吴主曰："卿何不以胤、据为奴乎！"遂斩之。以綝首令其众曰："诸与綝同谋者，皆赦之。"放仗者五千人。孙闿乘船欲降北，追杀之。夷綝三族，发孙峻棺，取其印绶，斫其木而埋之。己巳，吴主以张布为中军督。改葬诸葛恪、滕胤、吕据等，其罹恪等事远徙者，一切召还。(参见《三国志·吴书·孙綝传》《丁奉传》)

史官有诗叹之曰：

孙峻、孙琳作大臣，挟权倚势害平人。
世间报应难逃免，不在儿孙在自身。

[第二百二十六段]　姜维祁山战邓艾　六伐中原

蜀景耀元年冬，大将军姜维复选廖化、张翼为先锋，王含、蒋斌为左将军，[蒋舒、]傅佥为右将军，胡济为合后，自总中军，起蜀兵二十万，辞后主，复取中原。

此时后主刘禅用中贵黄皓用事，日夜在宫中饮酒，(校)[挑]选美女妇人以玩之。后主不复听政矣。时有刘琰之妻胡氏极有美色，因入宫朝贺皇后，后乃留于宫中，三日而归。于是刘琰深疑其妻与后主私通，唤帐下(军)五百(列于面前，)将妻胡氏绑缚，令(军各)以皮鞭鞭其面，(已)[几]将死。后因此事告发，后主大怒，敕有司问罪。[有司]拟其罪，奏"琰不合令军挞妻面，有失人伦，理宜弃(世)[市]。"[后主]令将刘琰正身，斩于市曹；敕令此（事）［后］妇人不得入宫。

据《三国志·蜀书·刘琰传》：（建兴）十二年正月，琰妻胡氏入贺太后，太后令特留胡氏，经月乃出。胡氏有美色，琰疑其与后主有私，呼五百挞胡，至于以履搏面，而后弃遣。胡具以告言琰，琰坐下狱。有司议曰："卒非挞妻之人，面非受履之地。"琰竟弃市。自是大臣妻母朝庆遂绝。

按：据史书，刘琰怀疑其妻胡氏与后主有私而痛打胡氏，事发而被处死，发生在蜀汉建兴十二年（234）；《演义》为表现刘禅的荒淫无道，遂将此事移植于蜀汉灭亡前不久的景耀元年（258）。234 年时，诸葛亮还活着，他当时曾委派郭攸之、费祎、董允等人监督宫中之事（即负责管教刘禅），故刘禅与胡氏极不可能有私。据史书，刘琰妻胡氏本是"入贺太后，太后令特留胡氏，经月乃出"，《演义》则改为"入宫朝贺皇后，后乃留于宫中，三日而归"，从而使刘琰的"疑其妻与后主私通"变得颇有道理。

却说姜维与夏侯霸同掌中军。维曰："前者屡次不能成功，甚是羞惭！今魏朝君弱臣强，乘虚图之，当取何地？"霸曰："祁山虽有准备，乃用武之地，堪可进兵，必雪前耻！"姜维从其言，纵军前（夺）［往］祁山下寨。［却说姜维发誓要与邓艾决一雌雄，下令"诸军各要依次厮杀，不许有违。"］

却说邓艾在陇右点军，听知蜀兵又到，火速来祁山寨。（去）［艾］问"蜀兵在何处下寨？"哨马答曰："见屯三营于谷口。"（却说姜维发怒，要与邓艾决一雌雄，下令"诸军各要依次厮杀，不许有违。"）邓艾登高看之，大喜曰："不出吾之所料也！"［元来早挖了地道至蜀寨］屯营之处，以待蜀兵来，（此）［以］计胜之。此时姜维至谷口，分下左、右、中三个营寨，地道正在左营之中，——左营主将乃王含、蒋斌，右营主将乃蒋舒、傅佥。兵卒方才初到，安排鹿角，整点寨门。邓艾（、司马纂）［命师纂］、邓忠各引马军一万前来冲突；却差副将郑伦引五百（窟）［掘］子手军人，于当夜二更，自地道直到左军营内，于帐后地涌出。蜀人王含、蒋斌（为兵）［立营］未定，不知地脉，（恐）［隄］防劫寨，不敢解甲而寝；忽闻军中大乱，急提兵上马时，寨外邓忠引魏兵到，内外攻击。二将战敌不住，死战得脱，弃寨而走。却说姜维在军中听得左寨中大喊。人报"左寨被［魏］兵内应外合，众皆溃散。"姜维上马，立于中军帐外，四面布合，下令："如有妄动者腰斩！但有军到营边，休问姓名，并皆射之。"差流星报马转报右营，依令而行。因此［魏兵］冲到寨边，冲击不动，不敢妄入。杀到天明，邓艾收兵回营，叹曰："姜维深明诸葛传授，兵不致乱也！"

次日，蒋斌、王含收（众）［聚］败残军马，来大寨请罪。维曰："非是汝等之过。乃是吾不明地脉之故也。"传令再分拨军马，令领三军安定了二寨，安营去讫，将杀伤之尸尽填塞于地道之中，以石并土掩之；却令人下战书，单搦邓艾来日交锋。艾欣然回书："次日各引军出祁山之前交战，以分（英）［雌］雄！"维得了回书，传令与各将军知会，要按武侯八阵之法——天地、风云、鸟兽、龙虎之形分布（已定）。

至次日五更，阵势已完。姜维自到军前观望来军如何，远远望见邓艾之兵旗幡对对，刀剑齐齐，杀奔而来。两军皆下住栅寨。邓艾也（自）亲自出马，到阵前来看姜维阵势，见布成八阵之图。艾亦晓左右前后门户。艾看了，出马阵前曰："请姜维出马打话。"维亦出马于阵前。艾曰："汝之八阵能（识）变化否？"姜维便入阵上云梯，令拨发官左右招飐，变成八八六十四卦门户。维再出曰："吾之变法如何？"艾曰："虽然不差，汝敢与吾斗八阵图么？”维曰：“有何不可？”两下擂鼓，魏军、蜀兵各依队伍而进。邓艾在军中调遣，初时见八阵变法，却是两军左右躲闪而行；后到中间，只见维把旗一招，变成长蛇（掩）[卷]地阵，把邓艾围在垓心，四面八方喊声大起。邓艾不识其阵，心下大惊，但见周围尽是蜀兵，渐渐逼近。邓艾引众将冲突不出，只听外面大叫“邓艾早降!”艾叹曰：“吾一时自逞其能，今中了姜维之计也!”忽然见西北上一彪军杀开蜀兵，直突将入，来救邓艾，乃乘势杀将出来。救邓艾者乃司马望也，比及救得艾出，祁山九寨尽被蜀兵占了。

魏军退于渭南。艾问司马望曰：“公何以知其阵法，而杀入救出艾也？”望曰：“吾幼年游学于荆南，曾与崔州平、石广元为友，讨论阵法。今日姜维所变之法，乃长蛇阵也。若击他处，不得出。吾今自头上而击之，破其阵也。吾故自西北头上而入救将军。”邓艾称谢曰：“吾虽然学（明）[得]阵法，其实不知有此变化也。公既然深明阵法，来日布阵，复往夺祁山寨也，如何？”望曰：“我所学皆瞒姜维不过也。此人深明诸葛武侯之传授。我来日与姜维斗阵法，却令一军袭祁山之后，两下混战，可夺祁山也。”随即遣人下战书，约姜维来日斗阵法。

维看了大笑，批回了，与诸将曰：“吾得诸葛丞相所传秘法，八阵通变三百六十五样，按周天之数。此阵再无能者，搦吾斗阵法，正是（掉刀）[班门]弄斧也；然此其中必有诈谋。”乃与廖化曰：“来日阵前相对时，汝可引一万兵，与张（冀）[翼]前去山后埋伏，如此而行。”（到次日，）二将得令前去。

却说[次日]姜维尽起九寨之兵，到于（祈）[祁]山之前布成阵势。却说邓艾自差郑伦为先锋，暗引军去袭祁山之前后。司马望引兵离渭南，到祁山也布成阵势。望出马与姜维打话。维曰：“汝若搦吾斗阵，汝试布之。”于是望将旗招飐，变成八阵。维曰：“此乃八阵，是吾师所（致）[教]。汝何盗学？”望曰：“汝师亦盗学他人者。吾所授者（的）[真]本也。”维曰：“此乃八阵，有何所变？”望曰：“九九八十一变。”维曰：“汝试变之。”望乃入阵，变数阵而出曰：“汝识吾变化乎？”维笑曰：“汝乃井中之蛙，岂知玄妙（耳）[耶]？吾之阵法尽按周天三百六十五度。”望亦知如此变化法度，实未学得全也；今只要俄延姜维，待邓艾后面成功。望曰：“汝之阵法不为佳妙，可变一二与吾观之。”维曰：“汝交邓艾出来，吾布与他看。”望曰：“邓将军自有良谋，不习阵法。”维笑曰：“汝赚吾在此布阵，却交邓艾去袭祁山后之寨，是否？”司马望大惊，自思“维乃神筭之人!”却欲混战，被姜维鞭稍一指，两翼兵围裹将来，杀得魏兵大败。

按：《演义》所述姜维第六次伐魏，出祁山，夺祁山九寨，与邓艾斗阵法，大破邓艾的故事，均不见于史。

却说邓艾一军前进。先锋郑伦将至山后，忽廖化（兵）[杀]出，一刀斩郑伦于马下。张翼兵出，乱箭飞蝗射来，杀得邓艾两下无路，死战得脱，身中两箭，回到渭南寨中，和司马望商议。望曰：“近日刘禅用中贵黄皓，每日以酒色为乐。可用良计，使召姜维回川，此危可解矣。”艾曰：“谁可去西川交构黄皓？”帐下一人出，乃襄阳人氏，姓党名均。艾即遣党均赍金宝入蜀；拒住寨栅，按兵不动。

党均到成都结构黄皓，布散流言，说姜维怨望朝廷，欲（充宝）[弃兵]归魏。黄皓闻左右所言者众，乃闻奏后主，“可以早诏姜维班师，免生后患。”后主听奏，火速差人宣姜维星夜回朝，[后]回汉中。静轩诗曰：

乐毅破齐遭间沮，岳飞伐虏受谗回。

姜维拒敌功初就，又被班师诏忽来。

维受宣（奏）［诏］，不知所为，随即回川中，分付张翼等提调军马。

司马望知计策已成，只等蜀兵起程，随后追杀。未知如何。

［第二百二十七段］ 司马昭南（关）［阙］弑曹髦

姜维被诏，已分付张翼、廖化守祁山；随后又有诏书至，便令班师回汉中。廖化曰："此是间（谍）［谋］之计也。'将在军，君命有所不受。'且不可动。"张翼曰："大将军连年动兵，蜀人皆有怨叹。民心一失，安能长久？不如乘此得胜之时，收兵暂息，以安民心。"廖化曰："虽回川，倘魏兵袭后，若何？"［张］冀曰："兵各依次而退。吾与公断后，以拒魏兵。"廖化从之。二将断后，军马陆续退去。邓艾引兵追赶，见旗幡整肃，人马齐行，叹曰："此皆深明诸葛之遗法！"遂不敢（追）［追］，收兵而回。

却说姜维回成都朝后主。后主曰："为卿之在边廷，军士劳苦，召卿还都，别无主意。"维曰："臣已夺祁山寨，正欲收功，不期半途而废。此必中魏人间谋之计也。请令复出师伐魏，必复中原，上（投）［报］先帝之明，下继武侯之志！"后主默然。因此黄皓深恨之。维辞后主，再往汉中收拾军马，未得次第。

却说党均回祁山寨报知此事。艾曰："君臣不（足）［合］，必有内变。"就令党均赍表入朝，备陈此事。司马昭大喜，已有图蜀之意，乃召中护军贾充

据《三国志·魏书·贾逵传附子充传》：充，咸熙中为中护军。

入议曰："吾欲伐蜀，若何？"充曰："未可也。"昭曰："何为未可？"充曰："今上深疑主公久矣。若一旦轻出，蜀未能伐，内必生变也！"昭曰："何以见疑于我？"充曰："去年黄龙两见于宁陵井中，此国祥瑞，群臣表贺。今上曰：'非祥瑞也。其龙上不能升天，下不［能］在田，屈于井中，乃忧愁之象。'遂作《（赞）［潜］龙》之诗，深归怨于主公也。其诗曰：

伤哉龙受困，不能逞深渊！
上（天）［不］飞天汉，下不在乾田。
蟠居于井底，鳅鳝舞其前。
藏（才）［牙］伏爪甲，嗟我亦如然！

以此诗论，深疑怨于主公也。"昭闻（知）［之］大怒［曰］："此人欲效曹芳耶！"

据《资治通鉴》卷七十七：甘露四年春正月，黄龙二见宁陵井中。先是，顿丘、冠军、阳夏井中屡有龙见，群臣以为吉祥，帝曰："龙者，君德也，上不在天，下不在田，而数屈于井，非嘉兆也。"作《潜龙诗》以自讽，司马昭见而恶之。（参见《三国志·魏书·高贵乡公髦纪》及注引《汉晋春秋》）

据《三国志·魏书·高贵乡公髦纪》注引《魏氏春秋》：（郑）小同诣司马文王，文王有密疏，未之屏也。如厕还，谓之曰："卿见吾疏乎？"对曰："否。"文王犹疑而鸩

之，卒。

据《后汉书·郑玄传附郑小同传》注引《魏氏春秋》：小同，高贵乡公时为侍中。尝诣司马文王，文王有密疏，未之屏也，如厕还，问之曰："卿见吾疏乎？"答曰："不。"文王曰："宁我负卿，无卿负我。"遂鸩之。

据《三国志集解》卷四《高贵乡公髦纪》，卢弼按：据《晋史》所载，当时实将有废立之事，昭之密疏或即为此。郑小同之鸩死，虑其漏泄也。

据《三国志·魏书·高贵乡公髦纪》注引《世语》：青龙中，石苞鬻铁于长安，得见司马宣王，宣王知焉。后擢为尚书郎，历青州刺史、镇东将军。甘露中入朝，当还，辞高贵乡公，留中尽日。文王遣人要令过。文王问苞："何淹留也？"苞曰："非常人也。"明日发至荥阳，数日而难作。

当见成倅、成济弟兄二人立于阶下，指与贾充曰："倘旦夕有变，只在你身上干功成事。这二人极有胆勇，交帮［于］你。须要曹髦明白！"充应声曰："主公放心，某自有调度。"

时甘露五年夏四月，司马昭带剑上殿，魏主曹髦以目视之。昭叱之曰："视吾何为？"群臣奏"大将军功德巍巍，宜封为晋（王）［公］，加九锡。"魏主亦不言。昭厉声曰："吾父子三（伐）［人］于魏有大功。今为晋（王）［公］，莫非不容！"魏主曰："谁敢不从耶？"

据《三国志·魏书·高贵乡公髦纪》：（甘露三年）夏五月，命大将军司马文王为相国，封晋公，食邑八郡，加之九锡，文王前后九让乃止。……（五年）夏四月，诏有司率遵前命，复进大将军司马文王位为相国，封晋公，加九锡。

按：据史书，在曹髦被杀前一个月，司马昭就当上晋公了。

昭曰："《潜龙》之诗视人如鳅鳝，此何理也！"髦不能对，流汗如雨。昭乃冷笑下殿。众官凛然。

髦退回后宫，痛哭曰："司马昭篡逆之心，人皆知之。吾不能坐受废辱！"（诏）［次］日召侍中伍况、尚书王经、散骑常侍王业三人入后宫。髦哭曰："司马昭篡逆。请汝三人至此，一同起兵讨之。"王经曰："不可！昔春秋时，鲁昭公不忍季氏，败走失国，于天下之耻笑。今重权已临司马昭之门久矣；朝廷内外公卿及四方之士，不顾逆顺之理，皆为之致死，非一日也。且陛下禁兵寡弱，何所资用？一旦不能隐忍，是欲除疾而疾越深；疾若深，为祸不小矣。陛下不可（造）［躁］暴！"髦取怀中黄素诏掷于地下曰："是可忍也，孰不可忍也！吾意已决矣，便死有何惧哉？"髦回身入［内］。

却说伍况谓王业曰："事已极矣！空自求诛族，当往（来）［出］首，以免一死。"业曰："然。"乃唤王经曰："虽有智慧，不如乘势。今不（先取）［出首］，死在即目矣！"王经大怒曰："主辱臣死，天下至理。安有求免以害为仁主乎？愿以杀身为报！"

据《资治通鉴》卷七十七：帝见威权日去，不胜其忿。（景元元年夏）五月己丑，召侍中王沈、尚书王经、散骑常侍王业，谓曰："司马昭之心，路人所知也。吾不能坐受废辱，今日当与卿自出讨之。"王经曰："昔鲁昭公不忍季氏，败走失国，为天下笑。今权在其门，为日久矣。朝廷四方皆为之致死，不顾逆顺之理，非一日也。且宿卫空阙，兵甲寡弱，陛下何所资用；而一旦如此，无乃欲除疾而更深之邪！祸殆不测，宜见重详。"帝乃出怀中黄素诏投地曰："行之决矣！正使死何惧，况不必死邪！"于是入白太后。沈、业奔走告昭，呼经欲与俱，经不从。（参见《三国志·魏书·高贵乡公髦纪》注引《汉晋春秋》）

据《三国志·魏书·高贵乡公髦纪》注引《晋诸公赞》：沈、业将出，呼王经。经不从，曰："吾子行矣！"

据《三国志·魏书·高贵乡公髦纪》注引《世语》：王沈、王业驰告文王，尚书王经以正直不出，因沈、业申意。

据《资治通鉴考异》：《世语》曰，"经因沈、业申意"。今从《晋诸公赞》。

[魏主令护尉焦伯]聚集殿中宿卫、苍头、官僮三百人，鼓噪而出。髦仗剑升辇，叱令左右(送)[径]出南阙。王经伏于辇下奏曰："陛下欲以数百军而伐昭，是驱群羊入虎口耳，空死无益！臣非惜命，实见事之不行也。"髦曰："吾军已行，卿勿阻当。"于是望龙门出，却望见贾充将引成倅、成济引数千铁甲禁军(又)[入，势]如云集。魏主仗剑大喝曰："吾乃天子也！汝等突入宫庭，欲弑君也？"于是禁军面面相觑，皆不敢动。贾充唤成济曰："司马公养汝何用？止为今日之事也。若事一败，汝等全家诛灭也！"成济乃(掣剑)[绰戟]在手，顾与贾充曰："当杀之？当缚之？"充曰："司马公有命，(是)[只]要死的，不要活的。"成济持(战)[戟]在手，径奔辇前。髦叱曰："匹夫敢无礼也！"言未毕，一戟刺中髦胸(堂)[膛]，撞出辇来。成济大叫曰："奉君命杀无道昏主！"再又一戟，刺于背上透出，髦死于辇傍。焦伯见了，持枪迎杀，被成济杀死，众皆杀得四散。王经赶来，大骂众人曰："逆贼焉敢弑君也！"充喝左右缚之，使人报司马昭。

昭入见曹髦已死，佯作大惊之状，以头撞车辇而哭；随(取)[即]四下通报(大司马)各大臣。

据《资治通鉴》卷七十七：帝遂拔剑升辇，率殿中宿卫苍头官僮鼓噪而出。昭弟屯骑校尉伷遇帝于东止车门，左右呵之，伷众奔走。中护军贾充自外入，逆与帝战于南阙下，帝自用剑。众欲退，骑督成倅弟太子舍人济问充曰："事急矣，当云何？"充曰："司马公畜养汝等，正为今日。今日之事，无所问也！"济即抽戈前刺帝，殒于车下。昭闻之，大惊，自投于地。(参见《三国志·魏书·高贵乡公髦纪》注引《汉晋春秋》、注引干宝《晋纪》)

据《三国志·魏书·高贵乡公髦纪》注引《魏氏春秋》：戊子夜，帝自将冗从仆射李昭、黄门从官焦伯等下陵云台，铠仗授兵，欲因际会，自出讨文王。会雨，有司奏却日，遂见王经等出黄素诏于怀曰："是可忍也，孰不可忍也！今日便当决行此事。"入白太后，遂拔剑升辇，帅殿中宿卫苍头官僮击战鼓，出云龙门。贾充自外而入，帝师溃散，犹称天子，手剑奋击，众莫敢逼。充帅厉将士，骑督成倅弟成济以矛进，帝崩于师。时暴雨雷霆，晦冥。

据《三国志·魏书·高贵乡公髦纪》注引《魏末传》：贾充呼帐下督成济谓曰："司马家事若败，汝等岂复有种乎？何不出击！"倅兄弟二人乃帅帐下人出，顾曰："当杀邪？执邪？"充曰："杀之。"兵交，帝曰："放仗！"大将军士皆放仗。济兄弟因前刺帝，帝倒车下。

据《三国志·魏书·高贵乡公髦纪》：(景元元年夏)五月己丑，高贵乡公卒，年二十。

太傅司马孚闻此事，荒入内庭，见魏主尸横于地，以股枕其头，痛哭曰："杀陛下是臣之罪也！"司马昭曰："国不可一日无君。"便将天子尸首用棺木盛贮，停于偏殿。魏主亡年二十岁。昭议立新君，王业曰："武帝有孙，燕王曹宗之子见居安次县，封为(长)[常]道乡公，可立为君。"昭从之，即时令使发车辇邀之去讫。昭会大臣，定拟弑君之罪，独有尚书仆射陈泰不至。昭使(旧)[其舅、]尚书荀𫖮召之。泰哭曰："人皆以为泰学(旧)

[舅]之所行。不如泰也!”使命催逼，泰乃披重孝而入，哭拜于地。昭亦佯哭而问曰：“公以此事何以处之？”泰曰：“独斩贾充，以谢天下!”昭良久曰：“再思其次。”[泰曰：]“惟止如此，不知其次。”昭曰：“成济大逆不忠，杀其主上，推出剐之，夷其三族!”成济大叫曰：“非吾之罪！贾(克)[充]传晋公之教弑君!”昭令先割其舌，至死叫屈不绝。成倅亦斩于市，尽夷三族。

据《资治通鉴》卷七十七：太傅孚奔往，枕帝股而哭，甚哀，曰：“杀陛下者，臣之罪也!”昭入殿中，召群臣会议。尚书左仆射陈泰不至，昭使其舅尚书荀颢召之，泰曰：“世之论者以泰方于舅，今舅不如泰也。”子弟内外咸共逼之，乃入，见昭，悲恸。昭亦对之泣曰：“玄伯，卿何以处我？”泰曰：“独有斩贾充，少可以谢天下耳。”昭久之曰：“卿更思其次。”泰曰：“泰言惟有进于此，不知其次。”昭乃不复更言。颢，彧之子也。(参见《三国志·魏书·高贵乡公髦纪》注引《汉晋春秋》)

据《三国志·魏书·陈群传附子泰传》注引干宝《晋纪》：高贵乡公之杀，司马文王会朝臣谋其故。太常陈泰不至，使其舅荀颢召之。颢至，告以可否。泰曰：“世之论者，以泰方于舅，今舅不如泰也。”子弟内外咸共逼之，垂涕而入。王待之曲室，谓曰：“玄伯，卿何以处我？”对曰：“诛贾充以谢天下。”文王曰：“为我更思其次。”泰曰：“泰言惟有进于此，不知其次。”文王乃不更言。

据《三国志·魏书·陈群传附子泰传》注引《魏氏春秋》：帝之崩也，太傅司马孚、尚书右仆射陈泰枕帝尸于股，号哭尽哀。时大将军入于禁中，泰见之悲恸，大将军亦对之泣，谓曰：“玄伯，其如我何？”泰曰：“独有斩贾充，少可以谢天下耳。”大将军久之曰：“卿更思其他。”泰曰：“岂可使泰复发后言。”遂呕血薨。　　臣松之案本传，泰不为太常，未详干宝所由知之。孙盛改易泰言，虽为小胜。然检盛言诸所改易，皆非别有异闻，率更自以意制，多不如旧。凡记言之体，当使若出其口。辞胜而违实，固君子所不取，况复不胜而徒长虚妄哉？　　《资治通鉴考异》认为：裴松之以为违实。今从干宝《晋纪》。

据《世说新语·方正》：高贵乡公薨，内外喧哗。司马文王问侍中陈泰曰：“何以静之？”泰云：“唯杀贾充以谢天下。”文王曰：“可复下此不？”对曰：“但见其上，未见其下。”

后史[官]有诗叹曰：

南阙投身强哭尸，公然弑主待推谁？
欲诛成济瞒天下，天下人人尽数知。

又诗曰：

司马当时命贾充，弑君当阙赭袍红。
却将成济夷三族，欲使黎民尽耳聋。

昭既弑其主，入奏太后，言“曹髦欲弑太后，杀大臣，致被成济杀之。臣已斩了成济。请太后诏，以安众心。”

据《资治通鉴》卷七十七：(景元元年夏五月)戊申，昭上言：“成济兄弟大逆不道。”夷其族。

据《三国志·魏书·高贵乡公髦纪》注引《魏氏春秋》：成济兄弟不即伏罪，袒而升屋，丑言悖慢；自下射之，乃殪。

太后惧之，只得从命，任意写诏；又将尚书王经全家俱(赴)[付]廷尉拟其罪。

王经在廷尉所见缚母至，叩头大哭曰：“不孝子辱累慈母矣!”母大(哭)[笑]曰：

“谁人无死？正恐不得其宜矣。（神色不变，）今为国（亡）［而］死，何恨焉！”当日押王经赴市曹处斩。其母顾与王经曰：“子母今日得其死矣！”神色不变，大笑而受刑。故吏尚雄大哭甚哀，满市曹老幼无不垂泪。

据《资治通鉴》卷七十七：（景元元年夏五月己丑，）太后下令，……收王经及其家属付廷尉。经谢其母，母颜色不变，笑而应曰：“人谁不死，正恐不得其所；以此并命，何恨之有！”及就诛，故吏向雄哭，哀动一市。王沈以功封安平侯。（参见《三国志·魏书·夏侯尚传附王经传》及注引《汉晋春秋》、注引《世语》）

史官有诗赞曰：

汉（祖）［初］夸伏剑，魏末见王经。
贞烈无如比，贤名（智）［志］更清。
节如泰、华重，命似羽毛轻。
母子声名在，应同天地明。

司马昭请以王礼葬主曹髦

据《资治通鉴》卷七十七：（景元元年夏五月己丑，）太后下令，罪状高贵乡公，废为庶人，葬以民礼。……庚寅，太傅孚等上言，请以王礼葬高贵乡公，太后许之。

据《三国志·魏书·高贵乡公髦纪》：（景元元年夏五月）庚寅，太傅孚、大将军文王、太尉柔、司徒冲稽首言：“伏见中令，故高贵乡公悖逆不道，自陷大祸，依汉昌邑王罪废故事，以民礼葬。臣等备位，不能匡救祸乱，式遏奸逆，奉令震悚，肝心悼栗。春秋之义，王者无外，而书‘襄王出居于郑’，不能事母，故绝之于位也。今高贵乡公肆行不轨，几危社稷，自取倾覆，人神所绝，葬以民礼，诚当旧典。然臣等伏惟殿下仁慈过隆，虽存大义，犹垂哀矜，臣等之心实有不忍，以为可加恩以王礼葬之。”太后从之。

据《三国志·魏书·高贵乡公髦纪》注引《汉晋春秋》：丁卯，葬高贵乡公于洛阳西北三十里瀍涧之滨。下车数乘，不设旌旐，百姓相聚而观之，曰：“是前日所杀天子也。”或掩面而泣，悲不自胜。　臣松之以为若但下车数乘，不设旌旐，何以为王礼葬乎？斯盖恶之过言，所谓不如是之甚者。

已毕数日，常道乡公至。贾（克）［充］等密劝司马昭就魏国正统。还是如何？

［第二百二十八段］　姜维弃车大战　七伐中原

司马昭喜曰：“古之文王（者而）三分天下有其二，以服事殷，故圣人称为至德。昔孟德不肯禅汉，犹吾之不（肖）［肯］禅魏也。”因此众人已知司马昭留意与子司马炎矣。

常道乡公曹瑛改［名］曹（焕）［奂］，字景明，是年六月甲寅日入洛阳见皇太后。是日立曹（焕）［奂］为君，改（年）［元］为景元元年；

据《资治通鉴》卷七十七：使中护军司马炎迎燕王宇之子常道乡公璜于邺，以为明帝嗣。炎，昭之子也。……（景元元年夏）六月癸丑，太后诏常道乡公更名奂。甲寅，常道乡公入洛阳，是日，即皇帝位，年十五，大赦，改元。（参见《三国志·魏书·高

贵乡公髦纪》)

据《三国志·魏书·陈留王奂纪》：陈留王讳奂，字景明，武帝孙，燕王宇子也。甘露三年，封安次县常道乡公。高贵乡公卒，公卿议迎立公。六月甲寅，入于洛阳，见皇太后，是日即皇帝位于太极前殿，大赦，改年，赐民爵及谷帛各有差。

进昭为大丞相、晋（王）[公]，赐黄钺白旄，金银绢匹无数；大臣各各封赠了当。

据《三国志·魏书·陈留王奂纪》：景元元年夏六月丙辰，进大将军司马文王位为相国，封晋公，增封二郡，并前满十，加九锡之礼，一如前诏。

按：据史书，曹髦被杀后，司马昭曾“固让相国、晋公、九锡之命，太后诏许之”，所以曹奂即位后，下诏任司马昭为相国，封晋公。

早有细作报（久）[入]蜀中。姜维听知司马昭弑魏主髦，又立曹（焕）[奂]为君，大喜曰：“今日征伐有名矣！”遂上表于后主；一面发国书，遣使入吴，同问弑君之罪。姜维遂起蜀兵十万，粮草数千（轫）[辆]，皆载车箱于其上；命廖化、张翼为先锋，分三道杀出祁山来：廖化出子午谷，张翼出骆谷，姜维自出斜谷，皆于祁山取齐。蜀兵进发，报到祁山寨中来。

此时邓艾在寨中训练军士，急报蜀兵三路而来。邓艾聚众商议。帐下一人出，乃参军，姓王名瓘，写一计呈上邓艾。邓艾曰：“此计虽好，只恐瞒姜维不过。”瓘曰：“舍一命报答司马[公]之恩。”艾曰：“汝心（智）[志]若坚，此事必能成功。”遂拨五千人马与王瓘。

瓘乃连夜从斜谷（接）[迎]来，撞着蜀兵前队哨马。瓘曰：“我是魏国降兵，可报与主帅知会。”哨探（知）[之]人回报姜维。维交当住余兵，“只交为首的来见我。”于是军士引王瓘拜见姜维。瓘曰：“某是尚书王经之侄。司马昭弑其君，更将叔父满门尽皆诛戮。某在边庭，因免其祸。今幸大将军兴兵问罪，故来投降。今引本部军五千来投，愿（请）[听]调遣，必当效（力死）[死力]报叔父之仇，杀弑君之贼！”姜维大喜，重赏了毕，与王瓘曰：“汝既以诚心而来，吾何不诚心而待之？吾蜀兵所患者无粮耳。今有粮草数千（轫）[辆]，见在川口。汝可与吾搬运粮草至祁山。吾今去取祁山寨也。”王瓘大喜，已知姜维中计，欣然领命（而）[要]去。维曰：“搬运粮草不必五千军。吾先自有推车人夫了，只要你押送而行，只消三千人足矣。留下二千人与吾引路，去打祁山寨。”王瓘恐维疑惑，只得留下二千人马，自引三千去了。

却说姜维拨二千降兵，却令川中将傅佥领了。忽报夏侯霸到，见维曰：“都督何故准信王瓘之降？吾在魏，岂不知详细？王瓘称是王经之侄，其中多诈也。”姜维大笑曰：“神机以为我不识也。吾已知其诈，特分其兵，将计就计为之。”霸曰：“都督试言之。”维曰：“司马昭之奸雄过于曹操，既杀王经，夷其三族，安有存其侄命为关外领兵之理？故知其诈谋也。今承国舅之言，正与吾合。”为何呼霸曰国舅？昔日张飞等在乱军[中]获得一女子，正是夏侯霸亲房之妹。飞其宠之而生二女，今皆配与后主刘禅为皇后。因此霸降于蜀，满朝呼为国舅，甚敬之。霸倾心而事之。

当时[姜维]且不出斜谷，暗[令]人于要路伏之，以候王瓘暗通消息。王瓘既受交割，得许多粮车，乃遣人暗藏秘书，回报邓艾。下书人到半里，果然被蜀兵捉住，拿来大寨见姜维。维问其情由，搜出秘书看。书中云：“我已得交割粮草，可以速进，与姜维交战。某当（通）［从］小路尽将蜀兵粮草车反推归营。蜀兵无粮，必自败也。约会（今）［某］日于某处（可以速进，与姜交锋）［接粮］。”当时将下书人杀了，便将书改作“八月十五日，望将军亲领精兵，于斜谷外坛山寨中接粮。可先期连日恋住姜维交锋，免生后（意）［患］。”差人扮作魏兵，去魏寨下书；一面将见在粮车数百（轫）［辆］，［载］以干草柴薪、硫黄焰硝，两下皆是大匾箱，上用青布遮盖，边插粮字旗号，却交原降魏兵二千人推之。姜维、夏侯霸各引一军去坛山，埋伏在谷中；却交蒋舒出斜谷，廖化、张翼俱各进兵，与魏兵交锋。姜维分拨已定，自去行计。

却说邓艾得瓘书大喜，写（之）［了］回书，交人再回约定；遂乃与司马望各引一军，轮换来谷口搦战。蜀兵每日迎敌，未分胜败。

至八月十五日，邓艾引三万精兵径投坛山谷口来，远远地使人凭高（斜）［眺］望，果见无数粮车连道不绝，从山谷口出。邓艾自勒马于高坡看之，果见魏军。众将曰：“天色已暮，可速接出此谷口。”艾曰：“前面山势狭窄，倘有埋伏，急难退步。可就这里等候。”说尤未了，只见两骑马飞奔而（果）［来］，报曰：“王将军已得了粮过界。蜀兵见了，招兵马随后赶来。望将军早来救应！”邓艾不知是计，急领兵前来，听得山岩后喊声大起。此时初更左侧，东方月上，皎如白日。艾不顾车马，只道王（驩）［瓘］在后面断杀，径奔过山后时，只见林间背后蜀兵摆开，当先一员猛将乃是傅佥，横枪立马，高声大叫曰：“邓艾！你中了我将军计策，何不下马，早早来降！”邓艾自省，勒马便回，只见车上火起——那火便是号火，两势下伏兵便起，杀得魏兵七断八（死）［续］。但闻四山之上只叫：“若拿得邓艾者，赏金一千两，封万户侯！”唬得艾尽弃身上铠甲，（卒）［杂］于步军中，盘山穿岭而逃。姜维诸军只拣［马上］为头的（马）径来擒拿，谁想邓艾步行得脱。

原来王瓘押粮车到于半路，姜维便招得胜之兵从（顺）［小］路（接来）［来接］。却有魏兵回不得祁山寨的，截住在这边来，报王瓘说事［已］漏泄，邓艾性命不知如何。王瓘大惊，使人哨探，三路军马围裹将来，背后又有尘头起，四下无路。王瓘下令，交（尽）把粮车休留，［尽］放了火，烈焰冲天。王瓘大叫：“事已极矣，诸军可以死战！”乃提兵望西杀去，所见车仗尽皆烧讫不留。背后姜维追近前来。姜维只道王瓘在前面（救应）［断杀］，不想道杀往汉中旧路而去。（背后）［王瓘］兵少，［恐］抵当不住，因此（王瓘）烧断栈阁并各处关隘。姜维恐汉中有失，不敢出祁山，速提三路兵回，连夜赶程，投小路去救（时）。此时王瓘被蜀兵四下围合，无路可出，投江而死，余兵尽被杀讫。

却说姜维虽然得胜，却折了许多粮车，又毁了栈阁，遂收兵回汉中去。

按：《演义》所述姜维第七次伐魏，魏将王瓘诈降，姜维将计就计，弃粮胜魏兵的故事，均不见于史。

邓艾又折了一阵，也回祁山寨中来请罪。司马昭为邓艾［素］有大功，不肯加贬，复加赏赐。艾尽将（分来）［来分］与将士并被害诸军老小。（晚）［昭］又恐蜀兵再出，又添兵伍万与邓艾守寨。

却说姜维连夜修了栈阁，又议出师。胜负如何？

［第二百二十九段］　姜维洮阳大战　八伐中原

蜀景耀五年冬十（日）［月］，大将［军］姜维差人修理栈阁道一（坊）［应］完备，大车小车装载军粮，又于汉水中调拨船只，舡上器具尽皆换新；上表奏闻后主，言“臣累次出征，虽未成功，已自摇动魏人心胆。今则养兵既久，不征则颠，颠则病生。今师［效死，将帅用命。臣如不胜，乞加臣罪！”后主此时被酒色昏］迷，不能理论。谯周出班奏曰：“臣夜观星象，西蜀分野，将星昏暗不明。今大将军又欲出战，此行（又）［甚］不利也。（言不）［陛下］可降诏阻之。”后主曰：“且看此行若何。果然有失，却当阻之。”谯周见谏不从，归家叹息不已。其子问其故，谯周曰：“君王溺于酒色，不理朝政；臣下诸事皆自专主之而致损军民：西蜀祸不远矣！”静轩先生占一绝以叹之曰：

君暗臣骄嬖幸多，何能整顿旧山河？

中原恢复虽常理，国小民疲争奈何！

其子曰：“父亲既有先见之明，何不投魏乎？”谯周曰：“吾受先帝之恩，不能补报万一，不幸国破家亡，当以尽命报本，安忍行不忠不孝之事也？”于是托病不出。

却说姜维兴兵，问廖化曰：“公是宿旧老将，（都）［经］贯征战。吾今誓欲恢复京兆，先取何地为首？”化曰：“大将军连年出征，民皆不宁；更兼魏有邓艾，足智多谋，非为等闲。此（事）［是］将军强欲行难为之事，此（行）［化］未必深许也。如听老夫之言，只可息军养民，此为上策。”

据《三国志·蜀书·廖化传》注引《汉晋春秋》：景耀五年，姜维率众出狄道，廖化曰：“‘兵不戢，必自焚’，伯约之谓也。智不出敌，而力少于寇，用之无厌，何以能立？诗云‘不自我先，不自我后’，今日之事也。”（参见《资治通鉴》卷七十八）

姜维变色，厉声曰：“昔日丞相六出祁山，亦为国也。吾今八番出师，非为私己也。议定今取洮阳，逆吾者斩！”喝退廖化不用，留守汉中；遂起大军二十万，径取洮阳而来。

早有川口人报到魏国来。邓艾正与司马望在祁山寨中谈兵，听知此事，便使人探蜀兵在何处而来。人报“蜀兵尽望洮阳而去。”司马望曰：“姜维多计，莫非虚取洮阳，实出祁山否？”艾曰：“今姜维实出洮阳也。”望曰：“何以知之？”艾曰：“蜀兵屡出祁山，皆望吾有粮之地。今洮阳无粮，却接羌胡。维必料吾不防，只守祁山，却去抢洮阳；如（此得）［得此］城，却搬粮食在内，外（外）［结］羌胡，以为久计。”望曰：“若此如何？”艾曰：“可尽拨此处之兵，当救洮阳之难。去洮阳二十五里，候和——地名——亦有山城，［是］洮阳（是）咽喉之路。将军可以引大军屯于洮阳城中，偃旗息鼓，大开城门，（以行此）［如此行］计。某却领一军伏于候和，伺候捉姜维。”司马望领了艾之计，乃提兵望洮阳城来。

却说姜维同夏侯霸望洮阳进发。霸问维曰：“今将军往无粮之地［，何意？”维曰：“吾七番出师，皆取魏兵有粮之地］并好屯兵之所，魏人深知吾意了。今取洮阳空城，交魏人不防，一鼓而下。若得洮阳，深掘壕壍，增筑城墙，却发蜀中粮草，屯于城内；然后外结羌胡，水陆转运，以为久计。此番不胜，真可羞也！”霸曰：“以此论之，真妙！

某当以为前部，径取洮阳。”维曰：“吾当随应也。”

于是夏侯霸提兵径取洮阳，见城上并无一把旗幡，四门大开。霸勒住马，疑惑曰：“莫非有计？”（众）副将曰：“眼见城上无军，听得大军到，尽皆弃城而走。”霸（曰）未信，出［马城］南望之，果见城后携老挈幼，百姓无数，望北而走。霸曰：“此空城也。”遂当先杀入，到瓮城边城上，忽一声鼓响，旗幡齐立，吊桥扯起。夏侯霸却欲退时，城上弓弩炮石如雨。可怜夏侯霸与数百骑皆被射死，余兵皆走。

按：《演义》称夏侯霸于蜀汉景耀五年（262）战死于洮阳，不见于史。夏侯霸卒年，史无明文；据《三国志》有关传记推断，他病死于蜀汉景耀二年（259）。

大胆姜维妙筭长，谁知邓艾暗隄防。
可怜投汉夏侯霸，顷刻城边（剑）［箭］下亡。

司马望纵兵自三门杀出，蜀兵大败。

姜维随后军到，杀退魏兵，就傍城下寨。是夜二更，邓艾于候和城内暗领军潜地来劫寨。姜维被艾劫中大寨，军兵大乱。城中司马望又引一军杀出，两下夹攻，喊杀连天，蜀兵四散奔走。姜维死战得脱，退二十里收聚败兵，听知折了夏侯霸，军中摇动。［维］乃聚（将众）［众将］听令曰：“胜败乃兵家常理。今折将损兵，不足为忧。目今魏兵［俱］至此，胜负之机在此一战。终始勿退，如有言退者斩之！”张翼进言道：“邓艾移兵在此，祁山必然空虚。将军可整肃军马，终日攻打（兆）［洮］阳、候和，与邓艾（兵交）［交兵］；内分一兵径取祁山寨，若得祁山，便驱兵向长安，不容邓艾不走也。”姜维用其谋，交张翼后军去了；次日引军来候和城搦战，邓艾引军出。两阵对完，邓艾亲自出马，与姜维交锋。姜维全装惯带，打扮非常，大喝：“孺子早分胜负，以定太平！”邓艾见说大怒，舞刀直取姜维，二马相交，大战五十余合，不分胜负。维暗暗称奇，各回本阵，俱引军退。艾亦叹姜维智勇俱备。次日姜维又搦战，邓艾按兵不出。姜维一连去搦三日。

却说艾在候和城内寻思：“蜀兵被吾大杀一阵，（今）［全］不退兵，每日出来搦战，必然分兵去袭祁山。守祁山将师纂兵必败矣。吾当自往救之。”乃唤子邓忠，分付在意守把，“若姜维来搦战，切不可轻出。吾今夜引三千精兵去救祁山。”是夜擂鼓发喊，虚作夜战之势。蜀兵欲出，维按住，“不得乱动！”艾起身，邓忠引军到姜维寨哨了一遭去了。邓艾乘势动兵。维也带三千军去助张翼。

［张翼］军马围住祁山，每日攻打。守将师纂兵少，抵当不住，看看待破，邓艾一军却从蜀兵背后杀来。张翼见魏兵至，荒忙退时，已被魏兵一冲，杀伤太多，把张翼逼在一边，绝了归路。张翼正荒之间，喊声大起，姜维兵到，魏兵大惊。蜀兵两下杀来，将邓艾大杀一阵，荒忙退上祁山寨中，不敢出阵来战。蜀兵四面围住。

却说后主在成都听信宦者黄皓之言，日夕饮酒不息。于是各官俱投中贵黄皓门下。［时有左将军阎宇，身无寸功，只为投黄皓门下，］得此职分。（却）听知姜［维］困邓艾于祁山，黄皓启奏后主，说“姜维累战无功，当命阎宇代之。”后主准奏，乃宣姜维回朝。

［维正在祁山攻打之间，一日三道丹诏，诏姜维回朝。］维只得听班师之命，令洮阳兵先退，次日自与张翼断后，徐徐而退。艾一夜闻姜维寨中金鼓之声，不知何意；天明看时，尽皆不见军兵，方知蜀兵退去。艾疑有计，不敢追袭。

据《三国志·蜀书·姜维传》：（景耀）五年，维率众出汉、侯和，为邓艾所破，还

住沓中。(参见《三国志·蜀书·后主传》,《资治通鉴》卷七十八,《三国志·魏书·陈留王奂纪》《邓艾传》)

维往汉中歇住军马。忽望见使者来,维(回)[与]往成都(而居)[面君]。后主一连十日不出。维心疑,是日到东华门,正逢秘书令郤正。维曰:"主上召吾(办)[班]师,公知其意否?"郤正笑曰:"大将军何自不晓也?黄皓欲与阎宇立功,令主上发诏。闻邓艾善能用兵,因此[寝其事矣]。"姜维大怒,直(中)[入]宫中来杀黄皓。但未知性命如何。

[第二百三十段] 姜维避祸屯田计 九伐中原

郤正见姜维欲杀黄皓,急止之曰:"将军(之职)[位居]极品,[承继]武侯之(位)[职],不可造次。万一帝不然,公作反臣也。"维谢曰:"先生之教是也!"遂回。

据《资治通鉴》卷七十七:秘书令郤正久在内职,与皓比屋,周旋三十余年,澹然自守,以书自娱,既不为皓所爱,亦不为皓所憎,故官不过六百石,而亦不罹其祸。(参见《三国志·蜀书·郤正传》)

次日,姜维闻知后主在后园中饮宴,(维)遂带从者数十人入内。有人报知黄皓,皓荒退避湖山之侧。姜维至(庭)[亭]下拜舞毕,泣奏曰:"臣围邓艾在祁山,陛下一连三诏诏臣回成都,未审圣意。"后主默默无言,半晌不能回答。维奏曰:"黄皓奸巧专权,此人(以陛下)[乃灵帝]时[十]常侍也。陛下远则鉴于赵高,近则审于张让。将黄皓诛戮,自然天下清平,魏可吞并矣。"后主笑曰:"黄皓乃趋走小儿耳,纵使专权,亦待何如?昔日董(充)[允]常切齿恨皓,朕每怪之。卿何足介意?"维叩头曰:"今日陛下不杀黄皓,祸不远矣!"后主曰:"'爱之欲其生,恶之欲其死。'卿何不容一阉宦(耳)[耶]?"后主遂呼近侍于湖山侧边唤黄皓至亭下。后主令拜姜维伏罪。黄皓哭拜曰:"皓早晚趋侍圣上而已,安敢有犯国政?明公休听外人一面之言,欲杀黄皓。皓实无异心,望明公怜之!"扣头流血。维乃惶恐而出。静轩先生观此有感,遂书一绝云:

阉宦专权从古有,明君安敢近阴邪?
姜维不速诛黄皓,却纵荒唐丧国家。

又希明尉子次韵云:

诸葛诛阉时罕有,姜维纵皓实容邪。
诛阉不法屯田法,宜致后来丧汉家。

姜维来见郤正,将此语告知。正曰:"明公若此,国随即灭矣!"姜维曰:"先生以何策教我,以保国安民安身?"正曰:"近(者)[陇]西边有一处所沓中——地名,极其肥饶。明公何不以武侯屯田之计奏过后主,于沓中屯田:一者,得麦粟以助军食;二者,可进取陇右;三者,魏兵不敢正眼而觑汉中;四者,将军在外掌握兵权,人不敢图之;五者,足以避祸安身耳。此五者足(令)[矣],明公何不行之?"姜维离席而谢曰:"先生金玉之言也!"次日入朝奏后主曰:"臣求往沓中屯田,效诸葛丞相旧日之事。"后主从之。

据《三国志·蜀书·董允传》：后主渐长大，爱宦人黄皓。皓便辟佞慧，欲自容入。允常上则正色匡主，下则数责于皓。皓畏允，不敢为非。终允之世，皓位不过黄门丞。

据《资治通鉴》卷七十八：初，维以羁旅依汉，身受重任，兴兵累年，功绩不立。黄皓用事于中，与右大将军阎宇亲善，阴欲废维树宇。维知之，言于汉主曰："皓奸巧专恣，将败国家，请杀之！"汉主曰："皓趋走小臣耳，往董允每切齿，吾常恨之，君何足介意！"维见皓枝附叶连，惧于失言，逊辞而出，汉主敕皓诣维陈谢。维由是自疑惧，返自洮阳，因求种麦沓中，不敢归成都。（参见《三国志·蜀书·姜维传》及注引《华阳国志·刘后主志》）

据《三国志·蜀书·诸葛亮传附樊建传》注引孙盛《异同记》：瞻、厥等以维好战无功，国内疲弊，宜表后主，召还为益州刺史，夺其兵权；蜀长老犹有瞻表以阎宇代维故事。

据《三国志·蜀书·诸葛亮传附樊建传》：自瞻、厥、建统事，姜维常征伐在外，宦人黄皓窃弄机柄，咸共将护，无能匡矫，然建特不与皓和好往来。

按：《演义》称姜维到沓中屯田，于史有据；但称此事为郤正策划，则不见于史。

姜维遂还汉中，聚集诸将曰："吾九番出师，为粮食不继，急切未能成功。吾今提本部军八万往沓中种麦，以为屯田久计，却去取祁山。汝等久战疲劳，把关生受，不如敛兵聚谷，退守汉、乐二城，任魏兵千里经涉山岭，自然疲乏，疲乏则必退。吾以兵自后击之，无有不胜。"于是令（吴）[胡]济屯汉寿（春）城，王含守乐城，蒋斌守汉城，交蒋舒、傅佥守关口。

据《资治通鉴》卷七十七：初，汉昭烈留魏延镇汉中，皆实兵诸围以御外敌，敌若来攻，使不得入。及兴势之役，王平捍拒曹爽，皆承此制。及姜维用事，建议以为："错守诸围，适可御敌，不获大利。不若使闻敌至，诸围皆敛兵聚谷，退就汉、乐二城，听敌入平，重关头镇守以捍之，令游军旁出以伺其虚。敌攻关不克，野无散谷，千里运粮，自然疲乏；引退之日，然后诸城并出，与游军并力搏之，此殄敌之术也。"于是汉主令督汉中胡济却住汉寿，监军王含守乐城，护军蒋斌守汉城。（参见《三国志·蜀书·姜维传》）

据《三国志·蜀书·蒋琬传附子斌传》：子斌嗣，为绥武将军、汉城护军。

姜维分拨已毕，遂引兵八万来沓中种麦，以为久计。

按：据《三国志·蜀书·后主传》，诸葛亮死后十五年间，蜀汉基本上是休养生息，闭关自守。至蜀汉延熙十二年（249），姜维开始其北伐生涯，在十四年间，共有八次出兵：

延熙十二年（249）"秋，卫将军姜维出攻雍州，不克而还。将军句安、李韶降魏"。

延熙十三年（250），"姜维复出西平，不克而还"。

延熙十六年（253）"夏四月，卫将军姜维复率众围南安，不克而还"。

延熙十七年（254）"夏六月，维复率众出陇西。冬，拔狄道、河关、临洮三县民，居于绵竹、繁县"。

延熙十八年（255）"夏，（姜维）复率诸军出狄道，与魏雍州刺史王经战于洮西，大破之。经退保狄道城，维却住钟题"。

延熙十九年（256）"秋八月，维为魏大将军邓艾所破于上邽。维退军还成都"。

延熙二十年（257），"姜维复率众出骆谷，至芒水"。

景耀五年（262），“姜维复率众出侯和，为邓艾所破，还住沓中”。

《演义》所述姜维八次北伐，未写史书的第二、四次，而虚构了景耀元年（258）和景耀三年（260）姜维获胜的第六、七次北伐。《演义》所述的其余各次北伐，也多有虚构之处。

却说邓艾知姜维出沓中屯田，于路下四十余营，连路不绝，势如常山之蛇。艾乃使细作相了地理形势，画成图本，写表一道，申奏朝廷。晋公司马昭看了，心中大怒曰：“姜维九次犯中原，不能剿除此贼，乃吾心之大患也！”贾（克）［充］曰：“姜维深得诸葛传授，急难（取）［攻］讨。今蜀止有一姜维耳，何不求一勇士往刺之？则免动刀兵之患。”司马昭曰：“吾亦欲得如此。若有勇烈之士，吾当从所欲［也］。”从事（王）［中］郎荀勖曰：“明公为天下之主宰，宜仗义以伐无道。今蜀中刘禅用中贵黄皓专政，终日溺酒，大臣各有疑心。姜维沓中屯田，亦为此计也。今大将军伐之，无有不胜也，何故寻刺客而除害？非所以刑于四海也。”

据《资治通鉴》卷七十八：司马昭患姜维数为寇，官骑路遗求为刺客入蜀，从事中郎荀勖曰：“明公为天下宰，宜杖正义以伐违贰，而以刺客除贼，非所以刑于四海也。”昭善之。勖，爽之曾孙也。

昭曰：“此言极善！吾欲伐蜀，谁可为将？”荀勖曰：“邓艾世之良才，若得锺会为副将，大事可成也。”乃召会入，昭曰：“吾欲命［汝为］大将军伐吴，可乎？”锺会答曰：“主公之意不在于吴，在于蜀也。”昭笑曰：“子诚知我心也！既知我心，肯助力否？”会曰：“某料主公伐蜀，画成蜀图本在此矣。”乃袖［中］取出，于路（引）［凡］安营下寨之处、屯粮积草之所，自何而进、从何而退，一一皆有法度。昭看了大喜曰：“真良将也！”乃曰：“子（诚）可为征西大将军，［与］邓艾（与）同去收川，如何？”会曰：“某当尽忠竭力，以报主公！虽然蜀川路广，非一日可进；若得一军调遣，与邓艾征西，约会各道进兵，可以成事矣。”昭乃拜会为镇西大将军，（副）都督关中诸军事，调遣青、徐、（雍）［兖］、豫、荆、扬各州军马；差人持节，令征西将军邓艾都督关外陇上诸军，约会锺会，并力收川。

据《资治通鉴》卷七十八：昭欲大举伐汉，朝臣多以为不可，独司隶校尉锺会劝之。……乃以锺会为镇西将军，都督关中。征西将军邓艾以为蜀未有衅，屡陈异议；昭使主簿师纂为艾司马以谕之，艾乃奉命。（参见《晋书·文帝纪》）

据《三国志·魏书·锺会传》：文王以蜀大将姜维屡扰边陲，料蜀国小民疲，资力单竭，欲大举图蜀。惟会亦以为蜀可取，豫共筹度地形，考论事势。景元三年冬，以会为镇西将军，假节，都督关中诸军事。文王敕青、徐、兖、豫、荆、扬诸州，并使作船，又令唐咨作浮海大船，外为将伐吴者。

次日于朝中宣［之］。大臣面面相觑，皆有难色。众皆曰：“蜀未可伐。”忽班部中前将军邓敦出奏曰：“姜维九犯中原，吾兵伤折太多，只今守御可以保全；何况涉山川危险之地，是自取祸之道也，切不可行！”昭闻之大怒曰：“吾与国家除害，正欲兴仁义之兵，伐无道之主。汝何敢逆吾意！”叱武士推出斩之。须臾呈敦首级于阶下，大臣尽皆失色。

据《资治通鉴》卷七十八：（景元四年）秋八月，军发洛阳，大赉将士，陈师誓众。将军邓敦谓蜀未可讨，司马昭斩以徇。

昭曰："汝诸公卿勿生惊疑。吾自征东平定寿春已来，息役六年，治兵缮甲俱已完备，且欲征伐吴、蜀矣。今日言之，吴地广阔，况兼下湿，攻之稍难，不如先定西蜀；三年之后，因顺流之势，水陆并进，此'灭虢伐虞'之道也。吾料蜀战士守成都者不过八九万，守把境界者不过五六万，姜维及在外者不过六七万。今吾征西（大）将军邓艾提关外陇右诸军十余万，（伴）［绊］住姜维于沓中，使不得东顾；吾今又遣镇西［大］将军锺会将精兵二三十万，直至骆谷而出其空虚之地，以袭汉中。以刘禅之暗，而边城外破，士卒内报，其亡可知也。汝公卿勿疑焉。"众皆曰："然。"各各恐惧而退。

据《资治通鉴》卷七十八：昭谕众曰："自定寿春已来，息役六年，治兵缮甲，以拟二虏。今吴地广大而下湿，攻之用功差难，不如先定巴蜀，三年之后，因顺流之势，水陆并进，此灭虢取虞之势也。计蜀战士九万，居守成都及备他境不下四万，然则余众不过五万。今绊姜维于沓中，使不得东顾，直指骆谷，出其空虚之地以袭汉中，以刘禅之暗，而边城外破，士女内震，其亡可知也。"乃以锺会为镇西将军，都督关中。……诏诸军大举伐汉，遣征西将军邓艾督三万余人自狄道趣甘松、沓中，以连缀姜维；雍州刺史诸葛绪督三万余人自祁山趣武街桥头，绝维归路；锺会统十余万众分从斜谷、骆谷、子午谷趣汉中。以廷尉卫瓘持节监艾、会军事，行镇西军司。瓘，觊之子也。

据《三国志·魏书·陈留王奂纪》：（景元四年）夏五月，诏曰："蜀，蕞尔小国，土狭民寡，而姜维虐用其众，曾无废志；往岁破败之后，犹复耕种沓中，刻剥众羌，劳役无已，民不堪命。夫兼弱攻昧，武之善经，致人而不致于人，兵家之上略。蜀所恃赖，唯维而已，因其远离巢窟，用力为易。今使征西将军邓艾督帅诸军，趣甘松、沓中以罗取维，雍州刺史诸葛绪督诸军趣武都、高楼，首尾蹴讨。若擒维，便当东西并进，扫灭巴蜀也。"又命镇西将军锺会由骆谷伐蜀。

却说锺会得大权，乃下令差人往青、徐、兖、豫、荆、扬等处皆造大船，又遣唐咨于登莱傍海水之所拘集海船。司马昭不知其意，乃召锺会问之曰："子（诚）从旱路收川，何用诸处造船？"锺会曰："蜀若闻吾征进，必取救于东吴。故布声势，作伐吴之状，必不敢妄动也。一年之内，蜀自破矣，船已成就，就令得胜之兵伐吴，岂不顺乎？"昭大喜，令锺会选日出师。会曰："已选定景元四年秋七月初二日。"昭大悦。会辞出。

有西曹掾邵悌曰："乞退左右，愿伸一言。"昭乃退左右，问悌曰："子有何言？"悌曰："主公独遣锺会将千万众伐蜀。吾料会志大心高，若掌独权，恐有不然。何不再使人同（分）［领］其职？"昭大笑曰："我岂不知也？"悌曰："主公既知，何故独任其权？"昭言无数句，以释其疑。其言未知如何。

［第二百三十一段］ 锺会邓艾取汉中

司马昭曰："蜀累年兴师，使民不得安息。我今伐之，如指诸掌矣。众人皆言蜀未可伐，则人心怯耳。若人心怯，则智勇竭；使人（之）强战，必败之道也。今众人皆心怯，惟锺会（强连）［独建］伐吴、蜀之策，是心无怯，而合吾之机。故遣伐蜀，蜀必败矣。若灭蜀之后，所降者无非皆蜀人也。凡败之将不可以语勇，亡国之大夫不可以图存，盖心胆已破之故也。若蜀亦破，民皆恐惧，不可再振矣。将士各自思归，谁肯顺彼也？若有异心，自取灭族！卿不须忧。此语只吾与汝知，切不可漏泄也！”邵悌曰：“真乃高明远［大之］见（之大德）也！”

据《三国志·魏书·锺会传》：初，文王欲遣会伐蜀，西曹属邵悌求见曰：“今遣锺会率十余万众伐蜀，愚谓会单身无重任，不若使余人行。”文王笑曰：“我宁当复不知此耶？蜀为天下作患，使民不得安息，我今伐之如指掌耳，而众人皆言蜀不可伐。夫人心豫怯则智勇并竭，智勇并竭而强使之，适为敌禽耳。惟锺会与人意同，今遣会伐蜀，必可灭蜀。灭蜀之后，就如卿所虑，当何所能一办耶？凡败军之将不可以语勇，亡国之大夫不可与图存，心胆以破故也。若蜀以破，遗民震恐，不足与图事；中国将士各自思归，不肯与同也。若作恶，只自灭族耳。卿不须忧此，慎莫使人闻也。”（参见《资治通鉴》卷七十八）

却说锺会选日出师，升帐大会诸将听调。时有监军卫瓘字伯玉、护军胡烈，以下大将是田续、庞会、田章、凌（清影）［彭］、夏侯威、王贾、荀安、丘建、（黄冉阎）［皇甫闿］等。锺会所领收川大将八十余员一一调遣已了，乃曰：“前路崎岖，必得一先锋前行，逢山开道，遇水叠桥。汝等谁敢当此职？”帐下一将出曰：“某愿往！”乃虎将［许］褚之子许仪也。众将曰：“非此人不可为先锋。”会曰：“汝乃虎父之子，今诸将保汝。汝挂先锋印，拨与汝五千（军马）［马军］、一万步军，（令）［径］取汉中，三路而行：一军出斜谷，左军出（取）骆谷，右军出子午谷，各是崎岖山险之要地。汝引兵前行，专一填平地道，修理桥梁，凿山开路，勿交阻碍。吾提大军二十余万，星夜前进。若违吾令，必依军法！”仪领命而退。

据《三国志·魏书·锺会传》：会统十余万众，分从斜谷、骆谷入。先命牙门将许仪在前治道，会在后行，……仪者，许褚之子。

且不说锺会起程。却说邓艾在陇西既受伐蜀诏命，一［面］令命司马望进逼羌胡，又调雍州刺史诸葛绪、天水太守王倾、陇西太守辛弘、金城太守杨（钦）［欣］各调本处军马前来听令。比及军马云集，邓艾忽夜作一梦，梦见过一高山，遥望汉中，忽于脚下迸出一泉，水势上涌，因此惊觉，浑身冷汗，召讨虏将军凌邵问之。邵深明《周易》，艾故问之。邵答曰：“按《易》卦云：‘山上有水，及《蹇》卦也。’此卦利西南，不利东北。孔子曰：‘《蹇》利西南，往有功也；不利东北，其道穷也。’将军此行，破蜀成功；但可惜蹇滞而不得还。”艾因此言郁然不乐。

据《三国志·魏书·邓艾传》：初，艾当伐蜀，梦坐山上而有流水，以问殄虏护军爰邵。邵曰：“按《易》卦，山上有水曰蹇。蹇繇曰：‘蹇利西南，不利东北。’孔子曰：‘蹇利西南，往有功也；不利东北，其道穷也。’往必克蜀，殆不还乎！”艾怃然不乐。

次晓，锺会檄至，交艾起兵，绊住姜维于沓中，同会汉中取齐。于是艾遣雍州刺史诸葛绪引兵一万五千，绝姜维归路；次遣天水太守王倾引兵一万五千往沓中左攻蜀营；陇西太守辛弘引兵一万五千［右攻沓中；又遣金城太守杨欣引兵一万五千］前诣甘松，袭姜维之后。艾亲领五万甲兵往来接应。

据《资治通鉴》卷七十八：诏诸军大举伐汉，遣征西将军邓艾督三万余人自狄道趣甘松、沓中，以连缀姜维；雍州刺史诸葛绪督三万余人自祁山趣武街桥头，绝维归路；……

邓艾遣天水太守王颀直攻姜维营，陇西太守牵弘邀其前，金城太守杨欣趣甘松。（参见《三国志·魏书·邓艾传》《钟会传》）

却说钟会辞晋公司马昭出师，百官送出东门之外。但见旌旗蔽日，铠甲凝霜，队伍分明，军令整齐，百官无不称羡。惟有相国参军刘寔微微冷笑。太尉王祥见寔冷笑，就马上握其手曰："钟、邓二将此行果可平蜀乎？"寔曰："破蜀必矣，但恐皆不得还。"祥问其故，寔笑而不答。王祥不以为事，更不复问，各各举酒送钟会去讫。

据《资治通鉴》卷七十八：会过幽州刺史王雄之孙戎，问："计将安出？"戎曰："道家有言：'为而不恃。'非成功难，保之难也。"或以问参相国军事平原刘寔曰："锺、邓其平蜀乎？"寔曰："破蜀必矣，而皆不还。"客问其故，寔笑而不答。

细作报入沓中。姜维写表申奏后主早降诏，"遣左（军）［车］骑将军张翼

据《三国志·蜀书·张翼传》：景耀二年，迁左车骑将军，领冀州刺史。

领军守护阳平关口，右车骑将军廖化

据《三国志·蜀书·廖化传》：先主薨，为丞相参军，后为督广武，稍迁至右车骑将军，假节，领并州刺史，封中乡侯，以果烈称。官位与张翼齐，而在宗预之右。

引兵守阴平桥头。此二处实为紧要；若此二处有失，是无汉中也。更遣一人入吴求救。臣起沓中之兵拒敌。"

表到成都，此时蜀改景耀六年为炎兴元年。后主览表大惊，与黄皓曰："今魏国遣锺会、邓艾起兵二十万，分路而来，如之奈何？"皓曰："此是姜维欲立功名，故以此言惊惑陛下也。臣家有一师巫，请神降而言祸福，大小立应。陛下可祷之。"后主信之，于后殿陈设香烛、祭享之物；令皓请之，用小车载入宫中，乃一妇人，于龙床上坐。后主焚香而告之。其妇人忽然跃起，披发跣足，于殿上跳跃千百遍，至龙床盘旋而转。皓曰："此神降矣。陛下尽退侍臣以祷之。"后主乃再拜。其妇人曰："吾乃西川土神也。陛下欣然乐太平，何故问吾他事？魏人数载之后亦归于陛下，彼安敢正视蜀中也？勿生疑虑！"言讫倒地，半晌方醒。后主得此言大喜，赐师婆金千两、蜀锦千匹；自此不信姜维之表，只在后宫作乐。静轩诗叹曰：

魏国先兴入汉图，无谋后主信师巫。
临危不信姜维表，舆榇投降只自愚。

但有告急表文，黄皓尽皆隐匿，因此误了大事。

据《资治通鉴》卷七十八：姜维表汉主："闻锺会治兵关中，欲规进取，宜并遣左右车骑张翼、廖化，督诸军分护阳安关口及阴平之桥头，以防未然。"黄皓信巫鬼，谓敌终不自致，启汉主寝其事，群臣莫知。……汉人闻魏兵且至，乃遣廖化将兵诣沓中，为姜维继援，张翼、董厥等诣阳安关口，为诸围外助。（参见《三国志·蜀书·姜维传》）

按：《演义》写司马昭伐蜀，蜀汉因黄皓信巫贻误军机，与史实相符；但称刘禅信鬼巫未发兵，则与史不合。据史书记载，刘禅曾派军分别支援沓中和汉中。

且说锺会大军迤逦望汉中进发。先锋许仪正要立头功，急催军马至南安道，前通南郑关，过此便是汉中。许仪回顾诸将曰："关上无多军，只今便可抢关。"元来把关蜀将姓卢名逊，只有一千人在关上；关前有水，下有大涧。［当日见］魏兵来，粧起武侯留下

连弩，众军各自守护。许仪领军马抢上关来，连弩齐发，箭如雨下。许仪急回，射倒数十骑，（了）［乃］急报锺会。会自引帐下数百骑直来关下看时，关上连弩齐发。锺会急回，卢逊引五百兵赶下关来。会拍马过桥，桥上土陷住锺会马脚，险被掀下来。那马挣不起，会步走。卢逊一枪刺来，被魏兵中荀颢回身一箭，射卢逊于马下。会乘势抢关。关上五百蜀兵为无主将，不敢抵当，［被］魏兵杀散，夺了（把）［山］关。

［锺会］将全付（凯）［铠］甲鞍马赐与荀颢，迁加护（将）军。众将聚于帐下。会唤许仪问曰："汝为先锋，吾屡曾分付汝专一开［道］叠桥（道），以候大军进发。今桥石陷吾马蹄，若非荀颢，吾被蜀人所杀。汝违吾令！"叱刀斧手斩讫报来。诸将告曰："其父有功于朝廷，名标于当世。望都督恕之！"会大怒曰："吾若犯刑，司马公肯恕吾否！"急令推出斩之。于是众人惧怕，心中不安。

据《三国志·魏书·锺会传》：会统十余万众，分从斜谷、骆谷入。先命牙门将许仪在前治道，会在后行，而桥穿，马足陷，于是斩仪。仪者，许褚之子，有功王室，犹不原贷。诸军闻之，莫不震竦。（参见《三国志·魏书·许褚传附子仪传》）

会纵军前来。

此时蜀将王含守乐城，（将）［蒋］斌守汉城，见魏兵势大，本部只有五千［人马］，不敢迎敌，闭门坚守。锺会令前（将）军李辅围乐城，护军荀颢围汉城。

据《资治通鉴》卷七十八：汉人闻魏兵且至，乃遣廖化将兵诣沓中，为姜维继援，张翼、董厥等诣阳安关口，为诸围外助。……敕诸围皆不得战，退保汉、乐二城，城中各有兵五千人。……锺会率诸军平行至汉中。（景元四年）九月，锺会使前将军李辅统万人围王含于乐城，护军荀恺围蒋斌于汉城。（参见《三国志·魏书·锺会传》）

会曰："兵贵神速。"遂（彻）［掣］兵二十万，星行电走，势不可当，前至阳（安）［平］关。

关上守将蒋舒、傅佥二人商议。舒曰："魏兵二十万前来，势不可当。不如守之。"傅佥曰："魏兵远来疲困，虽多何益？若不出战，汉、乐二城休矣。"蒋舒沉吟不听。人报魏兵大队已到。锺会扬鞭指关而言曰："吾今统数十万雄师到此。汝等早早归降，各依品（从）［级］并用；如是愚迷不（肯）［省］，打破关隘，玉石俱焚！"傅佥听了，令蒋舒紧守关隘，引三千军杀下关来，锺会引兵便走。傅佥乘势引兵追杀二十余里，魏兵复合。傅佥急回，关上已竖起顺旗。傅佥大惊，高骂"忘义之贼！"只见蒋舒在关上大叫曰："我已降了大魏。汝可随吾投降！"佥大怒，骂曰："汝（只）［这］反贼有何面目见天下人乎！"关上矢石如雨。傅佥番身杀回，四下魏兵合至。傅佥性命如何？

［第二百三十二段］　姜维大战剑门关

是日，傅佥被魏兵大至，在乱军中死战不得脱，所将蜀兵十停去九。佥乃叹曰："臣力竭矣，愿作蜀中之鬼！"乃奋力冲阵，身被数枪，血盈袍铠；坐下马将倒，遂自刎而（已）［亡］。余兵尽降锺会。

会得了阳平关，城险地峻，粮草军器极多。锺会大喜，（捞）［劳］赏三军。

据《资治通鉴》卷七十八：初，汉武兴督蒋舒在事无称，汉朝令人代之，使助将军傅佥守关口，舒由是恨。锺会使护军胡烈为前锋，攻关口。舒诡谓佥曰："今贼至不击而闭城自守，非良图也。"佥曰："受命保城，惟全为功；今违命出战，若丧师负国，死无益矣。"舒曰："子以保城获全为功，我以出战克敌为功，请各行其志。"遂率其众出。佥谓其战也，不设备。舒率其众迎降胡烈，烈乘虚袭城，佥格斗而死，佥，肜之子也。锺会闻关口已下，长驱而前，大得库藏积谷。（参见《三国志·蜀书·姜维传》及注引《汉晋春秋》、注引《蜀记》，《三国志·魏书·锺会传》）

按：《演义》称，傅佥出关迎敌，蒋舒守关献城投降，与史相悖。据史书记载，是傅佥守关，蒋舒出关投敌并引敌破关。

静轩先生诗叹曰：

魏将西驱十万兵，汉人无计守阳平。
蒋舒降魏傅佥死，尚有遗芳骂臭名。

是夜宿于阳平城中。忽闻西南喊声连天，会大惊，披挂引兵迎时，绝无动静。是夜兵不敢睡，向晓无事。次日不敢动兵，心中甚疑。当夜不敢解甲，约至三更，西南喊声又起。会大惊，天晓使人去哨，数十里不见一人。第三夜亦复如是。大小将士皆不敢卸甲，无不惊疑。第四日，会披挂，引数百骑望西南而去，前至一山，四面杀气，愁云布合山顶。会问"此乃何山也？"左右答曰："此乃定军山。昔日夏侯渊没于此处。"会闻（知）［之］，悄然心中不乐，勒马转山坡；行不二里，忽闻狂风卷地，数千铁骑从山后突出。锺会大惊，拨马加鞭而走。诸将坠马，亦有失盔者，不计其数。回至阳平点军，不折一人一骑，只有落马跌伤面目者，皆曰："但见阴云中军马来，却不伤人。"

会整点迎敌，远哨并无动静；只唤蒋舒问曰："定军山有何神庙？"答曰："［并无神庙，止］有诸葛武侯坟茔。"会曰："此必是先生之阴灵。吾当祭之！"次日宰太牢，设祭物，亲到武侯坟茔，再拜而祭之，乃读文曰：

维大魏景元四年秋八月朔，镇西将军锺会谨致祭于汉丞相诸葛武侯之灵曰：惟帝王之传统兮，有盛有衰；得将相之扶持兮，以危以安。昔先生之隐居（首）［兮］，遁世无（闲）［闻］；遇昭烈之三顾兮，欲平四夷。向白帝之托孤兮，继之以死；六出祁山耀武兮，神鬼莫知。屯雄师于五丈原兮，将星忽［坠］；此天意绝刘氏兮，大数难移。今后主荒迷酒色兮，朝纲颓弛；诚社稷崩挫兮，同盈（亥）［仄］之。天子命吾为大将兮，保民全国；先生照（属）［耀］于肝胆兮，决不敢欺。某谨拜于墓下兮，望息威仪！恐肃而慕盛德兮，无不伤悲。乞勿施威于风云兮，以待天命；安清气于山岳兮，以顺天时！

锺会祭毕，忽见阴云习习，细雨纷纷，天愁地惨之状。诸军皆弃戈抛甲而拜，回至阳平。

据《三国志·蜀书·诸葛亮传》：（景耀六年）秋，魏镇西将军锺会征蜀，至汉川，祭亮之庙，令军士不得于亮墓所左右刍牧樵采。

据《资治通鉴》卷七十八：会径过，西趣阳安口，遣人祭诸葛亮墓。（参见《三国志·魏书·锺会传》）

是夜，会坐于帐中看时，风清月白，忽见一人自外而入，纶巾鹤氅，手执羽扇，纵步而来。会起身迎之曰："公何人也？"其人曰："早间承（家）[蒙]将军见顾，吾有片言，特来告汝。[虽]然（则）刘祚已终，天命如是；两川生灵，久遭兵革，肝胆涂地，诚可悯之！汝可严禁，不可妄害生灵。"言讫，拂袖便行。锺会赶（时）[上]问时踏空，只一交跌番惊觉，乃是南柯一梦，遂聚蜀将问之，乃武侯也。会自来闻其名，深敬孔明，乃令前军立一白旗，上写"保国安民"四字，下令军士["如遇不敌，杀人者偿命！"]但过之处，秋毫无犯。静轩先生诗曰：

数万阴兵绕定军，致令锺会拜灵神。
生能决策安刘氏，死尚遗言保蜀民。

（如是不敌，杀人者偿命。）于是汉中之民皆出迎接，到处平服。

却说姜维在沓中听知魏兵至，星夜差人飞报廖化、张翼、董厥提兵接应。维遂陈兵设将，已待兵到。

据《资治通鉴》卷七十八：汉人闻魏兵且至，乃遣廖化将兵诣沓中，为姜维继援，张翼、董厥等诣阳安关口，为诸围外助。……翼、厥北至阴平，闻诸葛绪将向建威，留住月余待之。（参见《三国志·蜀书·姜维传》《后主传》）

人报魏兵已到。维提兵迎之，乃是天水太守王倾，出马大骂："无端匹夫！今大兵百万，战将千员，分二十余队已到成都。汝不归降，尤然拒抗？"姜维大怒，提枪自战王倾，倾败而走。维提兵掩击，赶至二十余里，锣声向处，一军摆开，旗号分明——"陇西太守辛弘"。维曰："此辈非吾敌手。"纵兵追赶。又至十里，鼓声大振，当先一军截出，旗号分明——"征西将军邓艾"。姜维已赶二三十里，人困马乏，又逢生力军。姜维抖搜精神，与邓艾大战数十合，不分胜负。后军锣向，姜维急退。副将曰："将军休在此恋战。后面金城太守杨欣引兵犯甘松诸寨，尽皆烧毁，从后杀来。"姜维令副将虚立认旗，与邓艾相持。维彻军奔回甘松来，果见各寨烟焰未息，正遇杨欣。两马相交，杨欣如何敌得，望山路而走。姜维赶去，山上擂木[炮]石打将下来，不能前进。比及回到半路，副将已被邓艾杀败而回。维见四下魏兵势大，退入大寨，已待救兵来。

忽流星马到，报说"锺会已自打破阳平，傅佥战败自死，蒋舒畏势自降，汉中尽属魏矣。乐城王含、汉城蒋斌知汉中已失，亦降魏矣。

据《三国志·蜀书·姜维传》：会攻乐城，不能克。（参见《华阳国志·刘后主志》）
据《华阳国志·刘后主志》：（汉中）诸围守皆奉后主敕令乃下。

按：据史书记载，汉中诸围，唯阳安关为锺会攻占，其余诸围仍多为蜀汉守。

胡济守把不住，逃回成都去[讫]。"姜维大惊，下令拔寨尽起。是夜兵至汉川，一军拦路，为首金城太守杨欣[。姜维大怒，与杨欣]决战，欣败走。维开弓射之，连发三箭皆不中。维转怒，自折其弓，提枪去赶，战马又失前蹄，把姜维掀下马来。杨欣复回马来杀姜维。维从地上跃起，就枪刺中杨欣。背后魏兵齐到，救杨欣去了。维换了马，却欲赶去，背后邓艾兵到，首尾不能相（救）[顾]，收兵令回汉中。前军报道："雍州刺史诸葛绪绝住归路，山险要[处]下一大寨。魏兵皆屯阴平桥头。"维叹曰："天丧吾也！痛恨黄皓失吾大事！"遂进退无路。

副将甯随曰："魏兵拒塞阴平桥，雍州必然兵少。将军可于孔函谷道径袭雍州，诸葛绪若知，必提阴平（起）[之]兵来救雍州；却回兵过桥，飞奔剑关，却复汉中。"维然之，提兵入孔函谷，（以）[诈]取雍州。奸细探知，飞报与诸葛绪。绪大惊曰："雍州是吾所守之地，倘有疏失，朝廷见罪！”即留微兵守桥，速引兵去救应雍州。姜维约行三十里，细作报来：“诸葛绪兵已起了。”姜维便交后队作先锋，径奔阴平桥头。果有些小兵，拦当不住，被姜维烧尽寨栅而过。比及绪知，提兵急回时，维已过半日了。绪不敢追，仍屯桥上。

姜维兵过桥头，赶程而进。前面一军来到，乃左车骑张翼。翼曰：“黄皓听信鬼巫，不肯发兵。某闻汉中危急，自起兵来时，阳平已被锺会所夺。闻知都督受困，特来解围。”遂合兵一处（于）［，前赴］白水关。关前一军摆开，［乃右］车骑（乃）廖化，诉说黄皓不肯发兵，“某等自起兵来，汉中已失，权屯兵于此。此地四面受敌，转运生受，不如退守剑关，再作商议。”踌躇未决，人报锺会、邓艾分兵十余路杀到。维欲与廖化、张翼分投迎敌，化曰：“白水关后路多，非争战之地，不如退守剑关。倘剑关一失，是绝路也。”维从之，退往剑关。关前一声鼓向，一队整肃军马摆开。姜维大惊，出马近前视之，为首大将乃辅国大将军董厥也，引二万兵守住剑关；一见姜维，接于关上，哭诉“主上溺于酒色，只听黄皓之言，并不管分毫朝政。大臣但奏，便要诛杀，以致魏兵入寇，国将危矣！如之奈何？”维曰：“公等勿忧！维若在，不使魏人吞蜀也。且守剑关，养成气力，并军出战。”董厥曰：“剑关虽是可守，只是成都无人。［倘魏兵］袭成都，必然瓦解矣！”维曰：“山势（显）［险］恶，非易取之。汝等勿忧！”

据《资治通鉴》卷七十八：邓艾遣天水太守王颀直攻姜维营，陇西太守牵弘邀其前，金城太守杨欣趣甘松。维闻锺会诸军已入汉中，引兵还。欣等追蹑于强川口，大战，维败走。闻诸葛绪已塞道屯桥头，乃从孔函谷入北道，欲出绪后；绪闻之，却还三十里。维入北道三十余里，闻绪军却，寻还，从桥头过，绪趣截维，较一日不及。维遂还至阴平，合集士众，欲赴关城；未到，闻其已破，退趣白水，遇廖化、张翼、董厥等，合兵守剑阁以拒会。（参见《三国志·魏书·邓艾传》《锺会传》）

人报“魏［兵］十数路追至关下，大呼姓名‘雍州刺史诸葛绪也！’”维大怒，选一千旌兵杀下关来，［横冲直撞。诸葛绪五万兵不能当抵。诸葛绪引军退走。维］匹马单枪追杀二十余里，方回关上，与二将分兵守把。人报锺会大军已到关前。姜维闻言大怒，便欲下关冲杀。未知胜负如何。

［第二百三十三段］ 凿山岭邓艾袭川

却说锺会离剑关二十里下住大寨，诸将云集帐下听令。会曰：“诸葛绪，吾交你屯把阴平桥头，截断姜维归路，汝如何违吾节度？今番不得号令，［擅］自（彻）［进］兵剑关，大折一阵，有何理说？”绪曰：“姜维（跪）［诡］计取雍州。某恐有失，引兵救之，故走透此人，因此赶到关下，误有此失。”锺会大怒，喝令“斩之！”监军卫瓘曰：“诸葛绪虽然有罪，是邓征西所调之人。都督杀之，恐伤和气。”会曰：“吾奉晋公之命，特来伐蜀。邓艾有罪，吾亦杀之！”众官力劝。会将诸葛绪槛车装载，送往洛阳，交听晋公决断；将绪兵尽收部下听调。

据《资治通鉴》卷七十八：邓艾进至阴平，简选精锐，欲与诸葛绪自江油趣成都。绪以本受节度邀姜维，西行非本诏，遂引军向白水，与锺会合。会欲专军势，密白绪畏懦不进，槛车征还，军悉属会。（参见《三国志·魏书·锺会传》）

早有人报知邓艾。艾大怒曰："吾与［汝］官品一般；吾又久镇边疆，于国多有功劳。锺会安敢妄自尊大！"其子邓忠谏曰："'小不忍则乱大谋。'父亲干功到此，一旦自不和睦，必误国家大事也！"艾曰："吾儿之言是也！"然虽隐忍，终心怀恨。二人从此结冤仇为始。

艾引十数骑来见锺会。会闻艾到，便问带多少人来。报曰："随行止有十数骑。"会此时有疑艾之心，令帐下帐上［列］带刀持戟者数百人。艾下马入见会。会亦不远接，就帐中相见，礼毕，分宾［主］而坐。艾以目视之，帐前军士不敢妄动，威仪整肃，以言挑之曰："将军成此大功，乃国家大幸！今汉中蜀人心胆已碎。今屯兵于此，必有奇计以取剑关。"会曰："以将军之见如何？"艾曰："不（能）［敢］!"再三谦之，会再三问之。艾曰："若论愚意，可引一军，自阴平小径出汉（得）［德］阳亭，袭剑关之西一百里，用奇兵冲之，［径取成都。姜维必彻兵来救。将军却取剑关，长驱大进，可］竟全功矣。"会曰："将军高见！请将军本部便行，吾于此专候消息。"二人说了，略备酒席相待；送邓艾至帐外便回，与诸将大笑曰："人言邓艾善能用兵。今观其谋，乃庸才耳！阴平小径皆峻岭高山，如何轻进，如何运粮？若蜀兵截住险要，其兵皆饿死矣。吾今正道而行，何愁蜀不破也？"遂商议攻打剑关，关下云梯炮架一应器具完备。

据《三国志·蜀书·姜维传》：会攻乐城，不能克，闻关口已下，长驱而前。翼、厥甫至汉寿，维、化亦舍阴平而退，适与翼、厥合，皆退保剑阁以拒会。会与维书曰："公侯以文武之德，怀迈世之略，功济巴、汉，声畅华夏，远近莫不归名。每惟畴昔，尝同大化，吴札、郑乔，能喻斯好。"维不答书，列营守险。会不能克，粮运县远，将议还归。

却说邓艾出辕门上马而回。从者曰："将军与镇西一般官职，将军又是先辈，何故轻也？"艾曰："彼倚奇功也。"遂回寨坐下，师（慕）［纂］、邓忠等一班军官问曰："今日将军见镇西，必有高见。"艾曰："吾以真心告之，彼必笑吾庸才耳。彼得汉中为莫大之功。若无吾在沓中绊住姜维，汝岂能成功也？吾今用奇计取成都，不胜似得汉中乎？"当夜下令，交军士尽数拔寨而起，望阴平小道进发，以离剑关百余里。锺会听知艾去远矣，大笑"无智之辈!"

邓艾令一人赍书呈于司马昭。其书曰：

> （切）［窃］见蜀寇失其汉中，退守剑关，宜速成之。今选精兵，从阴平小径，经汉（阳德）［德阳］亭趋（势）［涪］，出剑关西［百里］，［去成都三百里，以奇兵冲其腹心。剑关之］守将必还（成都）［赴涪］，则锺会方（奇）［轨］而进；若剑关兵不还，破蜀必矣。谨以上闻，幸（祁）［祈］照察！此是八将传入庙之功。

据《资治通鉴》卷七十八：姜维列营守险，会攻之，不能克，粮道险远，军食乏，欲引还。邓艾上言："贼已摧折，宜遂乘之。若从阴平由邪径经汉德阳亭趣涪，出剑阁西百里，去成都三百余里，奇兵冲其腹心，出其不意：剑阁之守必还赴涪，则会方轨而进；剑阁之军不还，则应涪之兵寡矣。"（参见《三国志·魏书·邓艾传》）

按：据此条史料，邓艾自阴平小路奇袭成都的主张，乃上书司马昭时提出，并非赴剑阁与锺会相见时说出。据史书记载，邓艾未曾赴剑阁见锺会，他自沓中追赶姜维至阴平，距剑阁尚有几百里，即自阴平道偷度袭取成都。

发书已去，乃聚众将曰："吾今欲乘虚取成都，与汝等同立功名，能从吾否？"诸将曰："将军之命，万死不辞！"艾曰："吾先遣五千壮兵，不穿衣甲，各将锤凿，凿山开岭，造作桥梁，先开道路。吾自选兵三（百）［万］，各带干粮绳索前进：约行百里，选退三千，就彼处扎寨；又行百里，再选退三千，也依（舡）［前］扎寨……"

当年冬十月，自阴平进兵至颠崖峻岭之中，凡二十余日，行七百余里，皆无人烟之地，——便有些小人家，也自逃窜去了；选拣将士，于中途屯五七营。只（剌）［剩］二千余人，前至一岭，名摩天岭，马不堪行。邓艾下马，步行上岭，见子邓忠［与］开路壮士尽皆哭泣。艾曰："吾军行七百余里，选退二万七千余人。今行至此，过岭便是江油也，虽死何虑哉？"忠（等）并众军士曰："前面乃是颠崖峻壁，人不堪行，难以（问）［开］通，虚费前功，因此悲泣。"艾乃与诸将曰："若得成功，富贵共之！汝等非吾军士，乃吾弟兄也！"众皆曰："一（若）［听］将军之命！"于是艾将绳索系于军士腰间，令攀藤附葛而下；自取毡衫裹于身上，先滚而下。（首）［诸］将有毡衫者，亦裹身体滚下山去；无者各以绳索束腰，攀藤挂树，鱼贯而下。于是得度此岭。方才整点衣甲器械，艾见道傍有一石碣，视之，乃故丞相诸葛武侯亲题数行于上云：

二火初兴二火初兴乃蜀改炎兴也，有人越此有人越此，已知艾过。

二士争衡二士争衡乃钟、邓也，不久自死艾字士载，会字（仁）［士］孝，不久自死，皆应此言也。

邓艾观毕，叩头再拜其碣曰："武侯乃神人也！吾恨不得以师事之！"后人有诗为证：

当年邓艾袭西川，曾把阴平小径穿。

越岭雄兵齐贯索，（磊）［临］崖大将自包毡。

又诗曰：

阴平峻岭与天齐，猿鹤飞腾尚怯危。

邓艾包毡从此下，分明诸葛已先知。

后邓［艾］遣人立孔明庙于此山上。元来，先前孔明留下一千军于此，屯田守把，后主废之，空寨虚墙犹然存在。

邓艾既度此岭，与诸将曰："向前有生，退后必死！前面江油城中粮食足备，可以并力攻城。若得此城，可全残生。"诸将曰："愿一死战！"艾步行，引二千人来抢关口。未知如何。

［第二百三十四段］　诸葛瞻大战邓艾

蜀炎兴元年冬十一月初，邓艾深入阴平山径七百余里，径达江油。

此时江油城中守将马邈听知东川已失，虽然准备，只防大路，又仗姜维在剑关守隘口，不十分隄防。当日在教场点军，况（交）［又］天色寒冷，归到私宅，与夫人拥炉对坐共饮。妻曰："近闻边关紧急，汝无忧色，何也？"邈曰："大事自有姜维掌管，干我甚事？"妻曰："汝守此城，不为不重。"邈曰："天子听信黄皓，溺于酒色。吾料祸不远矣！魏兵若来，吾（实）［即］投降之。"其妻李氏啧其面曰："汝为男子大丈夫，先怀不忠不义之心，枉受国家爵禄。吾有何面目与汝共立于天下者乎！”马邈默默无言。静轩诗叹曰：

马邈先怀背逆图，其妻一语尽忠谟。

堪嗟此妇能全义，愧杀人间大丈夫。

忽有人慌急报“魏将邓艾一军涌入四门了也！”马邈大惊，慌忙出降艾，跪于厅下曰：“甚有心归顺多日矣！今幸得将军到此，愿将所辖地面尽降。”艾曰：“若如此，便升汝一官，封为乡道使。”一应钱粮军马尽属邓艾。

据《三国志·魏书·邓艾传》：（景元四年）冬十月，艾自阴平道行无人之地七百余里，凿山通道，造作桥阁。山高谷深，至为艰险，又粮运将匮，频于危殆。艾以毡自裹，推转而下。将士皆攀木缘崖，鱼贯而进。先登至江由，蜀守将马邈降。（参见《资治通鉴》卷七十八）

人报马邈夫人自缢而死。艾问其故，邈实告之。艾怜其贤，令具棺木葬之。

按：《演义》称马邈妻劝马邈尽责守城，马邈投降后，她自杀殉国，此情节不见于史。

后人有诗为证：

后主昏迷汉祚颠，天差邓艾取西川。

可怜（邑）[巴]蜀多名将，不及江油李氏贤。

邓艾既得江油，遂（按）[接]阴平小径诸将，尽在江油城取齐，人马足备，径取涪城。涪城守把官吏听知魏兵到，疑是天降，乃飞报入成都。

后主听知邓艾已至成都界口，见屯兵于涪城，召黄皓问之。皓曰：“此是诈传也。神人必不肯误陛下。”后主再令宣师婆问之，不知（所在）[何处]去了。静轩先生观此有感，作诗叹曰：

蜀邦将灭凭黄皓，宋室临危信郭京。

左道憸人为国戒，皆因方寸理难明。

告急表章连络不绝。后主设朝，聚大臣商议。郤正出班奏曰：“事在危急，陛下何不宣丞相之子而问之？”元来武侯止有此子，名瞻，字思远，自幼聪明，为附马都尉，景耀四年迁为行军（尉）护卫将军，时年三十七岁。近见黄皓弄权，托病不出。

据《三国志·蜀书·诸葛亮传附子瞻传》：瞻字思远。建兴十二年，亮出武功，与兄瑾书曰：“瞻今已八岁，聪慧可爱，嫌其早成，恐不为重器耳。”年十七，尚公主，拜骑都尉。其明年为羽林中郎将，屡迁射声校尉、侍中、尚书仆射，加军师将军。瞻工书画，强识念，蜀人追思亮，咸爱其才敏。每朝廷有一善政佳事，虽非瞻所建倡，百姓皆传相告曰：“葛侯之所为也。”是以美声溢誉，有过其实。景耀四年，为行都护卫将军，与辅国大将军南乡侯董厥并平尚书事。

据《资治通鉴》卷七十七：（景元二年）冬十月，汉主以董厥为辅国大将军，诸葛瞻为都护、卫将军，共平尚书事，以侍中樊建为尚书令。时中常侍黄皓用事，厥、瞻皆不能矫正，士大夫多附之，唯建不与皓往来。

当日，后主闻郤正之言，曰：“非卿，则朕忘了。”连发三宣，宣瞻至殿下。后主曰：“邓艾兵至涪城，成都危矣！卿看先君之面，救朕则（可）[个]。”瞻曰：“臣父子蒙国厚恩，虽肝脑涂地，不能补报！愿陛下尽起成都之兵[付臣，臣当与邓艾决一死战！”后主计点成都之兵]七万，留一万守城，拨六万与诸葛瞻前去。

瞻辞后主，整点军马。有尚书黄崇（初）言［曰］：“将军休待军马齐足，可速去，（若）［莫］迟缓。魏兵若在（锦）［绵］竹地名，地势坦平，难以迎之。［不若径往涪城，拒住峻险之要道，可以退敌。］”［瞻叱之］曰：“吾受先人之言，岂不知用兵之道？汝勿多言！”黄崇恸言曰：“国已颠危，斯人岂可保乎！”

据《资治通鉴》卷七十八：诸葛瞻督诸军拒艾，至涪，停住不进。尚书郎黄崇，权之子也，屡劝瞻宜速行据险，无令敌得入平地，瞻犹豫未纳；崇再三言之，至于流涕，瞻不能从。艾遂长驱而前，击破瞻前锋，瞻退住绵竹。

据《三国志·蜀书·黄权传附子崇传》：权留蜀子崇，为尚书郎，随卫将军诸葛瞻拒邓艾。到涪县，瞻盘桓未进，崇屡劝瞻宜速行据险，无令敌得入平地。瞻犹与未纳，崇至于流涕。会艾长驱而前，瞻却战至绵竹，崇帅厉军士，期于必死，临陈见杀。

瞻点兵已足，缺少先锋。瞻长子诸葛尚曰：“父掌大兵，儿愿作先锋！”尚年方一十九岁，亦曾习武艺。瞻命为先锋，离成都进发。

却说邓艾在涪城，问马邈求地理图。邈将［图呈上，］（于路）至成都三百六十里，［于路］山川地道，阔狭险要［，一一写画分明］。艾看了大惊曰：“只守涪城，若蜀人拒守前面山险，何能成功？若迟延日久，姜维兵到，是我与锺会贴［背］也！”急唤师纂、邓忠听令：“你二人引一万兵，星夜至绵竹拒住蜀兵；我随后便至也。不可挫失，违令必斩！”

师纂引兵去，果离绵竹一舍之地，早遇蜀兵。师纂布成阵势，二人立马阵前。蜀兵一到，也布成一阵，名为“八阵”。阵圆处，尽鼓三通，门旗下数十员川将簇拥一辆四门车，车上（轮）［纶］巾羽扇，鹤氅方（裙）［裾］，一（年少）［少年］横枪立马车傍，一面黄旗上书“大汉诸葛（承）［丞］相”。师纂、邓忠看了，唬得浑身汗流，大叫曰：“元来诸葛孔明还在，我等休矣！”拨回马走，蜀兵掩杀二十余里。却好邓艾兵到，两军相聚。

艾升帐，唤师纂、邓忠问曰：“汝二人临阵不战而走，何也？”忠曰：“但见蜀军中车上明明打着‘诸葛孔明’认旗。某等遇此人，故大惊而还，致被掩击。”艾大怒曰：“诸葛纵死更生，吾何惧哉！汝等未见真伪便走，挫吾军心，推出斩之！”众将苦苦哀告，艾怒方息。探人报曰：“乃孔明之子诸葛瞻，［少年者乃诸葛瞻］长子诸葛尚也。”艾曰：“无名下将便可击之。”师纂曰：“未知虚实，不可速行。”艾曰：“存亡之分，定在此举，何为不可？今再引一万兵，汝二人前进；如不胜，二罪俱坐！”

邓忠、师纂再引兵前进。蜀兵早来，忠出马与诸葛［尚］交锋。瞻指挥两彪军出，魏兵大败。忠拨马回，瞻乘势掩杀。师纂中箭、邓忠带伤而回。邓艾听知二人中伤，亦不见罪，自思“功不速成，必有后祸！”监军丘本曰：“何不作书以诱之？”艾从［其］计。丘本作书，令人送至军前。

瞻看其书云：

征西将军邓艾谨致书于诸葛护卫将军麾下：窃观近代贤才，未及如公之尊父也。自茅庐一言以分三国，扫平荆、益，以成霸业，古今鲜有及者。后六出祁山，非智力不足，以限天数耳。今闻后主昏溺，王祚已终。吾奉天子之命，统兵伐蜀，已皆得其地也，止有成都危在旦夕。公何不应天顺人，仗义来归？当表公为琅琊王，以光耀祖宗，幸也！决不虚言，幸其鉴察！

诸葛瞻正看之间，其子尚曰："父亲有意降魏乎？"瞻叱之曰："吾如何而降！"尚曰："见父亲有顾望之意，放魏使入寨，与之相见，一也；将书玩其来意，二也；见封为琅琊王而不怒，三也。"瞻碎书曰："吾不及子也！"喝斩其使，将头令从者赍回。

邓艾大怒，即起兵来与诸葛瞻决战。丘本曰："当出奇兵胜之。"艾使王倾、辛弘两兵伏于后。艾自进兵，与瞻对敌。魏兵诈败，蜀兵赶来，两下伏兵皆起。诸葛瞻大败，退入绵竹，魏兵围之。尚书张遵曰："可发使求救于东吴。"瞻令副将彭和赍书杀出，投东吴去了。瞻曰："久守非良计也。可出一战！"留子尚与张遵守城。瞻自引三军，开城门杀出。艾彻军退，瞻（怒）[忿]力追赶。一声炮向，魏兵四下把瞻围在垓心，余军四散奔走。艾令乱箭射之。瞻中箭下马，被步军斩首去了。尚在城上见父亡，披挂上马。张遵曰："小将军勿得轻出！"（向）[尚]曰："吾父子受国厚恩，不早斩黄皓，使其败国殄民，何用生为！"乃骤马出城突阵，亦被乱箭射死。

据《资治通鉴》卷七十八：艾以书诱瞻曰："若降者，必表为琅邪王。"瞻怒，斩艾使，列阵以待艾。艾遣子惠唐亭侯忠等出其右，司马师纂等出其左。忠、纂战不利，并引还，曰："贼未可击！"艾怒曰："存亡之分，在此一举，何不可之有！"叱忠、纂等，将斩之。忠、纂驰还更战，大破，斩瞻及黄崇。瞻子尚叹曰："父子荷国重恩，不早斩黄皓，使败国殄民，用生何为！"策马冒阵而死。（参见《三国志·蜀书·诸葛亮传附子瞻传》及注引《华阳国志·刘后主志》,《三国志·魏书·邓艾传》）

后人有诗感叹，其诗曰：

苍天有意绝炎刘，汉室江山自此休。
诸葛子孙皆效死，成都卿相尽添愁。
智谋难可扶危主，忠义真堪继武侯。
古往今来多少事，行人哀怨水东流。

邓艾怜其忠义，令将诸葛父子俱葬于城西；遂乘势取了绵竹，张遵等皆死；

据《三国志·蜀书·张飞传附孙遵传》：苞子遵为尚书，随诸葛瞻于绵竹，与邓艾战，死。

据《三国志·蜀书·黄权传附子崇传》：权留蜀子崇，为尚书郎，随卫将军诸葛瞻拒邓艾。……会艾长驱而前，瞻却战至绵竹，崇帅厉军士，期于必死，临陈见杀。

据《三国志·蜀书·李恢传附弟子球传》：恢弟子球，羽林右部督，随诸葛瞻拒邓艾，临陈授命，死于绵竹。

引兵径袭成都。未知如何。

[第二百三十五段]　蜀后主舆榇出降

却说彭和到东吴见吴主孙休，呈上诸葛瞻求救书。休问丞相濮阳兴，[兴]曰："既西蜀与吴国同盟，合往救之。"吴主差大将丁奉（向）[回]寿春，丁（封）[奉]、孙昊向沔中二路兵发。彭和自回。

据《资治通鉴》卷七十八：（景元四年）冬十月，汉人告急于吴。甲申，吴主使大将军丁奉督诸军向寿春；将军留平就施绩于南郡，议兵所向；将军丁封、孙异如沔中，以救汉。（参见《三国志・吴书・孙休传》）

据《三国志・吴书・丁奉传》：（永安）六年，魏伐蜀，奉率诸军向寿春，为救蜀之势。蜀亡，军还。

却说邓艾既得绵竹，使人哨到（城）［成］都界口。后主听知诸葛瞻父子已亡，魏兵近城，急聚文武商议。近臣奏曰："成都乡外，百姓扶老（击）［挈］幼，哭声振天，逃生而去。兵微将寡，难以迎敌。不如弃成都，奔走南（中）［蛮］，问蛮主借兵来恢复未迟。"后主准奏，便欲南奔。谯周谏曰："不可！南蛮久反之地，平时无惠所及。今若投之，必遭其祸！"近臣又奏曰："事急矣！若不投南，可投东吴为上。"谯周又谏曰："自古以来，无倚他国为天子者。臣料魏（兵）［必］吞吴，吴何能并魏？若称臣于吴，则此固辱矣；若吴又被魏吞，陛下再称臣于魏，是两番之辱也！臣意不若降魏为上。"言未了，御屏风后转出一人，乃后主第五子刘瑾，官封北地王。后主生七子：长子刘璿，次子瑾，三子琮，四子瓒，五子瑾，六子珣，七子璩。六子皆懦，惟瑾自幼英气过人；当［日］出殿前，大喝谯周曰："偷生腐儒，岂敢妄议社稷大事！自古岂有降天子哉？可斩谯周！［臣］请出战！"后主曰："今大臣（议皆）［皆议］可降。汝仗血气之勇，欲令满城池流血也？"刘瑾曰："昔谯周于先帝未尝干预政事。今妄起乱言，甚非其理。臣（切）［窃］料成都之兵有数万；姜维全师皆在剑关，若魏兵犯阙，必来解救：内外夹攻，可以全胜。岂听腐儒之言，轻弃先君之基业乎？"后主叱之曰："汝小儿辈岂识天时也！"瑾叩头大哭曰："若理穷力尽，祸败必至，便当父子背城一战，（便）［同］死社稷，以报先君可也！"后主令拖下殿阶。瑾踊跃大哭曰："吾祖翁不容易得天下。一旦弃之，宁死不辱！"静轩先生诗叹曰：

后主庸才信浅谋，不思守国欲降仇。
当时若听亲儿话，未必山河扫地休。

后主交推出宫门，便令谯周作降书，遣侍中张昭、驸马都尉邓良赍降款并玺绶，诣邓艾军前投降。

据《资治通鉴》卷七十八：汉人不意魏兵卒至，不为城守调度；闻艾已入平土，百姓扰扰，皆迸山野，不可禁制。汉主使群臣会议，或以为蜀之与吴，本为与国，宜可奔吴；或以为南中七郡，阻险斗绝，易以自守，宜可奔南。光禄大夫谯周以为："自古以来，无寄他国为天子者，今若入吴国，亦当臣服。且治政不殊，则大能吞小，此数之自然也。由此言之，则魏能并吴，吴不能并魏明矣。等为称臣，为小孰与为大！再辱之耻何与一辱！且若欲奔南，则当早为之计，然后可果。今大敌已近，祸败将及，群小之心，无一可保，恐发足之日，其变不测，何至南之有乎！"或曰："今艾已不远，恐不受降，如之何？"周曰："方今东吴未宾，事势不得不受，受之不得不礼。若陛下降魏，魏不裂土以封陛下者，周请身诣京都，以古义争之。"众人皆从周议。汉主犹欲入南，狐疑未决。周上疏曰："南方远夷之地，平常无所供为，犹数反叛，自丞相亮以兵威逼之，穷乃率从。今若至南，外当拒敌，内供服御，费用张广，他无所取，耗损诸夷，其叛必矣！"汉主乃遣侍中张绍等奉玺绶以降于艾。北地王谌怒曰："若理穷力屈，祸败将及，便当父子君臣背城一战，同死社稷，以见先帝可也，奈何降乎！"汉主不听。（参见《三国志・蜀书・谯周传》）

时邓艾每日引数千铁骑哨到成都，见城上竖起降旗。军士报艾，艾使人远接，接着张昭、邓良直至（继）[雒]城。二人拜于阶下，呈上降款。艾展开视之：

降臣刘禅谨（献）[致]征西将军麾下：（切）[窃]闻“杯勺之水，终归大海；燕雀之徒，（信）[必]栖栋梁。”禅等限分江、汉，（过）[遇]直深远，皆缘[蜀]土，[斗]绝一隅，干渎冒犯，荏苒历载，（远）[遂]与京（几）[畿]攸隔万里。惟黄初中，文皇帝命虎牙将军鲜于甫宣温密之诏，申三好之恩，开视门户，大义炳然；而否德暗（辱）[弱]，窃（汝）[贪]遗（储）[绪]，俯仰累（绝）[纪]，未（卒）[率]大（发）[教]。天威既振，人鬼归降，王师震耀，神武（取）[所]次，敢不革面，顺以从命！辄敕群臣投戈释甲，官库帑藏一无所毁。百姓布野，余粮栖亩，以候全生之意。实怜百姓之倒悬，伏惟大魏布德施仁，宰辅伊、周！谨遣侍中张昭、驸马都尉邓良赍书奉玺，纳款告诚，存亡敕赐，惟（取）[所]裁之。舆榇在近，不敢缕（降）[陈]，伏乞均鉴！

邓艾观毕，受了玺绶，重待张昭、邓良二人；即时答书，送二人回成都，以安民心。

据《资治通鉴》卷七十八：张绍等见邓艾于雒，艾大喜，报书褒纳。

据《三国志·蜀书·后主传》：（景耀六年）冬，邓艾破卫将军诸葛瞻于绵竹。用光禄大夫谯周策，降于艾，奉书曰：“限分江、汉，遇值深远，阶缘蜀土，斗绝一隅，干运犯冒，渐苒历载，遂与京畿攸隔万里。每惟黄初中，文皇帝命虎牙将军鲜于辅，宣温密之诏，申三好之恩，开示门户，大义炳然，而否德暗弱，窃贪遗绪，俯仰累纪，未率大教。天威既震，人鬼归能之数，怖骇王师，神武所次，敢不革面，顺以从命！辄敕群帅投戈释甲，官府帑藏一无所毁。百姓布野，余粮栖亩，以俟后来之惠，全元元之命。伏惟大魏布德施化，宰辅伊、周，含覆藏疾。谨遣私署侍中张绍、光禄大夫谯周、驸马都尉邓良奉赍印绶，请命告诚，敬输忠款，存亡敕赐，惟所裁之。舆榇在近，不复缕陈。”是日，北地王谌伤国之亡，先杀妻子，次以自杀。绍、良与艾相遇于雒县。艾得书，大喜，即报书，遣绍、良先还。

据《华阳国志·刘后主志》：光禄大夫谯周劝降魏，魏必裂土封后主。后主从之，遣侍中张绍、驸马都尉邓良赍玺绶奉笺诣艾降。

按：周寿昌《三国志注证遗》认为，汉“遣私署侍中张绍、光禄大夫谯周、驸马都尉邓良”，《华阳国志》载：劝降是谯周，而遣使则惟张绍、邓良二人，无周名。观下“绍、良与艾相遇”语，则常《志》为信。

张昭、邓良回见后主，呈上邓艾回书[云]：

艾（切）[窃]谓王纲失道，群英并起，龙争虎斗，终归于真主，此盖天命去就之道也。自古帝王建国，受命而王者莫非在乎中土。河《图》洛《书》，圣人则之，以兴洪业，莫不由此，亦未有颠覆者也。陇据隗嚣，倚仗而亡；蜀据子阳，宠恃而[灭]：皆前世覆车之鉴，可不鉴哉？圣王明哲，宰辅忠良，将（次）比隆[黄轩]，承天秉义。艾受命来征，思闻佳况，果烦来使，告以德音，此非人事，岂天启欤？昔微子归周，实为上宾；君子豹变，义存大礼，逊辞谦让，以礼舆榇，皆前哲归命之典。夫（大）[全]国为上，（小）[破]国次之，自非聪明睿智，何以见王者之义乎？相见在即，先以布闻。艾再拜书！

据《三国志·蜀书·后主传》注引王隐《蜀记》：艾报书云：“王纲失道，群英并起，龙战虎争，终归真主，此盖天命去就之道也。自古圣帝，爰逮汉、魏，受命而王者，莫不在乎中土。河出《图》，洛出《书》，圣人则之，以兴洪业，其不由此，未有不颠覆者也。隗嚣凭陇而亡，公孙述据蜀而灭，此皆前世覆车之鉴也。圣上明哲，宰相忠贤，将比隆黄、轩，侔功往代。衔命来征，思闻嘉响，果烦来使，告以德音，此非人事，岂天启哉！昔微子归周，实为上宾，君子豹变，义存《大易》，来辞谦冲，以礼舆榇，皆前哲归命之典也。全国为上，破国次之，自非通明智达，何以见王者之义乎！”

后主见书大喜，遣尚书李虎送所辖地图文籍：其户（口）二十八万，男女九十四万，带甲将士十万二千，官吏四万，在仓粮米四十余万，金银、锦绮彩绢、珠玉皆在库藏，不及见数。［择］十二月初一日北门外，君臣受降。

据《资治通鉴》卷七十八：汉主遣太仆蒋显别敕姜维使降锺会，又遣尚书郎李虎送士民簿于艾，户二十八万，口九十四万，甲士十万二千，吏四万人。（参见《三国志·蜀书·后主传》）

据《三国志·蜀书·后主传》注引王隐《蜀记》：禅又遣太常张峻、益州别驾汝超受节度，遣太仆蒋显有命敕姜维。又遣尚书郎李虎送士民簿，领户二十八万，男女口九十四万，带甲将士十万二千，吏四万人，米四十余万斛，金银各二千斤，锦绮彩绢各二十万匹，余物称此。

此时北地王刘谌带剑入室，（见）［其］妻崔氏问曰：“今日大王面色非常，何也？”谌曰：“魏兵在外，主上送纳降款，来日出降。吾欲先死，以见［祖］公公，不欲屈膝于他人也。”崔氏曰：“贤哉贤哉！得其死矣！汝当先杀于我，你死亦未迟。”谌曰：“汝死何故？”崔氏曰：“汝之事父，我之事夫，其义一也。夫亡妻死，何必问焉？”言讫，触柱而死。谌将三子尽杀之，并割妻头，提于昭烈皇帝灵庙前，伏地而哭，至流血而言曰：“臣之肝胆，祖父尽知，羞见（其）基业（而）弃之他人，先杀妻子，以绝后念，将一（念）［命］以报祖父！如祖有灵，知孙痛切之至！”大哭一场，自刎而亡。蜀人闻（知）［之］，无不举哀。

据《资治通鉴》卷七十八：汉主……降于艾。……是日，谌哭于昭烈之庙，先杀妻子，而后自杀。（参见《三国志·蜀书·后主传》及注引《汉晋春秋》）

后来史官有诗叹曰：

君臣甘屈膝，何（代）［时］少忠良？
可惜西川土，堪伤北地王！
哭声闻四（达）［远］，流泪洒千行。
妻子先诛绝，来朝汉已亡。

后主闻（知）［之］，令人收葬。

次日，君臣面缚同出，左右扶舆榇，出北门十里投降。舆，车也；榇，棺也。其意待诛，先具棺木也。邓艾大军已到，见蜀君臣伏道。艾下马亲解其缚，烧榇乘舆，与后主同入成都。静轩诗曰：

魏兵数万入川来，后主偷生失自裁。
黄皓终存欺国智，姜维空负济时才。
全忠义士心何烈诸葛父子，守节王孙意可哀北地王也！
灭汉未期钟、邓死，一朝功业总成灰。

蜀人香花灯烛，迎门而接。艾差官分投出榜安民，交割仓库；权加后主为骠骑将军，其余官员别听（明）[升]降。

据《资治通鉴》卷七十八：艾至成都城北，汉主率太子诸王及群臣六十余人，面缚舆榇诣军门。艾持节解缚焚榇，延请相见；检御将士，无得虏略，绥纳降附，使复旧业；辄依邓禹故事，承制拜汉主禅行骠骑将军，太子奉车、诸王驸马都尉，汉群司各随高下拜为王官，或领艾官属。（参见《三国志·魏书·邓艾传》）

据《三国志·蜀书·后主传》：艾至城北，后主舆榇自缚，诣军垒门。艾解缚焚榇，延请相见。因承制拜后主为骠骑将军。诸围守悉被后主敕，然后降下。艾使后主止其故宫，身往造焉。

艾欲收黄皓杀之。皓将金帛厚赂左右，因此得免。

据《资治通鉴》卷七十八：艾闻黄皓奸险，收闭，将杀之，皓赂艾左右，卒以得免。（参见《三国志·蜀书·董允传》）

艾遣太常张俊、益州别驾沈超招谕各郡尽皆归顺，又遣太仆蒋显出招姜维等。是日汉亡。史官诗叹曰：

忆昔（娄）[楼]桑起义兵，纵横（属）[万]里誓中兴。
南阳聘定忠臣出，西蜀方能霸业成。
列（耀）[曜]煌煌沉渭水，雄师暗暗渡阴平。
君臣自缚从舆榇，今古令人忆孔明。

后来史官又叹后主惑于宦官黄皓，以致国亡，有诗曰：

祈哀请命拜征尘，盖为当时宠佞臣。
五十四州王霸业，等闲抛却属他人。

邓艾既得成都，差人飞报边功。

且说太（濮）[仆]蒋显到剑关见姜维，传后主之命，备言归降之事。帐上帐下许多将士一齐发怒大呼曰："吾等皆欲死战，何故先降也！"号（兆）[咷]大哭之声相闻数十里。姜维见如此，乃唤诸将曰："吾有一良谋，汝等勿忧也！"众皆请问。且看如何。

[第二百三十六段]　锺会邓艾大争功

姜维唤几个心腹之士上帐，耳授其言，众皆领命而喜；备问蒋显消息，成都投降之事尽已知之；即于剑关竖立降旗，先令人到锺会寨中报知。

姜维引董厥、廖化、张翼前至涪城大寨，来见锺会。会曰："伯约来何迟也？"维正色言曰："国家全师在我。今日到此，犹来速也！"会大喜，下帐相迎，待以上宾；顾与众将曰："据伯约大才，实中州名士，公休、太初皆不可及也。"维曰："（其）[某]闻将军大名，如（双）[轰]雷灌耳，甘心屈膝而事之。如邓艾之辈，虽死而不降！"会大喜，折箭为誓，与维结为弟兄，情爱甚密。此是姜维之计也。会一见如故，并不收姜维印绶，仍管前项军马。维欲于中取事，甚谀奉事之；却使蒋显回报邓艾，言"姜维领军已降锺会矣。”

据《资治通鉴》卷七十八：姜维等闻诸葛瞻败，未知汉主所向，乃引军东入于巴。锺会进军至涪，遣胡烈等追维。维至郪，得汉主敕命，乃令兵悉放仗，送节传于胡烈，自从东道与廖化、张翼、董厥等同诣会降。将士咸怒，拔刀斫石。于是诸郡县围守皆被汉主敕罢兵降。锺会厚待姜维等，皆权还其印绶节盖。（参见《三国志·蜀书·姜维传》《三国志·魏书·锺会传》）

据《三国志·蜀书·姜维传》注引干宝《晋纪》：会谓维曰："来何迟也？"维正色流涕曰："今日见此为速矣！"会甚奇之。

据《三国志·蜀书·张翼传》：（景耀）六年，与维咸在剑阁，共诣降锺会于涪。

按：《演义》称姜维是在剑阁向锺会投降的，与史不合。据史书记载，姜维知诸葛瞻兵败，遂率军从剑阁后撤，到广汉郪县接到刘禅命令才投降的。

却说邓艾自得成都，以师纂为益州刺史，辛弘、王倾各领（兵）［州郡］；（守）［于］绵竹勒石，以彰战功；作大宴，会蜀中文武。艾酒至半酣，顾与蜀中诸将曰："汝等遭遇于我，故（守）［有］今日耳。如遇吴汉之徒，已皆殄灭矣。"文武皆起拜谢。邓艾曰："姜维自恃一时之英雄，撞了邓艾，却不能展手。"文武皆（领）［颂］其功德，心中暗笑其自负也。

据《三国志·魏书·邓艾传》：以师纂领益州刺史，陇西太守牵弘等领蜀中诸郡。使于绵竹筑台以为京观，用彰战功。士卒死事者，皆与蜀兵同共埋藏。艾深自矜伐，谓蜀士大夫曰："诸君赖遭某，故得有今日耳。若遇吴汉之徒，已殄灭矣。"又曰："姜维自一时雄儿也，与某相值，故穷耳。"有识者笑之。（参见《资治通鉴》卷七十八）

蒋显回报言："姜维全师已降钟镇西也。"艾深恨之，乃上言于司马昭，差人至洛阳。其书云：

> 邓艾（切）［窃］谓兵有先声而后实者。今因平蜀之势以乘吴，［吴］人震恐，席卷之时也。然大举之后，将士疲劳，不可便用，且徐缓之。可效武祖屯田之计，留陇右兵二万，前（者一）［煮］盐，利屯于田，末而兴冶，（焉）［为］军农要用；并作舟船，预为顺流之事。然后发使告以利害，吴必归化，则不烦兵也。（不然）今宜（留）［厚］后主刘禅以致孙休，安士民以来远人。若便送刘禅于京师，彼观以为流徙，则向化之心不劝。宜［权］留禅，于来年秋冬而发，吴亦足（观）［平］。可封禅为扶风王，赐以金帛，共其左右；［郡有董卓坞，］赐为之宫舍；爵［其子］以公侯，食（遇）［郡］内县，以显归命之宠。开广陵城以待，吴人之观蜀，必望风从之矣。

司马昭观毕，疑邓艾有自专之意，乃先降诏，封艾为太尉。其诏曰：

> 征官艾耀威奋武，深入虏廷，使僭伪之主稽颡系颈，历（甘）［世］逋诛一朝而平；兵不逾城，战不终日，云彻席卷，荡定巴、蜀。虽白起破强楚，韩信克劲赵，吴汉（徐）［除］子阳，亚夫灭七国，计功论爵，不足比勋也。其以艾为太尉，增邑二万户；封子二人为（高）［亭］侯，各食邑千户。（主者）［即日］施行。

邓艾领诏已毕，来使又赍出晋公手教，其意曰："昨书中事须当申报，不宜辄行。"艾曰："'将在军，君命有所不受。'吾令已出，如何阻乎？"就使再去上书云（云）：

艾衔命征行，奉教之策，元恶既伏；至于承制拜假，以安初附，谓合权宜。今蜀举众归命，城池南尽南海，东连吴、会，宜早镇之。若待国命，往复道途，延引日月。《春秋》之意，大夫出疆，有以安社稷、利国家，专之可也。今吴未宾，势与蜀连，不可拘滞，以失事机。兵宜速进退，不足（退）［道］也。艾虽无古人之节，终（日）［不］自慊以损于国也。先此申复（施行）。

据《三国志·魏书·邓艾传》：（景元四年冬）十二月，诏曰："艾曜威奋武，深入虏庭，斩将搴旗，枭其鲸鲵，使僭号之主，稽首系颈，历世逋诛，一朝而平。兵不逾时，战不终日，云彻席卷，荡定巴蜀。虽白起破强楚，韩信克劲赵，吴汉禽子阳，亚夫灭七国，计功论美，不足比勋也。其以艾为太尉，增邑二万户，封子二人亭侯，各食邑千户。"艾言司马文王曰："兵有先声而后实者，今因平蜀之势以乘吴，吴人震恐，席卷之时也。然大举之后，将士疲劳，不可便用，且徐缓之；留陇右兵二万人，蜀兵二万人，煮盐兴冶，为军农要用，并作舟船，豫顺流之事，然后发使告以利害，吴必归化，可不征而定也。今宜厚刘禅以致孙休，安士民以来远人，若便送禅于京都，吴以为流徙，则于向化之心不劝。宜权停留，须来年秋冬，比尔吴亦足平。以为可封禅为扶风王，锡其资财，供其左右。郡有董卓坞，为之宫舍。爵其子为公侯，食郡内县，以显归命之宠。开广陵、城阳以待吴人，则畏威怀德，望风而从矣。"文王使监军卫瓘喻艾："事当须报，不宜辄行。"艾重言曰："衔命征行，奉指授之策，元恶既服；至于承制拜假，以安初附，谓合权宜。今蜀举众归命，地尽南海，东接吴会，宜早镇定。若待国命，往复道途，延引日月。《春秋》之义，'大夫出疆，有可以安社稷，利国家，专之可也'。今吴未宾；势与蜀连，不可拘常以失事机。兵法，进不求名，退不避罪，艾虽无古人之节，终不自嫌以损于国也。"锺会、胡烈、师纂等皆白艾所作悖逆，变衅以结。诏书槛车征艾。（参见《资治通鉴》卷七十八）

邓艾便发使回，一应事并不禀奏，便行发落。

往往有人报知朝廷。司马昭曰："艾仗功劳，恣意行事，反在即目矣，如之奈何？"贾（克）［充］曰："何不也封锺会为司徒以制之？"昭善其言，即时遣使，星夜赍诏加封锺会，就令卫瓘监督两路军马。使至，于会授诏曰：

会所［向］披靡，前无战敌，缄（至）［制］众城，网罗群逸，蜀之豪（师）［帅］，面缚听命。谋无遗策，举无废功，凡所降诛，动以万计；全胜独克，有征无战，拓平（华）［西］夏，清晏方隅。其以会为司徒，增邑万户。即可施行。

据《三国志·魏书·锺会传》：（景元四年冬）十二月诏曰："会所向摧弊，前无强敌，缄制众城，罔罗迸逸。蜀之豪帅，面缚归命，谋无遗策，举无废功。凡所降诛，动以万计，全胜独克，有征无战。拓平西夏，方隅清晏。其以会为司徒，进封县侯，增邑万户。封子二人亭侯，邑各千户。"

据《三国志·魏书·陈留王奂纪》：（景元四年冬十二月）乙卯，以征西将军邓艾为太尉，镇西将军锺会为司徒。

使密告会曰："晋公疑艾有反之心，故令卫瓘监军以制之。"

会亦恨艾功在己上，又封太尉之职，乃请姜维商议此事。维大喜曰："吾事已谐矣！"入见锺会，会实告之。维曰："某闻艾出身微贱，幼为农家养犊，长甚贫窘，非名臣（受）［世］禄之子，不识大体。今侥幸自阴平（自）［斜］径攀木悬崖，遂成此功，非出良谋，皆赖国家之洪福。若非将军与维相拒，岂能成功乎？今日妄自尊大，不遵号令，即令封后主为扶风王，结好蜀人之心，其反情不言而可知矣。晋公疑之是也！”会曰：“若非吾与将军拒于剑关，岂能成此大功也？今何不报？”姜维闻会之言，曰：“乞退左右，有密事上告。”会叱退左右，维袖中取出一图以献会。［会］观良久，与维曰：“此图若何？”维曰：“（若）［昔］孔明于茅庐未出之时，以此示先主曰：‘益州之地，沃野千里，民殷国富，高祖因此以成帝业。’今日邓艾得到此处，安得不（狂）［动］心哉？”会点头言是，指问山川形势险恶，维一一言之。会曰：“若此，有何策可除之？”维曰：“趁晋公疑艾之心，急上表章，言艾反状。晋公必令将军讨之，一举则可除也。”会然之，遣使上表，陈艾专权自恣，结好民心，早晚必反。会能写诸家字体，使人于要道拦截邓艾表章，尽改狂悖之言、傲肆之语，却进入洛阳。

据《资治通鉴》卷七十八：会因邓艾承制专事，乃与卫瓘密白艾有反状。会善效人书，于剑阁要艾章表、白事，皆易其言，令辞指悖傲，多自矜伐；又毁晋公昭报书，手作以疑之。（参见《三国志·魏书·锺会传》注引《世语》）

司马昭大怒，乃议自起兵以讨邓艾。当晚，昭妻王氏曰：“锺会见利忘义，好为事端，宠过必乱，不可深信。”昭笑曰：“吾岂不知耶？”次日先遣使到锺会军前，令会取艾；又令贾充引三万兵入斜谷。昭乃请魏主车驾同去西川，收服邓艾。大军磊发，［西］曹掾邵悌见晋（王）［公］曰：“锺会之兵多于艾兵十倍。锺会收艾足矣，何劳明公亲出？”昭笑曰：“卿忘了昔日之言锺会必反之事？吾今此行，非为艾，实为会也。”悌悟之言，亦笑。昭曰：“此事只你我知之，不可漏泄。我以信义待人，人［必］不负我也。今日贾（克）［充］亦疑锺会，吾应曰：‘如我使（亦）［你］行，亦疑汝耶？此是司马昭奸雄之处也。吾到此自有明白。’”

据《资治通鉴》卷七十八：咸熙元年春正月壬辰，诏以槛车征邓艾。晋公昭恐艾不从命，敕锺会进军成都，又遣贾充将兵入斜谷。昭自将大军从帝幸长安，以诸王公皆在邺，乃以山涛为行军司马，镇邺。

初，锺会以才能见任，昭夫人王氏言于昭曰：“会见利忘义，好为事端，宠过必乱，不可大任。”及会将伐汉，西曹属邵悌言于晋公曰：“今遣锺会率十万余众伐蜀，愚谓令单身无任，不若使余人行也。”晋公笑曰：“我宁不知此邪！蜀数为边寇，师老民疲，我今伐之，如指掌耳，而众方蜀不可伐。夫人心豫怯则智勇并竭，智勇并竭而强使之，适所以为敌禽耳。惟锺会与人意同，今遣会伐蜀，蜀必可灭。灭蜀之后，就如卿虑，何忧其不能办邪？夫蜀已破亡，遗民震恐，不足与共图事；中国将士各自思归，不肯与同也。会若作恶，只自灭族耳。卿不须忧此，慎勿使人闻也！”及晋公将之长安，悌复曰：“锺会所统兵五六倍于邓艾，但可敕会取艾，不须自行。”晋公曰：“卿忘前言邪，而云不须行乎？虽然，所言不可宣也。我要自当以信意待人，但人不当负我耳，我岂可先人生心哉！近日贾护军问我：‘颇疑锺会不？’我答言：‘如今遣卿行，宁可复疑卿邪？’贾亦无以易我语也。我到长安，则自了矣。”（参见《三国志·魏书·锺会传》）

于是遂行，前至长安。

却说锺会得诏收艾，问计于姜维。还是如何？

［第二百三十七段］　姜维一计害三贤

维曰："可先使监军卫瓘收艾，艾必杀瓘，可见反情实矣。将军却起兵讨之，此是正道也。"会然之，先遣卫瓘引数千人去成都收艾。

瓘起兵行之次，部将曰："今司徒遣此行，实欲（杀艾）［艾杀］将军，（表）［以］正反情也。"瓘曰："吾自有计。"预写檄文二三十（套）［道］，令人（不）［下］与艾部下诸将曰："奉诏收艾，其余一无所问。先来赴官者爵赏；如敢有不出者，诛及三族！"于是造陷车二乘，（运）［连］夜入成都。比及鸡鸣，得檄文者皆到。时有邓艾卧于府中。卫瓘引数十人入于卧室，大呼曰："奉诏收邓艾父子！"艾大惊，滚于床下。瓘命缚之，并其子邓忠入于陷车，推出城外。艾帐下将士数百人赶出城欲劫之，瓘大（笑）呼曰："诏书在此，妄动者夷三族！""钟司徒大军至矣！"众将士（欲）［望］见尘头起处，哨马早来，各弃枪刀而走。

据《晋书·卫瓘传》：邓艾、锺会之伐蜀也，瓘以本官持节监艾、会军事，行镇西军司，给兵千人。蜀既平，艾辄承制封拜。会阴怀异志，因艾专擅，密与瓘俱奏其状。诏使槛车征之，会遣瓘先收艾。会以瓘兵少，欲令艾杀瓘，因加艾罪。瓘知欲危己，然不可得而距，乃夜至成都，檄艾所统诸将，称诏收艾，其余一无所问。若来赴官军，爵赏如先；敢有不出，诛及三族。比至鸡鸣，悉来赴瓘，唯艾帐内在焉。平旦开门，瓘乘使者车，径入至成都殿前。艾卧未起，父子俱被执。艾诸将图欲劫艾，整仗趣瓘营。瓘轻出迎之，伪作表草，将申明艾事，诸将信之而止。俄而会至。（参见《资治通鉴》卷七十八，《三国志·魏书·锺会传》）

据《三国志·魏书·邓艾传》注引《魏氏春秋》：艾仰天叹曰："艾忠臣也，一至此乎！白起之酷，复见于今日矣。"

锺会军马至，大责艾曰："养犊小儿，何敢如此！"以马鞭击其首。姜维指而骂曰："匹夫何不立功名于万世耶！"艾亦大骂。会遣部将送往京师，自入成都，尽收艾部下兵马，威声大振，乃谓姜维曰："吾今日才称平生愿也！"维曰："明公自淮南以来，筭无遗策，今复定蜀，威德振世，欲以此安居乎？何不效陶朱公耶？"会问其故，维曰："（昔日）［谋也］，（智力）明公［智力］之所能，无烦于老夫矣。"此是姜维调拨锺会反处。会笑曰："君知吾心也！"自此每日与姜维议论调兵。

据《三国志·蜀书·姜维传》注引《汉晋春秋》：会阴怀异图，维见而知其心，谓可构成扰乱以图克复也，乃诡说会曰："闻君自淮南已来，算无遗策，晋道克昌，皆君之力。今复定蜀，威德振世，民高其功，主畏其谋，欲以此安归乎！夫韩信不背汉于扰攘，以见疑于既平；大夫种不从范蠡于五湖，卒伏剑而妄死：彼岂暗主愚臣哉？利害使之然也。今君大功既立，大德已著，何不法陶朱公泛舟绝迹，全功保身，登峨嵋之岭，而从赤松游乎？"会曰："君言远矣，我不能行，且为今之道，或未尽于此也。"维曰："其他则君智力之所能，无烦于老夫矣。"由是情好欢甚。（参见《资治通鉴》卷七十八）

据《三国志·蜀书·姜维传》：会与维出则同舆，坐则同席，谓长史杜预曰："以伯约比中土名士，公休、太初不能胜也。”

[维]密报后主曰：“愿陛下(受)[忍]数日之辱。臣欲社稷危而复安，日月暗而复明，再得旧日之业矣！”

据《资治通鉴》卷七十八：姜维欲使会尽杀北来诸将，已因杀会，尽坑魏兵，复立汉主，密书与刘禅曰：“愿陛下忍数日之辱，臣欲使社稷危而复安，日月幽而复明。”(参见《三国志·蜀书·姜维传》注引《华阳国志·刘后主志》)

锺会正欲谋反，忽报“晋公司马昭大军屯于长安，诏书到此。”会观书云：“恐司徒收(之)[艾]不(暇)[下]，吾自引兵屯于长安。相见在近，先此报之。”会大惊曰：“吾军多于邓艾数倍，晋公知我独能收之。今自引军来，是疑吾也。”遂请姜维商议。维曰：“君疑，臣必死。岂不见邓艾也？”会曰：“吾意决矣！成事，当得天下；不成，退守巴、蜀，不失作刘备也。”

据《资治通鉴》卷七十八：(咸熙元年春正月)丙子，会至成都，送艾赴京师。会所惮惟艾，艾父子既禽，会独统大众，威震西土，遂决意谋反。会欲使姜维将五万人出斜谷为前驱，会自将大众随其后，既至长安，令骑士从陆道，步兵从水道，顺流浮渭入河，以为五日可到孟津，与骑兵会洛阳，一旦天下可定也。会得晋公书云：“恐邓艾或不就征，今遣中护军贾充将步骑万人径入斜谷，屯乐城，吾自将十万屯长安，相见在近。”会得书惊，呼所亲语之曰：“但取邓艾，相国知我独办之；今来大重，必觉我异矣，便当速发。事成，可得天下；不成，退保蜀、汉，不失作刘备也！”(参见《三国志·魏书·锺会传》)

维曰：“近闻郭太后新(立)[亡]。可作太后遗诏，令伐司马昭，以正弑君之罪。据明公之才，可席卷中原也。”会曰：“公当与我作前部，富贵共享之。”维曰：“愿施犬马之劳，以报公之德！但恐诸将不服，奈何？”会曰：“来日上元节于蜀故宫大张灯火，请诸将饮宴。如不从者，尽杀之。”维曰：“此计大妙！”

是日上元，请大小将士入宫饮酒。至三更，会执杯大哭。诸将惊问其故，会曰：“郭太后有遗诏在此，为司马昭南阙弑君，大逆无道，早晚欲篡大位，特命吾讨之。汝等各各佥名，共行此事。”众官面面相觑，尽皆失色。会乃掣剑在手曰：“如有违令者斩之！”众将一一画字。[会]将诸将关于宫内，严兵守御。维曰：“某见众将心中不服，不如(抗)[坑]之。”会曰：“我已于宫中掘下一大坑，置白棒数千。如不然者，打杀纳于坑内。”

按：《演义》称锺会欲棒杀诸将，与史相悖。据史书记载，棒杀诸将之说，乃是胡烈编造的谎言。

时有帐下心腹将丘建乃胡烈手下旧人，多受胡烈恩惠，亦是胡烈送与锺会处。当日见胡烈坐于庑下，丘建密报曰：“锺会掘下大坑，置白棒数千条，但有不服者，杖死填于坑中。”胡烈哭告曰：“吾儿胡渊领兵在外，岂知会此心？汝可想旧日之情，稍通消息，虽死无恨也！”建曰：“恩主放心，某当为之。”建出见会曰：[“主公监诸将在内，水食不便。可令一人往来传递。”会曰：]“命汝监临，无令走透消息。”建曰：“主公勿忧，建自监之。”建至宫门，先唤胡烈亲信人入。烈告以其事，密写[书]与子胡渊。建自领出门，会不疑。渊得父书，亲自诣各将营中通报曰：“锺会欲反朝廷，将诸将囚于内宫，已掘大坑，置白棒数千条，如不从者，尽皆坑之。”众人听了大怒曰：“宁有是理！我等虽死，岂从反也？”渊曰：“十八日日中，皆在宫门相会。”先令丘建报知胡烈。烈（内）［乃］转报宫中将校“十八日。”

却说锺会、姜维商议。会曰：“吾夜梦大蛇数十条咬吾，因此惊觉。”维曰：“梦此龙蛇皆吉，一人之兆也。”会曰：“器杖已备，当坑诸将，如何？”维曰：“某观诸将，面虽顺从，中心不服，久必为祸，不如坑之。”此是姜维要先去锺会之牙爪也。会曰：“然！”才欲给铠杖与姜维，姜维忽然一阵心疼，氲到于地，此是天不助汉也。左右扶起。忽人报曰：“宫外汹汹，如失火之状。”会令人探之。喊声大举，报知“四方八面，无限军到。”会曰：“此是如何？”维曰：“必是作乱。可先杀诸将。”又报军兵已入。会交闭上宫门。宫中诸将上殿，以瓦击之，互相杀死无数。宫外四面火起，宫城上箭石如雨，外兵砍门而入。会自持剑，手杀数人。城上乱箭射倒，先枭其首。姜维挥剑往来冲突，心痛转加，仰天叹曰：“吾计不成，乃天命也！”遂自刎而死，

按：《演义》称姜维在与魏将交战时因心疼而自刎，与史不合。据史书记载，姜维是被乱军杀死的。

时年五十九岁。

按：据《三国志·蜀书·姜维传》推算，姜维享年为六十三岁（虚岁）。

宫中死者数百人。静轩先生诗叹曰：

大胆姜维智勇全，顿令一计害三贤。
蜀邦未复身先死，成败由（未）［来］总是天。

希明尉子又诗［曰］：

维害邓（忠）［、钟］计得全，心同焚马足称贤。
嘘炎未焰身先毙，谋事在人成在天。

卫瓘曰：“众军各还营寨，以待王命。”众军碎割姜维到腹边，见其胆如斗大。卫（嚯）［瓘］曰：“如何止约得他？”各军（会狙）［争相］报仇，杀尽姜维、锺会老小所有。

据《资治通鉴》卷七十八：（咸熙元年春正月）丁丑，会悉请护军、郡守、牙门骑督以上及蜀之故官，为太后发哀于蜀朝堂，矫太后遗诏，使会起兵废司马昭，皆班示坐上人，使下议讫，书版署置，更使所亲信代领诸军；所请群官，悉闭著益州诸曹屋中，城门宫门皆闭，严兵围守。卫瓘诈称疾笃，出就外廨。会信之，无所复惮。姜维欲使会尽杀北来诸将，己因杀会，尽坑魏兵，复立汉主，……会欲从维言诛诸将，犹豫未决。会帐下督丘建本属胡烈，会爱信之。建愍烈独坐，启会，使听内一亲兵出取饮食，诸牙门随例各内一人。烈绐语亲兵及疏与其子渊曰：“丘建密说消息，会已作大坑，白棓数千，欲悉呼外兵入，人赐白帢，拜散将，以次棓杀，内坑中。”诸牙门亲兵亦咸说此语，一夜，转相告，皆遍。己卯，日中，胡渊率其父兵雷鼓出门，诸军不期皆鼓噪而出，曾无督促之者，而争先赴城。时会方给姜维铠仗，白外有匈匈声，似失火者，有顷，白兵走向城。会惊，谓维曰：“兵来似欲作恶，当云何？”维曰：“但当击之耳！”会遣兵悉杀所闭诸牙门郡守，内人共举机以拄门，兵斫门，不能破。斯须，城外倚梯登城，或烧城屋，蚁附乱进，矢下如雨，牙门郡守各缘屋出，与其军士相得。姜维率会左右战，手杀五六人，众格斩维，争前杀会。会将士死者数百人，杀汉太子璿及姜维妻子，军众钞略，死丧狼藉。卫瓘部分诸将，数日乃定。（参见《三国志·魏书·锺会传》）

据《三国志·魏书·锺会传》会时年四十。

据《晋书·卫瓘传》：会留瓘谋议，乃书版云“欲杀胡烈等”，举以示瓘，瓘不许，因相疑贰。瓘如厕，见胡烈故给使，使宣语三军，言会反。会逼瓘定议，经宿不眠，各横刀膝上。在外诸军已潜欲攻会。瓘既不出，未敢先发。会使瓘慰劳诸军。瓘心欲去，且坚其意，曰：“卿三军主，宜自行。”会曰：“卿监司，且先行，吾当后出。”瓘便下殿。会悔遣之，使呼瓘。瓘辞眩疾动，诈仆地。比出阁，数十信追之。瓘至外解，服盐汤，大吐。瓘素羸，便似困笃。会遣所亲人及医视之，皆言不起，会由是无所惮。及暮，门闭，瓘作檄宣告诸军。诸军并已唱义，陵旦共攻会。会率左右距战，诸将击败之，唯帐下数百人随会绕殿而走，尽杀之。瓘于是部分诸将，群情肃然。

据《三国志·蜀书·姜维传》：会既构邓艾，艾槛车征，因将维等诣成都，自称益州牧以叛。欲授维兵五万人，使为前驱。魏将士愤怒，杀会及维，维妻子皆伏诛。

据《三国志·蜀书·姜维传》注引《世语》：维死时见剖，胆如升大。

邓艾部下兵见锺会、姜维死，遂连夜赶去取回邓艾父子。早有人报知卫瓘。瓘曰：“我当日捉下邓艾。今日若回，吾死无葬身之地也。”护军田续曰：“昔日［邓艾］进兵江油之时欲斩田续，得众官告免。今日当报此恨！”卫瓘遣田续将五百军马于路接出，果然接到绵竹，正遇邓艾父子，已放出陷车，欲回成都。［艾］见田续来，只道是本部兵马来，不做隄防，却欲问时，被田续一刀斩之，其子邓忠亦被乱军所杀。

据《资治通鉴》卷七十八：邓艾本营将士追出艾于槛车，迎还。卫瓘自以与会共陷艾，恐其为变，乃遣护军田续等将兵袭艾，遇于绵竹西，斩艾父子。艾之入江油也，田续不进，艾欲斩续，既而舍之。及瓘遣续，谓曰：“可以报江油之辱矣。”镇西长史杜预言于众曰：“伯玉其不免乎？身为名士，位望已高，既无德音，又不御下以正，将何以堪其责乎！”瓘闻之，不候驾而谢预。预，恕之子也。邓艾余子在洛阳者悉伏诛。徙其妻及孙于西城。（参见《晋书·卫瓘传》,《三国志·魏书·邓艾传》及注引《汉晋春秋》）

正谓是姜维一计害三贤也。后人有诗为证：

后主投降献四川，天亡安可计谋全？
邓艾遭刑锺会丧，姜维一计害三贤。

后史官因（囚）邓艾有盖世之功，死非其罪，亦作庙赞曰：

自幼能筹画，多谋善用兵。
凝眸知地理，仰面识天文。
马到山根后，兵来石径分。
功成身被害，魂绕汉江云。

史官亦有锺会庙赞［云］：

汉朝良将后，幼作秘书郎。
当世夸英俊，时人号子房。
寿春多赞画，蜀国逞轩昂。
不学陶朱去，游魂返故乡。

史官为姜维托志忠雅，只身扶蜀，身虽自刎而死，忠亦可嘉而羡，亦有庙赞云：

凉州夸上士，天水产奇才。
曾得高人受，亲传秘诀来。
中原曾九伐，爵位显三台。

只力扶西蜀，临危志不（亡）[摧]。

当时蜀中乱数日，张翼等皆死于乱军中。

据《三国志·蜀书·张翼传》:（景耀）六年，与维咸在剑阁，共诣降锺会于涪。明年正月，随会至成都，为乱兵所杀。

师纂碎分其尸，

据《三国志·魏书·邓艾传》注引《世语》: 师纂亦与艾俱死。纂性急少恩，死之日体无完皮。

互相残杀，不可胜计。后主太子刘璿

据《三国志·蜀书·后主太子璿传》: 咸熙元年正月，锺会作乱于成都，璿为乱兵所害。

及皇族多有被害，深可痛哉！半月中，贾充至，出榜安民，方始宁静；留卫瓘守成都，招谕离散之民还业，乃迁后主往京师面君。随行有尚书令樊建、侍中张昭、光禄大夫谯周、秘书令郤正、殿中都尉张（昭）[通]，从官十数人。

据《资治通鉴》卷七十八：刘禅举家东迁洛阳，时扰攘仓卒，禅之大臣无从行者，惟秘书令郤正及殿中督汝南张通舍妻子单身随禅，禅赖正相导宜适，举动无阙，乃慨然叹息，恨知正之晚。（参见《三国志·蜀书·郤正传》）

据《三国志·蜀书·诸葛亮传附樊建传》: 后为侍中，守尚书令。

董厥、廖化皆托疾不起，后各忧闷而亡。

据《三国志·蜀书·廖化传》: 咸熙元年春，（廖）化、（宗）预俱内徙洛阳，道病卒。

据《三国志·蜀书·诸葛亮传附董厥传》: 蜀破之明年春，（董）厥、（樊）建俱诣京都，同为相国参军，其秋并兼散骑常侍，使蜀慰劳。

后主至洛阳，还是生死如何?

[第二百三十八段]　司马炎复夺受禅台

魏改景元五年为咸熙元年，春三月，迁后主刘禅至洛阳。

东吴闻蜀已亡，丁奉等各自引军还。中书丞华覈上表于吴主孙休曰:“伏闻成都不守，社稷倾危。臣以草茅，窃谓不宁。陛下圣神，必垂哀悼。司马昭必有篡魏吞吴之心，望陛下留意严防！”吴主孙休从之，分投命将严切隄防: 沿江一带屯数百营，（中军）[军中]命老将丁奉总之；拜陆逊之子陆杭字幼节为镇（军）[东]大将军、益州牧，守川口；左将军孙冀等守南徐诸处隘口，以防魏兵。

据《三国志·吴书·孙休传》:（永安六年冬十月）甲申，使大将军丁奉督诸军向魏寿春，将军留平别诣施绩于南郡，议兵所向，将军丁封、孙异如沔中，皆救蜀。蜀主刘禅降魏问至，然后罢。

据《资治通鉴》卷七十八：吴人闻蜀已亡，乃罢丁奉等兵。吴中书丞吴郡华覈诣宫门上表曰："伏闻成都不守，臣主播越，社稷倾覆，失委附之土，弃贡献之国，臣以草芥，窃怀不宁。陛下圣仁，恩泽远抚，卒闻如此，必垂哀悼。臣不胜忡怅之情，谨拜表以闻！"（参见《三国志·吴书·华覈传》）

据《三国志·吴书·孙休传》：（永安七年春）二月，镇军将军陆抗、抚军将军步协、征西将军留平、建平太守盛曼，率众围蜀巴东守将罗宪。……魏使将军胡烈步骑二万侵西陵，以救罗宪，陆抗等引军退。

据《三国志·蜀书·霍峻传附子弋传》注引《襄阳记》：罗宪字令则。……（后主）令宪守永安城。寻闻成都败，城中扰动，江边长吏皆弃城走，宪斩称成都乱者一人，百姓乃定。得后主委质问至，乃帅所统临于都亭三日。吴闻蜀败，起兵西上，外托救援，内欲袭宪。宪曰："本朝倾覆，吴为唇齿，不恤我难而徼其利，背盟违约。且汉已亡，吴何得久，宁能为吴降虏乎！"保城缮甲，告誓将士，厉以节义，莫不用命。吴闻锺、邓败，百城无主，有兼蜀之志，而巴东固守，兵不得过，使步协率众而西。宪临江拒射，不能御，遣参军杨宗突围北出，告急安东将军陈骞，又送文武印绶、任子诣晋王。协攻城，宪出与战，大破其军。孙休怒，复遣陆抗等帅众三万人增宪之围。被攻凡六月日而救援不到，城中疾病太半。或说宪奔走之计，宪曰："夫为人主，百姓所仰，危不能安，急而弃之，君子不为也，毕命于此矣。"陈骞言于晋王，遣荆州刺史胡烈救宪，抗等引退。晋王即委前任，拜宪凌江将军，封万年亭侯。

据《三国志·魏书·陈留王奂纪》：初，自平蜀之后，吴寇屯逼永安，遣荆、豫诸军掎角赴救。七月，贼皆遁退。

却说后主刘禅至洛阳时，司马昭已自回军了。侍臣引后主入内朝见魏君。（即拜）［禅具］公（堂）［裳］，再拜于殿下。魏主曹奂令司马昭定拟官爵。昭曰："据汝荒淫失政，理合赐死；为汝早降，可以原赦，加为安乐公，赐住宅，月给俸米。随行郤正等皆封为列侯。

据《三国志·蜀书·后主传》：后主举家东迁，既至洛阳，……食邑万户，赐绢万匹，奴婢百人，他物称是。子孙为三都尉封侯者五十余人。尚书令樊建、侍中张绍、光禄大夫谯周、秘书令郤正、殿中督张通并封列侯。

据《三国志·蜀书·诸葛亮传附樊建传》：蜀破之明年春，厥、建俱诣京都，同为相国参军，其秋并兼散骑常侍，使蜀慰劳。

据《三国志·蜀书·谯周传》：时晋文王为魏相国，以周有全国之功，封阳城亭侯。

据《三国志·蜀书·郤正传》：赐爵关内侯。

宦官黄皓蠹国害民，处斩于市曹。"后主拜谢而出。

次日，后主到司马昭府中拜谢。昭请入后堂，设宴待之，令魏众乐舞戏于前。酒至半酣，昭命虏蜀之音乐入奏蜀乐，作川中百戏。蜀中所降文武莫不伤感，含泪而不敢哭；惟安乐公谈笑自若，并无忧色。昭问曰："颇思蜀否？"禅曰："此间快活，不思蜀也。"昭视贾充而言曰："人之无情，乃至于此！虽诸葛不能辅其久全，何况姜维乎？"静轩先生诗叹曰：

追欢作乐笑颜开，不念危亡半点哀。

快活异乡忘故国，方知后主是庸才。

须臾，禅起更衣。郤正赶至廊下，与禅曰："主公如何答以不思蜀也？倘再问，可答曰：'先人坟墓，远在巴、蜀。心意悲切，无日不思。'哀伤（酒）[洒]泪，则又放归之日也。"禅记之，再入席。禅（未）[微]醉，昭又问曰："颇思蜀否？"禅曰："先人坟墓，远在巴、蜀。心意悲切，无日不思。"言讫欲哭无泪，遂闭其目。昭曰："此郤正之教语也？"禅开目惊视曰："诚如尊命！"昭及左右大笑，因此信禅诚实，再不疑也。

据《资治通鉴》卷七十八：（咸熙元年春三月）丁亥，封刘禅为安乐公，子孙及群臣封侯者五十余人。晋王与禅宴，为之作故蜀伎，旁人皆为之感怆，而禅喜笑自若。王谓贾充曰："人之无情，乃至于是！虽使诸葛亮在，不能辅之久全，况姜维邪！"他日，王问禅曰："颇思蜀否？"禅曰："此间乐，不思蜀也。"郤正闻之，谓禅曰："若王后问，宜泣而答曰：'先人坟墓，远在岷、蜀，乃心西悲，无日不思。'因闭其目。"会王复问，禅对如前，王曰："何乃似郤正语邪！"禅惊视曰："诚如尊命。"左右皆笑。（参见《三国志·蜀书·后主传》注引《汉晋春秋》）

朝廷[大臣]为昭有收川大功，"宜合进爵为王。"此时魏主曹奂为天子，实不能主张，皆由司马昭为之。此亦司马昭之心，故教大臣借朝廷为名，遂册立昭为晋王，谥其父懿为宣王，兄师为景王。

据《资治通鉴》卷七十八：（咸熙元年春三月）己卯，进晋公爵为王，增封十郡。……（夏五月）癸未，追命舞阳主理侯懿为晋宣王，忠武侯师为景王。

初，晋王昭娶王霸之女，生二子：长子炎，（炎）生得人物魁梧，垂发至地，双手过膝，更聪明胆量过人，英武轩昂；次子攸，情性温和，甚是孝弟，昭极爱之，为兄无子，过房继其后嗣。昭常言曰："天下者，吾兄之天下也。百年之后，大业（大）[宜]付司马攸。"至是年，昭为晋王，欲立攸为后世子。刘寔谏曰："废长立幼，于理不祥。"贾（克）[充]、何曾、（张）[裴]秀皆是心腹之人，尽皆曰："长子聪明神武，有超世之才，人望既属，天命如此，非人臣之相也。"昭犹豫未定，太尉王祥、司（徒）[马]荀（恺）[顗]谏曰："前代立少，多为乱国，大王思之！"昭乃决定立炎为世子，官带忠抚军。

据《资治通鉴》卷七十八：初，晋王娶王肃之女，生炎及攸，以攸继景王后。攸性孝友，多材艺，清和平允，名闻过于炎。晋王爱之，常曰："天下者，景王之天下也，吾摄居相位，百年之后，大业宜归攸。"炎立发委地，手垂过膝，尝从容问裴秀曰："人有相否？"因以异相示之。秀由是归心。羊琇与炎善，为炎画策，察时政所宜损益，皆令炎豫记之，以备晋王访问。晋王欲以攸为世子，山涛曰："废长立少，违礼不祥。"贾充曰："中抚军有君人之德，不可易也。"何曾、裴秀曰："中抚军聪明神武，有超世之才，人望既茂，天表如此，固非人臣之相也。"晋王由是意定，（咸熙元年冬十月）丙午，立炎为世子。（参见《三国志·魏书·王朗传附子肃传》注引《世语》）

众奏"晋王宜戴十二旒冠冕，建天子旌旗，出警入跸，乘金银车，备六马，进王妃为后。当年长武县奏曰：'（当日）[日当]卓午，从天降下天神，身长三丈余，脚迹长尺二，白发苍须，戴黄巾，着黄裳，拄黎杖，口称"吾乃民王，今来报汝：天下换主，立见太平。"自此地中徒行三日，忽然不见。'"是时（司马昭秋八月）[秋八月，司马昭]在朝堂听知此事，回到宫中正欲饮宴，忽然中风，口不能言。次日病危，唤太尉王祥、司徒何曾、司马荀（恺）[顗]及诸大臣入宫，见昭不能言，以手指司马炎而死，时秋八

月辛卯日也。何曾曰："天下大事，皆在晋王。可立世子炎为晋王，然后殡葬。"是日炎即位，

据《三国志·魏书·陈留王奂纪》：(咸熙二年夏五月，)命晋王冕十有二旒，建天子旌旗，出警入跸，乘金根车、六马，备五时副车，置旄头云罕，乐舞八佾，设钟虡宫县。进王妃为王后，世子为太子，王子、王女、王孙，爵命之号如旧仪。癸未，大赦。秋八月辛卯，相国晋王薨。壬辰，晋太子炎绍封袭位，总摄百揆，备物典册，一皆如前。(参见《资治通鉴》卷七十九)

封何曾为晋丞相，司马望为司徒，石苞为骠骑将军，陈赛为车骑将军，谥父昭为文王。

据《三国志·魏书·陈留王奂纪》：(咸熙二年秋九月)戊午，司徒何曾为晋丞相。癸亥，以骠骑将军司马望为司徒，征东大将军石苞为骠骑将军，征南大将军陈骞为车骑将军。(参见《资治通鉴》卷七十九)

大事已定，炎召贾(克)[充]、裴秀问曰："曹操有言：'若天命在吾，吾为周文王矣。'果有此事否？"充曰："操世受汉禄，恐人议论，当篡逆之名，故有此语，是明使曹丕为天子也。"炎曰："吾父王比(迹)曹操若何？"(克)[充]曰："文王辅魏，已历三世，与曹操大不同也。曹操虽功盖天下，民惧其威，不怀其德。其子承统，差役繁重，东西驰驱，无有宁岁。今宣王、景王、文王累立大功，布恩天下，民心归之久矣，故与曹氏不同。"炎曰："曹丕尚受汉禅，吾岂得不绍魏统也？"(克)[充]、秀皆曰："可依魏绍汉例，筑受禅台，布告天下，以即(王)[正]位，有何不可？"炎大喜，次日带剑入内。

时魏主奂连日不朝，忧惶失措。炎直入后宫。奂大惊，避席迎之，赐墩而坐。炎问奂曰："陛下为君，何人之力？"奂曰："皆出文王之赐。"炎笑曰："陛下文不能论道，武不能安邦，百无一能，何不择有德者让之？"奂大惊，口禁而不能言。傍有黄门侍郎张节应声曰："大王之言差矣！(者)[昔]日魏武祖东荡西除，南征北讨，不容易得此天下。况皇上有德无罪，何故让与他人？"炎大怒，叱之曰："此天下乃汉家之天[下]也，曹氏仗功而夺之！吾父祖(于魏三世)[三世于魏]有功，得天下平安，非曹氏之能，实出司马氏之力也，天下共戴。吾何不当承魏统也！"张节曰："汝若行此事，实篡国之贼也！"炎大怒曰："吾为汉家恨以报之也，有何不可！"乃叱武士将节拿下殿，用瓜槌打死。魏主跪于地下曰："但听晋王之命。"炎起身而出。静轩先生观此有感，乃作诗以叹之曰：

魏吞汉室晋吞曹，天理循环可能逃？
张节(果)[可]怜忠国事，一拳怎障泰山高？

魏主奂问贾(克)[充]、裴秀[曰]："还当如何？"(克)[充]曰："天数如此，陛下不可逆天行事，当照建安二十五年之例，修筑受禅台，备大礼，禅位与晋王，上下合心矣。"奂便令贾(克)[充]修筑受禅台[，克日完备。

选定十二月甲子吉日，大会群臣于受禅台]下。魏主曹奂亲捧传国玺，登坛授与晋王了，然后下坛，披公服，列于群臣班首，称臣再拜。贾(克)[充]、裴秀各执剑在手，指曹奂曰："自古汉建安二十五年魏受汉禅，已经四十五年矣。今天禄永终，历数在晋。司马氏功德弥隆，极天际地，可即皇帝正位，已绍魏统。"大小文武及魏主北向皆山呼万岁。是日天气清朗，众皆拜舞已毕，跪听晋主圣旨。晋帝司马炎降敕封曹奂为陈留王，去就金墉城居止。魏主拜谢而行。太傅司马孚哭拜魏主曰："臣死之日，固大魏之纯臣也！"

孚乃炎之叔祖。炎见孚如此，乃封为安平王太宰。孚不受而退。是日大赦，改元为太始元年。

据《资治通鉴》卷七十九：（咸熙二年）十二月壬戌，魏帝禅位于晋；甲子，出舍于金墉城。太傅司马孚拜辞，执帝手，流涕歔欷不自胜，曰："臣死之日，固大魏之纯臣也。"丙寅，王即皇帝位，大赦，改元。丁卯，奉魏帝为陈留王，即宫于邺；优崇之礼，皆仿魏初故事。魏氏诸王皆降为侯。

据《三国志·魏书·陈留王奂纪》：（咸熙二年）十二月壬戌，天禄永终，历数在晋。诏群公卿士具仪设坛于南郊，使使者奉皇帝玺绶册，禅位于晋嗣王，如汉魏故事。甲子，使使者奉策。遂改次于金墉城，而终馆于邺，时年二十。

后来史官有诗曰：

献帝称臣辇路傍，咸熙又见拜君王。
金墉城外山川旧，受禅台前草木黄。
魏国规模如汉代，陈留踪迹似山阳。
一还一报皆天理，千古令人泪两行。

又希明尉子观此有感，叹曰：

老瞒昔肯汉家扶，司马今朝岂篡曹？
山（陈）[阳]、陈留依辙迹，恢恢天网信如何！

晋武帝司马炎谥祖懿为宣皇帝，伯司马师为景皇帝，父昭为文皇帝；

据《资治通鉴》卷七十九：追尊宣王为宣皇帝，景王为景皇帝，文王为文皇帝。尊王太后曰皇太后。

立七庙于大殿，以光耀祖宗。是那七庙？汉征西司马均，均生豫章太守司马量，量生（颖）[颍]川太守司马焦，焦生京兆尹司马防，防生宣帝懿，懿生景帝师，师弟文帝昭，是为七庙。

据《资治通鉴》卷七十九：初，汉征西将军司马钧生豫章太守量，量生颍川太守俊，俊生京兆尹防，防生宣帝。泰始二年春正月丁亥，即用魏庙祭征西府君以下并景帝凡七室。

大事已定，便议收吴。未知如何。

[第二百三十九段]　羊祐病重荐杜预

吴主孙休永安七年抱病而亡。群臣欲立太子孙䨻为君。左典军万（或）[彧]曰："䨻幼弱不能专政，不若取乌（亭）[程]侯孙皓立之。"左将军张布亦曰："皓才能明断，可以为君。"于是丞相濮阳兴入奏朱太后。太后曰："我妇人也，焉知社稷之大计？汝公卿从长议之。"（或）[彧]遂备驾，乃请孙皓立之。

据《资治通鉴》卷七十八：（咸熙元年秋七月，）吴主寝疾，口不能言，乃手书呼丞相濮阳兴入，令子𩅦出拜之。休把兴臂，把𩅦以托之。癸未，吴主殂，谥曰景帝。群臣尊朱皇后为皇太后。吴人以蜀初亡，交趾携叛，国内恐惧，欲得长君。左典军万彧尝为乌程令，与乌程侯皓相善，称："皓才识明断，长沙桓王之俦也；又加之好学，奉遵法度。"屡言之于丞相兴、左将军布，兴、布说朱太后，欲以皓为嗣。朱后曰："我寡妇人，安知社稷之虑，苟吴国无陨，宗庙有赖，可矣。"于是遂迎立皓，改元元兴，大赦。……吴主封太子𩅦及其三弟皆为王，立妃滕氏为皇后。（参见《三国志·吴书·孙休传》及注引《江表传》,《三国志·吴书·濮阳兴传》《丁奉传》）

皓字元宗，乃孙权所废（之）［太］子孙和之子，当年七月即位，改为元兴元年，封太子𩅦为豫章王，加丁奉为左右大司马。

据《三国志·吴书·孙皓传》：孙皓字元宗，权孙，和子也，一名彭祖，字皓宗。孙休立，封皓为乌程侯，遣就国。……休薨，……迎立皓，时年二十三。改元，大赦。是岁，于魏咸熙元年也。元兴元年八月，以上大将军施绩、大将军丁奉为左右大司马，张布为骠骑将军，加侍中，诸增位班赏，一皆如旧。九月，贬太后为景皇后，追谥父和曰文皇帝，尊母何为太后。十月，封休太子𩅦为豫章王，次子汝南王，次子梁王，次子陈王，立皇后滕氏。

皓既为君，凶暴日盛，嗜酒好色。张布力谏，皓大怒而诛之。丞相濮阳兴又谏，皓亦诛之，

据《资治通鉴》卷七十八：初，吴主之立，发优诏，恤士民，开仓廪，振贫乏，科出宫女以配无妻者，禽兽养于苑中者皆放之。当时翕然称为明主。及既得志，粗暴骄盈，多忌讳，好酒色，大小失望，濮阳兴、张布窃悔之。或谮诸吴主，（咸熙元年冬）十一月朔，兴、布入朝，吴主执之，徙于广州，道杀之，夷三族。（参见《三国志·吴书·孙皓传》及注引《江表传》,《三国志·吴书·濮阳兴传》）

乃封陆杭、万（或）［彧］为左右丞相；改元宝鼎，

据《资治通鉴》卷七十九：吴改元宝鼎。吴主以陆凯为左丞相，万彧为右丞相。（参见《三国志·吴书·孙皓传》）

又作昭明宫，大兴工役，令大小官员入山伐木，费工无度。

据《资治通鉴》卷七十九：（泰始三年）夏六月，吴主作昭明宫，二千石以下，皆自入山督伐木。大开苑囿，起土山、楼观，穷极伎巧，功役之费以亿万计。陆凯谏，不听。（参见《三国志·吴书·孙皓传》注引《太康三年地记》《江表传》）

后又改凤凰元年。

据《资治通鉴》卷七十九：（泰始七年十二月，）吴改明年元曰凤凰。

丞相万（或）［彧］、将军留平、大司农楼玄苦谏，尽皆斩之。

据《资治通鉴》卷七十九：吴主之游华里也，右丞相万彧与右大司马丁奉、左将军留平密谋曰："若至华里不归，社稷事重，不得不自还。"吴主颇闻之，以彧等旧臣，隐忍不发。是岁，吴主因会，以毒酒饮彧，传酒人私减之。又饮留平，平觉之，服他药以解，得不死。彧自杀；平忧懑，月余亦死。徙彧子弟于庐陵。初，彧请选忠清之士以补

近职，吴主以大司农楼玄为宫下镇，主殿中事。玄正身帅众，奉法而行，应对切直，吴主浸不悦。中书令领太子太傅贺邵上疏谏曰……吴主深恨之。于是左右共诬楼玄、贺邵相逢，驻共耳语大笑，谤讪政事，俱被诘责。送玄付广州，邵原复职。既而复徙玄于交趾，竟杀之。（参见《三国志·吴书·孙皓传》及注引《江表传》,《三国志·吴书·楼玄传》及注引《江表传》）

据《资治通鉴考异》:《吴志·孙皓传》云"或被谴忧死"，今从《江表传》。

静轩诗曰：

吴运将终社稷（危）[荒]，故交孙皓害忠良。

群英四十甘诛戮，何不知机效子房？

前后杀忠臣四十余人。皓凡出入，自带铁甲禁兵五万。人皆恐惧，莫敢发言。

晋咸宁二年冬十月，征南大将军羊祐上表，请伐东吴。其表曰：

运期虽天所受，而功业必因人而成。今不大举扫灭，则兵役无时休息也。昔蜀之为国，皆云一夫荷戟，万夫莫当。及进兵之日，无藩篱之阻，径至成都，乃时至，（为）[力]不能拒也。今江、淮之险，不如剑关；孙皓之暴，过于刘禅矣；吴人困乏甚[于]蜀也，而大（进）[晋]兵力盛于往时。不就此时削平四海，而更阻兵相守，使天下何日见太平也？今引梁、益之（益）[兵]，水陆俱下；荆、楚之众，进临江陵，平南豫州，直至夏口；青、徐之众，并会秣陵：以一隅之吴，当天下之众，势分形散，可席卷矣。若使吴更换贤主，虽百万亦难动摇。愿陛下察之！

此表见入庙，将传之功。晋武欲从之。贾（克）[充]、马统等深为未可，晋武乃不行。

据《资治通鉴》卷八十：祜上疏请伐吴，曰："先帝西平巴蜀，南和吴会，庶几海内得以休息。而吴复背信，使边事更兴。夫期运虽天所授，而功业必因人而成，不一大举扫灭，则兵役无时得息也。蜀平之时，天下皆谓吴当并亡，自是以来，十有三年矣。夫谋之虽多，决之欲独。凡以险阻得全者，谓其势均力敌耳。若轻重不齐，强弱异势，虽有险阻，不可保也。蜀之为国，非不险也，皆云一夫荷戟，千人莫当。及进兵之日，曾无藩篱之限，乘胜席卷，径至成都，汉中诸城，皆鸟栖而不敢出，非无战心，诚力不足以相抗也。及刘禅请降，诸营堡索然俱散。今江、淮之险不如剑阁，孙皓之暴过于刘禅，吴人之困甚于巴蜀，而大晋兵力盛于往时。不于此际平壹四海，而更阻兵相守，使天下困于征戍，经历盛衰，不可长久也。今若引梁、益之兵水陆俱下，荆、楚之众进临江陵，平南、豫州直指夏口，徐、扬、青、兖并会秣陵，以一隅之吴当天下之众，势分形散，所备皆急。巴、汉奇兵出其空虚，一处倾坏则上下震荡，虽有智者不能为吴谋矣。吴缘江为国，东西数千里，所敌者大，无有宁息。孙皓恣情任意，与下多忌，将疑于朝，士困于野，无有保世之计，一定之心；平常之日，犹怀去就，兵临之际，必有应者，终不能齐力致死，已可知也。其俗急速，不能持久，弓弩戟楯不如中国，唯有水战是其所便，一入其境，则长江非复所保，还趣城池，去长入短，非吾敌也。官军县进，人有致死之志，吴人内顾，各有离散之心，如此，军不逾时，克可必矣。"帝深纳之。而朝议方以秦、凉为忧，祜复表曰："吴平则胡自定，但当速济大功耳。"议者多有不同，贾充、荀勖、冯统尤以伐吴为不可。祜叹曰："天下不如意事十常居七八。天与不取，岂非更事者恨于后时哉!"唯度支尚书杜预、中书令张华与帝意合，赞成其计。（参见《晋书·羊祜传》）

至咸宁四年，羊祐入朝辞帝，归乡养老。帝（以王辇载）赐坐，问曰："卿有何安邦之策以教朕？"祐曰："孙皓暴虐已甚，于今可不战而克。若皓没，别立贤主，施仁布德，虽有百万之众，长江未可窥也。”帝曰：“卿总兵一行。”祐曰：“臣年老多疾，难领此职。愿陛下选智勇之士征行。平吴之后，愿圣主无以平吴为喜！”帝谢之，命［以王］辇［载］归京师，赐宅养病。

据《资治通鉴》卷八十：羊祜以病求入朝，既至，帝命乘辇入殿，不拜而坐。祜面陈伐吴之计，帝善之。以祜病，不宜数入，更遣张华就问筹策。祜曰：“孙皓暴虐已甚，于今可不战而克。若皓不幸而没，吴人更立令主，虽有百万之众，长江未可窥也，将为后患矣！”华深然之。祜曰：“成吾志者，子也。”帝欲使祜卧护诸将，祜曰：“取吴不必臣行，但既平之后，当劳圣虑耳。功名之际，臣不敢居。若事了，当有所付授，愿审择其人也。”（参见《晋书·羊祜传》）

十一月病危，帝乘驾亲往祐家问疾，直临卧榻。祐曰：“臣万死不能报陛下也！”帝曰：“悔不用卿伐吴之计，以致迁延许久！卿忽不讳，谁可继卿志者？”祐曰：“臣荐一人于陛下，随将（草）［奏］稿焚之，恐人知也。”帝曰：“举善荐（矣）［贤］，乃是美事。卿何不令人知？”祐曰：“官拜公朝。受谢私门，臣所不取也。”帝叹曰：“卿真正之臣也！”

据《资治通鉴》卷八十：祜历事二世，职典枢要，凡谋议损益，皆焚其草，世莫得闻，所进达之人皆不知所由。常曰：“拜官公朝，谢恩私门，吾所不敢也。”（参见《晋书·羊祜传》）

祐含泪而言曰：“臣死矣，不敢不尽忠诚！右将军杜预堪可重用，若欲伐吴，非此人不可。”言讫而亡。后人有诗赞曰：

羊祐病终（荐）［推］杜预，叔牙囚内荐夷吾。
古来四海英雄辈，（那）［是］个男儿识丈夫。

晋帝堕泪终日，敕葬高原，赐太傅、矩平侯；即日拜杜预为镇南将军，都督荆、襄诸军事。

羊祐死后，南州居民闻（知）［之］，罢市（巷）［而］哭；吴守边将士亦皆举哀。祐在襄时，常游岘山。人思其德，与建庙立碑于山上；但望见碑牌，无不下泪。胡曾先生有诗为证：

晓日登临感晋臣，古碑灵落岘山深。
松间残露频频滴，好似当年堕泪人。

因此号石碑为“堕泪碑”。

据《资治通鉴》卷八十：羊祜疾笃，举杜预自代。（咸宁四年冬十一月）辛卯，以预为镇南大将军，都督荆州诸军事。祜卒，帝哭之甚哀。是日，大寒，涕泪沾须鬓皆为冰。祜遗令不得以南城侯印入柩。帝曰：“祜固让历年，身没让存，今听复本封，以彰高美。”南州民闻祜卒，为之罢市，巷哭声相接。吴守边将士亦为之泣。祜好游岘山，襄阳人建碑立庙于其地，岁时祭祀，望其碑者无不流涕，因谓之堕泪碑。（参见《晋书·羊祜传》）

据《晋书·杜预传》：时帝密有灭吴之计，而朝议多违，唯预、羊祜、张华与帝意合。祜病，举预自代，因以本官假节，行平东将军，领征南军司。及祜卒，拜镇南大将军，都督荆州诸军事。

咸宁五年冬十一月，晋帝下诏，分道伐吴：命镇南将军杜预为大都督，引大军十万出（零）［江］陵；琅琊王司马伷出（涂）［滁］中，后将军王浑出江油，王（成）［戎］

出武昌，右将军胡奋出夏口，各领兵五万，并听杜预节制；又令龙骧将军王濬监军，王琳大起水军二十万，战舡数万，顺流而下；令贾充为大都督，假黄钺，以冠军［将军］杨州副之，出屯襄阳，节制诸路军马。充固陈伐吴不利，"臣（襄）［衰］老，不堪元帅之职。"帝曰："卿若不行，朕当自出。"（克）［充］不得已，辞帝而行。

据《资治通鉴》卷八十：（咸宁五年）冬十一月，大举伐吴，遣镇军将军琅邪王伷出涂中，安东将军王浑出江西，建威将军王戎出武昌，平南将军胡奋出夏口，镇南大将军杜预出江陵，龙骧将军王濬、巴东监军鲁国唐彬下巴、蜀，东西凡二十余万。命贾充为使持节、假黄钺、大都督，以冠军将军杨济副之。充固陈伐吴不利，且自言衰老，不堪元帅之任。诏曰："君若不行，吾便自出。"充不得已，乃受节钺，将中军南屯襄阳，为诸军节度。（参见《三国志·吴书·孙皓传》）

此时孙皓荒淫无度，凡饮宴，必令群臣沉（卒）［醉］；却立黄门十人纠察，若有过失，或割其面皮，或刓其眼睛。因此中（火）［外］大怒。

据《资治通鉴》卷八十：吴主每宴群臣，咸令沉醉。又置黄门郎十人为司过，宴罢之后，各奏其阙失，迕视谬言，罔有不举。大者即加刑戮，小者记录为罪，或剥人面，或凿人眼。由是上下离心，莫为尽力。（参见《三国志·吴书·孙皓传》）

边关奏闻："大势晋兵水陆并进。"皓宣丞相张悌、司马（阿）［何］值、司空滕循商议迎敌之策。张悌奏曰："可差车骑将军伍延为都督，进兵江陵敌杜预；骠骑将军孙歆进兵拒敌夏口等处。臣自为军师，与左右将军沈莹、诸葛（静）［靓］引兵十万出牛渚，接应诸路军马。"孙皓从之，即令张悌出师。

据《资治通鉴》卷八十一：吴主闻王浑南下，使丞相张悌督丹杨太守沈莹、护军孙震、副军师诸葛靓帅众三万渡江逆战。（参见《三国志·吴书·孙皓传》注引《襄阳记》）

皓退回后宫。有一心腹爱幸宫人，官拜中常侍，姓岑名昏，见皓忧闷而问之。皓言："晋兵大至，诸路可敌。止有王濬尽发川舡数万只，顺流而来，此一枝军马无计可施，深可忧也！"昏曰："臣有一计，令王濬之舡皆为粉碎。"孙皓大喜，问［其］计。还是如何？

［第二百四十段］　王濬计取石头城

岑昏曰："江南多铁，可打连环大锁索数百丈，每环二三十斤，打一百余条，沿江要害去处横锁截之。又造铁（锤）［锥数万枝］，长丈余（尺），（数万枝，）暗置江中。如战舡乘风而来，逢（锤）［锥］必破矣。"孙皓大喜，便令大起江南工匠，连夜发遣，就沿江要害处动炉打造铁（锤）［锥］铁索。

据《资治通鉴》卷七十九：（王濬）作大舰，长百二十步，受二千余人，以木为城，起楼橹，开四出门，其上皆得驰马往来。时作船木柹，蔽江而下，吴建平太守吴郡吾彦取流柹以白吴主曰："晋必有攻吴之计，宜增建平兵以塞其冲要。"吴主不从。彦乃为铁锁横断江路。（参见《晋书·王濬传》《吾彦传》）

按：《演义》称制造铁锁横截江面是吴中常侍岑昏之计，与史不合。据史书记载，此事乃建平太守吾彦所为。

却说杜预兵出江陵，先唤牙门将军周昔听令："将善水军士八百人，乘小舟偷过江南，夜袭乐（卿）［乡］，多带旌旗，于山林间虚立，各处放火为号。"周昔领将令去了，夜渡大江，伏于巴山左侧。

次日，杜预（步）［部］领大兵，水陆俱进。吴国伍延兵出旱路，水军都督陆景从江西进兵，孙歆为前部来迎。晋兵初一交兵，佯败而走。东吴陆景令水军上岸，一齐追赶；迤逦至二十余里，四面晋兵大至。吴兵急退，晋兵掩杀，死者不可计数；及奔回到城边，周昔八百军混杂于中，便就城下放火。孙歆大惊曰："北来诸军乃飞渡江也！"急欲走时，被周昔大喝一声，斩于马下。陆景下舡，望见江南岸一片火起，巴山上头闪出晋兵旗号。陆景复上岸时，被晋兵四（至）［下围住］，斩于乱军中。伍延落慌弃城而走，被伏兵擒至献预，［预］喝令"斩之！"江陵既失，于是沅、湘直连交、广皆望风赍印而降。杜预差人持节安抚，秋毫不犯；遂引兵进攻武昌，守将开门出降。

据《资治通鉴》卷八十一：（太康元年春正月，）杜预向江陵，王浑出横江，攻吴镇、戍，所向皆克。……（二月，）杜预遣牙门周旨等帅奇兵八百泛舟夜渡江，袭乐乡，多张旗帜，起火巴山。吴都督孙歆惧，与江陵督伍延书曰："北来诸军，乃飞渡江也。"旨等伏兵乐乡城外，歆遣军出拒王濬，大败而还。旨等发伏兵随歆军而入，歆不觉，直至帐下，虏歆而还。乙丑，王濬击杀吴水军都督陆景。杜预进攻江陵，甲戌，克之，斩伍延。于是沅、湘以南，接于交、广，州郡皆望风送印绶。预杖节称诏而绥抚之。凡所斩获吴都督、监军十四，牙门、郡守百二十余人。胡奋克江安。（参见《晋书·杜预传》）

于是军威大振，大会诸将，共议进兵。胡奋曰："百年之寇，未可尽克。今春水泛涨，宜以暂住；候来冬便兴大举。"预曰："昔乐毅济西一战以胜强齐。今兵到此，势如破竹，数节之后，皆迎刃而解，无复着力处也。可乘势而取建业今建康府是也！"遂差人会合龙（骤）［骧］将军王濬。

据《资治通鉴》卷八十一：杜预与众军会议，或曰："百年之寇，未可尽克，方春水生，难于久驻，宜俟来冬，更为大举。"预曰："昔乐毅藉济西一战以并强齐，今兵威已振，譬如破竹，数节之后，皆迎刃而解，无复著手处也。"遂指授群帅方略，径造建业。（参见《晋书·杜预传》）

濬时顺流而下，无敢敌者。人报濬曰："吴作铁锁铁（锤）［锥］，如此准备。"濬大笑，随命先缚大（篾）［筏］数十，方长五六丈（长）者，上缚草人，披其铠甲，持杖列于筏上；作火炬长十余丈，灌以麻油，但遇铁（锁）索，燃着油炬烧之，须臾皆断。因此［从］大江而来，所向无敌。

据《资治通鉴》卷八十一：（太康元年春）二月戊午，王濬、唐彬击破丹杨监盛纪。吴人于江碛要害之处，并以铁锁横截之；又作铁锥，长丈余，暗置江中，以逆拒舟舰。濬作大筏数十，方百余步，缚草为人，被甲持仗，令善水者以筏先行，遇铁锥，锥辄著筏而去。又作大炬，长十余丈，大数十围，灌以麻油，在船前，遇锁，然炬烧之，须臾，融液断绝，于是船无所碍。庚申，濬克西陵，杀吴都督留宪等。壬戌，克荆门、夷道二城，杀夷道监陆晏。（参见《晋书·王濬传》）

胡曾先生有诗为证：

王濬戈舡发上流，武昌洪业土崩秋。
思量铁锁真儿戏，谁与吴王画此筹？

此时丞相张悌与沈莹、诸葛（静）[靓]屯兵牛渚，使扬州刺史周俊战于板桥（中），[俊]大败而回。诸葛（静）[靓]自引兵迎之，望见旌旗蔽空，势不可当，慌报张悌曰："东吴危矣！何不去之？"悌曰："吴之将亡，贤愚共之。今若君臣俱降，无一人死于国难，（亦不）[不亦]辱[乎？"靓曰："存亡天数，非公能支持也。何故自取其死]？"悌曰："吾久食吴禄，位至丞相。今日是吾死日，安可逃生而求不义之名？"（静）[靓]大笑而去。张悌、沈莹却欲进兵，晋兵已至。周昔、罗尚首先入寨。悌亲与（死战）[战，死]于乱军之中；莹被周昔所杀。

据《资治通鉴》卷八十一：吴主闻王浑南下，使丞相张悌督丹杨太守沈莹、护军孙震、副军师诸葛靓帅众三万渡江逆战。至牛渚，沈莹曰："晋治水军于蜀久矣，上流诸军，素无戒备，名将皆死，幼少当任，恐不能御也。晋之水军必至于此，宜畜众力以待其来，与之一战，若幸而胜之，江西自清。今渡江与晋大军战，不幸而败，则大事去矣！"悌曰："吴之将亡，贤愚所知，非今日也。吾恐蜀兵至此，众心骇惧，不可复整。及今渡江，犹可决战。若其败丧，同死社稷，无所复恨。若其克捷，北敌奔走，兵势万倍，便当乘胜南上，逆之中道，不忧不破也。若如子计，恐士众散尽，坐待敌到，君臣俱降，无复一人死难者，不亦辱乎！"（太康元年春）三月，悌等济江，围浑部将城阳都尉张乔于杨荷。乔众才七千，闭栅请降。诸葛靓欲屠之，悌曰："强敌在前，不宜先事其小，且杀降不祥。"靓曰："此属以救兵未至，少力不敌，故且伪降以缓我，非真伏也。若舍之而前，必为后患。"悌不从，抚之而进。悌与扬州刺史汝南周浚，结陈相对，沈莹帅丹杨锐卒、刀楯五千，三冲晋兵，不动。莹引退，其众乱；将军薛胜、蒋班因其乱而乘之，吴兵以次奔溃，将帅不能止，张乔自后击之，大败吴兵于版桥。诸葛靓帅数百人遁去，使过迎张悌，悌不肯去，靓自往牵之曰："存亡自有大数，非卿一人所支，奈何故自取死！"悌垂涕曰："仲思，今日是我死日也！且我为儿童时，便为卿家丞相所识拔，常恐不得其死，负名贤知顾。今以身徇社稷，复何道邪！"靓再三牵之，不动，乃流泪放去，行百余步，顾之，已为晋兵所杀，并斩孙震、沈莹等七千八百级，吴人大震。（参见《三国志·吴书·孙皓传》注引《襄阳记》、注引干宝《晋纪》）

静轩先生观感乃赞，诗曰：

忠勇张丞相，堂堂大丈夫！
（损）[捐]躯图报国，英气振东吴。

吴人大骇，飞报孙皓。皓大惊，举手无措。文武数百人叩头告曰："今日之祸，皆岑昏致之。请诛昏，臣等愿出死战！"孙皓曰："量昏是一中贵，何能败国？"数内一人大呼曰："岂不见蜀中之黄皓乎？"孙皓曰："贬此人为奴。"众皆不顾奋怒，碎割岑昏之肉以生啖之。

据《资治通鉴》卷八十一：吴主之嬖臣岑昏，以倾险谀佞，致位九列，好兴功役，为众患苦。及晋兵将至，殿中亲近数百人叩头请于吴主曰："北军日近而兵不举刃，陛下将如之何？"吴主曰："何故？"对曰："正坐岑昏耳。"吴主独言："若尔，当以奴谢百姓！"众因曰："唯！"遂并起收昏。吴主骆驿追止，已屠之矣。（参见《三国志·吴书·孙皓传》及注引干宝《晋纪》）

于是命陶濬率羽林军沿江迎敌，遣前将军张象领水军下江迎敌。

此时西北风大作，南军旌旗皆不能立，尽倒旗幡于舡中。

据《资治通鉴》卷八十一：王濬自武昌顺流径趣建业，吴主遣游击将军张象帅舟师万人御之，象众望旗而降。濬兵甲满江，旌旗烛天，威势甚盛，吴人大惧。……陶濬将讨郭马，至武昌，闻晋兵大入，引兵东还。至建业，吴主引见，问水军消息，对曰："蜀船皆小，今得二万兵，乘大船以战，自足破之。"于是合众，授濬节钺。明日当发，其夜，众悉逃溃。（参见《三国志·吴书·孙皓传》）

王濬兵舡扬帆而行，乃过三山。舟师曰："风声太紧，舡不得往。"濬掣剑在手曰："吾正欲取石头城，何言住耶？"擂鼓大进。张象等降，濬曰："汝欲立功名，今便为前部。"象乃回舟，直到石头城下，叫开城门，迎接晋兵入城。

据《晋书·王濬传》：濬自发蜀，兵不血刃，攻无坚城，夏口、武昌，无相支抗。于是顺流鼓棹，径造三山。皓遣游击将军张象率舟军万人御濬，象军望旗而降。

人报孙皓。皓欲自刎，中书令胡众、光禄勋薛荣曰："何不效安乐公刘禅乎？"皓乃舆榇自缚，引群臣诣王濬军前投降。濬亲解其缚，焚榇请起，邀入中军，待以王礼。皓献玺绶、图籍文书。静轩先生有诗叹曰：

孙皓荒淫社稷休，临危俯首作降囚。

祖宗基业轻归晋，甘受长安归命侯。

（克）［四］州（郡）四十三［郡］、军三十二万三千、粮二十三万［皆归大晋］。

据《资治通鉴》卷八十一：时王浑、王濬及琅邪王伷皆临近境，吴司徒何植、建威将军孙晏悉送印节诣浑降。吴主用光禄勋薛莹、中书令胡冲等计，分遣使者奉书于浑、濬、伷以请降。又遗其群臣书，深自咎责，且曰："今大晋平治四海，是英俊展节之秋，勿以移朝改朔，用损厥志。"使者先送玺绶于琅邪王伷。（太康元年春三月）壬寅，王濬舟师过三山，王浑遣信要濬暂过论事；濬举帆直指建业，报曰："风利，不得泊也。"是日，濬戎卒八万，方舟百里，鼓噪入于石头，吴主皓面缚舆榇，诣军门降。濬解缚焚榇，延请相见。收其图籍，克州四，郡四十三，户五十二万三千，兵二十三万。（参见《三国志·吴书·孙皓传》《晋书·王濬传》）

据《三国志·吴书·孙皓传》注引《晋阳秋》：濬收其图籍，领州四，郡四十三，县三百一十三，户五十二万三千，吏三万二千，兵二十三万，男女口二百三十万，米谷二百八十万斛，舟船五千余艘，后宫五千余人。

大事已定，出榜安民，尽封仓库。

次日，陶濬不战皆溃。琅琊王［司马］伷并王浑、王戎大军皆至，见王濬已自成功。次日，杜预入城，（关）［开］仓库赈济，吴民大悦；乃迁孙皓赴洛阳面君。渡江正迎贾（克）［充］，王濬请孙皓见贾（克）［充］。（克）［充］曰："汝在南方剜人眼睛，剥人面皮，此何等刑也？"皓曰："人臣有杀君及奸猾不忠者，则皆受此刑。"充大怒，欲杀之，王濬力劝阻之。

晋太康元年夏五月，［皓］至洛阳面君，拜伏称臣。帝宣上殿，赐绣墩而坐。帝曰："朕设此座待卿久矣。"皓曰："臣在南方亦设此座以待陛下。"帝大笑，设宴待之，封为归命侯，封其子瑾为中郎将，随降臣宰皆封列侯，据《资治通鉴》卷八十一：（太康元年）夏四月甲申，诏赐孙皓爵归命侯。……琅邪王伷遣使送孙皓及其宗族诣洛阳。（太康元年夏）五月丁亥朔，皓至，与其太子瑾等泥头面缚，诣东阳门。诏遣谒者解其缚，赐衣服、车乘、田三十顷，岁给钱谷、绵绢甚厚。拜瑾为中郎，诸子为王者皆为郎中，吴之旧望，随才擢叙。孙氏将吏渡江者复十年，百姓复二十年。庚寅，帝临轩，大会文武有位及四方使者，国子学生皆预焉。引见归命侯皓及吴降人，皓登殿稽颡。帝谓皓曰："朕设此座以待卿久矣。"皓曰："臣于南方，亦设此座以待陛下。"贾充谓皓曰："闻君在南方凿人目，剥人面皮，此何等刑也？"皓曰："人臣有弑其君及奸回不忠者，则加此刑耳。"充默然甚愧，而皓颜色无怍。（参见《三国志·吴书·孙皓传》）

——丞相张悌死节，当封其子孙；遂封王濬为辅国上将军，［杜］预为大将军，其余官员量功加赏。

据《资治通鉴》卷八十一：（太康元年夏五月）庚辰，增贾充邑八千户，以王濬为辅国大将军，封襄阳县侯；杜预为当阳县侯；王戎为安丰县侯；封琅邪王伷二子为亭侯；增京陵侯王浑邑八千户，进爵为公；尚书关内侯张华进封广武县侯，增邑万户；荀勖以专典诏命功，封一子为亭侯；其余诸将及公卿以下，赏赐各有差。

后史官有诗叹曰：

忆昔孙坚建业时，东南王（风）［气］覆江湄。
龙蟠虎踞安居坐，地裂天崩又改移。
扬子江中沉铁锁，石头城下竖旌旗。
可怜锦片东吴地，一旦番成晋国基。

后来（改）［故］魏主、陈留王曹奂殁于晋太安元年，

据《资治通鉴》卷八十四：（太安元年，）陈留王薨，谥曰魏元皇帝。

据《三国志·魏书·陈留王奂纪》注引《魏世谱》：封帝为陈留王。年五十八，太安元年崩，谥曰元皇帝。

蜀主、安乐公刘禅殁于晋太始（元）［七］年，

据《资治通鉴》卷七十九：（泰始七年，）安乐思公刘禅卒。

据《三国志·蜀书·后主传》：公泰始七年薨于洛阳。

吴主、归命侯孙皓殁于晋太康四年：

据《资治通鉴》卷八十一：（太康四年，）归命侯孙皓卒。

据《三国志·吴书·孙皓传》：（太康）五年，皓死于洛阳。

据《三国志·吴书·孙皓传》注引《吴录》：皓以四年十二月死，时年四十二，葬河南县界。

三国之主尽皆善终。大晋武帝司马炎承一统之基矣。

后人有古风一篇以附卷末云：

高祖提剑入咸阳，炎炎火日升扶桑。
光武中兴成大统，金乌飞上天中央。
哀哉献帝绍海宇，红轮西坠咸池傍。
何进无谋中（责）［贵］乱，凉州董卓扫朝堂。

王允定计谋逆党，李傕、郭（玘）［汜］兴刀枪。
四方盗贼如蚁聚，六合奸雄皆鹰扬。
孙坚、孙策起江左，袁绍、袁术兴河梁。
刘焉父子据巴、蜀，刘表军旅屯荆、襄。
张燕、张鲁霸南郑，马腾、韩遂在西凉。
陶谦、张绣、公孙瓒，各逞英雄战一方。
曹操专权居相府，牢笼英俊用文武。
威挟天子令诸侯，总领貔貅镇中土。
（娄）［楼］桑玄德本皇孙，义结关、张愿扶主。
东西奔走恨无家，将寡兵微作羁旅。
南阳三顾情何深？卧龙一见（下）［分］寰宇。
先取荆州后取川，谋霸图王在天府。
呜呼三载便升遐，白帝托孤真痛楚！
孔明六出祁山前，愿以只手将天补。
何期历数到此终，长星半夜落山坞。
姜维独凭胆气高，九伐中原空劬劳。
锺会、邓艾分兵进，汉室江山尽属曹。
丕、叡、芳、髦才及奂，司马又将天下交。
受禅台前云雾起，石头城下无波涛。
陈留、（王）［归］命与安乐，王侯尊爵存根苗。
纷纷世（代）［事］难穷尽，天数茫茫不可逃。
鼎足三国已成梦，一统乾坤属晋朝。

使用文献

罗贯中．西班牙藏叶逢春刊本三国志史传［M］．全国图书馆文献缩微复制中心，2005．

罗贯中．西班牙藏叶逢春刊本三国志史传［M］．国家图书馆出版社，2009．

罗贯中．三国志通俗演义史传［M］．上海古籍出版社，2009．

司马光．资治通鉴［M］．北京：中华书局，1956．

司马光．资治通鉴［M］．长沙：岳麓书社，1990．

陈寿．三国志［M］．北京：中华书局，1959．

陈寿．三国志［M］．长沙：岳麓书社，2005．

范晔．后汉书［M］．北京：中华书局，2007．

房玄龄等．晋书［M］．北京：中华书局，1974．

司马光．资治通鉴考异［M］．北京：商务印书馆，1965．

刘义庆．世说新语［M］．上海：上海古籍出版社，2012．

参考文献

李昉等．太平御览［M］．上海：上海古籍出版社，1990．

曹操．曹操集［M］．北京：中华书局，1959．

曹操．曹操集［M］．北京：国家图书馆出版社，2021．

周寿昌．三国志注证遗［M］．北京：中华书局，1985．

杭世骏．三国志补注［M］．上海：商务印书馆，1937．

盛巽昌．三国演义补证本［M］．上海：上海人民出版社，2007．

周兆新．三国演义考评［M］．北京：北京大学出版社，1990．

张大可．三国史［M］．北京：华文出版社，2003．

方北辰、谭良啸．三国故事真与假 100 例［M］．成都：成都时代出版社，2015．

沈伯俊．沈伯俊评点《三国演义》[M]．上海：东方出版中心，2018.

方诗铭．曹操·袁绍·黄巾 [M]．上海：上海社会科学出版社，1995.

武国卿．中国战争史（四）[M]．北京：金城出版社，1992.

张靖龙．赤壁之战研究 [M]．郑州：中州古籍出版社，2004.

王前程．夷陵之战研究 [M]．郑州：中州古籍出版社，2013.

章义和，唐燮军．细说曹操 [M]．上海：上海人民出版社，2005.

刘世德．夜话三国 [M]．北京：书目文献出版社，1995.

逯钦立．先秦汉魏晋南北朝诗 [M]．北京：中华书局，1983.

李思孟．三国古战场 [M]．北京：华艺出版社，1992.

徐日辉．街亭丛考 [M]．兰州：甘肃人民出版社，2000.